趙儷生文集

乃正題

第三卷

蘭州大學出版社

图书在版编目（CIP）数据

赵俪生文集. 第3卷 / 赵俪生著. -- 2版. -- 兰州 ：
兰州大学出版社，2019.8
ISBN 978-7-311-05647-6

Ⅰ. ①赵… Ⅱ. ①赵… Ⅲ. ①赵俪生（1917-2007）
—文集 Ⅳ. ①C52

中国版本图书馆CIP数据核字(2019)第164709号

责任编辑　张国梁　刘爱华
封面设计　陈　文

书　　名　赵俪生文集　第三卷
作　　者　赵俪生　著
出版发行　兰州大学出版社　(地址:兰州市天水南路222号　730000)
电　　话　0931-8912613(总编办公室)　0931-8617156(营销中心)
　　　　　0931-8914298(读者服务部)
网　　址　hhttp://press.lzu.edu.cn
电子信箱　press@lzu.edu.cn
印　　刷　甘肃春宇印务有限公司
开　　本　787 mm×1092 mm　1/16
印　　张　26.5
字　　数　445千
版　　次　2019年8月第2版
印　　次　2019年8月第1次印刷
书　　号　ISBN 978-7-311-05647-6
定　　价　950.00元(全六卷)

目　录

顾亭林与王山史

《日知录》导读

顾炎武研究论文

顾亭林与王山史

顾炎武新传

我为什么总在写顾炎武的传(代序)

有人问：你这一辈子为什么总在写顾炎武的传？我试来回答这一问题。

第一个理由是，我崇拜这个人。崇拜他什么？既崇拜他的“学”，更崇拜他的“行”，特别是他的“行”对他的“学”的反作用，很多学者达不到这一点。很多学者写顾的传，大都偏重在“学”上，对“行”，特别是对他的“学”、“行”关系，触及不多。我要来补足这个缺陷。

并不是说顾的一切我都爱。不是这样。他的一些脾气，我很不喜欢。譬如他在山东章邱大桑家庄买了一千亩地，惹出了一场文字狱，张尔岐好心劝他放弃了吧，他回信态度很不好。又他在山西祁县戴廷栻（枫仲）家丢了几百两银子，是戴的儿子偷去捐了一个什么小官。顾追着要偿还，李因笃又劝他算了吧，他回信态度又很不好。这种在钱财上寸土不让，我很不喜欢。再譬如，对宋明理学，我丝毫不菲薄程、朱，但我又高度欣赏阳明。陕西的东林派学者冯从吾（少墟）是程、朱派，但他一再说阳明的“致良知”三字“泄尽圣学千古之秘”。这句话我欣赏极了。但顾炎武则骂王派后学李卓吾为“人痾”。什么是“人痾”？我想就是“狗矢可以肥田，人矢可以喂狗”的“人矢”吧。骂人骂到这种地步，何苦来呢。

不喜欢只管不喜欢，我仍然非常崇拜他。也举两个例。譬如，《音学五书》

中的《唐韵正》一书，是我崇拜到五体投地的一本书。齐白石愿在徐文长、吴昌硕门下作走狗，我于顾氏《唐韵正》亦然。动用几百条证据来证一个古音，还夹有实地调查所得，如山东青州以东读“家”如“姑”，三原、泾阳间读“朱”如“周”等等，这种考证比乾嘉考证有力量多了！跟考证谢三宾有几个孙子，更不堪以道里计。可是顾是在怎样环境下写了这种高乘的科学专著的呢？是他过江到北方以前，仆仆于南京、王家营、清江浦一带，那时他改装成商人，换了姓名，夜里在大通铺上跟一些莫明其妙的人挤一个睡觉的铺位，饿了找一点锅底下的剩羹喝喝。还做秘密活动，跟人约好在什么地方秘密接头。在这种情况下做出那样的专著，试问谁能办得到？再譬如，他曾和马骕（宛斯）到邹平城外五里去找一块柴荣时候做过“中书侍郎同平章”官职的人叫景范的墓碑，具体落实景范不是景延广，因为景延广在历史上名誉不好，景家后代曾为此受到笞刑，顾炎武替他们做了昭雪。像这样具体的学术调查活动，那些乾、嘉大官僚学者们肯去这么干吗？他们不过是从书本到书本，而且是幕僚们做实际工作，他们出名。

第二个理由，我原籍山东，抗战前期在山西打过三年游击，后期又在陕西当了八年中学教员。顾经常活动的地方，我也活动过。我有时读时下一些同志写的顾传，看写到山东，只写逛了崂山又逛了泰山，仿佛他是单纯为了旅游似的。写到陕西，连李因笃《受祺堂》诗集和文集的正刻和续刻，几乎没有接触。顾的终生好友王弘撰（山史），不但他的三个“日札”未曾寓目，就连《砥斋》、《山志》也没有接触。这怎么能行呢？江南学者，类多渊博，但于江南文献虽已娴熟，而对北方学术渊源、交接脉络，似嫌生疏。吾，北人也，生于北，长于北，饮食于北，那么为什么不可以蹶然而兴，补此亭林“南人居北”的一段学术因缘呢？这是我平生不断写顾传的又一个缘故。

第三个理由，是人的学问越后期越精密。我的顾炎武研究，亦不能脱此规律。孙夏峰（奇逢）说，“七十岁功夫，较六十而密；八十岁功夫，较七十而密。”周亮工的《赖古堂集序》中也引用宁都魏禧（叔子）的话说，做学问有三条，第一条是记览之博，第二条是见识之高，第三条是历年之久。为什么加这个第三条？年轻时候我不懂，年老以后懂得了。做学问也要靠“历年之久”。孔广森很年轻就死了，学问很受局限。近人王蘧常先生年至耄耋，故《顾诗汇注》方始如此老练。我个人从二十三四岁上做顾炎武研究，闹过不少笑话。例如我遇到两个姓戴的人的名字，都和傅青主、王山史交往很密，很像是一个人，于是在一篇文章初稿中就写下了“戴务旃字枫仲”这样的大笑话。三十几岁，读书渐广，发觉不对头，戴本孝，字务旃，和州人；戴廷栻，字枫仲，祁县人；我把一个安徽人跟一个山西人捏成一个人了。而今已近古稀，回忆往事，犹觉颊间有火辣之感。证明古歌“战战栗栗，日谨一日，人莫踬于山，而踬于垤”是真理，做学问就要在这样一些地方小心摔跤子。亡友童书业茶余酒后往往说做文章就怕出“硬伤”，就是这种意思。但年轻时，“硬伤”是在所不免，老来更周密些就是了。

我的研究环境，自己多少年来一直安排得很固陋。专靠自己书房里的四五架子平装书和三橱线装书。“皆取诸其宫中而用之”，很少到系资料室和校图书馆。今春立志出门读书，在湖北省图书馆读到李良年的《秋锦山房集》，在复旦图书馆读到程正夫的《海古陈人集》和张勇儿子张云翼的《式古堂集》，抚摸着这些康熙刻板的精印书页，心里有说不出的兴奋，和老妻赶快写卡片，竟不觉下班时间的到来。在上海图书馆长乐路分馆又读到潘道根手钞的顾炎武外甥徐元文的《含经堂集》。这一切，都和顾炎武研究密切相关。我对顾的理解，不觉又深入了许多。又在千墩镇上看到《惧谋录》的抄本。学问就是这样一年一年做下去，这样一步一步深下去。由此及彼，由粗及精，由表及里。但愿在我耄耋之前，写出一部比较像样的《顾炎武大传》，以作为治此终生不辍的一种交代吧。

第一章

请读者诸君能够同意我，在全面展开地叙述传主生平事迹之前，先说一点作者对传主的一些总看法。换言之，就是先勾画一个轮廓。有人说，你不会留点最后写？但在前在后，到头来不过是“循环往复”中的一个螺旋。在前，起一种事前的推动认识的作用；在后，起一种总结的推动认识的作用。二者并不相悖。

那么，我们的传主到底是怎样的一位历史人物呢？我认为——

首先，他是一个爱国的人。爱什么国？这自然有个微观与宏观的差距。用微观来看，他爱的是朱姓统治的封建专制王朝，爱的是吊死在煤山上的崇祯帝。“问君何事三千里，春谒长陵秋孝陵。”[1]但用宏观来看，事情就不仅仅如此了。从浸透着他一生心血的著作来看，他是爱着整个社会，一代人一代人生活下去的社会。这社会毛病出在哪里？怎样把它调整的好一些？假如不爱，他就不会这么关心。除此之外，国家和民族这两个概念总是套在一起的，而他的头脑里又早就装满了“戎狄是膺，荆舒是惩”、“非我族类，其心必异”[2]的意识形态，从而使他对满洲贵族统治者不可能不采取排斥与不妥协的态度，这种态度说到头来，是在多民族大家庭的现实和意识还不可能产生的历史年代里，人们对自己原本共同体的一种热爱。从今天的眼光看，它是有局限的；历史主义地看，它是很自然的。一个人，既爱着自己的较狭隘的民族共同体，又爱着自己社会的共同体，那么拐弯抹角地说，他也在爱着人民，这样说恐怕是不算过分的。当然这中间有局限，有些人他不爱，对“犯上作乱”的人他认为是“不仁”的[3]，也就是“坏人”。这是他的爱国主义中的阶级局限性。

其次，他是一个有学问的人，终生不停止做学问的人，并在做学问的过程中做出了一条路子的人。现在社会这么进步，科学这么发达，对有学问的人还如此感到宝贵，何况十七世纪？并且，在很多做学问的人当中，并不是每个人都能走出一条路子来。“两脚书架”多得很。但我们的传主，他的创发性很强，走出了很多条路子。调查研究的路子是他走出来的；古韵分部的路子是他走出来的（跟在他古韵十部的安排之后，江永、段玉裁、戴震、孔广森、王念孙直到章炳麟、黄侃，古韵分部的安排越来越精确了）；就是说跟着上古氏族搬迁这件事而来的姓氏复杂化和地名复杂化，也是他看出了苗头。这样的例子还能举出很多。政治上中央集权太甚，地方丧失了能动性，中国又是个大国，中央地方权力如何划分又如何配合，这个问题他也接触到了。这样一些学问不是纸上谈兵，是经世济用的。所以有人说，他不是一个“俗儒”[4]；也就是说，他不是一个庸庸碌碌读了一辈子书翻不出筋斗来的人，不是只会吃桑叶不会吐丝的人。有关这方面，别人讲得已经不少，作者在后边的章节里也还要进一步发挥。

---

① 《顾亭林诗文集》，中华书局1983年版（以下，简称《集》），页348《重谒孝陵》。

② 见《诗·鲁颂·閟宫》和《左传》成公四年。

③ 《日知录》卷19“巧言”条。

④ 潘耒：《日知录·序》。

再其次，他还是一个活动家。这一点，以往的人讲得不多，而这是很重要、不容忽略的一点。所谓活动家是指两个方面，既指跋山涉水稽古考古的调查研究活动，又指反清复明的若干秘密活动。关于前者，彰彰在人耳目，在此不必多表；关于后者，有人表示异议，进行过驳斥，说是“胡猜”。自然，像第几次秘密会议记录、主席顾炎武、记录王宏撰这样的资料是阙如的，也不可能。但侧面的证明材料却多得很。试问，他的诗句“秦客王稽至此，待我三亭之南”[①]，这不是秘密的单线联系，又是什么？试问，他：“混迹同佣贩，甘心变姓名，寒依车下草，饥糁鬲中羹，浦雁先秋到，关鸡候旦鸣”，在另首诗里“吊古莫言秦法峻，鸡鸣曾放孟尝回”[②]，他对关隘盘查常有异常心理状态，这是为什么？“三藩”起后，靖逆将军、靖逆侯张勇派他的儿子张云翼（又南）到华阴来“半夜告访”[③]，他的诗里也立刻出现了“寒鸡宿愈高”、“秋风下雀罗”字句，这是为什么？康熙十八年（他六十七岁）到少林寺告诉和尚们“好待秦王至”[④]，这不是煽动反清，又是什么？以上仅仅是飘在纸面上的，隐藏在后面的又有多少呢？按太原傅青主顺治十一年入狱之事，我们从故宫档案中查出他与南明秘密信使宋谦接头的货真价实的证据[⑤]来类推，对我们传主以上的这些蛛丝马迹，假如不是在做反清复明的秘密活动，不可能作出其他的解释。一个闭户读书“两耳不闻天下事”的书呆子，是不会做出这样的诗，是不会有这样的经历的。到头来，他是个“能见天下之人，闻天下之事”[⑥]的人。这个特点，传统读书人中是不多见的。

再其次，他是个有胆识、有谋略、有心计、有节操、有情趣、有才华、有性格的人。也就是说，他是个有血有肉活生生的人。从小，他的继祖父就教他读兵书，他的大哥也爱谈兵，他在边远地区的一些考察活动都带有军事攻守的战略目的。实际上，他也写了兵书《惧谋录》（当时同类的人很多，如徐州的阎尔梅、江西的魏僖、梁份等）。这是作准备：进可以攻；退呢，也要坚守。

---

① 《集》页322《出郭》。参看王蘧常《顾诗汇注》页512～513。

② 《集》页322《旅中》，页416《硖石驿东二十里有西鸦路……筑垣封闭，过此有题》。

③ 吴映奎：《顾亭林年谱》（以下，简称《吴谱》）页47，康熙十八年条下。

④ 《集》页417《少林寺》。

⑤ 国家第一历史档案馆藏《顺治题本》第96：89号河南巡抚亢得时题本。

⑥ 《集》页87《与三侄书》。

“三藩”起事了，满州贵族统治者施展“文”、“武”两手，征召“博学宏辞”，很多人去了，而且表现出蝇营狗苟；而我们的传主呢？“唯办刀与绳”[①]。这一点很宝贵。林彪、“四人帮”时候，围绕着林彪、江青，效忠者有之，劝进者有之，侍讲者有之，护从者有之。这就叫丧失节操！傅青主评论孙夏峰说“外似模棱，其中实有一大把柄”[②]。这个“把柄”，非常重要。此外，我们的传主很有感情。对烈士和老战友，怀念之情很醇厚、很真挚。对朋友很严格。诗做得很好，但不多做，更不做应酬诗文。一个南方人，流居北方二十五年，经济生活安排得很妥帖。初过淮河，“跣行二百七十里，两足为肿”[③]；后来在山、陕已有“仆从三人、马骡四匹”[④]了。他在山东章邱、山西五台和陕西华阴都有买地经营农田的踪迹。至于章太炎说他得了李自成的窖金、创立票号[⑤]等事，那还有待于进一步落实。

最后，他还是一个在哲学思想方面构成了体系的人。他主张大力调查研究感性的资料，而相对不强调从感性资料向理性认识的上升。这也有他的时代背景。明亡前后，知识分子在阳明学派后期思想家的影响下，一味谈玄弄虚，于救国救民丝毫无济。我们的传主力矫此弊，他笃信程、朱学派，所以就在学风上显得保守、正统，思维的力量和高度比较低弱。他在理性方面，及不上王夫之（船山）。这也就是为什么有的书和文章中讲明末清初的大家时，把顾炎武不列在内。他在山东的好友张尔岐（蒿庵）和他在陕西的好友李颙（中孚）都跟他进行过辩论。张说，假如只格尽天下事物的道理，而忽略人们自身的思维能力，恐怕这种“知”也有局限[⑥]。李说，人要求认识的对象，不是一个一个求其“遍”，而是抓要害，抓“当务之急”。假如漫天撒网，在上下古今之间消耗精神，到头来抓不住最根本的东西[⑦]。这些意见，想来对我们的传主不能不产生影响。他的这种学风，传到以后，就成了乾、嘉考据之学。但在这里必须

① 《集》页414～415《寄次耕时被荐在燕中》。

② 傅青主:《霜红龛集》卷38《杂记》三。

③ 《集》页205《答人生》。

④ 《集》页205《答人生》。

⑤ 《制言》半月刊25期（1936年）《章太炎先生纪念专刊》，但植之《蓟汉雅言札记》第85条。

⑥ 《蒿庵集·答顾宁人书》。

⑦ 惠霾嗣:《历年纪略》页15康熙二年条下。

指出，亭林之学虽然和乾、嘉之学一脉相联，但二者之间也有歧异，前者博大，后者精细；前者不脱离政治，与国计民生息息相关，后者埋头于蝇头字句之间，脱离了时代的脉搏。这个差距，必须说清楚。

作者对传主的轮廓看法，尽在此五点之中了。底下我想介绍一下一些他的好友、亲戚、乡党、弟子们对他曾经作过的评介。

我们的传主平生最好的朋友，要推华阴的王山史（名宏撰）了。顾晚年就定居在他的家里。在《广师》篇中，称道他“笃于朋友”[①]。王山史在《山志》中有一节标题“顾亭林”[②]，大意说他是一个“以游为隐”的人。根据我的理解，这等于说他是个做秘密工作的人。不知这种理解有无错误。王山史继续介绍说，这个人学问非常了不起，生活很俭朴，要求自己非常严格，对朋友也要求严格，看见朋友们饮宴终日就皱眉头，说一天光阴又虚度了。写东西，改一遍又一遍，精详不苟，无人可以比得上。他在山东的最好朋友德州的程正夫（名先贞）评论他说，做学问的风貌象东汉大学者郑玄（康成）和隋朝的文中子（王通）。他继又展开一个问题说，像顾这种人是做官好呢还是做学问好？他的回答是做官不过封侯，做学问可以津逮后学，对后世利益很大[③]。顾幼年时候最要好的朋友归玄恭（名庄）说，他为了避仇，纵游北方，驰驱边塞，指画营垒山川，把自己培养成一个大学问家，真是因祸得福。假如一直呆在家里，也不过是“江南富人之有文才者耳”[④]。他昆山的同乡朱柏庐（名用纯）说，假如把学问化为“文”（按，指词章）和“学”（按，指考据）的话，那么可以说，自汉朝以来，文比顾高明的也许还有其人，学比顾更高明的是没有了。但话又转过来，既然自汉朝以来无人能比上顾的“学”，那么，我们就可以逻辑地推导说，自汉朝以来，也无人比得上顾的“文”，不是也可以吗[⑤]？顾的得意弟子潘耒（次耕）说，明清之际，好像天地闭塞之时，雪霰集，风雨晦，然而天心是不会死的。春天会来，光明会来，而我的老师顾先生是一个征

① 《集》页134。

② 王弘撰：《山志》初集卷3《顾亭林》条。

③ 《吴谱》页32康熙九年条下。张穆《顾亭林年谱》（以下，简称《张谱》）页66～67同。

④ 《归庄集》页339（下册）《与顾宁人书》。

⑤ 朱用纯（柏庐）：《愧讷集》卷3《顾亭林先生集序》。

兆[①]。他在陕西的另一朋友李颙曾把他比作南宋初的大学者郑樵。清末的李慈铭在《越缦堂日记》中把他比作宋、元之际的大学者马端临，并说《日知录》一书简直抵得上一部《文献通考》，并且还超出到《文献通考》之外[②]。乾隆时爱国学者全祖望则发扬他的反清事业，说他“遍观四方，其心耿耿未下”[③]，这是说他反清复明的意志至死不衰。

当然，也有对我们的传主说坏话的。当年昆山闹霸产奴叛事变的主谋者叶方恒（字眉初）在给归庄的信里对顾下八个大字的评语，说他“城府深密，机械满腹”[④]。这话抛开仇恨的情绪，也还是触到了顾的某些性格，他是个有心计的人，不好惹的人，他有这方面的性格。举两个例。其一，他在山东章邱典了十顷（一千亩）地，为此惹了一场文字狱，他的好友张尔岐好心劝他放弃了吧，再纠缠还不一定纠缠出什么来。顾回信说，听说君子不搞宗派，您是山东人，就替山东人说话，这不是搞宗派吗[⑤]？其二，他在山西祁县戴枫仲（延栻）那里丢失了五百两银子，原来是戴的儿子偷去捐了一个小官。这件事顾一直揪住不放，他的好朋友李因笃劝他算了吧，他回信说，老弟能管就管，不能管就不要管，不要被别人拿去当拖延不还钱的掩护[⑥]。从以上两件事中，也可以窥见我们的传主某些方面的性格了。

所谓“轮廓”，就勾画到这里吧。

第二章

我们的传主姓顾，兄弟们排“纟”偏旁，大哥叫缃，他叫绛，弟弟们叫纾叫缵（另一幼弟以字子武行）。绛十三岁入庠时，却登记了“继绅”这样一个名字，字忠清。明亡后，更名炎武，字宁人，又作炎午。这是否跟南宋末的王炎午相映射，不得而知。顾家在南朝梁、陈时出过一个大文人叫顾野王，家有亭林湖之胜，人们就把那地方叫“顾亭林”。这个地名，不知怎么一来，被朋

① 潘耒：《遂初堂集》卷10《顾亭林先生六十寿序》。

② 《越缦堂日记》甲集第2册页64；《越缦堂读书记》下册，页1153。

③ 《鲒埼亭集》卷12《亭林先生神道表》。

④ 《张谱》页32，顺治十二年条下。

⑤ 《集》页184《答张稷若书》。

⑥ 《集》页218《与李子德》。

友们加到炎武身上，大家称他“亭林先生”，这就叫开了。除此之外，他还使用过圭年、蒋山佣（有时直署顾佣）、顾石户[①]等名字。

顾氏是江东大家。江东在明清时候是全国经济最发达地区，但在公元后二三个世纪里，却是落后地区。农业靠水耕火耨，意识形态也靠中原的哺育。例如，东吴的重臣顾雍字元叹，就是由于中原大文人蔡伯喈很叹赏他，把自己的名字也送给他做纪念的[②]。据说“江南无二顾”[③]，即便出仕、戍守、犯罪到其他地方去的，也都认苏州、华亭、海盐做他们家族的老根据地。到我们传主这一支系，却只能追溯到五代（公元九世纪），到炎武传十六世。据说也经历了一些播迁，自苏州迁江北滁州，后来又迁回崇明，再迁到昆山，曾在几个村落里住过，最后才在千墩镇定居下来。千墩，又作茜墩，又写作千灯，在昆山县城东南三十里。

这是一个大缙绅地主家庭，不过到我们的传主出生前后，却已经败落下去了。他的高祖、曾祖、祖父三辈中，出过四个进士，连续做过正德、嘉靖、万历朝的地方官和中央部院官。他的曾祖顾章志先做几个省的按察使，最后做到应天府尹、南兵部右侍郎、赠右都御史。他的本生祖父顾绍芳做过经筵讲官、翰林院编修、管理制诰[④]。这都是比较煊赫有点权势的官职。明朝中后期，土地占有情况向两方面分化。一方面向“一田三主”那样的方向发展，使一些经营性农户可以取得“永佃权”，这有利于资本主义萌芽的发展。另一方面则仍然走着依仗封建特权强占强买，有些人也乐于来投献，为了减免税役而宁愿投靠缙绅，自为世仆家奴。顾家在崇祯年份里一次典给邻人叶家的田亩数字是八百亩[⑤]，其家产总额定然在此数之上，所以是大地主无疑。

我们的传主自生下来就出嗣。从本生祖绍芳、本生父同应家，抱到继嗣祖绍芾、继嗣父同吉家扶养成人。现在千墩镇上依然可以看到“北宅”和“南宅”，前者是出生处，后者是扶养成长处。顾炎武出生于明万历四十一年癸丑（公元1613年）的农历五月二十八日，当阳历七月十五日（窃以为，如举行纪念，当以1613年7月15日为准）。在他幼年，对他影响最深的怕是两个人，其

① 杨凤苞：《秋室集》卷1《节南山草堂遗集后》。

② 《三国志》卷52《吴书》卷7（标点本页1225）。

③ 顾炎武：《顾氏谱系考》页6。

④ 同上注页7。

⑤ 《归庄集》（中华版）上册页232《送顾宁人北游序》。

一是他的嗣祖顾绍芾，字德甫，号蠡源，学衔只不过是个监生，但他有他自己的修养，他有他自己的看法。据说他天才俊逸，诗文秀拔，做诗的风格在李白、李贺之间，他的书法曾得到过董其昌的赏识[①]。此人早年跟随其父亲历江西、广西、山东、南京等地，熟悉各地的风土人情和政治斗争内幕，留心政局，手抄邸报，历十四五年不辍，成二十五大册。他留给我们传主的遗训是“读书不如钞书”。他看到明末的社会矛盾重重，危机潜伏，预见天下将乱，所以教给孙儿读兵书，并指着庭中草根说：“尔他日得此食，幸矣”[②]。顾炎武从二十七岁起就取二十一史、天下郡国志书、名家文集及章奏文册之类，札录材料，汇为四十余帙（也就是以后的《天下郡国利病书》和《肇域志》），他这样做，跟他继祖父自小的教导和影响，怕是分不开的。

其二是他的继嗣母亲王氏。这位女子的未婚夫顾同吉早卒，她主动到顾家，侍奉舅姑，抚养继嗣儿子长大成人。她有一定的文化修养，爱读《史记》、《通鉴》诸书，喜欢谈说刘基、方孝孺、于谦等人的故事[③]，这对幼年时期的顾炎武也不能没有影响。她死后谥曰“贞孝”。亭林诗文中提到的贞孝坊，就是为了纪念她的。“勿为异国臣子”[④]这句话也是她临死前留给儿子的遗言。关于“异国”二字，本书作者要插两句话。在我们今天看来，明国是中国，清国也是中国；但在十七世纪，人们不这么看。他（她）们把汉族统治者统治的国家叫“本朝”，把满族统治者统治的国家叫“异国”。这没有办法，这是历史的局限性。

有一件小事，在这里说一说。我们的传主三岁上患过痘疮，据说对眼睛带来影响。当时对痘疮缺乏有效的防治方法，故患者特多，轻者留下麻瘢，重者死亡。鄙人尝在昆山县得观昆山乡贤画像一本，几乎绝大多数脸上有麻瘢。至于我们的传主，有人说一目（左目或右目，亦有歧异说法）已眇，有人说瞳仁四周有白色圈翳。我个人是这样想的，亭林终生诗文中未见对目力不济作出任何抱怨叫苦的迹像，且王山史对他有“蝇头行楷，万字如一”[⑤]的追忆，不像是留下目疾的样子。

---

① 张穆：《顾亭林年谱》页4。

② 顾炎武：《三朝纪事阙文序》，见《集》页155。

③ 顾炎武：《先妣王硕人行状》，见《亭林余集》；《集》页165。

④ 同上注。

⑤ 王弘撰：《山志》初集卷3。

关于我们的传主幼年读书的情节，在这里说一说。他七岁入家塾，大体读了六年，所读的书大概包括“四书”、《周易》、《孙子》、《吴子》、《左传》、《国语》、《国策》、《史记》，直到《资治通鉴》。也就是说，从先秦的历史开始，然后读到通史。十三岁上，他的继祖父替他“纳谷”入了邑庠，从此算是一名“庠生”了。这是为他考科举创造有利条件的。谁知事与愿违，我们的传主接连考了十四年，始终未得到“举人”的等级。这也不奇怪，与他同时稍后的大文学家蒲松龄不是考了一辈子科举，到七十岁以后才得到一名“贡生”吗？

在十七岁上（那是崇祯二年，公元1629年），我们的传主参加了社会团体：复社。这是他终生的重要情节之一。复社，是继东林之后重新组织起来的一个知识分子探讨学术、议论政治的集团。它的创办人是太仓县的“二张”，即张溥和张采。他们本来跟政局没有多大联系，可是后来不知怎么跟北京中央政权中的派性斗争缠到一起了。顾炎武和归庄一起参加了这一社团。这件事，在当时似乎关系不大，但到明亡之后，我们的传主到北方，看起来主要是缘着复社的组织线索，例如他到淮安找张力臣（弨），而张力臣正是复社的领袖张致中的儿子[①]；他到德州和程先贞过从甚密，而程正是复社在德州的头头[②]。这条线索，是在以后起了很大作用的。

当时在少年时期，风华正茂，他们是五个人在一起交朋友，切磋琢磨。五人中顾、归二人同岁（顾五月生、归七月生），最长；其次是亭林的叔父顾兰服，字国馨，号穆庵，比他二人小两岁；再其次是吴其沆，字同初，比顾、归小七岁；最小的是顾的外甥，叫徐履忱，比他们小十六岁，这是顾的姐姐的儿子，跟他妹妹的儿子“三徐”（徐乾学、徐秉义、徐元文）是同族，但不可相混。他们“入则读书作文，出则登山临水，间以觞咏，弥日竟夕”[③]，他们“五人各能饮三、四斗”，饮至半夜“抵掌而谈”[④]，不外谈当时的时事政治。当时的知识分子，大多数追求浮名，而他们则砥行立节，所以在别人看来，他们是“狂”者，是怪人。

在这样读书和交游的基础上，我们的传主从二十七岁开始，正式从事科学研究和著述的事情。这是崇祯十二年，公元1639年。他自己说，“崇祯己卯，

① 朱彝尊（竹垞）：《静志居诗话》。

② 张穆：《顾亭林年谱》页50。

③ 《集》页162《穆庵府君行状》。

④ 《集》页113《吴同初行状》。

秋闱被摈，退而读书。感四国之多虞，耻经生之寡术，于是历览二十一史以及天下郡县志书、一代名公文集及章奏文册之类，有得即录，共成四十余帙。”他的抄录方法是“本行不尽，则注之旁；旁又不尽，则别为一集为‘备录’”[①]，这种工作方式，我们后代做学问的人，也大体如此。这四十大本材料，就是以后成书的《天下郡国利病书》和《肇域志》。而《音学五书》和《日知录》两书的萌芽，也在这同时埋藏下了。所以说，从二十七岁开始到明朝覆亡，这六年时间是他著述生涯的开始，也是他为自己终生治学奠定巩固基础的时候。等国难到来，他奔走流离，没有这么安静的环境了。

但即便在这段安静的生活中，也仍有不安静的事情发生。二十九岁，他的继嗣祖父顾绍芾，即所谓“蠡源公”逝世了。他们家发生了“家难”。这是中国封建社会发展到后期，地主阶级家族间经常发生的争产、霸产、告讦等事件。大体一份大家产，由一个同曾祖的人继承去，另几个同曾祖的就会愤愤不平，要求利益均沾，沾不到手时就什么花样都可以要出来。这次是纵火，据说“室庐被焚”，是我们的传主的一位从兄顾维和一位从叔顾叶墅干的。这同类的家难，此后还继续发生过好几次。

第三章

现在，国难到来了。我们传主的战斗生活也随之开始。

在这里，我们有必要来叙述一些时代的大脉络。崇祯十七年（公元1644）三月，农民起义的大顺军进入北京，明亡。四、五月之际，大顺军退出京城，满洲贵族的军队入京，十月，清朝定鼎，是为顺治元年。与此同时，明福王朱由崧在南京被拥立起来，以明年为宏光元年。我们的传主被一位云南人杨永言所推荐，担任了宏光朝兵部司务的小官职。他于次年三十三岁那年的春天到南京去报到，可是五月九日清兵过江，十五日已经进占南京了。他只好返回苏州。

这时候，满洲豫亲王多铎驻兵南京，分部属三支，略定江、浙。一支驻苏州，一支驻杭州，一支驻吴淞沿海等处[②]。这时，旧明朝的地方班底并未瓦解，一些文武职官，加上大量仕子（知识分子），都在准备反抗。沿太湖地区的农

① 《集》页130《利病书序》、《肇域志序》。

② 张穆：《顾亭林年谱》页18引《徐（松）谱》。

民群众，也纷纷欲动。这形势是大好的，但最大弊病就是各成一支、互不统辖、合作也不利。顾的诗中有两句说："鱼丽笠泽兵，乌合松陵将"①，笠泽指太湖，松陵即吴江县，其中"乌合"二字，描写得很确切。从这里，我体会到1937年全面抗日战争爆发时，"抗日民族统一战线"的极大的重要性。有了它，我们奋战八年，终于胜利。没有它，十七世纪时江南一带虽然民气十分高涨，但各支抵抗的部队，尽是"乌合"，所以最终"已闻右甄清，复见左拒残"②，大家只好投水的投水，上吊的上吊，为僧的为僧去了。

顾炎武以南明兵部司务的身份，参加了苏州的抗清活动。他本人在清朝局面已相对稳定之后，对此，不愿多说，只简略地说"余从军于苏"③。说起苏州的这场抗清暴动，内容确实复杂，支派纷繁，有旧军官、有绅士、有知识分子，还有沿湖渔民。头头有陆世钥、吴昜（读阳）、吴志葵、鲁之屿等。陆世钥是洞庭东湖的一家大财主，有些渔民组织起来自号"十将官"，归在陆的麾下，船只很多。吴昜是吴江县的一位进士，据说有膂力，手下也有一批渔民起义部队和大量船只。这些起义者"头缠白布"，"民间柴斧，妇女裙裾，皆为干戈旗帜"④。以这两支力量为主，再加上从湖西长兴来的民兵，共推旧明提督吴志葵为帅，总兵鲁之屿为前沿总指挥，进攻苏州府城，斩胥门而入。汉奸提督（后升为巡抚）土国宝很狡猾，他把军队隐蔽起来，自己在盘门的一座塔上瞭望，判断起义军"人众而嚣，是无纪律"，可以"击前则后不支，击左则右不应"⑤，故不即刻应战，而等待起义军有松弛的情况后，再发动突然袭击，义军立即瓦解土崩。顾炎武、归庄、吴其沆、杨永言四个人是作为旧明郧阳巡抚王永祚麾下到苏州参加的，失败后就回昆山去了。

苏州府城的暴动，是旧历六月十五日，不过一天，接着发生了昆山县城的起义，这次却支持了二十多天。事情发展的程序是这样的：旧历五月二十二日，原县令杨永言听说满洲兵快到了，就开狱纵囚，自己到乡下隐藏起来。六月八日原副县长（县丞）阎茂才到苏州府去表示降服；十八日发表阎为新（伪）县令。闰六月十一日剃发令下，很多人自杀了，很多人起来反抗，归庄

① 顾炎武：《哭杨主事廷枢》诗，见《集》页274。

② 同上《秋山》诗，见《集》页265。

③ 同上《吴同初行状》，见《集》页113。

④ 《荆驼逸史》《平吴事略》。

⑤ 徐鼒：《小腆纪年》卷10，页381。

带头一刀杀下了阎茂才的头颅，他自己的诗记载说“自斩伪官首，因为世指名”[①]，这样正式宣告了昆山抗清起义的开始。起义力量也是分两股：一股以地方绅士周宝瑜、士子朱集璜、陈大任、陶王咸为骨干，推出了一位旧明总兵王佐才为首领，王已七十多岁了，就在朱集璜家办公理事。另一股以旧明军官陈宏勋、孙志展、原县令杨永言、仕子归庄、顾炎武、吴其沆为骨干，推旧明郧阳巡抚王永祚为首领。既然已经有了首领王佐才，杨永言只好当“监纪”，仍理知县事。这个局面，自公元1645年8月6日支持到25日，计二十天或稍稍多一点。

现下有人说，我们的传主未曾参加这场起义，我们不同意这种主张。理由是：（一）从事理来推，杨永言、归庄、顾炎武、吴其沆四个人一同参加了苏州的事情刚刚回来，又碰到昆山起义，杨、归、吴又参加了，独顾炎武退出去，这与人情物理不合。（二）顾衍生的《元（原）谱》是最可靠的底本，其中说“先生偕绅士，聚粮移檄，为久守计”[②]。可是到了张穆手中，却擅自删去主词“先生”二字，使事情晦黯了。（三）当然，我们的传主本人在清朝政权日益巩固的情况下，也未始不曾有意使事情晦黯下去，观其《常熟陈君墓志铭》中说“……未一岁而戎马驰突，吴中诸县并起义兵自守。而余以母在，独屏居水乡不出。自六月至于闰月，无夜不与君露坐水边树下，仰视月食，遥闻火炮”[③]。这时我们的传主奉母居于唐市以西的语濂泾，地距昆山县城不过四十里，扁舟半日可达，这丝毫也不排除夜居水乡，白天进行“聚粮移檄”等活动的情节。（四）在城垣之内活动，是参加起义；在城垣之外活动，也仍是参加起义。因为当时遍地鼎沸，何分城内城外的界限？并且，连他的夫人王氏也参加了，观晚年悼亡诗，有“北府曾缝战士衣”之句，可证。根据以上的论列，我们认为顾炎武既参加了苏州府的抗清起义，也参加了昆山县的抗清起义。何况，全面纪述明清之际历史的《小腆纪年》一书，也正式把顾炎武的名字列入了昆山起义的名单之内呢[④]。

轰轰烈烈的江南人民的抗清高潮，低落下去了。用归庄的诗句分析原因，是很恰当的。这诗句说：“贵者谋不臧，富者爱钱谷，士民怯战斗，城破宜颠

① 《归庄集》卷1，页40“避乱投浮佛寺、寺僧观公、余族兄也、故往依之。”

② 吴映奎：《顾亭林年谱》页7。

③ 《集》页160《亭林余集》《常熟陈君墓志铭》。

④ 徐鼒：《小腆纪年》卷10，页390。

覆。”[①]就是说有钱的地主不肯出钱，指挥的军官指挥不利，乌合的群众奋勇不足，结果失败了。失败之后，跟着来的是大反扑、大镇压。我们传主的几个好朋友、好战友陈子龙、杨廷枢、顾咸正、顾的两个儿子顾大逵、顾天遴等，统统被捉去杀害了。顾炎武本人也在流离避难之中。他是一贯主张在遭遇大难之际不一定“殉之”就是最好的办法，“逃掉”也未始不是可取的。几年之后，他在山东潍县看到夏代少康遭变时的遗迹，他感慨地赋诗说：“人臣遇变时，亡或愈于死”[②]，他不愿像殷末伯夷、叔齐那样消极地死掉，他愿做夏代少康的臣子伯靡，终于起兵诛灭了篡夺者寒浞！这才是他的志向。

在这场昆山、常熟的变乱中，他的本生母何氏被清兵砍折了右臂，他的继嗣母王氏绝食而死，他的两个小弟弟也被清兵杀害了。他的外甥徐乾学在一篇纪念性的文章中，记下了顾家在昆山城中的全部遭遇，有必要引录在这里。他先叙述外祖母家的情况，“予家与外祖母家比邻。舅氏五人，皆有才。长遐篆，以天下多故，好言兵事，举癸酉乡试，一上公车而卒。次宁人，出嗣从祖父。次子严，以目眚别居。唯少子子叟、子武，在何夫人左右。”他继之叙述蒙难的始末：“岁在乙酉，王师南下，众议登陴守御，纷纷挈家避出。何夫人曰，老嫠妇必死于此。而舅与舅母俱不敢去。未几城破，两舅俱遭难。舅母朱夫人知事急，引刀刺其喉，气息才属，偃卧瓦砾中。死者累累。何夫人守妇尸弗去，曰新妇死于是矣。俄游骑过，砍何夫人右臂，损折。久之，朱夫人得苏，起觅其姑，悲不自胜，手裂旧襦，为姑裹缠重伤，复自塞其颈，相抱匿庑下破屋以免。”[③]关于继嗣母王氏的情况，顾炎武自己记叙说：“常熟陷，吾母绝粒者十有五日卒。遗言曰，我虽妇人，身受国恩，与国俱亡，义也。汝无为异国臣子，无负世世国恩，无忘先祖遗训，则吾可以瞑于地下。”[④]两亲一死一残，何夫人养在徐家，从此顾炎武脱然无累，很少回到昆山和常熟来作较长的居停了。

这时，南明的唐王隆武帝从福建延平给他带来了委任状，要他担任兵部职方司的主事。他赋诗道：“春风一夕动三山，使者持旌出汉关。万里干戈传御札，十行书字识天颜。身留绝塞援枹伍，梦在行朝执戟班。一听纶言同感激，

① 《归庄集》卷1，页38；《伤家难作》之二。

② 顾炎武：《潍县》诗，见《集》页334。

③ 徐乾学：《澹园集》卷24，《舅母朱太孺人寿序》。

④ 顾炎武：《先妣王硕人行状》，见《集》页165。

收京遥待翠华还。”[1]在这首诗里，他对明朝表示了忠贞，但并未即刻奔赴行朝。不久，清兵入延平，小朝廷很快又覆灭了。

第四章

现在，紧张的战斗岁月已揭过去了。我们的传主有十一二年光景（大体自三十四岁至四十四岁，即自顺治三年至十三年，公元1646～1656），在江南江北一带活动。大体可以这样说，以南京为中心，东到太湖，北到清江浦和王家营，在这样一条三角拐尺形的线路上来来去去。这不禁引起疑问：他这样干是为了什么？

大体一个人的活动，总不免在大形势下受到影响。顾炎武也不可能不如此。而当时这十一二年中的大形势又是怎样的呢？像看球赛一样，这时胜负既未定局，也不是一方领先、另方败局已露，现在是清朝一方和反清朝的另一方在长江以南南中国东西广袤的战场上，继续进行角逐的时候。情况是曲折的，有时看来，清朝局面已经稳定下来了，但突然又来一个大反复。在某些地区，双方拉锯，你拉过来，我拉过去。降了的将又叛走，叛了的将又降回来。曲曲折折。清朝中央政府在应付这种局面中，也是十分艰难的。只有等到康熙元年明桂王永历帝被杀死在昆明，这才是局势的第一次稳定；等到康熙二十年赵良栋打进昆明之后，局势才第二次稳定。现在，距离上述两种形势还很遥远。所以我们的传主尚须有所观察，有所等待。

在农民起义军方面，继前一年李自成死过之后，后一年张献忠也死了。李部主要并入何腾蛟，张部归到永历帝，也分为几股，孙可望降了清，只剩下李定国一大股在支持战斗。明朝的残余，福王被捉杀了，唐王也被捉杀了，只剩下一鲁王栖息海岛；又兴起来一个郑成功。郑成功、张煌言的联军，多次企图反攻大陆，顺治十六年一次已到南京外围，顺治十一年一次也到了镇江。这是很震动的。在江西、广东、山西，又各有金声桓、李成栋、姜瓖已降诸将宣告重新归明的大反复。在湖南、广西一隅，几乎是拉锯，何腾蛟进来，孔有德攻打；孔有德进来，李定国攻打；一茬一茬。在这种形势下，我们的传主只有密切地观察着每一个形势的新动向。他的诗，是最现成的证明材料。在舟山的鲁

① 顾炎武：《延平使至》，见《集》页268。

王形势不稳了，他写道：“尔来兀术方深入，帝在明州正待王”[①]；金声桓在南昌被清兵围困，他写道：“洪州七月围，粮尽力亦殚”[②]；李定国自云南出发东征湘、赣，他写道：“传闻西极马，新已下湘东”[③]；鲁王部下的将军张名振在崇明全歼清驻军，前锋已抵金山，他写道：“东风吹江水，一夕向西流，金山忽动摇，塔铃语不休。海师一十万，虎啸临皇州。……沈吟十余年，不见旌旆浮。忽闻王旅来，先声动燕、幽”[④]；等等。足见他随时随地都在观察着、判断着、预测着。

他在南京租了房子。他的诗句说“典得山南半亩居”（铁琴铜剑楼本作“典得山南宅一区”）[⑤]，这时他有了第二个妾戴氏一同经营生活（第一个妾韩氏生子贻谷病夭后已离异）。以此为据点，东到吴江，北到淮上，往返奔走，似有所联络。举两条证据。其一，他在《出郭》[⑥]这首诗里，使用了“王稽”这个典故。王稽何人？他是战国时候秦国派驻魏国的外交人员，私下勾引魏臣范雎逃魏奔秦的秘密活动家。其二，他在《赠万举人寿祺》[⑦]这首诗里说“何人诇北方？处士才无两”。“诇”读“侦”，反间之谓，意思是万年少住在这淮安的公路浦地方，任务之一，是在这南北舟车辐凑的地方侦察清朝的动向。我们这样论证，大概算不得是“胡猜”吧。

这段时间内，我们的传主交际了一些新朋友。这件事值得留意。

在江北淮安，他主要交了三个朋友。其一是万寿祺。寿祺，字年少，原籍南昌，后为徐州人。曾亲身参加了太湖地区的抗清起义，“被执不屈，将加害；有阴救之者，囚系两月余得脱，还江北”[⑧]。他的《隰西草堂集》里有《赠顾大》一首，窃疑是赠顾炎武的，时顾长兄已死，以仲为长，容有可能。不仅顾炎武与他有往还，归庄还曾应他之聘来淮阴教其子。不过为时不久，万年少就

---

① 《集》页288《石射堋山》。

② 《集》页288《春半》。

③ 《集》页300《传闻》。

④ 《集》页308～309《金山》。

⑤ 《集》页209《侨居神烈山下》。

⑥ 《集》页322《出郭》。

⑦ 《集》页296《赠万举人寿祺》。

⑧ 《隰西草堂集》卷3《自志》之四。

死了，终年才五十一岁[①]。其二是王略，字起田，淮安山阳人。他并不钻研什么经史，不过是一个“家颇饶”的人，但由于他“爱人”、“乐善”，行合乎义，所以，顾炎武和他交上了朋友，而且二人所好所恶，尽皆相同。二人同年同月生，顾比王小二十余日。顾的朋友潘柽章遭了湖州庄廷钺《明史》文字狱被杀，妻子押送北方受罪，幼弟潘耒护送嫂侄；过淮时跟王略以顾的关系接上了头，王略还主动收了这个犯罪人的亲属做了女婿。顾去山东，王略“持觞送我大河之北，视余上马，为之出涕，若将不复见者”[②]。此人性格敦礼、乐善、义勇、忠于人。有这样一位朋友，居守在南北舟车辐凑之地，对顾的南北通声气，济很大的事。其三是张弨，字力臣，是当地复社领袖张致中的儿子，不事科举，以卖书画自娱。顾炎武五十五岁开雕其重要著作《音学五书》时，“得张君弨为之考说文、参群书、增辩证、酌时宜，而手书之”[③]，这简直是一位责任编辑了。现《五书》中除作者外，插入他人意见者仅两人，一“李因笃曰”，一“张弨曰”。

在苏州的洞庭东山，顾结识了河北曲周路氏一家。此家的家主叫路振飞。当年路振飞在淮北做官时，后来的唐王被锢闭在凤阳，做“高墙罪人”，别人虐待他，独路振飞对他好，所以唐王隆武帝即位后，呼他为“守困恩官”。他有三个儿子。长泽溥，字苏生（又作甦生），荫官中书舍人；次泽淳，字闻符，早卒；三泽浓，字吾徵，御赐名太平，官光禄少卿，为大诗人申涵光（凫盟）的妹婿。顾炎武跟泽溥、泽浓均是至交。观其诗题中，称“舍人”者是指“溥”，称“光禄”者是指“浓”，界线分明，毫不混淆。只是又出了“安卿”这么一个别号。亭林《广师》篇说“险阻备尝，与时屈伸，吾不如路安卿”[④]；在《送韵谱帖子》中说“路安卿名泽浓，曲周人，故总督皓月公之子”[⑤]。而张穆《顾亭林年谱》中引此帖子时“子”字易文曰“长子”，纠纷自此开始，而迄于陈寅恪《柳如是别传》，[⑥]王蘧常《顾诗汇注》[⑦]中，安卿为“长”为

① 赵经达（尊三）:《归玄恭先生年谱》（见《归庄集》下，页548）。

② 《集》页117～118《山阳王君墓志铭》。

③ 《音学五书》后序（该书卷首）;（《集》的26文字微异）。

④ 《集》页134。

⑤ 《集》页244。

⑥ 陈寅恪:《柳如是别传》，页1047。

⑦ 《顾诗汇注》，页446。

“三”，仍各执一说。鄙人往岁曾主“安卿”为“泽浓”说；老来思之，似以“泽溥”为宜。盖泽溥亦曾到广州，故可当“险阻备尝”一语；而久居太湖洞庭东山，亭林谓其“以待天下事”[①]，陈寅恪氏复谓钱牧斋与路泽溥往来“实兼有政治活动，盖路氏父子与郑芝龙、鸿逵、成功兄弟父子关系密切”[②]，此正可当“与时屈伸”一语。然此为考据家之事，兹《新传》中可以不必多赘了。

此外，他还结交了大盐商的儿子王玑；上元人王潢；惊隐诗社的成员王仍；河北魏县人、原长洲教谕刘永锡；扬州卖药人邬继思；云南沾益人、原将军衔、现在苏州上津桥做医生的郝太极；宝应人朱四辅；以及原昆山、常熟的从游晚辈陈芳绩、归晟等。缘着以上这些线索，也许有朝一日会追寻到我们传主的一些隐蔽的活动。

在这段时间里，我们的传主遭遇了一桩比“家难”更大的大难，为此他杀了人，坐了班房。这件事，从既有的文献材料方面看，只有他自幼的朋友，同邑同岁的归庄所写的《送顾宁人北游序》一篇[③]，最为详实可靠。这篇文章说，在崇祯之末（按，为崇祯十四年），顾的继嗣祖去世了，“一时丧荒，赋徭蝟集”，不得已拿田产八百亩典给邻人“叶公子”。这“叶公子”叫叶方恒，字眉初，后来在顺治年间还中了进士。当时他“凌夺里中”，是一名恶霸地主。他出的典价“仅当田之半”，还赖着不付钱，经顾家催到近百次，才支付了十分之六。经过苏州、昆山抗清运动以后的顾家，自然一天更不如一天，叶家就蓄意要下毒手，把田产吞为己有了。当时顾家有一家家奴世仆叫陆恩。在这里有必要插进来说几句：家奴世仆是明末清初中国后期封建社会阶级关系的畸形发展的产物。家奴世仆，并不是古代的奴隶，也不是中古的农奴，他们本身也可能是自耕农，小地主，甚至是不小的地主。他们为了逃避税役，宁愿投靠在缙绅地主家下挂名为家奴世仆。当然，一定的形式也必然有一定的实质，他们对主家也承担一些封建义务。陆恩和顾炎武，就是这种关系。“叶公子”既蓄意要吞没顾家的田产，就“钩致”陆恩，叫他叛顾家归叶家。单纯叛投还是小事，他要陆恩揭发顾炎武跟南明有勾结，为南明执行任务。陆恩是顺治九年炎武四十岁时叛投过去的，事隔三年，到顺治十一年亭林四十三岁时，看到局面

① 《赠路舍人泽溥》，《集》页298。

② 陈寅恪：《柳如是别传》下册，页1020、1044、1046处。

③ 《归庄集》上册页232～233《送顾宁人北游序》。

已发展到即将酿成大狱的局面，亭林返回故乡，将陆恩私自处死，丢到塘里去了。“叶公子”家自然也不是好惹的，也把亭林抓住，囚禁在家奴的家里，逼令他自杀偿命。经归庄、路泽溥等人的大力营救，还一度动用过钱谦益（牧斋）的社会影响力，这才把案子挪到司法机关，初审定为“杀无罪奴”，判刑重一些；后又移到松江，再审定为“杀有罪奴”，刑就轻了。“叶公子”当然不服，在南京纠集数十人，将顾从驴背上打下来，脑颅受伤。这事情再纠缠下去，怕是越缠越复杂化，所以我们的传主只好下决心到北方去活动了。

但事情也有说不清楚的地方。叶、顾为仇到如此地步，可是事隔十七年后，在山东济南、泰安，他二人忽又和好了，叶邀请顾同游泰山，还赠送了绸葛衣料；顾对一同游山的事虽然逊谢了，但还托叶调查有无卖书的藏书之家。《顾诗汇注》的作者王蘧常先生提出这个疑点[①]，说绝不是叶“屈于公论，幡然改悔”。确实如此。以鄙意思之，是否与亭林三个外甥在北京都是大官，有的还是康熙左右亲密臣僚，叶方恒之突然改变态度，是否与此有关？姑书此揣测之词，以俟后证。

第五章

从这一节开始，我们传主后半生二十五年的北方生活开始了。他先到山东。

一个江南人，初到北方，开始自然是很不习惯的。所以他的诗里出现的“人生只是居家惯”、“逾淮百里即荒郊”、“花时犹衣褐”、“觅妪先冬绽故衣”[②]等句子。他在一封写给语濂泾老熟人的信里说“寄食三齐”[③]。这时，他仅仅是对山东这个新环境熟悉一下，缔结一些最初的因缘。一开始，他大概还不理解山东和江南的风气是基本相同的。其实，这两块地面差不多，地主经济的恶性发展差不多，从而意识形态、风俗习惯也就距离不远。后来他往来山东者十余年，慢慢理解了：“齐民之俗有三，一曰逋税，二曰劫杀，三曰讦奏”，他亲自看到了“世族之日以散，贷贿之日以乏，科名之日以衰，而人心之日益浇且

① 王遽常：《顾亭林诗集汇注》上册《前言》页8。

② 《集》页327、332、339《淮北大雨》、《自笑》、《寄弟纾及友人江南》等诗。

③ 《集》页页205《答人书》。

伪，盗诬其主而奴讦其长，日趋于祸败而莫知其所终”[①]。最后，他在十二年后，终于遭到文字狱牵连，在济南坐牢七个月。假如没有三个阔外甥在康熙身边做大官，他这场官司也不会这么轻松了结。他写诗道：“齐虏重钱刀，恩情薄兄弟”[②]。本传作者出生在山东，但并不因上述种种，而感受任何的不愉快，理由很简单，地域是分割的，社会是共同的，只要封建后期地主经济比较发达的地区，总会如此。落后一点的，自然经济比重重一些的地方，如陕西，给我们传主的感受就好些，“秦人慕经学，重处士，持清议，实与他省不同”[③]，这就是说地主们向上爬的欲望小一点，互相倾轧的劲头小一点而已。

我们的传主离开江南第十二年年头上遭到了文字狱。我们就以这件大事作为段落的分界点，将自顺治十四年至康熙六年（公元1657～1667）、传主四十五岁至五十五岁这十一年，在他的一生中划成一个段落。我们要观察，在这一段落中，他做了一些什么活动？——包括反清复明的遗民活动和科学研究以及实际调查的活动？现在我们回答说，首先，从迹象上看，实际调查活动的比重，较前明显地加重了；遗民活动不能说没有，但更隐蔽了、更诡谲了。实际调查包括（一）对山东半岛中部（主要是青州）一些历史地理情况，结合文献碑碣，进行了一些落实；（二）对明朝蓟辽、宣大“三边”的历史地理形势，以及用兵攻守成败的经过，做了一些检查落实；（三）对太行山（包括北岳恒山）做了“反复”的旅行考察，有时自井陉口入，有时自飞狐口入，并且对山西有时自北而南，有时自南而北地进行调查。以上这些活动的收获，他考虑情况，分别纳入他的《肇域志》、《天下郡国利病书》、《日知录》等大型专著之中。有时写成专题小册或其他另种著作如《山东考古录》、《谲觚》、《金石文字记》、《营平二州史事》（已轶，仅余《地名记》），以及《北岳辨》等单篇文章。这种工作是十分艰苦的，他自己记述说，“比二十年间，周游天下，所至名山、巨镇、祠庙、伽蓝之迹，无不寻求。登危峰，探窈壑，扪落石，履荒榛，伐颓垣，备朽壤，其可读者必手自钞录”，“又以布衣之贱，出无仆马，往往怀毫舐墨，踯躅于山林猿鸟之间。或褊于闻见，窘于日力，而山高水深，为登涉之所不及者，亦岂无挂漏？”[④]他曾告诉他的外甥徐元文说：“必有体国经

① 《集》页36《莱州任氏族谱序》。

② 《集》页381《为黄氏作》。

③ 《集》页87《与三侄书》。

④ 《集》页28《〈金石文字记〉序》。

野之心，而后可以登山临水；必有济世安民之识，而后可以考古论今”[①]。谁说顾炎武够不上一个爱国主义者?! 这样地热爱着祖国的山川；这样地热爱着祖国的史迹；并通过考古和研讨历史，对祖国的社会生活利弊（田赋、税役、郡县、钱法、漕运、水利、军制、科举等）的兴革，表现为这样地热爱和关切；试问，这样的人不配叫爱国主义者，那什么人配去叫呢?!

除去以上叙述的之外，我们的传主在这十一年的活动中，还有两个分杈。其一，是他在四十八岁的下半年到四十九岁的上半年，花去一年的时间回南方去了。说是探亲吧，他并未回到故里，也未会见他的原配王氏夫人。他到了苏州和太湖沿边的几个地方（如洞庭东山），并远到杭州和绍兴。这次旅行的目的是什么？传主遗留的诗文中，不曾透露出来。根据我的揣测（声明：仅仅是揣测），有可能是到故乡一带料理过去的不动产和动产去了。因为他对老家语濂泾的老友（很可能是陈鼎和的孙子陈芳绩）大要叙述北去后生活的一封信里说，“寄食三齐，明年客北平，又明年客上谷，一身孤行，并无仆从，穷边二载，藜藿为飧。庚子南涉江淮，辛丑薄游杭越，乃得提挈书囊，赍从估客。壬寅以后，有仆从三人，马骡四匹”[②]，这里说，回南一趟，挂上了商人的钩，此后生活明显有所改善。并且更明显的是，他在五十三岁上一次典进了山东章邱大桑家庄的一千亩土地。假如不是江南的动产和不动产通过估客的汇寄陆续转移到北方来的话，他的一千亩地如何典得到手?

他活动的另一个分杈，是在五十一岁上专意去访问了关中。用意很明显，是对关中的山川人情做一个初步了解，跟他的“关中三友”（按，指李颙、李因笃、王宏撰）做了初步的探望和结识，为以后晚年的生活环境做一些早期的布置。关于这些，后面的章节还要加以叙述，在此就暂时从略了。

现在，让我们转回笔锋，来写一写我们传主初到山东之时，所交际的一些朋友吧。他渡淮之后，首先到达的地方是莱州府的掖县。大体山东半岛的中东部，按秦汉置郡的规模说，是三大郡：北海、琅琊、东莱。他先到东莱。似乎仍是沿着复社的线索，首先找到东莱赵氏。这赵家是世家大族，明万历时赵焕、赵耀、赵灿有“三凤”之称，到明、清之际赵士喆、赵士宽、赵士完、赵士冕等又有“五龙”之号。以赵士喆来说，他就曾带头杀掉李自成大顺政权派

① 《集》页205《答人书》。

② 徐元文：《〈历代帝王宅京记〉序》。

来的县官。据说他是原复社的成员，后来山东“大社”的组织者[①]。在掖县，还结识了一位任唐臣。唐臣，字子良，顾从他手里借到宋朝吴棫（字才老）的《韵补》一书。原来，在江南时，顾炎武的代表著作《音学五书》，特别是该书的最中坚、最显示功力的部分——《唐韵正》，已经初步完成。试想，在“混迹同庸贩，甘心变姓名，寒依车下草，饥糁鬲中羹”的条件下，完成了像《唐韵正》这样的著作，没有毅力的人怎么能想象呢？我们的传主对吴棫这部书在江南“仅见于后人之所引而未得其全”[②]，这次遇到了。经过研读，才发现吴棫对古今声韵的审定和安排，一半是符合实际的，一半不符合。顾炎武写了订正的文章，叫《〈韵补〉正》。从莱州，他又到了即墨黄家（后来的文字狱牵连就是由此而起），游了崂山，然后西去济南。

在济南，他结交了平生重点的朋友张尔岐。据清末的罗有高说，顾炎武有一次逛山东通志馆，听见有人在讲《仪礼》，顾自然知道这部书是很难懂、很难讲的。于是驻足听之，洋洋缅缅，条贯井然，滔滔讲下去，顺理成章。顾大惊，打听附近的人，人们说“是故乡里句读师张生也”。第二天凌晨，顾炎武非常恭敬、非常礼貌地去会见张尔岐，从此结成终生的学术朋友[③]。按张尔岐，字稷若，号蒿庵，济阳人，比亭林年长一岁，生明万历四十年、卒康熙十六年（公元1612～1677），终年六十六岁。据他自述说，自从可以追述到的祖先，全是农民。自他父亲才到湖北石首去当了几天驿丞。根据他父亲的好友王无瑕替他父亲写的墓志说，当明末满洲兵大掠畿内、山东的时候，张尔岐的父亲曾亲手打伤八人、杀掉二人，满洲兵自济南退兵时，就把他带在路上杀害了。张尔岐念父之痛，用诗经中“匪莪伊蒿”之意，自号蒿庵。亭林结交他，也寓有二人家族同是受害者的一层意思。

拿张尔岐跟顾炎武比较，张在博学见闻方面，自然不及顾；但顾又不及张的思维能力高。张的理性抽象能力很突出，他自述说“性好沉思；喜论著”[④]，他的好友李象先（焕章）说他为人“外和内刚”，他的作品是“盖以理胜辞者”[⑤]。他的独立思考能力很强，举两个例。其一，对于《老子》，他有自己的

① 赵琦编：《东莱赵氏家乘》。

② 《集》页132《吴才老〈韵正〉补序》。

③ 罗有高：《张尔岐传》（见《蒿庵集》附录）。

④ 张尔岐：《蒿庵集》卷3《蒿庵处士自叙墓志》。

⑤ 李焕章（象先）：《蒿庵集旧序》。

看法。他认为《老子》固然不能跟“六经”等同，但假如跟浮屠、神仙等学说等同，也太过分。后世的人讲老子，各讲各的，像水中掺了盐就咸、掺了蔗就甜、沏了茶就苦一样，都不是原来的水味了。所以他读《老子》不读注解，只读原文，发扬独立思考，读来读去，“遂觉大义犁然”[①]。本书作者在钻研《周礼》过程中，也曾有类似的感受，故能亲切体会张尔岐的治学方法。其二，对于《周易》，他说，天下的人，天下的事，天下的物，所有这些的运动变化都可以统摄在六十四卦和三百八十四爻之中，因为这六十四卦三百八十四爻已具备了运动变化的影似。“影似”二字，实在太妙了。他说的“影似”，就是理性思维的抽象作用。他说：“质言则专，专言则滞，故愈详而愈多失。拟其影似，则略于事而言理，略于理而言理之象。于是乎事所不得兼者理得而兼之；此之理不得兼彼之理者，理之象则无不得兼之也”[②]。这就等于近代哲学上大家常说的，我们在进行抽象概括的时候，要丢掉很多感性的和琐节的东西这层意思。

顾写信给张，表达自己的做人为学主张，提出两句口号：“博学于文”，“行己有耻”[③]。张在复信中即刻指出，这两句话的意义不是均衡的，应以后一句为统摄。一个人只要切实实践，那么他进行调查研究，可以有用；即便抽象思维，也可以有用。假如他不切实实践，不按真理办事，那么他务虚是空的，即便务实，终朝调查研究感性事物，到头来也只落得个玩物丧志而已。从这场辩论中，我们可以清楚看出，张尔岐的思维水平比我们的传主要高一些。当然，张尔岐也有感性的考据著作《仪礼郑注句读》，顾很欣赏，替他写了序。除张之外，顾在山东还结交了诗人桓台人徐夜（字东痴）、小考据家长山人刘孔怀、以及邹平人马骕（号宛斯），他的《绎史》一百六十卷是综合体“先秦史”的早期试探性的专著。

像在山东结交了张尔岐一样，他在山西也结交了一位重点的朋友傅山。但傅和张很不同。张是一位乡下私塾里的句读师，局面不大，基本上没有活动。傅却不然，他从明朝末年就为宦官迫害正派官吏的事，发动山西士子到北京去请过愿。明亡以后，顺治十一年，他又牵连到一件案子里，这案子我们后人反复考察，才得知是跟南明永历帝和李自成余部“夔东十三家”将领刘体纯、郝

① 张尔岐：《蒿庵集》卷2《老子说略序》。

② 同①《周易说略序》。

③ 《集》页40～41《与友人论学术》。

摇旗派来的专门信使宋谦这个人发生单线联系而引起的。这里我们不准备大量引证。有兴趣的读者可以查读邓之诚《骨董琐记全编》，在其页586～598处，有七千余字的记述。国家第一档案馆所藏《顺治题本》第九六：八九号中有更详确的宋谦供辞。宋谦从广西到北方，指定他活动的地点是两个，一是太原，这是傅山居住的地方；一是河北永年、曲周，这是大诗人申涵光（凫盟）居住的地方，申又是苏州洞庭山“三路”的妹夫。而我们的传主顾炎武在这一带地方活动，也恰巧是在这两处地方着落。从这条线索上，不是十分耐人琢磨的吗？

傅山，字青主，明万历三十五年生，清康熙二十三年卒（公元1607～1684），终年七十八岁。太原人。年长于顾六岁。是一位思想家、文学家、画家、书法家和广泛为人治病的中医。他的著作专集叫《霜红龛集》。他和顾交游可谓极密，但双方诗文集中留下的痕迹很少，只不过互相酬唱的几首诗[①]。这也是不难理解的：要害的东西统统删掉了。举一个旁证。顾在三个外甥中跟第三个徐元文关系最密切，但我在上海图书馆借读苏州潘道根氏手抄《含经堂集》六大本，简直一首怀念舅父的诗文也没有。这也不难理解：删掉了。从这种诗文唱和稀少的情节中，我们应该体会到的不是疏远，而是亲密和保密。

在山西，我们的传主在代州以东、五台以北，大体说是滹沱河的上游地方，曾经跟李因笃联合经营过“民屯”那样的事业。关于这件事，文献记载太少。怎样办起来的，后来怎样结束的？都不清楚。只是我们传主在给他徒弟潘耒的信中说了这件事，所以只好引录书札原文。他说：“近则稍贷资本，于雁门之北、五台之东，应募垦荒。同事者二十余人，辟草莱，披荆棘，而立室庐于彼。然其地苦寒特甚，仆则遨游四方，亦不能留住也。彼地有水而不能用，当事遣人到南方，求能造水车、水辗、水磨之人，与夫能出资以耕者。大抵北方开山之利，过于垦荒；畜牧之获，饶于耕耨。使我泽中有千牛羊，则江南不足怀也。”[②]看起来这是政府放口，私人承包，招雇农工，还准备从先进地区引进手工业技术条件，并且经营开矿和畜牧。可是这件事为什么后来没有下场了呢？容俟后考。

---

① 《集》页359～360《赠傅处士山》、《又酬傅处士山次韵》、页394《寄问傅处士土堂山中》；及《霜红龛集》。

② 《集》页140～141《与潘次耕》。

第六章

在我们传主的五十六岁上，时康熙七年（公元1668），从春三月到冬十月，他在济南府蹲了七个月的监狱。这跟三十三岁上参加苏州府和昆山县抗清起义，同是他一生中顶顶重要的节目。

这是受了文字狱的牵连。这件案子，必须从即墨说起。顾初到山东，先来掖县，继到即墨。即墨有个黄家，是缙绅之家，他们的老人黄宗昌在明朝当过御史。其后代，已经出来替清朝做官了。黄培，明末做过锦衣卫都指挥使；黄坦在清朝任浦江县知县；黄贞麟任清朝凤阳府推官。本来好好地，可是发生了“奴变”。正如顾家发生过陆恩事件一样，这家的家奴原姓姜，投靠以后随了主姓，黄宽、黄瓒、黄元衡祖孙都是家奴世仆身份。可是到黄元衡，借了高密县籍考上了举人，中了进士、入了翰林：做了大官。做了大官，要求归宗姓姜。是否由于“主”、“奴”之间有什么“名分”上的纠缠，不得而知；但这姜元衡则立意要翻这主仆的名分之案。他的办法，就是讦告（揭发）黄家曾刻过、藏过“悖逆”书籍。案子已经审理了三年，忽又生出枝节，说其中一种叫《忠节录》（原名《启祯集》），苏州陈济生所辑。按，陈济生字皇士，是亭林的姐夫。曾编著《启祯两朝遗诗录》八卷，以奄祸死者为一类，乙酉殉难者为一类，起义肥遁者为一类，有诗有传。后经讦告，姜元衡出首一百二十余页，沈天甫出首三百十六页。[①]据说顾炎武到即墨黄家时曾发刻此书，其中有《顾推官传》一篇，内有“晚与宁人游”、“有宁人所为《状》”等语。这就把顾炎武牵连在内了。这姜元衡专有《南北通逆》一禀，大体揭发“故明废臣与招群怀贰之辈，南北通信，书中确载有隐叛与中兴等情，或宦孽通奸，或匹夫起义，小则谤讟，大则悖逆”、“北人之书，曰斩虏首、拥胡姬、征铁岭、杀金微……又有悬高皇帝像恸哭等事。”[②]这件案子奉旨审理。自然要发文到江南昆山追捕顾炎武归案。这时他正在北京三个外甥家里，三个外甥都是大官，为了他们的亲母舅、也为了保自己官位不动摇，他们当然商量对策，决定由顾主动向济南山东巡抚衙门投案。于是顾在德州李家把一些会惹是生非的信札焚毁掉、并建

① 缪荃孙:《艺风堂文别存》卷3。

② 张穆:《顾亭林年谱》页57～59，康熙七年条。又见《集》页231～233《与人书》。

立了狱外狱内的通信线路[1]之后，就住进监狱，“日以数文（钱）烧饼度活”[2]。兼以是年阴历六月十七日戌时又遭遇了以郯城为震中的特大地震，我们传主的这段生活可够艰苦的了。

在这里，有必要插进来说说顾的三个外甥。原来比顾小三岁的胞妹在十五岁上嫁给邻家的徐开法（字慈念），生了四个儿子，除最幼子徐亮采是一般的仕子外，前边三个徐乾学、徐秉义、徐元文都是进士，都是大官。徐元文，字公肃、号立斋，顺治十六年进士，后来官至文华殿学士，在康熙身边备顾问；徐乾学，字原一、号健庵，康熙九年进士，后来官至刑部尚书；徐秉义，字彦和、号果亭，康熙十二年进士，后来官内阁学士。这三个人与顾炎武论行辈是舅甥，论年龄不过比顾小在二十岁上下，跟李因笃、李良年、朱彝尊和顾的年龄比例差不多。他们舅甥间关系是“一分为二”的。一方面他们是骨肉之亲，顾到北京也不断住在他们家里，遇到患难时（如济南入狱事件），自然也不可能不暗中动用势力给予援手。另一方面，他们的政治立场不同，一方坚决抵制清朝，一方坚决为康熙服务，哪一方也绝对做不到使对方改换立场，即便缓和一下立场也很困难。这些情况，双方不言而喻。这段过节，也是我们的传主生活中的一件要事，不能不在这里插叙一笔。

这件案情，本来可以不必扩大化到顾炎武身上的。但事实上是牵连到了；按传主的嗣子衍生的原始记载，“是狱为谢长吉主唆”[3]；在“原谱”的康熙四年条下，顾衍生又曾记载说：“先是章邱人谢长吉（世泰）负先生赀若干，至是以田产偿焉”[4]。一旦扳倒了顾炎武，那么欠赀可以不偿，白白收回一千亩庄田。可惜“若干”二字，未曾道出原款的数字。此款想是上文本书作出推测自千墩等地转移来的动产和不动产的折价。但谢长吉大概未曾预料到：顾炎武虽然具备着不利条件（《启祯集》等事是干巴巴的事实），但也具备着如下的一些有利条件：（一）《启祯集》的事，在一年前刚刚折腾过一次的了，那时有个“欲图三品前程”的沈天甫和棍徒施明等揭发此事，欲罗织江南、北名士如明宰辅吴甡之孙吴元莱等，经康熙亲判将主犯四名处斩过了。皇帝的批示是永恒有效的，现在再拿同书来扳牵，已经失灵了。（二）顾炎武可以抵赖。对反

① 《集》页234～235《与人书》（《亭林轶文辑补》）。

② 同上注。

③ 吴映奎：《顾亭林年谱》页31，康熙七年条。

④ 同上注页27，康熙四年条。

动统治者抵赖，不是坏事；向他们投降出卖，才是坏事。我们的传主是很擅长辩理的，他一口咬定，如何才能确切证明这里牵及的“宁人”就必定是“顾宁人”?（三）他有阔外甥暗中使劲。据他写给大外甥徐乾学的信说，“公肃之来，正当其时”[①]。这些山东的昏庸官吏“对簿析辨，俱是皮毛之语”，他们不管具体情节，只管谁的“后台”硬，现在居大皇帝左右的顾问之臣亲自到临，原来“院示取保而不得保，准保而不得出”的，现在既可准保，又可得出，并且棍徒谢长吉碰了一鼻子灰，千亩之田“姑备公肃之名管业”[②]，这一管就管到七年之后，才脱手卖出去。在未脱手的七年之内，顾还继续动用权势，通过对章邱县令施加压力，来控制庄田上的经济利益，这笔经济利益的具体数字是年租一百六十两[③]。他给徐乾学的信说，“章邱庄事托之魏令，且以币往；复书一力照管，收租办课矣。但必得取到庄头《揽状》付来为凭。而索之至再，尚未寄至。吾甥到京，幸为我特作一书与之，从提塘发去，……”[④]从以上种种，我们可以窥见我们的传主动用权势，不但可以免祸、还可进而获其私产利益的一斑。

当然除了外甥之外，很多好朋友，都设法营救。顾自己说“富平李天生者，三千里赴友人之急，疾呼辇上，协计橐饘，驰至济南，不见长官一人而去”[⑤]。又当时朱彝尊（竹垞）恰好要到山东巡抚刘芳躅处担任幕僚，颜光敏（修来）赠别他的诗里，有句说“讼庭尚有南冠客，莫向燕台思故人”[⑥]。德州程先贞（正夫）也有诗相牵罣，诗曰“秋意被梧桐，回荫复庭阯。悠悠我所思，乃在明湖水。萋菲彼何人？南冠贽钟子。援琴非不工，谁能察识此?！黄鹄罹罗网，毛羽纷难理。何时远翱翔，一举横千里。[⑦]”

现在，案子过去了。这件事在我们传主的各个方面不能不带来影响。从我们客观方面观察体会，至少带来如下三方面的转变。

其一，他具体感受到了亲戚关系的重要，特别是他的三外甥和大外甥给他

① 《集》页203《与原一甥》（《蒋山佣残稿》卷2）。

② 同上注。

③ 《明清稀见史籍叙录》页257《蒋山佣残稿》（抄本）。

④ 《集》页190《答原一甥》（《蒋山佣残稿》卷1）。

⑤ 《集》页202《与人书》。

⑥ 顾光敏（修来）:《乐圃集》卷7《送朱锡之济南》三首之三。

⑦ 卢见曾（雅雨）辑:《国朝山左诗抄》卷7《寄顾亭林》。

的援助，使他不能无动于衷。所以在此后的一些年份里，这位舅父到北京的次数加多了，并且住在庙里的情况减少，住在外甥官邸中的情况加多。自然，他仍然在思想上“划清界线”，试观他的诗中出现“蓟门朝士多狐鼠，旧日须眉化儿女。生女须教出塞妆，生男要学鲜卑语”[①]，在他的书札中也说“吾以六十四（岁）之舅氏主于其家，见彼蝇营蚁附之流，骇人耳目”[②]。乾隆间赵翼（瓯北）在《檐曝杂记》中有一段记载，读者可以参阅[③]。这种情况一直持续到康熙十七年他六十六岁，朝廷徵聘“博学宏辞”，他以死抵制，自此之后，他的足迹就未再莅京师了。

其二，他原本是计划在山东住下的，经过吃官司的考验，他感到山东也跟江南一样，风气浇漓，不可以定居，所以有意识地向西北转移。六十岁前后，他经常在太原以北的静乐居停；六十三岁，他接受傅青主根据脉象说他仍可生子的判断，在静乐纳了妾，并在太原以南的祁县戴廷栻（枫仲）家立了书堂，把他各地旅行搜集来的书积贮在那里。但后来发生了戴的儿子偷窃亭林白银五百两的案情，两家吵翻了，亭林一再追索此款，弄得大家很僵。所以定居地点，又向华阴或富平作试探性的转移。

其三，我们的传主明显感到对自己平生的撰述，有陆续料理的必要了。在五十岁上，他已经对自己二十七岁以来所抄辑的有关社会、经济、地理、兵防等的大量材料，进行了粗略的料理，把偏重历史地理的部分，叫《肇域志》，把偏重社会经济、如赋役兵防等方面的，叫《天下郡国利病书》。两种书前各写了一段很短的题记，说“糊口四方，未遑删定”、“叹精力之已衰，惧韦编之莫就”、“年老善忘，不能一一刊正”、“存之箧中，以待后之君子”[④]云云。他平生带有“绝着”意味的代表作《音学五书》，则早在山东案发的前一年（康熙六年，本人五十五岁）在淮安付刻了，他写了第一篇序；十三年后，到康熙十九年他六十八岁时，又写了第二篇序。这部积累三十余年、“过山川亭鄣，无日不以自随”、“五易稿而手书者三”[⑤]的著作，总算在好友张弨（力臣）父子的大力协助下，在作者生前见到了它的出版。至于另一部代表作《日知录》，

① 《集》页402《蓟门送子德归关中》诗。

② 《集》页167《与潘次耕札》。

③ 赵翼（瓯北）:《檐曝杂记》卷2“徐健庵”条。

④ 《集》页131《〈天下郡国利病书〉序》、《〈肇域志〉序》。

⑤ 《集》页26《〈音学五书〉后序》。

则生前只出过八卷本，那是在康熙九年本人五十八岁上付刻的；六年之后，康熙十五年本人六十四岁时写了一扁《自序》，说六年前的八卷本出版以后，自己认识到“学之不博，见之不卓”，所以积稿虽已二十余卷，仍以旧本行世。他自述说，“昔日之得，不足以为矜；后日之成，不容以自限”，这是十分科学的态度。他又表示他著书立说的主旨，在于“明学术，正人心，拨乱世，兴太平”[①]，这跟宋朝张载（横渠）的“为天地立心，为生民立命，为往圣继绝学，为万世开太平”的志向，是同样的伟大。至于这部《日知录》足成本（三十二卷本）的问世，则要迟至八卷本之后二十五年，由其弟子潘耒在福建刻成的了。

第七章

现在，“三藩”的事变开始了。

我们传主一生中最后八年的时光，是和“三藩”起事从发动到失败的过程，恰好相伴随着的。康熙二十年（公元1681）冬十月，清兵攻入昆明，吴三桂的孙子吴世璠服毒死，“三藩”起事彻底扑灭；第二年正月初九，我们的传主便在山西的曲沃逝世了。他临终赠给李因笃的古体长诗中说“四海竟沦胥”[②]，这是用了《诗·大雅·抑》篇“沦胥以亡”的典故。假如我们用粗俗的话翻出来，就是说“一切完蛋了”。但必须说明，完蛋了的是明朝人士的复国运动；不完蛋、并且从此日益强盛了一百多年的，是以康熙为代表的大清帝国。顾炎武失败了，康熙胜利了：这就是历史的曲折。

“三藩”是清史前期的一桩大事。由吴三桂带头发动。提起吴三桂，引清兵入关的是他，杀明桂王于昆明的也是他，他自己写就的历史就说明他是一个反复无常的军人，一个昏庸腐朽的割据者。对于历史，他几乎不起什么正面的作用。可是吴三桂仅仅是个个人，但“三藩”就不仅仅是个人了，它是一场社会变乱，一场风暴。它是清朝势力和一切反清朝势力的又一场较量，一场最后的角逐。陕北农民战争时期的老干将，如马宝（绰号“两张皮”）和王辅臣（绰号“马鹞子”）都参加了；很多南朝小政权底下的文武忠贞臣僚也参加了；知识分子如写《读史方舆纪要》的顾祖禹一听说“三藩”起事，就立刻跑到福

① 《集》页27《初刻〈日知录〉自序》。

② 《集》页426《酬李子德二十四韵》。

建参加了耿精忠的幕府。大家对这场风暴，都抱有幻想，抱有期望。而事实上，当时康熙和吴三桂中间，是一个“平局”。半个中国在康熙手里，半个中国在“三藩”手里。双方以三个地方做主要交绥点。其一在洞庭湖北沿的华容，清军在此长期取不到优势。其二在萍乡，目的是尽力防御，使福建的反清势力不要扑过来，不要跟云、贵势力连成一片。其三在甘肃的平凉和宁夏一带。这时出现了一个甘肃提督张勇。这个极其普通的军官，在这个历史的关头上，却成了严重影响时局的砝码。吴三桂多次派人前来勾引，他却坚决支持康熙。他替康熙稳住了西北，又派他的两个部下王进宝和赵良栋像两把尖刀一样插入四川，直指昆明。康熙给这个极其寻常的军官加到一等侯，“听一切便宜从事”[①]，张勇入京觐见，准肩舆至乾清宫。张勇十二次疏辞，俱下诏勉留。这是什么意思呢？张十二辞的意思是说，朝廷依靠依赖的是“八旗”，而我则是汉将，所以要有自知之明，随时准备靠边站。康熙勉留的意思是说，我已看出，氏族性“八旗”兵在原明朝后期封建的社会浸染中，已经有蜕化变质的迹象，此后我要转变策略，重用汉兵汉将，而这种策略的转变，就自你张勇开始。在这类的“宏谋远略”之下。“三藩”终究失败，康熙的江山终究稳定下来了。

顾炎武是明遗民，是明遗民运动的活动家。理所当然，他盼望康熙失败，寄希望于“三藩”。但他又很诡谲，不像顾祖禹那样书生气十足，那么天真地跑去参加。他要观望观望形势。这期间，他和他的“关中三友”[②]的关系一天天密切起来。“关中三友”指李颙（中孚）、李因笃（天生）、王宏撰（山史）。二李一王。“关中三李”的另一位李柏（雪木），顾仅仅和他有通音讯的关系，似未尝谋面。

现在，让我来比较详尽地叙述一下我们的传主与其“关中三友”的关系吧。

李颙，字中孚，陕西周至人，学者称“二曲先生”。生明天启七年，卒清康熙四十四年（公元1627～1705），终年七十九岁。他小于顾炎武十四岁。他二人有很相投的共同点，也有很抵触的思想体系。相投合处是二人都坚持明遗民立场，不管如何威胁利诱都不屈服，这一点他们是彼此信得过的。抵触之处在于，李是陆、王体系，顾是程、朱体系。顾主格物，通过格物达到致知，重

① 李因笃：《续刻受祺堂文集》卷1《靖逆侯靖逆将军谥襄壮张公传》。

② 《集》页63《与李星来书》。

点在于“博学于文”；李主致良知，先求于“内”，再及于“外”，重点在“悟”。康熙二年，顾第一次来访的时候，李就指出“抛却自家无尽藏，沿门持钵效贫儿”[①]，据说顾为之怃然，也就是不很愉快吧。但后来顾写信给朋友，提到李的时候说：“中孚虽从象山入手，而近颇博览，与吾交亦更亲于昔。[②]”可见学术争论不影响友谊，二人交错一下，顾多务点虚，李多务点实，都没有什么坏处。

“三藩”起事后，《年谱》说“是时云、贵构乱，蜀、汉尽陷，周至密迩南山，敌人盘踞于中，土人往来私贩者，传敌营咸颂先生风烈，先生闻之大惊，亟拟渡渭远避。[③]”恰好富平县令郭传芳（九芝）来迎，遂移家富平之军寨。《年谱》又说，“顾宁人自山左来访，因寓军寨之北，密迩先生，时至卧室盘桓，语必达旦”[④]。这是康熙十六年的事，“三藩”八年已至半局。是年九月，王山史（弘撰），亦自华阴来会，事后写有《频阳札记》[⑤]一篇，记述他以著作《正学隅见述》一种向二曲请教，二曲也以著作《格物说》一种向山史请教，山史也流露了对二曲的看法“其所从入，似得之禅”[⑥]，因为山史也是朱子体系。在“三藩”全国叛乱的烽火中，他们聚居在富平一隅探讨学术，倒也是避嫌远祸的一种好办法。自然，他们暗地里还议论一些什么，我们就不得而知了。

李因笃字子德，号天生，陕西富平人。生明崇祯四年，卒清康熙三十一年（公元1631～1692），终年六十二岁。顾炎武和他的关系，其亲密程度怕是超过任何另一位朋友。顾对李评价也非常高。在一封信里，誉他为“康成、子慎之辈”[⑦]；康成，指郑玄；子慎，指服虔；都是东汉的大学者。有一次在太原对傅青主说：“今日文章之事，当推天生为宗主。……（钱）牧斋死，而江南无人胜此矣”[⑧]。他二人早在康熙二年（公元1663）在代州订交，到康熙十六

① 吴怀清：《三李年谱·二曲谱》卷1页18。

② 《集》页168《与潘次耕札》。

③ 吴怀清：《三李年谱·二曲谱》卷2页7～8。

④ 同上书，卷2页10。

⑤ 王弘撰：《砥斋集》卷4《频阳札记》。

⑥ 同上。

⑦ 《集》页202《与人书》。

⑧ 傅山：《霜红龛集》卷9《为李天生作十首》自注。

至十七年（公元1677～1678）再来，他们相交已十四五年了。顾的诗说：“忆昔论交日，星霜一纪更，及门初拜母，让齿忝为兄……”[1]，简直像亲兄弟一般。他们二人中间，有很多共同点，或者说共同的事业。其一，是治古音韵，顾炎武《音学五书》书首除列前后两自序外，就列了《答李子德书》，这封信全长三千五百余字，是一篇开始发现先秦人作诗协声之道与唐及唐以后之叶韵规律是不相同的——一篇准备“发凡起例”的大文章，而这封信是写给李因笃的，还说，“非托之足下，其谁传之?!”《五书》中，又不断插入“李因笃曰”。其二，是做诗的好朋友。二人都是杜诗的崇拜者，都主张“诗必盛唐”[2]，常常在一起做诗，例如顾临终前在山西曲沃收到李因笃的七律五首，马上答了古体诗二十四韵，写完这首诗就死了。可见临终也要唱和酬答的。不过，顾诗与李诗也有很大不同，李专摹拟杜甫，顾不专门崇尚摹拟；顾在崇尚“盛唐”之外，还主张诗要“言志”，诗中要“有我”[3]；此外，顾爱做古体五言，李则古近体全做，七律五律特别多。最后一点，李用诗做交际工具的习惯很浓厚；顾则不然，他不用诗滥作应酬。其三，他二人从很多迹象看来，是一同进行了很多遗民活动的，但在诗文中不表露。有时，顾对李立场不严表示愤慨，如在清朝征集“博学宏辞”时，李因笃不但本人参加了，还企图拉李颙下水，顾炎武立即写信去，“足下身蹑青云，当为保全故交之计；而必援之使同乎己，非败其晚节，则必夭其天年”，又说“愿老弟自今以往，不复挂朽人于笔舌之间”[4]，这个脾气，是发得不小的。李因笃是个广交游的人，有时不免于滥一点。

王弘撰，字无异，号山史，陕西华阴人。生于明天启二年，卒于清康熙四十一年（公元1622～1702），终年八十一岁。王与顾的身世差不多，顾的曾祖父和王的父亲都做过明朝的南兵部侍郎。顾、王二人，曾多次一同祭扫昌平鹿马山下明思宗的陵墓，王弘撰还自号鹿马山人。王是一个综合性的学者。(一)他对理学有修养，也有专著。他在朱学和王学之间，虽然也标榜是朱子学派的，但对王学不持“一骂到底”的态度，他不断转述明末关学大儒冯从吾（少墟）的观点，说王阳明“致良知”三字“真得圣学真脉”、“泄千载圣学之秘”、

① 《集》页407《过李子德》。

② 李因笃：《续刻受祺堂文集》卷1《许伯子茧齐诗序》。

③ 顾炎武：《日知录》卷21“作诗之旨”条。

④ 《集》页75～76《答李子德》。

“有功于吾道不小”[①]。只对阳明“四句训”中的第一句“无善无恶心之体”一句，意见甚大。（二）他对金、石、书、画，很有研究，精于鉴赏，富于收藏，顾的《金石文字记》一书中经常插入“吾友王山史曰”。他本人也擅长书法。（三）他对写文章也有一套风格，主张“简”、“淡”、“洁”。他自己身体力行这种文艺观点，文章都写得很短。在明末清初，只有他和张贞（杞园）具有这样的文章风格。除此之外，他和顾都是“以游为隐”的人，顾晚岁二十五年一直在北方，在山东、山西、陕西一带不停地旅行着。王中年以后，四游江南，在南京、苏州、扬州一带旅行，还远去福建的泉州。一个南人，一直在北方往来，一个北人，一直在南方往来，“事不可以无稽也，而竟莫之能稽。”[②]

我们的传主，自从看出山东地主阶级的风气非常浇漓、非常险恶以后，他就想在西北经营个晚年居老之地。山西祁县的书堂撤销以后，有四年光景（自六十五至六十九岁），他一直企图在华阴王山史家相邻近的地处居停下来，渡过晚年。可是为什么在六十九岁八月（距逝世仅仅五个月），又突然去了河东（山西的曲沃），并且在那里死去呢？这个问题，未见有人提起。我不揣谫陋，对此有所探索，记之于下。

顾炎武到曲沃后有《赠卫处士蒿》一诗[③]。卫蒿，曲沃人，与亭林同岁，和曹良直、傅山相友善。顾在这首诗中说“旅怀正郁邑”，意思是心里很不愉快。在同一首诗中，他有两句是：

逄萌既解冠，范丹亦绝粮。

按，逄萌、范丹事，均见《后汉书》。逄萌，王莽杀了他儿子（因为他儿子在王莽门口夜中洒了血），他被迫要逃往辽东去了。临行时说：“不去，祸将及人”[④]。顾使用这个典故，是说他本人不离开华阴就要倒霉了，所以绝粮也要出走。复按李因笃《受祺堂诗集》中有《哭顾宁人先生一百韵》诗[⑤]，中有句云：

彼网欣甫鹤，维巢讶类鸢。

---

① 《冯恭定公全书》第10册《答黄武皋侍御》。王弘撰：《山志》卷5。

② 王源：《刘继庄传》。

③ 《集》页426《赠卫处士蒿》。王蘧堂：《顾诗汇注》下册，页1070～1072。

④ 《后汉书》，中华书局标点本第10册页2759（卷83，《逸民》卷73）。

⑤ 李因笃：《受祺堂诗集》卷25（页3）。

意思是这只孤鹤被一只网子套住了，他在华阴本来是想造个巢的，“维鹊有巢，维鸠居之”，现在不是鸠占了巢，占了巢的却是一只怕人的鹞鹰！试看这些诗意，都非常隐蔽。再按，李因笃《续刻受祺堂文集》中有一封《与顾太学》的信札，是亭林逝世后写给他侄子的，信中嘱咐了一些如何安排亭林身后的事，其中忽然说：

晚涉河东，将有菟裘之计。

“菟裘”一典，见《左传》隐公十一年，意思是归老之所。顾炎武归老的“菟裘”，不是四年来一直定在华阴吗？怎么又到运城、曲沃去另营“菟裘”?！逻辑推理的结果，是华阴作为“菟裘”已经不行了，呆不得了，那里有鹞鹰在盘旋。再不离去，祸将及人。什么祸？是王山史驱逐他吗？第一，王山史不在家，到江淮旅行去了。第二，亭林《广师》说“笃于朋友，吾不如王山史”，他绝不是个对不起朋友的人。想来想去，这个迫使顾不能不离开华阴的，是甘肃提督、靖逆将军、靖逆侯张勇和他的儿子、大理寺卿张云翼（字幼南）。顾衍生《原谱》记载着：“康熙十七年冬，张廷尉云翼承父命以聘来迎往兰州，坚辞之。”“康熙十八年十二月二十七日，张廷尉云翼半夜告访。”“半夜告访”，很不礼貌，形同搜查。顾即刻写信去，请张幼南转达乃翁，他住在华阴，绝无“自立坛坫”、“讲学聚徒”、“奔走天下之人”的意图①，请军事当局放心。但当时“三藩”战局正紧，绥靖的需要量很大，所以顾炎武不晓得接受到了什么样的信息，只好突然离开华阴，死在山西曲沃去了。我们传主的一生，至此终止。

第八章

截止到以上各章节，我们传主的生平事迹大体上勾勒出来了。现在，应该有一定的篇章来谈谈他的著述。因为他是一个因著述而留名青史的人；不谈著述，就无从从灵魂上懂得他。

顾炎武的著述很多，稿子都带在身边手头。他本人在曲沃逝世之后，他的堂弟顾岩从江南来，把稿子统统合拢起带到北京，交给徐乾学和徐元文了。据

① 《集》页86及208～209《复张廷尉书》与《祝张廷尉书》。

说这两位外甥对舅父的遗稿也不太重视[1]，致一部分散失了。现在有好多种有目无书。本书作者不拟在著述目录方面，在这里多事考求。我仅择其有代表性的三种，予以阐述。

首先，要谈《音学五书》，因为它是代表作中最富有代表性的。

《音学五书》是一部古声韵学的专著。古声韵学，是一个比较窄狭的学门，对此学门深感兴趣者，怕不是很多。但我们的传主是这一学门的主力开辟者，从中显示了一个学者的创发能力。他在创发过程中所结构出的这部《音学五书》，又是一部精严的科研成果。那么，了解一下他是如何开动他的创发力的？他是如何结构成这么一份精严的科研成果的？这就不再是一个窄狭的课题，而是很多科学工作者，特别是科学工作者的后一代接班人，所可能深感兴趣的了。

大体一桩科研工作摆在眼前，在展开它并取得成果之前，一般要经历三个程序。第一个程序是客观上存在着情况（也就是矛盾），主观上也觉察了这一情况，于是就动意要弄清这一情况的究竟。这个动意，就是发现了问题；从科研上说，就是遇到了题目。第二个程序，是着手来处理与这题目有关的一切问题。这就至少需要两样东西：思维和毅力。没有思维，遇到问题和困难时开不了窍，打不开局面。没有毅力，容易遇难而退，半途而废。中国人爱说高明和沉潜这两个词。科学研究就是既需要高明的力量，又需要沉潜的力量。二者结合起来，才能攻关陷阵。第三个程序，是取得成果以后，总括起来，推广下去，开辟出一条学术上的路子。这条路子，不仅创发者自己走下去，而且带起多少人一起走下去，这就开出很多、很大的花朵。

现在，让我们拿我们传主的事例来进行印证吧。旧时代的知识分子，一上来就要读“经”。这样做，主要是为了考科举，但一部分人也不尽是这样。所谓“经”，就是圣贤之书。它在意识形态界，具有绝对权威。它的种类也在不断孳多：五经，九经，十三经。经文之外，有注疏。从孩子时期，不管懂与不懂，就要这么念，这么啃。古人比近代人，更喜欢用韵语。《春秋左传》中进行外交谈判、进行宴会，都少不了韵语（中世纪蒙古人和伊斯兰诸国人也有这种好尚）。《尚书》中有韵语，《易》中韵语更多一点，《诗》（“三百篇”）中处处都是韵语。但古经传到当代，历二千年。有些韵语，当代依然上口；有另

---

① 何焯：《义门集》《〈菰中随笔〉序》。

外一些韵语，当代人读起来就不对头了。于是，发生了“改经”的事。这就是我们传主发现的情况。唐玄宗改过经，朱熹也改过经。他们感到不对头就改。可是顾炎武又感到他们的改也不对头。举一个例。《尚书·洪范》篇有个句子：“无偏无颇（po），遵王之义（yi）”，后代人读起来不协，唐玄宗就以诏令方式宣告，改“颇”，为“陂”。这样“无偏无陂（pi），遵王之义（yi）”就协韵了。但顾炎武从体会古书的经验中感到“义”字古读若“我”。“无偏无颇（po），遵王之义（o）”，很协韵，很上口，这就是《音学五书》的起点。也就是他展开科学研究的起点。

于是，他进入第二程序。最现成的对象是《诗》三百篇。古今治古声韵的都自《诗》三百篇开始。明朝的陈第追查了四百四十多个字的脚韵，顾进而追查了一千九百多个脚韵。于是他发现中世纪齐、梁至唐、宋，人们的读字、发声、调韵，是自成一套；而秦、汉、魏、晋又不同于齐、梁、唐、宋，又是一套；再向上推三代（夏、商、周），又自成一套。三套之间有其同，也有变异。这样，在我们传主的脑中，就形成了一套由三段构成的中国历代声韵衍变史。他看到了这些，是他的高明，但是他感到有必要动用极充足、极雄厚的证据力量，来证明他的看法，于是他动意写一部《唐韵正》出来。

《音学五书》由五种著作组成。而《唐韵正》是其中坚。以此中坚为据点，上溯到《诗本音》和《易音》，然后综合为作为总论的《音论》，和便于别人付之应用的《古音表》。必须指出，这种以五种著作组织在一起的结构，不是作者主观臆想的结果，而是客观现象及其衍变迹象在作者脑中的精致和精确的反映。假如由主观臆想而来，那么其科学价值就不会这么大。而《五书》之所以成为中国声韵学上不可摇撼的里程碑，就是由于它是古今声韵现象衍变迹象的科学的反映。我们的传主，使用了惊人的毅力和功力，写成他《五书》的中坚：《唐韵正》。我们经常遇到一些急于崭露头角的年轻人，甚至随手从最轻易处就可掇拾到手的资料中，随便掇拾几条就进行大题目的论证，我们在一旁看着，实在是有点“心之谓危”了。顾炎武不是如此。

试看，为了证明“行”（xìng）古读若“杭”（háng），他列举了三百六十四条证明材料，还附加了对相异情节的分析；为了证明“下”（xia）古读若“户”（hù），他列举了二百十九条证明材料，以及有关的分析；为了证明“福”（fú）古读若“fe或fi”，他列举了一百五十八条证明材料，以及汉、魏之际前读向后读转化情节的分析；为了证明“马”（mǎ）古读若“mu”他列举了六十九条证明材料，以及有关的分析；为了证明“家”（jiā）古读若“姑”（gū），他列举了五十七条证明材料，以及旅行中的调查所得；为了证明“兄”（xiōng）古读若“xion或xon”，他列举了三十六条证明材料，十二条去声材料；为了证明“角”（jué）古读若“禄”（lù），他列举了五十三条证明材料；为了证明“华”（huá）古读若“敷”（fǒu），他列举了二十四条证明材料，外加有关分析；……

这些证明材料的来源之广，也是惊人的。它包括各经书、各子书、各史书、楚辞、古诗、汉赋、六朝赋、医书、杂谣（这些材料往往非常生动）、历代碑碣拓文，以及我们传主旅行生活中之所遇。关于这最后一点，举两个例。当他论证“家”古读若“姑”时，附加说：“今山东青州以东犹存此音，如张家庄、李家庄之类，皆呼为姑。”①本书作者幼年即生长在青州以东，邻近村庄有于姑庄、逄姑庄，从来读“姑”，而不知其即“家”字。另一个例，他谈到“zhu”音与“zhou”音会互讹时说：“今三原、泾阳人读‘朱’、‘诸’诸字，皆则鸠反”②，本书作者二十余岁时在三原、泾阳一带教中学，对陕西关中人的某些读音方面有所留意，亭林的注录是不误的。如他们读“杜”若“窦”，读“图”若“头”等。确实，很多古读流落近代，如我有一友人住无锡一小街，街名顾桥下，而地方人尽读若顾桥户，亦是一例。

我们的传主为了写好《唐韵正》，为了替他自己精心结构的《音学五书》打造坚强的砥柱，他所动员的材料，其数量之人，来源之广，真是令人惊讶。什么是考证？这就是考证了。这才是正牌的考证。后来那些专做琐琐碎碎的考证，还自鸣得意、沾沾自喜、叫喊什么寸铁可以伤人的先生们，在亭林的考证面前是应该感到惭愧的。并且，亭林干这些科研工作是在怎样的条件下进行的呢？有台灯吗？有写字台吗？他初到山东莱州，就说“余为《唐韵正》，已成书矣”③，足证他是在江南流离失所中之所写。他有一首诗说“久客仍流转，愁人独远征。釜遭行路夺，席与舍儿争。混迹同佣饭，甘心变姓名。寒依车下草，饥糁鬲中羹。浦雁先秋到，关鸡候旦鸣。蹠穿山更险，船破浪犹横。疾病年年有，衣装日渐轻。……”④这替写作科学专著《唐韵正》时期作者的生活

① 《唐韵正》卷4页18（中华版《五书》页267）。

② 《唐韵正》卷6页32（中华版《五书》页316）。

③ 《集》页132（《文集》卷6《吴才老韵补正序》）。

④ 《集》页322（《诗集》卷2《旅中》）。

环境，留下了极好的记录。

书写成了，后来也刻板行世了。那么，事情就进入了上文所说科研的第三程序，即概括起来，推广下去。我们的传主是怎样概括、怎样推广的呢？在这方面，他说了两句极重要的话，一句对话，一句错话。足见不论多么伟大的人，在非凡的贡献的同时，也会有失误。他的一句对话是：

愚以为读九经自考文始，考文自知音始。①

别看寥寥十六个字，可是不容易写出来呀。寥寥十六个字，把清代学术的路子就领起来了。从知音，到考文，到穷经，二三百年来人们对上古史资料所能理解的程度，比赫赫有名的东汉诸大儒，不晓得深入了多少倍！从清朝人的经解水平上，回过头去再去看汉、晋经解，有些简直可笑，有些简直在胡乱说话。

他说了上述这句很重要的话的同时，又说了一句极错谬的话：

天之未丧斯文，必有圣人复起，举今日之音而还之淳古者。②

很明显，这是开倒车思想，是“是古非今”的思想。这种主张，像建议今天的洛杉矶推行乔叟时代的英语一样，不仅是行不通的，而且是可笑的。不是傅青主也曾用古音“汀芒”啦代替后代读音“天明”啦来开我们传主的玩笑吗？

最后，谈一点与古声韵学这一窄狭学门有关的话。大体说来，唐人有《切韵》，宋人有《广韵》。元、明两朝的学术界，多以《广韵》为本。《广韵》把声韵分成二百零六个小部，把一个一个的字纳入“部”中。这是一种安排，并且是一种不太精确的安排。我们的传主对此做了更精确一步的安排。贵州的莫友芝说，亭林“逐字以求古音，当移出者移而出，当移入者移而入，视他家谬执今韵言古韵，但知有字之当入，不知有字之当出，以至今古纠牵、不可究诘者，其体例特为明晰。”③他在二百零六个小韵部的原有基础上，划了十个大的韵部，使声韵的归类有了更合理的安排。后人继之，不断精进，于是有江永的十三部、段玉裁的十七部、孔广森的十八部、王念孙的二十一部，直到章太炎、黄侃师徒二人的二十三部，人们对古声韵衍变的规律，越来越加精确了。

① 《集》页72（《文集》卷4《答李子德书》）。

② 《集》页26（《文集》卷2《音学五书序》）。

③ 莫友芝：《韵学源流》。

而当大家谈起这段事来的时候，无人不把开辟的功劳归到顾炎武的身上。

第九章

现在，我们要接触到顾炎武的第二种代表著作《日知录》了。

《日知录》与《音学五书》不同，《五书》是涉及一门很窄的学问的，容易显得精湛，容易显得结构严整。《日知录》则不然，它涉及的方面太广泛了，上下古今，经史百家，一切经世济用的道道，它几乎无不涉及，无不爬梳，都理出一个眉目来，这就难了。在我们传主之前，这样干过的，至少有杜佑、郑樵、马端临，他们的著作叫"三通"，即《通典》、《通志》和《文献通考》。但这些著作，都用"大专著"的形式表达出来，什么"食货"、"职官"、"州郡"、"边防"等等，摆出一个相当大的学术架式。我们的传主一方面继承"三通"，特别著重总结有明一代的利病得失，这部分内容是"三通"所不能涉及的；但另一方面，它也改变了"三通"的路径，他选用读书札记一条一条的形式来写，可以排除一些"冗"、"滥"的内容，使著作显得格外精练。在学术上，这也可以说是一种创造。在全书中，他写了一千一十三条。

《日知录》，康熙九年（公元1670）初刊时，只有八卷。二十五年之后的康熙三十四年（公元1695），时作者已辞世十三年，其弟子潘耒（次耕）始刻三十二卷本于福建。当时，文字狱的影响很大，故对原稿做了相当严重的变动；1933年黄侃（季刚）曾根据张继（溥泉）所得旧抄本对勘，发现刊落者有全章、全节、数行，其余删句换字，数不遽数[①]。主要是抵斥夷狄的一些内容，是满洲贵族所不能容忍的。但不论如何变动，这个三十二卷本还是把基本内容流传到后世了。对于这三十二卷书内容的划分，历来诸家各不相同。《四库全书总目提要》的作者胪列了很细的内容，如经义、政事、世风、礼制、科举、艺文、杂论、真妄、注书、兵书、外国、天象、术数、地理等等，这种划分法几乎显得有点琐碎了。潘耒在《日知录》序中做了八部的划分，即经义、史学、官方、吏治、财赋、典礼、舆地、艺文。任何划分，从逻辑方面来看，有其划清楚的一面，也有其不能保持互相排斥、从而不免淆乱重复的一面。我们的传主自己则做了三部的划分，他在一封书札中说："某自五十以后，笃志经史。其于音学，深有所得。今为《五书》，以续《三百篇》以来久绝之传。

① 黄侃（季刚）：《日知录校记·序》（1933年中央大学出版组印）。

而别著《日知录》，上篇经术，中篇治道，下篇博闻，共三十余卷”[①]。试看，亭林一生谦虚谨慎，但也流露出相当的自负，如说于音学深有所得，吾人倘再参以《关中杂诗》中“一窥西华顶，天下小秋毫”之句，可见亭林在学问上有“盖不多让”的气魄。本书作者，就以传主三分法的秩序，试来介绍并评论这部书。

先说“博闻”。宋朝王应麟在《困学纪闻》中已经这么做了。而在我们的传主之后，赵翼（瓯北）、俞正燮（理初）以至近人邓之诚（文如）在其《陔余丛考》、《癸巳类稿》、《癸巳存稿》、《骨董琐记》里，又有所继承和发展。我们认为，像这类内容，写出来是没有害处的，有时还有一点益，不仅可以资谈助，甚至可以帮助做小考证。在《日知录》里，作者在这方面搜罗了很多有趣的内容，如河南的太平车、山西的冷窑、贫民穿的纸裤、户部中的绍兴胥算（财会人员），民间结社的一些名目如没命社、亡命社、扁担社，以及五代伶人（演员）的艺名靖边庭、罗衣轻等等，这对于理解当时社会风貌，不能说毫无价值。但究竟这一部分内容，算不上是《日知录》书中的主流。

再说“经义”。旧时代的读书人很重视“经”；而且顾本人对“经”也是尽平生之力以研求。早年他就有有关《春秋》的著作，晚年在山东德州、陕西富平都开过《易》的讲座。所以有人就说《日知录》的前七卷是全书的主要部分。这个话也对，也有不一定合适之处。（依鄙人之见，倒是第八卷到十二卷才是亭林倾注平生膂力表现的所在。详后文。）在前七卷中，他写了一些什么呢？综合来说，第一，表述了一些朴素的唯物主义观点，讲“器”和“道”的关系，说“非器则道无所寓”[②]。又讲“心”，说心不应该放在“空寂之境”中去讲，而应放在“当用之地”，他说“造化流行，无一息不运；人得之以为心，亦不容一息不运”[③]。用此来批判虚寂的“二氏”之学。这是一点成就，但这点唯物论一旦运用到人类社会历史的复杂境界中去的时候，种种唯心主义观点又会冒头甚至丛生出来。这是历史的局限。第二，表述上古史料中所反映的与氏族、血缘、公社、民主遗存、国家萌芽、地域搬迁等事有关的一些情节。由于我们的传主还不可能通晓人类原始社会和由原始社会进到阶级社会和国家的规律，也由于甲骨之学尚未出世、青铜器铭文的研究仅仅停留在初步著录于金

① 《集》页98，《文集》卷4《与人书二十五》。

② 《日知录》卷1“形而下者谓之器”条。

③ 《日知录》卷1“艮其限”条。

石之书的阶段，所以，他对经学、亦即先秦史料的研究，先天地遭受到若干的局限，而未能出现高度的成就。

现在，请允许我表达我自己的见解，即“治道”一部，倒是《日知录》的中坚。在这里，容我慢慢表述。所谓“治道”，不管使用这个词时作者是无意的还是有意的，他是站在统治者的角度说话的。“治道”云者，即如何统治人民之谓也。但任何事都有个两面，有统治者的一面，就一定有被统治者的一面；有顺利统治的经验，也有统治遭到反抗和颠覆的经验。所以，任何人在总结、检讨历代统治的经验和教训的时候，就绝不能抛开被统治者于不顾。所以，这种总结和检讨到头来是对于整个社会的。《日知录》中叫做“治道”的一部分，是作者顾亭林对历朝社会所做的总结和检讨。

还有一番意思，也须要在这里说一说。现在，我们大家通晓了马克思主义，懂得人类社会现象可以划在三类中去理解。第一是经济基础，它是生产关系的总和，是不以人们的主观意志为转移的。第二是政治、法律上层建筑，它建筑在经济基础之上，受基础的制约，又起反作用于基础。第三是意识形态，它是上层建筑中更上一层的部分，它之受基础制约、起反作用于基础的情况与规律，我们的理论界还在继续不断地探讨。顾炎武完全不懂这一些（至少从理性上不懂），但他每日每时又都在接触、思考这些具体的现象与有关资料。他的处理的方法跟我们的不同，也不可能同。我们是分析的，他是混融的。这就是时代的间隔。分析的方法是优越的，更接近于科学，但弄不好容易流于教条化、机械化和僵化。混融的方法是落后的。有时就流露出背谬于科学的一些认识，但有时这种混融的方法似乎还能保留某些已消逝社会的面貌。例如我常常这样想，一位大学刚刚毕业的历史系学生，被分配到一个大学历史系中去教《通史》，他怎么办呢？除却参考郭著、范著、吕著、翦著、周著、尚著、白著诸课本外，他还能做些什么别的事呢？上述各课本各成一套，而且章节纷纭，串不起来。那么读一读郑樵的《通志略》和《日知录》中第八至十二卷（再加上二十二、二十三卷的某些部分），就是值得建议的了。读《日知录》，能帮助人把问题串一串。这种串一串，从方法来讲，自然还属不上辩证唯物主义和历史唯物主义的范畴，大体属于由归纳到演绎、由演绎到归纳的范畴，但由于我们二十世纪五十年代以来初步学习辩证唯物主义与历史唯物主义的人们，在宣扬马克思主义方面固然也起了一点微薄的作用，但由于幼稚、机械、偏“左”等影响，以我个人为例，倒也在某种程度上斫丧了一些历史主义。针对这一点说，顾炎武在《日知录》中虽然很少懂得阶级分析法，在另一方面，倒还保留了一些原始的历史主义。而他所保留的，对于我们所斫丧的来说，好像是一种医疗和弥补。话回到原来的话题上去，那位刚刚毕业要教《通史》的青年，假如把《日知录》中的一些重点札记段落，如《椽属》、《吏胥》、《乡亭》、《都》、《亭》、《社》、《以钱为赋》、《驿传》、《漕程》、《行盐》、《俸禄》、《宦官》、《藩镇》、《两汉风俗》、《宋世风俗》、《九州》、《地名》，以至《心学》、《朱子晚年定论》等条，一一精读数过，其为精华者从正面吸取，其为糟粕者从反面吸取，经过这样一道工序之后，或者对史学的教学和科研，会大大有济于事。

话再回到先头的话头上去。顾不懂得经济基础、政法上层建筑、意识形态这些东西，但他把有关这些东西的史料进行了第一道工序上的料理，现在我们顺手接了过来，把这些咀嚼过的东西重新消化，并且提到辩证唯物主义与历史唯物主义的科学高度去分析、去认识，在工序的程序上《日知录》是能够帮我们忙的为数不多的史学名著之一种。

但是，必须留意，《日知录》中的局限还是不小的。这恐怕跟顾炎武的家庭教育和学派从属关系都有关。他从小受的是缙绅地主阶级的陶冶，他之成为人才与这种陶冶有关，他之有局限也与这种陶冶有关。在地主阶级之外，在江南从明末已经有了新兴的市民阶层，顾在流离转徙中也曾和商人打了许多交道，但从他的所有著作来看，他对这一新兴阶层兴趣不大。当然，他未曾像王船山那样连市民也骂作“禽兽”。他不骂，但也不置喙。在学派上，他接近朱学，反对王学，特别诋斥王派后学李卓吾为“人痾”。这些因素起作用的结果，就使顾炎武和黄宗羲这两个同时代的第一流学者中间，出现了不小的差距。顾在北京从黄的学生手里读到了《明夷待访录》，又把自己的《日知录》托这学生带给黄宗羲，并写了信说，“所论同于先生者十之六、七”[①]，只建都问题有分歧。其实分歧不止建都问题。试看顾、黄反对中央集权的专制主义是共同的，但反的高度和深度不同。按黄的意思，假如把专制主义打下去，扶上来的是市民阶层；而按顾的意思，假如把专制主义打下去，扶上来的是地域性的地主权力集团。试看《日知录》中，顾对东汉风俗、对三国时的“荆表益焉”、对唐代的藩镇、对明代业已反动透顶了的藩王（“金枝玉叶”），都给了相当高的评价。这才是《日知录》和《明夷待访录》间最大的差距。顾从缙绅地主

① 《集》页238～239《与黄太冲书》。

阶级出身，这是无可选择的，受其影响也是不免的，但晚年奔走四方、居无宁处、历尽艰难，理应从缙绅意识上有所剥离，有所翻身。但这种迹象在我们传主一生的事迹中是不多见的。这到头来是一种历史的遗憾。

第十章

我们传主的第三部代表作品，是《天下郡国利病书》。

关于这部著作够不够得上代表作的问题，曾有过不同意见。有人认为，这不过是一部纂辑起来的资料之书，够不上专著的水平。至于梁启超，更说了一些比以上估计还更低得多的话[①]。我的看法不同。“代表作”，有不同的选取标准。从“科学专著”的角度来选，自然第一部是《音学五书》，其次是《日知录》；《利病书》是相对逊色的。但假如我们从另外的角度、从另一个选取标准来看待《利病书》的话，说不定它是最富有代表性的。我的意思是说，从“经世济用”的角度。清朝学术三百年，假如可以分为三段的话，只有中间一段——乾、嘉考据之学最缺少“经世济用”的精神；顺（治）康（熙）之世和道（光）咸（丰）以后，学术界都是充沛着“经世济用”的色彩，而我们的传主实开此风气之端，而《利病书》就是他开此端的亲切证据。

我们的传主从二十七岁开始（公元1639），在昆山开始查阅并搜辑、摘录材料，到五十岁（公元1662）在山西把这些资料重新摊开，当时在旅中，不可能十分精心地料理，而只能粗率地归总一下，划成两个部分，偏重历史地理的资料归为一类，题名《肇域志》；偏重生民利病的部分归为另一类，题名《天下郡国利病书》。有关这个过程，作者写了两则短短的序，见于《文集》之中[②]，读者自己可以查阅。在这里需要附加两点说明。其一，作者当时的划分，怕不是多么利落、多么严格的，所以后世《肇域志》中不排除某些生民利病的内容；相应地，后世的《利病书》中也不排除少量历史地理的内容。其二，并不是说，作者五十岁（公元1662）以后，对这些资料再也不动了，不是这样，从很多迹象上看，作者此后还不断地插入进去很多东西，特别是遍历山川要塞之后的许多见闻。

这部书的稿子一直带在作者身边，作者在山西曲沃逝世后，归到北京徐乾

① 梁启超：《中国近三百年学术史》第15章，页317。

② 《顾亭林诗文集》，中华书局，1983年版，页131。

学、徐元文手里。后来辗转流落到校勘学家黄丕烈（荛圃）手里，他对这部稿本做了某些料理和重新安排，后来商务印书馆“四部丛刊三编本”就是这个本子。此外，这部稿子的传抄本自然不会少，嘉庆年间四川人龙万育（燮堂）趁着学术界钻研周边民族、周边史地的新风气，在成都刻了一批这类的书，顾祖禹《读史方域纪要》、徐松《新疆总统事略》、祁韵士《西域释地》等都刻版印行了，《利病书》按传抄本又被重新按省区安排为一百二十卷，也出版了。所以，此书最流行的就这两种版本，“四部丛刊三编本”和四川“龙刻本”。自然以前者为佳，后者虽然眉目较清楚，但其中妄改、妄删、妄接、妄补之处不少，故学者就用时应加留意。

这部书的内容是什么呢？张元济在给“四部三编本”做《跋》时写道：

> 亭林婴亡国之痛，所言万端，而其所再三致意者不过数事，曰兵防、曰赋役、曰水利而已①。

这个话说得很好。二十年前，鄙人曾写过一篇论述《利病书》的文章，编在一部学术论集中问世②。今天回顾起来，有关“赋役”之事，鄙人曾经有所阐发；而关于“兵防”，除讲了些屯田（主要是军屯）之外，则阐发颇嫌不足。试想，军屯带有更多的经济意义，顶多是与军队后勤有关的。自然，后勤也是军事的重要节目之一，但一提到军事问题，后勤补给之外，更重要的还有战略、战术、战器（装备）、按地理形势的进攻和防守、非战争时候的驻守、防御和保卫等等。可以这样说，我们的传主对所有这些问题都是深感兴趣的，并且是研究有素的。

举例子说，公元1658（顺治十五年、传主四十六岁）后半年到1659前半年，他在北京东北方向一个七百里见方的矩形地区〔这个矩形的西北角是独石口、东北角是原大宁卫（在今平泉以北）、西南角是京师、东南角是山海关、一片石，矩形之中是永平（卢龙）、遵化、蓟县、喜峰口等〕旅行考察了将近一年功夫，其目的是什么？我们现在可以说，完全是为了兵防。根据何在？容我慢慢申述。我近年来有一个自认为的大发现，就是发现顾炎武每到一处地方，他是把“古”和“今”连到一起从事工作的，收获的成果他则安排在不同的著作里。如对蓟辽的调查研究，他拿一些偏重于感性的材料（如一个一个山

① 《利病书》四部丛刊三编本第49册末。

② 吴泽主编：《中国史学史论集》（第二册）页396～428。

口、一个一个哨所）著录在《利病书》的《北直隶》部分里；再从感性材料上升到理性，写进《军制论》、《形势论》等的论文里；再拿一些古史考证写进《京东考古录》里（《营平二州史事》已轶）。再如他是江南人，对苏州府和应天府（今南京）自然考察历时已深，他也是把偏重于感性的材料，安排在《利病书》的《江南》部分里；再从感性材料上升到理性，在《形势论》论文中写出了“以南取北”、“以南伐北”这些辉煌的战略思想[①]；在《日知录》（卷10）中写出了“苏、松二府田赋之重”这样有分量的条条。所以我认为，在学术领域中，顾炎武是一个大战场作战、高水平作战的人，他把“古”和“今”紧密串连在一起，他把“学”和“用”、知识与现实紧密串连在一起，在每一方面都干出成绩，这件事不是随便一个学者能办得到的。试想：“以南取北”、“以南伐北”的这些思想，不仅在弘光小朝廷没有覆亡以前，富有现实的意义，就是在弘光小朝廷覆亡以后，我们假如仔细思考的话，不是同样富有现实的意义吗？再者，他在《利病书》中引用他人的议论，检讨永乐皇帝放弃大宁卫的失误，指出放弃大宁卫就使“九边”中蓟辽一镇与宣大一镇之间丧失了联系。试想：这在清朝帝国没有站稳脚步的当时，不是也富有极其现实的军事战略的意义和价值吗？

“兵防”之外，《利病书》的最主要内容，仍是“赋役”，它占有这本书的绝大篇幅。所谓“赋役”，指人民向国家缴纳的赋税和提供的差役。这些事与经济有关，但不纯粹是经济的，因为纯经济是不以人们主观意志为转移的，而赋役则是中央集权专制主义统治者的意志，强加在封建后期私有制（首先是土地私有制）身上所产生的结果。社会经济本是自然而然地在变化着、发展着，可是统治者意志（特别是明王朝）在上面打了很重的烙印，以田土为例，什么屯田，有屯田的一套制度；贵族王爷们的庄田，有庄田的一套制度；民田有一般民田，又有按“祖宗之法”把一部分民田加高税粮的征收额而改名曰的“官田”；一般民田有一般民田的制度，高额民田（官田）又另有一套制度。这看得很清楚：政法上层建筑对经济基础在起着这样那样的作用。在这些作用之中，其顺应了经济脚步前进的部分，那就不说它了；可是在很多点上，它是不顺应甚至阻滞经济脚步的前进的。在政治关系方面，哪里有压迫，哪里就有反抗。在经济方面，经济是抽象的，但那些不以人们主观意志为转移的经济规

① 《顾亭林诗文集》页123～125。

律，却也会在默默无声中通过经营经济生活的人群，来表现它对强加下来的意志的反抗。具体地说，逃避沉重的税粮，逃避惨重的差役，在民间说，是共同的心理状态。于是什么改册、换标、隐匿、诡寄、洒派、移丘、换段、揽纳、白兑、虚悬……种种弊端，在明洪武时即已不少，后来愈变花样愈多，这是财产私有制和政治意志之间的斗争，也是私有制的体现者跟其政治代理人之间的斗争。

我们的传主，逃避不开这些现实的矛盾和斗争。那么，他在这些矛盾斗争面前采取什么态度呢？我们从一些文献中也看到过某些地主阶级的偏见，如说整个社会是围绕地主旋转的，国家靠地主养活，农民也靠地主养活，没有了地主一切都失灵了[1]。有着上述观点的人，面对上述的那些矛盾斗争，他将无视这些矛盾，或者进一步去粉饰、掩盖这些矛盾。而顾炎武不是这样。他虽然出生在有传统的缙绅地主之家，可是当他立意要检查整个社会生民利病症结所在的问题时，他显然已经站在了整个社会一代人一代人活下去的那一方面，自觉或不自觉地游离开了他的家族所从属的那个阶级的狭隘利益。何以见得呢？理由很简单：从《利病书》中反映出来摘录材料人的鲜明态度，他是放手揭发，而不是粉饰和掩盖。假如他当初在摘录后面再加上“顾炎武曰”或“亭林按”的话，那么他的态度将更明显。而实际上他虽然没有加“按”，但那种不言而喻的立场，已经充分地显露了。

矛盾揭出来了，剩下的问题是如何去调理这些矛盾。当时的一些有关人士（如府州县官吏、御史、有见解的缙绅文人、地方志的编纂者等）看的很清楚：国家榨取的对象不外两个：一个是劳动力所有者（主要是农民），用政法词语叫做“丁”；另一个是私有财产所有者（主要是地主和商人），用政法词语叫做“地”（也包括涵义更广些的“产”）。国家榨取这两个对象，势必要确定一个比例：从“丁”身上榨取多少？从“地”（“产”）身上榨取多少？明朝从洪熙、宣德起到嘉靖、万历，各地人士都纷纷议论。大体北方经济比重大一些，所以从“丁”身上榨取的比重大的议论就偏多。南方商业货币有相当的比重，所以从“地”（“产”）身上榨取的比重大的议论就偏多。此外，也要看官吏的立场和态度。对于这一切，我们的传主在《利病书》中是全面地铺开了。确实，历史的多样性，从这种铺开的摘录中，可以说是充沛地体现出来。大体说

① 《利病书》龙刻本卷14与卷54“江南”部与“河南”部所收唐鹤征与何瑭言论。

来，某些地区，实行“丁”、“地”平衡原则，即所谓一亩折一丁；另外一些地区，实行“丁”钱高于亩钱一倍至数倍；又有一些地区则相反，亩钱高于“丁”钱一倍至数倍。山东曹州官吏王圻和孟习孔的试行办法最彻底，干脆摔掉“户等”和“丁则”这些框框，因为这些框框都被一二百年中的“冒滥”和弄虚作假弄的连起码的真实性都丧失净尽了。他们以“田”（“亩”）为主，将“丁”摊进去，形成一条鞭。无地穷民，不出一文“丁”钱。这种办法，到清朝雍正时才正式在全国推行。

这中间可以看出，从表象上看，顾炎武仅仅是在搜集材料；但从实质来看，他是在探讨有明一代社会经济方面的利弊，生民的苦乐，从其中找出一些挽衰救亡、调整改革的方案来。我们说他的学风是“经世济用”，正是从这中间看出来。假如再从历史学角度来看的话，《利病书》又无疑是一部明代社会经济史的毛胚。

水利，在《利病书》中也占有相当的篇幅。除讲农田水利灌溉的内容之外，更多是有关水运的，由水运又牵连到海运。在海运材料中，又带进来一些防倭寇的资料，又带有“兵防”的气息。所以，“兵防”、“赋役”、“水利”三者，从逻辑上可以划分开，从实际上又是互相融合着的。

第十一章

我们的传主是经学家，是史学家，又是古声韵学家和沿革地理学家。这些，大家都很熟悉。但他又是诗人，能做很好的诗，并且还有一整套对诗文的看法，历来谈到这方面的人却不多。

任何一个诗人，都要受他前一辈诗人的这样那样的影响，又必然要在同辈诗人中有所同、又有所异，这样他才具备并显露他自己的风格。作为我们传主的前辈诗人，那就是前后“七子”和公安、竟陵。“前七子”和“后七子”是明中叶和后期诗坛的主力，主张向伟大的文学遗产进行摹拟。他们主张“文必西汉，诗必盛唐”。到晚明时候，起来一派跟他们针锋相对的，由于多是湖北公安、竟陵的人，所以被叫做公安派、竟陵派，他们受李卓吾等王阳明后学的影响，倾向一点人性解放，提倡性灵。我们的传主比较正统，他是不喜欢公安、竟陵的，对前后“七子”他有所同也有所异。他也主张“诗必盛唐”，但他又坚决反对摹拟。

在他同时代的诗人和诗派中间，他跟他们也是既有所同，又有所不同。当时大河南北有个“河朔诗派”，主张“诗以载道”。用白话翻译出来，“诗以载道”就是主张诗是传播“真理”的工具。什么是“真理”？在当时不过是圣人之道。这就使这一诗派，偏向于正统。但他们往往着重于写一些民间疾苦。河北的申涵光（凫盟）、山东的田雯（山姜）等人，属于这一派。大江南北又有个“江东诗派”，主张“诗言志”。用白话翻译出来，就是主张诗是表达个人思想感情的工具。这就比“载道派”思想解放一点，稍稍自由化一些。吴伟业（梅村）属于这一派。它是江南市民阶层比较发达的一些反映。还有第三派，山东的王士祯（渔洋）提倡“神韵”，“神韵”是个不着边际、不好琢磨的东西，“神龙见首不见尾”，王士祯说这种神韵是“忽自有之”的，这就近乎神秘了。落实下来，渔洋派也不过在追逐着一些绮词丽句而已。我们的传主，自然不接近神韵派，他跟河朔派的人接触很多，但他总的主张，又是“诗言志”。

他对于诗，既有做诗的实践，又有议诗的理论。关于他做诗的实践，下文将有所叙述和评议。他关于诗的理论，在这里介绍一下。在《日知录》卷21中，他把平生对诗的论点，有所集中。我们综合起来，第一，他主张“诗言志”，他说这是“诗之本”。这段意思是说，古时候叫人民大众放开来反映自己的思想感情，统治者搜集去，可以作参考。第二，他借用白居易的话说，做文做诗，要“为时而著”、“为事而作”。就是说要紧密地配合时代，结合现实。结合现实的诗贵，虚飘架空的诗贱。这段意思带有相当浓厚的现实主义文艺思想。第三，他主张做诗在诗人主观方面，“诗主性情，不贵奇巧”，意思是不要花样，既不要文字的花样，又不要声韵的花样，所以他又主张“诗以义为主；音从之”。他又说，要“以韵从我”，反对“以我从韵”，这就是在讨论内容与形式的问题了，而这些议论也是带有现实主义色彩的。第四，他反对摹拟。他说：“诗文之所以代变，有不得不变者。一代之文，沿袭已久，而犹取古人之陈言，一一而摹仿之，以是为诗，可乎？故不似，则失其所以为诗；似，则失其所以为我。李、杜之诗所以独高于唐人者，以其未尝不似、而未尝似也。”[①]这段意思很辩证，说做诗既要尊重诗的传统，又要有创造，不能一味摹拟古人。第五，他是最通晓古今声韵衍变的人，但他坚决反对在诗中“穷极声韵”，以韵为难，以韵为巧，以韵相挑，以善于次韵、和韵为能事，争工斗巧，他说

① 《日知录》卷21《诗体代降》条。

这些“最害人”。针对他当代的诗坛情况，他评论说：

近日之弊，无人不诗；无诗不律；无律不七言[①]。

我们的传主不仅做出这些评论，他也按照自己的这些看法去实践。以现有亭林诗三百八十六首来看，五言古诗一百七十六首，七言古诗二十首；五言律诗八十九首，七言律诗八十五首；五言绝句十三首，七言绝句四十首。由这统计中可以看出，他最爱做五言古诗，因为它以五字为句，只押脚韵，不求对仗，更接近于散文，更远于轻佻而更近于古拙肃穆。他经常用这种形式去怀念旧友、殉国的烈士和一些坚贞不屈的人和事。亭林五言古诗中佳品最多，这是大家公认的。七言句较五言多两个字，易于跌宕生姿或扭捏作态，特别是七言律，要花样的机会最多，所以亭林作七言，少作律诗。不过他也不排斥律诗，并且做起来很擅长，有时一些避免不开的酬答和口占就使用它。他很少做绝句，但偶一为之，往往在其中使用一些隐语和典故，以记录一些他不愿明以告人的活动和心境。总之，他跟他所崇拜的杜甫一样，是最擅长于拈配内容和形式关系的一位大师、巨匠。

我们传主的诗的特点之一，是纪事论人，朴实有力，不华不虚，但浪漫主义的想象力较少，就是诗中抒发感情的地方也是抑制的、不扬厉的。如他以诗去纪念陈子龙、顾咸正、杨廷枢、潘柽章、自己的母亲和妻子，调子都很庄严肃穆，用五言古体诗，其中蕴藏着深沉的爱国爱民的感情。对于他的平生好友，如归庄、路泽溥、泽浓兄弟、张尔岐、程正夫、张弨、李因笃，他使用不同形式的诗体，表达对他们的怀念，并传达自己当时的真实感情。在临终之前，他写了《酬李子德二十四韵》的五言古体长诗四十八句二百四十个字，传达了自己临终前的心情是肃穆的、宁谧的和遗憾的。遗憾的是反清复明的抱负没有得偿。这首诗是他诗的代表作。

他的诗的第二个特点，是跟他是一位渊博的学者这件事密切相关的，那就是他爱在诗中用典。用典，是借用古事来影射现实的一种方式。用不得当，会成为吊书袋，会严重地斫丧诗情和诗意。但我们的传主用典很娴熟、很得当，所以不但不会斫丧诗情和诗意，并且还会帮助诗意诗情对读者的感染与渗透。举一些例。在《出郭》这首诗里，他使用战国时秦国驻魏国使节王稽进行策反、进行秘密活动的这个典故，来记录他自己正在和一个人秘密接头。在《华

① 《日知录》卷21《书法诗格》条。

阴古迹二首》中使用秦朝末世有人在黑夜中传了一句“明年祖龙死”这样的话，表达他希望清朝被“三藩”所推翻。在《寄次耕》这首诗里，他顺手使用晋陆机所蓄通讯犬名“黄耳”的典故，希望潘耒在哥哥被杀、嫂嫂自杀、两个侄儿尚在吉林受罪的时候，会得到什么书信的安慰。在《楚僧元瑛谈湖南三十年来事作四绝句》诗中，他使用五代时后唐遗臣朱葆光、朱昂父子在南岳北望号恸的典故，来记录他未识面但已闻名的王夫之（船山）的事迹。在《少林寺》诗中，他使用李世民攻打王世充、少林寺僧人昙宗、惠玚等起兵相助的古典，煽动“三藩”紧张时期的少林寺僧说，要在推翻清朝的运动中立功。这类的例子在诗集中俯拾即是，兹不胪举。

以上所说，是亭林的正常风格。但也有不正常的风格。他对农民起义，晚年是很抵触的，认为是“犯上作乱”的人。但在早年二三十岁的时候，当他抄录明朝史料的时候，作为“利”和“病”，他倒也放手抄录了一些起义的资料。晚年在《日知录》中，他就噤不予置喙了。诗也是如此。早年在江南，结合山东农民起义谢迁事件的有关邸报，他写了《淄川行》，诗曰：“张伯松，巧为奏，大纛高牙拥前后。罢将印，归里中，东国有兵鼓逢逢。鼓逢逢，旗猎猎，淄川城下围三匝。围三匝，城门开，取汝一头谢元元。”[①]这首诗很特别。第一，他使用王莽时张竦（伯松）打假汇报、陷害好人的典故作为“兴”来引发全诗。第二，他把情节立刻引到“本事”上来，说奸人孙之獬在明朝本是进士，但献媚阉党，明亡后又带头降清做了大官，曾督理方面军务。返里后，逢谢迁起义，攻破淄川城，首先肢解了孙之獬，诛灭了他的全家。像这样的事，亭林晚年是不以之入诗的，但在早年，不仅入了诗，还运用了这么铿锵的诗体，是很少见的。也许，在编辑《诗集》的时候这样的诗还有一定数量的积存，不过编《集》时已被删除，只留下这一首罢了。

第十二章

在这本传记的开头处，曾经提到过循环往复中的螺旋的事。现在，该是对我们传主进行再认识的后面一个螺旋了。

在前面，我说过他是一个爱国的人，一个有学问的人，一个有实践的人，一个有胆识、有谋略、有心计、有节操、有情趣、有才华、有性格的人，一个

① 《集》页275；王蘧常：《顾诗汇注》（上册）页169～170。

构成了自己思想体系的人。这些，不再去重复它了。在后世，在学术界，恐怕最主要还是把他看做一个学者。

但必须说明，他不是一个普通的学者，而是一个大学者，一个带伟大意义的学者。大凡一个大学者，一个带伟大意义的学者，往往是综合的。我说“综合”，其意思是：从他的学术实体身上会分泌出许多学科的分枝来；或者说，他的实体会分泌出许多营养，培育许多学科的分枝，使之发育成长。

底下，我们看一些实例吧。

譬如说，训诂学是一个分枝学科。它的用处，在于弄清楚对上古史料的确切含义，使之更清晰地被人们所理解，从而更准确地被人们所使用。顾炎武不专搞训诂；但他在古声韵学方面的突破，使字音与字形的研究得以两股扭成一股，促使训诂学大大向前推进一步。张之洞在《书目答问·姓名略》开首处所说“由小学入经学者，其经学可信”。为什么可信？就是说，一个人字形学（《说文》学）过硬了，声韵学又过硬了，那么，他的训诂学本领必然高强，足以看出马融、郑玄、服虔、应劭、何休、杜预以至陆德明、孔颖达等学者的漏洞，从而对古代文献的理解更加确切。清代训诂学的成熟化，这与顾炎武声韵学研究所起的推动作用，是分不开的。

再譬如说中国上古史，也就是现在所说的“先秦史”，它有它自己的特点，凡在大学教过中国通史的人都知道，它跟其他段落，譬如说明清史不同，它要求人们通晓训诂学、原始社会史、公社学、宗法学、上古民俗学，甚至原始迷信、原始魔术和原始思维等等。它需要的分枝学科多。而我们的传主在《日知录》的前七卷中，已经启示到这一方面来了。譬如说，由氏族搬家牵引到地名搬家，这一点对于我们研讨古氏族、古地名时，就不会再执着地、刻板地死抠某一古地名之必在此而必不在彼，看法就活多了。再譬如“三礼”，我们的传主很谦虚，说自己不如张尔岐，其实他本人在《日知录》中就“三礼”问题说出了很多端绪。人们沿着这些端绪再追下去，就会孳生出很多新看法、新认识，大大有助于“先秦史”的向前推进。

对历代官制史的研究，顾炎武也有所推动。章太炎说过，清朝三百年来，学者的精进处不过在“地理”、“官制”两个方面；“地理”、“官制”之外，如“姓氏”、“食货”、“刑法”、“乐律”等方面，则相对显得软弱。这话很有见地。顾氏在《日知录》的八、九两卷里，不是全面铺开地、而是重点突出地研讨了政法上层建筑结构中的利弊所在，在各级政府职能上，做了自古至明的总结，什么府、州、县的合并与裁置问题、法治人治以及人才选拔使用问题，以及军阀藩镇问题、宦官问题，都涉及到了。自然，他的这些方面的研究都不是纯科学的，而是结合他自己的时代而“经世济用”的；现在，他的时代过去了，我们把这些成果转化为纯历史科学的官制史，那么，对我们当前“中国历代官制史”学门的建立和发展，就是大有帮助的。

现在谈到考证学。自乾、嘉以来，考证之风甚盛，直至解放之后，仍未稍戢。这个说是一门学科也可，但更重要的是指一种方法，这种方法利弊均有。其利，是“论从史出”的具体表现，是唯物主义原则具体运用到史学方面来的反映；用客观史料说明问题，可以祛除主观之弊。而其弊是往往带有形而上学局限，容易引向唯史料主义，排斥史学观点在史学中应该起到的作用。旧考证往往排斥人们的理性和先进观点的引导、推导作用，主张什么“有一分证据，说一分话”，这个影响不好。我们的传主是清代考证学的鼻祖，虽然他也有一些琐琐碎碎的考证（如《谲觚十事》之类》)，但总的说，比乾、嘉考证要粗壮、要健康、路子要大得多。并且，他进行考证的范围也有所扩大。假如说，全面考证宋人已启其端的话，那么田野考古顾炎武确实带了一点头。

关于明代社会经济史的研究，顾氏也在资料方面开辟了很广阔的天地，这一点，前文评论《天下郡国利病书》时已有论列，兹不赘。

历史地理学，又叫沿革地理学，这是历史学研究必不可少的一个分枝。它反映时空间的交错。在这一方面，顾氏写了一系列著作，如《历代帝王宅京记》、《山东考古录》、《营平二州地名记》、《京东考古录》、《昌平山水记》以及杂在《肇域志》、《天下郡国利病书》、《金石文字记》中的一些历史地理内容。他写这些东西，都有他自己的目的。但传到后世，就成为历史地理学成就在十七世纪时候的截面之一。此后，到乾、嘉和乾、嘉以后，历史地理学就越发专门化了，这其中也有顾氏的一份影响在内。

仅以上所述，已经是六门学科了。从这中间，可以显示一个综合学者对后世所遗留下来的影响。我们的传主平生喜欢讲“下学”和“上达”，喜欢讲“博”和“约”。所谓“下学”，就是辛勤搜集感性材料；所谓“上达”，就是从感性材料的丰厚的基地上向理性认识上升。这两者间有个关系，也就是“博”和“约”的关系，每一个学人都逃脱不掉要掌握好这个关系。顾氏一生中在这个关系上的掌握和处理，就是我们掌握和处理这同一问题之至好的参考。而“博”和“约”的掌握，在具体情况下，又往往不是平衡的，也不可能完全平衡。有的人在“博”的方面偏重，另外的人则在“约”的方面偏重，各自形成各自的学术风格。我们的传主，在“博”的方面，历来评论的人，是都没有什么好说的了；在“约”和“上达”方面，在形式逻辑范畴内，他也很善于进行归纳和演绎，逻辑条理很明晰；但是当问题一进入运动、变化、发展的境界，在理性的运用上，与同时代学者比较，有时显得稍低一点，这是局限之所在。这一情况，对于我们当代人，也是一种借鉴。

1985年1月4日，兰州

王山史年谱

嵇文甫序

好几年来，我就想写一部《清初北学考》，以夏峰和二曲为两大宗，分述河北、河南、关中、山西、山东诸儒，而归结于颜、李学派。这样，一方面使大家知道当时北方学术界自成风气，确乎有一种特殊传统，可以和东南方面顾、黄诸子相辉映；另一方面，使大家对于颜、李学派有更进一层的认识，知道他和当时整个北方学术界渊源甚深，并非凭空突然而来。这样，不仅可以给清初学术史补充许多材料，而且会根本影响若干重要观念，使整个清初学术史的面目焕然一新。

清初关中诸儒，都是艰苦卓绝、壁立万仞，在当时北方学者中最虎虎有生气。如果用孟子的说法，拿他们和夏峰一系学者相比较，我们可以说，“闻苏门之风者，鄙夫宽、薄夫敦；闻关中之风者，贪夫廉、懦夫有立志”。要讲清初北方学术，对于他们实在应该特别加以阐扬。正因如此，所以当前年逃难到西安的时候，我很想把关中诸儒的著述大大搜集一番，为清初北方学术发掘出一大宝藏。但以来去匆匆，一蹉跎间，便把机会失掉了。这使我至今引为憾事。

去年冬天，赵君俪生过汴。倾谈之间，才知道他已经搜集了很多关中学者的著述，并且写出来很多论文。我当时大为高兴，不禁拍掌称快，深引为同调。现在他居然把大批书物带来了，并出其新著《王山史年谱》相示。从这本新著中，不仅使我们很清楚地认识了王山史，并且还告诉我们，那一群学者志士交游往来的踪迹，怎样栖栖南北、联络声气，怎样建立活动根据地，怎样被几个有正义的大吏所掩护，把一幕学术和政治混而为一的民族运动，很生动地传写出来。倘若象这样的著述多出几本，真足为清初学术史开生面，而我的区区宿愿，也可以借赵君而得偿了。姑书此以当左券。

1947年8月22日

年　谱

先生名弘撰，字文修，一字无异，号太华山史，又署鹿马山人。

李沂《鸾啸堂诗集》《鹿马山人歌》，《序》云："鹿马山，烈皇帝葬处也。关中王弘撰于三月十九日匍匐山下泣奠，自称鹿马山人。阳山李沂再拜作歌"。歌曰"鹿马山头妖鸟啼，鹿马山下草离离，鹿马山人空涕洟"（亦见卓尔堪《明末四百家遗民诗》卷9引）。

晚号山翁，又曰丽农老人，天山丈人。名其所居曰砥斋，又曰待庵。

谱主《山志》初集卷3"待义"条，"何燕泉曰，吕居仁《童蒙训》'当官者先以暴怒为戒，事有不可，当详处之，必无不中。若先暴怒，只能自害，岂能害人？前辈尝言，凡事只怕待，待者详处之谓也。盖详处之，则思虑自出，人不能中伤也。'予以待名庵，初非有取于此。今观燕泉所言，是亦一义，且甚中予病，正可借以自警。"

谱主《砥斋集》卷4《待庵自记》："二仞之台，数椽之宅，是曰待庵，小子居之，以永朝夕焉。……吾其有待也耶？无待也耶？客有不知而问之者，曰'椟中之玉，以待酤也；席上之珍，以待聘也。子其志之乎？'小子伏几对曰，'恶！是何言与?！客所谓先天下之忧而忧，后天下之乐而乐者，其唯古之豪杰之士与？小子，凡民也，生遭多难，学愧无成，少不如人，老且丧我，莫之敢有觊焉，以余年待尽也云尔。虽然，尝试登高四顾，长啸徘徊，夕阳既没，朝华未升，有不知其悄然而悲者，如闻风水之声。呜呼，是耶?！非耶?！居海滨者，吾师也耶?！'"

陕西华阴人。所居在潜村，别墅在小涨村。又有独鹤亭。

屈大均《翁山文外》卷1《宗周行记》，“独鹤亭在华北，与三峰相向，岳影满窗，阴翠寒人，可爱也”。王士祯（渔洋）《秦蜀驿程后记》：“康熙三十五年三月初三日，过访宗人山史山居，洁朴无纤尘。联额皆孙钟元、郑谷口、李天生诸名士书。后为读易庐，钟元题曰‘待庵’”。顾炎武《亭林诗文集》、《佚文辑补》、《送韵谱帖子》：“王无异名弘撰，一字文修，号山史。华阴县西岳庙南小堡内，故少司马公之子，关中声气之领袖也。”此所指不在山边，而在平川之上，岂小涨村欤？

父名之良，字虞卿，又字邻华。曾游于冯少墟（从吾）之门。其学宗朱子，重实践。

《山志》初集卷1“庭训”条，“先司马为学宗考亭，尤重实践，不事表暴。”

先生兄弟六人：长兄弘学，号石渠，又号而时；次兄弘期；三兄弘嘉，字玉质，号云隐；四兄弘赐，号酒臣；六弟弘辉，号允塞。先生第五，出为再从父徵华公后。

此散见各篇，出处不俱引。

明天启二年壬戌（公元1622）八月十六日，先生生。

《砥斋集》卷2《题李长蘅小影》，“予生于壬戌中秋；长蘅写此，在是岁之冬，盖与予齐年。”《山志》二集卷3“清源山”条，“戊辰，予在泉南，值中秋，为予初度前一日，（宜）辅儿请游清源山，至碧霄岩。”按，先生至福建泉州，为应张勇之子张云翼（又南）之邀，详后文。

天启五年乙丑（公元1625），先生年四岁。先生父成进士。

李桐阁（元春）《关学续编》卷2“而时王先生”条，“父之良，字虞卿，乡举后六上春官，登天启乙丑进士。”

崇祯七年甲戌（公元1634），先生年十三岁，随父居北京。

康乃心《王贞文先生遗事》：“先生年十三，就省司马公于京师，知名公卿间。与频阳朱山辉、□□□，有‘三公子’之称。好为古文辞，手抄《左》、《国》、《史》、《汉》皆成帙。”按：光绪《富平县志》朱崇德之子朱国栋，朱国栋之子朱廷璟，字山辉。

崇祯十年丁丑（公元1637），先生年十六。接触时政，奋力读书。

谱主《待庵日札》《复湄园记》，“昔予同三兄云隐侍司马府君于京师，其时圣人在上，公卿退朝有燕享之乐焉。一日，府君以漳浦石斋黄公‘七不如’疏，训之诵。寻复闻召对平台，君明臣直，满朝动色。予与兄私相叹仰，以为黄公者天人也。”按“七不如”事，见《明史》卷255《黄道周传》，“七不如者，谓品行高峻，卓绝伦表，不如刘宗周；至性奇情，无愧纯孝，不如倪云璐；湛深大虑，远见深计，不如魏呈润；犯言敢谏，清裁绝俗，不如詹尔选、吴执御；志尚高雅，博学多通，不如华亭布衣陈继儒、龙溪举人张燮；至圜土累系之臣，朴心纯行，不如李汝璨、傅朝佑；文章意气，坎坷磊落，不如钱谦益、郑鄤。……帝得疏骇异，责以颠倒是非。道周疏辩。……”

《柢斋集》卷1《左传钞序》，“予幼侍先大人京师，少知读书，大人以汉文三百篇授予，予受而读之，无间寒暑，三年成诵，不失一字。”

崇祯十一年戊寅（公元1638），先生年十七。先生父自御史出为虔州南赣巡抚。先生随任，其父以《左氏春秋》授之，复聘临川周师教读。

《柢斋集》卷1《梁公崇祀名宦录序》，“昔者，先司马抚虔州，几五载余。”同书卷12《野语》，“先大夫节钺虔州，垂六载。”按，此处年数，字面稍显歧异，“六载”云云，指所跨年头而言。《柢斋集》卷1《左传钞序》，“……及在虔南，受《左氏春秋传》，亦如之。”《柢斋集》卷8《复临川周业师书》，“自虔南拜别先生，遂历十有余载，玄机厄兆，贼闯肆逆，门生辈命如悬鸡者屡矣。”

崇祯十五年壬午（公元1642）先生年二十一。尝拟作《法戒录》，参酌历史，供垂危中之统治者有所鉴戒。

《柢斋集》卷1《法戒录序》题下作者自注云：“崇祯壬午，予年二十有一，私拟作。”《序》文略曰“今依司马光《资治通鉴》断自威烈王以后，取其事之可法者，大书于篇；而以其类相反者，小注于下，以存戒。……人之言尧、舜者徒为具文；而臣之不言尧、舜者，乃所以求为尧、舜之实也。果能身体而力行之，而天下不治者，请治臣以欺罔之罪。”按：此中“尧、舜为具文”、“为尧、舜之实”云云，均蕴藏着一种清醒与进步的思想。

崇祯十六年癸未（公元1642），先生年二十二。是岁先生父自虔南迁南京兵部左侍郎；谒告归。冬，殁于途。先生三兄弘嘉护丧归华下。

李因笃《受祺堂文集》卷4《王公云隐先生墓表》:“翁为御史，……擢南赣巡抚，……迁枢贰，留都，谒告归。中途疾剧，公奉汤药，不离侧、不解衣卧。翁薨，哀号闻路人。值巨盗横郧、襄间，行旅断绝。乃奉舉伺间，取道武关。……卒抵里无他虞。时崇祯十六年冬也。”

是岁十月，李自成大军至关中，先生挺身入其营说之。

南廷铉（鼎甫）《砥斋集序》:“余闻当闯逆之乱，王氏以司马裔、索饷不赀。时山史兄弟凡六人，且析箸久，皆欲偕行。山史毅然曰，‘不可！同罹其毒无益也。余当独往，以观其变。’即乡里咸惧不测，而卒能出险，而芘其家。”

《续陕西通志稿》《王宏撰传略》:“逆闯籍系缙绅，拷索金帛。宏撰家在籍中，兄弟畏不敢出。宏撰曰，‘不出，祸立至矣。’遂挺身入长安贼营，说以大义，慷慨激昂，贼不能屈，亦不肯加刃，诡与约输而还。屏居小涨村之别墅。”

同上引南氏序，“又弘农诸巨室，避地太华山中，山史之待庵在焉。会他往；寇袭登山；比退，人皆争识其遗以有之，且有为山史识之者。山史归曰，皆非吾之所有也。毫无取。”

崇祯十七年、清顺治元年甲申（公元1644）先生年二十三。三月十九日，李自成大军入北京，明思宗朱由检自缢死。先生奉母率戚党徙居穹岩邃谷之中，历八年。

《砥斋集》卷1《贺田雪崖进士序》，“甲申之变，四海鼎沸。二三兄弟徙家穹岩邃谷之中，以延旦夕。时雪崖亦奉其太夫人适至，实结邻焉。薨宇捷猎，鸡犬闻达，一时有桃花源风。倡和招从，殆无虚日。谈经说义，援古究今，出入诸子百家。而雪崖海含地负，泉涌风发，每屈一座。如是者几八年所。”按，雪崖名薰，高陵人，顺治十五年进士。

顺治二年乙酉（公元1645）先生年二十四。初与富平李天生（因笃）订交于长安。

《山志》初集卷3“李天生”条，“李天生，天资敏异，所谓‘目所一见，辄诵于口；耳所暂闻，不忘于心’者也。予昔邂逅于长安茶肆，隔席遥接，各以意拟名姓。及询之，皆不谬，遂与订交。”按，“目所一见”云云，为孔融称弥衡语。复按，此条暂系此年；或可系两年之后。

在长安与明宗室朱子斗相交接，后引顾亭林往，为其遗著撰序。

《山志》二集卷3“青门七子”条，“青门七子：伯明（惟燿）、叔融（惟烇）、士筒（怀坣、尊生（怀玒）、季寝凤（怀蘼）、伯闻（谊沛）、子斗（谊泔）：皆宗室之贤而笃于学者也。各有诗文集，卓然成家。伯明尤善书画。余所及与之游者，子斗翁而已。乱后予数往省之，翁亦喜余，尝对人有松柏之誉。翁子伯尝（存杠）年长于余，以翁与余善而待余以执友之礼甚恭，然余固尊事翁，不敢以雁行进也。尝与顾亭林言及，亭林入青门，特访其家，时翁已殁，见伯尝，索翁著作读之，因为之序。今伯尝亦殁，其子孙冒杨氏，盖从翁之母姓也。”

《顾亭林诗文集》《亭林文集》卷2《朱子斗诗序》：“……余闻万历以来，宗室中之文人莫盛于秦，秦之宗有七子，而子斗最少。六子皆先逝，而子斗独年至八十，后先帝十一年乃卒，故其为诗多离乱之作，有闵周哀郢之意而不敢深言。……子斗没后八年而余至关中，（长子）伯常年已六十有二。独其家遗书尚存，而为人亦温恭葸慎，以求全于世，惟恐人目之为故王孙者，反不若庶姓之人，犹得盱衡扼腕，言天下事于朋友之前而无所忌。虽时势则然，亦由国家向日裁抑太过，无有强宗大豪得以挠新莽之威而保先人之祚者也。……”按，亭林为此序，在康熙二年。序中流露反对中央集权、主张地方分权等思想，十分明显。同一思想，在《日知录》中更趋成熟。

先生尝往西安吊友人咸宁孙嗣履之丧，并谋收养遗孤，终未成其志。诸友诵义，谓“公孙杵臼再出”。顾亭林《广师》谓“好学不倦，笃于朋友，吾不如王山史”，“笃于朋友”云云，此其一徵。

《山志》二集卷3“孙氏孤儿”条：“余幼随侍先司马京邸。丙子，咸宁孙嗣履以拔贡应廷试，来见先司马，先司马曰，此佳士也，尝留之书斋。余之有友，自嗣履始。及归里后，余应童子试至郡城，则主于其家。

癸未，贼陷西安，嗣履投井而死。先是嗣履丧母，继复丧妻，有妾生遗腹子，而妾亦死。父懋修先生携之避居城南，又殁。乙酉贼遁。予始往吊，唯懋修之妾许氏与乳媪任氏，共守孤儿而已。懋修之兄警轮，警轮长子即嗣香，尚有二子最不肖，嗣香赴公车时，尝同盗其嫂之簪珥衣服几尽，其里人号之曰'二苗'、'三苗'。至是贫甚，为屠于肆，耽耽谋害孤儿，以夺其产。怂恿警轮诬讼，谓孤儿非嗣履子，赖亲友持公论争于官，得安。余初与王文含计议，欲保孤儿至华下。得文含札，遂缓其图。未几有贺贼之乱，孤儿竟为所弃，而嗣履之绪斩矣。追思始末，不胜泫然。书之，以识予为义不勇之愧。""警轮颇好道。昔在庚辰冬，曾为予言神仙可学，有辞家入山之志。顾复好利，予窃疑之，然不意其机阱之深，灭理妄义，遂至如此也。予又尝见治神仙之学者数辈，皆能为高论耸听，而往往则见利辄败，亦不独一警轮矣"。

是岁，先生仲兄弘期殁。

《砥斋集》卷11《祭伯兄石渠先生文》："乙酉之岁，丧我仲兄。"

顺治七年庚寅（公元1650）先生年二十九。次子宜辑生（按，长子宜辅生年待考）。是岁，华山乱发，于是始游吴、越山水，访一时道德文章之士。

《砥斋集》卷8下《复临川周业师书》："门生有二男，长者名宜辅，已为娶妇；次子名宜辑，庚寅所生也。"又"忆在庚寅，偶游吴、越山水间，访一时道德文章之士。"

谱主《北行日札》《书自作贺阎先生寿序后》："昔予在淮上，得交万年少、邱如磐辈；今于燕台，复识百诗，质疑问难，有朋友之乐焉。"

《续陕西通志稿》《王宏撰传略》："顺治七年，土寇窃发，遗赀摽掠殆尽，乃纵游，之淮阴，抵建康，至吴门，与江左高士，留连诗酒。越岁归。"

顺治八年辛卯（公元1651）先生年三十。行踪当在维扬、姑苏间。

《山志》初集卷1"康山"条，"辛卯春，予寓维扬，姚永言太史尝招饮康山草堂。询其锡名之故，云康对山昔微身于此，日事酩酊，每出于市上唱琵琶词，人不识其所以。一直指过，于舆中识之。翼日相访，果然。再迹之，已行矣。康山得名以此。事不见于对山《传》中，草堂匾则董文敏书也。”

《砥斋集》卷1《题自注华山记稿》：“辛卯春，舟次金、焦之下，谈子长益迟余于百尺楼头。酒半，谈子出（李）于鳞《华山记》属注。……余生长山麓，知山之状，而余又好游，每岁中秋，辄问月其巅，故自谓知山之状者，莫余若也。谈子因请谈，随谈随笔，酒毕而注竟，其不文固矣。余既西归，谈子亦北征，瞬息间如隔世。人生离合之故，岂不可念哉?！吾道未坠，二三子落落如晨星，江边音书阻绝，谁为余问谈子归否?”

按，谈长益名允谦，丹徒人，著有《树萱草堂集》。卓尔堪《明末四百家遗民诗》卷8中有小传。又尝见宋琬（荔裳）《安雅堂集》中有《京口吊谈长益二首》，颇能传写谈氏之遗民丰貌，录之：“忆在僧房醉浊醪，瘦藤不倚尚能豪，关情五斗羞陶令，恸哭西台有谢翱。射虎石边朝立马，金鳌背上夜挥毫。我来欲作招魂赋，划地西风卷怒涛。”“微服曾从北寺还，吞声踯躅泪潸潸。怜余几续膺、滂后，惟尔无惭生死间。脚踏卢龙临瀚海，魂为白鹤瘗焦山。故人近报方干死，地下相逢且破颜。”

《山志》二集卷3“吴司业”条，“忆辛卯余与梅村同寓虎丘，尝相聚谈。有卞姬敏者能画兰，梅村携之游，绝未有出山之志。余意其饮醇酒、近妇人，类信陵之所为。相别无几，闻有荐者，余不以为然，亦曾寓书言之。及余西归，而梅村已起官矣。刘真长曰，若安石东山志立，当与天下共推之。不能不为之三叹也。”此条除言梅村之民族节操外，尚对梅村所著《绥寇纪略》谈了些意见。大抵对《虞渊沉》一篇中记崇祯帝临终前胸书“宁毁我身，勿伤百姓”等语，表示欣赏；而对孙传庭之死的情节，梅村所记潼关陷，孙不知所在；及破渭南始死等情节，为传闻之误。先生云，“见延安赵玉谱云，其堂叔名完瑛者，以诸生从戎，在公麾下，潼关陷时，公被乱卒枪刺而死，宗瑛同伴三人即卧尸处，推墙垣覆之而去。此实录也。”此为一条重要的订正。而梅村所记传闻及不实处正多也。

《山志》初集卷6《纪游》条，“忆辛卯春，予始游吴门。所与交者陆履长、姚文初、瑞初、周子佩、子洁、顾云美、朱彦兼、沈古乘、叶圣野、胡雪公、邹鹤引诸君。时姜如须、张草臣皆病甚，亦为予强起。同寓虎丘者，则吴梅村、陈阶六、韩圣秋也。”

《砥斋集》卷1首篇，为《寿丘申之先生七十序》，文章颇具章法层次。作者先不自言，而倩称觞诸客次第言之。于是先言其“行之原”，继言其“德之华”，再言其“政之效”，最后言其民族节操，“先生以甲申之变，解印绶归，读书教子弄孙，屋不蔽风雨，八口嗷嗷，而先生方怡然自足。……退伏一室，席茅藤，阴杞柳，不复与人间事。或说先生命如磐出，可博一第疗贫，先生漫弗应，谓吾终不以贫累志。而如磐亦情不干进，卧袁安之雪，耕茅容之雨，循循谨谨以事亲，橛橛梗梗以立身。……王子辴然举手曰，善哉，客之所以称觞先生者，余又何益焉。”

同上《辛卯见闻录序》：“《辛卯见闻录》者，丘子如磐录其日所闻见以成书者也。秋日，王子将西归、且行，丘子出以示王子，属弁言。”先生在序文中主要提了两点。其一，“吾窃自愧，放浪吴、越间一岁有余，目得之所阅、与耳得之友朋之所述，百千词而不能殚，而吾曾无片札尺楮存于笥中。……如磐何其勤也。”其二，“抑吾有告于如磐者，泥泞五寸，须说一尺，此古今之通弊也。又闻有人于此，善恶参半，举其善焉，其恶者特不言也，而其人已曾、闵不过矣；举其恶焉，其善者特不言也，而其人已桀、跖不过矣。本一人也，隐显为言，而判若云泥。然善善长而恶恶短，春秋之义。斯留心著述者，所不可不知也。如磐懋之。斑马在门，离酒在席，摇笔漫书，言无序次。”窃以为，此一段为掌握批评尺寸之至理，读者珍之。

先生尝遭构陷，吏卒相迫，几蹈不测。

《砥斋集》卷8《复临川周业师书》：“门生素性狂戆，遭忌构陷，吏卒见迫，几蹈不测。赖里中士庶，不忘先人之泽，声义公堂，使沉冤获雪，此门生所以发奋于邹阳，而堕涕于江淹者也。”按，此事之详情待考。以札中后文“乃天不我悯，慈母见背”度之，当发生于丧母之前，故排比于此。

顺治十年癸巳（公元1653），先生年三十二。是岁，先生母杨太夫人殁。

按：《砥斋集》卷11《祭伯兄石渠先生文》，“庚子正月十四日，伯兄殁七日矣，弟弘嘉等致奠柩前而告之以词曰，‘今去母殁才八年耳，而大兄复忍舍我而逝耶’?”以顺治十七年庚子逆推，当在此年。又《山志》二集卷6“杨光禄诗”条，“余舅杨光禄公自四川罢归，于檀峪筑一园名翠微庄，眺咏自娱”，可证先生母姓杨氏。唯恐是邻华公原配，而邻华公继配姓张氏，康乃心《王贞文先生遗事》有云："司马公常语张恭人曰'是不破家，即晚成'"观之，则先生有母姓张也。

顺治十一年甲午（公元1654），先生年三十三。是岁冬，先生父母合葬。

《砥斋集》卷12《建石坊祭告文》，"曩癸未冬，男（弘）学奉我父讣疏，请恩阙下，钦蒙圣谕，赠荫如典，已复赐祭葬。嗣以京师不守，未及施行。……兹不幸我母见背，将以今岁甲午冬奉襄大事。"

顺治十二年乙未（公元1655）先生年三十四。是岁，汤潜庵（斌）来为潼关兵备道，于先生备极推许。

《砥斋集》卷12《野语》："睢州荆岘汤公为潼关治兵使者。……历三年，而迁豫章藩司，分守岭北。弘撰尝为学博士代草一文，公见而亟称之，召与语，忘分降礼，待以国士，故其感公也为尤深。"复按《砥斋集》卷1《送汤荆岘兵宪序》："岁戊戌之冬，吏部臣言潼关治兵使者汤公在职久，宜升去"，自顺治十五年戊戌逆推三载，当在本年。

顺治十五年戊戌（公元1658）先生年三十七。尝过安陵（咸阳），留三十日，与韩石华、刘博仲等文章倡酬无虚日。是岁有科场之狱，而高陵田雪崖以治《易》成进士。

《砥斋集》卷1《雪舫近诗序》："余从海内学古诸君子闻韩子石华之名久矣。观诸君子所为赠石华之言，述其流离险阻、扶祖母榇归葬事，意一恂恂至性人也。戊戌过安陵，……始挹其丰采，接其谈论，奕奕岳岳，映发四座，则固翩翩诗人也。留安陵三十日，无日不过从，文章唱酬，晷漏相继。……石华居恒论诗，睥睨中、晚，故其墨采腾奋，翱翔汉、魏，驰骋初、盛，而必源之《三百》，矩之'六义'。……近世公安、竟陵诸家，尤其所远之不道者。……而安陵人每为余言，石华慷慨然诺，周人之急，恤人之难，即古侠烈所不逮，益戚戚余心焉。"

《砥斋集》卷1《藿庵近稿序》："刘子博仲，人豪也。自弱冠好学，博极群书，名藉甚诸生间，以文豪。又好饮，开筵坐花，飞觞醉月，如长鲸吸川，以酒豪。间选声伎，丝竹错奏，或呼卢，一掷百万，则豪于狭邪。而门多长者，坐有鸿儒，急人之难，甚己之私，则豪于交。……汗漫南北，足迹遍三陲，名山大川，靡所不至，则豪于游。其间兴到，长吟累数千篇，出风入雅，一本正始；大历以后，概所不屑，同侪多无敢当者，故尤以诗豪。然用是不问生人产，家亦因以渐贫，顾博仲无几微形于色，而豪自若也。博仲洵人豪哉!"

《砥斋集》卷1《贺田雪崖进士序》："戊戌，南宫之有试也，天子方罪迩年幸窦者，诏旨切责在廷诸臣，人人自惴也。是年，田子雪崖用治《易》成进士。"

顺治十六年己亥（公元1659）先生年三十八。二月，潼关兵备道汤斌将赴豫章，先生撰《野语》一卷相送。

按，《野语》见《砥斋集》卷12，文凡十七、八条，不及三千言，大体誉汤氏为政之善，可采者少，故不俱引。

是岁，先生家居，偃仰独鹤亭。当时雅士、遗民多有题咏。

《砥斋集》卷1《募修法兴寺序》，"唯时己亥之冬，同云初布，余方卧独鹤亭待雪。……"

同上卷8《与刘孟常》，"润生囊赠一鹤，弟欲构小亭居之，拟颜曰'独鹤'。此亭不肃杂宾，非吾臭味不得坐谈其中，非元亮、幼安之流不以书此额。今以求足下，想当不拒耳。足下若自矜，谓弟仰书法之妙，则误矣。一笑。"按，《山志》初集卷3有"刘孟尝"一条云，"刘孟尝，侍御文石公之长子，壬午（按，崇祯十五年）孝廉也。隐居读书，有幽贞之节，而不事炫耀。予尝以'浑金璞玉'拟之，与（王）仲复称为'渭北二隐'。孟尝有二女，予为长子聘其长者；会有寇乱，与其母并妹俱投井而死。予曾作《刘长女传》。今每忆及，犹戚戚于怀也。"

按，独鹤亭题咏，就所见者录之如下：

王阮亭（士祯）《渔洋精华录》卷6《为王山史赋独鹤亭》："园林华山下，水石远人间。独鹤来江海，萧然相对闲。博台残雪散，仙掌片云还，骑向三峰顶，遥遥不可攀。"

李天生（因笃）《受祺堂诗集》卷8《独鹤亭诗寄王徵君山史》："鹤生何矫矫，高举入青冥。潇洒辞江海，委身君子庭。庭中有玉树，晓露滋其荣。侧颈时就饮，回翔代飞鸣。嗟哉当世士，为乐甚多营。野田忧黄雀，荡子啃乌生。欣我贤主人，古欢不近名。东瞻莲花空，窈窕作此亭。悠然忘雕饰，冀托展素情，抗志无俦匹，相将保百龄。咳唾皆珠玉，被之得余馨。驷马常到门，中宵起长征。语君且复休，人事分虚盈。天寒朝雨深，聊用保杜衡。”按，吴怀清《三李年谱 · 天生谱》将此诗系在康熙四年乙巳，天生三十五岁时作。

屈大均《翁山诗外》有七言古《题王山史独鹤亭》：“仙人骐骥是胎禽，千岁丹砂入顶深。闻尔浮丘能相鹤，孤飞忽至华山阴。华山三峰削青天，白帝金精育大贤。黄河万里入胸臆，文章一泄如云烟。我本罗浮五色鸟，化为仙人出炎峤。狂歌不逐衰凤游，高举时蒙斥鷃诮。闻君好鹤鹤亭居，九皋清唳为君娱。携持杯杓来相就，骖驾烟霞遂共驱。共驱直上华山巅，鹤兮起舞何翩翩。衣裳皎若玉井莲，何殊玉女临樽前？”

李良年（武曾）《秋锦山房集》卷2《题王山史独鹤亭图》二首：“小隐含毫对落晖，霞催风逼见应稀。（自注：昔人评郑广文书‘如风逼云收、霞催月上’，山史书法近之。）笼鹅往事须君续，铁限门边看鹤飞。”“三峰飞瀑洒帘茵，九月松风拂四邻。欲认棕亭西畔水，他年吾作叩门人。”按，李氏对山史评价甚高；山史论书论画之语正多，详后。

李叔则（楷）《河滨诗选》卷4《咏独鹤亭为王山史作》二首：“鹤群落人间，相怜始相呼。孤鹤又脱累，不受雌雄愚。地上即云霄，何必翔虚无？小亭怜高山，湿翠时一铺。池鳞多文锦，相忘如江湖。此生苟自得，岁月听肥癯。他人或未解，主者情允符。”“啸月既有楼，独鹤复置亭。其中无长物，空韵清冷冷。朱栏照虚日，相对炼神形。酒冽不敢饮，歌细不入听。四时琅玕色，终古一青冥。客至或欢谑，客退数鹤翔。”

同上，复有《独鹤亭观美人雨中饲鹤》一首：“小亭当木药，雨声生华晕。胎禽沐霜翎，可望不可近。绿莎聊矫首，青霞忆飞奋。佳人藕衣裳，爱之相存问。双袖约金环，丰致如春温。取彼盘中餐，观君闲中韵。饮啄众鸟同，无以别喜愠。饱亦不飏去，饥亦绝悲愤。乃知山中俦，遥遥多神蕴。”按，此处所咏美人，颇疑是山史姬妾。尝见《砥斋集》卷5有《惠姬传》一则，姑录此存疑：“惠姬名桂字月华，华阴微族也。容不治而晰以颀，翩然有出尘之态。性柔慧蕴雅，能识大义，决事机。与之谈，微中。对不知己者，语多诡端，故或疑其伪，不知其诚也。尤善歌，兼工丝竹，声情动人，一皆无与匹者，然非其好矣。居恒郁郁，颇以酒自宽。醉则愤形于色，呜咽不胜。醒而悔，辄掩焉。心所自矢，卒不可夺。以是落落寡契，让之者日众：引咎而已。有时独处，人潜窥之，往往见垂涕云。”

汪茗文（琬）《尧峰集》卷1《赠王山史兼寄题独鹤亭二首》：“嵯峨树石营丘笔，茧纸兰亭定武刻。秦川公子收藏家，牙玉为签锦为帙。蹇驴驮来入京国，好事何人相赏识。几静窗明亲卷舒，每防寒具沾遗墨。我闻君家筑亭太华偏，短歌招鹤鹤来前，松阴月午引修吭，何不骑此同飞骞？看君直上西峰顶，俯视长物皆可损。区区书画何足道，一笑过眼如云烟。”“我不羡辋川隖中辛夷白，亦不羡灞陵桥头柳条碧，惟羡君家一草亭，遥对青柯坪上松千尺。玄衣老鹤何处来？瘦骨棱棱露标格。有时叫月长松间，松声鹤声并萧瑟。老夫爱吟招隐诗，他年峰顶结茅茨。从君拟乞浮丘术，也借仙人一只骑。”

谱主《砥斋集》卷4《竺隖草庐记》，“（文）南云恪守先训，谢绝尘务，以诗、文、书、画自娱。与予缔交二十余载，尝为写《独鹤亭图》，妙得家法。汪茗文、王阮亭、李天生皆亟赏之。”按，南云姓文氏，名点。文徵明后裔。文震孟孙文秉之子也。

《砥斋集》卷8《复马融我》：“弟年三十有八，一事无成。独幸三年之内，两产孙儿，他时含饴，不愁老景寂寞矣。”

顺治十七年庚子（公元1660）先生年三十九。正月，先生伯兄弘学殁；十一月初四兄弘赐又殁。先生抱幽忧之疾，几不起。

《砥斋集》卷11《祭伯兄石渠先生文》：“庚子正月十四日，伯兄殁七日矣。……唯我父母，生我兄弟六人。乙酉之岁，丧我仲兄。……今母殁才八年耳，而大兄复忍舍我而逝耶？大兄天资醇厚，好学笃行，少从我父游冯恭定之门，履规蹈矩，惟濂、洛、关、闽是程。勤以立业，俭不负德，接人处事，既直且恕。……无何，甲申三月十九日之难作，遂裂衣冠，弃人事，教子弄孙，自谓长有丘壑矣。时移代易，物情潜庚，大兄固有不忘于怀者。间复纵酒，慷慨于邑，浸寻有疾，以致右臂不仁，遂弥年载。然左手操笔，抄录经史，诵数思索，曾不一日辍也。（弘）嘉等情则兄弟，谊兼师友，而大兄竟忍舍我而逝耶?!”按李桐阁《关学续编》云，王弘学著有《石渠阁文集》。

同上《祭四兄洒臣先生文》：“庚子十一月十日，……致奠于四兄洒臣先生之柩。……唯是兄负至性，聪敏迈伦，长而涉猎古籍，矫矫不肯下人。独鄙章句，不喜举子业。……昔我先考，秉钺虔南，兄趋省者屡，往来江、汉，视如闾里。时我考方征瑶夷之不庭者，乃兄即抵掌谈军旅事，语中窍要。我考喜，谓兄‘吾年垂六十，知子不尽如是。’兄益自许。蒿目中原，烽火抢攘，恒欲以戈马策勋万里。迨甲申之变，遂自废，寓情怀罣，著号酒臣。醉后奋袖低昂，每下涕于髀肉，几击碎唾壶。盖其怀才莫展之概，有不可告人者矣。乃何意遽及于是耶?!”

同上卷1《寿邑侯刘端伯诗序》：“庚子冬杪，余抱幽忧之疾，几不起。”

是冬，曾为刘孝子题册，辟淫僻邪畸之孝。又尝论妇女贞节。

《砥斋集》卷2《书刘孝子册后》，“庐墓，古也；封肱，非古也。世衰教微，人唯名是矜，虽修身养志之士，非庐墓封肱不以教称；而所称为孝子者，舍庐墓封肱外，或无他可述。淫僻邪畸，间有之矣。然惊诧邻里，为有司旌门荣身之本，二者之中，封肱实甚，而世顾尤以为难。君子非之，以为毁亲之遗体不恤，天伦之间有市心焉。……庚子冬，张子白石来访，持一册，命予书刘孝子事。问：曾封肱否？曰，否。余喜曰，古之道也。刘子之行不苟矣，是可书也。遂伏枕识之，且以示来者。”

按，窃见傅青主（山）《霜红龛集》卷30中有《礼解》一篇，与此同调，略曰：“人有父死而哀毁庐墓、几至于灭性者，而孝之名归焉。邻遂有其母死而亦效其哀毁以几灭性，盖知孝之为美名，而惟恐其不似丧父之人。……及问其母，则其父之再娶、而即以其女妇若，继母而实妇之母，视其父若妇翁者也。不知其哀毁之何所能致也？故非其孝而孝之，孝丧世、世亦丧孝；犹非其忠而忠之，忠丧世，世亦丧忠。非其亲而亲之，曰礼也；非礼也。而不亲之，非礼也；礼也。非其君而君之，曰礼也；非礼也。而有不君之，非礼也；礼也。夫世儒之所谓礼者，治世之衣冠而乱世之疮也。……”

《山志》二集卷2“郭巨、丁兰”条，“郭巨养母，恐其子分其母之甘旨，而遽埋之。丁兰刻木为母像，因邻人侮其像而遽杀之。……予谓此二人，皆凶人也，其悍恶无赖，岂但不可称之为孝子哉?! 巨，当如太祖之惩江伯儿，杖之可也。兰当论死。兰而可贷，恐奸恶生心，王者无所贵制法矣。”

又尝论妇女之守节。《待庵日札》《论节女》一则曰：“女有未嫁而婿死者。或问字焉，媒妁既通，父母许之，女无言也；夜乃自缢，赖其家人救之苏，始言其欲之婿家以终。予闻之，遥具一瓣香，将拜之，而叹曰，贤哉女子，是其志矢皎日，节凛严霜者乎！敢不拜。既而思之，女可谓义矣，然而非礼也。古者先王制礼，贤者不敢过，不肖者不敢不及也。……夫礼者，所以体顺人情而为之节文，非强也。今女之行如此，于礼则越，于情则拂，必非其父母之心所安也；若安之，则不慈。父母即安之，又必非其舅姑之心所安也；若安之，则不仁。……”综上所引，山史思想中盖有反封建的人道主义因素存在也。

顺治十八年辛丑（公元1661）先生年四十。尝寓长安，与李叔则（楷）论书法。

《砥斋集》卷2《书临〈玄秘塔〉帖后》：“书法锺、王，尚矣。继莫妙于颜、柳，要其忠义正直之气，溢于笔墨之际。今人舍颜、柳而学吴兴，无怪乎世道之日下也。辛丑秋日寓长安，与李岸翁共晨夕，间论及此，岸翁深以为然。”

按，窃见傅青主（山）《霜红龛集》卷4有《作字示儿孙》诗，“作字先作人，人奇字自古。纲常叛周孔，笔墨不可补。诚悬有至论，笔力不专主。一臂加五指，乾卦六爻睹。谁为用九者，心与拳是取。永真溯羲文，不易柳公语。未习鲁公书，先观鲁公诂。平原气在中，毛颖足吞虏。”诗后有《跋》，略曰“贫道二十岁左右，于先世所传晋、唐楷书法无所不临，而不能略肖；偶得赵子昂《香光诗墨迹》，爱其圆转流丽，遂临之；不数过而遂欲乱真。此无他，即如人学正人君子，中觉觚棱难近；降而与匪人游，神情不觉其日亲日密，而无尔我者，然也。……不知董太史何所见而遂称孟頫为五百年中所无，贫道乃今大解，而今大不解。”《跋》文之末，青主总结书法体会，曰：“宁拙勿巧，宁丑勿媚，宁支离勿轻滑，宁直率勿安排：足以回临池既倒之狂澜矣。”

按，谱主山史先生又尝论王铎书法。《山志》初集卷1“王宗伯书”条云：“宗伯于书道天分既优，用工又博，合者直可抗迹颜、柳。晚年为人略无行简，书亦渐入恶趣。奉命来祭华岳，为贼所困，留滞华下，写字颇多，益纵弛，失晋人古雅遗则，乃知书品与人品相为表里，不可掩也。”

又《砥斋集》卷8上《答康孟谋》：“颜字楷法方整，正如魏人分法。

所患：寡情。盖书家固以险绝为功，海岳（按，米芾）独窥得此，故云。然以为近俗：则非。若行草直逼晋人，如《祭侄文》、《争坐帖》，已入右军之室，唐宋诸家皆瞠乎后矣。执笔欲紧，运笔欲活。所谓运笔之妙，全在指掌。虚之谓掌，实之谓指也。悬腕，腕不著纸耳。海岳谓之‘提笔’。”

按，山史先生善书，李良年有“风逼云收霞催月上”之誉，已见前引。今岁四月过先生故里小涨村，其裔孙中有一老者云，传说“康熙王学字（陕人读如‘次’）两年半，只有一点象弘撰（陕人读‘撰’不作zhuàn，而作重唇音vuàn）”。此虽野老之言，姑志于此。

又，《砥斋集》卷2《书李岸翁闰七夕词后》：“河滨沉酣经史，尤精诣内典，具经济之略，而不逢时，晚乃游戏于斯。间有所作，声韵稳贴，纵横合拍，无所借衬。吾乡作者，康、王而后，今在河滨矣。闰七夕《新水令》一阕，慷慨凄楚，何其音之悲也。予浏览数四，而叹河滨所寄，宁独在区区文艺之间耶?! 辛丑秋日山史书。”按，李楷，朝邑人，字叔则，号岸翁，学者称河滨夫子。长于山史先生十九岁。平生著述甚富。其子建尝选订为《河滨全书》，一百卷，后多散佚。道光中，其七世孙元春（桐阁）为辑《诗选》十卷，《文选》十卷，《遗书抄》四册。

康熙二年癸卯（公元1663）先生年四十二。是岁，昆山顾亭林（炎武）先生历山陕，在太原与傅青主（山）订交；在代州，与李天生（因笃）订交；旋自蒲州过河，至华阴、富平、周至，与先生及李中孚（颙）订交。

丁宝铨《傅青主年谱》：“（康熙）二年癸卯，五十七岁。昆山顾宁人（炎武）访先生于松庄，赠五律一首，先生依韵答之。”

吴怀清《三李年谱》《天生谱》：“康熙二年癸卯，三十三岁。在代州。昆山顾宁人游五台经代州，遂订交（顾宁人长先生十有八岁）。”

张穆《顾亭林年谱》：“（康熙）二年癸卯，五十一岁。正月，自平阳登霍山，游女娲庙。至太原，访傅处士青主。至代州，游五台，与富平李因笃遇，遂订交。在汾州，闻挚友吴赤溟（炎）、潘力田（柽章）遭湖州庄氏私史之难。由汾州历闻喜，取道蒲州，入潼关，游西岳太华，过访王山史（宏撰）于华阴。至西安。游富平，馆李子德家。又西至乾州。十月，过访李处士中孚于周至，遂订交。”

惠霾嗣《历年纪略》："十月朔，东吴顾宁人（讳炎武）来访。顾博学宏通，学如郑樵。先生与之从容盘桓，上下古今，靡不辩订。既尔叹曰，'尧、舜之知，而不偏物：急先务也。吾人当务之急，原自有在，若舍而不务，惟骛精神于上下古今之间，正昔人所谓抛却自家无尽藏，沿门托钵效贫儿也。'顾为之怃然。"按，于此可见朱学与王学之歧异。

按，先生尝为亭林言及朱子斗，亭林访之长安，并为其诗集撰序。事见本谱顺治二年下，此处不再引。

是岁，先生尝再游江南，至金陵，登容安阁，望锺山。时，田雪崖为先生初刻《砥斋集》于白门。先生亦为华州郭胤伯（宗昌）刻其《金石史》。始与画家"金陵八家"相往还。

《砥斋集》卷4《山来阁记》："桃叶渡之侧有园一区，广数十弓，宋君以伟之所营也。花药林竹，可以娱目；蓄古今人字画，可以澄怀；积书千卷，可以求圣贤之道，知人论世。有阁焉，高三层，可以远眺。癸卯春，予来金陵，曾登其上，望锺山焉。以伟负义气，不屑流俗，每招四方士为高会，赋诗饮酒不辍。予固心壮之。然以伟，魏国之女夫也，遘世之变，魏国故第废置，东园栏榭，荡为寒烟，中山之遗烈，不可问矣。而以伟尚有此，以优游卒岁，俯仰之间，其能无今昔之感乎哉?!"

《西归日札》："金陵之以善画名者，众矣；而周栎园（按，周亮工）司农独标举八人，曰"八大家"，则张损之（修）、谢仲美（成），樊浴沂（沂）、吴远度（宏）、樊会公（圻）、高蔚生（岑）、胡石公（慥）、邹方鲁（喆）也。其时，有叶荣木（欣），盛白含（丹）、施两咸（霖）、盛林玉（琳）辈八人者不能过之，乃不与焉。癸卯，予至金陵，八人者日相往来，皆为予作《独鹤亭图》，位置渲皴，极山云林泉之胜。八人者，固未见亭，亦写其意而已。"

《砥斋集》卷首先生长子（王）宜辅撰《刻〈砥斋集〉记》："家大人读书之暇，间作诗古文辞。癸卯，田雪崖先生为刻之白门，曰《砥斋集》，文才数十篇，无诗。汪苕文先生为作序，云'刻之京师'，非也。"按，汪苕文（琬）序作于康熙八年己酉，不见于《砥斋集》，仅见于《尧峰文抄》，略曰："王子故尝以'山史'自号，观其学识如此，信乎其近于史矣。今天子方诏修太宗、世祖《实录》，及前明史书，逾年于此；行且考求徵聘之典，网罗山林老成、淹雅隐逸之士，以广储其选。使王子得给笔札，厕身玉堂之中，发凡起例，是是非非，必不苟同流俗，虽以之争光日月不难。而惜乎其布衣芒屩，沉沦诸生间，而莫之为援也。苟得一二钜公出气力以左右之，其所撰述，岂止是哉?!”按，此文臭味，与山史迥乎不同，宜乎其不以刻入，而另倩渭南南鼎甫（廷铉）为之也。

《山志》卷6“郭宛委”条，“郭宛委先生，博雅君子也。与予为忘年之交。著书散佚，深可慨惜。予曩在白门，为刻行其《金石史》二卷。今略记遗论，以见一斑。”按，所记遗论，有有关万历援高丽抗倭事，严世蕃父子轶事，王维《辋川图》，白居易《荔枝图》事，以及古器物及山林怪异诸事，不俱引。

李慈铭《越缦堂日记》：“《金石史》所收，仅五十三部。《四库书目》谓其‘好持高论’。允伯卒在顺治九年，至康熙二年，其友王无异始刻是书于金陵。”

《砥斋集》卷8下《与周元亮司农》：“《金石史》，皆胤伯所自藏秦、汉以来金石之文，各有评跋，卓然独得，绝不随人悲笑。行文亦自蕴雅可喜。弘撰浅学寡闻，窃谓可与《集古》、《金石》二录，并传不朽。他著述甚多，其后人既不能为之广播流传，而友朋中又力不及此，弘撰每以此自恨、旋自愧也。先生为王于一刊《四照堂集》，凡有与于斯文者，无不感之欲涕。岂但于一衔环地下哉？今之世如先生者几人乎?! 殊可叹也。闻已扬帆，不及走饯，翘首江天，我劳如何。”

按，先生再游江南，与亭林至华阴缔交，二事在同一年份内如何安排，是一问题。由所引诸文观之，在金陵为春日；亭林见二曲时已冬十月，在长安时“积雨乍开褰，凄其秋已半”，故到华阴登华山时当在盛夏，然则是时山史已遄归耶？谨此志疑，固不敢作为判断也。

康熙三年甲辰（公元1664）先生年四十三。尝为王雨公跋其《华山图册》。

《砥斋集》卷2《题王雨公华山图册》：“吾宗兄雨公，胸中富丘壑，甲辰之夏，挟册登绝顶，遍探诸峰之胜，处处志之，归为图二十四帧，又别为八帧，山峦草树水石径栈，以及殿阁茅茨，无一不肖，而清逸秀润，腌霭滃郁，横看侧看，遂使华山真面目历历楮墨间；其位置点皴，则有营丘、河阳遗法。”

按《砥斋集》卷8上复有先生《复雨公》一札云："僻巷萧然，忽拜茗酒之惠，知足下念我至厚。兹寄上石印二方，求镌贱名与字；并纸一幅，求山水小画。知足下政事繁剧，或不暇及此。然弟窃谓热闹场中，正不可无此冷淡生活。且今日在蒲州堂上作官者，一时之雨公耳；究篆籀之文，挥毫泼墨，及山水之变态者，千秋之雨公也。雨公岂以一时易千秋哉?!"

康熙五年丙午（公元1666）先生年四十五。是岁，番禺屈大均来游关中，与先生在三原相识，旋来游华山，继在长安曾有诗酒高会。

屈大均《翁山文外》卷1《宗周游记》："……三原，古焦获地，亦曰瓠中，曰池阳。丙午正月至温氏馆，遇华阴王山史，阅其所注（李）于鳞《华山记》，华山嵌奇之状，恍惚在目。山史邀予为太华游。……是夕连床，山史谈太华，予谈罗浮，至夜分不寐。""三月六日从故道复往华阴。初八，抵山史独鹤亭。山史命其子伯佐导上太华，而送予至醉溪。……居西峰二十余日，四月朔下山，返山史砥斋。……五月二日，山史携入西安。李叔则（苍舒）、山史、李天生、伯佐置酒高会，时有十五国客。予与曲阜颜修来以诗盛称于诸公，一座属目。先是，有传予登华长律至西安，天生见而惊服，谓自有太华无此杰作，可与于鳞一《记》并传。比相见，即再拜订交。谓今日始得一劲敌云。天生虽心奇予，然尝欲抑予驰骋雄奇之气而一湛于醇粹。与游，辄多所琢磨。予大喜，遂约为雁、代之游。"

按，《翁山诗外》中有《饮王氏漱园醉赋》云："华山谷口云茫茫，寻君台馆玉泉旁。闲挥玉麈论《秋水》，庄襟老带何清狂！朝邑美人善歌舞，荆州处士能壶觞。飞扬且任神龙性，温柔何羡白云乡。白云变化何时息，人生寿命有时极。努力读书与好色，明星玉女日侍侧。"按，《待庵日札》《明经五章王君墓志铭》，"华阴有数王氏，皆不同姓，世通婚姻。……"足见漱园主人王氏或非山史族人，不然定当写明也。

按，又见《翁山诗外》中有《寄王山史》七绝一首云，"首阳、太华何时合？一道黄河苦间之。愁绝白云与秋色，风陵渡口望君时。"以诗中情节度之，作诗时当在北岸，已是翁山入晋以后之事矣。权赘于此。

是岁，西安府拔郡邑士肄业关中书院，延先生掌院事。先生训迪诸生，主文章

以“简”为贵。又尝标揭一“淡”字或一“洁”字。

《砥斋集》卷1下《关中书院制义序》:“山东济水叶公,莅西安之四年,……丙午春檄诸郡邑拔士之尤者,肄业书院。兼金嘉币,先及小子撰,俾司厥事。撰谢不敢承,公下书让之。词切直,撰弗敢固守其私。于是与诸子集焉,凡二百五十余人,馆餐悉备。……撰受公之教,又受益诸子,尝少有省。窃谓人品不一,以诚为主;文格不同,以简为贵。……”按叶名承祧,历城人,康熙二年任,五年迁去。

《砥斋集》卷1上《制义选序》,“杨维斗曰,文章莫妙于简,亦莫难于简,知言哉!……国家以制义取士,使明道也,时诸先达皆尚简,清真典雅,卓然称盛,嘉、隆稍纵,万末斯靡,启之乙丑,矫之以子,降而滥矣。故维斗辈出,亟亟尊经,盖救弊之术,不朽之事也。”按,此处,谱主道出其个人对明代文学流变的一些看法。

同上《又序》,“……不蔓不杂,故清;不饰不倍,故真;不凑不佻,故典;不俗不野,故雅。唯清、唯真、唯典、唯雅,故简也。然则为简有道乎?曰道在力学。读书明理之人,识乎中肯,言必居要,故求之以博,守之以约,欲其自得之也。”

同上卷1下《文稿自述》,“文,君子之言也,以明理,以晓事,以宣情,取其达而已矣。故贵淡。行乎其所当行,止乎其所不得不止,斯善为淡者矣。所谓绚烂之极尔,浮荡艰深,绮靡晖缓,失其淡也,文斯下矣。”

按,又尝见吾乡人张贞《杞田集》,卷首有华山王弘撰所撰《或语序》:“世之论文者,咸推司马子长。柳子厚独称其‘洁’。予颂人之能文者,辄有溢词;唯‘洁’之一言,不敢忘许。今观于张君杞园,其庶几乎?《或语》者,特其偶梓近作耳,篇固不多,虚实详略,行止有法,而咸以古义副之,其可传无疑,有非时流所能及者,则‘洁’之故与?!杞园尝自言其文质而可信,而予谓其中之所蕴有未易尽者;盖予之信杞园,其又在‘或默’时矣。”

自以上所述,可以窥见山史的文章观点,亦即文艺观点。

是冬,先生次子宜辅补博士弟子员,李天生为文以贺。

《续刻受祺堂集》卷2《王山史先生次子仲和补博士弟子员序》,“……吾友王山史先生次子仲和补弟子员,……山史以布衣祭酒青门,今年冬，长子伯佐试冠军，仲和复有是庆，于是三原杜二苍舒将率诸同人觞山史于关中书院，因命因笃以言导之。……夫山史，文献之家也，其子弟皆彬彬俊髦，得于家教者深。……”

康熙六年丁未（公元1667）先生年四十六，陕西巡抚贾汉复聘先生纂修《陕西通志》。

《续刻受祺堂集》卷2《王徵君山史六帙序》：“尚书贾公来抚秦，会纂《通志》，念秦士无出先生右者，敦聘以董其成；旋都，延教其子若婿。……”按，贾汉复，正蓝旗汉军。康熙元年以兵部尚书出任陕西巡抚，七年迁去。

是岁孙传庭次子世宁来乞其母碑文，先生为书之。

《砥斋集》卷6《孙夫人殉节碑》：“崇祯癸未秋，督师白谷孙公征贼于河南，败绩，退守潼关。冬十月六日潼关陷，公死之。夫人张氏在西安城中，贼薄城，夫人率诸妾刘氏、张氏、吴氏及二女俱投一井死，三婢从焉。呜呼！当公出师时，霖雨四十日，士痡马瘏，粮又不继，贼反以逸待劳，卒为所掩，岂战之罪?!厥功不就，陨身以殉，公之节见；妇女何知，视死如归，公之化彰。……大清定鼎，乙酉，公子之世瑞、世宁匍匐启井，独夫人面如生。……越二十四年丁未，世宁复至，乞纪其事。于时华阴王弘撰载笔泐石，树于碑林。”

康熙七年戊申（公元1668）先生年四十七。春，和州戴务旃（本孝）来游华山，过先生独鹤亭。

《砥斋集》卷1下《守砚庵文稿序》：“犹记戊申之春，有人焉，撰仗履北走太原，访傅公之佗，信宿而西，入潼关，过予独鹤亭，赋诗一章；登太华之颠，作画一幅而去，飘然出尘埃之表，则鹰阿山樵戴子务旃也。自兹以来，凡花时、月时、风雨霜雪时，孤亭偃仰，阒其无人，莫不有务旃在焉。而务旃则去已二十余年矣。”“务旃以有为之才，奉其先人遗训，底厉名节，遭时不造，裂冠弃人事，游散山水荒遐之区，足迹遍三陲焉。”

按，务旃先人名戴重，字敬夫，号河村，和州人，有《河村集》。《四朝成仁录》中有《戴重传》，略曰：“会国变，遂与王元震裂缟结太湖义旅为一军，吴江吴旸、宜兴卢象观相檄为首尾。攻复湖州，磔降者。三失而三复之。转战三月，被流矢洞胸，潜居僧寺，作《绝命词》十五首，绝粒而死。”所著《河村集》，尝见方以智（《合山旧史》）为之序，略曰：“……余隐平西，触痛为之一歌。今闭竹关，见其子务旃、无忝，如见其父，又为之触痛一歌。刘存宗编《河村集》，芑山梓之，属余弁之，余不忍读。……无忝重趼天下，复抵我，我不择地而之捽草把土，此痛何如?!作而号曰，敬夫，丈夫；其子，丈夫子。冷风刮骨，声满天地，为之再三歌。其所歌，愈歌愈变，愈变愈和，此吾党学道之硎也。”

尝在上海图书馆阅《河村集》，见书首有海宁陈乃乾癸酉（按，其同治十二年欤?!）手书《跋语》，略曰：“……书友杨寿祺架上检得《河村文集》两册，……云购自苏州，其后尚有诗集两册，有缺卷未之取也。……因倩苏友邹君访之，越三日递至，开椷诵读，始知非河村诗，乃河村之子鹰阿山樵作也。山樵诗分《前生》、《余生》两集，此则《余生集》之残本也。世人仅知山樵之画，寸缣兼金，而父子遗集毁于禁网，极不易得。如此等书，天壤间宁有几残本耶?!”

谱主《西归日札》“随园诗序”条云：“随园诗者，电岩上人作也。电岩为佛弟子，戒行精严，顾好读儒书，与儒者游，故其诗清新雅赡，无蔬笋气。又喜画，妙究六法。初陈原舒来白门，以画名，有苍疏之致，电岩辄仿之，见者以为神似。已而鹰阿山樵戴务旃至。务旃，有道之士也，寄迹长干，尤善画，独用燥笔，而滃郁超逸，出人意表。世皆知画贵润，不知润在笔不在墨；不然，何以从燥得润？此其故殊可参寻。电岩有妙悟，尽务旃之法，惨淡经营，视原舒之颓然自放者，不侔矣。”王阮亭（士祯）《池北偶谈》，“戴本孝，字务旃，和州人。尝在京师夜与友人谈华山之胜，晨起即襆被往游，其高旷如此。”

秋，有燕、赵之行，过祁县，与戴枫仲（廷栻）订交。

《砥斋集》卷2《书宋、元人画册后》：“戊申秋七月，余将有事于燕、赵，道经昭余，与戴子枫仲为倾盖交。酒间，出所藏宋、元人画册嘱题。……夫书画之流，而艺之微者也，昔人以之澄怀观道。戴子博学好古，又与傅青主先生及寿髦辈游，故鉴赏之精，有如然犀，非他好事者比也。天下倜傥高妙之士，不得于时，其志郁而莫伸，类有所遇。戴子其然乎？白露既下，旅雁初飞，登丹枫之阁，而远揽锺阜在其南，燕山在其北，而渐近则傅氏霜红龛在焉。西瞻二华，真源可问，其下即予之所为蔽风雨也。日月沉晖，云霞寡色，危涕坠心，姑置是事。”

至保定，识陈祺公（上年）及其兄大来。旋入北都。

《山志》初集卷1“陈祺公”条：“陈祺公与予以翰墨相来往，几四载矣。而实未识面。戊申秋，予至保定，始获晤对，朝夕相聚，因并识其兄大来。祺公居官，有才有守。而豁达大度，不可一世。政事之暇，博览群籍，尤好交游，慷慨然诺，有古人之风。其居家则内外大小事，皆大来主之。祺公事之唯谨，恂恂若孺子。夫身列外台，位非不高；年逾不惑，齿非不长，而能守礼若此，可谓贤矣。予每察其言动，退而思之，益觉其尊。”

按，《代州志》：“陈上年，字祺公，清苑人，顺治六年进士，授巩昌府推官，内迁兵部郎；十六年，出为泾、固道；十七年十二月调雁、平道；康熙六年，裁缺归。再起广西布政司参议。逆贼破梧州，迫以官，不从，幽死。”李因笃与之相契甚久，曾有句叙其族望云：“汝南望族，于淮颍川，浩浩澄波，分流于燕，上谷之阳，朗山巍然，聚族而居，子姓实繁……”（《受祺堂诗》卷18）。又，其《先母田太孺人行实》中云：“会佥宪上谷陈公备兵固原，苏、赵其同年也，并荐不孝为两公子师。从五原如雁门，忘其穷贱，托异性昆弟。”（《续刻受祺堂文集》卷4）复有《观察陈公初度序》云：“丁未春正月既望，予从陈祺公先生游凡九年而八见其初度矣。”（《续刻受祺堂文集》卷2）后闻祺公在粤，而夫人次子在籍新亡，复有句云：“宦薄捐妻子，材违冷栋梁”（《受祺堂诗集》卷18）。陈祺公、顾亭林殁后，天生复有《忆亡友陈使君、顾宁人两先生》三首，有句云“颍川频入梦，吴郡罢传书，……好春胸怅结，中夜涕涟如。”（《受祺堂诗集》卷25）

《砥斋集》卷2《书文衡山花鸟册后》：“戊申秋日，携之入都。”按，入都，当是为贾汉复家课子弟。

康熙八年己酉（公元1669）先生年四十八。春三月至昌平，祭告思陵。

《砥斋集》卷首先生长子宜辅《刻砥斋集记》：“己酉春，大人有昌平之行。”

同上卷11《谒思陵祭告文》，“呜呼！昔甲申三月十九日之难，惟帝弃四海宦民，身殉社稷。臣幺麼下士，僻处西陲，未遂哭临，罪当万死。兹来燕冀，特谒园陵。敢及讳辰，恭修祀事。爰陈俎豆，祗荐溪毛。念十七年覆载之恩，心惭书剑；尽三千里草茅之悃，泪洒河山。仰冀皇灵，俯垂昭鉴。呜呼哀哉！尚飨。”扬州李沂为赋《鹿马山人歌》，已见本谱前文所引，兹不重赘。

是岁，渭南南鼎甫（廷铉）为先生《砥斋集》撰序。

《序》曰：“今之为文章者，盖有二途焉，曰秦、汉，曰唐、宋。而各适其途者，则每自持一说，互相讥诋，即素称同学者，曾无恕词。余甚惑焉。……余友王子山史博学强识，所著富有，即与秦、汉、唐、宋人作合编而并度之，鲜有能辨之者。其为成家而可传也，无疑。顾文，枝也；行为本。果能笃气谊，辨义利，即片言拱璧矣。苟且不然，虽著书等身，于世道又奚裨焉?! ……康熙八年季夏同学弟南廷铉鼎甫题于万松山房。”

按南鼎甫，先生挚友，《续陕西通志稿》《王宏撰传略》：“……所与朝夕切劘者，朝邑王建常、李楷、周至李颙、富平李因笃、华州东荫商、渭南南廷铉。”《砥斋集》卷1有《南鼎甫诗序》：“吾乡学士大夫，类无不谈渭上南氏之学者。余闻南氏之学，始自文成（按，王守仁）。盖昔文成以理学冠一代，功业焕然，成言斑如。南氏之先，实游其门，以世著勋名，凡五传矣，至今鼎甫。鼎甫卓荦自命，不可一世。绝声色裘马之好，构容庵酒水上，才足蔽风雨，昕夕其中，于四子之理，百家之说，及古今盛衰成败之故，得失是非之略，无不晰若指掌。余每过从，云雾窈窕，颜色鲜好，而挹其气欲横九州，而听其言若河、汉之无极，使以膺天下大任，奏效治平，黼黻太平，无足少难者。且喜南氏之学日益昌，而叹文成之泽未斩也。呜呼！鼎甫岂仅以诗词自见者哉?!”

复按，东荫商字云雏，华州举人。窃尝见王士祯《感旧录》卷4中有其《过华阴与王无异诗》一首：“白帝宫前大士家，停鞭对酉夕阳斜。博台一访当年事，赌尔峰头十丈花。”

是岁十月，先生三兄弘嘉殁。

《砥斋集》卷11《祭三兄云隐先生文》：“念我父母，生我兄弟六人。

仲兄之殁，已二十有五年。伯兄四兄之殁，亦且十年。今三兄又逝，所存者独弟撰与辉耳。……父母居京，留弟在家，饮食衣服，唯兄与嫂氏是依，既而入京，则弟与兄俱。随侍虔南，又弟与兄俱。出入相同，如影随形，未尝离也。……弟素不治生产，兵燹之余，析居山村。家中落，值岁祲，不免饥乏。唯兄恤之，周之恐后。弟今有难，急之者谁耶?!弟学操觚，间有所著，兄尤相为商榷，不惜改定。今弟有作，知之者谁耶?!弟昔有狎邪之行，兄知之切戒，且杖僮仆之从弟游者，不少宽。弟为之闭门不敢出者累日。今弟有过，责之者谁耶?!”

李天生《受祺堂集》卷4《王公云隐先生墓表》:“王公讳宏嘉，字玉质，一字云隐。……前南京兵部左侍郎邻华翁讳之良第三子也。母，恭人。翁六子，自一至五，并恭人出，咸端亮能承家学。公与第五，无异徵君，尤秀而有文。关辅俊厨，交相推让；家庭私议，亦谓‘二难’”。“少有高韵，遭乱，益放情山水。筑园碧云溪畔，莳花竹，藏书甚富。素工为诗，尤善书。又好游，遍历四方。康熙八年十月晨餐已，将适所筑园，忽疾作，急召无异至，悠然而逝。公伟丰仪，美须髯，襟期旷达，翩翩浊世之佳公子也。著有《信古斋诗文》、《太华存稿》。”

《待庵日札》《复湄园记》:“昔予同三兄云隐侍司马府君于京师，……一日府君以漳浦石斋黄公‘七不如’疏训之诵。予与兄私相叹仰，以为黄公者天人也。初兄于里中筑一小园，内多美竹，至是告于府君，请黄公为之题。黄公以八分法，手书曰‘斐园’，既而易之以‘湄’。”“回忆五、六十年间，如梦幻泡影，其兴废之在一家者，已倏忽如此；而国运之盛衰，人事之得丧，足令人慷慨悲愤而至于流涕沾襟者，何限?!唯念府君与黄公比肩事主，其君臣朋友之义，关于万古之纲常不小，不禁百感交集，非直为一人之私言也。夫丈夫所为，有不止于此者。”

是岁九月，李中孚（颙）先生来游太华。

惠靇嗣《历年纪略》:“（康熙八年）九月，骆公量移常州，先生祖别于长乐坡，遂游骊山，浴温泉，与同游发明洗心藏密之旨，甚悉。乘便东游太华，张敦庵闻而迎至同州。……冬仲，西旋。”

康熙九年庚戌（公元1670）先生年四十九。元旦，先生自焚诗稿，且痛自悔过，不敢为一切逾分违理之事。

《山志》初集卷1“自励”条，“予自三兄逝后，无日不怆然于中，且自警自惧。故于庚戌元旦谨告先灵，凡一切愈分违理事，必不敢为。所以养身，非独自励，亦望我子弟，共识此意也。”“予昔日好声伎，三兄尝以为戒。今每忆及，不禁泣数行下。悔过之诚，有如皦日，不独如吾家右军所云，恐儿辈觉、损欣乐之趣也。”

同上“明善”条，“予少攻举子业，时有酒色之失。后遭寇乱，狂惰自废；德业靡成。年逾四十，始知为学。见圣贤言语实际，要以‘明善’为宗，致知者知此，力行者行此，尽性者尽此，践形者践此。修己者非此无以修己，治人者非此无以治人。此之谓善，至善也。此之谓明，明则诚矣。身之所在，道即在焉；道之所在，艺亦在焉。下学而上达。大行不加，穷居不损：豁如也。书以自喻，遂颜于堂。”

按，在修养问题方面，先生尝称道冯少墟（从吾）对阳明“四句教”之批评，内容相当深刻。《山志》初集卷2有“冯恭定”一条曰：“冯恭定之学恪守程、朱之训，可谓纯而正矣。先司马尝游其门，称其口无择言，身无择行，此吾辈之所当奉为神明蓍蔡者也。读其集，但观其语录足矣。其诗文固可略，在公、原不欲以诗文自见也。”又曰：“公尝云：阳明先生致良知三字，泄千载圣学之秘，有功于吾道甚大。而先生又曰，无善无恶心之体，有善有恶言之动，知善知恶是良知，为善去恶是格物。夫‘有善有恶’二句，与致良知三字互相发明，最为的确痛快；‘为善去恶’一句，虽非《大学》本旨，然亦不至误人；唯‘无善无恶’一句，关系学脉不小，此不可不辨。何也？心，一耳。自其发动处谓之意，自其灵明处谓之知，既知善知恶是良知，可见有善无恶是心之体。今曰无善无恶心之体，亦可曰无良无不良心之体耶?! 近日学者信‘致良知’之说者，并信‘无善无恶’之说者，固不是；非‘无善无恶’之说，并非‘致良知’之说，尤不是。或曰，果如致良知之说，然则诸儒所称，或主静、或居敬、或穷理、或静坐、或体认天理、或看喜怒哀乐未发气象，彼皆非欤？曰，不然。良知是本体，居敬、穷理诸说皆是致良知工夫。‘致’之云者，非虚无寂灭如二氏之说也。‘致’乎?!‘致’乎?! 岂易言哉?! 公之论阳明，可谓公而平矣。独于‘为善去恶’一句，犹有恕词。予谓此句正不可不辨。盖学者用功分途、正学异端分途，皆在于此，岂可谓非大学本旨，而犹不至误人耶?!”按，此段之后，尚有继续探讨之文六段，本谱不及备录。有兴趣者可取《山志》一一读之可也。

是岁，先生始读周濂溪（敦颐）之书，并为付刻。

《砥斋集》卷1《周子全书序》："自孟子而后，传孔子之道者，唯宋之周子为最，二程皆师焉。所著《太极图说》，虽朱、陆有未一之辨；而于《通书》，则并尊之无异词。撰年四十有九，始知读其书，义约而达，语淡以旨，包括宏深，研入微密，有体有用，有圣有王，盖六经之枢纽、百代之津梁矣。汉之董、隋之王、唐之韩，其文章雄伟或过之，而纯粹以精，曾不得与此。即宋之大儒如林，其学亦讵能出其范围也哉?！偶从友人得吕文简所定本，分内、外篇，曰《周子全书演》，乃手录之，而去其'演'之名，别益以诸儒所论注，共二卷，重付之梓。"

曾游阳陵（高陵），主田雪崖汲古阁，得文衡山（徵明）残画。

《砥斋集》卷4《文衡山残画记》："昔岁在庚戌，予游阳陵，宿田雪崖汲古阁下，偶见屋角积残楮，与粪土伍。稍简视，得画一幅，几寸寸裂矣，诧为文衡山先生笔。雪崖更取一方，乃其署款。遂命僮袺之归，为补缀。久之，十得七、八。复托雪崖觅善手装潢，盖历五年所，始还旧观。衡山道德文章，冠绝一时，画特其余艺，而澄怀观道，有寓于笔墨之外者，非近代丹青之士所可同日语。"

是岁，朝邑李叔则（楷）卒，年六十八。

冬，先生三游江南，至浙。

《砥斋集》卷4《梦游浮玉山记》："庚戌冬十一月初九日，舟泊桐江。初阻风，水浪汹涌，舟子为动色。至是风止，夜乃帖然就枕矣。有梦，将游一山，从子通州守携其幼子二以从。乘蓝舆而行，舆夫皆歌颜鲁公七言古诗，中有云'一疏为请诛奸佞，再疏为请诛奸佞'，至于十疏。歌竟，陟岭颠，寒风浩浩，生两掖间。岩宽丈有余，循行三、四里许，为埒；别度一岭，舆夫告退，谓'进此不可以舆，是苏子瞻学士旧游之山也'。岭石如美玉，其色璀璨，宽才盈尺，人搦岭骑行，以手代足。左右皆绝壁，深不见底。而右烟云窈冥，变徙无定。时闻有水声，云其下即沧海也。予颇心怖，回顾从子不见，计不可返，乃奋勇而前，肃然悄然，弗敢睨视。复三、四里许，顿履平地。其地广可百亩，林木青葱，花叶俱别，幽香习习袭人，禽鸟各异色，翔鸣上下，亦不类常产。有一宇，朴而邃，虚无人。予凭几理笔砚，将有所作。倏族兄孚公至，盖闻予有是游，追而来。从子曰，叔父读书多，知此山何名？亨问之人，谓飞鱼岭，然欤？予曰否否，此浮玉山也。予曾见一画卷，为此山图，子瞻为之题，独其图仅得其横看者耳。……梦中之事幻，其前后本末，不相应类，然呜呼、天下事之如此梦者，固不乏矣。顾安所得清远旷寂如此山者，而以游以处哉?！又况于今之世邪?！”

按：康熙十年辛亥（公元1671）先生在江、浙行踪与活动，暂无考，俟后。

康熙十一年壬子（公元1672）先生年五十一。曾与范坚（北钥）同游焦山，观杨椒山（继盛）会唐荆川（顺之）遗诗。旋西归。

《砥斋集》卷4《梦游浮玉山记》跋尾云：“壬子四月三十日，舟阻京口，同范北钥登焦山，所历皆如曾至者。忆之，乃曩梦也。而行不数武，忽见岩上果有‘浮玉’字，与北钥嗟异久之。既观杨忠悯公镌石遗诗‘杨子怀人渡洋子，椒山无意合焦山，地灵人杰天然巧，瞬息神游万古间’。署‘嘉靖壬子，约会唐荆川到此’。乃恍然有悟。附书一五言绝句，‘故国知何处？重来壬子年。相看风景异，洒泪向江天’。此事大奇，未可为不知者道也。”按嘉靖壬子（公元1552）至康熙壬子（公元1672），恰为一百二十年，两甲子矣。嘉靖三十一年，杨继盛与唐顺之在此约会，越三年，继盛下诏狱死，再越五年，顺之亦疾卒。《明史》谓：“顺之于学无所不窥，学者不能测其奥；为文洸洋纡折，有大家风；又闻良知说，闭户兀坐，匝月忘寝，多所自得云。”

同上《范北钥像赞》（时已为僧）云：“精悍短小，是沉毅有为之士欤？而一松一石，胡为乎恋恋于此？当其三上书于天子之前，将建非常之勋；而今之皤然而颓唐者，乃归之大雄氏耶？寄迹方丈之室，而神游八极之表，吾固莫得而拟之；而丹青者流，欲索之形骸之间，则又安知其似与不似也。”

尝跋《天下名山图》。

《砥斋集》卷2《天下名山图跋》：“《天下名山图》，为元、亨、利、贞四册，宋徽宗之所集也。每册有自序，而其臣蔡攸每幅为之标题。盖自汉、晋以来之能画者，莫不备焉。而其画者所自署之款书，间不类。予窃定为画院诸人所临摹而成者也。吴兴夏文彦有云，‘御题画真伪相杂，往往有当时名手临摹之作，故秘府所藏临摹本，皆题为真。’即此，益可知予言之有徵矣。壬子冬，从侯莲岳侍御处得一寓目，其位置皴染，出于意表，有远非近世丹青之士所可辨者，为之低徊不能去。呜呼！徽宗庸主，而蔡攸奸邪小人也。宋室颠覆，实皆由之。其君臣上下之际，本不足道；而此册流传人间历数百年，使求之者购以兼金，藏之者袭以文锦，见之者欢欣赞叹，如得未曾有，顿忘其亡国之耻，而追想其风雅文采之致，至与商、周之彝鼎等重。然则画虽小，道其亦何可忽也哉?!”

按，先生题跋小文，多深俊之语。尝见另一则《书晦庵题跋后》，略曰：“朱子尝留心书画。此题跋三卷，持论极正，不作道学门面语。其跋陈光泽家藏东坡竹石云‘东坡老人英秀后凋之操，坚确不移之姿，竹君石友，庶几似之’。跋张以道家藏东坡枯木竹石云‘出于一时滑稽诙笑之余，初不经意，而其傲风霆、阅古今之气，犹足以想见其人’。跋与林子中帖云，‘仁人之言，不可以不广，乃为刻石常平司西斋’。盖于东坡三致意焉。世独知朱子论学，排击东坡，而不知其赞美景仰，固如此。予故特著之。古道渐衰，流风日下，后之讲学者，独传得排击法耳，岂不可叹?!”

是岁，新城王阮亭（士祯）入蜀过华阴相访，不遇。有诗。

《渔洋精华录》卷2《河上寄山史》：“前年君往兰溪道，金华洞中拾瑶草。传来八咏似休文，爱玩新诗愁绝倒。华阴古道接弘农，一望秦山深万重。遥看青壁孤云起，知在西南第几峰?”按《精华录》卷十复有丙子年诗，有句云：“廿载重过访旧庐”，惠定宇（栋）《诗纂》曰“至今二十年矣”，不确；自壬子至丙子已二十四年。

先生西归后，王氏宗祠建成，于冬至日告祭。后五年，顾亭林为之撰记。

《砥斋集》卷11《告高曾祖神主文》：“昔癸未冬有寇乱，毁我祖庙及神主，迄今二十余年，谨以壬子冬至日，特成神主，重修祀事。”

顾炎武《亭林文集》卷5《华阴王氏宗祠记》：“有人伦，然后有风俗；有风俗，然后有政事；有政事，然后有国家。……自三代以下，人主之于民，赋敛之而已尔，役使之而已尔，凡所以为厚生正德之事，一切置之不理，而听民之所自为，于是乎教化之权常不在上而在下。……吾友华阴王君弘撰，游婺州二年而归，乃作祠堂以奉其始祖。夫躬行孝弟之道，以感发天下之人心，使之惕然有省，而观今世之事若无以自容，然后积污之俗可得而新，先王之教可得而兴也。”按吴、张诸氏《亭林年谱》，均将此文之作系在康熙十六年。

康熙十二年癸丑（公元1673）先生年五十二。秋有诏徵李中孚。仲冬，中孚过先生草堂，论为学出处之义甚悉。

《砥斋集》卷5《刘四冲传》：“康熙十二年秋，有诏，徵周至李中孚先生。中孚称疾不就。冬仲，策杖过予草堂，留五日，论为学、出处之义甚悉。”

按，是年冬，“三藩”之变始起。吴三桂自称天下都招讨大元帅，以明年为周元年。遣将马宝攻湖南，遣王屏藩自川入陕。南部中国为之震动。

康熙十三年甲寅（公元1674）先生年五十三。是岁，孙延龄以广西、耿精忠以福建响应三桂。平凉提督王辅臣（“马鹞子”）亦在秦州参加“三藩”起事。西北为之震动。独甘肃提督张勇（原籍洋县，寄籍西安府咸宁县）支持清廷。

按，本年内先生之生活与活动，暂失考。

康熙十四年乙卯（公元1675）先生年五十四。是岁，张勇与“三藩”王屏藩、王辅臣部对垒于岷州、河州、洮州、兰州、巩昌、秦州一带。春，先生构“读易庐”，读《易》其中。冬，先生长子宜辅、次子宜辑续纂《砥斋集》，得十二卷。

《砥斋集》卷首王宜辅《刻砥斋集记》：“大人夙多疾，乙卯春构学易庐，书朱子语于门曰‘闲中今古’‘静里乾坤’。又书座右曰‘养身中之天地’‘游物外之文章’，遂谢人事，弃去一切，朝夕讽绎，惟四圣之《易》而已。辅请发笥中稿，同弟辑纂次，以续前刻。得文十卷，并家僮所录《书简》一卷、《杂著》一卷，共十二卷。诗，旧积二寸许，庚戌元旦大人悉取焚之，今得二卷，仅十之三尔。于是《砥斋集》始成。杀青既竟，藏诸家塾。”按，下署“旃蒙单阏”，盖乙卯也。

是岁八月，李中孚挈家避兵富平，居军寨，历四年。

吴怀清《三李年谱》《二曲谱》：“八月初六日，先生挈家避兵富平。是时，云、贵构乱，蜀、汉尽陷，周至密迩南山，敌人盘据于中，土人往来私贩者，传敌营咸颂先生风烈。先生闻之大惊，亟拟渡渭远避。”

康熙十五年丙辰（公元1676）先生年五十五。是岁，张勇荐赵良栋，赴宁夏之急。夏六月，张勇与王屏藩对垒于伏羌（今甘谷）之洛门镇。“三藩”军受挫，王辅臣又降归清廷。形势遭历反复。

按，窃见《待庵日札》中有诗《春阴》一首，诗曰：“二月连阴淹冻雨，东风寂历野人家。屋前雀噪声何急，城上乌飞影复斜。不改青山留暮霭，虚拟杲日上春华。沉吟厥异追郎颉，扶病从谁泛海查。”末赘李夔龙评语曰“寄慨时事之作”。据此，《待庵日札》虽编刊于先生七十以后、自江南西归之时，但窃疑雀噪乌飞云云，与王辅臣反复之事似不无联系，故系于此。

冬十一月，先生哲学著作《正学隅见述》写成，自为《序》。

《正学隅见述》《自序》：“宏撰愚不知学，唯读古人之书，以平心静气自矢，罔敢逞其私臆；而久之，有是非判然于吾前者。盖尝有见于格物致知之训，朱子为正；无极太极之辨，陆子为长。贤者之异，无害其为同也。今掇其旨要，著之于篇。若为两贤折衷，宏撰何人斯，而足语此?!庶几下学一得，质诸古人，而幸其不远也。尚望有道君子，惠而教之焉。华山后学王宏撰无异识。康熙十五年冬十一月朔。”

康熙十六年丁巳（公元1677）先生年五十六。二月，与顾亭林（炎武）同至昌平，谒思陵。

张穆《顾亭林年谱》，康熙十六年条下，“二月至昌平，六谒天寿山，及怀宗攒宫；是行也，与王山史偕。”

顾炎武《亭林诗集》卷5《二月十日有事于攒宫》：“青阳回轩邱，白日丽苍野。封如禹穴平，木类湘山赭。不忍寝园荒，复来奠樽斝。仿佛见威神，云旗导风马。当年国步蹇，实叹谋臣寡。空劳宵旰心，拜戎常不暇。贼马与边烽，相将溃中夏。颓阳不东升，节士长喑哑。及今擐甲兵，无复图宗社。飞章奏天庭，謇謇焉能舍。华阴有王生，伏哭神床下。亮矣忠恳情，咨嗟传宦者。遗臣日以希，有愿同谁写?”

是岁九月初三日，顾亭林入关，主先生明善堂，将同筑山居。

《砥斋集》卷4《频阳札记》：“丁巳秋九月初三日，顾宁人先生入关，止于予明善堂，将同筑山居老焉。”

《亭林诗集》卷6《雨中至华下宿王山史家》：“重寻荒径一冲泥，谷口墙东路不迷。万里河山人落落，三秦兵甲雨凄凄。松阴旧翠长浮院，菊蕊初黄欲照畦。自笑漂萍垂老客，独骑羸马上关西。”按，十一年后，先生有哭亭林先生六首，其四云：“倦迹嚣尘表，弢光野水滨。无求追大隐，不器是先民。气以艰难壮，怀因诵读新。垂逢面黧黑，垂老惜征尘”。当是描述此时情景者。

是月十九日，先生至频阳（富平），吊朱山辉（廷璟）之丧，与邑令郭九芝（传芳）及李中孚论学于频阳之军寨，并出所著《正学隅见述》相质证。

《砥斋集》卷4《频阳札记》：“丁巳秋九月初三日，顾宁人先生入关，止于予明善堂，将同筑山居老焉。频阳郭九芝明府使来，附朱山辉太史之讣。札云，‘忆前岁之冬，与先生坐张鹿州将军席上，辨《尊经阁记》。今已再历春秋，而张将军丘首故园，及期矣。世事蜉蝣，可胜浩叹！朱太史晚年好学，文章卓然有体；一旦溘世，关中丧一名绅，弟与天生凭吊陨涕，哀不自禁。闻先生迩年潜修，十倍曩昔，德进名藏，甚得古处乐道之益，私衷甚为耸悦。今闻顾宁人先生已抵山居。宁人命世宿儒，道驾俨然，非无所期而至止。关学不振已久，斯其为大兴之日耶?!’予复之云：《尊经阁记》，大要是衍‘六经皆我注脚’之绪，茅鹿门谓程、朱所不及，弟谓程、朱正不肯为耳。知先生有未忘于怀者，而弟亦执其愚见如故也。朱山辉倏捐宾客，闻之惊悼弥旬，不胜哲人其萎之叹。弟少耽声色，好雕虫之技。年近五十，始归正学。今幸宁人先生不弃远来，正欲策励驽钝，收效桑榆。但以有室家之累，不能脱去俗务，方息悲悔无及，先生誉逾其实，徒增赧悚耳。是月十有九日，予往吊朱氏，哭于山辉之柩。九芝要予入城，坐定，问别后为学之功，予出所为《正学隅见述》一册视之，九芝携归署。寻有札云：敬读大著，极其真切平正，最透彻者，尤在‘格物’一段，如所引‘天生烝民，有物有则’‘舜明于庶物，察于人伦’，认物既真，允义亦到。盖人伦者，庶物之则也，能在‘物’‘则’二字会解，物之则明、格之义自明矣。此解得之天然，当与文成‘致良知’本义同尊。至云圣人为学有序，断无一蹴而至之事，知行原不相离，亦断无‘行在知内’之理，以传芳思之，道理原自一贯，在已得者，可不庸其层次；若由下学而上达，须是自迩及远，如知到百步地位，即从一步用心起，工夫不可间断，方可行到百步。若是止知五十步，再五十步，即有支歧舛错之处。以此推之，切实不在知之外也。先生以为何如？予复之曰：承教物之则明，格之义自明，此真实之解，即精微之解也。然庶物人伦皆此一理，言人伦者庶物之则，不如言庶物有庶物之则，人伦有人伦之则耳。弘撰之说，与文成颇异，唯先生更察之。至知行之说，朱子有轻重先后之别，为不易之言，有知而不行者矣，未有行而不知者也。岂真谓行在知外哉，亦言其序如此耳。尊札云，‘如知到百步地位，即从一步用心起，工夫不致间断，方可行到百步’，此正‘知先’‘行后’之明徵，而先生推以为行不在知外之证，何也”

“时李中孚先生寓居频阳之军寨，闻予至，使其子伯著来，札云，‘适闻驾临频城，喜出意外，谨令小儿晋谒，希与进是荷。’盖中孚有不出门拜客之禁，予随诣之。中孚偶害腿痛，卧于榻，为予强起，具鸡黍，为竟日之谈。伯著侍，恂恂雅饬，不愧其家学也。又数日，九芝以中孚所为《格物说》见示，大要谓格物乃圣学入门第一义，入门一差无所不差，毫厘千里，不可以不慎。古之，‘欲明明德于天下’节、与“物有本末’节原相连，只因章句分作两节，后儒不察，遂昧却‘物有本末’之物，将‘格物’‘物’字另认另解，纷若射覆，争若聚讼，以成古今未了公案。又谓欲物物而究之，入门之初，纷纭胶葛，堕于迷魂阵。此是玩物，非是格物。真能为格物之学者，其用工之序，先之以主静，令胸中空空洞洞，了无一尘。物欲既格，而后渐及于物理。诚正之基本既立，然后由内而外，逐事集义，随时精察，天德王道，一以贯之矣。否则，纵博尽羲皇以来所有之书，辨尽羲皇以来所有之物，总之是骛外逐末。昔人云‘自笑从前颠倒见，枝枝叶叶外头寻’，丧志愈甚，去道弥远。末云‘姑诵所闻，藉手请教，并以质之山史先生’。盖九芝有札与中孚，以予札附往，故中孚以此札来，而予未知也。于是即以《正学隅见述》驰致之，因求其指示。中孚为书云云，今具载卷首。予复之云：读手札，过蒙奖借，所不敢承，而中亦尚有致疑者；以弘撰愚鲁之资，固守考亭之训，于先生‘内外本末，一齐俱到’之旨，实未信及。如以欲物物而究之，为玩物。则《易》所云‘知周乎万物’‘远取诸物’，孟子之‘明庶物’‘备万物’，皆何以解免耶？且‘格物’‘物’字，原兼‘物有本末’之‘物’在内，亦非另认‘物’字，以‘格物’‘物’字为‘物欲’，乃与‘物有本末’之‘物’异耳。如云‘物欲既格，而后渐及于物理’，则又合二说而一之，是欲‘致其知者，先诚其意’矣，于经文不合。皆心所未安也，更望教之。中孚札云：承教，谓知周乎万物，妙妙。盖必知周万物，始能经纶万物，物物咸处之得其当，而后可以臻治平之效。然远取诸物，必选近取诸身，知明善诚身之本而本之，则心无泛用，功不杂施，本既格方可由本以及末，然后明于庶物，使万物皆备于我，乐如之？兹因有感于大教，而弟之格物说不可以不改也。唯付来手是望。予即以原稿付之。过日，中孚又札云：昨承示，疑于‘内外本末一齐俱到’之言，其意必以为先博文而后约礼，理穷而始可主敬也。若然，则文与理浩乎无涯，将终其身无有约、敬之时矣。夫博文穷理，而不约礼主敬，则闻见虽多，而究无以成性，存存便是俗学。徒约礼主敬，而不博文穷理，则空疏无用，而究不足以经世宰物，便是腐儒。故必主敬以穷理，使心常惺惺，方能精义入神，随博随约，庶当下收敛，不至支离驰骛，德业与学业并进，此内外本末之贵于一齐俱到也。知行合一，其在斯乎?!欲易之以内外兼诣，本末无遗，然终不若此言之吃紧而警策也。如何？如何？予复之云：承示，教我多矣。然绎颜渊‘循循善诱’之训，固谓必先博文而后约礼也。又证之以‘博学而详说’之，将以反说约之言，益信圣贤为学之序，穷理主敬，如此而已。然所谓先后者，岂真截然分为二事?!盖礼即在文之中，约亦在博之际，即朱子所云，非谓穷理时便不主敬也。其中有浅深之别，朱子于《或问》中言之已详，今具载鄙著中，后人不察耳。先生‘俗学’‘腐儒’之论，正符此旨。今以格物致知为穷理，诚意正心为主敬，本末不离，始终有序，自可斩断葛藤，何必舍确有可循之诣，外生支节，以滋纷纷乎？至文理无涯之说，似无庸虑。孟子曰，‘知者，无不知也，当务之为急。’今如此，则只存‘当务之为急’一句，而‘无不知也’四字竟可删去，恐非圣贤立教意也。”

"时予将东归，中孚札云，'弟于先生笃好之私，有不可得而形容之者。故此来谬不自度，妄有请正。蒙先生卧榻之论，一一中弟膏肓，非道义骨肉之爱不至此。厚德之赐，感何如也?！驾旋不获祖送，中心怅结。'予复之云，'弟于学无所得，特以辱在夙好，故中有所疑，直言无忌。卧榻之论，弟竟茫然，唯先生恕其狂瞽，幸甚。'"

"中孚天资高明，学识渊邃，近代之好古笃行者，罕见其匹。但意主文安、文成之说，其所从入，似得之禅。故谈论笔札，往往不讳。此番相会，不觉多言，亦实以心所敬事者，不欲草草负金兰之谊耳。次日，予遂归。而在频阳，又别有往还者，田忆东、李宾岱、杨白公、唐大章、武秉文、田玉田、李素心、李阇君、田子经、田傅若、周静生、田南若、杨赞石诸君，文章翰墨，唱酬无虚日。唯李天生以女病、与弟大生不获从容晤谈。及予濒行，其女竟殇矣。山辉之子长源在苫击之次，不暇及他，而丧葬尽礼，则可称云。"

按，此篇《频阳札记》为先生理学思想展现最充沛之一文，故几乎全文录入谱中。其中与二曲先生多处交绥，可以看出朱学系统与王学系统之互不相让云。

复按，郭传芳，字九芝，大同人，历官咸宁、郃阳二尹，康熙十三年迁富平知县。康熙十七年春顾亭林至富平，十八年秋傅青主至富平，九芝均郊迎。宰富平首尾七年，康熙十九年调四川达州，旋殁于任。与傅青主、李天生交极密，傅云九芝"尝为予历诉生平艰难苦毒，至于二人终天饮泣，舌卷不可忍听。"（见《霜红龛集》卷18《题四以碣后》）李《醉时歌赠郭九芝》云："过我索书囊底诗，低徊涕泣被颜面。"（见《受祺堂诗集》卷13）

康熙十七年戊午（公元1678）先生年五十七。诏举博学宏儒，先生辞疾不获，迟迟入都，寓昊天寺。

《续刻受祺堂文集》卷2《王徵君山史六十序》："……盖先生弃诸生之日，譬之泰伯让国，有托而逃，故无得而称也。已而诏集天下儒者京师，修石渠、虎观故事，廷尉张公若给谏诸公，佥以先生重荐牍，或摭其迹，犹曰国子生，索鸿鹄于泽中而不知其翔天表久矣。先生辞疾不获，迟迟抵燕，寓远寺僧寮，王公大人非就访罕觌其面。"按《受祺堂诗集》卷

20《无异先生同客京师》诗有注云："先生时寓昊天寺。"复按，当时傅青主、李天生亦均被徵。天生所谓"张廷尉"即张勇之子张又南（云翼），时官大理寺卿。

时，先生有《燕中对菊诗》，顾亭林遥自陕西和之。

《北行日札》《对菊有怀》："御水桥边秋叶黄，一枝寒菊度重阳。临风每忆陶元亮，恐负东篱晚节香。"按，此诗亦载亭林集《同志赠言》，诗题为《燕台观菊寄呈亭林先生》。

顾炎武《亭林诗集》卷5《和王山史寄来燕中对菊诗》："雪满河桥归辔迟，十行书札寄相思。楚臣终日餐英客，愁见燕台落叶时。"按，《同志赠言》中复录山史《寄亭林先生》："衰晚幽栖十载余，行藏到此岂堪疏。故人自寄当归草，何处能容却聘书。"

在都，与蔚州魏环溪（象枢）、新城王阮亭（士祯）、宣城施愚山（闰章）、睢州汤潜庵（斌）、清苑陈蔼公（僖）、山阳阎百诗（若璩）、秀水李良年（武曾）、三原孙豹人（芝尉）、泾阳李屺瞻（念慈）等，均有往还。

王士祯《居易录》："华州宗人弘撰（山史），博物君子也。康熙己未，以博学鸿儒徵至京师，居城西昊天寺。不谒贵游。以老病辞，不入试。罢归。尝携示《兰亭》'湍''流''常''右''天'五字未损本，唐棣《水仙图》，乞予作长歌。同观者施侍读愚山也。在关中，盖张芸叟一流人。"

王士祯《渔洋精华录》卷3《同施愚山、陈蔼公集山史昊天寺寓观唐子华〈水仙图〉》："先生旧隐三峰椒，太乙、玉女时招邀。秦都汉畤一蚁蛭，目玩《易》象穷昏朝。蒲车应诏谢宾客，城西古寺风萧萧。残碑老树气象古，凉衫重戴风神超。八驺喧阗不到此，两三素侣还相要。残冬气暖似吴、越，佛香入院锺鱼飘。徐出一轴自拂拭，古光黯澹生鲛绡。青峰出没高历历，海天万里回春潮。仙人绰约驾云气，飞龙决起横云霄。六铢衣轻逐风举，荧荧颜色如陵苕。四座咨嗟叹奇绝，倏乘六气游空寥。子春一去伯牙逝，海波汩没秦人桥。君归西岳望东海，齐烟九点非迢遥。"

谱主《北行日札》《答阮亭太史》："承召即赴者，本心也。病体不任，遂敢方命，他日西归有期，定当奉过，领高谈，作不速之客也。"又"病夫不出寺门，左右所知，自忝宗谊，自可垂凉。即不允辞，宏撰亦终不至也。勿罪。”

同上《北行日札》《答总宪环溪魏公》：“尊者之召，不速而至，礼也。况夙仰模范，亲炙有藉，而却足不前，亦非情也。但宏撰以衰疾掩关，废友朋往来，若不拜客而赴席，恐开罪于人不浅，亦当长者之所不取也。捧绎华简，书斋叙谈，元不比于寻常宴集，然亦迹近之矣。用是敢辞。”

同上《复施愚山少参》：“读佳稿，气恬而词洁，俨然有道之度，此大雅之宗也。河南侯氏之文，非不备纵横变化之致，然米氏作字，只知险绝为功，而赳赳自雄，去钟情王态远矣。古人有作，有后世谁相质定为叹。弟不揣妄有损益，知先生必有取尔。此中语，不堪为外人道也。”又，“苏长公卷不特书法可疑，绢色亦异，弟不敢妄跋也，此复。”

同上《潜庵记》：“潜庵者何？睢阳汤荆岘先生旧所读书之居、而今锡之以名者也。时方应诏京邸，南北之士如云，圭组韦布，诗文唱酬无虚日。先生独处一室，寡所与，而予亦以病伏迹僧寮。先生过予语之故，且嘱之记，盖不胜其遂初之思也。……或曰，陈希夷谓钱若水激流勇退人也，先生方壮而乞休，殆似之耶？或曰，朱文公辞焕章阁待制之命而更号遁翁，先生在阙下而惓惓于‘潜’以名其庵，将无同耶？其志固然耶？抑亦时为之耶？予不答，退而书之以为记。”

同上《书自作贺阎先生寿序后》：“予为贺牛叟先生寿序成，寄之淮上，先生曰休矣，吾昔者有余哀，将以慰吾子称觞之情，而不忘吾偕老之盟，故有斯举也。岂今复尔耶？于是百诗札来告予以故。予乃谢曰，此予之所为得间而有请者，然而疏矣，是予之过也。而先生之行，则何其曲而中乎？昔予在淮上，得交万年少、邱如磐辈，今于燕台复识百诗，质疑问难，有朋友之乐焉。顾独恨未获从（牛叟）先生游也。夫发乎情止乎礼义，予益知先生父子之实深于《诗》也，可以风矣。……”

《山志》初集卷5“陈蔼公”条云：“戊午秋，予入都，遣僮寻一幽僻僧房作寓，乃至昊天寺。明日，陈蔼公来顾，盖先寓于其旁舍。予尝闻蔼公名于汪苕文所，然不深知之。时予闭门养疴，虽同寓不数数见也。久之，始与之谈，渐得读其所著书，挑灯瀹茗，往往至子夜不休。蔼公以世家子，风雅自命，又多游公卿间。每与客集，议论风生，间杂以诙谐，四座为惊，人以是称其才，或见为广交游，敦意气，或见为综载籍，工文章，而抑知其有所以立言行事之本而之死而不可夺之故耶?!”按《居易录》："门人陈僖蔼公，清苑人，以古文名河北。有《燕山草堂集》若干卷。"

《山志》初集卷6"孙豹人"条云："前戊午冬，孙豹人之应诏入都也，初亦以老病辞。不准。既而回籍。又有旨，年老者加职衔，以示优荣。吏部官坐堂上，令年老者前。于时，有自前者，有强之而前者，亦有强之而不前者。吏部官固不知豹人，独记其有长眉皤然者，物色之亟。遂以例，授中书舍人。豹人曰，吾三十年老处士，今乃作官耶？复哓哓以'不老'辞，然无有听之者。予语之曰，执政以子为中书，子自以为豹人可也。若自以为中书，非豹人矣。子其归乎？陆策蹇卫，水张布帆，图书无恙，松菊尚存，吾知江上故人，率其弟子，将携酒慰劳，皆欣欣有喜色而相告曰：豹人来矣。"

李因笃《受祺堂诗集》卷20有诗题目甚长，录之如下，"无异先生同客京师，家书至，有举曾孙之庆，喜甚；既而叹曰，安有为人作曾祖尚可干进者?!愚述其意，为赋古诗，因得略叙山川门阀之雄，并及平生梗概，凡六百字，即示门人（王）宜辅。"其诗前半部分为叙阀阅及生平梗概者，故录入谱："华岳三辅东，其高五千丈，下有司马庐，开门俨相向。季子美丰仪，中情兼直谅。弱冠读父书，诸兄才俱让。西游泾渭间，所与必哲匠。有时闻新篇，四座皆惆怅。先秦何苍然，两汉互激宕。委蛇缟带垂，一吐河山壮。少年或豪举，天性嗜醇酿。回首笑嵇、阮，把杯多跌踢。醉拊词翰柔，操觚神采王。篆分存遗法，龙虎骇其状。君起羲、献裔，大名日星旁。钗角及漏痕，侧锋安足尚。同人丐笔迹，注墨犹崩浪。片羽总吉光，余辉流屏障。潜居将白头，晚节益清亢。闭户谢宾客，高眼心独畅。凌虚筑草亭，百尺瞻绝旷。几席拥翠阴，褰帘迷青嶂。吾爱仙掌莲，削成本奇创。怪汝擅此物，乾坤乃私贶。病余耽著易，疑义析纤纩。重发太昊图，概删诸说妄。吴郡秉人伦，世儒希得当。紫气昨入关，幽期频往访。二公弟蓄予，矜许每过望。振缓来涧阿，怀古一酬唱。……徘徊暮山深，积雨秋水涨。省君就僧寮，抚事同凄怆。短裘裁蔽膝，储粟不盈盎。朝看霜雪明，顿使朔风飏。行矣岁律除，曰归仍难量。"以下为叙述产曾孙事，从略。

是岁，吴三桂即位于衡阳，旋卒。其孙吴世璠继之。

先生在京，尝就“理”、“气”之辨，答问。

《北行日札》《答问、示耿门人蔚起》：“问：何谓太极？曰：太极是理。理气合一，混沦无朕，名曰太极。道家以无极为理，太极为气，故谬。问：太极是理，理何以能动静？曰：动静是理，不是理能动静。问：理气先后。曰：理不可与气言先后。言先，则先是理；言后，则后是理。言理，理在；不言理，理亦在。如谓理能生气，是不明也。”按，此处先生之唯物主义观点，显示比较明切。且在“理气”关系问题上，亦较富有辩证的因素。但不论如何，其总的哲学体系，仍不出朱学之唯理论。试观以下诸引文。

《北行日札》：“天下之理，不离动静二端。静者道心也，动者人心也。心一而已，静故微，动故危，精一执中，由工夫以还本体，动静合一矣。动静合一，非佛氏之所谓空，老氏之所谓虚也。……近有谓主静在一切动静之先，又有谓动是本体者，说来亦自可听，要皆过奇之论，非实际也。”按，“动是本体”，并非过奇之论。

《山志》二集卷4“理气合一”条，“或问予理气合一之说，曰，盈天地之间皆理也。理本实，而其位则虚。即如天地间有‘润下’之理，水得之。然有水，而润下之理见；即无水，而润下之理亦自在。是润下之理水得之，非有水而始有润下之理也。有‘炎上’之理，火得之。然有火，而炎上之理见；即无火，而炎上之理亦自在。是炎上之理火得之，非有火而始有炎上之理也。有仁义之理，人得之。然有人，而仁义之理见；即无人，而仁义之理亦自在。是仁义之理人得之，非有人始有仁义之理也。人有是身，即载是理，所谓性也。本之固有，非有外铄。……”按，先生始终主张，“理”是“用”，是“工夫”，非以“体”言，凡此皆含蕴唯物主义因素。唯以水、火、人性并论，一为自然现象，一为伦理现象，则稍显驳杂矣。

同上，“或举李古源之言曰：充塞于天地之间者，皆气也。而理实寓于其中。理气不相离，固矣。然有形者必有所始；气既有形，则必有所从始。不知未有是气之时，理何所附？理虽无形，实所以主乎气；既谓之‘主’，则必先是气而有矣，又不知此理孰从而来？而又何所附也？或谓有则齐有，不可以先后言，然所谓‘一齐’有者又何自而来邪？曾以问于阳明，阳明曰，此虽圣人有所不知其义如何。……”阳明、山史均谓此种打破沙锅问到底之问题为“积障”或“理障”云。

康熙十八年己未（公元1679）先生年五十八。春三月，西归。赴徽往返，悉由长公子宜辅、次子宜辑随侍。

《续刻受祺堂文集》卷2《王徵君山史六帙序》：“甫竣试，軰车驰还，……盖自是赋遂初为布衣焉。圭组不及其身，而究未尝有戾俗之行显绝乎君大夫，庶乎通隐者耶？虽然，微贤子海州君伯佐及文学仲和左之右之，不至此。……曩先生赴徵，海州实侍以往，诸公之诣先生者，海州必报谒其门，卑语婉容，谢其父衰病不能出，又数吁内部，力赞以归。……如海州伯仲，可不谓养亲之至哉?!”按，先生长子宜辅曾官海州同知，故天生作如是称呼。

曾因赵韫退（进美）之请，为相国益都冯溥撰寿屏文。

《山志》二集卷3“应酬诗文”条，“予在都门日，赵韫退为其里人索予文、书屏，贺相国冯公寿。韫退先君与先司马为同年好友，予尝兄事韫退。辞之再三不得，勉拟一稿。及相国寿辰，予不往，亦不以一刺往，盖安愚贱之分耳。其文之当意与否遂置之不问。后闻司其事者不喜予文，别请人作，相国闻之使语曰，吾喜王子文。司事者不得已，复用之。阎百诗、李屺瞻过予寓，皆为言如此。”按，韫退为赵执信（秋谷）族祖辈。

曾与翰林院掌院事叶讱庵（方蔼）札，代李天生告终养事缓颊。

同上书同卷同条，“忆己未予将出都，时叶訒讱庵掌翰林院事，李天生方授检讨，告终养。来予寓曰，吾母老，今不得归，兄意忍舍我而去乎？予曰，我即不去，亦无益于君。天生曰，此事掌院可以为力，兄肯为言，事可济。且言出于兄，掌院当益信弟之真情耳。诘朝，予诣讱庵，讱庵已入朝矣。予念明日当行，不可负诺，乃过阮亭处，托其转告。阮亭曰，兄可作一札，弟为面致，便谆言之。予即作一札付之。次日予遂行。天生来送，弹涕而别。……”按，札文见《砥斋集》卷8，不俱引。

离京抵华前后，与王阮亭（士祯）、汤潜庵（斌）等互有酬答。

《渔洋精华录》卷8《送山史归华山》：“华山丹顶鹤，清唳向西峰。

不羡三株树，长栖千岁松。林峦有佳色，眠起日高春。石上流泉好，菖蒲方紫茸。”

《山志》二集卷5“外大吏”条，“余西归日，(潜庵) 尝有寄余札云，‘都门相聚数月，晤对无几，临别匆匆，未及追送，为歉。两人相约同归，先生得遂本志，而弟久滞长安，命也。史局方开，未敢遽请，何时乞身，了此一段蛇足也。’后又有答余札云，‘都门僧寮寄迹，数数往还，快聆高论，甚慰。夙心先生名山著书，清风峻节，海内仰之，如天半朱霞。又得亭林先生共隐，商確古今，以古道相砥砺，泰山孙、石，不足方矣。子德《归养》一疏，情同令伯，而高节过之。飘然出都，真凤翔千仞。至承欢北堂，绝无轩冕态，此固应然，无足异者。中孚冥鸿高蹈，其躬行心德，在语言文字之外。关中形势完固，风土淳淑，代有伟人，恐不能过今时也。弟虽久滞长安，寤寐归依，实在四先生。不知何时被放，相从于渭、洛、二华之间也。……回思三十年间，升沉生死，倏然如梦，不觉泣下沾襟矣。”

同上书同卷同条，“王阮亭有寄余札云，‘顷徵聘之举，四方名流，云会辇下，蒲东玄纁之盛，古所未有。然自有心者观之，士风之卑，惟今日为甚。如孙樵所云，走健仆、囊大轴、肥马四驰、门门求知者，盖什而七、八。其自重、以重吾道、重朝廷者，仅有之矣。独关中四君子卓然自挺于颓俗之表。二曲贞观邱壑，云卧不起。先生褐衣入都，屏居破寺，闭门注《易》，公卿罕识其面。焦获（按，孙枝蔚，三原人）迹在周行，情耽林野。频阳（按，李因笃，富平人）独为至尊所知，受官之后，抗疏归养，平津阁中独不挂门生之籍。四君子者，出处虽不同，而其超然尘埃之表，能自重、以重吾道、重朝廷者，则一也。此论藏之胸中，惟一向蔚州魏环溪、睢阳汤荆岘两先生言之，不敢为流俗道也。……’余辱阮亭之知非一日。己酉（按康熙八年）在都门，与汪苕文……诸君日相过从，而诸君皆已作古人，独阮亭与予存。偶检此札，不胜今昔之感，以中言及睢阳、又论戊午事，有戚戚于心者，故录之于册，将以传示子孙；虽有过誉之言，涉于自矜，所弗顾也。”

《砥斋集》卷8下有《答郭九芝明府》云：“弟以荒疏之学，衰病之躯，不得已而出。幸还畎亩，以度桑榆，此份内事也。执事经、权、方、圆之喻，可谓爱忘其丑矣。然从来徵士之无体，未有甚于此时者。弟兢兢半载，只求免无耻二字，此或可不见斥于先生长者，则亦弟之所感自信者也。顾亭林先生五月往汾州，归华尚无定期，盖俟枫仲结完前事耳。”

秀水徐嘉炎亦有赠诗。

邓之诚《清诗纪事初编》卷7（页753～754）引《抱经斋诗集》卷4《赠别华州王山史兼呈秦晋诸同学》：“东南称才薮，不如西北士。西北崇朴学，东南尚华靡。朴学必朴心，华靡徒为耳。此固地气然，人情亦复尔。黄河昆仑来，龙门渐南徙。两戒首秦晋，分流钟其美。名流爰挺生，前哲庶可拟。先生产华阴，人纲复人纪。自署为无异，世皆称山史。其言明且清，其道温而理。手辑《山志》编，高风轶尘轨。令子成国器，孙曾茂兰芷。三世习雍颂，一堂成燕喜。与余遇燕台，相见忘执雉。倾盖萧寺中，悠然消鄙俚。时作五字吟，长啸芬人齿。使我心如醉，移情未能已。……”

是岁，顾亭林先生来居华下，先生归，与共晨夕。

《亭林文集》卷4（《蒋山佣残稿》卷3）《与三侄书》：“新正已移至华下。祠堂书院之事，虽皆秦人为之，然吾亦须自买堡中书室一所，又须买水田四、五十亩，为饔飧之计。而山右行囊五百金寄戴枫仲者，为其子窃去，纳教谕之职。以此捉襟见肘，尚未有就。然秦人慕经学、重处士、持清议，实与他省不同。我在此靖逆侯请至兰州而未往，川督周请至西安而亦未往，华阴本邑令君（迟维城）亲来，我谨差人叩头而已。此皆得之关中士大夫之指教。王（按，山史）、李（按，天生）赴京，复有刘（太室）、杨（端本）二绅为之地主。黄精松花，山中所产；沙苑蒺藜，止隔一水；终日服饵，便可不肉不茗。然华阴绾毂关河之口，虽足不出户，而能见天下之人，闻天下之事。一旦有警，入山守险，不过十里之遥；若志在四方，则一出关门，亦有建瓴之便。今年三月，乘道涂之无虞，及筋力之未倦，出崤、函，观伊、洛，历嵩、少，亦有一二好学之士闻风愿交，但中土饥荒，不能久留，遂旋车而西矣。彼中经营方始，固不能久留于外也。”

《砥斋集》卷8下《复施愚山侍讲》：“李子德归，接华札，并读扇头佳咏，如亲承意旨。所谓辞寄清婉，有逾平日。但奖借过情，非所敢当耳。欲作一和篇，思遏手蒙，遂复中辍。家茂衍至，再捧手教，草茅衰病，何足比数，而先生笃念不忘，乃尔耶？自分一丘一壑，可毕余生，而今每为徭赋所迫，不免拮据。唯是与顾亭林先生共数晨夕，得日闻所未闻，差足自娱。而亭林明道正谊，弟实奉若神明蓍蔡，不第服膺其问学之精博已也。……关西民力已竭，运饷千里之外，兼以蜀道之险，米一石遂费至十二金。今年犹可支柱，明年若不更计，则其祸有不可言者。不审庙堂之上，何以筹之耶？”

同上同书同卷《复汤荆岘侍讲》：“羁迹都门，无一好怀，惟得式瞻仪型，慰夙昔企思之私，为一快耳。弘撰以不才，又衰病侵寻，西归以来，益复惫甚。唯是与顾亭林先生朝夕同处，以古道相砥，优游山水之间，差足娱耳。……”

吴映奎《亭林年谱》：“（康熙十八年、已未，六十七岁）十二月二十七日张廷尉云翼夜半告访。”

《亭林文集》卷4《复张廷尉书》：“……至鄙人侨居之计，且为后图。而其在此，亦非敢拥子厚（按，张载）之皋比，坐季长（按，马融）之绛帐。倘遂听不察，以为自立坛站，欲以奔走天下之人，则东林覆辙，目所亲见，有断断不为者耳。”

《蒋山佣残稿》卷3《祝张廷尉书》：“……兹当初度，倍迓百祥。……敬效葵芹，用裨山海，伏惟鉴茹，可任荣施。别有启者：鄙人以颁白之年，采山而隐，卜于西岳，宗祀考亭，前书已陈，无烦赘说。惟恐物情难一，多口易生，疑为色取行违之人，谓是讲学聚徒之辈，则朱子当年，尚且蒙讥于伪学，而腐儒今日，岂能遍信于同人？倘晤抚军，乞陈硁鄙之素，幸甚，幸甚。”

康熙十九年庚申（公元1680）先生年五十九。是岁，张勇旧部王进宝、赵良栋师分两路入川，夹击云南。四月，先生有父之侧室张氏卒，亭林有免（务奋切，读问）服之议，朝邑王仲复（建常）辩之。

《亭林文集》卷4《与王仲复书》：“华阴王君无异有诸母张氏，年二十六，其君与小君相继殁。无异以兄子为后，方四龄，张氏独守节以事太君。二十五年太君亡，又三十余年年八十一，及见无异之曾孙而终。无异感其节，将为之发丧受吊而疑其服。仆以免服告之。读来教与无异书，未之许也。窃惟《礼》经之言免者不一，而详其制有二焉：其重也，自斩至缌皆有免；其轻也，五世之亲为之袒免。夫五服之制，有冠有衰，免则无冠也。郑氏曰，以布广一寸，自项中而前，交于额止，却绕纷，如著幓幓头矣。是故有免而衰者，有免而袒者；在五服之内，则免而衰；五服之外，则免而袒。袒者，非内袒也，无衰，故谓之袒也。……今张氏之卒，无异将为之表其节而报其恩，其可以无服乎哉?! ……"

王仲复（建常）《复斋余稿》（抄本）《复顾宁人书》："读来教，言免服之制，引经据传，明且尽矣。但以处无异之于母媵，则不可。夫媵，所谓婢子也。人之配妾，与妻不同；婢又与妾不同；无子与有子又不同。今无异以司马公子，后于从叔父，是为祖继体也；且夙擅文名，晚归理学，为关中贤者。顾乃惓惓于父之婢子，而发乎情不能止以礼义，贤者固无此乎?! 若欲表其节，只可以辞，未闻以服者。此事以委屈傅会，恐为无异累不小也。夫先王制礼，不肖者不敢不勉，贤者不敢过也。况《礼经》所无者乎？窃拟缟冠深衣，送伊归土，为无礼者之礼可也。若发丧受吊，只能得市童怜耳，恐未免为识者鄙也。不揣愚陋，敢布腹心，唯有道俯加裁正，即以转致无异，慎勿自轻，则吾党幸甚，斯道幸甚。"

同上《复王山史书》："辱教及无礼者之礼。弟愚，固非明礼者。但据所闻，《家礼》：父妾之有子者，正义服缌麻；若嫡子、冢子，皆齐衰杖期：乃皇明律文也。媵则从无闻焉。今先生欲以免为始丧之服，得非以义起乎？至于合葬，则非野人之所敢拟也。然近世有于茔域后首南趾北葬者，不谂亦可踵行之否?"

《亭林文集》卷4《答王山史书》："仲复之言，自是寻常之见。虽然，何辱之有?《小星》、《江汜》，圣人列之《召南》，而纪叔姬笔于《春秋》矣。或谓古人媵者皆侄娣，与今人不同：诚然。然今人以此为贱者，不过本其锱铢之身价而已。价与义有时而互为轻重。然《记》曰，'父母之婢子甚爱之，虽父母没，没身敬之不衰'，夫'爱'且然，而况五十余年之节行乎?! 使乡党之人谓诸母之为尊公媵者，其位也；取其重于后人而为之受吊者，其德也。《易》曰，'利幽人之贞，未变常也'。诸母当之矣。君子以广大之心而裁物制事，当不尽以仲复之言为然。将葬，当以一牲告于尊公先生而请启士；及墓，自西上，不敢当中道；及窆，再告而后返。其返也，虞于别室，设座不立主，期而焚之。……今为位受吊，加于常仪，以报其五十余年之苦节足矣；若遂欲祔之同穴，进列于左右二次，窃以为非宜。”

《山志》初集卷3“王仲复”条，“王仲复，司寇心一公（按，名之寀）之从子也。其学一以考亭为师，沉潜刻苦，读书一字不轻放过。持躬处物悉有矩。昔司寇公为逆党诬害，追脏，仲复先君举橐助之，故仲复长而家贫。遭寇乱，弃诸生，弢迹渭滨，教授生徒。足不入城市。不近名，名亦不著。关西高蹈当推独步。”

康孟谋（乃心）《王贞文先生遗事》：“朝邑王仲复先生，高士也。与先生为同心之友。每先生书往，仲复必揖而启之；仲复书来，先生亦然。在江南，为刻其《律吕图说》。”

是岁先生又纳妾，亭林作书规之。

《蒋山佣残稿》卷1《与王山史》：“董子曰，君子甚爱气而谨游于房。是故新壮者十日而一游于房，中年者倍新壮，始衰者倍中年，中衰者倍始衰，大衰者以月当新壮之日。某年五十三，遭西河之戚，未有继嗣。及辛亥岁，年五十九，在太原遇傅青主，俾之诊脉，云尚可得子，劝令买妾，遂于静乐买之。恃其筋力尚壮，亟于求子，不一、二年而众疾交侵，始思董子之言而瞿然自悔。会江南有立侄衍生之议，即出而嫁之。尝与张稷若言，青主之为人，大雅君子也。稷若曰，岂有劝六十老人娶妾，而可为君子者乎?！仆无以答也。又少时与杨子常先生最厚，自定夫亡后，子常年逾六十，素有目眚，买妾二人，三、五年间目遂不能见物；竟得一子已成童而复夭亡，同于伯道矣。此在无子之人犹当以此为戒，而况有子有孙，又有曾孙者乎?！有曾孙而复买妾，以理言之，则当谓之不祥；以事言之，则朱子斗诗有所谓《好人叹》，即西安府人，殷鉴不远也。伏念足下之年五十九同于弟，有目疾同于子常，有曾孙同于西安之‘好人’，敢举此为规，未知其有当否?”

十月，赵良栋率师攻入昆明，吴世璠服毒死。“三藩”告平。关中遭此七年战乱，民生痛苦不堪。

《亭林诗文集》卷6《答徐甥公肃（按，名元文》书：“……关辅荒凉，非复十年以前风景。而鸡肋蚕丛，尚烦戎略；飞刍转粟，岂顾民生?！

至有六旬老妇，七岁孤儿，挈米八升，赴营千里。于是强者鹿铤，弱者雉颈。阖门而聚哭投河，并村而张旗抗令。此一方之隐忧，而庙堂之上或未之深悉也。”按，此札，吴映奎《顾谱》系在庚申年。

是岁之末，先生复游江南，是为中年后之第四次。

康熙二十年辛酉（公元1681）先生年六十。往来于苏州、嘉兴等处。

《砥斋集》卷2《题王太常烟客画卷》：“画，一艺耳。古人以之澄怀观道。予素颇好之，谓不可与他玩好等视。娄江王烟客先生，学道之余，留心画理。昔与先司马交好京师，尝为写山水大幅，今犹藏在山斋，珍同拱璧。重光作噩（按，辛酉）之夏，舟次鸳湖，访故人朱子葆，获观此卷。其位置皴染，法犹可寻；而气韵超逸，有在笔墨之外者，弗可迹求，当是其平生最得意之作，《广陵散》绝，欲不谓之至宝不可。……裴裒江楼，风景不异，反复遗迹，典型已远。因题数语，又不觉百感之交集也。”按，嘉兴府南有湖曰鸳鸯湖。

《砥斋集》卷4《周子佩血书贴黄记》：“烈皇帝即位之始，褒恤先时死谏诸臣，首周忠介公（按，忠介名顺昌，《明史》245有传），赐赠赐荫、赐祭葬、赐谥、建祠、赐额，典礼倍矣。更以所赠之官，追给三世诰命，则以子茂兰之请，而烈皇帝之特恩，遂为诸死谏者子孙之倡。《诗》云，‘孝子不匮，永锡尔类’，其茂兰之谓乎?! 初，茂兰匍匐诣京师，上疏鸣父冤，乞诛诸奸，复其仇，刺指血以书。姚文毅公见其中有‘鼎湖’诸语，谓非所宜，欲令易之，而以血书为难。茂兰曰，以先人之遗体为先人用，茂兰何敢惜？更破舌，取血，改书贴黄以进。故元本得私藏笥中。弘撰尝盥手观之，一百四十四字，光荧荧如錢，不化碧也。今五十载余矣。既遭丧乱，所藏诰命，竟失二轴。茂兰号恸不已。有卒王得胜得之，询诸邻人，悉忠介公事，乃戚然踵门以还。……茂兰字子佩，自甲申变后，高隐不出，念烈皇帝之恩，与弘撰每一言及，辄相对泣下沾襟。弘撰以兄事茂兰，历三十载，尝大其复仇之义，推之等于王裒，裒以不事君者不忘父，茂兰以不忘父者不忘君。所遇虽殊，其志一也。河山不改，此书长存，将嵇侍中之血有不得与并拟者矣，况其他哉?! 况其他哉?!”按，先生初交子佩在顺治八年（公元1651），至本年（公元1681）恰三十年；再，崇祯登位在1628年，至1681年，恰为五十年余，故系于此。

康熙二十一年壬戌（公元1682）先生年六十一。是岁正月初九日，昆山顾亭林（炎武）先生卒于山西曲沃，终年七十。夏季，先生在海州始悉噩耗。

《山志》二集卷2“顾亭林徵君卒”条云：“辛酉秋，予至嘉兴，访曹秋岳司农，相见，即致悼亭林之殁为文献之惜。予曰，‘亭林无恙，尚在予家。予来时亭林亦有山西之行’。秋岳且惊且喜。逾年壬戌夏，予在海州（按，或往探视长子宜辅），接阎百诗手札云，‘亭林于春初殁于曲沃。’予为位而哭之恸。秋，予西归（按，指海州向西），取道扬州，将往昆山，过淮安见张力臣云，‘亭林之柩尚未归，不知何以淹滞于彼’，深以不获抚柩一哭为憾。又怪亭林未殁，江南何以遽有此问？搦管偶记，涕下沾襟。”

按，张力臣，吴映奎《顾谱》云：“力臣，名弨，山阳人，号亟斋。……（亭林）先生《音学五书》皆先生手写付梓”。窃尝见《张亟斋遗集》一小册，其《附录》中云，亟斋父张致中，字性符，有《眉尹文集》，为复社领袖。亟斋晚年穷困流离，携子弟居于京师（略见《静志居诗话》及《茶余客话》）。又见山阳丁晏所著《张亟斋遗集序》，云曾于淮阴市上见《张力臣〈栈行图〉》一轴，绘其貌癯古，有微须，布巾裹首，著淡红色衣，策马行万山中，一奚童尾其后，以袖掩口，若冲寒之状云云。

冬，先生在扬州，与叶井叔（封）、冒巢民（襄）、童鹿游有往还。

《山志》二集卷首黄州叶封《序》：“曩余获交昆山顾亭林先生。亭林于当世士多否少可，独亟称华阴王山史先生。已，山史至京师，余一见辄心仪之；顾匆匆别去。比亭林就居山史之家，两人皆好学敦行，志相得也。康熙壬戌岁暮，余客扬州，山史亦来，则先是出游将盈二稔，闻亭林之殁，且周岁矣。同寓萧寺，朝夕过从，接其言论风旨，往往酬答无倦，或至丙夜不休。得读所著《正学隅见述》及《山志》，乃知山史诚醇儒，其学有本，固非徒博闻强记已也。”……按，叶封，与宋荦、王又旦、曹贞吉、颜光敏、田雯、谢重辉、丁炜、曹禾、王懋麟被称为“京师十才子”。

《山志》二集卷3“魏子一”条，“（冒）巢民，复社名士，今之典型也。子二：长谷梁（嘉穗），次青若（丹书），皆英俊有父风。庚申（按，康熙十九年）秋，其族一恶少有求于巢民不遂，不胜恨，谋挟刃潜袭其室行刺。适婢奉匜匜水遇之，问何为者？辄应曰，寻尔主。婢素识其人，又见其挟刃，遽以匼当户抗拒。青若闻之奔至，徒手格斗。其人不得入，众集执之诣官，讯之，词连巢民之弟，法当并坐，狱已具，巢民有不忍者，复为申救。人皆谓其不可及。青若被四创，死而复苏。婢洞腹肠出，纳之亦不死。……巢民今年七十二，老而好学，犹时时为高会，豪举不衰。平生周急恤难，不惜倾囊。迨遭回禄，家中落，以不能厌人欲，遂几致不测之祸。然有青若之孝，婢之义，一时声溢郡邑，咏歌叹美，篇章盈箧，亦可以慰矣。"

《同人集》卷9载华山王宏撰（山史）壬戌小年过访巢民先生，款留匿峰庐三日，别后寄赠二首："浩浩乾坤内，巢居有逸民。夙怀唯磊柯，晚节益嶙峋。频洒河山泪，犹余草木春。匿峰庐畔月，长照梦魂新。""四海推簪盍，千秋托简编。高曾遗炬在，朝野大名传。不作寻常时，而垂七十年。咸时思俎豆，家国总凄然。"巢民亦有《王山史先生寄赠二首、答和原韵》："太华王夫子，西秦古逸民。三峰盘窈窕，八水照嶙峋。拂袖金门远，餐花玉井春。偶来沧海上，交订白头新。""丙舍悲先泽，颓垣集断编。钟孙无其恤，谢宅未三传。拮据当穷岁，哀吟逼暮年。新诗最凄怆，捧读亦茫然。"

《砥斋集》卷1下《童氏族谱序》，"如皋童太学鹿游（昌龄），其先为兰溪人，迁如皋已三世，而鹿游念念不忘，于甲寅岁特走兰溪，访高曾遗业，展扫坟墓，宗党咸贤之。壬戌遇予维扬，亟以修其族谱请。予为溯其所出，以及于八世之祖，其先不可考，其他亦不能详，特据其所明者，序次而归之。……予与童氏，居不同地，无姻联，而为之谱：是越也。夫予之为之谱也，是越也，而予弗能已焉，亦可以知鹿游矣。"

康熙二十二年癸亥（公元1683）先生年六十二。尝命改华下读易庐为顾庐，李天生为诗纪之。

《受祺堂诗集》卷25《题无异先生顾庐三首》，《序》云："无异先生初辑是庐，学《易》其中，因以颜之。顾亭林先生至华下，借居之。亭林先生既殁，山翁改署今名。李生见而哀之，且多山翁之敦夙好也，为诗纪实云尔。"诗曰："学《易》中年自结庐，衡门忽系远游车。双飞遂合延津剑，万卷同归遁世书。逝水难留清汉老，名山忍对白莲疏。还因适馆移新额，泪洒西州寓目初。""江海英魂何处飘，入关从此问渔樵。三峰客去秋光冷，一榻亭间夜色遥。博爱滥收元礼御，幽凄翻易伯通桥。榛苓遗恨无存殁，欲傍周原赋《大招》。”“独步空庭悼所思，悲歌永夜忆同时。武陵谁引千年迹，姑谢浑无一物疵。每为松楸愁北向，争教鸿鹄恋南枝。潜居幸有王符在，夙契兼留赵壹诗。”

是岁，李天生复补撰先生六十寿序，于先生有“通隐”之誉。

《续刻受祺堂文集》卷2《王徵君山史六帙序》略曰：“先是二十年八月，值先生六十皇览，海州谋制锦屏介先生寿，诎于贫未能也。今将补为之。春日，走书三百里而丐予文，予兄事先生，稔悉其生平，又海州幼从予游，谊无所却。盖先生之苦心，海州知之不能言之，他人能言之不若予言之较切而得实也。”其论曰：“夫君子不得志则蓬累而行，此无关世之治乱也。以‘四皓’为避暴，何以处采薇之仁人？以务光为不事易姓之君，彼巢、许何据焉？然则善藏而不诡于正，其通隐乎?！当吾世而有孙苏门、顾亭林二公，其道大而行方，其学至博且深，实而有用。而二公皆往矣，求之关中，华下王徵君无异先生者夙交于二公，而树品嗜古秀令渊茂，亦其流匹也。”按，吴怀清《三李年谱·天生谱》系之康熙二十一年，但观序文中“海州褰帷剧郡，屡摄邻符”云云似应较康熙二十一年为更晚，兹权系于此，以俟再考。

是岁秋冬日，先生应张云翼（又南）之请，为其母张勇夫人李氏撰墓志，又为关中士夫撰贺张勇入觐之《序》。以上两文，究为旅中所撰，抑为返里写成，待考。

《砥斋集》卷9《诰封一品夫人，靖逆侯张公元配李氏墓志铭》，略曰：“康熙十四年岁在甲寅秋，靖逆侯非熊张公元配、诰封一品夫人李氏卒于京兆之第，是时有云南之变，公命云翼等即其地权厝，而不发丧。……今云南平，四方宁谧。癸亥秋，奉窆有期，公适入朝，间以云翼所自为夫人状，嘱书其幽宫之石。予谊无辞。……”

《砥斋集》卷1下《贺靖逆侯非熊张公入觐序》，略曰，“……公镇西陲，先后凡数十年，运筹决胜。正身洁己，威化大行。日者，滇南乱作，连及楚、蜀、三辅以西，处处煽动。公绥服人心，收复地方，天子倚之。今四方既定，公请陛见，天子可其奏。以公有足疾，命肩舆至乾清宫。乞休不许，留二十日命还镇。……予未识公面，与公之子廷尉、司农二君为道谊文章之交。公将入关，关中士大夫公制清防，跻堂称觞，属予为词。……”

谨按，此后四年间先生行踪失考。传闻先生有《南游诗草》、《南游日札》，而遍访南北各大图书馆，则刻本无论抄本，均所未见。无法之余，姑志于此。

康熙二十七年戊辰（公元1688）先生年六十七。为“金陵八家”撰记。

《西归日札》：“金陵之以善画名者，众矣。而周栎园司农（按，周亮工）独标举八人，曰‘八大家’。……（前文已引）。癸卯，予至金陵，八人者日相往来。戊辰，予再至，则六人已化为异物。损之（张修）老不复出门，独会公（樊圻）尚健。乃二、三年间亦俱倏然谢世，今遂无一存者矣。可胜叹哉?! ……”

是岁，先生有哭亭林诗六首。

《亭林遗书》《同志赠言》中有戊辰《哭亭林先生六首》：“海内推明德，江东溯世家。传经忆刘向，博物藐张华。倚剑天之外，挥戈日已斜。蒋山松柏路，颢气不胜嗟。”“先帝宾天日，孤臣誓墓时。攀髯悲不逮，仗策计何之？入鲁聊为稼，游秦共赋诗。蓟门回首处，今昔寸心知。”“霜露空凝思，行藏只自怜。祭无王氏腊，书有晋家年。古殿中宵月，寒林几处烟？何曾恋山水，洒血记芊眠。”“卷迹嚣尘表，弢光野水滨。无求追大隐，不器是先民。气以艰难状，怀因诵读新，重逢面黧黑，垂老惜征尘。”“天将兴礼乐，世已诵文章。一代才难尽，千秋恨正长。山空啼鸟寂，江渺暮云黄。披发琼楼侧，翻然下大荒。”“晚计同栖隐，春风忽弃捐。空留安石屐，竟罢祖生鞭。问字亭犹在，衔杯榻遽悬。乾坤浑闲寂，吾泪日潸然。”

按，先生复有“再过”、“三过”亭林墓下作诗，度其写作年份，当不出先生六十七至七十岁之间，故一并系在此。《再过亭林先生墓下作》云，“三年客江东，两度抚君墓。野日滋宿草，秋花显零露。缅维同心交，明誓金石固。稽古启愚昧，敏求祛冥悟。朝昏恒不遑，患难行我素。重访伯起市，更寻公超雾。惠然止吾庐，一似形影附。同泣鹿马石，手攀神烈树。倏更四十春，戚戚不忘故。畴昔梦云阙，白衣从玉略，连蜷下大荒。偃蹇问天步。叹惜桑榆景，徘徊崦嵫墓。幽明事已非，生死情一诉，洒泪归山去，长辞西州路。”《三过亭林先生墓下作》，“与君长别九年矣，白马重来千里余。独拜荒丘栖宿草，更挥老泪问遗书。”“为忆神期恒若存，莫将封禅比文园。当年羊傅徒轻爵，何似龙门有外孙?”

复按，先生除以韵文表达对亭林哀悼、并进行总结外，复以散文表达。《山志》初集卷3有“顾亭林”条，“顾亭林，古所谓义士不合于时、以游为隐者也。丰姿不扬，而留心经术，胸中富有日新，不易窥测。下笔为文，直入唐、宋大家之室。至讲明音韵，克传绝绪。他所为《日知录》、《金石文字记》、《天下利病》诸书，卷帙之积，几于等身。朝野倾慕之。行谊甚高，而与人过严，诗文矜重；心所不欲，虽百计求之，终不可得；或以是致怨，亭林弗顾也。居恒自奉极俭；辞受之际，颇有权衡。四方之游，必以图书自随，手所抄录，皆作蝇头行楷，万字如一。每见予辈或宴饮终日，辄为攒眉，客退必戒曰，可惜一日虚度矣。其勤厉如此。所著《昌平山水记》二卷，巨细咸存，尺寸不爽，凡亲历对证，三易稿矣，而亭林犹以为未惬。正使博闻强记，或尚有人；精详不苟，未见其伦也。”按，窃认为，此不啻为亭林所作最佳传略。

复按，除山史对亭林进行总结性评论外，窃亦尝见他人为之。《亭林年谱》康熙九年下引山东德州程先贞（正夫）所为《赠顾徵君亭林序》，略曰：“……抽丝启钥，其辨详以核，其论典以要，其思平实以达，其义纯粹以精，本于经而不泥于昔闻，原于史而不拘于成说，多前贤所未明，一旦自我发之者。自汉、唐以来，诸贤林立，观其意思，略与郑康成、王文中辈相仿佛，皆能深造理窟，力追大雅，以斯文为己任者也。以视今之作者，不啻奏黄钟大吕于秋虫响答之前，其巨细不侔矣。假使先生得时而驾，为当代柱石，功业所至不过封侯而止，其于闲先王之道，以津逮将来，为天下后世之利，且孰得而孰失乎?!”亭林同邑学者朱伯庐（用纯）《女鬼讷集》卷3中有《顾亭林先生集序》一篇，略曰：“盖自圣门‘文’、‘学’为科，而说者谓著之词章者为‘文’，博其探索者为‘学’。窃以为秦、汉以来，如先生之文者有矣，未有能如先生之学者也。然苟未有能如先生之学，则虽谓未有能如先生之文，可也。”亭林弟子潘次耕（耒）《遂初堂集》卷10《顾亭林先生六十寿序》，略曰：“当天地闭塞之时，而有特立不惧、遁世无闷之君子。霰雪集而不凋者，松柏之所以待春也；风雨晦而不熄者，膏火之所以待晨也：是可以答天心矣。”以上王、程、朱、潘诸论，可以连观，故谨辑录于此。

是岁，先生应张勇之子张云翼（又南）之邀，曾至福建。

张云翼（又南）《式古堂集》《尺牍》中有寄先生三札，录之如下：（一）“睽违道范，倏改岁矣。对春云岛屿，益念三峰。昔工部因巫峡而瞻华岳，则仆立清源望白帝，并怀高居著述之贤徵君，谅非饰语以欺先生耳。忆从分袂，曾订闽游，不识果于何时共觞咏、看海日也。”（二）“夏初，得杜云柯书，知先生游车已抵邗上，满拟秋时当至温陵，而传闻尚税驾于姑孰，不知此时可达钱塘否？紫云冉冉，日为引领，觉丹山碧水，亦憾邀题之迟也。颙望颙望。”（三）“一别倏复三年，时忆紫气所临，泉山晋水，犹日为文光所荡漾。兹者先生稀寿，淮阴张子远徵侑觞之言。因念登岳跻堂，以及刺桐投辖，皆得为先生酌斗。今在天末，惟望明月之光，遥祝大年，诗固不能尽意也”。按，《式古堂集》尾有李建（立庵）《跋》，自谓丙寅（按，康熙二十五年）随云翼从事于闽，刻书撰跋时已至壬申（按，康熙三十一年），足见张云翼在闽或首尾七年（公元1686～1692）。以上三札，最后一札当作于康熙三十年，第二札或作于康熙二十六年前后，第一札当作于二十五年初到之时。《式古堂集》中有“关中张云翼，以大理卿提师驻泉，六载中两入覲”云云，足见云翼在闽为提督官，且一直为康熙帝所庞信。

《山志》二集卷3“清源山”条，“戊辰予在泉南，值中秋，为予初度前一日，辅儿请游清源山，至碧霄岩，见石壁有大‘寿’字，几丈许，旁小书‘宋淳祐戊辰立春日三山林爽奉亲游此山，书于石。’辅喜而异之。山上有泉出石罅，曰孔泉。味清甘，胜常水。相传裴仙手辟之，亦诞。郡之得名以此。”

是岁，郃阳康孟谋（乃心）与李天生在华山先生山居共订亭林遗诗。

《莘野集》《暮春岳麓呈怀李太史三十二韵》：“……握手集灵阙，班荆独鹤庄（原注：山史先生隐居），遗编诗共订（原注：宁人徵君），别绪语难详。剪灯宵常旦，联榻夜未央。余生瞻斗岳，此夕计行藏。……”

康熙二十八年己巳（公元1689）先生年六十八。秋，曲阜孔东塘（尚任）与先生订交于白门。

《湖海集》卷7《己巳诗)《过王山史乌龙潭寓舍》:“欢喜逢君渐爽天，青革奚白袷致翩然。买山钱少家虽累，著《易》年多道自传。一顷残荷秋剩藕，几层荒寺晚多烟。游人每日潭边望，谁识茅亭寓大贤。”

同上卷13《与王山史聘君》:“两访清凉山下，门径寂然，不知先生何往也，怅立久之，遂有无限离群之感。昨问穆翁，始知移家秦淮水亭。夫清凉、秦淮，皆为金陵胜地，然消夏宜于山边，吟秋宜于水际。况山边之龙潭，荷花已冷；水际之钟山，爽气方新。先生意在山水，其因时迁移，皆有迟早分寸，世人哪得知其故也。”

同上另札，“同客金陵，如水萍风絮。既无意遭逢，便思结团铺镜，为不可解之姻缘。顷闻先生欲之武林，仆亦将归燕台。是犹风以吹之，水以激之，不得不散者其势也，不肯不聚者其情也。坚此情而不变，南北天涯，何地无再聚之时乎？前有拙诗求教，先送旧寓而不遇，再送新寓而不遇。以为必不遇矣，岂料反遇先生于座上？即此遇、不遇之间，可以观聚散之境矣。”

康熙二十九年庚午（公元1690）先生年六十九。为宋以伟撰《山来阁记》，并为戴务旃（本孝）、无忝（移孝）诗集作序。

《砥斋集》卷4《山来阁记》:“（前文见康熙二年条下引）……予去几三十年，庚午秋，重来下榻。其中虽风景如故，而书画散佚，阁已杀其最高一层，不得如昔之所望。以伟亦皤然老矣。阁故颜‘容安’，以伟喜予之来，易之曰‘山来’。乃举觞嘱记。予告之曰，‘今天下何曾有山水哉？予生长西方，天府之国，为荒墟久矣。比出潼关，城郭人民，皆已非旧。过郏、鄏之野，观当年战场，磷火夜青，殇魂昼号，祖宗之泽，日以灭没，有不胜其戚者。而此邦烟景华丽，士大夫犹得以管弦歌舞，饰其游晏之乐；乃市井嚣竞之习，相寻未息，有道者之所惧也。……’以伟不答，予亦就寝。恍惚窈窕，宛如昔之所望。郁郁葱葱，直临窗牖。予不觉其肃然而恐、悄然而悲、憬然而寤也。遂披衣书之，以为《山来阁记》。”

《砥斋集》卷1下《守砚庵文稿序》:“（前文见康熙七年条下引）庚午秋，予涉江上蒋山之下；久之，相见于长干梵宇。复为《华山图》一幅，七言长歌一章见贻，风仪翩翩犹昔也。既而示所著《守砚文稿》曰，‘予文不可无子序’。余读至《九怨》与《族谱》之作，忠孝之情，溢于简端。欽衽而叹曰，此其为灵均之遗则乎？……予独观其行吟泽畔，憔悴枯槁，至无以自持矣；迨与渔父问答，沧浪之歌，余音未绝而鼓枻杳然，与成连之闻瀣水、澒洞而茫然移情者，千年以来，此景一再见而已。《远游》之篇曰，‘其小无内兮，其大无垠；无淈滑而魂兮，彼将自然。壹气孔神兮，于中夜存；虚以待之兮，无为之先。庶类以成兮，此得之门。’斯言也，其得之既见渔父之后乎？峥嵘廖廓，太初为邻，不第视世之总总者无所复撄；即三后之思，侘傺慷慨之态，亦觉倏然无余。盖灵均于是乎深于道矣。务旃以有为之才，奉其先人遗训，底厉名节，遭时不造，裂冠弃人事，游散山水荒遐之区，足迹遍三陲焉。乃日月几何，而颠毛种种，田园就芜，妻子有饥寒之色。务旃独浩浩荡荡，忘怀得失，操觚不辍。夫仁不遗亲，义不后君，揽万一于一掬，折以古之法度，而骋其纵横宕逸之致，入理泓然，达于象表，其于灵均之为有进焉者，异乎否耶?！……”

《砥斋集》卷1下《碧落后人诗集序》：“后十七年戴子无忝之登华山也，予不及以履从，未识无忝之人也。而今在旧京于其兄务旃所得读无忝之诗，选按义词，出入风雅，不第一门之内，有雍熙之轨，而国运之盛衰，朝事之得失，俱隐隐可指。其识洞，其论公，其气沉，固非雕饰浮采、留连光景者之所可方也。昔者权奸柄政，刑赏生杀皆出其手，而不能夺文节先生之砚，至为蓄憾。此其故岂在砚哉？务旃守其砚以为庵，庵成而复以砚授无忝，则其兄弟之所勖励，又自有在可知也。即迹或不同，要以不欺之志，不移之节，不失其先人之贻谋，则一。故予读碧落后人之作，亦如读《前生》、《余生》之作，不禁心折首俯，而有时为之发冲冠而涕沾襟也。……余既为务旃序其文，而务旃又欲余序无忝之诗。同心之好，谅不在区区墨翰之间，是以特写其中之所知者如此。呜呼！知其诗矣，岂犹恨未识其人哉?！”

又尝遇长洲程然明，为之序其诗草，并为其亭作记。

《砥斋集》卷1下《程然明〈续游草〉序》：“庚午秋，余以大司马东山王氏之招，为其子授《易》，则吴门程子然明在焉。……孟冬上浣，余将暂之白下，然明以其《续游草》嘱序。”

《砥斋集》卷4《止亭记》："予尝读陶靖节《止酒诗》而叹靖节之善言'止'也。然有进焉。盖古圣贤之学，莫不以'止'为要也。……长洲程君然明有亭焉，颜之以'止'。然明曰，'吾见夫滔滔者之不知止也，窃为之惧，故愿以之。'王宏撰曰，'予家华山。华山，宋陈图南之所居也。图南好睡，其睡有'五龙蛰法'，蛰，止也。其告钱若水曰，'急流勇退。'退，亦止也。然明读古人书，工诗文，年方壮，未可以止而止，其有见于天下之故深矣。呜呼！天下之士，能知游于然明之亭者，盖已寡矣。而况更有进于是者耶?!"

康熙三十年辛未（公元1691）先生年七十。李良年、康乃心均遥寄祝寿诗。在吴门，承为文徵明裔孙文点为其先人竺隖草庐撰记，未遑。三年后成之。

李武曾（良年）《秋锦山房集》卷10《山史别逾十载，闻届七秩，不获涉江为寿，弥益怀思，赋二章寄之》："羡尔行踪著处堪，短长亭有异书担。石渠合贮斯人《易》，野史曾闻信口谈。名士六朝谁伯仲，好山双屐尽东南（原注：先生曾自浙入闽，近闻游寓白下）。应料七十颜如昨，唤作真仙也不惭。""车可施巾棹可呼，天随、栗里信吾徒。尚能桃叶清溪载，那更香山皓叟俱。百四十年须再数（原注：用一日如两日语），五千三字好重摹。不知如此称觞语，博得当场一笑无?"

康孟谋（乃心）《莘野集》《寄奉王山史先生客白门、兼寿七十》："徵君闻作秦淮客，画舫江烟梦里猜。故国曾经桃叶渡，新诗定傍雨花台。少微处士连云动，太华仙人降岳来。为问草玄今几许？扬雄夙数汉廷才（原注：《砥斋》、《山志》诸书闻有续作）"。

《砥斋集》卷4《竺隖草庐记》："问：二百年来，有德粹于躬、而文章合于古、书画为当时所重、而后世奉以为珍者，何人乎？必曰：长洲之文衡山先生。问：百年来清忠著于朝端、受知于圣主、信于君子、而见忌于小人、去不终日者，何人乎？必曰：衡山先生之曾孙湛持公（按，名震孟），则殁而为烈皇帝所深悼悔、不克竟其用、予谥为文肃者也。文肃公殁不及十年而烈皇帝殉社稷。变日孔亟，九洲沉沦，文肃公之家亦丧，有不忍言者。冢子孙符（按，名秉）君跳而隐于竺隖草庐以老。竺隖草庐者，文肃公未第时所构读书别业也。孙符君晨夕其中，著《崇祯朝纪略》、《先拨志始》、《姑苏名贤续纪》诸书。书成而赍志以殁。子南云（按，名点）

继之，恪守先训，谢绝尘务，以诗文书画自娱。与予缔交二十余载，尝为写《独鹤亭图》，妙得家法。汪苕文、王阮亭、李天生皆亟赏之。重光协洽（按，辛未）春，予至吴门，相晤于慧庆寺。求予作《竺鸬草庐记》，予诺之而未遑也。……"

康熙三十一年壬申（公元1692）先生年七十一。是岁十一月，李天生（因笃）卒于富平，年六十二。

吴怀清《三李年谱》《天生谱》："康熙三十一年十一月二十二日卒。"又康熙二十八年，"春，早起为人作记，觉右臂舒缓不能屈，遂患痪。朱长源往候，先生执其手曰'吾一生作诗文不下数百万语，无一字不从心中刻画出，血枯矣，其能久乎?!'自是语蹇涩；行须杖。"

康熙三十二年癸酉（公元1693）先生年七十二。是岁，戴务旃（本孝）卒。冬，先生在定山（焦山），为秦淮《种纸庵雅集》作记。

《砥斋集》卷4《种纸庵雅集记》："夹秦淮岸而阁者，以百十数。水阔轩敞，独具昭旷之概者，则顾子友星种纸庵也。癸酉冬之日，龚子岁庵、姚子后陶、胡子静夫、叶子桐初、田子志山、先子迁甫、吴子尊五、余子九迪、张子元子、吴子无咎，詹子秋圃为雅集。……友星走使来定山，属余为记。夫旧京之有秦淮，游观之丽区也。……供诸子之玩，为挥毫操觚之助不浅。然而留连光景，放浪形骸，饰藻采于目前，流名誉于后世，固丈夫不遇于时者之所为也。其亦念乐之不可亟，而取之不可尝也。又得无有当欢而悲音乎？……予老矣，怅嘉会不与，登高而望，山阜崍峙，江涛浩荡，雉堞参差，风帆上下，烟云杳霭中，其有文章光焰焕星日而干气象者，是耶？非耶？以今视昔，倏成陈迹；后之视今，亦复如是。呜呼！熟使余目眷风景之不殊，怀西方之好音，如溯洄于蒹葭霜露之湄，不禁其百感交集、凄然涕下者，非兹诸子之为之也欤?!"

康熙三十三年甲戌（公元1694）先生年七十三。冬，夏至吴门，诣文震孟竺鸬草庐，并为记。

《砥斋集》卷4《竺鸬草庐记》：（前文见康熙三十年条下）及予在旧京，数有书来促。予报之以口号曰：'玉兰堂上有寒烟，竺鸬风光复渺然。莫怪三年疏翰墨，终须亲洒水云边。'阏逢阉茂（按，甲戌）冬，复至吴门，遂挈杖诣之，始识所谓竺坞草庐者，其额为王伯谷书；门颜曰‘考槃’，则文肃公自书。数椽仅蔽风雨，孤寂无邻，环之皆山也。长松百万，黛色参天，时作涛声。阶前二桂，大六、七围，高二丈许，婆娑有余荫。中蓄琴书，酒垆茶灶，绳床木几，朴淡萧散，俨然太古之风。其外薄田数十亩，耕植以自给。南云偃仰优游，内足于怀，晏如也。……呜呼！衡山先生远矣，文肃公魂魄犹应恋此。其有戚然于今昔之故者。山空林冥，月白风清，将无驷虬乘鹥陟降其间耶?！吾知草庐之不朽矣。小寒日鹿马山人王弘撰记。”

按，《木渎小志》卷1，“华山在龙池山西，与天平、灵岩连属。……迤南为竺坞。”《吴县志》（1933年印）卷39，“竺坞山房，在天池山北，文肃公读书处。子秉、孙点亦隐居于此。”

康熙三十五年丙子（公元1696）先生年七十五。先生中年以来，凡四游江南，远至闽中，末次竟栖迟十余年之久。至是，始西归。有古体与截句各一，留别南方友人。

《西归日札》《丙子元日将西归感述》：“老夫年垂七十五，饱历丧乱心常苦。泉台父母宁知否？苟延喘息终何补。吁嗟悲哉！一万九千日沉渊，丁未以至今戊午。大块岂不荣春色，憔悴独与槁木伍。前年弟死曾孙殇，老妻倏又陨二竖（自注，妻杨氏，年七十四）。生离死别关塞黑，洒泪九野无干土。落拓奈经十载余，穷愁旅舍翳环堵。故人书束亦满席，分禄时肯周资斧。积困莫救稚子饥，况复难免衣褴褛。皇皇有似失林鸟，朝东夕西群铩羽。惨淡遥瞻鹿马云，萧摵久滞锺山渚。忆昔飞凤失其凰，鹤驾茫茫反遭取。天南逆流波浪恶，蛟龙夜睡鱼鳖舞。李白狂歌走夜郎，杜甫麻鞋归灵武。世间是非成败异，悠悠之徒何足数?！比来愧听硕果言，相迟卜筑桃源坞。邀蘧有人复好事，歌奏潜忠泣风雨。君臣冻馁卧荒陬，贱子何心怀故宇？即今桃李花满眼，但觉松柏精灵聚。图书抛弃罢登临，天阙寂寞江涛怒。苍浪鬓发步踥蹀，又闻直北震金鼓。南岳爱菊制颓龄，沅湘芳草淹宿莽。徘徊欲归归未得，冷落丘陇废场圃。日暮聊为悲春吟，飘风烈烈飒终古。”

同上《留别白门友人》：“春花落尽鸟空啼，春水东流人向西。有梦常依桃叶渡，寄书应到碧云溪。”

行前，作《哭戴务旃记》。

《西归日札》《哭戴务旃记》：“昭阳作噩秋，鹰阿山樵戴务旃先生死。华山王弘撰为位而哭。既三年矣。柔兆困敦春，于旧京读其弟无忝所为先生《传》，又闻其二子藿庐、蓧泉之庐于先生之墓也，作而号曰：夫先生之生，犹之生乎？先生之死，犹之死乎？抑先生之生如死乎？先生之死如生乎？将先生之生，有不足于生；先生之死，有不足于死乎？抑先生之生有以慰其生，先生之死将以慰其死乎？先生知予乎？予又恶敢谓不知先生乎？曷言乎生犹之生？自少而壮，自壮而老也。曷言乎死犹之死？魂升于天、魄归于地也。人之常也。曷言乎生如死？放浪形骸，流观山海、翛然之志无系于尘埃之世也。曷言乎死如生？道德可贞，翰墨有永，浩然之气常存于宇宙之间也。先生之异也。曷言乎生之不足？君父之恩罔极，呼天有泪也。曷言乎死之不足？臣子之心未毕入地，犹视也，先生之所自戚也。曷言乎生有以慰？（伯）夷之有（叔）齐也，长（沮）之有桀（溺）也，以无忝为之弟也。何言乎死有以慰？伟元之柏为枯也，季义之鹿为殉也；以藿庐、蓧泉为子，人之所无憾也。”

归后，赋诗二首，并有门楣榜题。

《西归日札》《抵潜村旧居》：“犹是后山路，依然流水村。荒墟遗败灶，宿莽翳颓垣。不见桑麻长，何知雨露存？迟徊拜家庆，洒泪到黄昏。”“少陵悲道路，元亮即园田。凉月四松下，疏风五柳前。心苏灵武事，诗记义熙年。希迹怀之子，余生枕石眠。”

李夔龙《西归日札序》：“山翁，予妻之世父也。携笈游吴、越间者十载余，丙子春始西归。树门眉曰，‘迹似云归岫，心如日在天。’”

抵家前，新城王阮亭（士祯）入川主乡试，过华下相访，又不遇。有诗。

《渔洋精华录》卷10《访山史读易庐时久客淮南未归》：“多年华下遂君初，廿载重过访旧庐。满径苔痕停竹石，当窗岳色静琴书。山中宰相无人识，江左夷吾我不如。为报倦游归及早，淮南无此好家居。”

康熙三十七年戊寅（公元1698）先生年七十七。有怀王仲复诗。仲复有答诗。

《朝邑县后志》引王宏撰《怀王仲复先生诗》：“茅堂渭水滨，幽栖寡世累。洁身亮独难，藏辉殊不易。怀古执高节，读书晰疑意。百家用从久，六经道未坠。白日苦易驰，秋风飒然至。常恐毛发变，苍苍劳梦寐。逝川只向东，空山湿晚翠。思君步屐声，陶然成独醉。”

《山志》初集卷3“王仲复”条，“戊寅秋，予怀之以诗，仲复答曰：‘蹉跎秋已半，发白欲上颠。勉力取书读，兢兢常恐偏。伊君能好我，寄我诗思鲜。光风自南来，霁月偕之前。依依晤有道，此心殊悠然。于时思就正，又惧落言诠。六经无异指，千圣有真传。不知君子教，何术可及泉？’”

康熙四十年辛巳（公元1701）先生年八十。王仲复（建常）先生卒，终年八十五。先生为之志墓。

事见康孟谋《乃心》《王贞文先生遗事》。

康熙四十一年壬午（公元1702）春先生卒，终年八十一。有《绝笔诗》。门人私谥曰“贞文”。其长子宜辅求先生墓志铭于新城王阮亭（士祯）。

康孟谋（乃心）《王贞文先生遗事》：“先生疾且革，以先朝图画三事、绝笔诗二首授其子。诗曰‘负笈江南积岁年，归来故里有残编。自从先帝宾天后，万事伤心泣杜鹃。’‘八十衰翁沮、溺徒，祖宗积德岂全孤。平生不作欺心事，留与子孙裕后谟。’”

同上《谥议》：“……于是尝受教于先生、若友、若门弟子，议曰，……按谥法，不隐无屈曰‘贞’，道德博文曰‘文’，请谥先生曰‘贞文’，敢以质之中孚先生。中孚曰，‘然。文范、靖节之遗则，先生无愧焉。’”

王士祯《古夫余亭杂录》卷3，“华阴王伯佐（宜辅）来，求其父山史（弘撰）墓铭，以文五峰画《骊山图》润笔。”

康熙四十三年甲申（公元1704）先生卒后二年，康孟谋（乃心）复至华山，有忆先生七言断句一首。

《莘野集》《岳麓断句》（三十一首）之一《山史先生》：“一别徵君怅索居，松花石径冷庭除。不知子晋吹笙去，何处重逢有道车。”

1944，第一遍稿于陕西之蔡家坡。

1984，最后一遍稿于甘肃之兰州大学。

校稿后记

七月下旬接到齐鲁书社电报说，本书的校样已经出来了。于是我和助手左书谔同志赶到济南，一路酷暑，显与陇上有别。经我两人近四天的昼夜校改，工作终于做完了。从这中间，也产生出一些感想。

大凡有成就的学者，都是综合的学者。亭林如此，山史亦如此。试看他们都能文；能诗；有结实的经史根底；又对哲学（不管派性如何）都有各自的一套。此外，像山史对绘画书法，见解也很精辟。只是亭林较山史更多出来的是，他肯以更多的辛勤，用之于巍然大著（科学专著）的完成，从而他在学术史上所留下的脚印也就更大，更深而已。从这里得出体会，做学问浅尝不可以，“单打一”抓住一个小窄门死钻也不可以，这也就是自古以来由“博”得“约”的道理之所在。

感谢齐鲁书社的编辑同志在这本小书得以出版的过程中所给予的助力。他们甚至远到太原晋祠访求该处所藏的王山史法书，想拍一照片，以为插图。由于这些努力一时未得圆满结果，故本书前原定的几页插图，暂时地阙如了。

张舜徽、缪钺两先生是我很佩服的，比我大十几岁的长辈学者，我请他们给这本小书题签，两位都慨然允诺，我在这里谢谢了。最后，对左书谔同志昼夜加工帮看校样，再表谢忱。

1986.7.31　于南郊宾馆之4022

《日知录》导读

导　言

一

《日知录》的作者，是顾炎武。

有关顾氏的生平，读者可参读《清史稿》卷481《儒林传（二）》中的顾传和全祖望《鲒埼亭集》卷12中的《神道表》。近出书中，有本书著者所著《顾亭林与王山史》中的顾氏的《新传》，可供参读。根据《导读丛书》编委们的意见，《导言》重在一个“导”字，对作者生平及著述的版本等，不宜写得过分冗长。谨遵此旨，将顾氏生平概括简述如下。

顾氏生于明万历四十一年，卒于清康熙二十一年，公历为1613～1682，终年（虚龄）70岁。南直隶昆山县（今属江苏省）之千墩镇人。原名忠清，学名绛；入清朝后更名炎武，字宁人，人称亭林先生，又曾署蒋山傭。平生活动，可分为三个明显的段落。

第一段，自出生至明亡（公元1613～1644），约31个年头。自14岁入昆山县学，计学习、自修18个年头。在此期间，他在出嗣祖父的指导培养下，打造下有关传统文化典籍及其当时政治、经济构架的深厚与坚实的基础。没有这个基础，他一生中开扩性的学术发展将是不可能的。第二段，自清顺治元年至13年（公元1645～1656），约12个年头。在此期间，他在江南地区对满清军事贵族入主中原的统治，做了旗帜鲜明的以及秘密串联的反抗活动。他以南京为居住地，北到淮河上的清江浦和王家营，东到太湖。在活动的同时，他已展开了几部代表性著作的发轫工作。这三段，自清顺治14年至康熙21年（公元1657～1682)，在这大约25个年头中，他离开江南，到北方的齐、鲁、燕、赵以及秦、晋等地区，做了许多带政治性的学术活动和人际活动，进行了若干调查研究工作，最终写出了大量具有很高价值的专著和诗文。

他一生的思想，似可归纳为如下的四个主要点。第一，在政治方面，他坚持反对满州军事贵族入主中国，坚持恢复明朝帝国和汉人自己的统治。对这一点，我们需要分析，其中某些爱国主义，值得继承；某些狭隘的民族主义原则，则已与后世的多民族大家庭的现实不相适应。第二，在认识论和学术方法论方面，他主张“下学而上达”，即从可靠和坚实的感性基础上向理性上升。从他一生的实践中看出，他强调“下学”的努力是令人钦服的，相对地他向理性、向抽象前进的能动性，则稍嫌不足。第三，他的学术风貌，被后世叫做“经世济用”之学，这样一种学风，在清初由顾氏倡导，到清末鸦片战争以后，又被一些学者所继承和发展（只乾嘉的纯考据之学不如此），成为振兴民族富强国家的一种号召。因此，后世考据家奉顾氏为创始者的说法，是站不住脚的，因为：（一）乾嘉考据脱离政治、逃避政治，而顾氏则热情拥抱其当前社会民生的第一桩现实；（二）顾氏强调感性材料，引发出来的是大关节目上的大考证，而乾嘉学者逐渐流为琐节考证。第四，在政体上，他坚决反对明朝专制主义中央集权的不断强化，这一点无疑是好的，同时代学者黄梨洲（宗羲）与他有相同的见解；但顾氏为了抑制和修补中央集权，却不断提出“地方分权论”，而在当时，地方分到权又无法不落入缙绅的手中。因此，顾氏的这一思想，其精华与糟粕的组合如何，是颇值得后进学者研究分析的。

顾氏平生的很多行迹，在同时代学者中也是罕见的，值得后人研究。如他在33岁时英勇参加了苏州城的和昆山城的抗清起义；如他在43岁与56岁曾两度入狱，一度在松江，一度在济南，前者是杀人案，后者是文字狱（即思想犯罪）；再如他有很多经济活动，在山东章丘一次买田一千亩；在山西雁门集资开垦荒地，兴办水利；至于与傅山合伙创办票号，则是尚缺乏充分证据的事，但正如章太炎一再指出的，顾氏善于经营操持，以一位南方人在北方旅居25年，未见财力方面发生什么穷窘，这一点也颇值得留意。

顾氏善于交友。他的朋友中，有秘密抗清的战友，有研讨学术的同道，有做诗的朋友，有私淑的弟子，有得力的亲戚。青年时期的朋友，有归庄（玄恭）、吴炎、潘柽章以及万寿祺（年少）；在山东的朋友，主要有张尔歧（稷若）、马骕（宛斯）；在山西的朋友有傅山（青主）、戴廷栻（枫仲）；在陕西的朋友有李颙（二曲）、李因笃（天生）和王宏撰（山史）；在淮上的朋友有王略和张弨（力臣）；在北京的亲戚有徐乾学和徐元文；私淑弟子主要是潘耒（次耕）。过去研究一个历史人物，开始往往先做他的《交游考》，不是没有道理的。如对顾氏，假如缘着他朋友的若干线索，是会追寻出很多很多东西来的，到目前为止，其中未发之覆，尚不只一处两处。

他平生著述甚富。其中具代表性的三种：《音学五书》、《日知录》、《天下郡国利病书》。《音学五书》是一部十分精辟的音韵学专著，对后世人更精密地阅读、理解先秦经典，开辟了重要的道路。《日知录》是平生精读史书、融会贯通后，抽绎其心得体会写出来的若干条精彩札记。《利病书》是一部自青年迄老的陆续抄集社会经济和政治资料（最主要是明代）的丛辑，由于若干年中不断增补，有时不免显得丛剉；但这是一部体现“经世济用”的精神最显著的成品，被后世人使用的幅度也大。其馀著作尚多，读者可参看王遽常《顾诗汇注》末附的《亭林著作目录》（该书页1325～1327）。顾氏著作中有佚去者，有数种稿本互有出入者，有后人传抄不免鲁鱼亥豕者，甚至个别有伪托者，故认真料理顾氏全部遗著，至今还是一桩未开工的大工程。

二

关于《日知录》一书的写作和刻印情节，也应该在这里说一说。

大体看来，《日知录》在一个相当长的时间中一面创设条目、一面不断增殖材料精化论点、一面又不断改写（由短段变长段、或由长段变短段）而成的。《日知录》的《目录题辞》说：“愚自少读书，有所得辄记之，其有不合，时复改定”；这里未说明开始的年代。《利病书序》说：“崇祯己卯，秋闱被摈，退而读书”[①]，是年为崇祯12年、公元1639年，顾氏27岁。以此为发轫年代似乎稍嫌晚了一点，但也只好如此了。

大概从一开始，顾氏对《日知录》就已经有了三项内容的设计，即一、经义，二、治道，三、博闻。所谓“经义”，就是以新义诠释古经；所谓“治道”，就是分析社会经济情况，以取得社会兴隆之法；所谓“博闻”，就是一些非要害的辅助性知识，有时这类知识也颇有用场。从一封顾氏给他三外甥徐元文的信里得知，写信当时，“经义”部分尚未做完，已经有十卷之数；“治道”

① 见《顾亭林诗文集》页137。

部分，尚须待《实录》读完才能动手[①]这封信反映了《日知录》写作过程中草稿形式与印本形式间的若干差距。试观原“经义”部分未做完已超10卷，而在8卷本中只占3卷，32卷本中只占7卷的情况看来，印本是精炼过、凝缩过的。

最初抛到公众面前的，是8卷本。此本刻行于康熙9年（1670）顾氏58岁之时。刻印甚精致，但内容则较最后成品为单薄，为简陋。顾氏自己说“三十卷已行其八，而尚未惬意”[②]。顾氏是十分谦虚的，他总是说“昔日之得，不足以自矜；后日之成，不足以自限”[③]。但有时，他也流露出自负的语句，“近二百年来未有此书，则确乎可信也。[④]这句话是什么意思呢？根据我的私见，是指马端临。马为南宋末之人，下距顾氏约二百八九十年，粗言之则曰“二百年”。顾氏这段话假如翻译成白话，那将是，“自从马端临《文献通考》以后，还没有过这样水平的书。”李慈铭老眼锐利，他在《越缦堂读书记》中写道：“尝谓此三十二卷中，直括得一部《文献通考》，而俱能自出于《通考》之外”。为什么说“出于……之外”呢？据私见所及，是指顾氏的形式更灵活了，《日知录》的框架小了，但内容更精深了。

康熙三十四年（公元1695），顾氏逝世后13年，他的私淑弟子潘耒在福建建阳刻成《日知录》32卷本行世。25年前行世的8卷本，仅收录140条（我个人25年前说据闻为771条，实误，特此订正），现在增殖为1015条了。后来的《日知录之馀》4卷，又增加了102条。这102的数字，是否应该和1015条的数字加到一起呢？经慎重考虑，是不应该。理由是，假如我们拿初稿、二稿、三稿等平列在一起成为若干条的话，将产生严重的统计重复现象。故我们仅考虑黄侃《校记》中增益的两条，获致结论说。《日知录》成型条段，总不超过1020条之数。

顾氏写这么一千多条的目的何在呢？顾氏自己说“有王者起，将以见诸行事，以跻斯世于治古之隆，而未敢为今人道也。”[⑤]在此，见出顾氏较黄梨洲氏更为诡谲。黄氏著《明夷待访录》，其《题辞》云：“吾虽老矣，如箕子之见

① 《顾亭林诗文集》页196。

② 《顾亭林诗文集》页70。

③ 《顾亭林诗文集》页29。

④ 《顾亭林诗文集》页251。

⑤ 《蒋山佣残稿·与人书》，见《顾亭林诗文集》页104。

访，或庶几焉”，由此遭到多人的置疑，谓梨洲晚年有出仕满清之志。顾氏虽知其一已在《日知录》中所论，“同于（梨洲）先生者十之六、七”。[①]但顾氏思想更为周密，他说，我的这些“道道”是仅仅提供复明运动成功后的人们参考的，不是提供当今康熙爷及其臣僚们参考的，所以“大胆怀疑”的酸溜溜的人们，就只能怀疑梨洲而不怀疑亭林了。

三

现在，我们应该触及到一个问题了。这个问题是：顾氏当年是存了什么心、立了什么意，要写出像现在模样的《日知录》来呢？关于这个问题，不可能考证，因为顾氏未留下这方面的资料；只能进行揣度；这揣度，又只可能是合乎事理逻辑的揣度，不然，便不可能取信于读者，或者说，不能把读者说服。

我现在说，当年顾氏存的心、立的意，是对传统史书所存在的局限和缺陷，企图进行弥补。为此，我底下的一大片构思出来的话，只能从传统史书的局限和缺陷说起。

无容否认，历代史书是有局限和缺陷的。这也就是说，任何一部史书，对还原其历史的真实形貌来说，都是有距离的。历代史书，总是一方面还原了一些真实形貌，另方面又疏漏了、乖离了一些真实形貌。这就是后代史家需要不断加工的客观根据之所在。

以上所说的局限和缺陷，既包括实质性的局限和缺陷，又包括从形式方面产生的局限缺陷。前者指，在史料方面原本就存在着短缺，其中一些即便后人使尽平生气力也补不过来的。在史论方面也往往存在偏见，有时偏见很多很重，当时的发议论者或者感到是公道的、合理的，可是后世人的观点不知不觉又变迁了许多、宏观了许多，感到原来的议论不够公道、不够合理，这就需要来重新论定。

形式方面带来的局限，就更明显了。自然，任何形式问题说来说去，总不免与实质问题又纠缠到一起。但为了保持逻辑脉络的清晰，不能不专就形式方面的局限和缺陷来立论。这里我们所指，是说任何史书总脱不掉要凭借一定的形式而表现出来，譬如像史学史中所经常罗列的什么编年体、纪传体、纪事本

① 《顾亭林诗文集》页246。

末体、“通”体，等等。须知，古人创发这些“体”（即形式），都是煞费了苦心的，因而是值得后人尊敬的，但这只是问题的一个方面；另一方面是，不管古人煞费了多少心思，局限和缺陷又总是不可避免、不可排除的。

具体来说，譬如“编年体”，以很古老的《春秋》及与之相辅的《左传》、以及更晚出的《资治通鉴》来说，时间年月的眉目是比较清爽了（当然仍不排除有误差）；但在人物形象和事件节奏方面，就每每露出不足。《左传》的作者似乎有及于此，就进行事件的重点描写以资弥补，特别对于战役（如城濮之战、邲之战和鞌之战等），特意增加了超乎寻常的文字段落，这实际上已经暗示史书中对“纪事本末”体裁的客观需要了。但反过来说，“纪事本末”体的局限就更大，把一桩桩重大历史事件写的像一座座孤岛，必须对编年体史书相当娴熟的人方可在脑际将这些事件串联在一起，而在寻常读者中能这么串联起来的人怕不是很多的。因此，史实的总体观念从“本末”中怕还是不容易获取的。

再譬如“纪传体”这是“二十四史”（或云“二十五史”）的传统形式。由太史公司马迁创发，后世史家源源相随。但是，“纪传体”史书的局限和缺陷，也是非常明显的。“本纪”，实际上是皇帝们统治时期的大事纪，在太史公笔下尚可游刃有馀，到后世史家手里，就成了干巴巴的政事排比堆了。重大事件，每每缺乏重点的纪述；对重要帝王和大臣，也每每缺乏重点的描绘。好皇帝和坏皇帝间无大差别，清官与贪官也只平列杂厕在一起。有人会说，在“本纪”里找不到的，你到“列传”和“志”（“书”）中去找寻补充嘛。但我们回答说，这种补充，有时可以找到，有时找不到。并且一个人、一件事，假如我们把它的有关资料分为若干片断，按照写作人当时的心情和手法，这里塞一点，那里塞一点，组织到各不相谋的“纪”、“传”、“志”、“书”中去，这对后世读史人造成的后果会是什么呢？我们说，除开一些特具考据癖的人之外，很少读者会做到这边查一查、那边对一对，最终把事情凑成一个完整的团块的。这就是“纪传体”史书局限性之所在。

再说“通”体。我所谓“通”体，是以“三通”（《通典》、《通志》、《通考》）为代表的，以“事项”作为划分标准的、上下古今通起来的大型史书。所谓“事项”，是指譬如田土、赋役、财政、税收、兵务、漕运、边境少数民族等。对这些大事项的编写，自然也脱不掉年月、人物、山川、州县等的叙述，但其总目标是写“事项”的。专写“事项”，绝对有必要。但往细处说，就不免粗了许多。在情节方面，它不可能面面俱到。

由上所述，就必然追到一个方法论的问题上来，即逻辑的划分和分类的必要及其局限性问题。具体地说，任何人进行任何种科学研究，都摆不脱对研究对象进行划分和分类的这道工序。但从另方面说，任何的划分和分类又都是有局限的，宇宙事物就有那么一部分似乎可以划到这一类、又似乎可以划到那一类，但又划到这一类中不合适、划到那一类中又不合适的情节。这应用到史学形式的问题上，像“编年体”、“纪传体”、“本末体”、“通”体，就都是划分和分类的后果。这些划分和分类，缔造了很多方便，但也遗留了诸如上述的若干局限与缺陷。

有局限与缺陷，就需要弥补。怎样弥补？想来，这样问题在后世史家的脑际一定是多次盘算过的。有些弥补方式，看起来已经不宜于采用，或者不宜于多次地采用了。例如，重新写一部；新的一部往往克服了某些旧的一部中的缺陷，但同时又往往丧失了旧的一部中的某些优越性。观《新唐书》之于《旧唐书》、《新元史》之于《元史》，便可体会出来。即便重写一部“通”体，也不是太需要了。后来的皇家，集中一些编修们一部一部地泡制，效果也不见得好，只不过显示某位皇帝老子的稽古右文罢了。为今之计，只有寻觅小专题去做。顾炎武采用的，正是这个方法。但采用的这种方法也并不简单易行，因为这样做并不是随随便便可以出成绩的，这里必须独具只眼；而这种独具只眼，又并不是凭白无故产生出来的，它是在饱读群书之后，经过审问、深思、明辨的精确化历程，才能获得的。《日知录》作者顾炎武，正是在历炼了如上历程之后，才存心立意来写《日知录》的。

我设想，当年的顾氏是一定发现了如下的一些情况的。第一，过去的史家和史书，还有许多不曾留意过、处理过的一大堆问题，需要后世的史家和史书重新拾起来料理。第二，有许多问题，过去的史家和史书并不是不曾接触过，接触是接触了的，但一晃就过了。特别在断代史中，更表现为各说各的，碰不到一块。如宦官，唐说唐的宦官，宋说宋的宦官，明说明的宦官，在整个中国封建史上，宦官起一种什么样的总作用，有什么多样性，没有谁归纳、梳理。再如中央政治首脑部，汉是一个样子，唐是一个样子，宋又是一个样子，明又是一个样子，万变不离其宗，专制主义一直在强化。假如我们从史料堆中，把这里一点点，那里一点点，这里一小堆，那里一小堆，凑成一块，联系起来看，那将不仅仅是量的增加，而是质的移行了。连看法都会改变。第三，过去的史家和史书中，不排除有错误。有时，错误还很多，很大。就像《史记》，一方面我们崇拜它，崇拜它的规模、体制和文笔方面的始创性；但另一方面，《史记》的荒谬、舛误之处，又何只一处两处！《史记》尚且如此，其他史书又遑足论！因此，订正和矫正，就成为后世史家的先天责任之一。清中叶考据之学兴盛，部分根源即在于此。但要订正一件事，矫正一桩谬误，却不是一件简单的事，不掌握致命性的根据，要轻而易举翻前人旧案、后来成为笑柄者，大有其人其事的存在。故获致新判断，其难度往往很大。第四，在议论方面，可变率更大。特别在社会意识方面，如什么习俗、流尚、风气这些方面，见仁见智，不同更甚。有些后代的订正，不少是越订越正确准确，但也有不少后面的订正反不如被订正者之准确，也是经常遭遇到的。

我设想，在顾氏安心立意要写一部像《日知录》模样的书出来的过程中，如上的这些问题，一定会涌现在他的心头。

四

底下，准备用举例来说明我如上的设想。

〖例一〗

货币是社会流通的媒介。历史上除后来的纸币（皮币也包括在内）外，都利用金属，即黄金、白银和铜。在上古、中古、近古的这几个段落中，各有偏重。而在断代史的《食货志》一类的篇章里，则表现为零星点滴地说一点。顾氏是很重视社会经济的。故对货币金属，感到有将有关资料综合起来予以纵观的必要。他开始在《日知录》8卷本中写了关于“银”和“铜”以及“钱”的条段，黄金尚未及写。我们从后人补辑的《日知录之余》中看到，有关黄金顾氏写了好多条散落的短札记。到32卷本中我们看到顾氏将《之余》中的那些散落条段凝炼地写成“黄金”这一大条。窃尝以为，“黄金”这条是《日知录》中质量很高的条段。

汉朝，特别是西汉，是使用黄金量最大的朝代。主要用于赏赐。自然，赏赐本身也是一种流通；并且一旦赏赐到文武贵族手中也并不全部贮存在柜中不予动用，而是绝大部分投向了交换。战国到西汉是上古期货币交换经济相当发达的年代，Max Weber把这种历史段落叫“古代资本主义”。马克思叫“古典经济”。汉代用金数量之巨，值得惊讶。一次在5千斤、7千斤、万斤之数。从这里，就引发出问题。譬如，有人引《尚书·孔疏》的话说，古时金、银、铜、铁，统名曰“金”，西汉的“金”是不是铜？经二十世纪五十年代一度讨论，仍无法否认西汉的大量黄金的存在。再譬如，这么多黄金如何支付？这个问题有人引《汉惠纪》颜《注》解决了，即以钱一万枚顶替黄金一斤。用钱作为金的支付手段和流通手段，而汉朝的铸钱量一直是非常巨大的，不必担心无法支付。

两汉以后，黄金用量逐渐减少。到元朝赏赐黄金仍有记载，但单位不以“斤”而以“两”计了。这是为什么？顾氏十分肯定北宋大臣杜镐答宋太宗赵光义的话，说后世佛事用金（偶像的铸造和镀饰）太多。二十世纪的史家也衍用此说。但后世富贵妇人装饰用黄金，恐亦是黄金占用的途径之一。

中古时期自然经济占主流，社会交换多以谷物布帛为手段。唐中叶以后，特别是宋、金、元、明、清，白银成为重要的货币金属。后来逐渐铸为银铤和银元。经顾氏在《日知录》中写成条段以后，人们的看法较前系统化了，知道黄金和白银是分别在上古和近古被采用的主要货币金属；而铜铸成钱，是社会上流通最广的基层辅币，铜特缺时以铁代铸。至于这些货币金属或金属货币，使用到人民缴纳国税的方面来，又引发了国家财经政策的重农和重商的讨论，也是历史上的一大问题。由此可见，顾氏就这些做出总结，推向后代，引发出不少新课题的研究，这不就是对传统史书的一种弥补和推进吗？

〖**例二**〗

在机械动力大量出现之前，人们主要倚靠生物动力。所谓生物动力，主要包括人力和畜力。畜力的畜，包括牛、马、驴、骡、骆驼等。牛是古老的土著；马、驴、骡、骆驼，则或早或晚自西部、北部边境以外或以内的少数民族传来，在中原文化生活中起很大的作用。作为一种新鲜品种或异样品种，在中原文献中每每留下痕迹。

顾氏对这些，都给予了充分的留意。他更将此引伸到另一个特殊领域——战争。古人车战，车用四马驾驶，车上立三人，中为御者，左为指挥员，右为辅佐人。在平地作战，大体如此。但晋国多山地，战车不利，晋人与赤狄交战，感受特深。于是改用步卒单骑，赵武灵王“胡服骑射”，不过是总结了这一长期变革的阶段性标识而已。

马驴可以交配，成为混血种。混血种较原血型后裔会具有某些优越性，也逐渐为人们所认识了。雄驴雌马，所生为骡；雄马雌驴，所生为駃騠。后世人逐渐认清骡能任重致远的特性，故逐渐被人们普遍饲养和役使，成为一种重要的生物动力源。

封建王朝，除皇廷有御马厩、监外，多在水草相宜处设养马苑、监。但实际需要，特别是战争年代，还要大得多。所以鼓励民间养马、或者将马驹派给民户养大，成为一种养役，或者成为优免差役的一种根据。这样养马业，本是一种动物驯养业，后来却同国家和人民间剥削与被剥削关系挂起了钩来。还有一些个别朝代，怕农民养马会有助于农民起义军的往来驰骤，遂禁民间养马。

顾氏有见于此，就在“小人所腓”、“骑”、“驴骡”、“马政”诸节札记中，对生物动力与战争技术以及民间徭役三事联系起来，做出一些迹近专题的研究小笔记，这对于后人的将史学向前推进，是很有助益的。

〖例三〗

政府结构，是史学中的重要课题。民间结构如何？基层结构如何？层层结构直到极权者——皇帝，其关系又如何？这些，都是我们当代人要写的《中国官制史》的当然内容。“三通”书中，已经涉及到了。但说法或多或少显得“形而上”，那就是说，有一说一、有二说二，不注重“一”与“二”中间的关系和衍化，不重视比较和联系。顾氏已至十七八世纪，时代新了，感到联系的必要，就把官制史爬梳爬梳，理顺一番。顾氏一领先，乾嘉学者步趋其后，于是正如章太炎所说，清三百年来之学，不过地理、官制，其馀甚痟。其实，就是地理、官制，也还有不少遗留的问题。并且，顾氏研究官制，还有一个思想问题贯穿其中，也就是说，顾氏是反对中央集权的过甚的，是主张地方分权的，因此，他更有必要从层层官制中觅取中央集权不能过甚、部分权力必须下放地方的有说服力的根据。

顾氏的研究是由下到上。他对“社”、“亭”、“三老”，就很有兴趣。“社”在上古，原是宗族祭祀的民间组织，在悠长的历史时间中，逐渐带有基层行政的意味。西汉之初，抓“乡三老”抓的很紧，且各有分工，主教化者，主赋税者，主治安者。后来三老中一人可选拔到县，与县官共议政事，成为跟县议员差不多的身份。顾氏的意思是叫最高统治者把这些“小官”重视起来，他说“小官多者其世盛”，这话不是一点道理也没有的。

继之，他研究“县”一级。秦、汉初定郡、县，郡、县首长，权力规定的很牢固，曰“令”，曰“长”，户口万户以上县曰“令”，不足万户之县曰“长”。可是到唐末，特别到宋，就加一“知”字、或“权知”字样，其中寓有

“临时特派”、“试用”、“不固定”等意思。自然，宋初要立意革除五代割据之弊，中央特派遴选人员到基层，一要稳定原割据势力的情绪，二要稳定中央官下放基层者的情绪，故加用“权知”、“试摄”等词汇。于是“知县”、“知州”、“知府”等字样，就一直衍用下来了。

官制史中最关紧要的一层，是“省”一级，因为它是中央直辖的层次。秦、汉置郡，郡有郡守、郡尉、监郡等。可是中央又不放心这些守、尉、监，于是加派“刺史”。到东汉末、魏、晋之后，经济上自然经济占主导，社会上世家大族占主导，相应的在政治制度上从“刺史”、“州牧”到什么“开府仪同三司”等这些“土皇帝”式的“省”级官，就越来越坐大了。隋朝统一南北，加强集权，罢“郡”，缩小“州”的范围，用“府”、“州”、“县”这三个档次来相当于当前的“地”、“县”二级。

其中，令我们后代人不明白的，是为什么顾氏对中央政府结构，如所谓“五府、六部、十三科道”之类，所言不多。仅在明末吏部抽签问题上进行了一下讽刺而已。

总起来看，在官制史方面，顾氏于客观地研究爬梳之处，其个人的主观倾向性，也是非常非常明显的。他重古略今。他重地方轻中央。在“重古略今”这一点上，还需要使用近代观念来进行某些诠释。顾氏自然完全不懂得当代的社会发展史，但他在蒙眬中也已看出，历史上有阶级关系还不紧张的年代，也有阶级关系越来越紧张的年代，有人们财产私有制深化的年代，也有私有制虽已发生、但一时尚未深化的年代。他的“重古略今”中，实寓有“以古改今”的含义。这样想，自然是乌托邦。但历史上一些乌托邦的前行者，也并不是一点价值都没有的，不可简单斥之为“开倒车”。孟子称尧、舜，顾氏讲三代经义，其中实有其共同之处。

〖**例四**〗

在这“例四”的项下，我将列举一些比较零碎的例子。顾氏一生遍游各地山川，且每至一处，往往参订其地志书（如汾州、德州等），故对地名沿革亦极发生兴趣。清代地理之学较有成绩，与顾氏亦不无关系。如《诗·小雅·六月》篇中之大原，汉儒未定方位，宋朱熹以为在后世之晋阳，而顾氏则订正之，以为在平凉。顾氏获致此论断，系通过独立思考的结果，独吞猃狁自西来不自北来，周人居丰、镐间，岂有出兵东向晋阳者乎?! 清末人俞樾（曲园）不服此说，他以匈奴自北来为理由，殊不知匈奴、猃狁为两个截然不同游牧支系，匈奴可来自北，而玁狁必来自西，顾氏的论断是站得住的。再如代这个地名方位，历战国、秦、汉，有时设在蔚州，有时设在晋阳，有时又在平遥，均不在今雁北之代州。订正了这一点，可以使后世读史书之人祛除地理辨认上的误差。而阎若璩自炫博学，又举出北魏时之代移徙于盛乐、云中、平城诸地，似亭林所学尚浅。殊不知北魏为游牧族所建之朝代，其地名方位之不稳定性较汉族为大（观张穆考定北魏在大同一带之建置，费尽气力而成效不大，可见一斑），盖不可与汉人统治时代同日而语。

顾氏之史学成就，不单纯来自书本，很多得之于实际的调查。如田亩亩积，本规定为240步为一亩，但实际上在流变中出现若干的多样性表现，有以360步为一亩者，有以720步为一亩者，甚至有以1200步为一亩者。而“步”的长度，各地亦不一律，有5尺、6尺、7尺、8尺不等。形成如此之多样复杂现象出现，自各有其历史的根源；但列举出这些复杂情况，对后世读史之人祛除刻舟求剑之习，则不无大益。又如顾氏晚年常仆仆于秦、晋之间，其书札自云，可“朝中条而暮华山”，故能亲见陕西朝邑滨河黄土原经塌方之后，原额田亩丧失，官家乃以山西蒲州西门外三里处田土补给之，致使河西之人至河东佃耕，致生斗殴杀伤等事。可见州县疆界，经久不调整，其弊病亦可从而产生。此类事例，非亲历不能举出，此顾氏远远高出乾、嘉“书本学者”之处。

五

现在在第五节中，应该对本书的读者诸君说几句话了。

本书读者，据估计，除少量老辈和专家不排除外，主要读者怕不外三部分，一是业余文史爱好者和工作者，二是大专院校的文史系大学生，三是文史各分枝的硕士、博士研究生。如此而已。

大学生和研究生，总不免不断地要写文章。国外叫缴paper。为什么国内国外，都要这么干？理由是，通过后一篇paper跟前一篇paper的差距，可以摸到大学生和研究生在钻研方面的进步。我知道，很多国内和国外大学生、研究生，都为如何写出paper而苦恼。那么我要说，《日知录》中的若干条段，不就是若干篇paper的缩影吗？下功夫照着《日知录》中的若干条段学习，那么，保证你能写出来令导师满意的paper来。

根据本文第三、四两节之所论证，要写好一个条段，要写好一小篇叫尊师不讨厌的paper，必需做好如下诸事：

第一，是泛览群书，打好基础。这就是顾氏所说的“下学”。但话只说到这里并没有完，还有不少的话要叮嘱。“泛览群书”，并不是叫人充当“两脚书架”。我见过不少“两脚书架”，都是“窝囊肺（废）”。“泛览群书”，要带着一双眼睛。傅青主说：“一双空灵眼睛，不仅不许今人瞒过，更不许古人瞒过。”钱大昕说：“观书眼如月，罅漏无不照”。要看出书中的好处；又要看出书中的短处；又要看出此处一点与彼处一点可以互矫之处；又要看出此处一点与彼处一点可以互补之处。古人常说，“盖已有心人也已矣”，就要做这个“有心人”！许多资料，许多观点，一旦经过“有心人”的组合，“凑”到一起，就会出现新东西（something new）。

第二，光“凑”不行，还得“悟”。没有“悟”，光“凑”，只能凑成垃圾堆。须知，“凑”和“悟”，并不是截然分开的两个段：先“凑”，然后“悟”；或者先“悟”，然后“凑”。或者说，“凑”时只是“凑”，没有“悟”；“悟”时只是“悟”，没有“凑”。不是这样。要辩证。要“凑”中有“悟”，“悟”中有“凑”，“悟”、“凑”交织，方可济事。试看顾氏在《日知录》中正是这么干的。说到这个“悟”字，首先你要有能“悟”的起码的资质；然后你再借助于哲学。佛学是一种资助；老庄是一种资助；儒家和理学也是一种资助。任你选取。过去四五十年，我们曾大大借助于马克思主义。现在，又有了很多另外的东西。总之，要有理性的能力，才能在史学浩漠的海洋里料理出一些头绪来。

第一辑

形而下者谓之器

形而上者谓之道，形而下者谓之器，非器则道无所寓，说在乎孔子之学琴于师襄也。已习其数，然后可以得其志；已习其志，然后可以得其为人。是虽孔子之天纵，未尝不求之象数也。故其自言曰，下学而上达。①

〖注〗

①《史记》卷47《孔子世家》，“孔子学鼓琴师襄子，十日不进。师襄子曰，可以益矣。孔子曰，丘已习其曲矣，未得其数也。有间，曰，已习其数，可以益矣。孔子曰，丘未得其志也。有间，曰，已习其志，可以益矣。孔子曰，丘未得其为人也。有间，曰有所穆然深思焉，有所怡然高望而远志焉。曰，丘得其为人，黯然而黑，几然而长，眼如望羊，如王四国，非文王其谁能为此也。师襄子辟席再拜，曰，师盖云文王操也。”（中华书局标点本页1925，以下简称“中华本”）而清人崔述（东壁）疑此为后人伪托之说。

〖讲〗

这是顾炎武认识论之最简明扼要的一次表达。他借用《史记》中孔子的一段故事。故事说，孔子在跟鲁国击磬乐师师襄子学习鼓琴过程中所遭历的几个阶段。先学到了曲谱，但未学到节奏；学到了节奏，但还奏不出气氛。最后，孔子进入了一个神秘主义的境界，他看到一个黑黑的高个子的人，眼睛迷迷茫茫地向前望着。师襄子说，那就是乐曲中传写的人物周文王呀。顾炎武借这段故事，讲他自己的朴素的、实践的唯物主义思想，和由感性认识向理性认识的上升。他说，“器”（物体，放大一点就是物质）是形而下的，“道”（概念、哲学、抽象、认识）是形而上的。没有底下的，上边的就安放不住。所以学习，要从底下一步步地向上，像学习鼓琴一样，先熟悉乐谱，再练习节奏，最后才能奏出气氛。顾炎武一生一直奉行他自己的这一信条：“下学而上达”。但这一信条，又不可绝对化；绝对化了，就会排斥理性认识对感性认识的反作用。作用和反作用，总是统一着的，不能片面。顾的好朋友张尔岐（稷若）和李颙（二曲）就曾对他提出不能片面绝对化的一些辩论。

言私其豵

“雨我公田，遂及我私”，[①]先公而后私也。“言私其豵，献豜于公，”[②]先私而后公也。自天下为家，各亲其亲，各子其子[③]，而人之有私，固情之所不能免矣。故先王弗为之禁，非惟弗禁，且从而恤之。建国亲侯，胙土命氏，画井分田，合天下之私以成天下之公：此所以为王政也。至于当官之训，则曰，以公灭私，然而禄足以代其耕，田足以供其祭，使之无将母之嗟[④]，室人之谪[⑤]，又所以恤其私也。此义不明久矣。世之君子必曰，有公而无私：此后代之美言，非先王之至训矣。

〖注〗

①见《诗·小雅·甫田之什·大田》篇二章。

②见《诗·豳风·七月》篇四章，用人豵（zōng 宗）：小豕（猪）。豜（jiān 坚）：三岁大猪。

③见《礼记·礼运》篇。

④见《诗·小雅·鹿鸣之什·四牡》篇五章有“将母来谂”句。

⑤《诗·国风·邶风·北门》篇二章及三章有“室人交偏谪我”句。

〖讲〗

马克思主义，着重地讲公有制和私有制，也就是人们财产所有的归属。顾炎武距离这些较远。但他也从他的时代和认识角度去谈“公”和“私”。必须事先讲明，顾所说的“公”和“私”，有其模糊之处。他讲的“私”，大体就是私有制。他讲的“公”，却不一定是指原始公有制，而是讲的阶级社会产生以后的由贵族统治的国家。但他在这里还是讲出了一点东西。他说，人们讲“以公灭私”，讲“公有无私”，这些话，要么是“当官之训”，要么是“后代之美言”，也就是说，是口号标语。实际上，不能把阶级国家的“公”太绝对化了，一点“私”也不照顾，让人民无休止地去服徭役（如《四牡》）、无休止地去办公（如《北门》）。顾炎武提出，对“私”要“恤”（照顾）；可是他又说，“此义不明久矣”。我们“文化大革命”期间，一味讲“大我”、“破私”，终于到了无法遵循的地步，也是由于不明白“恤”的道理，不明白“小我”和“大我”间辩证的关系。自开放以来，“大我”、“小我”间的关系，才比较理顺了一些。

大　原

“薄伐猃狁，至于大原”[①]，毛、郑皆不详其地[②]。其以为今太原阳曲县者，始于朱子[③]，而愚未敢信也。古之言大原者多矣，若此诗，则必先求泾阳所在，而后大原可得而明也。《汉书 · 地理志》安定郡有泾阳县，开头山在西：《禹贡》泾水所出。《后汉书 · 灵帝纪》段颎（jǒng 迥）破先零羌于泾阳；《注》，泾阳县属安定，在原州。《郡县志》原州平凉县，本汉泾阳县地，今县西四十里，泾阳故城是也。然则大原当即今之平凉，而后魏立为原州，亦是取古大原之名尔。计周人之御猃狁，必在泾原之间，若晋阳之太原在大河之东，距周京千五百里，岂有寇从西来，兵乃东出者乎?！故曰，“天子命我，城彼朔方。”而《国语》“宣王料民于大原”、亦以其地近边而为御戎之备，必不料之于晋国也。又按，《汉书》贾捐之言，“秦地南不过闽、越，北不过大原，而天下溃畔。”[④]亦是平凉，而非晋阳也。（汉武帝始开朔方郡，故秦但有陇西、北地、上郡而止；若晋阳之太原，则其外有雁门、云中、九原，不得言“不过”也。）若《书 · 禹贡》“既修大原，至于岳阳”、《春秋》“晋荀吴帅师败狄于大原”、及子产对叔向“宣汾洮，障大泽，以处大原”[⑤]，则是今之晋阳。而岂可以晋之大原为周之大原乎?！

〖注〗

①见《诗 · 小雅 · 南有嘉鱼之什 · 六月》篇五章。猃：音 xiǎn（险）。

②指毛亨、毛苌兄弟及郑玄（康成）。

③顾炎武原自注云：“吕氏《读诗记》严氏《诗辑》并云。”

④《汉书》卷64下《贾捐之传》（中华本页2831）。

⑤见《春秋》三传之昭公元年。

〖讲〗

这是顾炎武在历史地理学方面、在辨证地名方位方面的一节典型的读书笔记。西周时候，猃狁一直是周室在西北方的一个极大威胁。猃狁即西方世界所说的saka族，后来在次大陆北部定居的，叫做印度塞西安人。据说，从周文王时候，猃狁就侵扰周邦的边境；到周宣王时，曾派大军前往征讨，《诗·小雅》中的《采薇》、《出车》、《六月》诸篇，就是反映此次行军的情况的。诗中提到大原这个地名。这个大原的地理方位何在呢？传《诗》的大毛公毛亨和小毛公毛苌没有涉及，东汉末的经学大师郑玄（康成）也未对此加注。宋代理学大师朱熹不但在哲学方面成体系，在考据上也有一套。他确定《小雅》中的大原就是今山西省会太原（晋阳）。"大""太"可通，这倒没有问题，只是顾炎武感到地理方位不对头。他从《诗》中提到的另一地名——泾阳来展开辨证。《诗》中的泾阳不是今西安西北方向的泾阳，泾阳的原方位在安定郡泾水的源头地方，即今之平凉。这个方位在周室镐京之西，而山西太原则在镐京以东。顾说，敌人从西方进行侵扰，而我们却派兵往东打，这是不合道理的。顾的这个道理，虽不玄奥，但却千真万确，不可移易。至于春秋时晋国伐赤狄的那个"大原"，就是今山西晋阳的太原了。《左传》昭公元年记郑子产对叔向讲了一段晋国的开拓扩展的历史，说古部落酋长金天氏的后裔叫台骀的最早开辟汾水中游、定居在"大原"；后来为晋所灭，晋人从此占有了汾水流域。这个"大原"，就是太原了。顾说，两个大原，一是周之大原，方位在泾水发源地的平凉；一是晋之大原，方位在汾水中游的晋阳：二者是不容混淆的。

再者，俞樾（曲园）在其《日知录小笺》中表示不同意顾氏的说法。他以汉时匈奴可自雁门至于太原，证明猃狁也可自北方至于太原。但这是站不住脚的。匈奴为汉北民族；而猃狁是次大陆来的塞西安人，二者所自来的方向不同，故不可取以互证。

因国

有胜国，有因国。《周礼》"媒氏"："凡男女之阴讼[①]，听之于胜国之社。"[②]"丧祝"："掌胜国邑之社稷之祝号"[③]。"士师"："若祭胜国之社稷，则为之尸"[④]。《书序》言，"汤既胜夏，欲迁其社"。[⑤]又言，"武王胜殷"。《左传》凡胜国，曰"灭之"，是也。《王制》："天子诸侯祭因国之在其地而无主后者。”[⑥]《左传》：子产对叔向曰：“迁阏伯于商丘，主辰，商人是因；迁实沈于大夏，主参，唐人是因”[⑦]。齐晏子对景公曰，“昔爽鸠氏始居此地，季萴因之，有逢伯陵因之，蒲姑氏因之，而后太公因之，”[⑧]是也。

〖注〗

①《周礼注》“阴讼，争中冓之事”：《诗·鄘风·墙有茨》：“中冓之言，不可道也，……言之丑也。”

②“媒氏”，见《周礼·地官司徒》，为一项民事的职称。

③“丧祝”，见《周礼·春官宗伯》，也是一项有关祭祀的职称。

④“士师”，见《周礼·秋官司寇》，也是一项职掌“禁令”的职称。这段意思是说，祭祀被征服国家的社稷遗址时，要制造一个摹拟象。

⑤见《尚书·商书·汤誓》。

⑥《王制》是《礼记》中的一个篇章。

⑦见《左传·昭公元年》，“辰”、“参”是指星野。

⑧见《左传·昭公二十年》；亦见《晏子春秋·外篇》第七《谏》第四，大体自《左传》中袭来。

〖讲〗

这是一篇有关上古史中部落与部落间关系两种形式的分析。一种是征服与被征服的关系，另一种是对于一个居地说，有搬迁走和搬迁进来的因袭关系。在前一关系中，被征服的部落邦国，文献中把它叫做“胜国”；在后一关系中，后来迁居到旧遗址中的部落邦国，文献中把它叫做“因国”。顾炎武在这里，企图说清楚两种情况的不同。在征服与被征服的关系中，被征服者的“社”（氏族灵坛），要“奄（掩）其上而栈（又作柴）其下”；假如使用一个字，就是“屋”。民国初年报纸社论中多说“溯自清社既屋”，就是用的这个典。上古时，男女间“不堪为外人道”的纠纷，要到这种亡国之社的废墟上来排解。至于“因国”，以齐国的都城临淄来说，爽鸠氏族在这里居住过，搬走后季萴的氏族又搬来，再后来有蓬（逢）氏的氏族又搬来，再后来莆姑氏族又搬来，最后太公的姜姓氏族又搬来，建立了齐国。这块地方，已是五个部落的居住地了。在这里，需要附加讲说的是，古部落迁徙往往把氏族名和地名从旧址带到新址去。例如夏代的斟氏族原住在鄩地（今河南巩县）者曰斟寻，住在灌地（今河南濮阳，古名顿丘）者曰斟灌。仲康失国，相迁今山东中部，今寿光境有斟观，潍县境有斟寻，二斟相去九十里。山东、河南两省之所以各有“二斟”，与古代氏族搬迁把地名带过去的习惯有关。再举一例。临淄，古名营丘，但这是齐献公带过去的。更古的营丘在昌乐东南50里。齐之诸公，先自昌乐之营丘迁到薄姑（今名博兴），再迁临淄之营丘。昌乐之营丘与临淄之营丘的关系，一定要通过对古代氏族搬迁问题的认识联系起来，才可以理解得周全些。

文须有益于天下

文之不可绝于天地间者，曰明道也，纪政事也，察民隐也，乐道人之善也。若此者，有益于天下，有益于将来。多一篇，多一篇之益矣。若夫怪力乱神之事[①]，无稽之言，剿袭之说，谀佞之文：若此者，有损于己，无益于人；多一篇，多一篇之损矣。

〖注〗

①《论语·述而》第七：子不语怪力乱神。

〖讲〗

这是顾炎武在表述他自己有关写作和著述问题的观点。他表达的很概括；这一条不是随便写的，而是以十分郑重的态度写的。在这段文字里，作为一位封建社会的文人，他所表达的封建意识是最少的、最压缩的。他讲“天下”，讲“将来”，就说明他立论的出发点，是尽量地宏阔了。他不是从帝王立论，不为剥削阶层立论，而为天下后世立论。他说，“怪力乱神”的事，没有根据的资料，剽窃别人的东西，和拍马屁的文章，这四类于人无益，于己有害。这种成品，越少越好。而宣扬观点的文章，记录政治事件的报导，反映民间不得上达的隐情的资料（如近世的所谓“内参”），以及引导人向上、而不是引导人堕落的文章，都是不可断绝的。勉强寻找，只能从上段引文的“力”和“乱”中，从“善”中，或者会夹杂某些作者观点中的封建糟粕。其馀都是在作者时代中，最开明的。“天下”、“将来”二辞，尤显宏阔。

著书之难

子书自《孟》、《荀》之外，如《老》、《庄》、《管》、《商》、《申》、《韩》，皆自成一家言。至《吕氏春秋》、《淮南子》，则不能自成，故取诸子之言，汇而为书。此子书之一变也。今人书集，一一尽出其手，必不能多，大抵如《吕览》、《淮南》之类耳。其必古人之所未及就、后世之所不可无而后为之，庶乎其传也与?!

宋人书，如司马温公《资治通鉴》、马贵与[①]《文献通考》，皆以一生精力成之，遂为后世不可无之书；而其中小有舛（chuǎn 喘）漏，尚亦不免。若后人之书，愈多而愈舛漏，愈速而愈不传：所以然者，其视成书太易，而急于求名故也。

〖注〗

①“温公”，北宋司马光封号。马贵与，南宋末马端临字。

〖讲〗

在这一段里，顾炎武讲的是著作的价值和永久性问题。他说，先秦诸子之书，多能各具价值，名垂永久，那是因为这诸子都能独立思考自成体系的原故。到《吕氏春秋》和《淮南子》，就是综合别人的，虽书曰《子》，但已经历了变化。司马光、马端临都是竭尽平生精力去写成《通鉴》和《通考》的，故而这两部书是不可无、垂永久的著作。虽小有失误，亦不害大事。最后，顾氏以归纳的口气说，什么样的著作才是有永久性的呢？是过去的人不曾说过、不曾涉及到、而将来的人又不可缺少的内容，才可以流传下来。而顾炎武本人毕生著书，正是严格地遵守了这一原则。

直　言

张子有云[①]，“民吾同胞”。[②]今日之民，吾与达而在上位者之所共也。救民以事，此达而在上位者之责也。救民以言，此亦穷而在下位者之贵也。

“天下有道，则庶人不议。”[③]然则政教风俗苟非尽善，即许庶人之议矣，故盘庚之诰曰，“无或敢伏，小人之攸箴”[④]。而国有大疑，卜诸庶民之从逆。[⑤]子产不毁乡校，汉文止辇受言[⑥]：皆以此也。唐之中世，此意犹存。鲁山令元德秀遣乐工数人连袂歌《于芀》，玄宗为之感动[⑦]，白居易为盩厔尉，作乐府及诗百馀篇，规讽时事，流闻禁中，宪宗召入翰林[⑧]，亦近于陈列国之风、听舆人之诵者矣。

〖注〗

①张子指张载，北宋人，学者称横渠先生。

②“民吾同胞”句见张载著《西铭》篇，曰“民吾同胞，物吾与也”。后世常云“民胞物与”，即由此。

③见《论语》第十六《季氏》篇二章。

④见《尚书·商书·盘庚上》，意思是小民有欲箴规在上者，臣下不能塞抑。

⑤见《尚书·周书·洪范》，意思是遇见大疑，就谋及卿士，谋及庶人，谋及卜筮，看这几方面的反映是“从”（拥护）还是“逆”（反对）。

⑥见《左传·襄公三十一年》，大意谓郑人游于乡校，议论执政；然明建议将乡校毁掉，子产不同意。

⑦见《新唐书》卷194《卓行传》，大意说玄宗在东都，令县令、刺史集声乐，有献演数百人舞乐的，独元德秀献演的乐班才数十（按顾氏作“数人”，少“十”字）人，唱的歌是元自编的《于蒍于》，（按顾氏少一“于”字），玄宗听了很感动（中华本第18册页5564）。

⑧见《旧唐书》卷166，大意与上引文段同（中华本第13册，页4340）。

〖**讲**〗

这段的主旨，在讲发扬民主的必要；或者说，当政者要听取人民群众的意见。顾说，当政者要从具体措施上去为老百姓减免痛苦，文人要写文章、提意见，去为老百姓减免痛苦，写文章反映政令不当、民间痛苦，这是写文章人的职责。以下，顾就列举了《书经》的《盘庚》篇和《洪范》篇、《左传》中郑子产，汉朝的文帝、唐朝的元德秀和白居易这些君臣，想方设法听取下层意见的历史事例，来巩固他对写文章人职责的重要论点。“听取群众的意见”这一条，从很古时候的统治者已经懂得了，只是在贯彻上一直有问题。

立言不为一时

天下之事，有言在一时，而其效见于数十百年之后者。《魏志》，司马朗有复井田之议[①]，谓往者以民各有累世之业，难中夺之；今承大乱之后，民人分散，土业无主，皆为公田，宜及此时复之。当世未之行也。及拓跋氏之有中原，令户绝者墟宅桑榆尽为公田，以给授，而“口分”“世业”之制，自此而起。[②]迄于隋唐守之。《魏书》，武定之初[③]，私铸滥恶，齐文襄王议[④]，称钱一文重五铢者，听入市用。天下州镇郡县之市，各置二称，悬于市门。若重不五铢、或虽重五铢而杂铅镴，并不听用。当世未之行也。及隋文帝之有天下，更铸新钱，文曰“五铢”，重如其文，置样于关，不如样者没官销毁之，而开通元宝之式，自此而准，至宋时犹仿之。

《唐书》，李叔明为剑南节度使[5]，上疏言道、佛之弊。请本道定寺为三等，观为二等。上寺留僧二十一，上观道士十四，每寺降杀以七。皆择有行者，馀还为民。德宗善之，以为可行之天下。诏下尚书省议，已而罢之。至武宗会昌五年，并省天下寺观，敕上都、东都两街各留二寺，每寺留僧三十人。天下节度、观察使治所、及同、华、商、汝州各留一寺，分为三等，上等留僧二十人，中等留十人，下等五人。凡毁寺四千六百馀区，归俗僧尼二十六万五百人。大秦、穆护祆僧二千馀人[6]。而有明洪武中亦稍行其法。《元史》，京师恃东南运粮，竭民力以航不测。泰定中虞集建言[7]，京东数千里，北极辽海，南滨青、齐，萑苇之场，海潮日至，淤为沃壤，用浙人之法，筑堤捍水为田，听富民欲得官者，合其众而授以地。能以万夫耕者，授以万夫之田，为万夫长。千夫、百夫亦如之。三年视其成，以地之高下定为征额；五年有积畜，命以官，就所储给以禄；十年佩之符印，得以传子孙，如军官之法。如此，可以宽东南之运以纾民力，而游手之徒皆有所归。事不果行。及顺帝至正中，海运不至，从丞相脱脱言，乃立分司农司于江南，召募能种水田及修筑围堰之人各一千名，为农师，岁乃大稔。至今水田遗利犹有存者。而戚将军继光复修之蓟镇，[8]是皆立议之人所不及见。而穷则变，变则通，通则久，天下之理，固不出乎此也。孔子言“行夏之时”，固不以望之鲁之定、哀，周之景、敬也。而独以告颜渊。及汉武帝太初之元，几三百年矣，而遂行之[9]。孔子之告颜渊，告汉武也。孟子之欲用齐也，曰，“以齐王犹反手也”。若滕，则不可用也，而告文公之言，亦未尝贬于齐、梁，曰，“有王者起，必来取法”：是为王者师也。呜呼！天下之事，有其识者，不必遭其时；而当其时者，或无其识。然则开物之功，立言之用，其可少哉?!

〖**注**〗

①见《三国志·魏书》卷15《司马朗传》（中华本页467～468）。

②此指均田制，见《魏书》卷53《李安世传》（中华本页1176）及卷7上《高祖纪》（页156）。

③东魏孝静帝元善见的年号（公元534～549年）。

④见《魏书》卷110《食货志》（中华本页2866）。

⑤见《新唐书》卷147《李叔明传》(中华本4758)。

⑥大秦，指大秦景教，亦即基督教之聂斯特里派，西安碑林有《景教流行中国碑》。“穆护”，指火祆教（即伊朗锁罗亚斯特教），唐时长安有祆词，歌词曰《穆护》，因而成为火祆教的代名。

⑦见《元史》卷181《虞集传》(中华本页4177)。

⑧此事参看《明史》卷223《徐贞明传》。顾炎武本人所辑《天下郡国利病书》四川龙刻本卷2“北直隶”页26处所记较本处为详细，可参阅。

⑨孔子之言，见《论语·季氏》。汉武帝太初元年五月“正历，以正月为岁首”事，见《汉书》卷6（中华本页199)。

〖讲〗

这条《录》中所存贮的，是顾炎武平生最坚持的一条信念，即“著书待后”。顾是一位坚持反清的学者和活动家，而当时清朝康熙的统治在一天天巩固下来，所以顾氏自揣他的许多对改进社会有用的见解，没有可能被当政者所采用。可是但凡对社会有用的见解，(如作者在本条中所列举的田土重新分配、禁止恶钱流通、抑减宗教人员数额、筑堤障水将滨海田土培养成肥沃农田等。)都须被当政者认识了、采纳了、执行了，才能见出效果。所以历来文人，有有用的见解总希望被当政者所采用。这不仅顾一人如此，与顾同时的黄黎洲（宗羲）也在其《明夷待访录》的《题辞》中说，“吾虽老矣，如箕子之见访，或庶几焉”。当时有人据此指斥黄氏民族立场动摇，想跑出去替清朝做官。我不这样想。民族立场要坚持；但一代人一代人活下去的社会总不能停顿，不但不能停顿，还要不断地出点子去调整、改革。这就是顾、黄二人“著书待后”的意旨之所在。顾非常重视他自己在本节中所讲的这段意思，所以在给黄黎洲的信里又重复叙述了，请参看中华书局版《顾亭林诗文集》页246《与黄太冲书》。

文辞欺人

古来以文辞欺人者，莫若谢灵运，次则王维。灵运身为元勋之后①，袭封国公；宋氏革命②，不能与徐广、陶潜为林泉之侣；③既为宋臣，又与庐陵王义真款密④，至元嘉之际⑤，累迁侍中，自以名流应参时政，文帝惟以文义接之，以致绝望。又上书劝伐河北，至屡婴罪劾，兴兵拒捕，乃作诗曰，“韩亡子房奋[⑥]，秦帝鲁连耻[⑦]。本自江海人，忠义动君子。”及其临刑又作诗曰，“龚胜无馀生[⑧]，李业有终尽[⑨]。”若谓欲效忠于晋者，何先后之矛盾乎?！史臣书之以逆，[⑩]不为苛矣。王维为给事中，安禄山陷两都，拘于普施寺，迫以伪署。禄山宴其徒于凝碧池，维作诗曰，“万户伤心生野烟，百官何日再朝天？秋槐叶落空宫里，凝碧池头奏管弦。”[⑪]贼平下狱。或以诗闻于行在，其弟刑部侍郎（王）缙请削官以赎兄罪，肃宗乃特宥之，责授太子中允。襄王僭号，逼李拯为翰林学士[⑫]，拯既污伪署，心不自安；时朱玫秉政[⑬]，百揆无叙，拯尝朝退，驻马国门，为诗曰，“紫宸朝罢缀鹓鸾，丹凤楼前立马看，惟有终南山色在，晴明依旧满长安，”[⑭]吟已涕下。及王行瑜杀王玫，襄王出奔，拯为乱兵所杀。二人之诗同也，一死一不死，而文墨交游之士多护王维。如杜甫谓之“高人王右丞”[⑮]，天下有高人而仕贼者乎?！今有颠沛之馀，投身异姓，至摈斥不容，而后发为忠愤之论，与夫名污伪籍、而自托乃心，比于康乐、右丞之辈，吾见其愈下矣。

〖注〗

①沈约《宋书》卷67《谢灵运传》，灵运，谢玄之孙。按谢玄乃淝水之战之总帅，故曰“元勋”。

②“宋氏革命”指刘裕篡东晋，国号曰宋，“革命”云云，其义与后世革命之义殊，仅指改朝换代而已。

③徐广，《宋书》卷55有传，刘裕篡晋后，拒不出任官职。陶潜，《宋书》卷93有传，刘裕篡宋后隐居，纪年只记东晋安帝“义熙”年号，而不记刘宋正朔。

④刘义真，刘裕仲子，宋文帝刘义隆之兄。《宋书》卷61有传，徐羡之曾嫌义真与谢灵运“昵狎过甚”。

⑤元嘉，宋文帝刘义隆年号。

⑥“子房”指张良，曾谋以铁椎刺秦始皇于博浪沙中。

⑦鲁仲连，《史记》卷83有传，在赵国平原君座上与新垣衍辩论，坚持不应尊秦为“帝”。

⑧龚胜，《汉书》卷72有传，王莽篡权，安车驷马延为祭酒，秩上卿，胜不以一身仕二姓，绝饮食十四日死。

⑨李业，《后汉书》卷81有传，公孙述强以公卿之位，不然赐毒酒，业果饮毒酒而死。

⑩沈约，《宋书·谢灵运传》谓其“遂有逆志”云云。

⑪诗见《旧唐书》卷190下《王维传》（中华本页5052）。

⑫、⑬唐僖宗光启二年（公元886）四月，邠宁节度使朱玫发动政变，改奉襄王李煴为皇帝，玫自为大丞相、十军使、盐铁使、侍中。十二月，其爱将王行瑜又发动政变，斩朱玫。事见《旧唐书》卷19下《僖宗纪》（中华本页723～726）。

⑭诗见《全唐诗》卷600。

⑮诗见《杜诗镜铨》卷17，《解闷》十二首之八，诗曰，“不见高人王右丞，蓝田邱壑漫寒藤，最传秀句寰区满，未绝风流相国能。”缙为维弟，善书法，官至相国。

〖讲〗

这是一段谴责丧失立场的文章。在明清之际，民族立场问题表现为紧张的“大节”问题。由于明朝亡国亡得很急骤，满洲贵族在偶然性较大的情况下攫取了北京，兼以当时士大夫脑海中的民族涵义比较狭隘，所以士大夫当时反满的情绪极高。从而，对民族立场动摇、带头迎降满洲贵族的文人士大夫，如钱谦益（牧斋）、龚鼎孳、吴传业（梅村）、王铎（觉斯）等人，则谴责的很激烈。顺带影响到对历史上民族立场有问题的人，如赵孟頫（子昂）以赵宋之裔，终身仕元，傅青主就在书法方面谴责他“盈股媚气”，等等。顾氏在这里谴责的，一是南朝的谢灵运，一是唐朝的王维。谢不是民族立场问题，是效忠某一皇朝的立场问题。谢是淝水之战主帅谢玄的孙子，袭封康乐公，东晋被刘宋篡夺后，他并未划清界线，也未隐居起来，而和新朝勾勾搭搭，因他“猖獗不已”，（《南史》论）终于弃市广州。可是临终却又标榜历史上的忠臣义士，顾炎武认为他是骗人。王维降了安禄山是自觉的、还是被迫的；他那首诗是当时做的、还是事后补做的，这些后世都有争论。在安史之乱中，他的立场有动摇，怕是没有问题的。顾谴责的很激烈，连杜甫写了“高人”二字都遭到了点名的批判。顾的好朋友王山史（宏撰）就说他“行谊甚高，而与人过严”。（《山志》初集卷3）在《日知录》卷13中有《辛幼安》一则，顾氏根据“当归”一典，怀疑辛氏“久宦南朝、未得大用”，要投北方金国统治下的沦陷区去了。这未免疑贤过刻，辛氏晚年词中“归去”、“归休”之词多次使用，其意为无意于在京口督战，而欲归去铅山家中。由此可见，过头地抑扬，也是不恰当的。当然，谢灵运在做诗方面虽有高才，但在品格方面很坏，则是不容否认的。至于杜甫，他不过说王维诗写得好，秀句流传满于寰宇，并没有犯多大的过错。

作诗之旨

舜曰，“诗言志”[①]，此诗之本也。《王制》，命太师陈诗，以观民风[②]；此诗之用也。荀子论《小雅》曰，“疾今之政以思往者，其言有文焉，其声有哀焉”[③]：此诗之情也。故诗者，王者之迹也。建安以下，洎乎齐、梁，所谓辞人之赋丽以淫，而于作诗之旨失之远矣。

唐白居易与元微之书曰，“年齿渐长，阅事渐多，每与人言，多询时务；每读书史，多求道理，始知文章合为时而著，歌诗合为事而作。”[④]又自叙其诗，关于美、刺者，谓之讽谕诗，自比于梁鸿《五噫》之作[⑤]，而谓“好其诗者邓鲂、唐衢俱死，吾与足下又困踬，岂六义、四始之风[⑥]，天将破坏不可支持耶?！又不知天意不欲使下人病苦闻于上耶?！”嗟乎！可谓知立言之旨者矣。

晋葛洪《抱朴子》曰[⑦]，古诗刺过失，故有益而贵；今诗纯虚誉，故有损而贱。

〖注〗

①见《尚书·舜典》，前后文曰“诗言志；歌永言；声依永；律和声”。

②见《礼记·王制》篇，是言天子东巡岱宗时之事。

③见《荀子·大略篇》第27。

④见《白居易集》卷45（中华书局版）页962《与元九书》。

⑤梁鸿，《后汉书》卷83有传（见中华本页2765～2768）。《五噫之歌》曰“陟彼北芒兮，噫！顾览帝京兮，噫！宫室崔嵬兮，噫！人之劬劳兮，噫！辽辽未央兮，噫！”其他诗章，传中有录。

⑥“六义·四始”之言，指《诗三百篇》之分类、笔法、布局者。“六义”为风、雅、颂、赋、比、兴。“四始”谓《关睢》为“风”之始，《鹿鸣》为“小雅”始，《文王》为“大雅”始，《清庙》为“颂”始。

⑦葛洪，《晋书》卷72有传（中华本页1911～1913）。《抱朴子》，葛洪所著，分内、外篇。《晋书》言，“内篇”言黄白之事（炼丹术），“外篇”驳难通释之文，共116篇；今本“内篇”20卷，“外篇”50卷，共70卷。

〖讲〗

这一节，是顾炎武的诗论观点。看起来，他的诗论观点，偏重于正统的现实主义，强调对政事的反映（“美”和“刺”，而“刺”是主要的）。而相对地不重人们私情的哀乐；强调内容，而不重视辞藻（所谓“丽以淫”）。虽然在本段开始，顾氏以诗之“本”、之“用”、之“情”，作三分枝的表述，但对第三个分枝未予强调，而只强调了一、二两个分枝，也就是说，对个人说，诗是为了“言志”；对社会说，诗是为了“观风”。他认为，淫丽之词，虚誉之诗：贱。在同代人中，他似乎未曾涉及神韵派诗人王渔洋（士祯）。

古人用韵无过十字

《三百篇》之诗，句多则必转韵（古人但谓之音、不谓之韵，今姑从俗名之耳）。魏、晋以上，亦然。宋、齐以下，韵学渐兴，人文趋巧，于是有强用一韵到底者，终不及古人之变化自然也。

古人用韵，无过十字者，独《閟宫》之四章乃用十二字[①]。使就此一韵，引而伸之，非不可以成章，而于义必有不达；故末四句转一韵。是知以韵从我者，古人之诗也；以我从韵者，今人之诗也。自杜拾遗、韩吏部，[②]未免此病也。……

诗主性情，不贵奇巧。唐以下人有强用一韵中字几尽者，有用险韵者，有次人韵者，皆是立意以此见巧，便非诗之正格。

且如孔子作《易》、《彖》、《象》传[③]，其用韵有多有少，未尝一律。亦有无韵者。可知古人作文之法，一韵无字，则及他韵；他韵不协，则竟单行。圣人无必无固[④]，于文见之矣。

〖注〗

①《閟宫》，是《诗 · 鲁颂》中的一首长诗，说鲁僖公在鲁庄公晚年鲁国遭庆父之乱、公室继承发生危难之后，能把鲁国安定下来，保持周公以来的政统和文化传统，与夷狄在斗争中融合。这首诗在用脚韵方面比较特殊，诗8章，在第4章，连用12个（谐音）字，然后才转了他音（韵）。

②拾遗、吏部，指杜甫、韩愈。

③孔子作《彖传》和《象传》，《史记 · 孔子世家》中有此说。但后人信之者少，不信者多，盖以其中不断出现孔子以晚情节。其中“一韵无字，则及他

韵；他韵不协，则竟单行”的情况，是确实的，但不必定指为“圣人”的行径。大体古人用韵较唐以后人更粗疏些、更不讲究些、更重视内容实质些而已。

④“无必无固”见《论语·子罕》篇，原文曰，“子绝四：毋意，毋必，毋固，毋我。”

〖讲〗

这一段，是讲诗文要注重内容实质，不可偏重形式，流于形式主义。诗文中的结构（框架），是形式；词藻也是形式；韵，也是形式。要按照内容实质去安排结构和层次、安排词藻、安排韵。自唐以来，近体诗（律诗及其截句）发展起来，人们逐渐地舍弃了思想内容实质，而片面地去追逐韵。到清朝尤甚。如《红楼梦》第76回中描写两个贵族小姑娘也在做“排律”中尽情地使用“十三元”中韵字，抢用什么“险韵”，就是例证。顾炎武反对这种倾向，他提倡“主性情”；“从我”；“变化自然”；反对“奇巧”。这是一种健康的文艺主张。

在这里，需要稍稍补说一点的，是在本节第一段中，顾炎武把他自己在其代表性科研专著《音学五书》中的精义，也灌注进来了。他说，古人还不叫“韵”，只叫“音”。“韵”是自南朝沈约（休文）《四声谱》以来，有了平、上、去、入，四声之中各立韵部，人们才提倡押韵。顾在《音学五书》中，创造性地讲述了声韵衍变的三阶段说。第一阶段，像《诗》、《书》、《易》中所用的谐声，是古朴的音的规律化。第二阶段，南朝的人们讲“四声”，分韵部，这就精密化了一步，这是“一变”。第三阶段，宋、元、明、清以降，唐韵渐失，宋韵代兴，日趋烦琐，这是“再变”。读者可参看顾氏《音学五书序》与《答李子德书》（见《顾亭林诗文集》页27～29、页72～77）。

诗体代降

《三百篇》之不能不降而《楚辞》，《楚辞》之不能不降而汉魏，汉魏之不能不降而六朝，六朝之不能不降而唐也：势也。用一代之体，则必似一代之文，而后为合格。

诗文之所以代变，有不得不变者。一代之文，沿袭已久，不容人人皆道此语。今且千数百年矣，而犹取古人之陈言、一一而摹仿之。以是为诗，可乎？

故不似，则失其所以为诗；似，则失其所以为我。李、杜之诗所以独高于唐人者，以其未尝不似，而未尝似也。知此者，可与言诗也已矣。

〖讲〗

这一段，讲的是文艺的创造性。顾氏把这问题拿到历代文学衍变史中来说，他说，《三百篇》、《楚辞》、汉魏文学、六朝文学、唐文学，一个时代有一个时代的风格和特点。后代的人，不能单纯依靠对它们进行摹拟工作，就可以解决问题。摹拟不能顶替创作。必须于因袭传统中有所创新，创新中又不抛开传统，——懂得这个道理，方可谈论作诗。试看，顾氏把创造和传统的关系，讲的很辩证。他是有所指的，指的是明朝“前七子”和“后七子”。

书法诗格

南北朝以前，金石之文，无不皆八分书者[①]，是今之真书不足为字也[②]。姚铉之《唐文粹》[③]、吕祖谦之《皇朝文鉴》[④]，真德秀之《文章正宗》[⑤]，凡近体之诗皆不收，是今之律诗，不足为诗也。今人将由真书以窥八分，由律诗以学古体，是从事于古人之所贱者，而求其所最工，岂不难哉?!

鄞人薛千仞曰[⑥]，“自唐人之近体兴，而诗一大变。后学之士，可兼为而不可专攻者也。近日之弊：无人不诗，无诗不律；无律不七言。”又曰，“七言律，法度贵严，对偶贵整，音节贵响，不易作也。今初学后生，无不为七言律，似反以此为入门之路，其终身不得窥此道藩篱，无怪也。”

〖注〗

①“八分”，书法中的一种体。据说，取小篆的十分之八，加以隶书的十分之二，融成一种书体，叫“八分”。实际上，它是篆书与隶书的融合体。

②真书，即楷书。

③姚铉，北宋时合肥人，《宋史·文苑传》有传（见卷441），所纂《唐文粹》100卷，去取谨严，不收近体，力矫晚唐五代之弊。

④吕祖谦，南宋时寿州人，《宋史·儒林传》有传（见卷434），学者称东莱先生，所纂《宋文鉴》（当时原书名《皇朝文鉴》）150卷，收集赅备。

⑤真德秀，南宋末浦城人，《宋史·儒林传》有传（见卷437），所纂《文章正宗》正、续各20卷，以理学家眼光为批评准绳，后人有持不同意见者。

⑥薛冈，字千仞，鄞县人。朱彝尊《明诗综》卷65、陈田《明诗纪事》

卷26有小传。

〖讲〗

顾炎武将书法和作诗之道，合并在一起议论。他说，汉魏金石之文，以“八分”为上品，后之楷书，原不为人所重也。唐以前之诗，多遵古体，不以骈骊对仗为重也。至于宋、明，几乎无人不写诗，写诗必写律诗，写律诗又一定写七言律，这是一种时代的弊病。七言比五言多两个字，似乎要花样的机会多一些，其实严格要求的话，平仄对仗达到工整而又铿锵，却极不容易。学诗的后辈，倘从七言律入手，真是走了大错路了。

河东·山西

河东，山西：一地也。唐之京师在关中[①]，而其东则河，故谓之“河东”。元之京师在蓟门[②]，而其西则山，故谓之“山西”。各自其畿甸之所近而言之也。

古之所谓山西，即今关中。《史记·太史公自序》，“萧何填抚山西”。《方言》[③]：“自山而东，五国之郊。”郭璞解曰[④]，“六国，唯秦在山西”。王伯厚《地理通释》曰[⑤]，“秦、汉之间，称山北、山南、山东、山西者，皆指太行，以其在天下之中，故指此山以表地势。”《正义》以为华山之西[⑥]，非也。

〖注〗

①东曰函关，南曰武关，西曰散关，北曰萧关：四关之中，谓之“关中”。

②蓟门，指北京。

③《方言》，13卷，传为扬雄所撰，或以为后人依托。

④郭璞，西晋闻喜人，于经术、卜筮、天文、算历，无不通晓，南迁后为王敦所杀，曾注《尔雅》、《方言》等古籍，《晋书》卷72（中华本页1899～1910）有传。

⑤王应麟，字伯厚，宋庆元（今宁波）人，《宋史》卷438有传，著作中有《通鉴地理通释》。

⑥《正义》，指司马贞《史记正义》，此见中华本《史记》页3312《太史公自序》萧相国世家《提要》。

〖讲〗

这是有关中国通史和中国历史地理的一节札记。本来，这接近于普通常识，但像这样的普通常识，却不是每个人都能弄清楚的。窃常遭遇一些大学生、甚至研究生，什么是“关中”？为什么山西又叫“河东”？汉代为何把后来的陕西叫做“山西”？都说不清楚；更其惊人的，是也不想弄清楚。不弄清楚，毕业后又怎样去传授后一代？在这一点上，窃以为像《日知录》的这些段段，是必读的读物。

陕　西

《后汉（书）·郡国志》，陕县有陕陌（即今之陕州），二伯所分[1]，故有，“陕东”“陕西”之称。《水经注》，河水又东，得七里涧，涧在陕西七里。《宋书·柳元景传》，庞季明率军向陕西七里谷。《北史·魏孝武帝纪》，高昂率劲骑及帝于陕西。《旧唐书·太宗纪》，贞观十一年九月丁亥，河溢，坏陕西河北县（今平陆县）。《肃宗纪》，乾元三年四月庚申，以右羽林大将军郭英乂父为陕州刺史、陕西节度、潼关防御等使。《肃宗诸子传》，杞王倕，可充陕西节度大使。《李渤传》，泽潞节度使郗士美卒，渤充吊祭使，路次陕西（按其《疏》云，已至阌乡县）。《回纥传》，广平王、副元帅郭子仪领回纥兵马与贼战于陕西：——皆谓今陕州之西。后人遂以潼关以西，通谓之“陕西”。

〖注〗

①《史记》曰，西周初以“二伯”总诸侯，周公主陕东，召公主陕西。《后汉·郡国志》弘农郡条下有陕陌，刘昭注引《博物记》曰，“二伯所分”。

〖讲〗

使用普通的逻辑归纳法，为了某一目的（大目的或者小目的：像目前的例，就是为了说明“陕西”这一地理辞的由来），搜辑出专门针对这一目的的资料，排成系列，说明问题。这就是最通常的考证。后世的考据家把考据说的神乎其神，确实可笑。顾炎武做这类工作很娴熟，但也做的很寻常，丝毫不带了不起的神气。

山东·河内

古所谓“山东”者，华山以东。《管子》言，“楚者，山东之强国也。”[1]《史记》引贾生言，“秦并兼诸侯山东三十馀郡”。[2]《后汉（书）·陈元传》言，

"陛下不当都山东"。[3]（谓光武都洛阳。）盖自涵谷关以东，总谓之"山东"，（唐人则以太行山以东为"山东"，杜牧谓"山东之地，禹画九士，曰冀州"[4]是也。）而非若今之但以齐鲁为山东也。

古所谓"河内"者，在冀州三面距河之内。《史记·正义》曰，古帝王之都，多在河东、河北，故呼河北为"河内"，河南为"河外"。[5]又云，河从龙门，南至华阴，东至卫州，东北入海，曲绕冀州，故言"河内"。盖自大河以北，总谓之"河内"，而非若今之但以怀州为"河内"也。

〚注〛

①见《管子·轻重戊》篇。

②《史记》卷6《秦始皇帝本纪》（中华本页276）。

③见《后汉书》卷36《陈元传》（中华本页1231）。

④见《新唐书》卷166《杜佑传》附《杜牧传》引《罪言》（中华本页5094）。

⑤见《史记》卷44《魏世家》西门豹治邺条下，司马贞《正义》云云。

〚讲〛

大体一个地理名词所显示的地域范围，由于时代的不同，会有大、小的差异。如"山东"的地理概念，古时就比现在宏阔得多，读史书时必须保持当时的概念。"河内"的地理概念，也不只像后来仅指怀庆府范围。并且，古人确定地理名词时，依据的"座标"不同，中间也会有差异。大体说来，在秦兴起以前，人们在中原交战，就以太行为座标，秦、汉在关中定都以来，华山（扩大点说就是秦岭）的座标作用日益明显。唐尧、虞舜时候，部落联盟大酋长的中心地段多在今河北、山西，所以他们把河以北的地域，统叫"河内"。这就是说命名者都是从本部出发；后来同一个今山西省唐叫"河东"、元叫"山西"，都是同一道理。顾氏的这类札记教给后学们，在读史书时会遭遇很多地名，读的人对这些地名所显示的地域范围，要保持高度的准确性，不可马虎。

第二辑

乡亭之职

《汉书·百官表》，县令、长皆秦官，掌治其县。万户以上为“令”，秩千石至六百石；减万户为“长”[①]，秩五百石至三百石；皆有“丞”、“尉”，秩四百石至二百石。（《宋书·百官志》，汉制：丞一人；尉大县二人、小县一人。）——是为“长吏”。百石以下有斗食、佐史之秩，是为“少吏”。（《武帝纪》，元光六年诏曰，少吏犯禁。《宁成传》，为少吏，必陵其长吏。）大率十里一亭，亭有长（《宋书》，五家为“伍”，伍长主之；二伍为“什”，什长主之；十什为“里”，里魁主之；十里为“亭”，亭长主之。《史记·建元以来侯者年表》，张章父为长安亭长，失官。是亭长亦称官也。）十亭一“乡”，乡有“三老”：有秩、啬夫、游徼（《张敞传》注（颜）师古曰，“乡有秩者，啬夫之类也”。）三老掌教化；啬夫职听讼，收赋税；游徼徼循，禁贼盗。（《宋书》：乡佐、有秩，主赋税；三老，主教化；啬夫，主争讼；游徼，主奸非。）县大率方百里，其民稠，则减；稀，则旷。乡、亭亦如之：皆秦制也。

《高帝纪》，二年二月，令举民年五十以上、有修行、能帅众为善，置以为“三老”，乡一人。择乡三老一人，为“县三老”，与县令、丞、尉，以事相教，复勿徭戍。（“三老”为乡官，故壶关三老茂得上书言太子。[②]《黄霸传》，使邮亭乡官皆畜鸡豚[③]。）此其制，不始于秦、汉也。自诸侯兼并之始。而管仲、蒍敖、子产之伦[④]，所以治其国者，莫不皆然。（《管子》书曰，择其贤民，使为里君。）而《周礼·地官》，自“州长”以下，有“党正”、“族师”、

"闾胥"、"比长"；自"县正"以下，有"鄙师"、"酂长"、"里宰"、"邻长"：则三代名王之治，亦不越乎此也。

夫惟于一乡之中，官之备而法之详，然后天下之治，若网之在纲，有条而不紊。至于今日，一切荡然无有存者。且守令之不足任也，而多设之监司⑤；监司之又不足任也，而重立之牧伯。积尊累重，以居乎其上。而下无与分其职者。虽得公廉勤干之吏，犹不能以为治，而况托之非人者乎?！……由此论之，则天下之治，始于里胥，终于天子，其灼然者矣。故自古及今，小官多者其世盛，大官多者其世衰。兴亡之涂，罔不由此。

隋文帝师心变古，开皇十五年始尽罢州郡乡官。而唐柳宗元之言曰，"有里胥而后有县大夫，有县大夫而后有诸侯，有诸侯而后有方伯、连帅，有方伯、连帅而后有天子。"

〖注〗

①减"，即"不足"。

②见《汉书》卷63《武五子传·戾太子传》，三老茂，姓令狐氏，上书中有"父不父则子不子，君不君则臣不臣"等语，词意昂激（中华本页2744）。

③《汉书》89《循吏传·黄霸传》（中华本页2629）。

④管仲，齐相；蒍敖即孙叔敖，楚相；子产，郑执政。

⑤监司，谓中央集权政府权力愈来愈集中，对基层愈来愈不信任，于是派遣监察使、设置监察司，后人统谓之"监司"。

〖讲〗

顾炎武对他当时的社会制度改进问题，始终有一个固执不变的看法，我们把它叫"地方分权论"。主旨是说明朝自朱元璋以来，中央集权集得太厉害了，地区和省份上几乎毫无权力来处分事情，地区和省份上的官也是中央派来的，是"流"官，随时可以调走，多是外方人，对本地区的兴趣没有土生土长人的大，了解情况也往往不够。中央呢，权力越集中越大，就出现了皇帝、宦官、宰辅、亲王们的霸横、腐朽和内部争斗。由此，顾炎武想到了"乡官"的事。当然，当年的顾氏是先发现了中央集权太甚，然后才来研究"乡官"问题呢；还是在研究历代官制里的乡官问题中，慢慢感觉到只能用"地方分权论"，才能有效纠正中央集权太甚的弊病呢：——我们作为后人，已经说不清楚了。反正，二者是互为因果的。作为二者互起作用的结果，作者写了本段的"条条"，以及与此相联的一些"条条"。

本段"条条"的主旨是，古来对于地区和基层，比中央集权越来越集中以后，要重视得多。他讲，秦、汉在基层设置县的"令"、"长"、"丞"、"尉"，还设置了"三老"、"啬夫"、"游徼"等民间职位。"乡三老"提成"县三老"，就可以和县中的令长一同讨论一县的政事。他又讲，不仅秦、汉；从"三代名王"（夏禹、商汤、周文武）时候，就有基层的设置了（他举《周礼·地官司徒》为证）。我们从近代人的角度来说，顾氏已经隐约触到了农村公社职员向中央集权国家基层"吏胥"的转化情况了。农村公社时期，较之中央集权时期，自然民主一些、松散一些、阶级阵线较之以后还不那么森严。这和顾氏"是古非今"思想碰到一起，就产生了提倡"乡官"作用的思想，并且获致了"小官多者其世盛，大官多者其世衰"的总括。这个总括对不对？其合理与不合理的部分各是什么？就留给广大读者自己去反思吧。

掾属

《古文苑》注王延寿《桐柏庙碑》人名[①]，谓"掾属皆郡人，可考汉世用人之法"。今考之汉碑皆然，不独此庙。盖其时惟守相命之朝廷；而自曹掾以下，无非本郡之人，故能知一方之人情，而为之兴利除害。[②]其辟用之者，即出于守相，而不似后代之官，一命以上皆由于吏部。故广汉太守陈宠入为大司农，和帝问在郡何以为理，宠顿首谢曰，"臣任功曹王涣以简贤选能，主簿镡显拾遗补阙，臣奉宣诏书而已。"帝乃大悦。[③]至于汝南太守宗资任功曹范滂，南阳太守成瑨委功曹岑晊，并谣达京师，名标史传。[④]而鲍宣为豫州牧，郭钦奏其"举错烦苛，代二千石署吏"[⑤]，是知署吏乃二千石之职，州牧代之，尚为烦苛。今以天子而代之，宜乎事烦而日不给，（隋文帝开皇二年，罢辟署。[⑥]令吏部除授品官为州、郡佐官。其时刘炫对牛弘[⑦]，以为往者州惟置纲纪、郡置守丞、县置令而已。其余其僚则长官自辟。是知自辟掾属，即齐、魏之世犹然。《宋史·选举志》，宋初，内外小职，任长吏得自奏辟。[⑧]熙宁间[⑨]，悉罢归选部。然要处职任，如沿边兵官、防河、捕盗、重课额务场之类，寻又立专法听举。于是辟举不能全废也。）又其变也。铨注之法，改为掣签，[⑩]而吏治因之大坏矣。

〖**注**〗

①《古文苑》，为唐人旧辑东周至南齐诗文之集，宋人韩元吉、章樵重编

注释，为21卷。

②读者读至此，亦须多方面思考，不可囿于顾氏一偏之见。本地之人，熟知地方人情，固有兴利除害者，但仅是一个方面。另一方面，试观朱元璋《大诰·继诰·三诰》中揭发并打击诸作弊之徒（如进行改册、换标、隐匿、诡寄、洒派、移坵、换段、揽纳、虚悬等人），绝大部分为地方之人，且多是胥吏（俗话所谓“班里”“房里”）。然则胥吏、小官，岂是可以片面提倡的吗！

③见《后汉书》卷46（中华本页1553）。

④参阅《后汉书》卷67《范滂传》（中华本页2205）、卷67《岑晊传》（中华本页2212）。

⑤《前汉书》卷72《鲍宣传》（中华本页3086）。

⑥⑦见《隋书》卷75《儒林·刘炫传》（中华本页1721）、《北史》卷82《儒林·刘炫传》（中华本页2765）。

⑧见《宋史》卷156《选举》2（中华本页3646）。

⑨宋神宗年号（公元1068～1077），时用王安石变法。

⑩《明会要》卷48《选举2》引《野获编》云，万历22年，吏部尚书孙丕扬，创为“掣签法”。《明史》卷224《孙丕扬传》亦记此事。自是铨政一大变，人号吏部为“签部”，有作《竹签传》以讥之者。

〖讲〗

在中国历史上，一直存在着一个任命官吏的人事权旧属问题。在先秦时期，是血缘贵族当政的时期，任命属僚的原则是血缘。鲁庄公是鲁桓公的嫡长，所以继统；其次孟孙、叔孙、季孙各居卿位，为陪臣；其余则私家小臣而已。自秦开始，血缘原则被打倒了。两汉用的，是“征辟”之制，那就是说，由地域二千石进行推举聘请，或邀约。推举、聘请、邀约也不是没有原则的，原则是“贤良、方正”、“孝悌、力田”等等。这些原则，在某些场合是真实的，在另外场合则是骗人的。到南北朝，豪门势家如琅琊王氏之伦包揽权势，他们的子弟做官的机缘就多得多。地区集团，成为揽权的线索。隋文帝反映素族势力，把权力尽力收归中央，包括任命地方最低品官吏的权力，也收归吏部。这既是自然趋势，也不能说这么做多么不对。但自朱元璋强化中央集权以后，中央的权的的确确是集中的太多了，造出种种弊端。所以黄宗羲和顾炎武等才出来反君、反中央集权，顾进而主张“地方分权”。我们处在二十世纪八十年代，怎样来评论这档子事呢？大体说来，一个国家（特别是一个大国如中国者），权力全集中到中央也不对，但下放权力也不能是无原则的，要严防地方恶势力（地头蛇）的垄断。到近代，社会进入资本主义和社会主义，有了代议制，有了国会和地方议会，弊病虽不能完全杜绝，但究竟比封建社会要进步多了。可是站在黄宗羲、顾炎武的历史时代的历史主义立场上，我们又怎样评论呢？我们只能说，天下哪里也有好人，哪里也有坏人。中央、地方，都是一样。中央也不是绝无好人，地方也不是绝无坏人。像顾氏这样主张用了地方人士就准能兴利除弊，也是片面之见。不过，他坚决反对中央集权，也不是没有来由的，也是可以理解的，明朝三百年中央高度集权，其结果是太糟了。顾看出了中央集权的大弊，可是限于历史局限性，他想不出更高的点子，又想回到“辟举”的老路子上去，这是不解决问题的。

法制

法制禁令，王者之所不废，而非所以为治也。其本，在正人心厚风俗而已。故曰，“居敬而行简，以临其民”。[①]周公作《立政》之书，曰“文王罔攸兼于庶言、庶狱、庶慎”。[②]又曰，“庶狱、庶慎，文王罔敢知于兹。”其丁宁后人之意，可谓至矣。秦始皇之治，天下之事无大小皆决于上，上至于衡石量书，日夜有呈，不中呈不得休息，[③]而秦遂以亡。太史公曰，“昔天下之网尝密矣，然奸伪萌起；其极也，上下相遁，至于不振。”[④]然则，法禁之多，乃所以为趣亡之具。而愚暗之君，犹以为未至也。杜子美诗曰，“舜举十六相，身尊道何高?!秦时任商鞅，法令如牛毛”。[⑤]又曰，“君看灯烛张，转使飞蛾密”[⑥]，其切中近朝之事乎?!

汉文帝诏置三老、孝弟力田常员，令各率其意，以道民焉。[⑦]夫三老之卑，而使之得率其意，此文、景之治，所以至于移风易俗，黎民醇厚，而上拟于成、康之盛也。

诸葛孔明开诚心、布公道，而上下之交，无间言；以蕞尔之蜀，犹得小康。魏操吴权，任法术以御其臣，而篡逆相仍，略无宁岁。天下之事，固非法之所能防也。

叔向与子产书曰，“国将亡，必多制。”[⑧]夫法制繁则巧猾之徒皆得以法为市，而虽有贤者不能自用，此国事之所以日非也。善乎杜元凯之解《左氏》也[⑨]，曰“法行则人从法，法败则法从人。”（宣公十二年《传》解。）

〖注〗

①见《论语 · 雍也》。孔子对冉雍（仲弓）评子桑伯子“简”，引出冉雍如上一段引申的话。

②见《尚书 · 周书 · 立政》。此段按孔颖达《正义》的解释，文王但知举善任贤，至于众人之毁誉、断狱之得失等，则一概不知。

③见《史记》卷6《秦始皇本纪》（中华本页258）。

④见《史记》卷122《酷吏列传》导言（中华本页3131）。

⑤《杜诗镜铨》卷10《述古》三首之二。

⑥同上书卷18《写怀》之二。

⑦见《汉书 · 文帝纪》（中华本页124）。颜师古曰，“道民”即“导民”。

⑧见《左传 · 昭公六年》郑人铸《刑书》，晋叔向诒郑子产书，云云。

⑨元凯，杜预之字，预作《左传注》。

〖讲〗

当代，我们倡导公民要知法、守法，要扫除法盲。这“法”，指的是国家的大法《宪法》，和公民日常生活中在人际间必须遵守的《民法》，和不能违犯的《刑法》。古时候没有这么清楚，虽然也有《唐律》、《大明律》和《大清律》，其中也是关于民事和刑事的，但不够严整。并且，古代的法，经常和皇帝的诏令、官府的条令混在一起，很复杂，也很紊乱。到明朝，朱元璋订了很多他亲自确定的条文，由于他威信高，所以以后诸朝皇帝不敢擅改，名之曰“祖宗之法”。可是有很多“祖宗之法”后来明显行不通了，只好另立细则来进行默默的改订。在这中间，执行法条的官吏也起着这样那样的作用。举三类的例证。一种是官僚主义的官吏，不调查研究，只死抠条文。一种是贪官污吏，违法乱禁，害民肥己。第三种是好官吏，经过调查研究，适当地将旧条文在实施中予以调整。这三种官吏间的差距，实在是太大了。所以明末清初时候，社会上普遍流行着一句话，“有治人，无治法”。在顾炎武的《天下郡国利病书》里，在江南、山东等地反映的材料中，就不断出现这句话。

这就引起了当时大学者黄宗羲、顾炎武等人的参与议论，黄的议论相对深刻些。他隐约触到了阶级对立不严峻的历史时代和阶级对立日趋严峻的历史时代的不同。他把前者叫“三代之法”，把后者叫“后世之法”。他说，这些后世的统治者“不胜其利欲之私”、想“藏天下于筐箧之中”，用一人防一人，设一事访一事，“故法不得不密，而天下之乱即生于法之中。”（见《黄宗羲全集》

第一卷页6。）他说这种“法”应该叫“非法之法”。顾炎武在《日知录》中写的这一条，虽不及黄的清楚，但大体相似。他也举阶级形势不严峻历史时期和严峻历史时期的不同例证，如拿周文王和秦始皇进行对比，说“治”的主要精神，在“正人心厚风俗”。这提法比较模糊。随着阶级社会的发展，私有制的逐渐深化，人心不正风俗浇漓是历史的必然；法令的“简”和“繁”，只是形式问题而已。不能幻想把上古的“简”法予以恢复，社会就会变好起来。

部刺史

汉武帝遣刺史周行郡国，省察治状，黜陟能否，断治冤狱，以六条问事：一条，强宗豪右，田宅逾制，以强陵弱，以众暴寡；二条，二千石不奉诏书，倍公向私，旁诏谋利，侵渔百姓，聚敛为奸；三条，二千石不恤疑狱，风厉杀人，怒则任刑，喜则任赏，烦扰刻暴，剥削黎元，为百姓所疾，山崩石裂，妖祥讹言；四条，二千石选署不平，苟阿所爱，蔽贤宠顽；五条，二千石子弟，怙倚荣势，请托所监；六条，二千石违公下比，阿附豪强，通行货赂，割损政令。[①]又令，岁终得乘传奏事。夫秩卑而命之尊，官小而权之重，此小大相制，内外相维之意也。（《元城语录》，汉元封五年初置刺史部十三州，秋，分行郡国。秩六百石，而得按二千石不法，其权最重。秩卑，则其人激昂；权重，则能行志。[②]）本自秦时遣御史出监诸郡。《史记》言，秦始皇分天下以为三十六郡，郡置守、尉、监，盖罢诸侯置守之初，而已设此制矣。（《汉书·百官表》，监御史，秦官，掌监郡。汉省，丞相遣史分刺州，不常置。武帝元封五年，初置郡刺史，掌奉诏条察州，秩六百石，员十三人。）

成帝末，翟方进、何武乃言，《春秋》之义，用贵治贱，[③]不以卑临尊，刺史位下大夫，而临二千石，轻重不相准。请罢刺史，更置州牧，秩二千石。[④]而朱博以汉家故事，置部刺史，秩卑而赏厚，咸劝功乐进；州牧，秩真二千石，位次九卿，九卿缺以高第补，其中材则苟自守而已，恐功效陵夷，奸宄不胜。[⑤]于是罢州牧，复置刺史。（《后汉书·刘焉传》，灵帝政化衰缺，四方兵寇，焉以刺史威轻，建议改为牧伯，请选重臣以居其任。从之。州任之重，自此而始。）刘昭之论，以为刺史监纠非法，不过六条，传车周流，匪有定镇；秩才六百，未生陵犯之衅。成帝改牧，其萌始大。[⑥]（唐戴叔伦《抚州刺史厅壁记》云，“汉置十三部刺史以察举天下非法，通籍殿中，乘传奏事，居靡定处；权不牧人。”[⑦]）合二者之言观之，则州牧之设，中材仅循资自全，强者至专权裂土。（《新唐书》李景伯为太子右庶子，与太子舍人卢俌议，“今天下诸州，分隶都督，专生杀刑赏，使授非其人，则权重衅生，非强干弱枝之谊，愿罢都督，留御史，以时按察，秩卑任重，以制奸宄。”[⑧]便繇是停都督。）然后知刺史六条为百代不移之良法；而今之监察御史巡按地方，为得古人之意矣。

六条之外不察

汉时部刺史之职，不过以六条察郡国而已，不当与守令事。（《三国志》司马宣王报夏侯太初书曰，“秦时无刺史，但有郡守长吏。汉家虽有刺史，奉‘六条’而已。故刺史称‘传车’，其吏言‘从事’，居无常治，吏不成臣；其后，转更为官司耳。”）[⑨]故朱博为冀州刺史，敕告吏民，欲言县丞、尉者，刺史不察黄绶[⑩]，各自诣郡。鲍宣为豫州牧，以听讼所察过诏条，被劾[⑪]；而薛宣上疏言吏多苛政，政教烦碎，大率咎在部刺史，或不循守条职，举错各以其意，多与郡县事。[⑫]《翟方进传》言，迁朔方刺史，居官不烦苛，所察应条辄举。自刺史之职下侵，而守令始不可为，天下之事犹治丝而棼之矣。

〖注〗

①见《汉书》卷19上《百官公卿表》颜师古注引《汉官典职仪》（中华本页742）。宋徐天麟《西汉会要》卷33同。

②《元城语录》，宋马永卿著，三卷。

③见《春秋谷梁传》昭公四年，楚灵王杀齐庆封之事，《传》曰“春秋之义，用贵治贱，用贤治不肖，不以乱治乱也。”

④⑤见《汉书》卷83《朱博传》（中华本页3406）。

⑥见《后汉书》卷75《刘焉传》（中华本页2431），及《志》卷28（《百官志》第5）注有“臣昭曰”一大段（中华本页3619～3620）。

⑦戴叔伦字幼公，金坛人，唐德宗时官刺史。

⑧见《新唐书》卷116《李怀远传》附《景伯传》（中华本页4244～4245）。

⑨见《三国志》卷9《夏侯玄传》（中华本页298）。

⑩见《汉书》卷83《朱博传》（中华本页3399）；“黄绶”，颜师古《注》曰“丞、尉职卑皆黄绶”。

⑪见《汉书》卷72《鲍宣传》（中华本页3086）。

⑫见《汉书》卷83《薛宣传》（中华本页3386）。

〖讲〗

以上两条，我们连起来讲，内容是讲历代监察制度的。监察制度历代都有，国民党时有以于右任为首的监察院和派赴各省的监察使。中国共产党各级党组织，亦另设“纪委”（纪律检查委员会）。国务院下属亦有监察部。顾炎武把古时各史料书中的有关资料串连到一起，给我们一个系统的表述。我们读此可知，自秦始皇开始，已派遣“御史”到各地去监察郡守；到汉武帝创始了一条新的法制，即派遣中级人员（六百石）巡行郡国，察考大吏（二千石）的成绩和罪恶，随时向中央快速汇报，这种官职叫“刺史”，他只管二千石大吏，不干预基层民政；到西汉末，皇帝昏庸，大臣跋扈，一度建议将“刺史”改为“州牧”；到东汉末进一步巩固了这种州牧制度；且典兵权；魏晋至唐，又叫“都督”；晚唐时才停罢“都督”；明朝时候叫“监察御史”，也就是戏剧中常见的“八府巡按”之类了。顾氏的若干史学工作方法之一，就是这种“串连”和“类辑”，这种方法说到实处：也就是逻辑中“联系”规律和“分类·归纳”方法的一种实践。经历这层加工后的成果，容易保持历史中原有的历史主义，而祛除割裂历史原貌的弊病。窃以为，当代大学毕业生假如被派去讲授高中或大学低年级历史功课的话，那么，多读一些《日知录》中像这样的“条条”，其讲授效果一定会更“活”些，更少一些生搬硬套的缺点。

隋以后刺史

秦置御史，以监诸郡。汉省，丞相遣史分刺州，不常置。武帝元封五年，初置十三州刺史各一人；魏晋以下为刺史持节都督。（《魏志》言，自汉季以来，刺史总统诸郡赋政于外，非若昔时司察之任而已。汉时，止十三州。至梁时南方一偏之地，遂置一百零七州。）隋文帝开皇三年罢郡，以州统县，（杜氏《通典》曰，以州治民，职同郡守，无复刺举之任。）自是刺史之名存，而职废。后虽有刺史，皆太守之互名，（有时改郡为州，则谓之“刺史”；有时改州为郡，则谓之“太守”。）非旧刺史之职理一郡而已。由此言之，汉之刺史，犹今之巡按御史；魏晋以下之刺史，犹今之总督；隋以后之刺史，犹今之知府、及直隶（州）知州也。

〖讲〗

这一段，联系上两段，三段一起做了个总结。总结，拿顾氏当时明末清初的情况来做比喻，说汉朝的“刺史”，相当于明朝时候的巡按御史；魏晋以后，中古时代的“刺史”，（加“使持节，都督某方诸军事”。）相当于明、清时候的总督；隋以后的“刺史”，不过相当于明清时的知府或直隶州知州而已。读者中倘有中学或大学的历史教师，就应由此段中学到一些东西，即同一名词和职称“刺史”，在不同的历史时期中，某职权大小就有很多的衍变。在进行听课时，我们经常听到由于这方面的疏忽而引起的不少混乱，会贻误学生的学习。

知　县

“知县”者，非县令，而使之知县中之事。（“知”，犹管也。）杜氏《通典》所谓检校、试摄、判知之官是也。唐姚合为武功尉，作诗曰“今朝知县印，梦里百忧生。”[①]唐人亦谓之“知印”，其名始于贞元已后[②]，其初尚带一“权”字。《白居易集》有《裴克谅权知华阴县令制》曰：“华阴令卒，非选补时。（唐制：凡选，始于孟冬，终于季春。《唐皎传》[③]，贞观中官吏部侍郎；先是选集，四时补拟，不为限，皎请以冬初集，尽季春止，后遂为法。）调租勉农，政不可缺。前镇国军判官、试大理评事裴克谅久佐本府，颇有勤绩，属邑利病，尔必周知。宜假铜墨[④]，试其才理；待有所立，方议正名。”是“权知”者，不正之名也。至于普设知县，则起自宋初。《本朝事实》云[⑤]，“五代任官，凡曹、掾、簿、尉之龌龊无能、以至昏老不任驱策者，始注县令，故天下之邑率皆不治，诛求刻剥，猥迹万状，至优诨之言，多以令长为笑。”（魏泰《东轩笔录》同。）建隆三年，始以朝官为知县，其间复参用京官或幕职为之。《宋史》言，宋初内外所授官多非本职，惟以差遣为资历。建隆四年诏选朝士分治剧邑，大理正奚屿知馆陶、监察御史王祐知魏、杨应梦知永济、屯田员外郎于继徽知临清。常参官宰县，自此始。又曰，初，州郡多阙官，县令选尤猥下，多为清流所鄙薄，每不得调；乃诏吏部选幕职官为知县。[⑥]自此以后，遂罢令而设知县，沿其名至今。

宋时结衔曰“以某官知某府事”、“以某官知某县事”，以其本非此府、此州、此县之正官而任其事，故云然。（《山堂考索》云[⑦]，艺祖开基，召诸镇会于京师，赐第以留之，分命朝臣出守列郡，号“权知军州事”，“军”谓兵，

“州”谓民也。于慎行《笔麈》曰[8]，宋时大县四千户以上，选朝官知；小县三千户以下，选京官知。故“知县”与“县令”不同，以京朝官之衔知某县事，非外吏也。如建隆三年冤句令侯陟以清干闻，擢左拾遗知县事，是也。）今则直云某府知府、某州知州、某县知县，文复而义舛矣。

知　州

宋叶适言，五代之患，专在藩镇。艺祖思靖天下，以为不削节度，则其祸不息。于是始置“通判”，以监统刺史，而分其柄；命文臣权知州事，使名若不正、任若不久者，以轻其权。（宋敏求曰[9]，凡节度州为三品，刺史州为五品。国初，曹翰以观察使判颍州，是以四品临五品州也。同品为“知”，隔品为“判”。自后唯辅臣、宣徽使、太子太保、仆射为“判”；馀并为“知州”。）监当知榷税，都监总兵戎，而“太守”（即“刺史”）者，块然徒管空城、受词诉而已。诸镇皆束手请命，归老宿卫。昔日节度之害尽去，而四方万里之远，奉尊京城，文符朝下期会，夕报伸缩，缓急皆在朝廷矣。是宋初本有刺史，而别设知州以代其权，后则罢刺史而专用知州，以权设之名为经常之任矣。

知　府

唐制，京郡乃称府。至宋，则潜藩之地[10]，皆升为府。宋初，太宗、真宗皆尝为开封府尹。后无继者，乃设“权知府”一人，以待制以上充。（《皇朝政略》：凡命知府，必带“权”字，以翰林为之。翰林学士及杂学士，若待制，则权发遣而已。陆游《渭南集》，“权知府自李符始。”）崇宁三年，蔡京乞罢知府，置牧、尹各一员，牧以皇子领，尹以文臣充。是“权知府”者，所以避京尹之名也。今则直命之为“知府”，非也。

〖**注**〗

①姚合，姚崇曾孙，《新唐书》卷124《姚崇传》有附传（中华本页4388），诗见《全唐诗》卷498，页5659。

②贞元，唐德宗年号（公元785～805）。

③见《新唐书》卷113《唐临传》附（中华本页4184）。

④铜墨，指铜印墨绶。

⑤《本朝事实》，今名《宋朝事实》，李攸著，有铅印本。

⑥见《宋史》卷158《选举志》四《铨法》上（中华本页3695及3704）。

⑦《山堂考索》，类书，宋章如愚著，卷帙较繁，计前集66卷、后集65卷、续集56卷、别集25卷，总212卷。

⑧于慎行，明万历东阿人，《明史》217有传，此见所撰《谷山笔麈》卷9。

⑨宋敏求，北宋时人，曾纂《唐大诏令集》，此见《春明退朝录》。

⑩亲王封地，略如汉之封国。

〖讲〗

我们讲授通史时，不断遭遇“知县”、“知州”、“知府”这样一些中央以外的地方官官名。讲者马虎讲过，听者也马虎听过去了。其实，这些官名都是有来由的，经顾炎武这一类辑、这一讲，我们大家就明白多了。尤其重要的是，顾氏这种“示范”性质的史学操作活动，对后学的启发是很大的，聪明人可以逐类旁通，久而久之，一个人的史学修养就日渐深化了。现在，话归本题，通过如上三条“札记”，我们可以知晓“知县”、“知州”、“知府”等官名，虽然唐末偶有此称，但普遍通行，则是在赵匡胤统一之后，他使用这些名称的用意，不外（一）削平藩镇割据，将那些节度使等武官调到京城颐养终老，另从中央派遣文职僚属到地方上去管理政事，这种调动，为了怕引起被调者双方的情绪波动，所以加“知”、“权知”字样，意思，这是临时特派的性质，以后再调整。（二）加强地方政府的管理功能，祛除梁、唐、晋、汉、周以来地方官多由衰老昏瞀的冗监人员去充任的弊病，进行一次整肃。总之，这是中国封建后期中央集权的国家权力进一步强化过程中的产物。

守　令

所谓“天子”者，执天下之大权者也。其执大权，奈何?! 以天下之权，寄之天下之人，而权乃归之天子；自公卿大夫至百里之宰、一命之官，莫不分天子之权而各治其事，而天子之权乃益尊。后世有不善治者出焉，尽天下一切之权而收之在上，而万几之广，因非一人之所能操也。（沈约《宋书》论曰，“孝建、泰始[①]，主威独运，空置百司，权不外假，而刑政纠杂，理难遍通”。）

而权乃移于法，于是多为之法以禁防之，虽大奸有所不能逾，而贤智之臣亦无能效尺寸于法之外，相与兢兢奉法以求无过而已。于是天子之权不寄之人臣，而寄之胥吏。是故天下之尤急者，守令亲民之官；而今日之尤无权者，莫过于守令。守令无权，而民之疾苦不闻于上，安望其致太平而延国命乎?!《书》曰，"元首丛脞哉！股肱惰哉！万事堕哉！"[②]盖至于守令日轻而胥吏日重，则天子之权已夺，而国非其国矣，尚何政令之可言耶?! 削考功之繁科[③]，循久任之成效，必得其人而与之以权，庶乎守令贤而民事理：此今日之急务也。

〖**注**〗

①孝建，南朝刘宋孝武帝刘骏年号；泰始，明帝彧（yù玉）年号。

②见《尚书·虞书·益稷篇》，篇尾有三段歌辞，一段是"股肱喜哉！元首起哉！百工熙哉！"一段是"元首明哉！股肱良哉！庶事康哉！"又一段即上引之辞，三段形成对比。

③明制，吏部四司：文选司、验封司、稽勋司、考功司。

〖**讲**〗

顾炎武在以前的三段（"知县"、"知州"、"知府"）中，用类辑的方法，讲了自唐末宋初以来，中央以外三个层次的地方官官名的由来，及其寓意。在这一段里，他要"下学而上达"了。试看，这段有不少语气，非常微妙。一开头"所谓天子者"，在封建时代就很不寻常，已故学者侯外庐在其《中国思想通史》中对此曾发过很长的议论。顾氏在这一段中，又一次谴责明朝中央集权过于利害，致使地方官（知县、知州、知府）简直失去了发挥主动作用的馀地。选拔人才、任命人才，在上边，全操在吏部考功司的主事、员外郎们手里；在下边，就靠胥吏办事，办事之中夹杂着很多捣鬼。他引用一段《尚书》中的歌词，妙极了。大意说上头乱死了，底下坏死了，中间闲死了。这就是严厉指斥当时的时政。同时代黄宗羲的《明夷待访录·胥吏》一节（见《黄宗羲全集》第1册页41～43)，可与本段并比阅读。

亭

秦制十里一亭，十亭一乡（《风俗通》曰，“汉家因秦，大率十里一亭。亭，留也。盖行旅宿会之所”。）以今度之，盖必有居舍，如今之公署。郑康成《周礼·遗人·注》曰，“若今亭有室矣。”故霸陵卫止李广宿亭下[①]，张禹奏请平陵肥牛亭部处，上以赐禹，徙亭它所[②]。而《汉书·注》云，“亭有两卒，一为‘亭父’，掌开闭扫除；一为‘求盗’，掌逐捕盗贼。”[③]（任安先为求盗、亭父，后为亭长[④]）是也。（晋时有“亭子”。刘卞为县小吏，功曹衔之，以他事补亭子[⑤]。）又必有城池，如今之村堡。（今福建、广东，凡巡司皆有城。）《韩非子》，吴起为魏西河守，秦有小亭临境，起攻亭，一朝而拔之。《汉书》，息夫躬归国未有第宅，寄居丘亭，[⑥]奸人以为侯家富，常夜守之。《匈奴传》，见畜布野而无人牧者，怪之，乃攻亭。[⑦]《后汉书·公孙瓒传》，卒逢鲜卑数百骑，乃退入空亭[⑧]，是也。（咸宣怒其吏成信，信亡藏上林中。宣使郿令将吏卒阑入上林中蚕室门，攻亭，格杀信。[⑨]是上林中亦有亭也。）又必有人民，如今之镇集。汉封功臣有“亭侯”是也。亦谓之“下亭”，《风俗通》，鲍宣州牧行部多宿下亭是也[⑩]。其都亭，则如今之关厢，司马相如往临邛，舍都亭。（《史记·索隐》曰，郭下之亭也。《汉书注》（颜）师古曰，临邛所治，都之亭[⑪]。《后汉书》，陈实，尝为都亭刺佐。[⑫]）严延年母止都亭不肯入府[⑬]。何并斩王林卿奴头，并所剥建鼓置都亭下[⑭]。《后汉书》陈王宠有强弩数千张，出军都亭[⑮]。会稽太守尹兴使陆续于都亭赋民饘粥[⑯]。酒泉庞娥杀仇人于都亭。《吴志》，魏使邢贞拜（孙）权为吴王，权出都亭候贞[⑰]——是也。京师亦有都亭。《后汉书》张纲埋其车轮于洛阳都亭[⑱]；窦武召会北军五校士屯都亭[⑲]；何进率左右羽林五营士屯都亭[⑳]；王乔为叶令，帝迎取其鼓置都亭下：是也。蔡质《汉仪》[㉑]，洛阳二十四街，街一亭；十二城门，门一亭，人谓之“旗亭”；《史记·三代世表》褚先生言，与方士考功会“旗亭”下——是也[㉒]。（《西京赋》曰，“旗亭五重”，薛综《注》，旗亭，市门楼也，立旗于其上，故取名焉[㉓]。）后代则但有邮亭、驿亭之名，而失古者居民之义矣。（《晋书载记》，慕容垂请入邺城拜庙，苻丕不许，乃潜服而入亭；吏禁之，垂怒，斩吏烧亭而去。[㉔]是晋时尚有亭名。）

〖注〗

①见《汉书》卷54（中华本页2443）。

②见《汉书》卷81（中华本页3350）。

③见《史记》卷104《田叔列传》后“褚（少孙）先生曰”《正义》引“应劭曰”（中华本页2779）。

④出处同上注；《汉书》卷62、66中亦均提及任安。

⑤见《晋书》卷36《张华传》附（中华本页1077～1078）。

⑥见《汉书》卷45《息夫躬传》，“丘亭”有解作野亭者，（颜）师古曰空亭。

⑦见《汉书》卷94上《匈奴传》，此记汉武时攻马邑事（中华本页3765）。

⑧见《后汉书》卷73《公孙瓒传》（中华本页2358）。

⑨咸宣，“咸”一作“减”，见《史记》卷122（中华本页3152）、《汉书》卷90（中华本页3661），均在《酷吏传》。

⑩《风俗通》卷10《过誉》。

⑪见《汉书》卷57上（中华本页2530）。

⑫《后汉书》卷62（中华本页2065），陈实处东汉之末，进退有节，风格甚高。

⑬见《汉书》卷90《酷吏传》（中华本页3671～3672）。

⑭见《汉书》卷77（中华本页3266）。

⑮见《后汉书》卷50《孝明八王传》（中华本页1669）。

⑯见《后汉书》卷81《独行传·陆续传》（中华本页2682）。

⑰《三国志》《魏书》卷2《文帝纪》、《吴书》卷2《吴主传》均有邢贞事（页78、页1121～1122）。

⑱见《后汉书》卷56《张皓传》附（中华本页1817）。

⑲见《后汉书》卷69（中华本页2243）。

⑳同上注（页2246）。

㉑蔡质，蔡邕叔父，《汉官典职仪》，《平津阁》、《知服斋》、《汉学堂》丛书中皆有之。

㉒见《史记》卷13《三代世表》末“褚先生曰”（中华本页507）。

㉓见梁昭明太子《文选》卷2张衡《西京赋》薛琮注。

㉔《晋书》卷123《慕容垂载记》（中华本页3080～3081）。

〖讲〗

在这一段里没有“论”，没有“上达”，纯是“下学”，是一篇典型的考据。什么是考据？它是从一个人泛览群书的基础上，针对某一件事把有关史料从冗杂的史料堆中剔罗出来，系在一起，以企对这一事物达成更新一些、更精一些的认识。它纯粹使用归纳法，从普遍事实达成要证明的目的。所以又叫考证。在这里，顾炎武动用27条材料，从四个方面对汉、魏时期的“亭”有所说明。第一，他证明“亭”必有居处；略如馆舍（近代叫招待所），在这方面他动用了5条材料；第二，他证明“亭”，也必有围墙，略如堡寨，在这方面他动用了5条材料；第三，他证明“亭”所在处必有人民，略如宋及其以后之厢瓦，在这方面他动用了9条材料；第四，他证明京城也有“亭”，叫“都亭”，在这方面他动用了7条材料：外加邮亭1条。这是极普通的一段东西，但却说明问题。顾是很娴熟这种方法的，如他在《音学五书》的《唐韵正》中，为了证明某个字的古读与今读之不同，他不惜动用一二百条证据来进行证明，并且其所搜集材料来源之广泛也是惊人的，经、子、史、辞、赋、碑碣、医书、民谣……几乎无不包罗。但必须附加说明，考据也没有什么神秘的，清末民国以来，人们拿考据来作为显示自己、吓唬别人的手段，就不免无聊了。这样的人，至今还有。

社

“社”之名，起于古之国社、里社，故古人以乡为社。《大戴礼》，“千乘之国，受命于天子，通其四疆，教其书社。”①《管子》，“方六里名之曰社”②，是也。《左传·昭公二十五年》，“齐侯唁公曰，自莒疆以西，请致千社”③，《注》，“二十五家为社，千社二万五千家。”（《史记·孔子世家》：“冉有曰，虽累千社，夫子不利也。”④《索隐》曰：“二十五家为社”。）哀公十五年“齐与卫地自济以西、禚媚、杏以南书社五百。”⑤《晏子》，“景公予鲁君地，山阴数百社。”⑥又曰“景公禄晏子以平阴与藁邑反市者十一社。”⑦又曰，“昔吾先君恒公以书社五百封管仲，不辞而受。”⑧《荀子》“与之书社三百，而富人莫之敢距。”《战国策》“王使公子它谓赵王曰，大国不义，以告敝邑，而赐之二社之地。”⑨《商子》，汤、武之战，士卒坐陈者，里有书社。”《吕氏春秋》“武王胜殷，诸大夫赏以书社。”⑩又曰，“卫公子启方以书社四十下卫。”⑪又曰，

“越王请以故吴之地、江阴之浦，书社三百，以封墨子。[12]今河南、太原、青州乡镇，犹以社为称。

古者，春、秋祭社，一乡之人，无不会集。《三国志·注》，“蒋济为太尉，尝与桓范会社下”：[13]是也。《汉书·五行志》，“兖州刺史浩赏禁民私所自立社。”臣（薛）瓒曰“旧制，二十五家为一社；而民或十家、五家共为田社，是私社。”[14]《隋书·礼仪志》，“百姓二十五家为一社，其旧社及人稀者不限。后人聚徒结会，亦谓之社”[15]。万历末，士人相会课文，各立名号，亦曰某社、某社。崇祯中，有陆文升奏讦张溥等复社一事至奉旨查勘，在事之官，多被降罚。[16]《宋史·薛颜传》，耀州豪家李甲结客数十人，号“没命社”[17]。《曾巩传》章丘民聚党村落间，号“霸王社”。[18]《石公弼传》，扬州群不逞为侠于闾里，号“亡命社”[19]。而隋末谯郡贼有“黑社”、“白社”之名。《元史·泰定帝纪》，“禁饥民结‘扁担社’，伤人者杖一百。”[20]不知今之士人，何取而名此也?！天启以后，士子书刺往来，“社”字犹以为泛，而曰“盟”、曰“社盟”，此《辽史》之所谓“刺血友”也。

〖注〗

①见《大戴礼》（戴德传）《千乘》第68（《大戴礼记解诂》本）。

②见《管子·乘马篇》，“方六里名之曰社，有邑焉”，上文曰“无市，则民乏矣”，下文曰“立关市之赋”（据郭沫若《管子集校》），可见“社”的附近有贸易。

③《春秋左传》昭公二十五年，鲁昭公被逐，齐侯唁之，允致送行社（25000家人户的地面），昭公未受。

④见《史记·孔子世家》，季康子欲召孔子，孔子弟子冉有说，即使命一千社（25000家）地面也把老师收买不到。

⑤见《春秋左传》哀公十五年。

⑥参看吴刚虞《晏子春秋集释》页335，《内篇·杂上》第5卷第18篇。“山阴”指泰山之阴。鲁君使昭伯受地，昭伯未尽受，因有“不贪”之誉。

⑦参看上注引同书页407《内篇·杂下》第6卷第16篇。“反市”义，吴则虞未释。

⑧参看上引同书页411《内篇·杂下》第6卷第18篇，言管仲受赏而晏婴未受，晏以为仲之失而婴之得也。

⑨参看诸祖耿《战国策辑注汇考·秦策》（二）第15篇，此言赵原约联秦

攻齐，而齐以阳武之邑与赵，赵将背约，秦使云云。

⑩参看许维遹《吕氏春秋集释》卷15，页5《慎大览》篇。

⑪参看上注引同书卷16页11《先识览·知接》篇；事及齐桓公将死，公子启方（即开方）率四十社（1000家）民户奔降于卫；《管子·小称篇》则云七百社，将为17500家矣。

⑫参看上注引同书卷19，卷5～6《离俗览》，此言越王与墨子弟子公子上过之语。墨子辞不往。

⑬见《三国志·魏书》卷9《诸夏侯、曹传》裴松之《注》引桓范事（中华本页290）。蒋济、桓范会社下，似与应付司马懿政变有关。

⑭见《汉书》卷27中之下《五行志》（中华本页1413）。

⑮见《隋书》卷7《礼仪志》（中华本页141）。

⑯见《明史》卷288《张溥传》（中华本页7407）。

⑰见《宋史》卷299（中华本页9943）。

⑱见《宋史》卷319（中华本页10390）。

⑲见《宋史》卷348（中华本页11032）。

⑳见《元史》卷29《泰定纪》（中华本页660），时为泰定2年9月甲寅令。

〖**讲**〗

顾炎武在这里，只研究了“社”在历史衍变中的一个段落——“书社”。这已经是“社”的较晚形式了。这大体是战国时候。试看，顾首先引到《管子》书中“方六里为社”的话：《管子》书尽人皆知其非管仲、齐桓时人的作品，人们大体相信它是战国时齐人之所汇辑。即以晏子为名的《晏子春秋》，也绝非晏婴、齐景公时人的作品，而大体是战国末流居秦国的齐士之所纂辑。这些时代的“社”已经相当晚了，它正是血缘贵族统治严重崩溃、中央集权式的新型国家日新月异、蒸蒸日上的时候。这时候，“社”已经在蜕变之中，从原来管生产、管聚敛、管分配、管水利的民间组织，逐渐蜕变为新兴国家官吏结构中最下层的小人物。从前，“社”的执事者是农村公社的职员；现在，他们的身份已逐渐变为胥吏。生产、聚敛、分配、水利，也许还要管一点，但已没有农村公社的那种味道了。这样的“社”，就是“书社”。杨倞《荀子·仲尼篇·注》说，“书社”的涵义是“以社之户口，书于版图”，这已偏重于户口和治安的事情了，慢慢有辖区，就具有了与“乡”、“邑”类似的版图意味，成为新兴国家领土中的一个小小单位，所以才拿几个社、几十个社、一二百个社划归别的人和别的国家去。

在“书社”之前，有更民主些的农村公社；再之前，还有更原始些的祭祀祖先或神祇的“社”。在“书社”之后，特别到封建社会由其自身前期向其后期衍进时，具体说在宋和宋以后，“社”又变为人们组合的团体，包括农民反抗运动中组成的团体和知识分子的集会结社。这些，已是“社”最晚最晚的形式了，顾氏札记中也已有所列举，兹不赘。

第三辑

治　地

古先王之治地也，无弃地，而亦不尽地。田间之涂九轨[①]，有馀道矣。遗山泽之分，秋水多得有所休息，有馀水矣。是以功易立而难坏，年计不足而世计有馀。后之人，一以急迫之心为之，商鞅决裂阡陌，而中原之疆理荡然。宋政和以后[②]，围湖占江，而东南之水利亦塞（《宋史·刘韦合传》[③]，鉴湖为民侵耕[④]，官因收其租，岁二万斛。政和间涸以为田，衍至六倍。《文献通考》[⑤]，圩田、湖田，多起于政和以来。其在浙间者，隶应奉局；其在江东者，蔡京秦桧相继得之。大概今之田，昔之湖；徒知湖中之水可涸以垦田，而不知湖外之田将胥而为水也。）于是十年之中，荒恒六、七；而较其所得，反不及于前人。子曰，"无欲速，无见小利"[⑥]。夫欲行井田之法[⑦]，则必自此二言始矣。

〖注〗

①《周礼·冬官考工记·匠人》，"国中九经九纬，经涂九轨"，又"经涂九轨，环涂七轨，野涂五轨"。

②政和，北宋徽宗赵佶的年号之一，公元为1111～1118。

③见《宋史》卷446。有关文段存在一个字的校勘问题，即"官田收其租"，意不通，故中华本将"田"字校为"因"字。但《日知录》各种版本均仍"田"字不改。此处采中华本（页13162～13163）。

④鉴湖，又名镜湖，在浙江绍兴南3里。

⑤见马端临《文献通考》卷6《田赋考》。

⑥见《论语 · 子路篇》，孔子弟子子夏为莒父宰问为政，孔子云云，后文复曰“欲速则不达”。

⑦此句暗示顾炎武有恢复井田之意，黄宗羲《明夷待访录 · 田制》中亦有“井田可复”之意。此一讨论在清初掀起很大波澜，将在下文“讲”中详言之。

〖讲〗

顾炎武有两个重要的政治主张，一个是上文屡屡提到的“地方分权论”，即反对中央过分集权，主张地方分权。用当时十七世纪的说法，叫“复封建”；言外之意即“废郡县”。但顾氏并不主“废郡县”，他在《郡县论》(一)（见《亭林文集》卷1，标点本《顾亭林诗文集》页12）中以最清楚明白的语句陈述说，“知封建之所以变而为郡县，则知郡县之敝而将复变。然则，将复变而为封建乎？曰，不能。有圣人起，寓封建之意于郡县之中，而天下治矣。”此中似带一些折衷的气味；但弥漫在《日知录》若干条中，则是确定不够的“地方分权论”。

顾炎武的第二个政治主张，是本段中模糊提到的恢复井田之法。在另一条《后魏田制》中，他也称赞“口分世业之制”“有足为后世法者”。对井田制、均田制，他都有好感。同时的黄宗羲也有类似看法，他说世人反对行井田，理由是怕富民生乱；但他从“屯田”制度中得到启发，认为“屯田”和“民田”并存，互为折衷，“故吾于屯田之外，而知井田之必可复也”。(《黄宗羲全集》第一卷页26。) 其实，这些思想主张并没有什么奇怪，三国时的司马朗，明初的方孝儒、王叔英、解缙，明中叶的海瑞，不是都有类似的看法吗？再说，孙中山先生的“平均地权”，不过是这一系列思想主张中最后起、也最先进的罢了。

但到雍正年间，这却引起了轩然大波。由于吕留良、曾静、陆生枏案件的牵掣，雍正上谕中至于摘引陆氏封建郡县之论“封建之制，古圣人万世无弊之良规”，“于今害深祸烈，不可胜言，皆郡县之故”。(王氏《东华录》卷15雍正7年7月。) 这虽然不排除陆生枏思想在开始受了顾、黄影响的可能性，但陆显然把问题绝对化了很多，和顾黄之带有折衷气息者，不能认为是一码事。

到了民国年间，章太炎对此又发了一桩怪论，他说，“宋儒欲以封建井田致治，而明遗民乃欲以封建井田致乱。盖目睹胡人难去，惟方镇独立以分其权，社会均财以滋其扰，然后天下土崩，而孤偾易除也。……清雍正、乾隆二朝，亦能窥其微旨，故有言封建井田者，多以生今反古蒙戮。”(章氏《自述学术次第》，见《制言》半月刊，1936年9月。）太炎先生民族思想特别奋激，特别积极地参与"驱除鞑虏"的活动；但他把顾、黄封建井田之论，说成是使清朝统治者陷入崩溃的一种诡计，这未免太离奇。试想：顾、黄所计乃千百年生民之事，虽亦未始不盼望清朝站不住脚，但尚未幼稚到制成圈套。其次，即便有此圈套，雍乾之君，察察为明，岂肯胡里胡涂跳进此一圈套之中哉?!

话归本题：顾氏在这一节中，亦未免在三个方面欠缺考虑的弊病。三个方面是（一）人口的增长，（二）生产的发展，（三）阶级形势的逐渐严峻。不考虑或者少考虑这三个方面，自必或多或少或深或浅陷入"是古非今"的观点中去。古时候是农村公社时期，人口较稀，私有制尚未深化，土地相对显得宽广，故劳动者有其定额的分配土地，有集体的水利灌溉和早期蓄水库，等等。至于"经涂九轨"，不用说疑古派、即便信古派，也未见得尽信。商鞅坏井田、开阡陌，是历史的必然，不可谴咎。唐、宋以后，人口稠密了，生产发展了，剥削者（包括剥削者本身及其政治上的代表）的贪欲增大了，所以才有"十年之中，荒恒六、七"的现象。

至于"无欲速"、"无见小利"、"欲速则不达"这些原则，作为反冒进、反头脑发热，提一提则未始没有好处。但井田制、均田制的破坏，则是土地私有制深化的结果，不是什么速不速的问题。不过任何历史时代要制订经济规划，总要眼下与久远相结合，即便"年计不足"、只要"世计有馀"，就可列入规划。像现在河北地下水之日渐枯竭，就是只顾六十年代"年计"不顾"世计"的典型例子了。

斗斛丈尺

古帝王之于权量，其于天下，则五岁巡狩而一正之，《虞书》"同律度量衡"是也[①]；其于国中，则每岁而再正之，《礼记·月令》"日夜分，则同度量、钧衡石、角斗甬、正权概"是也[②]。（洪武初，命三日一次较勘斛斗秤尺。[③]）故"关石和钧"[④]，大禹以之兴夏；"谨权量，审法度"，[⑤]而武王以之造周。今北方之量，乡异而邑不同。至有以五斗为一斗者。一哄之市，两斗并行。至其土地，有以二百四十步为亩者，有以三百六十步为亩者，有以七百二十步为亩者。（《大名府志》有以一千二百步为一亩者。）其步弓[⑥]，有以五尺为步，有以六尺、七尺、八尺为步。此之谓"工不信度"者也[⑦]。夫法不一则民巧生。

有王者起，同权量而正经界，其先务矣。《后汉书》建武十五年诏下州郡，简核垦田顷亩及户口年纪。河南尹张伋及诸郡守十馀人坐度田不实下狱死。[⑧]而《隋书》赵煚为冀州刺史，“为铜斗铁尺，置之于肆，百姓便之。上闻，令颁之天下以为常法。”[⑨]倘亦可行于今日者乎?!

〖注〗

①见《尚书·虞书·舜典》，言东巡岱宗诸措施。

②见《礼记·月令》仲秋之月条下，原字句与引文稍不同，曰“日夜分，则同度量、平权衡、正钧石、角斗甬。”

③据王圻《续文献通考》，洪武元年，令兵马司并管市司，二日一次校勘街市斛、斗、秤、尺。“二日”与“三日”稍歧。

④见《尚书·夏书·五子之歌》，太康失国，昆弟五人，须于洛汭，作歌五章，此其第四章中语。

⑤见《论语·尧曰》，孔子言尧、禹、周诸先王为治。

⑥步弓，旧时代量地工具，形如弓，弦长五尺，为一步。

⑦见《孟子·离娄篇上》，原文说不仁者居位“朝不信道，工不信度，君子犯义，小人犯刑”。

⑧《后汉书》卷1下《光武本纪》，建武十五年六月诏下州郡检核垦田顷亩；十六年九月，河南尹张伋及诸侯郡守十馀人，坐度田不实皆下狱死（中华本页66)。

⑨见《隋书》卷46《赵煚传》(中华本页1251)，又《北史》页2565同。

〖讲〗

这段札记，只是顾炎武氏后面连续若干条《札记》的一段“引子”。从度量衡问题引起，而最终是要落实到民生疾苦的粮税问题。但在这一条中，也不是没有内容的。北方度量衡制度之紊乱，顾氏做了反映，假如不是顾氏所到处都做调查研究，假如不是顾氏所读州府县志范围甚广，他就做不出这些反映。但顾氏在反映这些情况的同时，又一次流露了他自已“是古非今”、“颂古谴今”的情绪，我们作为后人，也只有领会到而已。

地亩大小

以近郭为“上地”，远之为“中地”“下地”，盖自金、元之末，城邑丘墟、人民稀少，先耕者近郭；近郭，洪武之“册田”也。后垦者远郊；远郊，继代之“新科”也。故重轻殊也。

《广平府志》曰，“地有‘大’、‘小’之分者，以二百四十步为亩、自古以来未之有改也。由国初（按，指明初）有‘奉旨开垦，永不起科’者，有因汙下碱薄而无粮者，今一概出作数，是以元（原）额地少、而丈出之地反多。有司恐亩数增多，取骇于上，而贻害于民，乃以‘大亩’该‘小亩’，取合元（原）额之数。自是上行造报，则用大地以投《黄册》[①]；下行征派，则用小亩以取均平。是以各县大地有以小地一亩八分折一亩、递增之至八亩以上折一亩，既因其地之高下而为之差等，又皆合一县之丈地，投一县之元额，以敷一县之粮科，而赋役由之以出，此后人一时之权宜尔。”考之他郡，如河南八府而怀庆地独小、粮独重，开封三十四州县而杞地独小、粮独重，盖由元末未甚残破，故独重于他郡邑。天下初定，日不暇给，度田之令、均丈之法，有所不及详。（解缙《大庖西封事》言[②]，“土亩之高下不均，而起科之轻重无别，或膏腴而税反轻，瘠卤而税反重”，是则洪武之时即已如此。）而中原之地，弥望荆榛，亦无从按亩而图之也。唐时陆贽有言，“创制之始，不务齐平，供应有烦简之殊，牧守有能否之异，所在徭赋，轻重相悬；所遣使臣，意见各异：计奏一定，有加无除。——此则致弊之端”。[③]古今一辙，而井地不均、赋税不平，固三百年于此矣。故《东昌府志》言，三州十五县步尺参差，大小亩规画不一，人得以意长短广狭其间；而《大名府志》谓，田赋必均而后可久，除沙茅之地别籍外，请檄诸州县长吏画一而度之，以钞准尺[④]，以尺准步，以步准亩，以亩准赋，仿江南“鱼鳞册”式而编次之[⑤]，旧所籍不齐之额悉罢去，而括其现存者均摊于诸州县之间，一切粮税、马草、驿传、均徭、里甲之类，率例视之。以差数百里之间，风土人烟，同条共贯矣。则知均丈之议，前人已尝著之，而今可通于天下者也。

《宋史》言，宋时田制不立，甽亩转易[⑥]，丁口隐漏，兼并冒伪，未尝考按。（《王洙传》，洙言，天下田税不均，请用郭谘、孙琳“千步开方法”颁州县[⑦]，以均其税[⑧]。）又言，宣和中，李彦置局汝州，凡民间美田，使他人投牒告陈，指为“天荒”，鲁山阖县尽括为公田，焚民故券，使田主输租，诉者辄加威刑。公田既无“二税”，转运使亦不为奏除，悉均诸他州（《宦者传》⑨）。是则经界之不正、赋税之不均，有自宋已然者，又不独金、元之季矣。

〖注〗

①明洪武14年，诏天下编赋役黄册。以110户为一里，里编一册。上户部者，以黄纸为封面，故名。十年更定一次。后黄册年久渐失效，又有“白册”。

②见解缙《文毅集》（又名《春雨斋集》）卷1。

③见陆贽《翰苑集》（又名《陆宣公奏议》）卷22。

④洪武定制，“大明宝钞”长一尺、广六寸，故以钞长准尺。

⑤洪武12年，命国子生等分行州县，量度田亩，编为字号，皆书田主姓名，及田之丈尺，曰“鱼鳞册”。黄册以户为主，鱼鳞册则以田土为主。

⑥田畎（quán全，上声）：田沟。

⑦郭谘，《宋史》卷326有传，言其有在洺州肥乡“除无地之租四百家，正无租之地百家。”（中华本页10530。）

⑧见《宋史》卷294（中华本页9816）。

⑨见《宋史》卷468《宦者传·杨戬戏》（中华本页13664）。

〖讲〗

大体说来，中国封建社会时期（特别是其后期）中，田土不均、粮赋不均，是一个长期与土地私有制、与地主农民阶级对立形势相伴随的问题，封建制自身不能解决。农民战争来了，在某种程度上解决一下，农民战争失败后又复旧了；出现一个好皇帝，又在某种程度上调解一下，另一个坏皇帝上台又复旧了。复旧之外，还有变本加厉。所以宋朝才有王安石变法，明朝才有一二百年间讨论的“一条鞭法”。“一条鞭法”是一个总名，各不同时间内、不同地域内实行的，各有各的细则。顾炎武在这一节中说的，也是明朝人普遍谈论均田、均赋诸议论中的一个插曲。

顾氏是史学家，又周历北方二三十年，他懂得的比较多。在这一节中，他指出形成北方田土粮赋不均的两个历史根源。其一是洪武政令的副作用。当年朱元璋看到元末生产凋弊，鼓励开垦荒地，答应“永不起科”，其动机是好的，当时效果也好。可是多少年过去了，情况发生变化，册籍上登记的数字少，而重新丈量后的数字多，地方官弄虚作假惯了的，就按“大亩”上报，按“小亩”向下摊派税粮，这样把情况复杂化，也便于地主、胥吏钻空子。这不仅河北广平府如此，江北淮安府此类情况，亦甚严重。其二是元朝末年战事频仍，对生产有破坏严重的地方，有破坏不严重的地方，明初草草建立政权，无暇精密丈量，粗率地派个数字，这个数字就因循下来，造成人民粮税负担不合理的现象。顾氏亲历这些情景，把它写了出来，作为"一条鞭法"势必推行的一种言论助力。至于文末所提北宋徽宗时杨戬手下狗腿子在临汝、鲁山所干，又是另一码事。这件事显示地主政权上层建筑在个别情况下，会不是维护它的经济基础，而是破坏这个经济基础——地主土地私有制了。这些狗腿子把地主转化为国家的佃农。这种事，虽然个别，但也很有意思。

州县赋税

王士性《广志绎》曰，[①]天下赋税，有土地肥瘠不甚相远、而征科乃至悬绝者，当是国初草草未定画一定制、而其后相沿不敢议耳。如真定之辖，五州二十七县，苏州之辖，一州七县；无论所辖，即其广轮之数，真定已当苏之五。而苏州粮二百三万八千石，真定止一十万六千石。然犹南北异也；若同一北方也，河间之繁富，二州十六县；登州之贫寡，一州七县，相去殆若莛楹，而河间粮止六万一千；登州乃二十三万六千。然犹直隶、山东异也；若在同省，汉中二州十四县之殷庶，视临洮二州三县之冲疲易知也；而汉中粮止三万，临洮乃四万四千。然犹各道异也；若在同道，顺庆不大于保宁，其辖二州八县均也，而顺庆粮七万五千，保宁止二万。然犹两郡异也；若在一邑，则同一西南充也，而负郭十里，田以步计，赋以田起；二十里外，则田以绳量，不步矣；五十里外，田以约计，不绳矣。官赋无定数，私价亦无定估，何其悬绝也?！惟是太平日久，累世相传，民皆安之，以为固然，不自觉耳。夫王者制邑居民，则壤成赋，岂有大小轻重不同，若此之甚哉?！且以所辖州县言之，真定三十二，西安三十六，开封、平阳各三十四，济南三十，成都三十一，而镇江、松江、太平止三县，汉阳、兴化止二县。其直隶之州，如徐州、泽州之四县，郴州之五县，嘉定之六县，潼川之七县，俨然一府也；而其小者，或至于无县可辖。且明初之制，多因元旧。平阳一路，共领九州，殆据山西之半；而洪武二年，始以泽、潞、辽、沁四州，直隶山西行省；而今尚有五州。若蒲州，自古别为一郡，屡次建言，皆为户部所格。归德一州，向属开封，至嘉靖二十四年，始分为府。天下初定，日不暇给，沿元之非，遂至二、三百年。

(崔铣言[②]，今之郡，大者千里，属邑数十，为长者名数且不能悉，奚望其理也?! 宜令大郡不过四百里，邑百里。)然则后之王者，审形势以制统辖，度辐员以界郡县，则土田以起，征科乃平。天下之务先，不可以虑始之艰，而废万年之利者矣。

〖注〗

①王士性，临海人，万历进士，《明史》卷223《王宗沐传》附传。著有《广志绎》、《黔志》、《豫志》及《五岳游草》等。《广志绎》5卷、杂志1卷，《四库》有存目。中华书局81年有点校本，与顾引出入较多。

②崔铣，安阳人，弘治进士。著作甚多，有《文苑春秋》、《读易馀言》《彰德府志》等。《明史》卷282有传。

〖讲〗

这一节不是考据，不是归纳一系列材料来说明某个问题。看起来，顾炎武仿佛很欣赏比他自己略早一点的王士性和他在《广志绎》中的这一大段文章。这不是无病呻吟的文章，不是风花雪月的文章，而是经世济用的文章，有数字的统计和比较，以见州县幅员之不均平。幅员不均平，人口也就不会均平，生产量也不会均平。可是严重的是，粮税却不按这种不均平来订定，而是按“国初”洪武“祖宗之法”来办理，二三百年积累下来，事情就越来越不合理了。制度的不合理，任何历史时代都有，但要随时修改调整，不能使这种不合理长期衍续，甚至变本加厉。

再者，这样的“条条”对我们初教通史的中青年老师们，也富有教益。不要认为州和州差不多，县和县差不多，粮税在州、县间也差不多，带着这样的想法，加以近四十年来大家在追求历史的规律性方面很努力，但规律性假如不结合历史现象的多样性与复杂性（如本段札记所显示的），那么讲出来的规律性，会变成空洞的条条框框，就难怪学生听课不用心、不发生兴趣了。

州县界域

自古以来，画疆公邑，必相比附，天下皆然。乃今则州县所属乡村，有去治三、四百里者，有城门之外即为邻属者，则幅员不可不更也。下邽在渭北，而并于渭南；美原在北山，而并于富平。若此之类，俱宜复设。而大名县距府七里，可以省入元城，则大小不可不均也。管辖之地，多有隔越，如南宫（属真定）威县（属广平）之间，有新河县（属真定）地；清河（属广平）威县之间，有冠县（属东昌）地；郓城（属兖州）范县（属东昌）之间，有邹县（属兖州）地；青州之益都等县，俱有高苑地；淮安之宿迁县，有开封之祥符县地；大同之灵丘、广昌二县中，间有顺天之宛平县地。或距县一、二百里，或隔三、四州县，薮奸诲逋，恒必由之。而甚则有如沈丘（属开封）之县署、地粮，乃隶于汝阳（属汝宁）者，则错互不可不正也。卫所之屯，有在三、四百里之外，与民地相错，浸久而迷其版籍，则军、民不可不清也。水滨之地，消长不常，如蒲州之西门外三里，即以补朝邑之坍，使陕西之人，越河而佃，至于争斗杀伤，则事变不可不通也。《周礼·形方氏》掌制邦国之地域而正其封疆[①]、无有华离之地[②]。有王者作，谓宜遣使分按郡邑，图写地形，奠以山川，正以经界，地邑民居，必参相得，庶乎狱讼衰而风俗淳矣。

〖注〗

①见《周礼·夏官司马》。

②《周礼注疏》云，郑玄曰，“华”，读如㼌，苦蛙反。贾公彦《疏》曰，地有㼌邪离绝、递相侵入；不正，故今正之。“㼌”者，两头宽、中狭；“邪”者，一头宽、一头狭。《周礼》所指，似为井田制下的方块田而言者，与后世之鱼鳞状田块不是一码事。

〖讲〗

这一段是和前一段连在一起的，不过前一段是顾氏长篇摘录了王士性所反映的州县幅员设置之不均平、不合理，而这一段则是顾氏亲自收集的资料，说明这种设置的不合理会导致斗殴杀伤事故，甚至可以成为藏奸逋逃的渊薮。置不调理的后果，会是很严重的。由于地主和官府的勾结各谋私利，也由于官吏的官僚主义，历代不合理现象都很多，如唐代在吐鲁番地区推行均田，高昌之民所授田土竟在柳中县与交河县境，距受田户之家百里之遥，迫使受田户将自己所受田土出租，另佃入他人所授之田。其不合理有如此者。从这些历史的多样性表现中，往往可以使我们对历史规律性认识更加丰富。

苏松二府田赋之重

丘浚《大学衍义补》曰[①]，韩愈谓，赋出天下，而江南居十九。以今观之，浙东、西又居江南十九，而苏、松、常、嘉、湖五府又居两浙十九也。考洪武中（据《诸司职掌》）[2]，天下夏税、秋粮以石计者，总二千九百四十三万馀，而浙江布政司二百七十五万二千馀，苏州府二百八十万九千馀，松江府一百二十万九千馀，常州府五十五万二千馀，是此一藩三府之地，其田租比天下为重，其粮额比天下为多。今国家都燕，岁漕江南米四百馀万石以实京师；而此五府者，几居江西、湖广、南直隶之半。臣窃以苏州一府计之，以准其馀。苏州一府七县（时未立太仓州），其垦田九万六千五百六顷，居天下八百四十九万六千馀顷田数之中，而出二百八十万九千石税粮，于天下二千九百四十馀万石岁额之内：其科征之重、民力之竭，可知也已。

杜宗桓上巡抚侍郎周忱书曰：[3]五季钱氏税两浙之田[4]，每亩三斗；宋时均两浙田，每亩一斗（宋淳祐元年鲍廉作《琴川志》曰[5]，国初，尽削钱氏白配之目，遣右补阙王永、高象先各乘递马均定税数[6]，只作中、下二等。中田一亩，夏税钱四文四分，秋米八升；下田一亩钱三文三分，米七升四合。取于民者，不过如此。自熙〔宁〕〔元〕丰更法，崇〔宁〕〔大〕观多事，靖〔康〕〔建〕炎军兴，随时增益。然则宋初之额，尚未至一斗也。）元入中国，定天下田税，上田每亩税三升，中田二升半，下田二升，水田五升。（《元史·耶律楚材传》。）至于我太祖高皇帝受命之初，天下田税亦不过三升、五升，而其最下有三合、五合者。于是天下之民，咸得其所。独苏、松二府之民，则因赋重而流移失所者，多矣！今之粮重去处，每里有逃去一半上下者。请言其故：国初籍没土豪田租，有因张氏义兵而籍没者[7]，有因虐民得罪而籍没者[8]；有司不体圣心[9]，将没入田地，一依租额起粮，每亩四五斗、七八斗、至一石以上：民病自此而生。（《宋史》言，建炎元年，籍没蔡京、王黼等庄以为官田，减租三分[10]；洪武初，未有以此故事上言者。）何也？田未没入之时，小民于土豪处还租，朝往暮回而已。后变私租为官粮，乃于各仓送纳，运涉江湖，动经岁月，有二、三石纳一石者，有四、五石纳一石者，有遇风波盗贼者，以致累年拖欠不足。（王叔英《疏》亦言，输之官仓，道路既遥，劳费不少；收纳之际，其弊更多；有甚于输富民之租者[11]。自洪武时已然矣。）愚按：宋华亭一县，即今松江一府，当绍熙时秋苗止十一万二千三百馀石[12]；景定中[13]，贾似道买民田以为公田，益粮一十五万八千二百馀石；宋末官民田地税粮共四十二万二千八百馀石，量加圆斛；元初田税比宋尤轻，然至大德间没入朱清[14]、张瑄田[15]，后至元间，[16]又没入朱国珍、管明等田，一府税粮至有八十万石；迨至季年，张士诚又并诸拨属财赋府、与夫营、围、沙、职、僧道、站役等田；

至洪武以来，一府税粮共一百二十馀万石。租既太重，民不能堪，于是皇上怜民重困，屡降德音，将天下系官田地粮额递减三分、二分外（即宣德五年二月癸巳诏书[17]），松江一府税粮尚不下一百二万九千馀石。愚历观往古，自有田税以来，未有若是之重者也！以农夫蚕妇冻而织、馁而耕，供税不足，则卖儿鬻女；又不足，然后不得已而逃，以至田地荒芜，钱粮年年拖欠。向蒙恩赦，自永乐十三年至十九年，七年之间所免税粮不下数百万石；永乐二十年至宣德三年，又复七年，拖欠、折收、轻赍，亦不下数百万石。折收之后，两奉诏书敕谕，自宣德七年以前，拖欠粮草、盐粮、屯种子粒、税丝、门摊、课钞，悉皆停征。前后一十八年间，蠲免、折收、停征，至不可算。由此观之，徒有重税之名，殊无征税之实。……

吴中之民，有田者什一，为人佃作者十九。其亩甚窄，而凡沟渠道路皆并其税于田之中。岁仅秋禾一熟，一亩之收，不能至三石；（凡言'石'者，皆以官斛。）少者不过一石有馀。而私租之重者，至一石二、三斗：少亦八、九斗。佃人竭一岁之力，粪壅工作，一亩之费可一缗[18]；而收成之日，所得不过数斗；至有今日完租而明日乞贷者。故既减粮额，即当禁限私租。上田不得过八斗，如此，则贫者渐富，而富者亦不至于贫。《元史·成宗纪》至元三十一年十月辛巳（时成宗即位），江浙行省臣言，陛下即位之初，诏蠲今岁田租十分之三；然江南与江北异，贫者佃富人之田，岁输其租；今所蠲特及田主，其佃民输租如故，则是恩及富室，而不被及于贫民也。宜令佃民，当输田主者，亦如所蠲之数。从之。[19]（明朝宣德十年五月乙未刑科给事中年富亦有此请。[20]）大德八年正月己未诏，江南佃户私租太重，以十分为率，普减二分，永为定例[21]。前一事为特恩之蠲，后一事为永额之减，而皆所以宽其佃户也。是则厚下之政，前代已有行之者。

汉武帝时，董仲舒言，或耕豪民之田，见税什五[22]。唐德宗时陆贽言，今京畿之内，每田一亩，官税五升；而私家收租，有亩至一石者：是二十倍于官税也。降及中等，租犹半之。夫土地，王者之所有；耕稼，农夫之所为；而兼并之徒，居然受利。望令凡所占田，约为条限，裁减租价，务利贫人[23]。仲舒所言，则今之"分租"；贽所言，则今之"包租"也。然犹谓之"豪民"，谓之"兼并之徒"；宋以下，则公然号为"田主"矣。

〖注〗

①邱濬，明琼山人，景泰进士，《明史》卷181有传。著述多种，《大学衍

义补》为增补宋末真德秀《大学衍义》而著，书160卷，此段在卷24。

②《诸司职掌》是晚明一时流行的政书，后世未见收录。

③杜宗桓，《明史》无传，可能是常熟县地方人士。周忱，《明史》卷153有传，吉水人，永乐进士，宣德中为工部右侍郎，巡抚江南。杜上书恐在此时。

④钱氏，指五代时之吴越国，自钱镠（liu留）创业，至钱俶归宋，祖孙兄弟据江浙70余年。

⑤《琴川志》为常熟地方志书。常熟，县治前后有七横港，西出虞山，东入运河，如琴之七弦，故名。

⑥王永为王珪曾祖，珪《宋史》卷312有传，传首有永事（见中华本页10241）。

⑦张氏，指张士诚。《明史》卷123有传。士诚泰州人，以贩盐为业，盐丁苦于重役，而起事，推士诚为首。称王号。后为徐达所俘，至金陵自缢。

⑧所谓“虐民得罪者”，或指沈万三（松江）、史有为（嘉兴）、黄旭（苏州）、纪定（湖州）等。

⑨“有司不体圣心”云云，是杜宗桓曲笔，时在宣德，上距洪武不远，不敢直指皇帝。

⑩见《宋史》卷173（《食货志》上一）（中华本页4191）。减租，《宋史》作“二分”，顾氏作“三分”。

⑪王叔英，明初，黄岩人。建文时为翰林修撰，“靖难”兵至，自缢。此见所著《静学文集》。

⑫绍熙，南宋光宗年号（当公元1190～1194）。

⑬景定，南宋理宗年号（当公元1260～1264）。

⑭大德，元成宗年号（当公元1297～1307）。

⑮朱清、张瑄事，见柯绍忞（凤荪）《新元史》卷182。

⑯元代有两至元年号，一为世祖年号（当公元1264～1294），一为惠宗（顺帝）年号（当公元1335～1340）。

⑰见《明实录·宣德实录》卷63。

⑱缗（mín民）：量词，一贯（一千文）。

⑲㉑分见《元史》卷18、21《成宗纪》一、四（中华本页387、457）。

⑳见《明实录·英宗实录》卷5。

㉒见《汉书》卷24《食货志》上（中华本页1137）。

㉓见《陆宣公奏议》卷22。

〖讲〗

这是顾炎武《日知录》千余条《札记》中最长的一条，全条分八个段，5000馀字。（《日知录》中最短的一条，只有9个字，即卷13“召杀”条，文曰：“巧召杀；忮召杀；吝召杀。”）此处选取八段中之前两段与后两段，前者言官田之粮，后者言私田之租。是研究明清之际江浙（旧称苏〔州〕、松〔江〕、嘉〔兴〕、湖〔州〕、杭〔州〕）地区“重税”问题的重要依据资料。

在言官田粮税之重的几个段落里，顾氏钞引了景泰、天顺年间邱浚《大学衍义补》中的一段重要典型材料，和宣德年间周忱担任江南巡抚时常熟地方人士给他的一封“上书”，“上书”中虽不无曲笔，但总的叙述是好的，以一个地方人士的身份说清楚了“重税”的根源。兼以顾氏以一个历史学家的身份，又增加进去了汉、唐、宋、元的若干历史比照，更能增加阅读者的理解。

顾氏在写了官田税粮之重之馀，最难得的，是又写了江东地主私租之重。并且他把这二者联系在一起了。在一段未被我们引录的文段中顾氏写道，“嘉靖二十六年，嘉兴知府赵瀛创议，田不分‘官’‘民’，税不分‘等’‘则’，一切以三斗起征。苏、松、常三府从而效之，自官田之七斗、六斗，下至民田之五升，通为一则。国家失累代之公田，而小民乃代官佃纳无涯之租赋。事之不平，莫甚于此！”像这些文段，都反映顾氏以一个昆山、常熟出身的缙绅地主人物，在科学研究面前，能够游离开地主阶级的阶级局限性，写出了官田重税的沉重负担到头来还是转嫁到农民身上的惨重史实。所以他严肃提出“故既减粮额，即当禁限私租”，这几句话，在十七世纪写出来是不容易的，带有时代的民主气息。

顾氏虽然限于时代局限，还不可能懂得人类财产私有制的逐渐深化；但他已经摸索到问题的边沿了。试看他谈，汉代把土地私有者叫“豪民”（按，有时又叫“豪强”、“豪猾”，意为不遵法规，欺压小民之人），唐代把土地私有者叫“兼并之徒”，到宋代则公然号为“田主”矣。这就是土地私有权在封建社会中的逐步深化和合法化。

为了帮助读者深入钻研这个问题，请参读梁方仲《近代田赋史中的一种奇异制度及其原因》（《大公报·史地周刊》）第23期，1935）及周良宵《明代苏松地区的官田与重赋问题》（《历史研究》1957年第10期）。

纺织之利

今边郡之民，既不知耕，又不知织。虽有材力，而安于游惰。华阴王弘撰著议[①]，以为延安一府，布帛之价贵于西安数倍，既不获纺织之利，而又岁有买布之费，生计日蹙，国税日逋，非尽其民之惰，以无教之者耳。今当每州县发纺织之具一副，令有司依式造成，散给里下；募外郡能织者为师。即以民之勤惰工拙，为有司之殿最。一二年间，民享其利，将自为之，而不烦程督矣。计延安一府，四万五千馀户，户不下三女子，固已十三万馀人，其为利益，岂不甚多?！[②]按《盐铁论》曰，边民无桑麻之利，仰中国丝絮而后衣之，夏不释复，冬不离窟，父子夫妇，内藏于专室土圜之中。[③]崔实《政论》曰，仆前为五原太守，土俗不知缉绩，冬积草伏卧其中，若见吏以草缠身，令人酸鼻（今大同人多是如此。妇人出草，则穿纸裤，真所谓"倮虫"者也）。吾乃卖储跱得二十馀万[④]，诣雁门、广武迎织师，使巧手作机，乃纺以教民织。（《后汉书》采入本传）。[⑤]）是则古人有行之者矣。《汉志》有云，冬，民既入，妇人同巷相从夜绩，女工一月得四十五日[⑥]。"八月载绩，为公子裳"[⑦]，豳之旧俗也。率而行之，富强之效，淳庞之化，岂难致哉?！

〖**注**〗

①王弘撰，字无异，号山史，陕西华阴人。顾炎武晚年有"关中三友"，即李颙（二曲）、李因笃（天生）与王弘撰。可参读拙著《顾亭林与王山史》一书之下部《王山史年谱》。

②见《砥斋集》卷三。

③参读王利器《盐铁论校注》卷3《轻重篇》第14。

④储跱，据《汉书·注》储，积也。跱，具也。犹言蓄备。

⑤见《后汉书》卷52《崔马田传》附（中华本页1730）。

⑥见《汉书·食货志》（中华本页1121），"一月得四十五日"据颜师古注，白天工作一月三十日，加半个夜晚工作一月十五日，故为四十五日也。

⑦《诗·豳风·七月》第三章，原文曰"八月载绩，载玄载黄，我朱孔阳，为公子裳。"

〖**讲**〗

从这一节起，我们将陆续引录《日知录》卷10中相邻近的几个段落，"纺织”、“马政”、“驿传”等。对于这些段落，需要说明的是，它们并不是《日知录》中最精彩的或者比较精彩的。倒勿宁说，是比较一般的。那么，为什么选呢？动机有二，其一是，这几段显示了顾炎武或其他诸遗民学者最最关心的“经世济用”的问题；其二是，像前文提过几次的，一位大学历史系毕业生被分配去教大学一年级或高中毕业班的通史时，这些文段是帮助他们“打个底子”最需要的东西。所以，我们将这几段选入了。

马　政

“析因夷澳”[①]，先王之所以处人民也。“日中而出，日中而入”（左氏庄公二十九年《传》）[②]，先王之所以处厩马也。

汉晁错言，令民有车骑马一匹者，复卒三人[③]，（师古曰，当为卒者，免其三人；不为卒者，复其钱。[④]）文帝从之。故文、景之富，众庶街巷有马，仟佰（阡陌字同）之间成群；乘牸牝者，摈而不得会聚（《汉书 · 食货志》。）若乃塞之斥也，桥桃致马千匹。（《货殖传》。）[⑤]班壹避地于楼烦，致马牛羊数千群（《叙传》）[⑥]。则民间之马，其盛可知。武帝轮台之悔，乃修《马复令》。（复卒三人之令，《西域传》。）[⑦]唐玄宗开元九年诏，天下之有马者，州县皆先以邮递军旅之役，定户复缘以升之。百姓畏苦，乃多不蓄马，故骑射之士，减曩时。自今诸州民，勿限有无荫，能家畜十马以下，免帖驿邮递征行；定户，无以马为赀。（《唐书 · 兵书》。）[⑧]古之人君，其欲民之有马如此。惟魏世宗正始四年十一月丁未禁河南畜牝马。[⑨]（《魏书 · 本纪》，延昌元年六月戊寅，通河南牝马之禁。）[⑩]元世祖至元二十三年六月戊申括诸路马；凡色目人有马者，三取二；汉民悉入官；敢匿、与互市者，罪之。（《元史 · 本纪》。）[⑪]《实录》言，永乐元年七月丙戌上谕兵部臣曰，比闻民间马价腾贵，盖禁民不得私畜故也。汉文、景时闾里有马成群，民有即国家之有。其榜谕天下，听军民畜马勿禁。又曰，三、五年后，庶几马渐蕃息[⑫]。此承元人禁马之后，故有此谕。而洪熙元年正月辛巳上申谕兵部，令民间畜官马者，二岁纳驹一匹，俾得以馀力养私马。[⑬]至宣德六年，有陕西安定卫土民王从仪畜马蕃息，数以来献[⑭]，此则小为之而小效者也。然未及修汉、唐复马之令也。

〖**注**〗

①见《尚书 · 尧典》，有“厥民析……厥民因……厥民夷……厥民澳……”，

括为“析因夷澳”。意为按年龄老幼安排人民的生活和劳动。

②《左传·杜预注》曰，日中，春、秋分也。意思是春分以后，让马多离开马厩，到地里干活；秋分以后，就要较长时间停在厩棚里。

③见《汉书》卷24上《食货志》（中华本页1133）。

④同上注（中华本页1134）。

⑤见《汉书》卷91《货殖传》（中华本页3693）。桥桃，颜师古曰姓桥名桃，因国家斥开边塞，故得恣其畜牧，马千匹，牛倍之，羊万。

⑥见《汉书》卷100上（中华本页4197）。

⑦见《汉书》卷96下（中华本页3914）。“复”，免徭役；“马复”，言养马可以免徭役。

⑧见《新唐书》卷50《兵志》（中华本页1338）。

⑨见《魏书》卷8《世宗纪》正始4年11月（中华本页205）。

⑩同上《注》（中华本页212）。

⑪见《元史》卷14《世祖纪》至元23年6月（中华本页290）。

⑫《明实录·永乐实录》卷21。

⑬《明实录·洪熙实录》卷6。

⑭《明实录·宣德实录》卷78，此为宣德6年4月丙辰事。

〖讲〗

马政，在历届王朝中，都是一件大事。第一，国家需要骑兵，而骑兵不可缺少马；第二，国家需要信息的传递，而传递在旧时代主要靠马；第三，社会生活包括农业生产，马牛骡都是需要的；第四，历代周边少数民族在畜牧方面较中原以农业为主的汉人，一直处在领先地位，如何从周边交换到马，也是历代统治者很花费心思的问题。所以，顾炎武在《日知录》中写“马政”一条，是切合“经世济用”的原则的。但不晓得由于什么原因，这一条写的比较粗略，如（一）宋代废除设在各地的“监”（官马场），将马摊到民间养育，这是由汉唐向明朝发展过程中的一个大转折点，而本条札记未提；（二）对于人民养马，历朝政府可以采取几种不同的态度，如禁断；鼓励；作为一种徭役进行剥削。本条札记，主流是记载了鼓励，也提到了禁断，对徭役性质，则未提及，是一缺憾。

其实，在作者本人纂辑的《天下郡国利病书》里，在“北直隶”（今河北）部分里倒记载了一些情况。如在讲到“广平牧马”一段中，他写道“绍圣

(按，北宋哲宗年号)初，韩筠等建议，请以牧田募民，授田一顷者为官牧一马，而蠲其租，于是始行给地牧马之政”，“洪武……之法，五户共养马一匹，五匹为一群，立群头一人；五群立群长一人，每年纳一驹。”这就成为一种徭役了。在上引同书同卷中，又引录文安县人纪克家的一篇文章，其中记载说“寄养马，薄地四顷养一马，旱则水草不充，一遭淹没，家且浮矣，而况于马?！故往往有系之公门而去者”(以上均见《天下郡国利病书》卷4)。作者既然掌握了这些材料，为何不写进来?这只好存疑了。

驿　传

《续汉舆服志》曰，驿马三十里一置。[①]《史记》田横乘传诣洛阳，未至三十里，至尸乡厩置[②]，是也。唐制亦然。(《唐书·百官志》，凡三十里有驿。)[③]白居易诗“从陕至东京(今陕州至河南府)，山低路渐平，风光四百里(在今代为三百里)，车马十三程”是也[④]。(桑维翰对晋高祖言，大梁距魏不过十驿。[⑤])其行或一日而驰十驿，岑参诗，“一驿过一驿，驿骑如星流，平明发咸阳，暮及陇山头。”[⑥]韩愈诗“衔命山东抚乱师，日驰三百自嫌迟”是也[⑦]。(天宝六载敕，自今左降官日驰十驿以上。[⑧])又如天宝十四载十一月丙寅，安禄山反于范阳；壬申，闻于行在所，时上在华清宫，六日而达。至德二载九月癸卯广平王收西京[⑨]；甲辰，捷书至行在，时上在凤翔府，一日而达。而唐制，赦书日行五百里，则又不止于十驿也。古人以置驿之多，故行速而马不弊。后人以节费之说[⑩]，历次裁并，至有七、八十里而一驿者，马倒官逃。职此之故，曷一考之前史乎?！(且如通州潞河驿四十里至夏店驿，五十里至公乐驿，五十里至蓟州渔阳驿。今以夏店、公乐二驿并于三河，则一驿七十里矣，岂不劳乎?！又如定州永定驿五十里至西乐驿，四十五里至伏城驿，四十里至真定府恒山驿，犹仍旧贯。使并为三驿，亦必不堪其弊矣。)

〖**注**〗

①《后汉书·舆服志》上(中华本页3651)。

②参看《汉书》卷33《田横传》(中华本页1851)，《注》曰，尸乡，在偃师城西。“厩置”，谓置马以传驿。

③见《新唐书》卷46《百官志》(一)“兵部”部分之“驾部郎中”条下(中华本页1198)。

④见《白居易集》卷25，题曰《从陕至东京》。

⑤《资治通鉴》卷281（中华本页9172）。

⑥参看《岑参诗校注》卷2《初过陇山途中呈宇文判官》。

⑦参看《韩昌黎诗系年集释》卷12《镇州路上谨酬裴司空相公重见寄》。

⑧《全唐文》第1册，页309。

⑨广平王，唐肃宗长子，名豫，后继位为代宗。

⑩“裁驿”之事，起在崇祯2年。当时在驿路上假冒的事很多，官吏豪绅滥用驿传，开支过大。崇祯帝应御史们建议，裁减驿马驿夫三分之一，据说可省银十万两（参看李文治《晚明民变》页24～25）。

〖讲〗

历史现象，总是要表现它自身变异的多样性。三十里一驿，这是历史现象的主流；主流之外，尚有多样性表现。如“驿”之外，复有“塘”。尝见乾隆修《甘州府志》曰，三十里曰“驿”，四十里曰“塘”，取其递送之速。明末农民大起义时代，政府起义双方军报，均曰“塘报”，即含军用快递之意。再者，俞樾（曲园）引《诗·毛传》和《荀子·大略篇》有“吉行五十里”之句，可证古来有日行五十里之制，非仅三十里也（《日知录小笺》）。

第四辑

周末风俗

《春秋》终于敬王三十九年庚申之岁，西狩获麟；又十四年为贞定王元年癸酉之岁，鲁哀公出奔，二年卒于有山氏，《左传》以是终焉；又六十五年，威烈王二十三年戊寅之岁，初命晋大夫魏斯、赵籍、韩虔为诸侯；又一十七年安王十六年乙未之岁，初命齐大夫田和为诸侯；又五十二年显王三十五年丁亥之岁，六国以次称王，苏秦为从长：自此之后，事乃可得而纪。自《左传》之终以至此凡一百三十三年[①]，史文阙轶，考古者为之茫昧。如春秋时犹尊礼重信，而七国则绝不言礼与信矣；春秋时犹宗周王，而七国则绝不言王矣；（《史记·秦本纪》，孝公使公子少官率师会诸侯于逢泽以朝王。[②]盖显王时。）春秋时犹严祭祀、重聘享，而七国则无其事矣；春秋时犹论宗姓氏族，而七国则无一言及之矣；春秋时犹宴会赋诗，而七国则不闻矣；春秋时犹有赴告、策书[③]，而七国则无有矣。邦无定交，士无定主，此皆变于一百三十三年之间，史之阙文，而后人可以意推者也。不待始皇之并天下，而文、武之道尽矣。（李康《运命论》云，文簿之弊，渐于灵、景；辨诈之伪，成于七国。[④]）驯至西汉，此风未改。故刘向谓其承千岁之衰周[⑤]，继暴秦之馀弊，贪饕险诐，不闲义理；观夫史之所录，无非功名势利之人、笔札喉舌之辈，而如董生之言正谊明道者，不一二见也。盖自春秋之后至东京[⑥]，而其风俗稍复乎古，吾是以知光武、明、章，果有变齐至鲁之功，而惜其未纯乎道也。自斯以降，则宋庆历、元祐之间为优矣[⑦]。嗟乎！论世而不考其风俗，无以明人主之功；余之所以斥周末而进东京，亦《春秋》之意也。

〖注〗

①这些年头，其公元年数，列之于下：

公元前481（周敬王三十九），西狩获麟；公元前468（周贞定王一），鲁哀公出奔；公元前467，《左传》告终；公元前403（周威烈王二十三），三家分晋；公元前386（周安王十六），田齐列于诸侯；公元前334（周显王三十五），六国以次称王（自前467至335，计133年）。

②见《史记》卷5《秦本纪》（中华本页203）。逢泽，《注》云，在开封附近。

③“赴告”即后世之“讣告”；“策书”即策命，后世谓之委任状。

④李康，宋朝人，《宋史》440有《李度传》附传。文中所云“灵、景”，指周灵王、周景王，时当《春秋》鲁襄公、昭公之世。

⑤刘向，字子政，原名更生，为刘德之子、刘歆之父，传见《史记》36《楚元王（刘交）传》附。

⑥“东京”，指东汉；东汉都洛阳。

⑦庆历，北宋仁宗九个年号之第六个。时当公元1041～1048。元祐，北宋哲宗的第一个年号，时当公元1086～1094。

〖讲〗

在本段以前，我们选录了《日知录》中偏重社会和政治制度方面的一些段节。从本段开始，我们将选录一些有关意识形态方面的段节。如同大家所已知道的，马克思主义的想法是，社会最基本、最基层的是经济基础；建筑在基础上的叫上层建筑，主要包括政治、法律等的观点和制度；再上层是意识形态。意识形态和经济基础、和上层建筑的关系是什么呢？普列汉诺夫曾说，一半决定于经济基础，一半决定于政、法上层建筑。曾经有人说，这是“修正主义”的。到斯大林就讲得僵化了，他在《马克思主义与语言学问题》中特别强调上层建筑（包括意识形态）决定于经济基础，而反转过来，上层建筑（包括意识形态）必须为基础服务，“不这样也是不可能的”；并且“假如拒绝服务，它就停止其为上层建筑了”。这样的论点，再经过许多跟随者的演绎和加深，就很容易形成文化专政，极不利于百花齐放、百家争鸣的开展。近些年，人们在这些问题上松宽了一点，懂得了太教条化是不利的。

顾炎武是十七世纪的人，自然完全不知道这些道理及其利弊。但他也讲意识形态，也隐隐约约感觉到意识形态对社会的反作用。假如在本段中，他就看到了自《春秋》停止记载到六国称王、这中间的133年的历史的过渡。他举出六点，①对周天子的尊奉与不尊奉；②对“礼”和“信”的遵守与不遵守；③祭礼、聘享制度之执行与不执行；④饮宴时赋诗与不再赋诗；⑤血缘原则（宗姓氏族）的讲究与不讲究；⑥周天子的讣告和策命之下达与停止下达。这六点顾氏看的准、列举的好，所以不少当代的通史讲到战国秦汉社会大转变时，都引用这一段。

但对这个转变，不同的史学分期观点，则给予不同的解释。郭沫若氏认为这个转变，是由奴隶社会向封建社会的转化。对马克思“亚细亚生产方式”理论有较多兴趣与较多深入的一些人，则把这一转变看做亚细亚的奴隶社会向古典经济的转进。这个转变，还要到经济基础方面去寻找。春秋后期，社会生产逐渐发展，农村公社和井田制度逐渐瓦解，货币、交换行为日益频仍，新兴国王一个一个出现，以顶替血缘贵族的封君，这些才是“不待始皇之并天下，而文、武之道尽矣”的物质根源。至于汉光武，那是另外一码事。顾氏拿春秋与东汉类比到一起了。其实，东汉是在西汉古典豪强经济有所衰落的势头下，在家族自然经济有所抬头的局面下，社会风气不再像古典经济时候那么铺张扬厉罢了。

两汉风俗

汉自孝武表章六经之后，师儒虽盛，而大义未明，故新莽居摄，颂德献符者，遍于天下。光武有鉴于此，故尊崇节义，敦厉名实，所举用者莫非经明行修之人，而风俗为之一变。至其末造，朝政昏浊，国事日非，而党锢之流、独行之辈，依仁蹈义，舍命不渝，风雨如晦，鸡鸣不已。三代以下，风俗之美，无尚于东京者！故范晔之论，以为桓、灵之间，君道秕僻，朝纲日陵，国隙屡起，自中智以下靡不审其崩离；而权强之臣，息其窥盗之谋；豪俊之夫，屈于鄙生之议。（《儒林传》论[①]。）所以倾而未颓，决而未溃，皆仁人君子心力之为。（《左雄传》论[②]。）可谓知言者矣。使后代之主，循而弗革，即流风至今，亦何不可?!

而孟德既有冀州，崇奖跅弛之士[③]，观其下令再三，至于求负污辱之名、见笑之行，不仁不孝、而有治国用兵之术者。（建安二十二年八月令、十五年春令、十九年十二月令，意皆同[④]。）于是权诈迭进，奸逆萌生，故董昭太和之《疏》，已谓当今年少，不复以学问为本，专更以交游为业；国士不以孝悌清修为首，乃以趋势求利为先。[⑤]至正始之际[⑥]，而一二浮诞之徒，骋其智识，蔑周、孔之书，习老、庄之教，风俗又为之一变。夫以经术之治、节义之防，光武、明、章数世为之而未足；毁方败常之俗，孟德一人变之而有馀。后之人君，将树之风声，纳之轨物，以善俗而作人，不可不察乎此矣。

东京之末，节义衰而文章盛，自蔡邕始。其仕董卓，无守；卓死惊叹，无识。观其集中，滥作碑颂，则平日之为人可知矣。（宋袁淑《吊古文》："伯喈炫文而求入"。）以其文采富而交游多，故后人为立佳传。嗟乎！士君子处衰季之朝，常以负一世之名、而转移天下之风气者，视伯喈之为人，其戒之哉！

〖注〗

①见《后汉书》卷79下《儒林传·论》（中华本页2589）。

②见《后汉书》卷61《左雄传·论》（中华本页2043）。

③跅（tuò唾）弛：放荡。

④曹操三"手令"，见中华本《三国志》页32、44、49（裴松之《注》引），三次都举西汉陈平之"盗嫂"之行。

⑤见《三国志》卷14《董昭传》（中华本页442）。

⑥正始，曹魏齐王曹芳年号（公元240～249）。

〖讲〗

这一段和底下一段《正始》，是顾氏的大手笔。不管其中的精华部分，或者是一些不太精华的部分，都是顾氏思想极真诚的显露，有时甚至是披沥心声的显露。因此，我们的"讲"，也需要更详细些。

西汉不是自然经济为主的社会，而是货币交换行为很频仍的社会。试看武帝晚期的长安景象，屯积居奇、投机倒把、恶少年犯罪行为的猖狂，纯是一派豪强经济的气氛。至于武帝定儒家于一尊，那只是一种平衡社会矛盾的策略。所以王莽要篡汉，跟在屁股后边捧场的人很多，样子很不好看，这纯属货币交换经济的一种反映。到东汉，也并非"光武有鉴于此"，而是由于，第一，西汉式古典经济混不下去了；第二，中古型地方宗族团聚为一个庄园的自然经济倾向又有所抬头；第三，光武及其集团也都是南阳地主体系。由于以上三点，东汉的社会风气自然有所改变，但也并非完全改变过来，试读王符《潜夫论》中之所揭示，古典经济奢靡的流风，尚相当大量地存在。在东汉后期，外戚、宦官、奸佞交替操纵政权，引发了中国历史上知识分子起而过问政治的空前高潮。顾氏也是知识分子之一员，所以他和《后汉书》作者范晔一样，给了“党锢”运动以极高的评论，他写出了“依仁蹈义，舍命不渝，风雨如晦，鸡鸣不已，三代以下，风俗之美，无尚于东京者”这样的文段，反映顾氏思想在写这样文段时的高度升华。“仁人君子心力之为”云云，也不能被看做唯心论，先进人物和先进思想，是会起相当的作用的。

底下，顾氏从以后的历史中选择了几个他认为的反面人物，点名的是曹操和蔡邕，不点名的是嵇康、阮籍及其他玄学集团中的人物。曹操是一位野心家，可以疵议之处自然很多，但他统一北方、创立屯田，对社会也起好的作用。但他究竟是野心家，权诈术数，样样精通，所以即便“盗嫂”的陈平那种人物，他也一再举例说可以使用；为达到一定目的，可以不择手段。这在儒学、经学家的顾炎武，自然要予以谴责了。至于玄学学派，这在中国思想衍变史上是重大的转折；不吸收玄学的影响，不吸收佛学的影响，儒学便不可能出现宋、明时期的新高潮。但玄学家是异端，而我们的顾先生则是一“正”到底的正学。他一谈到异端派，就不免要口诛笔伐，这一点，我们只要理解到就行了。有升华，也有低沉；有激进，也有保守；这就是货真价实、活龙活现的顾炎武的思想。

正　始

魏明帝殂，少帝（史称齐王。）即位，改元正始，凡九年，其十年则太傅司马懿杀大将军曹爽，而魏之大权移矣。三国鼎立至此垂三十年，一时名士风流，盛于雒下。乃其弃经典而尚老、庄，蔑礼法而崇放达，视其主之颠危若路人然，即此诸贤为之倡也[①]。自此以后，竞相祖述，如《晋书》言王敦见卫玠，[②]谓长史谢鲲曰，不意永嘉之末，复闻正始之音。沙门支遁以清谈著名于时，莫不崇敬[③]，以为造微之功，足参诸正始。《宋书》言，羊玄保二子，太祖赐名曰咸、曰粲[④]，谓玄保曰，欲令卿二子肖林下正始馀风。王微与何偃书曰，卿少陶玄风，淹雅修畅[⑤]，自是正始中人。《南齐书》言，袁粲言于帝曰，臣观张绪，有正始遗风。[⑥]《南史》言，何尚之谓王球正始之风尚在。[⑦]——其为后人企慕如此。然而《晋书·儒林传·序》云，“摈阙里之典经，习正始之馀论，指礼法为流俗，目纵诞以清高”[⑧]，此则虚名虽被于时流，笃论未忘乎学者。

是以讲明六艺，郑（玄）、王（肃）为集汉之终；演说老、庄，王（弼）、何（晏）为开晋之始。以至国亡于上，教沦于下，羌、戎互僭，君臣屡易，非林下诸贤之咎，而谁咎哉?!

有亡国；有亡天下。亡国与亡天下奚辨？曰，易姓改号，谓之亡国；仁义充塞，而至于率兽食人，人将相食，谓之亡天下。魏晋人之清谈，何以亡天下？是《孟子》所谓杨、墨之言，至于使天下无父无君，而入于禽兽者也。昔者，嵇绍之父康⑨，被杀于晋文王，至武帝革命之时，而山涛荐之入仕。绍时屏居私门，欲辞不就。涛谓之曰，为君思之久矣，天地四时，犹有消息，而况于人乎?! 一时传诵，以为名言。而不知其败义伤教，至于率天下而无父者也！夫绍之于晋，非其君也；忘其父而事其非君，当其未死三十馀年之间为无父之人，亦已久矣。而荡阴之死，何足以赎其罪乎?! 且其入仕之初，岂知必有乘舆败绩之事，而可树其忠名，以盖于晚也?

自正始以来，而大义之不明，偏于天下。如山涛者，既为邪说之魁，遂使嵇绍之贤，且犯天下之不韪，而不顾夫邪正之说不容两立。使谓绍为忠，则必谓王裒为不忠而后可也⑩。何怪其相率臣于刘聪、石勒，观其故主青衣行酒⑪，而不以动其心者乎？是故知保天下，然后知保其国。保国者，其君其臣，肉食者谋之⑫。保天下者，匹夫之贱，与有责焉耳矣。

〖**注**〗

①此指“竹林七贤”。“七贤”的名单是：阮籍、嵇康、山涛、向秀、刘伶、阮咸、王戎。这七个人，《晋书》卷49、43中均有传。代表人物为阮籍与嵇康，阮（210～263），陈留郡尉氏人；嵇（224～263），谯郡铚人。嵇据说“非汤、武，薄周、孔。”“竹林”在河内郡，当今沁阳、武陟、修武一带地方。

②卫玠，卫瓘之孙，卫恒之子，《晋书》卷36有传，云王敦说“王辅嗣吐金声于中朝，此子复玉振于江表”（见中华本页1067）。按：“辅嗣”，王弼之字，《三国志·魏书》卷28《钟会传》裴松之《注》引其传略。王敦将卫玠与王弼并提，并加“金声玉振”之誉，足见尊重。

③支遁，字道林，东晋时人，事见《高僧传》卷1。

④见《宋书》卷54传14《羊玄保传》，玄保年94卒，子戎轻薄，太祖（刘义隆）赐戎两弟名曰咸曰粲，指欲其有似于阮咸、阮粲（中华本页1536）。

⑤见《宋书》卷62传22《王微传》（中华本页1669）。

⑥见《南齐书》卷33传14《张绪传》（中华本页600）。

⑦见《南史》卷30传20《何尚之传》。

⑧见《晋书》卷91传61《儒林传·序》(中华本页1346)。

⑨见《晋书》卷89传59《忠义传》。嵇绍是嵇康之子，其父为司马昭所杀，绍因山涛荐为司马炎（晋武帝）秘书丞。八王之乱，绍绞在其中。旋刘曜、王弥、石勒同攻洛阳、怀帝司马炽自洛阳出奔，绍为侍中，以身捍卫，死于帝侧，血溅御服，帝不忍濯去（中华本页2300)。

⑩见《晋书》卷88传58《王裒传》，王裒，字伟元，营陵（今山东昌乐）人。西晋末，洛阳陷，裒不忍离坟茔去江东，为胡兵所害（中华本页2277～2279)。

⑪《晋书》卷5《怀帝纪》，永嘉7年正月，刘聪大会，使帝青衣行酒。

⑫《左传》庄公十年，齐伐鲁，曹刿请见，其乡人曰“肉食者谋之”。刿曰“肉食者鄙，未能远谋。”

〖讲〗

这又是顾炎武氏的一篇大议论。假如我们可以把《正始》换另一个题目的话，就应该是《顾炎武批判魏晋玄学》。魏晋玄学不是不可以商榷的；但中外人写的思想史则都给魏晋玄学以前进性质的评价；为什么顾氏有这样一种态度呢？

我考虑，顾氏在写这一段时，他思想上是不是具有如下的三种情况？其一，顾氏对两汉经学（夹杂很多谶纬的经学）生命力的接近衰竭，受儒学、经学宗派情绪的锢闭，或者视而不见、听而不闻，或者有所听闻，而不去接触和深化这一问题。其二，他对阮籍、嵇康这些人的时代遭遇，缺乏足够的同情。像曹操、司马懿这样的野心家，连少数民族酋长石勒都嗤笑他们“夺天下于孤儿寡妇之手”为一种不屑为的举措。处在这样野心家政权底下的有良心的知识分子，日子自然是很不好过的。他们的颓废，实际是一种变态的反抗，跟“党锢”运动有着殊途同归的效果。但顾氏表扬“党锢”，而批判“玄学”，这就是他个人思想感情的某些特点，我们后人就很难说话了。其三，顾氏对玄学学派给人们僵化思维上带来的活泼化的作用，也不提及。像《世说新语》这样的书，顾氏是不会不看的，也许不会不喜欢的吧？那么俊俏的犀利的言语，没有俊俏犀利的思维，是写不出来的。而这种思惟是玄学带来的，经学绝带不来。但顾氏对这种思惟上的优异，却也一字不提。

还有一种逻辑，也很奇怪。甲现象在前，乙现象在后，人们往往不管这甲、乙二现象间有无必然联系、有无因果关系，就冒然判断甲是因、乙是果。举三个例。玄学风气在前，五胡乱晋在后，那么，玄学就一定是导致乱晋的原因；王安石变法在前，金兵俘虏徽钦在后，那么，变法就一定是导致北宋乱亡的原因；王阳明学派后学的泛滥在前，明亡在后，那么，王阳明思想就一定是导致明朝覆亡的原因。这些逻辑，都是成问题的。到头来，这也不过是在派性操纵下的上纲而已。不要认为只有"文化大革命"中，人们才会无限上纲；旧时代的人也多少会一点哪。

至于顾氏提出"亡国"和"亡天下"、"保国"和"保天下"关系的这些道理，却为后世人所一再称道与引用。这在明末清初的现实社会中，起了一定的好作用。他说的"亡国"是亡政权，他说的"亡天下"是亡原则。他说的"保国"是保政权，他说的"保天下"是保原则。现在我们的时代更进步了，我们还要进一步追问，"亡"的和"保"的是什么样的政权和什么样的原则？这就是我们比十七世纪人进步的地方。

宋世风俗

《宋史》言，士大夫忠义之气，至于五季，变化殆尽；宋之初兴，范质、王溥[①]，犹有馀憾。艺祖首褒韩通，次表卫融[②]，以示意向；真、仁之世，田锡、王禹偁、范仲淹、欧阳修、唐介诸贤[③]，以直言谠论倡于朝，于是中外荐绅，知以名节为高、廉耻相尚，尽去五代之陋。故靖康之变[④]，志士投袂、起而勤王，临难不屈，所在有之。及宋之亡，忠节相望[⑤]。呜呼！观哀、平之可以变而为东京，五代之可以变而为宋，则知天下无不可变之风俗也。《剥》上九之言硕果也，阳穷于上，则复生于下矣[⑥]。

人君御物之方，莫大乎抑浮止竞。宋自仁宗在位四十馀年，虽所用或非其人[⑦]，而风俗醇厚，好尚端方，论世之士，谓之君子道长。及神宗朝，荆公秉政[⑧]，骤奖趋媚之徒，深锄异己之辈，邓绾、李定、舒亶、蹇序辰、王子韶诸奸[⑨]，一时擢用，而士大夫有"十钻"之目[⑩]。（"钻"者，取必入之义。班固答宾戏，商鞅挟三术以钻孝公[⑪]；《邓绾传》以颂王安石得官，谓其乡人曰，笑骂从汝，好官须我为之。[⑫]）干进之流，乘机抵隙。驯至绍圣、崇宁[⑬]，而党祸大起，国事日非，膏肓之疾，遂不可治。后之人，但言其"农田"、"水利"、"青苗"、"保甲"诸法为百姓害[⑭]，而不知其移人心、变士习，为朝廷之害。

其害于百姓者，可以一旦而更；而其害于朝廷者，历数十百年，滔滔之势，一往而不可反矣。李应中谓，自王安石用事，陷溺人心，至今不自知觉；人趋利而不知义，则主势日孤。——可谓知言者也。《诗》曰，“毋教猱升木，如涂涂附。”[15]夫使庆历之士风一变而为崇宁者，非荆公教猱之效哉?！……

陆游《岁暮感怀诗》[16]，“在昔祖宗时，风俗极粹美，人材兼南北，议论忘彼此。谁令各植党，更仆而迭起。中更金源祸[17]，此风犹未已。倘筑太平基，请自厚俗始。”

〖**注**〗

①范质、王溥，北宋初大臣，《宋史》卷249有传（中华本页8793～8797、8799～8802）。

②“艺祖”，为历代开国帝王之通称，而宋人呼其太祖赵匡胤更寻常易见。顾氏本人有“艺祖”一条，见《日知录》卷24。韩通，《宋史》484有传，为“（后）周三臣”之一。陈桥兵变后为军校所杀，赵匡胤谓其“临难不苟”（《宋史》中华本页13970）。卫融《宋史》482《北汉世家》中有传。宋人征北汉，融被俘誓死不屈，赵匡胤誉之为“忠臣”（中华本页13942）。

③田锡、王禹偁，《宋史》卷293有传；范仲淹，《宋史》卷314有传；欧阳修，《宋史》卷319有传；唐介，《宋史》卷316有传。

④靖康，北宋钦宗年号（公元1126～1127）。

⑤此指文天祥、陆秀夫等。

⑥见《周易》《剥》卦。其《彖辞》曰“君子尚消息盈虚，天行也”。朱熹《周易本义》曰，“一阳在上，剥未尽而能复生”。

⑦当指真宗朝遣用大臣王钦若、丁谓辈。

⑧王安石，元丰二年封舒国公、改荆国公，《宋史》卷327有传（中华本页10541～10551）。

⑨邓绾，成都双流人；李定，扬州人；舒亶，明州慈溪人；蹇序辰，蹇周辅之子，双流人；王子韶，太原人。《宋史》卷329均有传。大体李定曾劾苏轼文章怨谤，李定亲自审理；舒亶行径近于酷吏，曾谓司马光“可诛”，多所劾举，气焰熏灼；蹇序辰曾编写“奸臣”言行，分类成帙；王子韶结交贵胄子弟，人称“衙内钻”。

⑩见《王子韶传》（中华本页10612）。

⑪见《汉书》卷100上《（班固自）叙传》（中华本页4227）。此段班固自

为“主人”，虚构有“宾”之戏言而笑致之答辞。

⑫见《宋史》卷239（中华本页10597）。

⑬绍圣，北宋哲宗年号（公元1094～1098）。崇宁，徽宗年号（公元1102～1106）。

⑭顾氏“为百姓害”四字，读者应“一分为二”考虑。

⑮见《诗·小雅、鱼藻之什·角弓篇》，诗8章，此在第6章。历来讲此二句者，未见讲的彻底明白。大体说，猱是猿；附是桴，木之粗皮者；涂是泥。猱之性善登木，泥之性善著物，应因其所善而教之（孔颖达《毛诗注疏》卷15）。

⑯陆游，山阴人，南宋著名爱国诗人，《宋史》卷395有传（中华本页12057～12059）。

⑰今吉林省有河，辽金时名按楚虎水，女真（金）人发源于此，建国后命为上京。因此，后世人多称金国或金朝为“金源”云。

〖**讲**〗

截止到本段为止，顾炎武论历代“风俗”的片断选录，到此已四段了。什么是“风俗”？我想，应该是人们普遍的意识形态表现，及其对社会的反作用。所以，顾氏这几则论“风俗”的文段，实际上，也可以被我们当作中国思想流变史的重要参考。由先秦变到两汉、由两汉变到魏晋，然后经南北朝隋唐到宋，这四个文段几乎都涉及到了。斯大林在讲民族共同体的四大特征时，“在共同经济生活上的共同心理状态”就是第四条。可见，共同意识（心理）形态（风俗），这是一个重要的项目。

但顾氏这一段，却讲的比较特别。他集中精力，攻击王安石。王安石，也不是“无懈可击”的人，但他是个有见识有作为的历史人物，看到北宋地方经济土地集中、人民困穷的局面，立意改革。改革，就事论事，一点错儿也没有。但古往今来的改革，无不遇到麻烦。其一，势必引发反改革的保守派的反对，并在改革派和保守派之间造成派性斗争。一搞派性斗争，就势必越来越乱套，很难弄清真理在哪一边了。其二，要改革，势必需要积极分子。没有积极分子，什么运动也难搞起来。但古往今来的积极分子，从来没有“清一色”的，总是好人也有，坏人也有。例如在王安石手下，像舒亶、李定、蹇序辰、王子韶这些人，从传记看来，确是动机不纯、存心害人的人。但像常秩此人，皇帝三召不至，王安石新法一行，却一召即至了。这就是说，常秩是有一定认识的，不是投机分子。可能有一定认识的未占主流，投机分子倒是不少就是了。如何从积极分子中认真筛选好人、淘汰坏人，倒是古往今来一个需要认真解决的问题。

顾氏的观点，读者一定要“一分为二”。不一定坚持一个方向永远不变，就是绝对的好。假如真是如此，要辩证法何用呢？像卫融一心向着北汉，一保到底。赵匡胤用铁骨朵砸烂他脑袋他也不回头，这就一定是好吗？相对地，王安石看到危机搞一点变法，就是坏吗？就是“害百姓”、“害朝廷”吗？读者一定要认真思考，认真辨析。不过顾氏身处明清之际，对民族“立场”问题看得特别严重，从而对其他“立场”问题也看得很严重，这倒是需要我们充分理解的。

清　议

古之哲王所以正百辟者①，即已制官刑儆于有位矣，而又为之立闾师②、设乡校、存清议于州里，以佐刑罚之穷；移之郊遂③，载在《礼经》；殊厥井疆，称于《毕命》④。两汉以来，犹循此制。乡举里选，必先考其生平；一玷清议，终身不齿。君子有怀刑之惧⑤，小人存耻格之风；教成于下而上不严，论定于乡而民不犯。降及魏、晋，而“九品中正”之设虽多失实⑥；遗意未亡，凡被纠弹、付清议者，即废弃终身，同之禁锢。（《晋书 · 卞壶传》。⑦）至宋武帝篡位，乃诏有犯乡论清议、脏污淫盗，一皆荡涤洗除，与之更始。⑧自后凡遇非常之恩，赦文必有此语。（齐、梁、陈诏亦云“洗除先注”⑨，当日乡论清议，必有记注之目。）《小雅》废而中国微，风俗衰而叛乱作矣。然乡论之污，至烦诏书为之洗刷，岂非三代之直道，尚在于斯民；而畏人之多言⑩，犹见于变风之日乎?！予闻在下有鳏，所以登庸以比⑪；三凶不才，所以投界⑫：虽二帝之举错，亦未尝不询于刍荛⑬。然则崇月旦以佐秋官，进乡评以扶国是，倘亦四聪之所先⑭，而王治之不可阙也。

天下风俗最坏之地，清议尚存，犹足以维持一二；至于清议亡，而干戈至矣。

〖**注**〗

①“百辟”，《诗 · 小雅 · 桑扈》、《大雅 · 假乐》、《周颂 · 烈文》诸篇中，均有此辞。《中庸》亦复述及之。经解中，一般解释“百辟”为畿内诸侯，亦

即封国中之“君”也。

②“闾师”，为《周礼》“地官·司徒”下之一职称。其职为“任人”，意思是负责安排各行业的人就业，如任农、任工、任商、任嫔（女工）、任衡、任虞等。

③“郊”、“遂”，西周井田制下，域内分为“国”与“野”，“野”中又有“郊”、“遂”。《周礼》，“载师”掌管“国”中土地之分配，“遂人”掌郊遂土地之分配。

④《毕命》，《尚书·周书》中之一篇，《序》云康王作册毕，作《毕命》。“殊厥井疆”是说，不安分的人，井田另外安排，经解说其用意是“彰善瘅恶，树之风声”。

⑤“怀刑”，见《论语·里仁》篇，原字句是“君子怀德，小人怀土；君子怀刑；小人怀惠”。朱熹说，“怀德”是存善；“怀土”是溺安；“怀刑”是畏法；“怀惠”是贪利。

⑥“九品中正”制的初创者，传说不一，有云曹操者，有云曹丕者，有云曹睿又者。一般认为曹魏司空陈群之所创，然《三国志》22《陈群传》中未载，宋人类书《太平御览》卷214、265中载之。

⑦见《晋书》卷70《卞壶传》，大意有一王式者其继母反复于前后两夫之间，王式因受物议，停废终身。

⑧见《宋书·武帝纪》下（中华本页52）。

⑨分见《南齐书》卷2《高帝纪》下，《梁书》2《武帝纪》中，《陈书》2《高祖纪》下。

⑩《诗·郑风·将仲子》篇有人言可畏之句。

⑪见《尚书·舜典》，此言尧选用舜，“登庸”，登用也。

⑫“三凶”，指共工、驩兜、三苗。投畀（bì必）：投给。见《诗·小邪·节南山·巷伯》篇，谓“谮人”可恨，投畀豹虎，豹虎不食。

⑬“询于刍荛”，见《诗·大雅·生民之什·板》篇8章中之第3章，“刍荛”言采薪采禾之人。

⑭“四聪”，见《尚书·尧典》，朱熹说，广四方之视听也。

〖讲〗

《清议》这一段，说的是社会舆论，或者叫群众舆论。这种舆论往往形成一种压力，使有的人不敢尽情做坏事，所以起一定的好作用。但这种好作用，随着社会的不同段落，所起的作用也有差异。试看顾氏在这一节中所引用的材料，绝大部分是三代，甚至比三代更早；材料来源，多引自《诗》、《书》、《礼》。在这些年代里，即便阶级已经出现，也有了国王和贵族，但人们财产的私有制还不曾深化，在广大的农村公社地区，人们在其共同体中还保有一定平等的民主身份。那时，“清议”所起的社会舆论的压力作用，就显的更明显些。自中央集权逐步深化、财产私有逐步深化以后，虽然也有像“九品中正”这样品评人、选拔人的机构，但原始民主精神愈来愈丧失，那么参与议论的人大都是代表别人讲话，例如代表野心家、代表军阀、代表地方豪绅，等等。但即便这些各有其代表性的品评和清议，也还是带有稀少的但有时也是珍贵的“民意”成份。顾氏不曾区别这些，所以我们在“讲”中予以补充。

名　教

司马迁作《史记·货殖传》，谓自廊庙朝廷岩穴之士，无不归于富厚；等而下之，至于吏士，舞文弄法，刻章伪书，不避刀锯之诛者，没于赂遗。[①]而仲长敖《核性赋》谓，倮虫三百，人最为劣，爪牙皮毛，不足自卫，唯赖诈伪，迭相嚼啮。等而下之，至于台隶僮竖，唯盗唯窃[②]。乃以今观之，则无官不赂遗，而人人皆吏士之为矣；无守不盗窃，而人人皆僮竖之为矣。自其束发读书之时所以劝之者，不过所谓千钟粟、黄金屋；而一旦服官，即求其所大欲；君臣上下怀利以相接，遂成风流，不可复制。后之为治者，宜何术之操？曰，唯名可以胜之。名之所在，上之所庸，而忠信廉洁者，显荣于世；名之所去，上之所摈，而怙侈贪得者，废锢于家。即不无一二矫伪之徒，犹愈于肆然而为利者。《南史》有云，汉世士务修身，故忠孝成俗，至于乘轩服冕，非此莫由；晋、宋以来，风衰义缺[③]。故昔人之言曰名教，曰名节，曰功名。不能使天下之人以义为利，而犹使之以名为利。虽非纯王之风，亦可以救积污之俗矣。

汉人以名为治，故人材盛；今人以法为治，故人材衰。

〖注〗

①见《史记》卷129《货殖列传》，但顾氏往常节引，多是全文引录；独此段为摘句连缀成段者。

②仲长敖，“二十五史”中无此人。只《全唐文》中引其作品，且云有

《集》二卷，馀不详。

③此见《南史》卷74《孝义传下》末附“论曰”。

〖讲〗

犹记不久前之“文化大革命”中，知识分子人人交代检查自己的名利思想，最后归结为个人主义。这自然是荒谬时代的陈迹了。但到今天，仍然存在着一个人“天天向上”的动力何在的问题。在“文化大革命”中，人们把动力归结为“为革命”。天天高喊“杀头不要紧，只要主义真”。到今天，这只能当笑话讲了。顾炎武氏给我们提出三个档次：第一个档次：以义为利；第二个档次：以名为利；第三个档次：以利为利。在“极左派”们看来，除将第一档次中的“义”调换为“革命”还可允许之外，第二第三档次的“名”和“利”都是坏东西。现在，我们从那样的年代拨乱反正过来了，我们怎样来对待这“名”和“利”呢？顾氏的意思，最好是为“义”，但不得已而求其次，那么，“名”似乎比“利”还好一点。是不是如此呢？顾氏的思想对不对呢？对多少错多少呢？我谨把它留下来，给读者思考。

廉　耻

《五代史·冯道传论》曰，礼义廉耻，国之四维，四维不张，国乃灭亡；善乎管生之能言也。礼义，治人之大法；廉耻，立人之大节。盖不廉，则无所不取；不耻，则无所不为。人而如此，则祸败乱亡，亦无所不至。况为大臣，而无所不取、无所不为，则天下其有不乱、国家其有不亡者乎?![①]然而四者之中，耻为尤要。故夫子之论士曰，“行己有耻”。[②]孟子曰，人不可以无耻；无耻之耻，无耻矣。[③]又曰，耻之于人大矣哉！为机变之巧者，无所用耻焉。[④]所以然者，人之不廉而至于悖礼犯义，其原皆生于无耻也。故士大夫之无耻，是谓国耻。吾观三代以下，世衰道微，弃礼义、捐廉耻，非一朝一夕之故。然而松柏后凋于岁寒，鸡鸣不已于风雨；彼昏之日，固未尝无独醒之人也。顷读《颜氏家训》有云，齐朝一士夫尝谓吾曰，“我有一儿，年已十七，颇晓书疏；教其鲜卑语及弹琵琶，稍欲通解，以此伏事公卿，无不宠爱。”吾时俯而不答。异哉，此人之教子也！若由此业，自致卿相，亦不愿汝曹为之。[⑤]嗟乎！之推不得已而仕于乱世，犹为此言，尚有《小宛》诗人之意[⑥]。彼阉然媚于世者，能无愧哉?!

〖注〗

①此指《新五代史》。新旧两《五代史》《冯道传》均有“论”。薛居正立论较温合，说冯“有古人之风”，“得大臣之体”，只是如女子之嫁夫再三者，不得谓“忠”。（见《旧史》卷126。）欧阳修立论较激进，说“予读《长乐老叙》，见其自述以为荣，其可谓无廉耻者矣。”（见《新五代史》卷54。）

②见《论语·子路》，子贡问何可谓“士”，孔子曰“行己有耻；使于四方，不辱君命。”

③见《孟子·尽心章》上。

④同第③注。

⑤见该书卷2，可参看王利器《颜氏家训集解》页36～37。

⑥见《诗·小雅·节南山之什》，诗中有“我心忧伤”、“毋忝尔所生”、“教诲尔子”等句，故顾氏言及之。

〖讲〗

这一段是顾炎武氏的爱国主义思想与狭窄的民族主义思想之充沛表露。他生当明、清之际，亲眼看见读书人中有钱谦益、王铎、龚鼎孳、吴伟业等民族立场不坚定的人，故而在他的诗文中不断地敲打这类人物，一再提倡名节和廉耻。顾氏这样写叫人钦佩之处在于，他不仅仅是这样说了，这样写了，并且特别重要的是他也实践了。仔细检查顾氏一生七十岁的行谊，他是恪守了自己的信念的。他不曾丧失过节操；他不曾丧失过廉耻。

素夷狄行乎夷狄

“素夷狄行乎夷狄”①。然则将居中国而去人伦乎？非也。处夷狄之邦，而不失吾中国之道，是之谓“素夷狄行乎夷狄”也。“六经”所载，帝舜滑夏之《咨》②，殷宗“有截”之颂③，《礼记》“明堂”之位④，《春秋》会盟之书：凡圣人以为内夏外夷之防也，如此其严也。文中子以《元经》之帝魏⑤，谓天地有奉、生民有庇，即吾君也。何其语之偷而悖乎?！宋陈同甫谓黄初以来⑥，陵夷四百馀载，夷狄异类迭起以主中国，而民生常觊一日之安宁于非所当事之人。以王仲淹之贤而犹为此言，⑦其无以异乎凡民矣。夫亡有迭代之时，而中华无不复之日，何以万古之心胸，而区区于旦暮乎？（杨循吉作《金小史·序》曰，由当时观之，则完颜氏帝也、盟主也、大国也；由后世观之，则夷狄也、盗贼也、禽兽也。[8]）此所谓偷也。汉和帝时，侍御史鲁恭上疏曰，夫戎狄者，四方之异气、蹲夷踞肆，与鸟兽无别；若杂居中国，则错乱天气、污辱善人。[9]夫以乱辱天人之世，而论者欲将毁吾道以殉之，此所谓悖也。孔子有言，居处恭，执事敬，与人忠，虽之夷狄，不可弃也。[10]夫是之谓“素夷狄行乎夷狄”也。若乃相率而臣事之，奉其令，行其俗，甚者导之以为虐于中国，而借口于“素夷狄”之文，则子思之罪人也矣[11]。

〖注〗

①见《礼记·中庸》篇，原文前后为“素富贵行乎富贵，素贫贱行乎贫贱，素夷狄行乎夷狄，素患难行乎患难：君子无入而不自得焉”。

②见《尚书·舜典》，原文曰“皋陶：蛮夷猾夏，寇贼奸宄，汝作士，五刑有服”。经解曰，“猾夏”，猾乱华夏之谓。

③见《诗·商颂·殷武》篇，原句曰“有截其所”，《笺》曰，高宗所伐之处，皆服其罪。

④见《礼记·明堂位》篇，其末曰，（有虞氏、夏后氏、殷、周）四代之服器，鲁兼用之，……礼、乐、刑、法、政俗，未尝相变也。

⑤隋代学者王通，人称“文中子”。《元经》一书，一贯托为王通亲著之书，而后世多谓为宋人阮逸所伪。

⑥陈亮（1143～1194），字同甫，南宋婺州人，此见《龙川集》。

⑦仲淹为王通之字。王绩《游北山赋》自注云“吾兄通，字仲淹”。

⑧杨循吉，明成化进士，《明史》286《徐祯卿传》有附传。著作甚多。

⑨见《后汉书》卷25《鲁恭传》（中华本页876）。

⑩见《论语·子路篇》，孔子答樊迟问仁语。

⑪朱熹《中庸章句序》，“《中庸》何为而作也？子思子忧道学之失其传而作也。”

〖讲〗

这不是一段普普通通的篇章，而是顾氏逝世后13年其私淑弟子潘耒（次耕）在福建所刊行的《日知录》32卷本所未敢收录、后世黄侃（季刚）据张溥泉（继）所藏《钞本》录出者。黄氏小书名曰《日知录校记》，有中央大学1933年专刊本，亦有《日知录集释》（下）“外七种”之一。这篇的特点是，狭窄的民族主义、大汉族主义、民族沙文主义诸思想，表现得特别充分。这样说，并不是给我们所敬爱的顾先生扣三顶帽子，而是站在今天“多民族大家庭”观念的立场上，必须要引导读者达成的科学认识。但是，假如站在“历史主义”立场上来对待，顾氏做出这些论断，也是可以理解的。第一，明清之际，民族矛盾十分严重，顾氏亲眼看见像土国宝这样的人，蹄袖挂翎，屠杀苏州抗清人民，这如何不引发强烈的民族自卫思想！其二，谈到文化，则无疑华夏文化是当时水平最高的文化，顾氏吐出的一句出自肺腑的话“中华无不复之日”，反映了顾氏对华夏文化的无限信心，这是精华，不是糟粕。可惜当时，无论从汉族这边，或者从少数民族那边，对多民族融合与多民族文化融合，都缺乏认识，民族中的霸权者又往往使用武力强迫推行民族文化的同化政策，那么引起反感，就是可以理解的了。

胡　服

自古承平日久，风气之来，必有其渐，而变中夏为夷狄，未必非一二好异之徒启之也。《春秋（左氏）传》僖公二十二年，初平王之东迁也，辛有适伊川，见被发而祭于野者，曰，不及百年，此其戎乎?！其礼先亡矣。[①]秋，秦晋迁陆浑之戎于伊川。[②]《后汉（书）·五行志》，灵帝好胡服、胡帐、胡床、胡坐、胡饭、胡箜篌、胡笛、胡舞，京都贵戚皆竞为之；其后董卓多拥胡兵，填塞街衢，虏掠宫掖，发掘园陵。[③]《晋书·五行志》，泰始之初，中国相尚用胡床、貊盘、及为羌煮、貊炙，贵人富室，必畜其器，吉享嘉会，皆以为先。太康中，又以毡为帕头、及络带裤口。百姓相戏曰，中国必为胡所破。夫毡毳产于胡，而中国以为帕头、带身、裤口，胡既三制之矣，能无败乎?！至元康中，氐、羌互反；永嘉后，刘、石遂篡中都。自后四夷迭据华土，是妖服之应也。[④]《大唐新语》，武德、贞观之代，宫人骑马者，依《周礼》旧仪，多着幂罗，虽发自戎衣，而全身障蔽；永徽之后，皆用帷帽，施裙到头，甚为浅露；显庆中，（《册府元龟》咸亨二年九月）诏曰，百官家口，咸厕士流，至于衢路之间，岂可全无障蔽？比来多着帷帽，遂弃幂罗，曾不乘车，只坐担子，过于轻率，深失礼容，宜行禁止；神龙之后，幂罗殆绝；开元初，宫人马上始着胡帽，靓妆露面，士庶咸效之；天宝中，士流之妻，或衣文天服靴衫鞭帽，内外一贯矣。[⑤]《唐书·车服志》，武德间妇人曳履及线靴，开元中初有线鞋，侍儿则着履，奴婢服裥衫，而士女衣胡服。[⑥]后安禄山反，当时以为妖服之应。《礼乐志》，玄宗好羯鼓，尝称为八音之领袖，诸乐不可方也。盖本戎羯之乐，其音《太簇》一均，龟兹、高昌、疏勒、天竺部皆用之，其声焦杀，特异众乐。开元二十四年，升胡部于堂上，而天宝乐曲皆以边地名，若《凉州》、《伊州》、《甘州》之类。后又诏，《道调法曲》与《胡部新声》合作。明年，安禄山反。凉州、伊州、甘州，皆陷吐蕃。⑦此皆已事之见于史书者也。呜呼！可不戒哉?!

〖注〗

①平王，《日知录集释本》及黄侃《校记》本均作“平一”，兹照《左传》僖二十二年文改。辛有，周大夫。伊川，即洛阳以南伊水之地。

②陆浑之戎，据杜预《注》，原为允姓之戎。允姓之戎，原居三危。后析为白狄与赤狄，赤狄与齐鲁郑卫相犯；白狄居今陕北，与秦晋相犯，故秦晋诱之，使居陆浑。自平王东迁洛邑（前770）至鲁僖二十二（前638），相距132年，此云“不及百年”，杜《注》云“举其事验，不必其年信”。

③见《后汉书》中华本页3272。

④见《晋书》中华本页823。“吉享”，《集释》本及黄侃《校记》本均作“言享”，兹据《晋书》改。

⑤见刘肃《大唐新语》卷10（中华本页151）。

⑥见《旧唐书》卷45《舆服志》（中华本页1958）。

⑦见《新唐书》卷22，《礼乐志》卷12（中华本页476）。

〖讲〗

我们选讲这一条的理由有二：其一，这一段《胡服》和前一段《素夷狄行乎夷狄》，都是潘耒编刻三十二卷本之未敢收，后人据黄侃（季刚）《校记》补出来的。其二，这一段，不是取其作者顾先生思想特别激越的部分，而是取其作者顾先生思想特别窄狭、特别泥古的部分。我们说“窄狭”，是指极其窄狭的民族主义和民族沙文主义。我们说，“泥古”，是指我们的顾先生竟不惜自阴阳、五行、谶纬中找寻自己立论的根据了。一个民族，当然应该有自己的民族服装，并且以之作为自己的民族标识。但这不等于说，应该排斥其他民族的服饰。历史上喜爱少数民族风俗的不只东汉灵帝，唐太宗长子李承乾就“好突厥言、及所服，选貌类胡者，被以羊裘，辫发，五人建一落，张毡舍，造五狼头纛，分戟力阵，系幡旗，设穹庐自居，使诸部敛羊以烹，抽佩刀割肉相啗。……”（《新唐书》80，中华本页3564～3565），这有什么大惊小怪的呢？当今我们国家领导人不都是西装领结，有时带维吾尔帽，有时受献藏俗的哈达吗?

以中国为例，周边少数民族在历史上确曾冲击过住在中原的文化较高的主干民族。但引发这些事情的基因，并非由于主干民族中的哪个帝王对周边少数民族生活风俗的特殊爱好而勾引起来的。主要矛盾要到内部去找寻。少数民族生产能力提高了，其社会内部凝结力也加强了，他们达到了叫做“军事共产主义”的阶段，不自觉地就产生出向外掠夺的要求。他们组成的军队内部，保存着一种民主集中的组织力，与中原主干民族的雇佣兵或徭役兵比较，显得有较强的战斗力。这才是历史上发生许多周边民族向中原冲击的真正原因。

第五辑

三《易》

夫子言，包羲氏始画八卦，不言作《易》。而曰，《易》之兴也，其于中古乎？又曰，《易》之兴也，其当殷之末世、周之盛德邪？当文王与纣之事邪？[①]是文王所作之辞，始名为《易》。而《周官》“大卜”掌“三易”之法，[②]一曰“连山”，二曰“归藏”，三曰“周易”。《连山》、《归藏》，非《易》也，而云“三易”者，后人因《易》之名以名之也。犹之《墨子》书言，周之“春秋”、燕之“春秋”、宋之“春秋”、齐之“春秋”，周、燕、齐、宋之史，非必皆“春秋”也，而云“春秋”者，因鲁史之名以名之也。

《左传》僖公十五年战于韩[③]，卜，徒父筮之曰，吉；其卦遇《蛊》，曰，“千乘三去；三去之馀，获其雄狐。”成（公）十六年战于鄢陵，[④]公筮之，史曰吉；其卦遇《复》，曰“南国蹙，射其元王，中厥目。”——此皆不用《周易》，而别有引据之辞，即所谓“三易”之法也（卜徒父以卜人而掌此，犹《周官》之“大卜”）。而《传》不言“易”。

〖注〗

①见《易·系辞下》之第2、第6、第8章。

②见《周礼·春官宗伯·大卜》，云掌“三兆”、“三易”、“三梦”之法，大体不外看卜象、查卦辞、原梦三项，大体每遇打仗、决策、气候、疾病，都要看兆和查卦。

③此指秦、晋韩原之战，晋惠公为秦所俘。徒父，秦方之司卜者。

④此指晋与楚、郑鄢陵之战，晋文公逐楚子，伤其目，楚师退。

〖讲〗

顾氏《日知录》内容划分，历来就不一致，其弟子潘耒（次耕）分为八项，纪昀（晓岚）分为十五项，顾氏在给友人书信中简括地划为三项，一、经术，二、治道，三、博闻（见《顾亭林诗文集》页103）。我们这本《导语》，到目前所已选录的，绝大部分集中在“治道”一项，“经术”一项选录甚少。现在到第5辑，应该选注一些“经术”的内容了。

在“经”之中，顾氏对于《易》有特殊的造诣。他晚年在山东德州和陕西富平讲学，都是讲的《易》。不过这“三易”一节并无深奥，只是作为《录》一千馀条之首，又作为对《易》的引子，我们选录在这里了。它主要是说，《易》和《春秋》一样，可以是较窄的概念，也可以是较宽的概念。窄时，《易》只是《周易》；宽时，《易》可以包括《连山》、《归藏》、《周易》三种。《春秋》宽时，可指各国的史记；窄时，只是鲁之《春秋》。此外，他还摘出了不见于《周易》卦爻辞的句子，以证明《周易》之外，另有其他的来源。

朱子《周易本义》

《周易》自伏羲画卦，文王作《彖辞》，周公作《爻辞》，[①]谓之“经”。“经”分上、下二篇。孔子作“十翼”，谓之“传”。“传”分十篇，《彖传》上、下二篇，《象传》上、下二篇，《系辞传》上、下二篇，《文言》、《说卦》传，《序卦传》，《杂卦传》各一篇。（《汉书·艺文志》，《易经》十二篇。〔颜〕师古曰，上、下经及十翼，故十二篇。孔〔颖达〕氏《正义》曰，“十翼”者，《上彖》一、《下彖》二、《上象》三、《下象》四、《上系》五、《下系》六、《文言》七、《说卦》八、《序卦》九、《杂卦》十。陆德明《释文》曰，太史公论“六家要旨”，引“天下同归而殊途，一致而百虑”，谓之，“易大传”。班固谓孔子晚而好《易》，读之韦编三绝，而为之《传》，《传》即“十翼”也。前汉，“六经”与“传”皆别行；至后汉诸儒，始合“经”“传”为一。）自汉以来，为费直、郑玄、王弼所乱，取孔子之言，逐条附于《卦爻》之下。程正叔《传》因之[②]。及朱元晦《正义》始依古文[③]，故于《周易·上·经》条下云，“中间颇为诸儒所乱。近世晁氏始正其失，[④]而未能尽合古文。吕氏又更定，[⑤]著为《经》二卷、《传》十卷，乃复孔氏之旧云。”洪武初，颁《五经》天下儒学，而《易》兼用程、朱二氏，亦各自为书。永乐中修《大全》[⑥]，乃取朱子卷次割裂，附之《程传》之后。(《易经大全·凡例》曰，《程传》、《本义》，既已并行，而诸家定本，又各不同。故今定从《程传》元本，而《本义》仍以类从。)而朱子所定之古文，仍复淆乱。《彖》，即文王所系之辞。《传》者，孔子所以释经之辞也。后凡言《传》，仿此。此乃《彖·上》、《传》条下义，今乃削"彖上传"三字，而附于"大哉乾元"之下。《象》者，卦之上下两象及两象之六爻，周公所系之辞也，乃《象·上》《传》条下义，今乃削"象上传"三字，而附于"天行健"之下。此篇申《彖传》、《象传》之意，以尽《乾》、《坤》二卦之蕴；而馀卦之说，因可以例推云。乃《文言》条下义，乃削"文言"二字，而附于"元者善之长也"之下。其彖曰"彖"曰"文言"曰"字"，皆朱子本所无，复依程《传》添入，后来士子厌《程传》之多，弃去不读，专用《本义》。而《大全》之本，乃朝廷所颁，不敢辄改，遂即监板《传》、《义》之本，刊去《程传》，而以程之次序为朱之次序，相传且二百年矣。惜乎朱子定正之书竟不得见于世，岂非此经之不幸也夫?!……

秦以焚书而"五经"亡，本朝以取士而"五经"亡。今之为科举之学者，大率皆帖括熟烂之言，不能通知大义者也。而《易》《春秋》尤为缪戾[⑦]！以《彖传》合《大象》，以《大象》合《爻》，以《爻》合《小象》；二必臣，五必君，阴卦必云小人，阳卦必云君子：于是此一经者，为拾沈之书，[⑧]而《易》亡矣。取胡氏《传》一句两句为旨[⑨]，而以《经》事之相类者合以为题，《传》为主、《经》为客，有以彼经证此经之题，有用彼经而隐此经之题：于是此一《经》者为射覆之书，[⑩]而《春秋》亡矣。复程、朱之书以存《易》；备"三传"啖、赵诸家之说以存《春秋》，[⑪]必有待于后之兴文教者。

〖注〗

①彖（tuàn团，去声）辞：论说《易》中卦义之文辞，也称卦辞。爻（yáo姚）辞：爻是组成八卦的长短横符号，"—"为阳爻，"- -"为阴爻。爻辞是说明六十四卦各爻象的文辞。

②程正叔，指程颐。颐与其兄颢，为北宋理学家，人称明道先生与伊川先生。程颐所著《周易程氏传》凡四卷，见中华书局标点本《二程集》第3册。

③朱元晦，指朱熹，南宋大学者、理学家。《宋史》卷429有传。著有《周易本义》。

④晁氏，指北宋人晁说之。

⑤吕氏，指明朝人吕柟（泾野），所著有《周易说翼》3卷。

⑥《周易大全》4卷，明永乐朝胡广等领衔修撰。

⑦戾，违谬之意。

⑧拾渖，典出《左传》哀公3年，鲁国宫庙遭火灾，富父槐曰，“无备而官办，犹拾渖也”，渖，汁也，水汁落地不可拾。

⑨胡氏传，指宋胡安国所著《春秋传》30卷。

⑩射覆，为一种古人所喜欢的占卜性游戏，大体通晓术数者为之。

⑪啖，指啖助，唐中叶赵州人，《新唐书》卷200有传，尝著《春秋集传》。赵，指赵汸，元末明初之休宁人，《明史》卷282有传，尝著《春秋集传》及《左氏补注》等。

〖讲〗

这一段说了两件事，一是《周易》的“经”、“传”间有安排上的混乱现象，二是科举制度和八股文之类给经学带来若干的破坏。

到今天，什么文王作《彖》、周公作《爻辞》、甚至孔子作《十翼》之类的话，经清末民国以来诸疑古学者的质疑，已经没有多少人信守了。有关《易》的增释，像树木的年轮一样，是层层递生的，这毫无问题。至于是否某名王、某圣贤所作，近代人已不甚感兴趣。但顾炎武坚守这些说法，其中也有其合理的部分，如主张“经”、“传”间不可淆乱，现存《易经》中将一些词句乱挂在爻辞之下的做法是不足取的。从这里，顾氏联系到宋朝两个大儒程颐和朱熹各自的易学著作《周易程氏传》和《周易本义》二书间的差别，指出朱氏书安排的层次较好、较能反映种种释《易》的层次，而程氏书则也不免于淆乱。可是永乐年间御纂的《大全》则以程本为主，朱本只是插入一些就是了。因此，顾氏要替朱著做一点表彰，指出其书所具有的特点。

至于科举制度和八股文对经学的破坏，则是完全应该声讨的。封建社会发展到后期，它的经济基础已显露崩解之象（如资本主义萌芽），但它的意识形态却有时显得更顽劣、更凶恶了。八股文是文章官僚主义化的结果，在这种风气下，士子们使用算卦、测字、赌博等方法，拆散经传中的文句，按官僚主义的需要装配起来，以博取功名利禄。从此，《易》也亡了，《春秋》也亡了。顾氏有感于此，乃发出易学、春秋学、春秋三传学需要复兴的建议。这建议，带有某些近代科学的精神。

六爻言“位”

《易传》中言“位”者，有二义。

列贵贱者，存乎“位”。五为君位，二、三、四为臣位，故皆曰“同功而异位”[①]。而初、上为无位之爻，譬之于人初为未仕之人；上，则隐沦之士，皆不为臣也。（《明夷·上六》为失位之君，乃其变例。其但取初终之义者[②]，亦不尽拘。）故《乾》之上曰，“贵而无位”；《需》之上曰“不当位”，（王弼《注》[③]，《需·上六》曰，“处无位之地”，不当位者也。程子《传》亦云，“此爵位之位，非阴阳之位。”[④]）

若以一卦之体言之，则皆谓之位，故曰“六位时成”，[⑤]曰“易六位而成章”，是则卦爻之位，非取象于人之位矣。此意，已见于王弼《略例》。但必强彼合此，而谓初、上无阴阳定位，则不可通矣。《记》曰，“夫言岂一端而已”[⑥]，夫各有所当也。

〖注〗

①见《易·系辞下》，云六爻之中，二与四同功而异位；三与五，同功而异位。

②“初终”之义，见《诗·大雅·荡》篇，云“靡不有初，鲜克有终。”

③“处无位之地”句，见《十三经注疏·周易正义》卷2引王弼《注》。

④见程颐《周易程氏传》。亦见《二程集》。

⑤“六位”见《易·乾卦》有“大明终始，六位时成”句，《疏》曰，以所居上、下言之，谓之六位。以阳气升降言，谓之六龙。

⑥见《礼记·祭义》篇，“（子曰）夫言岂一端而已，夫各有所当也。”意思是问题总有两个方面，偏执一端就成形而上学，两个方面看问题，每一方面有其自己的条件。

〖讲〗

“位”是《周易》中很有意思的一个辞、一个概念。我想，它首先意味着运动、变化、发展中的六个节奏，六个段落。由初生到盛到衰，再到复生和再盛、再衰，等等。这是指卦爻之位，在开始还不是“象人之位”。跟着私有财产的发展，社会等级的发展，人中分了贵和贱，贫和富。于是“位”这个辞、这个概念，就跟人的现实拉扯上了，像五为君、二三四为臣之类。这就是所谓的“有天道焉，有人道焉”。两个方面各有各的涵义，所以顾氏用“岂一端而已”的话结束这段札记。

“艮其限”

学者之患，莫甚乎执一而不化。及其施之于事，有扞格而不通，则忿懥生而五情瞀乱，与众人之滑性而焚和者，相去盖无几也[①]。孔子恶果敢而窒者[②]，非独处事也，为学亦然。告子“不动心”之学，至于“不得于言，勿求于心”，而孟子以为其弊必将如蹶趋者之反动其心[③]，此“艮其限，列其夤”之说也[④]。君子之学不然，廓然而大公，物来而顺应，故闻一善言、见一善行，若决江河，沛然莫之能御，而无薰心之厉矣[⑤]。

慈溪黄氏（震）《日钞》曰[⑥]，心者、吾身之主宰，所以治事、而非治于事；惟随事谨省，则心自存，不待治之而后齐一也。孔子之教人也，曰居处恭，执事敬，与人忠。[⑦]曾子曰，吾日三省吾身，为人谋而不忠乎？与朋友交而不信乎？传不习乎？[⑧]不待言心，而自贯通于动静之间者也。孟子不幸，当人欲横流之时，始单出而为“求放心”之说。[⑨]然其言曰，君子以仁存心，以礼存心，则心有所主，非虚空以治之也。至于斋心服形之老、庄，一变而为坐脱立忘之禅学，乃始瞑目静坐、日夜仇事其心而禁治之；及治之愈急而心愈乱，则曰，易伏猛兽，难降寸心。呜呼！人之有心，犹家之有主也，反禁切之，使不得有为，其不能无扰者，势也，而患心之难降欤！（《省斋记》。）又曰，夫心之说有二，古人所谓存心者，存此心于当用之地也；后世之所谓存心者，摄此心于空寂之境也。造化流行，无一息不运；人得之以为心，亦不容一息不运：心岂空寂无用之物哉?! 世乃有游手浮食之徒，株坐摄念，亦曰“存心”；而士大夫溺于其言，亦将遗落世事，以求其所谓“心”；迨其心迹冰炭、物我参商，所谓老子之弊流为申、韩者，一人之身而兼备之，而欲尤人之不我应，得乎?（《山阴县主簿厅记》。）此皆足以发明“厉熏心”之义，乃周公已先系之于《易》矣。

〖注〗

①忿懥（zhì 制）：愤怒。瞀（mào 帽）乱：迷乱失守。滑：同“猾”。

②见《论语·阳货》篇，子贡问君子之所恶，孔子回答，恶称人之恶者；恶居下流而讪上者；恶勇而无礼者；恶果敢而窒者。

③见《孟子·公孙丑篇》上，孟子谈到“动心”、“不动心”问题，谈到他个人与告子在“心”、“气”关系问题上的差别。孟子主张“志至焉，气次焉”，他举例说“今夫蹶者、趋者，是气也，而反动于心。”

④“艮”卦是《周易》64卦中第52卦。艮，止也。“艮”卦复有“艮其趾”、“艮其腓”、“艮其身”、“艮其辅”诸爻。“艮其限”为“九三”爻。“限”，身之中也，金景芳释为腰胯。“夤”，中脊之肉也。都是人身要害的部位。所以《周易正义》说“危莫甚焉”。

⑤“薰心”，马融作“熏心”，为烧灼之意，又有人心惛瞀迷乱之意。后世人常说“利欲薰心”。爻辞中加一“厉”字，厉，危也，寓警告之意。

⑥黄震，南宋末学者，《宋史》卷438（《儒林》）有传。所著《黄氏日钞》，凡95卷，历世有刻本，清乾隆时有校本。

⑦见《论语·子路》篇“樊迟问仁”章。

⑧见《论语·学而》篇曾子曰云云。

⑨见《孟子·告子篇上》，孟子说，仁，人心也；义，人路也；舍其路而弗由，放其心而不知求，哀哉！他又说，学问之道无也，求其放心而已矣。

〖讲〗

这段内容，是将几个平行内容缠连在一起讲的。题目是《易》中的《艮》卦，特别《艮》卦中“九三”爻，末尾一句是“厉薰心”，警告人们不要叫心态惛瞀迷乱。顾氏从这一点出发，将论旨转移到哲学上大家讨论的“心”的作用问题。本世纪五十、六十、七十年代，不少哲学史家一碰到谈“心”就立刻扣一顶帽子：唯心主义，或者主观唯心主义。其实不是如此，谈“心”不一定就是唯心主义。本段中顾氏摘引南宋人黄震讲“心”的一段就很好，他说“心”并不是什么空寂的东西，它是人治事的主宰，人每次都要把所存的“此心”使用到当用的地方去；再者，宇宙客体在变动，人的主体的总机“心”也在变动，无一息不运。这样讲的“心”，怎么是主观唯心主义的呢？窃尝读《颜习斋年谱》，记颜氏临终嘱其弟子李塨（恕谷）说，《孟子·公孙丑上》所说“必有事焉”是圣人真传。颜氏为什么要说这个话？根据我的理解，他是说，儒家的“心”，从来不是虚空的，告子“仁内义外”论是把主观、客观间的辩证关系无端地割裂开了，所以孟子说“心”这个“内”的东西要无时无刻不与“外”的事结合起来，才起作用。这个不把“心”有意地向“内”凝缩、而无时无刻不与“事”相联系，这才是儒家的真传。顾氏写这一段的意思，还是描着王阳明派后学中的狂禅派，使用《易》中《艮》卦的“厉薰心”爻辞来遣责他们“忿懥生而五情瞀乱”，在方法论上“执一而不化”，在处事上，“扞格而不通”，这样在做学问上也不会成功的。

游魂为变

精气为物，自无而之有也。游魂为变[①]，自有而之无也。夫子之答宰我曰，“骨肉毙于下，阴为野土；其气发扬于上，为昭明焄蒿凄怆”。[②]（朱子曰，昭明，露光景也。郑氏曰，焄，谓香臭也，蒿气蒸出貌。许氏曰，凄怆，使人惨栗感伤之意。鲁庵徐氏曰，阳气为魂，附于体貌，而人生焉。骨肉毙于下，其气无所附丽，则发散飞扬于上，或为朗然昭明之气，或为温然焄蒿之气，或为肃然凄怆之气，盖阳气轻清，故升而上浮，以从阳也。）所谓“游魂为变”者，情状具于是矣。延陵季子之葬其子也，曰，骨肉复归于土，命也；若魂气，则无不之也，无不之也。[③]张子《正蒙》有云，“太虚不能无气，气不能不聚而为万物，万物不能不散而为太虚：循是出入，是皆不得已而然也。然而圣人尽道其间，兼体而不累者，存神其至矣乎？”[④]其精矣乎。

陈无己（师道）以“游魂为变”为轮回之说。（《理究》。）[⑤]吕仲木（柟）[⑥]辨之曰，“长生而不化，则人多，世何以容？长死而不化，则鬼亦多矣。夫灯熄而燃，非前灯也；云霓而雨，非前雨也。死复有生，岂前生耶？”[⑦]

邵氏（宝）[⑧]《简端录》曰，“聚而有体，谓之物；散而无形，谓之变。唯物也，故散必于其所聚；唯变也，故聚不必于其所散。是故聚以气聚，散以气散。昧于散者，其说也佛；荒于聚者，其说也仙。”[⑨]

盈天地之间者、气也；气之盛者为神。神者，天地之气而人之心也。故曰，“视之而弗见，听之而弗闻，体物而不可遗，使天下之人齑明盛服以承祭祀，洋洋乎如在其上，如在其左右。”[⑩]圣人所以知鬼神之情状者如此。

“维岳降神，生甫及申”[⑪]，非有所托而生也。“文王在上，于昭于天”[⑫]，非有所乘而去也。此鬼神之实，而诚之不可掩也。

〖注〗

①见《易·系辞传》上第4章。

②见《礼记·祭义》。

③见《礼记·檀弓》篇下第59章。

④见《张载集》（中华书局张岱年校阅本）页7。

⑤陈师道字履常，一字无己，北宋彭城人。《宋史》卷444有传。

⑥吕柟字仲木，号泾野，明陕西高陵人。《明史》卷282有传。

⑦见《周易说翼》。

⑧邵宝，明无锡人。《明史》卷282有传。

⑨《简端录》凡12卷，有明刻本、清刻本及《五经总义》本。

⑩见《礼记 · 中庸》第10章。

⑪见《诗 · 大雅 · 荡之什 · 嵩高》篇。亦见《礼记 · 孔子闲居》。

⑫见《诗 · 大雅 · 文王之什 · 文王》篇。

〖讲〗

这是借《易传》中的一句话，来讲鬼神（或者叫鬼魂）问题的一段札记。

《周易》是一部古代卜筮之书，其中包括64卦的卦辞和384爻的爻辞，这些叫《易经》。春秋战国时候人们讲解《易经》的一些零散篇幅被搜辑到一起，凑成十个目，叫“十翼”，这就是《易传》。《系辞传》是“十翼”中比较重要的篇章，分上、下篇，各十二章，约4400馀字，是一篇《易》的通论。过去人们都相信，《易传》是孔子所著，其实这说法是靠不住的。因为《易传》除去确实是以儒家为其基调外，还羼进不少道家的、阴阳家的、甚至墨家的因素。

例如“神道设教”这段意思，就是《易经》中也有，墨家学说中也有，后期儒家学说中也有的。《易 · 观卦》的《彖辞》就说，“圣人以神道设教，而天下服矣。”《礼记 · 祭义》中也说，“明命鬼神以为黔首则，百众以威，万民以服。”《墨子 · 明鬼》篇列举了5个活灵活现的例子证明鬼的存在，并且说“鬼神能赏贤罚暴”。试看这三家说到一块去了，都主张使用神鬼的迷信力量来帮助社会的安定。

可是到了公元十七世纪顾炎武的生活年代，西学已经东渐，人们头脑上的“蒙”，已有了初步的开启。所以顾氏写这段札记时，以“启蒙”精神把传统文化中的鬼神诸说，尽力做出唯物的解释。他征引不少宋、明人的议论，来驳斥轮回、托生说的虚妄，把鬼魂现象解释为从物质根基上升华出来的一种特种精神功能作用，近代科学似乎也正在沿着这条线索作更科学更精密的探求。

但是，人们意识衍变的道路又是曲折的。明清时期，一方面启蒙作用在一步步取胜，另一方面，特别在一些闭塞地区的社会极下层蒙昧状态下，迷信和秘密会道门却又有了蔓延的增长，把鬼魂和轮回现象说的活灵活现的小说和笔记（如《阅微草堂笔记》）又甚嚣尘上。由此可见，顾氏的札记和观点，其倾向性相对地说是开明的。

孔子论《易》

孔子论《易》见于《论语》者，二章而已。曰“加我数年，五十以学《易》，可以无大过矣。”[①]曰“南人有言曰，人而无恒不可以作巫医，善乎‘不恒其德，或承之羞’。子曰不占而已矣。”[②]是则圣人之所以学《易》者，不过庸言、庸行之间，而不在乎图书象数也。[③]今之穿凿图象以自为能者，畔也。

记者于夫子学《易》之言而即继之曰，“子所雅言，读书执礼，皆雅言也。”[④]是知夫子平日不言《易》，而其言诗书执礼者，皆言《易》也。人苟循乎诗书执礼之常而不越焉，则自天祐之吉，无不利矣。故其作《系辞传》，于“悔”、“吝”、“无咎”之旨，特谆谆焉[⑤]。而《大象》所言，凡其体之于身、施之于政者，无非用《易》之事。然“辞”本乎“象”，故曰“君子居则观其象而玩其辞。”[⑥]观之者浅，玩之者深矣。其所以与民同患者，必于辞焉著之，故曰“圣人之情见乎辞”[⑦]；若“天一地二”、“易有太极”二章，皆言数之所起，亦赞《易》之不可遗，而未尝专以“象”、“数”教人为学也。是故“出入以度，……无有师保，如临父母”[⑧]，文王、周公、孔子之《易》也。希夷之图，康节之书[⑨]，道家之《易》也。自二子之学兴，而空疏之人、迂怪之士，举窜迹于其中以为《易》，而其《易》为方术之书；于圣人寡过反身之学，去之远矣。

《诗三百》，一言以蔽之，曰“思无邪”[⑩]。《易》六十四卦、三百八十四爻，一言以蔽之，曰“不恒其德，或承之羞”。夫子之所以思得见夫有恒也，有恒可以无大过。

〖**注**〗

①见《论语·述而（第七）》篇第17章。后代学者指出“五十”或为“卒”字之讹。

②见《论语·子路（第十三）》篇第22章。又见《礼记·缁衣》篇第23章，两处引文有微异。

③“图”指《太极图》；此源于陈抟《先天图》。“书”指《洛书》。“象

数”，纬书中云，“形由象生，象由数设”。

④此为《论语·述而（第七）》篇第17章之后文。

⑤《易·系辞·下》关于“无咎”说“危者使平，易者使倾，其道甚大，百物不废，惧以始终，其要无咎”。关于“悔”、“吝”说“是故爱恶相攻而吉凶生，远近相取而悔吝生。……凡《易》之情，近而不相得则凶；或害之，悔且吝。”

⑥见《易·系辞·上》第2章，全句为“是故君子居则观其象而玩其辞，动则观其变而玩其占。”

⑦见《易·系辞·下》之第1章。

⑧见《易·系辞·下》之第7章。

⑨希夷：指陈抟（tuán团），后唐、后周时人，宋太宗号之“希夷先生”。康节，指邵雍，北宋人，谥康节。

⑩见《论语·为政》篇第2章。

〖讲〗

我们读者必须有预先的思想准备，即顾炎武氏是儒家的“正学”，一切“非正学”他都排斥，“二氏”（指道家与佛家）他排斥，连宋明理学开头人陈抟、周敦颐、邵雍的《周易》象数之学，他也排斥。他只准许把《周易》纳入人们日常生活遵礼守法的“庸言庸行”之中。接受“二氏”影响的，就是“畔”。“畔”，即叛逆之叛，即离经叛道。所有这些，都是最保守的观点，摈斥了《周易》之学向不同方向的发展。由于“保守”，所以也最“信古”，坚信文王作《彖》、周公作《象》、孔子作《十翼》的传统说法。其实，如《易系辞》这样羼杂了若干孔子以后，战国以来的词汇和意识的篇章，恪守凛遵以为孔子的手教，这种态度是否可取，也值得讨论。但无论如何，顾氏是易学专家，他的一派之言，也值得我们借鉴、参考。

“惟彼陶唐，有此冀方”

尧、舜、禹皆都河北，故曰“冀方”。至太康始失河北，而五子御其母以从之[①]，于是侨国河南。再传至相，卒为浞所灭[②]。古之天子，失其故都，未有能国者也。周失丰、镐，而平王以东；晋失雒阳、宋失开封，而元帝、高宗迁于江左，遂以不振。惟殷之五迁、[③]圮于河，而非敌人之窥伺，则势不同尔。

唐自玄宗以后，天子屡尝出狩，乃未几而复国者，以不弃长安也。故子仪回銮之“表”，代宗垂泣[4]；宗泽还京之“奏”，忠义归心。呜呼！幸而浇之纵欲[5]，不为民心所附，少康乃得一旅之众而诛之尔[6]。后之人主，不幸失其都邑而为兴复之计者，其念之哉！

夏之都，本在安邑。太康畋于洛表，而羿距于河，则冀方之地，入于羿矣；惟河之东与南，为夏所有。至后相失国，依于“二斟”[7]，于是使浇用师杀斟灌（在今寿光县）以伐斟鄩（在今潍县），而相遂灭。（《左传》哀元年。）乃处浇于过（今掖县）以制东方；处豕壹于戈（杜氏《解》，在宋、郑之间）以控南国。（襄四年。）其时靡奔有鬲，（今在德平县。）在河之东；少康奔有虞，（今虞城县。）在河之南。而自河以内，无不安于乱贼者矣。合魏绛、伍员二人之言[8]，可以观当日之形势，而少康之所以布德兆谋者，亦难乎其为力矣。（《竹书》谓太康元年即居斟鄩，非也。[9]）

〖注〗

①见《尚书·夏书·五子之歌》，“太康尸位，以逸豫灭厥德，黎民咸贰，乃盘游无度，畋于有洛之表，十旬弗反。有穷后羿，因民弗忍，距于河。厥弟五人，御其母以从，徯于洛之汭。”本段题目“惟彼陶唐，有此冀方”，即见于五段歌词中之第三段。

②浞，指寒浞。《左传·襄公四年》晋魏绛之言曰，寒浞，伯明氏之谗子弟也。羿信而使之，以为己相。浞行媚于内而施赂于外，树之诈慝，以取其国家。浞因羿室生浇及豕壹。伯靡自有鬲氏收二国之烬以灭浞，而立少康。

③五迁，见《尚书·商书·盘庚上》，曰“不常厥邑，于今五邦”。“五邦”者，大略指亳、嚣、相、耿、殷。

④见《新唐书》卷137《郭子仪传》（中华本页4605）。

⑤浇，后羿妻与寒浞所生二子之一，封于过，又曰过浇。《左传·哀公元年》伍员谓吴王曰，昔有过浇，灭夏后相。后缗有娠，生少康焉。（少康）惎浇，能戒之。使女艾谍浇，……遂灭过、戈。

⑥上注引伍员之言曰，有虞妻之以二姚，而邑诸纶，有田一成，有众一旅。注曰，方十里为“成”，五百人为“旅”。

⑦“二斟”，指斟鄩与斟灌。前期“二斟”之址在河南，后期在山东。在河南者，鄩在巩县，灌在卫郡顿丘（今濮阳）。在山东省，鄩在潍县，灌在寿光，二斟相去九十里。

⑧魏绛、伍员之言，分见《左传》襄公4年及哀公元年。

⑨郦道元《水经注》“巨洋水”条下引“汲郡古文”曰，“太康居斟寻；羿亦居之；桀又居之。”这条材料毫无问题，而顾氏竟驳之，谓“非也”，这是顾氏昏了，《竹书》无误。傅瓒《汉书音义》说，“斟寻在河南，盖后迁北海也”，郦道元《水经注》也说，“寓其居而生其称，宅其业而表其邑，纵遗文沿褫，亭郭有传，未可以彼有‘灌’目，谓专此为非，舍此‘寻’名，而专彼为是。”顾氏生于傅、郦二氏之后，何以不考虑这些，而遽断《竹书》为“非”哉?!

〖讲〗

阅读这段札记的读者必须谅解，顾炎武氏究竟是十七世纪的学者。在他的时代，乾（隆）、嘉（庆）考证之学的精细成果，尚未出现；清末民初以来田野考古之学的科学报告也未出现。学术这桩事，总是后来居上。例如《夏史》，二十世纪八十年代，人们才慢慢讨论开，但有关夏中心的转移，究竟是先居登封后迁安邑呢？抑还是先居安邑后迁登封呢？学者间一直还有争论。顾氏自然不知晓这些。当然，《五子之歌》的歌词“惟彼陶唐，有此冀方”，基本上是可信的。中国古史上唐、虞、夏三个传说时代人们的活动中心大体在黄河以北，是可信的。但阳城在今河南中部，虞城在今河南东部，又如何解释呢？

在《夏史》中段，有一个偏东北方的部落有穷氏以羿为首领，曾经跟夏后氏在今山东中部（汉北海郡地区）展开过斗争，这段经过值得过细研究，顾氏在《日知录》中提出来引起重视，是有价值的。但顾氏在《日知录》中是写过《因国》这一条的，他应该懂得部落搬家连地名也带过去的习惯；可是他在斟鄩、斟灌问题上只认定其在潍县与寿光，而不重视其在巩县与濮阳，并且还否认《竹书纪年》的史料价值，这是为什么？我们就难以解答了。

顾氏很喜欢拿少康和伯靡复国的事跟明清之际的时事联系起来，他有一首诗是他在山东潍县、寿光间旅行时写的，“人臣遇变时，亡或愈于死。”（《顾炎武诗文集》页340。）是影射他自己反清复明的意向的。本段“后之人主，不幸失其都邑而为兴复之计者”云云，又是跟反清复明的事扣在一起了。

“罔中于信，以覆诅盟”[①]

国乱无政，小民有情而不得申，有冤而不见理，于是不得不诉之于神，而诅盟之事起矣。苏公遇暴公之谮[②]，则出此三物以诅尔斯[③]。屈原遭子兰之谗，则告五帝以折中。命咎繇而听，直至里巷之人，亦莫不然。而鬼神之往来于人间者，亦或著其灵爽；于是赏罚之柄，乃移之冥漠之中；而，蚩蚩之氓，其畏王铁[④]，常不如其畏鬼责矣。乃世之君子，犹可有所取焉，以辅王政之穷。今日所传地狱之说、《感应》之书，皆苗民诅盟之馀习也。“明明棐常，鳏寡无盖”[⑤]，则王政行于上，而人自不复有求于神。故曰，有道之世，其鬼不神。所谓“绝地天通”者[⑥]，如此而已矣。

〖注〗

①见《尚书·周书·吕刑》篇，意思是说，三苗之民，受败坏政治之所害，很多人都为乱作恶，规定下的信义不遵守，赌下的咒也背叛。

②见《诗·小雅·节南山之什·何人斯》篇，《小序》曰，“暴公为卿士而谮苏公焉……，”其第7章云“及尔如贯，谅不我知，出此三物，以诅尔斯”。

③“三物”，郑《笺》曰，“豕、犬、鸡也”。

④铁，斧也，斧钺也。

⑤此亦为《吕刑》之语，《传》曰，“明明大道，辅行常法，故使鳏寡得所，无有掩盖。”

⑥此亦为《吕刑》之语，《传》曰，尧命重黎（即羲和）使人、神不扰，各得其序。天神无有降也，地祇（qì奇）不至于天。由此可以揣测，在“绝地天通”之前，按远古神话传说，地天之间是可通的，天神可以降地，地祇可以上告于天。

〖讲〗

在“文化革命”时期，凡与“林办”和“江办”有取得联系渠道的，被叫做“通天”。其实，“通天”这个词由来很久远了。现在，我们从一些唐、宋人“类书”中看到一些纬书中保存下来的远古神话传说的片断，说天和地是可通的，神和人是可通的，通道就在今湖南的衡山。也不是天天通，似乎一定阶段开放一次，神可以下来调查，人可以上去申诉。可是到尧的时候，这条通道封闭了，就是《尚书·吕刑》篇所说的“绝地天通”。自从“绝地天通”以后，人世遇到不公平事就无处申诉了，于是出现了“诅盟”。“诅盟”是用豕、犬、鸡三物去献祭，要求神鬼主持正义，平反冤事。顾炎武说，“君子犹有所取”的意思是，诅盟和鬼道，在某种意义上，是人世纠纷除开官吏审理之外的一种补充手段，从这一点上，统治者和被统治者似乎都乐得有这么一种手段，所以就保存下来了。

《诗》有入乐、不入乐之分

鼓钟之诗曰，以《雅》，以《南》。[①]子曰，《雅》、《颂》各得其所[②]。夫二《南》也；《豳》之《七月》也；《小雅》正十六篇；《大雅》正十八篇；颂也，——《诗》之入乐者也。《邶》以下十二国之附于二《南》之后，而谓之“风”；《鸱鸮》以下六篇之附于《豳》，而亦谓之“豳”；《六月》以下五十八篇之附于《小雅》；《民劳》以下十三篇之附于《大雅》，而谓之“变雅”：——《诗》之不入乐者也。

《乐记》子夏对魏文侯曰[③]：郑音好滥、淫志，宋音燕女、溺志，卫音趋数、烦志，齐音敖辟、乔志；此四者，皆淫于色而害于德，是以祭祀弗用也。朱子曰，二《南》、正风，房中之乐也，乡乐也；二《雅》之正雅，朝廷之乐也；商、周之《颂》，宗庙之乐也。至《变雅》则衰周卿士之作，以言时政之得失；而《邶》、《鄘》以下，则太师所陈以观民风者耳，非宗庙燕享之所用也。但据程大昌之辩[④]，则二《南》自谓之“南”，而别立“正风”之目者，非。

四　诗

《周南》《召南》，“南”也，非“风”也。《豳》谓之“豳诗”，亦谓之“雅”，亦谓之“颂”，而非“风”也。《南》、《豳》、《雅》、《颂》，为“四诗”。而列国之风附焉。此诗之本序也。

〖**注**〗

①见《诗·小雅·谷风之什·鼓钟篇》第4章，其第5句云，“以雅、以南”。

②见《论语·子罕》篇，“子曰，吾自卫反鲁，然后乐正，《雅》、《颂》各

得其所。”

③见《礼记·乐记》;《史记·孔子世家》及《乐书》中，亦有转述。

④程大昌，南宋人，《宋史》卷433有传。著作多种，《诗论》是其一，书只一卷，详见下“讲”中。

〖讲〗

远古时民间和上层的诗歌，据说有三千馀篇。经孔子的编选，剩下三百零五篇，这就是后世所说的《诗经》，或《诗三百篇》。有关《诗三百篇》的内容分类和内部结构，一直有许许多多的纠缠。大体说来，第一，分类的标准各不相同，如（一）作诗人的手法不同；（二）演奏的场合不同；（三）可以歌唱与不可以歌唱的不同；（四）有了正统的“框框”之后，又有“正”（如“正风”和非正风、“正雅”和“变雅”之类）与非正的不同，等等。第二，历代说《诗》者派别不同，主要分“汉派”和“宋派”。“汉派”以传诗者毛苌和《诗谱》作者郑玄为代表。宋派以郑樵、朱熹、程大昌等为代表。“宋派”的主要势头，就是不迷信“汉说”，有时攻击“汉说”。

按诗人手法之分类，大体曰赋、比、兴（《诗传》以之混入风、雅、颂，共曰“六义”。“六义”的分类是不合逻辑的）。按场合的分类，大体有朝廷之乐，宗庙祭礼之乐，乡乐，以及采风人刚刚搜集上来的民歌。按可以跟乐器和乐谱歌唱、或者一时还不能跟乐器和乐谱歌唱，或者原来的乐谱已经丧失了的标准来分类，那么，“汉派”认为全可歌唱（见《史记·孔子世家》与《乐书》），“宋派”不同意此点，主张《南》、《豳》、《雅》、《颂》是主体诗，其余都是附属的内容而已。可以看出，顾炎武纯是“宋派”的观点，特别是紧跟朱熹的。

其次，当时除《南》、《豳》、《雅》、《颂》“四诗”之外，也不排斥另有一套一套宏大的乐曲（如我们当代的《东方红》或《黄河颂》之类），曰《武》，曰《韶》。《韶》、《武》、《雅》、《颂》，可能是当时流行的四套乐曲，所以孔子才拿《三百篇》弦歌之，以求合于《韶》、《武》、《雅》、《颂》之音。总之，后代对《诗三百篇》的分类和内容构成的看法是非常紊乱的，读者要细心辨析才是。

小人所腓

"小人所腓"[①]，古制一车甲士三人、步卒七十二人、炊家子十人、固守衣装五人、厩养五人、樵汲五人。（见《司马法》。[②]）随车而动，如足之腓也。（《传》曰，腓，辟也；《笺》曰，腓，当作芘。皆未是）。步乘相资，短长相卫，行止相扶，此所以为节制之师也。繻葛之战[③]，郑原繁高渠弥以中军奉公，为鱼丽之陈[④]，先偏后伍，伍乘弥缝，卒不随车，遇阙即补，斯已异矣。（古时营陈遇阙处，仍以车补。《周礼·车仆》掌阙车之萃。《注》，阙车，所用补阙之车也。[⑤]《左传》宣公十二年楚子使潘党率游阙四十乘。《注》，游车，补阙者。[⑥]）大卤之师[⑦]，魏舒请毁车以为行，五乘为三伍（《注》，乘车者，车三人，五乘十五人；今改去车，更以五人为伍，分为三伍）。为五陈以相离，两于前，伍于后，专为右角，参为左角，偏为前拒。[⑧]专任步卒，以取捷速，然亦必山林险阻之地，而后可用也。步不当骑，于是赵武灵王为变服骑射之令[⑨]，而后世因之，所以取胜于敌者，益轻益速；而一败涂地，亦无以自保。然后知车战之为谋，远矣。

终春秋二百四十二年，车战之时，未有斩首至于累万者。车战废而首功兴矣。先王之用兵，服之而已，不期于多杀也。杀人之中，又有礼焉。以此毒天下而民从之，不亦宜乎？宋沈括对神宗言"车战不利，见于历世。然古人所谓兵车者，轻车也。五御折旋，利于捷速。今之民间辎车重大，日不能三十里，故世谓之'太平车'，但可施于无事之日尔"[⑩]。

〖注〗

①《诗·小雅·鹿鸣之什·采薇》篇，共6章，其第5章云，"驾彼四牡，四牡马癸马癸；君子所依，小人所腓。"

②《司马法》，传为齐人司马穰苴所著。《四库提要》云"依道据德，本仁祖义"，观此，大体当是田齐时儒、道相糅时代的兵法书。

③繻葛之战，是鲁桓公5年周天子"王师"与蔡人、卫人、陈人联军伐郑之举。繻，读："须"。繻葛，《注》云郑地。

④《左传》桓公五年杜预《注》云，车战，二十五乘为偏，以车居前，以伍次之，五人为伍，此盖"鱼丽法"也。

⑤《周礼·春官宗伯·车仆》云，掌戎路之萃、广车之萃、阙车之萃、苹

车之萃、轻车之萃。《注》曰，萃，副也。“戎路”，王之所乘。馀为“副”。

⑥见《左传》宣公十二年，晋、楚“邲之战”，杜预《注》。

⑦大卤，太原晋阳地名。是役，晋大夫中行穆子败无终及群狄。

⑧此是不同于传统兵法的一种新布署，魏舒为之，见笑于狄，然终胜狄。

⑨参看《史记》卷43《赵世家》（中华本页1806～1811）。

⑩见《宋史》卷331（中华本页10654）。

〖讲〗

这一段，是讲车战的。西周、春秋时候，华夏族使用战车作战。车上立三人，一中一左一右。自然战车队之外，还有徒步的人员。战国及其以后，骑兵兴起，代替了车战，此后就是骑兵队和步兵队配合作战了。顾氏谈起这件事，是从《诗·小雅》中一篇题名《采薇》的诗中的一段引发的。《采薇》和《出车》、《杕杜》三篇诗的内容，是讲周王室派遣军队去打玁狁，《采薇》中的两句说“君子所依，小人所腓”。汉儒郑玄的《笺》说“腓”是芘也。芘，就是蔽。唐人孔颖达的《疏》进而演义说，“小人之所避患”。这真是笑谈。西周、春秋时候，不劳动的贵族叫“君子”，劳动者或带有某种依附身份的人叫“小人”。孔颖达的《疏》是说，遇见战斗，“小人”就躲起来。阶级偏见太重了。其实“腓”只不过是下腿的肌肉发达之处，俗所谓“腿肚子”，是一身动力的的重要支点。顾氏从宋人反毛反郑的立场出发，指出“芘”说之非是，提出“步乘相资，短长相卫，行止相扶”的新义，这新义要比郑、孔旧说强多了。此外，顾氏还有一个新义，说车战是远距离射程作战，死伤人少；等到战国，对面交锋，讲究斩首若干级，杀伤率就高了。对比起来，车战还包含有某些远古的人道主义。

乐 章

《诗三百篇》，皆可以被之音而为乐。自汉以下，乃以其所赋五言之属为“徒诗”，而其协于音者则谓之“乐府”。宋以下，则其所谓“乐府”者，亦但拟其辞而与“徒诗”无别。于是乎诗之与乐，判然为二；不特乐亡，而诗亦亡。

古人以乐从诗，今人以诗从乐。古人必先有诗，而后以乐和之。舜命夔教胄子“诗言志，歌永言，声依永，律和声”，[①]是以登歌在上，而堂上堂下之器应之。是之谓以乐从诗。(宋国子丞王普言[②]，古者既作诗，从而歌之，然后以声律协和而成曲。自历代至于本朝，雅乐皆先制乐章，而后成谱。崇宁以后，乃先制谱、后命辞。于是辞律不相谐协，且与俗乐无异。朱子曰，诗之作，本言志而已，方其诗也，未有歌也，及其歌也，未有乐也。以声依乐，以律和声，则乐乃为诗而作，非诗为乐而作也。诗出乎志者也，乐出乎诗者也，诗者其本而乐者其末也。)古之诗，大抵出自中原诸国，其人有先王之风、讽诵之数，其心和，其辞不侈，而音节之间往往合于自然之律。《楚辞》以下，即已不必尽谐。(《文心雕龙》言，《楚辞》讹韵实繁。)降及魏、晋，羌、戎杂扰，方音递变，南北各殊。故文人之作，多不可以协之音，而名为“乐府”、无以异于“徒诗”者矣。(元稹言[③]，乐府等题，除《铙吹》、《横吹》、《郊祀》、《清商》等词在《乐志》者，其余《木兰》、《仲卿》、《四愁》、《七哀》之类，亦未必尽播于管弦也。)人有不纯，而五音、十二律之传于古者至今不变，于是不得不以五音正人声，而谓之以诗从乐。以诗从乐，非古也。后世之失，不得已而为之也。

……

言诗者，大率以声音为末艺，不知古人入学，自六艺始[④]，孔子以游艺为学之成。[⑤]后人之学好高，以此为瞽师乐工之事，遂使三代之音，不存于两京，两京之音，不存于六代，而声音之学，遂为当今之绝艺[⑥]。

“七月流火”，天文也；“相其阴阳”，地理也；“四矢反兮”[⑦]，射也；“两马参如舞”，御也；止戈为武、皿虫为蛊，书也；千乘三去、亥有二首六身，[⑧]数也。古之时人人知之，而今日遂为绝学。且曰，艺而已矣，不知之无害也。此近代之儒所以自文其空疏也。

〖**注**〗

①见《尚书·舜典》，“帝曰：夔，命汝典乐，教胄子。直而温，宽而栗，刚而无虐，简而无傲。诗言志，歌永言，声依永，律合声；八音克谐，无相夺伦，神人以和。”

②王普，字伯照，著有《官历刻漏图》、《天文算法》等。

③见元稹《元氏长庆集》卷23《乐府古题序》。

④“六艺”，见《周礼·地官司徒·保氏》职下，六艺，一曰五礼，二曰六乐，三曰五射，四曰五驭，五曰六书，六曰九数。简称礼、乐、射、御、书、数。

⑤见《论语·述而》篇，曰“志于道，据于德，依于仁，游于艺”。又见《礼记·少议》篇，曰“士依于德，游于艺”。

⑥此数语，为顾氏著为《音学五书》的导火线和自诩。

⑦见《诗·齐风·猗嗟》篇，其第3章第5句曰“四矢反兮”，大体古射礼，矢四而射三，第四次射就算反复了。

⑧见《左传》襄公30年，记晋国诸大夫谈论岁数的计算时史赵所说，杜预《注》说，“亥字二画在上，并三六为身，如算之六。”

〖讲〗

这又是顾炎武氏的一段大手笔。在这里，他讲诗；讲中国文学史上诗的发展史；讲诗和乐曲的关系。假如单纯从诗和乐曲配合的关系来看，又可以说是诗的退化史，一步步退化，从音响艺术退化到纯文字的艺术了。后来的诗除有脚韵外，几乎跟散文差不多。

除以上内容之外，他又讲到后来的人不重视自古以来声韵的衍变。这个思想在顾氏恐怕是萌发很早的，这就成为他写《音学五书》的滥觞。他又讲到“六艺”（礼、乐、射、御、书、数），比他稍晚的颜元（习斋）也讲“六艺”，这是强调“经世济用”的时代精神。

最后要说一说的，这里似乎存在着一个矛盾。顾氏在前几段里（“《诗》有入乐不入乐之分”）讲《诗三百篇》有入乐、不入乐之分；在本段一开始又说“皆可被之音而为乐”：这不是自相矛盾吗？我们说，在两个不同场合，作者强调的重点不同。本段命意，是拿上古的诗歌跟明、清人做诗的不同来讲的，他说上古人诗歌本来是唱的，一配上乐谱和乐器，就都能演奏了。宋、元、明、清人做诗，根本不考虑“唱”的问题（唱的问题已被“曲”分担去了），诗做出来顶多吟一吟。前边那一段的命意是，在《诗三百篇》的当时，已经划分为在宗庙祭祀典礼上演奏、在朝廷政典（如现在开重要会议）上演奏、在私人家中演奏等差别；另外一些刚刚搜辑上来，还未考虑配谱和演奏的问题。上一问题是《诗三百篇》在整个中国诗歌衍变史中的比较特点，下一问题是在《诗三百篇》内部区分的问题。个人认为并不矛盾，并且这样做也不是替顾氏做什么弥补。

第六辑

四 海

《书·正义》言，天地之势，四边有水。邹衍书言，九州之外有大瀛海环之[①]。是九州居水内，故以州为名。（“州”古“洲”字。）然五经无“西海”、“北海”之文，而所谓“四海”者，亦概万国而言之尔。（《礼记·祭义》。推而放诸西海而准，推而放诸北海而准[②]，——亦是概言之海。至《左传》齐桓公言[③]，寡人处北海，——则直指齐地。而《孟子》言，伯夷辟纣，居北海之滨[④]。唐时以潍州为北海郡，而昌乐县遂有伯夷庙。[⑤]）《尔雅》，九夷、八蛮、六戎、五狄，谓之四海。[⑥]《周礼·校人》[⑦]，凡将有事于四海山川；《注》，四海，犹四方也。则“海”非真水之名。《易》卦“兑”为“泽”[⑧]，而不言海。《礼记·乡饮酒义》曰，祖天地之左海也[⑨]——则又见右之无海矣。（《史记·日者传》，地不满东南，以海为池。[⑩]）《虞书》禹言，予决九川距四海[⑪]。据《禹贡》但有一海，而“南海”之名，犹之“西河”，即此河尔。[⑫]。

《禹贡》之言“海”有二：“东渐于海”，实言之海也；“声教讫于四海”，概言之海也。

宋洪迈谓，海一而已。[⑬]地势西北高东南下，所谓东、北、南三海，其实一也。北至于青沧，则曰北海；南至于交广，则曰南海；东渐吴越，则曰东海；无繇有所谓四海者[⑭]。《诗》、《书》、《礼》经之称“四海”，盖引类而言之。至于庄子所谓“穷发之北有冥海”[⑮]，及屈原所谓“指西海以为期”[⑯]，皆寓言尔。程大昌谓，条支之西有海，先汉使固尝见之而载诸史。[⑰]（《史记·

大宛传》，于阗之西则水皆西流，注西海。[18]又曰奄蔡在康居西北，可二千里，临大泽无崖，盖乃北海云。[19]《汉书·西域传》，条支国临西海。[20]）后汉班超又遣甘英辈亲至其地，而西海之西，又有大秦夷人，与海商皆常往来。[21]霍去病封狼居胥山，其山实临瀚海。[22]苏武、郭吉，皆为匈奴所幽，置诸北海之上。[23]而唐史又言，突厥部北海之北有骨利干国，在海北岸。[24]——然则《诗》、《书》所称“四海”，实环华裔而四之，非寓言也。然今甘州有居延海、西宁有青海、云南有滇海，安知汉、唐人所见之海，非此类邪?!（黄汝成《集释》引钱大昕曰，北人称海子，犹南方之湖也。）

〖**注**〗

①邹衍书已佚，此见《史记》卷74《孟荀列传》“三邹子”段引。

②见《礼记·祭义》篇，此言曾子言孝，推诸东、西、南、北四海而皆准，顾氏此处仅举西、北二例。

③见《左传》僖公四年，楚君谓齐桓曰，寡人处南海，君处北海，风马牛不相及也。

④在《孟子》中伯夷居北海事凡两见，一、《离娄》上13章，二、《尽心》上22章。

⑤《齐乘》卷1言潍州西40里（当今昌乐境）有龙洞，宋封伯夷于此，元朝又加封。

⑥见《尔雅》第9《释地》，此言四极、四荒、四海，皆渺远之区。

⑦《周礼·校人》见《夏官司马》，此言王家之马政，有事于四海山川，则饰黄驹。

⑧《易》兑卦，象曰“丽泽兑”。此言两泽相连。

⑨《礼记·乡饮酒》篇，言烹狗于东方，祖阳气之发于东方，祖天地之左海。“左”，东也。

⑩见《史记》卷127《日者列传》，此言长安卜者司马季主答宋忠、贾谊之言（中华本页3219）。

⑪见《尚书·虞书·益稷篇》。

⑫《禹贡》中有“海滨广斥”、“海岱”、“沿于江海”、“江汉朝于海”等，故顾氏曰一海而已，意不分言之。

⑬洪迈，南宋鄱阳人，著《容斋随笔》，后扩之，辑为《容斋五笔》。

⑭见《容斋随笔》卷3“四海一也”条。

⑮“穷发之北”，见《庄子·逍遥游》。陈鼓应言，穷发，不毛之地（见《庄子今注今译》页12）。

⑯“指西海以为期”见《离骚》篇，王逸《注》云过不周山左行，俱会西海之上（《楚辞补注》卷1页46）。

⑰程大昌，南宋休宁人。此见所著《禹贡论》。

⑱见《史记》卷123《大宛传》（中华本页3160），此张骞返国回报。

⑲见《汉书》卷96上《西域传》（中华本页3893）乌弋山离段。

⑳与⑱注（中华本页3161）。

㉑见《后汉书》卷88《西域传》安息国段（中华本页2918）。

㉒见《汉书》卷55《卫青霍去病传》（中华本页2486）。

㉓见《汉书》卷54《李广苏建传》及卷94上《匈奴传》（中华本分见页2463及3772）。

㉔《旧唐书》卷199下《北狄传》（中华本页5349），《新唐书》卷217下《回鹘传》下（中华本页6144）。

〖**讲**〗

初看起来，这段《礼记》似乎在抠几个字眼：海；四海；东海、南海、北海、西海。而实质上，说的是人们对地理概念的一步步廓清。最初，人们只蒙眬地知道大陆四周有水环绕。慢慢又明白了中原左（东）方有海，右（西）方没有海。再往后，人们区分了东海、南海和北海（渤海）。可是人们很晚还不能区别内陆海、海和大洋之间的明确区别，所以把内陆海（里海、黑海、贝加尔湖）看作了西海或北海。后来，“海”的概念被人滥用，于是青海、滇海、洱海、居延海、草海等内陆湖泊也都叫“海”了。从古籍中，爬梳出这个逐步廓清的过程（即便仍有当时尚未廓清的部分），对人们读古书还是有很大帮助的。至于“四海”一辞，最初只是一个泛指“万国”的粗略辞汇；“四海之内”，只是一个指“中原华夏”的粗略辞汇而已。

九 州

九州之名，始见于《禹贡》。[①]（《祭法》，共工氏之霸九州也，其子曰后土，能平九州。[②]此前乎禹而有九州之名。）《周礼·职方氏》疏曰，自神农以上有大九州，柱州、迎州、神州之等；自黄帝以来，德不及远，惟神州之内分为九州。[3]（《史记·孟子荀卿传》邹衍言，中国名曰赤县神州，赤县神州内自有九州，禹之序九州是也，不得为州数；中国外，如赤县神州者九，乃所谓九州也。）[4]盖天下有九州，古之帝者皆治之，后世德薄，止治神州。神州者，东南一州也。（《河图括地象》[5]，东南神州，正南邛州，西南戎州，正西弇州，正中冀州，西北柱州，北方玄州，东北咸州，正东扬州。《淮南子·地形训》同，而以西北为台州，正北为泲州，东北为薄州，正东为阳州。《隋书》北郊之制[6]，有神州、迎州、冀州、戎州、拾州、柱州、营州、咸州、阳州。唐初房玄龄与礼官议，以为神州者国之所托，馀八州则义不相及，遂除迎州等八座，惟祭皇地祇及神州。）[7]此荒诞之说，固无足采；然中国之大，亦未有穷其涯域者。尹耕《两镇志》引《汉书·地理志》言，[8]“黄帝方制万里，画野分州，得百里之国万区”，而疑不尽于禹九州之内。且曰，以今观之，涿鹿（今保安州）东北之极陬也，而黄帝以之建都；釜山（在怀来城北）塞上之小山也，而黄帝以之合符：则当时藩国之在其西北者可知也。（《晋（书）·载记》慕容廆以大棘城即帝颛顼之墟也，乃移居之。[9]《通典》，棘城在营州柳城东南一百七十里。[10]）秦、汉以来，匈奴他部如尔朱、宇文之类，往往祖黄帝称昌意后，亦一证也。（按魏、周诸书，惟云魏之先出自黄帝轩辕氏；黄帝子曰昌意，昌意之少子受封北国，而尔朱氏无闻；宇文氏则云其先出自炎帝神农氏。今舍拓跋而言尔朱、宇文，误也。《辽史》言，耶律俨称，辽为轩辕后。）厥后昌意降居，帝挚逊位，至于洪水之灾，天下分绝，而诸侯之不朝者有矣。以《书》考之，禹别九州，而舜又肇十二州，其分为幽、并、营者，皆在冀之东北，（《书》“肇十有二州”。《传》云，“肇，始也。禹治水之后，舜分冀州为幽州、并州，分青州为营州，始置于十二州。”[11]高诱注《淮南子》云，古之幽都，在雁门以北。[12]）必其前闭而后通，前距而后服者也。而此三州以外，则舜不得而有之矣。此后世幅员所以止于禹迹九州之内，而天地之气，亦自西北而趋于东南，日荒日辟，而今犹未已也。（蔡仲默《书传》亦谓，[13]当舜之时，冀北之地，未必荒落如后世。）驺子之言，虽不尽然，亦岂可谓其无所自哉?!

……

〖注〗

①《尚书·禹贡》有“九州攸同，四隩既宅”句。

②见《礼记·祭法》篇第9章（最末一章）。

③见《十三经注疏·周礼注疏》卷33，叙扬、荆、豫、青、兖、雍、幽、冀、并九州之后，贾公彦《疏》云：此中“柱”作“桂”。

④见《史记·孟荀列传》（中华本页2344）。

⑤《河图括地象》，纬书。

⑥见《隋书》卷6《礼仪志》（一）（中华本页117）。

⑦见《旧唐书》卷21《礼仪志》（一）（中华本页817）。

⑧尹耕，明代人，严嵩时为兵备佥事，后戍辽东。于边塞防守诸事，颇有研究。

⑨见《晋书》卷108《慕容廆载记》（中华本页2804）。

⑩见《通典》卷178（州郡八）柳城郡营州条。

⑪见《尚书正义》卷3《舜典》孔安国《传》云云。

⑫见《淮南子》卷19《脩务训》篇，原文曰“西教沃民，东至黑齿，北抚幽都，南道交趾”，高诱注曰，“阴气所聚，故曰幽都，会雁门以北是。”

⑬蔡沈，字仲默，朱熹弟子，奉熹遗意，著《尚书集传》6卷。蔡氏事见《宋史》卷434《儒林》《蔡元定传》附（中华本页12876～12877）。

〖讲〗

现在我们经常说，“我们是炎黄子孙”，这句话没有错，并且若干年来以此激励着中国人的爱国主义，效果和作用都很好，很大。但远古时候的黄帝部落和炎帝部落的活动地域却和后来华夏人、汉人的活动地域，稍有出入。炎黄之世，活动地域偏北，后世逐渐向南发展，所以在文献中便出现“九州”和“十二州”的差异。“十二州”比“九州”多出来的地域，多是今河北最北部、内蒙、辽宁和黑龙江的一些部分。大体在尧以前，炎黄集团在这一带活动；后来洪水到来，怀山襄陵。颜师古说，“怀”，包也；“襄”，驾也。言洪水泛溢，包山驾陵，人各就高陆而居，得十二处，这是“十二州”的来历。洪水退走，禹平水土，按与后世郡县划分相类似的办法，定为“九州”。所以不要认为舜在前禹在后，怎么活动地域没有扩大反而缩小了？不是这样。要留意两点；一是洪水前和洪水后不同，二是自然民居与行政区划不同。这“九州”，牢牢传统下来，成为中华民族的固定生活领域，又曰“神州”。与“神州”同档次的据说还有8个，即所谓“大九州”者。后世“国家”概念、“领土”概念逐渐明确化，不能把“历史上曾经活动的地域”和“国家领土”混为一谈，所以唐太宗时房玄龄建议在北郊祭礼大典中撤去八座、仅祭神州，这是人们对“国家领土”与“活动地域”严格区别的重要标志。近世有些邻国的史学工作者有意模糊这种“国家领土”与“活动地域”的区别，说中国某某地区应该是他们的领土，这明显是为民族沙文主义服务的，在历史科学上也是一种有意的歪曲。

姓

言姓者，本于五帝。见于《春秋》者，得二十有二。妫，虞姓，出颛顼，封于陈。姒，夏姓，出颛顼，封于杞、鄫、越。（《传》云，沈姒蓐黄，春秋时无考[①]。）子，殷姓，出高辛，封于宋。（小戎，亦子姓。[②]）姬，周姓，出黄帝，封于管、蔡、郕、霍、鲁、卫、毛、聃、郜、雍、曹、滕、毕、原、酆、郇、邗、晋、应、韩、凡、蒋、邢、茅、胙、祭、吴、虞、虢、郑、燕、魏、黄、彤、荀、贾、耿、滑、焦、杨、密、隋、巴诸国（骊戎、大戎皆姬姓）。任、宿、须句、颛臾，风姓也，自太白皋。秦、赵、梁、徐、郯、江、黄、葛、麇、嬴姓也，自少皞。莒，己姓；薛，任姓。（《左》隐十一年《疏》引《世本》，谢、章、薛、舒、吕、祝、终、泉、毕、过十国皆任姓）；南燕，女吉姓也，自黄帝。（密须亦女吉姓。《国语》又有西、滕、箴、荀、僖、儇、依七姓，其封国在周世无考。）杜，祁姓也，自陶唐。楚、夔、权，芈姓；邾、郳、曹姓；鄅、偪、阳，妘姓；郯夷，董姓也：——自祝融。（《国语》又有彭、秃、斟三姓，在周世无考。）齐、申、吕、许、纪、州、向，姜姓也，自炎帝。（又有姜戎。）蓼、六、舒、舒鸠，偃姓也，自咎繇。胡，归姓；邓，曼姓；罗，熊姓；狄，隗姓；鄋瞒，漆姓；阴戎，允姓，六者不详其所出。（《国语》以莒为曹姓、越为芈姓，与此异。）略举一二论之，则今之孟氏、季氏、孙氏、宁氏、游氏、丰氏，皆姬；陈氏、田氏，皆妫；华氏、向氏、乐氏、鱼氏，皆子；崔氏、马氏，皆姜；屈氏、昭氏、景氏，皆芈。自战国以下之人，以氏为姓，而五帝以来之姓亡矣。

〖**注**〗

①见《左传·昭公元年》，《疏》云，金天氏裔孙台骀，为颛顼臣，沈、姒、蓐、黄，台骀之后，晋人主汾水而灭此四国。

②见《左传》庄公28年，晋献公娶二女于戎……小戎子生夷吾。杜预注曰：子，女也。

氏 族

《礼记·大传·正义》，诸侯赐卿大夫以氏。若同姓公之子，曰公子；公子之子，曰公孙；公孙之子，其亲已远，不得上连于公，故以王父字为氏；若嫡夫人之子，则以五十字伯仲为氏，若鲁之仲孙、季孙是也；若庶子、妾子，则以二十字为氏。（《记》所云“冠而字之”之“字”，[①]）则展氏、臧氏是也。若异姓，则以父祖官及所食之邑为氏；以官为氏者，则司马、司城是也；以邑为氏者，若韩、赵、魏是也。凡赐氏族者，比为卿，乃赐。有大功德者，生赐以族，若叔孙得臣是也；虽公子之身，若有大功德，则以公子之字赐以为族，若仲遂是也；其无功德，死后乃赐族，若无骇是也。（按此论亦多不然，详见卷四“卿不书族”条。[②]）其子孙若为卿，其君不赐族，子孙自以王父字为族也。“氏”、“族”对文为别，散则通也。故《左传》云，“问族于众仲”，下云“公命以字为展氏”[③]是也。其姓与氏，散亦得通。故《春秋》有姜氏、子氏、姜子，皆姓而云氏，是也。[④]

战国时人，大抵犹称氏族。（《战国策》甘茂曰，昔者曾子处费，费人有与曾子同名族者而杀人。[⑤]不言“姓”而言“族”，可见当时未尝以“氏”为“姓”也。）汉人则通谓之“姓”。然氏族之称，犹有存者。《汉书·恩泽侯表》褒鲁节侯公子宽以鲁顷公玄孙之玄孙奉周祀，元始元年六月丙午封子相如嗣，更姓公孙氏，后更为姬氏。公子、公孙，氏也；姬，姓也：此变“氏”称“姓”之一证。（黄汝诚《集释》引沈氏（按，名彤）曰《大传》庶姓别于上。《疏》，以氏族解之。然则汉人所云姓某氏者，皆以庶姓言也。）

……

姓氏之称，自太史公始混而为一。《本纪》于秦始皇则曰姓赵氏，于汉高祖则曰姓刘氏。

〖注〗

①“冠而字之”，一见于《仪礼·士冠礼》，原句曰：“宾字之，冠者对”。另一见于《礼记·郊特牲》末章“冠义”段。

②见《日知录》卷4“卿不书族”条，指出卿大夫赐氏亦有前后不同，大体隐、桓之时赐者尚少，庄闵以后赐者寖多。

③见《左传》隐公八年，略云无骇卒，羽父请谥与族。公问于众仲，对

曰，天子建德；因生以赐姓，胙之土而命之氏。诸侯以字为谥，因以为族。公命以字为展氏。

④此段顾氏引《正义》文甚长。文见《十三经注疏·礼记正义》卷34《大传》篇第16孔颖达《疏》。

⑤见《战国策》《秦策二》，参看诸祖耿《战国策集注汇考》页230～230、237～239。

附钞：《原姓》（节录）（原文见《顾亭林诗文集》卷1、页11～12。）

男子称氏，女子称姓。氏一再传而可变，姓千万年而不变。最贵者国君，国君无氏，不称氏（而）称国。……次则公子，公子无氏，不称氏（而）称公子。……最下者庶人，庶人无氏，不称氏（而）称名。然则氏之所由兴，其在于卿大夫乎？故曰，诸侯之子为公子，公子之子为公孙，公孙之子以王父字，若谥、若邑、若官为氏。……考之于《传》，二百五十五年之间，有男子而称姓者乎？无有也。女子则称姓。在室也称姓，冠之以序……；已嫁也，于国君则称姓，冠之以国；……于大夫则称姓，冠之以大夫之氏；……既卒也，称姓，冠之以谥。……故曰，姓不变也。是故氏焉者，所以为男别也；姓焉者，所以为女坊也。自秦以后之人，以氏为姓，以姓称男，而周制亡，而族类乱。

〖**讲**〗

在这里，我们安排了《日知录》中的两段《札记》和《亭林文集》中一小篇文章的节录，三者连在一起，为大、中学历史、语文老师提供了一份重要参考资料。中国历史中的“先秦段”，其不同于其后诸段之处甚多，但最特征性的地方在于血缘贵族是整个社会的主宰集团。血缘贵族之外，还有自由民、半自由民、奴隶（家内奴隶与生产奴隶），这些人统叫“庶民”。庶民，只有本人的名字，不带“姓”和“氏”。只有血缘贵族才有姓、氏标志，而“姓”和“氏”二者间还有很大的区别。“姓”，是贵族的血缘标志，标志出自“五帝”传统中的哪个血缘家族。“氏”不是自然传统而是人为后果的标志，标志此人的祖或父曾做何官、封在何邑、死后得了什么美称，等等。似乎带有一种“亮牌子”的含意，所以男子都有“氏”。并且，这种“氏”不是自取的、自命的，而是由分封国家的国君（诸侯级）赐给。“姓”的标志，只在妇女身上保留，“姓”字之外，习惯还另有一字，未出嫁者以在娘家家中的排行标志，出嫁给国君的以国名标志，嫁给大夫的以大夫的“氏”或“谥”标志。春秋、战国时候，人们的“姓”、“氏”身份标志，就是如此复杂。不掌握这些复杂特点，譬如读《左传》、《国语》就会有很大困难。顾氏有鉴于此，乃写了像如上三段的内容。自秦汉以后，“姓”、“氏”混合在一起了，这由于血缘贵族集团已经不是社会的主宰。但秦、汉以后，姓氏问题又出现新的复杂化，世家大族自创牒谱，于是伪托、溷冒、攀援诸现象接踵而生；兼以少数民族与汉族间胡冒汉姓、汉冒胡姓现象，亦有发生。这给中古和近古史的姓氏问题，又增添了更大的难度。所以，清末民初的章太炎说，清朝文史学者只在“地理”、“官制”两个项目底下，做出了一点成绩，其馀就很不行，如“食货”、“乐律”、“姓氏”、“刑法”等项目，就需要后人多加努力（见《自述学术次第》）。这个话是很有启发性的。“姓氏之学”，应该是史学工作者肩负起来的一个分枝。

黄　金

汉时黄金上下通行，故文帝赐周勃至五千斤[①]，宣帝赐霍光至七千斤[②]，而武帝以公主妻栾大，至赍金万斤。（《汉书》作十万斤。）[③]卫青出塞，斩捕首虏之士，受赐黄金二十馀万斤[④]。（古来赏赐之数，莫侈于元成宗即位，赐驸马蛮子带银七万六千五百两，阔里吉思一万五千四百五十两，高丽王王昛三万两，其定诸王朝会赐与，有至金千两、银七万五千两者。[⑤]）梁孝王薨，藏府馀黄金四十馀万斤[⑥]；馆陶公主近幸董偃，令中府曰，董君所发，一日金满百斤、钱满百万、帛满千匹，乃白之。[⑦]王莽禁列侯以下，不得挟黄金输御府受直；至其将败，省中黄金万斤者为一匮，尚有六十匮；黄门、钩盾、藏府、中尚方处，处各有数匮。[⑧]而后汉《光武纪》言王莽末天下旱蝗，黄金一斤易粟一斛[⑨]，是民间亦未尝无黄金也。董卓死，坞中有金二、三万斤，银八、九万斤。[⑩]昭烈得益州，赐诸葛亮、法正、关羽、张飞金各五百斤、银千斤。[⑪]《南齐书·萧颖胄传》长沙寺僧业富，沃铸黄金为龙，数千两，埋土中，历相传付，称为下方黄铁，莫有见者。颖胄起兵，乃取此龙，以充军实。[⑫]《梁书·武陵王纪传》黄金一斤为饼，百饼为簉，至有百簉；银五倍之。[⑬]自此以后，则罕见于史。《尚书疏》汉、魏赎罪，皆用黄金；后魏以金难得，令金一两，收绢十匹；今律（按指唐律）乃赎铜。[⑭]。

宋太宗问学士杜镐曰，两汉赐予多用黄金，而后代遂为难得之货，何也？对曰，当时佛事未兴，故金价甚贱。[⑮]今以目所睹记及《会典》所载国初金价推之，亦大略可考。《会典》“钞法”卷内云，洪武八年造“大明宝钞”，[16]每钞一贯，折银一两；每钞四贯，易赤金一两：是金一两当银四两也。“征收”卷内云，洪武十八年令，凡折收税粮，金每两准米十石，银每两准米二石：是金一两当银五两也。三十年，上曰，折收逋赋，欲以苏民困也，今如此其重，将愈困民。更令金每两准米二十石，银每两准米四石，然亦是金一两当银五两也。永乐十一年令，金每两准米三十石，则当银七两五钱矣。又令交趾召商中盐，金一两给盐三十引，则当银十两矣。岂非承平以后，日事侈靡，上自宫掖，下逮勋贵，用过乎物之故与！（辽张孝杰为北府宰相，贪货无厌，尝曰，无百万两黄金，不足为宰相家。[17]）幼时见万历中赤金只七、八换，崇祯中十换，江左至十三换矣。投珠抵璧之风，[18]将何时而见与?!

……

古来用金之贵，如《吴志·刘繇传》，笮融大起浮图祠，以铜为人，黄金涂身，衣以锦彩，垂铜盘九重。[19]《何姬传·注》引《江表传》孙皓使尚方以金作华燧、步摇、假髻以千数，令宫人着以相扑，朝成夕败，辄出更作。[20]《魏书·释老志》兴光元年敕有司，于五级大寺内为大祖以下五帝铸释迦立像五，各长一丈六尺，都用赤金二万五千斤。天安中于天宫寺造释迦立像，高四十三尺，用赤金十万斤、黄金六百斤。[21]《齐书·东昏侯本纪》后宫服御，极选珍奇，府库旧物，不复周用，贵市民间金银宝物，价皆数倍。京邑酒租，皆折使输金，以为“金涂”，犹不能足。[22]《唐书·敬宗纪》诏度支进铜三千斤、金薄（即箔字）十万翻，修清思院新殿及升阳殿图障[23]。《五代史·闽世家》王昶起三清台三层，以黄金数千斤铸宝皇及元始天尊、太上老君像。[24]宋真宗作玉清昭应宫，甍栱栾楹，全以金饰，所费巨亿万，虽用金之数，亦不能全计。[25]《金史·海陵本纪》宫殿之饰，遍敷黄金而后间以五彩，金屑飞空如落雪。[26]《元史·世祖本纪》建大圣寿万安寺，佛像及窗壁皆金饰之，凡费金五百四十两有奇，水银二百四十斤。又言，缮写金字藏经，凡縻金三千二百四十四两。[27]（《吴澄传》言，粉黄金为泥，写浮屠《藏经》。[28]《泰定帝纪》，泰定二年七月庚午，以国用不足，罢书金字藏经。时于云南立造卖金箔规措所。[29]此皆耗金之繇也。杜镐之言，颇为不妄。《草木子》云，金一为箔，无复再还元矣。[30]故《南齐书·武帝纪》禁不得以金银为箔。[31]（《宋史·真宗纪》大中祥符元年二月丙午，申明不许以金银为箔之制。[32]《仁宗纪》康定元年八月戊戌，禁以金箔饰佛像。[33]《哲宗纪》元祐二年九月丁卯禁私造金箔。[34]《刘庠传》仁宗外家李珣犯销金法，庠奏言，法行当自贵近始。从之。[35]《金史·世宗纪》大定七年七月戊申禁服用金线，其织卖者皆抵罪。[36]《元史·仁宗纪》至大四年三月辛卯禁民间制金箔、销金、织金。[37]）而《太祖实录》言，[38]上出黄金一锭示近臣曰，此表笺袱盘龙金也，令宫人洗涤销镕得之。呜呼！俭德之风远矣。

〖注〗

①见《史记》卷57（中华本页2072），卷10（中华本页418）同。

②见《汉书》卷69（中华本页2947）。

③见《史记》卷12《武帝本纪》，栾大与少翁（文成将军）同师，二人向汉武帝言神仙神鬼之事。后不验，被诛。《汉书》此事见卷25上《郊祀志》。妻以卫长公主时，《史》言"赍金万斤"、《汉》言"赍金十万斤，"相差十倍，不可解。而《通鉴》亦言"十万金"。

④见《汉书》卷24下《食货志》下（中华本页1159）。

⑤见《元史》卷18《成宗纪》（中华本页382）。

⑥见《汉书》卷47《文三王传》（中华本页2211）。

⑦馆陶公主与董偃事，见《汉书》卷65《东方朔传》（中华本页2853）。

⑧见《汉书》卷99下《王莽传》下（中华本页4188）。

⑨见《后汉书》卷1《光武纪》（中华本页32）。

⑩见《三国志》卷6《董卓传》裴松之注引《英雄记》（中华本页180）。

⑪见《三国志》卷36（《蜀书》）《张飞传》（中华本页943）。

⑫见《南齐书》卷38《萧赤斧传》附（中华本页667）。

⑬查《梁书》卷55《武陵王（萧）纪传》中无此条。《南史》中见之（中华本页1332）。

⑭见《尚书·舜典》"金作赎刑"句下（参看《十三纪注疏·尚书正义》卷3孔颖达《疏》）。

⑮见《宋史》卷296《儒林杜镐传》（中华本页9878）。

⑯指《大明会典》，徐溥纂，凡180卷。

⑰见《辽史》卷110（奸臣）《张孝杰传》（中华本页1487）。

⑱"投珠抵璧"，意谓不受货贿。

⑲见《三国志》卷49《（吴书）刘繇传》附《笮融传》（中华本页1185）。

⑳见《三国志》卷50《何姬传》裴注引《江表传》（中华本页1202）。

㉑见《魏书》卷114《释老志》，此言北魏文成帝时罽宾沙门师贤所倡，

文中“緞”字，有勘为“级”字者。“二十五万斤”，有勘为“二万五千斤”者，但中华本不取，仍“二十五万斤”之旧（中华本页3036）。

㉒见《南齐书》卷7《东昏侯纪》，此言东昏爱姬潘氏事。

㉓见《旧唐书》卷17上（中华本页516）。

㉔见《新五代史》卷68《闽世家》王审知长孙王继鹏（更名昶）事。

㉕《续资治通鉴长编》卷5大中祥符元年至七年有此事。

㉖见《金史》卷5《海陵王纪》（中华本页117）。

㉗见《元史》卷15《世祖纪》（十二）至元25年四月条下（中华本页311）。

㉘见《新元史》卷171《吴澄传》。

㉙见《元史》卷29《泰定帝纪》（中华本页658）。

㉚叶子奇《草木子》（明天启刻8卷本）4卷下《杂俎篇》。

㉛按此不见《武帝纪》，见《高帝纪》（中华本页14）。

㉜见《宋史》卷7《真宗纪》（中华本页136）。

㉝见《宋史》卷10《仁宗纪》（中华本页208）。

㉞见《宋史》卷17《哲宗纪》（中华本页325）。

㉟见《宋史》卷322《刘庠传》（中华本页10450）。

㊱见《金史》卷6《世宗纪》上（中华本页139）。

㊲见《元史》卷24《仁宗纪》（中华本页540）。

㊳即《明实录·洪武实录》。

〖讲〗

这是《日知录》中很重要的一段札记。顾炎武氏在这段札记中原原本本地排列出材料，说明秦汉及其以后、南朝齐梁以前，史料中使用金的量是很大的。看起来这些金主要支付于军功报偿，以及一般的赏赐，很少表现在交换。继之，他又原原本本地表述，由于佛事的兴起、偶像的铸造和镀饰，又造成了金的大量销耗。元明的帝王甚至下诏不准制造金箔和金线。顾氏两次提到北宋大臣杜镐回答宋太宗的话，并予以肯定。本世纪三十年代全汉升先生在《历史语言研究所集刊》一篇讲中古经济的长文中，也大体沿用了这种说法。

但历代对西汉为什么那么多金，西汉的金是黄金还是其他金属（如铜或各种合金），都有过质疑和揣测。如本节第14条注释涉及到的《尚书·舜典》篇唐人孔颖达《疏》中有一段文字，顾氏即未涉及。文曰：“古之金、银、铜、铁，总名为‘金’，别之四名耳。《（尔雅）·释器》云，黄金谓之‘璗’，白金谓之‘银’，是黄金、白银，俱名‘金’也。《周礼·考工记》攻金之工，……其所为者有铜有铁，是铜、铁俱名为‘金’。”查《史记》、《汉书》中许多处写明“黄金”，但又有许多处只写“金”，那么这些“金”是什么？这是第一个问题。

还有第二个问题，即金的重量记载如此巨大，从五千斤到万斤，如何支付？如何领受？按秦汉一斤重258.24克，约当市斤之0.5165。也就是说，汉代一斤等于目前一市斤的一半微多一点。即以一半计，赐金五千到万斤，也是两千五百市斤到五千市斤之重，也就是说，是一吨到两吨之数了。这数字是惊人的。至于支付手段，《汉书·惠帝纪》颜师古《注》说出了很重要的一句话，“诸赐金不言‘黄’者，一斤与万钱。”万钱是十贯，五千斤就是五万贯，万金就是十万贯，支付手段由铜钱来折付金额，这就较容易被人理解了。这些周折，顾氏是原应该说得更清楚些的。乾隆时赵瓯北（翼）在其《廿二史札记》中写了一条与顾氏大体类似的札记，略增补了几条材料，在辨析和推动认识上并没有前进多少。

银

唐宋以前，上下通行之货，一皆以钱而已，未尝用银。《汉书·食货志》言，秦并天下，币为二等，而珠、玉、龟、贝、银、锡之属为器饰宝藏，不为币。孝武始造白金三品，寻废不行。[①]（谢肇淛曰，汉银八两，值钱一千。[②]当时银贱而钱贵；今银一两，即直千钱矣。）《旧唐书》宪宗元和三年六月诏曰，天下有银之山，必有铜矿。铜者，可资于鼓铸；银者，无益于生人。其天下自五岭以北，现采银坑，并宜禁断。[③]然考之《通典》，谓梁初唯京师及三吴、荆、郢、江、湘、梁、益用钱；其馀州郡，则杂以谷帛交易；交广之域，则全以金银为货。[④]而唐韩愈奏状，亦言五岭买卖，一以银。[⑤]元稹奏状言，自岭已南，以金、银为货币；自巴以外，以盐帛为交易；黔、巫、溪、峡，用水银、朱砂、缯彩、巾帽以相市。[⑥]《宋史·仁宗纪》景祐二年诏，诸路岁输缗钱；福建、二广易以银，江东以帛。[⑦]于是有以银当缗钱者矣。《金史·食货志》，旧例，银每铤五十两，其值百贯。民间或有截凿之者，其价亦随低昂。遂改铸银，名“承安宝货”，一两至十两分五等，每两折钱二贯。公私同现钱用。[⑧]又云，更造“兴定宝泉”，每贯当通宝五十。又以绫印制“元光珍货”，同银钞及馀钞行之。行之未久，银价日贵，宝泉日贱，民但以银论价。至元光二年，宝泉几于不用。哀宗正大间，民间但以银市易。[9]此今日上下用银之始。

〖注〗

①见《汉书》卷24下《食货志》下（中华本页1152）。云币分二等三品，三品为白金，二等上等为黄金，下等为铜钱半两。

②谢海誓山盟淛，明长乐人，万历进士，《明史》卷286《郑善夫传》有附传。此见所著《史觿》。

③见《旧唐书》卷14《宪宗纪》元和三年（中华本页426）。惟亭林所据版本与今中华本所据版本间容有小异。

④见《通典》卷9《食货》九。

⑤见《全唐文》卷549韩愈《钱重物轻状》。

⑥见《元氏长庆集》卷34《钱货议状》篇。

⑦见《宋史》卷10《仁宗纪》（中华本页200）。

⑧见《金史》卷48《食货志》（中华本页1076）。

⑨同上注（页1089）。

〖讲〗

这段主旨是讲，在宋末、金、元以前，银在制货币原料方面，并不占重要地位。金、元以后直至明、清，银作为货币用金属，越来越重要了。

文内所引杜佑《通典》及元稹奏状诸条，读者值得重视起来，因为它反映中国一直是个大国，经济发展程度和经济发展表现情况，因地域而异。有的地域已经使用金银，有的地域则使用铜钱，有的地域则在半自然经济状态，杂用谷帛。所以在讲述某一历史段落的经济时，要留意地域间的不平衡性，不可用“一刀切”的办法去处理。

以钱为赋

《周官·太宰》，以九赋敛财贿。[①]《注》，财，泉（古“钱”字。）谷也。又曰，赋口，率出泉也[②]。（方回《古今考》不然此说。[③]）《荀子》言，厚刀布之敛，以夺之财。[④]而《汉律》有“口算”。（《孝惠纪·注》：《汉律》，人出一算，算百二十钱。[⑤]）此则以钱为赋，自古有之，而不出于田亩也。唐初，

“租”出谷；“庸”出绢；“调”出缯布。未尝用钱。自《两税法》行，遂以钱为惟正之供矣。（黄汝诚《集释》引任源祥（王谷）曰，行钱之法，惟曰钱粮纳钱。自明季以来，尽数纳银，钱于是铸而不行。顺治中，有钱粮纳钱之议，又有“银七钱三”之令，而钱准存留，不准起运，则终不纳钱也。是故钱之行，必自钱粮始，钱粮必自起运始。除“金花”外，可尽数纳钱，即或银三钱七，或中半银钱，皆以起运为率，则有司不得不纳钱，有司纳钱则民自乐输钱。小民输钱，则民间钱价自平。[⑥]）

孟子有言，圣人治天下，使有菽粟如水火，菽粟如水火而民焉有不仁者乎?！[⑦]由今之道无变今之俗，虽使馀粮栖亩、斗米三钱，而输将不办，妇子不宁，民财终不可得而阜，民德终不可得而正。何者？国家之赋不用粟而用银，舍所有而责所无故也。夫田野之氓，不为商贾，不为官，不为盗贼，银奚自而来哉?！此唐、宋诸臣每致叹于钱荒之害，而今又甚焉。非任土以成赋，重穑以帅民，而欲望教化之行、风俗之美，无是理矣。

……

《李翱集》有《疏改税法》一篇，言钱者，官司所铸；粟帛者，农之所出。今乃使农人贱卖粟帛，易钱入官，是岂非颠倒而取其无者邪?！由是豪家大商，皆多积钱，以逐轻重。故农人日困，末业日增。请一切不督现钱，皆纳布帛。[⑧]

宋时岁赋，亦止是谷帛，其入有常物。而一时所需，则变而取之，使其直轻重相当，谓之折变[⑨]。（景祐初，诏，户在九等免折变。[⑩]）熙宁中，张方平上疏，言比年公私上下，并苦乏钱。又缘《青苗》、《助役》之法，农民皆变转谷帛，输纳现钱。钱既难得，谷帛益贱，人情窘迫，谓之“钱荒”[⑪]。（司马光亦言江淮之南，民间乏钱，谓之“钱荒”。[⑫]苏轼亦言，《免役》之害，聚敛民财于上，而下有“钱荒”之患[⑬]。）绍熙元年臣僚言，[⑭]古者赋出于民之所有，不强其所无。今之为绢者，一倍折而为钱，再倍折而为银。银愈贵；钱愈难得；谷愈不可售。使民贱粜而贵折，则大熟之岁，反为民害。愿诏州郡，凡多取而多折者，重置于罚；民有粜不售者，令常平就籴；异时岁歉，平价以粜。——庶于民无伤，于国有补。从之。[⑮]而真宗时，知袁州何蒙请以金折本州“二税”，上曰，若是，将尽废耕农矣！不许。[⑯]是宋时之弊，亦与唐同；而折银之见于史者，自南渡后始也。

解缙《太平十策》言，及今丰岁，宜于天下要害之处，每岁积粮若干，民乐近输，而国受长久之利[17]，计之善者也。愚（按，顾氏自称）以为天下税粮，当一切尽征本色；除漕运京仓之外，其馀则储之于通都大邑，而使司计之臣，略仿刘晏之遗意，[18]量其岁之丰凶，稽其价之高下，粜银解京，以资国用。一年计之不足，十年计之有馀。小民免称贷之苦，官府省敲扑之烦，郡国有凶荒之备：一举而三善随之矣。

〖注〗

①见《周官·天官·大宰》，所谓“九赋”，包括邦中之赋、四郊之赋等。

②同上注《周礼注疏》（见《十三经注疏》）卷2，“赋口，率出钱”。郑玄（康成）所注如此。

③方回，宋末进士，降元。《古今考》1卷、《续古今考》37卷，传为魏了翁未就稿，方回足成之。大体对郑玄释周礼多有不同意见。

④见《荀子》卷6《富国篇》。

⑤见《汉书》卷2《孝惠纪》应劭《注》，人出一算，算百二十钱。奴婢倍算，罪谪五算。

⑥任元祥，字王谷，清宜兴人。

⑦见《孟子·尽心》上。原段曰，“民非水火不生活。昏暮叩人之门户求水火，无弗与者，至足矣。圣人治天下使有菽粟如水火，菽粟如水火而民焉有不仁者乎?”

⑧见四部丛刊本《李文公集》卷9，木刻页71。

⑨见《宋史》卷174《食货》上二（中华本页4203）。

⑩见《宋史》卷174《食货》上二（中华本页4208）。

⑪见《宋史》卷180《食货》下二（中华本页4384）。

⑫见《宋史》卷336《司马光传》（中华本页10765）。

⑬见《宋史》卷338《苏轼传》（中华本页10810）。

⑭见《宋史》卷174《食货》上二（中华本页4220）。

⑮同上注。

⑯见《宋史》卷277《何蒙传》（中华本页9444～9445）。

⑰解缙，朱元璋旧臣，朱棣下之狱，埋雪中死。《明史》卷147有传，言《太平十策》，文多不录；然后世丛书中每有遗文。

⑱刘晏，《旧唐书》卷423有传，与元载、杨炎主持国家财政，三人互相倾轧。

〖讲〗

顾炎武虽是十七世纪最大的史学家，但受了时代的局限，他对历史发展的宏观，不免有其不足之处。其不足之处在于，他对自然经济与货币经济的互为转化，未曾着重地留意，而牢牢抱住中古自然经济，认为它是最完善的，对农民最有利的。什么是自然经济？自然经济是指以商品、货币、交换相对不发达为条件的、以个体农业与个体手工业牢固结合为特征的一种经济。这种经济的好处，是容易保持社会生产和秩序的稳定性，而其缺点则是容易使社会停滞，不容易向发展道路冲出新的方向。与此相反，商品货币经济，虽然一方面有着引发投机倒把、高利盘剥、官吏加紧贪污腐化的种种弊病，但其优点是能带动社会前进的脚步，提高社会各方面生产量的增高，在最终结点上提高人民（也包括农民在内）的生活水平。单以农民说，自然经济给他带来的是眼前利益，不需要在缴纳租税时忍痛把粮食和绢帛卖掉，折成钱和银子。但货币经济却可以给他带来发展中的利益，如晚明时候一些农民转化成经营性的商品性农产品的生产者，既促进了社会繁荣，又使自己发了家、致了富。顾氏熟悉江南情况，对此新动向不能说是一无所知。但他对唐中叶的“两税法”改革和北宋王安石的改革，却一直采取反对的态度。中国封建社会经历明初的封闭和冻结，比唐中期以后和宋朝，不觉又凝固、沉滞了许多，所以顾氏主张把粮食存储在地方上（这跟他政治上的“地方分权论”恰好一致），只把少量粮食由官吏折成银钱上缴中央政府。试想在皇权日益威猛、贵族大官日益贪污侈靡的情况下，敲骨剥髓之不足，折这么一点银钱够支付吗？所以，顾氏的这段议论，跟解缙的议论一样，到头来不过是一种书生之见罢了。

铜

乏铜之患，前代已言之。江淹谓古剑多用铜①，如昆吾、欧冶之类皆铜也。楚子赐郑伯金，《盟》曰，“无以铸兵，故以铸三钟。”②古金三品：黑金是铁；赤金是铜；黄金是金。夏后之时，九牧贡金，乃铸鼎于荆山之下。③董安于之治晋阳公宫令吉之堂，皆以炼铜为柱质。④荆轲之击秦王中铜柱，而始皇收天下之兵铸金人十二⑤，即铜人也。（《三辅旧事》曰，聚天下兵器，铸铜人十二，各重二十四万斤，汉世在长乐宫门。⑥《魏志》云，董卓坏以铸小钱。⑦）吴王阖闾冢铜椁三重⑧；秦始皇冢亦以铜为椁⑨。战国至秦，攻争纷乱，铜不充用，故以铁足之。铸铜既难，求铁甚易，是故铜兵转少，铁兵转多，年甚一年，岁甚一岁，渐染流迁，遂成风俗。所以铁工比肩，而铜工稍绝。二汉之世，愈见其微。建安二十四年魏太子铸三宝刀、二匕首，天下百炼之精利，而悉是铸铁，不能复铸铜矣。[⑩]考之于史，自汉以后，铜器绝少，唯魏明帝铸铜人二，号曰“翁钟”[⑪]。又铸黄龙、凤凰各一。而武后铸铜为九州鼎，用铜五十六万七百一十二斤。[⑫]自此之外，寂尔无闻。止有铜马、铜驼、铜匜之属。昭烈入蜀，仅铸铁钱。[⑬]而现存于今者，如真定之佛、蒲州之牛、沧州之狮，无非黑金者矣。（黄汝诚引杨简在曰，《元史》英宗至治元年三月造寿安山寺，冶铜五十万斤作佛像。[⑭]……）

〖注〗

①江淹（文通）传见《梁书》卷14，《南史》卷59。此见《越绝书》。

②见《左传·僖公十八年》，郑伯始朝于楚，楚子赐之金，既而悔之，与之盟云云。

③见《史记》《孝武本纪》与《封禅书》（见中华本页1394）。

④见《战国策》卷18《赵策》一，诸祖耿《战国策集注汇考》页869～870处言之。董安于，赵简子之“才臣”，“世治晋阳”。“安”一作“阏”。

⑤见《史记》卷6《秦始皇帝本纪》（中华本页239）。

⑥《三辅旧事》，已佚。此见《史记·索隐》。

⑦见《三国志》卷6《董卓传》（中华本页177）。

⑧见《史记》卷31《吴世家》裴骃《集解》引《越绝书》（中华本页1468）。

⑨见《史记》卷6《秦始皇帝本纪》云“穿三泉，下铜而致椁”；而徐广曰“铜”一作“锢”（中华本页265）。

⑩《艺文类聚》卷60“军器部·刀”。

⑪见《三国志》卷3裴松之《注》引《魏略》（中华本页110）。

⑫见《旧唐书》卷22《礼仪志》二（中华本页868）。

⑬《三国志》《刘巴传》裴《注》（中华本页982）。

⑭见《元史》卷21《英宗纪》一，此至治元年12月末事，非3月。

〖讲〗

这一段说的事情比较简单，就是说，从历史上看，铜的开采量自中古以来，表现为越来越少了。它的用场，逐渐为铁所取代。

第七辑

三 反

今日人情有三反曰：弥谦[1]，弥伪；弥亲，弥泛；弥奢，弥吝。

召 杀

巧召杀；忮召杀；[2]吝召杀。

南北风化之失

江南之士，轻薄奢淫，梁、陈诸帝之遗风也。河北之人，斗狠劫杀，安、史诸凶之馀化也。

南北学者之病

饱食终日，无所用心，难矣哉，今日北方之学者是也。群居终日，言不及义，好行小慧，难矣哉，今日南方之学者是也。

〖注〗

①弥（mí迷）：更加

②忮（zhì志）：嫉妒。

〖讲〗

我将《日知录》中如上四段选录出来，其一，以见《录》中长段虽可至五千言以上、短段可至九个字。（这已不像札记，而像座右铭了。）其二，以见唐、宋、元、明以来，中国南北风气已形成各自的特点，互成对照，且与上古、中古之对照形势不同（详下文）。其三，以见近古期以来，社会财富愈多、财富愈集中、财富集中者则愈贪婪，对人愈吝啬。两段之中，均涉及“吝”，非偶然也。

现在，专门谈一谈南北风气的对照问题。南北风气之出现差异，虽与梁、陈诸帝，安、史诸凶不无关系，但究非其根本的原因。举一小例。北齐高欢诸子，论血缘，乃胡、汉杂揉之人；论地域在邺城，不得谓“南”；论时代，早在安史之前。而其淫其狠，可谓登峰造极。故南北差异之出现，恐一，在于生产之发达与不发达、财富积聚量之大与不大；二，在于专制主义集权之严重与不严重。公元三世纪，江南尚在水耕火耨之时，生产力低，生产品少，故东吴顾雍之知名，尚须蔡邕之推奖。四世纪以来，北方出现“五胡十六国”，晋室南渡，历宋、齐、梁、陈，江南生产水平日渐提高，文化亦随之而渐高。迨“十国”时南唐、吴越、闽、楚、蜀诸国，逐渐达到全国领先地位。至元朝，其民族统治政策，于“蒙古”、“色目”之下，设立“汉人”、“南人”（蛮子）二等，以便于其统治。而此种政治歧异，亦加深了“南”、“北”之别。至于明代，北方日渐落后，南方（特别是“江东”）日渐繁荣，于是如顾氏所云“言不及义”、“好行小慧”、“无所用心”诸特点，乃日益显著。在学者中，南方学者之骄傲与北方学者之不服心理，即二十世纪二三十年代笔者在大学肄业时，犹有明显的觉察。当时诸沈诸马，盛气确乎凌人。此所以蒲松龄在其《聊斋志异》中有“江淮之间、仅馀半通”（《五通》）之谑。其实南北双方，历来皆有气象博大之学者，亦皆有浅陋计较之辈，固不可以南北分其畛域也。

行　滕

《诗》“邪幅在下”《笺》云[①]，幅，如今行縢也。偪束其胫，自足至膝。《左传》“带裳幅舄”[②]，《注》同，亦作“偪”。《礼记》“偪履著綦”[③]；《释名》，偪，所以自逼束，今谓之行縢，言以裹脚，可以跳腾轻便也。[④]《战国策》，苏秦羸縢负书担囊。[⑤]《吴志》吕蒙为兵，作绛衣行縢。[⑥]《旧唐书》，德宗入骆谷，遇霖雨，道涂险滑，卫士多亡归朱泚。东川节度使李叔明之子升，及郭子仪之子曙、令狐彰之子建等六人恐有奸人危乘舆，相与咬臂为盟，着行幐钉鞋，更鞚上马，以至梁州，他人皆不得近。及还京师，上皆以为禁军将军，宠遇甚厚[7]。

〖注〗

①见《诗·小雅·鱼藻之什·采菽》篇，诗5章，其第3章开始两句曰，“赤芾在股，邪幅在下”，意为诸侯见天子，装束严整，不敢怠慢。

②见《左传》桓公2年，鲁大夫臧哀伯之谏，谏的大意是不可违越制度，“带、裳、幅、舄，”就是人君装束制度的四个内容。

③见《礼记·内则篇》，首讲为子之人如何事奉父母，一清早要洗脸漱口、鞋带要绑紧之类。

④《释名》为汉刘熙撰，今本8卷，此见“释衣服”节。

⑤见《战国策·秦策（一）》，记苏秦不纳于秦，去秦而归，“羸縢履跻，负书担橐，形容枯槁，面目黎黑”。

⑥见《三国志》卷54《吕蒙传》（中华本页1273）。

⑦此条不见于《旧唐书》而见于《资治通鉴》。

〖讲〗

“行幐”亦作“行縢”，就是近世所谓的绑腿。部队战士多打绑腿，取其行走和跳越的便捷。顾氏写这一条的意思，是想把文献中有关打绑腿这件事的资料累积在一起，看取其传统由来。在我们读者方面，则应由此看出顾氏读书之细密，处处留心，连打绑腿这么一件事也不放过，用一条札记说出它的由来。故凡治学为史之人，必师顾氏之精心读书，细密看取，处处留心。

土 炕

北人以土为床而空其下以发火，谓之炕。古书不载。（《诗·瓠叶·传》，“炕火曰炙”；《正义》曰“炕，举也，谓以物贯之而举于火上以炙之。[1]）《左传》，宋寺人柳炽炭于位，将至则去之。[2]《新序》，宛春谓卫灵公曰，君衣狐裘，坐熊席，隩隅有灶。[3]《汉书·苏武传》，凿地为坎，置煴火。[4]是盖近之，而非炕也。《旧唐书·东夷·高丽传》，冬月作长坑，下然煴火以取暖。此即今之土炕也。但作“坑”字。《水经注》，土垠县有观鸡寺，寺内有大堂甚高广，可容千僧。下悉结石为之，上加涂塈，基内疏通，枝经脉散，基侧室外，四出爨火，炎势内流，一堂尽温。[5]此今人暖房之制，形容尽之矣。

〖注〗

①参看《十三经注疏·毛诗·注疏》卷15之3，“传”即“笺”，东汉郑玄（康成）作。“正义”即“疏”，唐孔颖达作。

②见《左传》昭公十年。寺人柳宋平公宠之，元公恶之，柳炽炭于位，又得宠。

③《新序》，西汉末刘向作。

④《汉书》卷54《苏武传》（中华本页2461）。

⑤见《水经注》卷14“鲍丘水”条，“塈”原作“暨”，王国维引《尚书·梓材》“若作室家，既勤垣墉，惟其涂塈茨”作“塈”。即土坯；陕西人至今犹呼“胡塈”。

〖讲〗

土炕是北方寒冷地区人们生活中的一桩事物，一般认为辽、金、元以来更加普遍。顾氏此条指出，在辽、金、元以前的汉、唐，甚至先秦，人们也在做使用土坯（塈）底下架火上边取暖的试探了。《水经注》一条，尤为内容丰富多彩。土垠为今之河北丰润县。由此一条可见，《水经注》一书以河流为网，编织进去很多很宝贵的人文资料，值得史学工作者重点阅读，从其中摘取到资料的幅度是极大的。

寺

“寺”字，自古至今凡三变。三代以上凡言“寺”者，皆奄竖之名。《周礼》“寺人”《注》，寺之言侍也。[1]《诗》云“寺人孟子”[2]、《易》之“阍寺”[3]、《诗》之“妇寺”[4]、《左传》寺人貂、寺人披、寺人孟张、寺人惠墙、伊戾、寺人柳、寺人罗：皆此也。[5]自秦以宦者任外廷之职，而官舍通谓之“寺”。汉人以太常、光禄勋、卫尉、太仆、廷尉、大鸿胪、宗正、大司农、少府为“九寺”。又变，而浮屠之居亦谓之“寺”矣。（《石林燕语》[6]，汉以来，九卿官府皆名曰“寺”，鸿胪其一也。本以待四裔宾客。明帝时摄摩腾竺法兰自西域以白马负经至，舍于鸿胪寺；既死、尸不坏，因留寺中，后遂以为浮屠之居，即洛中白马寺也。僧居称寺本此。）

〖注〗

①《周礼·天官冢宰》，有“寺人”之职，掌内人（内御）女宫（女子受宫刑者）之禁。

②见《诗·小雅·节南山之什·巷伯》篇，诗7章，其第7章首二句云“寺人孟子，作为此诗”。

③见《易·说卦》;（艮）“为阍市”。

④见《诗·大雅·瞻印》:“时维妇寺”。

⑤见《左传》僖公二十四年晋有寺人披，成公十七年晋有寺人孟张，襄公二十六年宋有寺人惠墙、伊戾，昭公十年宋有寺人柳，哀公十五年卫有寺人罗。

⑥《石林燕语》凡10卷，北南宋之际叶梦得著，文绍奕作《考异》一卷附其后。

〖讲〗

“寺”字古今三变，虽是不大的问题，但与前选“山西·河东”条一样，初学者假如一时弄不清楚，对阅读古书、体会书义，影响不小。举一小例。笔者年轻时查黄巾起义之事，翻至《后汉书·皇甫嵩传》，得知黄巾初起，言“苍天当死，黄天当立”等语，“以白土书京城寺门”，在这个“寺”字上谬以为仅指僧寺，致彷徨不得其确解。当时如先读顾氏此条，则即刻可以确解为政府衙门之义。

省

十三布政使司，今人谓之十三省者，沿元之旧而误称之也。元时为“行中书省”者十一，曰辽阳等处、曰镇东、曰陕西等处、曰四川等处、曰河南江北等处、曰云南等处、曰江浙等处、曰江西等处、曰湖广等处、曰甘肃等处、曰岭北等处。国初，沿元制，立“行中书省”。洪武七年[①]，以京畿、应天等府直隶六部，改“行中书省”为“布政使司”。今当称十三布政使司，不当称省。

〖注〗

①黄汝诚《日知录集释》订“七年”为“九年”。

〖讲〗

现在我们说某某省、某某省，很顺口，很习惯。但不少人却不知道“省”

字源自“中书省”。“行中书省”，用今天的话说，就是国务院分理处的意思。本书第二辑中，有关“州”、“郡”等机构之设置及其时大时小的衍变，已有叙说。“省”的诠释，也是相同类的内容。

骑

《诗》云，“古公亶父，来朝走马”[①]；古者，马以驾车，不可言“走”。曰“走”者，单骑之称。古公之国，邻于戎翟，其习尚有相同者。然则骑射之法，不始于赵武灵王也。《左传》昭公二十五年，左师展将以公乘马而归。[②]《正义》曰，古者服牛乘马，马以驾车，不单骑也。至六国之时，始有单骑，苏秦所云车千乘，骑万匹者，是也。[③]《曲礼》云[④]，前有车骑者，《礼记》汉世书耳，经典无“骑”字也。刘炫谓此左师展将以公乘马而归，[⑤]欲共公单骑而归，此骑马之渐也。

春秋之世，戎翟之杂居于中夏者，大抵皆在山谷之间，兵车之所不至。齐桓、晋文仅攘而却之、不能深入其地者，用车故也。中行穆子之败狄于大卤[⑥]，得之毁车崇卒。而智伯欲伐仇，犹遗之大钟以开其道。[⑦]——其不利于车可知矣。势不得不变而为骑，骑射所以便山谷也，胡服所以便骑射也。是以公子成之徒谏胡服而不谏骑射，[⑧]意骑射之法，必有先武灵而用之者矣。

骑利攻，车利守，故卫将军之遇虏，[⑨]以武刚车自环为营。

《史记·项羽本纪》叙“鸿门之会”曰，沛公则置车骑，脱身独骑。[⑩]上言“车骑”，则车驾之马，来时所乘也；下言“独骑”，则单行之马，去时所跨也。樊哙、夏侯婴、靳强、纪信，四人则皆步走也。《樊哙传》曰，“沛公留车骑，独骑马，哙等四人步从”是也。

〖**注**〗

①见《诗·大雅·文王之什·緜》篇，诗9章，此第2章首两句。

②时鲁昭公逊（被逐离位）于齐，季孙文子有异志。左师展欲以单骑携公归。

③苏秦语见《史记·苏秦列传》（中华本页2247）。时说赵君。

④见《礼记·典礼上》第37章，言国君与于盟会，举其旌首，“前有车骑，则载飞鸿”。

⑤刘炫，《隋书》卷75有传，著述甚富，有《春秋攻昧》一书。他是孔颖

达的老师“二刘”之一。

⑥《左传》昭公元年，晋师败群狄于大原，《注》曰，即大卤。“崇卒”，“崇”《注》曰“聚也”。魏舒毁车为步阵。

⑦见《吕氏春秋·慎大览》“权勋”段，中山国有仇繇者，智伯欲攻之而无道，为铸大钟，方车二轨以遗之，仇繇之君将斩岸堙溪以迎钟。智伯师随之，遂灭中山。

⑧公子成谏胡服，见《史记》卷43《赵世家》（中华本页1808）。

⑨见《史记》卷111《卫将军骠骑列传》，卫青置武刚车，《集解》曰，有巾有盖，谓之武刚车。

⑩见《史记·项羽本纪》（中华本页314）。

〖讲〗

在本书第4辑中有“小人所腓”一段，讲到先秦的战车作战制度。战车制度的作战，也并非“清一色”的战车，也有作战附属人员（步卒、炊家、厩养、樵汲等），他们“步乘相资，短长相卫，行止相扶”。顾氏把这段意思发挥得很好。现在这一段的主旨则是，驾车作战和单骑作战，是在什么时代**交替**的？关于这个问题，传统说法是赵武灵王胡服骑射。这个说法基本不差。大体西周、春秋，战车作战；战国以来，单骑步卒，配合作战。但这是就基本情况而言的，不可以绝对化。战车为主之时，亦有步卒之配合；单骑步卒作战之时，亦有战车排成之守卫工事。惠栋就《韩非子》已记秦以二千骑赠重耳之事持其异议，此琐节考据家之“见木不见林”而已。

烧 荒

守边将士，每至秋月草枯，出塞纵火，谓之“烧荒”。《唐书》，契丹每入寇幽蓟，刘仁恭岁燎塞下草，使不得留牧，马多死，契丹乃乞盟，[①]是也。其法自七国时已有之，《战国策》公孙衍谓义渠君曰，中国无事于秦，则秦且烧焫获君之国[②]。

《英宗实录》，正统七年十一月锦衣卫指挥佥事王瑛言，御卤（按，即“虏”）莫善于烧荒，盖卤之所恃者马，马之所恃者草。近年烧荒，远者不过百里，近者五六十里，卤马来侵，半日可至，乞敕边将遇秋深、率兵约日，同出数百里外纵火焚烧，使卤马无水草可恃。如此，则在我虽有一时之劳，而一冬坐卧可安矣。翰林院编修徐珵（后改名有贞。）亦请每年九月，尽敕坐营将官巡边[3]。分为三路。一、出宣府，抵赤城、独石；一、出大同，抵万全；一、出山海，抵辽东。各出塞三五百里，烧荒哨瞭。如遇边寇出没，即相机剿杀。此先朝烧荒旧制，诚守边之良法也。

〖注〗

①见《新唐书》卷129（中华本页6172）。

②义渠，西戎之国，在今庆阳一带。此见《战国策·秦策》卷2，高诱《注》不释“获”字。诸祖耿《战国策集注汇考》在页225处加按语，谓“获”为衍字。“焫”，亦烧义。

③亦见《明实录·英宗实录》。

〖讲〗

在旧中国历史上，自东北至西北国境周边的少数民族，确曾多次地干扰过中原人民的生活，因此，中原国家也曾采用了各种的防御手段，“烧荒”即其中之一。但从中亚和元朝的资料中也每每看到，不为防御也进行烧荒。草烧掉后的灰，可以充当春草复生的肥料，游牧人明白了这种道理后，也主动进行烧荒。

代

春秋时，代尚未通中国。赵襄子乃言，从常山上临代，代可取也。[1]《正义》曰，《地道记》云，恒山在上曲阳县西北一百四十里。北行四百五十里得恒山岌，号飞狐口，北则代郡也。[2]《水经注》引“梅福上事”曰，代谷者，恒山在其南，北塞在其北，谷中之地，上谷在东，代郡在西。[3]此则今之蔚州，乃古代国，项羽徙赵王歇为代王、歇更立陈馀为代王、汉高帝立兄刘仲为代王：皆此地也。（今蔚州东二十里相传有代王城。）十年，陈豨反，十一年破豨、立子恒为代王，都晋阳，则今之太原县矣。《孝文纪》则云都中都，而文帝过太原，复晋阳、中都二岁[4]；（如淳以为，先都晋阳，后迁中都。）又立子武为代王，都中都，则今之平遥矣。又按卫绾[5]，代大陵人。大陵今在文水县北而属代，代都中都故也。代凡三迁，而皆非今代州。今代州之名自隋始。[6]（黄汝成《集释》引阎氏曰[7]，汉光武以卢芳为代王，都高柳。高柳故城在唐云州定襄县。晋悯帝以猗卢为代王，城盛乐为北都，修故平城为南都。拓跋珪立为代王都云中，在朔州北三百馀里，后徙都平城，置代尹。是代尚有四，不止如顾氏云“三迁”也。）

〖注〗

①见《史记》卷43《赵世家》（中华本页1789）。

②同上注。

③见《水经注》卷13。

④见《汉书》卷4《文帝纪》三年（中华本页119）。

⑤见《卫绾传》，《史记》卷103（中华本页2768）；《汉书》卷46（中华本页2200）。

⑥见《隋书》卷30《地理志（中）》“雁门”条下，云开皇5年改代州（中华本页582）。

⑦见阎若璩《潜邱札记》卷3。

〖讲〗

在本《导读》第一辑中，注讲者选录了《大原》一条。本条是该条的兄弟篇章，都是在讲一个地理上的地名，会有几个不同方位。“大原”，一在晋阳，一在平凉。“代”，一在蔚州，二在晋阳，三在平遥，而今之代县（代州），则自隋开皇5年（585）始。这些篇章，窃以为对于中学、大学历史基础课老师，大学历史系学生和研究生，都有很大好处，足以启发他们警惕误差，保持准确。同时，我们也并不认顾氏是什么“绝对权威”，商榷是非常自然的，谁也无权不允许。但有不少“商榷”，则动机不纯，不在学术争鸣，而在削弱旧权威以树立自己的新权威。这自阎氏即已如此，于今为甚了。这是品德问题；对未来学风，亦会带来不良影响。阎氏名若璩，号百诗，原籍太原，寄籍淮上，其父阎牛叟与顾亭林、王山史均为至交。顾氏学问醇厚；阎氏亦不得谓“薄”，但生性喜在学问上找别人的“漏子”，有时不是“漏子”，也要拿来当“漏子”攻，以显示自己比对方本事大。如本条中顾氏所举三方位，并没有错；阎氏所补四个方位，难道顾炎武连这点知识都不具备吗？不是的！拓跋氏为游牧族，其定居方位较汉人更不固定、更不稳定，故顾氏不及之。而阎氏认为好容易找到漏洞了，黄汝诚所引一段尚有有意未载的几句，兹补足之如下：——

“或问，古学以何为难？曰不误。又问，曰不漏。”

阎氏之意，不是昭然若揭了吗？他不敢说顾“误”，但轻轻点出顾氏“漏”，以显示自己的更为饱学。这种学术风骨，真是太差劲了！本世纪五十年代刘盼遂氏在《光明日报》上著文，畅言“寸铁可以伤人”。呜乎！日怀“伤人”之念于方寸之中者，岂得谓之为君子乎?！为了未来久远的学风，我们不应该不予阎若璩、刘盼遂辈小家子考据派以应有的谴责。

陉

今井陉之“陉”，古书有作“钘”者，《穆天子传》“至于钘山之下”是也。（今在常山石邑县，“钘”音邢。）[①]有作“研”者，《汉书 · 地理志》“上党郡有石研阙”，[②]是也。有作“砭”者，《晋书 · 石勒载记》：“使石季龙击托候部掘咄哪于岍北、大破之。”[③]是也。有作“砭”者，《晋书 · 胡奋传》“顿军砭北”，[④]是也。有作“峌”者，扬子《法言》“山峌之蹊”，[⑤]是也。有作“径”者，李尤《函谷关赋》：“于北则在萧居天井、壶口石径，贯越代朔，以临北庭”，[⑥]是也。

〖注〗

①此言穆天子西征初发之时，“天子北征，乃绝漳水。……至于钘山之下。……天子猎于钘山。……北循虖沱之阳。”此言自今石家庄一带经井陉进入五台与恒山西侧。

②见《汉书 · 地理志》（中华本页1553），记上党郡有上党关、壶口关、石研关、天井关。颜师古曰“研，音邢”。

③见《晋书 · 石勒载记》（中华本页2737），此时石勒方在邺建都，派遣石虎击匈奴部，此岍山当亦在井陉。

④见《晋书》卷57，胡奋，胡导之子，随司马懿为白衣侍者，此言为监军击匈奴叛帅刘猛事。

⑤见扬雄《法言》。

⑥李尤，广汉人，后汉和帝时入朝，有司马相如、扬雄之风。《函谷关赋》，梁昭明太子《文选》未选，见《百三名家集》。此所指路线，与《穆天子传》、《汉书 · 地理志》一致，自太行南端至于恒山西侧者。

〖讲〗

此条在于说明，同一地名，同一个字音（邢），著录在不同文献中就会有写法上的差异，如作“钘”、作“研”、作“岍”、作“砭”、作“径”，实均“陉”字。但必须加说，宝鸡以北之汧，则读如“铅”，不得复读“邢”矣。

终 葵

《考工记》“大圭长三尺，杼上终葵首。”[①]（注：终葵，椎也。为椎于其杼上，明无所屈也。）《礼记·玉藻》，“终葵，椎也。”[②]《方言》，“齐人谓椎为终葵”。马融《广成颂》“翚（挥同）终葵，扬关斧。”[③]（《博雅》作柊楑。）盖古人以椎逐鬼，若大傩之为耳[④]。今人于户上画钟馗像，云唐时人，能捕鬼者，玄宗尝梦见之，事载沈存中《补笔谈》[⑤]，未必然也。（《五代史·吴越世家》，岁除，画工献《钟馗击鬼图》。[⑥]）《魏书》，尧暄，本名钟葵，字辟邪。[⑦]则古人固以钟葵为辟邪之物矣。又淮南王佗子名钟葵、有杨钟葵、丘钟葵、李钟葵、慕容钟葵、乔种葵、段钟葵，于劲字钟葵，张白泽本字钟葵，《唐书》有王武俊将张钟葵，则以此为名者甚多，岂以其形似而名之、抑取辟邪之义与？《左（传）》定（公）四年分康叔以殷民七族，有终葵氏[⑧]，是又不可知其立名之意也。

〖注〗

①《周礼·冬官考工记》“玉人”目下曰“大圭长三尺，杼上终葵首，天子服之。”

②按《礼记·玉藻篇》言“笏度，……其杀六分而去一”，郑《注》曰，“杀，犹杼也，天子杼上终葵首，诸侯不终葵首。”

③马融，字季长，东汉扶风人。《广成赋》梁昭明太子《文选》未收，此见《百三名家集》。

④傩（nuó挪）：迎神赛会以驱疫鬼。

⑤沈存中，沈括之字，《补笔谈》即《补梦溪笔谈》，钟馗事，见胡道静《梦溪笔谈校证》页986～987。

⑥见《新五代史》卷67《吴越世家》钱倧事。倧为钱元瓘次子，钱镠之孙。

⑦见《魏书》卷42，暄上党长子人（中华本页954）。

⑧《左传》定公四年，分康叔殷民七族，曰陶氏、施氏、繁氏、锜氏、樊氏、饥氏、终葵氏。除饥氏不得其解外，馀六族均以手工专业名其族。

幺

一为数之本，故可以大名之，一年之称元年，长子之称元子是也。又为数之初，故可以小名之，骰子之谓一为幺是也。《尔雅》“幺幼”《注》，豕子最后生者，俗呼为幺豚，故后人有幺麽之称。[①]《说文》，幺，小也，象子初生之形，幼字从幺，亦取此义。[②]《汉书·食货志》，王莽作钱货六品，小钱、幺钱、幼钱、中钱、壮钱、大钱；贝货五品，大贝、壮贝、幺贝、小贝、及不盈寸二分者；布货十品，大布、次布、弟布、壮布、中布、差布、厚布、幼布、幺布、小布。[③]《隋书·律历志》，凡日不全为馀，积以成馀者曰秒；度不全为分，积以成分者曰“篾”；其有不成秒曰“么”，不成篾者曰“幺”。[④]班彪《王命论》，幺麽尚不及数子。[⑤]蔡邕《短人赋》，其余尪幺。[⑥]晋陆机《文赋》，犹纮幺而徽急，故虽和而不悲。[⑦]郭璞《萤火赞》，熠熠宵行，虫之微幺。[⑧]卢谌《蟋蟀赋》，享神气之幺卉[⑨]：——并用此字。《唐书·杨炎传》，卢杞貌幺陋。[⑩]《宋史·岳飞传》，杨幺本名杨太。太年幼，楚人谓小为幺，故曰杨幺。俗作“么”，非。[⑪]

〖注〗

①见《尔雅》卷10“释兽”（《十三经注疏》总页2650）。

②见《说文解字》卷4下。

③见《汉书》卷24《食货志下》（中华本页1177～1178）。

④见《隋书》卷18《律历志下》（中华本页463）。

⑤《王命论》见《汉书》卷100上《叙传》（中华本页4209），此言王莽“幺麽”。《后汉书》卷40上《班彪传》未引。

⑥《后汉书·蔡邕传》不载，此见《百三名家集》。

⑦见梁昭明太子《文选》卷17。

⑧郭璞，《晋书》卷72有传。

⑨卢谌，《晋书》卷44有传。《蟋蟀赋》见严可均《全晋文》卷34。

⑩见《新唐书》卷145《杨炎传》（中华本页4725）。

⑪《宋史》卷365《岳飞传》中有平杨幺事，但“本名太，楚人谓小为幺”云云不见《传》文，或《金佗粹编》中语。

〖讲〗

不久前，当人们在广州纪念陈寅恪先生时，曾指出引用诗文证史，如以元(稹)、白（居易）诗证唐史，以钱牧斋诗文证明清之际历史等，为陈先生特色之一。顾炎武氏亦喜广泛利用“正史”以外文字，如诗赋甚至碑文，甚至碑阴所列姓名，一般人认为无用者，顾氏亦无不采掇，用以证史。所以，干史学工作这个专业的人，其搜集资料的面应该很广很广，单靠“正史”是远远不够的。可是往往看到一些工作者连“正史”范围内的资料也都是得其一而遗其二、三，这样做史学工作是不行的。

亡

“亡”有三义。有以死而名之，《中庸》“事亡如事存”是也[①]。有以出奔于外而名之，晋公子称“亡人”是也[②]。有但以不在而名之，《诗》“予美亡此”[③]、《论语》“孔子时其亡也而往拜之”是也[④]。《汉书·袁盎传》“不以在亡为辞。”[⑤]（谓托故而辞以不在。柳子厚诗“在亡均寂寞”[⑥]、《宋史·高定子传》“制置使未知在亡”[⑦]，则以“在亡”为“存亡”，非《汉书》之意也。）

〖注〗

①见《中庸》第13章，孔子言孝曰，“事死如事生，事亡如事存，孝之至也。”

②见《左传》僖公九年，晋献公卒，公子夷吾（惠公）奔秦，对秦问称“亡人”。

③见《诗·唐风·葛生》篇，诗5章章4句，其1、2、3章之第3句均为“予美亡此”，意云我之所爱不在身边，我如何度日。

④见《论语·阳货》。

⑤见《汉书》卷49袁盎为楚相，论接待剧孟事。颜师古《注》曰，“或实在家，而辞云不在”（中华本页2275～2276）。

⑥《全唐诗》第11册卷351页3928《酬韶州曹使君寄道州吕八》。

⑦《宋史》卷409《高定子传》（中华本页12319）。

奈　何

“奈何”二字，始于《五子之歌》“为人上者，奈何不敬?”[①]（黄汝诚引钱氏曰，[②]《五子之歌》，此晚出古文，当以《召诰》“曷其奈何不敬”为始。[③]）《左传》“河鱼腹疾奈何。”[④]《曲礼》曰，“国君去其国，止之，曰奈何去社稷也？大夫曰，奈何去宗庙也？士曰，奈何去坟墓也?”[⑤]《楚辞·九歌·大司命》“愁人兮奈何?”[⑥]《九辩》“君不知兮可奈何?”[⑦]——此“奈何”二字之祖。《左传》《华元之歌》曰，“牛则有皮，犀兕尚多，弃甲则那”[⑧]，直言之曰“那”，长言之曰“奈何”：一也。又《书》“如五器”，[⑨]郑康成读“如”为乃个反。《论语》“吾末如之何也已矣”[⑩]，音亦与“奈”同。（按古人曰“如”、曰“若”、曰“奈”，其义则一，音不必同。）

〖**注**〗

①《尚书·夏书·五子之歌》，此五歌中第二。

②钱氏名大昕，字竹汀，清嘉兴人，考据家。

③《召诰》为《尚书·周书》之一篇，“奈何不敬”“不”作“弗”。

④见《左传》宣公十二年，此言楚师伐萧，萧人杀楚公子，楚两大夫与萧大夫军中不敢正语，故为谬语，喻其隐意而已。《注》云，“河鱼腹疾”隐言无御湿之药将病。

⑤见《礼记·曲礼》下篇，意为国危不能去，国君死社稷，大夫死众，士死制。

⑥见洪兴祖《楚辞补注》卷2页70。

⑦见洪兴祖《楚辞补注》卷8页184。

⑧见《左传·宣公二年》，宋华元率师御郑人，败绩被擒又逃归，与守城执役之人相对讴歌。

⑨见《尚书·舜典》，“修五礼，五玉、三帛、二生、一死，贽。如五器，卒乃复”。此言行礼时各执圭璧，礼终乃还。

⑩见于《论语》凡两处。一见《子罕》第9，略曰“说（悦）而不绎，从而不改，吾末如之何也已矣。”意谓闻而悦，悦而不寻之而行，孔子亦莫可奈何。一见《卫灵公》第15，略曰“不曰如之何、如之何者，吾末如之何也已矣。”意谓诫人预防祸难，不听亦莫可奈何。

谁 何

《诗》“室人交遍摧我”，[①]《韩诗》作“谁”，[②]《玉篇》作“谁”，[③]丁回切，谪也。《六韬》“令我垒上，谁何不绝。”[④]《史记》贾谊《过秦论》“陈利兵而谁何”。[⑤]谁、谁同，何、呵同。(《韩非子》“王出而何之?”[⑥]《贾谊传》“其在大谴大何之域者。”[⑦])《汉书·五行志》，“主公车大谁卒”，《注》，“大谁”，主问非常之人，云姓名是谁何也？此解未当[⑧]。《焦氏易林》，“当年少寡，独与孤处，鸡鸣犬吠，无敢谁者。”《说苑》，“民知十，己则尚与之争，曰不如吾也。百，己则疵其过。千，己则谁而不信。”[⑨]扬雄《卫尉箴》，“二世妄宿，败于望夷。阎乐矫搜，戟者不谁”。[⑩]

〖注〗

①见《诗·邶风·北门》，诗三章（章七句）中第二、三章中均有“室人交遍催（谪）我”之句。

②韩诗，汉代传《诗经》的三家之一，后来失传，今仅存《韩诗外传》。

③《玉篇》，古代字书，南朝梁顾野王撰，今本三十卷，五百四十二部。

④《六韬》，古代兵书，有文、武、龙、虎、豹、犬六韬。

⑤《过秦论》，见《史记》卷6《秦始皇帝本纪》末“太史公曰”引录。原文为“信臣精卒，陈利兵而谁何？天下以定。”如淳曰，“何”犹问也。《索隐》引崔浩曰“何”或为“呵”(见中华本页281)。

⑥见《韩非子·内储说下（六微）》，此言齐王杀夷射之事。

⑦见《汉书》卷48《贾谊传》，文曰“大谴大何之域”，颜师古曰谴，责也；何，问也（中华本页2257)。

⑧此言汉成帝时，有狂疾男子王褒擅入司马门，入非常室，被收缚，知为故公车大谁卒。应劭曰，“掌谁呵者也”。颜师古曰，“主问非常之人，云姓名是谁也”。又云，有“大谁长”，大谁卒即长手下之卒也。

⑨刘向《说苑》卷7，此言齐恒公与管仲之对话。

⑩扬雄《卫尉箴》，见《古文苑》卷15。

〖讲〗

汉语文字，不同于西洋文字以字母为最小单位、字母组成音节、单音节或多音节组成为词。汉语以方块字（单音节）为最小单位、一个或两、三个方块字组成一个词。有时，快读与慢读不同，如“奈何”，慢读为两个方块，快读为一个方块字“那”。（后来又写作“郍”，如乾隆帝批钱牧斋诗，有“文章郍有光”）。有时以字录音又会有讹，如“谁”（谴谪之义）讹作“谁”，“呵”讹作“何”，于是呵谪遂讹为“谁何”。像这些内容，在辞典中是应该有交代的，但不会像顾氏这样原原本本援引历来有关文献、系统地予以说明。我们后代学人，应该学习顾氏这种细大不苟、源源胪列的精严学术风格，禁戒粗疏与肤浅之病。

驴　骡

自秦以上，传记无言驴者，意其虽有，而非人家所常畜也。《逸周书》，伊尹为献令，正北空同、大夏、莎车、匈奴、楼烦、月氏诸国，以骆驼、野马、駒駼、駃騠为献。[①]（驴父马母曰骡，马父驴母曰駃騠。）《吕氏春秋》，赵简子有两白骡甚爱之[②]。李斯上秦王书言，骏良駃騠。[③]邹阳《上梁王书》亦云，燕王按剑而怒，食以駃騠。[④]是以为贵重难得之物也。司马相如《上林赋》駒駼橐驼、蛩蛩驒騱、駃騠、驴骡。[⑤]王褒《僮约》，调治马驴，兼落三重，[⑥]其名始见于文。而贾谊《吊屈原赋》，腾驾罢牛兮骖蹇驴[⑦]、《日者列传》骐骥不能与罢驴为驷[⑧]、东方朔《七谏》要袅奔亡兮腾驾橐驼[⑨]、刘向《九叹》却骐骥以转运兮，腾驴骡以驰逐[⑩]、扬雄《反离骚》骋骅骝以曲艰兮，驴骡连蹇而齐足[⑪]：——则又贱之为不堪用也。尝考驴之为物，至汉而名，至孝武而得充上林，至孝灵而贵幸。（《续汉书·五行志》，灵帝于宫中西园为驾曰白驴，躬自操辔，驱驰周旋，以为大乐。于是公卿贵戚，转相放效，至乘辎軿以为骑从。互相侵夺，贾与马齐。）[⑫]然其种大抵出自塞外，自赵武灵王骑射之后，渐资中国之用。《盐铁论》，赢驴馲驼，衔尾入塞；驒奚騵马，尽为我畜[⑬]；杜笃《论都赋》虏傲侲，驱骡驴，驭宛马，鞭駃騠[⑭]；《霍去病传》，单于遂乘六赢[⑮]；《匈奴传》其奇畜则橐驼、驴赢、駃騠、駒駼、驒騱[⑯]；《西域传》，鄯善国有驴马、多橐它；乌秅国有骡无牛；而龟兹王学汉家仪，外国人皆曰驴非驴、马非马，若龟兹王所谓骡也[⑰]。可见外国之多产于此，而汉人则以为奇畜耳。

〖注〗

①见《逸周书》第59《王会解》。

②见《吕氏春秋》卷8“爱士”章，言赵简子杀白骡以疗胥渠之疾事。

③见《史记》卷87（中华本页2543），“索隐”曰，駃騠读如决提。

④见《史记》卷83（中华本页2472）与《汉书》卷51（中华本页2345），此言燕王敬重苏秦，虽有谗谤，仍膳以珍奇。

⑤见《汉书》卷57上（中华本页2556）。

⑥王褒《僮约》，见《古文苑》卷17、《续古文苑》卷20。

⑦见《史记》卷84（中华本页2493），《汉书》卷48（中华本页2223），二引文间稍有参差。

⑧见《史记》卷127（中华本页3219）上句“骐骥不能与罢驴为驷”，下句“而凤凰不与燕雀为群”。

⑨《史记》126、《汉书》65均有东方朔《传》，《七谏》载于严可均《全汉文》卷25。

⑩刘向《九叹》见《全汉文》卷35。

⑪扬雄《反离骚》见《汉书》卷87上（中华本页3517），颜师古曰，“囏”古“艰”字。

⑫见《后汉书》附《五行志》（中华本页3272）。

⑬见《盐铁论·利耕》篇第2，此大夫言“外国之物内流，而利不外泄”。参看《郭沫若全集》历史编第8册，页484。

⑭见《后汉书》卷80上《文苑传》（中华本页2600）。此言汉武、卫、霍之功。“儆侲”，“侲”读“真”，而字书无“儆”字。“儆侲”诸家以为“粟犊”，西域国名。或以为粟特。

⑮见《汉书》卷55《霍去病传》（中华本页2484），此言匈奴突围之状。

⑯见《汉书》卷94上《匈奴传》（中华本页3743）。

⑰见《汉书》卷96下《西域传》（中华本页3876、3882、3916、3917）。

〖讲〗

驴和骡，在服役性牲畜中，不是中原土产的，而是西部、北部周边输入的。马也不是；但它输入早，（只有牛和肉食性牲畜中的羊和猪是土产。）驴、骡较晚，故西周、春秋文献中不见或少见“驴”、“骡”字样。战国、秦汉以来，始逐渐大量出现于文献之中，有时作为新鲜事物对待，有时作为较马“次等”的牲畜（如加一“蹇”字）对待。顾氏胪列出之，有利于后学们的读书、治史。

草　马

《尔雅》，马属，牡曰骘，牝曰骘。[①]郭璞《注》以牡为驳马，牝为草马。《魏志·杜畿传》，以河东太守，课民畜牸牛草马。[②]《晋书·凉昭武王传》，家有駶草马生白额驹[③]。《魏书·蠕蠕传》，赐阿那瓌父草马五百匹。[④]《吐谷浑传》，尝得波斯草马放入海，因生骢驹，[⑤]《隋书·许善心传》，赐草马二十匹[⑥]。(《广韵》，牝马曰骒。《颜氏家训》有云骒骘[⑦]。)今人则以牡为儿马，驴为骒马，而唯牝驴乃言草驴。

草驴女猫

今人谓牝驴为草驴。《北齐书·杨愔传》，选人鲁漫汉在元子思坊骑秃尾草驴，[⑧]是北齐时已有此语。山东、河北人谓牝猫为女猫，《隋书·外戚·独孤陀传》，猫女可来，无住宫中[⑨]，是隋时已有此语。

〖注〗

①见《尔雅·释畜》。

②见《三国志》卷16《杜畿传》(中华本页496)。

③见《晋书》卷87《凉武昭王李玄盛(暠)传》(中华本页2257)。

④见《魏书》卷103《蠕蠕传》(中华本页2300)，传中“草马”外常见“戎马”词，两为对照。

⑤见《魏书》卷101《吐谷浑传》(中华本页2241)。

⑥见《隋书》卷58《许善心传》(中华本页1425)。善心为宇文化及所害。

⑦见《颜氏家训》卷17“书证”部分，王利器《颜氏家训集解》有详注，可参看该书页380～381。

⑧见《北齐书》卷34《杨愔传》(中华本页457)。

⑨见《隋书》卷79《独孤陁传》。陁，炀帝舅，事猫鬼之术，命婢阿尼役猫鬼取人财物。

跋

承巴蜀书社不弃邀约，叫写这么一本《〈日知录〉导读》，盛意难却，乃于鄙人72岁最末三个月、73岁最初三个月，不觉自戊辰至于己巳，用整整半年时光，总算“有志者事竟成”，现在可以缴卷了。

书中选了86条札记。原书潘耒刻本大约收了1019条，后来又有陆续增补，共在一千一百条上下，兹所选，十二分之一不到。但相信，重点内容大体都收进来了。七辑之中，鄙人亦约略寓有“章法”。大体说来，第一辑中杂收一些哲学、文论、诗论、较典型的地理考证等短段，意思是读者诸君初翻开此书，可以从几个不同方面领略一些顾氏的学术风貌。从第二辑开始，就每辑带有各自的“专题”意味了，如第二辑为政治制度，第三辑为经济制度，第四辑为意识形态，第五辑为经学（顾氏的经学是很利害的）和先秦史事，第六辑再初选一些有关古史和社会经济的“大块文章”，至于第七辑只是一些杂段，约略属于顾氏自己叫做“博闻”的那部分内容了。上文说“重点内容大体都收进来了”，为何用“大体”二字？盖如18卷中《心学》与《朱子晚年定论》二段不能不说是重点内容，而选注选讲之人，亦允许其保留其个人之偏好与偏不好，如此二段则派性太强烈，诋斥阳明学派未免过火，而选注选讲之人恰对阳明学派颇不无好感，故斟酌再四，终未选也。在此，也反映出选注者亦自有其狭隘处。

关于“注”和“讲”，再说几句话。鄙人对于做“注”，平生无经验，此为第一遭。在写“注”过程中，对顾氏又增加了敬仰。顾氏根底，在清代学者中亦不多见。无怪喜嘲骂前辈之辈，独于亭林，敢于嘲骂者，不多也。但亦偶有小小疏忽之处，此任何人之不能免。关于“讲”，鄙人绝对不用极“左”时期流行之披头盖脸大批一顿的恶劣作法，但遇顾氏观点偶有不妥时，每婉转言之，亦不为之讳饰也。

同事汪受宽副教授慨然允为原稿“把场”，每遇“注”中查不出出处之处，即为尽力翻查公私藏书中之可能找到的出处，为之补出（鄙人年老，甚少出门，所凭仅家中个人藏书），但迄付稿之前，罄我二人气力仍找不到，或一时弄不清楚者，仍有数条，只好暂阙着了。谨在此对汪兄致以诚挚的谢意，因为他是付出了劳动的。至于全书如有误讹，责任在我，于汪君不涉。

再者，亭林札记，长者甚长，短者甚短。长段之中，亦非一时一气写成，多有后来补写者。补写之中，有要害的，有非要害的，故注讲时，往往将非要害的略去，附此说明。

1989年4月12日，于兰州大学22楼209室

顾炎武研究论文

爱国主义思想家顾炎武的反清斗争

一

顾炎武是十七世纪中国四大思想家之一。这四大思想家是：黄宗羲、顾炎武、王夫之和颜元。他们的阶级出身大体是相似的，除颜元稍寒微外，其余都是出自很高的缙绅之家。但由于一些另外条件的影响，使他们的思想在表现方面，却有着很大的差异。黄宗羲是刘宗周的学生，又是东林烈士黄尊素的儿子，这些条件使黄宗羲的思想隶属了王学的右派，而且有着“文人”、“党人”的宗派气息；在政治主张方面，他猛烈地攻击专制主义①。王夫之抛却朱陆，独有深契于张载，那是因为他的哲学思想中的辩证法因素与唯物论因素只能在横渠之学中找到它们最好的前行者的缘故。但从王夫之的学术渊源看，他和江右王门也还是有一些因缘的。②颜元并诋朱陆，但特别攻击程朱，倡“克一分程朱，复一分孔孟”的激烈言论。在这四人之中，独顾炎武一人宗朱。他中晚年在北方所交的好朋友，也几乎全是“宗考亭”者。③在他的代表作《日知录》中，他曾痛诋王学左派的李贽。然而他的宗朱和那些“摭拾程朱唾馀，狺狺焉言阳明于四达之衢”的清朝御用文人孙承泽、李光地辈单纯以麻痹人民为目的的朱学，却又截然有别！那么，问题便产生了：何以顾炎武独独宗朱呢？他的思想与朱学可能衔接在一起的契机何在？

---

① 见黄宗羲：《明夷待访录》原君、原臣诸篇。

② 见刘继庄：《广阳杂记》。

③ 见王宏撰：《正常隅见述》(王山史遗书)。

据我看来，这契机包含在两点之中，在哲学上的客观唯心论与政治上的爱国主义：这便是他们两位相距四百余年的异代思想家——朱熹和顾炎武底共同点。

如大家所知，无论朱熹如何地“假道学”，无论他不给他底老母吃好米也罢，他在南宋时还是一个抗战派，他反对汉奸政客们底无耻妥协，这中间除却可能反映一些政治派系的倾轧外，到底也还有一些爱国主义的因素的。朱熹究竟坚持了在当时不能说不算宝贵的这一点爱国主义，致死后仍被斥为“伪学”，门生不敢送丧，多亏辛弃疾替他经纪了后事。[①]在哲学方面，（这和政治思想是一贯地连系着的。）他是“理”、“气”二元论者，那也就是说，他在极有局限的意义之下，承认客观存在并主张研究客观世界的法则。局限了他的，是他底缙绅阶级的利益。但在这一严重的局限下，仍能促使他做了些笺注经书一类有一定科学意义的“实践”工作，其推动力何在呢？那便只有归之于南宋时他底祖国所遭受的板荡，与因之而发的爱国主义的情绪了。原来，这两者是相互地作用着的。用同样的看法，我们可以来看顾炎武。顾炎武是昆山的大家，祖父以上三四代都是进士，[②]都做过明代的大官吏，在清兵初下江南秩序紊乱时期，他底家还一再遭遇抢劫。[③]但他为甚么没有在顺治定鼎之初便去参与会试也中一名进士呢？为什么到了晚年他底三个阔外甥徐乾学、徐秉义、徐元文替他修好宅邸促他南归，他执死不肯呢？这不能不看出，是爱国主义的表现！（虽然他爱的国，在当时还只能是大明帝国的恢复。）这爱国主义在顾炎武身上的最初萌芽，自然是复杂的。他底生母被清兵砍断一条胳臂，他底嗣母绝粒殉国，遗言炎武“莫事二国”[④]以及清兵在江南“扬州十日”、“嘉定三屠”的大屠杀，都可以构成顾炎武最初倾向爱国主义思想的一些基本原因。就是这种思想的构成与发展，使得顾炎武从四十五岁（亡国时他三十二）起，奔走山东、河北、山西、陕西诸北方省分之中，历二十五年，坚决而隐秘地进行了一些反清斗争。这一些斗争，虽然终于受了缙绅阶级立场的局限，始终未能结合广大的人民群众，而只停留在一些读书识字的士夫中间，因而遭遇了不甚成功的结局；然而顾炎武也究竟在这二十五年的实际锻炼中，比前人更好地懂得了对方域、

① 见王源：《居业堂文集》。

② 见张穆：《亭林年谱》。

③ 见同上。

④ 见全祖望：《鲒埼亭集》卷12《亭林先生神道表》。

山川、军事、农田、水利，以及古迹作实际调查研究的必要与意义，因而使他在唯心论的哲学范围内，相对的重视了客观世界；在学术风气方面，倡“实事求是”之学，而成了有清一代汉学的开山。从这些地方，我们都可以很清楚地看出，顾炎武宗朱的原因，以及他之较比朱熹又“青出于蓝、而胜于蓝”的时代价值了。

以下，为了更好地阐明我如上的看法，我愿在此后的数节中将顾炎武四十五岁以后在北方进行的反清斗争，就文献材料中所能寻求到的根据，一一地列述出来。

二

清顺治十四年（1657），顾炎武四十五岁。因为反对他本乡恶霸地主叶姓的侵夺田产，差一点被戴上一顶“通海”的帽子，于是他才“浩然有去志”，[①]离开江南到了北方。在此后的十八九年之中，即自顺治十四年（1657）至康熙十四年（1675），自他四十五岁至六十三岁的中间，他的足迹遍于北方各省。在山东，他以济南附近章邱县大桑家庄他自置的田舍为中心，出游遍历东部的莱州、即墨、崂山，西部的泰安、曲阜，和北部的德州。在河北，他数次出游冀东和北部的边塞，曾出过山海关、居庸关和古北口，做了好些地理调查和古迹的访问。在河北，他的居停地点，一在北京，（有时住庙、有时住在外甥们的官邸里），一在冀南曲周路振飞底儿子路安卿家里。在这期间，他还四次南归，较远的行程到过浙江。此外，他还去过一趟西北，和山陕的朋友们做了初步联系，以为将来定居西北的准备。只要我们仔细地阅读他底年谱，我们就会清楚地看到他在上述的这些地方绕来绕去地旅行着，几乎是奇诡地访问着一些明朝的遗民和一些虽已出仕清朝然民族的天良尚未全然泯灭的官吏。在这二十年的绕行里，他显然是在有所谋划；因为无论从他自己的诗文或从朋友对他的记载里，都看到他旅行得兴致勃勃，毫无衰洒老迈或感觉疲倦的迹象。他六十岁时，他的弟子潘耒（次耕）送他的寿序里说他，“客游二十岁，穷边绝塞，靡险不经，而筋力不怠。今六十矣，精力强固，无减壮年。”[②]他六十五岁再到陕西华阴，他的朋友王宏撰（山史）有诗说他，“气以艰难壮，怀因诵读新。

① 见张穆：《亭林年谱》。

② 见同上引。

重逢面黧黑，垂老惜征尘。”①

在这期间，他的交游也颇值得注意。他的交游几乎是非常广泛的，包括明末复社的旧同志、遗民、文人或诗人、退职的官吏和一些关系可以利用的当朝大臣或地方现吏。然而这其中的某些关系比较特殊，值得特别注意。在山东，他有两个亲密到同志一般的朋友，一个是济阳的张尔岐，一个是新城的徐夜。张尔岐字稷若，他底父亲张行素于崇祯十二年清兵入关陷济南时手格杀数人后被害；②徐夜底母亲也遭遇了类似的惨局。他们三人身世方面的共同点，使他们成了亲密的同志。徐夜痛母之死，痛国之亡，经常飘流到江、浙、江西去，做些南宋谢翱般的痛哭，诗不存稿，投到水中。他的同乡大地主显宦诗人王渔洋（士祯）向他索要诗稿，他但逊谢而已。但他敢向顾炎武吐露真情，约他同往祭昌平的明陵。顾炎武也敢寄诗给徐夜，有联云，“季子已无观乐地，伟元终是泣诗人”③，以吴季札自拟，而以晋朝的王裒况徐夜。④张尔岐和顾炎武的关系更加密切。早在明亡以前，张尔岐就注意到一些在当时认为是所谓“实用之学”的学问，如风角，如壬遁，企图从这种含有多半迷信因素的技术里，获致到保家卫国的本事。亡国之后，他与一些企图起义的遗民保持联系，如濮州起义被杀的叶廷秀（字润山、又作润苍、刘宗周弟子），即是一例⑤。张尔岐实际活动之余，还研究《仪礼》，做了一部《仪礼郑注句读》，顾炎武替他作的序。此外，他们还就当时思想界既有的情况和水平，讨论了知行关系的问题，顾炎武绝对反对一切性命天道之论，而特别强调出处、去就、辞受、取与之辨，主张“行己有耻”。张尔岐修正他，认为一味实践而忽略理论的指导性，“恐知有所未至，则行亦有所未尽”⑥。此外，在河北南部广平府的曲周县，顾炎武也有一个亲密的同志，那便是路安卿。安卿是晚明大臣路振飞的儿子。他兄弟三人，兄名泽溥，号苏生（一作甦生）；他名泽浓，字安卿，又御赐名太平。苏生、安卿兄弟二人居住江南太湖的洞庭山，顾炎武在江南被人陷害下狱

① 见顾炎武：《亭林遗书 · 同志赠言》。

② 见王无瑕：《云来馆集文集》卷3《明故将仕佐郎龙溪张公墓志铭》。

③ 见顾炎武：《亭林遗书 · 亭林诗集》。

④ 见《晋书》卷88《王裒传》内云“痛父非命，未尝西向坐，示不臣朝廷。”

⑤ 见张尔岐：《蒿庵闲话》及《傅青主霜红龛集》卷10：《风闻叶润苍先生举义诗》。

⑥ 见张尔歧：《蒿庵集》卷1：《答颜亭林书》。

时，就多亏这兄弟二人营救。顾炎武到北方后，经常居停在曲周路氏家里，他底抚子衍生未到陕西前也就寄养在曲周。路安卿兄弟有反清的活动，与台湾的郑成功有秘密联系，这从人们赠他诗句中有“变名吴市同梅福，作赋江楼似仲宜，……知君不是烟霞客，别有深情托素弦”[①]等句，可以窥察出一些痕迹来。

凡顾炎武当时交往特密的，差不多都是反清爱国的一些士夫。至于他们活动的具体痕迹，自然已甚难钩稽了。现在我们绝难希望会有顾炎武如何召开秘密会议，如何讨论起义等的记录。我们要勉强寻找，也只好从侧面下手。如康熙七年（1668），顾炎武曾因莱州黄氏家奴首告其主逆诗一案，牵连下狱七个月，虽然由于朋友们如富平李天生（因笃）、曲阜颜修来（光敏）以及德州程正夫和李源、李涞兄弟等的营救终于出狱，但从那首告的状文里，也可以看到一些消息。状文中说，“……山左有丈石诗社、有大社，江南有吟社，有遗清等社，皆系故明废臣与招群怀贰之辈，南北通信，书中确载有阴叛与中兴等情，或宦孽通奸，或匹夫起义，小则谤讟，大则悖逆。”又说，“北人之书，曰‘斩虏首’，‘拥胡姬’，‘征铁岭’，‘杀金微’，又有‘思汉威仪’，‘纪汉春秋’；南人之书，有起义，有举事，有‘悬高皇帝像恸哭’等事……。”[②]这些状辞有些地方自不免于构陷，然其中也究竟曲折地反映了一些斗争的事实，指出了当时有“宦孽通奸”，也有“匹夫起义”，而这些事偏偏又会牵连到顾炎武的身上，此则必非偶然了。再如在济南出狱之后，他江南的老友归庄（玄恭）给他一信，说，“……但不知出狱之后，复栖迟何所？弟前书中戏诘‘三窟’，后察之亦不甚详，唯济上一窟是实，而闻又为人所卖‘趯趯毚兔’，幸免于罗，将仍依此窟，抑复别寻窟乎？一笑。”[③]这封老友的信，不是更有力地暗示出他是在以章邱大桑家庄为据点之一，往返在奔走经营着一种反清的活动吗？

三

康熙十四年（1675），顾炎武年六十三，他从这一年开始，舍弃了他山东的经营，要定居在西北。请记住：在这年的前一年，即康熙十三年冬，所谓“三藩之乱”始起。吴三桂自称天下都招讨大元帅，以明年为周元年。不久，

① 见刘逢源：《积书岩诗集》页21（见畿辅丛书）。

② 见张穆：《亭林年谱》页58。

③ 见归庄：《归玄恭文钞》页12。

耿精忠也在福建起义。吴军攻下长沙，遣将王屏藩入陕，陕西提督王辅臣也响应了。这场战争，大大地动摇了清朝的统治。从吴三桂起事起到吴世璠服毒止，计经七八年的时光，在镇压暴动中，清朝自然不能不加强了对人民的压榨，而关中之民，据说遭受涂炭更甚。就恰在这时候，顾炎武从山东移居到山陕来。起初，他住在山西祁县戴廷栻（枫仲）的家里，隔了一年，他又移居到华山下王宏撰（山史）的家中。当时，他有一首诗道，“重寻荒径一冲泥，谷口墙东路不迷。万里河山人落落，三秦兵甲雨凄凄。松荫旧翠长浮院，菊蕊初黄欲照畦。自笑漂萍垂老客，独骑羸马上关西。”[①]从这里看出，顾炎武的入陕绝不是无因的。在当时，一个距离京畿较远、统治力量比较疏弱的地方，又恰值大暴动方兴未艾的时候，这对于顾炎武的反清活动是有利的。再者，陕西土地比较分散，豪强集中土地的情况比江南与山东要轻得多，因而向外来政权奉迎谄媚的表现也轻一些，因此顾炎武在这里无形中又似乎增加了一层保障。他曾说，“秦人慕经学，重处士，持清议，实与他省不同。”[②]再一方面，关中是历史上“四塞之国”，退可以据守，进可以出攻，在地理环境上是有利的条件的。故他说，“华阴绾毂关河之口，虽足不出户，而能见天下之人，闻天下之事。一旦有警，入山守险，不过十里之遥；若志在四方，则一出关门，亦有建瓴之便。”[③]从这一段的字句里，我们已可充分地看到顾炎武入陕的伟大抱负了。

然而他的伟大抱负，终于没有伸展，他在陕西居住了刚刚五六年，便因出行堕马摔伤而死在晋南的曲沃了。得寿七十岁。我们试问，顾炎武到陕西后，在当时政治局势方面，在人事方面，在地理条件方面，既然有着那么好的凭藉，为什么没有搞出一点功效来呢？据我看来，这绝不能不归之于顾炎武和他的同志们的缙绅阶级的局限性。关于这一点，我们试好好地分析一下。

顾炎武在山西有一位最好的朋友和同志，叫傅山。傅山，太原人，字青主，他的别号恐怕不会比鲁迅先生的少。在张煌言、郑成功的联军攻打南京时，他正巧在江南，似乎是有参加的意思。后来他一贯坚决反清，即使自己被用门板抬到北京，他还敢公然表示怀念故国的心思，他“望见午门，泪岑岑

① 见顾炎武：《亭林遗书》《亭林诗集》卷5《雨中至华下宿王山史家》。

② 见同上《亭林文集》卷4《与三侄书》。

③ 见同上。

下”，“或掖之谢，则仆于地”，[①]他不惧杀戮，悍然无视入侵者的君主，这是傅山的一方面。但另一方面，他又坚决仇恨李自成领导下的农民起义。明崇祯十六年，李自成的农民军快要到太原了，人民引领西望，盼他到来。蔡巡抚无法守御，请傅山帮忙，于是傅山做了许多宣传品，其中包括通俗诗，说李闯王“马在门内难行走，明年又是弼马温”，[②]用这样的造谣来组织无知愚民，反对起义军。这是例一。顾炎武的另一位朋友，李颙，人称二曲先生，陕西周至人。他也被清朝徵诏，死不受命。他是一位王学右派，与朱学者的顾炎武在学术承受渊源上稍稍不同，但这不碍他们成为密切的朋友和同志。李颙半生关闭在土窑洞里，门反锁了，无人能会见他，独顾炎武来访才开门。但这位李颙也有局限性。“三藩之乱”时，秦岭中的起义部队，“咸颂先生风烈”，但他听说后反而大惊，赶忙渡渭水避到富平县去了。[③]这是例二。顾炎武的再一位朋友，是与李颙同为“关中三李”之一的李因笃。因笃，字天生，富平人，急人之难，有豪侠之风。他相当地善于结纳，据他自己记述，他母亲死后有一万多人前来送丧，他家准备的孝服有七百套之多。[④]但在康熙十八年清廷徵诏的博学鸿儒，他终于是参加了，虽然在考取后又上书乞了终养。他自己应试，还大力拉李颙下水，这件事曾遭到顾炎武的严厉谴责。这是例三。最后，顾炎武在陕西最忠实的朋友和同志华阴的王宏撰（山史），也是一个典型的缙绅人物。他平生四游江南，交游遍天下，特别和南京、镇江、苏州、太湖一带的诗人、画家、僧人、道士，有极复杂的交往。这其中，自然夹杂着反清爱国的活动。但他究竟出自缙绅，他的父亲在明末在江西剿“匪”与王阳明齐名，有“两王公”之称。王宏撰对李自成的起义，自然也是采取了反对或消极躲避的立场。“三藩”起事时，他闭门读易。他的爱国主义思想只表现于陪同顾炎武偷偷去祭昌平的思陵，说些什么“食茅践土”一类的话。顾炎武有诗说，“华阴有王生，伏哭神床下”。他还因而自号鹿马山人（鹿马山是明思宗朱由检的葬处）。这是例四。——统这四例来看，我们就可以清楚地看出，为什么顾炎武在陕西有那么好的凭藉，但终于不能不失败的原因所在了。

---

① 见全祖望：《鲒埼亭集》卷26《阳曲傅先生事略》。

② 见丁宝铨缪荃孙《傅青主年谱》23～24，（霜红龛集）。

③ 见吴怀清：《三李年谱》二曲谱。

④ 见李因笃：《续刻受祺堂文集》卷4《复戴枫仲书》。

四

在今天，二十世纪的五十年代，我们来观察顾炎武这样一位十七世纪的伟大历史人物及反清斗争的事迹，是不能没有感想的。首先，我们自然应该对这个伟大的历史人物及其反清斗争，表示无限的敬意。在十七世纪，我们有着一位顾炎武，他坚持了他的爱国主义，他进行了反清斗争，他还从他的生活实践出发使自己相对地重视了客观存在，因而提倡了重视调查研究的质朴的学术风气。这些劳迹，在中国历史上将是永不磨灭的。但另一方面，我们也绝不应该放松去追求一下顾炎武失败的原因，他底阶级立场的局限性和因为他底阶级局限性而造成的他底爱国主义内容底窄狭性。现在，二十世纪六十年代的我们，伟大的顾炎武的后辈人，由于时代的进步，更应当发扬顾炎武底爱国主义，抛弃他底爱国主义内容中的窄狭性，为伟大祖国而贡献自己的力量。

1951年4月4～5日

（《文史哲》创刊号）

清初明遗民奔走活动事迹考略

一

不久前，出现过一种议论，大意说顾炎武四十以后的北游是一种消极行动，不过为了避祸保身，他在齐、燕、山、陕垂三十年，不过是辛勤著述，总结明亡经验，客观上为清朝主子提供参考而已。我个人认为：这对顾炎武是一种极不公正之论。其实六十年代，此论早有滥觞，将清初抗清力量简单地概括为地主阶级的拥满派与地主阶级的反满派。二十余年，鄙人方寸之中，期期以为不妥。今将拙见，写在下面。

满族，跟汉族一样，是中华民族的构成部分之一。自民国以还，五族共和，五色旗帜，早已有所象征。但在十七世纪，则满汉二族尚在严峻冲突之中，亦如汉人与契丹、女真、蒙古之一度严峻冲突一样，在历史上是涂抹不掉的。在严峻冲突的岁月中，不仅仅地主阶级出而拒抗，即劳动人民如大西南农民军残余势力，亦不惜与南明政权联合抗清。当时满清政权处在危机状态者，一而再，再而三。此种抗清运动，蔚成当时时代的高潮，强烈地给全国人民以爱国主义、民族主义的锻炼。这种作用是不容低估的，不是用地主阶级一顶简单的帽子可以盖得住的。迨康熙统治的中段，即“三藩”亦最终覆灭之后，族与族间的融合方有一点点可能去取代族与族间的严峻冲突。但即便在融合已渐形成之后，前一段严峻冲突的痕迹，依然斑斑在目，不容拭去。

个人认为，根于以上的看法，对顾炎武北游的活动及其估价，不应如此地低调。自然顾氏四十岁以后的北游，正如国内外学者所已经广泛置喙过的，其原因是复杂的、多样的，而不是单一的。世仆陆恩之叛投，乡里富豪叶方恒之图谋陷害以霸产，这是原因之一。顾氏家族内部之箕豆相煎，观其《答再从兄书》中所述，其族人逼得他"一廛不守，寸亩无遗"，"四壁并非己有，一簪不得随身"，逼得他一方面将祖遗田产"半价而卖"，另一方面则又"倍息而举，"[①]这种族内的压力也就够呛的了。这是原因之二。但无论如何，也不能排除他抗清的蓄谋与活动。关于此，将于以后数节中一一阐述之。

为了落实顾炎武的问题，我曾不揣谫陋，试图把问题不仅限于顾氏一人，而是扩大到"明遗民"的范围内，来探取一些究竟。又恐欲渔而泽未竭，故题曰"考略"云。

二

遗民之事，甚难钩稽。梁任公往岁有"胡猜"之语，每为人所利用，借以渲染所谓遗民事迹纯属后人胡猜。其实，按鄙人多年来之体会，"胡猜"二字，亦自有其来由。盖处在异族统治与文字狱高压之下，遗民生前既已自毁其有碍之诗文；已死之后，后人惧祸，亦多妄肆芟削，致后世所存留，一鳞半爪，令人见首而不见尾。此所以后世有"胡猜"一语之根源之一。再者，遗民诗文，逼于文字狱之淫威，每多隐语充斥其中，一如"文化大革命"中所谓的"黑诗"、"黑话"，其中一部分，他人用力可以勉强通解，另一部分则除本人外为永远无可省解之哑谜。此后世"胡猜"一语之根源之二。今就此二条根源，于下文中证实之。

顾炎武由京去济南自动投狱之时，路经德州，曾有手札云：

> 来谕惓惓，深感厚受。所云"只当力辩有无，勿牵别事"，敬如台旨。笥中之书，昨至德州，检点二日，悉取而焚之矣。[②]

顾氏的好友李因笃（天生）在一首题名《文姬》诗前写一短序云：

> 余向有《文姬诗》，恨末联不称。后在雁门，举少年之作尽烧之，陈使君（按：陈上年，字祺公）、□□□（顾宁人）争不能得。其中无非可

① 《蒋山佣残稿》卷1，见今印本《顾炎武诗文集》页198～199。

② 张穆：《亭林年谱》引顾氏《手札》原文。

存者，存之徒乱人意。[1]

顾氏的另一好友王弘撰（山史）的儿子王宜辅（伯佐）《刻砥斋集记》云：

诗稿旧积二寸许，庚戌（按：康熙九年）元旦，大人悉取焚之，今仅十之三尔。[2]

又尝见黄季刚（侃）作《日知录校记序》云：

……知钞本实自原本移写，良可宝也。考今本所刊落，有全章，有全节，有数行，自余删句换字，不可遽数，凡皆顾子精义所存。……[3]

此外，清初遗民诗文集序跋中，感叹集中所收纳不过"一斑"、"两斑"等语，时常可见。由此可见，遗民事迹之已毁灭斫丧者，正无可统计。其中惊人之事当不知凡几。故吾人依据现有材料，已无法探知当时全貌。即使尽力钩稽，对原貌说亦只有不足，甚难过头。

至于诗文中之隐语、"黑话"，更系俯拾即是。以亭林诗为例，曾有绝句一首云：

何处平舒道，西风卷夕云。空留一片璧，为遗滈池君。[4]

又有五古一首，题名《秀州》，略云：

……我愿乘此鸟，一见仓海君。异士不可遇，力士难再得。海内不乏贤，何以酬六国？愿从马伏波，田牧边郡北。复念少游言，凭高一凄恻。[5]

按两诗均与秦始皇晚年史事有关，平舒道上遮关东使者并遗璧之人，所言乃"明年祖龙死"一句话，诗中所隐，要害在此。而所谓仓海君又尝得力士为铁椎，重百二十斤，此诗显然是表白亭林北游之初，曾有博浪锥击的企图，不过后来逐渐淡漠下来而已。试问：做诗可以有种种内容，何以单单以刺秦王、诅秦王为主题？且不仅亭林本人主观有此意图，客观上亦有类似的看法，亭林

① 李因笃：《受祺堂诗集》卷26，《文姬诗并序》。

② 王弘撰：《砥斋集》卷首。

③ 黄侃：《日知录校记》序，原南京中央大学印本。

④ 见今印本《顾亭林诗文集》，页430。

⑤ 见今印本《顾亭林诗文集》，页300。《顾诗笺注》卷4页12。

江东故友常熟陈芳绩（亮工）尝有《秋日怀涂中先生诗》云：

故人蒙难去天涯，临别凄然对落花。见说鸡鸣出函谷，而今谁是鲁朱家?! 九曲羊肠处处然，三营兔窟昔称贤。英雄不局方隅地，云雨蛟龙始上天。①

此处所谓，“鸡鸣函谷”、“狡兔三穴”等语，已十分显明地指出亭林北游有其秘密的活动，并不需要章太炎辈“封建的”、“资产阶级的”学者文人的加以粉饰和夸大而屹然存在。在此，愿举出同时番禺诗人屈大均的一首诗《同杜子入秦初发滁阳作》来进行对照，诗云：

天晓滁阳望，苍茫大野开。风威肃人马，烟火惨墩台。慷慨无衣赋，艰虞不世才。平生一匕首，为子入秦来。②

此与亭林不约而同，运用刺秦王的典故。这些隐语“黑诗”，翻译出来，就是要颠覆清初的满洲贵族统治。屈氏不仅有诗，且有具体行动可证。他的平生好朋友浙江慈溪人魏耕（“平生魏雪窦，是我最知音”）曾给张煌言的抗清活动做过各种各样的支援，并在一切反清势力间担任串连，全祖望说他“所有游魂余烬，出没山寨海槎之间，而白衣（按：魏耕号）为之声息。”③最后，终因与郑成功秘密联系的蜡丸被检举，在杭州“戮死”。而屈大均在魏耕就义前，“尝再从先生寓鄞”。④不是有人说，顾炎武远走北方是为了脱开江南这块“是非之地”吗？可是事实上，偏巧有个屈大均就一而再、再而三地到这块“是非之地”上来，而他所串连的魏耕，又是一位毫不神秘、毫未塑造过的血淋淋地被满洲贵族杀了头的烈士！除屈大均外，陕西王弘撰亦曾四游江浙（详后）。由此反证，足见认为顾炎武由“是非之地”出外避难并保身之说，殊不易成立。

让我们继续检阅亭林诗中的隐语吧。在亭林逝世前一年，他旅行在崤、函、伊、洛之间，曾经到嵩山少林寺访问寺僧的生活，曾有诗云：

……答言新令严，括田任污吏，增科及寺庄，不问前朝赐。山僧阙飧

① 见《同志赠言》，《亭林遗书》。

② 屈大均：《翁山诗外》。

③ 全祖望：《鲒埼亭集》卷8《雪窦山人坟版文》。

④ 全祖望：《鲒埼亭集》外编卷44《奉万西部问魏白衣息贤堂集书》。

粥，住守无一二。百物有盛衰，回旋傥天意。岂无材杰人，发愤起颓废。寄语惠玚流，好待秦王至。[1]

此处所用典，乃隋末王世充盘据时期少林寺僧响应李世民，助之战败王世充的故事。在此，顾炎武几乎是露骨地煽动寺僧等候反清力量的兴起。在此三藩变乱刚刚结束，诗的作者似在期待着另一次的变乱。期待变乱的心理，在遗民中是普遍存在的。张煌言、郑成功联军进攻南京时，傅青主恰好也在南京，清末罗振玉帮助缪荃荪整理傅氏著作并编写《年谱》时，曾有按语说："是时南中舟山、台湾之师，连年入海溯江；己亥夏，苍水方破金陵；先生南游，适在此数年。观篇中'怆臣心力兮五百田客'语，疑先生殆有浮海之志。"[2]这已不仅是期待变乱，简直是要参加变乱了。再观王弘撰（山史）有一首诗云：

二月连阴淹冻雨，东风寂历野人家。屋前雀噪声何急，城上乌飞影复斜。不改青山留暮霭，虚疑杲日向春华。沉吟厥异追郎顗，扶病从谁泛海查。[3]

此诗编在《待庵日札》，为山史晚年三"日札"之一，编定于康熙三十八年，时山史七十八岁，已近逝世。窃疑此诗之得以保留下来，第一，诗中内容十分隐晦，不易触犯法条；第二，编入晚年，甚似有意混乱其年代者，盖此诗甚似初闻三藩起事，西北方面之王辅臣亦起而叛清，大西北方面引起全面震动，从而引起山史感兴之所作。郎顗，《后汉书》卷三十有传，长阴阳占卜之术，在此作者有意布下神秘的疑阵，其实则是对反清变乱所表示的一种欢欣雀跃的态度。

现在让我们看一看"徐州二遗民"的情况吧。《二遗民集》中载有李载（子鹄）者，其赠阎尔梅（古古）诗中有一联云：

尽说关中怀筑去，那知沙上袖椎还。[4]

又是刺秦的话头。试问，这些人的用语何以不谋而相似乃尔?！同集同卷中，又记载阎尔梅在少林寺遇到一位正要到四川去的朋友，有《送杨犹龙四

---

① 见今印本《顾炎武诗文集》，页423。

② 缪荃荪纂：《傅青主年谱》页32。（附《霜红龛集》后）。

③ 王弘撰：《待庵日札》。

④ 《徐州二遗民集》卷5《阎古古诗》。

川》诗，其起句云：

君去何其远，余来亦有因，……

这已经不是“黑诗”，而说的很清楚了。但“因”是什么，自然还是不能坦率地说了出来的。再同集同卷中有诗目云：

宣府偕戴务旃、李武曾、戴无忝山游即事。[①]

只是这三位同游人的名单，已足够充分“胡猜”的水平了。按，李武曾、初名虞兆潢、又名法远，后复原姓，名良年，字武曾，号秋锦，自江阴徙嘉兴，较亭林小二十岁，与朱彝尊（竹垞）为至友。其兄斯年，其弟名符字分虎，徐乾学《李分虎诗集序》云：“李斯年、武曾、分虎三兄弟，俱好远游，斯年游粤东，武曾游黔中， 而虎尤越万里外，在五溪、六诏间。”[②]他们昆仲三人，奔走活动在西南天地之间，其目的是什么？在未掌握具体材料之前，不是也只好“胡猜”吗？“胡猜”，是控制不住的，是自然而然的。这中间定然有其内容，只是也许永远探索不到罢了。尤有甚者，李武曾偏偏给曹申吉去当助手。朱彝尊《徵士李君行状》说：“曹侍郎申吉出抚贵州，引君为助。”[③]这又引出另一疑案。曹申吉为曹贞吉（珂雪）之弟，三藩起事陷在云贵之间者凡七年，这七年中既未自杀，“亦未被杀”，直到吴三桂祖孙失败前夜，方在昆明遇害。虽然乾隆中曹申吉也入了忠烈祠，并且其同乡人张贞（杞园），在其《墓志铭》[④]中也多方为之圆转，然真相终难明确。观其兄著名的《留客住（鹧鸪）》一词，其中婆娑迷离，定有隐情存乎其中。而李良年就恰好是此人的助手和秘书。

再看戴氏昆仲。据卓尔堪《明四百家遗民诗》所记，戴氏兄弟之父名戴重，字敬夫，号河村，江北和州人。[⑤]长子本孝，字务旃，号鹰阿山樵，王士祯（渔洋）、王弘撰（山史）的文章中都提到过他。王山史说：“犹记戊申之春，有人焉，撰杖履北走太原，访傅公之佗，信宿而西，过予独鹤亭，赋诗一章；登太华之颠，作画一幅而去，飘然出尘埃之表。”[⑥]又说：“务旃遭时不造，

① 《徐州二遗民集》卷5《阎古古诗》。

② 徐乾学：《李分虎诗集序》，见张穆《亭林年谱》引。

③ 朱彝尊：《曝书亭集》卷80《徵士李君行状》。

④ 张贞：《杞田集》卷7《贵州巡抚曹公墓志》。

⑤ 卓尔堪：《明四百家遗民诗》卷4。

⑥ 王弘撰：《砥斋集》卷1《守砚庵文稿序》。

裂冠弃人事，游散山水荒遐之区，足迹遍三陲焉。”次子移孝，字无忝，号碧落山人，山史为其诗集作序，“不禁心折首俯，而有时为之发冲冠而涕沾襟也。”[①]为什么“发冲冠”？也足以构成“胡猜”的对象。如此的四位人士，同在宣化，同游长城，同考“三边”之事，单这件事本身，不是也十分值得注意的吗？

再看“徐州二先生”的另一个人万寿祺（年少）。有人说他根本没有从事过抗清活动，恰恰相反，他是货真价实地参加了吴江抗清起义，一如顾炎武之货真价实参加了苏州抗清起义一样，正如前几年流行语所说：“不但有言论，而且有行动。”有人指摘他对儿子应清朝试采取不劝亦不阻的态度，作为他不抗清的证明，其实遗民节操，往往只求自身，不牵后辈，这是经常在史料中遇到的。万寿祺不仅亲身参加了吴江抗清起义，而且若干年后尚有亲切的回忆，试观其《鬼鸱》一诗。诗序云：

> 江南长老以书至，云芦荻间鸟声中虎吼，或传见形，尾大于苇茭之车，头猿目鹰，举翼蔽日，两足舒后更两足，缩缩如也。……以为鬼鸱。

诗云：

> 吴江十里飞尘埃，堤长日短营门开，杀人如麻二百日，骸骨累累高崔嵬。四面大湖尽葭荻，西风瑟瑟吹徘徊。沉樯破橹鬼聚哭，往往白昼生阴飔。……[②]

这里说的，哪里是一只鸟？纯粹是吴江抗清失败以后清兵的残酷大屠杀嘛。像这样的诗句，已算不得是隐语了。

三

以上表述的，是遗民们诗文中的隐语，其中隐约所涉，不可能是其他的主题，而只可能是抗清和企图颠覆清朝统治的蓄谋。以下，再对遗民们的奔走活动，足迹几乎遍中国的事例，作些论列。

当时四出奔走活动的人，何只亭林一人?！除上文已涉及到的李良年兄弟三人奔走滇、黔与北方“三边”外，兹再以屈大均、王弘撰、阎尔梅、李象先

① 王弘撰:《砥斋集》卷1《碧落后人诗集序》。

② 《徐州二遗民集》卷1《万年少诗》。

为例，看一看他们活动的规模。

屈大均第一次北游，曾到辽东，文献中遗存甚少，故较难钩稽。兹言第二次。根据《翁山文外》卷一至卷三中之所纪，屈大均此次北游，于乙巳年（康熙四年，1665年）仲冬十月末自南京起步，至丙午年（康熙五年，1666年）正月末到达关中，旅程约三个月。在三原、富平、西安、华山均有逗留，在西安时曾有“十五国客”的诗酒之会，除李因笃、王弘撰外，关中李楷（叔则）、杜苍舒以及山东曲阜的颜光敏（修来）都参加了。不久，因李因笃之介，屈大均前去雁门，在那里首尾三年（诗中有“三年作客傍滹沱”之句），并与一抗清死难军官之女、榆林人华姜结缡。中间曾去北京，不知作何活动。雁门之地，有人讲它“生活条件毕竟太差”，其实不然，观李因笃诗中写代州西郊有水硙、风转或者水转的水车，有鸥鹭。[①]屈大均诗中写代州以东、涞水上游“多上膏之田，居人五家一水碓，十家一水车。”[②]何条件太差之有?！戊申年（康熙七年，1668年）九月，离雁门，夫妻带同女婴，或乘骆驼，或乘运河船只，辗转回到番禺，时已己酉年（康熙八年，1669年）的八月了。全程四年另四个月。以上，是遗民奔走之第一例。

再言王弘撰。鄙人中年居家关中，尝著为《王山史年谱》，惜其搜罗未遍，迄未敢出以示人，但对王氏生平梗概，可当略知。其平生，除幼年曾随父一度在虔州（今江西赣州）外，成年以后，凡四游江浙。第一次，顺治七年至八年（1650至1651），时山史二十九岁至三十岁。第二次康熙二年至三年（1663至1664），时山史四十二岁至四十三岁。第三次康熙九年至十一年（1670至1672），时山史四十九岁至五十一岁。第四次康熙十九年至三十五年（1680至1696），时山史五十九岁至七十五岁，此次栖迟达十六七年之久！俨如全祖望在《刘继庄传》所云：“事不可以无稽也，而竟莫之能稽。”[③]山史所历，大体为“是非之地”的南京、扬州、苏州、上虞、嘉兴等地，并曾一度到海州停留课馆，以上为遗民奔走之第二例。

阎尔梅，沛县人，因避祸长年走边塞。当时遗民中甚少抵兰州者，而阎氏到过，并有诗，题名《自皋兰至枹罕（按：今河州）》有句云：“田家棹引孩

---

① 李因笃：《受祺堂诗集》卷11《水硙》。

② 屈大均：《翁山文外》卷1《自代东入京记》。

③ 全祖望：《鲒埼亭集》卷28《刘继庄传》。

儿水，戍士庭生寡妇莎。”[①]在北京，曾得龚鼎孳之庇护；在太原，曾得傅青主之力所能及的帮助。以上，为遗民奔走之第三例。

又有李象先者，字焕章，山东乐安人。曾与亭林在学术上有所商讨。著有《织斋文集》，中有《再与马汉仪书》一通，略云：

某自丧乱以来，无家矣。不得已而放之山崖水次，僧寮道舍。……薄游江南者二，之淮、滁，渡江至秣陵；游中州，汴、宋、亳、宿间；游晋中、邺、武安，涉潞、黎、上党、平阳、洪洞、赵城；游京师者八九；游岱岳者三；过曲阜、任城、曹、单者三；游不其，登大小劳者二；更游琅琊不数计。皆睹佳山水名区，以广其胸中之见闻；更遇文人墨客，讨论风雅，扬霍性灵；非无故而东西南北也。更忆京兆、嵩、雒、汧、陇、渭、泾之境，润、浦、维扬之间，皆童少时从先大人宦游，未得尽览其胜。复欲至其地，且欲之浙东、西，湖南、北，粤左、右，以年老无济胜之具，故不得往，而此心方以为恨。[②]

此为遗民奔走之第四例。再如江西之梁质人，刘献廷《广阳杂记》云：其“留心边事已久。辽人王定山讳燕赞，为河西靖逆侯张勇中军，与质老相与甚深。质人因之，遍历河西地。河西番夷杂沓，靖逆以足疾，诸事皆中军主之，故得悉其山川、险要、落部、游牧，及其强弱、多寡、离合之情，皆洞如观火矣。”[③]传说《秦边纪略》一书，即梁氏所著，刘献廷钞取副稿，因得流传者。阎尔梅亦有类似的有关九边兵防的专著，可惜已佚。足见遗民不仅有抗清之蓄谋，且有具体的军事情报之搜集，以备“有事”。

他们的活动经费从哪里开支？此一问题，四川大学已故女教授黄少荃先生于十六年前纪念顾炎武逝世350周年时，曾在论文中提出来。余初不得其答案，探索甚久，而勉获其底蕴。安邱张贞曾记述其同时长山人吴青立云：

君姓吴氏，讳长荣，木欣字也，别字青立。性好游佳山水，远涉吴、越、闽、广。……如番禺，屈翁山、陈元孝诸君每过邸舍，文酒流连，至不能舍。豫章隐者八大山人，君访之萧寺，赋诗以赠，以“落花心事灯前咏，如戟须麋镜里看”之句，山人终身诵之。

① 《徐州二遗民集》卷7《阎古古诗》《从皋兰至枹罕即事》。

② 李象先：《织斋文集》卷7。

③ 刘献廷：《广阳杂记》卷2。

四方胜游，入其邑，争造门投谒，以得一见君为快。君亦延接欢然。家故善饔，酒浆脯醢，悉按《食经》。宾至，鲜毳胪次，谭谐间作，连日夜不厌，人皆疑君饶积者，而不知器服已尽折入子钱家矣。[①]

可见经费一事，并非通盘筹画，得一总数，携之以行。看起来并非如此，而是声气所通，沿途供应，一站倒一站者。如属声气之家，而拒不接待，将为一桩极不礼貌之行为，为士林所不齿。观阎尔梅自太原去临汾前，傅青主为之雇驴，并将沿途食用粮油相送，亦可见当时情况之一斑。

活动之人，除沿途受到供应外，亦沿途受到清朝官吏之良心未泯者之保护。试观保护阎尔梅之马进士，阎尝为之《墓志》，略云：

归安前太史韩求仲子起义兵，败遁淮上，为仇者所讼，公救以得释。公之保全善类，大率如此。

沛中有不肖生，以抗节蓄发攻予者。公曰："吾侪剃发，原非得已；汝不自愧，而反以攻人耶？今即听汝，彼剃发来前，吾反坐汝矣。"事遂寝。

公之言曰："吾夙有微志，遭时不偶，竟尔浮沉，非所好也。王景略事秦而义不忘晋，狄怀英臣周而忠不负唐，吾岂不能?! 但未敢明以示人耳。"[②]

李天生亦有《醉时歌（赠郭九芝）》云："……朝来新购鹅溪绢，好手装成净若练，过我索书囊底诗，低徊涕泣被颜面。"[③]何以他们感情激动到如此状况？其底蕴也就只好寄之于"胡猜"了。

当时包庇善类之人，当亦不少。如龚鼎孳，以降清故在江南声名狼籍，但傅青主之狱，曾受龚之庇护（详后）；阎尔梅之子阎圻所作《家传》有云：

置酒慈仁寺。酒酣，指龚芝麓曰：若，吾友也。但若为好人，将不得为好官。[④]

再如梁清远、梁清标兄弟，正定人，明梁梦龙之玄孙。亦已降清，但当钱

① 张贞：《杞田集》卷7《吴君墓志》。

② 《徐州二遗民集》卷10《马进士墓志铭》。

③ 李因笃：《受祺堂诗集》卷13《醉时歌》。

④ 阎圻：《白耷山人家传》。

谦益（牧斋）被逮时，清远则在南都收留牧斋之子与如夫人柳如是，且待如上宾。事后，钱牧斋有《谢柬》云：

> 不肖某草木残年，菰芦朽质，业已拨弃世事，归向空门；而宿业未亡，虚名为祟，谣诼间发，指画无端。所赖台翁及司马公爱惜孤踪，保全善类，庶令箕风罢煽，毕口削芒。……[①]

再如洪承畴，为降清者之“先锋”，但在处理“遗民”时，亦力存包庇。如陶汝鼐，益阳人，李定国军至衡州，汝鼐与友人郭都贤等皆预其事，并在南岳亲见定国，王夫之（船山）、陶汝鼐等均与定国“密报情形，请商方略；”[②]。旋定国军败，汝鼐被逮，按法当死，而奉旨付洪承畴审理，承焘力辨之，终得脱。[③]

此类之事，如细加寻绎，正不知其若干也。

四

在最后一节里，我愿进行一次比证。所谓“比证”，即企图通过对甲之论证，牵连比拟，以达成对乙之大体上的论证。此法，似仅于不得已时施行之。

以傅青主（山）为例。顺治十一年甲午，即甲申后十年，青主在太原遭事下狱，案情非常严重。究为何事？假如不是以后陆续发现资料可做铁证的话，有人又会指斥这仅仅是“资产阶级的”、“封建的”人们之所“胡猜”，之所虚构。此事，清中叶亟亟遗民事迹的全祖望（谢山），亦只能概略言之。

> 甲申，梦天帝赐之黄冠，乃衣朱衣，居土穴以养母。……甲午，以连染遭刑戮，抗词不屈，绝粒九日，几死，门人有以奇计救之者，得免。然先生深自咤恨，以为不如速死之为愈，而其仰视天、俯画地者，并未尝一日止。[④]

---

① 见钱谦益：《有学集》卷25《梁母吴太夫人寿序》及《牧斋尺牍》卷上。

② 陶汝鼐：《密庵先生遗集》附梅英著《年谱》页23至24引罗正钧《船山归友录》。

③ 陶汝鼐：《密庵先生遗集》《荣木堂诗集》卷10《大耋歌》三十首《自注》云：“国初系郡邸狱一年，经略洪公奏雪之，得旨而苏”（页16）。

④ 全祖望：《鲒埼亭集》卷26《阳曲傅先生事略》。

近人已故邓之诚先生对傅青主当年案情十分注意，搜集不少资料，写在其《骨董琐记》之中，原来有一宋谦其人，曾到山西活动，曾两度前往谒见青主，（青主对簿时自然极力否认，）宋谦所谈之事，据另一受牵连较深之人名萧峰字善友者之供词，其所谈之主要内容如下：

今有陕西李秋霜，现有兵马要反。说“红花开败黑花生，黑花单等白花青”。他清朝戴的红帽子，我们戴的是白帽，就是秋霜一般，专打红花。他走时留下三个字：䨺霹霳。念是真、李、元。我有人来，你指与他路，这是暗号。又说，事紧了就往平阳过河去。[①]

试看，此处有歌谣，有暗号，有退路，一派货真价实的反清抗清图谋。而宋谦究系何人？今国家第一历史档案馆所藏顺治题本第96：89号，河南巡抚亢得时题本，内有宋谦在湖广按察司供词，（内容繁复，不拟直接引用，）宋谦，曾引见南明永历帝，赐名朱慈焕，除授总兵。渠至北方前，曾受“夔东十三家”领袖郝永忠（即郝摇旗）、刘体纯等所给“札付”（按：即空头委任状）多件，至河北永年、山西太原一带活动。经此若干资料之证明，吾人可以确切不移地肯定顺治十一年傅青主下狱事，是由于他跟南明永历帝和“夔东十三家军”领袖派来的秘密活动人员、总兵衔级的人物宋谦发生接触而引起的。

据此，吾人揣度山东即墨姜元衡控告其主黄培、黄坦、黄贞麟并牵及顾炎武一案中，虽就其动机说是陷诬，但所讲当时知识分子反清情节是否纯属子虚，以傅青主牵连宋谦事比证，则绝不敢轻下武断。姜元衡有《南北通逆》一禀，略云：

山左有丈石诗社，有大社，江南有吟社，有遗清等社，皆系故明孽臣与招群怀贰之辈，南北通信，书中确载有隐叛与中兴等情，或宦孽通奸，或匹夫起义，小则谤讟，大则悖逆。……[②]

吾人于细读与傅青主相牵连的案情之后，再细读与顾炎武相牵连的案件，难道我们能够获致到顾炎武绝不抗清那样的结论吗？

1981年4月13日写于湘潭大学

---

① 邓之诚：《骨董琐记全编》3编卷5，总页数591。

② 张穆：《亭林年谱》页58。

顾炎武《日知录》研究

一

顾炎武诞生于明万历四十一年，公元1613，到今年恰恰三百五十年了。我们是应该好好来纪念一下他的。因为顾炎武不是一个寻常的人物或学者，一如潘耒《日知录》序中所说，“先生非一世之人，此书非一世之书”，确实，他是个给他的当代以及我们后代留下了多方面深刻影响的人，是从孔夫子到孙中山中间值得我们总结的一个人。关于他所留下的影响，历来谈论的人也不少，不同的人做过一些各自不同形式和不同程度的表述与估计。由于顾炎武的成就是多方面的，而每个方面又打着深刻的时代烙印和局限，在他以后又经过了包括正确和歪曲两个方面的继承，所以要对他的学术遗产来进行分析，还不是一件容易的事。但从总的来讲，至少在如下的几个方面，他无疑是起了积极作用的。第一，他在他自己的历史局限下，在认识和实践、知识和行动的关系方面，树立了他那时代的典范。他标揭“行己有耻”，他说“士大夫之无耻，是谓国耻”，他说“人无植节，行若狗彘”。[①]在他的文章中，他对文天祥、郑思肖、胡三省等有着爱国主义思想并且在行动方面坚持了这些思想的人，进行表扬；对李陵、谯周、谢灵运、王维、蒲寿晟，甚至连爱国主义者辛弃疾的某些几微之间的动摇，他都进行了指摘；对晚明的一些摇摆投机的人（如钱谦益等），则进行指名或者不指名的声讨。而他本人的行动又如何呢？这是尽人皆知不须多事铺叙的，他仆仆边塞三十年，最后他的妻在江南死了，他写了五首

① 《日知录》卷13《廉耻》条与《降臣》条。

悼亡的七绝中有句云，“地下相烦告公姥，遗民犹有一人存。”[①]有人说，这仅仅是地主阶级反满派和拥满派的内部差异，并没有多大价值；但无论如何，反满派至少在顺治和康熙最初三十年间，较之投降派还是起着较显明的进步作用。所以，我们说，顾炎武在他的认识和实践一致、知识和行动一致方面所做出的范例，还是具有一定的历史意义的。

第二，他在学术联系政治这个方面，也树立了典范。顾炎武一生治学，可以说从来就不是脱离政治、为学术而学术的。从《肇域志》、《天下郡国利病书》到《日知录》以及一切诗文杂著，他都显明地贯穿着一条“天下利病，生民疾苦”的总线索。即以《日知录》来看，每当他总结了三代汉唐宋元诸朝的某项典章制度之后，他几乎无一处不加上“有明之季”、“万历以来”、“崇祯之世”……如何如何的评论，这不是一种形式上的附赘，而是密切结合当代、落实到当代的具体表现。这跟乾嘉学者一谈到当代就噤若寒蝉的态度，是截然区别着的。这中间，自然有着进行往复辩难的余地和问题。譬如有人可能问，顾炎武联系政治是站在哪个立场上的？——统治者的立场上呢？抑是被统治者（广大人民）的立场上呢？从他的全部著作看来，显然他主要是站在统治者的方面来考察问题的，例如如何调整中央和地方间统治权的关系、如何调整省府州县的设置、如何统一度量衡，以减少国家对人民剥削榨取的不平均等问题都可以看出来。这无庸替他否认，或者进行掩饰。但在这里仍有两点可辩，第一，他是十七世纪的封建儒生，他不可能全心全意地为人民考虑问题；第二，国家职能的某些分枝与人民生活和社会公共事业也是密切联系着的，如水利、道路、河渠、丈量土地和均税、以及互助和赈恤等等，顾炎武也是十分关心来研究的。这就是说，顾炎武的密切联系政治虽然就其主要部分来看无庸置疑是为了统治者“致治”的，但我们假如由此而获致到顾炎武所联系的政治完全不联系社会和人民的结论，那也是片面的。再譬如，也许还有人问，顾炎武总结许多历史上典章制度的经验教训，是为了谁？与顾氏同时学者黄宗羲（黎洲）亦曾著《明夷待访录》一书，自拟殷亡后之箕子被访于周武王，雍、乾时爱国学者全祖望就曾指摘说，“存一待之念于胸中者，而麦秀之恫荒矣。”[②]这是指摘黄宗羲的立场不稳，说他在这里埋伏了政治动摇的可能。其实，这种指摘也未见得是公允的，顾炎武讲过这层道理，说“有亡国，有亡天下”；姓朱的统

① 《亭林诗集》卷5（中华书局版《顾亭林诗文集》页430～431）。

② 全祖望：《鲒埼亭集》卷22《黄肖堂墓版文》。

治完了，代之以爱新觉罗的统治，这是亡国，对待“亡国”，自然须要采取态度；但还有“亡天下”，那就是说抛开姓朱的和爱新觉罗的差别，社会和广大人民生活是一直要持续下去，对这些社会生活和国家公共职能提些意见，总结那些经验教训，留待后世的参考，即所谓“立言不为一时”，在当时的历史局限之下，又有什么坏处呢？所以总起来看，顾炎武的学术联系政治，其中虽有种种历史局限，但在他的具体年代中，仍然是可宝贵的。

第三，他在学术方面，也树立了极重要的典范。这一方面的内容，历来的人说过的话很多，但多半用“清学之开山”一句话来总括，未免失之于笼统，缺乏细致的历史的分析。其实，有清三百年的学术又何尝是停滞的和不运动变化发展的呢。清末的王国维就替它划分了段落，说“国初之学大，乾嘉之学精，而道咸以降之学新”[①]这寥寥几句话，就很耐我们嚼味。王国维以顾炎武为“国初”之学的代表者、说他“大”，而没有说他“新”和“精”，这不是没有原由的。顾炎武对中国历代周边诸族诸国的问题不是毫不注意的，（《日知录》卷29就比较集中地写了一点，）但他没有像徐松、张穆以来的“史必金元，地必西北”那股专题的劲儿，当时鸦片战争尚未发生，顾炎武救亡图存的政治要求自然与晚清时人也有所区别，这在学术上也必然会有反映。顾炎武当时对地理沿革文字声韵等事已经给予了极大的注意，并把这些学问运用到治“经”的方面去，而且还写了专著《音学五书》，但从总的方面来看，他的学术跟高邮王氏父子尚存在着很大的差异。（一）乾嘉学者搞分枝的学问，（分枝到各治一经），顾炎武搞综合的学问；（二）乾嘉学者不敢或者不屑于联系现实政治，而顾炎武大胆地拥抱现实政治；（三）乾嘉学者治学方法中形而上学的局限与日俱深，而顾炎武的学问通达，形而上学的局限比较小：所以笼统地说顾炎武是“清学之开山”，不一定很妥当，尤其不应该把乾嘉以后形而上学化和脱离政治的东西，说成是顾炎武的遗留。但真正遗留的东西也不该抹煞，例如他在历史学和文献学的基本功问题方面所做出来的典范。自然，无论局限在这一点上来看，或者联系上述共总三点上来看，顾炎武不是、也不可能是什么绝对意义上的“开山”。论学者讲究节操，那么文天祥、胡三省等早已开其端；论学术联系政治，王安石、司马光从革新和保守顽固的不同方面也提供了显明的先例；在文史学的基本功问题方面，事迹亦复如此。东汉的郑玄，南北朝的

① 王国维：《观堂集林》卷23《沈乙庵先生七十寿序》。

颜之推，唐朝的杜佑，宋朝的郑樵，元朝的马端临，或多或少，不能说没有开启了这一方面的端倪。声韵之学和地理之学，明中叶以来也每每有其前站。但不管这些，顾炎武无疑仍是十七世纪这些方面的重镇。他开启了或者巩固壮大了历史学和文献学基本功的一些项目门类、明确了属于这类基本功范围内的一些方法和态度。

譬如说，第一，他相对地强调感性材料的作用。这一点是有它自己的历史背景的。继宋朝理学之后，明朝心学极占优势，士大夫争讲些什么明心见性、危微精一之说，到主观唯心主义的境界中去追求一切，脱离现实政治，脱离客观存在，天天说着一些"语录"体玄妙胡涂的话。顾炎武在大力纠正这些时代弊病方面，是起了积极作用的。他主张重视感性材料，主张从掌握感性材料出发，来谈论一切，他标揭"博学于文"的口号。这在批判明朝中叶以来唯心主义哲学潮流来说，顾炎武及其不久以后的颜元（习斋），起了异曲同工作用。这至少是客观哲学的倾向，并且有很大的可能导向唯物主义个别论点的达成。他强调感性材料，但不能从而得出他立意排斥理性、排斥理性指导作用的结论，（他的好友张尔岐曾有过这方面的质疑[①]，）至于近代的胡适、钱穆等借顾氏考据学的幌子，来抵制科学理论，则不应由顾氏负责。第二，他把可以论证历史，并从而达成哲学论点或者哲学体系的感性材料的范围，扩展到了他的历史时代所可能达到的广阔地步，（甲骨卜辞尚未发现，自不可能接触，）诸凡诸经、诸子、各家注疏、历代官私史籍、以至金石碑版、韩柳之文、李、杜、元、白之诗、各州郡县的志书、以及旅行实遇、调查所得，无不成为证史的根据。他在章学诚（实斋）之前一百年提出"六经皆史"理论的滥觞，他说："孟子曰，其文则史，不独春秋也，虽六经皆然"[②]，扩大了治史的感性材料的范围，这对于从历史现象中归纳出有用的和保持一定正确性的结论，是有很大帮助的。第三，在顾炎武的历史时代，不仅没有马克思主义，除先秦名学外连有着比较完整体系的低级逻辑学学科也是没有的，但顾炎武从他自己实际的历史学操作和文献学操作中，获致了并且具体体现了逻辑，诸凡大概念与小概念的差别，下定义和做分类的必要，材料根据的归纳为原理原则，以及原理原则对具体情况的演绎论证，等等，在顾炎武的所有学术著作中，几乎是全部明朗的，不含糊的。他还由此出发，要求史学工作者不能对客观史料进行任何任意

① 参看张尔岐：《蒿庵集》答顾亭林书。

② 《日知录》卷3《鲁颂商颂》。

的和主观的增减改动，提出“述而不作”“史之阙文，圣人不敢益”[①]的主张。（自然理性的上升和达到哲学高度上的正确的“作”，顾炎武则并未提出来说是应该排斥的。）第四，正由于他空前扩大了历史学文献学资料的范围，因而也就自然而然地开拓了一些更细小的学科分枝，如地理沿革学、文字音韵和训诂之学、版本目录校勘辑佚之学、金石文物之学，等等。这些细小的分枝，对于历史学的本体来说，它们是辅助的，但不是可有可无的，而是必不可少的，故近代每呼此类细小分枝为基本功训练云。顾炎武处在基本功正式创设的较早时期，自然没有以后的那样精细，但他给这些基本功和历史学本体间所摆的关系和位置，却是比较正确的，他把这些基本功细小分枝彼此间的关系，也安排得比较不孤立、不形而上学化。仅就以上荦荦四端来看，顾炎武在学术方面，也就是说主要在历史学和文献学方面，是树立了极重要的时代典范的。

自然，顾炎武也如任何其他一位旧时代的学者和历史人物一样，也有着自己的缺陷。例如，他时常发出一些个别的在哲学上显然是属于唯心性质的论点。其中最典型的，像一些厚古薄今、颂古非今的论点。（其中借古传达当代政治理想者，不包括在内。）其次，在“正统”和“异端”这两大分界性的思想领域内来说，他思想体系的总倾向性是“正统”的，从而他对异端思想家李贽（卓吾）就诋斥不遗余力，对一些稍具异端或者仅仅是在个别点上违背了“正统”的人物，如曹操、武则天、王安石等，也甚少好评，甚者亦予以诋斥。再例如，对于历史作为阶级斗争高级形式的农民起义，他也保持不予置喙的态度，（这也许是“不语怪力乱神”的正统态度吧），即便与他自己生逢当世的轰轰烈烈明末农民大起义，他所见所闻定不在少，但他既没有写一部像《绥寇纪略》那样的专书，在《日知录》中也没有给起义事迹以一定的位置，这跟他早年纂辑《天下郡国利病书》时尚能把浙江、江西等地起义材料大量编写的态度，也是有区别的。他是最娴熟于历代典章制度的，在《天下郡国利病书》中，他也曾大量搜集了地主阶级使用洒派、诡寄等手段将国家赋役转嫁到农民身上的大批材料，但在《日知录》中，他对经济剥削制度的实质，却很少做出较深入的揭示。至于在他说来最具有代表性的政治见解，即“寓封建于郡县之中”的封建士大夫“地主分权论”，或者叫做“地方自治论”，在当时形势下这种主张究竟是进步的，抑是落后的；或者说，其中哪一部分是进步的，哪一部

① 《日知录》卷4《鲁之春秋》条。

分是落后的，则非三言两语所可辩论清楚，姑留俟下文专节中去对待。但在这里可以指明一点，即对比起前面所表述的三大典范来看，这些缺陷在总体上还是居于次要的地位。在我看来，从总体上平衡起来考察，顾炎武这个历史人物和学者，还是应该在很大程度上予以肯定的；自然，实事求是的批判同样也不可缺少。

二

顾炎武平生著述甚富，张穆《亭林年谱》中即曾初步予以罗列，近人谢国桢氏继之予以考求，[①]1959年出版的《亭林诗文集》中复将《蒋山佣残稿》这部分宝贵诗文公之于世，近数年报载《肇域志》的完整稿本也在云南发现了。这就是说，研究顾炎武所可凭藉的资料，逐步在增加。在这些中间，应该以《日知录》为最富有代表性，因为它是顾氏平生综合学术成就的总结晶，（所谓“平生之志与业，皆在其中”，）而不仅仅是庞大材料的钞辑，如《肇域志》和《天下郡国利病书》；也不是某一专题的精研，如《音学五书》；也不是旅行过程中的偶记，如《京东考古录》和《山东考古录》以至《谲觚十事》之类。他自序说，“愚自少读书，有所得辄记之；其有不合，时复改定；或古人先我而有者，则遂削之：积三十余年，乃成一编。”[②]这书的初步辑成，约当在顾氏五十岁以后，他在给朋友的信中说，“某自五十以后，笃志经史。其于音学，深有所得，今为《五书》以续三百篇以来久绝之传；而别著《日知录》，上篇经术，中篇治道，下篇博闻，共三十余卷。”[③]张穆所著《年谱》，将此事系在康熙二年（1663），想来虽不必中，当亦不远。果如此，则《日知录》之初写成书，距今恰为300年。到康熙九年（1670），《日知录》始初次刻版印书，这怕是自三十余卷中挑选出来的选本，因为只有八卷。顾炎武在六七年后给这个版本的重印本所写的序文说，“炎武所著《日知录》因友人多欲钞写，患不能及，遂于上章阉茂之岁，刻此八卷。历今六、七年，老而益进，始悔向日学之不博，见之不卓，其中疏漏，往往而有。而其书已行于世，不可掩。渐次增改，

① 谢国桢：《顾亭林学谱》三：著述考（该书页137～176）。

② 《日知录》目次前言。

③ 《亭林文集》卷4《与人书》之二十五（《顾亭林诗文集》页103）。

得二十余卷，更欲刻之，而犹未敢自以为定，故先以旧本质之同志。”[①]张穆所著《年谱》将此序之写，系在康熙十五年（1676），时顾炎武年已六十四，在同一年中他给黄宗羲写信自述为学感受，说：“炎武自中年以前，不过从诸文士之后，注虫鱼吟风月而已，积以岁月，穷探古今，然后知后海先河，为山覆篑，而于圣贤六经之指，国家治乱之源，生民根本之计，渐有所窥。……以管见为《日知录》一书……但鄙著桓自改窜，未刻；其已刻八卷乃数年前笔也，先附呈大教。”[②]由此可见，《日知录》一书，稿本在顾炎武生前是一直在变动着的，盖历来伟大学者写作态度是极度严肃负责，绝不肯粗制滥造，贻误后学，试看他给他徒弟潘耒（次耕）的信中说，“著书之家，最不利乎以未定之书，传之于人。昔伊川先生不出易传，谓是‘身后之书’……今世之人，速于成书，躁于求名，斯道也将亡矣。前介眉扎来索此（按，指《音学五书》），原一亦索此书，并欲钞《日知录》。我报以诗、易二书（按，指《诗本音》与《易音》），今可印；全书再待一年。《日知录》再待十年。如不及年，则以临终绝笔为定。”[③]在另封信中又说，“读书不多，轻言著述，必误后学，吾之跋《广韵》是也。……今废之而别作一篇，并送览以志吾过。平生所著，若此者往往多有，凡在徐处旧作（按，指在徐乾学、徐秉义、徐元文三甥手中者），可一字不存。自量精力未衰，或未遽死，迟迟自有定本也。”[④]事实确实如此，《日知录》直到临终绝笔才算定了局，康熙二十一年（1682）顾炎武逝世，后又经十三年，至康熙三十四年（1695）潘耒才将三十二卷本在建阳付刻，这距离初稿写成又已三十余年了。

《日知录》看来像是一种琐节考据之书，仿佛跟阎若璩《潜邱札记》差不多也似的，而事实是一部有着完整结构的通家大著。潘耒《日知录序》一开始就说这是“通儒之学”，以与“俗儒之学”相对照。晚清李慈铭说过一句很有见地的话：“尝谓此三十二卷中，直括得一部《文献通考》，而俱能自出于《通考》之外。”[⑤]恰好潘耒的序文中也提到郑樵、王应麟、魏了翁与马端临。为什

---

① 《日知录·自序》。

② 张穆：《顾亭林先生年谱》第82面。

③ 《亭林文集》卷4《答次耕书》（《顾亭林诗文集》页79～80）。

④ 《亭林余集》《与潘次耕》之五（《顾亭林诗文集》页176）。

⑤ 李慈铭：《越缦堂读书记》（中华书局新印本下册页1153）。《越缦堂日记》甲集第2册页64同此。

么他们都不约而同地这样比照呢？这其中是有道理的。原来自唐以来，中国历史的积累以及资料的积累，业已相当丰富，因此自然而然地就产生了要求打破朝代局限、打破人物纪传形式的一种“以类相通”的史事总结性的著述，于是唐杜佑的《通典》、宋郑樵的《通志》、元马端临的《通考》，便相继问世。明朝三百年，由于社会经济遭受了辽金元以来的一些摧残，政府科举教育内容又贫乏、形式化到毫无思想性的地步，所以这种“三通”式的巨著一直后继无人。顾炎武一定看到这种情况，自度才识学力亦足以敷之，但他却改换一种形式，（所谓“能自出于《通考》之外”，）不用长篇巨著而用“提出问题解决问题”的便捷形式——“琐记体”来完成任务。这虽然看起来像是些零碎的条条，而实际上是有着内在的内容结构的。那么，《日知录》的内容结构是什么呢？过去的人也试图予以划分过。顾炎武自己是分做“经术”、“治道”、“博闻”三部的。潘耒在序文中又划分为八部：（一）经义，（二）史学，（三）官方，（四）吏治，（五）财赋，（六）典礼，（七）舆地，（八）艺文。《四库全书总目提要》中对此进行了更细密的划分，说：“大抵前七卷皆论经义，八卷至十二卷皆论政事，十三卷论世风，十四卷十五卷论礼制，十六卷十七卷皆论科举，十八卷至二十一卷皆论艺文，二十二卷至二十四卷杂论名义，二十五卷论古事真妄，二十六卷论史法，二十七卷论注书，二十八卷论杂事，二十九卷论兵及外国事，三十卷论天象论术数，三十一卷论地理，三十二卷为杂考证。”这种分法未免失于琐细，而且事实上《日知录》往往在一卷之内安排两类或者两类以上的内容，有时甚至插入进来一条与本题不甚相干的内容，想或系后人之所误植。因此，《日知录》的内容划分，我们在此准备另作表述。

大体说来，《日知录》的写作形式是十分机动的，字数长短不一，视内容需要而定，最长者如卷十《苏、松二府田赋之重》条，长至五千字以上；最短者如卷十三《召杀》条，仅九个字。八卷本（今已不传）据说只有771条，三十二卷本共有1019条，连同《日知录之余》四卷所收110条，共得1129条之数。清初文网甚密，刻印过程中遭遇到被删除删削之事，估计一定不少，民国时人黄侃（季刚）曾有《校记》之作，并予辑补大条数条，小段若干。统观此一千一百三十余条之所写，我们感到《日知录》全书中包括着如下的几个专题内容：第一，是中国历代政治制度史和社会制度史的有关内容，书中以卷八、九、十、十一、十二等五卷为主，而卷十三、十四、十五、十六、十七、二十二、二十三、二十四、二十八诸卷中亦每部分地涉及到这方面来。这就是顾炎武所说的“治道”部分。在这部分中，有关政治制度史谈的多些、系统些、详尽些，也更深入些；有关社会制度史（特别是阶级剥削的实质方面）就相对地谈的少些和深入不够些，这恐怕跟顾炎武本人地主阶级的局限性有关。在这个部分中，顾炎武处处都在把历史制度的研究跟他自己的认识见解——封建士大夫的“地方自治论”密切地联系起来，时时拿认识、见解去组织史料，又时时拿史料来印证这一见解。第二，是中国上古社会史和中国上古史文献学的有关内容。大抵旧时代对秦汉以前远古至三代所遗留下的文献，例予以特殊的重视，呼之曰“经”，科举试题要摘经，儒生应明经，学者须能解经，顾炎武也不能例于流俗之外，故在《日知录》的前七卷中，对易、书、诗、三礼、三传、论孟等也说出了自己的一些新义，其中有些是琐碎的（阎若璩跟他进行辩论的多半在这些部分），①有些是考证古地名地理的（这跟卷三十一的内容连结在一起），但更重要的则是有关古代社会的部分。顾炎武当时没有社会发展史，也没有考古学，也没有古代社会学，但他在自发的情况下仿佛摸索接触到这些方面的边际上来。看他对“社”对“氏族”等题目十分留心搜集资料的情况就可以体会得到，而他的经学积累也就不知不觉地转化为我们今天所谓的中国上古社会史和中国上古史文献学的有关内容了。书中除卷一至七之外，还有卷二十二、二十三也有所涉及。第三，是地理沿革学的有关内容。顾炎武在这里并未系统地建立起一套完整的中国地理沿革史的体系来，他所做的是做了几个“发凡起例”的试验，譬如说他在卷三谈诗经时写了《大原》和《韩城》两条，树立了辨正古地理的榜样；再如他在卷三十一中写了《晋国》至《代》等十条，这就既辨明了古地理，又大大有助于理解春秋、战国时晋国的发展史，对后代山西省的地域发达史也会颇有启发的；再如他对明正统时所纂官家地理书《大明一统志》的错谬百出，也进行了指摘。这样，带有近古期新面貌的沿革地理学学科，就具备了雏形了。第四，是文艺评论的有关内容。这也是潘耒、纪昀所说的“艺文”部分。顾炎武不仅是历史学家和文献学家，而且是当代著名的文章家和诗人，他的诗文广被传诵，蔚然大家，因此他对诗文也每每有所评论。《日知录》卷十九和二十一中，有这样一些内容，对文章的有用与无用、繁与简、文章的抄袭（包括写作动机与态度）、诗的用韵与和韵等问题，都提出了自己的看法。第五，是从事历史学和文献学操作的人所必不可缺的一些辅

---

① 严若璩：《潜邱札记卷》4下《补正日知录》。

助学科和方法，即文字、声韵、训诂、版本、目录、校勘、辑佚，以至琐节考证，这些内容当时还未形成独立的强大的分枝，而是作为方法被使用，它们不是单独地被写在哪一卷里，也不是单独地被写在哪一条里，而是贯穿弥漫在每一卷每一条里，而总起来就又是起了一种“发凡起例”的作用。

以上仅是根据我个人的领会，对《日知录》主要内容所做出来的划分与排列。除这最主要五项内容之外，自然全书所包罗的内容尚多，如周边诸族诸国史、历代天文记载、历代各地风土礼俗，诸经的注疏之学以及有关“子”“史”之学，甚至一些极琐碎的见闻（如河南“太平车”；山西的“冷窑”，户部十三司的绍兴胥算，民间的结社如没命社、亡命社、扁担社，以及五代伶人姓名方式如靖边庭、罗衣轻等……），顾炎武也都写进来了。其中有些不一定十分成熟，有些则仅仅是琐事。这些，基本上属于顾氏自分三部中的“博闻”部分。他的前人王应麟在《困学纪闻》中早已这样做过，他的后人赵翼（瓯北）在《陔余丛考》里、俞正燮（理初）在《癸巳类稿》和《癸巳存稿》里，复有所继承和发展，后来成为了一种愈趋于冗赘和无聊的“杂学”了。我之所以提及到这个方面来，意思是不想掩藏像这样的苗头《日知录》里也已经有了的事实。

《日知录》给后世的文史学工作带来了深长的影响。特别是在历史地理之学、官制之学、和一般的历史考证之学这三个方面，影响尤大。然而缺陷也不是没有的，这要分别做三种情况来体会，有些缺陷是由于顾炎武搞过而后人不再搞或者不大搞而形成的，有些缺陷是由于顾炎武本人没有搞完而后人也就没有搞而形成的，再有一些缺陷是由于顾炎武使用比较端正的方法搞而后人把这种方法引到“钻牛角”、“搞冷门”等邪路上去而形成的。清末大学者章炳麟（太炎）在临逝世前所写的《自述学术次第》一文中，谈到他跟张之洞谈论对清朝学术成就估价的经过，“近世学术未备，……诸治史学者，皆留心地理官制，其余已甚痟矣。姓氏之学，……刑法之学……，食货之学……，乐律之学，……斯四术者，所包闳远，三百年中，何其衰微也?！……近世小学，似若至精，然推其本未究语言之源，明其用又未综方言之要。其余类此者，盖已多矣。”[①]章太炎这种优缺点同时指出的态度，首先就是应该赞许的。这段话虽是批评的整个清朝学术的缺陷，但与顾炎武和《日知录》的风貌也有密切关

① 章炳麟：《自述学术次第》（《制言》半月刊25期；另有单印行本）。

系。所谓留心地理官制、其余甚疏的话实际上就是指顾氏和《日知录》的影响而言的。顾炎武及其《日知录》一书对刑法之学，未尝多事接触；对食货之学，是接触而不深不透；于乐律之学，偶有触及（如卷5《乐章》一节，相当有分量），但重点不在此；对姓氏之学，则确已给予了相当良好的开端，在这方面他所使用的笔墨虽不多，但对上古血缘纽带之被贵族奴隶制与中古领主制做了两次不同性质的利用问题，则是已经相当清楚地钩勒出来了。乾嘉学人除钱大昕之外，对此方面甚少继承，这责任不应由顾炎武来负。至于对顾氏《日知录》在文字声韵训诂诸方面所做出成绩的估价，留待下文以及另篇（顾炎武《音学五书》研究）中去处理，此处就不多赘了。

三

以上，在第一节中我试探着概括了一下顾炎武学术的全貌，在第二节中对《日知录》一书的成书经过、它的内容划分、以及影响，也进行了述说。从本节起，我将分别地就《日知录》一书中所包括的几个主要方面来进行较狭窄范围的分析和研究。首先，让我们从《日知录》中所包括的哲学思想以及他在政治上的思想、观点、立场谈起。

一个人的世界观，他在哲学上的观点立场，总是牵引这个人生平一切活动的总枢纽，不管这个人在这一点上是自觉的或者是不自觉的，也不管他对哲学这个学科兴趣大吗还是小。从事人文科学的活动家，在这一点上尤其摆脱不掉。这一点在近代是如此，在古代虽然程度容有差别，但基本上仍然不可能不如此。说顾炎武只有学术没有哲学，说顾炎武在哲学上没有自己一套，远不如王夫之（船山）等等，都是二三十年前学坛上的怪论。徐炳昶先生就曾把顾炎武排斥在王、黄、颜“三大儒”之外。（见1947《学原》7期。）其实顾炎武在哲学上仍然是一整套的，这无论在《日知录》的条条中，或者在他与友人的信札中，都表现得很明朗、很定型，使人一接触就立刻感到那是顾炎武本人而不是别人的观点立场和方法，只不过他在这方面的话少些、简括些，不像船山那样地汗漫其辞罢了。

那么，顾炎武的哲学究竟是怎样的呢？这却不能简单地获致出答案来。因为这中间有许多纠缠须要交割清楚。纠缠主要有二，其一是学统（或者说哲统）上的纠缠，即所谓程、朱、陆、王的这一类问题；其二是一个人的个别哲学论点和他的哲学作为一个体系在唯物主义和唯心主义两大阵营间所应得的归属这两者中间所存在的复杂情况。抛开后一份纠缠暂时不谈，先来谈谈第一点。旧时代的中国思想家和学者，当他要表达自己的观点的时候，总要依傍一份与他自己观点接近的古圣先贤的教义，一如马克思所说披着古罗马的衣装那样，最古老最现成的是孔、孟，近古以来的就是程、朱、陆、王，也就是“理学”和“心学”的两大传统，好像每个思想家和学者必须依傍一份不成似的。只有颜元（习斋）最激烈，他连程、朱加陆、王都一齐骂倒了，然而仍不得不从更古老的《尚书》和《周官》中搬出一些货色来作为宗奉的对象。顾炎武是宗朱（熹）的，反对心学（也叫“王学”）的。在当时明、清之际的学坛上，宗朱是比较的少数。大体说来，除顾炎武和他最要好的两个朋友——山东的张尔岐（稷若）和陕西的王弘撰（山史）之外，（此外，还有陆桴亭和吕留良），其余几乎全是王学的派系，如中州的孙奇逢（夏峰）、陕西的李颙（二曲）、浙东的黄宗羲（梨洲），连湖南王夫之（船山）的哲学虽以横渠为宗，但其中也都鲜明地有受“江右王门”的影响的痕迹。王学派系的好处，是强调主观世界，提倡解放思想，发挥人的思想的主观能动性，发展到它的左派手里，就成为冲决网罗、反封建锢闭的急先锋；发展到它的末流手里，就成为神秘主义的有着各种不同表现形式的宿命论和瞑想与迷信的集团。朱学派系的好处，是比较重视客观世界，提倡格物致知，但在朱熹的当时，这种“格物”的实际内容又受到极大的时代局限。那么顾炎武为什么偏偏欣赏了朱熹的学派呢？想来主要理由有二：第一，顾炎武所处的时代跟朱熹所处的时代有某些相似，顾炎武与其说欣赏朱熹，勿宁说他更欣赏朱熹同时的叶适（水心）和陈亮（同甫），（所谓“永嘉诸子”。）在《日知录》中我们看到顾氏连篇累牍地抄用叶陈两家的言论，理由很简单，他们都处在“风雨如晦，鸡鸣不已”的关头（傅山、颜元也很称道陈亮）。第二，顾炎武是想利用朱子“格物”的牌号，说出自己经验论的哲学，并对主观唯心主义哲学进行战斗。

顾炎武是很重视经验的，这一点是近人侯外庐先生最早指出来的，指的很对。在《日知录》卷1中顾炎武写下了极重要的一条他自己思想的精华：

> 形而上者谓之道，形而下者谓之器，非器则道无所寓，说在乎孔子之学琴于师襄也。已习其数，然后可以得其志；已习其志，然后可以得其为

人，是虽孔子之天纵，未尝不求之象数也。故其自言曰：下学而上达。[①]

在这段话里，包括了一个古传说中神奇经验的故事，《史记》记载说，“孔子学鼓琴师襄子，十日不进。师襄子曰，可以益矣；孔子曰，丘已习其曲矣，未得其数也。有间曰，已习其数，可以益矣；孔子曰，丘未得其志也。有间曰，已习其志，可以益矣；孔子曰，丘未得其为人也。有间曰，有所穆然深思焉、有所怡然高望而远志焉。曰，丘得其为人：黯然而黑，颀然而长，眼如望羊，如王四国——非文王其谁能为此也?！师襄子辟席再拜曰，师盖云文王操也。”[②]我们抛开这故事中神奇的部分不谈，其主要内容是说只有从实际操作的经验中才能达到高的境界，这种高的境界不是瞑心静坐斋心服形所可以得来的，而是从经验得来的。从这段讲经验的故事中，顾炎武引伸出了他自己的两个论点，其一是“非器则道无所寓”，单纯就这个独立论点不联系其他来看，这是不折不扣的唯物主义论点，这是极可宝贵的。《实践论》中反复论证理性认识依赖于感性认识、感性经验是第一的东西等论点，在这里是具有指导作用的。第二是“下学而上达”，这就在唯物主义论点基础上树立了使用归纳法进行总结的科学性的方法论。在他另一篇著名的题名为《与友人论学书》中，顾炎武更细密更全面地伸述了这样的主张，并对“心学”进行了猛烈的攻击。在《日知录》中，他把这种攻击直接达到他一直不准备正面攻击的人——“心学”始祖王守仁（阳明）的身上，他说，“以一人而易天下，其流风至于百有余年之久者，古有之矣：王夷甫（衍）之清淡，王介甫（安石）之新说；其在于今，则王伯安（守仁）之‘良知’是也。孟子曰，天下之生久矣，一治一乱。拨乱世，反之正，岂不在于后贤乎?！”[③]就这样地，他把高举经验主义旗帜反对王派心学主观唯心主义的战斗任务替自己安放到肩上来了。

但这种经验主义好不好呢？这也很难一口回答。马克思主义教导我们说，不能只凭一个哲学家他援引了“经验”就立刻断定他是唯物主义者，不能这样，古今中外的唯物主义哲学家和唯心主义哲学家曾经给“经验”这个概念下过若干不同的定义和界说，这也就是说在“经验”这个概念和名词底下，曾经隐蔽过包括极其狡猾的唯心主义，自然也曾孕育过一些朴素的唯物主义。马克

① 《日知录》卷1《形而下者谓之器》条。

② 《史记》《孔子世家》。

③ 《日知录》卷18《朱子晚年定论》条。

思主义者对“经验”概念的理解应该是这样：它是人们在改变客观世界——也就是改变自然同时也改变人类社会，同时也改变人们自己主观世界的所有这些物质实践中所产生的东西，它是认识的基础和判别真理的标准。顾炎武在他的历史时代中，自然完全不可能达到这样精确的理解。我们试来检验一番，顾炎武所倡导的经验，其内容是什么呢？在《日知录》中，他说“君臣父子，国人之交，以至仪礼三百，威仪三千，是之谓物。”[①]又说，“天生蒸民，有物有则。孟子曰，舜明于庶物，察于人伦。昔者，武王之访，箕子之陈，曾子子游之问，孔子之答，皆是物也。故曰，万物皆备于我矣。”[②]又说，“惟君子为能体天下之物。故易曰，君子以言有物而行有恒。记曰，仁人不过乎物，孝子不过乎物。”[③]又说，“以格物为多识于鸟兽草木之名，则末矣！知者无不知也；当务之为急。”[④]在《与友人论学书》中他说“愚所谓圣人之道者如之何？曰，博学于文；曰，行己有耻。自一身以至于天下国家，皆学之事也。自子臣弟友以至出入、往来、辞受，取予之间，皆有耻之事也。耻之于人大矣！不耻恶衣恶食，而耻匹夫匹妇之不被其泽。故曰，万物皆备于我矣，……”[⑤]我们试来分析一下。第一，他把格物和获致经验的范围不局限于“多识鸟兽草木之名”，在这一点上，他显然是比较他以前的朱熹和他以后的乾嘉学者，都前进了一大步，说不仅自然界是实践的对象，人类社会同样是实践的对象；但第二，在提到社会实践的有关内容时，顾炎武在思想上却显然打着沉重的阶级立场的烙印，虽然他也提了一句“匹夫匹妇”的话头，但一晃也就过去了，他的重点显然是放置在人伦、忠孝、礼仪，以及往来、辞受、取予等内容上面，这也就是说，他所说的经验实践的重点，主要是指封建社会中正统限度内人与人间正常和正确关系之保持，特别是意味着从统治者角度如何来安排这些正统秩序，而不意味着任何从被统治者反抗的角度来如何变革它们。所以说，顾炎武虽然一方面扩大了搜集经验的领域，但另一方面他又锢闭地把这扩大了的领域局限在封建正统的秩序之内，这样，他所意味着的实践就不大可能包括变革社会的实践了。从上引有关鸟兽草木的一段话里，又可以看出他在变革自然界方面的兴

① 《日知录》卷6《致知》条。

② 《日知录》卷6《致知》条。

③ 《日知录》卷6《致知》条。

④ 《日知录》卷6《致知》条。

⑤ 《亭林文集》卷3《与友人论学书》（《顾亭林诗文集》页43～44）。

趣也不是很大的（中国封建社会发展的迂缓是其客观条件）。至于变革人们自己的头脑，也仅限在孝子仁人的子臣弟友等方面。这样左一局限，右一局限，在顾炎武经验主义思想中的一点本不太多的积极意义，被他的地主阶级立场几乎限制得相当稀薄了。但第三，我们不能忽略，他在封建地主中是爱国派不是亡国派，他头脑中的“夷夏之防”的界线还十分严明，所以他特别强调“当务之为急”，说露骨些，在明清之际的现实问题就是当不当汉奸的问题，给不给清朝统治者当奴才的问题，在这个问题上强调一下，顾炎武的经验主义的积极意义，就又浓厚了一些。此外，顾炎武又在历史的局限下，把这套经验主义灌注到历史学和文献学方面去，创造了一整套历史学和文献学的科学工作方法，在这一方面，它的积极意义虽然是曲折的，但也是不容否认的。向这一领域中的活动，显然是王、黄、颜所不大涉足的。具体分析起来，顾炎武经验主义哲学的积极意义及其局限性，大体如此。

哲学世界观的运用，首先必然要贯穿到现实的政治生活中去，而有所反映。顾炎武当前的政治现实，第一是满洲贵族入主全国，第二是中国社会依然是后期封建社会的矛盾重重。对这两个方面，顾炎武都有所反映。后一方面的反映，留待下节中去剖析。现在只谈第一个方面，顾炎武对明亡清继这桩变动是有极深刻的反映的。他终生牢固地抱持着一种树立在民族立场上的爱国主义，并且在这方面树立了辉煌的榜样。但爱国主义这个范畴，在古今中外的表现中，却也具有各种不同的含义，有无产阶级国际主义的爱国主义，有附属国中反帝国主义殖民主义争取民族独立的爱国主义，有资产阶级的狭隘排他的爱国主义，也有大国沙文主义欺凌他国的所谓爱国主义，等等。顾炎武的爱国主义，基本上属于哪一类呢？在进行具体分析之前，先让我们来看一些《日知录》中这一方面的重点论述：

> 有亡国；有亡天下。亡国与亡天下奚辨？曰，易姓改号谓之亡国。仁义充塞，而至于率兽食人，人将相食，谓之亡天下。……是故知保天下，然后知保其国。保国者，其君其臣肉食者谋之；保天下者，匹夫之贱，与有责焉耳矣。①
>
> 文中子以《元经》之帝魏，谓“天地有奉，生民有庇，即吾君也”，何其语之偷而悖乎?!宋陈同甫谓“黄初以来，陵夷四百余载，夷狄异类

① 《日知录》卷13《正始》条。

迭起以主中国，而民生常觊一日之安宁于非所当事之人，以王仲淹之贤，而犹为此言，其无以异乎凡民矣。”夫亡有迭代之时，而中华无不复之日，若之何以万古之心胸，而区区于旦暮乎?！此所谓偷也。汉和帝时，侍御史鲁恭上疏曰，“夫戎狄者四方之异气，蹲夷踞肆，与鸟兽无别，若杂居中国，则错乱天气，污辱善人”，夫以乱辱天人之世，而论者欲将毁吾道以殉之，此所谓悖也。孔子有言，“居处恭，执事敬，与人忠，虽之夷狄，不可弃也”，夫是谓之“素夷狄行乎夷狄”也；若乃相率而臣事之，奉其令，行其俗，甚至导之以为虐于中国，而借口于“素夷狄”之文，则子思之罪人也已。①

这是顾炎武的两段大笔墨！他的忠贞的民族气节，他的爱国主义的深厚内容，以及一些作为次要成分而夹杂在其中的狭隘民族主义排他性的糟粕——都充沛地表达出来了。我们试来予以分析。第一，在这两段话里，顾炎武把统治阶级内部争夺政权的斗争跟全民意义的民族斗争区别了开来，把前者的意义贬低，把后者的意义提高，并从而做出“匹夫有责”的著名号召，这些都是正义的和正确的。第二，顾炎武在他的历史时代中虽然绝不可能达到像“民族斗争，说到底，是一个阶级斗争问题”②这么明确不移的理解；但在他的议论中似乎已经接触到了跟近代科学论证有一定接近的边沿，他赋予民族斗争以一定的社会意义，他说中国是个在社会生产方面先进的共同体，在历史上却遭到五胡十六国、北魏、辽、金、元直到满洲等贵族的入侵，拿落后的共同体来改造先进的共同体，这是绝对不能忍受的。虽然一时不能得到民族的光复，但须坚信我们先进共同体的优越性，迟早我们是会得到独立的。助敌为虐的汉奸，是应当受到口诛笔伐的。这段意思，在他的历史时代中，也算得是明朗、透彻、深刻的。第三，文中徵引了东汉御史的一段话，借题发挥把清朝统治者骂了一顿，从其中不能不暴露出某些狭隘民族主义的气息。明清之际的具体矛盾，正确提法应当把民族斗争提到阶级斗争的水平上来，而不应该对周边落后兄弟民族的共同体（其中最主要的自然是游牧的劳动人民）进行整体的辱骂和攻击，因为那样就成为种族歧视了。顾炎武的爱国主义和民族思想在这方面带有糟粕

① 黄侃（季刚）：《日知录校记》（中央大学单印本）。

② 毛主席：《呼吁世界人民联合起来反对美国帝国主义的种族歧视，支持美国黑人反对种族歧视的斗争的声明》（1963年8月8日《人民日报》）。

的部分，虽然所居的位置比较微末，但也应该在这里提一笔，予以指出的。

四

上面说过，顾炎武所面对的政治现实，情况有二，一是清朝统治者入主全国，二是中国社会依然是后期封建社会矛盾重重。他在第一个方面的反映，上节中已经分析过了；现在来看他在第二个方面的反映，这几乎占了《日知录》一书最主要的部分。

顾炎武在这方面的逻辑线索是这样的，第一，先把晚明当时“万历以来”“崇祯之世”的积弊，近乎全面地揭发出来，看到底存在着一些什么问题；第二，他由此上溯，追求历代的剥削制度和统治制度以及与剥削制度统治制度有关的许多事，看能吸收到怎样的一些经验教训；第三，最后他提出他自己的救世方案，以备有“圣王”出世可以拿去采择。以上是我们后人所臆测的顾炎武当时研究活动的原始秩序，而这种秩序的安排是好的，充分表明顾氏治学“古为今用”的伟大精神。但在《日知录》的现场中，情况却不是如此，他是以第二项内容——历代剥削制度和统治制度及其有关的问题——放在最本位的地方，第一、三两项他则将它们剪碎了，随手穿插在第二项内容之中。自然，连他自己也感到把救世方案剪碎了未免不易使读者觉察，所以他在《日知录》之外，复写了著名的“七论”——郡县论、钱粮论、生员论、军制论、田功论、形势论、钱法论，编在《亭林文集》卷一与卷六之中。这是些“下学而上达”的东西。我们现在来检查顾炎武对封建社会的看法，主要就依据这些。

顾炎武对晚明的揭发是多方面的，上自专制主义帝王的淫威、中央集权的过重、宦官问题、官吏选用方面的种种积弊（什么糊名、长榜、掣截、探筹、投钩等等花样）、科举制度对人材培养问题带来的败坏、国家公共事业的废弛、“金花银”制度实行以来经济不发达地区人民在纳银时所遭受的痛苦、“一条鞭”实行以来钱粮赋税的负担仍然不合理、以至世风之伪、贿赂公行、士大夫无材无识不能文不能诗的种种情况，在《日知录》中都揭发到了。总起来看，揭发的面相当的广，揭发的深度相对地容有不够之处，对专制主义中央集权的谴责较多，对其“授权者”——地主阶段作为一个阶级的作用谴责和分析不够（这是顾炎武地主阶级局限的具体表现）。在这中间，也使我个人多明白了一些事。当我初看到顾炎武仆仆南北五拜孝陵，七拜思陵，与他的朋友“华阴有王生，伏哭神床下”[①]的时候，我心中暗暗地以“封建奴才”来考虑他；细读《日知录》后，我的认识变了。“有亡国，有亡天下”，谈论天下之亡，就要彻底不容情地检查一切，就要对暴君（即便他是本族人）进行无情的鞭挞，顾炎武并没有在将崇祯帝描绘成一个暴君昏君方面省略过任何的笔墨；但另一方面，他又是亡国之君，国既亡之后，他成为了共同体和大家寄故国之思的一个象征，那么拜思陵的行动是对整个已亡的国家整体的怀念，这跟检查积弊是完全可以结合起来，不是不可以理解的。

在揭发晚明积弊的基础上，顾炎武把问题上溯到整个过往的历史，把历朝的典章制度拿来一一检查。顾炎武的“博学”，在他这一工作中是有力的保证条件。他的正统的地主阶级观点立场，在这一工作中也表现了局限的作用。他那著名的具有代表性的封建士大夫地方自治论就是从这中间形成，并且又转过来，成为他检查历朝典章制度工作中的一种指导原则。体会到这一点，对于辨识顾炎武的积极面和消极面是会很有帮助的。那么，顾炎武在这番检查中究竟获得了一些怎样的结果和结论呢？统观《日知录》全书以及他的所有杂著，我感到他所获致的结果和结论，除去一些次要的（如在货币流通问题方面他表现为自然经济论者，如说“人聚于乡而治，人聚于城而乱”等等）和一些琐节内容之外，最主要有两点：第一，在民生方面，他像历朝有一定“好心肠”和正义感的士大夫一样，憧憬于上古的“井田”和中古的“均田”之制，希望在当代做到均田和均税的一些措施，以减轻社会矛盾，以巩固国家社会的秩序。（在纂辑《天下郡国利病书》的过程中，他曾看到庐州有“井田”，山东诸城有“均田”，虽然都是小规模的。）第二，在政权组织机构方面，他反复地说明，中央的权集中得太多了，地方上下放下来的权太少了。此外，在地方各级建置（省、府、州、县、乡、里）之间存在着很多不合理不合传统、于社会生活不便利的关系，他主张调整这些关系，以减轻社会矛盾，并巩固国家统治。在下面，我将分头较细密地对这两点进行论述。

在社会经济问题方面，顾炎武跟他明朝的许多“先儒”如解缙、方孝孺、王叔英以至海瑞等都相差不多，这里不再征引原材料来进行比较了，用我们自己的话来表达，就是他们大体上主张最好是实行井田，不得已而行均田，再不得已而行均税。从这中间反映出来，士大夫们的主张对地主阶级利益不敢冒

① 《亭林诗集》卷5《二月十日有事于闳宫》（《顾亭林诗文集》页410）。

犯、一再退让的情况。顾炎武也正是如此，他从均衡天下财富的伟大幻想出发，一直撤退到调整度量衡为止。是的，顾炎武是抱有均衡天下财富的幻想的，这自周厉王时候劝阻厉王“好专利”的芮良夫开始就有这种思想，顾炎武在《日知录》中论及货币流通的时候也有过类似之论，“古人制币，将以导利而布之上下，非以为人主之私藏也。”[①]但在阶级社会、财产私有制之下，导利布之上下的思想只能是幻想，于是退一步讲公私调协，顾炎武说，“‘雨我公田，遂及我私’，先公而后私也。……自天下为家各亲其亲、各子其子，而人之有私固情之所不能免矣，故先王弗为之禁，非为弗禁，且从而恤之，建国亲侯，胙土命氏，画井分田，合天下之私以成天下之公，此所以为王政也。”[②]顾氏自己很重视这一点，说“此义不明久矣。”其实，这是把土地的封建国家所有权和封建地主所有权统一起来而不是分裂开来的一种观点。北魏均田正是这么一回事，所以顾炎武对北魏均田是一再称道，除在《日知录》卷十中写了《北魏田制》专条，说它“有足为后世法者”之外，他对于北魏孝文帝元宏这样一位“夷狄之君”本应口诛笔伐的人，却处处表示好感，这其中的理由很简单，北魏的“均田”、“三长”以及“长尺大斗”等制度恰恰符合了顾炎武的理想。这种理想在明、清之际的现实环境下怎样实行呢？顾炎武于是提出了清丈土地和均衡赋税的问题，“井地不均，赋税不平，固三百年于此矣。”[③]顾炎武这种提法，假如我们抛开提出者所代表的阶级利益暂时不论，它跟以李自成为首的明末农民大起义对社会问题的提法并无太大的差别；但须密切注意的是，这两者间存在着两点差异：第一，农民起义是用暴力手段去打击专制国家和地主阶级，以争取认真地执行均田和均税；而顾炎武则仅仅主张从“以钞准尺，以尺准步，以步准亩，以亩准赋”等调整手段开始。第二，即便不拿明末农民大起义来做比较，而拿转化成为大明帝国太祖高皇帝的前元末农民大起义领袖之一朱元璋来看，他在洪武的三十年间尽一切政权力量残酷地打击地主不法行为，如诡寄、洒派、移丘、换段等，这在《大诰》、《续诰》、《三诰》里记载得十分清楚，在《天下郡国利病书》中顾炎武本人更是搜集了大量的材料。顾炎武对有明《实录》和天下各府州县志书可说是十分娴熟，不会不知道这一档子事，但在他的社会评论里却绝口不提。总结这两点差异来看，顾炎武在对社会

① 《日知录》卷12《财用》条。

② 《日知录》卷3《言私其豵》条。

③ 《日知录》卷10《地亩大小》条。

问题所提出的标题来看，虽然不差，但一涉及到具体措施时，他不仅达不到明末农民大起义的水平，就连“太祖高皇帝”的水平也还相差不止一间。这在我看来，就是顾炎武在社会问题方面阶级局限性的具体表现。在历史上来看，他跟北宋的王安石本应属于同一类型的士大夫，但顾却经常在《日知录》里诋斥王安石，这其中不是没有缘故的，在大胆触犯地主阶级利益和不敢或不愿触犯地主阶级利益方面，在王、顾二位隔代的学者和政治家中间是存在着差别的。（自然王是执政者而顾不是，这中间也应区别。）

在历代典章制度方面，顾炎武做了更多、更着重的一些钻研。《日知录》中绝大的一部分篇幅，都属于这一方面。在这些钻研中，顾炎武表现了他的进步一面和局限一面。进步一面是坚决地主张削弱封建中央集权，局限的一面是一再地主张地方分权（实际上是地方割据）。我们后代的人，只有把他的地方分权论当做是他削弱中央集权的手段来考虑的情况下，才能对他的地方分权论给予不是十分落后的评价。反之，假如不是手段，而是本体，那么评价将会更低。有关这些，不是三言两语可以讲清楚，请允许我较细密地来谈论它。

中国历史上中央集权的封建专制主义，发展到明朝，发展到明末（以魏忠贤时候作为典型吧），几乎是反动恶劣到顶点了。所以十七世纪的启蒙思想家无不对之施以攻击，黄宗羲《明夷待访录》的《原君》诸篇是最突出的例子，做出来“夫天下之大害者，君而已矣”的激烈结论。顾炎武亦复如此，他的攻势不一定那么猛烈，但他列举的方面更多些，论证性更强些，更绵密些。他谈到的方面大体有这些：第一，上古时候，氏族残余尚相当浓厚，当时君权没有那么重，所以经书中总说“天子一位”的话，顾炎武据此做出一段带有深刻的时代民主意义的论列，他说，“为民而立之君，故班爵之意，天子与公侯伯子男一也，而非绝世之贵；代耕而赋之禄，故班禄之意，君、卿、大夫、士与庶人在官一也，而非无事之食。是故知‘天子一位’之义，则不敢肆于民上以自尊；知‘禄以代耕’之义，则不敢厚取于民以自奉。”[①]这是说，皇帝只不过是国家统治机构各级中最高一级的首长，他只是由于执行公众之事不能亲自生产，所以才可以领到一点俸禄，除此以外，他不应该有什么特权。第二，他指出越早的时候君主对臣下越客气些，例如楚王自称曰“仆”，孟子对齐王称臣见梁王不称臣，南齐国君说“士大夫故非天子所命”，就是唐、宋时候“其时

---

① 《日知录》卷7《周室班爵禄》条。

堂陛之间，未甚阔绝，君臣而有朋友之义”，他拿这些史事跟明朝的廷杖来做比照，说“古者，朝无挞人之事。”[①]第三，他举东汉为例，说当时地方舆论（自然是地主阶级的舆论，不可能是人民的舆论）可以约制中央，“古之哲王，……存清议于州里，以佐刑罚之穷，……崇月旦以佐秋官，进乡评以扶国是。”[②]第四，他把皇帝比做宗法制下的家长，说大家长应该同小家长一起办事，有些权力该下放到小家长手里，不该由大家长一人独揽。他说，“人君之于天下，不能以独治也。……一家之中，父兄治之；一族之间，宗子治之。其有不善之萌，莫不自化于闺门之内，而犹有不帅教者，然后归之士师。然则人君之所治者约矣。”[③]——所有这一些，都是顾炎武攻击封建专制主义的论据，其中谈到不少上古和中古的氏族制、宗法制的情况，这我们不能认为他是“复古主义”，而应该看出他是在“借古说今”，在申述近古后期的民主思想。这是很宝贵的。

在主张削弱专制主义中央权力之余，他主张政权下放，诸凡财权、兵权、任官之权，都要部分地下放到州郡和县乡中去。为了达成他这方面的论证，顾炎武进行了大量有关官制问题的研究，这些研究其属于历史知识范围的，对于我们今天研究和讲授《中国通史》以及《中国政治制度史》的人，特别是青年接班人，还是有很大的参考价值的，因为他在这些方面树立了史学基本功的典范，从“三通”那样浩瀚的史料堆里扒梳出一条条清楚可循的路径来；至于这些研究在社会思想性质范围内的，那我们应当更慎重地去进行辨析。其中有合理的部分，也有不合理的部分。譬如说，顾炎武认为中央的权集中得太多了，地方的权下放得太少了，应该调整一下，这些主张是没有什么值得谴责的。但问题的核心是权力下放到什么人的手里？顾炎武在《郡县论》中具体地表现其内容是，“尊令长之秩”，“设世官之奖”，“行辟属之法”，[④]这看得很明白，他的意思是把权力以县为单位下放到地方上的地主豪绅及其代言人的手里去，用这些人的“人制”去代替中央集权的“法制”，用“小官多者其世盛”去代替

① 散见《日知录》卷6《君有馈焉曰献》、卷13《流品》条、卷23《人主呼人臣名》条、卷7《市朝》条。

② 《日知录》卷13《清议》条。

③ 《日知录》卷6《爱百姓故刑罚中》条。

④ 《亭林文集》卷1《郡县论》之一（《顾亭林诗文集》页12～13）。

"大官多者其势衰"。[①]顾炎武在这些地方不惜把自己的学说带到最开倒车的境地，竟说唐代的藩镇割据在历史上起了积极的作用，他在《日知录》《藩镇》条下一而说，"呜呼！世言唐亡于藩镇，而中叶以降，其不遂并于吐蕃、回纥、灭于黄巢者，未必非藩镇之力；"[②]再而说，"故唐之弱者，以河北之强也；唐之亡者，以河北之弱也；"[③]三而提出反面论证说，"秦隋之世，无分于诸侯，而亡速于唐，何哉?!"[④]四而把问题提到理性认识上来，引《路史》的话说，"矫枉之枉，常深；救弊之弊，常大。"[⑤]意思是谴责自赵匡胤以来纠晚唐五代之弊，纠得太过火了。甚至对东汉末三国时的地方割据他也颂扬，"灵、献之世，荆表、益焉，各专方镇，而昭烈乘之，以称帝于蜀。"[⑥]自然，顾炎武之所以发这些议论，也自有他多方面的动机，有些动机是好的，譬如说从异族入侵的教训中来看问题，论列靖康、建炎之际为什么土崩瓦解得那么利害，南宋末文天祥为什么提出"四镇"之说，还引王应麟的话说，"郡县削弱，则戎狄之祸烈矣。"这意思很明显，是说假如明末国家权力下放得多一些，明不至于亡的那么快，清人入关不会那么容易。但动机恐怕不限于此。东汉末的荆表益焉，唐末的河北藩镇，尽人皆知其在历史上不起积极作用，顾炎武之所以斤斤于表彰他们，甚至连明朝那些"游手逐食，靡事不为，名曰'天枝'，实为弃物"的朱家宗室，他都要替他们喊冤叫屈，这是为什么？这显然是在替地方上豪绅地主做争权夺利的呼号，说近古期中央集权把一般豪绅地主的权力排挤得太利害了，远不如东汉和南朝时候"执政者"跟"授权者"之间那样靠拢的紧：如此而已。我认为，这个部分是顾炎武社会思想中最突出的部分，但不是进步得最突出的部分，而是落后得最突出的部分。

由于最突出，所以历来的人就不免对此进行悬揣和曲为解释。举两个例。清末大儒章炳麟说这是捣乱清朝统治的一种计策（言外之意，说这并非出自顾氏本来的心意），他说"宋儒欲以封建井田致治，明遗民欲以封建井田致乱，盖目睹胡人难去，惟方镇独立以分其权，社会均财以滋其扰，然后天下土崩，

① 《日知录》卷8《乡亭之职》条。

② 《日知录》卷9《藩镇》条。

③ 《日知录》卷9《藩镇》条。

④ 《日知录》卷9《藩镇》条。

⑤ 《日知录》卷9《藩镇》条。

⑥ 《日知录》卷9《藩镇》条。

而孤偾易除也。”[①]这真算得起怪论！但太炎平生尤其晚年，所为怪论甚多（如说甲骨全是洛阳贾人伪造，等等），这一点，也并不值得奇怪。但试问，顾炎武有什么本事叫爱新觉罗·玄烨一定上他的圈套？假如不上圈套（事实上并没有上，康雍间在今河北省一带举办的“井田”，并不是中了顾炎武的计，而是安插他们自己阵营中贫困没落的满洲贵族的，跟“井田”原义根本不相侔），顾炎武怎么办？再试问，明初的解缙、王淑英、方孝孺也是在对朱元璋布置圈套吗？事情不是如此，封建井田是中国历代正统儒生自《盐铁论》中的贤良方正以来所共同信仰的一种理想，而不同的儒生依附这种理想也各有各的情况，陆生楠、曾静、吕留良有他们各自的情况，黄宗羲、顾炎武又有他们各自的情况；难道这全是圈套吗？所以说，井田、均田、均税、地方分权等等都是儒生们从古老传统中吸取各自思想泉源的一种表现，其中井田均田均税等是偏好一面的，从地方分权论到地方割据论是偏坏一面的。另外一例：近人侯外庐先生拿俄国民粹派思想自“密尔”中吸取泉源的往例来印证顾炎武的地方分权论，说这是一种曲折的救亡道路。[②]但这中间也颇有可争辩之处。第一，俄国民粹派所要依靠的阶级力量是以农民为主的农村小资产者的力量，顾炎武所要依靠的的阶级力量是封建地主豪绅力量；第二，俄国民粹派农村村社自治论的实际作用是排斥当时已经成为现实的无产阶级力量和无产阶级革命，顾炎武的生活时代则距离无产阶级革命尚十分遥远；第三，民粹派自“密尔”中吸取源泉找寻比附，而顾炎武不仅仅从三代的“社”和“氏族”中去吸取泉源和找寻比附，他在达成他的“地方分权论”的过程中，他对东汉光武以来的“良风美俗”进行了很多的表彰，对东晋南朝“王与马，共天下”以来的种种政权不敢开罪地主的资料也颇搜集了不少，这说明顾炎武在达成他自己的“地方分权论”过程中，他不仅从原始历史时期，并且更主要的是从古代和中世纪历史时期中，吸取到他所需要的泉源和比附。所以总起来说，拿民粹派的村社自治论跟顾炎武的地方分权论来进行对照，是会有很多不方便的，因为按抵制无产阶级的反动性说，顾炎武不及民粹派；按所依靠的阶级力量的落后程度说，民粹派又不如顾炎武。

我对顾炎武的著名的“地方分权论”的看法，就是如此。

---

① 章炳麟：《自述学术次第》（《制言》半月刊25期，另有单行印本）。

② 侯外庐：《近代中国思想学说史》上册页212～213。

五

由于本文所涉及到的论点较多，作者不得不于每节开始或结束之时，进行某些前后连贯的工作。总括以上两节所述，顾炎武的哲学论点有些是唯物的，有些是唯心的，他强调感性经验一点接近于唯物，但又有很大的局限性；这些观点贯注到对待现实方面的反映，则表现为民族立场坚定和坚持爱国主义，但其中有一定的民族狭隘气息；在国内政治方面，他提出种种根据主张削弱专制主义，从这中间表现出时代的民主要求，但同时他又提出封建士大夫的地方分权论或自治论，这一部分显然是他封建地主阶级局限性最起作用的部分，从而也就是最落后的部分。现在，我们这方面的工作尚未结束，我们有必要来看看顾炎武在文学艺术方面的一些议论，并扩而大之，看一看他在谈论社会意识跟社会存在的关系时，他的观点立场如何。

前面已经说过，顾炎武不仅仅是大史学家和大文献学家，他还是大文章家和诗人，后代对黄宗羲、王夫之的诗文讲过坏话的颇有其人（甚至说黄的诗文不通），但对顾没有这种情况，大家都很尊崇。他的文章很简括，论点很明朗，逻辑性很强，爱国主义气息浓厚；他的诗显然喜欢做古体，但近体（律诗）也做得很好，理论上反对用韵但实践上很会用韵；由于历史地理知识渊博，所以诗中用典确实，不同于一般的“吊书袋”。在这些文学艺术实践的基础上，他在《日知录》中提出了他的文艺观点，但在评述这些观点之前，对于明朝艺术传统不能不稍说两句。正如在哲学上无论一个人的思想如何是他自己独立思维的结果，他仍须在程、朱、陆、王之间有所抉择一样，在文艺界，对“前七子”、“后七子”以及所谓“公安、竟陵”，后继者都要或多或少表示态度，赞成什么，反对什么。在这里须要说明，明末的那些宗派并不是什么唯心主义阵营和唯物主义阵营的分界，他们是地主阶级内部宗派在文艺上的反映，不过其中某一宗派的某些论点进步些，某一宗派的某些论点落后些而已。“前七子”和“后七子”提出“文必秦汉，诗必盛唐”的口号，主张向文学史上的最高成就摹拟；“公安、竟陵”反对他们的摹拟论，主张诗文的目的是“言志”。“子曰，曷各言尔志”，各言各的志就意味着自由化。摹拟呢？还是自由化呢？这倒是个分水岭。在顾炎武的文艺评论中，鲜明的派系表现不像哲学方面那么强烈（宗朱反王），他似乎是在综合前后七子与公安、竟陵诸家之所长，基本上是支持反摹拟并主张自由化的，并且主张诗文的价值在于实用。

在《日知录》中，他写了《文须有益于天下》一条，说区别文章好坏的标准是看它有益于天下么还是有损于天下。他列举了四项有益：明道也，纪政事也，察民隐也，乐道人之善也；四项有损：记怪力乱神之事，无稽之言，剿袭之说，谀佞之文。[①]从这中间流露出来，他的文论中“正统”的气息十分浓厚，但在纠正晚明文坛积弊方面还是有积极作用的。此外，他谈了很多写作态度问题，如不急于求名、忌剿袭、不可泥古、文以少为胜、一定要有“古人之所未就，后人之所不可无”的内容才写成文章。对于诗，他说了更多的话。他对于唐诗恐怕是修养极深，观其随手拈来李、杜、元、白之诗以证史的情况，可以想见。他对于盛唐、李、杜之诗，恐怕是十分推崇的，不管他指摘过杜甫用典有一次用错了、将服虔误为伏生了也罢，据说他是主张“诗必盛唐”的。他的好友李因笃（天生）说“读书破万卷，下笔如有神，——往惟吴郡顾亭林征君不愧斯语，征君古文词纵横左史，诗独爱盛唐。”[②]“诗必盛唐”，这是“七子”们的老命题。李因笃对此再加以发展，说“至盛唐而止”，把晚唐排斥了。顾炎武是否排斥晚唐，《日知录》中无表现，看来，上自晚唐、下至三袁、钟、谭的佻艳，他都是反对的，但他却在相当暖昧的情况下继承了三袁、钟、谭诗论中的进步成份，（我说暖昧，是由于三袁、钟、谭，直接间接与“左派王学”有关，而那是顾炎武所最不喜欢的。）即他们的“言志”论。大体说来，明末清初，诗论主张有三大派，一派主张诗以“载道”，其缺点是不免有些教条主义、形式化和僵化，但其优点是容易导向现实主义；一派主张“言志”，其优点是强调自由化，但其末流则表现为非乖僻即庸俗；第三派标揭“神韵”（再晚些又出现“性灵”说）这就完全是主观唯心主义在诗方面的表现了。当时大河南北，“载道”派甚占上风；大江上下游，资本主义萌芽过的地方，“言志”派十分风行；独王士祯（渔洋）倡为“神韵”之说。顾炎武后半生皆在北方，许多观点（如“聚于乡则治”之类）是北方社会的反映；但在诗论方面，却是“言志”一派，讲究“性情”（个性），跟吴伟业（梅村）的论点很相近。在《日知录》中谈到摹拟与创造的关系时，他说，“不似，则失其所以为诗；似，则失其所以为我。李、杜之诗所以独高于唐人者，以其未尝不似、而未尝似

① 《日知录》卷19《文须有益于天下》条。

② 李因笃：《受祺堂文集》卷3《钮明府无准诗集序》。

也。”[1]文里的“我”，也就是个性。从发挥个性的论点出发，他主张韵为诗的内容服务而反对叫内容为韵服务，这一点他很强调，不惜反复申说，如“古人以乐从诗，今人以诗从乐”；[2]“以韵从我者，古人之诗也；以我从韵者，今人之诗也”；[3]“唐人以诗取士，始有命题分韵之法，而诗学衰矣。”[4]总起来看，顾炎武无论从理论上或者从技法论上，是个性论者，自由化论者，而不是格律论者和形式化论者。在他当时具体的历史时代（封建末期，资本主义个别萌芽已经出现）中，这种诗论还是带有相当的进步性的。

但一个思想家在他的综合议论的不同分枝中，又经常是表现为千差万别的现象；在总的体系上是统一的，但在局部则又是多样的。顾炎武文艺论点的基本倾向虽然是进步的（由于他强调个性、排斥格律，带有启蒙的气息）；但一当他论列得稍远一点，牵涉到社会意识跟社会存在的关系问题时，他又衰弱下来了。在这方面，他的唯心主义论点表现得较多。而不同程度的唯心主义观点，又当有所区别。譬如当顾炎武谈到人性的残酷时说，“纣为炮烙之刑，……此则生而性与人殊，亦如五官百骸之所同，然亦有生而不具者”，[5]拿畸形生理来比拟奴隶主最高统治者的残暴，这是不能再鲜明的唯心主义观点，而这未必成套的，带有某些偶发孤立的迹像；但是当他在《日知录》卷十三中大段大段地评论历代风俗时，整套的唯心观点就出现了，他极力夸大东汉光武帝刘秀“尊崇节义，敦厉名实”的作用，并说直到东汉之末“倾而未颓”、“决而未溃”者，“皆仁人君子心力之为”；[6]他又极力夸大北宋时反对改良的正统派地主的作用，并用正面肯定的态度征引苏轼（东坡）的言论说，“国家之所以存亡者，在道德之深浅，不在乎强与弱；历数之所长短者，在风俗之厚薄，不在乎富与贫”[7]；在另一卷中谈到上古礼俗之美时又说，“先王一举事而天道人伦

① 《日知录》卷21《诗体代降》条。

② 《日知录》卷5《乐章》条。

③ 《日知录》卷21《诗题》。

④ 《日知录》卷21《诗题》。

⑤ 《日知录》卷7《性相近也》条。

⑥ 《日知录》卷13《两汉风俗》条。

⑦ 《日知录》卷13《宋世风俗》条。

备焉”[①]；甚至说出“张耳、陈余之宾客厮役，皆天下俊杰”[②]这类的话。这就是成套的言论了。这显然是说，社会意识和个别人物的作用，（特别是地主阶级人物的作用。）可以支配社会存在，可以决定社会存在的形式，——这不是典型成套的历史唯心主义，又是什么呢？

六

现在，我们几乎只剩下谈论顾炎武历史学和文献学基本功成就的一个部分了。

关于这个部分，历来说过话的人最多，材料的积累量很大，但毛病也最多。有一部分人把顾炎武这方面的成就做了不正确的估价；另一部分人把顾炎武这方面成就的意义歪曲了，拿它来抵制先进理论对感性认识的启发和导引的作用；还有一部分人把顾炎武这方面的成就跟他的哲学观点、社会政治观点割裂开来，或者至少不联系在一起，这样就不容易使人看清楚一个学者在学术上有成就的部分是跟他自己哲学观点社会政治观点的进步一面联系着的，其落后一面则成为他学术成就的对消剂。本文有鉴于此，故把重点挪到过去人们不太重视的哲学观点和社会政治观点方面去，但对他在历史学文献学方面的成就问题，我们仍然予以足够的重视。只是本文前部诸节所已论列到的，就不再予以重复了。

我们说，顾炎武在学术上的重大成就是跟他的哲学政治观点密切联系着的。我的意思是指他的经验主义和爱国主义。经验主义导致他对感性材料的重视，和对亲自经历调查研究的重视。爱国主义导致他在某种限度内进行斗争的必要，譬如说跟地主阶级投降派和清朝统治者斗争。这些，就是顾炎武仆仆一生光和热的泉源。他的老友归庄（玄恭）说的好：“使兄不遇讼，不避仇，不破家，则一江南富人之有文才者耳，岂能身涉万里，名满天下哉?!”[③]不是总角之交的老知己，是讲不出这么恳切的话来的。是斗争，培育了顾炎武的生命力；是斗争；完成了顾炎武的学术成就。

现在，分几个方面来说明。

① 《日知录》卷5《邦飨耆老孤子》条。

② 《日知录》卷8《掾属》条。

③ 《归庄集》卷5《与顾宁人书》（中华书局新印本页339～340）。

譬如说保持历史主义这一点。历史主义和阶级观点是统一的，不是矛盾的，这一点当前学术界正在引伸和论证。只有最好地掌握无产阶级的阶级观点和阶级分析法，才能最好地吻合于历史主义。而这对顾炎武当时说显然是不可能的。那么顾炎武的操作成就，是怎样达到虽然不可能最好地、但仍能在某种程度上符合于他自己时代的历史主义的呢？这不能不归功到他的经验主义和对感性材料的重视。重视材料，接近全面地搜集和分析材料，即便在分析的方法上不免有种种局限（这限制了他的成就，使之不能达到更高的水平，并且产生不少错误）；但在局限的情况下，它毕竟比较地能引导人们去接触历史的全面，接触历史运动变化发展的总历程，从而也就能够符合他自己时代的历史主义。试举一些例来说明。在《日知录》的《郡县》条中，顾炎武列举了17条材料来说明在秦统一以前列国早就有了“县”的设置，他又列举了一些材料说明在秦统一以前“郡”也有了，这就告诉人们郡县制并不是突然发生的，也不是秦始皇一手创造的，这就比较他的前人更符合了历史的原貌。[①]在另一标题中作《社》的条中，顾炎武列举了十二条材料（大戴礼一条、左传及注四条、吕览二条、商君书、管子、荀子、国策各一条）来说明上古“社”的存在和情况。[②]我常常这么想，我们青年教师在讲上古史时总要讲到原始公社或农村公社的吧，那么看看顾炎武这一条或者查查《古今图书集成》有关社的一部分材料，总是两条值得建议的“事半功倍”的道路。而顾炎武本人呢，也由于对三传、三礼等古代文献的高度娴熟，接触到的材料多，得到体会的面既广又深，所以即便在他当时没有考古学和原始社会学的条件下，他对于“氏族”和“宗法”已经可能有了超越前人的认识和体会，譬如氏族的血缘纽带这个概念，以及这种血缘纽带被阶级社会的奴隶主封建主拿来作为辅助统治的手段一点，顾炎武似乎是已经“略有所窥”了。他在《日知录》中写道，“周之盛时，宗族之法行，故得以此系民而不散”，[③]这不就是纽带的概念吗？再譬如对于上古时氏族迁徙这个问题，顾炎武正处在若明若昧的状态之中，在谈到舜的弟弟像“封于有庳”这一点，他死死地扣住湖南的道州缠来缠去，越缠越胡涂；[④]在谈到斟鄩、斟灌这两个夏史中重要地名时，他也只谈其在今之山东而不谈其在今

① 《日知录》卷22《郡县》条。

② 《日知录》卷22《社》条。

③ 《日知录》卷13《分居》条。

④ 《日知录》卷7《封于有庳》条。

之河南的事，直到晚清学者（如雷学淇）深研《竹书》《世本》时才把氏族搬家的迹象钩勒出来；但在《日知录》《因国》条下他却接触到这方面来了，通过晏子的一段谈话，得知齐国的基地在齐太公建国之前，爽鸠氏的氏族在这里住过，季荝封在这里过，有逢伯陵封在这里过，这就是氏族迁徙和贵族就氏族旧址而封邦立国的开始了。[①]在写到《韩城》一节时，他谈到陕西的韩城，也谈到河北的韩城，非正式涉及到夏朝的“寒”号，更自河北跟东夷貉貊间的关系从而使我们联想到“三韩”；这些都是对人有启发的，都是新颖的，有些在一定程度上也是符合于历史原貌的。在《日知录》《乐章》条中，他对中国语的声韵方面衍变。也由于多占有材料而获致到在一定程度上符合历史原貌的境地，他写道，“降及魏、晋，羌、戎杂扰，方音递变，南北各殊”[②]，他又写道，“三代之音，不存于两京；两京之音，不存于六代。”[③]这些话都是带有深厚的资料感染才写得出来的，所以当章炳麟说清代声韵学“推其本、未究语言之源，明其用、未综方言之要”，这些话用来作为总评还是对的，但顾炎武何尝没有看到这些苗头呢？以上，都是顾炎武由于重视掌握材料而能在一定程度上保持了他自己时代的历史主义的一些主要例证。在《日知录》卷31《长城》条中关于列国各筑长城，秦统一后予以汇总增修，并连成一条长条的历程的叙述，也是多少符合了历史原貌的。试问清中叶以来的那些“饾饤”学者，他们的考据能有这种大处落墨的气势吗？他们把历史“凌迟”了，把历史搞成块块、片片和末末了。

再譬如顾炎武在地理沿革学方面有重大的建树，但试问这些建树又跟什么联系着呢？这显然跟两件事联系着，其一是跟重视亲身经历和调查研究的这一经验论者的信条联系着，其二是跟顾氏“反清复明”的斗争联系着。没有这两重动力，他就鼓不足这么一辈子的干劲。而干劲鼓上去，效果就得到了。由于地理概念的明确，在历史问题上产生了很大的帮助，这在顾炎武学术成就上是一个极鲜明的特征。先从零星的谈起，譬如通州、正定等地驿站裁并后不按三十里一驿的规格使得驿马困乏，河间一带水涝时由于公共事业废驰而发生渡船勒索过客的情事增加旅行困难，大名府有1200步为一亩的特大的亩积，大同妇女著纸裤，延安地方不晓纺织之利，西北边地为了缴纳钱粮银子不得不卖儿

① 《日知录》卷6《因国》条。

② 《日知录》卷5《乐章》条。

③ 《日知录》卷5《乐章》条。

鬻女，各处府州县城凡为唐置者其城郭必宽广、街道必正直、廨舍必宏敞，宋以后所建则弥近弥陋等等。[①]自然多读些地方志书也不一定获致不到这些印象，但只有亲身经历和调查研究的人，才能体会得这么亲切，跟历史问题联系得这么紧凑。在《天下郡国利病书》的《山西》部分中，他也曾一再地谴责地理学者“求之于典籍文字之间，而不稽之于道里徒步之下”。再举一个重点例子来看。在《日知录》中顾炎武写了《大原》一条，在同书中他又写了《左传注》一总条若干小条，其中涉及到“千亩”的问题；这两条连在一起对于周宣王东迁后的措施问题的分析便有很大帮助。在《大原》一条中，顾炎武说东西周之际的大原应有二，一指今之太原阳曲，一为今之平凉，与猃狁打交道应在后一地点不应在前一地点，并说“《国语》宣王料民于太原，亦以其地近边而为御戎之备，必不料之于晋国也。”[②]在《左传注》有关“千亩”的条中又说，原注解以千亩为地名，在西河介休，他则认为，“穆侯时晋境不得至介休”，[③]并引《括地志》证明千亩在今山西汾河之曲的安泽地方（古名岳阳）。顾炎武这些论断能不能成为科学上最后的结论，那是另一问题，（阎若璩就跟他争论过晋境及不及介休的问题。）但对我们后代人却是有启发的，我们在追究《国语》中所记宣王“料民于太原”和“不籍千亩”时，就有了两种判断的可能，第一种判断说大原就是山西的太原，千亩就在介休，这样“料民”和“不籍”的两桩事是在相当临近的地域里进行的，它们中间联系的可能性就较大，从而把这两桩事解释作放弃公田上劳动租的剥削而代之以公私田不分的履亩之税的剥削制的试验，其可能性也就较大；第二种判断说大原远在平凉，料民于大原不过是对战区和平居民的安插，千亩在晋都附近的安泽，距离成周不远，不籍不过是不再到那里去“三推三拉”而已。我们近代人就应该动员一切资料和理论的论证力量，来判断这二者中孰是孰非。但已故的李亚农先生在其名著《西周与东周》中极精湛的一段文章里，[④]对顾炎武所已涉及到的东西表现为茫然无涉，这不能不是李先生的一桩遗憾，也是我们大家的遗撼。

再譬如说训诂及与之有关的其他分枝，自两汉儒者曾经大搞了一番以后，后面的人偏重到哲理的一方面去了，一直不够重视，顾炎武却大胆地说，“溺

① 散见《日知录》卷10、12《地亩大小》、《纺织之利》、《街道》、《水利》诸条。

② 《日知录》卷3《大原》条。

③ 《日知录》卷27《左传注》条。

④ 李亚农：《东周与西周》第九章《周宣王的政治改革》，该书页106～115。

于训诂，未害也。”[①]他说这话，是用来攻击心学的。而他自己搞训诂则并不是为训诂而训诂。他的动机与实践间发生联系的逻辑大体是这样的：他要挽救亡国和亡天下，就要洞察天下民生疾苦；要洞察天下民生疾苦，就要通晓古今治道；要通晓古代治道，就必须深入诸经；而要深入诸经，就必须把一些不明的经义弄明白；这就自然而然的走到“读书必先识字”的道路上来。顾炎武对中国文字的源流是懂得很清楚的，他说很早叫“文”，后来才叫“字”，字是孳乳的意思。怎样孳乳呢？许慎的《说文解字》说是缘着“六书”（象形、指事、形声、会意、转注、假借）的发展道路孳乳出来的。这是说，字是通过字形和字声的变化、两者纠缠起来才在字义方面产生了种种变化。这说法原本是对的，但第一由于许慎有些地方解不通时硬要解，第二由于自许慎以后字形字声字义诸方面又发生了很多变化（韵就是六朝的新产物），所以《说文解字》之不敷用是很显然的了。顾炎武对《说文》是很不满意的，他怎么办呢？他的办法就是从交叉材料中去追查字的古形、古声、古义和古用。我经常说，顾炎武最喜欢“摊”，他平生摊经入史，摊此经入彼经，把历代传注疏解也都跟本经摊到一起，以此证彼，使前后文互证，古今互证，经史互证，经子互证，经文注疏互证，金石与书本互证，传本与佚文互证……这样广泛交叉材料的结果，对经义自然就较前人明白多了。有人说，这都是些不急之务。这不然。譬如我们当前讲《中国通史》上古部分的同志，总摆脱不开要使用一点原材料吧，那么“乱臣十人”、“涉渭为乱”、“康功田功”、“彻田为粮”、“伯昌何衰”（或荷衰）、“十千维耦”等等，你总要叫学生明白吧，为了叫学生明白，你自己总要搞搞清楚吧。那么，训诂学就摆在面前了。这个“困学”的历程，我们跟顾炎武古今来其实是一样的。

顾炎武已经很留心“声”的通转。他说，“读九经自考文始，考文自知音始。”[②]在《日知录》中，他零星地标揭出一些由于读声的接近而发生的许多牵连，如“辩”与“遍”、“邮”与“尤”、“谢”与“序”、“颜”与“岸”、“胥”与“苏”、“瑕”与“胡”、“术”与“遂”、“义”与“我”、“戏”与“麾”、“捭”与“摆”、“鍼”与“箴”、“薳”与“芳”、“葚”与“黮”、“啚”与“𦓾、“吴”与“虞”等，[③]有的是形不近音近而义近了，有的是音形都近义也近了，

① 《日知录》卷7《忠恕》条。

② 《亭林文集》卷4《与李子德书》（《顾亭林诗文集》页76）。

③ 散见《日知录》卷27《尔雅注》、《楚辞注》、《史记注》、《汉书注》诸条。

有的是跟着音的分枝形也分枝了，有的是跟着音的靠拢义形也慢慢靠拢了。千差万别，但集中说明一点，即“声”在字形字义的孳乳、即其转注假借过程中是起主导作用的一个因素。这一点很重要，可以纠正拘于字形与字义两个方面的积弊。所以当王力先生说，“古人解释字义，往往只根据字形。直到章炳麟，才摆脱了字形的束缚，从声韵的通转去考证字义的通转”[①]的时候，我认为他对顾炎武做了不应有的忽略。我认为，章炳麟搞声韵兼古通今，挖出一窝一窝的“字族”，顾炎武只偏重在古，此顾之所以不及章之处；但章把“一声之转”、“阴阳对转”等的法门使用得太滥了，给后学留下很多不良的影响。顾却不然，他动员一切旁证来保证“一声之转”，使它巩固，靠不住的就不做结论；而在靠得住的这些部分中，却已经替以“声”为主导因素去解释转注假借的学说铺平了最初的道路，清朝中后期，孔广森从声的“旁转”发展到“对转”，以及朱骏声弄出“四例”、“八用”之类，[②]有主要一部分是从顾炎武这里受到启发、做了继承的。

以上，只举了几个方面——较全面地掌握感性材料，以达到在一定程度上符合于历史的原貌；重视亲身调查研究，从而在地理与历史的联系方面做出来重点的示例；以通古“声”为骨干，作为通经和正确训诂的法门；——来说明顾炎武在历史学和文献学的基本工作方法方面所做出的贡献。此外，他所涉及的方面尚多，如金石证史，辑佚辨伪等等，他也都继宋人之后发过凡、起过例的。但最后仍要指明白的，是顾炎武在这些方面的巨大成就并不是他一生里正常的收获，而是经历了历史曲折和阶级局限后的结果。不这样指出，不这样认识，就会产生两个方面的偏向或错误：要么就是把顾炎武一生的抱负和实践做了不应有低估，要么就是把低估后的顾炎武做了不应有的夸大。当潘耒替《日知录》做序时，他是掌握了这个分寸的。我们今天来纪念顾炎武诞生三百五十周年，更应该从马克思主义的观点立场出发，从“弃其糟粕，取其精华”的原则出发，认识到顾炎武虽然基本上是个学者，是个历史学和文献学方面的学者，但他不仅仅是个学者，他还是有一定哲学观点的人，有一定社会政治观点的人，有一定社会活动实践作为他自己治学基础的人。他的哲学观点，有贴近唯物主义的一面（如他的经验主义），也有贴近唯心主义的一面（如历史风俗观）。他的政治社会观点，有进步的一面（如反专制主义），也有落后的一面

① 王力：《新训诂学》（见《汉语史论文集》页279）。

② 见朱骏声：《说文通训定声》序例。

（如地方自治论）。这些进步性的成就，是跟他的爱国主义思想和一定程度内所展开的斗争联系着的；那些落后部分，则是跟他的封建地主阶级的物质利益和头脑联系着的。这两个方面在他一生中互为消长，每当进步面占主导地位时，他便有所成就。反之，他的成就就打上了很沉重的局限性的烙印。最终，归结到历史学和文献学的基本功方面来，这是局限而又局限以后的境界了。体会了顾炎武一生的成就和局限，我想我们大家对于我们自己不会没有所启发和引起考虑的地方吧。所谓“发思古之幽情”，其实是贴近着当代和自己的。

1963年9月5日初稿，

1964年4月19日改订。

（《兰州大学学报》1964年第1期）

顾炎武《天下郡国利病书》研究

一

同属于顾炎武的纂著，《天下郡国利病书》跟《日知录》比较起来，两者之间有着不少的异点。《日知录》是“下学上达”的东西；从《利病书》中几乎看不到多少“上达”，几乎全是从基层反映来的资料，感性的资料。《日知录》上下古今，无不涉及，看不出内容侧重于哪一方面；《利病书》虽偶有涉及明朝以前的星星点点，但绝大部分是总结明朝的，主要是通过明朝万历和万历以前地方志书，料理出一些东西。《日知录》是经过作者长期精心考虑、一再修改、老年编写的著作；《利病书》则仅是作者二十七岁及其以后数年中仿佛作为基本功训练而抄辑起来、到五十岁时才粗略编定一下，作者自己说“年老善忘，不能一一刊正”[①]的产品。从书中反映的作者的思想认识来看，两书也有不同，《日知录》中反映的思想认识基本上定型化了，成为一整套；《利病书》在作者晚年虽也有插入新材料的迹象，但主要是早期的抄辑，从其中看出作者晚年定型的思想在这里尚未定型（如“地方分权论”尚未形成系统），有时甚至表现出跟晚年很不相同的态度（如对待农民起义的放手搜辑材料等）。我们分析这点，丝毫也不是想轻易贬低或者抬高《利病书》的价值（假若真正如此，则本文大可不必写了），而是企图将同一作者的不同纂著加以比较，从比较中初步显露出本文对象——《天下郡国利病书》的一些特色来。

底下，接着要辨别一下《利病书》是不是一部地理书的问题。《四库全书》

① 《顾亭林诗文集》，中华书局1959版，页137（亭林文集卷6）。

编目者将它列在地理类。清末学者梁启超也把它视为地理书，并在其《中国近三百年学术史》中还对它讲了一段话，由于这段话中包括一些问题，故须在此征引一二。他说，“顾亭林著《天下郡国利病书》及《肇域志》，实为大规模地研究地理之嚆矢。其著述动机，全在致用；其方法则广收资料，研求各地状况，实一种政治地理学也。惜其书仅属长编性质，未成为有系统的著述。且所辑资料，皆求诸书本上，本已不甚正确；且时过境迁，益为刍狗。即使全部完整，亦适成其为历史的政治地理而已。”[①]这中间问题实在不少，待我们一一分辨。“刍狗”云云，实是梁公的几句谬话，似此说来，则左、国、史、汉，无一而非刍狗，这显然是对《利病书》的价值做了不应有的贬低，本文后文尚有不少申论，此处不拟多赘。说这书的材料“皆求诸书本上，本已不甚正确”等语，也值得商榷。顾炎武本人对《利病书》自己就声明过“不能一一刊正”，自不免粗糙一点；并且，他也确实不曾像徐宏祖（霞客）那样若干次亲履西南、东南诸山川。但比较起“闭户宛溪，足不出吴会”[②]的《读史方舆纪要》作者顾祖禹来，他所亲历的境界却大的太多了。不仅如此，在思想上他是极重视亲身的调查研究的，不像顾祖禹那样千方百计说明不亲自调查只凭书本也能保持正确。他在《利病书》的山西部分中两次谴责治地理诸学者“琐琐于典籍文字之间，而不稽之于道里徒步之下。”[③]并且他在书中也具体贯彻了这些思想，这只要去读读有关雁门形势的一些片断，就很够证明了。怎么能说他“皆求诸书本”呢？再次，说它是“长编性质”，本来如此；说它“未成系统”，则又不对头了，因为它实际上是相当系统的。最主要的争论点，在于它是不是一部“研究地理之嚆矢”的问题。我个人认为不应该把它看作一部地理书，也不是一部沿革地理书，（像顾祖禹《读史方舆纪要》一书所鲜明地表露出来的性格那样。）而应当把它看作主要是著录明朝社会经济情况的一部重要的资料书，仅仅它的著录方式是按照“郡国”的框框而已。我之所以这样说、这样理解、这样表述的理由，主要是由于本书绝大部分篇章所著录的是关于赋役、屯垦、水利、漕运、兵防、马政、盐政、少数民族以及农民起义诸项目的资料，其中虽然偶有记录地方风俗以及山川沿革考订事项的，但所占的比例究竟太小了。

① 梁启超：《中国近三百年学术史》第十五章清代学者整理旧学成绩（三）地理学（页317）。

② 顾祖禹：《读史方舆纪要》卷首魏禧序，中华书局1955版，页6。

③ 《利病书》龙刻本卷45（山西一）页3及4。

除此之外、更多的一些理由是：《利病书》跟《方舆纪要》这两部书在我们后人使用时，显然属于两路用途。考查地理沿革，须找《纪要》，他那从书本上来的精严，对后人所起的帮助作用还是相当大的，相当解决问题的；《利病书》在这方面的用途却不大。但在考虑明朝社会经济方面，《利病书》却与《明实录》、《皇明经世文编》有三鼎足之妙：自上而下（自中央到地方）的材料，多见之于《实录》；自下而上（自地方志书和个人著述中来）的材料，则多见之于《利病书》和《经世文编》。倘将三书联合使用，对于有明一朝的社会经济，庶几乎可以获致到一个主要的轮廓。

说到这里，不能不涉及《利病书》跟顾炎武另一纂著《肇域志》的关系问题。这问题是个老问题，不少人接触过，但在这里仍有料理一下的必要，也许算不得是枝蔓。事情是这样的：顾炎武自幼受家庭薰陶，有一种“读书不如钞书”的主张，所钞为后世所知者，如明十三朝《实录》，后世珍之，号曰《顾钞》；另如所钞《一统志》及天下州郡志书以及其它辅助资料，这批资料顾炎武北游时大约一直带在身边，直到康熙元年他本人五十岁，准备自冀、鲁进一步扩展自己的活动领域到山、陕的时候，才重新拿出来写了一则前言（这是根据张穆《亭林年谱》的系年而断定的，而张穆之所以系在此年则由于原稿有“壬寅”字样），叫《天下郡国利病书序》；收在后世《亭林文集》中的还有一篇文字，叫《肇域志序》，此文张穆《年谱》并未系年，亦未见原稿，只好假定为与《利病书序》同时或相距不远时候写作的。两文字数寥寥，为弄清一些问题，还是引录在底下：

> 《天下郡国利病书序》：崇祯己卯，秋闱被摈，退而读书。感四国之多虞，耻经生之寡术，于是历览二十一史以及天下郡国志书、一代名公文集、及奏章文册之类，有得即录，共成四十余帙。一为舆地之记，一为利病之书。乱后多有散佚，亦或增补。而其书本不曾先定义例，又多往代之言，地势民风与今不尽合，年老善忘，不能一一刊正，姑以初稿存之箧中，以待后之君子斟酌去取云尔。①
>
> 《肇域志序》：此书自崇祯己卯起，先取《一统志》，后取各省府州县志，后取二十一史参互书之，凡阅志书一千余部。本行不尽，则注之旁；旁又不尽，则别为一集曰“备录”。年来糊口四方，未遑删订，以成一家

① 《顾亭林诗文集》页137（亭林文集卷6）。

之书。叹精力之已衰，惧韦编之莫就，庶后之人有同志者续而传之，俾区区二十余年之苦心不终泯没尔。[1]

让我们进行一些分析。除非我们将来发现了《肇域志序》原稿所注的年月，单单根据如上两文的内容，我们是很不容易判断两文是同时抑或隔时的。看起来，又非同时，又非相距甚远。两文虽短，交代的东西则殊不少。首先，写作的动机是救亡，（挽救当时在各方战火和建州威胁中的残明统治。）这一点是很清楚的。其次，工作程序两文所述虽稍有差别，但大体仍是一致的，即《一统志》、各地方各基层的志书、各朝正史，此外文集虽不像《皇明经世文编》搜集得那样全备，然观书中钞录邱浚、杨慎、何瑭、周宏谟、周嘉谟诸人的言论，可以证明文集还是动用了的。在这里指出志书动用的数量，是一千余部。再次是工作方法，两文只提到两点，其一是"不曾先定义例"，其二是"本行不尽，则注之旁；旁又不尽，则别为一集曰'备录'。"观《四部丛刊》三编本，此种情况，大体仍可窥见。再次，是作者对这一大批材料所表达的态度，希望后世同志不要泯没了作者"二十余年之苦心"，"斟酌去取""续而传之"，这也看得很清楚。最后一个问题，也是比较重要的问题，是《利病书》和《肇域志》如何从这一大堆资料丛钞中"一分为二"的？乾隆时，《利病书》原稿的收藏者和校订者黄丕烈（荛圃）在其"题词"中曾经接触到这一方面。他说，"……（《利病书》）每本有'备录'字，始犹未得其解。覆按《肇域志序》所云，本行不尽，则注之旁；旁又不尽，则别为一集曰'备录'。则此书与《肇域志》相出入，亦未可知。否则，如《利病书序》所云，有得即录，共成四十余帙，一为舆地之记，一为利病之书，两书本合而存之欤?!"[2]黄丕烈在此虽是采取了揣测的语气，而其实他已经摸到大体的根底了。试观顾炎武的外甥徐元文替顾著《历代宅京记》所撰的序文，即可洞悉《利病》、《肇域》两书间的关联。他说：

舅氏亭林先生天授高才，继古人绝学。当明之末，欲有所树立，迄不得试，乃退而读书以自见。有曰《肇域志》者囊括《一统志》、二十一史、及天下府州县之志书而成者也。继又摘其有关政事者，为《天下郡国利病

① 《顾亭林诗文集》页137（亭林文集卷6）。

② 《利病书》四部丛刊本第一册卷首听松轩主人（黄丕烈）《题词》。

书》……[1]

这说的不能再清楚了。顾炎武自二十七岁起，搜集了大批资料，其中既有舆地内容，又有利病内容，统拟名曰《肇域志》。初未有《利病书》的名目。后来，大约在五十岁前后，他把这批资料一分为二，取其有关利病者曰《利病书》、有关舆地者曰《肇域志》。两书如何分割，后人不得其详，但可以推测，这种分割怕不是多么利落的，故今传《利病书》中仍不免舆地内容之残存；《肇域志》稿中，恐亦不免利病内容的保留。（因迄未见得原稿之全貌，故不敢确说。）此黄丕烈之所以做出"合而存之"、"相出入"等揣测话头来的因由吧。弄清了这一段纠缠，我个人感觉到，也大大有助于我个人认为《利病书》不应列为地理类而应列为明朝社会经济资料之书的论断。

在本节之末，还应略说一说《利病书》的传钞刊印问题。大约此书，不懂的人视之为断烂摘钞，而懂的人则从很早就非常宝贵它，纷纷传钞。乾隆时的钱大昕的跋文说它"未有刊本。外间传写，以意分析，失其元第，然犹珍为枕中之秘。"[2]后黄丕烈买得原稿，部分为顾炎武本人手迹，部分亦请他人代钞（即所谓"假手钞胥"），共三十四本（中缺一本第十四本，约当河南省与山东省之间的内容）。黄氏曾略加变动，"补其当补"，并分三十四册为六十册。民国二十五年，商务印书馆影印时又重划为五十册。此是一种版本。另一种是清嘉庆时四川龙万育（燮堂）适应清朝国家版图空前扩展、地理研究之风空前高涨的风气，继徐松《新疆总统事略》刊印之后，将此书流俗传钞一二〇卷本与祁韵士《西域释地》一书，同时付刻。序中并云，曾请张船山等名士参加过校勘。当前流传版本，此种居多，而商务《四部丛刊》三编本则相对甚少。两者对比，龙刻本自然很坏，虽云经过校勘，而错讹百出，且多妄改、妄删、妄接、妄补之处，致使两种版本间存有不少歧异，故历来对龙刻评价很低。然而我个人于同意对龙刻种种恶评之余，对其按一二〇卷旧传钞法划分，按省分卷整齐排列（而不是有的按省，有的按府），则认为在使用查阅时，倒是比较方便的。按我个人的习惯，是以龙刻为底，遇有谬误可能时随时以《四部丛刊》三编本参对校定之。自然，这种习惯也不一定就是妥善的。

---

① 《亭林遗书》《历代京宅记》卷首徐元文序。

② 《利病书》四部丛刊三编本第1册卷首钱大昕题词。

二

大约钻研一部典籍，总不外阐述它和评价它这两个主要方面。在写这样文章的时候，自然有时需要“夹叙夹议”，这两个方面是融合在一起的；但有时不然，那么孰先孰后，也就是该妥善考虑的了。对于《利病书》，经过考虑，还是总起来评价它的一些特点和品性，然后再择其内容中的某些主要部分，一一予以介绍。我又经常这样想：不少评论者之所以在评论中出毛病，（如梁任公说它“皆求诸书本”和“益为刍狗”等。）恐怕主要是对全书根本未曾细读，翻头检尾，粗读序跋，草草言之，自难免于疏失。兹有鉴于此，故着意精细从事，未敢怠忽。现在，把一些读后的感觉，将优缺点综合起来，写在下边。

《天下郡国利病书》，全书粗计一五〇万字，才当《皇明经世文编》篇幅的三分之一，当《明实录》篇幅的十二分之一。自然，它是纂辑之书，较之精心撰结之作，如《日知录》则篇幅要大三倍。前文说过，《日知录》是“下学而上达”的东西，《利病书》几乎纯是“下学”的东西，而它的妙处也正在此。同是明朝的一件政事，我们从《实录》中所看到的，主要是它在“庙堂”上的过程，御史和封疆大吏们如何奏上来，皇帝如何批下去；从《经世文编》中，我们主要是看一些士大夫个人的意见（不论他们是在朝的或者在野的）；《利病书》与上述两书又有所不同，在这里我们主要是透过基层的人们（这自然不意味劳动人民，这是指府州县的官吏、府州县志的编纂志、主稿者、序跋者，以及与地方基层有关的其他人）对某一件政事的回忆、总结、评论，或者仅仅是反映些意见。把这些内容，从全国的范围聚拢到一起，这件事本身所提供的价值就是非常高的。它恰好可以补足《实录》自上而下材料的片面性，并且可以恰好看作对中央政令的一些反映。自然，假如有人问，《利病书》是否已经达到全国范围绝对的、或者接近于绝对的全面性了？我不敢说。这中间，存在着不平衡性，恐怕是很难要求过高的。我这里所说的不平衡性，不是指客观事物现象所固有的不平衡性（举例说明，如军屯份地有50亩的，但亦有30亩、35亩、40亩、29或28或27亩零的、有20亩的等等；核计编银以“丁”、“粮”为准，有按“丁一亩一”的，有按“十五亩准一丁”的，有“丁四粮六”的，等等不一；军士守御和屯种比额的分配，有三、七分的，但也有二、八，一、九，四、六，五、五等比额；丈量田亩，一般240步为亩，但亦有480步为亩的；以步而言，有5尺为步的，也有6.5尺为步的；等等，我在这里所指的不是这些），而是指作为客观事物现象之反映的《利病书》的内容本身所存在着的不平衡性。

提到这种不平衡性，大约有两方面的根源。其一是顾炎武当时所能搜求到的府州县志本身的水平就是不平衡的，有的府州县编印了志书，有的就没有编印；有的志书质量高，有的质量低。原地方志的编写态度也不一致。有的编写者的屁股是完全坐在地主一面的；有的站政府立场，表面看像是仲裁者；有些少数的态度很好，简直游离了“帮凶”的身份，完全替贫穷的劳动人民在说话，这也是确实有的。顾炎武看到了这些形形色色的材料，自然加以去取，但究竟来不及予以分类或批注按语，就兼包并容到一部书中来了，此即本书粗糙之处。其根源之二，是顾炎武本人亲历过的地区与未亲历的地区，这中间也存在不平衡。例如，按省区来说，北方以山东、山西两部分最好，陕西（包括宁夏、甘肃、青海、甚至新疆）部分也不错；南方以浙江、福建最好，江西也不错，这恐怕跟亲历有关，盖除福建、江西外，其余都是顾氏亲历过的。并且有的是在当地参与编修过志书工作的，观其山西部分中有关雁门等处，作者所加“余尝登雁门，逾夏屋，极目于勾注、广武之间，而知陉山形如人字，一脊中分，山南据脊，则利归山南；山北据脊，则利归山北，辽人所索，必此地也”[①]一类的话头，加倍地感到真切。但也有与上述情况不尽同的现象，如北直隶（今河北）、南直隶（今江苏、安徽），应该纂集的更丰富些，更精彩些，但实际上除却庐州、徽州和应天府尚好外，苏州、松江等重点地区，所记未见出色。河南部分，窃疑原稿有所散佚。相反，四川、云、贵和九边四夷，则纂辑的也并不逊色。以上，是说的不平衡情况。在这种不平衡的情况之上，从优点方面考虑，本书内容倒是重点突出的，以地域论，山东的曹州，陕西的巩昌、平凉、岷州，山西的恒山地区、雁门和解州，浙江的义乌和海盐，福建的漳州和泉州，南直隶的凤阳和徽州，都是质量较高的。其中一些重点的文献，如北直隶部分中纪克家的《文安县志序》，[②]山东部分中王圻的《平赋答问》和

---

① 《利病书》龙刻本卷45（山西一）页12，四部丛刊三编本第23册（原稿17册页9）。

② 《利病书》龙刻本卷4（直北三）页2～3，四部丛刊三编本第2册（原稿第1册页67）。

孟习孔的一串铃法《十二款》，[①]江南部分中的《歙县风土论》，[②]泗州有关军屯的一些记载，[③]河南部分摘引武陟人何塘（柏斋）的《均徭私论》和《均粮私论》，[④]（自然，这份材料《皇明经世文编》也予以注录了。）陕西部分中的《巩昌三论》和《平凉徭租十三弊》，[⑤]浙江义乌部分的《矿防》、《民兵》、《编户》、《田户》——所谓“四书”，[⑥]四川部分所引王廷相的《严茶议》，[⑦]等等，都是反映当时当地社会经济情况和意见的极其宝贵的历史资料。

假如以上综合写出的，可以算得是对《利病书》所表达的第一项特点和性格的话，那么第二项的特点和性格，就要算它在若干平列的社会问题中，分别轻重主次予以排列组织的一些分寸和手法了。有关这一点，也须较详细地说。

大约各府州县志书在编纂时，都有一个现成的套子，例如《疆域》、《沿革》、《人口》、《田赋》、《建置》、《兵防》、《官师》、《选举》、《人物》、《通纪》、《杂事》以及序跋等等，顾炎武对于这些杂沓的内容并不是胡乱照钞，而是经过了精心选择的，从其中我们可以看出顾氏的眼光来。我甚至感到，《利病书》在这方面较比起《经世文编》来，更加踏实沉着；较比起作者晚年成熟之作《日知录》来，思想显得更活泼进步些。《经世文编》把目标摆得稍嫌短浅了点，用过大的篇幅来反映九边的墩台火炮。《日知录》呢，则太偏重于中央权太重、地方权太轻等问题的探讨，为此作者不惜博古通今，但谈来谈去，越

① 《利病书》龙刻本卷39（山东五）页19～43，四部丛刊三编本第20册（原稿15册页177～184）。

② 《利病书》龙刻本卷32（江南二十）页29～30，四部丛刊三编本第11册（原稿9册页76）。

③ 《利病书》龙刻本卷34（江南二十二）页3～10，四部丛刊三编本第11册（原稿9册页21～25）。

④ 《利病书》龙刻本卷54（河南五）页24～31，四部丛刊三编本第17册（原稿13册页109～114）。

⑤ 《利病书》龙刻本卷58（陕西四）页33～36，卷61（陕西七）页5～17；四部丛刊三编本第26册（原稿18册页80～88），第27册（原稿19册页9～16）。

⑥ 《利病书》龙刻本卷87（浙江五）页7～29，四部丛刊三编本第33册（原稿12册页107～119）。

⑦ 《利病书》龙刻本卷65（四川一）页7～9，四部丛刊三编本第28册（原稿19册页104～105）。

不过政法上层建筑中某些部分的调整。《利病书》不然，它的眼光对准了明朝社会最根本的问题之一，地主阶级如何通过种种伎俩把沉重的国家赋役转嫁到农民身上，从而迫得农民放弃生产，或者流亡，或者起义。这是明朝社会最根本的矛盾，在《利病书》中也占了头等重要的篇幅。书中从各个不同的省府州县，把徭役太重、赋役负担不均、人们前前后后准备改革的许多措施、以及从不同的利益出发对这些改革所做出的不同反映，——这些带有全国一致性质的问题，本书把它们各自披着各自地域特色的面貌，一一钩画出来了。赋役问题，初看起来，仅仅是个封建国家对其国民的征调问题，仿佛并不是地主阶级与农民阶级面对面的问题；但实际上两个问题是无时无刻不纠缠在一起的，因为封建国家不是什么抽象的国家，它是地主阶级的专政工具，它代表地主镇压农民的反抗，它给予某些地主（所谓“甲科”、“缙绅”）以种种优免赋役的特权，它又在最经常的情况下默许了更大的一部分地主把国家赋役转嫁到农民的头上去。至于为了缓和阶级矛盾、稳定国家统治而进行的一些改革，它的性质虽然很重要，但在总比重上却是轻得多了。所以说，赋役问题本身虽是个政法问题，但同时他又无时无刻不与具体的阶级利益相纠缠在一起，所以也就成为一个阶级关系问题了。农民起来抗议赋役过重，看起来是面对专制主义政权，而实际上是以反封建国家为手段来达到反对地主阶级压迫剥削的总目的的。在这个问题上，假如我这样说，我自己以为并不过分：即要看清楚这个明朝社会最主要矛盾问题的底蕴，从《明史》中是看不出来的；从《明实录》中可以看到一些，但零乱芜杂，事倍功半；只有从《利病书》中我们才能够理解得最简要，最清楚，最接近于全面。

假如《赋役》是明朝社会史上最重要的问题之一，那么，《屯田》也算得是最重要问题中的另一个了。屯田几乎历代皆有，但明初洪武、永乐的屯田，却又带有它自己独特的意义，它是在封建社会后期地主阶级土地私有权较前更完整、更绝对化的时期中，国家政权大力干预私有权的一种表现形式，这在地主阶级是十分不甘心的，所以一到洪熙、宣德以后，便一步步放松，国家屯田一天天瓦解，私人（包括贵族、军官……）的占田就一天天嚣张，这中间是土地归封建国家所有还是土地归地主私有，这两者间谁战胜谁的问题。实际上是国家干预仅仅维持了大体五十年的光景，就慢慢失败下来。研究这场干预及其失败的历史，是很有意义的。恰好《利病书》从几乎全国的范围（北直隶、山西、陕西、河南、凤阳、泗州、福建、湖广、贵州、云南等地）来记述屯田的设置，土地的分配、管理和征取制度，商业交换行为对屯田的瓦解，（军田被非法卖为民田，民田被卫所军官霸占或买为军田，此军份地被彼军买占，以及军队召佃户垦种等等。）从而大量国有土地转化为私有土地，以及这些过程不仅对社会经济、即使对于军队组织的张驰、国防力量的强弱、国家与周边的关系等等，都带来深刻的影响。这些情况，也是以《利病书》中反映的较为丰满、较为具体。当然，要将这一方面的问题整理到成熟的水平，还须于《利病书》外更广地交叉材料。

抓住这两大问题，再配合穿插一些另外的问题（如各种形式的社会动乱、少数民族的土司制度、以及漕运、海运、马政、盐政、水利灌溉、风俗，等等），明朝社会的总面貌就基本上烘托出来了。其实，这些问题也都是跟前述的两大问题互相串连着的。例如运输本是国家和地方政事的一个分枝，但也都转化为一种徭役负担，如什么“马头”、“牛头”以及“粮长”之类，（连同水利事业中的“塘长”。）后来尽都成为足以破家的祸事，所以明中叶以来往往是这种身份的人起来领导起义。再例如马政，本是与国防密切相连的事，但也转化为一种徭役负担，倒死马匹要追价赔偿，所以北直隶不断出现“乘夜系马于县坊而逃”①的现象。产盐地的淮扬和河东，捞盐也成为一种很苦的徭役。徭役剥削连少数民族地区也不免染及，因为按规定少数民族地区是不按正常规定出赋役的，所以规避赋役的地主，不仅将自己的土地诡寄于优免贵族（所谓“投献”），不仅诡寄于军屯卫所，不仅诡寄于他里他甲他都他保，而且诡寄于边夷酋长，将汉户诡变成夷户，等等。我常常这样想：不读《天下郡国利病书》而仅仅读其它的一些篇章（如《明史・食货志》），是绝得不到这么具体生动而又全面的感性认识的。

总起来看，《天下郡国利病书》这部书，虽然不无材料选取丛杂、剪裁比较芜乱、地域间不够平衡、缺乏必要的按语、以及未曾指明材料的精确出处等缺点，但更主要的是它在最根本的一些方面——重点地域、重点材料和重点问题方面，还是编纂得非常突出的。不过，这些珍宝往往由于隐藏在一些丛杂的东西之中而不显。所以我经常这样想，假如有人对此书精心地进行一道分类选辑的工作，汰其芜乱，正其误讹，加以标点注释，甚至将有关的《经世文编》、《明实录》资料也一一缀系进去，弄成“笺证”一类的成品，那么对于这本书

① 《利病书》龙刻本卷2（北直一）页7，四部丛刊三编本第1册（原稿第1册页42）。

的利用，将起一种极大的方便作用。自然，这仅仅是个人的一项建议而已。

三

底下，我们将要专题地来对待《利病书》中所涉及的一些问题了。首先，自然是赋役条鞭的问题。我们要看一看，在《利病书》中对赋役条鞭究竟反映到怎样的一个幅度和怎样的一种深度？以下，我将以“夹叙夹议”方式，从四个方面来谈论它。

首先，《利病书》揭出了地主阶级将国家赋役通过各种不法手段转嫁到农民身上的种种事实。这种情况自西汉时已经有了，试观《盐铁论》中说“大抵逋赋，皆在大家，吏正畏惮，不敢笃责。刻急细民，细民不堪，流亡远去。中家为之包出，后亡者为先亡者服事。”[①]可见这是由来已久的事，但在明初洪武年间由于皇权的强化，这种转嫁的花样是受到过足够的揭发和打击的（试观《大诰》、《续诰》、《三诰》可知）。洪熙、宣德以后，打击的力量减弱了，这些花样又嚣张起来，地方志书中每每把它记录下来，作为阻碍赋役大政的典型。《利病书》中转钞此类材料甚多。只举两例，以见一斑。如浙江嘉兴县部分记载说，“监生金圻，一人而隐田千亩，不惜贷贿以植党，每诡词匿呈，淆乱视听，本县徒费期年之力，而尚不得一亩复还。盖其隐去田粮，不在此县，亦不在彼县，而置于无有之乡。”[②]又如江南武进县部分记载说，“万历二十一年，乡人金某身为总书，一旦欺隐田六百余亩，洒派各户，已则阴食其糈，而令一县穷民代之总计。同事者讼其奸，竟为一二缙绅所护脱。”[③]该志书编写人还另举了一个抽象的例，说“某官例得免田千亩，而自有田万亩，或自无田而受诡寄田万亩，则散万亩于十甲，而岁免千亩，实则万亩皆不当差也。”[④]从这中间，地方官府和一般人民便获得了像是一条规律的认识，即官册上登记的地愈

① 《盐铁论》15《未通篇》。

② 《利病书》龙刻本卷84（浙江二）页9，四部丛刊三编本第32册（原稿22册页30）。

③ 《利病书》龙刻本卷23（江南十一）页7～8，四部丛刊三编本第9册（原稿7册页5）。

④ 《利病书》龙刻本卷23（江南十一）页18，四部丛刊三编本第9册（原稿7册页12页）。

多，大家平均负担的赋就愈少，役也跟着少。反之官册上登记的地愈少，大家平均负担的赋就愈多，役也跟着多。例如山东方面反映说，“田宽则赋减，赋分则徭轻”，又说，“多一分田，减一分赋”；[①]福建方面反映说：“有田连阡陌，而户米不满斗石者；有贫无立锥，而户米至数十石者”；又说“夫粮，众役所从起也。富者田连阡陌，坐享无苗之利；贫者地无置锥，反多数外之赔。富益富，贫益贫，其不均有如此者！”[②]有的地方（如福建南靖县）还做出具体的统计数字，说全县飞诡的田亩占全县实际田亩的一半以上，全县30万亩，而飞诡了的则是15.9万亩！[③]《利病书》中所收此类材料，几乎是每卷都有，从这中间我们可以充分看出，嘉靖之末、万历之初，一批站在缓和阶级矛盾、巩固国家统治立场上的官吏，为什么要那么大力推行赋役改革、丈量土地、实行条鞭法的根源之所在了。

其次《利病书》列举了不同地域中的赋役改革者各自采取的一些大同小异的改革措施，并且从这中间，我们可以看出改革原则中的一些主要精神。大概明朝地方行政的具体措施，中央统一规定的制度尚不十分严格，所以州府县官可以自拟一套、自编一数，只要报呈上峰即可，因而造成各地间措施千差万别的情况；即便同一州县，某一令长亦与另一令长有差别，常常有“人在政举，人去政息”的反映。在各地志书中，不约而同地做出“有治人，无治法”的论断，也许顾炎武早年在此方面感受甚深的缘故吧，所以晚年便创出反对中央集权的法制、主张地方分权的人制的主张来，后文还要涉及，兹不多赘。在千差万别之中，也还有些基本路数是统一的，如丈量土地、清查诡寄洒派，取消对田土户口做出三等九则的评定（个别地方仍部分保留），这些措施都是替新改革的条鞭“编银”的派定，铺平道路的。但是，新改革的条鞭编银，究竟侧重于田亩一面呢，抑或是侧重于人丁一面呢？换句话说，国家赋役的剥削，其原则究竟是侧重于地主土地所有权方面呢，抑或是侧重于社会个体劳动力一方面呢？这是一个最关键的问题。

① 《利病书》龙刻本卷42（山东八）页39，四部丛刊三编本第22册（原稿16册页53）。

② 《利病书》龙刻本卷92（福建二）页14，又卷94（福建四）页22；四部丛刊三编本第38册（原稿26册页45），又第39册（原稿26册页122）。

③ 《利病书》龙刻本卷94（福建四）页23，四部丛刊三编本第39册（原稿26册页122）。

当《明史》编写者在《食货志》中介绍一条鞭法的时候，他实在使用了过分减约的笔墨，写道，“一条鞭法者，总括一州县之赋役，量地计丁……”①，怎样量地？怎样计丁？地丁所占比例如何？它都没有交代。这个缺陷，只有从《利病书》中才能得到最好的弥补。原来各地的办法是千差万别而且是不断改订的，对这方面所提出的主张也是各不相同的，但有一个总倾向，从《利病书》中可以看得出来，即在农民起义不断冲击之下，时代的总要求是侧重于剥削土地私有权而相对地放松一下社会个体劳动力，并尽量创造这两者间可以充分准折的机会，即所谓以田准丁和以丁准田。举一些最显明的例。江南苏州方面主张“以田多寡，定差轻重”；②浙江海盐县方面主张“以田定差，不以丁定差”；③泗州方面反映在这一点上南北有所不同，说“江南论田起差，但以丁银助之；江北则论丁起差，间有以粮带者”；④山东地主起初可能不接受这种原则，故江南方面有“齐鲁之民群起哗焉”⑤的谣传，这可能是开始的现象而且被夸大了，经顾炎武重点搜集的资料所反映，实际山东对条鞭的反映还是良好的，个别地方（如曹县）由于有王圻、孟习孔这样一些好官吏在那里，就实行的更得力。原则方面，章邱县主张“任人不如任地”⑥；泗水方面主张“田代丁编”⑦；曹县方面孟习孔的办法是“按亩摊丁”；并制为条例、其中有“照地之多寡，定赋之重轻”“有人无地者，亦念其穷而去之（丁银）”⑧。北直隶大

① 清乾隆“钦定”《明史》卷78（志54）页11。

② 《利病书》龙刻本卷19（江南七）页22，四部丛刊三编本阙。

③ 《利病书》龙刻本卷84（浙江二）页10～11，四部丛刊三编本第32册（原稿22册页6）。

④ 《利病书》龙刻本卷34（江南22）页9，四部丛刊三编本第11册（原稿9册页24）。

⑤ 《利病书》龙刻本卷23（江南十一）页26，四部丛刊三编本第9册（原稿7册页17）。

⑥ 《利病书》龙刻本卷37（山东3）页2，四部丛刊三编本第20册（原稿15册页145）。

⑦ 《利病书》龙刻本卷38（山东四）页34，四部丛刊三编本第20册（原稿15册页164）。

⑧ 《利病书》龙刻本卷39（山东五）页33及35；四部丛刊三编本第20册（原稿148～179）。

名府主张“以田准丁，以丁准田”[①]。

至于“田”（“粮”）和“丁”之间如何准折，那么又是另一问题，书中看到各地的办法也很不一致。例如江南武进县的办法是一丁折一亩[②]；江南有些其它地处是一丁折二亩；嘉定的办法是一丁出银一分，一亩出银七厘七耗；[③]浙江绍兴的办法是平地十五亩折一丁，山地100～50亩折一丁；[④]从江南籍官吏姚汝循的一段言论中，我们可以窥见江南某些地域编差时，人丁只居四分之一，粮石反居四分之三[⑤]；其中只有河南何瑭所反映的情况比较特别，“每亩一顷，出银四钱；每人一丁，上上户出银一两二钱”[⑥]，这是侧重剥削社会个体劳动而放松土地私人所有权的很少见的例子。总起来看，假如认真一丁折一亩或者折二亩的话，对于社会劳动力已经是一项重大的减轻负担的措施了。再连同前面的总起来看，不拘张居正在万历初年将一条鞭法通行全国时又做出过多少折冲的安排，但一条鞭法在其长期酝酿过程中，一开始就表现出相当新颖和相当激进的苗头，显示出它的精神面貌就是要侧重对土地所有权的剥削，相对地放松一点对社会个体劳动力的剥削，而这跟百余年之后“摊丁入亩”、“地丁合一”的最终完成，是一脉相连着的，明朝嘉靖、隆庆间各地酝酿着的这些千差万别的办法，终于在清朝康熙、雍正之际，正式定局为地银一两加丁银一钱或二钱的固定的办法了。对社会个体劳动的放松，通过自十六世纪七八十年代到十八世纪一二十年代的长期斗争，终于得到了法制上的保证。这个过程，在中国封建社会后期历史的本身衍变中间，是颇值得钻研的一桩大事。

---

① 《利病书》龙刻本卷5（北直四）页20，四部丛刊三编本第3册（原稿2册页29）。

② 《利病书》龙刻本卷23（江南十一）页14，四部丛刊三编本第9册（原稿7册页10）。

③ 《利病书》龙刻本卷20（江南八）页26，四部丛刊三编本第7册（原稿6册页21）。

④ 《利病书》龙刻本卷85（浙江三）页21，四部丛刊三编本第32册（原稿22册页42）。

⑤ 《利病书》龙刻本卷14（江南二）页14，四部丛刊三编本第10册（原稿8册页58）。

⑥ 《利病书》龙刻本卷54（河南五）页28，四部丛刊三编本第17册（原稿13册页111）。

再次，关于赋役改革的后果，一条鞭法实行的后果，各地自然有很多反映，《利病书》对此仿佛做了着意的搜集（特别在山东），几乎没有看到哪一部另外的书比它搜集的更丰满过。过去，这一方面的专家也曾对此做过类辑，但多是按赞成和反对两方面平列地划分开。其实，在这种划分过程中，也可以结合阶级分析法。看得很清楚，有些反映是发自地主阶级顽固派，他们往往是反对改革的；有些是公正的或者比较公正的官吏和地主，他们的意见有时能够离开或者暂时离开地主阶级的利益，说一些开明话，或者一些折衷话；有极少数则简直是代表贫民在讲话了（这些意见，又往往带着各自的地域偏见和局限性，也是难免的）。地主顽固派的意见虽然不多，但都很典型，讲什么政府是靠地主支持的，农民是靠地主赡养和周济的，因此不能把地主勒啃的太厉害了云云。如河南何瑭的言论说，“古人为国，藏富于民，盖民之富者，官府之缓急资焉，小民之贫困资焉，岁时之凶荒、兵戈之忽起资焉，盖所恃以立国者也。平时使之应上户重差，法已足矣。……岂必取尽所有，使之仅与小民之贫者相若，然后为快哉?！呜呼！时使薄敛，先圣格言；茧丝保障，后贤深虑，奈何今在位者之不思也?！”[①]再如江南的方志中也有公然为地主寄庄辩护的，“今富室于此，等则力，能豫为。故非大水旱，未有不收成者。况富室不能自种，必业于贫民，贫民虽弃产，而实与富室共其利，收一石则人分五斗，收十石则人分五石，又牛力种子出于富室，而钱粮又办于富室，时有水旱，富室又假贷而济之，贫民惟出力耕耘，坐享其成焉。故曰，寄庄富室乃贫民之所倚，可有而不可无也。”[②]在这里显示出来，这些论客们地主阶级的阶级观点多么牢固，其实宋朝司马光等人的言论早已发过先了。但个别的地主阶级代表人物也另有其它的态度，如江南武进的缙绅唐鹤征就这样说，“条鞭差不便于士绅，齐民则诚便矣。然以私计之，毋乃为绅之日少，子孙为齐民之日久耶?！毋乃士绅之不便轻，而子孙之长便重耶?！”[③]这个人的眼光就远大些，态度就开明些了。

---

① 《利病书》龙刻本卷54（河南五）页28，四部丛刊三编本第17册（原稿13册页111～112）。

② 《利病书》龙刻本卷14（江南二）页15，四部丛刊三编本第10册（原稿8册页58）。

③ 《利病书》龙刻本卷23（江南十一）页26，四部丛刊三编本第9册（原稿7册页17）。

对赋役改革和一条鞭法所反映的最大部分的一些意见，是采取优缺点并举的办法，如“便多于不便”、“四利三害”、“九利四不便”、“愿行者十之七八，不愿行者十之二三”等等。所举缺点，有些是真正的缺点，例如条鞭行后里甲之役应该废除，但实际上好多地方里甲之役仍有保留；再如有些货币不太流通地方（如甘肃平凉）就反映缴役钱不如出力役；再如编银征取后不再另派另征，但实际上却一再加派，不胜烦苛。有些则不一定是真正的缺点，如说“重末抑本”“利中上而病下户”等等。而从《利病书》中所包罗到的各府州县的范围来看，总的倾向是对条鞭法作用表示全盘肯定的态度，如山东东昌方面反映，行条鞭之后，“全境帖然，如登衽席”①；山东安邱方面反映条鞭有十利，其中一项是“贫富平”②；江南江浦县反映条鞭法“加意穷氓非渺”③；江南方面反映“利于下而不利于上，利于编氓而不利乎士夫，利于闾阎不利于市胥”④；福建福宁州方面反映“自条鞭之法行，而民始知有生之乐”⑤；由此可见，条鞭法确实对于贫苦农民有利；而且不仅于此，由于它打击了一些飞诡势力，所以对于正常发展的中小经营地主也有鼓励作用，如江南方面反映“田价日增，民始有乐业之渐”⑥；又说，“人知有种田之利，而城中富室，始肯买田；乡间贫民，始不肯轻弃其业矣。”⑦关于最后的这几项反映，是条鞭法在不是很单纯而是很复杂的情况下对当时社会发生作用的，人们处理时，不宜于简

① 《利病书》龙刻本卷41（山东一）页15，四部丛刊三编本第21册（原稿16册页3）。

② 《利病书》龙刻本卷42（山东八）页38，四部丛刊三编本第22册（原稿16册页52）。

③ 《利病书》龙刻本卷14（江南二）页36，四部丛刊三编本第10册（原稿8册页69）。

④ 《利病书》龙刻本卷80（江西二）页23，四部丛刊三编本第34册（原稿23册页57）。

⑤ 《利病书》龙刻本卷92（福建二）页8，四部丛刊三编本第38册（原稿26册页63）。

⑥ 《利病书》龙刻本卷14（江南二）页4，四部丛刊三编本第10册（原稿8册页52）。

⑦ 《利病书》龙刻本卷14（江南二）页15，四部丛刊三编本第10册（原稿8册页58）。

单地从对资本主义萌芽有利抑或不利，或者简单地从对巩固地主土地所有制有利抑或不利的角度，去孤立地论断它；而应当通过更复杂的一些方面去综合地分析论证它。不过，此是后话，当在另文中论之。

在本节之末，拟顺便地谈一谈"有治人，无治法"的这个论调。记得近代学者曾经评论过，说它是封建官僚的泛冗之论。我个人倒不如此理解。这个论调在各地志书中不约而同地出现的如此普泛，此则必非偶然也。想来，这个论调是在针对着国家政令奉行的太不统一，对各级官吏的监督太不严格——而表示不满的一种表现。各州府县中对某一政令（例如条鞭）的推行，"因人而异"的情况非常突出；对于老百姓的感觉说，一个好官跟一个坏官中间的差别非常大，甚至一个管书算的胥史就能在不声不响之中干出无穷尽的偷天换日的勾当，所以社会舆论才有这种"人的作用太大，法的作用太小"的观感。它的目的，是要求加强法治。顾炎武在纂辑过程中遭遇了它，没有芟汰它而是收容了它，这假如不是顾炎武十分欣赏它，那么至少是并不反对它。然则，顾炎武为什么在晚年成熟的著作《日知录》中，反而提出"地方自治论"，提出加强地方分权的"人治"来反对"法治"呢？关于"地方自治论"，个人意见见于拙作另文[①]之中，兹不多赘。在这里，仅仅是将顾氏早年与晚年的思想认识，《利病书》中的反映跟《日知录》中的反映，拿来作一点对照。此中有几种可能，其一是顾氏早年偏重认识地方上"人治"因素的过重，但到晚年则又偏重于认识中央"法治"牵制作用的过重，早晚年间，个人认识有所变化；第二个可能是认识到地方上"人治"因素太重，但又同时认识到中央"法制"弊端亦复重重，故终于认为不如索性"一面倒"，主张"地方自治论"的好。此外，也许还有第三种的可能。但究竟如何，当俟徐徐探索，此处仅仅是写出一点揣测而已。

四

《利病书》中所包括的第二个重点专题，怕要算是军屯了。张元济在给四部三编本《利病书》作《跋文》的时候曾这样说，"亭林婴亡国之痛，所言万端，而其所再三致意者不过数事，曰兵防、曰赋役、曰水利而已。"[②]赋役条鞭

---

① 拙作《顾炎武"日知录"研究》（刊《兰州大学学报》1964年第1期）。

② 《利病书》四部三编本49册卷末张元济（菊生）跋。

已如前述，我们本节所言的军屯，与张元济所言的兵防，实是二而一的事情，不过我们这里将要相对地不重视什么墩台驿程，而是将军队衍变的历史跟土地所有制衍变的历史结合起来，说明一些事情。

大约明初屯田这桩事，在后期封建社会历史上是很突出的，它意味着社会生产力遭到破坏，一时不及复元、而国家权力又空前强化的条件下，国家对土地私有制的一种短时间的干预，它的很快瓦解正意味着土地私有制在后期封建社会中，特别是在社会生产力得到足够恢复之后的愈加不可扼制。是不是看到这一面了，我不确实知道，但从本世纪二三十年代起就有不少日本学者和本国早期史学家都不约而同地在这方面选题（如《禹贡》、《食货》等刊物所载）。但当时多半在考校全国屯田的总面积，民屯、军屯、商屯的编制等等，在运用材料方面，很少利用《利病书》，即使用亦不细致，偶一采掇而已。

其实《利病书》对屯田一项，是积贮了不少宝贵的资料的。不过不太平衡。对商屯所记不多，只是在叙述盐政中，不少次提到“开中”，这些“开中”已经是交纳盐税后所领凭由一类的东西，与商屯已没有直接关系了。所记民屯也不多。大约明初民屯并不是多么严格的组织，只是意味着使用政府力量迁徙大批无地穷民或因逃避战祸潜入山林者往宽乡垦种，给予牛和种子，三年或几年内不征取赋役（甚至“永不起科”），此外，再加派大批犯了笞罪以上的罪犯去加力垦田：如此而已。不多年后，大抵也都被土地私有制所浸没。但这种受国家权力保障的土地垦种，究竟有所不同。试观二例，其一是山东诸城在万历十五年“创立官庄四十五处，专以垦荒为主，其法于凡荒田，不拘年之浅深，地之远近，主之有无，通令贫民插立开耕，遂为已业”[①]，而这种官庄与官僚贵族占田的官庄又名同而实异，“名曰官庄，若谓官设之也，而人不敢贸易、争夺之焉”（同上），这是标明着由政权来干预了土地私有制浸润的地方，“春秋之交，过二三官庄，我黍与与，我稷翼翼，柳阴桑影，犬吠鸡鸣，蔼蔼诚可喜也。”（同上）在我看来，这就是明初民屯在万历年间的局部再现与缩影。另一例是凤阳的“区田”，试观《利病书》中所记，“区田，……实救贫之捷法。今亲勘焦山一带，地约率二十家，家四庐于其田上，一家五口，授田五十亩，五家二百五十亩，而中公（田）五十亩，以代官耕，则五家通力合作

① 《利病书》龙刻本卷42（山东八）页27；四部丛刊三编本21册（原稿16册页38）。

也。”[1]这恐怕也是明初民屯的一种遗迹。不过山东诸城的有些儿像“均田”，凤阳的有些儿像“井田”罢了。

《利病书》中，所记最多最详细的，要算是“军屯”了。其实军屯和民屯是既互相区别又有着共同点的一种国家屯田。正军之外，有余军的份田；战守之外，有专司屯种的军士；这些都是军屯与民屯区别不大的地方。但军屯的制度在洪武时候是极其严格的，每军之田只限一份，余军一份，止于两份，不准多占。敢有占种军屯田土，或将军屯田土私自典卖达50亩以上者，军发边卫，民发口外。这是国家权力强力干预土地私有制浸润的一种规定。当时设置军屯的地区，几乎遍于全国，仅就《利病书》中所记录，大同一带有军屯，所谓乘龙地区的庐、泗、滁、宣一带也有军屯，陕西“三边”有军屯，浙江、福建防倭要冲地区的温州、漳州、泉州也有军屯，江西、湖广有军屯，广西的钦州也有军屯，大西南的云南、贵州也有军屯。份地的亩积也各有不同，如泗州原定份额35亩，后补为50亩；宣州份额为40亩；福建所载份额有29亩、28亩、27亩诸分歧；贵州军屯带有井田气息，官兵每人为公家耕种“屯田”8亩，各自耕种“口食田”则按官兵差别另给16、14、10亩不等。缴纳军租的规定，洪武和永乐不同，洪熙、宣德以后又不同，各地域间由于份地亩积大小不同又各有所歧异，兹不具述。

这其中最关紧要的，是军屯的瓦解问题。这是国家干预力量和土地私有制浸润谁战胜谁的问题。而《利病书》在这方面反映的相当丰富。看起来，军屯的瓦解过程，是跟明朝社会生产力恢复发展、社会贫富分化日趋激化的历程，相伴随着的。在这里顺带提一下，在《利病书》的徽州部分中辑有一篇题名《歙县风土论》的文章，窃以为具有时代性的大文章，其内容虽与军屯无直接关系，但在此殊有夹叙一下的必要。文章把明朝社会按春、夏、秋、冬四季的划分加以比照，说洪武至正德是“春”，而以弘治为“綦隆”，其时家给人足，也就是说小农经济最稳固、顶兴盛的时代；正德至嘉靖初是“夏”，其时贫富初步分化，“东家已富，西家已贫”；嘉靖末至隆庆是“秋”，其时，“末富居多，本富益少，富者愈富，贫者愈贫”；它说自万历三十年以来，严“冬”到临，“富者百人而一，贫者十人而九”，这时候贫富分化的情况已经很严重了。此虽歙县一地情况之分析，但一粒沙中看世界，整个明朝社会的发展衍变，于

① 《利病书》龙刻本卷33（江南二十一）页15；四部丛刊三编本11册（原稿9册页5）。

此中亦可思过其半。军屯的瓦解是跟上述情况伴随着的。从《利病书》所搜集资料中看得清楚，军屯瓦解的前提，除洪武政令的作用、“祖训”的作用逐渐消褪之外，还另有两方面的前提，其一是军队内部的贫富分化，阶级分化，换言之，即军官地主化与军士农奴化的发展；其二是军屯四周的贫富分化、阶级分化，及其与军屯内部贫富分化、阶级分化的结合在一起，换言之，军卫地主与普通地主纠结在一起，军卫佃户与民田佃户也渐渐合而为一，两者界线都渐渐不明确起来，于是军屯便瓦解了。

试看一些材料。泗州部分有一段志书编纂人的议论说，“所疑屯田顷亩渐少与原额之情弊，此不难晓也。不过卫所之占种，旗军之侵隐、盗卖，三者而已。占种之禁，甚严矣，然屈指今卫所之官，何官不种军田？何官尽输子粒？侵占之弊，有多至十数分者，而又不纳粮，其军包赔至极，则因而以有作无，以熟作荒者，多矣。宁犯宪典，不敢犯世官：一也。侵隐之弊，已非一朝。正军既逃，则屯田皆为长物，总旗营长之役，以为包粮在己，则岁侵月蚀，莫可致诘。本营百户，亦无由知；稍久，则以逃军所遗畸零之田，名为荒田，亦作正数，而原额遂失：二也。盗卖之弊，旗军见逃绝军田不成分数，相去稍远者，或虽系原额一份，而势难兼并者，率货视之，始犹以帮运、帮操为名，每多典当于农民，而坐收不资之利，久则直以为己物：而立券卖之，虽得半价，且甘心焉。或姑留少许以备稽查，或归罪田邻以遂干没。凡所伍无不皆然，而远乡屯营，尤无忌惮：三也。三者并行，则其原额，焉得不日耗一日哉?!”①这一段已经说的很具体，其中自然还包括着许多军官和军官、军官和军士、军队与附近地方佃户间的若干纠缠，兹不备举。泗州如此，福建何尝不如此，试观福州部分反映说，“国初屯制，一军一余，各授三十亩而耕，持戟之士即荷畚之农，故士无旷伍，屯无溷冒也。自后以来，军余半居市廛，不能亲操耒耒吕，于是始有寄佃于土人而分其息者，有私兑于他姓而更其名者，又有丁尽籍尽而转为别军所承顶者，世久弊滋，举数十屯而兼并于豪右，比比皆是。”②这里所说到的寄田、私兑、承顶，和上面说到的典卖都是军屯瓦解过程中的具体关节，土地私有制就是通过这样的一些关节，突破了国初国家权力的干预，使

① 《利病书》龙刻本卷34（江南二十二）页6；四部丛刊三编本11册（原稿9册页22）。

② 《利病书》龙刻本卷91（福建一）页22；四部丛刊三编本38册（原稿26册页41）。

大量屯田仍然回到土地私有制的轨道上来的。

军屯瓦解的后果很多，也很复杂。从《利病书》和其它有关书中，能看到很多这方面的感性资料。首先是引起军队中的阶级斗争，试观《罪惟录》叛逆传中所记福州卫所军士进贵、叶三保，大同镇军卒郭鉴、柳忠，辽东领军卒赵劓儿、于蛮儿、王经的一些向军官进行尖税而严酷斗争的史实，他们将军官们“裂尸”、“筐而祭旗”、“囚首扬标，历五门”、受害者“且行且号”，批军官之颊，诉苦斗争，“数其侵克残虐状”，这反映什么？其中一处说“辽东诸卫所，例每军一，以余丁三供之；每马一，给牧田五十亩，嘉靖中巡抚都御使吕经辄檄行请革，众怨”[①]，这说得很清楚了，假如将《利病书》与《罪惟录》有关诸事结合《实录》中所记对读，庶可得窥全豹。另一种后果是国家军队的大大削弱，征募制度的大大废驰，军士被迫不惜背其祖国，投供敌使，驻留的亦形同乞丐。如《利病书》中陕西巩昌方面反映说，“甚矣，天下卫所屯田之无补于官也！凡郡县之野，田之膏腴者，皆军也，而岁无积，月无支，只悬一空札耳！影射之奸，兑易之诡，夫何可胜言哉?!”[②]岷州方面反映说：“卫额五千，而现兵才半，余皆安在乎？即半，亦未必尽在卫。一遇操阅，类仓卒雇市人以充额。……弊由请勾为故事，而考课不严；征调祗虚文，而稽核无法。加以屯粮兑之成风俗，军无固志；主管以卖脱为应得，不循常规。”[③]于是最严重的后果便出现了：“辽东、甘肃，设立卫所，不设府县，以数百万军民，付之武弁之鱼肉。顾武弁唏吮屯余之膏血，而播酷虐以开怨；屯余深恨武弁之陵轹，而怀反侧以酿乱阶。”[④]山西方面反映，有“汉人逋逃，为之耳目，敌人道里必知，至有杀掠时呼人姓名者。”[⑤]这是阶级斗争与部族斗争不正常结合的典型事例。即便不到如此严重地步，亦使边防军狼狈困窘，形成嗤笑的对象，如四川西部的反映说，“阖户共雇一乞丐无赖之徒以充数，比及到边，身无完衣，腹

---

① 查继佐：《罪惟录》56本，列传卷31。

② 《利病书》龙刻本卷58（陕西四）页3～4；四部丛刊三编本26册（原稿18册页99）。

③ 《利病书》龙刻本卷58（陕西四）页28；四部丛刊三编本27册（原稿19册页16）。

④ 《利病书》龙刻本卷62（陕西八）页18；四部丛刊三编本阙。

⑤ 《利病书》龙刻本卷45（山西一）页26～27；四部丛刊三编本23册（原稿17册页24）。

无饱食，囊无半粒，手无寸铁，奄奄扶杖而行，至使蕃夷倚山而笑曰，戍军来也。”[①]屯军到了如此地步，势必为募兵所代，故浙江方面反映说，自抗倭以来，“兵日增，军日损；兵日骄，军日懦”，[②]明初征兵屯田的威信，到此已完全垮到底了。到此，军屯已经恰好发展成为它自身的对立物，即从抑制土地私有的手段转化为占夺民田、剥削军士余丁的剩余劳动产品的工具了。河南各府州县志书，多称“王府、奸军”是造成社会不幸的两大泉源，这绝不是偶然的。

关于军屯问题，就初步写到这里为止。这中间所包括的东西尚多，剔罗扒梳，尚待另为专篇论之。

五

除却上述的两大重点内容之外，《利病书》中尚包罗有其它项目的若干资料。

其中，有关农民起义和其它性质社会动乱的许多资料。这部分的资料所占篇幅是不算小的，这在顾炎武说来也是难能可贵的，因为在他自己晚年的《日知录》中，他对农民起义是采取了不予置喙的态度。在早年纂辑的《利病书》中却不然，他放手搜集了不少这方面的材料。自然著录的情况也不是平衡的，北方较少，南方亦偏重于江西、广东、湖广诸部之中。北方李自成的大起义假如说距离时间太近，地方志书尚未及载入的话，正德年间刘六、刘七起义在北方和中原也够轰轰烈烈的了，《实录》中所记颇详，而顾炎武未予录取。以北方，他只记了一点天启年间邹、兖、峄、滕地带徐鸿儒起义的事，并且以不连属的方式，曾写到这一带地方民间结社（群社、香社、义社、粮社、祭社、酒社、以及“白莲”、“无为”等社）的一些情况。正式的农民起义，书中所记以江西、广东、湖广诸地发生在正德、嘉靖年间者居多，对正统、景泰间发生在浙、赣、闽边境的许多起义，也记录了不少。这部分资料料理的很具特点，譬如说，它充分地烘托出了起义的氛围和根源，说差役太重了，把大批人民逼得

① 《利病书》龙刻本卷67（四川三）页42；四部丛刊三编本29册（原稿20册页30）。

② 《利病书》龙刻本卷85（浙江三）页3；四部丛刊三编本32册（原稿22册页33）。

逃往深山中去，有的盗矿，有的垦田，渐渐集结起来，在一些被派为粮长、老人、斗库、总甲这类职役的人的领导下，起义了。梁方仲先生曾特别提出黄浩八一事为例，[1]其实黄浩八之外，类似事例尚多，大可类辑一下，结合其他书中的材料，进行研究。对于明代禁山，书中也每有涉及。封禁山地，诸书中所记不多，王夫之（船山）对湖广禁山曾有所记载，[2]顾炎武则对晋北的几座禁山（静乐的庐芽山、繁峙的禁山）和浙、闽、赣边境的几座禁山（仙霞山、衡州云雾山等）都有所记载，而以浙、赣所记较详，说到禁山的外层和里层，流民如何闯进来，商业资本以及专制主义榷税机构的触角都如何企图插入，很具体生动。由于本书是从地方志书中来的，故每有一般书中阙如的节目，如记福建沙县邓茂七的事，记到佃户例馈田主鹅鸭，名曰“冬牲”，又记到“垛民”从起义者数万人，（垛民，垛集之民，即应征入伍之壮丁。）这些都是较诸一般史料溢出的地方，研究者自此书中采补一番，是很有必要的。关于倭寇以及闽、粤间的许多“江贼”、“海盗”活动事迹，书中也记载了不少（如关于著名倭寇海盗首领吴平的事），由于本文作者对此还未进一步进行料理，故在此暂不予更多的评论和估价。

《利病书》中用了相当大的篇幅来写大西北和大西南的少数民族，这很可宝贵。大约自从蒙古势力扩张以来，我国境内西北、西南少数民族受到了不少的刺激和影响。明太祖朱元璋把他们的酋长按“土司”制度一一安插下来（像《土官底簿》一书所反映的）。此后，跟着明朝社会生产发展，跟着汉、夷接触的频繁，跟着政权“改土归流”方针的推行，在少数民族内部也引起了急剧的变化，如阶级分化、人民与酋长之间矛盾的发展，汉化与反汉化间的差异，等等，通过这些纷杂错综的变动，少数民族自己共同体的凝结力在一天天增长起来。伴随着这种情况，汉人著述中反映这些情况的书也多起来，从杨慎（升庵）的著作，到田汝成《炎徼纪闻》，到顾炎武同时人毛奇龄的《蛮司合志》，以及万历间一些平定播州之乱的公私记载，等等。顾氏未曾亲历少数民族地区，他的《利病书》多是自各府州县志引录材料，故精确程度如何不敢说，但有一些颇值一提，即他似乎并不专写少数民族的奇风异俗，而相当注意他们与汉族间的经济关系，以及由于这些关系而引发的阶级关系的变化，如汉人地主如何将自己田地诡寄到夷户；汉人富商大贾如何冒险到熟夷甚至生夷中做买

① 梁方仲：《明代粮长制度》，上海人民出版社版。

② 王夫之：《噩梦》（见《船山遗书》）。

卖，带进一些影响；汉人流民和逃亡家奴又如何进入夷地，种地分租，与生夷结合在一起，发动一些活动；等等。这是些汉夷双方阶级关系的线索，很有必要重视起来。对于少数民族的反抗和起义，书中也颇有所记录。

水路运输，在当时是一桩命脉大事。许多社会事端是跟水路运输的事纠缠在一起的。《利病书》对此给予了重点注意，特别在山东部分中，对会通河的漕运，黄、运间的影响和关系，海上的运输，以及使用山东半岛上南起麻湾北迄海沧大约三百里的内陆河运以接济海运的建议、修凿、废止诸过程，都给予了详细的记载。这些记载给予读者以丰满而具体的印象。它使人深刻地感觉到，自从明朝首都迁到北京以后，南、北直隶之间的交通运输，是一桩密切联系公私生活的大事。陆运太慢，太费，只有短程还可以。海运又快又省，就是风险大，成山头要出问题。因此只好靠运河，但运河水量控制是个大问题，不引水入运，运河会干旱、搁浅，需要大量夫役挑浚拉船，不然旅客就要“挨帮”（排队）；放手引水入运，例如引黄入运，又会闹大乱子。于是考虑在山东半岛借胶莱河水连接海运，但在当时政府腐朽、科技条件低下的情况下，开凿这条道路又有种种困难。从这些有关水利问题的周折中，我们可以窥见若干明朝的具体政治、经济情况以及社会风尚。譬如，沿运河各大站口上的钞关、税卡以及“皇店”征取苛捐杂税的设置，书中均有所反映。浙江海盐部分中有一段记述江南的粮长解户们押运粮银纲物自南而北，沿途要经历十项苦楚、十二道税卡盘剥[①]的事，是一项极重要的社会经济材料。此外，谈到海运的部分，说海运不但省钱，可以接济会通河的负担过重，而且跟晚明蓟辽用兵，沿海始终防倭，保卫国家长的海岸线诸问题都是密切相关的。这反映出当时的政论者从议论交通运输的过程中，已经透露出具备了一定的全国一盘棋的国防战略观点。对于农田上的水利灌溉，本书在江南部分中也钞辑了不少资料。作者还在书中建议三晋之人，应仿闽越间习俗，聚乱石作堆，以掌握水利之疏密；又建议河南应采行南方水车之利，并仿行古井田之制，于方田四隅及中央各穿一井，以水车灌田，筑沟引水，[②]可见顾氏对水利灌溉也是很留意的。

此外，还有一些较零星的事，初看起来似烦琐，但如细加嚼味，其中亦有

① 《利病书》龙刻本卷84（浙江二）页21～29；四部丛刊三编本32册（原稿22册页13～18）。

② 《利病书》龙刻本卷46（山西二）页11、卷50（河南一）页14；四部丛刊三编本23册（原稿17册页44），又16册（原稿）13册页17～18）。

反映时代动向之处。即以“镇”而言，自北南宋以来，墟集市镇即已初步兴起，以补府州县之不足；但经辽、金、元以来的变动，民间各结村寨社团以自保，墟镇相对中衰。顾炎武对于镇的材料，是表现为耐心搜集的，如在山东部分，他就列举了一些青州的镇（如安平镇、颜神镇、景芝镇等），在陕西关中部分，就列举了运销河东解盐的许多镇的名字，都足以说明这一点。顾祖禹《方舆纪要》中是不涉及到这方面来的。更重要的，是摘引了于慎行论“镇”的一段文字，说“五方之游轶，百贾之转鬻，亦有所倚靡曼衍，而不束于有司之三尺”，“故圣主体国经野，亦往往解其罗之一目，而有所不尽”，“故无夫郡邑之名，而有郡邑之政；有郡邑之政，而不纯用郡邑之法，——则‘镇’之义居焉。”[①]这些话，不管根本立场仍是站在专制主义统治方面的，但有意无意之中，理解到“镇”的设置在社会生活中的作用，并建议解罗一目、不尽所取，这对于商品货币的流通显然是给予支持，而不是主张杜塞的。除此之外，足以反映社会发展动向的一些琐节项目，也还有不少，如记述山东境内漕运役夫之改为雇募；今河北境内牛头、马头差役终归变为车马商；海运终于不得不允许千石运载量中、可以有百石私货；山西捞盐本是一桩苦役，但后来，也终于实行外发酬劳资每千引银八两的办法；……所有这些，都清楚地告诉我们，由国家对农民进行超经济强制而实现的徭役剥削形式已经在一步步退缩，它的原有阵地已经一步步被货币交换形式在代替着了。这是明代中叶以来社会发展的特征之一，在《利病书》中，假如细细体会，是会体会到它确实已经反映到了这个方面。

本文作者自信，自己对《天下郡国利病书》这样一部大型资料书的体会尚远远不深不透；另一方面，从书中去粗取精、去伪存真的能力，尤其有限制：所以在本文中努力做到的一些介绍，其中依然还是存在着很多问题的。实际上，这也不过是一篇初具首尾的读书报告而已。但之所以把这篇文章写了出来，其目的之一，是想分辨一下，《利病书》主要不是一部地理书，而是一部分明代社会经济资料书；不是一部陈旧的坏书，而是一部意义崭新的好书。目的之二是想引起一些爱好钻研《明史》的同志同道们注意，把它比过去更加看重起来，把它跟《实录》、《经世文编》联合利用起来，一定会大大有济于事。但除去如上的两个目的之外，尤其重要的，是联系到本书的编纂者顾炎武，他

---

① 《利病书》龙刻本卷40（山东六）页1～3；四部丛刊三编本18册（原稿15册页21）。

以一位未满三十的青年，处在当时是古非今、厚古薄今长期积累成风的学术空气之中，能够毅然树立了如此的雄心壮志，热情全面地拥抱他自己的现代史和近代史，搜集资料，找寻他当代利病的问题，无隐藏无规避地把地主阶级加重社会矛盾的种种花样——诡寄、洒派、换标、改册、隐匿赋役、接受投献、侵占屯田……等等，用蝇头细字连篇累牍地抄下来了。这中间不仅体现出功力，更重要的是表现了态度，在当时说不能不算是激进的面对现实的态度。但有人问，这种态度到晚年是不是变了呢？答曰，从《日知录》跟《利病书》两书注意力集中点的不同来看，中间是有一定的差距的；但观作者五十前后修订《利病书》时所加"余尝登雁门"、"论曰"等语气来看，那种三十岁前后的雄心壮志、面对现实、热情拥抱现代历史的情态，"依然故我"。所以，当有人谴责顾炎武晚年对"祖国不负责任"的时候，我的看法恰巧相反，他对祖国还是很负责任的，一惯是非常严肃的，《天下郡国利病书》中迄于暮年的若干修改增订，便是一项不移的见证。

1964年初稿，1978年改订。

（《中国史学史论集》二，上海人民出版社，1980年版）

论顾炎武两大代表著作中的内部结构

一部科学专著之所以具有权威性，当然自有它各方面的特点，但其中的特点之一，一定得是结构严整，而这种结构严整，又不是单纯由作者头脑中臆想并构造出来，而必须是这一专著所研究的对象、那些现象和衍变在作者头脑中之精确的反映。顾炎武的两部代表著作——《音学五书》和《日知录》，正具有着这样的特点。并且，正由于这种结构严整是自客观反映而来，所以两书的结构严整又各有各的特色。兹分别分析之于如下的两节之中。

一

有人认为，《音学五书》算不得史学专著。这也未必然。当然，它首先属于古声韵学这个相对窄狭的学门之中，但当这部书揭示人们在念字、发声、调韵方面，唐宋有所不同于汉晋，汉晋又有所不同于先秦的时候，这实际上已经是一部中国声韵衍变史的内容了。此其一。在《五书》之中，有着中坚的组成部分《唐韵正》，在这部书中，作者不惜动员数百条证据来证明某字古今声韵之不同，替历史考证方法，做下了辉煌的范例。此其二。因此，《音学五书》实际上已经是涉及到历史学范围之内来的一部声韵学专著了。

希望读者，特别是史学研究生同志们，在读这部专著时，跟自己的科研工作互相对照，那样做将会是很有益的。一般说来，一桩科研工作摆在你的面前，从开始到完成，大体要经历三个过程，在顾炎武是如此，在我们也是如此，第一个过程是从客观上出现了情况，我们主观上也察觉了这一情况，于是就动意要弄清这一情况的究竟。这就叫发现问题，或者叫遇到了题目。第二个过程是动手来料理这个题目，在这中间既需要思维力，又需要毅力。没有思维力，问题不容易向纵深处发展；没有毅力，就会遇难而退、半途而废。苗而不秀，秀而不实，这种例子不是很少。年寿支持不到是一方面，毅力支持不到是更重要的一个方面。第三个过程是取得成果，总括起来，推广下去，给后边的人开出一条路子。

现在，让我们来追踪顾炎武写《五书》的历程吧。他是从“改经”这件事引发的。古人喜欢用韵语，试看《左传》中外交辞令多带韵语，宴会上也用韵语（中世纪阿剌伯人和蒙古人也有类似的好尚）。古经中，《尚书》有韵语，《易》的卦爻词韵语更多，《诗三百篇》更是给古声韵提供最丰富资料的场所。但经历两三千年之后，有些韵语仍能上口，有些则不对头了。于是从唐玄宗起，出现了“改经”的措施。他认为《尚书·洪范》中“无偏无颇（po），遵王之义（yi）”不上口，下诏令改为“无偏无陂（pi），尊王之义（yi）”。可是顾炎武发现“义”字古不读yi，而读若“我”（o），“无偏无颇（po），遵王之义（o）”，很上口，并没有错。这件事，就是客观上出现了情况，主观上也察觉了这一情况，于是就动意来研究古今声韵之不同，这就是问题的起点，这就确定了科学研究的题目。

于是顾炎武继明朝陈第从《诗三百首》中追查了440余字的声韵的成就之后，又追查了1900余字的声韵。他发现齐梁以后人们的念字、发声、调韵不同于汉、晋，而汉、晋又不同于“三代”。他从具体工作中感受到，要清楚说明这三个段落的衍变，必须动用极充足、极雄厚的证据力量，于是他决心写作《五书》结构中的中坚内容——《唐韵正》。

《唐韵正》这个书名，存在着不合适的地方，《四库提要》指出过了，这反映顾认为古音为正、唐韵不正，所以他再来“正”一下，这是“是古非今”思想的反映。这个，我们只提一句，权且放下不管。我们试来看他怎样使用大量的、不可摇撼的证明材料来进行证明吧。他为了证明“行”（xing）古读若“杭”（hang），列举了364条证明材料；为了证明“下”（xia）古读若“户”（hu），他列举了219条证明材料；为了证明“福”（fu）古读若（fe）或（fi），他列举了158条证明材料；为了证明“马”（ma）古读若（mu），他列举了69条证明材料；为了证明“家”（jia）古读若“姑”（gu），他列举了57条证明材料；为了证明“角”（jue）古读若“禄”（lu）他例举了53条证明材料……。并且，不仅这些证明材料数量之大是惊人的，其来源之广也是惊人的。其来源包括各经书、各子书、历代正史纪传、楚辞、古诗、汉赋、六朝赋、医书、杂谣、历代碑碣拓文……以及作者旅行中实际调查之所得。关于最后一点，举两山东青州以东犹存此个例。讲到“家”古读“姑”时，他加写道，今音，如张家庄、李家庄之类，皆呼为“姑”。[①]本文作者即出生于青州以东，邻近村名果有逄姑庄、于姑庄；读顾氏书后，始悟其为逄家庄、于家庄也。讲到zhu、zhou互讹时，他又加写道“今三原、泾阳人读‘朱’‘诸’诸字，皆则鸠反”。[②]本文作者在上述地区教书时，亦有相同的感受。秦腔中读“杜”若“窦”即一显例。此外，我有一友人住无锡市一小街名顾桥下，而地方人读“顾桥户”，证明“下”古读“户”犹存于无锡现代语言之中。

什么是考证？这就是考证了。这才是正牌的考证。近数十年来，我们亲眼看到一些先生们在一些琐琐碎碎无关宏旨的问题上掇拾寥寥几条材料来进行考证，还为此自鸣得意、沾沾自喜，叫喊什么寸铁可以伤人，在顾炎武的考证面前，这些先生们是应该感到惭愧的。并且，顾炎武是在怎样条件下进行这些科研的呢？有台灯吗？有写字台吗？有舒适的参考室和卧具吗？《唐韵正》是作者过江以前基本上写好的，他一到山东，就告诉莱州的任唐臣说：“余为《唐韵正》，已成书矣。”但在过江以前的十年里，他过着什么样的生活呢？他有一道题为《旅中》的诗，“旅客仍留转，愁人独远征。釜遭行路夺，席与舍儿争。混迹同佣贩，甘心变姓名。寒依车下草，饥糁锸中羹。浦雁先秋到，关鸡候旦鸣。蹠穿山更险，船破浪犹横。疾病年年有，衣装日渐轻。……”[③]原来，是在这样的条件下来进行科研的呀。这对我们后代人，不是一种极大的激励吗？

在做了大量的工作以后，《音学五书》写成了。以《唐韵正》作为中坚，以《诗本音》、《易音》作为古音检查的现场，然后形成总论式的《音论》，再附以后人可以运用参考的《古音表》，这个结构就严整地完成了。然后，他的研究进入第三阶段，他总括起来，推广下去，他写道：“愚以为读九经自考文始，考文自知音始。”[④]别看寥寥十六个字，真有千钧之重，它开启了整个乾、嘉汉学的路子。通过整整一两个世纪的研究，中国先秦史的资料更清楚了，从而我们对上古史的理解也深透了很多。推广来说，经过乾、嘉之学的努力，整

① 《唐韵正》刻本卷4、中华新本页267。

② 《唐韵正》 刻本卷6、中华本页316。

③ 《顾亭林诗文集》页322、《顾诗汇注》页515。

④ 《答李子德书》。

个中国历史的史料学水平较前大大地提高了。而《音学五书》这样一部有着严整结构的专著，在这方面起了开辟的作用。

二

现在让我们来看顾炎武的第二部具有代表性的科学专著——《日知录》。

《日知录》跟《音学五书》有所不同。《五书》是涉及一门较窄狭的学门的，所以容易显得精湛，显得结构特别严整。《日知录》则不然，它涉及的面太广了，上下古今，经史百家，一切经世济用之学，它无不涉及，无不爬梳。在顾之前这么干过的，至少有杜佑、郑樵和马端临。他们的著作，一般叫做"三通"，他们用大专著的形式来表达，什么"食货"、"职官"、"州郡"、"边防"等等，摆出一种相当大的科研架式。《日知录》的作用与此有所不同，他有继承"三通"的一面，又有改变表达形式的一面，他选用读书札记的形式，一条一条，除黄侃（季刚）《校记》校出的之外，按潘耒1695年在福建的刻本说，它是32卷1019条。最短者9个字，最长者5千余字。对于这32卷的内容，《四库提要》做了太琐细的划分；潘耒在序言里分为8部；而顾自己则分为3部，"上篇经术，中篇治道，下篇博闻"。[①]我将按三部划分法，来谈谈它的结构。

"博闻"部分，对人是没有害处的，但益处也不是最要害的。像知道河南有太平车；山西有冷窑，穷人有纸裤；户部有绍兴籍的胥算（财会人员）；民间结社有没命社、亡命社和扁担社；知道这些既可以增加谈助，又可以帮助小考证。王应麟在宋朝已经做过，以后的赵瓯北、俞理初直到近人邓之诚都有这方面的纂著。但它究不是《日知录》的主流和重点。"经义"部分（从卷1到卷7），有人说是全书的主要部分。这个话也对，也有可以商榷的余地。从"上古史"看，也许如此；从"通史"看就未见得如此。在前七卷里，作者说了些什么呢？大体说来，第一，它说出一些朴素的唯物主义命题，如说假如没有"器"，那么"道"就无所寓。又如说"心"不是个虚的、寂的东西，它是反映造化流行中之所"存"，等等。这些都很宝贵。但这些命题一旦结合了复杂的人事，种种经不住考验的唯心主义，又会马上丛生出来。第二，它说了些古史中氏族、血缘、社、民主遗存、国家萌芽、地域搬迁等等的踪迹，这些由

① 《顾亭林诗文集》页98。

于以后甲骨文的发现、青铜器的进一步研究等等，而显得尚未达成高度的成就。

所以，鄙意以为《日知录》一书的中坚，当在“治道”一部分，即从卷8到卷12，再敷益以卷22、23的一些条条。什么是“治道”？即统治人民之道。用这个词，不管自觉不自觉，是站在统治者角度上的。但统治者和被统治者，历来既在观念上划分，又在实际中混合。总结经验教训，就既包括顺利统治的经验，也包括遭受反抗和被颠覆的经验，因为社会是整体的。所以，《日知录》中有关“治道”的这个部分，到头来是作者对历朝社会利病所做出来的一些检讨和总结。由于作者生为明朝子民，所以对明朝在较它以前若干朝代更加拔高了的封建专制主义中央集权统治下发生的诸问题，如中央集权和地方分权、法制和人制等等，在总结、检讨中就有时占有突出的地位。

还有一点意思，在这里说一说。现在，我们大家都学习了一些马克思主义，懂得人类社会现象可以划在三类里去对待。其一是经济基础，是不以人们的主观意志为转移的。第二是政治、法律上层建筑，它建筑在经济基础之上，受基础的约制，又起反作用于基础。第三是意识形态，它怎样受约制于基础和政法上层建筑？它又怎样起反作用于基础和政法上层建筑？现在，理论界正在研讨之中。顾炎武完全不懂得这些。他每日每时所接触的、所料理所思考的，差不多都是现象和资料。充其量再加入一些由演绎到归纳、由归纳到演绎的加工。所以说，我们近现代人的方法跟顾有所不同，我们是分析的，也是混融的。分析的方法是进步的，更接近于科学。混融的方法相对说是落后的，弄不好就会孳生出背谬于科学的认识。但以上所说，仅仅是问题的一面。从另一面说，我们掌握了一些初步阶级分析法的人，由于幼稚，由于有教条主义倾向，由于有机械观点，有时不免把历史僵化，斫丧了某些历史的原貌，不能很好地保持历史主义。在这种情况下，读一读《日知录》中的“治道”部分的内容，对我们自己的局限，在某种意义上，好像是一种弥补。

例如，假设现下有一位大学历史系毕业生，被分配到另一院校中去教“通史”，他怎么办呢？假如他四年、五年中仅学到了一些甲乙丙丁、ABCD、一二三四等条条，他就会感到当他去对学生讲授时，有串不起来之苦。那么，读一读《日知录》中像“社”、“都”、“亭”、“乡亭”、“椽属”、“吏胥”、“以钱为赋”、“驿传”、“漕程”、“行盐”、“俸禄”、“宦官”、“藩镇”、“两汉风俗”、“两宋风俗”、“九州”、“地名”、以至“心学”、“朱子晚年定论”等作者精心写出的若干条札记，并且保持其为精华者正面吸取，其有糟粕者批判吸取，经过这么一道工序，再上讲台去讲，就自然而然越来越多地把现象串在一起，袪除一些僵化，还原一些历史的原貌。自然，在《日知录》之外，也可以读郑樵的《通志略》，或者吕思勉先生的一些札记。

话回到原题目上来，《日知录》这部书的结构，形象点说，像一座厅堂，它以三根础柱为支撑，即一经学、二治道、三博闻，而“治道”一柱，尤为中坚。这些础柱，形象地说，都由砖所砌成，但这砖不是普通的砖，按顾氏自己的话来说，是“采山之铜”，是从原矿山上采下来（不是废铜烂铁，不是掇拾来的），经过烧冶而成的。因此可以说：这样造起来的成品，比较坚实。在这一点上，对所有我们这些后辈人来说，都是一种最宝贵的示范和启发。

以上所谈两部有着严整结构的历史科学专著，在文尾处必须附带指出，它们都是有着缺陷的。在《五书》中，作者企图有圣人起，使近音还于淳古，就是不折不扣的开倒车思想，就像企图在今日之洛杉矶推行乔叟时代的古英语一样地可笑。在《日知录》中，我们应特别留意的，是作者反对中央集权的专制主义的文字中所含蕴着的深度和高度。中央集权的封建专制主义，在明朝从朱元璋开始，到天启年间的党争，已经达到人人皆知其为有害的地步了。顾炎武在《日知录》中，指摘鞭挞专制主义之处，可以辑为专辑。但我们假如拿这些跟黄宗羲（梨洲）《明夷待访录》中指摘鞭挞的相对比的话，就会明显地感到顾较黄为软弱。假如黄的意思是把专制主义打下去、把市民扶上来的话；顾的意思是把专制主义打下去，把地方缙绅扶起来。这个差距就不小了。但谈到这里，已经轶出了“内部结构”的主题，进入十七世纪思想史的范畴了，容另文议之。

（《史学史研究》，1984年第4期）

顾炎武的诗论与诗

一提到顾炎武，人们首先考虑他是经学家和史学家，再加一个古声韵学家和地理沿革学家，很难得有人考虑他是个文艺批评家和诗人。其实，他的诗水平很高，他的文论和诗论在他的同时代人中比较，是进步的和深刻的。

在展开对他的文论和诗论进行评议之前，不能不交代他的前辈人诗文的大概和他同辈人诗文的大概。说到前辈，是两派，一派是“前七子”和“后七子”，他们的口号是向最佳遗产典型进行摹拟，也就是“文必西汉，诗必盛唐”。另一派是公安和竟陵，提倡“性灵”，有某种解放，但却更多地丧失了现实主义的传统。说到他当代同辈人的诗风，以我未见得确切的看法看来，大体可分三派，北方一派叫“河朔诗派”，口号是“诗以载道”，如申涵光、田雯等，缺点是比较保守，好处是多写民间疾苦。又一派权叫“江东诗派”，口号是“诗以言志”，以吴伟业为代表，思想稍稍有所解放。又一派王渔洋（士祯）提倡神韵，这比提倡“性灵”更唯心些，所以人们说他的诗是“七宝楼台”，有的甚至说他的诗是“假诗”。这一派不过在追求能够写一些佳辞丽句出来而已，带一点唯美的气息。

处在这种环境下，顾炎武自必对他的前辈和当代同辈都有所批判，有所继承。批判什么？批判到什么程度？继承什么？继承到什么程度？从这中间，我们可以清楚看到顾炎武的观点和立场。在他的《日知录》的19和21卷的前半段内容中，顾炎武安排了他的文论和诗论。一句话：这两卷中有着被他集中起来的文艺批评和文艺观点。

在他的诗文论点中，倾向于正统保守的内容和倾向于个性解放、有点进步的内容，是纠缠到一起的。顾炎武思想，有它很正统的一面，例如他说有两种

“不仁”之人，一是犯上作乱之人，一是巧言令色之人，“犯上者为之魁，巧言者为之辅”[①]，这就是说，玩弄辞藻的人是“坏人”的帮凶，而这“坏人”的概念假如把阶级立场颠倒过来，又恰好是主张变革者。顾炎武是朱熹一派的思想家，不是王阳明一派的思想家，正统的传统根源在此。他讲诗、讲文，往往自上而下讲。他讲诗，“诗者，王者之迹也。”[②]就是说，统治者通过搜集民歌来观察被统治者中的新动向。他讲文，“明道也；纪正事也；察民隐也；乐道人之善也。”[③]“明道”就是“文以载道”，这提法很正统。上面四条中，三条自上而下的，一条是区别善恶的，也就是说，伦理的。在人，别善恶；在文，别“有益”和“有损”。他说怪力乱神之事，无稽之言，剿袭之说，谀佞之文，都有损。上面四条中，很多是的确有损的，但把立场颠倒过来，有些“损”并不是损，从这中间反映出顾炎武思想中一些保守、正统的成份。

但顾炎武诗文论中，有更主要的一部分，带有个性解放的色彩。“诗言志”，据说这是古圣先王舜的一个命题，顾炎武拿来做他诗论的主旨。在这一点上，他跟吴伟业和“江东派”是同调。以“诗言志”为主要命题，发展开去，他主张诗中要有“事”，还要有“我”[④]。主张诗中有“事”，他还举白居易为例，这无疑是现实的。主张诗中有“我”，这是倾向于个性解放的。有时他说“诗主性情”，是同一个意思。虽然顾炎武头脑中有“上”和“下”的框框，但他主张“在上者救民以事”、“在下者救民以言”，“言有责。”[⑤]在下者之言，除要求温柔敦厚之外，也可以许庶民之议；可以直指斥其人；可以“疾政”[⑥]。这些论点，在正统之中，也不觉带有了激进的气味，这跟顾氏17岁就参加复社等经历是有关的。

在这里，不能不把顾炎武和李因笃（天生）连起来谈。他二人是最亲密的朋友，研究经学在一起，推敲古声韵问题在一起，进行一些“不使外人知”的活动也在一起。对诗的观点和诗的实践，则二人间有同有异。李因笃在一篇序文中说，“读书破万卷，下笔如有神，往惟吴郡顾亭林徵君不愧斯语。徵君古

① 《日知录》卷19《巧言》条。

② 《日知录》卷21《作诗之旨》条。

③ 《日知录》卷19《文须有益于天下》条。

④ 《日知录》卷21《作诗之旨》与《诗体代降》条。

⑤ 《日知录》卷19《直言》条。

⑥ 同上注。

文辞纵横《左》、《史》，诗独爱盛唐”。[1]李因笃在另一篇序文中又说，“溯洄从之，必自《三百（篇）》；溯流从之，必自盛唐。……效法于唐也，至盛唐止矣。”[2]这些观点，很接近于“前七子”和“后七子”。但以上观点，为李因笃之所代述，从其中只能看到顾、李之同。下边，还要谈谈顾、李之异。

前后七子，主张摹拟。顾则坚决反对摹拟。他说：

> 诗文之所以代变，有不得不变者。一代之文，沿袭已久，不容人人皆道此语。今且千数百年矣，而犹取古人之陈言，一一而摹仿之。以是为诗，可乎？故不似，则失其所以为诗；似，则失其所以为我。李杜之诗所以独高于唐人者，以其未尝不似，而未尝似也。[3]

这段话很深刻，很辩证。所谓“似”，就是片面强调摹拟，不重视个性，不强调创造；所谓“我”，就是强调个性，强调创造。李因笃达不到这个水平，所以翻开《受祺堂诗集》35卷，满目所见，从标题到句法、章法，一派杜气，这虽然可以看出李氏钻研杜诗，特别在技巧方面，可以说令人有“到家”之感；但李因笃的“我”到哪里去了呢？顾诗则不然，其中有“杜”，也有“我”。这是每一位拿《受祺堂诗》与《亭林诗》来对读时随时可以清楚觉察出来的事情。在《亭林文集》中收有《与人书》一则，曰：“君诗之病，在于有杜；君文之病，在于有韩、欧。有此蹊径于胸中，便终身不脱依傍二字，断不能登峰造极。”[4]“与人书”三字是当年编纂亭林集之人泯去原名而题之目，其实原来是有姓名的，例如亭林劝止有人纳妾一书，从《蒋三佣残稿》中可以看出是写给王山史的。以此为例，上引谈杜，谈韩、欧之书，窃甚疑其为写给李天生（因笃）的。不过要声明，这仅仅是个人揣测而已。

以上谈的，是顾炎武对摹拟的看法，这实际是一个文学形式与内容间辩证关系的讨论。另一个文学形式与内容间关系的问题是，诗的内容与其声韵间的关系。尽人皆知，顾炎武对中国上古和中古的声和韵的衍变，是做过开创性的研究的；但他却坚决反对清朝诗的在“韵”上大耍花样的做法。所谓“大耍花样”，如在一首较长的诗中也不转韵，讲究什么“一韵到底”；还讲究在一个韵

① 《受祺堂文集》卷3《钮明府玉樵诗集序》。

② 《续刻受祺堂文集》卷1《许伯子茁斋诗序》。

③ 《日知录》卷21《诗体代降》条。

④ 《顾亭林诗文集》（中华1983版）页95，《与人书第十七》。

部中，把所有的字一个一个叶尽；还讲究用什么“险韵”；等等。清朝人就是讲究这些。举两个例。第一，《红楼梦》第76回《凹晶馆联诗悲寂寞》一段中，记述林黛玉、史湘云两个小姑娘半夜在湖边做排律的故事。故事写的很好，写到一只鹤在黑夜中惊飞起来的情节，写到“冷月葬诗魂”这样的凄艳的诗句，都是很好的。但这哪里是小姑娘们在做诗？这是清朝大文人、大诗人曹雪芹在做诗嘛。试看，在“十三元”中调来调去，也讲什么“险韵”，这都是清朝诗人的派头，像下棋一样，争什么“险着”。第二，朱彝尊（竹垞）在一则书札中说：“窃闻诸昔者吾友富平李天生之论矣。少陵自诩晚节渐于诗律细，曷言乎细？凡五、七言近体，唐贤落韵共一纽者，不连用。至于一、三、五、七句用仄字上、去、入三声，少陵必隔别用之，莫有叠出者。”[①]朱彝尊对此半信半疑，在北京跟李良年一起“寒夜拥被”核对这件事，发现杜律中只有八个例与李因笃的发明不合，于是他们考虑到这会不会与版本问题有牵连，又去找来刊本，果然八个例都合了。李因笃对杜诗七律用韵规律的发明，至此遂获全胜。我之所以罗罗嗦嗦举这二例，是在说明清朝人做诗如何把内容摔在一旁，专在形式（声韵是其中之一）上玩弄花样。

顾炎武不赞成这些。他清清楚楚说出了他的如下一些命题：

1. 要“韵从我”，不要“我从韵”；
2. 不贵奇巧；次韵、和韵，“似难而易，似巧而拙”；
3. 诗“以义为主，音从之”；
4. 诗“无韵不害”，用韵“宁疏勿密”、“虽疏不善”、“不忌重韵”；
5. 他举古人为诗“一韵无字，则及他韵；他韵不协，则竟单行。”[②]

我个人认为这些命题很重要，力辟清人在做诗方面的种种形式主义弊病，力求将诗纳入现实主义以内容为主的轨道。而亭林自己做诗，也地地道道实践了自己的这些诗论见解。他评论说：

> 近日之弊，无人不诗；无诗不律；无律不七言。[③]

顾炎武自己做诗，就是近体少古体多，七言少五言多。我做过一个也许并

① 《曝书亭集》卷33《寄查德尹编修书》。

② 《日知录》卷21《古人用韵无过十字》条。

③ 《日知录》卷21《书法诗格》条。

不精确的统计，以当前所见亭林集中的诗，计

五古　176首；

七古　20首；

五律　89首；

七律　85首；

五绝　13首；

七绝　40首。（共386首。）

由此可以看出，顾炎武跟杜甫一样，在拈配内容形式的配合方面，都是巨匠。试看，在这六种传统形式中，他有非常自如的拈配。五古，每句只有五个字，除脚韵外不讲什么平仄，抒情叙事又不受“韵”的拘束，诗写出来往往显出庄严、沉毅的风格，他用这种形式来怀念民族烈士、他的老战友、老学友，寄托自己一些深沉的爱国、爱民族、爱社会的心情。七古每句七个字，驾驭起来比五古容易些，亭林很少使用这种形式，只偶尔以三字句、五字句、甚至八字句、九字句配起来，专为一种“歌行体”。五律和七律，亭林也不排除使用，多用它们来口占、赠人、次韵和韵等少量辞脱不掉的应酬。至于五、七绝，那更是随时感兴之作。有时，他拿一些隐秘的内容，纳入这些绝句之中。

底下，我们谈谈诗中用典的问题。一般说，用典会斫丧诗情诗意的抒发，这是大家公认的，但很多诗人用典，在他们，只是多用典和少用典的差别。有人不但多用典，还单单喜欢用偏僻的典，仿佛有意跟读者为难似的。顾炎武不这样。他古学深厚，故用典自如，随手拈来，显得恰当。举一些例。“黄耳”本是西晋陆机用来传递文件的一只狗，亭林不止一次用这个典，无意中透露了遗民们秘密传递信息的气味。再如明亡后湖南王船山（夫之）父子兄弟常在南岳望北京而哭，亭林就使用《宋史·朱昂传》所载其父子痛唐室为朱温所篡，每逢节令自潭州北望号哭的典故来写船山，恰到好处。[①]再如，他多次考虑自己跟农民起义的关系应该怎样摆的问题，就取了东汉大儒郑玄（康成）跟黄巾起义军的关系的典故，在诗句中写出“为问黄巾满天下，可能容得郑康成?”“黄巾城下路，自有郑公山。”[②]再如康熙18年他68岁时往游少林寺，当时三藩起事尚未最后平定，亭林使用隋末少林寺僧惠玚、昙宗等助李世民擒王世充侄王仁则故事，写诗道“寄语惠玚流，好待秦王至”，来煽动寺僧，为反清起义

① 罗正钧：《船山师友记》卷16。

② 《顾亭林诗文集》（中华1983版）页326、397，《不其山》、《刘禾长白山下》。

做准备。以上这些例子，都足以说明顾炎武用典很准确，很利落。他还指摘郭璞、陆机、李白等人在作品中使用古典、古地名、古事之不当处。[①]

至于亭林诗的本身，窃以为早年诗与晚年诗间，有着清楚的区别。早年诗反映他积极参加苏州府地区抗清军事活动时候爱国心的激荡，诗的思想性突出，而相对地说，一个三十几岁的人，在做诗所需要的综合修养方面，则不及老年诗。老年诗，在思想感情、写作技巧、综合修养诸方面，均显得凝炼得多了。举一个例，康熙20年辛酉（1681），亭林69岁了，李因笃从陕西富平寄诗到山西曲沃来，题目是《顾先生寓曲沃，卧病小愈，走书相闻，即遣使起居，奉诗五首》。诗是天生最擅长的七律。兹选二首，借见一斑：

涧树东连岳树深，相思北接太行岑。《蒹葭》倘触居关兴，《蟋蟀》偏工入冀吟。世易繁霜应有道，天留硕果定何心?！晨星落落长蒿目，忍使寻盟负断金。[②]

亭林接诗，即赋答诗。诗也是亭林最擅长的五古，题目是《酬李子德二十四韵》，照录如下：

戴雪来青鸟，开云见素书。故人心不忘，旅叟计何如？上国尝环辙，浮家未卜居。康成嗟耄矣，尼父念归与。忽枉佳篇赠，能令积思摅。柴门晴旭下，松径谷风舒。记昔方倾盖，相逢便执袪。自言安款段，何意辱干旟。适楚怀陈轸，游燕吊望诸。讵惊新宠大，肯与旧交疏？不磷诚师孔，知非已类蘧。老当为圃日，业是下帷初。达夜抽经笥，行春奉板舆。诛茅成土室，辟地得新畬。水跃穿冰鲤，山荣向日蔬。已衰耽学问，将隐悔名誉。客舍轻弹铗，王门薄曳裾。一身长瓠落，四海竟沦胥。契阔头双白，蹉跎岁又除。空山清浍曲，乔木绛郊馀。不出风威减，无营日景徐。但看《尧典》续，莫畏禹阴虚。地阔分津版，天长接草庐。一从听《七发》，欲起命巾车。[③]

李因笃的《哭吴郡顾宁人先生一百韵》[④]自注云："明起承报余诗二十四

① 《日知录》卷21《李太白诗误》、《郭璞赋误》条。

② 《受祺堂诗集》卷24。

③ 《顾亭林诗文集》（中华1983版）页426。

④ 《受祺堂诗集》卷25。

韵，夕卒。”似此可谓绝笔。此诗48句240字，全篇部勒分明。可以说，大体分为三部分内容。一部分内容是描写所居晋南曲沃绛县中条山边、浍水之滨的景物的，如柴门、松径、土室、新畲、鲤跃、蔬荣，以及空山、乔木等辞句，写景之外，复反映了逝世前顾氏心情宁谧。另一部分内容，是追忆顾、李二人一生的交谊，他们在北京太行一带的结识过程和李因笃参加了“博学宏辞”又乞了终养等事。还有一部分是表达诗人自己的心情、感受、志向和毅力，他以孔子和郑玄自比，磨而不磷，五十知非，坚持科学研究工作到最后一息。但从“四海竟沦胥”一句中，透露出他对时局的估计，这时“三藩”已垂失败，遗民们企图颠覆满洲军事贵族所建立的统治的希望，显然是不大了。这其中，是蕴藏着一股深沉的哀思的。我认为，这应该是亭林的代表性诗作。

（《中国历史文献研究集刊》第5集）

试论顾炎武在人文地理学方面的贡献

——《天下郡国利病书》精要之所在

一

顾炎武是经学家，史学家，在人文地理学方面平生也积贮了大量的资料。

顾炎武，谱名继绅，字忠清，学名绛。入清后更名炎武，字宁人，人称亭林先生，又尝署蒋山佣。昆山县千墩镇人。生于明万历四十一年（公元1613），卒于清康熙二十一年（公元1682），终年70岁（虚龄）。

他平生的学术风貌，是“经世济用”。这和他青少年时期所受的教育，有着密切的关系。顾氏是江东大族，诗书门第。而他所受他继嗣祖父的影响特别深。据张穆《亭林年谱》所记，顾绍芾，字德甫，号蠡源，曾跟随其父（按，即炎武的曾祖）历官广西、山东、南京等地，熟悉行政界的种种传统。晚年足不出户，主张“读书不如抄书”，他亲手抄录邸报（官府公报），成25巨册。他教导炎武读兵家《孙子》、《吴子》诸书，还有《左传》、《国语》、《战国策》、《史记》和《资治通鉴》；教他研求实学，凡天文、地理、兵农、水土及一代兴革之书，均不可不仔细研读。

顾炎武就沿着这条路走下来。在科举上，他的遭遇不顺利，自16岁至27岁，多次参与乡试，均不得第，终生不是举人。他自己说“崇祯已卯，秋闱被摈，退而读书”，所以27岁是他正式从事科学研究的起步年代。当然，在开始的一二十年里，顾氏说，历尚不广，只可能从书本知识上下功夫，也就是历览各朝断代史、天下郡县志书，各名家诗文集、以及名臣奏疏等等。一句话：他在青少年时期，为他自己终身的学术事业，已经从文献上打造下了极深厚、极结实的基础。

45岁以后，他为避仇隙，离开江东，来到北方，历齐、鲁、燕、赵、秦、晋凡25年，正如他自己所说，“九州历其七，五岳登其四。”[①]按“九州”有多种说法，兹以最寻常的《禹贡》说法，顾氏只荆、梁二州，亦即四川、云贵、湖广地面足迹未到之外，其余7州，亦即江浙、山东、河北、河南、山西、陕西地面，他可以说是踏遍了。东岳泰山、西岳华山和北岳恒山，是他不止一次到过的，晚年又去看了嵩山，只剩下衡山未到。在他的著作中，他不止一次地谴责有些学者往往只“琐琐于典籍文字之间，而不稽之于道里徒步之下。”[②]在他，许多学问可以说是既已“琐琐于典籍文字之间”，又曾经“稽之于道里徒步之下”的了，所以历来人们对他的学问是高度信赖的。

二

顾炎武氏的地理学造诣，是和“经世济用”的大原则密切相关着的。“世”，是指他生活的明清之际的社会；“经”是要经略它；“用”，用在何处？曰，用于农田，用于水利，用于兵事，用于涉外。举例言之，他46岁至47岁间，尝到蓟州、卢龙、昌黎、昌平等地考察，他有感地说，“世人能读全史者罕矣。宋宣和与金结盟，徒以不考营、平、滦三州之旧，至于争地构兵。以此三州之故而亡其天下，岂非后代之龟鉴哉？”[③]这是说，要办外交，要打仗，非熟悉地理不可。又如，他50岁至54岁频繁地往来于代州、雁门一带，又有感地说，“宋熙宁八年调韩缜割分水岭以北地界契丹，东而失地凡七百里。其后契丹复包取两下耕地，下临雁门，遂启用兵之衅。夫宋人所割分水岭之地，今不可考矣。然尝登雁门，逾夏屋，极目于勾注、广武之间，而知陉山形如人字，一脊中分，山南据脊，则利归山南；山北据脊，则利归山北。辽人所索，必此地也。”[④]这是说，除非亲自考察过，不会亲切地懂得地理的要害，所以北宋官僚如韩缜者轻松地就把要害地段割让出去了。又如在密云古北口看到有杨令公祠，他有感地说，“杨业本《传》，业至雁门北口，指陈家谷口，诸军于此

① 《与杨雪臣书》，见中华版《顾亭林诗文集》页139。

② 见《利病书》山西部分“磨笄山”条。

③ 《营平二州史事序》)，见《诗文集》28页。

④ 《利病书》龙刻本卷45。

张步弓为左右翼以援。及力战至谷口，望见无人，即拊膺大恸。史明言雁门之北口，而以为密云之古北口，作志者东西尚不辨，何论史传哉？”[①]这是说，编写《大明一统志》的人，连两个谷口一在西一在东的方位都弄不清楚，还写的什么志书呢？统以上三例看来，顾氏所从事的地理学，不是平铺直叙、面面俱到的中国地理志；他搞的地理，处处都是跟兵防、涉外、民生诸现实问题密切联系着的。因此，我们也必须抱着这样的观点，去阅读顾氏的人文地理学著作《天下郡国利病书》。

《利病书》，初看起来，确实令人有丛锉之感。故梁启超氏曾对之有“刍狗”之评。刍狗也就是刍灵，意思是今天扎起明天烧掉的东西。梁氏此语，自然是几句谬语，原因是梁氏一生热心政治，对《利病书》这样丛锉而繁重的典籍未见得看，更未见得看进去。必须看进去，才能尝到滋味。那么，《利病书》的滋味、亦即精华究竟在哪里呢？

三

《利病书》中有重点部分，有非重点部分，读时要区别开来。所谓“非重点部分”，是指顾氏足迹未到、未专门予以勘察的一些地方。在这些部分，顾氏不过抄自天下郡县志书与名公文集。但就这个部分也不是“刍狗”，因为在选抄时抄者也是独具慧眼的，颇抄下来不少为后世人难于觅到的宝贵材料。至于“重点部分”，那更是作者的精心结构了。兹举三个部分来阐述我上述的观点。

其一，是蓟辽。蓟辽和宣（府）大（同），是明朝“九边”的主要构成部分。有人会说，明朝已经亡过了，满洲贵族已经进来了，研究九边，研究蓟辽和宣大已经不具有现实的意义。不，不是这样。试看顾氏在他的《形势论》中不是清楚地说了吗，“夫取天下者，必居天下之上游而后可以制人”；“英雄无用武之地，则事不集”；“古来以南伐北之明证，有地利而后动”。[②]这些话，都说明顾氏的地理研究，无不带有军事战略的意义。他特别留意蓟辽，正是如此，这和后来孙文、黄兴、章太炎的“驱除鞑虏”的思想是密切联在一块的。

明嘉靖间有位学者叫周宏祖，麻城人，《明史》215有传。此人好发一些

① 《京东考古录》，见《亭林遗书》。

② 见《诗文集》页124～125。

兵战方面的议论，顾氏在其书中采录不少，可见是有共鸣的。周氏的议论之一，是“京后犄角论”。明朝时，京师在北京，北京以北叫“京后”，又叫“脑后”。脑后的两个犄角，东北方向的犄角是大宁，西北方向的犄角是丰胜。大宁，是北魏六镇最东一镇御夷镇所在地，金以为大定府，元以为大宁路。明初宁王封此，但永乐帝朱棣为了叔侄争皇位竟撤大宁，失此犄角。丰胜，为隋、唐丰州、胜州之合称，其地在今内蒙之鄂尔多斯部，而大宁在内蒙之喀尔沁部。正统年间，明朝放弃丰胜，又丧一犄角。从此，北京的屏障就只剩下居庸关、独石口、古北口、喜峰口了。并且，九边这条联络线也从中间被切断。

上文已说过，顾氏于46岁至47岁间，从山东到蓟辽做了近两年的考察。他自叙说，他风闻万历年间当戚继光做总督时候有幕僚写过《燕史》数百卷、《永平志》130卷。他欲访求，已不可得。恰巧当地人士又邀请他编写地方志，于是他借机会展开调查研究，并将调查研究结果分别写进《利病书》北直隶部分、《营平二州史事》（已轶）、以及《京东考古录》和《营平二州地名记》等著述之中。在这些著述中，顾氏对历史上一直叫做“燕”的特定地区做了周密的考察，把慕容氏、耶律氏、完颜氏诸统治交替过程中，各郡县地名的变异，如令支、棘城、柳城、卢龙（和龙）诸地的建制与改易，都给了清楚的辨析。对这一地区中的一条大水——濡水，包括干流和支流的情况，也做了爬梳。“濡”读“暖”（nu´an），与“难”（nan）、“滦”（ru´an）容易在讹读中发生混淆，故濡水入海部分叫滦河，中上游支流中也有一条叫难河。这是一个庞大的水系，弄清楚它对北京东北方的兵防、水利，都有很大的好处。

四

其二是山西。对于山西，顾氏可以说是熟极了。在《利病书》全书中，窃以为以山西部分①写的最好，并且其中自志书中抄来者少，自己秉笔而书的按语最多。按顾氏自其50岁至54岁，五年间仆仆往返于三晋的次数，相当频繁。诸凡大同、五台、雁门诸要塞地区更是穿梭般地往来，而太原、汾阳、祁县、临汾则经常是他短暂的居停地。他在旅行途中，以一位史学家的眼睛，观察他所见的一切。在云中，他看到据说是禹的父亲鲧治水时留下的堤坊遗迹，在雁门以北的岢岚，他看到赵武灵王的父亲赵肃侯加筑的长城；对于“三关”（即雁门

① 龙刻本卷45～49。

关、宁武关、偏头关），他做了过细的考察和论列；并且不仅“三关”，即晋地内陆诸关隘，亦纪之綦详。特别是本文作者少年之时正当抗日战争，得随部队穿越这些关隘，若干年后再捧读顾氏关于山西的记载，真是感受特深的了。

其三是山东。顾氏自45岁迤逦至于53岁，曾经在山东较长时间居停，或者即便离去之后，仍要抽空回山东来一次。当然他使用老家千墩田宅变卖馀额，在山东章邱买过1000亩土地，年可收租160两，总算是一个驻足之地。不过山东地主影响下的风气，给顾氏的印象不是那么很好的，“其官于此者，则无不变色咋舌，称以为难治之邦”、“齐民之俗有三，一曰逋税，二曰劫杀，三曰讦奏”、“人心之日以浇且伪”，[①]这些现象使顾氏不能选择山东作为他最终安身立命之地，所以只好寄希望于山（西）陕（西）民风比较朴厚的地方去了。

但顾氏对于山东，还是做了一些考察，做了一些记录的。如对春秋时齐、鲁两国边界方面一些模糊处，做了一些辨析。对泰山和劳山，他认为泰山原来与“鬼”和“仙”是无涉的，自西汉谶纬兴，什么梁父主死、天孙召魂魄的这些话就传开了。衍至后世，什么渿何桥、蒿里山、甚至碧霞元君，都贴到泰山身上来了。劳山又叫劳盛山，他认为“盛”即是成山，南劳北盛，就形成了“劳盛”这个辞。

在这里，还需要声明一下，本文撰写本旨，是专写近乎自然地理的部分，故对与经济生活相关密切者，则相对从略，如在山西部分中所记解州盐池，在山东部分中所记曹州有关一条鞭法的辩论，在直隶部分中所记马政，以及大亩小亩的差异与纠纷，都是《利病书》中最宝贵的内容，而本文未涉。读者如有兴趣，可参看拙著《天下郡国利病书研究》一文，见1980年上海人民出版社出版之《中国史学史论集》（二）页396～428处。

五

以上，我列举了《利病书》中三个我个人认为重点的部分，并予以阐述。此外，我还认为有必要说说《江南》。这是《利病书》中篇幅最长的部分，理由很简单，这是顾氏的家乡，45岁以前，他一直在这片土地上成长、就学，并且在晚期还做了一定的抗清秘密工作；但由于45岁以前究竟不像45岁以后那样搜集资料之外再加以实地斟察、并加以战略地考虑，所以这《江南》部

① 《莱州任氏族谱序》，见《诗文集》页36。

分，就没有蓟辽、山西那么言之凿凿，思之灼灼了。但这一带，是“太祖高皇帝”定鼎、并施行其严刑峻法的地方，所以在租赋和徭役方面，花样繁多，利病均十分突出，可以搜集到的反映特别丰富。特别这地方还有过张士诚的一番周折，朱皇帝在这一带的法令带有显明的“从严”特点，而这一带的“富民”及其附属阶层，也是花样繁多，朱皇帝上边有政策，他们下边有对策。两方明争暗斗，到头来对资本主义萌芽的发展，浅看是有害，往深处看也未见得不含有积极的意义。

不知何故，顾氏对淮南部分，写的较一般化，其实他自39岁即到淮安与王略（起田）、万寿祺（年少）为密友，往返于清江浦、王家营之间，他的诗说：“楚州南北中，日夜驰轮鞅”，这是要害地点，应该有人侦察形势，“何人诇北方，处士才无两”，[①]他选择了万氏担当这个重任。可能由于侦察和考察在实际中会互相排斥、不克兼顾吧，顾氏对这一带的堤、堰、坝、闸似乎是在照抄方志，于河、淮、江、运的交错，也终究未曾给予有力的总括和明晰的分析。

不知何故，顾氏对徽州府部分，则写的相当精要。他写歙县、休宁、婺源、祁门、黟县、绩溪六县之地，本是贫瘠山区，但由善于操奇赢利，故能厚富，且自矜其势能。其地儒者，贫而好学，喜发为议论。六县方言，各不相通，足见方言诘屈聱牙之甚。且此一地区在有明300年中表现为自然经济日渐不支，商业资本日渐兴旺的典型地区，开始是“东家已富，西家已贫”，其次是“末富日多，本富日少”；再次是“富者愈富，贫者愈贫”；最后是“富者百人而一，贫者十人而九”。写出这样的层次分化，是给这一地区的社会发展留下了极好的著录。

顾氏是一博学之人，即以其在人文地理方面的贡献，何止上述之星星点点？因鄙人年老力衰，时值盛夏，溽暑薰蒸，故只能如此草草。再此，本文仅就《利病书》立论，于《肇域志》则未敢置喙，盖虽承复旦大学历史地理研究所曾以有关文献复制本见赐，但到使用参考时，竟遍寻不得！年岁弄人，已无可奈何已。

1992.8.10，写毕于兰州大学

① 《诗文集》页296。

论顾炎武的家世与早年生活*

顾炎武生活在十七世纪。他是一个学者，一个具有开创性成就的大学者；并且，他还是一个爱国的人，终生无懈地关注着民族、国家和整个社会，跟社会的每一个脉膊都扣得紧紧的。更重要的是，上述两点并不是互相游离的，而是紧密地配合在一起。他从书本知识的积累出发，走向社会活动（包括明的活动和暗的活动），而社会活动的积累，又反转过来，使他的学术成就不是琐碎的和僵死的。他活了七十岁（实际只有69岁）。平生大体可划为三段。第一段，32岁上半年以前的三十一年半时光，是在一个寻常缙绅地主家中度过。32岁上，清兵下江南，他有十二年半的时光，花费在对满清军事贵族残暴统治下进行的明的和暗的斗争之中。45岁，他离开江南到了北方，在山东、河北、山西、陕西及其毗邻地区，进行了二十五年不懈的活动，包括学术上的调查研究，和为了某种目的而进行的社会、经济、军事、民族情况的调查研究。这些调查研究，对于某种目的的达成可能是助力不明显的；但这些成果，对客观存在的社会，对一代一代人活下去的社会，却无疑极为有益。

让我们先从他的家世和乡土环境叙起。

从东吴和两晋开始，顾氏一直是江东大族之一。但顾炎武所属的一支，却从五代才开始记录世系。这一支顾氏，自苏州迁江北滁州，自滁州迁崇明，自崇明迁昆山，曾在昆山的几个地处落居过，最后定在千墩镇（现又名千灯，又名茜墩）。算到顾炎武，是第十六代。[①]在破落以前，他的家庭是封建社会后期地主经济比较发展地区中中上等级的大地主。他的老友归庄（玄恭）说顾家在

* 这是作者正在编写的《顾炎武大传》第一章。现先在本刊发表，供读者参考。

① 顾炎武：《顾氏谱系考》，见《亭林遗书》十种。

明亡前夕典给邻人叶方恒家的土地是八百亩[1]，其全产当不止此数。所以归庄又说他是“江南富人”[2]。他的另位老友李因笃在悼诗中说他“钟灵簪绂第”[3]。在科举时代，中了进士，富者自然更富，贫者亦可骤富。在顾炎武的先辈中，高祖顾溱和顾济是进士，曾祖顾章志是进士，生身祖顾绍芳也是进士。五代之中，有四进士，特别顾章志官至南兵部侍郎，还是比较显赫的。后来，顾炎武在清江浦刻书，在山东章邱大桑家庄一次典进十顷地，除其他经济来源尚待查明外，主要怕仍是千墩的老底。

顾炎武本是顾章志长子顾绍芳的长子顾同应所生。可是一生下来，就抱到顾绍芳弟弟顾绍芾家，给这家早夭的儿子顾同吉做嗣子。现今千墩镇上，仍可看到“北宅”与“南宅”，他是在“北宅”诞生抱到“南宅”长大的。他排绞丝辈，所以可能原名绛。观其兄弟名缃、名纾、名缵可证。做庠生时，却名顾继绅，这名字后来很少用，一直用“绛”字，字忠清。明亡后，更名炎武（有时写作炎午），字宁人。人们一般称他亭林先生，这跟附近吴县有梁、陈时候学者顾野王的一处“亭林湖”可能有关联。其余，被他使用过的名号有“圭年”、“蒋山佣”、“涂中”，在一份名单中还有“顾石户”的字样。[4]他出生于明万历41年（公元1613年）癸丑农历5月28日，算阳历当为7月15日。

在顾炎武生活的时代，中国后期封建社会的地主经济，正具备着自己新的特征。私有制深化了。顾炎武自己说，汉朝时候把地主叫“豪民”（“豪”字带有不法的意味）；唐朝时候把地主叫“兼并之徒”；“宋以下则公然号为田主矣”。[5]土地所有权深化，但也分化。特别在江南地区，自从洪武指定的“高租官田”经历近二百年的调整改正以来，“高额租赋”是有所米欠平了，但地主经济却沿着两个不同方向作歧异化的发展。少量的经营地主，向资本主义萌芽的路上走去；而大量的缙绅地主（又叫绅襟地主），则依然玩弄着兼并土地、告讦霸产、接受投献、在农民和小量土地所有者身上施加一种新花样的超经济强制的链条，使他们成为家奴和世仆。但时代究竟不同了，明末农民大起义的火焰照耀着整个中国，它的前哨阵地已到江北淮安，对江南是不能说没有影响

① 归庄：《归庄集》上册，中华书局，1962年版，页232《送顾宁人北游序》。

② 同上注下册，页339《与顾宁人书》。

③ 李因笃：《受祺堂诗集》卷25《哭吴郡顾宁人先生一百韵》。

④ 见徐嘉：《顾诗笺注》卷6及杨凤苞：《秋宝集》卷1《书〈南山草堂遗集〉》后》。

⑤ 顾炎武：《日知录》卷10《苏、松二府田赋之重》条。

的。家奴和世仆也纷纷起来造反，弄得绅襟地主日子很不好过。顾炎武早年生活，就纠缠在这样的一种环境里。

这种地主的兴衰起伏，跟政治特权的得失，有着极敏捷的关系。所谓特权，当然首先指做官、做大官、做要害的大官；但一般中进士也就是爬到政治特权的边沿上了。江南商业、货币、交换又很发展，所以一中进士就兼并土地和积累财富。当时人何良俊在他的《四友斋丛说》中说：

> 士大夫一中进士之后，日逐奔走于门下者，皆言利之徒也。或某处有庄田一所，岁可取利若干；某人借银几百两，岁可生息若干；或某人为某事求一覆庇，此无碍于法者，而可以坐收银若干……①

但以上所说，只是问题的一个方面。另一方面的情况是特权会转移，它不可能长期积压在一人一家手里。宦海有浮也有沉，政治特权一旦丧失或者削弱，缙绅之家的败落也是很快的。何良俊在上引同篇中又说，“诸公竞营产谋利，皆积至十余万，自以为子孙数百年之业矣，然不五、六年间，而田宅皆已易主，子孙贫匮至不能自存。”归庄说：“吾郡（按，指苏州府）属州、县八，本朝三百年中，入政府者九人，其盛者及三世，余多中衰，或遂替。”②明末农民大起义的大震动之外，又来了明、清改朝换代的民族大震动，所以归庄又说：“自陵谷变迁以来，世家巨族，破者十六、七，或失门户。”③顾炎武的家庭，也恰好是经历着这样的一个过程。

顾炎武的早年生活的资料是不多的。我们只知道他在三岁上患过天花（痘创），据说对他的一只眼带来后遗症，有的说一目已眇，有的说仅是有云翳，瞳子边黑而中白。是哪只眼睛？记载也有歧异。《张谱》说“左”，《吴谱》说“右”。但通过本人大量文章书札来看，不见对视力不济的痛苦反映，想来情况不会很严重。十一岁上（这是天启年间），他的继祖父顾绍芾教给他读中国通史读本《资治通鉴》，并且留给他一句箴铭式的话：“读书不如钞书”，据说他终身奉行。近代有人诽笑这种行径，认为是一种落后的手工业方式。自然本本

---

① 何良俊：《四友斋丛说》卷34，中华书局1983年版，页312。

② 归庄：《归庄集》，中华书局1962年版，上册，页251《王奉常烟客先生七十寿序》。

③ 归庄：《归庄集》，中华书局1962年版，上册，页251《王奉常烟客先生七十寿序》。

书都抄，那是愚蠢的；但重点资料，钞一遍的效果就是跟仅仅读一遍大不相同。在十七和十九岁上（这已是崇祯的初年了），他在生活上有两件事。十七岁，跟归庄一起参加了知识分子的进步议政社团：复社。[①]当时，跟顾炎武一同学习、一同生活的是四个人。顾本人之外，有跟他同邑同岁的归庄，比他小两岁的堂叔父顾兰服（字国馨，号穆庵；顾岩之父），以及比他小七岁的吴其沆（字同初）。他们"入则读书作文，出则登山临水，间以觞咏，弥日竟夕"[②]。他们不以浮名苟得为务，所以人以为狂。十九岁，他跟太仓王氏结婚。当他68岁时，王氏死在昆山原籍，顾的悼诗说："北府曾缝战士衣"，可见这位夫人在抗清斗争中是协助了战斗的。[③]。另一句悼诗说"坐看兰枯柳亦衰"，果然相距一年零两个月，她的丈夫顾炎武本人也死了。

有关顾氏与其同邑姻亲徐氏的关系，有必要在这里提一笔。顾炎武据记载有兄弟五人，姊一人，妹一人。妹小于顾炎武三岁。当其15岁，嫁同邑徐开法。次年，生徐乾学；越二年，生徐秉义；再越年，生徐元文。乾学字原一，号健庵；秉义字彦和，号果亭；元文字公肃，号立斋。元文最早成进士，官至文华殿学士，乾学晚十一年成进士，官至刑部尚书；秉义晚十四年成进士，官至内阁学士。顾炎武是康熙年间三位大官的生母舅，因此，这位舅父跟三个外甥的关系，是颇值得留意的。大体说来，他对他们的态度是：第一，从思想上划清界线，这从顾炎武给他的门弟子潘耒（次耕）的好几封信札里可以嗅出来，他对在外甥们府上所见的"蝇营狗苟"现象，十分清醒、十分憎恶；第二，在生活上，过北京时也未始不可住到他们家里；遭遇危难需要解脱营救时，也未始不可利用一下他们的权位。顾炎武身后的遗稿，通过顾岩，统统缴到北京徐乾学的府上冻结起来，他对此也并不重视，有些遗稿竟被客人们顺手牵去，以至遗失，[④]十分可惜。看起来，徐乾学、徐元文兄弟冻结这批遗稿，主要用意是担心母舅的反清活动的踪迹，假如被康熙朝派性官僚中他们的反对派掌握到手中的话，对自己不利。他们的父亲徐开法在昆山的名声也不好，笔

---

① 见朱彝尊：《静志居诗话》及李因笃：《受祺堂诗集》卷25《哭顾宁人一百韵》自注。

② 《从叔父穆庵府君行状》，《顾亭林诗文集》中华书局1983年版，第162页。

③ 《悼亡》（七绝五首），《顾亭林诗文集》第424页。

④ 参看吴映奎：《顾亭林年谱》末顾衍生《跋语》；顾炎武《菰中随笔》何焯《序》。

记中说他曾把人贩子诈骗、拐卖来的妇女窝藏在自己的楼上。

顾炎武展开学术研究的年代，应确定在哪一年？值得探讨。有根据的年代，自然是他27岁时，因为他自己说“崇祯己卯，秋闱被摈，退而读书”[①]。这是崇祯十二年，公元1639年。但这里所谓“读书”，已经是意味着展开较大规模的、有计划的、为一定研究设想服务的读书了。在这之前，一定还有一个过程。这里有必要叙述两件事，一件是他的继嗣祖父对他的影响，另一件是他本人在科举中的遭际。顾炎武的本生祖父顾绍芳中过进士，官至翰林院编修、经筵讲官，还有遗文《宝庵集》，据说善为五律，此人47岁就死了，看起来对顾炎武的影响可能不大。影响大的是继嗣祖父顾绍芾，号蠡源，地方志中说他善诗、善书法，受到过董其昌的欣赏。他活到70多岁，终生实践他自己的箴言“读书不如钞书”，他所钞的大部分又都是经世济用的材料，自《实录》和《邸报》中钞来。他教给顾炎武读的书除《资治通鉴》外，还有《左传》、《国语》、《史记》和《孙子》、《吴子》诸兵书。他预见到明末社会要乱，尝指庭中草根对顾炎武说，“尔他日得食此，幸矣。”[②]顾炎武也接受他的影响。笔者去冬在昆山见亭林著述未为世所知的《惧谋录》，恰是兵书。这位“蠡源公”也附合了封建社会的积俗，在顾炎武13岁上替他应例“纳谷”，随读于邑庠之中，成为一名“庠生”。但此后，顾炎武连续参加各种考试，历十有四载，他大哥顾缃都中了举，而他本人迄未得一第。这是什么缘故？说不清楚。观蒲松龄70岁以后始得一贡生衔，足见科举得第与否，与本人之有无真才实学，完全是两码事。

科场失意后，顾炎武正式展开为大规模研究而进行的搜集资料工作。一个27岁的青年，既表现了有眼光，又表现了有毅力。23年后他自述说：

> 崇祯己卯，秋闱被摈，退而读书。感四国之多虞，耻经生之寡术，于是历览二十一史及天下郡国志书（按《肇域志序》中复加“一千余部”四字），一代名公文集，及奏章文册之类，有得即录，共得四十余帙。[③]

他日后的两大部著作，均由此滥觞。他自己说，“一为舆地之记，一为利

① 顾炎武：《天下郡国利病书序》，《顾亭林诗文集》，第131页。

② 顾炎武：《三朝纪事阙文序》，《顾亭林诗文集》第155页。

③ 顾炎武：《天下郡国利病书序》，《顾亭林诗文集》第131页。

病之书”[①]；他的三外甥徐元文记述说：

> 舅氏亭林先生天授高才，继古人绝学。当明之末，欲有所树立，迄不得试，乃退而读书以自见。有曰《肇域志》者，囊括《一统志》、二十一史、及天下府州县之志书而成者也。继又摘其有关政事者，为《天下郡国利病书》。[②]

顾炎武答叶嵋初的信中说：“他所著舆地之书，名曰《肇域志》。”[③]足见当年“四十余帙”的资料长编，一划为二，有关舆地者为《肇域志》，有关社会经济政事者为《利病书》，事迹犁然，均为统系。而近人梁启超不加细察，谓此二书“未有系统”、“不甚正确”、“时过境迁，益为刍狗”[④]云云，实梁氏之妄语也。

上文偶尔提到《张谱》、《吴谱》字样，深虑本书阅读对象除专业性读者外，恐尚有相当大量的非专业性读者，故有关顾炎武诸《年谱》一事，不能不在此加以交代。年谱，是对历史人物平生活动之编年的、提纲式的著录形式，宋、元、明、清以来，史家每多用此体。由于顾炎武是一位学术史上的大人物，故乾隆以后，迄清末民初，为他作年谱者，多至六七家。其嗣子顾衍生曾有一底本，诸家多据之进行增补，称之曰“原本”或“本元”，此其一。昆山人吴映奎据衍生本写成一谱，为车守谦（秋舲）合纂为一谱，人称《车谱》，此其二。徐松尝辑之一谱，世人多未见之，张穆纂入其部分内容入其所著谱中，称之为《徐谱》，此其三。张穆以何绍基收辑之亭林遗札多件，编入谱内，是《张谱》，此其四。与张谱同时问世者，为昆山吴映奎所辑、上加潘道根校批，重新问世，世称《吴谱》，此其五。徐嘉著为《顾亭林先生诗笺注》，前附《诗谱》一份，人称《徐诗谱》，此其六。商务印书馆《四部丛刊》三编本《天下郡国利病书》后，有钱邦彦重编年谱一份，人称《钱谱》，此其七。

在七种谱中，以《张谱》最享盛名。惟据鄙人数十年来使用经验之积累，《张谱》亦纰漏甚多。三十七年前，鄙人曾写《张穆亭林年谱订校》一文，刊南京《学原》杂志，今日久年深，已忘却其订补之项目为何。自今日看来，

---

① 顾炎武：《天下郡国利病书序》，《顾亭林诗文集》第131页。

② 见《历代京宅记》（《亭林遗书》）卷首徐元文《序》。

③ 顾炎武：《答叶嵋初》，《顾亭林诗文集》第205页。

④ 梁启超：《中国近三百年学术史》，第15章，第317页。

《张谱》存有四处较大纰漏：第一，顾炎武为张尔岐写《〈仪礼郑注句读〉序》一事，绝不能著录在顺治十四年（1657年）亭林初过江、初与张尔岐订交之时。理由很简单，斯时张氏尚未着手著此书，亭林何得预为之作序哉?！此事清人叶廷琯曾言及[①]，其具体年代，应至少推迟至13年。第二，路振飞有三子，泽溥、泽淳、泽浓，顾炎武诗文中常提到的“安卿”，究为老大抑老三之号？此事虽属琐节，但至今仍未最后确定。陈寅恪《柳如是别传》页1047处、王蘧常先生《顾诗汇注》页445～446处均有所料理，但亦未通达于一是。《张谱》仅据《送韵谱小帖》遽断为泽浓之号，而又云长子，有失详考矣。第三，康熙三年（1664年）谱谓亭林至辉县谒孙夏峰（奇峰）先生，而据《夏峰年谱》，本年夏峰遭历山东济宁文字狱牵连，自动去北京投案，行至邢台，闻事已解，返辉县，而河南督抚又促夏峰赴都，行至涿州，狱事终解，乃返保定容城故里，至次年始重返辉县。故亭林康熙三年除四月后半月极短暂之一二十天外，绝无在辉县见到夏峰的可能。故此事宜再究查，不宜径直写入《谱》中。第四，参加复社是亭林平生一桩大事，亭林与归庄同岁，《归谱》著录在17岁，而张氏谱著录在14岁，斯时复社尚未开创，何得参加?！《复社事实》云，“社始于戊辰，成于己巳”。归、顾14岁时岁在丙寅，时间在社成前两三年。因此，十四岁入社之说，绝无立足可能。统上四条，足见《张谱》之犹有纰漏存在。

（《学术月刊》1984年8月号）

① 见叶廷琯：《吹网录》。

顾炎武在关中

一

顾炎武是三藩战事打响以后三年半的时候，才立意到关中来定居，来度晚年的。这年他65岁，距离逝世已只有四年多一点的时光了。

他初来关中时的心情，应该说是喜悦的。很早以前，他就在信札中写道："秦人慕经学，重处士，持清议，实与他省不同"。这个"他省"，主要指山东，山东人是叫他伤够脑筋的了。现在他又在信札中写道，"遍天下都是我去依人，而关中却是人来附我。"[①]他把自己比作老子，把关中友人比作盼望老子前来传授《道德经》的关尹喜，他在霍县时写的诗中有"遥知关令待，计日盼青牛"[②]。关中的朋友李因笃专门到华阴关门口来迎接他，没有迎到，在《受祺堂诗集》卷18中还留下了6首诗。

终于到华阴了。他有一首七律，"重寻荒径一冲泥，谷口墙东路不迷，万里河山人落落，三秦兵甲雨凄凄。松阴旧翠长浮院，菊蕊初黄欲照畦。自笑飘萍垂老客，独骑羸马上关西。"[③]康熙二年他来过一次，相隔已14年了，故诗中有"重寻"、"旧翠"等字样。11年后，王山史在南京追忆当年顾到华阴的情景，曾有诗云，"气以艰难壮，怀因诵读新，重逢面黧黑，重老惜征尘"[④]。

① 《顾亭林诗文集》《蒋山佣残稿》，中华书局，1983年版，页186。

② 《顾亭林诗文集》《亭林诗集》，页406。

③ 《顾亭林诗文集》《亭林诗集》页407。

④ 《亭林遗书》《同志赠言》《哭亭林先生六首》。

顾这年65岁，所以诗中说：“垂老”。顾本人也在此后的信札中不断写出“望七之年”字样。

在华阴住了几天，他就到富平去了。第一，是因为李因笃曾到华阴来迎接他，没有接到；第二，李因笃比王山史更热情些，顾在济南蹲监狱时，李因笃间关数千里到北京、济南作营救活动；第三，顾要在关中经营“兔裘”，但具体的定居点究竟安在富平，抑或安在华阴，最终还没有定下来，所以还要到富平去看一看。

富平，在关中地区的东北方向，为著名的产麦区。汉朝时这里叫频阳，北周又割置美原，唐朝时统叫富平了。李因笃的家在富平县北60余里的明月山下，村叫韩家村。父亲死了，家里有老母、弟弟。当年，顾炎武、朱彝尊、李因笃、李良年四人在北京拜过“把子”，为异姓兄弟，顾最长，李良年最少。现在，大哥到了三弟家中，自必有一番亲热。李的诗句中有“慈亲亲剉荐”，[①]老太太亲自抱炕席下铺的草；顾的诗句中有“及门初拜母，让齿忝为兄”，“跪拜烦儿女，追陪有弟昆”。[②]可见，对顾的迎接，还是办得热呼呼的。

不仅李家，整个富平也动起来了。首先是县令郭九芝。此人是兼备官吏和学者两重身份的，对知识分子具有特殊的情分，当年他当长安“二衙”时，曾对李二曲做过非同一般的庇护，这次顾炎武到富平来，他郊迎20里。他在给王山史的信中还说顾的此来，“非无所期而至止”[③]，意思是说，大家认为，这对关中之学的重新振兴，将会起到大的作用。此外是当地的缙绅朱山辉（延琯）。顾上次来时还请顾讲《易》，这次顾来不久，朱就去世了。接到讣告，王山史亲到富平来吊丧，借机会对在富平的军砦村已经寓居了两年多的李二曲进行访问，并在朱派理学和王派理学对“格物致知”这个认识论大命题方面的不同理解进行了争辩，基本上达成了共识。李二曲是有“不出门拜客”的自我禁戒的，所以顾炎武便每次亲自到军砦拜访，并且经常谈到深夜，而且是摒去左右的。谈的什么内容，后世没有留下痕迹。总起来看，这很像后来的“学术讨论会”，几个重要的学术角色都聚到一块了，只傅青主因病未来，隔一年，在扮演了到北京去的一场“博学宏辞”的闹剧之后，他又一次到富平来弥补了上次的缺席。

① 《受祺堂诗集》卷18《宁人先生赠四诗用请奉答》之一。

② 《顾亭林诗文集》《蒋山佣残稿》页415。

③ 《砥斋集》卷4《频阳札阳》。

在这样的聚会上，他们讨论不讨论“三藩”？考据家主张“有一分证据，说一分话”。如此，我们在这个问题上，真是要无可置喙了。但我这一辈子，总想要冲破这道藩篱，要允许设想。那么，我就要说出我的看法。我认为，他们必然要讨论的。这么大的形势，“三藩”兵和大清兵在洞庭湖沿上打着那么紧张的对垒战，甘肃提督张勇和吴三桂部属王屏藩、王辅臣在甘谷一带打着这么紧张的争夺战，这些知识分子能无动于衷？只不过，讨论的过程是什么？有没有结论？那我们没有证据就不敢乱说了。

二

时光从康熙十六年推移到十七年。

“三藩”的劣势慢慢显影出来了。清朝统治者看到了这一点希望。康熙究竟不愧为一代英主，他在部署军事争取更大胜局的同时，也抓文化和意识形态方面的措施。这就举办了“博学宏辞”科，企图网罗天下名士，使之入于皇家的“彀”中。在富平聚会的五个人中，三个人（李因笃、王山史、傅青主）应征，或者说，在地方官强力的迫促下不能不应征，到北京去了。两个人（李二曲和顾炎武）通过疏通、或者以死拒抗，终于没有被征去。

顾拒绝征召的立场，通过给朋友的信札，早就吹风出去了。他的根据就是他的继母王氏绝粒时的遗言“勿为异国臣子”（后来文献中修改成“勿事二姓”），所以他说，“他人可出，炎武必不可出。”[①]又说，假如一定要征召到京，那么他就“不为介推之逃，则为屈原之死矣。”[②]又在诗中说“惟办刀与绳”[③]。这是拒抗修《明史》的，不是“博学宏辞”；“博学宏辞”科他没有被提名，大概是三个外甥各方疏通的结果。

可是他的三个朋友没有逃脱掉。李因笃最积极，因为他是张云翼的好朋友，而张云翼是张勇的儿子，他们父子对清皇朝的倾向性是很强烈的，所以加力撮合他与皇朝合作。李因笃参与了考试，还被定为第七名，授与他“检讨”官职。王山史表现比较消极，找了个距离热闹区较远的寺庙住下，不出门拜客，只同王渔洋一类的名士欣赏欣赏古画而已。既未参加考试，更谈不上录

① 《顾亭林诗文集》《亭林文集》页53。

② 《顾亭林诗文集》《蒋山佣残稿》页196。

③ 《顾亭林诗文集》《亭林诗集》页416。

取，他只是表示一下未曾对抗征召，人到了北京，就可以回去了。最吃了苦头的是傅青主，他名头大，不去不行，但他死力拒抗，地方官用木板抬到北京，大臣冯溥、魏象枢费了很多周折，总算得到了“免试、放还山”的批示，但事情还没有完，由于名气大，即便未参加考试，也给一个“中书舍人”的衔头，而上边既赏下来衔头，受赏的就得去谢恩。这一下差一点闹出来大丑闻。傅青主被抬到午门，想起明朝，流下眼泪，他不向清朝统治者跪拜，干脆就躺到地上了。大臣们怕再闹出更大的难堪来，就匆匆结束了这场“谢恩”。李二曲遭遇的比傅青主更惨，不过他的这场闹剧不是在北京上演，而是在西安雁塔上演。他干脆绝食，水米不入口者五日，西安的大官们看见要出人命大事了，才把他再次抬回富平。

这场“博学宏辞”，从一个角度看，是朝廷选拔人才的盛举；从另一个角度看，正如王渔洋信札里所说的，“士风之卑，惟今日为甚。”“走健仆，囊大轴，肥马四驰，门门求知者，盖十而七八。”[①]。所以南方诗人徐嘉炎有诗云，“东南称才薮，不如西北士。”[②]西北知识分子表现出来的风骨要高一些。

顾炎武由于在士大夫中间、在北京的大官中间，有着多年积累起来的一个保护层，所以在“宏博”中，在纂修《明史》中，都得到了幸免。但另外一些纠缠他却仍然摆脱不掉。我这么说，指的是两个人，一是甘肃提督、靖逆侯、靖逆将军张勇，一是驻节西安专督粮饷的四川总督周有德。张勇，汉中人，寄籍西安，原是明朝的小军官，降清后曾随吴三桂在云南跟李定国对垒，后迁甘肃提督，驻节张掖。吴三桂后反，以书札二通，勾引王辅臣、张勇二人叛清，王叛了，张没有叛，而且坚决忠于康熙，巩固了大西北。顾炎武原先与张有些来往，曾将自己著作的抄件送给张看，张也曾叫儿子筹款为顾刊刻一些小著述。现在不同了，形势严峻了，对顾炎武这样的人物不能不加防范，当然形式还得是委婉的。他派遣儿子张云翼于康熙十七年冬与十八年冬两次来访问顾炎武，一次是请他到兰州讲学，被他拒绝了，另一次是半夜造访，很不礼貌，形同搜查。逼得顾接连给张云翼写过两封信，声明自己在华阴绝不是要讲学聚众，请转告他父亲放心。与此同时，顾在自己的诗里就出现了“寒鸡宿愈高”、“秋风下雀罗”的句子。

再说周有德，此人是在满洲军事贵族最初崛起时就归附的汉人，编在镶红

① 王山史：《山志》二集卷5，《外大史》。

② 邓之诚：《清诗纪事初编》卷7，引《抱经斋诗集》卷4。

旗下，不过他不是一路征战，而是科举出身，从编修迁到学士，这才外放做封疆大吏的。先做山东巡抚，四年后调两广总督，再七年调四川总督，再五年又调云贵总督，不久就死了。看起来，这是个很会做官的人，不像张勇纯是行伍出身，肚子里可能有点文墨，据说会作诗。看他对李二曲如此崇拜，在二曲被抬到雁塔处境非常艰难之时，他肯以督府之尊，频频到雁塔就榻问学，已经可以看出，此人与一般的官吏很有些不同了。

但顾跟一般的遗民学者比较，其态度更顽强些。就不说李因笃了吧，就说浙江的黄梨洲，在应付清朝的许多关系上，要比顾显得灵活多多。顾不是这样，他的立场十分牢固。他不能跟周有德发生联系，于是他的好办法想出来了，他躲掉，去做嵩、洛之游。他给山东德州的朋友李涛（紫澜）的信中说，“弟以三月十日出关，历崤函，观洛汭……域中五岳得游其四，不惟遂名山之愿，亦因有帅府欲相招致，及其未至，飘然去之。鸿鹄之飞，意南而至于南，意北而至于北，此亦中材而处末流之一术也。”[①]他又给另一朋友李源（星来）的信中说，“制府币交欲屈之至省城而不得，司道至命驾至山中亲访，然后答之。顷闻聘使将至，即飘然下吴，以示不可就范之意”[②]。札中所云。“答之”，原札亦录在《蒋山佣残稿》中，这篇信札，跟顾经常使用的文笔迥乎不同，甩出一片骈四骊六、古典联翩的架势，对周有德则说“雅歌投壶，祭颍阳之取人，皆用经术；纶巾羽扇，诸葛公之为将，足见风流”；对自己则说“年七十而入秦，非干霸主；抱六经而归鲁，窃慕宣尼”，“居子真之谷口，未入长安；隐弘景之茅山，不过白下”[③]。从这些过程中我们不难看出，顾炎武不仅在治理经学和史学上，有自己独特的一套，就在处理人事关系上，也照样有他自己独特的一套的。

三

为了躲避周有德派遣的使节潼商道道台胡戴仁（狷庵）的来访，顾炎武于康熙十八年三月出函谷关作嵩、洛之游。沿途，他也看了不少风光。

在狭石驿，他看到从古代就有的西鸦路通往临汝的路段封闭了。这与“三

① 《顾亭林诗文集》页187。

② 《蒋山佣残稿》页208。

③ 《顾亭林诗文集》《蒋山佣残稿》页416。

藩”当然有关。清朝统治者害怕吴三桂的细作通过桐柏、熊耳山路渗透过来，也不愿意中原的人投奔到吴三桂那里去。但顾炎武却把世事看的更透彻，他的诗句说：“吊古莫言秦法峻，鸡鸣曾放孟尝回”①。意思是说，你管的再严，还是免不了会有透露的。他在少林寺，看到的光景更多，“……答言新令严，括田任污吏，增科及寺庄，不问前朝赐。山僧阙飧粥，住守无一二。”原来少林寺历代都是免纳田租的，可是清朝刚刚定鼎，又碰上打仗，地主官吏自必摊派繁重，结果和尚们都跑光了。顾告诉他们，“百物有盛衰，回旋倘天意，岂无材杰人，发愤起颓废，寄语惠玚流，好待秦王至。”②在这里，诗的作者用了隋末唐初的典故，说当初李世民跟王世充作战的时候，少林寺和尚暗通着李世民，捉住王世充的侄子王仁则立了功，受到了封赏。我们试问，在康熙十八年的现场，谁是王世充？谁是秦王李世民？在这里，顾炎武埋伏下的隐喻，是耐人寻味的。

旅行者到了洛阳，快到开封了，他不禁想起西汉时候的梁孝王的“梁园”，当年聚集了那么多的文人学士，可是他在诗中说，“纵使邹、枚仍接踵，不过贪得孝王金”③，这又挂连到当前的“博学宏辞”和“明史”局的事情上去了，说那些在北京到处奔竞的文人学士，到头来也不过希望通过对新皇朝的献媚，以博得若干名和利罢了。

顾炎武本来是想顺路到淮安去看看他的著作的刊刻情况的，“而资斧告罄”④，所以中途折而北向，从曲周转汾州，又绕回华阴去了。但他在旅途上，也还是进行调查研究的，如“又有异者，身为秦令，而隔河买临晋之小儿，阉为‘火者’，以充僮竖，至割死一人”⑤，他把这样无法无天的行为，反映到都中身为大官的外甥，也带有希望清朝的吏治能够“激浊扬清”的意思吧。又如“目见凤翔之民，举债于权要，每银一两，偿米四石，此尚能支持岁月乎？”⑥又如“鸡肋蚕业，尚烦戎略；飞刍挽粟，岂顾民生？至有六旬老妪，七岁孤儿，挈米八升，赴营千里。于是强者鹿铤，弱者雉颈，阖门而聚哭投河，并村

① 《顾亭林诗文集》《亭林诗集》页417。

② 《顾亭林诗文集》《亭林诗集》页418。

③ 《顾亭林诗文集》《亭林诗集》页198。

④ 《顾亭林诗文集》《蒋山佣残稿》页198。

⑤ 《顾亭林诗文集》《亭林文集》页49。

⑥ 《顾亭林诗文集》《亭林文集》页138。

而张旗抗令。此一方之隐忧，而庙堂之上或未之深悉也”①。最后这一段说的自从赵良栋、王进宝带兵打入四川以来，军需徭役，逼的老百姓活不了命，顾担心会逼出暴乱来，所以也把它反映到京中去。当我们翻读《天下郡国利病书》的时候，我们就会发现其中储藏着与上举数条十分相似的资料。由此可见，顾的脑子里盘算的，已不仅是吴三桂如何、康熙如何的问题，他所最最关注的问题，一直是整个社会，它的“病”何在、“利”何在、如何兴利除弊的事情了。

四

现在到达顾炎武平生的最后一个节目，朱子祠堂修建问题所带来的纠缠了。

顾为什么要修建朱子祠堂？最根底处我们弄不清楚。我们只能这么说，中国自宋代以来，人们爱在一个文化区那样的地方修建一座书院，由地方一位大学者出来当山长，形成一个培育后代的机构。一句话，有点像后世的私立大学。但这件事，必须取得地方官绅的支持。顾炎武也许是老了吧，在一这方面考虑的显然不够。

再有，为什么以朱子当牌号？当然，顾炎武在四大理学（濂、洛、关、闽）派中最崇拜朱子，这是尽人皆知的。但地点却是关中，跟朱子拉到一块，只勉强说当年朱熹曾有过被派遣到华山来而实际并未曾到任的差事。

按顾炎武自己方面说，他是在山东章邱和山西祁县两个定居点都没有稳定下来的情况下，想在华山三峰之下再经营一个定据点。他自己说，一不设讲坛，二不收门徒，以避免绥靖部门会对他产生“聚众滋事”的怀疑。他说他只是为了经营一个“著述之所”，他要在这里“闭门著书”。

可是在富平跟李因笃最早商量时，他们还谈到更多的题目如置田、置妾、生子，等等。后来这规划逐步缩小，最后只剩下王山史的第二个儿子王宜辑（字仲和）拿出来四五亩地，由顾炎武和王山史的六弟（山史行五）王弘辉（允塞）去勘察地形，由顾掏150两银子先把围墙打起来，祠堂的堂屋再第二步兴工。这事情为什么弄到这样不景气的地步呢？

原因很多。第一，自从周有德、张勇接连前来行聘之事发生之后，人们都

① 《顾亭林诗文集》《亭林文集》页212。

会敏感到顾炎武在华阴定居，是一件当局很注意的事，胆小的人就不敢往前凑合了。第二，顾也曾写信到北京希望得到崇尚朱子之学的大官们的赞助，但他的大外甥却写信来说“当事视为迂阔之举”[①]，这又告吹。第三，华阴士绅们中间的关系，华阴士绅跟当地最大士绅王山史中间的关系，王山史跟顾炎武中间关系的衍化，这些都很微妙。顾的《广师》篇中说，“笃于朋友，吾不如王山史”，但事情会有变化，“笃”的朋友，在某种情况下，也会不笃起来。试看，王山史单单在这种关口出发到江南旅游去了。顾给王的信里也透露“多口纷呶，有不欲弟与君共事者。又有贻诗阻止者”[②]，这些喊喊喳喳，很多都没有留下记录，实际情况会比有文字记载的更为复杂，富平朱山辉之子朱长源就早有另外的看法，“长源谓，秦俗最薄，劝吾归吴，至于再四。”[③]齐俗薄；秦俗也薄；那么，回老家东吴是不是个办法呢？他曾给两个外甥写过一封信，算过一笔帐，说在北方一切省钱，回趟老家，时间要一年，而酒米、舟船、亲戚朋友应酬之费，比在北方生活将多出不止三倍。这笔费用，虽然两家外甥答应代出，但私人是出不起的，若从大官们那里去“打秋风”，又是他顾某人绝对不肯干的[④]。

这么大一位学者，到这垂暮之年，怎么倒像是无路可走了呢。到头来，这跟大形势自然有关，但与他的性格，或者说他的脾气也有关。王山史在《山志》里写有《顾亭林》一条，其中说，“行谊甚高，而与人过严，”[⑤]，这个性格，这个脾气，害很多事。举两个例。他的好朋友李因笃参加“博学宏辞”，自己参加不算，还要拉李二曲下水，顾炎武生气了，写信说“窃谓足下身蹑青云，当为保全故交之计，而必援之使同乎己，非败其晚节，则必夭其天年矣。”[⑥]这等于说，你怎么把二曲往死里害？这个话说的太重了。他的另一好朋友王山史在59岁上曾孙都有了还要纳妾，顾炎武又狠狠地写了一封信，“有曾孙而复买妾，以理言之，则当谓之不祥”[⑦]，像这样的句子刊刻在《文集》之

① 《顾亭林诗文集》《亭林诗集》页216～271。

② 《顾亭林诗文集》《蒋山佣残稿》页212。

③ 《顾亭林诗文集》《蒋山佣残稿》页216～217。

④ 《顾亭林诗文集》《蒋山佣残稿》页124～215。

⑤ 王山史：《山志》二集卷5。

⑥ 《顾亭林诗文集》《亭林诗集》页76。

⑦ 《顾亭林诗文集》《亭林诗集》页136～138。

中留传万世，即便是最好的朋友，口不出言，心底里是会留下疤痕的。所以，当顾炎武在关中住到第三个年头时候，连他的这两位最要好的朋友，也都显露出或浅或深的冷落。

只好再出去旅游。康熙十九年冬天，他又到了山西汾州（今汾阳），住在知州周如漆（西水）的衙门里，可是恰好这时收到原配王氏夫人的噩耗，按礼应设奠，而设奠不能在衙门里举行，所以又搬到一位退休官吏王德元的家里。康熙二十年二月他离开汾州，到了运城，住在监运使黄斐（菉园）的衙门里，可是恰好黄又遭了母丧，按规定官吏丁忧必须回家守制，所以顾又须搬出来，只是黄在临别时对朱子祠堂事认捐了一点钱。八月里，顾炎武又到了曲沃，住在县令熊僎（江西人）的衙门里。这时，经过旅途劳顿，顾已经有上吐下泻的毛病了。次年正月初九日，由于上马摔伤，吐泻的病加剧，顾炎武就此告别了人生，和他自己一生所严肃负担的事业，享年七十岁。

五

在顾炎武逝世的情节已经交代过之后，还要增写一节，并且要加以说明，那就是，这一节是不可以不写的。

要写的，是顾炎武临终前的心境。这从他与他的好朋友李因笃间的倡酬诗里可以看出来。康熙二十年冬天，李因笃在富平，得知自己的好朋友住到了曲沃并且害了病，约摸到老人有可能会不久于人世了，就写了五首七律，全文录下：

> 双屐遥怜扫径疏，朵云欣奉杖藜初。虽空药物频辞馈，不苦呻吟减著书。鸿雁分飞声远及，雪霜高卧岁将除。诘朝河外图传史，斋宿中庭拜所如。
>
> 涧树东连岳树深，相思北接太行岑。蒹葭倘触居关兴，蟋蟀偏工入冀吟。世易繁霜应有道，天留硕果定何心。晨星落落长蒿目，忍使寻盟负断金？
>
> 王路风流缟带长，霸图聊托晋初乡。遗音西国思千里，老眼中原泪数行。春逼梦随池草绿，腊残清引阁梅香。曾论徽祀虚笾豆，许傍新宫自筑堂。

水冻河梁客未还，教人雨雪怨空山。难同受性松根劲，更羡从飞雉子斑。到处青藜恒照夜，何时紫气复临关。耦耕不忘临歧约，南亩桑阴竟日闲。

五十知非似醉醒，柴门寂寞昼长扃。古人何可欺毛义，吾道将无愧管宁。豳俗好风吹举趾，汉时明月照传经。鸣车整旆西归日，户外寒凝柳色青。①

统读这五首诗，老朋友的真挚感情还是充分注入了的。他写到顾炎武一生俭朴，不接受人们的馈赠，可供治疗的药品也很少，但仍坚持在病痛中著书立说，留给后世（譬如说，对《日知录》再增写或改写某些辞条和段落）。在这组诗中，第二首是高峰，李因笃用不明显的诗句，接触到顾炎武和清朝政府间的不合，（“在水一方”的“伊人”就是保持距离的），他藉此提出具有时代意义的质疑，说，像“满州入关”假如可比拟作一场“繁霜”的话，那么这种改朝换代总归有它的道理，只是坚持“夷夏之防”、寸土不让的顾，不肯去体会这种道理罢了，结果弄得无可调和。而顾又不是个寻常的文人，他是临界在古老文化和后世文化中间的一颗很重的砝码（“硕果”），它跟朝廷不合作，其内在含蕴的能量得不到充分的发挥，这不能不是历史极大的遗憾。写出这两句诗来的李因笃，不愧是顾炎武终生的知己。其余的诗句，其意义就是次要的了，如说盟兄弟之间如何互不辜负（李因笃终于乞了终养，未在朝廷上长期呆下去，可说无愧于毛义和管宁）。最后，还是天天盼望顾能再回关中来，说那里柳色将泛青。但，这只可能是一种空想了。

收到这五首诗，可以设想，顾的心情一定是很激动的，他拿起笔来，写下了他平生最后一首诗。（诗的形式是“五古”，“五古”是顾最拿手的形式，正如“七律”是李因笃最拿手的形式一样。）诗曰：

戴雪来青鸟，开云见素书，故人心不忘，旅叟计何如？上国尝环辙，浮家未卜居，康成嗟耄矣，尼父念归与。忽枉佳篇赠，能令积思虑。柴门晴旭下，松径谷风舒。记昔方倾盖，相逢便执祛。自言安款段，何意辱干旟。适楚怀陈轸，游燕吊望诸。讵惊新宠大，肯与旧交疏？不磷诚师孔，知非已类蘧。老当为圃日，业是下帷初。达夜抽经笥，行春奉板舆。诛茅成土室，辟地得新畬。水跃穿冰鲤，山荣向日蔬。已衰耽学问，将隐悔名

① 《受祺堂诗集》卷24。

誉。客舍轻弹铗，王门薄曳裾。一身长瓠落，四海竟沦胥。契阔头双白，蹉跎岁又除。空山清浍曲，乔木绛郊馀。不出风威减，无营日景徐。但看尧典续，莫畏禹阴虚。地阔分津版，天长接草庐。一从听七发，欲起命巾车。①

窃尝以为，这是顾诗中最好的一首诗。形式是五古，是作者最擅长的，而内容又是传写一个七十老人临终前十分恬淡十分宁静的心境。他尽量避开他和清朝的不合作，只突出了一句“四海竟沦胥”，意思是遍国中反清复明的活动没有希望了。而他使用更多的文字来传写的环境，什么“柴门”、“松径”、“土室”、“新畲”、“鲤”、“蔬”、“浍曲”、“绛郊”等等，这是为什么？鄙人二十二三岁时曾在这一带随军驻扎、随军转移过，故读到诗句时会产生某些亲切感。但这不是重要的。最重要的是作者企图通过对环境的描写来烘托出他自己临终前的心境：他的灵魂已经升华了，不再过多地纠缠在他跟清朝合作不合作的问题上，他已经把他一生的实践和著述留给了后代，让后代人去评说，让后代人去吸收。

他在另一封与人的信札中曾说：“吾辈所恃，在自家本领足以垂之后代，不必傍人篱落，亦不屑与人争名。……②

这里说的“争名”，其实，不仅“名”不必争，就明朝统治天下还是清朝统治天下的问题也不必争了。历史的创伤，历史会愈合。康熙的统治越来越变好，顾炎武给后世文化的肥料，越来越在中国大地上滋生出鲜花和硕果，这样，两个当年尖锐对抗的矛盾，经过辩证的衍变，到头来不就又过到一家子去了吗？

（《兰州大学学报》1999年第3期）

① 《顾亭林诗文集》《亭林诗集》页426。

② 《顾亭林诗文集》《亭林佚文辑补》页244。

顾亭林旅卒曲沃小考

亭林先生一代大儒，然自三十三岁遭历板荡后，即未遑宁居。与国难相伴随，家难接踵而至，或纵火，或抢劫，致千墩、语濂（泾），均难归宿。不得已，税居金陵蒋山之下，往复奔走于王家营、清江浦之间，其事似有可稽也，而竟莫之能稽。继生奴变，与仇雠相角逐，或系松江之狱，或于蒋山之麓被击堕自驴背之上。于是乎决然北游，行踪莅于齐鲁。后将故里动产不动产，辗转移来山左，在章邱大桑家庄买田千亩，此正归玄恭（庄）所谓狡兔三穴之一。但事与愿违，山左霸产告讦之风，不亚于江南。牵连即墨黄氏文字狱，先生在济南系狱者七阅月。幸三甥势厚，终得脱然。乃至山右绵山之下，拟立书堂，将平生所收及友朋亲戚之所寄，汇为一小小的图书馆或研究室。而事又与愿违，所带银两为东道主之子所窃，遂生龃龉，而祁县之书堂又告取消。终于六十五至六十九岁之际，拟定居于华阴。华阴之条件其优越者有三：一曰民俗好，“慕经学，重处士，持清议”；二曰形势好，“绾毂关河之口，虽足不出户，而能见天下之人，闻天下之事”；三曰有本地人王山史（弘撰）为之东道，且经营朱子祠堂，以为学术标志。且山史“笃于朋友”，更足安心。

但可怪者，亭林突然于逝世前五个月离华阴而去河东，卒于友人秦氏之园。此为离奇之事，而历来博学之士，或以亭林往还行走已成惯事，不以为怪异，至考之者少。余不揣谫陋，愿予探索。

亭林至曲沃，有《赠卫处士蒿》诗一首。按，卫蒿曲沃人，与亭林同岁。诗中有云：“拘疾来河东，息此浍水旁”；“逄萌既解冠，范丹亦绝粮”；“衰迟数侍辈，落落晨星行”；“旅怀正郁邑，矧知多病防”。此中，除阐说有病与心情不愉快两点之外，所用逄萌、范丹二典至堪留意。按二人事，分别见《后汉书》83与81之《逸民》、《独行》二传。逢萌事尤引人注意。逢萌之子逢宇夜持血洒王莽邸门，死于狱。逢萌将逃亡辽东，曰“不去，祸将及人。”试问，亭林独用此典，其意云何?!

复按李因笃（天生）于亭林为生平最挚之友，亭林卒后，为《哭顾亭林先生一百韵》长诗一首，[①]历叙平生，叙至晚年突有两句云“役网欣逋鹤，鸠巢讶类鸢”，意谓亭林此一孤鹤，将有网罟之罹；其所营巢，非由鸠占，而是鸢占。鸢者，鸷鸟，俗所谓鹞鹰。然则王莽何指？鹞鹰何指？殊耐人寻味者。

王山史“笃于朋友”，且是时正旅在江淮。其家乡亦无他子虞，祠朱堂正由河东盐运使、华阴县令等人捐资修建。在此段生活中，只靖逆侯、靖逆将军、洋县人张勇（字非熊、或飞熊）及其子大理寺卿张云翼（字幼南）与亭林有所干连。按《年谱》亭林六十六岁冬，云翼曾衔父命请亭林至兰州讲学，亭林“坚拒之”。六十七岁冬十二月二十七日，云翼又“半夜告访”，形同搜查，很不礼貌。时“三藩”与清廷相持，八年战事已过其六，然形势仍紧，对亭林之属犹不能不随时监视，防其异动。

此时，亭林诗中出现“寒鸡宿愈高”、“秋风下雀罗”等句，绝非偶然。《蒋山佣残稿》中，保留有与张廷尉书二通，大体剖白本人晚年寓居华阴绝无设立学坛、聚众讲学、甚至聚众滋事之图，希望军事当局不信流言、体察实情。但事实上军事当局体察不体察实情，为不为流言所动，则尽在不知之中。卫、李之诗，所指是否即此，窃不敢遽断为必，然或者不中不远乎?!

（《天津社会科学》1984年第2期）

① 见《受祺堂诗集》卷25。

顾炎武与张尔岐

一

顾炎武，与他同时诸大学者相较，有其自己的独特点，那就是，他在他的乡土以外一些遥远地区里，搞文化交流。这一点，很像春秋时候的季札。黄宗羲在浙东，王夫之在湘西，向外扩散影响并吸收新资料的作用，都比不上顾。顾自45岁由江东到北方来，在齐、燕、晋、秦间往来二十四五年，与这些地区中的文化人进行切磋，给予他们一些什么；也从他们那里得到一些什么。在山东他与掖县的任唐臣，新城的徐夜，邹平的马骕，章邱的张光启，长山的刘孔怀，济阳的张尔岐，德州的程先贞、李源……等人，缔结了友谊，交流了学术。其中应该说，和张尔岐在学问方面的关系最深厚。钱穆先生在其《近三百年学术史》顾炎武一章中，只重点谈了马骕，而忽略了张尔岐。自然拿张尔岐与顾炎武、王弘撰（山史）来比，在出身、经历和行径诸方面，可以说是两路人。顾、王是贵公子、大地主出身，平生足迹遍天下，广交名流学者诗人画家以至道士和尚，社会关系很复杂。张则不然。他除父亲做了三天驿丞之外，祖祖辈辈是“力农”。平生除常到省城济南和章邱，似乎还去过一次北京之外，几乎看不到他游历过什么更多的地方。他的职业，不过是“乡里句读师”，用近代的话说，不过是一名乡村小学教员。但他在其六十六年的岁月中独力钻研，使顾炎武这位江东大儒一见倾服。顾的《广师》篇说，“独精三礼，卓然经师，吾不如张稷若。”其实，张不仅精于三礼，对《易》也很精，对《老子》也有研究。实际上，他跨着句读之学、考据之学和义理之学三个方面，并且在天文、算术甚至风角、壬遁方面，也有所涉及。

我在三十年代，写作《王山史年谱》之余，曾写过《张蒿庵年谱》一稿，才两三万字，不过一篇简单的系年。“文化大革命”时，前稿未丢失，后者丢失并且再也追查不回来了。现在人老了，赶做一些“结束”工作，考虑：这年谱要不要重作呢？材料是现成的，而且较四十七年前大有增殖。但又考虑，有几个重要年代一直搞不清楚，并且看起来再加几把劲也很难搞清楚，所以，是不是就不以“年谱”形式来表达了。这几个重要年代是：（一）顾、张初结识，究在何年、何地？一直搞不清楚。张穆《亭林年谱》在这个问题上搞的很粗疏，似乎并非顾氏一过江、逾淮，就结识了张尔岐。也不像罗有高所生动地描写的，顾在济南通志馆，听有人在讲《仪礼》，讲的好极了，一打听叫张尔岐，第二天恭恭敬敬前去拜谒。这件事的影子可能是有过的，但不是初识，理由是张尔岐信里，劈头第一句是“自章邱得近清光”[①]，可见初识是在章邱，不在济南。什么年份呢？弄不清楚。（二）顾为张《仪礼郑注句读》撰序，其确切年代也搞不清楚。《张谱》、甚至顾的嗣子衍生的《元谱》都系在初到山东之时，这值得怀疑。当时《句读》尚未著成，仅名《节释》。书著成并请顾撰序之时，当远在其后。此事，1947年余在《学原》杂志一文中已有表述。顾为张的代表性著作撰序一事，《张谱》定在顺治十四年（1657），而实际却极可能在康熙十三年（1675）（有顾序“时方多故”一语可证，当指“三藩”起事），差距达17年，其粗疏程度可知。（三）顾、张间有一封论学的信（后文详述），在经验主义与理性主义间有所争论，这是与顾和李颙（二曲）间在相同问题上的争论合而为顾炎武一生中自挚友方面得到的两次诤言，张、李都指出单纯格物、单纯强调感性资料，而不注重理性的概括，在最终结点上，是会造成局限的。而这番重要争辩的年代，也一直考不出来。（四）张不仅长于经学，亦复长于理学，所著《天道论》、《中庸论》、《后笃终论》三篇，在思想史上是重要资料，但这“三论”的写作年代也定不下来，即便是一个粗疏的年代，也推断不出。综上四项理由，《年谱》是不准备重写的了，写出来价值也不会大。作为弥补，就决定写作这篇论文。论文主要是讲事情，而不强调这些事情所发生的年月。

① 《蒿庵集》卷1。

二

张尔岐，字稷若，号蒿庵，山东济阳人。生于明万历四十年，卒清康熙十五年（1612～1677），终年六十六岁。“蒿庵”之号，取自《诗·小雅·谷风之什·蓼莪》篇，寓哀念父母、昊天罔极的情感。这取号是有意义的。其父名行素，号龙溪，因曾在明季王爷藩府中当过一个什么小吏，擢湖广石首驿丞，抵任三日告归。崇祯十一、二年（1638～1639），满州贵族统率下的部落兵入山海关大掠畿内、山东等地时，其父被害。此事，张尔岐在自己撰写的《龙溪府君墓志》和《先君遗事》[①]中，均不敢提及。张行素有一好友，名王琢璞，字无瑕，因患支节挛屈病，号“支离生”。开国之初，余在济南，得交益都前辈赵东浦先生，他藏有王氏《云来馆文集》，其卷3中有张行素的墓志铭一篇，明确记载满兵初过济阳，张行素手格杀满兵数人；后满兵自济南北撤又经济阳时，将张行素带在路上杀害了。在这一点上，顾、张二人有类似的痛苦，顾的生母何氏被满州兵斫断臂膀，嗣母王氏绝粒以终。这可能是二人结交之深的基础条件之一。

从一些为数不多的自叙性材料看，张尔岐父亲死时，其三弟也失踪了，四弟也遇难了，受此刺激，他“忽狂作”、“欲蹈水死”、“自焚所业书义”、“欲著道士服，弃家入山”，最后才“强自抑制”，“教授乡里”。[②]鼎革以后，他逐渐变换性情，“于人少违多顺，深恐自失。君子和而不流，一日三复之。”[③]二十二岁时，他曾因事系济南府狱；顾五十六岁时，也曾系济南府狱，这又是二人共同点之一。但顾坐狱是清朝时，带文字狱性质；张坐狱是明朝时，什么性质？不知道。但在极罕见的情况下，张尔岐又透露自己经常有“深念及祸”的心情[④]为什么？也不知道。

他自叙说：“性好沉思”，又说：“喜论著”。他的好友之一李象先（焕章）说他“盖以理胜辞者”[⑤]，就是说，他的理性压过了他的辞藻。但他中年以前，

① 均见《蒿庵集》卷3。

② 见《自叙墓志》，见《蒿庵集》。

③ 《蒿庵闲话》卷2。

④ 见《蒿庵闲话》卷2。

⑤ 《蒿庵集序》。

是曾一度爱过辞藻的，晚年则更留意历代典章制度，他自己说："予今年五十，于华艳之文，渐不喜观。唯朝家制度名物之详，犹欲稍志其一二"[①]。所以可以说，张尔岐终究是以经学（其中包括古代典章制度）和理学二项，著名于世。

"卓然经师"，这句话卓有见地。张尔岐一生主要经历是"乡里句读师"，句读什么？当时，自然是句读"经"。须知，"经"是很不好句读的。一般塾师，不过囫囵吞枣，不懂装懂，骗骗学生，也骗骗家长而已。张尔岐不然，他要把句读工作，当科学研究来做。《仪礼郑注句读》一书，就是成果之一。谈到《仪礼》，这里有多谈几句的必要。《仪礼》是"三礼"之一。"三礼"各具特色。《周礼》的优越性是，它讲的是大制度，经济制度和政治制度；但它的缺陷是可靠性小，真伪杂糅，先秦之事与秦后之事杂糅，故此书一直名声不好。《礼记》是孔门后学学礼的零星札记，人家把它叫做"零膏剩馥"。《仪礼》讲的是先秦社会上层人士的日常生活习惯，饮食如何，婚丧如何，宴宾客如何，祭如何，射如何，器服如何……等等。其中有不少先秦礼俗可以追索。它的十七篇，高堂生传本与鲁壁本相合，这是它的最大价值之所在。就是说，它在"三礼"之中，可靠性最大。但一般人苦其难读。故自王安石罢《仪礼》不置学官以来，对此一古籍问津很少。张尔岐作为一位负责任的塾师，他要对此古籍料理一番。他首先把郑玄的《注》弄清楚；然后把贾公彦的《疏》加加工，其漫衍者芟之，有不同见解者自加按语；最后拿"监本"和"石经本"一一对校，——这样，初学者可以入门，畏难者可不却步了。说到底，这其实还不是考证，而是为古籍整理做出了一个典范。乾嘉以来，凌廷堪、张惠言、邵懿辰诸人，才在这原有的基础上各做过细的钻研。

张尔岐除对《仪礼》进行过研究整理外，对《周易》也颇有研究。他研究《周易》所使用方法（假如我们可以把方法分为低级方法和高级方法的话），可以说是低级方法和高级方法互用。他有《周易说略》4卷，一说8卷，今不多见。吾人仅自《蒿庵闲话》中，见其谈《易》者计22条，其中颇多精义。举一些例。例如他说，《易》越到后代越烦琐，什么"十翼"都是后加的。远古之人，事简民淳，只凭卦名一家，已足以决犹豫。"后情伪日杂，人之聪明已不逮古……"。这话初看起来，似是倒退论思想。其实不然。远古人使用的是

① 《册府元龟总序序》，《蒿庵集》卷2。

原始综合思维，后世人使用的是分枝的逻辑思维，张所说“不逮古”的“聪明”，是指原始综合思维而言的。再例如，他说卦与卦之间的“相与”（联系），可以分为“相徇”的关系、“相成”的关系和“相倾”的关系。在这种说易中，就渗透着辩证法的意味。再譬如，在其《周易说略序》中，他接触到低级方法和高级方法的关系。他说，事物不可对待得太具体，太具体就容易僵化。他的原话是“质言则专；专则滞。故愈详而愈多失”。这讲的显然是形式逻辑方法的局限性，他提出，在“专”之外，还需要一种抽象的概括，他的原词是“影似”。他阐发“影似”说，“事所不得兼者，理得而兼之；此之理不得兼彼之理者，理之象则无不得而兼之地。”这也就是经典作家们常说的，理性主义对感性材料的改造，会使人们的认识更深刻、更正确、更完全——这段意思之较含糊的表达。他问道，六十四卦、三百八十爻，能把宇宙间人、物、事的运动、静止、变化包罗净尽吗？他自己回答说，具体地说，不能；但抽象地说，从“影似”的角度来说，能。所以他主张，研究《周易》要“销释凝滞”，就是克服形而上学，尽量恢复远古人的辩证法。由此看来，张尔岐的《易》学修养已是深邃的了。

张尔岐在研究《老子》一书中，方法也较高级。他抛开注解，“以己意占度”，感到《老子》的“大义犁然”，可以通解。他感到过去人对《老子》的解说，像水加茶变苦、加糖变甜、加盐变咸、加醋变酸一样，全不是原来水的味道。这样，他感受到独立思考的优越性。

三

现在，让我们来看看顾、张之间的一次论争吧。

这次论争的确凿年代不清楚，但大体可以推断发生在顾、张六十岁以后，也就是说，大体在康熙十二年的以前或以后。顾写了一封信给张，这封信后来题名《与友人论学书》，编在《亭林文集》卷3[①]顾在信中，一开始就声讨明朝末季阳明学派所遗留下的影响。在这里必须插进来说，顾、张二人都是笃信程、朱的，都认为王学的流行，是明朝亡国的原因之一。顾在《日知录》中指斥何晏、王弼、王安石、王守仁的罪“深于桀纣”（卷18）。张在《蒿庵闲话》中一再说自“良知”之说一倡，人们才敢于丑诋程、朱，渐及孔、孟，“圣贤

① 中华印《顾亭林诗文集》页40。

微言，几扫地尽，而甲申之变至矣”（卷1）。由此可见，笃守程、朱的门户，是顾、张之所同。现在回到原话题上来，顾在论学书中谴责晚明学术界“言心”、“言性”。顾说，孔子很少谈“性”和“天道”，很少谈“命”和“仁”。孔子很少谈抽象的，多谈具体的和实践的东西，所以夫子之道平易可循。就是孟子，也着重在谈“出、处，去、就，辞、受，取、予”之间的问题，这都是有关人生中具体践履的东西。所以，顾炎武最后提出两大口号，一曰“博学于文”，二曰“行己有耻”。前一口号说要调查感性材料，后一口号说人要有立场。

张尔岐信中对第二个口号“行己有耻”做了高度的赞扬，说这一提法非常“切至”。但对第一个口号“博学于文”则提出修正。他主张，抽象不能完全摒弃；博学之后，必须“因标见本，合散知总”，由感性向理性上升，从调查感性材料的过程中，通过主观思维的“默喻”和“渐渍”，而获致“自悟”。他又从反面进行论证说，假如完全摒弃抽象，那么“将格尽天下之理，而反遗身以内之理也”。这句话，对顾是有力的针砭，指出了经验主义的局限性。从这场论争中，使我们感受到顾、张二人交谊的真挚和淳厚，也体会张的思维水平比顾为高。

类似的争辩，也曾发生在顾与李颙（二曲）之间。这件事有年代可寻，它发生在康熙二年，顾51岁、李37岁的时候。《三李年谱·二曲谱》中记载说，“东吴顾宁人来访。顾博物宏通，学如郑樵。先生与之从容盘桓，上下古今，靡不辩订。既而叹曰，尧舜之知（智）而不偏物：急先务也。吾人当务之急，原自有在。若舍而不务，惟骛精神于上下古今之间，正昔人所谓抛却自家无尽藏，沿门持钵效贫儿也。顾为之怃然。”二曲是王学派，他所使用持钵贫儿两句，恰好就是王阳明本人常说的话，所以顾可能听不进去，而露出“怃然”的感情。但他二人在当时的民族矛盾问题上是志同道合的，所以友谊不至为了辩论程、朱和陆、王，为了辩论经验主义和理性主义而受到伤害。的确，二曲对顾的治学方法，一直是有意见的。他说：“不求于本而求于末，非圣人之学也。何谓求乎末？考详略、采异同是也。”可是二曲一直在批评考据派。

由以上可以看出，无论从程、朱派门户以内，或者从门户以外的阳明派那边，都对顾炎武片面强调感性材料的搜集，而相对却不重视理性作用对感性资料的抽象，对这一局限性，大家都有所指出。顾接受不接受呢？接受的程度如何？我们不得而知。但顾并不是乾嘉考据派那样小脚走路的人。他的“经世致用”的路子，脚步的跨度是很大的。有时他也追求理性的上升，如在《吴才老韵补正序》一文[1]中批评吴才老（棫）“多学而识矣，未能一以贯之。”他批评了吴才老，把自己带到古韵分部研究的道路上来，这就预示了理性的总括对进一步处理感性资料的重要作用。

四

在这一节中，将要讨论一下张尔岐的哲学思想。

在《蒿庵集》中，有一篇《天道论》，编集人将它放置在全书之首，实际上它也是富有代表性的。最吸引我们注目的是，张尔岐的一些论点，跟十七世纪最高思维水平的思想家王夫之（船山）的论点，竟有不少的“不约而同”。

在距离张尔岐两千多年前，大思想家荀况谈论过“天”和“人”的关系[2]那时候，人们所懂得的“必然”相对说较小，所以人们的“自由”幅度也不大。荀况虽然不曾把“天”说得像汉儒和阴阳家所说的那样神秘，但他至少把“天”描绘成压在人们头脑上的一口大锅。他宣扬“人不可与天争”，人们要明确“天人之分”，就是说，天有天的“分”，人有人的“分”，天有天职，人对此无能为力。与这样的论点相比较，张尔岐的论点明显地表现为进步很多。

张尔岐是从驳“天道不可知论”开始的。他认为，主张“天道不可知论”的论者们是一些具有颓废人生观的人，他们铢铢以求，嫌“天道”不公，善恶祸福都不应验，所以他们说“天无道”。张尔岐认为这样理解，会“哀君子之心，作小人之气”。他认为有必要从社会道德的需要出发，把问题提到哲学上来予以谈论。他从“天人相及”谈起。“天人相及”，并不是什么新命题，荀况也谈“天人之分”嘛。但张尔岐一开始给问题带来一个唯物的基调，说天、人之相及，是以气。什么是“气”？就是运动中的物质。他说“天”以其气寄于人，而出现了“质”，质立而兴起了“事”，事的衍变就成了“势”。非常凑巧。王夫之也非常喜欢讲“势”，他说“势”字“精微”。张尔岐说，人世间的善恶祸福，处处都与“势”相消息。具体说，就是天以“气”授人，人接受了这种气就成为“命”。气有清浊、长短、多少，命也就有屈伸。王夫之比他讲的更灵通，他说“化在天，受在人”，天不停地授命予人，人不停地受命于天，王

①《亭林文集》卷6,《顾亭林诗文集》页132。

②见《荀子·天论》篇。

夫之把这叫“凝命”。经张、王二人这么一讲，神秘的东西讲得物质化了；死的、机械的东西，讲得活了。张更进一步说，事积起来成为势，但不是千篇一律的要看所积累的“分”（数量、甚至包括质量），积至其分则势成，势成则天道应；积不至其分则势不成，势不成则天道未必应。所以，关键在于人的“自致”，或者叫“尽吾力之所可至”。用现代的词汇表达，就叫“争取”。这一下，就大大启迪了人们的主动性，或者叫主观能动性。他告诉人们，“天命”不是预先定好的，不是死的，而是活的，可以争取的，天命是可以人为调整的。这种思想，就自然而然导向乐观和积极的人生。

但同时必须指出，虽然张的哲学中反映了一些人们“自由”稍稍扩大的迹象，但局限性还是存在的。举两个例。其一，张说：“凡为孛、为彗、为震、为霾、为水、为旱、为疾疫、为蝗螟、杀人害物者，皆恶人之所沃。”这就回到中古的天人感应论上去了。王夫之在这一点上比他高明，王说：“人之道，天道也。天之道，人不可以之为道也。”[①]又说：“人以天之理为理；而天非以人之理为理者也”[②]这就在自然规律和社会规律、人的关系规律中间划了一条界线。张则在这条界线上表现模糊。其二，张在表达“尽吾力之所可至”的时候，其全文是“默听天之所为，而尽吾力之所可至，循于自然之野以休焉。”从全文来看，老子思想对他的影响还很明显；荀子“人不可与天争”的思想残余，在他的思想里仍然存在。王夫之也曾说过“人固不可与天争”的话，同样也是局限性的表现。

总括以上来看，张尔岐有他自己的天人关系论，这种理论反映人们“自由”的稍稍扩大，会导向较积极的人生态度。他在感性与理性的关系上，不片面强调“格物”，而是同时强调由感性向理性的上升，强调理性对感性材料的概括作用。他对“经”书，一一做了整理，从“句读”工作开始，而以对这些“经”的新的体会，新的独立思考成果来做结束。他和顾炎武亲密相交，充分吸收顾的博学多闻方面的长处，而另一方面，也把自己的某些理性主义特长，拿来影响顾炎武，借以促进二人间的学术成就，使之均能达向高乘。

---

① 见《读春秋左氏传博议》，《船山遗书》。

② 见《周易外传》卷7，《船山遗书》。

顾亭林与钱牧斋

我想写这篇文章的动机是，拿两个在生平践履方面很不相同、可又在文章事业方面有某些类似的学术界历史人物，来进行一些比较，从比较中可以获致一点两点前人未尝触及的看法。提到钱牧斋，早已不是热门的题目了。吴晗同志在国民党统治晚期所写的讥刺“社会贤达”的名文，数十年来脍炙人口。陈寅恪先生晚年以80余万言的大篇幅写柳如是，而钱正是柳的“半边天”，写柳仍在于写钱也。窃窥陈先生之笔，于钱、柳晚年移居白茅港与海上暗通往来之事，三致意焉。人的认识总是曲折的，这边推一推，那边扶一扶，都是通往精确认识的必经之路。而我的做法，又是另一种样子。我胆敢把顾亭林拿来与钱牧斋相并论列，但我自信，我绝不想拿亭林去把牧斋带高，正如也绝不想拿牧斋把亭林拖抵一样，各人有各人的一笔账著录在历史上，虽孝子慈孙不能更易。但一个人的“言”、“行”之间的关系，又总是表现为多样的。有的人“言”、“行”非常相符，有的人“言”与“行”间就有差距，有时有很大的差距。举一例说明。钱牧斋在一篇文章里写道：“夫立乎人之本朝，蝇营狗苟，欺君而卖国者；谋人之军师国邑，偷生事贼，迎降而劝进者：恻隐、羞恶、辞让、是非之心，盖已澌然不可复识矣。”[①]这话说的多好！但曾几何时，顺治二年五月，清兵下江南，明遗臣文武两班迎降，牧斋以原礼部尚书居文班之首。匍匐叩拜，敬献宝玩，并且还写信给老家常熟和苏州地方官，以迎降相晓喻。就这一点，他与顾亭林就有天壤之别。顾比钱小31岁，北明亡时，钱已63，而顾才32。顾以原南兵部职方司主事未克到任之身，积极参加了苏州抗清起义和老家昆山的坚持到20天之久的抗清起义，这有顾衍生原年谱底本中“聚

① 钱谦益：《初学集》（上海古籍本中册）卷44《重修维扬书院记》。

粮移檄”[①]等语可证（此事张穆写年谱时有意将“先生”二字芟去，近来则有人认为是考证结果应芟，吾殊不敢苟同）。到康熙十七年，亭林66岁，时三藩举事已5年，清朝欲修明史，将开“博学宏辞”科，企图将文士引入彀中。有不少推荐亭林者，亭林的回答是，“以死拒之”[②]；“惟办刀与绳”[③]。这是何等的气节！须知气节并非仅仅是一股气而已，它在整个社会上起一种物化的力量。这种物化的力量，亭林起的是正面的，牧斋起的是反面的，都很巨大。这是牧斋永远脱不掉的历史责任。连他所迎降了的清朝后代皇帝乾隆也丝毫不饶恕他。乾隆写诗道：“平生谈节义，两姓事君王。进退都无据，文章那有光！……”[④]乾隆之所以这么猛悍地跳出来处置已死多年的钱牧斋，想来怕主要是由于牧斋在记述（天）启、（崇）祯朝史事的文章里，骂什么“臊狗奴”、“羯狗奴”、“杂种”[⑤]等词，刺激性太大。而任何狭隘的民族排他主义，又总是不可以提倡的。牧斋在“言”、“行”间存在很大差距，说他“进退无据”是确确凿凿的。至于“文章”，则又是另一码事。“文章”与“节操”，在很大程度上是相符的、应该相符的，相符而益彰。但世上完人少，有缺点的人多，少数节气有亏的人，文章当然不可能不受其影响；但假如可以从另一方面讲道理的话，那么文章究竟是文章，不可因其人而废其言。因人废言的损失，在我们已经不是一桩两桩的了。就以气节铮铮的顾亭林说，他也曾对傅山说了如下的话：“宁人向山云，今日文章之事，当推李天生为宗主。历叙司此任者，至牧斋。牧死，而江南无人胜此矣。”[⑥]宁人平生立场最坚定，未见他作过丧失立场之论。顺治十二年，他43岁，因杀世仆陆恩事在狱，挚友归玄恭（庄）求救于牧斋，牧斋欲亭林自称门下，亭林列揭于通衢否认此种关系，其严峻可见一斑。但于文章之事，他则坚持不以人废言的原则，推之为天下宗主。附带加一句，这里“文章”二字所包括，远较“义理 · 考据 · 辞章”中的“辞章”二字

① 吴映奎：《顾亭林年谱》引顾衍生《元谱》。

② 《顾亭林诗文集》（中华标点本）页207、415，寄苏易公札、寄（潘）次耕诗。

③ 《顾亭林诗文集》（中华标点本）页207、415，寄苏易公札、寄（潘）次耕诗。

④ 《二臣传》卷10《钱谦益传》后附乾隆御制诗。

⑤ 见钱谦益：《初学集》卷47、50、《有学集》卷15《孙公行状》、《鹿公墓志》、《李义山诗集序》等篇。

⑥ 傅山：《霜红龛集》山西人民出版社翻印丁宝铨本上册卷9（页236）《为李天生作十首》之八自注。

包罗广阔得多，它指一种综合修养表现在著述之中者，文、哲、史三方修养均在其中。现在，我们就按照文、哲、史这三个方面，来把顾、钱进行比较。

先说文。这里的“文”，也包括诗在内。民国初年，亡清遗老们编写清史稿时，在安排钱牧斋问题上很费周张，终于在《文苑传》里写了个400字的短传，倒也清楚可读。其中说“诗尤擅其胜”①。他的诗“胜”在哪里？盖当时李梦阳、王世贞、李攀龙等形式主义的影响很重，一味摹拟汉唐，而钱牧斋、顾亭林、吴梅村等出来纠正这种风气，钱说，“诗者，志之所之也。各言其所欲言者而已。如人之有眉目焉，或清而扬，或深而秀，岂可以比而同之也哉。沈不必似宋也，杜不必似李也，元不必似白也。各不相似，各不相兼也。”②顾的见解与钱非常相似，只是更辩证些。他说“诗言志，此诗之本也”；“诗主性情”；“不似，则失其所以为诗，似，则失其所以为我。李、杜之诗，所以独高于唐人者，以其未尝不似，而未尝似也”。③吴说，“夫诗人之为道，不徒以其才也；有性情焉，有学识焉，其浅深正变之故，不于斯三者考之，不足以言诗之大也”。④三人邻居三县（常熟、昆山、太仓），除钱吴稍有接触外，顾钱、顾吴之间均无接触，而三人所见略同。他们都反对抄袭摹拟，都主张“言志”、“主性情”，都主张不一定要求似于汉唐，诗文中要有“我”。大体顺（治）、康（熙）之世，江东诗文和文论的进步之处，即在于此。

牧斋的诗和亭林的诗，从某些方面看，非常邻近。如二人学识都极渊博，做起诗来都雄深典丽。二人都喜用典，牧斋所用较亭林尤多。但不同的地方也很多，兹分两条言之。第一，亭林感情真挚，牧斋有时真挚，有时不一定真挚。如对皇帝和专制主义，牧斋有时能指出其残暴，如过淮阴韩信庙一首七律云，“淮水城南寄食徒，真王大将在斯须。岂知隆准如长颈，终见鹰扬死雉女句。落日井陉旗尚赤，春风钟室草长朱。东西冢墓今安在？好为英雄奠一盂”。⑤试看颈联上句，说不管是高鼻子的还是矮鼻子的，不管是长脖子的还是短脖子的，只要是专制暴君，就总要杀人，即便有汗马功劳者也不免。这跟他的晚年好友黄梨洲在其《明夷待访录》中所表达“夫天下之大害者，君而已

① 《清史稿》中华标点本第44册页13324《钱谦益传》。

② 钱谦益：《初学集》（上海古籍本中册）卷31《范玺卿诗集序》。

③ 顾炎武：《日知录》卷21《作诗之旨》、《诗体代降》条。

④ 吴伟业：《梅村家藏稿》卷28《龚芝鹿诗序》。

⑤ 钱谦益：《初学集》（上海古籍本上册）卷6《题淮阴侯庙》。

矣”，是一个思想，一个认识。这无疑是进步的。但同时，他又写了闻神宗皇帝、泰昌皇帝升遐消息后的挽词，对在位三旬的短命皇帝歌颂之为唐尧，这除了反映东林人的某些观点外，显然是不真挚的了。第二，亭林写诗有节制；不滥写，不多写，不以诗作应酬。与此相应，他不多写律诗，特别是七律，因为历来的人几乎把七律写的太滥了。亭林的好友李天生诗就写的偏多，用之于应酬，不免偏滥一些。广东的屈翁山（大均）一眼看出了这个特点，他写道，“予向交富平李孔德，孔德诸体诗陵铄少陵，而五言长律尤善。吾尝谓其才能多，而不能不多。驱无数荆楚奇才剑客而战，与驱十万淮阴市井而战，其为不善用寡则一也。”[①]亭林“善用寡”而牧斋“不善用寡”，这是一个极明显的区别。牧斋诗有几个特点，（一）诗题很长，烦冗累赘；（二）喜欢写“组诗”，一组十首、二十首、三十首不等，或叙牢房寒饿，或叙花烛催妆，或叙佛堂顶礼。仔细读之，并不像杜甫《秋兴》、《武将》诸首之各有所专，且诗与诗间存在着结构；钱的组诗只是一味汗漫写去，而少收煞，这恐怕与牧斋身为乡绅、平生又总在准备做“状元”、做“阁老”的架式相一致的。

再说哲。自从儒学经历两千年的变迁以来，玄学被批判地吸收了，佛学也被批判地吸收了，这就出现了作为近古期儒学的宋明理学。宋明理学自然也枝派纷繁，但其大宗不外程朱和陆王。在这个分歧点上，亭林和牧斋也是各宗一宗，亭林宗朱而牧斋宗王，顾把王学看做“以禅窜圣”之学，说自从隆庆年会试也可以王学应对以来，人们贬斥程朱者较多，他认为王弼、王安石、王守仁是三条祸根，后贤对他们应该拨乱反正。[②]钱与此迥乎相反，他认为在他生活的万历之世，人们已经害了一种顽钝狂易之症，如不诊治，则人心死，整个社会病入膏肓，不可复活。而王学恰如一副“急剂”，可以救治社会人心。[③]他又写道，“本朝之谈学者，新会之主静，河津之藏密，固已别具手眼。至于（王）阳明、（罗）近溪，旷世而作，剖性命之微言，发儒先之秘密，如泉之涌地，如风之袭物，开遮纵夺，无施不可。人至是而始信儒者之所藏，固如是其富有日新，迨两公而始启其局镭，数其珍宝耳。”[④]大体晚明东林诸君子，除首创人顾宪成在朱、王之间搞折衷之外，其余有不少学者尽倾心于王学，如长安冯少

① 屈大均：《翁山文外》卷2《荆山诗集序》。

② 顾炎武：《日知录》卷18《朱子晚年定论》条。

③ 钱谦益：《初学集》（上海古籍本中册）卷44《重修维扬书院记》。

④ 钱谦益：《初学集》（上海古籍本中册）卷28《阳明近溪语要序》。

墟（从吾）基本宗朱的，但他又主张“阳明先生致良知三字，泄千载圣学之秘，有功于吾道甚大。”[①]这里所谓“圣学之秘”，据我理解，就是指《论语》中孔子对子贡的一段谈话，大意说不要把我看做“多学”、“多识”之人，我的真价值在于“一以贯之”。这个意思，《易系辞》把它发挥了一下，大意说“百虑”之中有“一致”、“殊途”之中有“同归”，韩康伯注这一条的时候加一句说“苟识其要，不在博求”[②]。钱牧斋所说“儒者之所藏富有日新”，冯少墟所说“千载圣学之秘”，大体指此。人的认识，不能长久停留在细节的感性知识上，要向理性上升，要抽象，要升华，要脱离微观的局限性进入宏观世界。对于“今日格一物、明日格一物”的朱学说，王学之所以被钱牧斋认为是一副“急剂”的原因，恐怕在此。

牧斋不仅服膺王学，且与王派后学如汤显祖（义仍）、黄宗羲（梨洲）等均为至交。在这里我想说出我的一点看法，即牧斋虽居浙西，而其思想与亭林为首的浙西学派很不相似。亭林重考据，从事专门化的史学研究；牧斋虽亦偶为考据，但主要在追求历史衍变过程中的“通”达。与黄梨州、章学诚是一路风格。故我把钱牧斋在学术上看做浙东路数。这中间，一派从朱学做出发点，一派从王学做出发点，形成史学上的两种风貌。而地域差别，在这中间倒不起什么主导的作用。

现在来说史。牧斋的史学成绩，除《太祖实录辨证》表现为考据性史学专著、《读杜小识》表现为考据性文学史专著外，主要表现在《初学》、《有学》两集中的若干传、志、碑铭、序、记之中。此中，盖有若干（天）启、（崇）祯朝丰富而生动的史迹积贮其中，巍然一大宝藏，而《初学集》尤为犄重。山东德州程先贞（正夫）有两首读了《初学》后的感想诗，如下：“珍重虞山广舌存，著书百卷道弥尊。感时独抱忧千种，叹世长留泪两痕。抵掌遗经探本末，折衷信史溯渊源。当年饶有真谋略，所惜无人听响言。”“五十年间众所称，斯文未丧赖先生。抒忠祇为怀来热，好辩还为鉴别精。勋业一时伤刺促，词华千古看纵横。比肩尚友韩、苏在，敢许余人得雁行?!”[③]程是个很怪的人。清兵入关之初他也是一名降臣，曾经“衣蟒”、“腰玉”过。[④]但他急流勇退，

① 王宏撰：《山志》卷2“冯恭定”条；《冯恭定公全书》卷16《别李子高言》。

② 《别系辞傅》韩康伯注。

③ 程先贞：《海古陈人集》卷下《阅钱牧斋初学集却寄》。

④ 程先贞：《海古陈人集》卷下《自题小像》第三。

成为一名隐士。顾亭林往来过德州，必以他家为居停；钱牧斋往来过德州，也与他诗酒流连。连顺治五年牧斋因通海嫌疑抓到南京住监狱，柳如是进京行贿，曾息于程氏之堂。正夫绝句有云“蔡家仙吏到堂中”；他祝她“漫掷丹砂送好风”[①]，意思是说祝她的活动能获得成功。他曾评论过亭林，比他为汉之郑康成、隋之文中子（王通），并说亭林假如做官不过封侯，而做学问则为天下后世之利，这议论很通达。[②]他评论斋牧的两首诗也很通达，说钱的词华千古纵横，可与韩愈、苏轼并列，并说他对历史精于鉴别，辩证真伪，探本溯源，归于信史，这也是很公正的评论。

不过，亭林与牧斋在史学方面，也有很大不同。顾是穷儒，钱是大官，两个人做学问的出发点就不同。顾一开始就着眼于“郡国利病”，从社会基层出发，特别受了继祖父“蠡源公”的指导和启发，走向“经世济用”的大道。一部《日知录》抵得上一部《文献通考》，且又能出乎通考之外。钱则不然，他一开始就是直接管“历史档案”的大史官，无论在明室或者清室都是如此，本位工作就是整理史料。他接触重要史料的机会比顾要多得多，但他“经世济用”的急迫心情，则远较顾为差。他纵横于东林；流连于诗酒；牵情于姬妾；主要的心思又用在做官上；所以那种高瞻远瞩、英勇机警的劲儿就远远比不上亭林了。他暮年的诗句说，“有眼如针孔，有胆如芥子”，[③]这是真诚的自白，是大乡绅、大官吏、大政客生活中陶冶出来的特色。

但无论如何，《初学集》仍是一部有分量的个人专集，一部（大）启（崇）祯朝史料的重要仓库。在其中，使用行状、墓志铭、传、记、序等形式，使用有感情有感染性的笔触，著录了一代人物的活动，一代历史的复杂过程。兹举两例，以资说明。其一，要谈谈集中孙承宗的《行状》。牧斋是孙承宗的门生，又是启、祯朝几度的同僚，所以牧斋所知者肯定较一般史官、后代史官为多。他写这篇《行状》，使用了将近5万言，较《明史》卷250孙的《本传》，字数要多到8倍，简直已经不仅是一篇个别人物的传记材料，实际上已经相当于一篇“（天）启（崇）祯朝山海关内外抵御建州事略”的史学专著了。作为一篇《行状》，它是出格的。在这篇大文中，描述了明廷的腐朽，包括阉宦的干政、官僚的派系斗争、武官的不和、军队的支离、哨所的破败、百姓的涂炭……使

① 程先贞：《海古陈人集》卷下《和钱牧斋先生柳姬题杜亭壁韵》。

② 张穆：《顾亭林年谱》康熙9年条下。（吴映奎谱同此。）

③ 钱谦益：《有学集》卷12《赠归玄恭八十二》。

人读后、亲切地获致到“明朝不亡，是无天理”的感受。孙承宗两度督师共5年有余，终以处处掣肘而再也不能坚持下去。关于孙个人，《行状》也做了极其尽情的挥写，写他早年为何历行边塞，写他观察山海关以东时所见边防部队和哨所的不堪情景，写他身为督师仍然过着“朝韭暮盐”的俭约生活，写他家居7年的“无宾朋、无媵侍、无玩好、无舆从”的朴素生涯，写他不屈而死的壮烈……，笔触深沉，确非读清修《明史》本传后的效果可以同日而语者。并且，孙承宗和他的助手鹿善继二人不但坚持了对建州，对阉宦的内外斗争，并且特别重要的是他们的生平践履缔造了此后河北的浑雄深毅的学风，颜习斋说，“仆谓客曰，高阳相公与太常鹿先生，孙徵君先生，三君子讲学论道，树帜河北，呜呼盛哉!”[①]第二个例，集中有杨涟的《墓志》一通，也是极深沉的史笔。我们试以《墓志》文与《明史》卷244本传文对读，就会即刻感到正史中的，是一篇干巴巴的东西，以字数论，两文约略相埒，均为4000余字。但正史传文中塞入参魏忠贤24大罪疏文一通，像一间十平方米的房间里摆进了一张大双人床那样，几乎没有什么余隙了。牧斋的墓志文则不然，他放手描写杨涟诏逮至京途中，江、淮、河、运沿途民众呼号之状，俨然已经形成为若干分散的市民暴动了。有时一二短句，即富有全局的点染性，如说杨涟“暴死六昼夜，蛆虫穿穴”，如说孙承宗死后“舌徽吐，裸而卧田间”，这些形象从文字上粗看不够雅训，但这么短短八九个字，不知不觉就把人们对忠臣烈士的仰慕崇敬之情一下子点燃起来了。牧斋史笔之老辣，于此可见一斑。

最后，想再说一点看法。虽然全谢山（祖望）平生诗文中对牧斋多有诋斥，但牧斋《初学集》与谢山《鲒埼亭集》间，却明显具有某种共同的性格。两书都是用墓志、传记等体裁，描述满洲军事贵族统治者入关以前及定鼎以后、汉满两族间斗争中的若干可歌可泣的宝贵历史事迹。故窃尝谓，凡欲治（天）启、（崇）祯朝史事者，在集部中不可不首读《初学集》；凡欲治顺康朝史事者，在集部中不可不首读《鲒埼亭集》。

（《晋阳学刊》1986年第2期）

① 颜元：《习斋记余》《给高阳孙衷渊书》。

明清之际黄、顾、王三先生之比较

丙子立夏后，鄙人将届八十。心里想，有很多事，该到收尾子的时候了。但收尾子这事也不容易做。因为生理软弱了，心理也软弱了，思维也上不去，收尾子总是要形成一点高峰的，而高峰谈何容易?！即以黄、顾、王来说吧，鄙人自25岁经营此课题，迤逦五十余年，独于顾一家稍有一得之愚，而黄、王之事，虽积有笔记，终同弃置。今于病中立志，欲将三家进行一些比较，庶几可将平生一些零星识见，编织于此文之中，算作是收了一个尾子吧。

三先生生活的时代，是相同的。诸凡明末政治之腐败，大农民军之起义，满兵之入关与清朝的建立，以及康熙朝之渐致于盛世，等等，此三先生之所共同经历者。三先生之出生，相距不出十年。黄属狗，顾属牛，王属羊，黄长于顾者3岁，而顾长于王者6岁。在9年之中，即有三文化巨人临世，非中华民族孕育之深、之厚，何得有此?！

三先生不仅生活时代相同，出身亦复类似，即所谓“出自缙绅”。所谓缙绅，前些年的用辞是官僚地主阶级，也就是指那些家里靠土地收租、成员们在京里或省里做官的人家。但在这些大体类似的家庭间，仍各有其差异。三家之中，以昆山顾家最规范，而规范也就意味着保守。亭林的学风最规范，恐与此有关。亭林的继承祖（所谓“蠡源公”）和继承母王氏（谥贞孝）给与亭林的教育都是最规范、最正统的。亭林一生笃信朱子之学，学问讲求经世济用，怕都与此有关。梨洲的家庭就不是那么规范了。父亲是京城里的御史、与阉党斗争而牺牲的东林党烈士，这个声势是很大的；在家乡的影响也很大，组织民兵与清兵对抗，而部分山民竟数次纵火焚其寨，这说明浙东的形势是很复杂，不是一个能文能武的权势家庭是驾驭不住这个形势的。再观梨洲二弟（宗炎，即所谓鸥鹏先生）被清兵捉去就要处决了，居然能劫法场把人抢救回来，在乡里中没有一点组织力是办不成这件事的。这个家庭自然比较开放些，与市民以及三教九流有着复杂的关系。梨洲宗阳明学派，但不是激进派，而是稳健派（详后）。兄弟5人，各有所信仰，三弟宗会就笃信佛。兄弟间关系也比较宽松。船山的出身，又是另一个样子。这是在洪武、永乐间因军功从江苏高邮迁到湖南衡阳来的。弃武就文，才不过四五代人。是较顾家黄家低一个档次的缙绅。他们父子热心科举，习帖括之学，死抠经书，所以王闿运讥笑船山有“村塾师”、“浅陋”等语。船山既不信程朱，亦不信陆、王，从独立思考中，从张横渠哲学和《周易》中受到启发，在唯物观和辩证法方面，独立有所建树，这是王闿运所不可能懂得的。船山在三先生中独他是举人（亭林、梨洲均未中举），且是桂王朝廷上的行人司行人。梨洲在鲁王小朝廷上也当过什么左都御史，但一转眼就过去了。只亭林以布衣终身，仅在福王小朝廷上挂过一个兵部职方司主事（科长）的空名。

前些年，一提到某个历史人物的社会影响，总特别注重阶级出身。不错，阶级是按经济利益划分社会阵营的，但它是一个大框框，大框框里还应填入若干细部内容，如地域、家族，甚至遗传。我到老来，对遗传很感重要，后悔当年上大学没修生理学、心理学和遗传学。现在报纸上不是大谈基因吗？我想，基因在历史人物的成长中，一定起很重要的作用。但这件事，弄不好很容易落入唯心主义。

三先生还有一点相同处，即在明、清改朝换代之际，都曾积极、勇敢地参加了抗清的武装斗争。

北明亡时，梨洲年35，亭林32，船山才26岁，均在少壮之时。亭林参加了苏州人民抗清起义和昆山人民抗清起义。苏州那次，是一场盲动主义的表演，虽然太湖人民全涌来了，但领导不力，很快失败。昆山的一次比较成功，坚持了二十几天，虽然后来也失败了，但终究显示了人民大众和知识分子结合在一起进行战斗的力量。昆山失败后，亭林就只身一人进行秘密抗清活动，坚持了一辈子，从诗文中看不出任何消极、退缩的迹象，一直到死。梨洲参加的规模要大得多，在乡土上组织起一支军队叫“世忠营”，拥护鲁王，鲁王一直退到福建，他们就在四明山里打游击，等鲁王又回到舟山岛，把小朝廷成立起来。鲁王手下自然有文官武将，于是派系斗争发展起来了，特别是武将，互不服气，互相扯肘。恰在此时，清廷下令登记、拘捕抗清人员家属，梨洲借口老母会受迫害，辞朝还山。这前后，怕有四个年头的光景，梨洲接受了这一番锻炼。船山于明亡后，没有即刻投入抗清。在这四五年间，桂王及其随从们播迁于广东、广西的肇庆、苍梧、桂林之间，慢慢稳定下来。船山和朋友们在家乡衡山发动一次抗清小起义，失败了，这才投到桂王的小朝廷来。小朝廷上的文官也在闹宗派，有金堡一派和王化澄一派，船山拥金反王，几乎遭受陷害，就回湖南了。这段经历，也迤逦三四年之久。船山在这几年里扩大了眼界，结识了一些重要人物，如瞿式耜、张同敞、方以智等，接受了他们的一些影响。其中特别是方以智，他是居于大西南的遗民领袖的巨擘，既通晓某些西方科学技术，对中国古代哲学也有精深的修养，更深通禅理。他可能给船山带来很大的影响，《薑斋诗》中有不少哭他的诗。

船山所在的湖南，当时是反复很大的一个地区。李定国大军在这里有过重要的战绩，后来吴三桂也跑来要在衡阳做皇帝。船山对此，头脑是清醒的。对李定国，他秘密地替他出谋献策；对吴三桂，他则深闭固拒，东藏西躲。从这中间，船山也得到了长足的锻炼。

大凡一个知识分子（仕子），一辈子蹲在书房里，斤斤考订或者校正几个字形和字音，久而久之，也会有一定的成绩出来，这是一种类型。另一种类型就是像黄、顾、王那样，适应时代要求，投入到现实斗争中去。不管他们在参加过程中会有反复和曲折，有热情、积极的情况，也会有失意、动摇的情况，这些都是可以想象的；但不论如何，他们总是参加了，真刀真枪地干了一阵，北京话叫“动了真个的”，那么，当局面已经改变，他们再在书桌旁坐下来，他们写出来的东西就不一样，其中就包含着对历史和现实的联想，其理解就深刻了。黄、顾、王三先生之所以被后世尊重，这是很重要的原因之一。

现在，我们该来看一看三位先生，怎样料理他们一生的著述问题了。著述是要流传后世的东西，对于学者说，应该是最最紧要的事情。当然，人一辈子写的东西可能非常多，即所谓“著作浩繁”，像三位先生的《遗书》都是卷帙庞大的，但不可能全是重点著作，重点著作仅占一小部分，其余多是零星著作，还有诗词杂文等等。所以如何布置就是一桩大事。这件事不仅三先生有，我们后世人也有，所以看看他们先贤如何布置，对后学也是一个启发。

三先生中“部勒紧严”的，要算亭林先生了。当年在昆山闹产业纠纷的邻人叶方恒曾说亭林“城府深密”。是的，他是一个平生从不轻率行事、举措全有心算的人。他在过江以前，在南京把《音学五书》基本上弄完了，这时他定居在南京蒋山之下。在苏州纳的妾韩氏替他生了个儿子叫贻谷，不幸活到4岁上害痘疮死了。他因而与韩氏离异，在南京另纳戴氏照顾生活。在这暂时的安定里，他赶着把《五书》写出来。《五书》虽然是重头著作，学术意义也很强，因为它给以后开阔了路子；但写成书并不像其他著作那么难，就那么一大批证明材料，系一系，整齐整齐，写出结论，就完了。并不拖泥带水。修订增补，那是以后慢慢来的事情。《日知录》就不同了，这是绵亘几千年历史上的一些订正、补苴、议论、发扬，这不是一件简单的事，必须“放长线”。所以亭林在《日知录》的一些“条条”上，都有反复的复稿，有的比“定本”中的长，有的比“定本”中的短，足见是写来写去，写了多次的。关于书的问世，他的安排也比《五书》不一样。《五书》是整方整块，不再需要大动了，所以他很快就安排在淮安付刻，安排王略替他经理，张绍替他校字。《日知录》则不然，他在生前只刻过一个8卷本；32卷本是他弟子潘耒在福建刻成的。这个8卷本前些年我在青岛王献唐先生的三儿子王国华同志处见过，刻印很精致，足见王、张二友是尽了力气的。至于《天下郡国利病书》，那是亭林自24岁屡试不第、下闱讲诵以来积攒了一辈子的一批地理、历史材料。梁启超说过它是“刍狗”，意思是明天就要烧掉的东西。亭林生前为什么不自己烧掉？因为孩子怎么样，只有娘知道的清楚，亭林深知，第一，这批东西很丛杂，要整理好很不容易，自己已经没有这份力量了；但第二，丢了吧，又不行。因为其中蕴藏着若干“兵略”，亭林是自幼读兵书的人，晚年亲历山川，又印证了不少自己的若干看法，这和“反清复明”的政治也紧密挂着钩。所以这批材料他始终不舍得丢弃，经后人整理保留了下来。

梨洲在这一方面，就跟亭林不大一样。他没有把主要精力用在著述方面。他要使用精力的主要部分去对待政治和社会。可是，难道亭林就不需要使用精力去应付政治和社会了吗？需要的。但亭林所从事的政治大部分是隐蔽的；他在北方25年，主要是按一条“遗民”的“单线”活动，不相干的人他不接触，也就是所谓“避人避世”。梨洲则不然，他一直在进行公开的社会活动。举两项例证。其一，明亡前夕，他正三十四五岁，在南京反马（士英）、阮（大铖）的活动，就进行得十分蓬勃。其二，到晚年，70至80岁间，仍与钱牧斋，以及顾亭林的三个外甥徐乾学、徐秉义、徐元文有着频繁的来往，而“三徐”又是康熙皇帝很宠幸的大臣，这时朝廷上正在开办“博学宏词”科，又在纂修《明史》，康熙也屡屡问起黄宗羲，“三徐”也屡屡在康熙面前赞誉黄，所以梨洲在晚年也还要应付这些事。梨洲在《明夷待访录》的题辞里写道，“如箕子之见访，其庶几焉。”这就是说，康熙就是周武王，黄就是箕子，有什么咨询的一定竭诚奉献。这就引起某些看法。当时有人认为梨洲快要丧失民族立场，快要抛弃爱国主义了。可是我们今天处在“民族大家庭”的时代，是不是可以这样说，梨洲的祖国观念在当时就比亭林更宽容些，不管谁来统治，整个社会总是要运转的吧，那么我们提些建议，让社会的弊端减少些，有利因素增多些，又有什么不可以呢。

梨洲在自己学术著述问题上，主要抓两个大的方面。其一，是有明一代的文章（既意味着文学，也意味着文献）。他平生不声不响地积攒这方面的资料，到晚年66岁时，才把这些资料编成定本，扩编本和缩编本，它们的不同名字各叫《明文案》、《明文海》和《明文授》，此外，据说还有《明史案》。明朝的文章，与两汉、三国两晋、南北朝比较起来实在不算出色的，因为被朱元璋、朱棣父子的高度专制主义镇压的思想界，已经十分呆滞了。但梨洲还是要在这方面下功夫，这其中有政治因素，当时人们爱明、思明、痛明的心情是普遍的。其二，是对有明一代的思想进行总结，特别是阳明学派，梨洲以宗仰者和乡后学的身份，更有这份责任。他写出了《明儒学案》这么一部精心结构、细致阐说、深刻分析的大著。汤斌曾说，梨洲的学问如大禹导山导水，脉络分明。这个特点，在《明儒学案》中表现得特别突出。梨洲把各地域的“王门”，都做了娓娓的叙述和精严的论断。但这并不是说，这部著作一点不足之处也没有。

他对泰州学派，进行了“另册”处理。把乘县人周汝登也列入了泰州学派，就表露出对这些“异端”派有歧视的心理。这不奇怪。他是刘宗周（蕺山）的弟子，他师徒二人坚决反对拿佛学思想与“圣人”之道绞在一起谈问题；他们对阳明的心学遗教，只主张“静存”，不主张“动发”，静而不动，存而不发，王学中的一些积极东西就被阉割了。以上说的是观点；至于制作，那没有什么说的，梨洲为学术通史的创作树立了千古少见的典范。

还有《明夷待访录》。这部书部头虽然小些，但光芒却高，因为其中对中央高度集权的君主专制进行了大胆的讨伐，主张一部分权应由地方掌握。这个思想不仅梨洲有，顾亭林在《日知录》里，王船山在《黄书》、《噩梦》里，也都表达了类似的看法，足见封建专制主义蒙罩了社会一两千年，现在已经到了该“启蒙”的时候了。

现在来说船山。他对待他的著述，似乎又是另外一个样子。他一生经常在逃避迫害。他两度参与桂王政权，自然而然清朝的官吏要迫害他；他不顺从吴三桂，吴三桂手下人也要迫害他，他东藏西躲，甚至跑到瑶区混迹为瑶民。试看，他躲藏的地方都另起一个名号，如续梦庵、西庄源、败叶庐、观生居等等。只有当他暂停了东藏西躲的生涯，相对安定下来的时候，他才有一个写作的高峰期。像这样的高峰期，在他一生中大体有两度，一度是他37～38岁时，那时他从桂王那里刚刚辞退下来，他写了《黄书》、《周易外传》和《老子衍》等。另一度是到了晚年，外界的压力相对减小了，从61岁到67岁，这是第二个高峰期，他写成了《噩梦》、《俟解》、《思问录》、《周易内传》、《庄子通》这些著作。这距离他的告别人世只剩下六七年光景了。

我们从中可以看出一个情况，即同一段思想，船山往往分前后两次写书，如《周易外传》和《内传》相距30年；《噩梦》和《黄书》相距25年；《老子衍》和《庄子解》相距24年。这说明他生活中的不安定因素给他的著述安排，带来了严重的影响。

至于诗文，作者们自己也都很珍惜，一再编订。这些内容，作为作者们生活记录，也有很高的价值。不过，在三先生中间，对梨洲《南雷》诗文、船山《薑斋》诗文持批评甚至指斥态度的，每每有人（如船山爱骂市民甚至农民为“禽兽”等等，就招来诽议）；而对《亭林》诗文则斥者素所未见。盖亭林于诗文有他独立见解，如他不喜欢七言，说七言多两个字，耍花样的机会就多；又不喜欢律诗，说一搞对仗，耍花样的机会又多。他的诗文，朴朴实实。

底下，我们该看看三位先生怎样带徒弟，也就是如何安排接班人的问题了。

在这一方面，以船山最差，以梨洲最盛，亭林居中间状态。船山是一“穷儒”，经常奔波于乱山之中，又不像亭林那样有很厚的一个社会保护层，所以愿意来就学的人就不多了。只从文献里看到一位叫唐端笏的，曾在船山晚年一度前来随学。所以船山晚年慨叹自己的学问是“绝学”。亭林平生挚友不少，徒弟不多，只一个潘耒，字次耕，吴江人。亭林和他的关系是这样的：在苏州抗清起义时期，有一位少年英烈，也是亭林的好友，叫潘柽章。潘牺牲后，按律例其遗孀须送宁古塔服刑，而潘耒负责护送。走到淮安，按亭林的介绍，在王略家停留，王略看出潘耒是个有成就的小夥子，就收他做女婿。后来潘耒往来南北，就认亭林为老师了。除了传授学问之外，有很多私房事亭林也安排他去做，有很多贴己话亭林也跟他说。潘耒也不辜负老师的爱重，老师殁后13年，在福建把32卷本《日知录》刻印出来，还在书前写了一篇很有水平的《序》。朝廷纂修《明史》他也参加了，他主稿《食货志》，为了把《志》写好，他记了60大本资料，可惜这份宝贵文献后世人没有见到过。

带徒弟事业最有成绩的，要算梨洲了。他自五十几岁以后，就开始讲学、收徒。他的讲学，也不像当代的学校那样，按课程、按钟点讲课；倒有点像讲座，在馀姚讲讲，在宁波讲讲，在四明山的寺庙里讲讲。讲的题目也是随他而定，有时讲孟子，有时讲汉易的象数，有时讲他老师刘宗周的王学遗教，等等。在他带的徒弟中以宁波万氏八兄弟最著名。宁波万泰（履安）有子八人，最小者斯同字季野、第六者斯大字充宗，最有识见，最有毅力，最有成就，成为梨洲学派后继者中的巨擘。季野和侄子万言（贞一）应征到北京参修《明史》，梨州赠诗中有句云，"季野观书决海堤"，又有句云，"一代贤奸托布衣"，前一句说的是季野读书之博，后一句是明朝三百年历史就靠这么一位不署衔、不受俸的布衣前去评说了。其对心爱弟子爱惜之殷、学问上信托之重，是极为感动人的。

万斯大、斯同兄弟不仅在史学上是大家，即使在经学上也有极可宝贵的见解。他们主张《经》的《传》、《注》基本不可信，必须排除它们的谬误；怎样排除呢？要以《经》解《传》；而且还不能单靠一《经》，必须把诸《经》联起来，才能更清楚地看出《传》、《注》的谬误。这个见解太深刻了，它是从大关节目上去为"中国古代史"资料的鉴定工作，打造坚实的基础；较比乾嘉考据派从一字一句一音一转上去抠搜问题，要恢恢乎大多了。

通过万季野这么一个学术使者，以梨洲为首的浙东学派，以颜习斋（元）为首的河北学派，以魏僖（叔子）为首的江西学派，在北京发生了交流，出现了融合。其中包括万斯同（季野）、刘献廷（继庄）、王源（昆绳）、李塨（恕谷）以及方苞。到这些人的时候，黄、顾、王三先生所代表的学术年代，已经过去了。而乾嘉考据派早期代表人物钱大昕（竹汀）要等到万斯同谢世后26年才出生到人世中来。

1996年5月30日，鄙人80初度前十二天，

写毕于兰州大学22楼209室。

（《烟台大学学报》1996年第4期）

清初关中二李一康诗之比较的分析

所谓“关中三李”，实际上有两种组成。第一种组成的名单是李颙（二曲）、李柏（雪木）、李因笃（天生），这意味着一个学者（理学家或经学家）集团。第二种组成的名单是，李楷（叔则）、李柏、李因笃，这意味着一个诗人集团；王渔洋（士祯）在其《居易录》中所说“关中三李，不如一康”的话，是指后一个名单而言的。清初关中诗人，李楷已经是老一辈的了；稍后的诗人之中，其蔚成风格、且对当时诗坛带来影响的，怕只有“二李一康”。故愿在此一篇文中，对“二李一康”的人和诗，进行一些比较的分析。

一

先谈李柏。

李柏，字雪木，郿县人（祖上自褒城迁来）。明崇祯三年（公元1630）生，清康熙三十九年（公元1700）卒，终年七十一岁。吴怀清《关中三李年谱》（《关中丛书》）中有《雪木先生年谱》一册，可以参阅。他以家乡的太白山作为终生经常的活动场所，自二十二岁第一次登山后，只要在家，几乎是年必一登。平生足迹甚少远游，只在六十一岁至六十二岁间约有十多个月到南岳衡山去旅游过，其余出门不过周至、岐山、西安、耀州、凤翔、富平诸地，六十三岁避荒灾曾到汉中府洋县居住了一段时间而已。交际范围也很不广。所著《槲叶集》自题云：“山中乏纸，采幽岩之肥绿，浥心血之余沥，积久盈箧，遂为集名。”

经常提醒人们留意李柏的诗的，是近人蔡尚思先生。他在他的《中国文化史要论》中几次提到李柏，说他“诗的作法独特，未为古来学人所注意”；又说“除有点元曲小令化，还善于其他各种变化”（该书页16）。他还把清初李柏的诗和清末易顺鼎的诗相提并论，认为是清诗中有特色的。所有这些，都很值得我们重视。《清朝野史大观》卷9（《清朝艺苑》部分）中曾有“李雪木《槲叶集》”一条，大体说李柏的风格是“冷艳刻削”，此评语未见中肯；同条还称述他的一首题名《凤泉别墅》的七律中的一个联语：

日沉涧底鱼窥镜，月上松梢鹤踏钩。

这个联语好不好呢？当然不坏，没有在太白山上长年观察的积累，绝写不出这样的句子。但技巧的味道究竟太重，恐怕李柏的特点主要还不在这里。

那么，李柏的风格特点在哪里呢？

窃以为，这跟李柏的生活特点分不开。平生甚少远游，甚少交际，既不结交达官贵人，又不结交名流学者，从而也就很少受他们的影响。据说他有田二百五十亩①，有书万卷②，那么书是读的，但不骎骎于考据或者义理。他主要倚靠大自然——特别是太白山的大自然，而获致到一些启发。他不标榜孔、孟，也不标榜程朱或者陆王，连他的乡先儒张载（横渠）也不明显标榜，但从他的诗文中可以嗅出来，他是跟横渠的路子接近的。他非常留意事物的对立、统一、运动、变化。他喜欢对照天上的月和水中的月，镜中的我和镜外的我，山中的泉和心中的泉等等。在自然观上先形成一套，在做诗时也就自然而然形成一套了。试看他的几首绝句：③

梵月下苍苔，梵钟动夜台。声从何处去？色从何处来？

历历天上星，湛湛水中月。万象涵空明，有口如何说？

六经千万言，古圣传心诀。明月在天心，一字不能说。

他已经接触到大自然的某些奥秘，但又如何从主观方面去开启这奥秘之门呢？试看他如下的几首诗：

天月为之母，水月为之子，月子如月母，圆缺亦如是。譬如形与声，

---

① 见《郿县志》。

② 见《槲叶集》许某序。

③ 《槲叶集》卷5。

影响随灭起。万物各有本，乾元为资始。[①]

耳观山无色，眼听水无声。而欲成观听，声耳目色精。石人耳目具，如何不聪明？以此识六根，发机由主盟。[②]

心如一碗泉，文似万种花。引泉浇花树，花成泉可嗟。何如浚泉眼，源深流无涯。[③]

这里，一方面是在写诗；另一方面，显然是在对宇宙本体论、人的认识论、人的主观认识客观的能力和能量等一系问题进行接触，进行理解了。其实，一些古高僧也曾这么做过，不过他们基本上不写诗。李柏拿来写成诗，对比起那些在诗中大掉书袋、专用僻典、或者以诗作为应酬工具等等的做法来，自然而然就显得新鲜了。

蔡尚思先生所说“善于各种变化”，这种情况也有。如一句中使用一对连绵字，并且一直使用下去。如，“虚虚实实自家知，是是非非更问谁？山山水水真可乐，名名利利欲何为？……身居寂寂寥寥地，心作兢兢战战思。欲语语时还默默，方愁愁处更怡怡。……炎炎到头成冷冷，盈盈未及即亏亏。”[④]这里，不仅由于使用连绵字而给诗的句法带来一些新颖和流畅，更重要的是在内容上带有一种思维的活泼，其中蕴藏着一点朴素的辩证观。

李柏又有两句诗云：

不如无心浑忘却，兀坐山月但蚩蚩。[⑤]

“蚩蚩”，就是一种原始的浑朴。这种原始的浑朴与诗相融，给诗注入了新的血液。窃以为，李柏诗之所以令人感到新颖者，在此。此看法是否允当，敬请方家指正。

二

再谈李因笃。

---

① 《槲叶集》卷4《太白中峰坐月》）。

② 《槲叶集》卷4《观中山》。

③ 《槲叶集》卷4《文》。

④ 《槲叶集》卷4《逍遥吟》。

⑤ 《槲叶集》卷4《太白山月歌》。

李因笃，号天生，富平人。明崇祯四年（公元1631）生，清康熙三十一年（公元1692）卒，终于六十二岁。他的先世以盐商起家，“我李起盐浃，种粟塞下，擅素封历二百年”[①]他的父亲李映林，是东林派大儒冯从吾（少墟）的私淑弟子，二十七岁上就死了。天生比二曲小四岁，比雪木小一岁，故在“三李”中年最少。他是一个多方面发展的人，既是大活动家，又是经学家，又是诗人。顾炎武在雁北办屯垦，他是合力者之一；顾炎武在济南入狱，他即刻奔赴山东营救（主力营救人有朱彝尊、颜光敏和他）；“三藩”起事的前夕，他曾到湖北武昌、宜昌一带活动；他的母亲死了，送葬者近万人，他家具衰麻至七百袭。以上种种，足见他活动力之强，活动面之大。但有时也有不合适的活动，如到北京参加“博学宏辞”的会试，一定要拉二曲下水，此事曾遭到顾炎武极严厉的谴责，“关中人述周制府之言曰：‘天生自欲赴召可尔，何又力劝中孚，至怵之以利害，殆是遽伯玉耻独为君子之意’。窃谓足下身蹑青云，当为保全故交之计，而必援之使同乎己，非败其晚节，则必夭其天年矣。”[②]再如当时的大军官张勇（咸宁人，死后谥“襄壮”）和他的儿子张幼南，是镇压各种抗清势力的得力鹰犬，顾炎武对他们保持高度警惕，某次张幼南承父之命到华阴请顾炎武到兰州讲学，顾的诗中就即刻出现“寒鸡宿愈高”、“秋风下雀罗”的句子。但李因笃与张氏桥梓往来十分密切，此中有何奥秘，吾探求之数十年，至今未获其底蕴，故只好存疑于此。

李因笃的诗，在当时和后世，都为人所重视。《受祺堂诗》三十五卷刻出后，有过一定的风行。他和顾炎武活动在一起，做诗唱酬也常常在一起。诗风和诗论，二人也大体相同。他二人对诗的主要观点，由我归纳起来，成为如下的三点：

1. “诗必盛唐”（换言之，即以杜甫为最高标准）；

2. “至盛唐而止”（言外之意，中晚唐及宋诗均有流弊，应排除）；

3. “写情易，写景难”。

他的诗论，见于一篇《许伯子茁斋诗序》：

> ……溯洄从之，必自三百（篇），所谓登山而诣其极，道水而穷其源也。溯流从之，必自盛唐，否则欲入而闭之门，升高而去其梯，恶乎可？

① 《田太孺人行实》，见《续刻受祺堂文集》卷4。

② 《顾亭林诗文集》，中华书局版，页79。

由苏（武）李（陵）迄盛唐，体屡变而法乃日严。苟惮其严，矫语深造，则未及整而已散；舍正而求奇，恶在其为散为奇也。故曰：效法于唐也，至盛唐止矣。[①]

我们试来剖析这些诗论。首先，这些诗论显然是偏重于形式一面的探讨，所以讲“体”，讲“法”，讲“严”。意思是，不严格讲求结构和格律，就必然流入两种偏向，一是“散”，即“自由诗化”；一是“奇”，即追逐邪门歪道，到明末正如潘耒（次耕）所指出“佻而为公安；纤而为竟陵；浮而为云间”[②]。顾、李二氏，想力矫晚明轻佻、浮薄、纤弱、浇漓诸流弊，所以标揭出“以少陵为宗”的旗帜。但杜诗是既有其内容的一面，又有其形式一面。如何继承并发展其内容实质的一面，李氏涉甚是少。如何继承并发展其形式的一面，李氏则用功甚勤。所以潘耒说他，“而章法句法，讲之尤精”。

李因笃为什么走到这条路上来呢？

我曾长期思考过这个问题。我想：诗这种东西，也不是铁板一块的。不少内容要向诗中渗透（当然诗也向其他事物渗透）。哲理跟诗相渗透，历史跟诗相渗透，难道经学（包括考据）就不向诗渗透了吗？李柏就是以他观察太白山大自然而获致的“蚩蚩”的浑朴哲学拿来跟诗相渗透、相浸润，而获致了成就的。历代的“咏史诗”，就是历史跟诗相渗透的成果。李因笃是经学家，对《十三经注疏》十分娴熟；对古音韵学的成就连顾炎武也表钦佩，他又擅长于援经入诗。这样，他自不免拿考据的习惯来对待诗了。但考据渗透入诗，跟哲理渗透于诗，这中间自然会有差异。以考据法对待诗，自必流在形式的一面，且逐渐流于琐碎。朱彝尊在一封信里写道：

窃闻诸昔者吾友富平李天生之论矣。少陵自诩晚节渐于诗律细。曷言乎细？凡五、七言近体，唐贤落韵共一纽者，不连用，夫人而然。至于一、三、五、七句用仄字上、去、入三声，少陵必隔别用之，莫有叠出者。他人不尔也。[③]

这真可以说是李因笃的一大发明。最初，朱彝尊半信半疑，在北京和李武曾（良年）“寒夜拥被”将杜公七律一一找来核对，发现只有八例不合。于是想到

① 《续刻受祺堂文集》卷1。

② 《受祺堂诗集序》。

③ 《寄查德尹编修书》，见《曝书亭集》。

会不会与版本问题有牵连，于是又找来宋刊本的杜诗，发现不合的八例全都符合了。至此，李因笃对杜甫七律使用仄声字的规律的研究，遂获全胜。

但是这种规律性的研究的成果，对于做诗究竟起一种什么样的作用呢？它可以帮助诗人在运用仄韵字时更准确些，这无疑是一种积极的作用。但做诗不单纯需要理性思维，它还需要形象思维，以及感情的凝聚。这种纯格律的探索工作，对于诗的创作会不会也带来一些斫丧的作用呢？这值得考虑。潘耒的序说，“乍读之不甚可喜”，想来指的正是这一方面。

不过话又反转过来，李因笃究竟是一生深研杜诗的，特别是律诗（五律和七律），开始两句如何起，底下“颔联”二句怎样接，再底下“颈联”二句又怎样，最后收尾两句如何，他从杜的秦州诗、特别是夔州诗中可以说已经吃透了，所以李因笃的五、七律不仅可以做到符合规律，而且老练娴熟，意味深厚。诗人的诗之所以仍有可取之处，较诸唐、宋仍有所发展之处，在此。试举其五律三首如下：

对酒初疑月，看花渐到篱。白连寒雨断，青入远山迟。乳鸽巢空稳，鸣鸠语尽悲。灯昏吟不就，流照屋西陲。①

对酒疏狂极，看花次第深。依然开画榭，似欲变鸣禽。水弄清瑶色，风舒粉絮阴。褰衣无不可，借草亦随心。②

旱久恒风甚，田家属望劳。忽怜春树里，遥听雨鸠高。世难殷相续，民生细若毛。好音留薄暮，无与赤云遭。③

李因笃在“诗必盛唐”口号下的具体成品如上，读者自可品评，本文不再多赘。至于李因笃与顾炎武联合提出的“写情易，写景难”，其提出的动机如何？这一口号的实践后果又如何？本文作者尚缺乏成熟的体会，请俟另文中再谈吧。

三

最后，谈康乃心。

---

① 《对酒》，见《受祺堂诗集》卷8。

② 《咏绣球花》，见《受祺堂诗集》卷14。

③ 《骤喜闻鸠作》，见《受祺堂诗集》卷29。

康乃心，字孟谋，号太乙，郃阳人。明崇祯十六年（公元1643）生，清康熙四十六年（公元1707）卒，终年六十五岁。他也是一个多方面发展的人，既是诗人，又是方志牒谱学家，又是理学家。但他的名头较小，故《四库》未曾收入他的东西。解放前，其邑人党晴梵、范清丞二先生曾搜求其遗著，共得四十三种，准备刊刻《太乙遗书》，未果。他的诗，本文作者四十年前在关中地区当中学教员时，通过学生和学生家长，借得版式极不一致的零篇四种（一、《三千里诗》，二、《丙寅癸酉间诗》，三、《岳麓断句》，四、《春夏之间诗》），共钞得古、近体诗一百九十九首，经“文化大革命”而尚未损毁。

康乃心为外界所知，是由于王渔洋（士祯）的称道。王在清初，是所谓骚坛盟主，他的诗派我们权且叫他“神韵派”，与当时河朔的“载道派”、江东的“言志派”，为三鼎足。康虽在开始受过王的奖进，但并不属于“神韵派”。王渔洋喜欢推奖后进，当他读到四川人费密（此度）的诗句“大江流汉水，孤艇接残春”时，他逢人称说；又读到蒲州人吴雯（天章）的诗句“当门万里昆仑水，千点桃花尺半鱼”时，又是赞不绝口。其次，他游小雁塔，读到康乃心的题诗，诗是关于秦庄襄王的，两首绝句，如下：

庄襄冢并白云齐，俯视长安万井低。谁把韩生传古墓，教人错认灞陵西。

园庙衣冠此内藏，野花岁岁上陵香。邯郸鼓瑟应如旧，赢得佳儿毕六王。

王渔洋回到北京，逢人称说，“关中三李，不如一康”的话，就是这样流传开的。

康乃心与其当代人、陕前辈学者如傅青主、李二曲、王山史、李天生以及江东流寓顾亭林等，都有较密切的接触。李天生为康的诗集作序，说：

往云中郭匡庐使君（按，郭传芳，字九芝），负人伦之鉴，于当世慎所许可，独数称康子孟谋有异才，如中郎一见仲宣，辄自谓不及。后……与予通纻，酌酒赋诗，连床公廨中，得时倾其著述。推之公佗、亭林、无异、家二曲诸征君，有同声焉。

久之，疆事多艰，故友散去，或竟登鬼录，虽存者亦过从寥寥。畴昔平原河朔之游，旷若隔世。①

① 《康孟谋诗序》，见《受祺堂文集》卷3。

此外，康乃心与王源（昆绳）亦为挚友，二人往复讨论如何把《郃阳志》修得更好，其信稿收在《居业堂文集》中，可以参看。

康乃心的生平大略如上，那么，他的诗的风格如何呢？

有个叫刘追俭的，给康的《岳麓断句》写了几句跋语，窃以为甚中肯，兹引出如下：

> ……苍然、兀然、黯然、淡然，绝无无聊不平之音，而天时人事之系念于中者，每触景而蕴藉出之。

所谓"蕴藉"，根据我的理解，是不突出哪一方面（例如奔放、跌宕或者抑郁、颓废、浑朴、原始或者严守格律，专写生民疾苦或者专写风花雪月），而是在每个方面都有所擅长，并且在这些方面之间善于保持一种匀称与和谐。试看康的两首诗，一首五律一首七律：

> 渐觉民生瘁，流亡见几家。中原疲战戍，万井断桑麻。绝塞生秋气，长林带晚霞。河汾吾道在，倚剑向天涯。①
>
> 左铺提封翊汉家，谁教劫火冷繁华?！嗷嗷鸿雁中原满，落落晨星四野赊。开府旧事传雨露，陇田新鬼哭桑麻。只今圣主频西顾，漫向荒村数暮鸦。②

这里描写的，是"三藩"起事后，清朝大举平乱，在陕、甘也由于王辅臣（"马鹞子"）的举事，引起社会上很大骚动。顾炎武给他的外甥写信说，"关辅荒凉，非复十年以前风景，而鸡肋蚕丛，尚烦戎略；飞刍挽粟，岂顾民生？至有六旬老妇，七岁孤儿，挈米八升，赴营千里。于是强者鹿铤，弱者雉颈，阖门而聚哭投河，并村而张旗抗令。"③而康乃心，作为遗民运动高潮已经过去以后的较晚辈的诗人，也就只好"苍然、兀然、黯然、淡然"，"而蕴藉出之"了。任何的诗文风格，身上都是打着时代的烙印的。

总上所述，从具体方面来看，不过介绍了三个诗人，分析了三种诗风。但假如稍稍宏而观之，那么这中间有着一些脉络和线索，而这些脉络和线索，对

① 《终南野望》。

② 《郡中感怀》。

③ 中华书局版《顾亭林诗文集》，页145。

于今后料理十七世纪关中地区的文化人活动及其精神文明的成果，也许会有所启发的吧。

1982年

（《中华文史论丛》1983年第2期）

清初关中学者故里访问小记

十七世纪七十年代和八十年代，江南昆山的大学者顾炎武几次到陕西关中来，并且在他生命的最后几年里，他准备在华阴定居（事实上是在河东曲沃逝世）。这是清初学术史上的一件大事，因为它意味着江南学术和关中学术的交流。顾自谓有“关中三友”，一是李颙（二曲），一是李因笃（天生），一是王弘撰（山史）。他们在哲学体系方面，在考据方面，在生活节操方面，都有相互之间的切磋和砥砺。为此，今年三月，我决意要到三位学者的故里去进行访问，这件事得到了陕西省社科联的大力支持。

一

四月三日清晨，西北大学派车到，准备到周至去。但先到楼观台去游览了一下。楼观台处在周至南山之下，风物清幽，夏季是西安人来取凉爽的地方。在历史上，传说关尹喜请老子在这里讲《道德经》，所以后世成了全真教的重要据点之一。

自南山北折，到周至县，在原西关外找到了二曲故里。据《年谱》，二曲先生十五岁上他父亲被征入伍，十六岁上就在河南襄城死了，“母子茕茕在疚，无一椽寸土之产，所僦邑内小屋，房租不继被逐，东移西徙，流离失所。癸未（按，为崇祯十六年，1643年）之秋，得茅厦于邑西新庄堡”。这年二曲十六岁。

现在住在故居的，是二曲十世孙李继宗，现退职在家，院中培育花卉甚多，似以赏花为生。问起遗物，说原有三件东西，清理阶级队伍时二次抄家，统统被“小将”焚毁了。这三件东西，一件是康熙帝所题匾额：“操志高洁”；一件是二曲之母彭太夫人临终前二曲跪在床前用泥加纸浆为其母所捏头像；一件是二曲祭其女儿手书祭文原稿，后代为了保存，层层裱糊，已厚如纸板。家人跪地哭着哀求“小将”予以保存，“小将”们说“二曲”是“反动大学阀”，统统焚毁了。

现陕西省颁发“李颙墓”文物保护单位半墙一堵，面向墙树在故居门侧。我们问为什么如此，后人答说，墓地早就平了，收去时分文未付，现要索回恢复墓地，须付地价三万余元。他们付不出，所以半堵墙只好竖在门口、面向里了。回西安后，我向孙达人副省长写了报告，请求恢复。想来，基层上也许不会再留难了吧。外国人、特别日本人，对二曲崇拜者大有人在，恢复后对周至县的繁荣是很有利的。

再者，从二曲二十二岁上自动投来为仆的李喜，随侍二曲四十一年，到二曲六十三岁时死去，二曲率两子哭泣送丧。此次访问中得知此人自新疆来，系少数民族，因犯事亡命来此，与二曲相伴终身，并且据说晚年也跟二曲学了不少文化。

二

四月六日清晨，陕西省社科联派车到，前往富平。高陵、富平为关中产麦最丰盛的地区。到达后，我们先找到一位地方熟悉乡里掌故的老先生——安峥地先生。他与我同岁，长予二十一天。在他指导下，我们得知了很多事情。

先开车到一村庄，名叫亭子。这原是朱家的亭园，名静波园。建筑已无存，仅余龙爪槐一株而已。按《富平县志》，朱崇德之子朱国栋，朱国栋之子朱廷璟（山辉），祖孙三代都是明末清初的缙绅。顾炎武两次到富平来，曾在这里讲学（讲《周易》）。据说，后来康有为也来过，还留一首诗。诗曰“一代孙、杨有大名，而今人道李天生。文昌水区扶万宅，我继亭林到富平”。按，孙，指孙丕扬；杨，指杨爵；扶万，指张鹏一。均明、清两代地方名人。二曲居住五年之军寨村，距亭子村不远，但以道路过车不便，未能往访。

李天生，名因笃，故里在富平北六十余里之明月山下。村旧名太和堡，现为薛镇公社之韩家村。富平，汉曰频阳，中世纪割置美原，唐以后统为富平。李因笃康熙朝博学宏辞时曾授翰林院检讨之名，故一般被称为“太史”。现

"太史第"原型久已不存，大房大院均被分割为"厦子"，小房窄院，其后代子孙取出大砖数块，异于新砖，乃"太史第"旧物也。顾炎武的诗句中有"及门初拜母，让齿忝为兄"、"树引流泉细，山依出月明"、"跪拜烦儿女，追陪有弟昆"、"云开王翦庙，风起魏公原"等句①。（宋张浚率吴玠曾在此驻军，故以魏公名原。）从诗中看来，顾与李已是异姓昆弟之情谊。

地方人士说，富平在"文化大革命"中是重灾区，故李氏遗迹，已荡然无存。返途，过北周宇文泰陵，现为小学，陵之封土割开掏为窑洞，养猪其中，嘈嘈之声，不绝于耳。

富平北山，为桥陵余脉，盛产石材，宜于碑刻。故自清季以来，翻刻汉晋六朝隋唐名碑之专业石匠户甚多。商人官吏多出资翻刻，携归其家，以鸣风雅。

三

四月七日清晨，陕西师范大学派车到，前往华阴。

王山史（宏撰）居住之地，大体有三。一在华山之麓青柯坪下，山史名之曰砥斋，又曰待庵，有亭曰独鹤亭，亭林殁后山史改名顾庐。此处未能亲到观察，深感遗憾。二曰潜村，三曰小涨村，相距不远，在华阴县城外西北方，村现名涨河堡，想即当年小涨村也。村中仅余王氏宗祠，院中石碑半埋土中，拂拭观看，乃先生三兄弘嘉（字云隐）所撰所书。村中王氏后裔中有一老者，说村中子孙传说弘撰爷书法甚好，康熙皇帝跟他学写字，"康熙王学字（地方读如"次"）一年半，只有一点象弘撰"（地方人读重唇音，若vuan）。此虽系齐东野人之语，但亦饶有趣味。据云，后裔辈手中尚存有山史夫妇画像一幅，《王氏族谱》一本，"文化大革命小将"剖开山史之父原明南京兵部侍郎、南赣巡抚王之良夫妇棺木时取出之扇子一把。唯因种种顾虑，后裔托辞，迄不令观看，此种心理状态亦应被谅解者也。

路过华山中学，此为当年顾、王合力经营之朱子祠堂故址，南望与华山笔直相对，山色苍翠，环境十分佳胜。本日深夜，大雨中始返西安寓处。三天考察，虽收获不大，然已颇有所感受矣。爰为之记。

1984年

① 见《顾亭林诗文集》页407《顾诗汇注》页1152～1158。

趙儷生文集

乃正題

第二卷

蘭州大學出版社

图书在版编目（CIP）数据

赵俪生文集. 第2卷 / 赵俪生著. -- 2版. -- 兰州 : 兰州大学出版社, 2019.8
ISBN 978-7-311-05647-6

Ⅰ. ①赵… Ⅱ. ①赵… Ⅲ. ①赵俪生（1917-2007）一文集 Ⅳ. ①C52

中国版本图书馆CIP数据核字(2019)第164707号

责任编辑 张国梁 张雪宁
封面设计 陈 文

书 名 赵俪生文集 第二卷
作 者 赵俪生 著
出版发行 兰州大学出版社 （地址:兰州市天水南路222号 730000）
电 话 0931-8912613(总编办公室) 0931-8617156(营销中心)
0931-8914298(读者服务部)
网 址 hhttp://press.lzu.edu.cn
电子信箱 press@lzu.edu.cn
印 刷 甘肃春宇印务有限公司
开 本 787 mm×1092 mm 1/16
印 张 26.5
字 数 447千
版 次 2019年8月第2版
印 次 2019年8月第1次印刷
书 号 ISBN 978-7-311-05647-6
定 价 950.00元(全六卷)

目录

思想文化史研究
——中国土地制度史论要

中国土地制度史(下)

——中国土地制度史讲稿

中国土地制度史论文

中国古代史研究

中国土地制度史（上）

——中国土地制度史论要

《中国土地制度史论要》自序

这部《中国土地制度史论要》稿，共约十二万字，是作者在1982年（66岁时）集中一年时间断续写出来的。所谓“断续”，是指有时出门参加学术讨论会和讲课。所谓“一年”，是一个大约数，实际上1981年冬已经开始，1983年春才收尾。

工作的情况是这样的：理论就是缘着马克思的启示，从人们财产私有制不断深化、纯粹化，而人们古老共同体和国家权力又不断阻止这种深化、纯粹化的矛盾角度，去一层层认识问题，一层层分析问题。史料是在十七八年来讲授过程中所搜集资料的原有基础上，每写一个章节之前，重新把资料搜集一遍，分成等级。少量第一级资料，用低两格的重点引用式在文中引用；第二级则剪成最短文段夹在文章中散落使用；第三级则抛开原文用作者本人的概括写出来，仅加注脚，以明出处；四级以下，概行芟汰，绝不以之充斥篇幅。就是马列论点，我也尽量避免引用文段，而是把观点、方法的精神使用进去。本稿的着重点，在于将过去累次诸文、诸稿所未触到的新见解，予以阐发。

有些朋友希望我能写成一部80万字，或者至少50万字的“大著”，我到头来只拿出这么连《讲稿》在内的区区不到30万字小册，将使不少朋友感到失望。对此需要解释几句。第一，是由于上述不喜大量引用文段的“痼”习所造成；第二，人究竟是老了，中年时可以通宵写作不衰，日产量可达万字以上；而今伏案一小时，即感到“一霎时心血上涌”，只好中止一阵；第三，多少年来，手底下从来没有过一个“班子”，总是一个最狭陋的手工业作坊，顶多算一个夫妻小店。在这样的条件下，不可能有大机器装置的生产品。但不论如何，在这十二万字的小稿中，我个人二十年来积累的一点“精要之言”、一点心血，都已经灌注在里面了。

我平生治学，甚得力于章太炎先生临终前所写的《自述学术次第》。这篇东西，我可以说终生讽颂，也给学生们宣讲。（不过，直到我本人也垂垂老矣，其中一些内容还是不很懂得。）它开头的一段说，“余生亡清之末，少惎异族，未尝应举。故得泛览典文，左右采获。中年以后，著纂渐成。虽兼综故籍，得诸精思者多，精要之言，不过四十万字，而皆持之有故，言之成理，不好与儒先立异，亦不欲为苟同。若《齐物论释》、《文始》诸书，可谓一字千金矣。晚更患难，自知命不久长，深思所窥，大畜犹众，既以中身而陨，不获于礼堂写定，传之其人；故略述学术次第，以告学者。……”

在写此小序之时，我对上引一段，是倍多同感的。诸凡“左右采获”、“著纂渐成”、“得诸精思者多”、“亦不欲为苟同”甚至“自知命不久长”，都有完全的同感。关于“深思所窥，大畜犹众”，也就是“多识前言往行，以畜其德”的部分，此是后话，暂且不提；目前这个小册，这只敝帚，总算是炮制出来了。如何评价，端在读者。虽然从作者本人的主观方面说，是从马克思主义的思想和观点出发的，但客观上符合不符合，符合多少，则自不敢必，敬待评骘而已。

赵俪生，1983年3月3日序于兰州大学之22楼宿舍。

第一章*

一

土地，在阶级社会，是私有财产最主要的构成部分之一。但假如从远古看起，事情却不是这样。土地原本是一桩自然物，从抽象的道理讲，它可以跟人类是无涉的。但后来之所以发生这样那样的关系，这中间要经历一个长期的、复杂的过程。

我们试想：当最早的猿人从树木上下来，最初践履到地球的表面时，土地已是他们的承受者。这些原始群是非常蒙昧的，还不懂得把地球表面划一个界线。他们从地面上捡拾果子和块根，充当食品，但是还不懂得贮藏一些食品，更不用说把这些食品再生产出来，也就是所谓“饱则弃馀”。这时候，人们跟土地的关系，还非常简单、原始。

后来，发生两个小小的跃进。一是从游荡变为定居，二是从原始群变为部落。人们一旦定居下来，土地就成了他们的住处；假如他们再进步一点，懂得了贮藏和最原始的生产，那么，土地就成了人类的仓库。马克思说，“土地是人类伟大的实验场所，是提供劳动工具和劳动材料的仓库，是社会的住处和基础”。[①]这是人跟土地发生关系的头一个层次。在远古，一个孤立的人不可能跟土地发生这样那样的关系。人和土地的关系是以部落为出发点才发生发展的。(最初是以部落和部落的成员身份，后来是以公社和公社的成员身份，再以后

---

* 本章原标题为《中国土地制度史新版导言》。

① 刘潇然译：马克思《政治经济学批判大纲》第三分册（人民出版社），页91。

才是以阶级和属于某一阶级的个人的身份作为出发点。）是部落，才在土地上定居下来；是部落，开始利用土地，把土地做成这样那样的划分，把哪一块分给成员个人，哪一块作为公积物的出产地，以供应战争、祭祀之用等等。这就是原始的土地公有制或集体所有制。更确切地说，应该是原始的集体占有制。

部落也要产生它自己的生产管理机构——公社。当然公社，从不同的世界历史范例来看，有各种各样的不同形式，正如经典作家所说，有比较专制的公社，有比较民主的公社，有瓦解迟缓的公社，有瓦解较快速的公社。这些差异之所以出现，约略与气候、土壤、人口、迁徙、战争等有关。但还未听说，哪个民族不经历公社这个阶段的。公社，也不是铁板一块的东西，它要分化。最初，分化为低层的小公社和上层的大公社。小公社只管个体家庭的传统的占有地块，以及对它们的利用、分配和轮换。大公社所管的则不限于此，它还要管公共积累的贡物和集体提供的劳役，以及公共山林和大块的土地，等等。这是私有制从集体占有制中产生的前提。

有那么一天，在劳动足够产生剩余的条件下，就会产生这样的事，即某个上层大公社的头人或他的家庭，将原则上属于公众的土地的某一部分拒绝缴还给公众，并进而宣称这个某一部分已成为他个人或他的家庭独享的资料，这时候，土地私有制便发生了。但并不是私有制一发生，原始的集体所有制便即刻消退。绝对不是这样。要设想到，这中间还有很多的折腾。无论从原始集体所有制到私有制，或是从私有制再到科学的公有和集体所有制，都要经历一个相当悠长的过渡阶段。这两个人类历史上的过渡阶段，一个由于太古老，一个由于当前实践中经验教训还不可能一下子很好地总结出来，所以一时都不可能说得十分清楚。但其总貌和方向，则是无可置疑的。

私有制对公有制说，公有原本是正常的现象，私有是不正常的现象，不正常现象或迟或早要被正常现象所克服，所扬弃，而终归于正。但我们又不可把人类历史上私有制段落简单地詈骂为不正的、残暴的、卑鄙的、邪恶的。这样做很廉价，但不解决任何问题。因为私有制本身也体现着人类历史的前进道路，它的由浅化逐步深化，是它本身最终被克服、被扬弃之必不可少的前提。这就是为什么我们史学工作者还消费那么多的精力去探讨剥削阶级历史的原因之所在。

私有制由浅化向深化发展。浅化，浅化到什么程度？深化，深化到什么程度？这里所谓的浅化，就是说私有制从一开始就遭遇障碍，遭遇公有制残余的障碍，使它不能爽利地进入私有制，而是要携带着许多公有制残余的泥沙，经历一个较长的时间段落，才转化为私有制。这里所谓的深化，是指人们财产（土地是其主要构成之一）的私有，已经相当牢固，相当纯粹，人们把财产和土地看成是“排斥一切其他人的、只服从个人意志的领域”①。当然，在具体情况下，是不是有，或者说是不是有很多这么纯粹、这么绝对的私有的事例，那是另一问题。反正，当私有制发展到接近这种纯粹的境界时，它本身也就临近于被扬弃了，也就接近结束。在从浅化的私有到深化的私有中间，有一个很长的历史过程，这个过程并不平顺，而是充满着障碍。我之所以能意识到这一点，是受到经典作家的启发，某次当马克思提到现代的土地私有权时，他说，

> 它是抛弃了共同体的一切外观并消除了国家对财产发展的任何影响的纯粹的私有制。②

这就启发我们：古老共同体（公社残余）是私有制深化途程上的第一重障碍；国家权力对私有财产（包括土地私有权）的干预，是第二重障碍。拿我国古代、中世纪史来对照，也恰是如此。井田制是古老共同体担任障碍的具体例证，井田制的破坏意味着私有制障碍的第一次被排除；接着来的是秦、汉以来中央集权的国家权利，它的干预表现为时强时弱、此起彼伏，必须多次反复排除。并且，由于我国又是一个多民族的国家，中原私有制的障碍好容易被排除（哪怕只是一部分），周边少数民族又会通过对中原的军事征服带进来新的共同体障碍和国家权力的障碍。总之，在私有制深化的道路上，是障碍重重的。

要冲破这些障碍，需要很多方面的努力。从不以人们主观意志为转移的经济方面考虑，需要的是生产力的不断提高和商业资本、高利贷资本瓦解力量的加大。从人们主观能动性方面考虑，需要的是劳动者阶级的阶级斗争的冲击，和统治者阶层中明智的人们所进行的某些调整。斗争和调整，是两个相反相成的因素，它们在客观上配合起来，促使私有制早日深化，促使私有制的被扬弃早日接近实现。

* * *

以上谈的，是人和土地的关系。但更重要的，是通过土地的中介而发生的人与人之间的关系。通过土地的中介而发生的人与人之间的关系，其表现形

① 马克思：《资本论》第Ⅲ卷，第37章，人民出版社，中译本页695。

② 《马克思恩格斯全集》第Ⅲ卷（《德意志意识形态》），中译本页70。

式，也是多种多样的，在无阶级的社会里，大体上是平等、互助、合作的关系（也包括“鸡犬之声相闻，民至老死不相往来”的个体农业和手工业牢固结合的形式）。在阶级社会里，则是剥削与被剥削、压迫与被压迫、役使与被役使的关系。在整个阶级社会的历史中，这才是贯穿在人类社会身体中的一条脊椎骨，只有把它弄清楚，对一切意识形态和精神活动的根由，才能看的更透彻。所以，搞阶级社会历史的人，对由土地为中介而引发的人与人之间的关系，应该特别重视。

但这问题也是复杂的。其复杂性表现在，由土地所引发的人与人之间的关系中，需要仔细地辨析其经济的和非经济的因素与作用的区别和界线。土地所有制，无疑，属于经济的范畴。它是社会的基础。像恩格斯在《反杜林论·暴力论》中所指出的，经济和所有制，是第一义的；政治权力（暴力）是第二义的。在往古的历史上，只有基于所有制的暴力，而不曾有基于暴力而产生的所有制。跟着人们所认识的必然和所具备的自由一天天加大以后，暴力也可以产生所有制。但那是远远以后的事情了。说所有制是第一义的，这是从事情的发生过程而言的。在事情已经发生，或者说，在现实中已经既有了所有制、又有了暴力之后，这二者就会交替地起作用。不以人们主观意志为转移的经济，它产生着、影响着政治暴力；反转过来，政治暴力也起反作用于经济。这样交替起作用的结果，在具体历史中，就经常出现着若干经济因素和作用跟非经济的、超经济的因素和作用纠缠到一起的情况。例如，在讲授通史的过程中，我们天天所碰到的——

地租

赋税

徭役

这些东西，究竟是不是完全属于“不以人们主观意志为转移”的“基础”方面呢？抑还带有人们意志的作用因素在内呢？这需要弄清楚。

地租，是土地所有权的经济体现。①土地所有权，是一定的土地所有制在法权方面的规定。从根本上看，它是属于基础的，它是经济的东西。赋税，就有所不同了，它是国家机器存在的经济体现，②而国家机器则是阶级社会的产物，它从原始公共职能中按照政治权力的意志而独立化、强化起来，成为一种

① 参看《资本论》第Ⅲ卷，第37章，页714处。

② 参看《哥达纲领批判》，中译本页24处。（《马恩选集》四卷本第3卷，页22。）

阶级的统治。它所加给国民的赋税，就不能说是纯经济的。地税，还可以说从法理上是按土地所有权而摊派的；人头税（口赋）呢，那纯粹是按统治与被统治的原则而规定的，它就带有政治权力的影响力在内了。至于徭役，它通过形式转换，也是租赋的一种变种，但按照它未经转换的形式说，它几乎是暴力所强加在人民头上的东西，它在历史上引起过若干次强烈的反映。

总上所述，从以土地为中介而引发的人与人之间的关系，以及这种关系连锁性的发展，我们可以看出，政治暴力以经济为基础而产生出来，它又起反作用的影响力于经济基础之上，这种影响力又慢慢渗透到经济因素以内，成为经济制度中的一部分。因此我们说，在具体历史中的剥削与被剥削、压迫与被压迫、役使与被役使的关系中，无疑经济（所有制）起着决定的作用。但又应该看出，在其复杂性方面，又表现为纯经济的、半经济的和超经济的各种不同状况。

阶级社会中人与人之间的关系，除去以土地为其主要中介之外，也还有别的中介，例如货币和交换的作用。作为中介，货币和交换的作用，跟土地的作用，有着不同的性格。土地的作用，形成阶级社会不同形态的骨骼，它往往起的是一种比较稳定的、巩固的作用。货币和交换，则往往起一种像是瓦解的作用，例如原始共同体的瓦解，典型中古封建社会的逐渐解体及其向近古的转化，近古封建社会中资本主义萌芽的发生与发展，从这些过程中，我们清楚地看到货币和交换的作用。当然对这种作用，我们要随时警惕对它的夸大，但同样也要留意对这一作用的低估。中国古史书中，大都列“食货”一目，不是没有道理的，“食”就是指“农殖嘉谷”所自的土地关系，“货”就是指货币和交换的关系，这二者交织起来，从其中可以看出一定社会形态中人与人之间关系、也就是阶级关系的总的脉络。

根据以上的论列，我们可以看到《土地制度史》这一门专史所应该对待的对象。它应该探索人们财产（主要是土地）所有制的演变，从公有到私有，再从私有到更高级的公有；又要探索私有制如何克服重重的障碍，逐步由其自身的浅化状态走向深化状态，走到私有比较纯粹的地步，最后完成私有制的被扬弃。在阶级社会的段落中，《土地制度史》又应该既要看取人与土地间的关系，又要看取通过土地的中介而发生的人与人之间的关系，也就是说，要处理历史上的剥削与被剥削、压迫与被压迫、役使与被役使的诸关系，要钻研这些关系所表现出来的性质、数量、程度，以及它们的变化。假如能从这些性质、数量和程度的变化中，找出一些规律性的东西来的话，那就更好了。而《中国土地制度史》这一门专史，不言而喻，则是从全人类土地所有关系的整体中所分割出来的属于中国的那个部分。

二

要学习和钻研中国土地所有制的历史，需要三桩东西，而它们又是辩证地联系着的。第一桩是史料，它是三桩中最重要的，是进行一切论证和分析的物质基础。其次是理论，即一定的哲学观点，它是将史料引导到抽象和科学过程中的触媒，是一种必不可少的触媒。第三是历史的范例，即指不同时代、不同地域（或国度）的历史事例，它可以提供作相同的或相异的对照。这三者间的联系，可以从卡尔·马克思的史学实践中看的很清楚。他在伦敦博物馆中查阅大量的材料，找出亚细亚的、古典的和日尔曼的三个主要范例，从其中获致到人类社会由原始社会如何进入阶级社会，阶级社会的私有制又如何一步步深化，其中发展的动力是什么，这就形成了一种理论，一系列哲学的观点和方法，而这些又翻转过来，成为指导后人的一种启示，一种触媒，你掌握了这一触媒，才能帮助你自己从冗杂的、烦琐的史料当中看出问题，以进行探索，进行总括。

在钻研中国土地所有制历史所需要的史料当中，社会经济史料是首要的（其他方面的史料自然也需要，但那是起一种辅佐的作用）。因此，对于中国社会经济史料的情况，有必要说一说。

我们伟大祖国，在积存大量历史资料方面，其他国家，几乎很难与为比伦。我们自己也说“汗牛充栋”。确实，连邻近诸国的纪年，甚至地震记录，都要到我国来查找。但这只是问题的一个方面。另一方面，跟着现代历史学的要求，需要调动大量足够说明问题、并且保持确切性的资料，那就还有差距了。经济资料中，数据是很重要的一项，而一些古老的史料中，数据不够确切，并且有误差，这就还需要我们付出大量的劳动。《史记》、《汉书》中经常出现“钜万”、“亿万计”等字样，这就显的粗略。加以数十万也每每号称百万的习惯，使数据的准确性减低。又时常在要害处出现可疑的数据，兹略举数例。《魏书·食货志》中谈到户调，前文曰二十石，后文曰二石，引起衍字或脱字的辩论，后来用三长制前后大户和小户的不同去解释，才可说通。晚唐韦庄《秦妇吟》中两句诗“岁种良田二百廛，年输户税三千万”之句，曾引起罗振玉、陈寅恪、岑仲勉及近人黄永年的探讨，这牵及到晚唐户税的征调方式和数额的问题。“三千万”寥寥几个字，就会引起很多纠缠。徐一夔的《织工对》中说元末明初杭州的丝织工人每日工资“二百缗”，还由场主管饭。二百缗当二十万钱，即便通货膨胀，这数字也未免太大，所以有人怀疑“千”字为“十”，但也缺乏有力的根据。宋人王应麟《困学纪闻》中引桓谭《新论》中的记述，说西汉的赋税总收入是四十余万万，官僚俸钱花去二十余万万，其余入库贮存。但国家机关之一的少府所领园池作务的收入就达八十三万万。有人感到这数字大了些，就想使用校勘的手法，认“八”为“入”字之误，这样苑囿园池的总收入就可以压缩到十三万万了，但这样做也缺乏有力的根据。总观以上四例，史料不像买来的烧饼，开口就吃。要发面、做饼、烘烤，很麻烦。但很具体、很确切的材料，也并不是没有的。如曾惟诚《帝乡纪略》中所收明太祖朱元璋为其祖父所设陵户的田粮清册，就将315户人家所占土地的详细数字都载入册内，从其中立刻可以看到无土地户165户，占全户数的52.4%；占田500亩以上的4户，共占田2782.95亩。[1]对明代土地集中现象，这些数据的说明性就很高了。苏州、无锡、杭州一带的一些学田碑文，往往也载有与此类似的说明问题的数据。马克思和列宁在伦敦、日内瓦、苏黎世所找到的数据，大量是这一类的。

以上是从传统材料往往不足以充分说明问题，来举了一些例，说明史料还需要加工的功夫。现在，我们来论述传统史料的“大流”。所谓“大流”，主要指传统“二十五史”中被叫做《食货志》的那个部分。“二十五史”中，不是每部朝代史中都有《食货志》的，假如我们把《史记》也算“有”的话，那么只有十四部朝代史是有《食货志》的，余十一种缺略（后代人有所弥补，如苏诚鉴之补后汉，陶元珍之补三国，郝懿行之补刘宋，等等，但多不精到）。可我们搞经济史的人，又不能有材料就干，无材料就不干。这就是说，我们后人的任务还很重。即以现有的食货志十四种来说，也是不平衡的，内容有充实有贫乏，所包括的门类有繁简，篇幅有长短（《汉书·食货志》连注不及二万字，《明史·食货志》五万余字，《宋史·食货志》长达十六七万字，几可专成一书）。抛开这些偏于形式方面的差异外，更重要的是这二十五史中《食货志》

① 北京图书馆《文献》丛刊第一辑（1979，12月）页179～191。

的一些特点，恰好是我国阶级社会发展中某些特点之客观的反映（我们这里说“客观”，是指当初著史之人主观上并未留意、更未著意为之的），这倒值得我们后代人去著意地看取。

我们习惯于把我国封建社会划为前期和后期，以晚唐、五代作为大体上的中分点。讲通史的教师也经常以隋为中分点，把课程划为两大段。《食货志》的情况，亦约略与此相适应。试看，《隋书食货志》及其以前诸志，志文往往简括，朝代的《食货志》归于缺略者达十种之多；而隋以后，志文日趋繁复，门类有开辟至二十余门者，且仅仅缺略一种（《新五代史》）。这说明什么问题呢？它说明，人们的经济生活日趋繁荣，中古自然经济之大体萎缩情况，逐渐为近古期商业货币活动日趋复杂的情况所代替。元末本是一个兵荒马乱的时候，可是在那时候潦草修成的辽、金、宋三史的食货志，为什么倒成了在修撰食货志的历史上后期的楷模了呢？这就是说，经济本身在封建经济范畴中之接近于成熟，反映到记载上也接近于成熟。自然，我们这样说，丝毫也不意味着隋以前诸志之不成熟和不重要。不是这样。隋以前的四部食货志，加上《史记·平准书、货殖传》算是五种，也正有它们自己的特点。它们对我国古代和中古的几种重要田制——井田、占田和课田、以及均田——做了重点扼要的叙述，这对于我们钻研土地制度史的人说，是极其宝贵的。此外，这四部食货志也还有另外的特点，即他们还比较重视源流。大体做史的人，一是工作要细，二是眼光要大。清乾嘉时甘肃学者张澍（介侯）写给安徽学者俞正燮（理初）的一首五律中有一联云：

星宿须穹脉，罾罟或失鱼。[①]

这后一句说的是工作要细，当心不要丢掉什么；前一句说的是要通达源流，不可鼠目寸光，不可只会吃桑叶而不会吐丝。前四种食货志，汉者不限于汉，晋者不限于晋，隋更是括取宋、齐、梁、陈、北齐、北周诸事纳入一志之中，虽然简略，却也通达，不太形而上学化。这就是它们的优点。

要求通达，是一种很自然的趋向。一部《食货志》，门类分的太细了，就像一本枯燥的资料汇编，而不像科研的专著。所以既要有充分的资料，又要通。从小通到大通。具体的例证就是“九通”中的前“三通”，即杜佑《通典》、郑樵《通志》和马端临《文献通考》。这三种社会经济史料的钜制和通

① 张澍：《养素堂诗集》，西安枣华馆锓版，卷21，页18。

书，之所以出现在唐末、南宋、宋元之际，绝不是偶然的。这时候，古代共同体的最后障碍也瓦解了，商业、手工业、货币、运输等社会机能比以前大大活跃起来了，人们的头脑上的“蒙”也在逐渐开启，印版书的事业也在发展，加以民族间的剧烈冲突和继之而来的融合，形成了从客观上可以出现这样三部社会经济通书的可能和必要，再加以三位著者的个人努力，可能就变成了现实。特别是马端临，他不但搜集资料，并且还形成观点，他以按语的形式写了进去，显示了从感性资料向理性认识的开始上升。这对于我们后代料理经济史的人是有很大启发的。

经验证明，我们在工作中不仅仅要从“大流”中、从历代食货志和三通那样的来源中，去汲取资料和启示；有时，我们的一些尖端的资料和启示，往往是从角角落落的资料中得来的。譬如说“集”，它是“四部”之一，是以个人为中心的各种杂著的汇集，其中往往有诗、赋、论议、奏疏、信札、亲戚朋友乡党们的传记或墓碑志，等等。很可能百分之八九十的篇幅对我们是无用的，但偶尔从其中会冒出一些尖端的东西来。这种资料，“可遇而不可即”。举一个例子。对井田制采取怀疑和半怀疑的人，不只一位两位，他们说井田或九块田制是乌托邦。我们想反驳，但又缺乏像欧洲那样找到豆腐干块或棋盘状田的遗迹，并拍成照片。可是，某一次当我翻读清康熙时的词人曹贞吉（珂雪）的诗集时，见一诗目《过滕县见行井田处偶成》，是一首五古，中有句云“经界犁然正，沟涂一一新”[①]。这虽不是一张照片，但曹氏所见所咏定非子虚，那么，井田遗迹十七世纪人尚可目睹，其在上古时必非乌托邦，就可以得到助证了。

有关钻研中国土地制度史的资料问题，就是再写十倍的篇幅，也写不完，在此只好戛然而止。关于“会要”、“实录”等等，容于以后篇幅中再行插入说明。

* * *

理论和史料的关系，不是机械的“理论+史料”的关系，而是一种水乳交融的关系，每一个史料工作的过程中都渗透着理论的作用，渗透着观点和方法。“史论结合”，这句话是千真万确的。我们这里所说的理论，自然是指马克思主义的理论，因为它是古往今来若干哲学体系中最过硬的体系，拿它跟实践结合在一起，它是最经得起考验的真理。但是，我们现在回忆起来，在数十年

① 《安邱曹氏兄弟诗文集》《珂雪诗》内“朝天集”页6。

学习马克思主义理论的道路上，也并不是平顺的。一方面，是我们学习者本身主观方面有局限，把马克思主义没有学对头，或者说把它学歪了。但更重要的是另一方面，在广大学习者方面也往往出现把马克思主义学歪了的这样那样的思潮，这个影响就比个人的作用大得多。几十年过去了，我认为我们应该带着一种反省的心情来回味这一切。

譬如说，四十年代末、五十年代初，有这么一句话影响很大。它是："马克思主义的诞生，就是旧哲学的终结。"我个人曾经很服膺这句话，并在论文中予以阐扬。但数十年过去了，我觉察到这个话有其积极的一面，也有消极一面。积极一面，是把马克思主义的真理价值空前地突出了。但其消极一面，则是把一切非马克思主义的若干哲学体系的哪怕只是一点一滴的作用，也起了一种排斥的作用。这样不一定合适。后来的"左"倾思潮、"唯我独革"等等，不一定不跟这句话有蛛丝马迹的联系。此后，把一切非马克思主义的哲学体系统统骂倒、指斥这个反动那个荒谬的潮流，都接踵而至。这样做大大有害于马克思主义真理内容的不断丰富。

又有一句话，是马克思主义"置诸四海而皆准"。这句话本身没有错，但在具体运用中偏差很大。偏差的根源，是把普遍原理跟具体结论混为一谈了。普遍原理之皆准抑或不必皆准，尚有待于更多的考验。何况具体结论其按甲具体情况而获致者，则绝不可能与乙具体情况相准。但在十年动乱中的逻辑是"不准也得准"。这样，不仅仅教条主义猖獗，而且随心所欲的实用主义唯心的东西，都披着马克思主义的外衣出笼了，这对马克思主义，实际上是一种亵渎。由此我们获得了正面结论：实事求是的原则必不可丧失，真理要用于实践的检验，符合了的才是真正的真理。

有一种东西更可怕，那就是林彪的"顶峰论"。林彪在位的时候，有人宣传过，用不到学马克思主义列宁主义了，因为他们的东西我们都有了，我们有的东西他们可没有。这简直是一种沙文主义的论调。是的，中国党的经验，马克思、列宁不可能总结；但人类古代社会的衍变、人们财产所有制的衍变、所有制由公有到私有再从私有到更高级的公有、私有由浅化到深化……这些内容，我们同样也不曾像马克思老人家那样湛深地研究过，这是无可争辩的事实。所以我们还是谦虚一点为好。

总上看来，我们有必要脱离开迷信的境界，带着启蒙的念头，以清醒的头脑，去重新学习马克思主义，学习它的观点和方法，同时也不排斥马克思以前或以后许多非马克思主义的思想体系的哪怕是一点一滴的积极因素。拿这些观点和方法作为触媒，深入到中国经济史资料的汪洋大海之中，去搜辑、爬梳、剔罗，把中国历史中人与土地的关系，以及通过土地所发生的人与人之间的关系，一句话，剥削与被剥削、压迫与被压迫、役使与被役使的关系，将其性质、程度、数量、变化等情况一一研究出来，使之与历史的客观实际相吻合，并且经得起考验，那么，《中国土地制度史》这个学门，才庶几乎可以在科学之林中建立起来。

第二章*

一

井田制是我国历史上极重要的土地制度，它应该是世界历史上土地所有形式中的重要的范例。那么，井田制是怎样的一种土地制度呢？

大体古老的人类，从经营农业的一开始，就有个规划的问题。《诗·大雅·公刘》篇说，“既景乃冈，相其阴阳，……度其隰原，彻田为粮”。《周礼·大司徒》篇也说，“以土圭之法测土深，正日景以求地中”，然后“辨其山林、川泽、丘陵、坟衍、原隰……”。这是第一步。第二步是把土地大体划成整齐的方块，并且筑成疆界。《孟子·滕文公》篇中说“经界不正，井地不钧，谷禄不平”。这是后来的话，考虑贵族间的均与不均；在此远远以前，人们倒是首先考虑公社的成员们之间的均与不均：这是一个大问题。正是这种古老的平均主义，才导致把土地划成整齐的块，使它们具有一定的亩积，并且筑成疆界。这样，就出现了棋盘状地，或曰豆腐干块。

这种情况，原始社会后期已经有了。等阶级社会出现，有了贵族和“王”；但他们由于种种原因（生产力太低、私有财产的意义不够深化、以及专制主义远远未曾形成，等等），不可能一下子就把这些整齐的田块砸个稀巴烂，而是把它们保留了，使用这种方田块的旧框框，去剥削剩余劳动产品。这样的一种情况，就是我们历史上所说的井田和井田制度。

对于这样一种田制，后代的议论很多（简直可以说是非常非常多）。我想：

---

* 本章原标题为《从亚细亚生产方式看中国古史上的井田制度》。

井田和井田制是古史上客观存在的，谁也抹不掉；并且，它绝不是哪些“圣君贤相”为了某种目的而挖空心思炮制出来的（譬如均田制，就有“圣君贤相”挖空心思炮制出来的迹象）；它是不以人们主观意志为转移的原始社会末期和阶级社会早期经济自然衍变的结果。自然，夏、商、周的统治者们是不是对此也有所调整呢？也不敢说绝对没有，但井田制的基本内容是自然形成的。自然，在不同朝代、不同封国、不同地域中，同一事物会有变异，例如面积有50亩、70亩、100亩之别；田种和称谓有“公田”、“私田”、“莱田”、“圭田”之别；劳动者有“家”、“夫”、“余夫”之别；形制有“其中为公田”，也有“公田在私田外”，还有“畎顺水势，亩顺畎势”（见程瑶田《沟洫疆理小记》），纵横排成一大片一大片的“东亩”和“南亩”的土地，等等，等等。难道一有变异，就不可以叫做井田了吗？因此，所谓“井田”和“井田制”，不应该是一个很狭窄的概念，而应该是一个有一定宽广幅度的概念。它是指，自从人们把土地划成有一定亩积的整齐的块、并在其上筑成不可漫漶的疆界以来，一直到这种疆界完全漫漶、田土的整齐的亩积完全打乱为止的一种土地制度。

二

在这里，有必要插进来一段内容。那就是马克思的亚细亚生产方式的学说，及其与中国古史上井田制度的关系。

导师卡尔·马克思在上一世纪的五十年代至八十年代，除开对资本主义社会做了最精致、最深刻的剖析外，还找到了一件东西、一种结构（首先是经济的结构）。这种结构，由于开初从印度获致资料，并且当时马克思把这种结构看做是一种生产方式，所以就叫它做“亚细亚生产方式”。其实，它在前资本主义的阶级社会中是一种遗存，一种变异，一种附属物。由于这种结构，这种形式，在我国井田时期的历史上存在过，这种存在与东方某些典型“亚细亚”古国比较虽然不是完备的，但与我国其他段落历史上的这种遗存比较，又是比较充沛的，所以，一定要拿它插进来跟井田制结合起来进行分析。

苏联学者在三十年代前把这种“亚细亚”形式的特征，做四分法的表述，那就是，（一）土地国有，（二）水利灌溉，（三）农村公社，（四）专制主义。有的做五分法表述，加一个地租和赋税的合一。我们现在有必要采取既不是对这些特征一律摈斥的态度，又不是对这些特征“包下来”、“塞进去”的教条主义态度。说摈斥，就是指有人说，不能讲公社，讲了公社就没有了奴隶社会，云云。这是把奴隶社会看做笔直而又笔直、纯粹而又纯粹的偏见。说教条主义是指不少人把井田时期的社会也看做是一种“水利社会”，说什么先有了水利灌溉，才有了方块田，等等。我们应该以实事求是的精神，即以实践是检验真理的唯一标准的观念，去拿“亚细亚”来跟“井田”相对号。

其实，像苏联学者所表述的诸特征，不可能是平列的、平衡的。农村公社，怕是其中的一个主要特征。农村公社，按导师本人的表述，它是原始公社的次生形态，因而，它已经具备了二重性，即公有制和私有制的二重性。那么中国上古的具体情况，是怎样来表现这种二重性的呢？土地，作为财产的主要构成部分，在农村公社阶段，它已经不是原始的公有制或完整的集体所有制了，这时已经有了剥削阶级。但这时的剥削阶级（“王”和各级贵族）跟资本主义的吸血鬼不能等同起来，他们吸血的机能还有局限。当时还没有比较纯粹的服从私有者个人意志的那种私有。也还没有私有者在政治上的代表——国家（专制主义）的那种国有。那时总的形势是：完整的公有已经丧失了，而比较完整的私有和国有则还没有产生出来。几种权（使用权、收益权、处分权等）还不是处在一种集中的状态之下，而是处在一种分散的状态之下。一个农业劳动者，他在他一家人的“份地”上有使用权和收益权；但在“份地”以外的大田块上，则只有提供无偿的剩余劳动的义务，而收益权则归贵族；最高的贵族——“王”，则领有天下田地共主的名义，这也就是“溥天之下，莫非王土”这句诗所反映的；除劳动者和王与贵族之外，还有传统久远的古老的共同体，那就是农村公社，它不是一种可有可无的虚设机构，它手中也是有权的，它执掌土地的分配和轮换，还有除开分配和轮换之外的一些其他公共职能。这些公共职能在逐渐向官僚体制的基层机构转化，一旦转化完成，那么，中央集权的官僚体制的专制主义国家也就形成了。

以上所述有关土地的权，不是集中地在哪一方手里，而是分散在三个方面，这正是“亚细亚”形式中公有私有“二重性”的具体表现。在这里，显然还谈不上什么“土地国有”，因为即便把农业劳动者不能不到大田块上提供无偿的剩余劳动一点也估计在内的话，那么，王和贵族也只不过具备了某些领邑上的收益权而已。

至于水利灌溉这个特点，我认为它是与特定的地理环境这个条件相联系着的。这里所说的特定地理条件，是指“从撒哈拉起经过阿拉伯、波斯、印度和鞑靼区直至最高的亚洲高原的一片广大的沙漠地带”①而言的。在这个地带中，气候土壤条件有它的特殊性，这种特殊性形成人们对干旱的恐惧和对灌溉事业的依赖。所以，为数庞大的水利管理人员在这一地带的“亚细亚”国家机器中，占有很重要的位置。中国则不然，夏、殷、周的主要地区，不外今豫北、豫西、晋南、冀南和关中以至鲁西，这一带人们是习惯于对天然降雨的依赖，和对雨多引起洪水灾害的恐惧。中国上古也有“沟洫”，但那主要的是排洪。当然，排水和浇水从来就不是截然分离的事情，排洪过程中自必有蓄水的事，但像阿拉伯和次大陆那样的水利灌溉工程及其与农业生产之息息相关的关系，在中国的井田时期则是缺如的。不能明明缺如，也要把“亚细亚”的四个或五个特征全都包下来，塞到井田制的历史中去，那是不合适的。总起来看，中国井田制时期的历史上，是打着“亚细亚”的明显的烙印的。但“亚细亚”的全部特征在井田制时期的历史上，却并不完备。但话又转过来，不管如何地不完备，为马克思所揭示的“亚细亚”形式的理论，对我们剖析井田制的底蕴，则的的确确是一把打开门径的钥匙。

三

以上，就井田制做了一些概说，并介绍了一些偏于理性方面的东西。以下，将结合具体材料，来逐一阐明与井田直接有关的一些具体内容，包括农村公社和田土的分配与轮换；沟洫与田土以及路径的配套；“公田”和“私田”的界线及其泯没；井田上剥削（贡、助、彻以及“履亩而税”）的性质和数量；井田上劳动者的身份；以及其他的一些有关内容。

先谈“公社”。怎么知道古时候有公社呢？大体说来，“社”有它的原生形式，也有它的次生形式。原生形式就是祭祀祖先和农神的设施。《周礼·大司徒》说，“设其社稷之壝而树之田主，各以其野之所宜木，遂以名其社与其野”。田主即田祖，亦即田神。《礼记·郊特牲》说，天子的“八蜡”大祭，要祭坊、祭水庸、迎猫、迎虎、飨郈表啜，总之，要使“土反其宅，水归其壑，昆虫勿作，草木归其泽”。这些，都很原始，也很真实。从某种角度反映出最早的“社”的活动和职能。“社”是一个集体事业机构，当然要有人员。例如

① 《马克思恩格斯全集》卷9，页145。

斩冰以备用的职员，叫“凌人”；管分配轮换土地的职员叫“遂人”，等等。《夏小正》中这种职员的称谓仅是小量的，到《周礼》中，公社职员慢慢向官僚体制的基层机构转化，职称和人数就是大量的了。

“公社”逐渐扩大化，它的职能也加繁。但其最主要的几个职能可以看得出来，如户口、田土、兵事、役作、治安等。《周礼》是一种古文经，长期被认为是伪书，名誉很不好。但其中不少宝贵资料于汉代种种窜乱之余，仍得以保存下来。先说管户口。《国语·周语》中所记仲山夫的话“古者不料民而知其少多”，从这句话中反映出公社掌理户口。《周礼·地官篇》几种职称下都有“稽其夫家”的话头。“遂人”一职，则不仅“稽其人民”，而且还“授之田野”。这就是土地的分配和轮换了。

《周礼·地官·司徒》篇中，共有三处地方，谈到授田的事。主要的两处，一在“大司徒”职称下，一在“遂人”职称下，两者间稍有差别，而基本一致。大体“国”中，由大司徒职掌，以“室”（或“家”）为对象，办法是“不易之地家百亩，一易之地家二百亩，再易之地家三百亩”。“野”中，由遂人职掌，以“夫”（主力劳动者）和“余夫”为对象，办法是“上地，夫一廛，田百亩，莱五十亩，余夫亦如之；中地夫一廛，田百亩，莱百亩，余夫亦如之；下地夫一廛，田百亩，莱二百亩，余夫亦如之”。这里有个“内圈”（“国”）和“外圈”（“野”）的差别，外圈荒地多，授田量就大些。

这些分配的土地，按几家成一小组，记载有所不同。《孟子·滕文公》篇说，“方里而井，井九百亩，其中为公田，八家皆私百亩”。这是一种模式。《礼记·小司徒》说，“乃经土地而井牧其田野，九夫为井，四井为邑……”。这又是一种模式。此外，自然完全可能有若干其他模式，如纵横排成一片片的“东亩”和“南亩”。总之，有时“公田”就包在“私田”之中，形成“九方块田”（nine-square land System）；有时“公田”和“私田”在空间上隔开了，有时隔的很远，如《诗·小雅·甫田》篇中所出现的“有渰萋萋，兴雨祈祈，雨我公田，遂及我私”的话头所反映的。中国地面这么大，怎么能强其严格保持一律呢？

田土之旁，配有水沟和大小路径，慢慢成为三配套。这水沟，古时候叫做“沟洫”。《孟子》书中谈井田时未言沟洫之配套。孔子书中谈禹“尽力乎沟洫”，这话是有来头的，可见用沟洫排水的事情，发生很早。《周礼·考工记》中记载“匠人”为沟洫的情况，大体说，当时耦耕，一耜广五寸，二耜之广深各一尺，谓之“畎”；田首加宽加深一倍，广二尺深二尺，谓之“遂”；“井”与“井”间广四尺、深四尺，谓之“沟”；方十里为“成”，“成”与“成”间广八尺、深八尺，谓之“洫”；方百里为“同”，“同”与“同”间广二寻、深二寻，谓之“浍”，“浍”就达于天然的“川”中去了。古时沟洫部署是否如此整齐，那是另一问题，但大体上不会错，不会捏造。这种沟洫，主要是排水的。《周礼·考工记》中又说，“凡沟必因水势，防必因地势。善沟者水漱之，善防者水淫之”。由此可以看出，（一）古沟洫也是顺乎自然山川之势的，合情合理，不能说是乌托邦；（二）“沟”之外，还有“防”，就是拦截水势的堤坝。“八蜡”中所祀的“坊”就是这里的“防”；所祀的“庸”就是这里的沟洫。这些都是为了防洪的。但什么事也不是绝对的，水多了会汇为“渊”，这就是原始的水库嘛，但它不是主要的，《孟子·离娄》篇中说，“七八月之间雨集，沟浍皆盈；其涸也，可立而待也”。可见蓄水在当时还不是主要的。上古田亩沟洫的情况，大体如此。

* * *

现在来说“公田”和“私田”。我国很早就有这两种田在称谓上的区分。《夏小正》据说是孔子在杞、宋之间做社会调查时所得的夏代的“历头”，其中就有“农率均田”、“初服于公田”的话头，传《大戴礼》的西汉人戴德注释说“率，循也”、“均，平也”、“古有公田焉者。古者先服公田，而后服其田也。”这后面一个“其田”当即“私田”。戴德的话与《孟子》中“公事毕然后敢治私事”相符。可见“公田”、“私田”在称谓上的区分，事情已经很早很早了。

划分“公田”、“私田”的标准是什么呢？我认为，在无阶级社会末期，它是必要劳动和公积劳动的差别；有了阶级、王和贵族之后，它是必要劳动与剩余劳动的差别。大体井田时期的农业劳动者，不管他们是奴隶、农奴或者公社社员，此事可先置而不论，但他们是有家的，一家人要吃饭的，即要保持他们“自身的再生产”。无论从文献中，或从考古发掘中，从来没有见过集体食堂的影子。劳动者都是一家一户住在他们那“伊威在室，蟏蛸在户”的室家之中，劳动时“同我妇子，馌彼南亩”，一家人蹲在地头上吃饭。这样，体现必要劳动的“私田”，就是绝对必要的了。假如说，“公田”也是贵族的，“私田”也是贵族的，那么，必要劳动就缺乏体现的场所，劳动者不能维护其自身的再生产，事情就说不通了。

这“私田”是份地。为了保有对这块份地的可靠的使用权和收益权（这就是《孟子》所说“有恒产者有恒心”的那块“恒产”），在无阶级的社会，劳动者必须到“公田”上去进行公积劳动，这种公积劳动的产品，提供为对公共的“贡”品。后来夏后氏的“贡”法这个名字，大体就是由此衍化而来的。这种“贡”法，是通过实物表现呢，还是通过劳动表现呢，是像《孟子》书中所记龙子所说“校数岁中以为常”的定额制呢，还是另有其他方式如分成制呢，由于远古的关系，已莫之能稽了。总之，这种较古老的征敛方式，叫做“贡”。

最典型的征敛方式，叫做“助”，又叫做“藉”。这是井田时代最典型、最普遍的方式，不仅据说殷人行之，《孟子》说“虽周亦助”。几家《夏小正》的注者又推而广之，说“虽夏亦助”。东汉注经家解释的很准确，赵岐说，“藉，借也，借民力而耕公田之谓也”（《孟子注》）；郑玄说，“藉之言借也，借民力治公田，美恶取于此，不税民之所自治也”（《礼记·王制篇注》）。这种私田劳动和公田劳动的比例，大体上是十比一。所以“古者什一，藉而不税”，就成为古人意识中的金科玉律。在这种“什一”中，恰好体现出“亚细亚”特征之一：地租与赋税的合一。郑玄所说“不税民之所自治”一句话，恰好符合了马克思所说“不会再有什么同这个地租形式不同的赋税”。所以等到鲁国“初税亩”、履亩而税的时候，《公羊》、《谷梁》便群起而喊道：“非正也”。又说“什一”是“天下之中正”，“多乎什一，大桀小桀；寡乎什一，大貉小貉”，足见人们的头脑意识，对剩余劳动产品的增长是客观必然的这一点，还缺乏认识。

试看，到《周礼》中所反映的情况，跟上述种种比较就发生了很大的变异。以我所见，其变异处主要有二：（一）公社职员的数目加多了，并且向官僚体制的基层机构转化，从这中间可以看到专制主义在萌芽之中；（二）“亚细亚”特征之一——地租赋税的合一分裂了，基层机构按征税的需要，把劳动者的田划成什么“国宅”、“园圃”、“近郊之地”、“远郊之地”、以及“稍·甸·县·都”等等。把原来的“公田”划成什么“宅田”、“土田”、“贾田”、“官田”、“牛田”、“牧田”以及“公邑之田”、“家邑之田”、“小都之田”、“大都之田”等等。在这种划分的基础上，把税率安排在5%、10%、15%、20%、25%五等。所有这些，已经都是纯粹的税，单纯是国家机器存在的经济体现；那么，劳动者对贵族所提供的剩余劳动是否免除了呢？史料无正式反映，大概绝不会免除，如《周礼》中的“作田役”等。这样，井田农民身上的负担就远远超出“什一”的比例，逐渐向“什五”过渡了。以上种种，统称之曰“彻”。

金景芳先生训“彻”为“辙”，大体说这已经是一种复合的征敛形式。

四

最后，必须接触到井田时期农业劳动者的身份问题上来了。

其实，有很多麻烦是五种生产方式带来的。自然，五种生产方式有过它的积极作用，这不否认。它对人类社会发展的规律性，第一次做了统一的表述。但假如以“置诸四海而皆准”的大原则，再加以“不准也得准”的土原则，自必产生刻舟求剑、削足适履的种种弊病。其实，在资本主义未产生以前、原始社会已经解体以后，奴隶社会和封建社会的差别、奴隶身份和农奴身份的差别，就不一定是那么泾渭分明的，劳动者的身份就未始不可以考虑作多样的，发展道路未始不可以考虑作复线的。

例如井田时期的主要农业劳动者，文献中叫做“庶人”。“庶人”是一种什么身份呢？用作全国大学教科书的《中国史稿》，在第一册第237页与243页处均肯定不移地说他们是农业生产奴隶。事情果真是如此吗？试举五个反证吧。（一）《周书·洪范》篇中说国家每有大事，要“谋及卿士”，还要“谋及庶人”，“卿士从，庶民从，是之谓大同”。这样的庶人身份，像奴隶吗？（二）《诗·大雅·卷阿》篇是周代统治者祭始祖的煌煌乐章，其中两个段节的末尾，一个说“媚于天子”，一个说“媚于庶人”。难道有那么一种奴隶主在祭祖时要向奴隶致敬的吗？（三）《国语·晋语（四）》中说，“庶人食力”，意思是靠独立劳动吃饭，以与“食官”的工商、“食邑”的大夫等相区别。（四）《左传》昭公三十二年记晋叔向的话“三姓之后，于今为庶”，这自然是说贵族沦落成了平民，怎么一下子会沦落成奴隶的？（五）《左传》哀公二年记晋赵简子鼓励从军、鼓励士气，说“庶人工商遂，人臣隶圉免”，后句显然是说有奴隶身份的立了军功可以放为良人，前句“遂”字注家释为“遂其仕进”，可以做官，这不是一般奴隶可以企及的。统此五例，庶人是农业生产奴隶的说法，是无论如何站不住脚的。

庶人既不是奴隶，它又是农业生产的主力承担者，当时普遍有农村公社，那么庶人是农村公社的成员，恐怕不成问题了。底下要问：公社成员就是自由民吗？回答是，不一定。要设想，在不自由民（奴隶）与自由民之间，还会有不少的中间形态。当时的农村公社成员已经不是原始公社的成员了，正如农村公社具有公有、私有的二重性一样，农村公社成员身上也背着自由民与被剥削者的两重身份。它有自由的一面，有不自由的一面。它有家口，有份地（“私田”或“恒产”），有小家庭经济，它不是俘虏，不属于“食官”的工商业奴隶的范畴：这是它自由的一面。（开始不能当兵，后来当兵的权力也有了。）但它的不自由性还是很大的。譬如说，第一，在迁徙问题上，《孟子》说“死徙勿出乡”；《周礼·地官》的“比长”职称下说，“徙于国中及郊，则从而授之；若徙于他，则为之旌节而行之。若无授无节，则唯圜土内之”。就是说，没有迁移证就要抓起来。这就很锢闭，很不自由。再说，第二，个人对共同体的义务也很重。《周礼·地官·小司徒》说，成员的义务至少有三：（一）起军旅，即当兵打仗；（二）作田役，即在公田里集体劳动；（三）比追胥即捉捕盗贼。这种义务，原则说“家毋过一人”，其余的叫“羡”。但在起田役和比追胥的时候，却要“竭作”。起役时，以熊罴大旗召致之，不用命者诛之。这就是说，共同体的原始权威还是很大的，可以杀人，成员在承担义务上也很不自由。第三，为贵族提供无偿的剩余劳动；再加以额外的勒索，如“取彼狐狸，为公子裘”，“言私其豵，献豜于公”[①]，跟封建性的经济强制和超经济强制，就只有毫厘之隔了。

除却典型的公社成员之外，也允许有次等的成员。譬如，《国语·晋语（一）》晋大夫史苏、里克和郭偃在谈论骊姬问题时的话说，“其犹隶农也，虽获沃田，而勤易之，将不克飨，为人而已”。这里所说的“隶农”，虽然跟欧洲中世纪前期历史上的“隶农”是截然两个时代的概念，但在这里也说明了井田农民虽然能够分配到较好的土地，也能轮换，但由于被强制剥夺走很多的剩余劳动产品，所以自己所能享受到的部分已经很少了。他们为什么肯接受这种待遇？就是因为他们身上有着某种的隶属关系。再譬如，当王安石阅读《周礼》至“辨其夫家、人民、田莱之数”这段字句的时候，他敏感到“夫家”是一个等次，“人民”又是一个等次，所以他认为这里的“人民”是“人之隶”[②]。也就是说，是次等的、有某种隶属身份的公社成员。总之，公社成员的身份不是铁板一块的，更不是绝对地“独自”、“自由”的。当时所有权的分散，集中所有制的缺如，形成了这种身份上的多样性。

当时还没有阶级的明确划分，有的只是等级的划分。当然，在这种等级的

① 《诗·豳风·七月》。

② 王安石：《周官新义》卷6《地官·载师》条下。

划分中，已经寄寓了阶级的内容在内。《左传·昭公七年》记载说，“天有十日，人有十等。……王臣公，公臣大夫，大夫臣士，士臣皂，皂臣舆，舆臣隶，隶臣僚，僚臣仆，仆臣台。马有圉，牛有牧”。从这段话里，我们可以体会到很多事：(一) 这种等级的划分很粗糙，一点也不细密严格；(二) 这种排列拿统治剥削者和被统治被剥削者杂在一起排队，混乱了近代阶级观念的阵脚；(三) 这很像是描写国中贵族和他们身边服侍人员的群队；(四)“庶人”独独不包括在内，看起来，理由很简单，庶人在野中，是蚩蚩之氓，不应该在这里排队，他们是属于农村公社的。假如像有的人引用《大盂鼎》铭文的孤证，就说庶人是比“御”地位还低的奴隶的话，在这十种人中间为什么不把“庶人”排到最末，或者排到“士”、“皂”之间去呢?

归结起来，井田时期的土地所有制到底是怎样的一种所有制呢? 我想，是不是可以运用“排除法”来寻找答案。第一，井田制已经不是原始的、完整的土地公有制或者完整的公社的集体所有制了。第二，它也说不上是完全的国有制，因为中央集权的专制主义国家机器，以及它干预所有权的能力，都还没有发展成熟。第三，更显然，在井田时期，土地归属私人所有、听凭私人意志处理、甚至买卖，——这些事，除却少量事例不敢绝对排除外，基本上也是不曾发生的。因此，井田制到头来只可能是不完整的公社所有制和不完整的“王”有和贵族所有制的混合体，一句话，它是一种比较标准的“亚细亚”式的古代土地所有制。

附篇一 《周礼·司徒篇》中所见“亚细亚”的痕迹

一

苏联学者对马克思亚细亚生产方式的特征，每作四点来表述即（一）土地国有，（二）农村公社，（三）水利灌溉，（四）专制主义。并且还拿这四个特征去贯穿在东方各国历史之中，有时甚至不惜削足适履。我个人认为这样做是不合适的，从而产生了将亚细亚生产方式诸特征予以重新安排的意图。我是这样想的：这些特征不可能是平衡的，不可能在任何一个东方国家或民族历史上其表现都是一样的。这不可能。似乎应该把公社（指农村公社，亦即公社的次生形态）看做是骨干的特征，而水利灌溉以及由水利灌溉引发的土地国有和专制主义这些特征之有无多少，则要看地理环境之是否像阿拉伯地区那样干旱，那样对水利灌溉几乎是绝对性的依赖。假如不是那样的依赖，也把这些由水利灌溉而引发的地域特征予以推广，强使大家伙都成为一种“水利社会”（irrigation society）的话，这种做法是未见得合适的。

为了印证这一点，我就想到中国井田时期的历史，需要到井田资料中去察看“亚细亚”特征的痕迹。到哪些资料中去察看呢？《夏小正》吗？它反映的时代确实较早，但内容不多，不过三言两语。《孟子·滕文公》篇中的两段吗？精致可谓精致矣，可是问题也不少，哪是孟子的设计方案？哪是孟子所转述的殷、（西）周实况，这中间要划清界线很难。但不论如何难，古往今来的学者在这份资料身上所花费的剖析精力，已经不能算少了。独独《周礼》，特别是《地官》一篇，很多学者都躲避着它，这不能不是钻研“亚细亚”和钻研井田制的一种损失。

当然，这不是没有原因的。《周礼》的名声一贯不好。即便抛开今古文的争论不谈，其中前后窜乱的情况就很难掌握。毫无疑问，《周礼》中包含了很多很古老的东西，这是十分宝贵的。随便举一点例。如中春之月，令会男女，奔者不禁，有司还要促进无夫家的男女会之。这种礼俗很古老。再如耦耕的劳动者们要到一个叫做"锄"（汉朝叫"街弹"）的像是街道办事处那样的地方去配成一对（"合耦"），即使牛耕出现以后，也仍有"合耦"的现象。这件事的传统也很古老。再例如，说惩罚吧，《周礼》中反映的也绝对不同于后代专制大皇帝的那样淫刑惨戮。我们所看到的，只是对于有过失的人，三让（嚷，即批评教育）而罚，三罚而归于寰土（班房）。又看到在起野役（大集合）的时候，用熊虎大旗集合群众，使用这杆大旗的威力，不参加或迟到的就要"诛之"。看起来很严峻，但还不是专制主义的严峻，而是大酋长所代表的古代共同体的一种集体主义的严峻。以上种种，都足以说明《周礼》中还是保存了不少我国上古期历史上许多"的当"（张载语）的东西的。

但在自从中山靖王刘胜从秦火余烬中重新找到了这份资料，到汉武帝把它藏入了内府，又到王莽、刘歆把它重新料理过后抛出来的历程中，不晓得羼入了多少后代的东西。例如职称，就显然比传说中"周公"的时代不晓得复杂化了多少倍。单纯从职称的字面看，还是古老公社职员的规格，以"人"（如遂人、廪人、草人、牧人、角人、羽人之类）、以"氏"（如媒氏、保氏之类）、以"司"（如司市、司稼、司门、司阙之类）、以"师"（如载师之类）为名色；但试观其以下所辖卿、大夫、士、胥、史，以至徒和奚、奄之辈，叠床架屋，显示出公社职员在原职称的形式下，逐渐向官僚体制的下属机构转化。这一点非常重要，它既显示了转化的真实性，又反映了将转化前与转化后混杂厕列的不真实性。这是二重的。再如其中以数字为称的若干小条条小框框，如什么"六行"、"六德"、"六艺"，什么"五礼"、"六乐"、"八刑"、"十二教"之类，在《周礼》六官中几乎俯拾即是，这显然是后儒（特别是汉朝人）篡改敷益的结果，公社时期是没有这样的复杂的。就是这些篡改敷益的东西，使《周礼》成为像顾颉刚先生所说的"四不像的动物标本"。但就说是"四不像"吧，到头来它还是像一匹野驴。

《周礼》一书，除存在有古资料与后资料的窜乱问题之外，还存在着一个汉、唐注疏诸家的争吵问题。"前郑"（郑众）如何，"后郑（郑玄）如何，"贾

（公彦）疏”如何，以至清人孙诒让如何，真是徒乱人意，甚少有济于大关节目的问题。举一个例，在“草人”这一职称下，有施肥的一段，似乎讲到针对不同性质的土壤，要熬制不同动物的骨汁撒到土里去施肥，或者跟种子搅拌在一起施肥——在这个问题上，“前郑”、“后郑”、“贾疏”、“正义”，吵了半天，也毫无结果。到头来熬骨汁怕是靠不住的，用动物的粪怕还是靠得住的。

以上，大体就是人们避开《周礼》的主要原因之所在。当然，最理想的办法是，像在手术台上做两种膜或腺体的剥离工作一样，将《周礼》中的古资料和后代附加资料剥离开来。并且，还要将“前郑”、“后郑”、“贾疏”、孙氏“正义”中的是非曲直，也一一辨别开来。但这是很难企及的一种工作。为今之计，只好爽性抛开注疏的争吵，单纯依靠学习了一些马克思亚细亚理论后的直接的感知能力，直接以经文为对象来观察问题了。（我之所以一定要运用《周礼》，是跟它所提供的资料比较丰富有关的。）

二

假如公社是“亚细亚”的骨干特征的话，我们就要看一看《周礼·地官·司徒》篇中有没有公社？有没有土地归公社所掌管、分配和轮换的事情？是不是劳动者仅仅在份地（授田）上有使用权和收益权，并且还须向“王”缴纳征敛之物，并提供劳役？劳动者是不是生活在一种个体农业和个体手工业牢固结合的状态之下，过着一种很难跟他们现有的生产条件相脱离的生活？

从《地官·司徒》篇中，可以看到两种“社”的影子。一种是它的原始形式，另一种是它的派生和职权扩大后的形式。前一种是血缘的社，后一种是掌管土地分配轮换以及户口登记的社，这后一种已经跟官僚主义基层机构间的界线逐渐在模糊的情况之下了。所谓血缘的社，是指“设其社稷之壝而树之田主，各以其野之所宜木，遂以名其社与其野”。（大司徒）“田主”又作“田祖”，是受崇拜的农神和氏族神。官僚机构化了的“社”，我们可以从“大司徒”、“小司徒”和“遂人”这三个机构的职能中看出来。当时“国”和“野”的界线尚未敉平。大体“大司徒”分管“国”中土地授与的事情，授与的对象以“家”为单位，每单位授与一份“百亩”之田，在行二圃制的情况下授与两份，在行三圃制的情况下授与三份，以资轮种。“遂人”大体上分管“野”中土地授与的事情，授与的对象以“夫”为单位，一家有更多劳动力的叫“余夫”。野中的土地分上、中、下三等，“田”之外还有“莱”（抛荒或长草的地）。一个“夫”或一个“余夫”，分配上等田是正田百亩、“莱”田五十亩；中等田是正田百亩、莱田百亩；下等田是正田百亩，莱田二百亩。“国”与“野”中间，就存在着这么一点差别。应该说这点差别是不大的。

时下有文章主张，只有成“井”的田，才能叫做“井田制”。《周礼》中的田，除去在“小司徒”职能下有“井牧其田野。九夫为井，四井为邑……”字样之外，一般似乎都是不成“井”字的田，不一定八家、九家为一井，而是丛错的授田，其中包括“百亩”和五十亩的“莱田”，以及“圭田”。像这样授与的田土，算不算井田制呢？我们认为应该算，理由是整齐的疆界和一定的亩积，还没有破坏。破坏之后，就不属于井田制了。总之，在《周礼》所反映的时代，“井”字形虽已很少或者消逝了，但鱼鳞田还不曾出现则是可以肯定的。

对于这些田，劳动者（不拘是“国”中的“家”，或者是“野”中的“夫”或“余夫”）是有比较可靠的使用权、甚至有暂时的占有权的。这就是“亚细亚”的最根本的标志。分配权和轮换权在“遂人”那样的职能的掌管之下，而“遂人”和“载师”正是向官僚主义基层机构转化中的原始公社的最主要的两个部门，一个管分配土地，一个管征敛和起役。

关于征敛和起役，《周礼》中记载的也很清楚。在《周礼》中，“公田”和“私田”的名色已经不见了，可见所反映的已是井田的后期，已经履亩而税。但“公田”和“私田”的实质，还存在在那里。不过，“私田”已按照复杂化以后的情况，改称“国宅”、“国廛”、“近郊”、“远郊”、“甸·稍·县·都”这样的一些等差性的名色；“公田”也按照复杂化以后的情况，改称“宅田”、“士田”、“贾田”、“官田”、“牛田”、“赏田”、“牧田”，以及什么“公邑之田”、“家邑之田”、“小都之田”、“大都之田”等等。征敛者从这些有等差的土地上，征敛有等差的税收，大体是5%、10%、15%、20%、25%五等。可见已经比“古者什一，藉而不税”，“多乎什一，大桀小桀；寡乎什一，大貉小貉”的情况又晚近了许多，个别税额已经超出“二吾犹不足”的水平了。

田税之外，还要调役。在“小司徒”职称下，调役大体有三项，一是“起军旅”，一是“作田役”，一是“比追胥”，即追捕盗贼。规定凡起役“毋过家一人”，以其余为羡。只有“田作”和“追胥”两项要“竭作”。从这一点看起来，《诗经》中“十千维耦”、“千耦其耘”的大场面在《周礼·地官·司徒》篇所反映的时代中，未见得已经完全消灭。

虽然已经征税和调役，但当时国家权力显然尚未强化。观其“治野”，其“七法”是“致氓”、“安氓”、“扰（顺）氓”、“教氓”、“利氓”、“劝氓”、“任氓”。就是说，先用土地招徕他们，用安家落户稳定他们，帮助他们按不同的土壤耕种，并尽量采用优良的生产工具，鼓励多余劳动力积极参加生产，最后才来征敛和调役，但也要尽量“均平”。从其中看出来，“公社”的味道还很浓厚，专制主义国家权力的味道非常稀薄。征敛的物品也完全按自然经济的原始状态去征取，如农民贡九谷，圃人贡草木，工人贡器物，商人贡货贿，牧人贡鸟兽，妇人贡布帛，山泽地区贡山泽出产的物品。这中间，没有严格按一种单位（如明后期的金花银）强迫地统一缴纳的痕迹。而且规定，“不畜者祭无牲；不耕者祭无盛；不树者无椁；不蚕者不帛；不绩者不衰”。个体农业与个体手工业牢固结合的“东方”气息，从这几句话中反映的很强烈。在《周礼》中，虽然没有《孟子》中“死徙勿出乡”那样更古老的规定和风俗，但在“邻长”这一职称下，谈到了假如“徙于他邑”的话，不是绝对不可能的，因为很早就规定了“三年一大比，民或于是徙”的原则，但现在已经有了“近徙”或“远徙”的差别，近徙无须“旌节”（准迁证），远徙就要“旌节”了。迁到新的地方，“则从而授之”，重新授与他应得到的份地。

根据以上之所论证，从《周礼》中我们可以看到在中国的井田时代的历史上，亚细亚生产方式的骨干特征——“公社”，以及由“公社”而引发，而概括出的一些另外特征，基本上都是具备的。

三

中国井田时期，具备不具备“水利灌溉”这一特征呢？

庞大完整的“水利灌溉”体系，是高原干旱地区的产物。从《周礼》中看，有关水渠的事，大约只有两条，一条见于《地官·司徒》中“遂人”职称之下，一条见于《冬官·考工记》的“匠人”职称之下。两者所记载，没有很大的差别。大体这种水渠叫做“沟洫”，是按耦耕起步的，一个耜宽五寸，使用双耜犁出来的沟就是宽一尺深一尺，这叫做一个“甽”（读卷）。田首地处，为了适应加大的水流，沟就宽二尺深二尺，叫一个“遂”。“遂人”这一职称后来虽然发展的很大，开初恐怕就是在“遂”上管水流的一名公社社员，一如吐鲁番均田上的“堰头”。这种水渠越汇越宽越深，宽四尺深四尺的叫“沟”，宽八尺、深八尺的叫“洫”，宽二寻深三寻的叫“浍”，“浍”中的水流入天然的大河，这就是“川”了。以上就是“遂人”和“匠人”所记载的大体情况。攻击《周礼》为“乌托邦”的，这段有关水渠的过分整齐的记载，也成为攻击最尖锐的靶子。

“遂人”还有补充的情况，那就是水渠与人行道路的配套情节。大体说，遂上有径，沟上有畛，洫上有涂，浍上有道，川上有路。这就是说，水渠越来越宽，路径也越来越宽。“匠人”职称下，没有谈道路的配套，却另有两段话很重要，直接引出来：

> 凡天下之地势，两山之间，必有川焉。……凡沟逆地防，谓之不行；水属不理孙（顺），谓之不行。
>
> 凡沟必因水势，防必因地势。善沟者水漱之，善防者水淫之。

从这里我们可以看出不少情况。第一，这种水沟、路径配套，并不是勉强的、人工强自造作的。不是这样。它也是顺乎天然的山川的。第二，这里不仅提到了沟洫，也提到了“防”，防就是堤坝，这显然是为了防洪水的，不是为了浇水的。所以“沟洫”的基本作用，用不到清朝人程瑶田的考证，《考工记》本身已足充分说明，它是为排水的。第三，这里讲到“逆”和“孙”（顺），就是说，顺应水流的冲刷力，沟的宽度可以增广；顺应水流的冲刷力，堤坝之旁可以借助于淤泥而加固。这丝毫也不带“乌托邦”的气息嘛。并且最后还谈到了“渊”，渊就是天然湖泊或由大量排水而聚成的人工湖泊，这已经是原始的水库了。有了原始的水库，事情才会慢慢导致到灌溉上来，但那却是远远以后的事了。

并且还有一个反证。假如这些水渠是为了灌溉，像中亚和次大陆上干旱的高原那样，那么，在这些畎上、遂上、沟上、浍上、川上，一定要安排水利专管人员，来管理什么时间给哪“家”、哪“夫”、哪“井”浇水，以免发生纷争。《周礼》中的职称和人员可谓繁多矣，只不见这样专管水利灌溉的职员。“遂人”原来可能是这种人，但到《周礼》中，它已发展成为专管田土分配轮换的“大官”了。由此反证，像中亚和次大陆干旱地区的那种“性命交关”的水利灌溉事业，在中国的井田时期是没有的。

由于只有排水，没有灌溉，所以建立在普遍水利灌溉事业基础上的土地国有和专制主义在中国的井田时期也就冲淡了。《诗·小雅·北山》篇中的两句话“溥天之下，莫非王土”，很难说它带有土地所有制的意味。诗意只是叹息说，像西周初血缘大宗主的“鼎盛”时期一去不复返了，那时的贵族间的某种利益的平衡现在丧失了，贵族间贫富分化的很利害，“今不如昔”了。既然“王之土”很大程度是名义上的，所以像《周礼》中的5%、10%、15%、20%、25%的税收，都谈不上有什么地租的意味。在这里，我要表述我自己有关地租和赋税的全部观点。在井田时期私有制还非常非常浅化，试看青铜器《格伯簋》（又叫《倗生簋》）铭词中用马换田的中介（“贮”，又有人释作“价”）刚刚发生，可见还谈不上地价，更谈不上比较认真的私有财产和私有土地。既没有私有土地，地租则更是遥远的事情了。但这仅仅是问题的一个方面。另一方面考虑到东方社会的特点，井田上的劳动者（不管叫他什么，公社成员、奴隶或者农奴）并不是由于什么私有制的原故，而是由于某些东方社会所特有的原因，必须到王和贵族的土地上去进行无偿的剩余劳动，这种剩余劳动产品放进了“千斯仓”、“万斯箱”中成了“曾孙之稼”。在这种东西身上，就不能说它不含有地租的萌芽性质，即便在这个历史时代中认真的地租还远远不曾形成。那么，总起来看，5%、10%、15%、20%、25%的征取是“税”，农业劳动者在王和贵族土地上所进行的无偿剩余劳动的产品，又带有“租”的意味。这样，劳动者所要缴纳出来的东西身上，就兼备了“税”和“租”的两层合一的性质，虽然在具体缴纳时并不一定绞成“一条鞭”。无疑，这一点（不管它表现得多么软弱），是带有“亚细亚”的某些特征的。

根据以上之所论证，从《周礼》中我们可以看到在中国上古井田时代的历史上，水利灌溉这种特征，与印度和阿拉伯诸国相比较，是有差别的。第一，它主要是排水，不是浇水；第二，从为了这一社会事业部门并未安排必要多的专职人员和机构来看，这种排水业务跟整个社会生产的关系，不是那么最普泛、最要害的。由于水利特征的不完备，影响到土地国有这个特征，较之印度和阿拉伯，就带有更多的“名义上”的意味。只有从农业劳动者必须到王和贵族土地上进行无偿劳动一点来看，他们所缴纳的实物中，除却赋税的性质之外，不能说不带有某些地租的性质。总之，我们可以说，在中国井田时期的历史上，水利灌溉和土地国有这样的特征，是在打了很重的折扣的意义下存在过的。

至于专制主义，只要具备中国历史常识的人都可以说出，这形成在秦和秦以后。到那时候，专制主义也有了，国有土地也有了，但说来不幸，当“亚细亚”形式的这两个特征货真价实出现的时候，它的另外一个特征——一个骨干性的特征，却开始丧失。公社开始瓦解，土地私有制不但出现而且合法化。西汉就出现土地兼并，“富者田连阡陌，贫者无立锥之地”。在这样私有者的汪洋大海的包围形势之下，土地国有只占踞着极其局部的“亚细亚”的作用和意义。而当权的专制主义和不显贵的私有者，成为此后中国历史上统治剥削阵营内部斗争的痼疾。这就是中国的历史。就井田时期看，某些“亚细亚”特征是完备的，另外一些特征则并不完备。井田瓦解以后，那就更不完备。因此，说它一直持续到十九世纪或者当代，那就更是不可思议的了。

最后，再谈谈《周礼》。《周礼》这部书虽然名誉不好，但从另一角度来看，它又价值很高。我的意思是说，我们从其中不仅能看出“亚细亚”特征的有无、多少、轻重；从其中不仅能看出来中国古代的土地制度；并且还可以看出来国家这种机器正在衍变和进化之中。公社职能和大酋长职能向阶级压迫职能逐渐过渡的这件事，我们差不多只有从对《周礼》一书的仔细阅读中，可以获致很理想的结果。

附篇二 亚细亚生产方式理论是先秦史研究的推动力

一

由于中国历史上的先秦段，具备亚细亚形式的特征最为明显，所以我们说，亚细亚形式的理论是先秦史研究的一种推动力量。

苏联史学家对亚细亚形式每作四个特征的表述。这四个特征是：土地国有，农村公社，水利灌溉和专制主义。仔细想来，感到这四个待征的表述，本身并没有错，并未与马克思的原意相违拗（自然实际上还有第五个特征，即地租与赋税的合一，详后）。只是拿这四个特征向不同国家、不同民族的历史上推广的过程中，可能出现问题。

我个人一直认为，这四个特征在具体国家、具体民族历史上的出现，是不平衡的，也不可能平衡。在中国的先秦史上，农村公社应该是一个骨干的特征。说这话的意思是，哪个时间、地点、条件下有亚细亚形式的存在，那么，那里就必然有公社。有人说讲了公社就没有了奴隶社会，其意图是为了将奴隶制无限制拔高、无限制扩大化而扫清道路。此处不予具论。

至于水利灌溉、土地国有和专制主义这三个特征，在中国先秦史上，就有个有无、多少的问题。我们应该采取的态度是，有就是有，无就是无，有多少是多少，实事求是，不可妄自加码和减码，以适应自己的主观意图。

先秦史上是有水利灌溉的，但与譬如说印度的水利灌溉情况很不相同。观《周礼·冬官·考工记》，可以看到纯乎是顺应自然的山川，修成排洪的渠道，渠道上并未安排大量水利灌溉的职员，足见其为排水而非浇水，情况十分自然，丝毫不显出“乌托邦”的迹象。至于对土地的权力，在先秦史上，这权力或权利的具体表现是分立的，而不是统一的；也就是说，是多条鞭而不是一条鞭。试观，其土地权三股分立，其名义上的所有权与“公田”（“大田”）上的收益权，属于贵族；其“私田”的分配权和轮换权，属于公社；其比较牢固的使用权与某种程度的占有权，属于农民。假如是真正的土地国有，那么，这些权就不会这么分散，就应该是比较集中或者非常集中。由此可见，先秦史上的土地所有制不能叫做土地国有制。至于专制主义，那么尽人皆知，只有到秦、汉才正式形成，“七国”的历史上仅仅是出现专制国家的萌芽罢了。

二

这里，自然而然地产生一个理论问题，即亚细亚生产方式的理论与五种生产方式的理论，这中间的关系是怎样的？对这个问题的试探解决，将大大有助于先秦史研究工作的“史论结合”。

不少同志在这一问题上采取把这两项理论看做是互相排斥的。如认为，假如五种生产方式理论是确切的，那么，亚细亚形式的理论就一定是马克思早年不成熟的、甚至是包含着错误成分的一种认识。又有的同志认为，假如亚细亚形式的理论是确切的，那么，五种生产方式的理论就必然是“框框”，需要修改，甚至可以抛弃。

我是这样想，能不能不采取上述的这两种态度？亚细亚生产方式理论与五种生产方式理论，二者间并非全面抵牾。试想：五种生产方式间存在着几种不同的情况。社会主义社会还未到总结一切的成熟时机，可暂置不论。资本主义社会和原始社会，全世界各民族、各不同国家历史上所表现的，基本相同，似乎可以成为一种普遍规律。问题存在在奴隶制和封建制的身上，而这二者仅仅是人类历史规律性发展的一个局部，而不是全部。所以，假如我们能把这个局部中的问题处理妥贴，不是问题就可以走向解决了吗？

经过长期的思考，我感到有三件事需要我们进一步去探索。

第一件，我们需要探索，奴隶制和封建制间有没有粘连的情况。所谓粘连，打个比方说，像肠子和腹膜会发生粘连一样。过去，同志们很少往这方面思考。我之所以想到这方面，是从对井田制的继续追寻引发的。井田制时代是奴隶制时代（虽然是极浅化的奴隶制），恐怕是没有问题的。但在我追寻井田制剥削的质和量的过程中，就其“质”来说，我感到有奴隶制的质，似乎也有某种封建制的质存乎其间。“古者什一，藉而不税”的剥削是地租赋税合一的形式，是亚细亚的；到“公田”、“私田”拉平以后，像《周礼·地官·司徒》中所记，除5%、10%、15%、20%、25%的税收外，还另起野役、兴田作，以熊虎大旗致之，其不用命者诛之，这些无偿劳动的强迫支付，不能不说带有某些封建制的萌芽（这仅仅是萌芽而已）。这就使我感到，在原始社会瓦解的过程中，会不会不仅出现奴隶制（浅化的），也会出现封建制的个别因素，二者粘连在一起？以上所说，就是我考虑到粘连问题的由来。假如我们继续追寻下去，这其中会不会有什么“未发之覆”？

第二件，我们需要探索，奴隶制和封建制中存在着一个十分突出的现象，即同一生产方式下各种不同模式的大量出现。社会主义社会会不会出现大量模式？我们还不敢说，或者说，还说不清楚。原始社会和资本主义社会，是不是也有模式？我没有研究过，只读到一位印度学者说资本主义是共同的。假如这学说可以成立的话，就只剩奴隶制和封建制的模式了。马克思说亚细亚的、古典的、日尔曼的，主要是就模式为示例，来表述人类社会发展的不同阶段。后来人们把模式好端端地抛弃了，简单化、公式化为五种生产方式，这样在表述规律性的过程中就遗弃了多样性、复杂性的存在。试想：马克思当年难道连“奴隶制”、“封建制”这样的词、这样的概念都不知道吗？不可能！那么，他为什么单单不用这两个词，而更多地使用“前资本主义生产形态”这个更浑融的词呢？我想，这其中必有缘故。他一定是摸到了模式问题在生产方式中的存在。因此，钻研印度模式的亚细亚、中国模式的亚细亚和希腊、罗马模式的古代、日尔曼模式的中古、中国“宋、元、明、清”模式为日尔曼所不具备的中古……纳模式的研究于生产方式之中，求其同亦求其异，追求不同模式间之所以同之所以异的规律性所在，对于两项理论间关系问题的解决，想来是会有济于事的。

第三件，我们需要探索，各种生产方式间有个衔接的问题。过去，恐怕不少人在这个问题上存在着机械的观点。用电插销来做比喻，奴隶制的插销一定不移地要插在原始社会的插座上，封建制的插销又一定不移地插在奴隶制的插座上，资本主义的插销一定不移地插在封建制的插座上，社会主义的插销一定不移地插在资本主义的插座上。其实，人类历史并不是这么机械发展的。中国的近代史显示，并未经历资本主义的明显阶段，无产阶级领导的民主革命就可以创立社会主义社会。北魏拓跋氏是拥有一些奴隶的，但北魏史并未经历明显的奴隶制，即可径直向封建制跃进。这些表明，事情不是机械的，用机械法处理其实是一种幼稚病，用在春秋、战国的历史上就出现了“奴隶大革命”、“冲刷着污泥浊水”那样的神话；用在西周初年的历史上就出现了“周武王的大旗一摇”那样的神话。我们应该从这里接受教训，把不同生产方式、不同社会形态间的衔接问题更深入地钻研下去，祛除生搬硬套的机械论，探索在衔接问题上所存在着的多样性的规律性，这样，庶几乎可把上述两项理论问题的关系，推导到一个新的地步。

三

现在，来补充申说一下有关亚细亚生产方式的第五个特征问题。

这第五个特征，即是地租和赋税的合一。或者说，再不会有什么不同于这种地租形式的赋税。这是马克思极英明的科学创见。原文见《资本论》第三卷，兹不俱引。历来学习的人，对此引述者多，体会其意义者少。根据我个人的体会（这种体会很可能会有错误），马克思指出这一特征的用意，似在指出这种合一特征之所以存在，不是生产力发达的一种反映，而是生产力极不发达的一种反映。这一特征，反映了亚细亚形式社会的某种落后性。

在具体的先秦史上我们所看到的，是地租和赋税的合一，以及由合一向分离的过渡。“古者什一，藉而不税”、“多乎什一，大桀小桀；寡乎什一，大貉小貉”、“什一者天下之中正也”，这些话所反映的是地租赋税的合一，是生产力不发达、落后的标志。等到“公田”、“私田”拉平以后，一面是缴纳5%、10%、15%、20%、25%的赋税，另方面还要无偿地在贵族和“王”的地段上兴田作、起野役，这中间不能说不带有独立地租萌芽状态的分离形式的存在。这是“宅乃事，宅乃牧，宅乃准”的原始国家向专制国家开始过渡的标志，是“溥天之下，莫非王土”的古老原则由不充分有效开始向充分有效过渡的标志，又是中国奴隶制由浅化向较深化、由低级发展阶段向较高级发展阶段过渡的标志。到秦、汉，国家屯田上的征取仍然是合一的；“三十税一”、“十五税一”是分离后的赋税；“见税什五”，就是分离后的私租了。这已是分离后的进一步的分化了。

四

最后，请允许我在上列论述的基础上说出自己的一些设想。

有人不准许人们设想。只准许人读书，漫无目的性地读书，在一百条史料之外，教人去使尽生平之力做对于“第一百零一条”材料的追寻。不准许发议论，这就是说，排除假说、思辨成果和理论思维在科学研究中的重要作用。其实，假说和设想，在很多场合下，往往是科学成就的前奏，这是有许多事例可以为证的。

我设想：殷、商暂时撇开不谈，西周无疑是以农村公社为骨干特征的亚细亚生产方式的社会。在这一社会的身体上，已经载荷着两种因素，互相粘连。这两种因素，一是不发达的、浅化的奴隶制，另一是封建制的最早的萌芽因素。这两种因素，又与农村公社母体互相粘连在一起。这种现象之所以出现，不是生产力发达的表现，而是不发达的表现。假如可以稍稍比拟不伦的话，像一枚农村公社的火箭，载荷着浅化奴隶制和封建制萌芽的两颗弹头。可是，跟着生产力的不断发展，“坏井田，开阡陌”以后，农村公社这枚火箭堕毁了，封建制萌芽随之而脱落，奴隶制经济开始由浅化向深化、由低级向高级、由亚细亚的中国模式向希腊、罗马的古典模式的部分状态跃进。汉、魏之际，由于两汉式古典经济的自身内部解体因素的发展，古典经济衰落了，自然经济占统治地位者凡七百年，这与日尔曼模式的欧洲中古社会有某些接近。五代、宋之后，中国封建社会又由其自身的中古模式向“近古”模式前进，这就跟日尔曼模式越走越远了。这样，中国的封建社会（包括封建制的萌芽因素在内）共有三截。附著在亚细亚身体上的，是一截；中古模式是第二截；中国独有的近古模式是第三截。这三截，跟奴隶制的衔接关系是复杂的，而不是机械的。从这些设想中，我亲切地体会到马克思使用“前资本主义生产形态”一词，是蕴藏着很深的用意的。

以上，是我于1982年5月25日在成都召开的“先秦史学会成立大会”上的一段发言。蒙与会同志不弃，嘱我写为文字。兹写出如上，敬请关心此问题的同志们多多指教。

第三章*

两汉的土地所有制，或者说，两汉的社会经济，是学术界长期以来的难题。从史料说，无论从数量或质量方面看，都比三代井田时期丰富多了，但可据以论证的关键性、要害性资料和数据，仍然很少。加以字句间的纠缠，这就是陈寅恪氏为什么说“不敢观三代两汉之书”①这个话的原由。开国以来，1957年曾有过一个两汉社会经济探讨的高潮，以张恒寿先生的一篇长文②作为标志，因为无论从“史”，或者从“论”，或者从两者的“结合”方面来看，这篇论文在当时反映了水平的提高。但是很快，一个世纪的四分之一的时光又过去了。斤斤计议于两汉社会之究竟是奴隶社会抑为封建社会，假如拿导师马克思原来脑际所出现的“前资本主义生产形态”来衡量，五种生产方式论中“奴隶”与“农奴”的差别等等，有其科学的部分，无容讳言，也有其局限的部分。所以我这里，不从五种生产方式中的两种生产方式谈起，而改由自然经济和古典经济这两种形式的经济潮流谈起。

一

在我个人看来，从战国到两汉，有两种形式的经济潮流在交错着，互有消长。一种是自然经济，其特征是个体农业与个体手工业的结合。一种是古典经济，其特征是个体农业与手工业的一定分离，商业和货币流通的一定昌盛，个

* 本章原标题为《试论两汉的土地所有制和社会经济结构》。

① 见陈垣：《元西域人华化考》卷首《陈寅恪序》。

② 《试论两汉时代的社会性质》，见《历史研究》1957年第9期。

体农业与手工业在一定程度上跟商业三者纠缠到一起，使城市对乡村起着一种相当大的影响力。关于古典经济，后文还要说很多，此处不赘。关于自然经济，还必须申说它是分做两头的，前头一段是从属于“亚细亚”形式的一种自然经济，后头一段是逐渐从属于中古（medieval）的一种自然经济，谨慎而细致地区别这两种自然经济的差别并看取其中间的转化，我认为是掌握两汉社会经济问题的要害点之一。

有两种形式的经济潮流，就必然有两种从不同经济形式上派生出来的两种意识。在这里，让我颠倒过来，先从意识谈起。古时候人，喜欢谈“本”和“末”。“本”指农业，“末”指手工业、商业和货币交换的综合。我们试从两个方面来进行对照吧。第一，我们拿司马迁和班固、《史记》和《汉书》来进行对照，班固和《汉书》中的经济思想是“重本抑末”，把“本”和“末”看作是对立的、排斥的；司马迁和《史记》中的经济思想是把“本”和“末”看做是可以互济的、统一的。第二，我们拿《盐铁论》一书中的两派经济思想来进行对照，其中文学、贤良、孝悌、力田们的思想也是“重本抑末”的，略同于班固及其《汉书》。其中“大夫”一派的思想，部分与司马迁及其《史记》相同，即把“本”、“末”看做是互济的；但另一部分大夫派却坚定地站在专制主义的立场上，认为“末”坐大了对专制主义统治不利，这部分观点司马迁没有或者很少。

司马迁是古典经济的宣传家，他在《史记·货殖列传》中公开提倡发财致富，甚至讲到竞争和投机。他说，“富”是人的情性，“不学而俱欲”，天下熙熙攘攘皆是为“利”。人富了，利来了，仁义也就随之俱来。他又说，求富必须有求富的本领，“能者辐凑，不肖者瓦解”；要投机，“趋时若猛兽挚鸟之发”。《盐铁论》中大夫也说“智者能筹之”、“运之六寸，转之息耗”，等等[①]。司马迁又说，你富了，别人就畏惮你，为你所“役”，给你当“仆”，说这是“物之理”。他丝毫不把这些牟利活动看做是不道德的、有害的；也不把它们看做是与农业相抵触，对农业有破坏作用的。他说，社会财富“待农而食之，虞而出之，工而成之，商而通之。”自然，司马迁不可能完全脱离井田时期“亚细亚”形式的传统影响，所以他又主张“以末致财，以本守之”，并且把富人分为三等“本富为上，末富次之，奸富为下”。

① 见《贫富篇》第十七。

《盐铁论》中“大夫”一派，略同于司马迁。他们说“工不出，则农用乖；商不出，则宝货绝”，又说天下各种物资“待商而通，待工而成”[①]。作为政策，他们主张“农商交易，以利本末”[②]，“本末交利”[③]。显然，他们不重视、不强调“本”与“末”之间的互相排斥。盐铁会议上的贤良、文学一派，则坚主以农为本，主张“尚力务本”、“节用尚本”，主张“进本退末，广利农业”[④]。

班固在《汉书·食货志》中宣扬的，全是贤良、文学一派的“重本抑末”思想。他以谴责的口气，说战国的风气是“贵诈力”、“先富有”，不讲仁义礼让。这股古典经济的潮流，在秦末、汉初的社会激荡下有所潜伏，但在文、景之际社会生产又恢复之后，又抬头了：“时民近战国，皆背本趋末”。接着，班固便援引了贾谊、晁错、董仲舒一系列言论，申说背本趋末是天下之大残，淫侈日长是天下之大贼，天下生（产）之者少而靡之者多，统治的秩序就要发生惊人的“阽危”了。所以作为政策，他们建议“驱民归农”。

从以上看来，自战国开始到东汉末曹魏之初，也就是从公元前四世纪初到公元后三世纪初这样六七百年里，社会意识中始终有两股潮流在交错着，则这两股意识流实际是两股经济潮流的反映。两汉的三种土地所有制，就是在这样两股经济潮流的交错中发生、发展，并且互相影响，成为一套完整的经济结构的。所谓经济结构，就是指当时整个国家经济的有机整体中各个方面之间的质的组合和量的比例。而这三种土地所有制，则无疑是当时经济整体中很主要的内容。两汉的三种土地所有制互相影响，构成两汉经济的整体，而这个整体的“球”，又是在上述自然经济与古典经济的两股潮流交错的基地上滚动着的。

我所说的三种土地所有制是：国家土地所有制，大土地私有制和小土地私有制。有人提出质疑说，国有土地和私有土地是对照的，或者说是对立的；为什么“私有”范围内又分什么大、小呢？我们的回答是：大小的体现者有迥乎不同的身份，假如大土地私有的体现者是“豪家”或者“权家”，他们都是大剥削者，不劳而食者；而小土地私有的体现者则是农村中的中农和贫农，他们是被剥削者，社会的主力劳动者。所以，要把这两种私有制分开。

① 见《本议篇》第一。

② 见《通有篇》第三。

③ 见《轻重篇》第十四。

④ 见《本议篇》第一。

底下，我们就沿着三种土地所有制的线索，一一表述下去。

二

先看土地国有制。

在谈土地国有制之前，有个必须先要接触到的问题，就是井田制是怎样瓦解下来的？是顿然地，还是缓慢地？提这个问题的缘由，是由于班固在《汉书·食货志》里给人一种印象，似乎一从商鞅“坏井田、开阡陌”之后，立刻就出现了（甚至是相当大量地出现了）“富者田连阡陌，贫者无立锥之地”的现象。事实上恐怕不是如此。必须看到两点，第一，一种制度的瓦解，一般不可能非常急骤，特别在上古，人们掌握规律的能力还相对软弱的时候。就以亩积的按尺定步、按步定亩来说，当时情况可能非常错乱而不统一，如有8尺为步、百步为亩的“古田”，有6.4尺为步、百步为亩为“东田”，有以5尺为步的“秦田”，有以5尺为步、240步为亩的“汉田”，等等。[①]第二，“富者田连阡陌，贫者无立锥之地”，假如指少量的现象，那么战国时候就有了；但假如指大量的出现，那么必须指出，秦、汉这种贫富两极分化的现象，是伴随着古典经济的波动的。古典经济，不像自然经济，它经常不稳定，社会生产遭到破坏时（如汉高祖以及武帝后期）它就显得低沉；社会生产上扬时（如文、景、武帝的前期，以及昭、宣以后的元、成、哀、平时期），它就活跃起来。“富者田连阡陌，贫者无立锥之地”的现象，是在古典经济活跃的时期才出现的。

在古典经济一时尚未达到活跃期的时侯，田土制度一般比较稳定，除了富者保有较大量的土地、贫者也能保有极小量土地之外，国有土地怕还是大量的。我常常这样想，“溥天之下，莫非王土”这诗句虽是出现于西周之末，但它真的成为现实，倒是晚在战国、秦、汉之际。这时，专制主义强化了，一切荒地、山泽、草地、无主之地、无人认耕之地，统统是国有土地。一般叫“公田”（汉简中又每每叫做“天田”、“王田”等）。这种“公田”，作为农业生产手段，如何跟劳动力联系在一起呢？从史料中获致到的综合印象来看，怕是两条路，一条是分给老百姓，一条是租给老百姓。前者文献中叫“受”（“授”）田，后者文献中叫“假”田。

① 俞正燮：《癸巳类稿》卷3“王制东田名制解义”条。

前几年发现的《云梦简》中就有“人顷刍藁，以其受田之数”[①]。《居延简》中也有“受（授）奴田”字样[②]。“受”和“授”，是从授与和被授与的不同角度而孳生的近义词，古时可以互用。这种授与和被授与的土地，又叫“分地”，已故贺昌群先生曾经征引《汉书·匈奴传》、《后汉书·仲长统传》、《汉书·王莽传》中“各有分地”、“分田无限”、“分田劫假”等字样，来说明“分地”就是“份地”。“分”、“份”是两个稍有音转的字，也可以互通。[③]假如贺先生这个看法可以确立的话，那么，汉初的“受（授）田”，恰好是界在井田制的“私田”之后、均田制的“口分田”（“露田”）之前的一种类似形态，并且从无论拓跋族或女真族、满洲族的早期历史上都不约而同出现过的“计口授田”中，都可以找到这种类似。这恐怕是国有土地与劳动力相结合的第一条道路。

国家“授”给这块田土，农民接受这块“分地”，不是无代价的。至少，受田之后，即成为编户，“十五税一”或“三十税一”的“田租”是要缴纳的。这还属于“国税”的范畴，因为它是国家机器存在的经济体现。但事物是会转化的，因为“耕豪民之田，见税什五”的“地租”，亦即土地私有权的经济体现形式，不管最初只是少量出现也罢，总归是出现了。它既经出现，它就起感染的作用。于是，“受田”、“分田”便自然而然地向“假田”过渡。“假田”是中国历史上出现的最早的租佃制。但我们不可据之遽尔判断出什么“封建”的因素来，因为历史上有封建的租佃制，也有前封建的租佃制。这种“假田”，在西汉恐怕为数很大。

现在，就假田的租率及其在整个国家收入中的比重，来进行一些推测。

假田不同于分田的地方，是它有“租挈”，即一种契约关系。国家按契约收取租税。这租率一开始可能是不高的，观《盐铁论·园池篇第十三》中“假、税殊名，其实一也”，这个“实”字可能指的就是租率或租额。这就是说，一开始假税的额与“十五税一”、“三十税一”相接近。但事物是会转化的，不要说“权家”会来“转假”、“劫假”，牟取接近于“见税什五”的高租额，就以国家直接面对贫民的情况来说，田有瘠饶，租税自然就慢慢分为三等五等，这就意味着租额的逐渐升级。在升级过程中，租税的性质也在变化，从

① 见《田律》。

② 编号：2544A.B。

③ 贺昌群：《汉唐间封建土地所有制形式研究》，页25～27。

国家不带地主身份向国家逐渐兼备地主身份发展。在这种租税中，逐渐带进了“亚细亚”的、亦即赋税和地租合一的性质。

当时假田的总额，亦即它的总顷亩数，是很难求得的，只能推测。这种推测并不意味着随意的或胡乱的推测，而是指辗转、但亦是有根有据的推测。有的同志获致了一个数据，即汉“田租”（国家赋税）总收入与“假税”（国有土地上的地租赋税合一的榨取）总收入的比例是5∶3。[①]从缺乏这样的数据到具有这样的数据，自然是一种可喜的推进。但窃以为“3”的数额偏低了。并且在推求中也每有不妥之处。例如武帝“告缗”，豪强破家，很多私有土地变成了国有土地，“大县数百顷，小县百余顷”，主要指中原或古典经济发达的地方，古典经济不发达的“县”、“国”，就未见得有多少豪强，充公土地就未必是“数百顷”至“百余顷”之数。以千余“县”、“国”平均三百顷计，这样做，可靠性不是很大。并且，“告缗”是一种突然袭击，袭击之外，尚有若干处原额的公田，如河套、阴山间的“北假”就是大片垦田，专设了田官的。此外，还有很多散在各地的苑囿园池。这些若干处专设田官或由“少府”等衙门所管领的公田顷亩，实际已无由核计，而仅取元帝垦数与武帝充公田数相减，武、元之间相隔七八十年，变化甚大，相减后所得数据，其可靠性仍不是很大的。

要推测，窃以为还不如从《太平御览》卷627引桓谭《新论》中的一段[②]去下功夫为好。这段原文，可不俱引，只说其中包括两个数据，宣帝时“田租·口赋”总收入的数据是40余万万（钱），“少府所领园地作务”总收入的数据是83万万（钱）。这两个数据形成为一个比例。此处仅提“少府”，实际上恐怕连“水衡”、“大农”、“太仆”等衙门所管领的国有土地都包括在内，才形成如此庞大的数字。25年前王仲荦、张恒寿两先生探讨这段内容时，是侧重于奴隶劳动产品收入和封建农民劳动产品收入的比重问题。我们现在把这个问题搁置下来，专来推断国家赋税（“田租·口赋”）总收入跟国家租佃土地上“假税”总收入的比例，倒是1∶2（强）。这显示出，汉代国有土地的数量，是非常庞大的。顺便加一句，它的作用也是不容抹煞的。有人根本不承认这种土地国有制，说它仅仅是土地私有制的“运动”形式。这很有意思。假如我说，因为猴子是人的运动形式，所以世界上根本没有过猴子，行吗?!

① 黄今言:《汉代田税征课中若干问题的考察》，见《中国史研究》1981年第2期。

② 参看《试论两汉时代的社会性质》，见《历史研究》1957年第9期页15处所引。

三

国有土地还有另外的一个组成部分，那就是“屯田”。屯田带有鲜明的为军事行动服务的目的，并且从劳动者的由来看，还带有某些强制的意味（指徭役和弛刑等事）。大体上自汉武帝开始，为了防御匈奴，后来又为了防御羌人，大量用兵，而军粮运输破费太大（《汉书》中说率十余钟、甚至三十钟致一石），为了“省大费”（赵充国语），国家就检军事要冲地处，如今张掖、酒泉以北之居延、今青海大通河和湟水之间的浩亹、以及今乌鲁木齐以南之渠黎、轮台，设置屯田。大体自淮阳、汝南、昌邑三郡国中征发平民（大部分还受有二十级爵中之低级爵命），到这些边防要塞和屯田地区中来，一面防卫，一面耕作。除去这些正式的戍卒（又分别叫“田卒”、“河渠卒”等）之外，还调发来很多刑徒（又分别叫“募士”、“恶少年”，或统称“谪民”），给他们以弛刑处理，以平民身份前来屯种。一般有军官（都尉、侯官、鄣尉、侯长、隧长等）管带。这些军官，又每有“私从”和家属。总之，屯田上的人员是很复杂的。劳动者一般由国家供给衣食（《盐铁论·复古篇第六》中说“卒徒衣食县官”），还发给600钱上下的月俸。这种情况，持续到后汉光武建武之末，首尾约一个世纪挂零。

至于这种屯田上国家剥削和屯卒被剥削，其性质和数量，在百余年中也是有变迁的。大体情况是，开始是徭役性质，剥削的是劳役租；后来逐渐向假田和国家租佃的性质上转移；最终以军官地主化、屯卒佃农或隶农化，租率与私租率相埒而结束。其较详情况，于以下述之。

开始是徭役性的屯田，剥削劳役租，所以每人都要有个所耕田土的定额，按定额榨取剩余劳动。《汉书·赵充国传》说“田事出，赋人二十亩”，是以20亩为定额。《流沙坠简考释》卷2所收简文中有以24亩（有奇）为定额的，有以14亩（有奇）为定额的。1972年在居延新发现之72·E·P·1号简文[①]中有“率人田卅四亩”、“率人得廿四石”等文，可见该地以34亩为劳动定额，而地瘠产薄，故产量还达不到“百亩之收，不过百石”的水平。这样，无论以14亩、或20亩、或24亩、或34亩为定额，其劳动产品想来是上缴公仓，观赵

① 此简原文和分析，参看本章附篇《汉屯田劳动者所受剥削之性质与数额上的差异》一文。

充国浩亹屯田得谷上缴金城公仓可知。由国家贴给口食月2石上下，俸600钱上下看，得谷似无私留余额的可能。

这种类型的屯田，不久恐怕就要发生转化。因为第一，古典经济的冲击力也会到达边疆的，观汉简中“贳贷”、“僦（人）”、“逋负”等字样历历可见，证明商业、高利贷、货币流转的潮流，在边疆照样发展，那么，国有土地的私有化，就是不可避免的。第二，“军屯”不是绝对孤立的事物，观赵充国所上“屯田便宜十二事”中，其三为“居民得并田作”，足见以军耕带动民耕，军民间就免不了混杂。又《后汉书·邓恂传》说，“置弛刑徒二千余人，分以屯田，为贫民耕种”，这最后一句自然不是说“替”贫民种地，而是叫他们“像贫民一样”种地。这些都意味着屯田要逐渐假田化了，劳役剥削要逐渐租佃化了。观1930年所获居延简新编号第1585与1610两简，其一文曰“右第二长官二处田六十五亩，租廿六石”，其又一文曰“右家五，田六十五亩，租大石二十一石八斗”。由“长官处”字样判断，田系公田（官田）而非私田；再由“家五”字样判断，系屯田戍卒家属私从所租种，其租率为每亩（小斗）4～5.5、5.6斗之数。这种租额够重的，已经跟中原“见税什五”以及马援、曹操“与田户中分”相近了。《盐铁论》中说，“吏未称奉职承诏以存恤，或侵侮士卒，与之为市，并力兼作，使之不以理”①，说的正是屯官剥削戍卒，把屯田逐渐向私有的出租土地方向转化的事情。

综合以上两项国有土地的情况来看，我们可以看到两点：第一，国有土地的数量是很庞大的，这说明自从中央集权的专制主义形成以后，它对土地的干预力量，一直是十分强有力的。第二，但同时，土地私有制也已经合法化了，在私有制要求其自身逐步深化的历史历程中，又必然影响着、冲击着国有土地，使它改变其性质。这就是“亚细亚”遗存在中国历史上不可能不逐步减弱的原因之所在。

四

现在，来看大土地私有制。

土地私有和土地买卖，在战国时候就零星出现了，像魏的士子出卖园宅、赵的将军买进便宜田宅诸事例所反映的。但依仗财力大量购买土地，进而依仗

① 《备胡》第三十八。

政治权势大量兼并土地的事，则是在井田越来越瓦解的干净，古典经济几度上扬，专制主义的群队越来越形成为特定的利益集团以后。

两汉时候，大土地私有制的体现者，大体上有三家："豪家"、"权家"以及上层的"命家"。所谓"豪家"，文献中通常叫"富人"；由于他们经营工商业富有财力，不免霸悍于乡曲，故又叫"豪强"；这些豪强身边，总又不免形成一些投机倒把、违法破坏秩序的人的群队，所以又叫"豪猾"；其中有些打抱不平的"游侠"为他们"帮闲"，所以又叫"豪杰"。总起来，文献中把这种社会利益集团叫做"豪家"。所谓"权家"，是指王侯、公主、佞幸、外戚、宦官、官僚等等，他们依附皇帝的势力，但又经常跟"富人"发生勾结，有时依仗财力、更经常是依仗政治特权力量，取得大量的土地和钱财。他们这些人在政治立场方面，基本上是支持专制主义的；但在经济利益方面，跟"豪家"很邻近。有一次，汉武帝对臣下说，"吾所为，贾人辄知，益居其物，是类有以吾谋告之者"[①]。可见"豪"、"权"二家中间有勾结，有串连。所谓"命家"是指受有爵命之人。秦时，创立二十级爵的制度，[②]主要为了报偿军功。受爵命者分二十个等级，面子拉的宽，既包括立功的上层人士，又包括老实的农民。下层受爵命者，大都是中产以下的人，上层受爵命者往往是"新贵"，跟"权家"已经很邻近了。

三家之中，自然以"豪家"为主体。这种集团是古典经济的直接产物。他们把工、农、商业看成是可以统一的，可以联合起来分行经营的。兹就《史记》、《汉书》中的《货殖传》中所记，如冶铁鼓铸业，原在齐、赵之地发展起来，遭到迁徙，转移到川西临邛一带，如卓氏和程郑氏，他们雇佣大批贫民、流民和少数民族的人（"椎髻民"），这些劳动者的身份很接近于债务奴隶。这些富人有时一家聚众至千余人，所以专制主义害怕他们聚在深山穹泽之中，"轻为非"[③]。南阳孔氏、鲁国邴氏，也鼓铸冶铁，同时兼营土地种植和高利贷，如孔氏"规陂田"，邴氏"贳贷行贾遍郡国"，主张"俯有拾，仰有取"。吴王濞、佞幸邓通这些兼备"权家"身份的人，也分别在丹阳和蜀地开铜铸

① 见《汉书·张汤传》。

② 这二十级爵的名称是：（自下而上）公士、上造、簪袅、不更、大夫、官大夫、公大夫、公乘、五大夫、左庶长、右庶长、左更、中更、右更、少上造、大上造、驷车庶长、大庶长关内侯、彻侯。

③ 见《盐铁论·复古篇第六》。

钱。又如制盐业，齐之刁闲，逐鱼盐之利，劳动的人们中有“宁爵无刁”的流传语，颜师古注解释这句流行语的意思说：“宁欲免去作民有爵耶？无将止为刁氏作奴乎?!”司马迁附加一句说“言其能使豪奴自饶而尽其力”。意思是说，流民、贫民们宁愿跟着古典经济的道路干，不愿跟着专制主义所鼓励的自然经济道路干。此外，有专搞运输业的，如周之师史，“转毂百数”，“郡国无所不至”，经营额能达“十千万”。有专搞粮食囤积业的，如京辅地区宣曲地方的任氏。专搞畜牧业的，如河南的卜式，边塞地区的桃（姚）桥。专搞高利贷的，如长安的毋（贯）盐氏，“其息十之”，《史记·索隐》说这是“出一得十”。在这种古典经济高潮中，各地自然而然形成一种以宗族宾客为其辅翼的家族，如济南瞯氏、河内穰氏、茂陵焦氏、涿郡东西二高氏、北地浩氏等的豪猾（恶霸）势力。

专制主义对这种势力，是打击的。《盐铁论》中御史严肃宣布政策，如“除秽锄豪”。其办法见于史书者，大体有二，（一）强令迁徙；（二）大算缗钱。迁徙，是指勒令这些富人豪家从他们原来盘根错节的地方离开，财产当然也带不走。《史记》记卓氏迁蜀说“独夫妻推辇，行诣迁处”，跟充军差不多。《汉书·陈汤传》记他在哀帝时上疏说，“天下民不徙诸陵久矣，关东富人益众，多规良田，役使贫民。可徙初陵。以强京师，衰弱诸侯，又使中家以下得均贫富。”可见这是削弱豪家、扶植中下之家的一种手段。大算缗钱，是武帝晚年发动的一场运动，借匿缗（偷税漏税）为名，普遍打击豪强，事见《酷吏传》，一郡之中，往往连坐千余家，大者族，小者死，至流血十余里。财产（包括土地）充公，归国家所有。这样做，使大数额的私有土地向国有土地转化。但“算缗”仅是一场运动，运动过后，豪强们依然像王莽令中所描写的“强者规田以千数”、“置奴婢之市，与牛马同兰”、“略卖人妻子”，古典经济的流，即便到东汉的王符《潜夫论》中所反映的，依然是有加无已。

“权家”有时单干，有时与“豪家”合伙。大体西汉之初尚不严重；西汉之末，肆意兼并，已无所忌惮。灌夫的传中记载，他在老家颍川交结豪猾，役使宗族宾客，大搞田园陂池，家产累数千万（钱）。到元、成、哀、平时候，匡衡位列三公，亲主计簿，却使用权势，背法盗取封土四百顷（四万亩）；同时张禹使用财力（自然也夹杂权势），购买泾渭间水利灌溉的膏腴上田四百顷（四万亩）。佞幸董贤抄家后，斥卖家财凡四十三万万，恰当汉家通国田租一岁之所入！（以上参阅《汉书》卷52、81、93等处）这些“权家”、“命家”，本身虽然不属于古典经济的范畴，但却也严重地受到古典经济的熏染，跟“豪家”成为一丘之貉了。

这些大土地私有制的体现者，不形成为一个阶级，而是几个阶级在形成和瓦解过程中的凑合。这正有力地说明着两汉社会的过渡性质。这些在形成或瓦解中的阶级成分，包括：使用奴隶身份劳动者的工矿主、大商人，投机倒把者和高利贷者，自然也有地主。对于这些地主，我之所以不把“封建”帽子遽尔加在他们头上，原因是他们绝大部分正在跟着古典经济跑，而还没有成为自然经济的构成部分，很多农产品不是为了自给自足，而是投入市场去了。像“孝悌”、“力田”的人们，则正在受着国家的培养，尚在成长之中。

五

现在，来看小土地私有制。

这种所有制的体现者，主要是小农，或者叫小自耕农。这种身份的人，在文献史料中记录下来的典型不少，像丞相陈平年少时有田三十亩，与兄嫂同居；如晁错主张移民到北假地带，给他们修建房舍，“一堂二内”；像循吏龚遂在山东劝课农桑，吩咐每口要种检一株、薤百本、葱五十本、韭一畦，母猪二、鸡五。这都给人以有关小农的感性印象。从理性上说，他们的特点，就是自由。这自由，不是绝对化的概念，而是与公社农民的锢闭性特点相对照，与中古部曲、佃客们的人身依附以及固著在土地上的特点相对照而获致的。导师恩格斯曾经谈论过这种自由，他的大意说，当土地为部落和氏族（即公社）所掌握的时候，农民们为了土地，受着一种难解难分的束缚，公社瓦解后，这种桎梏被摧毁了，人们从此可以无限制地占有土地，也可以出卖土地。这种自由在公社时候是不存在的，现在存在了。[①]晁错说，为了还债，农民卖田宅、鬻子孙；贡禹说，就是国家赐与了他们土地，他们也保不住，又贱价卖出去了。足见汉代农民已经有了这种自由，而在“田里不鬻”的井田时期，这种自由是不存在的。晁错说，农民可以不农，不农就不地著，不地著就民如鸟兽。在中古“土围子”治下的部曲、佃客们，是没有这种鸟兽般的自由的。

但小农的局限性也很大。导师马克思在《路易·波拿巴的雾月十八日》中，谈到过这种局限性。虽然马克思谈的是封建瓦解后的小农，跟公社瓦解后

① 恩格斯：《家庭、私有制和国家的起源》，中译本页160。

的小农属于两个历史段落，但这种局限性也可以起一种对照的作用。马克思描述说，一小块土地，一个农民，一个家庭；旁边又是一小块土地，一个农民，一个家庭。大家彼此是孤立的，生活资料靠与自然交换，不靠与社会交换。这里不需要分工，不需要发展，不需要才能，不需要社会关系。汉朝的小农，大体上也在这样的情况之下。他们主要受到三种迫害。

第一是自然灾害，旱灾、水灾、战火等等。由于生活资料靠与自然交换，故一旦有灾，影响深重。贾谊说："兵旱相乘，……罢夫羸老易子而咬其骨"，"岁恶不入，请卖爵子"；贡禹说："民大饥而死，死又不葬，为犬猪所食。人至相食。"《汉书》中"人相食"的字样，在《本纪》中时常见于某某郡国或全国。鲍宣说民有"七亡"，又有"七死"，其中自然灾害也占一条或两条。第二种迫害是专制主义的徭役。汉朝的徭役一直是很重的，《盐铁论·徭役篇第四十九》中说，"近者数千里，远者过万里，历二期"。居延简中有六十九岁的戍卒。虽然田租不重，加上徭役就很重了，《盐铁论·未通篇第十五》中说"田虽三十而以顷亩出税，……加之口赋更徭之役，率一人之作，中分其功"。就是说专制主义国家的剥削跟豪民的"见税什五"也差不多。况且像明初的那种"诡寄"、"洒派"现象，汉朝也已经有了，《未通篇》说："大抵逋流，皆在大家，吏正畏惮，不敢笃责。刻急细民，细民不堪，流亡远去"。鲍宣所反映民有"七亡"、"七死"中，各有三条是属于这方面的。可见，专制主义的徭役，是迫害小农使之破产流亡的最严重的因素。第三种迫害，来自古典经济和富人豪强。晁错说："今法律贱商人，商人已富贵矣；尊农夫，农夫已贫贱矣"。这个话反映专制主义的政策力量在古典经济下是无效的，碰钉子的。小农由于欠了豪家、权家的债，他们就不能不卖田、卖宅、卖低级爵命、卖儿女、最后卖自己，使身份由自耕农向奴婢转化，这是古典经济规律起作用的必然结果。

但两汉的整个社会，还不能不依靠这些小农和奴婢，来做台脚。马克思在《路易·波拿巴的雾月十八日》的二版序言中说，古罗马的奴隶是舞台的消极的台脚，而在舞台上搞斗争的，则是自由的富人和自由的穷人。我们受到这段话的启发，认识到在汉朝，小农和奴婢是社会舞台的消极的台脚，而专制主义和豪强则在舞台上搞斗争，扮演着很精彩的戏目。正是在这个意义上，马克思把小农看做是古典社会的经济基础。他在《资本论》中两次提到这种看法，一在正文，一在脚注中。在第三卷第47章中，他单独提到自耕农小土地所有制形式，说它"在古典古代的极盛时期形成社会的经济基础"。在第一卷第4篇

第11章谈到“协作”时，他顺手加了一个脚注，谈到小农经济和独立手工业二者，“是古典社会全盛时期的经济基础”。[①]这两段内容间，并不包含很大的差距，我们完全可以拿它们来启发我们对两汉社会的辨识。在两汉，虽然矿冶业、制盐业、铸钱业等是在大规模奴隶劳动下进行的，但对小农说，“一夫不耕，或受之饥”之外，仍是“一妇不织，或受之寒”的情况，所以即便是小农业与手工业“二者”，在两汉也仍然可以构成为社会的经济基础。

六

根据以上的种种分析，我们看到两汉主要的社会经济关系是：（一）专制主义国家一方面用徭役迫害小农，另一方面又赐民公田和爵命，以表示安抚。（二）“豪家”、“权家”迫害小农，使他们破产自卖为奴婢。（三）专制主义国家与“豪强”间关系又非常紧张，国家打击豪强，豪强挖国家的墙角。兹绘一示意图如下：

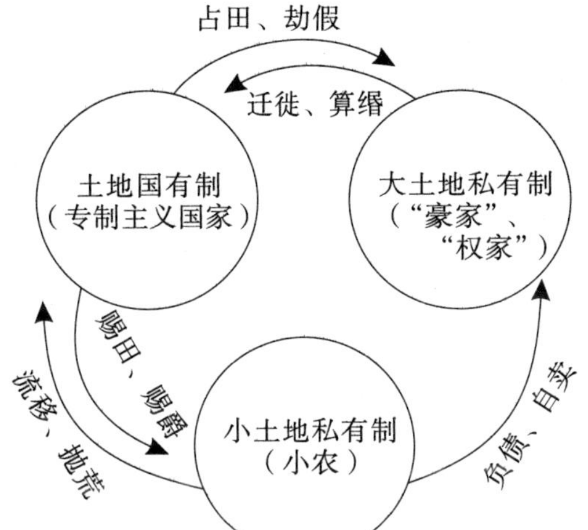

我们是不是可以认为两汉的社会经济，就是按这样一种关系运转着的？是不是可以认为上图所示，就是两汉的主要的社会经济结构？自不敢必，谨提出来留俟方家正之。

剩下一个问题：像这样运转着的一种结构，是怎样被下面一种结构（譬如说，魏晋式的中古结构）所代替的？看起来，要这样一种结构为下面另一种结

① 并见《资本论》卷Ⅲ，第47章，中译本页909；同书卷I，第4篇，第11章，中译本页354。

构所取代，似乎还需要如下的一些条件。第一，农民大起义的打击，在这些打击中往往就带着阶级的调整，那就是说贫富贵贱间的调整。第二，专制主义机能也要从秦皇、汉武的扩大化中间，吸取教训，军事活动和力役、徭役的征发，不能是无节制的，必要时扩大，不必要时也未免不可以收缩。第三，特别重要的，是要"豪家"的内在的分解。这就是说，假如不久以前"豪家"和"权家"还是有勾结的联合的话，那么，后来"权家"逐渐领先，"豪家"向"权家"转化，他们的古典经济的经营，得不到当时社会综合发展条件的支持，逐渐向自然经济的经营转化。第四，要把农业劳动力稳定下来，使流民的流亡率尽可能减低，那么自然而然就需要经济以外的人身依附关系，就自然而然出现"客的奴化和奴的客化"的现象了。

附篇　汉屯田劳动者所受剥削之性质与数额上的差异

我个人认为：任何屯田上剥削的形式和性质，不可能是单一的；整个屯田的历史段落（不管是五十年或者一百年）不可能是不发展的、不分段落的。陈直先生对汉屯田上剥削的形式和性质，只有如下的一段话：

> 屯田收获，入租每亩四斗。田卒每人种田平均约二十亩左近。①

这未免单一化了一点。很可能平均种田二十亩是一种形式，一种性质；亩租四斗，又是另外的一种形式和性质。张维华先生，倒是向多样性方向考虑的，在五十年代时他曾说，“秦汉时代，在国有土地上，有‘军屯’之制，有‘民屯’之制，有‘假田’之制②。但张氏语焉不详。我今按我自己的研究心得，对此话试加诠释和发展。

汉屯田，以居延地区作为重要的例证，这是汉朝国有土地的一个重要形式，张氏所说的三种样式，可能都有。现在，在具体引用《汉书》和汉简材料予以论证之前，试将我个人对汉屯田中三种样式的理解（请注意：仅仅是个人理解），写在下面。

所谓“军屯之制”，我的理解是：国家按照军事的需要，以徭役的形式，将兵卒（其籍贯主要是兖、豫二州的平民，且多受有低级爵命）和弛刑之人，征调到边防重点地区，一面防守一面屯种。国家发给这些人口食（月二石上下）、俸钱（月六百钱或较多）、衣物。这些人按照定额制专职地或者半专职地

① 陈直：《西汉屯戍研究》，见《两汉经济史料论丛》，页51。

② 张维华：《试论曹魏屯田与西晋占田上的某些问题》，见《历史研究》1956年9月号。

耕种这些土地，将所获谷物全部上缴公仓。这种剥削，是一种劳役租性质。虽然戍卒们有还要另纳算赋钱的记录，但这种劳役租的性质基本上是地租和赋税的合一，是东方性的，“亚细亚”的，是专制主义起作用的结果，和私有制关系不密切。

所谓“民屯之制”，根据我的理解，是和“计口授田”有关的。“计口授田”，在中国历史上，并不自拓跋氏的漠南屯田开始，更不自女真在东北和中原搞“牛头地”和“计口授地”开始，秦简中就有了“受田”（“授田”）了[①]。贺昌群先生把均田制的前史看的很长，仔细想来，不是没有道理的[②]。试想：吏卒们总不能不带家属和私从吧，军屯之旁总有当地的居民吧，赵充国的“屯田便宜十二事”之三就是“居民得并田作”[③]，那么，军田和民田从开始后不久就不容易划清界线。中原盛行的土地私有制并不躺在火炕上睡大觉，而是无时无刻不向土地国有制浸润，这种浸润，就是军屯瓦解和“亚细亚”形式瓦解的契机。于是租佃制出现了（租佃的主人往往是军屯的官吏），租挈（契约）出现了，接近于“十五税一”、“三十税一”的假税出现了，接近于中原的“或耕豪民之田，见税十五”的地租也出现了。这种地租是私租性质，不带“亚细亚”的气味。

所谓“假田之制”。“假田”，是汉政府将公田或荒田出租给贫民的一种措施。假田在西汉，特别是高、文、景和武的前期，数量是不少的。国家按“国税”的租率征取剩余劳动产品，数额可能很低（如十五税一、三十税一之类）。有的同志考证汉“假田”收入与“田租”收入的比例，是“田租”收入占5，“假税”收入占3[④]。这个比例，假田所占不是太大，而是尚有不足。当时出假的公田面积是很大的；如五原郡的“假田”就有一专名叫“北假”，并设田官。其余散在各处的苑囿园池，为数尚多。但豪强之家和权势之家，却在这中间钻了空子，他们以“二地主”身份把公田包下来，再以高租率租给贫民。这就是《盐铁论·园池篇》中所说的“公田转假”，也就是王莽令文中所说的“分田劫

---

① 《云梦秦简》；参考高敏：《云梦秦简初探》“土地制度”一节，页155～167。

② 贺昌群：《汉唐间封建土地所有制形式研究》，页25～32；158～161；300～301。

③ 《汉书》卷69（列传39）《赵充国传》（标点本第9册页2987）。

④ 黄今言：《汉代田租征课中若干问题的考察》，见《中国史研究》1981年第2期，页32。

假”。屯田地区附近，不可能没有这样的“假田”。我们设想，一个戍卒，既可以由本人接受徭役剥削，又可以由家属租种假田，接受租佃剥削，这是完全可能的。屯田地区剥削制度的复杂化，就这样地日深一日下去，直到屯田的瓦解。当然，屯田瓦解的原因并不只一条，军事任务的转移是其一，整个国家对国防开支过重的反省是其二，但无论如何，私有制对国有土地的蚕食总能说得上是原因之三。

底下，让我们看一些史料吧。

劳役性质的剥削，有一种主要形式是定额制。这种定额，不是收获物的定额，如井田“贡”法之校数岁中以为常。它是土地定额，用土地定额来规定劳动的量。《汉书》卷69《赵充国传》中说：

> 田事出，赋人二十亩。

这是最典型的定额。实际上也有更大的额和更小的额。《流沙坠简考释》中有简文内容表明，有张佥所部兵21人，种512亩，每人定额24亩有奇；梁襄所部兵26人，种380亩，每人定额14亩半有奇[①]。《西陲木简汇编》中有简，文曰“玉门屯田史高禀班田七顷，给弛刑十七人”[②]。这里的定额，就是40亩有奇了。看起来，定额制很普遍。但除去“定人定额制”之外，还有一种“轮换定额制”，试看1972～1976年发掘中有一长简，文曰：

> 第四长安亲，
>
> 正月乙卯初作，尽八月戊戌，积三□□日，用积卒二万七千一百卌三人，率百廿一人，奇卌九人；垦田卌一顷卌四亩百廿四步；率人田卌四亩；得谷二千九百一十三石一斗一升，率人得廿四石，奇九石。[③]

这是一支价值很高的简，在分析之前，先让我列表于下：

总田额	总储备待轮换劳动人数	日劳动人数	总劳动日	年总收获	每人劳动定额	每人得谷
4144(亩)	27143(人)	121(人)	224(日)	2913(石)	34(亩)	24(石)

现在，我们进行分析。这条简所记的数据十分精确；上表之中，除“总劳动日”一项是我们后人推算所得外，其余都是原始数据。很清楚，这不是“定

① 《流沙坠简考释》卷2，页31。

② 《西陲木简汇编》，页56。

③ 原简照抄。编号：72，E.P：1。

人定额制”，而是“轮换定额制”，即由27143名戍卒中每日派遣121人耕作，每人当值时的定额是34亩；其每人得谷数，不是27143人平均所得，而是由121每次当值人数平均所得。34亩得谷24石，尚不足“百亩之收，不过百石”之数。“率人得廿四石”，第一，廿四石指的是收获量，不是指私人占有量；第二，此数系由平均得来，故曰“率”。其总收获2913石，究竟是如《赵充国传》所说上缴公仓“益积畜，省大费”呢？抑是如陈直先生所说“其余赢数，可能为田卒的奖励品”[①]呢？一时尚难判定。后一说很可能是臆断之辞。汉屯田上属于徭役性质剥削的情况，大体如此。

再看租佃性质的剥削。自1930年第一次发掘以来到1972～1976年发掘，就所能见到的而言，反映租佃制的较完整的简，就只两条。文曰：

> 右第二长官二处田六十五亩，租廿六石。[②]
>
> 右家五，田六十五亩，租大石二十一石八斗。[③]

对这两条简，我们可以做出如下的分析：第一，从“长官”看来，田是官田；第二，从“家五”看来，佃种者不是戍卒本人，而是家属私从；第三，租率，第一简每亩收租4斗，不言大斗，当是小斗；第二简每亩收大斗3.4斗，折合小斗5.5～5.6斗。以前简34亩收24石看，每亩不及一石，今收3.4斗、5.5～5.6斗，已经是中原“或耕豪民之田，见税十五”的租率了。这就是官田出假的租佃制，不过租率已经不是轻租而是重租了。又尝见另一简文云：

> 请胜之夫妻当田之。[④]

这很明显是有民家夫妻申请佃种屯田，被批准，只不过未提租率而已。

假如以上胪列的第一类简，是劳役剥削的典型；假如第二类简，象征着国有屯田土地上的劳役剥削向“假田”形式的租佃剥削过渡的话；那么以下所胪列的一组简就是反映变成私有之后的土地，已经公开在转卖着了。试看如下诸简：

---

① 陈直：《西汉屯戍研究》，见《两汉经济史料论丛》页51。

② 统一编号：1585。见《居延汉简甲编》释文部分，页66（老编号：(10) 303·7)。

③ 统一编号：1610。见《居延汉简甲编》释文部分，页67。

④ 统一编号：261。见《居延汉简甲编》释文部分，页13。

建平五年八月，广平乡啬夫客假佐玄敢言之，善居里男子丘张自言与家买客田，居作都亭部，欲取□□。张等更赋皆给，当得取检谒移居延，如律令。敢言之。[①]

置长乐里受奴田卅五亩，贾钱七百钱毕。已丈田，即不足，计亩数环钱。商人淳于次仟、王充、郑少卿古酒旁二升，皆饮之。[②]

……户百卅三，擅置田，监史不法不道。丞相御史□执圭家属，所二千石乘捕。[③]

现在来分析。第一条简是讲买田请求官家予以认可的事。客”可有两解，一解是啬夫之名，另一解是佃户的身份之称，这后一种解法不是没有可能性的，通观简文中“客”、“客民”、“客子”等字样多有，可以明白。第二条简也是买田的事，三十五亩田价七百钱，每亩才二十钱，当是劣地；但居延一石谷有价才33钱的记录，一亩地价较一石谷价略低，亦可想象。“环”为“还”字，即丈量不足时，地价扣减。由中人（即“牵合人”，汉简中每呼“任者”）三人饮酒共同作证。“买客田”、“买奴田”等字样，十分值得重视，这大概就是“计口授田”瓦解的证据。“计口授田”的通例是无论身份之良贱皆授，只是贱者所授数额减等而已。现在这些“份地”都拿出来卖了，足见这种汉代的“均田”已在瓦解之中。私有制既瓦解屯田，又瓦解授田，在此可以充分得到证明。第三条简，通加诠释殊为不易，只能约略参悟之，大概官家对“私置田”还是不完全放任的，还是有规定、有限制的，触犯规定并且一旦被觉察了，就要法办。

以上，我们统观了西汉至东汉初一些国有土地的情况，主要有定额劳役的“屯田”，有计口授民的“受（授）田”，有官家租给贫民的“假田”。是否如此，未敢臆断，甚乞通家不吝订正之，且本文引简，多以旧释为主，有人以旧释必非、新释必是，窃未敢苟同，故仍旧释不改。

---

① 统一编号：1982A。见《居延汉简甲编》释文部分，页82。

② 统一编号：2544A、B。见《居延汉简甲编》释文部分，页104。

③ 统一编号：1039。见《居延汉简甲编》释文部分，页44。

第四章*

一

请允许我把话说得稍稍遥远一点。假如我们用宏观的眼光，看我国历史上从公元前六世纪到公元后八世纪这一千四百年历史的话，它似乎恰好可以分为两段，每段七百年，以公元后一二世纪之交作为它们的分界点。前一段七百年，是货币和交换行为最初发展、逐渐泛滥以至收缩、停滞的年代；后一段七百年是自然经济发展、居社会主尊地位，并且最后又被货币交换所破坏、所瓦解的年代。在这里要说明，我们这里使用自然经济和货币交换经济这两个名词和概念，仅仅意味着说明一时社会的主流。它并不绝对化；因为在前资本主义的历史上，任何的古代货币交换经济都不可能不以广大范围内的自然经济成分作为基地的；而任何自然经济中也都不可能完全排除一定数量的货币和商品的流通。划分两段，仅仅是按其重点来说的。

我截取段落起迄的年代，也在这里说一说。公元前524年，周景王铸大钱的记载①，虽然日本学者加藤繁对此有怀疑，但自传说中太公制钱以来，大体到公元前六世纪开始“子母相权”，交换手段开始复杂化起来，恐怕还是可以信赖的。故我以此作为起点。公元后八世纪杨炎“两税法”（780）推行，这象征着中古自然经济的衰落，拿它来标志中古自然经济的终点，想来也还是可以的。东汉章帝元和三年（公元后86年）有大臣张林与朱晖间发生是否“尽封

---

*本章原标题为《试论我国中古自然经济及其下的田制》。

①《国语·周语》下。

钱”、是否“以布帛当租”[1]的争论，一直到董卓时“自是后钱货不行”[2]，这显然是由货币交换为主的经济向自然经济变化的一个转折点，也是无可置疑的。

这样，我们就可以自然而然地从历史上看到两个社会经济的大拐弯，一个发生在公元前六世纪前后，一个发生在公元后一二世纪之交。检查一下这两个拐弯，并且特别重要的，是探索一下这两个拐弯之所以发生的根源，在我看来，对我们搞中国社会经济史的人来说，是会感兴趣的。

让我们先看第一个拐弯。

大体说来，零星的商业交换行为在中国历史上发生的很早，而自由工商业的发生却较迟。自由工商业的发生，和自由土地的买卖（哪怕一开始是零星的），是互相伴随着的。而最早的商业交换行为，其特点不仅是零星的，而且不是由个人与个人间执行，而是由部落与部落、头人与头人间来执行的。舜是传说时代的大酋长，可是交换行为的影子已经贴到他身上了。什么“贩于顿丘”、“债于传虚”、“就时负夏”[3]等等，《史记索隐》说“就时”是乘时射利的意思。这显然是一些商业贸易交换借贷行为的影子。周公训斥殷遗民说，他们殷的先人除“艺其黍稷”外，还“肇牵车牛远服贾”[4]。与此相应的，是不少古籍（《山海经》、《竹书纪年》、《世本》、《楚辞天问》等）中都有殷先王王亥带了牛在易这块地方活动的传说。这些最早的商业交换行为，反映到占卜中，便有了《易》“旅”卦中的“笑”和“号咷”，反映商业交换的成功和失败。以上所说，是我国历史上最古老的商业交换的影子。

认真的商业交换，应该是指摆脱了“亚细亚”的官工商业以后的自由的工商业。由官工商业转化为自由工商业，是古代经济史上的第一个拐弯。这大体是跟“亚细亚”的井田土地制度的开始瓦解相伴随着的。“昼尔于茅，宵尔索绹”[5]的历史篇页揭过去了，“妇无公事，休其蚕织”和“如贾三倍，君子是识”[6]的时代到来了。人们“负任担荷，服牛轺马，以周四方，以其所有，易

①《后汉书》卷43（《列传》33）《朱晖传》。

②《三国志》卷6（《魏书》6）《董卓传》。

③《帝王世纪》，见《太平御览》卷81引、《艺文类聚》卷11引。

④《尚书·酒诰》。

⑤《诗·豳风·七月》。

⑥《诗·大雅·瞻卬》。

其所无，市贱鬻贵”[①]，进行着性质较自由、范围规模较大的活动，说明西周“工商食官”的制度已在解体。

什么是促成这一拐弯的社会动力呢？而且，这个弯又是怎样具体地拐过来的呢？我想，这一拐弯的动力，只能是生产力。金属工具取代了石器工具，铁器取代了铜器，生产品增多了，人们普遍的欲望也增大，新式贵族代替旧式血缘贵族而逐渐得势，他们企图施行一些新的制度，他们不甘心于把一小撮工商业连同技术牢牢地锢闭在少量高级血缘贵族的手里；适应这种形势，那些带有奴隶身份的官工商者，就通过叛逃、流亡、暴动、效忠或者立功等形式，连同他们的技术一起，逐渐下放到“民间”、到一般的社会上来了。于是历史上便出现了弦高、范蠡、子贡、白圭那样的以商业交换为专职的人物。于是作为钱币的形式，什么铲币、圜币、刀币、贝币四大形式，花样繁多，数量也日增了。只有拐过了这个弯，只有自由工商业取代了“亚细亚”的“工商食官”制度，中国的奴隶制时代才有一点可能向古典的高度前进。

二

现在，让我们来看第二个拐弯。

西汉时，特别是武、昭、宣的时候，商业、手工业、货币、交换达到了空前的兴盛。富商大贾，或经营矿冶，或开发山林，或制盐经销，或通达四夷，或贩卖粮食，甚至私人铸钱亦不禁止。武帝时“京师之钱，累百钜万，贯朽至不可校”[②]。西汉铸钱总额达280亿万之钜。可是后来这个势头又有了变化。社会交换行为，一旦发展起来，停止是不可能的；但频率可以有高低，交换手段可以变换形式。例如，以钱交易可以转为以“谷”和“布帛”相交易。以钱交易，自然也有不方便处，例如私铸劣钱等弊；但大体说，是方便的。以自然物——谷和布帛为交换手段，其不方便处更甚。南朝的孔琳之说，以谷物布帛代替钱币以后，人们“竞湿谷以要利，作薄绢以充资”[③]，弊病更大，对公对私，都不利。但是人们为什么偏偏在公元后一二世纪拿这种不方便的交换方式去代替那种较方便的交换方式呢？这不是偶然的，而是不以人们主观意志为转

① 《国语·齐语》。

② 《汉书·食货志》。

③ 《宋书》卷56（列传16）《孔琳之传》。

移的，不这样也是不可能的。也就是说，中古自然经济的年代要到临。但是，中古自然经济为什么要到临？又是怎样到临的呢？

历史现象不重叠出现。假如第一个拐弯的根源是生产力的发展，以及以这一发展为基因而诱导出来的第二层派生现象的影响的话；那么，第二个拐弯的根源，就不一定机械地依然归之于生产力的发展。东汉农业生产有发展这是事实，但它和中古自然经济的兴起之间，似乎找不到必然性的因果关系。在我看来，第二个拐弯之必然性的原因，要到西汉古典（货币）经济的结构，以及豪强（富商大贾、大土地所有者、奴隶劳动使用者、高利贷者）在这一结构中所起的作用已经不能不缩小、不能不终结的这一点上去寻找。从前，有人找到另外的原因上去，如说东汉、魏、晋之际，铜的开采量减少了，佛教传人后铸佛像的用铜量加多了，所以钱币废弛了。[①]我个人认为，铜的开采量一时减少和铜的使用量的骤然加多，可能成为钱货滞废的辅助性原因，而不可能是中古自然经济兴起的必然性原因。试想，用钱交换是方便的，用谷物布帛是不方便的，假如没有避不开的原因的话，人们为什么要凭白无故地不采用方便的方式，偏偏采用不方便的方式呢？试想，自然经济下的交换是很不方便、很不精确的，如以谷一器入仓，自取一器杳去[②]，如交绢一匹，取山泉水二石去[③]，以及鄯善佉卢文简书中人们以人（奴婢）、骆驼、地毯、谷物互为极其粗略的交换，这都是在不得已的自然经济条件（货币经济不发达条件）下发生的。那么，公元后一二世纪所发生的现象，一定是西汉式豪强纵横的社会偾张的脉搏，由于种种内在的和外在的原因，再也不能混下去了，历史上这才出现了中古自然经济的。

西汉式的社会脉搏，实在是太偾张了，专制主义残酷地打击豪强，豪强想方设法挖专制主义墙脚；国家刻剥小农，豪强也剥削小农，迫得小农自卖或被卖为奴婢，或为流民；人们孳孳为利，惨淡经营，可是营利的效果，却起不到社会的主体上来。整个社会，不得其利，反受其害。这样的结构是维持不久的。加以王莽改革的盲动后果，赤眉、绿林、铜马起义的打击，东汉初国家政策上层建筑给基础带来的反作用，所有这些加到一起，迫使“豪强”这个阶层

① 全汉升：《中古自然经济》，见《历史语言研究所集刊》第10本第1分册，页83～85。

② 葛洪：《神仙传》卷6。

③ 郦道元：《水经注》卷10“浊漳水”条引《燕书》。

不能不发生内在的分化。他们的“事业”和社会活动量，逐渐收缩；一部分“豪家”，开始向“权家”依附。这个倾向，在光、明、章、和时候，看的很清楚，投机倒把式的地主向“土围子”式地主转化，在我看来，这是自然经济的历史前提。

内在的原因之外，还有外在的原因，那就是战争。自黄巾发动起义计起，迄西晋之亡，这132年当中，重要的战事就有四大项，总计66年，恰当这一历史段落一半的岁月。四大项战事是指黄巾等的农民起义，九大军阀、三大割据间的火并战争，西晋初的八王之乱和少数民族酋长对晋室的颠覆战争。农民战争，虽然其最初和最集中的战事不过九个月，但弥漫开来，起义和镇压交织起来，约三十年；军阀火并战争约二十年；八王之乱六年；少数民族首领对西晋的颠覆战争约十年。战争的烈度，都是强烈的，残酷的。人口的杀伤和冲散，农业生产的破坏和抛荒，交通的阻塞，都是大量的。在这种情况下，商业、贸易、交换和货币，不仅是不可能，而且也不是人们所想望的了。试想，假如人们依靠蛤蚧、蒲蠃、桑椹和人脯来维护生命的话，他需要钱有什么用呢？最宝贵的，是谷物和布帛。所以谷物和布帛就自然而然代替了钱币成为社会最通行的交换手段了。

三

社会经济上的拐弯，会影响到人与人之间关系方面的拐弯。我们试综观一下自远古以来人与人之间的关系，便会发现除去自由、平等的关系外，经常是一部分人对另外一部分人的强制。这种强制，截止到资本主义前的中古社会为止，我们似乎可以看到四种性质不同、程度各异的强制。第一是古代共同体的强制，这时人们虽然基本上尚无严峻的阶级对立、但受到生产力太低、周边存在迫害性威胁的条件下形成的，如共同体发动群众参加劳动或战争，以大纛致之“其不用命者诛之”，这是一种原始的强制。第二是奴隶制发展到一般的、初级的水平上的奴隶主对奴隶的强制。这时奴隶和战争俘虏基本一致，不仅可以买卖，而且可以杀戮。这是一种绝对性的强制。第三是奴隶制发展到古典的高度时，富有者对贫穷者的强制。司马迁说，“凡编户之民，富相什则卑下之，伯则畏惮之，千则役，万则仆：物之理也”。[①]这是一种经济的强制，这种强制

① 《史记·货殖列传》。

到资本主义社会，又会有其更高级性质和形式的出现。第四是在上文所述的拐弯过程中出现的人与人之间的新的强制。这时绝对的强制已经过时了，财富经济的强制跟着古典经济的衰落和自然经济的兴起，也不起作用了。但“土围子”地主和他们政治上的代表，却仍然需要强制。没有这种强制，无法迫使“如鸟兽”、“不地著”的农民归附到“土围子”中来。这就自然而然产生一种经济以外的强制，也就是人身隶属。试以“客”这个字在不同年代的不同含义来看。西汉时叫“宾客”，它是替“豪强”去进行投机倒把、囤迟卖快、甚至打架斗殴的一种帮闲。到西、东汉之际，例如马援在苑川后来在上林苑组织农业劳动时的“宾客”，身份就有点变化。文献中说这些劳动者对马援“归附”，马援对他们“役使”，这种带领的关系叫做“将”，军事隶农的味道就很浓厚了。此后，“奴客”、“僮客”这类的词在文献中纷杂使用，反映人身正从完全占有向不完全占有、关系从绝对强制向不绝对强制、从经济强制向经济以外的强制转化。一直到“佃客”、“阴客”、“复客”、“部曲”等词的出现，自然经济下经济以外的强制和人身依附关系，就更稳定和巩固了。唐长孺先生讲了一句很扼要的话，“一方面是客的奴化，而另一方面却是奴的客化”[①]，恰当地反映出新旧强制关系正在交替之中的情况。

四

曹魏屯田和西晋占田这两种田制，正是在上述第二个拐弯之后，也就是说，在自然经济和经济外强制的势头来临下出现的。

先看曹魏屯田。很多书中，对曹操这个历史人物的作用，作了不适当的估计，把他办理屯田的创发性估计的太高。其实，恢复农业生产是当时社会极普遍的要求。公孙瓒在幽州也办屯田，[②]陶谦在徐州也办屯田。就以曹操势力范围以内来说，开始毛玠、枣祗、韩浩也都在平行的情况下，办试验田。曹操在许昌的屯田，是这些恢复生产措施中最制度化、最严峻的一个样板而已。样板一推广，卫觊和颜斐在关中地区、徐邈在武威地区、苏则在金城地区、仓慈在敦煌地区、杜畿在河东地区、郑浑在丰沛地区、后来刘馥在扬州地区、邓艾在淮南北地区，统统举办起恢复农业生产的事。与曹操敌对的孙权和诸葛亮，也

① 唐长孺：《魏晋南北朝史论丛》续编页30。

②《太平御览》35引王粲《英雄记》。

办屯田。足见恢复农业生产，是当时的一股很大的社会潮流。

在这股大潮流中，曹操主持的屯田，特别严峻。这跟曹操的阶级品质不无关系。他是个大野心家，是个残暴的专制主义者。《三国志》中零星不少“太祖性忌”、“太祖性严”[①]的话头。事实上，他也杀害了像孔融、杨修、崔琰、许攸、娄圭等正派的和耿介的知名人士。他创发了“校事”制和“任子”制，反映出他对人民和部下“以谲诈欺骗为能事”，很多措施“实出于防闲猜忌的心理”。[②]由他主办的屯田，自必表现为峻急严酷。大体说来，以许下为典型的屯田，具备三个明显的特点：(一) 军事管制。于郡县之外另设“典农”系统，从《水经注》中我们可以看到州县和典农分治的情况，并且从《三国志·贾逵传》中我们又可以看到典农官的气焰可能是凌轹州县的。(二) 重剥削量。西汉屯田，一开始都是田土定额的劳役制，曹魏时候，田土无须定额，故一开始实行谷物定额制，即所谓“计牛输谷”、“僦牛输谷”、“大收不增谷”，这大体上是一种较原始、较松散的计口授田法，拓跋氏、女真人，也都有类似的情况。但枣祗提出并坚持一定要实行分成制，四六分或五五分，这不仅增加了剥削量，对自然经济的到来和经济外强制的实施，客观上也是有配合作用的。但劳动者接受起来有痛苦，《袁涣传》说，“是时新募民开屯田，民不乐，多逃亡”。《崔琰传》说，“未闻王师仁声先路，存问风俗，救其涂炭；而校计甲兵，唯此为先”。《何夔传》说，“时太祖始制新科下州郡，又收租税绵绢。”何夔这话，很值得考究嚼味。“新科”当指“佃科”，即五五、四六分租；而“收租税绵绢”，则显指“亩谷四升，绢二匹，绵二斤”；这中间加个“又”字，是何意思?!《通鉴》中的引文是“时操制新科，下州郡，颇增严峻，而调绵绢方急”[③]，这个“而”字跟《何夔传》中的“又”字，又大体相一致，都是等衡的连接词。这几乎要引发对屯田剥削与小农农村剥削是否一度重叠起来的怀疑。这种怀疑，又牵引我们对《晋书·食货志》中应詹奏疏中所追述“魏氏故事”中的一段话“一年中与百姓，二年分税，三年计赋税”，引起更多的设想。但设想终究是设想，在取得大量证据前是做不出任何结论来的。不过无论如何，屯上的剥削很惨重，则毫无可疑，而在这种惨重剥削之中，国家显然兼备地主的身份。(三) 经济以外的强制也很严酷。如为了增加新劳动力而行“去子之法”(不准杀婴弃婴)；为

---

① 《三国志》卷12（《魏书》12)《崔琰传》、《何夔传》。

② 周一良：《魏晋南北朝史论集》，页8。

③ 《资治通鉴》卷63（《汉纪》55）建安5年。

了束缚人的身份而行“士家”制度，如《三国志·华佗传》和《晋书·赵至传》所反映的；为了防止军屯屯士的逃亡而实行的“士亡考究其妻子”的“士亡法”；等等。这些，具体说是极端残酷的；但对中古自然经济时期要求经济以外强制、要求人身隶属的势头来看，则是还适应的。

这样惨重的剥削和强制，自必引起像陈仓屯田客的反叛和江淮居民的大量叛走。此外，当时虽然是自然经济的时代，但商业交换行为并未绝迹，它依旧可以对屯田起一种瓦解作用。试看魏末司马芝所上的一封奏书：

> 武皇帝特开屯田之官，专以农桑为业。自黄初以来，听诸典农治生，诚非国家大体所宜也。今诸典农各言，“留者为行者宗田计；课其力，势不得不尔。不有所废，则当素有余力”。臣愚以为不宜复以商事杂乱，专以农桑为务。①

对这段文字的理解，以本文作者所见，大略有两种。一种见解认为，屯田负担太重，屯田管理人员不得不听任部分屯田劳动者去经营商业，而留下的田额由留下的劳动者摊担。②另一种见解认为，这说明屯田劳动者还要另服兵役和徭役，并不惜举出所谓九条证据来足成此说。③本文作者认为，这条材料跟《盐铁论·未通篇》中所说“后亡者为先亡者服事”是一回事，只能说明屯田的臻于瓦解，并不是什么杂徭。试观东吴亦有屯田瓦解时屯田客经商之事，孙休的诏书说，“自顷年以来，州郡吏民及诸营兵，多违此业，皆浮船长江，贾作上下，良田渐废，见谷日少。亦由租入过重，农人利薄，使之然乎?!”④此可与曹魏事作对照。

曹魏屯田由于它的峻急，不可能维持很长的时间。粗略计来，自建安元年（196）至咸熙元年（264），不及七十年就终结了。

五

屯田宣布解散后十六年，西晋统治者们又制定了一个方案，历史上一般把

①《三国志》卷12（《魏书》12）《司马芝传》。

②《历史研究》1958年第4期，页42处。

③《史学月刊》1981年第1期，页26～29处。

④《三国志》卷48（《吴书》3）《孙休传》。

它叫“占田法”。历史上确有过这么一个方案，但后世遗留下来的痕迹却很模糊。《晋书·本纪》和《资治通鉴》中，均无记载。只《晋书·食货志》中说平吴后制定此法，所以一般把制定年代定在公元280年。唐类书《初学记》中著录了一点补充性的材料，使后世得知当时户调之外，田租的具体数额（收租四斛，亩合八升）。这些残缺不全的材料，给后世带来了很多争论。

大体“占田法”内容中，有不成问题的部分，和成问题的部分。限制贵族官僚的部分，大体未引起过争论。这一部分是说最高品官限占田50顷，最低品10顷。其法定荫客最高为50户，最低为1户。荫佃客的事，通过限制，反映出法律的第一次正式承认，中古荫客的制度合法化了。引起争论的，是国家与人民之间的田土规定和租调规定。条文中有两个词：“占田”和“课田”。这两个词的概念差别是什么？历来说不清楚。“占田”男子70亩，女子30亩；“课田”丁男50亩，丁女20亩；——这些又是什么意思？五十年代有的同志归纳了一下，大体有十几种不同的理解。

关键在于一个问题：当时授不授田？看起来，争论双方都有些偏激，主张授田说的，则认70+30=100亩是实授，50+20=70亩是缴租调的数额。反对的一派则力辟授田说，认为国家只考虑按50亩收租调的事，至于具体农户有没有这50亩，则国家不予考虑。这样也未免片面化。而我（本文作者）则企图从另外一个角度来考虑这个问题。经过将我国旧历史上的土地制度统起来料理几遍之后，我感到授田之事怕是很普遍的，没有哪个朝代是没有的；不过经常很零星、很不完整，就以北魏均田制下明令授田而实际仍是小片小片的事实，可以印证。中原狭乡地带，可能根本没有或者很少授田之事；可是边远宽乡荒田地带，那就可以任占，一旦任占，就算是国家授予的了。因为“土地国有”这个意识形态，从来是很顽固的。对西晋占田法，只有在上述这样一种理解的基础上，才有理解的可能。就是说，一方面，西晋占田法条文可能有残缺；另方面，它的课田规定，是建立在一种传统的不成文的、习惯的、在边远荒田上任占的情况之上的。试想：古往今来，从马端临到邓之诚、吕思勉……这些人难道都是头脑糊涂的吗？不可能。他们的缺陷，不过是把“授田”说的太普遍化罢了。我的最终结的意思是：授田一事，固不能夸大宣扬，但也不能绝对排除。

最后，想谈一谈我对上古、中古几种田制间关系，亦即它们之间的连续性、继承性和它们之间的差异的看法。井田制是共同体时期的田制，共同体瓦解后的田制跟井田制是不宜做比较的。例如说西晋“课田”就是井田上的“公田”部分，“占田”中减除“课田”后的余额就是井田上的“私田”部分之类的说法，都是不伦不类的。自秦汉专制主义大一统建立以来，田制间可以进行比较了。曹魏屯田，其中不能排除对西汉屯田的连续和继承，但我认为二者间的差异是主导的，因为一个是在古典经济的基地上，另一个是在自然经济的基地上。西汉屯田劳动者有很多有低级爵位，屯田上商业、交换、借贷、典赁、雇佣等现象比较普遍。曹魏的屯田客和屯田士则是在人身隶属性很强化的情况之下的。关于曹魏屯田和西晋占田之间的关系，我认为，把西晋占田看做是曹魏屯田之直接发展的结果，或者说，西晋课田无异于将屯田强制耕种的精神普及于一般农民，——这些看法都是严重值得商榷的。试想，屯田不到七十年崩溃了，继之是贵族官僚们大刮土地兼并之风，在这种情况下，旧的屯田制无论从哪一方面都没有发展、普及的条件。我们只能说，占田法对于屯田法的峻急说，是一种折衷；对于屯田法下屯田与小农农村间的双轨制说，是一种拉平。至于西晋占田与北魏均田之间，我倒要说，这二者间的连续性和继承性，是较明显的。均田制是明文规定的一种授田（并加还田）制和限田制，占田法则是未经明文规定的一种授田制和明文规定的限田制。在土地所有者与在土地上劳动者之间，在土地私有主与土地国有主之间企图进行一种调协，这种精神则是西晋占田制与北魏均田制所共同的。可以说，西晋占田是北魏均田的直接的前行者；北魏均田则是西晋占田的完整化了的成熟的后果。

现在，我们试拿自然经济拐弯后的这些田制——曹魏屯田制、西晋占田制和北魏均田制串在一起，放置到人们财产（土地是其中的主要构成）公有制与私有制的异化总历程中，也就是放置到人们财产私有制不断深化，以使之早日为更高的公有制所扬弃的历程中，那么，我们可以说，自然经济下的这些田制，对私有制的深化说，不起什么促进的作用。因为像曹魏屯田下的情况，是国家力量的干预。像占田和均田的情况，是国家的调节。调节是一种带妥协意味的干预；而干预是一种带强硬性的调节。干预也罢，调节也罢，都是对私有制的纯粹化起一种阻力的作用的。但这是就宏观的结果而言的；假如对某一朝代、某一人为段落而言，那么，这些田制又都起一种巩固的作用。这就是我对这些田制的辩证观。

第五章*

一

均田制度是中国历史上两个大的田制之一，也是全世界田土制度史的一个重要范例。但是，产生这样一种制度的根由是什么呢？要谈清楚这一点，怕是一件很复杂的事情。

先从传统上看。井田制度是不能恢复的了；几次企图在某种程度上恢复井田的举措，也都失败了。曹魏的屯田制太峻急，可救一时之急，不可以持久；西晋占田制，遭遇到民族纷乱的严重干扰，并且按现有的文献资料看，它仅仅是可以起一种限田的作用的，它缺乏“还”、“受”这桩最关键的内容，从而使它不能不落空，成为一个“影子”。

一定要到北魏才出现均田制，这不是偶然的。自晋永嘉之乱以后，到拓跋焘南征、西征的完成，这中间经历了大约一个半世纪，虽然全国一时尚不能统一，但北方是基本上统一了。《魏书》卷53《李冲传》说，“魏境所掩，九州过八；民人所臣，十分而九。所未民者，惟漠北之与江南耳。”这个话可能有不完全精确之处，但当作北方统一的总貌说，还是反映了当时历史的大形势。但是这种统一，是由少数民族拓跋氏通过军事征服而取得的。这个被统一的内容很庞杂，其中包括拓跋氏鲜卑，西晋的庞大的汉族遗民，鲜卑慕容氏几个燕国的遗民，河西一些凉国的遗民，少量的西域人，被俘虏来的蠕蠕人，很多处在半融合状态下的“杂种胡”等等。其中主要是作为统治者的拓跋氏和庞大的

* 本章原标题为《对北魏均田令的一些分析》。

汉族人这两方。国家既初步地统一了，那么在行政上、在经济生活上、在文化以至风俗习惯方面，自然而然地也要求统一。这种统一，自然不可能是严格的、绝对化的，而只可能是粗略的。但即便是粗略的，在当时也具有极大的价值。这一点，我们一定要充分体会到。

这种粗略的统一，首先触及到的，必然是农业生产方面制度的不统一。这主要指在拓跋氏长期居住地区——“漠南”所实行的“计口授田”制度，与庞大汉族长期实行的封建领主制和北魏统治者在其上所加的临时措施——“宗主都护”制度——这两者间的如何统一问题。这个问题，在北魏君臣要着手调整的诸问题中，可以说是一个最棘手、最难处理的问题。

“计口授田”，是拓跋氏在实行均田制之前实行了一百多年的一种制度。在制定均田法的时候，作为统治者的一种古老习惯法，“计口授田”精神很大幅度地被吸收进去了。这是边疆少数民族给汉人封建成法中所输入的新血液。即便在均田制实行以后，文献中仍有把均田制按习惯叫做“计口授田”的情况。从史料中看，从道武帝拓跋珪开始统治的时候起，就有屯田和“计口授田”。当时，拓跋氏正从游牧的原始社会末期向定居的封建制跃进，也就是史料中所说“离散诸部，分土定居，不听迁徙。其君长大人，皆同编户”①所反映的情况。屯田和“计口授田”之间，可能有其同，也有其异。其同，二者都是强迫劳动，劳动都有定额（从土地的定额来体现劳动量的定额），不过定额的数字，文献中缺乏记载罢了。劳役租如何上缴国家？劳役租和自留口食之间的比例是什么？文献中也无记载。二者间的异，是屯田带军事性质，与军事相配合，战争间歇时，“息众课农”。“计口授田”带“民屯”性质，劳动者包括俘虏来的“山东六州民吏”与“徒何、高丽杂夷”以及“百工技巧”，数字每批往往由十余万，到数十万，都安排在京师平城（山西大同）附近“东至代郡，西至善无，南极阴馆，北尽参合”的畿内之地。以此为基地，逐渐向更辽远的一条农垦线上扩展。这些劳动者身上带有强制性，《颜氏家训》中说“虽千载冠冕，不晓书记者，莫不耕田养马”（勉学第八）；但不是奴隶，很像是国家的军事隶农。既然是国家的隶农，国家就不仅给他们分配土地，还给农具和耕牛，这些耕牛很大可能是对蠕蠕的战争中掠夺过来的。

大体北魏北方有一条线，专为防御蠕蠕的侵扰而长期形成的。其军事据

① 《魏书》卷83《贺讷传》。

点，就是所谓的“六镇”。六镇后来实有九镇，其具体情节，兹不具论。大体东至御夷（今河北丰宁一带），西至怀朔、沃野（今内蒙古包头一带、黄河南北），长约二千余里。除镇之外，还有长城。《魏书·太宗纪》中就有“筑长城二千余里”的一条记载。到元宏时，高闾还计议修筑北方长城，说十万人一个月就可完工[①]，事实上可能没有修。与这些据点（“镇”）和这条长城相平行的，是一条农垦线，在其上施行“计口授田”。这条线，据《魏书·世祖纪》记载，东至濡源，西及五原、阴山，“竟三千里”。据清人德州田雯之子田同之的《西圃丛辨》（卷1）所引明杨慎《升庵集》中的内容，谈“濡”读乃官切（即Nuan），濡水有二，一出涿郡固安县与易水合而注于拒马水，一出辽西塞外，过海阳入于海。据此，濡源一地，一在承德以东，一在易县以西；以“六镇”御夷一镇之方位相斟酌，或者承德以东为更可能，大宁川亦正在承德以西之张家口一带。（张穆《延昌地形志》中有大宁、小宁二县名。）如此，方足三千里之数。试想，在三千里长的空间幅度上、一百年的时间幅度上，所实行的“计口授田”制度，其稳定性和对后来均田制的影响力，就完全可以想象了。

二

以上说的是拓跋氏的一面。他们的特征就是“计口授田”。其中不无氏族公社许多制度的残存。如土地分配的原则，是“先贫后富”。这一原则在中原领主制下几乎是不可想象的；但在拓跋族统治下，不仅均田制中吸收进去了，《魏书》卷41《源贺传》所附《源怀传》中说到北魏后期在沃野镇（河套）将水田分给细民时，原则仍然是“先贫后富”。可见不是骗人的。还有一个原则是“人牛力相贸”，这是一种换工制度，不仅在恭宗拓跋晃监国时实行过（使用牛力者给牛主以7/22或2/7的利益补偿），到北魏后期樊子鹄在殷州（今豫北）仍然“遣人牛易力”[②]。此原则，不晓得为了什么原故，北魏均田令文中未予写入，但北齐均田令文中却写入了。土地分配的另一个原则，是“给其所亲”或者“借其所亲”，即按血缘关系的亲近，作为配给土地优先的条件。以上这三个原则，足以证明拓跋族氏族公社制某些原则，存留在“计口授田”之中。

① 《魏书》卷54。

② 《魏书》卷80。

广大的汉人地区怎么样呢？是不是也有公社的残余呢？这值得讨论。《晋书》卷127《慕容德载记》记其尚书韩谆的上疏中说百姓为了逃避课役，迭相荫冒，“或百室合户，或千丁共籍”，有人认为这也是公社。我们不同意这种看法。这些千丁百室，是剥削阶级和被剥削阶级为了各自利益而凑合在一起的，其中暗藏着阶级斗争的火种，而缺乏民主与财产均衡的因素。当时，封建领主中是有一种家庭公社的，叫做“百口”。但并不普遍，而只是个别存在。如弘农杨氏的杨播、杨椿家就是“男女百口，缌服同爨”、“不易居，不易财”[①]；又如博陵安平李氏“七世共居同财，家有二十二房，一百九十八口”[②]；当时“百口”成为状述一个家庭公社的习用语，如崖楷守殷州，兵士们说“崔公尚不惜百口，吾等何爱一身?!”[③]苏湛与萧宝夤对语，几次谈及“百口居家”[④]；《颜氏家训》中颜之推自述说“家徒离散，百口索然”（序致第一）。足见粗计百口的一个领主家族，有时会经营一种财产不分的共同体生活，从而也可以叫做“家庭公社”。但一涉及到不同的阶级，那就不成其为公社了。因此，像有的一种说法，说“计口授田”上有“公社”因素，世家大族手下也有“公社”因素，两种因素结合在一起，所以均田制也是“公社”的公有制了。这说法是颇值得商榷的。

其实，汉人世家大族的阶级轨道是很严峻的，值得拓跋统治者谨慎考虑。拓跋珪进攻中山（定州）时军队缺粮，清河崔氏的崔逞竟叫兵士摘取桑椹充饥，心目中全无拓跋征服者可知[⑤]。拓跋征服者素来的对策有二：（一）怀柔；（二）镇压。观拓跋焘时，一杀赵郡李氏的李顺，二杀清河崔氏的崔浩，都牵连若干大族在内，连渤海高氏的高允，假如没有拓跋晃的多次包庇，也早已就戮了。这种镇压，非常残酷，所以颜之推说“北方政教严切”，又说“旦执机权，夜填坑谷者，非十人五人也”。[⑥]怀柔就是给官爵，赐田宅、奴婢绢匹等等。对于这些领主们原有的田宅和荫户，则原封不动予以承认，仅加一“宗主都护”而已。长期下去，拓跋统治者亦非所甘心，故孝文时立三长制以取代宗

① 《魏书》卷58。

② 《魏书》卷87《李几传》。

③ 《魏书》卷56。

④ 《魏书》卷45。

⑤ 《魏书》卷32。

⑥ 《家训》第20与第13。

主都护，荥阳郑氏的郑羲就在太后面前恫吓地说，“事败之后，当知臣言之不谬”[①]。郑羲为什么要这样做？很简单，三长制触犯了世家大族的利益。但太后说，立三长制“苞荫之户可出，侥幸之人可止”，这就是坚持中央集权的政府立场，在怀柔之中也寓有强制之意。均田制的制作精神，亦正是如此。

三

除去政府和领主间的矛盾之外，还有一个大矛盾，就是拓跋军功贵族中守旧派与革新派间的矛盾。要统一，语言、风俗也要走向融合，或者叫同化。是叫汉人向鲜卑人同化？还是叫鲜卑人向汉人同化？北魏孝文帝走的是后一条路线。可是不同的统治者是会选择另外的路线的，如北齐的高欢，他就选择鲜卑化路线；后来的金世宗就选择女真化路线。而元宏选择的，是汉化路线。这就引起了鲜卑旧军功贵族们的反对和反叛，老牌鲜卑贵族元丕，他“雅爱本风，不达新式，至于变俗迁洛，改官制服，禁绝旧言，皆所不愿”[②]。他的儿子元隆、元超便参加了以另一老牌鲜卑贵族穆泰为首的反汉化叛乱，主张首都迁回平城（大同）。结果这些人大批大批地伏诛了，只留元丕未诛，降为庶民。连元宏的太子元恂也坚决反对汉化，在洛阳杀了他的师傅高道悦“轻骑奔代”[③]。元宏将他废为庶人，继之派大臣邢峦、元禧奉椒酒将元恂赐死，元恂死时年仅十五。可见斗争是激烈的，折腾是剧烈的。连中间派大臣于烈也说，“隐心而言，乐迁之与恋旧，唯中半耳”[④]。一半人支持，一半人反对，在这种情况下，元宏要贯彻改革方案，是要花很大力气的。

在均田法的制定中，也寓有安插鲜卑军功贵族的用意。自拓跋珪至元宏已历一个世纪，游牧人也都与农业相惯熟了，他们也会接受汉人领主生活的感染而对土地发生兴趣。试观拓跋晃已经有地主化的倾向，《魏书·高允传》说“恭宗季年，颇亲近左右，营立田园，以取其利”，高允的谏语中也说他“营立私田，畜养鸡犬，乃至贩酤市廛，与民争利”。皇储如此，臣下如此者自必更多，他们本有大量奴婢和牛马，又非常艳羡汉人地主之多殖园田，所以在均田

---

① 《魏书》卷53。

② 《魏书》卷14。

③ 《魏书》卷22。

④ 《魏书》卷31。

令中奴、婢、牛授田的条文便自然而然地出现了。

四

以上，说了北魏统治者创立均田制的两个目的，一是在计口授田与世家大族间设法拉平一下，二是在军功贵族革新派与保守派间拉平一下；但还有第三个目的，也是在他们说最重要的一个目的，就是由国家控制更多的小农，国家可以榨取到更多的租调。为了要控制到更多的小农，就必须在某种程度上保护小农、安插小农。当时，破坏小农的势力第一是世家大族，也就是诏书所说“富强者并兼山泽，贫弱者绝望一廛”①，也就是李安世所说“强宗豪族，肆其侵凌”②。破坏小农的第二势力是商人高利贷者，“每因调发，逼民假贷，大商富贾，要射时利，旬日之间，增赢十倍”③。这样破坏小农经济的结果，就造成“地有遗利，民无余财”的现象。统治者创立均田的目的是排除这种结果，使“土不旷功，民罔游力”。他们不仅有这样一种目的，而且在要害处规定几条原则，第一，是执行还受，“以生死为断”，民及课受田，死则还田。不管在执行中打了多少折扣，这个原则精神是“硬碰硬”的。第二，在产权发生争执的情况下，政策决定“事久难明，悉属今主”④，这也是“硬碰硬”的；农民起义的原则也不过如此，观明末李自成军队到达诸城时，“闯官莅任，……以割富济贫之说，明示通衢。……产不论久近，许业主认耕”⑤。试看“悉属今主”和“许业主认耕”是一种性质的措施，即俗话所说“谁种是谁的”，这对小农的积极性是一种很大的鼓励。于是，孝文帝元宏在太和九年（公元485）冬十月丁未下诏“今遣使者，循行州郡，与牧守均给天下之田”。

有人说，均田制是骗人的，只是一张虚假的外皮。这是“左”倾思潮下的极为过头之论，尽人可以看出来，我们现在可以不再评论了。但有人从学术方面提出问题，如说为什么《魏书》卷60《韩麒麟传》中说，在均田令颁布后两年（太和十一年）韩麒麟还反映说“京师民庶，不田者多，游食之口，三分

① 《魏书》卷71。

② 《魏书》卷53。

③ 《魏书》卷5。

④ 《魏书》卷53《李安世传》。

⑤ 丁耀亢：《出劫纪略》《保全残业示后人存纪》。

居二”，还建议“制天下男女，计口授田”呢？我们可以从两个方面来试图解答。第一，太和九年冬十月才遣使者与州郡牧守一起办理均田事务，使者所至地面有局限，牧守有勤惰，故十一年不可能立时生效。第二，韩麒麟所言专指“京畿”，而“京畿”有其特殊性，观杜佑《通典》卷2所引北齐河清三年均田令，“畿内”、“畿外”、“外州远郡”之间是区别对待的，京畿一带是大官僚、大贵族的集中地，“公田”、“职田”、“赐田”大都在此，在推行均田上是会有阻力的。从北齐邺畿情况逆推，是不是在北魏洛阳的附近也出现过呢？很有可能。故韩麒麟事，不足作为均田令未曾执行的佐证。

太和《均田令》文，全文约657字，文义结构严密，统观似为一篇，而实为十五条，每一“诸”字下独立一条。现将十五条令文逐条进行一些偏重琐节方面的说明，然后进行综合分析。

五

第一条。“诸男夫十五以上受露田四十亩，妇人十二亩，奴婢依良。丁牛一头，受田三十亩，限四牛。所受之田率倍之，三易之田再倍之，以供耕作、及还受之盈缩。”一条是关于“露田”的，“露田”到唐代叫“口分田”，意思是劳动者自身再生产的必要生产条件，但实际上剩余劳动生产部分也包在其内了，这一点与井田的“私田”有别。杜佑、马端临都给“露田”下个注脚说，“不栽树者谓之露田”，意思是栽树的田还、受起来就不方便了。受田数额到唐代就不再分的这么细，北魏以“男夫十五以上”、“妇人”、“奴婢”、丁牛”分计，数额稍有差别，以见精细。此外，还有倍田和再倍之田，这大体是指“空荒”所在而言；对京畿等类人口密集地区，则形同具文。“丁牛”一词，陈寅恪氏有说。“耕作”又作“耕休”，可见有休耕制度的存在。

第二条。“诸民年及课则受田，老免及身没则还田，奴婢牛随有无以还受”。这一条是关于“还”“受”的，这是均田制的灵魂之所在，它较之西晋占田法的高明之处即在于此。有人说这是骗人的，试观唐中叶在吐鲁番地区严格执行“死退”、“逃走除退”、“出嫁退”、“出嫁绝退”等细致化条款，可以知道骗人之说到头来是骗人的。

第三条。“诸桑田不在还受之限，但通入倍田分。于分虽盈，没则还田，不得以充露田之数。不足者以露田充倍（田）。”这也是均田令中最要害的一条，目的是为了照顾原有的大土地所有者的，俟后文综合分析时再行议论。唐长孺先生对这一段有两点贡献，一说“没则还田”四字当删，一说此条“桑田”指老桑田，与新授桑田应该有所区别。此二义均甚好。马端临说“固非尽夺富人之田以予贫人”、“与王莽所行异”这些话头，对理解此条也有帮助。条文中讲到“桑田”与“露田”以及露田的“倍田”之间的关系问题，须知这是一个办事人如何折算的问题。在某种程度上，这是一种手法。目的在于照顾大土地所有者。详后。

第四条。“诸初受田者，男夫一人给田二十亩，课莳余种桑五十树、枣五株、榆三根。非桑之土，夫给一田，依法课莳榆、枣。奴各依良。限三年种毕；不毕，夺其不毕之地。于桑榆地分杂莳余果、及多种桑榆者不禁。”这一条是以强制性的字样“课”来鼓励多种桑、榆、枣、果，以期达到增进家庭手工业原料来源和丰富生活的目的的。文中有一处足以引起争论，即五十棵桑究系种在二十亩范围以内呢，抑或种在每亩范围之内呢？前者要求种植株数少，而后者要求种植株数多。此事，目前尚难确定。唐朝令文似指“每亩”，北齐令文似指“二十亩”。

第五条。“诸应还之田，不得种桑、榆、枣、果。种者以违令论，地入还分”。这是用惩罚手段监督保证“口分”和“世业”的界线的，杜绝混淆和赖账的弊端。

第六条。“诸桑田皆为世业，身终不还。恒从现口，有盈者无受无还，不足者受种如法。盈者得卖其盈，不足者得买所不足。不得卖其分，亦不得买过所足。”这一条，几乎是均田令中最最要害的一条了。封建国家在这里对封建领主做了最大的让步，表示地主原有的地产国家分毫不动；但也隐隐暗示，此后私有土地应该冻结在原有数字上，不能再买了。这一条，实际是包括了两条的内容，一是对地主的让步，二是规定土地买卖的限度，实际上是开个后门，到唐代这后门就开得很大，终于达到均田制的崩溃。

第七条。“诸麻布之土，男夫及课，别给麻田十亩，妇人五亩，奴婢依良，皆从还受之法”。这是对桑榆枣果田的补充条文，不须多加诠释。

第八条。“诸有举户老小癃残无授田者，年十一以上及癃者各授以半夫田，年逾七十者不还所受，寡妇守志者虽免课亦授妇田”。这是对一切缺少劳动力的照顾。有人说，统治者是吃人不眨眼的；其实统治者有其吃人不眨眼的一面，也有其体恤老弱的一面，盖自公社时代以后，这种社会公共负担老弱的传统，一直没有灭绝。统治者从其阶级统治的明智角度，也乐得保留这些措施。

第九条。“诸还受民田，恒以正月。若始受而身亡，及卖买奴婢牛者，皆至明年正月乃得还受。”这是为了避免执行上产生一些纠缠而定的条文。北魏定在正月，北齐定在十月，唐代更加复杂化，规定了三个时间，麦田和稻田的还受时间就不同。总之，使下种和收刈与土地使用及其转移之间，不产生、或少产生纠纷。

第十条。“诸土广民稀之处，随力所及，官借民种莳，后有来居者，依法封受。”这一条的目的是鼓励人们向宽乡迁徙，开垦荒地，不限顷亩，并且国家借给籽种。“后有来居者”一句，原作“役有土居者“不易理解，今从《通典》、《通考》本改过。

第十一条。“诸地狭之处；有进丁受田而不乐迁者，则以其家桑田为正田分；又不足，不给倍田；又不足，家内人别减分。无桑之乡，准此为法。乐迁者听逐空荒，不限异州他县；唯不听避劳就逸。其地足之处，不得无故而移。”这一条，是均田令创制者最狡滑的处所，替“减分”留下了广阔天地，均田令在很大程度上兑不了现，其创制者早已预见到了，所以才写成了这样拿“正田“（“露田”）、正田的“倍田”与“桑田”间的折算规定。附带，统治者对人们在宽乡与狭乡间的迁移问题，也做了规定。明确地写出了“不听避劳就逸”的原则。

第十二条。“诸民有新居者，三口给地一亩，以为居室；奴婢五口给一亩。男女十五以上，因其地分，口课种菜五分亩之一。”这是关于“宅田”（附“菜地”）的规定。岑仲勉氏说其中寓有对拓跋鲜卑自平城地区迁居洛阳者的照顾之意，此意甚切合。此外，种菜亦微带强制性。

第十三条。“诸一人之分，正从正，倍从倍，不得隔越他畔。进丁受田者恒从所近。若同时俱受；先贫后富。再倍之田，放此为法”。“恒从所近”、”先穷后富”都是公社时期的原则，当初在东起濡源、大宁川西至五原、稒阳塞三千里的“宽乡”上施行过的；而今对于中原“狭乡”如何，自必有其改变和打折扣之处。观吐鲁番给田经常在20里以外，即可见“恒从所近”云云，已同具文。

第十四条。“诸远流配谪、无子孙、及户绝者，墟宅桑榆尽为公田，以供授受。授受之次，给其所亲；未给之间，亦借其所亲。”这条是规定了血缘关系在受田过程中的优先权。

第十五条。“诸宰民之官，各随地给公田，刺史十五顷，太守十顷，治中、别驾各八顷，县令、郡丞六顷。更代相付。卖者坐如律。”这种等级差别是粗略的，给田额也是较少量的；此前的西晋和此后的唐，等级差别就多而细，给田的数额也多得多。这说明北魏公社制影响力的插入中原，对中原原有的封建土地所有制不是起了一种更紧张的作用，而是起了一种稍稍松散的作用。

六

根据以上的分析，总括起来，北魏均田制中实际包括着如下的一些内容：

第一部分是有关“桑田”（老桑田）的内容，这是对大土地所有者照顾到无微不至地步的一部分内容。令文不仅规定桑田为世业可以不还，并且还挖空心思，替大土地私有者炮制了一项原则，我们把它叫做“多不退、少补”的原则。具体地说，就是使用“正田”（即露田）、“倍田”和“桑田”间的折算手法，使大土地所有者的地产原封不动。对鲜卑贵族，则使用新桑田、奴婢牛受田、新居宅田等，予以照顾。

第二部分是有关“露田”的内容，这是替国家保持一定数量的小农的措施。诸凡“不听避劳就逸”、“乐迁者听逐空荒”、“随力所及”、“官借民种莳”等条文，就是为了这个目的的。但这是在“宽乡”。至于“狭乡”，令文创制者则精心炮制了“减分”的狡猾原则，又一次地使用“正田”、“倍田”和“桑田”间的折算手法，使“授田”在特定情况下可以达到完全无效的地步。统治者对地主如何？对农民如何？于此，可以清清楚楚地看出来。

第三部分是令文创制者为了适应具体实施现场中的多样和复杂情况，预先留下了周转的余地。具体地说，就是三条“松紧带”。一条是“正田”和“倍田”间的松紧带，一条是“宽乡”和“狭乡”间的松紧带，一条是“卖盈”和“买不足”之间的松紧带，这三条松紧带说明令文创制者是极富有行政经验的，也是从历史上和现实社会中做了大量调查研究的结果。

第四部分是令文中包括了一些古老公社的遗风旧俗，如“先贫后富”、“恒从所近”、“给其所亲”、“借其所亲”、“人牛力相贸”（此条未载入）以及对一切丧失劳动力者的照顾，等等。有人认为这只是一种装饰，在具体实施中则形同具文。但不论如何，这些内容是写进令文中去了，写进去比不写进去好。这是“计口授田”上的公社原则对中原封建制的一种修订。

第五部分是一些次要意义的杂项规定，如关于桑榆枣果田，关于麻田，关于新居者的宅田（包括菜地），以及官吏们的职分田，等等。以上五项综合在一起，组成了规定公元五世纪时北方封建社会中诸生产关系的总和。它比较稳定，所以被历朝统治者修订采用了近三百年之久。这是一种调整；在这种调整下，封建社会可以减少一些矛盾，使其自身得以延续下去，不至于即刻崩溃。

第六章*

均田制的前史，就是计口授田。或者不如这样说，计口授田是在贫富贵贱间不太悬殊、阶级关系不太紧张情况下的一种均田制；而均田制则是在贫富贵贱间已经相当悬殊、阶级关系已经相当紧张情况下的一种计口授田。中原汉人的计口授田，秦简中已有反映；拓跋族的计口授田，拓跋珪时已经实行。可是正式的均田令到元宏时才颁布。所以，计口授田的情况往往比较宽松些，而均田制就必然要打折扣，有时是很大的折扣。但不管多大的折扣，中唐以前的统治者总要弹这根弦。这是为什么？很简单，弹这根弦总比不弹好些。可是显然越弹越不成曲调了，最终均田制陷于完全废弛、瓦解。

均田制是谁破坏的？是怎样破坏的？过去，人们回答这个问题时，总是简单一句话："土地兼并"。这未免笼统。所谓"土地兼并"，用马端临的话说，就是"富者有赀可以买田，贵者有力可以占田"。这是两股，不是一股。那么，在均田制破坏的历程中，究竟是哪一股起着主导作用呢？这就值得研究了。我们不能不从北魏末，历北齐、北周到隋、唐，来检查一番。

一

均田制的实施，从北魏孝文帝时就是不普遍的、打折扣的。"今遣使者，循行州郡，与牧守均给天下之田"[①]。由此可以设想，有使者巡履的州郡，也有使者尚未巡履的州郡，有牧守积极合作的州郡，也有不见得积极合作的州

---

* 本章原标题为《均田制的破坏》。

① 《魏书》卷7上。

郡。不久，六镇暴乱出现了，那是一桩性质非常复杂的历史事件，其中有鲜卑族镇兵镇将的叛乱，有北方汉族人民的起义，有军阀野心家在战争中火中取栗，等等。在这种情况下，均田制的实施不可能不受到冲击，不可能不紊乱。在北魏已经东西分裂之后，高氏尚未正式篡位之前的十七年（公元534～550）中，也有过均田制一晃的影子。《北齐书·高隆之传》说，“时初给民田，贵势皆占良美，贫弱咸受瘠薄，隆之启高祖，悉更反易，乃得均平。”这是高欢时的事情。而北齐正式颁布均田令，则是在高洋篡位后的十四年、距离北齐被北周灭亡仅十三年的时候（河清三年，公元564）。显然，这已经是一种无效的强心针了，但就这河清三年令文①，仍然颇有钻研的余地。

拿北齐河清令跟北魏太和令做比较，是很有趣的。我们可以看到，鲜卑族漠南时期的若干公社遗存的痕迹，已经很少了。高欢的“胡化”和“反汉化”，实际上是鲜卑贵族与汉人贵族联合统治的加强，而不是削弱。这种联合统治的加强，反映在均田令中，便形成如下一些内容：（一）“露田”被排挤到边远地方去了，令文说“方百里外”，在那里住着“州人”。州人是从井田制时传袭下来的名词，也就是“野人”，即泥腿子。只有在这种边远的地区，才打折扣地执行着土地的还受。（二）京畿三十里内全是“公田”，这是国家对鲜卑族和汉族贵族官僚们一品以下至羽林虎贲所授与的田土。根据杜佑《通典》卷2所引《东京风俗传》这一重要资料所纪，北魏时的职分公田分配情况还是比较均衡的，“不问贵贱，一人一顷，以供刍秣”；可是北齐时这种均衡就完全丧失了，“授受”已经“无法”，赐给臣僚们的公田中有了所谓“永赐”和“横赐”等名色。就是说，专制主义皇帝可以随时按照自己的意志和需要，将很大数量的田土作为勋功报偿手段支付给臣僚，而且这种田土是“得听卖买”的。（三）此外，还有“永业田”。这种田土，除良口外，奴婢、牛亦可受田。为了防止过量的借奴婢、牛以占田，官府做出限制，牛限四头，奴婢最大限额为300人，最小限额为60人。兹以最高贵族官僚有受田奴婢300人计（牛尚不计在内），每口永业20亩，共可得60顷。此数与唐限额恰相等同；较隋（100顷）为低；较西晋占田最高额（50顷外有荫户）略高。总之，60顷似为一稳定之数字。（四）令文中明确规定“奴婢限外不给田者，皆不输”。所谓“输”，是指垦租2石，义租5斗，外一床之调绢1匹、绵8两。不给田者不输的规定，反映在均

①见《隋书·食货志》。

田制下，国家还具备某些地主的身份，“亚细亚”遗存尚未全部绝灭。

“横赐”是这一时代的新鲜事物。试统观北齐一代史书，其中到处弥漫着最凶残的屠杀和最无忌惮的奸淫。用叶水心的话说，是“骄粗甚矣”。为了权力的捞取，人们不惜结成种种集团，而这种集团一旦成功，就需要进行勋功报偿。但是这种报偿是在自然经济的局限下进行的。倘在汉代，那么必然是赐钱若干万、赐金若干斤。在北齐不可能，钱币较少，作为勋功的报偿，除绢外，只好拿土地作为支付的手段。这就是“横赐”一事产生的根由。它是中古专制主义与中古自然经济纠缠在一起的必然结果。有些“横赐”几乎是莫名其妙的，举两个例。其一，在高洋（所谓文宣帝）时，在侯景乱梁的战乱中，江汉地区有一妖僧式人物陆法和窜到北方来，高洋即刻赐钱百万、物千段、甲第一区、田一百顷、奴婢二百人[①]。其二，在幼主高纬的武平年间，竟将当年“神武帝（高欢）以来常种禾饲马数千匹、以拟寇难”的“晋阳之田”，赐给了一个佞幸人员穆提婆[②]。《京东风俗传》说，“迁邺之始，滥职众多，所得公田，悉从货易”，对山泽之地，也“或借或请”。这样，通过“横赐”这种手段，把大量国有土地转化为私有土地，统治者自己破坏自己所占有的公田和自己所颁布的均田制度。

除统治者自己破坏自己的均田制度之外，人民这边也有对抗和抵制的行为。在授田很少而租调很重的情况下，于是“户多无妻”、“诈老诈小”等现象就大量出现；再就是如《京东风俗传》中所反映，受田人户时而作为“逃人”、“逃户”逃掉，时而又以“还人”、“还户”的面貌回乡重新受田，受后再逃，如此等等。这对均田制的施行，也是很大的瓦解力量。

北齐的均田制，大体就是这样被破坏的。

二

北周均田的破坏，文献中的记录比较单薄，足以引为论证的东西较少。大体，他们以“复古”的形式按《周礼》的框框置官设制。其国土较北齐稍大，人口密度较小，故授田定额稍宽，而租调剥削特重。按规定，有室者140亩，丁者100亩；有室者征5斛，丁者半之。5斛之数，与前、后代相比，是最沉

① 《北齐书》卷32《陆法和传》。

② 《北齐书》卷17《斛律光传》。

重的。当时立法者苏绰的儿子苏威的传中说，当初立法“颇称为重，正如张弓，非平世法也”[1]。征调甚重，而授田不足，是一个极大的矛盾。如斯坦因文书第613号即有最典型的一笔账，曰“户一，无田；口一，老女；应受田十五亩，并无。”均田制剥削的残酷性，由此可以窥见一斑。

“横赐”之事，在北周亦复存在。王仲荦在《北周六典》中辑出有关杜叔毗，伊娄穆、释道臻以及宇文弢、裴侠诸例，各得赐田二百顷、一百顷、三十顷不等。王氏于辑录之余，复加按语云“关西之均田制，亦未优于关东”、“或者关西横赐公田之事，略少于关东”[2]。大体情况，不过如此。

到隋代，情况有了变化。跟着南北方政治上的统一，经济上的交流大大频繁起来，货币增多。北齐时“冀州之北，钱皆不行，交贸者皆以绢布”[3]；可是到了隋代，币货寖多。除开皇初铸新钱外，斯后在扬州开五炉，在并州开五炉，在鄂州开十炉，在益州开五炉。官钱一行，私铸钱随之增加，虽刑法亦不能禁。于是在隋代文献中，每逢勋功报偿，其手段就多样化了，往往杂用钱若干万、赏金若干两、以及缣帛、羊马、奴婢之属。对比起来，赐公田的记录顿觉锐减。

但隋代赐田之事，亦非绝无。除零星记载（如对宇文弢“赐公田十二顷”；对张衡，炀帝“赐其宅旁田三十顷”；对卫玄亦有“赐以良田”之文）外，以杨素、李德林二大宰相之事，最引人注意。对杨素勋功报偿项目中，即有“公田百顷”的记载，当是“横赐”无疑。又以营造独孤皇后山陵“赐田三十顷”，又是一笔“横赐”。李德林的例子也是如此。北周被篡前，杨坚曾将据说是“逆人”（犯大逆罪的人）王谦的宅赐给了李德林。等公文下来却变了卦，这份美宅被个贵戚抢去了。于是杨坚决定以另一“逆人”高阿那肱在卫国县的一份“市店八十坘”来顶替。可是后来因有店人首告“地是民物，高氏强夺”，乃决定停止这次横赐。杨坚的部下李圆通和冯奉世反映说：“此店收利，如食千户”[4]。从这里可以看出，西汉末逐渐减少以至绝迹的“素封”势力，在近古开始之前又将露头了。“富者有赀可以买田”的一股力

① 《隋书》卷41《苏威传》。

② 《北周六典》，页108、110。

③ 《隋书》卷24《食货志》。

④ 《隋书》卷42。

量，至此又有逐渐抬头之势；而“横赐”、“永赐”等另一股力量的事例，则在逐渐减少之中。

但是隋的统治者并不是对其属下不进行勋功报偿的，只不过不多采取突击的形式，而是使报偿制度化、经常化罢了。仅以田土一项来看，给贵族官僚的公田，至少有三大项：第一，永业田，最高额达一百顷，较北齐和唐的最高额六十顷超出百分之四十；第二，职分田，最高额五顷，较唐的最高额十二顷低百分之六十弱；第三，公廨田，不久后转化为“公廨本钱”，贸易取息，以充办公费用。所有这些公田的大量使用，也必然排挤并破坏了均田的授受。

三

到唐代，均田制已经到了强弩之末。但唐代统治者还是要弹这根弦的。令文留传下来的，计两通，一为武德七年令文，马端临《文献通考》载之，而《旧唐书·食货志》仅载其概略；开元二十五年令文，杜佑《通典》载之，而《新唐书·食货志》仅载其概略。《册府元龟》则二者均予录存。

这时候，情况较之东西魏和齐、周，已有很多不同。分立的小国变成统一的大国；民族融合到了更成熟的水平；生产力提高，交换频繁，商业联络网四通八达；庶族地主有所抬头，门阀势力在渐衰下去。这种形势，迫使唐代均田令中的“后门”不能不越开越大。在北魏的太和令中，关于“后门”的规定，文字是简短的，只有“盈者得卖其盈，不足者得买所不足；不得卖其分，亦不得买过所足”四句话。足见当时土地买卖行为不是太多，也不像以后那么复杂。唐代的情况就复杂多了，单用“后门小”、“后门大”字样已不足以说明问题。我们还须检查，这些“后门”是对哪些人开的？

检查的结果，我们发现有四条精神存乎其间：

第一，对贵族官僚禁限最松，“后门”开得最大。令文规定“其官人永业田及赐田欲卖及贴赁者，不在禁限”。就是说，勋功报偿之以土地为支付手段者，可以随时随地转化为货币或绢帛，公田在这条渠道内可以随时随地转化为私有土地。

第二，对新兴的商人地主、经营地主，“后门”就小得多。令文规定，“卖充住宅、邸店、碾硙者，虽非乐迁，亦听卖易。”此条系在大字令文夹缝中杜佑所加的小字补文，也许是令文颁布后另用单发诏令所补充的内容。有了这一条，自然比没有这一条好，但开放的幅度远不及对贵族官僚开放的那样大。

第三，对普通老百姓，“后门”就很有局限。令文规定“凡庶人徙乡及贫无以葬者，得卖世业田”；“自狭乡而徙宽乡者，得并卖口分”。又规定“已卖者，不复授。”此外，“远役外任无人守业者，听贴赁及质。”这看的很清楚，是拿土地买卖自由作为手段，鼓励人口密集、土地紧张地区的人向人口较稀、尚有荒闲的地区迁徙，以减轻统治者的负担，并鼓励壮丁到边境服役。并且，为了杜绝北齐那样“逃人”、“还人”的纠缠，规定了“已卖者，不复授”。

第四，对土地买卖权，政府要紧紧地控制在手里，但对不同对象，则区别对待。对贵族官僚，卖及贴赁均不在禁限；但对老百姓，“须经所部官司申牒”、“无文牒辄卖买，财没不追；地还本主。”

由以上看出，即便到中唐时候，已经是均田制瓦解的前夕了，“富者有赀可以买田”这一股力量，仍然不能在“土地兼并”的总流中占到主导的地位。占主导地位的，始终是“贵者有力可以占田”这一股力量。从五世纪后期到八世纪，我们始终可以看到中古封建统治阶级内部的深刻矛盾。他们中间的一些明智人士，想方设法挖空心思炮制出来一些“调整”或者“调节”的方案，以图缓和社会矛盾，延长他们的阶级统治。可是，明智人士总是极少数。大多数是遵循原来的阶级轨道，不能断绝或抑制他们残暴、荒淫、贪婪、权力欲望等等的阶级本性。由此，勋功报偿就是不可避免的，并且是大量的。这在货币经济下，矛盾还不太突出，因为勋功报偿可以以货币为主要的支付手段，土地方面的负担相对可以减轻。可是在自然经济下，特别是六世纪，货币流通量只到最狭窄的地步，不得不以土地作为主要支付手段，这就对国有土地和均田制带来极大的漏洞，成为均田制破坏的主导性根源。这一点，过去谈均田瓦解的文章很少触及，爰为揭出之如上。是否有当，请方家与广大读者裁夺之。

顺便谈谈我个人对吐鲁番文书中均田制的新看法。当初，一看到吐鲁番地区在中唐时没有、或者很少“口分”，只有“永业”，“永业”也要进行“还授”，我就作出了“急遽的归纳”，说这是在“过头地”实施均田制。现在，经过如上一些研究之后，我体会到吐鲁番地区一点也不“过头”。他们那里虽然没有“横赐”，但官僚的“永业田”和“公廨田”仍占极大的比例，把“口分”排挤到几乎没有踪影，只余一亩、二亩极小片地进行“还授”，文书中把这也叫做“永业”。当时当地广大农民主要依靠租种专制主义控制下的“永业田”、“公廨田”维持生活。均田制还授的小片土地，则由于距家很远，也不能自种，只好在农民间彼此互佃。吐鲁番的农民，绝大多数都带有“佃人”的身份，这也是“官田”排挤“均田”的结果。

附 篇

在另一处地方，我曾经谈过中国古代中世纪的社会经济史上有三个拐弯。第一个拐弯发生在公元前第六、第五世纪，它是由“工商食官”向自由商业手工业发展的一个转折点。第二个拐弯发生在公元后第一、第二世纪之交，它是由商业、货币、交换比较频繁、比较发达到其相对衰落、自然经济代之而占统治地位的一个转折点。这两个拐弯的情况和根由，我已经尽我所能，予以表述了。当然，在这种表述中，可能存在着不确切、不充分、甚至谬误的地方，有待于大家的指正。现在，感到有必要来谈谈第三个拐弯。它发生在公元八世纪之末，绵延至第九、第十世纪。它是冲破自然经济的锢闭，货币交流逐渐增多、商业手工业逐渐发达的一个转折点。

公元七世纪，已经为这个转折准备条件。隋继北周之后，第一步将北魏形成的北部中国的统一，使之从不巩固到比较巩固；第二步完成了北部中国与南部中国的统一。这样，为南北物资交流和江河运输，就创造了政治上的条件。经历隋末农民大起义，某些尖锐的阶级矛盾，得到某种程度的调整。所以，唐初的所谓“治”世，就是可以理解的了。以钱这种主要交换手段来说，也是经历了它的极其复杂的发展过程的。

大致唐初武德、贞观之世，钱币流通很正常。大家统一地使用一种官铸较好的钱，十文重一两，一千文（贯、缗）重六斤四两。此时，正是在均田制又一次实施下小农开始复苏的时候，钱币需要量也不是太大的。到高宗、武后之时，商业手工业的大势头到来，货币需要量陡然增大，于是民间私铸恶钱泛滥，一般到了五恶钱顶一好钱的地步。对恶钱的看法，我们也应“一分为二”。从政府角度看，它是对官钱制度的破坏；从整个社会看，它是人们财产私有制走向纯粹化道路上的一次上扬，对私有制阻力的一种冲击。到肃宗时候，官府感到私铸恶钱控制不住，干脆官铸恶钱，使用政府力量，强将重量1.6文和3.2文的铜铸物，强使之相当于10文和50文的交换价格。这反映，专制主义不仅在土地上行施干预，在货币上也同样是不甘心于不干预的。到代宗（766～779）时候，在刘晏的参谋下，政府不顾牺牲，实行了将官铸大钱自动贬值的措施，这才有力地打击了私铸；使江淮间正常的铸钱工作，得以顺畅进行，所谓“如见钱流地上”[①]的时代到来了。

但当时的钱，对比起整个社会流通来说，还是太少了。所以形成钱贵物贱的结果。农民缴纳“两税”，非常吃亏，非常痛苦。经过一些官吏的呼吁，“两税”也不单纯收钱，向老的谷物布帛之制，做了某些回归。钱，主要在大官、节度使、大商人手里。他们对钱的用途，大体有四：（一）把钱积贮起来；（二）投向商业；（三）放高利贷；（四）购买土地。这四种用途所使用的资金，其比例是怎样的呢？获致到这种比例（哪怕是比较粗一点的数字），在科学上的价值将是很高的。但以作者的努力来说：没有获致到。只是从小农大量丧失土地变为逐末之人的现象看，“钱”的所有者购买土地的事，是存在的。观唐末人范摅所写诗话中说，朗公和尚很宣扬王梵志的劝谕诗，提到人们“多置庄田广修宅，四邻买尽犹嫌窄”；“良田收百顷，兄弟犹工商”，可是还要“图谋”“贫儿”的“二亩地”。不管王梵志是什么时候人，朗公和尚在唐末宣扬这些诗，是有其现实意义的。[②]（在这里，“贵者有势可以占田”跟“富者有赀可以买田”的两股流，汇聚到一起了。）放高利贷的现象也很多，军队的各级军区也放高利贷。把钱积贮起来，不抛入流通系统，像《太平广记》故事中就有所反映，特别在首都长安，这样的人怕是有的。但最主要的，怕是投入了商业贸易。贸易不可能在一块地片中进行，而铜钱铁钱，携带着跨越江河湖海，则殊不方便。于是基于信用的支票、汇票、期票、钞票之类的东西，便应运而生了。

最早的支票和汇票，叫“飞钱”，又叫“便换”。《新唐书·食货志》中说，宪宗元和年间（公元九世纪开初）开始使用飞钱，这恐怕说晚了一点。观德宗贞元年间（公元八世纪末），曾令禁“飞钱”和“便换”，可见大历年间，“飞钱”、“便换”已甚流行。近中，偶读美籍华人教授黄仁宇先生所著《万历十五

① 《新唐书》卷149《刘晏传》。

② 见《云溪友议》卷11。

年》一书，其序言中有两段文字，对我启发很大。其一段谈资本主义经济，说“货币是一种公众的制度。它（按，指资本主义经济）把原来属于公众的权力授予私人。私人资本积累愈多，它操纵公众生活的权力也愈大”。其另一段谈中国历史的特点，说“中国的传统政治既无此组织能力，也决不愿私人财富扩充至不易控制的地步，为王朝的安全之累”。[①]中国历史上的情况，的确如此。我举两例为证。其一，大历间货币刚刚大规模流通，不到二十年，贞元间皇朝便跳了出来企图禁断“飞钱”；但禁断也是禁断不住的，元和间“飞钱”终于又大行了。其二，北宋高宗、真宗之时，益州富人创为“交子”，到仁宗天圣间（1023）马上“归于官中”，置交子务机构，由“官中置造”。[②]这中间粗计当在20～40年之谱。足证专制主义决不愿私人财富和作为一种公众制度的货币，操纵在私有者的手里，达到不易控制的地步：此意甚明。至于专制主义有没有组织货币的能力问题，观南宋末国家发行交钞达三万六千缗（合三百余万钱）之数，可见它有着一定的组织能力，不过终于因通货膨胀而彻底崩溃罢了。

话回到唐末钱币大行上来，那么，它对土地和人身关系的影响是什么呢？李翱（习之）对此曾做过两份物价统计，其数字间虽然稍有参差，但仍颇具参考价值。他算的第一笔账说，“两税法”实行30年后，物价跌了4倍。他说，30年前，粟1斗值钱100文，绢1匹值钱2000文；但货币流通30年后，粟1斗，仅值钱20文，绢1匹，仅值钱800文。30年前，需缴税100贯（缗）的，只要缴粟50石、绢20余匹已足；可是30年后，却要拿200石粟、80匹绢折成钱去纳税。他使用这些统计材料，说明自然经济下的交换手段——谷物布帛，在30年中跌价了4倍。他算的第二笔账说，“两税法”实行40年后，谷物布帛跌了3倍。他说，40年前，米1斗值钱200文，绢1匹，值钱4000文。但40年后，粟1斗，仅值钱50文，绢1匹，仅值钱800文。40年前需缴税10贯（缗）的，只缴2匹半绢就够了；40年后却要缴12匹，至少也要8匹。他使用这些与上述材料稍有出入的统计材料，说明自然经济下的交换手段——谷物布帛，在40年后跌价了3倍。[③]李翱这些统计，当作于唐宪宗元和之初和之末。在提供了这些统计材料之后，他谈到土地和人身关系方面来：

① 《万历十五年》《自序》，页3。

② 《宋朝事实》卷15。

③ 《李文公集》卷3与卷9。

……兹三十年，百姓田土，为有力者所并，三分逾一其初矣。钱数不加，而其税以一为四。百姓日蹙而散，为商以游，十三、四矣。[1]

这里又提供了两个有价值的统计数字，一个是钱币畅通以后，由于钱贵物贱现象所引发，使小农土地丧失了三分之一。另一个数字是有十分之三四的小农离开土地去逐末，自然，逐末假如不太成功，就要沦为佃客了。在这种离本逐末的变动中，人身依附关系自然而然会伴随着走向松散，怕是可以这样估量的。

① 《李文公集》卷3《进士策问第一道》。

第七章*

四年前，我曾写过《试论两宋土地关系的特点》一文（见《吉林师大学报》），指出“官田的私田化和官租的私租化”是两宋土地关系中重要的特点之一。几年来，有几位同志正缘着这条线索，往下追寻。但在我自己，则感到孤零零地标揭出这样一个特点，似不足以表达两宋土地经济中很复杂的内涵。为此，特另写一文，作为敝前文的一种补充。

一

看到有的同志在文章中说，利益，应该是马克思主义中的一个重要范畴。我很支持这个观点，并且缘着这条线索，颇往下思考了很多。人的利益，人群（社会）的利益，是人的能动性、社会的能动性的重要根源。但具体结合历史，这种利益的表现，却有着不同的形式。仿佛一开始，赤裸裸的经济利益并不首先赤裸裸地跳出来。人们往往用什么精神利益的罩纱蒙在上边，如孟轲一见梁惠王就说，“王何必曰利，亦有仁义而已矣”；《盐铁论》中贤良、文学们也说，“天子不言多少；诸侯不言利害；大夫不言得丧”。①这显然是为了抑制利益争夺的祸患而人为炮制出来的一层精神罩纱，实际的情况则是“上下交征利而国危矣”。后来，中央集权的专制主义发展起来以后，统治者的利益（政治利益）凌驾在社会普遍的利益之上，使普遍利益不得不服从统治者的意志。北魏《均田令》一开头就写道“均给天下之田”，严格说这天下之田，有的国家有权来

* 本章原标题为《试论两宋土地经济中的几个主流现象》。

① 《本议》第一。

“均”，有的则无权来“均”，但从政治凌驾的角度上考虑，统统可以“均”，不过在大命题底下再做些对私有主的妥协让步罢了。再如北齐有大量大量的“横赐田”，难道北齐的皇帝就特别慷慨？难道他不晓得“横赐”过头了，会排挤均田的贯彻，他完全懂得。不过他在权力争夺中更懂得“政治利益”的重要，所以才不惜拿大量物质利益去为政治、为统治者的意志服务。

到了五代和两宋，上述情况有了明显的变化。这恐怕跟交换经济、货币流通的发展，有很大关系。以两宋为例，专制主义不可谓不强化，军权和财权向中央集中的很利害；但他们对土地私有权凌驾、干预的劲头，却明显地减弱了。这恐怕是人们财产私有制进一步深化的反映。试看元人所修《宋史》，在《食货志》中就直言无隐地写道，

> 大国之制用，如巨商之理财。①

这种话头，在中古专制主义者们，岂肯说出口来?! 但在宋元，就直截了当说出来了。南宋高宗赵构对大臣们说，

> 朝廷拓地，譬如私家买田；倘无所获，徒费钱本，得之何用！②

这种用商人的口吻，从经营、核算的角度去谈论土地经济，宋以前很少见。元以后，譬如说，明初的洪武、永乐，专制主义又一度强化以后，绝不会这么地谈论了。可是宋朝单单如此。北宋仁宗时，君臣们谈论出卖公田的方式时，有大臣说，

> 鬻卖绝户田宅，乞如买扑坊场，罢实封投状。

这是说国家出卖公田，不要用秘密投标形式，因为那种形式容易被权势之家钻空子，不如干脆学习自由市场上“叫桩”的办法，当众拍板成交，更干净利落，且无流弊。试看封建国家出卖国有土地，竟尔采用拍卖行、交易所的惯用形式，经济利益之赤裸裸地表现出来，在两宋已经表现的很充分了。他们已经懂得，把政治利益绝对化是会损害经济利益的，所以他们转而从经营、核算、成本、利润等方面来抓具体的经济利益，从经济利益中去体现“最大的政治”。

① 《宋史》卷173《食货志》（上一）。

② 《建炎以来系年要录》卷103。

二

在这种把具体的经济利益赤裸裸突出出来的普遍风气下，两宋在土地经济方面便出现了一些它自己的主流现象。

在我看来，第一个主流现象应该是土地兼并，亦即土地向大土地私有者集中。但两宋的土地兼并和集中，又具备它自己的特点。皇室向勋贵大臣赐田的次数，较以前诸代是大大地减少了；偶尔赐田一次，所赐田土数量，也较前代大大减小。总起来看，“贵者有势可以占田”的趋势，到宋朝有明显的减弱。自然什么事也不是绝对的，依势强夺、强买民田的事在史料中还是零星可见，如徽宗时杨戬的狗腿子李彦在汝州“焚民故券，使田主输租佃本业”[①]；如高宗时（南）通州通判方云翼“强市民田三十余顷，驱归业之民，为之耕种”[②]；再如陆游的儿子陆子遹在溧阳做官，为了一位王爷看上了某一乡的腴田，他就“追田主索田契，……置囹圄，灌以尿粪，逼写献契”[③]，等等；但从总形势来看，这些明抢白夺只能算作是“小动作”了。主流现象是“富者有赀可以买田”。一个时代的风气是共同的，朝廷讲究经营、核算、成本、利润，地主自然更是如此。他们买地要买好的、出产多的、价钱公道的。假如有瘠地、赔钱地，那就卖掉。南宋“四大将”之一张俊的第三子张子颜，《三朝北盟会编》中说他共有十五个庄，跨越在六个州府，十个县的县境[④]，假如不是选购膏腴，事情不会如此。其父即为宋高宗所知“与民争利”，他“岁收租米六十万斛”，[⑤]其子更有发展。试看历代限制勋贵富室占田数额，西晋的最高品限额才50顷，隋唐为100顷，只北齐为120顷，北宋仁宗时限额才30顷，而到徽宗就一下子提高到100顷，但又何尝限得住？《宋史·食货志》中记谢方叔的奏言说，最大地主“租米有及百万石”者；刘克庄在他的文集中也说，最大地主“岁入号百万斛”[⑥]。南方一亩之收，当不止一石，但肥瘠相均，亦不过一石半

① 《宋史》卷468（列传227）《杨戬传》。

② 《建炎以来系年要录》卷173。

③ 近人丁传靖：《宋人轶事汇编》下册，卷17，页933引《吹剑录》。

④ 《三朝北盟会编》卷237。

⑤ 《建炎以来系年要录》卷135。

⑥ 《后村集》卷51。

至两石之数；且租米往往五五分，地主实收只不过总收获的一半强，那么，百万石（斛）租米的实收数量当为二百万石，非万顷以上田主，绝达不到这样高额。由此可见，自南宋初至南宋末，万顷田主已经出现，无怪蒙元的皇太后看到南宋竟有这么大的田主而为之惊讶不置了。

宋朝田主要买好田、出产丰富的田、价钱公道的田，这不仅从下户那里弄来，也可以从皇家鬻卖公田的过程中，钻空子弄来。李心传《建炎以来朝野杂记》中有一段说的很完整，兹引于下：

> ……盖估价之初，豪民大姓，请嘱官吏，相为欺隐，其已卖者，皆轻立价贯，上色之产也。而中、下之产，估价反高，是以不售。[①]

宋代田主不仅用低价买好田，并且规避税役。自然规避的方式和花样还不像明朝那么多、那么复杂，（如什么“诡寄”、“洒派”、“移丘”、“换段”等等），但雏型已经具备了。司马光在其《涑水纪闻》中记录了一个典型村的情况说，“有一村多豪户，税不可督。所差户长多逃去。南公曰，此村无用户长，知县自督之。豪右皆惧。是岁，此村税最先集。又诸村多诡名税存户亡，每岁户长代纳，亦不可督。南公悉召其豪右谓之曰，此田不过汝曹所典买耳，与汝期一月，为我推究，不则汝曹均输之。及期，尽得冒佃之人，使各承其税”。[②]但天下不可能每县有一个吕南公，所以田主仍旧可以所占膏腴之田日增，而规避税役；下户小民则田日减，而税役不休。这样恶性循环下去，阶级对立形势就日益尖锐了，生产的发展也受阻。这一点，应该说是两宋社会经济问题中最根本的一项，谁来处理也避不开的。

三

两宋土地经济中的第二个主流现象，在我看来，应该是宋朝统治者在田土问题上玩弄着的一个把戏。这个把戏，从北宋真宗、仁宗时候就开始耍弄，迄南宋之亡；自以北宋徽宗赵佶、南宋高宗赵构、孝宗赵昚为其主要角色。这一把戏是什么呢？就是，一方面“广置营田”，另一方面“尽鬻官田”。这初看起来似乎不好理解，像一个商人似的，既不停地拍卖旧店铺，又不停地开设新店

① 《建炎以来朝野杂记》乙集卷16。

② 《涑水纪闻》卷14。

铺，假如不是自己跟自己捣乱，这又是为什么？数十年间，未见学术界触到这一问题上来，故不揣谫陋，专门来接触接触这个问题。这个问题，不论搞到什么程度，水平如何，它是本文预定的重点内容之一。

先谈“广置营田”。什么是“营田”？“营田”，其实就是屯田；或者说，是屯田的一种变种。“营田”跟“屯田”间的共同点，是二者均为国有土地，或者是被国家认为是国有土地的其他田种（如无主，主权因战争而丧失、难予确定，荒滩、沙滩涨田，等等）。二者间的异点大体有二，（一）明显为战争或防卫军事服务的，（如西北诸田），叫“屯田”；不明显为战争和防卫服务的，（如两淮、荆襄这两个著名的拉锯区），叫“营田”。（二）专一以兵卒务田作的叫“屯田”；以兵、民杂用，譬如这边几个庄用兵卒，那面几个庄用民户（客户、浮户），甚至同一庄用兵卒数十百名、复用民户数十百名者，这样的一般叫“营田”。

宋朝搞屯田，从北宋初开始。那时北面面对辽国，前沿在今保定、定州、雄县一带，那一带的屯田，又叫“方田”。这“方田”，跟后来王安石为均税而丈量土地的“方田”，完全是两回事。北宋初的“方田”，是为了“碍胡马”、“拒戎骑”，[①]带有战术意义的。慢慢，西北面的西夏也成了劲敌，所以又在以镇戎军（今固原）为中心的西北广大的黄土高原上，搞起了屯田。除上述的河朔“方田”和西北屯田外，不仅从南宋开始、北宋也已经开始经营了的，是营田。其设置的主要地域，有江淮，有襄阳、宜城，有汝州，等。大都有水利灌溉。设置屯田的人，大体做三件事，一是调兵卒，二是调民夫，三是市牛种。这样，假如坚持一段时间，一定会有成效；但宋朝的特点是，“宋臣于一事之行，初议不审，行之未几，即区区然较其得失，寻议废格。……使上之为君者莫之适从，下之为民者无自信守”。[②]所以表现为置而又废，废而复置。宋仁宗时即曾为了“徒费钱本”、“利不偿其费”，而算了一笔细账。[③]在这些统称为“营田”（又叫“屯田”、又叫“公田”）上，封建国家对剩余价值的剥削率跟世俗地主对佃户的剥削率看齐，太宗至道间大臣陈鼎上言，言农田水利之兴办，其言剥削率时说：

① 《续资治通鉴长编》卷51、55、56。

② 《宋史》卷173《食货志》（上一）。

③ 《宋会要辑稿》第121册，卷2，页2。

……田之未垦者，募民垦之，岁登所取，其数如民间主客之例。[1]

这就是鄙前文所谓“官租的私租化”现象，这一现象所表示的，是统治者的实际经济收益较前加大了，而专制主义凌驾在私有制之上的权威则减码了。这个“其数如民间主客之例”的剥削率，一直沿续到南宋，绍兴中营田课率，仍是“官中与客户中半均分”。[2]当然也有变通的，如“初垦以九分给佃户，一分归官；三年后岁增一分，至五分为止”[3]此盖即所谓“诱”也。

以上说的是“广置营田”的前期情况。到后期，以绍兴卅二个年头为最典型的年代，在宋金战争拉锯之后，江淮原居民死亡流徙，北方逃难流民大量麇集，要把闲旷田土与游散劳动力结合在一起，还需要有人在这中间加一把力。赵构有见及此，于是大抓营田，叫垦区文武官衔上都加“营田”管理的称号。但在实行的过程中，遭遇到不少问题。从繁多的史料中，当时至少有三个大问题，（一）拉锯后大片田土私有权的归属问题，即原江淮逃难的田主和种田人回乡了怎么办？北方逃难来的人种了土地，有没有私有权？等等。这要有个确定的原则。（二）文武官吏，办理营田，不免出现强迫勒逼的现象，勒逼非营田的编户齐民来兼种营田（“附种”），勒逼“上户”来承担营田上的上缴粮米（“抑配”），于是上下骚动，“鬻己牛以养官牛，耕己田以偿官租”的呼叫，统统反映到庙堂上来了。（三）办理营田，兵民混杂，究竟好处多，还是坏处多？这个讨论反映在实际措施上，就表现为时而军管，时而民办，政令时常改变，人民无所适从。这样办了三十几年营田，到头来是赢利还是亏本？朝廷上除了纷争不一之外，史料中不见做出来什么结论。以上，是关于“营田”。

再说“尽鬻官田”。所谓“官田”，指市易、抵当、折纳、籍没、常平、户绝、天荒、省庄、沙田、退滩、荻场、圩田之类。鬻卖官田，以南宋高宗、孝宗时达到最高潮，但北宋初已经开始了。从真宗时考虑鬻卖福州官田开始，历仁宗、神宗、哲宗，直到徽宗，不断有这类事迹的记载，《文献通考》卷7中，有比较系统的胪列。这件事，牵动一个土地经济中的重要问题，有必要插进来叙述。

这就是所谓的土地“永佃权”问题。近来，论文中已经讨论了不少。所谓

① 《续资治通鉴长编》卷37。

② 《宋会要辑稿》第154册，卷63，页103。

③ 《宋会要辑稿》第154册，卷63，页117。

"永佃权"，在宋朝尚很少发展到"一田多主"的情况，主要是"久佃成业"的问题。举一个例，在范县（按原史料作"汜县"）有个李诚庄，原主李成在太祖赵匡胤时管理酒务，因罪抄没，这片田土就成了"没官田"。地方十里，田尽膏腴，佃户百家，子孙久佃相承，多已成为高廪大户。仁宗时，政府决定出卖，估价一万五千贯。因地膏腴，韩琦甚至愿出二万贯买到手。但县令侯淑献劝说佃户们凑钱买下，"则汝辈得久远佃种矣"。[①]这是"永佃权"（或称"久佃权"）买到手的事例，而更多的事例则是买不到手，标价太高，佃户们买不起，于是被"刬"。这样，不但"久佃权"到不了手，连"暂佃权"也丧失了。所以大臣们在讨论时就请求停止鬻卖，仁宗天圣时的大臣说"父子相承，以为己业，乞罢估卖"。[②]神宗熙宁时的大臣说"子孙相承，租佃岁久，乞不许卖"。[③]这些意见，都是主张不要破坏"永佃权"或"久佃权"，而是巩固它。巩固它的作用是什么呢？也是"一分为二"。主导作用是使佃户们安心生产，生活稳定，不受或者少受"添租"的威胁，袪除被"刬"的危机。但也有副作用，即农民长期被捆绑在国家佃户的柱子上，人身依附性依然得不到多少宽松。

李心传在他的《建炎以来朝野杂记》中，专门为了南宋鬻卖官田的事，写了一篇《本末》[④]，记录自高宗绍兴初年（1131）至孝宗淳熙初年（1174）四十余年中两度大量鬻卖官田，第一次估价卖钱总额为700万缗（贯），卖了30年，实卖到钱540万缗（贯），有160万缗（贯）未卖到钱。第二次又估卖516万缗（贯），经过七年，只卖到162万缗（贯），未卖到的数字是353万缗（贯）。故两次鬻卖东南官田所得，不过700万缗（贯）而已。

现在话说回头来，宋朝一面"广置营田"，一面"鬻卖官田"，这到底是在玩弄着怎样的一种把戏？看起来，在徽宗、高宗、孝宗之外，这些事体仅在小量或较小量情况下进行；大量进行，是在上述三朝。徽宗朝由于腐朽已甚，开支太大，不能不在田土上打主意。南宋两朝，看起来受战争影响大，战费开支庞大，故又一次企图在田土上增加收入。这时，中古式土地在皇权下冻结的情

① 《古今图书集成》第681册引《闲燕常谈》；又见《丛书集成》初编魏泰《东轩笔记》卷8。

② 《宋会要辑稿》第154册，卷63，页85。

③ 《文献通考》卷7。

④ 《建炎以来朝野杂记》乙集卷16。

况逐渐消解，土地私有权逐渐深化，也逐渐灵活，其转移率较前也加大。袁采《袁氏世范》中所说“贫富无定势，田宅无定主，有钱则买，无钱则卖”，正说明这种情况。宋朝皇室充分利用这种时机，在土地权的“抓进来”和“抛出去”中间，反复地谋取利益。但这样做的后果是什么呢？第一，大大助长了土地兼并的发展。文武官僚和形势户在战乱区的无主荒田上，以办营田官庄为名，“夺民农具，伐民桑柘，占据蓄水之利，强耕百姓之田”。[①]又在官田鬻卖中，请嘱官吏，相为欺隐……轻立价贯，得上色之产。（史料来源见前引）。第二，农民们生产的秩序极不稳定。在战乱区中的原稳定农民，现受营田“附种”的勒索，自己的田土无力耕种，却被抓去在营庄上劳动。在一些累年父子祖孙“久佃”的土地上，却以“鬻卖”为借口，或添租，或刬佃。这样，大量大量的“下户”，向“客户”、“浮户”、“逃户”转化，劳动力与生产手段相结合的机缘不是有所增进，而是严重地减褪了。所以，在大臣们的议论中，就自然而然出现“竭泽而渔，明年无鱼”、“苟目前之利，废长久之策”等等的话头了。

四

两宋土地经济和阶级关系中第三个主流现象，在我看来，是剥削阶级对被剥削者，换言之，在两宋就是田主对佃户的看法，跟以前有所不同。假如奴隶主对奴隶的看法，是把奴隶看作俘虏和死囚；假如中古领主对农奴的看法，是把农奴看作牛马或骡驴的话；那么，五代两宋的田主对客户的看法，是把佃户看作农业劳动的动力和田主发家致富的本源。南宋孝宗时衢州人袁采（字君载）写过小小的三卷书，叫《袁氏世范》，其中如实地反映一个世俗富民（田主）应该如何处理他身边的若干事情，如何对待家族成员，如何处理田产和债务，等等。其中一条是讲如何对待佃户的，抄录如下：

> 国家以农为重，盖以衣食之源在此。然人家耕种，出于佃人之力，可不以佃人为重?! 遇其有生育、婚嫁、营造、死亡，当厚赒之。耕耘之际，有所假贷，少收其息。水旱之年，察其所亏，早为除减，不可有非礼之需，不可有非时之役。不可令子弟及干人私有所扰。不可因其仇者告语，

---

① 《建炎以来系年要录》卷103。

增其岁入之租。不可强其称贷，使厚供息。不可见其自有田园，辄起贪图之意。……则我衣食之源，悉藉其力，俯仰可以无愧怍矣。①

对这段材料，我相信人们会有很不同的看法。有人会认为，这是宣扬阶级调和、在阶级斗争面前撒一把沙子。有人会认为，使用这条材料就会美化地主。我不这样认为。我认为，它具具体体地反映了一些阶级关系，如田主每乘佃户需钱时，行高利借贷；每指使子弟仆役，骚扰佃户；每无故增添租额；每看到佃户“稍买田宅三五亩”②，便图谋霸产；等等、等等。袁采从对立面上说，这样做都是不好的，于地主阶级不利；佃户是地主农业劳动的动力，是田主发家致富的本源，要好好对待。对待不好，佃户会跑到别的田主家去。王岩叟就反映过：“富民召客为佃户，每岁末收获间，借贷赒给，无所不至。一失抚存，明年必去而之他。”③故袁采的这段话，恰好反映了世俗田主的明智观点。明、清之际的丁耀亢（野鹤）在他的《家政须知》中说：“财之言才、货之言化，有才能化则贝聚，无才不能化则贝散矣。”从这中间，我们清楚地看到宋、元、明、清时候，人们对待被剥削者的看法，跟奴隶主、农奴主，已经明显有所不同了。他们的脑瓜已经很活。

这种对劳动者看法的改变，自然大大有助于人身依附性的减轻。这种观点是新的，所以我把它当作主流现象看待。但主流在开始不一定占势力，因为非主流的势力可能依然很大，并且这种势力依然很大的、顽固的、强化人身依附性的非主流力量，分析起来，有旧存，也有新生。所谓“旧存”，是指两宋传统上就有的，如川、陕旁户，如川、陕间视佃户如奴隶，等等。所谓“新生”，是指两宋传统上没有或者很少的，而到元、明则很盛行起来了。我是指“投献”和因“投献”而形成的家奴、世仆、佃仆等的出生。南宋末这种苗头已经出现了。宋理宗淳熙六年（1246）大臣谢方叔有一段上言：

豪强兼并之患，至今日而极。国朝驻跸钱塘，百有二十余年矣。境土日荒，生齿日繁，权势之家日盛，百姓日贫，经制日坏，若有不可为之势。谷粟之产，皆出于田。今百姓膏腴皆归贵势之家；小民百亩之田，频年差充保役，不得已，则献其产于巨室，以规免役。小民田日减而保役不

① 《袁氏世范》卷3。

② 胡宏：《五峰集》卷2。

③ 《宋会要辑稿》第157册，卷65，页48。

休，大官田日增而保役不及。……[①]

这种“献”，不仅仅献了“产”，同时也献了“身”。这既是一种经济依附，也是一种超经济依附，也就是说，是一种新生的人身依附关系。旧的人身依附关系在松解，同时，新的依附关系在增生。松解的远远未松解完，增生的又层层增生起来，这可能是中国封建社会长期延续的表现之一。但必须指出，这种松解和新生的根源迥异。松解，是由于生产力的提高，是从经济、也就是说从不以人们意志为转移的方面来的。新生，则和专制主义有关，是从上层建筑，也就是说从统治者的意志方面来的。这就是说，经济的发展，不管多么迟缓，它与社会前进的道路，基本上还是相适应的；而专制主义，则表现为与社会前进道路相违背的方向上走去。这种上层建筑起反作用于基础的作用，非常鲜明。我在对我国各段历史（特别是社会经济史中）查来查去，就总查到专制主义这个顽固的东西。中国封建社会到宋代，形象点说，像茫茫黑夜中好容易仿佛看到了一点微明，可是刚刚一闪，又被专制主义顽固力量重新拖到茫茫的黑夜中去了。

① 《宋史》173《食货志》上一。

第八章*

金、元两朝对中原宋朝模式的后期封建社会的土地关系（也包括人与人之间的关系），究竟做出了一些怎样的变动？要说清楚这个问题，是不太容易的。单纯抠几条史料，搞出一些统计数字，做出一些表格（自然做这些工作都是必要的），已经不足用了。有必要从更大的，也就是说，从范例的对照，从理性、或者说从理论方面来看一看，也许更容易打开缺口，触及到问题的里面去吧。

一

先让我们从“倒退论”谈起。二十年代末、三十年代初社会性质问题论战和社会史问题论战中，持“倒退论”的人不少，还说什么倒退了两千年，或者笼统地说数千年。事隔半个世纪，我们今天再考虑这个问题，不仅感到这个提法不切合历史的实际，连“倒退”这个表达语也要进一步推敲。“倒退”，不外有两层含义。其一，指段落性倒退，即跟五种生产方式相逆的方向发展，这在具体人类历史上缺乏足够的印证，从而在理论上也是不可通的，但三十年代前后的“倒退论”者们往往意味着的正是这层意思。其二，指非段落性的倒退，即指历史发展过程中的一些变动、曲折，社会遭受到的摧残破坏，发展一时显的缓慢或迟滞，那么，这在人类历史上是有足够印证的，从而在理论上也是可以说通的。在我看来，辽、金、元三朝的变动只可能是后者，而不可能是前者。并且，事情不仅是十一、十二、十三世纪的辽、金、元，连四五世纪的北

* 本篇原标题为《金、元两朝对中原土地关系所作出的变动》。

魏也是如此。我常常这样感觉到，拿北魏和金朝来进行多方面的对照，是会看出很多问题的。总括地说，每当边疆少数民族向中原骨干民族进行冲击，发生一些征服与被征服的暴力现象，并且接着又发生一些或强或弱或深或浅的融合现象——每当这种时候，生产力和生产关系由于纠缠进去民族问题，就自然而然地复杂化了许多。在我看来，每当这种时候，我们更应当着力辨析。

让我们拿北魏、金和元三朝（辽也有时结合进来）做一次并比的观览吧。我感到在社会变动中有五个因素在起作用。这五个因素是：

（一）征服民族原来的起点（或者凭借）；

（二）征服的强度；

（三）被征服民族的社会结构；

（四）占领面积的大小和统治年代的长短；

（五）统治者所施行的民族政策（隔离或者同化）的作用。

兹一一试图说清楚于后。

（一）征服民族原来的起点。一般说来，这指的是原始社会末期野蛮状态下，大联盟酋长领导的军事民主主义。恩格斯在他的《家庭、私有制和国家的起源》一书第八章末尾，曾经使用了四个平行式的文段，讲述日尔曼人的野蛮状态给欧洲罗马式衰朽的奴隶制所带来的积极作用。他连续讲到了勇敢、原始民主的本能、母权时代的某些遗风、劳动人民地方性的团结，以及“比较温和的隶属制度”——农奴制。指出是这些东西给罗马的旧世界带来了生命力[①]。在中国历史上，拓跋珪、阿保机、阿骨打和吴乞买、成吉思汗以至努尔哈赤，大体都处在这种阶段上。只有处在这个阶段上，它的军事征服力才特别强悍。远在公元前十一世纪，居住在泾、渭之间的周族，大体也处在这个阶段，不过它是以农业为主的，较之游牧者、渔猎者们的“野蛮”气息轻一些，它的灭殷，尚须得助于“庸、蜀、羌、髳、微、卢、彭、濮”的各族大联军。在大联盟酋长下的军事民主主义阶段，征服活动自必是很频繁的，因而俘虏也必然很多。俘虏多：杀掉一批，奴役一批，管制一批。每当处理到这种情况时，我认为我们应当特别慎重。有奴隶，不等于已经形成了奴隶制；形成了奴隶制，不等于出现了奴隶社会。特别当这些有隶属身份的人们出现的时间，假如是在公元后十一二世纪，而不是公元前十一二世纪的话，我们的判断就该更加慎重。

① 《马克思恩格斯选集》第四卷，第152～153页。

（这一点，下文还有讨论）。这个征服民族的起点，是一个很关紧要的问题，历来人们对什么是"于越"和"惕稳"，什么是"猛安"和"谋克"，什么是"牛录"和"固山"，花费了很大气力，这些气力不是白费的。此外，在农业生产和土地分配方面（不管这种农业生产在他们全部社会生产中占多么不重要的比率），也都不约而同地出现过名目各异的"计口授田"。把这些表现特点互不相同的"计口授田"集中在一起加以比较研究，也是很值得的。因为这是被带到中原高度发展的封建现场中来的一些先封建的因素，其中也包括恩格斯所说的"温和的隶属制度"在内。

（二）征服的强度。这里说"强度"，不是意味着希望有一种仪表，借以测出某次征服为若干度，等等。社会现象不是机械的，往往更复杂，要细致看取一些情况和条件。譬如说，蒙古征服的强度几乎可以说是旧时代历史上最强的，但对中原来说，由于蒙古军队面对着比中原更广阔的征服前景，故中原就不是它唯一的、集中的征服对象。元帝国，从整个蒙古大汗国来看，是一个后来被汉化了的"沦陷区"。辽在某种程度上也有这样的特点，他们的眼光有时向北、向西，对中原它只占有燕云十六州。北魏和金就不同。他们以中原为集中的对象。可是它们中间又有不同，北魏征服的强度大（如拓跋珪和拓跋焘所表现的），但后来的融合度也大。金的征服力其强度几乎可以说是最强的，可是融合程度较差，它对中原插进来一些东西，但除少量被浸润、被吞没了以外，大部分又撤走了。元朝则有让原制度放任自流的一面，也有坚决反对融合的一面，结果也是撤走了拉倒。从这里我们体会到，不仅要看取征服者的条件，还要看取被征服者的条件。

（三）被征服民族的社会结构。我谈这一点的目的，就是想表述封建社会前期和封建社会后期之间，似乎有一种不同。更具体地说，就是领主封建制的结构较之地主封建制的结构，更容易成为落后民族征服者的一种阻力。试看拓跋珪之下燕、赵，拓跋焘之征略大西北，以至向南攻伐时的三路临江，征服的强度也够大的，但为什么又出现孝文帝元宏的改制和汉化运动呢？这和世家大族的结构不能没有关系。清河、博陵二崔氏、涿郡卢氏、荥阳郑氏、陇西、赵郡二李氏，虽然在征服的最初阶段也不能不以"百世簪缨"而被迫"耕田养马"（《颜氏家训》），但很快他们就爬到了辅佐统治的高位，帮助拓跋氏君主策划"三长"和"均田"。汉族和拓跋族统治阶级间这条上层联合的线，是粗大的、牢壮的。但在金朝，我们却只看见刘彦宗、韩企先这样二三流地主人物的辅佐局面了。汉族和女真人统治阶级间的联合的线，始终不够粗大和牢壮；而另一方面，在社会下层汉族劳动人民中的民族凝结力和反抗力，却又显然比封建前期人民的凝结力、反抗力壮大有力，所以其后果就必然是金朝拿许多措施插进来而又撤出去的结局了。

（四）占领面积的大小和统治年代的长短。在这两点上，四个朝代也各有歧异。元占领的面积最大，统治的年代却最短，在极度混乱中维持了不到一个世纪。辽统治年代虽然较金、元为长，其具体统治燕、云十六州的时间也有一百八十余年之久，但占领中原面积最小，一些冲突和融合的关系，表现不够典型。北魏和金互相类似，占领面积都是半个中国，统治年代都在一个半世纪左右。大体看来，应该说统治年代长一些，并且局面稳定，那么融合才具备一些条件，也就是说，落后的生产关系才有可能向先进的生产关系靠拢、糅杂、同化。在征服的战争年代里，这些都是谈不上的。而金朝恰恰是征服多而稳定少。

（五）统治者所施行的民族政策的作用。不同的统治者是会有不同的政策的。举例说明。同是少数民族的统治者，北魏孝文帝元宏于太和九年至十年不到半年的时间连续规定：一、不得以北俗之语，言于朝廷；二、代人南迁者，悉为河南洛阳人；三、改皇室之姓为元氏[①]。可是金朝的世宗完颜雍却有迥乎不同的态度，他在跟一位臣子（唐括安礼）谈话的时候，唐括安礼认为“猛安人与汉户，今皆一家，彼耕此种，皆是国人。”金世宗不同意，他说“女真、汉人，其实则二”[②]，他还命令将女真人村寨的土地与汉户土地隔离开来，使猛安谋克自为保聚。不同的政策就产生不同的效果，北魏融合搞的较好，就出现了均田制，并影响唐代多民族灿烂文化的形成。金朝融合搞的较差，历史的成就就小，结果以猛安谋克搬回老家去而告终。蒙古统治者排斥同化的政策就表现的更强烈，如皇帝大臣均不习汉文，蒙人不行汉人丁忧三年服丧之制，使汉人不得为大官，不得知兵机、兵数，禁汉人习蒙古文，等等[③]。这几个朝代为什么这么不同？这不能仅仅从个别人物的意向来看问题和解释问题，其中也自必有不以他们主观意志为转移的成分，但这是一时不容易说清楚的，有待于此后的探索。在经济和土地剥削制度方面，辽朝和元朝的措施也有同、有不

① 《魏书》卷7《高祖纪》（下）。

② 《金史》卷88《唐括安礼传》。

③ 散见《元史》《泰定帝纪》、《顺帝纪》以及《兵志》等。

同。他们大体是分片制，北方处在原始社会末期的“乣部”算一片，契丹人或蒙古人的“投下”算一片，汉人算一片，到元朝又把原金国地面算一片，原南宋地面另算一片。蒙古统治者对南部中国的社会经济几乎是原封未动的，只是带进来一些更多的商业活动和高利贷活动罢了。

综合以上所述，仅就金、元两朝而言，由于上述五个因素起作用的结果，特别是在冲击力较强、融合力较强的情况下，土地关系以及由土地关系引发的人与人之间的关系，严重地复杂化了。土地所有权，由于经常受到带有民族色彩的政治权力和军事权力的干预，变动率很大。大量私田突然变成官田，然后通过军功报偿又变成大小军事贵族的占田和赐田，变成猛安谋克村寨或投下村寨的田土。但原来中原的封建土地私有制并没有停止起作用，它并没有睡大觉，它无时无刻不在浸润，跟异族的政治军事权力相暗斗。例如金朝派遣宗浩括山东、河北军人土田，“多为民所冒占”，达三十余万顷[①]。这“民”，大约就是汉人地主。再如纳合椿年的儿子参谋合等三十余家就冒占田土三千余顷，更是金朝最突出的例子[②]，这就是金人地主学汉人地主的样子了。这样，占田和浸润，仿佛以一种循环的轨道在运行着。大量人口的身份，也突然改变了。平民身份受到严重冲击，属于“奴婢”一类身份的人空前增多了，各种带政治隶属性质和军事隶属性质的“户”的名色也大大增多了。但是必须注意，这些变动根源于政治权力和军事权力的多，在经济方面能茁下根来的少，所以它们的回转也快，也较容易。举一个例子，元将赵迪破真定，得男女千余人，诸将皆欲分取，各使为奴。赵迪以己所掠，当归己；而实纵之，使各随生产为良民[③]。可见为奴为良，纯按军官个人意志为转移，并无经济的约制力在背后起作用。并且元朝的辅佐大臣也多抑制以良为奴的现象，如耶律楚材时，驱口之数“几居天下之半”，楚材皆籍为编民[④]。再如忽必烈的老师张文谦就主张以乙未旧账为断，未登籍者，皆应为国家良民[⑤]。史料中若干与此例相同，将隶属身份时而为“奴”，时而“放良”的事例，还有很多很多。奴和良，又仿佛以一种循环的轨道而运行着。在我看来，上述两种循环运行的轨迹，就是一切所谓“倒

① 《金史》卷93《宗浩传》。

② 《金史》卷83《纳合椿传》。

③ 《元史》卷151《赵迪传》。

④ 《元文类》卷57（铅印本第834页）。

⑤ 《元文类》卷58（铅印本第844页）。

退”现象的实质情况。“倒退论”之所以不确切，就在于他们片面地仅仅抓住整个循环的半截，并且加以夸大了。

二

总之，假如有谁叫我承认，在中国悠长的历史上出现过两次奴隶制，殷周算一次，金元又算一次，中国人民在奴隶制下吃过两遍苦、受过二茬罪的话，我是绝对不能承认的。谈公元前十一世纪前后有奴隶制，那是真实的感觉；说公元后十一二世纪又有了奴隶制，我认为那是错觉，或者是把五种生产方式做了刻舟求剑或者照猫画虎的结果。被人们夸大到极度的金、元两朝的所谓奴隶，在我看来，不过是包括家内奴仆、军事隶农和农奴的综合体而已。假如“倒退论”还有一丁点立足之处的话，那就是金元时代有若干近古期的佃农又暂时性地回归到中古期的农奴的身份上去罢了。底下，请允许我从理论和史料两个方面结合起来论证我个人的认识。

首先，从土地所有制方面来看。北魏时虽然没有像王莽那样宣布天下田土为“王田”，但从《均田令》的精神来看，世家大族的土地是以“桑田”、“世业”等名义授与的，国家权力在私有田土上是打了烙印的。金朝对中原社会经济的摧残虽然也很强烈，但连这样的烙印都没有打。金朝从立法的一开始，就确定两个精神，一个是“民田业各从其便，卖质于人无禁”①；另一个是“官田输租，私田输税”②。前者宣布土地买卖不冻结，后者从法律上承认在“官田”（强占田土）以外的土地私有权。金人可谓犷悍，其军事政治力可谓强暴，但何以在经济方面如此荏弱？这不能不从宋朝原封建后期社会经济力量的优越性来考虑问题。“吾闻用夏变夷者，未闻变于夷者也”③，想变也变不动：有阻力。也就是说，政治的、军事的力量，虽然在一个相当短暂的时间内会给经济以摧残，但在最终结点上，先进的经济力量还是一种严重的势力。恩格斯也说过，“征服的战争将日尔曼人带进了罗马的领土，在那里，几百年来，土地早已成为私有财产，在那里，少数的征服者不可能把这样一种根深蒂固的占有形

① 《金史》卷47《食货志》（二）。

② 同上注。

③ 《孟子滕文公上》。

式完全废除。”[①]用这样的观点来看金朝，可以说基本上存在着三种状态。第一种，在边远和金兵未到的地区，宋朝式的后期封建社会可以说是原封未动；第二种，在金兵所到、通都大邑、农业富庶地区，很多土地被“括”去了，安置了猛安谋克村寨；第三种，在女真军功贵族逐渐蜕化变质的条件下，宋朝式的地主经济又逐渐卷土重来。这就是在我看来，金朝社会的主要脉络，从其中只能看到摧残和复原，而看不到什么“倒退”。

其次，从人身隶属的关系方面来看。不错，金、元时候，奴婢的数量加大了。有人做了很详细的统计数字。但请准许我说句偏激的话：那样做用处不大。从理论方面考虑，公元前十二世纪出现奴隶是一种必然和进步，原始社会的落后生产关系已经成为生产力的桎梏，必须经由一部分人残酷剥削、压迫、奴役甚至屠戮另一部分人的方式，社会生产力才能向前发展。可是到了公元后十一二世纪，我们谁能够有充足的理由说生产力的发展非走二千四百年前的老路不可呢？这时候，奴隶制已经不是必然，也不是进步。因此，封建后期的奴婢就会大大不同于氏族社会末期的奴婢。氏族社会后期的奴婢，其性质比较单一，即奴隶主可以随意屠戮他们，他们自己没有个体经济。金、元奴婢是否也是如此呢？屠戮还是有的，并且相当大量，但那是在战争过程中作为俘虏而处理的。屠戮之外，如黥面、劓耳、贩卖、甚至殉葬，都是在野蛮形式下出现的。在正常情况下出现的，则是奴婢有自己的个体经济；有一定的人身权力：如良贱婚配生子女皆为良；如奴有权揭发其主人；甚至还可以发家致富。试看，远在生女真时代，其婚姻礼俗中就有在妇家执役三年，妇家以“奴婢数十户、马牛数十群资遣之。”[②]奴婢以户计，就不是严格意义上的奴隶，因为他们都有独立的经济了。从契丹人开始就规定奴婢“许白其主”的权力[③]，金朝在海陵王时多次的虐杀事件都是从奴婢白其主作为引线的。金朝的刑法中规定，男女身份良贱不同，所生子女“并许为良”[④]。似此，良贱身份的差别，并不严峻。至于金朝末年贵族耶律阿没里“以家奴阎贵为刺史”[⑤]。这种奴婢已跟明末的“世仆”、《红楼梦》里的赖荣中进士是类似的事情了。傅衣凌先生在四

① 《马克思恩格斯全集》19卷，中译本第357页。

② 《大金国志》。

③ 《辽史》卷20《兴宗本纪》（三）。

④ 《金史》卷45《刑法》。

⑤ 《金史》卷79《耶律阿没理传》。

十四五年前说过一句很耐人寻味的话，“奴隶制在中国社会能持续不断而有浓淡深浅的现象”[1]，我们要切戒，不可以淡作浓，以浅作深。

再其次，从国家赋税剥削方面来看。公元前十一二世纪的中国奴隶制是东方型的，剥削方式是劳役租，比率基本上是“什一”。赋税形式是地租和国税的合一。公元后十一二世纪的金朝，剥削方式是实物租，外加超经济强制；比率很难弄清楚，从形式上看似乎比“什一”还小，但实际上可能大得多。从史料中看，金朝租税的制度是“官田输租，私田输税”，一如上引。该段史料之后更加一句说，“租之制不传”。这个文章就值得推敲。第一是为什么不传？是这方面缺乏实录吗？还是制度太不固定，随意定制，因而不传呢？第二，其实还是传了一点下来的。试观金末宣宗时，理财大臣高汝砺反映“河南租地计二十四万顷，岁征粟才一百五十六万石有奇”[2]。按这个数字核算，每顷收租六点五石，每亩合收六升五合。这是官田租的数额。另据《金史·食货志》记载，私田的税率是这样，“大率分田之等为九级而差次之，夏税亩取三合，秋税亩取五升；又纳秸一束，束十有五斤。”[3]据此私田税率亩收五升三合。以此数额与魏武帝曹操对小农村户亩征四升之数稍溢出一升三合；但未言调绵、绢之事，仅调秫秸十五斤而已。根据金朝大臣侯贽上言“上田一石二斗”[4]计，那么我们可得出一个大体上的国家剥削数，官田为二十分之一弱，私田为二十四分之一弱。从这里我们可以理解，为什么金世宗完颜雍要问他的臣下“今百一而民不足，何也?！[5]“百一”不免有些夸大，但无论二十分之一或二十四分之一，都较“什一”的剥削量至少小一倍，是没有问题的。

从上列这些国家剥削数额上，我们可以看出许多问题。第一，我们可以由此看出，从两宋起，地租国税合一的亚细亚（东方）特征已经减褪完毕了，但是经历辽、金、元，是否亚细亚（东方）特征又恢复了呢？根据以上，我们可以回答说，没有！无论亩征六升五合，抑或亩征五升三合，从数量上看，都仅仅是国家权力存在的经济体现，而不包括土地所有权的经济体现。就是说，国家一直不再兼备地主的身份了。第二，我们从前说过，近古期（后期）封建社

① 《食货》半月刊一卷第11期，页19。

② 《金史》卷107《高汝砺传》。

③ 《金史》卷47《食货志》(二)。

④ 《金史》卷47《食货志》(二)。

⑤ 《金史》卷89《魏平子传》。

会从两宋开始，其土地租税的特点是官田的私田化和官租的私租化，那么，这个特征到金朝是否改变了呢？回答是，基本上也没有改变。理由是官田输的租和私田输的税，租税率相去不远。而中古期（封建前期）的情况则截然不同，国家屯田和小农村户的剥削率悬殊很大。观北魏孝文帝太和年间的屯田租，一夫之田岁出六十斛，较非屯田租户出二石，高出达三十倍，可以引发联想。第三，不免有人问，难道金朝统治者特别仁慈或者特别愚蠢吗？也不是。我们要看取这个道理，有记载、有条文的剥削越轻，那么隐藏在记载和条文之外的剥削就越重；经济的剥削越减轻，倒是反映出超经济的剥削就越重。在我看来，这是金朝社会关系中的一点秘密。第四，有人问，"牛头税"不是更轻了吗？我们说，"牛头税"不是国家正式赋税，它是相当于中原"义仓"、"常平仓"式的一种征敛。试观金世宗对纥石烈良弼说，"猛安谋克牛头税粟，本以备凶年，凡水旱乏粮处就赈给之。"[①]"牛头税"之制，源自"牛头地"，这本是祖国东北隅少数民族处在原始社会末期的一种田制，史料说，"其制，每耒牛三头为一具，限民口二十五受田四顷四亩，岁输粟大约不过一石"[②]。后女真——满洲也有与此大同小异的"拖克索"制[③]。这是地多、人少、生产力低时候的一种古制，每人平均耕种面积为十六亩，每亩租粟仅二点五合（还有再减半的记载）。这种制度一旦插入中原，"牛头地"就成了报偿军功贵族的一种手段。国家剥削量如此之低，只是对军功贵族的一种妥协，任他们利用超经济的政治军事权力，去尽情地剥削那些奴婢户、二税户、驱户等等而已。总括以上的论证，我们只能看到超经济强制的有所强化，而看不到金朝社会有任何向奴隶制的回归；哪怕仅指金熙宗和海陵王统治的短短的二十五年，我们也不能承认。

三

现在我们来看元朝，它比金朝就更复杂。金、元之间，有同有异。其同点就是征服力都很强，而融合与同化的表现都不充沛。异点是蒙古人较之女真

① 《金史》卷88《纥石烈良弼传》。

② 《金史》卷47《食货志》（二）。

③ 参看李洵：《公元十五世纪到十七世纪中叶建州女真社会性质问题的探讨》，见《吉林师大学报》1978年，第4期，页35～48。

人，还更有许多自己的特点，现在表述于下。第一，蒙古人对土地的观念很奇特，它与汉人几千年传统的土地观念差距很大，金人在这一点上差距较小。蒙古人在八九十年中对农业种植一直兴趣不大，他们对于把土地搞成草场牧地或者围猎场地，倒是很有兴趣，经常有人这样提议，这样执行[①]。自然，我这样表述丝毫也不排除史料中可以看到的另外一些情况，即蒙古族一些劳动人民在元末已经习惯于农业的操作和经营了。第二，由于他们是“世界”范围的征服者，他们眼界宽，特别从中亚人那里习染来很多商业和高利贷剥削的习惯，进入中原后，他们在色目人的辅助下，大力推广了这些活动，对中原经济带来了严重的紊乱和破坏。第三，元朝的“土围子”和“独立王国”比较多，比较大，比较有势力，这是很重要的一个特点。金朝也有猛安谋克村寨，但这些村寨相对孤立地插花于汉人后期封建的海洋之中，所以比较容易湮没。元朝的军功贵族和寺院所主持的规模相当大的庄院，如获圣寺有田三十万顷，仁王寺有田十万余顷[②]，这就是惊人的数字。他们的权力也相当大，如一、有在其领地中审理诉讼之权；有向中央乞请更大土地利益和接受小地主和自耕农前来投献之权；三、有包庇很多人使之不向朝廷纳税及服役之权；四、有开发各种资源如矿冶、水利之权，此外，他们还掌理山场、园林、店铺、油坊、磨房、浴堂、药铺、典当等经营；五、以利用商业和高利贷的黑手，通过“卖”和“赎”等方式，有把大量人口由良变奴或由奴放良之权，等等。自然，这不是说任何时候任何条件下他们都是整齐地具备着这些权力，不是这样。每当中央集权的干预力量膨大时，这些权力就暂时缩小；反之，中央集权削弱时，它们就又膨大。在元朝文件中，经常看到在某某贵族“位下”如何如何，这种“土围子”特权势力是中国历史上唯一可以跟欧洲中古贵族势力相比拟的。

现在，让我们来看一看元朝的土地制度和人身关系吧。

元朝的土地制度，正面的材料不多，而笔记以及律条中的反映又多是一鳞半爪，就事说事，不概括的。所以我只好从赋税制度来看所反映出来的土地制度。《元史·食货志》说：

> 元之取民，大率以唐为法。其取于内郡者，曰丁税，曰地税：此仿唐

---

① 参看《元文类》卷57《耶律公神道碑》及《元史》卷146《耶律楚材传》。

② 见程钜夫：《雪楼集》。

之租庸调也。取于江南者，曰秋税，曰夏税：此仿唐之两税也。[①]

这段话虽然有人说它不确切，但在总体上恐怕还是确切的。我们试看：蒙古统治者初不知唐法为何事，这些法自然是汉人大臣以及辽、金遗民们凑合炮制出来的。但是，这些人是随心所欲这样做呢？还是有不以他们主观意志为转移的力量呢？我看后者居多。大体说来，唐初中叶的租庸调法是封建领主经济在经济法规上层建筑方面的反映，而晚唐和宋的两税法则是封建地主经济在经济法规上层建筑方面的反映。在两宋时候，虽然江北、江南依然存在着较落后和较先进的畛域，有中原与边远间地域不平衡性的差距，但基本上可以统一起来了，故立法者可以抛开租庸调，专以“二税”行征天下。可是经过了连年的战争，特别经过金人将猛安谋克村寨一度搬进中原，将大量自由和半自由的农田客户变为军事隶属性加强了的隶农和农奴，这样不仅使生产力一时较宋朝低了些，生产关系也落后了一个段落。蒙古统治者及其辅佐人员从大体上看到了这一点，所以在赋税制度上弃宋而就唐。而这样一种经济法规上层建筑的施行，反转过来，又巩固和发展了这种经济落后的特点和分片地域不平衡的特点。总之，元朝的征敛政策是非常之实用主义的，如对老幼之有从事耕种者，“或验其牛具之数，或验其土地之等”[②]，这就是说该依金法之旧者依金法，该依宋法之旧者依宋法。它自己无所创制，而只灵活运用。如又制定，“丁税少而地税多者纳地税，地税少而丁税多者纳丁税”，这都是实用主义的做法。这些特点，也是蒙古统治者和元朝段落的特点，他们在语言文字、婚姻礼俗方面抓的很紧，坚决不同化、不融合；可是在社会经济方面，则基本上一仍宋人在南，金人在北之旧，他们自己无所创制，仅从中亚把中亚人的商业高利贷又引进了很多而已。

元朝的人身关系，主要指主奴关系。过去，大量史书史文，从字面上理解这种关系，说什么元朝是“一个蓄奴最盛的时代”。其实我们应该从严格的社会科学概念上来重新定性。元朝的“奴”，官奴蒙古语作“孛兰奚”，严格说是军事隶农；私奴蒙古语作“怯怜口”，意为“家人”，犹满洲人之曰“包衣”，严格说是混杂家内奴婢身份和农奴身份，这种农奴在人身隶属上有某些方面较前加紧，另外一些方面又较前放松。我们这样说的最主要理由是，他们大部分

---

① 《元史》卷93《食货志》（一）税粮段。

② 吴晗：《元代之社会》，见《清华学报》之《社会科学》，页89。

有自己的经济，向主人或国家提供与农奴相一致的租赋。试看：

（一）《元史·食货志》中谈到北方的“丁税”时说，“‘全科户’正丁纳粟三石，驱丁一石”[①]。虽减三分之一，但身份则显然较南北朝荫户为高。

（二）《元史·张雄飞传》中说，阿里海牙在荆湖“以降民三千八百户没入为家奴，自置吏治之，……岁责其租赋。”[②]

（三）《元史·宋子贞传》中说，“东平将校占民为部曲户，谓之‘脚寨’，擅其赋役，几四百所”[③]。试看“部曲”都是中古的字样。这“赋”是经济剥削，“役”是超经济的剥削，统归将校。

（四）《元史·吕思诚传》中说，“翟彝……被掠为人奴，岁纳丁粟以免作”[④]，这是说用实物租顶替劳役租。

（五）《元史·武宗纪》中说，“江南富民有蔽占王民奴使之者，动辄百千万，有多至万家者”[⑤]。这是说，江南佃客身上的隶属性也加强了。

这样的材料，在史籍中还很多，非仅如此数条。但举出来的目的是来看一看身份。根据斯大林区分奴隶与农奴的标准，主要是两条：一是可以屠杀与不可以屠杀，二是完全占有与不完全占有[⑥]。可以屠杀与不可屠杀之意甚明，但处在征服和战争状态下，事情就很难讲了。完全占有和不完全占有的“占有”，都指的是些啥？研究彝族社会性质的同志们根据调查，从四个方面来理解：一是人身的权，二是财产的权，三是隶属性的承担，四是婚权和亲权[⑦]。这四点不是平列的，看起来以第二、第三两项为最根本，即有没有个体经济和承担什么样的剩余劳动剥削，恐怕是进行判断的重要标准。那么，上引元朝史料的内容，无例外的都是有个体经济的和承担国家与地主的租赋与劳役的。这样的劳动人民，虽然具有“奴”、“驱”之名，而实为农奴，是无疑的。

元朝这些隶属制度，在其以后的明朝的各种制度方面，打下了很深的烙

---

① 《元史》卷93《食货志》（一）税粮段。

② 《元史》卷163《张雄飞传》。

③ 《元史》卷159《宋子贞传》。

④ 《元史》卷185《吕思诚传》。

⑤ 《元史》卷23《武宗纪》。

⑥ 斯大林：《辩证唯物主义和历史唯物主义》。

⑦ 《凉山彝族奴隶制研究》第一期（1977），页13。

印。就先以兵制来说，元朝有个制度，是“奴得纵自便者，俾为其主贴军”[①]。这种贴军制度在明初兵制中很明显地存留着，什么“正军”、“余军”，连军屯的份地都严格地规定着正军若干、余军若干。甚至在明末农民革命军中，都留下这些痕迹。如一种大头领叫“掌盘子”，通常手下有家丁八九十名；“掌盘子”之下又有一种次头领叫“夜不收”，通常手下有家丁三五十名[②]。明朝到边地屯戍的“军户”，随身带着“伴当”[③]。由农民军首领转变为地方军阀的高杰，手下军士各有妻妾奴仆十余人[④]。军队如此，世俗人家更是这样，如“世仆”和由“世仆”叛主而形成的“奴变”是明、清之际的一种很普遍的社会现象，华亭董其昌（玄宰）家有“奴变”，陈继儒（眉公）家有“奴变”，连山东即墨黄家也有“奴变”。所有这些，都是从金、元以来，由北方少数民族那里带来的一些隶属制度在中原的遗留，这种隶属，从名称和比较表相的观察看来，像是奴隶制的恢复；而实际上和本质上，它们不过仅仅是封建隶属性的复杂化和局部加强而已。明朝社会与宋朝社会，本来同是中国后期封建社会，但由于明朝建于金、元之后，接受、并且也不能拒绝接受这些影响，遂致宋、明两段社会中间又复出现了不少的差异。

---

① 《元史》卷98《兵志》（一）。

② 彭孙贻：《平寇志》卷6。

③ 《初刻拍案惊奇》卷14化冤魂假黑驴告状故事。

④ 《扬州变略》，见《痛史》丛书。

第九章*

一

明朝，也如其他的朝代一样，是由于统治者和统治集团的更替而划定的一个历史段落。但即便在这人为的段落之中，不以人的意志为转移的经济因素，仍然起着规律性的作用，使这一人为段落具有自己的特点。那么，明朝社会经济的特点是什么呢？在我看来，明朝社会经济的衍变，应该是“洪武政令”对整个社会各个方面所加的强制，以及这种强制在洪熙、宣德以后的逐渐受冲击、逐渐解冻的一个历程。自然，这仅仅是一种看法，提出来向学术界虚心求教。

的的确确，朱元璋这个历史人物是一个“难砸的核桃”。就以近数十年来说，围绕这一历史人物的议论，已经非常复杂多样。他和他所面对的社会，都不可逃避地打着元朝的烙印，此其一。他又自农民起义中来，又不可逃避地打着农民起义的烙印，此其二。第三，一旦即位起来成为太祖高皇帝，无论从他本人的意识，或者从元末社会的客观需要方面，都要求有高度集权的专制主义，这种高度集权的、对社会各个方面都要紧紧地控制住的专制主义，它的作用是“一分为二”的。一方面，对元末社会的紊乱和败坏，专制主义控制是一种整肃的威力；另一方面，它对整肃过后社会生产力的继续向前挺进，则无疑又成为一种锢闭。在“靖难之役”的过程中，在以朱棣为一方，建文以及齐泰、黄子澄为另一方的对立中，除了打仗，还有有关社会政策的争论。坚持

* 本篇原标题为《试论明代土地、赋役问题症结之所在》。

《皇明祖训》、还是撇开《皇明祖训》另行“新法”（一种多少开放一点、解冻一点的社会经济政策），形成了当时两条路线的尖锐斗争[①]。齐泰、黄子澄失败了，朱棣胜利了，封闭政策又得以持续了二十多年，一共半个多世纪，这是“洪武政令”起全面强制作用的一个历史段落。

在这里，不能不提到亚细亚形式在前资本主义社会中的遗存。请读者谅解，不是我个人想拿亚细亚形式遗存的问题，胡乱往这里塞一塞，往那里塞一塞。不是这样。社会历史实际中存在着这件事。在中国历史上，到宋朝，亚细亚形式的遗存本来已经消解到相当可喜的地步。可是又来了金和元，到朱元璋身上，亚细亚的气息又空前地浓厚起来。苏联学者把亚细亚特征列举为四个或五个，即土地国有、农村公社、水利灌溉、专制主义，以及地租和赋税的合一。我们试拿这些跟明初社会进行对照。对照的原则是实事求是，有就是有，无就是无，有多少是多少。

首先不能说明朝还有农村公社，更不能说明初的“里”、“甲”是农村公社。“里”、“甲”不是“自然村”而是“行政村”，是中央集权榨取赋役的基层机构。明初对水利灌溉也很倡导，但因地而异，不起一种印度式的作用。那么，五个特征只剩下三个了。明初专制主义高度强化，这主要并不表现在设不设宰相等问题上，而主要表现在对整个社会各个方面的强制上，如对士、农、工、商四种人的控制，对军户和军屯的控制，对迁徙的执行，对高税额官田的指定，对海上贸易的禁断，等等。土地国有制的比重，较宋朝大大地增大了。假如屯田占全国垦种面积十分之一点五；假如贵族强占庄田也占全国垦种面积十分之一（弱）；假如高税额官田也算作专制主义起作用的后果的话，它在全国垦种面积中也占十分之一点五。[②]再加以某些统计数据的不确切与人为的压缩（所谓“失额”），那么，由专制主义操纵和干预的田土，总不少于十分之五上下，这个比例数已经很高了。至于地租和赋税的合一，也看的很清楚。

---

① 参看王崇武：《奉天靖难记注》（商务印书馆，1948）卷2，页101。

② 明代垦种田土，依据《大明会典》与《明史 · 食货志》的粗略统计，中叶时为422万余顷，明初“失额”数字当较中叶为小，故实际数字可能较422万余顷为大。其中屯田数字为90或70或65余万顷，即以最小数字计，当为垦种田土总额之十分之一点五。（按最高数字，则应为十分之二）。其中官田，史书中多记载为“七分之一”，则亦接近于十分之一点五。详细数字，请参看伍丹戈先生《明代土地制度和赋役制度的发展》（福建人民出版社）页20～30。

“屯田”上的“子粒”，是明显的劳役租，不管十二石还是六石，其中体现了国家的地主身份。“庄田”上的“子粒”，征收者也是兼备地主和勋贵的二重身份的。“官田”收高额租赋，这高额中除包括赋税的成份外，其多出的部分只能是地租。总起来看，明初土地制度中的亚细亚成分，是有着明显的增长。我们认为，这是亚细亚形式的遗存在中国前资本主义社会中最后的、也是最顽固的一次“回光返照”。

但话又说回来，这也仅仅不过是一场“回光返照”而已。打个比喻说，像下雪一样，严冬时候的雪下在地上积存很厚，为时较久；春天的雪下来很快就消融了。我们试将《明实录》中《永乐实录》、《洪熙实录》、《宣德实录》中的即位诏书对读一下，是很有趣味的。永乐的是复辟，而洪熙和宣德的则是一种对整个社会越来越宽的开放。特别是洪熙帝的即位诏和祀天诏，[①]特别值得留意。其即位诏凡35条，祀天诏凡28条，其中除照例大赦一般罪犯、蠲免某些徭役外，主要宣布了两大项“新政”：其一，停罢了国家海路陆路采办侈靡事物的各种措施；其二，对社会的各个角落进行了豁免、救济、落实、宽宥、平反等措施，特别对军队中犯罪所宣布的新处理精神，都表现出对“洪武政令”的改途更张。这样，抓得死死的一个社会稍稍活了一点，并且此后越来越活。说到这里，我不得不插进来谈一谈我自己的“明史四段说”。

二

我认为：明史，按照它自己的自然表现，应该划为四个段落。

第一段，自洪武初至永乐末，中经建文朝和“靖难之乱”，共57年（1368～1424）。这是社会被严格管制和全面冻结的年代。许多元朝积累的弊端被大力压制下去了；社会秩序整肃了；生产，特别是农业生产，稳步上升。但法令太严，刑法太重，人民被压得透不过气来，缺乏应有的生产积极性。第二段，自洪熙至正德，中夹宣德、正统、景泰、天顺、成化、弘治，历八朝七帝，共97年（1425～1521）。自洪熙、宣德放宽、解冻以来，社会生活逐渐丰富多样，生产力在前段的基础上更明显地向前迈进；但土地兼并也随着解冻而渐渐猖狂，富民逃税逃役的手段花样百出，穷民大量逃亡山泽。正德末的刘六、刘七大起义，表现出明朝社会的第一次大危机。第三段，自嘉靖初至万历

① 《明实录·仁宗实录》卷1上与卷6下。

末，中经隆庆，共99年（1522～1620）。这正是十六世纪，从社会的各个方面（地方官、士绅、明智人物以至中央大官）不约而同地展开一种赋役调整运动的实验，其总的倾向是按田土抽多少、按人丁抽多少，在二者间形成一个适合当的情况的比例，按这个比例捻成一股以货币为主要表达形式的税额，上缴国家。这个实验，在明朝并未最后定局，其定局与全国推广施行，要等到清朝初中叶。第四段，自泰昌至崇祯，中经天启朝，共25年（1621～1644）。这是明朝社会已经无可收拾，到达了第二次也是最大的社会危机，它终于在这场大危机中崩溃灭亡了。

假如以上的"明史四段说"并不十分谬误的话，那么我们似乎可以说，第一段是整肃和冻结的年代，第二段是开放和繁荣的年代，第三段是矛盾和调整的年代，第四段就是崩溃和灭亡的年代了。据此，我们与晚明一篇社会经济评论《歙县风土论》[①]中的论点有所不同，或者说大同而小异。该文以"春"、"夏"、"秋"、"冬"为四段，以洪武至正德为"春"，以正德至嘉靖为"夏"，以隆庆为"秋"，以万历三十年以后为冬。在我看来，《歙县风土论》中的缺陷，在于对洪武、永乐的冻结管制，亦即吾人所谓之亚细亚残余的"回光返照"，未曾予以应有之注意。

三

"洪武政令"对整个社会的亚细亚式的控制，实在是太紧了。它从最基层的一丁、一户、一甲、一里开始。朱元璋有一条诰书说：

> 里甲要明，户丁要尽。户丁既尽，虽无井田之拘，约束在于邻里。除充官用外，务要验丁报业，毋得一失，不务生理。是农是工，各守本业，毋许闲情。臣贾微商，供报入官，改古之制，常年守业。消乏不堪，复入报官，更名其业，不许在闲。[②]

这里说的很清楚，除去没有"井田"之外，要通过里甲制度恢复亚细亚式的统治。但又比古时候加强了一步，即经商也要"常年守业"，只有亏赔太甚的商

---

① 见《天下郡国利病书》龙刻本卷32、《四部丛刊》本第11册。《皇明经世文编》亦收此文。

② 《续诰》第2，见《昭代王章》（《玄览堂丛书》正集）。

贾经呈报批准后，才可改业。这种立法的用意本来是好的，即禁绝一切游手好闲和为非作歹之人。但对商贾抓的太紧，久而久之，经济联络网枯竭，整个社会就失灵活了。但朱元璋一直抓的很紧，被郑振铎先生援引过的一种明万历刻本书《朱氏家谱》中，载有《户帖》一纸，中有洪武三年11月26日的圣旨说“我这大军如今不出征了，都散去各州县里下着，绕地里去点户口，比勘合。比着的便是好百姓，比不着的便拿来做军。”[①]“做军”，是一种多么大的威胁呀，所以洪武年间，里甲井然，无人敢于干犯律条，正如另一条诰书所说，“一切臣民，朝出暮入，务必从容验丁”。[②]商贾在外，二年不归，邻里便须询问本户，以免托商在外非为。

抓紧“丁”、“户”的另一个目的，是为了役使人民“配户当差”。“军户”、“民户”、“匠户”、“灶户”……，这些在宋朝已经很模糊了的东西，金、元以来渐趋严格，明初达到最严格的地步。特别是“军户”，这是一种很严重的超经济强制。“军户”之中，除原来元朝军户传袭下来的，加上元末农民起义部队“从征”的，再加上平定张士诚、陈友谅等“归附”的之外，最严重的是可以随时由“民户”中垛集当军。一旦当军，世袭永充；当军之地，又往往是距家极远的边塞；这对于农民说，简直是最大的侵害了。加以当时刑法严厉，有剥皮、称竿、抽肠、刷洗、铲头、枭令、挑筋、去膝、刖足、鞭背，……。用这样的严刑，去保障超经济强制的贯彻。

当时，不是没有反映的。如洪武十九年福建沙县民罗辅等十三人便说“如今朝廷法度好生利害，我们各断了手指，便没用了”。[③]社会上暗暗流传着一些诗，一首咏布袋佛的“大千世界活茫茫，收拾都将一袋藏。毕竟有收还有放，放宽些子又何妨?!”另一首咏翡翠鸟的“见说炎州进翠衣，网罗一日遍东西。羽毛亦足为身累，那得秋林静处栖”。[④]甚至连皇孙和大臣，都感到紧张，希望放宽。朱元璋死后，据说太孙朱允炆及其弟允通指斥梓宫（棺柩）说：“今复能言否？复能督责我否”？言讫皆笑。[⑤]自然这可能是燕王的诬陷之辞，但也不排除是真的可能。所以一旦建文即位，大臣齐泰、黄子澄就主张“《皇明祖

① 见郑振铎：《元明之际文坛概观》（《文学》第2卷第6期，1934年6月）。

② 《续诰》第4，见《昭代王章》（《玄览堂丛书》正集）。

③ 《续诰》第79，见《昭代王章》（《玄览堂丛书》正集）。

④ 见《七修类稿》。

⑤ 王崇武：《奉天靖难记注》，页16。

训》不会说话，只是用新法便”[①]。

在“洪武政令”的亚细亚式超经济强制之下，出现了三种国有土地：一种是“屯田”；一种是与“民田”相区别以强立名目征收高额租赋的“官田”；一种是“庄田”，包括“官庄”和“皇庄”。其中“屯田”和“庄田”，是“古已有之”的东西，不过身上打着明朝的烙印；高额租赋的“官田”，则是明初的新事物，主要出现在东南地区的苏、松、嘉、湖、杭一带。

在明朝的屯田中，军屯是主干。这可跟曹魏屯田形成对比。曹魏先搞民屯，以民屯为主干，而军屯随后补充上去。明朝则不然，以军事管制作为振兴农业生产的有力手段，先办军屯，民屯、商屯是其补充物。军屯，是由专制主义强化了的、带有军事性、国防补给性的一种国有土地。土地上的劳动者是当军之人及其贴余。在非战争的地区和年代里，80%、即4/5的军人都要从事农业劳动，数量很庞大。所分配土地，军、余各一“分”。这一“分”，有一定的亩积，一般50亩，但亦有低至20亩者，亦有高至120亩者，大抵肥瘠与地之宽狭各不同。剥削的制度，前后有很多次调整。最初有人主张征30%～50%，是分成制；朱元璋不同意，确定收一斗，是定额制。洪武晚年，确定屯田一“分”，正粮12石，余粮12石，上缴公仓。正粮是劳动者必要劳动的收获，余粮是剩余劳动的收获。后来制度慢慢变化，正粮已不需上仓，余粮减半为6石，这个数字稳定并延续下来了。按一“分”50亩计，亩征为一斗二升。与法定的“没官田”租额相当，已经算是沉重的了。此外，军户还受国家的强度隶属，逃军要受重刑。并且，还要受军官（总旗和小旗）的侵害。总起来看，明朝军屯上的“军”和“余”是军事隶农，他们所上缴的“子粒”中，带有地租赋税合一的性质。

官田”，是明初统治者的意志强加在不以人们主观意志为转移的经济基础上的一种产物，它是存在着“名”与“实”相矛盾的一种国有土地，或者说，它是一时打着专制主义强度烙印的一种私有土地。所谓“强度烙印”，指的是惩罚的烙印，主要是朱元璋对其顽固政敌之一张士诚原属下一些大地主的惩罚。所以这些收高额租赋的“官田”，主要在苏、松、嘉、湖、杭一带。其实广义地说，“官田”所包甚广，“没官田”外，还有入官田、还官田、学田、草场、牲地、苜蓿地、陵园坟地、公占隙地很多名色，连贵族的庄田和百官的职

① 参看王崇武：《奉天靖难记注》（商务印书馆，1948）卷2，页101。

田，统统都算“官田”，也就是国有土地。但就狭义而言，“官田”与“民田”的对比含义，仅仅不过在于“官田”租额特高，而差役较少；“民田”租额低，而差役很重。

国家的意志，统治者的意志，强加到不以人们主观意志为转移的经济基础之上，即便在旧的历史时代，即便在人们认识“必然”的能力还很有局限、从而其“自由”还很小的时候，也不能够违拗着经济基础过甚，过甚了必然出毛病。明朝的历史，正说明这个问题。高额租赋官田制度执行的结果，引出的第一桩毛病，就是人们在“田皮”和“田骨”、或者“田面”和“田底”上玩弄花样，把“田骨”或“田底”放在那里不动，单把“田皮”或“田面”辗转转让或者租佃出去。三转手两转手，“官田”的身份就模糊不清了。引出的第二桩毛病，就是通过田主、地痞、豪绅、胥吏间的勾结，什么改册、诡寄、洒派、移丘、换段等手法，使官册与实种之间产生了极大的紊乱，以洪武的严刑酷法尚不能完全禁断，洪、宣之后就自必紊乱更甚了。

庄田，是一种贵族占田。朱元璋对一切卡的很严，独对诸王勋臣的赐田，从开始就放的松。勋臣汤和赐田万亩（百顷），见于史料[①]。亲王最高额至千顷；洪、宣之后，乞请渐多；万历、天启间，横赐日甚，故有福王四万顷数额的说法。明朝的庄田与西汉的“实食封”，有同处，有不同处。其同处在于二者都是独立王国，不受州郡里甲的约束；其不同处是西汉封王仅收国税，实际上是国家统一租税的再分割；明朝封王所收为“庄田子粒”，岁亩征银三分，后递增至七八分，约合粮食1.5斗、2斗、3斗不等。庄田佃户，不是通过自由契约而来，而是由州、县拨充，或由逃军、逃民为避罪避差役而前来投充，这些人身上的隶属关系很沉重，虽不承担国家差役，但王府所加的经济强制和超经济强制都是很沉重的。

在上述三种“官田”之外，就是“民田”。民田上也有民田上的问题。这问题也是由于专制主义统治者意志强加在经济基础上的后遗症。洪武年间，朱元璋为了鼓励贫民积极开荒种地，曾有“永不起科”的谕令，这用意本来是好的，但日久年深，“祖宗之法”的约束力日渐松弛，一切田土均须丈量作数，于是便发生了“原额地少而丈量地反多”的反常现象，好心的官吏害怕把真相暴露，会造成“取骇于上，而贻害于民”，于是挖空心思，瞒上不瞒下，“以大

① 《明实录 · 洪武实录》洪武四年十二月。

亩该小亩，取合原额之数”。[1]这样，便在北方各省出现了“大亩”和“小亩”的纠纷，河北广平府有大亩一亩折合小亩一亩八分者、二亩者、三亩以上者，甚至七八亩以上者。地主豪霸，从中作恶，遂致赋役纠缠日甚。这种现象，在江北淮安一带直到清初尚有此类的遗留问题，《山阳志遗》一书中记之甚悉。

四

由于产生了如上的一些田土赋役纠纷，在明朝从洪熙、宣德开始，直到嘉靖、万历，一些不同地区中不同等级的官吏，便不约而同地按客观现实中的问题，图谋各自范围内的调整。这证明有一度人们说官吏从来没有好的、或者说“清官”比“赃官”还坏、或者说统治阶级从来不可能进行什么“调节”或“调整”：都是些别有用心之谈，不忠实于历史的真实的。从著名的周忱和况钟开始，仅以《明史》有传的，就有孙原贞、顾鼎臣、王恕、欧阳铎、王仪……等一串不小的名单；加以万历年山东曹县的县官王圻和孟习孔这类更低一级的人物，可以证明不约而同来参加这场调整的人，真是为数不少。

在江南地区，他们的努力主要是把重租平下去。周忱曾支持他的属下况钟在苏州府把262万石的田租减到72万石。周忱还想减松江府的，把官田赋额减到和民田看齐的地步，为此蒙受到大臣们的弹劾。《明史·食货志》中很扼要地记述了这些调整的踪迹。如孙原贞在浙江，对嘉、湖、杭的租赋，就执行一种“重者轻之，轻者重之”的政策。他们又担心某些地主和其他官吏会对他们进行弹劾，故使用不明显的手法，“重者，阴予以轻。轻者，阴予以重”，在不知不觉中使租赋趋向于均平。于求“均平”的同时，也追求去烦划一，如顾鼎臣、王恕、欧阳铎在江南的调整中，就追求“征一”，“一条鞭”的精神便从这里露头了。既然追求“征一”，自必产生一个连带的问题，“田”（赀财的所有者）和“丁”（或“户”）（劳动力的所有者）中间按什么比例来配成这个“一”呢？顾鼎臣、欧阳铎、王恕的原则是：“以田为母，户为子”[2]。偏重剥削一点赀财的所有者，相对放松一点对劳动力所有者的剥削——这种精神，也从这里冒头了。

在北方，有些个别官吏，其调整的精神，也不亚于江南。例如在山东曹

① 《天下郡国利病书》卷4（北直隶3）引《广平府志》。

② 本段所引片断原文，均节自《明史·食货志》。

县，从万历三至四年到三十三至三十四年，有前后两任官吏，王圻和孟习孔进行了大胆的改革。上文说过，洪武的要害，在于抓紧“户”和“丁”不放。从抓的紧紧的，到抓的死死的。可是转瞬间235年过去了，人们恰好跟洪武政令“对着干”了，孟习孔的“一串铃法”，第一主张取消户等（上、中、下三等）；第二主张取消丁则（九则），说“三等九则，多方支离”；第三主张按亩摊丁，大体40亩内外，派纳一丁；并且，第四以佑贫抑富精神处理派丁事宜，“有人无地者，亦念其穷而去之”，“地少丁多者，配地而减之，将遗下丁额，尽添入地多丁少之户”[①]。试问：像这些人，像这些事，假如不是“调整”、假如调整者不是“清官”，又是什么呢?!

这样做对谁有利？王圻的《平赋答问》中说，穷乡细民，称此法便；只有那些企图诡避、需索、包揽的坏田主和恶棍之流，才称此法不便，阴谋破坏此法的实施。除穷乡细民之外，此法对端正的田主（土地经营者）也有利，从而对农业正常的经营和发展，也是有利的。江南有个退职的大名知府姚汝循，他并不完全赞成条鞭法的，但他也反映说，

> 条鞭未行之时，有力差一事，往往破人之家，人皆以田为大累，故富室不肯买田。……赖巡抚海公均田粮，行一条鞭法，从此役无偏累，人知有种田之利，而城中富室，始肯买田；乡间贫民，始不肯轻弃其田矣。[②]

必须再次指出，所有这些参加调整和改革的人，中间都没有串连过，他们是从面对现实中“不约而同”地这样做的。并且，他们更不会认识到有一种亚细亚形式的残余表现在“洪武政令”中对整个社会进行锢闭，阻止封建后期人们财产私有制的前进脚步。他们绝不会懂得这些。这也就是说，他们基本上是自发的、而不是自觉地进行了一系列的调整和改革，去把宋朝时候本已消退到相当可喜程度的社会阻力，使它们又一次消退下去。

五

文章写到这里，就自然而然地要超越明朝这个人为的历史段落，因为明朝的“一条鞭法”和清朝的“地丁合一”，实际上是一场前后连续的调整和改革

① 《天下郡国利病书》卷36（山东5）。

② 同上书卷14（江南2）。

的运动。清朝是明朝的取代者，二者在政治上是敌对的，但二者不约而同地处理劳动力强制的放宽问题，这就可见不以人们主观意志为转移的经济因素，仍在默默中起作用。生产力在发展，社会生产的各个部门正在越来越明显地分枝化、繁荣化，在这种现实下，假如依旧把劳动力死死捆绑到国家差役的柱子上，事情怎么能够推移下去呢？

清康熙五十年，谕令此后滋生人口，永不抽税（丁银）。这样，"丁银"就成了个历史遗留问题，更方便于把它与田赋捻成一股。康熙五十五年，首先在广东省试行"摊丁入亩"、"地丁合一"。到雍正元年，又在直隶（今河北）推行，当时的奏疏和批示，现存留在《雍正朱批谕旨》之中，引出如下：

> 雍正元年十月十六日直隶巡抚臣李维钧谨奏：为酌议按地输丁之法，恭请圣裁事：……臣查直隶通属地粮共二百零三万四千七百两有奇，丁银共四十二万零八百两有奇，统为核算，将此四十二万零八百两之丁银，均摊于二百零三万四千七百余两地粮之内，仍照上、中、下三则之田，各计其轻重纳粮之数，而分摊其丁银，永无偏累之患。所有现在无地穷民，生生世世，戴皇恩于无既矣。
>
> 朱批：今览尔奏，分析甚明，筹度极当，实可准行。[①]

为什么奏疏中单单提到"无地穷民"这个词？这个词不是随便捡来的，而是表示"地丁合一"、"摊丁入亩"政策的推行，其后果就是要把这些"无地穷民"从国家差役的超经济强制中解脱出来，使他们能够比较自由地应雇到社会分枝化的各个部门中去，这个倾向是与社会前进的脚步相适应的。假如明朝"一条鞭法"是嘉靖十年（1531）开始试验推行的话，"地丁合一"则是到道光年间（暂确定为1840）才全国范围普遍地施行了。[②]这样计算下来，中国封建社会这场最晚的一次调整和改革运动，前后已经经历了三个世纪之久。

---

① 《雍正朱批谕旨》李维钧册。

② 见王庆云：《石渠余记》卷3。

中国土地制度史（下）

——中国土地制度史讲稿

《中国土地制度史讲稿》新序

这部《讲稿》，共约十八万字，1978年9月在学校印刷厂付印时，曾写《后记》一篇；而今事过境迁，感到有重写的必要，故曰“新序”。

事情有必要追溯到更遥远的一些年代。

1961年，江隆基同志来兰大当校长。当时，我正处在监督改造之下，只配在资料室等处行走，不能登上讲台。可是江校长却一来就指名叫我教《中国通史》。当时66级学生刚刚进校，课程时数还不像以后卡的那么严，我每周六小时，一鼓气教了五个学期，从中国猿人讲到鸦片战争。这次讲课，对我是一场最好的考验。我开始懂得支离破碎的考据之不济事，我开始懂得章学诚讲“通”的价值，就是从这两年半的讲课中深深体会到的。

通史讲完，已是1964年暑假。领导上又指定要我开专题课。当时，《农民战争史》我已下决心不搞了，于是改治《土地制度史》，开始备课。所以，64年算是一个起点；一转眼已经快二十年了。但这课，当时并不能顺畅地教下去。一会儿学生下去“四清”，一会儿老师下去“四清”，课开的零零乱乱。不久，“文化大革命”到来，就彻底砸个稀巴烂了。我关进牛棚又从牛棚里放出来，得到“人民内部矛盾”的结论，发去“五七干校”劳动。接着又来了疏散，又动员退休，当时我年龄差一点未到六十，被工宣队勒令退职，拿了四千余元现款就到贵州去了。当时这《讲稿》只写到魏晋，约十二万字。在贵州，续写了北朝隋唐一段，已达十六万字。两三年时间，退职金快花光了，只好到北京去“上访”。好容易找到陶然亭邻壁的“文革接待站”。感谢周总理，为我、也为另外三位高级工程师，发了一通《便函》，谴责了这种对知识分子的“清洗”，指令复职。这样，我才又一次回到大学里。不久，粉碎了“四人帮”，我又补写了宋代部分。至此，十八万字的稿总算凑齐了。宋以后的金、元、明、清等朝的内容，已写入《论要》，故《讲稿》不再补写。

当时心情很坏，“自知命不久长”，就在这十八万字的书稿上，顺手写上了“篱槿堂遗著”字样。于是朋友间传出了一股风：“赵俪生死了”。颇有几位写了唁信；后来又写了道歉信。至今谈起，成为笑柄。

去年（1982），我又集中精力，在《讲稿》之外，另写了一部《论要》。两稿写完，出现一个问题：这两稿的关系是什么？经自己思考，并与友好商量，最后认为：两稿间虽微有重复，但重复之处不多不大，可以并存。假如可以打譬喻的话，《讲稿》是小代数，《论要》是大代数；很可能这种譬喻不恰当。但《讲稿》是教科书性质，“面子”上宽一点，阐发的细密一点；而《论要》是专论性质，新见解多，但不免论其一点，不及其余。总之是互有长短，但假如说我个人还有个什么“晚年定论”的话，则无疑将以《论要》当之。

赵俪生，1983年3月19日序于济南之经三路交际处宿舍。

第一章　导论

第一节　土地制度史的对象

土地是跟人类生活密切相关的一种自然物。马克思说“土地是人类伟大的实验场所，是提供劳动工具和劳动材料的仓库，是社会的住处和基础。”[①]这些话，主要是就土地的自然性格而说的。但，也正如马克思和恩格斯曾经更多次地阐述过的，自从最早的人类把地球表面的一个部分看做是他们共有的或者集体所有的财产以来，土地这种自然物就具有了社会的意义。更进一步，跟着社会生产力的增长，这就提供了一种可能，使某个个体家庭或其家长个人，把地球表面的一个部分看做是他的、或者他家的私有财产以来，土地这种自然物的社会意义，就有了转变和深化。这样慢慢地发展下去，本来与人可以无大干涉地作为自然物的土地，就跟人类发生了这样那样的复杂关系，诸如使用、占有、领有、私有、授与、继承、买卖……以至综合地所谓“所有”的关系。并且更其重要的，是通过人与土地的关系，又引发出种种复杂错综的人与人间的关系。诸如平等、均等、互助、合作的关系，以及剥削、压迫、强制等关系，以及一些更具体的关系，如租佃、雇佣、役使等等。自然，上述的这些人与人之间的关系，并不是唯一地从土地这一桩事物中引发出来的，像交换在其中也起了很大的作用；但土地可以说是最主要的一个项目了。因此，每当一个国家

① 见《资本主义以前各生产形态》。本段译文引自中央民族学院打字印译本，而林志纯（日知）译本则是：“土地——这就是一个伟大的实验场，是一个既供给劳动资料又供给劳动材料的兵工厂，又是居住的地方，即集体的基础。”

或者民族要着手来表述他们自己历史的时候，人们总是把这种环绕着土地而引发的人与土地的关系以及人与人之间的关系，首要地抓住，作为分析和处理其他历史现象的一条脊椎骨。这条脊椎骨，用一个词来表达，那就是土地所有制。它也就是一定社会中最主要的生产关系。在阶级社会中，它又是阶级关系，亦即阶级剥削与阶级压迫关系的总的根源。

土地制度史的对象，就应该是以上列述的这些关系。用简括的话来表达，土地制度史应该是土地所有制的历史，是一定社会中最主要的生产关系的历史，在阶级社会中，它又是阶级关系的历史，是作为阶级剥削与阶级压迫的根源的历史。但这样的认识，并不是历来就有的，而是通过与不确切认识相争辩而获致的。譬如，就有人把土地制度史看做是农田的不同经营方式的历史。这样做的目的，是为了找取怎样才能牟利更多的经营方式，这显然是从农业资本家或商人地主的利益出发的；而其客观效果，又起了掩盖阶级剥削的实质的作用。另一些人，把土地制度史跟历朝赋税征调的历史等同起来。自然，国家的赋税，就其实质内容来看，它也是地租的一种再分割。但是，这仅仅是国税与地租二者之间的"同"；它们之间的"异"，则表现在国税是国家机器存在的经济体现，而地租则是土地所有权的经济体现①，这二者之间的歧异点是不容泯没或者混淆的。在阶级社会中，剥削统治的阶级，经常划分为内部利益各不相同的分枝，有私有财产所有者本身，又有他们在政治上的代表；有授权者，又有被授权者；有后台老板，又有前台老板。假如只强调了作为前台老板和被授权者的国家所征调的一份国税，而忽略了私租，这就不仅仅是片面性，而简直是"舍本逐末"了；在客观效果上，至少把阶级剥削的实质掩盖去了一大半。传统"正史"中"食货志"一类的文献，正是如此的。他们这样做的主观目的，只是为了替政治统治者搜集一些资料，积累一些经验教训，告诉他们怎样才可以把赋税征调的最多，最稳妥而已。封建皇朝的理财大臣是要操心这些事的，但人民时代的史学工作者却不能停留在这里。我们应该既要研究国税，又要研究私租；这二者合二而一的时候要研究，它们分而为二的时候更要研究。我们的目的只有一个，就是通过人与物的关系来看取人与人之间的关系，来看取一切阶级剥削与阶级压迫关系及其根源。

土地制度史是讲土地所有制的历史的。而土地所有制，又是以土地所有权

① 参看《资本论》第3卷第6篇第37章，中译本页78处，及《哥达纲领批判》，中译本页24处。

这个法权概念作为基础而形成的。法权概念是根据具体时代具体统治者的法权意志而规定下来的。意志有不同，法权有变迁，从而土地所有权所反映的权力和利益，其深度和广度就各不相同。有关土地的公有权，我们可以姑且不论。土地私有权，又往往包括（一）使用权，（二）占有权，（三）所有权，——这样一些层次。大体说来，使用权是最初步的、最浅化的一种所有权，有时它连一点私有的味儿也不沾染，有时则已经沾染上一点私有的味儿了，如佃租来的土地上的使用权，它可以通过像永佃权一类的形式向深化处转变。占有权的概念就比使用权深化一步，人们在日常使用这一词时，往往跟所有权等同起来；但严格说来，占有权应该是一种尚不巩固，还没有绝对化的所有权，它要经常地、有时是严重地受到政治统治者意志的干预而发生变动，例如爵位存在，封邑的占有权就存在；爵位一旦撤废，占有权也就不存在了；再如官职存在，职分田、公廨田的占有权就存在；官职调离，占有权也就不存在了。总之一句话，在占有权中，政治意志作用的对比更大些，“不以人们主观意志为转移”的经济意义还不够巩固和绝对化。所有权的意义，跟占有权、使用权对比起来，就完整、巩固、绝对化的多了。“罗马法”中列举所有权的三层含义，一是使用权、二是收益权、三是处分权，这对我们是有启发的。包括这样三层含义的所有权，其条件一定是私有财产在社会中已经很发达，私有财产的观念在人们脑海中已经根深蒂固了。再者，土地所有权的这些层次，有时不一定是历史地排列着，而是同时参差地排列着的，如顾炎武《天下郡国利病书》中福建部分就记载着“一田三主”的情况，一曰业主，二曰租主，三曰佃主，这三种“主”手里所掌的“权”显然是有等差的。以上所说的，是土地所有权概念中的复杂性。

弄清楚这些复杂性，对于我们从“中国封建社会土地所有制形式问题”中澄清问题，辨明是非，是会很有帮助的。人们会问：从五十年代持续到六十年代的“中国封建土地所有制形式问题”的争论，到底是怎么一回事呢？争论的焦点何在呢？争论的意义又何在呢？我们回答说，封建社会在社会发展史上已经不是第一个剥削者的社会了，所以它已不存在土地公有制和土地私有制“谁战胜谁”的问题了。它存在的问题，在土地封建私有制的总基础上，国家土地所有制和地主土地所有制究竟哪一个占主导地位的问题。假如说的更接近核心一点，那么，这场争论的焦点主要是在统治剥削阶级内部、反映在对土地的权力上，究竟是土地私有者——地主更带有决定性一些呢？抑还是地主在政治上的代表——封建国家更带有决定性一些呢？问题的实质就在这里。

在具体的讨论中，侯外庐、贺昌群诸先生在对待整部中国封建社会的历史上，或者在对待其中的一个段落——秦、汉史上，唐长孺、韩国磐诸先生在对待中国封建社会历史另一个段落——隋、唐史上，都把政治国家看做是更带有决定性的。另外一些史学工作者则不同意他们，认为私有财产者——地主本人，才是在最终结点上的决定者。前一派把中国封建时期的土地私有权看得很不巩固，很软弱无力，甚至说它是“虚构”的，而封建国家对土地的支配权则是至高无尚的。后一派恰巧相反，他们说政治国家确曾频繁地干预过私有财产，但这种干预不应该仅仅被理解为一种否定，更应该被理解作一种前提。政治国家的这种干预，往往是局部的、个别的、暂时的。另一方面，政治国家又无时不从法权上去支持、保持私有财产，这后一种情况则往往是全面的、总体的、根本的。

在上述的这两派学说中，究竟哪一派是更正确的呢？或者说，我们究竟应该用什么标准来衡量、鉴别上述两派学说中哪一派是更正确的呢？看起来，这里的关键有二，其一是阶级观点，其二是辩证法。正确地掌握阶级观点，就必然意味着把奴隶社会的根本阶级对立看做是奴隶（以及其他的被剥削被奴役的阶层）和奴隶主之间的根本对立，把封建社会的根本阶级对立看做是农奴和佃、雇农跟领主或地主之间的根本对立；而存在于统治剥削阶级内部的授权者与被授权者之间、后台老板与前台老板之间的矛盾和斗争，对比起上述的根本对立来，那也不过是统治剥削阶级的内部矛盾罢了。在具体历史过程中，这两种矛盾和斗争甚至是无时无刻不交织在一起的，但重要的是，在分析问题的时候，从逻辑上必须把两种矛盾斗争划分开来，而绝不允许拿统治阶级内部的矛盾斗争来顶替根本对立的阶级矛盾和斗争。掌握着不准确的阶级观点，就不会执行正确的阶级分析方法。这是问题的一个方面。问题的另一方面是，这两种矛盾和斗争，既是互相区别的，又是互相联系的，这中间不能搞形而上学，要搞辩证法。也就是说，两种不容混淆的事物，它们经常互相联系：更其重要的，是在联系中还会体现相互间的转化。人与人之间的经济关系和政治关系，是两种区别着的关系，这是不容混淆的；从根本上看，经济关系决定着政治法权的关系，但政治法权关系又往往对经济关系起一种反作用，有时这种反作用还显得强有力。这就是说，决定性因素经常出现在经济关系方面，但这不是绝对的，有时也会转化到政治法权的方面来。忽视这种转化，抹煞这种政治方面的反作用，或者过分夸大这种反作用，都会召致错误。

毛主席在《矛盾论》中写道："矛盾着的事物依一定的条件有同一性，因此能够共居于一个统一体中，又能够互相转化到相反的方面去，这又是矛盾的特殊性和相对性。然而矛盾的斗争则是不断的，不管在它们共居的时候，或者在它们互相转化的时候，都有斗争的存在，尤其是在它们互相转化的时候，斗争的表现更为显著，这又是矛盾的普遍性和绝对性。当我们研究矛盾的特殊性和相对性的时候，要注意矛盾和矛盾方面的主要和非主要的区别。当我们研究矛盾的普遍性和斗争性的时候，要注意矛盾的各种不同的斗争形式的区别。否则就要犯错误。"①

这段论述，对于我们在"封建土地所有制形式问题"的讨论中辨别是非，也是具有指导性的。他所说的要注意矛盾的主要和非主要的区别一点，就告诉我们要认清剥削统治者与被剥削统治者之间的矛盾是主要的。剥削统治阶级的内部矛盾是非主要的；"不以人们主观意志为转移"的经济关系是主要的，政治法权的干预是非主要的。他所说的要注意矛盾的各种不同的斗争形式的区别一点，就告诉我们矛盾的主要和非主要之间的区别，又不可以把它绝对化起来，非主要一面又往往能对主要一面起着这样那样不同形式的作用。这一点也不该被忽略。具体地说，在中国的历史上，自从"田里不鬻"的原则被破坏、土地可以自由买卖以来，土地私有权就已经形成了。这种土地私有权跟资本主义的土地私有权对比起来，自然还没有那么"自由"，那么深化，那么纯粹，那么"神圣不可侵犯"；但也不能因此就像有些先生所说这种私有权是"缺乏真实性"的。它之所以真实，是由于它是形成当时社会根本矛盾的基础和前提。谁忽视了这一点，谁就不能真正贯彻阶级观点。但另一方面，政治国家在特定的条件之下（譬如说，在一场巨大规模的战争之后，原来的土地私有权受到很大破坏；或者说，在操有土地私有权的人方面，有受到国家严重处罪的情况；等等），也会使用法权力量，将原来的私有权予以变动，或将一批私有土地宣布为国有，由国家将这些土地上的使用权有条件或者无条件地给予某些直接耕种的人。对于这类情况，我们要认识到，其一，这是在阶级斗争影响下，剥削统治阶级内部斗争的反映；其二，这仅仅是在特定条件下的某些调整，使某些土地上的私有权暂时浅化为使用权或占有权，不久之后，这些被浅化了的

① 《毛泽东选集》第一卷，人民出版社1991年版，页336～337。

权利又会深化起来的。总之，不管怎样调整，土地私有权的总的物质基础和前提是丝毫没有被撼动的。因此，假如有谁把这类的调整或干预，夸大到跟根本对立性质的阶级矛盾相对等、相抗衡、甚至其作用可以达到超越地步的话，那么，他就是犯了毛主席所说的不区别矛盾之主要与非主要的错误。与此相反，假如有谁从根本上抹煞了这些历史上大量存在的干预和调整的史实的话，那么，他就是犯了毛主席所说的不区别各种矛盾斗争形式的错误。在整个“中国封建土地所有制形式问题”的讨论过程中，国有制占主导地位的论者们，显然犯了上述的第一类错误，并且情况相当严重；而国有制主导论的反对派们，抛开他们内部存在的某些纷歧不论，从总体上看，他们并没有、或者基本上没有犯上述的第二类错误。因此从本书著者的认识上，是把更接近于真理的一面放置到国有制占主导论者的反对派一边的。自然这仅仅是各抒己见，仅供参考而已。我们深信，真理在不断争鸣中是会愈辩愈明的。

让我们重复一遍：土地所有制历史不是什么土地经营方式的历史，也不仅仅是历朝国家如何征取赋税的历史；它应该是土地所有制的历史，是既要看取人与土地的关系、更要看取通过土地、人与人之间的关系的历史，是在土地所有权概念逐渐复杂化与深化的过程中所形成的各种土地所有制的历史。要在这方面进行钻研并且获致正确的成果，就必须掌握阶级的观点和唯物主义辩证法。

第二节　马克思主义对土地所有制问题的论述

土地制度史既然是土地所有制的历史，那么，“中国土地制度史”就是中国历史上土地所有制的历史。要探讨好这方面的有关问题，至少需要三个方面的东西。第一，需要一切有关的材料。这包括正史材料，稗史材料，访问调查统计材料，考古材料，等等。把材料的作用和意义，过分地、或者片面地夸大起来，像清朝以来的考据派那样，自然是不妥当的。但材料还是必不可少的，因为它是进行任何分析研究的物质根据和出发点。第二，需要历史范例的对照。这包括远古的、古代的、中世纪的、近代的和现代的，包括欧洲的、亚洲的、其他各大陆的，包括若干落后部族和部落的一切可作范例的东西。有些很重要的历史现象，如像原始公社、农村公社、庄园、农奴制、土地轮换、份地、军事隶农、农业雇工——等等，当我们把眼光局限在单单一个国家一个民族的历史的窄狭范围内的时候，事情仿佛是不易理解的，但当我们把许多范例对照起来再看的话，就往往会产生豁然顿悟之妙。第三，比上述两者更其重要的，是理论的指导。我们这里所说的理论，不是指包括资产阶级的以及封建的、奴隶主的哲学在内的一般理论。像那样的许多理论，在个别点上，在正面和反面的意义上，往往对我们还是有用的。但这里指的不是这些。这里指的，是无产阶级的革命导师们在他们参加和领导生产斗争、阶级斗争和科学实验的基础上，从正确的世界观和方法论出发，所总结出来的一些普遍原理或具体结论。这些，对我们都具有指导的意义。自然，在他们所提供的这些普遍原理和具体结论中，并不是每一个都与土地所有制问题紧密相关的。应该说，有的相关，有的不相关；有的直接相关，有的间接相关。有些原理和结论，是以中国历史为范例而获致的；有些（也许更多一些）则是以古希腊、古罗马、日尔曼、印度、俄罗斯等为范例而获致的。这中间的具体情况可以说是千差万别，所以我们要具体运用，实事求是，不可犯教条主义者生搬硬套的错误，也不可犯修正主义者阉割阶级实质的错误。

马克思主义的创始人——卡尔·马克思和福勒德利赫·恩格斯，在所有的革命导师和经典作家中间，他们俩留下的有关人类财产和所有制研究成果，可以说是最丰富的，他们俩除却穷毕生的精力从事于无产阶级革命理论的建设，和具体的无产阶级革命运动的领导之外，为了更多方面地为无产阶级革命服务，他们俩还研究了不少的不同年代、不同地域、不同族属的人们的历史，在许多历史问题上都做出了极其卓越和精湛的贡献。现在仅就与我们有关的举几例。（一）公社（Commune）问题。公社是人类远古历史上人们财产公有或集体所有的集团结构。最早的，也是历史上最典型的，是原始公社。到现在，在落后部落中，还保留有这种真实的例证。它的逐渐瓦解的历史，也是人类私有财产和阶级社会发生和发展的历史。马克思和恩格斯为了鼓舞近代的工人和农民去通过革命促成人们财产公有的社会的科学的“再现”，他们研究了古老公社的发生发展和解体的历史。他们发现了公社有它的原生形态（原始公社）、次生形态（农村公社）、以及再次生形态，就像地壳中岩石的层次一样。他们又发现，在某些条件下，这种古老的共同体解体的快些，像古希腊，特别是古罗马那样；在另些条件下，它解体的慢些，像中世纪的日尔曼和俄罗斯；在更另外的一些条件下，它解体的特别慢，如印度和一些古代阿拉伯国家那样。这些内容，对于我们研究我国历史上“公社”解体、私有财产和阶级社会发生发展的历史，是有很大的指导作用的。不仅对汉族的历史是如此，对我国历史上诸周边部族——匈奴、羌种、鲜卑、突厥、契丹、女真、蒙古、满洲等族古老共同体瓦解的情况，以及这些情况对它们在与汉族融合过程中的影响，都是密切相关的。（二）小农问题。“小农”是历史上农业劳动者中的一个特定的典型，它不同于我国上古史上耕种份地的公社农民，也不同于中古史上锢闭在庄园中的荫户，也不同于欧洲史上耕种领主份地的农奴。在“小农”这种类型身上，两重性表现得特别明显，向上它可以发家致富，成为富农；向下它可以沦为流民（农村中的无产者）。马克思和恩格斯，从为无产阶级革命制定正确的农民政策出发，他们研究了农民问题、工农联盟问题、小农走集体化道路问题；与此同时，他们也研究了小农经济在人类历史上出现过两度鼎盛的时期，一度在古典的古代、在大奴隶主庄园尚未成熟的时候；一度是在封建社会开始解体、资产阶级革命刚刚扫荡了封建壁垒，而资本主义的剥削一时尚未能使农民赤贫化、沦为无产阶级后备军的时候。这份研究成果，对于我们如何去分析出现在战国、秦、西汉前段历史上小农鼎盛现象，北宋时候又一次出现的小农鼎盛现象，以及出现在明、清时期东南经济发达地区的经营地主和农业雇工等现象，直接间接都具有指导的作用。（三）地租问题。马克思在《资本论》第三卷里，曾经研究了前资本主义地租，列举并论述了中世纪农奴制下的三种地租形态。他指出了劳役地租（又叫力役地租或劳动地租）是其原始的、最单纯的形态；实物地租是它的通例形态；而货币地租则是它最后的、邻近消灭的形态。这三种形态，在实际场合中，又往往是粘连着的，很少以纯粹的形态而存在。他又指出，由地租的原始形态向其通例形态的过渡中，会出现一些反映历史前进的变化，如直接生产者（农民）的经济地位，会因之有所升降①。这些精义，对于我们钻研我国封建农民的身份，将有很大的启发。（四）古代东方问题。马克思和恩格斯在1853年以前以后的数年中，为了揭发英帝国对印度的侵略，曾经集中地研究了东方问题，因而也就涉及到古代东方问题（又叫古代亚细亚问题），做出了一些精湛的论述。可是自从十九世纪二三十年代以来，这些成果被一些苏联学者、后来又被一些日本学者弄成了框框，（即所谓“四大特征”，即①土地国有，②农村公社，③水利灌溉，④专制主义），机械地、生搬硬套地推广到许多东方国家的历史上去，造成了巨大的混乱。例如在苏联

① 《资本论》第Ⅲ卷第47章《资本主义地租的发生》。

《世界通史》（十卷本）中，就把中国明朝的“里”、“甲”都说成了“公社”。这样，明朝的后期封建社会的结构，就远远不是什么地主与农民的阶级对立，而是上边是专制主义大皇帝，下边是“公社”了。教条主义往往与修正主义相伴随，这是极生动的一例。因此，我们万不可盲目地迷信，而要精心地、重新学习马克思古代东方的理论，实事求是老老实实地把它学到手，拿它来与中国的历史史实相结合，获致出一些可以使人信服的成果来。

为了以上目的，下列的文章和专书是必须深入攻读的。它们是：马克思的札记《前资本主义生产形态》；恩格斯的专著《家庭、私有制和国家的起源》，以及单篇文章《马尔克》；马克思的《给俄国女公民查苏里奇的复信（四种稿本）》；以及《资本论》第Ⅲ卷中有关地租的论述。此外，马恩通信中有关东方问题的部分，也在必读之列。

列宁继马恩之后，也曾经对俄国的土地问题进行过很多研究。他这样做的目的，是为了替俄国无产阶级革命制定正确的政策和策略（包括对土地和农民的政策），为了粉碎资产阶级流派——“民粹派”对俄国社会所做出的一系列不正确的结论，他研究了俄国的农奴制，和“密尔”公社。他动用了大量的调查统计材料，运用正确的观点立场方法，获致了与“民粹派”迥乎不同甚至针锋相对的结论。他研究了在农奴解放令以后，俄国的贵族农奴主们受到西欧资本主义影响的冲击，采取了一种所谓的“工役制”，列宁指出，这是一种更残酷的方式，带有显明的高利贷气息。他有力地反驳了“民粹派”应该保留“公社”的谬论，指出由于资本主义的影响的冲击，这些“公社”早已不为农民所需要，早已不是农民在其上劳动的“乐园”了。贫富在剧烈地分化着。“民粹派”无视这一点，而只是强调什么“公社”传统的“平均”，列宁指出，这样提问题不过是拿原则的均平去掩盖实际上的越来越不均平而已。因而，保留“公社”，只会对富农有利，对俄国农村中的资本主义有利，对贫苦农民不利，对工人阶级争取农民同盟军共同革命的道路也不利。列宁在这里坚持了阶级观点和阶级分析法，他不仅替俄国革命制定了正确的政策，并且在历史科学方面，也为“公社”的次生形态或再次生形态在资本主义发展的条件下所发生的变化，进行了阶级的分析。在这样辉煌榜样的对照之下，像把明朝“里”、“甲”说作是“公社”的做法，显然不是列宁主义的了。

毛主席在一九三三年写的一篇《怎样分析农村阶级》的著作中，在提到管公堂和收学租的时候，有这样的一条注脚：“旧中国农村中有许多的公共土地。

有些是政治性的，例如一些区乡政府所有的土地。有些是宗族性的，例如各姓祠堂所有的土地。有些是宗教性的，例如佛教、道教、天主教、伊斯兰教的寺、观、教堂、清真寺所有的土地。有些是社会救济或社会公益性的，例如义仓的土地和为修桥补路而设置的土地。有些是教育性的，例如学田。所有这些土地，大多数都掌握在地主富农手里，只有一小部分农民有权干预。”①

这里列举的种种色色的土地，不正是十卷本《世界通史》中所谈的“公社”土地吗？但这里却一针见血地指出它们“大多数掌握在地主富农手里”，这就是抛开什么“公有土地”的空壳，揭出阶级剥削的实质来。这就是具体地贯彻了阶级观点和阶级分析法。在另一篇著作《中国革命与中国共产党》中，他又指出中国封建社会的四个特点，在其第四个特点中指出，封建国家是地主阶级保护封建制度的权力机关，它依靠地主豪绅作为其全部封建统治的基础。②在这里，毛主席并没有像有些先生那样，把封建国家说成是既是保护地主利益的又是剥夺地主利益的；地主既是封建国家统治的基础，又是它的颠覆者。并不曾这样。从这中间，如何坚持阶级观点和阶级分析法，如何又会丧失了它，不是已经显示得一清二楚了吗？

有关理论的指导，在以下的若干篇章里我们还要结合具体的分析，具体引用，此处就不再赘述了。

第三节　中国社会经济史料的概况

在这里，准备先来一个有关中国社会经济史资料的鸟瞰和总评。

中国的历史是悠久的。中国的史料是丰富的。连周边一些国家的历史年月情节，都要依靠中国史料的著录。我们习惯说，我们的史料是“汗牛充栋”。但这仅仅是问题的一面。假如提到新的科学水平上来要求，那就还存在着若干问题。因为像清朝学者那样片面地求博、猎奇的时代，是一去不复返了。现在我们要求的，是足够说明问题。当前的史料，距离足够说明问题，还相当有距离。因为旧史家多注重人物的活动，特别是帝王将相的生活琐节，他们倒是搜集了不少，这对社会经济有多少说明性呢。班固在《汉书·地理志》里记载了西汉末年一百零几个郡国中人口数字的一笔大略账，且不管它的精确程度如

① 《毛泽东选集》第1卷，页129。

② 《毛泽东选集》第2卷，页624。

何，这已经是难能可贵的了。在《食货志》里，他大体说些粗枝大叶的话头，像“见税什五”、“二十倍于古”、“三十倍于古”，以及“巨万”、“亿万计”等等，这仅仅是些大约数。有的还出错误纠缠。如同一篇《（北）魏书·食货志》里，在表述户赋数额时，前文曰户出“粟二十石”，后文曰户出“粟二石”，这就有十倍的出入。害得各位先生各为之说，一说“二石”遗一“十”字，一说“二十石”“十”为衍字，等等，幸亏唐长孺先生又出来调处，说均田令前多大户，故征二十石；均田令后按一夫一妇计。故征二石。我们在工作中经常产生如下的想法：像马克思在伦敦的博物馆里，像列宁在莫斯科、彼得堡、苏黎世、日内瓦的图书馆里所遇到的那些分量庞大、数字繁多的调查统计材料，在我们卷帙浩繁的《二十五史》中多不多呢？回答说，不多。这大概与欧洲当时已是资本主义社会，而我们的许多史料是封建社会的产品——这一点有关。

足够说明问题的史料不足，调查统计数字不足，又往往不精确。对待这些“天然的”缺陷，人们可以有两种态度。一种是采取实用主义，把历史看做是可以随意乱摆的一堆大钱，钻史料有缺陷的空子，抓住一点，不及其余，任意发挥主观随意性。“四人帮”也是这样的做法。另一种是采取谨严负责的态度，从既有粗略资料中辗转推求更可用、更精确的资料出来。随便举个例。谭其骧先生从许多资料中推求出西晋永嘉之乱以后，大批北人南渡的比例数字，是北方大约每八个人中有一人南迁；到南北朝对立开始时，南方每六个人中有一人是自北方迁来的。[①]不管这几个数字将来也许还会有更精确的推算，无论如何，这种做法是对人有启发的，即从无数据提炼到有数据、从粗数据提炼出精数据，以供后来人的使用。这是值得效法的。

以上，谈了些评价性的见解。底下，准备谈谈正规史料中社会经济部分所占的形势。自然不可能全面地谈，只可能抓几个重点。具体说来，我想谈谈“四志”、“两通”、“三会要”。

所谓“四志”，是指“正史”中最前面的四篇《食货志》；这就是《汉书·食货志》、《晋书·食货志》、《（北）魏书·食货志》和《隋书·食货志》。这样提问题，很像是有意地在贯彻“厚古薄今”的原则；但其实不是这样。之所以重点提出这前面四篇，第一是由于中国土地制度史具有其自身的特点，典型

① 见《燕京学报》第15期（1934）：《晋永嘉丧乱之民族迁徙》。

的几种田制恰好在上古和中古上半段，宋以后就是尽人皆知的封建地主经济了；第二是上举四篇确实较以后各朝代所写的《食货志》更具特色些，特别是第一篇（《汉书·食货志》）。的确，《汉书·食货志》所具备的特点多些、突出些。第一，在断代史中设置专门叙述经济的篇章，这带有独创的意义；第二，将“食”与“货”分成两部分，前者是农业生产，后者是商业、手工业、货币交换，这样划分也是符合历史情况的；第三，《汉书·食货志》的作者看出了一条线，在叙述中反复申说，什么“三代”如何，“至秦则不然”，“汉兴，循而未改”。这条线是什么线呢？就是土地私有权巩固以前和以后的一条界线。在这条界线以前，私租和国税是合二而一的；在这条界线以后，私租和国税就分而为二了。《汉书》能点出这条界线，很了不起。

另外三篇，虽较《汉书》稍逊，但也仍各有各的特色。《晋书·食货志》是唐朝编写的，较当世晚出时间较长，但也有优越性，距离远可以看得更清楚，当朝的禁忌较少，源流式的叙述较多，如有关曹魏屯田，就既可补《三国志》的缺陷，又可与《三国志》中传、纪材料互相补充，使后人获得较完整的印象。《隋书·食货志》也有这方面的好处，如在均田方面，把北齐北周到隋的一段源流，表达出来了；在均田以外的其他经济方面，甚至将南朝也夹叙进来，使读者有“会通”之益。《（北）魏书·食货志》虽较前二者又有所逊色，但《均田令》还是著录了的。以上这四篇《食货志》，是我们搞“中国土地制度史”、特别是搞“三田”（井田、屯田、均田）特点的人，必须重点参阅和使用的。

所谓“两通”，是指“九通”中唐杜佑的《通典》和宋、元之际马端临的《文献通考》。所谓“九通”，是指唐、宋人私家纂辑的“前三通”和清朝专制主义大皇帝乾隆为了显示清帝国的强盛和他本人的如何“稽古右文”而不惜铺张浪费、聚集许多文臣以架床叠屋的做法搞出来的“续三通”和“清三通”（当时是“皇朝”三通）。有关这些，多属于史部目录学的范围，兹不多赘。为什么在这里突出《通典》和《通考》两部呢？这不是没有理由的。杜佑本人就是唐朝的理财大臣，对社会经济资料是熟悉的，他所创写的《通典》里，对经济资料很重视。马端临虽是一位蒙古统治下隐居的儒生，但他父亲在宋末接触过行政，在家内收辑了不少典籍，马端临著《通考》，在社会经济方面列了八个“门”（田赋、钱币、户口、职役、征榷、市廛、土贡、国用），写了27卷，不但对资料进行了排比，并且还进行了加工，写入不少条作者的按语，这使

《通考》不仅是一部资料书，而且包含着科研的成果了。故“九通”之中，当以“前三通”为犄重；“前三通”中，又当以《通考》为犄重，是我们钻研中国土地制度史者必读必查之书。至于郑樵的《通志》，价值也不低，其本人自负尤高，但其精华处偏重于中古族性源流的方面，在社会经济方面不太突出。

所谓“三会要”，是指宋初王溥纂辑的《唐会要》和《五代会要》，和清末学者徐松从明朝《永乐大典》中辑佚出来的《宋会要》。特别是后者，虽然它的内容极端复杂，原始档案状态很显著，丝毫没有经过加工和科研的迹象，但其中对宋代社会经济重要资料的蕴藏量是极大的。对于一些大部头的资料书，如对于《明实录》，使用的工作已经逐渐展开了；对《宋会要》，则迄未见对它的深入利用。总之，我们对中国社会经济资料，必须心中有数，哪些资料书是一般的，哪些是重点；哪些书的好处在哪里，它们的缺陷又在哪里。自然这种“心中有数”也不可能一次完成，而是在不断地进行科学实验的过程中，积累经验，摸深摸透，才能左右逢源，在坚实的史料基础上，与马克思主义相结合，获致到有用的成果。

第四节　世界历史范例问题

历史范例不限于异邦异国的，本国历史现象也可互成范例，足以促进并比中的思考。例如西藏民主改革中的农奴主庄园可以对中世纪和唐宋庄园进行并比对照。再例如彝族、苗族的一些奴隶（“娃子”）资料，跟殷、周奴隶制也可以联系起来思考。异邦异国的范例，其事例就更多，最著名的像美国人摩尔根对美洲易洛魁族的研究就是最典型的；小型的事例，如王玉哲先生在说明殷商先公先王时代进行迁徙的现象很频繁的这桩事的时候，举了马达戛斯加岛上的塔纳拉部落也不断迁徙的事例来说明问题[1]，也有一定效果。但在这里要谈的，是世界三大历史范例，即古代东方的（或叫亚细亚的）、古典古代的和中世纪日尔曼的。这三大世界历史范例之所以重要，不仅仅由于它们是世界历史范例，更由于它们是马克思主义经典作家——马克思和恩格斯若干重要论点所由获致的依据。因此，在这里必要多说一些话。

古代东方形态，又叫亚细亚形态，名词虽然这样叫，却不应该被误解为一个地理概念。不能把这一形态的特征，向亚洲诸国作无限制地推广。（实际上，

① 王玉哲：《中国上古史纲》，页63。

亚洲的某些国家，其古代土地所有制并不带有古代东方或亚细亚形态的特征；而某些非亚洲国家，则倒是带有一些这样的特征)。马克思和恩格斯从事研究和定名的时候，是以印度和阿拉伯诸国（如伊朗等）为对象的。马克思在《资本论》第Ⅲ卷第47章中，表述了古代东方、或叫亚细亚土地所有的特征。他指出，在这里，土地不是属于私有者，而是属于既是土地所有者，同时又是主权者的国家。他又指出，在这里，不会再有跟地租形式不同的课税，也就是说，地租和课税合并在一起了。他又指出，在这里国家是最高的地主，国家主权也就是从全国积累起来的土地所有权，在这里没有私人的土地所有权，有的只是私人或局部集体对土地的占有权和使用权。

对比这些特征，我们就要考虑：中国古代的租赋，是地租与国税合并在一起的呢，还是二者分离的呢？假如是前者，那么它就是典型的东方、亦即亚细亚形态；但是自从秦坏井田、开阡陌，也就是自从秦、汉“富者有赀可以买田”以来，毫不虚构的土地私有权已经产生和发展，跟国家课税显明区别着的私人地租已经出现，这就是说，秦、汉以来中国土地所有的东方特点、或亚细亚特点已经开始减退了。只有在像两汉国家屯田上，以及曹魏著名的屯田上，地租课税才又有合并在一起的迹象。由此可见，中国历史上的土地所有制，只在个别阶段带有东方的、亦即亚细亚的特征，不是完整的东方亚细亚形态。因此，将隋、唐均田时期也看作是完整的国税地租合而为一的看法，显然是值得商榷的。

古典的古代，主要指古希腊和古罗马（特别是后者）。古罗马奴隶社会又分为前后两截。前半截是以家内奴隶制为主，当时“国有土地”（ager publicus）刚在瓦解之中，小农经济一度达到鼎盛。后半截是社会奴隶制，又叫劳动奴隶制。当时社会分工和商品生产已很发达，本族、本国人中间的债务奴隶已经从法律上予以废除，社会靠军事征服和掠夺海外殖民地人民来当奴隶的方式过日子。马克思说有“粗暴的儿童”，大概是指的这种情况。对照这些特点，我们再来看中国的历史。中国上古的生产力发展水平一直是不够高的，社会分工也不够明显。债务奴隶一直没有废除；不但没有废除，甚至还时有发展。殷人在甲骨文中虽确有大量伐“羌”的记录，但到周代跟疆内疆外“匪我族类”的人已经在冲突中求同化、求融合，大量俘虏异族人充当奴隶的现象，不居于主导地位。社会劳动，主要靠债务奴隶、自由民以及半自由民来维持，来承担。这些，都是与古典罗马不相同的。只有在城乡关系方面，导师马克思曾说古代东方是“城乡浑然一体的”，古典的古代则是“城市的历史”[①]。对照这一点，在中国古代“城乡浑然一体”的迹象确曾存在，中国自战国、秦汉以来，城市有发达，城市对乡村有所控制，是不是我国古代部分地也具有某些古典的特色呢？这值得我们考虑。

最后，我们来看日尔曼范例。这分两个部分。在古代，它是“马尔克”公社，亦即原始公社在阶级社会中的次生形态和再次生形态。这跟我们的井田制度，会构成为对照。在中世纪，它是由农奴耕种份地向领主纳劳役租的严格的庄园制度。在本世纪的二三十年代，一些日本学者又曾将这种欧洲庄园制度生搬硬套、推广到中国唐、宋时的庄园上来，形成过不少混乱。现在，我们研究欧洲历史的水平也较前提高了，混乱在克服中。看起来，欧洲中古庄园具备着下列的一些特点。第一，它是份地劳役制度。领主和农奴的土地、以及在两种地块上的劳动，在空间和时间上都严格地区分着。一周内某几天农奴在领主地块上劳动，收获全归领主所有；周内另几天农奴在自己份地的田块上劳动，收获养活自己和家人。此外，自然也会有少量自由和半自由的租佃土地，在其上榨取实物地租。第二，土地不得买卖，土地权是“硬化的”，它的周转率虽然不能说绝对没有，但幅度很小，基本上是冻结的。土地由国王按等级制颁赐给贵族，贵族依嫡长制将土地世袭下去。不能说没有破产、夺产、荡产等情形发生，但为量是不多的。第三，领主是庄园法权的最高执掌者，他们可以把种种超经济强制（包括把农奴买卖、残酷处理或判刑、以及向农奴榨取种种额外税收，等等）强加到农奴们的身上。

对照这些特点，我们考虑：份地是中国古代的田土制度。井田瓦解以来，整齐的田块早已不存在了，存在的是个人土地犬牙交错的鱼鳞田。领主、地主对佃户的控制，佃户对领主、地主的依附，基本上仍是严酷的，只有在个别地区、个别年代里，这种控制和依附，才有稍稍松散的迹象，地主可以划佃，佃户可以退佃。但松散一阵，结合时代的变动，就又紧张起来了。再者，自秦坏井田以来，土地兼并一直是中国历史上大量出现的现象，土地权不硬化，土地冻结不严重，故有“千年田，八百主”之谣。领主、地主私设公堂的事虽然屡见不鲜，但在专制主义国家法制的观点上看来，是非法的。总之，我们不能否认中国中古，特别是唐、宋时候有庄园的存在，但像欧洲那样的庄园体制，却

① 《前资本主义生产形态》。

是不曾有过的。

以上，就是世界历史范例对我国所有制历史所可能起的对照作用的一个大概。这样讲，仅仅不过是挂一漏万。总而言之，争取掌握足够说明问题的史料，在马克思主义理论指导下，借用世界历史范例所可能提供的启发，去钻研问题，这样，我们庶几乎可将中国土地制度史上的一些关键问题，弄出一个眉目来。

第二章　三代的井田制度

第五节　本章概说

假如有必要对中国古史上的井田和井田制度给予一个定义或者界说的话，那么我以为，井田是公社田土的次生形态，井田制度是在公社的原始的、公有的性质解体以后，土地买卖尚未普遍和合法化以前，中国社会已经进入阶级社会（奴隶制），但由于当时社会生产力水平低下的限制，血缘贵族奴隶主阶级与其丢掉公社的躯壳，勿宁保留这个躯壳，只要抓住公社的最高统治权去剥削、役使原来公社的成员们，这样对剥削者会更加方便有利，——在这样情况下出现的土地剥削制度，就是井田制度。井田制度自然也有其自身衍变的历史，如早期、中期、晚期等等，但照一般的情况来说，在这种制度下，田土都要划成整齐严格的田块，方块或者长条块，大块或者小块，大块原属公社所有，而今归贵族奴隶主所有，由原公社的成员们集体劳动，收产品作为劳役的地租和国税合一的赋税缴给贵族享用；小块在名义上也属贵族领有，但实际上则仍按份地的老规矩由耕种者个体家庭使用，并享受其产品。等“履亩什一而税”以后，连份地上也要纳租税了。中国历史上世世代代作为一种幻想被人们不厌称说的井田制度，其一般情况大体如此。

对于这样一种无容置疑的历史事实，也有人企图予以否认，如胡适就曾写过一篇《井田辩》，[①]企图否认井田制的存在，借以推广其认为人类从人猿时候的一块石器、一根木棒都是私有的、从而私有制是永恒的——观念。实际上，

① 《胡适文存》二集。

中国历史上的井田制，正如德国历史上的马尔克、俄国历史上的密尔一样，是不容否认的。它出现在历史上，为时较早，大体从公元前二十一世纪以后、前四世纪以前，是它存在过的年代。按朝代说，正是夏、商、周。所以我们又叫它“三代井田”。

让我们来看一看史料中起码的证据吧。先看夏代。夏代已经是被史学界公认是阶级社会开始的时候。这只要举出《礼记 · 礼运》篇中孔丘的话，将“大同”与“小康”两世的分界线划在禹、启之际；再举出《尚书 · 周书 · 立政》篇中周公的话，说从夏开始有了“三宅”（“宅乃事，宅乃牧，宅乃准”）那样三分枝的国家机器；——这两条证据也就够了。至于夏代存在井田制度，也举两项证据出来。其一，《夏小正》中记载孟春之月“农率均田”，“农及雪泽，初服于公田”。戴德的《传》说“率循也”，又说，“古有公田焉者；古者先服公田，然后服其田也”。[①]补注引郑玄的话说，“均，平也”。这就是说，在夏代已经有了土地的均平的块，已经有了排着队集体劳动的队，已经有了“公田”和个人的份地。其二，《左传》中记伍员（子胥）的谈话，说夏后少康在失国流亡中做了有仍氏氏族的牧正，又做了有虞氏氏族的庖正，有虞氏的酋长叫思的妻之以二姚，还给他“有田一成，有众一旅”[②]。郑玄的笺注说，“方十里为成，五百人为旅”，可见当时已经有亩积互成倍数或者互成约数的大块或者小块的土地，可以颁归某人领有，并从农业劳动者中间选拔人去当兵，组成军队。自然，《夏小正》是否就是夏代的“历头”，还不能绝对断定，但根据其中尚没有天子、诸侯、大夫等的痕迹，却有虞人、啬人、鹿人、舟人等像是公社职员身份的痕迹来看，它反映的历史时代不可能太晚。至于伍子胥的话，年代自然晚得多，但当作随口讲出来的一点古史的影子，恐怕还是可以的吧。其余零星证据，如《尚书 · 皋陶谟》提到禹时“浚畎浍，距川”；《论语 · 泰伯》篇提到禹“尽力乎沟洫”；《孟子 · 滕文公》篇说“夏后氏五十而贡”，等等，也反映出当时已经有了原始的排水工程以及由原始积累、公社积累而今向国王贡纳的迹象。

再看殷代。殷代把土地划成整齐的田块的事实，首先并且主要地可以从甲骨文中的“田”字上来取得证明。仅从《殷契粹编》中所收集的材料来看，其第1221片中有囲字，其第1222片中有田字，其第1223片中有田字，其第1544

① 《夏小正》经文，及大戴氏传。

② 《左传》哀公元年。

片中有囲字[1]，不论其所表达的形式为六个、八个、九个或十二个方块，这都是整齐的田块，毫无疑问。假如再证以《国语》中所引孔丘的话“岁收田一井，出稯禾、秉刍、缶米，不是过也”[2]，征调是按定量的，其亩积也自必相当固定，不容许大小参差现象的存在。此外，《周易·井卦》中也有“井，改邑不改井，无丧无得，往来井井”的卦词，反映出当时的田土都整顿成井井不紊的田块，印证甲骨文中的文字画是有真实意义的。《孟子·滕文公》篇所说“殷人七十而助”的话，不仅反映了整齐一定的亩积，而且说出了贵族奴隶主按照什么方式剥削劳动的产品。

至于周代，足以反映井田制度的材料那就更多了。后文将有更详尽的征引和分析。在这里，先看一些概略的。《礼记·王制》篇中说，“古者，田里不粥（鬻）”，这是三代土地买卖不通行或者基本上不通行的反映。《周礼·地官》中有上地、中地、下地以及“田”和“莱”的记载，加以何休《公羊传》注中所说的什么“岁一垦”、“二岁一垦”、“三岁一垦”，以及“三年一换土易居”等等，这是当时土地轮换和休耕制度的反映。《周礼》的《地官》部分和《考工记》部分中，有“九夫为耕”、“十夫有沟”的话头，这中间虽然有一点小小的参差歧异（并且还引发过不少后代儒者的反复的争论），但无论其为九户一组，抑为十户一组，它总是“百家为社”的“社”的下一级结构，可无疑义。此外，《诗三百篇》中有什么“大田”、“甫田”等词，这显然跟恩格斯《论马尔克》一文中所说的“大块”（geWanne）[3]是类似的东西，在其上公社成员进行集体劳动，一如《诗三百篇》中如下的一些诗句——“十千维耦”（《周颂·噫嘻》）、“千耦其耘”（《周颂·载芟》）所反映的那样。这些集体劳动的产品，数量很大，绝不是个体小生产者所可能获致的，“万亿及秭”（《载芟》）、“其崇如墉”、“其比如栉”（《良耜》）、“如茨如梁”、“如坻如京”（《甫田》）。在阶级尚未形成以前，这些产品除公积粮外，都分配给成员家庭，“以开百室，百室盈止”（《良耜》）；剥削者和贵族出现以后，这些产品就成了“曾孙之稼”，进了“曾孙之庾”，装在“千斯仓”、“万斯箱”（《甫田》）里，供贵族享用。除以上所引的证据材料之外，余像《国语·齐语》里有“井田畴均，则民不憾”的话头，《左传》襄公二十五年记载楚国有“井衍

① 见郭沫若：《殷契粹编》，页263、264、336。

② 《国语·鲁语》。

③ 《马恩全集》第19卷，页355。

沃”的举措，《孟子·滕文公》篇更有大段大段的叙述（后文还要过细讨论）。统观以上种种，可见井田和井田制度在周代也是存在过的。

井田制度之所以必须研讨，还有另外的原因。自井田破坏以后，历代儒生把井田当成一种幻想死死地抱住不放，从幻想中孳生出各种各样的改良主义来。举两个例。其一，三国时候，河内世家大族分子司马朗就曾认为，在他生活的当时，重新实施井田制的时机，已经成熟[①]。其二，在北宋、南宋土地最不平均的年代里，地主阶级的不同派别的儒生们，如李觏、吕大均、程颢、张载、林勋、陈亮、朱熹等，都曾掀起过侈谈井田的高潮。其中林勋还曾经做出了具体设计，主张每夫授田五十亩，不实行劳役租而行实物租，并且还主张把井田农民划分成什么“良农”、“次农”、“隶农”等等，以适应宋朝当时阶层和等级划分的具体需要。[②]甚至连明末清初的顾炎武在主张兴修水利时也设计按井田规模安排水利灌溉。他说，“无已，则仿古井田之制，每田百亩，四隅及中，各穿一井，每井可灌田二十亩，四围筑以长沟，深阔各丈余，旱则挈井之水以灌田，潦则放田之水以入沟，不庶几有备哉?!”[③]这里虽然没有涉及土地所有权问题，但也可以说明，井田制的幻想是如何地使封建儒生们迷惘陶醉了。

井田是原始公社田土的次生形态。由次生形态可以推证它的原生形态，证明人类并不是从一开始就私有一切的，私有制并不永恒，它的历史是相对短暂的；与此相对照的，是财产公有制的生命力之强大，在远古时候有财产公有制，在未来还会有财产公有制的更完善的形式——科学的共产主义社会出现。这是探讨井田制之深远意义。在另一方面，阶级社会中，在人类财产私有制的段落中，“均平”却仅仅是一种幻想，特别是统治剥削阶级掀起的均平幻想，实际上不过是对不均平的一种掩盖手段而已。探讨井田制度的剥削实质，揭开改良主义的迷雾，贯彻阶级观点和阶级分析法，这是钻研井田制的现实意义。

---

① 《三国志》《魏书》卷15《司马朗传》。

② 罗大经：《鹤林玉露》卷7。

③ 顾炎武：《天下郡国利病书》卷50《河南（1）》。

第六节　有关井田制度的理论和史料

任何一项历史科学的研究，都免不了史料与理论的结合。也就是说，用理论的“矢”，射史料的“的”。要射的准，射的恰当，自然是不容易的。本章第七、八节，将试探着去承担这种任务。在这里，仅仅是作为一种准备的工序，企图先把有关井田制度的理论和史料的范围与情况，分别地拿来摆一摆，替后面的结合创造某些条件。

先摆理论方面的。

我认为，导师马克思所论证过的“农业公社”的二重性问题，在我们处理井田问题的过程中，在理论方面应居于首要的位置。马克思在回答俄国女公民查苏里奇的四篇复信稿里，按照塔西佗的用词，反复地分析“农业公社”。什么是“农业公社”呢？根据马克思本人的解说，“农业公社”是指较凯撒晚过150年出现在日尔曼人中的一种“公社”形态，它是各种各样“公社”形态中的一个类型。马克思本人说，“农业公社时期是从公有制到私有制、从原生形态到次生形态的过渡时期”。[①]从这一过渡时期中，我们可以看出土地公有制跟土地私有制“谁战胜谁”的斗争，而这种斗争的结局又是有两种可能而不是一种。由于种种条件的影响（根据马克思本人的表述，这些条件包括气候、土壤、垦种方式、周边关系，包括迁徙和战争，以及人口增长的速度等等），“谁战胜谁”斗争结局的一种可能是公有制一时尚居于未被战败的境地，如像东方的印度、阿拉伯国家，以及古代和中世纪的日尔曼、俄罗斯那样，从其中表现出“公社”生命力的强大，以及私有制国家通过对“公社”最高统治权的攫夺而建立它的统治。另一种可能是私有制瓦解公有制的力量比较强大，公有制瓦解的很快或者比较快，那么“公社”的因素就只能以次生形态、再次生形态、甚至残余形态在阶级社会（奴隶社会或封建社会）中淹留下来。古典的希腊、罗马，大体上就属于这种情况。中国的情况如何呢？自从公元前四五世纪商鞅变法以来，井田基本上瓦解了；到汉武帝以后，井田制的残余形式——田蚯形制也荡平了。从此以后，所谓“公社”的因素只能拿来作为风尚残余看待，如什么“邻里相助”、“疾病相扶持”之类。但在夏、商、周的历史上，我们却应该认真考虑，在一些发展阶段互有早晚的不同的部落和地域中，原始公社是怎

① 《马恩全集》第19卷，页435。

样向它自身的次生形态以及再次生形态过渡的？在这种过渡中，公有制跟私有制之间“谁战胜谁”的斗争，是怎样展开着的？在这种斗争过程中，公有制是如何节节消退、私有制又是如何节节前进的？并且，所有这些，在井田制全部衍变的历史上，又如何形成阶段性？所有这些，都是导师马克思有关“农业公社”二重性的教导所带给我们的启发。马克思说，“地球的太古结构或原生结构，是由一系列不同时期的沉积组成的。古代社会形态也是这样，表现为一系列不同的、标志着依次更迭的时代的阶段”。[①]在辨认井田发生、发展、消亡的历史时，我们应该很好地体会这些话。

但是，在我们学习马克思有关“公社”二重性和公有制私有制谁战胜谁的斗争的理论的同时，也不应该忘记列宁有关在“公社”外表的平均的隐蔽下，“公社”内部分配的巨大不平均的教导。[②]这两项学习内容，是互不抵触的。大家须知，列宁发出上述论断的时间是二十世纪初，上距马克思研究俄国密尔公社的时候，已经二三十年了。当时，密尔公社早已不是什么“下金蛋的母鸡”了，它在资本主义严重侵蚀下，在封建贵族使用“工役制”严重剥削下，“公社”的均平性早已丧失殆尽了。可是民粹派还说它是“人民劳动”的“乐园”。真正是乐园吗？列宁指出，“份地在农村公社内的分配，是很均平的，只是有些偏于富者方面罢了。但这种均平性，因为贫农出售土地及一切租地集中在富有者手中的缘故，久而久之，便所存无几了。很明显地，只要有土地所有者之间财产的差异存在，以及加剧这种差异的交换制度存在，那任何土地占有的均平性，都是不能够消除现实的土地使用的不均平的。”[③]用这个观点来看看周代的井田吧。虽然一方面存在着“其崇如墉，其比如栉，以开百室，百室盈止，妇子宁止”[④]这样很像是“公社”均平情景的反映，但更多的资料（特别在东周），则反映出“不稼不穑，胡取禾三百廛”，“不狩不猎，胡瞻尔庭有悬貆”[⑤]这样不均平的景象。在许多老“历头”中，虽然《夏小正》中统治者、特权者的影子只有“王”，但到《礼记 · 月令》、《吕氏春秋 · 十二纪》中，这些统治者、特权者的群队就扩大为天子、诸侯、卿、大夫等等，他们在开耕时候也装

① 《马恩全集》第19卷，页444。

② 《列宁文集》第3册，页80。

③ 《列宁文集》第3册，页80。

④ 《诗 · 周颂 · 良耜》。

⑤ 《诗 · 魏风 · 伐檀》。

模作样地到农田中将犁头三推、五推、或者九推，然后就饮“劳酒”；而原“公社”的农民们呢，则受着种种的监督，叫他们“勿休于都”、“咸出其力”，甚至规定了惩罚条例“其有失时，行罪无疑”，等等。兼以交换行为日益频繁，以后高利贷剥削也猖獗起来，“公社”的均平原则就被实际上的不均平所逐渐、并完全代替。

像上列的两项理论指导，类似的情况还很多，容待以后继续结合具体章节进行申述。底下，让我们再来看看史料方面的问题。

有关井田史料的摊子，前文已经约略地摆过一点了。现在，在不重复的情况下，再来谈一些。在土地所有制资料方面，三代史料情况跟秦、汉及秦汉以后的史料情况，有所不同。在这一段落内，史料的数量少是第一个特点。史料的准确率小、残缺不全的特点严重，是第二个特点。因此，在征引经文和诸子原文时，就须拿汉、唐注释（传、注、笺、疏等）、甚至清代学者们的经说、子说来参会。这样的工作就比一般的复杂化得多了。按项目说，《诗三百篇》算一大项，《周礼》算一大项，《礼记》也算一大项，《孟子》中的一些段落也算一项，其余零星些的，如《公羊传注》、《韩诗外传》以及《左传》、《国语》中的一些字句，直到《汉书 · 食货志》中的综合叙述。现仅就《三百篇》来看，其中反映生产劳动以及人与人之间关系的篇章就很多，如《国风》中的《七月》、《东山》、《伐檀》、《硕鼠》，《小雅》中的《甫田》、《大田》、《信南山》，《大雅》中的《生民》、《公刘》，《颂》中的《臣工》、《噫嘻》、《载芟》、《良耜》等，都是最常见的篇目。翻检这些诗篇是容易的，但具体分析一些复杂的情况，如哪些是反映集体劳动的，哪些是反映个体劳动的，哪些集体劳动是为“公社”集体的，哪些集体劳动是为贵族尽劳役的，哪些生产布置是由“公社”安排的，哪些生产布置则是由奴隶主的总管安排的，这些都要仔细辨析。有时寥寥几句话、几个字，就众释纷纭，令人难衷一是。举一个例。《诗 · 周颂 · 载芟》篇中提到参加劳动的人手时有这么一句：“侯主、侯伯、侯亚、侯旅、侯彊、侯以”，这么十二个字，就很难掌握准确率。郭沫若的译文是“国王也在，公卿也在，大夫也在，强的弱的，老的少的，一切都在”。[①]他不同意郑康成以来把“以”字解作“雇佣”的讲法。李亚农的译文是“大少爷、二少爷、和其他的少爷们，还跟着打手一大批，帮手一大批”。[②]范文澜的

① 《青铜时代》，页82。

② 《中国的奴隶制度与封建制度》，页59。

释文是“每家出一人到公田上耕作，其中有户主、户主的长子、户主的次子、年幼的子弟、有余力帮助别人耕作的人、以及受雇来代耕的人”。[①]他在“以”字上，是遵循了郑注的，但他以“侯”字为语助词，则是郑注、孔疏都未提到的。丁山又另有新的解释，他说“侯主”是“侯壬”的讹书，“侯壬”、“侯亚”，在卜辞中是采地或边卫采地，也就是从采地或边卫采地来的诸侯或大夫。[②]这些夹杂在“千耦其耘”、“播厥百谷”的农民队伍中的“有嗿其馌，思媚其妇”的人物，究竟是些什么身份的人，是单纯统治剥削阶级中的各色人等，抑还是不同阶级的庞杂队伍，这一点暂时就还只好是说不清楚的。

再看《周礼》。它本是使用条文形式记载古代政权机构中一些分枝的职能的，但由于该书的成书年代太晚（战国、秦，甚至汉初），形成若干晚出情节被窜乱于相当古老的若干情节之中，弄得人们不易辨清哪些是古老的、哪些是窜乱进去的了。我们现在使用这部书，主要着眼于其中记载下来的古老的田亩整耕规划、道路交通规划、水流排灌规划等情节。但即便这些情节，其原始的“模特儿”也非来自一源。看起来，有齐国的，有三晋的，有其他国或地域的。后世学者在弄清楚《周礼》中情节的确切年代方面花了很大功力。但这种“加工”工作远远未到结束的地步，我们在使用它时，在必要处，仍须支付我们自己的加工劳动。

再看《礼记》。《礼记》中有两篇东西跟我们的主题密切相关。一篇是《王制》，另一篇是《月令》。《王制》篇跟《周礼》的内容差不多，也是记载古代政权机构分枝职能和农田规划的，可供与《周礼》相互对照比勘。最值得重视的，是《月令》。这是一种“老历头”。前乎它的，是《夏小正》。后乎它的，是《吕氏春秋·十二纪》，《淮南子·时则训》，更晚的是《四民月令》之类。《礼记·月令》和《吕氏春秋·十二纪》二者的写成年代比较邻近，可能写成于秦始皇嬴政在世前后，但所反映的历史年代则很古老。我认为，读读这样的“老历头”，对于我们认识“农村公社”问题，启发很大。因为在这里面，有不少按月份布置生产、布置分配和剥削、布置管理和统治的事项内容，从其中我们可以清楚地观察到，一方面阶级剥削和镇压已经定型了，什么监狱、惩罚、劳役、劳动监督等等，都已经形成为一套一套的制度了；但另一方面，农业生产的布置一时还不是零碎的、个体经营的、各顾各的，而是作为一整套、一个

① 《中国通史简编》第一编，页69～70。

② 《甲骨文中所见氏族及其制度》，页51。

总体布置下去的。举凡整田块、修塘坝、理渠道等等，都是统一布置。绝大多数的劳动人民，也都因袭着古老的“公社”传统，过着“春则毕出在野，冬则毕入于邑”的非单干式的生活。这是什么情景？毫无疑问，这就是农村公社，这就是血缘贵族奴隶主阶级不一定丢开“公社”的躯壳，而只须抓住“公社”的最高统治权，利用这种古老的躯壳，在榨取剩余劳动产品的一个最清晰不移的反映。

最后，我们来看一看《孟子》。其中《滕文公》上篇中，有着一长段的井田内容，全文长553个字。这是有关井田的最大宗的一项材料，其中有原则，也有措施；有历史追忆，也有当前设计；有对问题足以廓清的作用，也有把问题搞乱了的不少地方。所以，历来对此一段文字的争论和不同解说，也就特别纷纭。兹为替后文诸辨析提供准备条件起见，将该段全文列录如下，并试予以一些解说：

滕文公问为国。孟子曰，民事不可缓也。……民之为道也，有恒产者有恒心，无恒产者无恒心。苟无恒心，放僻邪侈，无不为已。及陷乎罪，然后从而刑之，是罔民也。是故贤君必恭俭礼下，取于民有制。阳虎曰，为富不仁矣，为仁不富矣。夏后氏五十而贡，殷人七十而助，周人百亩而彻，其实皆什一也。彻者，彻也；助者，藉也。龙子曰，治地莫善于助，莫不善于贡。贡者，校数岁之中以为常，乐岁粒米狼戾，多取之而不为虐，则寡取之；凶年粪其田而不足，则必取盈焉。为民父母，使民盻盻然，将终岁勤动，恶在其为民父母也?!

夫世禄，滕固行之矣。《诗》云，雨我公田，遂及我私。唯助为有公田；由此观之，虽周亦助也。设为庠序学校以教之。庠者，养也；校者，教也；序者，射也。夏曰，“校”，殷曰“序”，周曰“庠”，学则三代共之，皆所以明人伦也。人伦明于上，小民亲于下，有王者起，必来取法，是为王者师也。《诗》云，周虽旧邦，其命惟新：文王之谓也。子力行之，亦以新子之国。

（滕文公）使毕战问井地。孟子曰，子之君将行仁政，选择而使子，子必勉之。夫仁政，必自经界始。经界不正，井地不钧，谷禄不平。是故暴君污吏，必慢其经界。经界既正，分田制禄，可坐而定也。夫滕，壤地偏小，将为君子焉？将为野人焉？无君子莫治野人，无野人莫养君子。请

> 野、“九一”而助；国中、“什一”使自赋。卿以下必有圭田，圭田五十亩，余夫二十五亩。死徙无出乡，乡田同井，出入相友，守望相助，疾病相扶持，则百姓亲睦。方里而井，井九百亩，其中为公田，八家皆私百亩，同养公田，公事毕然后敢治私事：所以别野人也。——此其大略也。若夫润泽之，则在君与子矣。

针对着上录的整段引文，我准备提三点注意出来。第一，我们要注意，什么是孟轲这段话的出发点或立场。事情很清楚，孟轲是在对滕文公和他的代理人讲统治人民的道理和办法。他在讲如何“为国”，如何“行仁政”，如何“为民父母”，如何“不罔民”。他的立场很明显，是维护并企图巩固贵族奴隶主及其国家的利益的，因此，他就必须要走一条改良主义道路。他主张“惟新”，主张“取于民有制”。孟轲并不反对阶级剥削，他把“君子治野人”、“野人养君子”看做是天经地义。但他反对那种无餍足的、足以召致人民起来颠覆其统治的剥削，而主张一种有控制的剥削，这正是改良主义的本色。第二，我们要注意，什么是孟轲主张改良主义的凭借。关于这一点，他自己也说的很清楚：是“恒产”，是足以取得劳动人民的“恒心”的“恒产”，这也就是井田上的份地，也就是“公田”、“私田”两相对称的那个“私田”。但在这里必须说清楚，孟轲所指的，早已不是在自然成长、自然衍变中的原始公社下的那种份地制度；他所主张的，是在连原始公社的次生形态农村公社都已基本瓦解了的情况下，人为地去恢复原“公社”的某些形式——比较整齐的疆界，比较均平的地块，以及一些古老的风俗，等等。通过这样一些形式的恢复，孟轲或者滕文公就可以达到两个目的，一个是使被统治的人民在“份地”的诱惑下，苟安于“九一”或者“什一”的剥削；另一个是使一些过分贪婪的贵族受到某些轻微的限制，权且安定在“世禄”的境界里。这后一个企图，实际上是徒然的，不可能实现的。郑国的政治家子产就是一个不仅仅像孟轲那样坐而言、并且还是一个起而行了的人，他的理疆界的努力也是徒然的。第三，孟轲为了很完整地搬出一套来烘托他自己的主张和措施，他就不得不牵及到他以前的历史（三代的剥削制度），来论证他眼前的设计，这样，他就不免把这二者混淆起来，替后代料理史料的人造成重重困难。他像孔丘一样，并列地谈到了夏、商、周；谈到了三代各自不同的榨取制度的名目——贡、助、彻；又谈到了三代各自不同名目的教育机构——校、序、庠；并且又顺口讲到了“其中为公田”那样极其整齐的

"井"字形方块，等等。说到这里也许有人会问，为什么这么不惮烦地对孟轲这段材料反复地讲行阐说呢？回答是，这样做的目的有二。其一，是企图防止对这段材料采取虚无主义的全盘否定态度，认为这纯乎是孟轲的信口开河；其二，是企图防止对这段材料采取囫囵吞枣的"信古"态度，认为三代井田就跟孟轲说的一模一样：——这两种态度都是不正确的。正确的态度是既看到它有"似是而非"的一面，也有足资论证的一面。"似是而非"的一面表现在，他为了宣传他的改良主义维新道路，企图人为地恢复一些早经消逝了的农村公社的影子，就不免把历史的客观实际和他本人的一些臆造混淆在一起，形成不少的矛盾情况，如说殷是"助"周是"彻"，可又说周也是"助"；又说国中什一，野中九一，可又说"皆什一"，等等。"其中为公田"更是典型的"似是而非"的话。但是，另一方面，他究竟通过这一段话，说出了井田制度的若干具体情节，如"公田"和"私田"，"野"和"国"，"野人"和"君子"，"贡"、"助"（"藉"）和"彻"，"什一"和"九一"，等等。这些项目都是重要的，都值得我们认真去弄清楚。有关这些的辨析，将在以下两节中次第展开。

第七节　井田制度一些具体内容的分析(上)

按照讨论方便的顺序，我们将依次讨论如下的六个问题。（一）水利灌溉问题；（二）亩向问题；（三）"公田"、"私田"问题；（四）"贡"、"助"（"藉"）和"彻"问题；（五）"国"和"野"、"君子"和"野人"的问题；（六）"九一"和"什一"的问题。

先谈水利灌溉问题。

不少人在谈论井田的时候，都涉及到水利灌溉，都涉及到导师马克思和恩格斯有关东方社会以及水利灌溉作为国家掌握的社会公共事业在东方社会中所起的巨大作用。确实，马、恩在1853年前后一系列著作中，确曾多次地谈到过这些问题。兹仅举一例。在《不列颠在印度的统治》一文中，马克思写道，"从很古的时候起，亚洲通常只存在有三个行政管理部门：财政部……，军事部……，最后是公共工程部。气候和土壤条件，特别是从撒哈拉穿过阿拉伯、波斯、印度和鞑靼区，直到亚洲高原最高地区的这一广泛的荒漠地带，使利用运河和水利工程进行的灌溉成了东方农业的基础。无论在埃及或印度，亦无论在美索不达米亚或波斯以及其他各国，都是利用泛滥来肥田；河中涨水时则被引来充注灌溉沟渠。节省和公共用水是基本的要求，这种要求在西方，例如在福兰德尔和意大利，曾使私人企业家结成自愿的联合，但是在东方，由于文明程度太低，及地域幅员太广，不能产生自愿的联合，所以就迫切地需要有集中统治的政府来干预。由此就有亚洲一切政府必须执行的一种职能，即举办公共工程的职能”。[①]对于这段经典文字，有必要指明两点，其一，导师在这里所申述的不是有关自然、社会、思维诸方面的普遍的原理（如像存在和意识、生产力和生产关系、经济基础和上层建筑，等等），而是有关自撒哈拉沙漠起到帕米尔高原止的这一具有着特定气候特征和土壤条件的地区的一些具体结论。具体结论对我们也是有指导意义和启发的，但它与普遍原理之与我们具体情况相结合的情况，就可能有所差别。其二，中国古代显然是有水利的，如像战国时候一些水利渠道工程就是；但是，我们必要不必要，并且应该不应该把中国古代的水利灌溉提早到殷商，把水利的情节拔高到跟阿拉伯的情况完全等同起来的地步呢？在作者看来，这既不必要，也不应该。但显然，一些苏联和日本的东方学者是这样做了的。在五十年代，记得在我国的一些学报上，仿佛也颇有几篇类似的论文出现过。

我们现在正在谈的是井田。井田的显著特征之一，就是把田土划成整齐的块块。马克思也说过，“如果你在某一个地方看到有垄沟痕迹的小块土地组成的棋盘状耕地，那你就不必怀疑，这就是已经消逝的农业公社的地产”。[②]这段话对我们的启发也是很大的。但为什么一碰到整齐的田块就立刻使人想到井田和从原始公社到农村公社的过渡呢？是水利灌溉吗？不少人对此是做肯定答复的。仅举两例。杨宽先生曾经这样地写道，“在古代盛行河流灌溉农业的国家，统一治理和管理水利，是全部经济的社会生活中头等重要的任务。在最初原始氏族公社制度下，这种水利灌溉是各个公社自行治理和管理的。随着生产力的增长，阶级的形成，国家权力的产生，这种水利灌溉工程就由国家来统一管理。在我国古代也是如此。……在这样河流灌溉的肥沃地区，必须要经常治理和管理水利，如果放松或停止治理和管理水利，肥沃之地就会淹没，或者变成沼地。在当时生产力较低的水平下，由各户单独治理和管理水利灌溉是不可能的。井田制所以要划得方整，首先是由于统一治理和管

① 《马恩文选》（两卷集）卷上，页324。

② 《马恩全集》第19卷，页452。

理水利灌溉的需要”。[1]吴荣曾同志也曾这样地写道，“马克思把利用水道及水利工程来实行人工灌溉的办法称为‘东方农业的基础’。就中国的地理环境而言，和古代北非、西亚有些国家那样地处于沙漠地带或是气候特别干旱的高原之上是有所不同的。但另方面也必须注意到，就是在战国以前，农具大都是木制或石制、蚌壳制成的，像施肥、深耕等生产技术还没有出现，这样就使得像农作物的生长，差不多全仗于水利灌溉了。从夏到春秋，中国一直实行的是井田制。我们知道井田制的特点之一就是在其上面有人工灌溉工程”。[2]

争论不得不从这里展开了。水利灌溉工程在中国古史上当真出现得那样早吗？水利灌溉对于井田制度的形成当真具有那么重要的作用吗？究竟水利灌溉是先产生的东西，然后带来了田土的整齐的块呢？抑是田土的整齐的块是先产生的东西，然后又配套上去统一规划的道路和水利排灌渠道的呢？这些问题，看起来非追究一下不可了。

如众所尽知的，中国上古史上的夏、殷、周的人民，尽都活动在黄河下游流域，其气候土壤条件跟阿拉伯高原上的情况是极不相同的。它对于涨水和泛滥不但不是欢迎、盼望，相反是恐惧、顾虑的。以殷墟的情况来说，农业主要是靠下雨。卜辞中有很多“其雨”、“其不雨”、“雨足”、“足雨”的话头，而对于泛滥则是顾虑的，如“其水”、“其不水”等话头所反映的。甲骨卜辞中，简直可以说没有水利灌溉工程的任何反映，可是他们的“田”字早已写成划为六个、八个、九个、十二个块块的图样了。在三代时候，是也有一些水利的影子的，但主要是排水，而不是浇水。徐中舒先生发挥过这番意思[3]，我很赞同。排水的最早记载，是跟禹联系着的，如《孟子》书中说，“禹疏九河，瀹济、漯，而注诸海；决汝、汉，排淮、泗，而注之江”。[4]按这段文章的票面价值领会，这是疏通天然水道、避免涝灾的一种公共措施。但这里的事主——禹究竟太早，而说这话的人——孟轲又究竟太晚了些。比较具体些的排水公共工程，其记载见于《吕氏春秋·十二纪》、《礼记·月令》、《管子·立政》、以及《荀子·王制》诸篇中。由于前两种的有关部分其字句相差不远，故我们在这里仅引录较后三种文献的有关段落如下：

① 杨宽：《试论中国古代的井田制度和村社组织》，见《古史新探》，页116。

② 吴荣曾：《周代的农村公社制度》，见《北大史学论丛》（1958年12月）。

③ 徐中舒：《试论周代田制及其社会性质》，见《四川大学学报》1955年第2期。

④ 《孟子·滕文公上》。

《礼记・月令》："季春之月，命司空曰，时雨将降，下水上腾，循行国邑，周视原野，修利堤防，道达沟渎，开道道路，勿有障塞。"

《管子・立政》："决水潦，通沟渎，修障防，安水藏，使时水虽过度，无害于五谷，岁虽凶旱，有所收获：司空之事也。"

《荀子・王制》："修堤梁，通沟渎，利水潦，安水藏，以时决塞，岁虽凶败水旱，使民有所耘艾：司空之事也。"

上引这三段资料的形成年代很晚，大体是战国、秦，甚至可以晚到西汉初。至于它们所反映的情况的年代，则可能某些情况早些，某些情况晚些，两者窜乱到一起，使我们今天很难区别清楚了。但这三段资料反映的社会公共事业，主要是排水防潦（涝），而主要不是像阿拉伯那样的浇水防旱，则是可以断言的。自然，任何事情都不能绝对化和僵化，例如"安水藏"、"以时决塞"等字样，已经意味着古老水库的味道了。但我们仍可以判断：排水是早于供水和蓄水的。整齐的田块就比排水更早。总之，中国上古的情况是决不雷同于阿拉伯或古代东方其他国家的。

再重复一遍：中国上古井田制度中最根本的东西，决不是水利灌溉，而是整齐的田块，这是从最古老的原始公社时期传袭下来的东西。拉法格在他的《思想起源论》中，谈到在西方的一些民族和国家的古老历史上，人们追求均等，崇拜并祭祀土地上的界标的许多事迹。金景芳先生在引伸这些内容时，提到周人祭蜡，八蜡中有"邮表畷"一项，也反映周人对土地界标的崇拜和神圣化。[①]这种对整齐田块及其界标的重视，一直延续到井田瓦解的过程中，还有很重的残留。如《夏小正》中说"农率均田"，《礼记・月令》中说孟春之月"审端经术"、"先定准直，民乃不惑"，《孟子》中也说"仁政必自经界始"等等，都足以说明田块和疆界是最要害的东西，总之，事情似乎不像是为了治水和管理水利的需要，土地才被划成整齐的方块的；也不像是由于农业作物的生长完全仰仗于灌溉，所以从夏到春秋才发生了井田的。

让我们来看看亩向的问题吧。

在中国古代，至少在春秋以前以后，"亩向"这件事是确实存在过的。它是对土地进行整齐安排和统一规划的反映，也是土地买卖尚未普通和合法化的反映。到土地可以零星划开进行买卖以后，譬如说，像朱元璋时候所画的《鱼

① 金景芳：《井田制的发生和发展》，见《历史研究》1965年第4期。

鳞图》那样，就再不会有什么统一亩向的问题了。相反，那时候倒是出现了像“飞地”一类的东西。何以知道古代有“亩向”这件事的存在呢？主要的根据是诗三百篇中有好多篇农事诗里，都有“南亩”和“东南其亩”这类的词汇。[①]为什么单有“南亩”、“东亩”这样的词汇，却偏偏没有“西亩”、“北亩”这样的词汇呢？原来中国地形的特点，从很早人们就认识到是“天倾西北，地陷东南”，阳光自东南照射，水流向东南倾注，所以凡是整齐安排、统一规划的土地，都是面向南或是东南，一排排一列列纵横交错着的，后来又跟交通线路配套到一起，并且带上了军事的意味。《左传》中记载齐与晋之间发生了鞌之战，齐国战败，齐侯使者宾媚人向晋国致赂求和时的一段情节：

> 晋人不可。曰，必以萧同叔子为质，而使齐之封内，尽东其亩。（宾媚人）对曰，……先王疆理天下，物土之宜而布其利。故诗曰，我疆我理，南东其亩。今吾子疆理诸侯，而曰尽东其亩而已，唯吾子戎车是利，无顾土宜，其无乃非先王之命也乎?![②]

晋国不仅在此时企图东齐之亩，早在晋文公时候就已经“东卫其亩”[③]过。我们从宾媚人的这段谈话里可以想见，从古老的酋长时候起，就按照“物土之宜”统一部署田亩的规划，使那些整齐的田块（大块或者小块，方块或者长条块）一排排向东向南排列着，便利于阳光的照射和水流的贯穿，慢慢又把道路行车规划和水利排灌规划统一地安排在一起，成了一整套通向王都的田亩、道路、沟洫体系。我们谈论这一些的目的之一，是要打破孟轲“公田在其中”的框框。孟轲的这一句话，究竟是确有其事的，抑还是随便说说的；是普遍存在过的，抑还是偶然的个别事例；是史事，抑还是一种设计：——我们已经无法弄清楚了。但千古以来，受到这个框框的锢闭束缚，真是弊端丛生。幸而近代的人，学习了马列，通晓了一些世界历史范例，逐渐在对框框进行破除。如徐旭生先生说，公田在一方，私田在另一方[④]，这就把认识向前推进了一步。又如何兹全先生引用恩格斯《马尔克》一文中提到的“大块”，把它跟《诗三百篇》中的大田、甫田联系起来，说“公田”是大块，“私田”是份地、是小块，

---

① 参看《小雅》部分大田、甫田、信南山，《周颂》部分载芟、良耜诸篇。

② 《左传》成公二年。

③ 见《吕氏春秋·简选篇》、《韩非子·外储说右上》、《商君书·尝刑篇》。

④ 《历史研究》1961年第4期。

这就又把问题向前推进了一步。[①]现在再联系到亩向的情节，孟轲所说“八家共井，公田在其中”的说法，假如不是特别事例或者主观设计的话，它怎么能成为普遍事实，怎么能在整齐安排的行列中安排得下去呢?!

在辨析了水利灌溉和亩向之后，我们可以开始接触井田的最重点问题——“公田”和“私田”的问题了。

实际上，上文已经不只一次地接触到了“公田”和“私田”的问题，不过仅仅涉及两者间在空间上所处的方位，是多少偏重于形式方面的。现在，我们要探讨“公田”和“私田”的实质问题了。这就必须牵连到土地的所有权归谁所有、牵连到贵族奴隶主的剥削方式和剥削量，牵连到土地的公有制和私有制“谁战胜谁”的斗争问题，牵涉到农村公社衍变的阶段性。所有这些，都是更重要的问题了。

首先必须指明：“公田”和“私田”，应当被看做是在特定历史阶段上的产物，有着它们自身产生和消亡的历史，并且也经历着它们自身的衍变。这衍变的历程，大体上可以分成三个阶段。第一阶段，“公田”是原始公社末期公社掌握的大块土地，由社员集体耕种，收获物作为公共开支与公共积累，以支付战争和祭祀的开支；“私田”是由公社主持分配（比如说用抽签方法）、由公社主持轮换的份地。到第二阶段，阶级发生了，剥削发生了，奴隶主贵族们抓住了原来属于层次不同的各级公社所有的大块土地，这时候仍叫“公田”，但这个“公”字的意思早已不是“大公无私”的“公”，而是“国公”、“公侯”的“公”了。在这大块的“公田”上，仍由原劳动者集体耕种，但收获物成了贵族的，这种剩余劳动产品是以劳役租的形式、同时也是地租国税合一的形式缴纳的。“私田”仍然保持着份地的形式，由劳动者自己耕种，收获物作为保持劳动者及其家属必要劳动的产品，为劳动者所消费。自然，在这第二阶段上，劳动者的身份变了，他们已不是完整意义的社员，而带有了隶属的性质。但是，就在这第二阶段的“公田”、“私田”问题上，就存在着若干争论。郭沫若先生根本不承认“份地”，他说“公田”、“私田”全是贵族的，收获物全要被榨取去。何兹全先生承认有“份地”，但说“份地”上仍要缴纳“什一”之税。范文澜先生从西周是封建社会的看法出发，说贵族对土地有所有权，而自由民和农奴在份地上只有使用权。即以此三例来看，看法已如此分歧。我们将在下

① 《历史研究》1964年第3期。

文，引伸出详尽的辨析。“公田”、“私田”发展到第三阶段，正是史书上所记周平王“不藉千亩”、晋国“作爰田”、鲁国“初税亩”以来的事情，“公田”、“私田”在法权意义上拉平了，剩余劳动产品的榨取，基本上离开“公社”的躯壳，也离开贵族个体，由天子和国家统筹榨取“什一”之税，然后以颁俸禄的形式，去完成“分赃”式的分配。这种情况，才是“普天之下，莫非王土”的诗句所真正反映的时代和情况。这第三阶段一开始并不普遍化，齐之管仲、郑之子产、邹滕之孟轲，他们并不积极推行打破“公田”、“私田”框框的政策，他们走改良主义道路，还要恢复一些旧的疆界。直到商鞅当政的秦，才大力破除旧的框框，使土地买卖得以普遍化、合法化，这样土地所有权才具有了崭新的意义。从此之后，所谓“公田”指的是国家私有的土地，所谓“私田”是私人私有的土地，这跟公社后期的“公田”、“私田”，已经完全是另外的一回事了。以上三个阶段的划分，根据作者个人的理解，是在论证中必不可少的，因为时下若干争论，有不少是混淆了阶段，把一个阶段的情节和另个阶段的情节混起来谈论，遂致越来越纠缠不清了。

底下，让我们先从郭沫若先生对“公田”、“私田”的论述来展开讨论吧。郭先生说：

井田制度的用意是怎样的呢？这并不是如像孟子所说的八家共井，以中央的百亩作为公家的田，周围的八个百亩作为给予八家老百姓的田。那完全是孟子乌托邦式的理想化。那些方田不是给予老百姓，而是给予诸侯和百官的。诸侯和百官得到田地，再分配给农夫耕种，以榨取他们的血汗而已。故井田制是有两层意义的：对诸侯和百官来说，是作为俸禄的等级单位，对直接耕种者来说，是作为课验勤惰的计算单位。

我们知道，井田是公家的俸田，这是土地国有制的骨干。公家把土地划成方块授予臣工，同时更分予些“说话的工具”为他们耕种。臣工们有了这样的便宜，便尽量榨取奴隶们的剩余劳动以开辟方田外的荒地，畿外的诸侯在采取这种步骤下是有更多的自由的。公家所授的方田一律都是公田，在公田外所垦辟出来的土地，便是所谓私田。公田有一定的规格，私田自可以因任地形而自由摆布。公田是不能买卖的，私田却真正是私有财产。①

① 郭沫若：《奴隶制时代》，页15、17。

在以郭先生为首编写的《中国史稿》第一册中，有关“公田”、“私田”，仍是同样不变的看法。[①]现在。我谨提出如下的三点质疑，来供大家讨论。

第一，从剩余劳动和必要劳动的角度上来看问题，导师马克思教导我们：“（劳动者）要生产出他的劳动力的价值，由此获得维持自己或不断再生产自己所必要的生活资料。我把这种劳动日部分，称为必要劳动时间，把这个时间内支出的劳动，称为必要劳动。”“劳动者超出必要劳动的限界来进行劳动，但不会为自己形成任何价值。我把劳动日的这一部分，称为剩余劳动时间，把这段时间内支出的劳动，称为剩余劳动。”[②]

在这两种劳动的数量比例上，导师将工厂的情况比拟作6小时的必要劳动时间，6小时的剩余劳动时间；又将农田上的情况比拟作3天的必要劳动时间，3天的剩余劳动时间。可见在资本主义制和封建制生产力较奴隶制已大大增长的条件下，必要劳动还不能不是跟剩余劳动相等的。那么，在奴隶制生产力如此低下（甚至用手扒用木棒和石片掘）的情况下倒反而“公田”、“私田”全是剩余劳动的体现场所，而必要劳动的体现场所则被排挤得无影无踪了，这样，问题能说得下去吗？农业奴隶们为了“生活、劳动、繁殖”所必需的产品，从哪里去体现呢？

为了填补这个空白，《中国史稿》也许由主编者以外的编写人又写了如下一些文句：“奴隶主贵族对待农业奴隶，从剥削形式上看，让他们种着一块土地”，“农业奴隶耕种着的那一小块土地，只是他们劳动的对象。”这就越说越糊涂了。这比郭先生本人唯一推进之处，就是提到了“一小块土地”，但一提之后就即刻说这一小块土地仅仅是“形式上的，仅仅是劳动的对象”，而无收益权，这样，必要劳动产品依然是无有体现之处的。总之，在本文作者看来，不提“私田”是份地，这对导师马克思所表述的剩余劳动以外的必要劳动如何体现的问题，是无论如何交代不下去的。

第二，从阶级观点和历史衍变的统一上去看问题。《中国史稿》的编写者在他们有关西周奴隶制的所有议论中，几乎都反映两个特点，一是把西周奴隶制说的非常非常之发达、成熟，把从农村公社刚刚衍变过来的原社员统统说成是奴隶，还嫌不足，又发明创造了一条规律“家内奴隶和生产奴隶并没有绝对

---

① 《中国史稿》第1册，页245。

② 《资本论》第1卷第7章，中译本页215。

的界限，他们中间经常会发生互相转化的现象”[①]，作为无限制夸大西周奴隶制的纽带。第二是把西周奴隶主的剥削说成是连必要劳动也被排除了的单一的剩余劳动。仿佛给人这样一种印象，越是把剥削说的惨重，就越能表示作者善于掌握阶级观点。事情果真是如此吗？导师马克思和恩格斯，我们总不能说不善于掌握阶级观点了吧？可是他们不是从德国马尔克公社和俄国密尔公社中看到了财产公有制的强大的生命力吗？他们不是教导我们，要像看取“地球的太古结构或原始结构是由一系列不同时期的沉积组成的”那样去看取人类古代社会结构的层次吗？如果在西周奴隶制田制以前，没有原始公社和农村公社，就突然出现“公田”、“私田”全是剥削剩余劳动的对象，作为历史衍变的“实事求是”的真实，又如何去体现出来呢？总之在本文作者看来，阶级观点和历史的具体衍变二者是统一的，不能把阶级观点片面地绝对化起来，以至损伤了历史衍变的真实。

第三，照《中国史稿》的说法，有些情节解释不通。试举二例。其一，《史稿》说，所有方田都是俸田，也就是说，所有方田都是统治者的，那么对比起来，在同一社会中统治者为数太多了，相应地，被统治者为数太少了，在当时生产力那么低下、十家左右的劳动者还养不住一家贵族的情况下，这样少的劳动者怎么去养活那么多的剥削者呢？这是解释不通的。其二，拿古代土地轮换休耕的制度来看，上田一夫百亩，中田二百亩，下田三百亩，按《史稿》的说法，方田是课验勤惰的单位，那么，上田田质好，所费劳动力较少，而所分配的田额又较少，这岂不是纵惰吗？下田田质坏，所费劳动力较多，而所分配的田额反而是最多的，这岂不是罚勤了吗？这是无论如何也想不通的。其实，作为必要劳动的支付手段来看待，事情就明白了。上田田质好，收获量较大，百亩已可勉供劳动者一家维持生活；下田田质坏，收获量很小，百亩不足维持劳动者一家的生活，故分配三百亩。由此可见，“考课勤惰”之说实在是强为之说，不足以折服人的。只有承认有提供必要劳动需要的份地，事情才可以令人心服。

底下，我们该来看看何兹全先生的论点了。

何先生说：

> 《诗·大田》“雨我公田，遂及我私”的公和私，还没有我们现在常说

① 《中国史稿》第1册，页260。

的“公有制”、“私有制”的公私的意思。《诗·大田》的公是尊称，指的是贵族，“公田”就是周王、诸侯、贵族的田，实际上是周王、诸侯、贵族的私田。“我私”是农民分配到的份田。由于公社实际上已经变质，社邑已成为周王、诸侯、贵族的财产单位，农民的份田实际上也已经是周王、诸侯、贵族的私田了。不过这份私田和“雨我公田”的那份私田，还有不同。[①]

不同之处何在呢？何先生继续说：

王公贵族的田，都是大田。不是夹在私田之间、同在一井之内，而是独立的大块。……王公贵族自然是不劳动的，他们的田一定要借助于别人的劳动来耕种，因此又叫做藉田。……公田中行的助法，即藉田以力。……农民的“我私”就是井田制下的份田。井田原是公社的公有土地，被划分成大小相等的方块分给公社成员各家庭去耕种，而向公社缴纳一定的贡纳。随着私有制的发展，原来向公社缴纳的贡纳，现在转交给贵族主。……耕种份地的农民向贵族缴纳的贡纳，大概是十分之一。……周代田制中有公田有私田。公田行助法，可能是从商人那里学来的；私田行彻法，是周人的老办法。公田和私田，都已经是王和贵族的私有土地。在私田上耕作的农民仍把私田看成他的份地，按老黄历办事，上缴什一作为贡纳；但天下已经大变，他所缴纳的，已由原为公社所有，变为周王贵族私有。他们的份地，也为周王、贵族所有了。[②]

我们试来看：同一个井田制度，在何先生这里就比郭先生那里合情理得多了。郭先生是矢口不谈公社和份地的，何先生谈了；郭先生是不区别大块和小块的，何先生区别了：这些都是真理愈辩愈明的标志。但何先生在这里提出一个新见解，即两种剥削方式混合使用，也就是“助”“彻”并用的问题，引起井田上剥削量的增大，这值得研究。其实，主张剥削方式混合并用的，在学术界不止一人一说。金景芳先生就主张“彻”训“辙”，意思是双轨，具体说是“贡”、“助”并用。[③]究竟是“贡”、“助”并用，抑或是“助”、“彻”并用，这

① 何兹全：《周代土地制度和它的演变》，《历史研究》1964年第3期，页152。

② 何兹全：《周代土地制度和它的演变》，《历史研究》1964年第3期，页153～155。

③ 金景芳：《井田制的发生和发展》，《历史研究》1965年第4期。

中间的分歧牵连不大，而且一时怕也难得弄到彻底清楚。但两法并用，也可能有两种情况，一是这里行一法、那里行另一法，其另一是同一地点两法并用。而从上古文献中，又从来没有接触到凡行“贡”、“彻”法者不得行助法、行“助”法者不得不行“贡”、“彻”的规定，连与此近似的影子也未接触过。那么，何先生的主张，势必被解释作双重剥削，即在大田块上出力，又在小田块上纳税。用这种方法来描写奴隶主的加倍残酷倒是很好的办法，但我们到底不知道这样说的根据是什么。我们从文献中所读到的，则不过是孟轲说的“其实皆什一”，鲁哀公说的“二吾犹不足，如之何其彻”，《公羊传》说的“多乎什一，大桀小桀”等等的话头，丝毫看不到双重剥削的痕迹。因此，这种大田块上出力，小田块上又纳税的说法，也还是值得重新考虑的。《公羊传》宣公十年的一段明确地说：“古者什一，藉而不税”。很明显，它并没有说“古者什一，藉而复税”的。只是到《周礼·地官·司徒》中，才出现既出力又纳税的情节。

第八节　井田制度一些具体内容的分析(下)

现在，该探讨有关“贡”、“助”（“藉”）、“彻”的问题了。

“贡”、“助”（“藉”）、“彻”的问题，是有关贵族奴隶主采取什么形式，按照怎样的产品比率向劳动者榨取剩余劳动的问题。在文献中集中反映了的，还要推孟轲的三句话：“夏后氏五十而贡，殷人七十而助，周人百亩而彻。”对于这三句话历来也争论纷纭，其中有些是带根本性的，有些是属于非根本性的。先谈后者。试举两例。其一，这里排列的夏后氏、殷人、周人，究竟是像古往今来若干学者所理解的是一种纵的朝代排列，有如我们说元、明、清那样的呢？抑还是像徐旭生先生的新理解，指的是周代一代之事，周人和夏、殷遗民们的横的排列呢？其二，五十亩、七十亩、百亩的递增数额，究竟是意味着人们开垦的土地面积逐渐扩张呢，抑还是像徐旭生先生的新理解，说分配土地的数额按征服者、直接被征服者、隔代被征服者而递减呢？像这些问题都不是多么根本性的问题，但与根本性问题也会有牵连。

带根本性的问题，是对“贡”、“助”（“藉”）、“彻”这几字的含义以及它所代表的剥削方式的确定，以及这三种方式间的联系问题。三者间也不是平衡的，“贡”、“助”（“藉”）之义较易确定，“彻”字是周代的剥削方式，它又重要，又不易确定其含义。现在我们来一一弄清楚。

“贡”，就是原始公社末期公社成员向公社集体或其代表人——酋长所缴纳的那份“贡纳”在阶级社会的转化物。进入阶级社会以后，这种“贡纳”在数额上是否增大了呢？现在还弄不清楚。性质的转化是可以想见的，原先是平等的、自由的、民主的公共积累，后来成为阶级的剥削物了。至于方式，似乎是定额制，即孟轲所引龙子的话“校数岁之中以为常”，孟轲说它“不善”，意思是缺乏调节性的规定。其实后来人们也慢慢懂得了调节，例如《管子·大匡篇》中所说的“二岁而税一，上年什取三，中年什取二，下年什取一，饥岁不税”，这就是人们懂得了调节的证明。

“助”也比较容易理解。“助”是劳役租的剥削形式。意思是劳动者每人有一小块份地，作为支付对这一小块份地的报酬，劳动者必须到贵族的大田块上去进行无偿的劳动。“助”又叫“藉”，即所谓“藉民以力”，是从剥削者立场上说出来的，意思是说贵族们三推三拉之后，实在推不动了，不得不向人民借一把力，这个造词中是含有有意掩盖剥削实质的意图的。

最麻烦的事情，是如何清楚地解释“彻”了。历来的解释实在太多、太烦琐。仅在字义方面，芟去枝蔓，也还有四种解释。（一）传说是战国时人的毛亨在《诗·公刘篇》中训解说，“彻，治也。”意思是说，公刘领导族员整治田畴，好打粮食吃。至于郑玄的笺又加一句“彻之使出税以为国用，什一之税谓之彻。”这话可能有根据，但可能拿晚出的现象去解释公刘的较早时代的事，不一定吻合。（二）东汉时人赵岐在《孟子注》中说，“彻，犹取，人彻取物也”。又说，“民耕五十亩，贡上五亩；耕七十亩者，以七亩助公家；耕百亩者，彻取十亩以为赋。”赵岐在“贡”、“助”、“彻”三字的严格区别上进行了一些漫涣，这是他的缺点；但在训“彻”为“取”上，做出了贡献。（三）东汉的郑玄在《论语注》中以及南宋的朱熹在《四书集注》中，都引《说文》说“彻，通也。”朱熹还引申之，作出“通力合作”之义，假如这一释义能够成立，其所指必为井田三阶段的第一阶段上的事。但更多的人以“通”释为“公田”、“私田”拉平、履亩收税的意思，那么，这一释义所指，已经是井田三阶段的第三阶段上的事了。（四）南唐时徐铉说，“辙，本通用彻，后人所加”。清人段玉裁在《说文解字注》中附加说，“古有彻无辙”。时人金景芳先生又加引伸，说彻法是“双轮行车、双腿走路”的意思。（前文已叙及。）

在如此错综的中间，我们究竟应该如何地“衷于一是”呢？我认为，在这个问题上，不应该简单地运用形式逻辑的排中律，确定四说中之一说是正确的，其余是谬误的。不应该这样。我认为，应该把问题提到农村公社三阶段的发展衍变上来，进行历史的综合。以“彻”训“治”反映最古老的情况；训“彻”为“取”，接近全面的含义，用当代语来翻译就是“剥削”；以“彻”训“通”，而“通”又意味着“公田”、“私田”拉平征税的意思的话，其所反映的情况当是最晚的；至于说“彻”就是“辙”，意味着双轨制的话，那也不是没有可能，因为任何制度和办法，使用久了，自必出现综合的情况。试观顾炎武《天下郡国利病书》中所记“一条鞭法”在基层施行中所发生的纷杂错综情况，就可以联想到井田剥削方式自夏而殷、自殷而周，“周鉴乎二代”以后，自必发生综合现象。但它们是怎样综合的呢？倒是一个值得思考的问题。

作者个人有个看法，上文所说何兹全先生主张“彻”意味着“助”、“彻”并用，金景芳先生又主张是“贡”、“彻”并用，这二说中间的距离是不大的。这一点需要较充分的话，才能说清楚。辟头说一句，这中间存在着一个不平衡问题，夏、殷、周奴隶制发展水平有个不平衡，夏、殷、周各自朝代内还有个地域不平衡。像某些同志那样把殷、周奴隶制估计成多么“烂熟”的说法，本文作者是坚决不同意的。在夏朝，在殷商的初中期，在周朝的公刘、太王甚至文王时候，奴隶制并不发达，氏族制末期的迹象还很浓重，这是从资料中客观反映出来的。即以殷周的发达阶段来说，也只有一些大邑及其邻近地段中奴隶制确实有一定的发展，边远的方国和部落，依然是比较落后的。这就是为什么丁山、徐旭生诸氏在其著述中不断强调“氏族林立”的话头的原因之所在。而我认为，这样渲染是符合历史实际的。那么，在夏、殷、周奴隶制不太发达的阶段和地域上，曾实行过“贡”法和训为“治”的“彻”法，这是可以设想到的。后来，在殷商的较成熟阶段上，出现了“助”，这是一个小小的飞跃，因为它是劳役剥削的正式出现。唐朝孔颖达在《诗·甫田》的疏中说，“助者，九夫而税一夫之田；贡者，什一而贡一夫之谷”。孔颖达这个儒生的脑瓜在辨别劳役租和实物租的差别上还是相当清楚的。到了周朝，它的原居地本来是落后的，而今征服了奴隶制较发达的一些地区，很可能在奴隶制较发达地区行“助”法，而在奴隶制不太发达地区，仍然衍用古老的“贡”法和周人早期的“彻”法，而统以“彻”字概括之，这就是孟轲“虽周亦助”的话的原由，初读起来似乎把问题弄乱了，其实不乱。《夏小正》的后代注释家杨慎（升庵）和王筠（箓友）都在“虽周亦助”之外，加一句说“虽夏亦助”。用阶段不平衡和地域不平衡的观点去看问题，双轨制是完全可以想通的。

在这种不平衡的基地上，“国”、“野”、“国人”、“野人”的区分，也就发生了。大体说来，在周朝，在原殷商旧有的一些奴隶制较发达的地域或者据点上，在周朝自己新建的一些奴隶制发达地域和据点上，人们习惯把这些叫做“国”，把其上的居民叫做“国人”。其中，周家的一些血缘贵族，以及原殷商贵族之被保留了、并给予了一些特权的，人们把他们叫“君子”。其余居住在广大氏族制尚有一定程度存留的不发达地区上的人，就叫“野人”，这样的地区叫做“野”。后来又向更细密发展，又出现了什么“乡”、“遂”、“州”等等。现在连接下去，我们就来看看“国”和“野”的问题吧。

在周朝的历史上，在郡县制的、中央集权的官僚政体机构尚未形成以前，为什么长期地存在着“国”和“野”的对立呢？这个问题，历来也有很多解释。归纳起来，不外二说，其一说这中间反映了征服者和被征服者间的关系，其二说这中间反映出古代城市和乡村的对立。这两说最晚出的代表，前说当推徐旭生先生，[①]后说当推金景芳先生，[②]各自的论文俱在，可供查看。现在，让我先来转述他们的主张，然后附以自己的评论和补充，最后获致出一定的总结来。

徐旭生先生认为，周人以“小邦”征服了“大邦”殷以后，周人自居国中，使殷人居野，国人的事情是当兵，野人的事情是种田，据说这是周人先王订定的制度。徐先生有这种看法，是受罗马、日尔曼之间征服与被征服关系事例的启发的。徐先生又说，周人的这套办法却“作法自敝”了，因为当兵打仗的越打越穷，种田的越种越富，后来穷贵族只好把地卖给、或者典当给富裕的平民，于是征服者和被征服者中间的界限就逐渐弥平了。徐先生表述上述观点的过程中并没有忽略阶级的对立，但是他却反复地说，从这中间反映出来的阶级关系是“若明若昧”的，“不像是尖锐的，”而且是“逐渐消失”了的。

金景芳先生在他的文章中说，他过去一直认为这种征服与被征服的说法是有道理的，近来仔细研究，感到有严重缺点，感到用种族间关系和一场战争来解释“国”、“野”问题是不合适的。他动员了不少材料证明，无论在殷商的旧畿之内或者邦国之中，许多殷人并未成为野人，也并未居“野”，他们是受周室优待的有地者，并且在社会上保持着一定的影响力。因此他抛开征服与被征

① 《历史研究》1961年第4期。

② 《历史研究》1964年第4期。

服的学说另创新说，他主张“国”、“野”对立是古代城乡对立的表现，这和兵农对立劳心劳力对立是相一致的，这都是阶级对立的反映。现在，我们就以两家学说作为出发点来展开讨论吧。

征服与被征服的关系，是历史上暴力作用的表现之一。在人类历史上出现过很多种暴力，战争就是其中的一种。在阶级尚未形成以前，部落与部落间使用过暴力，也发生过战争，这些战争是阶级形成的重要促进剂和动力之一。马克思在《前资本主义生产形态》中，有着深刻详尽的阐述。在阶级已经形成以后，战争就成了阶级斗争尖锐化的一种反映。这不仅在一国之内的内战中表现出来，就是在国与国间、民族与民族间，也同样地表现出来。毛泽东同志说，“民族问题，说到底，是个阶级斗争问题”，[①]就是说的这个道理。徐先生的缺点之一，就是没有把阶级观点渗透到部落关系和民族关系中去。他把阶级关系跟部落关系看成是多少机械地隔离着的两种事物，所以才在鲁国发现有某些爱国主义的情况下，就断定是阶级矛盾不尖锐。同样运用这种机械观点，徐先生把周人和殷人居地说得太僵化了，就连第一次世界大战前在青岛的德国人和在香港的英国人，也不曾有如此僵化的居住地划分。其实，这种僵化的理解，说到底，还是个阶级观点不强的表现。必须看到，族属不同的统治者剥削者，总是为了某种共同利益而互相勾结（在共同利益发生矛盾时才发生冲击），族属不同的被统治被剥削者，他们之间没有根本利益的冲突，所以总是友好的、和平共处的。（他们有时在战争中互相残杀，是由于他们受到驱使、蒙蔽。）翻阅五胡十六国的历史，宋、辽、金、元的历史，这种族与族间关系中深刻渗透着的阶级关系的脉络，斑斑可考。这种观点，不是什么“先验的”，而是客观存在于事物与历史活动之中的。拿它来分析周朝的历史，我们就会看到，周家统治集团通过两场战争（武王伐纣、周公东征）之后，自然也镇压了一批殷商贵族，但也保留了相当数量的殷商贵族，跟他们形成联合统治，他们居于“国”中，被叫做“君子”。另一方面，那些原周人居住地区上的、原殷人居住地区上的，以及上述两地区以外更广大地区上居住的部落：——这些人绝大部分是原农村公社成员，而今带有了被奴役的身份，这也就是郭沫若先生所说的“种族奴隶”，也就是范文澜先生所说的“农奴”，他们居于“野”，被叫做“野人”。由此可见，征服者和被征服者的关系，通过暴力作用的推动，缘着阶级

① 《呼吁世界人民起来反对美国帝国主义的种族歧视，支持美国黑人反对种族歧视的斗争》，《人民日报》1963年8月8日。

的线索，形成并强化了“国”和“野”的对立，“国人”、“君子”和“野人”、“小人”的对立。

徐旭生先生所说“作法自敝”的说法，纯乎是唯心的。这种“国”、“野”对立的办法，第一是沿着“不以人们主观意志为转移”的客观衍变向前发展的结果，第二是也适应了统治剥削阶级的需要。按照他们的需要，一时打碎农村公社的老框框对他们不一定有利，倒不如保存古老的躯壳，把剥削的手沿着原公社的路子伸进去，榨取劳动者的血汗。他们也看到像《盘庚篇》中那样单纯靠“孥戮汝”（杀掉你们）的办法是不够“明智”的，会激起奴隶暴动，不如把这些“会说话的工具”安插在“野”的窄狭的天地之中，叫他们安于“死徙勿出乡”，叫他们在锢闭的一生中安然接受剥削的为好。从这一点上看，周统治者并没有“自敝”。

但是，有些贵族为什么破落了，把他们的地出卖或者典当出去了呢？我们说，像《式微》、《北门》、《权舆》诸诗所反映的，确有一些贵族破落了，他们的土地很可能是卖了，或者典当出去了。但，是谁买进了、典进了那些土地呢？是“野人”吗？不是。买了这些破落户的地的，倒是如何兹全先生之所表述，是新兴军功贵族和货币的持有者们。

底下，让我们来看看城乡对立的这个问题吧。我们知道，城乡对立，是人类从野蛮到文明、从原始社会到阶级社会过渡历程中的几个大分工之一，——脑力劳动与体力劳动相分离的表征现象之一。恩格斯在他的《家庭、私有制和国家的起源》中曾经指出，游牧部落从其他人类中分化出来，手工业与农业的分离、交换行为的出现，是人类一步步进入文明的几次大分工。而体力劳动与脑力劳动的分离，也正是这样的大分工之一；而它，又带来了城乡间的分离。在马克思和恩格斯合著的《德意志意识形态》中，他们俩这样地写道：

> 物质劳动和精神劳动的最大一次分工，就是城市和乡村的分离。城乡之间的对立是随着野蛮向文明的过渡，部落制度向国家的过渡，地方局限性向民族的过渡而开始的，它贯穿着全部文明的历史，并一直延续到现在。
>
> 城乡之间的对立，只有在私有制的范围内才能存在。这种对立鲜明地反映出个人屈从于分工，屈从于他被迫从事的某种活动，这种屈从现象把一部分人变为受局限的城市动物，把另一部分人变为受局限的乡村动物。

并且每天都不断地产生不同利益之间的对立。[①]

这里说的很明白了，城乡对立，对原是自由人的人类来说，是一种屈从，是一种阶级统治的烙印。“国”、“野”划分的性质，也正是如此。在“国”中，这种分离强迫那些“食官”的百工杂技们不得不屈从于“国”中动物的命运；在“野”中，这种分离又强迫那些“死徙勿出乡”、“农之子恒为农”的“野人”们不得不屈从于“野”中动物的命运：而这样的两种屈从，对于以周天子为首的血缘贵族奴隶主的统治是最有利的。但又必须指出，这种分离还刚刚开始不久，由于当时生产力水平的限制，由于“私有财产”的严格意义一时还没有渗透到土地这一最重要的生产手段上来，所以，“国”、“野”对立的历史是并不长久的，不深化的。一等铁器工具普遍使用，交换行为进一步频繁，土地买卖普遍化合法化以后，这种“国”、“野”对立的形式就消逝，而被另一种更深化的城乡对立所代替。

城乡对立，既是一种阶级的烙印，那么在不同历史范例中，估计其城乡分离的程度，掌握其各自分离的特征，对于我们进一步理解周朝历史上的“国”、“野”对立，是会有帮助的。导师马克思在《资本主义生产以前各形态》中写道：

> 典型的古代的历史，这是城市的历史，不过是建立在土地所有制和农业之上的城市的历史；亚细亚的历史，这是一种城市和乡村不分的统一（在这里，大城市只能看作王公的营垒，看作在经济制度上一种真正的赘疣）；在中世纪（日尔曼时代），乡村本身是历史的出发点，历史的进一步发展，后来便在城市和乡村对立的形态中进行；现代史，这是城市关系渗进乡村，而不是像古代那样，乡村关系渗进城市。[②]

好好学习过了这段的精义，我们回过头来对西周、春秋段历史上城乡分离的程度和特点进行考虑。我们发现，中国这一段历史，与导师所分析的诸典型比较，可以说互有异同，几乎可以说是自成范例。它不像印度和阿拉伯古代诸国那样地城乡界线混沌不清，周家王公的营垒如成周，可以说是经济上的赘疣，但后来像齐之临淄、赵之邯郸等，已经显示了它们在经济上的意义和性格。春秋、战国之际，中国城乡关系显然在沿着古典的道路向前发展。乡村关系已有

① 《德意志意识形态》，《马恩全集》见3卷，页46～47。

② 马克思：《资本主义生产以前各形态》，日知（林志纯）译本，页15。

迹象开始渗入到城市。但中国当时的奴隶制发展究竟较低，对比起罗马古典社会，它还有进一步向更高水平挺进的必要和趋势。但恰好在这时候，以秦的政权上层建筑为代表，却对私有土地大开绿灯，使城乡关系受到干扰并且复杂化，不得不在更漫长的道路上，转向以乡村为出发点，重新酝酿新的城乡对立的关系。说到这里，已经和中国古代史分期问题即将发生纠缠，而那是另一个问题，所以为了保持探讨对象的严格统一，城乡问题就至此而戛然截止了。

最后，剩下一个“九一”和“什一”的纠缠。这也还是从孟轲所说“野，九一而助；国中，什一使自赋”这句话引起的。对于这段话的解释，大体说孟轲在这里所说的“九一”和“什一”是确数，而其后文所说的“其实皆什一”是约数。但是，仍然值得提出质疑：为什么在约数上一致而在确数上分歧呢？关于这个问题，历代的训诂经义的人如赵岐、郑玄、孔颖达、朱熹，以及清代的学者们的解释，综合一下，大体分两类。其一主张这分歧和当时田土规划的不一致有关。其按“八家共井”，九块田块为一组者，只要征取九分之一。其按东亩、南亩一排排、一列列安排着的土地来征取的话，自然按十计算取其“什一”最为方便。其二主张这分歧和劳役租、实物租的形式有关，实物便于十分取一，劳役在八家一组的情况下，征“九一”比较轻而易举。其实，这两派说法是很自然就可以联系在一起的，这还是要跟“贡”、“助”（“藉”）、“彻”诸剥削方式被综合使用以后的情况去联系，剥削形式既不那么单一，剥削率也就自然而然不那么单一了。这是完全可以想象到的。

现在，在逐一探讨了如上六个分枝的问题之后，我们应该来进行一下总括了。井田制度，是在奴隶制发展水平并不太高的条件下，贵族奴隶主所行的一种剥削制度，也就是在农村公社或其次生形态并未彻底瓦解，而是被统治者加以有意保留的情况下所行的一种制度。在这一制度下，绝大部分田土，按古老习惯都划成整齐的田块，小块或者大块，然后把排水的沟洫和交通道路再逐一配套上去，成为一个整体的系统。小块土地被叫做“私田”，它是劳动者的份地，是提供劳动者必要劳动的场所；大块土地被叫做“公田”，是劳动者为贵族奴隶主提供剩余劳动的场所。这种剩余劳动的榨取方式，开始时可能比较单一，后来逐渐复杂化，就形成了“贡”、“助”（“藉”）、“彻”等这样一些名目，甚至几种方式重叠使用。但归根结底，不外榨取劳力和榨取谷物这样两大类型；至于它的剥削率，则总在十分之一的数额逐渐向上波动。当时，阶级的初步划分，引发了古代城乡对立的初步出现，特别是通过一两场重要战争的促动，胜利者阵营中的贵族、加上被征服者阵营中的贵族，以及一些百工杂技的人，他们居在“国”中，被称为“国人”；被征服阵营中的平民、奴隶、加上胜利者阵营中的平民、奴隶，则被锢闭在“死徙勿出乡”的“野”的境界中，被称为“野人”。这是人类古代城乡对立在中国上古史上的表现。它有两种前途，其一是伴随着铁器工具的越来越普遍地被使用，伴随着交换行为的越来越频繁，我国的奴隶制及其城乡对立，会向更高的古典经济的道路发展而去；其另一是在同样铁器生产工具有所普遍化，交换行为有所频繁的同时，由地主阶级政治上层建筑所推行的“坏井田，开阡陌，民得买卖”的政策影响下，古典城乡对立的苗芽戛然有所截止，而通过更漫长的道路，转向中古城乡的对立。以上所述，就是在本文作者看来，我国上古历史上井田制度时期中的主要迹象。

第九节　井田制度的破坏

井田制度的破坏，是跟社会生产力的提高，剩余劳动产品提供可能性的增大，交换行为的频繁，以及部分贵族、平民中贫富分化的加剧，——相伴随着的。

西周中叶以后，“好利”成为上层社会的一种风气。史料中的反映很不少。如周厉王悦荣夷公，而荣夷公“好专利”，[①]终于引发了国人暴动；楚令尹子常好“蓄货聚马”，给人的印象是“如饿豺狼焉”；[②]楚国灭了陈，把封邑取消，改为县制，申叔时评论说“贪其富也”；[③]宋国的大尹也蛊其君而“专其利”；[④]孟轲见梁惠王，一开口就攻击“上下交征利”，[⑤]——这些材料反映出当时上自天子国公，下至卿大夫以至平民，都在争利，争采邑，争山泽之利，争货贿，争臣妾，争牛马，争贡纳，以至于争城争野，争王争霸，纷纷攘攘，最终酿成战国时代。这时候，份地上的劳动者（郭沫若所说的“农业奴隶”、范文澜所说的“农奴”）大量逃亡，成为社会严重问题，《诗·硕鼠》中所说“逝将去

① 《国语·周语》上。

② 《国语·楚语》下。

③ 《左传》宣公十一年。

④ 《左传》哀公二十六年。

⑤ 《孟子·梁惠王篇》上。

汝”，《国语·齐语》中所说“则民不移”的反面情况，就反映劳动者决心要抛荒逃亡，统治者又如何想方设法不叫逃亡。不仅劳动者逃亡，就是贵族中的一部分也在竞争中破落，如《诗·北门》篇所载的“终窭且贫”，《权舆》篇中所载的“每食不饱”，都是小贵族破落的事例。总之，社会总财富在增长，但财富的分配却在变动，正由一种旧的不均衡向一种新的不均衡过渡，在这种情况下，原农村公社的古老框框的锢闭力量开始破碎，原劳动者不再甘心在这种框框底下劳动了，一部分贵族破落了，另一部分贵族也感到无利可图或者利益不大，于是井田开始崩溃。

公元前770年，周宣王开始“不藉千亩”。这就是说，此后不再在大块的“公田”上行“助”法，不再剥削劳役方式的劳动了，此后要“履亩而税”。这是什么意思呢？我们从两个不赞成周宣王改革的大臣（虢文公和仲山父）的谈话可以从反面进行体会。虢文公抱着是古非今的态度说，古者“大事在农”，王公贵族只要“耕一拨”，其余叫“庶民终于千亩”；只要国王贵族紧紧抓住原公社的领导权，就“民莫不震动，恪恭于农，修其疆畔，日服其镈，不解（懈）于时。”仲山父也抱着同样的态度，说什么“民不可料也，夫古者不料民而知其多少”，意思是反对清查户口，说最高统治者只要牢牢抓住司民、司商、司徒、司寇、司牧、司场、司工、司廪这些原是公社职员现是贵族爪牙的人们，就一切都不用最高统治者操心，“则少多、死生、出入、往来者，皆可知也”，天子国王“又何料焉?!”[①]可是周宣王不理睬这些顽固派的主张，毅然走新的道路，田土拉平，一律纳税；国王政权亲自查户口、管民政，不再通过古老的公社职员。这样，国家经济收入自然增大，政权性质也开始向官僚政体迈出了第一步。

在“不藉千亩”之后85年，公元前685年，在东方新经济因素最发达地区的齐国，在齐桓公和管仲的设计下，实行了“相地而衰征”的办法。《国语·齐语》记载说，“桓公问曰，伍鄙若何？管子对曰，‘相地而衰征，则民不移；政不旅旧，则民不偷；山泽各致其时，则民不苟；陆阜陵墐，井田畴均，则民不憾；无夺民时，则百姓富；牺牲不略，则牛羊遂’”。东吴的韦昭对这段话中的一些要害字进行了注解，说相，视也；衰，差也；移，徙也；偷，苟且也；憾，恨也；略，夺也；遂，长也。从这段文字中可以看出，当时齐国有农

① 《国语·齐语》。

业劳动者大量脱离乡井逃亡迁徙的情况，有份地疆界被侵占改换、但劳动者依然要缴纳剩余劳动产品的情况，有原属公共财产的山林、现被贵族垄断利益、农民不得以时进入采集的情况，有农忙时劳动人口被贵族拉去充役，以致误了农业季节的情况，有百姓牛羊被强拉去供祭祀的情况，等等。在以上情况下，管仲主张实行改良政策，规定按土壤之肥瘠等次，征收差级的税；年成好多收些，年成坏少收些；原公社躯壳既然并未全都死亡，仍有残余部分可供利用之处，那就修修补补，调整调整，以平民怨。

在齐国“相地而衰征”之后40年，公元前645年，晋国“作爰田，作州兵”。《国语·晋语》记载说，“惠公在秦，……使郤乞告吕甥，吕甥教之言，令国人于朝曰，君使乞告二三子曰，秦将归寡人，寡人不足以辱社稷，其改置以代圉也，且赏以悦众，众皆哭焉，作辕田”。“吕甥致众而告之曰，吾君惭焉，其亡之不恤，而群臣是忧，不亦惠乎?！君犹在外，若何?众曰，何为而可?吕甥曰，以韩之病，兵甲尽矣，若征缮以辅孺子，以为君援，庶有益乎?众皆悦焉，作州兵”。[①]晋国的情况，又有它自己的特点。当时晋惠公被俘在秦，派人回晋国来图谋复国强兵。他们自然不会去向“野人”讨好，而是向“国人”讨好。讨好的办法有两条，一条是把原由公社掌管轮换的土地，拿一部分质量高的，划归富裕平民以为私有财产；其二是由这些既得利益者，出资整顿军队装备，去服兵役。我们之所以对此做出这样的解释，因为东汉的贾逵的解释是“赏众以田”，东吴的唐固的解释是“让肥取硗”，本注作者韦昭又引别人的解释是“以田出车赋”，虽韦昭本人不同意，但别无更确切的解释。这样，晋国的井田制度也开始瓦解，这恐怕是毋庸质疑的。

在晋国“作爰田”、“作州兵”之后40年，从公元前594年开始，“犹秉周礼”的东方小国——鲁国，也在一百一十年的悠长年代中，进行着与齐、晋诸国性质相类似的田土制度方面的调整或改革。具体地说，就是公元前594年（鲁宣公十五年）的“初税亩”，公元599年（鲁成公元年）的“作丘甲”、公元前483（鲁哀公十二年）的“用田赋”。这些事迹都载在《春秋》，“三传”各有一些注释。对“初税亩”之事，二传皆采取“讥”的态度，说它“非礼”、“非正”。什么是“礼”?什么是“正”?无非是什么“古者藉而不税”、“古者什一”、“天下之中正”，这些一成不变的古老观念。从“非礼”、“非正”等反面

① 《国语·晋语》卷2。

谈话的话头中，我们恰好也可以看出“初税亩”是一场改革。“作丘甲”，在晋人杜预的《左传》注中记了一点细账，说原16井、144个劳动个体要出马一匹、牛三头的，现在改为64井、576个劳动个体要出长毂一乘、马四匹、牛十二头、甲士三人、步卒七十二人，比原来的征敛增多了，这既反映统治者的贪欲增大了，但也反映客观的物质生产能力的增大。

郑晋两国，也曾出现过跟齐、晋、鲁相类似的调整。最后，轮到了西僻的秦国。它最后进，但也最彻底，这可能是由于顽固势力较脆弱的缘故吧。公元前359年和350年，商鞅在秦的两度改革，终于在中国历史上比较完整地从法权方面宣布了井田制度——农村公社或其次生形态田土形式的正式废除。班固引董仲舒上汉武帝《请限民名田疏》的话说：

> 至秦则不然。用商鞅之法，改帝王之制，除井田，民得卖买。富者田连阡陌，贫者无立锥之地，又颛川泽之利，管山林之饶，（小民）屯戍力役，三十倍于古；田租口赋，盐铁之利，二十倍于古。或耕豪民之田，见税什五。

这里所说的，是古老的“田里不鬻”的老政策从此废除了。土地可以自由买卖，贫富两极分化严重。私人的土地所有权，从此奠立了。连过去公共使用的山林川泽，也被国家或私门所垄断。人民负担，比古老的年代增了十、二十倍。佃耕和被雇佣的人，也出现了，他们受到等于全部劳动果实一半的剥削。从此以后，地租和国税也就清楚地划分开来，前者是土地私有权的经济体现，后者是国家机器存在的经济体现。

在最后，也仍须附加说明两点。第一点，这里所说的“土地私有权”，也仍是一个历史的范畴。也就是说，我们不可把它绝对化。在商鞅以前，这种私有权已经有所萌芽；在商鞅变法之时，它得到了法权的支持而巩固；在商鞅变法之后，它仍会受到以后政权的干预。对于这个干预我们要抱双重认识，干预不容否认，但干预总归是干预，干预一阵之后仍要减退，而土地私有权的含义则伴随着私有制社会的向前发展而逐渐深化，直到私有制为更高的公有制所取代。第二点，这里所说的地租、国税相分离的这一点，我们也不可把它绝对化，在一些政权干预比较强化的时间片断或空间片断上，古代东方式的地租国税合而为一的现象仍然局部存在，例如屯田，我们遭遇时不可引以为怪。

第三章　两汉的土地制度

第十节　本章概况

假如我们要把中国古代中世纪史上土地所有制的衍变划分一下段落的话，那么我以为，应该从大体上划为三段。三代井田为一段，井田瓦解至唐中叶均田瓦解为又一段，均田瓦解至鸦片战争又为一段，实际上这第三段一直绵延到土地改革的前夜。这样划分的根据，主要是从土地的公有制跟私有制“谁战胜谁”，以及私有制逐渐深化的角度上来考虑问题的。第一段的特征是私有制虽然已经萌芽，但公有制形式基本上还存在，至少农村公社分配和轮换土地的事还是存在的；奴隶主贵族剥削阶级在社会生产力水平低下的限制下，一时尚不能彻底战胜公有制，从而不得不在保留某些原始共同体或其次生形态的情况下，对份地农民进行地租国税合而为一的劳役租剥削。第二段的特征，依照我们的看法，是跟着生产力的发展和阶级斗争打击教训力量的推动，私有制在跟公有制进行“谁战胜谁”的斗争中迈进了一大步，并且还是迈进了带决定性的一大步，从此以后，土地私有制确立起来了，公有制和集体所有制破产了，剩下的只有专制主义中央集权国家从维护并巩固其统治出发，所做出来的对土地私有权的种种干预。抹煞这些干预自然是不对的；但夸大这些干预，把这些干预视为什么国有土地制占主导地位等等，也都是不恰当的。因为这种看法上的不同，会导致对整个阶级形势看法的差异。把问题看作是干预，那么，这种矛盾冲突的性质，仅仅属于统治剥削阶级内部矛盾的范围，而社会根本矛盾仍然是土地所有者（即地租剥削者）跟农民间的矛盾。但假如把问题看作是国有制占主导地位，那么社会根本矛盾的双方便是国家和在国家统治下包括地主在内的所有被统治者（“全民”），这样，最根本的阶级对立便会被模糊或者被转移了。我们之所以不同意国有制学说，其主要理由在此。

现在来看第三段。第三段的特征是跟着封建社会由其自身前期向其自身后期的转移，社会生产力更加提高了，阶级斗争的规模也日益宏大，这时候土地私人所有权的绝对意义也更进一步地深化了，国家干预力量也表现为较衰弱和较短暂的；在个别时间、地点的条件下，跟着资本主义萌芽的零星出现，个别“自由的”、“运动的”土地所有权形式开始零星地出现了；但从社会总体上来看，封建的土地所有制仍然是最根本的东西，这只有在无产阶级领导下的民主改革中，它才被彻底打垮。

从如上的总看法出发，落实到两汉社会，特别是西汉，那么，它恰好处在第二段的开始，或者说，恰好处在从第一段向第二段的过渡。那么，什么是这一过渡的标志呢？回答说，标志有三。标志之一是，这时候土地私有制不仅仅是出现了，而且已经确立，并且在一定程度上巩固了，而且此后越来越巩固。标志之二是，具有独立意义的地租也出现了，从此以后，地租和国税合而为一的特征开始消退，地租和国税从此清楚地分开了（自然，这丝毫也不排除这二者在特定情况下又会合而为一的现象的重新出现）。标志之三是，在这个由公社残余形式向私有制、由地租国税合一向地租国税分离的过渡时期，土地所有制不是表现为以一种所有制居于绝对的优势地位，而其他所有制则若非其前期社会的残余即是后期社会的萌芽，不是这样，西汉的土地所有制表现为几种不同的所有制尚在消长之中，有的在衰落下去，有的在发展起来。具体一点说，就是在西汉，大土地国有制、大土地私有制和小土地私有制三者并存。大土地国有制，从偏重于形式的角度来看，它依然是十分庞大的，但它再也不是建立在古代共同体的基础上而是建立在土地私有制的基础上的东西了，并且也正因为这一特点的约制，它的意义和作用就不应该被过高地估计，实际上，它无时无刻不在遭受私有制的浸润和侵蚀之中。大土地私有制呢，这时已经出现，而且开始壮大，但它也正在经历着一种历程。什么历程呢？从这种所有制的体现者的成份来看，它正经历着由奴隶主、商人、高利贷者三合一身份的土地所有者向单一的封建领主、封建地主过渡的历程。再从这种土地所有制的社会氛围和周围环境来看，它正经历着由古典经济向自然经济过渡的历程。一句话：这种大土地私有者的阶级属性尚未最后定局。至于小土地私有制，它在西汉虽然已经达到了它自身发展历史中鼎盛的时代，但必须指出，它是极不牢固的，当时这种土地所有权的转移率非常之大，它的体现者的身份很不稳固，今天他是自耕农，明天也许就由于高利贷的剥削或者国家徭役的逼迫压榨，就沦为刑徒、隶臣妾或者流民了。以上这样三种所有制的关系和在整个社会力量对比中的分量，尚在不断地调配和调整之中，这就是我所说的“过渡”的具体标志。

有的同志，对这一看法很不同意。他们以讲矛盾中只有一个矛盾是主导性的矛盾为理由，不同意西汉三种所有制并存，并且正在消长之中的看法。现在，试就这种不同意见，进行一些申辩。第一，“所有制”和“生产关系”并不是两个完全密合的概念，假如说生产关系在一定社会中只可能有一种是主导的话，而土地所有制则完全可以有几种。何况生产关系也的的确确有其过渡形式呢？斯大林在表述五种生产方式时就曾说过，“……也可能是由一种生产关系形式过渡到另一种生产关系形式的过渡关系”。[①]肯定过渡，就是肯定有并存和消长。第二，即便在不是过渡的社会和生产关系中，所有制也不是“单打一”的，斯大林在上引同一篇文章中不止一次地提到，在封建社会除封建所有制外，还有农民和手工业者的个人所有制；在资本主义社会除资本主义所有制外，也有农民和手工业者的所有制。[②]照此，我们说西汉既有大土地国有制，又有大土地私有制，又有小土地私有制，有什么不可以的呢?!

底下，让我们结合史料，来进行一些论证吧。

在井田时期，《礼记·王制》篇中所说的“田里不粥（鬻）”的话，不是一句等闲的话，它是古代共同体时期土地基本上不得买卖在文献中的铁证。到战国时候，跟着井田制的瓦解和货币交换行为的频繁，土地买卖之禁开始解冻了。《史记·廉颇传》里，记述赵奢之妻论其子赵括不可使为将的话中，提到赵括将王所赐金帛“日视便利田宅可买者买之”。[③]在上引同书的苏秦传里也记载了苏秦本人所说的“使我有洛阳负郭田二十顷，吾岂能佩六国相印乎?!”的这段话。[④]这些资料明确不移地印证出，“田里不鬻”的老规矩、老风气正在破坏之中，虽然在山东诸国中还没有得到法权的承认。而在秦国，在秦孝公和商鞅的当政之下，连法权也做了相适应的规定，“至秦则不然，用商鞅之法，改

① 斯大林：《联共（布）党史简明教程》第4章第2节。

② 斯大林：《联共（布）党史简明教程》第4章第2节。

③ 《史记》卷81《廉颇列传》。

④ 《史记》卷69《苏秦列传》。

帝王之制，除井田，民得买卖。富者田连阡陌，贫者无立锥之地”。[1]假如有人说这是“孤证”的话，那么，且征引一些足以辅助说明的资料吧。《通典》中记载，自秦始皇卅一年“始令黔首自实田以定赋。”[2]东汉时人荀悦也在他的《申鉴》中写道，自井田破坏以来“公禄贬则私利生”、“诸侯不专封，富人名田逾限，富过公侯，是自封也。大夫不专地，人卖买由己，是专地也”，[3]从这里反映出来的土地私有权概念，根本不是什么相对性的。这种土地私有权甚至自“阳间”反映到“阴间”，从西、东汉之际开始，一定数量的地莂从考古所获文物中出现了，在西晋太康六年的一件《曹翌铅地券》中，明确地写着“不得有侵抵之者”[4]字样，反映出土地私有权的不可侵犯性。这样的私有权，是丝毫也不“诡诈”的。

和史料结合着，也还要谈一点理论问题。我们说，私有权是私有制在法权方面的反映，也是统治者意志对所有制的规定。私有制也好，私有权也好，都有其在人类私有财产产生、发展、消亡历史上的一系列衍变过程。假如有人说，私有权从产生到消亡，这中间其深度广度都是等同的，那自然不足以说服人。但它的总历程，只有是逐步深化，而不可能像侯外庐先生所说的那样，只有在古代奴隶制社会和近代资本主义社会，才有严格意义上的私有权，而中古封建社会的私有权则是虚构的和诡诈的。[5]自然，客观上存在着这样一种差别那也是不容否认的，即在资本主义制度下土地私有权的“自由”辐度较前宽广，其意义较前深化，其不容干预的性能较前强烈，这些都是不容否认的。但假如由此演绎出来说，中古土地私有权是不真实的和不严格的，那就与历史事实相背谬了。试看南北朝、隋唐以来，在土地买卖方面，更出现了大量的白券和红券（赤券），由官府批红，这是对私有权加以法权上的承认，试问还有比这更真实更严格的私有权吗?

其次，我们来探讨地租国税合而为一抑或分离为二的问题。在侯外庐、贺昌群两先生看来，自汉至唐，地租国税仍像三代井田一样地不曾分离，而在我

---

① 《汉书》卷24《食货志（上）》。

② 杜佑：《通典》卷1《食货典（1）》。

③ 荀悦：《申鉴》卷2《时事》。

④ 《文物参考资料》1955年第8期，页98。

⑤ 侯外庐：《封建主义生产关系的普遍原理》，见《中国封建社会土地所有制形式问题讨论集》，页115～145。

们看来，这二者已经分离了。我们试分两个层次来进行论辩。第一，自秦汉开始，地租国税实际上已经分开了。试看，无论“十五税一”或者“三十税一”的“田租”或者“民岁出二十钱”的“算赋”，或者“二十倍于古”、“三十倍于古”的徭役，以及什么“藁税”，什么“亩出五钱”，都是清清楚楚的国税性质，都是国家机器存在的经济体现，而不可能是任何其他的东西。甚至连诸侯王封邑中的“户出二百钱”，在我们看来，也是国税的分割。只有“或耕豪民之田，见税什五”的剥削，那才是地租。自然，汉初时候这种地租是新生的东西，不一定一上来就多么普遍，所以班固加了一个“或”字。并且，这时古典经济尚在鼎盛，地租身上所带的“自由”气息尚较充分而超经济强制（这无论是在实际上或者反映在文献中）则相对地薄弱，所以《汉书》中对这种地租的最初形态，所用的笔触是不怎么沉重的。但无论如何，它是土地所有权的经济体现，那是毫无问题的。第二，在人们的概念中，地租和国税也已经分离了。在《盐铁论·园池篇》中，曾有过一番御史大夫跟文学、贤良们针对国家公田出租问题的辩论，当时文学们说，汉武帝时的许多国家公田——苑囿园池，在昭帝时为了缓和社会矛盾，曾经“假”给贫民。什么是“假”？唐朝的颜师古在《汉书·食货志》有关王莽令的注中说，“假，……谓贫人赁富人之田也”，可见“假”就是租佃。文学们进一步揭发说，这些公田苑囿园池并未直接租佃到农民手里，而是被有势力的“权家”转假去了，这些“二地主”式的人物按低租率包进来，再按高租率租出去，他们从中取利。所以文学们主张不经过“二地主”的手由国家把公田直接租给贫民，他们说，“县官租税而已，假税殊名，其实一也”。[①]这段话的意思，根据我个人的体会，作为地租的“假”和作为国税的“税”，二者在逻辑上是互相排斥的；但文学们要求贫民不经过“二地主”——“权家”的转假手段租到公田耕种，这样可以避开重租额而接受轻租额，这样他们缴纳的虽然在名义上是“假”（地租），而在数额上却同国税（“十五税一”或者“三十税一”）相仿佛，“其实一也”，贫民就可以得到一点实惠了。从这段辩论中间，我们不是完全可以觉察到，在西汉人的头脑中，地租国税的概念已经很清楚地分离开了吗?!

自然，任何事情都不能绝对化。比如说，地租国税分离以后，在另外特定的条件之下，是不是还会暂时地、局部地又合而为一了呢？这就很难说。比如

---

① 《盐铁论》卷3《园池篇》。

说，在下节即将予以探讨的西汉屯田中，在其由戍卒耕种、粮食上缴公仓的事例中，地租国税也仍有合而为一的迹象。再例如在下章中将予以探讨的曹魏屯田中，在由屯田士、屯田客所接受的四六分租和五五分租中，地租国税也仍有合而为一的迹象。但话必须说清楚，分离之后不排除在特定条件下的合一现象的再现；同时，再现现象的出现，也不能障碍我们有关秦汉以后已经分离了的判断。

根据以上论述，自秦、汉以来，土地私有权确立了，地租国税分离了，这也就是说，土地剥削的脉络，剥削者和被剥削者的阵容，比较古代共同体时代可以摆得更明朗更确切了。自然，由于这种新局面刚刚开始不久，几种不同的所有制尚在不断地调配、调整之中而未最后定局，所以我们有必要在以下的几节中，把西汉的几种所有制——土地国有制，大土地私有制，小土地私有制，连同本来不是什么一种新的所有制，但由于不少人把它说成是一种所有制，因而我们也不得不拿来作为一种探讨内容的“封邑制度”在内，来一一予以较细密的分析，并借以进一步地检证所谓土地国有制占主导地位的学说是否合于历史的真实。

第十一节　西汉的土地国有制

土地国有制是西汉社会几种平行的所有制中间很重要的一种，也是纠缠着国有制、私有制哪一种占主导地位的争论最难于论断的一种。我们说“重要”，主要是由于西汉时候国有土地的数量可能是相当庞大的；但数量大，不一定意味国家对土地私有权的干预力量就是无限的，无限到使贺昌群先生形成了他的“绝对君权”说。贺先生在他的专著《汉唐间封建土地所有制形式研究》中，把汉武帝及其以后的百余年间，看做是什么“绝对君权”的时代，说当时的国家找了种种藉口（如酎金不符、赀算不实、有罪、赃十万以上、以及“七科谪”等等）将大量土地源源掌握进了“县官”（皇帝，及其中央集权政府）之手。[①]这仿佛就是贺先生主张国有制占主导地位的主要论据。他又说，到哀、平之后，绝对君权衰落了，大土地私有制这才逐渐抬头。我们试来对此进行商榷吧。我们承认，汉武帝时候中央集权的专制主义是相当强化的，但是不是已经强化到“绝对”程度了呢？怕值得怀疑。第一，人民会打击它。这不需要等

① 贺昌群：《汉唐间封建土地所有制形式研究》，页268。

到西汉末，即以汉武帝时候来看，山东“群盗”的活动已经史不绝书，“行王母筹”的半起义活动甚至在“三辅”地带也很流行，不久之后，铁官徒暴劫更是激烈，他们“攻官寺，劫库兵，篡囚徒，杀长吏”。敢于这样去对待的君权，怕也不是“绝对”的。第二，豪强也跟它斗法。西汉的豪强，确确实实受到过君权的打击，酷吏们杀人有“血流十余里”①的记载。但也必须指出，（一）这是统治阶级内部斗争，有斗争的一面，也有妥协的一面。（二）君权斗豪强，豪强也斗君权，而且君权斗豪强往往是采取“突然袭击”方式，一阵就过去了，而豪强跟君权斗法，则是漫长性的，如勾结贵族官僚、兼并土地、进行种种非法活动控制物资物价、套租公田转租贫民，等等，甚至君权作为“小恩小惠”赐给小农的很小很小的一小块土地也即刻被豪强使用高利贷的网给攫夺去了。汉宣帝时的贡禹说，“贫民虽赐之田，犹贱卖以贾（价）”②，试看，像这样的君权能说是“绝对”的吗?!

因此，为了弄清楚问题，为了把西汉当时的国有土地以及国家对土地的权力，估计得比较准确，我们在这里有必要把西汉属于国有制范畴之下的一切有形无形的因素，都拿来进行一些定质定量的分析。

先看国有的土地，这又可以划分为两个部分。叫做“屯田”的，算作一个部分；“屯田”以外叫做“公田”的，又算作一个部分。其实这两个部分的内容性质相差不远，不过“屯田”更像一个被人们独立起来研究的项目罢了。先说“公田”。主要看它的数量和性质、作用。谈到数量，从现有的文献史料和实物史料中，要得出一个哪怕是比较准确的数字来，怕也是困难的。只能看一个大概。秦始皇时候，中央集权的专制主义第一遭强化起来，可能在畿辅及外郡都曾圈占了大量的土地，作为苑囿园池。汉高祖二年，宣布“故秦苑囿园池，令民得田之”③，这是刘邦改换统治手法的表现之一。这里的“田”字，根据颜师古注，就是后世的“佃”，就是由国家把公田租佃给人民，租率多少，史料中无迹可寻，只能推测说，比“见税什五”要低得多，比“三十税一”或者要高一点。汉武帝时候，这种情况又反复了一次，他也是圈占了不少土地作为苑囿园池，到他儿子昭帝、曾孙宣帝、玄孙元帝时，由于看到流民、“群盗”、官徒等的活动已经严重地威胁了统治的巩固，所以不得已又拿出一点苑

① 《汉书》卷90《酷吏王温舒传》。

② 《汉书》卷72《贡禹传》。

③ 《汉书》卷1《高祖纪（一）》。

囿园池来，作为一种“小恩小惠”来安插一下脱离开生产手段的劳动者。昭帝时这方面的记录很少，只拿出了一个中牟苑。宣帝、元帝时，这方面的记录多起来，但也不过是挑选苑囿园池中之“未御幸者”及“可省者”，给农民去种。这种通过土地而发生的人与人之间的关系，在史料中除中牟苑一项叫“赋”外，其余都叫“假”。“赋”除却寓有“租给”之义以外，还寓有“给与”之义。“假”，根据前引颜注的解释，是“赁”，也就是租佃。在个别例子中，当提到把公田假贫民的时候，还加一句“勿租赋”。[①]租是田租，赋是口赋，都是国税性质，这种带国税性质的既经宣布豁免，那么，租佃者只缴纳一点地租性质的剩余劳动产品就行了。由此可以推测，当时国家公田上的地租可能比国税（“田租”、“口赋”）额稍高（所以才有豁免田租口赋的命令），比私租额（什五）较低（所以豪强在“转假”过程中才有利可图）。

除苑囿园池之外，还有几项“公田”。如《汉书·食货志》中提到赵过推广三甽种植的“代田法”的时候说“教田太常三辅”，又说“令命家田三辅公田”。几个琐节要先推敲一下。什么是“三辅”?“三辅”就是京兆尹、左冯翊、右扶风三个地区。什么是“命家”?“命家”就是受有爵命之家，是被国家赐予了一级以上不等爵位的个体家庭。什么是“太常”? 太常是中央九卿之一，颜师古注引苏林曰，“太常主诸陵，有民，故亦课田种也”。这说的很清楚，是皇帝陵墓附近的祭田，也是按照公田租课的方法交由农民耕种的。在汉武帝的时候，管理并出租这些土地的，除太常外，还有大农、少府、太仆、水衡等衙门。此外，在诸郡国中也有公田，如中牟苑在荥阳，北假田在新秦中（今河套）。总起来看，当时所谓“公田”者，不外如下诸项：（一）太仆等所领苑囿园池；（二）太常所领诸陵祭田；（三）少府、水衡等匠作、财政衙门所领散在诸郡国中的江、海、陂、湖；（四）散在诸郡国中由郡国代管的一些公田（如充公的罪人田土之类）；如此等等。单从项目看来，这些公田的数量是不可能少的。

我们试对这些“公田”的性质，来进行一点讨论。从来路看，这些“公田”自然不是“县官”掏钱买下来的，而是绝大多数使用政权力量圈占或者充公下来的。这丝毫也不奇怪，也一点不值得夸大，因为各种社会形态的政权都有这种权力。但根据这一点能不能论断西汉是国有土地制占主导地位呢？在我

① 《汉书》卷9《元帝纪》。

们看来，不能。理由是国有土地虽然貌似强大，它是建立在私有制的基础上，从而也就不得不受私有制的约制、侵蚀和浸润。试来看一些史料中的证据。《盐铁论》中反映“今县官之多张苑囿公田池泽，公家有障假之名，而利归权家。……公田转假，桑榆菜果不殖，地利不尽”。[①]《汉书》所载王莽诏令中说“豪民侵陵，分田劫假，厥名三十税一，实什税五也”。[②]东汉崔寔在他的《政论》中也说，“今汉民或百一而税，可谓鲜矣。然豪强富人占田逾侈，输其赋泰半。……官家之惠，优于三代；豪强之暴，酷于亡秦。是上惠不通，威福分于豪强也”。[③]试看，在豪强面前，中央集权的专制主义倒是显得软弱可欺，哪里谈得到什么“绝对”呢?!

再看“屯田”。“屯田”是西汉历史上的一件大事，对后世历朝屯田也都有影响，它们之间也存在着若干同异，值得比较分析。但在研讨“屯田”的过程中，也会遭遇种种困难。其一是资料少，《汉书》中对屯田几乎没有多少记载，汉简中材料稍多些，但竹头木屑断简残编，一鳞半爪，要把这些东西连缀起来说明问题，需要很大的功力和科学的细致性。其二是屯田的性质，放置到土地所有制的角度上来，也不容易辨析。我们几乎可以说，最初设置屯田时，似乎压根儿就没有什么土地所有制的问题存在，几乎纯是国家机器存在的经济体现，而不是任何其他的东西。说得更简明扼要些就是，西汉政府要打仗，要运送军粮军需，又嫌消耗太大，于是便择国疆边缘地带，将若干无主荒田跟屯戍士卒以及弛刑刑徒等的劳动力结合起来，生产一些可供军食的粮食，节约一些军费运输开支。一句话：纯乎是徭役性质。但财产私有制，特别是土地私有制在广大中原早已发展到相当程度，屯戍人员又多来自中原，那么叫土地私有制对屯田不起作用，那是不好理解的。很快，屯田地区上的情况就复杂化起来了，买卖出现了，借贷出现了，雇佣出现了，土地买卖也出现了。以居延为例，汉简中在进行卖买之物，至少就有布、缣、絮、缎锦、袍、马、牛、羊、粱、脂、酒等物。[④]一个侯君出黑牛一头、谷27石，雇佣一个叫寇恩的人去替他卖鱼[⑤]。没粮食吃的人可以借贷粮食，如“出中舍谷一斗贷水门卒张咸”、

① 《盐铁论》卷3《园池篇》(第十三)。

② 《汉书》卷99《王莽传（中）》。

③ 杜佑:《通典》卷1引崔寔《政论》。

④ 散见1972～1974年发现的居延诸简。

⑤ 参看《文物》1978年第1期，有关《粟君所责寇恩事》诸文。

"……食乏，今毋（无）所食，愿贷五斗"[①]。最后发展到了买卖土地，简文中就有"善居里男子丘张自言与家买客田"，以及商人淳于次儒等"置长乐里受（授）奴田卅五亩"……[②]。这就说明开始是自然物的土地，继之是政权对土地的使用和所有，然后是通过人和土地的关系复杂化起来，引出人与人间的种种关系，诸如卖买、借贷、雇佣、租佃等等，都发生了。在这中间，我们要牢牢抓住的，是国家徭役剥削和国家以至私人的租佃剥削之间的界线。旧时代几位治汉简的就是由于在这些要点和界线上纠缠不清，深深影响了他们成果的精度。

确实，屯田一开始，并不表现土地所有权的作用，表现的是国家权力的作用，剩余劳动的榨取形式也是徭役而非地租。《汉书》中记载经营边远地区支付代价太重的情况，《食货志》中记载通西南夷时的情景"作者数万人，千里负担馈饷，率十余锺致一石"，《主父偃传》中又说"率三十锺致一石"。据《左传》昭公三年的杜（预）注说，六斛四斗为一锺。那么，西汉时候往边远地区运送一石粮食，其代价要比一石粮食高出七十倍至近二百倍。《食货志》又说，"筑朔方，转漕甚远，自山东咸被其劳，费数十百钜万。"颜注说，这笔数字可达"数十万至百万万"。开支庞大，是国家财经的消耗，而徭役不息，又会增大社会危机，直接引发国家统治的不稳。屯田的目的，就是减少一些军运费用开支，减轻一些社会危机。宣帝时赵充国的《屯田疏》中，一开始就谈到"益积畜，省大费"[③]，后来在《上屯田十二便》中，又两次提到"省大费"。从以上这些情况看，开始屯田，纯乎是国家机器存在的经济体现，而丝毫不带有要奠定一种什么土地所有制的意图。使用国家权力进行劳役剥削，所以对每个劳动者都有定额，《赵充国传》中说"田事出，赋人二十亩"。汉玉门简中也有一条"□玉门屯田史高禀班田七顷，给弛刑十七人"。[④]这也是一种劳役定额，不过玉门定额较青海定额高一些，不是二十亩，而是四十亩零罢了。

但什么事情都有转化。劳役剥削受中原租佃制影响，或迟或早，也会使国家不以政府权力，而以土地所有者身份进行租佃剥削的。试看如下的两条

① 1972～1974年发现的居延汉简EJF3：382A及EPF22：660。

② 见1930年所发现的居延汉简，编号：1982A，2544A·B（见《居延汉简甲编》页82与104）。

③ 《汉书》卷69《赵充国传》。

④ 《西陲木简汇编》页56。

汉简：

右第二长官二处田六十五亩，租二十六石。①

右家五，田六十五，租大石二十石八斗。②

我们试来分析这两个简。首先，简中所说的田是官田不是私田，是无可置疑的，若是私田，国家简书不应著录，何况还有“长官”的字样呢。这些田由什么人来种呢？前简无所说明，后简说明了是“家五”，可见不是单身屯士戍卒，而是有家口的人。或者是中原移民，或者是河西土著。无论是前者还是后者，他们是个体农民家庭无疑了。再看租率。前简亩收4斗（不言大斗，可能是小斗），后简亩收3.4斗，是大斗，折合成小斗，当是5.5斗。按当时社会生产的总水平来看，文景时候的晁错说“百亩之收，不过百石”；武帝时行赵过代田法，中原亩产量当在一石与三石之间。但是河西气候较旱较冷，虽也施行了代田法，施行了一定的水利灌溉，但仍以亩产一石为比较中允的估计。有时，连一石也不到。例如新出土居延汉简中有一条极典型的屯田简文，精确地记录了某片屯田上的总田额、总劳动日、日劳动力、总收获量，等等。中云“人田三十四亩”，“人得二十四石”（72、E、D、1）足见连“百田之收，不过百石”也达不到。那么，亩收4斗至5.5斗，从数量来判断性质，当是此后魏晋五五分租、四六分租的萌芽状态。这个数量不可能是国税，不可能是政权存在的经济体现，而只可能是地租，是中原“见税什五”在河西的出现，是土地所有权的经济体现。这说明，在这里国家已以地主的身份，向屯戍士卒的家属，向中原来的移民，或者河西的土著农民，——在进行地租性质的剥削了。

我个人认为，处理屯田性质问题，关键在于把份地劳役定额剥削和履亩分成的地租剥削二者区别开来。近人张维华先生已经初步接触到这一点上来了，他在一篇文中说“秦、汉时代，在国有土地上，有‘军屯’之制，有‘民屯’之制，有‘假田’之制”。③我之所以未遽尔采用这种说法，是由于在我看来这种三分法也仍有足以商兑之处。第一，严格按照所有制角度来划分的话，只有“军屯”为一种，“假田”为一种，“民屯”若非“军屯”的延续，即是“假田”的别称。第二，“军屯”、“民屯”这些称谓自曹魏直迄明初的洪武、永乐，不

① 1930年居延汉简，见《居延汉简甲编》页225。

② 同上注，页122。

③ 《试论曹魏屯田与西晋占田上的某些问题》，见《历史研究》1956年9月号。

同朝代不同制度间颇有差异，中间颇有一些细微处尚待进一步说清楚，现在拿来套在河西屯田上，是否利多弊少、抑或利少弊多，还很难说。所以，我个人还是以份地劳役定额剥削和履亩分成地租剥削两者来划分，把前者看成是国家机器存在的经济体现，后者是以地主身份来施行的土地所有权的经济体现。

假如不区别开来，便会产生无穷无尽的混乱。陈直先生在他的书中写道，"总起来说，屯田政策不是裕财，而是消费。试以每个田卒种田二十亩来估计，每亩收租四斗，则二十亩收租八石，每石平均百余钱，每人食粮每月大斗二石，每年二十四石，以一人的耕种所得，在食粮方面尚缺十六石，折合一千六百钱。而田卒的俸禄，每月约三百五十钱左右，每年四千二百钱。合粮俸两项，每人即缺少五千八百钱左近。而守御器具，军马刍茭，以及戍田卒家属的口粮，一切杂项开支，尚不计算在内。"[①]试看在这里，作者把张维华先生说的"军屯"、"民屯"之别，不予区分；把我个人所申述的份地劳役定额剥削和履亩分成地租剥削的分别，也不予区分。作者把按五五或四六分成缴租的租佃农民，也看成是食国家禄钱者；又把食国家禄钱者全部上缴公仓的粮食，也看做是劳动者可以自留一部分的分成制剩余。这样做的结果，有意无意就把西汉统治者既说成是既付俸钱（工资），又不要全部劳动产品，又发冬衣津贴，又照顾家属的"深仁厚泽"的人，又是一伙专做赔钱生意的傻子！事情果真是如此吗？我们认为，绝对不是！我们认为，服徭役食俸钱者，其劳动产品全部上缴公仓，观赵充国湟中屯田所获粮食全部上缴金城公仓可知。至于按五五或四六分成的耕种者，那就不可能是服徭役食俸钱者，他们可能是中原移民，也可能是四郡土著，也可能是士卒的家属，这类社会成分，在我国自周、秦至明清的历史上经常看到，一般被叫"余夫"、"余丁"、"贴军"等等。他们作为佃种者，接收国家加给他们的地主式的剥削。从这里茁下根苗，私有制便展开它的对国有制的侵蚀了。将屯官吏，便有可能地主化起来，对佃种者进行剥削和役使。《盐铁论·备胡篇》中记载贤良们揭发说，"吏未称奉职承诏以存恤，或侵侮士卒，与之为市，并力兼作，使之不以理。"[②]这就是说，当时古典经济正在鼎盛，即河西亦不例外，军官们利用商业、高利贷等手段剥削士卒及其家属，以及附近土著，使他们成为负债者，从而给他们的脖颈上加上"并力兼作"的套索，使他们既受国家的徭役剥削，又受私人的地租剥削，以及经济以外的勒

① 陈直：《西汉经济史料论丛》，页74。

② 《盐铁论》卷7《备胡篇》。

索。这类情况，只要接触过明初洪武、永乐间屯田瓦解历程的人都会理解得到的。我们既应该把猴体解剖的经验使用到人体解剖上去，也未尝不可以把人体解剖的经验有条件地推广到猴体解剖上来。

有关“屯田”的分析，就暂时到此为止。以上，分析了苑囿园池，又分析了屯田，现在该来谈第三个项目：国家权力对土地私有权的干预问题，包括干预权力的强弱，干预范围的宽窄，以及干预的后果，等。

应该说，西汉国家对土地所有权的干预，假如拿来放置在历代政权干预的历史上予以观察的话，可以说是表现为有一定的强大的；但我们须要紧接着指明一句，即无论它多么强大有力，在总结点上它总归是失败的。因为私有制已经是带根本性的东西了。我们说国家权力强大有力，主要表现在如下的三个方面。其一，国家有权对封国的领地予以减削、废除。其中属于食封领地的部分，从我们的看法看来不过是政治权限的变动，即由封君手下重新拨归郡县手下管辖而已，这中间并不意味着所有权的侵夺和干预；但贵族们私人购买、占夺的土地，在爵废国除的过程中，也往往被国家宣布充公，这不能不说是一种干预。其二，国家有权对违法的工商业奴隶主豪强富人凭借财力富厚而兼并下的土地进行充公，这就是《汉书》中所记“杨可告缗”一类内容所说的“大县数百顷，小县百余顷，宅亦如之”[①]的情况。其三，国家不断使用强迫命令手段，把一批批“山东”（太行山以东，或云华山以东）富豪迁徙到关中诸陵地带或巴、蜀地区。在迁徙时，动产是可以带走或者变卖的，作为不动产的土地呢，自然不能带走，那么遗留下来的土地是无条件缴公呢，抑或是卖掉呢；再者，缴公或者卖掉后是由地方郡县政权予以拍卖呢，抑或是进行无代价的分配呢，史料中缺乏足够的反映，我们不易判断。史料中只见曾经经营过西域的军官陈汤在一份上书中提到：

> 天下民不徙诸陵三十余岁矣，关东富人益众，多规良田，役使贫民。可徙初陵，以强京师，衰弱诸侯，又使中家以下，得均贫富。[②]

这条材料，值得密切注意。从这条材料中透露出许多消息，秦汉强迫迁徙“山东”（或作“关东”）豪民的作用，有如下几点：第一，可以加强中央对豪民的管制，强化中央集权；第二，可以分离豪强和封君间的勾结，削弱地方割

① 《汉书》卷70《陈汤传》。

② 《汉书》卷11《哀帝纪》。

据；第三，可以由国家在某种意义上、在某种局限内，执行一些土地财产的均衡。三国初年魏国的仓慈也曾在敦煌那样一个小范围内进行过某些土地均衡，史料中说“随口割赋，稍稍使毕其本直（值）。”[①]这是说，叫平民多少出一点赎买的钱，从国家手里按人口配得一点土地。我们留意土地所有制和土地所有权的人，对上引的这些事情兴趣特大。因为像这类似的措施，在悠久的历史传统中，并不是个别的、偶发的，而是成为一个传统的东西了。我们试看如下的一系列材料：

（一）西汉末哀帝时有诏，“豪富民多蓄奴婢，田宅亡限。……其议限制。”于是制定最高限额田土三十顷，奴婢二百人，以及贾人不得名田为吏。因权要以为不便，遂寝不行。

（二）王莽篡位，下令曰“今更名天下田曰‘王田’，奴婢曰‘私属’，皆不得买卖。其男口不盈八而田过一井者，分余田予九族邻里乡党。故无田，今当受田，如制度。敢有非井田圣制、无法惑众者，投诸四裔，以御魑魅。”[②]按，此令颁于始建国元年；至四年，又令“诸名、食王田，皆得卖之。”（同上注）

（三）东汉末仲长统在其《昌言·损益篇》中主张，“今欲张太平之纪纲，立至化之基址，齐民财之丰寡，正风俗之奢俭，非井田实莫由也。”[③]又主张“限夫田以断并兼。”又主张，“今者土广民稀，中地未垦；虽然，犹当限以大家，勿令过制。其地有草者，尽曰官田。力堪农事，乃听受之。若听其自取，后必为奸也。”（同上注）

（四）东汉末荀悦主张，“诸侯不专封，富人名田逾限，富过公侯，是自封也。大夫不专地，人卖买由己，是专地也。或曰，复井田欤？曰，否。专地，非古也；井田，非今也。然则如之何？曰，耕而勿有，以俟制度可也。”[④]

（五）与荀悦同时前后，司马朗主张恢复井田，“往者，以民有累世之业，难中夺之，是以至今。今承大乱之后，民人分散，土业无主，皆为公田，及宜此时复之。”[⑤]

① 《三国志》卷16《仓慈传》。

② 《汉书》卷99《王莽传（中）》。

③ 《后汉书》卷49《仲长统传》。

④ 荀悦：《申鉴》卷2《时事》。

⑤ 《三国志》卷15《司马朗传》。

（六）明中叶海瑞主张，“欲天下治安，必行井田；不得已，而限田；又不得已，而均税，尚可存古人遗意。”①

从以上这些材料中可以看出，从陈汤、仓慈到仲长统、荀悦、司马朗到海瑞，人们总有一种矛盾的设想，一方面感到土地公有制和集体所有制已无可能恢复，另一方面又感到土地私有制无限制发展下去，严重影响社会秩序和统治的稳固，因此挖空心思，总想寻找一种折衷、改良的办法出来，对土地私有制进行一些干预、限制、约束，甚至像荀悦那样，把所有权降低为使用权，等等。但所有这些设想和措施，在最终结点上总归是失败的。所以我们似乎可以说：干预——失败——再干预——再失败，是封建国家权力跟土地私有制较量过程中规律性的表现，是不以人们主观意志为转移的。试看，从这中间，怎样会得出什么“绝对君权说”或者“国有制占主导地位”等等的认识出来呢?!

第十二节　西汉的大土地私有制

大土地私有制是秦、汉以来新生的东西。正因为它新生，所以在一开始时，不一定多么地强大。班固在“耕豪民之田，见税什五”之前加一个“或”字，不少当代写作者很强调这一点，看起来不是一点理由也没有的。但是，对此仍须补充两点：第一点，在西汉初不是多么强大的东西，到西汉末就不一定不强大了。第二点（这一点在作者看来特别重要），从不强大到强大，仅仅说明量的增进，而更重要的倒是质的分化和衍变。开门见山地说，这里所说的质的分化和衍变，是指西汉时候大土地私有制正在经历着由古典经济的组成部分向自然经济和超经济强制的组成部分转化的历程。

什么是古典经济？经典作家马克思和恩格斯经常使用这个词汇。根据个人理解，这一词意味着以古罗马（西罗马的中、后期和东罗马的前期）社会为典范的以货币交换、商业、高利贷等活动有一定发展高度为其特征之一的，既区别于古代东方又区别于中世纪日尔曼的一种奴隶制后期的历史范例。假如以上体会可以成立的话，那么西汉的社会气氛恰好是古典经济的。何以见得呢?

司马迁的《史记·货殖列传》，是最好的证据。只要我们拿《史记·货殖列传》跟班固《汉书·货殖传》对读一下的话，我们将发现两种截然区别着的态度和感情。前者对古典经济是全面拥抱、热情歌颂，并为它宣传的，后者的

① 《明史》卷226《海瑞传》。

态度则不然，他对古典经济采取一种冷漠、推拒，尽可能不予铺张而予以节制的笔法。司马迁在文章里大量地兜售他本人脑袋里所反映出来的古典社会的意识形态，如说，“富者，人之情性，所不学而俱欲者也”、“渊深而鱼生之，山深而兽往之，人富而仁义附焉”；“无财，作力；少有，斗智；既饶，争时：——此其大经也”；“巧者有余，拙者不足”；“富无经业，而货无常主，能者辐凑，不肖者瓦解”；“天下熙熙，皆为利来，天下攘攘，皆为利往”，“富者得势而益彰”等等。到班固手里，他就把这些话头统统芟除了。有人问，《史记》、《汉书》里不是也有像“一夫不耕，或受之饥；一妇不织，或受之寒”那样反映自然经济的话头吗？我们辩论说，第一，在古典社会中也会有自然经济的现象和部分，只不过不是主导的部分就是了；第二，要判断一个社会经济是古典经济抑是自然经济，主要不是根据这些社会中有没有古典经济或自然经济的现象，而主要从这一社会的城乡关系的特征去判断。马克思把古典的古代社会的城乡关系特征表述为城市建立在土地所有制和农业之上，城市剥削着乡村，乡村关系渗进到城市。（原文前章业已引录，兹不赘。）用这条标准来衡量，谁能说西汉社会经济不是以古典经济为主的呢?!

西汉大土地私有制的体现者，文献中叫做“豪强”。但应该指出，西汉“豪强”跟以后的“豪强”有两个主要的区别，其一是西汉的豪强不专门经营土地剥削，土地剥削在他们所经营的种种活动中仅仅占一个比例，（即便不是占最次要的比例的话）；其二是西汉的豪强经营土地剥削，主要也是为了投入市场，而不像魏晋南北朝那样是为了自给。史料中所反映的西汉豪强所经营的项目是很多的，首先是手工业、工矿事业，如冶铁、铸钱等等。例如赵之富人卓氏迁蜀至岷山下“民工作市，易贾，”①就大事鼓铸起来。再如山东程郑也靠“贾魋结民”，②富埒卓氏。他们雇用和奴役的劳动力相当多，《盐铁论》中说他们“一家聚众或千余人”。③这些劳动者中，可能有流民、有债务奴隶、也有少数民族成员或被掠卖者。其次是进行商业和高利贷活动。例如齐之富人刁闲“齐俗贱奴虏，而刁闲独爱贵之；桀黠奴，人之所患，唯刁闲收取，使之逐鱼盐商贾之利；或连车骑，交守相，终得其力，起数千万。”④放高利贷的人物就

① 《汉书》卷91《货殖传》。

② 《汉书》卷91《货殖传》。

③ 《盐铁论》卷1《复古篇》。

④ 《汉书》卷91《货殖传》。

更多，如罗裒“赊贷郡国，人莫敢负”，鲁之邴氏“贳贷行贾遍郡国”，长安毋盐氏在七国之乱爆发之初大发国难财“其息十之”[1]，连郡国长吏韩延寿也被控告“放官钱千余万”。[2]还有投机倒把、囤积居奇的，如茂陵焦氏、贾氏“以数千万阴积贮炭苇诸下里物”、“冀其疾用，欲以求利”。[3]其中也有经营土地和种植的，但似乎不是最重要的项目，有时兼营。例如宛孔氏于冶铁鼓铸之外，也“规陂田”。[4]又有秦杨者，“田农，掘业，而秦杨以盖一州，”[5]《史记》裴骃集解引徐广曰，“掘，古‘拙’字”，可见在当时古典经济的有色眼镜下看来，农业经营还是一种拿不上台盘去的行业呢。并且，这种农业种植经营的产品中，恐怕一大部分是送到市场上出卖的，如像“名国万家之城，带郭千亩亩锺之田，若千亩卮茜，千畦姜韭”[6]一类的记载所反映的那样，这跟南朝柳元景的菜园看守人卖了二万钱被柳元景骂了一顿，说什么“我立此园种菜以供家中啖尔，乃复卖菜以取钱耶?!”[7]的例子恰可形成截然的对比：前者是古典经济的，而后者是自然经济的。这种古典经济发展到西汉末，引起国家统治的危机，汉简中有成帝永始三年（公元前14年）的一组简，记载当时丞相翟方进、御史孔光上言，要求“禁绝息贷”，上书中说“富民畜田出贷，……与县官并税，以成家致富，开并兼之路”。[8]从简文中已经反映得很清楚了，国税和私租已在齐头并进之中，古典经济的体现者已经跟中央集权的专制主义形成对抗性的矛盾了，所以皇帝批准了这种禁断。

像这种禁断，是西、东汉之际政权上层建筑所采取的企图影响经济基础的若干措施之一。其他的措施，如安置流民、赐爵、奴婢放良，等等。它们的总倾向是促使由一种剥削役使形式向另一种剥削役使形式转进。这种措施和促使作用，不能说是统治者自觉的结果，在极个别的情况下，事情也不过是半自觉的，而在绝大部分情况下则是被迫适应形势的。

---

① 《汉书》卷91《货殖传》。

② 《汉书》卷76《韩延寿传》。

③ 《汉书》卷90《田延年传》。

④ 《汉书》91《货殖传》。

⑤ 《史记》卷129《货殖列传》。

⑥ 《史记》、《汉书》《货殖传》。

⑦ 《宋书》卷77《柳元景传》。

⑧ 简号：73、E.J.F_1。

说到由一种剥削役使形式向另一种剥削役使形式转进的问题，我们为了进一步申述问题，试来看一看三种剥削役使的形式：

（一）“王臣公，公臣大夫，大夫臣士，士臣皂，皂臣舆，舆臣隶，隶臣僚，僚臣仆，仆臣台，……”（《左传》昭公9年）

（二）“凡编户之民，富相什则卑下之，百则畏惮之，千则役，万则仆——物之理也。”（《史记·货殖列传》）

（三）“井田之变，豪人货殖，馆舍布于州郡，田亩连于方国。不为编户一伍之长，而有千室名邑之役。”（《后汉书·仲长统传》）

我们试来分析这三种役使形式，看取它们的性质和相互间的差异。第一种形式是血缘贵族奴隶主所施行的一种役使隶属形式，他们使用一种烦琐的、细碎的等级隶属关系来体现血缘贵族奴隶主在古代共同体尚未全部瓦解的条件下对劳动者的役使和剥削。第二种形式几乎纯粹是财富的等级隶属关系，这是古典经济渐入鼎盛阶段的表现，导师马克思和恩格斯经常使用“富人和贫人”来表述这种社会的对立，在中国历史上恰好西汉是如此。第三种形式则是由古典经济向中古社会转化的过渡形式，用仲长统的另一句话说是“奴婢千群，附徒万计”，这“奴婢”正是奴隶制下的奴隶或其次生形态；那么这“附徒”又是什么样一种人呢？在我们看来，这就是“有千室名邑之役”的那些受役者，受役于人，人身必然逐渐依附，故曰“附徒”。假如我们说，这些人是中古佃客、部曲、家兵的萌芽状态，那也完全不为过分。仲长统是东汉时人，这时候隶属役使形式可能是混杂的，既有纯财富的、纯经济的强制，也有靠政治特权的超经济强制。哪一种占主导地位，根据既有资料，尚难判断。可以判断的是，西汉末东汉初的统治者们的措施，在不以他们主观意志为转移的情况下，是在不断地抑制前者并启发后者的。

历史总是错综的。在体现规律性的洪流里，又体现现象上的错综。往往后一阶段中出现前一阶段的局部现象，这叫“残余”。前一阶段中又往往出现后一阶段的局部现象，这叫“萌芽”。东汉中后期尚有“奴婢千群”的现象，这就接近于“残余”。反过来说，西汉时候也已经出现非经济的政治权力强制，这就是中古人身依附的“萌芽”现象了。试举四例。其一，西汉武帝时大酷吏头子张汤的孙子、丞相张安世的儿子——张延寿“历位九卿，既嗣侯，国在陈留，别邑在魏郡，租入岁千余万”，[①]这个“别邑”，很可能不单纯靠财富而来，这跟政治特权不能无关系。其二，宣帝时的“假道学”匡衡因“专地盗土”坐免丞相官职，事情是这样的，“初，衡封僮之乐安乡，南以闽佰为界。初元二年，郡图误以闽佰为平陵佰。积十余岁，衡封临淮郡，遂封真平陵佰以为界，多四百顷。……衡遣从史之僮，收取所还田租谷千余石入衡家”。[②]这从法律观点上看，是“专地盗土”；从土地所有制的观点上看，是假借政治特权，将国有土地向私有土地转化，在这转化过程中，剥削者与被剥削者间的关系中，已经夹杂上超经济的因素了。其三，元、成帝时另一个“假道学”张禹身为丞相，“内殖货财，家以田为业。及富贵，多买田至四百顷，皆泾渭溉灌，极膏腴上价”。[③]他之所以能买到这么多、这么好的地，其条件除“富”之外还有“贵”，这是“不能名田为吏”的商人所不能企及的，政治特权的因素在其中已经起着明显的作用了。其四，武帝时的酷吏宁成。“宁成，南阳穰人也。武帝即位，徙为内史。外戚多毁成之短，抵罪髡钳。是时九卿死即死，少被刑，而成刑极，自以为不复收，乃解脱，诈刻传出关归家。称曰，仕不至二千石，贾不至千万，安可比人乎?! 乃贳贷陂田千余顷，假贫民，役使数千家。数年，会赦，致产数千万。为任侠，持吏长短。其使民，威重于郡守。”[④]这个例子再典型也不过了。宁成是个罪犯刑徒，通过不正当途径，使自己当成“二地主”来剥削贫民，受奴役的达数千家之多，这些贫民的剩余劳动产品使宁成获得暴利，几年间，就达到数千万钱的巨富。统以上四例来看，政治特权在西汉时候已经跟土地私有制开始结合，虽然所举诸例尚是个别的情节，但由经济的强制向超经济强制的过渡，显然已在萌芽着了。

总起来说，西汉的大土地私有制，正在经历着两个发展倾向的交流之中，一股是古典经济的流，它正处在鼎盛；另一股是自然经济的流，它刚在萌芽。而西、东汉的政权上层建筑则正在不自觉地抑制前者促进后者，客观上在完成着整个中国社会由奴隶制后期向封建制前期过渡。在学术界中也有某几位跟本文作者看法近似的。举两个例。张维华先生在他的《论汉武帝》一书中，就似乎把西汉社会描绘成为奴隶制和封建制并存的社会；金宝祥先生在他的一篇论

① 《汉书》卷59《张汤传》附。

② 《汉书》卷81《匡衡传》。

③ 《汉书》卷81《张禹传》。

④ 《汉书》卷90《宁成传》。

文中[①]，也提到西汉在农业方面是封建制，在手工业方面是奴隶制。自然上举两种提法与本文作者的看法尚有不少差距，但我们的共同点是不像某些人那样把西汉社会看做是封建制的铁板一块。

第十三节　西汉的小土地所有制

西汉的小土地私有制跟大土地私有制之间，有“同”有“异”。他们中间的“同”，表现在它们都是把地球表面的一部分认为是应该归自己所有，或者至少归自己使用。他们之间的“异”点则是很多的。第一，大土地私有制的体现者是社会上最主要的剥削阶级，而小土地私有制的体现者则几乎包括了社会上各种类型的劳动者。第二，大土地私有制的体现者是一个剥削阶级的综合体，而小土地私有制的体现者则是一种劳动阶级的综合体，按照严格的成分划分法，它们是一个包括自耕农、佃农、雇农、以至农村无产者在内的综合构成；按性质说，这些人应该属于上自农村小有产者、下到农村半无产者、甚至纯无产者的行列。这只要学习一下毛泽东主席在其《中国社会各阶级的分析》中的方法，便可得到具体的启示。并且，还应该指出，在有“同”有“异”的情况下，也并不是“同”、“异”均衡的，往往不是“同”占主导，便是“异”占主导；而在西汉的具体情况下，我们认为，“异”是占主导的，因为在大土地私有和小土地私有两种体现者中间，体现着当时社会中最根本的阶级对抗，至少也是阶级对抗中主要的构成。

小土地私有制在我国历史上，几乎可以说没有哪个朝代是没有的。在以封建地主的大土地私有制为基本的许多朝代中，零碎的小块土地所有制仍然存在（譬如北宋，这种存在就曾相当大量过），构成为土地兼并得以进行的客观条件。但现在我们要讨论的，不是这样的小土地所有制。我们现在要集中讨论的，是自战国前后份地制度瓦解以来，也就是说，自从自由的、独立的个体小农家庭出现以来，到西汉时候，已达到了它自身的鼎盛时期。在这里，对于“自由的、独立的个体小农家庭”的概念，有从理论和史料两方面进行诠释的必要。我们说“自由”，是针对和对比着井田农民的锢闭性和封建农奴的人身依附性以及被固著到土地上的情况而言的。也就是说，西汉农民对比起井田农民“死徙勿出乡”的情况来，对比起以后的佃客、部曲、家兵对主的隶属关系

① 金宝祥：《关于历史主义与阶级观点的相互关系》，见《甘肃师大学报》1965年。

来，是自由的。此外，他们跟生产手段（土地）的关系，也是自由的。恩格斯曾经描写过公社瓦解后出现的对土地财富的自由，“现在又出现了土地的财富。……此后不久，对土地的完全而自由的所有权，不仅意味着毫无阻碍和毫无限制地占有它，而且意味着也可以出售它。……这件事的意义如何，跟土地所有权同时出现的货币给它说明了。土地如今成为可以出卖和抵押的商品了。……你们渴望的、完全的、自由的、可以出卖的土地所有权，正好你们得到它了。”[①]在中国历史上，从战国开始，历秦至于西汉，恰好是恩格斯所说的这种自由开始并逐渐大量出现的时候。这种自由大大鼓励了农民，使他们“公作则迟，有所匿其力也；分地则速，无所匿迟也”，[②]无疑这是一种促进社会生产力向前发展的积极性。以上解释了“自由”，底下再解释“独立”。所谓“独立”，主要指当时他们尚未被固著到土地上。晁错对汉文帝说：“不地著则离乡轻家，民如鸟兽”[③]，正是反映的这种情况。这跟中古期农奴制下的情况，是截然区别着的。试看马克思是怎样表述农奴制的呢？他说“……这里必须有人身的依赖关系，有人身的不自由，有人身当作附属物而固定在土地上的制度，有严格意义上的隶属制度”。[④]我们再看，列宁又是怎样来表述农奴制度的呢？在1895～1896年时，他表述了劳役经济的四大特点，第一是自然经济的统治，第二是生产者束缚于土地上，第三是农民对地主的人格依赖，第四是生产技术的极度低下与墨守成规，他说“必须使直接生产者束缚于土地上，否则地主便没有保证获得劳动人手了。”[⑤]又说，“如果地主没有直接支配农民人格的权力，他就不能强迫分予土地而自行经营的人们来为他做工”。[⑥]在这次表述之后十五年，在1908年，列宁又一次把农奴经济跟资本主义经济各自的特点进行了对比，他指出三点，与十五年前表述的四点中的前三点完全一致。[⑦]由此可见，生产者束缚在土地上是农奴制的特征，而“不地著”是农奴制尚未形成以前的特征，两者是截然区别着的。所以，像侯外庐先生在其《中国思想通史》第二

① 恩格斯：《家庭、私有制和国家的起源》，中译本页160。

② 《吕氏春秋·审分览》。

③ 《汉书》卷24《食货志》。

④ 马克思：《资本论》第Ⅲ卷，中译本页1032。

⑤ 列宁：《俄国资本主义的发展》第3章第1节《劳役经济的基本特点》。

⑥ 同上注。

⑦ 《列宁文集》第3册，中译本页16～17。

卷中[①]所得出的汉世农民“自由民其名而农奴其实”的论断是值得商榷的。

在文献中，像我们这里所说的自由的、独立的个体小农家庭，是有很多反映的。战国时孟轲在其《梁惠王篇》和《尽心篇》中两次提到“五亩之宅”和“百亩之田”以及“八口之家”。稍后，荀卿在其《大略篇》中也恰好提到“五亩宅，百亩田”，这绝不是一种偶合。《汉书·食货志》中这方面的反映就更多。如李悝说“一夫挟五口，治田百亩”；如晁错上疏中说“今农夫五口之家，其服役者不下二人，其能耕者不过百亩，百亩之收不过百石。”以上是个体小农家庭自然生长的情况，而政府也就按照这样的模型来培养这种家庭。举两个例。其一，晁错上书主张徙民边地，招募一些罪人、一些富人家输官的丁奴婢，以及平民前往垦种，他主张设立城邑，备具农器，建筑居室，其形制是“一堂二内”[②]（即俗话所说的“一明两暗”），这恰好符合个体小农最小型家庭的需要。其二是当时有个所谓“循吏”，他在齐郡想人为地转变一下古典经济的风气，“乃躬率以俭约，劝民务农桑，令口种一树榆、百本薤、五十本葱、一畦韭、家二母彘、五鸡”。[③]由此可见，五口之家、五亩之宅、一堂二内、百亩之田、二母彘、五鸡：——这样的一种家庭单位是西汉时候最流行、最普遍的，我们就是据此来论断西汉是小农经济的鼎盛时期。

马克思对于这样的小农经济，在《资本论》中曾经有两处地方谈论到它，一次是在谈“地租”的时候，另一次是在谈“协作”的时候，现将文段引录于下：

> 自耕农民的自由的小土地所有制形态，当作支配的通常的形态，一方面在古典的古代的最盛时期，形成社会的经济基础；另一方面，在近代各国，我们又发现它是由封建土地所有制所引起的各种形态中的一种。[④]
>
> 小农民经济和独立手工业二者，是封建生产方式的基础，在封建生产方式瓦解之后，又和资本主义经营一起出现。它们在原始东方共有制消灭之后，奴隶制真正支配生产之前，还是古典社会全盛时期的经济基础。[⑤]

---

① 《中国思想通史》第Ⅱ卷第1章第4节，页34。

② 《汉书》卷49《晁错传》。

③ 《汉书》卷89《龚遂传》。

④ 《资本论》第Ⅲ卷，旧中译本页1053。

⑤ 《资本论》第Ⅰ卷，新中译本页543。

［以上两段引文中的重点号是本书作者所加。］

对此，我们试来进行讨论。第一个问题，有人主张上述两段文字其基本内容是一样的，从而这两段文字可以互相补充、互为注脚。是不是这样呢？我们承认这两段文字的内容有其相互重叠之处，但也有其互相歧异之处，如前段文字的主词是“自耕农民的自由的土地所有制形态”，后段文字的主词是“小农经济和独立手工业经营二者”，一为单主词，一为复合主词。再如，述词部分也有歧异，如后段文字虽然既谈封建社会、也谈古典社会，但究竟以谈封建社会为主旨，指出个体农业与个体手工业的结合是封建社会的基础；前段文字则只谈古典社会，指出小农经济是它的基础。两段文字，无论在主词方面，或在述词方面，都不是等同的，所以不能说它们的基本内容是一样的。但这两段文字，却也反复申说了一个相同的内容，即小农经济（或者小农经济与个体手工业相结合）在人类历史上鼎盛过两次，一次是在封建形成之前，另一次是在封建瓦解之后。这是这两段文字的共同主旨之所在。人们争执的焦点，倒是在“原始东方共有制消灭之后，奴隶制真正支配生产之前”的这两句话，到底可以施用在中国历史的哪个段落。我们说，西、东周之际“昼尔于茅，宵尔索绹”的情况，正是共同体瓦解之际，个体小农与个体手工业结合成为东方社会基础的写照。魏晋南北朝隋唐时候男耕女织一夫一妇谓之一床的情况，正是个体小农与个体手工业结合成为中古社会基础的写照。而我们面对的西汉呢，则恰好是自耕农民的自由的小土地所有制当作通常的形态，形成为社会的经济的基础的时代。这个时代的手工业不是跟个体农业相结合，而是跟古典经济结合到一起去了。到东汉，情况又有转变。举一证例。西汉桓宽《盐铁论》中的“本”、“末”，跟东汉王符《潜夫论》中的“本”、“末”，其界线是不一样的。西汉人视农为“本”，视奴隶制的手工业为“末”；东汉人视正规的农业和手工业（二者正逐渐结合）为“本”，视社会上一切非法活动为“末”。这说明东汉时候古典经济有所衰落，农业手工业结合有所进展，这时候上引第二段话所指的情况逐渐展现；而在西汉呢，则只有上引第一段话所指的情况恰好可以相为印证，也就是说，这时候，当自耕农的自由的小土地所有制作为通常形态而成为社会的经济基础的时候，恰是古典经济的鼎盛的时候。

第二个问题，有人提到上引两段文字中的“基础”二字，究作何解的问题。很显然，它不是和“上层建筑”一词相对称的“基础”一词的涵义，因为马克思在上引两段文字中根本不曾涉及到“上层建筑”的问题，所以其“基础”一词自然不可能是“经济基础”的意思。在这里，“基础”一词的涵义，看起来与毛泽东主席对新中国建设方向所说的“以工业为主导，以农业为基础”的那个“基础”很相近，它意味着社会中最主要、最普遍的生产部门和这一部门中主要生产劳动的承担者。落实到西汉的具体历史上，特别使我们又联想到马克思在城乡关系方面的论证，小农经济是“基础”的涵义，便意味着乡村中的小农经济是承受城市中古典经济剥削最沉重的一个社会力量。

小土地所有制和小农经济是极不稳定的，它的历史命运是悲惨的。马克思说，“高利贷和赋税制度到处都使小土地所有制陷于灭亡。资本之应用到土地购买上，就从土地耕种上夺去这个资本。生产资料的无限分散和生产者本身的各自分离。人力的无限浪费，生产条件的日益恶化和生产资料的腾贵——是小所有制的必然规律。对于这种生产方式，丰收也是灾难”。[①]这段话虽然不是针对古代共同体瓦解以后的小农经济，而是主要针对农奴制瓦解以后的小农经济而言的，但是，其所指的诸特点，如高利贷和赋税的压榨，生产资料的分散，生产者的分离，生产条件的恶化等等，倒还是可以在极大幅度上运用到对西汉的小农经济的分析中去的。从史料中印证，也正是如此。董仲舒反映说“月为更卒，已，复为正一岁，屯戍一岁，力役三十倍于古；田租口赋，盐铁之利，二十倍于古；重以贪暴之吏，刑戮妄加，民愁亡聊，亡逃山林，转为盗贼。”[②]秦是如此，汉亦循而未改。晁错反映说，“急政暴虐，赋敛不时，朝令而暮改。当具有者，半价而卖；亡者，取倍称之息：于是有卖田宅、鬻子孙以偿债者矣。”[③]贾谊反映说，“失时不雨，民且狼顾；岁恶不入，请卖爵、子”；“兵旱相乘，天下大屈，有勇力者聚徒而衡击，罢夫羸老易子而咬其骨”。[④]贡禹反映说，“农民已奉谷租，又出藁税，乡部私求，不可胜供。故民弃本逐末，耕者不能半。贫民虽赐之田，犹贱卖以价。穷则起为盗贼”。[⑤]鲍宣反映说，“民有七亡：阴阳不和，水旱为灾，一亡也；县官重责更赋租税，二亡也；贪吏并

① 见《资本论》第Ⅲ卷，此处转引自列宁《俄国资本主义的发展》，中译本页262～263。

② 《汉书》卷24《食货志》。

③ 同上注。

④ 同上注。

⑤ 《汉书》卷72《贡禹传》。

公，受取不已，三亡也；豪强大姓，蚕食亡厌，四亡也；苛吏徭役，失农桑时，五亡也；部落鼓鸣，男女遮列，六亡也；盗贼劫略，取民财物，七亡也。七亡尚可，又有七死：酷吏殴杀，一死也；治狱深刻，二死也；冤陷亡辜，三死也；盗贼横发，四死也；怨雠相残，五死也；岁恶饥饿，六死也；时气疾疫，七死也。民有七亡，而无一得；民有七死，而无一生。”[①]这些反映者虽然各有各的角度、折光和局限，但他们所反映的总情况则是不谋而合的，带有很大的真实性的。所以，说他们是“自由”的“独立”的，仅仅是对比着井田锢闭性和中古农奴之被束缚在土地上的情况而言的。我们从来不认为这种“自由”和“独立”具有什么绝对的意义。并且，说他们是“自由”和“独立”的，也绝不意味着说他们是幸福的。恰巧相反，这种小土地私有制是极不稳固的，其土地权的转移率是极大的。在这种土地所有制体现者中间，个别爬上去成为大土地私有制体现者的例子不能说没有，但是很少；维持小块土地的可怜状态使之长期稳定的，为数也极其寥寥；绝大多数则是随时随地丧失了这点可怜的生产手段，使自己成为流民或者雇农去了。流民问题，是西汉中晚季最大的社会问题。这问题在东汉也一直延续。赤眉、绿林、铜马等巨大起义队伍，主要是靠流民来提供群众之大多数的。

小农的贫富两极分化，史料中也不乏例证。先看向上爬的。张耳和陈余的传中，曾提到“赵苦陉富人公乘氏”，[②]“公乘”是二十级爵中的第八级，这家富人可能是靠受爵一级一级积累起家而名其姓氏的。仅简中也有一条很多人都使用的资料，即“公乘礼忠赀值十五万”，[③]这与张耳、陈余传中的事例可能是同一类。以上是靠积资爬上去的。还有靠政治爬上去的，如陈平，“少时家贫，有田三十亩，与兄伯居，伯尝耕田，纵平使游学”。[④]他的家“在负郭穷巷，以席为门”，这是极小的自耕农家庭出身。又如贡禹，他对宣帝自述说，“臣年老家贫，家赀不满万钱，妻子糠豆不赡，裋褐不完。有田百三十亩，陛下过意征臣，臣卖田百亩，以供车马”。[⑤]卖去百亩之后，就跟陈平与兄嫂同居时差不多，是最小的自耕农家庭。再看佃农。《汉书·食货志》中“或耕豪民之田，

① 《汉书》卷72《鲍宣传》。

② 《汉书》卷32《张耳陈余传》。

③ 《流沙坠简》。

④ 《汉书》卷40《陈平传》。

⑤ 《汉书》卷72《贡禹传》。

见税什五”，反映了一些总的情况。《汉书·沟洫志》中又曾提到“租挈”一词，颜师古的注中说“租挈，收田租之约令也”，可见租佃契约当时已经有了。有人根据有租佃，就判断是封建社会。那可不一定。有古典经济下的租佃，有自然经济下的租佃，有资本主义的租佃。有“自由”的租佃，也有附加人身依附条件的租佃，这也是西汉社会之所以是过渡形态的表征之一。最后，让我们来看小农中最低层的和最大多数的成分——雇农和流民吧。最著名的例子，是我国历史上第一次大规模起义的领导人陈胜，他“尝与人佣耕”，颜师古注说“佣耕，谓受其雇直而为之耕，言卖功佣也”。[①]汉简中也多次记录着“庸”、“僦”、“僦人”的痕迹。《汉书·郑当时传》中也有“任人宾客僦”一句，颜师古注说，“僦谓受顾赁而载运也”。[②]可见当时在农业和农业以外诸部门中，雇佣劳动都相当普遍。观《汉书·昭帝纪》中所载诏书，多有“流庸未尽还”一句，颜师古注说，“流庸，谓去其本乡而为人庸作”，[③]这已经说的不能再清楚了。正是这些“流庸”，即流民，是西汉小农中的绝大多数，他们的命运是最悲惨的，生活是最痛苦的，其革命性的蕴藏量也是最大的，试看西汉末农民大起义远距离活动的情况，他们北达鲁城（河北仓县）、西达乌氏（甘肃平凉）、南达长江、东达东海，这确实是其他年代中被锢闭在小天地里的农民所不容易做到的事情。

总之，小土地所有制在西汉这样一个具体的历史段落中，扮演了一个特殊的角色。这种所有制的体现者——小农，其两面性侧重在一面发展，即其小私有者的一面在当时尚远不如封建社会瓦解时候小农面对着充当资产阶级后备军抑或无产阶级后备军的歧路上时那样地带有关键性；其担当社会主力劳动者的一面，在当时是主导的。他们是当时社会的“基础”，是城市剥削乡村的主力承担者，也是革命队伍中的最主力军。与这种所有制面对面的，是两个力量，其一是大土地所有制的体现者——豪强，用土地集中和高利贷的网残酷地迫害他们，使他们破产，使他们沦为奴婢；其二是土地国有制的体现者——专制主义政府，他们以凌驾在两者之上的第三者的伪装来进行干预，用二十级爵中低级爵命的手段来对小农进行“小恩小惠”的安插，而其效果往往是徒然的。西汉的小土地所有制实际上无时无刻不在国家徭役剥削和豪强土地兼并与高利贷

① 《汉书》卷31《陈胜传》。

② 《汉书》卷50《郑当时传》。

③ 《汉书》卷7《昭帝纪》。

剥削之下，而日益动荡不定。

第十四节　讨论所谓封邑制度

封邑制度本身，根本不应该列在土地所有制的范围之内。在开始，它是封邑内国税征收权、部分行政权，以及偶尔的徭役征调权从中央那里的分割，后来连部分行政权和徭役征调权也排除了，只剩下国税的分割。这中间根本不反映什么土地所有权由以实现的经济形态，在封邑民户的征调（户出二百钱）中，根本没有什么地租的性质。

为什么历来对封邑制度的认识上，发生了这么多的纠缠呢？例如有人认为它是地主土地所有制，有人认为它是领主土地所有制，有人认为它是有条件的封建土地所有制，甚至有人把问题弄得更加复杂，说什么封邑中传统的土地所有权属于国家，其有条件的、直接的占有权在于领主，最低层的所有权则属于一般地主和自耕农民。[①]事情之所以弄得如此麻烦，察其根源，不外有其客观方面的和主观方面的原因。主观原因与学术偏见有关，也就是说，与国有制占主导的学说有关。客观原因与封邑制度在西汉初确曾一度“尾大不掉”的历史事实有关。

现在先从封邑制度的历史渊源说起吧。汉高祖刘邦及其集团，为了在楚汉之争中取得胜利，为了在胜利后能继续笼络住各方面的势力，他们就不断地扩大军功报偿制度，这种军功报偿制度是自秦孝公和商鞅时候就开始实行着的。战国时秦国的这种军功报偿制度，具体表现在“二十级爵”的颁赐。《汉书·百官志》记载说，“爵：一级曰公士，二、上造，三、簪袅，四、不更，五、大夫，六、官大夫，七、公大夫，八、公乘，九、五大夫，十、左庶长，十一、右庶长，十二、左更，十三、中更，十四、右更，十五、少上造，十六、大上造，十七、驷车庶长，十八、大庶长，十九、关内侯，二十、彻侯”。我们试看，秦、汉的这种“爵”是有它自己的历史特点的，它是在晚周血缘贵族所塑造的等级制（所谓“五等爵”——公、侯、伯、子、男）已经不适应用，而中古封建主的等级制（九品）尚未形成之前，属于过渡时期的一种等级制规定。试看，它的面子（亦即受爵幅度），无论比较它以前，或者比较它以后，都是铺的相当宽的。下自杀敌首一级的士卒，上至皇帝之下最大的军功者，中

① 参看谢忠梁：《两汉封邑性质的商榷》，1963年四川大学第五次科学讨论会论文。

间不惜叠床架屋，弄出好几个“更”，好几个“大夫”，好几个“庶长”来。这些都是花样，都是有意拉宽受爵面子的一种表现。这时，血缘贵族的特权应该打倒，封建世族的特权尚未形成，秦和西汉的统治者企图制造一种假象，仿佛他们除了强化以皇帝为首的专制主义中央集权以外，并不提倡任何其他的社会特权阶层。但实际上并非如此。“二十级爵”是应该被看做两截的。上半截，特别是“彻侯”（又叫“通侯”、“列侯”）和“关内侯”这两个等级（再拿几级“庶长”来点缀一下），才是真正的特权等级，跟“王”级贵族距离不远（《汉书·诸侯王表》中就说，在西汉之初，不过“立二等之爵”、“大者王，小者侯”而已）。下半截，自“公士”以上，不过是政权对其直接剥削对象——小农的一种敷衍手段，并且是对其秩序的危害者——豪强的一种斗争手段而已。也许在秦孝公和商鞅时候，有过按等级授给一点田宅，以及上一级对下一级保持一点隶属和服役的影子；[①]无论如何，到西汉连一点影子也不多了，仅仅剩下一点点免徭役优待。试看西汉农村中的人一遇水旱便争卖爵命，一级二千钱、一千钱不等，可见人们对这种爵命并不多么留恋。在个别古典经济发展地区（如齐郡），人们甚至经过讨论宁愿到刁间那样的豪强家去当奴隶，而不肯接受这种无济于事的爵命，这就是由“宁爵勿刁”这个话头反映出来的一种社会意识。颜师古注引孟康的话来解释这句话的意思说，“宁欲免去作民有爵邪?！无将止为刁氏作奴乎?！”[②]由此可见，低级爵命在真正物质利益上，并不起多大作用。等到东汉末建安年间，曹操已经将沉重的人身隶属关系加到劳动人民身上之后，这种“二十级爵”的敷衍手段就更加显得无用了。建安二十年冬十月，“始置名号侯至五大夫凡六等，以赏军功”。裴松之的注说，“今之虚封，盖自此始”。[③]这“虚封”二字，是颇耐人寻味的。

总的说来，“二十级爵”是统治者的两手，一手拉住底下的，一手拉住上头的。其拉住底下的“一手”，上节已予论列，且与封邑制度无大关系，故置不论。现在只说拉住上头的“一手”。在西汉初，这拉住上头的“一手”，幅度放的很宽，连谋臣张良都产生了“天下不足以遍封”[④]的顾虑。班固也这样地写道，“汉兴之初，……剖裂疆土，……大启九国。……为燕、代，……为齐、

① 《荀子·议兵篇》中有“五甲首而隶五家”之语。

② 《汉书》卷91《货殖传·刁间传》。

③ 《三国志》卷1《太祖纪》。

④ 《汉书》卷40《张良传》。

赵，……为梁、楚，……为荆吴，……为淮南，……为长沙。诸侯比境，周匝三垂，外接胡越。天子自有三河、东郡、颍川、南阳，自江陵以西至巴蜀，北自云中至陇西，与京师内史凡十五郡。公主列侯，颇邑其中。而藩国大者夸州兼郡，连城数十，宫室百官同制京师，可谓矫枉过其正矣。”[①]这时的西汉国家，确实给人一种“联邦”的印象。藩国对中央称“汉”，文献中经常见到藩王侯入朝叫做“入于汉”，仿佛藩国就不是汉似的。可是经过韩信、彭越等阴谋叛乱的教训，“七国之乱”的教训，淮南、衡山王叛乱的教训，乃逐渐推行“使藩国自析”的政策，到汉武帝时“作左官之律，设附益之法，诸侯惟得衣食租税，不与政事”，[②]又借宗庙酎金不符，“列侯坐酎金失侯者百余人”，[③]此后藩王们甚至败落到“贫者或乘牛车”[④]的境地。以上，就是西汉国家扩藩和削藩的大概情况。

这些封邑，其剥削（“食租税”）的范围，在西汉初是“大侯不过万家，小者五六百户”，[⑤]这样的侯者在西汉初是“百四十三人”，[⑥]王者尚不计在内。到文景之时及其以后，户口增加，于是“列侯大者至三、四万户，小国自倍”。[⑦]如卫青累封万六千三百户，连三个儿子计算在内，共二万二百户；霍去病累封万七千七百户；霍光累封二万户。这些封邑主对所封民户按照怎样的一种剥削率来进行剥削呢？文献中唯一可以依据的，是司马迁在《史记·货殖列传》中作为足以跟商人利润作比较的封君收益而提出的，“今有无秩录之奉、爵邑之入，而乐与之比者，命曰‘素封’。封君食租税，岁率户二百，千户之君，则二十万，朝觐聘享出其中。庶民农工商贾，率亦岁万息二千，百万之家，则二十万，而更徭租赋出其中。衣食之欲，恣所美好矣”。[⑧]关于这段材料，历来的争论也比较多。有人说，数字不一定那么整齐，“户二百”不过是司马迁为了凑足“二十万”数字以跟“素封”收益也是“二十万”相看齐而塑

① 《汉书》卷14《诸侯王表》。

② 同上注。

③ 《汉书》卷24《食货志》。

④ 《汉书》卷38《高五王传》。

⑤ 《汉书》卷16《功臣表》。

⑥ 同上注。

⑦ 《汉书》卷16《功臣表》。

⑧ 《史记》卷129《货殖列传》。

造出来的。又有人说，租税实际上不一定收钱，如匡衡的例子就是收租谷若干石入其家。其实，人们对于历代制度（特别是剥削阶级的制度），不应该抱持一种“刻舟求剑”的态度，应该看到法令规定与具体执行间会有差距，不同地区在执行同一法令时会有差距，不同年代和段落间会有差距，试观顾炎武《天下郡国利病书》中所抄各府州县施行“一条鞭法”过程中千差万别的情况，就可以推想出其他朝代也会大体相类，不会那么整齐划一的。

但是，一些史学研究者还是在这个问题上钻了一下，他们各自算了一算细账。韩连琪先生就匡衡“专地盗土”的例子算了一笔细账说，西汉封邑中封户的租税不一定是按“户出二百钱”的，很可能是按亩出多少谷物的，如匡衡盗封地四百顷，合四万亩，收的租入是“千余石”而不是若干万钱。四万亩按“百亩之收，不过百石”的最低收获量计算，应收四万石。若按“见税什五”的私租率征收的话，当收两万石上下；若按“三十税一”的国税率征收的话，当收1333余石，而史料中恰好说“千余石”，与后一数字大体相符。可见匡衡榨取的是国税性质的剩余劳动成果，而不是地租。[①]安作璋先生又另算了一笔细账。他说，西汉个体小农家庭（户），按晁错的说法是五口之家耕田百亩，百亩之收不过百石，今按“十五税一”的国税率来计算，百石之十五分之一当为6.66石，再按西汉粮食平均价格每石三十钱来计算，每户应纳199.8钱。而史料中恰好说“户出二百钱”，数字是极类似的。[②]但人们也有异议和辩论，如说，汉田租以行“三十税一”时间为长，行“十五税一”时间为短，何以算细账时单单按“十五税一”计算呢？又如说，汉谷米每石价格最低有五钱者，最高有五千至万钱者，东汉末献帝建安中甚至达到五十万钱的最高记录，何以单单挑选石三十钱的价格呢?！谢忠梁先生也算了一笔细账。他说，按张汤的孙子、张安世的儿子张延寿的情况看，他食封13640户，户出二百钱，当收入272万9000钱才对，但文献中记录他租入岁千余万，这就比“户二百钱”的应得数额多出三四倍，甚至四五倍，即便将他在魏郡的别邑收入也计算在内，这笔账也仍然不对头。再者，按东汉的马皇后和陈敬王刘羡的事例来看，[③]他（她）们的收入每年在两千万至八千万之间，若按户出二百钱计，那么他们所封户数须达十万户至四十万户方可。但是西、东两汉封户数字从来没有过那么

① 韩连琪：《汉代的田租、口赋和徭役》，《文史哲》1956年第7期。

② 安作璋：《汉史初探》，页132。

③ 《后汉书》卷10与卷80。

高的记录。谢先生根据以上两例来论证，说封主对于封户，似乎绝不只“二百钱的”剥削。[①]

从以上三笔细账来看，汉朝封邑剥削额的底蕴，多少有了一些揭露。但我们万不可“刻舟求剑”地去对待。很可能司马迁说的是在凑一个整数，也可能西汉初确曾有过“岁出二百钱”的规定，但跟着地域的各异、年代的变迁，就发生了不收钱而收谷、不仅收与二百钱相当的钱谷，而收多过与二百钱相当的钱谷；所有这些变异，都是可以设想的。试看正规国税，于“三十税一”的田租之外，不是又添加了什么“藁税”吗？到东汉末桓、灵时候不是又添加了什么“亩加十钱”的额外捐税吗？何况在封国中，虽然从法令上它仅仅是执行国税的分割，而在实际的衍变中，那些荒淫、腐朽、贪婪的封邑主贵族们，他（她）们岂是冷冷清清坐食“二百钱”就满足的人吗？他们的阶级本能和政治特权就迫使和方便他们去追求更多的收益，这样，他们就自然而然地从原本不含有土地所有制性质的封邑制度之内，培养出私人兼并土地、抢夺土地的大土地私有制来。

这也有印证。西汉末哀帝的诏书说，“诸侯王、列侯、公主、吏二千石及豪富民多蓄奴婢，田宅亡限。……其议限列”。有司条奏，“诸王、列侯得名田国中，列侯在长安及公主名田县道，关内侯、吏民名田，——皆无得过三十顷”。颜师古注引如淳曰，“名田国中者，自其所食国中也。自收其租税，又自得有私田三十顷。名田县道者，令甲，诸侯在国，名田他县，罚金二两。今列侯有不之国者，虽遥食其国租税，复自得田于他县道，公主亦如之，不得过三十顷”。[②]这说的很清楚了。食邑原本是国税的再分割，与土地私有制无关；但是事实上无论居住在封邑中的，或者是居住在京都中的男女封君们，都大量买了土地，并把大量小农流民化为近乎奴隶身份的劳动者，这影响统治的巩固，所以最高统治者跳出来予以限制，规定不得超过三十顷（三千亩）。从这段限制的法令推测，早在哀帝之前，这种土地兼并早已在进行着了，而且数额远远超出三十顷。由此可见，封邑实际上已经是培养大土地私有制的温床和基地了。这也就是为什么我们在两汉三种土地所有制之后，仍有把封邑制度拿来谈一谈的必要。

① 谢忠梁：《关于两汉食封制度的几个问题》，见《四川大学学报》1959年第3期。

② 《汉书》卷11《哀帝纪》。

第十五节　土地所有制由西汉向东汉的转移

在我们有关两汉土地所有制的叙述和分析过程中，显然是侧重到西汉的一方面了。理由是西汉的事迹典型些，材料也丰富些，并且东汉跟西汉间的差距，就其根本性质来看，不是很大的，因此，假如把西汉弄清楚，对于理解东汉的问题，也有关连和帮助。

东汉的土地所有制，也仍然是土地国有制，大土地所有制，小土地所有制，以及本来不属于什么所有制，但仍可被看作培育大土地所有制的温床的场所的封邑制度，——这样四种形式。大框框没有变，只是分量和关系上有所变动。譬如说，土地国有制可能比起西汉鼎盛时期以来不那么庞大了，国家对土地所有权的干预力量可能减弱了一些，国家对豪强世族的妥协一面较之斗争一面成为更主要的；大土地私有制可能大大地发展了，土地的兼并和集中较之西汉时候更加严重。它之所以有发展是既凭借财力的富厚，更凭借超经济方面的若干特权。由于超经济特权的使用在大土地所有制体现者身上较之西汉为更主要的，从而在劳动人民身上的“自由”性质就逐渐减退，人身依附的性质就逐渐强化起来。小土地所有制在东汉依然表现为整个社会的基础，但它的危机更严重化了，竟东汉之世几乎无时不在闹流民问题，政府继续使用赐爵手段来企图笼络小农、稳定小农，西汉时候假如隔二三年赐一次爵、每次赐爵一级的话，东汉时候几乎年年赐爵，每次有赐爵三级的，但受“效用递减率”的影响，这已经无救于小农的破产了。至于整个社会经济的性质，则是自然经济有所发展，而古典经济（奴婢的使用和商业高利贷的活动）仍然保有巨大的社会传统的影响力，尚有待于黄巾大起义的打击，以及军阀混战对生产力的彻底破坏，到那时候，古典经济才被迫退下历史舞台。以上是对本节内容的概说，底下，我们试来看一些更具体的东西。

我们试拿东汉统治的段落（公元25～219）跟西汉统治的段落（公元前206～公元24）来进行一些比较的话，那么就会发现，承担社会生产劳动的人手，两个段落基本上差不多，但由生产技术发展所引起的生产量的增高率方面，却有极大的变化。先看全国人口。西汉人口的记录不多，我们所可以凭借的几乎是唯一的，但也是比较可靠的数字，那就是《汉书・地理志》于每一郡国末尾系以局部口数之后，又在全文末尾记录了一个汉平帝元始二年（公元

2）的户口汇总数字，它们是：

户：12 233 062；口：59 594 978。

这个数字在东汉初光武时候是大大地跌落了，中元二年（公元57）的数字是：

户：4 271 634；口：21 007 820。

这看得很清楚，从票面数字来判断，东汉初人口减少了一半到三分之二，剩下的只有西汉鼎盛人口的三分之一强了。但经历了东汉社会生产的恢复和发展，东汉中末期的人口又大有增长。有关东汉人口的记录，数字是较多的，这是因为从东汉起，豪强世族开始庇荫人口了，政府也就开始了对户口的检核，所以史料中便经常保留下一些数字。但由于古人对人口调查的方法极不科学，所以很多数字的可信程度都是极差的。在范晔《后汉书》中所插入司马彪《续汉书》十志的《郡国志》末尾，注释者刘昭和后代集解者王先谦都在这方面花费了很大笔墨，但收益仍然不大。《晋书 · 地理志》中所载东汉桓帝永寿三年（公元157）户口数字，倒是更能减少许多纠缠而且可信的。它们是：

户：10 677 960；口：56 486 856。

可以看出，公元157年的统计数字跟公元2年的数字，已经相差不甚远了。

劳动人手是社会生产力的一个方面，生产工具和技术是社会生产力的另一个方面。从文献史料中看，东汉的生产技术是较前大有改进的。其一是陂塘水利灌溉的大量修建（西汉时候是由国家比较集中地修建）；其二是施行了“区田法”。在两汉时候，西汉的“代田法”将生产提高了一步，东汉的“区田法”又将生产大大提高了一步，这两个促进的关节是颇值得留意的。关于“区田法”，见于《后汉书 · 刘般传》中“通使区种增耕”一句，唐太子李贤注所引《氾胜之书》中的一段：

上农区田法，区方深各六寸，间相去七寸，一亩三千七百区；丁男女种十亩，至秋收，区三升粟，亩得百斛。中农区田法，方七寸深六寸，间相去二尺，一亩千二十七区，丁男女种十亩，秋收粟亩得五十一石。下农区田法，方九寸深六寸，间相去三尺，秋收亩得二十八石，旱即以水沃之。[①]

---

① 《后汉书》卷39《刘般传》。

很多人对亩产百斛的记录表示怀疑，其实这没有什么怀疑的，因为那是经过特别精耕细作而树立起来的高产田样板，不是每块普通田土都能够达到的。距此以后不久的西晋嵇康在其《养生论》一文中说，“夫田种者，一亩十斛，谓之良田，此天下之通称也，不知区种，可百余斛”[①]。这说的很清楚，特高产田的记录是亩产百石，而偏高一点的普产田记录则是亩产十石。假如把普产田偏高和偏低的平均一下，那么连十石的数字也会达不到的。东汉末的仲长统说，“今通肥硗之率，计稼穑之入，令亩收三斛；斛取一斗，未为甚多。”[②]

根据以上的情况汇总起来，可以看出从西汉到东汉农业种植的亩产量是一直在增高的。西汉初，根据晁错的反映是亩产一石；武帝时行赵过“代田法”，“一岁之收，常过缦田一斛以上，善者倍之”。[③]缦田一石，那么甽田上就是两石到三石了。东汉特高亩产量是百石，一般高产量是十石，平均亩产量是三石。由此判断，两汉粮食的生产量是一直在提高着。于是问题便发生了，粮食产量在成倍地增长，人民生活却更加水深火热，社会劳动的剩余产品跑到什么地方去了呢？这必要到政府和豪强世家两方面去寻找。而东汉政府的法定剥削数额却跟西汉基本相同，除光武建武的最初六年实行过“十五税一”的田租，六年后即刻宣布向“三十税一”复旧之外，口算、更钱、藁税等一仍西汉之旧。只是到桓、灵、献时经常加征每亩增税，李贤注曰，“亩十钱也”。[④]王先谦《后汉书集解》引胡三省《通鉴》注云，“计亩敛钱，则自此始”。除此之外，再无新增加的剥削征敛项目，这是东汉政府对豪强世族较之西汉更加妥协让步、不敢争夺豪强世族利益的具体表现。这样推论下来，社会劳动的大量剩余产品，自必是被豪强世族攫取去了。这是完全可以根据推理而获致的结论。试翻读王符在其《潜夫论·浮侈篇》中所反映，东汉上层社会饮食衣服是如何奢侈，巫祝迷信如何流行，婚嫁、丧葬、衣衾、棺椁、坟墓、祠堂等浪费如何庞大的社会财富，就可以印证以上论断的无误了。

社会最主要的剩余劳动产品，既然是绝大部分被豪强世家攫夺去了，然而问题在于这种剥削是在什么气氛之下、在什么道路上被剥削去了的呢？说的更明确些，这种剥削是在古典经济气氛下，抑还是在自然经济气氛下进行的呢？

---

① 梁昭明太子：《文选》卷53嵇叔夜《养生论》。

② 《后汉书》卷49《仲长统传》引所著《昌言·损益篇》。

③ 《汉书》卷24《食货志》。

④ 《后汉书》卷7《桓帝记》（延熹八年八月。）

考察了整个东汉的社会，我们只能说古典经济的气氛较之西汉仍然有增无减。我想我这样说的根据至少有三。其一，东汉男女奴隶（奴婢）的使用，数量依然很大。虽然光武帝刘秀在削平割据的过程中曾经以解放奴婢作为瓦解政敌的手段，多次宣布奴婢放良的诏令，但蓄养奴婢、掠卖奴婢之事，仍然是大量的。如窦融家奴婢以千数，马援的儿子马防兄弟的奴婢各千人以上，梁冀家奴婢至数千人，不管这些奴婢是被用到重劳动抑或轻劳动，单从这些奴婢的来路考虑，可以判断是高利贷负债的结果。由此可以推断，这样大量蓄养使用奴婢的现象是从属于古典经济而不是从属于自然经济的。其二，东汉在全国范围征税的主要形式是征钱，而非征谷物布帛。我们知道，自战国直至西汉，征税的主要形式一直是货币形式的，只西汉昭帝元凤二年（公元前69）有过一次"得以菽粟当赋"[①]的诏令，但言明仅限于三辅和太常所管的土地上。到后汉章帝元和二年（公元85），又有尚书张林上言"可尽封钱，一取布帛为租，以通天下之用"，虽经朱晖反对，认为"不可施行"、"事遂寝"，但终究又"有诏施行"了。[②]施行的彻底不彻底，史料中没有反映，只知道直到东汉之末桓、灵、献时候，依然主要征钱。征税形式是民间最普遍情况之最好、最敏捷的反映。民间货币流通，征税必然用钱；民间货币减少、流通阻塞，征税必然取谷物布帛。张林提出尽封钱，取布帛为租，这是社会有转向自然经济趋向的反映，但这种趋向始终未能取货币经济的主流而代之。其三，从一般的社会生活来看，由"本"、"末"二字所代表的社会力量仍然是"本"受"末"之害。上引《潜夫论》作者王符在另一篇中写道，"今察洛阳浮末者什于农夫，虚伪游手者什于浮末，是则一夫耕百人食之，一妇桑百人衣之，以一奉百，孰能供之?！天下百郡千县，市邑万数，类皆如此，本末何足相供?！"[③]这里反映的情况，显然不是什么城乡不分的情况，也不是以乡村为出发点造成城乡对立的情况，而是代表古典经济的城市建立在广大农村之上，靠剥削广大小农经济这个基础而维持其侈靡生活的情况。根据如上的三点理由，我个人认为，东汉社会不仅几种土地所有制跟西汉基本一样，就是古典经济的气氛也较西汉未见截止，亦未退缩。即刘备岳家东海竺氏，也仍是古典经济的类型。

唯一可以作为西、东汉间差异点的，是小农的身份不再像西汉那么"自

① 《汉书》卷7《昭帝纪》。

② 《后汉书》卷73《朱晖传》。

③ 王符《潜夫论》第12《浮侈篇》。

由”了，加在他们身上的依附的枷锁有所增长。在边地的屯田上，带爵位的自由民身份逐渐减少，带强制性的弛刑士的“士”的身份大大增多。作为豪强世家的依附人员的“客”的字样，在史料中日益增多。假如战国时候的“客”是宾客的话，现在逐渐带有役使劳动者的身份了。从西汉末，皇家亲戚王立就在南郡太守李尚的包庇下，使用“客”的劳动力“垦草田数百顷”。[1]更典型的例子是马援，他在北地郡“宾客多归附者，遂役使数百家”，[2]归附于光武以后，“以三辅地旷土沃，而所将宾客猥多，乃上书求屯田上林苑中，帝许之”。[3]《水经注》说，“河水又东，过天水北界。苑川水地，为龙马之沃土，故马援请与田户中分以自给也”。[4]从“将”、“役使”、“中分”等字样来看，中古农奴制的萌芽已经显然在培育之中了。不久以后，经过黄巾大起义对豪强世家给予了沉重的打击，军阀混战又给整个社会生产带来了严重的破坏，古典经济一蹶不能复振，中古农奴制才得以在新的环境中发展巩固起来，中国历史才走进了魏晋南北朝那样的中古社会。

① 《汉书》卷77《孙宝传》。

② 《后汉书》卷24《马援传》。

③ 同上注。

④ 郦道元：《水经注》卷2《河水注》。

第四章　曹魏屯田和西晋占田

第十六节　曹魏屯田总说

曹魏屯田是中国土地制度史上应列为重点的内容之一。其所以应该列为重点，主要理由有二：第一，在曹魏屯田中土地国有制和国家对土地私有权的干预力量，达到了自从商鞅“废井田、开阡陌”，古代共同体解体以来的空前高度；第二，给古代自由小农身上加以人身依附、加以隶属制度的活动，继西汉的酷吏宁成、东汉的将军马援之后，等加到曹魏屯田客和屯田士的身上时，就由零星的试验变为成套的制度了，这对于封建社会特征之一——“人身依附”的制度化和普遍化，起了极大的带动作用。在上一章中，我们谈到了国家对土地私有权的干预的总规律，是“干预——失败——再干预——再失败”。但这绝不意味着每次干预都是历史上的徒劳或者白费。不是这样。我们之所以那样表述的主要目的，是在于说明对国家干预力量绝不容许夸大，夸大到超出了统治剥削阶级内部矛盾的范围。但同时亦须指出，这种干预虽然始终超不出统治剥削阶级内部矛盾的范围，虽然始终离不开土地私有制的基础；但它在历史上不是毫无作用的，特别在一场大的战争之后，社会生产全面呈现凋弊，土地私有权受到严重冲击，若干无主荒田大量出现的时候，这种干预还会起相当显明的调整作用，无论对其当时，或者对其以后。曹魏屯田在历史上的作用和意义恰好在此，我们把它看做是汉武帝干预在迥乎不同的环境条件下的更强化的出现；也是西晋统治者在其“又干预又妥协”的规划中所凭借的主要参考；而北魏和隋唐的统治集团更是在另外一种迥乎不同的环境条件下，从曹魏屯田中吸取到了足够的启发和影响。

曹魏屯田，也如同任何一种其他的社会现象或制度一样，有着它自身的历史。它在历史上实施的年代是不长的，自建安元年（196）到咸熙元年（264），历69年，就由于隶属性太强暴、剥削量太沉重、太残酷而支持不下去了。西晋统治者不得不拿这些屯田据点跟小农农村来拉平一下，规划出一套新的制度（占田法）来代替它。在这首尾七十年中，似乎也可以划分成三个段落。东汉最末期献帝年号建安的二十四年，可以说是屯田的第一段落，这时"假天子以令诸侯"的曹操，在枣祗、韩浩、任峻、国渊的协助下，开始了屯田的创办，主要是与后世"军屯"、"民屯"分别称谓中的"民屯"性质大体相同，因为这时候军士正在打仗，无力兼顾屯田，其时国家连局部的统一也还没有完成。曹魏文帝（丕）、明帝（睿）以及废帝（芳）统治的前半期（司马懿死前）的大约二十七年，可以说是屯田的第二段落，这时国家在趋向更大规模的统一，削平吴、蜀是当时的重大任务，所以司马懿父子以及邓艾诸人，便在"民屯"之外，又办理了"军屯"，这时无论在"民屯"上或者在"军屯"上，世袭的隶属制度（士家制度）逐渐地法典化了。自司马懿之死至司马炎的正式篡魏建晋，这二十余年为第三段落，这时屯田据点已经成为逃亡、怠工、暴动不断发生的场所，统治者有时只好调些"完全被占有"的奴婢来担负劳动，所以最后不得不宣布解散，绕一个弯子，把这种据点上的制度调整一下，然后再推广到全国中去。

曹魏屯田在历史上的出现不是偶然的，它是在特定的历史条件下出现的。这种特定的历史条件，主要从三个方面去认识。其一，是黄巾大起义的爆发，它所起的直接作用，以及由它所引发的其他后果。其二，军阀混战给当时社会生产所带来的巨大破坏，包括人口的减削，粮食的严重缺乏，以及劳动力跟生产手段——土地的脱离，等等。其三，是从以上两个方面的条件中派生出来的曹魏局部政权专制主义中央集权的强化，只有在这种强化之下，国家对土地权的干预才能达到空前的高度，国家对劳动人民所加的隶属和剥削才能如此地残暴、苛刻和不能忍受。现在，一一地在下文予以说清楚。

先谈黄巾大起义的作用和后果问题。黄巾大起义，对比起它以前的陈胜、吴广起义和赤眉、绿林、铜马起义来，显然出现了一些新的特点，譬如说起义在不同地区中的平行发展（如在颍川、南阳、东郡地区，在钜鹿、广宗地区，在山东青州地区，在西河白波地区，在四川地区，……甚至在交趾地区等等），给人一种“天下一时俱起”的印象，起义的声势是显得格外浩大的。再譬如阶级形势也不同了，再没有出现过像项羽、刘邦、刘缜、刘秀那样的从农民异己阶级那里来的起义的短暂的同盟军，相反，剥削阶级较前更一致地组成一支坚决反动到底，对起义坚决进行镇压、进行反攻倒算的力量，如刽子手朱俊在南阳讨论是否接受投降问题时说道，“兵有形同而势异者，昔秦、项之际，民无定主，故赏附以劝来耳；今海内一统，唯黄巾造寇，纳降无以劝善，讨之足以惩恶”[①]，尖锐斗争着的阶级双方形势，较以前激化得多、阶级营垒分明得多了。这次阶级斗争，不仅打垮了腐朽到极点的东汉政权，同时对政权的“授权者”——豪强世家，也进行了坚决的打击和镇压。如《三国志·袁绍传》注引《英雄传》记载说，“魏郡兵反，与黑山贼于毒共覆邺城。贼十余部，众数万人，聚会邺中。贼陶升者，故内黄小吏也，有善心，独将部众逾西城入，闭守州门，不纳他贼，以车载绍家及诸衣冠在州内者，身自捍卫，送到斥丘乃还。”[②]事情看得很清楚，假如没有陶升这个农民的变节人物对豪强世家分子进行掩护的话，袁绍一家恐怕不免要遭到镇压了。《后汉书·朱俊传》中说黑山起义军在中山、常山、赵郡、上党、河内这一片缘太行东边沿山地进行活动的结果，“河北诸郡县并被其害”[③]，这里所说“被害”的除郡县政权之外，怕也不能不包括豪强世家在内，不过史书中保留下来足以反映这方面的资料不够多罢了。我们在这里之所以企图论证黄巾大起义不仅打击了政权，也打击了豪强，其目的是在于说明只有在黄巾大起义打击削弱了大土地私有制之后，大片无主荒田才有可能出现，土地兼并才有可能稍稍收敛，这就替曹操的创办屯田从客观上准备了条件。

但是从另一个方面来看黄巾大起义，它也如同任何一场缺乏先进阶级领导力量的农民起义一样，终不免于失败了。而失败的后果，又不像秦末和西汉末那样由起义队伍中的一个部分蜕化变质而成为新的国家统治者，而是带来了全面的大反动。从皇甫嵩、朱俊、董卓到曹操、孙坚、袁绍、袁术、吕布、陶谦，以至李傕、郭汜、刘备、孙策，无一不是沾满了人民鲜血的刽子手。像根据“黄天当立”的“黄”和“黄初”的“黄”这两个字的偶同就论证说曹操镇压了黄巾同时也继承了黄巾事业的说法，显然是犯了混淆革命派与反动派界

① 《后汉书》卷101《朱俊传》。

② 《三国志》卷6（《魏书》卷6）《袁绍传》注。

③ 《后汉书》卷101《朱俊传》。

线、混淆革命主观意图和反革命在大反动以后所起的不以主观意志为转移的客观作用间界线的重大错误。必须指出，曹操这个人物从根本上看，他是一个反动派，他对人民异常残暴，在献帝初平三年（192）夏4月，自领兖州牧，在寿张镇压从青州来的百万黄巾，追至济北，俘虏黄巾战士三十余万，男女家属百余万口。他把这些有生力量的一部分改编为替自己卖命的“青州兵”，[①]又在四年之后的建安元年（196）冬十月，使用其余一部分的劳动力、家属老幼以及牛具等资业，兴办屯田。[②]对于这样一些不久前坚强反抗的群众，假如不施行空前残暴手段的话，是很难强制他们接受这种苛刻的剥削的，所以曹操便在屯田上施行了一系列强化的隶属制度，这种强化的隶属制度的施行，处在农民身份正从西汉自由小农向中古依附农奴过渡的特定历史时期，客观上起了某些推动历史向前的作用。但在这里必须指出，这绝对不允许被看做是曹操主观活动的结果。这某些积极作用，第一它仅仅是客观上起了的，第二它仅仅是在特定的历史关头上起了的，例如蒋介石1927年的大反动，它不处在自由小农向依附农奴过渡的特定历史时期，所以它无论从主观方面或者从客观方面看都是全面的大反动，连曹操兴办屯田的这么一点积极作用也不可能起了。

以上是黄巾大起义的作用和后果替曹魏屯田的出现所提供的历史条件。底下，我们来看军阀混战。历来所有性质不同的战争，都会破坏社会生产的，但这中间也有区别，正义的战争的执行者，于不得不破坏的部分之外，是一贯地保护生产、发展生产的；但反动的非正义战争的执行者则不然，他们无休止、无穷尽地破坏社会生产，直到他们自己建立了势力范围想要巩固它的时候为止。这中间是有区别的。所以说东汉末社会生产的大破坏，主要应归咎于军阀混战。曹操的儿子曹丕回忆当时的情况说，“山东牧守，言人人皆得讨贼。于是大兴义兵，名豪大侠，富室强族，飘扬云会，万里相赴。兖、豫之师，战于荥阳；河内之甲，军于孟津。而山东大者连郡国，中者婴城邑，小者聚阡陌，以还相吞灭。……乡邑望烟而奔，城郭睹尘而溃。百姓死亡，暴骨为莽。”[③]这可以说是一个总描绘，而更具体的遭受杀灭的人口和被破坏的社会财富，史料中倒是累累不绝地反映着的。在这里，只要说明人口已很稀落、粮食普遍地很难获取——这两点就行了。当时人口稀落到什么程度呢？我们知道，西、东汉

① 《三国志》卷1（《魏书》卷1）《太祖纪》初平三年条。

② 《三国志》卷1（《魏书》卷1）《武帝纪》建安元年条。

③ 《三国志》卷2（《魏书》卷2）《文帝纪》裴松之注引《典论》自叙。

人口最盛的记录是五千万至六千万之间。而建安年间，则不过“十裁一在”，[1]就是说，中原不过剩下五六百万人口了。这是平均性质的总数字。至于个别地区，残留人数的比例就更少。如鄢陵县旧五六万户，后来只剩下数百户；[2]金城郡旧38470户，后来不满五百户，经过招抚安插，才不过千余户，[3]这就仅存旧时民户的四十分之一到百分之一了。曹操的谋臣之一蒋济曾经说，曹魏国家“虽有十二州，至于民数，不过汉时一大郡，”[4]按汉时人口最多的郡推汝南，为口数259万，似此则局部统一的曹魏全国在开初也不过二三百万人口罢了。人口之稀落，凡如此。再看粮食。董卓迁献帝入长安，卓死后献帝东到弘农，过大阳，“从官食枣菜”，“尚书郎以下，或饥死墙壁间”。[5]当时人们靠桑椹、蒲蠃、蓬实甚至人脯来维持生活。[6]像杨沛为新郑长，“课民益畜干椹，收䝁豆，如此积得千余斛，藏在小仓”，[7]救济了曹操军队食粮方面很大的急。袁术临死时“厨下尚有麦屑三十斛”，“乃大咤曰，袁术至于此乎?! 因呕血斗余而死”，[8]当时社会农业生产之破坏与粮食之缺乏，可知。谷每石至五十余万钱。以上这些由军阀混战所引发的情况，不能不说是替曹魏屯田提供了历史条件，使他和他的集团为了保证他们本集团统治的巩固，不得不用大力大抓农业生产，大抓粮食问题。

从上述两项历史条件派生出来的第三项历史条件，就是在曹操建立的局部统一的政权中，中央集权有所强化。这有很多方面的表现，也就是说，这种集权的强化是针对着不同的阶级、阶层和势力范围而都有所反映的。对于豪强，它制定法条，予以抑制。如建安九年九月击溃袁绍后，曾为了骗取广大劳动人民对他的支持，“重豪强兼并之法，百姓喜悦”，[9]裴松之注还引用了曹操手令原文，曹操在手令中还搬出了“不患寡而患不均，不患贫而患不安”的孔子的

① 《三国志》卷8（《魏书》卷8）《张绣传》。

② 《晋书》卷50（列传20）《苏峻传》。

③ 《三国志》卷16《苏则传》裴注引魏名臣奏。

④ 《三国志》卷14《蒋济传》。

⑤ 《三国志》卷6《董卓传》。

⑥ 杂据《三国志》卷1《武帝纪》、14《程昱传》、18《阎温传》。

⑦ 《三国志》卷15《贾逵传》裴注引《魏略 · 杨沛传》。

⑧ 《三国志》卷6《袁术传》。

⑨ 《三国志》卷1（《魏书》卷1）《武帝纪》建安九年九月条。

老教条，指斥袁绍说，“袁氏之治也，使豪强擅恣，亲戚兼并，下民贫弱，代出租赋”；他命令“郡国守相明检察之，无令强民有所隐藏，而弱民兼赋也”。[①]这类煌煌的手令自有其虚伪的一面、装门面的一面；但无可否认亦有其认真的一面，反映统治剥削阶级中被授权者与授权者中间争夺物质利益的一面。甚至魏文帝曹丕时还把自己叔叔曹洪“以舍客犯法”罪名，下狱论死，经太后力争始削爵土免官。[②]司马芝在青州和广平两地为地方令长，也曾打击过叫刘节、刘勋的两个大豪强分子。[③]对于农民，特别是屯田士，他制定士家制度，使屯田士的被隶属身份不仅自己保持终身不能摆脱，并且传袭子孙，永为士家。又制定什么“士亡法”，凡屯田士逃亡，妻子均坐罪至弃市（详后文）。对一般政府官吏和军队中的官兵，他也放心不下，于是又创立了叫做“校事”的特务侦探体制，程昱的孙子程晓在废帝曹芳时曾上疏说，“昔武皇帝大业草创，众官未备，而军旅勤苦，民心不安，乃有小罪，不可不察，故置‘校事’，取其一切耳……此霸世之权宜，非帝王之正典”，[④]这已经说得很清楚了，这是专制主义强化的表现，不是正常的表现。对于一般小农农村中的个体小农，曹魏政权也是使用强化了的残暴手段来调发他们去从事遥远地区的徭役，西晋的臣子刘颂曾经议论说，“昔魏武皇帝分离天下，使人役户居各在一方，既事势所须，且意有曲为。权假一时，以赴时务，非正典也”。[⑤]我们试问，为什么单单曹操时候创制施行了这么多的“非正典”呢？回答说，所有这些都说明当时的专制主义有所强化，并且还不是一般的强化，而是在非常状态下的强化。

以上这些条件综合起作用的结果，大土地私有制必然受到一些挫伤，土地兼并受到了一定的抑制，甚至有些土地所有权被迫放弃了，这样就自然而然地替正在强化中的国家权力和土地国有制提供了发展的机会。个别人对于这一机会的估计甚至是超出了现实的，例如司马懿的哥哥司马朗就曾经认为“宜复井田。往者以民各有累世之业，难中夺之，是以至今。今承大乱之后，民人分散，土业无主，皆为公田，宜及此时复之”。[⑥]清代学者何焯（义门）在这一段

① 《三国志》卷1（《魏书》卷1）《武帝纪》裴松之注引《魏书》。

② 《三国志》卷9《曹洪传》。

③ 《三国志》卷12《司马芝传》。

④ 《三国志》卷14《程昱传》附《程晓传》。

⑤ 《晋书》卷46《刘颂传》。

⑥ 《三国志》卷15《司马朗传》。

文章后面认为王莽想恢复井田，而碰的机会不好；刘秀碰上了好机会，但白白耽误了，没有利用；曹操利用了，但未全套地制度化；所以最后还不得不等拓拔魏出来实行“均田制”，才算最后收得了效果。[1]何焯的这段见解有不少地方是值得商榷的，但他把几个不同时代串连起来考虑问题，对人还是有启发的。曹操没有走王莽、司马朗那样既空想而又盲动的道路，他选择的道路是更现实些，也更折衷些。他采用了他的“两手”政策，一手是依靠像枣祗、韩浩、任峻、国渊这伙亲信去办理屯田，在屯田上国家以地主和国家的双重身份去剥削地租国税合而为一的剩余劳动产品，然后“逐步升级”，再把地租国税合而为一的剥削当成地租，从而增加剥削地租以外的国税。另一手是依靠像苏则、杜畿、郑浑、仓慈、颜斐这伙州郡长吏去安插小农，使广大的小农农村成为屯田据点得以进行的普遍的基础。在小农农村里，他把剥削量放轻一点，仅仅以国家统治者的身份去剥削一份“国家机器存在的经济体现”的国税，亦即亩出谷四升、户出绢二匹、绵二斤的负担。屯田措施，仅仅是“两手”中的一手罢了。

第十七节　曹魏屯田上的具体设施及其性质的分析

我们在这里开始要叙述曹魏屯田的具体设施，不是为了叙述而叙述，而是为了达成后面的分析而提供的物质基础，为了完成某种理性认识而准备的一些感性材料的半加工品。说到具体设施，不外乎要涉及曹魏国家对屯田的开办，屯田上的组织，它的剥削率，以及作为所有者的国家对劳动者所加的隶属制度，等等。现在，就依照这个顺序一一地叙述下去。

在《三国志》中，有两段记载屯田开创的重要文字，其一是《任峻传》裴注所引《魏武故事》中所载的曹操手令，其另一是《卫觊传》所载卫觊给荀彧的一封建议书，前者反映中原情况，后者反映关中情况，两者都是极重要的文献材料。《魏武故事》所载手令曰：

> 故陈留太守枣祗，天性忠能，始共举义兵，周旋征讨。……后大军粮乏，得东阿以继，祗之功也。及破黄巾定许，得贼资业，当兴立屯田。时

① 见卢弼：《三国志集解》引。

议者皆言当计牛输谷，佃科以定。施行后，祗白以为僦牛输谷，大收不增谷，有水旱灾除，大不便。反覆来说。孤犹以为当如故，大收不可复改易。祗犹执之。孤不知所从，使与荀令君议之。时故军祭酒侯声云，科取官牛，为官田计；如祗议，于官便，于客不便。声怀此云云，以疑令君。祗犹自信，据计划还白，执分田之术。孤乃然之，使为屯田都尉，施设田业。其时岁则大收，后遂因此大田，丰足军用，摧灭群逆，克定天下。……①

《卫觊传》中的一段如下：

觊使益州。至长安，道路不通，觊不得进，遂留镇关中。时四方大有还民，关中诸将多引为部曲。觊书与荀彧曰，关中膏腴之地，顷遭荒乱，人民流入荆州者十万余家。闻本土安宁，皆企望思归，而归者无以自业，诸将各竞招怀，以为部曲。郡县贫弱，不能与争：兵家遂强。一旦变动，必有后忧。夫盐，国之大宝也，自乱来散放，宜如旧置使者监卖，以其直益市犁牛；若有归民，以供给之。勤耕积粟，以丰殖关中；远民闻之，必日夜竞还。又使司隶校尉留治关中以为之主，则诸将日削，官民日盛：此强本弱敌之利也。②

在这两段文字中，除却讨论"定额制"和"分成制"的一部分内容准备留在后文探讨剥削率时再予以对待之外，它们主要是反映了屯田开创的动机、凭借和开创后即刻获致的效果。动机看得很清楚，绝不是为了人民，也不是一般地为了挽救社会生产，而是突出地为了巩固曹魏政权，反对割据，强化集权。在中原，主要是凭借被镇压的起义农民的劳动力，家属的劳动力，以及他们的其他资业——牛、耕具、种籽等等。在关中，农民有生力量早被李傕、郭汜、马腾等的混战消耗掉了，所以建议者主张靠加征盐税来买牛，作为吸引劳动力的因素。于民便不便，于佃客便不便，他们是不考虑或者考虑很少的，最主要是考虑如何"于官便"。所以假如我们单纯从兴办的主观动机上来考察屯田的话，那么，屯田仅仅是一套为巩固曹魏政权而制作的残暴的榨取设施。

从组织和剥削率来看，也是如此。前文说过，屯田开办之初，主要是民屯，但一开始就是超出到行政以上的军事管理。刘昭的《续汉书》十志注引

① 《三国志》卷16《任峻传》裴注引《魏武故事》所载手令。

② 《三国志》卷21《卫觊传》。

《魏书》曰，“曹公置典农中郎将，秩二千石。典农都尉，秩六百石或四百石。校尉，秩比二千石，所主如中郎将。部分别而少，而校尉丞其秩盖以郡县大小而异”。[①]这种典农的军事长官跟一般郡县的行政长官，无论在职权上或者在机关设置的地点上，都是互不相涉、两相区别着的。证据之一是在弘农太守贾逵跟当地屯田校尉发生冲突的事件中“都尉自以不属郡，言语不顺”，[②]可以反映出来；证据之二是从北魏郦道元《水经注》的济水注、洛水注和颍水注里，看出荥阳、洛阳、许昌三个重要的典农都尉的治所都在距离郡治二三十里的另一个地方（垂陇城、宜阳旧市邑、颍阴县故城）。等到魏末晋初屯田据点与小农农村拉平的时候，这样两套机构才又合并起来了。以上谈的是管理机构。至于劳动据点上的组织，史料中的反映比较零星，仅能看到晋初在郸以奚奴代田兵种稻，是“五十人为一屯”，并且说“如屯田法”，[③]反映曹魏旧法原就是五十个劳动力构成一个最小的屯田单位；又看到曹魏初梁习在冀州“置屯田都尉二人，领客六百夫”，[④]这可能是由十个或者十二个最小屯田单位组成的两个较大单位，各有三百个劳动力的；又看到魏末邓艾的淮南军屯，其组织机构是“五里置一营，营六十人，且佃且守”，[⑤]这是说军屯上每个最小单位包括六十个劳动力，单位与单位间相距五里，且佃且守，“十二分休”。[⑥]无论具体材料如何地还存在着一些小小的分歧，但屯田上具有一定的组织（最基层由50～60个劳动力组成），则是可以断言的了。并且对屯田的事抓得很紧，如夏侯惇、邓艾等都有亲自负土筑陂，身披乌衣、手执耒耜等记载，可见大将军也要参加屯种的劳动。此外，屯田上的水利灌溉事业也配合得很及时，还施行精耕细作的“区田法”，因此，屯田上的产量一般是较高的。晋初的傅玄说，“魏初课田，不务多其顷亩（按，即指份地规定不明显），但务修其功力，故白田收至十余斛，水田收至数十斛”。[⑦]这样做的主观目的，仍是在于使国家能够从劳

① 《后汉书》附司马彪《续汉书》十志百官志刘昭注引魏志（中华书局新印本页3921）。

② 《三国志》卷15《贾逵传》。

③ 《晋书》卷26《食货志》。

④ 《三国志》卷28《邓艾传》。

⑤ 同上注。

⑥ 《晋书》卷47《傅玄传》。

⑦ 同上注。

动者身上剥削出更多的粮食。贾思勰《齐民要术》中也记载说，魏武的典农部种稗米，“顷收二千斛”。[①]那么，亩产量也是原粮二十斛，已经接近东汉最好时候的亩产量了。

关于屯田上的剥削率，也是苛刻而残酷的。前引《三国志·任峻传》裴注所引《魏武故事》所载曹操手令，是一件原始价值很高的资料，其中谈到枣祗和许多别人所展开的有关“定额制”与“分成制”哪一种办法更有利的辩论。看起来，屯田初办，佃科之制是“计牛输谷”。为什么不计“亩”而计“牛”呢？推测起来，缘由怕是不少的，第一，可能当时阡陌紊乱了，丈量起来不方便；第二，当时无主荒田很多，人们不怎么计较亩向和田界了；第三，当时牛很缺，有牛和无牛中间差别很大，而佃客为国家种田，自带牛的恐怕很少，用官牛的怕是很多，所以就“计牛输谷”了。每用官牛一只者，输谷若干。到底输多少呢？史料中无明文记载，但我们相信必定有一个或者几个规定的数额就是了。经过枣祗反复辩论，终于实行了“分田之术”，那就是分成制。分成制的规定明文，史料中亦无当时的记载，我们只好依靠人们事后回忆起来的话来推求。晋初的傅玄在上疏中说，“旧，兵持官牛者，官得六分，士得四分；自持私牛者，与官中分”；[②]五胡十六国中燕慕容皝的大臣封裕说，“魏，晋虽道消之世，犹削民不至于七八，持官牛者，官得六分，百姓得四分；私牛而官田者，与官中分”。[③]南朝刘牢之的谏王恭书中所说的[④]，与前二者亦大体相同。可见这些回忆是可靠的，分成制施行的前段时期的制度是按官牛、私牛而照四六分成和五五分成的。

但屯田剥削规定的具体执行，恐怕又是情况千差万别的。我们试来看晋朝后军将军应詹的上表中说：

> 近魏武皇帝用枣祗、韩浩之议，广建屯田；又于征伐之中，分带甲之士，随宜开垦。故下不甚劳，而大功克举也。间者，流人奔东吴；东吴今俭，皆已还反江西。良田旷废未久，火耕水耨，为功差易。宜简流人，兴复农官，功劳报赏，皆如魏氏故事：一年中与百姓；二年分税；三年计赋

① 《齐民要术》卷1种谷第三。

② 《晋书》卷47《傅玄传》。

③ 《晋书》卷109慕容皝载记。

④ 《册府元龟》卷723引。

税，以使之公私兼济，则仓盈庾亿，可计日而待也。[1]

我个人认为，这段材料的价值是很高的。它反映出，（一）曹魏和西晋统治者在屯田上的剥削率不仅是有按比例分成制度的规定，并且还是经常调整的；（二）这种调整不是越调整越低，而是越调整越高的；（三）其越调整越高的具体情况是，第一年国家与劳动者按五五中分，第二年就要适当负担五五分成地租以外的某些国税的平均摊派数额，到第三年就正式既要负担地租又要负担正额的国税（户绢二匹、绵二斤）了。必须指出，这种强迫屯田佃客或者屯田军士既要负担地租国税合而为一的地租，又要负担这种地租国税合而为一的地租之外小农农村中小农所负担的国税——像这样残暴苛刻的剥削，在中国旧历史的所有朝代中，怕也算是达到顶点了。

为了实现这种残暴苛刻的剥削，对秦、汉以来基本上是“自由小农”的农民加以残暴的隶属关系，对统治者说，那是完全需要的。“不这样也是不可能的”。[2]所以屯田上的“士家制度”便自然而然地产生了。三国时候的“士”身份，跟春秋时候孔子那样的“士”身份，是字同而含义迥殊的。根据我个人的体会，春秋的“士”是从“执干戈以卫社稷”的战士而来；三国的“士”是从西、东汉遭受科谪的“刑士”、“弛刑士”而来。前者带有某些高贵的气息，后者则是罪人和贱民的称号。观曹操当时镇压了黄巾，把俘虏当成了“士”，削平了袁绍，把袁绍部曲当成了“士”。为了惩罚这些人，为了残暴地管制这些人，所以不仅俘虏本身作成“士”，还连及妻子后代，故有“士家”、“士息”等词。当时名医华佗，早年游学通经，屡被征辟，可见原是社会上层人士，但不晓得是参加过黄巾，抑或与袁绍或者陶谦有过什么沾连，后来竟而成为“本作士人”[3]了，所以传中才有“意常自悔”的话头。屯田据点上的这些“士”和“士家”，由于忍受不了这种残暴的管制和苦役，所以经常暴动，逃亡。《三国志 · 袁涣传》中有“民不乐，多逃亡”的反映，[4]《蒋济传》中有“江、淮间十余万众皆惊走吴”的反映，[5]《赵俨传》中有屯田客吕并聚党据陈仓的反

① 《晋书》卷26《食货志》引。

② 斯大林：《论语言学问题》。

③ 《三国志》卷29《华佗传》。

④ 《三国志》卷11《袁涣传》。

⑤ 《三国志》卷14《蒋济传》。

映，[1]这些事都发生在曹操生活的当世，而不是在他死以后。于是曹操更加重了惩罚制度，"时天下草创，多逋逃，故重'士亡法'，罪及妻子。亡士妻白等，始适夫家数日，未与夫相见，大理奏：弃市"，[2]刑罚之峻急，可见一斑。在《三国志·高柔传》里就记载着他作为地方长吏处理过两次逃士的案件，合肥鼓吹士宋金逃亡一案的处理是在曹操还活着的建安年份中，护军营士窦礼被谋杀匿尸一案的处理则已经迟到明帝曹睿的时候了，[3]可见惩罚逃士罪及家属的制度，到魏末甚至晋初，仍然存在。观《晋书·赵至传》，说他"本非微贱，世乱流离，遂为士伍"，[4]这个人后来到处佯狂，千方百计企图摆脱这种"士籍"，足见"士家"、"士息"、"士籍"是一种沉重的隶属制度的枷锁，它意味着人身极度的不自由，曹操拿这种制度把当时的自由民转化为军事隶农，转化为农奴。而在客观上，从不以人们主观意志为转移的方面去考察，这种士家制度恰好替以后中古社会的农奴制的普遍推广，提供了历史的先例。

截止到目前为止，曹魏屯田上一些具体设施的情况，基本上已经叙述过了。现在让我们把它提到所有制的角度上来予以考虑。在谈到西汉部分时，我们曾经列举了三种所有制（土地国有制、大土地私有制、小土地私有制）和一种附庸——封邑制度（实际上，它是大土地私有制的补充形式），进行过探讨。现在，我们就拿这套框框来对三国曹魏的情况进行一些比照吧。先从后面颠倒着次序说起。封邑制度在三国曹魏时候，较前大大地削弱了。西汉时卫青累封至二万一千户，霍去病一万七千户，霍光二万户，到西汉末的"王氏五侯"就更多了。东汉的最有权势的封主，其所食民户较西汉更多，约在三四万户以上。曹魏时最大封户数（如曹操的儿子曹彰和曹植）则仅在二千户上下，小的至数百户，而且诸侯王的数额也大大减少了。大土地私有制也大大削弱了，从史料中反映出，不仅像西汉那样大搞工矿奴隶生产的豪强不多见了，就像东汉王符《潜夫论》浮侈篇中所记载的大办婚丧饮宴的豪强，也不多见了（自然那种物质基础也不存在了）。主要原因前文都已涉及到过，一方面是受了黄巾大起义的沉重打击，第二是受了曹操抑制豪强法令之坚决执行的打击。但必须指出，这仅仅是短时间的蜷伏，试看自从曹操死后，一方面集权体现者的权威削

① 《三国志》卷23《赵俨传》。

② 《三国会要》卷18刑。

③ 《三国志》卷24《高柔传》。

④ 《晋书》卷92《赵至传》。

弱了，另方面整个社会生产恢复了，从而剩余劳动产品的抢夺又一次提到议事日程上来，如曹爽在废帝曹芳的统治期间，“（何）晏等专政，共分割洛阳、野王典农部桑田数百顷，及坏汤沐地以为产业”。[①]私人侵占公田土地之外，曹魏国家到了后期还主动将国家的牛只和佃客颁赐公卿，《晋书·王恂传》说，“魏氏给公卿以下租牛客户数各有差，自后小人惮役，多乐为之，贵势之门，动有百数”。[②]大土地私有制和佃客庇荫于私家的风气的大反复，又一次地卷土重来了，并且发展得异常迅速。到西晋初年，统治者不得不放弃了曹操的干预政策，而重新拾起更缓和的“限田”政策来，对于兼并的事实予以法典化的承认。小土地私有制在三国曹魏时候，较之西、东汉也起了不少变化，或者说有了不少变质。西汉是小农经济的鼎盛时期，但即便在其鼎盛时期，小土地所有权也是极不稳定的。第一，由于受到当时古典经济下土地兼并、商业高利贷资本侵蚀、交换行为较频繁等这些因素的影响；第二，由于当时的小农“不地著”，尚未完全被束缚到土地上。到三国曹魏时候，情况不同了，古典经济衰落了，小农中屯田部分的已经完全被束缚到土地上了；小农农村中的虽然不能不部分地仍然衍袭着西、东汉的旧道路，如政府利用赐爵、免租赋、提倡水利和精工细作等方式来安插一番，但终究受到屯田据点上隶属关系的时代影响和带动，即便小农农村中的农民，也在逐渐向土地上固定下来。等大土地私有制在七八十年中又卷土重来的时候，这些小农农村中农民的绝大多数，又都走到“被庇荫”的农奴道路上去了。关于这一点，史料中有一个征候。建安二十年十月，“始置名号侯至五大夫，与旧列侯、关内侯凡六等，以偿军功”。[③]试问：曹操为什么做出这个变动来呢？根据我个人的理解，第一，原二十级爵的面子铺得太宽，拉得太长了，它本来是个“合二而一”的东西，低级爵是为了敷衍破产小农的，只有高级爵才是真正进行军功报偿和分封子弟的。现在小农经济和古典经济一齐衰落了，农民已逐渐地被束缚到土地上，封邑制也大大削弱了。在这种时机，曹操统治集团拿它来调整一下，从以二十级民爵为主改为以六级军功爵为主（低级民爵如“公士”等仅仅在文帝和明帝时偶尔颁赐一两次，虚应一下故事罢了），并且规定军功爵“皆不食租”，裴松之在此处还亲自

① 《三国志》卷9《曹真传》附《曹爽传》。

② 《晋书》卷93《王恂传》。

③ 《三国志》卷1《武帝纪》建安二十年冬十月条。

出马写了一段按语说，“臣松之以为今之虚封，盖自此始”。[①]试看在这一点史料中，反映出从几种不同方面传来的消息，第一，食邑制度大部分中止了；第二，“二十级爵”的体系破碎了；第三，农民越来越“地著”，用不着“赐爵一级”的手段来敷衍了。

在这个特定的“屯田”施行的七八十年中，唯一得到高涨和发展的，是土地国有制。我们这样说的根据主要有二：第一，曹魏国家把大量无主荒田宣布为国有，并且自己以地主兼政权的双重身份，向其上的劳动者榨取首先是地租国税合而为一的地租，然后在这种地租之外再加征另额的国税，这是在西汉的屯田上没有达到过的剥削制度；第二，广大的小农农村中，虽然单纯从“亩谷四升，户出绢二匹，绵二斤”来看，它仍是西、东汉田租（三十税一）口赋（120钱、儿童23钱）的变形，这还是单纯的国税性质，其中并未显示国家以地主身份进行地租剥削的痕迹；但国家在小农农村中对土地私有权的干预也有所强化。我们试来看《仓慈传》中的一段材料：

> ……迁敦煌太守。郡在西陲，以丧乱隔绝，旷无太守二十岁，大姓雄张，遂以为俗。……慈到，抑挫豪右，抚恤贫羸，甚得其理。旧大族田地有余，而小民无立锥之土；慈皆随口割赋，稍稍使毕其本直。[②]

个人认为：这条材料的价值，也是极高的。我们可以拿它跟《汉书·陈汤传》中所反映在山东大豪被迁徙之后“使中家以下得均贫富”的话，联系在一起考虑。这样，我们就会联想地理解到许多事情。譬如，自从“井田”（农村公社）解体之后，土地是再不分配和重新分配了，但由国家“授与”土地的空想在一部分人的脑子中总是保留着的，有时甚至是保留得很顽固的，因此在理解历代土地制度时，就不免搀杂进这种空想的印象或者影响去。例如宋、元人马端临在其《文献通考·田赋考》中分析西晋占田和北魏均田时，这种影响就看得格外清楚。他一方面阐发了他的正确见解，如说均田“非尽割富人之田以予贫农”；但另一方面也输送了不正确的见解，如说西晋占田制中的“课田”是授与的，“人人有田”，他一再提到这样一句话。马端临的这个“授田”的看法对不对呢？结合三国曹魏的情况，我们说，（一）当国家对土地私有权的干预力量达到一定高度时，它是企图做到“授田”的；（二）除屯田之外，在小农农

① 《三国志》卷1《武帝纪》建安二十年冬十月条。

② 《三国志》卷16《仓慈传》。

村部分，在极局部的情况下（如陈汤所说的山东迁徙遗田和仓慈在敦煌所执行的叫农民向地主进行低价赎买土地的措施，等等），“授田”也是做到过的，不能说是绝对没有过，或者说绝对不可能的；（三）但必须指出，自历史上“井田”瓦解后，“授田”的最高限度超不过陈汤、仓慈事例所显示的高度，在土地私有制未受到根本动摇之前，任何“人人有田”的事都是绝对不可能的。因此我们在体会旧历史上几种不同的田制之时，不可无批判地一味秉承着马端临那样的书生之见，拿国家授田的说法，先入为主地并且无限制地推论到西晋占田和北魏均田上去。应该看到，国家权力对土地私有制的干预发展到曹魏已经达到了顶点；曹魏之后，农民被束缚到土地上的特点越来越牢固了，自然经济越来越多地占领古典经济的阵地，观《三国志》中曹丕向曹洪借贷用布帛，任嘏（绍先）买生口也用布帛，[①]可见一斑，除战争对社会生产的大破坏每当改朝换代之时还会重演之外，像西汉以后那样三四种所有制互为消长，随时调整的情况，是一去不复返了。此后的土地所有制，在相当长的一个时期内，一直保持着以封建的大土地私有制占绝对优势的地位，其余所有制不过是补充罢了。只有明初，国有土地制和国家权力又有新的高涨，但那是另有新的条件结合进来（即周边少数民族将其古代共同体残余和军事专制主义传统不断地带进中原来），所以另当别论。详俟本书第七八章中再予讨论。弄清楚了这一点，对于正确地理解以后的“占田”和“均田”，都会有很大的裨益。

第十八节　有关西晋占田法的史料和问题

西晋占田法是在曹魏屯田崩溃的基础上，统治者在屯田据点与小农农村之间进行拉平，然后做出来的有关国家剥削制度的一整套综合性质的规定。它是在屯田宣布划归郡县（264）之后十六年（280）颁布的。这十六年之间，国家按照哪一种剥削制度（五五分租和四六分租呢？抑是亩谷四升、户绢二匹、绵二斤？）来进行剥削呢？史料中在这方面的反映不足，我们无法推断，只好作为一个“空白”予以保留。（历史上像这样的“空白”并不是很少的，就以魏晋南北朝隋唐史来说，例如自“八王之乱”和“五胡十六国”以来，“占田法”究竟怎样推行的？特别在南方，推行了没有？也是个未决问题。再例如隋统一南北后，南方究竟实行了“均田制”没有？除个别碑记上有“口分”字样外，

① 《三国志》卷9《曹洪传》，及卷27《王昶传》裴注引《任嘏别传》。

也做不出肯定的答案）。西晋平吴前后，司马昭、司马炎这才命令文臣贾充等制定了一系列的律令，这些律令的具体内容，除隋唐类书中偶有字句摘存之外，俱已散佚了。现在，我们来研究西晋“占田法”，唯一足以依靠的就是唐初修撰的《晋书》食货志中的一大段。此外，唐人徐坚所纂辑的类书《初学记》中复有一小段可以当做辅助材料。《晋书》诸列传中可供摘取作为辅助材料的，则很少很少。单从历史材料看，情况不过如此。唐初修撰《晋书》诸文臣，其立场自然是站在剥削统治阶级方面的，但在技术上他们都是些刀笔老吏，不可能出多大问题。但恰巧就在有关“占田法”的一大段中，也给后世遗留了不少纠缠不清的问题。除去史料问题之外，在看法问题上，问题也很大。譬如宋元之际的马端临就描绘“占田法”下的情况说“皆有田之人”，[①]民国年间的邓之诚也跟在后面重复另一句也是马端临说过的话，“无无田之户”。[②]这两个话，是同声的，唱的都是“授田”的调子。当代若干史家（包括吕思勉、吕振羽、范文澜诸先生），也都在不同程度上受到这种“授田”说的影响，从而对“占田法”做出来这样那样不同的解说。时人王天奖同志将这些解说，大体上划为五类，[③]其纷乱歧异，可以想见，另一时人杨波同志又曾将这些分歧见解归纳为三大类，其第二第三两类中就包括九家不同的说法。[④]

“授田说”对不对呢？这是一条总纲，我们应该牢牢地把它握在手里。我们说，假如“授田说”是可以成立的，并且按照这些授田说的主张者中一部分人的计算法，“占田”与“课田”是两宗互相分离开的份地（配给土地）的话，那么丁男配给70+50=120亩，丁女配给30+20=50亩，那么一个一夫一妇的小农家庭就至少可以配给120+50=170亩土地了（次丁男、次丁女尚不计在内）。西晋当时无主荒田是比较多的，但包括中原的狭乡在内，是否已经多到足够这样大规模普遍地配给土地了呢？这是很值得怀疑的第一点。其次，假如西晋当时确曾进行“授田”，而授田又不是一件很简单的事（观张居正推行“一条鞭”，朱元璋造修《黄册》、《鱼鳞册》诸事所费周折即可推想出来），而晋朝一代文献中竟尔无所反映，这又是很值得怀疑的第二点。根据以上这两点逆推，我们说，“授田说”是不足信的，它是历代封建书生死抱住“井田”空想不肯

① 马端临：《文献通考》卷2、卷3，田赋考（二、三）。

② 邓之诚：《中华二千年史》卷2，页237。

③ 王天奖：《西晋的土地和赋税制度》，《历史研究》1956年7月号，页30。

④ 杨波：《西晋田制赋役的初步考察》，《文史哲》1958年5期，页39～40。

放弃的一些臆想，而这样根据臆想进行解释的客观后果，便是在不知不觉之中美化了统治者。因此，我们今天来钻研西晋“占田法”时应该牢牢抓住的一条总纲，就是：破“授田说”，立“限田说”。[①]

但在这个“破”、“立”过程中，事情又不是那么简单轻松的。问题的纠缠情况很复杂。不单纯是个授田不授田的问题，假如真正那样，问题倒好办了。跟“授田”问题结合着的，还有“户调”问题，力役问题，“九品混通”问题，荫客问题，以至一些更琐碎的文献字句的考对问题，等等。并且，这还都是些原则问题，至于剥削项目和数量的具体核计问题，还要涉及更多的纠缠。这些纠缠，都是不能一下子跳越过去，都需要一步一步披荆斩棘，走出一条路来。因此，本段内容的表达形式就不能不有所变动，即不采用一贯的“夹叙夹议”的办法，而采取先将《晋书》食货志中一大段与《初学记》中一小段摘引出来，然后逐层进行探讨，直到最后进行总结分析的办法。现在，先摘《晋书》食货志中有关“占田法”的一些原文：

> ……及平吴之后，有司又奏，诏书王公以国为家，京城不宜复有田宅，今未暇作诸国邸，当使城中有往来处，近郊有刍藁之田。今可限之：国王公侯，京城得有一宅之处，近郊田大国四十五顷，次国十顷，小国七顷。城内无宅，城外有者，皆听留之。
>
> 又制户调之式：丁男之户，岁输绢三匹，绵三斤；女及次丁男为户者，半输。其诸边郡，或三分之二，远者三分之一。夷人输賨布，户一匹。远者或一丈。
>
> 男子一人，占田七十亩，女子三十亩。其外，丁男课田五十亩，丁女二十亩，次丁男半之，（次丁）女则不课。男女年十六以上至六十，为正丁；十五以下至十三，六十一以上至六十五，为次丁。十二以下六十六以上，为老小：不事。远夷不课田者，输义米，户三斛；远者五斗。极远者输算钱，人二十八文。
>
> 其官品第一至于第九，各以贵贱占田。品第一者，占五十顷。第二品，四十五顷。第三品，四十顷。第四品，三十五顷。第五品，三十顷。第六品，二十五顷。第七品，二十顷。第八品，十五顷。第九品，十顷。

---

① 这一论点代表作者1978年的见解；1982年有了很大的转变，见《论要》第四章，本书页91。

而又各以品之高卑，荫其亲属。多者及九族，少者三世。宗室国宾先贤之后，及士人子孙亦如之。而又得荫人以为衣食客及佃客。品第六以上，得衣食客三人。第七、第八品，二人。第九品，……一人。其应有佃客者，官品第一、第二者，佃客无过五十户。第三品，十户。第四品，七户。第五品，五户。第六品，三户。第七品，二户。第八、第九品，一户。

是时天下无事，赋税平均，人咸安其业而乐其事。[①]

类书《初学记》中的一段原文，亦摘引于下：

晋故事：凡民丁课田，夫五十亩，收租四斛，绢三匹，绵三斤。凡属诸侯，皆减租谷亩一斗（升？），计所减以增诸侯。绢户一匹，以其绢为诸侯秩。又分民租户二斛，以为侯俸。其余租及旧调绢二户三匹绵三斤，书为公赋，九品相通，皆输入于官，自如旧制。[②]

现在来进行逐层讨论。所谓“逐层”的意思，大体是先说明“大义”，然后试探着疏解歧异，从其中提出一些问题，最后做出来相应的结论。

先来说明大义。《晋书·食货志》有关内容六段，是一些综合的内容，大体以封建国家的权力和利益为出发点，规定各种不同社会等级的人，包括贵族（王、公、侯），官僚（九品），一般平民（男女、正次丁、老小）以及少数民族等对封建国家所应缴纳的赋税，以及他们应该接受的封建国家所加给他们的限制。概括言之，一曰限制，二曰征调。限制的内容是多方面的，既限制贵族官僚，也限制普通平民。但以前者为犄重，因为他们都是些十分贪婪的，所以国家从统治阶级内部矛盾出发予以限制，限制在京田宅，限制占田（第一品不得超过50顷），限制荫人为衣食客、佃客的数目。也限制一般平民，那也是限制他们的占田额，男子不得超过70亩，女子不得超过30亩。征调的内容也分为两个组成部分，其一是“课田”，其二是“户调”，主要是征调平民，不言而喻贵族高官是大多数予以优免的。在“课田”、“户调”两部分内容中，“课田”部分只规定了按“五十亩”这样一个硬性数额来征收一个正丁男子的租谷，至于每亩征收多少租谷，《晋书》有所遗漏，还有待于《初学记》内容的补充。这种对于征收租谷数额的记载遗漏，究竟出于原文抑出于后世抄刻，究竟出自

① 《晋书》卷26《食货志》。

② 《初学记》宝器部“绢”第九所引。

纂修者的有意抑或无意，我们后人已无从推测了。“户调”部分，是说明当时个体手工业和个体农业相结合的自然经济的特征较前更明显了，国家不仅要抓紧剥削“男耕”，也绝不放松剥削“女织”；并且西晋时比曹操时生产恢复了些，所以从“绢二匹，绵二斤”提高为“绢三匹，绵三斤”了。此外，把民户划为什么“丁男之户”、“丁女之户”、“次丁男之户”等等，说明剥削制度比以前更加细密了。以上所说，是《晋书·食货志》有关内容的大义。至于徐坚《初学记》中的一段，主旨说的是另外一项内容，即西、东汉的食封制度经过曹魏某些“虚封”制的削弱之后，现在又死灰复燃了，西晋统治者采取与汉朝统治者基本上相差不多的办法，规定了封国中对中央税收的分割。但除去主旨之外，这段材料又从侧面透露了一些消息，可供我们拿来跟《晋书·食货志》内容结合在一起考虑问题。例如对男子正丁“五十亩”的剥削额是租谷四斛，平均亩谷八升，较曹操时提高了一倍，这也是可以理解的。只是张维华先生在这段材料上提出了他自己的看法，[①]其中也有合情合理的，也有未见得允当的。如他推测《晋故事》的规定比《占田法》的规定为时较早一些，当时“屯田”据点刚刚宣布解散，屯田据点与小农农村中间于“拉平”的总企图之下，未见得就能够一下子真正拉平起来，所以在对待屯田据点劳动者和小农农村劳动者的剥削方式之间，可能一时还存在着某些尚未消弥的差别——这些，对人是有启发的，使人对公元264～280年间的剥削制度，于不能落实之中，稍稍落实一点。但他的缺点在于把当时正在双头试行的“税丁”和“税户”的两种方式间的差别格外地夸大起来，说“税丁”（五十亩，谷四斛）的制度是土地国有制上的反映，“税户”（绢三匹，绵三斤）的制度是土地私有制的反映，这样就在夸大了土地国有制和土地私有制间差异的基础上，夸大了土地国有制的作用；并且把原本是既施行于国有土地之上又施行于私有土地之上的中古“税户”原则予以形而上学的理解，说它只是推行于私有土地之上的。这样，对于我们正确而深刻地去理解“户调”制，是会有妨碍的。

以上两段的“大义”，说明了。底下，再谈其中存在的若干歧异和问题。这准备按照三个大项，来进行申说。在申说中，某些地方不可避免地会有重复。

第一大项是关于“占田”的涵义的问题。人们还是会问：“占田”的涵义

① 张维华：《对于〈初学记〉宝器部绢第九所引晋故事一文之考释》，《山东大学学报》1957年1期，页120～126。

究竟是什么？是授田呢，抑是限田呢？从传统势力来看，授田说的影响是大的。但从近十数年来学术界的情况看，限田说更受到信赖。我们是主张限田说的。我们之所以这样主张的根据，除却前文已经申述的两点（西晋没有那么多土地进行普遍授田，以及史料中极端缺乏有关普遍授田的反映）之外，现在从《晋书·食货志》文献字句方面，再提出两点来。第一，试观文献字句中，对于官僚部分也叫“占田”，对于一般平民部分也叫“占田”。用词是等同的，没有任何差别。而官僚土地除其中有少量“赐田”之外，绝大部分是买的和霸占来的，不可能是国家授与的。官僚土地既然主要不是授与的，那么与之使用等同字句对待的一般平民的土地，也不可能是授与的了。第二，再试观文献字句中，“课田”对象叫做“丁男”、“丁女”、“次丁男”等等，而“占田”对象则仅仅叫做“男子”、“女子”。这中间是有个差别的。“丁男”、“丁女”等等，带有较严格的意义，即负担国家租调的意义；而“男子”、“女子”则显然不带有这层意义，它们仅带有泛泛的一般国民的涵义。由此可见，有关这些“男女”、“女子”的“占田”不是什么带积极意义的授田，而仅仅是带消极意义的限田了。

第二大项是关于“课田”的涵义问题。不少过去的解释者都根据《晋书·食货志》中“其外”二字，主张“占田”与“课田”相分离，仿佛“井田”上有“私田”百亩和“公田”八家合耕百亩的情况相类似。人们说“占田”相当于“私田”，“课田”相当于“公田”，这中间剥削的是劳役租形式的赋税。由此，人们还算了许多胡涂账，并得出了一些各不相同的比例数。由于情况分歧且无太大讨论价值，故在此不予赘述。另一派反对这些解释，说“课田”不是土地制度，它仅仅是赋税制度；不是劳役租形式的赋税，而是实物租形式的赋税；这样规定的目的仅仅是禁止游惰、督促垦荒，使每个劳动者向国家缴纳一宗接近于平均数四斛（每亩八升）的剩余劳动产品就是了。以上两说，哪一个对呢？我们认为，后者对。理由和根据是什么呢？也有两条。第一，《晋书·食货志》中虽然没有提租谷四斛的情节（这究竟是由于纂修人疏忽吗，还是其它原因，目前还说不清楚），但《初学记》中却把它保存下来了，这就可以完全证实课田是劳役租形式赋税的说法是立不住脚的，从而也就证实了课田上实行的是实物租形式的赋税。第二，关于规定“五十亩”的问题，例如岑仲勉先生就曾说，“有些人不能占到五十亩，如果不问实情，一律课以谷四斛、绢三匹，是难以行得通的”。[①]其实这种担心也是不必要的，因为只要有“九品相通”（又叫“九品混通”，也就是“裒多益寡”）的原则就可以调整了。我们不可将“五十亩”或“谷四斛”看成一个死数，它仅是中央给地方的一个平均数而已，至于具体征调，那历来就是千差万别，从来没有划一过的。

第三大项是关于“户调”的问题。对个体农业手工业牢固结合的“户”的榨取，是中古历史上自然经济特征进一步发展的反映。两汉计算“户赀”，可以说是它的滥觞；唐朝“租庸调”中的“有户斯有调”是它的更成熟了的形式。魏晋“户调”恰好处在这“中段”之中。但人们也在争论着一个问题，即“户调”项下仅仅包括妇女家庭手工业产品的“绢”、“绵”两项呢？还是连男子农业产品的谷物也包括在内呢？换言之，即西晋封建剥削项目中的“租”、“调”二项是合并计征的呢？抑是分别计征的呢？关于这个问题，让我们从三个方面来进行观察。第一，从历史的纵面观察，起初在曹操手令中是合并征取的，后来到隋唐便是分别计征了。第二，从西晋同一个时代的文献中观察，《初学记》反映的是合并征取，《晋书·食货志》中又似乎是分别计征，“户调”项下只列“绢三匹、绵三斤”了。第三，从西晋乱亡后“五胡十六国”情况之有记载可考的观察，在华北的石勒的后赵是合并征取的，“（勒）始下州郡，阅实人户，户赀二匹，租二斛”；[②]在四川的李雄的成汉又是分别计征的，“其赋，男女岁谷三斛，女丁半之；户调绢不过数丈，绵不过数两”。[③]情况很紊乱，但仍可看出一些征候来，即第一，越早越倾向于合并征取，越迟越倾向于分别计征；第二，越在社会生产受破坏的情况下，越倾向于合并征取；越在社会生产有相对恢复的情况下，越倾向于分别计征：如此而已。

其余问题，不拟在此一一探讨了。

最后，我们根据以上的讨论，试做出如下的几点总结来。

（一）西晋政府授田说（什么“人人有田”、“户户有田”等等），特别在中原狭乡地带，是不能成立的。过去这方面之所以说法很多，主要是从“井田”空想中孳生出来的胡涂思想和臆测。而这些说法的客观后果，是于不知不觉之中美化了西晋统治者。

（二）“占田”是自耕自享的地，“课田”是收获全部缴公的地，这中间是

① 见《中学历史教学》1957年第8期。

② 《晋书》卷104《石勒载记》。

③ 《晋书》卷121《李雄载记》。

劳役租形式的剥削——这说法也是不符合历史真实的。实际上，“占田”仅是个限额，“课田”也仅是赋税榨取的一个平均额，按“九品混通”而实际征取。

（三）当时国家剥削，实际上已经划分为与隋唐基本一致的“租”、“庸”、“调”三个平行项目。“庸”的原始形态——“役”是存在的，只是《晋书·食货志》中未予反映而已。“租”、“调”也都存在了，不过征取方式是时分时合就是了。所以在具体的历史上，“户调”的概念范围，表现为时宽时窄，这也是没有什么值得奇怪的。

（四）法令条文是统一的，而实际执行之中又是千变万化的。自曹魏末和晋初接连宣布屯田据点解散之后，实际上可能出现过一种“过渡时期暂行办法”，《初学记》所引《晋故事》云云，可能就是反映的这个“过渡”。后来一再调整，可能落实到《晋书·食货志》中所记载的规模。但唐修《晋书》，可能存在着某些疏漏（如力役问题就根本未提，即是一例），不过在缺乏更多更可靠资料能够予以补正的条件下，许多不能解决的疑难，也就只好予以保留了。

第五章　北朝、隋唐的均田制度

第十九节　均田制概论及其有关的争论

均田制是中国中古期施行过的一种土地制度。由于它纯乎是国家统治者制定并颁行的一种制度（在这一点上它和井田制度有所区别，井田制度虽也经不同的统治者制定修改过，但更主要是在社会自然衍变中形成的），所以自必同时也是一种国家赋役榨取的制度。这一制度，意味着封建国家对土地私有权的企图干预。要干预，在北魏制定并颁行这套法令的当时，有着某些有利条件，但也有很多、很大的不利条件。特别是制定这一法令的帝王将相们不会不从王莽的“蛮干主义”中接受教训，当时王莽的“圣制”规定天下田曰“王田”，一律冻结，不准买卖，有反对者投诸四裔，以御魑魅。可是三年之后，天下大乱，王莽又急急忙忙宣布解除了土地买卖的冻结令。可见土地私有制自从产生并巩固以来，统治者碰一碰是要特别小心的。北魏孝文帝元宏君臣们在制定法令中，是表现出了这一点的。他们精心炮制，所以也就表现为妥协性特别突出。后来对于均田制的一切议论，差不多都从企图干预而又富于妥协性的这一矛盾点上萌发出来。由于是一种干预，而且是封建社会历史上最后一次较大规模的制度性的干预了，不管其干预的力量已经多么微弱，它究竟还不失为一种干预，所以后代儒生，不少人对它进行美化，抱有幻想。陈守实先生说：“在均田制上给予玫瑰式的幻想，乃是一种无知。”[①]而这种“无知”的人，还并不太少。另一方面，由于均田制先天地带有妥协性，所以又引发了“虚假的外

① 陈守实编：《北魏隋唐土地问题》（复旦大学油印讲义）。

皮”论，[①]说均田制是骗人的，实行过还是没有实行过，都很值得怀疑。议论就这么两极化地发展下去。因而产生一种必要，要把历来具有代表性的对均田制的议论，拿来做一番检查。

其实，对于横亘在均田制和它的前辈井田制之间在产生条件方面的一个极大差异，旧时代的历史家也并不是“无知”的，相反，他们认识得很明确，在文字中说得很清楚。这就是：井田制的时候，土地私有权尚未确立；而均田制的时候，则已确立了八百年了。这确实是个极大的差异。要正确地理解干预，要正确地理解妥协性，都非紧紧地抓住这个极大差异不可。试看宋朝的叶适说：

> 周亦有司均，掌田里之政令，以其时田尚在官故也。今田不在官久矣，往事无可复论。[②]

这就轻轻地划了一条鲜明的界线。元朝的马端临又说：

> 三代而上，天下非天子所得私也；秦废封建，而始以天下奉一人矣。三代以上，田产非庶人所得私也；秦废井田，而始捐田产以予百姓矣。秦于其当与者取之，于其所当取者与之。[③]

马端临后边两句话说得很漂亮，很中肯，一点也不表现“无知”。仿佛他也颇为自我欣赏似的，不惜在《文献通考》中两次提到它。我们应当对之进行分析。我们说，这段话有其对的一面，也有其不对的一面。对的方面是：马端临说，秦应该把政权下放一些给地方去管，而它偏偏把权统统集中到中央来了；秦应该把土地所有权紧紧地抓在自己手里，而它偏偏把它下放给地主了。表述了这两点，反映马端临是一个极有头脑的儒生。但不对的方面则是：在马端临看来，秦专门干一些胡涂事。不是这样。从农村公社发展到地主私有制，从贵族分封发展到官僚机构的中央集权，这都是历史的必然，不以人们主观意志为转移的。秦顺应了这种历史的必然，并没有干胡涂事，（自然也并没有聪明到清楚地认识到了这种历史必然而予以顺应的地步）。

但有时后面的人并不比前面的人聪明很多。不久以前有些学术界的议论之

① 谭惠中：《关于北魏均田制的实质》，见《历史研究》1963年第5期。

② 见陈登原：《国史旧闻》卷1，页636引叶水心《习学纪言》卷36。

③ 马端临：《文献通考》卷首自序。

所以在均田制上发生了一些在我们看来未见得妥当的论点，其原因之一就是对叶适、马端临所划出的这条界线重视不足。私有制（土地私有制是其中最主要的构成部分之一），在人类历史上的形成，是一种历史的必然。它一旦形成之后，就有它自己的历史命运。它不是永恒的；也不是一帆风顺的。它要经历一些波折，它要最后灭亡，被无产阶级领导的社会主义所改造，被科学地创造出来的若干条件所规定而终于不得不走下历史舞台。但在这之前，我们却不能轻易地设想它会轻而易举地被旧时代的什么“法令”，什么“国家所有制”，甚至什么“公有制”所改变。没有这么一回事。获得了这类结论的人，差不多都是在坚持阶级观点和阶级分析法方面或多或少存在着问题。底下，我们具体地看一些情况。

当已故的李亚农先生在他的《周族的氏族制与拓跋族的前封建制》一书中谈论到北魏均田制的时候，他摆出了不少的论点。他说北魏的均田制在中国历史上是“非常有名的”，同时也是“非常奇特”的土地制度。他说，北魏的均田制跟西晋的占田制“已经丝毫没有共同之处”，即便和隋朝的均田制亦大有区别。他又说，由于落后民族的入侵，中国北部的经济生活“竟倒退了两千年”！他还说，“拓跋族的氏族制社会在和汉族的封建制社会接触之后，他们就跳过了奴隶制的阶段，创造了一种奇特的生产关系，即氏族制的生产关系和封建制的生产关系的混合物。”[①]他继续说，“在北魏的经济生活中既有氏族制的成分，又有封建制的成分。不过氏族制的成分比重日渐减轻，终至于消灭；而封建制成分的比重则日渐增加，终于变成完全的封建制。”可是他又说，北魏的土地制度，又不是封建土地所有制，而是“氏族社会的土地公有制。”[②]

我们说，我们对这些看法，都是抱有不同意见的。我们承认，任何社会的发展历程，都不会是笔直而又笔直，纯粹而又纯粹的，会有曲折的。不承认曲折，也是不对的。但“倒退两千年”的说法（这不仅仅是文字的夸大），无论从方法论角度或者从史料角度，都得不到任何的支持和印证。其实这也不是初发自李亚农先生，早在二十年代末、三十年代初的“中国社会史问题论战”中，这种声音已经听到过了。奇特的是，为什么在五六十年代，还会重复这种论调。再谈“混合物”问题。任何社会形态，任何社会的经济结构，都不是“单打一”的。其中自必包括本社会结构的本质的要素，也就是说，对本社会

① 李亚农：《周族的氏族制与拓跋族的前封建制》，后编第11章，页116～120。

② 同上注，页127。

的性质具有规定性的要素；之外，自必也包括前一社会阶段中残留下来的未死完的东西，和下一阶段中要新生的东西的萌芽。不承认这些是不对的，因为那将势必流为“铁板一块”论。但是矛盾的存在，总是表现为主要矛盾和非主要矛盾，而主要矛盾不可能同时存在多个。这是各篇经典论著都不断表述过的。因此，“混合物”的提法，在方法论上就会流为矛盾的均衡论了。而从北魏的具体历史资料去看，(此处暂不具体罗列)，也看不出“混合物”的迹象。至于说到北魏的土地制度是“土地公有制”的话，则是在所有这一大堆“奇特”的论点中最突出和最不应该的了。试想，在北魏均田制中挖空心思对汉人世家大族利益左一照顾、右一照顾的情况下，在当时大河南北封建领主势力蓬生林立的情况下，竟说是“土地公有制”，这假如不是阶级观点不强，阶级分析法没掌握好的话，是不大容易给予其它的解释的。

底下，让我们看一看唐长孺先生的论点。他曾经在一篇论文中说上述李亚农先生的论点是“深刻”的；并进一步指出，李说均田制度和农村公社时期的土地制度“没有什么区别”，这一点对他（唐先生）有“很大的启发”。[①]而唐先生自己的看法，则更集中地表述在他的专著《魏晋南北朝史论丛续编》中，让我们引述其原文吧：

> 我们认为不论其表现形式有何等差别，专制皇权自秦、汉以来一直建筑在剥削自耕农的基础上。广大自耕农民，不论是在奴隶制社会或是封建社会初期，都必然带有公社农民的性质，他们之遭受专制皇权的无限剥削，就因为皇帝是公社之父。不管土地买卖如何地不加禁止，只要是相似有小块土地的农民还是国家赋役对象的坚强柱石，只要国家对于土地占有和劳动力占有还不是完全放任，那么实质上，只能是属于国家土地所有制的范畴。各个社会发展阶段都可以出现国家土地所有制，国家所有制的实质就是奴隶主、封建主乃至资产阶级的所有制；只有社会主义国家所有制乃是全民所有制。我们在这里必须严格区别其本质，而没有必要把国家土地所有制的形式归之于哪一种社会所特有。人所共知，东方奴隶制的专制国家中，国家土地所有制占统治地位，而许多东方封建国家也还是这样，或者继续保持了一个较长时间才发生变化。马克思关于亚细亚封建国家中地租和课税合并在一起的指示是人所熟知的，在中国的古代和中古期间，

① 唐长孺：《均田制的产生及其破坏》，《历史研究》1956年第2期。

固然不像印度那样长期具有完整的公社，因而封建国家所有制也不完整，但在唐中叶以前，我想是与马克思的指示相符合的。[1]

这种谈法，跟十几年前一度大量出版的一些苏联史学著作中的谈法十分邻近。那些苏联史学著作往往表现有几个共同的特征，即一方面对马克思的经典著作一方面做了“死背经文”（斯大林语）的引述，另方面又做了不分析具体条件的推广；另一方面，对于阶级分析法则普遍地表现为不重视。唐先生的这段议论，也是不从阶级对立的社会根本矛盾出发，而是从政治上层建筑的代表者（专制主义）和所谓公社以及自耕农出发，来谈论问题的。这里，我们准备来辩论四点。第一“公社”这个词，确确实实不应该丢开阶级内容来泛泛谈论。马克思和恩格斯从来不是这样，他们指出，有原始社会的原始公社，有阶级已经发生后的农村公社，有界乎两者之间过渡期的“农业公社”，[2]以及以后衍变派生的种种次生和再次生形态。像《世界通史》[3]中把中国明朝的“里”、“甲”也叫做“公社”的办法，假如不是国情隔阂，那就必然是阶级观点方面有毛病。说奴隶社会或封建初期，自耕农必然带有公社农民的性质，说这句话时是应该更加谨慎些的。这里的“公社”，究竟是公有制下的意义呢？抑或是私有制下“公社”已成为被利用的躯壳的意义呢？在我推测，唐先生的寓义是在前者，理由是假如是后者，那么对唐先生的全部论证就会变得毫无意义了。在《战争与和平》中，在斯摩凌斯克撤退前夕，在布尔康斯基庄园上的农民，不是也显明地表现出有“公社”（“密尔”）的形式吗？可是那又有何助力于辩论他们的实质不是布尔康斯基公爵的农奴呢?！只看见皇帝和“公社”农民，而看不见或者不提世家大族和他们的庞大的荫户，这能算是全面和正确吗？

第二，“自耕农”这个概念也要弄清楚，它的数量和意义也不容弄混。我们说，井田上的份地农民，自然不能叫自耕农；在中古世家大族家中荫蔽的那些荫户、佃客、衣食客、部曲、家兵，自然更不能叫自耕农；在近古地主土地上租种缴租的那些客户、佃户，也不能叫自耕农。自耕农的含义，必然是他又不靠租种别人土地生活，而他所耕种的那块土地其所有权又是属于他自己所私

---

① 唐长孺：《北魏均田制中的几个问题》，见《魏晋南北朝史论丛续编》页16～28。

② 《马恩全集》第19卷，页444。

③ 苏联《世界通史》第4卷，页881。

有的。这样的自耕农比较庞大地出现在我国历史上，只有两次。单单不包括北朝和中古。这两次，一次是在井田瓦解之时，即战国末到秦、西汉；另一次是在宋、明资本主义萌芽比较显著的时候和地方。而这后一次，力量也仍是比较微弱的。这两段时期内出现的自耕农，在社会意义上，带有新颖的性质。此见于恩格斯的多次论述（如《德法小农问题》），此处不具引。北魏有没有自耕农？肯定有的。数量如何？性质如何？那就很难说了。根据我们推测，只有在均田令号召下，情愿舍弃其荫户的身份，或者游手好闲的身份，情愿离开所谓“狭乡”远涉关山去到“宽乡”落户的人们，才是北魏的自耕农。这样的自耕农身份是很不稳固的，今天还是荫户，明天成了自耕农，后天又逃了，等等，这种迹象在史料中不是少见的。因而也就很难统计。从史料中看到，政府刮一次，立即刮出几万户，可是刚刚刮过，又逃掉了。说专制国家建筑在这样的基础上，未免不足取信。我们勿宁认为：北魏专制国家是建筑在鲜卑军事贵族和汉人世家大族联合剥削压迫胡、汉两族以及其他少数诸族人民的基础上，这样庶几乎可以说得通些。

第三，关于马克思的东方学说问题。马克思主义是置诸四海而皆准的真理。但马克思的每一个具体论点，一定要提到与原来的意旨相适合的范围，并且用正确的方法论证问题，才能获致出正确的结论。不容许把它提到与原旨不合适的范围，使用不正确的方法去推广引伸。马克思的古代东方学说，是辉煌的，但自所谓“马扎尔学派”以及斯特鲁威、阿甫捷叶夫以来，却把它拿去胡乱推广和引伸起来了。应该指出，马克思晚年已经掌握了不少的俄国资料和为数不多的中国资料，但俄国资料尚未钻研完毕，中国资料尚未动手钻研，他就逝世了。[①]古代东方学说是主要以印度为模特儿的。而中国社会和印度社会的不同之处又很多（不仅仅是个“公社”完整不完整的问题），所以拿自印度资料中归纳出来的东方学说强硬地推广到中国历史中来的办法，导师马克思本人也是不会同意的。就以地租和课税的合一或分离来说，这确确实实是一个伟大的发现，在中国井田上的劳役租恰好是符合了地租、课税合一的理论；但秦汉以后二者就分离了；但即便分离，合一的残余形式依然存在，例如包括北魏在内的上自西汉，下迄明朝，在一些国家屯田上的缴纳，就依然表现为地租课税的合一；就是均田上的租庸调，我们也不杜绝说它带有某些地租和课税合一的

① 见恩格斯为《资本论》三卷所写的若干条注脚。

东方色彩的可能性；但地主的私有权究竟是被国家大量地默认下来了，国家是最大的地主，但并不是唯一的。在这种情况下，唐先生划出自井田到唐中叶以前的均田指为地租课税合一的东方特征时期，这样做究竟是否适当呢，我们认为值得重加考虑。

第四，唐先生在上引一段文字中，不知有意无意，弄成了一个混乱，就是说，把“形式”同“实质”间的区别模糊了，把某一个社会的国家政权的授与者和被授与者间的区别也弄模糊了。前几年人们之所以反复辩难，写了那么多文章，打了那么多笔墨官司，就是为了要弄清楚中国封建社会土地所有制的形式问题，从而进一步弄清楚在不同的形式下的实质，其同异的情况又如何？讨论的是形式，而落实起来，仍有助于实质的认识。一讨论开，这才牵连到国家权力的授与者和被授与者的关系问题。有人强调国有制形式为主导；有人强调私有制形式为主导；前一派强调国家——即被授者的作用，后一派则强调授权者——领主或地主阶级的作用。在“文化革命”前，大家正在争得不可开交。可唐先生却说，国有制也就是私有制，被授权者占主导也就是授权者占主导。这样地把一场争论无形中取消掉了。而这种取消主义态度，对于探讨真理是没有什么好处的。

我们再将李亚农、唐长孺二先生的论点联在一起看，就会立刻发现一个共同点，即他们二位对叶适、马端临所划的那条界线都矢口不提。这就表示，李、唐二位对秦时土地私有权开始确立的这一点不予重视；也就是说，他二位对人类历史上私有财产的发生、巩固及其消灭的问题的严重性，重视不足。土地私有权的确立，带来了，或者深化着各种对土地私有的阶级的形成；而各种对土地私有的阶级的形成和深化，又带来了各种靠土地的剥削者和被剥削者的对立。同时还有国家。国家蒙了一件面纱，装作自己似乎是凌驾在剥削者和被剥削者之间的仲裁者，而其实他是剥削者阶级在政权上的代表，和剥削者是穿一条连裆裤的。剥削者和他政权上的代表中间，是有着“又勾结又争夺”的矛盾关系的，但无论矛盾怎样激化，也不会搅乱他们共同镇压被剥削者的阶级阵线。这一点，无论何时何地，必须紧紧掌握；不然，势必流于脱离阶级观点的境地。

与上述李亚农、唐长孺二先生走着另一种反背方向的，是陈守实先生和谭惠中先生。陈先生反对把均田说作“公有”、“国有”，指出什么“公有”、“国有”，只是一种“假象”。他说：“在过渡期中，有许多不同时期、不同地址的闪光，在进程上迷蒙历史家的视线，使他忘记了时间和地点在历史现象上的实际差度，因而引起对固定制度的呆板探索。”[①]陈先生的文字似乎有自己的文体，有时比较艰深，令人难于参悟；像上引这段就是如此。“闪光”是啥？“时间和地点在历史现象上的实际差度”又是指的啥？不大明白。但历史家“视线”会受蒙蔽，某些历史家爱对“固定制度”进行“呆板探索”，这些都是有的。对均田令也正是这样，指出来是完全应该的。但从他开始，对均田制之为一种土地制度，进行否认。他只承认其为一种赋役制度。他说：“均平分配土地不可能实现，而按人户丁口平均负担租调，按照校比户贯的三长制，是可以在短暂时间内做到的。《资治通鉴》叙述这几件事的程度是：（一）租调的改革；（二）置官班禄的重新整饬；（三）由荫附、隐冒而引起李冲的建议，设立三长；（四）因土地的争执和强占，李安世提出均田建议。它的线索已明白表示：不在土地“均田分配，而在租调的比较平均负担。”[②]接着他又说：“均田只不过在原有的土地关系上——即地主所有制的土地关系上——和大片荒地空地上，按照劳动力来加以调整而已。”[③]陈先生的许多观点是宝贵的；但假如把一场土地制度仅仅压缩成为赋税的调整，这是否合适，值得大家考虑。我们后文也将进行更多的辩论。

比陈守实先生走得更远的，是谭惠中先生。她干脆指斥什么均田法，只不过是一张“虚假的外皮”，她认为“均田的实行，是值得怀疑的”，[④]就是说，是骗人的。而均田制的效果呢，那就更成问题。她说：“均田制不仅没有触动豪族地主的土地所有权，而且还促进了它的进一步发展。均田制对于农民来说，不仅没有分配土地给农民，反而使农民丧失了一部分土地，或者限制农民只能占有少量土地”。[⑤]我们认为，像这样的说法，显然是严重地过头了。“不过正不足以矫枉”，是指“破”的段落而言的；到“立”的时候，那就是说，当科学落实的时候，过头的论调未见得有什么益处，甚至有很大的害处。

要证明均田制并不是骗人的，并不是没有实行过的，要证明均田制确确实实曾经执行（不管执行过程中有多少弊端），——并不是很困难的事情。随便

① 陈守实：《北魏隋唐土地问题》（油印讲稿），页106。

② 陈守实：《北魏隋唐土地问题》（油印讲稿），页77。

③ 同上注。

④ 谭惠中：《关于北魏均田制的实质》，《历史研究》1963年第5期。

⑤ 谭惠中：《关于北魏均田制的实质》，《历史研究》1963年第5期。

说一点吧。第一，至今残余的若干敦煌和吐鲁番的券契中，清清楚楚记载着某某人、若干口、应授若干亩。这些总不会是伪造出来骗的吧？第二，唐太宗行至壶口，发现丁田有仅给三十亩的现象[①]；狄人杰在武则天的时候上疏反映说，授田的实况是每户不过十亩五亩。[②]这些零星资料，也都恰好可以证明均田制到唐朝依然在实行，而不是骗人。第三，唐朝人杜佑在《通典》中记载北齐均田时，清清楚楚地、有力地写道："北齐给授田令，仍依魏朝。每年十月，普令转授。成丁而授；丁老而退；不听卖易"。[③]杜君卿距北朝不远，当不会制为谎言以欺后世。第四，甚至到了明朝，人们还在极小的范围内摹拟执行这种井田、均田一类的措施。在安徽凤阳的焦山一带，曾有这样的事："一家五口，授田五十亩，五家二百五十亩，而中公五十亩，以代官耕，则五家通力合作也。"[④]在山东诸城又曾有这样的事："创立官庄四十五处，专以垦荒为主，其法于凡荒田，不拘年之浅深，地之远近，主之有无，通令贫民插立开耕，遂为己业。名曰官庄，若谓官设之也，而人不敢贸易、争夺之焉。"[⑤]马克思曾说，我们常常从猴体构成来探索人体构成，那么，明朝的小规模的仿品，不是也可以证明北朝、隋唐时候确确实实也有过这种全国规模的类似的事情吗？所有这些，都足以证明，像谭惠中先生的"虚假的外皮"那样过头的说法，是很不容易站住脚的。

有关均田制的一些主要议论，上文都引述过了。其余也还有一些，不再一一具论。

第二十节　北朝均田制实施的样板研究(上)

为了把上引议论更进一步弄清楚，看起来"对固定制度的样板探索"似乎还是不可少的。那就是说，有必要对北魏均田令进行力求其细的钻研。但在这之前，还须插入一段，来说明北魏均田制产生的社会背景。

均田制的产生，绝不是偶然的。均田制度产生在北魏，也不是偶然的。这

---

① 《册府元龟》卷42。

② 《全唐文》卷167。

③ 杜佑：《通典》卷2。

④ 顾炎武：《天下郡国利病书》卷33（江南21）。

⑤ 顾炎武：《天下郡国利病书》卷42（山东8）。

和统一了北方的拓跋族的社会变迁的阶段有关；这和拓跋族长期以来实行过的一些制度的传统有关；这和拓跋族统治下北方汉人大族的传统也有关。弄清楚这三个方面，才能理解到均田制的出现，以及为什么单单以现存记载的那个样子而出现的必然性之所在。

拓跋族的社会发展的阶段性，从史料中表现的比较明确。从《魏书》的序纪和官氏志中一些片断来看，这个朝代的统治者在拓跋珪之前，大抵传了二十七个酋长，或者说君主。在这二十七个统治者中，又可以看出前十三个为一段落，后十四个为一段落。前十三个的特点，第一都是汉化的单名，第二大都是父子继承，——这说明这段记载，其绝大部分是后人追溯的，真实性不强。后十四个的特点，与前段落相反，第一都是胡化的复名，第二不少是兄终弟及的。这一段比较可信一些。到拓跋珪及其以后，那就毫无疑问是阶级剥削、国家镇压机器等尽已完备的时候了。

我们来看一看他们的社会发展阶段吧。据说，最初他们过着“畜牧迁徙”和“不为文字”的生活。这是原始性的游牧生活。等到传说中成帝毛和安帝越的时候，他们“统国三十六，大姓九十九”，这显然是氏族联盟的表现，譬如说99个氏族、36个部落共同组成一个大的部落联盟，而这个毛和越就是大酋长。等到由前十三代向后十四代的转折的点上，有个献帝邻，“七分国人，使诸兄弟各摄领之，乃分其氏。”这个“氏”字很重要，是氏族定居的开始，也是私有财产发生的信号。恩格斯说：“氏族在他的村落里住得越久，……联系的血族性质就愈消失，而地域的性质就愈巩固。”[①]在这里，我们举一个旁证。北魏《奚智墓志》中说：“智，仆侩可汗之后裔。中古迁移，分领部众，遂因所居，改为达奚氏焉。逮皇业徙嵩，敕姓奚氏。”[②]仆侩可汗即《魏书》序纪中处于邻前之侩。可见自侩、邻之后，迄于拓跋珪之前，氏族在慢慢定居下来，各因所居，各分其氏，血缘纽带作用日减，而地域纽带作用日强，这正是私有财产和阶级开始发生的时候。在拓跋本族的衍变之外，周边影响也起作用，慢慢地封建晋朝在北方的影响来了，商人的影响也来了，从猗卢到什翼犍，就正是酋长们积累财富、开展对邻近地区的战争，出现了掠夺来的牛马、俘虏，以及考虑制定法条、设立统治机器的时候了。[③]最后到拓跋珪时，“离散诸部，分

① 恩格斯：《家庭、私有制和国家的起源》，中译本页146。

② 赵万里辑《北朝墓志》图版第207；集释卷5，页42。

③ 参看唐长孺：《魏晋北朝史论丛》，页197～203。

土定居，不听迁徙”。这时的定居，已不是血缘氏族的定居而是国家建立之后，将鲜卑族的游牧人口向汉族农业人口看齐，大家都成为国家编户齐民的一种措施了。拓跋族社会阶段发展的相当鲜明的脉络，大体如此。看清了这一点，就不会夸张什么“氏族制”的作用，因为氏族制早在从猗卢到什翼犍时候已经向阶级社会转化了。残余是不可能没有的，但那毕竟是残余了。

再来看“计口受田”。关于它，要好好地谈一谈。可以说，“计口受田”是拓跋族社会经济生活中最典型的东西，是后来均田制中骨干和灵魂性质的东西，也是后来许多议论者这样那样论点的有力根据。

在《魏书》的本纪和个别志、传里，“计口受田”的字样是屡见的。这是国家强力安排生产的一种大规模措施。本纪中有两次记录最详细的，一次在天兴元年（398），一次在永兴五年（413）。大体是政府在一场战争胜利后，掠夺到大量的牲畜，俘虏到大量的人口，有时数万家，有时十万余家，把他们集中到京畿及其附近地区，进行“计口受田”，政府给农具，给耕牛，并置八部帅以监之，让他们出租调。其目的是“无令人有余力，地有遗利”。这说的很清楚，是强迫劳动，由国家榨取劳动果实的意思。颜之推说：“自荒乱以来，诸见俘虏，……虽千载冠冕，莫不耕田养马”。[①]可见不分民族，不分原来身份的“良”、“贱”，一律作为“新民”，来安排生产劳动。显然，这是阶级国家强化的表现，并不是什么“公有制”或者“公社”的表现，因为假如是后者的话，其中必然呈现某些民主色彩和劳动者的平等身份；然而在“计口受田”中不是这样。说它是“国家土地所有制”，倒是合适的。的确，北魏国家把“计口受田”当成了手中得力的法宝。试看韩麒麟在第一次均田令颁布后十一年、第二次均田令颁布后三年的时候，还上疏建议在京畿一带职分田、官田集中的地区，也同样使用这种法宝，“计口受田”“勤相劝课，严加赏罚”，把那些数以万计的游食之口组织起来，参加生产。[②]由此可见，“计口受田”绝不是什么“公社”制的残余，而是封建国家强制手段的一种。

以上说的是拓跋族的集中地区。汉族的集中地区又如何呢？史料中说，置宗主督护而已。陈守实先生认为，这中间也有“公社”色彩。我们不同意。陈先生征引了《晋书·孝友传》中《庾衮传》的内容“峻险厄，杜蹊径，修坞壁，树藩障，考功庸，计丈尺，均劳逸，通有无”，从而议论说，“武装与生产

① 颜之推：《颜氏家训》卷8《勉学篇》。

② 《魏书》卷60（列传48）《韩麒麟传》。

结合在一起，土地通过家族乡党关系，而作出公社式的划分。公共财产开始不会有，后来逐渐累积起来。”[①]我们不同意这个看法。因为第一，这是一条西晋时的材料，一条孤立的材料；第二，这是在战争紧急时期的措施，个别地主会有些开明表现，但不足以证明大多数地主都如此。在抗日战争初期，反动军阀阎锡山不是也高叫“合理负担”，同意“减租减息”的吗？第三，史料中有反证，《魏书·食货志》以概括的笔调写道：“魏初不立三长，故民多荫附，荫附者皆无官役，豪强征敛，倍于公赋。”剥削这么严重，怎么会积累起来什么“合二而一”的“公共财产”呢?！在陈守实先生看来，这种汉人地区的宗法残余和拓跋君长大人的部落，这二者是“有其共同性的”。我们不同意。我们看不出一点共同性。我们所看出来的，倒是“一分为二”的矛盾性始终贯穿在北魏社会经济生活中，也始终贯穿在均田制之中，这就是，一方面从“计口受田”的传统中派生出“还”、“受”的一套办法；另一方面，从“民多荫附”的传统中派生出均田令中奴婢、牛也可受田，以及“桑田为世业，身终不还”的一套办法。前者要为国家保证榨取更多的租调，带有强硬性；后者对地主左一照顾、右一照顾，带有妥协性。二者是矛盾的，但被元宏、李安世、李冲君臣们精心炮制，组织到统一的均田令中去了。

以上，就是我们对均田制产生的社会背景的全部看法。

*　　*　　*

底下让我们逐字逐句来看太和九年颁布的均田令全文吧。

《魏书·食货志》记载说：

> （太和）九年，下诏，均给天下民田。诸男夫十五以上，受露田四十亩；妇人二十亩；奴婢依良；丁牛一头，受田三十亩，限四牛。所授之田，率倍之；三易之田，再倍之，以供耕作，及还受之盈缩。诸民年及课，则受田；老、免及身没，则还田。奴、婢、牛，随有无以还受。诸桑田不在还受之限，但通入倍田分；于分虽盈，没则还田，不得以充露田之数。不足者，以露田充倍。诸初受田者，男夫一人给田二十亩，课莳余种桑五十树，枣五株，榆三根。非桑之土，夫给一亩，依法课莳榆枣。奴各依良。限三年种毕；不毕，夺其不毕之地。于桑榆地分，杂莳余果，及多种桑榆者，不禁。诸应还之田，不得种桑榆枣果，种者以违令论，地入还

① 陈守实：《北魏唐隋土地问题》（讲稿），页23～24。

分。诸桑田皆为世业，身终不还。恒从现口有盈者，无受无还；不足者，受种如法。盈者得卖其盈；不足者得买所不足。不得卖其分；亦不得买过所足。诸麻布之土，男夫及课，别给麻田十亩，妇人五亩，奴婢依良，皆从还受之法。诸有举户老小癃残无受田者，年十一以上及癃者，各授以半夫田；年逾七十者，不还所受；寡妇守志者，虽免课亦授妇田。诸还受民田，恒以正月。若始受田而身亡，及卖买奴、婢、牛者，皆至明年正月，乃得还受。诸土广民稀之处，随力所及，官借民种莳役；有土居者，依法封受。诸地狭之处，有进丁受田而不乐迁者，则以其家桑田为正田分；又不足，不给倍田；又不足，家内人别减分。无桑之乡，准此为法。乐迁者，听逐空荒，不限异州他郡，唯不听避劳就逸。其地足之处，不得无故而移。诸民有新居者，三口给地一亩，以为居室。奴婢五口给一亩。男女十五以上，因其地分，口课种菜五分亩之一。诸一人之分，正从正，倍从倍，不得隔越他畔。讲丁受田者，恒从所近。若同时俱受：先贫后富。再倍之田，仿此为法。诸远流配谪、无子孙及户绝者，墟宅桑榆尽为公田，以供授受。授受之次，给其所亲。未给之间，亦借其所亲。诸宰民之官，各随地给公田，刺史十五顷，太守十顷，治中、别驾各八顷，县令、郡丞六顷。更代相付。卖者，坐如律。

我们要对这份样板文件进行细致的分析，必须先做两步初步的工作，一是字句的比勘，二是对字句之历来不同诠释的辩析。所谓“比勘”，是指主要三种版本（《魏书·食货志》、唐杜佑《通典》和元马端临《文献通考》）引文间之稍稍误差。有些误差我们不在乎，例如唐人讳“民”为“人”，讳“世”为“代”，元人跟着唐人依样葫芦，以及将“癃”字改“疾”字，“守志”改“守制”等，这些问题不大。此外，较大误差有二处，（一）《魏书》“以供耕作”，《通典》、《通考》均作“以供耕休”，意味着北魏时仍有休耕制、三圃制；（二）《魏书》“诸土广民稀之处，随力所及，官借民种莳役。有土居者，依法封授”这一段，《通典》、《通考》均作“……官借民种莳，后有来居者，依法封授”。按文义而言，后者较易通晓。

所谓“对字句之历来不同诠释的辩析”，牵涉较多，大体有六处，兹一一言之：（一）“（太和）九年”，对此年份存疑者不少。有人根据太和元年已有夫四十亩、中男二十亩之诏，主张元年已有均田。有人根据“三长制”颁布在太和十年，认为不应先均田、后定“三长”。但有人根据《南齐书》，“均田”、“三长”均著录在九年份下，认为无可疑。唐长孺先生又推测到在太和十二年至十四年之间。我们认为问题不大，元年颁布一次草令，九年颁布一次样文，十一年韩麒麟复看到京畿游手之人尚多，又主张在“官田”、“职田”地区，再进行一次“计口受田”。这都是可以说得通的。（二）“露田”、“桑田”，除其性质上有明显区别（露田须还，桑田可以不还）外，在字句以及形式上，历来亦有争论。《通典》、《通考》上均于“露田”下加注曰“不栽树者谓之露田”；《通典》卷2引北齐令文中，亦有“田中”字样；但谭惠中先生则认为“桑田”并不是在田中种桑树的田，只是在地界上围种，是土地私有权的一种标志物。古来桑多植于陌上，汉诗有《陌上桑》之目，仲长统《昌言》有“诸夏有十亩共桑之迫”，“迫”疑是“陌”，且李安世疏文中亦有“桑榆改植”之句，故谭说亦并非完全无据。但杜佑唐人，去北朝不远，而注明田中栽树，且五十株再加榆枣，似难全在陌上。况唐开元令文桑五十株，乃每亩数额，更不能陌上植之。故我们暂时仍以杜说为准。（三）“奴婢依良，丁牛一头，受田三十亩，限四牛”。此“丁”字本多从上读，至陈寅恪先生将“丁”字下读，作“丁牛”，《隋书·食货志》中有“丁牛”之词，胡三省《通鉴》注谓“丁牛”是“胜耕之牛”。但岑仲勉先生又谓，牧者之牛并不受田，“丁牛”者成丁人之牛。此说差妥。《魏书》中有关牛受田之限制为“四牛”，而《隋书》称北齐之法，则“限四年”。一为牛数，一为年数。大体此事甚难勘确，很难据魏法改齐法为“牛”，亦很难据齐法改魏法为“年”。此二字在字画上甚为邻近，想其中必有一讹书。（四）“诸桑田不在还受之限，但通入倍田分，于分虽盈，没则还田，不得以充露田之数”，这一段关系很重要，但意思又有不明确之处。唐长孺先生根据《册府元龟》和《通典》，主张删除“没则还田”一句话，此甚精确。我们承认，这四个字夹在这中间，确实是增加了意义不明的程度。（五）“课莳余种桑五十树……”，陈寅恪先生以“课莳”为句读，“余”字向下读，岑仲勉先生在“余”字后补一“果”字。但即便不经陈岑二氏的调整，句意亦可差明，即政府指定在种庄稼之余，另种桑树50棵，榆树2棵，枣树5棵。这也满可以说得通嘛。（六）“诸远流配谪、无子孙及户绝者，墟宅桑榆尽为公田，以供还受”，这段话本身无争论，但可以帮助解决另外一处争论。李安世疏文说：“所争之田，宜限年断，事久难明，悉属今主。然后虚妄之民，绝望于觊觎；守土之士，永免于凌夺矣。”谭惠中先生释“今主”为地主。今以令文“尽为公田，以供还受”的毫不含糊的字句来助证，谭先生之说已可肯定其为不能成立。

现在，在经过了一番字句方面的麻烦之后，我们可以来进行性质的分析了。我们要看：令文中哪些是对地主阶级左一照顾、右一照顾的？其次要看：令文中哪些是对土地私有权企图干预，企图树立“国有土地制”的？第三还要看：令文中哪些是反映了旧氏族公社残留下来的古老风俗和传统的？

均田令是不分条文的，但实际上是由条条组成，每一“诸”字下即起一段新内容，共十五段，实际上就是十五条。现在，我们将每条及其专义标题列在下面：

第一条　关于受田；

第二条　关于还田；

第三条　关于原有桑田（桑田壹）；

第四条　关于新授桑田（桑田贰）；

第五条　关于还田不得种树之禁；

第六条　关于桑田为永业（桑田叁）；

第七条　关于麻田；

第八条　关于残疾、老小、寡妇；

第九条　关于还受时限；

第十条　关于“宽乡”；

第十一条　关于“狭乡”；

第十二条　关于宅田；

第十三条　关于还受的几项精神原则；

第十四条　关于罪人田地处理；

第十五条　关于官田（即职田）。

我们分四点来进行分析。

第一，令文中有三条是专门对待“桑田”的，这是照顾地主既有利益的具体表现之一（另一即表现在奴婢牛受田的规定上）。这三条也不是平衡的，最核心在第六条，即规定“桑田为世业，身终不还”；以及“盈者得卖其盈，不足者得买所不足”。这就保证了地主原有地产可以不动。在买卖土地的冻结政策方面，也留了一点后门（比唐朝的后门窄一点）。第三条也是照顾地主的。唐长孺先生主张将“没则还田”删去，是对的。这条删去四字后的大意说，地主的“桑田”太多，不好算账怎么办？就算在“倍田”项下吧。但“倍田”是属于“露田”性质的，按规定应该还的；可是这种算作“倍田”的“桑田”，却可以不还。第四条不一定专指地主，是指一切国民开始受田时，原则上有20亩“桑田”，至于实际上授不授、授多少，自然就成问题了。北魏皇朝就是拿“桑田”和“奴婢牛”两项主要内容来对地主阶级表示最大的让步，表现了制度的妥协性。

第二，令文中在第一、第二、第五、第七、第十、第十一、第十二、第十五诸条中，表现了立法者在主观上企图树立“国家土地所有制”的（自然，具体执行后果如何，又是另外一回事）。田土在法律上归国家掌握，特别是“露田”，不准栽树，要严格执行“还”、“受”；此外，还给一点“麻田”，给一点“宅田”；犯罪人的土地由国家掌握重新分配；官吏的田假如私自卖掉了，要法办。这是政权机构在土地问题上企图显示权力的具体表现。

第三，令文第八条、第十三条、第十四条中，表现了拓跋族原始公社制以来所残留的古老风俗和传统，如对癃残老小以及丧失劳动力的人的照顾；在分配犯罪或绝户人的遗产时，按宗族传统“给其所亲”，“借其所亲”；特别值得注意的，是有关进丁受田的原则：“先贫后富”，这个原则是氏族公社时期民主因素的宝贵残余。自然在具体执行中，可能已成为“具文”了，但在法令中写进了这个字样，仍然不能不说是稀罕的。只是“人牛力相贸”的一条为什么没有写入令文，则不可知。

第四，令文有若干“松紧带”，这是统治者狡猾的地方，也是精心炮制的结果。这表现的地方很多，如（一）宽乡可以“随力所及”，狭乡则“减分”，这是最主要的一条松紧带。（二）关于买卖田土，法令精神是基本上予以冻结，不准买卖的；但又稍稍开了后门，“盈者得卖其盈，不足者得买所不足”；但又写明“不得卖其分，亦不得买过所足”。——这又是一条松紧带。（三）拿“倍田”这个项目在“桑田”、“露田”间担任折冲角色，以便利于行政上的调整，但也是官吏营私舞弊、袒护地主、克剥贫民的一条门路。

全部北魏的均田令，其内容大体不外如此了。

第二十一节　北朝均田制实施的样板研究(下)

为了替北魏均田令补充研究分析的材料，我们有必要注意北齐和北周的情况。北周情况的特点，是土地制度与兵制的密切联结在一起。北齐情况的特点，是它是北魏原统治主要地区的承续者，从它的许多情节中，可以帮助和启发我们去追溯、推测原北魏的情节。在这一点上，是一个有力的补充。关于北齐的均田，北齐书著录甚少，基本材料见于两处，杜佑《通典》卷2和《隋书·食货志》。拿这两处所著录的材料进行对照，就会发现二者出自同源，只在字句上有某些出入，《通典》中复增多出所引《关东风俗传》中的极可宝贵的一个段落，如此而已。因此，在这里，我们准备按《通典》原文予以引录，将《隋书·食货志》之有出入者加以附注，以作为研究均田制的第二块样板：

北齐给授田令，仍依魏朝。每年十月，普令转授。成丁而授；丁老而退；不听卖易。

武成帝河清三年诏：每岁春月，各依乡土早晚（通考引文“早晚”作“立税”），课人（隋志引文“人”作“入”）农桑。自春及秋，男子十五（隋志作二十五）以上，皆营蚕桑；孟冬布田亩（隋志无“营蚕桑孟冬”五字）。蚕桑之月，妇女十五以上皆营蚕桑。孟冬，刺史听审，教之优劣，定殿最之科品，人有人力无牛，或有牛无人力者，须令相便，皆得纳种，使地无遗力，人无游手。又令男子率以十八受田，输租调；二十充兵；六十免力役，六十六退田免租调。京城四面诸方（隋志“方”作“坊”）之外三十里内，为公田。受公田者，三县代迁户（隋志“户”作“内”）职事官（隋志及通考“职”作“执”）一品以下，逮于羽林、武贲各有差。其外畿郡华人官一品以下、羽林武贲以上，各有差。职事及百姓请垦田者，名为“永业”田。奴婢受田者，亲王止三百人，嗣王二百人，第二品、嗣王以下及庶姓王百五十人，正三品以上及皇宗百人，七品以上八十人，八品以上至庶人六十人。奴婢限外不给田者，不输。其方百里外及州人，一夫受露田八十亩，妇人四十亩，奴婢依良人，限数与者（隋志无“者”字）在京百官同。丁牛一头，受田六十亩，限止四牛（隋志“牛”作“年”）。每丁给“永业”二十亩为桑田，其田中种桑五十根，榆三根，枣五根，不在还受之限。非此田者，悉入还受之分。土不宜桑者，给麻田，如桑田法。

《关东风俗传》曰：其时强弱相凌，恃势侵夺，富有连畛亘陌，贫无立锥之地。昔汉氏募人徙田，恐遗垦课，令就良美。而齐氏全无斟酌，虽有当年权格，时暂施行，争地文案有三十年不了者；此由授受无法者也。其赐田者，谓公田，及诸横赐之田。魏令，职分公田，不问贵贱，一人一顷，以供刍秣。自宣武出猎以来，始以永赐，得听卖买。迁邺之始，滥职众多，所得公田，悉从货易。又天保之代，曾遥压首人田以充公簿。比武平以后，横赐诸贵及外戚佞宠之家，亦以尽矣。又河渚山泽，有司耕垦，肥饶之处，悉是豪势，或"借"或"请"；编户之人，不得一垄。纠赏者，依令，口分之外，知有买匿，听相纠列，还以此地赏之。至有贫人实非剩、长、冒、匿者，苟贪钱货，诈吐壮丁口分以与纠人；亦既无田，即使逃走。帖卖者，帖荒田七年，熟田五年，钱还地还，依令听许。露田虽复不听卖买；卖买亦无重责。贫户因王课不济，率多货卖田业，至春困急，轻致藏走。亦（有?）懒惰之人，虽存田地，不肯肆力，在外浮游，三正卖其口田，以供租课。比来频有"还人"之格，欲以招慰逃散，假使暂还，即卖所得之地，地尽还走，虽有"还"名，终不肯住，正由县听其卖帖田园故也。广占者，依令奴婢请田亦与良人相似，以无田之良口，比有地之奴牛。宋世良天保中献书请以富家牛地，先给贫人。其时朝列称其合理。

上引这段材料，对于印证北魏均田，有很重要的证据价值。现在进行逐一的分析。第一，我们可以看到，北齐承续北魏，依旧推行均田，不拘其推行的效果是怎样地每况愈下。只是北魏调整在一年中之正月，北齐则定在十月中而已。这又证明，说均田制实行过没实行过颇值得怀疑的论点，是站不住脚的。第二，北齐是北方蚕桑的重点地区，故对蚕一事，抓得比北周紧。从其中可以看出，桑田的桑并不仅仅植于陌上，以为土地私有权的标志；而是种在"田中"的。第三，"人牛力相贸"这项制度在北魏传统记载中，是屡见不鲜的。但北魏均田令中不知何故，未曾提及。这是公社古老传统的残余之一。新词叫做"变工"。此处，河清三年令文中则清楚地提到了。第四，最重要的是从河清三年诏的内容中可以看到一种情况，在某种形式上类似于周朝的区分"国"、

“野”。在北朝实施均田之时，是把“京畿三十里内”以及所谓“外畿”和所谓“方百里外”的“外州远郡”区别开来的（这种区别不仅表现在田制，也表现在兵制，“京畿兵”和“州兵”是分开的）。公田、职分田、赐田、权贵请垦田土等等，主要在前种地区；而编户齐民（州人）的夫妇受田，则主要在后种地区。自然，“近畿”和“外畿”田土到头来仍然不能满足那些大官僚地主的馋欲，所以到后来，远“射”的情况就自然而然地发生了。北魏均田令中“狭乡”、“宽乡”的界线，起初就是反映的这种情形。这条界线，既是“宽”、“狭”之分，也是“军”、“民”之分或“官”、“民”之分。这直到隋文帝才混同起来，“耕田籍帐，一与民同”了。明了了这种情况之后，就不会奇怪为什么北魏的韩麒麟会在均田令颁布三年之后，又主张将京畿游手组织起来，重新进行一次“计口受田”了。北齐天保年间的宋世良之议，也是类似的情节。京畿外畿一带，公田、职田、赐田名分下所占的田亩太多了，所以才有人建议在这种地区再进行一次田土分配。自然，像这样的建议是永远不会被采纳的。第五，《京东风俗传》中短短一段内容，却不可等闲视之，杜君卿摘入通典，是独具只眼的。其中反映了若干均田施行无效的情况，亦即在土地私有权和国家企图干预的斗争中所发生的若干情节。到唐朝，这些情节就越发复杂化了。我们试看：（一）令文中曰：“不听卖易”，而实际上这种冻结令不过一纸空文。《风俗传》中一则曰：“贫无立锥之地”，再则北齐“授受无法”，三则曰“露田虽不听卖买，卖买亦无重责”。这就是田土冻结令的实际效果的真实反映。“争地文案有三十年不了者”一句，反映了自从马端临所说“秦于其所当取者与之”以来，土地私有权是多么顽固地存在，并多么顽强地同国家干预相斗争。（二）从《风俗传》中可以看出，北齐统治者对其授权者——鲜卑北镇内迁军事贵族、汉族大官僚地主，以至勋戚佞幸，其妥协的幅度是空前扩大了。此处所云，北魏公田“一人一顷”之说，当系指太和九年以前之事；太和令中已经做了按等级给予15、10、8、6顷的规定。到北齐，则除以奴、婢、牛可以申请垦种大量的“永业田”外，复有大量的“赐田”、“永赐田”、“横赐田”等名色，规定“得听卖买”、“悉从货易”。这样，土地买卖的后门就开的很大了，比北魏更大，到唐朝就更大，直到均田制的完全破坏为止。（三）从《风俗传》中又可以看出，即使在一般民间社会上，也出现了好多现象，如①田土可以“帖卖”。“帖卖”即后世之典地，土地可以拿来典当了。②一方面在勋贵社会中“卖买亦无重责”；但在平民之中，却又实施一种提倡对私买土地、土地超额现象的揭发检举，并悬赏说，查出之地即赏给揭发检举之人。这样一来，弊端丛生。甚至有人将自己正规还受之田当作私买超额之田给予揭发检举之人，而自己逃走，去当“逃户”。当“逃户”越来越多，形成严重现象，影响国家租调收入时，国家又悬出赏格，招致“亡人”还乡，可以按照规定重新受田；于是有的就回乡刚刚受田，又立刻卖掉，再去当“逃户”。而官僚地主也借机大量收纳荫户，以平民充当奴婢去请垦田土。在均田制下，事情就是这样倒来倒去的，这是私有制和国家干预权力“谁战胜谁”的斗争的反映。以上这些情况虽然是北齐的，但我们也未始不可以适度地拿来推测北魏太和九年以后为什么均田制未奏效果，反而社会混乱加剧的原因之所在。

*　　*　　*

至于北周的均田，可以作为样板补充内容的，倒是不多，因为第一，以周武帝保定年间的令文来看，“其丁男、中男、永业、露田，皆遵后齐之制”，[①] 没有多少新花样；第二，史料中也未遗留下像《关东风俗传》那样的可珍贵、可供分析的内容。但只有一点还必须说说的，就是“府兵制”和“均田制”两者间的关系，这倒是一点新东西。

我们虽不把“府兵制”作为“土地制度史”的对象，但作为有连带的事物，我们仍可以问一句：为什么北周有了“府兵制”，而北齐虽也有相类似的雏形，但究竟没有成型？这要分析北周、北齐两个国家从西魏、东魏时候，他们国家的主要创立者宇文泰和高欢间的不同条件来观察。我们必须看出，高欢、宇文泰都是在一股时代逆流中起来的人物。这股逆流，就是以北镇鲜卑兵将为首所兴起的一股反孝文帝元宏汉化的运动的潮流。元宏强制说汉语，周齐都恢复了胡语；元宏强制改了汉姓，周齐也都恢复了胡姓，甚至给汉人派了胡姓。支持国家对内镇压人民、对外抵御外来侵犯的军队，也以鲜卑人占精锐兵力的绝大多数。但当初，高欢部下的鲜卑兵多、兵力强；宇文泰部下的鲜卑兵少一些、兵力弱一些，所以就更需要有系统地更集中的领导。再者，高欢所据，为中原之地；宇文氏则偏在关陇，地广人稀，兵源不足，也须筹划。再者，高欢后继数代帝王，均荒淫残暴至不可理解的地步；宇文氏的后代，虽也不免荒淫残暴，但比高齐稍好一些，臣僚们还可以帮助弄出一套办法来。所以，“府兵制”就偏偏在北周而不是在北齐出现了。这偶然中包括着某些必然。

---

① 《隋书》卷24《食货志》。

当初汉化亦即封建化的运动，是反映了时代的向前进。反汉化是股时代的逆流，"府兵制"又是这种逆流中的产物，它又和"均田制"有牵连，所以需要分析研究一下。

谷霁光先生在他的《府兵制度考释》中说："府兵制与均田制属于基础与上层建筑的关系"。[①]这段话的意思我们明白。基本上也无大错。但由这句话引起，总有值得进一步推敲之处。基础是社会发展在每一阶段上的社会经济制度。上层建筑是社会对政治、法律、宗教、艺术、哲学的观点，以及适合于这些观点的政治法律等制度。按照这个总论点来看，"府兵制"无疑是上层建筑，因为它是宇文泰国家对政治、军事的观点以及适合这种观点的一种兵制。但是"均田制"呢？可以说它是基础吗？基础是一个社会生产关系的综合，是不以人们主观意志为转移的。而"均田制"则仅仅是当时统治集团（元宏、李安世、李冲君臣们）对于当时社会经济（还有社会经济以外的其他事项）的某些规定。因此，我们说，它不是基础，而是有关基础的上层建筑。"均田制"是有关田土方面的一套上层建筑，"府兵制"是有关征兵、养兵、调兵的一套上层建筑。似乎应该这样说。而整个的经济基础，则应该是胡、汉及他族剥削压迫者阶级剥削压迫胡汉及他族劳动人民的一整套封建生产关系的总合。"均田制"仅仅按照当时统治者的意志规定了这些生产关系中的某些部分而已。

均田、府兵，到头来都是上层建筑。二者的牵连在于：拿"均田"来募、养"府兵"。前文说过，宇文泰手下鲜卑北镇兵将力量不强，不得已，他只好"广募豪右"。什么是"募"？在宋元明清封建后期商业资本活动相对发展的时候，"募"就是拿钱雇佣人来当兵。在中古基本上是自然经济的时候，"募"就只好拿"地"、"奴婢牛马"、"免租调"这些方式来代替掏钱的雇佣了。第一，当兵可以免除终身租调。第二，立了军功，可以给"勋田"。这就是"募"。根据《邺侯家传》[②]所记，什么人够当府兵的条件呢？第一，九等户中上六等的人家；第二，家有三丁者抽一；第三，有材力者，即是说，体力强比较勇武的。后二条我们不管，单问第一条为什么那样规定？当兵会牺牲，为什么不叫下三等户去当？理由很简单：当时人们并不以当兵为"吃亏"，而以为是"占便宜"，不能让穷棒子们占去，要由中小地主以上的家去占这个便宜，可见这个便宜不是很小，很琐细的。既可免租调，又可增勋田，这就是"府兵制"给

① 谷霁光：《府兵制度考释》，页198。

② 《玉海》卷138兵制引李繁《邺侯家传》。

“均田制”带来的新东西，这是北魏制度中所没有的。

至于贫苦人家，则永远要“吃亏”。那些当了兵免去的租调，到头来统统转嫁到什么人的头上呢？国家的租调收入总额是不能受损减的，那么必然是“九品混通”中的下三品的人们把它负担起来了。再看，北周均田额规定，有室者140亩，丁者100亩，对此也有不同看法。某些真正“无知”的儒生们，会把这认为是一种“宽厚”。一般人也会认为北周地广人稀，宽乡多，荒地多，多一点没有关系。这也不对。结合“府兵”规定来看，限田额大一些意味着两点：（一）对劳动人民，要他们尽力垦殖，多负担租调，试看宇文泰为相时规定一夫一妇出粟五斛，数额超出北齐一倍，可以体会。（二）对官僚地主的照顾更扩大了，他们家有一对夫妇的奴婢或农奴，就可以多报领140亩地。试看官田中有给100顷者，这也是北魏年间没有达到的幅度！有人说，北魏均田和其以后的均田之间，存在着某些差异和变动；假如这种看法还有某些合理的地方的话，就要在上述的这些地方来看取了。

第二十二节　隋唐的均田制及其破坏

均田制到了隋唐，已经是末流之势了。因为中国的封建社会到了隋唐，正经历着其自身从其典型的中古自然经济向其后期——商业资本相对发展的段落过渡的时候。交换关系逐渐频繁起来，会给整个社会带来很多变化，诸如，土地私有欲的扩展和土地私有权的要求进一步稳固、不受干涉和多样化。随带地，国家对于榨取劳动果实的方式，也会起变化。中古自然经济段落，国家以“丁”（成熟了的劳动力）为抓紧的对象，这绝不是偶然的。因为生产力水平相对地低下，土地离开人力、牛力就无法生产出极低额的收成。可是慢慢地，全国又统一了，交换又可以较大幅度地进行了，生产条件有所改善，“地”的出产比以前多了，也比从前多样化了。人除了务农、当兵之外，行商坐贾，以及手工业作坊也都发展起来。私有财产除土地外，也多样化了。所以封建国家榨取方式也缓慢地跟着改变，从以“丁”为抓紧的对象，变化到以“地”、以“户”（私有财产的单位）为抓紧的对象了。均田制的破坏，就是在这样的基础上发展的。

但隋和唐的前期，究竟还未能摆脱掉均田的框框，而且越是趋向于破坏，其条条框框反而会越加复杂。看看这种复杂，还是很有必要的，因为从这种复杂中，反映出破坏过程中各方面的反映。但，也有局限。隋朝统治时间很短，末期社会很不稳定，史料中保留下来的东西不多，只知道进行了一次“大索貌阅”而已。南北统一后，均田之制是否在南方推行过，这是一个很值得注意的事。唐朝目前也只留下了武德七年和开元廿五年的两次均田令的引文。史料中载引文最主要的，有五处：（一）《唐六典》卷2和卷3；（二）杜佑《通典》卷2；（三）《旧唐书》卷48食货志；（四）《新唐书》卷41食货志；（五）《唐会要》卷83。其中以《唐六典》所载，比较全面，比较原始；《通典》所引开元令文也较全；其余仅摘录武德令文的精神和主要字句而已。因此，我们不准备选择哪一段引文作为样板来进行研究，而是由我们自己综合各种出处不同的材料，进行统一的转述（自然在转述中要尽量留意不可泯没了不同令文间某些琐节方面的差异的痕迹）。

底下，分十二段来转述唐代均田的制度：

（一）其社会基层结构仍然是旧时“三长”之制而略加调整，4家为邻，20家为保，100家为里，500家为乡。保有保长，里有里正。与里同级者，在近畿、近廓地区，复有村、坊等名目。各级正、长，负督察、纠举、考勤、催驱等职务，是具体执行均田制和租庸调榨取的基层机构的负责人。

（二）民生男女，四岁以下为“黄”，四岁以上为“小”，十六岁为“中”（后改为十八岁），二十一岁为“丁”（后改为二十三，又曾改为二十五），六十岁为“老”（后曾改为五十五）。每岁一造计账，三年一造户籍。此种计账、户籍，由基层交到县，县综合交到州，州交到中央的尚书省，由户部总管存根掌握。

（三）天下田土，以五尺为步（唐有大尺、小尺之别，大尺合0.29～0.31米，小尺合0.24米。《唐六典》云，“悉用大者”），240步（长240步、宽1步）为亩，100亩为顷。全国均田都用此种统一的度量标准进行计算。

（四）在分配田土的具体方面，唐制将魏、齐、周、隋之制做了某些调整，如①鉴于北齐“户多无妻”的诈伪现象，唐制在条文上不授予妇女以田土；②过去“奴婢依良”、“丁牛限四”等条款，纯乎是照顾地主的条文，现在有关职分田、勋田，赐田、公廨田等已另有规定，故授田条款中除园宅亦给“贱口”外，其余一概从略。在如上调整之后，唐制规定：“丁男”（21岁以上）和“中男”（18岁以上）每人给田一顷（100亩），其中80%为“口分田”，20%为“永业田”。丁老残疾给40亩，寡妻妾给30亩，当户者增给20亩，道士女冠僧尼男女给30亩、20亩各有差。驿马给地40亩，传送马给20亩。

（五）每年办理调整时间为十月至十二月农闲时期。调整后的变动，须俟下年度的调整时期再作调整。

（六）受田先后的原则是："先课后不课"、"先贫后富"、"先无后少"。即责缴租调之田先授，不责租调之田后授；贫人先授，富人后授；无田之户先授，少有田之户后授。自然，此等形同具文之条款执行与否，执行到何种程度，则属另一问题。乡与乡间、县与县间，州与州间，有余田者与比邻互调。

（七）对"宽乡"和"狭乡"的概念，亦进一步明确化，即受田已足者为"宽"，受田不足者为"狭"。狭乡受田数额，可减宽乡之半。工商业者，在宽乡可按口分半额授给；狭乡不授。荒薄之田，一易者倍授；宽乡三易者，不倍受。狭乡不足者，听于宽乡遥授。

（八）"口分田"在法律上禁止买卖。按唐律：卖者受笞杖至一岁徒刑，买者受无偿归送本主之损失。但有关田土买卖，唐制较其前代作了更大幅度的放宽。规定有如下情况者可卖"永业田"：①家贫无以供葬者；②卖田供买庄宅、碾硙、邸店者；③自狭乡乐迁宽乡者；④官吏贵族之有赐田者。自狭乡乐迁宽乡者，"口分田"亦可出卖。但已卖者，在当地不得复授。

（九）亲王、贵族、官吏按血缘亲疏、爵位品级与官阶之高下，授给自100顷以下至60亩以上的田土，作为"永业田"（可以出卖）。有军功者给"勋田"。官爵与勋俱当给者，从其大数，不二者并给。此外，中央地方文武官吏皆有"职分田"，自20顷至2顷有差。此外，复有"公廨田"，供官僚机构津贴之用。此类"职分田"、"公廨田"是否可以买卖，令文中缺乏肯定的或否定的明文规定。

（十）凡均田之户，身任府兵，出征戍守，死于"王事"者，其子孙不退田。陷没而一时未辨生死者，退田期延长六年。已退田而本人又返国返乡者，当尽先授给田土。

（十一）受田之户，岁出租庸调。陆贽说："有田则有租；有身则有庸；有家则有调"。租粟二石（斛）。产稻区稻三斛（或作上户一石二斗，中户八斗，下户六斗）。户调绢、绫、绝各二丈（或作绢二匹，绫绝各二丈）。产麻区调布（增额五分之一）。外附绵三两，或麻三斤。役一岁20日。无事折收庸（每日三尺）。加役15日以上者免调绢；30日以上租、调全免。正役，一岁最多不得超过50日。在遭遇自然灾害的地方，以及各种特权身份的人的子孙，须蠲免一部分或全部租庸调者，由法令另行规定之。

（十二）少数民族和不发达地区，租调折半征收。番人游牧地区，岁收钱十文、五文等，或责输羊只有差。

我们对待上列转述的综合内容，应抱“一分为二”的态度。一方面，不可书生气太重，认为这些条款都是处处事事实行了的。另一方面，亦不可采取虚无主义态度，说这些条款都是骗人的，这样就过头了。现在，试举两个例来看一看唐代均田制具体执行的情况。

其一是唐代宗大历四年（公元769）沙州敦煌县户籍中所反映的情节。[①]这里有一户人家，共三口，户主索思礼，65岁，应是“老男”户主，他有一系列勋官、职事官、散官的衔头，这些衔头是“昭武校尉、前行右金吾卫灵州武略府别将、上柱国”。他的儿子索游鸾，正是“丁男”，衔头是“丹州通（同）化府折冲”。思礼妻汜氏已故。游鸾子齐岳，12岁，尚是“小口”。他们的户等是“下中”（八等户）。家中无课口，故为“不课户”。按规定，索思礼老年当户，应受口分田40亩；索游鸾是正丁，应受口分田80亩；共应受口分田120亩。又，父子二人各应受永业田20亩，合计40亩。此外，索思礼七品散官，索游鸾四品职事官，各应受勋田3000亩，共6000亩。而他们实受呢？计口分田167亩，溢出了47亩之数。永业田40亩，与应受数额严格相符。应受宅田3亩，亦严格符合规定。外“买田”14亩，也不违背律令。其中只有勋田仅受了19亩，尚欠5981亩未受。

王国维对勋田只受19亩一事的解释是“盖唐时职事官田与勋官田皆有名无实”，这个解释也还可以说得过去。对口分田溢出47亩之事，他的解释是父子二人未必躬耕，按二奴耕当受200亩计，其父子口分永业已合受207亩，故“不复致诘”。这个说法，就牵强了。大体均田登记籍账，按此官僚人家实际顷亩分派数字，有的数字分派得恰合规定（如永业、宅田），有的就不能恰合（如口分、勋田），也就“实报实销”完事。但无论如何，通过这段户籍文书我们可以看到，在代宗大历年间的沙州敦煌县地方，均田令还是算数的，即便有捏造数字的情节包括在内，但也要按照均田令的框框去捏造，而不是胡乱捏造。至少可以论证，均田令的权威还是存在的，它不是骗人的东西。

其二，我们再看唐玄宗开元二十九年（公元741）在西州高昌县的一大批

① 内容见罗振玉辑《敦煌掇琐》中集；释文见王国维《观堂集林》卷21唐写本敦煌县户籍跋。

“给田文书”、“退田文书”、“欠田文书”所反映的情节。这些资料由日本大谷光瑞的所谓“考察团”掠去日本，经日本学者西岛定生等写成研究论文（连同很多文书的原文），编印成书。[①]他们的论文节要，已经本书著者译成中文，附在下节之中。现在，根据他们所提供的东西，我们试来论证一些有关均田制在高昌执行的特点。

我们从大谷文书中可以看到唐开元年间西州高昌（以及与之毗连的柳中和交河）的土地情况是“狭乡”，不是“宽乡”。除去一些公廨田、职分田地片较大之外，一般“还”、“授”的土地，地片是极小的、极零碎的，经常是二三亩的亩积。这里有水利灌溉，“堰头”（也就是“渠头”、“斗门”）的作用很明显，由每亩田租高达2斗5升，甚至有6斗8升的，足见地是好地。在这种又是“狭乡”又是好地的条件下，“还”、“受”就要求很严格，甚至不是一般的严格，而是相当过头地执行了“均田令”。

我们说“过头”地执行了均田令，是指这些文书中一个最大特点，即“永业田”也要“还”、“授”。最初我有这样的想法：大约西州地方根本没有“口分田”，只有“永业田”。后来，证明这个想法是不确了。第一，大谷文书中就有一个“口分”的例；[②]第二，最近文书中又有一个例。[③]这就说明“口分”是“口分”，“永业”是“永业”。“永业田”也执行“还”、“受”，这是唐代均田制执行中的一个极大特色，它说明均田制虽然也有打折扣执行的地方和时候，但也有过分执行的地方和时候。甚至，赐田也要退给国家，以供重新授与。把土地退还给国家的项目，在文书中写的很明确，有“死退”、“剩退”、“逃走除退”、“出嫁退”等，里正们写的很严格，县官吏也批的很严格，这跟上引敦煌县索家的事例尚有不同之处，索家在籍账中的田土数字可能是实授的，也可能是捏成的；高昌县若干贫民下户的退田书和给田书则完全不可能是捏成的，一小片一小片地认真地在“还”、“授”。所以，我们认为，吐鲁番文书在研究均田制中，是价值特别高的资料。这也就是为什么我们在下文第二十三节中要加入两段附录的原因之所在。

*　　*　　*

作为本章的最后部分，我们有必要来谈谈租庸调，并通过租庸调来涉及一

① 日本出版《敦煌吐鲁番社会经济资料》（1959京都版）上册。

② 上注引同书页204“户主大女白小尚十九岁，口分田先被官收讫”一条。

③ 《牛定相辞》，见《考古》1978年第3期，页207～209。

些更广泛的问题。

上文说过，由于均田制纯乎是国家统治者制定的一种制度，所以它自必也是国家赋役的榨取制度。榨取的方式就是租庸调。讨论租庸调，自必涉及两方面，一方面是看看榨取的数量，另一方面是看看榨取的性质，而且后者远较前者更为重要。

在榨取数量方面，我们单就田土数量和租谷数量来看吧。因为绢绵和徭役，是自曹魏或者更早以来，大体上沿用着一种差不多的制度和传统。按田土的法定授与数字来看，魏、齐、周、隋、唐五朝相差不远，除唐额略低二十亩、北周额略多二十亩外，一般都在一夫一妇120～140之数（魏按“倍田”计）。（实授若干，自是另一问题。）租谷的征额除西魏宇文周作相时定为五斛，数字偏高之外，一般在2→2.5→3之间。岑仲勉先生大体做过一个概括，他说大约魏、齐、周、隋、唐五朝均有统一底数，即每给田40亩，则收租谷一石。[①]假如这个底数可以信赖，那么每亩征额为二升半，这比曹魏在非屯田地区的一般国民身上榨取的“亩谷四升”还要低！单纯从这个数量看，这种租谷的性质应该是单纯的国税。

但问题还须再深入一步下去。让我们来看两个悬殊吧。仍是以北魏为样板，第一个悬殊表现在均田令前和均田令后的悬殊。从《魏书·食货志》中我们看到，北魏初期的榨取量是很紊乱的，这完全可以理解。有时，每60户调戎马一匹；有时，每20户调戎马一匹、大牛一头；有时，户调50石；有时户调30石；最邻近均田令的一次数字还是20石。这曾引起过解释。王仲荦、李亚农、唐长孺诸先生均有说，而我们以唐说为可信，即均田令之前民多大户，往往三十家、五十家为一户（见《李冲传》），故征敛额重；均田令后，按一夫一妇（即北齐所谓之“一床”）征取，故降为2石。但问题似乎还不仅仅在这里，这容后文再统一论列。第二悬殊表现在同是北魏，均田上和屯田上的榨取额，也悬殊到三十倍！当时“又别立农官，取州郡户十分之一，以为屯民，相水陆之宜，断顷亩之数，以赃赎杂物市牛科给，令其肆力。一夫之田，岁责六十斛，甄其正课，并征戍杂役”。[②]大体这些屯田在今豫东、皖北、苏北一带，田土质量较好，专为抵御南朝的军队解决口粮问题而役，故榨取的可能量和必需量就大。“一夫之田”多少，文中未提，不会超过百亩（甚至仅为百亩

① 见岑仲勉：《隋唐史》，页333；亦见《历史研究》1955年第5期，页76。

② 《魏书》卷110《食货志》。

之半或者更少），而榨取量已达六十石，这比曹魏“四六分租”制下的榨取量还显得沉重。总括起来，我们不禁要问：以北魏为样板与曹魏相对比，为什么北魏的一般国民榨取额比曹魏还低？为什么北魏屯田上的榨取量比曹魏屯田上的榨取还要高呢？这是为什么？难道这种数量中不隐藏着什么性质问题吗？

可能的解释是这样：租额低，它只体现了国税的性质，而国税是国家机器存在的体现；租额高，它体现了地租和国税的合并，而在这种合并了的带有“古代东方”气味的榨取中，榨取者是既以国家身份又以地主身份而出现的，这种榨取既是国家机器存在的体现，又是土地所有权的体现。双重性质榨取的数量，自然要重些。北魏自拓跋珪到元宏，榨取量从50石、30石，降到2石，除去“户”缩小了之外，是否也意味着北魏的国家和社会中所带的“古代东方”气味在逐渐消褪呢？这是颇值得考虑的。

但问题到这里并未停顿。我们还需要更进一步考虑两个问题。第一个是：在北齐的均田规定中写着“限外不给田者，皆不课”；隋初的均田规定中也写着“未受地者，皆不课”。[①]假如前者有可能是指奴婢等“贱口”的话，后者则显然并非单指“贱口”，而是将“良口”也包括在内的。这样，岂不是均田令的颁布者不仅仅站在国家统治者的立场，而且也站在土地所有者的立场，也就是地主的立场上来立法的吗？这是要考虑的第一个问题。第二个是：我们历来谈均田制，看统治者对地主左一照顾、右一照顾的那一侧面，仿佛看的不少了。宋元时的人也知道“非尽夺富人之田，以予贫人”嘛。但从另一侧面考虑的则还不多。这另一侧面是：皇家绝不是傻子，也不是单纯让步的人，它在地主们的土地和土地私有权上，到底干了些什么事呢？不外两方面的事。一方面，它用“桑田”、“永业”、“奴婢牛”等等来照顾地主，使他们的土地可以保持基本上的原封不动，以避免酿成王莽式的天下大乱。另一方面，它却使用皇权、通过律令，宣布那些原本是地主私有的土地为皇家“授”与的田土，规定其中某些是可以不“还”的，某些是要“还”的。试想：这不是皇权对地主土地私有权的极大、极粗暴的干预吗？这无形中就给地主的私有权打了折扣，使它在默默中降低为占有权和使用权了。在这一点上，我们承认均田制下的中国社会带有某些“古代东方”的色彩。

马克思说：

① 《隋书》卷24《食货志》。

> （上文所谈，是经济以外的强制）……假设相对出现的，不是私有土地的地主，却像在亚细亚一样，是那种对于他们是地主同时又是主权者的国家，地租和课税就会合并在一起，或不如说，不会再有什么和这个地租形态不同的课税。……在这里，国家是最高的地主。在这里，主权就是在全国范围内集中的土地所有权。但在这里，因此也就没有土地私有权，虽然对于土地，既有私人的也有共同的占有权和使用权。①

我们试拿马克思所概括起来的"古代东方"特征来和北朝、隋、唐社会相比照，就会发现二者之间，不完全相同，也不完全相异，"主权就是在全国范围内集中的土地所有权"，这一点，在北朝、隋唐已经不是如此了。也许在拓跋珪时候，这种特征还有一定的存在，但到元宏时显然是有所消退了。汉人地主的权力并没有被剥夺，而是被追认。但皇权并不甘心于这种追认，它想方设法在那种私有权上打下"还"、"授"等烙印，企图使地主们原有的私有权降低为占有权和使用权。但这企图，又终于被证明是无效的。屯田上的60斛，提明了"甄其正课，并征戍杂役"，这已经完全可以判断是"不会再有什么和这个地租形态不同的课税"的"古代东方"性质的榨取了。均田上的2石呢？这就不好下判断了。从其数额较曹魏国税还低的一点来看，它分明只是国税；但从"不给田者，不课"、"未受地者，皆不课"的精神来看，国家显然也兼备着地主的身份。那么，不管其数额如何之低，也应该从逻辑上说它带有某些"古代东方"的色彩了。但，这也仅仅不过是说带有某些色彩而已。有关均田上2石租的性质问题，在这里，我只好留下这样一个"二难命题"，等待以后的同志们去继续钻研解决吧。

第二十三节　附　录

在这篇附录里，我引载了日本出版《敦煌吐鲁番社会经济资料》（上册）中日本学者西岛定生、周藤吉之两先生的论文摘要两段。他们的论文用日文写成，附有英文摘要。我就是根据英文译过来的。引载这两段摘要的目的，是在我国近几年自己整理的更多的吐鲁番文书将要出版的四大本问世之前，把前一批（大谷文书）的研究成果介绍给本书的读者们。引用前，未及征求原作者们

① 《资本论》第Ⅲ卷，第6篇第47章，中译本页1032。

本人的同意，谨在此表示歉意。并且也要说明，日本学者在论文中，特别在论文摘要末尾所做出来的几点概括中，本书作者未见得是全部同意，如对私田的绝口排除，等等。总之，引录的目的是仅供参考，仅供读本书前文有关均田诸论证的同志们做资料性的参考而已。

（一）日本西岛定生先生：《吐鲁番出土文书中所见均田制的施行情况》

（英语节略的汉译）

Ⅰ.引言

提起唐朝将土地均平地分配给农民这一著名的方式——均田制，仍然存在着很多未曾说清楚之处，这也就成为数十年来论争唐代政令是否真正推行过这一制度的焦点之一。去年以来，我有幸检看了大谷探险队带回日本的数千件吐鲁番出土文书，我发现其中有很多的给田文书和退田文书。

我将介绍这些文书并充分考核它们，从而对吐鲁番施行均田制的具体情况弄弄清楚，并借以证明均田制确确实实曾付诸实施，而不是什么骗人之举。因此，我将涉及此一制度过去未曾被留意的一些方面。

Ⅱ.给田文书

给田文书的形制如下：

每行用小体字填明所授田土的亩积、田类、坐落方位以及四至，即四邻地面的产权之所属。行与行间隔约七公分，在这中间用大体字写着："给×××讫"。大体字与小体字书法迥异，证明大字较小字为晚书。目前，这些文书全是残片，从未见过一套完整的给田文书。从大谷探险队带回日本的全部文书中，有七十五份属于这一类，其中三份尚未敢全部肯定。在本文的日文本中，我将这些残卷都录入了。七十五份之中容或有可以接合在一起的，在日文本中也已提明。

Ⅲ.退田文书

退田文书的形制如下：

开始，先将退田人的姓名和田类一一列出，然后将所退之田分段列举，每段在行内都有所状述。状述的内容包括亩积、田类、坐落方位以及四至，即四邻地面的产权之所属。行与行间仅余3～3.5公分的间隔，我们很难设想这间隙还准备有所书写。

这些文书全是残片，无一完整。从大谷探险队的全部文书中，有六十八件属于这一类，其中八件尚未敢全部肯定。在本文的日文本中，我将这些都全部录入了。

从其中很少几件文书的幸存尾部（或背面）判断，我们得知文书的书写者是里正。文书的内容证明，每件文书都按照“乡”的单位和有关的“里”（不是所有的里）而写定。也如给田文书一样，退田文书中某些是可以接合在一起的（参看本文的日文本）。

Ⅳ.给田文书与退田文书间的联系

假如我们拿给田文书与退田文书对比一下，就会发现它们之间关连很多，因为两者的小字内容完全密合。这种密合情况的发现，是从偶然发现给田文书与退田文书有着同样内容片断而引起的。这就是说，给田文书的小字部分简直就是从退田文书中照抄而来的，不过在给田文书的空隙间又用大字批写着“给×××讫”而已。我们又从两种文书中看出，在均田制的具体措施中，有着一系列的手续。在下文中，我将对这些手续进行充分的解释。

其次，让我们考虑这些文书的年代。如前所述，文书都是残破不全，几乎找不到任何年代的痕迹。但幸运的是在某几件文书的尾部（或背面）载有年代。所有这几处寻到的年代都注明是唐朝的开元二十九年（公元741）。把尾部或背面笔迹与退田正文笔迹相一致的收集在一起，并考虑到上述的给田文书与退田文书几乎是照抄的情节，因此我们可以判断所有这些文书残片都是在唐朝的开元二十九年写成的。

那么，文书施行的地域又是怎么样呢？

鉴于文书出土于吐鲁番的这一事实，并且文书中所指的某某城镇都是指的同一县境，不过东及柳中县，西及交河县。我们由此可以得知，文书涉及的地域是西州的高昌县。事实就是如此，这些文书是唐朝开元年间在西州的高昌县所施行的均田制度所涉及到的一切手续。

Ⅴ.高昌县实施均田制的一些具体情况

按照以上所述的给田和退田文书，我们可以将高昌县实施均田制的一些具体情况，弄清如下：

1.关于授田与退田的执行

退田文书与给田文书的写定，说明田土按照均田制的律令授给或者归还。按此推知，退田文书是里正经过调查后就应退还给国家的田土对县当局所做的报告。这就证明了我们所已做出的有关应该归还的田土例应依照律令归还给国家的结论是正确的。

我们得知在当时，田土由于以下的原因必须归还国家，包括死退、剩退、逃走除退、出嫁退和出嫁绝退。

“死退”的意思是当一个被授田者死亡时，他的田土必须退还。

“剩退”的意思是当一个被授田者年满六十岁时，他的田土的一半例须按法令规定退还。

“逃走除退”的意思是当一个被授田者逃离他的本村，并且他的名字已经从户籍中勾掉时，他的田土必须退还。

“出嫁退”的意思是当一个女性的被授田者（仅指身为户主者）出嫁并且属于另户人家的时候，她的田土必须退还。

“出嫁绝退”的意思是作为“出嫁退”的结果，原户户绝时，其田土必须退还。

所有以上田土悉经里正记入退田文书并向县当局报告，这正如《唐律疏义》中所规定，是里正的职责。前文中已经谈到，给田文书系自退田文书抄来，仅仅它的小字行间留有较大的空隙；而这样转抄的人就是县中的属吏们。在行与行间的大空隙中，新的被授者们就要分段地申请这些退田，但是最终授与谁呢？我们设想，候选者的名单要从里正的另一份报告“欠田文书”中去选定。

欠田文书是记载每户人家的丁口以及不足额田亩数字的手书册籍。在大谷探险队的若干手稿本中，这类文书的残片也被发现过。

如上所述，退田文书与给田文书之写定的这一事实证明，国家确确实实曾经按照均田制的规定授与并收回田土。现在我们可以肯定判断，在唐朝开元二十九年，在西州的高昌县，政府曾经按照均田制授与过并收回过田土。很清楚，那种认为均田制仅仅是一场虚构的说法，必须彻底清除。

2.永业田的还授

均田制在中国全国通行，但各地不必尽同，其具体施行往往按某一地区的特点而异。下文我将叙述在高昌县施行均田的特色。

首先，让我们探讨永业田是如何处理的。从某些退田文书残片中发现，应退之田，标注着“永业”二字。“永业”当指永业田，按法令可以父子继承，不须退还国家。但在高昌县，永业田却必须退还国家（有关这一特点，文书中只有“死退”和“剩退”的情节，而不包括“绝退”的情节）。

另外，在给田文书中载有田土的某些情节，虽未明白标志“永业”，但按原退的退田文书看则是永业田，这田却授给了与原退文书上所载姓名迥乎不同的另一姓名者去承受。总之，我们可以看到文书中所退的永业田并未授与继承人和亲属；因此我们只能论断高昌县的永业田由国家履行还授。

更有甚者，我们从退田文书中还看到另外一些情节，即赐田也要归还给国家。赐田作为永业田，按律令被授田者是不须把它退还给国家的。但是高昌这地方却特别，连永业田加赐田全要归还给国家，只不知它这样做的法律根据是什么？

话说回去，让我们考虑永业田到底是什么。在所有退田文书的残件中，只要一件文书上标注了“永业”二字，那么其他件文书上也都照标不误。但，不管上述文书如何相互抄袭，甚至出自同一手迹，其所标志“永业”二字的田土从来不与其他田类相混淆。可是，一当退田文书的内容照抄进给田文书中去的时候，“永业”二字却不见了。在退田文书，以及其他有关田土的文书中，经常发现“永业”字样，但其对称字样“口分”却不曾发现过。

此外，在我们检阅唐朝籍账残件的过程中，我们发现在高昌县和它的邻县柳中县，每户的已授田都是永业田，从来没有发现授给口分田的哪怕一件事例。考虑到这些情节，我们将很公正地推测，在这些地区施行均田制的田土，仅是永业田，而不是口分田。因为在这一地区中，对居民人口来说，可耕田土是不足的，授与每户的田土额是低于永业田的法定额（每丁20亩）的，因此不可能在永业田额之外再授与口分田。

但假如说这一地区中全无口分田，那也不对；因为在其他类文书中，也会偶尔发现少量田土叫做“口分”的，但这些田土往往是在籍账中应该写作“永业”才算正确的。换言之，在该地区均田制所授之田，都是永业田，它们跟通常理解的永业田不同，它们是由国家来执行还授的。因此，像这样的永业田，按其分配到每丁每口来说，也可以叫做口分田；但永业田是不还的，这里的永业田却要归还国家。

这样，在这一地区中施行均田制的特点，就是除却永业田之外，再没有真正的口分田，而永业田本身就成了国家进行还受的对象。把永业田归在国家还授之下，这似乎是跟律令不合的，但我们无须如此考虑，因为根据《宋刑统》一书的卷十二所引《唐户令应分条》规定，在狭乡（人多地少）永业田并不是永远可以传之子孙的，而是每年由国家另行还授。总之，与传统观念所说永业田永远不归还国家的话相反，我们可以说，在狭乡永业田例须归诸还授之列。高昌县的情况正是如此。

在均田制的田律制作的当时，并未考虑到在人民中会有一个什么土地私有的权利。

3. 关于国家还授田土的亩积范围

在这一地区中，每户究竟授与多大亩积范围的土地呢？

根据自柳中县出土的标明开元四年（公元716）的一些籍账所载，授与十八岁至六十岁男丁的田土标准亩积范围是61亩，包括永业20亩，口分40亩，宅田1亩。但在这一地区的实际上，却大多数只给十亩以下。

我曾按高昌县的事例，从给田文书、退田文书、欠田文书等残片中制了许多统计表出来，并拿它们插入我的日文本中。按照这些统计，死退的平均数约为3亩，剩退的平均数约为3亩，一名妇女的退田平均数为2亩稍超一点，再从欠田文书中查明，一个成丁的不足田额为10亩，一户的不足田额为28亩；而按照给田文书，一户一岁授田最高额为4亩40步。

从以上这些数字判断，每户授田实额远远低于狭乡的规定，每户平均十亩上下。并且，当我们从欠田文书中研究不足额的时候，我们发现在这些地区中实际授田的标准与狭乡标准并不相同，他们所实行的远较狭乡标准为低。

这些地区中的农民们单纯依靠均田制所授与的极小量田土是不足以维持生活的。那么，他们究竟怎样过活？在研究这个问题之前，我们必须研究另一个问题——他们是否依靠耕种他们私下租佃来的土地而生活？

4. 关于授田地段的坐落方位

从给田文书和退田文书中，我检出了54户，其授与田土与家庭所在地之间的距离可以计算出来；我可以举出28户（占统计数的51.8%），与所授地段间的距离是20里。假设这一家庭坐落在20里的中间，那么地段距家将是十里。唐代的十里等于当代4.5公里，因此很难设想这些户能够亲自耕种自己的授田；更严重的是按某种情况，授田田段散落地距家百里之遥，那么亲自耕种的可能性就更小了，因为高昌县根本没有那么多田好授；往往被授田者家在高昌县，而所授之田则在东邻的柳中县和西邻的交河县。

我们看到，所授田段不一定堆聚在被授田者居住地的附近，事实上它们往往散落的很远。因此，我们只能认为农民们很少能够自己耕种自己的授田。事实证明，54户中几乎半数以上由于路远不能亲自耕种自己的授田。总之，我们可以说国家在高昌施行均田制，并不一定希望被授与者们亲自耕种这片土地，也就是说，所授田土的占有者并不一定是它的耕种者。

那么，被授田者不耕种，什么人耕种呢?

在大谷探险队的若干文献中，有一宗叫做“佃人文书”。这些文书表明，虽然国家所授田土也有人亲自耕种了，但绝大一部分却是由佃人来耕种的。授田占有者与佃人中间的关系，并不同于地主与农奴间的关系。他们都是均田制下的被授田者，看来只是由于田土散落得太远不能亲自耕种，所以只好通过租佃来换耕土地。自然，这种换耕可能不是在两个农民之间达成，而是在一大堆农民之间达成的。

因此，授田占有者与佃人之间的关系并不像宋朝及其以后的那种地主和农奴之间的关系发展。在唐朝的均田制之下，无论是田土的占有者，或者是佃人，在社会地位方面都是隶属于国家的完全平等的均田户。均田制在高昌县是可以具体安排下去的，但不排除一种情况的存在，即一个均田户把他的远方授田通过佃给另一个均田户而换一换。

但是，仅仅依靠换耕小仄条的授田，农民们的生活困难并未解决，因为他们的产权范围依然像往常一样地仄小，只要超不出均田制还授的限度，缺乏可耕之田依然是个未决的问题。因此，对于这些被授田者们来说，就必须想方设法在均田制之外找到可耕土地以资养家糊口。

从佃人文书中我们可以看到，他们用什么办法获耕较多的土地。佃人文书中反映，佃人除自己例应受田之外，又复佃耕公廨田、职分田、寺田，等等。均田户农民除被授与的极小片土地之外，复以佃人身份租赁并耕种上述几种土地，以资养家糊口。

正是由于上述的这种耕地的复杂化，农民们才得以维持生活，各种行政机构才得以应付开支，官吏和寺院人员也才得以获致生活之道。只有农民们能维持着这样地生活下去，政府才有可能向他们征取租、庸、调。统治者在保证了官田和寺田之后，他们再按最低额授与田土，这样他们就可以为官田和寺田争取到必要的农民的劳动力。我们设想，正是在这样的基础上，他们才有可能不仅转动官僚机构的机器，也才能够转动均田制度和租庸调的机器。

5.关于还与授、与四至之间的关系——以敦煌实施均田制为例

以上，我们已经探讨了这样的论点，即田土只包括授田、官田和寺田。假如在上述几种田土之外还存在有可耕种之田的话，那么我的观察将是错误的

了。最近有个新的论点，说在均田制之外还存在着一种被国家承认的农民的私田。

这种新论点的依据是从唐朝敦煌的籍账里发现四至中描述毗邻田土时有“自田”字样。一般对“自田”的理解是说，它是同一个被授田者的另外一块授田。但在他的籍账中并未发现其中有这另一块授田的记录。因此，“自田”必然就是在籍账中被承认的授田之外的私有田土产权的反映。

在吐鲁番文书中与“自田”相当的字眼是“自至”。因此，事情很清楚地表明，“自田”并不是另外的一类田土，它不过是属于与授田者是同一个人的毗邻着的另一块田而已。问题需要讨论的是，究竟有没有不属于均田制的私有田土叫做“自田”的。为了证实这一点，必须从籍账中证明这块私田产权的持有者和被授均田者是同一个姓名。事情会这样吗?

凡是翻检过退田文书和给田文书的都知道，每块授田的四至一直保持不变，一直到新的退田文书写定，新的给田文书照抄一过，并且给与新的被授者的事批注下来；并且，即便在这些手续履行之后，四至也不可能变动，虽然本块田土按还授办法已经转授给另外的一个人了。因为，假如作为还授的后果、四至必须变动的话，那么就不仅这一块的四至要变动，毗邻的几块都要跟着变动。而这是绝对不可能的。因为还授是年年执行一次的，很多新授的田块往往散布在几个乡的相当宽广的地面上，每一件退田文书都在一个乡中写定，而在一个乡中要重新检定几个乡有关的四至，那是不可能的。特别是在高昌县的情况下，许多均田块都散落在柳中县和交河县境内，若不举行三县联合的检阅行动的话，要重新检定四至，那是不可能的。

这样说来，四至假如要变动的话，只有当某块地还给了国家，而里正在退田文书中有所登记。即便在这种情况之下，假如这块地原样授与另一个新人的话，四至也不会变，(除非是一块地分给两弟兄，或者一块地分给两个受田者)。此外，有一种情况必须确认，即在敦煌文书登记四至的姓名中，很多是死过的人的名字，那么，假如真正一年一更籍账、准确地将新情况载入籍账的话，把死人登入四至就是完全不可能的事了。

因此，籍账中所载每块田土的四至，并不一定是这块均田的真实情况，很可能它所反映的是从前的那个受田者，而现在早已把田归还了的。事情大体如此，“四至”中的“自田”或者“自至”往往指过去的那个受田者，而不一定是指眼前的这个受田者。

根据以上的论点，把叫做“自田”或“自至”的田土认为是属于受田者的看法，是不正确的。即便在他的其他受田中并未发现“自田”和“自至”的田块。

因此，认为在唐朝、在均田制之外还有被国家承认的私有田土存在的看法，是不正确的，而我所认为的均田制整套机器的学说是有根据的。

现在，我们既已找到了籍账中“四至”的意义，那么继之我们还可以懂得依次的许多规律。

只要均田制授田还田的制度保持有效的话，那么——

（A）在籍账的四至中一个死人的姓名继续存在，可是在现实中这块地的旧户主依然活着，而新户主的名字却已经填上去了。

（B）当一宗均田的四至中属于一个户主甲时，而另一个活着的户主乙已经登记了，那么如下的情节中的任何一种都是可能的。

①甲乙二人或是弟兄，或同为被授田者，他二人分有了这份均田。

②另一种情况是在乙成为新户主之后，与乙毗邻的另一块地的主人丙却例应退田了，于是将此地段又授与了甲。

但假如是上述第二种情况，那就必须具备如下的条件：

（a）在乙成为户主之后，甲户例应被授与田土。

（b）在乙的均田的四至中，填入了早已退过田土的丙的名字（意味着是丙的曾授地段）。

（c）在丙已经退田之后，乙的田也退了。

当我运用这些规律去处理敦煌发现的载明天宝六载（公元747）和大历四年（公元769）的籍账时，我感到这些规律是对的。这样就可以证明，均田制不仅在退田文书与给田文书发现的所在地——西州的高昌县推行过，并且也在长期被人怀疑甚至被人否认实施过均田制的敦煌县推行过。

Ⅵ.结论

我在本文中的研究，可以归纳为如下的几点：

（1）从大谷探险队自吐鲁番地区发现的手迹中，全世界前所未知的均田制的诸措施，如退田文书与给田文书所显示的，已经可得而知了。

（2）所有这些退田文书和给田文书都写成于唐朝开元二十九年（公元741）于西州的高昌县。

（3）以这些文书为基础，我们确知在高昌县，当时田土是按照均田制进行还授。

（4）非常值得注意的是，在高昌县进行还授的都是永业田，绝无例外。

（5）高昌县每户授田数额为十亩上下，并且往往散在遥远的地方，因此被授田者几乎不可能用自己的劳动去耕种这些田地。

（6）高昌县的人民不仅通过租种换耕各自的授田，并且还佃种官田和寺田，以维持自己的生计，这样均田制的整套机器才得以转动下去。

（7）说唐朝除了均田之外还有为国家所承认的私田的说法，是站不住脚的。

（8）在找出换写“四至”的规律以后，可以证明均田制不但在高昌县曾经实施过，在敦煌也曾照样实施。

（二）日本周藤吉之先生：《佃人文书与初唐佃人制度的研究》

（英语节略的汉译）

佃人文书是一些手迹，上面记载着田土所有者及其佃人的名字，还有由田土所有者自己垦种的“自田”的情况记录。这样的文书为数不少，现在仅根据它们的形式划分为四类。

第一类文书记载着田土所有者及其佃人的名字，并注明田土所有者是否也参与耕种。第二类除记载上列情况外，还加记田土的四疆的界线。第三类除记载第二类有关的情节之外，还加记亩积和所种植的粮食品种。第四类与第三类相同，只略去了田土四至的界线。

在所有这些文书中，第一类占绝大多数，并且年代较早，是武则天在位时的东西。第二类在历史年代上恰好是第一类的后继，因为第一类中有些田土疆界线在第二类文书中留有痕迹。第三类为数极少，并且显示出它正从第二类向第四类转进，而第四类是所有佃人文书中最新颖的范本。

四类文书全由堰头写成，送呈县官大略审批，承认堰头报告情节的属实。顺便提及的是，在马伯乐作序的斯坦因的第三次旅行报告中，有些手迹与第二类极相类似。斯坦因文书中描述了某个人散在几个不同乡区中的田土，这些田土的坐落方位和四至界线，以及佃人们的姓名。值得注意的一点是，所有这些田土全由佃人来佃种。但有一点不同之处，即第二类文书全由堰头书写，并且看起来这些田土全由堰头管理。无论如何，斯坦因发现的文件是属于另一类型的。

佃人文书由堰头写成，因为在吐鲁番地区水渠堰闸是十分发达的。从远古的年代起，水渠堰闸就修建起来，灌溉农田，因此，当我们检看佃人文书时，经常可以遭遇到渠的名字。看起来，很多堰是和一条渠连在一起的，而许多堰头就是派来管理堰闸的开闭的。

堰头例应向县官呈递报告，说明在他本人的辖区中，田土是如何耕殖的，并被何人耕殖，而不言及这些田土是由所有者本人抑或佃人所耕殖。堰头们居住在堰闸的附近，他们有的耕自己的地，有的耕政府的官田，有的租种别人的地。堰头向县官汇报的土地范围约为30至60亩，他所管的堰闸的灌水地面大约也恰好就是这么大小。据说县官恰好就是根据这些堰头的汇报作为底簿，编制他每年每亩征粟二升的青苗簿，所征之粟贮在公仓，以备荒歉。根据这些文簿，县官就可得知，在他的辖区内田土是如何分配的，粮食情况如何。这就是堰头在吐鲁番地区所扮演的角色。无论在政治上或者在社会上，都是重要的。佃人文书的内容，涉及官田、寺田以及私家农户田土上的租佃关系。关于职田出租之事，土地占有者中列举有西州都督、司马、别驾、仓曹参军、折冲都尉，以及县官。所有的职田都由佃人佃种，只有少数县的职田由县官自己料理。关于公廨田，凡州、县的公廨田和县的公廨佐史田上，都有佃种关系。文书中把租种官田的佃人所缴的租叫做“地子”或“租”。除此之外，吐鲁番的佃人文书中还涉及到佃人和屯田上的关系。在这些佃人中有些是一方面租种官田，另方面自己有田；另些佃人则是奴婢身份，他们也是既佃种官田，也佃种农家的土地。

佃人文书中也涉及到了寺院和佃人间的关系。一种情况是寺主自己经营寺田，另种情况是用佃人，第三种情况是除去自有的寺田之外，还另佃俗人的土地。

但是，在佃人文书中占绝大部分的，还是关于农家及其佃人事情，这证明自从武则天的时候起，佃人制度已经盛行了。确实，文书的内容表明，农田的相当一部分是由农户自种的，但当我们通过文书把自种者与佃种者两相比较的时候，就会发现佃种者的部分无论从人数方面或者从垦种面积方面都比自种者部分大的多。佃人的单人垦种亩积很少超出五亩，一当佃人的垦种亩积从十亩到达十七亩时，那么这片土地一定是官田。

即便在自耕农自耕的情况下，单人垦种面积也是很小的，不超过五亩。有些农民除了自耕自己田土之外，另外佃种别人的田土；而另外一些佃人本来身份是奴婢，也变成佃户了。假如检阅一下吐鲁番的土地占有情况的话，那么我们发现官田远比私田为多。确实，一个个体农民的土地占有量是极小的；极少的农民有幸占有五亩至二十亩的土地；绝大部分仅仅占有五亩的一片。但是我们不能即刻得出结论，说这就是吐鲁番地区土地分配的真实情况。很可能在吐鲁番授与的田土往往分片散在不同的区乡，几片加在一起可能超过五亩，但文书中却从来没有反映谁占有大量的土地。有些文书充分地记述了官田上的租率。租以粟、豆来缴付，粟的租额为每亩2斗5升至6斗8升；豆的租额为每亩2斗5升至3斗7升5合。这个租额跟唐朝其他文书中所记的“地子”或“租”额是相符的。

吐鲁番除粟、豆之外，还出产麦、青麦（或燕麦）、米、棉花和芝麻，有些文书中记载了这些品种的种植面积，而未记录每亩的缴租数额。假如我们想从吐鲁番的佃人问题方面有更多的收获的话，既有的佃人文书再不能告诉我们更多的东西了，我们只好再搜求更多的当时的文书，通过比较研究，庶几乎可以得到新的判断。

我们必须知晓，在文书所列的佃人中间，很不少是受田的农户，他们既种自己的田，又租种官田、寺田，其他农户的田，还有园圃。另外一些是新从主家放良出来的奴婢，他（她）们也租种官田，或者农户的土地。吐鲁番地区佃人制度之所以如此发达，是由于授田的方位和坐落往往分散在很远的地方，本人不能前往垦种。但这种并不是唯一的原因。

当我们考虑到在中国内地大部分地区中存在的庄园的时候，我们会追溯到皇帝，他的高级的和低级的臣民，在中央政府或者地方机关中服务的，以及僧侣和富民，他们都有庄园，在庄园中都住着他们的客户。而佃人文书很大一部分也记载着县官们、寺院的和世俗的权贵家族们，他们的地由佃人耕种。自然其中有一些可能就以庄园的形式而存在，他们的客户就按佃人登记了。即便这些地都按庄园对待了，可是事实上其中有些不一定统统是那么大的地片像中原那样，而是把一家庄园分割成一小段一小段地散落在不同的区乡里，如同上文所述的那样。

以上我从佃人文书出发，探讨了他们的形式和内容，以及一些在此以前尚不明了的事实。现在让我总括起来，写成如下的几点：

①佃人制度在武则天时候已经完全实施了。

②无论对社会说，或者对政府说，佃人都扮演了一个很重要的角色。

③在吐鲁番的田土中，官田占有很大的比例，官田的绝大部分都由农民或者奴婢进行佃种。

④农田中土地占有者自种与招人佃种的比率，已经充分地表明了。

⑤少数事例说明奴婢放良的也佃种土地。

⑥官田租率，业已充分地表明了。

⑦在吐鲁番能够种植的粮食品种和耕种亩积，也已清楚地表明了。

从佃人文书中的一些主要内容已经初步阐明如上，而我坚决相信，这对于进一步钻研佃人制度的人会带来有用的启发。

第六章　两宋的土地关系和赋役

第二十四节　宋以前土地所有制的总结

宋以前的土地制度，前文大体上已经涉及过了，现在再来总结一次，不是为了重复，而是企图在总结中有所拔高，也就是说，会有些新的什么在总结中出现。特别是结合导师马克思关于东方（亚细亚）形态的伟大学说，观察这一形态的特征在具体的中国历史上，特别是在土地所有制衍变的历史中，有些怎样的情节，是很有意义的。

我认为，从井田到均田，是东方（亚细亚）形态存在和减退的过程。从两宋开始，所谓亚细亚特征，已经基本上减退得差不多了。与此同时，恰好是中国封建社会由其前期向其自身的后期过渡。也恰好在这关头上，我们来进行一些更多的分析，那是很有必要的。

秦孝公和商鞅的“坏井田，开阡陌，民得买卖”，应该被看作是东方（亚细亚）形态存在和开始减退的分水岭。在这条界限以前，是东方（亚细亚）特征存在的段落（虽然在中国，它从来也不曾表现得像在印度和某些古代阿拉伯国家那样地完整）；在这条界限以后，是东方（亚细亚）形态开始减退的段落。因此我们说，“坏井田，开阡陌，民得买卖”不是一条随随便便的界限，而是一条严重意义的界线。宋朝的马端临（叶适也不排除）认识到了一些这界线的意义，但是比较浅化，因为他们不可能意识到亚细亚形态。我国当代的许多位国有土地占主导论者，则对这条界线的意义理解得太不足了。这条界线，是土地私有制基本上不存在，或者刚刚少量存在和土地私有制已经较普遍存在，或者说从法令上已经准许它存在的一条界线。东方（亚细亚）的特征之一既然是没有什么国有土地之外的私有土地，所以我们说，在这条界线之后，东方特征就开始减退了。

三代（夏、商、周）井田是在这条界线以前的土地制度，所以在它身上，东方（亚细亚）特征在中国历史范畴内是存在得最完整、最充分的了。这样认识的理由，可以有好几条。第一，古代共同体的原始形态虽然已不存在，但其次生形态总要承认它吧。不承认古代共同体次生形态的存在，而只一味地拔高西周奴隶制，那是说服力不强的。第二，在井田时期，地租和赋税合为一体，或者说，没有什么同这个地租不同的赋税，这一点也是存在的吧。并且，这一点是特征中之最特征的。第三，水利灌溉诚然不像中亚和次大陆那样出现的很早，并且在整套土地设施中也不起那么沉重的作用，但在井田的中后期，水利灌溉的作用也慢慢跟上来了。第四，专制主义的中央集权在其中后期也逐渐形成，像孟轲所说的“万乘之国，弑其君者，必千乘之家；千乘之国，弑其君者，必百乘之家。万取千焉，千取百焉，不为不多矣，苟为后义而先利，不夺不餍”，正是中央集权成长过程的极好的描绘。这样，东方（亚细亚）特征几乎已经具备了。

在这一段落中，土地公有制的作用和意义尚未绝灭，所以我们按照导师马、恩的一些指示，认为在这一段落中，土地公有制和土地私有制“谁战胜谁”的斗争，尚在持续之中。在成熟和正常的“婴儿”说来，阶级社会一出现，这种“谁战胜谁”的斗争就应该从理论到事实上归于消灭。但在“早熟的婴儿”说来，由于生产力水平的较低，我们就有理由认为它尚未绝灭。也就是说，古代共同体的次生形态不仅仅是个形式，它还是土地公有制的残余，它还在跟土地私有制做最后的挣扎，使中国的奴隶制始终不能发展到应有的高度，使它始终不能像某些书中所写的那么笔直而又笔直、纯粹而又纯粹。在这一特征的影响下，中国的奴隶社会在井田段落始终达不到以生产剩余价值为目的的奴隶制度，而一直停留在家长制的，以生产直接生活资料为目的的奴隶制度。

“坏井田，开阡陌，民得买卖”以后，情况大变了。这个变动，虽然是上层建筑范畴内法令上的变动，但它也有力地反映出经济基础的变动。从此，私有制确立了。从此，它是法定的东西了。虽然在确立之初，在法定之初，说它已经多么地深化，那也是谈不上的。我们只说，它有待于深化。（有人在“或耕豪民之田”的“或”字上大做文章，不是连一丁点的道理也没有的。）它还不够深化，它还不够普遍，但它总是确立起来了。从此，中国社会的东方（亚细亚）特征开始减退，共同体瓦解了。说在以后的历史上还会人为地复原“公社”，这种现象不能说绝对没有，但规模极小，仅在家庭、最多是在家族之内。如北朝的杨播家、南宋的陆九渊家、唐朝宜春郡的章家，一直到明、清之际全祖望所记浙东诸葛氏的家族，他们都有不分家、大锅吃饭、打钟开饭、子弟上学公共负担，甚至走亲戚送礼也有划一的规定，妇女钗环裙裾，亦由共同体划一供给。但这种因素，对整个社会经济，不起，或者说起不了什么严重的影响。作为土地所有权存在的经济体现的地租，和作为政权存在的经济体现的国税，二者分离开了。（自然这丝毫也不排除此后在特定条件下这二者还会重新合在一起。）专制主义中央集权不仅没有跟着东方特征的减退而减退，反而更加强化了，这是中国历史自己的特点。从以上这些特点延续下来，在土地所有制方面，国有土地制和私有土地制“谁战胜谁”的斗争，就取代了前一段落土地公有制和土地私有制“谁战胜谁”的斗争。这场土地国有制和土地私有制的斗争，一直延续到唐朝中叶均田制的瓦解。在这场斗争里，国有土地制的代表者，封建国家，往往把自己打扮成为土地公有制的化身，披着一些对古代共同体的“乌托邦”式的外衣，仿佛它可以自上而下地给人民以阳光和雨水，而实际上则是跟土地私有者争夺剥削的对象。封建国家对土地私有制总是企图干预，而土地私有制总是以土地兼并来同它顽抗。

封建国家企图对土地私有制进行干预，其最突出的代表就是曹魏屯田。曹魏屯田是从它以前到它以后一系列屯田事例中最突出的一件。从汉武帝到明太祖，都曾创办过屯田，都是最先作为徭役劳动的榨取，而最终又被私有制侵蚀掉了。曹魏屯田在这些屯田事例中有着它自己的独特的历史条件，其一是处在东汉末年军阀大混战之后，土地私有权受了空前的破坏，许多田土成了无主荒田；其二是曹操政权的专制主义十分强化。在这两个条件约制下，东方（亚细亚）特征又有某些再现，如曹魏屯田点上按五五分租和四六分租的剥削量，就是国家兼备了地主的身份所榨取的没有同地租不同的赋税。在这里，地租和国税又一次合在一起了。而在屯田据点以外的小农农村中，则仅仅按赋税（谷四升、绢二匹、绵二斤）剥削。“公社”不能人为地复原，而地租和赋税合一的现象却可以在特定条件下回归，这不是哪个聪明的头脑中思考出来的，而是历史中具体表现出来的。可是这种回归不可能支持太久，在七十年之后，私有土地制又卷土重来，出现了魏、晋之际的豪强世族的肆无忌惮的占田。西晋统治者把屯田据点和小农农村拉平起来，拿豪强世族的大刮的占田之风稍稍限制一下，这样出现的就是“四不像”的占田法。

从北魏到唐中叶，又出现了均田制。这套田制，是东方（亚细亚）形态在中国历史上出现的最后一次，也是最衰弱的一次了。它表现东方（亚细亚）特征，只表现在拿原地主的私有土地，而以“桑田”、“露田”或者“永业”、“口分”等名义以“国家授与”的法令形式来重新登记的这一点上。这不能不说是对土地私有权在法令上的极大的干预。但这也仅仅是法令上的而已，因为在实际上没有哪家豪门的私有土地被充公的记载，有的只是对土地私有者左一照顾、右一照顾，使它“原封不动”的记载。所以，均田制的实际效果也不过是在需要开垦的无主荒地上，允许“逐宽乡者”使用较法定数额要小得多的地片去垦种，并向封建国家缴纳租庸调而已。租庸调的数额一般是粟二石，绢二丈（连役折算，共约二匹之数），这较曹魏时小农农村中的赋税剥削量还低，表现不出地租国税合一的迹象，仅仅从法令中规定“不受田者不课”的这一点上，还显示出来国家兼备着某些地主的身份。所以我们说，东方（亚细亚）特征，表现在均田制中，特别是表现在唐朝的均田制中，已经极为减退了。从“两税法”以后，亚细亚特征已经消退到差不多的地步，从此以后，固然不能说封建国家和封建地主之间就截然没有矛盾了，但土地国有制和土地私有制“谁战胜谁”的斗争的提法在此后已基本上不能与实际相适应，代之的是封建国家纯乎是封建地主阶级在政治上的代表。

第二十五节　官田的私田化与官租的私租化

从五代和北宋开始，中国封建社会无论从现象上或者从实质上，都发生了很大的变化。首先触目的，是商业、货币的交换、流通活动，较前是大大改观了。中古城市的厢坊制度，在北宋初被冲垮了，代之的是出现了市、集镇、瓦子等多样的商业贸易场所。绢帛作为交换手段，已经远远不敷应用了，代之的是出现了纸币（宋代叫交子、会子、关子），大量的铜钱和铁钱，连银子的使用量也空前加大。商业的行业，从通俗语言中说的“三十六行”向“三百六十行”前进。人们的必需品——粮食，在商业中的周转率也空前增大了。国家从此也认定了榨取商税是一个好办法，于是过去落后的什么“市籍之税”发展成为“住税”（3%）和“过税”（2%）。北宋太宗至道末（公元997年），天下总收入的商业税（"缗钱"）达22 245 803贯[①]的高额，拿这个数额与24年前宋真宗天禧末（公元1021年）天下总收入额（不仅商税，连同夏、秋二税也计算在内）150 850 100贯[②]相比，商业税几乎达总收入的七分之一，这是中古自然经济时期所绝对没有的现象。到南宋濒于亡国前夜的理宗淳祐六年（公元1246年），国家的通货膨胀已到最高点，这年国家钞票的发行量是650 000 000缗。[③]这些数字不能不说是惊人的，也是非常之说明问题的。这并不像蒙文通先生所说，是些"不精确的语言"，我们也并未被它们所"迷惑"，"以致产生对中世纪商业和都市估计过高的偏向"。[④]恰好相反，它们有力地说明，中国封建社会已经开始向其自身的后期转进，而商业、货币等交换、流通行为，在这中间起了很大、很重要的作用。

我们这样说，在理论上也是站得住脚的。导师马克思在他的经典著作《资本论》中，对商人资本的作用，曾作了充分地表述。他批判了不少资产阶级学者认为商业会增进价值、商业完全是一种生产行为等谬论，阐明了商人资本只在流通范围内发生机能，而在流通过程中是不会生产出任何价值和剩余价值来的。[⑤]因此，商人资本的发展，不能促成一个生产方法到另一个生产方法的过渡。[⑥]这是问题的一面，其另一面是导师马克思也从来不过分低估商业资本的作用。他指出，商业资本能够促进社会的物质代谢，说它虽然不能直接创造价值和剩余价值，但在帮助流通的限度内，它却能够帮助剩余价值生产的增加。[⑦]最终，他有力地指出，"在封建生产的最早的变革时期，它（商业资本）曾产生过压倒一切的影响"。[⑧]

有人会提问：什么是商业货币流通行为所起的"压倒一切的影响"作用在土地所有制方面的具体表现呢？我们回答说，那就是：官田的私田化和官租的私租化。大家试来追想：在东方（亚细亚）特征起作用的时期里，问题是沿着

① 《宋史》卷179《食货志下》。

② 同上注。

③ 孙梦观:《雪窗集》卷1。

④ 蒙文通:《宋代的商税和城市》，见《历史研究》1961年第4期。

⑤ 《资本论》第Ⅲ卷，第四篇，第16章，中译本页311。

⑥ 《资本论》第Ⅲ卷，第四篇，第20章，中译本页366页。

⑦ 《资本论》第Ⅲ卷，第四篇，第16章，中译本页312页。

⑧ 《资本论》第Ⅲ卷，第四篇，第20章，中译本页376页。

与此恰好倒置的倾向发展的，即私田的官田化和私租的官租化。也就是说，在那段时期里，国家兼有地主的身份，私田也在法令上作为“永业”而以国家的名义授与，而国家赋税中则兼备着地租的性质。现在，从五代和北宋开始，事情又来了一个倒置，国家把土地更大限度地下放给普通的地主了（我们说，假如秦孝公和商鞅是把土地所有权做了第一次的下放的话），从而地主手里的土地所有权不知不觉就深化了很多。即便封建国家手里还留有一批土地的话，他们也完全按照普通地主的样子来进行经营，执行剥削。以上，就是在我看来，五代、宋及其以后在土地所有制的形式（连带实质）方面所发生的一个巨大的变化。对此，我们有必要结合具体史料，展开更详尽的阐说。

上述的这一倾向，其实从五代就开始了。《五代会要》中保存了两段很重要的材料，兹依次引用并讨论如下：

> （后唐明宗）长兴二年（公元931年）九月二日敕：凡置营田，比召浮客。若取编户，实紊常规。如有系税之人，宜令却还本县。应三京诸道营田，只耕佃无主荒田及召浮客。此后若敢违越，其官吏及投名税户，当行重断。①

从这道皇帝的训令中，有两点值得我们留意。第一，官府拿出一些土地（“营田”）来，目的是安插流民佃户（“浮客”）的，但不少中小地主（“税户”）却通过官吏的“后门”来认耕这些土地，企图充当“二地主”从中取利，这是官府要严格禁止的。这种情况，跟《盐铁论》中所反映西汉初许多苑囿园池的召佃情况大体类似，是国家与地主争夺剥削对象的表现。第二，是五代时候，官府不再像屯田和均田时代那样，以国家的名义（甚至夹杂上军事的强制）来经营这些田地，而是以纯乎与私家地主相同的身份来召客佃种，这是上文所说“官田私田化”的具体表现。《五代会要》中的另一段材料是：

> （后周太祖）广顺二年（公元952年）正月敕：应诸处户部营田人户租税课利，除京兆府庄宅务、瞻军国榷监人户、两京行从庄外，其余并割属州县。所征租税课利，官中祇营户部营田旧征课额。其户部营田职员，一切停废。
>
> 一、应有客户元佃系省庄田，桑土舍宇，便令充为永业。自立户名，仍具元佃桑土舍宇、牛具动用实数，经具陈状，县司给予凭由，仍放户下

① 《五代会要》卷15“户部”。

三年差遣。若不愿立户名，许召主卸佃，不得有失元额租课。其车牛动用、屋舍树木，亦各宣赐，官中更不管系。

一、诸处营田，户部院及系赐人户所纳租牛课利，其中每头具上率纳苗课，逐年都纳秋夏斛斗二万一千余石，更纳钱、鞋布、秆草等。其租牛缘官中系账，不管死损；岁月既深，转益贫困。所征牛租，起今年后并与除放。所有现在牛犊并赐本户，官中永不系收。[1]

这段材料的重要性，较前引一段更显重要。从这中间，我们至少可以看到如下的几点。第一，官府在这里并不是行什么“仁政”，它的总目的不过是“不得有失元（原）额租课”，就是保持原剥削额不准减少而已。但是第二，为了不减少剥削额，是将许多“营田”继续抓在官府手里，抑还是下放给基层或者干脆下放给民户呢？在五代和宋的统治者考虑问题时，就跟曹魏和北魏的统治者很不相同了，他们的措施是除去皇家直接榨取利益的“皇庄”一类田庄外，其余一律下放给州县，中央政权只要求“不失原额租课”就行了。更进一步的是，除管理权下放到州县外，土地的所有权（比使用权要深化得多的）给谁呢？五代和宋的统治者比曹魏、北魏的统治者更懂得如何发挥中小自耕农或半自耕农的积极性，它干脆命令将这些田土变为原佃种者的“永业”，将土地、宅田、牛具一齐下放下去，把这些佃户变为自耕农，变为“税户”，以鼓励他们的积极性。但是，一旦变成“税户”，就要承担起夏秋二税以及种种苛捐杂税和徭役的，有的佃户甘愿承担，有的不情愿。所以官府又规定，愿立户名的，免三年杂徭；不愿的，那就另外召人佃种。至于“牛租”问题，那是后梁太祖朱温留下的一项历史“遗产”，试看《资治通鉴》中对此有所说明：

前世屯田，皆在边地，使戍兵佃之。唐末，中原宿兵所在皆置营田，以耕旷土。其后又募高赀户使输课佃之，户部别置官司总领，不隶州县。或丁多无役，或容庇奸盗，州县不能诘。梁太祖击淮南，掠得牛以千万计，给东南诸州农民，使岁输租。自是历数十年，牛死而租不除。民甚苦之。帝素知其弊，会阁门使知青州张凝上便宜，请罢营田务，乙丑敕：“悉罢户部营田务，以其民隶州县，其田、庐、牛、农器，并赐现佃者为永业。悉除租牛课。”是岁，户部增三万余户。民既得为永业，始敢葺屋

---

① 《五代会要》卷15“户部”。

植木，获地利数倍。[1]

经过这一补充，源本就更加明了了。“牛租”本是朱温的一种虐政，牛原是抢夺而来，而今牛死租存，早就该废除了。至于营田的历史，司马光也叙述的很清楚，原是跟汉朝的居延、青海屯田差不多，由国家剥削劳役；后来经受私有制侵蚀，像明永乐间的“军屯”、“民屯”、“商屯”一样，被“高资户”接佃了，情况越来越混乱，对国家害多益少，所以决定下放。通过下放，大大鼓励了小自耕农或半自耕农的积极性，“编户”增出了三万余户，土地生产的利益较前增长了数倍。上述的这段历史，就是我们所说“官田的私田化，官租的私租化”过程中一桩相当典型的事例。

底下，我们看宋朝。宋朝是统一国家，情况自比割据小国更为复杂，但历程跟上述五代情况，也差不多。先之以徭役式的军屯，继之以半徭役半租佃，终之以下放，召民佃种，或者干脆出卖，在这种情节下，国家与私人地主确已无大差异。军屯徭役式的，如哲宗元符年间河东路“以厢军及配军营田，又将犯罪合配人拣选少壮堪田作之人，配营田司耕作”。[2]这跟西汉使用刑徒和弛刑士屯田，几乎完全一样。后来，逐渐蜕变成半徭役半租佃，如绍兴初年镇江都统制刘宝所见到的实况，“庄田四十二所，田四百七十五顷八十八亩，官兵五百五十人，客户二百六十五户”，[3]就是这样。这是南宋宋、金战争期间双方拉锯的情况下，在淮南和荆、襄大量出现的情况。在北宋相对稳定的时候，仁宗天圣年间，有人算了襄州和唐州两笔营田务的赔钱账，其数据如下：

襄州务：历年所得课利：335 906石9斗2升；
计钱：92 365贯；
历年费用：133 704贯13文；
折本：41 342贯46文。

唐州务：历年所得课利：64 931石4斗6升；
计钱：25 968贯534文；
历年费用：（未载）

① 《资治通鉴》卷291。

② 《宋会要稿》。

③ 《宋会要稿》第122册，食货卷3，页11。

折本：14 368贯114文。[1]

这样经营的结果，不仅“利不偿其费”而且“复遣部民春变，甚有劳扰”，劳扰的具体情况也有记录，如“每岁于属县差借人户牛具，至夏又差耘耨人夫六百人，秋又差刈获人夫千五百人”。[2]真是捉拿私户来务公田，扰民最甚，简直是一种“派种”，或者如宋朝名词所叫“附种”了。所以皇朝干脆下诏：“废襄、唐二州营田务，令召无田产人户请充为永业”了。[3]这是跟五代后周郭威广顺二年诏的性质一模一样，看到官田官营不仅无利可图，并且容易引发反抗，不如顺应封建社会后期私营土地的大流，下放给民户，征收二税，尚较捷便。

到南宋，这种倾向，又受当时时势影响，发生过两场奇异的措施，其一是北宋徽宗已开其端，南宋高宗绍兴年间大加发展的出卖官田，借战争地带原主逃走，田土一时无主的机会，以国家名义大占田土，大务营田；可是一转手，又在浙江大鬻官田。其二是宋理宗在亡国前夜与大臣贾似道一同“创造发明”的由国家出价向大官户买回限外田土的一部分作为“公田”，出租积粮以充军食的办法。这后一种是一种饮鸩止渴的促进自身死亡的反动措施，在土地所有制方面，作用意义都不是甚大的。前一种马端临在其《文献通考》中做了专旨的著录，就此举的动机是“以军典用度不足，故诏”。[4]由各路军区司令亲自抓这件事，“尽鬻诸路官田，命各路宪臣总领措置”，其办法是“现佃人愿买者，听”，“佃及三十年者，减价钱三分之二”；“未卖田，令佃现人添租三分；不愿者勒令商业，召人佃。”[5]

拿这段事跟五代后周广顺二年、北宋仁宗天圣四年的两件事例并比观察，我们就会发现有其同亦有其异。其同在于“官田的私田化”，即把国有土地，通过无论是赏赐或者是买卖，转化到私人手里，成为私有土地。而其间的差异是前两件事例中，统治者尚有闲心余力想从主观上缓和一下社会矛盾（客观上，土地仍由地主包买去了）；而在后一事例中，南宋统治者偏安乞降之际只顾增加军国用度，不惜使用与私人地主相同的“添租铲佃”的恶毒办法，来强

① 《宋会要稿》第121册，食货卷2，页2。

② 同上注。

③ 同上注。

④ 马端临：《文献通考》卷7《田赋考》。

⑤ 马端临：《文献通考》卷7《田赋考》。

迫农民买地，不买就驱逐。到绍兴之末，卖田之风不仅在宋、金拉锯地区推行，连京畿后方也大刮起来，“官户势家，坐占官田，今依估承买”。这种把大批大批国有土地化为私有土地的举措，是在均田制未坏以前所绝对看不到的现象。它显示：中国封建社会已确确实实进入它自身的后期了。

第二十六节　两宋的自耕农和佃客

以上两节的主旨，是谈东方（亚细亚）特征的衰退和中国封建社会由其前期向其自身后期的转化。底下，既然国有土地已大量地私有土地化了，我们所要分析的，就只剩下大土地私有制和小土地私有制这两种的交错，前者的体现者是大地主，后者的体现者是自耕农。前文谈过，西汉的自耕农和北宋的自耕农在中国历史上曾各有一度的鼎盛时期。现在，让我们来看一看北宋的自耕农（包括小地主与半自耕农，也叫“下户”），先看它的数量。

说到数量，自必牵及户口问题。北宋户口，虽然也和历代一样，带有极大的不准确性，但以不准确的数据说，还是比较完备的，特别是拿主户与客户对照列举一点，更有价值。日本史学家加藤繁对此做了很多细致的研究。[①]从其中，也能看出一些问题来。例如“客户”是不是全指“佃户”？不一定。试看加藤繁根据宋朝《元丰九域志》中的统计，“客户”比率最高的地区，有些像是佃户集中的表现，有些不像。如达州（四川达县一带）、涪州（四川涪陵一带）、昌州（四川荣昌、大足一带）、郢州（湖北安陆、锺祥一带）、处州（浙江丽水一带），“客户”所占总户数的比率达80%上下，这足以说明这些地带佃户可能比较集中。可是像丰州（内蒙古托克托一带）、熙州（甘肃狄道一带）、泸州（四川宜宾一带）、南恩州（广东恩平一带），“客户”所占总户数的比率也达70%～90%，这怕是跟边徼地带有相当大的关系，这样多的“客户”就未见得全是农田上的佃户，而更可能是逃亡者和浮民了。但不管怎样，抛开这些边徼地区的例外情况不算，北宋全国各地“客户”在总户数中的比率最大为90%，最小为不及10%，总平均全国“客户”在户数中的比率，始终不超过40%。试看下表：

① 《中国经济史考证》第2卷，页257～322。

年代	公历	比率	根据文献
北宋真宗天禧五年	1021	0.304	《文献通考》
北宋仁宗宝元元年	1038	0.364	《玉海》
北宋神宗元丰三年	1080	0.319	《中书备对》
同上	1080	0.343	《元丰九域志》

从上表中，我们可以大体推知北宋客户比率，从而推知自耕农户的比率。试看北宋客户比率总超不过40%，而北宋的大官形势户和一、二等“上户”按情理推断，亦不超过10%的比率，那么，我们将可有相当根据地推断，北宋的自耕农和“下户”（其中包括小地主和半自耕农）的比率将为总户数的50%，甚至以上。

以上是数量。底下，我们再看自耕农的变化和它的作用。我们说，自耕农、半自耕农和“客户”（佃农）是同命运的劳动者兄弟。虽然从另一个方面看，它们中间有一点差异，即前者虽然产业很微小，但总算是有产者；而后者则是农村无产者。我们承认，这个差别是客观上存在的。但是，对比起“官户”、“形势户”和一、二、三等户来，他们却是同劳动的阶级兄弟。孙毓棠先生在一篇文章里说，在宋代“第一等户是占田在三顷以上以至几十顷、上百顷的人家，是当时的大地主阶层。第二、三等户，是指占田在三顷以下至不满一顷的人家，是当时的中小地主阶层。第一、二、三等户当时习称‘上户’。第四等是占田不过数十亩的自耕农民。第五等大多是占有小块土地而仍然不能自给的半自耕农。因此，上户下户之分具有十分严重的意义。上下户之间的界限，实际是一条地主与农民两个敌对阶级的界限”。[①]

根据史料所反映的情况来看，这个划分是确切的。自耕农、半自耕农、佃农同是社会生产之最积极的承担者，又是国家二税和杂徭逃避不掉的承担者，他们出力最大，受亏最深，所以在阶级斗争中也是互为可靠的同盟者。假如“下户”户数按全户数40%～50%计算，客户按30%～40%计算，那么这个庞大的劳动人民的同盟将占全户的70%～80%以上了。

自然，这两个兄弟阶层中间，随时也有转化，也有升降。自耕农破产沦为客户者史料中处处均有反映，不必举例。客户上升者，如南宋胡宏信札中所谈农村中五种人中的第五种“或丁口蕃多，衣食有余，稍能买田宅三、五亩，出

① 孙毓棠：《关于北宋赋役制度的几个问题》，《历史研究》1964年第2期。

立户名，便欲脱离主户而去”[①]，就是很鲜明的例证；他如《杨么事迹》中记杨么等“本是税户”，也很可能是这同类的新升上去的小自耕农。但应该说，就总的倾向说，升上来的少而破产下去的多，这是就史料总貌中归纳而来，很难个别举例。所以，统两宋来看，应该说是自耕农的数量渐减，而客户的数量渐增。可是在这一点上，中外学者，曾有与此不同的结论。日本加藤繁曾根据南宋的某些州县志书，以明州（宁波）、江宁（南京）为例，说“客户有显著的减少”。[②]陈乐素先生也说过，宋朝的客户“有逐渐减少的趋向”。[③]他们得出这样的结论，自然是有根据的，但所根据的，怕只是个别州县的志书和不全的统计。假如碰到这些州县在政治情况和生产情况方面是稳定的，那么减少也有可能。但主流应如张维华先生所说，他“认为这只能是封建地主隐蔽户口所造成的结果”，[④]本书作者个人是更相信后边这句话的。因为南宋越到亡国前夜，沦为佃户的人数就越多，仅就《元史》所反映的来说，其帝纪就记载着“江南平垂四十年，其富室有蔽占王民奴使之者，动辄百千家，有多至万家者”，[⑤]“江南诸寺，佃户五十余万，本皆编民”[⑥]，这是蒙古贵族眼睛所看见的事实，不容否认。

以上，从总体上看了一下自耕农和佃户的数量和他们身上所承担的作用。关于他们受地主阶级及其政治的代表——宋朝政府的经济榨取，将在下一节予以论列。现在，我们来看一看他们身上所压的超经济的人身隶属性。

关于这个问题，记得六十年代，由于胡如雷同志的一篇论文，[⑦]引起过一大片论争。事隔十余年，我们回想起来，不禁记起一段故事，故事说，树上悬着一只一面金一面银的盾牌，两个武士为争辩而斗殴受伤了。我这样说，绝不想（也不敢）对争论双方有任何的嘲讽，也不是要将辩论结果导向一种折衷主义的或取消主义的结论。不是这样。我是说，单就某些具体论证的材料来说，

① 胡宏：《五峰集》（《四部珍本丛书》）卷5《答刘信叔五首》之五。

② 加藤繁：《中国经济史考证》第2卷，页294～295。

③ 陈乐素：《主客户对称与北宋户部的户口统计》，《浙江学报》第1卷第2期。

④ 张维华：《试论两宋封建地主经济的几点征象并提出几个相关的问题》，《山东大学学报》第2卷第2期。

⑤ 《元史》卷23《武宗纪》（二）。

⑥ 《元史》卷20《成宗纪》（三）。

⑦ 见《历史研究》1962年第1期。

确实是各有各的道理。

譬如说，为论证两宋农业劳动人民身上的隶属性依然很重，至少有下列这些现成的论据。其一，北宋的苏洵（老泉）在他的文集中记载说，地主对客户“鞭笞驱役，视以奴仆”。[①]其二，李心传的《建炎以来系年要录》中记载说，宋朝法律对主户殴打佃客致死这类案情的处理，逐渐放宽，初不减等，后减一等配邻州，后又减一等配本州，[②]足见地主殴死佃户是可以不死或减罪的。其三，《元典章》中记载着“亡宋以前，主户生杀，视佃户不如草芥”，[③]又说“主户典卖佃户，与买卖驱口无异。”[④]

与以上情况相类似的是，为了论证两宋农业劳动人民身上的隶属性已经有所减轻，也有现成的论据。其一，《宋会要》中记载北宋仁宗天圣年间（1023～1025?）的一道诏书，说“旧条：私下分田客，非时不得起移。如主人发遣，给以凭由，方许别住。多被人抑勒，不放起移”。以上是介绍诏书以前情况，诏书宣称“自今后客户起移，更不取主人凭由，须每田收毕日，商量去住，各取稳便，概不得非时衷私起移。如是主人非理拦占，许经县论详”。[⑤]这里通过国家法令，保障客户不受“抑勒”，客户去留可以和地主协商，如地主不讲理，客户可以控告。这自然是国家与私家争夺剥削对象的反映，但不论如何，客户权利有所伸展，也是事实。其二是南宋的胡宏在一封信中提到“荆、襄之间，有主户不知爱养客户，客户力微，无可赴诉者，往年鄂守庄公绰言于朝，请买卖土田不得载客户于契书，听其自便。朝廷颁行其说”。[⑥]其三是《宋史 · 食货志》中记载说，南宋宁宗开禧元年（1205年）“夔州路转运判官范荪言，本路施、黔等州荒远，绵亘山谷，地旷人稀，其占田多者须人耕垦；富豪之家，诱客户举室迁去。乞将皇祐官庄客户逃移之法校定：凡为客户者，许役其身，勿及其家属；凡典卖田宅，听其离业，勿就租以充客户；凡贷钱止凭文约交还，勿抑勒以为地客；凡客户身故，其妻改嫁者听其自便，女听其自嫁。庶使深山

① 苏洵：《嘉祐集》卷5。

② 李心传：《建炎以来系年要录》卷75。

③ 《元典章》卷42。

④ 《元典章》卷57。

⑤ 《宋会要稿》第121册，《食货》卷1，页24。

⑥ 胡宏：《五峰集》（《四部珍本丛书》）卷2。

穷谷之民，得安生理。”[①]这里反映出，在荒远地区，地主给佃户及其家属身上横加种种强制，地方官吏认为南宋孝宗淳熙年间的有关法令太重，不如北宋仁宗皇祐年间的法令轻重适中，可以经久，所以报请批准施行。从以上三条具体令看，也不能不说佃户身上的隶属性有所减轻。

那么，依然很重的证据也有，有所减轻的证据也有，假如我们不企图导致折衷主义或取消主义结论的话，我们究竟应该怎么办呢？

我们认为，要解决这个争论，一定要运用唯物辩证法，即正确处理整体与局部间的矛盾，在具体史料从辩论双方都具备的物质基础上，从总体上来观察问题，排除一些地区或时间方面的局部限制，获致一些可以信赖的结论，留待以后的订正。那么，从整体上来观察问题，我们以为，两宋时期中国封建社会已自前期向其自身后期转进，东方（亚细亚）特征几乎消退完毕，社会生产力较前大大发展，生产品较前大大增多，交换流通的频率也较前大大增加。在这种前提下，土地买卖的频率，也自必加大。也就是说，土地所有权的转移率，也在增大。在这样一些条件下，农业劳动者（自耕农、半自耕农、佃农）的生产积极性和兴趣自必较前大大提高，他们的选择的可能性（选择佃种甲地主的地或乙地主的地，选择务农，或者干手工业，或者经商）也较前扩大了。整个社会，不能不承认这种现实；加以地主与地主间有矛盾，地主与国家间更有矛盾，在矛盾竞争中，就会自然而然地出现对劳动者某些“自由”的承认与肯定。这是问题的一个方面。另一方面，各种不平均性也在起作用，包括地域的不平衡，不同年代间的不平衡，特殊情况之有无的不平衡，都会起作用，使某些地区，某些年代中，已经稍稍松散了一点的隶属性又紧张起来，已经有了某些“自由”的又重新不自由起来。特别在两宋同时及以后，辽、金、元时民族大冲突大融合过程中，农业劳动者的组合又加上部落军事管制的烙印，不自由就必然加大。但是，假如仅仅局限在北、南宋一些经济发达和政治稳定地区来看的话，隶属性有所减退一事，怕还是无可否认的。

第二十七节　两宋的赋税和差役

两宋农业劳动者身上所负担的剥削和压迫，是沉重的。像上文所一再表述过的，东方（亚细亚）特征到两宋时候已基本消退，所以由地主剥削去的地

① 《宋史》卷173《食货志》上。

租，和由封建国家剥削去的赋税，两者已经清楚地划分开了。地主剥削的地租，到两宋已基本定型，即：既不是劳役租，除少量外也还未发展到货币租，而是以实物租为最主流的形态。实物租又以“分成制”占主导地位。这时，封建最后期资本主义萌芽地区中发生的“定额制”和“货币定额制”尚未大量发现。“分成制”就是基本上五五分租，地主农民各分半额，用地主牛或耕具的再加一成：四六分租。在极个别情况下，也三七分，二八分的。这跟曹魏屯田上的租额差不多一样，只是屯田上是国家地主，两宋是私人地主罢了。

农业劳动者除纳私租之外，还要纳国家的“二税”（夏税、秋粮）、身丁钱，并负担各种徭役。这个负担也是沉重的。宋人顾青在其杂记中说，“宋晁景迁谓今赋役几十倍于汉，林勋谓宋租七倍于唐，加以夏税几十倍。”[①]在这里须加几句解释。第一，这里的“几十倍”不应理解作“数十倍”，而应理解作“几乎十倍”，或“渐近于十倍”。第二，这里所说的“赋”、“役”、“租”全指的国家赋税差役，而不包括私租。只国家的征敛，就已经是汉、唐的七至十倍了。这自然跟整个社会生产力发展、社会总生产量的加大、社会财富较前增长，都有关系。但从绝对数字看，两宋国家的榨取也可以说是够沉重的了。

仅从法令的意义上讲，赋税徭役应该是跟土地所有制无关的东西。但是国家即封建地主的国家，社会既是地主与农民对立的社会，原来单纯从法令上与土地所有制无关的东西，也就由于牵连，而发生了这样那样间接的并且复杂的关系了。关于这些，须要较详细地说一说。

两宋封建国家，征敛赋税徭役的根据，是“丁产簿”（也叫“版籍”，或“籍账”）。“丁”与土地所有制无直接关系，例如“身丁钱”就是一种全民性的人头税，只要年已满20岁与未满60岁的男性国民，一律缴纳。“产”就与土地所有制有关系了。宋朝按土地财产分为户等，无寸土者叫“客户”，有土地者分成五等（个别史料中有记载分九等，极个别史料中有记载分十等的，以本文作者按南北朝、隋、唐及以后的明、清联系起来考虑，九等、十等的记载亦不能认为纯属子虚），一、二、三等户又叫“上户”，四、五等户又叫“下户”。按法令规定，五等户以下的无产者的“客户”，是不纳“二税”的；五个户等在担任差徭方面也有差别，“上户”担承统治者的辅助工作，性质近于胥吏，名称叫做“职役”；“下户”担承社会劳动，如浚河、防汛、筑城、运输军需物

① 顾青：《傍秋亭杂记》（有《涵芬楼秘籍》本）。

资等，性质近乎屯田士或隶农，名称叫做“杂徭”。

这就是说，单纯从法令上看，佃户是不承担“二税”的，除成丁者外，也不承担徭役。但实际是否如此呢？试看一点材料。《宋史·刘师道传》中说川、陕一带“凡租、调、庸、敛，悉佃客承之。”[①]欧阳修的文集中也记载说，农民收获之后“出种与税而后分之。”[②]也就是说，生产多少原粮，先把明年的种籽抛出，再把应交官的“秋粮”（约亩产额的十分之一）抛出，然后地主佃户五五分成。像记载这样不同地区，不同办法的资料，零零碎碎，还有很多很多，不及一一备录。但一个事情已经很鲜明地反映出来了，那就是，国家赋税（甚至包括劳役）从应承担者地主身上，已经转嫁到不应承担者佃户的身上来了。这就是宋朝税役问题的复杂化，它已经通过非法的途径将土地所有制和阶级关系牵连进来了。

非法转嫁，成为阶级剥削和压迫中的突出内容，转嫁的手法很多，如将土地隐瞒，不登入版籍；将自己家的资产低报，降低自己的户等；将自己田产诡寄到别人名下；将明明是良田的田段，报成遭灾抛荒的田段；用贿买手段，拉拢胥吏，篡改版籍簿书，等等，等等，花样很多。试观明太祖朱元璋《大诰》中不惜用严刑峻法惩办一些不法地主勾结胥吏进行诡寄、洒派、移丘、换段等不法行为的煌煌诰词，对于宋朝若干转嫁行为，是会引起联想的。宋朝的改良主义官吏王安石所实行的若干“新法”中，有很大一批项目就是企图纠正这种转嫁的。如“方田法”，就是丈量和落实土地的归属。它的前身是一位叫做郭谘的官吏在河北洺州肥乡县检查田土和赋税关系的不平现象，结果“除无地之租者四百家，正无租之地者百家，收逋赋八十万。流民乃复。”[③]这就是说，以洺州肥乡为例，有400家客户下户，无田却纳“二税”；有100家大小地主，有田却不纳“二税”。纠正之后，国家赋税征收量增大了，而逃亡的人们也都回了乡，社会秩序较前稳定。《文献通考》中也记载，虔州的瑞金县“乃有二百余亩方为二十亩者，有二顷九十六亩方为七十亩者”，会昌县“有租税一十三钱而增至二贯二百者，有租税二十七钱则增至一贯四百五十者。”[④]这就是说，地方胥吏把地主土地的数额压缩十倍至三十倍，将贫下户税钱数额妄增至五十

① 《宋史》卷204《刘师道传》。

② 《欧阳文忠公集》卷59《原弊》篇。

③ 《宋史》卷326《郭谘传》。《续资治通鉴长编》庆历三年十月所记与《宋史》同。

④ 马端临：《文献通考》卷5。

倍至一百倍。税量税钱如此，“役”又何尝不如此?!《宋史 · 食货志》中记载说，“祥符县阖乡止有一户充役”。[1]也就是说，其余的户假如不是依靠特权免除了，就是靠转嫁的方法摊到别人的头上去了。

确实，税役成为劳动人民头上的首当其冲的严重枷锁。以宋朝最典型的农民起义——洞庭湖地区的锺相、杨么起义为例，就是由于税役负担惨重为其直接引发条件的，南宋的文人胡寅在他的书信中，两次谈到引发起义的原因是“政烦赋重”，[2]另一个南宋文人李光说的更具体，“频年以来，荆、襄屯驻大兵，州县有‘月椿’之数，不免科烦。百姓避税役之重，不敢复业。以舟楫为生者，或夺充纲运；以网罟为业者，则籍为水手。差徭例及于贫民，营田抑配于上户。民不为盗，则将坐以待死耳。”[3]这句话的主旨是说，差徭劳役本是凡有丁之户全要承担的，现在完全压积在穷苦民户的头上。“营田”是国家将荒田、逃田宣布是国家所有的田土，谁种这种田土，谁就要接受宋朝国家的苛刻的勒索，实际上这不是一种恩惠，而是一种强制。宋朝政府在大敌当前的时刻，不仅对贫苦民户身上摊派了若干力所不能及的差徭，也给大、中地主（“上户”）名下“抑配”了若干营田，不管你种不种，收不收，你要按亩缴租的。这样连大、中地主的日子，也过不下去了。大家不是死，就只有造反的一途。由此，可以看出宋朝税役剥削的严重和残酷。

① 《宋史 · 食货志》上。

② 胡寅：《裴然集》（《四部珍本丛书》）卷17、18，寄张致远。

③ 李光：《庄简集》（《四部珍本丛书》）卷12，论盗贼事宜状。

中国土地制度史论文

亚细亚生产方式及其在中国历史上的遗存

——参加1981年4月天津亚细亚生产方式学术讨论会后的思考笔记

一

从十九世纪的五十年代到八十年代，导师马克思在他钻研的主攻对象之外，还有过一件意义极其重大的副产品。这主攻对象，尽人皆知，那就是对资本主义社会内部结构的剖析，以及资本主义社会发生、发展和消亡的规律。这副产品，就是在探索资本主义之所以发生的前提的过程中，所遭遇到的一种结构，这种结构发生在无阶级的社会，可是它在经济意义和所有制方面，已经带有初步的对抗性（公有和私有）的因素了；并且，它（或者它的某些局部）不仅仅在无阶级的社会晚期出现，更重要的是它还一直在阶级社会的前资本主义段落中顽强地保留着不易消解，成为一种遗存，一种变异，一种附属物。这种结构，或者说这种经济形式，马克思在开始的时候把它当作一种生产方式；并且由于它主要是从印度资料中提炼而来，故而命名曰“亚细亚生产方式”。到二十世纪的二三十年代，跟着“生产方式”和“社会形态”两个概念的日渐邻近、甚至发生某些重合和混淆，更特别是由于五种生产方式的规定，它将亚细亚形式根本未予考虑；这样“亚细亚生产方式”就出现问题了。谈到五种生产方式，它有积极的一面，即把唯物一元论的人类社会发展，给予了初步的规律性的排列；但从其公式化的一面，结合后来一些教条主义和死套框框的学风，事情就日益僵化了，拿它运用到具体历史中去，越来越显得“对不上号”。例如拿金朝历史刻舟求剑地说太祖、太宗是原始末期，熙宗和海陵王是奴隶社会，世宗、章宗以下才是封建社会等，这样说是非常牵强的。在对五种生产方式作僵化料理的情况下，“亚细亚生产方式”往哪里安排呢？这就成了问题了。有把它单纯安排在原始社会中的，有把它安排在无阶级与阶级社会之间的，有把它当做五种方式以外的一种独立和独特的存在的，有把它安排作东方奴隶社会的，有把它安排作东方封建制的，等等。还有各种安排内部的变异，事情就复杂化得很严重。最后有人出来说，马克思不是神，当时搜集到的资料也并不全面，从而归纳出来的也不一定确切，甚至说马克思本人最后已经把它放弃了，云云。

除此之外，政治与学术间的纠缠，也使问题更趋于复杂化。我们今天，已经清楚地懂得应该把政治问题跟学术问题区别开来了，学术问题可以充分发挥“百家争鸣”的精神。但这是从长期痛苦的历程中得到的。三十年代，无论在苏联或者在中国，人们在这个区别上就不是那么清楚，于是把“亚细亚”视为独特形态的一派被打下去了，把“亚细亚”视为东方奴隶制的一派扶上来成为了合法的。政治不正常地干预了学术，并未使学术问题得到解决，反而更加停滞。在中国的半个世纪以来，这问题也长期成为禁区。现在好了。第一，“四人帮”粉碎后，贯彻了学术的民主，禁区不存在了。更重要的是第二，从前，人们习惯以欧洲为模式，五种生产方式也是基本上由欧洲模式中抽绎出来；现在，人们的眼界放宽了，欧洲模式之外，还有亚、非、拉的许多模式。这些亚、非、拉的许多民族和国家，他们怎样由无阶级进入阶级社会的？上述那种最早发生的对抗性经济结构，为什么在欧洲阶级社会中解体得比较快、比较爽利，而在亚、非、拉的一些国家的历史上，则偏偏解体得比较慢、比较混沌呢？并且，人类社会发展，是不是在考虑作单线发展之外，也可以作复线的考虑呢？五种方式，是不是也允许作四种或者六种的考虑呢？所有这一些，跟“四个坚持”并不冲突，因为这样研究下去，只会对马克思主义的社会发展的一元论学说提供丰富的补充材料，使它在人类社会历史的长河中得到更旺盛的生命力。以上，说的是研究“亚细亚”问题的理论的意义。此外，也如当年马克思研究资本主义发生、发展和消亡问题是具有当时极现实的意义一样，现在全世界在研究“亚细亚”，对于探索为什么发展缓慢、如何破除障碍，使很多不发达国家也发达起来——的这一现实问题，不是也会有推动的作用吗？

二

“亚细亚”既然是一种所有制，既然是一种发生在原始社会末期的经济形式，既然是无阶级社会中的一种结构而成为在阶级社会中的遗存，那么，它就一定具备着自己的特征。关于特征，三十年代的苏联学者曾经有所归纳，有归纳为四个特征的（如斯特鲁威），有归纳为五个特征的（如马札亚尔）。但我们需要考虑，诸特征之间也是不平衡的，会有主干性的特征，有次要的或派生性的特征，等等。例如公社（包括原始公社和农村公社，或者说包括公社的原生形态和次生形态等），就是主干性的特征，无论什么时间或者空间中的“亚细亚”结构，一定要具备这一特征，这就是为什么马、恩把亚细亚生产方式又经常叫做“印度村社制”或“农村公社所有制”的原因之所在。从这一主干特征里，又派生出一些更具体的特征，如土地由村社集体所有、劳动者个别占有，个体农业与个体手工业的牢固结合，以及劳动者跟它的生产条件的天然的统一而不易分解，这几点是“亚细亚”结构中最根本的东西，而它们正是从公社这一总的主干特征中分析出来的。（而反过来说，上述的三个特征作为源流来看，又正是社会历史上形成“公社”这一事物的本源。）

另外一些特征，怕就要结合特殊的地理条件来考虑了。所谓特殊的地理条件，就是指“从撒哈拉经过阿拉伯、波斯、印度和鞑靼区直至最高的亚洲高原的一片广大的沙漠地带”[①]了。这里有特殊的气候和土壤条件，这些条件在近代对人们尚且影响巨大，在古代其限制性就比近代更大得多了，所以即便把它强调一下也不足以构成“地理环境决定论”的错误。从这些特殊条件派生出来另外一些特征，那就是水利灌溉、土地国有和专制主义，以及地租和赋税二者的合一，或者说，再没有什么不同于这个地租形式的另一种赋税。必须看出，这一组特征是互相串连着的，它们跟特殊地理条件相结合，也就是说，在特殊地理条件不具备或者说不完全具备的情况下，这些特征就不一定全部具备了。三十年代苏联有些专著中，将上述许多特征不分主次、不论具体情况之有无，只简单地将马、恩的一些不同场合中的论列总括起来成为几点，然后向全世界的不同民族、不同国家推广下去，这样做是不符合实际的。

应该这样说，截止到目前为止，全世界的学术界对马、恩揭示的亚细亚生

① 《马克思恩格斯全集》卷9，页145。

产方式所可能包含的底蕴，尚远远没有摸清楚，因此，我们此后还需要具体地分析更多的具体的情况。

三

至于结合中国历史，那就主要是我们中国史学工作者的任务了。

我常常这样想：中国历史上的范例性的东西真是太多了。井田制时期的历史，会给亚细亚生产方式的研究，在印度、阿拉伯之外，提供一个既与它们有着相同之点又与它们有着相异之点的重要范例。均田制时期，又会给亚细亚生产方式的研究，提供一种被私有制吞没中的衰落的范例。中国历史上有一个与东方诸国极不相同的异点，那就是土地私有制早在公元前三世纪前后，已经合法化了（小量的、零星的土地私有，那就更早）。这个异点，应该特别受到重视。这就是史料中“坏井田，开阡陌，民得买卖”、“富者有赀，可以买田”、“秦于其所当取者与之”等话头所反映的。土地私有权很早就合法化了的这一历史事实，有可能使中国历史的“亚细亚”遗存、与其他东方诸国历史上“亚细亚”遗存之间出现一定的差距，有可能使中国历史的“亚细亚”遗存的强度不是那么强、寿命不是那么长，不一定像印度一样，“亚细亚”遗存的下限一直延长到十九世纪。并且，自秦、汉以后，土地所有制几乎都是三种（国有、大私有、小私有）并立，使“土地国有”这一具备“亚细亚”特征的所有制受到削弱、在全民经济中的比重中打了折扣，这就给人一种印象，中国是不是会像列宁所描述的旧俄罗斯那样，是“半亚细亚”的。再者，中国的宋朝和宋朝以后的历史，假如跟欧洲日尔曼模式的封建制比较，又会有很大异点，宋以后欧洲式的采邑制已不存在，农奴身上隶属的强度也较欧洲的大大削弱了。这就使人们感到再说中国封建后期是“亚细亚”的，就会有困难了。有人说，“公社是会人为恢复起来的”，但这话值得过细商量。再者，西汉社会，又是一种意义上的范例，它将说明中国古代既有“亚细亚”的许多表现，又有许多“古典”的表现；这样，再说中国是最典型的“亚细亚”的话，就应该更慎重地考虑了；并且反转过来，假如像有的同志所说，希腊、罗马的奴隶制不过是人类社会历史中之一种“插曲”的话，那么，在中国西汉历史上也正有过这样的插曲，可见古典性奴隶制也还有其一定的普遍性似的。这样说来说去，有很多很多我们很久以来习以为常的中国史看法和世界史看法，都由于“亚细亚”生产方式问题的深入研讨，会有所改变，甚至有很大幅度的改变。怪不得有人把“亚细亚”生产方式问题看做一个淘气的、惹是生非的孩子，非要把它锁在原始社会的楼顶间里叫它下不到阶级社会的历史中来捣乱。但对“亚细亚”这同一个事物，又会有迥乎不同的看法，如有的同志说古代社会研究正面临着一个革命的形势。[①]我对这一见解，很感兴趣。因而我们也可以说对中国古代社会研究中的一些旧论，正需要一一予以变革。

以上仅仅是泛论。底下，想选择三代的井田制和历代的屯田制作为两个主要事例，来看一看“亚细亚”形式在中国历史上遗存的具体情况，及其被私有制吞没的经过。

四

井田制时代，是中国历史上“亚细亚”形式表现最全面的时代，但不是强化的。所谓“全面”，是指与屯田相对比而言的，屯田在经济整体中只是局部的，而井田几乎是普遍的。所谓“强化”，是指与印度、阿拉伯对比而言的，在那些国家中“亚细亚”的诸特征表现得较全面而且突出，在中国历史的井田时代中，有些特征就不具备，或者不完全具备。当然，最根本特征是具备的，那就是公社。谈到中国历史上有公社的存在，我在另一场合曾予以论证过，此处不再重复。这里只说由公社这一总的特征而派生出来的诸特征，如土地的公社集体所有和个体劳动者的小块占有（“公田”和“私田”），个体农业和个体手工业的牢固结合（“昼尔于茅，宵尔索绹”），以及生产劳动力跟它的生产条件牢固地结合在一起、剥离不开（“死徙勿出乡”、“农之子恒为农”……），这些特征在井田制身上都看得很清楚，无容置疑。

但由于井田制实施的现场是黄河下游（以河南、河北、山东、山西南部为基本地区），它的地理、气候、土壤跟阿拉伯很不相同，所以水利灌溉的作用就没有那么大。开始，井田上是有排水沟的，后来在井田快要瓦解的时候，才有了给水的渠和小水库。特别重要的是，中国古代的水利灌溉，即便按照它最发达的时代和情况而言，仅仅是个别地区（关中地区、川西地区、河套地区、西域地区）中的事情，这一事业对整个社会经济命脉说，并不起什么“卡脖子”的作用。因此，在井田时代，专制主义并未形成。（秦汉及其以后的专制

① 《历史研究》1981年第3期，页45。

主义，要到另外的方面去找根源，详后文。）当时诸侯的列国，不过是一些古代的城邦，“天子”仅仅是凌驾在诸邦国之上、凌驾在若干农村公社之上的一个共主。这些大共主和低一级的小共主，各有自己的私邑，在这一点上（仅仅在这一点上），似乎封建的采邑制已经出现了。在这里，复线论要比单线论更切合一点实际。除此之外，是农村公社的汪洋大海，土地归公社执掌轮换。而小共主或大共主们直接间接只拿走公社农民生产品的“什一”，这个数量跟以后对比是小得多的，而且很稳定（“多乎什一，大桀小桀；寡乎什一，大貉小貉”）。从这个“什一”中，既可以看出地租和赋税的合一，又可以看出地租的比重不是很大（地租的正常形态是“什五”），从而反映贵族们对土地的所有权力，还不是那么强化，或者说，一点也不强化。

在公元五、六、七、八世纪所施行的均田制，则不过是在井田制既经瓦解，并且永无恢复的条件和希望之后，人们不得已而人工炮制出来的一种仿制品和次品。在它身上，“亚细亚”特征的成份已经很稀薄了。我们只是从“永业田”也由国家名义均给，不受田的农民可以不纳租调等方面嗅到一点国家身上兼备着某种“土地最高所有者”的气味；我们只是从重新分配土地的原则中嗅到一些残余的公社精神而已。

在井田瓦解以后，“亚细亚”结构表现得较强烈的场所，倒是历代的屯田。这时候，专制主义已经出现，并且强化。屯田是强化了的专制主义国家权力对土地的所有。这是最典型的“东方”式的东西。但必须指明，这种典型的“东方”式的东西，在中国，不是出现在土地私有制根本不存在，或者土地私有制只是少量地、零星地存在的基地上，而是在土地私有制已经是汪洋大海的基地上，在私有和国有之间存在着一种包围和被包围的形势。这就使屯田上的“亚细亚”特征打了折扣，大为减色。公社这一特征，假如退一万步说还有一些形式上的残余的话，其实质性的特征则已完全消退了。屯田上的“亚细亚”特征，主要表现在地租和赋税的合一，其数额是较高的（五五、四六、三七，甚至二八），其中地租的比重很大。

上节所说，土地私有制和土地国有制处在一种包围和被包围形势之下的一点，具有十分重大的意义。不少论者似乎都忽略它或者有意不重视它，只一味地强调什么“绝对君权”。但恰好是这一点决定着历朝的屯田为期总是不长，“兔子的尾巴长不了”，数十年就瓦解了（当然瓦解后又会重新兴办）。试看历朝屯田（从汉武屯田到洪武屯田），都不约而同地表现为大体上的三阶段。第一阶段，国家权力强，抓得紧，对劳动者或者发给俸钱，或者分配给口食（养家活口的）田地；生产品全部或按一定比例交到公仓，以为军储或者公储。第二阶段，土地私有制开始对屯田进行浸润和侵蚀，于是从徭役性质比重较大的情况向租佃性质比重较大的情况转移，国家兼以地主身份向屯田的卒客、卒客的家属，以及聚居在附近的流民、贫民进行招佃收租。第三阶段，管理屯田的文武官员们充分地地主化了，田卒田客们充分地隶农化、佃农化了，于是屯田就彻底地瓦解了。这种情况说明，“亚细亚”结构在中国历史上的场地不是怎么平坦的，因而很难承认像欧洲研究“亚细亚”的一些学者们（不管是意大利的，或者是法国的）所说，它一直持续到十九世纪，甚至一直持续到近代和当代。

五

为马克思所创始的亚细亚生产方式的研究，假如不仅仅对古代历史、古代经济史有着科学上推进的意义，假如不仅仅对人类社会规律性发展有着理论上推进的意义，假如除此之外，还有着对亚、非、拉第三世界的如何赶上先进步伐的现实的意义的话，那么，这种现实意义怎样去体现呢？

在粉碎“四人帮”之初，大家把“四人帮”的统治叫封建法西斯主义。这种封建法西斯主义的根源是什么呢？谁都不禁要这么问，并且人人都在探索答案。于是有人就把根源（至少是根源之一）归到亚细亚生产方式的身上来了。是不是如此呢？是，或者不是，从正反两面对回答问题上都有积极的意义。而我的回答，是要“一分为二”地来料理。所谓“亚细亚”，似乎应该区别为狭义的和广义的。所谓“狭义”的，是指单纯经济意义方面的一种结构，在前资本主义阶级社会中它是一种遗存，单以这种遗存说，在中国历史上不该说它一直延续到十九世纪。所谓“广义”的，是指不仅限于经济意义上的一种结构，而兼备着这一结构在政治上层建筑和意识形态方面所长期打下的烙印，这就可以和不久以前的封建法西斯主义挂在一起考虑了。中国历史上长期延续，成为牢固传统的专制主义政体结构，似乎可以被认为“亚细亚”经济结构解体以后的一种不散的阴魂，它在特定的条件下，可以和新生事物的躯壳附在一起，成为一种祸害。当然，中国历史上之所以形成这种东西，其根源是多方面的。

那么这些根源到哪里去找呢？我认为，实践是检验真理的唯一标准，到中国秦汉及其以后的史料中去实践的结果，对周边或国外的战争（包括进攻和防御，主要是防御），是中国历史上形成专制主义并使之强化的一条很主要的根源；其次，与防御和战争有关，就是从全国范围内提调徭役和力役，这也是形成专制主义并使之越来越强化的第二个根源。再者，作为第三个根源，多少次周边部族征服中原，将其原始社会末期军事对内民主主义阶段的军事对外极端的专制主义，也带进了中原。三个根源之外，也许还有更多的条件会结合进来促进专制主义的强化，这都不能排除。

除此之外，也应当考虑到一些社会要素。最近在探讨“社会形态”这一概念中究竟包括哪些东西的过程里，在生产力、生产关系（基础）、上层建筑之外，不是还主张加进去有血有肉的各种社会要素吗？在中国说，在宗法基础上产生的儒学（后来又叫“经学”、“道学”或者“理学”），对中国的长期专制主义，也是足以起加固作用的一种重要的社会要素。固然，意识形态是一种派生的东西，但它一旦被派生出来之后，它就起反作用于主体（基础）了。从整部思想史来看，无论哪个思想家，无论哪一派思想，要么它就要支持专制主义，为专制主义服务；要么它就拒绝支持、拒绝服务。前者是正统派，后者是异端派。异端派总要受到镇压，正统派总要受到提倡。不是说异端派就没有消极的东西，也不是说正统派中就没有促进的作用；不说这些；说的是这种正统派和异端派综合在一起所起的一种“小骂大帮忙”的作用，对专制主义的巩固和强化到头来是有利的。这也是在中国封建专制主义长期未被摧毁的原因之一。兼之，从孟轲到董仲舒到师丹、孔光到司马朗，一直到李觏、海瑞，他们一直在替“亚细亚”结构做吹鼓手，自己相信，也尽一切力量使别人相信，在中国只有恢复这种“亚细亚”结构，人民才能得救。这对中国封建专制主义传统，客观上也起一种巩固的作用。所有这些因素，就其远古的渊源看，不能说跟“亚细亚”结构的经济形式没有关系，但到后来，到近古期、近代期甚至当代，经济基础上的东西早已经历了种种变化，只剩下这种游离出来，独立起来的作为重要社会要素的专制主义意识形态，也会成为当前四个现代化前进道路上的重大绊脚石。

（《文史哲》1981年第5期）

有关井田制的一些辨析

一

过去很长一段时间，人们习惯于说井田制是奴隶制下的土地国有制。不少书，不少著作家，都这样表述。我不同意这种说法。我认为，第一、它说不上是什么土地国有制，第二、它的存在不限于奴隶制时代，很早以前就有了。并且，后代还有残余。

人们说井田制是土地国有制，其主要的依据似乎只有一条，就是"溥天之下，莫非王土；率土之滨，莫非王臣"的诗句。这诗见于《小雅·北山》，是描写周幽王前后血缘贵族形成贫富两极分化，描写当时不同等的人们苦乐对照的情景，不是反映土地所有制的。仅仅是说，古老的均衡丧失了；为了对比均衡丧失以后的悲惨，所以要着意美化一下均衡未丧失以前的完好。这话头，被《左传》（昭公七年）和《孟子·万章》所转用。《左传》中还有另外的相似话头，是"封略之内，何非君土；食土之毛，谁非君臣"。我们看的很清楚，这些话，说的是政治隶属关系和按等级封授的事情。封授，自然在政治意味之外，已经兼备了经济的初步的意味。但最多，它涉及到占有关系，还远远不是所有权问题。

至于说到国家，那么，当时中央集权的专制主义国家机器尚未形成。说到这里，我认为，国家也是一个发展中的历史范畴。假如有谁认为周成王和周公的国家机器跟朱元璋的国家机器是同等，那将是可笑的。《周书·立政》篇中的"宅乃事，宅乃牧，宅乃准"所反映的机器，是很粗陋的，非常之雏型的，丝毫说不上强化，更谈不上像秦、汉以后那样，强烈地干预土地所有权。当时“君”权很低，人们把“君”比作老畜或老鼠[①]。就以土地来说，试看最著名的、被作者们反复征引的《左传》定公四年的分封一大段，其情节也不过是粗陋的，周天子分封伯禽、康叔、唐叔于鲁于卫于晋，是分封了一些什么呢？第一是宝器；第二是管理人员；第三是劳动人手；不是按个体若干人若干夫去封，而是按“族”划线（如“殷民六族”、“殷民七族”之类）；第四土地，更远远不是像后世那样按清楚不移的顷亩分授，而是极其粗略地按“族”的居地划线（如“少昊之墟”、“殷墟”、“有阎（氏）之土”、“相土（氏）之东都”等）。由此可见，当时土地的“王有”、“君有”或者“国有”，很大程度是名义上的，而实质则仍然属于一个古老的共同体。试拿中央集权高度强化以后的什么“大索貌阅”、“方田均税”、“通检推排”、“黄册・鱼鳞册”等来对照一下，西周的这种分封是非常原始的，远远谈不上是什么土地国有制。

既然谈不上什么国有制，为什么不少人咬定是国有制呢？据我想，这跟苏联史界的“土地国有、农村公社、水利灌溉、专制主义”的“四大框框”有关。“四大框框”之一，就是“土地国有”嘛。照猫画虎，就套上去了。这是不实事求是的，因为井田制兴盛的时候，恰好是中央集权尚未强化的时候；等中央集权正在一步步强化并且最终强化起来的时候，又恰好是井田制沦于崩溃的时候了。套框框的弊病，在这里看的很明显。

至于井田制远比奴隶制为早，这也是可以论证的。当然，将来在考古方面假如能发现中国原始社会中整齐的棋盘状田块的遗迹，证据性就很绝对了（欧洲像这样的棋盘状遗迹，早已拍成照片了）。窃尝见清康熙时诗人曹贞吉《珂雪诗》中有目云“过滕县见行井田处偶成”，中有句云，“经界犁然正，沟涂一一新”，这虽不是照片，至少是十七世纪人的目睹了。从文献方面来证，《夏小正》中已经有了“均田”、“公田”的字样，而其中的阶级形势并不强化，统治者只有“王”，其余如“鹿人”、“虞人”、“啬人”、“主火”、“舟牧”，看起来很不像阶级统治的爪牙，很像原始末期的公社职员。此外，在甲骨文中已经有了关于整齐田块的图画文字，根据常识就可以说，绝不是昨天有了田块，今天就刻到甲骨上去的，中间的时间距离必然很长久。甲骨文中有划成四方块的田[②]，

① 《左传》宣公四年，襄公二十三年。

② 见《殷墟书契前编》。

有划成六方块的[①]，有划成八方块的[②]，有划成九方块的[③]，有划成十二方块的[④]，有划成别样十二方块的[⑤]。足见远在殷商以前很久，这种整齐的田块制度已经流行着了。特别上引最后一个田块图画最令人感兴趣，它显然表示，在八个整齐田块之上，又新增辟了四块。它说明，井田在增殖，在扩大。

至于后代，井田也有残余，或者说是仿制的形式。《天下郡国利病书》中记载明朝中叶在安徽凤阳的焦山一带，曾经试行过这样的土地制：五家为一井，家五口，授田五十亩，五家共二百五十亩，中为公田五十亩，五家通力共耕[⑥]。

根据以上的论证，可以看出，井田制既说不上是什么土地国有制，也不仅限于奴隶制时代。

那么，井田制到底是什么呢？在我看来，它是公社的土地所有制，不过在阶级出现以后，这公社已不再是它的原生形态而是它的次生形态罢了。人们会插问：你怎样判断中国古史上有公社呢？那么，请允许我进行如下的几步论证吧。

第一，《国语·周语》中有着如下的一段：

> 宣王既丧南国之师，乃料民于太原。仲山父谏曰，“民不可料也。夫古者不料民而知其少多。司民协孤终，司商协百姓，司徒协旅，司寇协奸，牧协职，工协革，场协入，廪协出：是则多少、死生、出入、往来者，皆可知也。……又何料焉?!”

我认为，仲山父这段话，是中国古史上有公社的绝好证据。“料民”就是查户口。“太原”不是今山西之太原，而应是今甘肃的平凉，此有顾炎武的考证[⑦]。当时在平凉一带，经猃狁的侵扰，原公社规格可能局部丧失，故宣王趁此机

① 见《邺中片羽》。

② 见《殷契粹编》。

③ 出处同上例。

④ 见《藏龟拾遗》。

⑤ 出处同上例。

⑥ 《天下郡国利病书》四川龙万育刻本卷33。

⑦ 《日知录》卷3。

会，试验推行阶级社会国家机器基层机构的作用，去查户口。仲山父带着公社的老脑筋反对查户口，他说有公社职员什么都可以弄清楚了，“又何料焉?!”这可以清楚地看出来，在阶级国家出现后很久，统治者依然在利用公社的职员和机构，去进行榨取与管理。

第二，从《礼记·月令》篇中，我们可以看到两种情况，第一是阶级压迫已很严峻，如什么“缮囹圄，具桎梏”，什么“戮有罪，严断刑”，对农业劳动者已经实行严峻的监督，如什么“无敢有惰”，什么“毋休于都”，以及“其有失时，行罪无疑”。但是，第二我们试问，就在阶级压迫已很严峻了的岁月里，农业生产劳动以及排水劳动为什么不像后世那样由个体劳动承担，而是由集体劳动承担呢？试看：

> 孟春之月，……天气下降，地气上腾，草木萌动，王命布农事，……皆修封疆，审端经术，善相丘陵、阪险、原隰，土地所宜，五谷所殖，……必躬亲之。田事既饬，先定准直，农乃不惑。
>
> 季春之月，……时雨将降，下水上腾，循行国邑，周视原野，修利堤防，道达沟渎，开通道路，勿有障塞。

显然，这里所描写的是集体劳动，而不是个体劳动。个体劳动必须在国家机器权力极强化的情况下，使用徭役手段，才能征调起来。这里很明显还不是徭役。唯一的结论，是统治者使用了旧公社的网去统帅生产。由此可见，公社的形式，在《礼记·月令》这样一份成书年代很晚（可能是秦前秦后，因为其中“讳正曰端”的迹象很明显）的历书（又叫“黄历”）中，还有所保存。

第三，《国语·齐语》中有一段管仲协助齐桓公治齐的方略，他主张四民严格分工，叫士之子恒为士，工之子恒为工，商之子恒为商，农之子恒为农。当他谈“农之子恒为农”时，他说：

> 少而习焉，其心安焉，不见异物而迁焉，是故农之子恒为农，野处而不昵。

毫无疑问，这里说的就是农村公社。恩格斯在《马尔克》中说到农村公社的若干特点，其中谈到公社的孤立性和锢闭性，说它与大世界相隔绝，公社与公社之间也不联系，正可与此段引文相印证。“昵（nì）”韦昭注作“近也”，不易通解；清人王念孙释作“不为奸慝（tè）”之义，甚佳。说的是农村公社远离城市，可以不受商业和货币、交换行为的干扰。

第四，至于诸子《荀子》、《管子》、《吕氏春秋》、《晏子春秋》中都提到过的“社”或者“书社”，那已是文献中很晚的东西了，所以这里不准备多举，只举出《荀子·仲尼篇》杨倞注中所说“书社谓以社之户口，书于版图。”这句话，恰好可以跟前引仲山父“不料民而知多少”的话，构成前后的呼应。

以上，论证了中国古史上公社及其次生形态的客观存在。以下，将继之论证这种次生形态的公社对土地还起作用。《周礼》是一部众论纷纭的书，信者谓为西周典章制度，疑者谓为西汉文景时炮制之大杂烩；我认为，它是一部很古史迹与很晚史迹大窜乱了的书，具体内容要具体分析。例如，其《地官司徒》部分之“遂人”一节中说：

（遂人）以岁时稽其人民，而授之田野。

这几句虽不敢绝对地说是古代真情，但可信其为古代真情在窜乱中之残存。观唐代吐鲁番文书中“堰头”以至“里长”的作用，就可以思过半矣。“遂人”是西周时兼管排水渠的公社职员，掌握土地的分配和轮换。在《周礼·地官司徒》中有两段文字，一段说“以其室数制之。不易之地，家百亩；一易之地，家二百亩；再易之地，家三百亩。”另一段说的更复杂化了些，“辨其野之土，上地、中地、下地。上地夫一廛，田百亩，莱五十亩，余夫亦如之；中地夫一廛，田百亩，莱百亩，余夫亦如之；下地夫一廛，田百亩，莱二百亩，余夫亦如之。”两段相较，仅不易上田多出五十亩抛荒种草的莱田外，大体相同。说这是“二圃制”和“三圃制”的休耕制度与土地轮换制度，是毫无疑义的。是谁执行这种轮换呢？回答说，是公社和公社的职员——遂人。试想，当时还远远没有土地私有制，土地国有制也还在雏型，“王”或“天子”仅仅指定某些片片上的“公田”劳役收入归某一血缘贵族享受而已，这只涉及到“公田”上的收益权。至于广大的“私田”（也就是农民们的“口分”或“份地”）进行分配和轮换的权，则掌握在什么人手中呢？回答说，是公社。班固用笔是很拘谨的，他在《汉书·食货志》里大体转述了上引两段《周礼》内容之后，加写两句说，“三岁更耕之，自爰其处。”《国语·韦昭注》引贾逵解“爰”、“辕”之义，曰“易也，易疆界也”。农民的使用权（或者说临时占有权）在当时还不固定，是流动的，掌握这种流动着的权力的，是公社。所以我们说，井田制是公社的土地所有制。

我们说《周礼》是很古内容与很晚内容大窜乱的东西，试看这种土地轮换制度被贵族统治顺手接了过去，成了榨取的工具。《小司徒》一节说“上地家七人，可任也者家三人；中地家六人，可任也者二家五人；下地家五人，可任也者家二人”。《大司马》一节说，“上地食者三之二，其民可用者家三人；中地食者半，其民可用者二家五人；下地食者三之一，其民可用者家二人。”“可任”、“可用”指的是力役和兵役。在这里我们看到，统治者的一支征兵调役的手，已经沿着公社土地制的线索越伸越长了。

二

以上，对井田制进行了一些一般性的辩论。底下，准备把它分割为几个较窄狭的小专题，以期对它能有所深入的探讨。将分四个专题，（一）水利灌溉、亩向以及配套的问题；（二）所谓“公田”与“私田”的问题；（三）井田的剥削形式——“贡”、“助”、“彻”的问题；（四）古代的城乡分离——“国”和“野”的问题。

现在，先说水利灌溉问题。

为什么要谈水利灌溉问题？这和反对套框框也有关。“四大框框”之一是水利灌溉嘛。套框框的人又顺手接过去了。例如说什么必须要经常治理和管理水利，在当时生产力较低的水平下，由各户单独治理和管理水利灌溉是不可能的，井田制之所以要划的方整，首先是由于统一治理和管理水利灌溉的需要，云云。事情果真是如此吗？果真是先有了水利灌溉，然后才有了整齐的田块呢？抑还是反之，先有了整齐的田块，然后才有配套上去的排水沟，最后才有了小水库的呢？我认为值得辩论。

毫无疑义，中国古代是有水利灌溉的，但必须指出，它发生发展的较迟，具体说，已到了战国和秦、汉。发展的脉络也分明，从魏到韩，到秦，到蜀，然后到河套和西域。这时，井田已在瓦解之中了。而井田制方整田块最兴盛的时候，却只有排水。这跟夏、殷时候的地理环境有关。夏、殷时候的地理环境，跟从非洲撒哈拉起，经过阿拉伯、波斯、印度、蒙古绵延到亚洲最高的高原为止的地理环境，迥乎不同。两处地理环境中的气候、土壤性能、垦种方式以及人口增长率，都很不同。在今豫北、豫中、晋南、冀南一带，夏、殷时候农业方面主要是两大问题，一是天旱乞雨，二是涝雨排水。从甲骨文中，我们看到的只是"其雨"、"其不雨"、"足雨"、"雨足"以及"其水"、"其不水"等话头，反映出当时当地农业人员对天然降水的依赖和对水量过多的顾虑，而不是像阿拉伯那样对水量过少的顾虑以及对人工灌水的依赖。既然两者间如此不同，怎能拿阿拉伯水利灌溉的作用，硬套到中国井田制的头上来呢？

中国古代的行水设置，叫"沟洫"。马端临在《文献通考》中说，"沟洫之成，自禹至周，非一人之力"，这说的是，沟洫之建立，是一个悠久的古老传统。沟洫的作用是什么呢？郑康成（玄）在给《周礼·地官·小司徒》写的注文中说：

> 沟洫为除水患。

清朝人程瑶田在他的《沟洫疆理小记》中添加说：

> 余亦以为备潦非备旱也。[①]

近人徐中舒先生引申此说，对我国古代先有排水后有蓄水、灌水的概念，阐述的很清楚。总之，井田的发生是由于水利灌溉的需要的说法，是站不住脚的。必须树立的正确概念应该是：先是方块田，然后排水沟再配套上去。

清朝人胡承珙在他的《毛诗后笺》中说：

> 古人制田，始于一亩；行水，始于一畎。畎顺水势，亩顺畎势。田纵则亩纵，田横则亩横。畎自北而注南为纵，则亩之长亦随畎而南，曰南亩。畎自西而注东为横，亩之长亦随畎而东，曰东亩。[②]

自然，绝不是说在西周、春秋时候，像胡承珙表述的这种情况，曾经普遍地、严格地存在过。不是这样。我只是说，在井田制最典型的地域，一定是大小方块田和大小排水沟配套在一起，后来人行的大路小径也配套上去，最后连战车所经的很宽的道路也配套上去了。试看《左传》中所记齐、晋鞌之战齐国败绩后，双方进行和平谈判时的情节吧：

> （晋人）必以萧同叔子为质，而使齐之封内，尽东其亩。（宾媚人）对曰，"先王疆理天下，物土之宜而布其利。故诗曰：我疆我理，南东其亩。今吾子疆理诸侯，而曰尽东其亩而已，唯吾子戎车是利，无顺土宜，其无

① 见《皇清经解》卷124。

② 《皇清经解续编》卷102～114。

乃非先王之命也乎?!”[①]

我们试问，什么是“东亩”和“南亩”？又问，为什么古文献中只有“东亩”和“南亩”，而单单没有“西亩”和“北亩”呢？大体中原地面，人人尽知是“天倾西北而地陷东南”，西北高而东南低，有一个总的倾斜度。古人布置生产，看起来一开始就有个布局问题。观《诗·大雅》中《公刘》、《绵》诸篇记述公刘、太王布置生产开始时，必“相其阴阳”、“度其隰原”、“乃宣乃亩”，“自西徂东”，就是说，要掌握与地表倾斜度相适应的阳光照射问题和排水沟流向的问题。在这样的基础上，“东亩”和“南亩”的辞汇，就必然会出现。等到战争频繁起来，又必然要求方块田安排、排水沟安排、日照安排跟作战安排四者相适应，这就是为什么晋国要卫“东其亩”，要齐“尽东其亩”的原因之所在了。四配套的结果，就像《周礼·地官·大司徒》中所描写的：

夫间有遂，遂上有径；十夫有沟，沟上有畛；百夫有洫，洫上有涂；千夫有浍，浍上有道；万夫有川，川上有路，以达于畿。

这段内容，疑古者将斥之为乌托邦，即便我们也绝不相信它是逼真的，但在古代社会发展的地域不平衡性的角度上考虑，在井田制最发达地域中，也许有与上引情况相类似的事情存在过，这是大有可能的。

*　　*　　*

现在，让我们来探讨“公田”和“私田”的具体含义问题吧。

在整个井田制兴盛时期，土地是不能买卖的。也就是说，土地只能分配使用，不能据为己有。《礼记·王制》篇中所说，“古者，田里不鬻，是一桩铁证。但有人从西周封建的古史分期观点出发，企图使用青铜器铭文中零星的字句，来证明西周时候已经有了土地买卖了。这样，中国历史的发展，就无端提早了五六百年。我们认为，无端提早和无端拖迟，一如无端拔高或无端贬低一样，都有失于实事求是之道。

他们的根据有三。一是穆王时的《曶鼎》，说匡族的人抢走了曶的庄稼，曶告发了，匡族赔偿了除种田人手四五人外，还赔偿了田共六田。二是共王时的《卫盉》，说贵族矩伯跟一个商人裘卫打交道，从裘卫那里取走过一块玉璋，又取走了车马。作为报偿，裘卫取去矩伯的田十田，又三田。还把一块田里，也搭赔上去了。三是《格伯簋》(旧名如此，人们都认为应更名为倗生簋)，说格

① 《左传》成公二年。

伯取了倗生的好马四匹，倗生得了格伯的田三十田。这大体都是发生在公元前十世纪的事情，但这是不是就叫土地买卖呢？我看很值得商榷。铭文中“其舍田”、“余舍汝田”的“舍”，显然即“捨”字，最多是交换的意思，还谈不上是卖，虽然已经有了“厥贮”字样。唐兰氏释“贮”为“租”，但有戚桂宴同志者释“贮”为“引此物为彼物物值”，仅仅是交换的等值。

井田制中有所谓“公田”和“私田”，是由来已久并且尽人皆知的事。《夏小正》中戴德所作的《传》说，“古有公田焉者；古者先服公田，然后服其田也。”《孟子·滕文公》篇中说“方里同井，井九百亩，其中为公田，八家皆私百亩，同养公田，公事毕然后敢治私事。”《诗·小雅·大田》中亦有“雨我公田，遂及我私”之句。文献中不断出现这样的话头，但它的严格含义则一直是众论纷纭的。

在这里，无可逃避地不能不把郭沫若先生有关“公田”、“私田”的几段论点，按原字句引述在下面：

> 为什么要施行这样豆腐干式的井田呢？这显然由于两层用意所设计出来的：一是作为榨取奴隶劳力的工作单位，另一是作为赏赐奴隶管理者的报酬单位。古时候没有正确的时间和一定的考核标准，故尔划分出一定的地积来以便容易考查奴隶生产的勤惰。①
>
> 井田制的用意是怎样呢？这并不是如像孟子所说的八家共井……那完全是孟子的乌托邦式的理想化。那些方田不是给予老百姓，而是给予诸侯和百官的。……故井田制是有两层用意的：对诸侯和百官来说是作为俸禄的等级单位，对直接耕种者来说是作为课验勤惰的计算单位。②
>
> 所谓“公田”，就是周王分赐给诸侯和百官的井田。……后来他们就利用这样的便宜，尽量榨取奴隶们的剩余劳动，开辟井田外的荒地。这些在井田之外所开垦出来的土地，便是所谓私田。③

事情果真是如此吗？请允许我从“百家争鸣”的角度来进行一些辩论吧。

第一，说到井田的用意问题，我认为不应该过多地考虑统治剥削阶级的意愿，而应更多地考虑不以人们主观意志为转移的经济的自然发展。豆腐干块的

① 《十批判书》《古代研究的自我批判》。

② 《奴隶制时代》，页15。

③ 《中国史稿》第1册，页245。

由来，公田私田的由来，怕要比剥削统治阶级如何考虑考课勤惰的由来，要早得多、早得多了吧。若干世界历史范例告诉我们，整齐的小田块是劳动者养家活口的“份地”（或叫“口食田”），整齐的大田块是各级公社大集体和小集体公共积累和办公费开支的来源。这样渡过了很长的岁月，才来了剥削统治阶级，由于受到种种限制，他们没有能力一下子就将这些整齐的大小田块统统砸烂，而只能顺手把整齐的大小田块传统接了过去，使这些整齐的大小田块为他们的利益服务。事情难道不是如此吗？

第二，说“私田”是利用剩余劳动开荒开出来的，我个人思想上也通不过。因为片面强调剩余劳动，那么，必要劳动到什么地方去体现呢？按照马克思在《资本论》第一卷第七章中的教导，在阶级剥削之下，劳动时间分为两个部分，一部分叫必要劳动时间，另一部分叫剩余劳动时间。大凡一个劳动者，他要使用他的劳动力去创造一部分价值，这部分价值是为维持他自己和不断再生产他自己所必需的生活资料。生产这部分资料的劳动日部分，马克思把它叫做必要劳动时间，在这段时间内支付的劳动叫必要劳动。在必要劳动之外，他还要超额地去进行劳动，创造另一部分价值，这部分价值对劳动者自身毫无补益，而被剥削者拿走了。马克思把劳动日的这个部分叫做剩余劳动时间，在这段时间内支付的劳动叫剩余劳动。以上是经典理论。再看历史实际，在欧洲中古史上，农业劳动者是以三天在自己份地上进行必要劳动、以另三天在老爷领主的土地上进行剩余劳动为比率的。在资本主义的十七八世纪，工人们是以六小时进行必要劳动，以另外六小时进行剩余劳动为比率的。中国明朝贵族的屯田上，规定屯田八亩，粮食上缴公仓；屯种官兵按等级总旗十六亩、小旗十四亩、军士十亩为口食田[①]，也就是必要劳动的体现场所。以上是古今中外的事例。殷、周生产力十分低下，人们用石块、木棒甚至双手来开土种植，在这种情况下，假如“公田”也是奴隶主的，私民田也是奴隶主的，那么劳动者的必要劳动产品到哪里去体现呢？

郭先生不重视必要劳动的存在和意义，不是偶然的而是一贯的。例如《礼记·王制》篇中有这么一段，说“制农田百亩，百亩之分，上农夫食九人，其次食八人，其次食七人，其次食六人，其次食五人”。这明明是说，按照土地质量的肥瘠，劳动人手的强弱，百亩之田可以养活的家口人数是有等差的，九

---

① 《天下郡国利病书》，四川龙万育刻本，卷114，谢东山屯田议。

口、八口、七口、六口、五口不等。但郭先生也把这里的必要劳动场所说作剩余劳动场所了，他的解释是养活九个贵族、八个贵族、七个贵族、六个贵族、五个贵族不等。试想，事情会是这样吗？

第三，说方块田是考课勤惰的单位，这个论点也是在一定的前提之下的。那么，这个前提是什么呢？就是被郭先生从个人主观出发，尽力拔高，把西周奴隶制说得纯粹而又纯粹、笔直而又笔直，把家内奴隶和生产奴隶说成随时可以转化的——那个前提。可是说来不幸，实际上并没有那么多转化来的生产奴隶，农业劳动的主力承担者（庶人）到头来是平民。那么，“考课勤惰”的说法，不是就落空了吗？

以下，我将缘着庶人不是奴隶而是平民的问题，论证下去。

郭先生论断“庶人”是奴隶的文献依据，虽然也有好几条，但最得力的一条，要算《大盂鼎》的这一条了，其中有段字句说：

> 锡……人鬲，自驭至于庶人，六百又五十又九夫。

郭先生从人的身份的排列立论，说庶人排在家内奴隶“驭”之后，可见身份比“驭”还低下。这是可以争辩的。但说起来话长，要从头细说。按与盂有关的器有《小盂鼎》和《大盂鼎》，前者较后者史料价值尤高，记盂带兵征伐鬼（？）方，俘虏了他们的酋长、人民、马、牛、车、羊等，俘虏人数至一万三千余人，可见战事规模很大。所以大盂鼎中便对这位功臣进行封赏。赏赐物中有鬯、冕衣、舄、车马、旗帜，又有一宗叫“人鬲”。过去把这两个字算作一个词，解作奴隶。但是难道不可以把“人鬲”解作人是人、鬲是鬲，一如“秦胡”一词，秦是秦、胡是胡吗？此其一。“驭”这个字是个剔残的字，作“䮂”形，它究竟是不是“驭”，还待研究。此其二。最重要的是排列的原则问题，我们没有理由说它一定是按照身份的高低排列，难道不可以按距离贵族的远近排列吗？驭近在贵族身边，故先列举；庶人远在“野”中，故后举。此其三。“庶人”之后有计量词“夫”字。“夫”，个体成丁劳动力之谓，都是有家的。试观铭文中牛马羊无计量词，奴隶身份的战俘以“人”计，而庶人以“夫”计，此则必非偶然也，足见“庶人”是有家口、有个体经济的人们。综合以上数点，足见郭先生认为庶人是奴隶中最下等的说法，是完全还有商榷的余地的。

再从正面论证，“庶人”也绝不是奴隶。（一）《诗 · 大雅 · 卷阿》篇是周人祭祀祖先的肃穆乐章，其中两个平行的节奏，先说“媚于天子”，继说“媚于庶人”，难道有那样的一种奴隶社会，在祭祀祖宗时先向国王致敬，然后向奴隶致敬的吗？只有把“庶人”理解作承担社会主力农业劳动的平民，祭乐中方有可能向他们祝贺。（二）《尚书·洪范》篇中说每须咨询，必“谋及卿士，谋及庶人”，并且“庶民从”和“庶民逆”之间，表现出很大差距。这也可见“庶人”或“庶民”绝不是奴隶。（三）《左传》昭公三十二年，晋国的史墨对赵简子说“三姓之后，于今为庶”，这个“庶”自然是“庶人”，观其语意，自不可能是说虞、夏、商的后裔都降为奴隶，而只可能说是降为平民了。（四）《左传》哀公二年，赵简子鼓励大家参加战争，说“克敌者，上大夫受县，下大夫受郡，士田十万，庶人工商遂，人臣隶圉免”。这个“免”，可以理解作奴隶身份的解放，而“遂”却不可，这有郑玄（康成）的注“遂其仕进”为证，东汉人郑玄有很多话头都是叫人信得过的，这句话是说庶人打仗有功，可以作官。而郭先生理解作奴隶身份的半自由化，是著意适应自己主观见解的牵强之词。（五）《国语·晋语（四）》中记载晋文公重耳初掌政时候的种种布置，其中提到“庶人食力”以区别于“食官”的工商，可见庶人是无依附性的平民和独立劳动者，绝不是奴隶或半奴隶。

统以上五例来看，庶人绝不是奴隶，而是平民，是社会农业劳动的主力承担者。既是平民，那么“监督劳动”、“考课勤惰”等说，自然就都落空了。这样，就提供了一种可能，使我们对“公田”和“私田”，提出我们的诠释。在我看来，“私田”无论在原始社会末期或阶级社会初期，它都是“口食田”或者“份地”，是农业劳动者必要劳动产品的提供场所。“公田”呢？在原始社会末期，它是公积粮的生产场所；阶级剥削出现以后，它是剩余劳动产品的提供场所。“私田”上的劳动，可能是个体或者小家庭劳动；“公田”开始不一定是大块田，但到井田制发展到接近鼎盛的时候，很可能就出现了大块田，并且“公田”和“私田”在空间上隔远了，也就是焦循、崔述等学者所说的“公田在私田外”，也就是徐炳昶（旭生）先生所说的“公田在一方，私田在另一方”。这样，大田块上的集体劳动，规模就会越来越大，所以诗三百篇的《周颂》的《噫嘻》、《载芟》诸篇中，才出现了“十千维耦”和“千耦其耘”的话头。

三

在“公田”和“私田”基本上说清楚以后，接着我们就该来对待井田上的剥削方式了。方式，基本上有三种，那就是“贡”、“助”和“彻”。“助”，又叫做“藉”。这也是《孟子·滕文公》篇中提到的。说起孟子的这两段话，历来看法也不同，胡适说它全是乌托邦，郭沫若先生说它的“八家共井”是乌托邦，而金景芳先生则说它是“一字千金”。我认为乌托邦是过头之论，孟子的话也偶有浮夸的成分，但抛开浮夸的部分之后，其史料价值是很高的。我们谈论井田，假如不以《孟子》两段话为主据，又拿什么做依据呢?“贡”、“助”、“彻”也源于《孟子》，它说“夏后氏五十而贡，殷人七十而助，周人百亩而彻”。夏、商、周，是三代；五十、七十是亩积，观“百亩”之“亩”字可知。徐炳昶先生有个新颖的解释，他把这三句话看做周代一代的横剖面，运用征服与被征服的学说，说周人是征服者，故给百亩；殷人是当代的被征服者，故给七十亩；夏人是隔代的被征服者，故给五十亩。这说法新则新，但合适不合适，值得考虑。五十、七十、百亩的额数，怕还是伴随着生产力的缓慢提高，垦地面积的逐渐增大，而形成的方块田亩积的增长。这三句话，与其考虑作横剖面，勿宁考虑作纵剖面，它反映井田制的发展三阶段，“贡”是初期，“助”是鼎盛期和典型期，“彻”是综合期，是否这样更恰当些?

先说“贡”。《孟子》书中引龙子的话说它“不善”，说它的办法是“校数岁中以为常”。就是说，是定额制（或叫“包租制”）。但清朝的学者们又在推测着，五十亩中以十亩为贡、或者以五亩为贡的问题，那么，又好像是分成制（又叫“分益制”）。这纠缠，到目前为止，还没有达到足够说清楚的地步，故置而不论。但在这里要提醒一句的是，定额制与分成制，是钻研整部土地制度史过程中要密切注意的，并且是饶有兴趣的问题。大体说来，土地剥削形式按其主要脉络说，自然是劳役租、实物租、货币租。但在实物租的范畴内部，却又可以分成定额制和分成制。在我国古代中世纪史上，分成制自然是主要形式，如汉代的“见税什五”和曹魏屯田上的“五五”分和“四六”分，等等，定额制则出现在分成制的两头。龙子认为“不善”的“贡”法，是分成制出现以前的形式。可是到明、清，资本主义萌芽开始的时候，定额制又一次出现，这次，它却带有积极的作用了。总之，实物租中定额与分成的差别，要引起充分的注意，它不单纯是个形式的问题。

根据现有史料，“贡”法的具体情节是什么，还说不清楚，因此我们只能含糊地说，它是原始贡纳和这种贡纳在阶级社会刚刚开始一段时间内的存留。

至于“助”法，就是可以说清楚的了。从孟子开始就说的比较清楚，他说“殷人七十而助”，“助者，藉也”，“惟助为有公田”，又说“虽周亦助”。初看起来，孟子先说周人行彻法，可是又说行助法，这不是逻辑上的混乱吗？不是。周人对田土出产的征调，总称曰“彻”；按方式它仍和殷人一样，是劳役租形式，故又曰“助”，这并不混乱。“助”法又叫“藉”法，借什么？借民力，借劳役。东汉学者赵岐在他的《孟子注》，郑玄在他的《礼记・王制注》中，清楚地写道：

> 藉，借也，借民力而耕公田之谓也。
>
> 藉之言借也，借民力治公田，美恶取于此，不税民之所自治也。

这就是说，“私田”是“民之所自治”，个体耕种，收获物自享，是必要劳动的体现场所，对它是“不税”的。“公田”与“私田”在空间上相隔离，在意义上也不同，它是剩余劳动的体现场所，“借民力”以“十千维耦”、“千耦其耘”的规模去进行集体耕种，收获物不论年成之美恶，统统缴给贵族，装在“千斯仓”、“万斯箱”里，成了“曾孙之稼”。这种必要劳动与剩余劳动的大体比例是百亩与十亩之比，故《公羊传》（宣公十年）中说“古者什一，藉而不税”。所有这些古话，中间都没有严重分歧，都能对得上号的。

最后说“彻”。这是一个综合的概念，也就是说，是一个复杂的历史的范畴。这只要看一看“彻”字的不同训解，就可以看出来：

> （一）彻，治也。（见《诗・公刘・毛传》），意为平治田畴之义。
>
> （二）彻，取也。（见赵岐《孟子注》），《诗・鸱鸮・毛传》作剥也。即剥削。
>
> （三）彻，通也。（郑玄、朱熹均持此解），意为“贡”、“助”相通，或“助”、“彻”相通。
>
> （四）彻，辙也。（南唐徐铉有此解），金景芳先生释为两腿走路之义。

开始还没有剥削的意思，仅指一般开辟田土的农业生产活动；后来，统治剥削者的手伸出来了，这字就寓有了把剩余劳动产品取走的意思；剥削方式开始是简单的，后来复杂化起来，收实物的有，剥削劳役的也有；定额制的有，分成制的也有；这就是“通”，也就是综合的意思。既是综合，必包括两种剥削以上的方式，故又训为双轮行车、两条腿走路之义。这完全是可以理解的，试观顾炎武《天下郡国利病书》中，“一条鞭法”实行之前，明中叶的税收综合复杂到何种程度，有一丁折一亩者，有一丁折二亩者，有一丁出银一分，一亩出银七厘七耗者，有十五亩折一丁者，如此等等。从人体解剖假如也会有助于猴体解剖的话，那么，井田制上的剥削方式之复杂化，不是也完全可以理解的吗？

以上谈的是剥削方式，底下要谈剥削的性质，也就是说，井田上的剥削是赋税呢？还是地租呢？当马克思谈到以国有土地和水利灌溉为生产主要命脉的那些亚细亚（东方）国家的情况时，他说：

> 国家既作为土地所有者，同时又作为主权者而同直接生产者相对立，那末，地租和赋税就会合为一体，或者不如说，不会再有什么同这个地租形式不同的赋税。[①]

拿这一原则，我们要实事求是地来跟井田制相比照，既不能过头，又不能不够。那么，井田制时代基本上没有私有土地，这是符合亚细亚（东方）特征的第一点。无论“贡”或“助”或“彻”，是一种剥削（“合为一体”）而没有另外一种，这是符合亚细亚（东方）特征的第二点。根据以上两点，我们说井田制身上是打着亚细亚（东方）的烙印的。但是，我们还不能停留在这里，还需要继续思考。试想，井田上的剥削是“合为一体”的，曹魏屯田上的剥削也是“合为一体”的，为什么前者的剥削量是“什一”而后者的剥削量则是“五·五”和“四·六”甚至个别到“二·八”呢？我认为，在剥削量上有个大数与小数的差异；国家权力方面有个尚未强化与已经强化的差异，国家兼有地主身份一事，有其浅化状态与其深化状态的差异。这样比较的结果，井田制上具备的亚细亚（东方）性格还不是最强烈的，根源在于国家权力尚未高度强化，国家兼备地主身份尚不充分（部分土地权在公社手里），所以剥削量只有“什一”，其中赋税性质比重较大，地租性质比重较小。这一点是中国亚细亚特征较之阿拉伯诸国有所不同的地方。

那么，在这种剥削下的农业劳动者，其身份究竟是什么呢？在目前现有的

---

① 《资本论》第3卷，第47章，中译本页891。

古史分期问题的水平上，这身份问题还没有可能达成一种公认的统一。种族奴隶和生产奴隶之说，已经不值得考虑了。目前有三种说法，在平行发展。一种认为是公社成员，不过已经不可能不接受贵族的剥削；一种认为这些农业劳动者是“统一体人格化的那个人的奴隶”[①]，一般也把这种说法，叫做“普遍奴隶制”；再一种认为这些劳动者是早期封建主义下的隶农。而有一点必须重点指出的是，这三种说法的差距，比过去各派说法间的差距，缩短了很多，这不能不说是近些年来，史学工作者们锲而不舍地钻研理论、史料、历史范例，并且把它们综合起来的一桩不容易获致的成果。

*　　　*　　　*

现在剩下最后一个问题，那就是，中国古代城乡的分离——“国”和“野”的问题了。

为什么在井田制的鼎盛时期，也就是从西周中期到春秋末期，从公元前九世纪到公元前五世纪之间，存在“国”和“野”的划分呢？为什么在这段时间之前，“国”、“野”划分不明显；在这之后，这种划分又消逝了呢？

大体说来，“国”、“野”分立，是古代城乡关系的一种过渡，它与人类从野蛮到文明的大分工，是相连续的。恩格斯在他的《家庭、私有制及国家的起源》一书中，表述了人类由野蛮到文明的三次大分工，第一次是以驯养牲畜为主的畜牧业，从整个人群中分离出来；第二次是以农业日益复杂化、分支化为基础的手工业，从综合农业中分离出来；第三次是跟着货币交换的发展，出现了商人。城乡分离，就是伴随着第三次大分工而陆续展现出来的。

城乡分离，按照地域特点和社会形态的衍变，有其各不相同的表现形式。马克思对此有所表述。他说，亚细亚城乡关系是城乡浑然一体，它的所谓城市，只能认为是帝王的军营，在经济意义上它仅仅是赘疣。古典时代的城乡关系，则是以城市为主，城市通过土地所有权和农业经营，剥削着乡村，统治着乡村；中世纪（封建）的城乡关系，则是以乡村为主，以“土围子”为主，乡村统治着城市，一切在城乡对立的矛盾中发展；而资本主义时代的城乡关系，则是乡村的城市化，也就是说，资本主义的触角和网，逐渐伸进农村里去了。

中国古代历史的表现，与马克思的这段总括，也是相符的。试想，洛阳的前身——成周，就是周公镇压叛乱以后的军营，它在经济意义上只是赘疣。但

① 《马克思恩格斯全集》第6卷，页493；又见《马恩列斯论资本主义以前诸形态》，页323。

后来的临淄、邯郸、阳翟等，我们就不能说它们是赘疣，它们已经是剥削着乡村的古代的城市的雏型了。到中古时期，清河、博陵二崔氏、荥阳郑氏、弘农杨氏……这些"土围子"成了整个社会的支配势力。到明、清，在资本主义萌芽地区，如像太湖边上的南浔和盛泽，资本主义的触角伸向乡村，不是看的很明显吗？以上，就是我国历史上城乡关系发展的大体上的脉络。而从公元前九世纪到公元前五世纪之间的"国"、"野"划分，正是这种脉络中的一个片断。

又是《孟子》书中，反映了"国"和"野"的划分，如说"野，九一而助；国中，什一使自赋"，可见"国"和"野"是不同的两个地区，剥削制度稍有歧异。是什么酿成了这种划分呢？历来有两种说法。其一，徐炳昶先生认为这是征服者和被征服者居地的划分。具体说，周人是征服者，他们居在国中；殷人是被征服者，他们居在野中。国人当兵打仗，越打越穷；野人种田，逐渐富裕。后来国人败落，城乡界限也就越来越不分明了。其二，金景芳先生说，最初他很信服徐先生的学说，可是后来感到资料中有矛盾的情节，即殷人中的降顺贵族，照样居"国"；周人中的贫困族员，照样居"野"。似乎新形成不久的阶级关系，或者说贫富关系，不知不觉在种族差别上打着烙印。这样，徐先生的学说，就不足以说明问题了。所以，金先生便向古代城乡关系这个理论问题上去考虑。

面对上述两种互相歧异的说法，我们该怎么办呢？我认为，每当遭遇如上的处境，我们应当区别两种情况。第一种情况是，这两种互相歧异的说法，处在互相排斥的地位（也就像人们的政治关系处在了"敌我矛盾"那样），这时候，我们就运用形式逻辑中的排中律，亦即"非此即彼"的方法去处理。这种处理方法，比较起来是简单的。第二种情况是，这两种互相歧异的说法，处在不是绝对互相排斥的地位，事情仿佛是还可以结合在一起的（也就像人们的政治关系处在"人民内部矛盾"那样），但就在这时候，我们也不可以将二者机械地进行折衷，而应当考虑这二者间可以结合的条件。那么，徐、金二先生的学说，可以结合的条件何在呢？我认为，前者考虑的是暴力行为，是政治、军事行为的后果；后者则偏重于向不以人们主观意志为转移的经济衍变考虑，经济衍变并不是在抽象的基地上进行，而是在具体的暴力行为的后果的基础上进行的。但经济衍变的后果，又最终掩盖了暴力后果的痕迹，而向阶级分化前进。

据此，我认为，我国古史上的"国"、"野"划分，从三个方面来考虑，都意味着是一种历史的过渡形式。兹分述于下：

第一，“国”、“野”划分，在开始可能是按种族划线的，徐炳昶先生不是一点理由也没有的。但当时的总形势，是人们要按阶级来划分，所以到头来种族关系只能被提供来作为阶级划分的凭借和基础。由于“无君子莫治野人，无野人莫养君子”这个无形的原则起作用的结果，“国”、“野”划分的结局，终究是形成了富人和贫人的阶级对立。

第二，从城乡关系的形式来看，“国”、“野”划分的阶段，恰好是中国城乡关系形式从亚细亚式的城乡浑然一体，开始迈步向古典的城市剥削乡村的形式的过渡。这一点，我想对我们也应该是有启发的。这显示，中国古代不但存在过亚细亚形式，也存在过古典的形式。假如我们可以说，亚细亚形式是奴隶社会的初级阶段的话，那么，古典形式就是奴隶社会的高级阶段。上段文字所说的富人、贫人的阶级对立，恰好就是古典型的阶级对立。这“富人”就是后来秦、汉时候的“豪强”，这“贫人”就是后来随时可以成为奴婢的“小农”。

第三，从“公社”逐渐瓦解、中央集权专制主义的基层结构逐渐形成来看，“国”、“野”划分也正好是一种过渡。试看后来的基层结构，无论叫“邻”、“里”、“乡”，或者叫“保”、“甲”，或者叫“闾”，这些东西是从哪里衍变而来的呢？很明显是从“国”、“野”。“国”与“野”之间有“郊”，“郊”内以“乡”为基层单位，“郊”外以“遂”为基层单位，慢慢形成更小的分支，什么“里”、“邑”、“轨”、“家”，等等。另外还有“州”这种单位。这说明，过去由公社职员职掌的许多职能，现在通过“国”、“野”划分，改由中央集权官僚体制中的小吏和爪牙来执掌了。“不料民而知其多少”的岁月一去不复返，代之的是专制主义官僚机器的发展和分支复杂化。

在这一独特的历史过渡阶段，“国人”（即工商，即富人）成为了一个空前积极活动的阶级。从周天子的王畿，到齐、晋、卫、郑、鲁、宋诸封国，他们积极参与贵族们利益争夺的斗争，参与政变；使得有些国君每逢国有大事，必找“国人”来协调。这些统治者对“国人”也保持警惕，如卫大夫公孙贾就曾说，“苟卫国有难，工商未尝不为患”。这样的活动，持续了近四个世纪之久。

*　　*　　*

现在，该是写点像是结束语那样东西的时候了。

马克思当谈到土地私有权的时候，曾经说它是“抛弃了共同体的一切外观，并消除了国家对财产发展的任何影响的纯粹的私有制”[①]。根据我个人的理解，这是说在财产（主要表现在土地）私有制逐渐深化的路程上，有两重障碍，一是古老的“公社的障碍”，一是专制主义国家权力的干预。只有排除了这两重障碍，才能达到纯粹的私有制。据此，我们说，井田制是古老共同体和它的次生形态对初生的私有制担任障碍，又被私有制逐渐克服的一个历史过程。

井田制是横亘在原始社会末期和奴隶社会尚未充分发展的阶段上的一种土地制度。当时阶级在形成，阶级压迫和剥削在一步步伸展，但它不是像革命和劳动者的变革那样——自下而上的，恰巧相反，它是自上而下地一层层揭取。先是“王”，然后是封国，然后大大小小的贵族，他们一层层剥蚀古老的公有制。但公有制，像恩格斯不止一次表述的，是生命力强大的，它能适应各种侵袭的力量，特别是最基层的“公社”，它死亡的最慢。在阶级压迫和阶级剥削一步步伸展的情况下，它仍然顽强地保持着一部分土地权，至少是一部分的分配权和轮换权。这就是我为什么说井田制基本上是农村公社土地所有制的主要原因之所在。

1980年3月写成于兰州大学

（《历史研究》1980年第4期）

① 《德意志意识形态》，见《马克思恩格斯全集》第3卷，页70。

五种古老的“历头”对读记

“历头”、或者“黄历”，是旧时代人对历书的通俗叫法。它的用处，跟我们当前的日历或年历差不多，不过更驳杂，带有某些家庭日用百科全书的性质，连占卜的金钱卦也插入进去了。最古老的“历头”中，驳杂的东西少，只包括自然变化和人们社会活动这两大项。自然变化，指的是“地候”和“物候”，如什么时候什么鸟叫了，什么时候什么兽怎样活动，什么时候什么植物发芽、开花或者枯萎。所记录大体以中原为标准，偏北地区更晚些，偏南地区就早一些。这跟农业生产很有关系。但我们这里要说的，是人们社会活动的这一方面。

我找的五种古老“历头”是：《夏小正》、《礼记 · 月令》、《吕氏春秋 · 十二纪》、《淮南子 · 时则训》和崔实的《四民月令》。其余自然还有一些，如《管子》中的四时、五行等篇，以及《史》、《汉》中一些书和志，其中也每每掺杂进去不少古老“历头”的残迹，基本内容与上述五种略同，故不列入了。

我对读这五种古老“历头”的动机，要说一说。我曾多次反复地学习导师马克思和恩格斯的《给俄国女公民查苏利奇的信》（一、二、三、四稿）和《马尔克》，以上两文见《马恩全集》第十九卷。这两篇文章的内容，实在是太精湛了，令阅读的人感到美不胜收。其中主要谈的是公社，它的原生形态、次生形态和再次生形态。谈到公社的许多性能。如谈公社生命力的强大，说它比任何阶级社会段落的生命力都强大。与此连续的，又谈到公社的适应性，大意说不论贵族如何不断地侵犯公社的所有制，公社仍然跟土地被攫夺、人身受奴役的现象作斗争，公社依然执行着千变万化的耕地制度。即便在公社已经不再是自由的公社之后，公社依然拐弯抹角地执行它自己的使命。接连又谈到新生的剥削阶级（血缘贵族）是怎样来剥夺公社的呢？是自下而上，还是自上而下？历史的具体情况说明是自上而下，而不是自下而上。从这里，可以看出革命和剥夺的一个不同处。革命是自下而上的推翻，剥夺是自上而下的一层层地夺取，先从最上头建立王有制，然后改变“州”或“区”的所有制，然后再改变“百户”的所有制，最顽强、最不好改变的是“村”的所有制。等“村”的所有制也被血缘贵族抓到手里时，那么，古老共同体的公社就彻底地瓦解了。

所以，我们不能把人类社会由无阶级社会到阶级社会的过渡，看做是“一刀切”的，不能把阶级社会刚刚开始的段落写得笔直而又笔直，纯粹而又纯粹。那样做是既不符合历史的实际，又不符合马恩导师的教导的。由于公社的如上所述的性格的规定，人类古史必然像地壳的太古结构或原生结构一样，是一系列不同时期的历史沉积，由一系列不同的、标志着依次更迭的段落所组成的。中国古史也不例外。而我之所以拿五种古老“历头”来进行对读，其动机就在于要将理论和世界历史范例拿来跟中国的古史相印证，看它们符合呢还是不符合。

《夏小正》传说是孔丘在杞、宋之间调查夏、殷史料时得来的，后经戴德替它做了传（就是注），但后来《大戴礼》失传了，只剩下这么一个孤篇。又据说宋朝傅嵩卿把经文跟传文划开，人们才清楚地有了现在样子的469个字的经文。但不管经文如何简短，从其中看出来的东西还是不少的。从其中反映出来的最高统治者是“王”，而没有天子、后妃、诸侯、大夫的迹像。官吏的迹像也不明显，只有“啬人”、“虞人”、“鹿人”、“主火”、“舟牧”这样的身份，很像公社的职员。关于农业劳动，经文中有“农率均田”和“初服于公田”的话。戴德说“率，循也”。郑玄在其它经文的注中曾说，“均，平也”。就是说一开春，农业劳动者们排着队去集体劳动，把田土做成整齐平均的田块。这时已有了“公田”字样，戴德说“古有公田焉者。古者先服公田，而后服其田也”。“其田”意即“私田”，即份地。总起来看，《夏小正》所反映的情况，其历史年代必然较早，似乎正处在部落后期，阶级刚刚发生，公社正从其原生形态向次生形态转化之中。“私田”是必要劳动的体现场所，这恐怕由来已久了。至于“公田”，这时究竟是公社公积粮的生产场所，抑是阶级剥削的剩余劳动的体现场所，这还说不清楚。

《礼记·月令》和《吕氏春秋·十二纪》所反映的情况，对比起《夏小正》

来，就晚得多了。看起来，这两种文献的写成年代，当在秦始皇和汉文帝之间，因为书中“讳正曰端”、“讳恒曰常”的迹象，都掺杂地出现过。除非这些因讳而改的情况是成书后传抄者的更动，那么，两种文献的年代不会比秦和汉初更早。但这丝毫不影响文献的价值，因为古籍多经窜乱，往往很早的情况和很晚的情况，杂厕于一文之中，这是屡见不鲜的。

从这两份“历头”中可以看到，阶级和执行阶级压迫的国家机器，不但出现，并且相当森严了。到秋天，就“命有司，缮囹圄，具桎梏，戮有罪，严断刑”，又说要“申严百刑”、“毋留有罪”。对农业劳动者也施行极严峻的监督，叫农夫们“无敢有惰”、“毋休于都”、“令民无不咸出其力”、“其有失时，行罪无疑”。对手工业劳动者，也规定“物勒工名，以考其诚”、“工有不当，必行其罪，以穷其情”，等等，但，更其重要的是，即便在阶级压迫和国家机器已经这么森严了之后，农业劳动依然不是个体的而是集体的，名义上由“王”或“天子”来下命令，实际是由一种什么基层机构来组织，这个机构正是次生形态的公社。试看：

> 孟春之月，命布农事。……皆修封疆，审端经术。善相丘陵，阪险、原隰，土地所宜，五谷所殖。……田事既饬，先定准直，民乃不惑。
>
> 季春之月，时雨将降，下水上腾，循行国邑，周视原野，修利堤防，导达沟渎，开通道路，勿有障塞。
>
> 孟秋之月，命始收敛，完堤防，谨壅塞，以备水潦。
>
> 季秋之月，寒气总至，民力不堪，其皆入屋。
>
> 孟冬之月，天气上腾，地气下降，天地不通，闭塞而成冬。命谨盖藏，循行积聚，无有不敛。……固封疆，谨关梁，塞蹊径。

这些农业劳动行为，这些水利排泄行为，假如没有公社在那里起作用，这么大规模的活动真是不可想象的。可以说，这些古老“历头”就是中国古史上有公社存在的铁证！可是有人偏偏说，有了公社就没有了奴隶社会云云，我们拿这些古老的“历头”来对证，能够说服人吗？

不但生产由公社集体布置，就是剥削也是通过公社的网去一层层榨取上来的。试看：

> 孟夏之月，乃收茧税。以桑为均，贵贱少长如一。
>
> 季夏之月，乃命虞人入材苇。令四监大夫合百县之秩刍。

季秋之月，合诸侯制百县为来岁受朔日。与诸侯所税于民。轻重之法，贡职之属，以远近土地所宜为度。

季冬之月，命宰历卿大夫至于庶民土田之数，而赋之牺牲，以供山林名川之祀。

"贵贱少长如一"、"以远近土地所宜为度"，这都是公社古老的精神，在阶级剥削的情况下，这些精神还顽强地保留着。试看北魏《均田制》中不也保留了类似的东西吗？什么"人牛力相贸"、犯罪绝户人家遗产重新分配时的"给其所亲"、进丁受田时的"先贫后富"，这都是阶级剥削已经发生，而公社依然保持其生命力，依然保持其适应性的有力的证据。

到《淮南子·时则训》里，集体布置农业生产，集体布置排灌工程的迹象，基本消逝了。这是为什么呢？很显然，到汉武帝和刘安时候，公社已经彻底瓦解了。晚清学者俞正燮在其《癸巳类稿》中谈到了汉武帝时有所谓"东田"，他说"按，谓之'东田'者，汉武帝时，洛滨以东，河北燕、赵及南方旧井地。武帝以后无之"（卷二，页97）。这时候，已重新规定240步为亩的制度，豆腐干块或者棋盘状土地，已经基本上消逝，代之的是小农的个体劳动和国家机器所强加的劳役。

到东汉崔实的《四民月令》里，情况的变化就更大了。从这部"历头"里，我们看到的是，集体活动的影子已无影无踪，人们关起家门，操心着如何将一年中一家人所不可缺少的酱、醋、曲等备办停妥就行了。统阅了上述五种古老的"历头"之后，我愈感到恩格斯在《反杜林论》中所说的一段话的精确和深刻，他说，"一切文明民族都是从这种公社、或带着它的非常显著的残余进入历史的"。①

最后，我愿谈点对古史分期问题的看法。我经常琢磨：古史分期问题是个什么问题？思考的结果，我认为这里是个渐变和突变之辩证地结合问题。五种生产方式中，从一个社会转化到另一个社会，中间必然有个渐变的过渡时期。这个过渡时期，或长或短，大体越古就会越长；越到近代，过渡可能越短。古史分期的任务，就是要从渐变中找出突变点来。这个突变点，有时不难找到，有时很难找到。甚至可以说，有时有这个突变点，有时又似乎不明显。古史分期问题的艰难，就在这里。从无阶级社会向第一个阶级社会的转变，其渐变过

① 《马恩选集》四卷本卷3，页187。

程是能够说清楚的，而此中的突变点则似乎难以确切地划定。在这种情况下，“一刀切”的办法，是既不符合历史实际，又不足以说服人的。

1966年2月初稿于兰州

1980年2月重写于上海

有关均田制的一些辨析

一

井田制和均田制，是我国历史上两个大的田制；对世界历史说，也是两宗重要的历史范例。而井田制跟均田制又有所不同，前者基本上是不以人们主观意志为转移的经济自然衍变的结果，而后者则是某些统治阶级的代表人物从井田崩溃以后、屯田和占田、课田这些人为的措施中，吸取了正反两面的经验，又针对公元四五世纪的现实情况，而精心炮制出来的一套制度。它有力地说明着，统治阶级的人物是可以进行一些调整和调节，以使生产关系不致于严重地与生产力的发展相脱节的。在“均田”的调整或调节下，矛盾重重的中古统治，又为之延缓了三百年。所以说，均田制不仅是一个大的田制，而且也是一个稳定的和起着一种稳定作用的制度。据此，说它是一种“昙花一现”[①]的制度的说法，是值得商榷的。

在说它是“昙花一现”的同时，还说它是“开倒车”的，这话也值得辨析。“开倒车”，自然是意味对社会前进起着一种“促退”的作用。“促退”的对立语自然是“促进”。但历史上的制度，偏偏就有既不是单一的促进，也不是单一的促退；或者说，又有促进一面，又有促退的一面。均田制正是这样。从人们财产所有制从公有到私有、从浅化的私有到深化的私有——的这条线索来考虑，均田制是代表国家权力来对私有财产企图进行干预的制度，它起着使私有制这种“异化”力量延缓或者拖迟的作用，从而我们说，它至少对社会前

① 《李亚农史论集》，页365。（《周族的氏族制与拓跋族的前封建制》第11章）。

进不是多么起着促进的作用的。但人们之所以说它“开倒车”，则是从另外一方面立论，是从“中国北部经济生活倒退了两千年”[①]的论点出发的，这就不符合实际了。关于“倒退论”之不符合我国中古历史的实际，我个人曾有所论述[②]，此处不多赘言。在这里，需要重点申辩的，倒是不止一位学者之所以如此立论，是由于他们认为均田制是氏族制或者公社的恢复，或者至少是氏族制与封建制的混合物，认为均田制的二重性表现在公有制与私有制的矛盾[③]，这就不能不引发人来着重地辨析一下了。

我经常困惑地面对着当今史学界中一个反背的现象，久久为之不解。这个反背现象是关于公社的。在井田制度方面，不讲公社，有很多事情是说不清楚的；但人们偏偏说不能讲公社，讲了公社就没有了奴隶社会，云云。意思是，一定要把奴隶社会从一开始就说得是阶级对立极其严峻的，讲公社就会冲淡这种严峻。在讲均田制度方面，完全可以不讲或者少讲公社的，因为最多不过在拓跋氏漠南“计口授田”中，有着一定成分的公社因素残余而已。但不止一位学者，却在这里大谈其国家是均田农民之父、均田是亚细亚（东方型）的，不但拓跋氏漠南“计口授田”中有公社，即便汉人大族中也有公社、两宗公社结合在一起，所以均田制身上就带有“公社”的和“公有”的性质了。事情果真是如此吗？

从理论方面，也有所配合。苏联专家尼基甫洛夫也恰好在1956年的中国杂志上写道：“公社是会恢复起来的。”[④]在这条总的宗旨之下，他摆出来很多观点。他承认了商鞅变法对公社制的破坏，也承认了大土地私有制在西汉大大地发展起来，从而公社进一步地衰落了；但他认为在三国至唐期间（注意，这恰好是均田制施行的时候），“农村公社在一定程度下恢复起来了。”他又继续说，在中国，农村公社常常是采取氏族公社的形式，联合在公社里的不是农村中的全体居民，而只是同姓的人们。他们有自己的族长，有自己的家祠，有祭田。这种祭田实质上就是公社的土地。并且，这些一直保存到土地改革的

---

① 《李亚农史论集》，页362。

② 《金、元两朝对中原土地关系所作的变动》，见王仲荦主编《历史论丛》第二辑。

③ 《李亚农史论集》，页367。唐长孺《均田制的产生及其破坏》，见《历史研究》1956年第2期，页11与12处。

④ 尼基甫洛夫：《论不同国家从奴隶占有制向封建过渡的几个共同的规律性》，《历史研究》1956年第10期。

时候。

这样，就给我们提出了思考题：公社是什么？除了它的形式之外，它的实质性的内容是什么？它在被破坏和衰落之后，是不是能够人为地恢复起来？

二

我们认为，所谓“公社”有其实质的存在，有其躯壳的存在。所谓实质的存在，是指它在人们的财产关系上，在土地所有的关系上，有它明确不移的规定性。这规定性，就是在土地所有或者土地占有方面的某种程度的公有或者集体所有。从而，从物质利益的归属反映到人与人的关系方面，或多或少带有平等的和民主的气味。总之，在我们看来，一个团体内部，已经有着阶级划分，甚至已经表现出有阶级斗争的存在，那么，再说这个团体是公社，其说服力就很弱了。

我们这样来说，经过自我省察，并不带有“绝对化”的气息。只要带有平等和民主的气味的东西，哪怕是公社的残余，我们也不排除。举例来说，像均田制中所包括的一些因素，如对癃残老小的照顾；如在对犯罪人及绝户遗产的处理原则方面所规定的几点精神，什么“给其所亲”、“借其所亲”；又如在进丁受田时的原则“先贫后富”（不管这一原则在具体执行中会打多大的折扣）；以及“人牛力相贸”这一办法，在它尚未转化为有牛和牛多的富人对牛少或无牛的穷人的一种剥削之前，在它还保留着劳动人民在互助中“变工”的时候；——所有这些，我们都承认，它带有某些公社的残余性质。我们所反对的，是指甚至在土地改革的前夜，那些祠堂的祭田也是公社土地的说法。试看1933年中国苏维埃区划分阶级的文件中有一个注释说，在农村中有许多公共土地，有些是政治性的，如区、乡政府的土地；有些是宗族性的，如祠堂的土地；有些是宗教性的，如佛教、道教、天主教、回教寺庙的土地；有些是救济性或公益性的，如义仓和为修桥补路而设置的土地；有教育性的，如学田。在列举之后，文件加一句说，“所有这些土地，大多数都掌握在地主富农手里”[1]，这一句话很重要，道出了事情的实质。再说这是公社土地，就很困难了。

不仅在近代史上遭遇这类情况时，我们需要谨慎；就是在典型的中古史上，同样也需要谨慎。我反复考虑，被不止一位当代学者所举的中古期汉人大

① 《怎样分析农村阶级》，见《毛泽东选集》（四卷合订本），页113～115。

族方面也有“公社”的例子，只有两个是比较完整的，带有某些典型性的。其一是西晋庾衮在禹山的事迹，其二是北魏末赵郡李氏在太行山中所开拓的李鱼川的事迹。现在，就让我们就这两桩事例来进行一些分析吧。先引原材料：

《晋书》卷88（《孝友传》）《庾衮传》说，

> 齐王冏之唱义也，张泓等肆掠于阳翟，衮乃率其同族及庶姓，保于禹山。
>
> （衮）誓之曰，“无恃险，无怙乱，无暴邻，无抽屋，无樵采人所植，无谋非德，无犯非义，戮力一心，同恤危难。”
>
> 于是峻险厄，杜蹊径，修壁坞，树藩障，考功庸，计丈尺，均劳逸，通有无，……
>
> 衮曰，晋室卑矣。乃携其妻子适林虑山。……石勒攻林虑，乃（父老）相与登于大头山而田于其下。

再看李鱼川的有关材料。《北史》卷33记载赵郡平棘李氏的世系说，李勰之子李灵，李灵之子有李恢、李综，李恢之子李悦祖，又有李显甫，李显甫之子李元忠。李鱼川的开拓，就是李显甫、李元忠父子二人干的。材料说：

> 显甫，豪侠知名，集诸李数千家于殷州西山，开李鱼川，方五六十里居之，显甫为其宗主。
>
> （显甫）子元忠。……家素富，在乡多有出贷求利，元忠焚契免责。……葛荣起，元忠率宗党作垒以自保。坐于大槲树下，前后斩违命者凡三百人。

现在进行分析。首先，所谓“公社”，不论是它的原生形态或是其次生形态，都有着它的传统性，即在悠长的年代中由于不以人们主观意志为转移的经济因素的影响而形成的那种传统性，像一些古老的话头所反映的，什么“幼而习焉，久而安焉，不见异物而迁焉”，什么“死徙无出乡”，都指的是这种传统性。可是，上述二例，却显然不带有这种传统性，它们是由于战乱形势所迫而临时组织起来的人们自卫性质的共同体。不错，像庾衮一例所显示的，他也摹拟了一些古老公社的组织原则，如“考工庸，计丈尺，均劳逸，通有无”等，但那仅仅是一种仿制品。其次，“公社”的概念，应该基本上排除剥削与被剥削、统治与被统治的关系，但像李元忠一例所显示的，他“在乡多有出贷求利”（虽然也曾“焚契免责”，但那是豪侠市恩的一种临时性的姿态，是很明显的），这是剥削与被剥削的关系；观其在战争紧急状态下“斩违命者凡三百人”，足见他丝毫不是什么“公社”的头人，而是镇压者面目十分明显的豪强，他与群众的关系是镇压与被镇压、统治与被统治的关系。东汉初巨鹿耿纯率宗族宾客投靠光武“恐宗家怀异心，烧其庐舍”的事，与此类似。最后，一位同志在文章中说这种坞壁组织：

> 部分取代了原有的地方行政系统和地方基层组织①。

这句话触到了要害，比那些侈谈“公社”和“公有制”的先生们鞭辟入里了许多。但我们还不能停留在这里，“取代地方行政系统”一句，不须另加诠释；“取代地方基层组织”一句，则必须说清楚，它指的应该是保甲的作用，而不是公社的作用。因为这二者是很容易混淆的，六十年代苏联十卷本《世界通史》曾指朱元璋的“里”、“甲”是“公社”，即一佳例。总之，从庾衮和李鱼川二例，由于它们不具备传统性，却又具备镇压与被镇压、剥削与被剥削的关系，因而，我们判断，不应该说它们是公社。

三

底下，感到有必要把中古期两种人们的集团的范围和性质，说说清楚。这是个大圈圈和小圈圈的关系问题。所谓“小圈圈”，是指自东汉以来，封建领主们在自己的家族内又重新提倡“亲亲·尊祖·敬宗·收族”的血缘纽带关系，从而形成一种好像是尼基甫洛夫所说的“氏族公社”那样的东西。北朝最典型的例子，是弘农杨氏杨播、杨椿、杨津兄弟组成的“圈圈”。史书中说他们“昆季相事，有如父子”，“有一美味，不集不食”，“旦暮参问，子侄罗列阶下，不命坐，不敢坐”，“有曾孙，年十五六矣，欲为之早娶，望见玄孙”，“一家之内，男女百口，缌服同爨，庭无间言”，“不异居，不异财”，等等②。从“不异居，不异财”来看，确有某些家庭公社的气味。但必须指出，这个圈圈的范围是“百口”。“百口”二字，在北朝似乎形成为领主家庭公社的代用词，

① 陈仲安：《十六国北朝时期北方大土地所有制的两种形式》，见《武汉大学学报》1980年第4期，页15第12～13行。

② 《魏书》卷58（《列传》46）《杨播传》。

观另一北魏大族博陵崔氏家的崔楷，他在葛荣起义军围攻下，死守殷州，“兵士莫不争奋，咸称‘崔公尚不惜百口，吾等何爱一身?!’”[①]这个“百口”，我们拿它与《孟子》、《荀子》、《史记》中所说的“五口”、“八口”之家比较，发现战国、秦、汉时候的典型，是个体小农家庭；而到北朝时候，典型的东西，则是世族的家庭公社“百口”了。所谓“又恢复起来了”的东西，不过如此。至于“大圈圈”，则是另外的一回事。《晋书》卷127（《载记》27）《慕容德载记》中记其尚书韩谆上疏有云：

> 而百姓因秦、晋之弊，迭相荫冒，或百室合户，或千丁共籍，依托城社，不惧熏烧，公避课役，擅为奸宄……。

这是一种包括不同阶级和阶层在内的综合社会集团，说的是害怕国家烦重赋税徭役的农民，情愿接受世家大族所加给的人身隶属关系，投靠并荫蔽在世家的户籍之下，为了逃避课役而情愿接受“重于公赋”的领主剥削的事情。会不会发生像有的学者所说“土地通过家族乡党关系，而作出公社式的划分。公共财产开始不会有，后来逐渐积累起来了”呢？[②]至少，我们没有见过这方面的材料。就以前引庾衮的例子来说，“八王之乱”一旦结束，禹山的乌托邦马上解散，并不见积累起任何的公共财产；而庾衮本人最后也只好从大头山上一头栽下来死掉了，并未当成什么“公社”的社长。在史料中我们所看到的，倒有像荥阳郑氏《郑羲传》中所反映的“乡党之内，疾之若雠”、郑连山的“挝挞僮仆，酷过人理，父子一时为奴所害，断首投马槽下”[③]的事例。难道像这样的“百室合户，千丁共籍”综合集团，也可以叫作公社吗?!

四

现在，应该归结到均田制的根本性质方面来了。

均田制带有二重性，这没有问题。但这二重性是什么性跟什么性相矛盾，则颇值得辨析。不止一位学者认为是公有制跟私有制的二重性，他们说：

> 从土地所有制的性质来看，北魏均田制带有公有和私有的两重性，很

① 《魏书》卷56（《列传》44）《崔辩传》。

② 复旦大学油印陈守实教授1957年讲义：《北魏隋唐土地问题》，页23～24。

③ 《魏书》卷56（《列传》44）《郑羲传》。

明显，这就具有农村公社土地所有制的性质。[①]

……另一方面，也反映了均田制的公社特征，因为恰恰表现了公社内部公有和私有的二重性。[②]

我不同意这种观点。我认为，公社和公有制在均田制中已经不应该占有重要的位置和起重要的作用了，因为汉人世家大族的封建制很牢固，鲜卑贵族也在封建化的过程中，仅仅从漠南"计口授田"中遗留下来某些公社的残余，在均田制中不起主导的作用。在我们看来，均田制是国家对土地所有权又企图干预、又不得不妥协——这样一种二重性的表现。现在，就对此来进行论证。

均田制有很多令文，最重要的是北魏《太和令》，见《魏书·食货志》。这令文虽是一篇整文，但实际上是十五个条款，每一"诸"字下起一新的条款，综计得十五条。现将每条主旨内容罗列如下：

第一条　关于露田。关于男妇以及奴婢牛的受田数额。关于倍田。

第二条　关于还、受。

第三条　关于桑田。以及"倍田"在露田、桑田间的调济作用。

第四条　关于桑榆地。

第五条　关于种桑榆枣果的规定。

第六条　关于桑田为世业的规定。关于土地买卖的限制及其小量的开放。

第七条　关于麻田。

第八条　关于老小、癃残、寡妇（凡丧失劳动能力者）的照顾。

第九条　关于办理还受的固定月份。

第十条　关于"宽乡"的规定。

第十一条　关于"狭乡"的规定。

第十二条　关于宅田。

第十三条　关于受田远近、先后的规定。

第十四条　关于流配、无子孙、户绝田土的处理。

第十五条　关于"公田"（即"职田"与"公廨田"）

---

① 《李亚农史论集》，页367。

② 唐长孺：《均田制的产生及其破坏》，见《历史研究》1956年第2期，页14，第15行处。

我们试将均田令和三长令合在一起，就会发现北魏君臣们一股脑儿规定了六项内容。第一部分是显示国家权力，并从法令上企图对土地私有权有所干预、有所限制的部分。这从令文前边“均给天下民田”一句，可以体会出来。它虽不像王莽那么粗暴（搞突然袭击），但王莽的气味还是有的。试想，令文虽在第六条中承认桑田为世业、可以不还，但即便如此，桑田也是民田的组成部分之一，从法令上讲是国家权力均给的，这不能不说是一种干预。这第一部分的中心内容在第二条，即关于“还”、“受”的规定。固然，在很多场合，这种还受的执行是很马虎的，但像吐鲁番文书中连“永业田”也要还受的情况，足见还受的情况有马虎的记载，也还有过头的记载呢，所以说，说均田制是虚假的、骗人的这些话，是站不住脚的。

均田令的第二部分，是表现国家一方面企图干预，但又害怕酿成王莽王田令所引起的全国性的混乱和叛乱，所以另一方面又进行妥协让步，这种妥协让步，不是对劳动人民的，而是对国家的授权者，它的后台老板——世家大族的。这一部分的中心内容在第六条，即关于“不还”的规定。考虑到有关“奴·婢·牛”的规定，我们还可以看出北魏统治者在炮制中是煞费了苦心的，这中间不仅对汉人世家大族表示妥协让步，也反映了对鲜卑军事贵族的妥协让步。因为第一，鲜卑贵族从蠕蠕那里俘虏来的牛力和人力是大量的；第二，鲜卑贵族也有材料反映他们对土地封建经营也已经发生了兴趣。

均田令的第三个部分，是一些松紧带。这是北魏君臣精心炮制的又一表现。松紧带主要有三条，一是关于“倍田”的规定，二是关于“宽乡”和“狭乡”的规定，三是关于土地买卖开了一个窄窄的“后门”，这个“后门”到唐开元令中就开的很大很大的了。这种“松紧带”的作用，读者在仔细察阅文献中自会亲切地体会到，此处不拟多赘。

第四个部分，是关于公社原则之残余的继承。关于这一点，本文第二节一开始处已经提到，此处不拟重复。必须重点指出的是，所有这些（对丧失劳动力者的照顾，对土地使用权再分配时的“先贫后富”以及“给其所亲”等等的原则），无遗都是公社的遗风旧俗，这些遗风旧俗在很古老的年代中是跟所有制有着密切联系的。但事情发展到公元四五世纪，封建制已根深蒂固的时候，它就不再是什么所有制了。不能把土地的公社所有制跟封建社会中公社的遗风旧俗混为一谈。

第五个部分是三长令中规定的，正常劳动力一夫一妇，岁出粟二石，帛一匹，给国家。其余次等劳动力（15岁未娶者、奴婢任耕织者，以及耕牛）按折扣（$\frac{1}{2}$、$\frac{1}{4}$、$\frac{1}{8}$）缴纳租调。我们之所以把三长令内容也拿来跟均田令内容掺合到一起进行分析的目的，其一，可以将北魏的田土租调情况，说的更全面些；其二是为了重点说明，北魏君臣之所以炮制均田制度，其最终目的也不过是“虎口夺食”，把接受“培于公赋”剥削的荫户从世家大族户下夺出来一部分，使国家可以从一夫一妇和奴婢牛身上剥削到较多些的剩余劳动产品——租调而已。这是封建国家与封建领主间的“又争夺、又勾结”的二重性。这中间，公社和公社土地所有制，并不占什么重要的地位，也不起什么重要的作用。

1980年11月13日写于兰州大学

（《文史哲》1981年第3期）

弄清楚历代剥削制度的一些前提

人们财产所有制的衍变，以及与之相适应的阶级关系的衍变，是贯穿在古代、中世纪史中的一条脊椎骨。讲这些段落历史的人，必须要弄清楚在某一段落之内，是谁在剥削谁？谁在压迫谁？剥削多少？压迫程度如何？这些剥削压迫的质和量，又如何衍变、调整？一定要弄清楚这些事情。

但现实情况有差距。根据我们了解，无论在中学教历史，或者在大学教通史基础课，通常有两种情况。一种是"照本宣科"，选用郭老的本子就照郭老的本子讲，选用范老的本子就按范老的本子教，"呻其佔毕"就行了。另一种情况是"就事论事"，讲井田就讲井田，什么是公田，什么是私田；讲均田就讲均田，什么是永业，什么是口分，其余不管，从来不串起来讲，也不串起来思考。

针对这种情况，我想把历代剥削制度，抛开具体东西，比较理性地把它们串起来，表述一些脉络，澄清一些概念。我是这样设想的，这样做也许对中学历史老师和大学基础课老师会有点什么好处。以下，我想谈七点。

第一点，所有制的总脉络

人类财产所有制的总脉络，像导师恩格斯在《反杜林论》中早已表述过的，不外是从原始的公有到私有，再从私有到科学的、更高级的公有。有的同志画了一个公式，大体如下：公——→私——→公。这个公式好极了，但我们不能躺在它上面睡大觉。其实，我们讲古代和中世纪的人，只钻研这条公式的前半段（公——→私）就行了，而这前半段就大有文章。

"私"——即人们财产的私有制，并不是铁板一块，也不允许我们囫囵吞枣。我们要开动脑筋去想它。"公"和"私"，是个"正·反·合"的关系。用时下时髦的词儿表达，它是一个“异化”的过程。公有是异化运动的主导面，私有是其非主导面，最终非主导面被解决，又回到主导面上来，这时的主导面已不是原来的主导面，而是更高级的存在了。“私有”在异化过程中虽然是非主导面，但并不是不重要的，只有把它研究深、研究透，才能有助于向更高级的“公有”迈进。

“私有制”有着一些特点。第一，它经历着由浅化向深化的移行。深化，深化到什么模样？浅化，浅化到什么模样？要举例说明。有个墨西哥电影叫《白玫瑰》，美国资本家想买一处庄园，庄园主无论如何不卖，只好通过暗害手段，把主人害死才买过来。这种“私有”就比较深化了，就是说，这种私有已经意味着这片庄园是为这个庄园主人所垄断，把它作为排斥一切其他干预力量、只服从他个人意志的领域。再看，明朝大臣解缙在江西有私产，但他一得罪，妻子流放，田产就另行处理了；几十年平反后，只好寻觅血缘较近的人来继承私有权。解家的私有权就没有墨西哥那种私有权深化，因为永乐皇帝朱棣可以干预它。同样，汉武帝借“算缗钱”为名，打击豪强，充公土地，“大县数百顷，小县百余顷”，更是一种粗暴的干预。其最浅化的所有，如春秋时候农民的“私田”，名虽曰“私”，但却只是使用权，并没有所有权，要三年一轮换的。统上诸例，“私有”有其极浅化的存在，有其极深化的存在。由浅化向深化，是一个衍变历程。

“私有制”的第二个特点，是有阻力。阻力阻止它发展，它克服这些阻力，曲曲折折前进。这阻力指的什么？根据《德意志意识形态》一书中的表述，阻力主要有二，其一是人们古老的共同体，它在私有制开始的一段或长或短的时间里，阻止私有制前进。其二是国家权力，它在私有制还没有达到资本主义之前的一段相当长的时间里，阻止私有制前进。关于这两种阻力，需要补充说明的话还很多，所以摆在底下的第二、第三项脉络中来谈。

第二点，古老的人们的共同体

所谓人们的共同体，是指原始社会中人们在生产和生活中自然组成的一种民主性的集体，生产资料（主要指土地）归这一集体统一分配和轮换。它也指在阶级产生以后，由于生产力一时上不去，剥削阶级不可能把这种集体一下子砸烂，而是保留它、利用它，以达到剥削的目的；而这一共同体的成员，也借此得以保存部分的民主和集体所有的旧规格。前者，我们叫它“原始公社”，后者我们叫它“农村公社”，或者“公社的次生形态”。

对于这种“公社”的作用，我们也须“一分为二”，即保持“两点论”。一方面，从人们财产所有制的总体，也就是从“异化”的主导一面来看，它是公有制的象征和顽强的残余，它显示，无论私有制如何一步步进逼，人类的总倾向还是向往着公有的和集体所有的。所以恩格斯说它生命力很强，并号召工人阶级为建立更高级的公有而奋斗。另一方面，从人们财产所有制的“异化”非主导的一面来看，私有制也理所当然地要一步步深化，那么，人们古老的共同体就成了一种阻力。西周的奴隶制为什么达不到希腊、罗马的水平？就是由于生产力水平低，商业货币的瓦解力也不过硬，大部分农业劳动者还不得不锢闭在各自农村公社（一个井田单位）的框框里，过着互不交通、互不交流的日子。所谓“阻力”，就是从这方面去看取。

在我国，这种古老的人们的共同体，又往往带上氏族的特征，即一个公社大部分是同一姓氏的人。周朝时候，人们很提倡“亲亲 · 尊祖 · 敬宗 · 合族”。后来，秦孝公和商鞅坏井田，开阡陌，对共同体进行了有力的冲击。“公社”衰落了。这在西汉看得最清楚。可是到东汉及其以后，剥削阶级又拾起这种破烂，使它为新的目的（领主隶属农奴的内容）服务。于是有人（如苏联学者）说，“公社又恢复了”。这值得研究。因为，一直到土改的前夜，中国农村中一直存在着共同的宗祠，共同的族长，共同的祭田；但你假如过细观察，它早已是阶级剥削和阶级压迫的一种诡谲的形式，它已远远不是什么民主性的和集体所有性的团体了。显然，这已经不是公社。

但不论如何，不论是人们古老共同体的原生形态，或者是它的次生形态，甚至仅仅是它的残余，对于私有制这种“异化”倾向前进的道路来说，它们都是一种有力的或者无力的阻力和障碍。在清楚地料理历代剥削制度的过程中，一定要留心这条脉络，这个层次。

第三点，国家（包括奴隶主和农奴主的国家）

对于私有制前进的道路说，公社是阻力，国家也是阻力。但这两种阻力中间，又有很大的区别。公社是不以人们主观意志为转移的经济衍变过程中的产物，无论它多么顽强，只要生产力提高，商业货币瓦解力加强，或迟或早这种阻力是要被抵销的。国家则不然，它是剥削者压迫者阶级利益的总代表，它是剥削者压迫者阶级意志集中表现的机构，它又凌驾在所有的国民之上，成为统治整个社会的独立力量。不管数以千起的农民起义把矛头直对着它，它被削弱了，可是不久以后它又强化起来。它在强化起来以后，对人民自然是残暴统治，即便对它的后台老板——土地私有主的利益，它也进行干预。上举汉武帝打击豪强是一个例子。明永乐帝抄查充公罪臣田土又是一个例子。即便以对地主官僚最客气的宋朝来看，宋徽宗的佞臣杨戬的狗腿子李彦在今河南临汝、鲁山一带，就曾强令田主将券契（所有权的证明文件）缴出焚毁，把这些私田统统变为官田，把田主变为国家佃户（《宋史》卷468）。这虽然是一桩偶发事件，是一次“小动作”，但也说明在封建国家和封建地主间“又争夺、又勾结”的过程中，国家权力对土地私有权还是随时随地可以成为一种强暴的干预力量的。这对私有制来说，不能不是一种阻力。

第四点，多民族的情况（冲突与融合）

我国素来是个多民族的国家。历史上有若干次周边少数民族冲击进来，对中原骨干民族进行暴力征服的事例。假如这些周边民族在社会发展阶段上较中原骨干民族为先进，其文明程度较优先，那么将是另外的一回事。可是事实上，周边进来的征服者往往是落后于中原的，他们大多处在原始社会末期，他们正处在军事民主主义阶段，故其征服力往往是强的。往往是比较原始、比较野蛮的周边民族，征服了中原的比较文明、比较先进的社会，征服过后必然接踵而来的是或重或轻的融合。所谓融合，具有多方面的意义，它既意味着是风俗习惯的，也意味着是经济方面的和政治方面的（包括军事方面的）；它既可以意味着什么先进的因素被融合进来，但更大可能是意味着落后的因素被融合进来。从我们正涉及的所有制和阶级关系来看，那么，就很可能带进来原始共同体的因素和军事权力加到政府权力上所形成的国家干预力量和国家隶属力量。以金、元两朝为例，什么“牛头地”带进来了，什么“猛安·谋克”村寨带进来了，什么“投下”（“头下”）村寨带进来了。军事贵族和军政府，可以把大量私田“括”为官田，“括”为贵族军管村寨，在大量已经比较自由了一点的佃户身上，又加上种种的隶属关系，这种隶属关系初看起来，像是奴隶制的，但过细一看，则是农奴制的，大不了是军事隶农制。

上文所说的私有制前进道路上的两种阻力（古代共同体的阻力和国家的阻力），在宋朝这个标志着封建前期向其自身后期转进的朝代，本来已经有所减弱，有所松散了。地主卖地，在某些地区已经不准将佃户名字写在契约上了；佃户愿意另佃别家，原主也不大可能予以阻拦了；国家已不再象中古那样，把一切民田在法令上看做是官授的了；国家在很多场合，已经表现像普通地主一样召佃收租了；等等，等等。但金、元过后，这些情况又产生了逆转，原减弱了的，又增强了；原松散了的，又紧张起来了。私有制这种异化倾向的前途，又重新遭遇到障碍。这又要过好几百年，等封建社会内部资本主义萌芽出现，并且出现得越来越明显的时候，这种障碍才得以部分地排除。数十年来，人们之所以不断谈论什么封建社会长期停滞问题，或者说什么发展缓慢问题，事情的底蕴在我看来，正是上述三层的或者说三个脉络的阻力起作用的结果。

第五点，中国历史的段落和层次

根据以上的种种分析，我们把中国古代、中世纪史，试验着划为六段来予以说明。

第一段“先秦”，主要是商、周两朝（夏朝一时还说不清楚）。这一段的阶级关系，由于奴隶主贵族已经出现并且逐渐壮大，所以总的阶级关系是贵族奴隶主和被贵族奴隶主剥削压迫的劳动人民。在这些劳动人民中，自然有奴隶，但数量有多少，阶级关系有多么尖锐，这值得研究。人们财产的所有制（主要是土地所有制），还是公社的所有制，自然由于已经有了奴隶主贵族，这种所有制已经不那么完整了。但假如说是奴隶主国家所有制，也说不上，因为奴隶主国家尚未强化，中央集权尚未出现。我们的老师们对学生讲井田制的时候，一定需要思考这些问题。

第二段，秦、汉。秦，很快就亡了；东汉，又有新的动向；所以这一段的核心是西汉。秦和西汉，开始了两件大事，第一是政治权力向中央集中了，国家强化了；第二是土地私有权被政府承认为合法的，“民得买卖”了，出现了“小农”和地主。宋末的学者马端临说了一句很聪明的话：“秦于其所当与者取之，于所当取者与之”（见《文献通考》）。意思是说，政权可以下放一些，但秦却紧紧捞在中央手里了；土地所有权，应当紧紧捞在国家手里的，它却下放给普通地主了。土地所有权下放，产生两层效果，第一，是古代共同体比较干净地瓦解了，私有制为自己开辟了道路；第二，是国家权力强化了，它可以宣布任何无主荒田为国有，它可以使用权力干预土地的私有。

第三段，三国至南北朝、隋、唐。这仍然是国家权力企图干预私有权的年代。试想，不论王莽的盲动主义的王田令，或者是曹操残暴的屯田法，或者是像一只影子样的西晋的占田法，或者是北魏及其以后的历次均田令，不管花样如何千变万化，有硬有软，其共同点都是国家权力企图阻止私有制。但这种阻力是比较有节制的，干预和妥协折衷地结合到一起，情势比较稳定。中古之所以稳定的另一个原因，是农民身上有依附性，有隶属性，有被固着到土地上的特点。这些特点，跟欧洲中古史上的强度比较，究竟结果如何，这值得研究。在这些超经济强制之下，劳动人民无论肉体上、精神上，都处在受锢闭、受蒙昧的境地。均田制瓦解，两税法施行以后，情况才开始松散。

第四段，从唐末经五代到两宋，这是阻力最削弱的年代了。集中反映了这一点的，是在人们的意识中，私有财产的重要性，比过去任何时候都突出。农民起义的政治号召中，“均贫富”占了很重要的位置。这时“小农”和较普通、较小量的土地所有者，又多了起来。从“气候”的各方面看，资本主义萌芽因素本来可以兴起一点，但也像真正的气候一样，乍暖又来了寒流。

第五段，辽、金、元。它们带来了前封建的若干因素，其中包括古老的人们的共同体因素，和军事强制性的政治干预。这样，中国社会经济就发生了逆转。许多土地，原本是私有的，现在又归属到国有或者军功贵族庄寨所有了；许多农民，原本已经是自由自耕的小农，或者是比较自由了的佃耕小农的，现在又成为农奴或者军事隶农了。军功贵族可以无限制大量地乞请土地，形成大土地集中的若干“土围子”；国家税役繁重，小民负担不起，只好将小片土地投献给军功贵族大地主。一个乞请，一个投献，形成金、元朝土地情况的两大特点。私有制向前迈进的脚步，显然又迟缓了许多。

第六段，明、清。明朝国家权力一直强化，前期洪武、永乐大办屯田，强力将私人田地夺为官田；洪熙以后，这方面削弱了一点，但大土地集中的现象，乞请和投献的现象，较金、元有过之，而无不及。在经济较发达地区，出现了土地权的分化，分化为“田底”和“田面”，和“田骨”或“田皮”，出现了老田主、二租主、久佃主等等所谓“一田三主”的现象，这客观上对土地的新方式经营的发展有利。私有制在弯弯曲曲崎岖不平的道路上前进。总的来看，私有制脚步很慢，但总是有所突破、有所前进。

统观六段之中，农民按身份特点的不同，可以分为四类。第一类是公社农民；第二类是从井田制下解脱出来的“自由”小农；第三类是带有依附身份的农奴或军事隶农；第四类是比较松散了一些的佃农。这个排列，既可以看做是一种纵的排列，又可以当做一种横的排列去考虑。譬如说，在某一个特定年代中，四类农民身份以哪一种为主导，哪几种正在萌芽或者还有残存。考虑这些问题，对于我们讲好历代剥削制度，弄清楚历代的阶级关系，我认为是会有所裨益的。

第六点，剩余劳动产品的形式——“租”和“赋”

阶级社会的底蕴，就是占有生产资料的人们，以及他们政治上的代表，向劳动人民身上剥削剩余劳动产品。剩余劳动产品，被土地私有主拿走的，叫“地租”；被私有主政治上的代表——国家拿走的，叫“赋税”。二者名目虽不同，实质都是剩余劳动产品，所以我们说，赋税是地租的再分割。

这二者被抽取的根据不同。为什么地主收地租？因为地主手上有土地的所有权，他有券契。为什么国家收赋税？因为国家机器（各级官吏）和由它兴办的一些公共事业需要一笔支出。在这一点上，这二者是区别着的。譬如当你查阅汉简的时候，一些简条上（如同后世的一些便条）记着一笔账，往往是若干亩，收谷若干石。在这种场合要特别谨慎，即便在无确切年代可考的情况下，我们也要力图辨析清楚，哪一笔账是国家屯田上缴公的官粮，哪一笔账是屯田机构按私租租给附近居民或田卒家属的，哪一笔账是屯田附近私有主租给种田人的。由此，我们还可以弄清屯田衍变的段落性。不这样做，将出现一笔糊涂账。

剩余劳动产品的征取方式也不同。以古代、中世纪史来说，大体上是像马克思所表述的，先是劳役租形式，其次是实物租形式，最后是货币租形式。像井田上的“助”法，就是劳役租；像中古的粟若干斗、石，绢帛若干匹、尺，就是实物租；像明中叶以后太湖地区的年出银若干两、钱若干文，就是货币租。

但在实物租同一段落内、同一形式下，又有两种形式，一是“定额制”，一是“分成制”，我们要留心观察。“分成制”经常被一般地主所采取，每年收获物堆在场上，抛去留下种籽和缴官税粮之外，按比例（一般是平半）主佃二家分开。“定额制”则像《孟子》中说的“校数岁中以为常”，定一个固定数额，年歉不足时佃人包赔；丰年盈余时地主亦不多收取。这个“定额制”，往往出现在“分成制”的两头，很早时候实行它，是生产力低，生产品少的反映；很晚时候实行它，是农民自己经营能力增长、地主逐步腐朽化的反映。后面这种收租制，对资本主义萌芽的发生、发展，是有其促进的作用的。

第七点，国家按剥削针对面划分的不同，而采取的不同剥削样式

剥削阶级的国家，它在进行剥削时总要按照某些原则去榨取，这些原则的形成，往往根据当时的时代情况而侧重哪个方面。统观整个中国古代、中世纪史，统治者们所侧重的不外四个方面。

第一个方面，它们侧重于剥削“丁”。丁就是成熟的个体劳动力。统治者先按一个正丁规定应出多少赋税。比正丁老一些、年轻一些的，规定一个折扣比例。再老再小的，就不负担了。妇女如何，有的做出规定，有的不做出规定。能看得很清楚，剥削所针对的，是劳动力。

第二个方面，它们侧重于剥削“亩”。而以“亩”为侧重面，又分为两层意思。在较古老的时代里，“亩”仅仅意味着谷物生产的单位面积，按面积的大小，来征收赋税，你有多少亩，我就收多少税粮。跟着人们私有财产在现实生活中越来越具有重要的意义，“亩”又具备了另一层意思，即它是意味着人们资产的主要部分，它是不动产的主要构成。这样，按“亩”收税，就越来越带有某些资产税的味道了。

第三个方面，它们侧重于剥削“户”。在中古的典型期，有这项原则和这项办法。从曹操开始到唐中叶截止，约行六百余年。所谓“户”，系指“一夫一妇”、“男耕女织”，耕者出谷物，织者出绢帛。这是自然经济时期的必然产物。货币一流通，它就废除了。

第四个方面，它们侧重于剥削“赀”。“赀”就是资产。按资产收税，有利于贫人，富人就加了负担。这是有利于鼓励劳动的积极性的。这办法，南朝和唐中叶，已经有了萌芽。公元780年，著名的“两税法”明确规定“人无丁、中，以贫富为差”。自然，后来又有种种调整，但这种精神就贯下来了。此后，明、清的统治者们，就总在侧重于剥削劳动力？抑或是侧重于剥削资产的所有者？在这中间如何摸索一个比例？——在这方面，他们花了很多脑筋，展开了数不清次数的讨论，像明朝的“一条鞭法”和清初的“摊丁入亩”或称“地丁合一”，就都是这些讨论探索的结果。结果形成的办法，不免是稍稍偏重于“赀”，把“丁力”稍稍放松一点，制成一个比例而已。这对鼓励个体劳动力的积极性，是有一些积极作用的。历史的总倾向，总是前进的。

（《中学历史》1981年第1期）

中国古代史研究

中国经济史上的三个转折

一

这里所谓“转折”，是指由自然经济向商品、货币、交换经济的转折，或者反之，由商品、货币、交换经济向自然经济的转折。我发现，在中国社会经济史上有三个转折点，兹先划出如下：

前6世纪	公元1世纪	公元8世纪
（标志：前524）	（标志：前86～190）	（标志：780）

（六七百年）　　（六七百年）

第一个转折点，意味着由上古期共同体自然经济向秦汉期古典经济的过渡。第二个转折点，意味着由秦汉期古典经济向中古期自然经济的过渡。第三个转折点，意味着由中古期自然经济向近古期商品、货币、交换相对发展的地主经济的过渡。这三个转折点，各有一个标志年代。第一个转折点的标志年代是公元前524年，这一年据说周景王铸大钱，使钱货子母相权。第二个转折点标志年代是公元后86年和190年，前个年代是东汉章帝时朝议主张尽封钱、以布帛当租；后个年代是董卓尽废五铢钱，史书中说“自后钱货不行”。第三个转折点的标志年代是公元后780年，杨炎“两税法”开始推行，大历、贞元之际，人们“如见钱流地上”。三个转折点的两个中间距离，不约而同的是六七百年。这一点，颇值得人们的注意。

还需要说明一下，我这里所说的“自然经济”和“古典经济”，其严格的含义是什么？我说的自然经济，是指以商品、货币、交换相对不发达作为条件的，以个体农业与个体手工业的牢固结合作为特征的一种经济。在这种经济下，城乡关系是浑然一体。我说的古典经济，是指以商品、货币、交换有一定发达作为条件的，个体农业与个体手工业有一定分离作为特征的一种经济。个体农业、个体手工业的一部分（哪怕是很小的一部分）转而为商品、货币、交换经济服务。在这种经济下，城乡关系是城市剥削着乡村。

二

第一个转折的出发点，是上古期共同体自然经济。土地由农村公社分配，个体农户自营必须的手工业、自给自足，生产力不发达、人们生活简陋寒苦。慢慢，有了一点交换；后来，有了一点商业；最后出现专业商人，从小商人到大商人兼高利贷者。“以其所有，易其所无”，这个话见于好几种古籍，说的是原始交换。至于贸易，最初先不是在个人与个人间进行，而是在部落与部落间进行，古传说中把转运货卖的事迹贴到舜的身上，不是偶然的。慢慢有了商人，《易·旅卦》中描述他们得资斧和丧资斧、笑和号咷的情节。后来又有了日中的大市、朝市和夕市。

转折的一个重要关键点，是奴隶主贵族“工商食官”制度的逐渐瓦解。原来，手工业如礼器、乐器、兵器等的制造，都是集体劳动，都需要严格管理，所以贵族要牢固控制住它。可是，跟着生产力的提高，非贵族也需要贵族需要的东西，在这个总倾向下，官商人向自由商人、官技师向自由技师转化，就成了必然的趋势。少量贵族也羡慕商人的富裕，《诗·大雅·瞻仰》中的“如贾三倍，君子是识”，就反映这种情况。从《左传》后半部，特别是昭公、哀公年份内，我们可以看到商人活动面的日益扩大，以及每逢贵族与贵族间有什么篡弑，总有手工技师参与其间。跟着商人、手工技师自由的日渐扩大化，大量货币出现了，大商人形成了。镈币、刀币、圜币、贝币……在各地铸造；范蠡、子贡、白圭、吕不韦等操纵着人们财富的积累。就这样地，第一个转折就转折过来了。

达到顶点时，是西汉的汉武帝及其以后。《汉书·食货志》中明确不移地记载有120年间铸钱总额为280亿万余。有的同志，从主观上不喜欢把两汉看做古典社会，就企图使用校勘手法为主观意图服务。此例为二，一是企图把桓谭《新论》中的“之八十三万万”勘为“之入十三万万”；二是企图把《汉书·食货志》中的“二百八十亿万余”的“万”字说成衍字。这样，就把大数字压成小数字，顺应了主观意图而伤害了实事求是之道。“万”不可能是衍字，其理由有二：（一）在《汉书》中“万”为一底数，他字可衍，此字必不可衍。观“万万”、“巨万”、“亿万”可知。（二）武帝击匈奴首尾以20年计，已经花了100个亿；那么120年中仅仅铸造280个亿能够周转的吗？且恶钱回炉量很大，故280亿万余的数字，应该是适当的。

马克思在《资本论》一卷和三卷中曾不断启示我们，商人资本是一种古老的自由的存在形式；它的不断转换，可以使价值有所增殖；它对人们古老的共同体起着一种解体的作用。所以在西汉时候，“公社”瓦解得最彻底。

三

现在，又从第一个转折中酝酿着第二个转折。货币活动达到顶峰之后，开始缓慢下降。西汉昭帝时（前69年），有诏在部分地区，可以以菽粟（原粮）缴纳赋税。东汉章帝时（后86年），朝臣们议论尽封钱，以布帛当租。到董卓时（后190年），干脆尽废五铢钱，史书中说“自后钱货不行”。从公元前69到公元后190，首尾260年，这是古典经济向中古自然经济转进的一个缓慢转折历程。转折以后，也不是说社会上连一个钱也没有了。不是这样。我们从史书中看到，孙权铸了一点钱，刘备也用废器物铸了一点钱，前凉张氏在武威铸了五铢钱轰动南北，北魏孝文帝太和年间也铸了一些钱。此外，石勒也推动过钱币的使用。但这都是少量的，远不够社会流通的使用。在此中古期的五六百年之中，人们仅仅凭借谷物和绢帛来进行交换。

从类书《太平御览》中，从《水经注》中，从魏、晋史书的缝隙中，我们看到人们拿数十匹、数百匹绢帛去买东西，如买狗、买奴婢、买官爵；都不用钱。十六国中燕国国主甚至下令出卖山中流出的矿泉水，缴绢一匹，给水二石。卖杏人收一器粟，让买者取一器杏去。交换，到了如此简陋的地步。直到唐中叶以后，货币已经流通开了，诗人白居易还用五束素绢在洛阳买到一株开百朵花的红色牡丹。人们为什么不用更准确的交换手段——货币去进行交换，而偏偏使用很不准确的交换手段——原粮和绢帛呢？假如没有必不得已的原故，整个社会为什么偏偏舍彼而从此呢？南朝刘宋的孔琳之说，使用谷物布帛是很容易作弊的，“竞蕴湿谷以要利，作薄绢以充资。”[①]弊端如此之大，但大家还是使用了好几百年，这是为什么？

全汉昇先生在1942年曾对此做出回答。他说原因有二，一是铜矿采获量减少了，二是佛教铸像用铜量加多了。全先生的解释对不对呢？我认为：这两种迹象都是有的，但假如拿来解释由古典经济向中古自然经济转折的必然性，则有所未足。中唐以后，佛事甚盛，但钱却如流地上，足见只要社会有需要，浅层铜矿乏竭了，人们自然而然想方设法去开采较深层的矿源。那么，自董卓以后，人们为什么那么伏首贴耳去过交换行为不准确、不方便的岁月呢？我认为，有关这个问题，有必要向更宏宽的幅度上去探索。

西汉式的豪强经济支持不下去了，怕是很主要的一个原因。试想：货币那么多，“陈陈相因，贯朽至不可校”；手工业（采矿、制盐、冶钱以至种植染料植物）生产出那么多东西，除国家收购外，卖给谁呢？小农日在危机之中，力役兵役迫害它，高利借贷迫害它，自然灾害迫害它，官吏迫害它，它随时在向奴婢身份转化之中。他们是西汉社会舞台上的台脚，但这些台脚却支持不住舞台上人们的跳舞了。再加以赤眉军从东到西的扫荡。所以，豪强经济自必衰弱和转化。“豪家”向“权家”转化，“权家”向自给自足的地主庄园转化，这是东汉社会的明显倾向，这是赤眉军扫荡过后的一种趋势，从河西地区特别可以看出苗头。

这里存在一个足致争辩的问题。西汉式豪强经济的解体和东汉式地主庄园的兴起，这两件事谁是因？谁是果？有人主张庄园经济兴起是因，豪强经济衰落是果。我们不同意这种看法。理由，豪强经济衰落在前，庄园经济兴起在后；并且西汉豪强经济架势很大，而东汉庄园经济的兴起力量很微弱。所以，到头来自给自足庄园是在豪强经济解体下不得不采取的一种弥补手段。

还有第二个原因，那就是战争。不管是进步的战争，还是反动的战争，其对社会生产的损伤破坏，是一样的。我算了一个账，黄巾起义和镇压黄巾的战争，蔓延近30年；九大军阀、三大割据间的战争达20年；八王之乱6年；少数民族酋长对西晋政权的颠覆战争10年。形象点说，在132年中有66年在打仗。一个多世纪中，一半时光被战争占去了。生产破坏，人们吃的穿的极端缺乏。在这种情况下，人们即使有了钱，又有什么用呢？这是不是铸钱之事日渐

① 《宋书》卷56《孔琳之传》。

废弛的原因之一呢？值得考虑。

四

隋朝南北统一，南方和北方之间的交通恢复并且畅通起来，交换行为自然而然频繁了。所以隋开始在扬州开五炉，在并州开五炉，在益州开五炉，在鄂州由于山中产铜丰富，竟开十炉。到唐初，钱的质量好，流通也渐广，打开了自然经济的局面。武则天时期，由于国家局面太大，钱币又不免滥了起来，私人盗铸的钱很多。安史乱后，财经大臣大力整顿，商品、货币、交换达到很正常、很顺畅的地步。大历、贞元、元和、长庆，这些年份，交换经济搞活了，于是出现了“柜坊”和“飞钱”。到北宋初，又出现了商人私办的“交子”，隔了二十余年，政府顺手接了过去，成立了“交子务”（钞票发行局）。继“交子”之后，又有“会子”、“关子”等名色。到南宋末，一次发行“楮币”即达五千万缗至六千余万缗之数。货币发行量到了如此高度，第三个转换已经明显地转过来了。

这样，在我国经济史上就存在如下一个现象，即自然经济不是出现一次而是出现两次，商品、货币、交换的高峰不是出现一次而是出现至少两次。特别突出的是，为什么在商品、货币、交换经济的第一个高峰之后，又会跌落下去出现中古自然经济的呢？我现在仅仅提出这个问题，供有兴趣的同志更深入地去钻研、探索。

（《史学月刊》1985年第1期）

说　杞

杞，是周封夏禹之后的一个小国。《史记》一方面为它立了《世家》，另一方面却又说“杞小微，其事不足称述。”[①]但自今天来看，杞事仍有追寻的必要。第一，杞国历周之世，迄灭于楚，综七百余年，其在西（陈留之雍丘）不及五百年，世系时断时续；自齐桓“存三小国”以来，在东（北海之安丘与昌乐）历二百余年，不失为齐、鲁间之一重要邻国，凡欲究齐、鲁史事者，盖不可忽略杞。第二，杞虽禹后，但自居东以还，与莱夷、潍夷、莒夷、东夷为邻，势必在文化生活上有所习染，鲁因是贱之，《春秋》对其君时称“侯”，时称“伯”，时称“子”，一再贬低。自今天看来，杞倒是个体现民族融合的典型。第三，与杞史相关的，有今安丘、昌乐、潍县甚至寿光、临朐境内一些古地名，历代释地诸家在处理上也往往出现混乱，这些混乱虽很难一次澄清，但每澄清一次总比澄清以前更清楚一些。

且“存三小国”之事，历来说法亦有分歧。《左传》记宋大夫司马子鱼的话“齐桓公存三亡国以属诸侯”[②]，杜预的注说“三亡国：鲁、卫、邢。”近人吕思勉驳之，谓杜注为非。他说：“鲁虽三君死，旷年无君，国曷尝亡哉?!”[③]吕氏依据《管子》之《大匡》、《霸形》二篇所记杞事，认“三亡国”有杞无鲁。但杜预亦非无据，《国语》说：“鲁有夫人、庆父之乱，二君弑死，国绝无嗣，桓公闻之，使高子存之。”[④]想杜预值两晋倥偬之世，刘向所辑《管子》书

① 《史记》卷36《陈杞世家》，标点本页1585。

② 《左传》僖公十九年。

③ 吕思勉：《读史札记》，页168～169。

④ 《国语·齐语》。

或未大彰于世，故对杞事不免忽略。观《管子·霸形》篇“桓公曰，寡人已定三君之居处矣”一语，则鲁局虽出现动荡，然“居处”安然。故“存三亡国”之事，终当有杞而无鲁也。

杞本在雍丘，为何东迁？为何处于危亡状态？此事，《春秋》与《左传》中无明确交待。根据《管子·大匡》，始知由于宋国之伐。《大匡》说：“宋伐杞。桓公曰，杞，明王之后也，予欲救之。管仲不可。乃命曹孙宿使于宋，宋不听，果伐杞。桓公筑缘陵以封之，予车百乘，甲一千。”以下文“明年，狄人伐邢”与上文紧相连属证之，伐邢在鲁闵元、齐桓二十五、公元前661，故杞东迁年代或当在鲁庄三十二、齐桓二十四、公元前662年。观《管子·霸形》篇中复有“桓公曰，宋已取杞，狄已拔邢、卫矣”等语，同一史事二次重复，当非孤证。

杞既东迁，而其都又屡次迁移。《左传》杜注曰：“杞国本都陈留雍丘县。推寻事迹，桓（按此指鲁桓）公六年，淳于公亡国，杞似并之，迁都于淳于；僖十四年，又迁缘陵；襄二十九年，晋人城杞之淳于，杞又迁都于淳于。”此处，杜预用一“似”字，以表不确知，按鲁桓五至六年当公元前707～前706之年，时齐桓尚未登位，“拒宋安杞”等事更在其后，如此，杞东迁年代就有两个，相差四十年。难道真如王献唐氏所谈，“杞，一支在河南杞县，一支在山东诸城、安丘一带，第二支是他们的老根据地”？[①]不过，要确信这两支之说，是还需要更多的论证的。现在，这纠缠只好暂时置过一边。

现在让我们缘着缘陵这个地名去追寻吧。营陵、缘陵、营丘、临淄，假如不再加进薄姑的话，就这四个地名在《汉书·地理志》及其各家注释中，在《水经注》的“淄水”条中，在清代人的一些地名考中，简直可以说纠缠得一塌糊涂！所以，我们实在不能不破功夫来爬梳爬梳。现在，作为爬梳的依据，先将《汉书·地理志》中的有关文字引出：“齐郡，县十二。临淄。”应劭曰：“齐献公自营邱徙此。”臣瓒曰：“临淄即营丘也。”师古曰：“瓒说是也。”“北海郡，县二十六。营陵。或曰营丘。”应劭曰：“陵亦丘也。”臣瓒曰：“营丘即临淄也。营陵，《春秋》谓之缘陵。”

古语说：“尽信书则不如无书。”确乎如此。以前引文段为例，准确的判断和错误的判断杂厕于一起，有的则是半对半错。如薛瓒重复了两遍的话“临淄

① 王献唐：《山东古国考》，页201。

即营丘也”，“营丘即临淄也。”这话对不对呢？我们回答说：也对，也不对，对了一半。因为他只知其一，不知其二。其一，临淄确曾曰营丘，《尔雅》谓：“（淄）水出其前左，为营丘”；东晋郭景纯谓：“淄水迳其南及东”；齐《诗》（注意：不是毛《诗》）有“子之营兮，遭我乎山农之间兮”，均可为证。但其二，今昌乐县城东南五十里，潍县西约五十里，与古北海县为邻处，又有一个营丘，也就是“营丘边莱”的那个营丘。《昌乐县续志》中云：“今遗址具在，周围盖二十余里云”[①]；《志》中复云明嘉靖十三年兵备佥事康天爵曾有《考证》，大意为营丘，薄姑，三徙至于临淄。并且我们当代人已接触很多事例，古人搬家，连地名一块搬去（如斟鄩、斟灌例），那么，齐人把昌乐的“营丘”搬到临淄的“营丘”，使历史上有两个营丘，不是也很自然吗？因此，我们认为，薛瓒只把营丘局限在临淄只是对了一半。

至于营陵或缘陵，则是截然另一码事。《汉书·地理志》说：“营陵，或曰营丘。”假如这句话指的是今日之临淄，那便是绝对地错了。故薛瓒曰：“营陵，《春秋》谓之缘陵。”意思是营陵不是营丘；郦道元《水经注》说：“瓒以为非，近之。”[②]支持了薛瓒。那么，营陵或缘陵，其地理方位何在呢？于钦《齐乘》说：“潍州西五十里，古缘陵。《春秋》淮夷病杞，诸侯城缘陵而迁杞。”此所据为《左传》僖公十四年，只有传而无经。《乘》又云：“齐侯与之车百乘甲一千。”此所据为《管子·大匡》及《霸形》。元朝居宋朝之后，时《管子》刊本已经流行，故于钦兼收之。《乘》又云：“又南，安丘，北海界上，有起城。‘起’即‘杞’耳。”

又据《昌乐县续志》，民国二十年前后，昌乐县划分二十个“厂”，其北展厂中村落名称具“淳于”字样者七处；曰孟家淳于、赵家淳于、丁家淳于、尹家淳于、庞家淳于、杨家淳于、秦家淳于。总合以上，在今昌乐县城的东南（距今城五十里，距废城十里），安丘的东北、元朝潍州北海县的西南，是一个在古史上非常重要的地域，最早的营丘在这里；淳于国也在这里；杞国的都城缘陵也在这里。秦汉定郡县，把临淄定在齐郡十二县之首，把营陵定在北海郡二十六县之首，不是偶然的，它们一个是齐人的中心，一个是杞人的中心。前者是太公建国，兼并诸夷的中心；后者是夏禹后裔，远自雍丘迁来，无力兼并，只好与诸夷相与共居的中心。它无形中成了古民族融合的象征。

① 台湾影印地方志《昌乐县续志》（1934年铅印本）。

② 《水经注》卷26“淄水”条。

现在只剩一个问题了，这就是，齐桓不只一次"安杞"，且曾二次"安杞"。第一次是由于"宋人伐"；第二次更加惊人，是由于"狄人伐"。当时赤狄可能正处在军事民主主义阶段，正如恩格斯所说，到达这一阶段的部族，不再是进行报复或为了生活领域的扩张，而是为了掠夺，因为他们感到掠夺比自己去劳动更光荣。[1]《左传》宣公七年也记载赤狄侵晋是为了"取禾（抢庄稼）"。蒙文通氏说："自（鲁）庄之三十二年而狄祸发，如飘风，如聚雨，……终春秋下至七国。"又说："时齐桓霸业方隆，狄祸发于其间，桓公曾不能以一矢北向，岂齐之力有未逮欤?!"记载这条惊人资料的，是《管子·大匡》。记载说："狄人伐。桓公告诸侯曰：请救伐。诸侯许诺。大侯车二万乘，卒二千人；小侯车百乘，卒千人。齐车千乘，卒先致缘陵，战于后故，败狄。"历来谈这段古史的学者一接触到这条资料时，就都避开了。而我认为避开不是办法，必须对之进行"证真"或"证伪"。《春秋》中狄人伐齐次数甚多，但至于缘陵，赤狄已贯穿齐境，自西挺东，真是诸狄与诸夷合，齐国不绝如线了。《春秋》书中无此踪影，只记鲁僖十四、齐桓四十、公元前646年有"城缘陵"一事而已。此与《管子》所记，甚难说成是一件事，容续证而已。

① 《马克思恩格斯选集》第Ⅳ卷，页158～161。

说蜀汉的兴起

三国分峙的局面不是偶然的。它是在东汉大一统的地主政权被农民暴动推翻以后，在另一个统一的新政权还没有充分的产生条件以前，由几个分别地区里的地主或地主集团，以其强度隶属关系下的农民武装（即所谓“部曲”）去支持某一个野心家或军阀，使他兼并强大而形成的。这从史料里可以看得很清楚。曹魏的政权是曹操依靠了像中牟的任峻[①]、谯国的许褚[②]、甚至如大河以北的田畴[③]等所带领的宗族、宾客、家兵、坞壁力量等的支持才建立起来的。孙吴的政权则是孙策最初兼并了一些大江上下游小股的宗族，又得到了像吴郡的

① 《三国志·魏书》卷16《任峻传》：“会太祖起关东，入中牟界。众不知所从，峻独与同郡张奋议，举郡以归太祖。峻又别收宗族及宾客家兵数百人，愿从太祖。太祖大悦，表峻为骑都尉，妻以从妹，甚见亲信。”

② 《三国志·魏书》卷18《许褚传》：“汉末聚少年及宗族数千家，共坚壁以御寇。时汝南葛陂贼万余人攻褚壁，褚众少不敌，力战疲极，兵矢尽，乃令壁中男女聚治石如杵斗者置四隅，褚飞石掷之，所值皆摧碎。……太祖徇淮汝，褚以众归太祖，太祖见而壮之曰，此吾樊哙也。”

③ 《三国志·魏书》卷11《田畴传》：“畴尽将其家属及宗人三百余家居邺，太祖赐畴车马谷帛，皆散之宗族知旧。”

大绅士顾雍和陆逊[1]、江北的大财主鲁肃[2]等的支持而建立起来的。在这方面，只有由流亡军阀刘备所建立的蜀汉政权，仿佛会使人有“无根之草”的感觉。这其实是不然的。蜀汉政权也自有它的支柱，不过这支柱最初不在蜀，而在汉沔之间罢了。

刘备是一个极不被重视，有时还极受排挤的相当狼狈的军阀。他常以自己之姓“卯金刀”为光荣，但却更常以没有自己的部曲亲兵为遗憾。有一次在中原时，他甚至密遣赵云去招募几百人来冒充自己的部曲，以唬袁绍。[3]他之有信心来建立政权，是自从他结识了诸葛亮以后。他对关张说：“孤之有孔明，犹鱼之有水也。”这并不是假话。为什么诸葛亮对于刘备会有这么大的影响力？这除了诸葛亮有他相当的参谋才能而外，主要还是因为通过了他的拉拢，流亡军阀刘备才获取了他最初可靠的政治资本——以庞德公为首的汉沔地主集团的支持，因而聚拢了一些鄂西、川东、豫西南一带的零散部曲，复募集了一些游户使之参军，这才初步地建立了蜀汉的武装，并进而建立了蜀汉的政权的。

庞德公，一作庞公，是当时荆州的南郡襄阳人。当州牧刘表最初来到荆州时，正是“宗贼”大盛的时候，刘表靠了当地地主力量（如南郡人蒯越和襄阳人蔡瑁）的帮助，才把这种暴动力量镇压下去，因此他自然很重视像庞德公这样的绅耆人物。在数次的延请不屈之后，刘表曾亲往访候，但结果也还是不得要领而还。庞德公和他的好友司马德操（徽）、他的侄子庞统等在

---

① 《三国志·吴书》卷13陆逊传：“陆逊，……世江东大族。会稽山贼，大帅潘临旧为所在毒害，历年不禽，逊以手下召兵，讨治深险，所向皆服，部曲已有二千余人。……权以兄策女配逊，数访世务。”

② 《三国志·吴书》卷9《鲁肃传》：“家富於财。……周瑜为居巢长，将数百人故过候肃，并求资粮。肃家有两囷米，各三千斛，肃乃指一囷与周瑜。……携老弱将轻侠少年百余人南到居巢就瑜。瑜之东渡，因与同行。”

③ 《三国志·蜀书》卷6《赵云传》裴松之注引《赵云别传》：“先主就袁绍。云见於邺。先主与云同床眠卧，密遣云合募得数百人，皆称刘左将军部曲。绍不能知，遂随先主至荆州。”

南郡襄樊一带，形成一种力量，一如应劭之在汝南。他们似乎很轻蔑刘表[①]，视为不足支持者。这时候，从琅琊（今山东诸城）经过几度播迁的诸葛亮，也来到了隆中（隆中在今湖北襄阳与河南邓县交界处）。诸葛亮本是世家，父祖差不多都曾在东汉皇朝担任过秩中二千石左右的高级官吏[②]；播迁以来，也曾在河南的叶县、方城、新野、唐县一带居住过；从这一带的方志上，还可以隐约看到有诸葛氏在此一带购买土地经营佃租的迹像[③]。到隆中后，他便以流亡地主而参加了土著的地主集团。诸葛亮每至庞德公家，必独拜床下，庞德公最初并不喊他起来，诸葛亮还把自己的小妹嫁给了庞德公的儿子山民；诸葛亮自己也娶的是沔南名士黄承彦的丑女。这都是诸葛亮结交庞德公集团的一些可靠事迹。而庞德公也颇替他的这一堆晚辈吹嘘，呼诸葛亮为"卧龙"，庞统为"凤雏"，司马徽为"水镜"。这一堆人看得清楚，中原的士大夫已经聚集在曹操的周围，在大河南北地主力量的支持下，开始建立政权了。中原那边的士大夫一类的人才有些过剩的情况，因此诸葛亮说，"君子遨游，何必故乡"？他经常"抱膝长啸"，当人家询问他未来的志愿时他"但笑而不言"，又"好为梁甫吟"，总之，他和他的集团是在"苟全性命于乱世，不求闻达于诸侯"的烟幕下，等待一个比较有希望的军阀或野心家的到来。

这时候，来了刘备。刘备是"卯金刀"，正如诸葛亮的隆中对策中说，"将军既帝室之胄"；不管是真是假，这一点在当时总是有一些号召力的。于是徐庶、司马徽争向刘备推荐诸葛亮和庞统，而通过了诸葛亮和庞统，流亡军阀刘备便和汉沔地主集团勾结起来，初步形成了一个足以跟中原的曹操和江东的孙权鼎足互峙的力量。

---

① 《湖北通志》卷117《人物志 · 流寓传》："司马徽，居荆州，知刘表性暗，乃括囊不谈议。"

② 《三国志 · 蜀书》卷5《诸葛亮传》："汉司隶校尉诸葛丰后也。父珪，安君贡，汉末为泰山郡丞。亮早孤，从父玄为袁术所署豫章太守。"按《后汉书 · 百官志》："太守，二千石；郡丞，比千石，真二千石。"

③ 清初吴郡汪介人（价）《中州杂俎》卷8："诸葛亮，徙于顺阳之石硖口。今裕州石硖口有小茅庵，唐时石记犹存。又尝寓于新野之野白岗，古井尚存。又唐县有诸葛庄，武侯之远田也，曾犁出古碑，在县西桐寨铺。又尝居叶县之平山下，现存隋开皇二年断石幢。"

诸葛亮和汉沔集团对刘备的支持，首先就是向他建议，由他以驻境军阀的资格去请当时的荆州牧刘表帮忙，清查户口，拿当时避“乱”到荆州而未报户口的“游户”，来充实军队[①]。这办法是地主与军人中间的妥协；这由诸葛亮来建议，是很恰当的。这样，可以把许多托庇于流亡地主或土著地主势力之下的佃客、家兵、部曲，发动出来参加军队，凑成力量，支持刘备去建立政权，然后再由这政权回过头来保护这一些地主的利益，以镇压任何可能发生的农民的暴动，并抵制中原或江东力量的侵袭。而汉沔集团对刘备的支持，犹不止此。我们试再看一看，刘备凭借了什么力量去打垮了刘璋而取得了益州之地？答案仍是这汉沔一带为地主所控制的宗族、部曲、亲兵的力量。我们试举几个例。如霍峻，是南郡枝江人，他率领了他手下的部曲投了刘备。他曾以数百人之众担任了固守葭萌的任务，刘璋的部将率领万余人围攻且一年，竟不能下，其部曲的战斗力之强可以想见[②]。又如后来与杨仪不合被马岱所杀的魏延，是义阳（今河南桐柏）人，也是率部曲随刘备入蜀屡有战功的。再如马良，襄阳宜城人，兄弟五人皆著名于乡曲（马谡也是其中之一个），支持刘备，终于在与东吴的战争里战死（庞统则是于攻四川雒县城时，为流矢所射死）。再如董允的父亲董和，他也是南郡枝江人，曾率宗族西迁益州，因而他是兼备了汉沔地主与益州地主的两层代表身份支持刘备。从这些人物和他们的事迹里，都可以看出刘备起家的本钱何在。而从后来诸葛亮的信爱马谡、表荐董允等偏爱汉沔部属的举措里（晋朝四川地主龚壮也说过“豫州入蜀，荆楚人贵”的话）也正可以看出类似的消息。

从这样一个看法出发，我们就自然不会感到蜀汉的政权在与曹魏、孙吴两政权互成鼎峙的局势中，有任何的不伦不类。请不要忘记，隋枣、襄樊一带的大地主力量是不容忽视的，东汉的刘秀和他的哥哥刘伯升（縯），就是凭借了这个力量起家，建立了中国历史上空前的大地主专政的政权的。刘备的起家，亦复是凭借了这个力量。差别仅在于刘秀本人就是这个地主集团中之有力的一

① 《三国志·蜀书》卷5《诸葛亮传》裴松之注引《魏略》：“亮遂言曰，‘将军度刘镇南孰与曹公耶？’备曰，‘不及。’亮又曰，‘将军自度何如也？’备曰，‘亦不如。’曰，‘今皆不及，而将军之众不过数千人，以此待敌，得无非计乎？’备曰，‘我亦愁之，当若之何？’亮曰，‘今荆州非少人也，而著籍者寡；平居发调，则人心不悦。可语镇南，令国中凡有游户，皆使自实，因录以益众可也。’备从其计，故众遂强。”

② 见《三国志·蜀书》卷11《霍峻传》。

员，而刘备则仅是外来的一个流浪者，不过他依靠了诸葛亮有力的拉拢，始取得了汉沔地主集团及其宗族部曲亲兵佃客们的充分支持而已。

一九五〇年五月廿二日作于长春

北魏史述论

上篇　政治篇

一

北魏道武帝拓跋珪起自朔、代，攻取冀、定、赵、魏等地，跟着他军事上的进展，也产生了政治上的新课题。到底这一蛮族的征服者应该采取怎样的策略去统治那一片新开拓的地域及其上的人民呢？首先，这冀、定、赵、魏一带与朔、代不同之处，是这里汉人的世家大族自后汉、魏、晋以来，便在农民头上建立了他们无冕的统治，而这种情况是不容蛮族统治者忽视的。远在拓跋珪之前一个世纪，同属鲜卑族的慕容氏统治者，就曾在幽州一带拉拢了一批汉人世家大族分子，如裴嶷、游邃、邱奕、高瞻等，这样胡、汉统治者勾结起来，曾建立了一个有一定程度稳定的燕国统治。反过来，假如这些豪门大族在政治上得不到满足，他们也会利用起一部分群众来进行反抗运动，那对于蛮族统治者的统治及其更进一步的征服，将是一种不小的牵制。（并且，假若这一牵制力量汇集得大时，也会从根本上推翻掉蛮族的统治，如冉闵之曾推翻石虎，即一佳例。）终北魏之世，这种牵制的事例，曾不断发生。在拓跋珪时，从北方族望最高的范阳卢氏里，便曾有一个反抗者卢溥：

溥，慕容宝之末，总摄乡部，屯于海滨。称征北大将军、幽州刺史，攻掠郡县。①

天兴二年八月，范阳人卢溥聚众海滨。杀幽州刺史封沓干。三年春正月，和突破卢溥于辽西，生获溥及其子焕，传送京师，轘之。②

轘同车裂，可见拓跋氏对于这个反抗者的憎恨之深了。在北魏所谓最盛之世的孝文帝元宏时候，也曾发生过广平人李波的反抗：

广平人李波，宗族强盛，前刺史薛道□亲往讨之，波率其宗族拒战，大破□军，遂为逋逃之薮。百姓为之语曰，“李波小妹字雍容，褰裙逐马如卷蓬，左射右射必叠双，妇女尚如此，男子那可逢?!”③

这一反抗的宗族的压服，后来还不得不借助于另一汉人大族赵郡李氏李安世的策划计谋。一直到北魏末的灵太后和孝庄帝元子攸的时代，与上述类似的事件，仍不断发生，不但中原如此，边远地区也是一样。例如：

冀州人张孟都、张洪建、马潘、崔独怜、张叔绪、崔丑、张天宜、崔思哲等八家，皆屯保林野，不臣王命。州郡号曰“八王”。④

（元）法僧为益州刺史，素无治干，加以贪虐，杀戮自任，威怒无恒。王、贾诸姓，州内人士，法僧皆召为卒伍，无所假纵。于是合境皆反，招引外寇。⑤

对于像上述的这一系列的情况，以及在这一系列情况里所包括着的意义，拓跋氏统治者从最初就不能说是毫无感受的。他们虽较汉族统治者文化低落，但从一种自发的阶级统治的本能出发，他们也并不一定比“掖（王）导登御床共坐”去进行“王与马，共天下”的晋元帝司马睿更不行些。而实际上，从他们征服了冀、定、赵、魏的时候开始，他们已经懂得怎样去拉拢土著大族，帮助他们一同统治人民；并且实际上，也的确有不少汉人世族地主甘愿接受这种拉拢，曾在维持治安、招降叛乱、出兵助战诸方面，积极地为异族侵入者帮了忙。在文献里，这种两相勾结的事例，远较上引反抗的事例，为数尤多！如赵

① 《魏书》卷47《卢玄传》。

② 《魏书》卷2《太祖纪》。

③ 《魏书》卷41《李安世传》。

④ 《魏书》卷18《临淮王传》。

⑤ 《魏书》卷16《阳平七王传》。

郡李氏中李孝伯的父亲李曾，即是较早的事例：

李孝伯，父曾，少治郑氏礼、左氏春秋，以教授为业。辟功曹不就，曰，“北面事人，亦何容易?!”太祖时，拜为赵郡太守，令行禁止，劫盗奔窜。并州丁零数为山东之害，知曾能得百姓死力，惮不入境。贼于常山界得一死鹿，谓赵郡地也，贼长责之，还令送鹿故处。邻郡为之谣曰，“诈作赵郡鹿，犹胜常山粟。”[①]

像这样的一个统治代理人，是多么地合于理想。我们试翻《魏书》中赵郡李氏的诸传，便会发现他们的官和爵，大都是赵郡太守、平棘令、高邑伯、常山太守等等，因而也就可以很容易地理解到，这一世族地主家族曾怎样拿他们在乡邦的势力去帮助蛮族的入侵者，巩固他们的统治，并且从入侵者那里获取到种种的宠幸。如李勰，“恬静好学，有声赵、魏。太祖平中原，闻勰已亡，哀惜之，赠宣威将军、兰陵太守。”[②]死者尚且蒙宠，更无怪他们的子孙更要争先恐后地出仕效忠了。再看勃海高氏族中的高绰：

肃宗初，“大乘贼”起于冀州，都督元遥率众讨之，诏（高）绰兼散骑常侍持节以白虎幡军前招慰。绰信著州里，降者相寻。[③]

试看：一面是拓跋亲王手下兵马的“剿杀”，一面是汉族士绅手中白虎幡的“招降”，两相辉映，印像极为鲜明。此外，范阳卢氏族中的卢同和荥阳郑氏族中的郑羲，也都有过类似的事迹：

营州城民就德兴谋反。除（卢）同持节使营州慰劳，听以便宜行事。同频遣使人，皆为贼害。乃遣贼家口三十人，并免家奴为良，赍书谕德兴，德兴乃降，安辑其民而还。[④]

延兴初，阳武人田智度，年十五，妖惑动众，扰乱京索。以（郑）羲河南民望，为州郡所信，遣羲乘传慰谕。羲到，宣示祸福，重加募赏，旬日之间，众皆归散。智度奔颍川，寻见擒斩。[⑤]

---

① 《魏书》卷53《李孝伯传》。

② 《魏书》卷49《李灵传》。

③ 《魏书》卷48《高允传》。

④ 《魏书》卷76《卢同传》

⑤ 《魏书》卷56《郑羲传》。

更进一步，这些世家大族分子还能率领起自己的部曲亲兵，为拓跋皇朝去效命疆场。最典型的例子，是上述赵郡李曾的曾孙李玚：

灵太后出（李）玚为西征将军。玚德洽乡闾，招募雄勇，其乐从者数百骑；玚倾家赈恤，率之西讨。其下每有战功，军中号曰“李公骑”。[①]

这简直跟三国时田畴、任峻、许褚等之助曹操，陆逊、顾雍等之助孙权，马良、霍峻等之助刘备，带有类似的性质；所不同者，三国时代的世族部曲是充当了本族统治者的支柱，而这些北朝的世族部曲，则是做了“皇协军”式的汉奸队伍而已。统观以上诸事例，可以看出，北朝时候北方的汉人世族地主，除去少数例外，因未被拉拢而进行反抗外，其主要的表现是自始至终与蛮族的入侵者勾结起来，一起去统治当时的北方人民。

二

然而勾结之初，又不能没有摩擦；而且摩擦有时还会发展得很尖锐，造成一串串流血的事件。其最明显的，大都表现在政治的最上层。且让我们从头看起。

拓跋珪天兴元年（公元398），建都平城（今山西大同），要制定礼仪条律，这个重大任务便降给了北方望族仅次于范阳卢氏的清河东武城崔氏中的崔宏（即崔玄伯）：

十有一月，诏尚书吏部郎中邓渊典官制、立爵品、定律令、协音乐；仪曹郎中董谧撰郊庙、社稷、朝覲、飨宴之仪；三公郎中王德定律令、申科禁；太史令晁崇造浑仪、考天象；吏部尚书崔玄伯总而裁之。[②]

拓跋珪的儿子明元帝拓跋嗣也曾明宣诏书，征求汉人豪门强族，参赞庶政：

永兴五年（公元413），诏分遣使者，巡求俊逸：其豪门强族、为州闾所推者；及有文武才干，临难能决，或有先贤世胄，德行清美，学优义博，可为人师者：——各令诣京师，当随才叙用，以赞庶政。[③]

---

① 《魏书》卷53《李孝伯传》

② 《魏书》卷2《太祖纪》。

③ 《魏书》卷3《太宗纪》。

到拓跋嗣的儿子太武帝拓跋焘的时候，便大批录用了汉人豪族人士，并以崔宏的儿子崔浩为司徒。《魏书》记载说：

神麚四年（公元431），以崔浩为司徒。诏曰："……方将偃武修文，遵太平之化，理废职，举逸民，拔起幽穷，延登俊乂，昧旦思求，想遇师辅；虽殷宗之梦板筑，罔以加也。访诸有司，咸称范阳卢玄、博陵崔绰、赵郡李灵、河间邢颖、渤海高允、广平游雅、太原张伟等，皆贤俊之胄，冠冕州邦，有羽仪之用。……庶得其人，任之政事，其臻邕熙之美。"①

这祖孙三代皇帝，对于汉人豪门强族可谓拉拢得很紧的了。自然，拉拢之外，也另有一些事例，说明北魏皇朝对某些新征服地域上的汉人大族，在一开始仍是不信任的，甚至是施以管制的。如平齐之后，就把许多大族分子强制安插在平城一带，编为兵户、营户，使他们"困窘无所不至"②，使他们"虽千载冠冕，不晓书记者，莫不耕田养马。"③像这类事例，很可能刺激了汉人的豪门大族分子，使他们感到上述的那种拉拢，只是一种暂时利用的手段；使他们感到，对于汉人豪门大族说，最牢靠的道路还是恢复他们汉人大族的独占的统治。从这样的一种阶级本能出发，就不免发生一些对异族入侵者未尽恭顺、未尽驯服的事例（如崔逞、崔浩等）；甚至再进一步，还会发生一些阴谋逃走、阴谋暴动的事例（如河西段承根和河东柳光世等的事件）。我们先看清河崔氏中的崔逞：

太祖攻中山未克，六军乏粮，民多匿谷。问群臣以取粟方略。逞曰，"取椹可以助粮，故飞鸮食椹而改音，诗称其事。"太祖虽衔其侮慢，然兵既须食，乃听以椹当租。逞又曰，"可使军人及时自取，过时则落尽。"太祖怒曰，"内贼未平，兵人安可解甲仗、入林野、而收椹乎？是何言欤?!"以中山未拔，故不加罪。④

这个调皮的崔逞，终于在中山既拔之后，被找寻了一个"不贬僭晋主号"的罪名，而赐死了。这是北方大族重要人物被杀戮的最初的记录。后来到文成帝拓

① 《魏书》卷4《世祖纪》。

② 《魏书》卷67《崔光传》。

③ 颜之推：《颜氏家训 · 八勉学篇第八》。

④ 《魏书》卷32《崔逞传》。

跋浚时候，崔逞的孙子崔睿又以“交通境外，伏诛。”魏书说，“自逞至睿，三世，积五十年，而在北一门尽矣！”[①]再看崔浩，他也是一个不能完全俯首贴耳的奴才。《高允传》说：

> 初，崔浩荐冀、定、相、幽、并五州之士数十人，各起家郡守。恭宗谓浩曰：“先召之人，亦州郡选也，在职已久，劳勤未答；今可先补前召，外任郡县，以新召者代为郎吏；又守令宰民，宜使更事者。”浩固争而遣之。

“荐数十人均起家郡守”、“固争而遣”，这简直是“威权震主”了。像这样地“北面事人”，又怎能避免身诛族灭的命运呢?！北魏朝诛崔浩的事，是一件极典型的事例，它充分地显示了存在于异族统治者和汉人大族间相互勾结中的矛盾，以及这个矛盾之不可避免地趋于尖锐化。崔浩的死，绝不单纯像《魏书·崔浩传》中“曲笔”所书，“立石铭，刊《国记》，浩尽述国事，备而不典；而石铭显在衢路，往来行者，咸以为言，事遂闻发。”照这“曲笔”所述，崔浩似死于文字狱，然而书同传又说，“浩既工书，人多托写《急就章》，从少至老，初不惮劳，所书盖以百数，必称‘冯代强’以示不敢犯国，其谨也如此。”（按，考证云，《急就章》中有“冯汉强”字样，魏起漠北，以汉强为讳，故改云“代强”。郦道元《水经注》中“广汉”改作“广魏”，即其例也。）崔浩在文字方面，恭谨媚外，至于如此地步；何以他的《国记》，就单单“备而不典”起来？其实，问题核心不在这里。出身渤海高氏、同崔浩共修国史、因受到恭宗拓跋晃的特殊庇护致得免死的高允，曾在事后批评说：

> 浩以蓬蒿之才，荷栋梁之重，在朝无謇谔之节，退私无委蛇之称，私欲没其公廉，爱憎蔽其直理：此浩之责也。至于书朝廷起居之迹，言国家得失之事，此亦为史之大体，未为多违。[②]

这说得很明白，也说得很有道理。崔浩即便确因国史之事触怒拓跋焘而死，然就其远大背景来看，其致死的主要原因，还在于他过分地强调了汉人头等地主豪富的“私欲”（即阶级利益），因而跟拓跋皇朝的利益造成了冲突。的确，崔浩是一个顽固地强调头等地主世家利益的人，对于这一点，他的外兄范阳卢玄

① 《魏书》卷32《崔逞传》。

② 《魏书》卷48《高允传》。

就曾表示过异议。《卢玄传》说：

> 浩大欲整齐人伦，分明姓族。玄劝之曰，“夫创制立事，各有其时；乐为此者，讵几人也？宜其三思。”浩当时虽无异言，竟不纳。浩败颇亦由此。

卢玄在这里已经暗示崔浩，这种把头等大族利益提到第一位的办法，是值得考虑的。但崔浩不听，终于在太平真君十一年（公元450）酿成了北朝史上空前残酷的大屠杀事件。据说当时“世祖怒甚，敕（高）允为诏，自（崔）浩以下、僮吏以上，百二十八人皆夷五族。允持疑不为诏，且力谏，卒仅以浩族灭，余皆身死。”[①]然仅崔浩一人牵连，即已不少，“清河崔氏无远近，范阳卢氏、太原郭氏、河东柳氏，皆浩之姻亲：尽夷其族。”[②]这与其说是对崔浩的惩罚，毋宁说是拓跋皇室对汉人大族第一次有计划的打击。

清河崔氏之外，再看赵郡李氏。赵郡李氏在族望上较之范阳卢氏、清河崔氏是有些逊色的。这一家族，没有崔宏、崔浩“父子并乘轩轺，时人荣之”的轩赫，也不像卢家那样有着卢植、卢毓、卢挺、卢志等一大串著名的祖宗，以及“一门三（尚公）主，当世以为荣”那样的殊宠；但自李勰、李顺、李灵、李孝伯、李敷、李宪、李安世这些人接踵出仕以来，也俨然是“雍容大家”了。在北齐天保六年，有乡郡乡县人李清曾为这赵郡的李实、李希宗父子二人造“报德像碑”于平定石门山磨崖，碑文中叙述赵郡李氏的风光，说：

> ……荷竿张钩，子孙繁盛；黄羊白环，允祠丕显。论家语德，我实兼之。有姓名者，承华远叶，分流浚源，附骥尾而绝尘，托龙髯而高翥，乘车食肉，不假长铗之谣，升堂入室，无劳囊锥之请。葭莩之亲，乃枝遥十世；丘山之顾，则润过九里。朝履清阶，乡居要职，增荣改价，二公之造焉。[③]

这段碑文很好地烘托出了赵郡李氏家族中子弟姻戚的种种特权享受。然而即便他们，也跟崔氏一样地不免于连遭刑戮。见于《魏书》的，主要有三次：（一）拓跋焘太平真君三年（442），“刑李顺于姑臧城西”，这是崔、李二家争宠斗法

---

① 《魏书》卷48《高允传》。

② 《魏书》卷35《崔浩传》。

③ 据原拓片，陆耀通《金石续编》卷2亦著录。

的前半幕，后八年（450），而崔浩也被诛灭，可谓“两败俱伤”；（二）献文帝拓跋弘皇兴四年（470），“以李奕有宠于文明皇太后，显祖怒，遂诛李敷兄弟”，这是一件由宫闱中浪漫故事引起的流血事件；（三）孝明帝元诩孝昌三年（527），“以李宪女婿安乐王（元）鉴据相州反，灵太后诏，赐宪死。”这几次虽然牵连不多，但赵郡李氏的几个主要人物也都不免于刑戮了。这些事情联系起来看，可以显示出在整个北魏皇朝的统治时期（自开国之初到孝文帝元宏改制以前，自然比较更严重），拓跋皇室跟汉人大族中间，在基本上是相互勾结以便联合统治的情况之下，也曾经发生过一些尖锐的斗争，造成过不少大大小小的流血事件。无怪颜之推要对他的儿子们追忆说，“自丧乱以来，见因托风云，徼幸富贵，旦执机权，夜填坑谷，朔欢卓、郑，晦泣颜、原者，非十人五人也！”①

三

然而，到孝文帝元宏时候，跟着“迁洛”、“易俗”这两件重大政令的颁布和执行，跟着拓跋统治集团由前封建贵族身份向封建贵族身份转化的大体完成，北魏皇室跟汉人大族间的尖锐矛盾是相对地缓和下来了。表示了这种缓和的，首先是在这两者间开始缔结起来了相当复杂的姻戚关系。在这一点上，即是说，在大族跟统治者集团复杂的联姻的这一点上，南朝和北朝的情况是类似的；不同者只是复杂程度上的差异。实际的历史材料证明了夏曾佑在其《中国古代史》中下列说法的不确。夏曾佑说：

> 若夫北朝，则其例更严。南朝之望族，曰琅琊王氏、陈国谢氏。北朝之望族，曰范阳卢氏、荥阳郑氏、清河博陵二崔氏。南朝之望族，皆与皇族联姻。其皇族如彭城之刘、兰陵之二萧，吴兴之陈，不必本属清门，惟既为天子，则望族即与联姻，亦不为耻。王、谢二家之在南朝，女为皇后、男尚公主，其事殆数十见也。而北朝大姓，则与皇室联姻者绝少。……此殆由种族之观念而成。②

按，夏曾佑之所以这样写，其有意似在发扬我国历史上种（民）族观念之旺

① 《颜氏家训·止足篇第十三》。

② 《中国古代史》，三联书店1955年版，页518～519。

盛，以冀对其当时清末民初的读者以民族思想的鼓励，其动机容有可取；但历史事实，却不是如此。不错，北魏皇后于史有传的二十五人中，确无一人出自汉人望族，然而这并不是说汉人望族不屑与异族联姻，而是不得机会，不够资格。试看：

灵太后为肃宗选纳，抑屈人流。时博陵崔孝芬、范阳卢道约、陇西李瓒等女，但为世妇。诸人诉讼，咸见忿责。[①]

按，元宏改定内官制，分左右昭仪、三夫人、九嫔、世妇、御女等阶级，世妇仅相当于外朝的中大夫，地位的确不高，无怪乎大族分子们要不惧“忿责”起而“诉讼”了。但这是灵太后干的事。元宏就曾高明得多，他几乎平均地从每一家汉人大族中选一名臣之女或妹，纳为自己的夫人或嫔，以示拉拢。见于《魏书》的有：

高祖初依周礼置夫嫔之列，以（李）冲女为夫人。

高祖纳其（按：卢敏）女为嫔。

文明太后为高祖纳其（按，郑羲）女为嫔。

高祖以（崔）挺女为嫔。

高祖纳（崔）休妹为嫔。[②]

按，内官制，三夫人视三公，九嫔视九卿；虽不能跟皇后同日而语，但这总不算十分“抑屈人流”了，而这类婚姻无疑是政治的。元宏不仅替自己在汉人大族中建立下姻戚关系，而且还替他的弟弟（亲王们）指定媳妇：

时王国舍人，应取八族及清修之门；（元）禧取任城王隶户为之，深为高祖所责。因诏为六弟娉室：长弟咸阳王（元）禧可娉故颍川太守陇西李辅女，次弟河南王（元）干可娉故中散代郡穆明乐女，次弟广陵王（元）羽可娉骠骑咨议参军荥阳郑平城女，次弟颍川王（元）雍可娉故中书博士范阳卢神宝女，次弟始平王（元）勰可娉廷尉卿陇西李冲女，季弟北海王（元）祥可娉吏部郎中荥阳郑懿女。[③]

在这指定的六国王妃中（自然事后并未完全按照指定施行），两个出在荥阳郑

① 《魏书》卷13《孝明胡皇后传》。

② 见《魏书》之《李冲传》、《卢敏传》、《郑羲传》、《崔挺传》、《崔休传》。

③ 《魏书》卷21《咸阳王传》。

氏，两个出在陇西李氏，一个出在范阳卢氏，只有一个是鲜卑人。此外，再看“尚公主”的记载：

以学尚知名，风仪兼美，尚显祖女乐浪长公主，拜驸马都尉太子舍人。①

尚高祖女济南长公主，公主骄淫，声秽遐迩。②

子元聿无他才能，尚高祖女义阳长公主，拜驸马都尉。③

这虽的确不及南朝琅琊王氏、陈国谢氏子弟尚公主者之“殆数十见”，但这范阳卢氏也已“一门三主，当世以为荣”了。以上所引，仅仅限于皇室家庭及其最近亲属与汉人大族间的姻戚关系，至于其他拓跋王公跟汉人大族间的姻戚关系，那就更复杂了，此处不再一一考核罗列。这说明个什么问题呢？这说明：在当时无论从拓跋皇室看来，或者从汉人大族看来，作为人民的共同统治者和剥削者，他们的利益是可以联系起来的（虽然联系之后仍不免发生摩擦）；站在统治阶级的阶级利益上来看事情，那么他们之间的共同点是远远可以使种族差别让一些步的。自然，他们并不一定能够每一个人都明确地、自觉地认识到这一点，但从他们的统治本能出发，不自觉或半自觉地感觉到这一点，并且实行这一点，则是完全可能的。此后，他们便越来越协调了。

四

我们试问：什么是这一协调的目的呢？很显然；其目的是为了联合起来以便向人民（主要是农民）展开其更暴虐的统治与更残酷的剥削。即就一部几经更改、曲笔重重的《魏书》来看，也可以充分地证明在拓跋贵族与汉人大族基本上协调下来以后，他们更如何猖狂地干下了若干贪污搜刮、强占田宅、放高利贷（包括贷粮），以及畜养并虐待大量童妾奴婢的种种暴行。我们试来看一些这类暴行和恶行的感性材料，是有益的。先看贪婪搜刮的事例。当时人们传说这类事，往往是拿拓跋亲王跟汉人大族双双对照着，这绝不是偶然的，而是胡、汉联合统治在人们心目中的反映。如亲王元晖和范阳

① 《魏书》卷47《卢玄传附卢道裕传》。

② 《魏书》卷47《卢玄传附卢道虔传》。

③ 《魏书》卷47《卢昶传》。

卢昶即是一例：

（元）晖领右卫将军，侍中卢昶亦蒙顾眄，故诗人号曰，“饿虎将军”、“饥鹰侍中”。晖迁吏部尚书，纳货用官，皆有定价：大郡二千匹，次郡一千匹，下郡五百匹，其余官职各有差。天下号曰“市曹”。出为冀州刺史，下州之日，连车载物，发信都至汤阴间，首尾相继，道路不断。其车少脂角，即于道上所逢之牛生截取角，以充其用。[①]

搜刮到生截牛角，可谓无微不至了。“饿虎将军”如此，“饥鹰侍中”可想。再看亲王元融和顿丘李崇，也是被并提的一例：

太后（按，胡灵后）幸左藏，王公嫔主以下，从者百余人，皆令任力负布绢，即以赐之。多者过二百匹，少者百余匹。唯长乐公主手持绢二十匹出，示不异众，而无劳也：世称其廉。仪同陈留公李崇、章武王（元）融并以所负过多，颠仆于地。崇乃伤腰，融至损脚。时人为之语曰，“陈留、章武，伤腰折股，贪人败类，秽我明主。”[②]

当时的情况是，几乎族望越高，搜刮的就越是酷苛。试看荥阳郑氏中的两个事例：

（郑）羲多所受纳，政以贿成。性又啬吝，民有礼饷者，皆不与杯酒脔肉；西门受羊酒，东门酤卖之。以李冲之亲，法官不之纠也。……卒，尚书奏谥曰“宣”；诏曰，羲虽宿有文业，而治阙廉清，稽古之效，未光于朝策；昧货之谈，已形于民听。依谥法，不勤成名曰“灵”，可谥曰“灵”。[③]

（郑）伯猷，……除骠骑将军、南青州刺史。在州贪惏。妻安丰王元延明女，专为聚敛，货贿公行，润及亲戚。户口逃散，邑落空虚，乃诬良民，云欲反叛，籍其资财，尽以入已，诛其丈夫，妇女配没。百姓怨苦，声闻四方。[④]

搜刮财货之外，是凭借行政权力和贵族身份，强占人民的田宅，使一般人民丧

---

① 《魏书》卷15《昭成子孙元晖传》。

② 《魏书》卷13《宣武灵皇后胡氏传》。

③ 《魏书》卷56《郑羲传》。

④ 同上传。

失其起码的生产条件和生活条件。在李安世的《均田疏》中曾说，“窃见州郡之民，或因年俭流移，弃卖田宅，漂居异乡，事涉数世；三长既立，始返旧墟，庐井荒毁，桑榆改植，事已历远，易生假冒，强宗豪族，肆其侵凌，远认魏、晋之家，近引亲旧之验。”[①]像李安世所说“强宗豪族，肆其侵凌”的情况，即在《魏书》诸列传之中，已有不少极鲜明的例证。如清河崔氏中的崔暹：

> 暹，本清河东武城人，世家于荥阳、颍川之间。性猛酷，少仁恕，奸猾好利。迁南兖州刺史，脏污浪藉，免官。后行豫州事，寻即真，坐遣子析户、分隶三县、广占田宅、藏匿官奴、障吝陂苇、侵盗公私；免官。[②]

在这类事例中，穷凶极恶的是孝文帝的六弟北海王元详跟他那出身渤海高氏的母亲：

> 于东掖门外，大路之南，驱逼细人，规占第宅，至有丧柩在堂、请延至葬而不见许，乃令舆椟巷次，行路哀嗟。详母高太妃颇亦助为威虐，亲命欧击，怨响嗷嗷。[③]

当时侵占田宅的事，除汉人大族和拓跋贵族外，为统治者服务的高级僧侣沙门，其强夺民居之事，亦足惊人！仅据当时任城王元澄奏疏所称，洛阳城内“寺夺民居，三分且一”，可见高级僧侣在强占田宅方面，也曾充当了统治者有力的参与者和帮凶。

在这种胡、汉联合统治之下，劳动人民的财物被搜刮一空了，其田宅被夺占去了，什么是他们的下场呢？在最后不得不走向起义反抗的道路以前，他们走什么道路呢？在这个问题上，他们较之秦、汉和宋、明的劳动人民，处境尤艰。秦、汉和宋、明时候，商业和手工业都有相当程度的发展，城市在不同性质上也都相当发达，乡中无路可走，可以流入城市，成为手工业工人或一般的贫民。但北魏时候，城市和商业是不发达的，手工业牢固地结合在农业生产的极小单位上，没有发展的可能。于是农民破产之余，只有再向贵族和世族们高利借贷、投身请求庇荫、卖身为奴婢——这样的几条道路了。这样，高利借贷

① 《魏书》卷53《李安世传》。

② 《魏书》卷89《酷吏传》。

③ 《魏书》卷21《北海王传》。

（包括贷粮）和蓄奴婢，就成了拓跋贵族和汉人大族们增辟的剥削途径。而这种剥削方式，对于农业经济，更是一味烈性的破坏剂，也是最容易激起反抗的契机。这对于专制皇朝的统治是不利的，因而北魏皇室曾屡屡下诏“禁断债负”。兹择其中最主要的三次诏令（计拓跋浚时一次、元恪时一次、元子攸时一次），引录于下，以见当时高利贷盘剥的严重情况：

和平二年（461）诏曰：刺史牧民，为万里之表。自顷每因发调，逼民假贷，大商富贾，要射时利，旬日之间，增赢十倍。故编户人家，困于冻馁；豪富之门，日有兼积。为政之弊，莫过于此。①

永平四年（511）诏曰：僧祇之粟，本期济施，俭年出贷，丰则收入，山林僧尼，随以给施，民有窘敝，亦即赈之。但主司冒利，规取赢息，及其徵责，不计水旱，或偿利过本，或翻改券契，——侵蠹贫下，莫知纪极！②

永安二年（529）诏：诸有公私债负，一钱以上，巨万以还，悉皆禁断，不得徵责！③

不过，像这些诏书，只能暴露出当时高利率借贷情况的普遍和严重而已；至于这些诏书颁布后的实际效果如何，那是可以想象的。假如一次禁断有效，就不烦屡屡下诏了。这些颁诏事件，也如某些地主分子自动“燔契”的举措一样，只是虚伪的“具文”而已。

农民破产之后，继之以高利借贷；借贷无力偿付之后，继之以甘愿投靠或卖身为奴婢。投靠的意义，是说甘愿受更重的剥削；卖身的意义，是甘愿牺牲自己半自由的身份。《魏书 · 食货志》说，“荫附者皆无官役；豪强征敛，倍于公赋。”从这里，可以看出统治阶级内部矛盾的一个重要焦点来：官府要叫农民们缴公赋，支官役；而豪族则把这些农民“庇荫”下来，以免除他们的公赋和官役为条件，而从他们身上榨取多出一倍、或一倍以上的血汗，以满足其私欲。比“荫户”再次焉者，就干脆沦落为可以杀、可以扑挞的奴婢了。只看荥阳郑氏家中发生过的一场奴隶报复事件，其情况的严重也可见一斑了：

① 《魏书》卷5《高宗纪》

② 《魏书》卷114《释老志》。

③ 《魏书》卷10《孝庄纪》。

郑连山，性严暴，挝挞童仆，酷过人理。父子一时为奴所害，断首投马槽下，乘马北逝。其第二子思明骁勇善骑射，披发率村义驰骑追之，及於河。奴乘马投水，思明自射之，一发而中，落马随流。众人擒执至家，脔而杀之。①

奴隶对奴主的阶级仇恨，发展到如此尖锐的程度，足见奴主平时虐待奴隶的残酷了；而这些奴隶，又都是由破产农民自卖身份而来的。统观以上种种可以看出，自从北魏之初拓跋皇室跟汉人大族相互勾结、磨擦以来，在孝文帝元宏时候这种勾结加强了，联合统治较前巩固了，他们联合起来，对人民（主要是农民）进行了一系列封建统治的政治压迫和封建的剥削。以上，就是在公元四五世纪间北魏政治历史的基本情况，是完全有史料作为根据的。至于这种封建压迫和封建剥削的结果，自必引起人民的大起义；关于这一部分材料，因为已经写成过《北魏末各族人民的大起义》一文（见拙著《中国农民战争史论文集》页44～67），故在此不再赘述了。

下篇　经济篇

一

北魏的社会是“倒退”了吗？北魏的社会经济是经历了“向自然经济复归”的倒退历程吗？假如真是倒退了，那么“均田制”的产生及其在北周、北齐、隋、唐诸代中的大体衍用，又如何去理解呢？——这些问题，是值得弄弄清楚的。在我看来，北魏社会根本没有过任何的“倒退”，初受蛮族入侵时候，社会经济的某些个别部分可能有一些挫折；至于自然经济是有的，而且在中国社会史上北魏时候的自然经济还是最典型的，不过那绝不是什么“复归”。“复归”云云，是把周、秦、两汉一齐看做封建社会，因而对于西汉中后期手工业商业大繁荣现象无法解释的技穷之说。假如我们肯把我国历史提到整个世界历史中去认识，假如我们把西汉中后期手工业商业的大繁荣理解作带有东方特点

① 《魏书》卷56《郑羲传》。

的奴隶大帝国鼎盛期的现象的话，那么，北魏的自然经济就自然不是什么“复归”，而是中国封建社会在东汉、魏、晋的长期孕育和缓慢发展之后，伴随着蛮族入侵，将其所带的前封建军事组织力结合了原有的封建基础，而使这一封建基础更加强化与巩固了：典型的自然经济之出现，是封建社会初步强化与巩固的表现之一。底下，我准备用三个段落的论证来证明我上述的看法。

在第一个段落的论证中，我想证明：即便我们抛开汉人的经济生活不谈，单从入侵的鲜卑族的经济生活来看，也不是没有变化的，不是死拖住汉人使他们的经济非“倒退”不可的；相反，正如鲜卑族统治者在政治上跟汉人大族逐渐勾结、终至形成联合统治一样，也正如鲜卑族自上而下的种种文化生活的改革、说明着他们的逐步汉化一样，鲜卑族的经济生活也是自入侵之初就发生变化的。兹先从一件非主要的事来看。从鲜卑族统治者的继承方式上，我们可以看出三个阶段性的变化。其第一阶段的世系如下：

1.毛—2.贷—3.观—4.楼—5.越—6.推寅—7.利—8.俟—9.肆—10.机—11.盖—12.侩—13.邻。[①]

这十三代世系大体上是不可信的，很可能是汉人史官仅据一些古老传说帮他们主子捏造出来的。第二个阶段的世系就可信得多了，其传递情况如下：

1.诘汾—2.力微—
- （沙漠汗）—
  - 7.猗㐌—
    - 10.贺傉
    - 11.纥那
  - 8.猗卢
  - 5.弗—9.郁律—
    - 12.翳槐
    - 13.什翼犍—（实）
- —3.悉鹿—4.绰
- —6.禄官

这十三代的世系表，很显明地说明鲜卑族在当时还流行着兄终弟及的继承制。再看第三阶段的世系：

1.珪—2.嗣—3.焘—（晃）—4.浚—5.弘—6.宏—7.恪—8.诩—……

这已经是比较严格的嫡长子继承制了。为什么恰巧自道武帝拓跋珪为界，鲜卑族统治者的继承制前后判然有别呢？在我看来，从这种继承制的变化中，已经透露出鲜卑族经济生活在拓跋珪时发生变化、发生自前一社会阶段向后一社会阶段跃进的消息。何况，除此之外还有具体的有关社会经济方面的材料：

① 《魏书》卷1《序纪》

太祖平中原，……其后离散诸部，分土定居，不听迁徙。其君长大人，皆同编户。（贺）讷以元舅，甚见尊重，然无统领。[①]

太祖时分散诸部，唯高车以类粗犷，不任使役，故得别为部落。[②]

从以上两段短短的引用中，其所记述的事迹已甚明确，即拓跋珪曾经把自己本族的许多部落和被征服的他族的部落统统解散了，打破了他们间酋长与族员、军事性奴主与奴隶间的种种旧的隶属关系，而使他们都成为北魏皇室隶属下的齐一的“编户”，替皇朝担任农耕；只有实在落后到一时无法从事农耕的高车族，才另外割一地区，保留原有制度。这些被安置下来经营农业生产的“编户”，其性质不是其他，而很显明地是军事性的隶农了。

《魏书》又曾记载说：

（太祖）使东平公仪垦辟河北，自五原至于棝阳塞外，为屯田。[③]

秦明王翰，子仪，太祖爱之，命督屯田于河北，自五原至棝阳塞外，分农稼，大得人心。[④]

这里所谓的“屯田”，即是为了适应军事的需要，用强制或半强制的方式，聚集农业劳动者到某一指定地区去从事农耕，必要时由官家供给农具和畜力，而将农作物按照一定的比例官、私分有的制度。像这样的制度，西汉武帝在西域、诸葛亮在渭北、曹操在许下，都曾较早地施行过。而拓跋珪所试验施行的，也正是这种军事性的隶农剥削制度。“分农稼”三字，所指已甚明确；所可惜的，只是在《魏书》的记载里，始终查不出当时分租的比率。（后来的分租，有记载，详后。）然而，似乎对于这一缺憾可以充当一项某种意义的填补的，是《十六国春秋》和《晋书·载记》中有关另一鲜卑族慕容氏统治者慕容皝在辽西一带先于拓跋珪几乎一个世纪时候所施行的佃租制。崔鸿《十六国春秋》卷二十五前燕录卷三记载说：

晋穆帝永和元年（公元345）春正月，（慕容）皝以牧牛给贫家，使佃苑中，公收其八，二分入私；自有牛而无地，亦佃苑中，公收其七，三

① 《魏书》卷83《外戚贺讷传》。

② 《魏书》卷103《高车传》。

③ 《魏书》卷110《食货志》。

④ 《魏书》卷15《秦明王翰传》。

分入私。皝记室参军封裕谏曰，“……永嘉丧乱，百姓流亡，中原萧索，千里无烟，饥寒流陨，相继沟壑。武宣王（按，慕容廆）以神武圣略，保全一方，威以殄奸，德以怀远，故九州之人，塞表殊俗，襁负万里，若赤子之归慈父。流人之多于旧土，十倍有余，人殷地狭，故无田者十有三、四。殿下以英圣之资，克广先叶，南摧强赵，东灭勾骊，北取宇文，拓境三千里，增民十万户，继武阐广之功，有高西伯。宜悉罢诸苑，以业流人，人至而无资产者，赐以牧牛，不当更收重税也。……且魏、晋虽道消之世，犹削百姓不至于七、八；持官牛田者，官得六分，百姓得四分；私牛而官田者，与官中分：百姓安之，人皆悦乐。臣犹曰，非明王之道；而况增乎?!”皝乃下令曰“览封记室之言，孤实惧焉。……苑囿悉可罢之，以给百姓无田业者；贫者全无资产，不能自存，各赐牧牛一头；若私有余力，乐取官牛垦官田者，并依魏、晋旧法。……”①

固然我们没有理由去武断拓跋族的屯田租率就一定相同于慕容氏苑囿上所实行过的租率，然而据理推求，其间相去亦不会很远；而无论是慕容氏或者是拓跋氏，在其侵入到中国封建国家的初期起，即已按照一定比率征取租赋，实行一种军事性的隶农剥削制度，则已毫无问题了。

二

第二段落的论证，将证明北魏不仅在其入侵的初期，而且还在入侵以后的相当长的时间之内，在相当大的规模上举办过军事性的隶农剥削制度。兹先将其事迹之见于《魏书》的择要列下，然后再作分析。

天兴元年（398）正月，徙山东六州民吏，及徙河、高丽杂夷三十六万，以充京师。……二月，诏给内徙新民耕牛，计口受田。②

十二月，徙六州二十二郡守宰豪杰吏民二千家于代郡。③

永兴五年（413）七月，奚斤等破越勤倍泥部落于跋那山西，获马五万匹、牛二十万头。徙二万余家于大宁，计口受田。④

---

①《晋书》卷109《慕容皝载记》所述与此略同，不另征引。

②③《魏书》卷2《太祖纪》。

④《魏书》卷3《太宗纪》。

八月，置新民于大宁川，给农器，计口受田。①

神䴥二年（429）征高车，凯旋。列置新民于漠南，东至濡源，西暨五原阴山，竟三千里。②

延和元年（432）九月，车驾西还。徙营丘、成周、辽东、乐浪、带方、玄菟六郡（按，以上六郡为慕容燕在辽西、辽东为当时中原流民及勾骊杂夷等所设）民三万家于幽州。③

太延元年（435），长安及平凉民，徙在京师。④

太延四年（439），冬十月，车驾东还，徙凉州民三万余家于京师。⑤

太平真君五年（444），北部民杀立义将军衡阳公莫孤，率五千余落北走。追击于漠南，杀其渠帅，余徙居冀、相、定三州为营户。⑥

显祖（拓跋弘）平青、齐，徙其望族于代。（按，郦道元《水经注》卷十三漯水部："阴馆县，魏皇兴三年〔469〕，齐平，徙其民于县，立平齐郡"。）⑦

统览以上摘录的仅仅十条材料，已可大体看出，北魏至少曾在公元398至469的七十年中，通过军事的征服，自今山东、辽西、辽东、内蒙古、陕西、甘肃等地区迁徙来相当大批的带有军事俘虏性质的人民，连带也有不少从游牧部落俘虏来可供耕田使用的牧畜，一齐分配并安置到东起濡源，经大宁，过代郡、阴馆，西至五原、棝阳的一列长长的移民线上，叫他们从事于垦殖。那么，问题自然发生了：拓跋氏统治者为什么把这些大批大批的移民不安置到任何别的地方，而偏偏安置在东起濡源西至五原的一线之上呢？（其中鲜卑北部叛民之徙居冀、定、相三州者，显然含有隔离、管制之意，另当别论。）在我看来，这种安置是完全符合着当时军事形势的需要的。原来北魏初期的军事形势，一方面向南用兵，另一方面要固守北陲和西陲。向南用兵，其军需自可随时强取之于当地的汉人；向北和向西的防御军队，自需要农业产品的供应。当时，为了固守北陲和西陲，北魏曾建有"六镇"。经过不少人的研究，所谓"六镇"，实有九镇，曰沃野镇，曰怀朔镇，曰武川镇，曰抚冥镇，曰柔玄镇，曰怀荒镇，

① 《魏书》卷3《太宗纪》。

② 《魏书》卷4《世祖纪》。

③④⑤⑥　《魏书》卷4《世祖纪》。

⑦ 《魏书》卷48《高允传》。

曰御夷镇，曰高平镇，曰薄骨律镇。在这九镇之中，除沃野、高平、薄骨律三镇地近西陲另作别论外，其余六镇，西起怀朔，东至御夷，显然构成一条北魏在北陲上的国防线。这条国防线重要性之大，自不必说。拓跋帝王都曾屡屡巡幸此线，即孝文帝元宏迁洛以后，也要北来巡视，《魏书》记载说：

> 太和十八年，秋七月，壬辰，车驾北巡。……辛丑，幸朔州。……八月，甲辰，行幸阴山。……癸丑，幸怀朔镇。己未，幸武川镇。辛酉，幸抚冥镇。甲子，幸柔玄镇。乙丑南还。[①]

而北魏初期七十年中所经营的那条新民线，则恰巧跟这条国防线大体平行。（见“附图”）

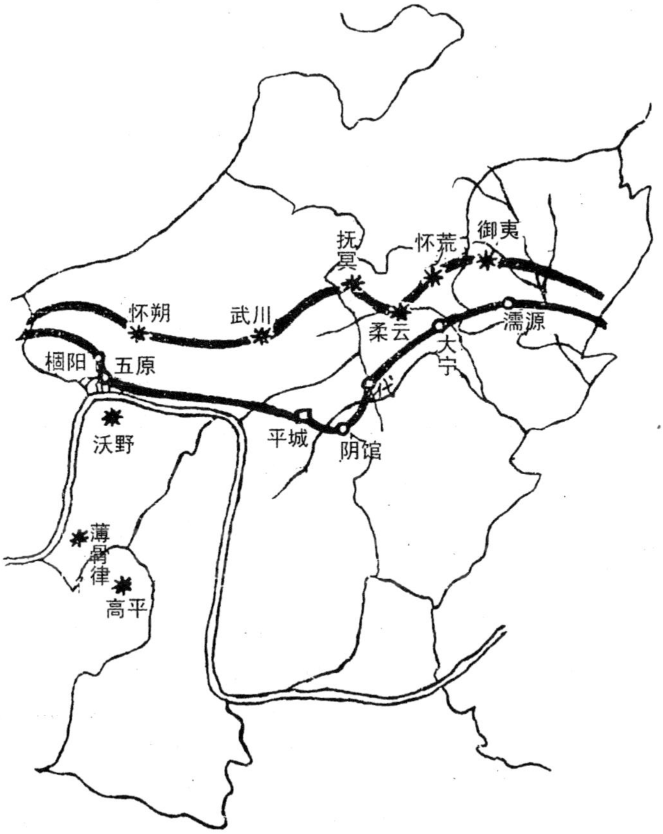

附　图

① 《魏书》卷7《高祖纪》。

由图中已可看得很明白，北魏设置这条新民线的目的何在呢？显然，是为了供给由六个镇联系构成的北陲国防线上的粮食需要。但我们更发生兴趣的，倒是北魏皇朝设置新民线的主观目的以外的客观效果。这效果是：通过这数十年间大体连续实施的“给耕牛”、“给农器”、“计口受田”、“分农稼”等屯田措施，汉族人跟鲜卑人以及其他胡族人民的接触加多了，其杂糅融合的程度增进了，游牧族对于农稼生活更习惯了，最后更加重要的，是通过这种蛮族军事性屯田的强制性质，中国史上中古期佃农和隶农的剥削方式，又更进一步地巩固化了。

我们除却由以上的新民线中，看出总的情况之外，还需要以北魏的北部平城及京畿一带所施行的农业经营为典型，观察一些更细致的情况。远在世祖拓跋焘时，大族分子高允就曾有过在京畿一带充分发展农业生产的建议。《魏书·高允传》说：

> 世祖引允，与论刑政，言甚称旨。因问允曰，“万机之务，何者为先？”是时多禁封良田；又京师游食者众。允因言曰，“臣少也贱，所知唯田，请言农事。古人云，方一里则为田三顷七十亩，百里则田三万七千顷，若勤之则亩益三升，不勤则亩损三升，方百里损益之率，为粟二百二十二万斛。况以天下之广乎?！若公私有储，虽遇饥年，复何忧哉?！”世祖善之，遂除田禁，悉以授民。

高允的谏议，是很适合于当时的情况的。当时自许多新征服地区迁徙来的半俘虏、半自由身份的人，尚未普遍编入生产，而游食京师，成为一种公众的负担；另一方面，不少可耕之田，又被许多保守田猎游牧习惯的拓跋皇族圈定为养鹰鹞、行田猎的荒地：这样劳动力和劳动对象不结合的现象，对于增进生产是很有妨害的。通过高允的建议，荒废的田授民了，民也受田了。拓跋焘晚年，恭宗拓跋晃监国，又在京畿一带开辟了具有示范性质的垦田试验。《魏书》记载说：

> 恭宗监国。……令曰“其制有司，课畿内（按，《魏书·食货志》云，‘某至代郡，西及善无，南极阴馆，北尽参合，为畿内之田。’）之民，使无牛家以人牛力相贸，垦殖锄耨。其有牛家与无牛家一人种田二十二亩，偿以私锄功七亩：如是为差。至与小老无牛家，种田七亩，小老者偿以锄功二亩：皆以五口下贫家为率。（其）各列家别口数，所劝种顷亩，明立

簿目，所种者于地首标题姓名，以辨种殖之功。”又禁饮酒、杂戏、弃本沽贩者：垦田大为增辟。①

三

现在，应该讨论到孝文帝元宏的时候了。我的第三段落的论证，将证明，作为长期军佃制试验的结果，再结合了在政治上拓跋贵族与汉人大族逐渐形成为联合的统治，于是典型反映中古租佃制的“均田制”便出现了，而且在北周、北齐、隋、唐（中叶以前）诸代之中，被大体地衍用了下去。

孝文帝元宏进行了很多改革的措施。他不顾鲜卑旧贵族穆泰等所代表的保守顽固势力的反动，坚持舍离平城，迁都洛阳；他又接受了李冲的建议，大力扫除了当时“杂营户帅，遍于天下，不隶守宰，赋役不周”的酋长式的落后统治残余，及其在全国统一规模下的混乱情况，坚持设立了统一的“三长制”。总之，他是要在加紧汉化的形式里，完成加紧封建化（胡、汉间大体上平衡的封建化）的这个实质内容。对于这一项历史任务，基本上他是完成了。但地主阶级是有他自己的阶级轨道的，一旦他们从战争中宁静下来，一旦他们从平城，从新民线上，从“营户”、“兵户”、“平齐户”等身份中解脱出来，他们便立刻恢复了他们那贪婪财货、强占田宅、高利盘剥等等的故技，而且还很快地教会了鲜卑贵族们，两相勾结起来，一道去干。这些行为一方面使得那些经过战争流离的贫苦人民，回到家乡时无地可种；另一方面也使得原来勉强有地可种的人民，也越来越多地被排挤到生产之外去。这是一种顶严重的社会现象，发展到尖锐时会引发人民的大起义，加深皇朝被推翻的危机；即便在平时，也会削减皇朝租赋的收入。于是皇朝的主持人便不得不采用两种互相联系的办法，即一方面继续沿用并推广当年在五原、平城、大宁一带进行军屯的方法，不断扩大北方的农业生产，以维持北方军需的供应；另一方面，又在不妨碍、或力求不妨碍大地主利益的前提之下，在中原一带号召开拓可以耕种的任何隙地，以期充分使用农民的劳动力，以增加皇朝租赋，并安定皇朝的统治。于是，适应了这一需要，那为许多历史学家所喜欢大书特书的“均田制”便产生了。我们先来看一看引发“均田制”

---

① 《魏书》卷4《世祖纪附恭宗纪》。

的动机：

时民困饥流散，豪右多有占夺。（李）安世乃上疏曰，“臣闻量地画野，经国大式；邑地相参，政治之本。井税之兴，其来日久；田莱之数，制之以限。盖欲使土不旷功、民罔游力，雄擅之家，不独膏腴之美；单陋之夫，亦有顷亩之分；所以恤彼贫微，抑兹贪欲，同富约之不均，一齐民于编户。窥见州郡之民，或因年俭流移，弃卖田宅，漂居异乡，事涉数世；‘三长’既立，始返旧墟，庐井荒毁，桑榆改植，事已历远，易生假冒，强宗豪族，肆其侵凌，远认魏、晋之家，近引亲旧之验。……愚谓，今虽桑井难复，宜更均量，审其经术，令分艺有准，力业相称，细民获资生之利，豪右靡余地之盈，则无私之泽，乃播均于兆庶；如阜如山，可有积于比户矣。”

高祖深纳之。后均田之制，起于此矣。[①]

这个出身于赵郡李氏的李安世，替皇朝看出了危机，建议创制一套对于皇朝统治说比较完满的方案。他主张一方面要在皇朝利益和一般地主利益之间谋求妥协，即达成“邑地相参”的相对平衡和互不侵犯的境界；另一方面，更进一步地去充分使用农民劳动力，使“土不旷功、民罔游力”，以企图达成他所空想的比户之积“如阜如山”的相对繁荣。于是，“均田诏”颁下来了：

太和九年（485），下诏，均给天下之田。诸男夫十五以上，受露田四十亩，妇人二十亩，奴婢依良；丁牛一头，受田三十亩，限四牛。所授之田，率倍之；三易之田，再倍之：以供耕作，及还受之盈缩。诸民年及课，则受田；老，免；及身没，则还田。奴婢牛，随有无以还受。诸桑田不在还受之限。诸初受田者，男夫一人给田二十亩，奴各依良。诸桑田皆为世业，身终不还。恒从现口有盈者，无受无还；不足者，受种如法；盈者得卖其盈，不足者得买所不足；不得卖其分，亦不得买过所足。

诸土广民稀之处，随力所及，官借民种莳役；有土居者，依法封授。诸地狭之处，有进丁受田、而不乐迁者，则以其家桑田为正田（按，即露田）分；又不足，不给倍田，；又不足，家内人别减分。乐迁者，听逐空荒，不限异州他郡，唯不听避劳就逸。其地足之处，不得无故而移。诸一人之分，正从正，倍从倍，不得隔越他畔。进丁受田者，恒从所近。若同

① 《魏书》卷53《李安世传》。

时俱受，先贫后富。再倍之田，仿此为法。诸远流配谪、无子孙、及户绝者，墟宅桑榆，尽为公田，以供授受。诸宰民之官，各随地给公田，刺史十五顷，太守十顷，治中、别驾各八顷，县令、郡丞六顷，更代相付，卖者坐如律。[①]

我以为，我们应该给这一均田制，以一个恰如其分的估价。在我看来，“均田制”至少有着两个重要的特点：第一，它是鲜卑族在一百年中（大体是398～485）为了军事需要，使用军事和政治的力量，不断举办漠南屯田和畿内垦田等经验的总结，因而表现为半强迫、半鼓励的方式，去组织并集中一切游散生产力从事农业生产的一种牢固的和比较完备的方案。从创制者的主观动机来看，它自然是为了替皇朝榨取更多租赋的有效的措施；但从客观的社会效果来看，它在一定程度上也限制了无限制的占夺，鼓励了一些社会生产力的积极性。第二，它是在拓跋皇室跟汉人大族的联合统治形成之后制定的，因而它也表现了对地主既得利益的承认与妥协。如诏书鼓励向宽乡迁徙，至狭乡则缩小受田之额，就是对于像荥阳郑氏那样中原大族力求妥协的显明表现之一。《文献通考》的“田赋考”中评论“均田制”说，“固非尽夺富者之田以予贫人”，这个话是的确的，马端临早已经看到了这种妥协性。

延兴二年（472）四月，诏工商杂伎，尽听赴农。

太和四年（480），诏曰，今农时要月，百姓肆力之秋，而愚民陷罪者甚众：宜随轻重决遣，以赴耕耘之业。

太和九年（485），八月，诏曰，数州灾水，饥馑荐臻，致有卖鬻男女者。今自太和六年以来买定、冀、幽、相四州饥民良口者，尽还所亲。[②]

连贱民、罪囚和奴隶都被鼓励参加农业生产，足见当时农业劳动力之相对缺少了。此外，元宏也曾举办过“屯田”（国家庄园）：

太和十二年（488），诏群臣，求安民之术。有司上言，“别立农官，取州郡户十分之一以为屯民，相水陆之宜，断顷亩之数，以赃赎杂物，市牛科给，令其肆力。一夫之田，岁贡六十斛；甄其正课，并征戍杂役

① 《魏书》卷110《食货志》。

② 《魏书》卷7《高祖纪》。

……。”寻施行焉。自此公私丰赡，虽时有水旱，不为灾也。[①]

统观以上种种，可以看出，从拓跋珪到拓跋晃再到元宏，北魏曾有过一系列的屯垦措施，从五原、棝阳到代郡、大宁、濡源再到中原屯垦，曾有过一连串的屯垦设置，这说明北魏的历史是鲜卑游牧部族逐渐封建化的历史；是游牧部族军事强制力影响到中国原有的封建社会，使之更加巩固的历史；是鲜卑贵族和汉人大族又冲突、又联合的统治历史；是北魏皇朝凌驾在一般地主之上，对一般地主又限制又妥协的历史；是在三、四世纪中原大紊乱、生产大受破坏之后，北方和中原的农业生产又开始向有组织（“均田”）的道路恢复和发展的历史。那么，能够说北魏社会是什么历史的“倒退”，或者是什么“复归”的历程吗？

1949年2月16日初稿写完于河北正定

1955年11月18日重写完于山东青岛

后　记

这是一篇改写过的旧稿。1948年，我在河南开封和河北正定两地，曾断续地读完了一部《魏书》，并参读了一些《北史》的个别纪传，做了一些摘录材料的工作。在战争环境下，无法进行更广泛、更细密的研究，就先把这些摘录的材料，用文字系一系，以免遗失。当时计划写三篇，“政治篇”、“经济篇”、“儒学篇”，而写完前两篇后就因调动工作而搁笔了。这份稿子就一直带在行箧之内，无力重写，更不敢拿去发表。

1950年冬，回到青岛来，曾将此稿给同系的王仲荦教授看过，蒙他指教，做了许多订正；复蒙他将内中一二浅见采入他的论文和讲稿之中。今年“学报”集稿，又在他的鼓励之下，将旧稿取出，力加删汰，将三万五千余字的原文删为两万余字的目前形状，勉强付印。实在说，我是应该把它的旧形（考据体）彻底打翻了重写的；但第一，由于个人研究对象近数年来已经转移，对于“北朝史”生疏了很多，无法写得更好一些；第二，这种原材料的系写体裁，虽然其缺点在于相对地削弱了理性的分析，但其好处则在于对读者可以加重许多感性材料的印象。由于以上两点原故，旧体裁便基本未去动它。但大力改写

① 《魏书》卷110《食货志》。

的地方还是有的，即如在“经济篇”中，联系到我国社会历史划阶段的问题，把自己对这一问题的越来越巩固的看法大胆地提出来了，并且结合北魏史对此看法做了一些印证。正确与否，希望得到批判和指正。

最后，此文初稿写作时期，与叶丁易同志比邻而居，时相过从，本稿随写随请他看过，也提了许多宝贵意见。今叶丁易同志已为古人，追忆往昔，不禁泪下。

1955年11月25日赵俪生又志

（《山东大学学报》第2卷第2期）

从宏观角度看鲜卑族在中世纪史上的作用

一

时下，谈论鲜卑族的文章有所增多。有的同志从“拓跋”、“秃发”、“吐蕃”的音近来谈鲜卑与藏族的关系；有的同志从马克思主义论民族共同体出发，看鲜卑族的阶段性。这些论文，我都拜读过了。我现在要谈的，又是另一码事，准备从民族融合（自然是与冲突相伴随的融合）这件事出发，来看鲜卑族的表现。我常常这样想，在匈奴、鲜卑、突厥、回鹘、契丹、女真、蒙古、满洲八次较大的冲突融合中，鲜卑的融合是最充沛、并且多样的，值得当作民族关系史中的一个典型来观察。我这一篇文章的命意，大体如此。

从公元一世纪到十世纪，在这一千年的时光里，鲜卑是弥漫于汉族居住地（“中原”）以北的一个大民族。所谓“北”，必须指明，不只包括东北，而且也包括西北。自从“东胡”（又辗转音译为“通古斯”）这个词在文献中发生作用以来，人们仿佛把鲜卑族单纯考虑作一个东北方的民族。这一点，似乎需要矫正一下。《三国志》卷30“鲜卑”目下裴注引王沈《魏书》一段，不止一次表述了“西至敦煌”、“西接乌孙”这样的话。这大体是公元一世纪的情况。到公元三世纪及其以后，从史料中我们又看到不止一股鲜卑人从阴山（河套）方向迁徙到陇右来。这些人究竟是一世纪时的“东部鲜卑”？抑或是“中部鲜卑”？迁到陇右过程中与原“西部鲜卑”的关系怎样？这些都是一时还未弄清楚的问题，只好保留。对此，只见过吕思勉先生在他的《札记》里说过一句“非托新疆，乃归故国”的话。

我在综观了东、中、西三部鲜卑的活动之后，极其明显地感觉到，其与汉族又冲突又融合的方式，似乎形成为四个模式。现在，谨将我四个模式的看法，表述于下。

第一个模式，我指的是慕容氏。慕容氏，自中部鲜卑向东移到辽西，在辽河、西喇木伦河、老哈河、大凌河之间，与段氏、宇文氏进行着又冲突又融合的历史过程，形成以“慕容”为总号的一个较成熟的共同体。在政权方面，他们前后建立五个燕（包括在晋东南建立的一个极小的燕国在内）。这五个“燕”，假如把它们放在“十六国”中并比观览的话，则会感到有如下一些表现。一、它们与汉族和汉化地区比较邻近。二、与汉族间冲突是有的，但融合的幅度则更大。举两个例子来说明。慕容皝经营苑田招佃收租，其方式、数额与曹操屯田制度非常接近。慕容儁临终竟有著述四十余篇，其为汉文、汉式著述，恐无大疑问。三、到定都在广固（今青州）的“南燕”时，几乎是一个非常之“汉化”的“国家”了；从全局看来，它已经不像一个少数民族政权，而是一个割据政权了。虽然南朝拿它的孑余皇帝到建康去杀头，但那主要是为了表现“正统”的威慑，而不像是民族冲突了。

二

第二个模式是拓跋氏。“拓跋”，是一个鲜卑语的音译，与什么“土为拓，后为跋”根本不相干，正如“慕容”与“步摇（冠）”以及什么“慕德继容”之类根本不相干一样。这是鲜卑中一个几乎最落后的部落，观什翼犍被苻坚俘至长安时与苻坚问答的情节，可见一斑。可是，它跟汉族中原的关系，却是有节奏的、段落分明的，无论冲突或者融合，都是鲜明的、有效果的。我常常这样想，民族融合这件事，在历史上往往采用两种方式，其一，我把它叫做“扭股糖”式，即一个少数民族君主和一个汉人重臣长期合作，融合就在这种方式下贯彻下去。此等事例，不胜枚举。如慕容皝之与封奕、阳裕，石勒之与张宾、程遐，苻坚之与王猛、薛瓒，姚兴之与尹纬，拓跋珪、拓跋焘之与崔浩、高允，乞伏乾归之与王松寿，宇文泰之与苏绰等。从政治上看，是君臣关系；从民族方面，双方各有代表性。其二，我把它叫做“绞肉机”式。旧文献中把少数民族通名之曰“胡”，我们在这里借用一下。所谓“绞肉机”式，是指时而厉行“胡化”，时而厉行“汉化”。汉化时往往大反胡化；胡化时往往大反汉化。例如：石虎胡化，冉闵汉化；孝文汉化，高欢胡化；拓跋珪、拓跋焘祖孙二人则胡化一阵，汉化一阵。而民族融合就在这样左一绞右一绞的过程中得到体现。拓跋氏鲜卑与汉族融合的方式，可以说是“扭股糖”式与“绞肉机”式交互并用。它表现为，一，拓跋氏原始起点较低，比较野蛮，汉化程度较差。二，不久之后，它的节奏性就强起来，军事上自冀、定至于赵、魏，浸浸乎西抵西域，南临瓜步。经济上长片屯田，西至五原，东抵大宁，实为均田制提供了大片的实验田。用人上，时而用崔浩、用李顺，时而杀李顺、杀崔浩。汉化、胡化，交替进行，效果比较深刻。北魏之所以成为中国北方统一的完成者，绝不是偶然的。自永嘉以后，北方统一的可能出现过三次。石勒有可能，但未成为必然。苻坚的可能性更大，但又未成为必然。请允许我插进来说一句，淝水之战是包含着偶然性的。过去多少年，我们讲必然性似乎讲多了一点，是不是也可以在偶然性上思考思考呢？话归本题，拓跋珪、拓跋焘祖孙二人之所以完成北方统一，其必然性的主要点，想来一定在于其民族融合程度比较深刻。

三

第三个模式，是指陇上的鲜卑和“杂种胡”。“杂种胡”所包的内涵自然复杂多样，如匈奴的血缘，丁零、茹茹的血缘，甚至氐、羌的血缘，都包含在内。但鲜卑血缘也占主要成分，似无疑义。这些“胡”、“汉”关系，在政权方面的表现，就是所谓“五凉”。五凉，指前凉、后凉、南凉、北凉、西凉。在这里，我想把五凉稍稍改组，即将后凉排出去，把乞伏秦收纳进来。因吕光的后凉，其“凉”字牌号是缘凉州地缘。从人缘上，它无疑是苻氏余孽。乞伏氏虽号曰“秦”，实与“秃发”氏为鲜卑之并列的两个小支，故拟做如上的改组。

必须指出：“五凉”不应该被理解为一些随随便便的散落的小国。我们应该看到，在其中是有结构的。这种结构，不是哪个君主或人物主观努力所形成，而是自然而然地形成的，在其中贯穿着五世纪西北地区民族融合的特有方式。这结构的核心是张氏前凉，而其余四个胡汉小国则是围绕在这一核心周围的一些小星。张氏前凉统治76年，历九代，其中除后边三代腐朽败坏之外，余六代统治者应该说是有些作为的。从南朝看过来，张氏的前凉国和凉州这个中世纪城市，几乎是黑暗中的一座灯塔。关中的人对陇上的“凉”，也有特殊印象，谈起凉州大马，几如谈虎色变。清中叶学者张介侯（澍）先生从乡土出发研究五凉，是很有见地的，具有历史的意义。但到今天看，用考据派小脚走路方法去注意一山、一水、一草、一木、一楼、一阙的作法，已远远不济事了。我们要看张氏前凉的作用。张氏把河西大姓，诸如宋氏、氾氏、阴氏、索氏等统统搜集到这个政权里来，文官、武将、谏臣、使客，构成一大群队，使得像石虎、苻坚那样的骁雄之主都说出了“彼有人焉，未可图也”以及“凉州信多君子”的话。所谓君子，翻译出来，似乎应该是“有文化修养的人”。这文化，自然是汉文化。它是民族融合之最重要的根据和出发点。前凉是个大根据地和出发点，李氏西凉是个较小的根据地和出发点；而在对立方面的，就是乞伏秦、秃发南凉、沮渠北凉以后赫连氏的“夏”。他们彼此冲突，又相互渗透；他们天天打前凉，但又没有一天不从前凉那里吸取营养；最后通过拓跋焘的“囊括”，而完成了这一融合的总历程。我们必须看到，这些小政权间，一方面是互相敌对的，另一方面也是可以互相沟通的。如赫连氏尝求婚于秃发氏；如西凉李氏后裔竟托庇于沮渠无讳；如乞伏氏灭国后，乞伏炽盘之子成龙竟在吐谷浑王慕利延军中。足见就在冲突的同时，双方也并不是绝缘的，而是有着千丝万缕的关系。融合，就从这些小事中也能体会出来。

四

第四个模式是吐谷浑。我不考虑它在“融合”问题上有多么浓厚的汉化倾向。从史料中看来看去，它与汉族基本上处在一种互相隔离的态势之下。

关于吐谷浑，在历史上还是个有若干“未发之覆”的题目。时下，有关吐谷浑的文章不得谓少，但“大路化”的为多，要么就在一个两个地名和方位上争论不休。我个人也并无“发覆”的能力，不过是提出自己在多年读书中积累下的一些看法而已。

吐谷浑是鲜卑，这一点怕不成问题。它跟慕容燕是嫡庶两支的近血缘关系，这一点怕也不成问题。分离的原因，倒还需要深钻下去，不能停留在马打架、争牧场的问题上。远自辽东，至于阴山，居停一二十年，又南到枹罕（洮河流域），这段经历中有不少空白点需要填补。这牵连到一个中世纪游牧族的长距离迁徙问题，怕要结合一些世界历史范例做并比研究，才能获致较好的成果。即便到了洮河流域，也并不长期稳定，它继续经营第二个场地——青海湖东沿和东南沿，以及第三个场地——柴达木。在慕利延时候，他们还到过于阗、东女国和罽宾（克什米尔）。有的同志在有关吐谷浑地名上坚持“此是彼非”的争辩，有时显得不必要。地名跟着氏族部落、民族的迁徙而不断增殖的事，中原历史上已经不少。顾炎武在《日知录》里已经触及到。清后期学者雷学淇对斟寻、斟灌两个夏、殷之际的地名开始在豫北、后来迁到山东潍坊一带的考证，就做得很漂亮。带着顾、雷二家的启发，吐谷浑就不带着地名搬家了吗？在吐谷浑史上，赤水有两个方位，甘松有两个方位，白兰几乎有三个地理方位。这是为什么？我认为，这与吐谷浑有三个活动场地有关。

以上说的是空间诸事。现在说时间的事。吐谷浑这个共同体，这个“国家”，延续时间特别长，这值得留意。以秃发、乞伏、沮渠、赫连诸家为例，其统治国家时间不过二三十年至三四十年。就连处在大酋长时期也计算在内，也不过一百多年，吐谷浑代代迭传至23～24代，时间从少计350年，从多计400年出头，自晋之太康直至唐之永徽。这与它所处的隔离态势有没有关系？值得研究。在它的历史上，也出现不少“名王”，如阿豺、慕璝、慕利延、伏连筹、夸吕等。它似乎以畜牧和经营商队来过活。观其北通茹茹，南通齐、梁，中经巴、蜀，这样长期活动下去，实际上是替张骞以来的“丝绸之路”开拓并铺设辅线。即便入藏通道，如唐人刘元鼎所走过的那条路，吐谷浑也有筚路蓝缕之功。

那么，吐谷浑如此带有开拓性的活动，其动力到哪里去寻找呢？假如拓跋氏的动力可以到胡、汉间“绞肉机”式冲突融合中去寻找的话，在吐谷浑与汉族间这样的冲突融合是阙如的。史料中痕迹很少，只看到其第三代酋长叶延“颇视书传”。这“书传”是汉人书传，当无可疑。可是，我们又看到它的第十四代酋长休留茂（“茂”又作“代”）把南齐所派遣的特使、将军丘冠先推坠绝崖深谷而死的记载。这总能得出在民族融合上并不深刻的结论吧。假如说融合，那么它和羌怕是有一定程度的融合的。至于后来与吐蕃的融合，那又是另一种性质，带有被征服部落的强迫同化的意味了。

五

现在，又要转到敦煌学的问题上来了。

敦煌学，包括壁画和卷子，本身就是多民族文化融合的反映。假如敦煌内容可以分前后期的话，后期中清楚地带有吐蕃影响和党项影响。由此推论，也逃不脱吐谷浑的影响。P2555卷子中那个做诗的人，一出敦煌，过了马圈，就入退浑国界。八世纪吐谷浑还赫然存在，遑论以前？敦煌内容前期，除印度影响、健陀罗影响，中亚帕提亚、萨珊影响之外，我们试问：其中有没有鲜卑影响？鲜卑影响大不大？这是个值得大家研究的课题，我提出来请大家留意。

“五凉”，也就是前文所说的第三个模式，这是敦煌文化的前提和基础。笼统说，大家都承认，都不否认。但具体说，有些就说不清楚了。北魏、北周洞窟，自然是鲜卑族统治时期的产品。但从壁画看，哪些是鲜卑的？哪些是鲜卑统治下综合了汉的、印度的、西域的影响的？这条界线，还未见谁划出来过。再说“变文”中的语言，蒋礼鸿先生做了极其精辟的研究，并在序言中方向性地指出，应当从纵的和横的两个方面，去追求各个时代语词间的继承、发展和异同。但变文语词除却大量大量有着悠久汉语语词的传统外，有没有鲜卑语词？有多少？从公元五世纪到七世纪，在北方中国里操鲜卑语的机会和场合，定不在少。观颜之推《家训》中齐朝士大夫教其儿学鲜卑语并弹琵琶，以伏事公卿等语，可见一斑。当然，现在要全面复原中世纪鲜卑语的全貌，已很困难。我们只能从一些历史人物的胡名如贺六浑、黑獭（黑闼）、那罗延、阿瘘等得知一些鲜卑专名，余知甚少。但从鲜卑人的融入是敦煌文化的重要基础这一点推论开去，鲜卑语词在变文中的遗存，恐不在少。这一点恐怕也是可以推论出来的吧。举一些例。“骨咄”这个词又作“鹘貀”，意思是蒙古草原上的一种兽，也许是脊背隆起的一种兽吧。但这游牧人的语词后来在汉文献中繁衍开去，“骨朵”是一种杖刑，辽国君主曾用此箠死其后妃。“馉饳（儿）”是北宋汴梁市上卖的饺子，至今吾乡山东安丘、诸城仍保此称。饺子有两种样子，一种躺着的，叫“扁食”，一种站着的，恰好也是脊背隆起。gudu或gudru，这很可能是一个鲜卑语词。再如“羖羺”，至今甘肃、河西一带对黑色公山羊仍保此称，西汉、晋文献并无此语语源痕迹，甚疑其为鲜卑语言的遗存。其他如“砢磨”、“醿醪”、“咋呀”、“嗢哈”、“结磨”、“波逃”、“薄媚”……这些变文语词，是不是应该往鲜卑语词方面追一追呢？我认为值得考虑。

综上所论，无论在社会经济方面（如均田），在军事政治方面（如与均田相联的府兵），在文学艺术方面（如变文和壁画），在在都打有鲜卑人在中世纪所打下的烙印。因此，鲜卑族与骨干民族（汉族）又冲突又融合的历史过程，是我中华历史上的一桩大事，值得此后的“多士”和“新秀”们不断地研究一下。

杨愔与北朝政治

一

北齐（包括东魏，534～578），是我国历史上统治者残暴荒淫的最高样板，但这只是问题的一个方面；另一方面，正如魏征所说，“西包汾、晋，南极江、淮，东尽海隅，北渐沙漠。六国之地，我获其五”[①]，它是北方由统一暂时进入分裂、但在分裂中又孕育着新的统一、并进而通向南北大统一的一块重要基地。在这样一块基地上，在统治者残暴荒淫达到顶点的同时，还有两个总揽政务的人物，从他们身上我们似乎可以窥见北朝政局的某些情况。这样的人，在北周要数苏绰；在北齐，要推杨愔。

杨愔，字遵彦，弘农郡华阴人。弘农杨氏几百年中一直是北方的世家大族，所谓“门生故吏遍天下”。但正因为这样，当牧主军阀尔朱氏乱魏以后，尔朱天光和尔朱世隆在洛阳、华阴两处，把杨氏家族几乎屠灭净尽了。杨愔是很少的几个孑余之一。他在河北信都投靠了尔朱氏的对头——大军阀高欢。从东魏末季到高欢的次子高洋篡魏以后的天保年间，他一直担任着吏部尚书那样的角色达十余年、近二十年的光景。史家评论说，“处乱虐之世，当机衡之重，朝有善政，是也。”[②]在高洋晚年，他甚至受封为开封王，为高洋临死所托四顾命之一。但也正因为这样，他不免遭到在一场政变中被残酷杀害的下场。

这场政变，发生在公元560年的二月。高洋死了，杨愔与高归彦、燕子

① 《北史》卷8《齐本纪》下，标点本页303～304。

② 《北史》卷41《杨氏列传》，标点本页1528。

献、郑子默受遗诏辅政。他们面对的问题，是如何应付“二王”对皇位的觊觎。所谓“二王”，指高演和高湛，他二人与高澄、高洋一样，同是高欢的儿子。辅政者暗中计议，要将“二王”调至州郡，以减轻对京都和幼主的威胁。但计议被两个人泄露了。一个是辅政者之一的高归彦，一个是宫廷女侍李昌仪。这样把问题就引向更敏感的胡汉问题上来。高欢的妻子娄太皇太后是鲜卑人，高洋的妻子太后是汉人赵郡李氏。当初李氏当皇后时，就有过“汉夫人不可为天下母”[①]的议论。假如“二王”调外，李太后当权，那么鲜卑人的权力就可能受到削弱，所以娄太皇太后在紧急的御前会议上说，“岂可使我母子受汉老妪斟酌?!”[②]她叫幼帝下命令处理三个汉人顾命时，幼帝说，“天子岂敢惜此汉辈?!”[③]但娄太皇太后对杨愔的处理还是显出了犹豫的，一而曰“杨郎何所能，留使不好耶?!”再而哭曰“杨郎忠而获罪。”[④]

可见在这场夺权政变中，一直纠缠着一个胡汉问题。不管高氏如何自称是勃海蓨人；高氏家族从高欢开始就一直是北镇胡化的传统，从语言到生活习惯，到意识形态，全是胡化的。他们统治在广漠的“汉儿”的基地上，愈有危机感，他们就愈把胡汉对立的这根弦弹得更加急聚。其实，在“胡、汉杂糅”的全部历程中，这种政变和危机感并不止一次，北魏拓跋焘之杀李顺、崔浩；孝文帝元宏之杀太子元恂和穆泰等，也都是从同一个问题的这一面和那一面表现出来的政治事件。现在，让我们把它们串起来看一看吧。

二

在北朝史上，公元450年拓跋焘杀崔浩；公元496年元宏平穆泰之叛；公元560年，北齐杀杨愔。这三件事是可以联起来考虑的。

在拓跋珪和拓跋焘的统治时期，他们要紧紧抓住的一个问题是，既不能不用汉人，又不能让汉人专了鲜卑人的政。一旦出现了汉人要专政的蛛丝马迹时，立刻就会出现政变和屠戮。崔浩，清河东武城人。拓跋珪很重用他，当时御前会议“左辅”三人、“右弼”三人，连皇帝七个人，他是七票中唯一的汉

① 《北齐书》卷9《文宣皇后传》，标点本页125。

② 《北史》卷41《杨愔传》，标点本页1506。

③ 《北史》卷41《杨愔传》，标点本页1506。

④ 《北史》卷41《杨愔传》，标点本页1506。

人投票者。拓跋焘登位后，他权力一时稍挫，但仍然是影响很大的人，他比杨愔，作为一个历史人物来看，大多了。他属于北方头等大族；他学术修养很高，通天文历法；他牵涉宗教（佛教和道教）问题；他广泛搜罗天下有用的知识分子，“征海内贤士，起自仄陋，及所得外国远方名士，拔而用之”[①]，其中凉州人士，即是很重要的一个组成部分。平城（大同）时期，北魏朝局有如许规模，崔浩在其中的作用不小。那么，拓跋焘为什么杀他呢？大体说，罪名有三项：（一）受赃，这不是要害之所在；（二）修鲜卑族前代发展衍变史，使鲜卑人感到“忿毒”，并且把这些内容立石铭刻，张扬过分；（三）最要害的是，推荐汉人世家大族分子数十人，以郡守级长吏任命；皇太子说，郡守级的官位，让那些早已候补的人（其中鲜卑人可能占重要比例）去做吧，新选拔的人让他们暂时做做较低级的郎吏吧。崔浩不听，坚持己见，“固争而遣之”[②]，这就把自己推到“威权震主”的局面上去了。

这样，崔浩遭到了诛戮。清河崔氏、范阳卢氏、河东薛氏等，几乎是整个家族遭到夷灭。在这之前，拓跋焘还杀了赵郡李氏的李顺，罪名与沮渠氏的凉国有勾搭，有里通外国的嫌疑。不管罪名如何安排，要把汉人大族狠狠地镇压一下，是既定方针。

到孝文帝元宏时，情况迥乎不同了。他要推行汉化运动。在施行了“三长”、“均田”之后，他又在495年下诏不准用鲜卑语语于朝廷。496年改拓跋为元氏，来自代郡的功臣旧族姓字重复者悉改汉字。这样一来，就引起鲜卑旧人的反对。元老元丕、其子元隆、元超、刺史穆泰以及陆睿等阴谋在大同一带叛变；反对汉化，反对迁都洛阳，主张仍返平城，仍返鲜卑旧俗。太子元恂参与其中，杀宫中官吏高道悦，拟轻骑北奔，未遂。元宏在这件事上，尖锐地提出“大义灭亲”的原则。终于以椒酒将元恂赐死。一个父亲，亲自下命令处死自己的儿子，这不是一件简单的事。在广漠的“汉儿”基地上，同一个鲜卑族统治者可以有两种政策，要么倒向胡化，要么倒向汉化，当中央集权专制主义的政策倒向一方时，其另一方也就必然是危机的所在地，这时候政治的弦就一定弹的特别急骤：流血的事就要发生了。

但更重要的是，必须指出，胡化和汉化，二者是对立的，但又是相成的。民族融合这件事，在旧历史时期，是不可能纯以和平手段去促成的。通过冲

① 《北史》卷21《崔氏列传》，标点本页787。

② 《北史》卷31《高允传》，标点本页1119。

突，才渐近于融合。孝文帝坚持汉化，引起鲜卑旧人的反叛；拓跋焘和高欢的妻子是坚持鲜卑为主、反对汉化的，自必杀戮汉人重臣。历史的篇页揭过去了，流血的镇压成了陈迹，人们回过头来看一看，才恍然大悟，民族融合原来是通过这些冲突而形成的。所以，我们今天，不能说孝文汉化就是绝对的好，胡化是绝对的坏。不能这样。假如这样，就不知不觉站到了大汉族主义方面去了。两者都是维护最高统治利益，这是自觉的，甚至是高度自觉的；但在这样一种维护最高统治利益的手段与那样一种维护最高统治利益手段的交错当中，胡、汉双方不知不觉地融合起来了，这是当时人们不自觉的，也不可能自觉的，但历史的流就在这种不自觉中流过去，从冲突流到融合。

附记：这篇小文，是小女赵结的选题和习作。写完之后，交我修改润色。谁知一经改写，原来面目全非；再署她的名，已不太适宜。但原选题是她的，原初稿也是她的，即父女之间，亦不容泯此初衷。故书此附记，以志真情。赵俪生记。

（《史学月刊》1985年第1期）

说藩镇

唐代的藩镇势力何以能够日渐强大、恣意为乱？宰相李泌认为，这是因为藩镇身上失去了“地著”、“宗法”的凝结因素；而当代史家岑仲勉先生却说，正因为藩镇身上仍具备着“土著”与“宗法”的因素，所以才敢胡作非为。然而，两种看法都不完全准确。原来，他们各自都只强调了一个方面。

一

藩镇，在一部中国通史上，它只是一个很不起眼的小题目。它不过是唐朝中末期盘距在今河北省及其邻近地区几个闹独立、搞山头的小军区而已。但它毕竟是一个历史的存在，它前头牵掣着什么，后头牵掣着什么，它在根底里蕴藏着什么，发挥出来会起一种什么样的作用。这么一追究起来，就会是很大的一摊子事了。

先从最简单的说起。

安史之乱基本平定下来以后，一些安、史的部将表面上向唐朝投降了，心眼里并未真正降顺。这时候，唐肃宗和太上皇玄宗刚刚死去，唐代宗比较懦弱，朝内又在闹着后妃宦官的一些纠纷，一直定不出如何处置降将的一种带强硬性的办法，糊里糊涂叫它们就原驻地屯扎下了。还承认它们是小军区，头头仍叫“节度使”，他的副手或准备接班人叫“留后”。他们在一般部队之外，还组织一种类似近卫军那样的精锐部队叫“牙兵”。“牙”，本来意味着军旗，也就代表司令部，后来这个“牙”字就转为“衙”，又叫“衙兵”了。他们不通过唐朝中央政府，私自征兵、征税、任免地方官吏。唐朝也拿他们没有办法，笼络时，就给他们头上加什么“同中书门下平章”那样像是副宰相的空衔，个别还“尚公主”，也就是说，成为皇帝的女婿；镇压时，就派中央部队结合个别藩镇兵力进行围剿，把叛逆的头头抓来诛杀，甚至族灭。两方面就这么对峙着，这就是中晚唐的形势。

其中最典型的是“河朔三镇”。其一叫魏博镇，“魏”指魏州（今河北临漳），“博”指博州（今山东聊城），这一军区统辖7个州。其二叫镇冀，“镇”指镇州，又叫恒州（今河北正定），“冀”指冀州（今河北冀州），统4个州。此镇又名成德军。其三叫卢龙镇，统辖今河北东部一带，中心有时在卢龙，有时在柳城，有时在幽州。后来，他们又联络淄青镇加入他们的团伙。淄青镇地面就大了，几乎包括整个山东，所谓“统辖十二州”，甚至在兼并了郓州后，竟达十六州之地。

这些藩镇内部及藩镇与藩镇之间，情况往往很混乱，得意时称王称帝，纠纷时互相残杀。甚至他们的部下也经常起哄，赶走一个头头，拥立另一个头头，使赵瓯北写《廿二史札记》时不禁为之惊讶。

以上说的，是最典型的几个镇，其余还有在开封的宣武军，在蔡州的彰义军，以及在山西长治的泽潞镇。这泽潞军，虽然成立较晚，但由于它的位置不同，它处在太行山东南方的山头上，唐朝大臣们在议论时说过，在平地上还可轻易设镇，在山头上设镇可要慎重考虑了。果然，这泽潞镇在藩镇史的晚期表现了很多另外的特色，如与商人的关系更加紧密等。

二

现在该来较细密地探讨一下了。

为什么它们单单在河北地面上出现？这一引，话题就大了。这要从北朝的兵制说起。自从北魏道武帝拓跋珪自北线步步南来的时候，他把他手下的蕃兵和营户第一次安排就安排在冀、定、相三州之地，这块地面恰好就是北起定州南到汤阴的一块地面。地盘逐渐扩大，史料中有时记载作冀、定、相、瀛四州，有时又记载作冀、定、相、瀛、齐五州之地。试想自拓跋珪灭燕克中山的公元397年以来，到唐代宗同意河北藩镇安定下来的公元777年计算，这个传统不觉已三百八十年了。这是个北朝兵的传统，也是蕃兵的传统。到宇文周和他的大臣苏绰定立府兵，又将兵士和田亩联系起来，就更加制度化了。唐德宗贞元二年（786），宰相李泌议论府兵制的优点时说：

> 府兵平日皆安居田亩，……国家有事征发，则以符契下其州及府，……军还，则赐勋加赏，便道罢之。行者近不逾时，远不经岁。高宗……始有久戍之役。武后以来，承平日久，府兵浸堕，为人所贱；……自天宝以后，山东戍卒还者什无二三，……然未尝有外叛内侮，杀帅自擅者，诚以顾恋田园，恐累宗族故也。[①]

李泌的意思是说，当前河北三镇，府兵之意全失，镇兵无家园可恋、无宗族血缘纽带之羁绊，故放纵恣肆，达到外叛内侮、杀帅自擅的地步。近人史学家岑仲勉先生对李泌的见解持不同意见，他说："……殆不其然。三镇之祸，非师不土著之患，正师率土著之为患也。"[②]试看两论交锋，焦点集中在"土著"的问题上。

什么是"土著"？"土著"又作"地著"，用社会科学的科学词语说，就是"附著在土地上"，"附著在农业生产上"。这个特点很重要，鄙人35岁治北、南宋之际的农民起义时，就发现"地著"和"不地著"间有很大差别。太行山的"忠义巡社"由于"地著"，所以，战斗力和保家卫国的劲头就大；"群盗"和"军贼"，由于是流民和散兵流勇组成，所以政治上不稳定，时而抗敌，时而打家劫舍。藩镇与农民起义虽然性质不同，但其为部队则一也，都有"地著"和"不地著"的显著差别。

要了解中古北方兵制的部落兵，读一读《木兰诗》就可以全明白了。《静静的顿河》中的格里高里，也是同一种性质。他们参军的装备是自备的，或者由部落共同体资助。出征服役完毕，仍回各自的共同体。试看，宋至明、清的募兵就与此迥乎不同，应募者全是流民，他们当兵为了吃粮，所以，陕西关中把兵叫"粮子"。他们身上不带一点部落兵的气味。

话回到原题上来，李泌说，藩镇的兵由于他们不附著在农业生产上，不受原血缘共同体的约束，恣意为乱。岑仲勉先生说，藩镇的兵，恰好是附着在地方上，恰好是与地方上的豪强有着这样那样的关系，背后有靠山，所以才敢胡作非为。那么，这两派主张，到底哪个对呢？

---

① 《资治通鉴》卷232，唐纪48，中华书局，标点本页7471。

② 见所著《隋唐史》第28节。

三

在卡尔·马克思逝世前，有俄罗斯民粹派的一位宣传部长查苏里奇（女）给马克思写信，请教俄罗斯的农村公社（密尔，МИР）中的公有制成分能不能发展到共产主义。马克思收信以后，专门搜集起一大批俄语资料，研究以后，给查苏里奇回了信。这信共有四稿，现在都刊在《全集》里。[①]在这三封信里，他讲到公社（即人们的古老的共同体）可以有它的原生形态、次生形态和再次生形态。这一点，在思维上，给了我很多的启发。

我想，北朝的蕃兵制（又叫胡兵制），包括宇文周的府兵制，有没有它的次生形态或再次生形态？甚至是异化了的形态？假如有，那么藩镇的性质问题就可以解决了。藩镇身上带的，已经不是北魏以来蕃兵、胡兵身上带的那种原始的部落特征，而是这些特征的次生、再次生甚至是有些异化了的形态。

试就此做一些更充足的说明。北朝胡蕃兵原始的“地著”和“宗法”关系，是在其原居地上产生的，譬如说在漠北，无论它的种性是高车、蠕蠕，或者是奚、契丹，或者是突厥、回纥，都是如此。而280年后，在河北地面上“地著”、“血缘”已不是原生的，而是按新环境重新缔造的了。譬如说，河北地面公元8世纪当令的社会集团是豪强，那么藩镇就和豪强结为姻亲，以豪强子弟来充当“衙兵”，与豪强一起做一些买卖，这不就“地著”了吗？这不就有了“宗法·血缘”了吗？而这种新的“地著”和“宗法”对原来老部落兵身上所带的“地著”、“宗法”说，早已是再生且又异化的东西了。

有位日本学者叫掘敏一，很注意我以上所说的事情，他的有关论文译为中文后，收在《日本学者研究中国史论著选译》第4卷，585～648页处（中华书局版），读者可以参看。

以上提到的唐宰相李泌和当代学者岑仲勉先生，都各自说对了一半。李泌说，老的“地著”和“宗法”没有了，这是说对了；但他没有提到后面还有次生的甚至异化了的东西。岑先生说藩镇身上恰好仍具备着一种“土著”、“宗法”的凝结因素，这也说对了，但他没有提这种因素跟三百年前那种老因素的不同。

① 《马克思恩格斯全集》中文版第19卷，页430～452。

四

上文提到了异化。什么是异化？异化是说在事物衍化的总历程中，总体过程还是原来的，但其中某些特征性的东西却向相反的方面转化。话题回到藩镇上来。河北三镇（再加另外几个镇），就其原始的传统说，仍是北朝以来胡汉杂糅的那个胡蕃兵传统；表现也有相似之处，即一定程度地附著在地方，通过血缘和地缘使大家凝聚成一伙；但是，有个基本点却变了，当初是凝聚在农牧人的共同体上，现在则凝聚在豪强的地盘上了。

说到豪强，自后汉光武帝受巨鹿耿氏支持以立帝业以来，河北巨族一直是各种势力争取的对象。远的不说，就以安禄山刚刚叛变时候为例，在真定的颜杲卿和在平原的颜真卿兄弟起而反对安禄山，除州县的财力兵之外，主要凭借了豪强的力量。新旧《唐书》中，他们的传记里就不断写着“阴养死士，招怀豪右”以及潜召郡豪和处士参军、定策等话语。特别是颜真卿起兵时有那么一个叫李萼的20余岁的青年，他串联平原、清河、博平三地的兵力，在堂邑聚结起来，在河北战场上起了很大的作用。这桩事，《通鉴》（卷217）、《旧唐书》（卷128）、《新唐书》（卷153）均有记载，详略微有不同，以《通鉴》的资料最原始。这个李萼的身份只一个字“客”。“客”是什么？是庄客，但更可能是贾客。在晚唐情况下，这后一种解释更有可能站得住脚。这样，连商人也参加进来了。这种商人活动的迹象，到藩镇的泽潞镇的时候，就看得更明确，如昭义军头头刘从谏“善贸易之算”、“熬盐”、“货铜铁”，又于善水草地养马，健如鸭，“岁入马价数百万”①等等。

现在，来谈一点个人的反思。当年一提到“豪强”，脑子里总感到同土地改革中的恶霸地主差不多。这是“左”倾教条主义在我头脑里打下的根底。其实，豪强底下有生产，有商业，有手工业场房，还有医药等设备。它有剥削压迫的一面，这勿容否认；但它也有组织生产、发展工艺、流通财货、保存文化等等的积极作用。而且在中古时候，这种积极作用，还是带有某种导向的意义的。

① 《新唐书》卷214《藩镇刘从谏传》。

五

我不是治唐史的，从来没有专研过唐史，可是怎么写起藩镇这样的题目来了呢？这中间有个缘故。

我是研究顾炎武的，有关顾的言行，我都有责任加以追究、处理。他在《日知录》卷9中，写有“藩镇”一条，说：

> ……故唐之弱者，以河北之强也；唐之亡者，以河北之弱也。……
>
> 呜呼！世言唐亡于藩镇；而中叶以降，其不遂并于吐蕃、回纥，灭于黄巢者，未必非藩镇之力。……

别人谈到藩镇差不多都从消极方面立论。怎么顾独独对藩镇做这么大幅度的肯定？当然，这跟顾的认为明朝中央集权集得太狠、从而主张“地方分权论”有关；但通过如上的一番研究和辨析之后，我才进一步明白，原来顾是看中了藩镇的“地著”和“宗法”，看中了军队附著在地方上、附著在地方的生产和血缘上，那么，它一旦遭遇外患，它保家卫国的劲头就特别强大的这一点上。

己卯春分于兰大

（《文史知识》1999年第6期）

一通与唐史、中亚史有关的新出土墓志

1981年，在洛阳龙门煤矿以东、伊阙香山的北麓，发现唐初西域归化人安菩萨与其妻何氏的合葬墓。墓中随葬文物多件（估计百件以上），惜已全部破碎。幸墓志一方，尚完好无缺。志石方形，高42公分、阔43公分，碑文（题文除外）444字，除一字漫漶外，余均清楚可辨。碑文如下：

唐故陆胡州大首领安君墓志

君讳菩，字萨。其先，安国大首领。破凶奴衙帐，百姓归中国。首领同京官五品，封定远将军，首领如故。曾祖讳钵达干，祖讳系利。

君时逢北狄南下，奉敕遄征。一以当千，独扫蜂飞之众。领衙帐部落，献馘西京。

不谓石火电辉，风烛难住。粤以麟德元年（按，公元664）十一月七日卒于长安金城坊之私第，春秋六十有四。以其年十二月十一日旋兆窆于龙首原南平郊：礼也。

夫人何氏，□先何大将军之长女，封金山郡太夫人。以长安四年（按，公元704）正月廿日寝疼、卒于惠和坊之私第，春秋八十有三。以其年二月一日殡于洛城南敬善寺东、去伊水二里山麓：礼也。

孤子金藏，痛贯深慈，膝下难舍，毁不自灭，独守母坟。爱尽生前，敬移殁后。天玄地厚，感动明祇。敕赐"孝门"，以标今古。嘉祥福甸，瑞州灵原。乡曲荫其威，川涂茂其景。粤以景龙三年（按，公元709）九月十四日于长安龙首南启发先灵，以其年十月廿六日于洛州大葬：礼也。

嗣子游骑将军胡子、金刚等，闵想难追，屺岵兴恋。日弥远而可知，月弥深而不见。与一生而长隔，悲复悲而肠断。呜呼哀哉！

其词曰：素成大礼，载以幽魂。关山月亮，德洽乾坤。鸿门定远，留滞将军。择日迁卜，阴阳始分。兰芳桂馥，千岁长薰（其一）。名由谥显，德以位斑。质含月胎，镜转神颜。淑惧匪亏，丽藻清闲。珠川水媚，玉润灵原。君贤国宝，妻美金山。孝旌闾闬，万代称传（其二）。

按，安氏、何氏，均西域“昭武九姓”。昭武，汉张掖郡所属十县之一。今临泽。“九姓”之事，隋、唐史书均有记载，惟稍有歧异，《隋书》言“被匈奴所破”，而两《唐书》言“为突厥所破”，前后时间距离较大，故“九姓”自昭武西逾葱岭之具体年代，究为公元前抑为公元后六七世纪，已不可确知。“九姓”以“昭武”为其共姓，据云“示不忘本”。其具体九个分姓，史书记载亦多歧异，大体康、安、米、史、曹、何、石、穆，皆“九姓”之属。关此，向达先生于其《唐代长安与西域文明》一书、姚薇元先生于其《北朝胡姓考》中，均有所论列，可以参阅。

来自西域安国之安姓，络续归化已久。汉代有安世高，北魏有安同，北齐有安未弱、安马驹，北周有安诺槃陀，隋有安遂迦、安伽陀，唐有安叱奴、安延、安神俨、安附国、安令节、安万善等人名多见，大抵著籍为武威（凉州）人，或长安人。个别有著籍辽东者。何氏，北周有何萨、何海、何洪珍，隋有何妥、何稠叔侄二人，唐亦有何盛等，均归化之何国人。此通墓志，于上述一串名单中又提供了安菩萨与何氏二人。

“讳菩名萨”云云，自系写志人按中原习俗之谬书，如敦煌王道士之称伯大人讳希和者。“凶奴衙帐”自系“匈奴牙帐”，惟以上引《隋书》与新、旧两《唐书》述“昭武九姓”时在匈奴、突厥间之差异看，此处所指，落实下来，究确指匈奴抑为突厥，尚不敢遽断。至于“北狄南下，奉敕遄征”以及“献馘西京”云云，则毫无疑问系指唐高宗显庆二年（公元657）征讨西突厥可汗阿史那·贺鲁之事。按，安菩萨生于公元601年，公元657年时年方五十七岁，恰在参与征战之极盛年华。显庆二年之事，《旧唐书》（卷4）于十二月决战无载，仅记正月命苏定方等准备出征事；《新唐书》（卷3）除记正月事外，复于十二月记苏定方败贺鲁于金牙山之事；《册府元龟》（卷664）所记较前两书增详，“显庆二年十二月，伊丽道行军总管、右屯卫将军苏定方大破阿史那·贺鲁于金牙山，尽收其所据之地，西域悉平。诏分其地，置伊濛池、昆陵二都护府”。《资治通鉴》（卷200）所记最详，除与《元龟》相重者外，复有“追奔三十里，斩获数万人。……于是胡禄屋等五‘弩失毕’悉众来降”。志文中所云何氏封金山郡太夫人，铭词中复有“妻美金山”之句，此金山为金牙山之省称，据日本学者松田寿男考证，金牙山即弓月山，其地当在伊犁河谷中之库尔札一带。安、何夫妇，夫较妻年长20岁或21岁，妻之卒年较其夫晚至40年之久。

其子安金藏已完全归化，史称其“京兆长安人”。其事见新、旧两《唐书》之“忠义传”（旧书见卷187上、新书见卷191）。两传文字，大体相同，惟新书点染粉饰，稍失其真。两传均未提其父为安菩萨、其母何氏之事；故此通墓志之发现，可补证安金藏为西域归化之人。金藏，武则天时为太常工人。当时，武氏欲自称制，唐睿宗被贬为“皇嗣”，且将施以罗织。臣僚私谒“皇嗣”者，至腰斩。奸佞来俊臣对睿宗肆加迫害。安金藏对来俊臣大呼曰“请剖心以明皇嗣不反”！自剖后，五脏并出。武氏为之震惊，曰“吾子不能自明，不如尔之忠也”，遂停止迫害。神龙年间，旌表其门。志文中所云“敕赐孝门，以标今古”，当指此。玄宗时，金藏拜右骁卫将军，又封代国公。卒后，谥曰“忠”，配睿宗庙廷，赐兵部尚书。志铭中云“名由谥显”、“孝旌闾闬”、“万代称传”云云，均与史传相符。惟何氏卒年，史称“神龙初”，志文则云长安末，此中有着整整一年的误差，当以志文更为可信。至于标题中“陆（六）胡州”云云，显系后加者。

志文中所言长安金城坊与东都之惠和坊，史书中亦均有确载。按清徐松《唐两京城坊考》，其西京图金城坊位于长安城之西北隅，东隔颁政坊与皇城邻近，南隔醴泉坊与西市邻近；其东都图惠和坊正当洛阳之中心，东南与南市相邻近，北隔安众坊与洛水上之新中桥邻近。两处均为生活安适之区，足见西域归化人之臻于上层者，已与上层华人待遇相埒。

（《西北史地》1986年第3期）

说辛弃疾卒前三四年中的情绪波动

近来，讨论朱熹思想的文章多起来了。从他的思想牵连到他的政治态度，也就是他跟“庆元党禁”和以后“开禧北伐”的关系问题。事情越牵连越多，不仅关系到韩侂胄，又关系到陆游、辛弃疾、陈亮和叶适。关于辛弃疾，要弄清楚的是，他跟韩侂胄的关系究竟如何，他对“开禧北伐”的态度究竟如何。

我认为，不宜于用“非此即彼”的方式去对待上述问题。人总是活人嘛，他的政治态度和思想情绪完全可能有波动，有变化。前一段，他可能对韩侂胄很抱希望，对准备中的“开禧北伐”从思想到行动上予以支持；后一段，由于这样那样的原因，他对韩不抱那么大的希望了，对缺乏充分准备的、带盲动色彩的北伐不是那么支持了。最足以说明这种变动的，我认为，还是作者本人的词。别人的笔记每有不足信之处。因此，我准备以在京口的那首著名的《永遇乐》为中分点，来说明辛氏前后思想情绪上的波动。

在嘉泰三年（1203），即辛氏六十四岁的时候，他对韩侂胄是友好的，甚至有些恭维，对北伐事业也是全力支持的。能说明这些的，是他的三首词。其一调寄《六州歌头》，上半阕可不俱引，仅引其下半阕如下：

> ……记风流远，更休作，嬉游地，等闲看。君不见，韩献子、晋将军，赵孤存；千载传忠献，两定策，记元勋。孙又子，方谈笑，整乾坤。直使长江如带，依前是□（扶?）赵须韩。伴皇家快乐，长在玉津边，祇在南园。

此词收在辛词四卷本之丙集，梁启勋云“丙、丁集颇乱杂，通各时代皆有”[①]；

① 梁启勋：《稼轩词疏证》（曼殊室刻本）卷首《序例》，页1。

蔡义江以为写作时代在南园落成之后至倡议开边之前[1]，大体如此。词中以韩世忠、韩侂胄两世扶保宋室，极尽颂扬之能事。据此，则其另一首（《清平乐》）亦绝非赝作。词曰：

新来塞北，传到真消息：赤地居民无一粒，更五单于争立。维师尚父鹰扬，熊罴百万堂堂。看取黄金假钺，归来异姓真王。

此词，梁启超云"世有以素韩词嫁名先生者"[2]，颇疑其为"不辨自明"之伪作，而我以为并不伪。第一，前半阕言金国内乱，为辛氏派遣间谍所得来，言之亲切。第二，辛氏本一带谑浪气质之人，能骂皇帝骂大臣，亦未始不能捧皇帝捧大臣，且观其词集中"金印"、"貂婵"、"翠袖"三事，到处可见；"金印斗大"或"斗大金印"之文，凡十余见。故此处"真王"、"假钺"云云，丝毫不足为奇。何况《宋史·韩侂胄传》中明明点了辛弃疾等三个人的名，说他们是"有困于久斥，损晚节以规荣进者"。且所颂扬之人，当时为一坚持抗战的宰相（当时未入奸臣传），亦不足为稼轩辱。再观其《西江月》词云：

堂上谋臣帷幄，边头猛将干戈。天时地利与人和，燕可伐欤曰可。此日楼台鼎鼐，他时剑履山河。都人齐和大风歌，管领群臣来贺。

对这首词，梁氏昆仲持怀疑态度，一曰刘过（改之）词之误入，二曰"京师人之小词"，但又承认"无有力之反证"[3]。二梁对稼轩词中之不妥篇章与字句（如"除非腰佩黄金印，座中拥红粉娇容"、"两行红袖争扶"），往往怀疑非辛氏之作，表露出每多回护之处，窃以为有失于实事求是之道。至于此词，与前词为同类之作，倘其为伪，则二者全伪，倘其为真，则二者皆真。而此词绝非伪作，观其"燕可伐欤曰可"，支持北伐的态度，非常明朗坚定，不失抗战老英雄本色；只是其余词句，不免又涉捧场矣。以上所述辛氏的态度与感情，到嘉泰四年（1204）秋、辛氏六十五岁所写的《永遇乐》（京口北固亭怀古）词，是一个转折，他的思想情绪从此便急转直下，变为消极和消沉的了。由于这首词释者说法不一，故此处将于引出原词之后，尽可能详加诠释。词曰：

① 蔡义江：《稼轩长短句编年》（香港版），页386。

② 梁启勋：《稼轩词疏证》卷4，页32，梁启超《鹧鸪天词考证》。

③ 梁启勋：《稼轩词疏证》卷5，页28。

千古江山，英雄无觅，孙仲谋处。舞榭歌台，风流总被，雨打风吹去。斜阳草树，寻常巷陌，人道寄奴曾住。想当年金戈铁马，气吞万里如虎。元嘉草草，封狼居胥，赢得仓皇北顾。四十三年，望中犹记，烽火扬州路。可堪回首，佛狸祠下，一片神鸦社鼓。凭谁问，廉颇老矣，尚能饭否?!

辛氏一开始，就谈到孙仲谋，在同时的《南乡子》中他又重复提到“生子当如孙仲谋”，意思是说无论光宗赵惇或宁宗赵扩，都是不成气候的君主。然后，他拿晋、宋两次北伐来做譬说，第一次东晋安帝义熙十二三年（416～417）以刘裕为首的北伐，说它“金戈铁马”、“气吞万里如虎”。第二次宋文帝元嘉二十七年（450）刘义隆草草发动的第二次北伐，惹得魏主拓跋焘至于瓜步，声言渡江。义隆登石头城，仓皇北顾。用此二譬，暗示对开禧北伐之隐忧。然后，他又想起自己在本朝高宗绍兴三十二年时（1162）奉表归宋，到眼前恰为四十三年。最后，他用《史记·廉颇蔺相如列传》中“三遗矢矣”的典故，暗示朝中有人打击他，说他“好色、贪财、淫刑、聚敛”，并因谬举，降官两级，改知隆兴府，旋知宫观。可以替这首《永遇乐》担任佐证材料的，是辛氏在此同一时期填下的三首《瑞鹧鸪》。其第一首云：

暮年不赋短长词，和得渊明数首诗。君自不归归甚易，今犹未足足何时。偷闲定向山中老，此意须教鹤辈知。闻道只今秋水上，故人曾榜《北山移》。

这首的副题是“京口有怀山中故人”，故人是谁，无可考。词中有值得注意者二事：其一，提到了南齐孔德璋（稚珪）的《北山移文》，辛氏在词中提到它非止一次，想来是借其中“不使芳杜厚颜，薜荔无耻”一类字句发抒自己的牢骚；其二，提到了“君自不归归甚易”。这个“归”，不是归山东沦陷区，而是归铅山的寄庐，因为只有归铅山才“易”，归山东就难了。此一点，与后文还要联系。

其第二首《瑞鹧鸪》云：

声名少日畏人知，老去行藏与愿违。山草旧曾呼远志，故人今有寄当归。何人可觅安心法，有客来观杜德机。却笑使君那得似，清江万顷白鸥飞。

在这首词中，辛氏精妙地结构了一个对句，以两味中药名为对仗，一面发抒他虽有参与北伐的远志而不得施展，只好回归他铅山的寄庐去了。可是这就引起了清初人顾炎武的大胆怀疑，其《日知录》卷十三说辛氏“亦廉颇思用赵人之意”，并举了辛氏与陈亮（同甫）酒后之言，以充佐证。鄙人平生极服膺亭林先生，但在这一点上，则坚决不同意。理由是：第一，“当归”之“归”系指归铅山。观同时词句中“君自不归归甚易”以及“归休去，去归休，不成人总要封侯”等句可以明白，辛氏感到南宋皇朝和韩侂胄对他不信任，他在北伐事业中立不成功、封不成侯，所以要撂挑子，回铅山去了。第二，赵溍《养疴漫笔》中所记辛、陈二人酒后之言，甚不可信，即便退一万步所言“决西湖之水，满城皆鱼鳖”之语是真的，也不过是胡说八道而已，任何人都不免有胡说八道的时候，何能据之以锻成“叛国”之罪哉?！第三，辛氏一生以爱国、抗敌著赫赫之名，在南宋也屡掌一个大地区的军政大权，即便犹感未足，岂能遽尔叛国?！与其“瓦裂”，何宁苟全。亭林生当明、清之际，对投降叛国诸辈衔恨甚深，故不能自禁，发为如此过头之论耳。

其第三首云：

> 江头日日打头风，憔悴归来邴曼容。郑贾正应求死鼠，叶公岂是好真龙?！孰居无事陪犀首，未办求封遇万松。却笑千年曹孟德，梦中相对也龙钟。

这首词是稼轩的佳制之一，副题是“乙丑奉祠归，舟次余干赋”，距离辛氏逝世，已不到两年了。蔡义江《编年》于此词后加注云“余干为赵汝愚家乡”[①]，此注加得很好。在这首词中，作者用“死鼠”、“好龙”等词句，对韩侂胄进行了挖苦，更在末两句中表达了一个人再能折腾也折腾不过自然规律和历史巨流的浪淘作用的思想；他形象地刻画了的龙钟的曹孟德，说是嘲弄并哀悼韩侂胄的政治死敌赵汝愚也好，说是辛氏的自嘲和自哀也好，其中的味道是醇厚而深刻的，辛氏的佳作往往如此。这位龙钟的老词人辛弃疾，回到铅山的家中，不久就死了。

（《学林漫寻》第8集，1983年）

① 蔡义江：《稼轩长短句编年》，页399。

释《万历墩军石》

往观甘肃师大历史系文物陈列室中有在校园内水塔区附近发现之明万历墩军石一片，度之，长19市寸，宽12.5市寸，厚2.5市寸，上刻大小字119个，兹按原格式抄写于下：

深沟儿墩

墩军	五名□	
	丁□妻王氏	丁海妻刘氏　李良妻陶氏
	刘通妻董氏	马名妻石氏
火器		
	钩头炮一个	线枪一杆　火药火线全
器械		
	军每名弓一张刀一把箭三枝	
	黄旗一面	梆铃各一付　软梯一架
	柴堆各五座	烟皂五座　擂石二十堆
家具		
	锅五口	缸五只　碗十个
	箸十双	鸡犬狼粪全

万历十年二月　日立

墩台为明代边防设施之一。《明史·兵志》曰：“终明之世，边防甚重，东起鸭绿，西抵嘉峪，绵亘万里，分地守御。初设辽东、宣府、大同、延绥四镇，继设宁夏、甘肃、蓟州三镇，而太原总兵治偏头，‘三边’制府驻固原：亦称二镇：是为九边。”[①]《皇明九边考》曰：“方今沿边之守，有营、有堡、有土墩、有空，有巡探、有按伏，有备御以分其任，有将领以总其权，有游击以备调发，有总领以司机权：防守之道备矣。”[②]《明史·兵志》又曰：“（文）帝于边备甚谨，……其敕书云，各处烟墩，务增筑高厚，上贮五月粮，及柴薪药弩，墩旁开井，井外围墙与墩平，外望如一重门：御暴之意，常凛凛也。”[③]后每以此类墩台规模较大，不易普及，嘉靖间杨博乃有议筑简便墩台之奏疏，略曰：“盖守御之方，大则为城，其次则为堡。城非万金不能成，惟此墩城，通计不过百金，为费甚少，随处可筑。大城必须数千人，堡须千人，方能拒守。惟此墩城，十数人可以守。”[④]更早些时，成化间余子俊亦有类似的建议与设施：“每墩摘发操熟神枪五把，炮二个，长枪四根，并弓箭等器，共用十人守备。”[⑤]大略一墩配备人员武器逐渐简化，嘉靖时史道奏疏中云：“每二里余筑打墩台一座，每墩起盖房屋二间，合为一间，其各墩应有锅瓮器皿旗帜号带弓箭盔甲枪刀火器，具各置办完全，各选拔兵六员名，令其常川轮留哨守。”[⑥]六员名之中，设有一员军官，则五名当即军士。晚明韩霖著《慎守要录》一书，其中有云：“其墩，或隔三里，或隔四、五里，每墩以五人居之，红旗五竿，火器、木石、钩刀、枪弩备具。上多积狼粪火种。凡贼来，放烟，昼黑夜红，连结不散。如见贼结队将犯者，放一铳，起红旗一竿；贼远十里，连放二铳，起红旗二竿；贼远墩五里，连放三铳，起红旗三竿；贼近墩，放四铳，起红旗四竿。或定为口诀，贼来某路，放炮几，或举旗何色。夜则易灯笼、流星，亦照数各为信验。其刍米等物，皆限为一月。”[⑦]统括以上观之，文物所载与文献所载盖基本相符。万历时墩台已经简易化，故仅设军士五名，火器二件（枪炮各一）而已。粮秣之事，石上未见记录。

然则军士之妻，何以刻之在石？缸锅碗箸各备五对夫妻之用，不多不少，此盖所谓“勾军”、“佥妻”之事，有待诠释。《明史·兵志》云：“明初垛集令

① 《明史》卷91《兵志》（三）《边防》。

② 魏焕：《皇明九边考》卷1《镇戎通考》。

③ 《明史》卷91《兵志》（三）《边防》。

④ ⑤ ⑥ 《明纪世文编》中华局新印本第4本，卷273，页1880，第1本，卷61，页489，第3本，卷166，页1689。

⑦ 韩霖：《慎守要略》卷6，《申令篇》。

行，民出一丁为军，卫所无缺伍。未几，大都督府言，起吴元年十月至洪武三年十一月，军士逃亡者四万七千九百余，于是下追捕之令。……成祖即位，分阅天下军，重定《垛集军更代法》。初，三丁以上，垛正军一，别有贴户，正军死，贴户丁补；至是，令正军贴户更代……。”[①]又曰：“军士应起解者，皆佥妻。”《皇明九边考》亦云“国初，徙腹里军民，以充边卫，厥后成没流移，营伍日耗，于是勾取解发以继之。夫以数百千万里之外，驱丁男以徙塞下，离去乡井，居止不习，重之以科罚之扰，笞辱之苦，又多置之墩空瞭哨，恒见其十死八九矣。虽有存，焉能挽强执锐、周旋锋镝乎?！同里之人，追妻佥解，丧身破产，十且三四，盖自是民始疲矣！”[②]石上所刻男子五名，乃垛集之军士；女子五名，乃佥解之妻——防其逃逸，故勒姓名于石上。所记军器什物，亦为防其缺失者。《慎守要录》载有守墩军士例须背熟之五条，其一云：“墩军于贼情紧急时，及闻警报，务要尽数在墩。敢有下墩回家，或虽住近墩下而不在墩者，无贼至，捆打一百割耳；有警，军法示众。”[③]其另一条云：“应备什物军器，欠缺一件者，墩军捆打一百，割耳；仍罚月粮置办。”其另一条又云：“应备什物军器，虽不欠缺而不如法者，墩军捆打四十，扣月粮改置。”阅此，则墩军刻石之意甚明，一为防人之逃逸，二为防器物之缺失。检阅之人，凭石点验，以作考核。

此类边防军士，在明初皆有屯田所收粮米，《皇明九边考》云：“我国家酌古准今，立为屯政。洪武、永乐间，每军给屯田一分，岁收粮二十四石，内正粮十二石，本军按月关支；余粮十二石，内充本管官旗月俸。洪熙元年，正粮如旧，钦免余粮一半。宣德七年诏书内开，正粮与军自赡，止纳余粮六石，遂以为例。此则国初军皆有田，养军之费尽出于田，诚得古人寓兵于农之意，而非后之竭天下之财以养军也。其田科则之重，亦良有深意，而后人失之也。故其田日消矣。今之言军伍者，不过曰清勾、曰解补、曰存恤而已。此固不可无，而大意则未有处也。”[④]此言军屯开始瓦解之后，边防军生活失去保障，政府虽采取“清勾”、“解补”、“存恤”等措施，仍无助于军士之逃逸，与未逃逸军士生活之贫困化。观《醒世恒言·刘小官雌雄兄弟》故事所写龙虎卫军士返

① 《明史》卷92《兵志》（四）《清理军伍》。

② 魏焕：《皇明九边考》卷1《镇戎通考》。

③ 韩霖：《慎守要略》卷6，《申令篇》。

④ 魏焕：《皇明九边考》卷1《镇戎通考》。

回山东济宁原籍讨要军装盘缠情节，可以想见。[①]故当时边防军士缺额，为一极严重问题。观《皇明九边考》中所记诸边情况，正规在边负担“常垛”、“轮垛”、“冬操夏种”之军士，仅占三分之二弱；而事故、逃逸、轮班迟到之军士，经常占三分之一强。故刻石备考之意，在此种情况下，越发可以看得清楚。

（《东丘论全》1982年第5期）

① 《醒世恒言》卷10《刘小官雌雄兄弟》。

我讲授“明史”的两点心得

“吃一堑，长一智”，这道理是不错的。在讲授《中国近古史》这门课时，我是从“元史”开始的，那时的效果很不好。据同学们反映，教学的缺陷，在于（一）缺乏在重点处作深入的分析；（二）学习者仅获得了一些孤立的印象，而互不联系。这引起了我的自我检查。自然，这原因是很多的。第一，我对于“元史”根底太差，感性知识的积蓄量就不大，自然不容易上升，也就是所谓“抓不起来”；但是第二，因而使自己没有、或忽略了、或不习惯于从“分析矛盾”和“找寻联系”这种方法下手，也究竟是自己的备课工作仅仅停留在繁冗地广搜史料和平列地排比史料这两个拙笨的阶段上面。找到了这两点，我就决定在讲“明史”时要扭转它，提高自己的教学。对于“明史”，我的根底比“元史”稍稍好一点，不仅作为正史之一的《明史》，我过去翻过一道，而且还搜罗过一些稗史、野史和专集，做过几个重点的研究。但在过去，这种所谓重点的研究，是考据的，能见其细而不能见其大，于教学补益甚小。目前同学们的要求，不是琐节考订，而是要你结合基本史料，给讲出一套路数来。要完成这样的任务，可就难了。于是我便从“分析矛盾”和“找寻联系”下手。

现在，“明史”快讲完了。反映一般还不错，就连我本人也觉察到了自己教学的逐渐提高。那么，是什么因素提高了我的教学呢？这因素在于我停止了对琐碎史料的穷搜与平列地排比，转而结合基本史料去分析矛盾和找寻联系，因而不会把“明史”讲成了若干孤立事件的堆积，而是讲成了一套比较曲折起伏的发展历程。现在，我愿把其中主要的两点体会，写了出来。

首先应该插进来说一说的，是在研究与备课和实际讲授中，我发现两个恰恰颠倒的历程。在研究与准备一段历史时，你一定不能长期停留在表面史料上，最好你得像个解剖师，首先一刀划去，拨开皮肉，清楚地看见了基础的骨头，即社会经济结构。你反复地研究了这经济结构，抓住了它的变化，这你就有了根蒂；然后再看上层的建筑，于是那些政治人物啦，那些思想家啦，那些龙争虎斗啦，你就都容易把他看穿了。看得穿，才能讲得透。这是研究和备课的程序。在讲授时，假如你按照同样的程序去搞，那便又会失败。因为在没有讲述实际的人物、年月、事件、情况之前，就猛古丁地说这是什么社会，是某某阶级对某某阶级的榨取与剥削；学生一笑："你这是教条。"所以在实际教课时，你得把当初的研究历程反转过来，从丰富的、生动的、有着无限变异和差别的历史现象开始，然后，再慢慢儿分析到基础和生产的方面来。

话归本题，我在准备"明史"时，按照我自己体会出来的如上述的公式，我当然首先要从分析基础和分析基础上的矛盾开始。自然，一般说来，明代经济结构也不过是宋代经济结构的延续与发展，亦即以自然经济的衰退和商业与手工业之逐渐发展为特征、以地主剥削农民的封建关系为主导关系的一种结构。其基本矛盾是地主阶级与农民的矛盾。这是把宋明并列起来，而求共同的结果。但只求同而不求异，便无法说明历史的发展。求异的结果，便发现明代土地集中（特别是"官田"的集中和"大户"的集中）较宋代严重，宋代土地比较分散的情况到明代代有了变化。于是，作为研究明代比较宋代土地更严重地向"皇庄"集中、向"大户"集中的结果，我便找到了"明史"在一般封建社会之一般特征以外的一个特征，亦即"近古史"中的一个新矛盾的发展，即明代统治阶级剥削阶级内部的积极分化，因而在政治上形成了作为地主阶级之一般表现的"绅权"以及作为地主阶级统治之集中表现的"皇权"两者间的尖锐斗争。抓住了这一点，我感觉对于整个"明史"的讲授，增添了不少的信心与勇气。

我发现：作为地主阶级之一般表现的"绅权"，它要求土地无限制地集中于"大户"；它企图规避力役，巧嫁力役于中下之户；它需要培植自己"士阀"的后进力量，以胁制各级政权。因而，它无时不攻讦帝王，攻讦帝王的代理人——宰辅和宦官。这是一方面。另一方面，作为地主阶级统治之集中表现的"皇权"，它要求土地无限制地集中于"皇庄"；它要求由皇朝独自地去榨取苛重的赋役，以无限制地增加皇室收入，而排斥"大户"的染指；因而它就不能不压制"士阀"的发展，镇压"士子"的抬头。于是在明代，皇朝创举了"不衷古制"的廷杖、东西厂、锦衣卫和镇抚司，来镇压"绅权"；在万历时通过张居正的执政，又发动了严驿递、丈田亩、行条鞭、毁书院等一连串的措施。而在“绅权”方面呢，通过了像刘基、方孝孺、刘球、杨继盛，以至赵南星、高攀龙、杨涟、左光斗等一连串的历史人物，表现了对专制主义皇权的血肉斗争。直到明亡之后，东林烈士黄尊素的儿子黄宗羲还在《明夷待访录》的《学校篇》中主张说：“大会一邑之缙绅士子，郡县官就弟子列，北面再拜。郡县官政事缺失，小则纠绳，大则伐鼓号于众。若郡县官少年无实学，妄自压老儒而上之者，则士子哗而退之。”自从比较深刻地认识到了这一点，我仿佛感到自己对“明史”的理解更通透了些似的。其实，恩格斯早就运用过这样分析矛盾的方法，并且抓住了与明代封建社会中统治者内部矛盾相类似的矛盾。那见于他一八九〇年十月二十七日给史密特的信：

> 事情要从分工的观点上看，就最容易了解。社会产生出它所不能缺少的某些共通的机能。担负这机能的人们就形成了社会内部分工的新的分枝。他们因此也就有着特殊的利益而不同于他们的授权者们，他们在后者的前面独立起来……
>
> ……国家权力对于经济发展的反作用可以有三种：它会循着同一的方向而走上先头，而且发展得较快；它会走上相反的方面，这种情形在今日会使每一个大民族的力量受到破坏；或者，它会把经济发展的一定的方向切断，而规定出另外的方向——这一种场合，结局又会还原成前面两种场合之一。很明白的，在第二和第三两种场合里，政治权力对于经济发展会给予大的损害，会造成多量的力和物的浪费。①

在这里，恩格斯虽然分析的是另外的社会，但他所指出的一些情况，即有着特殊利益的人们在他们的授权者前面独立起来，对于经济发展给予大的损害，造成多量的力和物的浪费等，对于研究“明史”，对于分析明代诸矛盾的我们，却是富于启示力量的。

以上，是我在“分析矛盾”方面，所获致的一点心得。

下面，我将叙述我如何地“找寻联系”。在讲授“元史”中，我自己已经感到一些疚心的地方，即只比较地善于讲述热闹的节目，而不善于讲述冷落的节目。所谓热闹的节目，如蒙古部族的兴起、成吉斯汗的西征、四大汗国、忽必烈与元帝国之建立，以及元顺帝托欢·帖木儿时代的农民大起义。关于这些

① 见《马恩通信选集》，解放社1949年版，页86～87。

节目，在所谓正史上既不乏重点的叙述，近代的历史学者也不乏深入的专题研究，因而我们的凭借较广，功效易见。但自忽必烈至元之亡，中经七八十年，七八个皇帝，你却不能只说一句“这中间只不过是一些蒙古皇族与大臣的纷争罢了”。你得去研究这个中间的所谓“冷落”阶段，分析元代社会怎样由始至终通过了这个“冷落”阶段，发展下去的。关于这个“冷落”阶段的处理，既有的凭借是少的，因而我们的工作便自然更困难了。我在讲授“元史”时，没有克服这一困难，也是效果不好的原因之一。

在讲授“明史”时，我却在一定程度上克服了这一个困难。在“明史”中，自然也有所谓热闹的节目，如朱元璋的起义及其转变、朱元璋的杀戮功臣、靖难之役、三保太监下西洋以及嘉靖、万历及其以后诸帝王之昏瞶、官僚的专权与贪腐、党派斗争之加剧和晚明李自成、张献忠的农民大起义等等。关于这些节目，我们也是凭借较广，功效易见的。但自永乐以后到嘉靖以前，历洪熙、宣德、正统（连天顺）、景泰、成化、弘治、正德七朝，差三年不到一个世纪（公元1425至1521），在这一较悠长而又较冷落的阶段中，讲述者实在遭遇到了“求之不得，寤寐思服”的痛苦。而最不可忍耐的，是这一痛苦竟而持续很久。

后来，这一痛苦之解除，亦即这一困难之解决，是由于我抓住了明英宗正统到天顺（中夹景泰）间的一些现象，把它们加以分析，并开玩笑地称呼它们做“明史的脖子”，亦即从“明史的脑袋”（洪武和永乐）通到“明史的肚子”（嘉靖到万历）和“明史的尾巴”（天启和崇祯）去的中间联系。这样地，我找到了“有机的联系”。我分析了一些什么现象呢？我分析士大夫刘球与宦官王振的斗争，我分析了明朝将田赋折征银两、概行天下、定为永例的重大措施，我分析了钦差巡盐、纠查逃户、罢减役夫等一连串绝非偶然的撙节政策，我分析了从这时期开始屡开屡罢、屡罢又屡开的银场，以及所谓“矿贼”在农民暴动中成分的增加。从这些分析中，我增加了许多认识。第一，从王振、刘球事件中，我们可以认识到作为明代政权特征的专制主义在继续发展，它绝不因朱元璋、朱棣那样突出人物之死亡而意味着任何的中衰；相反，它却通过了帝王宦官和权奸的集合而发展了，这发展直到天启年间魏忠贤的大败坏而达于顶点；第二，从那一连串“开源节流”的经济措施中，我们可以认识到明代自洪武、永乐以来，由于“荡平群雄”、“靖难”、“营建宫殿陵庙”、“下西洋取宝”、“北方御虏”等的糜费，皇朝的财政已趋于明显的困难，于是不得不采取这一连串的弥补政策。等弥补无效时，对不起，张居正的“条鞭法”便向“大户”头上开起源来了；第三，这些弥补政策分明地加强了搜刮和剥削，于是作为直接的后果，便是叶宗留、邓茂七、黄萧养等一连串的起义，以及正德年间刘六、刘七等的更大规模的起义；第四（这是特别重要的），对于“田赋折银”与“开银场”这两件事，我们应该有更进一步的认识。对于这两件事，自然，我们首先应该理解为皇朝搜括的加强。这理解是对的；然而不够。因为假如我们不单纯地着眼于专制皇朝采取这些措施的主观企图，而复向明中叶及其以后由广大人民所组成的社会经济生活去观察的话，那么，这些措施之所以可能不早不晚恰于正统——天顺年间开始，则这显然反映着明中叶及其以后社会生活的变化，如生产水平的提高，交换关系的频繁，以及生产中新因素之萌动的可能等等。这些，结合了以后嘉靖、万历时代社会的发展，以及所谓“西势东渐”等新条件的发生，去一并研究，是特别有意义，并且特别有兴趣的。

以上是我如何在“明史”中“找寻联系”的经过，以及在这段经过中所获致的一点心得。

一九五一年五月十三日于青岛

略说清初安丘人物间的人际关系

自明崇祯以来，历清顺（治）、康（熙）之世，安丘人物倍出，有从政做官的，有专做文章的，有写诗填词的，有潜心理学（哲学）的，也有写字、画画、刻印的。从悠长历史上看，十七世纪这一段，安丘人物显得特别活跃。而在这些人物间，又存在着姻亲、友朋、邻里、同年、师生等等的人际关系。因此，从人际关系的角度来观察安丘人物的活动，未始不是一个办法。

请允许我先从张贞说起。安丘张家之所以有显赫之势，怕是与张贞的父亲、伯父、叔父有关。他们张家是明初自南方迁来（这与十四世纪迁民主要是从北方枣强迁来，是区别着的），据说是来自淮阴，又有的说是皖南的歙州。张贞的上一辈兄弟三人，叫张嗣伦、张继伦、张绪伦，所谓“三珠树”。嗣伦是举人，绪伦是进士，继伦是在明末动乱年代保家卫乡的绅士头头，他还组织群众将李自成派来的安丘县令杀死。张绪伦在崇祯年间做过八九年河北省地方大吏，是一位有着某些声誉某些建树的行政人物，可惜只活了五十几岁，明朝亡国前三年就死了。

张贞是怎样的人物？值得研究。《聊斋志异》（卷9）有《张贡士》一小节，说的就是他。故事说，他梦见心头有小人出，唱昆曲四折而没。王渔洋《池北偶谈》中也有类似的记载。可是到雍（正）乾（隆）间胶州画家高凤翰（南阜）的手下，故事的主人公就由张贞变为他的儿子张在辛（卯君）了。但若干年来乡老们都说蒲松龄的意思是说，张贞是个小人。因此，我说这个问题“值得研究”。

张贞早年，也颇有“遗民”风度，他好远游，王源（昆绳）说他好“结客”，搞程婴、杵臼那一套，晚年虽然没有去应试“博学宏词”科，但他终究在清朝挂了个“翰林孔目”这样一个极小极小的吏职。是否因此遭人不齿，不清楚。对他平生所做文章，我可以说差不多都读过了。他自称对于做诗才情不近，故独以文章（散文）知名。我可以说他应该是一位全国水平的大文章家。从明朝中后期济南出了个李攀龙以来，益都、诸城、安丘一带，一直文风甚盛。这些文人，大都在经学、义理方面不讲究有多么深厚的根底；他们单纯在文章的章法、结构和词藻、用典方面下功夫。南方鼎鼎大名的王世贞不也正是如此吗？可以说，这是明文风之弊，弊在不讲求“经世济用”。张贞正是这种风气的晚成者。他的文章，王渔洋说“劲而不诡，舒而不俗”；王岘说他一个“洁”字，确是的评。朱湘说他的文章“醇乎其醇”，就有点拔高了。不过，即便作为安丘清初历史文献来看，张贞著述的价值也是极高的。

再说曹家。也就是曹贞吉和曹申吉兄弟二人。此二人的外祖父是鼎鼎大名的刘正宗，故说曹之前，须先说刘正宗。刘也是个值得研究的人物。我们可以研究他的凭借材料，除稗史野闻外，只好靠清中叶编修的《二臣传》。这部书说明、清两朝最高统治者的看法有了某些改变。在清初，明、清尖锐对抗，凡背了明的在清就认为好人。现在变了，明、清同是皇朝，你能背明，清也不认为你好。这是刘正宗掉身价的头一条原因。乾隆批钱牧斋说，“平生淡节义，两姓事君王，进退都无据，文章郝（哪）有光?!”刘正宗也就正是“进退都无据”的人之一。第二条原因，是刘无论在朝在乡，所作所为都太过分。现仅以张贞在《杨石民小传》[①]中所记，打击同列大臣事件四件，以相府名义贩私盐、大搞“官倒”两件，已足见一斑。一度重用他的顺治在遗言中说刘正宗“偏私躁忌”，所以顺治死后，他就连子孙一齐被编管在旗下了。仅仅未杀头、族诛而已。可是历来看法就是允许有不同的，如他大外孙曹贞吉在其《珂雪诗二集》中一首题名《拜先外祖墓》的诗里，一句不涉刘的恶行，而是惋惜叹悼地说，“古今贤达将奈何?!”似乎是说，刘正宗是无辜的。

话说回到曹氏兄弟。他兄弟二人，可能才具很高。张贞回忆说，他很小时候，他父亲张继伦自外回家，对家人说，他刚才在刘相府见到刘的两个外孙，简直是龙、凤的一般，评价如此之高。弟弟申吉比哥哥贞吉只小一岁，可是弟弟却比哥哥早九年成进士，官职也比哥哥高得多。哥哥只是六部中一个司的郎中，用现在的话说不过厅局级；弟弟一直是贵州巡抚，加副都御史，是省级最

---

①见《杞田集》卷6。

大的官了。可是哥哥也有两点远远超过了弟弟。第一，他的词，填到全国第一流水平。纪晓岚（昀）给《珂雪词》写《提要》时，说他的词“风华掩映，寄托遥深”，这评价很高。张之洞写《书目答问》，在“词家”一门中列曹贞吉为第一，诸如朱彝尊、纳兰性德、张惠言诸词家，均在其后。第二，他以京华老吏，得以善终（65岁）；而申吉则以遭逢吴三桂“三藩”之变，以46的短龄被处死在昆明的双塔寺。“三藩”之变，自康熙十二年至二十年，首尾8年；曹申吉究竟是哪一边的？长期定不下来。据当时南昌人刘昆写其父刘健亲述的《过庭录》说，曹先削发隐遁，后被查出，任贵州巡抚原官，历五年，吴三桂即帝位，以曹为顾命大臣。张贞为曹写的《墓志铭》则说“先生陷贼中，无日不伺间图贼”，后因用蜡丸向北京密通机宜，发觉后被处死。在康、雍、乾三朝中，问题做了三种处理，先定为“逆臣”，后撤去“逆臣”，最后始准入忠烈祠，足见曹申吉跟他的外祖父间有某些类似。平生虽亦写了不少诗文，且才情亦并不低；但主要是到宦海中浮沉，大起大落，亦有非常得意之时，亦有遭遇危机终至授命之时。正如《红楼梦》中王夫人所说“心里是不安静的”。乃兄则不然。以老吏为职业，以苦吟、呕血为事业。所填之词，虽以“咏物”为多，似有狭窄之嫌；但在咏物之中，每每流露对政事的讽寓，对一己感受的抒发，所咏虽小，所关则大。况且，其技法是又高乘的。故我们说，曹贞吉实是被时代压抑而变形了的一位大诗人。举例来说，琉璃瓶中的小金鱼，本是极琐细的事物，可是曹的诗则写道，“雪后遥天霁景铺，坐看红豆下冰壶；一泓清冷光难定，两点珊瑚淡若敷。怪尔丹霞留色相，居然游泳自江湖。年年一度桃花水，记得前身喷浪无?!”[①]试看，咏物诗中露出的，是何等的胸襟?!

现在来说刘源渌。他是山东辞章之乡中罕出的理学家。清末，人们替他刻印了理学思维的语录《读书日记》。梁启超著《中国近三百年学术史》，其中介绍了刘源渌。这是为什么？关此，我有我自己的看法。大体说来，自晚唐、五代十国、北宋以来，南方明显地繁荣了，北方相对显的落后些。明、清之际，大思想家如湖南的王船山、浙江的黄梨洲、江苏的顾亭林，都是南方人。可是北方也并不是连一个思想家也出不来。河北博野出了个颜习斋，山东安丘出了个刘源渌。颜死命反对朱熹，刘死命崇拜朱熹。二人相反之中，实有相成。要批判谁首先要精研谁，崇拜谁也必然要精研谁，精研之中，从正反两面必然各

① 《珂雪诗集》卷1。

有推进。试举一例。《孟子·公孙丑上》二章中有“必有事焉”一段，讲的是人的内在心理活动随时随地要和外在的事事物物联系起来，颜习斋临终时对他的私淑弟子李塨谷说，“必有事焉”一段是“圣学真传”；刘源渌也在其《冷语》中引张横渠“言有教、动有法、昼有为、夜有得、息有养、瞬有存”，以此“六有”之义讲“必有事焉”，足见河北、山东学者，“英雄所见略同”。

刘源渌和张贞间，也有人际关系。张的长子在辛（卯君）就是刘的长期随学的弟子。张贞的父辈兄弟三人，伯叔均无子，故一人继承三支；后张贞生三子，恰好又可以分继三支。在分产的典礼上请了二十几位贵宾，从诸城请来的有张侗（石民）和徐诩野；安丘的第一位就是刘源渌。足见刘当时是安丘的头面人物。

1989年7月1日于兰州大学，时年七十又三

趙儷生文集

乃正题

第一卷

蘭州大學出版社

图书在版编目（CIP）数据

赵俪生文集. 第1卷 / 赵俪生著. -- 2版. -- 兰州 :
兰州大学出版社, 2019.8
ISBN 978-7-311-05647-6

Ⅰ. ①赵… Ⅱ. ①赵… Ⅲ. ①赵俪生（1917-2007）
—文集 Ⅳ. ①C52

中国版本图书馆CIP数据核字(2019)第164706号

责任编辑　张国梁　马继萌
封面设计　陈　文

书　　名　赵俪生文集　第一卷
作　　者　赵俪生　著
出版发行　兰州大学出版社　(地址:兰州市天水南路222号　730000)
电　　话　0931-8912613(总编办公室)　0931-8617156(营销中心)
　　　　　0931-8914298(读者服务部)
网　　址　hhttp://press.lzu.edu.cn
电子信箱　press@lzu.edu.cn
印　　刷　甘肃春宇印务有限公司
开　　本　787 mm×1092 mm　1/16
印　　张　27
字　　数　453千
版　　次　2019年8月第2版
印　　次　2019年8月第1次印刷
书　　号　ISBN 978-7-311-05647-6
定　　价　950.00元(全六卷)

作者像　　1966年摄

再版说明

赵俪生，1917年出生于山东省安丘县，中国当代著名历史学家。赵先生一生治学广博，学力宏赡，尤以中国农民战争史和土地制度史研究为著，是农民战争史研究的开拓者。其学术生涯是中国20世纪史学史的一个缩影。《赵俪生文集》是赵先生毕生创作和学术的总结，是20世纪中国史学一份不可多得的宝贵资料。

《赵俪生文集》六卷本由我社2002年出版。《文集》出版以后，学界反响热烈，评价很高。初版至今已十七年，又恰逢兰州大学一百一十周年校庆，为了将一个更完善的版本呈现给读者，我社决定将《文集》再版。

《文集》所录论著是赵俪生先生近七十年陆续写成的，而这七十年间，出版物的编辑规范和标准几经修改，变化很大。因之，再版时，为了保持原作风貌和特点，我们不是一味地生搬硬套现行的规范和标准，而是坚持具体问题具体分析的实事求是的态度，既尊重规范又灵活运用标准，得体地解决问题。基于这些认识，我们做了如下工作。

首先，由于开本、版式改变而出现的新的问题，依据初版校对新版。之后，依据现行标准，对个别数字、标点的用法和注释方式做了规范；对因录入致误的人名、地名及形近字、音近字等做了订正；对个别不美观的造字重新造录。同时，为了尊重语言的时代性，对一些随时代变迁以前可用、今天不用的字词、标点和习惯用法，如“的、地、得”的用法，书名号、双引号间顿号的用法，“凭藉、著重、固著、薰染、阿喇伯”等词语，对书中人名、地名及个别字词的注音，一仍初版，未做改动。

再版编校时，编辑们高度负责，用力十足，尽管如此，疏漏失检之处恐难避免，尚祈先贤海涵。

《文集》是赵先生数十年心血所注，饱含着他知识分子的忠诚和忠实，也是他一生热情和激情的燃烧。愿《文集》的再版，能使他绚烂的生命之光闪耀在追求真理和卓越的读者的心中。

兰州大学出版社

二〇一九年七月一日

序①

金景芳

赵俪生先生是当今名教授，现任职于兰州大学历史系，原籍山东安丘，1917年6月14日出生于一个声名藉甚的家庭。先生之父是前清秀才，伯父是清进士，兄弟二人俱擅长填词及书法，有名于时。先生幼颖异，出就外傅后，每逢考试，辄冠其曹。年未冠，即考进北京清华大学外语系。由于早岁在中学受过进步老师宋还吾、郝荫潭的启迪，倾心于无产阶级革命工作，适值抗战军兴，于是离开清华大学，到山西太原受训，参加第二战区总动员工作，既而参加部队，在晋西北和晋南转战了两年半。1939年因病脱离部队。自此以后，一直从事教学工作至今。

在学术上，先生是从新文艺开始，由于外语基础好，先后翻译英、俄、美、日文学作品多种。以后，偶尔自图书室中借到全祖望的《鲒埼亭集》，读了以后，受到触动，遂转到史学上来。实际先生博学多通，才、学、识兼长。先生平生用力最深的是《中国农民战争史》和《中国土地制度史》两部著作。在先生的论著中，我特别欣赏先生在研究中国农民战争史中提出的四个专题：

其一是农民的身份，即不同时代中农民身份间的差异；

其二是起义和国家机器的关系；

其三是农民起义与多民族关系间的关系；

其四是宗教在起义中的作用。

先生在土地制度史著作中对于所谓“亚细亚生产方式”问题及公有制与私

①此篇原为《赵俪生史学论著自选集》的《序》，现移置于此。

有制问题的看法，我也特别欣赏。例如先生说：

“根据我的理解，所谓‘亚细亚生产方式问题’，是指公有制在私有制社会（阶级社会）中的遗存。”“在人类公有制阶段中，私有制的萌芽早就存在了；而在私有制阶段中，公有制的经济形式一直有遗存。”“这种现象告诉我，当时无论什么私有制或国有制都不成熟，都不是纯粹而又纯粹，笔直而又笔直的。”

“近三十年的史学著作中，总把私有制一开始到其成熟，描写作是同等的凶恶。这是非常之不合历史主义的。必须指出：私有制有其自身的浅化阶段和深化阶段。”

“我从阅读《费尔巴哈论纲》‘德意志意识形态’一段中，才懂得了所有制衍变发展的全史。国家所有制在前，而私人所有制在后。这是我明白的第一点。国有制由部落所有制而来，而且在这个演变过程中，一直存在着两点局限，即第一，属于私人的只是‘占有’，它的含义远较‘所有’的含义为浅；第二，即使占有，也主要指‘不动产’（土地）而言，至于‘动产’，还处在法律未予明确处置的地步。这是我明白的第二点。等到动产、不动产都成为纯粹的私有财产的时候，那已经进入‘现代资本主义’的时代；在这个时代中，‘人’对于‘物’具有绝对的支配权力，包括使用它、滥用它甚至毁灭它。这是我明白的第三点。”

“那么让我们来对照我们中国的历史，那种纯粹的私有财产，那种可以任意对其使用、滥用甚至毁灭的权力，在社会公认的情况下，在鸦片战争甚至土地改革以前，怕是一直不曾出现过吧。这就是为什么我们说中国社会一直带有‘亚细亚’色彩的原因。至于为什么这样呢？我也从上述经典著作中得到启示。现代资本主义的纯粹的私有制之出现，需要两个前提，一是古老共同体（即公社）从实质到形式，统统被抛弃了；二是国家对私有财产的任何影响，都已消除。”

“上述两点，虽然不曾在旧时代中国历史上大量出现过，但我们把这种理论遗产，翻过来就是方法。从此我立志，要在中国经济史的每一个关节点上悉心检查，看共同体形式抛弃了还是未曾抛弃？抛弃净尽了还是未曾净尽？还要看国家权力的影响消除了还是未曾消除？什么情况下弱一点，什么情况下又强化起来？我发现，照这两条检查下去，周代半公社所有制的井田制度可以得到解释，魏晋北朝的半国家所有制的均田制度也可以得到解释，宋和宋以后的地主（相对）土地所有制也可以得到解释。我就是沿着这么一条线索，才写出我的《中国土地制度史论要》来的。”

还有先生论东西文化，也有独到之处。例如说：

“从孟子到王阳明，这自然是一种偏。偏向‘内’而未曾专门去对付‘外’。这与西方恰成对照。西方生产力发展不受阻，人们向外有广阔天地，所以自然科学、应用技术一日千里。可是他们对于‘内’则不足。”“总起来看，他们是一种偏，我们是一种偏，二者应该互补，也只能互补，在悠久历史段落中互补。说互补，就是说不能互相代替，不能把儒学硬搬到西方去，也不能要中国‘全盘西化’。”

以上各点，我是从《学术自传丛书》、《赵俪生自传》中移录过来的。我初读时，即惊叹不已。我认为，这是作科学研究从具体事实升华为纯理论，不是穿穴载籍，并有高度的抽象力是办不到的。这真正是寝馈功深，甘苦有得之言。

我识先生于先生耳顺之年，真是相见恨晚。先生少我15岁，缔交后，丽泽互益、情投义合，我常视为畏友。

先生为人，颇倜傥自喜，不以岸异为非，论学敢于坚持自己的意见，于同时代人少所许可，以是每不见谅于人。然先生实胸怀坦荡，无适无莫。当其与友人纵论天下事，热情奔放，不可羁勒，盖其天性然也。

今年喜逢先生八秩华诞，群弟子争相撰文，勒为一集，作为纪念。先生则回首前尘，感慨颇多，顾念科学研究是先生数十年心血所注，因此自选平生论文精品十六篇，四十余万言，总为一集，交付出版社印行，以饷读者。

我忝与先生为友，以笃老，不克趋前称觞，谨将先生数十年生活概况书出，弁诸简端，以当芹献。

自 序

这篇序文，按正常的情况应该是邀请一位年高德劭的老先生，他熟悉我垂爱我而我又终生尊重敬仰他，请这样的人来写。但是，自两个世纪交替之际，前前后后，这些人纷纷下世去了。找不到一个合适的人，所以编辑部就自然而然把这任务派到我本人头上来了。

但这有困难。别人写和自己写，口气就完全不一样。老先生写的口气，不免带些勖勉和鼓励，或者再加一些指摘和置疑。自己写就不行，只剩下（恕我沿用“文化大革命”时期的词汇）交待和检讨了，而这样的文章，不久前我已写过两篇。

一篇是给山东大学出版社出版的《赵俪生史学论文自选集》写的《后记》，一篇是应北京师范大学《史学史研究》编辑部的命意而进行的一次专访答辞。至此，已没有什么需要再交待和检讨的了。现在来写这篇《序》，就准备以上述两文为基础，尽量避开重复的可能，用新的心情笔触，来概括一下我这一生既适应大时代又努力自我塑造自己的全部过程，一是给后代学人留下一点求教的遗念，另一是给本书读者提供一点阅读全书的“楔子”。

按照一个人头脑发育的自然过程，我是先接触了词章，而后晚一步又接触了逻辑和分析的。前者不免就是读一些唐诗、宋词、古文和传奇故事，这大概是15岁前后的事。到17岁前后，通过数学证恒等式、解方程式的操作，加以外语语法分析的锻炼，培养了一点逻辑分析能力，这才慢慢走上了写点东西和做做学问的漫长道路上来。

进入史学，已经是24岁了，所以我检讨说，“晚了点”。为什么进入史学，理由很简单，它比兄弟学门更深邃，耐人探索。作为进门的引荐，我读了几部书，一是傅青主的《霜红龛集》，二是全祖望的《鲒埼亭集》，三是钱牧斋的《初学集》和《有学集》。我被这几部书勾引的神魂颠倒，自己对自己小声呼叫"过瘾呀，过瘾呀"。我梦想有朝一日我会像全祖望写张煌言那样，像钱牧斋写孙承宗那样，写出我自己当代的革命者和爱国者的事迹。这就是立志了，立下很大的志，终身的志。

光搞人物不行，还要搞社会，搞古代社会、地主的社会、资本家的社会，以及革命成功后理想主义逐渐实现的社会。这样，就不能单靠史料了，还得搞理论。所以搞理论史学，不是哪个谁像填鸭一样填进来的，是自然而然演进来的。这就自必接触了马克思主义，接触社会发展史。

但当时的主流不是理论，而是考据。他们主张史学是若干细小问题的解决，有一分史料说一分话，至于"理论"嘛，那只是大哲学家们的幻想。这话说的很客气，说白了就是理论只是狂人们的胡说八道。果真如此吗？这就需要辩一辩了。我的辩词见于上述《史学自选集》的《后记》，兹不赘。

史学结合理论，又产生出若干问题。首当其冲的是教条主义。对伟大理论家的论断不是活学活用，而是生搬硬套，套框框。举两个例，对传统思想家的思想不是具体分析，而是施行一种剪纸帽的办法，唯心主义一顶，唯物主义一顶，非此即彼。人们思想的多样性、复杂性，就这样被排除了。再如社会的发展，纯按照西欧的模式（不考虑东方特点），划为五种生产方式，一个衔接另一个，单线传递，排除了社会形态的可能有跳越和迟滞的现象，排除了复线传递的可能。这就说明，史学结合理论以来所产生的麻烦。幸亏有学术争论，经历后半世纪悠长的岁月，这种弊病总算得到了某些克服。

但说来不幸，时下有些人不是帮助克服弊病，而是全部抹黑。在我来说，我是1949～1979这三十年史学大流的参与者，因此，我既不能因为我是其中的一员而锦上添花，又不愿眼看着自己亲自参加过的事业被说的一塌糊涂。不能用"欧洲中心论"和"东方主义"的帽子强暴地扣到这三十年事业的头上，记得《圣经》中有一段说，上帝吩咐魔鬼进入猪里去，猪就闯下山崖，跌到湖里，淹死了。我读了时下文章后经常自己默声责问自己，"难道我们都是猪吗?!"

"欧洲中心论"和"东方主义"应该有两种诠释。一种，是帝国主义者、殖民主义者范畴内的，意思是说，只有我们西方是人类中最先进的，你们东方是低一等或者低几等的民族，活该被我们征服、杀伐或者奴役。这些东西无疑是反动的。

但还有另一种。一些做学问的人，在时代和地域的局限下，要总括人类的发展史，眼前现成的资料就只能看到希腊、罗马的奴隶制，日尔曼人的封建制，文艺复兴时期的新兴布尔乔亚的资本主义。顶多，再从英国在印度的杀人放火者的记录的夹缝中得知一点水利灌溉和专制主义。中国有句老话，叫"就钱吃面"。我常常幻想，假如19世纪初就有《史记》、《汉书》、《左传》等德文译本或英文译本摆在马克思老人家面前的话，他会写出另外多么辉煌的大著来，他会写出多么更全面的东方特征。

他没有写出来，是时代的局限，不是谁的错误。我们继承了这些，发扬了这些，也不应当被认为是我们的错误。错误是我们这些当代人在发扬过程中自己做出来的，不能归咎于理论导师，更不能上朔到鱼龙混杂的"欧洲中心论"和什么"东方主义"。这简直是挂不上边。

我就是伴随着这样的时代潮流与时共进的。六十年来，我治过明清之际的思想史，治过北魏、北齐、北周以来的北朝史，治过农民战争史和土地制度史，治过先秦时期儒家思想和道家思想史，以及这两家思想的互补与交融。童书业说过，做学问要有个"老营盘"。他的"老营盘"就是春秋史和《左传》。我没有做到这一点，我的治学，如西域贾胡"至一处辄止"；又如捻军作战"倏忽驰骤"。这不好，不好在于落不下大根基；但也有一点好，好在于面子宽，看问题的眼光就不局限于一隅。我这个做法，做着做着，到老来，就渐近于哲学，至少是历史哲学。

到头来，就剩下这六卷书了。"知我者其在《春秋》乎?! 罪我者其在《春秋》乎?!"一切留给大家评骘就是了。至于我本人，无复他求，至此已可瞑目。

还要说自己的一点感情。六卷中我最爱翻第六卷，因为那里面贮藏着我少年时的一点文采。现在再看，仿佛感到非常遥远，非常遥远了。其次是第五卷，里面记载了我一生坎坷的遭遇，不是一般的坎坷，而是“必欲置诸死地而后快”。我奇怪，为什么人世中有人提倡恨人、害人。至于学问，我欣赏第二卷中的《中国土地制度史论要》，因为它呈现了自己的一点点理论修养和能力；还欣赏第三卷中的《王山史年谱》，这是部赌气的作品，考据家嗤笑我不会做考据，他们自诩“一部年谱起家”。好，我也做一部年谱你看看。

我在兰州大学，转眼已四十五年了，时光过的真快。在一篇小文里，我学着孟获的腔调说“东人不复返矣”。感谢校领导，拨款助我出书。要特别感激我的老学生王劲教授和汪受宽教授，带起各自的研究生在编辑和校对本书方面，尽了辛勤的劳动。也感谢出版社的总编张克非同志、责编刘永明同志和美编张友乾同志，他们在初校、末校、安排版面和美工设计方面都尽了很大的努力。谢谢大家！

赵俪生

2002年2月16日、壬午大年初五，写于西郊

兰州铁道学院之4号楼，时年八十有六。

目 录

史学理论与方法研究

中国农民战争史论文

山东历史上的农民战争
（赵俪生　高昭一　合著）

史学理论与方法研究

论中国新史学的建设问题

毛主席在中国人民政治协商会议第一届全体会议上的开幕词中说："随着经济建设的高潮的到来，不可避免地将要出现一个文化建设的高潮。"这是一个多么令人兴奋的预言！而在这一即将来临的文化建设的高潮中，中国新史学的建设事业，无疑地也将是其中极重要的一个环节。关于这，时贤已每每有所论列。我今不揣谫陋，谨整理他们的要点，参与自己的所见，写成此文，以供讨论。

我认为旧历史的翻案问题，亦即旧史学的改造问题，是中国新史学建设事业中首要的一个问题（关于这，华岗曾有《中国历史的翻案》一书，对此问题有所讨论），而在这一问题中，不可避免地会包括以下三个环节，即（一）马克思列宁主义原则亦即辩证唯物主义与历史唯物主义原则之掌握与运用，（二）两宋以及清代乾嘉以来历史考证学成绩的批判与承继，（三）更大规模的有计划的田野考古的展开。兹分别论述于下：

马克思列宁主义原则亦即辩证唯物主义与历史唯物主义原则的掌握与运用，在上述三个内容中不是平列的，而是首要的，起着决定作用的；因为假如新中国的史学工作者不能学习着去正确地掌握这种"置诸四海而皆准"的原则的话，那么，他将不能从过去积累下来的反动派的、反马克思列宁主义的、唯心论的或法西斯主义的"历史"著作的影响下解脱出来，同时，他也将不能从许多进步派史学家底大体上正确、然而又包含了许多非历史唯物主义观点的错误中向前推进一步。这一任务自然是艰巨的，但新时代的人民是有足够的理由向我们的史学工作者作出这样提高的要求，而新时代的环境（共产党的领导和人民共和国的日趋繁荣等等）也确实准备了同样足够的条件，来帮助我们的史学工作者作出这样的提高，只要他们肯付出足够的主观努力的话。问题是在于切不可忽视这一条件的决定性，或视这一条件与其他条件中平列的，甚或是次要的。李达在替吕振羽著《史前期中国社会研究》一书作的序文中，曾说道：

> 在中国史研究的课题中，据我目前所感到的，有两个重要问题：第一是历史方法论的问题，第二是史料的缺乏及其真伪考辨的问题。关于第一个问题，如果能够生动地应用而不误入实验主义或机械论的歧途，困难还容易解决。关于第二个问题，史料的缺乏，阻碍我们研究的进行；而史料的真伪的鉴别如有错误，结果必会颠倒历史的真相。这两个问题是密切的联系着，我们必须连同去解决，才能着手研究。

这一段话，大体上是对的；但当他认为拿掌握方法与考辨史料两相对比，前者是比较容易解决的困难时，他显然是错了。自然，这是十四年前的话，而今的看法容或大有改变。但倘如有任何其他的人到现在还认为历史方法论问题，亦即“生动地应用而不误入实验主义或机械论的歧途”的事，是“还容易解决”的“困难”的话，那将大成问题！在史学研究中，或更具体地说，例如在清晰地划分中国历史的段落，或允当地评述一个中国历史人物的过程中，要从反实验主义（或主观历史主义）和反机械论（或“客观”历史主义）的两条战线的斗争中得到胜利，实在不是一件容易的事！例如在处理法国小拿破仑这个历史人物及其发动的雾月十八日政变的再版事件时作家雨果和社会学家普鲁东便发生了各自的错误，而只有马克思才能从对他们底偏向的纠正中，把握了正确的观点和获致了允当的评论。马克思说：

> 雨果只是对政变负责的发动人作了辛辣的诙谐的詈骂。事件本身，在他的著作中，好像是晴天霹雳。他把这事件只看作是一个人的暴力行为。他没有看到，他赐予这个个人以世界历史上空前的个人发动力，并不是使这个个人成为渺小的，而反是使这个个人伟大起来。普鲁东呢，他想要把政变叙述成为以前的历史发展底结果，可是，在不知不觉之间，政变底历史的说明，却转化成为对于政变主人翁底历史的辩护。这样，他就陷于我们的所谓客观的历史家的错误。①

另一个较近的例子，便是艾思奇、蓝莎、叶逸民等关于学习社会发展史、

① 马克思：《拿破仑第三政变记》，人民出版社1953年版，第8页。

关于“宗教神话的出现”、关于“劳心者治人、劳力者治于人”的诸点的争论，艾思奇用了不小的气力，才好容易克服了“笼统地‘骂倒’一切剥削制度，‘骂倒’一切旧思想，一概称之为不合理的、骗人的”非历史观点。而与这些非历史观点相同或类似的观点，也不见得就不在目前流行着的许多进步派的历史著作中贮藏着和孳生着。吴玉章在他的《中国历史教程序论》中也说道：

> 但是，把一切旧的社会与国家形式，一切传统概念，都认为不合理性的，当作陈旧废物而抛弃，认为凡在现时以前的世界，都为一些偏见所指示，因而一切它的过去只值得叹息而轻蔑，它的历史不值得一顾：这样就……抹煞了劳动人民的发展进化历史所创造的文明，割断了历史，必然要走到空想的社会主义……

的确，这样对于历史的看法是确实在好几种历史著作中存在过的，这都是从长期积累下来的旧观点旧看法中一旦挣脱出来不免矫枉过正、把握未能稳妥的偏差现象，而这种现象是有害的。为了要把毛主席倡导的“实事求是”的精神充分反映在新史学的研究工作里，我们就只有正确地掌握与运用马克思列宁主义原则，亦即辩证唯物主义与历史唯物主义原则，时时向过右和过“左”的两种偏向作不妥协的斗争。关于这方面，下引艾思奇在《再评关于社会发展问题中的非历史观点》中的一段话可以被当做结论：“旧的观点，是旧社会剥削阶级思想长期影响的结果，它有它特殊的关于世界历史和人类社会的歪曲的看法作基础，和反马克思列宁主义的、为剥削者的利益辩护的‘学术’作基础。要打破旧的观点，必须掌握马克思列宁主义的学术，有系统地来推翻这种旧的‘学术’单凭讲一些口号和名词，是不能解决问题的。”

其次，将说及两宋、明中叶以及清代乾嘉以来历史考证学的批判与发扬的问题，这也就是史料考辨和审订问题。这一问题是与前一问题紧密地连结着，在前一问题的首要性与决定性强调地提出之后，紧接着便不能不触及的次一问题。不掌握方法，只注意材料，其结果是只见树木而不见森林；反过来假如只掌握方法而忽略了材料的考辨和审订，其结果是只保有森林的空洞概念，连树木也没有了。恩格斯在指出他的老友马克思的方法的正确之后，也同时指出他对于历史材料的精确的知识。恩格斯说：

> 但要做到这个地步（“这个地步”是指马克思关于拿破仑第三政变事

件之“天下无双的洞察”——作者），马克思对于法国历史还一定要有精确的知识。……马克思不只特别爱好研究法国底过去的历史，而且还详细研究法国底现在的历史，搜集材料以备将来的使用。①

郭沫若在他的《古代研究的自我批判》一文中也说及材料的检讨对于研究工作的重要性：

无论作任何研究，材料的检讨是最必要的基础阶段。材料不够，固然大成问题，而材料的真伪和时代性如未规定清楚，那比缺乏材料还要更加危险。因为材料缺乏，顶多得不出结论而已，而材料不正确，便会得出错误的结论。这样的结论比没有更要有害。②

这是从几十年研究工作中体会出来的深知此中甘苦的话！在中国，这种材料的辨析工作虽然早从一千年到二百年前已被学人重视到了，那主要即是宋代和明中叶的人们的考证学萌芽和清代乾嘉以来的考证学，然而可惜这门学问的意义清代人并没有也不可能把它弄得清楚。以高邮王氏父子（念孙和引之）为最适当的代表，清代的汉学家们各以各的才能掌握了一些考证方法，按其性质说，它仅是比较、分析、综合等低级逻辑方法的初步使用，因而确对于文献学和史学做出了一些值得我们珍贵的成就；然而他们都无视和无助于他们这一方法的局限性，以及因为这种局限性而召致的汉学成就之不能无限制地扩大和道咸以后汉学之实际上的衰萎。这连章太炎和刘申叔都不能否认。章太炎说：

余昔在南皮张孝达所，张尝言“国学渊微，三百年发明已备，后生但当蒙业，不须更事高深。……”十余年中，思学术未备，……诸治史学者，皆留心地理官制，其他已甚痟矣！姓氏之学，……刑法之学，……食货之学，……乐律之学，……斯四术者，所包闳远，三百年中，何其衰微也?！近世小学，似若至精，然推其本则未究语言之源，明其用又未综方言之要。其余类此者，盖亦多矣。③

刘申叔也说：

自征实之学既昌，疏证群经，阐发无余，继其后者，虽取精用弘，然

① 马克思：《拿破仑第三政变记》，人民出版社1953年版，第12页。

② 郭沫若：《十批判书》。

③ 见《自述学术次第》，苏州国学会单行本；另《制言》半月刊25期亦载。

> 精华既竭，好学之士，欲树汉学之帜，不得不出于丛缀之一途。一曰据守，二曰校雠，三曰摭拾，四曰涉猎，甚至考订一字，辨证一言，不顾全文，信此屈彼。——然所得至微！①

为什么清代汉学成果不能无限制地扩大？为什么乾嘉之学到了道咸以后便流于“丛缀”之一途而不能不呈现衰萎？其原因，正如在章太炎、刘申叔的话中也隐约提及到一点，那便是由于不能把这种低级逻辑方法在更深刻的哲学基地上使用，因而这种考证学便有引发严重局限性和片面性的可能，并且很容易随时流入于形而上学的思维方法。恩格斯说得好：

> 人的常识，在四壁之内的家庭生活范围中，虽是极可尊敬的伴侣，但只要一踏上广大的研究世界时，它立刻就会经阅最可惊的变故。形而上学的思维方法，虽然在某一多少宽广的领域中（宽广程度，要看研究对象的性质而定），是合用的甚至必要的，可是迟早它总要遇着一定的界限，在这界限之外，它就变成偏面的、局限的、抽象的，而陷于不能解决的矛盾之中；因为它只看到个别的事物，而看不到它们的互相联系；只看到它们的存在，而看不到它们的产生与消灭；只看到它们的静止状态，而忘记了它们的运动；只见树木，而不见森林。②

汉学的这种局限性，不为清代的学者们自己所领悟，限于时代，容有可原；但直迄近今仍为一些“史学家”们所固守，则殊不可理解。美帝国主义文化走卒胡适一九四六年在天津《大公报》上还这样地写道：

> 文化是一点一滴的造成的。文化史的研究，依我们的愚见，总免不了无数细小问题的解答。高明的思想家尽可以提出各种大假设来做文化史的概括见解，但文化学者的主要工作还只是寻求无数细小问题的细密解答。文化史的写定终得依靠这种一点一滴的努力。

这些话一方面用“高明的思想家”的盾牌，挡掉了方法论以及观点立场等条件对于史学工作者的重要性和决定性，另一方面用“主要工作还只是寻求无数细小问题的细密解答”的令箭，率领起极少数的史学工作者，深闭固拒地株守在汉学的残垒中，满足于“只见树木，不见森林”的境地而沾沾自喜。这样的一

① 《见近代学术变迁论》，《左庵外集》卷9。

② 恩格斯：《社会主义从空想到科学的发展》，人民出版社1953年版，第69页。

种史学见解是有害的，我们必须坚决反对。但我们并不抹煞历史考证学；然而我们对于历史考证学的态度是批判的，并不是要把历史考证学估价为无限有效的东西，而是要使它归附到马克思列宁主义原则亦即辩证唯物主义与历史唯物主义原则之下，构成一个有力的战略据点；并且我们坚信，也只有归附在正确的原则之下，那自道咸以来疲惫不堪的历史考证学才可以重新获得生命的泉源，才能发扬光大，才能得到正确的和更多的运用，并获致更多的效果。

第三，要企图对旧史翻案，还有一条辅助的道路，那便是争取实物史料的增加。这样便很自然地引到一种企图，即是更大规模的有计划的田野考古的展开。这对于史前史和古代史研究的推进，是特别有利的。马克思也很重视古人类劳动遗物的研究，他说：

> 要认识已经灭亡的动物的身体组织，必须研究遗骨的构造；要判别已经灭亡的社会经济形式，研究劳动手段的遗物，有相同的重要性。①

在中国，自清末的孙诒让、王国维以来，史学界开拓了用实物证史的风气，于是甲骨、鼎彝、碑版之学大兴，旁及汉简、封泥，以及敦煌遗物的研究，无异于给清末和辛亥革命以后的衰微的史学界以新生命腺的注射。同时，又有河南仰韶系彩陶文化的发现，北京人、河套人、周口店山顶洞人等遗址的发现，以及豫北小屯后冈等地殷墟文化遗物的发掘，和山东城子崖、两城镇等地黑陶文化遗物的发掘。这一连串的事迹，给中国史学开拓了新的天地。郭沫若在《古代研究的自我批判》中说："我们要说殷墟的发现是新史学的开端，王国维的业绩是新史学的开山，那是丝毫也不算过分的。"然而这些发现和发掘还很不够，有许多地方（如豫西的鲁山南阳等地、豫东的商邱一带、山东的临淄、河北的易县、安徽的寿县等地）如经发掘，对于史前史、殷商史、西周史或春秋战国的情况必大大有所增益。然经八年的抗日战争和三年的人民解放战争，全国人民忙于为战争服务，自然不遑及此。而今恢复和发展生产的计划正在开始，人民的经济生活提高之后，国家会有计划地领导史学机构展开一种大规模的田野考古，因为那对于旧历史的翻案是有直接的帮助和影响的。

* * *

旧历史的翻案历程，也就是新历史的建设历程；而作为这一建设历程的具体表现的，便是新的通史、新的断代史和新的专史之写定。新时代的人民有理

① 马克思：《资本论》第一卷，人民出版社1953年版，第194～195页。

由首先向我们的史学工作者要求一部精严的新的通史，新的通史会因读者接受程度的高下而有其深浅详略各种不同的版本。这将是一个极富有教育意义的工作，也是一个极迫切的要求，不能等待新的断代史和专史经过长久而细密的研究并写定后、在那一新的基础上再来创写通史。因此，创作一部新通史实是目前史学工作者首要的任务，也是很艰巨的一个任务。为了要达成此一任务，我认为有以下三点值得建议：

第一，新通史的创作，必须要建基在对过去流行过或迄今仍在流行着的一切通史著作的批判上。自夏曾佑、吕思勉等的较早期的通史，到周谷城、吕振羽、吴泽、翦伯赞等的通史，到以范文澜为领导而编撰的《中国通史简编》，上述这些著作虽然一部比一部好，但也不能说不曾在史观上或多或少犯过机械论或“客观”历史主义的错误，因而把历史写成“只值得叹息而轻蔑”的一团，或只剩了“社会经济形态抽象的定义”；或曾在材料的考辨和运用上或多或少地犯过“粗枝大叶”的错误，在紧要的处理材料关头作了冒险主义的跳跃，因而使历史成为荒唐的演义或小说传奇。即以最后出版也最为读者信赖的范著通史，他的序言中也还是极谦虚地说：“距离实际合用的通史，至少还有十万八千里。……这仅是聊备删削的草稿。”新时代的通史必须在许多地方（包括史观史料和诸方面），都要超越它的任何一位的前辈，而为了达到这一目的，就非把过去一系列的通史做一番彻底的探讨和检查不可。

第二，新通史的创作，必须经过广大史学工作者有组织的集体研究与集体创作，方能完成。新通史的创作，绝对不可能是任何个人可以“只身负荷”的任务，因此在组织并领导这一支达成任务的部队时，必须注意祛除史学家之间各不相同的孤高傲慢和互不合作的习气，同时也必须改变学院派专求“仄而深”的作风和某些冒险主义者的草率作风，而代之以彼此学习优点批评缺点的作风。刘少奇在《论共产党员的修养》中说：

> 我们的同志还应了解：任何党员，任何领袖与英雄，他在共产主义事业中，只能作一部分工作，尽一部分责任。共产主义事业是一件无数千万人长期集体创作的事业，任何个人也不能包办。即使我们伟大的领袖马克思、恩格斯、列宁、斯大林也只能在共产主义事业中作好一部分工作。他们的事业还待我们千万人来继续努力。我们，普通的党员，在共产主义事业中也是作一部分工作，尽一部分责任。我们这一部分，比马克思、恩格

> 斯、列宁、斯大林的那一部分，当然是小得多。然而，我们总有一部分。大小虽然不同，但这个“一部分”是相同的。……我当然尽可能使我作的这一部分大一点，然而，如果不能大，就小一点，对我们个人来说，这也是不值得计较的事。①

新时代的史学工作者也必须努力来使自己有着这样的修养，要看到史学事业也是一件多数人长期集体创作的事业，任何人不能包办，不能只身负荷起来。从司马迁、班固，到司马光，到万季野、章学诚，到戴东原、王念孙，到孙诒让、王国维……，他们也只是作了一部分工作。陈寅恪几乎是终毕生之力，才给从南北朝到隋唐的政治制度和文化源流划出了一条鲜明的线路；郭沫若罄在日本居住的十年，才把三百多件殷周青铜器的铭文、体制和花纹一一予以考释，因而对于殷周社会的性质和情况给了一个近乎确定的说明；董作宾也不过把从武丁至殷末二百余年间的甲骨遗文作了划分段落的研究。他们也只作好了一部分工作，而整个的史学事业还留待千百个后继者来继续努力。看到这些地方，人们就不会再因为考订了一个什么不太重要的历史人物的生卒年月而沾沾自喜，或对于某一典籍之为伪作问题谁先说了三年、谁晚说了三年，而就打不完笔墨官司。因为那都是“不值得计较的事”。

第三，与第二点相联系，也可说是被第二点诱导出来的一点，即是新时代通史的创造虽然就其整个过程来说必须经过集体而完成，但在实际的研究与创写的业务中，任何个人的专业性的成就，都仍将得到高度的尊敬，任何的才能与努力，只要用得其当，将绝不会被埋没。

1949年10月26日于济南

① 刘少奇：《论共产党员的修养》，人民出版社1953年版，第57页。

学习《矛盾论》，联系史学工作的一点体会

继《实践论》之后，我们又学习了《矛盾论》。毛主席这两篇深刻的战斗的哲学论文，所给予我们的教育与启示，是无比丰富的。经过了《实践论》的学习，我们懂得了认识的历程；我们知道了通过不断的实践，人们的认识循环往复地由感性向理性上升。毛主席把这称作一个能动的发展历程，这就给予了我们以无限的启发。现在，在《矛盾论》中，毛主席更具体而细致地指导我们：怎样才能亲身去体现那样一个逐渐深化的能动的认识历程呢？回答是，只有掌握矛盾，主要是掌握事物内在的矛盾。在这里，毛主席教导我们，要去认识事物矛盾的普遍性与特殊性，以及这二者中间的关系，要善于从许多矛盾中找出主要的矛盾，要善于从两个互相矛盾着的方面中去找出主要的矛盾方面，而且还要注意它们由主要向非主要、由非主要向主要的不断转化，并且由这种不断转化中，看出事物发展的阶段性来，只有根据这种矛盾的转化与事物发展的阶段性，才可能对事物做出正确的、机动的处理。要做到这样的程度，便只有具体地分析具体的情况。与此对比，我们才能看出主观性或主观随意性，以及由此而召致的片面性、表面性等等，它们的危险性与危害性之所在。因为主观主义者最不肯耐心去具体地分析具体的情况，因而他们便不可能找到事物的共性与个性，找不到主要矛盾与次要矛盾的区别，找不到两个矛盾方面的主要与非主要的区别，更找不到这些情况的转化，因而作为最后的结果，他们便看不到事物发展历程的阶段性上来。这样，对于事物的发展就只好认识为笼统的、绝对化的，假如有统一的地方便没有矛盾，假如有矛盾的地方就没有统一，那么在处理时，便只好运用“公式”的法宝了。这就是教条主义者永远不能正确、不能深刻、不能机动的根源。

毛主席这一著作，其目的自然是在于教育各种部门、各种岗位上的所有工作者，使他们学会分析具体问题、解决具体问题的方法。有人撰文说：“《矛盾论》的发表，实际上也是对于我们现在所表现的力量不足和生气不足的学术界，给予了一个当头的批判。”[①]这是在号召我们新中国的知识分子和学术工作者，要熟读毛主席的这个著作，从这里得到启发，去开动自己的脑筋，在思想战线上和学术上认真地有所作为。在思想改造运动中，我们初步地批判了自己思想中三大反动思想（封建思想、买办思想、帝国主义思想）的残余，也划清了自己与资产阶级思想的界限。但即使我们已经充分地做到了这些，我们的任务也并没有完毕，而是“万里长征，只走了一步”。因为我们虽然在各种思想本质的辨别上做了一些功夫，但也许还没有来得及在各种思想方法和治学方法的辨别上做下同样程度的功夫，因而形而上学的方法和主观片面的方法还可能在初步思想改造之后保留下来。这就使划清思想界限的后果得不到巩固；使旧的本质挖除后的空虚，得不到很健康的内容来迅速充实。因此，新旧思想本质的认识和区划，是必须与新旧方法的认识和区划两相结合，相辅而行，才能获致应得的效果。

就以我们的史学界为例来说明吧。过去一度甚嚣尘上的唯心论史学方法，如认为“一二人之心”可以移风易俗、风俗又可以改变政治、政治又可以改变社会经济的观点，是已经划入到敌人范围的思想方法里去了。但就在初步地承认了并运用了历史唯物主义原理的工作者中，由于思想方法和治学方法的主观性及由此召致的片面性与表面性，因而造成在认识上、研究上和最后结论方面的种种错误，在目前这样的事例，也已经暴露得不少了。首当其冲的，是历史人物的处理问题。经验证明，无论写历史或教历史，你绝不能只说一大片抽象空洞的社会发展原理，而必须结合人物和事件，才能生动地印证并推广历史唯物主义与爱国主义。但某些在过去历史上具有值得肯定意义的人物，大都有他积极的一面和消极的一面。尤其在中国过去历史上经常有外族入侵的这一条件下，又使阶级矛盾与民族矛盾经常表现为复杂错综的种种关系。在这种复杂错综的关系中，一个历史人物的积极一面与消极一面的辨别，就更不是粗枝大叶或主观随意就可以解决的了。但越是在这种关口，我们的史学工作者就越发容易表现出主观性、片面性和表面性来。例如有人把一个外民族入侵时代的中国

① 见《毛泽东同志论革命的辩证法》，载1952年5月13日《人民日报》。

国内的阶级矛盾绝对化起来了，因而也就把当时已经转化为主要矛盾了的民族矛盾有意地泯没下去。这样就自然对当时的一些民族英雄或伟大的帝王，表现为要求过刻，斤斤地统计他们在民族危机以前对农民所欠的“血债”，把他们单纯地看作是刽子手，因而在对他们评价时便做了过分的贬低。另一些人与此相反，为了充分地结合爱国主义，就又把民族矛盾绝对化起来，而把阶级矛盾泯没下去，丝毫不指明这些历史人物的阶级本质对他的爱国主义的局限，片面地把那些人物刻画为完整无缺的人格，或说他们是什么反匈奴、抗辽金或反胡元的统一战线的组织者与领导者等等，并把他们的爱国主义说成为与我们今天国际主义的爱国主义简直没有什么区别的东西了。这是最明显的两个不同方向的片面性。其实，发生这两种不同片面性的根源，都是在于不肯具体地分析具体的史料，而只是从远处望一望，便按照自己的主观随意性就粗枝大叶地处理历史的结果。

不仅是处理历史人物，即使在分析一个历史时期的经济基础时，这种主观性、片面性和表面性也会经常地表露出来。在具体历史中，经济生活是多方面的，例如有农业、手工业、商业以及其他的个体经济的同时并存，因而不同社会力量的矛盾也会并存，如同时可能存在有地主与农民的矛盾，又会残存有奴隶主与奴隶的矛盾，又会或多或少地存在有商人与地主和奴隶主、商人与农民和奴隶的矛盾等等。但问题在于，这些经济生活中必有其主导的经济，这些阶级矛盾中必有其主导的矛盾。但我们过去的一些史学工作者，每当这种关口，就又表现出片面性和表面性来。他们要不就是强调了这些矛盾中之一个非主要的矛盾，如把西汉封建社会看作是奴隶社会即是一例，要不就是平列地、折衷主义地把这些矛盾排比起来，使人看不清这一阶段社会的主导现象究竟是什么，如不久以前，有人把汉代的统治者说成是“商人地主奴隶主”。过去，在处理中国长期延续的封建社会历史时，曾出现过片面强调商业资本的“学派”，这些人一看见中古时期商业资本的衰落，就大喊大叫中国社会为之倒退了数百年；再一看见唐中叶、北宋以及北宋以后商业资本的复兴和发展，就又主观随意地替中国历史另划一个阶段，叫什么“前资本主义”社会了。这些毛病，除了个别人原来就是另有意图、要制造混淆之外，一般都是由于看不清毛主席所说的主要矛盾与非主要矛盾的区别，看不清矛盾由主要向非主要、由非主要向主要的转化。在我看来，中国封建社会的主要的矛盾是地主与农民的矛盾，这自秦汉特别自东汉皇朝的时候，下迄鸦片战争，基本上没有转化，这就是为什么我们之所以把它称作“长期延续”的缘故。基本矛盾没有转化，自然除封建之外另无划阶段之可能。只有到了鸦片战争，这才有了新的矛盾的转化与增加，于是中国历史也就有了新阶段的改变。

在我们的史学界中，还有一个最突出地表现了片面性的处所，即在关于理论与史料的关系、马克思列宁主义原理与文献学的关系问题上。由于过去在封建统治下、在资本主义国家输入思想的影响下，大多数的中国史学工作者都曾或多或少地沉溺于考据，受到过不同系统的考据学的锻炼和麻醉。因而当马克思列宁主义思想传来，特别是在解放以后，马克思列宁主义已被公认为“置诸四海而皆准”的真理之时，人们对于马克思列宁主义与考据学的关系，即它们的矛盾与可能联系、可能结合的契机，依然有不少人认识不清楚。于是，在这里又容易发生片面性。一些人认为，既然历史总不能脱离具体的史料，那么不管旧日的考据学家、文献学家曾为什么人忠实地服务过，他们的“辛勤业绩”就应该“原封不动”地拿去与马克思列宁主义相结合。从这样主张的人们的著作中，也的确表现了除以一二马克思列宁主义辞句来偶作点缀以示对新事物的敷衍外，其实还是旧日考据学的老一套东西。这显然是一种保守的倾向，这种倾向的危害性，在于它客观上是对马克思列宁主义的一种排斥。另外一些人认为，既然过去的主要经过整理的史料是为封建统治者忠实服务的考据家所遗留，那末这些史料便应该全部抛弃。而且从这样认识的史学工作者们的著作中，也的确有过空洞地、粗枝大叶地传布社会发展理论的表现。这显然是一种教条主义倾向，这种倾向的危害性，在于它阻止我们去发现历史的全部多样性与复杂性。而这两种不同倾向之所以存在，其原因就在于这些人没有掌握住马克思列宁主义与考据学中间的矛盾，及这一矛盾的主要点之所在。马克思列宁主义的方法是唯物辩证法，而旧考据的方法则是形而上学，这二者是完全敌对的，没法调和的。谁要是企图来把这二者调和起来，谁就是要根本断送唯物辩证法。但在旧日无从采用新方法的时代里，按旧考据，即一些低级逻辑方法，所整理出来的一些史料，到今天却还依然有用。不过这种“有用”，也并不简单，因为有不少的史料，由于整理人的立场观点方法，已经有了不少的改变、增删和歪曲了。因此，我们的任务是一方面要彻底认识旧考据学形而上学方法的错误，把这种方法和它的影响从根本上拔除抛弃；另一方面又应当以历史唯物主义的方法去把旧考据学留下的“遗产”（即材料）加以检查、鉴别和分析，还原或补充其被斫丧的部分，矫正其被歪曲的部分，然后把这些材料连同我们重新发现、重新发掘的材料，一同组织起来，拿去说明历史的发展，拿去充当推广历史唯物主义与爱国主义的丰富资源。只有这样，才既不至于再度蹈袭考据学的形而上学方法的旧轨道，又不至流于忽视史料而堕入空洞教条主义史学的道路。

以上仅就史学工作范围内的处理历史人物问题、社会发展的分期问题以及理论与史料的关系问题这三个方面，来试探地说明毛主席底《矛盾论》对我们史学工作方面的指导作用。这仅仅是我个人学习了《矛盾论》后的一点小小体会。由于作者理论与史料水平的限制，使这一点点阐明仍然很表面化，未能深刻地触及到所提出各个问题的核心。有些地方，还可能存在着错误。希望读者多多给予指正，并把这些问题牵引到更为“鞭辟入里”的境地。

1952年6月10日于青岛

论历史科学内容的多样性与复杂性

一

历史现象是具体的，而不是抽象的。因而，它就不可能是简单的、机械的和公式化的。具体的历史现象是多样的和复杂的。不过在多样和复杂之中，处处都透露着规律性。

在马克思列宁主义出现之前，人们只在一定程度上看到了历史现象的多样性和复杂性，而看不见也不可能看见历史现象中的规律性。那时候的人，受到他们所属剥削阶级阶级性的局限，受到当时社会整个生产水平的局限，受到他们形而上学方法论的局限，只能从历史现象中看到许多琐节。这表现在历史学上，便是琐节的考据。

像这样琐节考据的历史学，够不上成为历史的科学；顶多也不过是可以构成历史科学的许多有用的和无用的素材而已。

只有当人类世界中有了马克思列宁主义，历史学才真正成为了科学。为什么呢？因为马克思列宁主义揭发了人类历史现象中的规律性。这些规律，是从具体的、多样的和复杂的历史现象中抽绎出来的。但它既然是规律，它就势必不能把那些具体的、多样的、复杂的事物，都包括在内。在进行任何逻辑的抽象和概括的时候，人们总要丢掉许多东西。有时，甚至需要丢掉许多的东西。这一点也不会损害到规律的威严，因为虽然它丢掉了许多许多历史现象中的琐节，但却更集中、更深刻地抓到了历史中最本质的东西。

底下，我要说明另外的一个方面了。

历史规律的意义是伟大的，但历史规律并不是历史科学应具有内容的全部，而只是其中的神髓。掌握住历史科学规律的这个神髓，回到历史现象之具体的、多样的、复杂的、丰富的资源中去，把这些人物、地域、时间、活动事件的情况等等，一句话，把这些具体的历史资料组织起来，像这样既有神髓又有血肉，既合规律而又具体、丰富和生动的综合体，才是历史科学内容的全部。用哲学的术语说，没有必然，只有偶然，那结果只是偶然的堆积体，而不是科学；可是只有必然，没有偶然，那末这个必然也只是一件光秃秃的、无生气的、呆板的东西。恩格斯说，偶然是必然之补足形式（见他给斯他尔根堡的信），很值得人们寻味。我们的合乎理想的历史科学的成品，应该是以偶然结合必然、以偶然补充必然后的成品。

在历史科学的全部内容中，规律是主体，资料是其补足的形式；必然是主体，偶然是其补足的形式。但还需要补充一句，而且还是很重要的一句，即：这种补足形式不是可有可无的，而是必不可少的。

二

为什么我单单在现在要提出这个问题来呢？

这与当前史学界的具体情况是分不开的。当前，解放后四五年以来的史学界，跟从前是大不相同了。解放前，不少的人根本不承认历史的规律性，甚至拿历史多样性和复杂性来对抗和排斥规律性（如胡适）。他们假如偶尔也谈到什么历史的规律性，那只是唯心主义的历史规律（如钱穆）。在那种情况下，首要的任务是树立科学的历史规律，显示历史规律性的威严。自解放以来，历史的规律性是树立起来了，它的威严已彰彰在人耳目了，谁都承认它是“置诸四海而皆准”的了。只有在这样的基地上，我们才能毫无流弊地提出一个新的要求来，即要求大家充分的重视历史规律的补足形式，重视偶然对必然的丰富作用，重视历史的具体性，即其多样性和复杂性！

这是“有的放矢”的。这个“的”是什么呢？它是流行在当前史学界中的一个倾向，即把具体的历史弄成一种抽象化的、概念化的、公式化的、不丰富的、不生动的东西。有人曾经错误地认为，这种不良倾向，正是提倡规律性的结果。这样认识，是完全错误而且是混淆是非的！马克思主义的创始人马克思和恩格斯在揭示了科学的历史规律的同时，即曾对于教条主义者提出过警告。恩格斯说：

> 遗憾的只是常常有人相信，以为只要把主要命题抓住，而且还不一定能很正确地抓住，就算是对于一种新理论得到充分的了解而且马上就能够运用了。[①]

他在给史密特的信里，又说：

> 一般地说，“唯物论的”这个字，对于德国的许多较年青的著作者们只是一个简单的套语，无论什么都被人不加深究地用这套语来标记着，也就是说，以为只要贴上了这一个标记，事情就算解决了。其实我们的历史见解主要是研究的向导，而不是黑格尔学派式的构造的杠杆。首先必须要重新研究一下全部的历史，必须要分别地探讨过各种社会结构的现存条件，然后才能从它们中间寻找出与它们相适应的关于政治、民法、美学、哲学等等的看法。像这样的做法直到现在还是非常少见，因为只有很少的人肯认真地这样做。在这里我们还需要大量的助力，它的领域是无限的大，谁只要肯认真地去做，就可以有很多成就，就能够出人头地。但现在不是这样，历史唯物论的套语对于许多较年轻的德国人只有这样的用处：最急促地把他们自己比较贫乏的历史知识（经济的历史甚至还只是睡在摇篮里！）造成体系，以便使自己显得非常有权威的样子。[②]

说一句老老实实、毫不夸大的话，这种“唯物论的套语”不仅仅在恩格斯所生活的十九世纪的九十年代，被一些“较年轻的德国人”用去当做“黑格尔学派式的构造的杠杆”；即便在解放后四五年以来的中国史学界，也并不仅仅是比较年轻的人，实际上也包括一些年纪已经实在并不小了的人，也在使用这种“唯物论的套语”。他们为什么首先不学习唯物论的实质，去作为“研究的向导”呢？为什么他们较长期地停留在“套语”的阶段上呢？恩格斯在上引的信中业已替他们回答了。其理由至少有三：（一）可以急促地构成体系；（二）可以掩盖自己贫乏的历史知识；（三）可以使自己显得非常之有权威的样子……

① 《马恩关于历史唯物论的信》，学习杂志社1953年版，第18页。

② 《马恩关于历史唯物论的信》，学习杂志社1953年版，第13～14页。

三

现在，缩小范围，来从刚刚过去的一个学年度中、具体指导学生写作课程论文的历程中，所遭遇到的情况来谈一谈。

我在最近的一篇指导学生写作论文的经验总结的文章中这样地写道：应该承认，虽然青年朋友们倾向于新事物的热情是高的，但他们的马克思列宁主义的修养却不可能一下子提得多高。在论点上，他们不时地露出毛病。其中最严重也是最普遍的毛病，就是主观主义。那也就是说，他们一般对于斯大林所一再教导的“真理是客观真理，规律是客观规律”的道理，体会得还不够。譬如对于某个农民起义领袖人物要进行批判时，他们不是首先把有关这个人物的客观材料搜集起来，即便搜集不到绝对的饱和，但也要达到一定饱和的程度，然后再进行分析和批判。他们往往是先有一个主观意图，要表扬这个人物或者要揭发他，于是根据这个意图到史料中专门去找寻一些有利于这个意图的资料，再到经典著作中专门去摘取一些有利于这个意图的辞句——“六经皆我注脚”，像这样地进行论证，写作论文，不拘他这个“先验的”主观意图有时也许是完全正确的，但他这个路数却是大错而特错了。从主观出发，不从客观出发，这本身就容易引导到唯心主义，而不容易引导到唯物主义。《学习译丛》一九五四年第七期中刊有切尔卡申的《列宁论唯心主义的认识论根源》一文，其主要的论点即曾深深地打动了我，使我更巩固了这一信念。

读了这段文章的人，曾提出过两个问题来进行辩难。第一，他们说：“你反对有主观意图，这不是在排斥目的性吗?”我们说，目的性和主观意图是迥乎不同的两件事。目的性是在处理问题之前，人们所凭借的一种完全正确的依据；主观意图则是可对可错、徘徊两可的一种“依据”。譬如，研究某一题目，是为了发扬爱国主义；研究另一题目，是为了显示上层建筑对其基础的服务作用等等，这是目的性。我们不仅不反对，而且是应该倡导的。但譬如，“别人一贯说秦桧是个坏蛋；我非把他‘翻一个案’说成是一个大大的好人不可”，这就是主观主义了。秦桧之真正好坏，应该首先从材料中去辨析，不应该首先根据主观的看法来定夺。

第二，他们说：“传统的史料，如历代封建统治者派遣文臣们纂集出来的史料，是客观的吗?”我们说，那些史料，对于当时历史的真实说，无可否认，是存在着主观的成分的。有时甚至是一派胡说，信口歪曲；但这些史料传流到今天，作为一个总体来看，对于我们的主观意图来说，则是客观的。人们无法捉到过去历史的“正在进行格”。因而，即使对于那些经过许多歪曲的旧史料，于进行了足够的批判、整理、剔选之余，也还是应该尊重它们，承认其含有客观的性质。

“由一粒沙看世界”，从我们十六位同学的论文中，也可以看到全国范围内史学界中正滋长着的一种不良倾向的缩影。这个倾向总括起来，就是：把唯物论当成一种套语，不当成研究客观事物的方法；在进行史学问题的处理时，不首先从带客观性质的史料出发，而是从主观看法出发，而这种主观看法，又十有九是用唯物论的套语装璜起来的，使人有凛凛然、不敢辩诘一语的神气。一九五三年度某些报刊上的史学论著便曾典型地代表了这种倾向。

史学像这样地弄下去，自必一天比一天贫弱、苍白、没有血色。苏联共产党和斯大林、日丹诺夫诸领导同志在十月革命后不久，即曾在审查苏联历史教本的意见中，强调地提出来，要纠正苏联的这种教条主义的倾向。中国共产党也同样是伟大而英明的。它看到了当前我国史学界中的这个倾向，就在新近创办的几种史学杂志中，很明显地事先就留心了对上述不良倾向的纠正，即对史学界中教条主义、公式主义等的不良倾向的纠正，领导大家走上重视史料之客观性质的道路。虽然，目前这几种新创刊的史学杂志的著作者们，其理论水平一时还提不到理想的高度，但他们这个路数是对了。有人由于他们重视了史料，就说这几种新创刊的史学杂志太落后，思想性和理论性不强了等等。其实，这样目无余子的人自己所写的文章，其内容也不过是充斥着许多“唯物论的套语”而已。有人认为：肯学套语总比连套语也不学的人强些。我不同意。只学套语和不学套语，是一样的坏！我坚决反对掇拾唯物论的套语，而主张学习唯物论的实质。

说到头来，在当前的历史科学界中，要学习唯物论的实质，就一定要重视史料中所包含的客观性质，重视历史现象的具体性，即其多样性与复杂性。用规律性的红线，把显示历史多样性复杂性的资料，一一贯串起来，得出来的，才不是抽象的、概念化的、公式化的历史，而是具体的、生动的和丰富的历史。

1954年10月14日于青岛

马克思怎样分析法国第二共和时期的历史

——为《拿破仑第三政变记》问世一百周年而作

科学共产主义的创始人卡尔·马克思在一八五二年写了他的史学名著《拿破仑第三政变记》。这一年他三十五岁。自这一名著在北美的《革命》月刊上发表以来，到今年（一九五二年）已整整一百年了。在这一著作中，马克思选择了在法国历史上也是欧洲历史上截止当时为止的最紧要的也是最典型发展的几个年头，运用他自己自从批判黑格尔法权哲学以来所创建的从经济基础去解释社会历史现象的伟大原理，做了辉煌的史学分析。并且特别重要的，是从这一分析中，获致了指导无产阶级革命的几个重要而伟大的思想。他的战友弗·恩格斯在通信和序跋中，曾一再地推荐并赞扬这一本书，称它是一部“天才的著作”和“优秀的范例”，并且说这一书中的理解与洞察，是“天下无双”的。

在一百年之后的今天，中国人民，包括从事于史学工作的人们，正在努力地学习着为马克思所创发、为其后各伟大继承者所发展了的历史唯物论原理，正在努力地学习着特别自斯大林底经典著作《马克思主义与语言学问题》问世以来日益丰富与深刻化的基础与上层建筑的理论。同时，也有不少的人，正初步地运用这些理论于中国历史特别是中国近代史的研究。因此，借这个百周年纪念的时机，我们来看一下，马克思怎样处理法国二月革命和第二共和时期的历史；他怎样运用了阶级分析法，去分析阶级的变化和阶级关系的变化，进而去分析那时的政党和人物的活动，并且看出来它们变化交替的必然性；他又怎样地总结了这一阶段历史的经验，并进而为其后的无产阶级革命作出指导性的结论——来看一看这一切，是有其必要的。

一　马克思为什么选择了第二共和这一段历史

马克思选择了一八四八及其以后数年的法国历史作为处理的对象，绝不是偶然的。马克思是一个并且是第一个全心全意为无产阶级革命服务的典范。因此，他之所以为了一八四八及其以后数年的法国历史写了两部名著（《法兰西阶级斗争》和《拿破仑第三政变记》）不能不从无产阶级革命的线索上去寻找。

列宁对于这一点，有过湛深的见解。他在《马克思学说底历史命运》一文中，曾以《共产党宣言》的问世为起点，把世界历史分为三个主要时期，而第一时期即是以法国二月革命到巴黎公社为起讫。他指出一八四八年“在各国发生的革命，都把社会各阶级底面目在行动上暴露出来了”。[①]这里他所指的面目，包括唯一具有社会主义本性的无产阶级的面目，浮夸而懦弱的小资产阶级的面目，以及动摇于无产阶级与资产阶级之间的小农的面目。上述的这些阶级，早在法国大革命时期及其以后的几个历史段落中，前后次第不同地逐渐成长并壮大起来，而且在不同的形式下，组成过“第三等级”之类的反封建的联合战线。但它们的独立面目，则尚未形成，或尚未暴露出来。只有在一八四八年的二月革命中，在同年的六月起义中，在第二共和的党派斗争中，在小拿破仑政变的过程中，它们的清楚的、独立的面目才第一次的显露出来了。这就是马克思为什么选择并处理这段历史的理由。列宁又曾在《国家与革命》这一经典著作中称一八四八到一八五一的历史为“新颖的经验”。他说只有总结了这样新颖的经验，马克思才说出了他在《共产党宣言》中所曾接近到的结论。

二　马克思怎样地批判了历史类比法

处理和分析历史，必须首先根据丰富而具体的历史材料。只有根据了丰富而具体的材料做出的叙述，才能免于抽象和空洞，才能从其中抽绎出正确的结论来。这一点马克思在本书中，正如他的另外一些史学名著中对于巴黎公社和北美内战所作的处理一样，都是鲜明而突出的。但对于一个历史的处理者与分

① 列宁：《论马克思恩格斯及马克思主义》，苏联外国文书籍出版局1950年中文版，第70～71页。

析者说，更为困难的是从这些丰富而又纷杂错综、五花八门的史料中走出来，而又不致迷失方向。资产阶级的所谓史学家们，由于他们阶级利益的规定和限制，他们的世界观不能不是或不能不在最终结处是唯心主义的，他们的方法不能不是形而上学的。因而他们便仿佛是先天地不会把历史事件或历史人物提到一定的历史条件上来；他们最容易在这种关口有意无意地发生混乱，因而造成历史的类比法。例如他们就曾把野蛮人打树上果子用的棍棒与资产阶级的生产工具私有等同起来，说从原始人类的时候起已经有了资本主义的萌芽；他们又把古罗马、希腊、腓尼基的殖民现象，与一般资本主义时代的殖民现象，以及帝国主义阶段的殖民现象等同起来，说近代帝国主义仅只是一种侵略的或兼并的政策等等。

马克思在这本书中，用史学的实践来彻底批判了历史类比法。他曾不断地拿法国的二月革命与大革命相对比，拿老拿破仑与小拿破仑相对比，拿法国和英国资产阶级的政治斗争与古罗马奴隶主的政治斗争相对比。但他这种对比，不仅没有发生混淆，不仅没有使读者产生永恒的或循环的历史观念；相反，他的对比是把对比的双方各自放置在各自的历史条件之下，使人们看出它们的区别。因此这种对比是必要，而且是科学的。

同样是政治斗争，古罗马的政治斗争是少数自由人中的富人与穷人间的斗争，而大多数的人则是处于被压迫地位的奴隶；十八世纪末十九世纪初中叶法国的斗争则是“第三等级”对封建统治者的斗争，在“第三等级”中，无产阶级则是日益壮大、日益独立的阶级；即使小农也在日益破产，也在逐渐由资产阶级后备军向无产阶级后备军转化之中。因而，我们必须把这两个不同条件的斗争区别开来。只有这样，人们才能不被德国当时流行的什么“恺撒主义”所迷惑。再如同样是法国的历史人物，而且同属于波拿巴家族的拿破仑伯侄二人，他们虽都在法国的农民中具有一定的声望，并且实际上也都是凭着农民的支持而起家称帝，但他们各自的历史条件已经不同了。老拿破仑时代的农民，最初脱离了封建的桎梏，还有希望慢慢富裕起来，那时城乡对立尚不严重，农民和行政权力大体上也还协调；但小拿破仑时代的农民，则已是被资产阶级的利息和地租逼得流离失所，城市野蛮地掠夺着乡村，行政权力则用严刑峻法对待农民的时候了。因而这两个历史人物在历史上的意义和作用，也就有而且应该有他们的区别。只有这样认识，人们才不致于被那个隐匿于老拿破仑铁面型之下的冒险者——小拿破仑所欺骗。

更明显的，是法国大革命和二月革命间的对比与区别。马克思曾着重地并一再地说到这一点。十八世纪的革命，如像大革命，是在无产阶级尚未成长、尚未独立起来的时代中发生的，那时资产阶级在一定的条件下和一定程度上虽然可以充当封建同盟中的主盟者，但由于这一阶级的自私自利，因而在每次革命获致果实时它就总是企图篡夺来据为己有；因此，它就总是不会把革命进行得正确、深入与彻底，而只是中途妥协、半途而废；因此在革命的策略上，它就不能不"召唤亡灵"，"需要世界历史的回想，俾能向自己搅乱自己的内容"。十九世纪的革命，如像二月革命，则大大不同了，这时法国无产阶级已经通过复辟时代与七月王朝这两个时期，成长并独立起来了。在一八四八年的二月革命与六月起义中，它第一次显示了自己独立的面貌。但由于这一阶级及其领导者在当时的自觉不够，没有能够摆脱传统的影响，而单纯让旧日大革命的幽灵行走，结果使二月革命和六月起义遭受了"败北"的命运，成了一场"表面上的动荡"。马克思严厉地指摘了这一历史类比法，及其在指导革命的实践时所遭受的损失，并指示说，无产阶级革命"一定要让死者埋葬他们的死者，俾能向自己弄清自己的内容"，"要经常地自己批判自己……无情而彻底地嘲笑自己头几次企图的不彻底性、柔弱性与不中用性。"[①]

从以上三个例子中，就可以鲜明地看出资产阶级的历史类比法的错误，这种观念在支配或指导实际革命活动时的危害性。我们还可以看出，马克思怎样英明地批判了它，以及这一批判对于无产阶级革命会有什么实际的利益。

三　马克思怎样地分析了资产阶级

马克思在《拿破仑第三政变记》中，还正确而细致地分析了在第二共和时代的法国与无产阶级有关的几个主要阶级：资产阶级、小资产阶级、流氓无产阶级和农民阶级。马克思分析了这些阶级的特性，分析了它们的政党，并区别了它们各自在革命中与无产阶级可能发生和建立的关系。

马克思分析了第二共和时期法国的资产阶级。他首先分析了一般的资产阶级，即在二月革命后当政的共和主义者。这些人们虽然在政治统治形式上采取了最一般、最平庸、最形式的共和主义，但资产阶级的共同特性，通过他们，也已表现出来了。他们在二月革命刚刚成功的时候，就对刚刚被推翻的政权及

① 马克思：《拿破仑第三政变记》，人民出版社1953年版，第19～20页。

其所代表的利益表现妥协，准备在临时政府中，让奥尔良公爵夫人担任摄政。他们在对外国的关系上表现了向新兴的民族国家意大利的进攻，这就说明资产阶级的民族主义和爱国主义本身就是侵略的，就是沙文主义。他们对在革命中同盟的主要阶级——无产阶级，则表现为在六月起义中所施行的坚决而残酷的镇压。巴黎工人在这次起义中战死了八百人，被屠杀了三千人，被捕了两万五千人，被流放了一万五千人。恩格斯把它称为是："自从罗马帝国陷落前的国内战争以来所没有见过的大批赤手空拳的俘虏的被杀。"[①]屠杀之外，他们还用"宪法"来羁縻人民。这又暴露了资产阶级除具有妥协性与残酷性之外，复富于虚伪性。关于法国第二共和时代资产阶级的共和主义者们所制定的宪法，马克思也作了精湛的分析，说那是在宪法中对人民自由之形式上的肯定，与实际上之受限制，受什么"公共安全"与"法律"的限制；马克思把这种宪法上的自由，称之为"一般辞句上的自由，与在注解中撤废的自由"。

这种最平庸、最形式的资产阶级共和主义统治，很快被资产阶级保皇主义的"秩序党"统治所代替了。为什么呢？根据马克思的分析，共和主义的统治虽然可以对工人残暴地滥用权力，但究竟还不如皇冠的统治来得稳固、可靠，并且更少危险，因为共和主义创造了一种条件，使资产阶级不得不和无产阶级以及革命的小资产阶级面对面地斗争，而这就成为诱导阶级斗争的一个焦点。为了避免焦点，为了把面对面的斗争隐蔽起来，保皇主义的"秩序党"便把共和主义的统治取而代之了。

马克思用阶级分析法来认识"秩序党"的本质。在这里我们特别应该体会，假如不用阶级分析的方法，便很难看透"秩序党"的本质，那就自然要落入庸俗肤浅的从现象说明现象的道路，如说"秩序党"是一派以百合花为标志、另派以三色旗为标志的两个集团的合拢，或者说它包括了一方对波彭皇室的效忠、另方对奥尔良王室的效忠的人们的聚集。但马克思不是这样，他是运用了从经济基础看上层建筑的方法去分析的。他说："在不同的财产形式上，在社会底存在条件上，耸立着不同的和特有的感情、幻想、思考方法和人生观的整个上层建筑。"[②]根据这一原理，马克思指出法国的资产阶级除作为一般的资产阶级外，另有两个代表不同利益的特殊部分，一个是由旧的土地贵族蜕化而成的土地资本家的集团，另一个是由金融贵族蜕化而成的大工业家、大商业

① 恩格斯：《法兰西内战》，解放社1949年版，第5页。

② 马克思：《拿破仑第三政变记》，人民出版社1953年版，第53页。

家、大投机家的集团。前一集团，协同其全副的僧侣和仆从，在波彭王朝时代掌握了政权，实现了地主式的世袭统治。后一集团，协同其全副律师、教授和演说家，在奥尔良王朝时代掌握了政权，实现了暴发户式的篡夺统治。这两个集团，在第二共和时代，联合起来构成了共和主义的反对派，而这一反对派的政治表现形式，便是“秩序党”。

只有从这样对不同财产形式的区别上，才能认出“秩序党”的内容，才能认出资产阶级的内部区分和内部矛盾，才能认出法国第二共和时期中各阶段的政府和政党之所以相互交替和演变的根源。

四 马克思怎样分析资产阶级以外的另几个阶级

除了资产阶级之外，马克思还分析了小资产阶级、流氓无产阶级和农民阶级。

马克思曾在他的另一较早著作《哲学底贫困》中说：“小资产者是从一个方面和另一个方面合并起来的。在他底经济的诸利害上是这样，因之在他底政治上，在他底宗教的科学的和艺术的诸见解上也是这样。”[①]这就很中要害地说出了这一阶级的动摇性。在法国第二共和时代的历史中，小资产阶级的表现正是如此。

法国的小资产阶级在一八四八年六月资产阶级大反动的时候，可耻地叛离了它的同盟者无产阶级，成了资产阶级的帮凶。可是帮凶的结果，小资产阶级并未在政治上得到它们所期望的报酬（政府的位置），而在反动之后它们这一小有产者的物质利益也濒于危险，更兼它们所追求的什么“民主保障”越来越受到危害，于是它们于一八四九年二月重与无产阶级携手，组成了当时的所谓“新山岳党”。

“新山岳党”从外表上看，仿佛是小资产阶级与无产阶级在政治上的联盟形式，但从实质上看，它仅仅是一个小资产阶级的政党，因为在这一政党内除了只有很少几个工人出身的配角或社会主义的宗派主义者之外，既谈不上无产阶级思想性的领导，也谈不上个别无产阶级代表人物的领导；在这一政党内，无产阶级的代表仅是小资产阶级的附属物而已。

但这一政党的势力一上来是不小的，在议会的七百五十席中它左右了二百

① 马克思：《哲学的贫困》，人民出版社1953年版，第319页。

个席位，这就是说，它本来握有在政治上成功的要素，大有可为的。可是半个月后，它为什么丧失了一切的声誉呢？第一，就是由于它的动摇妥协的阶级本质。小资产阶级是最醉心于民主主义的，但它之所以呼号民主主义，并不是把它作为废除劳资两极的一种手段，而是把它当做缓和两极的协调的手段。第二，小资产阶级分子认识并处理实际情况时很容易从主观出发，片面地考虑问题，因而最容易表现为善于浮夸（吹牛和恫吓），而不实事求是，更缺乏自我批评的精神。这一特点，显明地表现于一八四九年的“六·一三”事件。由于法国军队之炮轰罗马，小资产阶级的政党领导者便空洞地恫吓政府说，他要运用武力，发动行动了。但他既不估计资产阶级的残酷镇压的可能，又不放手发动群众准备作坚决的斗争，只是叫一些国民警卫军举行了一次徒手的游行，结果游行被驱散了，民主主义的议员们被逮捕了，他们的领袖本人逃亡国外了。小资产阶级领导的结果，就是这样的“可耻的失败”。

*　　*　　*

马克思在分析小拿破仑的起家本钱——“十二月十日会”这一秘密团体时，又曾分析了流氓无产阶级。随着资本主义社会贫富悬殊的日益严重，流氓无产阶级也就有了发展，并且越来越引起人们的注意。这一阶级在一定条件下，是会有它的革命性的，但他们究竟与真正的无产阶级非常不同，有着严重的消极的一方面，即具有破坏性与叛卖性。马克思说：“它是一切阶级的排泄物、残屑和渣滓”；在《共产党宣言》里，也曾说过：“流氓无产阶级乃是旧社会最下阶层腐化过程的消极产物，它虽间或被无产阶级革命卷入到运动中来，但它的全部生活状况都更使它甘愿受人收买去干反动勾当。”[①]在法国第二共和时代，这一阶级的表现正是如此。他们感到“有牺牲国内劳动人民来周济他们自己的必要”，于是在小拿破仑用雪茄烟和香槟酒、冷鸡肉和蒜腊肠的收买下，便被组织在“十二月十日会”中，成了这一野心家所“特有的党派式的战斗力量”。

*　　*　　*

此外马克思还分析了农民阶级，而且是给予了特别精湛的分析。

马克思所分析的是小农。小农是在资本主义社会里农业生产者中一个代表的类型。恩格斯在他的《法德农民问题》中也曾说：“在所有的农民当中，小

① 马克思：《共产党宣言》，人民出版社1953年版，第45页。

农这一类型是最重要的，而且不仅对于一般西欧才是如此。不，对于整个问题说来，重心正是在这一类型的农民身上。”[①]马克思在处理法国第二共和时期的农民时，正是从小农开始。他分析小农的特性说：“他们所生活的经济条件，这数百万家族所生活底经济条件，既使他们的生活方式、他们的利益以及他们的文化，与其他阶级不同并与其他阶级敌对地对立，那末，在这个限度内，他们就构成为一个阶级。可是这些小农之间，只有地方性的联系，他们底利害同一性既然并没有形成一种统一、一种全国的结合或一种政治的组织；那末，在这限度内，他们又没有构成一个阶级。”[②]

在这里，马克思指出了小农的积极一面与消极一面。积极的一面是过去在封建时代他们的利益与封建贵族领主的利益敌对地对立，因而使他们有革命性，使他们在历史上发动了许多次此起彼伏的农民暴动，并在封建社会末期积极地参加了资产阶级性的民主革命，充当了资产阶级的主要后备军。消极的一面是他们的分散性与私有性。马克思描写他们的分散性时说：好像马铃薯一袋，是由袋中的马铃薯所构成的那样。因而，他们就不容易有自己的结合，不容易有自己独立统一的政治组织，那就是说，在政治上不容易有自己的代表，而一定要别人来代表。他们的代表，一定要同时成为他们的主人，成为站在他们之上的权威，来保护他们去对抗其他阶级。这就是他们为什么支持老拿破仑，并且为小拿破仑所欺骗的理由。

小农消极面的另一表现，是他们的私有性。在资产阶级性的民主革命之后，他们从封建枷锁中解放出来了，获得了小块的土地；但他们就固守在小块土地上，看不见劳动人民整个的利益，以及劳动人民整个解放的道路。他们很容易把社会主义者与高利贷者看作是一样危险的敌人。正是这一点，严重地阻碍了他们与无产阶级革命相结合的机缘，严重地迟滞了他们从资产阶级革命后备军向无产阶级革命后备军的转化。

于是，在小农尚未觉悟到只有在无产阶级领导下才能获得彻底解放以前，他们便很容易被像小拿破仑那样的人所利用，成为野心家在夺取政权中的后备军了。

---

① 恩格斯：《法德农民问题》，人民出版社1953年版，第5页。

② 马克思：《拿破仑第三政变记》，人民出版社1953年版，第142页。

五 马克思怎样找出人物活动与事件发展的必然性

但无论如何，小拿破仑的政变是成功了。假如对他没有马克思主义的认识，那就是说，假如不经过阶级的分析和对于阶级关系变化的分析，那末，这一政变的成功几乎是不可想象、不可理解的了。雨果就曾把这一政变理解为“晴天霹雳”。[①]而且，从这种不可理解之中，又会产生出悲观的效果，这只要从表面上检查一遍法国第二共和时期三数年间历史的层次，就可以了。六月起义之后，社会主义的无产阶级彻底地失败了；共和主义的资产阶级获致了胜利。但不久之后，跟着立宪会议的结束与立法会议的开始，共和主义的资产阶级也失败了。在一八四九的“六·一三”事件之后，一度活跃的民主主义的小资产阶级也失败了。这时保皇主义的土地和金融资产阶级获致了胜利。但不久之后，这保皇主义的资产阶级的统治也失败了，跟着来的是流氓头儿小拿破仑的成功。从浅陋的眼光看来，历史简直是“一代不如一代”，越来越倒退了。马克思也曾亲自说过：“不是社会获得了新的内容，而只是国家回复到它的最旧的形态，回复到刺刀和僧衣底无耻的单纯的统治。”[②]

然而马克思的伟大处，就在于他不单纯地看到了倒退的现象（自然他也不忽略这一点）。马克思除此之外，还看到更重要得多的两点：（一）是从阶级关系的变化上，看到了政变成功的必然性；（二）是从政变的成功上，看到了无产阶级革命的乐观的前途。在本节内，我们先来看第一点。

小拿破仑政变成功的必然性，存在于法国的阶级矛盾，即法国资产阶级外部矛盾与内部矛盾的交错，存在于这些矛盾交错的发展之中。所谓资产阶级的外部矛盾，主要指资产阶级与无产阶级的矛盾，这是资本主义社会最主要的内部矛盾。虽然在六月起义中，无产阶级是失败了，但无产阶级的存在与发展是无可阻止的，这就使资产阶级害怕无产阶级比害怕任何对抗势力更加厉害百倍，这就使资产阶级为了维持其本阶级无限制的专政，可以随时改变他们的统治的方式。在这一点上，资产阶级的外部矛盾又是和它的内部矛盾结合起来的。资产阶级由于它们自私自利的阶级本质，又必然划分为不同的集团，在政治上形成经常的争吵与抢夺。例如在政变前夕，以修改宪法的事为诱导剂，便

---

① 马克思：《拿破仑第三政变记》，人民出版社1953年版，第8页。

② 马克思：《拿破仑第三政变记》，人民出版社1953年版，第19页。

使资产阶级，特别是它的在朝党——“秩序党”陷入了空前的分崩离析的境地；不同的集团，不同的小派系，不同的议员和军人，互相斗争到极端复杂的地步。在这种情况下，作为整个的资产阶级，它会有它自己必然性的裁决。我们知道，资产阶级国家的这种种“民主”形式，只不过是掩盖其一个阶级无限制专政的一种手段而已。在一定的情况之下，即当多党的争吵会给无产阶级起义构成有利条件的可能之时，那末资产阶级又会并不一定喜欢这种多党的争吵，而宁愿要一党的专政。在另外一定的情况之下，即当三权分立的政权形式会削弱了它们的无限制专政，并且又会给无产阶级起义构成有利条件的可能之时，那末资产阶级又会并不一定喜欢什么三权分立，而宁愿让行政权力独立起来凌驾乎一切之上。——这就是流氓军人专政之所以产生的根由。

就这样地，马克思在结合了丰富的史料具体地而非抽象地说明了这种阶级矛盾及其复杂的关系之后，最后结论说：“政变还是成功了，这种成功是已往事变过程底必然的、不可避免的结果。”[①]这是多么精湛的历史唯物主义的论断！这对于历史人物和历史事件的庸俗肤浅的处理者，是一个多么具体而严重的教训！

六　马克思怎样从具体历史中得出无产阶级革命的指导思想

马克思以上的这些研究与论列，是有其目的性的。其目的即在于总结这一时代的新颖经验，为无产阶级革命获致指导的思想。在《拿破仑第三政变记》中，马克思获取了两个重要的思想：（一）彻底打垮资产阶级的国家机器的思想；（二）工农联盟的思想。

国家机器这种上层建筑服务于它的基础的积极作用，截止到当时为止是再没有比第二共和时期更暴露得明显了。法国的庞大的国家机器，包括官吏和军队，自君主专制时代的末期起逐渐发展，通过大革命时期，到老拿破仑的时候底于完成。在第二共和时期，法国的资产阶级，在与无产阶级的斗争中，为了提高和加强镇压的手段，一步步使行政权力突出出来，完备起来，使其达到了最纯粹的形式。对于这样一个客观形势的发展，昏愦而浮夸的小资产阶级的所谓革命家，只能一般地承认它，却不能或不愿做出实际的结论来。有的，甚至

① 马克思：《拿破仑第三政变记》，人民出版社1953年版，第126页。

做出悲观的定命主义的结论。马克思却不是如此，他是一个无产阶级的乐观主义者，他从政变中看出了无产阶级革命胜利的远景，得出了彻底打垮资产阶级国家机器的伟大结论。他说：

> 如果议会的共和国底倾覆，在其自身中，包含着无产阶级革命胜利底萌芽，那末，其直接的明显的结果，则是波拿巴对于议会之胜利，行政权力对于立法权力之胜利，不以文词掩饰的力量对于文词力量之胜利。
>
> 它（革命——作者注）首先使议会底权力底于完成，以便有可能把议会的权力推翻。现在，它已经达到了这点，它就使行政权力底于完成，以便把行政权力化为其最纯粹的表现，把它孤立，把它当作自己面前唯一的靶子，以便集中自己一切的破坏力加以攻击。①

列宁在《国家与革命》一书中指出："这个结论乃是马克思主义关于国家学说中主要的基本点。"②自然，马克思主义的国家理论是在发展中不断丰富的。从法国第二共和时期的历史中，得出来的是彻底打垮资产阶级国家机器的结论；从法国巴黎公社时期的历史中，得出来的是无产阶级不能运用现成的国家机器，而必须代之以由武装工人组织成的"公社"；从俄国十月革命和以后苏联建国时期的历史中，得出来的是"公社"形式的发展与完成，即民主制度之最高形式——苏维埃国家政权形式之获得，以及在资本主义包围尚未消灭以前，这种专政形式的国家机器不仅不应消亡，相反，还必须要加强起来。这就是马克思主义国家学说不断发展不断丰富的简单历史。

* * *

现在我们再来看工农联盟的思想。

马克思从分析法国第二共和时期的小农开始，进而指出了从老拿破仑到小拿破仑中间，小农经济地位的变化和随着这种经济地位的变化而引起的小农意识的变化。这样，马克思就英明地看出了：农民阶级由资产阶级的后备军向无产阶级后备军转化的可能。从这种可能上，他巩固地建立起了工农联盟的伟大思想。他说：

> 在对于拿破仑的王政复古感到绝望之时，农民将舍弃自己对于自己小块所有地之信仰，于是建筑在这小块所有地之上的整个国家构造，也就要

① 马克思：《拿破仑第三政变记》，人民出版社1953年版，第137、138页。

② 《列宁文选》两卷集，第2卷，外国文书籍出版局1950年版，第184页。

> 崩溃了，那时，无产阶级革命，就得到了合唱，而如果没有这合唱，那末，在一切农民国度中无产阶级的革命底独唱，就会变成哀歌。[①]

在这里，马克思用科学的预见与诗句般的文字，说出了工农联盟思想的最初的声音。这一思想，也正如马克思的国家学说一样，是经由不断的发展而丰富起来。恩格斯曾考虑到无产阶级掌握到政权之后怎样对待农民的问题。他指出：我们应该凭藉提供范例和建议社会帮助的方式下，以达成将私人生产和私人所有权转变为合作社生产和合作社的所有权。[②]列宁和斯大林更根据十月革命的经验，指出无产阶级专政对于乡村也具有最重要的意义，具有真正决定的意义；因为假如没有无产阶级专政，便不能实行把农民战争与无产阶级革命汇合起来，那末农民也就无法真正得到解放，无产阶级革命本身也便不能巩固。[③]斯大林还从苏联的建国经验中，批判了许多有关工农联盟的错误思想，如认为小块土地所有是一种非常稳固的形态，不易打破，不易改造；如认为社会主义经济和私有小农经济可以和平共处，平行发展；如说小农经济可以自流地跟随社会主义共同前进等等。从这些批判中，斯大林进一步发展了工农联盟的思想。他指示说："我们所需要的，并不是随便一种工农联盟，而只是以反对农民资本主义分子的斗争为基础的那个联盟。"[④]因为农民是一种小生产者，他经常自发地大批产生着资本主义的因素，它是最后一个资本主义阶级，因此无产阶级专政在对待工农联盟的认识上，不应该是什么和平共处，而是对农民私有性的改造和农业的集体化。

七　马克思处理历史的方法对当前的史学工作者有什么教育意义

有人说，马克思的这一著作问世已一百年了，时过境迁了，书的内容已经陈旧了，只有学院派的马克思列宁主义研究者才会重视它，其余的人已与它无关了。这看法是十分错误的！马克思在《拿破仑第三政变记》中所获致的成果，也正如他在他的其他著作中所获致的成果一样，经由以后每一位伟大继承

① 马克思：《拿破仑第三政变记》，人民出版社1953年版，第151页。

② 参见恩格斯：《法德农民问题》，人民出版社1953年版，第25页。

③ 参见斯大林：《列宁主义问题》，人民出版社1953年版，第261页。

④ 同上书，第372页。

者的发展，到今天仍是“手泽犹新”，其指导意义是同过去一样地正确、新鲜而且亲切的。

对于新中国的人民史学工作者来说，马克思的史学劳绩是有着极深刻的教育意义的。在马克思所有的史学名著中，存在着几个鲜明的共同点，实在值得我们大家来好好地学习。

马克思史学名著的第一个特点，就是从经济基础去解释社会生活的现象。学习了这一点，就能保证我们在史学工作中站稳唯物主义的立场，而不至于跌入到各种各样的主观主义的泥坑中。学会了这一点，我们就不至于在说明社会历史的时候，到什么超自然的神力方面去找根源，也不至于到人类精神生活各个方面去找根源，也不至于到社会物质生活条件的非根本方面去找根源，也不至于单纯到生产工具亦即技术方面去找根源了。我们应该确认：只有物质资料的生产方式，才是在最终结处决定着社会面貌的东西。我们还该确认：只有经济基础，才是直接决定着属于上层建筑一类的社会精神生活的东西。而在阶级社会中，经济基础又总是属于阶级的。因而，运用阶级分析法，就是正确处理阶级社会历史的常胜的武器。

马克思史学名著的第二个特点，是他总是从具体而丰富的历史材料出发，而不是从抽象空洞的观念出发去分析历史、总结历史的。这就是马克思总结历史的结论之所以总是正确的原因。列宁说：“马克思主义的最本质的东西，马克思主义的活的灵魂，就在于具体地分析具体的情况。”[①]毛主席在《矛盾论》中也教导我们，要精细的研究矛盾的特点，他说：“仅仅站在那里远远地望一望，粗枝大叶地看到一点矛盾的形相，就想动手去解决矛盾（答复问题、解决纠纷、处理工作、指挥战争）。这样的做法，没有不出乱子的。”[②]在史学工作方面，这样粗枝大叶的远望者是不少的。对于这一类人，仔细地阅读一下马克思在《拿破仑第三政变记》、《法兰西内战》、《论北美内战》，以及列宁的《俄国资本主义的发展》中所作出的全面占有材料的卓越的范例，是会有很大好处的。

马克思史学名著的第三个特点，是他之所以研究历史分析历史，总是为政治服务的，为无产阶级革命服务的。从对于法国第二共和历史的研究中，他得出了必须彻底打垮资产阶级国家机器和必须建立工农联盟的结论，去为无产阶

① 《毛泽东选集》第1卷，人民出版社1952年第2版，第300页。

② 同上书，第301页。

级革命服务。从对于巴黎公社历史的研究中，他得出了不能运用现成的国家机器而必须建立自己的专政的结论，去为无产阶级革命服务。这一点对于我们中间一部分一向不注意政治、脱离政治、为学术而学术的史学工作者们，其教育意义是特别显著的。只有学习到了这一点，我们的史学工作者才能彻底地自己批判自己，才能放下单纯“搞考据”、“走冷门”的包袱，从各自切合现实的史学工作中，去体认并推广历史唯物主义的原理，去发掘中国历史上丰富的爱国主义的泉源，去发扬今天国际主义的爱国主义的精神，去为人民服务，为人民民主专政的伟大新中国服务。

1952年5月22日于青岛

谈史学研究的工作方法

我经常遇到大学生或研究生同志向我提出一个质疑。他们说："我们想搞一点史学研究，我们想出一点成果，更具体一点说，我们想写一篇论文，我们该怎么办?"积累了多次答疑以后，我自己仿佛也对这一问题增进了理解。其实，这些大学生和研究生同志们并不是一点经验也没有的。给黑板报写一篇稿，对课堂讨论写一篇发言稿，这已经就是经验嘛。问题在于，要从自发的经验向自觉的经验上升。自觉的经验较之自发的经验，往往更加准确，有效率，也就是说，更加多快好省一些。

为了推动大家的经验从自发的过程向自觉的过程过渡，我写这篇东西出来。我认为，史学科研和写作论文，应该包括六个过程：选题，构成目录，选择材料，理论与材料的结合，构成提纲，写作论文。现在一一阐说如下。

一　选　题

选题应该树立几个标准。

第一个标准应该是：考虑这一选题与政治的关系。有人说，"四人帮"的北门学士们不是提倡为政治服务吗？打倒"四人帮"以后，这一条不应该再强调了，至少也该修正一下了吧。我们应该看到，北门学士们根本是卖身投靠、出卖灵魂，其中绝大部分从一开始就心里明白他们不是为无产阶级政治服务的，是为一种不可告人的密谋服务。我们这些普通的人，当时自然不可能知其"奥妙"，但也有感觉，感到他们选题挺古怪，立论也与常人不同，仿佛盘旋着的一只怪鸟，总想抓取什么似的，而今真相大白了，知道他们是想篡党夺权，为反革命修正主义路线服务。其中少部分人也许是受了蒙蔽，但为什么受蒙蔽呢？说到底也不过是风派态度作祟，也就是说，搞了一场政治投机罢了。而政治投机和为政治服务是严格区别着的。我们今天依然要坚持把学术与政治的关系摆好，但对这一问题的认识应该深化，以实事求是的原则为约制。

我们要承认，不同的学术问题跟政治的关系，是有等差的，如确定一场地震或日蚀的年月日，这跟政治就很疏远。但一涉及中苏关系、中越关系、中印关系、中朝关系，就要敏感得多了。但不论如何敏感，仍要以实事求是作为最后的、最可靠的依据。政治不应该把自己形成为一根指挥棒，瞎指挥。假如研究历史总跟着政治指挥棒团团转的话，那不仅害了历史科学，也害了政治。但历史科学也不应该脱离政治（实际上也脱离不了，你不是为这样的政治服务，便是为那样的政治服务），应与政治尽力协调一致，历史为政治提供成果，政治则利用成果去进行活动，为人民的利益服务。

第二个标准应该是：弥补史学上的缺门。须知史学上的缺门不是太少，而是太多了。就说三国（魏、蜀、吴）疆域吧，现在我们常用的这一幅地图，它经历了多少人的弥补呀！洪亮吉干过，杨守敬干过，谢钟英干过，还有一些人跟在后面干，才干出了目前这个成果。清朝人很懂得干这种事，并且富有成效，但也有局限。章太炎、刘师培、陈澧都看到了局限性。章太炎就指出过，清朝人不过在地理、官制两方面做出了贡献，其余“姓氏”、“食货”、“刑法”、“乐律”诸方面，则做的很少（见其《自述学术次第》）。这看法很有见地。姓氏之学，就是缘着血缘纽带的线索来捕捉某些古史的未发之覆，华夏族的开始一段与此有关，拓跋族、女真族等的开始一段也与此有关。食货之学的作用和意义就更明显了，历代社会经济和所有制的问题就包括在内。历代的兵志和刑志中，夹藏着不少农民战争史的宝贵材料，都有待于发掘。举例说，汉的兵制是什么？宋朝钱平子写过一小本《补汉兵志》，结合近几年来大量出土的汉简材料，这本小书远远不济事了，也有待于弥补。再例如，公元四世纪，河西有五个凉国，华北有四个燕国，这些国家的疆域、经济、民族、学术，有谁弄出个样子来吗？我常常这样想，要揭开敦煌学的盖子，非搞“三秦”、“五凉”之学不可。清乾嘉时武威学者张澍（介侯）已启其端，但此中复杂的内容正多，尚有待于后人的大力填补。从前有过一个小册子《柴荣》，但是书店里从来没见过《吴越》或者《南唐》这样的专著，连小册子也没有，其实公元九世纪的这两国的历史，对祖国南半部的发展，关系实在太重大了。现在，“丝绸之路”

的研究，在国外和国内都很时行，但除王国维曾对《长春真人西游记》进行了初步的笺释外，宋朝王延德的，金朝乌古孙的，元朝耶律楚材的、刘郁的，明初陈诚的，等等，有谁把它们聚拢来，结合中外东方学者们的成果，笺释一下呢？没有。所以我们说，史学上有待弥补的缺门，实在是太多了。接班的同志们，英雄是有用武之地的。

第三个标准应该是：大的选题与小的选题交叉做，使它们互相引发。光做大选题或者光做小选题都有弊病，前者会流于泛论派，后者会渐近于目光短小，只会吃桑叶而不会吐丝的境界。此外，还要避免一些炫博猎奇的和无关宏旨的选题。举几个例：三十年代有一位女教授苏雪林者，花功夫考证李商隐暧昧关系的根底，看那些暧昧对象究竟是宫内的嫔妃还是寺院中的女道士。再如傅斯年就曾花好几年功夫展开过一场明成祖朱棣的生母究竟是马太后呢，还是一位朝鲜籍的妃子的争论，这除了从封建正统观念上可以获致朱棣得国正或者不正的结论之外，还会起什么作用呢?！把历史做这样的侧重，我们是不取的。

什么是我们所说的大选题？例如“五朵金花”就是大选题，即：古史分期问题，土地所有制问题，农民战争问题，民族共同体问题，资本主义萌芽问题。有较深修养的综合工作者可以一上来就抓这样的选题，初学者不宜如此，他们宜于把这些大问题层层降格下来，做一系列小选题，等小选题的积累达到某种饱和量时，再动手干大的。试以古史分期问题为例，从三种分期到六种分期，加上一些国外更不同的分期说，约有八九种不少，拿它们互异之处一对比，就发现有将近十个或者十个以上的交绥点，如殷代殉人问题、西周劳动者的身份问题、春秋战国的土地私有和租佃关系的性质问题、两汉奴婢问题、秦汉三次大农民战争问题、西周宗法问题、战国立法运动问题、家内奴隶制与劳动奴隶制系两个类型抑或两个阶段的问题，甚至汉武帝刘彻究竟是意味着封建法典化完成的历史人物呢，抑或是意味着古典经济达到顶峰的历史人物呢？这不都是从大选题中层化派生出来的第二流选题吗？这些二流选题不可以抓一个做一做吗？再者，从二流选题中又会派生出更小范围的选题，例如西周的“庶人”究竟是什么人，是灶披间的掌锅娃子呢，还是隶农呢，还是农村公社社员呢，也可以追究一下吗。选题先越做越小、越做越细，然后在细致的基础上再越做越大起来，这是合乎自然的正常现象。

第四个标准应该是：兴趣。这一点不应该无限制提倡，因为弄不好容易流于兴趣主义，兴趣主义是有害的。而兴趣，应该适度提倡。几十年来，我亲眼看到好多人明明对古代史有兴趣，却被分配去搞近代史；明明对中国史有兴趣，却被分配去搞世界史，结果无所成就。兴趣，不是个唯心的东西，它是某个人所独具的物质特点的反映，适当地照顾它是会有好处的。

二 构成目录

目录有大目录和小目录。从大目录到小目录，是进行史学科研的重要历程。科研的成败，其关键之一在这里。

什么是大目录？它就是要人通晓有关史料之全面情况的一门学问。研究生一进门，先介绍这门内容。它的要求主要有两方面，其一求其广度，要避免遗漏；其二是求其深度，要触及要害。张之洞《书目答问》、纪晓岚（昀）《四库全书总目提要》，达到了一定的广度和深度，但到今天已很不敷用。像把一些书的序言和跋语照抄一过而不下个人按语的做法，在深度上是有缺欠的。

事情自然而然地牵连到另一个问题：中国的史料到底多不多？我的回答是：又多，又不多。并且这不是一个折中主义的答案。说多，连一些邻近国家的纪年甚至地震记录，都要到中国史料中来查找，连我们自己也说“汗牛充栋”。但这仅是问题的一个方面。另一方面，按足够说明问题的要求来衡量，则是不足的。不错，《汉书·地理志》中有郡国的人口统计，这很宝贵。但有更多的情况，其数据是粗略的，甚至是有舛误、有待订正的。让我举一些例。

例一。同一篇《魏书·食货志》谈到户调，前文曰二十石，后文曰二石。害的后人纷纷给予解说，或曰“二十”多一“十”字，或曰“二石”遗一“十”字，最后还是按大户小户的差别，才庶几乎获致了较可信赖的处理。例二。宋人王应麟《困学纪闻》中有一段汉朝国家收入的材料说，国家赋税四十余万万（钱），吏俸支出一半，余二十余万万；少府所领园池作务，八十三万万，作宫内供奉和赏赐之用。但有的版本把“八”字变为“入”字，前复多一“之”字，就成了“少府所领园池作务之入，十三万万”，从八十三万万到十三万万，数据距离很大。并且由数据的差距，引伸到说明问题方面，汉朝宫奴婢劳动生产总值，一说占全国平民劳动总值的一倍强，另一说占总值的三分之一，这就牵连到古史分期上来了。例三。韦庄《秦妇吟》是一首对黄巢大起义有很高史料价值的长诗，其中有两句云：“岁种良田二百廛，年输户税三千万”。唐末户税年输十文，三千万钱则输税者应为二百万丁；二百廛，当合今三百至五百亩，以二百万丁耕理三五百亩之土地，丁数未免太多。故罗振玉有“千万”为“十万”之讹之说，但也不易成立。例四。元明之际，徐一夔《织工对》中说当时纺织手工业工人“日佣为钱二百缗，衣食于主人”。“缗”是一千钱，每天吃饭之外还拿二十万钱，即以元末通货膨胀、钱价贬值来看，也不好理解。于是有人主张把“缗”改为“文”，把“千”改成“十”，但都缺乏有力的根据。史料中数据（特别是要害数据）之舛误，有如此者。

再补充两例。其一，《太平广记》中一条著名的材料，记述定州张明远家“有绫机五百张”。材料中说张“于驿边起店停商，专以袭胡为业，资财巨万。”这“袭胡”二字作何解？解者不少，而切当者尚未见。其二，敦煌卷子中著名的《季布骂阵词文》中，道及刘邦这一重要历史人物的出身时，有“母解绢麻居村墅，父能牧放在乡村”。“牧放”别本作“收放”，一指牧放牛羊之人，一指高利贷者，二者间差距较大。但究系何种出身，至今一直弄不清楚。

史料中有如此多的难以料理之处；史料中数据有如此多的舛误，难道我们就因而悲观了吗？不！我们应当积极乐观，动用校勘、训诂、版本之学等工具，力求一个确凿的结果；并且我们还可以从既知情节中推求未知情节，从既知数据中推求未知数据。例如谭其骧先生在三十年代的《燕京学报》上根据大量已知资料，推断西晋永嘉之乱后北方每八人中有一人南迁，南方每六人中有一人为北方来的侨人。这个工作对我们的启发应该是很大的。

话不觉绕了一个大弯，现在归到本题，什么是小目录？小目录是按照你当前选题的需要，从大目录的普遍知识中，结构出你在追寻本专题底蕴中的特殊需要的目录。在开始，这种目录是由导师提供的；但更重要的是你自己必须锻炼自己去独立地构成这种目录。并且这种小目录也不可能是一次完备的，它也要经历一个由简至繁、由浅及深的发展过程，它也需要随时补充。

举一个例。明末农民大起义，是一个研究的热门。几位当代学者都说，中国封建社会发展到明朝末年，已经像一个烂熟的西瓜，大起义一刀切下去，什么瓤儿、子儿、汁儿，全部淌出来了。这看法有见地。但对这场起义，怎样动手研究，请列一点小目录出来吧。首先，郑天挺先生辑《明末农民大起义资料》书后所附的那个年表，总是第一件参考吧。李文治先生解放前的著作《晚明民变》，在史料规模上，要算是第二件参考吧。然后是“三大原书”，即吴伟业（梅村）的《绥寇纪略》，彭孙贻的《平寇志》，戴笠、吴殳的《怀陵流寇始终录》（见《玄览堂丛书》）。自然，细读了“三大原书”之后，事情并未完毕，而是刚刚开始。这只要翻一翻《晚明史籍考》中有关农民战争的书目，就可以明白了。最近，史学界对这一选题的研究越来越深化，目录学也跟随着向分枝化发展，除对大起义作地域性分枝（如河南地域、云贵地域、四川地域等），反映矛盾复杂化的分枝（如阶级斗争与民族矛盾的纠缠等）之外，即使对“三大原书”，也在追寻其成书之先后，其中间辗转抄袭的情况，这又是一个新的分枝。总之，结构本选题的小目录的过程，同时也是通晓各种科研情报（包括相当琐碎的科研情报在内）的过程。再举几个琐碎的目录学知识为例吧。你假如不知道山东诸城丁耀亢（野鹤）有一本《出劫纪略》，你就掌握不到“以割富济贫之说明示通衢”的这一重要情节；你不知道南宋末有个孙梦观的《雪窗集》，你就掌握不到南宋通货膨胀达到岁六万五千缗的数据；假如你不知道顾炎武诗还有徐嘉的一部《笺注》，那么，你对诗中所言明清之际的若干变动以及诗人的寓意就不会懂的更彻底（自然《笺注》也有误差）。旧书中常见说“是亦有心人哉”！希望史学界的接班人同志们都成为史部目录和史学科研情报的“有心人”吧。

三　选拔材料

选拔材料的关键似乎在两点，第一点要看选拔人的聪明才智，这是个一般条件；第二点要在一般聪明才智之上，再加以马列主义的观点、方法。这样看问题，也是从许多实践中得来的。例如就有人把一切不说明问题的、质量很差的材料全选拔来了，把质量高的、很能说明问题的材料全没有选拔。他很用功，可是出现这种情况，你怎样解释？只好归结到聪明才智问题和观点方法问题上来。

与选拔材料同时，有个著录材料的方式问题。方式基本有四：一，眉批，二，笔记，三，卡片，四，札记。眉批就是顺手把材料的补充和批评的观点写在阅读的纸页上，毛主席在韩愈的文集上就这样做过；范老在自著《文心雕龙注》上也批的密密麻麻，此则我之所亲睹。笔记就是一本一本地记，缺点是材料的次序不能灵活摆弄。卡片是最郑重的一种著录形式，使用起来也灵活，可以按甲选题的要求提出使用，用毕归档；做乙选题时，又可按新的需要提取卡片，做出新的排列和组合。札记就与上述三者不同，它已由罗列材料向形成观点转移，由感性向初步的理性转移了。学历史、教历史的人的案头，之所以经常摆着《困学纪闻》、《日知录》、《十驾斋养新录》、《十七史商榷》、《廿二史札记》、《癸巳类稿》、《癸巳存稿》、《越缦堂读书记》、《越缦堂日记》，直至近人的《骨董琐记》、《国史旧闻》这些书，不是偶然的。这里边积贮了很多心血，很多由感性材料向理性认识上升的痕迹，对于后学者来说是很有启发的。

再谈一个与史料搜集相关的另一问题，那就是史料的“面子”问题，也就是史料的幅度一定要力求其广。这个问题古代史学者早已接触到了。北宋的司马光、范祖禹写《资治通鉴》，首先要写成“长编”；南宋的李焘料理他可以搜集到的“会要”，也是写成“长编”。清初顾炎武的弟子潘耒写《明史·食货志》之前，也是仔细札录自洪武至万历的《实录》中有关社会经济史料六十余本，密行细字，这也就是“长编”了。“面子”愈广，归纳出来的东西就愈精确，这是尽人皆知的道理。

四　理论与史料的结合

假如有人问我，作为一个史学工作者，经典著作中哪些种是对你最得益的——这个问题，那么我可以从自己角度来认真地回答。《政治经济学批判序言》篇幅虽不大，但这是最根本的纲领，要多次地去体会，去向它吸取养料。《辩证唯物主义与历史唯物主义》（《联共党史简明教程》第四章第二节），特别是后半段讲五种生产方式的部分，我经常吸取它的启发，自然它也有局限。再其次，我就提到《路易·波拿巴的雾月十八日》（又译作《拿破仑第三政变记》）了。关于这本书，有过一点周折。林彪集团为了篡党夺权，曾借用了恩格斯为这本书写的序言中的“天才”字样。后来批判林彪的“天才论”，无形中仿佛这本经典著作的威信也受到了贬低。这是不公正的。实际上，这是我个人平生受益最深的一本书。在这本书里，马克思不仅获致了砸烂资产阶级国家机器和工农联盟这两个辉煌的无产阶级理论，并且把从老拿破仑到小拿破仑之间法国各阶级、各阶层及其党派代表的物质利益、政治口号以至思想感情，都做了极为精辟的分析。我们学历史的，从方法论讲，最重要的是学习阶级分析法，而学习阶级分析法最好的典范又是什么呢？那就应该推这本书了。

除去以上提到的之外，经典著作在各个分枝问题上需要学习的还有很多很多，在此不准备一一备述。在这里要进一步阐说的是：学习经典著作是一件事，拿其中的论点与具体问题相结合又是另一件事。对史学工作者说，后者更为重要。这就是以矢射的的那件事情。矢和的两者原本是不相谋的，通过我们开动机器的结果，矢把的射中了，这就是一桩成果。理论的威力，靠史料得到印证；史料的积累，靠理论得到上升。这就像电的两极一样，两极一碰撞，电火花就出现了。

举两个例。

其一，在恩格斯的《家庭、私有制及国家的起源》一书（大约中译本页146处）中有这样一段意思，大意说氏族在村落里住的越久，那么，其血缘纽带的作用就越消逝，其地域纽带的作用就越增长。带着这样一个指导思想，我在读赵万里辑《汉魏南北朝墓志集释》中一篇《奚智墓志》（卷5页42图版207）时，感受到了理论与史料的结合。这篇《墓志》说，大约在拓跋珪之前十二三代的时候，有个仆侩可汗叫大家“分领部众”，这家人当时“遂因所居”，改为达奚氏。等到孝文帝元宏迁都洛阳命令鲜卑人汉化以后，这族人的姓氏就又简化为汉字单字的“奚”了。根据我的理解，“分领部众”就是将血缘纽带的作用甩开，“遂因所居”就是按地域纽带定其姓氏。这样恩格斯根据大量事实总结出来的原理，通过拓跋氏的社会发展史又一次得到了印证；而《奚智墓志》中的材料，由于理论的照耀而更显示出了它的价值。

其二，有一次我曾经将五种古老的历头拿来对照读。这五种历头是：《夏小正》、《礼记·月令》、《吕氏春秋·十二纪》、《淮南子·时则训》和《四民月令》。从这种对读中我发现了什么呢？我发现除去一些偏重于自然现象的记载，也就是被叫做“物候’或“地候”（如什么“雁北向”、“獭祭鱼”、“鹰始挚”、“豺祭兽”、“鸣鸠”、“鸣蜮”……）的情节，在五种历头间变动不大之外，在社会活动（特别是社会生产方面），五种历头间的变动是很大的。在《夏小正》里，看到人们将土地划成整齐的块，土地已经有了公田和私田，人们一定要先集体地到公田里劳动，然后再到私田里劳动。在这个社会里，除去已经有了“王”（也可以是部落联盟大酋长嘛）之外，其余“虞人”、“鹿人”、“冰人”，很像古代共同体中的职员，在《礼记·月令》、《吕氏春秋·十二纪》、《淮南子·时则训》三份历头中，我们可以看到更多的东西。自然，这三份历头写成的年代可能较晚，观其中“讳正曰端”、“讳恒曰常”来看，写成的年代当在秦皇、汉文，甚至再晚些。其中也许有许多“窜乱”之处，也就是说，很早的和很晚的杂厕其间。但不管这些，其中仍然保存着一些古老的东西。例如一到春天，农业生产不是分散布置而是统一布置的，劳动不是个体单独进行而是集体进行的。诸如打地埂、修塘坝、把田土整成整齐的块、修一些水的渠道以便排水或给水以防涝旱，甚至到秋天把小路塞掉以防止人或兽的侵害，等等。这些事统统是统一布置、集体进行的，这总是些古老的痕迹了。与此同时，阶级剥削和阶级压迫的痕迹，也渐渐加重。看到收集农产品、蚕茧、刍稿、牛羊等物，连山林薮泽也要收一点贡赋，这很可能是从原始贡纳向赋税剥削的缓慢的过渡。慢慢地，阶级惩罚的字样出现了，什么缮囹圄、具桎梏，叫劳动人民"无敢有惰"，"毋休于都"，"其有失时，行罪无疑"，等等。到东汉崔实的《四民月令》里，什么统一布置、集体参加的农业劳动等景象统统不见了，什么秦汉时人按照阴阳谶纬安排的"色"、"臭"、"律"、"树"也都不见了，剩下的是在自然经济下一家一户闭上门过小日子的景象，盘算着怎样把一年中吃用的酱、醋、曲等准备妥当，如此而已。对读着这些历头，我想起导师马克思在给俄国女公民查苏利奇的复信（第二稿）中的几句话，"地球的太古结构或原生结构是由一系列不同时期的沉积织成的。古代社会形态也是这样，表现为一系列不同的、标志着依次更迭的时代的阶段。"[①]这就是说，我们的古代社会是由人们古老共同体的原生形态、次生形态、再次生形态依次更迭地形成的，拿五种老历头来对读一下，不是可以印证的十分亲切吗?!

五　形成提纲

在通过了"选题"、"构成目录"、"选拔材料"、"著录材料"和"理论与史料的结合"等一系列的过程之后，在你面前，或者说在你的脑海中，就自然而然地浮现出一幅"横看成岭侧成峰"的、像你从桂林坐船到阳朔所见的景象一样的，一种重点突出的景象。你抓住这一景象，用ABCD或者甲乙丙丁的形式表达出来，这就是提纲了。到这时候，你的论文即使还没有写，但实际上你的成果已经形成，你的论文已经和写成功距离不远了。我喜欢摹仿唐朝李白词句"何处是归程，长亭更短亭"的句法说——"如何文成篇，长编更短编"。长编前文已经说过，短编就是提纲了。有了长编，又有了短编，文章已经可以成篇了。

① 见《马克思恩格斯全集》第19卷，第444页。

六 写 文

以前我在谈这部分内容时，三言两语就晃过去了。有的同志说，“是不是有什么秘而不宣的呀?”这显然是一种激将法。但经这一激，倒也向前思考了许多。现在，我将思考所得的三点写在下面。

第一点：我认为思维（或思想）是第一义的东西，文章是第二义的东西。也就是说，文章从属于思维和思想，而不是反过来思维和思想从属于文章。也就是说，要写好文章，首先要锻炼自己的思维和思想，使之符合于客观实际以及从客观实际中提炼出来的规律。我说思维，是偏重于生理和自然一面的活动；我说思想，是偏重于打上阶级烙印的一面的活动，而这两者又经常统一到一起。

第二点：为了把文章写好，人们必须从生活的每一个角落里去锻炼自己的思维。举例说，去读一本逻辑书，总是值得建议的吧。但光读一本逻辑书而缺乏实际中的逻辑锻炼，其效果往往是不大的。再举例说，从实际场合中去体会逻辑，譬如当你读到刘向《新序》中孙叔敖和他母亲谈论见到双头蛇必死的命题时，他（她）们就相当严整地各自使用了一套三段论。再譬如，苏洵（老泉）是古文八大家中的重要人物，但在他的文章中你可以碰到很多逻辑上的混乱。无论从正面，或者从反面，你都可以增进对正确思维的体会。再例如，从数学演算中，从对外语繁难选段的艰难语法分析中，你都可以锻炼写文章的本领。记得我十七岁时，演算过一道叫做“九点圆”的题，使用解析几何的方法证明九个点在圆的轨迹上，我花了一个星期来进行演算，谨慎地劈因数、解方程、检查正负号的正误。至今年已六十开外，对此记忆犹新，感到当年的数理活动对后半生史学论文的写作，仿佛有着极密切的关系似的。在语言方面我的体会有两点，第一，只有当你将一个选段中的语法构造彻底分析清楚以后，你才有条件充分了解它所包含的意义。第二，只有当你将一个外语选段的语法构造彻底分析清楚以后，你才有条件把它拆下来，并且再按汉语语法构造重新装配起来，形成一段译文。写文章有时很像修理钟表，首先要学会如何精确地把它拆卸，然后才有条件把它精确地装配起来。

第三点：要从文学遗产中学习调字遣句等的方法。也举几个例。杜甫有很多本领，其中之一是在五律特别是七律两对联语中，按韵律的需要调动词汇，将前一个词汇往后调，将后一个词汇往前调，他调遣的非常熟练、优美，这不值得我们学习吗？再如李商隐，他的诗的特点是什么呢？我以为是从与寻常不同的角度去描述或抒发一种诗情或诗意。当你拍照的时候，你不是会考虑背光拍还是逆光拍、拍正面还是拍侧面吗？李商隐诗的特点，就是从另外的、崭新的、更曲折的角度上去拍摄诗情和诗意。我们在写论文的时候，不是也常常这样写道，“让我们从另一个角度来进行阐述吧”，我指的就是这层意思。再如李贺，他的诗启发我们考虑写某一篇文章是用热调子还是用冷调子。李贺以用冷调子居多，他的诗多用“老”、“泪”、“死”、“哭”、“折”押韵。我们在写论文时，对调子也要考虑，揭批“四人帮”，就要用热调子；写一段考据味很浓的札记，用冷调子也就行了。总之一句话，写文章不是个什么单打一的事情，它和写文章的人的综合修养是密切相关连的。

这篇东西就写到这里。它是个人在实际工作中的一些粗浅之见，不妥之处，望大家批评指正。文中所谈的主要是史学研究的工作方法，但方法是要为一定的目的服务的，我们决不是为研究而研究、为写论文而写论文，更不能是为了追求个人的名利，而是要学会为社会主义建设服务的本领，更好地为实现四个现代化、提高全民族的科学文化水平，贡献自己的一份力量。特提出与同志们共勉。

刊于《郑州大学学报》1979年第2期

胡适历史考证方法的分析

二十四年以前，在全国的规模上，曾经有过一个批判胡适的运动。那是在建国初期，为了使知识分子能够分辨清楚什么是唯心主义、什么是唯物主义，推动大家学习唯物主义，改造旧的世界观，而掀起的一场学习运动。在这中间，胡适成了鹄的。当时，我个人也写了文章。[①]事隔二十四年，我对自己的文章，也颇有感触。

今年逢到“五四”六十周年，大家对胡适的谈论又慢慢多了起来。谈论中，无形中也形成了一些原则，如说功则功、过则过；不要因人废言，也不要因言废人；不能爱之欲其生，恨之欲其死；不要好就是绝对的好，一切皆好，坏就是绝对的坏，一切皆坏……[②]对于这些原则，我个人是衷心赞同的。那么，胡适的功过，我们如何评说？应该肯定的与应该否定的界线怎样划？这中间有值得过细研究的地方。目前似尚在不够确切的境地。有些是很容易判别的，如胡适在伪国民大会上将伪总统证书颁给蒋介石；如胡适说，他要教给青年一套防身本领，不要教别人牵着鼻于走，“被马克思、列宁、斯大林牵着鼻子走也算不得好汉”，[③]这些，五尺之童都懂得它的意义。再如在“五四”前期，在古文骈骊尚占统治之时，胡适大力倡导白话文学并著有《白话文学史》；在当时他的许多文章中，有着显明的矛头直指封建的倾向，这些，时论也都一

① 见《文史哲》1955年第5期，转载于《胡适思想批判》第6辑，第206～216页。

② 朱文华：《试论胡适在五四新文化运动中的作用和地位》，载《复旦学报》1979年第3期。

③ 《胡适论学近著》，第645～646页。

一给予了充分的肯定。若在“四人帮”时候，就做这点肯定，那还了得?! 以上，都是容易判别的。比较复杂的，是在史学方面。胡适曾经多次倡导以“大胆假设，小心求证”为标语的历史考证方法，这个我们如何对待？早在二十四年之前，它就曾一度成了众矢之的。时下，有些文章又涉及到这方面来了。总结过去和时下的既有论点，约可分为两派：一派是二十四年前的，说“大胆假设，小心求证”统统是反科学的。“大胆假设”的本质是反科学的，“小心求证”的本质也是反科学的[①]。论者还把它翻译为“主观的假设，片面的求证”（又有人解释为“大胆的武断，小心的弥补”）。论者是说，科学的提法应该是“客观的假设，全面的求证”。另一派是企图肯定的，但在肯定时却不约而同的加了一个语法上的条件句，“如确在正确的世界观指导下”，或者“如果撇开实验主义主观唯心主义的体系，把这个方法论加以改造”的话，那么，这个方法就是“正确的”或者“确实有可取之处的”。[②]前一派的论点，我基本上不同意，因为显然有所拔高，这也是当时难免的。后一派的论点我基本同意，但感到措词有不够清楚之处，因为这假如是指胡适，那么他已不可能在正确世界观指导下，也撇不开（而且越来越撇不开）实验主义的体系，所以后文的判断是落空的；假如指的是我们当代人，我们有充分机会学习马列主义世界观，在马列主义世界观指导下钻研历史资料文献的查证落实，又何烦利用半世纪前的“大胆假设，小心求证”之石，以攻当前史学之玉?!

现在谈谈我个人的看法。“小心求证”这句话没有错，把它说成是“片面求证”有“将欲加罪”之嫌，而有失于实事求是之道。“小心求证”和“全面求证”实际上是一回事。“大胆假设”这句话原则上也没有错。不大胆，怎么能出创造性的成果？但结合胡适具体的世界观和立场，这“大胆”二字，就容易出毛病了。他一大胆，既可以引进客观的和唯物的因素，也可以引进主观的和唯心的因素。如大胆地反封建，大胆地破除封建迷信，就是好事；大胆地反马列主义，就是坏事。而在胡适，这两种情况都有。大体越接近他的早期，他利用“大胆假设”的命题去反封建迷信的事例就越多；越接近他的晚期，他利用同一命题去反马列主义的倾向，就越明显。准确地评价胡适这八个字或十个字，要把问题放在不同的历史段落之中和具体的情节之下。

---

① 高亨：《批判胡适的考据方法》，载《文史哲》1955年第5期。

② 胡曲园：《评五四前后的哲学思想》；全增嘏、尹大贻：《评胡适的“大胆假设，小心求证”》，载《复旦学报》1979年第3期。

同时还不能这样简单地从字面上来论证问题，我们还必须结合胡适的一些史学实践，通过他对一系列的历史问题的具体处理，看他的这一方法灵还是不灵。根据我多年来的体会和总结，我感到胡适的这一方法有时灵，有时不灵，有时灵一半。现在就举一些例子说明。

第一个例子是胡适在申述这一方法时所引清代学者戴震（东原）的例子，因为胡适对这一例子十分欣赏，那么就来看看。《尚书·尧典》中有一句"光被四表"的话，一般的解释将"光"释作"显"，独孔安国的《传》把"光"释作"充"。一般考虑是相信"显"而不相信"充"的，但戴震独独"大胆假设"起来了，他讥笑一些俗儒"胶滞"、"不能遍观尽识"，他从两点出发，一是"光"和"桄"都释"充"义，二是"桄"和"横"二字都读作古旷反，所以戴震说"《尧典》古本，必有作'横被四方'者"。[1]果然不几年内，经过钱大昕、姚鼐、戴受堂、洪榜、段玉裁等人努力查证落实的结果，发现《汉书》、《淮南子》、两汉、三国的赋中有相当数量的"横被"甚至"横被四表"字样，证明世传《尚书》中的"光"字实"桄"字，也就是"横"字了。[2]"小心求证"的结果没有错：落实了。但戴震最初的假设是不是说得上是"大胆"呢？这就看怎样解释。假如解释作"凭空"，那是不符合实际的；但假如解释作"根据一些还不充分的、拿不稳吃不准的证据"，那就符合实际了。由此可见，"大胆"不能被解释为"凭空"，更不是"胡乱"的意思。

第二个例子是胡适自己的考证，也是他相当自我欣赏的，不惜为此写了三四万字的文章，还调侃地说"鸳鸯绣取从君看，要把金针度与人"。[3]所谓金针，指的就是"大胆假设，小心求证"的考证方法。这次他考证的主题是《醒世姻缘传》的作者是谁。《醒世姻缘传》是一部以男女婚姻不幸福、悍妇凶残虐待丈夫作为主题的近一百万字的长篇小说。关于它的作者究竟是谁的问题，胡适确实只有很少的进行推测的根据，那就是《醒世姻缘传》中的悍妇情节跟《聊斋志异》中《江城》篇的情节太相似了，并且蒲松龄在《江城》篇之外，还写了《马介甫》、《孙生》、《大男》、《张诚》、《吕无病》、《锦瑟》、《邵女》等一系列悍妇的故事。据此推测《醒世姻缘传》的作者可能是蒲松龄，或者是他的朋友。这是"大胆假设"，接着就是一步步地"小心求证"了。第一步是从

① 《戴东原集》卷3,《与王内翰凤喈书》。

② 《胡适文存》卷2,《清代学者的治学方法》。

③ 《胡适论学近著》，第333页《醒世姻缘传考证》。

邓之诚《骨董琐记》里找到一条札记，说清中叶刻书家鲍廷博说过蒲松龄除《聊斋》之外还有《醒世姻缘传》一种著作。第二步，孙楷第帮助他从地理、灾祥、人物三方面看，《醒世姻缘传》中的场景不出山东淄川、章邱两县。第三步，又络续发现了蒲松龄的十七种通俗曲文，胡鉴初帮助他归纳出《姻缘》和曲文中共同使用了山东淄川一带的很奇特的土语，如“豁出去”作“出上”、“狂张”作“乍”等等。最后一步是罗尔纲帮他查到鲍廷博的话的出处，是杨复吉的《梦兰琐笔》(见《昭代丛书（癸集）》)。这样通过以胡适为首的不少人的集体查证，终于落实了《醒世姻缘传》作者大体就是《聊斋》作者蒲松龄。[①]这段考证虽不能说是百分之百的定论，但仅仅根据张元《蒲松龄墓表》没有提到这个书名，又以能用淄川土话写小说的未见得仅蒲松龄一人为理由，也似乎不足驳倒这个考证。自然这仅仅是我个人的想法，按“争鸣”精神写出来，也许不会被打入“潦岁蛙鸣”之部里去吧。

第三个例子是《红楼梦》的考证。[②]这个例子不是按照“大胆假设，小心求证”的公式执行的。倒是似乎按照“不破不立”的公式进行。破什么？破牵强附会，而且破得不坏。什么顺治皇帝和董小宛的故事呀，什么林黛玉影射的朱竹坨、薛宝钗影射的高士奇呀，什么纳兰性德的恋爱故事呀，统统破掉了。立什么？立两点，第一是作者，第二是本子。作者曹雪芹不是曹寅的儿子，而是曹寅的孙子（曹頫的儿子)，他们当年当织造，后来抄家了，曹雪芹破产之后，于贫困中写出《红楼梦》。有关本子问题，胡适考证出曹雪芹只写了八十回，后四十回是高鹗补的。这些成绩，连竭力菲薄的人，也不能不承认这是“不无考对”的地方。至于“自叙传”和“自然主义”等等话头，我认为不足以为大害。因为当时是1921年，马列主义与欧洲文学史具体结合、具体分析的年代较此出现更晚，因而现实主义与自然主义之间、巴尔扎克和左拉之间、《人间喜剧》和《卢贡·玛加尔家史》之间的差别，尚未昭昭乎为世人所通晓。所以，在当时说《红楼梦》是自然主义与说它是现实主义，差距不大。至于以后的人抓住《脂砚斋本》不放，钻了牛角尖，那不能算到胡适的账上。胡适这段考证工作，应该说基本上是“功”，不宜打入“过”部。

第四个例子是关于井田制。这是胡适一次失败的考证。失败的原因，根据我们后来人的仔细窥察，第一，是由于他的资产阶级世界观（这不是拔高），

① 《胡适论学近著》，第333～402页《醒世姻缘传考证》。

② 《胡适文存》卷3，《红楼梦考证》。

从这种世界观的顽固面出发，他反对二十世纪的共产主义，他也反对在阶级社会之前有个原始共产社会。这是他的大假设。根据他自己的逻辑，“假设”后面不是紧跟着“求证”吗？不然。胡适在这里是用武断的口吻一再说古代真有井田制度“是很可疑的”，又说“豆腐干块的井田制是不可能的”，又说“古代本没有均产时代”，等等，[①]“小心求证”不见了，自己违反了自己的公式。第二，他拐了一个弯，不从井田制度上来求证，却从井田史料中去求证；从史料求证，又甩开甲骨文中的“田”字不论，甩开《夏小正》（辩论的对方胡汉民和廖仲恺都提到了）不提，单从《孟子》说井田的一段下手。这是在科学完整性上进行了割裂手法，“顺我者昌，逆我者亡”，这就说不上“小心求证”，而是不折不扣地“片面的求证”了。在这里，胡适讲述了一套“剥皮主义”。他说研究古史“譬如剥笋，剥进去方才有笋吃”。[②]他说这方法初发自清朝的崔东壁（述），当代的顾颉刚先生把这方法发扬起来，不但剥皮，还要看皮是怎样堆积起来的。于是胡适也堆积起来。他把井田制的文献资料堆为七层，（一）《孟子》说的井田很不清楚；（二）《公羊传》只说了“什一而藉”的一句话；（三）《谷梁传》纯是后人望文生义；（四）汉文帝时的《礼记·王制篇》是博士们的奉诏之作，（五）汉景帝时的《韩诗外传》又增加了塑造；（六）最晚出的《周礼》是一部大乌托邦；（七）最后出来《汉书·食货志》和何休的《公羊解诂》，这一整套就更精密、更完备了。[③]胡适的这些“小心求证”的堆积对不对呢？我们说，对，但这种“剥皮主义”只能在《孟子》一书和它以后的文献史料方面起积极的作用，却不能在井田制的有无问题上起任何的积极作用。所以说，后面的这种“小心求证”跟前面的“大胆假设”对不上号，脱节了。这场考证，从整体上来判断，是失败了。在这里，说几句稍稍离开本题的话。“四人帮”在儒法斗争的问题上，恰好是袭用了胡适这个方法的这一个方面，先武断地假设有一条儒法斗争的线，然后谁是儒家，谁是法家，一一随意炮制，看起来仿佛很“小心”，但由于大前提错了，所以终于流为全部的荒谬。

第五个例子是有关《水经注》的考证。这个例子的体系比较庞大，不得不稍费笔墨，予以说明。

---

① 《胡适文存》卷2，《井田辩》。

② 《胡适文存二集》卷1，《古史讨论的读后感》。

③ 《胡适文存》卷2，《井田辩》。

《水经注》是一部以河流系统为纲而写就的中古历史地理名著。传说是桑钦所写的经文，比较简单。北魏郦道元写的注文，就丰富得多，价值也大。但这么一本价值很大的典籍，在流传的若干版本中，却产生了若干的错乱。这些错乱，大体是：（一）经文与注文间有错乱，即有的地方将经文错为注文，或者将注文错为经文了；（二）经注文与水系间有错乱，即原系于甲水名下的经文或注文错到乙水的名下去了；（三）在不同版本传刻中间，有错行、错页、错段。这些错乱，严重地影响着历代的人们对这一重要历史典籍的正确的阅读和利用。因此不少学者企图来校勘它，这种校勘工作明朝人已启其端，至清朝乾隆前后到达鼎盛。最主要的校勘者有：全祖望（谢山）、赵一清（东潜）、戴震（东原）、王先谦（葵园）、杨守敬（醒吾）。他们所依据的最古版本，也不过是残宋本和明《永乐大典》本，以及这两种最古版本的不同的传抄或传刻。在两种古本之后，在清五大家校本之前，还有很多的传本或校本（如黄省曾本、吴琯本、谭元春本、项絪本、孙潜本、何焯本、沈炳巽本等）。五大家中，戴震和杨守敬二家又各有两种本子。仅据今犹健在年逾九十的《水经注》研究家钟凤年老先生就中罗列评比的，有二十种之多，[①]而实际自然尚不只此数。

以上是书的传本、刻本、校本的问题。与此相联，又产生了人的问题。乾隆三十八年，戴震进了北京，当了皇家的“纂修官”，次年纂定了由乾隆皇帝御题钦定的“殿版”《水经注》。这部书是综合了若干前代、当代人的辛勤劳动成果的（自然也包括了他本人九年前的辛勤劳动成果），可是盛名似乎由戴震一人承担了。可能由此就引起学术界的嘁嘁喳喳。张穆（石洲）和谭献（复堂）二人露了一点端倪，到杨守敬笔下，就公开判断戴震盗窃了全、赵二人的成果，特别是赵一清（东潜）的成果。于是所谓戴东原盗窃赵东潜研究《水经注》的成果，从此就成了学术界的一桩公案。胡适对此挺身而入，可是他的动机的主流，正如三十二年前一位七十一岁的“与醒吾先生有师弟之谊”的沔阳卢慎之所点出的——“爱护乡贤”，也就是说，是为了解决人的问题，即大力证明戴东原绝没有盗窃赵东潜的成果，指出诬陷者是杨守敬。他挺身而入的副产品就是确确实实花了多年的“极笨的死功夫”，[②]对《水经注》的各种版本做

① 见《社会科学战线》1979年第2期，第335页。

② 《胡适论学近著》，第142页。

了一个字一个字的对勘，把许多已发现和未发现的错乱的痕迹、绝大部分查清楚了。他的功劳就在这里。

《中华文史论丛》今年第二期，发表了长达五六万字的胡适遗著，是有关《水经注》一书和"戴袭赵"一桩公案的八个片断的文章和附录。发表这批丛稿的政治意义，编者按语中已经说清楚了，兹不赘述；这批丛稿的学术价值如何呢？我个人经反复阅读，感到在三个方面做了一些处理。其一，对杨守敬随意诋毁前人学术成果、虚捏浮夸他自己对《水经注》的研究的不良行径，做了一些揭发，吾人倘取近人钟凤年老先生的按语和刘乃中同志的附记读之，[1]当可更增进理解。第二，对戴订"殿版"《水经》成书前九年所写的"自定《水经》"的现存两个本子做了精确的审查，从"颍水"、"渠水"部分看出，戴震在乾隆三十年至三十七年的七年之中，一直在暗中摸索，根本未曾得知有全、赵两家的功绩。第三，据天津藏的一个赵一清的校本的钞本，经过缜密的研究，判断乾隆十一年时赵一清还没有清楚觉察到经文、注文的错乱问题，从而进一步论证全祖望、赵一清、戴震三人对《水经注》的研究工作，在很长一段时间内都是独立摸索的，互不串连的。言外之意，乾隆三十九年的"殿本"，全的成果也有，赵的成果也有，戴的成果也有，无所谓谁袭谁。

这些事，虽不是史学当务之最急，但弄弄清楚比不清楚好得多。而胡适在这方面可以看得出来确确实实是花了很老实、很大的气力。二十四年前，我个人对胡适校勘学方法论的论点之一"拼得用极笨的死功夫"这句话上做了挖苦，现在觉察到了是不合适的。我现在认识到，在校勘工作中，一个字一个字的校，一句话一句话的对，一个本子一个本子的比，是无可选择的方法，是这门工作的特征之一，跟参悟哲理的工作是两门两道的。

那么，胡适在《水经注》工作中"大胆假设"的命题——"戴东原未曾袭取全、赵二人，特别是赵一清的成果"之后，其"小心求证"的结果是什么呢？我们说，没有获得全局胜利，或者说，只对了一半或一大半。但所找出来的若干经文、注文的错乱，找出来全、赵、戴三人各自独自钻研探索的历程——这些副产名，其价值倒勿宁说是更高的。

总括以上五个例子（四个例子是胡适本人的，一个例子是胡适转引戴震的），我们可以看出，这个"大胆假设，小心求证"的方法有时灵、有时不灵；

① 《社会科学战线》1979年第2期，第347页。

也就是说，有时正确，有时不正确，有时部分正确。这是什么缘故呢？可以看出有以下的情况存在：在论证的范围和性质较仄狭的情况下，正确的保持率就大一些；反之，在论证的范围和性质较广较宽的情况下，正确的保持率就相对地小。在胡适的实验主义的唯心主义的观点立场对论证对象影响不大的情况下，正确的保持率就大一些；反之，当这些唯心的观点立场对论证对象影响较大的情况下，正确的保持率就几乎很小了（如“井田辩”）。这就清楚不移地说明，哲学世界观和本人的观点立场，对一个史学工作者和一桩史学来说，是关键的，带决定作用的；在形式逻辑范畴内的排比、对照、校正、考求……，这都是些普通意义范围内的工作，它本身有相对的独立性，但在更多的情况下，它要受世界观、观点、立场的约制。我认为，这就是我对考证学与历史科学间关系问题所可能做出来的表述。

最后，牵连到一个问题，考证是不是一个方向？也就是说，对史学接班人（包括大学生和研究生）是不是需要传授这一套？我认为，作为基本功实习（例如考证晋长沙王司马乂的卒年[①]）是未尝不可的；把它夸大起来，作为度人的金针，则大可不必。对胡适的这一套，虽然我在这篇文章中作了不少的肯定，但它究竟不是考据的正宗。考据的正宗，还要算清朝的乾、嘉学派，在这一点上我同意范文澜同志的观点。[②]王国维说过一句很精到的话：“国初之学大，乾、嘉之学精，而道、咸以降之学新”，[③]据此衡量胡适，他博大不及顾炎武；精不及高邮王氏；新，他也不搞西北史地。他的“新”，往积极方面说，是破了一点封建迷信；往消极方面说，又加重了形而上学的方法论和违反时代的偏见的影响，说到底，还是功过参半，或者说，功过互不相掩的。

刊于《学术月刊》1979年第11期，
《新华月报》1980年第4期转载

① 《中国史研究》1979年第1期。

② 《范文澜历史论文选集》，第244～245页。

③ 王国维：《观堂集林》卷23，《沈乙庵先生七十寿序》。

二十世纪史学的回顾

在二十世纪的第17个年头上，鄙人出到人生中来。这样算到本世纪末（明年），好歹总算活到八十二三的年龄，与“不叫自己去的”年龄已近在比邻，各种能力都在下降，何堪对二十一世纪作什么“前瞻”，只能聊作一点“回顾”罢了。不过什么事总是辩证的，在回顾之中不就埋藏着前瞻吗。

说起二十世纪，它是从庚子年算起的。也就是说，二十世纪的最初十年多是插在清朝的尾巴上的。这正是帝制、共和交替的时节。这时候，有两个人在文史界影响最大，一是章太炎，一是梁启超。太炎是大家，很大的大家，别看他说话冲动性很强，大家喊他“章疯子”，但他的很多话很中要害，是若干中流学者说不出来的。他的文章爱用生僻字、生僻句，但字字句句都值得我们文史后辈细读。梁任公是通家，有点像浙东学派、像章学诚的路子，不太计较枝枝节节，爱讲源流。我们搞文史的就是要搞源流嘛。搞一些饾饤，有什么用？前些年不少人指摘梁任公，说他观点不对，说他有小错误。但一个世纪下来，像《中国历史研究法》、《清代学术概论》那样开辟路子的书，没见几个人能写得出来。所以说，章、梁二公是给二十世纪开了个不坏的头。

底下，就到了五四运动。这时，马克思主义思想传过来，西方实证主义也传过来，中国老传统的东西也在往上翻，像一个沸腾的锅，各种东西都在浪头上翻滚。在这中间，胡适算一个有代表性的人物。他的根底没有章那么雄厚，他也不多讲源流，这时马克思主义刚刚传播进来，他有抵触。所以他倡言“有一分证据，说一分话”，意思是说讲马克思主义的人都是些空想的哲学家，靠不实。这样，他就领起来一条“小脚走路”的路子，这路子传到他的朋友“二陈”（陈垣、陈寅恪）手里，步子就越走越小了。

三十年代，发生了“九一八”，从此救亡的生活向中国人展开。在史学界出现了两个半月刊，一个叫《禹贡》，一个叫《食货》，带动了一点风气。前者是顾颉刚主办，后者是陶希圣主办。顾先生除办《禹贡》外，还出了一种大本的集刊《古史辨》。《古史辨》的作用也是“一分为二”的，肯定面是对古籍再进行一遍严格的审查，不足之处是不免有点过头了，把很多年代都拉后。《禹贡》培养了一大批历史地理人才，后来结成了《中国历史地图集》那样的硕果。陶希圣由于他以后的政治走向影响了他的学术影响，其实在《食货》派下也是培养了不少社会经济史的专家的。这些人跟马克思主义结合的可能和幅度更大一些。

还有第三种刊物，那就是《中央研究院历史语言研究所集刊》，简称《集刊》，是傅斯年主编的。它体现了史学研究的规范化和学院化。在这个所里，集中了一批带头的学者，如徐中舒、丁山、劳干、董作宾等，还收纳了一批年青人如丁声树等。由于傅斯年是受过一些欧洲史论派的影响的，所以《集刊》的路子不完全是“小脚走路”。它的路子比《大公报·文史周刊》的路子大一点。

抗战到来了：八年。人们辗转流徙于西南天地之间，寒饿之中，弦歌不辍。个别人还积累了某些成果。但大局是临战状态，物价飞涨，货币猛跌，著名学者的太太们，靠炸麻花、做蛋糕摆小摊度日，所以史学研究也就只好“不绝如线”了。

1949年换了新天地。从人民共和国成立，到史无前例的“文化大革命”前，这中间十六七年，才真正是中国新史学蓬勃成长的年代。但也不是一帆风顺的，也经历着崎岖。其主流，是马克思主义的观点方法与史学每个部门具体操作的结合。这中间，就出现不少周折。很多老史学工作者只习惯在史料堆中打交道，不习惯从感性材料向理性认识的上升。新的工作者对史料不够娴熟，又从“老大哥”那里传播过来死抠经典著作以及教条主义的演绎法，与史料派的归纳法中间就形成不合谐。于是就兴起了“以论带史”和“论从史出”的争论，最后也只好用“史论结合”四个字来持平一下。比这四个字更持平的，是“历史主义”这个提法。

这时候，盛行着“五朵金花”。所谓“五朵金花”者，是指古史分期问题（即奴隶制与封建社会的界点何在的讨论），土地所有制问题（即土地私有制抑或土地国有制谁占主导的讨论），农民战争问题，民族的形成以及中国各少数民族与汉族的关系问题，以及唐、宋、元、明、清多次商业资本的发展和是否形成资本主义萌芽问题。这都是些大问题，好大好大的问题。这和胡适所说历史学是“若干细小问题的解决”的看法，是对着干的。当时苏联在那边干，我们在这边干，形成不小的气候，对各自史学的壮大是起了时代性的影响的。但自然也有缺点，如观点过头，声气粗暴，强词夺理。总之，既是大江大河，又免不了有泥沙俱下的情况。

接着来了史无前例的“文化大革命”。这场“文化大革命”，是中国人民的灾难，也是中国文化的灾难。就以史料说，包括古代的和当代的，大批大批都在“破四旧”声中毁掉了，真是“如何赎兮”，赎不回来了。只剩下梁效（两校）的宝贝“史学论文”，还有残迹可寻。说到这里，我有一点想法。拨乱反正当时，出现过批判“四人帮”影射史学的文章，但不深不透，一晃就过去了。我倒想建议当前的硕士生、博士生个别有兴趣的，把“梁效”大作重新翻出来炒作一番，特别从心理学的深刻角度去研究一下投机史学给史学留下来的危害。

十一届三中全会开过，人心大定。大家又在纷纷议论着，太平盛世就要到来了。若干冤案得到平反，思想禁忌也减少了。大家正准备着安下摊子正儿八经地干些活了，接着来了市场经济。中国太穷，人民太穷进不了社会主义，必须富起来；而富起来不是大家睡一觉第二天早晨就富起来了。不是这样。先让一部分人富起来，这就带来了某些负面影响，大家向钱看。史学文章没人看了，历史系招生很少人报名了。高中生的理由也是挺硬梆的，历史系毕业生没人要。当然，这只是历史转换期的短暂现象，但萧条还是萧条下来了。我们必须耐得过这个萧条。要放远眼光，定住信心不动摇。试想，只要有人类活动，它本身就是历史，有历史活动就得有史学来归纳，来总结。人类永远离不开历史，历史学的太阳是不落的。暂时现象要拨开。像毕业没人要的话，也是值得争辩的。那么多中学，需要多少历史老师和语文老师呀。那么多大报小报晨报晚报，需要多少记者呀。而记者正是正在进行的历史的注录者。这些工作不可以干吗？只是有些人嫌这类职业没油水，不情愿去坐冷板凳就是了。什么板凳热？“大款”的板凳热，“大腕”的板凳热，但你只看见他带着女秘书坐豪华轿车的时候，没看见他下大狱哭鼻子的时候。所以我常说，司马迁真是我们史学界的最高表率，都受了腐刑了，“最下腐刑极矣”，但还要挣扎着活下去，因为他的《史记》还没有写完……

综观二十世纪，这是个不平凡的世纪，多少大事都要写到它的大事表上。第一个十年就出现了辛亥；第二个十年出现了十月革命和欧战；第三个十年里就开始了日本侵略；第四个十年里就引发着“二战”，从这个年代的末尾，新中国出现了；到第六个十年又出现了“文化大革命”；八十年代，作为“冷战”的后果，苏联和东欧变了样；现在，人们在倡导“多极化”。这是两千年前十个世纪都发生不了的这么多的事，是历史工作者千载难逢的丰富、生动、精彩的史学素材，大可以写出宏伟的史篇来，大可以从其中抽绎出深刻的哲理来，怎么能说是萧条呢?!

1998年12月1日于兰州大学

我对“史学概论”的一些看法

过去，我从未教过“史学概论”这门课，也没有想到过要教。最近，由于偶然的邀约，我在江南的一家学院里，试讲了这门课，积累了一点经验。记得开国之初，我与好友童书业一起开过“马列主义史学名著选读”，他讲《家庭、私有制和国家的起源》，我讲《路易·波拿巴的雾月十八日》，曾积累过一点经验。粉碎“四人帮”后，大家都招研究生，我给我的研究生和别人的研究生讲了一门《史部目录学》。三十余年前的一点积累和五六年前的一点积累，凑起来应付当前的这个陌生任务，其中带有很浓厚的探索心理。时下出版的“史学概论”方面的三本书，我都仔细读过了；杂志上的有关文章，也都读过了。在教学实践中，来证验其中的得失，和本人与书报文章间的异同。间有所得，不揣谫陋，写在下面。

首先我想谈谈“拼盘”问题。什么是拼盘？大家在生活中都有经验，不多赘言。拼盘，从形式看，是缺乏内部结构、内在联系的。松花蛋是松花蛋，卤牛肉片是卤牛肉片，头发菜是头发菜，似乎各不相谋。但再过细一想，客人吃一嘴这个，再吃一嘴那个，通过咀嚼，还是联系起来，在品味上产生了有结构、有组合的收获。因此，我认为，说“史学概论”是“拼盘”，并非贬意。通过教学实践，我感到“史学概论”这门课先天就带有“拼盘”的性质，不可能不是“拼盘”。问题在于拼得好和拼得坏之别。有几盘“拼盘”拼得不怎么好，这也不必讳言。但舍此而另外谋求高度抽象的、概括性很强、理论性很深入的“历史科学理论”或曰“史学学”，这自然是一种十分崇高的设想。但目前，像史学“高级味精”或者什么“晶体”那样的东西，一时还未研制出来。

具体以我个人来说，我还想不出如何研制这种“晶体”。所以，我也只好拿一盘“拼盘”摆到学生面前去了。

其次想谈谈你说“拼盘”有内部结构，这种结构在哪里？它如何体现出来？

先从具体处说。开始上课，先有一个“引言”那样的东西，介绍一下三本书和四五篇文章的旨趣，一晃就过去了。接着讲理论。不外辩证唯物主义的四大规律和历史唯物主义的几个骨干规律：生产力与生产关系的关系的规律；经济基础与上层建筑的关系的规律；意识形态的作用的规律；不外这些。有人说，这不是与政治课、哲学课重复了吗？小量重复也不是绝对不好的事情。小代数和大代数就有重复处。在某种意义上，重复是一种“温故知新”的中间过程。只要你不拿“老大哥”的本子照本宣科；只要你不死抠教条；只要你不夹杂上“左”倾思潮；而是简明扼要，重点突出，那学生没有什么不可以接受的。底下，接着介绍史学史、史料学的有关内容。讲目录，自必从刘向父子和汉、隋两《艺文》，一直到《四库提要》、《书目答问》，但总不脱离一个宗旨：教给学生在做论文时如何去动用目录，如何构成自己的目录，结合他自己的需要，自然就亲切了。史料，自然要讲纪传体的二十五史、编年史和纪事本末，还要讲讲类书、丛书、政书……告诉学生如何去寻觅材料来源，寻觅到材料后如何料理、使用，至于史法、史笔、史例甚至讳例，就少讲一点吧。像薄太后之生文帝，究是当年“得幸”当年生子、抑是先一年“得幸”后一年生子等事，追究起来，容易把学生引到一条很窄很窄的路上，实际上阻碍了“论”与“史”的结合。

以上“论”的部分和“史”的部分都分别讲过去了，剩下的是讲“史”和“论”如何结合起来，这要多举实际的例子。时下三本书在这方面都不够重视。

但在谈实际例子之前，在有关“史论结合”的理论性探讨方面，个人与时下议论每有不合之处，也在这里谈一谈。有的书中谈到“论从史出”和”以论带史”两个提法不合适，说前者带来庸俗化，后者带来公式化云云。这值得探讨。有些“以论带史”会带来公式化，有些“论从史出”会带来庸俗化，这个我承认；但仅限于“选言”，不可“全称”。根据我个人体会，“以论带史”和“论从史出”是两个循环接合的方法，它是人们认识论上从抽象到具体、从具体到抽象循环往复历程在史学工作中的反映。从经验方面来谈也是如此。我们每每积攒下一些资料，然后寻求其理论的抽象；或者有了某种理论思维成果，然后去找资料来证实。“史论结合”就是在这种循环往复中体现出来的。再，有的书中谈到“史论结合”是党性原则的体现，这提得未免过高。思想史上唯物主义和唯心主义两大体系的交错和斗争，在这件事中说带有党性原则，这庶几乎可以，但仍不可过头；“史论结合”的“论”中有党性，但在“史”与“论”二者结合中就不能这么说了。在有党性反映的地方说有党性，那是实事求是的；在不反映有党性的地方说有党性，就有失于实事求是的原则。在对待唯物、唯心问题时，我们有个立场，那就是站在唯物一边，把唯心当对立面。在对待“史”和“论”的问题时，却不可说站在“论”的一边去改造“史”，而是去促成二者间的结合。假如说在这中间有什么“改造”的话，那也是相互的。

根据我个人探索的经验，我感到拿课程后半部的“史论结合”内容去把课程前半部“史”是“史”、“论”是“论”的分讲情况统摄起来，是克服“拼盘”性质的有效方法。讲前半部分课程时，学生会有“拼盘”的明显感觉。可是到课程后半部分时，他这种感觉就会逐渐消逝。

在讲“史论结合”这部分内容时，我的作法是以马列经典著作来引领。其中《前资本主义生产形态》这一名著，对我们研究中国古代、中世纪甚至近代历史的人是那么富有指导意义，其引领作用是最明显的。当然，这部著作不好懂，能精确通晓它不容易，不少人大半辈子反复读了若干遍，记了多次笔记，仍然感到有些部分艰深不易理解。但它的引领作用是突出的。一展开对它的讲述，很多问题都带动了，如亚细亚生产方式问题、亚细亚生产方式与五种生产方式的关系问题、中国古史分期问题甚至资本主义萌芽问题，都可以很自然地结合进来，可以动员大量大量的有关史料来与理论相印证，既可以印证马列主义体系的准确性，又可以找出在局部结论与史料间的不尽契合，从而分析不同时间、不同地点、不同条件下情况的差异。这样，历史的规律性和多样性就统统显示出来了。

除《前资本主义生产形态》之外，可以用来引领“史论结合”的经典著作还很多。譬如说，《路易·波拿巴的雾月十八日》在阶级分析法这一课题上，也起极为亲切的示范作用。不仅如此，它还有力地启发我们如何去对待中国近代史上的慈禧掌政、袁世凯的83天帝政以及蒋介石的“四一二”苦迭挞，等等。“史论结合”进行得越深入，那么，“拼盘”的意义就越缩小。

最后，有一篇论文中主张“史学概论”只讲马列传入后的史学变迁。这怕不全面，理由是马列主义传入中国时，它所遇到的不是一片空白、一个真空带。不是这样。从刘知几到章学诚，中国土生土长的史论早已在滋长了。这怕也要考虑进去才合适。

1984年12月4日于济南

光考据不行，还需要思辨

让我从章学诚（实斋）说起。去年，我读一本史学史论文集，读到一位已故学者谈章学诚的文章，主要部分自然对章进行了充分的表彰，但文尾处忽然菲薄起来了，如说有常识性的错误，等等。这使我很惊讶，因为这位学者素来不肯菲薄人的。当然，我的意思绝不是说对章学诚只准捧，不准骂；不是这样。常识性错误，很多人发生。后来，我又读到这位学者的老师的纪念论文集，其中一位香港学者的文章讲了一段往事。一些弟子坐在老师周围，忽然问起老师对章学诚的看法，这位老师回答说，

“读书少的人，好发议论。”

这一下，我总算找到根底了。二十年来，我们史界广大师生，对“论从史出”、“以论带史”以至“史论结合”的这几个提法，虽然已经觉察到“论从史出”和“以论带史”这两个提法各有偏差，也觉察到“史论结合”这个提法比较稳妥；但在实践中要完全祛除偏差、保持稳妥，看起来还不容易。这中间有个传统、有个影响的问题存在。你跟着一位乾嘉汉学传统的考据派老师读书，你就自觉不自觉地重史料轻理论。反之，你又会自觉不自觉地重理论轻史料。一碗水如何端平，如何把史论结合得好，是个火候的问题，很不容易。

这自然而然地牵连到史学工作的方法论问题上来了。我们日常使用的，大体有三种方法：唯物主义的辩证法、归纳法和演绎推理方法。大体这中间有个高级和初级的区别。（记得一位革命导师在谈话中暗示过，这样区别，即像数学中有高等数学和初等数学的区别那样，把逻辑方法区别为高级方法和低级方法，是不是妥当，值得考虑。但从那以后，也未见引出新的区别方法，故我们依然衍用旧的区别方法。）在处理一些史学中偏重于运动、变化、发展的历

程和规律的时候，我们必然地运用唯物主义辩证法，因为它是最科学的。可是在处理一些史学中比较初级的事物时，如校订一个字形，改训一个字义，对勘一句话，弄清一个人名、地名或其他词汇及其含义，在这种时候，人们更多地运用归纳法和演绎法。这两种初级方法，在具体工作中往往是交叉使用，并且跟高级方法（辩证法）也不能截然割裂开。

但是，自清乾嘉以来，人们对归纳法的崇拜的确有些过分了。演绎法无形中被排斥。统观下来，史学界的思辨能力和理论思惟受到了损减。这样下去好不好？值得考虑。

回到原来的章学诚问题上来。读书少的人，就不配发议论吗？而且读书什么叫少？什么叫多？这到头来也不过是个相对的事情。归纳法是好的，谁都在天天使用，但不能把它绝对化。乾嘉的学者张澍（介侯）的诗有一句说“罾罟或失鱼”；当代的前辈史家也提倡“竭泽而渔”；胡适四六年在《大公报·文史周刊》的发刊词中也背叛了自己年轻时所提倡的“大胆假设”的支持演绎法的命题，也回到考据派把归纳法绝对化的窠臼中去，说“有一分证据，说一分话”。所有这些话，都有它的好的一面，即教给后学们在治史过程中要谨严，要小心谨慎，不要把结论扩大化到史料所能提供的范围以外去。假如有谁提倡粗疏、简陋和武断，那不成神经病患者了吗？

但上述主张，也有其局限的一面。那就是，它会拘束人们的思惟。假如我只有一分证据，难道我就不能在“一分”之外，开拓更广阔一点的思惟领域吗？假如我老老实实规规矩矩站在这个“一分”上不动，又有什么价值呢？在捕鱼的时候，我们主观上自然要求“一网打尽”，这是可以理解的；但客观上，遗漏又总是不可避免的。因为，第一，鱼太多，大鱼之外还有眼睛看不见的鱼崽子，最近国外杂志反映，在十九世纪，人类知识的总积累量要一百年才翻一番，现在十年就翻一番了；并且当今一个最善于搜集资料的科学家，他也只能搜集到他本行档资料的百分之五。在这种情况下，又如何“一网打尽”呢？第二，列宁说过，当我们进行逻辑概括的时候，我们要丢掉很多很多东西。这意思是说，带本质性的东西对理性概括是必要的，不带本质性的东西就不一定必要。像晋朝某王之死于某年十二月、抑或死于次年之正月；像吴越王钱镠的办公室是设在吴山、抑或是设在另外一个地方，假如把青年一代的注意力吸引到这样一些非本质的问题上来，还要求他们“一网打尽”的话，新中国的史学，会走到一种什么样的道路上去呢？第三，必待感性资料达到绝对饱和才能做结论、才能发议论的话，那科学就中止了。自门捷列夫发明周期表以来，到今天不是又补充了很多新元素进去吗？可是门氏的表因此就会被宣布为无价值了吗？他当年的劳动，就是无意义的了吗？历史科学是一条长河，大家都在里面游泳，不是考据派和归纳法所绝对控制的禁区。

我们必须允许理性在史学中有一席之地。换句话说，不能让经验在史学园地中唯我独尊。解放前独尊了数十年，成果从总体上看是贫乏的。说这句话，绝不带什么狂气。梁启超氏把乾嘉汉学说作是“文艺复兴”，我认为这说法是不伦不类的。考据对比起宋、明思辨哲学和清初的经世济用之学来，是一种思惟能力的堕落，一种理性上的严重衰退。

解放以后，上述情况本应有所好转，因为马克思主义的普遍推广，对理性能力的强化是一种强大的推动力。可是不幸，从苏联那边老早就感染来的教条主义和“左倾”思潮，到“四人帮”统治时期，达到了登峰造极的地步。这时候，演绎法倒是得到了空前广泛的使用，试翻看“梁效”和“罗思鼎”的文章，纯是黑体字领航，让大家在黑体字领航的茫茫大海中盲目地不知要航行到什么地方去。他们对考据倒并不排斥，而是采取实用主义态度，让考据为他们服务，这样两方面就结合在一起了。就这样地，理论用教条主义的“演绎”，考据用绝对化的“归纳”，从这两方面来阻塞人们的理性思惟，难怪“四人帮”倒台前夕，有些文史青年连一篇合情合理的文章都写不出来了，他们反映说，他们的头脑已经糊涂。

于是出现了这样一个阶段，似乎演绎法已经失效，人们宁肯向经验主义的归纳回归。学徒们宁愿相信史料，而不相信理论了。人们的理论思惟和思辨能力依然得不到提高。为今之计，我们能不能这样建议：学习史学的大学生和研究生还是要求读书的，但不那么绝对化，从一定饱和（不是绝对饱和）的史料基础上就可以允许他们进行以马克思主义为推导契机的理性思惟，从而获致假说，然后拿这一假说，在此后不断的史学实践中去进行证真和证伪，假如证明其为伪，那么假说撤销；假如证明其为真，那么假说就得以树立起来，渐近于真理。这样做既可以排除考据派的流弊，又可以排除教条主义的流弊，真正做到实践是检验真理的唯一标准，发扬新一代人的理性思惟和思辨能力，对于新中国的史学前途我想是会有所裨益的。

1981年12月31日夜

为学途程上的一些遭际

在为学的路途上，不艰苦就不会有收获，这恐怕是一条颠扑不破的道理。顺着这么一条思路，我不免回忆起很多的事情来。

在走上史学道路以前，我走过一段文学和语言的路子。除创作外，主要搞翻译。那时十八九岁，刚考进大学。可是家里穷，母亲带我去见族长，想从祭田上拨一点余款，遭到了回绝。只好靠投稿子，得一点稿费。有三年光景，经常在西文阅览室里抢译新到报刊中的诗、散文和小说。有时字典也忘记带，把一时不懂的，记录在活页本的角上。三年过去了，有了一点收获，就是不管多么不好懂的句或段，眼睛一扫，可以“目无全牛”，像拆卸钟表零件样把它拆开，然后用汉语习惯再把它装配起来。这点收获保持到老，可以说得上是“幼功”。

转到史学上来，已是二十三四岁的事情了。谁领我进来的？说来有意思，是全祖望和他的《鲒埼亭集》。这也就是蔡尚思先生所说的“死老师”。全祖望写的《张苍水墓志铭》一下子把我迷住了，我用恭笔小楷一个字一个字抄出来，并且朱墨斑剥地连点带圈加批，经常能背诵。我太佩服这篇文章了。后来，把傅青主、顾炎武、李二曲的传记篇章一一读下去，越读越有味，连他那篇骂毛奇龄的文章，我也爱不释手。于是我慨然地对自己说，学历史有多么好哇。

这仅仅是意愿。只有意愿而没有具体措施，那将是“夜里千条路，天明卖豆腐”。我的措施是找一个人物，做一部年谱试试。我找的是王宏撰（山史）。为什么找他？顾炎武晚年留居北方，这是什么缘故，值得追一追。他在山、陕的朋友很多，“三李”已有年谱（见《关中丛书》），这“一王”岂不是可以弥补的缺门？当时我恰好居家关中，学生家长倒也颇有几家是藏书的，或者是有买到某些不易购置的书的门径的，于是我就充分利用这些机会，网罗关中文献。在这个基础上，我就干起来了。

当时正在抗战，工资折半。在中学里，每周三十二小时课是经常的，再带个级任，要看大仿和日记。记得夜八九时以后，把初生未满周岁的长女（她现在40岁了）安放在夫妻二人中间，妈妈哺过乳放好尿布，然后我就时迁一样爬起来，展开通宵的工作。先把灯碗里多加油，多加一根捻子，然后在捕鼠机上夹上油饼子的碎块，这才坐下来。约摸婴儿把过第二遍尿，老鼠夹打着第三只老鼠的时候，天光就快要亮了。这才蒙住头睡一会儿，还要赶早晨的升旗。

这不能不算艰苦了。《年谱》写成，我并未得到什么名和利，可是我学到了一点基本功。从此，我懂得了如何从书中摘出材料，如何按一定的逻辑划分原则把材料分门别类系到一起，成为一套足以说明问题的东西。假如进一步从史料上获致了观点，那么就用"按"语加写进去。我就学到了这些事情，而且终生受用不尽。

上面，我谈到"死老师"。现在，我想说说活老师。我认为，受师之诲，不一定他在台上讲、我在底下记。也不一定要三年五载。有时，那样的老师不一定起作用。我很感兴趣于东汉郑玄和马融的故事，郑跟马当学生，三年不得见，只召见一次，马融就说，"郑生此去，吾道东矣"。地方志书甚至捏造情节，说马融遣刺客拟杀郑玄于桥下。这是为什么？这是说，教的要教到点子上，学的要学到点子上。时间不需很长，听君一席话，可以胜读十年书嘛。

举两个例。我经常说，我平生受益于两位先生最深，一是河南嵇文甫先生，一是山东王献唐先生，前者领我走了一段"宋学"（哲学史、思想史）路子，后者领我走了一段"汉学"（考据学、文献学）路子。但我和两位先生接触，每位不过一年。快三十岁，我初进河南大学，嵇先生把他教了多年的《明清思想史》课给我教，这寓有爱护与锻炼之意。我经常从和他接触的"謦咳之微"中，受到启发。凡是他谈到某一学派、某一学人、某一书之为我所未知者，河南大学藏书非少，我即刻去翻。这就等于他带着我跑步，跑了一年，我就感到一年前我是泡在漫到脚脖的水里的话，那么，一年过后我已经泡到齐腰的水里了。这就是进步，也就是古人所说的"涵"和"泳"。

我三十二三岁时，济南解放了，我算个入城的小干部。白天做各界代表会工作和工会工作，跑跑腿，当小秘书。可是一有空闲，我就跑到四里山下王献唐先生家里去。他是我的乡先辈，和我算“忘年交”。而且我们老少之交，不仅“谑”，而且“虐”。例如我说，“您像蒯通”；又说“您的模样很像韩熙载，只是寒酸些”。他就拿起拐棒要追打我。他也不曾系统地给我讲什么，我也是从“侍儿砚”、“接謦咳之微”中得来的。我懂得文字学、音韵学、金文、清人经解、金石书画等等，其苗头都是从他那里听来。当时济南古书铺老掌柜死了，少掌柜还在，大家都是熟人，把中灶伙食钱领出来，买点书，把听来的自己落落实。所谓学问，就这么一点一滴地积起来了。

说以上这些话的总用意是，要善于向老师学习；做一个学生不简单，要有一定的聪明才智，要有一定的知识基础，还要有热烈求知的积极性，加之以艰苦勤奋，方能期其有成。

并且，不但处在顺境，要善于学习；就是处在不顺的境遇，也要不抛弃学习。我四十二三岁的时候，曾到甘肃河西的山丹去劳动一年。那是一个像以后的五七干校那样的所在。百十个人，百分之八九十是“人民内部”，再加百分之一二十的“五类”，每人一把锨，自己打土坯盖房，自己打涝池（水塘），自己开荒，自己养羊、牛、马。时值三年自然灾害，使得我们拔麦子遇见鸟卵也吃，挖地遇到地老鼠也吃，还到电线杆旁捡拾冻死的鸟，烧把野火用搪瓷茶缸煮煮撒点酱油膏吃。在这种境遇下，难道还能够做学问吗，我的回答是，还能。

当时，我们的戈壁滩地，只有靠祁连山上的冰水浇了地，才能下种，才能打粮食。浇水的劳动是特别艰苦的，冰块打到腿上，马上一片血。我的腿，就是这样感染成疮，肿得像粗棒子。照顾我，叫我去放马放牛。一个同事私下说“太史公，牛马走”。下放劳动不能带很多书，我只带了一本带注的《国语》和《左传》白文，连杜预的注都没有。怎么办呢？我把马和牛牵到有点水草的地方，让它们安静地吃草，我就坐在旁边读《左传》和《国语》，做笔记。自然不能用考证的方法读，只好按照某些人藏书图章上所镌刻的“观其大略”的办法去工作。这样做，也是有收获的。例如我想，孔丘的出现不是偶然的，有它的历史因缘环境。我是说，齐国有晏婴一帮人，有他们的氛围；晋国有叔向一帮人（还有赵文子、名武），有他们的氛围；郑国有子产一帮人，有他们的氛围；从吴国又来了季札，这个人真了不起，他放着国王不做，到处搞文化交流。他到齐，对齐有评论；到晋，对晋有评论；到郑，对郑有评论。我就想，没有这些历史因缘环境，孔丘这么个大人物能猛古丁地冒出来吗？这就是我读白文的收获之一。

读倦了，看看景色。南方是祁连山，山顶有白雪；北方是明朝杨博修的长城；东边是大黄山，古名燕支山，山中林木茂盛；你经常可以看到旋风柱，满川乱走。饿了吗？土崖上丛生着枸杞，采一点嚼嚼，也不犯纪律。有时饿极了，也找点庄稼的绿尖吃。我平生不会做诗，但当时也诌过几句，其一首云，“杏园十亩有嘉荫，植榆周边渐成林。苜蓿夏来贴地绿，芽草雨后似箭喷。醇读唯闻笔触快，马饥频传嘶声勤。时见六旬牧驴叟，倦来笑答互温存。”试看，这种边劳动边治学的生活，事后想来，不是也满幸福的吗？

以上就是我为学途程上的一些经历和遭际。

刊于《书林》1982年

我和顾炎武研究

一

我约摸是在二十四五岁上，开始留意顾炎武的事。当时我是一家中学里的外语教员。课余之暇，我读到两本书。一本是梁启超的《近三百年学术史》，其中谈到顾时他说，顾晚岁25年全在北方奔走活动，内容很隐蔽，我们后人只好“胡猜”了。我想我们应该“猜”而不“胡”。“猜”，就是大胆假设，“胡”就是不小心求证。那么，我们只要“小心求证”，问题不就可以解决了嘛。这是我治顾学的开端，也是我舍弃西洋文学转向中国历史的开端，到今天已57年有余了。

另一本是雍正年间浙江学者全祖望（谢山）的《鲒埼亭集》。这部书给我的启发真是太大了，简直是终身的启发。当然这部集子的后半部分也挺驳杂的，但前半部分真是太伟大了，他以文字狱高压后受委屈的笔锋，装着仿佛是两面派的态度，一面歌颂清初帝王之仁圣，另一方面则以真诚的热情，记录并歌颂浙东和浙东以外的抗清志士豪杰们的壮烈。这样的文章是不容易做的，但全氏做的非常成功。我曾用墨笔小楷将其中的张苍水墓志抄成小本，朱墨圈点，揣在怀里经常掏出来念诵。从这中间，我产生了一个想法，明遗民运动在清初是好大的一股力量呀。全谢山能把浙东遗民运动写得如此生动，难道我就不能把浙东以外地区，譬如说北方齐、鲁、燕、赵、秦、晋地区的遗民运动，搜集资料，试探着予以钩勒吗？

这样，自然而然就在思路上牵连到顾炎武。顾恰好是后半生25年奔走于齐、鲁、燕、赵、秦、晋的一个大遗民活动家，而我，在抗日战争最初的三年中用脚走过了上述这些地区，有了一些感性直觉材料，那么，再在书本上下下功夫，不是可以把顾追踪一下吗？从这里可以看出，我跟许多顾的研究者在出发点上是不同的。他们按传统把顾的意义压低，说他是什么考据学的开山祖，就从《音学五书》开始钻他的书本，而对顾的伟大胸怀，他对中华民族不亡的坚强信念，对长远传统文化的忠贞，则视而不见，或者见而搁在一旁，不予研究。我想，我的这个研究方向是可以跟他们那个研究方向互补的，两方面凑到一块，对顾炎武的认识将会更全面些。

还有一个纠缠。顾炎武是抗清的，那么，我们对于清，更具体说，对于它的代表者——康熙大帝，应该有什么样的看法呢？开国之初，就有了一种似乎是“一锤定音”的大文章，把康熙定成为不准动一根毫毛的正面人物，而把反清的遗民运动则说成是“地主阶级的反满派”。对于这样的论点，我当时就认为不妥，50年后的今天仍旧不能服膺。试想，对于同一对象，要允许从不同的角度来观察、衡量。具体说康熙吧，他大力完成并扩大了国家的统一，所以从国家统一这个角度看，康熙自然是一世英主。但国家统一仅仅是观察并评价历史人物的一个角度。即便它是若干角度中最最要害的一个角度，它也不是唯一的角度。譬如说吧，民族关系就是另一个角度。记得当时一本苏联教科书里就把满清帝国描述为“民族的牢狱”。这个提法是否允妥是另一问题，但清初的剃发、圈地、屠杀、文字狱，这些事都斑斑记在史册，总不能不算账了吧？所以，民族关系这个角度，还是应该被允许考虑与使用的。“哪里有压迫，哪里就有反抗”，前几年人们经常说这个话。假如这个话至今还可以用的话，那么，清初遗民运动和顾炎武的秘密活动，就有理由被承认下来不是违背历史动向的，是一种正面的、积极的活动。不能树立“谁反对康熙，我们就打倒谁”那样的逻辑。

我之所以写这些，是因为跟在那篇大文章后面，又有不少人对清初遗民运动和顾炎武的活动进行了贬低而又贬低，如说顾到北方来是为了活命，又说是为了研究明朝。研究明朝，在江南文献之乡不是更方便吗？这些道理都无法跟他们细讲，因为他们是在紧跟当时的“主流”。

二

既要研究顾炎武，怎么个研究法？从哪里开头？

清中叶的学者们说，治史学好比“治刑狱”。当代公安人员破案，也往往从关系人中进行排比。记得当年土改时有一句话，“打地主先要扫边子”。这些话，都带有方法论意义。旧时史学工作者做历史人物的传记性研究，往往先做这个人物的“交游考”，不是没有道理的。顾炎武平生谨严，不滥交朋友，他的朋友都是精选的，一个一个靠得住的。他在江南老家，在山东，在河北和北京，在山西，在陕西，各有一组久经考验的朋友。通过研究他的朋友，不就是研究他本人的入港之处吗？当时我居家陕西，我就先从他的“关中三友”（李颙、李因笃、王弘撰）开始，搜集这些人的文集、诗集、有关牒谱、方志等等，做出一些笔记，写出一点试探性的文章，看一看研究的前景如何。抗战胜利回到山东，我就又开始搜集顾在山东的朋友（如张尔岐、马骕等）的资料。这些资料，根据我的经验，有的找起来很容易，有的就困难。举一例说明，顾有个重要朋友叫徐夜，号东痴，是王渔洋的表兄。几十年来我尽力搜求，仅得他的诗二三首，直到93年才在淄博市读到他的诗二百余首，研究工作得以大大推进。有时，费尽气力找到的资料书却无有用的资料可寻。再举一例。顾的第二个外甥徐元文（公肃）的集子很难找，好容易有一年在上海图书馆长乐路分馆找到苏州潘氏钞本《含经堂集》，谁想其中除有关华山朱子祠堂一事提到一句“舅氏亭林先生”外，渺无其他要害性的记录。噢，我明白了，成书时将有“违碍”性内容的地方统统芟除了。

光打边子不行，还要攻打堡垒。我所谓的“堡垒”，是指顾的三大代表作，《日知录》、《天下郡国利病书》和《音学五书》。这个工作量，可比搞交游考重多了。“交游考”，大约花费我十余年的精力，而三大代表作则自50岁绵延至70岁以上。自然我说年份，是指迤逦的时间，即做做停停、停停做做，不是集中起来的。

我先搞《日知录》。我的工作方法有二，一是圈点加批，二是写笔记。书要用木刻本，因为它字大、行距大、天地大，便于圈点加批。加批时要高度谨严，不随意下笔，自己对自己负责。写笔记，我有我自己的做法。我买下一大摞笔记本，每页正反两面，正面写反面不写，留下空白。等笔记做到一定阶段，可以进行总结时，就把从感性资料上升到理性的认识写到反面上。这样，一本笔记本打开来，左手是理性认识，右手是感性资料，日后翻查起来很方便。

《日知录》这部书是很不容易做笔记的，因为它本身已经是笔记了。它32

卷，约莫1020条，短条只9个字，长条（如记苏松嘉湖税粮问题的）5千字不止。有的条是写来写去，写了几遍的。考据派的做法，是拿几种稿对照，以见甲稿少一“也”字，乙稿多一“焉”字等等，这种做法很低级，没有意思。我的做法是抓思想，抓作者的活思想。顾炎武有许多思想非常微妙，要人细心去体会。举几个例。譬如他爱讲三代（夏、商、周），初看似乎是“厚古薄今”，其实不是，他是“称古借以革今”，其中含着甚深的当世思想。中国自秦汉至于唐宋至于明清，人民身上受到的剥削越来越重了，受到的政治压迫越来越重了，回过头去看，三代虽然已经有了压迫和剥削，但比起后代来要松散一些，还有不少原始遗存，把这些遗存洗刷出来，表彰出来，叫后代的暴君酷吏、豪绅恶霸借鉴借鉴，不是很好吗？叫后代的人民看一看，古时候上边对待底下，并不像明、清那么紧张，从而启发他们多往民主自由上去争取。

再譬如，对于国家管理，他注重基层，注重地方。他讲亭、社、乡、县。这中间是有道理的，他和黄梨洲（宗羲）都认为，中央集权集的太严重了，那么，怎样才能削弱这个中央集权呢？答案自然而然是地方分权，即中央应当把一部分权下放给地方。至于下放到什么人手里，顾、黄二人都没有说清楚。下放给读书人（士子）？给商人？给中小地主（即开明地主）？如何避免把权落到土豪劣绅手里？像这样的问题，后来到民国年间的地方参议会上就突出出来了，在顾、黄的年代中，人们似乎还没有考虑成熟。顾只是一味强调地方力量要起平衡作用，所以在东汉末他称道荆州的刘表和益州的刘焉，他甚至说唐朝的藩镇在历史上还起着某种积极的作用。顾坚持地方分权，看起来是寓有我们今天还揣摩不透的深意的。

再譬如，他喜欢讲风俗，他所说的风俗，怕就是我们今天说的“社会普遍心理状态”。几十年以前，人们把这看作是上层建筑，说它是从经济基础上产生出来的，所以它要受经济基础的“决定”，至少要受“制约”，不这样也是不可能的；还说假如上层建筑拒绝为基础服务，那它将被停止其为上层建筑了。这种讲法太霸道，并且人们的普遍心理状态往往变化多端，非常诡谲，你管也是管不住的。顾炎武不这样讲，他讲一个时代的风俗，是测量这个时代社会“隆”（兴盛）“污”（败坏）的浮标，所以假如谁想叫当代的社会兴盛，他首先要把社会风气、把普遍的社会心理理顺。

《天下郡国利病书》，当然不像《日知录》这么严整了，相对地它显得芜杂，是在不同年月里从不同地域的志书中抄辑来的。所以梁启超说它是“刍狗”。“刍狗”也叫“刍灵”，俗称“纸草”，死了人今天扎起来明天就一把火烧掉的东西。梁的这个譬喻很不恰当。即使到今天，《利病书》还继续有用，譬如说你要查晚明时候一些好官吏推行“一条鞭法”，即如何按地方特点调整“丁银”与“地银”的比例时，从《利病书》里就可以看得很清楚。再者，《利病书》里有关兵家战守的抄录是最精彩的。须知，顾炎武从很幼小时候他的继承祖“蠡源公”就教导他读兵书的，他对自己在兵法方面的知识也很自负，他有两句诗“论兵卑起、翦，画计小阴符”，意思是说他连大兵法家白起和王翦都看不在眼里，连姜太公的阴符谋略也不崇拜（当然，这里也有少年的狂傲）。我们试读《利病书》中有关蓟辽地区山川关隘的记载，有关雁门三关的记载，我们就会相信顾氏游览各地，绝不是为了游山逛景，而是处处带着“防”、“守”这样一种战略的目的的。

三

《音学五书》在亭林著作中别具风格。它的专门化程度比较高，学术路子比较窄，不像《日知录》那样上下五千年全面开花。所以我们说，《日知录》难写，《五书》只要资料搜集齐全、论点形成并且巩固了，写起来并不太难，就像写自然科学论文差不多。古音学是一门专门性很强的学问，所以古韵究竟应该划为19部或23部等问题，那是专家的事，我们只看它的作用。作用很大，那就是创辟了有清一代学术的总路子。顾炎武在一篇《答李子德书》里，对李因笃叙述了他写《音学五书》的原委，其中有几句非常非常重要的话，即：

> 故愚以为读九经自考文始，考文自知音始。

寥寥17个字，就把一代汉学的路子领起来了。清朝的汉学家们使用文字学和音韵学当工具，对古经书的理解翻新了。我们试拿《皇清经解》与《十三经注疏》来对比，就发现清朝学者对古代史的理解比汉朝人的理解不知高明了多少倍，准确了多少倍。这份功劳，就其开端说，不能不归功到顾的头上，顾之所以享有很高的学术威望，以此。

除了专门的意义外，普泛的意义还是有的。举两个例。在我家乡，有个村庄叫于姑庄，另一村庄叫赵姑庄，我们从小认为这村庄里大概有个什么妇女的事迹可传，因而命名的吧。读了顾的《五书》，才得知“家”古读曰“姑”，那两个村庄原来就是于家庄和赵家庄，真是恍然大悟了。再如一友人住无锡顾桥下，你把“下”读作“夏”问地方人士问不出结果，必曰“顾桥户”，地方人才顿然知晓，而《五书》中写明“下”古读曰“户”。这都是古音在现代社会中之遗存。

犹不止此。这部书对进行历史考证，是一部最理想的范例书。顾动辄拿出一百多条甚至二百多条证据来证明一个字的古读，而这一百多条、二百多条证据来源之广袤实在是惊人的，上自十三经、廿二史，下至碑文、俚曲，罕为人知的小人物的诗文集，使我们惊叹顾的读书真是处处留心，滴水不漏，古人说“盖亦有心人也已矣”，我们应当学习他做一个读书的“有心人”。

顾炎武的诗，也是研究顾的一个重要项目，其重要性亦不亚于“三大著作”。

顾的诗，有其自具的特点。第一，他喜欢用典。有人把这一点当缺点来对待。当然，从通俗的角度上看，也可以这么说。但从另一个角度看，又未始不是优点。顾的用典，跟那些獭祭炫学之辈的用典很不一样。他对于古书是那样娴熟，几乎是顺手拈来，并且和他当前要说的事又那么相配，使读者串通古今二事，一下子顿悟出作者想说的是什么意思，其中妙趣无穷；而且在文字狱高压下又可以起一种隐蔽作用，直说犯禁，用古典取譬来说，犯禁的可能性就大大减小，查禁的官吏没那么大学问，看不出问题来。第二，他不喜欢滥用韵。什么是滥用韵？在清初中叶有这么一种风气，赌着用韵的娴熟和广泛，例如《红楼梦》里有一天夜里林黛玉和史湘云就赌着就一个韵部的字去押。顾最不喜欢这一套。他谴责当代的风气，“无人不诗，无诗不律，无律不七言”。他反其道而行，他最爱作五言古诗，并且他的五古也做得特别好。他最不喜欢拿诗做应酬的工具（他的好朋友李因笃就有这个毛病，参阅《受祺堂诗》可见梗概），有时躲闪不开时也做做七言律，也做得蛮好。

他的诗，另有一个更重要的特点，是从字里行间透露他的心声。须知，顾炎武的心声是不容易捕捉的，他平生行动诡秘，只有从诗里能多少窥出一点线索。例如，明朝亡后，他是准备投唐王，唐王失败后他又准备投鲁王，在南京居住期间他秘密联系着投桂王。进行得不太顺利，他才决定北去山东。这些内心里的波折，只有从诗里才能看出端绪。

由于喜欢用典，由于用典而难懂，所以就需要注释。顾诗在清末就有徐嘉注，当代又有已故华东师大中文系教授王蘧常先生的《汇注》(上海古籍出版)。王先生罄毕生之力注顾诗，功力甚大。因为注顾诗不容易，要对典故的典源弄清楚，要把明末清初史事弄清楚，还要从其中捕捉住顾的活思想活感情，所以说不容易。王注对典源是源源本本，对明清史也很熟，但就这么充足的条件，也有时不免不足之处。试举两例。

顾有《赠傅处士山》五律一首，末句云“相逢江上客，有泪湿青衫”，王注“江上客”似指袁继咸幕客，这就注远了。“江上客”就指傅本人。按傅的年谱，顺治十六年傅53岁曾到南京，罗振玉在《谱》中插入按语，说傅当时有到海上投奔郑成功的企图，当时顾也在南京，“江上客”指的是这件事。再者，顾又有一首五律题名《一雁》，末句使用了孔子弟子兼侄女婿公冶长懂鸟语的故事，说“覆车方有粟，饮啄意如何”，王注对典源皇侃《论语义疏》的内容是注出来了，但对顾的活思想没有注出来。原来李自成自北京撤出来时，带出所铸金银饼数万饼，每饼一千两，沿途与拦截明军作战，屡有丢失，所以章太炎才有顾炎武拾得李自成遗金的这个话。章氏这个话不是乱说的，《明史》和几种野史（如《剿闯小史》）里都有记载，再加上顾氏这首《一雁》诗的佐证，那么顾氏拾得李自成遗金的事怕不是子虚。

四

年谱，是一个人一生的编年大事记。顾，据说有十种年谱，我没见过那么多，只见过五种。有人在报上对青年学子介绍顾炎武说，年谱以张谱为最好。这个话也不确凿。张穆此人颇有才气，但功底不够踏实，他的《阎百诗年谱》比《顾亭林年谱》写得踏实，《顾亭林年谱》中不过编入了何绍基提供给他的一些资料显得厚实些，而在事件的定年份定地点上，纰漏很多。1947年鄙人在《学原》上已经做了一些订补，现在50年过去了，又积下一些需要订补的纰漏，今年事已高，已来不及再订补了。按我自己多年来的习惯，则以顾的嗣子顾衍生所写的谱（通称“元谱”）为比较最可靠些，但其中也有记错了年头和地点的地方。由此可见，年谱之作殊不易矣。

至于著述，有人写了“著述考”，但内容一般化，没考出什么精到的地方来。大约顾的一生，主要精力都用到“三大著作”和诗的上面去了，文章都不多而且很短，仿佛总担心多说了什么话似的。只是47岁上在山海关地区写了

《营平二州史事》6卷，估计会很有水平，可惜顾在曲沃死后，稿子带到北京徐乾学家，不加珍惜，不见了。将来如果什么地方突然冒出来这部书稿，那将是研究顾学的人们的一件大喜事。

总起来看，鄙人致力于顾炎武的研究垂六十年，下这番劳动，还是值得的。因为这个人不是一般的人，潘耒在《日知录序》中说，“先生非一世之人”，这句话很有分量，而且很确凿。他是一个爱国主义者，但不是一个一般的爱国主义者，不是那种叫叫口号贴贴标语的爱国主义者，也不是一个抛头颅洒热血类型的爱国主义者，他是浑身浸染了中国传统文化的爱国主义者。前几天，读到最近一次国际儒学年会上，一位韩国学者文章中的一段话，意思是说儒家讲的“忠义”，初看似乎是指对君主要尽的那种“忠节”，其实不止于此，往深远处理解，它是对王朝、民族、国家以及正统文化的一种忠贞。这段话，不是针对顾炎武说的，但恰巧可以非常切合地运用到顾炎武的身上。试读《日知录》中的一些片断“中华无不复之日”、“松柏后凋于岁寒，鸡鸣不已于风雨”、“固未尝无独醒之人”，就可以懂得顾炎武的爱国主义，是建立在非常深非常厚的文化积累之上的。

1998年1月13日于兰州大学

关于两门专史研究的回忆

两年多以前的一个冬天，中华书局编辑同志写信来，要我替《学林春秋》初编写一篇文章，出的题目是《我和中国古代史研究》。我一看就明白了，这是要我写中国古代史范围内两门专题史——中国农民战争史和中国土地制度史的研究过程和从其中所得到的心得与体会。当时我刚过八十，前列腺在闹，白内障使双眼视力渐近于盲，不得不动手术，切除了一只眼睛的白内障，换了一只晶体。手术刚过，看东西是双影，写作确有困难。于是“避重就轻”，写了《我和顾炎武研究》缴卷。可是两门专史研究的总结，就从此搁下了。

一转眼两个年头过去了，《学林春秋》不仅初编问世，二编、三编也相继出台，真是巍然巨帙了。个人健康，衰老中稍有宽松，这就又想起旧的课题来，趁此“晚晴”正好的时光，还是把它写出来吧。

一

1953年春夏之交，我接受了教研组分配下来三个专题课的第三门——“中国农民战争史”的准备开课任务，由我妻高昭一担任助手。秋后开课必须搬上讲台，所以是急就章。当时我们商量分两步走，第一步把廿四史中的农战史资料，从《史记·陈涉世家》到《明史·流贼传》，一一再过一遍，取得一个总体的印象。第二步，画地图和做年表。画地图是要把一些事的空间定点下来，做年表是要把一些事件的发生从时间上定点下来。我们懂得，这只是初级的工作，但同时也懂得，无论多么高深的研究成果，没有这些初级工作做基础，是很难获致的。并且就这些初级工作也不容易做，有些事情，在空间和时间上定不下来，这就是“困学”了。

而事情还不能长期停在初级工作上不动。要把它拿到大台盘上来。什么是大台盘？就是50年代初全国史学界的总氛围。与这个专题相关的是两件事，一是五种生产方式，二是古史分期问题。五种生产方式，在开国之初，普遍学习得很上劲。它来自《联共党史简明教程》的一个节《辩证唯物主义与历史唯物主义》，是斯大林写的。它的好处是对人类社会发展给最初的一个合乎逻辑的大框架，主要以两欧发达国家为模式；缺点是忽略了发达国家以外很多不发达国家的范例，特别忽略了东方世界发展的特殊性。它把五种生产方式的互相衔接也描述得相当机械，使我国素来就会套框框的学习者学习以后，就越发僵化了。中国古史分期问题。主要讨论奴隶制与中古封建社会在哪里划界。当时带权威性的两家，一是范文澜《中国通史简编》，主张自西周就进入了封建社会；一是郭沫若《中国史稿》，主张自战国进入封建社会。围绕着这两家，在杂志报刊上展开了篇幅浩繁的辩论。

这就像几何制图一样，必须定下一种坐标，不能同时采用两种坐标，否则就要乱套了。可在具体中国古代史上，我们研究农民战争，范郭两家哪一家坐标都定不下来，定下来就引发出若干在道理上讲不通的困难。最后我们干脆抛开坐标，从史料里看农民在历史演变不同阶段中的不同身份。我们看出，中国农民在历史中基本上有五种互相区别的身份。

第一种身份，我们把它叫作原始农民或公社农民，这是历史上最古老的农业劳动者。《中国史稿》把它叫“农业奴隶”，我们坚决反对。这些劳动者基本上是自由的，但也不能绝对化，因为大酋长还有相当的权力，他可以把不参加集体劳动的人在氏族大旗底下杀掉，可以把做坏事的分子画地为牢关起来。除此之外，人们是“出入相友，守望相助，疾病相扶持”，过着和睦的共同体生活。过着这种生活的人，显然不是什么奴隶。

第二种身份是佃农，即自“坏井田、开阡陌、民得买卖”以来，“或耕豪民之田，见税什五”的那种土地上的佃耕者。这种身份，在中国历史上绵亘的时间很长，直到土地改革的前夜。至于租率，则表现为不固定地在“什五”的上下波动。

第三种身份我们叫它“自由小农”。所谓“自由”不包括政治上的涵义，仅仅指他们的特点是“不地著”，也就是不附著在土地上。用恩格斯的话说，他们有富裕的自由和贫困的自由。当然富裕的是极少数，绝大多数是沦为债务奴隶，这是指西汉景帝、武帝时的情况。这种“自由小农”不是随时随地就可以出现的。在中国历史上，只公元前一世纪和公元后十一世纪（北宋仁宗时）出现过，北宋自由小农贫困化的后果不是沦为奴婢，而是成为流民了。

第四种身份是中古带有隶属性的农民，还叫不上“农奴”。他们的特点是锢闭在庄园里，附著在土地上。但对“庄园”，我们的思维也应该从左倾教条的时代解放出来，不该把庄园看做是“牢狱”的同义词。须知，庄园有其不方便处，也有其方便处，它包括手工业作坊、牲畜养殖场、小商店和药房之类，还有武装自卫组织。我曾经有过中国经济史上“三个拐弯”的说法，三个拐弯自必意味着四个段落，两段自然经济，两段货币经济，而其中每一个后一段都比前一段发达。魏晋至隋和初唐的依附农民对比起“三代”的公社农民来，其活动的幅面已经扩大得许多许多了。

第五种身份，就是近古时期以来，越来越多样化和复杂化了的农民，包括自耕小农、中农、富农、雇农、佃农，以及投身为奴仆的家奴世仆，等等等等。这些多样化和复杂化，说明整个社会在向前发展，说不定从家奴世仆中会发展出带资本主义性质的经营地主出来。

我们就是以这五种身份为基础，来观察一场一场农民起义的表现。观察起义规模的大小，战斗力的强弱，绵延地区的广狭，持续时间的长短，其领导集团内部凝聚力的强弱，以及它与外在力量的联系，特别因为中国从来就是个多民族的国家，农民起义与少数民族的关系也就是一个重要的课题，等等。这每一个项目假如仔细研究起来，都会产生出饶有兴味的成果。

可是阻力来了。这阻力，就是政治对学术的干预。学术是在一定政治下的学术，所以学术从来就脱离不开政治；但强力的干预会使学术凋弊。以农民战争史说，就遭遇过至少两次强力的干预。第一次就是所谓农民战争是社会发展的动力问题。到今天事隔四五十年我们平心静气来看，这个提法显然把农民战争的作用拔高了。社会发展的动力首先应该往生产力方面去寻找。阶级斗争起一定的作用，但当时把它强调得过分了。有一部以史绍宾（“史哨兵”的谐音）为主编的《论文集》里判断，谁不承认农民战争是社会发展动力的话，那他就是反动的。这就是明摆着的拿政治压力来干预学术了。第二次就是“哪里有妥协让步？只有反攻倒算”的提法。这个提法，明显是极左的，它的作用是使整个史学界急剧向极左倾斜，直到“四人帮”的极左史学达到顶点。这股力量在当时是无法抗拒的。思前想后，我们只好把我们这个可怜的小摊摊关闭，那些饶有兴趣的问题（如农民战争规模的大小，战斗力的强弱，扩展地区的大小，绵延时间的长短，领导集团内部凝聚力的强弱，以及它与少数民族的关系，等等），只好忍痛割舍了，而且这一辈子再也没有勇气把它重提起来，把它“旧调重弹”。

二

农民战争史不搞了，但“人还在，心不死”，那就拐个弯抹个角搞吧，这样就想到了中国土地制度史。这个课题的保险系数大一点，因为现实方面没有这方面的指示，不必担心“违碍”问题；另一方面，马恩经典著作方面却有不少十分深湛的理论论述，它的理论性比农民战争史要深厚许多倍。

这个课题的名字，虽然按照传统，还是叫了“制度史”，但实质已不是死巴巴的“制度”了。须知，旧时代的史书对土地制度并不是冷漠的，他们懂得“民以食为天”这个道理，所以历来的《食货志》都是卷帙浩繁的。但它们有个总缺点，就是站在皇朝立场上数算着全国多少州多少县，有多少耕地，国家每年可收多少租赋。可他们却从来不触动如下这些问题：土地的所有（Ownership）属于谁？属于哪些个人或哪些集团？这些个人或集团运用这种“所有”（在政、法意义上就表现为“所有权”）在不同历史时期达到何种幅度，又遭到何种局限？有人问，为什么要追究这些问题呢？回答是，在这些问题里，才真正隐藏着谁剥削谁、谁压迫谁、压迫剥削到什么程度的真正的根底。

马克思和恩格斯是认真研究了这些事情的学者和革命家。过去多少年，我们盲目地提倡权威崇拜，说他们的一言一句都是“置诸四海而皆准”的。现在，我们从那种迷信中解脱出来，把他们的理论成就当作一种重要的参照系数，结合我们原有的卷帙浩繁的《食货》典志，来进行研究分析。

有人说，马克思、恩格斯当年看到的材料也不全面。是的，他们当年接触的材料，主要是希腊、罗马的，日尔曼的，再加一些从印度搜集来的材料，和少量俄罗斯密尔公社的材料。中国的材料，没有接触到。这是惋惜不来的一种遗憾。但有一点是独特的，即他们的方法论在当时若干欧洲的史学家们中间，是卓绝的，他人无法企及的。他们对于人类历史上的所有制和所有权的研究，算是达到透辟的境地，给我们这些治本国社会经济史的人，垂下了万世的师表。

举一个例。当时五六十年代有一种流行的风气，谁把历史上的剥削和压迫说得越重，越残酷，那么这个人就表现为政治上越进步。反之，就是落后分子了。须知，落后和反动已经是一席之隔了。于是就发生了把《礼记·王制》篇中所说一井之田的收获可以养活五口、六口、七口、八口的记载强解为养活五个贵族、六个贵族、七个贵族、八个贵族。我就禁不住纳闷：一井之田，养活了这么多贵族，谁来养活这个“庶人”的老婆和孩子呢？“同我妇子，馌彼南亩”的情节，又如何得以体现呢？

原来作这样表述的学者，他的脑子里已经打上“左”的痕记，因而不懂得人类的私有欲和私有权不是一步到位的，而是慢慢由浅化到深化的发展。发展到欧洲十九世纪，私有才发展到深化的水平。这时，一个私有者对他的私有财产的支配权和处理权才达到了顶点。他可以纯按他个人的意向来做，享受它，丢弃它，消耗它，甚至毁灭它。当时的法律也支持他这样做。他在临终前可以留下遗嘱，把遗产留给儿子，也可以留给一个不相干的人。

但这种深化的私有，在十九世纪以前是达不到的，在欧洲以外也是达不到的。例如北宋末年，宦官杨戬的狗腿子李彦就曾在汝州一带将地主所掌有的地券，使用强力叫他们缴出来，当众焚烧，宣布无效。这些地主对土地的私有权在瞬息之间化为乌有，他们的身份也就在瞬息之间变为国家的佃农。再例如，本文作者小时候记得一位族叔要卖他最后剩下的二亩地，但村里的族长出来说话了，说祠堂开过会，这二亩地不能卖，卖也不能卖给外庄外姓。这就是私人的土地所有权受到了宗族的干预。国家权力出来干预，血缘共同体出来干预，这就充分说明，土地私有权还远远没有深化，远远没有牢固。这不能不说是东方社会的特点。

我就是缘着这条线索把土地制度史研究下去的，同时，也把它作为一门课向研究生和大学临届毕业班学生开设下去，一直开设了一二十年。所以，这个研究项目、这门课，比较起农民战争史来，它的积累就相对大些。

我看到，三代（夏、商、周）的私有制并不发达，田土基本上是不鬻的，只到春秋、战国才出现拿田土交换田土，或交换其它事物（马、家内隶役等）的个别现象。到秦、汉，私有制有所深化，土地“民得买卖”了，出现了“富者田连阡陌，贫者无立锥之地”的情况。但须加以说明，这是新现象，所以要重点描写，但是它并不普遍。普遍的还是国有土地和“八口家、百亩田、一堂二内、二母彘、五鸡”的小农户。这就是说，土地私有制发展很慢。再经东汉末的战乱，货币衰落，自然经济有所复辟，这时候私有制变了一个形式在发展，它通过对人身的隶属来强化私有制。这直到唐末、五代、北宋，货币又一次活跃起来，从前不是商品的现在也商品化了，这就大大推动了私有制的发展。土地开始商品化，也就开始了经营化，地主和商人渐渐融合到一起，社会财富向一头集中，所以社会运动中就出现了“均贫富”的口号。明朝，基本上是宋朝经济的进一步发展。到明末，经营地主中才出现了一点点微不可见的资本主义萌芽。但，即便到这最后阶段，专制主义的国家权力的干预力量仍未削弱，宗族势力仍在此起彼伏。所以到最终点，即土地改革的前夜，中国私有财产的深化，包括土地私有制的深化，始终未达到西欧私有制的水平。

最后还有一点要说，在十几年开设土地制度史专题课的同时，我从来不推卸对“中国通史”课的任务。我让这两种类型的课进行互补，相互滋润，获益甚大。在通史课中对某一问题的突破，把它带到专题史中来就会大有裨益；反之，专题史对通史课的细致化和深化，也有同样的裨益。我的土地制度史研究命运较好，不像农民战争史研究命运的悲惨。它不是被时代歪风所扼杀的，它是寿终正寝的。在75岁上我自动停止了这个课题。假如有人要问：“你75岁以后干什么？”我将回答，我在致力于《周易》中的直觉思维与辩证逻辑思维，前者对文学研究、文学史研究，后者对思想史、文化史研究，都会有开辟出新路子来的作用。

刊于《文史知识》2000年第7期

读书一定要读序跋

听说，时下的年轻朋友们读书不读序跋；连正规内容也不循序地读下去。抽读几段，就丢过了。这样收益不大，或者没有收益。当然，有些序跋不太好，有庸俗吹捧的，有胡批一顿的，有不知所云的。但究竟是少数；多数的序跋都是严肃的，个别的十分精辟，能有力地帮助读者理解全书的精髓。故序跋不可不读。底下，举一些例。

岑参，是唐朝的大诗人，他35～36、40～41岁两度到今新疆地区，有些描写该地区的著名诗篇，为中外所传诵，大家叫他“边塞诗人”。此外，他对嵩山地区和终南山地区也很有感情，时常怀念，不断有诗传写该两地的风物。为了通盘理解岑参的风格全貌，读者需要读唐人杜确给岑参诗集写的序，很精辟。序文虽然很短，但讲了一段唐中叶以前的诗歌流变史。他讲有两股流，一股自诗三百篇开始至汉古歌，是古朴的流；另一股自楚辞开始到南朝的骈骊，是艳丽的流。入唐以来，人们试图融合这两股流，“颇能以雅参丽，以古杂今”，这八个字写的好极了，岑参的风格正是如此，写北庭的诗雄伟古朴，写终南、少室的诗有的蕴藉艳丽。两种风格相参相杂，看得很清楚。

杜甫是岑参同时的大诗人，尽人皆知，不必多事申说。他的诗，虽无同时人写序，但元稹在给他写的《墓铭并序》中，也突出了他的风格特点。此文除收在元集之外，杜诗集中亦每每收入，可以当序读。元稹也讲了诗歌的流变史，并说杜甫把各种诗体、各种风格，几乎统统融合到自己的作品中了。最后元稹说，“苟以为能所不能、无可无不可，则诗人以来，未有如子美者。”这能不能可不可的九个字，也精辟极了，意思是说杜甫熟练到“无可无不可”的地步，古体是古体，近体是近体，律是律，绝是绝，统统融合贯通，成为最高水平的全面手。这评价，可说是高极了。对我们体会杜诗，也很有帮助。他还说，杜对联语特别擅长，“属对律切”。

李贺是“三李”之一，27岁就死了，他的诗富于想象，词藻冷艳，很多人喜爱他的诗。他的朋友、另一大诗人杜牧，承另一朋友之托，不能推谢，为之作序。这序也很有水平。杜牧讲到“辞”和“理”的关系，也就是修辞和思想内容的关系。他指出，李贺的诗受楚辞的影响很大，他的辞藻不见得比楚辞逊色；但他的“理”（内容实质）则有“不及之处”；假如李贺的寿命长一点，“少加以理”那么他可以超过楚辞了。个别的诗篇，如《金铜仙人辞汉歌》《补梁肩吾宫体诗》，则纯乎是天才性的作品，其“笔墨畦径间”连杜牧也“殊不能知之”了。这篇序文对于理解李贺的诗，也是很有帮助的。

李商隐是“三李”中的另一“李”。他的诗，也无唐代本朝人的序跋，可是后人有后序。清朝的钱陈群和冯浩在后序中说，学李商隐的诗，可以免除“粗浮轻率”或者说“油滑粗厉”的毛病，因为李的诗都是精心结构的，这种精心结构，是晚唐诗人的特色，“诗中之一径也”。不过诗意每每难于揣摩，冯浩说他积累多年的用心，对李商隐的诗也不过“明者半，昧者犹半”，足见寓意隐晦是玉溪诗的特点之一。

以上这些例子，有的只是称颂，甚至是高度的称颂；有的是称颂和指摘相结合。即便纯是指摘，也是会有启发的。如李清照的《词论》，简直是一篇宋词选的序言。在这篇“序言”里，她指摘了各家，如说李煜、冯延巳等是“亡国之音”，说柳永“词语尘下”，说张子野等“破碎何足名家”，说欧阳修、苏轼的词“往往不合音律”，秦观的词“专主情致，而少故实”，而黄庭坚“虽尚故实，而多疵病”，等等。这虽然惹起不少后代人的反感，说她“开此大口”；但严厉的批评，假如触及了要害的话，那么，对读者也是有帮助的。

不但诗集的序跋要读，文集的序跋也要读。仅举一个例。明清之际的江西学者魏禧（字叔子），兄弟三人人称“宁都三魏”。他给他朋友的儿子王源（字昆绳）的《居业堂文集》写序，写的好极了，我终生背诵，不断给我的学生传播。序文大意说，王源很年轻的时候就跟随他父亲到扬州去见魏禧，写了一篇《项羽论》，大概口气很大吧，魏禧并未夸奖。王源心里可能暗暗不高兴。过了好多年，王源又来，胡子已留起来了，眼睛炯炯有光，又拿出一篇《项羽论》，魏禧感到文章已有十分之三可以有用了。又过了好多年，王源的文稿已积累很厚，魏禧读过，感到有用的文章已占篇幅的十分之七了。最后，魏禧说，“人学问当有变化。少年英发；及中晚之岁，贵深沉掩抑，使不显其光。”这话是在清初文字狱的时代压力下说的，自然打着遗民的烙印。但统观全序，将作文和作人绞到一起来评论，其中对人生的体会是非常深的。像这样的序文，假如丢过不读，岂不太可惜了吗？

1982年4月8日于兰州

自学成才丛谈

一 谈危机感

旧社会产生危机感的频率大，我们小时候就是如此，瘟疫流行，亲属猝然亡故，兵匪抢掠，家产倾荡，商店倒闭等等，都会促成危机感。危机一到临，大体有两种后果，一是彻底被危机压碎了，二是“置诸死地而后生”，奋发有为。压碎的就不去说它了，我主要是想说奋发有为的这一类，从这里成了才的人历史上很多，现实中也不少。

新时代造成危机感的机会就少得多了。第二次世界大战已过去四十年，很多人都尝过跑警报、进防空洞的滋味。只是前些年，打右派、划反革命、打走资派，会造成很严重的危机感。但这些年，旧案大都平反了，大家倡导安定团结，危机感就又减少了很多。

青少年富里生，富里长，不知危机为何物，这跟不好好上学、不好好成才有没有关系？我看是有。那怎么办呢？我是这么想，有两种危机感，一种是客观方面出现的，影响到主观方面来；但还有一种，一个人从主观方面也可以产生危机感，去促进自己的成才。但这不是每个人都能办到。我说自己产生危机感，试举个不一定恰当的例子，我看到过宗教信仰者的忏悔和祈祷。自然，这些有很多是虚伪的、矫情的；但不能说统统是虚伪矫情，真诚的也有。那么，我们的青少年就不会学一学虔诚，譬如数一数自己考试比别人差，升学升不上，酗酒吸烟，爱打架，不读书，等等，自己从主观上产生危机感，以此危机感作为动力来驱策自己，天天学好，天天向上，最终成为人才。这办法能不能试一试呢?

范仲淹就是危机成才的最好例子。他幼年爹死了，母亲从苏州嫁到山东长山（今淄博），他成为“拖油瓶”。后来母亲又死了，他跟庙里的和尚老道生活，打一碗糊糊，凝固了划成四份，每天吃这四分之一。后来，他成为“先天下之忧而忧，后天下之乐而乐”的伟大胸怀的大人物。这虽是客观危机感之所促成，但假如主观上丝毫不动，他能把自己完成为那么大的人才吗？由此可见，主观上动了和不动之间，有很大差别。

二 说追补

人一辈子，并不是从头到尾，从幼到老，一直安排得顺理成章。不顺理成章的事很多很多。以上学为例，我们老一辈受教育比较正规些，小学中学大学，古汉语有点基础，外国语也有一点基础，数理化也有一点基础，再加上社会知识和经历，才有了某种价值。到今天还受到一点重视，原因在此。中青年们说，我们受教育的时候，是提浆糊刷大字报，抄家；即便上学，也是上几年就下乡上山跟贫下中农在一起，因为书越读的多越蠢，我们为了避免“蠢”走了，回城后发现真的蠢了，古汉语丢了，外国语丢了，数理化也丢了，再比我们晚一辈的腰里就只剩一把匕首，还有一支钢沙枪。我们怎么办?

这就是不顺理成章啦。已经安排过了的，扭不回来啦。现在怎么办？我提供两个大字：追补！但这要有很大决心。例如：我初中数学一直不及格，十五岁初中毕业数学四十五分，自己感到很丢人。这时父亲死了，加重了危机感，高中报到后，我一次买了十二本数学演草本，从小代数、平面几何直到大代数解析几何，一道题一道题演算，一道题也不漏，不会的问老师和班上成绩优异的同学。两年过后，我的数学成绩达到高乘。这在我一生中，是最最宝贵的经验。从此，我懂得追补的必要性和可能性。推广开来，追补书法；追补另几门外语；追补诗韵；追补哲学。可以说：“追补之效大矣哉！”我的这点小小的经验，难道不可以在别人身上推广吗?

当然，追补也有困难。当时我追补数学时，才十五岁，头脑好用。未结婚，不需要我捅炉子、提篮子、抱孩子。顾虑牵挂少，可以一心一意扑到追补上。岁数大了，有家室之累了，或其它事情牵扯了，脑子也慢慢不大好用了，追补的劲头当然受些挫伤。但从十五岁追补数学的经验中认识到追补的可能和有利，中晚年以后，也颇有几种科门是后来追补上的。所以说，体验到追补的，可能和有利，这一点极为重要。

三 文火与武火

我国烹调学有悠久的传统。假如有人问我，我国传统烹调学的精华安在？答曰，其要害有二，一为调汤汁（略如近代的使用味精）；二为区别使用“文火”和“武火”。我国宋、元、明、清以来，人们编纂了很多“丛书”，在每套丛书的尾部，总有谈烹调的、谈养花木鱼鸟的，谈下棋的，退休人员大可去找来看看，很有意思。“文火”、“武火”，就是在这些书里讲的。大体说先用“武火”几刻钟改用“文火”，或先用“文火”几刻钟改用“武火”。“文火”者，慢火也；“武火”者，猛火也。

朱熹说，为学如炖肉，先须用猛火煮，然后用慢火温。我一生中，不断将此写成字条，赠给我心爱的弟子。是什么意思呢？意思是说，做学问（包括自学）要区别猛火和慢火，或者说，区别武火和文火。并且我还要加说两条：（一）在需要使用猛火（武火）时使用了慢火，在需要使用慢火（文火）时使用了猛火，都不合适，都不对头，都收不到很好效果。（二）一个人一辈子不能专凭“慢火”办事，要考虑什么时候用猛火、什么时候用慢火。这是我，作为一个古稀老人，对中青年自学者的一点殷勤叮嘱。

大体说，精力充沛的人和初学入门的人，以用猛火为多；晚年，衰老的人，学问已经有了某种积累的人，则往往以用慢火为多。举例说，学外语，基本辞汇和基本语法，非猛火攻打不可。犹记二十年代末，我天天在中学花园中如醉如痴地背诵 go、went、gone，come、came、come 的情况，比谈恋爱还聚精会神，事后想起来有点好笑，但后来的本钱就是这么攒起来的。这是猛火。到晚年，浏览近代文学作品，看到他们在语法、词汇方面又有了许多的变异，一面读一面“噢—噢—”，这就是慢火了。

最后补充一句，在本小文中间部分所说的两点，是最重要的，希望自学青年多多体会。

四 谈兴趣

现在，人们很提倡兴趣了。但在五十年代不是如此。我亲眼看到一些情况，学甲专业的被分配去干乙专业，学丙专业的被分配去干丁专业。有的人屈从了，有的不服从分配："我没有兴趣。"于是帽子接连飞来，"兴趣主义"、"组织上的自由主义"、"个人主义"，最后把"兴趣主义"上纲到"唯心主义"。

"兴趣"，是不是一桩唯心主义的东西呢？这值得研究、思考。有人举例说某甲说他想当皇帝，这不是唯心主义吗？我们说，这个例子不能成立，这是胡闹台，想入非非。所谓"兴趣"，是指一个人自入生活以来，其主观素质与客观影响相互结合的产物。举例来说，某京剧名演员回忆说，他小时很穷，父亲在戏院卖茶水，他帮着送茶水，天天晚上听戏，久而久之就产生了浓厚的兴趣；后来混到后台，碰到一位老演员说，这孩子可以唱戏，加以培养，就成才了。再如某名画家回忆说，他小时邻居住着一位画家，叫他帮忙磨墨、调色、裁纸，久而久之，他观察到了怎样用墨、用色、用笔、用水……自己也成了画家。由此可见，兴趣不是纯主观的东西，它是主观方面受了客观影响的结果。但关键，还在于这个人的主观素质。假如主观素质根本不沾边，那么你就是打死他，他也成不了才。而这个主观素质，又包括生理条件、遗传因素和心理状态，等等。总之，"兴趣"绝不是凭空而来的；不要挫伤它，要培养它。挫伤它，对人才的成长不利。

别人培养我，组织培养我，更重要的是自己培养自己。大体说来，一个人不能一点兴趣也没有，对什么都不发生兴趣的人，只能做废料。但兴趣不可过多，多所骛则少有成。一般的情况是，一个主兴趣，配几个副兴趣，一辈子也就够了。例如，主兴趣油画，副兴趣国画和漫画。主兴趣行书和草书，副兴趣隶书和篆刻，等等。总要求其互相邻近，以避免浪费精力，且可配套成龙，一艺多姿。"主兴趣"是最最要害的，人一辈子有没有成就，成就大小，关键在此。除非万不得已，不可轻易"跳槽"。见异思迁，很要不得。

我对中国史学界寄有厚望焉

——答《史学史研究》学者访谈

受《史学史研究》编辑部委托，2001年12月21日上午，汪受宽、邱峰来到著名历史学家、兰州大学历史系赵俪生教授的寓所，对先生进行了专访。

一

赵先生，您的一生充满了传奇色彩，而您的学术工作，则可以说是20世纪中后期中国史学史的一个缩影。我们想请您首先谈谈您的治学经历。

关于治学经历，我考虑过一些时间，我认为自己这一生经历了六个段落。

第一个段落是我从事新文艺的10年，从14岁到24岁。这本来和史学是没有关系的，但是还要说进来，为什么呢？因为在这10年间通过文艺创作特别是翻译工作，我锻炼了自己的“笔”，使我这支笔变得比较熟练，比较能够运用自如地传达自己的意向。所以这10年不是白过的。白寿彝先生曾一再强调史学论文要写得准确、生动，要有一点文采，我觉得这个看法很好。而我在这10年中间训练了我的笔头，使我后来写出来的史学论文不是干巴巴的东西，而是还有一些可阅读性，这和第一个段落的新文艺生活是有关联的。

第二个段落就是进入史学了，那是从24岁到31岁，差不多是7年的光景。有人说：“假如从事西洋文学的翻译工作，你也会成为一个比较可以的翻译家，为什么要转到历史上来呢？”我的回答是：我感到历史学更深刻。文学是在感情这些方面做文章，而历史则更能挖掘到人类深层次的一些东西。所以用通俗的话来说我就跳槽了。但是跳到历史学中来我也要有一些根据呀，那就是说我还有一点家学。我这个家学并不严重，不像有些江南学者那样祖孙三代家传，我没有那样的家庭。我只是从父亲那里接受了一点关于辞章的学问，读了一点古文，又读了一点唐诗宋词，如此而已。所以我早年在义理、考据、辞章这三种传统学问中间，仅仅在辞章方面受到一些影响。进入史学后，我首先选择了明清之际这个段落。我的这种选择是通过自己主观上很严肃的考虑的。因为我的国学基础比较薄弱，假如一开始就进入先秦的话，我知道自己没那个本事，所以选择了明清之际，也就是从万历到康熙这个段落作为我进入史学的第一个现场。我特别关注于明朝亡国后明朝的遗民起来反抗满清的所谓遗民抗清运动，把它作为我从事史学研究的第一个题目。经过几十年之后，我觉得我这个选择没有错。在这期间我研究了五个学者，就是黄梨洲、王船山、顾亭林、孙夏峰和颜习斋，读了许多他们的语录。通过这种研究，我接近了义理之学。但是，后来我对他们慢慢就冷下来了，为什么？因为我发现我对所研究的这五个对象都不满意。黄梨洲早年是比较不错的，他是东林党的后裔，是一个活动能力很强的很有两下子的学者，他的《明儒学案》也确实写的好。但是到了晚年，他几乎变成了一个很迎合世情的人了。所以读到他晚年以后，我对黄梨洲很不满意，也就不再研究了。王船山这个人在我研究他的时候，国内把他捧得很高，说他既是唯物主义又是辩证法。是的，确实他的思想中有辩证法，这是没有问题的。但是，就像蔡尚思先生在一篇文章里说的那样，王船山的学术是很不平衡的，既有很唯物的，又有很唯心的，既有很辩证的，又有很形而上学的，既有很进步的，又有很反动的。蔡先生大胆地说了这些话，这样一来就好像给大家脸上抹了灰似的，所以大家对蔡先生的那篇文章很不满意。而我认为蔡先生是说了真话，所以我对王船山的研究也冷淡了。再一个就是顾亭林，我研究了他一辈子，也曾答应给南京匡亚明先生主编的“中国思想家评传丛书”写一部《顾炎武评传》，而且我也真正地把第一部分顾炎武的生平写了，8万字，自己觉得写的还不错。但是底下我写不下去了，原因就是顾炎武的一些思想很成问题。那就是说他主张削弱中央集权，这是对的，明朝末年的中央集权实在糟糕的很，应当削弱。但是，这个权力要归到地方上去，具体归谁呢？他主张给缙绅。缙绅就是地方官僚地主。蒲松龄在《聊斋志异》里头就写了许多这种乡绅霸占妇女、抢占土地、杀人灭口的事情。蒲松龄对这个问题脑子里是很清楚的，然而我们的顾炎武先生却要把政权交给他们，这一点我思想上想不通。我认为这种思想是很反动的。可是我又不能在书里把顾炎武说成是反动的，这两个字我不能用。怎么办呢？只好不写了。我把这个情况写信给南京大学丛书的编辑，现在刚收到回信，说可以不写了，他们另请别人来写。好，这个事情就完了。再下来就是孙夏峰和颜习斋了，这两个人是北方的学者，他们的特点是没有南方人的思想那么尖端，思想水平比较低一点。但是正如嵇文甫先生所说，北方之学独自成一个系统，它和南方之学形成一个对照。所以研究孙夏峰和颜习斋还是非常有必要的。但到最后我发现这两个人最终的哲学归宿是比较平庸的，没有做出什么有价值的东西来。所以对他们就慢慢冷淡了。我治学的第二个段落最后也就这样不了了之，结束了。

现在说第三个段落，这是从河南大学到华北大学期间开展起来的。在这段时间里我开始接触到了理论的史学。记得当初我在河南大学和华北大学的资料室里都能找到一种很厚的刊物叫《读书杂志》，这个《读书杂志》的编辑叫王宜昌，有人说他是AB团，也有人说他是托派，我不管这些，把这个杂志一本一本地看下去，被它吸引进了关于中国社会性质问题论战和中国社会史问题论战中去。到了华北大学后，我结识了何干之先生，当时我是第四部的研究员，何是第二部（社会科学部）的主任。他写过一部《中国社会性质问题论战》，又写过一部《中国社会史问题论战》，在上海生活书店出版，恰好我们这个题目就对上了。何先生比我大十来岁，我们两人一直处在一种很好的友情之中，所以我这一辈子始终认为何干之先生是我的师友。在这个时候我做出了第三个阶段的一个选择，就是要治北朝史，这个选择我认为是我一生中最重要的一个选择，对我这一辈子作历史影响很大。为什么这样说呢？因为中古历史的根基就在这里，我觉得这下子把中国历史的脊梁骨抓住了，有高屋建瓴的感觉。于是我就把《魏书》、《北齐书》、《北周书》一卷一卷地做笔记，笔记做得很厚。做了笔记之后再初步总结起来，找出一些小题目做札记，然后在札记的基础上写论文。那就是说抄材料第一步，作短札记第二步，写长论文第三步。在这期间我随时拿我写的东西同何干之先生商量。记得那时在华北大学，傅作义的飞机天天来轰炸，我们一会儿做点笔记，一会儿跑出去进防空洞躲飞机，就是在那样一个兵荒马乱的时候，我建立了北朝史的研究。后来我们逃情况逃到了邢台，邢台位于古代北齐邺都附近，所以这儿出土的北齐碑刻较多，有很多卖拓片的小铺子，我和王冶秋就经常到这些小铺子里去买拓片，拿实物史料和书本上“正史”里的文字相对照。这个期间，我第一次尝到了做历史学的一种味道，而且这个研究也引出了以后很多的子题，例如从鲜卑民族的研究一直到青海古代民族的研究，从北朝大族的研究到唐代的藩镇问题。这些题目都是由这条线领上来的。我自己能摸到这条线索而且还贯彻了一辈子，我觉得这是很重要的。

第四个段落就是到山东大学了。我在山东大学待了7年，属于中国古代史教研组，主任是王仲荦。前3年主要以健全基础课为主，主要是“中国通史”和“世界通史”的教学。“中国通史”我们分段进行，比如童书业讲先秦段，卢振华讲两汉段，王仲荦讲魏晋南北朝隋唐段，华山讲金元段，我和黄云眉先生联合担任明史段落。这最初3年倒也无所谓，到了1954年春天山大历史系要搞“专门化”课了，开设了中国土地制度史、中国手工业商业发展史和中国农民战争史三门课。大家在会上决定由张维华先生担任中国土地制度史，童书业先生担任中国手工业商业发展史，我担任中国农民战争史。于是我与夫人高昭一两个人就合作搞农民战争史了。这些内容我后来在一些文章中提到过。比较其它与我们同时搞农民战争史的，我觉得我们这个摊子开的还是比较好的，规格立得高，框架立得稳。为什么？这不能不说是归功于马克思主义，那时我们虽然很幼稚，也很教条，但却是真诚地从马克思主义的原则出发来研究农民战争史的。可是这种研究后来受到了两个阻力，一个是“哪里有妥协让步？只有反攻倒算。”这是最高指示，是不能违反的。另一个是“只有这种农民的阶级斗争、农民的起义和农民的战争，才是历史发展的真正动力。”这又是一个最高指示，又是不能违反的。这两个东西拿到农民战争史研究中来，造成了许多矛盾和不协调，结果我们没有办法，只好放弃了。之后我调入兰州大学，就从农民战争史研究转到中国土地制度史研究上来了。在土地制度史范围内我活动的时间比较长，有二十多年。这个时候我认真细致地读了马克思、恩格斯的许多著作，并结合着中国土地制度史来学习，记了许多笔记，到现在这些笔记我还十分珍爱，舍不得丢弃。通过学习，我自认为得到了马克思的一些精华。我发现当时学术界存在着一些缺点，许多学者都把剥削从一开始到末尾都认作是同样残酷同样凶恶的。我不这样看。我认为在开始的时候私有制的发展还是很软弱的，不是一上来就是很凶恶的，它有一个发展的历程，是由幼稚阶段慢慢发展到比较成熟的阶段。在中国即便成熟到明清之际的资本主义萌芽时期，私有制也还很不完全，没有发展到欧洲资本主义那个水平。记得小时候村里有我的一个本家叔叔，他吸鸦片烟，家里一贫如洗。最后只剩两亩地了，他想卖掉，外村外姓的人就出高价要买他的地。快要签署契约了，我们赵姓的家长们在祠堂里开了会，告诉这个叔叔说你不能卖，即便要卖也只能卖给本村姓赵的人，不能卖到赵姓以外。这是什么？这就是所有权受宗法的限制，从这个活生生的例子就能知道中国的私有制没有发展到近代欧洲的地步。马克思说的私有权从浅化状态向深化状态发展的过程，在中国历史上是看得很清楚的。我就拿这个观点写了我的《中国土地制度史》一书，这本书得到了学术界的一些承认。这就是我的第三个和第四个段落，在这两个段落中我搞了历史研究五朵金花中的两朵金花，从中锻炼了自己的马克思主义的工作能力，但也认识到这个工作里头有些教条和强词夺理的因素。

第五个阶段，我停止了关于土地制度史的研究而转向文化史研究。当时教育部指示兰州大学历史系举办了一个全国讲师助教进修班，我开设的一门课程就是“中国综合文化史”。这是我从先秦以后的历史伸手到先秦历史的一个过渡，从此以后我就开始研究先秦了。这个时候我的工作比较忙，我知道自己的底子不行，所以我得补自己的老底。就是我经常说的我要补“十三经”，其中我重点地补了《尚书》、《易经》、《诗经》、《礼记》和《周礼》。在这个基础上我进入了先秦的段落。在这个段落中我感到自己很愉快，就是那些东西都很有意思，对我来说这是开辟了一个新鲜的园地。那时我的一个女婿患了肝癌，到医院作CT，照片取来，一个一个的层面上满是癌点。这对我的刺激很大，但也引起了我的一个想法，就是我们不能给先秦思想文化也做个CT吗？于是我就开始留心这方面的工作，在这里面我主要看到了一个问题，这个问题从今天看是看得很准的。就是我发现在孔子死后到孟子、庄子出台之前，中间有一个世纪，即公元前5世纪，这是孔子的孙子子思的时代，一些重要的文件如《道德经》、《易·系辞》和《礼记》中的一些重要篇章都是在这个时期成形的。现在出土了郭店竹简之后，证明这个见解是不错的，可见我还是有点先见之明的。这是我研究先秦的一点新看法，对此我在《学海暮骋》一书的序言中提到了。另外我在这段时期对《周易》也下了很大的功夫，但《周易》这个核桃是很难砸的，所以直到现在我的《周易》研究还没结出果实来。

现在老来了，进入了第六个阶段，就是泛览群书的阶段。这个时候比年轻的时候在生理方面是衰退的多了，但在感受方面却比年轻的时候要丰富和深刻。就象熬稀饭一样，那个时候是刚熬进去，水是水，米粒是米粒。在经过几十年后，到了晚年，这个稀饭已经熬的很粘糊了，是喝着很好的一种稀饭。我晚年的感受就是这样，所以注意力也就很杂了，什么我都注意。“9·11”事件以后，我开始关注宗教问题。我注意到宗教中所具备的两个因素，一个是虔诚，这是正面的；第二个是愚昧，这是反面的。这两个因素在具体宗教中又是紧密结合着的，是既虔诚又愚昧的。我们现在作为一个客观的人，就是要研究为什么在宗教中虔诚和愚昧那么紧密地结合在一起，它们的根源是什么？我们现代人就是要把它们分开，使虔诚是虔诚，愚昧是愚昧，作两档子事处理，也就是怎样把愚昧的部分抛弃掉而发扬它虔诚的那部分。现在我85岁了，正在研究这个问题，我希望在临死以前对于宗教中的虔诚和愚昧之间的关系能得出一些新的认识，以上就是我这一辈子的治学经历。

二

赵先生，早在1949年冬，您就在《新建设》上发表文章，提出辩证唯物主义与历史唯物主义原则的掌握与运用，是中国新史学建设的首要问题。以后，您又多次对史学工作中的教条主义生搬硬套进行批评。作为一位以理论修养见长的学者，请谈谈您对目前正在展开的关于唯物史观的讨论以及21世纪中国史学发展的看法。

谈到唯物史观问题，我比较欣赏何兆武先生的观点。我并不认识何兆武先生，只是从《世纪学人》中知道他比我小四岁，原籍湖南而生长在北京，现在在清华大学，具体做什么工作，我不知道。他翻译过许多西方的历史哲学著作，因此对于西方的哲学和史学就比我们修养高。我开始是在《书屋》杂志上读到他的一篇文章，在文章里谈到了他在西南联大受教育的过程，对他的老师如钱穆、雷海宗、林同济、陈寅恪、冯友兰等都作了评论。他的这些老师也正是卢沟桥事变前我的老师，所以他说的这些人我都很熟悉。我为什么佩服他呢，就是我在书中也批评过这些老师，现在我看到他又在批评这些老师，而他的批评比我的批评深刻。过去童书业说过，赵俪生这个人有许多缺点，但有一个优点，就是服善。我觉得我确实是服善的。看了何兆武先生的文章后，我曾想冒昧地请他为我即将出版的六卷本的《文集》作序，后来觉得这件事有点唐突，所以没有执行。除了他对老师的批评之外，我还很佩服他对历史学的看法。他认为人是有两方面属性的，既是社会的人，也就是经济生活中的人，又是自然的人，有他的感情，他的思想，他的主观，也有他的错误，总之是一个活生生的人。所以历史学既属于社会科学又属于人文科学，人文科学在英文里写作humanity，也就是人文主义。马克思强调人的社会性，强调他的经济规定性，而这个规定性是规定的比较严格了一点，这一点我有深刻的体会。过去我们跟着苏联老大哥走，任何事情都从阶级分析的认识出发。当然阶级是客观存在，虽孝子贤孙不能泯没，阶级分析法也是非常好的。在《拿破仑第三政变记》（也叫《路易·波拿巴的雾月十八日》）这本书中，马克思为阶级分析法做了辉煌的范例。记得我在二十五六岁读到这本书的英文版时，简直是佩服得五体投地，以后在研究中也一直都使用这种阶级分析的方法。直到“四人帮”“史学”泛滥时，我发现出了毛病，就是这个阶级分析法被“四人帮”领到了一条错误的路上，所以以后我们在使用阶级分析法时就谨慎了。我是说，阶级分析法是一个宝贝，一个法宝，一支利剑，但是在用它的时候可要小心，用不好就会成为一支魔剑。后来我又买到了何兆武先生的一本书叫《苇草集》，我把这部书全都读完了。我很喜欢他的文章，特别是读到他谈罗素的那篇，感觉收获很大，引起了我的许多反思来。比如我在解放以后写的许多文章里头都有这么一句话：“自从有了马克思主义，历史学才真正成为科学。”这个话到今天我还认为不错，但是也不一定多么确凿。因为马克思主义只把人的经济属性这一方面说得很好，从这点看它是科学。但是关于人文这一方面他却说的很少，把人的能动性这一方面启发的不大，所以这不能不说是马克思主义的一些局限性吧。

最近在北京召开了关于“唯物史观和21世纪中国史学”的讨论会，汪受宽先生也参加了。会后他把会议摘要带回来给我看了，那么我就说说我对这个问题的态度。现在有人提出来要变通一下马克思主义，我觉得还是可以的，但是这个工作很不容易做，做不好就变成了修正主义。例如德国的哈贝马斯，他就立志要修改历史唯物主义，我看过他写的一本论文集，上面大讲资本主义的合法性和合理性，这就从根本上背离了马克思主义。所以补充和修正马克思主义，这是一个很不容易的事情，一不小心就会陷入泥潭里去。

对于现在的史学界，我看到报纸上登载着一些谈学术腐败的文章，说有些研究生不念书，千古文章一大抄，不但研究生抄，研究生的导师也抄，你抄我的，我抄你的，乱抄一气。还有卖论文的，都标着价。看了这些我心里当然起很大反应。但是我又一想，这不是主导的一面。我觉得如果真是这样的话中国不就完蛋了吗！不会的，我坚决相信不会的！我相信不只是在那些名牌大学里，甚至在那些省区的不出名的大学里，一些默默无闻的研究生和他们的导师说不定还都在那里培育着一些新的东西。我这样讲也是有根据的。我看到现在的《文史哲》和《齐鲁学刊》杂志办的越来越不错了，文章都很平实，有时候还有新见解。这些文章的作者很多都是一些默默无闻的老师和学生，他们抓住一些小题目，规规矩矩地做了一些研究。这不是腐化，这是真的在干活计。我们这些干了一辈子的人的眼睛是比较清楚的，知道谁在搞腐败，谁在规规矩矩地干活计。所以根据我所看到的，觉得中国的历史学还是有前途的，余寄有厚望焉！

中国农民战争史论文

试论中国农民战争的特点[①]

一

自从有了马克思主义，历史才真正成了科学。把帝王家谱当做历史的时代，是一去不复返了。现在，研究劳动人民在历史上的生活情况，研究他们的生产活动和阶级斗争，已经成了当前历史学的主要课题。斯大林在《辩证唯物主义与历史唯物主义》中教导我们说："首先应当研究物质资料生产者底历史，劳动群众底历史，各国人民底历史。"[②]这几句话，无异给全世界各国的进步史学工作者，指出了各自分头努力的明确不移的研究方向。而在我们中国的历史上，无论在比较长期延续的封建时期，或者是在前封建的阶级社会阶段上，基本的劳动群众都是农民（包括残余的公社自由农民、农奴性的农民、佃农、雇农和小农）。因此，农民的生产活动，和农民所领导的革命斗争，便贯穿了新民主主义革命阶段以前整个中国历史的发展历程，成为中国历史最主要的内容之一。

在历史上农民底一切活动中，他们底暴动、起义以及他们所领导的规模很大的战争，具有着特殊重要的意义。因为这些行动意味着变革社会的要求，即改变生产关系并因而推进生产力的要求。毛主席在《中国革命与中国共产党》中，对于这一点，曾经给予了科学的论列。他指出了在中国具体历史情况下，

---

① 自东文至《夔东十三家考》原编为《中国农民战争史论文集》，由赵俪生与高昭一合著，新知识出版社1954年12月出版。

② 《联共（布）党史简明教程》，苏联外国文书籍出版局1953年中文版，第153页。

农民战争在其意义方面的一些特点。即一方面，由于当时没有新的生产力和新的生产关系，没有新的阶级力量，没有先进的政党，这使得农民革命总是归于失败或被利用；但另一方面，“只有这种农民的阶级斗争、农民的起义和农民的战争，才是历史发展的真正动力。因为每一次较大的农民起义和农民战争的结果，都打击了当时的封建统治，因而也就多少推动了社会生产力的发展。”[①]这种“多少推动”的作用，我们可以从旧时代每次改朝换代之后，新朝廷所采取的休养生息、奖励农桑、薄赋敛、均田地、减力役等一系列的政策中体会出来。这些政策，和由这些政策导致来的社会生产的恢复与发展，是不应该被理解作统治者“行仁政”的结果，而应该被理解作统治者经历农民起义底打击，被迫不得不采取的一些暂时的妥协与让步。只有从这些方面才能看出中国农民战争的意义来。

即便在一般的社会发展史上看，农民也是一个重要的劳动者阶级，但也是一个有一定局限性的劳动者阶级。由于农业生产是人类物质资料生产活动中一个主要的方面，因而农民在几个不同的社会阶段中，都曾是担负主要生产劳动的人民。同时，与上述情况相连结的，农民在不同的社会阶段中，都曾遭受过各种统治者（专制主义贵族、奴隶主、农奴主、资产阶级革命成功以后的资产阶级）的压迫和剥削，故它是工人阶级在历史上出现以前最革命的阶级。在各种不同性质的社会革命中，农民几乎是无例外的革命主力军，有时居于领导地位，有时是领导阶级最亲近的同盟者。但农民作为一个阶级，是有缺陷的。在未经改造以前，他们是分散的个体生产者，是小私有者。这些条件局限他们在利益上不容易统一和集中，因而在政治上就不可能有一个集中力量的表现，不可能有他们自己的坚强的战斗的组织。这就是为什么农民只有在与无产阶级结成同盟，并在无产阶级的领导下，才能彻底地解放自己并改造自己的道理之所在。

中国的农民革命和农民战争，是在具体的中国历史条件下发展进行的。因此，它就必然是结合了中国社会发展历史，特别是阶级社会的发展历史的诸特点，从而形成它自己的发展规律与特点的。现在，在试论中国农民战争的特点之前，先就旧中国阶级社会历史的诸特点，稍作说明。

---

① 《毛泽东选集》第2卷，人民出版社第2版，第619页。

二

中国历史的发展，也和其他各国历史的发展一样，是经历了并且经历着“五种生产方式”所指的各个历史阶段的。但在同一的段落发展之中，由于跟中国具体社会相联系、相制约的一些条件，在与世界各国对照下，可能存在着差异，因而使中国的阶级社会在同一阶段中都具有着自己的特点。其中一个最主要的特点是这样的：由于中国古代的社会，正如其他古代东方社会一样，在从原始社会末期进入阶级社会时，公社残余被大量地保留在阶级社会之内，致使奴隶制发展极不充分；同时又因过早的土地买卖制度的确立，使即便在与世界史中奴隶制阶段相当的历史阶段中，自由农民与手工业工人也是参与社会生产的最基本的阶级。像这样的，这些分散的小生产者便给氏族贵族及其后继的地主阶级准备好了建立大一统的、专制主义帝国政权的社会物质基础。在这样的基础上建立起来的政治上层建筑，便不可能是像古希腊、古罗马史上一度出现过的“共和”，而只能是专制主义。这个政治上层建筑，在中国经历了两个不同的阶级社会段落，历时两三千多年之久。

这个特点能说明什么问题呢？它能说明旧时代中国的农民和手工业工人，在悠久的年代里所遭遇的特殊贫困的经济地位与特殊受压抑的政治地位。旧中国的农民和手工业工人，如上所述，是创造社会物质财富的最基本的阶级；但同时，他们也是最被剥削、最受压抑的。农民除向地主缴纳一般为产品的二分之一，有时会到三分之二的地租以外，还要负担国家一切开支（包括统治阶级的豪奢的生活享受、军队开支、战争消耗等等支出）的来源的赋税，以及按时服兵役和力役。农民终年劳苦，好年月勉强维持不死，故无力也无心改善生产，致使农业生产一直停留在极落后的状态；附着在农业生产上的手工业生产，则因销路有限，也很难发展成为独立的生产部门。这样就又给统治者造成机会，利用政治特权，将人民日常必需品实行国家专卖，或与富商大贾相勾结实行专卖，这样就又在农民和手工业工人身上“多揭了一层皮”。

为了达成上述的经济目的，统治者设有他们完备的政权机构。这些机构在一方面，包括各级衙门、各地驻防军、皇室拱卫军等等，对人民执行防范和镇压，在镇压时杀戮诛连的酷虐，是人民所熟知的。另一方面，统治者为了确保经济来源的不竭，对于水利、交通（驿路）等带有公共性质的事业从很早就曾予以重视。这些事业的管理与经营，在一个朝代的相对稳定时期中，在阶级矛盾比较潜在、不是随时随地具有爆发可能的时候，又曾经使政府与人民间发生着千丝万缕的关系。这种镇压和经营的机能，在相对稳定和社会剧烈震动的前夜时期，其作用的偏重是互不相同的。在前一种情况之下（即相对稳定的时候），镇压是不经常的、不十分突出的；公共事业的经营还可以对社会生产起某些积极作用。这时候，农民和手工业工人对赋役的重压，一般还是采取容忍态度。在后一种情况之下（即剧烈震动的前夜）就不同了，镇压是经常的、残酷的，而公共事业则完全废弛，而人民个体力量又无力单独经营，这便直接而严重地影响着社会生产和人民生活，于是揭竿而起便是十分自然的事了。

以上，我们是从专制主义政治上层建筑与人民的相互关系上，来认识旧中国阶级社会的特点。其次，我们还可以从中国的商业资本与高利贷资本发展的方向上，来认识旧中国阶级社会的特点。在中国历史上，商业资本及与之相伴随的高利贷资本，发生都很早。但由于农业生产是中国社会最基本的生产，使用土地进行剥削（在专制主义政府保障之下），又是最稳妥与最方便的方式，因此商业资本与高利贷资本便通过种种不同的道路投向土地。于是富商大贾与地主和官僚，便形成了三位一体的统治。这起个什么作用呢？这就加速了旧中国阶级社会中土地的大量集中。自然，没有商业资本、高利贷资本与封建土地关系的牢固结合，封建土地关系自身的发展也会促进土地的集中；不过，商业资本、高利贷资本与封建土地关系的牢固结合，却会使土地集中更加速地发展！这在旧中国的阶级社会中显然的形成了一个规律，即土地所有的逐渐集中与土地使用的日益分散。这个规律，使大量的农民和手工业工人，在历史上几乎是周期性地脱离了生产手段，流离失所。这就是每经过一段所谓“升平之世”以后紧跟着来的“富者田连阡陌，贫者无立锥之地”的情况。这个矛盾的暂时解决，只有农民起义和农民战争，这虽不能根本解决这个矛盾，但却能局部地克服它或至少缓和它。这表现在政治上，就是朝代的更替和所谓“一乱一治”；表现在经济上，便是社会生产的荒废、破坏、恢复、繁荣的往复循环的发展，而新的生产因素却始终难产。

总括以上所述，从公社残余基础上建立起来的专制主义政治上层建筑，加重了农民和手工业工人的经济与政治的负担；而商业资本、高利贷资本与封建土地关系的强固结合，又加速了农民与手工业工人之周期性的破产：在我们看来，这就是旧中国阶级社会的最基本的特点。

三

在上述的社会情况下所进行的中国农民战争，因而也就自有其发展的特点，现在，就初步研究中所发现的，一一分述如下。

第一，中国的农民起义和农民战争，其基本群众虽然都是农民，但由于革命的对象往往是专制主义皇朝，革命的口号往往是反对暴政，即所谓“官逼民反”，因此在革命农民的影响下，所发动起来的群众，就不只限于农民，也不只包括手工业工人，而且经常是包括了城市贫民，甚至小作坊主、知识分子和中小地主等等，这就形成了以农民阶级为首的中下层社会人民的联合战线。这个发展趋势越到近古，越为明显，它使中国农民战争的内容深刻化与复杂化。由于革命队伍的组织庞大，参加革命分子的复杂，在革命行动中各阶层利益的要求不一致，致使革命的领导权问题、革命的口号和战术战略问题，成为农民革命胜利或失败，发展或衰萎的重要契机。这一特点也大大锻炼了农民起义的领袖们，使他们逐渐懂得如何把不同阶层不同程度的革命性组织到革命队伍中去，如何防止带有半途性与叛卖性阶层及其代表人对领导权的篡夺，如何制止革命的分裂等等。譬如，我们从李自成大起义和太平天国革命中，已可清楚地看出，在上述的诸方面，他们的成熟性较之他们底先行者要大大地进步了。

第二，从起义的敌对方面来观察，统治阶级之不可消解的内部矛盾，是中国农民革命底一个经常性的有利条件。在中国历史上，统治阶级的内部矛盾，是显明地贯彻于整个旧中国阶级社会历史的终结。矛盾的内容即是专制主义“皇权”与一般豪右缙绅底所谓“绅权”间的斗争。这是对剥削范围的划分、与对剥削来的利益分配的不均而引起的。矛盾斗争的形式，经常表现为政治上的党争与改良、守旧派别间的冲突，斗争尖锐时还会演成流血的政变或禁锢。这个矛盾经常地削弱着统治阶级的实力。有时，甚至发展到少数地主豪强在与当政者直接武装对垒时，为了打击共同的敌人而与农民军相携手。每逢这种时机，一方面说是大大助长了农民起义的发展，但从另一方面看也给农民起义的前途带来了暗礁，使起义带有更多分裂的可能。历史上比较能够警惕到这一点，比较能够充分利用统治者内部矛盾的典型领袖，莫过于明末的张献忠和李自成了。

第三，宗教与秘密结社供给了中国的农民起义以组织的条件。农民是分散的，不容易组织起来的。只有在近代，有了无产阶级及其先锋队的坚强组织力，农民才能最好地组织起来，投入战斗，自己解放自己。但在旧时，不可能有无产阶级及其政党，因此除了较晚期中也有单纯拿农民的政治要求与经济要求（如李自成的“均田”和“免赋”）来号召起义的之外，一般都是采取宗教与秘密结社的组织动力，来与统治阶级展开艰苦的连绵的斗争。宗教迷信原是起源于人类对自然的无知，而历史上的统治阶级却一贯地利用它来作为麻醉人民的武器。事实上，也的确有不少的群众，接受了这种麻醉，在自己思想中自己铲掉了反抗的根苗。但在反抗中的群众，在某种程度上觉醒了的群众，则大大地不然了，他们给予了宗教以不同的对待态度与解释。他们看到宗教中某些带有原始性的要求绝对自由、要求绝对平等、要求经济上绝对平均主义的思想因素，是反映了当时广大被统治阶级的心声。他们看到了宗教中某些占卜和预知，也可以被利用来作为起义对当时迷信群众的一个号召。只有拟设一个新的“天命”，才能跟据说是“受命于天”的专制帝王相对抗。他们也看到了下层僧侣也未始不可能被争取来成为起义的同盟者。在中国历史上从五斗米道、太平道、摩尼教一直到白莲教，就正是下层人民使用过、加强过因而就大大区别于统治阶级所信仰着的宗教与结社。统治阶级痛恨这些宗教结社，诋之为“妖道”或“邪教”，而人民则把它们作成自己的反抗的组织动力。

但即便是为人民所使用的宗教组织与秘密结社，也具有它们底局限性。因为在这些组织机构中，除了包括有乌托邦社会主义思想和平等、均等的原则之外，还带有相当浓厚的封建的等级原则，层层束缚，师傅与徒弟俨然君臣父子一般，这样就容易形成教主之无限的特权。这表现在教主于斗争中能够有效地指挥其群众这一点来看，是有肯定意义的；但表现在群众于教主对其特权作不正当使用时无能力制裁这一点来看，是有局限性的。

第四，由于中国历史上经常有异族的入侵，因此中国的许多次农民战争便不可避免地要与种族斗争相结合，而每一次的结合又给农民战争带来了更加复杂化与更加深刻化的内容。这种复杂化与深刻化的情况，是这样的：假如革命的群众，特别是他们的领导者，能够正确地或比较正确地认识到阶级斗争与种族斗争间的联系，因而能够很好地或比较好地处理这个联系，那末农民革命的意义就会更加深刻。反之，假如革命的群众，特别是他们的领导者，不能够正确地或比较正确地认识与处理这种联系，那也就是说，假如他们片面地认识或处理这个联系，则起义的意义将被减低。对于农民，从认识不到到认识到，从不能很好地处理到能够较好地处理，这中间是一个过程。农民首先是从自己切身的利益来认识问题的。边疆上强悍的种族平时需要防御，这种防御的人力物力直接出自农民；入侵时烧杀淫掠，那时统治者还有可能逃避，而农民则无法逃避，直接受到灾祸。以这些基本认识作为出发点，才慢慢认识到“亡国”的痛苦与“爱国”的真义上来。这才能达到对“投敌卖国”、“认贼作父”者的仇恨，和对有意抗敌卫国者的争取及与之合作。这样，革命农民开始对统治者做出区分，而予以分别对待。中国历史上南宋的杨么、北方“忠义社”、明代的李自成、南明的农民起义军等，在不同程度上都能够认识到这一点。特别是譬如像李自成当他攻抵北京城外时，曾遣投降农民军的太监杜勋入城会见崇祯帝，说明只要约定“不奉诏、不朝觐”，那末便可以与明朝政府共同御侮，“以劲兵助治辽藩”了。[①]从这些地方，可以看出中国农民在经历了无数次的考验之后，已经越来越能够更清醒地认识种族斗争与阶级斗争相结合的意义了。

* * *

以上四个特点，只是初步从一般的感性材料上面概括出来的一点点认识。自然，它是很不全面的，也是不巩固、不细密与不丰富的。这只是在开始研究或开始准备讲授以前，初步树立起来的几个指标。在这几个指标的引导下，经过一番全盘的研究或讲授，最后再总结起来的东西，就会比较地进入了深化一点的境地。在目前，这还是不可能的。因此，这些特点的提出，一方面是督促我们自己更深入地研究，他方面则特别希望引起读者诸同志的兴趣，能不弃给予指正和帮助。

① 钱䵹：《甲申传信录》。

秦汉三次农民起义的比较

秦末及两汉末的农民起义，在中国社会底历史发展上，也同其他朝代的农民起义一样，是起了推进作用的。假如我们拿这三次起义，就其群众的成分、组织、运动的规模，以及它所引起的后果诸方面来加以比较的研究，那末，我们将不仅对这三次起义本身会有一些更清晰的理解，而且还可以从当时阶级和阶层关系的变化中，特别是从当时农民阶级在社会地位方面的转化中，对中国历史上古期的社会性质也将有进一步的认识。

一

首先，就这三次起义的基本史实，分别概述如下：

在中国历史上第一个大一统的专制主义政权——秦朝的末季，反秦人民的大起义展开了。秦二世元年（公元前209年）七月，陈胜、吴广领导九百个戍卒首先起义于蕲的大泽乡（今安徽宿县西南）。起义军除分一支向东徇地外，主力向西攻占陈（今河南淮阳县），并且在那里成立了起义的政府。反秦的起义武装，发展至为迅速。陈王遣将四出徇地。向东和东南，曾先后派遣葛婴、邓宗、召平等到达今皖中、苏北一带；向东北曾派遣周市迂回到达今山东一带；向北，曾派遣武臣到达赵国故地，后来武臣的部下韩广再发展到燕国故地（今河北一带）；向西，由周文领兵攻打秦国的政治中心——咸阳。这支西向的军队，是起义军中的主力，它曾一直打到戏（在今陕西临潼境），大大地震撼了秦二世胡亥的统治。

但同时，陈州政府是一个反秦各阶层的联合组织，当起义持续下去时，利益要求的各不一致便表现出来了。首先是残余的六国贵族分子，主要如张耳、陈余这一干人，先是劝说陈胜须立楚后，不如愿后，就又劝说武臣在赵自立，阻止以兵力援助西征。这显然是对起义军内部起了一种严重的分离和瓦解的作用。其次是陈王自己可能有些骄横自满，致使领导上一再地发生错误，如容忍武臣的在赵自立，容忍荥阳外围守将田臧在敌兵临境时竟矫诏擅杀假王吴广，以及错误地杀了东徇军首领葛婴等等。这样，起义军在当时形势中便从优势转为劣势了。这一转化客观上便利了秦将章邯的进攻，使他能够很快地击溃了周文，连下荥阳外围并攻占了陈州。陈王自陈州败走，在南移北迁途中，被他的御者叛徒庄贾所杀。后来，虽然有他底旧侍从吕臣带领“苍头军”（按：《后汉书·光武帝本纪》李贤注云“秦呼人为黔首，呼奴为苍头”），并结合鄱阳地区英布率领的刑徒起义军，曾两度光复陈州，但终究挽救不了陈州政府的失败。此后，反秦起义的领导中心便转到以楚怀王孙心为首，由项羽、刘邦、吕臣三方面势力联合构成的彭城起义政府的方面去了。后来，在项羽把楚怀王孙心放逐并杀了他之后，政治上的中心事件简直转化到楚、汉之争，已经不是农民起义性质的战争了。

陈胜、吴广所领导的起义，于秦二世元年（公元前209年）七月起事，至二年（公元前208年）腊月失败，前后历时只六个月（按：秦历以十月为岁首，元年七月起事，过三个月元年已尽，此后三个月当计在第二年度之内，故六个月而在两岁之中）。这个起义经时是短促的，即使连以后的反秦起义也计算在内，到项羽放逐楚怀王孙心的事件为止（公元前206年二月），整个反秦起义也只持续了两年零四五个月罢了。

* * *

西汉末年王莽的改革运动，由于王莽自己对改革抱持着一种顽固的复古倒退的思想，以及他部下施政的官僚群的极端腐化，致使这本来还可能有一点一滴改革意味（如反兼并等）的新政府和新措施，在实际上更加深了人民的痛苦，引起了全国人民——首先而且主要是农民们底反莽大起义。

新莽天凤四年（公元17年），荆州大饥，人民入野地掘凫茈（荸荠）吃，时常争夺吵闹，新市（今湖北京山县）人王匡、王凤，评理争端，甚得群众拥护，于是聚众在绿林山（今湖北当阳县境内）。地皇二年（公元21年），群众发展到五万人。次年发生大瘟疫，绿林军分为二部，由王匡、王凤率领的一支，向北发展，后来攻到南阳境，号“新市兵”；另由王常、成丹率领的一支，向东南发展，攻到南郡（今湖北江陵），号“下江兵”；又有平林（今湖北随县）人陈牧聚众响应，号“平林兵”。与此同时，大商人地主刘縯、刘秀兄弟也在舂陵（今湖北枣阳）起兵响应，号“舂陵兵”。这些不同的起义军拥立刘玄做皇帝，号称更始。这些起义兵力汇集起来，攻下宛城（今河南南阳），作为更始皇帝的都城。继而在刘秀领导下，在昆阳（今河南叶县）一战中，击溃了王莽派来的镇压大军的主力，取得了带决定性的胜利，巩固了起义形势。更始元年（公元23年）九月，起义军又攻下洛阳；次年二月，更始入都长安。以上是西汉末年南方起义军发展的基本情况。

在东方，从天凤元年（公元14年）起，就曾有海曲（今山东莒县、日照一带）吕母为子复仇、聚众起义的事。到天凤五年（公元18年），有琅邪人樊崇起兵于莒，率众转入泰山。当时青、徐二州的饥民参加的很多，不到一年，发展到一万多人。又琅邪人逄安、东海人徐宣、谢禄、杨音等也起兵与樊崇相会合。跟着群众的增多，起义者订立了极简单的纪律：杀人者死，伤人者偿创。他们以言辞为约束，无旌旗、部曲、号令，其中最尊者称“三老”，次“从事”，次“卒史”，群众间互相称为“巨人”。王莽曾派大军前来镇压，为起义军击溃。起义军为了使自己与“官军”有别，用朱色涂眉，故号“赤眉”。

赤眉军由山东进入河南，这时南方绿林军拥戴的领袖更始皇帝已到洛阳了。更始元年冬十月，更始皇帝遣使招降赤眉，赤眉底几个主要领袖樊崇等二十余人进入洛阳，但更始皇帝对于赤眉的群众，不见有任何安置的措施；群众不安了，他们底领袖听说之后也从洛阳逃了回去，大家决定继续起义，准备西取长安。这是两大支农民军没有能够很好地联合，终至互相敌对的开始。更始二年冬，赤眉军分两路西进，次年六月到华阴，立宗室刘盆子为皇帝，九月打进长安，更始皇帝向刘盆子投降了。赤眉入长安后，军纪不大好，士兵经常剽夺财物；又值三辅之地，几经变乱，粮食匮乏，赤眉欲就食北地，遂自长安向西北移动，返回长安后又引军东归。这时，自南方起义军中分裂出去，在黄河以北，依靠用收买、军事攻打、分散等手段把起义人民编组起来而自立的光武皇帝刘秀，已在洛阳建立他的皇朝。建武三年（公元27年）正月，他派遣北、中、南三路军队堵截东归中的赤眉军，他自己并亲率大军在宜阳堵截，赤眉军这时已经军心涣散，无法战斗，便只好投降了。西汉末的这次大起义，假如从王莽天凤五年（公元18年，因为这一年是南方的王匡、王凤已聚众绿林山，和东方的樊崇起于莒转入泰山的一年）算起，到东汉光武帝建武三年（公元

27年）止，计绵延到十年之久。比较起秦末的起义来，持续的时间是长得多了。

*　　　*　　　*

东汉末年，正是中国社会在经历一个转化的时候。农村破产的程度，较之秦末和西汉末的情况，更加重了很多倍，人民被抛出生产以外而成为“流人”的情况，特别是从安、顺帝时候起，是有加无已。更以东汉末外戚、宦官的交互执政，大大地紊乱了政令，使人民在破产之余又遭受到政治和军事上无止休的大骚扰，在这种情况下，全国各地人民便被迫不得不又一次地起义了。

这次大起义的第一个部分也是最主要的一个部分，是张角所领导的黄巾军大起义。张角，河北钜鹿人，事奉黄老，自称大贤良师，以“太平道”传教民间，以符水咒语为百姓治病，病愈的就入道。他在这种方式下，在清、徐、幽、冀、荆、扬、兖、豫八州之地，组织了数十万的徒众。并把教徒组织成三十六方（按“方”是当时秘密武装组织的一种单位），大方万余人，小方六七千人，各有其单位的领导者。他们传布一个神秘的预言，即“苍天已死，黄天当立，岁在甲子，天下大吉”，这种预言还传布到京师洛阳，人们用白土将“甲子”二字写在各卫署的门上。

东汉灵帝中平元年（公元184年，是年即预言中所提到的“甲子”年），大家准备起事了。有一个大方的首领马元义组织荆、扬二州的起义者数万人，准备于三月五日在邺起义，但不幸，当他到洛阳布置联络工作的时候，被一个叛徒告了密，被捕处死了。于是张角乃临时号令诸方提前于二月起义。起义军以黄巾包头，故人称“黄巾军”。反动统治者看见他们群众多，叫他们做“蚁贼”。起义发动后，灵帝刘宏连忙采取紧急措施：一方面派遣外戚何进守住京城，一方面派遣卢植在河北境内看住张角，而主要兵力则在大刽子手皇甫嵩和朱儁的带领下，重点地进攻京东的颍川（今豫中一带）起义军。起义军领袖波才最初击败了皇甫嵩，但后来朱儁和曹操都支援皇甫嵩，起义军这才转胜为败。皇甫嵩和朱儁乘胜把颍川、汝南、陈国一带的起义都镇压下去。这个“重点突破”成功以后，他们便分兵两翼，皇甫嵩进攻东郡（今鲁西南、豫东北一带），朱儁进攻南阳（今豫西南）。东郡方面的起义军很快地被镇压下去了，朱儁在南阳却遭遇到了非常顽强的抵抗，经过了几个月的反复胜败，才把这支起义军镇压下去了，东郡和南阳“平定”之后，由于卢植和董卓在河北无功，遂改调皇甫嵩到河北来进攻黄巾军的主力。这时张角已病死，角弟梁接战，最初取得了胜利；但经过较长期的围困后，于再战时失败了。最后又将下曲阳（今河北晋县）黄巾军主力的一部分（其首领为角弟张宝）消灭。东汉末的第一部分起义至此结束。自中平元年二月至同年九月，起义共持续了八个月。

黄巾主力虽被击溃，但其余势力还是强盛的，其中主要如张燕，部众号称百万，雄据太行一带，称“黑山军”；青、徐二州的黄巾也号称数十万。这些力量，曾给予东汉末的专制皇朝和割据一方的军阀们以若干次大大小小的打击。截止到汉献帝建安十年（公元205年）张燕率众投降曹操为止，黄巾主力和余势，一直绵亘了二十一年之久。在中国上古期历史中，这样猛烈的战斗，时间又支持得这样长久，是很值得我们重视的。

东汉末起义的第二个部分，是汉中张鲁所领导的起义。张鲁是“五斗米道”创始人张陵底孙子、五斗米道的布道者和以后的教主。他领导部分梁、益二州的人民在汉中独立成立了政教合一的政府，政简民足，苦于军阀混战的三辅人民和四川的流民多往从之。虽然他后来被曹操用武力逼迫不得不投降了，但他在汉江流域也支持了二三十年之久。

东汉末起义的第三个部分，也是过去被历史家一直不列入人民起义范围之内或者不予重视的一个部分，是边章、韩遂领导下的西部羌胡人民和汉族人民的联合大起义。羌胡种族在东汉统治期内，一直是受皇朝残酷镇压的一种疆内少数种族。他们曾连续的聚族反抗过，都被东汉皇朝给镇压下去了。但到东汉末年，伴随着内地的黄巾起义，西北方面居住在北地的先零羌和枹罕（今甘肃临夏）、河关一带的羌、汉人民也起义了。他们于中平元年（公元184年）冬十月起事，杀了金城太守，并推边章、韩遂二人专任军政。中平二年进军三辅，关中大震。皇朝派遣镇压黄巾积有经验的刽子手皇甫嵩和董卓前来镇压，被起义军击败了。皇甫嵩因此受到罢黜的处分。后来皇朝改派张温、袁滂、董卓、周慎等率步骑十余万屯兵美阳（今陕西武功），边章、韩遂引军转移，在榆中境将尾追来的周慎部三万余人击溃了，使他们丢弃了全部的辎重而去。

起义军连续胜利，但内部却也存在着分歧。中平三年（公元186年）冬，韩遂并了边章（按：《后汉书·董卓传》说韩遂杀边章；《三国志·魏书·武帝本纪》说边章病死，二说歧异），另与陇西太守李相如、凉州马腾、汉阳王国等联合，共推王国为主。这是起义性质的第一步转化。后来这种转化逐渐明显，直到韩遂与王国等分开，一度曾投降曹操，后来与马超又联合反曹。这中间人民起义的性质逐渐退缩，以韩遂个人为中心形成势力集团，割据一方的性质逐渐加强。但这个边疆方面少数种族的起义运动持续达三十年（自中平元年即公元184年起，至建安二十年即公元215年韩遂为金城羌人所杀止），客观上成为黄巾、黑山、五斗米道等起义运动的有力的友军。

二

基本史实叙述如上。现在，我们试从三个方面来予以分析。

第一，先从参加起义者所属的阶级成分来比较一下。在这三次起义当中，参加起义群众的阶级成分，以秦末的反秦大起义最为复杂。农民军领袖陈胜曾为人佣耕，是雇农。随他起事的九百戍卒是闾左贫民。其次，还有如吕臣"苍头军"和英布"当阳军"中的群众，他们的社会等次可能更低，故其团结与坚持战斗的力量也较强，如两次恢复陈州的事迹所可以说明的。此外，响应起义的也有小有产者和新兴的地主，如刘邦所代表的就正是这个阶层。最后，是战国时代残余下来的旧贵族分子，如陈州政府中的张耳、陈余、蔡赐、孔鲋等，刘邦的谋臣张良（他的贵族意图，后期较弱，且在转化），以及整个的项羽集团，他们也是坚决反秦的，但目的则是恢复旧贵族的统治。起义群众阶级成分的复杂性，使得起义不容易集中领导，不容易较长期地坚持，并且容易失败或变质。陈胜、吴广所领导的农民，仅只担任了起义的开场和第一阶段中的主要角色，只维持六个月便失败了；此后，虽有刑徒兵起来继续，但也没有维持多久，便加入到以项羽为领导的起义军中；到第二阶段，便转化为在楚怀王孙心领导下的联合局面。最后转化为楚汉之争，并且由参加起义之一部分代表小有产者和新兴地主势力的刘邦取得了最后的胜利。

但我们不能由此得出结论，说这次起义是没有或是很少起什么积极作用的。不是这样。十分显明的，陈胜、吴广领导的起义，是中国农民在历史上所发动的第一次空前规模宏大的起义，它严重地摇撼了并且通过其后继者推翻了中国历史上第一个规模宏大的专制主义政权。正如旧史书所说，它是"亡秦首事"。这使以后成功的刘邦也不得不在西汉初年采取了"与民休息"的种种措施，此其一。在这次绵亘了两三年的反秦起义中，无论战国时代残余下来的那些旧贵族分子如何千方百计地企图达成贵族政治的复辟，但他们终于被证明是徒然的，跟着项羽的乌江自刎，中国古代宗法贵族政治永远地退下了历史舞台，此其二。这便是秦末反秦人民大起义在历史上所起的作用。

再看西汉末的起义，参加这次起义的群众，其阶级成分，比起秦末来已经简化得多了。无论从南方军来观察，或者从东方军来观察，最主要的群众都是破产或濒于破产的农民，他们为饥寒所迫，聚众起事，部勒很简陋，甚至在最初阶段连夺取政权的目的都不明显，《通鉴纪事本末》卷五下《王莽篡汉》段中说南方的起义者某一次生俘住荆州牧时，也仅只刺死他的坐马，而不伤害他本人。其中只有大商人地主分子刘縯、刘秀兄弟以及李通、李轶兄弟，当他们带领了在他们属下的门客、部曲前来参加起义时，已经有了确定的政治目的，即如他们的谶文所说“刘氏复起、李氏为辅。”[①]但他们在当时的阶级或阶级关系中是孤立的少数，故不能不联络和利用农民这支巨大力量，这一点从《后汉书》的《李通传》、《王常传》、《光武帝本纪》和《刘縯传》中，可以看得很清楚。因此，虽然像某些课本中所提，刘秀是“混进”了起义队伍的看法固然不对，但假如把“反莽”看作是刘秀集团起义的唯一目标的话，那显然也是由于对史料不熟而产生的片面性认识。刘秀不仅联络并企图利用过下江兵和新市兵，后来过黄河后，他还更露骨、更卑劣地利用过许多像“铜马”等称号的大大小小的起义势力。刘縯的被杀，意味着他们这一企图的初步失败；而刘秀的渡河和即位于高邑，则又意味着他们这一企图的终于要成功。起义军中具有着内部的分歧和矛盾，在这一点上是与秦末起义共同的；但阶级和阶层的情况简化了，地主分子在起义中的目的性更强了，从这里可以看出，从秦末起义中最初取得政权的那个阶层，在二百二十年的岁月中已比较从前更加成熟，它在政治的波浪中觅取政权的目的性是大大地增强了。

东汉末的起义，特别是从黄巾起义中表现出来的，参加起义群众的阶级成分则更简化，即起义群众基本上都是比较秦末和西汉末更加破产、更加贫困得多的农民阶级。从既有史料中，除了与这一阶级十分邻近的阶层也来参与起义或者个别领导者的个人阶级成分偶有歧异的迹象，如张角等的个人成分可能是望族（即所谓河北“四十三望”）外，几乎看不见任何对农民阶级说是异己的阶级前来参加。这次起义几乎是农民独立作战的。这个基本特点导致来如下的一些特色：战争的顽强和猛烈，投降记载的缺乏，招致敌方杀戮的残酷（如筑“京观”），和主力失败的迅速以及主力失败后余势坚持反抗的长期性。这些特色，都是上述两次起义中所不具备的。从这里，可以看出一个什么问题来呢？

---

① 《后汉书》卷1，《光武帝本纪》上。

我以为，这可以说明：中国农民在自公元前三世纪末到公元后三世纪初这四百多年的过程中，作为一个阶级显然是在成长和转化之中。并且在当前正遭遇了一个转捩。由于专制主义和新兴强宗豪族的侵夺和兼并而被抛掷出来的破产农民，一时尚不可能按照以后中古的部曲、佃客等形式完全安插到生产之中。这就是黄巾起义情况之所以严重和以后的多次流民之所以不断地爆发起义的根本原因。

第二，再从起义者所具备的组织条件以及他们所采取的策略来比较一下。陈胜、吴广所凭借的组织条件是很少的，除了使用“篝火狐鸣”、“鱼腹丹书”等一些寻常的迷信方式之外，他们并未使用任何类似宗教的组织方式。但他们的动员力量是很强的，那是由于一上来他们就提出了鲜明的政治口号：“伐无道，诛暴秦”，这在当时是一个最有力的号召，使各阶层在这个号召下结成了一个反专制主义的大联合。西汉末起义以宗教和迷信方式来组织动员的迹象，也是并不鲜明，只是在赤眉军到达华阴时的齐巫闹鬼事件中，已经反映出有些“天师道”的萌芽气息。一般来说，无论在南方军北方军或东方军中，组织的凭借是薄弱的；只是地主集团的“舂陵军”，一直使用着“图谶”这种迷信的预言，以蛊惑群众，达成其“刘氏复起、李氏为辅”的自己阶层的政治目的。在这三次起义之中，只有黄巾的组织凭借是强的。在起义之前，张角兄弟以宗教工作者的身分布道行医已经多年，在八州之地的广阔地面上，他们以大方小方的形式秘密地组织了群众，甚至这种组织还透进了宫廷。他们还以“苍天已死，黄天当立”的预言，来作号召。这种预先准备了的条件，是它以前的历次起义所不具备的。这说明着农民起义本身的进步与发展。在这场起义中，农民作为一个阶级，显得独立作战的能力是大得多了，与敌人周旋的办法也多得多了。但同时，农民的阶级敌人也显得多了，对付农民起义的手段也更加残酷了。不仅东汉昏朽的皇朝不惜尽一切力量团结他们内部（士大夫、外戚和宦官），派遣顶狰狞的刽子手前来镇压；即使那些已经开始要形成割据的各地区内的土皇帝（如袁绍、袁术、公孙瓒、陶谦等）也几乎无一个不在他们的“成功史”上浇满着起义人民的鲜血。从这里，又可以看出一个什么问题来呢？即在这个历史段落中，正是中国初期专制主义要逐渐被削弱、地方割据势力正逐渐在生长的时候，故不论这次起义较之以前具备了怎样有利的条件，但面对着这样更不集中的、更分散的然而也是更顽固的敌人，他们也终于很快地失败了。

与上述一点相联系着的，是明了了初期专制主义渐被削弱、地方割据刚在生长的这一特点，对于三次起义在活动领域方面的不同，也才可以理解。陈胜、吴广起义是紧跟在秦朝第一个大统一帝国之后，因而它所涉及的领域最广，起义势力以陈州中心向四方辐射。到西汉末，地方分离的性质已经在社会经济的基础里埋伏下了最初的根苗，故起义是分股的，南方一大股，东方一大股，黄河以北若干股，各不相谋，平行发展，即使具有像赤眉首领入洛阳谒见更始皇帝的联合机缘，也未能联合为一，而且终至互相敌对，使刘秀在河北坐收渔利。到东汉末，社会经济基础里埋伏下的分离因素就更重了（土地兼并更发展了，手工业与商业的发展受到了更大的阻碍），因而黄巾起义不可能不是局限于八州之地，而且颍川、东郡、南阳、河北诸部起义军各不相谋，很少联系，此外张鲁孤据汉中，边章、韩遂远在边疆一带，更是不相联系的。这种起义地域的逐渐由全国性向地方性的转化，也只有从社会经济基础上，才能够找到其必然性的理解。

第三，从起义的后果，亦即从新政权的出处问题上，来比较一下。陈胜、吴广起义，由于农民阶级缺乏正确领导，以及宗法贵族已经垂死，不可能掌握政权，故新政权便很自然地落到了刘邦集团的头上。刘邦集团的掌握政权，说明着新政权是由参与起义中的一个方面（虽然不是而且不可能是最革命的一个方面），在起义历程中成长转化而来的。这一点，对于社会发展，当然说不到是多么的有利的，但由于新统治阶级惧怕人民的威力，在新的政治措施上不得不对农民做某些程度的让步，因而也就多少地提高了社会生产力。绿林、赤眉的起义，就其初起的情形看，是相当成功的，即他们都曾亲自拿到了全国性的政权，攻下了首都，推戴了自己的皇帝。但由于农民阶级的弱点，特别是两支农民军之互不相谋甚至彼此敌对，他们终于都丧失了他们已经到手里的主要胜利品，结果竟归于刘秀。但无论如何，刘秀也还是起义的参与者之一，即使在利用中也不免要与起义人民保持相当的关系和接触（当时人们呼他为“铜马皇帝”），因而在东汉皇朝开国后的新措施里，如初年的减轻赋税，也表现了对农民的某些让步，这对于社会生产力的提高也多少是有帮助的。只有东汉末的人民大起义，新的政权不是由起义军的任何一支中产生或转化出来，而且恰巧相反，是由绞杀起义的刽子手们各自建立了政权的。为什么会这样呢？这个情况是东汉末参加起义者阶级的单一性，以及起义军的地方分离性之必然的结果。但它的效果可能表现在另一方面，即一方面打垮了初期专制主义的统治，并在另一方面迫使建立了鼎立形势新政权的刽子手们重视了农民由自由转化到隶属过程中的紊乱状态，因而重视了如何更普遍地使用新的、隶属的形式（如荫户、部曲、佃客、屯田等）来组织农民，组织农业生产，而这对于此后的社会生产是起了一个推进作用的。这个进步作用，曾因不久以后的外族入侵而弄得不甚明显了；但假如我们把中国上古期社会与中古期社会拿来做一番鸟瞰的比较，那末，黄巾大起义在一个转捩关头上对社会发展的推动作用，将会是十分明显的事。

附篇　有关陈胜、吴广起义的两件事

一

地名方位和群众活动方向，对于治农民战争史说，也应该是重要的。自然，最重要的是起义与敌对方面所代表的阶级势力的分析。但假如地名方位和活动方向弄错了，也会削弱历史叙述的真实性及其说服性的。

关于陈胜、吴广初起事，《史记·陈涉世家》中叙述说："乃令符离人葛婴将兵徇蕲以东，攻铚、酇、苦、柘、谯皆下之，行收兵北至陈。"[①]这段原材料，在使用时有两处可能发生问题。第一，"徇蕲以东"和"攻铚、酇、苦、柘、谯"两句应不衔接，标点时应以句号隔断之。徇蕲以东，是葛婴担负的任务，观其以后至东城（今安徽定远县东南），可以证明。而攻铚、酇等五地，则显然是陈胜吴广主力所担负的任务，其充足理由是，（一）铚、酇、苦、柘、谯五地方位不在蕲以东，而在其西与西北；（二）攻下这五个地方，就正是打通了攻打陈州的道路。兹根据《史记·陈涉世家》、《汉书·地理志》、《老子传》，以及王先谦《汉书补注》中有关的考证，如下页图：

① 《史记》卷48，《陈涉世家》。

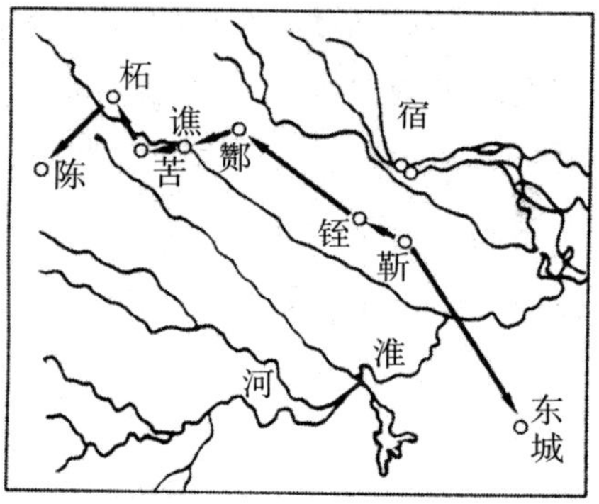

但王丹岑著《中国农民革命史话》一书对此却不详究地理方位，粗疏地误解了旧史原文，说“符离县农民领袖葛婴，向蕲县以东攻击，不到几天工夫，就攻占了铚、酂、苦、柘、谯五个县城，解放了广大的土地与人民”。这样错误的叙述，作者竟让它一直维持到七版三万一千册而不修改，这是很不妥当的。

第二，是“行收兵北至陈”的这个“北”字。按照上列地图来看，自蕲至陈是径直地自东向西；略五地至陈，是由东南向西北，再转自东北向西南。无论如何，不是径“北”至陈。《史记》曾经后人多次的窜乱，这“北”字可能是窜乱的结果，况且《汉书·陈胜列传》尚保留了可能是未被窜乱时的原文为“比”。“比至陈”，语气既谐，而于方向复不致误，可谓两得。但吕思勉《秦汉史》叙述说，“北至陈”；翦伯赞《中国史纲》也叙述说，“在一个符离的叛卒葛婴的指挥下，攻陷了铚酂苦柘谯等诸县。……现在，大队的叛军，转旗而北，进攻河南的陈县。”这都是未曾明辨方位的结果。一九三四年联共（布）中央关于历史讲授问题的决议中曾指出，必须保证学生对历史教材的易于理解性、明确性和具体性，因为只有在这样的基础上，才有可能正确地分析和正确地总结历史。

二

在陈胜、吴广的起义中，吕臣这个人和他所带领的“苍头军”，应该得到人们足够的注意。

按照《史记》，吕臣是陈王（胜）的一名“涓人”，后来做了将军的。注释中引用了应劭和服虔的话，说涓人就是“知谒”或“给通”之人。他率领的军队，叫“仓头军”，《汉书》“仓”字作“苍”。注释都这样说：“军皆著青帽，故曰仓头。”但这仅偏重在形式方面的解释，实际上这个名词内还应该含有社会阶层方面的涵义。按《后汉书》唐李贤注说：“秦呼人为黔首，谓奴为苍头者，以别于良人也。”[①]李贤这几句话，说的很确定，很有见地。那末，“苍头军”应该就是由奴隶们组成的军队。

由奴隶们来打仗，由来很久远了。苏秦向魏王的说辞中，曾提到过魏的兵种和数量，是“武士二十万，苍头二十万，奋击二十万，斯徒十万。”[②]（《战国策·魏策》与上引同）根据有关注释来看，“武士”这种兵种似乎是来自较高的社会阶层，装备很精，很像是贵族子弟兵；“苍头”、“斯役”则显然来自较低或最低的社会阶层，装备很简陋，很像是奴隶兵。秦二世时，少府章邯也曾请赦郦山徒，授给兵器以击张楚。以上，是统治者役使奴隶参加作战的资料。而吕臣所率领的“苍头军”，则显然是由奴隶阶层的群众所组成，并由近乎奴隶身分的领袖来领导，基本上是小农村公社自由农民所发动反秦朝专制主义的一支起义军。

吕臣和他所领导的“苍头军”于陈王被害、陈州失陷后，收复了陈州，捕杀了杀害陈王的叛徒庄贾，恢复了张楚。后来，秦兵左右校又来进攻，吕臣撤退了，转移到较南一点的地区，与当初郦山徒的组织者英布取得联系。这时英布的部众被统治者叫做“鄱阳盗”，他们自称“当阳军”。显然，这也是一支由最低社会阶层的群众组成的军队。由奴隶们组成的起义军队，自然也完全可能有着它的缺点，但由于经常进行集体性劳动之故，可能较之农村公社中的农民，其分散性与牢固在一定地域上的诸缺点，是较少或是没有的，故其战斗力自必显得较强。“苍头军”或“当阳军”两军合作起来，又破秦兵于青波（王先谦说，青波在河南新蔡、息县交界处），二次恢复了张楚。很明显，这两支“奴隶军”成了陈胜、吴广农民起义中之有力的殿军。

后来，他们转化了。吕臣和英布都到贵族起义军项氏的军中去了。英布还由项氏部下转到了刘邦的部下。吕臣呢，他在楚怀王孙心的政府中做了司徒，其地位和影响力一度曾和项羽、刘邦有鼎足而三之势。项羽代表没落的六国贵族，刘邦代表新兴的小土地所有者，而吕臣当时还可能反映一些社会底层人的

① 《后汉书》卷1，《光武帝纪》第一上。

② 《史记》卷69，《苏秦列传》。

利益。故当时楚怀王孙心的政权也还是一个尚能照顾各方面反秦势力的政权。自从项羽杀了卿子冠军并继而杀了楚怀王孙心之后，情势转化了。人民起义的段落揭过去了，剩下的是两个军事势力的争夺战“楚汉之争”了。这以后，吕臣的下落就不明，旧史书没有交代。我以为，要叙述陈胜、吴广的起义，这一段事是要着重地叙述一下的。

“宗人”与“賨人”

在中国中古史上，从公元二世纪末到四世纪初，曾出现过不少流民的起义运动。其中，有两件在时间、地域和种族方面都显著地互相区别着的事件，其一是“宗人”起义，其另一是“賨人”起义。清代乾嘉时所谓“吴派”的汉学大师惠栋，在他底《三国志补注》中，对于有关这些起义的称谓，曾做了些一定程度的辨析，如指出“宗民”和“宗贼”是从不同的社会立场对同一种流民集团的不同称谓等；但同时也发生了混淆，即把“宗人”和“賨人”的两种不同的起义运动混同了，而且这个影响还传递下来，使晚近人也发生了同样的混同。

因此，把这两次在时间、地域和种族方面互相区别着的流民运动，在这里予以简述、区别和辨析，是有其必要的。

一 “宗人”起义

“宗人”，旧史书中或称“宗民”或称“宗贼”，是发生在公元二世纪末三世纪初江南地区里的一些流民起义运动。其发生的主要地区有两处，一是荆州的江夏、南郡一带，另一是扬州的豫章、鄱阳、庐陵一带。

根据史料所载，在北方和中原的“黄巾”大起义之后的第六年，即东汉献帝初即位的初平元年（公元190年），在江南的荆州，“宗贼”大盛。《三国志·魏书》卷六《刘表传》中的记载比较集中，该传裴松之注引司马彪的《战略》说，当刘表初到荆州来当刺史的时候，他的环境是很困难的，除了各路军阀间的相互侵伐以外，“宗贼”也是他统治荆州的重大阻力之一。他找来了南郡的地主分子蒯良、蒯越、蔡瑁这些人来商量，结果是采纳了蒯越的奸计，即利用这些宗人群众及其首领（即所谓“渠帅”）间的矛盾，诱杀了他们中五十五个渠帅，强迫改编了这些宗人群众，使他们成为刘表和荆州地主分子的“部曲”。

其次，在北方的“黑山”攻掠州郡声势浩大的同时，献帝建安三年（公元198年），与荆州宗人类似的集团活动，也在豫章、鄱阳、庐陵一带出现。《三国志·吴书》卷一的《孙策传》和卷四的《太史慈传》中的记载比较集中，该两传裴松之注所引《江表传》说，在当时的鄱阳郡和庐陵郡，有一些“宗部”，不受太守华歆的统治，别立郡县，阻兵守界，只答应可以向政府缴纳一点租布，而不允许政府征发他们的人。像这样的“宗部”，只在鄱阳湖西的上缭、海昏（约在今江西永修县一带），据说就有“万余家”。太守华歆曾派人来向他们征米三万斛，经历月余，才得数千斛之微。庐江太守刘勋曾率兵前来攻伐，给这些宗部的渠帅们预先知道了，皆“空壁逃匿”。后来，这些“宗人”主要是被孙策以强大的兵力吞没并收编了。

根据以上的这些史迹轮廓来看，这种“宗人”流民集团，具有如下的一些特征：（一）以“宗”为组织骨干。其部曰“宗部”，伍曰“宗伍”，帅曰“宗帅”，统治者底记载上或称之曰“宗民”，或诬蔑地称之曰“宗贼”。足见“宗”是他们底主要特征，用我们近代的话解释一下，即他们是按照宗族的、或姓氏的、或父家长的组织原则组织起来的流民集团。（二）他们对东汉专制主义皇朝和割据军阀、官僚的态度，是对抗的。如拒绝缴纳谷米，拒绝征发他们中的任何丁壮，以及统治者前来镇压时他们实行坚壁清野等等。（三）其渠帅和群众间有着隔阂，如《三国志·刘表传》注中所载蒯越的话中，即曾说到“帅多贪暴，为下所患”的情况。可见这是一种就其群众看是带有浓厚的人民性，但就其渠帅看是带有一定程度的酋长性和豪强性的反抗统治者的集团。像这样的一种集团，在那样一种时间和地域条件下出现，完全是可以想象的。在当时，江南的生产和社会发展的程度，是相对地落后于中原的，故在人民和流民中这种宗族的、酋长的影响，自比中原要浓厚得多。但另一方面，在两汉的统一局面之下，江北江南间自然也有不少的交流，因而东汉式庄园地主、地方豪强的因素，在江南说也不能没有所推广。由此可见，“宗人”流民集团之所以在当时具有如上的三个主要特征而出现，绝不是偶然的，这和江南生产水平相对的落后和在统一局面下南北方生产组织方式之相互交流是分不开的。

二 “賨人”起义

发生在西晋末的“賨人”事件，与发生在东汉末的“宗人”事件，是截然不同的两回事。

“賨人”据说是自秦、汉以来居住在巴郡（今四川省嘉陵江两岸）一带地区中的一种少数种族。他们有他们自己美丽的起源神话，如廪君和盐神的神话；也有自己美丽的歌舞，如巴俞舞。此外，这族的人民也是勇敢善战的。《晋书》卷一二〇《李特载记》说，秦始皇薄赋敛之，口岁出钱四十一，他们呼赋为“賨”，因称“賨人”。这一点究竟是否可靠，已无从考证。东汉末，张鲁领导着一些信奉“五斗米道”的人民向汉中郡去，这些“賨人”，由于他们大体上也是同一宗教的信奉者，也自宕渠（今四川渠县东北）跟着向汉中郡方面流移。后来，张鲁向曹操投降，曹操把这批“賨人”五百余家迁徙到略阳郡的北部（今甘肃秦安、天水一带）居住，由于这些地方原有的少数种族是氐人，这批从巴郡来的就又被呼做“巴氐”。他们在略阳一带生活了八十余年，在晋惠帝元康六年（公元296年）时，西北一带饥荒严重，氐人齐万年领导起义，战乱不息，賨人生活无法经营，便返回巴蜀去“就谷”。猎将李慕的五个儿子：李辅、李特、李庠、李流、李骧和李特的儿子李始、李荡、李雄，都是这支流人队伍中重要的首领。

这时的巴、蜀，在刘焉、刘璋父子和刘备、刘禅父子底连续统治之后，刚刚受着“统一”的西晋皇朝派来的刺史底统治。但很快地，“八王之乱”开始，这种边远地区里的刺史，也都不免因袭地有了割据之心。其中一个刺史赵廞想到利用流民，但又杀害流民的领袖，结果被流民赶掉了。另一个刺史罗尚则更毒辣，他为了巩固自己的军事统治，并为了保障土著大地主的利益（在土著大地主看来，流民是他们底一种严重威胁），不惜以军事力量压迫流民，限期命令全部流民再返回到西北去。《晋书·李特载记》记载说：“流人布在梁、益，为人佣力；及闻州郡逼遣，人人愁怨，不知所为。”又说，在罗尚指使下，广汉太守辛冉“欲杀流人首领，取其资货。”梓潼太守张演也“于诸要施关，搜索宝货。”《华阳国志·大同志》也记载说，流人“随谷庸赁，一室五分；复值雨潦，乞须冬熟。而不见听。”[①]这样，流民们便只好起义了。在西晋永康元年（公元300年），他们推李特为最高首领，在绵竹一带集结队伍，“旬月间众过二万。”[②]

这次起义，是流民们亦即临时农业雇工们直接反抗军阀迫害、间接反抗土著地主底剥削与歧视的斗争。它含有鲜明的阶级斗争的性质。旧史记载中往往把这种斗争转移重点地说成为“土著”与“外来户”之间的纠纷与不睦，如说什么“蜀人患之”，什么“流人刚剽，而蜀人懦弱”。其实，在这种流人与土著间纠纷的框子里，正包含着雇农与地主斗争的这一社会实质在内。这一论断的根据如下：（一）广大的巴、蜀土著人民，拥护流人的起义。《晋书》记载说，李特与蜀人约法三章，百姓为之谣曰：“李特尚可，罗尚杀我。”[③]（二）起义军与土著地主阶级采取敌对态度，土著地主阶级（除很少另有原因的例外）也都帮助罗尚，敌对起义。如李特进军到成都外围时，虽曾派“壮勇督领村堡”[④]，但没有警惕到村堡潜力还是掌握在地主手中。其弟李流主张“宜录州郡大姓子弟，以为质任，送赴广汉，縶之二营。”[⑤]而李特未能听信这种“纳降若待敌”[⑥]的正确议论，结果被罗尚秘密组织了地主，定期夹攻，在新繁战役中，李辅、李特、李远都战死军中了。（三）流民起义所建立的政权，施行了较好的政治。李特底儿子李雄终于攻下了成都，赶跑了罗尚，于西晋永兴元年（公元304年）称成都王，国号大成。李雄尽除晋法，与民约法七章，《晋书》叙述说“‘夷’、夏安之。……事少役稀，民多富实。”[⑦]李氏兄弟还倡导一种“大均”之义，其中显然有乌托邦社会主义思想的因素。我很怀疑这就是张鲁“五斗米道”教义内容的传袭与发展。

由以上的论证可以看出，賨人李氏所建立的大成政权，绝不像刘聪、石虎那样的残暴统治政权，也不像公孙述、刘璋、刘备那样的割据性政权，而是起义成功而建立并且实行了较好政治的一种带有人民性的政权（自然，当这个政

① 常璩：《华阳国志》卷8，《大同志》。

② 《晋书》卷120，《李特载记》。

③ 《晋书》卷120，《李特载记》。

④ 《晋书》卷120，《李流载记》。

⑤ 同上书。

⑥ 同上书。

⑦ 《晋书》卷121，《李雄载记》。

权持续下去时，它的性质会慢慢转化）。但在范文澜编的《中国通史简编》中，却不但未曾批判《晋书》中将李特等事迹归入“载记”的那种旧正统主义偏见，反而受了这种偏见的影响，片面地抓住当时有一个岷江西岸青城山一带的大地主范长生曾经独特地支持过起义的个别事实，就错误地论断这次起义为“大地主图私利，助异族作乱。无辜人民，遭受祸殃。”像这样的论断，是很不妥当的。关于范长生帮助李雄的事，夏曾佑曾在他的《中国古代史》中，提出怀疑；而陈寅恪在其《天师道与滨海地域之关系》一文中，指出其原因是由于李雄与范长生都是天师道的信奉者，共同宗教的联系使他们在政治上结合起来了。

这次賨人的起义运动及其建立的政权，在历史上是应该得到足够的重视的。其理由如下：（一）在魏、晋的许多次流民起义中，这是规模最大的一次，并且成功地建立了政权，而这个政权还维持了四十六年之久（公元302至347年）。（二）它在许多次流民起义中，独特地带有少数种族起义的性质；而作为少数种族之一，它又鲜明地区别于刘渊、苻坚、姚兴等所领导的匈奴种族或氐、羌种族的侵扰，因为后者对于以汉族为主的当时中国社会，带来摧残和阻滞其发展的作用；而賨人起义及其所建立的大成政权则否。（三）它对于与它同时或稍后发生在今湖北、湖南、河南、安徽，甚至广东、广西一带的许多次大大小小的流民起义，如张昌、王如、杜弢等的起义，有着一些关联和影响。

大成政权能支持到四十六年之久，不是偶然的，那是由于它具备了在地域上和时间上的一些有利的条件，如：（一）巴、蜀距离中原较远；（二）当时统治者内部正闹“八王之乱”；（三）不久之后，外族入侵，洛阳政权被弄垮了。由于这些条件，大成政权能够较长期地存在，在中国中古历史上独特地担任了农民起义能够暂时成功，能建立政权，且能够较长期保持政权的典型事例。但不久以后，由于一些不利的条件之发生和发展，如：（一）李寿、李势等的残暴统治，完全丧失了其父祖时代初创政权所具有的人民性质，并使之转化为压迫的、剥削的、割据性的政权；（二）巴、蜀土著大地主分子如巴西郡西充国的龚氏（如龚壮）、谯氏（如谯周的那些子孙们）对起义政权施行报复，一方面伪装对这一政权的靠拢，以便打进其内部，进行挑拨离间，另一方面则暗中勾结东晋政权，促其入蜀；（三）东晋政权的建立及其逐渐巩固，使它具备了向这个带有一定进步意义的政权来“收复失地”的可能。在这些条件的结合和起了作用之下，賨人李氏所建立的大成政权便被东晋桓温击败而覆亡了。

根据以上的叙述和论证，可以看出“宗人”起义和“賨人”起义虽然都是中国中古史初页上的流民起义，但它们究竟是不容混同的，因为在活动时间方面，前者大体是公元190年至200年，而后者大体是公元300年至350年；在地域方面，前者是在南郡和鄱阳一带，而后者是在巴、蜀出现，在种族方面，前者虽然也有少数种族（如“山越”）的成分，但主要群众是从江北流亡到江南去的汉族人民，而后者则是一种信奉一定宗教、有自己独立的神话传说和歌舞等文化传统的少数种族。因此，这两者是不容混同的。

北魏末的各族人民大起义

一 引 言

在旧中国各代的历史中间，北魏史所得到的重视，在过去一贯是不足的。有人从《魏书》的作者魏收的私行多不谨出发，指斥《魏书》是一部“秽史”；又有人单从鲜卑种族入侵这一点来认识，把北魏也列为“黑暗时期”；更有人，像王礼锡之流，迎合了日本帝国主义御用史家“外因论”的说法，一方面歪曲地夸张了所谓“边疆种族之能动的因素”，一方面却又信口开河地说中国当时社会为之“倒退了数百年”。这些错误与反动的说法，为中国中古史的研究制造了极度的混乱。

其实，《魏书》和《北史》，特别是前者，在旧统治阶级编制的史书中比较，不能算坏的。譬如它按照族姓立传的方法，就是符合了中古期门阀统治的特色。至于北魏的社会和政治，我们更不能对它作片面的和表面的理解。实际上，北魏是鲜卑贵族与中国北方汉人大族的联合统治，从公元398年到495年整整一个世纪中，鲜卑族完成了汉化亦即封建化的历程，一方面按照上古中国专制主义的国家样式组成了一个封建的强国，另一方面又接续汉武、曹魏等军事佃耕制，复结合拓跋族自入侵以来所办的“漠南屯田”、“畿内垦田”的经验，编制并颁定了中古期的封建土地制度，即“均田制”。这些成就，都应该得到应有的重视与细密的研究。陈寅恪以他自发地与科学历史法则有某些吻合的观点，指出隋、唐二代制度之所以“臻于美备，征诸史籍，其迹象明显，多可推寻，决非偶然或突然所致者也。”[①]这是对于上述种种对北朝史的错误与混乱说法的一种初步指斥。但在旧时代的限制下，陈先生还不可能掌握阶级分析法，致使他许多精湛的研究，多半停留在“种姓”与“地域”诸关系的处理之中，而缺乏带根本性质的阶级的分析。

能够最明显地显示阶级关系，特别是阶级关系与种族关系之相互纠缠的，是北魏末的人民大起义。北魏末的人民大起义，与隋、唐之际的人民大起义，是中国中古期历史上两次规模最庞大、内容最复杂的起义。过去的治史者，对于北魏末的人民大起义，是非常不重视的。有人甚至用个别人物的活动来代替人民起义的作用与意义，如夏曾佑曾说：“魏之乱亡，皆起于胡灵后一人。”[②]陈寅恪在解放后的新作中，曾对起义给予了初步的重视，他说：“六镇问题于吾国中古史至为重要，自沈垚以来，考证六镇问题之著述于镇名地望颇多精义，然似不免囿于时间空间之限制，犹未能总汇贯通，了解其先后因果之关系也。”[③]这个指斥也是确当的，对于推进人民史学的研究工作，具有有利的作用。

我今不揣谫陋，对北魏末的人民大起义，把它拿来当作中国中古史上的重点和关键问题之一，同时也把它当作中国农民战争史上久被忽略的一个部分，来予以初步的探索。

二　起义的根源

首先，自然要找寻起义的根源。这根源问题自必涉及两个在当时互相纠缠着的矛盾，即阶级的矛盾与种族的矛盾。

上节说过，北魏政治史是鲜卑贵族与中国北方汉人大族之间的联合统治的历史。而这个联合，又不是一蹴而成的。汉人大族，如荥阳郑氏、清河和博陵二崔氏、赵郡和陇西二李氏、范阳卢氏、渤海高氏、弘农杨氏以及河东的封氏、薛氏等等，在起初也想顽强地保持自己独占的阶级轨道，排斥侵入的鲜卑贵族的染指；但经过军事征服和一些大杀戮（如崔逞、崔浩、李顺和与崔浩相连的柳元景等事件），他们屈服了，开始从排斥变为勾结。在鲜卑贵族方面，对于把游牧部落逐渐离散，分土定居，改畜牧为农业经营，改酋长为领主，改

① 陈寅恪：《隋唐制度渊源略论稿》第八篇《附论》，三联书店版，第158页。

② 夏曾佑：《中国古代史》，商务版，第485页。

③ 陈寅恪：《论隋末唐初所谓“山东豪杰”》，《岭南学报》第12卷，第1期。

贡纳为租赋，在最初也曾表现了相当顽固的拒抗。在时间上经过近一个世纪，在地域上政治中心由平城（大同）迁到洛阳，在统治的人物方面由拓跋珪到元宏，这个联合统治才奠定下来了。这个联合立刻就加重了阶级的压迫和剥削。即使自认是“曲笔重重”的《魏书》，也到处都充满了记述拓跋贵族和汉人大族怎样联合起来假借政治特权贪污搜刮，强占田宅，放高利贷（包括高利贷粮），畜养大量僮妾奴婢，荫蔽逃租逃役诸种隐户的种种事迹。这从北魏中叶皇室诏令经常禁断债负、搜刮隐户、瘗埋骸骨的种种无效的措施中，也可以从侧面反衬出这种阶级剥削和压迫的日益严重。

以上所述，是最主要的矛盾。与这一主要矛盾密切连结着的，是种族矛盾。种族矛盾使阶级矛盾的内容，更为复杂化。这种复杂化的内容，我们可以从下列诸方面去理解。第一，广大汉族人民所受拓跋贵族与汉人大族的统治和压迫，既是一种阶级压迫，又是一种种族压迫；第二，逐渐贫困化与卑微化了的鲜卑人民，特别是“六镇”人民所受的统治和压迫，同样也既是一种阶级压迫，又是一种种族压迫；第三，其他境内外杂居的种族，如所谓“敕勒”、“丁零”、“山胡”、“契胡”等所谓“杂种胡”，以及“柔然”（当时被统治者呼作“蠕蠕”或“茹茹”）、“氐”、“羌”……等等，他们更是遭受着阶级的与种族的双重压迫。这些情况，在在都加重并加深了当时社会的矛盾。

举两例来说明这种情况。在孝明帝元诩的初年，鲜卑贵族元遥在他当冀州刺史时，就曾不仅对汉人也对当地杂居的胡人施行加重的政治和经济压迫，史书说：“遥以诸胡先无籍贯，奸良莫辨，悉令造籍；又以诸胡设籍，当欲税之，以充军用。胡人不愿……。”[①]与此同时前后，汉人大族分子崔游在西北当新秦州刺史时，就曾对当地的氐、羌人民施行背信的诱杀，史书说：“先是州人杨松柏、杨洛德兄弟数为反叛。游至州，深加招慰，松柏归款，引为主薄；稍以辞色诱之，兄弟俱至。松柏既州之豪帅，感游恩遇，奖谕群氐，咸来归款。且以过在前政，不复自疑。游乃因宴会，一时俱斩。于是外人以其不信，合境皆反。”[②]鲜卑贵族和汉人大族的联合统治对其他种族的压迫剥削，自不仅限于上举二例的性质和范围；它们是更多样的。而这种复杂多样的剥削和压迫，也正是激起北魏末各被压迫阶级和被压迫种族人民广泛大起义的原因。

① 《魏书》卷19上，《京兆王传》附《元遥传》。

② 《魏书》卷57，《崔挺传》附《崔游传》。

三　起义的序幕——沙门起义

北魏人民的较大规模起义，就“正史”中有记载的看，大概开始于孝文帝元宏统治开始的时候，直迄北魏的分裂，持续了六十余年。其中顶顶高涨的年代，是自孝明帝元诩正光五年（公元524年）到孝庄帝元子攸永安二年（公元529年）的这六年中间。其中最主要的起义有三次：（一）由莫折念生领导的秦州和新秦州氐、羌人民在关陇地区的起义；（二）由破六韩拔陵领导的“六镇”人民的起义；（三）由鲜于修礼、杜洛周和葛荣领导的瀛、定、幽、冀诸州人民大起义。此外，复有在意义与规模方面仅次于上举三次的另外两次起义，即（一）由沙门法庆领导的大乘教起义，因为这次起义较之上述诸大起义早发生九年，故我这里视它为大起义的序幕；（二）由大族分子邢杲领导的河北流民在今山东地区的起义，因为它殿于上述诸大起义之后，故我在本文内视它为大起义的尾声。此外，还有由敕勒族人胡琛和其后继者万俟丑奴领导的高平镇（今甘肃固原）一带的起义，它穿插于关陇起义与“六镇”起义的中间。以上这些起义，又都是彼此连续而且综错着的。今一一扼要叙述并试予分析于后。

先看所谓“沙门造反”。在北魏史上，所谓“沙门造反”的事迹是不少的。如：（一）孝文帝元宏统治期中有太和五年的沙门法秀和御史连通又结合奴隶谋划起义的记载；（二）太和十四年，有沙门司马惠卿的起义；（三）宣武帝元恪统治期中有永平二年的沙门刘惠汪的起义；（四）永平三年，有沙门刘光秀的起义；（五）延昌三年，有沙门刘绍僧的起义。到延昌四年（公元515年），便发生了由沙门法庆领导起于冀州、自该年六月至九月持续了三个月的大乘教起义；而且在这次较大规模起义被镇压下去的两年以后（熙平二年），记载还说“大乘余‘贼’，复相聚结，攻瀛州。”[①]这样许多由僧侣领导、借宗教教义起义的事件，是不应该不引起注意的。

宗教观念起于人类对自然的无知。但自从有了宗教观念和宗教组织以来，各种不同的统治剥削阶级都尽量设法利用宗教来麻痹人民的反抗意志。很多教会和上层僧侣，多半都甘愿接受这种利用。但下层僧侣和一般劳动人民，却往

① 《魏书》卷9，《肃宗纪》。

往赋予同一个宗教教义和宗教组织以不同的作用与意义。在北魏拓跋珪的时候，道教和佛教的上层人物都曾经向统治者献媚，甚至争宠。他们勾结皇室、官僚和富户，藏贮财物，榨取并高利借贷“僧祇粟”，役使“僧祇户”。他们，特别是沙门，由于起了这些帮凶作用，就得到统治阶级的特殊宠爱而大大发展。于是许多农民，以及带有俘虏性质的新被征服地区的人民，为了逃避或减轻刑役与租赋，都纷纷“入道”了。《魏书》有一篇《崔巨伦传》，记述他怎样坚决不肯为那些争取他的起义军服务，杀人宵遁，“夜阴失道，惟看佛塔户而行，到洛。”[①]可见当时佛户之多了。佛教徒空前加多的结果，自必引起宗教内部的分化。自社会下层来的信徒，自必给予宗教以不同的对待。早在元宏即位的次年，就在诏书中说：“比丘不在寺舍，游涉村落，交通奸猾，经历年岁。令民间五五相保，不得容止。”[②]同时稍后，范阳卢氏中的一分子卢渊也曾上表说：“关右之民，自比年以来，兢设斋会，假称豪贵，以相煽惑。显然于众坐之中，以谤朝廷。无上之心，莫此为甚。愚谓宜速惩绝，戮其魁帅；不尔，惧成黄巾赤眉之祸。”[③]元宏时代这些诏表中的字句，已经反映了宗教的分化。

而表现宗教分化更明显的，就是上述的许多沙门起义。虽然保存下来记述他们事迹的现有记载，实在是太简略了，不足以充分地说明他们；但即使是零星的字句，也反映一些一定的情况。例如这些起义者多自称为“明法王”或“明法皇帝”，这就说明在起义者看来，被统治阶级利用了的佛法已经陈旧腐朽了，应该革新。特别是法庆领导的冀州起义，他们公开宣称“新佛出世，除去旧魔”，号召“杀一人者，为一住菩萨；杀十人，为十住菩萨”，他们“所在屠灭寺舍，斩戮僧尼，焚烧经像”。[④]他们的队伍是壮大的，北魏皇朝派刺史萧宝夤的长史崔伯麟前往镇压，被起义军击溃于煮枣城（今河北枣强县西北），崔本人被俘了。后来还是一面派遣皇室亲族元遥武装镇压，一面派遣汉人大族分子渤海高绰“以白虎幡军前招慰”[⑤]进行分化，这才好容易把起义军基本上镇压下去了。起义虽然只支持了三个月，但它所显示的宗教分化的意义，以及作

① 《魏书》卷56，《崔辩传》附《崔巨伦传》。

② 《魏书》卷114，《释老志》。

③ 《魏书》卷47，《卢玄传》附《卢渊传》。

④ 《魏书》卷19上，《京兆王传》附《元遥传》。

⑤ 《魏书》卷48，《高允传》附《高绰传》。

为九年后大起义之先声与序幕的作用，是应该得到足够的重视的。

四　莫折念生领导的起义

莫折念生领导的起义较之破六韩拔陵领导的“六镇”起义，迟发动三个月（按北朝记载，同在正光五年，即公元524年，一在三月，一在六月；按南朝与《通鉴》记载，则相差一年有余，《通鉴》卷149考异曾考订过一下）。但以莫折氏的起义远在西陲，与后来河北、山东地区大起义的直接连续性较小，为以后的叙述方便计，所以先把莫折氏的起义提前来叙述一下。

莫折氏领导的起义，是氐、羌人民的起义。起事地点是秦州（今甘肃天水）和南秦州（约今甘肃武都、成县一带）。起事人在秦州城者有薛珍、刘庆、杜迁等，推莫折太提为秦王；太提卒，其第四子天生继位，称天子，年号天建。按氐、羌两族，自苻坚以后，即杂居在此处一带，记载说，自坚子苻定时，即“分诸氐、羌，为二十部护军，各为镇戍，不置郡县。”[①]莫折，《元和姓纂》卷十录有此姓，云是羌姓。《姓纂》见录，很可能还是大姓，那末这一次起义当是羌人大姓所领导的氐、羌人民的联合起义了。在新秦州者有韩祖番、张长命、孙穛（又作孙掩）等，他们是氐人，为了报复该州刺史崔游诱杀他们的渠帅故而起义，起义后响应并参加了莫折氏领导的起义军。

这次起义支持的年月是较长的，以秦州起义推莫折太提为王计起，至莫折念生遭遇起义中叛逆分子杀害为止，即自正光五年六月至孝昌三年九月，共三年零三个月。起义军的战斗成绩也是煊赫的；其中特别是念生的弟兄（按，《魏书·肃宗纪》作“兄”，《萧宝夤传》作“弟”）莫折天生所率领的越陇部队，曾打到过汧城、岐州，数次进攻雍州（今长安）擒杀过都督元志，战斗历时半年之久。此外，向西他们攻下过凉州，向南他们曾多次进攻仇池的镇和戍。

起义半年之后，起义的势力忽然削弱了，这是由于起义军中出现了叛逆分子。记载说：“时有天水人吕伯度兄弟，始共念生同逆，后与兄众保于显亲聚众，讨念生；战败，降于胡琛，琛以伯度为大都督秦王，资其士马，还征秦州，大败念生将杜粲于成纪，又破其金城王莫折普贤于水洛城，遂至显亲。念

---

① 《魏书》卷101，《氐传》。

生率众，身自拒战，又大奔败。伯度乃背胡琛，袭琛将刘拔，破走之，遣其兄子忻和率骑东引国军。念生事迫，乃诈降于宝夤。朝廷喜伯度立义之功，授抚军将军、泾州刺史、平秦郡开国公、食邑三千户。……念生复反，伯度终为丑奴所杀，贼势更甚。”[①]这段记载是重要的。胡琛是高平镇的起义领袖，本人是敕勒族，起义后曾响应过破六韩拔陵，但他对待莫折氏领导的氐、羌人民起义的态度是遗憾的，他竟图利用叛逆分子，扩大起义军间的火并，这也许是种族的差别在起作用吧。但他死后，他底继承人羌人万俟丑奴，却能和莫折念生重新合作，使起义军的声威大震，二次攻占陇东的汧、岐、豳诸城，连北华州（今黄陵、洛川一带）也卷入了，并曾东占过潼关，使北魏统治者大感狼狈。

不论这次起义军曾如何地两下陇东，给统治者派来镇压的军队以多少次挫败，但它终究由于内部有被敌人收买的叛逆分子而失败了。莫折念生手下的常山王杜粲突然杀了念生和他的满门，据秦州投降了北魏皇朝；杜不久又被一个叫骆超的杀死，骆超当了秦州刺史；新秦州叛逆分子辛琛显也表示了投降的态度，当了新秦州刺史。但人民的态度不是如此，他们企图谋杀这两个叛徒，致使这两个叛徒不敢在州，都跑到军阀尔朱天光的军营中求保护去了。起义基本上算是镇压下去了，旧统治者的统治总算又恢复了，但统治下的秩序则是一片混乱。

五　破六韩拔陵领导的“六镇”起义

北魏初期的统治者在逐步向南“攻伐”之际，为了巩固自己的后方，不受柔然等族的侵扰起见，乃建立“六镇”，以为北疆边防。后来又向西“攻伐”，边镇之设，已不限于六。于是“六镇”的名目及位置，乃逐渐混淆不清。清道光间，有乌程沈垚者，据说“南人足不越关塞，而好指书绝域山川”，曾撰《六镇释》一文，对此问题给予初步处理[②]。一九四三年，朱师辙教授在《辅仁学志》第十二卷，第一、二合期中发表了《北魏六镇考辨》，找出了所谓“六镇”者，实有九镇，其名目方位如下（见附图）：

---

① 《魏书》卷59，《萧宝夤传》。

② 沈垚：《落帆楼文集》，卷2。

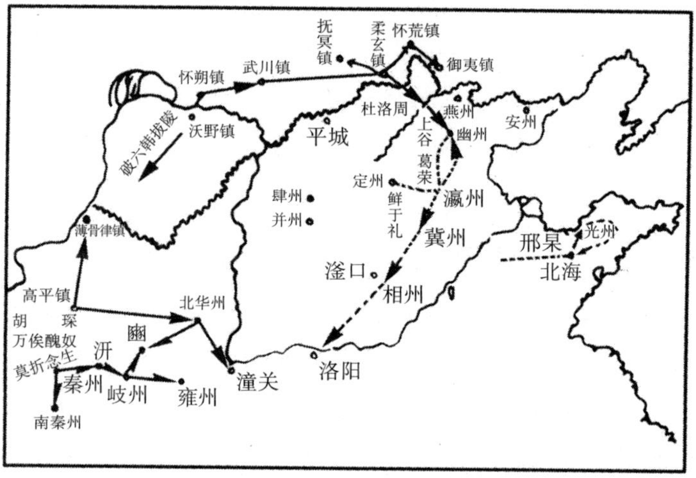

北魏末人民大起义形势图

武川镇——在今内蒙古自治区武川县（距离北魏旧京平城最近）；

怀朔镇——在今内蒙古自治区包头市西北（在“套”外）；

沃野镇——在今内蒙古自治区包头市西南（在“套”内）；

柔玄镇——在今河北省张北县；

怀荒镇——在今河北省沽源县；

抚冥镇——在今河北省商都县西南；

御夷镇——在今热河省丰宁县西南；

高平镇——在今甘肃省固原县；

薄骨律镇——在今甘肃省灵武县。

到孝文帝元宏的时候，北魏统治者对于这一道西北的国防线，还是很重视的；元宏迁都洛阳以后，还常来巡察。但元宏以后，在洛阳的鲜卑贵族已经同汉人大族一同腐朽，对于他们那些镇守边防的亲眷已经几乎要忘记了，这就造成了鲜卑人中的新阶层分化，使边疆贵族落为更卑微的阶层，并从而又使他们增强了对其他种族人民的凌暴。而这便是“六镇”人起义的主要原因之一。起义发生后，拓跋亲王元深（按，此人原名元渊，唐朝人避他们“高祖”李渊的讳，擅改古人名为“深”）和尚书令李崇的参谋人员魏兰根都曾看出了这个情况，当时他们上书说：

> 边竖构逆，以成纷梗，其所由来，非一朝也。昔皇始以移防为重，盛简亲贤，拥麾作镇，配以高门子弟，以死防遏。不但不废仕宦，至乃偏得复除。当时人物，忻慕为之。及太和在历，仆射李冲，当官任事，凉州土

人，悉免厮役；丰、沛旧门，仍防边戍。自非得罪当世，莫肯与之为伍。征镇驱使，但为虞候白直，一生推迁，不过军主。然其往世房分，留居京者，得上品通官，在镇者，便为清途所隔。……自定鼎伊、洛，边任益轻，唯底滞凡才，出为镇将，转相模习，专事聚敛；或有诸方奸吏，犯罪配边，为之指踪，过弄官府，政以贿立，莫能自改。……尚书令臣（李）崇时即申闻求改镇为州，将允其愿，抑亦先觉，朝廷未许，而高阙戍主，率下失和，拔陵杀之，敢为逆命。……王师屡北，贼党日盛。……将士之情，莫不解体！今日所虑，非止西北，将恐诸镇，寻亦如此。天下之事，何易可量？[①]

元深作为统治者内部分子之一，还能道出这种情况，因而能保留下这一记载，是难得的。当时北魏皇朝并不采纳他们的意见，后来看到柔然族也大有参加起义的可能，这才敷衍地下令“复镇为州”，同意减轻“六镇”军事管制区域人民的苛重负担，派《水经注》的作者郦道元前往宣诏，但当时“六镇尽叛，不得施行”了。“六镇”起义开始于正光五年三月，到同年八月，皇朝又下了一道诏书，企图拉拢“六镇”一带堕落的鲜卑贵族，诏书说：“……高祖选良家酋帅，增戍朔垂，戎捍所寄，实惟斯等。先帝以其诚效既亮，方加酬锡；会宛、郢驰烽，朐、泗告警，军旗频动，兵连积岁；兹恩仍寝，用迄于今。怨叛之与，颇由于此。”[②]但无论怎样“慰谕”，怎样推托，都已经无效了。

这次起义，首先发动于沃野镇，领导人是破六韩拔陵。破六韩，一作潘六奚，是胡人的一个贵族姓氏。据说，他们的祖先是单于，向南通好曹魏；其右谷蠡王潘六奚北御鲜卑，没入拓跋魏，因以为姓[③]。拔陵起义之后，不久就攻占了怀朔镇；高平镇酋长胡琛也响应了，接连北疆诸镇也都卷入。这次起义，到破六韩拔陵失败，自正光五年（公元524年）三月至孝昌元年（525年）四月，共一年零一个月，以后就转化为鲜于修礼、杜洛周和葛荣所领导的起义了。

什么是起义失败的原因呢？答案是统治者的挑拨与内部分子的叛变。古今中外的反动统治者都是惯于挑拨种族或民族间矛盾的。例如北魏当时，就有一个著名的策划种族挑拨的人，叫于谨，他曾帮助拓跋亲王元纂隔离柔然部族和

① 《魏书》卷18，《广阳王传》附《元深传》。《北齐书》卷23，《魏兰根传》，亦可参考。

② 《魏书》卷9，《肃宗纪》。

③ 《北史》卷53，《破六韩常传》。

破六韩拔陵起义军间的关系，一方面重点使用兵力击溃柔然军，另一方面再使用柔然之众进击破六韩拔陵；他又曾帮助另一亲王元深拉拢西部敕勒酋长，劝其归附，并造成西部敕勒与破六韩拔陵起义军间的冲突，以使两败俱伤，北魏军可以坐收渔利。[①]此外，这支起义军内部，也有叛逆分子，如有破六韩孔雀者，史书记载说："背其宗人拔陵，率部降尔朱荣，诏封永安县侯、第一领人酋长。"[②]这对于破六韩拔陵的力量，无疑也是一个严重的剥弱。（按，《魏书》说，孔雀是被柔然主阿那瓌所斩[③]，这不一定可靠，又无法考证，故并书此二说存疑。）在这样敌人挑拨、内部叛逆的情况下，起义的饥民据"正史"记载说有廿万人"降附"了。拔陵下落，缺乏确实记载，有的说他被柔然主阿那瓌杀了，但在他被杀后却又有他战斗的记载。皇朝派遣一个黄门侍郎杨置把这些饥民分散在冀、定、瀛三州之地，叫他们去"就食"。但日益深刻的阶级矛盾和种族矛盾并未因此解决，于是很快（几乎是连续着）就又爆发了今河北地区规模更大的起义。

六　鲜于修礼、杜洛周、葛荣领导的起义

在北魏末的人民大起义中，这支河北地区内的起义，占有最重要的地位。这不仅由于它的规模是较大的，战斗力是较强的，给予统治者的震动是较重的，特别重要的是这次起义意味着边疆地带的种族起义与河北、山东地区农民起义的充分结合。这一点可以分两方面来理解。第一，河北山东地区是当时北方封建佃租制农业经营最密集的地带，土地集中在豪门大族手中的情况较严重，封建剥削最残酷，因而暴动事件也就特别多，如上述"大乘教"的起义就是发生在冀州的地区里；另一例证是齐州（州治在今济南）地区的起义，在公元524年至529年的五年之内有记载的规模较大的起义事件就有八次之多！但这一带人民对于从事战争（特别是较大规模战争）的经验是不足的，因而需要像边疆地带骠悍善战的种族之联合。第二，"六镇"起义人民被北魏皇朝欺骗到冀、定、瀛三州来"就食"，而这一带汉族农户早已"民穷财尽"，因而"就食"就很成问题，"就"不上时，起义的情绪立刻复炽，这就很容易把他们丰

① 《周书》卷15，《于谨传》。

② 《北史》卷53，《破六韩常传》。

③ 《魏书》卷9，《肃宗纪》。

富的战争经验和当地受重重封建剥削的农民底反抗情绪结合起来。从记载中，我们到处可以看到在杜洛周、葛荣的起义中，“六镇”成分作用的重大，如杜洛周部队中就有安州（在幽州北境即今辽西一带）石离、冗城、斛盐三戍的“反兵”，共众二万余落（以“落”计，很值得注意），起义首领中就有御夷镇的军主孙念恒，此外，杜洛周本人就是柔玄镇的镇兵（南朝记载叫他做吐斤洛周），鲜于修礼是丁零族人，他是怀朔镇的镇兵，葛荣则是怀朔镇的镇将[①]；当时次要的头目如后来叛变成为反动统治者的高欢就是怀朔镇人，宇文泰的父亲宇文肱就是武川镇人等等。因此，我们可以说这次起义方面是“六镇”起义的持续，另一方面又是汉族农民反对封建领主运动的集中和壮大。

现在，再把起义的基本情况叙述一下。这次起义是分两部分发动的。杜洛周领导的起义发动于上谷（今居庸关一带），鲜于修礼领导的起义发动于定州（地名左人城，在今唐县），前者较之后者早发动五个月，两部分起义，后来统一于葛荣。直到滏口、邺城一战葛荣被凶悍军阀尔朱荣击溃为止，这次起义自孝昌元年（525年）八月到建义（后改永安）元年（528年）八月，共持续了整整三年。在地域方面，起义军所攻占和影响到的地域也是很广的，除瀛、定、幽、冀四州之地是基本地区以外，向西涉及到恒州（即北魏旧京畿，今大同一带）；东北到过辽西，曾把一个安州刺史撵到高丽去了[②]；南到相州（邺），直指洛阳。即使到葛荣被俘被杀之后，余众向东流入齐州、北海一带，成为邢杲起义的群众；向西流入并、肆（今山西）者，也“大小二十六反”[③]。可见，这次起义不仅意义重大，它的影响面也是很广的。

底下，来谈一个问题。在这次起义中，两个主要领袖鲜于修礼和杜洛周都是被另一主要领袖葛荣杀了的，许多不同来源的旧记载都这样说。因而有人就把这提高到起义军领导内部的不团结和相互火并的问题上来理解，认为这是起义失败的主要原因。从史料中细密地观察一番，情况似乎不是如此。自然有两点必须承认：第一是旧时代农民起义中不团结和互相火并是经常发生的现象；第二是有关葛荣两次合并部队，逐步使自己成为唯一领袖的经过，史料中保存下来的根据实在是太少，不能充分地说明问题。但就很少的现有史料看，葛荣之杀鲜于修礼倒是可以被理解作是对起义军内部动摇变节分子的一种清洗，和

① 《梁书》卷56，《侯景传》。

② 《北史》卷45，《江悦之传》附《江文遥传》。

③ 《北史》卷6，《齐本纪》上。

对于敌人挑拨离间政策的一个打击。至于他杀杜洛周，材料太少，不足构成任何判断，但至少他杀杜洛周后，部队并未削弱反而壮大了。兹试予以说明于下：

统治者自知兵力薄弱，不足以压服当时的起义者，于是挑拨离间政策就被选为上策了。上节提到的于谨，就是干这种事的能手。现在，对河北地区起义军执行离间的，一是大都督元深（即元渊），一是定州刺史杨津，他是弘农杨氏大族的一分子。史书说："（元）深以兵士频经退散，人无斗情，连营转栅，日行十里，行达交津（在今河间、交河一带），隔水而阵。'贼'修礼常与葛荣谋；后稍信朔州人毛普贤，荣常衔之。普贤昔为深统军；及在交津，深使人谕之，普贤乃有降意。又使录事参军元晏说'贼'程杀鬼，果相猜贰。葛荣遂杀普贤、修礼而自立。"[1]又说："（杨）津与'贼'帅元洪业及与'贼'中督将尉灵根、程杀鬼、潘法显等书晓谕之，并授铁券，许以爵位，令图'贼'帅毛普贤。洪业等感悟。……朝廷初以铁券二十枚委津分给，津随'贼'中首领间行送之。修礼、普贤颇亦由此而死。"[2]由此可以看出，葛荣当时之所以集中掌握领导权，是为了打击敌人的分化政策。史实证明，他杀了毛普贤、鲜于修礼之后，部队不但没有削弱，反而更加强了。在博野白牛逻一役，于阵上就杀了章武王元融，不久又在定州郊野俘杀了广阳王元深。史书说："葛荣自破章武、广阳二王之后，锋不可当。"[3]这是部队和战斗力加强的有力的证据。

至于葛荣之杀杜洛周，史料中可以找寻的根据就更少了。大家认为葛荣杀杜洛周并"吞没"其部队后，起义军的力量被削弱了，主要是受了《魏书·尔朱荣传》中所载尔朱荣上灵太后书中几句话的影响，这几句话是"葛荣虽并洛周，威恩未著，人类差异，形势可分"这样十八个字。但尔朱荣仅是一个凶悍残暴的晋北游牧族土皇帝，他上书中的话不一定可靠，而且这十八个字所说，主要是指出起义军方面还存有施行离间的余地而已。我认为这段材料的价值是不大的。并且，在同一个材料，即《魏书·尔朱荣传》中，还存有与上述材料直接矛盾的叙述，它说，"及葛荣吞洛周，凶势转盛。"可见葛荣之并杜洛周，其效果是与并鲜于修礼相同的，并未削弱部队及其战斗力，而是又一次地加强了。

葛荣杀了鲜于修礼和杜洛周之后，既然是加强了起义部队及其战斗力，那

---

① 《魏书》卷18，《广阳王传》附《元深传》。

② 《魏书》卷58，《杨播传》附《杨津传》。

③ 《魏书》卷56，《崔辩传》附《崔楷传》。

末什么是不久以后葛荣大军突然被击溃的原因呢？据我从史料中探求的结果，认为有两方面的原因，即：（一）起义部队中过多地吸收了大族分子和动摇变节分子，对他们除居最核心地位的领导人物将要变节时尚能及时予以清洗外，对其余的多数的动摇变节分子，警惕心是很不强的；（二）葛荣当时有明显的自满情绪，轻视尔朱荣这个凶残的敌人，不讲求起码的战略战术，战士中间胡汉人不能十分调和，鲜卑人有“欺汉儿”的情况，曾有大批汉人被饿死冻死过，这样大大削弱主观条件，遂致一战而溃。兹结合史料，把这两项原因一一予以说明。

起义军看到了豪门大族中个别的所谓有声望的分子在农民中还有一定的号召作用，因而经常注意到争取他们。这个政策不能算错。但假如滥予争取，不予警惕，就不对了。史书中提到过杜洛周喜欢封王的事，说：“洛周僭窃，特无纲纪，至于市令驿帅，咸以为王，呼曰市王、驿王。”①葛荣也喜欢封王。如范阳卢氏分子卢勇，年十八，葛荣封他为燕王②；勃海高氏分子高乾、高昂兄弟，本是打家劫舍奸掠妇女的恶霸，葛荣也赏他官爵③；广宗大族潘氏分子潘乐，年十九，葛荣封他为京兆王④；博陵崔氏中的崔巨伦是一个非常顽固的豪族分子，但葛荣闻其才名，欲用为黄门侍郎⑤；弘农大族分子杨愔是刽子手杨津的儿子，而葛荣竟想以自己的女儿嫁给他⑥；像这样的材料是不少的。对于就捕了的敌酋，他们有时会宽假，例如上述的刽子手杨津，葛荣就曾企图用他为司徒。后来杨津被杜洛周捕住了，本拟用油烹他，但由于有人谏止，得免死，使他能够辗转返回洛阳，继续为他的主子服务；再如拓跋亲王之一元孚被葛荣捕住了，也因有人谏止，葛荣就认为他是诚臣义士，与同禁五百人皆得免。这些事情，都说明起义中**中古性的色彩**非常浓厚，种族的界限和极其初步的阶级界限，在领导人的头脑中，还是相当蒙眬的。自然，葛荣本人是一镇将出身，这一点也许会加重他识别上的蒙眬。

至于葛荣的自满情绪、轻敌、不讲求起码的战术战略等情况，我们可以从

---

① 《魏书》卷36，《李顺传》附《李裔传》。

② 《北史》卷30，《卢同传》附《卢勇传》。

③ 《北史》卷31，《高允传》附《高乾、高昂传》。

④ 《北史》卷53，《潘乐传》。

⑤ 《魏书》卷56，《崔辩传》附《崔巨伦传》。

⑥ 《北齐书》卷34，《杨愔传》。

以下的一段很重要的记载中充分地看出来：

> （建义元年，按即永安元年，八月）葛荣将向京师，众号百万。相州刺史李神轨（按，《魏书》中此“轨”字，《北史》作“儁”）闭门自守。“贼”锋已过汲郡。九月，（尔朱荣）乃率精骑七千，马皆有副，倍道兼行，东出滏口。葛荣为“贼”既久，横行河北，时众寡非敌，议者谓无制“贼”之理。葛荣闻之，喜见于色。乃令其众曰：“此易与耳！诸人俱办长绳，至使缚取。”葛荣自邺以北，列阵数十里，箕张而进。（尔朱）荣潜军山谷，为奇兵，分督将以上三人为一处，处有数百骑，令所在扬尘鼓噪，使“贼”不测多少，又以人马逼战，刀不如棒，密勒军士，马上各赍神棒（按，《魏书》中此“神”字，《北史》作“袖”，当以《北史》为是）一枚，置于马侧，至于战时，不听斩级，以棒棒之而已，虑废腾逐也。乃分命壮勇，所当冲突，号令严明，战士同奋。（尔朱）荣身自陷阵，出于“贼”后，表里合击，大破之，于阵擒葛荣。余众悉降。（尔朱）荣以“贼”徒既众，若即分割，恐其疑惧，或更结聚，乃普告勒，各从所乐，亲属相随，任所居止。于是众情喜悦，登即四散。数十万众，一朝散尽。待出百里之外，乃始分道押领，随便安置，咸得其宜，擢其渠帅，量才授用，新附者咸安。时人服其处分机速。[1]

以上引自《魏书》的这段材料，其写作立场自然是反动统治者的立场，因而对尔朱荣的“武功”自不免夸扬一番，但其中的基本情节，看来还是可信的。轰轰烈烈的葛荣起义，正如恩格斯描写德国农民起义的失败时所说：“为不及暴动群众总数十分之一的军队所剿灭。”[2]他们正是这样地被敌人击溃了。

七　邢杲领导的起义

邢杲起义是杜洛周、葛荣起义在山东境内的继续。他在葛荣失败前两个月爆发，在葛荣失败后的次年也失败了，自永安元年（公元528年）六月持续到永安二年（529年）四月，计经时十个月。发动地点是青州的北海郡（约今山东昌乐县一带）。起义军曾向东攻占过光州（今掖县）和半岛一带等处。曾与

① 《魏书》卷74，《尔朱荣传》。

② 恩格斯：《德国农民战争》，生活书店版，第160页。

北魏皇朝派来的镇压军队战于淮水、齐州（今济南）。在齐州之战中，起义军被击溃了。

这次起义也有它自己的一些特点。它的领导者邢杲是一个大族分子。河间邢氏是北方的一个二流大族，和崔氏、高氏等都有些很复杂的姻戚关系。邢杲本人曾反对过“六镇”人民的起义运动。记载说：“初，杜洛周、鲜于修礼为寇，瀛、冀诸州人多避乱南向。幽州前北平府主簿河间邢杲，拥率部曲，屯据鄚城（今河北任邱），以拒洛周、葛荣，垂将三载。及广阳王深等败后，杲南渡，居青州北海界。”[①]又记载他领导起义的动因说：“灵太后诏：流人所在皆置，命属郡县选豪右为守令，以抚镇之，时青州刺史元世儁表置新安郡，以杲为太守，未报。……杲从子子瑶资荫居前，乃授河间太守。杲深耻恨，于是遂反，所在流人，先为土人凌。忽闻杲起逆，率来从之，旬朔之间，众逾十万。”[②]假如这些史料可信的话，则邢杲在起义前的立场是不好的，后来领导起义的动机也不像另外一些起义领袖的动机那么纯正。

但起义之后，邢杲是坚决的，北魏皇室首先是派遣邢氏的诸姻戚前来劝降，被他拒绝了。这才又派遣了亲王元天穆和“六镇”起义的变节分子、新起军阀高欢前来镇压。邢杲军溃被俘，他本人被送到京都洛阳，像葛荣一样地壮烈牺牲了。他失败这样急促的原因，可能是由于他所率领的河北流人跟山东本地人之间关系没有搞好，因而没有得到充分的支持。

八　北魏末人民大起义底意义——总结语

假如“大乘教”起义可以被看做是北魏末人民大起义底序幕，那末邢杲起义便可以说是尾声了。自然，这并不是说，此后已没有了起义，这只是说，历史的重点内容至此已经暂时转化到另外的方面去了。我们回顾并总览这六年中连续高涨的大起义并且把它放置在北朝史和全部中国历史中予以观察，我以为我们可以获致如下的几点结论和推论：

第一，这次大起义就其最根本性质说，是一场阶级斗争。《燕京学报》第三十九期中有一篇论文指出这次大起义，是“被压迫的少数民（种?）族如匈

① 《魏书》卷14，《高凉王传》附《元天穆传》。

② 《魏书》卷14，《高凉王传》附《元天穆传》。

奴、敕勒、羌人等和被摒于清流以外的鲜卑和汉人府户联合起来，对于统治者压迫者的反抗。”这个指出是对的。同时，起义本身也表现了其自己的连续性与发展，即从局部地区或个别种族的斗争，发展为壮大、集中的全民大起义。如葛荣在邺之陈师百万，直指洛阳，即是意味着起义本身的成熟。它虽然没有能够直接打垮北魏政权，但无疑像尔朱荣之所以可能举行“河阴之变”，和不久后北魏的分裂，以及再以后北齐、北周的分裂，都不能不说是这次人民大起义的后果。

第二，假如从拓跋珪平城建都到元宏的迁洛易俗，这个历程是意味着北朝史上不同种族的统治阶级间的融合和勾结，那末，从氐羌起义到“六镇”起义，再到葛荣起义，这个历程无疑是意味着北朝史上不同种族的被统治阶级间之战斗的合作（合作中自然也有着分歧），而这种合作，此后便更进一步地导向中古期中国各种族人民语言、生活、文化诸方面的融合与发展。

第三，与上一点接连着，我们很容易看出，北魏末人民大起义和隋末人民大起义在意义上是直接连续着的。陈寅恪不久前已经指出，隋末人民大起义的群众，即所谓“山东豪杰”就其性强勇、工骑射、组织坚固、从事农业、姓氏多有胡族关系以及出生地域之分配诸特点上来观察，与北魏镇戍屯兵营户不无关系①。现在，假如我们再提高到北朝史上被统治各族人民在战斗中的相互融合来理解，则将越发感到这个线索的明显和清晰。

第四，北魏末的人民大起义和隋末的人民大起义，给予了北朝史上两个最强大的王朝（北魏和隋）以沉重的打击，大大削弱了北方大族在人民头上的控制力，致使李唐政权的开创者，那些比较聪明了一点的皇帝和宰相，对劳动人民不得不作出某种程度的妥协和让步，而这就多少改变了一点当时的生产关系，并多少发展了一点当时的生产力，于是这便直接导使中国历史上出现了像唐朝那样一个强盛的国家和那样灿烂的文化。

第五，自然，在北魏末的人民大起义中，缺点也还是存在的。而且这缺点很明显。例如起义人民无论在种族界限或阶级界限方面，都带有一种中古的蒙眬性，这是与中古自然经济的分散性和落后性分不开的。拿这一点与近古期的人民起义比较，便会清楚地看出近古期历史的的确确是在同一的封建社会阶级中又向前发展了一大步。

① 陈寅恪：《论隋末唐初所谓“山东豪杰”》，《岭南学报》第12卷第1期。

论有关隋末农民大起义的几个问题

毛主席在论列农民战争在中国历史上的作用时，对于规模宏大的起义和战争，曾给予了特别的重视。而隋末的农民大起义，就正是中国历史上规模宏大、内容复杂的起义之一。但解放前的史学界，对此是毫不重视的，把这一重要内容长期放置下来，使它成为一个空白点。解放以后，特别是一九五三年内，报刊杂志上才可喜地出现了不少论列隋末农民大起义的文章，其中一大部分是从批评王丹岑所著《中国农民革命史话》一书的隋末部分而引发的。通过这些论文的发表，大家交换了一些各自研究的成果，执行了一些学术上的批评和自我批评，把问题向前推进了一步。但无疑，在推进的同时，也曾发生了一些混乱（这自然是难免的），而且在某些混乱之中，还包含着带有根本性的意义。上述这些情况，我们在教学历程中特别是在结合教学的研究历程中，都亲切地接触到了。我们曾充分地吸收了这些推进一步的成果，同时，我们也曾企图就我们极其有限的理论水平和史料水平之所及，对于那些混乱试探着予以辩正。现在，我们愿把这些补充和订正，以独立问题之论证的形式，写了出来。由于是通过独立问题之论证的表达形式，有关隋末农民大起义的一般情况及其中的许多细节，就不准备包括在本文之内了。

一　引发起义的客观必然性问题

在研究每一个起义事件时，找出其事件发动的原因，总是首先重要的，因为这是历史有定论的具体贯彻。但原因又不是笼统的，笼统则易失之于抽象。原因包括基因，以及许多作用并不均衡的条件。引发隋末农民大起义的基因，自然是隋代封建地主阶级及其代表者，即专制主义皇朝对人民的剥削和压迫。但假如只标揭出这一点来，而对其他条件不加以联系的叙述，则容易使中国历史上多少次起义的发动显得都是雷同的了，而那又显然是不符合实际的。那末，结合隋代这一特定的历史时代，我们有必要把问题提得更具体些。

隋朝是统一地统治了中国只有三十七年（公元581年—617年）的一个短的朝代。在悠长的中国封建社会段落中，由于新的生产力和生产关系的缺乏或其因素的被摧残，历史的推进总是表现为朝代的更替，从更替中体现发展。但一般充分发展的封建皇朝，差不多都统治到两三百年左右，才由于引发了不可解决的矛盾而终结。隋朝在这一点上，显得有些特殊。隋朝及其开创者杨坚，结束了自四世纪初至六世纪末中国的分裂状态，初次完成了中国中古代史上的大一统局面；杨坚，由于他长期在北周朝从事于行政和军事上的活动，积累了一些接触人民的现实经验，他在一定程度上能够理会到人民的痛苦，故在实现统一之后，他和他的皇朝施行了不少对人民的让步和对生产引致恢复和发展的措施（具体材料在此恕不备述了）。故不论从个别史料来看，作为一个封建统治者他曾如何地残暴（如平陈后“男子悉斩，女子赏征人”、在京城中“三人共窃一瓜，事发即时行决”等等）；他和他所初创的皇朝，在完成统一和恢复生产上，是起了一些肯定作用的。但问题即刻发生了，为什么像这样的一个隋朝没有能够统治得比较长久，而在杨坚的儿子杨广继承了皇位之后，不到六七年光景，就出现了全国范围的规模如此宏大的起义呢？

在对这个问题进行解答时，曾出现过一些错误的和不够正确的论调。其中最常见的一种，是把杨广底历史错误和罪恶拼命地夸大一番（凑巧，史料中这一方面的根据，又是比较现成的），把一切责任一股脑儿派到杨广底头上去。马克思曾在《拿破仑第三政变记》底序言中，指出像雨果对小拿破仑所做的那些詈骂，其效果不仅没有贬低小拿破仑的作用，相反倒是把他的作用抬高了。因此，我们必须严格遵守历史唯物主义中的一个著名原理，即历史人物对于历史发展只能起一定的作用，而不能起决定性的作用。杨广的许多错误和罪恶，无疑地加速了隋朝的覆亡；但个人主观支配下的行动，无论他自己如何地不觉察，总是客观诸条件综合发展的一种反映。因此，在对待这个问题时，我们有必要从杨广的主观方面以外，多从客观方面去探索。

另一种不妥当的论调，与上述那种不妥当的论调是一派相连着的，那是一种间接推理，从比较正确的分析，推衍到偶然论的结论。这个推理大体是这样的：隋末全国人民为什么大举反隋呢？回答是，由于杨广发动了大举“征辽”的战争。再问，为什么杨广不顾全国人民的反对和他自己统治的覆亡，三次大举“征辽”呢？回答是，杨广自己的诗句曾说“征辽亦偶然”。的确，我们曾不止一次地看到论列隋末起义的专书或小册子，都重点地使用这一句诗，而且还把这条“宝贵的”原始材料或曰“亲口招供”提为标题，借以形容杨广是如何地为所欲为。在这里，可以清楚地证明：过分夸大历史人物的主观作用，其结果就是陷入历史偶然论的泥坑。在我们看来，三次“征辽”，的确是引发大起义的直接导因（这只要看《两唐书窦建德传》中叙述孙安祖初在高鸡泊起事的经过，就可以体会到了）；至于为什么三次“征辽”呢，这其中一定还存在着客观必然的原因。

我们试从隋唐帝国政权的性质及其对外关系中，来进行探索。第一，隋帝国政权是一个封建专制主义的政权，而且还不是规模狭小的、局促一隅的专制主义政权，而是自秦汉以后空前膨胀的一个专制主义政权。在旧中国历史上，由于社会生产基层组织的长期分散状态，招致来在国家政权性质上不能不是专制主义的。这种性质的政权，一方面表现为对人民统治的非寻常地残暴（这是主要的一面）；另一方面，则在一定条件下表现为在防御外侵和举办国内公共事业上的比较有力。在上古期历史上，这种情况曾由秦始皇、汉武帝集中地表现出来。自东汉以后，这种政权受到本国人民起义力量的打击，接连又遭到入侵外族的摧残，因而在中古期的前半段历史上，它是削弱的。但到杨广时候，跟着国家的统一和生产的恢复，这种专制主义显然地又要抬头了。从大业初开始的五六年中那一连串的营建、修筑、开凿、疏掘等措施中（具体材料恕不列举了），特别是从这些措施的雷厉风行之中，正可以看出这是专制主义的具体表现；而向外的“征伐”，又正是其同样的表现之一。第二，在对外关系上，隋帝国当时有两个很大的威胁：在西北方和北方是突厥，在东北方是高丽。突厥是从柔然族中分化发展出来的一个强悍种族，在北朝的东、西魏和北齐、北周的时候，它对于中国的威胁特大，到隋、唐时候，它虽已分化为东西二部，而作为其主要部分的西突厥已远向中亚和西亚发展，与波斯帝国和东罗马帝国打交道去了，但剩下来的东突厥对隋、唐帝国仍不失为一个威胁（这只要看隋大业十一年它在雁门几乎要俘虏住在巡塞中的杨广，唐武德八年它入侵至于泾阳，李世民还必须亲自到阵前与之折冲才肯退兵的两件事，就可以体会到了）。高丽呢，它是由白山黑水间东胡种族系统的扶余族中发展起来的一个当时的强国（而近代的朝鲜则是由辰、弁、马三韩系统的新罗国发展而来，这二者是有着渊源上的区别，不容混同的），由于它是一个农业经济和文化比较发达的国家，虽然它的领土远不及突厥领土之广漠，它的军队也可能不及突厥骑兵的骠悍，但对于它的邻国说，也仍不失为一个威胁，因为它不仅具备入侵中国的可能，它还较之突厥更多地具备着于占领之后统治中国的可能。在杨广时候，这两个威胁眼看要连结起来了（大业三年杨广到突厥启民可汗帐时，高丽使臣正在启民可汗处，即可说明）。这在一个封建专制主义帝王看来，是万难容忍的。于是他一方面怀柔突厥的启民可汗，尽力使二者连结不起来；另一方面让启民可汗转达高丽王高元，叫他也同样地前来朝见，但竟遭到高丽王的拒绝，这便无可避免地对高丽进行“讨伐”了。杨广的诏书上也明白地说道：“移告之严，未尝面受；朝觐之礼，莫肯躬亲。诱纳亡叛，不知纪极，充斥边垂，亟劳烽候。关柝以之不静，生人为之废业。……兼契丹之党，虔刘（虔刘，杀也）海戍；习靺鞨之服，侵轶辽西。”[①]总括起来，我们认为杨广不惜三度“征辽”，是专制主义政权膨胀的必然结果，是专制主义为了从国际上巩固它自己的统治，解除它所统治的国家的国际威胁，打击高丽并恫吓突厥的一种措施。（当初汉武帝征高丽，人们目之为“断匈奴左臂”，与此事亦可引起联想。）只有把中国本国当时的政权性质这一内部条件与突厥、高丽相连结的这一外部条件联系起来观察，才能足够地说明为什么在隋朝开国之后不久阶级矛盾稍缓和的时候，偏偏发动“征辽”并因而引起全国范围内规模如此宏大的起义的原因。

二　在起义主要发动地区中所包含着的必然性问题

隋末农民大起义所涉及的地域很广，几乎到了全国的范围，如有的起自江南，有的起自西北（个别的还与弥勒教这一宗教组织条件相连结；但一般是和宗教不连结的），然而其主要的几个发动地点，却是互相邻近着，形成为一个特定的地区。这几个发动地点如下：（一）长白山，在今山东章邱县境，与邹平、淄川诸县交界，《抱朴子》说它是“泰山之副岳”，《魏书》说北魏时此地已是“多有‘盗贼’”。[②]隋末王薄、孟让、杜伏威、辅公祏、左才相、李子通

① 《隋书》卷4，《炀帝纪》。

② 《魏书》卷45。

等，都是从这里起事的。（二）高鸡泊，在今山东恩县西北（隋代治置曰漳南县），为当时漳河（隋代永济渠在此一带即通过漳河河道而流过）一部分泛水汇聚之所，现在据说久已夷为平陆；但在隋、唐时，此泊水面广数百里，“葭苴阻奥，可以违难”。[①]隋末孙安祖、张金称、高士达、窦建德、刘黑闼等，都是从这里起事的。（三）豆子䴚，在今山东惠民县境，与无棣、阳信二县连界，北接今河北盐山一带，过去曾是一片盐泽。《通鉴》说它，“负海带河，地形深阻，自高齐以来，群‘盗’多匿其中。”[②]隋末起义前期的刘霸道、郝孝德、格谦、孙宣雅，中期的高开道，后期刘黑闼底许多响应者，都是从这里起事的。（四）瓦岗，在今河南省黄河以北的滑县境内，此地自汉、魏、晋以来属于东郡，与曹、濮二州相邻近。隋末翟让、单雄信、徐世勣、李密、王伯当、王当仁等（以后辗转参加进来的尚不计算在内），都是从这里起事的。连结起这四个地点，在我们底脑海中将会浮现出一个斜长方形的地域，位在今冀、鲁、豫三省的交界，以北方的涿郡（治蓟，当在今北京附近）及南方的东都（洛阳）为其两极，而以隋代的北方御河永济渠为其中线。为什么隋末主要的许多起义，偏偏都是从这个地区中发动起来呢？难道这也像“征辽亦偶然”一样地偶然吗？

物质运动的有定论者，不做这样的理解。这其中也是存在着必然性的，或早或迟我们总会探求到它的底蕴。一两年来，曾有些研究者提出了这个问题，并且从不同的方面、并以不同的深度，来做了解答。我们在这里愿对它们做一些介绍、补充和综合，并从而试图提出一个总的答案来。

季铿在《关于隋末农民大起义的发源地问题》[③]一文中把这个问题提出来了，而且也做了回答。他指出，这个地带是筹备“征辽”的供应基地，也是进行“征辽”的军事基地，此外，这一带地区在当时又遭受到严重的水灾。我们认为，他所指出的是正确的。但季铿在论证时，没有把永济渠的运输和黎阳、洛口两仓储（兴洛也可包括在内）的重要作用突出地指出来。人民起义发动前后的首要战略打算，往往是在于怎样才可以最有效地扼住敌人（封建统治者）的致命处。隋末大起义之所以偏偏发动于涿郡以南、东都以北、永济渠和黎阳仓的附近，也正如唐末的裘甫、庞勋、王郢、王仙芝和黄巢的诸起义总是离不

① 《新唐书》卷85。

② 《资治通鉴》卷181，《隋纪五》。

③ 1953年7月11日《光明日报》、《史学》双周刊。

开通济渠、淮口、邗沟、江南御河和“二浙”之地一样，它的目的是在于致敌人的死命，并使自己可以得到源源供应、以立于不败之地。隋末几个主要的起义力量之所以不约而同地在上述地区中发动，除杜伏威、辅公祏、李子通三人南向江淮地区另作发展之外，都在此一地区中长期坚持下来，并且甚至像李密那样明明知道自居于“四战之地”也不肯到别处去发展，其中的缘故是和致敌人于死命并居自己于不败之地的战略意义，分不开的。

但季铿在解决这个问题时，还忽略了历史上的传统因素。马克思和恩格斯在他们的通信中，一再提到不应该忽视历史上传袭下来的影响。根据陈寅恪的一些研究结果，我们得知自北魏以来，骁勇善战的“六镇”人民，在流徙和战争中，自“六镇”逐渐南移，到达定、冀、相、齐诸州之地，在葛荣、邢杲等起义陆续失败以后，他们定居下来，与土著的汉族人民杂糅在一起，经过将近一个世纪的时光，已经成为一种胡、汉界线不甚分明了的人民大众，他们既具备着原汉族人民从事农业生产的相当高度的技术，又传袭着原鲜卑镇兵营户们的作战经验和军事性的组织基础。这些条件，作为一种历史上传统下来的因素，也独特地支持了隋末今冀、鲁、豫交界地区中的人民，使他们更勇敢地担负起反隋起义的艰巨任务。我们说，唐太宗李世民统一事业之所以可能发展和成功，假如主要是由于袭用了西魏、北周统治者的府兵和均田，“举关中之民，以临四方”的话；那末，隋末山东河朔人民之所以能够发动起义并且能够保持起义，这与北魏下层人民和“六镇”镇兵营户的传统，是分不开的。

总括起来：今冀、鲁、豫交界一带，是隋末杨广“征辽”的军事供应基地，赋役的榨取是特别苛重的，特别是这一地区中有着永济渠和皇朝的谷仓，这对于起义的发动和保持说，具有着重大的战略意义。此外，自北魏末以来，“六镇”镇兵营户的战斗传统和军事性的组织基础，也恰巧是在这一带地方上保存下来，成为鼓动起义的有利条件。这就是在起义主要发动地区中，所包含着的必然性。

三　起义中哪几个是最重要的历史人物问题

通过历史人物的活动，来具体而亲切地说明历史的发展，是先进苏联史学界的宝贵经验之一。旧中国的史学界，把历史写成圣君、贤相、英雄、豪杰们的家谱，无疑的，他们的出发点是不对头的，因为他们错误地把这些人物说成是历史演变的决定者和人类命运的拯救者。只有在马克思列宁主义的指导下，才有可能把历史人物作用既不夸高又不贬低地显露出来。对于隋末大起义中的领导人物，目前的史学工作者们无例外地给予了重视，这是好的，但其中问题也还是存在着。如有人把李密、窦建德、刘黑闼以及杜伏威和辅公祏等平列地分为四枝，使人从这个排列中看不出重点之所在；另外则有人把李密视为大起义中唯一起了重大作用的人物，对窦建德等则予以忽视，甚至予以歧视。这自然是由于某些人过分强调唐室的统一作用而发生的流弊；关于这一点，由于其性质的重要，留待下一节中集中地予以论列。在本节中，我们只想说出，时下重视李密、集中而细密地讨论李密，都是对的、必要的；但窦建德这个河北农民自己的领袖，在我们看来，应该是与李密具有对等意义的一个重要的起义领袖人物。我们愿把这样主张的理由，述之于下。

第一，窦建德与李密各自代表着隋末农民大起义中互不相同的两个阶段。毛主席在他的《矛盾论》中曾教导我们，要根据主要矛盾的转化来辨认事物运动的阶段性。假如我们不是教条地对待这个教导，而是实际地学习着来运用它的话，那末在隋末农民大起义的十四年（公元611至624年）中，应以公元618年为中分点，把起义的全程区划为两个主要的阶段。为什么偏偏挑选公元618年这个年头呢？理由是，隋炀帝被杀在这一年，唐政权成立在这一年，李密和瓦岗军的失败也在这一年，这也就是说，全国人民与腐朽的隋朝封建统治政权的矛盾，从这一年起，转化为新建的唐朝封建统治政权对各地人民起义（以及割据势力）间的矛盾。经历了这个转化之后，起义的内容更加复杂化了，起义的意义也与前不太相同了。假如李密，作为起义的领袖之一，只能代表前一阶段的话；那末，窦建德及其后续者刘黑闼的活动，恰巧可以代表后一阶段。

第二，窦建德较之李密更像一个农民的领袖、一个农民的皇帝。李密的出身是贵族，自然我们不能因为强调这一点而成为唯成分论者，但李密之所以具有善于策划的长处，以及不能坚持事业的缺点，恐怕都与这个贵族出身是有些关系的。窦建德则是一个典型的农民。虽然他不是一个最下层的农民，而是一个农村中出头露面的小人物（有的史学家因此就对他也像对待南宋的李全一样，简单地给他扣上一顶“流氓”的帽子，这是十分不妥当的），但他在领导起义事业的过程中，却始终表现出接近群众、长于团结别人、与兵卒同样地担任劳作、衣食素朴等优良的农村作风。他很关心农民的生活，《通鉴》说他在他所创建的夏国内“劝课农桑，境内无盗，商旅野宿。”[①]所以在他死后一百余年，据《全唐文》引《窦建德碑文》所记，山东、河朔父老犹对夏王，举行群祭。而且还不仅此。即使窦建德的主要缺点，也是与他这个农民出身相关联的。他是一个典型的正统主义者。正统思想是封建统治者长期用以麻痹劳动人民的思想武器，在资产阶级革命初期这种思想正是启蒙运动的主要对象。窦建德常常丧失起义原则地宣讲并奉行什么“忠”、“孝”、“信”这些封建信条，对隋代腐朽统治者的残余（如萧后、越王侗等）称臣甚恭，甚至他最后失败的经过与这种正统思想也是有关联的。我们并不是说，农民起义一定要由个别的农民分子自己来领导；相反，中国历史上不少次农民起义，是由农民以外的人如手工业者、小业主，甚至贵族、豪强等分子来领导的；而且，特别是在近代，自从农民运动由代表新兴社会生产力的无产阶级领导以来，才真正创造了农民解放自己的可能。但是，由出身农民的分子自己所领导的农民起义、由出身农民的分子自己所建立的起义政权和国家（自然这种政权就其根本性质说，也仍是传袭了封建的政权），倒是我们检查历史上农民阶级在阶级斗争的过程中，所表现的诸积极面与消极面之最理想的标本。

第三，假如我们着眼于北朝镇兵营户的组织基础对于隋末大起义的作用，就这一点来检查的话，窦建德和刘黑闼所连续领导的起义，也带有典型性。在上节所列四个主要发动地点之中，以高鸡泊的起义者与豆子䴚的起义者这二者间的关系最为密切，他们都较之另外地点的发动者带有更浓厚的集团性质（具体的材料，在这里也恕不备载了），而且在隋末大起义的第二个阶段中，他们越发显得要合拢为一个集团了。与此对照，瓦岗军的集团性质是不如此明显而顽强的。在中国中古期历史上，由于外族入侵而形成的一种带拘束性的田制和兵制，互相对立的阶级对它们曾做了各自不同的使用。从拓跋珪和元宏到李渊和李世民，说明着统治阶级为了巩固自己的统治，对这种田制和兵制的创始和袭用；从葛荣和邢杲到窦建德和刘黑闼，说明着被统治阶级为了加强他们所领导的起义，对这同一种田制和兵制在民间的组织基础，也无时不企图予以利用。从这里着眼，窦建德及其所领导的起义事业，不仅和李密及其所领导的瓦岗事业之失败的历史，可以展开对照的分析；而且特别重要的是，还可以跟李世民及其所领导的唐朝封建统治的建立及其统一运动的成功历史，也可以同样

① 《资治通鉴》卷188，《唐纪》四。

展开对照的分析。

根据如上三点理由，我们认为窦建德这个农民起义的领袖人物应该被列为与李密具有对等意义的重要人物来对待。窦建德的集团，更应该引起注意，并且对它应该进行细密的研究。

四　农民战争与统一战争的关系问题

连续上一节中所谈，假如我们把隋末大起义主要划分为两个阶段的话，我们将会发现，在处理后一阶段的诸问题时，远较处理前一阶段为更困难。为什么呢？因为在后一阶段中包括着一个新出现的又是难于解决的问题，即农民战争与统一战争的关系问题。在前一阶段中，互相尖锐矛盾着的双方，一方是腐朽反动的隋政权，另一方是正义反抗的人民，在这两者间进行肯定或否定是比较容易的；但在后一阶段中，互相尖锐矛盾着的双方（如像窦建德和李世民间的关系所表示的），一方虽仍是正义的人民，另一方也仍是封建地主阶级的统治政权，但前者偏偏不能实现国家的统一，而后者却能完成国家的统一，而完成国家统一这件事又是既符合于当时人民的愿望，又有利于当时中国社会的发展。每当这种时机，我们有些习惯于把问题简单化的同志们，亦即有些即使对于多么复杂的事物，也仍然是习惯于使用初级逻辑的排中律“二者必居其一”的同志们，在执行肯定与否定时，便感到不是那么地简单了。在这种时机，事情就容易出偏差，而这些偏差往往使人深感困惑。

其实，这个中国历史上农民战争与统一战争的关系问题，虽然特别在隋末大起义与唐底统一历程中，表现得最为集中；但推广来看，在秦末陈胜、吴广起义和刘邦的统一战争中、在西汉末反莽起义和刘秀的统一战争中、在元末起义和朱元璋的统一战争中，其实也都包括着这同样的问题在内。因此，我们感到对于这个问题，不应该把它局限在“隋、唐之际”这一具体历史时代之比较仄狭的框子里来谈，而是应该拿它来放置在中国历史和中国农民战争史的全程中，来予以考察。现在，我们试提出我们对此问题的初步理解。

在中国历史上，有些农民战争是与统一战争相衔接着的。换言之，在中国历史上有些农民战争会转化为统一战争。但这种衔接或转化的情况，不能是普遍的、概括的；即并不是任何一场农民战争都与统一战争相衔接、任何一场农民战争都会向统一战争转化。其衔接与不衔接，转化与不转化，要视当时种种具体的历史条件的综错而定。但我们却可以说，每当农民战争与统一战争相衔接，即每当农民战争转化为统一战争的情况出现时，农民战争对社会发展所起的促进作用（如毛主席所一再指出过的）将表现得更大而且更为显著。反之，则其作用就往往容易消散，或表现得比较晦暗与曲折了。如秦末、西汉末、隋末、元末，这四次都是农民战争与统一战争相衔接，亦即农民战争转化为统一战争的，其结果就出现了西汉、东汉、唐、明这样四个大的帝国，在这几个帝国建立的最初若干年内，社会生产是显明地恢复和发展了。再如东汉末、唐末、明末这三次都是农民战争未能与统一战争相衔接，亦即农民战争未能转化为统一战争的（明末虽有清初的统一战争，但这种统一战争带有外族入侵的性质，故另当别论），在这种情形下，农民战争对社会发展所起的推进作用就显得分散、晦暗与曲折得多了。（如黄巾起义的作用只好通过像曹操的屯田等事去体会，黄巢起义的作用只好通过像朱温时张全义的劝农等事去体会。）

在中国历史上，与农民战争相衔接，由农民战争转化而来的统一战争，又往往是由农民阶级以外（有时，甚至是农民起义以外）的人物和集团来完成的。如刘邦、刘秀、李世民，就都是农民阶级以外的分子。但刘邦和刘秀，虽不是农民阶级以内的分子但仍不失为农民起义内部的分子；只有李世民，则连起义的范围也不属了。（他在太原发动谋取政权的行动时，虽也曾强制地编入过一批被俘的"群盗"，但绝不能由此而断定说李世民也带有农民起义的性质；像江克厚在1953年9月19日《光明日报》、《史学》双周刊上所说，"李世民的队伍在革命过程中不断壮大和汇集了各路农民起义军，是革命的主流。"我们实在不明白他究竟是何所依据？）国家在战争之后的统一，无可否认是一件很重要的事；但这件很重要的事，其所以往往不能够由农民阶级和农民起义本身来实现和完成，这与农民阶级由于受其自己生产条件的限制而具有的某些消极因素（如分散、自私等），是分不开的。对于农民这个在几种不同社会发展阶段上都是重要劳动者的阶级，我们一定要慎重，切不可对它做了过低或过高的估价。在学习总路线和认识工农联盟与农业社会主义改造的重大意义时，既要如此；在处理旧日历史上农民底作用时，同样也要如此。农民阶级是劳动者阶级，在旧时代是一直受剥削、受压迫的阶级，它勇于对统治和剥削阶级进行打击。但它又分散、自私，缺乏严密的组织和纪律，在思想意识上由于长期受到锢闭，往往容易接受统治阶级的思想意识来作为自己的思想意识，而不能创造先进的思想意识来作为自己斗争的指导和鼓舞。由于这些落后面和消极面的限制，故它所进行的斗争，只能在打击统治者这一点上，来体现对社会发展的推进作用；而不能在实现和完成国家统一的这一点或其他的诸点上，来体现对社会发展的推进作用。在这一点上，任何人是无法要求过高的。在人类历史上，只有一个劳动者阶级，即无产阶级，才是最不自私、最富于革命性的阶级，只有它才能最好地总结人类的智慧，开动脑筋，科学地去解决一切摆在它面前的革命任务（阶级斗争的任务和完成国家统一及建设的任务，自然都包括在内）。

于是问题便发生了。每当衔接于农民战争之后，由农民战争转化而来的国家统一运动，是由农民阶级以外甚至是农民起义以外的势力来完成的时候，那末，在这个统一过程中，就不可避免地要发生许多统一者对起义者的镇压事件（这一点，在隋末唐初的历史上表现得特别鲜明，如唐杀李密、杀窦建德、杀刘黑闼、谋杀杜伏威、杀辅公祏、杀李子通等等）；对于像这样的事件，我们究竟应该抱怎样的态度去对待并处理它们呢？

在我们看来，对这样的事件，我们应该抱如下的两重认识。这两重认识是既互相区别而又互相结合着的，因而它不是“这一面和另一面”的折衷主义的认识。

第一，我们要承认这种统一运动对于中国社会发展的总进程说，其所引起的效果是有积极意义的、良好的。在这里又必须指出，这种积极意义和良好作用，乃是历史发展的客观结果，绝非实行统一的历史人物有意自觉活动的结果。但反过来，即使不是自觉活动的结果，也不能抹煞它客观效果上的良好作用。在这里，我们反对那样一种论调，即以一种极其狭隘的“阶级观点”（其实这不是任何真正的阶级观点，而是一种非历史主义的观点）来企图抹煞这些统一事件在总效果上的好作用。他们简单地詈骂刘秀、李世民、朱元璋等为满手鲜血的刽子手。不错，封建统治者没有一个不曾虐杀过人民，但“刽子手”这个概念的含义却也是多样的：有光是杀人的刽子手，有杀人之外还另干许许多多其他坏事的刽子手，也有杀人之外另外干了一些在客观上是好事的所谓“刽子手”。不区别这些情况而简单地进行詈骂，这其实是一种幼稚的表现。目前，这种论调，比解放之初是要减少得多了。

第二，我们又不能否认某些统一过程中的事件（如唐杀李密、杀窦建德、杀刘黑闼、谋杀杜伏威、杀辅公祏、杀李子通等等），就其本身性质说，是封建剥削阶级对人民力量的一种摧残。在这里，我们反对另外一种错误的论调，即以统一事件在客观总效果上的良好为理由，进而追认这些统一者摧残人民力量的行为为合理，对这些统一者的屠夫行为，也不惜斤斤为之辩护。我们认为：这简直是完全丧失了阶级立场，发展到严重程度上，就会在阶级分析上认敌为友。如1953年7月11日《光明日报》、《史学》双周刊上张戈扬对刘黑闼所作的许多近乎污蔑的责难；同年9月19日同报同刊上江克厚对李世民所作的近乎阿谀的表扬与歌颂，就都是最鲜明的例证。这种偏差，较之上述第一种幼稚的詈骂，在当前的史学界其危害性要大得多。自然，正如斯大林同志所论列过的，在"左"倾和右倾间，我们不能指出哪个较好一点，它们都是错误的、不好的。但在当前史学工作界中，这后一种倾向有新抬头之势，不少朋友受它的影响，例如某教授在阅读了拙写《唐赛儿起义》小文之后，写信来善意地表示担心说："唐赛儿难道是可以发扬的吗？试想，她是在永乐年间起义的呀！"这都可以证明是受了上述论调的影响。这种论调的危害性是把农民战争分割为前后两段，统一运动未曾出现以前为一段，统一运动既经出现以后为另一段，并进而论断只有其前一段才是合理的（如陈王失败前的反秦起义、刘秀渡河前的反莽起义、唐建国长安以前的反隋起义、朱元璋取金陵下婺州以前的反元起义等）；而指斥其后一段为不合理的（如刘秀渡河以后的"铜马"、"赤眉"等人民起义力量，唐建国以后的许多人民起义力量，朱元璋取金陵下婺州以后各地的人民起义力量等），因而最后地论断说，这后一段的起义者就是活该被屠杀、被削平的了！这实在是一种令人不能容忍的荒谬的论调！我们须知：只要剥削阶级的统治存在一天，我们就绝对没有权利去指摘任何人民的起义，说它是不应该的！只要剥削阶级的统治存在一天，人民便有起而反抗的权利，不管当时的阶级矛盾是已经尖锐化了呢，还是比较地缓和。自然，区别不同起义作用的大小和隐显，则还是完全可以的。

那末问题便又发生了。人民起义和反抗的力量既不该被屠杀和削平，而国家又完全应该统一，这不是一个矛盾吗？是的，这正是一个矛盾。这个矛盾，只有等到人类历史发展到一定阶段，即历史上出现了无产阶级的时候，才有可能解决；只有等到全世界各国都进入社会主义和共产主义的时候，这个矛盾才能完全消灭。在封建统治和农民战争的历史时代中，这个矛盾是不可能解决的。对于史学工作者特别重要的一点是：我们必须抱着这个"不可解决的矛盾"的理解，去对待农民战争与统一战争的关系，才可能正常地处理问题而不出偏差或少出偏差；反之，假如抱了这个矛盾在旧时代中也完全可以解决的思想去处理问题的话，那自必单纯采用“二者必居其一”的初级手段去对待高级复杂的物质运动规律，试想：那焉有不出偏差的道理呢?

*　　*　　*

自然，隋末农民大起义的全部丰富性与复杂性，绝不仅仅表现在上举这四个问题之中；而且，即使是在这四个问题之内，我们所做的这点初步的挖掘也仍是很浅、很粗的。限于能力和精力，也只好先以这样一个极粗浅的面目托出来了。

北宋末的方腊起义

方腊所领导的起义，是十二世纪初年北宋末发生在长江下游的一次农民大起义。它与第十世纪末发生在长江上游的王小波、李顺的起义，以及与方腊起义同时稍后发生在长江中游洞庭地区的钟相、杨么的大起义，连成了一条鲜明的线索，标志着中国封建社会自残唐五代以来特别是在两宋，业已步入了后期阶段，即其趋向于崩溃的阶段了。广大农民与农村无产者甚至小有产者的踊跃参加，鲜明的乌托邦社会主义口号的号召，对于当时阶级矛盾与种族矛盾之比较清醒的认识，这些在在都标明着与中古期农奴的反领主暴动，已经有了性质上的截然的区别。因此，我感到实在有必要把方腊和钟相、杨么的起义，拿来分别地当做典型，进行一些研究，这其中想来必然能够发现一些什么并用来说明一些什么的。

根据以上这样的推想，我曾对北、南宋的一些农民战争的史料做了初步的收集，并加以初步的分析，现在将有关方腊的一些考察，写在这里。

一　“花石纲”

让我先从“花石纲”说起，因为它是引发方腊起义最直接的社会条件。自然，其总的动因还是由于宋代地主阶级及其专制主义政权对人民剥削的加重。自宋初开始，即把剥削数目的多少，规定为考核官吏的标准。史书说：“宋初著令州县户口准见（现）户十分增一，刺史县令进考，若耗一分，降考一等。”又说：“州县官益户增税，受代日并书于籍，凡千户以下，能增百户，减一选。减及三选以上，令赐章服。”又说：“乾德四年（公元966年），诏诸县令佐，有能招携劝课以致蕃庶民籍，租额出其元数，减一选，仍进一阶。”[①]这种情况发展到北宋末年，封建专制主义的代表，皇帝，已经反动腐朽到更加不可想象的地步，竟连民间的一木一石都想剥夺起来了，而他的宦官佞臣对于这些想头，都无不扩大地予以照办。这其中最典型的事例，就是“花石纲”。

所谓“花石”，实际上是指皇帝所喜欢的种类相当广泛的珍奇玩好，不一定仅限于“花”和“石”或者“花石”（有关这方面的解释，很不一致）。所谓“纲”，是指一种运载的包装，用粗绳纲起成一大帮之意；这不仅运花石玩好如此，宋朝曾有以一千万两银子犒赏金军的事，记载说：“以每十万两为一纲，一百人搬运，凡一百纲。”[②]这样运载的米，又叫做“纲米”[③]。《水浒传》中记载运送生辰礼物，叫做“生辰纲”。

宣和年间，为“道君皇帝”宋徽宗办理“花石纲”的，是苏州人朱勔；其机关，设在苏州的叫“应奉局”，朱勔及其父冲，以巴结奸臣蔡京起家，和大宦官童贯也勾结得很好，“徽宗颇垂意花石，京讽勔，语其父密取浙中珍异以进；……至政和中，始极盛，舳舻相衔于淮、汴，号花石纲”。[④]我们且看“花石纲”的来路和运送的派头吧。《宋史》记载说：

> 所贡物，豪夺渔取于民，毛发不少偿。士民家一石一木，稍堪玩，即领健卒直入其家，用黄封表识，未即取，使护视之，微不谨，即被以大不恭罪。及发行，必彻屋抉墙以出。尝得太湖石，高四丈，载以巨舰，役夫数千人，所经州县，有拆水门、桥梁，凿城垣以过者。[⑤]

民间的记载则补充说：“其尤重者，漕河勿能运，则取道于海。每遇风涛，则人船皆殁，枉死无算。”[⑥]而且这种情况已非一朝一夕了。据徽宗即位之初的一个臣子的奏疏，其中说，“挽舟之卒，所支口券米无虑若干千石；计工无虑若干万夫。”[⑦]这样一种对民物、民力肆无忌惮的抢夺与滥用，正是激起暴动的最

① 《宋史》卷160，《选举志·考课》。

② 《三朝北盟会编》卷36。

③ 《宋史》卷373，《洪皓传》。

④ 《宋史》卷470，《朱勔传》。

⑤ 《宋史》卷470，《朱勔传》。

⑥ 方勺：《青溪寇轨》附《容斋逸史》。

⑦ 程俱：《北山小集》，卷35。

直接的社会导因。

二　“食菜事魔”

有了“花石纲”，就有了直接的社会导因；但那对于起义者来说，仅是客观方面的条件。在主观方面，农民还必须要有自己一定的组织，有按照当时历史条件所可能采用的组织形式，来贯彻自己的战斗。这在方腊起义，便是使用了“食菜事魔”的教门组织。

“食菜事魔”是摩尼教流入中国的一支。虽然，曾记载过方腊的重要文献《青溪寇轨》、《鸡肋》篇以及陆游的文集《渭南集》等谈到“食菜事魔”时，都把它与东汉张角的“天师道”联系起来。不过真正能够证明这一联系的资料似尚缺如，故对于此一点，我愿略而不论。但其中的一个记载却显明地指出它的发展路向，说：“自福建流至温州，遂及二浙。”[①]这样来看，它显然是自唐以来从西域而长安、而淮运、而浙闽这样流入的摩尼教之一支转流了。这种宗教性组织的情况，大概如下：

> 其法，断荤酒，不事神佛祖先，不会宾客，死则裸葬。
>
> 又，始投其党，有甚贫者，众率敛财以助，积微以至小康矣。凡出入经过，虽不识，党人皆馆谷焉。
>
> 其魁谓之魔王，为之佐者谓之魔翁、魔母，各诱化人。旦望，人出四十九钱，于魔翁处烧香。……[②]

另一个记载说：

> 事魔者，每乡或村，有一二桀黠，谓之魔头，尽录其乡村之人姓氏名字，相与诅盟，为事魔之党。凡事魔者不肉食，而一家有事，同党之人皆出力以相赈恤。[③]

这条资料，由于原作者立场的限制，“桀黠”、“尽录”之类说法，自然很成问题；但从以上资料的共同点上，我们却可以看到节约、互助和组织比较严

① 庄季裕：《鸡肋篇》卷上。

② 庄季裕：《鸡肋篇》卷上。

③ 《建炎以来系年要录》卷76。

密的诸特点，这正是近古期封建社会农民运动的一些较前更加鲜明的特征。南宋大诗人陆游更说到这一组织在大江南北流传的普遍。他说：

> 妖幻邪人，……处处皆有。淮南谓之“二桧子”，两浙谓之牟尼教，江东谓之“四果”，江西谓之金刚禅，福建谓之明教、揭谛斋之类。名号不一，明教尤甚。①

就是这种“食菜事魔”的教门，在当时历史条件下，成了方腊起义的组织的动力，也正如“明教”是元末明初农民大起义的组织动力一样。

三　方腊的“宣言”

方腊起义于北宋徽宗宣和二年（公元1120年）的十月，地点是浙江睦州的青溪，在今浙江淳安县境内。记载说：“青溪，为睦大邑，梓桐、帮源诸峒，号山谷幽僻处，东北趋睦，西近歙，民物繁庶，有漆楮林木之饶，富商巨贾多往来。”②当地及附近人民，有不少是种山及经营竹木丝漆之业为生的。地方志书曾列建德一县耕地为131 635亩，而山地和桑牧之地为545 297亩，山林地带等于耕种地带面积的四倍强。财物统计，城镇坊郭占31 172贯，田、山、桑、牧之地，即占770 448贯，山田出产量几占坊郭之二十五倍。③所以，这里是浙西地形复杂、出产富饶和土地集中为贫富不均很明显的地方。

方腊本人，是一个小所有者。记载说：“腊有漆园，造作局屡酷取之，腊怨而未敢发。”④另一个记载说：“方腊家有漆林之饶。时苏杭造作局岁下州县征漆千万斤，官吏科率无艺；腊又为里胥，县令不许其雇募。腊数被困辱，因聚众为乱。”⑤及“花石纲”之举，造成了群众的普遍怨恨，方腊乃酝酿大举。《青溪寇轨》一书之末，附有《容斋逸史》一篇，内记载方腊起事的经过甚详，实在是中国农民战争史中极可宝贵的资料。它记述方腊的起事说：

> 腊曰：“天下国家，本同一理。今有子弟耕织，终岁劳苦，少有粟帛，

① 陆游：《渭南文集》卷5，《条对状》条。

② 方勺：《青溪寇轨》。

③ 景定：《严州续志》卷2。

④ 《宋史纪事本末》卷54，《方腊之乱》。

⑤ 曾敏行：《独醒杂志》卷7。

父兄悉取而靡荡之，稍不如意，则鞭笞酷虐，至死弗恤。于汝甘乎?”皆曰:“不能!”

腊曰:“靡荡之余，又悉举而奉之仇雠，仇雠赖我之资，益以富实，反见侵侮。则使子弟应之；子弟力弗能支，则谴责无所不至。然岁奉仇雠之物，初不以侵侮废也。于汝甘乎?”皆曰:“安有此理!”

腊涕泣曰:“今赋役繁重，官吏侵渔，农桑不足以供应，吾侪所赖以为命者，漆楮竹木耳，又悉科取，无锱铢遗!……且声色、狗马、土木、祷寺、甲兵、花石靡费之外，岁赂西北二虏银绢以百万计，皆吾东南赤子之膏血也。……吾侪终岁勤劳，妻子冻馁，求一日饱食不可得!”

从上引的三段文字中，我们可以看出方腊的政治口号，有多么明朗！有多么确实！并且，又多么富于煽动力！这里可以反映出当时最受压迫、最受剥削的阶级，农民阶级的阶级立场和当时屡受西夏、契丹侵凌的汉族立场之紧密的结合。在当时还仅是十二世纪初，还仅是中国封建社会刚刚步入后期阶段的情况下，有这样明朗确实的政治口号，实在是难能可贵的。记载又说：

腊曰:“诸君若能仗义而起，四方必闻风响应，旬日之间，万众可集。……况西北二虏，岁币百万；朝廷军国，经费千万：多出东南。我既据有江表，必将酷取于中原；中原不堪，必生内忧。二虏闻之，亦将乘机而入。背腹受敌，虽有伊（尹）吕（尚)，不能为之谋也。我但划江而守，轻徭薄赋，以宽民力，四方孰不敛衽来朝?十年之间，终当混一矣。”

在我看来，这一篇记载之所以宝贵，不仅仅在于上述三段文字中立场之鲜明，也在于这一段文字中可以反映出当时农民群众对整个国家民族利益认识上的局限性。仇恨北宋专制主义统治者是完全对的；但企图“二虏闻之，亦将乘机而入”，假如这几句记载的话是可靠的，则将是一种不符合当时汉族利益因而也就不符当时中国农民阶级利益的主张。而当时之所以产生这样一种狭隘性的“背腹夹攻”的思想，正是历史上劳动人民在一定情况下的局限性（这种情况，在奴隶暴动中表现得更为明显，如据古埃及芦书文献所载，古埃及奴隶暴动即曾与叙利亚入侵者相结合）。不过，在宋史上，在不久以后的杨么和钟相的儿子，就能够提出共同抗御外侮的正确政治主张来了。但反动的统治者绝不能够接受这一主张；只有一二个个别的爱国将领在局部的范围内接受了下来，创造过一些抗敌的英勇事迹而已。

四　战斗的情况和范围

起义之后，情势发展得非常迅速。起义军攻下睦州、歙州后，又攻下了杭州；同时婺州、衢州也攻下了，并且还企图进攻浙东的越州（绍兴）。即使统治阶级有意压缩了的统计，也承认方腊军所到达的范围，达“六州五十二县”。[①]它之所以能有这样迅速的发展，完全是由于它的政治号召切合了当时广大农民群众和山林小业主们的共同仇恨，激发了他们的政治觉悟，故不论他们的装备或军事训练的程度多么不够，他们仍是“风起云涌”地参加到起义的行列中来，以拳头和反动统治者的枪刀相对抗。当时一个宋朝臣子的奏疏说：

> 访闻“贼”徒虽多，全少器械，惟以人众为援。本路所遣官兵，各持器械，而“贼”徒独以数百人前后奋拳，辄困官兵。童子妇人在前，饰以丹黛，假为妖怪，以惊我师。复在巢穴四向设险，阴为陷阱。又为长人，服大衣，作关机以动止，执矛戟旗帜，饰以丹黛，为鬼神之貌，以惑官兵。[②]

《宋史》也说：“置官吏将帅，以巾饰为别。自红巾而上，凡六等。无弓矢介胄，惟以鬼神诡秘事相扇诉。”[③]这里所谓“无弓矢介胄”，是站在统治者立场上的“史官”有意把起义军说成“乌合之众”的夸大之词；其实起义军只是“少器械而已”，他们凭借的是“人众”、“奋拳”和地理环境熟习，因此就“设险”，为“陷阱”来和敌人周旋。这在起义军方面来说，是一场高度群众性的苦斗。但无论他们的武器与军事组织力如何不够，他们的响应者却是众多的。“官方”的记载说：

> 凶焰日炽，兰溪、灵山“贼”朱言、吴邦，剡县（今浙江嵊县）雠道人，仙居吕师囊，方岩山（在浙江温岭西北，即方城山）陈十四，苏州石生，归安（今浙江吴兴）陆行儿皆合党应之。东南大震。[④]

---

① 《宋史》卷468，《童贯传》附《方腊传》。方勺：《青溪寇轨》亦同。

② 《宋会要稿》，《兵类》，《讨逆》四，江南东路转运副使曾升奏。

③ 《宋史》卷468，《童贯传》附《方腊传》。

④ 《宋史》卷468，《童贯传》附《方腊传》。

连这些响应者计算在内，则这一运动所达到的范围，就远不止“六州五十二县”了。事实上，起义军的势力南到过温州（今永嘉）和台州（今临海），北到过秀州（今嘉兴），西南到过信州（今江西上饶）等地。很明显，这已是一个相当广大的活动领域了。

五　敌方的措施及方腊的失败

这样迅速开展的群众性武装反抗运动，特别是由于它燃烧在全国财物集中的所谓“二浙”之地，是特别强烈地震撼着北宋皇朝的统治，使之恐慌万分，连忙采取了软硬不同的各种措施。

软的措施是对起义军施行政治攻势，用机诈欺骗的手段向中立性的民众讨好。记载说：“（童）贯行兵事急，上微服出城东以饯贯，握贯之手亲送之。曰：东南之事，尽付太尉，必有紧急，不得已可作御笔行下。”[①]另一记载说：“贯至吴，见民困花石之扰，……即命其僚董耘作手诏若罪己然，且有罢应奉局之令。吴民大悦。”[②]又说：“童贯出师，承上旨，尽罢去花木进奉；帝又黜勔父子弟侄在职者，民大悦。”[③]

我们为什么说这是机诈欺骗的手段呢？史料告诉我们说，在方腊起义基本上被压平之后，许多奢靡剥夺的机关和官吏都立刻恢复了。《宋史》说：“‘寇’平，勔复得志，声焰熏灼。……时谓东南小朝廷。……天下为之扼腕。”[④]按方腊被俘于宣和三年四月二十六日，而《宋史》记载说：“（宣和三年闰五月甲戌）复应奉司，命王黼及内侍梁邱成领之。”[⑤]《纪事本末》又补充说：“（宣和三年闰五月），……遂复诸应奉局。”[⑥]试问：这不是欺骗人民、对农民起义军施行的政治攻势，又是什么呢？

硬的措施，便是调集各路重兵，前往“征讨”。主要有三个组成部分：（一）京畿禁旅；（二）鼎（今湖南常德）、澧（今湖南澧县）枪排手；（三）秦

① 《三朝北盟会编》卷52，《中兴姓氏奸邪录》。

② 《宋史》卷470，《王黼传》。

③ 《宋史》卷470，《朱勔传》。

④ 《宋史》卷470，《朱勔传》。

⑤ 《宋史》卷22，《徽宗本纪四》。

⑥ 《宋史纪事本末》卷50，《花石纲之役》。

晋蕃汉兵十五万。军事人员方面，以大宦官童贯为“江淮荆浙宣抚使”，以谭稹为“两浙制置使”，负总责任；以西北系老军官刘延庆为“宣抚司都统制”，以王禀为“统制”，带领熙河、泾原、环庆、鄜延、秦凤等诸路兵马，大举进攻。

在这样的“大举进攻”之下，方腊起义支持了六个月，宣和三年（公元1121年）四月二十六日，领导者方腊本人被俘了。俘获方腊的，就是南宋初著名的卫国战将韩世忠，这立刻会使我们联想到岳飞之杀杨么。这些鲜明的事例，都说明着旧时代爱国主义内容中的严重的局限性。同年八月，方腊被囚到东京（汴梁），同月二十四日，他被反动统治者残杀了。《青溪寇轨》说：“是役也，……所杀平民不下二百万。”《青溪寇轨》又说：“渠魁未授首间，所掠妇女自洞逃出，倮而雉经于林中者，由汤嵒、榴树岭一带凡八十五里，九村山谷相望，不知其数。”幸而底下立刻露出马脚，说出这个谣言的根源，是“会稽进士沈杰尝领部民深入‘贼’境，亲睹其事，为余言之。”但同书所附的《容斋逸史》态度就比较好一点，它说：“前后所戕人命数百万。……噫，腊之耗乱，可哀也已！然所以致是者，谁欤?”这最后一问，是问得很好的。

方腊起义的过程及其中的一些主要特点，大体如此。

南宋初的钟相、杨么起义

在宋朝的历史上，缺乏很大规模的农民起义的事例。一般说，宋朝的许多次起义在地域上所涉及到的范围不够广，持续的时间也不顶长。为什么呢？根据我个人的初步理解，这与中古期均田府兵的解体有关，与近古期封建的土地集中尚未高度发展有关，与大规模农民宗教（如白莲教）的尚未成熟、尚未普遍也有关。自然，由于外族入侵而在地理上造成的阻隔，作为一个外部条件来说，也起了一些影响。但，无论如何，这个问题的答案是不能解释为宋朝社会矛盾的尖锐化程度之较前减弱，恰巧相反，宋朝的社会矛盾实际上不仅没有较前削弱，反而由于频繁的外族入侵影响，更加严重、更加复杂了。王小波、李顺早在北宋建国三十四年的时候就发动起义，方腊在北宋遭受“二虏”进逼的严重时机也不惜起义，钟相、杨么在南宋刚刚建国的时候也发动起义。这都显明地说明着社会矛盾较之前各代不仅不曾减弱，而是更加严重、更加复杂化了。

在宋朝的这些农民起义中间，钟相、杨么领导下的洞庭湖区人民的起义，显示出它的特点。他们已经不仅仅是间接受到外族入侵的影响，而是直接地面临着本国统治者与外族入侵者的双重压迫。他们能够区别开这两种压迫，对于本国残暴的统治者进行武装反抗，迫使其不能不对农民让步和妥协。对于入侵的外族统治者，则坚决反对，在本国统治者让步和妥协的条件下，通过个别爱国将领的努力，使自己转化为抗御外侮的劲军。从一般轮廓来看，事情大体上是这样的。兹再根据更具体的文献资料，来一一说明于后。

一　起义的时代、地域和条件

钟相起义于公元1130年（南宋高宗建炎四年）。上距方腊起义（公元1120年），刚好十年。在地域方面，这次起义发动并发展于洞庭湖的西、北、南三面一带，主要是当时的鼎州（今湖南常德）、澧州（今湖南澧县）、荆南府（今湖北江陵）、峡州（今湖北宜昌）、辰州（今湖南沅陵）、沅州（今湖南芷江），以及岳州（今湖南岳阳）和潭州（今湖南长沙）的一部分。参加起义的主要群众，史料中把他们叫做“税户”。什么是税户？凡向皇朝缴纳“二税”（亦即中唐以后的“两税”）之户，皆曰税户。那末，是些什么人缴纳二税呢？在宋朝的农村中，最高的“形势户”（即贵族、官僚地主）是特权阶级，是不纳税的；“浮客”（即近乎农奴的佃户）照规矩也是只向地主纳租而不向皇朝纳税的（自然，地主总是把税转嫁在他们身上的）；纳税人包括了农村中从富裕到贫困的农业劳动者，他们主要是自耕农。史料中描述这些起义者往往进行季节性的战斗，说：“（湖贼）春夏耕耘，秋冬攻掠。”[①]可见他们都是农业劳动者。此外，在这里还可以举出一个反证。史料记载钟相起义当时的举措之一，是“焚官府、城市、寺观、神庙及豪右之家，杀官吏、儒生、僧道、巫医、卜祝之人。”[②]试问，这些革命对象都是些什么样的人呢？回答说，全是一些不劳动者。

这些湖区的税户之所以不早不晚在“南渡”之际起义，这与金兵的南侵是密切相关的。建炎二、三年，正是金兵自鄂州（今武昌）南侵，抵达潭州，旋又北去的时候；也正是金人为了巩固其新的侵占区，利用汉奸刘豫为傀儡，在今山东、河南、陕西一带成立伪政权（大齐）的时候。这时荆湖南北两路人民，遭受入侵外族的蹂躏；而本国的统治者对他们不但不进行安辑，反而趁着战争中的混乱状态，肆无顾忌地抓丁征税：这就是引发起义最主要的原因。史料中记载当时的情况说：“金人未到，而溃散之兵先之；金人既去，而袭逐之师继至：官兵盗贼，劫掠一同；城市乡村，搜索殆遍。盗贼既退，疮痍未苏。官吏不务安集，而更加刻剥。”[③]当时有个叫做朱胜非的大臣自广西经由湖南江

① 《续资治通鉴》卷113，《宋纪》绍兴四年二月条下。

② 《三朝北盟会编》卷137。

③ 《续资治通鉴》卷109，《宋纪》绍兴元年正月条下。

西回京城临安去，他在一封奏章里叙述他在这次旅途中目睹和访问所得的情况说："入衡州界，有屋无人；入潭州界，有屋无壁；入袁州界，则人屋俱无"；"首访民瘼，皆云正税之外，科条繁重：……税米一斛，有输及五六斛；税钱一千，有输及七八千者。"[①]与上引同一史料来源中又记载说，当时"兵兴累年，馈饷悉出于民，无屋而责屋税，无丁而责丁税。"从这些史料中，已经很容易看出引发起义的导因之所在了。

这次起义，曾经利用了一种宗教会门之组织的鼓动的力量。钟相本人，就是一个多年来从事于宗教和迷信活动的人，而杨么又是他的忠实信徒，临终前犹呼"老爷"（钟相）数声而死。关于这个宗教会门的情况，以《三朝北盟会编》卷一百三十七中记载较详，我们再参以他书中的零星记载，获知其大体如下：（一）倡等贵贱，均贫富之说；（二）自言有神通与天通；（三）能救人疾病；（四）入道者备糈相谒，谓之"拜爷"（或曰"投拜法下"）；（五）谓宋法为邪法；（六）病者不服药，有死者不行丧；（七）起义后捕杀各色不劳动之人。不难看出，在这个宗教会门的内容里，有着乌托邦社会主义思想的因素，有着神秘主义的传说和仪式，有着仇恨非劳动者的主张和措施，也有着慈善的手段和节约的号召。但问题即刻发生了：这个教会门的名称是什么？或者，即使弄不清名称，它大体上是属于一个怎样的旧有宗教的系统呢？关于这个问题，我无力做出高度科学性的论断，而只能在这里写出我自己的一个假说。从上述的许多具体情况看来，这个宗教会门与上古期的"五斗米道"有着不少的类似之处，因而我们或者可以初步地推断说，它是属于道教教派的一个系统，而与方腊起义之属于摩尼、弥勒系统者有所区别。自然，在北南宋时，道教和摩尼教、弥勒教已经开始了它们之间的混融和统一；但从其各自传布的地域和路线来观察它们间还是可以看出些区别来的。摩尼教的传布路线，主要是由西域而长安，沿黄河、淮、运，流至浙、闽一带；弥勒教系自佛教中来，为佛教上层化以后下层人民自己另立的新佛教，故凡佛教传布之地，它都有可能发生和发展；道教源自岷江的东岸和西岸，魏晋时虽一度传布到汉中、关中以及东方沿海一带，但岷江两岸却始终是个带有老根基性质的地区。北宋初王小波、李顺起义，其发动地区恰巧也在岷江西岸的青神、眉山、彭山一带，其主要教义也恰巧是"等贵贱，均贫富"，而且他俩的后继人张余曾率领起义军沿大江

---

① 《建炎以来系年要录》卷42。

东去，经嘉州、戎州、泸州、渝州、涪州、忠州、万州、开州、夔州至于施州（今湖北恩施），此后便不见他们在记载中的动静了。在地理上，施州距离鼎、澧二州，至为邻近。这就很容易引起人们的一种联想，即，一种属于上古期“五斗米道”系统的宗教会门，被张余从岷江两岸带到洞庭湖区，经过一百三十余年的长期潜伏状态，又结合钟相、杨么的起义而出现了。自然，这个说法只是一种推想而已。

二　起义事件的一般经过

由钟相发动的起义，持续的时日是短促的，仅经三十五日而失败。假如要划分阶段的话，这可以作为起义的第一阶段。在这一阶段中，情况是这样的：鼎州武陵人钟相，由于二十余年一贯布道，收受信徒们的供粮和金帛财物，“缘此家赀矩万”。[①]他底长子钟子昂曾在靖康二年（公元1127年）带领本乡忠义民兵去南京（当时是商邱）劝进，自南阳奉命折回，当时钟相父子便将这支军队留养在自己家中。建炎四年，有一个在宋、金之间叛顺无常的流氓军阀孔彦舟，自淮西收集乱兵，一路骚扰而来；鼎州城内的有产者（“府民”）开城欢迎，而孔彦舟入城后却大肆屠杀，抓民当兵，引起广大人民的愤恨。钟相遂因而起义。他的号召力是很强的，举义后有众四十万，牵动地域凡十九县。起义军与孔彦舟展开大战，最初双方胜负相当；后来孔彦舟派遣间谍前来投拜法下，里应外合，才把义军主力战败，将钟相本人俘住。他于被解赴“行在”的中途遇害了。

钟相有许多徒弟，如杨广、杨华、杨么、杨钦、夏诚、黄诚、周伦等人，他们继承钟相的事业，而且把起义的声势推向更壮大、更旺盛的地步。截止到张浚和岳飞被派前来处理洞庭湖事件的时候，起义军在壮大和旺盛的局面下，持续了近四个年头（自建炎四年三月至绍兴四年二月）。假如钟相领导的时期可以算做起义的第一阶段，那末这四年就可以作为第二个阶段了。这些起义首领，根据记载，多半都是龙阳县（今湖南汉寿县以西）的“税户”。他们负山面湖，设立栅寨。较大的栅寨约有二三十处，主要在湖的上游、鼎江（即沅江）入口处南北一带；但在湖的下游岳州一带者也有。他们对来侵的敌人采用

① 《三朝北盟会编》卷137。

两栖战法，即“陆攻则入湖，水攻则登岸”。[①]他们中间可能有不少人兼为“渔户”，对造船操舟等技术，平素即有一定的修养；更兼在某次战斗中俘虏住北宋时在京城开封的都水监中充当过木匠都料官的高宣，从他那里吸取了新的造船图样和技术；恰巧他们栅寨背面的山上（如德山、药山、夹山、钦山等）都有天然的林木可供采伐。集合了这些条件，他们便开始大造“车船”（按：用人力踏动木制机车，使船身得以运行于水上的船只，叫做车船）。他们在两个月内，就打造了大型车船十余只，其中以杨么坐船最大，装二十四车，楼五重，桅长十余丈，船两旁装有护板，机车和踏车之人可以不暴露于外。这种车船上下江流，可进可退，往来顺利，而且制样雄伟，不识者以为“龙”。这是农民起义对于科学技术之群众性创造的重要事例之一。

这时，流氓军阀孔彦舟已被调走，不久后便降到金国去了。南宋皇朝在这四年中曾接连派来不少镇压的军事大员，如程昌寓、刘洪道、李纲、解潜、孟庾、王𤫉等，并且不惜重蹈中晚唐时的覆辙，给予这些镇压大员以财政上、人事上以及军事调遣上的半独立权柄。于是他们便滥收兵饷；随便拘捕沿湖“网户”使之充当水军；并招募辰、沅、靖等州境内的“苗、瑶峒丁”使之充当弓刀弩手：以加强镇压的兵力。其中以程昌寓和王𤫉最为残暴。王𤫉新自当时首都临安带领御前水军前来，也被起义军于绍兴三年十一月的一场战斗中打得几乎全军覆灭了。宋室皇家军队的腐朽，农民军的英勇及其战斗力之强大，由此可见。

到绍兴五年（公元1134年）二月，南宋皇朝改派张浚前来处理洞庭湖区的起义事件。同年八月，复以岳飞为荆湖南北两路制置使。张浚只是最高负责的一个长官，而岳飞才是真正动手来处理事件的人。岳飞在到任不到一年的时间内，主要不是依靠武力的“进剿”就把全部问题顺利解决了。这可以作为起义的第三阶段也是最后一个阶段了。由于这段内容性质的复杂和重要，以及我个人有些新的看法准备在此提了出来，予以说明。

三　岳飞对待起义的态度及其具体措施

岳飞出生于一个农业劳动者的家庭，自小亲自参加劳动，因而即使在他已

① 《建炎以来系年要录》卷90。

经成了带兵的将官以后，自己仍旧保持着劳动人民艰苦朴实的作风，[①]而且较此更为重要的，是他对劳动人民的力量懂得应该重视，应该为了国家来好好使用这些力量。就在这一点上，他显明地与赵构和秦桧等相对立，由此发展为政治上的“和战之争”。在当时一批少壮的“中兴名将”中间，岳飞在这一点上表现得最为突出，刘锜和韩世忠或多或少也具有这样的色彩，其余如张浚等便只是皇朝的鹰犬罢了。在对待杨么起义事件的过程中，他的表现也正是如此。

岳飞在当时跟张浚尚未造成像以后的嫌隙，两人在当时还是合作的，张浚以他自己更高的政治地位来替岳飞遮挡一些谗谤，如“张浚以都督军事至潭，参政席益与浚语，疑飞玩寇，欲以闻。浚曰，岳侯，忠孝人也，岳有深机，胡可易言。益惭而止。”[②]试问：席益为什么提到“玩寇”的话？这个话，不是没有来由的。岳飞对待洞庭湖事件，采取了与程昌寓、王璎迥然不同的措施。他一方面调集兵马，只围不打；另方面他派人了解情况，得知了程昌寓、王璎等对湖区人民的种种残暴，这对于起义人民的情绪说，有如火上浇油一样；除此之外，特别重要的，是岳飞看到了湖区人民爱祖国的真正立场，原来当时刘豫伪齐的下襄阳太守李成曾数次派遣使者携带重礼前来贿买湖区起义人民，约他们并力攻宋，“克日会合，水陆并进”，并允诺“得州者做知州，得县者做知县”，[③]而湖区起义人民用酒灌醉这些使者，尽把他们沉入湖中了。这是多么经得起考验的坚定的立场！岳飞是一位爱国的将领，对于这样忠于祖国的义军，即使是处在敌对状态，也是会十分尊敬和爱惜的，于是他便在上级张浚的支持和保障下，坚决执行对起义人民妥协让步的政策。其具体措施如下：

（一）起义人民自愿归农者，于鼎、澧二州支拨闲田，授田给种，并豁免税役五年[④]；

（二）自愿充当军人者，当议优予转官，各授名目[⑤]；

（三）蠲免湖南路上供三年，再蠲荆南府及归、峡二州上供二年[⑥]；

---

① 周密：《齐东野语》卷20，《岳武穆御军》条。

② 《宋史》卷365，《岳飞传》。

③ 鼎澧逸民：《杨么事迹》卷下。

④ 《建炎以来系年要录》卷85、86。

⑤ 同上书。

⑥ 《宋史》卷28，《高宗本纪》五。

（四）发钱六万缗，米二十六万斛赈之[①]（受赈者计有二万七千余户）[②]。

这些措施，不同于童贯对待方腊的那些欺骗性措施，因为那些措施于起义军失败后立即废止了，而这些措施是一直贯彻下去的。有一个记载说："湖北平，（飞）即募民营田，给以牛种，假之口食，分任官吏，责其成功。又为屯田之法，使戍伍兵战之暇，尽力南亩。行之二、三年，省漕运之半。"[③]另一个记载说："岳枢相之来，不施一镞，不用一戟，谈笑之间，了此大事，息甲停戈，各获休息，复见太平景象，则其恩德布在荆湖，虽千载亦不朽。……至淳熙九年，已历五十余年，龙阳县上下沚江乡村居户无虑万家，比屋连檐，桑麻蔽野，稼穑连云，丁口数十万，皆自岳枢相恩德保全之所由出。"[④]可见只要肯于对劳动人民认真进行让步，社会生产是马上就可以恢复甚至发展的。

而岳飞的贡献，犹不止此。他收编了绝大部分的起义军，使之转化为抗金的力量。记载说："除杨么就戮外，招到黄诚、周伦等众二十余万。"[⑤]另一个记载说："湖、湘悉平。获'贼'舟凡千余，鄂渚水军之盛，遂为沿江之寇。"[⑥]这件事是很值得重视的。现在，在这里再举出一两个旁证。《宋史》记载说："杨么平，（岳）飞献（张）浚、（韩）世忠楼船各一，兵械毕备。世忠大悦，浚反忌之。"[⑦]《宋名臣言行录》也有同样记载，文字稍详，说"兵徒战守之械毕"[⑧]。毕沅《续通鉴》则采用了后者稍详的字句[⑨]，可见他们也很重视这件事。由这个材料中可以看出，岳飞既可以其收编之起义舟船人械赠送同僚，求取谅解；那末他自己手底下，这种收编过来的起义军舟船人械，其力量自必更为强大和雄厚了。杨么事件解决于绍兴五年，到绍兴十年，岳飞便对金兵打了朱仙镇著名的一役，这中间是不能不引起人们的联想的。只可惜我们既经搜集到的"文献不足征"，又是只能提出近乎假说性质的推断来罢了。

---

① 《宋史》卷380，《薛弼传》。

② 岳珂：《金陀粹编续编》卷19。

③ 李幼武：《宋名臣言行录》（《别集》）卷8。

④ 鼎澧逸民：《杨么事迹》卷下。

⑤ 李幼武：《宋名臣言行录》（《别集》）卷8。

⑥ 《金陀粹编续编》卷19，引章颖《岳飞传》。

⑦ 《宋史》卷365，《岳飞传》。

⑧ 李幼武：《宋名臣言行录》（《别集》）卷8。

⑨ 毕沅：《续资治通鉴》卷115。

在这里，愿意提出自己的一点看法来，作为本篇论文的结束。我认为：在南宋初期历史上的“和战之争”，其中不仅包括着一个人们以怎样的态度和立场来对待金国的问题，其中同时也包括着一个人们以怎样的态度和立场来对待本国人民的问题。一个种族关系问题和一个阶级关系问题，两相表里，血肉关联，而阶级关系实为其中根本。赵构的父母兄妹妻妾几乎全部被掳到北方，遭受到种种的污辱（如《青宫译语》等书所记述的），从个人来说，他对金国是不可能不恨的；但他坚决主和，不惜对敌厚颜屈膝，这中间显然是一个阶级问题在支配着他。他害怕人民，害怕人民力量的抬头，因而也就连带地害怕那些能够使用人民力量来进行抗敌的将领。岳飞的被杀，韩世忠和刘锜的坐废：都是这个缘故。岳飞对洞庭湖人民进行妥协让步，收编了他们的舟船人械，而且这个影响散布出去，忠义人民望风来投，如绍兴六年，太行山忠义社梁兴率众来归；到绍兴十年，朱仙镇之役的前夜，梁兴便渡河取河东北诸州县之地，以牵制金兵，帮助达成了朱仙镇的巨大胜利。韩世忠屯兵淮东时，也曾派人结山东豪杰，约以缓急为应，太行“群盗”，都愿奉约。刘锜知潭州并帅荆南府时，曾修理江陵县东黄潭地方的大片淹地，得膏腴田数千顷，听任流民自占者凡几千户。他们看到了一点人民的力量，并且懂得了一点怎样为国家去培养和使用这个力量的门路，因而他们在抗敌卫国方面，便能够有所成就，并为人民所爱戴：但也正由于这一点，他们遭到惧怕本国人民甚过惧怕金虏的南宋皇朝的迫害，便不免于很快地枉死者枉死，废黜的废黜了。

至于对杨么的评价，则并不受岳飞问题的牵连。杨么始终忠实于钟相的起义事业，他英勇地领导起荆湖人民对南宋皇朝进行反抗，坚持五年有余，给予封建专制主义统治者以严重的打击和教训，客观上创造了促成国内阶级在局部地区中的妥协让步并因而促成个别爱国部队有了北上御侮的可能。自然，杨么本人也可以像南明的李定国那样来领导对外族的斗争；但是，他没有这样做，我们对他也不应该有过高的要求。他的投水自杀，是壮烈的。岳飞派牛皋把杨么从水中用抓子打捞上来，将他枭首诣“行在”。这也是他作为一个封建皇朝的臣僚所不可逃避的事情，我们也不应该单抓住这一点就把岳飞说成是刽子手（自然，他底爱国思想中，阶级的局限性很大，也是应该承认的）。但事情只要稍微放大一点范围来看，在认识上便会有变化。试看岳飞就在将杨么尸体枭首的同时，尚对主张大量屠杀起义人民的牛皋连呼“不得杀，不得杀”，由此可证，岳飞在总体上看尚不是一个刽子手。总之，对待杨么和岳飞的评价问题，绝不能采用“二者必居其一”的简单办法去处理，如认为假若肯定了杨么，岳飞就一定是刽子手；假若肯定了岳飞，那末杨么就一定是一个不符合于当时时代要求的割据者和叛乱者了。这两种认识都是错误的。其错误处，就其根本说，第一在于没有认识到历史在规律性的统一性中还存在着多样性和复杂性，第二在于没有认识到在客观存在和人类的认识历程中，都贯穿着一种整体与局部间的矛盾，而正是这个矛盾，在人类历史中提供了形成为多样性与复杂性的根据。

南宋金元之际山东、淮海地区中的红袄忠义军

一 引 言

在南宋末、金末和元初的历史上，红袄忠义军的种种活动，是很值得重视的。至少有如下的三个主要理由，使我们不能不重视它。第一，这些活动，在时间上持续了很久，即以见于普通史料的而言，自宋都统戚拱初结红袄军李全焚金人的涟水县事件算起①，是宋宁宗开禧元年（公元1205年，即金章宗泰和五年），到李全的儿子李璮于宋理宗景定三年（公元1262年，即元世祖中统三年）在济南抗元牺牲为止，这中间几乎整整是六十年。在地域上涉及到的范围也很广，除中心地区是山东的青州、潍州、莱州以及淮东地区之外，北到沧州，西到太行，东到海，南到江北，他们都曾牵及到过。第二，红袄忠义军的性质和作用很复杂，因为它刚巧发生在一个衰弱无力的汉族政权和两个外族侵入者政权纷争交战的时候，种族矛盾和阶级矛盾互相错综交织，使全部斗争和战争的内容，十分地复杂化了。第三，在这些活动中，不仅有不少可歌可泣的正面事迹，值得加以发扬；并且还有另外一些事件和人物，从其中也暴露出不少带有典型性的缺点，如内部火并、叛顺无常、地域狭隘性等等，只有把这些缺点像对待优点同样地辨别出来，结合具体史料予以说明，才能使我们从历史上的群众运动中，求取到应有的教训和警惕。

旧日的史籍，对于这一段红袄忠义军的活动，倒是未曾予以忽略；相反，用来记载它们的篇幅是不少的。即以最寻常的来说，《宋史·叛臣传》中，即

① 《续资治通鉴》卷157，《宋纪》开禧元年五月条。

有占两卷篇幅的《李全传》[①]；《元史·叛臣传》中，有《李璮传》[②]；《金史》在一些镇压义军的金人将领的传记中，也记载了初期红袄军领袖杨安儿的事迹[③]；《宋史纪事本末》中为此立了《李全之乱》和《李璮之纳》两卷[④]；《续通鉴》也在二十一卷的篇幅中断续地交代了这事件的全部经过[⑤]。此外，如南宋时的著名笔记《齐东野语》，也以一个南宋人的闻见所及，记录下来一些当时沦陷区中辗转传来对李全的传说[⑥]。史料的确不少，但是比较正确一点的看法，则几乎没有。因为宋朝视为忠者，金元必指为奸；金元之所褒者，宋人则必加贬；此外，《宋史》、《金史》又都是元人所修。这样一来，所谓看法的问题，就纠缠得一团糟。即使再以后的论史者，也仍脱不开一团糟的境界，如明末的张溥，他联系明末的局势，指斥南宋奸相，过分地表扬了李氏的忠义，而无视他们的缺点；[⑦]而民初的柯劭忞则以满清遗臣的顽固姿态，在他的《新元史》中驳斥了张溥的相对正确的议论[⑧]。如此等等，纷乱之至。明代著名戏曲《牡丹亭》，也曾在《牝贼》、《淮警》、《围释》等出中，对李全及其妻杨妙真进行了很多的歪曲和污蔑。因此，在今天，我们不仅要把红袄忠义军的史迹重视起来，也不仅需要动手来把这些有关的史料整理一番、排比一番，而且特别重要的，还要学习着以我们初步掌握到的一点历史唯物主义的方法，来加以分析与批判，得出一个可供讨论和参考的比较端正一点的看法来。

二　杨安儿和初期红袄军的反金斗争

在南宋宁宗嘉定七年即金宣宗贞祐二年、亦即蒙古成吉思汗九年的时候（公元1214年），蒙古军南侵，金人领土缩小，剥削加重，引起人民的反抗，首先是山东、河北一带汉族人民的反抗。《宋史》说："初，大元兵破中都，金

① 《宋史》卷476，《李全传》上；卷477，《李全传》下。

② 《元史》卷206，《李璮传》；《新元史》卷222，《李璮传》。

③ 《金史》卷102，《仆散安贞传》。

④ 《宋史纪事本末》卷87，《李全之乱》；卷104，《李璮之纳》。

⑤ 《续资治通鉴》卷157至卷177。

⑥ 周密：《齐东野语》卷9，《李全》条。

⑦ 《宋史纪事本末》卷104，《李璮之纳》末附张溥所选评文。

⑧ 《新元史》卷222，《李璮传末》附著者柯劭忞所撰"史臣"之"赞"。

主窜汴，赋敛益横，遗民保岩阻思乱。”[1]在泰安、沂州一带的，是由刘二祖领导的一支；在青、潍、莒、密诸州一带的，是由杨安儿领导的一支；在潍县、安邱、临朐一带的，是由李全领导的一支；其余小的支派，不可胜计。据说他们都穿红衲袄以相识别，故金朝统治者诬蔑地叫他们做“红袄贼”。（《齐东野语》说，他们自从做了南宋的官，穿了红袍以后，才叫“红袄军”，这说法是不足信的。）在初期，他们中间以杨安儿领导的一支为最强大，因而具有着代表性的意义。

杨安儿，益都县人，“以鬻鞍材为业”[2]，可见是一个小手工业者兼做小商贩那样的人物。《齐东野语》说他是一个“堡主”，似有强霸一方的味儿，该书作者周密虽是济南人，但却自其祖父数代以来，久滞江浙，与山东沦陷区隔绝已久，所凭全系传闻，又有南宋皇朝的种种偏见羼杂其中，故其记载中有许多点是未见得可靠的。他从金朝章宗的泰和年间（公元1201至1208年），正当金人向南攻宋的时候，就在家乡一带领导农民的起义军运动，据文献记载，他曾降过金，还做过防御使和金人用以拒元的“铁瓦敢战军”的副都统等官职，但他久久地“有意归宋；招礼宋人”[3]。到“金主窜汴、赋敛益横”的时候，他便明显地举义了，而且至死不曾再度摇摆过。他初起义，受到金人“花帽军”的镇压，向莱州和半岛尖端方面转移，在那里，他受到金朝所置汉人官吏们的欢迎和合作，建立了反金政权，置官属，建元天顺。在他的领导或影响之下的，有郭方三据密州；李全据临朐，扼穆陵关，棘七在昌邑；史泼立在半岛尖端一带。金兵无法取胜，使用纵谍诈降等奸计，才使义军转胜为败。杨安儿于1214年十二月乘轻舸浮海至即墨，在岠嵎山被金人赂买的奸细舟子曲成击坠水中而死。

杨安儿死后，他的舅父夏全带领部众在潍州、莒州一带活动。安儿有妹号“四娘子”，字妙真，善骑射，尝自云“梨花枪天下无敌手”，军中奉之，称曰“姑姑”。她在磨旗山地区（即附篇中所记之马鬐山）与李全相遇。李全也以弓马骄捷和使用铁枪著名，时人号“李铁枪”。两位同是群众领袖又同是著名的枪手，经过比武和竞技，终于结为夫妇，把双方部众合而为一，使之成为能够

① 《宋史》卷476，《李全传》上。

② 《金史》卷102，《仆散安贞传》。

③ 《宋史》卷476，《李全传》上。

继承杨安儿事业的一支沦陷区中有力的抗金义军。

与此同时，其他支派的红袄军也在活动。刘二祖领导的一支，在沂蒙山区的许多山峒中与金兵展开了相当大规模的战斗。公元1215年二月，在大沫峒一役中，刘二祖牺牲了。这支曾一度被削弱了的红袄军，不久在刘二祖底继承者霍仪、郝定等的领导下在东平州建号设元，继续活跃在滕、兖、单诸州和莱芜、新泰等县的广大地区中，摧毁了金人的统治，客观上形成李全、杨妙真反金部队之有力的配合力量。除此之外，远在太行山东麓也有红袄军活动的事迹，在那里，忠义民兵在周元儿领导下，曾攻下过在金人统治下的深、祁二州，束鹿、安平、无极等县。由此可见，红袄军的抗金活动，在大河以北今山东河北的广大地区中，是相当普遍的；不过在其第一阶段的活动期（约自公元1211至1217年）中，以杨安儿在青州、莱州的战斗为最主要、最强大罢了。

三　李全和山东、淮海地区中的“忠义军”

红袄忠义军的活动初期，其特点是自发性很浓厚，地区分散性也很显著，起义性质比较单一，即除汉族人民抗金之外，不曾与宋、元在政治上发生显著的关系，故事件内容就比较地容易弄明白。可是不久之后，情况显著地变化了。由于（一）蒙古人伐金攻宋，中间有许多间歇；这使金政权于狼狈局促之余，还可以得到一些暂时的喘息机会，得以反扑其统治区中的义军；（二）蒙古人伐金攻宋，虽然增加了对南宋政权的威胁，但因为削弱了金，因此也引起了南宋政权有北上收复一些失地的企图；（三）山东、淮海一带迭经金、元军事侵夺，生产受到严重摧残，食粮和食盐发生严重恐慌，南方的手工业品和商品也久久断绝向北的流通，使忠义军本身也遭遇种种困难。在这样一些条件的结合之下，忠义军就逐渐地汇集为几个较大、较集中的军队，向淮海地区流动、向南宋政权靠拢了；但从此，也就不免要牵引出很多性质复杂的事件来。《金史》说：“自杨安儿、刘二祖败后，河北残破，干戈相寻，其党往往复相团结，所在寇掠。……官军虽讨之，不能除也。大概皆李全、国用安、时青之徒焉。”①而作为这一阶段中的最主要人物，就是李全。

李全，潍州北海人，出身是农家子。《齐东野语》说他曾“贩牛马”，又曾“业屠”。统治者把他的形像和性格有意地丑恶化，说他“锐头蜂目”，性

① 《金史》卷102，《仆散安贞传》。

"权谲"[①]。在以杨安儿为主的红袄军初期活动期间，他就是一个重要的局部地区的领袖之一；自杨安儿死，他与杨妙真结婚以后，他便成为山东忠义军中最重要的领袖了。宋宁宗嘉定十一年（金兴定二年、元太祖十三年，公元1218年）正月，他正式率部归宋，接受了南宋政府给他的"京东路总管"的官职。这时南宋政治中心远在临安，为了就近解决接近敌区地带上的政治军事问题，他们在今淮安地方设立了楚州州治，派遣一名兼知州事的"制置使"坐镇淮上，有权代表专制主义皇帝"便宜"处理一切。这样的"制置使"，由于所秉承的最高意旨就是一种不坚决抗敌、乘机取利和使用矛盾以求苟安等的策略，他们总不能在对待山东忠义军的问题上，特别是对待李全的问题上有所成就；相反，在十年（公元1217至1227年）中间，坐镇大员就由应纯之、贾涉、许国、徐晞稷、刘琸，到姚翀，先后更替了六次，淮安一带的忠义军较大规模的兵变就爆发过五次（1219年九月一次，1225年二月一次，1226年十一月一次，1227年六月、八月各一次），其中有三次就是义军为了驱逐镇淮的统辖大帅而发动的。结果，南宋政权自己也弄得毫无办法，只好"廷议，以淮乱相仍，遣帅必毙，始欲轻淮而重江：楚州不复建阃。"[②]想用撤销驻淮特派大员措施来了结问题。

在李全这方面检查起来，他的的确确是为祖国做了一些事。这些事，除在后面一节中还将提出详细的论证的材料根据之外，初步说来，他从很早便在金占区中坚持敌后抗战；后来不但自己正式归宋，而且还说服金国驻山东的汉奸军帅张林也附表归宋；公元1219年在金人南侵临到大江北岸，建康都为之震动了的情况下，他率领忠义部队在今洪泽湖西岸和南岸勇猛作战，大力地牵制和分散了敌人的军力；他经常率领他底忠义部队自淮区北入沦陷区勇猛抗敌，如公元1226至1227年，他坚守青州，对抗元兵一年余的包围。这些事实，都能说明他在一个较长的期间，在不止一次的考验中，还能站稳祖国立场，绝不像有的史学家替他所扣上的一顶帽子，所谓"流氓"[③]。

但由于一些不良条件的积累和发展，如（一）南宋政府及其特派大员一贯地措置失当，使李全及其部队对之完全绝望；（二）与李全同时起义诸人的反复叛顺无常（如国用安、一作国安用，此人一生即在宋、金、元三者间反复叛

① 《宋史》卷476，《李全传》上。

② 《续资治通鉴》卷164，《宋纪》宝庆三年六月条。

③ 吕振羽：《简明中国通史》，三联版下册，540页。

顺了六次；时青一生，即在宋、金二者之间反复叛顺了五次，等等），给李全及其部队也增加了不少的牵制；（三）李全及其兄李福，为了增强自己“李家”的军力，或为了独占南北盐运、货运的利润，曾发生排挤、打击沦陷区中其他抗敌力量（如归宋以后的张林，在大名一带坚决抗战的彭义斌等）的种种情事，使对方纷纷投向金、元，或被金、元所消灭，因而使自己在沦陷区中的形势也日益孤立。由于这些事件的结合和发展，李全在后期的祖国立场站立不稳，他一面与元朝侵入者虚与委蛇，一面率部直抵扬州，向南宋施行军事的进逼，客观上帮助了蒙古侵入者消灭宋国的企图。公元1231年（宋绍定四年，金正大八年，元太宗三年）正月，他与宋将赵范、赵葵兄弟二人战于扬州城外，军败身死。

四　元初的李璮、王文统事件

李全死，赵范、赵葵率师向淮区“收复失地”，大肆残杀北方的忠义人民。杨妙真返回山东，在与蒙古侵入者虚与委蛇的情状下，保持红袄忠义军残余力量半独立状态。杨妙真死，李全子李璮继承了领袖地位。这时已快到元世祖忽必烈即位的时候了。

蒙古人底入侵及其吞没宋国，除去使用自己种族的力量外，并没有放松使用任何可能培植起来的汉人力量，特别是汉人大地主阶级甘心投敌卖国分子所掌握着的势力。例如河北永清的史秉直及其子孙、涿州定兴的张柔及其子孙、蒿城的董俊及其子孙、山东济南的张荣及其子孙、泰安的严实及其子孙等，都是在军事上和政治上带头投敌的重要人物。此外，蒙古统治者又搜罗了像窦默、姚枢、许衡这一班地主阶级中顽固保守的正统主义思想家，来替他们制礼作乐，麻痹人民。与他们同时，跟他们同样在蒙古人的统治之下，但以还不甘心忘情祖国、时时图谋恢复汉人天下的，其代表人物中便有李璮和他的岳父益都人王文统。

李璮对于元朝统治者，始终保持自己军队和统辖地区的半独立性。忠实于元朝的汉人地主张荣的孙子张宏，在当时就曾以李璮的“逆迹十事”奏报蒙古皇帝[①]。其主要内容，不外说李璮（一）在青州修缮城池、囤粮其中以自固；（二）蒙古人有向北的征讨，拒不出兵助战；皇朝得胜，也不表贺或入贺；

① 《新元史》卷一百四十，《张荣传》附《张宏传》。

（三）与“中书省平章政事”王文统岳婿内外连构；（四）不遵守元朝买马的统筹办法，自买马匹；（五）不遵守元朝统一的钱币政策，自发钱钞“涟州会子”；（六）克扣元朝的盐税和涟州钱粮，等等。

宋理宗景定三年，即元世祖中统三年（公元1262年）二月，李璮尽歼涟、海地区的蒙古戍兵，奉表归宋。他的部队立刻控制了一个相当广大的地区，南自涟水、海州，北到蒲台、淄州，元人的交通线都被切断了。元朝皇室立即调集起大名、东平、滨棣、济南各地“军民万户”管辖内的民兵，进行大包围性的防御，另一方面派亲王合必赤（亦作哈必齐）和大汉奸史天泽进行镇压。这年五月，李璮率部退保济南城，坚守两个月。七月城破，李璮投大明湖自杀，因水浅未死，为敌所获，被史天泽杀害。事闻于宋，赠太师，赐庙额曰“精忠”（《宋史纪事本末》作“显忠”）。他的岳父王文统，据记载说由于巡逻人搜到他和李璮间的秘密书信，中有“期甲子”等语，也被元世祖忽必烈处死了。事情到公元1264年（至元元年）还有余波，是年九月，李璮底部属毛璋、崔成等又在益都起义[①]，这个起义虽然很快就被镇压下去了，但它可以说明红袄忠义军抗拒外族统治的传统，是久久在汉族人民中持续着、潜伏着的。

五　一些分析和批判

有关红袄忠义军的基本史实，在前面诸节中大体上都已交代过了。现在，试来对其中所包括的几个重要关键问题，结合更具体的史料，来一一地予以论证。

第一个问题：南宋政府以怎样的态度，对待沦陷区的忠义军？并且这种态度在全部事件的进程中，所起的是一种怎样的作用，所负的应该是一种怎样的责任呢？回答说，南宋政府对待忠义军的态度，完全是一种不诚恳、不友善、只图利用、时时采取歧视、监视并进而企图予以消灭的态度。关于这，证据是很多的。金国的御史完颜伯嘉曾洞察到这一点，他一语道破地说：“宋人以虚名致李全，遂有山东实地。”[②]（他还建议金朝也仿效南宋的这种虚伪利用的策

① 《元史》卷5，《世祖本纪》五。

② 《金史》卷118，《苗道润传》；《续资治通鉴》卷161，《宋纪》嘉定十三年正月条同。

略，大封九公。）李全自己也晓得，他曾说："朝廷待我如小儿，啼则与果。"[①]宋朝给予李全以虚名，而实际上却对忠义人民施行裁汰、监视和歧视。如"制置使"贾涉就曾"分（石）珪、（陈）孝忠、夏全为'两屯'，李全军为'五寨'；又用'陕西义勇法'涅其手，合诸军汰者三万有奇，涅者不满六万人。正军常屯七万余，使主胜客。"[②]按，"涅手背"是指宋朝通行的一种以墨书刺字于民兵手背以为标志的办法，从这里面也可以反映出宋朝专制主义皇朝即使在偏安的局势之下也仍是以对待刑徒奴隶的态度来对待民兵的。贾涉之外，另一个"制置使"许国"痛抑北军，有与南军竞者，无曲直，偏坐之。"[③]另一个"制置使"徐晞稷逼压忠义军，致"（忠义军）将校曰，……不若有官者弃官，无官者归山东，为百姓。"[④]又如赵范上书宰相史弥远言时事，即曾公开宣言皇朝兵力应作如下的分类：曰"遏寇之兵"，曰"游击之兵"，曰"讨贼之兵"。他还更露骨地主张应该运用"贼"和金人间的矛盾，以乘机讨"贼"[⑤]。这些主张，在不久以后都被宋室采纳了，而且赵范本人就成了残杀忠义北人的大刽子手。记载说，当他北上"收复失地"时，在淮安五城中大举焚杀北人，哭声震天。这些便是南宋封建统治者对待人民态度之最具体、最真实的表现。在这些情况中，就可以明白为什么当时楚州偏多兵变，淮帅偏多被逐、被杀的道理。

除却如上的重要证据外，从一些可供补充的材料中还可以得到不少更充足的印证。如公元1226至1227年间，李全被蒙古军围在青州，宋人"倖全未归，以苟岁月"[⑥]。在1227年的八月，南宋还曾在不发"忠义粮"的威胁下，暗中拨弄义军中间五个较小股的义军首领（国安用、阎通、张林、邢德、王义深），杀害了李全的二兄李福，还企图杀害李全底妻杨妙真未遂。在杀害事件之后，火并者们将李福等的首级"驿送京师，倾朝甚喜"，并且还加派人前去

① 《宋史》卷477，《李全传》下。

② 《宋史》卷403，《贾涉传》；《续资治通鉴》卷161，《宋纪》嘉定十二年九月条同。

③ 《宋史》卷476，《李全传》上。

④ 《宋史》卷476，《李全传》上。

⑤ 《宋史》卷417，《赵范传》；《续资治通鉴》卷164，《宋纪》宝庆三年十二月条同。

⑥ 《宋史》卷476，《李全传》上。

"便宜尽戮余党"[①]。从这段事情里，也可以测量出南宋皇朝一贯的态度。这种态度是造成各股忠义军之所以顺叛无常的最主要的原因；特别对于像李全这样一个除晚年外素无投靠敌人事迹的人。所以李全在死前拉拢蒙古、发动了向南进攻的错误行动，南宋政府的态度应该是负有主要责任的。

第二个问题：李全及其率领下的忠义军，他们一贯的、主要的事迹是什么？根据这些一贯的、主要的事迹来看，他们的立场究竟站得如何？回答说，经过检查，其主要事迹，是忠义的，可以符合得上他们部队的称号。我们试看：（一）早在公元1205年，他们即曾结宋都统戚拱，焚金人的涟水城；（二）公元1219年春，金人南侵，达于采石，建康震动，李全率部与金人战于涡口及化陂湖一带，告大捷；（三）同年，金主（完颜）珣下诏招之，全复书，有云："宁作江淮之鬼，不为金国之臣"，并以轻兵往潍州迁其父母兄嫂之骨，葬于淮南，以誓不复北向[②]；（四）公元1219年秋，李全回潍州，以兵薄青州城，向金元帅张林陈说国家威德，并挺身入城，与张林结为兄弟，奉十二州版图以归宋，表辞有云："举诸七十城之全齐，归我三百年之旧主"；（五）公元1224年李全在青州沦陷区坚持抗敌，听说新任淮帅许国妄作威福、压抑"忠义"乃决心不顾生死，前往谒见，当时他曾愤怒地说："全赤心报朝廷，不反也"；（六）公元1226年至1227年间，李全在青州被围，大小百余战皆不利，蒙古人筑长堑、布狗砦以困之，城中食牛马及人且尽，忠义军将自食，李全焚香南向拜，欲自缢死（后来不曾自缢，而与蒙古人和解了，这是他的缺点）；（七）即使在他向南攻宋的错误行动时期，他还有浓厚的故国之念，如公元1230年在扬州城外，随军蒙古宣差曾诘问他为什么在衣着器用上仍然保存"南朝"习惯时，他曾取来宋朝颁给他的诰敕朝服，南向再拜，历述生平梗概，然后褫服焚之，泪下如雨。这些事迹，都是见于把李全当做"叛臣"看待的宋朝文献，其中定然不会有什么溢美浮夸的成分。

在这里，再补充地说几句。李全之所以还能够在他一生中主要的和一贯的事迹中符合于"忠义"的称号，其原因是由于他和他的部队，具有一定的人民性。这个论断有什么根据呢？第一，在元大将木华黎的儿子孛鲁（南朝记载，作"富珠哩"）的传记中，曾叙述李全在青州被围城破以后的事情说："诸将

① 《宋史》卷477，《李全传》下。

② 周密：《齐东野语》卷9，《李全》条。

皆曰，全势穷出降，非心服也，今若不诛，后必为患。孛鲁曰，不然；诛一人易耳，山东未降者尚多，全素得人心，杀之不足以立威，徒失民望。”[①]从敌人的口里，可以体会到李全坚持金人统治区中的抗战，使广大汉族人民免除了外族统治者征粮征兵的痛苦，是曾大得人心的。第二，公元1228年，李全在淮海地区大举扩军，不限南北，洪泽湖一带渔民大批应募，南宋的军人亦多往应之，天长县十六砦之民咸来就募。假如没有一定程度的人民性，是不会有这么大的号召作用的。第三，江南的一次暴动，也竟以李全为号召。事情是这样的，宰相史弥远妄行废立，太湖地区中的渔民和巡尉兵卒等在公元1225年正月借机举行暴动，以藩甫、藩壬、藩丙兄弟等为实际首领，拥戴被废黜出居湖州的济王赵竑为皇帝，公开举兵反抗南宋昏庸的执政者；奇怪的是他们的装束如“北军”（即穿红袄），揭出的榜示也是用李全的名义。从这个事件中，也可以看出李全和“红袄军”的名义，在当时是带有人民性的一种号召。

第三个问题：难道李全和他领导下的忠义军就完全没有缺点了吗？回答说，有的，而且还不少。（一）李全和他的忠义军对金军和元军以及汉奸部队作过不少次的战斗，但除涡口和化陂湖的战役外，在其余若干次战斗（如东海、东平、密州、莒州、泗州、盱眙等役）中，几乎都是败多而胜少，由此可见其军力不强，内部团结不固，充分表现出农民阶级分散狭隘的消极作用。假如我们可以拿它与近代史上的“捻军”作一番对照的话，那末两者在互有类似之外，“红袄军”的战斗勇猛程度是远不及“捻军”的。（二）在忠义军底几次内部分裂事件中，李全及其二兄李福负有责任。例如张林，李全既说服他一同附表归宋，而李福则与他因争夺沿海六盐场利润的事，对他妄施恫吓，使他复叛归元。再如彭义斌，史实证明他最终在内黄的五马山坚决抗元，是一位不屈而死的烈士，但李全却在恩州地方与他展开猛烈的战斗，削弱彭义斌底军力，并结下两者间长久的怨仇。像这样类似的事件，史料中是不少的。（三）李全最后南攻扬州，虽然史料上也说明了“蒙古实未尝资全兵”[②]，李全自己也说：“朝廷动见猜疑，今复绝我粮饷，我非背叛，索钱粮耳。”[③]但实际上这是丧失

---

① 《元史》卷119，《木华黎传》附《孛鲁传》；《续资治通鉴》卷164，《宋纪》宝庆三年五月条同。

② 《续资治通鉴》卷165，《宋纪》绍定三年五月条。

③ 《宋史》卷417，《赵葵传》。

了祖国原则，制造了一件为亲者所痛、为仇者所快的事件，在李全个人一生基本是光荣的历史上，也最后涂下了一个很大的污点。

六 余 论

在如上的论证之外，在本文的临尾部分，还有一些不足以成立巩固论断、只是凭借臆想和不充足理由而得来的假说，愿意在这里也一并写了出来。

问题是这样的：假如我们不把南宋金元之际的这个红袄忠义军事件当做一个孤立的事件来对待，而是把它拿来放置到更广阔、更悠长的历史进程中，譬如说，把它拿来跟与它同时或稍前稍后发生的诸起义事件联系起来予以观察的话，那末，在看法上可能会有很大的进展。在北宋仁宗庆历七年（公元1047年），山东贝州有过王则领导的起义。王则是涿州的一个牧羊人，后充军卒，以弥勒教组织起义，事败后宋室把贝州改为恩州（今山东恩县）[①]。这是宋代以弥勒教组织起义的较早的记载。与李全归宋同时，在公元1219年，四川有以张福、莫简为首的“红巾军”的起义，自闰三月至七月，持续了五个月而失败[②]。这是以“红巾”为号倡导起义的较早记载，它与元末各地的红巾大起义，由于它们都是采用了“红巾”这同一种起义的标帜，因而我们或者可以说它们中间是一脉联系着的。于是，问题便产生了：“红袄军”与这些以弥勒教为组织条件、以“红巾”为起义标帜的起义，是否也有一脉的联系呢？

由于史料的不足，或者说，由于我们初步研究者所既掌握到的史料不足，我们还找不到这个联系。但疑窦还是有的，如他们为什么奉杨妙真为“姑姑”？或者，杨四娘子为什么偏偏叫做妙真呢？他们为什么偏偏穿红衲袄？衲袄所染的红色完全是偶然的吗？假如不完全是偶然的，而其中有与中国传统“五行生克”之说相关联，或与弥勒教教义中的某些内容相关联的话，那末，我们将可进一步推断：这些宋、元甚至明、清诸代的起义，原来都是一脉相连的。姑写出此假说，留待更深入研究的同志们的参考，或者留作自己日后继续深入研究时的专题吧。

---

① 《宋史纪事本末》卷32，《贝州卒乱》。

② 《续资治通鉴》卷161，《宋纪》嘉定十二年闰三月条及七月条。

附篇　记卢兼三同志关于"红袄军"遗址的来信

自拙作《南宋金元之际山东淮海地区中的红袄忠义军》一文在《文史哲》杂志1954年4月号刊出后，承读者诸同志的关心和注意，时常来信赐教；其中以山东曲阜师范学校卢兼三同志的来信，对李全和杨妙真起义遗址的叙述，特别值得珍视。因卢兼三同志原信是私人通信形式，且卢同志自称"年老眼花"，我们未便再行函请其本人重写，因此谨将原信中的重要内容，予以转述如下：

李全和杨妙真起义的重要根据地，其遗址是马鬐山。山在莒州古城东南七十里，山势险峻，为火成岩山。自四面远望，皆像马鬐，故名。山高549公尺，东、北两面，险不可登；唯西、南两面，有路可上。李全和杨妙真曾在此山筑城据守，以抗金兵，故民间口传李全为"马鬐王"，杨妙真为"杨娘娘"。他们所筑之城，分为"皇城"和"外城"，遗址至今犹存。卢兼三同志在长期坚持滨海地区革命战争的期间，曾三次访问该地。内城（即皇城）以大石块垒成，遗址仍高三四公尺；外城以土筑成，遗址尚高七八公尺。城自山顶筑起，逶迤而下，沿浔河之滨，至于平野之上。面积约有二三十平方里。

在城内和城外附近，有些地名，至今犹存：（一）土城之内，有一村，名曰城子；（二）内城之北，有一村名四关埠，传系当时之北关，为涟、海与胶、密间贸易集散之地；（三）山下附近诸小村，过去统名曰竹园社，传系李、杨的竹园。竹园除可供游览外，并产竹作军用枪柄盾牌之制造原料；（四）西距城七八里有一村，名花园，传系李、杨休养之地；（五）西距城三十里外，在大店镇之北，有浔河崖岸一段，河心有巨石，水闸遗迹之凿痕俱在，名曰铃铛口，传说为蓄存饮水以供军用之处；（六）在山之西坡、内城圈外、浔河崖上，有大片露顶平石，名曰斩将台，相传李全斩其大将王仙于此，摩崖上石刻原文相传为"斩大将王仙处"六字，今仅存"王仙"二字，余已经斑剥，不可辨认；（七）此外，在山南七八十里地方，有三个村，三村联名曰书院村，为当时起义军子弟学校性质之机构，相传李全之养子李璮等曾攻书于此。

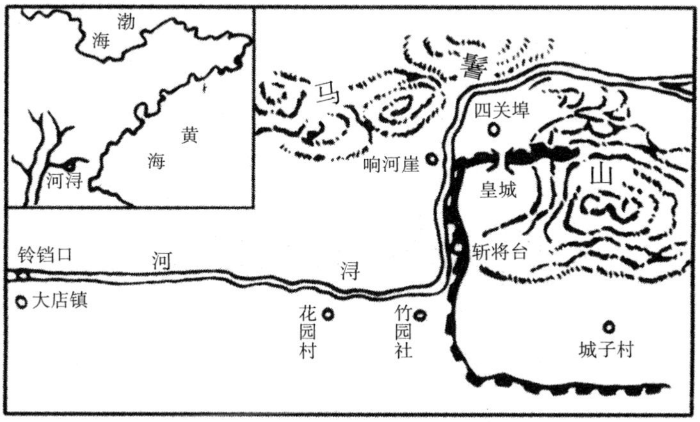

马鬐山抗金根据地形势图

根据以上的遗址，可以断定马鬐山是李全、杨妙真领导的红袄军所经营的一处相当完备的根据地，有石城、土城、关厢、水闸、竹园、花园、书院等设置。迄今山上摩崖刻石，犹大书：“杨四娘子此山下寨”八个字。据传说，南宋皇室派一监军之类的官吏前来马鬐山联络，杨妙真甲胄出迎，该官吏竟大怒，以为轻宋；杨妙真乃易盛装、膝行奉觞，该官吏竟以口就杨手中饮之，饮罢复狂笑，态度轻亵。王仙侍卫在侧，怒不可遏，拔剑斩之。后李全归，恐获罪于宋，乃斩王仙。当地群众于传说中，对李全斩王仙之事，多表惋惜与怨愤，说：“马鬐王不该斩了王仙！王仙一死，金兵不怕他了，就发兵包围了山寨。马鬐王打了三仗就打败，往南逃走去了。”至今山南十余里之处，有一道东西河，名曰三仗河，相传李全在失败南去之前与金兵连打三仗于此。

以上，仅据卢同志原信之主要部分转述，如有转述错误，由我负责。与这些遗址相关联的这些遗事，是十分生动的。而更其重要的，是由此可以证明：实际的调查和访问，将会怎样惊人地超出了受局限程度很大的文献史料所可能说明的范围与程度。兹将这些材料刊登出来，除可供给史学工作者同志以研究和教学上的使用外，复盼海内文艺工作者诸同志也能予以注意，并依之作根据，写出一些生动的历史小说或历史剧本出来。

明初的唐赛儿起义

旧史书中有关人民起义的记载，几乎没有一件不是被歪曲和被压缩了的。去世不久的苏联史学家米舒林曾经指出，古罗马著名的斯巴达卡斯奴隶暴动的事件，就曾经遭受过统治阶级作史者的回避与抹煞[①]。当代进步的英国史学家汤姆生也曾指出，玛克西绵大帝对当时西班牙与高卢地区农民暴动的事迹，就曾尽力企图隐瞒，或予以矢口否认[②]。这在中外是一理的，而在旧时代的中国，情形更是如此。例如发生在明初（公元1420年）的唐赛儿起义，不管当时曾如何震惊了统治者们，以致使他们采取了一系列非常性的措施，但他们给这一事件留下来的公开记载是不多的；到清初编纂的《明史》，对此就更加简略了，只在《成祖本纪》永乐十八年条下和镇压起义的刽子手柳升与卫青的本传里[③]，稍微提一提就算完了。这样，也随带地影响到了新时代的通史著作，使它们对这件事的重视不够。

但只要我们再稍稍挖掘一下，例如翻翻《明实录》和查查山东有关诸州县的方志，就会清楚地发现，像《明史》所给予我们的印象，是被明清两代的统治者有意压缩，因而也是被歪曲了的。初步推断，实际情况会较记载的更为严重，其意义亦远较记载更为重大。关于这，我将分为如下两个方面予以叙述。

第一，唐赛儿起义是明初山东许多县份中农民的联合起义，它不应该被理

---

① 〔苏联〕C. 乌特钦科：《斯巴达卡斯起义的历史意义》，《新建设》杂志1952年8月号。

② E. A. 汤姆生：《西罗马晚期高卢与西班牙地区的农民暴动》，1952年11月英国《过去和现在》季刊第2期。

③ 《明史》卷154，《柳升传》；《明史》卷175，《卫青传》。

解为孤零零的、单股或小股的起义。自然，这次起义的中心人物是唐赛儿（蒲台县民林三妻），起义的重要地点之一是益都县的卸石棚寨（按：《明史》、陈鹤《明纪》中“棚”字均作“栅”，误。但确实地名亦有参差，如《诸城县志》作石棚寨、《益都县图志》作卸石砦、《蒲台县志》作谢石棚岳阳寨等）。但实际情况是不止此的。《明太宗实录》（以下简称“实录”）说：“奸人刘信、刘俊、丁谷刚、宾鸿、徐辉、王宣、白拜儿、郝允中、高羊儿、兰复升、张思名、王住儿、杨三、杨道深、张彦祥、赵如礼、程彦刚、董彦皋等，各率众从之。”[①]像这些人，从材料的综合印象中来推断，是不应该单纯的被理解为是唐赛儿手下的头目，而应该被理解作与唐赛儿有联系的在不同的地域中单独作战的领袖。例如宾鸿这个人，他就是安邱地区中曾勇猛攻打安邱城的一个起义领袖；董彦皋是莒州地区中曾攻打莒州城的一个起义领袖，等等。这在《实录》和有关州县的志书里，都有相类似的记载。而且，还不仅此。明万历《安邱县志》记载说：

> 赵琬，国朝永乐时人。与郝筒同习白莲之术，煽动远近。与蒲台“妖贼”唐赛儿等谋作“乱”，率数千人攻城，不克。寻擒获。

而且还不仅限于山东境内，在几乎同时的北直隶境内，也有在白莲教这种秘密宗教结社组织之下企图暴动的事件。按，唐赛儿起事于永乐十八年闰正月，失败于同年三月；而在同年的十一月，《实录》中又有了企图起义的记载：

> 真定府曲阳县人杨得春、蔚满圈等以“妖贼”术惑众，伏诛。得春等素不事产业，不服役官府，有司将治其罪。得春变黄冠服，满圈削发披僧衣，俱逃入晋州，以妖术妖书符咒惑众。自称善治兵甲，能令人飞行十里。遂聚“无赖”，号“五百罗汉”，谋作“乱”。事觉，有司捕获，械送京师，即日皆弃市，家口财产没官。

这跟唐赛儿事件联系起来看，显然是一场在白莲教组织掩护下的此起彼伏的暴动。有的书中说，唐赛儿之后并无继起的，这种叙述显然是不符合实际情况。实际上，从地域上看，这至少是上引《实录》与地方志中所涉及到的近二十个领袖在益都、安邱、诸城、莒州、即墨、寿光等州县地区内的联合暴动，而且在省外也还有连绵。再从时间的连续上看，明初的唐赛儿起义与明中叶正德六

① 《明实录》，《太宗永乐实录》，江苏图书馆传抄本，卷116。

年的刘六、刘七大起义之间，也不能说没有联系。当刘六、刘七大起义的人流从北直隶进入山东时，他们进到鲁东的一支，主要就是在唐赛儿起事的那几个州县里组织群众、进行战斗的。例如唐赛儿起义牵动过滨县，刘六、刘七大起义就正是经滨县由直入鲁的；刘六、刘七大起义所经蒲台、益都、临朐、莒州，也都是唐赛儿起义时主要发动的地区；最后刘六、刘七部队在日照打了一场大仗，便经由鲁南进入河南去了。这一点，有力地暗示我们，在上述的那些地区里，始终存在着一种残暴统治者千方百计加以破坏但也无法完全摧毁的一种宗教性结社的地下组织。根据这个线索，我们此后也许会能找出更多的资料来。

第二，唐赛儿起义，从他们的某些主观条件看，是很强的；再从反动统治者在镇压过程中所采取的一些措施看，起义的意义更是严重的。关于这，须要分开来叙述。

主观条件之强，可以从以下两方面看出来：

（一）虽然统治者着重地渲染起义者们如何“得妖书宝剑”、“能知未来事”、“剪纸为人马相战斗”、“衣食皆以术运”①这些迷信事迹，但实际的战斗中却丝毫也不是凭着这些迷信技术，而是凭着群众的苦斗，打了不少个精彩的战役，如益都卸石棚之役、安邱城郊之役，以及诸城、莒州、即墨诸役。在战斗中，青州左卫指挥高凤和讨山东乱“寇”都指挥佥事刘忠这样两员大将，也都被起义军杀死。

（二）无论统治者如何穷搜追捕，这次起义的主要领袖，如唐赛儿、宾鸿、董彦皋等都始终未被逮住，我们完全可以推想，他们在群众的隐藏之下，仍能长期留在民间，继续反抗的活动。

再从镇压者所采取的措施来作一种反衬的观察。

（一）明成祖朱棣对镇压不力的山东大吏，施行了破格的杀戮。《实录》记载说：

> （永乐十八年三月）戊子，山东布政使储埏、张海，参政卢信、林钟，参议曾光，按察使刘本，副使王璠、王肃，佥事王孜、刘先、林桢、张建及“贼”所发郡县官吏，皆以纵“贼”为“乱”不言，诛。

---

① 清乾隆修：《蒲台县志》卷4，《仙释志》。

（二）统治者对镇压得力的官吏，也给予了破格的升赏。《实录》说：

（永乐十八年）十一月壬午，升山东安邱县知县张旟为山东布政司左参议，县丞马㧑为右参议，并赐钞币袭衣。先是“反贼”宾鸿等攻围安邱甚急，城中素无兵备，旟、㧑仓卒率民男女婴城死守，“贼”不能攻。事闻，上曰，将帅虐民纵“贼”，县官御“贼”保民，人但坚志奋力，何事不济？旟等宜宠之。故有是命。

此外，有功指挥卫青、指挥同知王真，也都有升赏；甚至“官军千八十三人，升者五十九，余赏赉有差”。

（三）为了搜查未获的起义女领袖唐赛儿，不惜两次逮捕尼姑及女道士。《实录》说：

（永乐十八年）三月，上以唐赛儿久不获，虑削发为尼，或混处女道士中，遂命法司，凡北京、山东境内尼及女道士悉逮至京，诘之。

（永乐十八年）五月，上惩妖妇唐赛儿诵经扇乱，遂命在外有司，凡军民妇女出家为尼及道姑者，悉送京师。

这些措施是天下为之骚动的，《明史·段民传》说：“当是时索赛儿急，尽逮山东、北京尼及天下出家妇女，先后几万人。民力为矜宥，人情始安。”[①]

从上述这些破格的措施中，可以体会到唐赛儿起义对统治者震动之剧烈了。在明朝开国之后也不过半个世纪光景，就引发了起义，这跟北宋初王小波、李顺起义的作用，是有类似之处的。而且还不仅此。即使后代的统治者及其御用文人，也对之由仇恨而诬蔑诋毁，无所不用其极。例如写于明代中晚季的小说《拍案惊奇》中，在第三十一回处，便以“何道士因术成‘奸’，周经历因奸破‘贼’”为目，对这一前代的起义女领袖，做了不堪入目的污秽的描写。

但人民对于这位女领袖，却有另外性质的传说。“官方”自然不保存这些传说，因此这些传说只能作为“口碑”流传着，偶尔也被录入方志，我们试看：

赛儿遁去；后捕得下狱，三木被体，俄皆自解而逸。[②]

---

① 《明史》卷158，《段民传》。

② 清乾隆修：《即墨县志》卷11，《灾祥志》。

赛儿卒不获；既而捕得之，将伏法，刃不能入；复系之狱，钮械俄自解脱，遁去，不知所终。[1]

这些传说，后来到清朝初年被一位叫做吕文兆（名熊）的文人过分地夸大并神话化起来，写成了一部一百回、五六十余万字的小说《女仙外史》。这部小说的作者，虽然基本上是站在封建正统主义的立场，为了替建文皇帝平复，并描写永乐皇帝“得国不正”的目的而著书，但其中，在某种程度上，也不自觉地保存了一些人民对唐赛儿这一女起义领袖的深厚爱戴与不绝的恋念。

以上，是关于明初唐赛儿起义事件的一些初步探索的结果，仅以“札记”的方式写了下来。

① 清乾隆修：《蒲台县志》卷4，《仙释志》。

明正德间几次农民起义的经过和特点

公元十六世纪初即当我国明武宗正德的时候，在华北和中原的大平原地区、在川陕黔地区、在江西地区，都曾同时前后爆发过规模不小的农民起义。我曾将这些起义事件就现有条件下可能搜集到的有关资料，综合起来，分析了一下，发现其中有些问题，其试探性的解决，将不仅对这些起义本身增加理解；而且更进一步对于明朝近古期封建社会、对于中国历史上农民起义之总历程的发展，都将有可能引起向前推进一步的理解。因此，决定把这些内容写成为如下的一篇论文。

一　刘六、刘七等的起义

在明正德间的许多起义中，以刘六、刘七等领导的起义规模最大。以时间论，按照顶压缩了的材料看，自正德五年（公元1510年）十月持续至七年八月，计一年零十个月，将近两年。以地域论，起义曾绵亘直隶、山西、山东、河南、湖广、江西和南直隶这样七个省区。起义最初发动于当时京畿南沿霸州的文安，所以起初统治者叫他们做“畿南盗”。起义之所以在这个地区上发动起来，也是可以理解的，因为这一带正是封建专制主义的爪牙——宦官们进行强占田产、讹诈勒索、拓置“皇庄”、开设“皇店”、高利借贷等的集中地带。当时“诸大珰多文安人”，[①]他们对乡邦情况熟悉，榨取容易，故榨取也就特别重。据说当地平时就有一种反抗压榨的人民组织，统治者叫它为“响马

① 《明史纪事本末》卷45，《平河北盗》。

盗”[①]。正德四年（公元1509年），太监刘瑾建议自京畿至江淮间设立“四镇御史”，镇压反抗，其中真定（即今正定）一镇，残民尤甚，因此河北一带人民便纷起举义了。

文安人刘六（原名刘宠）、刘七（原名刘宸）及杨虎、齐彦名等，据说都“骁悍，善骑射”[②]，最初被募去协捕“盗贼”，但以不能纳贿，被转诬为“盗”，始逃亡，酝酿起事。《明史》记载说：“刘瑾家人梁洪征贿于宠等，不得，诬为盗，遣宁杲、柳尚义绘形捕之，破其家。”[③]他们起事后不久，在正德六年四月，有一名文安县的增广生员赵鐩（绰号赵疯子），也来参加了。可见封建专制主义及其爪牙的迫害，不但使农民无法生活下去，连中小地主和士大夫分子也被迫参加了农民的阶级斗争，贡献了他们的才智。例如赵鐩对于起义就有过不少贡献，《明史》记载说，他“稍有智计，定为部伍，劝其党无妄杀人，移檄府县，约官吏师儒勿走避，迎者安堵。”[④]此外，在战法上他也有所贡献，毛奇龄《后鉴录》记载说：“贼受疯子教，第飚忽去来无常处，使官军奔命；凡得民间马，一日夜驰数百里，捷如飘风，而官军马少，即有，亦不能穷马力。”[⑤]从此，他们就一直采用这种机动的运动战术，予敌人以重创。《明史纪事本末》记载说：“（贼）多出不意突犯”，又说“恃马力，倏忽驰骤。栖野，不占城郭；蹈虚，不立方所。”[⑥]自然，我们不应该把这种战术的使用，完全归功为赵鐩个人的创造和发明；这种战法显然是农民群众积累了长久作战经验的结果，同时也是农民起义中新社会成分增加的一种反映（详后）。但无论如何，十六世纪初的农民起义就开始使用这种机动的战术，是很值得重视的；以后十七世纪中叶的张献忠起义和十九世纪中末叶的捻军起义，都曾袭用并推进了这种战法。

他们分兵为东西两路。东路自沧州、德州进入山东境内，而且不只是一次的进入（确实次数无法统计，至少三四次），行军路程较短时曾到兖州、曲阜一带，较远路程时还到过半岛地区的登、莱诸州县。西路由杨虎率领，进入山

① 《明史纪事本末》卷45，《平河北盗》。

② 《明史》卷187，《马中锡传》。

③ 同上。

④ 《明史》卷175，《仇钺传》。

⑤ 毛奇龄：《后鉴录》，（“胜朝遗事”本）18页。

⑥ 《明史纪事本末》卷45，《平河北盗》。

西。《明纪》说，他们“纵横数千里。……御史王廷相言，盗贼所至，乡民奉牛酒，甚者为效力。”[①]《明实录》更明确地记载着他们所到达的州县，是“泽、潞、辽诸州，陵川、壶关、高平、沁水、阳城、翼城、曲沃、襄陵、洪洞、赵城、灵石、介休、平遥、祁、太谷诸县。”[②]不到一两个月功夫，他们就汇集了一支相当壮大的兵力，东下太行，自武安又一次回到平原上来，跟东路军相汇合。汇合之后，他们曾在沧州、枣强、德州、济宁等地，跟明朝的镇压军进行战斗，以正德六年十月的济宁一役来看，即曾一次“焚粮运船千二百一十八船”。[③]他们乘胜进据曹州、沂州和莒州一带之地。这时，他们又分兵为南北两路。北路由刘六、刘七、齐彦名等率领，继续留在山东、河北一带作战，时常以奇兵突自霸州北上固安，使京师曾四度为之戒严。南路由杨虎、刘三（原名刘惠）、赵鐩、邢老虎等率领，自淮安、灵璧西行，到达永城、虞城、夏邑、归德等地。杨虎在行军途中坠水溺死（其妻继其事业，时称“杨寡妇军”），众推刘三为首，赵鐩副之，称奉天征讨正副大元帅，以鹿邑生员陈翰（自称曾为兵部主事）和宁龙为元帅府长史，设东西二厂治事。分军为二十八营，以应二十八宿，各营置都督，全军至十三万人。到这时候，起义军已达自身发展中的最高点了。

由于当时社会缺乏新生产方式的明显成长，相应地，也由于当时的农民运动缺乏更坚强阶级的领导，而农民群众本身又由于总是有其消极面起着与积极面相互对消的作用，故当时的农民起义也像过去时代的其他农民起义一样，总是不能在革命中长期保持高点，或不断地创造高点，使他们的事业胜利与胜利相连续。即以刘六、刘七起义为例，跟在正德六年尾的高涨点之后，正德七年的低落和失败便接着到来了。运动战是一种机动的战术，使劣势兵力得以有可能打垮优势兵力，从而取胜；但假如不能更好地取得行军当地人民的充分支持，假如放任部队中流寇主义充分发展的话，那末这个运动战本身也会给起义军带来不好的结果。因为在上述情况下，它既可以拖垮镇压军，使之疲于奔命，它又可以拖垮起义军本身，使之涣散易溃。再就领导人物来看，以赵鐩为例，他不仅倡导了运动战术的采用，更增进了农民起义对其他可能同盟的诸阶层的争取，他临败不馁，临刑不屈，无可否认，他是“有某种价值的”。但他

① 《明纪》卷25，《武宗纪》二。

② 《明武宗正德实录》卷86。

③ 《明武宗正德实录》卷80。

把人民仇恨目标，缩小到个别阉党佞幸（如焦芳）的身上，而对于专制主义及其代表者——皇帝却是妥协，寄以希望的，如他在一封答复招降的信中写道："乞皇上独断枭雄之首，以谢天下；斩臣之首，以谢群奸。"[①]这是士大夫阶层参与起义之不彻底性的一种表现，也是农民"拥护好皇帝"思想在其领袖人物身上的一种反映。由于这些消极面的发展，起义事业便逐渐地由盛而衰了。

明朝兵部尚书何鉴重新布署兵力，以分区负责的制度责成他的部下，进攻起义军。他派遗陆完带领刚从边疆调回来的边防军讨"山东贼"，派遣仇钺带领调回来的另一部边防军讨"河南贼"。结合了起义军方面弱点的发展，他们的进攻才能有所"收获"。陆完在山东平度一带布围堵截刘六、刘七大军，使起义军方面受到很大损失。这支起义军回到冀东一带立脚不住，不得已南下寻找南路军去了。仇钺在颍州（今安徽阜阳）和光山一带，也使南路军受到很大的损失。这时，虽然有北路军前来会师，但也不能从根本上扭转局势了。重要的领袖们也逐渐伤亡。刘六在夏口中箭赴水自杀了。赵鐩在军败后剃发，怀僧人度牒，潜渡长江至南岸，将"从江西贼，再图大举"[②]，但也在江夏县境被缉捕了。他被解到北京，正德皇帝把他的皮剥下来制成马鞍，出入骑乘，即"法司奏祖训有禁，亦不听"[③]，专制帝王之残酷可知。刘三在南召也由于中箭而自缢了。只剩下刘七和齐彦名两人，带领余部沿江东下，在九江、徽州、镇江等处都曾得到了一些休息和补充，但这时敌人也已增强，陆完和仇钺两军又会了师，把刘七、齐彦名的部队包围在南通州的狼山地方。在正德七年八月的狼山战役中，齐彦名中枪死，刘七也因中箭而赴水自杀了（复有传说，云刘七实未死，数年后有见之于山西塞下者）[④]。至此，轰轰烈烈的刘六、刘七大起义，持续了近两年之久，终于被镇压下去了。

二　蓝廷瑞和方四等的起义

四川地区中的农民起义，大体上分为川北和川南两支。两支时常有合拢起来的意图，但受统治者的拦截，始终未能很好地汇合。两支中间，以川北方面

① 《明史纪事本末》卷45，《平河北盗》。

② 《明史纪事本末》卷45，《平河北盗》。

③ 《明武宗正德实录》卷92。

④ 高岱：《鸿猷录》卷12。

的势力较大，活动地域较广。他们所依据的主要自然环境，就是大巴山和汉水。他们凭借了这个特定的地理条件，在这一带活动，带有着开创的意义，因为在一百多年之后，李自成领导下的群众也曾重复选了这同一地区，作为他们蓄积力量的临时根据地，并且再以后，在清嘉庆元年到九年，川鄂的白莲教起义，又曾重复地利用了这个地区。正德四年（公元1509年）十二月，保宁（今四川阆中）人蓝廷瑞（通称蓝五）、鄢本恕、廖惠等在陕南的汉中府起事，立起名号，称“顺天王”、“刮地王”和“扫地王”，置四十八总管，有众十万余。他们行军所到的地区是相当广的，向东沿汉水攻破过许多州县，到过湖广郧阳；向西经宁羌、徽县、成县，自茂州绕道返回保宁；在四川本境，他们主要控制住剑、蓬两州之地，如蓬州的营山和新宁的临江市，都是他们经常驻兵与对外贸易的地方。总之，在茂州以东、勋阳以西、秦岭以南、大江以北这个广大的长方形地域，已成为他们的活动地区了。

明朝责成四川巡抚林俊和左都御史洪钟进行镇压。在这两人中，洪钟此人特别值得注意，因为他是明朝专制主义对西南少数种族加强统治的代表人物之一。早在弘治年间，他就曾以四川按察使的身分，逮捕了自唐以来的统治马湖地方若干世纪的土酋长安氏分子安鳌，把他处死，并且从此把马湖的土官改为流官。这是明清两朝若干次“改土归流”事件中的一次，它意味着封建专制主义对少数种族统治的加强。而他们所以偏巧在此时加强统制，是由于他们对少数种族地区有了很多的企图，如金银矿的开掘，稀罕物资的互市（所谓“互市”，实际上是掠夺），而且特别重要的，是兵源的补给。少数种族人民身手矫捷，善走山路，善射毒弩，而且刚刚从原始性残暴的酋长统治下解脱出来，不可能一下子就认识到封建统治者之另一类型的残暴，因此，他们便很容易被封建统治者充分地利用了。在镇压蓝廷瑞等起义的过程中，“猡回土兵”和“石砫土兵”就曾起了很大的作用。洪钟一方面利用土兵对起义军进行镇压，一方面又使用了诱降和诱杀等伎俩对起义军进行削弱，终于在正德六年六月将蓝廷瑞和鄢本恕等领袖一次诱杀了。廖惠早已牺牲。现在只剩下一个廖麻子带领着起义的余部在继续活动。起义至此，计持续了一年零七个月。

在川南方面，原先有重庆人曹弼的起义，随后江津人曹甫也起义响应，统治者称之曰“二曹贼”。他们跟川北方面的廖麻子声气相通，使川南川北的起义在后期有打成一片的倾向。后曹弼、曹甫相继死，有仁寿县人方四者，承继其事。方四，尝“为人佣耕”[①]，是一个雇农出身。他表现得比一般的农民领袖坚决得多，虽妻子被执，敌人千方百计地诱降，他也不妥协。他除率领起义军在重庆、江津、綦江、合江这个三角地带中活动之外，还曾较远地行军，向南进入到今贵州境内的桐梓、婺川和思南等处；向北曾沿嘉陵江和沱江进军到过川北。统治者利用少数种族人民对他们进行镇压，他们也曾发动少数种族人民来一同进行反抗。《明实录》记载说：“‘贼’（方四）与苗蛮合，（阎）纲攻之，被伤。”[②]不过，少数种族人民与汉族农民起义相配合的事例，在当时还不是很普遍的，等到清朝的雍正、乾隆时候及其以后，这种配合才普遍地发展起来了。

三　江西地区的起义

江西地区中的起义，具有着它自己显明的地方特色。在这里，试追溯到公元二世纪末的时候，在豫章、庐陵、鄱阳诸郡，就曾经出现过一些部曰“宗部”、伍曰“宗伍”、师曰“宗师”、民曰“宗民”的起义集团；在距离那时一千三百多年以后的明正德年间，这一地区中的农民起义也仍然表现了这种宗族组织的保留。他们往往是在地形复杂的山岭地区设栅立寨，有时这样一栅一寨容纳的人并不少，如据《明实录》中所涉及的“饶州有万春山寨，地广且险，可屯八九万人。”[③]他们地域的固定性甚大，而流动性较小，多半在山上积贮滚木垒石，抵挡山下的围攻。这跟同时前后在华北和中原大平原上进行运动战的起义者，相互间表现了迥乎不同的对照。因此。统治者也以地域来区别他们，如在抚州（今临川）的东乡县一带者，曰“东乡贼”；在鄱阳湖东饶州（今鄱阳）一带者，曰“桃源贼”（按：《明史》“桃”作“姚”）；在鄱阳湖西瑞州（今高安）和奉新一带者，曰“华林贼”；在今赣闽粤边境上杭、寻邬一带者，曰“大帽山贼”……等等。由于这种地方性质的影响，使各地起义不容易形成为一个统一的强大的力量，也不容易产生一个著名的全局的领袖，如这些起义中除饶州桃源洞方面的一个领袖王浩八声望较高外，一般都是局部的领袖。

明朝派遣左都御史陈金前来镇压。陈金这个人，跟洪钟一样，也是一个少

① 毛奇龄：《后鉴录》，27页。

② 《明武宗正德实录》卷89。

③ 《明武宗正德实录》卷91。

数种族反抗运动的镇压者和少数种族人民战斗力量的利用者。云南境内许多苗族部落，广西境内许多僮族（按：旧史“僮”作“獞”）部落的反抗运动，都是陈金领兵压平了的；顺手，他就在自己部下编组了许多所谓“土、目、狼、达”（即“土兵”、“目兵”、“狼兵”、“达兵”的简称）的兵力。在镇压农民起义中，他就充分的使用了这种兵力。使用这种兵力，虽然一方面可以收速成之效，如像《明史》所说：“半岁之间，剿贼几尽”[①]；但另一方面，由于这种兵丁骚扰淫杀非常严重，所以很容易引起新的起义。当洪钟在四川使用土兵镇压农民起义时，“民有谣曰：贼如梳，军如篦，土兵如剃。”[②]陈金在江西使用土兵数量更大，“所用目兵，贪残嗜杀，剽掠甚于贼。……民间谣曰：土贼犹可，土兵杀我。”[③]《明实录》也保存了一点更详细的记载，“南京御史周期雍奏：江西调至狼兵，所在辄肆荼毒，奸污妇女，劫运财物，毁坏屋宇，良民横罹锋刃者，不可胜数。……且载所掠妇女金银，抵南京贸易违禁货物。”[④]所以江西地区的起义，虽然在正德六年至八年间第一度高涨的一段很快地过去，但正德十二年至十三年间第二度高涨的一段，接连着又来了。

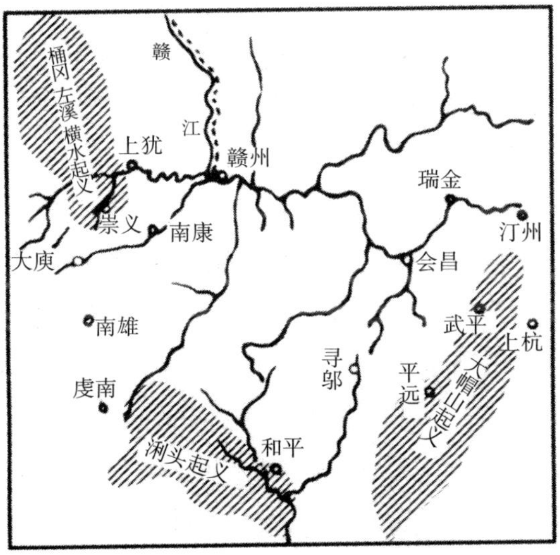

明正德间江西农民起义形势图

① 《明史》卷187，《陈金传》。

② 《明史》卷187，《洪钟传》。

③ 《明史》卷187，《陈金传》。

④ 《明武宗正德实录》卷88。

这第二段的起义，都发生在赣南，除大帽山方面是继续着上一段的起义外，另有横水、左溪、桶冈地区和浰头地区的起义。横水、左溪、桶冈地区，位在江西和湖广的边界，井冈山和万洋山之南，大庾岭之北，上犹和南康以西的地方。浰头位江西省界的最南沿，与广东毗连，在九连山一带的地方。这些地区内的起义，也跟五六年前赣北的几次起义一样，地域的固着性很大，而流动性很小。这次，明朝派来进行镇压起义的就是主观唯心论者王守仁（即王阳明）。他这时的官位是南赣巡抚。王守仁不是一个昏庸腐朽的官僚，也不是一个书呆子，而是一个狰狞狡诈的刽子手。他到达南赣之初，就立刻觉察到过去陈金等纵用"土目狼达"兵的错误，因而他一再上疏反对这种政策，他有理由，第一是耗费钱财，第二是扰民。换句话说，在他看来，使用土兵的直接后果，是加强了农村里宗族单位中农民与地主间的团结，助长了他们对专制主义皇朝的共同的仇恨。因此，王守仁坚决站在保卫封建专制主义的立场上，用大力来扭转这一点：恶毒地分离农村里宗族单位中阶级间的联合。他区别"良"、"莠"，以"良"击"莠"，以"良"监"莠"；他举办"乡兵"代替"土兵"，使起义者内部分化，自己打自己；他举办"十家连坐法"，使农村中人民互相监视。这些措施，按照当时的反动统治水平来说，的确是一种不寻常的"创举"。即使是清末的曾国藩、大革命后的蒋介石，都曾经从王守仁的这一套"遗教"中，吸取到了不少的东西。

当时人们都晓得"王公素多诈"[①]。的确，他是善于使用间谍、疑兵、奇袭、诱骗等伎俩去对待人民的。如浰头方面的领袖池仲容（即池大鬓），就是被他骗去"饮酒、观灯乐"时伏兵突起杀死了的。他在两年之内（自正德十二年初到正德十三年尾），完全压平了大帽山、横水、左溪、桶冈和浰头的起义。接连着，在正德十四年，又以三十五天短促的时间，压平了宁王宸濠的叛乱。朱宸濠是朱元璋第十七个儿子朱权的玄孙，封在南昌。宸濠起兵反对中央，这本是统治阶级内部的叛乱。但毛奇龄曾记载说："（江西）诸县令所在搜击，贼几尽。而宸濠方谋逆，窝之，阴藉为用，名曰'寨民'。于是人为谣曰：贼何在，在民寨；王不臣，贼为民。"[②]尤侗（即西堂老人）也记载说："凌十三，吴十四，皆大盗，濠党也。"[③]由此可见，朱宸濠为了叛乱，曾企图使用起义人

① 《明史》卷195，《王守仁传》。

② 毛奇龄：《后鉴录》，35页。

③ 尤侗：《拟明史乐府》，《宸濠反》序文。

民的力量；而被镇压下去了的起义人民，也想借统治者的这一内部矛盾的尖锐化，以图再举。但这次再举，又被王守仁以闪击的手段在鄱阳湖口的沿江一带击溃了。从此，在相当长的时间以内，江西农民不曾再度起义。

王守仁因为在政治上异常反动，所以他的哲学思想也更接近宗教和神秘主义。人们说，“王学近于禅”，不是没有理由的。不久后万历朝的首相张居正也有过类似的“成就”，在他的书札中曾说：“使吾为刽子手，吾亦不离法场而证菩提。”[①]这也达到了反动哲学的高点。不过，一件事情，其客观发展的后果与其最初的和主观意图，不一定是完全相符的。王守仁反动哲学，由于他公开露骨地为封建帝王服务，已经走到末路，如果要有所发展，必须找到新的基础，寻觅另外的途径，这就是后来“左派王学”产生的由来。

十六世纪初几次农民起义的基本事实，在上面已大体上叙述过了。现在，从其中提出三个问题来，在以下的数节中试探着予以分析。

四　论运动战术与流民阶层的关系

第一个问题：机动的运动战术与农民战争相结合，是不是以地理条件（如大平原）为其决定性的因素？假如不是，是什么？

首先需要说明一句，我们这里所说的运动战，并不像近代战争中所使用的“阵地战”、“运动战”、“游击战”那样含有严格科学涵义的名词。我们所指的，只是农民战争中充分利用马力“飘忽驰骤”、“一昼夜数百里”、对敌人“避实蹈虚”的一种战术。这种战术，先后为赵鐩、张献忠、赖文光、张宗禹等充分地使用过。在解释赖文光、张宗禹等捻军领袖之所以采用这种战术的理由时，有人曾过分地强调了大平原这一地理条件的作用，说捻军所以采用这种战术，它之成功与失败，皆基于这个地理条件。明朝对于赵鐩军，也曾有过类似的看法，《明实录》说：“河南盗乘舟入湖广。……兵部议：以盗长于骑射，而短于舟楫，既就所短，擒之易耳。”[②]其实这也就是地理环境决定论的说法。事实证明：只要能跟当地人民打成一片，在政治上符合了他们的要求（如李自成提出“均田”和“免赋”口号那样），那末善骑射的人也自有人为他们操舟，而且，起义群众也会很快学会舟楫之术。观刘七、齐彦名在长江中沿江东下，沿途休

① 张居正：《张文忠公全集 · 书牍》卷八“答奉常陆五台论治体用刚”。

② 《明武宗正德实录》卷75。

养补充，对敌依然使用避实蹈虚的战术，并未受到地理环境上严重的阻碍。他们的狼山之败，主要的是许多人为条件发展的结果，而不是地理条件影响的结果。

那末，为什么单单赵鐩、张献忠和捻军使用这种战术？为什么譬如像李密的瓦岗军和窦建德的部队就不能使用这种战术呢？在我看来，这是与起义队伍中的阶层成分密切相关的。我的意思是，旧时代中的运动战术与游民阶层有着密切的关系，其关系的密切要远超过它与地理条件的关系。毛主席每当提到反对流寇主义思想的时候，他都曾提到"游民"和"破产农民"[①]。这使我们对这个问题的理解有很大的启示。流寇主义思想和流动性的战术，在旧时代中经常是两件并发的东西。我们追寻着这个线索，可以想出许多事情。李密的瓦岗军和窦建德的夏国群众，虽然都是些不能聊生的农民，但他们至少还依附在"均田"上，编织在"屯户"中，本乡本土大体上还有依有靠。观刘黑闼在瓦岗军失败后还可以返回漳南锄菜为生，便是一例。像这样的群众自然不愿意远征去西取长安了。到黄巢时候，情况就不同了。"均田"崩溃了，破产农民对本乡本土丧失了最低程度的依附，所以他们便可以南到广州，西取长安了。到了明代，情况又有一些变化。一方面，由于"皇庄"、"官庄"对土地的高度集中，农民破产的程度较之过去更严重；另一方面，由于手工业、运输业和矿冶业的较前发达，一种很接近于近代城市游民的阶层（史书中每每称之曰"亡赖"），也在兴起和逐渐壮大之中。例如正统十三年（公元1448年），浙江南部、福建西北部地区曾有叶宗留和邓茂七的起义，据《明书》所载，"尤溪炉主蒋福成，乘乱亦号集炉丁及村落贫民亡赖者，旬日遂至万余。"[②]像这种由银坑铜冶上失业下来的贫民，其流动性也是大的，他们即使处在闽西像武夷山那样地形复杂的山岭地带中，也能流动作战。事实说明，他们在闽西和闽北的上杭、汀州、延平、沙县、邵武、光泽一带，采用山地的运动战术，与邻近不远的江西"华林"、"桃源"、"东乡"诸地以宗族为单位的农民起义在表现上是截然不同的。由此可见，运动战术的开始采用，应该首先从新阶层成分——即游民的参加起义这一方面理解，而不应该从大平原这个地理条件去理解。并且由于这个运动战术的使用问题，而引发了我们对游民阶层出现的注意，也是很有

① 《毛泽东选集》第1卷，1951年人民出版社第2版，第99页。

② 《明书》卷161，《乱贼传》1。

意义的。因为城乡游民无产者这个阶层，自明朝初、中叶直到近代，曾在群众运动中扮演了一个相当重要的角色，表现了它的革命积极性和破坏性。

写到这里，不禁想把问题再扩大开去。我以为，假如我们要更细致、更深入地去研究中国农民起义的历史，我们一定要留心去观察参加起义的群众成分之每一个转化。在我看来，这种转化计有如下的数种主要的番次：

（一）村社中不能聊生的农民（如像陈胜、吴广起义的基本群众那样）；

（二）由于村社的大量瓦解而游离出来的大量流民（如像黄巾起义的基本群众那样）；

（三）首次被编织到领主庄园上去充当部曲，后来更大量地被编织到国家领地上去充当丁户的农民（如像北魏末和隋末大起义的基本群众那样）；

（四）从上述锢蔽状态中首次被解脱并游离出来的农民（如像黄巢起义的基本群众那样）；

（五）在手工业和商业初步发展的条件下，有各种手工业“户”、“丁”参加在内的农民（如像宋代许多起义的基本群众那样）；

（六）在土地集中和手工业、商业更进一步发展的条件下，有各种城乡贫民和游民无产者参加在内的农民（如像明中叶和明末大起义的基本群众那样）；

（七）在“改土归流”政策日益强化施行的情况下，有各少数种族人民起义互相配合的农民（如像清朝乾、嘉间几次起义的基本群众那样）。

像如上番次的排列，不管它本身还是多么的粗疏，但由于它不仅可以供农民战争史的研究者作为更细致研究的参考，而且还由于它显然是与一定的中国社会划阶段的看法相适应、相吻合，因而它也就可以供研究中国社会划阶段问题诸同志的参考，故在此处提了出来。

五　论当时个别地区中的宗族势力

第二个问题：为什么同是发动在十六世纪之初的华北和中原大平原地区的起义与江西地区的起义，在表现方面就有那样许多不同之点？特别像江西地区的农民起义，为什么具备了它们自己的那样一些特点呢？

这个现象间的差别，说明着中国社会在不同地区间有着一种不平衡性的存在。在华北和中原，特别是沿运河一带，破产农民、失业手工业者、一般的贫民如盐丁运夫之类以及游民等，数量是很大的。他们从地主庄园上游离出来，或者推溯古老一些，从国家领地上游离出来，或者更古老一点，从宗族的村落共同体中游离出来，其解脱的情况是较为利落的。但在江西（湖广的一部分也包括在内），情况就有些不同了。这一带在当时受地理条件的限制，是比较闭塞些，交通和商业、手工业都不够发达，社会生产主要是农业，而农村中又一直地传袭着、保留着一种锢蔽性的宗族系统。这种宗族势力的保留，甚至当无产阶级领导的革命力量进行资产阶级民主革命的时候，还大量地遭遇到它。毛主席在湖南醴陵、长沙一带进行农村调查时，就曾指出“由宗祠、支祠以至家长的家族系统（族权）”[①]对人的支配。

这种在宗族系统支配下的农村特点，往往是：（一）一宗一族或数宗数族结成为一个地方性的单位，这种单位非常稳固也非常顽固，外力不容易变迁它或改变它；（二）在一个单位之内，一方面因农民处于族长或豪强的压抑下，相互间具有着对抗的性质；另一方面，对于任何外力（如专制主义皇朝）来说，他们内部的稳固性又往往容易导使他们结成一种一致对外的团体，特别经过像“土、目、狼、达”兵残酷的洗劫之后，这种单位内部的团结就更加强了。王守仁懂得怎样去分离这种单位内部的团结，所以打垮了起义军。而且不仅是起义和镇压两方面，都必须具体地和这种宗族情况结合起来，即使在王守仁死后，当“左派王学”的门徒要在这一带传布反封建思想并推行乌托邦社会主义制度的时候，也不能不利用这种牢固的宗族关系。如何心隐（本名梁汝元，江西永丰县人）就是这样做了的。黄宗羲记载说，他“构萃和堂以合族，身理一族之政，冠婚丧祭赋役，一切通其有无，行之有成。”[②]在他的《梁夫山先生遗集》中，关于他如何利用这种宗族组织来推行乌托邦社会主义制度的情况，还有更详细、更生动的记载。由此可见，在当时的江西、湖广一带，宗族系统和宗族单位曾经特别牢固的存在，就是为什么在这一带的起义（南宋初洞庭地区的杨么起义也可包括在内）往往以一栅、一寨、一“巢”、一“穴”为单位，而在作战中流动性很小的原因之所在了。

六　论明代封建社会危机的加速与加重

第三个问题：在十六世纪初的这许多农民起义中，为什么不见宗教结社的

① 《毛泽东选集》第1卷，1951年人民出版社第2版，第34页。

② 黄宗羲：《明儒学案》，《泰州学案》序。

显明作用？为什么在这些起义与明末农民大起义中，都不见宗教结社的显明作用，而在明永乐年间唐赛儿起义中，在明天启年间徐鸿儒起义中，宗教结社却又很显明的起着作用呢？

在十六世纪初的这许多起义中，也如同在十七世纪中叶的大起义中一样，宗教结社在其中起显明作用的迹象，的确是缺乏的。只有在很微小的事迹中，偶露一二端倪。《后鉴录》记载说："章仁者，故石棣生员也，少习妖书，亡命与（王）浩八合。"[①]同书又记载着，在四川蓝廷瑞起义之前不久，有德阳人赵铎者"家贫，曾货赂求为县阴阳训术。"[②]此外，据《豫变记略》所载，当李自成行军豫东之时，其地原有"白莲妖贼攻杞县"[③]之事，有人认为那跟"绳伎红娘子"是一件事情。由此可见，宗教结社的活动是一直在持续着的，只是在这两次大规模起义中未曾充分利用到它的作用就是了。那末，为什么呢？

想来想去，我很难从既有的材料之中归纳出一个不是"急遽的归纳"的规律来。宗教结社条件与农民起义的结合与不结合，其充分结合与不充分结合，这恐怕要按照每一次具体事件的具体情况来解释。不过，这个问题的提出倒可以连带牵及到另一问题，并且可能有所收获。我的意思是：每当社会矛盾的积累量很大因而农民在整个阶级形势中并不孤立的时候，农民起义对宗教结社的需要就减低；反之，每当社会矛盾的积累量较小并从而农民在整个阶级形势中比较孤立的时候，农民起义对宗教结社的需要就加强。我们试看在明朝统治的二百七十七年之中，社会矛盾的积累就曾导致过三次周期性的、全国范围或近乎全国范围起义的危机。列表如下：

公元1368年	洪武元年	初建国，矛盾比较缓和。
公元1447年～1448年	正统十二年～十三年	第一次危机，爆发为叶宗留、邓茂七、黄萧养等的起义。
公元1511年～1512年	正德六年～七年	第二次危机，爆发为刘三、方四、蓝五、刘六、刘七、王浩八等的起义。
公元1628年～1644年	崇祯元年～十七年	第三次危机，爆发为高迎祥、张献忠、李自成等的起义。

① 毛奇龄：《后鉴录》，34页。

② 毛奇龄：《后鉴录》，25页。

③ 郑廉：《豫变记略》卷1。

计自明朝开国之初到第一次危机，经八十年；自第一次危机到第二次危机，约经七十年；自第二次危机到第三次的总危机，经一百三十余年。有人问：为什么第二次危机到第三次危机在时间上距离较长？回答说，那是由于嘉靖、万历间庞尚鹏、海瑞、刘光济以及张居正等在不同范围内、在不同程度上实行“一条鞭法”，进行了一些自上而下的改革，因而缓和了社会矛盾所致。（但即使在这一期间，农民的斗争也仍在持续，旧史中常说，嘉靖、万历时“群盗如猬毛”，可以想见。）从以上这个表中，我以为可以说明两个问题：（一）正统、正德、崇祯间社会矛盾的积累量较大或者很大，群众在政治上可以动员或可以充分地动员起来，因而对宗教结社条件的需要就相对地减小；在永乐、天启间社会矛盾的积累量较小或被人为地缓和了，因而就需要利用宗教结社的条件来发动力量，如像唐赛儿和徐鸿儒等事件中所表现的。（二）在中国封建社会中，明朝具有着自己的特点。一般的中国封建皇朝，假如没有异族入侵等的外来事件，大抵是三百年或二百多年爆发一次总的危机，从而改朝换代。到明朝，这种危机的到来显然是加速了，从三百年或二百多年爆发一次变为七八十年近一百年就爆发一次。从内容方面看，危机的性质也加重了。这意味着明朝的封建社会已经到达了其烂熟的和垂死的阶段。本来，像明末农民的大起义就可以把它断送，但十七世纪的满洲入侵者阻滞了这个可能，十九世纪西欧资本主义入侵者又有意地保留了它。故中国的封建社会的寿命延长了三个世纪，直到在无产阶级领导下的资产阶级民主革命中，才最后地把它清除了。

“夔东十三家”考

考求一下“夔东十三家”的事迹，是有一定的目的的。其目的是：希图得知李自成余部在李自成死后尚有一些什么活动，并且这些活动的范围和性质又怎样。

在清顺治年间，当清兵向西南步步进逼，桂王朱由榔政权岌岌可危的时候，人们时常想到并且提及“夔东十三家”之兵。兹举二例。其一，顺治十五年（公元1658年）四月，张献忠旧日四大部将之一刘文秀痈发于背，将死时对桂王提到了“十三家”之兵。《小腆纪传》说：“病革，上遗表曰：臣精兵三万人，在黎、雅、建、越之间（按：在今西康之雅安一带）；窖金二十万，臣将郝承裔知之。臣死之后，若有仓猝，请驾幸蜀，臣妻操般匜，臣子御羁靮，以十三家之兵出营陕、洛，庶几转败为功也。”[①]刘文秀上遗表之事，《求野录》、《南明野史》及《小腆纪传》均载之，兹择此情词恳挚者引出。其二，顺治十八年（公元1667年），抗清举义失败，徘徊在舟山岛上的张煌言，也曾寄恢复之望于“十三家”之兵。“而滇中事急。公乃遣职方郎中吴钼挟帛书间道入陨阳山中，欲说十三家之军，使之挠楚以救滇；十三家已衰敝，不敢出师。”[②]“十三家”当时还并不衰敝，此处可能是一推词而已。观以上二例，可知当时不同地域中的抗清力量，都曾一致地重视“十三家”之兵。那末这所谓“十三家”之兵，到底是些什么人领导、在怎样的地区上、怎样活动着的一支部队呢？

---

① 徐鼒：《小腆纪传》卷37，《刘文秀传》。

② 全祖望：《鲒琦亭集》卷9，《张苍水墓志铭》。

先从“十三家”的名号说起。《明史》说：“（崇祯）八年正月，大会于荥阳。老回回、曹操、革里眼、左金王、改世王、射塌天、横天王、混十万、过天星、九条龙、顺天王及（高）迎祥、（张）献忠共十三家七十二营。”[①]这是“十三家”名号的本源，而且的的确确是十三个编制单位统一在一起的称号。但以后就不同了，“十三家”慢慢成为人们对李自成、张献忠起义部队之一般的称号，不一定是十三个编制单位了。如：“永历三年六月，（堵）胤锡至肇庆。（诏）使调李赤心、高国勋等于藤、郁之间，率之出楚。国勋等皆自成部将，所谓‘高李十三家’者也。自何腾蛟招抚后，请封赤心兴国公，国勋郧国公，协守湖南，名‘忠贞营’。”[②]可见“十三家”后来已是一般的称号，高李两家仍称十三家之兵，不一定足足有十三个家数了。而其在蜀者，曰“夔东十三家”。《后鉴录》说：“崇祯流贼，多与二贼相终始，故主名虽多，大抵附二贼以见。他如‘荷叶坪’、‘红娘子’、‘窦阿婆’、‘薛红旗’诸贼，皆随起随灭，无与克诘。而‘夔东十三家’贼者，徒以全蜀剿绝，乘间窃发，仍仰藉二贼游魂，或分或合，以极于败亡。”[③]这是“夔东十三家”名称的出处。

底下，我们要看一看这支部队的来路了。原来这支部队大体上是由三个部分联合组成。其一，当李自成在湖广、江西边界被地主武装害死时，其主力军尚留在大巴山、武当山、巫山一带山地，基本未动，只有部分兵力在郝摇旗等率领下进到长沙以北，与何腾蛟联合，后来曾在桂林外围打过保卫战，但不久又折返回来，到鄂西归了大队。其二，李自成死时，驻在洞庭湖西常德一带的兵力，与堵胤锡合作，由李自成养子李赤心和妻弟尚必正率领，也曾到广西作战，后来又折返回来的。其三是一些旧明的武官，由于反清也跟农民军合作。

先看第一个部分：“李自成死，其下刘体仁、郝摇旗、袁宗第、蔺养成、王进才、牛有勇六大部，各拥数万兵至，（何）腾蛟与（章）旷计，尽抚其众，军容大壮。”[④]按：刘体仁诸书多作刘体纯，一作刘二虎，吴伟业《绥寇纪略》记此人在李自成北京军政府中为“右果毅将军”，属“右营”；袁宗第为“制将军”属“前营”：均是很高级的将领。郝摇旗，一作郝尧奇，南明赐名曰郝永

① 《明史》卷309，《李自成传》。

② 南沙三余氏：《南明野史》卷下。

③ 毛奇龄：《后鉴录》。

④ 《明史》卷280，《何腾蛟传》。

忠，也是很高级的将领。尚有一贺珍者，诸书或作郝珍、或作贺锦，绰号“左金王”，为老十三家之一，与革里眼（即贺一龙）同为“左革五营”的领袖；在李自成杀罗汝才和革里眼后并未叛离，自成甚为嘉纳，特擢之为“制将军”。此外，尚有一党守素，《绥寇纪略》记此人为“正威武副将军”，属“中营”，地位仅在田见秀、刘宗敏之下。——以上这些人，大都资格很老，是构成“夔东十三家”的第一部分。

第二部分：“李赤心、高必正等久窜广西宾、横、南宁间，赤心死，养子来亨代领其众，推必正为主；必正又死，其众食尽，且畏大兵逼，率众走川东，分据川、湖间，耕田自给。”①另一个记载叙明了这个部分与原驻的另一部分两下合拢起来的经过：“初闯贼余孽李赤心窜死广西南宁间，其子来亨代领其众，走川东，分据川、湖间，耕田自给。而先溃出关之郝摇旗（名永忠）、袁宗第及刘二虎等，共依给之。”②

第三个部分是旧明军官。其在四川万县者，为谭氏，计谭洪（“洪”一作“宏”、亦作“弘”）、谭诣（“诣”一作“谊”）、谭文弟兄。《清史列传》卷八十《逆臣传》中有谭洪的传，说他是“万县人，明总兵官”，“与李自成党李来亨等联络声援”。其在湖广界长江以南者，为王光兴。王光兴一作王洸兴，一作王光衅，当时驻在施州建始一带。《明史 · 文安之传》说他是“川中旧将”之一。当时当地的志书记载说：“（顺治）十三年，王光兴兵驻扎后里，招聚流民，建（始）人多从之。光兴假故明封爵为‘荆国公’，其弟（王）昌为襄阳侯。”③清乾隆修《湖北通志》曾以概括的笔法写出了当时的形势说：“其时荆、巴间，大江以北，属（刘）体纯；大江以南，属王光兴；清江以南，属容美土司田甘霖。”④

以上三个部分是“夔东十三家”的大体组成情况。兹再择五种不同的文献出处中所载的“十三家”不同名目，列表如下，以见诸不同记载间的分歧：

---

① 《明史》卷279，《文安之传》。

② 彭遵泗：《蜀碧》卷4。

③ 清同治修，《建始县志》卷1，《方舆》门：《事变纪》。

④ 清乾隆张仲等修，《湖北通志》卷69，《武备》门：《兵事纪》。

文献出处	“十三家”名目
《明史》卷279《文安之传》	王光兴、郝永忠、刘体仁、袁宗第、李来亨、王友进、塔天宝、马云翔、郝珍、李复荣、谭弘、谭诣、谭文、党守素，共十四人。
《清史列传》卷78《李国英传》	谭文、谭洪、谭诣、杨展、刘维明、邢十万、马超、刘二虎、郝摇旗、袁宗第、李来亨，共十一人。
《湖北通志》卷69《武备》门	郝尧奇、袁宗第、笪天保、马腾云、党守素、何天宠、牛万才、贺珍、王进才，共九人。
毛奇龄:《后鉴录》	谭文、谭宏、刘体纯、胡明道、王光兴、袁韬、姚玉麟、白文龙、杨炳英、李世杰，共十人。
费密:《荒书》	李赤心、郝永忠、袁宗第、黄朝宣、张先璧、刘承胤、王进才、董英、马进忠、马士秀、曹志建、王允成、卢鼎，共十三人(作者自云，引杨陆荣之说)。

底下，我们再来看一看他们的活动情况。兹以《湖北通志》卷六十九《武备》门七《兵事纪》所载“西山寇”事迹为纲，再参以《明史》卷二七九《文安之传》、《清史列传》卷七十八《李国英传》、卷七十九《董学礼传》、卷六《图海传》以及计六奇《明季南略》卷十八《余纪》等资料，作成简明的“大事纪”如下：

公元	清纪年	大事纪
1646	顺治三年	李来亨部自广西开来，攻宜昌，过兴山，归州。
1647	顺治四年	袁宗第、牛万才部进攻兴山。
1648	顺治五年	“十三家”主要各部分合攻当阳。
1649	顺治六年	刘体纯攻房县。
1650	顺治七年	李来亨率诸部东攻宜都、枝江。
1651	顺治八年	刘体纯向西南方向进军，过施州卫，攻利川。
1652	顺治九年	郝摇旗与刘体纯合兵攻下房县、竹山、竹溪。
1653	顺治十年	郝摇旗、刘体纯与清兵在曾河湾、庙滩、白土关诸地作战。
1654	顺治十一年	郝摇旗据房县、二竹之地，称益国公。
1655	顺治十二年	刘体纯第二次向西南进军，攻施州卫与利川。

续表

公元	清纪年	大事纪
1656	顺治十三年	桂王属下总督李全晟入郧阳,与郝摇旗密谋大举进攻。
1657	顺治十四年	刘体纯又入施州卫,进攻远安。
1658	顺治十五年	刘体纯合谭文、谭洪、谭诣等两度西进,攻重庆。
1659	顺治十六年	谭洪、谭诣以私忿杀谭文,惧罪,降于满清。
1660	顺治十七年	谭洪受满清官职,为川北总兵官。
1661	顺治十八年	满清总督李国英计议,对义军合兵“进剿”。
1662	康熙元年	满清陕、鄂兵自襄阳、郧阳进攻房县、竹山;四川兵进攻夔州,再进,攻占巫山。
1663	康熙二年	满清兵穆里玛、图海、穆琮、孙达里、巴尔布、科尔昆等部自当阳、宜昌等处进兵。
1664	康熙三年	郝摇旗被俘,死。刘体纯至巴东,自缢。满汉兵二十万围李来亨;八月,来亨阖家自焚死。

由以上“大事纪”可以看出，他们足足持续了十九个年头的战斗。

在地域方面，西到四川的夔州、东到湖广的宜昌、北到汉水以南的竹山和竹溪、东北到保康、南到清江以南少数种族的住区、西南到利川，合大巴山、武当山、巫山、荆山四大山系之间，而以归州的兴山县为领导核心所在地（参看附图）。这已经有些像一个根据地的样子了。但说来值得惋惜，他们在长期的流寇主义错误下，直到失败的前夕，才觉悟到有初步经营根椐地的必要，实在是有点太晚了。但他们即使在劣势形势下，也仍坚持了斗争。《湖北通志》说：“（兴山县）茅芦山（按：又当作茅麓山），在县西北七十里，岩壁陡峻，周百里，高三十里。逆寇李来亨踞此，凡十一年。康熙三年平之。”[①]以此山为核心据点，他们对满清的进攻军队进行了将近两个年头的艰苦的防御战，以至最后的失败。

① 清乾隆修，《湖北通志》卷9，《山川》门。

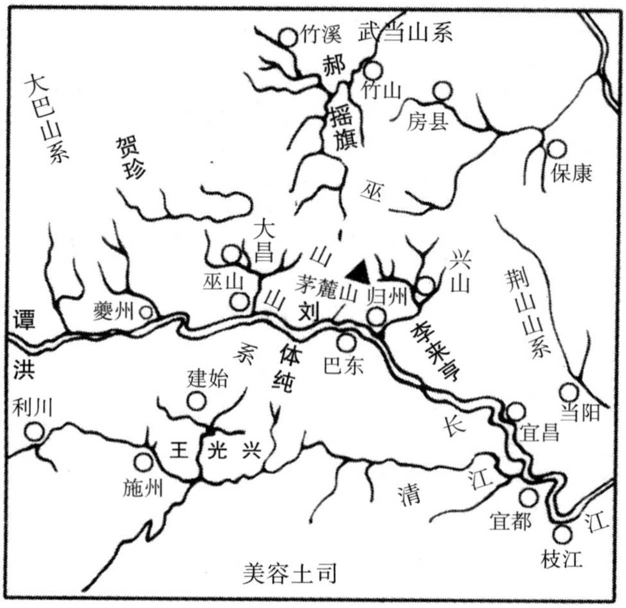

“夔东十三家”形势图

当时耳闻目睹的四川人彭遵泗，对于这场抗战的描述是比较详细而可靠的（立场问题自然除外）：“康熙元年壬寅冬十二月，我总督李国英奉旨统秦、豫、广三省兵将，会四川进剿。师驻万县。贼弃夔州。国英兵至夔，道路榛莽，伐山开径以入。二年癸卯元日，进夺羊耳山（按：清刘德铨修《夔州府志》卷六山川门：“羊耳山在（奉节）县北一百五十里，废大昌县西南五十里”）（袁）宗第遁入深箐。我师屯七里坝。宗第屯茶园坪，山势陡绝，诸将攀藤而上，宗第败走巴东。大兵追及巫山，遽据其城。众议，移守夔门。督师计巫山地势卑狭，虽驰骤不便，可利固守。于是深沟坚垒，具炮石城下，树‘梅花桩’，桩外挑‘品字坑’；贼至不得进，又于城外高处立敌楼，以防侦探。具甫备，郝永忠、刘体纯合数万众攻巫山甚急。我兵出战，体纯败走。适陕西会剿兵至陈家坡，夺老木空。体纯自缢。大兵乘胜追至黄草坪，永忠、宗第皆授首。唯李来亨居茅麓山，高险难攻。我兵四面围之。来亨出入地名通梁，路径悬绝。我师蒙雾直上，遂夺通梁。来亨力穷势迫，八月初六日，焚其妻子，自缢。茅麓山破。马腾云、拓天宝、王光衅俱纳款投诚。至是，闯孽之在蜀——所谓‘西山寇’于是尽。”①

① 彭遵泗：《蜀碧》卷4。

他们虽然失败了，但给予满清统治者以足够的打击和消耗，在乾隆时满洲敬亲王昭梿（别号汲修主人）在他的笔记中写道：“三省兵会剿，诸将皆于层岩陡壁间，草衣卉服，攀援荆葛而进，逾年始荡平其巢穴，故今京师中谚语，有其事艰难者，则曰，又上茅麓山耶?”[①]正因如此，所以他们坚决抗清的英勇斗争，深深博得人民的爱戴和怀念。像这类的记载，虽然被统治者有意地湮没了很多，但在很少几种地方志书中还偶尔被保留下来。兹举三例：其一，“刘体纯奔巴东之长丰与其妻子皆缢死。死之日，居民有泣下者。”[②]其二，“（王）洸兴在诸将中犹爱民，故建（始）人多赖其保全。”[③]其三所记，比较详切，其价值也极可珍贵。“当时明社虽亡，明藩尚众，拥立建号，不一而足。草窃之徒，复乘机啸聚，而全蜀苦为流贼所扰。大宁虽边缴，适当其冲，憧憧往来，迄无宁日。迨丙戌（按：顺治三年）闯孽贺珍，由汉中窜入大宁，用永历年，假明封号，称岐侯，收拾人心，藉以自固，设险负嵎，颇知与民休息。故大难之后，尚有遗黎：珍之力也。时毛寿登撰有盐场龙君庙碑记，称述珍美，有‘自岐侯贺公建节兹土，招徕抚集，百堵皆作。藉什一之赋，而民租减；革盐法之弊，而税课蠲。又，出则以勤王灭虏为事，入则以课农练兵为本’之语。”[④]观此，则对于明末农民军李自成余部“夔东十三家”于清初在川、鄂交界处所为之事，都可以想见一般了。

① 《啸亭杂录》卷8，“茅麓山”条。

② 清乾隆修，《湖北通志》卷69，《武备》门：《兵事纪》。

③ 清同治修，《建始县志》卷1，《方舆》门：《事变纪》。

④ 清光绪高维岳修，《大宁县志》卷5，《武事》门。

恩格斯怎样分析德国的农民战争

马克思列宁主义不仅对于农民、战争、农民的起义与战争在历史上所起的作用诸问题，都曾给予过深刻的论列；而且除此之外，说来十分幸运，伟大的革命导师恩格斯还曾留给了我们怎样具体处理农民战争的史学的范例。这里所指的，如众周知，是恩格斯的经典著作《德国农民战争》。每一个开始学习或研究中国农民战争史的人，一定要首先向这一经典著作学习，其理由是：（一）它对于具体地处理农民战争的历史，给予辩证的、唯物主义的范例，那也就是说，它在方法论上具有着严格的指导作用；（二）它对于我们提供了一个世界历史上农民战争的范例（自然，历史范例不仅这一个，如俄国斯节潘·拉辛和蒲加乔夫，也都是很好的范例），可以引起我们许多比较性的联想，能给我们很多的启发。以下，我将分三个方面来概括这本经典著作中的精义：（一）恩格斯怎样首先分析十六世纪初德国大农民战争所由发生的社会背景；（二）恩格斯怎样从史实中正确地找出战争失败的原因，并指出这场战争在历史上所起的作用；（三）恩格斯这些劳绩对于我们学习并研究中国农民战争史的人，在哪些地方并且怎样地起着它的指导作用。

现在，让我分别地来一一予以叙述。

德国的大农民战争，并不是神秘地在随便什么时候、什么地域、什么条件之下就像已经出现过的那样出现的，它是爆发于十六世纪二十年代的德国。因此，假如对于十六世纪二十年代的德国，它的社会经济基础，它的阶级和阶层间的关系，以及历史传统所给予当时德国的影响，——假如对于这些不首先加以分析，则农民战争的史实本身将失掉其基础，完全无法展开科学的论列。因此，恩格斯在这一经典著作的第一章中，就首先分析了农民战争所由发生的社会背景。从而，这个第一章本身，对于我们就是一个方法论的教育和指导。自然，我们在我们自己的工作中，要近乎理想地完成这一点，客观上是存在着一些限制的。恩格斯在完成这一工作之前，有齐墨门著《大农民战争史》的凭借，它无论观点如何不对，但总算给恩格斯提供了足够的、经过一道整理的史料。对于我们，由于过去历代统治者以及晚近半殖民地史学家对农民战争史实的有意忽略，我们只能在很少几个农民战争（如李自成、张献忠的大起义）的史料方面，才有这种类似的凭借。但无论如何，恩格斯所启示的这个方法、这个方向，是一定需要遵循的。

恩格斯首先叙述德国当时社会基本情况。他叙述德国当时工业的显著进步，商业伴随着工业的进步而进步，以及原料生产方面的进步，这是一个方面。另一个方面，由于德国从中古期社会向前发展的晚了一点（这就是传统情况带来的影响），赶不上英、法、荷兰诸国，而且还受到它们的排斥，再加以人口稀疏，交通不便，致使社会经济上带有地域的分散性质，并因而造成政治上的分离状态；而且这种状态，由于有国外的排斥之故，又使它不但不日渐消减，反而还得到巩固。

在这样的基础上，存在着怎样的一些日渐消长着的阶级和阶层呢？恩格斯分两面来叙述。第一，从旧贵族中分化出三个阶层：（一）诸侯，他们在领域内施行专制主义，对于帝国的统一则起着一种分离的作用；（二）骑士，他们日趋没落；（三）僧侣，其中上层僧侣，执掌教权，使用僧兵，穷凶极恶，下层僧侣则与人民有一脉可以接近的机缘。第二，从城市居民中也分化出三个阶层：（一）城市大族，他们是城市中最富裕者；（二）中等阶级，这是近代资产阶级的前身；（三）平民，这其中包括手工业工人、日工（近代无产阶级的前身）和各种类型的流氓无产阶级分子。在上述六个阶层之外，这才是农民。农民是一切诸侯、官吏、贵族、僧侣、城市富豪以及中等阶级剥削与压迫的主要对象，也是他们生活和所消耗财富的主要负担者。农民既如此痛苦，但要农民起来反抗却是不容易的。为什么呢？由于：（一）居住的分散，（二）世代相传的服从习惯，（三）缺乏军事知识，（四）受剥削和压迫的情况和程度互有差异。此外，另有一个最重要的原因，即农民在当时德国阶级和阶层关系中显得孤立，几乎一切的阶级和阶层都是农民的对头；这其中只有手工业工人和日工还不是农民的对头，但前者日渐衰萎，后者一时尚未明显地壮大起来。在这样的情况下，德国的农民终于起来暴动了，这就说明了当时德国农民受剥削受压迫情况极端严重。

社会基础和阶层关系既如此错综复杂，这就使得当时德国的革命形势在一开始时不能像一七八九年法国那样分裂为两大营垒，即第一、第二两等级的营垒和第三等级的营垒。恩格斯指出，在当时德国，只有在大农民战争达到高潮时，才勉强形成类似于法国大革命那样营垒的区划。

下面，让我们继续来看，恩格斯怎样地叙述了战争的史实，怎样从史实中正确找出战争失败的原因，并且指出这场战争在历史上所起的作用。恩格斯首先是系统地列述了自十五世纪以来德国人民的不断起义，包括一四一四年胡斯领导的暴动，一四七六年吹笛人汉斯所领导的暴动，一四九三年以来秘密结社"鞋会"所领导的暴动，一五〇三年以来另一秘密组织"穷坎拉德"所领导的暴动，一五一四年匈牙利人的暴动，一五一七年由于马丁·路德的宗教改革所引起的骚动，一五二二年贵族们领导的暴动，一直到一五二五至一五二七年的大农民战争。这样，大农民战争就不是孤立发生的事件，而且它之所以发展成如此大的规模也是可以理解的了。

从系统的叙述中，才能够正确地归纳出什么是最普遍的东西。第一，恩格斯指出来了农民军所经常容易表现的缺点，如（一）农民参加革命的半途性：他们时时企图与敌对方订立协约；暴动稍一延长，即容易困惫、涣散；稍有产者就总想散伙回家。（二）参加起义的流氓无产者不守纪律，破坏起义。（三）战术缺乏，良将稀少。第二，恩格斯指出来了中等阶级的叛卖性，例如当大农民战争达到顶高潮时所发生的波特林根（Boetlingen）战役，其主要的失败原因，即由于中等阶级的叛卖。从史实叙述中，我们经常可以看到，在农民革命浪潮高涨的时候，开城门迎接起义军的往往是中等阶级；而在低潮或濒于失败的边沿时，首先变节、献出起义领袖、残酷屠杀起义群众的也是中等阶级。恩格斯指出这一点，以帮助人们理解十八九世纪资产阶级在革命运动中对同盟者之类似的、在更高级阶段上的变节。

叙述和分析之后，恩格斯又立刻动手来检查各阶层由于战争而获致的结果。他指出，农民们重新回到了受榨取的最严重的程度，但却说不上是"更恶化"，因为他们在战争之前，一切已被榨取净尽了。僧侣们在战争中受到最大的打击，他们的财产被烧光或被剥夺了，而且成了全民痛恨的目标。贵族也受了大的打击，许多封建门阀败落了，有些转化成众诸侯的附庸。诸城市也未曾得到多大的利益。只有众诸侯，由于它是在分裂状态中要求统一的（自然这种统一仅是地方性的)，因而即使他们并不是最革命的阶级，但在当时的社会条件之下，他们是可获得利益的唯一的阶级。于是，最后，恩格斯辩证地说出了这场大农民战争的原因和结果：由于德国在经济上从而也就在政治上存在着的地方分离状态，招致了大农民战争的爆发；反转过来，大农民战争的结果，又招致了地方分离状态的加强和巩固。这样，恩格斯就不仅是处理了德国的大农民战争，并且还指出了近代德国社会的基本特点，这对于如何正确地领导当时德国的无产阶级革命运动是有直接的裨益的。

现在，我们到达一个极为重要的项目了。即恩格斯的这些劳绩对于我们学习并研究“中国农民战争史”的人有什么指导作用、会引起怎样的比较和联想并从而给我们一些怎样的启发呢？关于这，我将分做五点来说。

第一点，像上文已经提到过的，即在总的方法论方面，恩格斯运用了辩证的、唯物主义的方法，因而在分析经济背景、分析政治派别、分析农民运动的缺点及其失败的原因以及找出它在历史上所起的作用方面，达到了正确的、深刻的成果。在“著者第二版序言”中，恩格斯把自己的著作和他取之为材料依据的齐墨门的著作做了对照，指出齐著肤浅之所在。齐墨门，无论他晚年是一个多么激进的资产阶级学者，无论他掌握的史料多么丰富，但他只能堆积史料，只能表像地观察问题，如看出谁是压迫者、谁是被压迫者，哪些是善良的人们、哪些是凶恶的人们等等。他却找不到事件发生的原因和结果，一句话，找不到历史中客观的必然性。在中国，即使在目前大家都已经倾向了这种方面已有四五年之久，但对于掌握这种方法的必要与要求之紧迫，还是很不够的。有些人似乎依旧以为只要排比出一大堆材料来就是“高不可攀”，而不能认识到那其实是“肤浅”的。我们在学习与研究“中国农民战争史”的过程中，一定要首先重视这个问题，把它时时放在我们考虑任何节目时的第一位。

第二点，恩格斯在他的这本经典著作中，有两个不属于总的方面，而是个别的、局部的论点，极为精辟，对于我们的感觉说是十分新鲜的东西，能够给予我们在理解中国农民战争事件时，以很多的启发。其一，是恩格斯的论平民革命及其空想的社会主义。他指出，平民（包括手工业工人、日工、各种类型的流氓无产阶级分子）在革命中，一开始就想跳越。为什么呢？这是与平民的社会地位分不开的，它既无特权（像贵族、僧侣那样），又无财产（像城市富豪和中等阶级那样）。即连农民和小资产阶级那一点微不足道的所有权都没有，可是它却负担了与农民相同的重担。对于整个社会，他们充分地付出劳动、责任和义务；但到享受利益时，就成了整个社会的“化外之民”。因此，他们就容易萌发带有朴素的共产主义思想。

对于社会发展历程来说，这种理想是一个跳越。因此，它达不到目的。换言之，即当时德国的社会条件，各阶级的成长与成熟的程度，都还不够达成这个理想，甚至很远。因此，每当这种理想遭遇到实际时，它便不得不退到现社会条件所允许的仄狭的范围，从共产主义理想退到慈善和渺茫的平等观，从打垮官府退到议会的共和主义。试看，这不是从共产主义的预期实际上退成了近代资产阶级革命的号召了吗！

这一点对于我们治“中国农民战争史”有很多的启发。中国的许多次农民起义和战争中，空想的，亦即乌托邦的理想，是很多的。这自然与中国的农民在社会中的地位有关，即他们负担着全社会的劳役，但对于享受利益来说，他们则是“化外之民”。但由于旧中国封建延续的社会所提供的条件较之十六世纪德国的条件更为落后，故这种空想对于起义除了可以起一种鼓动作用外，一般它只能退到贫困人民之互助罢了。

第三点（这一点与上述一点有接连的意义），是恩格斯的论禁欲主义。这是恩格斯在《德国农民战争》一书中两个极为精辟的地处之另一个。什么是禁欲主义呢？禁欲主义即对起义的群众要求在严格的纪律下保持生活上的绝对朴质，要求抛弃一切即便是最卑微的享乐。它的作用是什么呢？根据恩格斯的分析，在无产阶级尚未独立成长起来之前，即无产阶级还趋向于社会革命之前，禁欲主义有一定的进步作用。第一，在禁欲主义内容中，包含有一种平等的原则（恩格斯把它叫做“斯巴达平等原则”）。这个原则可以使群众明确自己跟统治者的对立；就在这一点上，它构成空想共产主义内容中的一个部分。第二，禁欲主义要求人们不贪恋任何一点哪怕是最低微的享乐（甚至如一只鸡、一顶草帽），在这一点上它可以起一种杜绝妥协的作用，可以有助于共同起义的各被压迫阶层的团结。换言之，它无形中成了农民起义中纪律的基石。自然，德国的农民，除了以禁欲主义作为免除投降、妥协和背叛的纪律原则之外，还规定了像“鞋会”那样，对叛逆分子采取最残酷手段的惩罚。这一点，也是值得注意的。

但接着，恩格斯又继续指出，不是任何时候，禁欲主义都能起一定的好作用。无产阶级革命是用不到禁欲主义的；禁欲主义对于无产阶级说，业已完全丧失了它的革命的性质。无产阶级革命已经有它自己自觉的组织原则和纪律了。到了无产阶级革命的时期，禁欲主义已经只能退化成为资产阶级和小所有者的卑鄙与悭吝罢了。

在中国农民起义的事件中，也有不少禁欲主义的影子（如“食菜事魔”等），每当遭遇到时，我们应该善于使用恩格斯所给予我们的这一方面的启发，正确地估计到其中所包含的平等原则和反投降、反妥协的纪律意义，以及这些内容所起的一定程度的好作用。

第四点，恩格斯在史学方法方面，也给予了我们很多的启发。这里所说的史学方法，是指在总方法论之下的一个方面，不过带有史学的特殊性而已。这主要表现在三个方面：（一）恩格斯对于史实做了系统的叙述，即自十五世纪初一直叙述到大农民战争的爆发，这样既可以使人们认识到农民起义运动之连绵地发展，又可以使人们对大农民战争的发生不至有突兀的感觉。（二）恩格斯对于农民起义的领袖人物也使用了充分的笔墨予以描述，如对孟彩尔的事迹娓娓详述，并拿他与动摇的改良派路德作种种的对照，即是一例。恩格斯指出，只有孟彩尔才是平民和农民中最进步分子的代表，他使自己愈来愈成为一个勇敢坚定的农民与平民的煽动家。只有他，在哲学上接近于无神论因而也就是接近于唯物论的；只有他，在政纲上是接近于共产主义的。但正因为这种理想水平还只能代表当时运动中的极少数，故他终于失败，成为历史中悲剧性的英雄。恩格斯这些对孟彩尔的分析，是实际地运用了并且也完全符合了马克思主义对历史人物在历史上虽不能起决定作用但却能起一定作用的正确论点。（三）恩格斯对于贵族暴动也未曾忽略，他甚至开辟了一个短短的专章来处理它，并且特别重要的是他还指出了贵族暴动失败的必然性。贵族反对僧侣和罗马教皇，主张没收教会财产，这些都是好的，但他们也反对众诸侯，而众诸侯则正是当时德国现有条件下要求统一的阶层；特别重要的一点，贵族们对于中产阶级和农奴制毫不关心，在政纲中一字不提对于他们的态度，因而广大群众对于贵族们的标揭的什么“德谟克拉西”也丝毫不发生兴趣。这样，贵族暴动不带有人民性，它孤军作战，自然敌不过众诸侯，结果支持不了多久便垮台了。

以上这些偏于史学方面的方法，也值得我们处理中国农民战争史时好好地学习。

第五点，恩格斯之所以处理德国农民战争不是无目的的，不是“为学术而学术”的。他的目的，显然第一，是在于将一五二五～一五二七年的大农民战争与一八四八年和德国的三月革命做某些方面的比较，使德国人民看出德国资产阶级在相隔三个世纪的两次革命中所表现的类似的（不过一次是在很低级的阶段上，另一次是在高级的阶段上）叛卖性，并对之保持应有的警惕；第二，是在于发扬德国人民在其社会历史上所起的推动作用，给一八四八年德国三月革命失败后某些带低潮心理的革命群众以重新燃起革命火焰的鼓动。今天，我们来学习并研究中国农民战争史，也应该是有目的的，为当前政治服务的。必须指出：中国历史上的农民起义和农民战争是中国近代革命运动之直接的前行者。只有认识了这两者间的连续（自然，连续中也同时存在着区别），才能更好地认识近代中国人民的革命运动，特别是无产阶级所领导的革命运动的正确性、科学性及其成功的必然性；同时，也只有认识了中国历史上数以百计的、在他国历史上无此大规模事例的农民战争，才能更真确地认识到伟大的中国人民前仆后继从事于企图变革社会的巨大威力，由此发扬爱国主义，热爱我们今天业已实现了对旧社会执行第一步变革以后的新的伟大的祖国。

一九五三年十月五日，于青岛。

试略论清代农民起义中神秘主义的加重

宗教结社及其神秘主义的因素在农民起义中起作用，无论在本国史或者在世界史上，都是常见的事。在这些神秘主义的因素中，往往包含着一些乌托邦社会主义思想的萌芽，也包含着一种起纪律作用的禁欲主义原则。因此，这些神秘主义因素在旧时代农民的阶级斗争中，还是能起一定的好作用的。但这种因素，按其根本性质来说，究竟是反科学的；并且在其中往往也同时包含着一些能起反动作用的杂质。因此，随伴着人类科学知识领域之日渐扩展，随伴着旧时代劳动人民自发性的反抗运动之逐渐地带有自觉的气味，这种来自宗教结社的神秘主义应该是很自然地退缩下去。而且，事实上，以我国史为例，在明朝的几次规模较大的起义中，这种神秘主义的因素的确也是退缩下去了。

以李自成、张献忠的起义为例。在这场绵亘了近半个世纪的大起义中，看不到“苍天当死，黄天当立”那样的预言，也看不到“石人一只眼，挑动黄河天下反”那样的号召；有的只是明确的“均田”、“免赋”的政治预言；有的只是处分福王和唐王等的尖锐阶级斗争的实践。据丁耀亢的《出劫纪略》所纪，李自成部队即曾在山东日照“以割富济贫之说，明示通衢，产不论久近，许业主认耕”；据杨山《松孤儿吁天录》卷十六所纪，张献忠即曾在湖广武陵（今常德）将“朱贼杨嗣昌”“霸占土田，查还小民。”像这种证据，自然不止此两条。但由此两条已可看出，随伴着我国农民起义经验的长期积累，随伴着明朝嘉靖、万历时资本主义萌芽的发生和起作用，当时社会意识中启蒙的迹象已经露头，因而农民群众的阶级斗争也开始要摆脱神秘主义，向明确的政治斗争道路上发展。自然，这绝不是说，在李自成、张献忠的起义中就已经完全没有了宗教的痕迹，如据吴伟业《绥寇纪略》卷二和卷八所纪，在陕西兴平，即曾有

“妖教数千”；在江西建昌“妖人密教，实繁有徒”；另据刘献廷《广阳杂记》卷一所纪，在张献忠攻下鄂城（武昌）的前夕，城内即有黄岗诸生张以敬为内应，而这个张以敬是“尝奉教”的。但这些材料，只说明农民起义在极个别的情况下，曾经联系过秘密宗教或者利用过秘密宗教而已。

于是，问题便发生了：为什么到了清代，农民起义跟宗教结社、跟神秘主义因素的关系，又反而密切起来了呢？不管我个人到写这篇小文的时候为止，仍不能很好地理解这个问题，更不能提到较高的科学水平上去解决这个问题；但我可以说，我从材料中感触到这个问题，是已经很久了。的确，在清代的许多次大大小小的起义中，更严格地说，是自明末的王森、徐鸿儒以来，宗教结社及其神秘主义的作用，一直是很明显而且很浓厚的。鸦片战争以前是如此，鸦片战争以后仍是如此（如“义和拳”）。其中除却像洪秀全的上帝会，在神秘主义中夹杂有资本主义因素外，一般说，清代农民起义中的宗教结社及其神秘主义都是替阶级斗争带上了更多的落后的色彩。这件事，无论提到社会向前发展的观点上，或者是提到跟明末李自成、张献忠大起义的对比上，都是一个问题，值得我们来追究一下子的。

先举几个例来看一看。据《潍县志稿》卷二所载，在道光十六年（鸦片战争前四年），山东莱州一带春季大饥，夏季大瘟疫，冬季又大雪，致饿死、病死、冻死的人很多；于是在道光十七年（1837）的正月初八日，就发生了以白莲教徒马刚为首的暴动。他们聚众仅数十人，入潍县县城，谋杀县官不遂。但他们起事时，深信定有天兵天将前来援助，并且他们几个主要领导者坚信他们自己都是白虎星、昴星、织女星下凡，必能成功。但结果，他们立刻失败了，被杀了近千人，其中有次要首领刘金妮者，年才十九，在济南受刑时毫无惧色，口中不断念颂“真空家乡，无生父母”的咒语，观者多惊成疾病。此其例一。另据《故宫档案丛编》第九、第十辑所载，嘉庆八年（1803）二月发生过一件在白莲教徒指使下谋刺皇帝的事。这事，孤立起来看，只是一个谋刺的事件，但它是在白莲教宗教组织推动下许多反抗事件中有关的事件，因而也值得我们考察。谋刺者满洲人陈德（或作成德），是一个长期失业的佣工厨役，他在多次的供词中都一致地说，鼓动他谋刺的主要动力，是两个梦，他梦见自己是个蛟龙，坐在知府黄堂之上，身穿茧绸蟒袍（!），自觉必有朝廷福分。这个内容，自然也有可能是用以回避招供出白莲教的组织关系的，但从多次供词的一致性来看，又像是极真诚的，的确是受了一种神秘主义的启发。此其例二。

再如发生并绵延于嘉庆元年至九年（1796～1804）间的鄂、川、陕广大地区中的白莲教大起义，其中神秘主义因素也是很浓厚的，据邓之诚《骨董琐记全编》页462“齐王氏”条引周凯《内自讼斋文集》卷二“纪邪匪齐二寡妇之乱”一文所纪，“始闻教匪之所以愚民者，‘真空家乡，无生父母’八字，其词无理而悖。比守襄阳，闻有‘逢三不开口，逢三不出手’之隐语暗记。习其教者，有患相救，有难相死，不持一钱可以周行天下，故愚民陷焉。”由此可见，在这种宗教的神秘主义之中，虽然也有互助互济的乌托邦均衡原则，但也有不可理解的八字咒语和不可理解的隐语暗记。此其例三。统此三例，已可看出，清代的许多次农民起义，从其中神秘主义因素的加重一点来看，特别是在跟明末起义之明朗的政治号召相对比之下，的的确确是有了落后的征象。然而，为什么呢？

老老实实地说，我确曾在这个问题上花过很多脑筋；但到目前为止，仍提不到较高水平上来进行解决。起初，我是试图从明、清社会经济的对比上来解决问题的。当时，我过分地强调嘉靖、万历时候资本主义萌芽的作用，也过分地强调满清统治者的落后性及其对中国社会的摧残。那时，我是不承认（甚至坚持不承认）清朝自康熙之末雍正、乾隆间有什么资本主义的萌芽。但通过不久以前的《红楼梦》问题的广泛展开讨论，阅读了不少有关的时论，自己也动手检查了一些材料，特别是自己做了一些有关洪昇及其《长生殿》、孔尚任及其《桃花扇》与明朝汤显祖及其《牡丹亭》的对比工作以后，这才承认了清朝自康熙之末到雍正、乾隆时候，跟明朝嘉靖、万历时候是同样有着市民阶层和市民意识的抬头的。因此，单就当时有没有市民阶层和市民意识的兴起这一点来看，并找不出十八世纪中国的社会经济较之十六世纪的社会经济在总体上有什么显著的落后之处，因而，作为一种社会经济中矛盾之反映来看待的阶级斗争，也就不好理解其何以表现落后的必然性之所在了。

在我大体上改变了以上看法之后，就又从清朝时候各阶级间的关系以及农民阶级在这种关系中所处的地位去试图找寻解决。这一点，不能不说是受了伟大的导师恩格斯的启发，他在他的经典著作《德国农民战争》的第一章中曾这样地写道，“虽说农民在可怕的压迫之下被煽动了，然而要怂恿他们暴动却不容易。因为散居各地，想使他们得到一个共同的了解极感困难；世代相传的服从习惯，在许多地方缺乏武器使用的练习，剥削程度的深浅视其主人的个性而异，凡此一切使农民安静了。……况且，农民与诸侯、贵族和城市有组织的权力对峙，不能单独起来革命。只有与其他阶级联合，农民才有胜利的机会，但是当他们被其他一切阶级同等榨取的时候，如何能和其他阶级联合呢？”（中译本页20，重点是本文作者所加。）这一段文字启发了我，使我试图从清代农民在阶级关系中的孤立地位及其斗争的艰苦性，去探索神秘主义为何加重的理由。

的确，对比起十六世纪来，十八世纪中国农民阶级在阶级关系中的地位是更加孤立了。从哪些地方去看呢？我主要是从缙绅（包括个别官僚地主分子、士大夫知识分子等）阶层所起作用的变化去观察。中国封建社会发展到明朝的嘉靖、万历时候，恐怕是发展到了烂熟的地步，连世界史上也难以找出这样烂熟的范例。只有在这种时候，地主阶级的某个部分才有可能发生出“异端”的作用。这里所谓的“异端”，不仅指其对专制政权的对抗，也指其在许多对抗行为中跟农民运动和市民运动的联合。不论这种联合，如何地并不表现为集团行为而只表现为个人或少数人的行为，也不论这种联合的性质多么地短暂并时时带有如何浓厚的叛离性质，但联合是存在过的。如陕北清涧书生孟长更参与并领导起义，号“点灯子”；河南杞县举人李岩参加起义，做出了很多可宝贵的贡献；此外，与李岩同时的牛金星，也是举人；在张献忠部下，据有记载者，即有卜者张又天、举人王秉真、诸生徐以显等参佐人员，徐以显即曾“造三眼枪、狼牙棒、埋伏连弩、团营、方阵、左右营法”。[①]这类的例子还很多。不仅缙绅本身，作为缙绅隶属者层的奴仆们，则更容易投奔农民起义，如麻城梅、刘、田、李四大姓的僮仆三四千人，聚为“里仁会”，“炮烙衣冠，推刃其故主，而投贼。献忠名之曰新营”。[②]像以上这些例子，都说明从当时的缙绅层中，的确出现过一种异端力量。他们大体上脱离开地主阶级，对农民的运动表示同情，或贡献力量，在当时以前不久的许多次市民暴动（如万历二十四年及其以后数年中，武昌的反税监的暴动、万历二十九年苏州的反税监的暴动、万历三十年江西景德镇的暴动、万历三十四年云南的反太监暴动等）中，也同样地有着缙绅分子与缙绅力量参与其中的明显痕迹。——这两类事实，合并起来可以说明，像王艮、颜山农、何心隐、李卓吾一直到黄宗羲的异端思想体系之所以发生与发展，绝不是没有实际的社会力量作为根据的。

① 《绥寇纪略》卷6。

② 《绥寇纪略》卷10。

但到清朝就不同了。由于资本主义萌芽究竟遭到了一度摧残；由于自崇祯到顺治，中国社会究竟有了某些较前衰落的迹象；由于满清皇朝这个异族统治政权又的确是施行了很多统治自由思想、锢闭社会进步的反动措施，并且这些措施也应被估计作起了一定的作用：——故在清朝历史上，虽然也出现过自康熙之末到雍正、乾隆时候的市民力量抬头现象，但究竟跟明末是大不相同了。清朝的缙绅阶层，其“异端”的作用是明显地减退了；其对满清皇朝的依附性是大大地加强了。清朝的“士气”是低落的，像徐乾学和刘统勋所领导的几场“满、汉斗”，只是统治阶级内部宗派的斗争，丝毫不带有“异端”的性质。思想界中，除戴震（东原）思想中有一点新因素外，真正的异端也有待于清末受到西洋资本主义的影响和震动以后的“今文经派”。因此，从整个社会空气来看，清朝“异端”的因素，较之明朝是大大地削弱了。这是中国地主阶级在一定烂熟之后，走到垂死并被约制地步上的征象。

现在，我们可以回到清朝农民起义的本题上来了。清朝农民（特别是鸦片战争以前，主要是十八世纪）在阶级关系中的地位，的确是更加孤立了。过去在明朝曾经一度参与过农民起义并贡献过才智的那许多缙绅士大夫知识分子，而今由于整个汉人地主阶级对满清异族统治者之依附性的加强，这种起义可能争取到的同盟力量是减少了。从清代许多次起义事迹中检查，查不到这种同盟者参与并贡献才智的显著迹象。相反，在嘉庆年间的白莲教大起义中，倒是出现了曾国藩式的四川东乡地主分子罗思举、桂涵等镇压起义的“乡勇”力量（人称“丐兵”）。同时，由于缙绅士大夫知识分子充当农民起义同盟军可能的减退，那么本来跟农民起义就有一定距离和隔阂的市民阶层，其充当农民起义同盟军的可能就更小了。剩下来的，只有农民和城乡贫民而已。而单独是农民和城乡贫民的反抗运动，其单独提出明朗政治号召的可能性就自然减少，其感染并借用宗教结社及神秘主义的可能性就自然而然地加多了。

最后，再举一个小例。清末山东肥城县发生过一个暴动，叫“黄崖山之乱”，被统治者记载在《山东军兴纪略》一书之中。暴动者们信仰着一种秘密宗教，叫做“泰州教”，实际上，这是由明朝王艮以来“左派王学”思想系统的宗教化。他们在黄崖山组织了一个象是乌托邦式的小社会，遭到满清兵镇压、抵抗不过时，他们若干村落都一齐杜门自焚而死。从这件不大的事例中可以看出，在明末原是一个异端式的思想体系，到清末就转化成一种对抗官府的秘密宗教了。农民阶级在阶级关系中地位孤立，士大夫知识分子“异端”作用的受锢闭和减退，从黄崖山这件暴动事迹中也可以多少体会到一些。——以上这些，只是我个人极其初步、幼稚、粗糙的看法，其中错误恐怕是很多的（如，是否过高地估计了明朝“缙绅”力量，等等）。但由于本刊九月号补稿催索甚急，故大胆地写了出来。敬希研究同类问题的同好同志，以及广大读者，多多赐予教益。

1955年11月8日于青岛

论唐末农民大起义之更深远的社会意义①

一　问题的提出

唐末农民大起义是我国封建社会阶级斗争历史上的重大事件。这里所说的唐末农民大起义，是指以王仙芝、黄巢起义为主要事件，而又包括了许多规模较小的起义，如裘甫、庞勋、王郢等所领导的起义事件在内的。把这些事件联系起来，作为一个整体来考察，则会看到这一场唐末的人民反抗运动自九世纪的五十年代持续到八十年代，计经三十年之久。自然，持续时间之久只构成为它之所以是重大的原因之一。另外更重要的原因，则是这场起义恰好处在我国历史由中古进入近古即我国的封建社会从它自己比较典型（自然经济）的段落发展到开始分解的另一个段落的中间转折之处。因此，我国封建社会若干中古的典型因素（如均田和士族等）怎样地减少下来、怎样地被扫减下去；我国封建社会近古期诸特征（如商品经济的发展及手工业与封建农业之开始分离）又是如何地发展起来：——这些事，只有通过对于唐末农民大起义的研究，特别是通过对于唐末农民大起义在当时社会中所起的作用和意义的分析，才能更亲切地表达出来。因此，为了具体地状述作为统一体的我国封建社会之由中古向近古的转折，是本文的写作动机之一。

其次，这其中也纠缠着一个农民战争与统一战争关系问题的新的看法，需要在这里比较详细地说明一下。在我国史学界，近年来有人对汉、唐、明三大

① 本文原标题为《通过五代十国到宋初的历史过程认识唐末农民大起义之更深远的社会意义》，编入本《文集》时改为此标题。——编者

帝国——作为统一的强大国家，曾给予了相当高的估计。这种估计，在我个人看来，在某种局限的意义上说，是适当的；但当这种看法，被另外一些人承继和引申之后，就出了偏差了。这种引申者把封建国家的统一问题无限制地强调起来，并且不惜使用经典作家对于欧洲历史上资本主义联络网业已张布出去以后的民族国家的统一运动的估计，来加强他自己的说明力量。这样做的结果，自必过分强调衔接在农民战争以后的统一战争的作用，而这种强调的过分程度，竟达到了不惜诬蔑劳动人民反抗运动的“水平”。过去，我们曾经对这种不妥当的认识和理解，进行过有欠深刻的批评。到今天看，不论那种批评是如何肤浅，但在其基本点上还是可以成立的，因而到今天也仍为我们自己所坚持。但，应该承认，在当时批评的过程中，我们也在某种程度上受了对方学说的俘虏。我们当时认为：在我国封建社会的阶级斗争历史上，有两种互相对照的类型的农民战争，其一是与统一战争直接衔接着的，其二是不与统一战争直接衔接着的；在我们当时看来，只有前一类型的农民战争，在体现毛主席在《中国革命与中国共产党》中所深刻揭示的农民战争的作用方面，才是显著的。而在第二类型的情况之下，即农民战争未能与统一运动直接衔接的情况之下，自然我们并不曾说像毛主席所揭示的那个作用就不起了，但我们当时的确曾经认为，这个作用是要隐晦得多了。通过近一两年来具体分析史料的结果，我们对于我们自己的看法（即农民战争两种类型论，其一作用显著、另一作用隐晦的理论）进行了某种程度的否定（不是全部的推翻）。现在，将通过自我批评后的新的看法，写在下面。

我们认为：由于旧时代农民阶级的种种局限性的影响，我国封建社会历史时期中的一切农民革命永远得不到彻底的胜利，只能成为改朝换代的工具，只能通过其对统治者的打击和统治者的某些让步，来体现封建社会本身之向前进步。在这样的历程中，国家共同体之“分久必合、合久必分”的情况，是经常的而不是什么特殊的现象。不错，汉、唐、明的确是我国封建历史上极辉煌的朝代，但这一点也只能在一种寻常的而不是特殊的对照意义之下，才是适当的。譬如说，我们实在看不出来，宋朝这个朝代在跟汉、唐、明对照之下，其辉煌的程度有什么逊色。相反，从宋朝开始，手工业生产的整个水平和技术水平，显然都提高了；商业的联络网，较前显著地普遍了；文化产品中的科学因素以及人性的初步感觉程度，也显明地区别于它以前的时代。汉、唐、明的强调论者，农民战争只有与统一战争相直接衔接才能发挥更大更明显作用的论者

(包括持有过去看法的我们自己在内)，对于这个问题将不能不感到自己看法不足以普遍地解释实际。当我们在进行历史的总括和归纳的时候，遗漏或排除了其中的任何一个组成部分，都是不对的。从许多盛大的封建皇朝中片面地强调了汉、唐、明，而主观主义地排除了譬如说宋，这是不对的。同样，从许多规模较大的农民战争中片面地强调了秦末、西汉末、隋末和元末的大起义，而主观主义地指斥东汉末的大起义和唐末农民大起义作用是隐晦的，这也是不对的。毛病是不在于农民起义原来作用的隐晦，毛病在于我们科学研究工作者自己过去未曾耐心地、细密地搜集史料和分析史料而已。

假如我们稍稍深入一点史料去探索的话，自必会看出，唐末农民大起义在其所发生的社会意义和作用方面，并没有什么根本的特殊之处。它的意义和作用，较之那些发生在汉、唐、明的前夜，并从而缔造了汉、唐、明那样强盛帝国的大农民战争，并无根本性质的不同。不过，唐末的农民大起义不是也不可能是直接打击了那个立即衔接在后面的新兴统一皇朝的统治者。它不是这样。它是首先打击并教训了继农民战争而起的许多地方势力，如闽、吴越、南唐、楚、王孟二蜀等等，迫使它们不能不在自己狭小的统治区内对人民让步，并蓄养各自国内的农业和手工业的生产力（从这些情况着眼，这些地方势力跟唐中叶以来的割据藩镇势力，其性质显然是已经不同了）；然后，再通过宋朝创建者们的军事统一把这些分散的农民战争的成果总括起来，整顿成为整个统一国家范围内对人民的让步，成为整个统一国家范围内对农业和手工业生产力的蓄养与提高。我国封建社会在公元第十一、十二、十三诸世纪中之所以能够在各方面表现了许多新颖的特点，这跟唐末农民大起义的作用是分不开的。为了论证我们如上的论点，在以下几节之中将提供出若干必要的材料，来更具体地说明问题。

以上，是本文的写作动机之二，而它跟第一个动机是互相联系看的。

二　北方朱梁国中对人民的让步和对农业生产的重新组织

五代的第一个国家——梁国，是黄巢起义队伍中的叛将朱温（又名朱全忠，又名朱晃）建立的。站在封建正统主义立场上的史学家，由于朱温曾经是黄巢的悍将，因而在史籍中不惜给予他重重的口诛笔伐。即便不站在封建立场上的人们，由于朱温是农民革命队伍中一名叛变者，因而对他的全部事业也甚少称道。自然，任何革命中叛离者，总是坏的，负有他严重的历史责任的。但整个国家的措施是一件事，这个国家建立人的历史行为又是另一件事，二者可能互有联系，但在逻辑上却不可以互相代替。那么，假如我们把考察对象放置到梁国的国家措施上，将会发现它究竟是由大农民战争的烽火中建立的国家，它究竟懂得农民群众的普遍心理，究竟是向人民进行了妥协和让步。关于这一点，南宋的洪迈早已看出来了，他说：

朱梁之恶，最为欧阳公五代史记所斥詈。然轻赋一事，旧史取之，而新书不为拈出。其语云，"梁祖之开国也，属黄巢大乱之余，以夷门一镇，外严烽候，内辟污莱，厉以耕桑，薄其租赋，士虽苦战，民则乐输。二纪之间，俄成霸业。及末帝与庄宗对垒于河上，河南之民虽困于辇运，亦未至流亡，其义无他，盖赋敛轻而丘园可恋故也。……"予以事考之，此论诚然。[①]

洪迈为南宋时人，上距朱梁才二百余年，相去匪远；并且洪迈自己声明过，他是根据南宋时可以搜求到的资料来加以考察之后，这才对薛居正《旧五代史》中的这个看法表示支持；对欧阳修《新五代史》中那样抱成见的做法，提出批评的。其实，薛居正在《旧五代史》中，不仅对朱梁国家的"励农薄赋"做了记录，并且对于自唐末经朱梁到后唐，在洛阳一带从事恢复社会生产的张全义其人，也做了相当详尽的记述。它记载说：

张全义，濮州临濮人。祖父世为田农。乾符末，黄巢起冤句，全义亡命入巢军。巢入长安，以全义为吏部尚书，充水运使。……（光启三年）为河南尹。……初，蔡贼孙儒、诸葛爽争据洛阳，迭相攻伐，七八年间，都城灰烬，满目荆榛。全义初至，惟与部下聚居故市，井邑穷民不满百户。全义善于抚纳，课部人披榛种艺，且耕且战，以粟易牛，岁滋垦辟。……政宽事简，吏不敢欺，数年之间，京畿无闲田，编户五六万。乃筑垒于故市，建置府署。……[②]

上引同书复转引《洛阳缙绅旧闻记》中更详尽的记载说：

王（按，张全义在梁、唐时封魏王，又封齐王）始至洛，于麾下百人

---

① 洪迈：《容斋三笔》卷10"朱梁轻赋"条。

② 薛居正：《旧五代史》卷63（《后唐书》卷39），《张全义传》。

中，选可使者一十八人，命之曰屯将，每人给旗一口、榜一道，于旧十八县中令召农户，令自耕种：流民渐归。王于百人中又选可使者十八人，命之曰屯副，民之来者抚绥之，除杀人者死，余但加杖而已，无重刑，无租税：流民之归渐众。王又于麾下选书计一十八人，命之曰屯判官，不一二年十八屯中每屯户至数千，农隙选丁夫，授以弓矢枪剑，为坐作进退之法。行之一二年，每屯增户大者六七千，次者四千，下之三二千，共得丁夫娴弓矢枪剑者二万余人。刑宽事简，远近归之如市。五年之内，号为富庶。

王每喜民力耕织者。某家今年蚕麦善，去都城一舍之内，必马足及之，悉召其家老幼，亲慰劳之，赐以酒食茶丝，丈夫遗之布裤，妇人裙衫。取其新麦新茧，对之喜动颜色。民间有窃言者，曰，“大王见好声伎，等闲不笑，惟见好蚕麦笑耳。”……每观秋稼，见田中无草者，必下马召田主慰劳之，赐之衣物；若见禾中有草，在耕不熟，立召田主，集众决责之。若苗荒地生，诘之，民诉以牛疲，或阙人耕锄，则田边下马，立召其邻伴责之，曰“此少人牛，何不众助之？”自是洛阳之民无远近，民之少牛者相率助之，少人者亦然。田夫田妇，相劝以耕桑为务：是以家有蓄积，水旱无饥民。①

根据以上的材料可以看出，作为佃农出身、亲自参与了黄巢起义并曾担任了起义政府中高级官吏的张全义，自唐末光启三年（887）以来曾在洛阳一带兴办屯垦，奖励农业生产，提倡劳动互助，收到了相当的效果，得到了广大人民的支持和拥护。他试办屯垦的地面是不能算很小的，胡三省《通鉴注》说，“河南二十县，河南、洛阳二县在城中，其外偃师、巩、缑氏、阳城、登封、陆浑、伊阙、新安、渑池、福昌、长水、永宁、寿安、密、河清、颍阳、伊阳、王屋，凡十八县。”②其中福昌、长水，约当今宜阳、洛宁一带，河清约当今孟津一带。这个地理范围，由此是可以明确的。在这样一个并不太小的范围内举办恢复生产的事业，是有一定重大的意义的。清代赵翼曾把张全义跟冯道二人联系起来加以论列，说“当时万口同声，皆以二人为名臣，为元老。以朝

① 薛居正：《旧五代史》卷63引《洛阳缙绅旧闻记》；“知不足斋”本《洛阳缙绅旧闻记》卷2与引文同。

② 《资治通鉴》卷257（唐纪73）胡三省注文。

秦暮楚之人，而皆得此美誉，至身后尚系追思，外番亦知敬信，其何故哉？盖五代之乱，民命倒悬，而二人独能以救时拯物为念。……”[①]这个分析是正确的。像张全义这种人，恰巧是不以忠实地伺候哪家君主为自己主要的事业，而是以固着地恢复某个地区中的农业生产为自己主要的事业，这只要看他平生无论官爵加封到多高（不论是封到魏王或是齐王），总不舍离他那“河南尹”的本位，即可以想见了。

以上，通过五代中朱梁国家的措施，以及当时河南地区中以张全义为首的屯垦事业，我们可以看到黄巢起义之某些比较直接的影响和作用。这种比较直接的影响和作用，我们不仅从北方的张全义事迹中可以看到，《吴越备史》中载有黄巢余党陈儒者，于起义军南下中途，留在饶州，旋夺取衢州而自据，他在信安十年“颇有惠爱”，“市不易肆”，奖励农业生产。可见具有局限性的农民起义的主要目的，就是为了有地种、有粮食吃，故农民起义中人之为政者，大都重视农业生产。不过，无论是张全义的事或者是陈儒的事，在全国范围看起来，还不是最重要的；因为当时北方社会被创伤得太利害了，最多只能看到一点局部的恢复；陈儒后来，也终不免并入于吴越国中。要考察更大规模的恢复和社会生产力的蓄养与提高。我们就不得不更多地去研究南方的十国。

三　东南的闽和吴越国中对人民的让步及当时该两国中社会生产力的蓄养与提高

在十国之中，让我们首先来研究一下闽，这个小小的东南地方势力的建立，是跟王潮和王审知兄弟的活动有密切关系的。我们试来看一下王潮和王审知兄弟二人的来历，薛居正《旧五代史》记载说：

> 王审知，字信通，光州固始人。父恁，世为农民。唐广明中，黄巢犯阙，江淮盗贼蜂起，有贼帅王绪者，自称将军，陷固始县，审知兄（王）潮时为县佐，（王）绪署为军正。蔡贼秦宗权以绪为光州刺史，寻遣兵攻之，绪率众渡江，所在剽掠。自南康转至闽中，入临汀，自称刺史。绪多疑忌，潮与豪首数辈共杀绪，其众即奉湖为帅，时泉州刺史廖彦若为政贪暴，军民苦之。闻潮为理整肃，耆老乃奉牛酒遮道请留潮，因引兵围彦

① 赵翼（瓯北）：《廿二史札记》卷22“张全义、冯道”条。

若，岁余克之。[1]

从上引的基本史料看来，王潮、王审知兄弟是河南的农民出身，也是农民起义出身（《旧五代史》说他们“起自陇亩”，马令《南唐书》卷28说他们“俱起草莽”，欧阳修《新五代史》卷68说他们“起盗贼”，大家说法都一致；《五国故事》卷下则直接说他们“为黄巢部伍”），他们沿着与黄巢大军南下时相同的路线到达福建，由于肯执行对人民让步的政策，先被泉州百姓欢迎为“民选的”泉州刺史，后被临死的地方势力首领陈岩函召，想以闽中的整个军政相授（后来实际接受，还是通过了军事攻占）。他们兄弟二人在闽前后相继治理地方军政三十余年，《旧唐书》说他们“还流亡，定赋敛，遣吏劝农，人皆安之。”[2]《旧五代史》说他们“选任良吏，省刑惜费，轻徭薄敛，与民休息，三十年间，一境晏然。”[3]即便抱有成见的欧阳修，也在《新五代史》中写道，“（审知）好礼下士。……建学四门，以教闽士之秀者，招来海中蛮夷商贾，海上黄崎波涛为阻，……开以为港，闽人号为‘甘棠港’。”[4]像这样减轻赋役，鼓励生产，发展海外贸易，自必蓄养并提高了社会生产力。而这个蓄养和提高了一点的社会生产力，通过历史的曲折，即由王氏的闽到李氏的南唐，再由李氏的南唐转到赵宋的统一国家，地方性质的先进事物就成为整个国家诸先进因素的构成部分之一了。（详第五节）

再看吴越国。十国中的吴越国及其建立者钱镠（“镠”读若“刘”），由于地当全国富庶之区，父子祖孙相传一百余年，安然归宋，因而无论在宋朝统治者的心目中，或者在宋代文人的笔记里，甚至在民间传说里，这位活了81岁的“武肃王”，成为了当时大家喜闻乐道的一个对象。这不是偶然的。我们来看一看他的来历：

乾符二年（875）夏四月，浙西镇遏使王郢作乱。敕本道征兵讨之。时董昌戍石镜镇，亦募乡里之众，以副召王（按，指武肃王钱镠），王遂委质于董氏。

（乾符）六年（879）秋七月，黄巢拥众二十万人大掠州县。淮南节度

① 薛居正：《旧五代史》卷134，《王审知传》。

② 刘昫：《旧唐书》卷190，《王潮传》。

③ 马令：《南唐书》卷28，（灭国）《闽王氏传》。

④ 欧阳修：《新五代史》卷68，《王审知传》。

使高骈羽檄征兵讨之。时巢三百余众，将及石镜镇，王谓董氏曰，“黄巢以数万之众，逾越山谷，旗鼓相远，首尾不应，宜以伏兵袭之，贼或少却，则可逐矣。”巢前军二千余众，果崎岖而至，王率二十骑伏于草莽，巢小将单骑先进，王亲注弩射之，应弦而毙。伏兵遂起，巢兵大溃。王谓众曰，“此术止可一举耳。大举必至，则众寡莫敌矣。宜乘胜张虚声以慑之。”乃进屯八百里，途次逆旅，遇一老妪而诫之曰，“后有兵至，当言临安兵屯八百里。”未几，巢兵果至，具如所对。贼众相顾曰，“向止数骑，尚不可当，况八百里乎?!”遂不犯境。王又伺其后军，杀获人马而还。①

钱镠本人不是正规农民出身，而是一种游民出身；他更不是农民起义出身，相反，他跟福建“九龙军”的组织者陈岩一样，是由跟王郢和黄巢面对面作战的“土团”出身的。但历史的曲折性教育我们，不能对历史上的事物作太简单化的理解。唐末的这一类“土团”，在面对面对抗农民军的这一点上看，其作用是阻挠历史前进的；但在农民革命不可能彻底胜利的情况下，代替了被农民军扫除的唐室藩镇势力及其支持者——中古式的士族大地主，组织一种新兴地方势力的这一点上看，那么，这种“土团”在当时历史条件下，也不能说没有一点表现适应了历史向前进的意味。钱镠正是出自这样一种集团，他是董昌部下“杭州八都”之一。《旧五代史》说，“属天下丧乱，黄巢寇岭表，江、淮之盗贼群聚，大者攻州郡，小者剽闾里。董昌聚众恣横于杭、越之间，杭州八县，每县召募千人，为一都，时谓‘杭州八都’，以遏黄巢之冲要。”②按：唐末号“八都”者不止杭州“土团”为然，其他如王建等八人隶宦官杨复光部下，亦称“八都”。且数亦不限于八，如王建等入蜀，隶僖宗及宦官田令孜部下，又号“随驾五都”。且杭州之“八都”，后亦不限于八，《吴越备史》载，有“成及，钱塘人也，捍山贼，逐齐寇，声名遂振；及八都寖盛，复分十三都……。”由此可见，这种“土团”军还是在发展着的一种地方自卫军。以这种力量为主要支柱，钱镠逐杀董昌，成为吴越一方的首领。他虽迄未称帝，（《容斋三笔》和《辍耕录》中说他改过元）但事实上已经是一个独立国家的国王了。

我们来看一看钱镠的所作所为。首先，他对于地方的公共事业，如筑城

① 范坰、林禹：《吴越备史》卷1。

② 薛居正：《旧五代史》卷133，《钱镠传》。

垒、修塘堰、治沟洫等，终生是非常热心去经营的。此处仅以《吴越备史》中按编年式所记诸事，列在下面：

1. 景福二年（893），率“十三都”兵及役徒二十余万众，筑罗城，自秦望山由夹城东亘江干，及钱湖、霍山、范浦，凡七十里。

2. 天复二年（902），亲巡衣锦城，治沟洫。

3. 开平三年（909），巡明州，因城定海镇。

4. 开平四年（910），始筑捍海塘。王因江涛冲激，……遂定其基。复建候潮、通江等城门。

5. 乾化元年（911），筑松江南北二城，锁栅毕备。

统观这些公共事业，几乎全是防卫人民生活使之不受自然力灾害并可为对海外贸易提供有利条件的一些举措。而它们的规模都是空前浩大的，大到在北宋仁宗时候（十一世纪之初）看来都是无力举办的事业。沈括记述说：

> 钱塘江，钱氏时为石堤，堤外又植大木十余行，谓之“滉柱”。宝元、康定间，人有献议，取滉柱可得良材数十万。杭帅以为然。既而旧木出水，皆朽败不可用。而滉柱一空，石堤为洪涛所激，岁岁摧决。……近年乃讲“月堤”之利，涛害稍稀，然犹不若滉柱之利。然所费至多，不可复为。①

这种堤塘的建造，是按照一定的工程设计程序的，《昭勋录》记载说：

> 以大竹破之，为笼，长数十丈，中贯巨石，取罗山大木长数丈植之，横为塘；又以木立于水际，去岸二九尺立九木，作六重。由是潮不能攻，沙土渐渍，岸益固也。②

钱镠和他的吴越地方政府对于这种接照一定工程设计程序而进行的防御人民生活灾害并便利海外贸易的公共措施之举办，是认识到这些事情的具体的意义的。有一件事可以作为证明。由于当时举办公共事业规模太大，故使用民间夫役的数额自然也特别多，于是有人发牢骚了，钱镠听说，不但不生气，反而对发牢骚者暗示出举办公共事业的意义来。这件事的原材料如下：

> 钱塘武肃王不识文字，然所言皆可律下。忽一日，杂役兵士于公署壁

① 沈括：《梦溪笔谈》卷11。

② 彭元瑞、刘凤诰：《五代史记注》卷67上《吴越世家》引《昭勋录》。

题之曰，“无了期，无了期，营基才了又仓基。”由是部辖者皆怒。王见而谓曰，不必怒。命罗隐从事续书之曰，“无了期，无了期，春衣才了又冬衣。”卒伍见之，于是怡然，力役不复怨咨。[①]

在这样一种有意识地保护地方公共事业和社会生产的情况下，社会生产自必提高起来，并且自必出现比较新颖的和比较突出的生产部门和生产技术。如据《吴越备史》卷一所载，从一次杭州城内酝酿叛变的事件中，反映出杭州城内至少有润州人二百余在担任织锦工人的工作，润州人而到杭州织锦，其为脱离农业出外雇佣无疑；唯此类工人究系为官家抑为富家织造，材料中则未言明。但杭州当时曾有脱离农业生产而被雇佣的织锦工人至少二百人，则毫无问题。此其一。复据《吴越备史》卷二所载，在钱镠的儿子钱元瓘跟江北的作战中，曾使用过“火油战”，这种火油据说得之于大食国的输入；而钱镠发明，用银工把这种火油筒口上加以镶饰，万一这种燃烧性的武器落入敌手，则估计他们一定会争取银饰而弃去火油筒的本身。这条材料至少可以说明两件事，其一说明当时吴越与海外有贸易关系，其二说明吴越金银等金属的炼冶和雕镂镶嵌等技术，一定有相当的水平。此其二。另据《余姚县志》所载，被人称作宋代官窑的前驱之一的“柴窑”，实际上就是吴越国在陶瓷工业方面的一种新成就——“秘色瓷”。据此，可见吴越国在陶瓷工艺上，也曾达到过新的水平。此其三。[②]另外，《吴越备史》卷四载有吴越国贡奉北宋皇帝赵匡胤、赵光义的物品账单一纸，如下：

太祖、太宗两朝入贡，记之颇备，谓之贡奉录。今取其大者。如赭黄犀带、龙凤龟鱼仙人鳌山宝树等通犀带，凡七十余条，皆希世之宝也；玉带二十四，紫金狮子带一；黄金九万五千余两，银一百一十万二千余两，绫罗绵绮二十八万余匹，色绢七十九万七千余匹；金饰玳瑁器一千五百余事，水晶玛瑙玉器凡四十余事，珊瑚树一、高三尺五寸，金银饰陶器一十四万余事，金银饰龙凤船舫二百艘，银装器械七十万事，白龙脑二百余斤。……[③]

这些数量相当庞大的手工艺制造品，虽然就其制造场的设置看，显然是官

① 《丁晋公谈录》（见“百川学海”壬集）。

② 此系童书业先生所告，从而补入的。

③ 范坰、林禹：《吴越备史》卷四。

家的而不是私家的；再就其使用看，也显然是为了供奉最高统治者的奢侈华糜的：——但我们假如暂时抛开以上这两点，而单就这种制造业绝不能完全脱离当时整个社会的生产水平来考虑的话，那么，我们似乎可以由此推测吴越国当时虽在对外战争极其频繁（御吴、援闽、伐南唐等）的情况之下，其一般社会的手工业生产水平，恐怕已经有相当的发达了。

四　南唐国中对人民的让步及该国内社会生产力的蓄养与提高

南唐是十国中文物最繁盛的国家，也是北宋统一过程中最重视的国家；北宋初许多社会生产部门和文化事业中的先进因素，大都取自南唐与孟蜀。这不是偶然的。南唐三代国主——李昪、李璟、李煜相继统治四十年，特别在李昪的升元年间，对人民进行了一系列明显的妥协和让步，这是南唐社会生产能够盛极一时的最重要的原因。但南唐统治者，跟唐末农民大起义比较直接的关系，他们所受唐末农民大起义的直接打击和教训，——这样的迹象在文献资料中则是缺乏的。我们所知道的，只是南唐来自吴，而吴主杨行密跟他的宰相徐温（李昪的养父）在唐末都曾是贩盐行盗的人，他们跟王仙芝、黄巢，都是一个类型的人物。此其一。南唐创建者李昪是一个在战争中被检拾来的灾童，关于他的被检拾经过有三种不同说法，《吴越备史》说他是湖州潘氏之子，《旧五代史》说他是在山东青州被检拾的，《新五代史》又说他是检自濠州，究竟如何，在这里不进行考证，但他是战争中的难童，总不成问题了。此其二。受到如上两种情况的影响，以及当时大农民战争后整个局面的影响，李昪在他建立并统治南唐国家的六年中（即升元年间，公元937～942），对于人民进行了不少的妥协和让步，例如他反对战争，使人民维持和平生活；他减低税额，禁止买人儿女以为奴婢；他在人民生活的重要必需品食盐问题上给予了人民一些优待；这些事迹都是非常显著的，现在我们来一一地看一看。《通鉴》记载说：

> 唐主即位，江淮比年丰稔，兵食有余。群臣争言，陛下中兴，今北方多难，宜出兵恢复旧疆。唐主曰，吾少长军旅，见兵之为民害深矣，不忍复言。使彼民安，则吾民亦安矣，又何求焉?![1]

---

① 司马光：《资治通鉴》卷282（后晋纪3）。

马氏陆氏二《南唐书》，亦皆有类似记载。在这里，一方面反映出李昪对于统一运动给全国人民所可能带来的总的利益认识不到；但另一方面，却可以亲切地反映出来李昪已经能够认识到战争破坏性的严重，并懂得和平生活对于人民的重要。因此他坚持维护人民和平生活的主张。此外，南唐之初，不许富人买贫人子女以为婢妾，马令《南唐书·萧俨传》说：

> 升元之法，禁以良人为贱；卖奴婢者，通官作券。至是（按，指中主李璟保大初），冯延鲁等欲广置妓妾，因矫遗制，许民私卖己子。（萧）俨驳曰，此非大行之命。……昔大行问臣，臣曰，往者陛下出府金以赎民子，故得天下归心，大宝自至；今乃许民卖子以资豪民，非防微之道也。[①]

以上是曾禁止买卖良家子女为奴之证。此外，南唐之初，复曾减免商税。马令《南唐书·申渐高传》说：

> 升元初，按籍编括。……时关司敛率尤繁，富人苦之。属近甸亢旱，一日宴于北苑，烈祖谓侍臣曰，“畿甸雨，都城不雨，何也？得非狱市之间，违天意欤？”（申）渐高乘谈谐进曰，“雨惧抽税，不敢入京。”烈祖大笑，即下令除一切额外税。[②]

以上是减免商人杂税之证。此外，南唐之初，有“盐米”之法。马令《南唐书》有两处记载：

> 升元初，括定民赋，每正苗一斛，别输三斗于官，廪授官盐二斤，谓之“盐米”。至是（按，指中主李璟保大之末），淮甸盐场皆入于周，遂不支盐，而输米如初，以为定式。[③]
>
> 升元中，限民田物畜，高下为三等，科其均输，以为定制。使民入米请盐。货鬻有征税，舟行有力胜。——皆用（汪）台符之言。[④]

以上是实行“盐米”之法之证。何以见得这是一种优待呢？按此法宋朝亦曾衍用，并且衍用到后期这种优待也曾跟南唐一样变为了“只缴米不发盐”的苛索。南宋罗大经《鹤林玉露》说，“庐陵苗斛元额三十六万。承平时，民户纳

---

① 马令：《南唐书》卷22，（归明）《萧俨传》。

② 马令：《南唐书》卷25，（谈谐）《申渐高传》。

③ 马令：《南唐书》卷4，《嗣主书》。

④ 马令：《南唐书》卷14，《汪台符传》。

苗一斛，官支与盐二斗五升：尽优之也。……渡江以来，非惟官不支盐，反勒民户纳盐，由是输苗一斛者，并盐为一斛二斗五升。”[①]由此可见，“盐米”之法，就其本原的设置命意来说，是一种优待。

由于南唐之初至少如上述那样实行了一些对人民的妥协和让步，所以南唐能够繁盛和强大起来，成为十国中极富庶的国家。陆游《南唐书》（卷7）说，“中原方横流，独江淮丰阜”；马令《南唐书》（卷14）也说，“今据江淮，摘煮山海，人民丰阜”；《宋史》世家也说，“（唐）跨据三十余州，即山铸钱，物力富盛。”可见关于这个情况的记载，诸家都是相同的。在这样一般提高了的社会生产水平上，有不少制造部门就达到了新的水平。兹举二例。建州之茶，唐末以前无记载，只有到南唐并闽以后，其北苑才置匠采制建茶，此种制造术被吸入北宋皇朝，乃有“龙团”、“凤饼”等建茶名色，后来逐渐普及到成为一般社会的享用品。[②]再例如纸，南唐的造纸技术是很高的，其“澄心堂纸”（一种白麻纸）十分著名，连后世都知宝贵，据说有一次欧阳修赠给梅圣俞两张这样的纸，梅圣俞曾写诗描述这种纸的质量道：“滑如春冰密如茧”，他又把南唐的纸跟成都坊中生产的白麻纸做了一番对比，说，“蜀笺脆蠹不经久，剡楮薄慢还可咍。”[③]这种纸虽然是少数人才得使用的，但这种高的技术对于当时普遍使用的纸张的制造术，也不可能不起影响。

除此之外，南唐在文化上，也有很多贡献。如在他们皇家画苑（北苑）里，有着具有高度美术修养的山水画师董源及其学徒僧人巨然，花鸟画师徐熙等，他们传习、互相切磋，以及创发的各种技法，成为北宋画苑中所可能吸取到的重要遗产和泉源。据说当时有人画了一只老鼠，挂在墙上，不断地被猫扑了下来。又据说，李后主的屏风上画了一个女子，冯延巳误以为真，不敢迳入。当时绘画的现实精神，可想而见。又如他们当时在庐山地区，曾于无形中形成了一个学术的中心，这在五代时北方干戈扰攘之际，他们能够研究学术，保存典籍（南唐典籍是当时各国中最完整、版本最好的）；并且，在他们当中也有新思想的萌芽，如当时文人蒯鳌，他就曾主张说，“文章者，所以达道德之本，发才智之蕴，使旨胜于辞，理过于文，为得之矣。其余摘裂章句，钩校

① 罗大经：《鹤林玉露》卷10“庐陵苗盐”条。

② 罗大经：《鹤林玉露》卷3“建茶”条。

③ 梅圣俞：《宛陵集》：“永叔寄澄心堂纸二幅诗”。

属耦，绮丽悦目，清心洎耳，则吾不知也。”[①]这在唐宋的韩愈、欧阳修之间，恰好是一个中间的连续点。其“旨胜于辞，理过于文”的主张，恰好预告了整个有宋一代学术著述中重视理性的总倾向。

五　楚和前后二蜀国中社会生产力的发展

以长沙为其政治中心的楚国，在十国中，它的茶叶生产、制造和贸易方面，有着突出的表现，并且对于整个有宋一代重视茶叶生产与贸易的事，不无启发和开头的作用。《旧五代史·马殷传》记述楚国开创者的历史和当时生产和贸易的情况说：

> 马殷，许州鄢陵人。少为木工。及蔡贼秦宗权作乱，始应募从军。……为湖南节度使，遂有潭、衡二州之地。……梁贞明中，封楚王，总制二十余州，自署官吏，征赋不供；民间采茶，并抑而买之。凡天下商贾所赍宝货入其境者，只以土产铅铁博易之无余，遂致一方富盛。穷极奢侈，贡奉朝廷，不过茶数万斤而已。于中原卖茶之利，岁百万计。[②]

马氏《南唐书》也在叙述这个楚国时说，“自京师至襄、唐、郢、复等州置邸务以卖茶，其利十倍，又令民自造茶，以通商旅，而收其算，岁入万计。”[③]根据以上的材料，楚国的创始者马殷，就其出身看是一个劳动人民；不过，他并未参与过农民起义性质的军队，而是参与了半官军、半寇盗式的秦宗权部队，取得了湖南之地。并且，他对于茶业生产和贸易事业之所以重视，根据材料来看，其出发点主要是为了官卖、私卖收税以及向中原进贡，以在政治上讨好，并从而巩固他们统治者父子们的“穷极奢侈”。但假如我们观察事情的范围不仅仅在于个别人物的主观愿望，而更多地去考虑这个个别人物某些主观愿望之所以可能实现的客观条件时，那么，楚国当时对茶叶的种植和采制等生产水平（此外，还有对铅铁矿产的开采和炼冶等生产水平），一定会通过这个地方性独立政权为了收税而进行的种种鼓励，而普遍地发展起来，并且有了显著提高。

*　　　*　　　*

① 马令：《南唐书》卷23，（归明）《蒯鳌传》。

② 薛居正：《旧五代史》卷133，（世袭2）《马殷传》。

③ 马令：《南唐书》卷29，（灭国）《楚国传》。

现在，让我们最后来看一看王、孟二蜀。蜀国偏在西南一隅，跟唐末农民大起义没有直接的关系，裘甫、庞勋、王郢等起义，或在浙中，或在淮海，距离蜀中都很遥远；即以黄巢起义曾远征闽、广来看，也未直接地接触到西川之地。因此，假如我们固执地把问题局限在唐末农民大起义所直接接触到的地区及其所发生的直接影响来考察的话，那么，前后二蜀将显然不应被排入考察之列。然而，任何的影响，绝不应仅仅局限在“直接”的意义上；并且当时政治上虽是封建的地方分裂状态，但商业联络网已经相当普遍，此外，互相吞并的战争行为除掉进行某些破坏之外，也在不同的地域间扩散开了许多相互间的影响。再除此之外，在唐僖宗被黄巢大军逐出长安的“幸蜀”期间，唐朝逃难皇室及其爪牙田令孜、陈敬瑄等，曾对人民进行了种种的骚扰和榨取。蜀中的人民，在他们自己的首领阡能、罗浑擎、句胡僧、罗夫子、韩求等五人的领导下，发动一场持续一年多时间的耕民起义。[①]这对于此后的治蜀者，不能不说是一场严重的教训，因此，我们没有理由把王、孟二蜀单纯由于它们未受大农民战争的直接影响，而排斥在我们考察之外。

前蜀的创建者王建，《五国故事》说他“世为师”；[②]《蜀梼杌》说他是“以剽盗为事。”[③]可见单纯就出身看，他是一个社会低层的小贩出身，且在最初还是当时封建正统统治者的一个对抗者，他辗转自秦宗权部下，到宦官杨复光部下，成为“八都”之一；再到宦官田令孜部下，成为“随驾五都”之一，逐渐取得四川地方的军政权，成立了地方性的独立国。从他这些复杂曲折的经历当中，他懂得了恢复和发展社会生产的必要。《蜀梼杌》记载说：

> 武成三年（910）六月，下诏劝农桑。曰，……爰念蒸民，久罹干戈之苦，而不暇力于农桑之业。今国家渐宁，民用休息。其郡守县令，务在惠绥，无侵无扰，使我赤子，乐于南亩。[④]

从“今国家渐宁，民用休息”的字句中，我们可以亲切地体会到当时这种地方独立政权在干戈扰攘之际所可能起的一些好作用。王建之外，当时蜀国的“吏部侍郎平章事”韦庄（字端己），更是亲身经受黄巢大起义的种种教训（观其

① 司马光：《资治通鉴》卷255，《唐纪》卷71。

② 《五国故事》（见“知不足斋丛书”据剑光阁抄本）卷上。

③ 张唐英：《蜀梼杌》卷上。

④ 张唐英：《蜀梼杌》卷上。

所作《秦妇吟》一首长诗，即可想见），深刻懂得了非向人民让步不可的道理。当他中年以后，自长安流亡到江南，曾向当时的镇海节度使周宝建议改酒税法，他自记说，“江南富民悉以贩酒没家产，因以此诗（按，指官庄诗）讽之，浙帅遂改酒法，不入财产。”[①]到他晚年辅佐王建的时候，他仍然注意到人民事业之是否受到骚扰。《唐诗纪事》记载说：

庄为王建管记时，一县宰乘时扰民，庄为建草牒云，正当凋瘵之秋，好安凋瘵；勿使疮痍之后，复作疮痍。[②]

王建、王衍父子相传，在蜀统治十八年，是为前蜀，后见灭于后唐。中经八年，又由军官孟知祥重新建立地方性独立国家，与其子孟昶统治三十一年，特别是在孟昶统治的三十年内，由于社会得到了较长期的休养生息，并且租赋不须报解中央，遂造成全蜀的丰盛现象。《蜀梼杌》记载说：

广政十三年（947）九月，令城上植芙蓉，尽以幄幕遮护。是时蜀中久安，赋役俱省，斗米三钱。村落闾巷之间，弦管歌诵，合筵社会，昼夜相接。府库之积，无一丝一粒入于中原，所以财币充实。城上尽种芙蓉，九月间盛开，望之皆如锦绣。昶谓左右曰，自古以蜀为锦城，今日观之，真锦城也。[③]

由于当时地方政权脱离开中央更高级压榨而表现出来的相对的宽舒，一般人民普遍地感到社会稳定、生产发展、生活改善后的愉快，因而当时蜀中人民对于孟氏统治者父子是长期保留着一个较好的印象的。《锦里耆旧传》记载在孟昶即位的第十年曾杀宰臣张业，“以其判度支虐徵商税”，[④]足见孟昶时是有过对小生产者让步的具体表现的。《蜀梼杌》又曾说：

（孟）知祥好学问，性宽厚，抚民以仁惠，驭卒以恩威，接士大夫以礼。薨之日，蜀人甚哀之。

（孟）昶之行（按，受宋俘北赴汴京），万民拥道，哭声动地。昶以袂掩面而哭。自二江至眉州沿途百姓恸绝者数百人。[⑤]

---

① 韦庄：《浣花集》卷4《官庄诗》自注。

② 计有功：《唐诗纪事》卷68。

③ 张唐英：《蜀梼杌》卷下。

④ 勾延庆：《锦里耆旧传》（见“读画斋丛书”）卷7。

⑤ 张唐英：《蜀梼杌》卷下。

《锦里耆旧传》中又记载着，在宋兵初入西川之时，曾引起过遍地反抗运动，陵州、资州、普州、昌州均有反抗的起义运动，以在金堂三学山的孟蜀指挥使全师雄为首领。[①]从这些记载里，我们可以清楚地看到，五代时候十国中许多地方性独立政权，它们在人民的心目中，跟唐中叶以来为人民所深恶痛绝的那些藩镇残暴军阀，是有着截然的区别的。

六　宋初的建国者使用军事统一总括了这些分散的社会成绩

现在，我们该谈到宋朝了。

宋朝最初的统治者，使用军事力量，结束了五代十国的分裂局面，完成了统一。在这里，就至少出现两个问题：第一，宋初是在怎样的条件下完成了统一的？换言之，即它是在怎样一种可能性的基地上完成了统一的这个现实？第二，宋初的统一，意味着怎样的社会意义？换言之，历史事实是否表现了如某些同志在讨论南唐后主李煜的词的时候所说，由十国统一到宋，是意味着进步势力被落后势力所吞并呢？在本节中，我们把以上两个问题结合在一起，试来探讨一下。

宋初的统一，一定是凭借了许多它可以完成统一的条件而实现的。这些条件是什么呢？在我们看来，第一，是唐末农民大起义在掩垮唐朝腐朽统治政权的同时，也严重地打击了唐政权经济上的老板——士族地主和军事上的爪牙——藩镇，使它们衰弱下来。士族地主的衰落，已有许多材料和论文予以证明，此处不赘。我们只看，由王重荣、王处存、高骈式的比较正规化的藩镇，变化为秦宗权、时溥、刘汉洪式的半流寇式的藩镇，这在藩镇说不能不是一种堕落，而这显然是唐末农民大起义打击的结果。第二，唐末农民大起义在掩垮唐朝腐朽政权并削弱藩镇势力的同时，从农民起义的队伍的本身内，或者从对抗农民起义的敌对阵营之内，形成了许多带有新的意味的地方势力，这些地方势力之所以被判断为带有新的意味，其理由是，它们能够接受大农民战争的教训，能够或多或少向人民表示让步，能够或多或少蓄养地方生产，使之有某种程度的发展。关于这一点的证据，已在以上四节中提出来了，此处也不再赘述。第三，在我们看来，有一个极重要的条件，但却被人们经常忽略或者使用

① 勾延庆：《锦里耆旧传》卷8。

形而上学方法对待了的一个条件，它是，五代十国中的某些“进步势力”，其进步性是极有局限的，它们的政权统治性质也在转化之中。举三个例。钱镠在吴越国是兴办了一些公共事业的，因此即使当时赋役较重，人民也还可以谅解；但到钱镠的儿孙时候，赋役加重而公共事业废弛，人民就不能谅解了。《江南余载》记载说，“钱氏科敛苛惨，民欠升斗，必至徒刑。……其民多裸行，或以篾竹系腰”。[①]李昪在南唐之初是进行了一系列对人民让步的措施的；但到李璟、李煜时候，许多让步都收回去了，减轻了的税又加重了，不准买卖人民子女的法令变为可以买卖良家子女以为奴婢了，要开办的水塘堰闸以及屯田都废弛了，质量低劣的铅钱被大量地铸行了，许多名色浩繁的兵役制度被制定并施行了……这样，自然引起人民的很大反感，并且曾在吉州一带引起过一次在彭玗、刘守真领导下的规模并不太小的起义[②]。王潮、王审知在闽的情况也大体类似，他们的子侄们的纷争以及对人民榨取的加重，造成了闽国被南唐灭亡的条件。统以上三例看来，五代十国中某些较好一点的政权其本身也是在转化的，而这种转化又跟地方分裂的局限性相交织着的。因此，种种历史条件发展的结果说明着，当时社会在要求一个全国大一统的、但又能向人民进行某些让步的、并能在全国更广大范围内蓄养生产力的一个政权。宋朝的出现，正是适应了当时社会的这样一种客观要求。

宋朝在建国之初，进行了一系列的措施，这些措施不仅不能说明像某些讨论李煜词的同志所说是“落后”的表现；恰好相反，这些措施的意义，在我国封建社会由中古向近古转化的历程上看，倒是恰好适应了历史的要求，关于这，我们将举出一些比较重要的资料，来一一予以具体的论证。首先，宋朝开国之初，就通过法令把旧唐藩镇的法令根据彻底地拔除了，从此以后，军政两权才清楚地划分开了，王栐的《燕翼诒谋录》说：

> 唐末藩镇诸州，听命帅府，如臣之事君，虽或因朝廷除授，而事无巨细，皆取决于帅，于朝廷几于相忘。太平兴国二年三月，右拾遗李翰极言其弊，太宗皇帝始诏藩镇州诸直隶京师，长吏自得奏事：而后天下大权，尽归人主，潜消藩镇跋扈之心。[③]

① 《江南余载》（见“知不足斋丛书”）卷上。

② 曾敏行：《独醒杂志》卷4。

③ 王栐：《燕翼诒谋录》（见“百川学海”乙集）卷1。

黄巢起义大军所打击和削弱了的东西，到宋初通过法令把它们从根本上扫除了。此其一。再看，在赋税征收制度、设置官吏制度、司法制度诸方面，也都在在表现了近古期开始的征象，李攸《宋朝事实》说：

唐自开元、天宝以后，藩镇屯重兵，皆自赡，租赋所入，其上供者鲜矣。五代疆境偪蹙，藩镇益强，率令部曲主场院厚敛。……太祖历试艰难，周知其弊，及受命，务恢远略，革弊以渐。凡一路之财，置转运使掌之；一州之财，置通判掌之。为节度、防御、团练、留后、观察、刺史者，皆不预签书金谷之事。……

五代任官，凡曹掾、部尉，有龌龊无能、以至昏老不任驱使者，始注为县令。故天下之邑，率皆不治；甚者诛求刻剥，秽迹万状。故天下优诨之言，多以长官为笑。……建隆初，始以朝官为知县，其后参用京官。……自是，惩五代弊政，尤重亲民之官。[①]

建隆二年，太祖谓宰臣曰，“五代以来，诸侯跋扈，有枉法杀人，朝廷置而不问。刑部之职几废。且人命之至重，姑息藩镇，当若是耶?！今诸州决大辟讫，录案闻奏，委刑部覆视之。”奏案自此始。[②]

总括以上三条资料可以看出，唐末农民大起义所抗议的藩镇厚敛、亲民官吏的贪秽刻剥、人命的不被重视等现象，到宋初通过法令都一一予以革除了。此其二。在这里需要说明一点的是，宋朝统治者这样做的主观目的，自然是为了中央集权，为了把军权、行政权、财政权、司法权在相对专业化的情况下一一收归中央来总揽，一句话，来加强它自己在全国范围内的统治。但，在客观效果方面，即在统治者不自觉的地方，他们的政令恰巧表现了唐末农民起义烽火中人民的普遍要求；而这一点，正是旧时代历史的曲折性之所在。

北宋统治者除了在国计民生的几个最重要的大关节目上进行了一些全国范围的改革之外，复在个别地区和个别门类下，进行了一些改革。沈括《梦溪笔谈》记载说：

河北盐法，太祖皇帝尝降墨敕，听民间贾贩，唯收税钱，不许官榷。其后有司屡请闭固，仁宗皇帝又有批诏云，“朕终不使河北百姓常食贵

① 李攸：《宋朝事实》卷9。

② 李攸：《宋朝事实》卷16。

盐。”献议者悉罢遣之。河北父老皆掌中掬灰藉火焚香，望阙欢呼称谢。[1]

五代方镇割据，多于旧赋之外，重取于民。国初悉皆蠲正，税额一定。其间或有重轻未均处，随事均之。福、歙州税额太重，福州则令以钱二贯五百折纳绢一匹；歙州输官之绢，止重数两。太原府输赋全除，乃以减价籴粜补之。后人往往疑福、歙折绢太贵，太原折米太贱，盖不见当时均赋之意也。[2]

两浙田税亩三斗。钱氏国除，朝廷遣王方贽均两浙杂税，方贽悉令亩出一斗。使还，责擅减税额。方贽以谓亩税一斗者，天下之通法，两浙既已为王民，岂当复循为国之法。上从其说。[3]

王栐《燕翼诒谋录》也记载说：

前代邮置，皆役民为之。自兵农既分，军制大异于古。而邮亭役民如故。太祖即位之初，即革此弊。建隆二年五月，诏诸道州府，以军卒代百姓为递夫。其后，将置递卒，优其廪给，逐为定制。[4]

从以上的这些资料中，我们可以看出不少事情。第一，唐末食盐统制官卖之事对于人民的榨取最为切身而残酷，故在唐末农民大起义中，私盐贩卖者占取了领导的地位；关于这一点，宋朝统治者是接受了教训的，他们在河北地区的盐法中表现了对人民让步之较长期的坚持。第二，从两浙减轻了税额的事实中，可以看出，一个统一的、没有藩镇力量掣肘的大国家政权较之一个地方分裂的小国政权具有更大的可能去向人民表现让步，并有更大的可能去坚持这些让步，使这些坚持比较在分裂的小国内为期更长一点，这就更有力地驳斥了那种北宋统一者是“落后”力量的理论。第三，我们的确可以看出，自宋朝开始，地方军权跟行政权划分开了，地方财政权和司法权也在某程度上从行政权中划分开了，力役制度也被驿运递卒的制度所代替了：——这一切，都说明着，我国封建社会的文物制度在这时候都有了明确的变动，这些变动在在都表现了对于历史由中古向近古转化的一种适应。而这些适应，反转过来，对于近古期社会生产力在统一大国的范围内的蓄养和提高，显然是起了很大的积极的服务作

① 沈括：《梦溪笔谈》卷11。

② 沈括：《梦溪笔谈》卷11。

③ 沈括：《梦溪笔谈》卷9。

④ 王栐：《燕翼诒谋录》卷1。

用的。此其三。至于北宋初社会生产力提高的资料，由于其数量太大，并且距离本文的主题也较远，故在此不再一一罗列并分析了。（不久的将来，愿为另文论列之。）

七 几点总结语

根据以上的分析，我们认为有必要把下列的几点总结写了出来：

第一，唐末农民大起义跟北宋皇朝的建国及其对人民的能够让步，这中间是有着联系的。这个联系不是一般性质的联系，而是带有因果的意味。我们这样认识，不是从我们的主观想像出发而做出来的，我们是通过了对一定具体史料的分析，通过了对我们自己和别人不妥当看法的批判的基础上，做出来的。不过，应该指出，这个联系虽就其性质说带有因果的意味，但在具体的历史历程中它却是通过了较长的时间而表现出来。即以王仙芝初起义的874年计起，到赵匡胤平定南唐的975年止，这中间恰好是一个世纪。譬如在隋、唐之际用不了三二十年就可以表现出来的一种作用，在唐、宋之际却需要一百年的时间，通过五代、十国，这才表现出来。从这中间，正好显示了历史的曲折性，即它的多样性和复杂性。但也更应该指出，无论通过一个较短的或者较长的历史历程，农民战争打击统治者使之妥协让步以推动封建社会前进的规模性的作用，则是完全统一的，别无二致的。

第二，在五代、十国的某些国家中，确曾表现了对人民的某些程度的让步，和各该国中社会生产力的得到蓄养与提高。它们之所以这样做，其理由是多样的，有的是由于那个国家的创始者及其统治集团是农民战争的参与者，有的则只是农民战争的经历者，有的甚至是农民战争面对面的反对者，但这并不妨碍说明问题。他们通过各自不同的经历，认识了农民战争之巨大的打击力量，知道有所畏惧，因而在他们各自建立的地方性小国中，能够有所让步，使社会生产力有了恢复和提高。但这种在地方性小国范围中所进行的让步、它们对社会生产的蓄养和提高，是有很大局限性的，这种局限性主要通过那些小国的统治者和统治集团很快腐朽、很快就取消了那些妥协让步的法令而表现出来。在这种情况下，一个大的、全国范围内能够妥协让步的政权的出现，就成为当时时代的总要求。北宋皇朝出现，正是自发地适应了这个时代的总要求；并且从具体的史料中看，在北宋皇朝初建的若干年内，它的许多措施也的确能够说明了它是在执行着这个总要求的。从这中间，应该指出来，在北宋统一者跟十国的分裂者中间，是存在着一种相反相成的关系的，即没有十国中某些主要国家的让步、蓄养和提高作为基础，就不可能出现北宋初的一片盛大繁荣的社会景象；但假如没有宋的军事统一，十国中某些国家的局限性也就无法克服，从而它们的妥协、让步、蓄养和提高，也就无法坚持和扩大了。认识这种存在于统一者和分裂者中间的辩证关系，对于我们去理解唐、五代、宋诸朝中各种历史现象的性质，是会有很大帮助的。

第三，假如我们把论列的对象再放大一点，譬如说自780年唐中叶杨炎建议行“两税法”的时候起，到宋太宗赵光义削平北汉王后的980年止，这中间又恰恰是两个世纪。无疑地，这两个世纪是我国封建社会由其中古型诸特点的衰退到近古型大帝国初次完成中间的一个过渡时期。由于人类社会发展在旧时代中的自发性质的影响，即便在同一个封建社会阶段之内，由其典型段落转化到分解和临近崩溃的段落，这中间也还需要二百年。但在这二百年之后，同一个我国的封建社会是明显的向前跨进了一步，军权和政权划分了，地方行政和司法加强了，全国统一的真正的中央集权政府出现了，财政经济事务在人民生活和政权机构中的作用与比重都加重了，人的价值和意义也有了极初步的觉醒。这一切，都说明着我国人民的生活从第十世纪的中末期开始，已经正正规规地进入了“近古期”。这些变化，虽然还不就是资本主义萌芽的本身，但它们的的确确是给我国资本主义萌芽的出现提供了重要的前提。

后　　记

这篇论文于1956年3月12日写就，旋即提交“山东大学第二次科学讨论会”讨论。3月27日，始自《厦门大学学报》上读到了韩国磐同志的一篇论五代十国社会经济发展及其局限的论文，发现个人论点有一二处与韩国磐同志的论点，有不谋而合之处。但两文间的区别还是有的，如韩文侧重社会经济，拙文侧重阶级斗争的作用；韩文在史料的搜集上引人起丰厚之感，为拙文之所不及，但拙文内对某些关节性的论点，也尽了一点微薄的表述力量，可供读者同志的批判。因此，两文基本上还是不重叠的，故仍送请《文史哲》杂志审查刊出之。

1956年4月5日志。

靖康、建炎间各种民间武装势力性质的分析

一 从两宋兵制说起

当靖康、建炎之际，金兵入侵，宋朝皇室窜避于东南海隅，备极狼狈。正如明朝张溥所描写，“如镇江，如平江，如越州，如明州，如温、台，航海避兵，蹙蹙靡骋，乃择临安而止。”[①]在此期间，南宋君臣还公开提出什么“唯奔与守”，“且战且避”，“彼出我入，彼入我出”，“散百司以避”等近乎无耻的政策要领。他们甚至向金军统帅粘没喝写信，说“諰諰然惟冀阁下之见哀而已”。他们为什么这么可怜？从我们今天的观点看来，首先自然是由于南宋皇朝不信赖河北忠义民兵，不信赖中原以及全国各地人民的武装力量，不走李纲和宗泽的正确道路的结果。但除此基本点之外，这跟宋朝的兵制有没有关系？也值得我们考虑。宋朝的兵多不多？宋朝的兵强不强？对此，不同时代的人曾表示过不同的意见。南宋的罗大经曾有一段言论：

> 唐初萧铣据荆、襄，败于李靖，诸郡皆降，而所招援兵至者，犹十万人。李煜据江南，其亡也，亦有援兵十数万。本朝靖康之祸，勤王之师，至者绝少，纵有之，率皆望风奔溃，不敢向贼发一矢。盖五代以前，兵寓于农，素习战斗，一呼即集，本朝兵费最多，兵力最弱，皆缘官自养兵。[②]

① 陈邦瞻：《宋史纪事本末》卷63。

② 罗大经：《鹤林玉露》卷1。

我们需要好好研究这一段话。其中有些说法是不符合实际的，如“勤王之师，至者绝少”、“望风奔溃，不敢向贼发一矢”等语，史料中不少反证。但罗大经把宋朝兵制跟隋、唐兵制提到对比地位，指出宋朝“兵费最多”、“兵力最弱”、“官自养兵”的这些特点，却是值得我们重视的。用我们今天的观点看来，这是指出了在中古期国家庄园基本瓦解以后，在近古期地主土地所有制、商业和货币经济初步发展以后，在兵制方面所产生的一些变动。用饷募来之兵，有饷则战，无饷则奔溃或劫掠，故显得弱。但这是对比中古而言，倘若对比起以后来，譬如说对比起明朝来，就又会产生另外的对比结果。明末的陈继儒（眉公）曾有一段言论：

> 吾友盛伯灵问余曰，国朝成平，添增一二万兵，兵、户二部皆有难色；南宋偏安一隅，且当金人括尽金币之后，仓库贫窘，里巷萧条，史传尝言，某将兵几十万，某处兵又几十万，不知何从得许多兵？兵既多，又不知何从得许多饷？——此皆不可晓。余曰，凡下棋，只要先手。韩、岳诸公之先手，在收复诸盗贼耳。南渡之后，纪纲既驰，巨寇蜂起，呼集恶少以为兵，剽掠城邑以为饷，其中实有草泽英雄在焉。若得笼而用之，盗之兵即我兵也，盗之饷即我饷也。故猿狙可使驯，虎象可使战，乌堇野葛可使起沈疴而代良药，况凡有血气者乎?! ……[1]

这一段话，也值得我们好好研究。到明朝，地主土地所有制更进一步发展了，不拘明末象福王的封地有四万顷（后削半）之巨也罢，但在皇家土地所有与地主土地所有的对比意义上，皇家土地的比重显然是削弱了。故“添增一二万兵，兵、户二部皆有难色”，是可以理解的。反过来，我们再从明朝人眼里所看到的宋朝事来考虑，就会感到宋朝究竟去中古不远，“均田”之制虽久已不行，但官田的数额尚多，其对比意义也较重大，在这些官田之上，缘中古“兵户”遗意，平素也颇有“弓箭手”、“刀弩手”、“枪排手”等的设置，承平之时，这种武装组织多“隐于民间”[2]；一遭板荡，则多起而保家卫国。在明朝，象这样的力量是很少了。故陈继儒之友盛伯灵才有宋朝何从得许多兵、何从得许多饷之疑问。

似乎可以这样说，罗大经、陈继儒各自触及到了宋朝兵情的一个片面。我

① 陈继儒：《眉公秘笈》卷6，《狂夫之言》。

② 李心传：《建炎以来系年要录》卷7。

们作为后人，有机会总括起来，提出一点新的看法。大概宋朝在历史上的地位，正当中古、近古衔接之冲，即正当我国封建社会自其典型阶段向其开始分解阶段的过渡，在经济制度上可以看出这种过渡，相应地，从兵制上也可以看出这种过渡。大约宋朝统治地区，基本上可以分成两种类型，一是两淮、江浙、闽广、荆湖地区，在国家方位说偏东偏南，在经济说比较发展；另一是山东、河北、陕晋、四川地区，在国家方位说偏西偏北，在经济说比较落后（西川稍稍例外），均田府兵之遗制，历二三百年而未全泯。故宋人用财，多取之于东南；用兵，则取之于两河与西北。自然这不是截然分割的，但这种迹象，的确是有。一旦遭历板荡，为了可以榨取财用于富庶之区，故“翠华”迤逦于东南；但又要照顾到不断取得素习战事之兵以自卫，则又不能不时时注视中原与西北。对于中原和西北的“兵户”潜力，南宋皇朝是重视的，企图使用的；但又是惧怕的，时时提防的，怕他们起来反抗自己。这种矛盾，替靖康、建炎之际的政治历史造成了许多的纠纷。因此，当时有许多事，也只有通过这番矛盾，才能看得更清楚。如宗泽留守工作的重大意义，及其不免于愤死；如韩世忠、刘光世、张浚、岳飞四大将的来由，及曲端、岳飞遭杀的下场；如李成、曹成等之长期流徙，及其终于不得不降于宋室，或堕落到降于伪齐刘豫等等，这都是南宋初历史上的重要节目，而无一不与“用兵而又惧兵”的矛盾密切相关。宋兵之多，是由于有广大北兵民力的来源；宋兵之弱，是由于政策上始终带有惧兵防变的原则，并且兵的成份中流民因素太重的缘故。

问题看到这里，就自然而然地产生一种企图，想把文献中有关靖康、建炎以来各种民间武装势力的材料加以初步整理，分析其性质，以求更好地或者说更巩固一些地来说明上述的矛盾。底下的许多节，就是我初步研究和分析的一点结果。

二　两河民兵

两河者，指河北、河东；史书中尝曰三河，盖增一河南。当时金人自宣和七年（1125）冬兴民侵宋，陷忻、代、太原，下太行，渡黄河，临汴京，北方人民，纷纷起而反抗。他们为什么这么普遍而顽强地反抗？（这种普遍而顽强的程度，是中古史上胡、汉杂糅时期所不多见的。）关于这，我有两点互相联系的体会。第一，我国部族共同体在宋代，由于商业联络网较前普遍的结果，较之宋代以前确实是更成熟了一步；第二，金人的落后程度与宋人的进步程度中间的悬殊差度，使人民不惜身家性命来反抗“奴隶化”的命运。《建炎以来系年要录》中记载，金帅宗维曾不断俘虏中原人士“聚之云中。至者无以自活，往往乞食于路；宗维见之，畏其众也，驱三千余人坑之城外”。这同一记载又说，直到建炎四年冬，金兵还大索“南人”和“客户”，“以铁索锁之云中，于耳上刺‘官’字以志之，散养民间。既而立价卖之。馀则驱之达靼、夏国以易马。亦有卖于蒙古、室韦、高丽之域者。”[①]这完全是把俘虏奴隶化的明证，北魏之初拓跋氏对于山东迁民的待遇犹较此差胜一筹。奴隶化的迫害，较比起历史上的前例来说是加重了；而我们本身共同体的抗御外侮的性能，较比起历史上的前情来说也加强了：故三河民兵，纷纷起而抗敌。

担任这些民兵的领导的，是一些有军事素养之人，较高级或低级的武官。如真定五马山寨的领导人马扩的原来官级是防御使，他由于得罪了刘韐、刘子羽父子被诬陷在狱中，金人破真定，马扩才得脱身，于靖康元年的十月，至西山之和尚洞领导人民抗金。但由于装备不好（“骑无甲”），为金人重伤，被俘。[②]金人命他种田，他愿经营酒肆，以便“与山寨通耗问”[③]，终于在寒食日托言为大姓送丧，奔返山寨，继续领导起义。当时据说有“上皇”之子信王赵榛隐在民间，自称姓梁，为人点茶。马扩奉之，远近响应者数十万人。其部有义士石子明者，尝与金帅韩常战于真定西山之胭脂岭，韩常部下千户刘庆馀“为炮折其颈”[④]，可见义军是有炮的。这部分民兵力量，持续了两年，到建炎二年的秋九月，被金兵困陷了。再如王彦，他是大姓军兵子弟出身，《建炎以来系年要录》说他“世为高平大姓，后徙居覃、怀，豪纵不事生产，读韬略，习骑射，其父奇之，使诣京师，隶弓马子弟所，稍迁清河尉”[⑤]，《宋史》本传也说他“初为京师弓马子弟所下班祗应”[⑥]，可见是小军官出身。他据西山（即指太行山）结两河豪杰，一意兴复。不过此人可能驭下较严，且有机心，

① 李心传：《建炎以来系年要录》卷40。

② 李心传：《建炎以来系年要录》卷4。

③ 徐梦莘：《三朝北盟会编》卷115。

④ 徐梦莘：《三朝北盟会编》卷141。

⑤ 李心传：《建炎以来系年要录》卷8。

⑥ 《宋史》卷368，《王彦传》。

致部下畏惧他，他也怕部下杀害自己，因而警备甚周密。他的部下为了表示报国抗金的决心，特在面上刺了“赤心报国，誓杀金贼”八个字，从此之后，大家便称呼这枝义军为“八字军”了。王彦上有宗泽的好领导，下有岳飞那样的能战之将，两河各处忠义民兵首领傅选、孟德、刘泽、焦文通等皆附之，众十余万，绵亘数百里，皆接受他的约束。宗泽死后，他赴南都行在，力陈北伐之意，未被朝廷接受。后来，他便当起荆南一带的封疆大吏来了，不过他对于人民生活一直是关心的，使用旷土兴办屯田以求足兵利民等事，在南宋初似乎是他带头提倡起来的。

以上，我通过了两个重要首领的事迹，初步描画了一下河北忠义民兵的某些较典型的情况。这些民兵自发抗金的情况，持续到建炎元年的十月间，迫使新成立起来不过五个月的新朝廷不能不自上而下地承认这种力量，表示愿意使用并企图控制这种力量，并且还设立制度，将土地按中古原则分配，使与土地附著之人民编成御敌的军队，此之谓“巡社”。《中兴小纪》说：

> （同知枢密院事、尚书右丞）张悫言：三河之民，怨敌入骨，欲歼殄之。请依唐人泽、潞步兵、雄边子弟遗意，募民联以什伍，而寓兵于农，使合力抗敌，谓之巡社。…… 诏委付悫，遂著为法。每五人为一甲，五甲为队，五队为部，五部为社，各有长。至五社则为都社，有正及副。如两都社及万人以上，择土豪二人为都副总辖。其借补官之制，则万人以上，成忠郎；千人以人，保义郎；八百人以上，承信郎。自甲长至总辖，三岁递迁。……[①]

我们不能简单地指斥这种制度为“开倒车”。因为，假如我们暂时抛开货币经济的发展等问题不谈，只从军事自卫来看的话，那么把武装组织跟农业生产组织、跟行政组织密切结合在一起，是一个较好的办法。不过，这种办法对于未沦陷并且地主经济发展的地方，实行起来是会发生很多阻力的。故巡社之诏下后不久，旋即再番下诏，说明荆湖、两浙等地可以不行，行施地区只限于两河、川陕一带了。终南宋之世，大体巡社之制似多于沦陷区行之，未沦陷者不行；商业与地主经济不发展地区行之，商业与地主经济发展地区不行；金兵进攻紧张时行之，不紧张时不行。罗大经又曾记载说，“绍兴中，张魏公（浚）

① 熊克：《中兴小纪》卷2。

在川陕，置利、夔两路军士。令县选强壮两丁取一，或五丁取二，户与免物力钱二百五十千，五十人为一队，置队长，以知县为军正，尉为军副，月阅于县，春秋阅于郡，不半月有兵二十万。”[①]这就是巡社制的一种变态，只是用减免一定税额来代替分发土地就是了。

三　山东“群盗”

旧史书中称两河民兵曰“忠义”，称山东民兵曰“群盗”，无他缘故，只以他们间拥宋、抗宋的态度有所区别。两河民兵，特别是太行民兵，大都附著于农业生产组织和行政组织，因而政治态度比较稳定。山东的农民和民兵，经北宋地主经济之发展与“添租划佃”等恶毒办法行施的结果，一般说，地方的附著性已在解体之中，故流动性较大，政治态度也不稳定，时而反宋，时而拥宋，但其阶级斗争的气息有时却比“忠义”民兵表现得强烈。

现在，让我们来看一些具体的事例。如宫仪，博州（今山东聊城）兵卒也，聚众数万人，迤逦自博州至于莱州，遭宋室溃兵李彶、刘三将部数千骑，给而并之，军势更盛，乃攻即墨、安邱等处。[②]如杜彦、李逵、吴顺等，密州（高密）节级也，因见知州赵野“具车担装载辎重，以家属乘轿马，弃一城军民，浩浩长行”，乃自知州事，遣人追赵野回，“彦曰，尔为知州，自搬老小欲向南去，不知一州生灵，谁为其主?！野不能应。彦令取木驴来，钉其手足，推出谯门，迟而杀之；取其头，签于市，用一笠儿盖其上。”[③]阶级斗争的气息是相当强烈的。再如潍州方面，有牛头河士兵阎皋、小教头张成者，于金兵过后，占领潍州，阎皋自为知州，以张成知昌乐县。[④]这些势力，远在沦陷或半沦陷地区，鞭长莫及，宋兵无法镇压，乃行笼络之策。建炎三年五月，高宗曾有戒谕李逵、宫仪、张成等敕书，有“山东震扰，保此数州之地，皆尔诸将之功”等语。除此之外，在海岛上也有一些民兵武装势力，《三朝北盟会编》记载说，“先是山东兵火，有沧州人李齐聚众据沙门岛；密州板桥人徐文据灵山寺；范温，莱州农家人，聚众据徐福岛。温无他长，惟待人以至诚，故能得其

① 罗大经：《鹤林玉露》卷1。

② 李心传：《建炎以来系年要录》卷8。

③ 徐梦莘：《三朝北盟会编》卷114。

④ 徐梦莘：《三朝北盟会编》卷120。

众心。”[①]这同一材料又记载说，他们的政治态度也互不相同，李齐归顺了伪齐刘豫；范温则受宋室之招，南赴行在，他的部队“寻常上岸，或稍绰游骑，或攻劫营寨，剿杀番人。”

以上是半岛地区的情况，现在再看靠大陆济州一带的情况。济南城内，有两刘和尚之事。“靖康间，京城受围，济南府有刘和尚者，聚兵勤王，有众数千。及上即位，刘和尚聚众至南京（按，指商邱），纳兵乞身归济南，依旧为僧。未几，其众皆去，围济南府，乞刘和尚依旧为首。官司令刘和尚出城晓谕其众，令退去，遂退于数十里之外。然后问其所欲，其众曰，‘我辈无头领，得和尚依旧为头领。’刘和尚曰，‘我非驭众之才，岂可为数千人之首？今城中有刘和尚名文舜者，有胆勇善射，可为汝头领，汝愿之乎？’众曰‘诺’。遂招文舜，令还俗，归其本姓，以统其军。车驾南渡，中原沸扰，文舜与其众渡淮，首犯濠州……。”[②]我之所以引用较多字句，是企图通过这段记载，能分析到许多特点。第一，这个集团显然不附著于土地，是比较凝固的流民集团；第二，他们勤王而不愿为官军，坚持愿意拥戴自己的首领；第三，他们也象同时许多性质大体相类似的流民军事集团一样，自北方向南方富庶地区移动。刘文舜曾一度受南宋官职，为都巡检使，且与当时著名的“军贼”李成作战。后到饶州（今江西鄱阳一带），适逢其地有“魔贼”（即摩尼教民）王念经起义，宋室派王德前往镇压，与刘文舜发生冲突，王德“诱文舜入城，执而诛之。”[③]其部众为王德所并，这就是这个流民军事集团的下场。

刘文舜之外，济南复有水上流民军事集团首领邵青之事。邵青集团，经历非常复杂，且与《水浒传》这一伟大文学遗产的内容关系非常密切，故特别值得我们重视。“邵青，济南府人，五丈河作艄公，载窑务草。平日为窃盗，后为‘楼阁贼’，下狱，不通伙伴，甚得其徒党之心。……至是，（按，指建炎三年三月）聚舟船，往来于楚、泗间。”[④]这个集团此后的经历，据《三朝北盟会编》各有关诸卷的记载，概述如下：邵青、丁立同为首领，率众至洪泽，并当地水上力量罗成部众，逐渐扩大。旋受南宋招安，邵青为统制，隶杜充部下（卷132)。金兵南侵，“南岸无兵，金人舟不多，但无人迎敌，致使渡长江如

① 徐梦莘：《三朝北盟会编》卷155。

② 徐梦莘：《三朝北盟会编》卷128。

③ 李心传：《建炎以来系年要录》卷32。

④ 徐梦莘：《三朝北盟会编》卷127。

蹈平地。唯水军统制邵青以一舟载十八人，当金人于江中。艄工张青者，中十七矢，遂退于竹筱港。”（卷134）后在芜湖，与著名“军贼”李成发生战事，一日七败。邵、李两部就其根源说都是农民、流民起事，故皆著红巾，战斗间不能分彼我，邵青用其参议魏曦谋，命其众戴钻风角子，以墨抹于眼下，如伶人杂剧之戏者，一战而胜。（卷135）后韩世忠又遣人招之，邵青受招安而不赴，曰“我方为贼，其下皆穷，恐不为用，故不可动也。”（卷138）再后，邵青在太平州曾与知州郭伟作战，作战过程中颇有屠戮一般平民的记载：“焚烧屋宇，驱百姓沿江采斫草柴于城下，填叠慢道，百姓稍怠缓者，在后以刀杀之，并其尸和柴草叠路，一日之间，慢道与城相平。又取有孕妇人一二十人城下割腹，取胎以卜吉凶。”（卷147）其军后过镇江，遇海船而夺之，驻于崇明岛。（卷149）终被刘光世招安，后来成为南宋“御前七军”之一。从这些记载中，我们也可以看到许多特点。第一，这似乎是一枝比较专业化的水上武装势力；第二，当金兵渡江杜充降敌之际，这枝军队曾英勇抗敌，孤力保卫建康一带的人民和祖国疆上；第三，它也做过许多坏事，如兼并别人部众，屠戮无辜人民，与许多军事势力进行许多不必要的战事；第四，从他们皆著红巾和“其下皆穷”的情况看来，其基本群众都是农民（流民或贫民）。由此可见，象这样的民间武装势力集团，其性质是十分复杂的。

与邵青集团性质相似者，有张荣集团。其事迹，《建炎以来系年要录》记载说，“水贼张荣，梁山泺取渔人，聚众梁山泺，有舟数百，尝劫金人。军中号曰‘张敌万’。”[①]其连续的事迹如下：他率部众至两淮地区，受杜充节制。居洪泽之鼍潭湖，“金军既得楚州，有南渡之意，乃攻张荣鼍潭湖水寨。金人屡攻荣，阻湖淖不得进。及是（按，指建炎四年十一月），天寒水深，遂并力攻其茭城，荣不能当，焚其积聚而去。”（上引同书卷39）后至通州，“欲出海复归山东，水阻不得去。遂入通州，粮日尽，取人为羓以食，民脱者无几。”（卷42）后终归于刘光世，光世请于朝，以张荣为忠州防御使。统观这枝军队，其自山东出发南移，习于水战、曾抗御金兵、每有虐民之事以及终于转化为官军的下场：从这些点来看，它与邵青集团的性质和表现，是颇为类似的。很可能，就是这两个集团的许多事迹，构成为《水浒传》中某些基本情节之最初的摹特儿。

① 李心传：《建炎以来系年要录》卷33。

旧史书中所谓建炎间的山东“群盗”，其主要的和比较典型的事迹，大体如此。

四 所谓“军贼”

有关两宋的公私史记中，屡见有“军贼”一项名称。这项名词的含义，我们需要弄弄清楚。据我理解，其含义不外二端：其一，自官军中叛出，不抗击金人，而专肆残害百姓、对抗官府者；其二，自农民或流民起义出身，带有一定的人民性质，但不专力抗击金人，到处流徙，也残害百姓，也对抗官府，甚至有的还不惜投敌者。同时，还须注意，某个武装集团被称做“军贼”，也不是永恒不变的事情，经常在其成为“军贼”之前，和既已不复是“军贼”之后，是流民起义或官军。这种经常互换的情况，也是应该被注意的。

我们先来看一些前一类型的事例。如《宋史·韩世忠传》记载，胜捷军军帅张师正与金人作战失败，宣抚副使李弥大将他问斩，激怒了军中大校李复，“鼓众以乱，淄、青之附者合数万人。……弥大檄世忠所部追击至临淄河，大破之。馀党奔溃，追至宿迁，贼尚万人。”[①]此其例一。如辅逵，本是庆源府的兵士，从与金人的战争中逃溃出来，在韩世忠部下当一名“押火”，“世忠退军于沭阳，众皆溃散，逵聚卒，得数百人，扰于淮河之南北。时至于楚州城下，渐有数千。当时淮南，号为悍贼。”[②]此其例二。如江宁守臣宇文粹中“为大臣不能投袂赴难，惟事燕饮，以夜继日，众情共怒”，“军校周德因人心之怨，夜鼓众作乱。……遂焚舟船，掠财物，婴城自守，公私为之一空。”[③]此其例三。如南宋军官范琼引兵避金人锋锐，自寿春城下经过，城上兵士有偶语者，曰“御前平寇前将军不会杀番人，只会走城下过”，范琼移文寿春府，索得其人斩之，复纵兵入城焚掠，“城中悉为灰烬。”[④]此其例四。如靳赛，亦南宋之军官，避不抗金，专肆骚扰。民不堪之，有杀其心腹二人者。靳赛索得杀人者“钉于木驴，烧铁甲叶令红，贴甲叶遍二人之体，不胜荼毒，既贴遍，复

① 《宋史》364，《韩世忠传》。

② 徐梦莘：《三朝北盟会编》卷123。

③ 李心传：《建炎以来系年要录》卷4。

④ 徐梦莘：《三朝北盟会编》卷121。

揭之。然后群兵取其肚肠骨血，食之皆尽。”[①]此其例五。如崔增，隶阎仅部下为将。阎仅弃泗州，军溃散。崔增往寿春，劫祝博士寨；又往巢县，劫焦湖水寨，寨中皆富商大贾、大户富民前来避乱者，增颇掳得金银子女。在太平，崔增亦曾烧杀抢劫。此其例六。统此六例看来，这种武装集团几乎丝毫不起一点积极作用，徒以残害人民、加深社会紊乱而已。

这种“军贼”的首脑，往往是非常腐朽的。如戚方，是一个较大规模的“军贼”首脑，他初隶“九朵花”徒党，后叛去投归杜充部，金人攻建康，他不但不抗敌，且乘机火并，在金檀并了扈成部众，在宣州又并了刘晏部众，最后在湖州受招抚于张浚，“戚方到行在，日与中贵人蒲博，不胜，取黑漆如马蹄者用炭火熁去漆，乃黄金也，以偿博负。每一博，不下数枚。时人为之语曰，要高官，受招安；欲得富，须胡做。”[②]其掠夺民财的严重，可以想见。再如当时著名的“军贼”孔彦舟，他的日常生活是这样的，“早筵十二盏，每盏出四美人，秾纤长短，大抵一般，又一般装束，执板讴调，凡四十八人。晚筵十二盏，每盏出四女童，如早筵，亦四十八人。器皿尽用黄金。”[③]这种腐朽的程度，已经可见一斑了。

对待象上述的这些“军贼”，采取态度是比较容易的，因为他们的消极面很多而且严重，积极作用几乎是没有的，因而我们可以不太困难地判断他们是当时社会中的渣滓和国家人民的蟊贼。但对待另外一个类型的“军贼”，如李成、张用、王善、曹成等，判断其性质的工作就比较困难了。现在，让我们试验着来分析一下看。

关于李成，其事迹散见于《三朝北盟会编》与《建炎以来系年要录》诸书，记载之一致点多而分歧点少，故此处专采《会编》，依以为主。李成，雄州归信县（今河北雄县）弓手也；宋室“赐李成军中诏”中也说李成“生本边隶，世蒙国恩”（卷145），可见他是宋室的民兵出身。他的为人和起事经过是这样的：“寡言笑，重然诺，谲诈不情，以骁勇闻于河朔。累功知归信县。雄州失守，成妻子在城中，为乱兵屠戮。成率其众数万人，各携老扶幼，渡河东归。朝廷授以右武大夫、忠州防御使，充京东河北路都大捉杀使。朝廷虑其势太盛，分二千人往南京，一千人往宿州，把截粮道。馀众令押赴行在。成遣部

① 徐梦莘：《三朝北盟会编》卷121。

② 徐梦莘：《三朝北盟会编》卷140。

③ 徐梦莘：《三朝北盟会编》卷148。

将史亮者，统所分之人行。亮至宿州，辄剽掠居民，焚汴河桥。成蹑其后，复逗留怀贰不进。朝廷得其奸谋，命刘光世追讨，至光州界，剿杀平荡无余。成仅以身免。”（卷118；《要录》卷7中有一段与此大体相同。）从这段材料里我们可以看出，第一，李成是一个民兵出身、有武艺有本事的知县，得过防御使、捉杀使等高级官职；第二，他所率领的不仅有兵卒，而且有老幼，是一个流民集团；第三，他之所以对抗南宋政府，其最初的责任不在李成，而在政府的猜虑和剿杀。单从这三点中的后两点来看，李成集团已经有所区别于戚方和孔彦舟等集团的性质了。

李成初次跟宋室的这场军事冲突发生在建炎二年八月，到绍兴元年六月李成在蕲州战败、投降刘豫伪齐、使自己堕落为一个汉奸军的首脑为止，这中间将近三年。三年之间，他这个集团所曾经流徙和作战过的重要地点如下：宿州、淄州、泗州、滁州、全椒、六安、舒州、江州、蕲州等地。不难看出，这是一个自河北、山东沿淮、运向南方富庶地区流徙的武装流民集团，当时象这样大大小小的集团是不少的，不过以李成的集团规模最大、声势最盛就是了。李成善于使用知识分子为他服务，如在符离得道士陶子思，用为谋士，陶言李成“面有割据之相，宜驱良民十万，往四川，据成都，保有西蜀”（《会编》卷118；《要录》卷18）；如在舒州，得宋朝前秘书省正字李雱，雱“以成为一时之英雄，投书于成，请顺流而据金陵，号召江、浙，以观天意”（《会编》137；《中兴小记》卷11）。由于他具有这种“得天下”的传说和可能，所以宋朝特别抓紧，非消灭掉他这个集团不可。但根据另外某些材料看，李成又似乎并没有这种推翻宋室取而代之的企图，如“马进陷临江军，阅视军资库有捻金小盘龙红袍缎一，乃四川进御之物，以路不通，寄留于库中。进以为李成受命之祥，遣人送成，成视之长叹曰，马防御不察成心耶？即命焚之。”（《会编》卷144）这是在说明他自己的心迹。此外，他对待老百姓是好的，如“（李成）入江州，揭榜许人识认被虏人口。自此，被虏人口，皆为亲人识认而去。成许人任便买卖，渐有生意，皆作庵寮以居。”（同上卷144）据此，我们似乎可以初步断定，在李成及其集团尚未堕落成为汉奸势力以前，他们是带有一定的人民性的。

再看张用、王善和曹成。《三朝北盟会编》记载说，“张用，相州汤阴县之弓手也（按，《系年要录》曰：为射士）。乘民警，呼众而聚之，与曹成、李宏、马友为兄弟，有众数十万，分为六军。（曹）成，大名府外黄县人，因杀人，投拱圣指挥为兵，有膂力，善射，军中服其勇。又有王大郎者，名善，濮州人，亦有众数十万，分为六军。善初为乱也，濮州弓手执其父杀之，善有众既盛，乃以报父仇为辞，攻濮州不下，又攻雷泽县，亦不下；与张用合军，皆受留守宗泽招安。既而复反。杜充为留守，又招安。（张）用屯于京城之南御园，（王）善屯于京城之东刘家寺，又有岳飞、桑仲、马皋、李宝诸军，皆屯于京城之西。”[①]（《建炎以来系年要录》卷19中所记，与此要点完全相同。）从这段材料中，大体可见这些武装集团的首领的出身和群众的性质，大体与李成集团相类似，是以民兵为首的流民武装集团，曾担任过保卫汴京的任务。但杜充禀承了南宋政府一贯惧怕民兵、随时随地企图消灭民兵的政策，突然发动内战，向张用、王善的驻军进袭。民兵实力雄厚，官军不利；民兵见情势变化，乃相引南去陈、蔡，又遭官军追袭，民兵大战，官军又大败，所存无几，所谓铁炉步之役是也。此役之后，官军无力追击，武装集团乃更向南移动；但在此期间，王善与张用间又发生分歧，《系年要录》记载说：

> （王）善整兵欲攻淮宁。（张）用不可，曰“吾徒所以来，为乏粮耳，安可攻国家之郡县?!”（王）善曰，“天下大乱，乃贵贱贫富更变之时，岂可止于求粮而已。况京城出兵击我，事岂无名乎?![②]

从这段材料中可以看出，在不同的武装流民集团及其首领之间，对于国家形势及其集团活动的政治目的，均抱有不甚相同的看法。有的只以一般地要求解决群众生活问题为目标，有的则更深刻地接触到阶级关系的变动问题了。他们这种“天下大乱，乃贵贱贫富更变之时”的看法，跟北宋初王小波的“吾疾贫富不均，今为汝均之”、五代南唐时蕲州的摩尼教起义中“能使贫者富，富者贫”以及不久以后钟相、杨么起义的“等贵贱，均贫富”等这样一系列的思想和政治主张，几乎连成了一条同类型思想的极自然的连锁。这一点，是特别值得我们重视的。

李成、张用、王善、曹成之外，当时著名“军贼”，复有丁进、杨进、刘忠、桑仲等，集团很多，下场也各不相同。王善因其母坠水溺死，引发了政治上的消极，竟解散了自己的部众，自己去投拜了金人。张用、曹成率领流民，继续武装流徙，直到湖湘西南的袁州、道州、贺州、连州、邵州等地区。张用

① 徐梦莘：《三朝北盟会编》卷120。

② 李心传：《建炎以来系年要录》卷19。

因与岳飞同乡里，在江西接受了岳飞的招安；曹成接受了韩世忠的招安。这些流民武装集团就是象这样地使自己完成了向官军转化的历程。丁进、杨进，都被南宋大将王渊诱杀，其部众或被并入官军，或继续进行反抗宋室的活动，刘忠自怀仁（今江苏北境的赣榆）出发，率领武装流民，一路杀并官军及小股流民，自号“花面兽”，其众号曰“白毡笠”，自蕲、黄进入湖、湘，曾与韩世忠部官军战于长沙，最终北自荆、襄投于伪齐。桑仲本为“小校”（小军官）出身，其众屯居今川、鄂、陕、豫边境者数年，阻于王彦，其众不得畅行入川，后桑仲为霍明诱杀于郢州，其部众亦被分割，并入各种不同的集团中去了。

总括起来，这第二种类型的“军贼”，（通常亦称“群盗”）大抵是以北方民兵兵户的基层首领或驻屯官军中的中小军官为首的一种武装流民集团。他们流动的方向都是由北而南，多半较长期地集结在今苏、皖、赣、鄂边区一带，进行一些攻占手工业商业城市的活动。活动较远的，南及岭表，西有入川之势。他们的目的有的只一般地要求解决流民生活问题；有的则更进一步，有变动阶级关系的要求。当时，在南宋辖区之内，这些要求是不容易解决的，因为南方私田较集中，而官田与空荒较少，可以安插流民使之与农业生产组织重新结合的机会不象北方那样的多；加以南宋政府一贯畏惧民兵，坚决屠戮流民政策施行的结果，更减少了正常解决流民问题的可能。这些流民集团的下场不外如下数种：第一，被官军大批大批地残酷地屠杀了；第二，被官军吞并，使流民成为依靠饷银生活的雇佣兵丁；第三，自寻空荒，如桑仲之在郧、襄者；第四，伪齐刘豫见中原生产荒废，乃招募流民，拿安插生活作为政治钓饵来同南宋政府争夺生产实力（人力），有不少流民和流民集团在这种引诱下便奔北去了；第五，南宋官军大帅如韩世忠、岳飞、刘锜等从实际的镇压流民活动中，认识到安插流民使之与农业生产组织重新结合的必要，也就在荆、湖和两淮地区兴办屯田，吸收流民生产实力，以充实他们各自军用之不足，并且安置流民，使之不至大批大批为刘豫所招诱。通过上述这些不同的方式，流民武装流徙的严重问题，才慢慢地解决下来。宋、金形势相对稳定局面的出现，是在武装流民集团问题大体解决了之后才出现的。

五　农民起义

假如五马山寨、八字军以及所有的所谓“忠义巡社”替靖康、建炎间的民间武装力量提供了第一种类型，而李成、张用、王善、曹成、桑仲、邵青、刘文舜、张荣等各自带领的武装力量又提供了第二种类型的话，那么，杨么起义、虔州吉州的农民起义和范汝为起义便是第三种类型：表现比较正常的、性质比较单一些的农民起义。特别象杨么起义，其根源不是由于中古型农业生产组织的瓦解，以及农民与农业生产组织的脱离（因为荆、湖一带这种瓦解早已成为过去了）；主要也不是由于金人外力的影响，因为金人虽曾侵到荆、湖，也虏掠烧杀过，但未能长期盘踞，故影响不是顶深长的。其根源，根据当时人直接接触与分析的结果，都是说由于赋税太重，官府榨取太苛酷所致。南宋初大儒胡安国的侄子胡寅即曾不止一次地谈到这个问题：

> 民叛与兵叛不同。如虔贼，向来岳飞非不讨杀，亦有“已见净尽”之言，终不能绝，尚跨四路出没。何也？州县非其人，归业不可，宁为寇耳。水寇（按，指杨么）本缘政烦赋重，加以任人速之，一日两郡响应。所欲杀者五等人，以官吏为最，独免执耒之人，其心可见矣。[①]

> 虔寇之出没三路，杨么之梗塞两湖，非由敌兵，实自郡县政烦赋重，民不聊生，坐使善良，化为怨敌。兴兵屠剪，于此累年，贼则未平，民祗愈困。[②]

> 湖南缘大兵之后，继以月桩重敛，又州郡县道鲜得人，故民力大段困乏，怨咨日甚。村落穷民，有私制绯衣巾以俟盗起者。今道州之永明，有寇未平；桂阳之蓝山，为贼所据；郴州之永兴，群盗方作，已犯衡之安仁。……[③]

胡寅是当时湖湘之人，不断向南宋朝廷当事大臣表示意见，前后始终一致，即认为江西、湖南各地农民起义其根源是赋税太重，官吏太坏，因而引起了几乎相当普遍的起义浪潮。特别是“月桩钱”，更是一味辛辣的刺激剂。按，《宋史·吕颐浩传》说，“时军用不足，颐浩与朱胜非创立江、浙、湖南诸路大军‘月桩’钱，于是郡邑多横赋。”[④]《中兴小纪》也记载说，“先是诸路赡大

① 胡寅：《斐然集》卷17，《寄张德远》。

② 胡寅：《斐然集》卷17，《寄折帅》。

③ 胡寅：《斐然集》卷18，《寄张相》。

④ 《宋史》卷362，《吕颐浩传》。

军钱，令转运司于经制榷酤征商等数内，逐月桩办，因号月桩钱。然所桩不能什之二三，馀州县之吏，临时措画，锱铢而积，仅能充数；一月未毕，而后月之期已迫。”[①]据云，当时户部郎官霍蠡曾言，“月桩钱病民最甚”，是一句一针见血的话。

但当时农民起义的根源，犹不止此。赋税重，官吏坏，但假如不结合上农民与地主间的阶级矛盾的话，那末引发群众运动的可能还不至如此之大，而且普遍。当时人李光曾分析说：

> 本路自经金人蹂践，继以李成、曹成、刘忠辈，驱虏劫掠，十室九空，其被害比他路尤甚。频年以来，荆襄屯驻大兵，州县有月桩之数，不免科烦，百姓避税役之重，不敢复业。以舟楫为生者，或夺充纲运；以网罟为业者，则籍为水手。差徭例及于贫民，营田抑配于上户。民不为盗，则将坐以待死耳。[②]

这是说，许多官田本是可以由一些自耕农来佃种的，但却被地主集中去了；繁重的赋税和差役，本是应由地主出钱交付的，却被地主转嫁到贫苦的客户头上了：这怎样会不引起农民起义来呢？在这里面，已经包括了一个新兴自耕农阶层在要求其自身的发展而又时时遭受摧残的问题。胡安国的儿子胡宏曾经谈到过这个问题。他说：

> 荆、湘之间，有主户不知爱养客户，客户力微无所赴诉者。往年鄂守庄公绰言于朝，请买卖土田，不得载客户于契书，听其自便。朝廷颁行其说，湘人群起而窃议，莫不咎庄公之请，争客户之讼，有至十年不决者。……
>
> 夫客户依主户以生，当供其役使，从其约束者也。而客户或禀性狼悖，不知上下之分；或习学末作，不力耕桑之业；或肆饮博而盗窃，而不听检束；或无妻之户，诱人妻女而逃；或丁口蕃多，衣食有馀，稍能买田宅三五亩，出立户名，便欲脱离主户而去：凡此五者，主户讼于官，当为之痛治，不可听其从便也。[③]

① 熊克：《中兴小纪》卷21。

② 李光：《庄简集》卷12，《应诏论盗贼事宜状》。

③ 胡宏：《五峰集》卷2，《与刘信叔五首之五》。

这条材料，价值很大。自然，胡宏谈论这一问题的立场是地主阶级的立场（如主张“痛治”）；但他却于无意之中，揭露了一个当时非常重要的事实，即新兴自耕农阶层的兴起。在这里，他具体描述了这一阶层兴起的情况，有的是从事于手工业（末作），引发着手工业与农业的分离；有的是家中生产劳动力较多，有一点剩余资财，因而企图使自己身份由农奴性的客户向“自立户名”的自耕农转化。这个阶层，在北南宋之际，我国封建社会开始分解的时候，是带有很重大意义的一种社会力量。杨么起义，恰巧就是以这种力量为主，试看史料之中，称杨么、黄诚、杨钦、周伦诸人，不曰“税民”，即曰“税户”，说他们“春夏耕耘，而秋冬攻掠”，“陆攻则入湖，水攻则登岸”。这样的起义群众，显然是属于以自耕农为主的类型。而这种新兴的自耕农，是可以与贩茶丝布帛的人以及经营茶漆楮木的人配合起来，多少推动封建社会生产力向前发展的。在这一点上，这些农民起义的武装势力在社会阶层的性质方面跟北方巡社以及中原群盗与“军贼”等势力的性质，是互相区别着的。杨么起义的重大社会意义在此；一般通史书中对杨么起义予以重视的主要理由，据我看来，也应该在此。

在这里，有几句话要提一提。即关于本节所谈诸农民起义的具体情况，我在本文内未予介绍。其理由是，范汝为起义已有他人专文论列，我不必再行重复；虔、吉农民两度起义的事迹，既繁而琐细，容当另文对待；至于杨么起义，则过去及时下颇有不少人（包括我自己在内）写文论述，其基本过程与重要史料已几乎尽人皆知，故在本文内只谈特点，其他的则予以从略了。

六　一些有关的论列

首先，需要对上述诸节情况进行一些增补，以企图把问题尽可能处理到比较全面的地步。事情是这样的：除上述三种类型的民间武装力量以外，难道就没有第四种类型？除上述诸地域之外，难道就没有另外地域上也发生过类似的事？回答是，有的。如地主武装，无形中就构成为第四种势力，不过规模不顶大、作用不顶好就是了。例如靖康之初，汾、晋初陷，晋宁知军事徐徽言即曾“阴结汾、晋土豪数十万，约复故地，则奏官为守长，听世袭。”[①]这办法倒

① 《宋史》卷447，（忠义）《徐徽言传》。

是真的带些“开倒车”意味的，后格而未行。如泗州招信人刘位，他的集团是当时相当典型的土豪势力。《三朝北盟会编》记载说，“（位）素豪强，为乡里所推。且宗族稍盛，扰攘之际，聚乡民，保守横山，分乡民为军，使诸弟侄各统之。是时西北衣冠与百姓奔赴东南者，络绎道路，至有数十里或百余里无烟舍者，州县无官司，比比皆是盗贼。艰辛之状，万绪千般。及入泗州境，则闻招信刘家聚兵甚众，故流移之人，渡淮入招信，投横山为乐国。……所以招信刘家之名，达于远迩。”[①]象这样的集团，已经很象中古的部曲了。再如洛阳伊水流域，有翟兴、翟进兄弟及翟兴之子翟琮等所率领的部队，也带有豪民之兵的气味，他们也抗金，金人颇畏“大翟小翟”之名；但也兼并别人的力量，进行一些不必要的战争和杀戮。以上这种类型的民间武装势力，由于它们的阶级来源是剥削者，也由于它们的组织性质颇为落后，故它们在当时所起的积极作用是不大的，很有局限性的。

除此之外，即以流民武装集团来说，也不仅仅出现在河北、山东。陕西也有。如史斌即是一例。《建炎以来系年要录》记载说，“贼史斌据兴州（按，今陕西略阳），僭称帝号。斌，本宋江之党，至是作乱。守臣向子宠望风逃去。先是子宠在州，设关隘甚备，陕西士民避难入蜀者，皆为子宠所扼，死于关隘之下者不可胜计。……斌遂自武兴谋入蜀。”[②]在建炎二年金人北撤的时候，关中兵情是相当复杂的，无形中成为全国情况的一个缩影，官军有曲端，吴玠等部，忠义民兵有刘彦希、张宗谔等部，“群盗”即以史斌部为最盛。史斌后为吴玠遣人诱杀。这件事，也完全可能构成为水浒传故事最初的摹特儿之一，但一定要考证史斌就是九纹龙史进，在我个人看来，则殊不必要。

以上是一些增补；底下，将根据全文所述，进行一些必要的论列。

第一，我以为，我们应该通过靖康、建炎间各种民间武装势力的许多有关史实，看出历史现象的多样性，我国历史之地域的不平衡性，以及宋代社会诸现象在我国封建社会本身段落性演化中之过渡性。换言之，我们也只有通过历史现象的多样性、我国历史之地域的不平衡性，以及宋代社会诸现象在我国封建社会本身段落性演化中的过渡性，才能更清楚地看明白那些民间武装势力的性质。在这五六年的短短时间之内（再扩大些说，也不过十年），在北方和西方，就出现过北朝均田府兵之某种程度的恢复；在各地，也出现过中古式豪

① 徐梦莘：《三朝北盟会编》卷134。

② 李心传：《建炎以来系年要录》卷7。

民的部曲；在山东，出现过从原有农民生产组织上瓦解出来、经相当时间的流徙、迄不能在南方地区上找到新的安插的流民；在荆、湖，出现过企图从农奴身份中摆脱出来、使其自身向新兴小自耕农转化的农民。从地理的观点看，他们有的是固著在原地域的，有的是从原地域向其他地域流动的，这中间就有着差别。再从历史的观点看，他们有的是落后事物的残余，有的是新兴事物的生长，也有的是旧事物之人为地恢复和有益的利用，这中间也有着差别。只有弄清楚这些差别，我们才能够具体地而非抽象地来认识历史的面貌。

第二，从这里引发出一个问题，即我们应该很好地去注意研究，旧时代的农民群众当他们跟他们的乡土以及原有的农业生产组织相附著时候的情况，他们与其乡土以及原有农业生产组织相脱离时候的情况，以及在这两种不同情况下所发生的不同后果。搞清这一点，对于研究中国农民战争史的同道们说，尤其重要。从上引的许多材料看来，与乡土附著，与原有农业生产组织附著的农民，其政治态度（特别是在进行阶级斗争或对外战争中的政治态度）往往表现为稳定和巩固；反之，则往往容易摇摆和变节。但有一个逻辑在这里必须交代明白，附著与脱离并不是稳固和动摇的唯一的和全部的原因，阶级命运之没落或新兴，也是重要的契机之一。如杨么起义的群众，当伪齐刘豫部下下襄阳，太守李成（即著名“军贼”）派遣使人前来邀约并力攻宋，并许以“得州者做知州，得县者做知县”，但湖区的起义者们则是用酒将汉奸使节灌醉，把他们推到湖里淹死了。他们在部族立场方面之所以如此坚定，显然一方面由于他们附著于洞庭湖地区的乡土及其上的农业生产组织，不愿意让这片乡土及其上的农业经营为敌伪所侵占；另一方面也由于他们是新兴的小自耕农阶层，历史上只有新兴的阶层才能（自觉地或不自觉地）最关心自己共同体的命运，只有他们才最能够把共同体命运跟自己从农奴身份中解脱的命运看成一致。这两点情况的结合，就替杨么起义提供了爱国主义立场之巩固的基础。

第三，让我们回到本文开始的那个老问题，即宋朝的兵究竟多不多、强不强的问题上来。我们现在可以回答了，宋朝的兵比北朝、隋、唐少，比明朝多；即便脱离开比较的概念来看，宋朝的兵是不能算少的，但往往作战不利。何以故？最主要理由是，他们主要由流民、“群盗”、“军贼”中来，而又随时随地都有可能再向流民、“群盗”、“军贼”转化而去。当时，这种转化的频率是很大的。就以韩世忠为例，我们就见到从他部下分泌出不少的“军贼”，并有不少的“军贼”又被他击溃并收编去了。就以“军贼”张用为例，《三朝北盟会编》中记载他部众的下场说，“张用在分宁县冷家庄受岳飞招安。张浚在瑞昌拣其军五万强壮者，留之；老弱者放逐便令去，有投曹成者，有投岳飞者，有投韩世忠者，有自营生者。”[①]杨么事件平定之后，《宋史·岳飞传》记载说，“飞献（张）浚、（韩）世忠楼船各一，兵械毕备，世忠大悦，浚反忌之”。胡寅也曾说，“水贼之胜，兵与其战舰，未必全归朝廷；而其牛畜，未必散之耕种也。”[②]当时复有汪藻上言说，“今则一军之出，四方游手者无不窜名军中。……访闻岳飞军中，如此类者几数百人，其盗支之物，至不可胜计。”[③]从以上材料看出，当时官军强并或分割敌军被打垮的兵士以及兵器，甚或强并友军的兵士以及兵器，已经形成为一种极流行的风气，不以为耻，不以为罪。由此，一方面也吸收了流民武装集团的某些特长（如作战机动、可以长途行军等）；但另一方面，也被沾染了很多缺点，如流寇主义，大杀大抢等等。连“岳家军”中尚且不免成份的复杂；那么，其他军中的复杂程度，当更可以想见了。不过岳飞，作为一个杰出的人物，他能够看出这种缺点，故他行军特重纪律，其用意显然是人为地克服流寇主义，故他的军队独能有收复中原、郾城大捷等一系列的胜利。

第四，本文主旨，本与文学遗产无关，但亦不免稍稍涉及。既已涉及，就不免再说几句。我认为，单纯以“宋江三十六人横行齐、魏”的简单史料条文拿来与全部《水浒》文学遗产的丰富内容相牵附，以求考证某事某人之有无，是不对头的；单纯以“建炎群盗”中某名某姓强与《水浒传》中某名某姓相牵附，以考证其人其事之有无，也是不必要的。我们应该以自宣和间宋江、方腊以来，经建炎诸“群盗”、“军贼”，这整个社会动乱的大场景作为伟大文学遗产《水浒传》的最原始的摹特儿。其中只是邵青、张荣、李逵、史斌诸事，其作为摹特儿的可能，较其他更为明显而已。只有把《水浒》的原始场景摆到这样更广阔的基地上去考察、去进行科学研究，才不至低估或歪曲了《水浒传》伟大的历史价值。

“八大”闭幕后二日，国庆节前一日，写完于青岛。

---

① 徐梦莘：《三朝北盟会编》卷147。

② 胡寅：《斐然集》卷17。

③ 徐梦莘：《三朝北盟会编》卷145引。

从土地所有制角度来理解农民战争的几个问题

——兼论历史前进的动力

一

我钻研土地所有制问题，不过十三四年。十三四年，对人的一生说不能算是太短，但对于这么一个繁难艰深的学门来说，则是太短了。因此钻研的成果，必然停留在较肤浅的水平上。但收获并不是一点也没有的。主要收获是看出了中国土地所有制衍变史上的三个层次。二十年代，人们不是讲剥笋吗，说剥开箨方才有笋吃。十三四年中，我也剥了一点箨和笋，但非一言半语所可说清，试于本节中阐述之。

人们财产的所有制，是贯穿历史中的一大主轴。而土地，在农业生产占社会生产主要部分的历史年代中，又是财产的最主要内容。纵观整部历史，在财产所有或者缩小些说，在土地所有方面，不过是由原始的公有到私有，再从私有到科学的、更高级的公有。恩格斯在《反杜林论》中早已有所论述，[①]兹不多赘。国内有的同志已经把它写成一个简单的公式了，那就是：

公 ⟶ 私 ⟶ 公[②]

钻研古代中世纪史的我们来说，仅仅处理上述公式中的前半段，即钻研原始的公有如何发展到私有，而私有又不是铁板一块，它的最后形式，是纯粹的私有，即资本主义的私有。具有这种私有权的人们，他所垄断的财产或土地，只

① 《马克思恩格斯选集》第2卷，中译本页178。

② 《历史研究》1980年第2期，页11，《亚细亚生产方式》。

能服从他个人的意志，而排除掉任何其他人或其他力量的干预。[①]在中国，甚至直到土地改革，从总体上说，恐怕也还没有达到这种纯粹的私有。但从原始的私有向较纯粹的私有，这条路也还是客观存在的。

那么，根据经典著作的启发，从原始的私有向纯粹的私有，在这条前进的道路上，要排除两个障碍。其一是排除共同体（公社）的障碍，其二是排除国家权力对财产发展的影响（也就是障碍）。[②]这种排除，在具体的历史上，并不是一次完成的，而是连绵多次的。对国家权力干预的排除，较之对共同体的排除，更加带有反复性。从具体历史上看，井田制的瓦解和废除，很明显地表示出是对共同体障碍的排除。排除的多么干净，说不上，但它总是一种排除。均田制的削弱、瓦解和废除，又是一次排除，它排除的是为量不大的边境少数民族带来的共同体障碍，和秦、汉以来中央集权专制主义国家权力企图干预土地私有权的障碍。上句中所说的国家权力的干预，在王莽和曹操所各自代表的年代里，曾经达到了登峰造极的高度。均田制的炮制者们，接受了正面的和反面的经验，把上述两种障碍糅杂起来，使紧张情况宽松一下，这才拖拉了近三百年。

五代、宋初，上述两种障碍，有的几乎排除完毕，有的也明显地削弱了。（国家权力本身虽未削弱，但仅就它对土地的干预这一点，从总体上说，是削弱了。）假如没有新情况产生的话，纯粹的私有虽然不能在全局范围内出现，但在局部地区少数萌芽的事，恐怕是现成的。可是不幸，又来了第三次障碍，那就是金、元两朝所带来的影响。金、元两朝的统治者，把他们在周边地区时候的共同体和野蛮后期军事民主主义时期的军事专制主义，又一次带进了中原，在民族融合过程中也加重了中原地区原来已经消褪了的对纯粹私有制的障碍。这种障碍，甚至在明朝（特别是明初）的历史上，还打着很深、很沉重的烙印。

总括起来说，在我国古代中世纪史上，在由原始的私有向纯粹的私有的前进的途程上，计有三个主要的层次：

（一）对中原固有共同体（公社）障碍的排除；

（二）对中原中央集权专制国家权力的干预的排除；

（三）对周边少数民族重新带到中原来的共同体障碍，以及军事专制国

① 见《资本论》第3卷，第37章，中译本页695。

② 《德意志意识形态》，见《马克思恩格斯全集》第3卷，中译本页7。

家权力干预的障碍——之又一次地排除。

自从看出这三个层次以来，我自己感到对有关的若干其他问题，也就仿佛眼睛擦亮了一点。

土地所有制，由土地这桩自然物所引起的人与人之间的关系，它跟农民战争，跟古代中世纪的阶级斗争，其关系是什么呢？毫无疑问，它是根源。它是主要根源。但通过我个人在五十年代钻研农民战争史时候的经验和教训来看，单纯说是根源还是欠清楚的，因为容易形成私造的小条条小框框，每逢一场农民战争，都要到所有制那里去找，实在找不到也要凑合一点，这就糟了。根据我的钻研和体会，我认为农民战争的根源有二，其一是土地所有制以及由土地所有制所引发的阶级剥削与被剥削的关系；其二是在上述土地所有制的基础上，在上述阶级剥削和被剥削关系的基础上，属于政权上层建筑范畴的法令（例如兴徭役、筑长城、修运河）所引起的反响。这二者，前者是最根本的，后者是次根本的；前者是不以人们主观意志为转移的因素，后者是统治集团意志起作用的结果。有时，这二者，还会纠缠在一起。还有一些情况是，上述两种根源以外的第三、第四种因素（如民族冲突等）又会纠缠了进来。

所以，我上述的土地所有制三层次说，并不能解释古代中世纪史上所有农民战争的起因。不能。而只能解释其一部分。假如可以稍稍比拟不伦的话，我是不是可以想到地震。地壳的应力学说，听说只能解释绝大部分的地震，而不是全部。而地震的震源有深有浅。我认为三层次说只能试探地解释一些规模较大并且震源较深的农民起义，解释一些从不以人们主观意志为转移的经济根源上爆发出来的起义，而不能解释所有的起义。

在本文内，我只想解释如下的五个问题。

二

第一个问题。在井田时期，或者说，在井田制被排除趋于瓦解崩溃以前，劳动人民（主要是农业劳动人民）的反抗运动是不显著的，这是历史的事实。不能明明缺乏显著的事例，而硬要捏造出来。例如一本通行的大学通史教课书中就写道："奴隶主贵族对奴隶和平民的压榨越来越厉害，奴隶和平民的反抗也越来越激烈。封建制代替奴隶制的过程，离开了革命的暴力是不能实现的。革命的暴力是社会运动借以为自己开辟道路并摧毁僵化的垂死的政治形式的工具，这在阶级社会中是一条确定不移的定律。从西周末年，革命运动蓬勃发展，此伏彼起，连绵不断，日益高涨，猛烈地冲刷着旧社会的污泥浊水，终于摧毁了奴隶制度……”[①]在这里，抛开那些六十年代后期、七十年代初期的流行辞令不提，单以史事来说，难道历史果真是如此吗?

在我们钻研所有制的人看来，人们共同体起作用的时期，是历史上的一个特定的段落。第一，农业劳动者虽然不具备土地的所有权，但他们确确实实具有比较可靠的土地使用权。像把私田不看做份地、像说什么如果承认了公社就没有了奴隶社会等等的论调，纯乎是偏见，此处不予具论。我历来非常重视孟轲的一句话，“有恒产者有恒心”，从这句话里，我想通过很多的事情。自然从胡适到当代的名家，都骂孟轲的话是“乌托邦”。我不这样想。‘恒产”就是份地，就是一种比较可靠的土地使用权，它比贵族手中那种对土地的受封权和收益权还更真实。在我看来，后者在某种程度上是抽象的，而前者则是真实的。这一阶段，阶级斗争比较松散，其主要根源，怕就在这里。第二，公社(共同体）有各种性格，马克思和恩格斯已论证过，[②]兹只举其一，那就是锢闭性。公社与公社之间，缺乏生活上的联系，它们是些与世隔绝的小天地。中国古文献中所说的“死徙勿出乡”、“不见异物而迁”、“农之子恒为农”[③]等等的话头，正是说的这件事。就拿当代无产阶级革命在白区开始活动来做例子吧，假如不串连，不做秘密的组织工作和宣传工作，革命能开展起来吗?而共同体时代的串连条件，就是不甚具备的。只有到了秦朝那样中央集权专制主义之下，在徭役的法令下，大泽乡的人们才有条件做出“篝火狐鸣”、“鱼腹丹书”那样的秘密活动和串连。共同体时期，是没有这样的条件的。

自然，在殷、周这两个悠长的历史段落中，社会动乱不能说是一点也没有。兹列举一些。

如殷末有“亿兆夷人，离心离德”，他们到了牧野的战场上就“前途倒戈”，[④]这是俘虏暴动，按性质说，它应该属于“哪里有压迫，哪里就有反抗”的一类，或者说，属于“即刻反映”的类型，像西汉的“铁官徒”和曹魏时陈仓屯田客的暴动，都应该属于这一类。拿地震来比喻，其震源是较浅的。再如

① 《中国史稿》第1册，页326～327。

② 散见《马恩全集》第19卷，页436等处。

③ 见《国语·齐语》。

④ 见《尚书》《泰誓》(上）及《牧誓》。

国人暴动，它确曾“此伏彼起”，持续了三四百年之久，但它是当权的贵族和不当权的富人之间的斗争，它不是剥削者与被剥削者之间的阶级斗争，更远远不是什么“奴隶革命”。关于这一点，当代学者已有极峭拔的论证[①]，兹不赘。再如“民溃”和“盗”，这两类群众活动的社会根源就较深远些了，它们是共同体解体过程和国家逐渐强化过程中的产物。春秋、战国之际，生产力向前发展了，血缘贵族的统治和共同体的锢闭，已经远远不符合生产力发展的要求了，货币和交换日益频繁，“农之子”看到了这些“异物”，叫他们“不迁”是不可能的了，他们开始冲击共同体的框框，逃了出来，“孳孳为利”；而入葭莩之中为“盗”，也是“求利”的一种手段。至于是否发展到“盗跖”那样的规模，实在是很难说清楚的，因为庄子是“形像思维”的大家，落实起来比较困难。战国时候，在战争中国家机器日渐强化，旧的血缘贵族的机器逐渐被淘汰，新的集权型的官僚国家机器在壮大发展，它们已不满足于“什一”之“籍”，它们还要征“赋”，就是要劳动人民当兵打仗，要人们掏钱帮助战费，战争服务工作也促进了力役的频繁与加重。在这种情况下，有一点零零星星的“民溃”，是可以理解的。总之，所有这些加到一起，也远远够不上“日益高涨”和“猛烈冲刷”的水平。

人们古老的共同体（包括公社的次生形态），是沿着不以人们主观意志为转移的规律自然而然地形成、发展并且衰亡的。阶级斗争万能论，在这里没有市场。生产力的发展，是共同体瓦解的最终结点上的根源。商业和交换，是直接的根源。统治者间的战争，是促其覆灭的有效手段。阶级斗争，特别是统治阶级内部斗争，也起了一定的作用。独独劳动人民，无论是非生产性的家内奴隶，或者是生产性的公社农民，在这一特定的历史段落内，并没有表现为革命的暴力，也并没有摧毁什么社会制度，这是历史事实提供给我们的。至于其分析性的原因，即可靠的土地使用权和小天地的锢闭性两点，前文已经表述过，此处就不再重复了。

三

第二个问题。秦、汉三次农民大起义，为什么在不满四百年中，连绵出

① 金景芳：《论中国奴隶社会的阶级和阶级斗争》，《中国社会科学》1980年3期，页121～130。

现？为什么规模如许之大？以赤眉论，东起海曲（山东日照）西达乌氏（甘肃平凉），为什么行军途程这么长？我认为，这个问题是跟所有制有关的，是可以拿所有制方面的情况来进行解释的。

从所有制角度来看问题，秦、汉时候，正是上述第一种阻碍刚刚排除，第二种阻碍刚刚突出的——接替之交。在这接替之交，有三种所有制平行发展，一是土地国有制（如屯田、公田、园池苑囿等等）；一是大土地私有制；一是小土地私有制。在这三种所有制的列举方面，我的看法可能与时下某些同志间分歧并不太大；但在各个所有制的体现者问题方面，分歧恐怕就很大了。容我慢慢表述。

有的同志对大土地私有制的体现者，每作两分法的表述，一曰商人地主，一曰宗法地主。我认为"宗法地主"一目，须待东汉中晚期以后方始形成一种社会势力，在西汉则谈不上。人们所论的"宗法地主"，在西汉实际上是很微弱的一批中小地主，被汉武帝看中，企图用董仲舒牌的儒学意识形态来进行笼络，企图用赐爵的办法打强心针的小土地所有者，这些人也就是在不久后盐铁会议上跳出来的那些贤良、文学、孝悌、力田。人们之所以将此专列一目，似与秦、汉之为封建社会的观点顽强地联系在一起。为了避免论点的分散计，古史分期的争论兹可以姑置一旁（当然，实际上是摔不掉的）。而在我看来，西汉的大土地私有者，实际上是一种奴隶主、商人、高利贷者、土地兼并者"四合一"的东西。这样一种阶级的存在，正好说明西汉社会在奴隶制与封建社会之间的过渡的性质。

人们对西汉农业劳动者的发展前景，也每作二分法的表述，一曰奴婢化，一曰依附化。我又认为"依附化"须待东汉中晚期以后始有某些成型的迹象，在西汉则谈不上。人们过来过去，不过抓住宁成"役使数千家"[①]这么一条材料。自然，人身依附的事例在史书上是零星地也是连绵地出现过的，从春秋鲁国季氏家的"隐民"，到鲁哀公手下的"私属徒"，到《国语·晋语》中所提到的"隶农"，直到马援的"役使""宾客""数百家"并且与"田户""中分"的事例，[②]等等。但必须指出，这些是零星的东西。而当时的主流，不是依附农

① 《汉书》卷90，《宁成传》。

② 散见《左传》昭公二十五年、哀公八年，《国语·晋语（一）》、《后汉书》卷24《马援传》等。

民，而是自由小农。关于自由小农，经典著作有充分的论述，兹不俱引。所谓“自由”，形象点说，就像鸟刚从“共同体”（公社）的鸟笼里飞出来，一时还没有被那些博陵崔氏、荥阳郑氏等“土围子”的第二只鸟笼所锢闭，这些人有富裕化的自由，也有贫困化的自由，今天他的五口之家或八口之家，有五亩之宅，有“一堂二内”，有葱韭若干畦，明天或者上升为小地主，或者因欠债或服徭役而破家，而自卖或被卖为奴婢。有依附身份的人，是没有或者很少有这种富裕的自由和贫困的自由的。这些情况，《史记·货殖列传》和《平准书》中、《汉书·食货志》中反映的到处皆是，不须一一列举，而尤以贾谊、晁错、董仲舒三段发言最为集中。而带着“封建”框框的作家们却置而不论，私衷期期以为不可。

总之，不论西汉是什么社会，它的经济只能叫做古典经济，而断断不能叫封建经济。在此必须声明，古典经济和高级奴隶制不一定是一对完全密合的概念和名词，很可能在中国的范例上，在古典经济的基础上，由于种种条件的限制和影响，高级奴隶制正在形成时却又向另一种制度转化去了。但古典经济是无法否认的，它是主流。在这股主流下，农民是自由小农而不是什么“封建小农”，它的经济地位很不稳定，专制主义国家用徭役手段来毁灭它，“四合一”的豪强用高利贷和土地兼并来毁灭它，虽然专制国家和豪强之间又有尖锐的斗争，但丝毫也不影响这二者对小农的毁灭。自然，专制国家又曾不断用赐爵的手段来安定小农，但第一，那是徒然的，不发生多大的效果；第二，国家企图用儒学的“重本抑末”政策，把古典经济改造向自然经济，把自由小农发展为封建小地主。但这种企图的生效，尚有待于长时间的积累。赤眉、绿林、铜马大起义，正是在这样的基地上出现，才有如许大的规模和东西南北远距离驰骋的特征。所以我认为，西汉末大起义是三次中最主要的，也是最典型的，它是古典经济的有力的颠覆者。只有经历这么一次颠覆之后，东汉中后期的人们才有可能捡拾起“宗族”的古老纽带为新的人身依附、地域固著和自然经济的一套，去服务。秦末一次，多少带有“哪里有压迫，哪里就有反抗”的“即刻反映”特点；而东汉末，“宗法地主”真正形成以后，地域附著性加重，起义就自然而然随之而形成为“分地片”起义的表现了。

四

第三个问题，典型中古期的土地所有制和农民起义的关系，这件事很不容易说清楚，仿佛这一段地壳的板块构造和岩石结构跟其它段落不同似的。其实，在这一段落中，主要是增添了农业劳动者人身的不自由，他们既被役属到领主的名下，又被固著到他们所耕种的那块土地上，除去接受经济的剥削之外，还有经济以外的许多东西。这些东西，跟土地所有制纠缠在一起，给所有制向纯粹私有的前进道路上，又增添了一些障碍。

马克思曾经阐发过这种经济外的东西，把它叫做统治和奴役。他拿人和动物（譬如说，牛）做比较，譬如说牛也会劳动，牛也在土地上劳动，但牛无所谓意志（也许只有最低级的意志），牛主无法统治牛的意志，但领主却需要并且可能统治农奴的意志，这就是统治和奴役，而这种统治和奴役，又是跟土地所有制缠在一起的。[①]根据我个人的理解，这就是典型中古的要害之所在。斯大林在这两者间区别过一次轻重主次，他的意思是说，经济外的强制在巩固农奴主的经济权力方面起过作用，但它不是基础，也就是说，不是最根本的东西，根本的还是封建的土地所有制。[②]我们完全可以把二者综合在一起，说经济的和经济以外的两种压力，是压在中古农奴身上的两重枷锁，这两者我们完全可以在逻辑上区别对待它们，但在具体的中古史上它们又经常是综合地纠缠在一起的。理解这一段的农民起义，这一个特点怕是最重要的。

我们试想，在“二黄”（黄巾和黄巢）之间，为什么七百年中一直缺乏惊天动地般的起义，为什么一直没有震源很深的社会震动呢？自然，在这七百年中，起义还是很多的，但它们大都蒙罩上了其它的色彩。西晋的一些动乱，似乎跟我国中原偏西的一些部落、部族刚好处在军事民主主义阶段有关，它们正富有社会发展特定阶段上的一种能动性。北魏的一些动乱，又跟复杂的民族纠缠和军队内部的阶级分化不无关系。孙恩、卢循起在南方，在这一点上，我有很重要的一点意思要说出来，即正如五代、宋和五代、宋以后，中国北方比南方在经济发展上显明落后了一大截子一样，三国、西东晋时候，中国南方曾比北方在经济发展上显明地落后着一大截子。也就是说，上述的两重枷锁，在北

① 《政治经济学批判大纲》第3分册（刘潇然译本）页119～120。

② 《苏联社会主义经济问题》，中译本页37。

方套到农民头上为早，在南方为迟。孙恩、卢循起义的农民身上，还明显地带着汉朝时候“不地著、民如鸟兽”的影子。只有隋末农民大起义规模较大，震动较重，但那是上层建筑对经济基础强烈起反作用的结果，属于“哪里有压迫，哪里就有反抗”的“即刻反映”的类型。

我说了这一些是什么意思呢？我的意思可以分成两点。其一，虽然从一方面说是压迫越重反抗越重，这是一个侧面上的道理；但另一个侧面上的道理则是，捆绑着手脚的人，动作总是欠灵活的。中古七百年中，农民身上经济的枷锁和经济外的枷锁太沉重了，是不是影响起义的烈度？这值得考虑。其二，是统治者的“自行调整”，或云客观规律的“自发调节”。这也延缓甚至阻滞了起义的爆发。但提到这一点，是要冒风险的。因为英雄好汉们对此是深恶痛绝的。他们有的说假如考虑到这一方面来，就是把历史的功劳，派给了“圣君贤相”；有的则以盖世英豪的气概，用全盘肯定的口气说，“无论在什么时代，无论在什么社会的历史中，‘自发调节’都是不存在的，也是不可能的”。[①]在这个节骨眼上，我倒是非跳出来辩论一下不可了。

经典著作中，明明写着利用经济法则来为社会谋福利，不仅发生在社会主义、共产主义之下，在其他社会形态下也曾发生过的。[②]这是理论方面。再试以典型中古期的土地制度史为例，其中就充满着“调节”或“调整”。先说曹操，不久前不是把他描写为最“圣”的君嘛，其实他才是“反攻倒算”的典型人物，他从黄巾起义大失败的血泊中反攻倒算。但这仅仅是问题的一个方面，另一方面是他也进行“调节”和“调整”。试看，他并不是全国安排“屯田”，而只是插花式的，很大地面上还是小农农村，仅征收亩谷四升、帛二匹、绵二斤，这跟“五五”、“四六”甚至“三七”、“二八”分租是形成为鲜明对比的。屯田上压迫重，剥削利害；小农农村就松弛些，“一张一弛”，这其中难道不寓有既要修改一些不适应生产力发展的生产关系，又不能“倒算”的太过头，以免引起全面反抗——的“调节”或者“调整”的含意吗？再看西晋的占田法，这虽然仅仅是田土制度的一个影子，实行过没有实行过，实行到什么程度，都很难说；但它是一种“调节”或“调整”，也是毫无疑义的。西晋的统治者看到，曹魏屯田法太峻急了一点，不到七十年就已经实行不下去，可是继屯田瓦解之后而来的大刮土地兼并之风，也非刹一刹不可；于是西晋统治者挖空心

① 《陕西师大学报》1979年第3期页36。

② 斯大林：《社会主义经济问题》，中译本页44。

思，炮制出一套对贵族“限田”、对农民“课田”的四不像的法令。这也是一种“调节”或者“调整”嘛。最典型的是均田制。北魏统治者面对很多事情，需要“调节”或者“调整”。列举一下。东自濡源、大宁川、西至稒阳塞那么一大片土地上实行了一个世纪之久的“计口授田”制，与冀、定、赵、魏之地使用“宗主都护”制暂时安插一下的汉人世家大族的“荫户”制，这个差别和矛盾，要适当地解决一下吧。实行汉化，还是实行鲜卑化，以及由此而产生的鲜卑军功贵族如何安置，如何既使汉人大族不造反、少造反，又要使鲜卑兵卒镇将们不造反、少造反，这个问题也要适当地解决一下吧。这就着手来“调节”或者“调整”。班禄制炮制出来了，三长制也炮制出来了，最后均田制也精心地炮制出来了。一篇《均田令》，实际上是十五个条款。其中有显示国家权力依然对土地私有企图干预的部分；有对汉人世家大族以及鲜卑贵族的具体利益予以照顾的部分；有对鲜卑古代共同体的遗风旧俗，予以保留的部分；有企图把游散的劳动力组织到“宽乡”或者“空荒”上去，使他们获得象吐鲁番文书中所反映的仅仅三亩、五亩、十亩、八亩的土地使用权和有局限的所有权，借以鼓励劳动，增加国家收入，也提高社会生产力的部分；等等，等等。

总之，大量的史实说明，“调节”或者“调整”的事，是客观存在的。它既是农民战争的对立物，又跟它起一种共同的作用。我说“对立物”，是意味着“调节”或者“调整”，是农民起义和阶级斗争的抵销剂；我说“起共同的作用”，是意味着要么统治阶级不调整，那么阻碍生产力发展的生产关系的积累就越来越大，这就非由农民起义来冲击不可；冲击过后，在接受教训的场地上，还是要出现“调节”或者“调整”。要么统治阶级中的明智者们，在冲击还未到来之前，看到一些“积弊”，就出来改革一下。革命也好，改革也好，在调整一些不适应生产力发展的生产关系方面，其作用是共同的。把革命说的神乎其神，把改革说的糟而又糟，说什么改革延缓了爆发革命的危机云云，其实这些都是从“左”倾思潮那里分泌出来的东西。

五

第四个问题。平均主义思想是普遍贯穿在一部农民战争史之中的，但为什么在唐中叶以后，历五代、十国到宋，特特在这个阶段中，“均贫富”的字样不约而同地出现在农民起义的政治口号之中呢？我考虑，这件事要到所有制方面找根源。

南唐时候，蕲州有个起义的小领袖叫褚估（据说，“褚”读“查”），他宣传说，“吾能使贫者富，富者贫”。北宋初王小波、李顺起义，宣传说：“吾疾贫富不均，今为汝均之”。南宋初，钟相在洞庭湖区宣传他的道义，是“等贵贱，均贫富”。连同时流窜在江、河之间的流民武装首领张用和王善在讨论是否攻略一座城池时，也说，“今天下大乱，乃贵贱贫富更变之时”。[①]连黄巢起义，也自号“天补平均大将军”。所有这一些，都是偶然的吗？我认为，这是人们财产私有在排除了中古的一些障碍之后，在人们意识中较前有所突出的反映。

所谓障碍，主要指均田。均田既起过调整的作用，又起过障碍的作用。这里表现为二重性。试看均田制和井田制中间，有着很多的不同。第一，井田制是自然而然发生和发展的，均田制则是人们按照统治者意志也客观上顺应一些时代的要求而精心炮制出来的。第二，井田制上的使用权虽然也须轮换，但究竟是比较可靠的，均田虽然不像有些人所说是什么“虚假的外皮”，但使用权的可靠程度较井田为差。从这两点上，我们可以说，均田是井田的后辈，也是它的蜕变和堕落。但二者某些共同点也是明显的。第一，对私有权向比较纯粹的道路上的前进说，井田是障碍，均田也是障碍。因为均田显然是以国家名义宣布天下之田为“露田”和“桑田”的，这在法权意义上，就是对土地私有权的最严重的侵犯（或者叫干预）。第二，虽然均田不像井田时候那样显明的地租课税合而为一，但从北齐和隋的均田法令中规定的“不受田者不课”[②]等条文来体会，“课”中依然带有地租课税合而为一的残余，或者说，在这中间，国家依然兼备着某些地主的身份。也就是说，东方（亚细亚）特征虽然在井田制瓦解时，已经基本减褪了，但并未减褪完毕，还有残余。兼以北魏从大同一带又带来一些“人牛力相贸”、对癃残老小的照顾和劳动互助以及犯罪人田土重新分配时的原则“先贫后富”：——所有这些，都是古老共同体在阶级社会中的残留。所有这些加在一起，形成为对人类财产由原始公有向较纯粹私有发展的前进道路上的障碍。

试问，是谁冲垮了这些障碍呢？也是两方面的力量。其一是不以人们主观意志为转移的经济的自发规律起作用，是生产力向前发展，商业、交换影响着

① 散见马令：《南唐书》卷26，沈括：《梦溪笔谈》卷25，《三朝北盟会编》卷137。

② 杜佑：《通典》卷2。

表现生产力的人的积极性有所提高，世族地主的控制局面也由庶族地主所慢慢取代。这是一个方面。另一个方面，像黄巢大起义那样，它以全国驰骋的规模，跟在自然经济规律起作用之后，冲刷着中古典型期的污泥浊水，使五代、十国以后的局面得以成为现实。

在均田瓦解声中，“两税法”施行了。它的原则之一，是“人无丁中，以贫富为差”。①此虽寥寥数字，其意义却甚大。大在何处？大在剥削针对面的转移。最早征税叫“税亩”，“亩”是个综合的内容，既包括以劳动力为针对面，又包括以土地的财产权为针对面，而侧重于劳动力。到典型中古期，剥削矛头的针对面，越发侧重到劳动力的方面。（“丁”是整个劳动力，“中”是半劳动力，“户”包括一夫一妇，也就是男劳动力和女劳动力。）这样，把剥削矛头统统集中到劳动力身上，相对地免除了财产所有者的负担，这对于鼓励劳动积极性，发展社会生产，是无利的。从“两税法”到“一条鞭”，再到“地丁合一”（或云“摊丁入亩”），八九百年间，那些“调节”者和“调整”者们想方设法，要拐过这个弯来。而“两税法”是拐弯的第一步，它在廓清东方（亚细亚）残余，突出人们私有财产的价值和意义方面，起了积极的作用。

从唐末黄巢大起义，经过五代，到北南宋，连绵的农民起义正反映着这一转化，也促进着这一转化。他们在起义的口号中，把贫富这一财产关系的对照，提到了空前的显著地步。这也说明，劳动人民和统治剥削者，虽然形成为利益有时截然相反的阶级；但有时，他们也会从客观上配合起来，完成某些历史上共同的任务。就说在这封建社会由其典型期向其自身后期前进道路上的情况吧，劳动人民使用起义和其它阶级斗争的形式来冲击共同体残余的障碍和国家权力干预的障碍；而统治者中的一部分，也使用改革、调节、调整的形式，从客观上来配合这种冲击，使障碍逐渐得到排除，使社会继续向前进步。

六

第五个问题。金、元以来，迄于明代，在所有制方面又发生了哪些变化？这些变化在农民起义身上，又打下了怎样的烙印？

① 《旧唐书》卷118，《杨炎传》。

自金、元以来，土地所有权表现为分化、复杂化与极端的紊乱。这也要慢慢从头说起。金人带来了他们在东北居住时候原始末期的土地制度——牛头地。[①]这种制度大体是劳动人口二十五人，给田四百余亩（每口合十六亩），牛三头，每亩征租二合半。这是在土地宽松地区施行的榨取额很微小的一种制度。（满洲人在开初，也有与此类似的一种叫“托克索”的制度。）金人把它带到中原，在按军事编制猛安·谋克（大队、小队）的村寨中推行下去。受到中原原有封建土地所有制的侵蚀和浸润，这种办法很快失效，蜕变为一种限田的制度，即女真贵族最多不得超过四十套牛头地，即田不得超过160顷，牛不得超过120头，劳动人口不得超过一千人。以上是金朝的主要变动，对中原的干扰从材料中看，似乎不大。金亡后，这些影响基本上很快排除了。

元人连“牛头地”这样的共同体因素，也未带来。它带来的“投下”（或“头下”），是跟“猛安·谋克”性质相类的军事管制性的村寨组织。最初，蒙古统治者对农业生产，长期顽固地不发生兴趣，多次建议要把农业田土改为牧地和猎场。后来看法转变了，就实行分片制，北方原金人统治区行唐人的租庸调法，原宋人统治区行“二税”之法，也就是说，基本上没有做什么改弦更张的事情。

但金、元两朝带来的最严重的影响，是以征服者的身份、把他们在原始末期军事民主主义时候的军事管制影响，跟中原原有的封建专制主义国家权力融合到一起，使在五代、宋时候原已逐步减退了的劳动人民身上的不自由、隶属、强制、奴役——又一次空前地加重了。对财产私有权的干预也更加强暴，并且为所欲为。也就是说，远远超出了他们自订的什么法制的范围。具体的表现有二，一是军事的、政治的和寺院的特权地主们可以无限制地向国家“乞请”土地（这些“乞请”很少受到拒绝）；二是在国家赋税差役十分不公平、十分沉重的情况下，劳动人民被迫“情愿”将小块土地“投献”给那些军事的、政治的、寺院的特权地主们，连同自己的身份也“情愿”降为“世仆”。这种情况，一直绵延到明朝。近人吕思勉先生在他的遗著札记中不断提到这些事，[②]是有其见地的。

伴随着土地所有权转移率的加大，阶级和阶层也表现为复杂化和空前的紊乱。一般说，阶级是人们在不以主观意志为转移的生产关系中的地位和安排。

① 《金史》卷47，《食货志》（二）。

② 吕思勉：《燕石续札》，页23～24等处。

阶层和等级是按照阶级的大框框而派生出来的小框框，也不是随随便便的。但到了金、元、明，统治者主观安排劳动人民的阶层和等级的事例，层出不穷。举一个例。元朝有个军官叫赵迪，他带兵攻取了正定县，得俘虏千余口，按常例是军官们把这些俘虏分领，叫这些俘虏替他们当奴婢（实际是军事隶农），但在这个个别例子中，赵迪却把他们释放为良民了。[①]这个例子生动地说明，人们的身份可以按一名军官的主观意志来确定。这样，金、元、明的身份名称就多起来了，什么本户、正户、杂户、监户、官户、二税户、驱户，什么民户、军户、站户、匠户、医户、监户、窑户，什么投下户、投拜户，甚至什么藤花户、葡萄户、姜户、白菜户、上坟户等等。毫无问题，这是一种很大的紊乱。

可是与被剥削被压迫人民的等级的紊乱相对照，统治的和剥削的阶级与阶层之间，倒出现了另一种现象，即一般的世俗的地主向权贵地主依附的倾向加重了，整个统治剥削者胶著在一起了。像西汉时候汉武帝打击豪强，豪强对国家顽强抵制的形势，在金、元、明，除洪武、永乐年间之外，可以说很少出现。“缙绅”成了地主阶级的集中代表。

再一点，跟着“乞请”、“乞封”和“投献”现象的普遍化，土地越来越集中，一般人民得到一小块土地的可能性更小。在一些经济较先进的地区，便出现了土地权的分化，一权化为二权、三权，一主化为二主、三主。人们不能在正常情况下买到土地，那么他就花费较正常地价稍低的钱，从老地主那里买来“二地主”的身份和权力，然后将地出租给佃户。而佃户也由于经营营利性的田园种植而有了较多的收入，他也通过种种办法，“久佃成业”，这样，“一田三主”[②]的现象就出现了。

综合以上所述，我国历史自金、元以来，迄于明朝，专制主义国家权力对所有权的干预较之宋朝时候又加重了，统治剥削者内部一方依附于另一方、双方胶著的现象也增强；而被剥削被压迫人民身上的不自由也加重了，他们在生产和社会处境方面更不稳定了。通过对土地的“乞请”和“投献”，土地越来越集中。部分新兴的小农，只好通过土地所有权的分化，才勉强取得一些较永久的使用权，或者打折扣的所有权。

在这种情况下，农民起义便表现为如下的三种情景。第一，是很小规模的

① 《元史》卷151（列传三十八），《赵迪传》。

② 顾炎武：《天下郡国利病书》卷93，（福建3）。

起义，其次数较前大大地增多了。但无论从哪一方面看，这些起义的作用不是很彰著的。用传统的史书中的话说，就是“群盗如猬毛”。时下有些教科书，在每一朝代之末，即照例地、细大不捐地罗列一些这样的起义，仔细想来，也是“阶级斗争万能论”在著史书方面的一种反映。第二，起义借助于神秘主义发动力的表现，不是越来越少，而是越来越多。二十五年前我个人曾写过一篇短文[①]，曾引用恩格斯在《德国农民战争》一书中的一些论点，大体说假如农民在整个阶级形势下处于不利的位置，而农民本身假如又分散，那就很难起来革命（“四人帮”时候，人们根本不敢往这方面想），那就需要精神方面（如宗教）的煽动。金、元、明、清的农民，除却矛盾积累的大危机时期以外，其处境大体是艰难的，故对神秘主义力量的需要，较前增加。我当时曾举道光十六年潍县起义女首领、十九岁的刘金妮临刑前毫无惧色，口中念诵“真空家乡，无生父母”的咒语，观者多惊成疾病。[②]至今，我犹认为，这是农民阶级形势不利和起义发动艰难的反映。第三，但矛盾积累达一定程度时，就形成为危机。以明朝为例，开国后一百三四十年第一次危机表现为刘六、刘七的大起义，又一百三四十年第二次危机表现为李自成、张献忠的大起义。这是我个人二十五年前的看法[③]，至今还未感到修改的必要。用通俗的话表达，这就叫做“算总帐”。像这样的大起义，震源很深，震动很大，冲击的作用就很彰著了。

七

在逐一阐述了如上的五项问题之后，问题自然而然地归结到一个总问题上来。那就是：什么是社会前进的推动力呢？

首先，从不以人们主观意志为转移的社会经济方面来看，社会经济的内在动力是生产力。自然，生产力的改进也要通过具体的人，但那不属于“主观意志”的范畴。就是说，不管谁想改进谁不想改进生产力，生产力自然而然地要不断前进，它永远也不会长久停留在一点上。所以经典著作中说，生产力是最活动、最革命的因素。但人与人的关系（即生产关系）又每每替生产力发展造成障碍，也就是说，在生产力要前进与生产关系不适应的中间，形成了矛盾。

① 见《文史哲》1955年9月号。

② 《潍县志稿》卷2。

③ 见《中国农民战争史论文集》（新知识出版社），页152。

这种矛盾，也是社会经济发展的动力。生产力是动力，和生产力跟生产关系的矛盾是动力，这二说并不互相违背和排斥。反正单独生产关系自己是不能构成为动力的，因为在一种情况下，它不仅不是动力，而是阻力；在另一种情况下，它与生产力的配合，才形成为动力。单独生产关系自己是不行的。

在不以人们主观意志为转移的经济基础之外，再来考虑问题，那就是（作为经济以外的）人的作用了。对于社会经济的内部动力来说，人的作用是外在动力。外在动力是内在动力的一种补充形式，或者说，是其具体化的形式。而它又分为两个分枝，其一，是农民起义以及其他形式阶级斗争的冲击；其二，是统治剥削阵营中人们所进行的“调节”或者“调整”。这二者，从某种角度看，是敌对的；但从更广泛的角度看，这二者是相成的，客观上互相配合的。它们配合起来，反映历史通过活的人们的活动，来具体体现其内部抽象存在的生产力这一总动力的作用。

这些年来，我个人始终围绕着一个核心在活动，这核心是，把阶级关系和阶级斗争连贯起来。开始我单纯地搞阶级斗争，钻研过一度之后，感到这样做是不济事的，于是转而搞阶级关系，亦即阶级斗争的根源。这就找到了人们财产的所有制问题上来，在这里盘桓了很长时间，也花费了一些精力。于是，我试探着拿所有制作为农民战争的根源，来重新观察并料理农民战争；但就在这同一过程中，我也亲切地感到了农民战争对所有制衍变的反作用。对待这个反作用，我们应该把它强调到怎样的地步？我们不应该把它强调到怎样的地步？这是我脑海中长期琢磨的一个问题。我深深感到，长期以来，人们对这种反作用强调的过份了，有的到了荒唐的地步，像是中了魔道。我想，我们是唯物主义者，这一点总不该是仅仅挂在嘴皮上，不该仅仅是块牌子，而是要按这原则去老老实实做事情。那么，像恩格斯在《反杜林论》中所论证、近来由有的同志划成公式样子的“公 ⟶ 私 ⟶ 公”，这才是社会前进动力的真正的底蕴。它是自发的，不以人们主观意志为转移的。对具体的社会说，它是内在的，或多或少抽象的，也就是说，藏在里面的。那么，暴露在外面的，是人的活动。人的活动，不外乎阻止这个动向，或者顺应并推进这个动向。这种阻止，这种顺应，这种推动，在很长一段时间里，是不自觉的。只有到不久以前，人们才开始踏上了自觉的道路。这是指，自从有了马克思主义以后。但即便已经开始踏上了这条自觉的道路，还必须认定这条道路是很长的、很艰苦的。也就是说，我们在认识和估价人类在上述“公 ⟶ 私 ⟶ 公”动向方面所尽的阻止作用、顺应作用、推动作用时，完全可能产生这样那样的谬误。不能一厢情愿，不能强词夺理，不能强牙赖嘴。那么，在每个朝代的中后期，也就是生产关系走着下坡路的时候，生产关系成为了阻力（其中包括古代的共同体及其残余的障碍，包括历代中央集权专制主义对所有制的干预，包括周边少数民族以征服者身份又重新带进中原来的新干预和新障碍）。阻力已经找到了；那么，人们的顺应力和推动力，向哪里去找寻呢？这就找到农民起义和“调节”、“调整”的问题上来了。农民起义是一种推动力量，但不是唯一的。“调节”或“调整”也是一种不自觉的顺应力量。这二者是相辅相成的。经济史上一系列田制，什么屯田法、占田法、均田法、两税法、一条鞭法，直到摊丁入亩法，这些假如不是“调节”或者“调整”，又是什么呢？经济史以外，还有其它的一大堆。所以到头来，农民战争的作用，应该落实到这样的地步，即它与若干“调节”或“调整”配合起来，对那个“公 ⟶ 私 ⟶ 公”的总公式，起着推动的作用。只有那个总公式中所包含的生产力的向前进，才是动力的核心。片面地强调农民战争，排除掉历史上一切“调节”和“调整”的作用，更进一步把生产力的作用也试图排除，这种“只有论”和“阶级斗争万能论”，其科学价值究竟如何，其实践后果究竟如何，确确实实是值得我们反省的了。

1980年6月15日

综论两宋的阶级斗争和阶级关系

——兼论资本主义萌芽在宋代发生的可能性

一

封建社会阶级斗争的主要形式，自然是农民战争。农民战争一般地说规模较大，并且有较完整的军事体系，故它是封建社会阶级斗争的最高级形式。高级形式之外，也有非高级的形式，如农民群众的一般性的抵抗活动，以及规模不大的起义，等等。并且，在农民群众之外，也有非农民阶级的力量参加在内，这种情况越到封建社会的后期，就越看的明显。这里所说农民阶级以外的力量，其所指自然比较广泛与复杂。其中包括正统地位的剥削和统治阶级中的个别叛离者或异端分子，这种情况在我国两千余年的旧时代历史上是屡见不鲜的，也值得研究，但其中的意义可能不是顶顶重要的；在我看来，顶顶重要的，倒是农民阶级以外的其他劳动者的阶级和阶层，或者即使不是劳动者但他们的经营活动对社会经济的发展不无推进作用的人们，研究一下这样许多人在以农民阶级为主的阶级斗争中所采取的态度，即他们在担任农民阶级同盟者过程中跟农民阶级的关系，研究研究这类问题，倒是挺重要并且是满有兴味的。

我的意思是说，我们应该留意商人、手工业原料作物生产的经营者、手工业主、由农村转入城市的流民无产者、手工业雇工、农村中企图减轻或摆脱封建租佃关系和隶属关系的人，以及城市居民，甚至作为城市渣滓的流氓无产者层，等等，研究他们跟广大农民群众间的关系，他们在斗争中的亲疏分合。这不仅能够帮助我们深入地理解农民战争，并且更加重要的，是可以通过农民战争的一般过程和所表现的特点，来看取当时社会中阶级关系的主要征象，并从而可以间接推断当时生产关系的发展水平。因此，我们似乎可以这样想：我国阶级斗争历史的研究，假如能够很好地进行并能获致应得的效果的话，那么这种研究将不仅有利于它本身，对于社会经济结构研究水平的提高，也完全可能是有帮助的。并且，也只有把阶级斗争史跟社会经济结构发展的历史密切地结合起来，对能有效地纠正那种把阶级斗争史机械化、公式化的倾向，在那种倾向下人们习惯于把每一次农民战争跟另一次雷同起来，使它们都成为“土地集中”、“揭竿起义”、“遭受镇压”、“妥协让步”的周而复始的排列，而这样做显然是不符合于历史真实的。

从以上的看法出发，我首先挑选了我国封建社会的后期，也就是说近古史，或者更具体地说是宋代史和明代史，作为我试验着进行这种研究的开始。这是很容易被理解的。因为宋朝是继唐中叶杨炎两税法施行以来中古式典型封建经济开始分解以后的一个朝代，是经过黄巢大起义对于中古式的世族门阀以及藩镇割据进行了有力清洗后的一个朝代，也是继承了五代十国主要象南唐、吴越、蜀、楚那些国家中经济发展因素的一个朝代。在象这样的一个朝代的历史中，新兴因素估计是不会很少的，个别史学工作者甚至把它估计为我国资本主义关系开始萌芽的时期。对此，我个人也有自己的看法，见于本文之末。明代呢，它是继元朝对大部分生产事业带来了损害、又对某些个别部分也不无提高的少数民族统治之后、汉族人民自己从农民战争烽火中建立起来的一个朝代，是社会经济在较长期缓慢而充分的发展中出现过十六世纪社会繁荣的一个朝代，也是就世界历史来看欧洲资本主义成长期的影响开始向东方推广的一个时候。因此，明代社会中新兴因素估计会比宋朝更多，更茁壮。不少的史学工作者推断明朝嘉靖万历年间是我国资本主义萌芽开始出现的时期，这说法我认为是值得信赖的，更重要并且更有兴趣的是，它更需要我们把阶级斗争史的资料和观点（论点）拿来对它进行印证，从资本主义因素萌芽时期的环境条件方面，对这同一问题进行新领域中的推断。

现在，让我先把宋代阶级斗争和阶级关系的大体脉络及有关的分析，写在下面。

二

请允许我先从黄巢起义谈起，因为杨炎两税法的施行，黄巢的起义、“十国”中经济的发展以及宋帝国的统一，这几件事不成问题标志着我国封建社会向其自身后期发展的过渡，而黄巢起义又是一件规模相当大的阶级斗争事件，规模既大，作用就不会小。因此，作为我国封建社会向其自身后期过渡现象之一的黄巢起义，其对社会所起的作用，是应该被我们来很好地估计一下的。

在我看来，黄巢起义在其对社会所起的作用方面，是有它自己的特点的。在这里，试拿它与汉、唐、明前夜的大农民战争对社会所起的作用，来进行对比。汉、唐、明前夜大农民战争的作用，我们似乎应该从两个主要方面来看取：第一，它对旧的统治阶级和统治集团（秦的、隋的或者是元的）进行了打击；第二，它对新的统治者或统治集团带来了实际的教训，使他们对人民不得不进行一定的让步。我相信，这样来认识应该是允妥的。但假如我们把它拿来当成公式，原封不动地套到唐末大农民战争头上的话，那将不符合于存在在具体历史中的多样性了。实际上，黄巢起义只鲜明地执行了上述两项作用中的第一项作用，即对唐朝皇室以及世族门阀、割据藩镇进行了打击，却未曾给予新的统一的统治者以直接的教训，理由很简单，即在黄巢起义以后并没有一个统一的统治出现，出现的是争雄的五代和分裂的十国，而宋的出现则迟在黄巢起义结束以后的76年，说76年以后那种打击教训的作用还鲜明的保持着，就未免有些牵强了。（自然，从曲折中来看取教训作用，也还是有的。）

然而，黄巢起义就不曾起过另外方面的作用吗？在我看来，是起过的。它起了一种把新兴社会力量推上历史舞台的作用。这里所谓的新兴社会力量，是指某些在整个中古时期受压抑的劳动者阶层或者甚至是非劳动者阶层，如自耕农、商人、手工业者，甚至杂色的社会下层的人们以及寒门的经营性的中小地主等等，他们对社会生产的发展及其水平的提高，不管从怎样互不相同的角度出发，是有兴趣的，因而是有推动作用的。这种社会力量在中古时期自然已经萌芽，唐中叶以后已经有相当活跃，但只有在黄巢起义把唐朝皇室、世族门阀的统治、藩镇军阀的割据进行了相当大规模和相当深入程度的清洗之后，上述的那种新兴社会力量才被推上了历史舞台，而这件事对于社会的发展是有着重大意义的。

现在分两个方面来对我自己的看法进行证明。

第一，我们试从五代十国中许多建国者的出身，来看新兴社会力量的抬头。如梁的建国者朱温“（其）父以五经教授乡里，母佣食萧县刘姓家”[①]；梁唐两朝洛阳的地方官张全义“世为田（佃）农”[②]；周世宗柴荣“在民间，与邺中大商颉跌氏往江陵贩卖茶货”[③]；闽的建国者王潮、王审知兄弟“世为农民”[④]，而且参加了黄巢起义的队伍；吴越的建国者钱镠“家世田渔”[⑤]并曾“贩盐为盗”[⑥]；吴的建国者杨行密及其后继者徐温也都是“贩盐行盗”[⑦]；南唐建国者李昪“世本微贱”[⑧]，是战争中的难童；楚的建国者马殷“少为木工”[⑨]；前蜀的建国者王建“世为饼师”[⑩]，有的记载又说他“以剽盗为事”[⑪]——我认为，这类历史情况的发生决不是偶然的。在这些人们中间，没有一个是军事贵族，没有一个是门阀世族，他们是佃农、渔民、佣工、茶商、私盐贩子、战争难民等等。他们有的来自农民起义的队伍，有的则是来自与起义无关或者甚至是互相敌对的阵营，但无论怎样，他们都建立了国家，管理了国家大事，并且他们都不约而同地在恢复和培养社会生产方面采取了不少的措施。这在九世纪之末、十世纪之初的我国历史上来看，不能不说是新人新事。而这种新人新事之偏偏出现在五代、十国时候，我们固然不能把黄巢起义的作用认成是其中唯一的原因，但我试问，黄巢起义对于社会较下层的力量、对生产更有兴趣的阶层，难道不是起了一种明显的推上历史舞台的启发作用吗？

可能有人辩论说，不能拿统治者的事迹来概括以人民为主的社会。但在旧时代，劳动人民的正面记载是不被重视的，因而保留下来的很少。统治者虽然与人民相对立，但又无时无刻不与人民统一地经营着共同的社会生活，因而根据统治者的事迹固不能概括以人民为主的社会，但却完全可以反映当时以劳动

① 《新五代史》卷1。

② 《旧五代史》卷63。

③ 《旧五代史》卷119。

④ 《旧五代史》卷134。

⑤ 《旧五代史》卷133。

⑥ 《新五代史》卷67。

⑦ 《新五代史》卷61。

⑧ 《新五代史》卷62。

⑨ 《旧五代史》卷133。

⑩ 《五国故事》。

⑪ 张唐英：《蜀梼杌》卷上。

人民为主的社会的某些情况。

第二，我们再向后看，看到统治了三百多年的宋朝，在这个朝代中，自然有着不少与它以前的诸朝代不相同的事件，但特别值得注意的，是在宋朝社会生产的主要体现者——农业劳动者（农民）不断地在为了摆脱和减轻他们自己的封建隶属关系而斗争，在为了使他们自己带有某种“独立”或“自由”的身份而斗争，这种斗争往往出现在经济比较发达的地区，并且已经引起了统治者的注意，根据自下而上的要求，曾经被迫制定过自上而下的法令。所有这类现象在黄巢起义以前的朝代里是没有的。

现在具体地说。例如《宋会要》中记有北宋仁宗的一段诏书，“诏江淮、两浙、荆湖、福建、广南州军：旧条，私下分田客非时不得起移；如主人发遣，给予凭由，方许别住；多被主人抑勒，不起放移。自今后客户起移，更不取主人凭由。须每田收毕日，品量去住，召取稳便，即不得非时衷私起移。如是主人非理拦占，许经县详论。”[①]这道诏书的颁发年代是天圣元年（公元1023），可见北宋中叶时候，农民已经通过斗争获到了每年秋后经过商量可以脱离主户不受阻拦的权利。再例如南宋初学者胡宏在他的一封信札中提到，“荆、湘之间，有主户不知爱养客户，客户力微，无所赴诉者。往年鄂守庄公绰言于朝，请买卖土田不得载客户于契书，听其自便。朝廷颁行其说，湘人群起而窃议，莫不咎庄公之请，争客户之讼，有至十年不决者。”[②]这封书所指之事，无具体年代，按庄绰（字季裕）治鄂年代，当在建炎，姑假定为公元1130前后。在这时候，朝廷又曾一度批准，荆、湖一带买卖田土时不把客户姓名写在契券之中，应该听凭客户认佃的自便。再例如，《宋史·食货志》中记有南宋宁宗时候的一件变动法令之事，“夔州路转运判官范荪言：乞将皇祐官庄客户逃移之法核定：凡为客户者，许役其身，毋及其家属；凡典卖田宅，听其离业，毋就租以充客户；凡贷钱止凭文约交还，毋抑勒以为地客；凡客户身故，其妻改嫁者听其便，女听其自嫁。”[③]在这同段文字的前后文中，是有着附加的说明，说在南宋孝宗时候，曾施行过一种严重加重农民隶属性的“略人之法”，到宁宗开禧元年（1205），才又把北宋仁宗皇祐年间关系官田客户的比较和缓的办法恢复起来。这种皇祐旧法规定，官田客户的隶属性，不可推及于

① 《宋会要》册121，《农田杂录》。

② 胡宏：《五峰集》卷2。

③ 《宋史》卷173，《食货志·农田门》。

他的家属妻女；欠债无力偿还，不能用加强隶属性来抵折。

总括以上来看，在宋朝三百年间，接连不断（1023、1130?、1205）总有农民（私田上的农民或官田上的农民）企图减轻封建隶属性的社会总要求和总倾向，并且迫使朝廷不得不予以法令上的承认。试问：是什么样的人要求变动隶属性身份、要求调整主客户间关系最为迫切呢？上引胡宏的信中有一段我认为是道及了此中的奥秘。在信中，他站在地主阶级和封建道德的卫道主义者立场上，向政府反映了五种“不法”的农民，要求政府严办。他说：

> 客户或禀性狼悖，不知上下之分；或学习末作，不力耕桑之业；或肆饮博而盗窃，而不听检束；或无妻之户，诱人妻女而逃；或丁口蕃多，衣食有余，稍能买田宅三五亩，出立户名，便欲脱离主户而去：——凡此五者，主户讼于官，当为之痛治，不可听其从便也。[1]

胡宏口中无意说出来的资料，对于我们实在是太重要了！原来宋代三百年间要求减轻隶属性、要求变动主客关系最迫切的，在农村中是那些“学习末作，不力耕桑之业”的人，和那些“丁口蕃多，衣食有余，稍能买田宅三五亩，出立户名，便欲脱离主户而去”的人。这是新兴的自耕农，新兴的农村中经营工商业的小生产者，这些人无疑应该是后代富农的祖先，是后代城市有产者与无产者的共同的远祖。这种新兴的社会力量，恰好是在黄巢起义以后建立起来的第一个统一国家——宋朝时候，要求它自己的抬头最为迫切、积极，难道这不也显然是受了黄巢起义的启发作用吗？

把以上的两部分论据结合起来，无论根据五代、十国时候社会下层分子纷纷建立国家的新人新事来看，或者根据宋代三百年中新兴小生产者的一直要求抬头来看，我认为都足以说明黄巢起义对于我国封建社会由其典型阶段向其自身后期发展的过渡中，起了相当值得我们重视的推动作用。我为什么一再来论证这一点呢？理由很简单，只有充分说明了这一点，才能接续着来对待宋朝的许多起义，如王小波、李顺的起义，方腊的起义和钟相、杨么的起义，因为在我看来，宋朝的那许多起义在某种意义上是黄巢起义的持续和深入（虽然规模并未扩大），这就是说，只有在黄巢起义把典型中古的社会打开了巨大缺口之后，小生产者们才有可能通过王小波、方腊、杨么等起义一再表现其自身的力量，一再要求其自身的继续抬头，一直到达这种新兴小生产者自身之进一步的

① 胡宏：《五峰集》卷2。

分化。为了充分说明这个观点，下面我就紧接着来分析王小波等的起义。

三

王小波、李顺、张余的起义，爆发在公元993～994年，地域是四川。它发生年代，上距宋朝的初建国（宋太祖赵匡胤建隆元年，960）才三十三四年，距宋朝真正统一全国（宋太宗赵光义太平兴国元年，976）才十七八年。在一个新朝代开初二三十年之内，就引发了这样的反抗运动，是值得我们重视的。在我看来，引发这次起义的根源主要有二，其一是各种新兴的小生产者在黄巢起义打开缺口之后继续要求抬头，不容许某些旧压抑力量的残留和另外一些新压抑的增加；其二，在五代十国到宋之际，小国分立和大国统一之间也存在着矛盾，这种矛盾也替王小波起义提供了某些主要线索。底下，让我较详细地说一说。

四川在五代十国时是蜀国。原来自唐帝国崩溃之后，军官王建及其子王衍建立了18年的小国分立的政权，被后唐灭掉了；中间隔了8年，又出现了另一军官孟知祥及其子孟昶建立31年的小国分立的政权，后被宋朝灭掉了。军官割据，这是旧形式的残余；但小国孤立，不受更大的统一政权的调度，倒也方便于休养生息，更适宜于新因素的生长。《蜀梼杌》记载孟昶时候的情况说，“府库之积，无一丝一粒入于中原，所以财币充实。”[①]宋朝对蜀进行了军事统一之后，一方面由于宋朝统治集团系自五代军阀体系中兼并而来，未曾接受过农民起义的沉重打击，因而未能取得深刻的教训；另一方面，一个统一的大国其调度也是较大规模的，五代兵燹之后，北方和中原生产十分残破，也需要从富庶之区多取一些物资财富来进行恢复受灾的地区：——这样，以蜀地的人民来说，他们的负担加重了，而对此感觉最敏锐的，自然又是新兴的或者企图使自己成为新兴的小生产者阶层。

李攸的《宋朝事实》说，“先是国家平孟氏之乱，成都府库之物，悉载归于内府；后来任事者，兢功利，于常赋外更置‘博买务’，禁商旅不得私市布帛。蜀地土狭民稠，耕稼不足以自给，由是群众起而为乱。”[②]这是说，在四川这个经济地区中，自由商旅占有一定的地位。而国家专卖机构的设置却排挤了

① 张唐英：《蜀梼杌》卷下。

② 李攸：《宋朝事实》卷17。

这些例如布帛行业的自由贸易，因而酿成起义。布帛行业之外，还有茶的行业。北宋当地（眉山）人苏辙在其论蜀茶五害状中说，“臣闻五代之际，孟氏窃据蜀土，国用褊狭，始有榷茶之法。及艺祖平蜀之后，放罢一切横敛，茶遂无禁，民间便之。其后淳化之间，牟利之臣，始议掊取。大盗王小波、李顺等，因贩茶失职，穷为剽劫，凶焰一扇，两蜀之民，肝脑涂地，久而后定。”[①]这是说，茶叶官卖的制度在孟蜀时候也有过，不过赵匡胤把它废除了，大大地便利了茶商茶贩业务的发展；但到赵光义时，又开始统制，这就排挤掉了茶商茶贩的经营前途，故而酿成巨变。然而，起义的成员假如全是布帛或茶叶的商贩，无论他们所反映的社会意义多么新颖，但数量总不会很大的，形不成持续两年，攻占成都，设立政权，沿江东下渝、涪、忠、万、开、夔诸州一带的规模。要形成这样的规模自必非有主要生产者——农民参与在内不可。果然《宋史·刘师道传》中就刚好在这一点上替我们补充了材料，“川、陕豪民多‘旁户’，以小民役属者为佃客，使之如奴隶，家或数十户，凡租调庸敛悉佃客承之。时有言李顺之乱，皆‘旁户’纠集。”[②]事实上，李顺也的确是在具体地帮助农民解决了某些生活问题之后，也就是说，在具体地实践了王小波“吾疾贫富不均，今为汝均之”的政治主张之后，才获得到广大群众力量的支持。沈括《梦溪笔谈》说，“始王小博反于蜀中，不能抚其徒众，乃共推顺为主。顺初起，悉召乡里富人大姓，令具其家所有财粟，据其生齿足用之外，一切调发，大赈贫乏，录用材能，存抚良善，号令严明，所至一无所犯。时两蜀大饥，旬日之间，归之者数万人，所向州县，开门延纳，传檄所至，无复完垒。及败，人尚怀之。”[③]这可见农民革命的政权能够按照自己制定的法令对地主进行剥夺，通过剥夺来平均一下社会的财富，并借以提高农民的政治热情，使其踊跃地参加起义活动。

从以上这些初步搜集起来的但也是主要的资料来看，这场起义的群众至少包括一般的农民、封建隶属性特别严重的“旁户”、受国家专卖制度排挤的茶叶布帛等行业的自由贸易者，他们在斗争中结合起来，反对官卖的统制，反对近乎奴隶式的农奴压榨，反对贫富不均。从这里开始，我国后期封建社会阶级斗争的特点，已经开始表露了。在典型的中古时期，被锢闭在“均田”、“府

① 苏辙：《栾城集》卷36。

② 《宋史》卷304，《刘师道传》。

③ 沈括：《梦溪笔谈》卷25。

兵”等框框中的自然经济下的农民，是不会表现这些特点的，它们往往是单一性的农民（农奴）起义，虽然偶尔也有统治者中的叛离分子参加，并且也经常结合了不同的部族共同体间的矛盾，但就其缺乏工商贸易等鲜明力量的参加一点来看，我们可以说那种中古式的起义其性质是单一的。到宋朝，各种新兴的力量在社会生活中具有了它自己应有的地位，他们参与了阶级斗争的行列；但他们的阶级斗争是与广大农民融合在一起而进行的，这时候新兴社会力量与一般的普通农民之间，尚无明确的分界。从这一点来看，明代阶级斗争在农民力量与城市力量之较清晰的划分方面，是较比宋朝情况更进了一步的（另文论列）。根据以上的叙述和分析，我们看到了广大农民替这次起义提供了群众基础，布帛茶叶等行的商贩也积极参加在内；但除此之外，我总以为还有一种精神状态方面的因素，也掺合于其中，我是指，人民对孟蜀的怀念，复国主义的情感，以及对宋室的对抗心理。这些因素，在起义中也起了一定的作用。陆游的《老学庵笔记》说，李顺自称系“孟大王之遗孤”，[①]孟大王即蜀主孟昶。自然，农民起义中假借前代帝王后嗣的身份来增加号召力量，也是经常有的，如元末韩山童自称是宋徽宗赵佶的第八代孙，俄国蒲加乔夫甚至自称是女皇叶卡特林娜的丈夫沙皇彼得·费多罗维奇（即彼得三世）。但李顺为什么不假托别人之后，单单假托孟昶之后呢？这中间，就我看，是有点缘故。当时四川人民对孟昶是有一些怀念的，勾延庆《锦里耆旧传》记载说，孟昶曾杀其宰臣张业“以其判度支，虐征商税”[②]，可见孟昶对当时社会新兴力量是有过一定的妥协让步的措施的（这与苏辙所说孟氏行榷茶之法，并不一定构成为互相抵触的印象）；《蜀梼杌》也曾记载说，当孟昶被宋兵俘行去汴之时，“万民拥道，哭声动地”[③]；《锦里耆旧传》又记载说，当宋兵初入西川之时，曾引起过当地普遍的反抗运动，陵州（仁寿）、资州（资中）、普州（安岳）、昌州（大足）等地均曾有过武装的反抗运动，而以在金堂县三学山的旧孟蜀指挥使全师雄为其首领。可见当时孟蜀国内人民有着拒抗军事统一的一种普遍情绪，传说中花蕊夫人的诗句“十四万人齐解甲，竟无一个是男儿”[④]，也正是记录了这种情绪。

这种拥护小国分立、对抗全国统一的复国主义情绪（如李后主词中“故国

① 陆游：《老学庵笔记》卷9。

② 勾延庆：《锦里耆旧传》卷7。

③ 张唐英：《蜀梼杌》卷下。

④ 勾廷庆：《锦里耆旧传》卷8。

不堪回首月明中”，也是同一类）好不好呢？关于这，我认为我们应该多方面考虑，而不应简单回答。在商业联络网经五代十国较普遍地发展起来的条件下，宋的统一是不自觉地适应着经济发展的要求，也与我国部族共同体的进一步巩固及其向近代民族共同体形成的趋向相适应的。但第十世纪的小国分立下的人民，不可能理解到这些，也正如宋朝的军事统一者也同样理解不到这些一样，他们双方都是不自觉的。在孟蜀人民自觉的情绪方面，则是一种狭隘的爱国主义，对于入侵者和新统治者的一场反抗，客观上也会产生给宋朝统治者以打击使其接受教训的一种好作用。《续资治通鉴》记载说，淳化五年（994）九月丁丑，“帝以蜀寇渐平，下诏罪己”，在罪己诏中承认“筦榷之吏，惟用刻削为功”，并表示以后要“改而更张，永鉴前弊。”[①]皇朝之外，个别到川中执行政府职责的官吏，从此也知道有所畏惧，“凡官于蜀者，多不挈家以行”[②]了。由此可见，王小波、李顺的起义，不仅是表现了广大农民和新兴小生产者的抗议，而且实际上也给未曾接受严重打击教训的宋朝皇室以“补课式的”打击和教训，使之懂得一点妥协让步的必要。从这些地处观察，我认为我们可以把这场起义认作是黄巢起义的持续与补充。（虽然在时间上，两者相距110年。）

四

从王小波起义结束以后，到徽宗宣和年间“宋江三十六人横行齐、魏”以前，这中间约计又经过了125年，即一个世纪又四分之一的光景。在这期间，社会矛盾自然始终在持续着，不过由于宋朝社会刚刚摆脱了大部分中古式的锢闭，许多新兴阶层都有一定积极性从事于社会生产的发展，土地从全国范围来看尚未严重集中，宋朝皇室的专制主义也还未一下子就发展到严重阻滞生产发展的地步，故在这一段时间之内，较严重的人民起义是缺如的。稍有记载的，如仁宗庆历七年至八年间（1047～1048），贝州（今山东恩县）有王则的起义，这是一场在秘密宗教组织下由兵士和军官劫库兵、纵狱囚、据城反抗的暴动，统治者的记载说，“自反至败，凡六十六日”[③]；与此同时稍后，在皇祐四年至

① 《续资治通鉴》卷18。

② 李元纲：《厚德录》和施彦执《北窗炙輠录》，均有相同记载。

③ 李攸：《宋朝事实》卷16。

五年间（1052～1053），西南少数部族（僮族）人民在侬智高率领下曾有过围攻广州53日（或云57日）的行动。[①]这些事件规模虽然不顶大，但也说明着河北地区有水旱饥民，有不安定的官兵，和发展中的秘密宗教；也说明着西南少数部族的酋长和人民在黄金丹砂等物资的出产和贸易问题上，跟统一国家的皇室方面存在着分歧；同时广州财富的积累，在黄巢起义以后，又已发展到构成为被围攻条件的程度。

但无论如何，宋朝的阶级斗争事件在王小波之后，一定要数方腊的起义了。理由是，在方腊起义时候，无论从统治者方面，或者从被统治者方面看来，矛盾更加成熟了。宋朝皇室到徽宗时候，腐朽性显明地加重了，社会生产的发展从客观上替它提供了可以加紧腐朽的物质条件。据程俱当时一封奏状中反映，从徽宗初年即有各种名色的"纲运"从经济发达的地区或者特定物资的出产地区运往汴京，沿途人力物力销耗甚大，"挽舟之卒，所支口券米无虑若干千石，计工无虑若干万夫。"[②]应奉局、造作局等机构，以半强制收购、半掠夺的方式，从经济发达地区的人民那里无餍足地榨取木材、竹材、漆料、茶叶以及花石玩好之类，严重地破坏着新兴生产者的经营和人民生活的安定。这是一方面。另一方面，从被统治、被剥削者的方面来看，他们在积极经营社会生产中对于剥削和剥夺的不能容忍的程度，也较前发展了。原来方腊起义的地区（即今浙、苏、皖、赣边区），是一个有传统的商业手工业发达的地区，也是一个作为手工业原料的经济作物的生产地区，也是一个财富积累较大的地区。黄巢起义军和吴越国的建国者钱镠，都曾给予这个地区以相当的重视。北宋末的方勺记载方腊起义发动地点青溪（在今浙江淳安县境）附近的情况说，"青溪为睦（州）大邑，东北趋睦，西近歙，民物繁庶，有漆楮林木之饶，富商巨贾多往来"[③]；同时的洪迈也记载了距离睦州不远的饶州（今江西鄱阳）的情况说，"江南为天下甲，而饶人喜事，又甲于江南，盖饶之为州，壤土肥而养生之物多。其民家富，而户羡蓄百金者不在富人之列"[④]；而方腊本人，也正是在自己的经营中切身感到受压抑和摧残的人，当时人曾敏行记载说，"方腊家有漆林之饶。时苏、杭造作局岁下州县征漆千万斤，官吏科率无艺：腊又为

① 李攸：《宋朝事实》卷16。

② 程俱：《北山小集》卷35。

③ 方勺：《青溪寇轨》。

④ 洪迈：《容斋四笔》卷5。

里胥，县令不许其雇募。腊数被困辱，因不胜其愤，聚众作乱。”[①]这里，事情说明得很具体了，经济作物的经营主是时时企图扩大自己生产的，但由于受到专制主义及其地方机构的种种打击，生产不得扩大，反而受到摧残。假如我们可以使用合理的想象来补足的话，那么，不少方腊型的漆园主，以及材料中也偶有反映的茶园主，（《宋史·食货志》记载，在方腊起义失败之后，官府曾经讨好茶园主，表示愿意对他们借贷优恤。）他们受到了压抑和摧残，并且起而反抗，——这不能不是方腊起义的基本线索。

漆园主和茶园主之外，最大多数的起义群众是农民，其中自然也包括着茶园和漆园中的种植农民。在我们看来，这几乎是不需要资料证明的。这种茶农和漆农跟园主中间的关系，从文献中尚无法明确说明，很可能茶农本身就是一个最小的园主，也很可能茶漆农与园主间的关系正处在由地主与雇农的关系向农业中雏型的劳资关系衍变的一个过渡之中。总之，雇募者与被雇募者间的对立尚不明显，而他们在战斗中的一致，则表现得很清楚。至于一般谷物种植的农民，自然更是起义最基本的群众。这从很多方面可以看出来。就战争所涉及的范围来看，仅就统治者压缩的估计，已经是“六州五十二县”，六州指睦州、歙州、杭州、婺州、衢州、越州，而实际上如更南边和东边的温州和台州、东北方的秀州、西北方的信州，都已波及到了。范围这么广，没有一般农民参加在内，是不可想象的。就起义军武装水平较比起官军来处于明显劣势地位的一点，也可以说明一些情况。《宋史·童贯传》说他们“全无弓矢介胄”[②]，《宋会要》中所引当时宋朝臣子曾升的奏疏说，“贼徒虽多，全少器械，惟以人众为援。童子妇人在前，饰以丹黛，假为妖怪，以惊我师；复在巢穴四向设险，阴为陷阱……”[③]这种善于利用地理熟习、人数众多、神秘主义鼓动等条件从事对抗敌人的方式，完全可以被判断是农民大众的方式。再次，就起义充分使用了“食菜事魔”（即摩尼教）这一秘密宗教的广泛组织来看，它的基本群众也应该是农民。南宋的范浚在他的文集中描写道，“江浙之人，传习妖教旧矣；而比年尤盛。绵村带落，比屋有之。为渠首者家于穷山僻谷，夜则啸聚徒众，以神怪相诳诱，迟明散去，烟消乌灭。究之则鬼迹，捕之则易生

① 曾敏行：《独醒杂志》卷7。

② 《宋史》卷468，《童贯传》附《方腊传》。

③ 《宋会要稿》兵类讨逆4。

事。根固蔓连，势已潜炽。”[①]这条材料清楚地说明了秘密宗教在广大农民中的组织作用，方腊起义正是使用了这一有力的组织，发动了农民，并且通过实际的斗争农民们越发认识到组织条件的必要，因而在方腊起义失败之后，这种秘密宗教的组织不是更削弱，而是更巩固和发展了。《建炎以来系年要录》中记有当时官吏王居正的奏疏说，“伏见两浙州县，有食菜事魔之俗。方腊以前，法禁尚宽，而事魔之俗，犹未至于甚炽；方腊之后，法禁愈严，而事魔之俗，愈不可胜禁，州县之吏，平居坐视，一切不问则已；间有贪功或畏事者，稍踪迹之，则一方之地，流血积尸，至于卢舍积聚山林鸡犬之属，焚烧杀戮，靡有孑遗。”[②]从以上这些关于摩尼教信仰者的材料中，我们也可以看出，方腊起义的最广大的群众基础是一般的农民。

一般的农民、种植经济作物的农民、经营经济作物的园主们，——在我看来，这便是方腊起义群众的主要构成。这种构成，假如我们站在社会生产发展的观点上来估量，那么这其中有一般或者比较保守的社会力量，也有新生发展的社会力量。反映到起义的具体事迹上，也正是如此。譬如武器装备的低劣，以及对于神秘主义鼓动力量的借重，这都应该是比较落后一面的反映。但在另一方面，就起义的领导者们对于起义当时全局的认识，我是说，对于当时阶级的压迫和剥削、宋朝国家和辽国、西夏国间的关系以及部族问题与阶级问题间的联系，在这些点上都能够有着相当清醒的认识，这与中古时期许多起义比较起来，真是进步得太多了。这不能不说是有了新兴阶层参加在内的一种标志。记录了这些特点的，是载在方勺《青溪寇轨》一书之末、标着“容斋逸史曰”（容斋逸史很可能就是洪迈的别号）的一段，著名的方腊起义的宣言即包括在此段文字之内。它记载说：

（腊）乃椎牛釃酒，召百余人会，饮酒数行，腊起曰：天下国家，本同一理，今有子弟耕织，终岁劳苦，少有粟帛，父兄悉取而靡荡之，稍不如意，则鞭笞酷虐，至死弗恤，于汝甘乎？皆曰，不能！

腊曰，靡荡之余，又悉举而奉之仇雠，仇雠赖我之资，益以富实，反见侵侮，则使子弟应之，子弟力弗能支，则谴责无所不至，然岁奉仇雠之物，初不以侵侮废也。于汝甘乎？皆曰，安有此理！

---

① 《范香溪文集》卷14。

② 李心传：《建炎以来系年要录》卷76。

> 腊涕泣曰：今赋役繁重，官吏侵渔，农桑不足以供应，吾侪所赖为命者，漆楮竹木耳，又悉科取，无锱铢遗。……且声色狗马土木祷祠甲兵花石靡费之外，岁赂西北二虏银绢以百万计，皆吾东南赤子膏血也。二虏得此，益轻中国，岁岁侵扰不已。……独吾民终岁勤动，妻子冻馁，求一日饱食不可得，诸君以为如何？皆愤愤曰：惟命。
>
> 腊曰，……诸君若能仗义而起，四方必闻风响应，旬日之间，万众可集。守臣固将招徕商议，未便申奏，我以计縻之，延滞一两月，江南列郡可一鼓而下也。朝廷得报，亦未能决策发兵，计其迁延集议，亦须月余，调习兵食，非牛年不可。（俪生按：宣和二年、1120为庚子，其翌年为三年、1121，辛丑，故曰牛年。）……此时当已大定，无足虑也。
>
> 况西北二虏，岁币百万；朝廷军国，经费千万：多出东南。我既据有江表，必将酷取于中原；中原不堪，必生内变；二虏闻之，亦将乘机而入：腹背受敌，虽有伊、吕，不能为之谋也。我但画江而守，轻徭薄赋，以宽民力，四方孰不敛衽来朝?！十年之间，终当混一矣。……诸君其筹之。皆曰：善。①

我们应该好好来分析一下这篇宣言的内容。在我看来，只要这段材料基本上是可靠的，并未掺入进去过多的士大夫分子的渲染、加工甚至歪曲的话(我自己是这样相信的)，那么，其中的认识水平，在十二世纪之初来说，实在是已经相当的高了。第一，宣言简括而深入地表述了阶级的统治和剥削；第二，宣言视当时的两个入侵部族（契丹和西夏）为“仇雠”，表述了这种部族侵略通过本国统治者又转化为阶级剥削的道理，这一点认识更加深入，并且可以说明我国部族共同体在宋时较之以前（如南北朝隋唐）已更加巩固和进步了；第三，宣言几乎是十分周详地表述了起义的策略，对统治者做了估计（虽然这一点没有估计准确），对人民做了估计，对敌国做了估计，对起义准备建立的新国家也做了估计。因此，我以为我们可以承认，十二世纪初的我国劳动人民（特别是其先进的部分），对于当时的社会、国家以及他们自己的命运，已经有了相当程度的觉醒。自然，这跟无产阶级的科学的革命的觉醒，还是远远不能比拟的；但假如我们从劳动人类在其不断地自我解放的过程中由自发逐渐走向自觉的道路来理解问题的话，那么，方腊宣言显然表现了自发运动中已

---

① 方勺：《青溪寇轨》末附“容斋逸史曰……。”

经出现某种程度自觉的宝贵因素。列宁曾说，“中国人民不仅善于梦想自由和平等，而且善于同中国历代的压迫者作斗争。”方腊的宣言，恰巧是对此做了有力的印证。

王小波起义有它自己的新颖特点，方腊起义也有它自己的新颖特点。这不是偶然的，单从地域来看，王小波起于西川，方腊起义起自浙、苏、皖、赣地区，这都是中唐以来经济上新兴因素比较发展的地区。但还有另一个地区，那就是荆、湖一带，其在农业上的新发展，表现为杨么起义的动力。然而杨么起义的当时，情况是比较更复杂了，有金人的入侵，有各种拥宋的或是反宋的民间武装力量的活动，因此，在表述并分析杨么起义以前，我们必需对靖康、建炎间的许多带有阶级斗争气息或爱国气息（不论这种气息是浓厚还是稀薄）的群众活动，来进行一番探讨。

五

金人的入侵，对于宋国社会说，是一种外部力量，但这个外部力量却有力地影响到宋国社会，使其中许多在平时不一定看得多么清楚的矛盾特点，比较平时更复杂的显示出来。在方腊起义的过程中，阶级矛盾和部族矛盾的联系，还仅仅是起义者估计到的内容之一；而到靖康、建炎之际，这一内容已经是起义者面对面的现实了。抗金或者降金，拥宋或者抗宋，在原地区固著或者到处流移——这已经是当时各种民间武装力量所面对面必需选择的态度和方式了。采取何种态度和方式，从表象看来，似乎出自个别领导起义人物的抉择，而归根结底，这种抉择还是客观诸条件起作用的结果。豪民和农民间有所不同，未丧失土地的农民与已丧失土地的农民间又有所不同，老式农民和新兴农民间又有所不同。此外，宋朝皇室对待人民的态度和金兵的态度不同，而宋朝皇室自身措施的转变间又有不同，甚至不同的宋室军队将领间的措施又有不同。这一切，在我看来，就是形成靖康、建炎间各种复杂情况的客观条件及其间的差别。

现在，我们分头来说。

譬如当时“两河”地区，即今晋东南、豫西北地区，有所谓“忠义民兵”，或曰“忠义巡社”，就是当时民间武装力量的重要类型之一。这支力量所在的地区，是金兵南侵所经之地，当时金人落后和残酷的诸特点较比以后是保留得更多的，因而直接激起所过地区人民的激烈反抗，是很自然的；再者，山区中自然经济的保留较多，商业的瓦解作用和土地兼并的破坏作用一般说是较小的，更加以宋朝皇室有意地将沦陷地区土地配给农民，使之更踊跃地保家卫国，又起了一定的固著作用。熊克《中兴小纪》记载说，“张悫言：三河之民，怨敌入骨，欲歼殄之。请依唐人泽、路步兵、雄边子弟遗意，募民联以什伍，而寓兵于农，使合力抗敌，谓之巡社。……诏：委付悫，遂著为法。”[1]在这类民间武装力量的性质里，就很自然地带有积极一面（这是主要的），也有其局限的一面。积极的一面是，战斗人员比较牢固地附著于土地，而这土地的授予又是以宋朝皇室诏令为根据，故这类武装多能坚持抗金拥宋的政治立场，在爱国主义态度方面不大容易发生动摇。其局限性则在于容易接受封建政权之正统的控制，发挥人民主动性的可能较小，譬如它的制度，“每五人为一甲，五甲为队，五队为部，五部为社。各有长。至五社则为都社，有正及副。如两都社及万人以上，择土豪二人为都副总辖，其借补官之制，则万人以上，成忠郎；千人以上，保义郎；八百人以上，承信郎。”[2]后来张浚在川陕地区也曾举办过类似“巡社”的民间武装，也是首先强调由政权控制，“五十人为一队，置队长，以知县为军正，尉为军副。”[3]这样由政权控制的结果，当政权鞭长莫及或者抗金总政策发生动摇之时，这种孤立一隅的武装最容易被敌人消灭，或者自动消沉下去。如太行山北段五马山寨的马扩，太行南段“八字军”的首领王彦，便都是经过了一场热烈的战斗之后，便被金兵困陷或者转移到南宋的其他辖区去了。

当时另有一类在特点方面似乎刚好与“忠义民兵”或者“巡社”形成为一种对照的，是所谓“山东群盗”和“军贼”。这两个被统治者所制造和使用的名称，其涵义有类似之处，也有些区别。大约规模不顶大、武装不顶强、流动的地域范围不顶广泛、给予宋朝官兵的对抗不顶严重：这样的往往被称做“群盗”；反之，则被称为“军贼”。它们的共同特点是大都反宋，并且政治态度变化很多，变动很大，有的反宋抗金，有的反宋而不抗金，有的时而反宋时而拥宋，时而抗金时而降金。发生这些特点的根源，我们也仍需向社会经济方面去寻找。大抵北宋中末之季，山东土地已有相当严重的集中，京东地主普遍

① 熊克：《中兴小纪》卷2。

② 熊克：《中兴小纪》卷2。

③ 罗大经：《鹤林玉露》卷1。

使用“添租划佃”等恶毒办法来加重对佃户的剥削，迫使一部分农民被从土地上“划”去，成为流民。宋江等“三十六人横行齐、魏”的群众，应该就是这类流民。到靖康南渡，所谓“天下无主”，这类流民力量就越发蓬勃起来，形成为枝派分歧的民间武装势力。但不管多么分歧，它们至少有着一个共同的基本特点，即不固著于土地，从土地和生产上游离出来，到处流动。这种不固著于土地、不固著于生产的群众，其政治态度往往不巩固，也是很自然的现象。

让我从最小规模的说到最大规模的。当时沿勃海一带，有小股民间武装力量，聚居海岛，如沧州人李齐聚众据沙门岛，密州人徐文据灵山岛，莱州人徐温据徐福岛，[①]他们的政治态度各不相同，但由于跟大陆联系不多，故对于整个局势影响不大。在山东半岛地区，武装力量的作用就较大一些了，如自博州（今聊城）一带迤逦至于莱州的宫仪，在密州原为节级、杀知州起义的杜彦和李逵，在潍州有土兵阎皋、小教头张成，这些人各自号召流民，组织武装，掌握地方行政权。按照正常的情况推断，南宋皇室对他们是一定要下令讨伐的，但由于他们是在较远的“沦陷区”，宋兵鞭长莫及，于是乃行笼络之策，宋高宗赵构于建炎三年五月曾有诫谕李逵、宫仪、张成之敕，说什么“保此数州之地，皆尔诸将之功。”[②]这几枝武装力量的政治态度大都是反宋的，至少也是倾向于独立的，带有一定的人民起义性质，对金兵是坚决抵抗的。但也许由于力量究竟不大，故从文献中看来，他们这几枝武装还没有向较远地区流动的迹象。

流动的武装集团，比较典型的有刘文舜、邵青、张荣这三枝力量。他们流动的方向，都是自山东向洪泽湖、淮水下游地区发展。刘文舜原是济南的一个僧人，还俗后带领一枝由商邱勤王回来的流民武装向淮水地域流动，他一度曾受南宋官职，但终于在江西饶州被南宋将领王德所杀，部下自然就被吞并，成为“官军”的一部分了。邵青、张荣是两个水上武装力量的首领。邵青是济南府的一个梢公（驾船人），平素替窑务上运送柴草，建炎三年，带领一枝水上武装，在楚州、泗州一带活动，不久受南宋招安，隶属在杜充的部下。当金兵渡江之时，宋室军队多不敢抗敌，独邵青部对金兵进行过一定的抵抗，是起过保卫祖国领土和人民的积极作用的。但当他们驻军太平和镇江的时候，文献记载中又保存了不少关于他们如何损害人民、杀人放火的事迹，后来，在崇明

① 徐梦莘：《三朝北盟会编》卷155。

② 徐梦莘：《三朝北盟全编》卷129。

岛，这枝武装力量终于被宋室将领刘光世所收编，成为了“御前水军”的七军之一。张荣是梁山泊的打鱼人，组织水上武装力量，抗御金兵，外号叫“张敌万”，后来也被刘光世收编去，成为“官军”了。[①]我们试问：他们为什么流动？为什么不约而同地自北而南移动？为什么下场都被“官军”吞并收编以去？根据我个人的理解，这些武装力量的群众多无土地与农业生产可以固著，故而流动；其流动的目的在于寻求生活，淮南、江南物产丰足、财富充斥，故他们多向南而去；至于被吞并收编，一方面是在军事上受到打击后的结果，另一方面“吃饷为兵”也是找不到土地和农业生产可以附著后不得已的一种自我安插方式。

比较以上所述刘文舜、邵青、张荣集团的规模更大，流动地区更广泛的，是所谓“军贼”。当靖康、建炎之时，属于“军贼”类型的人物和集团是很多的，而最著名的是李成、张用、王善和曹成这几个。李成原是民兵出身，是雄州归信县（今河北雄县）的一名“弓手”，曾因“累功，知归信县”，金兵入侵，雄州弃守，李成“率其众数万人，各携老扶幼，渡河东归”。[②]宋朝曾委派他担任防御使、捉杀使那样的高级军事长官，但又顾虑他的势力太盛，就第一步想把他的力量分散削弱，第二步再干脆予以荡平。但这个策略未能实现，反而造成了李成长期抗宋的结果。他自建炎二年八月到绍兴元年六月这样差不多三年的岁月之中，带领着这枝庞大的河北武装流民在江淮之间活动，自宿州历泗州、滁州、全椒、六安、舒州、江州、蕲州等城市，辗转迤逦，一方面跟宋室“官兵”进行一些汉族内部对消性质的作战，另一方面也从行军所过各地夺取一些财物，以维持部队和老幼们的生计。最后，在汉奸刘豫伪齐政权的招募开荒屯田给种等诱惑之下，不惜堕落到降敌去了。李成之外，有张用、王善和曹成。张用，是相州汤阴县的一名“弓手”；王善，濮州人；曹成，大名府外黄县人，为兵，善射。这些人的出身，大抵与李成相类似。他们各率民兵，受宋室汴京留守宗泽的节制，与岳飞、桑仲诸部同是驻守汴京四郊的拱卫部队。宗泽死了，杜充接替他的职务，阴谋发动内战，企图消灭张用、王善等部。殊不知民兵实力强大，“官军”反而挫败。从此之后，张用、王善和曹成便也走上了反宋和流离作战的道路。王善后来消极了，竟投降了金人；张用、曹成率众一直武装流徙，到今湖南、贵州、广西毗连地带的袁州、道州、贺州、连

① 见《杂会编》32、33及《要录》127、128诸卷。

② 《三朝北盟会编》卷118；《建炎以来系年要录》卷7略同。

州、邵州等处，终于被岳飞和韩世忠分别吞并改编了。

这些较大型的流民武装集团，其作用对于当时的社会国家说，消极意义是很大的，也是主要的，因为他们在部族危亡关头，主要不抗御金兵而是跟本国“官兵”相对消。但有些另外的因素也值得我们考虑，第一，他们本来是爱国的，其转而抗宋，是宋室政策错误所引发；第二，就社会意义讲，他们是流民，无土地和农业生产可以附著，离乡背井后又迄未能在江淮间获有重新附著土地的机会，宋朝皇室也迄未在这方面谋求安插，因而导致他们长期依靠武装剥夺来维持自己，助长着消极作用的发展。由于他们受到宋朝统治者的种种迫害，由于他们始终得不到安定生活的安插，故在他们的武装活动之中，往往带有起义和阶级斗争的气息。《建炎以来系年要录》记载张用和王善在进攻蔡州前夕对于起义的问题的意见分歧说，“（王）善整兵欲攻淮宁。（张）用不可，曰，吾徒所以来，为乏粮耳，安可攻国家之郡县?!（王）善曰，天下大乱，乃贵贱贫富更变之时，岂可止于求粮而已。”[①]由此可见，他们中间有的单纯以解决生活问题为目标，有的则更深刻些，进一步接触到阶级关系的变动问题了。虽然他们当时受到时代条件的局限，无法实现阶级关系的变动；但他们这种蒙眬的要求“贵贱贫富更变”的思想，却无疑含有时代的意义，这跟王小波、李顺起义的“吾疾贫富不均，今为汝均之”，五代十国时南唐蕲州褚佑起义的“能使贫者富，富者贫”，以及不久以后钟相起义时所号召的“等贵贱，均贫富”——连成了一条完全一致的社会思想的连锁，和统一的氛围。

在“军贼”这一类型之中，除李成、张用、王善、曹成外，尚有丁进、杨进、刘忠、桑仲等，其表现也都大致相类似。此外，复有更恶劣的一种名符其实的军贼，只知屠杀人民、掠夺财富，毫无起义和阶级斗争的气息，如孔彦舟、戚方、靳赛、范琼之流，他们的活动对于社会只起消极作用，毫无一点一滴值得肯定的意义。其具体情节，不在此一一缕述。总括起来，从李齐、范温、徐文到李逵、宫仪、张成，再到刘文舜、邵青、张荣，再到李成、张用、王善、曹成、丁进、杨进、刘忠、桑仲，甚至连孔彦舟、戚方、靳赛、范琼也算在内，作为一种群众活动来估量，他们都是由于金兵入侵而引发的北方农民脱离原生产组织后组成的各种军事集团，他们由北而南，谋求再次结合到生产中去。但南宋皇朝的政策、南方地主经济的发展和土地的分配情况，以及南北

① 李心传：《建炎以来系年要录》卷19。

地域人情上的隔阂，从各方面来阻止这一严重社会问题的解决，使它一直在三五年中拖宕下去。后来，这个严重社会问题是通过了一些极不正常的方式，如南宋“官军”的残酷剿杀消灭了一些有生力量，剿杀过后又将剩余人力收编去使其当兵吃饷，伪齐刘豫用开荒屯垦等号召吸引一部分生产力回北方的“沦陷区”去，——通过这些方式，才慢慢解决下来。后来韩世忠、岳飞、刘锜等军事长官各在其辖区内吸收人力兴办屯田，说明他们也曾感觉到这个人民脱离生产问题的严重性，从而就各自的权力所及，企图推动这个问题的趋向于解决。

假如我们说两河地区的“忠义民兵”或者“巡社”替靖康、建炎之际的民间武装力量提供了第一种类型，由山东河北流民构成的“群盗”和“军贼”又提供了第二种类型的话，那么豪民之兵将是第三种类型，以杨么起义为代表的正常农民起义将是第四种类型了。说到豪民之兵，在当时是有的，但在全局中比重不大，如在靖康之初，汾、晋沦陷，当地官吏即曾企图借土豪之力，“约复故地，则奏官为首长，听世袭”[①]；又如在洛阳伊水流域，也有翟兴、翟进、翟琮等兄弟父子率部起兵抗金，金人畏之，呼为“大翟小翟”；再如在泗州招信县横山地方，有土豪刘位“分乡民为军，使诸弟侄各统之”[②]，并且由于他的地区正是自北而南流亡人民必经之道，故他有充分机会吸收人力物力，以求地方性的自保。到南宋中末季，与此类似的社会势力在江西也出现了不少。这种民间武装力量，带有浓厚的中古型部曲家兵的气息，因此从阶级性质方面来看，这种武装的社会意义不是多么值得重视的；并且事实上，他们抗金的坚持性也不强，仅只是代表一个类型罢了。

钟相、杨么在洞庭湖地区的起义，就是与上述诸类型的武装力量在性质上相并列，在时间上相连接发生的一次人民武装抗宋的重大事件，由于它的意义的重要，我们在下面用专辟的分节来叙述并分析它。

六

钟相、杨么领导的起义，首尾六年（1130～1135），在时间的持续上不可谓短，在宋代一般缺乏较大规模农民起义的历史上，也颇引人重视。但在我看

① 《宋史》卷447，（忠义）《徐徽言传》。

② 徐梦莘：《三朝北盟会编》卷134。

来，最值得我们重视的，倒还是它的阶级特点和性质。这些阶级特点和性质，最好是通过拿它跟同时代诸民间武装力量——“忠义民兵”、“群盗”或“军贼”、豪民之兵等来进行对比，在充分的求同求异中来发现新颖的事物。

首先第一个特点被我们很容易就可以找到的，是钟相、杨么起义不脱离洞庭湖地区，不脱离农业生产，不到处流徙。在这一点上，它是与“群盗”和“军贼”严格区别着的。钟相初起义，据《三朝北盟会编》所记载，就有一定的地域范围，即所谓7州府19县。这19县是，属鼎州者，有武陵、桃源、龙阳、沅江；属澧州者，有澧阳、安乡、石门、慈利；属荆南府者，有枝江、松滋、公安、石首；属潭州者，有益阳、宁乡、湘阴、安化；属峡州者，有宜都；属岳州者，有华容；属辰州者，有沅陵。这样一些地名，立刻会在我们脑海中提供一个一定的地理范围，即北界长江，东界湘江，西南两面界于湘西和湘中的山地，成为一个上底边向东、下底边向西的梯形地域。六年来的战斗不超出这个地域，不进入较远方的山地，牢固地附著在洞庭湖，这是为了什么？显然，这是对农业生产和渔业生产的附著。文献史料中也记载说，他们“春夏耕耘，秋冬攻略”，又说他们“陆攻则入湖，水攻则登岸”[①]；《中兴小纪》记载当时主要的镇压军官王琼在军事上无法取胜之余，“乃复遣兵蹂践贼禾”，又记载当时负着镇压事宜的军政全责的张浚，在释囚劝降时说，“今既不得保田亩稼禾，必乏食，且馁死矣，不如早降不死。”[②]从这点为数不多的资料中，我们已经可以断言，杨么的起义群众绝不是流民，他们是牢固在生产上的农民。但是第二，他们究竟是怎样的农民呢？史料中提到他们的首领杨么或者杨华、杨钦时，都说他们是“税民”，或曰“税户”。原来他们是向朝廷缴纳“二税”的个体农民。鼎澧逸民的《杨么事迹》中记载当时另一镇压军官程昌寓企图招降杨华时候的情况说，“招谕杨华等放散徒众，著业耕种，复为税民。杨华本是税户，颇晓事体……”。[③]可见这些群众本是“奉公守法”之民，他们之所以起义是由于受到客观的逼迫，生产事业持续不下去，才起义的。起义是为了保卫生产，妥协也是为了可以重新回到生产。故岳飞的奏疏中记载杨钦被招降的经过说，“（杨钦）带到本寨徒众老小约一万余人，大小舟船八百余只，

① 李心传：《建炎以来系年要录》卷73与90。

② 熊克：《中兴小纪》卷16与18。

③ 朱希祖：《杨么事迹考证》。

牛五百余头，马四十余匹，并到军前。”[①]这是连同老幼舟船牛马一齐带来，准备重新回到生产中去的生动迹象。但是我们试问，是什么样的客观逼迫逼得这些如此留恋生产的农民起来坚持六年的反抗呢？回答说，是朝廷赋税烦重，地方官吏贪污刻剥，地主霸田反而嫁税于贫民，——这样三个联系在一起的根源。我们试看当时当地的学者和官吏胡寅与李光对起义根源的分析，他们的话比较后人是更富有说服力的：

> 民叛与兵叛不同。如虔贼，向来岳飞非不讨杀，亦有已见净尽之言，终不能绝，尚跨四路出没，何也？州县非其人，归业不可，宁为寇耳。水寇（按，指杨么起义）本缘政烦赋重，加以任人速之，一日两郡响应。所欲杀者五等人，以官吏为最，独免执耒之人，其心可见矣。[②]
>
> 虔寇之出没三路，杨么之梗塞两湖，非由敌兵，实自郡县政烦赋重，民不聊生，坐使善良，化为怨敌。[③]
>
> 湖南缘大兵之后，继以“月桩”重敛，又州郡县道鲜得人，故民力大段困乏，怨咨日甚。村落穷民，有私制绯衣，以俟盗起者。[④]
>
> 本路自金人蹂践，继以李成、曹成、刘忠辈，驱虏劫掠，十室九空，其被害者比他路尤甚。频年以来，荆襄屯驻大兵，州县有“月桩”之数，不免科烦。百姓避税役之重，不敢复业。以舟楫为生者，或夺充纲运；以网罟为业者，则籍为水手。差徭例及于贫民，营田抑配于上户。民不为盗，则将坐以待死耳。[⑤]

这说得很明白了。原来荆湖地区初经金兵的蹂践，继经“军贼”们的骚扰，宋朝皇室不但不给予当地人民一些豁免税役的照顾，反而实行了吕颐浩等的办法，命令各层行政机构从酤榷等项中按月“桩办”钱财，供赡诸路大兵，再加以官吏贪污，从缴银的钱两折算等方面百般苛取自肥，这就逼得人民为了逃避过重的税役，不敢继续操作自己的故业；再加以地主霸占公家配发的土地，并将地主应缴的税役等钱巧嫁到农民头上：这样积累起来，农民除了起义

---

① 《岳忠武王文集》卷1，《奏疏·奏招杨钦状》。

② 胡寅：《斐然集》卷17，《寄张德选》。

③ 胡寅：《斐然集》卷17，《寄折帅》。

④ 胡寅：《斐然集》卷18，《寄张相》。

⑤ 李光：《庄简集》卷12，《论盗贼事宜状》。

之外，已无别路可走。但是，我们试再追进探索一步，即全国农民为数甚多，为何特以荆湖农民起而反抗呢？在这里，我不能不再一次重复提及本文第二节里所引胡宏信中的那段材料，即在荆湖一带当时颇不少“丁口蕃多，衣食有余，稍能买田宅三五亩，出立户名，便欲脱离主户而去”的人，根据我个人的理解，在典型的中古封建社会开始分解以后，在农业生产方面，只有这种新兴的自耕小农才是最发生兴趣于生产的，最留恋乡土及其上的生产环境的，对迫害的感觉是最锐敏的，对统治者的剥削和压迫是最勇于反抗的。文献中所说的“税户”或者“税民”，据我理解，最主要的应该就是这一类的新兴小农。试看钟相最初以秘密宗教组织起义，除使用“等贵贱、均贫富”和“杀官吏”等宣传要点之外，复有一点极应引起重视的，即他宣传说，信奉了他的道门会使大家“田蚕兴旺”，而在这“田蚕兴旺”四个字中不正好是反映了新兴自耕小农们的最亲切的憧憬吗？钟相用这一点来号召，恰好说明他抓住了鼎澧一带农业劳动者最基本、最普遍的心理状态。可惜，关于杨么起义更有价值的资料，譬如说象方腊宣言那样的文献，没有保存下来，因此我们今天无法做出更充足的推断。但《建炎以来系年要录》中也曾提到杨么他们“文榜指斥，言词不逊”[①]。只是究竟怎样地指斥，如何的不逊，已经不可得而知罢了。

我们只有在掌握了上述的阶级特点之后，我们才能够更明确地看出王小波、方腊、杨么诸次起义间的共同点，顺便也可以更顺利地理解杨么起义中的某些情节，譬如，他们何以能够坚持六年，屡屡挫败官军？为什么他们能够打造许多船只（庞大的“车船”和轻便的“海鳅船”），在战争器械方面有不少的创造发明？他们的部族立场何以如此坚定，如当伪齐派遣使者前来约会共攻宋室，“得州者做知州，得县者做知县”，而起义者们则用酒灌醉了这些使者，把他们都淹毙于重湖之中？并且最后，为什么岳飞来后没有经过多少军事接战就能把一场起义弄得平息了？原来历史上只有新兴的阶级和阶层，才能较比一切腐朽的阶级阶层更勇于争取自己的命运，更善于使用一切可能的创造发明为自己新兴命运的昌盛而服务，也只有他们才更关心自己的国家和部族，更容易接受统治者对他们在社会生产方面的安插和让步。这些情节，都是跟“税民”或“税户”们的新兴意义与作用密切结合着的。

这个新兴力量在荆湖一带一直生长和斗争下去，到了明朝中晚季，他们

---

① 李心传：《建炎以来系年要录》卷60。

有了更长足的进步，也促进了社会中更尖锐的分化。顾炎武在《天下郡国利病书》中说，“长沙土野沃衍，下有洞庭之输，泉源瀵出山阯，故鲜水旱，称善郡。其民穊穄，而事钱镈，以殖衣食，无所仰于四方。乃他方游民，张颐就食其间，居停之家，一喜其强力足以任南亩，往往僮仆畜之。久而游民多智辩，过其居停主人；其主人亦逊谢，以为不及。因请诸赋役，愿与共治，或就硗确荒芜田予之垦，而代缮租赋，不以实于官。及其久也，游民或起家能自稼穑，异时居停者或稍凌替，致相倾夺！……故主户强则役客户，客户强则累主于狱，兴而不可已者，其来渐也。”[①]可见自从十二世纪杨么起义时候就存在的主户客户间的矛盾，新兴自耕农与地主间的矛盾，到十六世纪末，十七世纪初，历四五百年不仅老问题依然基本存在，且又增添了新的变化，形成为“投靠”“夺产”一类更复杂的事件了。这留在另文中再去详论。

七

南宋皇朝的统治，自十二世纪初到十三世纪末，持继了153年（1127～1279）。在此期间，阶级斗争事件继续不断地发生着，但自杨么起义以后，许多次阶级斗争的表现，往往是规模不顶大，内部结构有些分散，其特点也往往与黄巢、方腊、杨么诸次起义所表现过的大体一致。因此，我们有理由把南宋中晚季的许多起义，就其性质说，认为是前述诸典型起义的持继，而并不是另外的新阶段。大约在南宋统治的一百五十余年中，每隔50年，社会矛盾就要有相当的积累和加重，从而发生一回较大的起义浪潮。在高宗的建炎、绍兴时期，有山东、河北的“群盗”和“军贼”，有洞庭湖区杨么的起义，有所谓“虔吉之贼”，有福建范汝为领导的起义；事隔四五十年，到孝宗的乾道、淳熙年间，又出现了两湖、江西、福建一带的茶民起义（统治者把他们叫做“茶贼”），这次较大集中的茶民起义，原是由许多次同类性质而又规模更小的起义积累酝酿而成；再隔四、五十年，到宁宗的开禧、嘉定和理宗的绍定、端平年间，在南方的闽广地域，又爆发了以贩盐者为领导，以摩尼教为组织动力的农民起义（统治者把他们叫做“盐寇”或曰“魔贼”）；在北方，在宋、金接壤地区，又兴起来不少枝抗金但也反宋的农民武装，由于他们都头裹红帕，身穿红色软甲，故金、宋统治者都同样地呼之为“红袄贼”。大体地说，茶民起

① 顾炎武：《天下郡国利病书》卷72；《湖南通志·卷末杂志·纪闻》卷1亦转载。

义、盐民起义和北方抗金的红袄军起义，就是南宋中末季近百年来所曾经发生的阶级斗争的主要事迹。

我们现在来看一看，它们为什么是，并且怎样地是前述诸典型性质起义的持续。

先看茶民起义。茶民群众的发生，应溯唐末以来茶叶逐渐成为人民普遍必需品的社会事实；他们的起义与统治者对茶叶行生产贸易所规定的法制（即所谓"茶法"）密切相关。大约茶法比较松、比较倾向于自由贸易的时候，茶民多能安定营生，反之，即当茶法规定很紧，国家的统治和剥削加重的时候，茶民便被迫起义。宋朝一开始，便把茶叶看作是榨取税钱的主要来源之一，行"官包榷卖"之法，这对国家收入极有利，对官吏贪刮也很方便，但对生产者和贸易者却很不利，因而引起象王小波那样"贩茶失职"的人的反对。不仅人民反对，某些士大夫也提过抗议，北宋度正有诗云，"小苏抗章论，大苏以诗攻"[①]，可见苏轼、苏辙兄弟们就不赞成"官包榷卖"的办法。仁宗嘉祐四年（1059），朝廷自上而下地把"官包榷卖"变动为"自由通商"，这对此后四五十年间茶行的繁荣起了很大的促进作用，虽然官方收入不免稍有损减。到徽宗时，统治者的贪婪加重了，外族的入侵也加紧了，乃变"自由通商"的政策，复行"官包榷卖"。更加以造作、应奉诸局的暴横掠夺，遂引起了在方腊领导下茶漆园户们的激烈反抗。

方腊反抗运动之后，紧接着是金兵入侵和北方中原的沦陷，宋室统治者不但没有吸取应得的教训，反而由于领土日蹙，税源日损，更加重对人民的剥削。"上供"、"马草"、"月桩"、"版帐"等名色之外，复行"盐引"、"茶引"的制度，从盐和茶上来加重税收。制盐贩盐种茶贩茶之人，都须向官家纳缴重资领取"盐引"、"茶引"之后，其生产与贸易行为方为合法。后来，"盐引"、"茶引"形成为一种摊派，无论你是否制盐贩盐，无论你是否种茶贩茶，你也须按资财等级被官府派给盐茶引的负担。这样弄得茶叶一行中无法合法地种，合法地卖。而人民用茶的生活需要又无法抑制，加以中原和北方沦陷地区更是迫切地需要南方的茶，于是私种私贩者日渐增多。《中兴小纪》记载说："鼎、澧、归、峡产茶，民私贩入北境，利数倍。自知戾法不顾，相去为盗。由引钱太重，贫不能输，故抵此。"[②]这跟唐末引发盐贩们的武装走私以及更大规模的

① 度正：《性善堂稿》（见四部珍本丛书）。

② 熊克：《中兴小纪》卷37。

武装起义的历程，几乎是性质一致的。

茶民的起义，从高宗的绍兴年间即已零星发生，那时距离杨么起义的结束为时不远。起义的地点，有时即在杨么起义的同一地区——鼎、澧二州，有时也发生在赣州以北的兴国府一带，这都是些茶民比较多的地方。较小规模起义积累的结果，爆发了孝宗淳熙二年（1175）的赖文政起义。赖文政，是荆南府的一名"茶驵"（即茶叶商行的经纪），起义时他岁数已经很大，他领导起义军自荆湖入江西，再入广南，声势浩大。后来，他被南宋皇朝的江西提刑使辛弃疾诱杀了，起义才慢慢平息下来。但与此同时前后，复有李金、陈峒、李接、沈师等也纷纷领导起义，客观上互相配合着，形成了孝宗末年人民起义的一度高潮。

再来看以摩尼教为组织动力的盐民起义。这种盐民起义的发生，在时间上多半发生于理宗的绍定、端平年间，这时距离南宋之亡已经只有半个世纪了，在地域上，多半发生在赣、闽、广边界的山地一带。这不是偶然的。原来这一带地方的人民长期以来吃盐不方便，因而武装私贩粤海食盐，已有相当长久的历史传统；加以南宋末疆土更蹙，税源更少，乃只能在盐上横征暴敛，遂引发起义。《宋史·食货志》记载说，"虔盐弗善，汀故不产盐，二州民多盗贩广南盐以射利，持甲兵旗鼓，往来虔、汀、漳、潮、循、梅、惠、广八州之地，与巡捕吏卒格斗，则起而为盗。"[①]为首的江西有陈三枪和张魔王，福建汀州有晏头陀，他们都以摩尼教或弥勒教为发动起义的组织动力，从闭塞的山地中人民若干"砦"若干"峒"地结合起来，参加了他们领导的起义队伍。象这类的起义活动，跟王仙芝、黄巢在350年前的活动，就越发显得类似了。

较比南方的盐民起义同时稍早，北方发生了红袄军的普遍活动。事情是这样的，由于蒙古强大兵力的南下，当时盘距在我国北方和中原的金国，受到军事上的胁迫，并从而产生经济上的困竭，乃加强对其统治区中汉族人民的掠夺，因而汉族人民纷纷发动抗金起义。象这样的起义军，在河北平原和太行山的边缘地区上，也有小规模的出现；较比规模稍稍大一些、跟金人战斗更强烈些的，则是山东的红袄军。他们起初在一个益都人杨安儿领导之下，杨安儿死后就由杨安儿的妹妹杨妙真和她的丈夫李全领导，在莒州一带从事抗金活动；另一枝红袄军由刘二祖领导在沂蒙山区中进行抗金的战斗。由于在金人占领

① 《宋史》卷182，《食货志》。

下，北方社会经济受到种种的摧残，原来在宋朝统治下也曾有过一定发展的手工业、商业都凋弊了。故从社会经济方面着眼来观察红袄军，将不会看出多末显著的新颖特点来。在许多方面，他们的特点与靖康、建炎间的“群盗”和“军贼”颇有类似之处。跟农业生产的基本脱离，政治态度的容易发生摇摆，这都是他们间的共同特点。不过红袄军抗金的坚持性较强，抗金的时间也持续得较长，这说明红袄军较比建炎“群盗”和“军贼”具有更大一点更多一点的积极意义。

八

现在，我们应该把北南宋的阶级斗争事件总括一下，求取它们的一般表现和特点了。但应当说明一下的，是宋朝，也如任何一个其他朝代一样，是一个历史上人为的段落，是由于某一皇室的政治统治而被划出来的历史段落，而不是一个不以人类主观意志为转移的经济发展的自然段落。但我们也不应该把自然段落与人为段落截然地隔离开来，认为它们丝毫不相联系。实际上，某些人为段落的开始或终结，也往往反映了某个自然段落的开始或终结。譬如，作为人为段落的宋代和明代，无疑在我国封建社会由其典型期向其开始分解期发展的过渡中，具有相当重要的典型意义。因此，我们遵循着某些人为段落来找寻自然段落的特征，我看也还是完全可以的。

我们试来分析一下宋代的劳动者和生产经营者的一般情况。在农业方面（它在社会生产中占有很大的比重），农民在阶层方面的分化，是中古时期所没有的现象。在典型中古时期，农民主要是农奴，性质比较单一，虽然有的农业奴隶的味道轻一点，有的重一点，带有奴隶残余和军事隶农的某些特征，但那仅是量的差别，在质上他们差不多都是农奴。自中唐以后，特别到宋朝，情况就显然不同了。农民群众受剥削受压迫的情况，结合着地域不平衡的特点而有了差异。在某些地区，如川、陕地区的“旁户”和抗金初期太行山区的“巡社”，其典型中古的某些特征就比较保留得多些，或者被人为地恢复了一些，这就构成为一类。其次，在山东，或者如宋朝人习惯称呼的“三河”地带（河中、河东、河北），近古期地主经济已经有了一定程度的发展，由于土地兼并和“添租划佃”的结果，从农业生产上排斥出并游离出来相当大量的人口，成为流民。从贝州王则，到京东宋江，到建炎的“群盗”和“军贼”，到红袄军，其群众基本上是这一类。对比起明朝来，应该说宋朝的流民问题还不是多么地严重，其数量也不象明朝那样庞大，但他们是近古期流民这一点，则是没有问题的。那就是说，作为流民，他们的性质跟东汉时候自上古小农村社中瓦解出来的流民群众，是有着历史阶段的差别的。这类群众在阶级斗争中的表现，是他们能够替阶级斗争提供广大的群众来源，但也往往替起义带来流寇主义倾向，以及政治上的摇摆不定等。作为宋代农业劳动者的第三类的，是象杨么起义中荆湖的农民，在这一类农民身上带有极浓厚的新颖意义，因为他们是一种积极要求尽可能摆脱封建隶属和封建锢闭的阶层，他们是作为新兴小生产者的个体小农。在我看来，这个阶层在我国历史上只有北宋中晚季和南宋初中季时候，在荆湖地带出现得最为完整。在均田未崩溃前，它是不可能出现的；到明代和清代，它又分化并且在性质上复杂化了。

再来看手工业的生产和经营以及商业的经营方面。谈到这一方面，我们必须体会到一点，即观察社会生产和经营的不断分工，总是马克思主义者理解社会发展的重要线索之一。而根据这一线索来对待我们的主题，我们将会发现宋代社会正处在社会分工的一定阶段，即这时候农业跟手工业商业的分工，虽已经有了极其初步的明显，但手工业跟商业的分工则不能说是明显的。我们根据什么来这样说呢？我认为，我们从王仙芝、黄巢、杨行密、徐温，到王小波、李顺，到方腊、杨么、范汝为，到赖文政、陈三枪、张魔王等这一连串起义的诸感性材料中，可以印证到这一点。在那些起义中，制盐者和贩盐者的差别是不大的，种茶种漆者和贩茶贩漆者的差别也是不大的，园主和园工间的差别也是不大的，新兴农民中富裕者跟贫微者中间的差别也是不大的。更进一步说，这些自身尚未明显分化的小生产者，在阶级斗争中与广大农民的分离，也是不严重的。往往是手工业生产者和商业经营者带头，而农民担任最广大的群众基础。以宋朝历史上表现得最为完整的这一类阶级斗争，带有相当浓厚的综合气息。它们是农业生产者、手工业生产者和经营者、商业经营者们在农民战争中浑融的联盟，而不是分化。

形成上述情况的原因，据我个人理解，是由于宋朝时候封建末期的城乡对立尚不十分严重，真正的、比较成熟的封建末期的手工业商业城市尚未成熟，市民与农民间的分化不十分明确。这种情况，假如我们从研究农民战争史的角度来对待它，我们是应该兴致勃勃的，因为这个阶段为农民战争史提供出很多丰富多彩的资料，从此以后这种综合性的农民战争便趋于分化并从而衰褪了，它被分道扬镳的流民起义和市民暴动两者的分立所代替。然而，假如我们从研究我国资本主义萌芽问题的角度来对待这些情况时，就会感到，宋代的阶级关系对于资本主义萌芽的发生和发展来说，显然尚处于较早期的阶段。城市力量表现为跟农村力量的融和，这显然不是促进资本主义萌芽发生发展的最有利的条件。

列宁在他的经典著作《俄国资本主义的发展》一书的第二章，特别是在该章的"结论"部分，有些总括性的论点对我们所谈论的内容是极富有指导意义的。他指出，在农业资本主义形成过程中的重要因素，是小生产者的分化。这个"分化"，他指出不应该限于发生财产不平等的那种"分解"，而是农村居民中新类型的阶层把旧农民排挤。这些新类型，列宁指的是"农村资产阶级（主要是小资产阶级）和农村无产阶级，农业中商品生产者阶级和农业的雇佣工人阶级。"[①]这些类型的出现，才是使得商品经济占主要地位并使资本主义生产成为可能的社会基础。根据这些论点来考虑宋代的阶级情况，我认为财产不平等的"分解"也是极初步的；至于"分化"，即小有产者的分化，则似乎比较遥远。因为从宋代阶级斗争事件中看出，小有产者才刚刚发生，在三四百年中初步发展，他们还比较是一个浑融的整体，而还远不曾发生明显的分化，即还远不曾分化为足以构成商品生产占主要地位的社会基础的地步。

1957年7月写于青岛山东大学

1958年3月校订于兰州大学

《兰州大学学报》1958年第1期

① 列宁：《俄国资本主义的发展》中译本页129～130。

红袄军史事补记

三十年前，我和高昭一同志曾写过一篇《南宋金元之际山东、淮海地区中的红袄忠义军》，载在《文史哲》杂志，后收入《中国农民战争史论文集》中。由于当时我们各方面都很幼稚，所以文章中不确切之处，在所难免。后来遭到过一些指责，主要的一点是说我们对李全、杨妙真夫妇的降元采取了对他（她）们回护的态度，说了什么“虚与委蛇”的话。这个话，当然带有某些回护的心理，而回护就自然而然会有失于实事求是之道，这一点我们承认。但我们当时是从这个军事集团的最末一代的代表人物李璮终究发动了反元起事，并且终究牺牲了的这一点，联系起来立论的。三十年后，我们感到探讨的焦点已经不需要摆到这一点上，而应当移到在当时宋、金、元三大势力角逐之下，农民军不可能不表现为“叛顺无常”的这个问题上来。

三十年后，为什么又来进行《补记》呢？这中间有个缘故。今年五六月份，我们组织了四位同志，到山东昌潍地区的六个县（益都、潍县、平度、诸城、五莲、安邱）进行了一次考察。在益都，我们结识了一位年已四十但当年是从老家山东半岛最东头的荣城县来益都插队落户的青年，他的名字叫张起明。二十年中他跑遍了益都的山山水水。他极力怂恿我们去亲自看一看民间叫做“唐三寨”的农民起义的山寨，以及距此不远的明初唐赛儿起义的“卸石棚寨”。我们鼓起勇气，爬上了海拔780公尺的“唐三寨”，找到了当年张同志发现的一片石刻和当年未曾发现的另一片石刻。石刻的文字是：

嘉定十四年三月（月）一日大宋国李万户，

另一片的文字是：

千户马进、王克（?）、王安。

这个“李万户”是谁？值得追究。民间传说“唐三寨”的寨主是“唐三姐”，这就很容易跟明初的唐赛儿联系在一起；自然我们一直不排除明初的起义者也曾使用过这座山寨的极大可能，但石刻却明明写着大宋国嘉定年号，那么，这座山寨的最早使用者就很可能是南宋的红袄军了。

我们试翻开清末李有棠用很大功力写成的《金史纪事本末》一书，其第四十二卷“群盗叛服”一章，对红袄军几个领导人刘二祖、杨安儿、李全的事迹还是做了一定的细密考订的。假如我们以此书为骨干，结合《宋史·李全传》、《宋史纪事本末》以及《元史》的某些片断，我们不难发现红袄军的活动似乎可以划成四个阶段：

第一阶段，宋嘉定四年至嘉定八年（金大安三年至贞祐三年、元太祖六年至十年，公元1211～1215年）。这是红袄军初起领导人刘二祖和杨安儿充分活动的岁月。在本阶段之末，两位领导人都相继牺牲了。

第二阶段，宋嘉定八年至嘉定十二年（金贞祐三年至兴定三年、元太祖十年至十四年，公元1215～1219年）。这是红袄军领导人李全、杨妙真夫妇充分活动的岁月。在本阶段之末，李全联合张林以青、齐十郡七十城奉表归宋，这是他（她）们最光彩的年代。

第三阶段，宋嘉定十三年至宝庆三年（金兴定四年至正大四年、元太祖十五年至二十二年，公元1220～1227年）。这是李全在淮海地区与宋、金各种势力相角逐，在青州与元势力相角逐，最终降于元的一段岁月。这是李全夫妇由起义领导人向割据军阀蜕变的过程。

第四阶段，宋绍定元年至绍定四年（金正大五年至正大八年、元睿宗元年至太宗三年，公元1228～1231年）。李全在扬州地区与宋军作战，死。杨妙真绝淮北去。这是他（她）们最不光彩的年代。

试观李有棠《金史纪事本末》卷四十二所辑史事，嘉定十一、十二两年（公元1218、1219年），正是李全率红袄军在青、济地区活动最积极的两年。他们在金人统治下，连续攻打过密州（诸城）、莒州、日照、安邱、临朐、寿光、胶西、即墨、邹平、博平、莱州等城。战斗的烽火，一直炽烈地燃烧在山东中部的广大地面上。而目前所可能见到的刻石，一在莒州马山（又作磨旗山），文曰“嘉定九年，（杨）四娘子此山下寨”，一在益都、临朐毗连山地，文曰“嘉定十四年大宋国李万户”。一在积极活动两年的前二年，一在积极活动两年的后二年。两块刻石，一前一后，标志着红袄军最积极、最光荣的时期。

李有棠《金史纪事本末·考异》引明薛应旗《宋元通鉴》云：

> （兴定四年十月）时青初与叔父李全俱为红袄贼，（杨）安儿死，（时）青降金，为济州万户。后附李全归宋。

薛应旗《宋元通鉴》一书，虽然《四库提要》对它进行了很低的评价，但在红袄军史事方面，我们仍然不得不借重于它的著录而解决某些困难。益都南山刻石所称之“李万户”倘非李全，亦必时青。青原为金国万户之职，一旦归宋，自奉嘉定正朔。时青原不必姓李，正如李璮之原不必姓李一样，我们似乎可以不予更多的追究。金兴定四年，当宋嘉定十三年，十三年归宋，十四年正月刻石，这在时间顺序上，也是很自然的。

现在，我们该来谈谈“叛顺无常”的问题了。

立场，是每一个人，每一个集团在处理所面临诸问题时候所选择的态度。在琐节方面所选择的立场，我们这里置而不论。荦荦大端的立场，不外阶级立场和民族立场，但古往今来的阶级立场和民族立场，也有其发育的历程，因此我们要采取历史主义的态度去对待它们。譬如，民族共同体内部凝结力量强化之后和之前，我们对民族立场的严峻性的要求，应该有所区别。再譬如，阶级内部凝结力和阶级觉悟强化之前和之后，我们对阶级立场的严峻性的要求，应该有所区别。就以无产阶级和农民阶级来说，对这二者间的要求，不能等同。十年动乱中遗留下的纠缠之一，就是强迫人们拿无产阶级革命阶段中的阶级立场的严峻性，推广到历史上农民阶级的身上来，二者要求等同。许多说不清的事，都从这个逻辑上发生了。其实，导师马克思早就说过，农民有其形成为一个阶级的一面，又有其没有形成一个阶级的一面，因为他们之间的共同利益关系，他们之间的联系和政治组织，都比较松散和模糊。十三世纪的红袄军群众，更是如此。所以我们不能拿无产阶级革命时期无产阶级立场、民族立场的严峻性来要求他们。

以上说的是农民阶级内部的特点。内部条件之外，还有外部条件。红袄军面对的不是一个力量，而是三个力量：宋、金、元。宋，是汉族人民在政权方面的代表者，但它不是一个好的代表者，而是对沦陷区人民武装一贯进行镇压、挑拨、利用的一个代表者。金，从民族立场看待，它是一个残暴的异族政权，自从蒙古兵势南压以来，金人穷蹙、榨取更甚，所以它是红袄军面对面的敌人。元，虽也是非汉族，但它距离一时尚较遥远，并且它在反金上，与汉族人民有一点点可以共同之处。并且，当它开始进入华北地区时，他们从蒙古大帝国的眼光出发，它的某些政策表现为“大咧咧的”。但不论如何，它们却有武装、有政权，控制着交通和物资，而红袄军则主要靠沂蒙山这一类的山地掩护自己，以求发展。农民军处在劣势，三家统治者相对处在优势，在这种形势对比下，我们假如要求红袄军的每一个分支都能严峻地保持阶级立场和民族立场的话，那就是不现实的了。这一点，不可能不是李全、杨妙真夫妇为什么在自己光彩历史的五六年之后，经过一个六七年的蜕变时期，终究表演了自己晚年四年不光彩的历史的客观、局限条件。这样分析，是否仍然带有为他（她）们回护的嫌疑，那就只好交给读者同志们再去评骘了。

底下，再说点枝节的事。我们在上述的考察途中，在诸城县博物馆看到两颗铜印。其一文曰：“元帅府监军印”；边文曰“辛卯年”、“山东淮南行尚书省造。”辛卯年，是宋绍定四年，金正大八年、元太宗三年，公元1231年。此年四月，李全在扬州死。李有棠《金史纪事本末·考异》引薛应旗《宋元通鉴》云，“时赵范、赵葵拔扬州，李全伏诛。其党国安用从全妻杨氏走山东，降元。以安用为都元帅，行省山东”。那么，这颗印信，是元朝颁发，与“叛顺无常” 的国安用密切相关，是无疑的。其另一文曰：“忠孝军万户印”；边文曰：“贞祐四年六月日”、“山东路行部造”。这颗印的年代要早得多，金贞祐四年，当宋嘉定九年、元太祖十一年，公元1216年。此印为金朝颁发，“忠孝军”是金朝皇家保卫部队的一种番号，似乎是女真人抵抗蒙古的一支敢死队。其待遇较通常部队优厚。在《金史》中看到从一个叛顺无常的金朝军官官帑身上，曾加过这个“忠孝军万户”的封号。官帑与国安用有勾结，故此印后世也落到国安用的势力范围（密州今诸城）来，是可以理解的。

最后，我要说，假如我们使用“金无足赤，人无完人”的原则，来对待红袄军的话，我们就会发现，就其领导人物来说，有着刘二姐、杨安儿那样最后牺牲的典型，也有着国安用、时青那样叛过去、倒过来不晓得反复了多少次的典型，也有着杨妙真、李全这样有着一段光彩、一段不光彩的历史的典型。“夫物之不齐，物之情也”。我们不能运用十年内乱中“小将”的逻辑，只要你有从“狗洞”里爬出来的影子，那么你多少年艰苦革命的历史就全部否定了。

这种逻辑，用在当代是极端错误的；用到中国农民战争史上，也将造成无穷无尽谬误。从总体看，从李全结南宋戚拱规复涟水的1205年计起，到李璮反元起事在济南大明湖牺牲的1262年为止，这中间足足五十七年，山东农民在极其复杂的环境下，通过极其曲折的路径，并经过极为多样的表演，终究坚持了近六十年的阶级斗争和民族斗争，这一点无论如何是不能不肯定下来的。

发表于《中国农民战争研究集刊》第3集，
上海人民出版社1984年版。

明末农民大起义分题研究二题

一　李自成地方政权所遭地主武装的破坏

李自成所领导的起义军，是明末农民大起义中最主干的战斗力量。自从崇祯十三年（1640）他们自河南重新整顿、扩大编制以来，由于提出了正确的政治口号，制定并贯彻了一些正确的政策，再加以他们多少年来作战经验的积累，——所以截止到他们胜利地攻入北京（1644）为止，在这三年中间，他们几乎是战无不胜的。但受了时代的限制，他们对于政权（包括全国性政权和地方政权）的设置，却是重视不够的。从史料中看来，即便他们中间最贴近政策核心的人，如牛金星和李严，对政权设置的意义也是认识很不足，他们还认识不到起义政权应该是巩固起义成果的最高形式，也认识不到起义政权是镇压敌对阶级——地主阶级的一种最富权威性的工具。因此，他们不仅在大顺朝中央政权的设置中，发生了许多滥用旧明官僚的错误；而且对京畿、山东、河南这几个最邻近中央政权的地区中地方政权（府、州、县）的设置，也发生了许多错误。这些错误，贻误了当时各地人民向往起义的政治有利时机，使那些在极草率、极简陋的条件下建立的地方政权，麻痹于地主阶级的假投降，并且一旦当政治上失利的时机到来以后，就在暗藏地主武装的反扑下，很快地瓦解了。而且，这些地方政权的很快瓦解，也构成为李自成大顺政权很快支持不住并且终于瓦解的一种条件。列宁在他的《告农村贫民书》中，当论到一九〇二年俄国农民暴动的失败原因时，他指出，首先是由于这次暴动“没有固定明确的政治要求，即没有改变国家制度的要求。”[①]从明末的这次农民起义的过程中，也可以获致到同样的教训。

为了说明上述的认识，罗列一些感性的材料并分析它们，是有其必要的。但由于崇祯一朝原始实录无存，有关明、清之际的私家记述又多半偏重于江南一隅，致使在说明李自成地方政权的瓦解历程上，有材料不足之感。兹从年来搜求到的一些当时山东文人的文集和个别地方志书中，找到一些点滴的记载，拿来作为印证的资料。现在，我们先看一下《明季北略》中的总的叙述：

> 贼无他伎俩，到处先用贼党扮作往来客商，四处传布，说贼不杀人，不爱财，不奸淫，不抢掠，平买平卖，蠲免钱粮；且将富家银钱，分赈穷民；颇爱斯文秀才，迎者先赏银币，嗣即考校，一等作府，二等作县。时复见选来府县伪官，多系山、陕秀才，益信为真。于是不通秀才，皆望做官；无知穷民，皆望得钱；拖欠钱粮者，皆望蠲免。真（定）、保（定）间民谣，有“开了大门迎闯王，闯王来时不纳粮”等语。因此贼计得售，贼胆益张，只以三四人或五六人，便来到任，诡言大兵在后即至。地方官闻风先遁，而伪官俨然南面矣。[②]

上引同书又有一段说：

> 甲乙史云，四月初一日，畿内、山东、河南守令，多秦、晋亡赖，单身赴任，恣意威虐。首称助饷，衿绅受胁；少忤，而辱随之。又徵少艾，专恃邮传。[③]

这些记载的原作者的立场，是反动的地主阶级立场，如呼起义军为“贼”，为“亡赖”，说起义军“恣意威虐”，“徵少艾”等等。但从这些记载中，也可以看到当时的某些情况。这些情况是，起义军的政策宣传工作是相当成功的，广大农民甚至知识分子，都曾向往过起义，足见当时的政治情势对起义军一度是颇为有利的。但起义军派遣的地方政权的建立者，力量是薄弱的，人数太少，军事支持力量太弱，对政策的贯彻很不足。此外，这些地方政权的建立者，对于他们政权所在当地自发组织起义的农民力量，也予以忽视。例如山

① 《列宁文集》，人民出版社，第1册第211页。

② 计六奇：《明季北略》卷20，“四月三十日自成西奔”条。

③ 计六奇：《明季北略》卷20，“廿五癸丑拷夹百官”条。

东，即以《明季北略》中所见，各地起义力量是不少的，如“山东郡县寇贼充斥，临淄、济南尤甚，行道不通”；“武定州东南市皆贼”；“滨州城外皆贼”。①这些“贼”，有时被称做“土寇”，可见是当地的。但李自成地方政权的组织者跟这些地方上的起义力量却是很少联系的，以致使他们自己在孤立状态中被地主所麻痹，并在地主的武装反扑下就很快地失败了。

以山东为例，先看省会济南附近的情况。王士祯（渔洋）的文章里曾记过一枝地主武装的活动情况：

> 刘孔和，字节之，长山人。故明大学士青岳先生鸿训子。孔和少倜傥，好谈兵。见天下已乱，散财结客，阴养死士，山东、河北轻侠皆归之。甲申三月，贼陷京师，贼权将军某据济南，郡县皆伪署官吏。孔和部勒宾客，激以忠义，皆涕泣距跃，愿杀贼为故君报仇。于是椎牛飨士，起兵长白山中，有众三千人，执伪县令徇于众，诛之。传檄旁县，所擒戮伪令数人。②

这是一枝相当典型的地主武装。他们人数不多（号称不过“三千”），只好匿居长白山中，不敢傍近济南；但他们是反动得很嚣张的（“涕泣距跃”），在长山一带很破坏了几处起义军的地方政权。再看青州。安致远（静子）在他的文集中留下了一段很详细因而也是很值得宝贵的材料：

> 李将军名士元，字小溪，直隶通州人。由行伍积功，至偏裨，守备青州。……甲申三月，李自成陷燕京，僭尊号，建国号曰大顺，改元永昌。所遣伪官姚将军以五百人填青，皆铁衣绣鬣，以红帕首，势焰张甚。而藩王家有献女为其小妻者。城中惴惴不自保。未几，吴三桂由宁远抵关门，合满兵蹴燕都，自成西遁。士元所遣急足侦探者，一日夜至青。士元私计，贼觇知，非内溃，即外逸，青人必罹其害。傍徨计无所出，而姚将军适以是日开宴于邢尚书宅。士元率其麾下健卒数十人若将进谒之状，姚仓皇离席起立，士元直前踊身越几，斩姚于座上，其左右皆披靡。士元大呼曰，“尔知吴某引满兵百万，已灭闯贼乎？动者，视姚将军！愿留者听；不者，解甲去。”是时城中万户，无不屏息以听。③

---

① 计六奇：《明季北略》卷20，“初五壬戌”、“初七甲子”、“初八乙丑”等条。

② 王士祯：《渔洋山人文略》卷5，《刘孔和王遵坦传》。

③ 安致远：《玉硊集》（“安静子集”内容之一）卷2，《李将军全青纪事》。

由此段材料看来，起义军初到青州时是极有威力的，但由于对李士元这样一个留用的旧明军官麻痹大意，特别是对于由他所反映出的“城中万户”（主要是地主阶级）的敌对态度，警惕不够，以致遭到失败。这个反动军官，不久后更堕落到汉奸的立场，不惜帮助清兵第二次屠杀李自成在青州的部众。安致远又曾记载说：

> 俄而大清定鼎燕京，遣柯、海两固山安集青郡。（李）士元亦随行至青。逾月，而有赵应元之变。应元为自成余党，持伪符乘传至青。太守张文衡出迎，而应元声言报谒，随文衡肩舆并从卒数百人拥入，门者不能止，因据城以叛，杀总督王鳌永。而欲胁衡藩南渡，王不从。事出仓卒，人情汹汹。柯、海两固山以士卒少，檄集诸路兵围城，欲请禁旅以济师。士元入谏两固山曰，“城中居民皆胁从，非诚心附贼，脱大兵一至，城破，则玉石俱焚，滥及无辜，其若全城子姓何?”曰，“即如君言，计将安出?”曰，“应元以败亡之余，诈有青州，本出愿外，观其入城，封府库，禁杀戮，其意盖欲全城以待抚耳。但以骑虎之势，急则致死，缓则可以计图。某将以利害祸福动之。”遂缓装徒步通谒。应元素熟士元名，欢然出迎曰，“君欲为两固山游说耶?”曰，“亦为将军计耳。将军据青已月余矣，孤城自画，不能拓尺寸地以张威令，将坐守青州，南面以自王耶？抑或藉朝廷（满清）之命，专制一道之为得也？将军士卒不满千人，为将军城守者，不过慑将军威；目前为自全计，非能拊循而用之也。战则不能，守则不可，援兵外集，内变将作，必有以将军为奇货者，譬如阱井之虎，坐受缚矣!”应元士卒少，又传禁兵将至，不无内恐，闻言色变，曰，“将军为我谋，奈何?”曰，“是莫若与（满清）诸帅和，而令抚君公疏请于朝，言公入青州，祗以总督虐民诛之，其余不戮一人；今复以全城归命天于：——则通侯之赏，可立至矣。”应元曰，“唯君命”。
>
> （李）士元乃导（赵）应元出谒诸帅，而令以甲士数百人随，是晚，遂令应元张筵招饮，宴于郡北门之瞻辰楼，随从者止许各一人。参议韩昭宣素勇健，专席坐；应元军师杨王休与士元各东西相向坐，而应元与士元贴肩坐，以示亲昵，至则钻刀歃血而誓。柯、海两固山各伏兵城外以俟。士元业先与城中居民约，闻炮声，则启扉；再，则各家以床几之属顿中衢；三，则阖户寝息，听街市有声勿哗。时夜漏二下，酒酣乐作，金鼓喧

> 阗，与城析相乱。而炮响忽发，士元佯愕然曰，“此何为者也？”应元曰，“岂营卒有窃发者耶？行诛之矣。”及再发，士元起谓应元曰，“君当有他谋矣。信誓旦旦之谓何，而乃中变乎？”应元方错愕无以应；倏而三发。士元乃以左手握应元臂，怒目左右视，伪为与应元耳语状，因携手至睥睨间俯堞欲语，以右手掣刀斩应元于城上。而（韩）昭宣以铜锏踣（杨）王休于座。从者潜抽利刃，所杀凡数十人，馀皆散走。而三炮时，先约伏兵杀守门卒，纳我军（清兵）。诸从贼以通衢什器隔阂，无一人得脱。抵晓，居民启户，见尸横于市，方籍籍言今夜三鼓李将军已斩赵贼首矣。[①]

从以上这段较长的材料中，我们可以看到许多具体的情况。李自成所领导的起义，对于地方政权的设置和巩固，是不够重视的，这个情况构成为大顺政权很快就失败了的条件之一；同时反转过来，大顺中央政权的很快失败，又为各地地方政权的很快失败，制造了条件。像赵应元将军，他的环境已较前一次的姚将军更恶劣了，但他仍企图支持青州的衡王南渡，以展开反清的民族斗争，结果被拒绝了。他孤立无援，却仍然“禁杀戮”，维持正常的社会秩序。但终于受到汉奸军官李士元的威胁、挑拨、欺骗和勾引，以至由动摇而投敌，由投敌而被阴谋杀害。他的部众也都“尸横于市”、“无一人得脱”。这段记载的作者安致远在文章末尾大大地夸赞了李士元的“功绩”，可见李士元的罪恶行为，不仅仅附合了满清统治者的利益，也是符合了由安致远笔底下所反映出来的汉人地主的利益的。

我们再来看鲁东方面。在莱州（掖县），李自成所派遣的地方政权，也在与上述相类似的情况下，遭到了以官僚地主代表人物赵士哲为首的集团的破坏。在赵士哲的一篇传记里，记载着：

> 士哲，字伯浚。文潜，其里谥也。……甲申，逆闯陷京师，文潜闻变，入学宫倡议发丧，哭尽哀。伪使者且至，若所谓守令，若所谓防御，踵相继。众迫于威，郊迎庭谒，日不暇也。文潜坚闭面壁，若罔闻知者。及贼溃，掖之绅士议反正，会公廨，邀诸伪官至，相顾无一词。文潜正色亢声历阶上曰，“逆闯弑君父，天日为昏，向不即执其党者，摄于虚声，恐祸生灵耳。人贼败亡，何所顾畏，不急捕之乎?!”众为感动，悉驱伪官空室中。奸民闻之，欲相煽为乱，出伪官，而难首事者。曰，“倡此者

① 王士祯：《渔洋山人文略》卷5，《刘孔和王遵坦传》。

谁也？”或曰，“赵君伯浚也。”遂不成难。会人自西来，具悉贼破败状，（民）乃散去，以故众得诸伪官而诛之。[①]

在这里，情况看得很明显。广大人民群众（即站在地主阶级立场上所称的“奸民”）是支持起义军所派遣的地方政权的；在这些政权执行人被地主阶级扣押之后，他们还企图把他们抢救出来。而顽固反动的地主阶级分子，则在政治局势不利于他们的情况下，把自己潜藏起来；等到起义形势一旦败坏，他们就立刻出来，向起义的政权执行者残酷地进行报复和屠杀。再看安邱，在那里，以地主阶级的首脑人张继伦为代表，地主阶级也曾在类似的情况下向起义进行破坏和报复。张继伦的儿子张贞（杞园）曾经记述说：

甲申三月，李自成陷京师。亡何，伪（大）顺县令刘宪卿至邑，众大集，杀之堂上。时有明既亡，盗贼蜂起，无长吏为之统摄，邑中又大乱。先大人义不可辞，复出而应父老子弟之请。邑中旧有兵三百，至是增甲益校，至千二百人。日夜训练，隐然成一方镇。贼屡聚众来攻，拒守既严，复提亲兵，随所向御之，皆杀伤过当，由是贼不敢至城下。……又以四境不靖，奸宄时发，为遣游侦，设斥堠，以伺其动静；蠢动甫形，即剪刈之，勿使滋蔓。又以揭竿者众，不忍尽歼，设方略以招徕之，群盗感先大人威惠，俯首就抚者数万人。[②]

张继伦这个人，不但鼓动地主分子杀害了起义军所派遣的政权执行人；而且他还训练了不小的一枝地主武装，对于无论是李自成大起义中的派遣来的部队，或者是当地农民自发组织起来的起义部队，进行了许多的镇压，保卫了他们地主阶级的利益。从这个人身上所反映出来的地主阶级的反动性，也是很典型的。

再看一下半岛东南部沿海地区的诸城、日照一带的情况。在这里，有一个被李自成地方政权给剥夺了土地财产的大地主丁耀亢。此人自号野鹤道人，是当时地主阶级中的名士和大诗人。他自述当时的情况说：

……（兄弟）析爨，每人分地六百亩。予居山十年，家颇裕，亦得薄产二十余顷，较之初析倍蓰矣。崇祯壬午避乱时，积谷各千余石，乱后

① 赵琪编：《东莱赵氏家乘传记》卷3，宋琏：《文潜先生传》。

② 张贞：《杞田集》卷3，《先大人全城纪略》。

焚毁如洗，粮犹半存。至甲申入海，而闯官莅任，则土贼豪恶，投为胥役，虎借豺蓁，鹰假鹯翼，以割富济贫之说，明示通衢，产不论久近，许业主认耕：故有百年之宅，千金之产，忽有一二穷棍认为祖产者；亦有强邻业主，明知不能久占，而掠取资物者；有伐树抢粮得财物而去者：——一邑纷如沸釜，大家茫无恒业。[①]

不拘这个大地主分子如何胡说在李自成地方政权领导下的社会秩序如何如何紊乱，但他终于不能不透露出，像他自己这样二十顷的"大家"究竟是遭到沉重的打击了。因此他怀恨在心，一意组织地主武装，对起义军进行报复。恰巧，这时有一枝军队自淮海地区而来，这枝军队属于"四镇"之一刘泽清部下，为首的是青州的大地主王遵坦。王士祯曾替他作传说，"王遵坦，益都人。……独与（刘）孔和交善，或屏人促膝，画地语终日，人莫测也。……后为总兵官，亦隶刘泽清。孔和死，遵坦惧祸及，跳身北走。至京师，上书，获录用；肃王入蜀，以遵坦从。既定川北，即署遵坦都御史、巡抚四川，寻病死保宁。"[②]这个在顺治初年做到巡抚的大汉奸，在明、清之际的时候，正是由仅仅二百多地主骑兵组成的部队的率领者。丁耀亢记述说：

甲申三月，再入岛；六月，出海返舍，经理旧业。至日照，遇王将军遵坦于西岭，率精骑二百余。王将素名家，弃儒而将。与予善，因止予宿。予曰，"子有骑无步，行则前后绝；贼知无兵，是以马赍盗也。今大姓多拥兵自卫，方苦无名，如能以虚札委之，使彼从军，贼必走矣。"王将如所言，明日各以书招授札，至诸邑（诸城），得兵三千余。百里牛酒，迎劳不绝。至渠丘（安邱），遇大盗，连营十万余，围城不解，焚郭外，灰焰涨天。遇前哨，疑为大军，披靡走，是日斩级千余。[③]

在这里，被丁耀亢所叙述的"连营十万余"的"大盗"，究竟是李自成部的起义军，抑是当地自发起义的农民武装，一时还弄不清楚。并且，丁耀亢的文章一贯夸大，所谓"斩级千余"，恐怕也是靠不住的。但仅有二百多匹马的狼狈军官王遵坦，在大地主丁耀亢的参谋和帮助拉拢之下，组织了诸城、日照、莒县的地主武装，并曾在安邱城郊残酷地屠杀过起义的人民：——这些情况，大

① 丁耀亢（野鹤）：（抄本）《出劫纪略》：《保全残业示后人存纪》。

② 王士祯：《渔洋山人文略》卷5，《刘孔和王遵坦传》。

③ 丁耀亢（野鹤）：（抄本）《出劫纪略》：《从军录事》。

概是不成问题的。

此外，在即墨、潍县、德州，也都有与上述相类似的情况发生过。兹摘要录其记载如下：

崇祯十七年甲申，李自成破京师，伪官至即墨，为绅士所诛。是年，土寇蜂起，邑人郭尔标作乱，聚众数万，树栅二十余处，围县城，环攻。官绅守御数月，围不解。最后杨公遇吉以二十八骑偷渡贼垒，乞援莱郡。会大清定鼎，遣兵至墨，诛渠魁，贼始平。①

（崇祯）十七年甲申春三月十九日，李自成陷京师。二十三日，榜选宛平举人王仙芑为潍县令，未敢至。夏五月，清兵入山海关。十三日，邑中土匪一时蜂起，互相雄长，割据村落，攻城半载有余，大小八十余战。秋九月十八日，清巡抚陈柯率军东下，地方始平。②

德州诸生谢升，一呼而起，杀（防御使关）杰、（州牧吴）徵文，移告远近，杀逐伪官，来附者四十余州县。③

以上所述，是在山东境内发生的情况。由于山东在北方诸省中土地集中比较严重，土地占有和商业资本、高利贷资本的结合，也比较复杂和牢固，所以山东地主武装在破坏起义政权方面的表现，也比较凸出。并且由此，还曾产生过一种谣谶，说李自成“遇秦而兴，遇鲁而亡。”④但这并不是说，其他省区内就不如此。今举河南北部辉县的大官僚地主张缙彦为例，我们看一看他在中原地带如何联合地主武装、在更大的局面下反对和破坏明末的农民大起义：

兵部尚书张缙彦，总督河南。……缙彦夙饶经济。国初破，即自缢，死复苏，贼使牛金星说降，缙彦骂不从。贼乃命权将军张能加刑拷，制将军王爱臣施羁绁，降贼内官王德化加叱辱，备极荼毒。贼犹未已，挟之西行。缙彦潜结义人张一方、蔡元吉劫之于途，脱身走龙泉关，及太原。欲得贼而甘心。……蓄刃太原之小店待贼。贼疑，越小店而走晋祠。事虽未成，而仓卒中未尝须臾忘仇也。缙彦计脱，奔丰谷山，着黄冠，走盘驼。遂脱于难，走共城。闻弘光立，遂南渡。为贼尉冯国宁盘获于芝麻口，申

① 清同治修：《即墨县志》卷11，《大事纪》。

② 《潍县志稿》卷2，《通纪》（一）。

③ 计六奇：《明季北略》卷20，“二十六癸未”条。

④ 计六奇：《明季北略》卷20，“李自成谣诬”条。

报贼渠李自成。（自成）差伪锦衣杨英、姚济圣拘缙彦于新乡。……缙彦召族姓朋友，誓以大义。散家财，一门而尽。潜结太行诸雄，八月六日，义旅集矣。而伪将勒马贯矢出门，缙彦疑其有变，乃命（张）一方刺一人，夺其马，射毙数人；前突之，尽杀其党。擒府县诸伪长。随军缟素，登城歃血，乃举义兵于合河吉岗。……一日不期而会者万人。伪都尉来袭，斩其多级。有白旗贼，精骑数千，为贼援；又有刘皂旗引兵东犯：假平西（王）兵设计走之。遇贼营王都尉，摧其先锋，贼势却。乃保叙山寨，广布爪牙，以图大举。南连汝、颍，北尽（太）行山，河朔之势成矣。檄告中外，凡山谷城寨，无不知有大司马义旅者。

杀贼后，渡河而南。上《举义复仇、恢复三城、联络河朔疏》。畀以原官，力辞不受。惟愿尽杀贼，以报先帝。至麻城山，居金刚台。所经营诸寨，如霍山之羊山、桓山等寨；蕲水之白云、大旗等寨；英、六之司空、张山、主簿等寨；六安之麻埠、三尖、四柱等寨；汝、息之张庄、庞家等寨；光山之皂旗、乌龙、鸡冠等寨；信阳之国旗等寨；黄杨、天台等寨；麻紫之茯生、紫云、五脑等寨；商城之牛氏、上庄等寨；——四面八十九处……[①]

这段材料的原书，在清代文字狱中曾被牵连毁板，现下存书不多，板底损坏，印刷不清，故文中疑有脱漏谬讹之处很多。但从其中已可大体看出，这个大官僚地主张缙彦在黄河以北之后又在黄河以南，如何组织地主零散武装，千方百计与李自成领导下的农民起义为敌，杀害起义政权的文武官吏。并且，这个顽固反动的地主，也像其他顽固反动的地主一样，在满清势力强大之下，立刻就在异族统治者面前屈膝，做了汉奸（仕清至工部右侍郎等职）。

根据以上所摘引的一些感性资料，我们可以认识到如下的几点：

（一）在明政权崩溃、清兵初入关之际，各地人民（主要是农民）都曾纷纷起义，跟残余的明朝地方政权和地主势力，进行过激烈的斗争（潍县城郊，即曾大小八十余战）。这时的政治气氛是高扬的，对于李自成起义军的设置地方政权、建立地方民兵等措施，都是极为有利的。但由于李自成起义军的总首脑部对于地方政权设置工作的重视不够，也由于某些被派遣来建立地方政权的人是旧明的官僚，——致使起义对于这种极有利的政治时机，未能好好利用；

① 邹漪：《明季遗闻》卷2。

致使满清统治者能够坐享渔人之利，给予李自成的派遣军和地方的起义部队以各别的打击。

（二）地主阶级从他们的阶级本能上就知道，农民起义军是他们最大的阶级敌人。他们是狡猾的。在对起义军有利的气氛下，他们是隐蔽的、在暗中窥察动静的（如赵士哲）；一旦形势发展到对他们的阶级有利时，他们就即刻以最狰狞的面目出现，或者鼓动群众，杀害起义的官吏和士兵；或者组织地主武装，“剿杀”当地的起义人民；他们几乎如出一辙地不惜投降异族的统治者，以求保护他们本阶级的利益（如张缙彦）。由此，可以清楚地看出，封建社会里农民的起义和战争，就是农民阶级跟他们的剥削者压迫者——地主阶级所进行的一种严重的阶级斗争。在这样的斗争里，地主阶级充分暴露了他们残暴的阶级本质。

（三）李自成大顺中央政权对地方政权的设置和巩固，是不够重视的；这在总的局面上，也影响了大顺中央政权的很快失败。而大顺中央政权的很快失败，又反转过来，造成了各地潜伏地主武装进行残暴反扑的机会。这件事，清楚地告诉我们，对于历史上各种不同性质的人民革命事业来说，掌握政权，巩固自己的政权，总是巩固革命事业的一个最重要的环节。但这一点，并不是历史上随便一个劳动者阶级都可能懂得的。只有自觉的无产阶级从十九世纪中末的几次革命中，才体验到了这个道理。李自成所领导的十七世纪的农民大起义，还没有可能理解到这一点。

1955年9月1日

二　论明末大农民军对货币财富的积累

请允许我先从一个传说写起。很久以前，我就听到长辈们传说，说顾炎武以一个江东之人仆仆于秦、晋之间，除却反清复明的总目的外，另有一个附带的目的，即寻找李自成部大农民军在撤退路途中所隐蔽起来的窖金，以作为他恢复事业的资本。有人甚至说，他“稍贷资本，于雁门之北，五台之东，应募垦荒”的资本，就正是这批窖金。他的一首题为《一雁》的诗中亦有句云，“覆车方有粟，饮啄意如何”。这个传说是够新奇的，但其中也有相当的离奇成份。我曾经设法探求这个传说的文献上的根据，然而截止到目前为止，始终未能找到。因此，我便不能不暂时离开顾炎武寻求窖金的问题，转去探索明末李自成、张献忠两路大农民军各自积累大批货币财富一事的具体情况。

先从旧日正统的所谓“正史”开始。《明史》关于这件事，倒是未曾忽略的；它给予了这事以一定的简要的记载：

(李) 自成悉熔所拷索金，及宫中帑藏器皿，铸为饼，每饼千金，约数万饼，骡车载归西安。①

(张献忠) 用法移锦江，涸而阙之，深数丈，埋金宝亿万计，然后决堤放流，名曰“水藏”。②

《明史》记载了这些事，足见它的编纂者们当年是注意了这些事的，并且一定曾经掌握到有关此类事之更丰富的材料。今天我们距离明末清初较之乾隆时人又远出了二百余年，且当时是全国规模搜辑起来的材料，我们今天的个别研究工作者，在材料的广度上是无法企及的。但在极有局艰的材料来源中尽量追寻一下，也还是有必要的。明、清之际的西吴懒道人所著《剿闯小史》说：

(四月) 十二日，百官毕集午门，鸿胪寺挨班演礼。李贼与诸将俱不出，皆在大内盘库，将金银等器尽数倾销，每千两成一块，用铁销（按，此“销”字当作“鞘”字解，即包装铁皮之意）装入。各贼将解进者，亦皆如是。③

五月初二日，追至定州清水河下岸。……我兵乘势掩击，杀其贼兵一万三千余人。获其金银砖七百二十块，器械骡马，不计其数。④

我们虽不敢说上引《剿闯小史》的材料就是《明史》记录此事的唯一根据，但是其重要的根据之一，总是可以断言的。因为关于倾销金银、每“块”（或每“饼”）一千两、用骡马驮载诸情节，两种记载前后是一致的。至于《明史》所说“载归西安”的话，可能是根据了吴伟业在顺治九年壬辰撰写的《绥寇纪略》，这书中记载说：

自成去，长安居民争入其居，搜取金银。中夜失火，秦府被烧几尽。

---

① 《明史》卷309（列传卷197），《李自成传》。

② 《明史》卷309（列传卷197），《张献忠传》。

③ 西吴懒道人：（抄本）《剿闯小史》卷5。

④ 西吴懒道人：（抄本）《剿闯小史》卷6。

唯回民有瞻力，得最多，故大富者众。关中人遇雨后于布政司泥土中拾得珍珠，至今不绝。[①]

顾炎武《明季实录》也说：

（贼）常曰，“十个北京不及一个陕西”；故所掠金银，尽搬驼西去。[②]

除此之外，清初参与纂修明史的毛奇龄，在他的《后鉴录》中对此也有所记录，可见当时他们一定是有所根据的。他说：

进拷索银七千万两，侯家什三，阉人什四，官什二，估商什一，余宫中内帑金银器具以及鼎耳门环细丝装嵌，剔剥殆遍，不及十万。贼声言得自内帑，恶拷索名也。铸钱不成，铸金玺又不成；熔金饼，每饼千两，窍其中，贯以铁絙，凡数万饼，括骡车千驼，谋载归陕。尝曰：“陕，吾父母国，形胜，朕将建都焉。富贵归故乡，十燕京岂易一西安哉?!”[③]

从以上诸种记载来看，内容相同之点多而歧异之点少，可见当年定有此事。至于此外他们还有没有更多的财富积累，并且所有的积累后来究竟落到什么地方去了，我们一时则不得而知。看各家记载中的情况，当李自成到达通城遇害的时候，以及以后“夔东十三家”在巫山一带建立根据地的时候，起义军仿佛已经在财政上很困难，不像是有大批藏金的样子了。

再看张献忠部大农民军对货币财富的积累。张献忠部的有关材料，是较比李自成部的材料多些的。首先，张献忠对于从王公、富豪、官僚那里剥夺来的金银货币，是有严格纪律的，是规定不准私藏、一律缴公、统筹积贮的。沈荀蔚的《蜀难叙略》说：

令贼卒凡子女玉帛及一应贵重之物，不得辄留，犯者死。人畜以刀剑，而诸物可焚者以火，惟金银必以水土沈埋之。[④]

按，沈荀蔚，太仓人，幼年随其父沈云祚赴四川华阳县令。当明末清初之际，他较长期停留在四川，凡所记录，多其亲见亲闻之事，必有一定程度的可靠，另据《泸县志》转载杨鸿基的《蜀难纪实》也有类似的记载：

---

① 吴伟业：《绥寇纪略》卷9，《通城击末附》。

② 顾炎武：《明季实录》（见《亭林遗书》）。

③ 毛奇龄：《后鉴录》（《胜朝遗事》本）。

④ 沈荀蔚：《蜀难叙略》，见《知不足斋丛书》第18集。

金银重资，献忠恐兵富而易逃也，其令挟资则杀之。时时搜索。故贼虽见金亦取之，不啬求。[①]

按，杨鸿基，蜀人，其文内自云，当张献忠部在蜀时，杨鸿基正随其父宦于滇南，晚年返回故乡，犹得见义军之故垒遗垣，故所纪当去事实不远。从以上两个当时人的记载来看，张献忠部对于剥夺来的金银采取统一管理与积贮的制度，恐怕是可以完全肯定的了。在这一点上，明末的大农民军与唐末的大农民军之间，已经有了不同。《旧唐书》说，"（黄）巢累年为盗，行伍不胜其富。遇穷民于路，争行施遗。"又说，"巢贼众竞投物遗人。"[②]《新唐书》也说，"贼见穷民，抵金帛与之。"[③]足见唐末时，剥夺来的财富还是分散的、个人可以随便使用并赠送别人的。明末时就不同了，那时的农民军是统一地大量积贮。其积贮的方式，以顺治三年（1646）正月张献忠部在四川彭山县岷江江底大量沈锢金银的事件，为最典型。关于这件事，不同的文献材料都有大体类似、然又互有出入的记载。兹择五种列下。吴伟业《绥寇纪略》说：

用法，移锦江而涸其流，穿数仞，实以黄金瑶宝，累亿万，杀人夫，下土石以填之，然后决堤放流，名曰"锢金"。后至者不得发。[④]

沈荀蔚《蜀难叙略》说：

其所聚金银，以千余人运之江干，三月始毕。至是，测江水浅处，多支流以杀其势，一如筑决河法。水涸，于江底作大穴，投以金银，而杀运夫于上，后覆以土，乃决江流，复故道。[⑤]

杨鸿基《蜀难纪实》说：

贼威令所行，不过近省州县，号令不千里矣。献忠自知不厌人望，终无所成，且久贼之无归也，思挟多金、泛吴越、易姓名、效陶朱之游。于是括府库民兵之银，载盈百艘，顺流而东。至彭山之江口，初心忽变，

① 《泸县志》（民国二十七年重编重刊本）卷8，《杂志门》转载《蜀难纪实》。

② 《旧唐书》卷200下（列传卷150），《黄巢传》。

③ 《新唐书》卷225下（列传卷150下），《逆臣传》。

④ 吴伟业：《绥寇纪略》卷10《盐亭诛》。

⑤ 沈荀蔚：《蜀难叙略》（见《知不足斋丛书》第18集）。

> 乃焚舟沈镪而还。[①]

费密《荒书》说：

> 丙戌正月，献忠尽括四川金银作鞘，注彭山县江中，杨展先锋见贼焚舟，不知为金银也。其后渔人得之，展始取以养兵。[②]

彭遵泗《蜀碧》说：

> （张）献忠闻（杨）展兵势甚盛，大惧，率兵数十万，装金宝数千艘，顺流东下，与展决战；且欲乘势走楚、变姓名作巨商也。展闻，逆于彭山之江口，纵火大战，烧沈其舟。贼奔北，士卒辎重丧亡几尽。展取所遗金宝，以益军储，自是富强甲诸将。
>
> 献决走川北，将所馀蜀府金银铸饼，及瑶宝等物，用法移锦江，涸其流，穿穴数仞，实之，因尽杀凿工，下土石淹盖，然后决堤放流，使后来者不得发，名曰“锢金”。[③]

现在，让我们根据上引五种材料来分析一下，看其中的相同之处是什么？歧异之处是什么？关于藏金的地点，是在岷江的彭山县江口；关于藏金的时间，是在顺治三年正月张献忠部大农民军与南明杨展部的激烈战役之后；关于藏金的方式，是引水入支流，减杀水势，在江底造数仞之穴以藏亿万之金，再复江流于其上：——这些情况，大概都可以肯定下来了。不能肯定的，也是最引人入胜的事情，是张献忠竟企图挟带这些货币财富的积累，走楚，或泛吴越，去做巨商，也就是“效陶朱之游”的这一段情节。我现在十分苦恼于实在无力断定这段情节的究竟是否可信。不过与此相类的记载是有的。《明季南略》中记载了张献忠对他的养子孙可旺、艾能奇的谈话，说：“皇帝极是难做；咱老子断做不来。今老子金银甚多，想来做皇帝不如做绒货客快活。……我等心腹数十人，搬驮金银绒货，前往南京做绒货客人，受享富贵，图下半世快活，有何不可?!”[④]在这里，不但提到了张献忠想做买卖，而且已经提到了被选定的行业——细毛货品的经营，也真有令人不能完全不信的样子。因此，对于这一同

① 《泸县志》（民国二十七年重编刊本）卷3，《杂志门》转载《蜀难纪实》。

② 费密：《荒书》。

③ 彭遵泗：《蜀碧》卷3。

④ 计六奇：《明季南略》卷12，《张献忠乱蜀本末》。

题，我们目前只能做出“二难”的判断，假如这只是一种“姑妄言之”的传说，那么这件事情的意义就没有太大追寻的必要；假如这是一种确有根据的事情的话，那么这种明末大农民军对货币财富的积累，恰当我国社会资本主义萌芽的时期，那么，其中可能带有我国历史所特有方式的资本主义原始积累的意义，这种可能性就很大了（具体的论证将详见本文的后半部分）。

张献忠部有积贮大量金银的事实和制度，还有更多的证据。证据之一，是直到清朝乾隆年间，还有由彭山江口的原地点捞获到金银的记载。嘉庆五年纂成的《锦里新编》记载说：

> 彭山县江口，明季参将杨展破献贼处，居民时于江底采获金银，多镌有各州县名号。乾隆五十九年冬，渔民获鞘一具报县，转禀制军孙相国补山，饬令派官打捞数月，捞获银万两有奇；珠宝金花，多寡不一。然江阔水深，集夫捞取，费亦不资。寻报罢。[①]

证据之二，是当张献忠四大养子之一刘文秀临终向南明永历帝上遗表时，也谈到他自己有秘密的藏金。《小腆纪传》说：

> （文秀）病革，上遗表曰：臣精兵三万人，在黎、雅、建、越之间；窖金二十万，臣将郝承裔知之。[②]

从以上两段材料可以看出，这些金银主要是自官僚豪富手中剥夺而来，因为上面还镌有四川各州县名号，是准备报解的款项。此外，又可以看出，这种藏金的制度，在张献忠死、大西军政府解体之后，仍被他的余部传袭下来。《南明野史》中也记载说，孙可望所居昆明王府石台下，亦曾起出窖银二十九万两，金犁一，重五百两。[③]不过这些数额已经不太大，不过数十万两之数罢了。

以上，我先把有关的材料进行了排比。底下，我愿从上引的材料出发，进行一些论列，主要是对于这种积贮金银行为的意义，包括它在农民阶级斗争史上的意义，以及它在社会经济方面的意义——有所论列。

第一，在旧中国农民阶级的斗争史上，这种积贮金银的行为首先应该是

① 张邦伸：《锦里新编》卷16，《异闻》。

② 徐鼒：《小腆纪传》卷37，《刘文秀传》。

③ 南沙三馀氏：《南明野史》卷下，《永历皇帝纪》。

流寇主义的一种反映。毛主席在1929年纠正红军第四军中非无产阶级思想的时候，曾经谈到过流寇主义。他曾指出，流寇主义是广大游民群众的思想意识在革命队伍中的一种反映。其表现不外，第一，不愿意艰苦地去建立革命政权和革命根据地；第二，只想“招兵买马”，“招降纳叛”；第三，只希望跑到大城市中去大吃大喝。[①]明末的大农民军也恰巧是表现了这种情况，在其部队成份中游民层的比重是很大的，从而他们对于政权的建立和根据地的建立是不够重视的；相对地，他们对于金银等货币财富的剥夺倒是十分重视，建立一定的制度来保证它，采取一定的设计去保存这种剥夺来的果实。毛主席又曾经从历史上举出黄巢和李闯两个例子来，说明流寇主义。

第二，但，明末大农民军积贮金银的这些事，却不能单纯地被我们估计作是流寇主义。这件事的意义，应该被估计作有反映流寇主义的一面。在这一方面其意义是消极的；但也另有其起积极意义的一面。这就是说，对比起第九世纪的黄巢大农民军来，十六世纪的李自成、张献忠两系大农民军在许多方面都显得进步得多了。他们对于统治者们和剥削者们的剥夺（这种行为没有任何人能说它是非正义的），较比以前更加精确了、细密了，并且有了更充分的权威和决心来执行这种剥夺。并且，较此更为重要的，是他们有办法使剥夺来的大批财富不至留在个人手头、随便分散，而是用相当强度的纪律原则把它集中起来，成为农民革命军的巩固的资金。在我国旧时代的历史上，农民的起义军和军政府能有巩固的资金，不能不承认以明末的农民大起义表现得最为典型。这就是为什么大体自明崇祯十三年以后起、到清顺治二三年为止，农民的大军无论在武器装备、粮秣的供应和输送、士兵的待遇各方面较之“官军”都无逊色，甚至在个别情况下还远远超过了“官军”的条件。试问：他们为什么能保持这种优势？在我个人看来，其主要原因之一就是，他们通过正义的剥夺和比较严格的纪律，保证了起义军经常控制着自己充足的资金。当时起义军的财政条件，无论较之明朝政府或者较之初入关的清朝政府，都是比较有办法的，这就是起义军的将领总能打败各种明、清统治者军队的主要原因之一。

第三，积贮金银的事提到社会经济方面来看，无疑反映了当时社会中货币财富积累数额的巨大；而社会中货币财富积累数额的不断增大，则又无疑是促进社会中资本主义生产方式因素萌芽的前提条件之一。在明代的各种记载中，

① 见《毛泽东选集》第一卷第99页。

这种财富积累的痕迹是不少的，如明初富民沈万三、大宦官王振、刘瑾、佞幸江彬、钱宁以至大奸臣严嵩及其子严世蕃等，其积累金银之富，公私记载，不一而足。即惟明末论，亲王贵族也多有在秘密地点藏贮金银之事。谈迁的《枣林杂俎》记载说，“已卯，正月，济南破，德王（由枢）陷于贼（按，指满兵），得牡丹下窖金；壬午，十二月，兖州破，鲁王（以派）死之，得石榴下窖金。”①可见当时无论是富豪大商，或是封建贵族，都有秘密藏贮大量金银的行为，足见当时明朝社会中货币财富积累量之巨大。但同是货币财富，不流通地积贮在贵族或豪富手里，却是不起任何积极意义的，相反，倒是减低了社会交换的频率。而假如一旦掌握在大农民军手里，则可以购买军事装备、购买粮秣、救济社会上贫弱无生产力的人们，……这样，一方面可以大大加强了阶级斗争的强度，也大大加重了对统治者和剥削者的打击；另一方面，也可以加速了社会交换的频率，对手工业和商业的进一步发展，也是有着促进作用的。

第四，关于张献忠有企图易姓名、走楚或泛吴越、为商贾，即“效陶朱之游”的传说，我认为还有更多地进行讨论的必要。自然，事实上张失败前并未走楚，更始终未到吴越，也未做什么绒货客商，而是牺牲在川北保宁府的凤凰山了，因此，空洞而臆测地去讨论“假如张献忠真正到了吴越……”，那是没有任何意义的。但有两件事值得留意。第一是在张献忠部队和李自成部队中间，多少有一些差别。李自成部队在阶级成分方面的构成比较单纯，主要是农民和游民；崇祯十三年以后的发展，也完全是依靠了“均田、免赋”的政策号召：因而，我们说这枝大农民军是比较正常的。张献忠部队在阶级成分方面的构成则比较复杂，有农民，有游民，有兵勇，有宗教迷信活动者，有商贾，有中小知识分子和个别的地方官僚分子。张献忠部队跟各种势力的关系，也比较复杂，他们跟吴、楚的商人有频繁的往来，和东南海外的郑芝龙似乎有某些联系，曾向西蕃购买马匹，跟西南各少数民族的酋长和人民，也有着繁杂的关系。在这种情况下，张献忠部队一方面表现为毛病更为突出（流寇主义表现比李自成部更为浓厚）；但另一方面，却也表现了一种脱离传统式农民性质军队的倾向，跟有市民层参与在内的城市反抗运动，有了较多的可能衔接的机缘。第二，如众周知，明末农民大军的活动地域，由于种种的关系，未能与资本主义生产因素开始萌芽的主要地域——江浙地区相接触。他们是曾经企图以英、

① 谈迁：《枣林杂俎·智集》。

霍山区的前头阵地为根据，使用军事力量攻占到江、浙一带去的，但由于种种条件的限制（如明南枢诸臣在军事方面抓得较紧一些，等等），他们始终没有能够达到目的。吴伟业在他的《绥寇纪略》中曾经记载着，在崇祯九年的正月十七日，李自成部大农民军曾连下含山、和州，“谍者云：贼将据浦口、江浦二邑，以谋渡江。”[①]他们曾围攻江浦九昼夜。此其一。复据上引同书又记载说，在崇祯十年正月，大农民军的另部老回回、曹操（即罗汝才）、闯塌天等部二十万人，“长驱沿（江）流东下，蕲、黄、六合、怀宁、望江、江浦在在震扰，烽火及于仪（征）、（维）扬。”[②]此其二。再，在崇祯十七年甲申五月，明朝既亡之后，张献忠大农民军的别部，也曾占领过扬州以北的淮、运重地王家营。据近人张须（煦侯）所著《王家营志》所载，“明季张献忠遣将东略，尝往王家营。”复据该书转引《山阳志遗》一书所记，“五月，贼众伪为难民，乘船将近清河。水营副将张士仪大破之，焚其舟。又遣人往王家营，潜焚其舍。”[③]据此，我们似乎已经可以进行如下的推断：假如当时明末的大农民军能够攻占到江、浙一带资本主义萌芽的地区上来的话，那么，他们历年来通过剥夺的正义行为而得来的巨大财富，将有很大的可能转化为我国资本主义的原始积累。自然，事实上，他们并没有能够攻占到江东一带来，因而那些巨大财富只好像在岷江的彭山县江口所遭遇的情形一样被锢结起来，而没有能够成为我国资本主义的原始积累。也就是说，这种初具苗头的一点可能性，并没有成为了现实。我国资本主义萌芽之地域的不平衡性，以及明末大农民军对当时社会及其政治的和经济的情况在认识上存在着的局限性，都是这种可能不曾变为现实的规定性的条件。但无论如何，从明末大农民军由正义剥夺而来的大量财富已经具有一种使其自身转化为一种资本主义原始积累的可能性上看，明末农民大起义的身上已经显然打下了资本主义萌芽时代的烙印，在这一点上，它已经明显地区别于它以前的若干次农民起义了。

1956年4月22日

① 吴伟业：《绥寇纪略》卷4，《朱阳溃》。

② 吴伟业：《绥寇纪略》卷5，《黑水擒》。

③ 张须：《王家营志》卷6，《杂记》。

辨两“闯塌天”

《河州志》中记有清顺治间闯塌天抗清起义事迹一节，其原文曰，“顺治五年夏，回民叛。先是甘肃逆回米剌印、丁国栋倡乱，河回闻风骚起。五月初旬，协洮回闯塌天等数百，遂据城。……七月，参将曹希冬擒闯塌天于高山，杀之。”注云，“闯塌天自受招后，潜居高山，复集余党，劫夺客商，（曹）希冬令材官雷明宇侦之，得其实，于夜偃旗息鼓，遂获之，枭其首，并协从余党胥平。”[①]按明末农民大起义重要首领中亦有一闯塌天，原名刘国能，曾受明朝招降，与顺治五年河州、洮州回民首领之名号前后相同，然则此两“闯塌天”究为一人？抑为两人？亟须考究。

明末农民大起义支派不一，首领绰号、番号，往往互相衍袭，明辨匪易。《甲申朝事小纪》中云，“大抵贼首皆边军，且良家子及武弁世职，故隐其姓名，而以绰号称。歼一人，复立一人以应其号，如一字王名刘小山，为左帅所擒，后复有新立一字王。”[②]故欲辨析此两个“闯塌天”之关系，首先有必要对记载明末大起义诸重要文献中所载诸不同时期起义军支派首领名单，进行审查。

彭孙贻《平寇志》中云，“贼之在秦也，其有名目者，紫金梁、满天星、蝎子块、老回回、一字王、邢管队、领兵下、整齐王、闯塌天、过天星、南营八大王、八爪龙、西营八大王、二队八大王、不沾泥、混世王、曹操、乱世王、八队闯将、张飞、九条龙、五条龙、贺双全、高总管，凡二十四家。”[③]此

---

① （清康熙）《河州志》卷4。

② 《甲申朝事小纪》（见《痛史》丛书）卷8。

③ 彭孙贻：《平寇志》卷1。

为最早之名单，姑假定其为崇祯三年（1630）前后之名单，其中紫金梁即王自用，西营八大王即张献忠，曹操即罗汝才，八队闯将可能即李自成，高总管可能即闯王高迎祥，而闯塌天即已赫然列在二十四家之一。

上引同书又云，“在晋、豫则英王、王镇虎、朱温、赵令君、曹操、吴计、过天星、郝光、混天星、荆联子、过江王、混世王、大胆王、征西王、福寿王、齐天王、密灵王、阎和尚、老回回、上天龙、出猎雁、黑心虎、新一字王、西营八大王、南营八大王、北营八大王、混世王、紫金梁、正天玉阎王、领兵王、老邢、四队、六队、八队、闯塌天、顺义王，凡三十八家。”[①]此处所载仅37家之目。为崇祯五年（1632）时之名单，而闯塌天仍列在三十八家之一，可见在秦、在晋，闯塌天始终为重要支派首领之一。

戴笠、吴殳《怀陵流寇始终录》中又有一名单：“（崇祯六年十一月）在武安乞降贼目名数载之，（所谓六十一家），使知渡河后分会之势云：贺双全、新虎、九条龙、闯王（高迎祥）、领兵王、勇将、满天飞、一条龙、一丈青、哄天星、三只手、一字王、闯将（李自成）、蝎子块、满天星、七条龙、关锁、八大王、皂莺、张妙手、西营八大王（张献忠）、老张飞、诈手、邢红狼、闯塌天（刘国能）、马鹞子、南营八大王、胡瓜、哄世王、一块云、乱世王、大将军、过天星（惠登相）、二将、哄天王、猛虎、独虎、老回回（马光玉）、高小溪、扫地王、整齐王、五条龙、五阎王、邢阎王、曹操（罗汝才）、稻黎秆、逼上路、四虎、黄龙、大天王、皮里针、张飞、石塌天、薛仁贵、金翅鹏、八金龙、鞋底光、瓦背儿、刘备、钻天鹞、上天龙。”[②]此崇祯六年（1633）之六十一家名单，为历次名单中最详尽之一次，其中以“王”为号者13，以“龙”为号者7，以“虎”为号者4，以历史人物为号者5，而闯塌天仍为61家之一（附志，此中马鹞子即以后“三藩”起事中在陕甘反侧之王辅臣）。

不久，起义军渡过黄河，支派番号愈加繁复，其七十二营名目无考，可考或大略可考者，为会荥阳之“十三家”与在豫楚之“十五家”。吴伟业（梅村）《绥寇纪略》中均有记载，“贼合七十二营头目，老回回、闯王、革里眼、左金王、曹操、改世王、射塌天、八大王、横天王、混十万、过天星、九条龙、顺天王等十三家会荥阳。”[③]此乃崇祯八年（1635）正月之名单，闯塌天已

① 彭孙贻：《平冠志》卷1。

② 戴笠、吴殳：《怀陵流寇始终录》（见《玄览堂丛书》卷6）。

③ 吴伟业：《绥寇纪略》卷2。

不包括在十三家之内；但在较此名单范围稍广之“豫楚十五家”名单中，闯塌天仍列在其中。《绥寇纪略》又云，“当是时（按，指崇祯十年，公元1637年末），豫楚之贼有十五家，其后刘国能（闯塌天）、张献忠降，马进忠（混十万）、马光玉（老回回）、李万庆（射塌天）、罗汝才（曹操）、惠登相（过天星）、贺一龙（革里眼）、蔺养成、左金玉、及顺天、顺义王九家者尤著。顺天死、顺义为刘喜才所杀，余众推许可变（改世王）主之。”①

根据以上排列之四五项名单可以看出，闯塌天（刘国能）为明末农民大起义中自初起时期至崇祯十年间始终保持其重要首领地位之一人。崇祯十二年（1639），闯塌天降于明将左良玉。此事，诸书所记一致。并无其他传说。《平寇志》云，“崇祯十二年己卯二月朔，左良玉大破飞虎于许州，刘国能请降。飞虎，即刘国能，性至孝，（降），母命之也。四月，左良玉大破射塌天、老回回、改世王于河南镇城南，良玉遣刘国能招之，射塌天率其众四千解甲内乡城下，散去者七千人。良玉署刘国能为守备。”②《绥寇纪略》云，“十二年二月，总兵左良玉率新抚刘国能入援，至真定。……三月，上念刘国能从征立效，手诏谕兵部予以官，其下有功者，分别升授。张献忠能率众图功者，视此。”《怀陵流寇始终录》云，“（熊文灿）遣刘国能往侦且谕降，（李）万庆望见，驰就国能，贺其贵显，且言为贼久，惭且厌，实意欲反正，为朝廷效死，得立名节，以揃拭生平过恶。”观此，则闯塌天（刘国能）为明末农民大起义队伍中重要的变节分子之一，虽被崇祯帝利用，作为企图招降张献忠的一面幌子，并实际上充当了招降射塌天之介绍人。

此闯射两塌天相率变节之后，于崇祯十四年（1641）复前后被起义军击败，被处死。《甲申朝事小纪》云，“副将刘国能守叶县，李万庆守襄城。城破，不肯从贼，死甚烈。万庆赠都督同知、荣禄大夫，立祠襄城。国能、万庆，皆降将。国能即飞虎，万庆即射塌天也。”同书另卷中复云，“闯贼李自成复破叶县，降将刘国能守叶自刎死。其妻先死。其子方八岁，贼入城，抱置膝上，欲收养之，不从，自解所佩小刀，亦刎死。”自刎之事，其它文献有记为顽拒伏法者。《绥寇纪略》云，“贼杀其令张我翼，而好谓国能曰，若，我故人也，何不服？国能按剑骂曰，我初与若同反，今则王臣也，奈何从贼?！遂遇害。”《平寇志》云，“曹操恨之，誓杀国能。至是闻国能在叶，乘胜陷其城，

① 吴伟业：《绥寇纪略》卷6。

② 彭孙贻：《平寇志》卷3。

执国能，责其负约。”《怀陵流寇始终录》亦云，“城陷，贼杀其令张我翼，好谓国能曰，贵人别来无恙，相与续旧好乎？国能曰，我官天子所亲授，诚贵无与等，当以死报。贼固要之，国能笑曰，我奉母命归国，母死而背之耶?！竟不屈死。”

历观以上各记载，其间于琐节地方容有相互歧异之处，然总体上情节均一致，即老闯塌天（刘国能）确已于明崇祯十四年（1641）在河南叶县被处死。而洮州、河州间之闯塌天则于清顺治五年（1648）发动抗清起义，响应米剌印、丁国栋，其时上距刘国能之死已七年，自是别一个“闯塌天”无疑。

刊《东岳论丛》1982年

山东历史上的农民战争

（赵俪生　高昭一　合著）

吕母和赤眉军

在山东日照县的崮河涯上，到现在还有一个古迹，叫做吕母崮。远在一千九百四十年以前，也就是公元十四年的时候，在这里有一个被大家称做吕母的老太婆，她为了替儿子报仇，曾经领导起一支起义军，沿着崮河一带，在陆地和沿海岛屿间，与统治者进行过不少次的战斗。这支小小的队伍，后来汇合到其他起义军中去，便成了我国古代历史上著名的赤眉军。

吕母的事情是这样的：她有一个独子叫做吕育，在当时的琅邪郡（郡治在今山东诸城）海曲县（在今山东莒县以东）里当一名游徼（巡警一类的职务），因为犯了一件什么小过错，就被海曲县的县宰给枉杀了。吕母痛愤在心，一意要替儿子报仇。原来吕母家里一直做着酿酒和卖酒的生意，颇有产业。儿子死后，她便借此结交少年豪杰，他们有困难时，常常受到吕母的周济。不几年工夫，吕母的家产眼看要荡光了，少年豪杰们凡是受过周济的都忍心不过，想要报答她的恩德。吕母趁着这个机会，向大家哭诉冤仇，大大地感动了那些少年豪杰。他们到海上召集了一些亡命之徒，编成了一支数千人的队伍，奉吕母为“将军”，攻入了海曲县城，杀了县宰，替她儿子报了仇。但杀了县宰是“造反”的事情，在大陆上是存身不住的，于是他们便沿着崮河，撤到海岛上聚居。这时有许多在大陆上不能谋生的人，还有由于犯了罪而被流放的人，都来参加了。这些人在海岛上活动了好几年。后来，吕母因年老病死，她的部下听说陆地上的农民也纷纷起义了，这才又离开了海岛，重新回到大陆上来，分别参加到名义不同的各股起义军中去。

这时，正是我国历史上从西汉到东汉的交替时期，在统治阶级内部，发生了一件重大的事变：王莽篡汉。原来，这汉朝刘家的天下，从高祖刘邦到武帝刘彻，社会生产一天天恢复，国家力量一天天强盛：对外曾击败了匈奴，打通了西域的道路；在国内，工商业也得到了相当的发展。在这一时期，汉族的活动，对于整个上古期世界历史的贡献是很大的，所以，从此汉族也就世世代代被称为汉人了。可是也就是从武帝以后，社会矛盾的发展一天比一天尖锐化了：受到连年对外战争的影响，全国弄得“民穷财尽”了；西汉专制国家对劳动人民的压榨和剥削，也一天比一天更厉害了；专制国家跟商人豪富间的斗争，也一天比一天更尖锐了：结果使得广大的农民失去了各自旧有的小片土地，成了流民。到西汉末年，王莽看到了这个情况，就幻想着要推行新法，进行自上而下的改革。

假如单从王莽新法的条文上看，这个改革也并不坏，它限制富人兼并土地；禁止奴隶主私自买卖男女奴隶；监督市场上的交易和钱币的流通，以防止商人的投机和操纵，这些办法假如能够彻底实行起来，并长期地坚持下去，对人民还是有好处的。可是王莽本人和他的那个集团，也属于贵族地主阶级，他们不会真正关心劳动人民的疾苦。王莽本人，主要是想做大皇帝；他的属下，主要是想借推行新法去抢夺更多的财物。所以新法一遭到大商人地主们的反对，王莽就马上宣告妥协了。这一妥协又带来了法规的紊乱，和整个社会秩序的紊乱。农民大众没有看到新法的一点好处，反而饱受了新法带来的种种痛苦。他们实在忍受不下去了，就纷纷揭竿而起，掀起了西汉末年的轰轰烈烈的农民大起义。

吕母的起义，恰好就发生在王莽新朝的天凤元年（公元14年），这不是偶然的，这是当时社会秩序紊乱和人民生活痛苦的直接反映。吕母起义只是一个开头，不久以后，这星星之火，就发展成了燎原之势。天凤四年（公元17年），有东海临沂人樊崇，在莒县境内率领一百多人起义。那时太行山以东各地，特别是青、徐二州地方，连年水旱成灾，饥荒严重，自然界的特殊情况加重了社会上的矛盾，大量的饥民都来投奔樊崇。他们为了暂时避开统治者的残酷镇压，为了初步编制部队，由樊崇率领，西入太山（即泰山），这是自汉武帝以来，规模不大的农民暴动的老根据地。樊崇由于一贯地勇敢善战，被群众公推为领袖。这时，在他领导下的群众，已有一万多人。稍后，又有另外一个临沂人逄安，和东海人徐宣、谢禄、杨音，也都各自率领起义的群众，前来参加。群众总数发展到数万人。吕母部下的主要部分，也参加了这个以樊崇为首的部队；其余的，则参加到铜马等其他番号的农民军里去了。

起义后，他们先进兵攻打莒县，不很顺利。又转攻姑幕（今高密），在那里，他们遇到了探汤[①]侯田况的镇压。为了使这些将近十万的群众能有初步的军事编制，为了使大家都不至于没有粮食吃，樊崇、逄安二人带领大家二次回到太山山地，驻扎在一个叫做南城的地方。在那里，他们一面休整部队，一面屯田耕种。在这期间，他们针对具体情况，制定了简单扼要的守则。那就是："杀人者死，伤人者偿创"，意思是说，谁随便杀死了人民，谁就要偿命；谁随便伤害了人民，谁就要受到同样的创伤（有人拿这两句话作为根据，说这是奴隶对奴隶主的报复，我认为那是很错误的）。此外，他们又设置了几个等级不同的军官名义，最高的叫"三老"，次一等叫"从事"，再次一等叫"卒吏"。一般战士间相互称为"巨人"。这些守则和设置，以及其他的命令指示等，都没有文字记录，只是作为口头的规定。但是我们不可小看了这些口头的规定，在当时这些规定起了很大的作用。它使部队的纪律初步树立起来了，使起义军同人民之间的关系更加密切了，使部队的作战力量也大大地增强了。

起义军的壮大，立刻引起了王莽的惊慌。他从一开始，就是派遣最高级的官吏和将军来镇压山东人民的。地皇二年（公元21年），他派太师景尚和更始将军王党前来镇压。地皇三年二月，景尚就被樊崇击毙了。王莽更加震惊，一方面下令青、徐诸州的郡县，叫他们分头出兵，合力围剿；另一方面又派新的太师王匡和新的更始将军廉丹，率领精锐部队，准备对起义军进行更大的镇压。这时，双方大军云集，起义军这方面为了标识自己跟敌人的区别，就用朱红颜色把眉毛涂了。从此，这支起义军就被老百姓叫做"赤眉"。当时，还有一支跟"赤眉"并肩作战、一路行军的另一个番号，叫做"青犊"（大概是在军旗上画一只牛头作为标志）。赤眉军遵守自己的口头规定，对老百姓很好；而对比起来，王莽的军队则军纪败坏，到处焚烧杀掠，老百姓不堪其苦。当时，里巷中有一段歌谣，说："宁逢赤眉，不逢太师（王匡）；太师犹可，更始（将军廉丹）杀我。"没有群众支持的军队是打不了胜仗的。在太山山地的西边缘上，第一个交锋仗，王匡、廉丹就被赤眉军打败了，只好狼狈西窜。在无盐（在今山东东平县东二十里）地方，他们又受到当地起义军索卢恢部众的截击，越发溃不成军。王匡勉强逃回洛阳；廉丹被赤眉军击毙了。这时候正是地皇三年（公元22年）的冬天。

---

① 探汤，县名，是王莽替北海郡益县新改设的名字。

这场战争，起义军获得了胜利。这对当时整个时局，是有很大意义的。分散的起义群众，只经过初步整编，便能一战杀死了新朝的太师，再战杀死了新朝的大将军，起义军的声威被广泛地传扬出去了。从此王莽军事上和政治上的统治力量，在函谷关以东的，都龟缩到洛阳一个据点，不敢向外伸张了。这样，一方面替赤眉军自己创造了一个广阔的活动地区——他们以濮阳作为领导中心，东到东海，北到鲁城（今河北沧县附近），南达汝南、陈留、颍川一带；另一方面，在客观上也替其他的兄弟起义军，创造了发展的机会。例如平原女子迟昭平在平原一带领导的起义军，东海人刁子都和东平人爰曾（绰号“城头子路”）在今曹州、东昌一带领导的起义军，都是赤眉军打垮了王莽主力军以后才发展起来的。此外，比这些意义更加重大的，是他们的胜利，在客观上对于当时南方起义军（初期通称“绿林”）的发展，起了极重大的配合作用。

在这里，不能不插进一段话来，叙一叙南方起义军的简单情况。比吕母起义晚三年，和樊崇起义在同一年，南方荆州的农民也起义了。王匡[①]、王凤、马武、王常、张卬（音昂）都是起义军的领袖。他们最初活动的地区，是在今湖北省当阳县境内的绿林山。后来，绿林山中闹瘟疫，大家便离开绿林山，分头活动。由于活动地区的不同，和部队领导人的家乡关系，他们各有不同的名号：一支叫“新市兵”，一支叫“下江兵”，一支叫“平林兵”。此外，又有枣阳地方的贵族地主刘縯、刘秀兄弟，南阳的商人地主李通、李轶兄弟，也抱着不同的目的，组织一支反莽的军队来，叫“春陵兵”。这四路兵马联合北上，在地皇四年（即更始元年，公元23年）正月，攻下宛城（今河南南阳）。他们当即拥立平林军中的一名军官刘玄出来做皇帝，年号“更始”。在这一年的六月，他们又在昆阳（今河南叶县）打了极著名的一仗——昆阳大战。在这场战斗中，他们击溃了王莽从长安派来的百万大军。公元22年的冬天，赤眉军在山东东平县第一次打垮了王莽的镇压大军；公元23年的夏天，绿林军又在河南叶县第二次打垮了王莽的镇压大军：在半年之内发生的这两件大事，是有配合意义的。为全国人民所反对的王莽政权，它的实际力量，就在这两场大战中被严重地削弱了。从此以后，王莽的政权已经名存而实亡了。

现在，事情的中心点转移了。在没有打垮王莽的主力军以前，中心点是怎

---

① 这个王匡，跟王莽的太师王匡同姓同名，但是两个人。

样去打垮王莽；现在，王莽已经大大削弱，不久以后，他就被长安城内的暴动者商人杜吴和校尉公宾就杀死了，他的政府也就随着瓦解了。目前，新局面的中心点应该是各路农民起义军怎样能够联合起来，避免分裂和互斗，从而去建立一个统一的军政府，以早日恢复和平，发展社会的生产。但受到种种局限，当时起义的农民，没有能够完成这个历史的使命。农民阶级是历史上工人阶级没有出现以前最革命的阶级。我国长期的封建社会之所以能够不断向前发展，农民的起义是最主要的推动力。但是由于他们是个体生产者，是小私有者，所以他们在旧时代中，不容易走到团结、合作的道路，他们一般都是保守和自私的。这些弱点，表现在这场大起义中，主要就是东路军的赤眉同南路军的绿林不但没有能够合作起来，反而互相敌对起来了。

事情是这样的：更始元年六月，南方起义军在打了昆阳一战之后，很快地就占领了洛阳。这时东方的赤眉军主力，也正在洛阳以东的地区里活动。更始皇帝刘玄进入洛阳后，便下命令叫赤眉军的领袖前来“降顺”。樊崇、逄安、谢禄、杨音等数十人都去了。他们每人都被封给了爵位，有的是侯，有的是伯，从表面上看两方还是很谐和的。但他们所率领的近百万的大军，究竟如何处理呢？究竟刘玄给他们划定了怎样的地区，让他们去屯垦呢？根据既有的记载，刘玄在洛阳的军政府是没有做这些安排的。于是这些赤眉军的领袖们在洛阳城内住不下去，便都偷偷地溜掉，回到他们原部队中去了。从此，赤眉军的领袖和群众，便把反对刘玄政府作为自己的斗争目标。此时，刘玄政府已经西入长安，赤眉军便也决定西攻长安，要从友军手中夺取当时全国政治的中心地。为了达到这一目的，他们做了种种准备。他们在中原地带跟刘玄所设置的地方政权进行了一些战斗，并作了一些群众工作，收集了足够的军用食粮，然后再以比较缓慢的行军速度，分两路向长安进发。

在这一阶段中，整个反莽起义的内容，是越来越复杂化了。不但赤眉军跟南方军在一度接触之后，便永久的分裂了；就是南方军的内部，也在严重的分裂着。上面提到过，南方军是“新市”、“下江”、“平林”和“舂陵”四路兵马的联合。其中“舂陵”一支，是大地主刘縯、刘秀兄弟二人领导的。他们在反对王莽这一点上，跟农民军是共同的，可以同盟的。但除此之外，他们还另有自己的目的，那就是他们企图反莽成功以后，由他们来掌握政权。在进入宛城以后，刘縯就利用农民头脑中存在的“天子姓刘”的正统思想，企图来骗取帝位，但各路起义军首领考虑的结果，宁愿让那个亡命徒和小军官出身的刘玄出来做皇帝，也不同意推刘缜出来。刘缜看到自己的目的没有达到，便一方面拉拢农民军的个别领袖（如王常），一方面对抗刘玄的领导。结果，刘缜很快便被军政府处死了。刘秀是一个富有策略的人，哥哥被杀以后，他在暗地里虽然筹划着怎样从刘玄的军政府中独立出去；但表面上对刘玄很恭顺，一点也不表示怨恨，而且，在攻打洛阳、恢复洛阳市容和扫清洛阳宫殿这些任务中，刘秀还表现得相当积极，因而讨得了刘玄的欢心，派他做持节的大将军，到黄河以北去招降和安抚河北各地的反莽部队与人民群众。这个使命，给了刘秀一个好机会，他从此便到黄河以北去搞他自己的独立事业去了。

不过，在过河后最初的一个时期里，刘秀还是遭到了不少困难的。他要搞独立，首先就得寻找足够的力量来支持他，并且还需把那些不支持他的力量打垮下去。当时，在邯郸地方，有一个算命的人叫做王郎（又叫王昌），他在地主李育等人的支持下，在黄河以北做起傀儡皇帝来。这个人曾经给刘秀带来很多困难，一度逼迫得刘秀走投无路。刘秀究竟是跟农民军并肩作过战的人，他懂得农民力量的巨大，因此他一度曾想跟刁子都和爰曾的农民队伍联合，这支部队当时正活动于黄河和济水之间（即今山东从曹州至东昌的一片南北狭长的地区），有群众近三十万人。但刘秀实际上并没有跟这支农民军联合，倒是去跟一些官僚、大族地主分子合作去了。这时信都（今河北冀县）的太守任光、渔阳（今河北密云县）的太守彭宠，都表示支持刘秀。此外还有钜鹿的大族分子耿纯和耿况、耿弇父子也表示支持刘秀。耿况是上谷（今河北怀来）太守。当时渔阳、上谷两郡，地处边境，为国家屯驻重兵之所，所以这两郡兵马强盛，所谓“控弦万骑”。刘秀得到他们的支持后，一仗打垮了王郎，转变了他在河北的狼狈状态，初步站稳了脚步。从此以后，他便使用半剿服、半吞蚀的手段，把黄河以北的许多支农民起义军（他们的番号是很多的，如“铜马”、“大枪”、“尤来”、“青犊”等），都一一收编下来，成为他自己的势力。更始三年（公元25年）六月，他便即皇帝位于鄗（今河北高邑），改元建武，正式建立起他自己的政权来了。

现在，我们再返回头来，继续叙述赤眉军的活动。他们自从决定推翻刘玄以来，便在河南颍川把部队又整编了一下，然后分兵两路，一路由樊崇、逄安领导，另一路由徐宣、谢禄、杨音三人领导，在长社（在今河南长葛县境）、宛城、阳翟（在今河南禹县境）、大梁等地跟刘玄的地方政权展开了战斗。赤眉军的战斗力，在当时的各地起义军中，总是最强的。他们所向无敌。黄河以南的广大地区，很快便从刘玄的统治下，转到赤眉军的手中去了。更始二年（公元24年）的冬天，他们向西进兵。樊崇、逢安一路，绕道稍稍偏南，经由武关进取长安；徐宣等一路，稍稍偏北，经由陆浑关（在今河南嵩县境内）进取长安。他们沿途虽曾跟刘玄的军队发生过遭遇战，但规模是不大的，胜利总是在赤眉军这一方面。更始三年（公元25年）正月，两路大军在弘农（今陕西华阴）会师了。这时他们已逼近长安，部队中就自然而然地产生了推戴首领和建立军政府的需要。适应着这一需要，便发生了军队中神巫闹鬼的事。有一个随军下神治病的巫师，忽然吵闹起来，说什么神要降祸给赤眉军了。为了消灾免祸，必须找一个姓刘的出来做皇帝。找寻的结果，军中有三个跟西汉皇帝血统最近的人，于是用抓阄的办法决定，由一个十五岁的随军牧羊的牧童刘盆子出来做赤眉军的皇帝。从此，赤眉军的政权也建立起来了。赤眉军的政权是跟刘秀的政权在同一年同一月里建立起来的。

自从王莽被打垮以后，两年半的时间全国出现了三个鼎立的政权：刘玄在长安京都之内；刘盆子在华阴的军伍之中；刘秀在河北的高邑。除此之外，在全国各地，尤其是在边远地区，还有不少规模大小不一的割据势力，尚不计算在内。这是当时农民群众不善于组织全国统一政局的结果。从此以后，便出现了这三种势力互相争斗的局面，看谁能够最后压倒别人，谁就将成为中国的唯一的统治者。

更始皇帝刘玄的政权，并不巩固。刘秀自称帝以后，步步向西进逼，派遣部下大将邓禹占领了河东（今晋南）之地。赤眉两路大军又会师弘农，进兵高陵，直接地威胁着长安。于是刘玄部下，便很自然地产生了悲观失望、离心离德的情绪。例如将军张卬就公开鼓吹流寇主义，要大家把长安财物放手抢掠，然后各自回南阳老家去当“群盗”。这个主张未被大家接受，他就又跟大将军申屠建、隗嚣等阴谋发动政变，想用兵力劫持刘玄，强迫他接受这个抢掠的计划。但这个阴谋又泄露了，结果，申屠建被杀，隗嚣逃回他的本郡陇西去了。张卬便正式叛变，用兵力把刘玄赶到长安以东的新丰，自己率领部众投降了赤眉军。刘玄在逃亡中，怀疑自己部下还有跟张卬同谋的人，便下令把当年“平林兵”和“新市兵”的老领袖陈牧和成丹都处死了。这真是一场内部火并、自相残杀的惨剧。象这样的政权，没有不很快就崩溃的。果然，不久张卬便引导着赤眉军进入了长安。刘玄逃到高陵后，也表示愿意投降，他亲捧着皇帝印绶到长安献给了刘盆子，自己受封为淮阳王。后来，他本人又被张卬派人给暗杀了。到这里为止，当年自绿林山起义的领袖和群众，大半都被杀的被杀、星散的星散了。

全国三个主要势力垮掉了一个，现在只留下赤眉军跟刘秀在互相角逐了。赤眉军自进入长安以后，情况也和从前大不相同了。从前主要的事情是打仗，而打仗在赤眉军已经有了八九年的经验，声威一贯又很好，因而在这方面是没有多大困难的。现在，主要的事情是怎样管理统辖地区中的地方行政，怎样筹措粮食，来解决部队和人民的粮荒。在这一方面，赤眉军的经验是比较缺乏的，因此成绩就不大好。原来这陕西关中的所谓“三辅”[①]之地，自西汉末年以来，在统治者的残酷剥削下，已经是“民穷财尽”；更兼自建武元年（公元25年）的春天起，连续遭受水、旱、蝗灾，人民的生产事业受到严重的损害，粮食来源是越发艰难了。百万之众的赤眉军，坐困在这样的地方，是很危险的。于是他们便作出决定，把部队暂时调离京城，开往西北方的北地、安定二郡（二郡郡治在今甘肃的平凉和庆阳一带），去寻找足够的粮食。

这个决定，在原则上是没有错误的。因为当时河西（今兰州一带）地旷人稀，土壤肥沃，畜牧事业也相当发达；更兼地处边远，很少受到内地战争的扰乱：因而粮食是完全可以找到的。但赤眉军的错误，在于他们对陇西和河西一带的实际情况估计不足。这里所说的情况，是既包括自然的情况也包括社会的情况。自然的情况是这里气候寒冷，同一天之内，白昼跟夜晚气温的差别就很大。假如碰上大风雪，那就更糟。社会的情况，是这里有着边疆地主们强悍的武装力量。原来，自从西汉末年以来，有些官僚地主如窦融、马援等，看到中原经常发生变乱，就带了自己的地户奴婢，迁移到这边塞的地方来。他们在那里经营屯垦畜牧，对于当地的生产是起了一定的好作用的。而这个地区，从老早就是胡、汉杂居的地方，为了防御异族的侵扰，为了保护他们自己的家财，这些地主手下都备有精良的武装。这些地主武装，在国家力量不足以在边境上处处设防的情况下，他们曾经担任过捍卫国境、保护汉族人民生命财产的任务。在这一点上，他们的作用也是好的。但就阶级性质说，他们则是地主武装，因此在阶级斗争剧烈的时候，对于农民，他们就成了最凶残的刽子手。赤眉军由于对以上这些情况估计不足，因此在这次远征中，就遭到了种种挫折。

建武二年（公元26年）春天，赤眉军离开长安京城，出南郊，绕道西行。

① 西汉时，把今陕西关中地区分为“京兆”、“扶风”、“冯翊”三部，通称“三辅”。

这时军队实力，还很强盛，号称百万雄兵。刘盆子坐着皇帝车辇，樊崇、逄安、徐宣等一路骑马相随。沿途除在郿县打了一次小仗外，一路平稳地踏进了安定、北地二郡的地面。他们正在继续前进，但突然遭遇到大风雪，由于事先准备的不够，士兵们被冻死了很多。这样，赤眉军在行军中途，就陷入了进退两难的僵局。与此同时，以隗嚣为首的西北地主武装，在泾阳①、乌氏一带（今甘肃平凉以西约四十里的地方）对赤眉军又进行了截击。在困难的自然条件下，赤眉突遇大敌，措手不及，结果吃了一个很大的败仗。不得已，乃决定顺原路向东撤退。可是，这时候东路的情况也有了改变。刘秀的大将军邓禹自从由刘玄手里夺到河东以后，便时时准备渡河而西，插足关中之地。自从赤眉军自长安西征开始以后，邓禹便乘机立刻进占了长安，在那里整修西汉高祖刘邦的陵庙，以图笼络民心。赤眉军回军到了扶风，跟邓禹军队相遇，打了一仗。邓禹兵败，退守高陵。赤眉军得了这场胜利，继续东来，于当年的冬天，重新回到长安。这次向西北行军，共花费了半年的时光。在这半年之中，他们不但一无所获，反而给自己增加了失败的因素。

赤眉军二次回到长安，情况跟从前又不相同了。由于他们始终未能解决粮荒的问题，老百姓开始对他们感到失望。富户们呢，看到赤眉军势力渐衰，就干脆对他们实行坚壁清野，武装自卫村堡，不加支持了。这时邓禹的军队，也接近到长安的四郊。除此之外，从南山——秦岭上，又下来一支军队，为头的名叫延岑。这个延岑，跟盘踞在四川的割据者公孙述，有着很密切的关系。他把军队驻扎在秦岭的两侧，随时留心观察赤眉军的动静，准备进兵夺取长安。现在，这支军队的先头部队，已到长安南郊的杜陵。赤眉军重振军威，准备跟延岑在长安南郊展开大战，以便从速解除这个近在门前的威胁，好去全力应付邓禹。这个仗是打上去了，而且在起初还是赤眉军操着必胜之权的。但延岑很狡猾，他感到正面攻击难以取胜，就采用了智取的方法。他设法跟他的联军首领李宝联系，这时李宝已因兵败降于赤眉，现在延岑跟他勾结，叫他里应外合，以图转败为胜。赤眉方面，未加防范。第二天再战时，李宝便从赤眉军后方偷偷砍掉了所有赤眉军的旗号，完全换上了延岑军的旗号。赤眉军收兵回营时，看到军旗已换，误认为敌人抄了后路，老营盘业已失陷，军队恐慌万分，当即发生溃乱，主帅逄安不能节制。延岑与李宝乘机里应外合，接着再战，因

① 这个泾阳，不是现在陕西长安西北六十余里的泾阳县。

此赤眉军死伤惨重，退守长安城内。这时正是建武二年（公元26年）的九月底和十月初。

赤眉军一贯是勇敢善战的。但由于对敌情的估计不足，和对敌人的诡计警惕性不高，遂致接连打了两个大败仗：在泾阳、乌氏地方败于隗嚣，在长安南郊杜陵地方又败于延岑，这就是赤眉军在军事上走向失败之途的关键。人们都知道是刘秀压平了赤眉军的活动，但刘秀在函谷关外所遭遇到的赤眉军，早已是“强弩之末”了。

现在再来叙一叙刘秀。刘秀无论从他的出身来看，或者从他所代表的阶级利益来看，他都是一个属于地主阶级的人物。因此他跟农民是敌对的；即便在他参与组织“新市”、“下江”、“平林”、“春陵”四路联军的时候，他也是抱有自己的目的的，即使他自己和他所属的那个阶级成为中国的统治者。可是，正因为他在南阳曾经跟农民军较长期地并肩作战，在河北时他又曾收编改组过不少的农民军，因而他就完全不同于一个寻常的地主阶级分子。在与农民军接触中，他认识到了农民阶级的巨大威力，他也懂得了农民阶级的疾苦，以及农民对统一、和平和迅速恢复生产的热烈要求。他是一个野心家，他要想做大皇帝，但是他这个想做大皇帝的主观意图，又刚好符合了当时农民阶级要求统一、要求和平的愿望。当然，这种符合，只是“不谋而合”，并不是刘秀有意识地想要去符合的。但无论如何，只要他有这种完成全国统一的志愿，那么他就比那些个别地区中的割据者，如公孙述、隗嚣、彭宠、刘永、张步等高明得多，有价值得多了。

刘秀为了完成统一，他就不能不削平国内一切与他为敌的势力。现在，黄河以北的铜马等各种番号的农民军，差不多快要被他吞并完了；刘玄所代表的荆州农民军，也已瓦解；目前除了各地的割据军阀尚未完全消灭以外，国内主要的敌对力量，只剩下赤眉军了。因此，很自然地，刘秀便把压服赤眉军，当做了自己的中心工作。他多方调兵遣将，来达成这一目的。这正是建武二年（公元26年）的深冬和建武三年（公元27年）的初春，消息传来，说赤眉在连连遭受挫败之后，决定撤离长安，要回山东老家去了。刘秀除了命令邓禹继续尾追赤眉军外，复派遣冯异的部队扼守河内（今河南孟县至垣曲一带），侯进扼守新安，耿弇扼守宜阳，并说，假如赤眉军走新安偏北这一路，那么耿弇必须北来援助；假如赤眉军走宜阳偏南这一路，那么侯进必须南去援助。这样布置妥当，专等赤眉军的到来。

赤眉军出长安向东走，在湖城（今河南阌乡县东四十里的地方）跟邓禹部下的军队打了一仗，这一仗赤眉军并没有败，倒是邓禹的军队打败了，邓禹因此还自请处分。之后，他们出了函谷，越过崤山，走到回溪和崤底（在今河南洛宁县西北）之间的一带地方，又跟邓禹的代替人——征西大将军冯异打了起来，这次战斗很激烈，赤眉军最初胜利，但很快又转胜为败。赤眉军在东归行军途中，无心恋战，遂渐移行军路线，稍稍偏南，行近宜阳。在这里，赤眉军不仅遇上了耿弇的部队，并且还有刘秀和大将军吴汉亲自率领下的精兵。这些部队把他们从四面包围起来，使他们无法迎战，只好决定全军投降了。刘盆子和樊崇等重要首领三十多人，光裸着臂膀去见刘秀；并把从更始皇帝刘玄那里得来的印绶和七尺宝剑等物，也交给刘秀了。数十万的部队群众，也全部解下甲胄；把他们的兵器盔甲堆积在宜阳城西，史书中记载说："其高与熊耳山齐"。

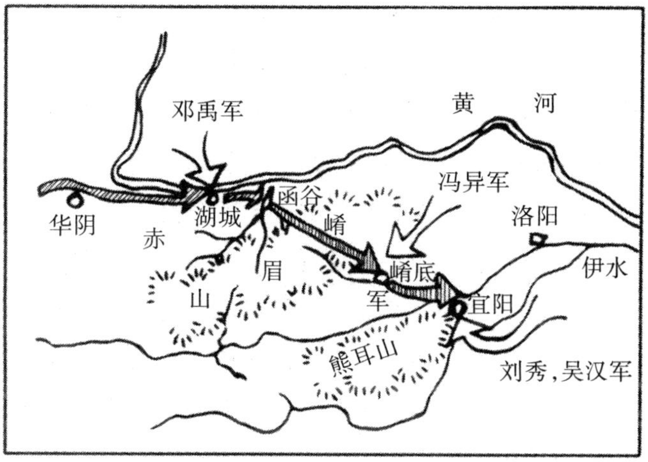

发生在公元一世纪的这样一场轰轰烈烈的农民大起义，到这里便收场了。解甲后的群众，大部分被刘秀收编为自己的军队，小部分听其星散回家，有的则加入到其他反对刘秀的割据势力中去了。首领樊崇和逄安等，则被安置在洛阳京城（刘秀这时已定都洛阳）内居住，每人赐给宅第一所，田地二顷，以表示汉家天子待人的"宽大"。但不到半年的工夫，刘秀看到大局已定，乃改变了笼络政策，诬陷樊崇、逄安二人有谋反的意图，把他们两人杀害了。徐宣、杨音见势头不好，赶紧告老还家，总算得了善终。谢禄早在刘玄被杀害后不久，就被替刘玄报仇的人给暗杀了。只有刘盆子，他虽一度做过农民军的皇帝，但由于他在血统上是"卯金刀"，因此他的安全得到了长期的保护，没有出什么岔子。从此，刘秀逐渐统一全国，成为我国历史上东汉帝国的开国大皇帝。老百姓习惯称呼他做汉光武。

总括起来，在本文的末尾部分，我们需要看一看赤眉军具有一些怎样的特点？他们的活动，在我国历史上起了一些怎样的作用？

赤眉军在阶级成份方面是很单纯的，根据现有的历史材料看，他们几乎都是破产的农民。在这个大起义的队伍里，很少看到农民以外的阶级成份，如象旧贵族、中小地主、商人等。此外，又没有奴隶参加的明显记载。大家须知，在旧时代中，农民是几乎完全被剥夺了受教育权利的阶级。统治者一方面剥夺了他们的这种权利，一方面又骂他们愚昧、粗鲁和野蛮。但现在，恰巧就是这些在剥削阶级看来是愚昧、粗鲁和野蛮的群众，在公元一世纪的时候，就能够经常团结为百万之众的庞大队伍，坚持了十四个年头（公元14到公元27年）的战斗。他们在战斗中足迹曾经踏到过的地面，按目前的地名说，至少东到山东的高密，西到甘肃的平凉，南到河南的南阳，北到河北的沧县：是这么广大的一片地域！他们的组织机构和部队纪律虽然简单，但效果是很好的。他们从来不犯奸淫掳掠的错误，这一点连光武皇帝刘秀都承认，他说，赤眉军兵士各带妻子，不侵犯别人的妇女，是赤眉军的“三善”之一。这正是农民群众朴素老实的优良作风。但当时某些割据的地主分子偏偏造谣说，赤眉军在长安一带挖掘坟墓，奸淫死尸。这完全是一种诬蔑。试想：赤眉军连活人都不肯侵犯，为什么偏偏去侵犯死人呢？这种谣言，真是不攻自破。

赤眉军不仅作风朴素，军纪良好，而且还作战勇猛，所向无敌。王莽的反动大军，在北方的被他们打垮了；刘玄部下的南方起义军，在分裂后也不是他们的对手；刘秀部下的大将军邓禹，更是每战必败。但他们究竟是被剥夺了受教育权利的劳动人民，他们勇力有余，而智谋不足。因而一败于隗嚣，再败于延岑，最后终于被刘秀收编了。但无论如何，他们在历史上还是起了很大的作用的。第一，他们不自觉地配合了南方起义的友军，各自在南北两个战场上，打垮了王莽的军队，从而也就打垮了为人民所憎恨的王莽政权，这在政治上就是一个很大的收获。这就在历史上证明了，劳动人民不喜欢哪个政权，痛恨哪个政权，那么，他们就有力量来打垮哪个政权。这是在我国历史上很早就能够显示劳动人民具有巨大威力的一次行动。第二，赤眉军的起义，对于东汉光武皇帝刘秀说，也的确是一个很大的教训。刘秀自从由南方起义军中逃了出来，在建立他自己事业的过程中，曾经遭遇到种种的困难和阻碍，但他都不曾把这些事放在心上；而独在对待赤眉军时，他总是小心翼翼，在每一个战略上，都非常慎重，唯恐遭到赤眉军的打击。直到宜阳城下赤眉军全部解甲，他还是一则以喜，一则以惧。我们说，假如他已经充分地认识到农民的巨大威力的话，那么，他主要是通过对付赤眉军才认识了的。因此，在他做起大皇帝来以后，他就比较王莽高明得多，他不是虚伪地而是认真地颁布并执行了不少有益于农民的命令，如减轻赋税，废除奴婢等。此外，他还兴办了不少屯田和水利事业。通过他这一系列对人民的让步，社会生产恢复了，并且从恢复中又向前发展了一大步。所有这一些，我们难道可以完全归功于刘秀的“行仁政”，而不归功于赤眉军给予统治阶级的打击和教训吗？

窦建德和刘黑闼

在今山东恩县和平原交界的地方，古时候有个水泊，叫做高鸡泊。现在这个水泊，也象郓城和东平交界处的梁山泊一样，早已成为平地了。但在隋、唐时候，高鸡泊却是一个广阔二三百里的大湖，里面港汊复杂，芦苇丛生，许多被当时统治者迫害的人都来这里隐蔽。这个水泊属漳南县，县治是隋朝新设置的，就在现在恩县西北五十里，由于当时利用漳水水道，凿修了永济渠（隋朝北方的运河），渠水从县北流过，所以叫做漳南。

窦建德和刘黑闼都是隋朝时候漳南县的农民。他们生活的时代，正是我国历史上经过南北朝的分裂和混乱以后，又一次统一起来的时候。在北朝的混乱时期，汉族人民和各种胡族人民（鲜卑族是最主要的），通过了战争与和平时期的相互接触，已经初步地融合了。汉族人民，已经较长期地生活在封建社会里，以农业生产为自己的主要劳动方式。胡族人民，由于不久前他们还是过着一种前封建的、游牧的生活，在战斗和掠夺历程中，也积累了丰富的军事经验。现在彼此融合起来，他们既善于经营农业操作，又保留着善于骑射的骠悍传统。窦建德和刘黑闼正是这样的一种农民（正如文学艺术中的人物花木兰，也是这样一种人家的女儿一样），由他们来担任农民起义的领袖，是有一定的必然性的。

窦建德的起义，是反隋起义。隋朝是我国历史上建立于第六世纪末和第七世纪初的一个全国统一的朝代，它只统治了三十七个年头，就在农民大起义的烽火里垮掉了。继之而起的，是历史上著名的唐帝国。窦建德和他的后继者刘黑闼的起义，跟李密领导下的瓦岗起义配合在一起，构成为紧密联系着隋亡唐兴的一件大事。因此对窦建德和刘黑闼的起义事业来叙述一下，是有必要的。

隋文帝杨坚篡了北周，灭了南陈，统一了全国，年号叫做开皇。在开皇年间，我国社会生产的各个方面，都有一些恢复，从恢复中也慢慢有些发展。杨坚的儿子杨广继承皇位，年号大业。在大业年间，由于以杨广为代表的封建专制皇权无限制膨涨的结果，把刚刚有点恢复的社会生产又很快地摧残了。杨广征调全国的人力物力，用去营建城市（如东都洛阳和江都扬州等），挖掘运河（如永济渠、通济渠、邗沟、江南御河等），北防突厥，西征吐谷浑，东征高丽，特别是东征高丽，自大业七年（公元611）起，前后三次兴兵，引起了全国各地人民的反抗。尤其是永济渠（北方的运河）一带，由于大量抽拔壮丁和民夫去支援征伐高丽的战事，加以这一带又连遭水旱等灾，收成不好，这更促使了人民的起义。于是，在高鸡泊地方，便酝酿起反抗的运动来了。

窦建德是个农民，但他不是一个顶下层的农民，而是一个乡村中出头露面的小人物。在征调壮丁东征高丽的时候，漳南县派了窦建德担任了“二百人长”的职务。的确，在乡村中他是个交际广阔的人，据说他父亲死了，就有一两千人前来送葬。在跟他来往的人们中间，有个农民叫孙安祖。此人被征了壮丁，但因遭水涝，房舍物件都淹没了，妻儿无处寄养，因此他对抗兵役，拒绝应征。对抗官府是“犯法”的行为，县官便派人把他抓来，毒打了一顿，孙安祖一怒，就杀死了县官，犯下了重罪。窦建德对他进行了掩护，并替他联络了几百个被难少年，送他们到高鸡泊中。这是高鸡泊起义的起点。这时不仅漳南一地的被难人聚到高鸡泊附近，其他地方上的小股起义者也聚集到这附近一带来，鄃（今夏津）人张金称和蓨（“蓨”又作“蓚”，今河北景县）人高士达各自率领的群众力量，就是当时顶主要的两个部分。那时起义的领袖跟群众，彼此不懂得团结的重要，他们反而互相火并。孙安祖不久以后，便被张金称给并杀了。

这时窦建德虽未直接参加起义，但他跟高鸡泊的人们是保持着密切联系的。因此，漳南县官府就将窦建德的全家人口逮来杀害了。这件事激起了窦建德更强烈的愤怒，促使他毅然决然地投到高鸡泊来，在高士达部下充当“司兵”（一种小军官的名目）。这是窦建德直接参加起义的开始。此时正是大业七年的年末，他的年龄是三十八岁。作为一个小军官，他跟普通士兵一起担任劳苦的工作，一同陷阵杀敌，因此很得部下的信赖，在战斗中，部众逐渐增多。不久以后，在高士达和窦建德领导下，活动在漳南、清河一带的起义部队，已经是号称数万之众了。

到这里，不能不把当时全国范围内的总局势来略略叙述一番。大业八年（公元612）隋朝专制皇权的集中代表者——杨广，亲率一百余万之众，号称二百万，出征高丽。过鸭绿江后，他带精兵三十万，在萨水一仗，被高丽自卫的人民打败了，丢了无计其数的军需物资，狼狈而回。但这并没有给予杨广足够的教训，他在第二年（大业九年，公元613）又第二次出征高丽。正当他兵临平壤城下之时，他的亲信大臣——礼部尚书兼黎阳督运杨玄感，却在后方——运输的心脏地——黎阳（今河南浚县）搞起叛变来了。这件事，单就它的发动人的身上看，完全是统治阶级的内部斗争；但假如从起事的群众看，那么主要是为支援高丽战事而征调来的船工和运夫，从这中间也不能不反映出广大人民反隋的普遍情绪。杨广在高丽听到杨玄感叛变的事，又一次遗弃了大批的军器物资，连夜撤兵回国，集中兵力镇压杨玄感的叛变。杨玄感支持两个月就败亡了。但全国各地的农民起义，从此却如雨后春笋一样地发展起来。杨广看到这种局势，虽在大业十年（公元614）又曾扬言要第三次出征高丽，但他已经是无能为力了，只好一面接收高丽的求和要求，另一方面把他所有可能掌握到的全国兵力，完全用来镇压农民的起义运动了。

到大业十二年（公元616）时候，全国农民起义的力量，已逐渐汇合为几个较大的集团。杜伏威、辅公祏领导的起义军，活动在长江下游一带；李子通领导的起义军，活动在淮河下游两岸；徐圆朗领导的起义军活动在山东青、徐、兖三州之地；孟海公领导的起义军，活动在曹、戴二州之地（按：隋朝的戴州在今城武一带）；以今河南滑县境内的瓦岗山为中心，原由翟让、单雄信、徐世勣等人所经营，后又有李密参加的起义军，也在中原一带迅速地发展，即将成为全国起义的最强大力量。此时，高鸡泊这方面的情形，相对地看起来，显得还不够成熟。当时，他们是由三股力量凑成的，一股是自豆子䴚（在今山东惠民县境，是一片盐泽地区）起义的格谦；一股是活动在清河的张金称；一股是高鸡泊本地的高士达。当时窦建德虽已升为“军司马”，但仍是高士达部下的一个次要首领罢了。促进了高鸡泊起义军内部团结的，还是在于对敌作战的实际考验；也正是从这种考验中，窦建德才成了主要的领袖。

隋炀帝杨广一再征高丽都不得逞之后，回到他南方的江都（扬州），严令河北地方肃清“群盗”。格谦的部众被隋朝带领宿卫精兵的将领王世充击败，格谦牺牲了；张金称的部众被隋朝征高丽的大将杨义臣击败，张金称被杀害了。现在又有涿郡通守郭绚（“绚”读作“炫”），前来对高士达部进行镇压。

高士达派遣窦建德主持这次的军事抵御。窦建德估计力战不足胜敌，就决定用智谋取胜。他声言已跟高士达决裂，带领部众向郭绚投降，并愿做隋兵前导，直捣高鸡泊老巢。郭绚信以为真，对窦建德不加戒备，在临近高鸡泊的时候，窦建德突然杀死了郭绚，降服了全部隋朝的镇压军，取得了震动一方的巨大胜利。此时隋朝另一将领杨义臣部，就在不远的地方，听到这个消息，立刻向高鸡泊进军，声言要替郭绚报仇。在怎样对待杨义臣的问题上，高士达和窦建德的意见是有些分歧的。高士达主张乘胜直接迎击；窦建德主张暂避敌锋，迂回作战，以求获胜。两个人的意见统一不起来，因此这次出征迎敌就由高士达来负全责，窦建德留守高鸡泊，看管老营。不想，高士达稍有小胜，便纵酒高歌，骄傲自满起来，没有把眼前的劲敌放在心里，因此对敌情估计错误，被杨义臣打得全军覆没，高士达本人也在战场上牺牲了。窦建德在败丧之余，收拾余部，迅速舍离了高鸡泊，迂回作战，乘机攻下了饶阳，在那里聚集并整顿起义的力量。他替高士达发丧，埋死抚生，部众大大扩展，至十余万人。自格谦、张金称、高士达相继牺牲后，窦建德已成为河北平原上人民起义军的唯一领袖了。大业十三年（公元617），也是隋朝统治的最后一年的正月，窦建德在乐寿（今河北献县以南）正式成立了军政府，设置机关，委派官吏，改元丁丑，称长乐王。从此以后，窦建德便成为隋末全国起义中一方的领袖，他的势力范围也成为起义中一个重要的组成部分了。

在这里又要加叙一笔的，是跟窦建德称长乐王同时，杜伏威、辅公祏在历阳（今安徽和县）也成立了军政府；李密、翟让也在洛口（今河南巩县东南）筑城，也成立军政府，李密称魏公，翟让为上柱国。可见全国范围的反隋起义自大业七八年以来，经过六七年的酝酿和发展，已经到达比较成熟的阶段了。

现在，再把话题回到窦建德的身上。假如我们可以把窦建德生平事业划做三个阶段的话，那么，在第一个阶段中，他所对待的敌人是隋将郭绚和杨义臣；在第二个阶段中，他所对待的敌人，是隋将薛世雄；在第三个阶段中，他所对待的敌人，是隋将宇文化及和唐将李世民（就是以后的唐太宗）。现在，我们就要按照三个阶段的线索，来叙述第二阶段中他对待薛世雄的经过，以及这段事迹在当时历史过程中的意义。

薛世雄出身自北方大族的河东薛氏，山西汾阴人，是隋朝的一员有经验的老战将。此人曾南征番禺，西征吐谷浑、西域，东征高丽时，他又是一路的指挥；跟高丽妥协后，他就是涿郡的留守。隋朝的涿郡不在现今的涿县，而在今北京附近。当时，这是有特殊重要意义的一个地区，因为第一，在这里囤集着许多准备征高丽使用的粮草、武器和各种作战的工具；第二，这里是坐镇北陲的重镇，向北对于突厥族的关系，向南对于全国政局，都有举足轻重之势。现在，杨广命令薛世雄利用涿郡的人力物力，向南镇压以李密为首的瓦岗起义军。要实现这个阴谋，薛世雄的军队，必须通过窦建德的驻在地区，而这对于刚刚巩固起来的窦建德起义集团说，是一个很大的威胁。为了保卫自己的起义力量，在客观上也是保卫瓦岗山全国起义的司令台，窦建德下定决心，要消灭这支隋朝在北方残余的强悍兵力。他又一次使用智谋。他扬言自己惧怕薛世雄老将的威风，就要躲到海滨的豆子䴚里去了，情愿让出一条路来，而实际上他却早已安排好迂回作战的骑兵，准备向薛世雄进行偷袭。这年七月，薛世雄统兵南下，一路无阻，行到河间的七里井地方扎营。此时窦建德的大营扎在七里井以南相距一百四十里的地方，探知敌人戒备不严，窦建德当机立断，亲率敢死队二百八十人袭击敌人，同时命令大队人马续发应援。他们在黑夜中急行军，黎明时到达七里井，当时漫天大雾，对面不见人，窦建德所率领的二百八十个壮士杀入敌营，展开了白刃战。薛世雄部众措手不及，大营秩序混乱，自相践踏，各图逃命，薛世雄对自己部队不能约束，只得率亲信卫士数十骑逃回涿郡去了。不久以后，这个隋朝最后的一名骁将、六十三岁的薛世雄便死了。窦建德通过这场战斗，俘获了很多有用的物资，壮大了自己的军威，扩大并巩固了自己北面的势力范围，在客观上也保卫了瓦岗军的胜利。同时，经过这场战役以后，窦建德所率领的起义力量已发展到不仅限于一方的势力，它已和瓦岗起义在当时情势下具有鼎足而立的意义了。

薛世雄死后，在河间城内留下了一个困守一隅的王琮，他是河间郡郡丞。窦建德派兵包围河间整整一年的工夫，王琮弄得狼狈不堪，粮绝援断，正在没有办法之时，听到隋炀帝杨广已在江都被他的亲信部下宇文化及杀死了，无法之余，王琮才向起义军投降。从接受王琮投降的事件开始，窦建德表现出自己做大皇帝的气息越来越浓厚，起义领袖的气息便相对地越来越淡薄了。原来窦建德虽然从他的出身看，是一个农民，但在旧时代中，广大农民由于被剥夺了受教育和接触文化的机会的原故，不可能有自己阶级的独立的阶级意识，有时还不能不接受统治者的意识来作为自己的意识。例如窦建德，他就是个满脑子充满着封建正统主义信条的人，如什么“忠”、“孝”、“信”、“义”等等，他不但不能把这些道德项目提到对起义军有利的方面来，相反，他完全按照统治者麻醉人民的口气，天天在讲，也天天在实践。例如对待王琮，群众是要杀他泄愤的，但窦建德不允许，说不能失“信”于他。后来，他在对待许多其他隋朝文武大臣，以及后来他在对待唐朝的文武大臣时，也都是同样地固执在这些封建正统主义的教条上，替他所领导的起义事业，带来了很多的损失。

现在让我们掉转笔头，把唐的兴起过程来略略地叙一叙。这样做是有必要的，因为在当时局势的逐渐演变之下，唐政权越来越成为窦建德起义军政权的面对面的敌手了。唐朝的统治者姓李，自北魏以来，这个家族因军功起家，成为一个军事性的世袭贵族家庭。隋炀帝杨广时候，李渊是太原留守，袭封唐公，后来由他父子建立的这个皇朝，国号叫唐，即由此而来。隋末天下秩序大乱，李渊父子们便在太原商量起兵，夺取政权。他们之所以能够成功地建立起他们的事业，是有一定条件的。第一，他们是军事贵族，多少年来带兵打仗，积累了一些使用政治策略和军事策略的经验，在这一点上，他们跟农民军对比起来，是占先的。第二，在中古时候“封建正统”在一般群众的心目中还是顽固的一种信念，譬如说，隋原来是“正统”，杨广被杀以后，谁来代替这个“正统”呢，有的人就把这个信念寄托到李密的身上，因为他是魏国公的传统；有的人就把这个“正统”信念寄托到李渊身上，因为他是唐国公的传统，这种在今天看来显然是极不觉悟的群众心理，在当时也还能起一定的作用，它使李渊父子可以利用了去，制造一种“天下人心归唐”的政治空气。

更具体一点来说。李渊父子在太原商量起兵，他们首先看到关中之地和长安一城，无论在全国的经济情况上，或者在政治情况上，都应该首先拿过来，抓在自己手里。因为长安一城，在政治意义上是不亚于东都洛阳的，仿佛谁占领了它，谁就可以为“天下之主”；关中之地，自北周以来，就是府兵均田的典型地区，那也就是说，这一带地区上的统治者，曾经较长期地料理出一套统治人民，剥削人民的比较完整的系统，按户口配给人民土地，按户口向人民征收租赋，按户口叫人民出丁夫去替统治者打仗。这个系统，曾经对李渊父子统一全国的事业起过不小的作用。其次，李渊父子对于全国各地的起义力量，特别是较小规模的起义力量，也很懂得去利用。在这一点上，他的唐公贵族身份曾起过一定的作用。由于农民们分散的特点，不同势力之间不懂得彼此团结，有时甚至相互火并，这更增加了李渊父子利用农民起义力量的可能。譬如说，在太行山地区的井陉地方有一支农民军起义的力量，首领叫王君廓，李渊父子从很早时候就笼络住了这支力量，使它成为唐政权钳制山东平原上各种力量的一个岗哨。再譬如，在黄河北岸的黎阳（今河南浚县）地方，有个大地主出身、参加瓦岗军起义的人物，就是徐世勣。此人后来成为唐朝的开国功臣，赐姓李，避李世民“世”字的讳省去“世”字，改名李勣，也就是演义小说和戏曲中的徐茂公。徐世勣在当时是中原一个实力集团的首领，在李密跟王世充作战失败之后，他成为了一个一时无所适从的社会力量。李渊父子即刻发现了他，跟他取得了密切的联系，并从而争取了他，使他和他的集团成为唐政权在黄河北岸的最初的据点。

李渊父子不仅仅善于利用起义力量，他们也善于利用割据力量。譬如说，在今河北省的北部一带（当时叫做渔阳、上谷），有个军阀叫罗艺。在民间传说和戏剧中，人们说罗艺是瓦岗将领罗成（士信）的父亲；在史料中，这种说法是没有根据的。罗艺较长期盘踞幽州一带，在大军阀薛世雄被窦建德打败以后，跟薛世雄的两个儿子薛万均、薛万彻联合起来，成为一个孤立一方的割据势力。窦建德感到这个割据势力是自己的威胁，曾亲率十万大军前往攻打，双方坚持一百多天，窦建德的起义军始终没有拿下幽州来。窦建德乃决定暂且解围回来，慢慢设法对付。这又给了李渊父子一个机会，立刻使用政治手段前去拉拢，结果罗艺、薛万均、薛万彻见隋朝的大势已去，乃弃隋投唐。这样，唐政权在北部国境、毗邻突厥的地方，又建立下了自己的势力范围。根据以上的叙述可以看出，以李渊父子为首的唐政权，在它最初建立的一两年之内，就已经环绕着窦建德起义政权势力范围的四周，各方面布置了力量，北方是罗艺；西方是王君廓；南方是徐世勣；东方呢，除兖州的徐圆朗和曹州的孟海公这两支较大的农民起义力量不肯投唐以外，其余较小股的起义力量如齐州的王薄（他是隋末起义的最早发动者）、潍州的綦公顺、青州的郑虔符等人，也都接受了唐政府“遥封”的总管官职，成为唐家的势力范围了。

现在，我们再绕回来，继续叙述我们的本题，看一看窦建德在唐政权已经在他四周逐渐部署力量的情况下，作了一些怎样的活动。他建都在乐寿，筑了金城宫，设置了百官，订定了各种制度，当时士大夫阶层的所谓“名流”张玄素、宋正本等，都替他策划计谋。这些士大夫分子尽了种种努力，企图按照封建帝王的规格去影响窦建德，去改变窦建德；而窦建德本人的封建正统主义思想，也成为可以接受这种影响和改变的内在条件。这些士大夫分子制造了五凤集于乐寿的“祥瑞”使窦建德把年号改为“五凤”；他们又制造了什么玄珪（黑色的玉石）的“祥瑞”，证明窦建德跟古代的夏禹有着一样的“天命”，乃改国号叫“夏”。从此以后，窦建德便通常被称呼作夏王了。

在这期间，又发生了宇文化及的事。宇文化及原是隋炀帝杨广属下的一名亲信军官，在江都扬州他看到隋朝的大势已去，就叛变了隋，缢死了杨广，接收了皇室在江都的一切物资和人员，带着他们渡过淮河，取道徐州，企图西取东都洛阳和首都长安，好创立他自己的正统。走到现在曹州一带，由于缺乏粮食，他们绕道黎阳（今河南浚县）想去劫夺仓米，不料被李密的瓦岗军击溃了。这个残破的集团，走到聊城地方，最后被窦建德部的农民军全部解决了。窦建德依然是使用了封建正统主义的原则去处理他们，他把作为隋朝叛臣的宇文化及处死了；他对杨广的主妻萧后非常客气，给予种种优待，最后还答应把她送到突厥去，因为她的女儿义成公主是突厥可汗的妻子；除此以外，窦建德还大批地录用了一些隋朝的“重臣”如裴矩、崔君肃、何稠、柳调、虞世南、欧阳询等，更进一步扩大和巩固了夏国的政权。这会发生两重互相结合的作用，一方面，这些人都是当时全国最高水平的学者和官吏，他们参与了夏国的政权，对于夏国的声望和某些政治措施，都有帮助和贡献；但另一方面，在这些人的影响之下，窦建德起义政权中的人民性质也更进一步地减退，它的封建统治政权的形式和实质，也都更进一步地发展了。从此之后，窦建德称天子，建立了一个皇帝应有的一切仪式，不久又攻占了洺州（今河北永年），乃自乐寿迁都洺州。到这时候，他已经俨然是一个自农民战争中起家的大皇帝了。

虽然窦建德和他的政权在一步步向封建统治的正统道路上迈进，但窦建德本人究竟是自农民中出身的，究竟是由农民战争的火焰中锻炼出来的，他的政权究竟也是自起义中建立起来的，所以在许多表现方面，究竟跟残暴的统治者们是有所不同的。例如，窦建德在他的夏国境内，鼓励农业生产的恢复和发展，保障商人们的交换活动，使人民生活从战乱中稳定下来，痛苦减轻了一些。只这一点，就已经在河朔（黄河以北）地带的农民群众中间，长久地遗留下良好的印象，直到一百多年以后，唐朝的臣子路过此地，还曾亲眼看到人民对夏王进行群众性的祭祀。除此之外，在他个人方面，也有一些特点，譬如作战时他身先士卒，与士卒同甘苦，做了大皇帝之后，也还长期保留着朴素的农民风度，吃粗粮和菜蔬，不穿绸缎，他的夫人曹氏的生活也非常俭朴。这虽然是些生活细节，但也标志了一个农民皇帝的某些特征。

现在要来叙一叙窦建德跟徐世勣中间的许多交道了。徐世勣是河朔一带的大地主，但他不是靠贵族血统而发达起来的那种大地主，而是靠扩大农业剥削、扩大商业剥削而发达起来的地主，在当时他这种地主比较起贵族地主来，还多少带有“新兴”的意味。由于受到隋末贵族地主们的压抑，他参加了以翟让为首的瓦岗起义军，并且成了其中的骨干分子。后来，李密参加进来，杀了翟让，徐世勣几乎也被杀。李密失败以后，徐世勣带领着一批瓦岗军的残余力量，在纷乱的政治局面下徘徊观望，无所适从。这时候唐政权成立了，并且派遣他们的亲王李神通到河朔一带来取联系，徐世勣从此便归了唐。这件事一方面说明了新兴地主势力的薄弱，不能不向军事贵族投靠；另一方面，也说明了军事贵族对新兴地主的利用，从此之后，他们找到了他们在关东地面上很合乎理想的代理人。李神通和徐世勣联合起来，统治了当时的黎阳、相州（今汤阴）、洺州（今永年）、邢州（今邢台）一带地方。窦建德的夏国力量一天一天的强大，夺取了洺州作为都城，又进一步向黎阳进攻。徐世勣派遣部下的骑兵骁将丘孝刚向夏王截击，获得了一定程度的胜利。但夏王得到右翼精兵的及时援助，转败为胜，杀了丘孝刚，一鼓攻下了黎阳，把徐世勣、李神通以及魏征等人都俘虏了过来。这是一场不小的胜利，唐朝刚刚经营了一个初步规模的立脚点，又被窦建德给拔除了。

作为一个俘虏，徐世勣是很不老实的，他在夏国境内替唐政权做了种种活动。他伪装对夏王忠诚，取得夏王的信任，担任了骁卫将军的职务，仍然驻守黎阳。他更伪装积极，多次带兵向南跟以王世充为首的洛阳政权（郑国）作战，每有俘获，一定全部奉献给夏王，以取得更多的信任。然后，他以谋士的身分向夏王献计，叫他向曹州和兖州一带去攻打孟海公、徐圆朗的起义军。这个计策的目的，是很险恶的，显然他是企图制造各路起义军中间更多的磨擦和火并，削弱窦建德的力量，替窦建德制造更多的敌对势力，以便利唐政权对窦建德四面包围政策的发展和巩固。并且，徐世勣的阴谋还不止此。他跟窦建德部下的大将曹旦一同发兵，渡过黄河，去攻伐孟海公，在这期间，他使尽了各种挑拨离间的伎俩，使曹旦部下新附的战士们对曹旦不满，他好借机会布置叛变活动，企图暗杀窦建德。在魏郡（今河南、河北交界地带）有一个“土帅”叫李商胡，他在地方上很有一点势力，徐世勣就勾结了李商胡母子，接应叛变。恰巧，窦建德因夫人曹氏分娩，迟迟未过得河来；李商胡母子又有顾虑，仓卒发动了叛变，这样不仅没有杀害了窦建德，连大将曹旦也未能杀害，他们只杀害了几十个中级将佐就被发觉，因站脚不住而逃跑了。徐世勣本人只剩得一支几十匹马的骑兵队，狼狈逃向关中，正式投唐去了。这件事应该引起夏王窦建德足够的警惕，但从史料中看来，窦建德的警惕性仍是不强的。有人提议把留作“人质”（抵押）的徐世勣的父亲徐盖杀了，以示惩罚；但夏王坚决不同意，还说，象徐世勣那样的人是“忠臣”，岂可杀害他的父亲。

到了唐武德三年（公元620）的六月，是窦建德生平事业的历史上顶紧张的一年，也是接近于最后的一年了。这时，以李渊父子为首的唐政权已经初步站稳了脚步，他们在全国各地所可能扩散出去的联络网，也已经有了初步的成功。他们的新的步骤，就是坚定不移地夺取中原。但是，让我们分析一下，中原有怎样的势力呢？不久以前是三个势力：以农民起义领袖李密为首的“魏”；以另一农民起义领袖窦建德为首的“夏”；以隋朝残余的反动透顶的军阀王世充为首的“郑”。但到武德三年时候，“魏”早已垮了，李密投唐以后又不甘心，于是在逃亡途中被唐兵杀害了。剩下来的，只有“夏”和“郑”。而“夏”和“郑”一贯是敌对的。唐朝政府看到有机可乘，乃决定了“各个击破”的策略，先以敷衍的态度对待窦建德的“夏”，集中兵力先扫除王世充的“郑”。这个策略对于唐的利益说，是完全正确的，因为第一，“夏”比“郑”的力量要强大得多，一时不易攻取；第二，“夏”在群众中的声望比“郑”好得多，前者是起义军的政权，后者则是反动透顶的政权。于是，唐政府乃决定派遣秦王李世民率领精兵东出函谷关，来专门攻打那个孤处在洛阳城中的王世充了。

王世充和他的集团是反动的，也是狡猾的。为了挽救自己垂死的命运，他接连地派遣使节和他自己的侄子王琬等，携带贿赂性的礼物，来向夏王窦建德求援。我们应该这样说，夏王窦建德在考虑和决定这次态度时，是不够慎重也是不够正确的。第一，他没有考虑到，自己新近跟孟海公部的兄弟起义军刚刚进行过火并战争，虽然夏国胜利了，但兵士是困乏的，不利于即刻再战；第二，他没有考虑到，幽州的罗艺、薛万均、薛万彻始终是自己一个北方的敌人，随时可以跟南方的敌人配合起来，进行夹击；第三，他没有考虑到，王世充的郑国是一个反动透顶的政权，连洛阳城内居民都对它恨入骨髓，支持它是会严重地伤害夏国在群众中的声誉的。夏王窦建德只从一种极简单的逻辑出发，即假如唐灭了郑，那么第二步就是灭夏，因此夏必须援助郑。此外，在既答应了对王世充的援助以后，他又坚决拒绝重新考虑援郑的问题，他又一次地使用了封建正统主义道德节目之一“信”来作为理由，说既然答应了援助，焉有失“信”于别人的道理。

这时，秦王李世民率兵步步东来。夏王窦建德自曹州回师，步步西上。双方的军事矛头，越来越接近了。李世民派遣自己的弟弟李元吉和大将屈突通把东都洛阳团团围住，自己带领大将尉迟敬德绕过洛阳向东去迎接窦建德的挑战。由当初瓦岗军中转变过来投唐的将领秦叔宝、程知节（即程咬金）、徐世勣等，这时也参加了对窦建德的战役，担任各路的埋伏。双方预期的交战地点，在今河南汜水、巩县一带的虎牢关附近。这时，夏王窦建德的号称三十万、实际只有十余万的大军，驻扎在成皋的东原一带，夏王还在板渚筑了行宫，指挥战斗。双方战事，在不大的一些接触下，渡过了两个月，自三月到了五月。在这期间有两件穿插事件，是应该在这里叙一叙的。第一件事是，秦王李世民给夏王窦建德写过一封信，自然信中也不免有一些恫吓的口气，但也说明唐和夏中间并没有非作战不可的理由存在，劝告窦建德不要帮助王世充。窦建德对于这样的一封信，自然不能接受。第二件事是，夏王部下的祭酒（掌管文化教育的官吏）凌敬和夏王的夫人曹氏曾苦苦劝谏夏王，不要替王世充打这种毫无意义的抱不平，并且劝告他收起兵力，北渡黄河，顺着漳河水道所经的山口进入太行山，向西行军，绕经上党，直取蒲津，实际上就等于绕道山路去威胁唐室的后方，使李世民不得不撤兵后顾。这个策略，在当时说，是相当正确的，但夏王被坏人包围，坚决不予接受。在他看来，除去跟李世民直接交战一场，是别无其他的道路的。

五月天气，一场大战在酝酿着。秦王李世民布置了疑兵，做出似乎是粮草将尽，准备退兵的模样。夏王得报，乃决定全面向唐军进攻。他亲率大军，清早自板渚出牛口，列阵二十里，北靠黄河，西到汜水，南近鹊山，鼓行而进，部队组织松懈，戒备不严。李世民登高了望，发现夏军的缺点，就命令他自己的部队不要即刻行动，要等到晌午，对方更加松懈时，然后发动攻击。到了晌午，夏军士兵果然因饥渴互争饮水，阵营越发松懈了。李世民乘机即刻命令大将尉迟敬德率精骑直攻夏王窦建德的指挥部；又命史大奈、程知节、秦叔宝等各率兵绕到夏军后尾去进行骚扰作战。此时，夏王窦建德正在指挥部中计划作战策略，未及防备，突然遭到攻击，遂即受伤。他受伤后，骑马回奔牛口渚，被唐兵穷追，堕马被擒。自漳南县高鸡泊计议反隋起义以来，整整持续了十一年活动的窦建德，到此便一旦变成为唐兵手下的俘虏了。王世充见窦建德已成俘虏，便自动由洛阳城中出来，表示他对唐政权的降附。

唐武德四年（公元621年）的七月，失败了的起义英雄窦建德和自己走上丧败末路的反动军阀王世充，每人被囚入一只囚笼，在凯旋的唐军押解之下，西去长安。渡过了渭河上的灞桥以后，唐军的阵营越发摆出了一付威风凛凛的神气，主帅秦王李世民和副帅徐世勣各骑一匹骏马走在前头，意思是向长安居民显示唐室的威力。进入长安，祭告了他们的太庙，就由唐高祖李渊下令，把四十九岁的起义领袖窦建德斩于西市；把王世充废为庶人。虽然不久以后，王世充仍是被人暗杀了，但唐朝法令的立场是明明白白的，对起义领袖是残酷地杀害；对隋朝残余军阀，则尚可给予一定的宽恕。从此以后，在民间便纷纷地传说，唐家天下是没有法律的，意思是说，唐家的法律在老百姓看起来是不公允的。这时唐朝统治者一下子获得了这么大的胜利，简直是胜利冲昏了头脑，认为函谷和太行以东的广大平原及其居住的人民，已经可以被他们平顺无阻地统治下去了。这时候我们可以说，唐朝统治者还不懂得向人民妥协让步的道理。可是，不到一个月工夫，作为窦建德后继人的刘黑闼又一次燃起了起义的火把，并且立刻恢复了夏王的旧地。这一下，给予了唐朝统治者以出乎意料的打击。唐朝统治者开始懂得了向劳动人民妥协让步，还是在刘黑闼起义以后的事情。这我们留待下节叙述。

刘黑闼也是漳南县的一个农民，曾靠种菜园为生。他的名字黑闼，反映出一种胡人的风尚，因为当时不少鲜卑人取名叫“黑獭”，而“黑闼”、“黑獭”是同音的记录。从这种汉族人民跟胡族人民生活方式初步融合的线索上，我们可以想象到刘黑闼既善于种菜务劳，又善于骑马打仗的风格。隋末大起义最初发动后不久，他就参加了瓦岗军，在李密部下，当一名斥候兵，出生入死，打探敌情。在李密跟王世充的交战中，他被王世充俘虏了去，因此一度也曾呆在王世充的部下。后来，在徐世勣跟王世充的交战中，他又被徐世勣俘虏回来，献给了夏王窦建德。从此以后，他便是窦建德部下的一名很骁勇的战将了。

唐武德四年（公元621）七月，夏王窦建德兵败被俘，在长安被害。他的夫人曹氏和曹氏的哥哥大将曹旦率领余部回到洺州，在齐善行和裴矩等人的包围下，没有决心站在人民一边继续战斗，糊里糊涂便将自宇文化及手中得来的传国玺（玉制印章）八件，连同夏国的人民和土地，一并拱手降唐了。唐朝军事贵族统治者，没有费多大气力就得到了山东、河朔的广大土地和人民，从这中间并没有得到足够的教训，所以他们便表现了一般军事征服者的残酷，虐待人民，更特别迫害夏王窦建德的余部。这时，夏王旧日的大臣中，除接收来的隋朝臣子自然全部投唐之外，其余的农民起义首领，如范愿、董康买、高雅贤、王小胡等，则回到故乡，潜伏起来。听到唐政府搜索他们很急，他们就商量再度起兵。酝酿成熟后，他们就在七月二十七日杀掉耕牛，对天盟誓，推出刘黑闼来担任首领，称大将军，带领大家把漳南县占领了。他们杀了唐朝派来的官吏，声言要替夏王报仇。刘黑闼重新起义的事，震动了整个山东、河朔地区的人民，他们群起响应。曹州孟海公与夏王窦建德同时在长安遇难，他的部队在他哥哥孟噉鬼的领导下，也响应了刘黑闼的起义；兖州的徐圆朗也表示响应；洺州城内的豪杰趁黑夜翻城墙出来响应刘黑闼，大家祭告天地，誓为夏王复仇。象这样的，不到半年工夫，落到唐朝手中的夏王领土，又完全恢复独立了。武德五年（公元622）的农历正月，起义军在洺州重新建立了自己的军政府，推刘黑闼为汉东王，改元天造。一切政治军事设施，完全按照夏王当初的制度办理。

刘黑闼重新起义的事，的的确确，给唐朝统治者带来很多麻烦，也给予唐朝统治者以严重的教训。唐朝派驻山东的重臣徐世勣，弄得狼狈逃窜；以善于指挥作战著名的秦王李世民，也感到难于应付。他仍然是使用他们最初笼络住的太行起义首领王君廓，命令他从刘黑闼手里夺过洺州来。王君廓付出了一定的军事代价，把洺州拿过来了，但在起义军四面包围之下，洺州立刻成了一个僵死的据点。刘黑闼使用了筑甬道和撞车攻城的战法，把洺州围困得毫无办法。李世民派遣罗士信（即罗成）前去接防，刚刚把王君廓接替出来，洺州城便被起义军攻下了，唐朝著名的骁将罗士信就是在这场战役中被人民起义军杀死的（戏剧中的“罗成叫关”就是写的这件事）。假如当初在黄河以南牛口、板渚的战役里，李世民曾是那样趾高气扬的话；那么，现在，在洺州外围，他的确是垂头丧气了。他只好决定，把策略从“急攻”改变为“坐困”，企图以较长时间的军事对峙，消耗对方实力的办法去解决问题了。在这一点上，刘黑闼没有足够地认识到敌人策略的转变，一直固守洺州，使自己处在被动的地位。后来，李世民自南面调来新的兵力，自北面使用罗艺的兵力，叫他尽量拦截刘黑闼军用粮草的运输线，骚扰刘黑闼的后方。刘黑闼急于取胜，亲自带领两万精兵，渡到洺水南岸要与唐兵决一死战。不料李世民计谋很多，派兵把洺水上流水闸破坏，洺水暴涨起来，刘黑闼的退路发生了困难，士兵多被淹死，这样终于失败了。刘黑闼无法之余，只好率领二百多匹马的骑兵队突围出走，逃亡到突厥去了。

刘黑闼从突厥回来，勾结了突厥族的兵力，来援助他的恢复事业。虽然在当时，凡是地区邻近突厥的势力，包括唐高祖李渊在内，都有过勾结突厥的行为（李渊曾派遣他的大臣刘文静到突厥去求援，答应攻下长安后，土地子女是唐公的，金银财帛是突厥的）；但无论如何，勾结异族到本国国内进行活动，在群众看来，总是一件削弱威信的事。因此刘黑闼自突厥回来，他的号召力显然没有初起义时那样的大，更没有夏王窦建德那样在群众中坚强的信誉了。但是，为什么刘黑闼自突厥回来后，还能保持一定的胜利，又一次恢复了夏国的故地呢？这其中缘故，要从唐政府对人民的态度来寻求理解。当初夏王被杀，唐政府不但不懂得对人民妥协让步的道理，反而残暴人民，激起了刘黑闼的起义。刘黑闼被李世民打走后，由于其他战线上的紧张，李世民调到另外的战场上去了。接替他的是他的弟弟李元吉。李元吉也不懂得对人民妥协让步的道理，反而命令凡是窦建德、刘黑闼的余部，其为首领者悬名处死，其妻子等皆当虏为罪奴。显然这还是对人民群众挑战的态度。一直等到李元吉无功，李道玄战死之后，唐朝才又派遣了太子李建成前来处理山东、河朔的问题。李建成的亲信大臣魏征，他是个小地主出身的知识分子，曾经出过家，当过道士，又亲自参加过瓦岗起义军的活动，后来，与徐世勣共同在夏王窦建德部下，并参与过徐世勣反对夏王的种种阴谋活动；事后归唐，成为太子建成的谋士，再以后成了唐初的著名大臣。此人懂得向人民妥协让步的道理。他规劝李建成说，刘黑闼是容易对付的，人民是不可为敌的，因此用兵之先，应该下令赦免一切山东、河朔地面上的罪犯，保证不追究他们跟起义集团间的纠葛，给予流散各地的人民以适当的照顾，叫他们安心各自回家生产，李建成照这意见办理了。这是唐政府对山东、河朔人民第一次表示的让步。当时的劳动人民，受了时代的局限，不可能懂得坚持革命彻底性的必要，只要看到妥协让步么，也就不一定非反抗不可了。

刘黑闼的势力，是在这样一种情况下削弱下来的。人民逐渐不支持他，他率残部转战到馆陶，在唐兵包围下，强渡漳水，行到饶阳，人困马乏，被他的旧部下、现任唐室饶州刺史的诸葛德威所骗，进入饶阳被俘了。武德六年（公元六623）正月，他被杀于洺州。他的活动共一年半，就告终结了。魏征回到首都长安，把向人民妥协让步的道理扩散开去。第二年，即武德七年（公元624）的二月，唐兵在江南又压平了辅公祏的起义势力，于是乃在同一年的四月，唐朝便在全国范围内颁布了重新均田的命令，使在战乱中流离失所的人民都能按照户口领到一定数额的土地，无牛的设法拨给耕牛，缺种子的发给种子，使广大人民，再一次获得机会去把劳动力投到土地和农业生产上，以求取最低限度的安定的生活。唐朝政府不早不晚偏偏在压平刘黑闼和辅公祏的起义势力后颁布了均田的命令，这绝不是偶然的，这显然是接受了隋末农民大起义的教训，尤其是刘黑闼的起义，大大地震动了唐室的统治，使唐室很快地转变了政策，从此才出现了唐朝二百年繁荣强盛的局面。

王仙芝和黄巢

王仙芝和黄巢，是唐朝末年农民大起义的两个重要首领。唐末的这次大起义，就时间说，支持了将近十一年；就地域说，起义军至少经历了今山东、河南、湖北、江苏、安徽、江西、浙江、福建、广东、广西、湖南、陕西十二个省区，估计来往有两万里的长征路途；就社会方面的作用说，又恰当我国封建社会由它自己比较典型的状态、向开始初步分解的状态转进的时候，在推动这一转进上，也不能说农民起义不曾起了一定的作用：——因此，唐朝末年的这场农民大起义，还是值得我们相当重视的。现在，我们的目的，就正是企图通过对于这两个重要首领人物事迹的描写，来分析一下这场第九世纪末巨大农民运动的作用和意义。

王仙芝、黄巢领导下的大起义，发生在唐朝末年，因此，对于唐朝这个朝代在我国历史上的地位，以及唐朝末年时候我国社会的具体情况，不能不先来介绍一下。因为，只有透过当时社会的具体情况，才能清楚地看到引起农民反抗运动来的社会的根源。

唐朝是自公元七世纪初到十世纪初统治了我国二百九十年的一个封建皇朝。它的具体统治年限是618到907。最初，它是在隋末农民大起义的烽火中，由军事贵族唐国公李渊和他的儿子李世民（即著名的唐太宗）起兵，压平了各地的农民起义力量和地方割据力量，而建立成功的。由于接受了隋末农民大起义的打击和教训，唐太宗在他的统治期间曾经对人民进行了一些妥协和让步，执行了一系列恢复社会生产、减轻人民租税负担的措施。这些措施大大地安定了社会的秩序，增进了社会的繁荣和国力的强盛。所以，“贞观之治”，是曾经被中外的史书上都称赞过的。但很快，跟着唐朝封建社会矛盾的积累，相对安定过的社会秩序，又开始紊乱了；繁荣的社会景象，越来越多地露出衰败的迹象来了；一度强盛的国力，也被国外异族的入侵和国内割据军阀的混战所削弱了。但是，我们试问：为什么会这样呢？

在这里，我们不能不试探着去接触一下当时封建社会在其自身的段落性转化过程中的一些矛盾特点。[①]关于这，需要比较细密地来说一说。原来，自从公元四五世纪的北魏以来，一直到唐朝的中叶，我国社会的总的面貌是比较典型的封建社会。它的特点是：社会生产以地方分散性的农业为主；商业和手工业是不发达的，并且对于农业说，带有附属的性质——也就是说，商业手工业对于农业的分离，还不明显；并且由于商业的联络网还很不普遍、很不健强，因而我国部族（民族前身）共同体的内部凝结力，比较起宋朝和宋朝以后来，是弱一些的。当时，唐初大帝国之所以那么强盛，这个缘故，不是由于我国部族共同体内部凝结力的强大，而是由于以军事贵族为首的专制皇权的强大。皇权为什么会这么强大呢？很简单，由于在它手里控制着“均田”和“府兵”，控制着“租、庸、调”。什么是“均田”？简单地说，“均田”是指将控制在专制皇权手中的大量土地，由政府按照年龄等差别分配一定数量的土地给人民耕种，从而榨取租赋。什么是“府兵”？简单地说，“府兵”是指按照分配土地的同一线索，政府抽调壮丁，去服兵役。什么是“租、庸、调”？简单地说，“租、庸、调”是指被分配了一定数量土地的人民必须向专制政府缴纳实物地租、劳役地租，以及以某种用货币形式（布、帛）表达的劳役地租，等等。总括起来看，唐中叶以前的专制政府手里握有大量的土地，充足的兵源，握有从劳动人民那里榨取来的大量粮食和布、帛、绫、绢、绵、麻等等的物资：——那么，这样的国家政权在当时怎么会不表现得很强盛呢？

可是，既然说强盛，为什么又说它慢慢地衰落下来了呢？原来，社会生产力是没有一时一刻不向前发展的，而生产力一发展，那些地方分散性的的农业基点（封建领主庄园）必然不能长期保持它们的那种地方锢闭性；而手工业和商业的逐渐发展，对于地方分散性农业，自必起着一种分解作用。慢慢地，跟着手工业和商业的发展，社会上流通的货币增多了，这就使得某些富裕者不仅仅只能按照旧的方式依靠贵族血统去占有大量土地，而且也能够按照新兴的方

① 这一段的文字可能有些不够通俗，但经过作者反复考虑，认为这一段的内容是必不可少的，和本书尾部结论性的内容是密切相关的，因此即便稍稍艰难一点，也请读者耐心地读下去。

式拿自己手底下越积累越多的货币去购买土地，招徕佃户，进行佃租的剥削了。拿钱买地，比靠身份占地，对于剥削者来说，是扩大了“自由”的幅度；替私人种田纳租，比替国家种田纳赋，对于被剥削者来说，也是扩大了“自由”的幅度（自然，这只是指认佃的流动性较大，而剥削额实际上则是较前加重了）。这就是我国封建社会在公元八世纪前后所曾经遭历的一次大转变。这次转变，虽然只是封建社会范围以内的段落性的衍变，但就封建社会自身说，却也是重大的转进。在这种情况下，“均田”慢慢地瓦解了，“府兵”也跟着瓦解下来，“租、庸、调”的系统也跟着越来越复杂化和紊乱（唐中叶有个杨炎倡议实行“两税法”，就是要克服这种紊乱），而这些现象总起来，就成为唐室专制皇权逐渐衰落的最根本的原因。

可是，当时社会的矛盾还不止表现在这一点上。当时，“均田”开始瓦解了，假如当时社会的许多经济制度和军事、行政制度也跟着很快地适应过来的话，那么，社会矛盾的积累还不至于多么严重。但封建的剥削者和统治者，受了他们阶级性的局限，是不可能进行多么及时的适应的。中央皇室越来越穷，但它还是尽一切力量进行搜刮。地方割据的势力，在商业联络网一天天普遍的情况下，不仅不是自己收缩起来，而是更加顽固地支撑下去，形成为唐朝历史上著名的“藩镇”力量。它们互相攻伐，对抗中央，残暴地压榨人民，成为当时阻碍社会向前发展的重要势力。中央和地方，是互相对抗的；但对人民的统治和压榨来说，它们又是一致的。在这种情况下，人民生活中的苦痛增加了，他们从国家方面可以领到的土地，越来越少了；但他们按照户口对国家和地方藩镇方面所应该贡纳的物资和人力，却并不减少，而是增多了。于是，这便造成了人民逃匿、流亡，和土地荒芜、农业生产收获减少的现象。面对着这样的情况，当时中央和地方的统治者毫无妥协让步的表示，相反，他们更从土地剥削以外去另打主意，另出花样。那便是：广收盐税、茶税，以及竹木等税，来弥补他们各自荒淫奢糜和养兵打仗的种种巨大开支。这样，不仅是广大的农民脱离土地而流亡了，连刚刚新兴起来的商贩和手工业者（他们的总称叫“小所有者”），也遭到了压抑和打击。所以，在唐末农民大起义的队伍中，便形成为以流亡农民为主要群众、以私盐贩卖者的集团和人物来担任领导的现象，这不是没有原因的。

王仙芝和黄巢，就都是私盐贩子出身。王仙芝，濮州人，贩卖私盐为业，他的伙伴很多，象尚君长、尚让、柴存、毕师铎、曹师雄、刘汉宏等，这些人后来有的成为起义军重要的首领，有的堕落为半藩镇、半盗匪式的军阀。从这件事中可以看出，王仙芝当初起事的这个“贩盐为盗”的集团，是个很有力量的社会集团，所以史书上说王仙芝是濮州的“名贼”。黄巢，曹州冤句人（冤句，是当时的一个县治，在今菏泽县西南四十里），他出身于一个世世代代贩盐的富商家族，由合法贩盐到不合法贩盐，从武装保护私贩，到起兵对抗政府，便是黄巢家族所经历的一个过程。黄巢兄弟八人，哥哥黄存，弟弟黄邺、黄揆、黄钦、黄秉、黄万通、黄思厚，都参加了起义，其中有几个也是很重要的军事首领。黄巢不仅是富豪出身，并且有相当的文化修养，曾到京城会试“进士”，没有中选，从这中间又可以看出，在他领导起义的动机之中，很可能有一般知识分子对贵族知识分子垄断朝政的一种不满。有的历史材料甚至说，连王仙芝也是没有考中的“进士”。大家要问：为什么单单是这些有相当文化而又大帮贩盐的人来带头搞反抗运动呢？其实，这也是完全可以理解的。当时统治者对人民的赋税榨取，来源减少了，系统上也发生了许多紊乱，为了弥补统治者的开支不足，他们就拼命提高盐价，加重盐税，从盐上来剥削人民。人民不能不吃盐，但又买不起盐吃，无法之余，只好私制和私下里买卖。这样，统治者又制定了严酷的盐法，用死刑和各种残酷的惩罚来对待盐的私制者和私卖者。私制者和私卖者为了保证他们走私的顺畅无阻，于是便由较高阶层的分子为首组织起武装来。而这种武装，在当时便自然而然地成了一般流民们酝酿起义过程中的先锋部队。

除去这个武装贩卖私盐的先锋力量之外，唐末农民大起义也还另外接受到其他方面的影响。譬如说，山东曹、濮二州之地距离徐州是不远的，在王仙芝、黄巢发动起义之前六年，在徐州和徐州以南、洪泽湖以西的地区里，就爆发过在庞勋领导下的起义。这是一场兵卒们的起义。由于唐朝和南诏国间的战事，他们被皇家调到桂林去驻屯防守，过了规定限期还不放他们回家，他们就在桂林发动暴动，自动武装返乡，进行起义。由于起义军方面存在着缺点和各种不利的条件，这场起义仅仅支持了一年半，就被统治者压平了。首领庞勋，在战役中英勇地战死了。起义的战士们潜伏下来，一等王仙芝、黄巢发动了新的起义，他们便即刻前去参加了。这些战士是老有经验的，有抗击各种官兵的经验，有往返湖广泛江操船的各种经验。这些经验，对于以后王仙芝、黄巢离开山东故乡、踏上更广大的活动领域来说，是不能没有帮助和启发的。

唐僖宗乾符元年（公元874年）冬十二月，王仙芝在长垣县界首先举义，自称“天补平均大将军，兼海内诸豪都统”。这个称号是值得我们注意的，“平均”二字，显然带有空想社会主义的思想在内；“海内诸豪”四字，又显然表现出起义军对一切反唐势力所抱的不排斥的态度。起事之初，据说王仙芝有万余人，黄巢初来参加时所带领才数千人，规模不是顶大的。但不久，他们发布了反唐的传单和告示，参加的人就骤然多起来，不久便发展到将近十万。起初，他们的目的是想攻下沂、蒙山地作为他们临时性的军事根据地，并从而进兵拿下青州那样的手工业城市来。但当时驻守在青州的平庐节度使宋威是个老有经验的军官，初起的义军打他不过，吃了几次败仗。于是，起义军便放弃向东的攻打，转向西南方的中原地区深入。他们这样地做出决定，不会是没有缘故的。在我们看来，他们的目的似乎在这样的几个方面：第一，他们想避开顽强的藩镇军事势力，找寻统治者间的弱点去突破；第二，他们想尽可能拿下东都（洛阳），那样可以大大提高起义军的威信；第三，当时距离安（禄山）、史（思明）之乱虽已一百一二十年，但那场战争对社会生产的破坏力量是巨大的，山东、河北许多城市都遭到严重的损伤，一时不容易恢复起来；而黄河以南的中原豫、鄂一带，则受伤较小，许多城市中的手工业和商业是比较发达的，货币聚集也比较丰富，假如起义军能攻打下这些城市来，他们自必剥夺到不少的物资。在这样一些可能的目的引导之下，起义军便接连攻打了以下的这些城市：汝州（河南临汝）、邓州（河南邓县）、郢州（湖北钟祥）、复州（湖北天门）、蕲州（湖北蕲春）等。在这些城市里，绫绢织造业、造纸业、瓷器制造业，以及初步的制茶业等，都有相当的发展。

在蕲州，起义军发生了内部纷争。更具体些说，是在两个主要首领王仙芝和黄巢之间，发生了分裂。事情是这样的：当他们攻克汝州时，他们俘虏了唐朝的汝州刺史王镣。王镣是朝中宰相王铎的弟兄。当他随着义军到了蕲州的时候，他就写信给唐朝蕲州的刺史裴渥，谋求起义军和官军双方的妥协。以王铎为首的唐朝中央官吏同意了这个意见，就派人来授给王仙芝以“左神策押牙”的官职。“神策”是皇帝近卫军的名称，“押牙”也叫“押衙”，是一个仅次于“将军”衔级的四品武官职位。这个职位不算很低，但近在皇帝脚下，各种约束自然很多。唐朝之所以单单拿这样一个官位来诱惑王仙芝，自然是想使他有虚名而无实权，易于约束，这显然是一种欺骗和软化的手段。但王仙芝竟接受了这个条件，正式开筵席来庆祝了。却不料黄巢不同意这样做，二人当场冲突起来，黄巢还打了王仙芝的耳光，唐朝这场眼看就要成功的欺骗和软化，又立刻被阻挠和粉碎了。黄巢为什么要这么猛烈地来干涉这件事呢？统治者的记载说，是由于唐朝不曾加给黄巢官位的缘故。这自然很可能是统治者的捏造；但由以后黄巢自己也曾表示可以受官的事迹来看，这种可能性也不能说绝对没有。总之，由于旧时代农民阶级的种种局限性的限制，没有先进阶级的领导农民阶级自己不可能创立新的生产关系，所以农民革命的结果就总是失败，有的失败到底，有的转化为新的封建统治者。在这种情况下，农民起义的首领自然也很容易象斯大林所说，是“皇权主义者”。他们反对坏皇帝，拥护“好皇帝”，随时都有使自己逐渐成为“皇帝”的企图。因此，农民起义的首领企图接受统治者的官爵，并不是多么稀罕的、奇怪的事情，只是农民革命总的局限性的一种表现。这跟无产阶级革命运动中变节分子的严重危害性，是不能等同起来对待的。

王仙芝和黄巢从此便分裂了。这时已是乾符三年（公元876）的十二月，距离初起义整整两年。分裂以后，黄巢率领部众返回山东郓州（郓城）一带，进行军事活动；王仙芝、尚君长、尚让等，依旧留在大别山地区。又隔了一年零两个月之后，到乾符五年（公元878）的正月，王仙芝在黄梅县的一场战役里壮烈牺牲了。尚君长也被官军诱杀。他们的主要部众在尚让的领导下驻屯在嵖岈山（今河南遂平县境）一带，不久以后又跟黄巢部众重新合作，编成为一支统一的起义军队，以黄巢为首领（称“冲天大将军”），以尚让为第二位的首领，计划着如何向南方进行长征的事情了。起义到此，就算是揭过了它自身的第一个阶段。

现在，我们要开始来叙述，黄巢大军怎样向辽阔的南中国进行远征的许多事迹了。但应该事先交代一句，这中间有几个重要问题，按照当前保留下来的历史材料看，是还不够充分说明的地步。譬如第一个问题，黄巢大军为什么要向南方远征？他们发动南征的目的是什么？这一点，就很不容易解答。我们现在只能就流寇主义来说明问题。什么是流寇主义？毛主席曾说，流寇主义是游民阶层的思想在革命队伍中的反映，它表现为不肯艰苦地去建立根据地和政权，只是一味招兵买马、招降纳叛，只是一心想到大城市中去大吃大喝。在黄巢领导下的农民军，他们的表现大体上正是如此。他们本是由于均田瓦解、春夏二税负担繁重、大家生活不下去而起来反抗的；但既经起义以后，譬如自从打开象汝州、郢州这样的城市之后，他们首先感觉到手工业商业城市倒是挺阔的，挺有钱的，打进城去把那些官吏富豪们的财富剥夺过来，对于起义军的发展有好处，对于个人说也可以沾些油水。这样，他们便把首先打垮唐朝专制政府、夺取政权的事情放在脑后，或是放在第二位去了。这就是流寇主义在起作用。象这样发展下去，大别山一带城市剥夺得差不多了，自然而然地他们就会想到过江，因为在今苏、浙、皖、赣四省交界地区当时是全国各行手工业生产顶发达的地方；此外，象泉州、广州这样的对外贸易城市，其中囤聚着的资财和珍贵物品，自然更多。在这样一些诱惑下，他们便自然而然地安排向南方去的远征了。①

另一个不好说明的问题，是黄巢大军当初沿着怎样的道路南征？从哪个地方渡江？怎样到达岭南的？关于这些，历史材料里记得都不够具体，而且有不少混乱。一般的记载，都说大军是在淮南（譬如说，芜湖至浦口一带）渡江的，渡江以后在今苏、浙、皖、赣地区停留了一阵，积蓄了一些人力物力，后来由于受到军阀高骈部队的攻击，才自浙东开辟山路七百里，到达了福建，然后再向南去，到了广州的。但后代的历史家有不少人怀疑大军是不是的确在淮南渡江，有更多的人怀疑过当时大军是不是的确自浙东开山路七百里到达福建。关于这些问题，由于具体材料的缺乏，我们现在无法做出明确不移的判断。但有一点是可以提出来的，浩浩荡荡几十万人（近一百万）的队伍，很难是直线的行军。当时完全可能不只自一处渡江，更不只自一路到达广州，可能有绕道福州的，也可能有经武夷山脉的山脊跨过去的；此外，半路上有掉队遗留下来的，也有在所经过地方新参加进去的。这些情况，我们应该充分估计到。至于时间，他们是在乾符五年（878）的三月底渡江，第二年（乾符六年，879）的正月到达广州城下：总计起来，这段行军足足费了十个月的工夫。

黄巢大军到达广州城下，但并没有即刻攻进城去。起义军在广州城外及其附近的州县一带，驻扎了八个月，作为跟城内唐朝官吏商量妥协条件的时间。根据统治者的记载说，黄巢企图通过广州刺史向唐朝中央政府讨要官职。据说，第一次讨要的官职是设在他故乡郓州一带的天平节度使，第二次是要求广州节度使，唐朝都没有同意。唐朝答应给他的官位是“率府率”。“率府率”是太子宫中近卫军的负责武官，也象“神策军押牙”一样，是第四品级的官职。黄巢得到这种答复，非常生气，就下令攻下了广州。攻下时是秋天的九月。在

① 这个说法只是个人的一些推测，这种推测的可能性也不能说很小，只是目前能够具体证明这一点的历史材料很缺乏就是了。

广州城内，起义军停留不到两个月，自然剥夺了不少官僚富商们由剥削而来的财产，其中据说也包括了许多“蕃商”（外国商人）的财产。至于象当时阿刺伯商人所记，说黄巢在广州曾经屠杀了十二万到二十万蕃商，那自然是夸张的。

我们该用怎样的态度去理解这些事情呢？我认为，首先应该看出唐朝中央政府的一再谋求妥协，是一种欺骗的行为。他们看到起义大军是无法单纯依靠军事力量来打垮的。他们虽然也曾经派出宰相王铎担任什么“招讨都统”，带兵驻到潭州（今长沙），但当时唐朝的兵力是脆弱的，兵和官间有矛盾，中央军队和地方军队间有矛盾，地方军队和地方军队间也有矛盾，他们是互不配合的，甚至是互相掣肘的。在这种情况下，他们才确定了“打”不如“招”来得上算的政策。其次，我们应该通过这件事，看到旧时代农民起义的局限性。象上文谈到王仙芝时候所说的一样，旧时代的农民革命还不懂得首先应该彻底打垮旧的统治政权，还不可能组织新的生产关系，他们只希望有一片相对独立的占领区，在那里他们可以把生产恢复起来，把当初被迫脱离生产的农民们安插下去，大家可以过生活；而起义的首领们则可以逐渐把这个相对独立的占领区扩大开去，在将来使自己成为一个大皇帝。他们的愿望，不过如此。那么，他们向唐朝去讨要天平节度使或广州节度使，就并不是什么绝对不可以理解的事情了。

黄巢起义大军在广州城内并没有停驻多久，便因为战士们多是山东郓州一带的人、不服广州水土而决定要北返了。粗率地就决定南征，粗率地又决定北返，这正反映出这次大起义政治目标的不明确，以及流寇主义气味的相当浓厚。但在北返的路途中，起义大军似乎有了某些转变。他们又恢复了初起义时候所曾经进行过的一些反唐的政治宣传，夺取政权的意图又加重起来了。在北返的路途当中，军风纪也好了一些，保证了沿途所经地区老百姓生活秩序的不受损害。他们一路上经过桂州（广西桂林）、潭州（湖南长沙）、鄂州（湖北武昌）沿江东下（有意避开襄阳一带唐室“山南东道”军事重点配备的地区），绕道饶州（江西鄱阳）、信州（江西上饶）、宣州（安徽宣城），又一次自淮南渡江，接连渡过淮河，复经申州（河南信阳）、汝州，攻下东都洛阳。更接连攻破潼关，占领了唐朝的首都长安，把腐朽的唐家天子驱逐到四川去了。这一路北返的途程，较比起南征来花费时间较多，计自乾符六年（公元879）的十月底到广明元年（880）的冬十二月底，经过一年零两个月。

进入长安以前，起义军在政治上逐渐明确起来。到汝州时，黄巢改“冲天大将军”的名号为“天补大将军”，发布牒文，告谕各地的藩镇将领，叫他们采取中立态度，不要对起义军采取敌对态度，因为起义军要“兴师问罪”的只是唐朝中央政府，不是任何别的人或别的势力集团。这份牒文起了相当的作用，许多藩镇就的确采取了中立态度，大大地减少了起义军的阻力。他们进入洛阳时，城内秩序良好，得到了广大人民的拥护。破了潼关以后，更是沿途宣传，告诉农民们“这黄家不比李家，李家是苦害老百姓的，黄家则是爱护老百姓的，大家不要害怕。”这些宣传，也起了很大的作用。起义军的战士们南征北战，到现在也六年多了，随身带有不少从官吏富豪那里剥夺而来的财宝，贫苦人总是最能够同情贫苦人的，他们就沿路把财宝分散给贫民，周济他们的困难。起义军的这些行为，跟唐朝官兵烧杀抢掠的行为两下里对照起来，在老百姓心目中是会有一个结论的。黄巢进入长安，下令对唐朝皇帝的近枝亲属和三品以上的官吏坚决予以停职、管制或者镇压等处分；对四品以下的官吏则一律留在原位，叫他们照常供职。他即了皇帝位，国号大齐，改年号叫金统。到这时候，唐末农民大起义已经达成了旧时代农民革命的最高成就；从此以后，它就要在种种消极条件起作用之下，转向革命运动的“下坡路”了。

这个“下坡路”，是这样一步步走过来的：

原来从旧时代农民起义中所建立起来的政权，它的性质是复杂的。就总的性质说，它不可能不仍是属于封建类型的政权。大家试想一想，不能创造新的生产关系来代替地主剥削农民的旧关系，不能彻底打垮地主阶级和地主阶级的剥削，那么，即便把唐家专制皇朝赶到四川去了（自然这无可否认的是起了一种对统治者给予严重打击的作用），这新建立起来的大齐政权也仍然向人民征粮征税，也仍然不曾否认地主剥削农民的合法。在这一点上看，农民起义的政权是不能跟资产阶级政权相比，更无法跟无产阶级领导的政权相比的。可是，我们又不能把这种政权跟旧封建政权完全等同起来。譬如拿大齐政权来跟唐政权相比，很显然，大齐政权是带有一些人民性的。它压制社会中最上层、最腐朽的阶层，它同情并扶持社会的中下层、劳动者，这就是它的人民性的表现之所在。但是，这种人民性的表现不应该仅仅象一阵风样就让它过去了，起义的领导集团必须善于开动脑筋，想出具体办法，去保证这种人民性的巩固。历史上许多次大大小小的起义，谁在这方面的成就较大，谁的革命作用也就比较深刻。

但黄巢起义在这一方面的成就，是不够大的。起义政权在长安和关中地区停留两年零五个月（广明元年十二月至中和三年四月），时间不能算是很短，而成就却不多。首先，它对于逃往四川去的唐朝流亡政府没有进行追击和消灭，在这一点上仍然表现了起义对政权问题重视不够，抓的不紧。而实际上，不管那个流亡政府已经遭到多么严重的削弱，只要它还没有被彻底打垮，那么它就要计划反攻。何况在旧时代中，正统主义思想是非常普遍的，所以“唐德未厌”一类的说法，还有相当的宣传力量。起义军没有彻底打垮这个唐政权，又没有采取显明有力的作法使人心全部背唐归齐：这是起义终于失败的原因之一。其次，在具体行政上，大齐政权没有动员大的力量解决当时最重要的困难——粮食缺乏的困难，因而使群众感到他们的政治宣传缺乏足够的事实证明。在唐政权统治的时候，中央政府和关中人民的粮食主要来源是依靠所谓“东南八道”的供应，靠运河来运输。所谓“东南八道”，包括今江苏、浙江、安徽、江西、福建、湖南、湖北诸省之地。这些地面，起义军是打到过的，剥夺过的，但却未曾在那些地面上建立起政权和根据地来；以致大兵一过，藩镇复兴，盗匪横行，民不聊生。更兼运河水路因连年战乱发生阻塞，所以东南粮食无法运送关中。而关中当地，贵族和地主们所控制的粮食早已隐藏了，不搜查是不肯拿出来的；农民们手下的粮食本来有限，支援起义军外也不会有余。这种情况一年两年迁延下去，老百姓没有得到起义政权给他们的“实惠”，而亲身遭受到缺少粮食的痛苦，就很自然地不肯积极支持新的政权了：这是起义终于失败的原因之二。

再其次，对于各地曾一度采取中立态度的藩镇力量，起义政权也不会积极地去争取。上文提到过，到汝州时他们曾对藩镇发过牒文，叫他们各守自己原有的防地，听候安插。但等大齐政权成立以后，安插却不见了。结果有的藩镇，看到“天高皇帝远”，就自己当起土皇帝来；有的藩镇想向起义军投诚，但又有顾虑，或者没有门路；有的藩镇则被起义军派兵打垮，地盘丧失了；有的藩镇则和起义军始终两方壁垒对立，互相戒备，杜绝联系的机会。在这种情况下，流亡在四川的唐室小朝廷感到有空子可以钻了，他们大发空头文书，号召各路藩镇，起兵勤王。唐朝号召各路起兵勤王，对于起义军说，只是外部条件，其性质究竟不是最根本的；但起义军没有很好地争取各路藩镇势力到起义军方面来，反而使他们纷纷离心而去，这就是内部条件，带有根本的性质了。以上，是起义军终于失败的原因之三。最后，朱温叛变，也严重地削弱了起义军在关中地区的形势，朱温，又叫朱晃，又叫朱全忠，后来五代时候的梁太祖，徐州砀山人，贫民出身，长期积极地参与起义，成了起义军中的重要首领。在中和二年时候，他是起义军驻同州的防御使，跟唐室的河东节度使王重荣防地邻近，时常受到政治挑拨者的影响；更兼他和起义军政府中的“左仆射兼知军事”（约相当于副首相位一类的位置）孟楷有隔阂，于是终于杀了黄巢派遣的“监军”而降唐了。这件事，在削弱起义军的有利形势以及助长唐室恢复信心的诸方面，都曾起了很大的作用。黄巢在关中的后期，政令所行据说已经仅有同州（今陕西大荔）、华州（今陕西华县）之地，而今同州防御使又叛变去了，黄巢势力所及的地区就越发窄狭，终于站立不住，便只好退走了。这是起义军终于失败的原因之四。

有人要问：黄巢和他领导下的大齐政权为什么就不能克服以上这些缺点呢？我们说，在人类历史上，只有无产阶级能够在革命中不断使用批评和自我批评的方式揭发错误，检查错误，改正错误。这种高度的革命水平，我们是不能求之于旧时代农民阶级的。特别是以流民为主要群众、以贩盐集团为其领导骨干的唐末农民大起义，他们的流寇主义倾向是显著而严重的，他们不重视政权的夺取和巩固，不重视对一切可能争取力量的争取，不善于及时解决人民生活上的困难，不能克服内部的不团结：所以他们终于失败了。因此，当我们说历史上历次农民起义之所以失败，其总的原因是由于缺乏先进阶级的领导，当我们这样说并且这样理解的时候，我们是没有犯错误的。这跟教条主义，是迥乎不同的两回事。

唐朝流亡政府正是利用了起义军这些主观方面的弱点而发动它的恢复运动的。他们指派宰相郑畋（读“殿”）做“京城四面行营都统”驻在凤翔，计划反攻。黄巢起初想招降郑畋，郑畋没有降；黄巢就派兵去打，在岐山县龙尾坡地方打了一仗，起义军受到一些挫败，就再也没有向西进攻过。郑畋得到了休整的空隙，就各方面组织力量，把一些藩镇军阀、农民起义的变节分子以及异族酋长势力，都联络了起来。如王重荣、王处存、程宗楚、唐弘夫、朱玫（读“梅”）、李孝昌、拓跋思恭等，都参与了郑畋的军事集团。有一次，在中和元年（公元881）的四月，他们乘黄巢亲自到同州一带指挥战事、不在长安的时机，发动对长安的偷袭，由于受到城内贵族分子的接应，他们攻到城内，大肆杀掠。幸亏黄巢及时返兵，才把这场卑鄙的反动暴动镇压了下去。程宗楚、唐弘夫这两员副都统都被起义军杀了。城内很快恢复了秩序，并对接应的分子进行了一次比较彻底的镇压。

唐兵溃败之余，又去联络在今山西北部的沙陀部酋长李克用，请他出兵援助打垮农民起义军。这就是旧日剧目中“珠帘寨”（又名“程敬思搬兵”）这出戏所记录的事件。统治者使用异族酋长的军事力量来镇压本国人民起义的事，在唐末是发生过很多次的。十余年前，李克用的父亲李昌国（原名朱邪赤心）就曾经被唐朝统治者利用来压平了庞勋的起义。这次李克用又被利用来镇压黄巢起义。正由于这样连续勾引使用的结果，才使得李克用和他的儿子李存勗成为了“五代”中的一个割据势力，后来建立了后唐的统治。当时黄巢听说李克用的军队已开近黄河，曾经派遣使节去跟他联系，但这种联系的性质并不着重在政治上的争取，而是多带金宝前去施行贿赂。李克用是十分狡猾的，把贿赂收下，把使节遣还了，对起义军表现了决绝的态度。不久，他的军队便参与了实际的战斗，在同州的沙苑和华州的零口等地，跟起义军打了几仗，起义军支持不住，便在中和三年（公元883）的四月末退出了长安城和关中地区，经过蓝田、商山等地，到中原的蔡州一带去了。

黄巢大军虽然被迫退出了长安和关中地区，但这时他们的战斗力量还是保存着的，也还相当的强大。这只要看他们不久以后在蔡州（河南汝南）还能把军阀秦宗权击败，迫使他向起义军降顺；又在陈州（河南陈县）跟当地世代相传的军官地主赵犨（即“仇”）家族进行了一百多天大小数百个的战役就可以明白。但也正是这些战役严重地消耗了起义军的有生力量，拖延了时间，使得随后赶来的李克用部沙陀骑兵又一次地得在中牟黄河渡口一带，给予起义军以决定性的打击。从此之后，起义军这才真正到了“一蹶不振”的地步。一些比较重要的首领也都受不起考验，纷纷向镇压军投降了。剩下黄巢兄弟们，率领一千余人，东奔兖州。中和四年（公元884）六月，黄巢行到泰山东南的狼虎谷（在今莱芜县界）地方，看到起义军已无法重新振作，便悲壮地自杀了。全部起义到此也就宣告结束。

现在我们该来问一问，这场轰轰烈烈的农民大起义对于社会发展究竟起没有起过推进的作用呢？并且，假如是起了作用的话，这些作用又表现在哪些地方呢？关于这些事，我想比较详细和比较更具体地来谈一谈。

有人认为唐末农民大起义在历史上并没有起什么作用。或者扩大范围来看，这派人认为历史上的农民起义不一定每次都起积极的作用。这样看法是不对的。大家试想：轰轰烈烈的百数十万之众支持了若干年月的反抗运动，说它在历史上不起作用，那实在是不可想象的。除非我们不承认人民群众是历史的创造者，除非我们认为人民群众只是“愚众”，他们的活动只是“瞎闹”，那么，我们就无法否认人民群众的革命活动会对历史起积极的作用。又有人认为，历史上的农民起义不一定每一次都起好作用，也许会起坏作用。这样看法也是不妥当的。自然，农民起义必然引起战争，而任何战争（包括正义性的战争和非正义性的战争）都必然要带来生产的破坏和人民生活的不幸。但在逻辑上，那是“战争”所起的作用，而不应该说成是“农民运动”的作用。历史上农民革命的作用，正如毛主席所指出的，它是“历史发展的真正动力”，因为它“打击了当时的封建统治，因而也就多少推动了社会生产力的发展”。有人说，这是不是教条主义呢？不是的。假如这里说，历史上所有农民起义都是一模一样地只能按照毛主席的话起作用，不准许有任何具体表现上的差异，——那当然是教条主义。然而，这里的论点并不是这样。农民起义推动历史的作用，可以有许多种表现的方式。象陈胜、吴广起义推翻了秦朝统治，教训了西汉帝国的创立者刘邦，使他向人民让步，布置人民休养生息；赤眉、绿林、铜马等起义推翻了王莽的新朝统治，教训了东汉帝国的创立者刘秀，使他向人民让步，解放奴婢，安置流民；隋末的起义推翻了隋朝统治，教训了唐太宗李世民使他均田减赋：——这些，基本上属于一种类型，一种最普通的类型。但除此以外，有没有别的表现方式呢？有的。譬如王仙芝、黄巢起义对历史起推动作用的表现方式，就是另外的一种。

王仙芝、黄巢起义并没有立刻打垮了唐朝的统治。唐朝统治的被拖垮，是在起义结束之后的第二十三年。在时间上有一点间隔：这是第一点差异。此外，唐朝统治结束之后，跟着来的，不是一个新的统一国家，而是许多小国的分裂状态。从公元907年算起，到960年止，史书上把这五十多年的历史叫做“五代十国”。在这半个世纪之中，从表面看来，社会生产衰落，国家分裂，战争频繁，人民生活痛苦。在社会后果上看，一时看不到比较繁盛的社会景象出现：这是第二点差异。从以上两点出发，人们就很容易怀疑唐末起义的作用。他们很容易发出疑问：起义的结果，由统一到分裂，由社会一定的繁荣到衰落，这不是倒还不如不起义更好一点吗？

象这样的一种理解法很明显是有毛病的。它的主要毛病在于忽略了基本的事实，而专门去对待一些比较表皮的现象，或者说，比较表皮地去对待一些历史现象。那么，人们自然要问：什么是基本的事实和不表皮的现象呢？

第一，不管黄巢起义距离唐朝的实际覆亡在时间上还有二十三年的间隔也罢，但唐朝腐朽统治者究竟不是自动死亡，而是被农民起义打垮了的。当然，这里所说的农民起义不仅仅包括王仙芝、黄巢所领导的，也包括浙江地区的裘甫和王郢、徐州地区的庞勋以及四川地区的阡能、罗夫子等所领导的起义。这些起义，作为一个总体，是打垮唐朝腐朽统治的主要力量，这一点是绝对无可否认的。而王仙芝、黄巢在这一总体之中，又是规模最大的，这样，我们能说王仙芝、黄巢起义不是颠覆晚唐腐朽政权的主要力量吗？并且，它的积极作用，还绝不只表现在这一点上。王仙芝、黄巢起义不仅仅打垮了晚唐腐朽的中央政府，并且更加重要的，是它还打击并削弱了这个政府的两大支柱。这两大支柱是谁呢？第一是我国中古史上最典型的剥削者阶层——世族地主，就是靠贵族的身份和特权骑在农民头上的地主们。这个阶层在我国历史的南北朝时候，曾经是顶有权势的统治者，如江南姓王的、姓谢的、姓顾的、姓陆的，北方姓崔的、姓卢的、姓郑的、姓薛的、姓杨的等等，都是最著名的世族。这个阶级无疑是被黄巢起义推下了历史舞台的。什么理由呢？自黄巢起义之后，这个阶层再也不能是统治社会的最主要阶层了，从宋朝开始，我国封建社会的最主要统治者已经是依靠做买卖发财、有了钱买地、雇佣佃户、慢慢做起官来的新兴地主们了。这种新地主和那种旧地主都是地主，但新兴的比起旧的来，对社会生产的向前发展却多少能起一点好作用，或者至少是少起一些坏作用。对于这两类地主，最理想的是全部予以推翻，但那只有等到二十世纪四十年代之末，在无产阶级领导下的民主革命才能办到。我们不能对历史要求过多。那么推翻旧型的地主，客观上便利新型的地主们走上历史舞台，这一点不能说不是对历史起了一定的积极作用。

腐朽的晚唐政府的第二个支柱是藩镇军阀。这种藩镇军阀在唐朝历史上表现得最典型，也最普遍，几乎各州都有。这是封建社会自然经济的分散性在政治和军事上的一种表现。这种藩镇的坏作用很多：它反对中央，也就是反对国家的统一，是顶顽固的一种分裂主义者，这是第一个坏作用；它在自己的统治区里私定法制，无法无天，严重地榨取和奴役农民，这是第二个坏作用；它在自己的统治区里，对新生的经营商业和手工业的人，不是予以培养，而是破坏他们，收他们的重税，甚至用武力掠夺他们的商品，这是第三个坏作用。有这样一些坏作用的东西，可是二百年来一直没有清洗，只有在黄巢大军南征北讨的全国范围战争中，才普遍地受到了打击，受到了削弱，也慢慢地退下历史舞台去了。有人问：宋朝的开创者赵匡胤和他的前行者柴荣，不也是藩镇军阀吗？我们的回答是：应该辩证地对待问题，赵匡胤和柴荣从他们的出身看，的确也是藩镇性质的军阀，但他们在历史上所起的主要作用，又恰巧相反于藩镇军阀的作用，他们二人不是分裂主义者，而是国家统一运动的领导者；他们二人对新兴的商业和手工业者基本上不是压榨或抢夺，在客观上是多少起了些鼓励的作用。所以我们说唐朝藩镇军阀是在黄巢大军的普遍打击下才慢慢走下历史舞台的，这一点也还是可以站得住的。

打垮了晚唐腐朽政府，并把“世族”和“藩镇”这两种阻滞当时社会发展的主要力量驱逐下了历史的舞台：这是王仙芝、黄巢起义在历史上所起的第一项积极作用。

第二，打垮了晚唐腐朽政府、打垮了“世族”和“藩镇”，它的直接后果是什么呢？是象今天这样人民对国家当家做主了吗？自然不是，而且也不可能是。这直接的后果，是农民、商人、手工业者的身份比以前多多少少地有了提高。从什么地方来看这种提高呢？譬如农民，在唐及其以前，他们给一定的一家世族地主当农奴，这是祖祖辈辈的事情，农奴没有权利脱离这家世族地主，没有权利离开这片庄地，而世族地主却有各种各样的特权，去对农奴施行经济以外的剥削和侵犯。自唐以后，或者更确切些说，从宋朝开始，农民的农奴身份是明显地减轻了，今年佃李家的地，李家对他不好，明年可以退佃，再佃王家的地，农民的这种“自由”是被放宽了一些。也就是说，农民的农奴身份越来越少了一点，佃农身份越来越多，这在当时不能不承认是鼓励了农民的生产积极性，对封建社会本身向前的发展是起了一定的推进作用的。再譬如商人和手工业者，在很长的历史年代中，这种人被统治者认为是“贱民”，是仿佛带有奴隶那样的身份的。到唐朝后期虽然稍稍好一点，但有“世族”、“藩镇”压在头上，还是得不到比较正常的发展。只有在黄巢起义之后，这种人才普遍地抬头了，“五代十国”中许多国家的统治者对商人和手工业者都曾给予了相当的重视，如吴越国的创立者钱镠（读 “刘”）和闽国的创立者王审知对手工业和海外贸易，都非常重视；南楚的创立者马殷对茶叶生产，特别提倡；南唐国的创立者李昪（读“便”）和蜀国的统治者孟昶（读“敞”）对社会手工业和商业的发展，都给予了一定的便利。自然，他们这样做的动机，也许是为了自己的享受和国家收入的增多。但单纯就效果看，事情则是很好的。我们绝不是动机和效果的分离论者，动机和效果是联系着的，正因为动机还不是为了人民大众的福利，所以在效果方面也就有局限。但反过来说，不管这中间存在着多少的局限，重视了商业和手工业，比较起从前的贱视来，不能不说是一种进步。总括起来，农民的农奴身份减轻了，佃农身份更明确了，手工业者和商人在社会上也都抬头了：这不能不说是王仙芝、黄巢起义在历史上所起的第二项积极作用。

其他方面比较次要和细小的作用，自然还有，但在这里不再一一叙述了。

以上叙述的这两大项积极作用，并不是在短短三年五载中就能够看得出来的。这种作用，要通过五十多年纷纷攘攘的“五代十国”，到北宋统一皇朝建立以后，才越来越看得清楚。在宋朝，国家是统一的，不是分裂的；土地不是过分严重地集中在少数世族地主们的手中，土地的占有比从前松了很多，分散了很多，中小地主的数目较前增加，他们的地位也较前提高了；商业和手工业有了明显的发展，货币比从前流通得多了；在政治和军事方面，适应着这种新情况所进行的改革也是不少的。总之一句话：我国封建社会在其自身的历史中向前又发展了一步，我国部族（即民族前身）共同体的内部凝结力，在宋朝比较以前大大地增强了。象岳飞那样坚决抗金和文天祥那样坚决抗元的爱国主义精神，在我国人民一贯爱国的历史上，是带有更新颖的意义的。这就是部族共同体的内部凝结力较前增强的一种极显明有力的证据。这些进步和好作用，固然我们不能全部归功于王仙芝和黄巢所领导的起义，但王、黄起义是促成这些社会进步和好作用的重大历史事件之一，总是无可争辩的吧。

杨妙真和唐赛儿

一　杨妙真

在莒县的东南乡，在旧日莒州古城以南三十里路的地方，有一片高山，因为山的样子自老远处看起来象一匹马的脖子和脊梁，所以当地人民就给它取下一个名字，叫做马鬐山。距离现在七百四十多年，有一位青州的女子带领着农民起义的人马曾在这座山上安营下寨。这个女子，就是杨妙真。她排行第四，人们又常常称她“杨四娘子”。直到现在，在浔河岸边，马鬐山的一片磨崖上，还刻着三行大字：“嘉定九年，（杨）四娘子此山下寨”。当地人民祖祖辈辈的传说着关于杨四娘子跟她丈夫“马鬐王”李全的许多故事。

杨妙真的事情，发生在宋朝。宋朝是中国历史上许多大的封建王朝之一。它由五代末年一个军官赵匡胤建立起来，维持了三百二十年的统治，从第十世纪的后半截到第十三世纪的后半截，在历史上几乎占了四个世纪。它的京城，原先设在汴京（现在的河南开封），人民把这一段的宋朝，叫做北宋；后来中国经受契丹人、西夏人、女真人的侵略，宋朝兵力守御不住，放弃黄河流域，偏安到江、淮以南，京城改在临安（现在的浙江杭州），人民又把这一段的宋朝，叫做南宋。杨妙真的事情就是发生在南宋，发生在南宋皇朝快要亡国以前三四十年的时候。

宋朝时候，中国社会是个封建社会。那也就是说，在那样的社会里，农民是社会上最主要的劳动者和财富创造者，而地主则是骑在农民脖子上靠剥削农民生活的。象这样的封建社会，传到宋朝也有一两千年的历史了。到了宋朝，这个封建社会虽然在性质上没有变化，可是有些情况跟从前不同了。从前的农民，被死死地拴在地主庄地上，祖祖辈辈替他们劳动，连脱离开这个庄地和搬走的权利都没有；自唐朝中半截以后，特别到了宋朝，那些祖祖辈辈做官的大家败落了，土地稍微分散开一点，中小地主的数目多了一些，佃种的农民也多了一些。另外，从唐朝中半截和宋朝开始，各行的手工业、商业也都有了些发展，社会上的交换活动，比从前频繁、广泛了。从此以后，在社会劳动者中，除了农民之外，又增加了经营手工业的各行手艺人。他们都是社会上最主要的劳动者，都是社会上最受剥削、最受压迫的阶级，因此他们的反抗性也特别强。杨妙真出生在青州益都的杨家庄，她的哥哥杨安儿是一个制造马鞍、马辔的人；她的丈夫李全是潍州北海的一个佃农，也附带地贩卖牛马。从这些事情上可以看出杨妙真和她的亲属，都是当时社会上担负主要劳动而又是最受压迫最受剥削的人。他们起来反抗统治者是必然的。

可是这时候的统治者，又不止一个：有本国的统治者，也有外国的统治者。上面说过，当时想侵占到中国境内来的外族人很多。其中对中国威胁最大的有三个：一个是契丹，他们建立的国家叫做辽国；另一个是女真，他们建立的国家叫做金国，这两个外族都是从宋国东北边境上侵入进来的，后来辽国又被金国灭亡，金国就成了宋国唯一严重的威胁；第三个是蒙古，它侵入得最迟，但也最厉害，它灭了金，亡了宋，建立了元朝，统治了八十多年之久。在对待这些外族侵略上，汉族地主和汉族农民的态度是截然不同的。汉族地主，除了很少数的例外，大多数都是抱着“谁家天子谁家臣”的态度，只要能维持住剥削农民的基本“权利”，至于由什么人来统治，在他们看来，是没有多大区别的。在农民看来，情况就大不相同了：外族未曾侵入进来以前，当兵打仗、出粮出钱，主要的负担是农民；及至侵入进来以后，烧杀淫掠，首先遭到祸害的又是农民；况且这些外族都比汉族落后，统治起来比本国人更无顾忌，剥削起来更加残酷。所以我们说，农民从他们的阶级利益出发，他们的祖国观念要比地主强得多，他们的部族立场要比地主坚定得多。杨妙真和他的哥哥杨安儿、她的丈夫李全在当时已经沦陷了的地区中，能够领导农民起来反抗外族入侵者——金朝的统治，正可以说明这个道理。

这时金朝的统治正在一天天加紧，剥削也一天天加重。原因是由于当时在金朝的北边，正兴起了蒙古。那时，初即位九年的成吉思汗正带兵向南攻打，把个金国挤到中原一带。金国的领土缩小了，剥削的收入自然也跟着减少，但统治者的政府和军队，还是要人养活的；他们奢侈生活的开支是要维持的，于是他们就加重起钱粮来。这一来老百姓就更加痛苦不堪，纷纷起义反抗。当时的起义军为了和金朝统治者的军队相区别，一律穿红色的短袄子（据说这种袄子是内夹竹茹、猪毛等物而后衲起的一种软甲），所以人们都称之为“红袄军”。也有人说，因为金朝按五行说属金，要克金，就得用火，火的颜色是赤红，所以他们穿红袄是取个吉利的意思，这在当时来说，也是很可能的。至于里面有没有宗教会门？什么样的宗教会门？现在还弄不清楚，还要待以后研究、考证。今天所能够知道的，是这种穿红袄子的抗金农民起义军不只在一个地方上出现，而是在好多不同的地方都出现过。往西，在太行山下的深州、祁州一带，有他们；向南，在泰山和沂蒙山一带，也有他们。其中最值得重视的，就是从青州和潍州发动起来的这一支。

当时，领导着这一支人马首先发动起义的，是杨妙真的哥哥杨安儿。他在起义以前，曾被金人抓去当过兵、当过军官，对于打仗是相当熟悉的。历史材料里记载说：他虽然给金人当过军官，可是心里无时不在想念着宋朝，想念着祖国。一等到人民反抗的情绪成熟了，他立刻反正过来。金朝自然很受了他的震动，就派了精锐部队“花帽军”去到青州镇压；杨安儿支持不住，就往莱州方面转移，那里的许多县份也都跟着他宣告反正，并拥护他作领袖。他在莱州成立了反金的政府，这个政府在山东半岛地区中的号召力是很大的。可是不久以后，金人派奸细打进了他的军队和政府，把他们的事业搞垮了。杨安儿本人坐了一只小船从海上逃到即墨县境的岠嵎山，被金人派来的奸细、船夫曲成打进水里淹死了。

杨安儿死后，这支起义军就在杨安儿的舅父刘全暂时的统率下，向当时的密州、莒州（现在的高密和莒县）一带转移。这时，始终参加在起义部队中的女子杨妙真，逐渐引起了群众的注意。她善于骑马使枪，她手使一枝梨花枪，号称“天下无敌手”。在她哥哥领导起义军的时候，她也曾带领一支人马，驻扎在济南以东的龙山镇。除此以外，她跟群众的关系也搞得比较好，军队中的人都亲切地喊她“姑姑”（自然，在这个称呼里也可能包括有秘密宗教布道者的意味）。到达莒州境的时候，群众推出她来，继承了她哥哥的地位。这时，正有另一支红袄军也在他们驻地的附近活动，这支起义军的头领，名叫李全。李全是个大个子，手中使一把别人扛都扛不动的大铁枪，带领着他老家昌邑、临朐、安邱一带的农民，在同金人作斗争。早先时候的农民起义，是不大懂得团结的道理的，他们动不动就喜欢闹宗派，互不服气，有时甚至发生冲突，因此，也往往容易被敌人一个个分别地消灭掉，使起义走向失败。当时，李全跟杨妙真各自带领的起义军，也正是如此：互不服气。幸亏经由杨妙真挑战，发起了杨妙真跟李全两个领袖间的个人比武，这个比武在马鬐山进行了整整三个夜晚，不分胜败，据说最后李全使用了套马索才把杨妙真俘住。就这样，这两个英雄人物便结成一对夫妻了。两家军队，从此和好，合编为一，由她们夫妻两人共同领导着，就在眼前这座马鬐山上建立起抗金的根据地来。

在这里，在山的半坡上，他们造了一座城池，内城圈用石头筑成，外城圈用黄土筑成。城外南关开辟了买卖交易场所。当时受到连年战争的影响，南北的货物如象绢、麻、盐、茶以及其他种种手工制造品，久已不能流通了；但由于他们下令保护商旅，对南北的贸易，起了很大的繁荣作用。同时，起义军收一点税，也帮助了自己军队发展。他们还在马鬐山下造了一片竹园，作为制造矛子和盾牌的原料；他们还在浔河设立了蓄水池和水闸，以便积蓄饮水，不怕金人的围困。这样，他们退可以守，进可以攻。单在这一点上，他们已经跟那些专门流窜的起义军，有着很大的不同了。

这时候，正有另一支红袄军，在沂蒙山区跟金兵打仗。这支红袄军的领袖，叫做刘二祖。他是莱芜、新泰这一带的人，跟杨安儿是同时一南一北的起义者。刘二祖的部队，吸住了金兵的主力，在客观上帮助了杨妙真夫妻建立根据地的工作。但为时不久，刘二祖在大沫崓一场战斗里牺牲了，从此，马鬐山北的平原也就成了直接与金兵对垒的前线。李全跟他手下的大将王仙，一同下山打仗，杨妙真在山上城中加意防守，巩固根据地。就这样，他们从公元1215年初到1217年末，一直支持了两年多的光景。在这期间，整个局势有些变化：第一，蒙古人一方面要伐金，一方面又要侵宋，中间有许多间歇，这就给中原的金国政府一些暂时的喘息机会，得以筹集出更大的兵力来镇压各地的红袄军；第二，当时偏安在江南的南宋政府，不敢抗金，也不肯抗金，但看到金国由于受到蒙古的侵略而削弱的时候，却想用空名义拉拢各支红袄军的领袖，去乘机收复山东失地。马鬐山起义军在金兵的大力围攻下，无力支撑，便只好接受了南宋政府的招诱，怀着一颗半信半疑的心南向归宋，转移到当时南宋辖地楚州州治的淮安去了。

自从到了淮安，情况就跟以前大不相同了。从前在山东战区，在马鬐山上，环境是单纯的，而现在却复杂得太多了。在这里，有南宋皇帝派遣的代表

——“制置使”，他有权代表皇帝便宜处理一切，他不管你有多大抗敌的汗马功劳，他也要向你作威作福、敲诈勒索，甚而调戏你的眷属。在这里，还有从山东、河北各地敌区中来的各种各样的军队，各种各样的首领，其中象时青、国用安这样的人，都曾几次“倒戈”，翻来复去，他们不管什么祖国、外国，只看谁发的饷多、给的官大，就投给谁去使用。除此以外，还有许多南宋来的商人、暗探，里里外外，钻钻营营。杨妙真自到淮安以后，就一直在这样的环境里生活了二三十年，作为李全和“山东忠义军”（这是南宋颁给他们的番号）的驻在淮安的总代表而应付着这一极为复杂的局面。

这时的李全和他手下的红袄军基本群众，则继续在许多不同的战线上，跟金兵作战。有时在南，有时在北。有一次，金兵向南攻打南宋，其中一支兵力已经到了长江的北岸；幸亏李全和他的部队，在洪泽湖以西地区打了一个很大的胜仗，牵掣住金兵的增援力量，这才挽救了江南地区的沦陷命运。又有一次，李全的部队深入到原先是金人统治、后来又被蒙古人侵占了的青州沦陷区去作战，由于力量单薄，被蒙古兵围在青州城内，一直困了一年多；但李全和他的部队坚持战斗，跟蒙古人大小打了几百仗，后因孤军无援，城破被俘。当时，蒙古的将领是大将木华黎的儿子，名叫孛罗，他知道李全在人民中间威信很高，为了收拢人心，他没有杀害李全，反而把他放回来了。

杨妙真驻地淮安，担任“山东忠义军”的种种接济和联络工作，也遭遇到了许多困难，蒙受了种种污辱。南宋政府把沦陷区来的农民军队看做是“杂牌”，对他们缩减人员，克扣粮饷；他们自己的军队，不管多么腐朽，却是正牌，粮饷丰满，待遇优厚。大家都是汉人，又都驻在一起，却享受着两种截然不同的对待，哪有不发生变乱的道理？所以，淮安地方在十年中间，就发生了几次兵变，有时当兵的干脆抓住南宋的坐镇大员，把他架走，甚或杀死。南宋皇朝就把这一笔帐记在杨妙真的名下了，怀疑是她在暗中发动，于是就向她进行报复。报复的办法，首先是谋杀，南宋皇朝千方百计的挑拨不同番号的“忠义军”，叫他们互闹磨擦、冲突，好利用这一些叛来叛去的人去杀死杨妙真。但杨妙真却十分机警，早已看穿了这个圈套，就临时躲避到海州去了。谋杀无效，接着就是造谣诬蔑。如说李全在论陷区被围，杨妙真守不住了，就跟另一支农民军首领夏全在一起喝酒调笑，并且已经同居等等，企图破坏他们夫妻间的关系。但所有这些伎俩都没有发生效力，杨妙真还是屹然不动地驻守在淮安，照样履行她的一切职务。

她首先跟淮安附近洪泽湖一带的群众，特别是渔民们，把关系搞得挺好。这只要看不久以后他夫妻进行扩军的时候，渔民们都踊跃地前来应募，就可以想见了。此外，由于南宋皇朝减缩他们的粮饷，她就不得不进行一些经营，在海州一带办了几个盐场，又进行了一些南北间的货运，弄出一点钱来贴补军费的开支。对于偏安在临安的南宋方面的情况，她也没有放松了任何一个机会去了解、掌握。特别是训练水兵和打造船只的经验，她从南宋方面吸取了不少。如象历史材料中所记载的，自从南宋初年，岳飞用妥协的方式平定了洞庭湖区的杨么起义，吸取了他们水上作战和造船的丰富经验以来，南宋的水兵和造船术，就一直是很发达的。杨妙真通过种种关系吸收了这些经验，在东海上建立了一支相当强大的水上武装。有一次，她们夫妻二人前去检阅，看到轴轳连接，旌旗蔽空，足见阵营是相当壮大的。

南宋皇朝看到这支来自沦陷区的农民军，其力量不但不一天天削弱，反而一天天增强起来，就害怕得了不得，甚至比怕外族人还要厉害得多。最后，他们决定要消灭这支军队，并正式颁布了“讨伐”令。李全和杨妙真也起而应战。这场战争，才真是“为亲者所痛、为仇者所快”的一场战争。不久，李全在扬州城外的一场战役里牺牲了，部下的群众也都被击溃。南宋的将领赵葵和赵范带领人马，乘胜北上“收复失地”，在淮安城内大杀大砍，只要是北方人就都遭到杀戮，一时烟火弥漫，哭声震天。当时，杨妙真迫于时势，只好率领旧红袄军的残部，退回老家青州，潜伏在蒙古人的统治底下，慢慢地积蓄力量，等待新的时机，以图报国。

三十一年之后，在公元1272年，这个时机终于到来了。这时杨妙真究竟是不是还活在人间呢，已经无法考究了。此时，金朝已经灭亡，宋朝也已十分垂危，由蒙古族统治者建立的元朝，已经成立了两年。这时候杨妙真和李全事业的继承人、他们的儿子李璮（一说，是其养子）已经长大成人，成为青州一带在蒙古统治下带有半独立性质的一支军队的首长。蒙古统治者害怕这支力量，因此就多方设法笼络；李璮也乐得借了这个笼络来发展实力，他修缮了青州的城池，在里面屯积了一些粮草，在山东、河北一带收买了一些马匹，借着政权机构又收集了一些盐税和钱粮。等到诸事齐备，他以迅雷不及掩耳的手段，向蒙古人宣布起义，控制了相当大的独立地区。这个独立区，北到滨州、无棣，南到海州、涟水。当时蒙古人的几个主要屯兵据点，如象东平、济南、大名等地，都受到了他的严重威胁。元世祖忽必烈震惊了，无耻的汉奸们丧胆了。他们配合起来，对李璮进行镇压。事情从二月到五月，李璮在青州孤军难支，乃改变战略，攻占济南城，作坚守之计。在济南，他坚守了两个月。七月，兵溃城破，李璮本人投大明湖壮烈牺牲。旧红袄军的余部，除在战斗中牺牲了的以外，其余的都掩藏下来，在此后若干年中，还经常不断地出现他们发动的反元事件。

总起来看，在杨妙真和红袄军这一段故事里，是包含着一个复杂的斗争内容的。本来，农民阶级连同手艺人在一起，起来反抗他们的统治者和剥削者，这是一场阶级斗争。可是由于当时统治人民和剥削人民的不只是汉人的统治者，还有外族的统治者，而外族的统治者一旦插足进来，而这个阶级斗争的内容就立刻复杂化了。农民们为了整个国家的利益，同时也为了农民自己本阶级的利益，就不能不把原来对本国统治者的斗争转变成为首先是对外族统治者的斗争。可是当时本国的统治者又偏偏是一个怯于外战、勇于私斗的集团，它不但不支持农民抗战，反而处处压抑和打击人民的力量。在这种情况下，一支起义军的任务就比寻常情况下要复杂得多、繁难得多了。它一方面要对外族统治者进行武装斗争，另一方面又要对本国统治者进行各种各样的政治斗争；同时它还要掌握这两种斗争中间不同的性质和不同的分量。这对于出现在公元第十三世纪的一支起义军及其领导人物来说，实在不能不说是一种很艰难的任务。山东红袄军和杨妙真这个人物，对于这个艰难、繁杂的任务，大体上算是完成了。他们把这种复杂的斗争持续了六十年，并在人民中间撒下了不可磨灭的抗元力量，尽管他们在这中间也发生了许多缺点和错误，例如李全在青州对元兵的妥协，以及后来也终于进行了“为亲者所痛、为仇者所快”的攻宋战争，这都是没有站住祖国立场的行为。然而，假如我们着眼在他们抗金的事业和李璮的抗元起义方面，那么他们的活动在历史上也还有相当价值的。

二　唐赛儿

在山东青州一带的农村里，自从明朝永乐以后，就流传着许多关于唐赛儿的传说。直到现在，这一带的父老们在茶余饭后，还经常向儿女们说：这位农民起义的女领袖在牢狱里被统治者加上手铐脚镣，可是她只这么轻轻地一抖，那些手铐脚镣便都自己解脱，这位女英雄就白日飞升去了。这个神话般的传说，是表现了劳动人民对唐赛儿的崇敬与爱戴，单从这一点，我们就可以想象到，直到五百三十多年以后的今天，这位女英雄还这样活生生地留在劳动人民的心里。

唐赛儿领导的农民起义发生在明朝。明朝是我国历史上许多大的封建王朝之一。它是通过元末农民大起义，由起义领袖之一——朱元璋建立起来的。朱元璋虽是一个贫农出身的人，但他做了皇帝以后，也和其他封建皇帝一样，成了一个统治人民、杀人不眨眼的暴君，这是尽人皆知，早有定论的了。但他的统治在当时情况下，对统一中国、促进生产上也起了一定的作用。朱元璋建立的明朝，统治了二百七十七年，从十四世纪的中半截开始，到十七世纪的中半截就又被满洲贵族所建立的清朝代替了。朱元璋的第四个儿子朱棣，从他的侄子建文皇帝手里夺到政权后，就把京城从南京迁到北京去了。朱棣的年号叫做永乐，老百姓通常就叫他永乐皇帝。永乐年间跟朱元璋的洪武年间比较，情况已经不很相同了。永乐皇帝为了争夺皇位，同他侄子打了整整三年的仗，这在人力、物力上都有很大的消耗；又在元朝简陋的基础上修筑了北京城，然后再把政府从南方迁到北方去，在人力、物力上又是很大的消耗；此外，这时北方境外的瓦剌族和海上的倭寇，已经开始了对中国北方和沿海等地的侵扰，要防御他们，又是一批很大的人力、物力的消耗。所有这些消耗，自然要农民负担；其办法就是加重赋税、多抽壮丁和民夫。农民在生产刚刚恢复不过五十多年，又走入了饥寒交迫、妻离子散、痛苦不堪的境地。这便是引起唐赛儿起义的最根本的原因。

唐赛儿所领导的起义，是使用了白莲教这个秘密教会门组织的。谈到秘密教会门，我们首先得弄清楚一点：秘密教会门在不同历史时代中所起的作用，是不相同的。在封建时代，在历史上还没有出现代表新生产力的无产阶级及其政党——共产党以前，有一些（不是所有的）秘密教会门是经常被农民用来作为向地主阶级进行斗争的工具的。在这时，这些教会门的作用就是好的。可是就在同样是封建的时代中，另外一些教会门，则被反动的统治者用来去麻痹人民、统治人民。象这些教会门就是坏的。自从历史上出现了无产阶级及其政党——共产党之后，被压迫的劳动人民已经找到了进行阶级斗争的有力的武器；到这时候，最大多数的秘密教会门已经都蜕化、堕落到跟特务匪徒相勾结的地步了。这就是为什么在我国土地改革之后，曾有过一个坚决镇压和取缔反动会道门运动的主要原因。由此可见：我们既不可借历史上某些教会门曾起过一些好的作用，就说今天的坚决镇压和取缔反动会道门是不应该的；同时也不可因为我们今天坚决镇压和取缔一切反动会道门，就连历史上的某些为农民起义服务的教会门也认为是反动的了。

白莲教这个教会门，与农民的阶级斗争相结合，已经有六七百年的历史了。这是下层人民信奉的一个教会门，它经常被农民使用，去为农民起义服务，所以在当时来说，它的作用是好的。在唐朝和宋朝时候，有两支不同的宗教会门在我国下层社会中流传着，而且渐渐合拢。一支是自印度佛教中出来的，他们信奉弥勒佛，预言黑暗将要结束，光明就要到来；另一种是自欧洲和中亚细亚的基督教和祆教中转变出来，叫摩尼教，提倡吃素、做礼拜，讲述“明”和“暗”的斗争，提倡贫苦人患难相助。除此以外，中国原来还有些崇奉太上老君的阳阴教会门。这些不同的组织系统，在长久的年月里渐渐合拢，到了元朝和明朝，就成了白莲教，后来直到清朝，它在下层社会中的力量还仍然很大。当初朱元璋的反元起义，也正是凭借了这个教会门的组织力量。现在，朱元璋的儿子朱棣和他的大明王朝早已经不再是农民起义的倡导者，而是农民阶级的剥削者和统治者了，所以白莲教这同一个教会门便被唐赛儿所使用，作为反抗明朝的武器了。

唐赛儿是个女子。在我国的历史上，因为女子长期的遭受着封建男权的压迫，所以她们的革命性是很强的。秦汉以来，在农民起义的队伍中，也确实出了不少女领袖，如汉时的吕母和迟昭平，以及清朝嘉庆时的齐王氏等。唐赛儿就是其中之一。

唐赛儿是山东蒲台县人林三的妻子。蒲台县位置在今鲁北黄河下游的东南岸，在利津和滨县以南，博兴和桓台以北，广饶和寿光以西，邹平和齐东以东。它距离历代起义的一个重要基地也是秘密教会门的一个重要基地——恩县，也不很远。从史料里看，我们似乎可以说，蒲台也是当时白莲教布道的一个重要地区。至于林三这个人，他是一位什么样的人物，他怎样死了的，史料里没有记载；在小说和口头的传说里，关于这方面的材料又太不一致。有的说林三是个阔公子，有的说林三是个小商贩，有的说他因荒唐而死，有的说他被官府逼死，这中间很难得出一个完全可靠的结论。至于唐赛儿立教起义是在林三死了以后的事，不同的传说在这一点上大体是一致的。因此，统治者御用的无耻文人，便充分利用这一点来进行诬蔑，说唐赛儿是守寡不住，喜欢上一个道士，这才立意“造反”的。这全是用封建统治者本身的荒淫传统来企图污辱起义女领袖的一种行为。一般人的传说，是这样的：林三死后，唐赛儿到他的坟山祭哭，回来走在半路上，从一个山窟窿里得到一部天书和一把宝剑。这自然是带有迷信色彩的传说；不过这种带迷信色彩的东西，在当时的社会情况下是具有很大的号召力的，无论在我国或外国的历史上，披了宗教外衣的农民起义是经常有的。

唐赛儿所领导的起义，并不是从她的老家蒲台发动起来，而是更向南些，在青州益都县西南乡的卸石棚发动起来的。这里正是峰峦重迭，一片山地，从这个寨的名字上也可以看得出这是个靠近山岭、采伐石料的地方。唐赛儿为什么单单在这一带山地里发动起义呢？史料里关于这一点也没有什么说明。在这里，我们只好靠想象和推测，来试验着补起这个缺陷。一个可能，是青州一带白莲教的基础也许更坚强一些；另一个可能，是当时青州城内屯有明朝的财货和武器，拿过来可以壮大起义的力量；再就是这一带丘岭起伏，地形上便利于起义者的进攻和退守。但究竟是什么原因，则还有待以后仔细查考。

还有一件事也需要在这里说一说。农民的起义，常常是趁着统治阶级内部闹冲突的时候爆发起来。在青州地面上，当时是有这么一个冲突的，那便是汉王朱高煦的问题。朱高煦是永乐皇帝的第二个儿子，在永乐皇帝跟他侄子建文皇帝为了争夺皇位打仗的时候，朱高煦曾立过不少功劳，因此他就想代替他哥哥做太子。但他没有达到目的，反而被他父亲分封到云南；他当即拒绝前去，并在南京招兵买马，有造反的嫌疑。他父亲朱棣逮捕过他，但终于还是迁就他，在永乐十三年把他改封到青州来，但他还是拒绝驻在封地上。永乐十四年（公元1416）三月，才又把他改封到乐安。乐安是古时的一个郡名，郡治时常变动，大概隋朝以前一直是设置在现在的广饶县境内；到唐朝时候，才又把这个郡迁并到棣州，州治就迁到现今惠民县境内去了。朱高煦这次虽然驻到封地上来了，但依然是招兵买马，想抢夺皇帝位子。在这里他一直酝酿了十年，等到他父亲死了，他哥哥朱高炽即位不到一年也死了，他侄子朱瞻基即位后宣德元年（公元1426），他才正式发动了武装叛乱。这次叛乱，蔓延到沧州、德州、天津、济南等一大片地面，皇帝没法，只好御驾亲征，才算是削平了（削平后明朝改乐安郡叫武定州）。唐赛儿起义是农民对统治者的阶级斗争，自然跟统治者的叛乱事件有本质上的不同。但这两件事有几点很容易引起人们的联想。第一，在时间上，唐赛儿的起义，恰巧发生在朱高煦驻到封地上来的四年以后、发动叛乱事件的六年以前；第二，在地点上，乐安、蒲台、青州，距离不过二三百里，相当邻近；第三，永乐皇帝对待唐赛儿起义、宣德皇帝对待朱高煦叛乱，都是采取了同样紧急的处置手段，宣德皇帝御驾亲征的时候还说：“本家子造反用不到过分顾虑，怕只怕小民百姓借机暴动。”从以上这几点来琢磨，朱高煦问题（统治阶级内部冲突）对于唐赛儿起义至少在客观上起了一种有利的作用，它减弱了明朝统治者对农民统治的力量，给起义增加了不少的方便。

起义爆发了。这是永乐十八年（1420）的闰正月，起义就刚好爆发在这个闰正月里（有的记载说是在二月十一日，恐怕是错的）。初起事，起义军就大获胜利，把明朝派到青州的指挥官高凤在阵上杀死，把他手下的军队也完全歼灭了。在这个胜利的号召下，青州以东各府、州、县的人民纷纷起义响应。这些起义头领的姓名，到现在都还存留着。他们是：宾鸿、董彦皋、丁谷刚、刘信、刘俊、王宣、郝允中、白拜儿、高羊儿、王住儿、杨三等。从后面这几个名字来看，他们都是地道的农民。在这些人中间，有两个人是顶厉害的：一个是宾鸿，他带领一路人马，攻打安邱；另一个是董颜皋，他带领另一路人马，攻打莒州；此外还另有一路攻打即墨的，也很有成绩，可惜它的头领的姓名没有记录下来。这个情况报到京城，明成祖永乐皇帝大吃一惊。为什么他害怕呢？假如我可以推测一下的话，至少他在三个节骨眼上是害怕的：第一，大明江山平定下来才五十二年，就发生了这么大规模的农民起义；第二，起义单单发生在青州，在这个地面上，正有他一个时时想造反的儿子，在那里昼夜招兵买马，万一两件事纠缠到一起，岂不是一个心腹大患；第三，据报，“贼”是“妖贼”，那也就是说，他们都是白莲教徒。永乐皇帝心里明白，有教门的起义跟没教门的起义是不同的，有教门的起义根基深，眼睛看不见的力量大，各地互通声气，发展的很快。他自己当年跟随父亲赶走鞑子，完成统一，就是靠着这个力量；现在这个力量反转过来又打击到他的头上来了，他哪有不害怕之理？于是他决心要严厉地对待这一件事。

永乐皇帝从北京城派遣了两员大将，带领“京营”的兵马，到山东来镇压唐赛儿。这两员大将，一名叫柳升，一名叫刘忠。柳升是安徽怀远人，他由于南平交趾、东破倭寇、北防蒙古，都很有成绩，一直封到侯爵（安远侯），现任“京营”的提督总兵官。刘忠的官职是都指挥使，也是个三品的高级武官了。他们带领京城的御前兵马赶到青州，把卸石棚的寨子团团围住。这时已是三月的天气了。柳升骄傲情绪非常严重，看不起起义军的力量，以为小小“贼寇”，不足平定。谁知唐赛儿早已定下计策，派遣一个智勇双全的人假扮投降分子到敌营投降；并告密说，寨内的情况非常困难，特别是缺乏饮水，因此寨内的人已经决定在这几天内由东寨门突围，出来找寻水源。柳升信以为真，就集中兵力保住东门外的水源，不叫起义军吃水。起义军却趁这个机会从敌人兵力薄弱、防备松懈的地方突围了。在三月十六日夜里，与敌人展开了猛烈的突围战。在这场战斗里，把都指挥刘忠用箭射死了，杀得明朝兵马大乱大败。第二天天亮，柳升得到了这个消息，知是中计，就赶快前来救应；哪知唐赛儿早已领着寨内的战士和人民，安全地转移到更有利的地区里去了。柳升气不过，就在卸石棚附近乱杀了很多老百姓，一来为了泄愤，二来可以拿民头顶“贼”头，前去冒功领赏。

另外，在安邱县的城厢四围，战斗也正猛烈。在宾鸿领导下的一支起义军，把安邱县团团围住；安邱当地的白莲教首领赵琬也带领了本地信徒前来参加。城池眼看着就要攻打下来了。突然，从蓬莱方面赶来一支明朝派在半岛上防倭的兵马，由指挥使卫青带领，投入了战斗。安邱县知县张旟、县丞（就是“二衙”）马抝知道来了援兵，也从城内杀出，里应外合，才算把起义军打败了。地方头领赵琬被俘就义，宾鸿带着余部安全地转移了。同样，在莒州、诸城、日照一带，有董彦皋领导的一支起义军也曾勇猛作战，给予地方官吏以严重的打击。后来还是卫青自安邱南去，以防倭的军队向他们进行镇压，他们才逐渐转移到别的地方去了。

这次起义的主要领袖唐赛儿、宾鸿、董彦皋等，虽然遭到了很大的挫折，但都没有被明朝的统治者抓住，他们都能够从战斗里安全撤退，在民间掩护起来了。起义的群众也都能及时地分散开，隐藏起来。这一点，很使永乐皇帝担心。他气愤而又害怕。他气愤的是：自己手下的爪牙，不管是文的武的，如同柳升和山东的布政使等，都是些不中用的家伙。明朝立国才五十几年，政府机构就腐朽成这样不堪一击的程度了。他害怕的是：这些起义的领袖和群众在失败之后，一转眼就不见了，真是“神出鬼没”；他们既能够随时隐藏起来，岂不是也能够随时再行发动么？永乐皇帝越想越气，越想越怕，就一鼓气下了好多条命令，来处理这件事情。他命令，把败军之将安远侯柳升下狱；他命令，把山东布政使和以下的各级有关负责官吏，一律杀头；他命令，对镇压人民有“功”的卫青、张旟、马抝等，给予显明的升赏；他还两次命令（一次是在三月里，一次是在五月里），把北京城内、山东境内、后来是全国范围内的尼姑和女道士，全部逮捕，押解到北京来听候审问。这件事，引起了全国的骚乱，成千上万的无辜的妇女，被各州府县的官吏强问成“出家人”押到北京，一路上遭到若干不可想象的污辱和虐待。永乐皇帝之所以这样做，只不过是听见了一句谣传，说唐赛儿在失败后削发为尼罢了。

唐赛儿起义所支持的时间并不算长，从闰正月到三月，连酝酿发动加上撤退掩藏，也不过一百多天的工夫。它涉及到的地域，也不算很广，主要是青州府和莱州府两府的地面。重要的战役也不算多，有记载的只有青州卸石棚、安邱城郊、莒州城郊和即墨城郊的四仗罢了。但是，这次起义的意义却是很大的。第一，他给了当时的永乐皇帝和明朝政府以出乎意料的打击，提醒他们，使他们知道有所警戒，使其不敢肆无忌惮地加重赋税和力役。一般地说，农民的大起义常常发生在一个朝代的末尾，它所起的作用，也往往是从根本上打垮旧朝代的统治，并用铁一般的事实去教训新朝代的统治者，叫他们懂得对农民让步，恢复生产，发展生产。明朝初年的唐赛儿起义（北宋的王小波起义也是这样），跟以上所说的那些大起义稍稍有些不同：它不是发生在一个朝代的末尾，而是发生在一个朝代建立后不久，所以它的作用还不可能是把这个朝代打垮，而只是给它一个教训，叫他维持并巩固对农民让步的政策。永乐以后，在社会生活方面，所以能够出现象成化、弘治年间那样相对稳定的状态；在社会生产方面，所以能够出现象嘉靖、万历年间那样相当繁荣的状态；这跟唐赛儿起义和以后正德年间刘六、刘七起义所发生的作用是分不开的。第二，唐赛儿运用宗教组织（白莲教），使起义者与广大群众很快地结合，在最有利的时机和地方发动起来，并能在起义失利的时候，使主要领袖和基本群众得到安全的掩护和隐藏，等待时机，再作发动。这的确给农民起义带来了一个乐观的前途。历史上的农民群众，由于受分散、落后的生产方式的影响，不可能有象无产阶级那样强的组织性和纪律性，也不可能有象无产阶级政党那样的坚强的组织。但是，通过两三千年来多少次反封建斗争的经验，特别是通过每次失败后血的教训，使农民群众也渐渐懂得有组织起来的必要。在这种需要下，较大规模的农民宗教（如白莲教）便发生和发展起来，直到清朝的王伦起义和义和团，这种教门的组织作用还是很明显的。而唐赛儿的起义，恰巧在这一方面提供了一个生动的例证。

毛贵和徐鸿儒

一　毛　贵

毛贵，有的书上又曾把他的名字写做毛会，是元朝末年农民大起义里的一路将领。他不是一个寻常的将领，而是一个战无不胜的常胜将军，又是一个十分重视农业生产的行政长官。他曾带领着淮河两岸的农民子弟兵，在刘福通的统一指挥之下，用一年工夫，摧毁了元朝残暴统治者在山东境内的野蛮统治。在战斗中，他锻炼并扩大了他的起义队伍，使之能够向北进攻，直接攻击元朝统治者所在的京城，严重地打击了元朝统治者的气焰。他在山东，作为一个行政官，还实施了一系列关于发展农业生产和便利交通运输的措施，使他所在的这个起义地区，能够达到兵精粮足、社会安定的境地。

可惜不到三年，这个人就被他自己部下的坏分子赵君用阴谋杀害了。在他死后，他的部队也都分散地投到其他不同的番号底下去了。他在社会生产和交通运输方面的种种措施，很快也就紊乱和被破坏了。但在同时，另一个起自淮河地区的农民将领——朱元璋，以跟毛贵极相类似的姿态（如加紧锻炼部队、勇猛作战、注意农业生产等等），在江苏、浙江、安徽的接境地区发展起来，终于完成了“驱除鞑虏”的神圣任务，并建立了在我国历史上极为著名的大明帝国。朱元璋成功了，他在历史上起了更大的作用，所以他的事迹被大量地保存和传说开来。而毛贵没有能够成功，他在历史上的作用是无法跟朱元璋比拟的，因此，他的事迹便很少被人注意了。

现在，我准备结合着对整个元末农民大起义的轮廓式的叙述，来对毛贵的起义事业也做一番说明。

元朝是蒙古贵族统治者在中国所建立的残暴统治。这个朝代自公元1279年开始，到公元1368年覆亡，共持续了八十九年之久。当时，族与族间的关系，跟现在是截然不同的。今天，我们的新中国是汉族人民跟所有境内兄弟民族（蒙古族自然也包括在内）团结友好的大家庭。但这种局面，只有在共产党领导之下，只有在正确的民族政策指导之下，才有可能出现。在十三世纪到十四世纪的时候，距离现在将近六百年，那时各族的统治者所提倡的，不是族与族间的友好，而是一族对另一族的侵略、屠杀和征服。而蒙古贵族统治者，对汉族及其他部族的侵略、屠杀尤为猖狂。他们运用政治统治力，把大片大片汉族的农田，强迫划成蒙古贵族们的领地，其中有很大一部分成了放养牛马的牧地，这样，就严重地摧残了原汉族人民所进行的农业生产。他们又跟色目人（当时维吾尔族的商人）一起，用征收高额租税和放高利借贷等方式，残酷地榨取汉族人民的血汗，使他们无法生活下去，有不少人甚至不得不自卖为奴，各随奴主，一家星散。他们又在汉族人中做出种种等级的区划，使他们不容易团结起来，以便于蒙古贵族对他们施行无限制的军事性统治。他们甚至连铁刀之类的日常工具，都不准许汉族人民随便使用。在这样的统治底下，反抗运动不仅是不可免的，而且是经常的。即以元朝第一个皇帝忽必烈统治的时候来说，十年之内在江南一隅，就有"'盗贼'二百余所"；另一个记载则说，"凡四百余处"。

汉族人民的反抗运动，在八十几年之中始终持续着，由零星的、规模较小的暴动，发展到公元1351年（元顺帝至正十一年）爆发的全国性的农民大起义。这场起义，计算到明帝国成立的前夜为止，整整持续了十七年之久。

由于当时的社会，缺乏新的生产力和新的生产关系，因而起义也就缺乏先进阶级的正确领导，缺乏科学的革命理论和战斗的组织力。加之，元朝对人民压制甚严，防备人民起义的措施很多，就越发增加了起义在发动上的困难。因此，起义就不得不借助于秘密的宗教结社。在当时，就是弥勒教。弥勒教是佛教的一支，但跟一般的佛教不同，当时一般的佛教徒，替富人念经，替皇帝和贵族们求福，他们本身也是统治阶级的一部分。而弥勒教则不然，他们的信徒都是下层社会的劳苦大众，他们预言弥勒佛就要降生人世，到那时候，劳苦大众就会得到幸福与和平。他们的组织是很秘密的。在民间，当时他们的根子是很深的，正可以替大起义担负起发动行动的组织工作。当时，在全国有三个弥勒教的重要教区，一个在今河北的永年、鸡泽、武安、邯郸一带，一个在今河南的潢川、光山、固始、商城一带，一个在今湖南、江西邻界处的平江、浏阳、萍乡、宣春一带。在上述第一个地区里活动的首脑人是韩山童，在上述第二个地区里活动的首脑人是刘福通，在上述第三个地区里活动的首脑人是彭莹玉（人们又称他彭和尚）。后来韩山童被统治者杀害，刘福通实际上成了今大河南北广大地区中起义人民的领袖，他以今安徽阜阳和距离阜阳不远的亳州作为中心，建立了指挥当时反元起义运动在北方和中原地区的一个司令台。

刘福通最初发动起义是在公元1351年。经过四年之后，到1355年，起义军才有了一些发展，开始建立了起义的政权。又过了两年，即公元1357年（元顺帝至正十七年）的时候，他们才布置各路兵马，四方八面向外发展，开始给予元朝统治者以更严重的打击。他们布置的兵马，主要分为四路：第一路由刘福通自己率领，仍坚持在安徽的阜阳、亳州地区，随时准备夺取当年北宋时的首都——汴梁（开封）；第二路由关先生、破头潘等率领，沿太行山脊自南而北，曾一度攻入元朝的陪都——上都（在今内蒙古自治区的多伦附近），并一直远途行军，到达辽阳和朝鲜的边境；第三路由白不信、大刀敖、李喜喜等率领，自崤、函（崤山和函谷关地区）西入关中，破长安、凤翔，转入四川去了；第四路由毛贵率领，独立经营山东地区内的军务、行政、农业生产以及交通运输诸事，还曾一度进攻元朝的京城——大都（今北京）。他们当时是按照着怎样的政治目的和军事目的派遣军队的？根据现存的资料，我们还不能对这一问题做出很好的说明。他们派遣出去的军队，特别象去东北和四川的两支，为何一去不返？为何在遥远的行军与作战途中，听任自己涣散，或被别的部队吞蚀以尽？这些问题，到现在还是研究的专家们继续探索的隐秘，此处就不多加赘述了。

现在单提毛贵。毛贵作战的战迹是辉煌的。他活动的主要事迹，大体上还是有资料可以作为根据的。大约在元顺帝至正十六年（公元1356）年底或至正十七年（公元1357）年初的时候，毛贵从刘福通那里接到了进兵山东、彻底打垮山东地区元朝各级军政统治的命令。他和他的部队就即刻由豫东向山东进军。他们可能是走的徐州、临沂、莒州这一条路，一路行军迅速。农历二月，他们攻下了胶州，把驻在那里的蒙古官吏——佥枢密院事脱欢捉住并且处死了。三月，他们接连攻下了莱州（今掖县），又把驻在那里的蒙古官吏——山东宣慰副使释嘉讷捉住并且处死了。在同一月份之内，他们又攻下了益都，蒙古统治者派遣在当地的官吏王买奴逃跑了。从此以后，几乎整个的山东都在起义军的控制之下。他在益都设置了临时性的军政府，吸收反元的各阶层人士参与政权，以管理各级行政机构。他又在莱州到青州中间，那一大片驱逐了蒙古游牧贵族的土地上，设立起了三百六十个“屯”，使每“屯”相隔三十里，由“屯”把大片的空地分给农民们耕种，每年只收全部收成的二成，以供军政府的开支。他们又感到群众在支援部队时，缺乏运输的工具，于是就制造了许多手推车，以供给群众使用。在这样许多有利于群众的设置下，群众的生产热情和支援起义军的热情，自然而然地就高涨起来了。于是，在毛贵领导下的起义军在向敌人进攻中，就具备了更有利的条件。

这时，元朝在山东的主要残余据点，只剩有济南了。当时，驻在济南的蒙古军首领是蒙古人不兰奚和老汉奸军官董抟霄（“抟”音“团”）。董抟霄是磁州（今河北磁县）人，跟他的弟弟董昂霄二人，奉命替元朝统治者支持这济南的城防任务。当时，毛贵领导下的起义军不仅攻占了益都路，也攻占了般阳路（元朝的般阳路，包括自今蒲台以南到淄川一带地方，路治在今淄川）。于是他们便发动攻势，向济南城郊进击。他们的装备是严整而且雄壮的。老汉奸董抟霄从城墙上向南望去，看见起义军将士自城南千佛山和四里山上纷纷攻向前来，他们头上一律扎着红色的帕头，上身一律穿着红色的软甲（即所谓“红袄”），把两座山都映得通红。老汉奸心里害怕，不敢出去迎战，他命令自己的军队龟缩在城里，只偶尔派遣少数军队趁黑夜和黎明出去打打埋伏，向起义军进行一些偷袭。后来，自泰安方面又开来一支起义军，跟原来包围济南的军队汇师在一起，继续围困济南。在这一场包围战里，虽然济南城未能攻下，但也给予济南城内的元朝守军以巨大的消耗。

至正十八年（公元1358年），济南城的蒙古军妄图转守为攻，于是自济南出发，向毛贵的驻在地益都“进剿”。这支进攻的部队由蒙古将军不兰奚为帅，董抟霄任副帅。可是这个做了一辈子汉奸又对他的主子始终牢骚满腹的董抟霄，却以年老多病为理由，辞退了这个军事任务。于是元朝便把董抟霄、董昂霄兄弟自济南调到河间和长芦地带，去保护盐场。蒙古将军不兰奚进兵到达益都西南的好石桥地方时，被毛贵一仗打得大败，狼狈溃窜回济南去了。毛贵部起义军乘胜进攻济南，终于把济南占领，当地守将蒙古人爱的被起义军在阵前斩杀了。

可是毛贵并不因为这一场不小的胜利而感到满足。他知道，要彻底打垮敌人，非用军事力量直接去动摇敌人的京都不可。他也知道，董抟霄兄弟虽然对他们的主子牢骚不满，但他们究竟是富有作战经验的老军官，对于起义军来说，他们还是必须消灭的劲敌。因此，毛贵决计率队北伐。他以急行军在南皮县的魏家庄地方赶上了正在调防中的董抟霄兄弟，趁黑夜进击，结果胜利地打垮了敌军，把元朝统治者长期使用的这两只鹰犬都擒获并且处死了。这又是一场不小的胜利。

这时正是三月清明节的好天气，毛贵率部向北占领了蓟州（今河北蓟县）。这一下，元朝统治者慌乱起来了，一方面计划迁都，一方面诏征四方兵马，叫他们赶快勤王入卫。不久，毛贵部又攻占了漷州（今河北通县南四十五里），前哨并到达枣林地方，距离大都已不过近在百里之遥了。元朝派遣枢密副使达国珍前来接战，结果在阵前被起义军斩杀了。起义军前哨又向前推进到柳林，距离大都更近了，至于毛贵部为什么没有能够攻入大都去？从现在的材料中，找不到明确的回答。但这次进攻大都的军事行动，在政治上却已收到了很大的效果：首先元政府内部更加混乱了，其次，被统治的人民群众的思想觉悟提高了，反抗和叛变的情绪在空前地高涨着。在同一年的冬天十二月里，刘福通部的另一支军队——关先生、破头潘部又攻入了大都以北的上都，在城内驻军七日，并把象征着元朝统治的蒙古宫庙予以毁除。在这同一年里，春冬两次的军事行动，给予了元朝统治者以极严重的打击；同时，也是替十年以后，朱元璋部徐达、常遇春两大将军率领下的北伐军完成全部反元任务，打下了最初的基础。

从此以后，历史记载中有关毛贵的活动，就少下来了。只知道他治理山东的军务和行政，总计约有三年之久。至正十九年（1359）四月，他被起义军内部的坏分子赵君用阴谋杀害了。据说这时有毛贵旧日的一员部将，名字叫续继祖的正随关先生、破头潘部驻军辽阳，听到毛贵被害的消息后，即率部回到了益都，杀了赵君用。从此以后，青州、济南一带便陷入了各种番号不同的部队互相攻伐的大混乱状态。有时，这片地面是在起义军与蒙古军中间叛来叛去的军阀田丰的统治之下；有时，又陷入蒙、汉地主的顽固联军首脑察罕帖木儿、扩廓帖木儿父子的统治之下。这种混乱状态一直持续了八年，直到至正二十七年（公元1367）的十一月，才由朱元璋的征虏大将军徐达率部平定了山东，山东人民才又一次看到了在毛贵的治理之下曾一度出现过的社会秩序安定、农业生产可以发展的好局面。

总括以上的叙述，我们可以说，毛贵和他的部队在元末农民大起义中，在当时历史上，是起过一定的作用的。自然，他所起的作用没有能够象朱元璋那样大，但在短短三年之中，在山东境内，毛贵也曾完成了与朱元璋事业极相类似的成就。上面已经说过，由于历史条件的限制，我们对于在封建社会时期的农民起义，是不可能要求过高的。没有先进阶级的领导，农民起义不可能达到彻底改变旧生产关系、彻底解放农民大众及一切被奴役的劳动人民等一系列伟大的历史任务。旧时代的农民起义，只可能在打垮旧的统治者、教训新的统治者使其对人民让步、恢复并发展社会生产的这些方面，对于封建社会起一种向前推进一步的作用。按照这样的作用来检查，毛贵和他的部队是比较完整地实现了当时历史可能要求的任务的。毛贵和他的部队，对元朝的残暴统治者进行了许多的战斗（如胶州战役、莱州战役、益都战役、济南城郊战役、南皮战役、大都外围战役等）；替劳动人民设置了屯田，分配了土地，制造了挽车，发展了水陆的运输，使农业生产有了恢复和一定程度的发展。因此，对于他的时代，毛贵是有一定价值的。

二　徐鸿儒

徐鸿儒，山东钜野县人，他在明末天启二年（公元1622）的时候，自钜野、郓城一带发动了起义。全部起义活动只支持了一百九十天，就被明朝统治者残酷地镇压下去了。但是五年之后（即天启七年，公元1627），在陕北高原上就开始燃烧起农民大起义的最初的火焰。从那以后，在几乎全国的范围之内，便掀起了持续三十八年之久的农民大起义，并锻炼出象李自成、张献忠、高迎祥、李定国、李来亨等那样极其坚强的起义领袖。在他们的领导之下，广大的起义群众给予了明末的统治者和不久以后的清朝统治者，以极严重的打击。徐鸿儒的起义，比较起来，自然是规模较小的；但假如我们从两者在时间上相距五年的情况来看，那么可以认为，在徐鸿儒领导下的白莲教起义，恰巧是明末农民大起义的序幕和先声。

现在，先让我把徐鸿儒起义的时代背景叙述一下。

徐鸿儒起义，发生在天启年间。天启，是明朝倒数第二个皇帝——熹宗朱由校的年号。他在位七年便死了。死后，由他的兄弟朱由检继承帝位，年号崇祯，那就是在农民大起义打击之下，不得不吊死在煤山上的思宗皇帝。明朝时候的中国社会，到天启、崇祯年间，已经是矛盾重重，社会危机积累得非常严重的时候了。这种危机，首先表现在土地上。当时不少部分的土地被皇帝、亲王、贵妃、太监强取豪夺，成了他们的“皇庄”；再一部分被官僚地主们占去，成了他们的所谓“官庄”。这样，剩下来给一般自耕农和普通佃农可以耕种和佃种的土地就很少了。许多农民被迫流离失所，成了流民。其次，当时危机还表现在商业的发展上。明朝的商业，在嘉靖到万历的时候（即十六世纪），有着长足的发展。这时普遍地使用银两去进行买卖和缴纳租税了。这样一方面，刺激了贵族和地主们，使他们的贪欲加重了，越发想要巧立名目从农民身上多榨取一点血汗；另一方面，也刺激了一般的城乡劳苦大众，俗话说，“要钱如割肉”，他们对于自己是在被压迫、被剥削的那种感觉，比从前是更加锐敏了。自然，从其他方面也曾表现出当时社会危机的严重，不过最主要的是表现在以上所说的两个方面罢了。

以上，是说的社会经济方面。而在国家的政治生活方面，天启年间也表现出危机重重的迹象来。这主要有三件事。第一件事，是满洲族统治者的入侵企图一天比一天明显。在天启年间，满洲兵已经侵占了沈阳和辽阳，对明朝的威胁是日益加重了。第二件事，是统治阶级的内部矛盾也空前地尖锐化了，以魏忠贤为首的“阉党”和正义士大夫的“东林党”间的斗争，发展到了很激烈的程度。第三件事，是西南的少数部族，在明朝部族压迫政策日益加强之下，也发生了反抗运动和分离运动。在万历年间，有播州（今贵州遵义）土官杨应龙的起义；到天启、崇祯年间，他们又在倮㑩族酋长奢安和苗民酋长安邦彦的领导下，跟明朝派去的镇压军队，顽强地战斗了十七年之久。这些事件，都严重地削弱了明朝的政治统治力，也牵掣了明朝的军事统治力。这样，就使得象徐鸿儒等的起义企图，更有可能发动起来了。

徐鸿儒所倚靠着作为发动起义的手段的，是白莲教。白莲教虽与弥勒教名义不同、系统稍异，但同是下层社会佛教秘密组织的一种。到明朝中末叶的时候，这种下层社会宗教的组织更严密了，秘密气氛更加重了；但同时内部矛盾和会门间分裂的可能性也较前增加了。列宁说过，“农民运动始终含有一种反动的混杂成分”[①]。这种反动的混杂成分，在近代的革命中主要是由富农分子带来的；但推得较古一点，那么贵族分子中的贵族复辟主义者和会门中的分裂主义者，也都可以替农民的起义运动带来反动的混杂成分。在徐鸿儒的起义中，这种混杂成分的作用已经有些表现，到清朝的许多次起义运动中，就更表现得明显了。

具体情况是这样的：在万历年间，有个深州人王森，自称“闻香教主”，在京东栾州石佛庄地方，建立了一个秘密宗教的中心。这个中心所牵连的地面是很广的，包括畿辅（河北）、山东、山西、河南、陕西、四川各省。据说各地教徒向这个中心缴纳金钱，传送机密都非常迅速。后来因王森一个徒弟叫李国用，别立会门，制造分裂，把王森的事暴露了，结果王森被捕，死在狱中。王森死后，他的秘密宗教分成两支，一支由他的徒弟徐鸿儒领导，在山东一带活动；另一支由他的儿子王好贤和他的另一个徒弟于弘志领导，在河北武邑、景州一带活动。这两个支派间的联系和配合是不好的；正因为配合不好，所以原定天启二年中秋节两支一同起事的计划失败了。徐鸿儒就临时决定提前在五月十一日单独起事。

起事之后，徐鸿儒称中兴福烈帝，设年号为大成兴胜元年。部下的将士都以红巾帕头，还是承继了元末红巾军的传统。他们先把郓城县攻下了。当时群众已达数万人，他们就先把这些战士的家属安顿在宋代农民起义的老根据地——地理环境复杂的梁山泊内，以防备统治者们对他们的杀害，并减轻战士们的顾虑。之后，他们整军东下，渡过运河，向邹县和峄县进攻，并且把这两座县城迅速占领了。从他们起义的整个事迹来看，他们似乎把邹县当做了中心，用较多的兵力和较长的时间去固守这座城池，并且以此为出发点，派遣部队北攻曲阜和兖州，南攻滕县，西攻钜野。此外，他还派遣了较远途的部队去攻打沛县、郯城和日照。这时他们的兵力，据当时明朝山东巡抚赵彦的奏报，已经超过了十万人。

我们单纯从以上的活动范围来看，尽管人数已经超过十万，但起义给予统治者打击的严重程度还不能算是很大的。但是，假如我们再结合了以下的一些情况来考虑的话，那末，我们的认识就会大不相同了。

第一，这个起义地域，恰好是明朝统治者经济命脉上的一个要点。邹、滕

① 见《列宁文选》两卷集，第688页。

之地，北邻济宁，南邻徐州，正是运河上漕运的重要地段。当年正德年间，刘六、刘七的起义军就曾扼住济宁，一次焚毁了统治者的运粮船只一千二百余艘，给予统治者以严重的打击。这次起义，又是爆发在这个地域，这对于统治者的威胁是大的。当时大臣傅櫆就曾指出说，“此地一坏，国家进退之路已穷”，这绝不是危言耸听的。

第二，在这一带地方上，平时就存在着各种各样的反抗统治者的组织。例如在徐州方面，就有一股“红面贼”，据说他们的首脑有二十八人，各涂不同的脸谱，称“二十八宿”。在邳州方面，有不少湖泊，如连二汪湖、周湖、柳湖等[①]，据说湖内港汊复杂，不摸底细的人进去了是很难出来的，而这里面平素也有“强人”。在滕县、峄县的东边，在叫做青峰山的山地中（约在今枣庄煤矿区附近），据说也有着一些不大不小的反抗性集团，有的叫“棒棰手”，有的叫“一百一十四”，等等，这些人物跟当地居民的联系是很好的。这些平素日早就存在着的反抗性组织，一旦听说徐鸿儒已经举义了，他们自然都来响应，成为起义军的组成部分之一。

第三，通过白莲教的宗教线索，许多较远甚至很远地方的起义组织也都表示响应。徐鸿儒在五月里起义，到七月里，他的师兄弟于弘志也在武邑和景州交界的白家屯起义了。九月里，鸡泽县的康傅头等也起义了。十月里，这种秘密结社的活动竟进入京城，有一个教首叫周应元的，竟潜伏在南海子一带。在同一月份，河南汝宁府固始县，有李思贤等聚众起义，声言响应山东。此外，远在四川的白莲教徒，也有洪众、刘应选、白仙台等纷纷起义，响应徐鸿儒。可惜这些起义距离徐鸿儒的起义地区太远，他们中间的联系又不够，因此后来都被统治者的镇压军队一一压下去了。

从以上这些叙述可以看出，徐鸿儒起义所凭借的条件是不坏的；当时有利于起义的群众声势也是浩大的。但是由于起义缺乏正确的领导，徐鸿儒本人也首先是想做皇帝；另外宗教结社一方面固然也起了一些好作用，但另一方面也给起义带进来很多杂质，致使起义只坚持了三个多月就被压平了。在战略方面，也发生了错误。他们似乎没有考虑到在“敌强我弱”的情况下，不应该固守一个两个城池，而应当流动作战，对敌人避实蹈虚。他们没有这样做。他们起初是坚守峄县、滕县和邹县；后来峄县被敌人夺回去了，他们又坚守滕县和

---

① 可能是现在的黄墩湖和骆马湖，确否待考。

邹县；等到最后滕县又失守了，他们还是丝毫不变更战略，而集中全力固守邹县。他们固守邹县，前后达三个月之久，但也终于没有守住。城破后，徐鸿儒被俘，当年十月二十一日，他和他的父母以及重要部属十八人，在北京殉难了。据说，当地“官军”曾“安插乡民共二万七千余人，收骡马千匹，神枪八百杆，大炮二百六，斧九十九，弓刀无算”。由此可见，这次起义的动员力量是巨大的，只可惜没有得到很好的利用就是了。明朝镇压军的总指挥官赵彦还在邹县城外筑了“京观”（被杀起义将士们的丛葬墓地），企图夸耀他们刽子手善于杀人的威风，可见在这场战争里牺牲了的人民，也绝非少数了。

但我们绝不可认为，这次起义就这样地完全被压服下去了。从许多记载中的迹象看，他们有的潜伏了，到后来成为清朝年间许多次发动起义的“天理教”和“八封教”的前身。有的自山东转移了，向豫东、鄂北转移，向豫西和关中转移。这些力量，在十八年后（崇祯十三年，公元1640），又被李自成和张献忠的部队所吸收，又一次地投入到起义的大洪流里去了。明末的农民大起义，基本上是跟宗教会门无关的，他们主要是依靠政治的号召（如“均田”“免赋”等），去发动群众的。但在个别情况下，他们也吸收了一些“教民”或“妖贼”，如河南杞县的红娘子、湖广黄冈的张以敬等，就都是白莲教的支脉。从这些情节上去观察，徐鸿儒的起义实际上已经构成为明末农民大起义的序幕和先声。

总括以上所述，我们可以看出，明朝时候的中国社会，到天启、崇祯两朝，已经是危机重重了。在经济上，贵族和地主无限制的占有土地，从农民身上榨取越来越多的货币地租和实物地租；而劳动人民则越来越贫无立锥，流离失所。在政治上，由于专制皇朝及其各级官僚机构的更加腐朽，加以东北、西南都有紧张的军务，在消耗着大量的人力物力，而这些人力物力的负担，又不能不转嫁到劳动人民的头上。在这种情况之下，劳动人民忍无可忍，起来反抗剥削和奴役，已经是极自然的事了。首先，在秘密宗教结社所潜伏的根子比较深的地区时，就先由秘密宗教结社来发动起义。由秘密宗教结社来发动起义，一般说是动员得比较迅速的。但秘密宗教结社发展到明、清两代，派系分裂，门户对立，就很容易替起义带进来反动作用的杂质，阻碍起义的发展，甚至破坏起义，使它走向失败的道路。于是，从秘密宗教结社根基并不深的地区，又发展起来农民群众自发的反抗运动。这种运动由小而大，在起初发展比较迟缓，且加以有某种觉悟程度的领导人对这些群众进行启发和教育（如在李自成领导下李岩对群众所做的宣传），这种反抗运动终于会壮大起来，成为持续三四十年，波及全国范围的大农民战争。这次明末的大农民战争，假如没有满族入侵的事件阻滞了社会的发展，那么当时也许会比从前任何一次农民战争更严重地摧残封建的生产关系，使新的生产关系的萌芽有更大的机会产生和发展起来。但实际上，满族的入侵和清朝的建立，阻滞了这些可能，因而，从徐鸿儒的起义到李自成、张献忠的大起义，其应起的作用，便都受到了很大的局限，没有能够在历史上产生更大的效果。

于七和榆园军

一　于　七

清初淄川的讽刺文学家蒲松龄在他的著名笔记小说《聊斋志异》里，曾写过跟于七起义有关的两段故事。在这两段故事里，他用了悲恻曲折的感情和文字，描写出清朝统治者镇压于七起义的骇人的残酷。其一题名《野狗》，描写清朝绿营兵自栖霞过境之时，“杀人如麻”，有农民李化龙从山中逃归，躺在许多死人堆里，掩藏自己，才得免死。蒲松龄利用了虚构的怪物——“野狗”和它遍吸人脑的故事，去指斥清朝统治者的血腥屠杀。另一段故事题名《公孙九娘》。在这篇故事里，蒲松龄假托了一段人与鬼间的恋爱过程，展开全部的情节。他叙述莱阳、栖霞两县的人，被统治者大批大批地指为于七起义的参加者，把他们解到省城济南，每天几百人地被屠杀了。当时“碧血满地，白骨撑天”。被屠杀后的尸体，就丛葬在济南南郊一带，这些枉死鬼便在阴间里成立了它们自己的村落，取名叫“莱霞里”。有个莱阳的书生因偶到这一带丛葬处来吊祭，便与一位女鬼公孙九娘相认识，他们恋爱并且结婚了。九娘在枕边向她的爱人追述当年起义和被屠杀的经过，夫妻二人哭得连觉都睡不着了。九娘还写了两首诗，其中一首有两句说：“忽启镂金箱里看，血腥犹染旧罗裙”。从这两句诗中可以看出，不管屠杀是多么地残酷，广大人民抗清的情绪是压抑不下去的，并且是埋藏得很深的。

为什么蒲松龄偏偏要写这样的两段故事呢？在我看来，第一，自然是由于蒲松龄想借此抒发他自己的民族思想和感情，曲折地写出广大人民对清朝统治者的仇恨；第二，由此可以看出，于七起义这件事在清初的顺治、康熙交接的时候，在山东半岛地区，是一桩不小的反抗事件。的确，这桩事是不小的。以时间论，由于七初起义的顺治五年（公元1648年）计起，到起义全部失败的康熙元年（1662年）为止，全部起义断续地支持了十五年之久。以地域论，不仅栖霞、莱阳两县，即文登、宁海州（牟平）、福山、海阳、即墨等地区，也都是波及到了的。从社会阶层来看，广大群众是农民，绝无疑问，此外于七的家族是一个中上层的大家族，参与起义的即墨段家和海阳徐家等，也都是中上阶层，一度曾被牵连到的莱阳诗人宋琬（荔裳）更是出身自一个上层社会的家族。再此外，在于七起义的史料和传记里，有不少关联到和尚和寺庙的事，这说明连出家的“方外人”也参加了。试想：支持时间那么久，波及地区那么广，参与起义的社会力量又那么广泛，它怎能不引起清朝统治者极大的震惊和恐惧呢？

原来，在登州一带，社会上早就积累下了许多引发起义的因素。在明朝末年，驻军首领孔有德的叛明投清事件，就曾给这一方的居民带来了不少的损害。明朝地方官吏，不但不体恤人民的痛苦，反而在事情平息后加重了捐饷的榨取；这是埋藏了引发起义的第一个导火线。很快，明朝便亡了，清兵入关。清兵的残暴，早在明末崇祯年间，山东人民就不止一次地遭到过了，因此，人民的抗明情绪和力量就很容易地转到抗清上去。并且，抗清较比起抗明来，更增加了一层民族的仇恨，所以反抗的情绪自然就更加激烈，反抗的阵营自然更加广阔。根据一些地方志的记载，顺治元年，就有招远县的一名秀才，叫杨威，曾据招远起事抗清，他的同党姜楷还攻破过莱阳。他们后来都被清朝的巡抚陈锦给捕杀了。顺治四年，蓬莱孙家堡有一个明朝的官吏沈迅筑圩自守，拒不降清，也受到清巡抚朱国柱的镇压，沈家满门自焚而死了。到顺治五年，就又爆发了栖霞于七的事。可见人民抗清的意志，是一直在持续着的。

于七名叫于乐吾，“七”是他的排行，据说他的号叫孟熹，居住在栖霞县的唐家泊村。栖霞于家是个大家族，但于七由于没有“功名”，所以材料里只记录了他的身份是“民”，这个民，其实是富民的意思。这种情况，也是不难理解的，广大农民由于长期被剥夺了接受文化教育的机会，在担任起义的领导上往往是有困难的；其次，这次斗争是抗清的，贫富人民把阶级对立放到第二位，彼此联合在一起，将目标对准民族敌人，也是很自然的现象。他们从顺治五年起，在钜齿山中聚集起义力量。钜齿山又叫做钜齿牙山，在栖霞县以东偏南七十里的地方；另有一座在栖霞东距城二十里的山，叫岠嵎山，也是于七起义的据点之一。顺治七年，他们进攻宁海州，杀死了清朝派遣的知州刘文淇。后来，据说清朝对于七采取软化手段，授给他栖霞把总的职位。关于这件事，由于文献材料中记载得非常模糊，我们很难给予明确的判断。一个可能，是于七根本没有接受过这种软化；第二个可能是于七接受了，从这中间反映出他作为一个大族分子在抗敌中的动摇性；第三个可能，是于七另有企图，想借这种公开的、合法的社会地位，去组织更强大的抗清力量。

事实上，他在此后的十几年中，的确是在暗中组织了不小的力量。在宁海州（牟平）东南四十里地方，有一座昆嵛山，此山周环八十余里，连附近山脉计算在内，绵亘二百余里。于七在这片地形复杂的山地里，通过一个出家人叫常和尚的，在那里经营了一个据点。在海阳县北三十五里地方有一座招虎山（又名招呼山），于七通过他跟海阳徐家的联系，发动了徐海门、徐耀门弟兄，又在那里经营了一个据点。在即墨的海防地区——鳌山卫地方，由于该地毗连崂山，又是出海的口子，因此，于七也在这里通过了段忠续、林万鹏、庞应奎等人，经营了一个据点。这样初步估计起来，连同栖霞的岠嵎山、钜齿山合算在内，于七在山东半岛地区上至少已经建有四个比较重要的据点了（形势参看附图）。

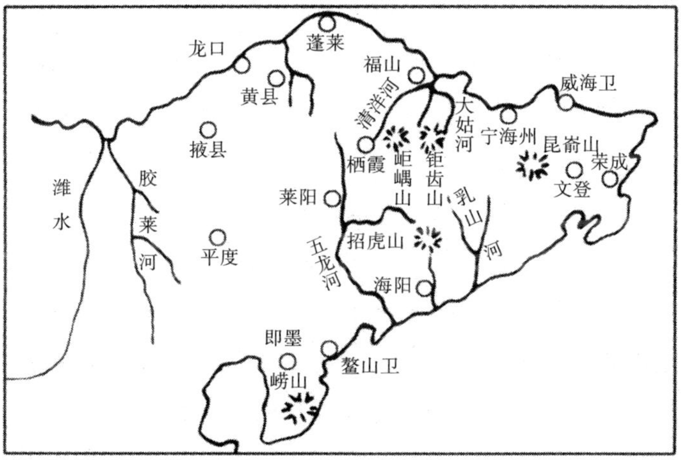

于七起义时山东半岛形势图

假如没有人告发，那么这种暗地的活动，一时也还不会爆发出来。但在顺治十八年春，就发生了莱阳人宋彝秉（又写作宋一柄）到北京刑部去控告的事。宋彝秉是莱阳大诗人宋琬的侄子，口头传说他是一个不务正业的浪荡子。他去告状的动机，一般有两种说法，一种说法是他向他的叔父宋琬借贷不遂，怀恨诬陷；另一种说法是他跟于七的弟弟于九在宝泉山地方斗殴受伤，想借控告的事来进行报复。不管动机如何，这个宋彝秉是把于七的那几处据点活动向清朝告发了，并且还指出他自己的叔父宋琬也参与了这个组织，拖得宋琬也全家被捕下狱，吃了整整三四年的官司。清朝统治者得报后，大为震惊，就立刻派遣了所谓“三大帅”前去镇压。这“三大帅”的名目是靖东将军济什哈（满洲正黄旗人），兵部郎中图喇（满洲正黄旗人），山东总督祖泽溥（汉族辽东人）。当时满洲兵有两种类别，一种叫“八旗兵”，是由原满、蒙八旗及汉军旗子弟们征发而来的兵；一种是叫“绿营兵”，是满族入关后花饷银招募一些流勇而组成的兵。“三大帅”所率领的，都是绿营兵。先由将军图喇带领一部，到达栖霞，一面进行调查，一面包围岠嵎、钜齿二山。图喇经过侦察，得知即墨境内的鳌山卫是更重要的据点，图谋起义的人们最主要的人力物力，都集中在那里。于是他一面写信叫济什哈前来接防，一面自己带领骑兵迅速奔向东南方海上的鳌山卫。可是鳌山卫方面，由于密切联系群众，早已预知消息，将一切重要物资尽都转移或是疏散开来。图喇除去俘获了几百匹牲口外，毫无所得。在栖霞地方，则由济什哈带兵将岠嵎、钜齿二山团团围住，这已是顺治十八年的腊月底了。于七身体健壮，武艺精强，亲自持了大刀，带领群众据山抵抗，用许多鹅卵石从山上打下来，清兵死伤很多，不敢攻入山内来。他的两个弟弟于九和于十，以及他们的助手尹应和、尹秉朦父子，都是战斗很得力的指挥员。起义军和清绿营兵象这样地双方对峙了两个月，康熙元年春二月末，于七在半夜里率部队突围出走了。清兵除了象《聊斋志异》中所描述那样大量残暴地屠杀无辜人民之外，对起义军丝毫没有其他的办法。

满洲的贵族将军们，除了野蛮地屠杀一阵之外，是不肯久留在战场上的，他们很快地“班师还朝”了。把剩下来的任务，交给了祖泽溥。祖泽溥率领他手下的副将刘进宝对岠嵎、招虎二山中的起义力量，继续进行了镇压。另又派遣驻即墨的参将刘国玉，一个宁夏籍的军官，由即墨带兵北行，对即墨、莱阳、海阳、文登四县交界地区的于七部属——李猫子（又作李冒子）部队，进行攻击。他们不会理解到起义军是能得到广大人民支持的，即便出家的和尚也来支持他们，当镇压军刚刚开抵即墨以北叫做朱毛的地方时，寺院里的和尚们忽然鸣钟击鼓，早已埋伏在四周的起义军懂得这个预先约好的信号，就自四面八方涌出，给予镇压军以突然的袭击，连这个老有经验的参将也中伤流血，逃回即墨去了。

据传说，于七突围之后，把跟随的群众妥善地分散、转移到别处去了之后，自己就到了崂山的华严庵，出家做了和尚。这时华严庵刚刚修建不久，主持人慈霑法师，是一位极其慈祥和蔼、能密切联系群众的老僧人，他活到八十四岁才死去的。他所创建的寺院倚山面海，夜来一片松涛海涛合而为一的声音，随时都足以引起人们对于抗清起义壮烈事迹的回忆。据说，于七就拜慈霑为师，并将自己的抗清武器——大刀，埋藏在华严庵的石阶之下。他自称姓王，号“得一子”。试想，“于”字得“一”，不恰好是个“王”字吗？慈霑法师去世以后，于七又移住距庵不远的白云洞，那里地势更险峻些，也更幽邃些。在那里据说他一直活到一百一十三岁：须发又由白转黑了，才很自然地死去。据说，他死前将武艺尽行传授给他的弟子们，临终时还告诉他们说，在华严庵的石阶底下，埋有他当年抗杀清兵的大刀。他死后，他的弟子们到华严庵去掀开石阶，找见了那把刀，擦去锈处，看见上面镌刻着“孟熹”两个字。

于七起义的事，到此告了一个段落。我们总起来看，这场抗清起义，在当时局势下，是起了相当作用的。第一，在顺治的最后几年，清朝的统治曾一度出现过危机。张煌言、郑成功的联军，在顺治十六年（公元1659年）曾进军到南京城下，东南抗清的政治空气，曾一度极为高扬；西南的南明永历帝，在广大农民起义的著名将领李定国的支持下，也还在西南国境线上保持住祖国的“正朔”。于七起义恰恰在这个时候发展到高点，对全国抗清运动的总形势来说，是一个很好的配合；对于满族入侵者的兵力来说，起了一个分散作用。第二，这次起义本身也表现了不少特点。其中最主要的特点是广大农民、中上层反满的地主分子甚至出家的僧众们，联合起来一致反抗清朝统治者，在这次行动中，各阶层结成民族联盟自卫的特征，已经比较明显了（这对于顺治十七年，公元1660年，所颁布的“严禁士子集会结社”的反动政令，也是一个有力的抗议）；此外，他们是有较长期准备的，岠嵎、钜齿、昆嵛仑、招虎、鳌山卫以及崂山等山区根据地的初步经营，对于起义也是极为有利的条件。可惜这场起义从总的方面来说，缺乏先进阶级力量的领导；从具体的事件来看，由于受到中上层大族分子在抗清方面所表现的动摇性的限制：——终于不能不以失败而结束了。清朝统治者在这一带地方大批大批地屠杀了许多人，即便当初跟于七交换过一张名帖的，都被牵连进去了。据说，若干年后，栖霞、莱阳两县农民在春耕时还时常从地下翻出大块大块的血饼，就是当年被屠杀者所流血液的凝积。可是反动统治者的屠杀是不解决任何问题的，广大人民抗清的意志在坚持着，抗清的活动在秘密中持续着。即以栖霞于氏一族来说，虽然被屠杀得谱系都非常混乱了，但到嘉庆二十年（公元1815年）在观里集的泰山宫地方又曾出现了一个“大刀于魁”，他使用了跟于七当年相类似的武器，又跟清朝统治者进行过斗争。由此，即可以看出，于七的事业在后世是得到了支持和承继的。

二　榆园军

“榆园军”是明末清初时候从鲁西南曹、濮二州地区发动起来的许多农民起义军的总称。统治者诬蔑地称呼他们做“榆园贼”、“榆林贼”，或者再简称“榆贼”。这些起义军的活动，在清朝统治最初建立的年代里，曾经跟胶东的于七起义在客观上互相配合着，给予了清朝统治者以不小的打击。可惜，这段事情的历史材料较比起于七的材料来还更缺少、更零散，到目前为止我们还不容易掌握到它的十分具体的情况。现在，只能把事情的轮廓来大略地说一说。

这曹、濮二州之地，是有它的地理特点的；并且跟它的地理条件相结合着的，更有它当时社会经济上的特点。在这一带地方，土地比较贫瘠，更由于当地处于黄河下游，经常遭遇河水决口的灾害；除此之外，这里的水道系统也是比较复杂的，黄河以外，还有滩河（又叫赵王河）、古济水（又叫洙水河）等，沿着跟黄河大体平行的路线，流过菏泽、钜野、郓城等县的县境（见附图），黄河水涨时这些河水也受到泛滥黄水的灌注，就也跟着为害起来。在封建统治时代，由于官吏的贪污腐化，他们不但不能领导人民组织起来抵御这种自然力的灾害，反而乘机发财，中饱赈款和赈粮，视人民饥饿死亡而不顾。

这一带地方，当时土地集中的程度，并不象鲁东那样的严重，这也就是说，这一带最大地主所控制土地的总量，打个比方说，要比诸城、莒州一带的地主所占土地总量小些。但这里，当时有另外一种极残酷的剥削者，就是高利贷剥削者。由于水灾经常为害，人民房屋用俱很容易一下子被漂没，所以一场大水过后，未被淹死的农民便被迫不得不向高利贷者借钱，来重新安家立业。这样，在濮州、观城、范县一带便出现了许多专靠高利贷起家的“大户”，据说他们积累起来的银子已经不需要秘密地藏在窖里，而是铸成七八个人都不容易搬动的大块，公开陈列在庭院里了。每当发生抢劫时，他们也不掩藏这些银块，因为它们不容易被搬动，更不容易携带走远。高利贷剥削的残酷，官吏的贪污和搜刮，是较比水灾自然灾害更为根本的社会的原因：它们随时制造并激发着贫苦人民的反抗运动。

以上，我们极简略地叙述了一下“榆园军”起义的具体社会背景。现在，我们再从历史传统方面来看一看。明朝天启二年（公元1622年），在钜野、郓城一带爆发过徐鸿儒的起义，那场起义由于秘密宗教的内部分化以及起义军坚守邹县、滕县等城地的错误军事策略的影响，只支持了一百九十天便失败了。但这不等于说，群众的反抗要求已经根绝。相反，群众的反抗活动始终在酝酿着。十七年后，即从明朝崇祯十二年（1639年）开始，这一带地方上的群众反抗活动又慢慢活跃起来，也慢慢壮大起来。但由于当地土地使用的比较分散，并进而影响到农民间关系的比较分散，所以当时这一带的农民起义，始终没有形成为一支统一的比较更强大的力量，也没有出现一个带动整个地区的全局性的首领，这是十七世纪曹、濮地区农民起义所表现出来的特点之一。

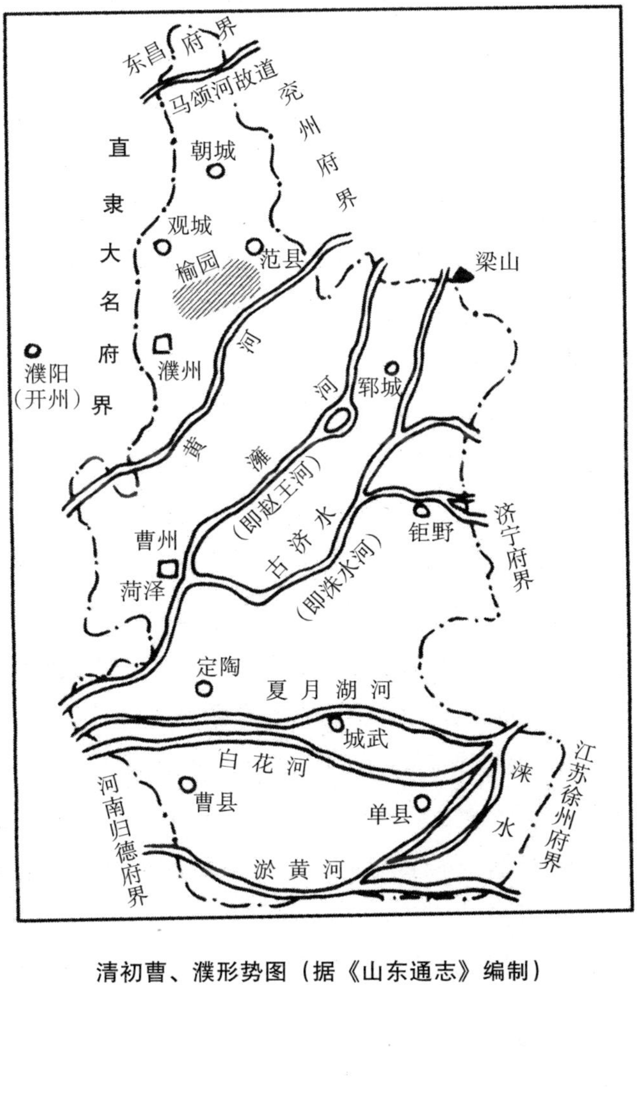

清初曹、濮形势图（据《山东通志》编制）

最初，据说有个直隶开州（濮阳县）人叫王小槐，在这一带地面上领导起义。他曾立了称号，叫“顺天仁义王”，有群众一万多人，在东阿、郓城一带活动。继续王小槐之后的，是一个比较重要的首领叫李青山。他原是一个屠夫，崇祯十四年在寿张集和梁山地方领导起义。材料里看起来，李青山部下的组织规模是比较庞大的。他们有专门的武艺教师叫艾双双，他的称号是“当家大元帅”；他们又有军师，叫王邻臣，原是东平州的一名秀才。此外，他们按照地域山川城镇的名目各立了“元帅”，如黑虎庙元帅、临湖集元帅、戴家庙元帅、梁山元帅、猩猩屯元帅、花蓝店元帅、萧皮口元帅、油篓山元帅等等。他们的活动面也比较广，据说沿运河往北他们到过临清州，向南他们到过扬州的南沙河店地方，并且还在那里烧毁过明朝统治者运粮米的船只三十艘。以上这些情况，主要是根据清初大诗人吴伟业（梅村）纪述李自成、张献忠大起义的著名历史著作《绥寇纪略》一书中附带的材料，而写成的。

跟李青山同时前后，在同一地区里，根据另外的历史材料看出，又另有一个农民起义的首领，叫马应试。在这个人领导下的起义群众，自崇祯十三年到崇祯十七年明亡，连续活动了至少五年。活动地区，是郓城、钜野、范县、观城、开州、清丰、曹州、定陶一带。但试问：这支在马应试领导下的起义军跟那支在李青山领导下的起义军，其中间的关系怎样呢？这是一个极重要的问题，但到目前为止，我们还找不到说明这个问题的任何线索。我们所能找到的，是另外一个极重要的情况，即马应试这支起义军对当时全国革命主流的李自成在农民军是坚决拥护的，据说在他们的旗帜上，写着“闯王”的字号，他们使用来记年的是“大顺”的年号。这一点是非常宝贵的。因为李自民起自陕北，经常活动在中原一带的豫、鄂地区，跟山东的关系是不多的。有的，只是鲁中、鲁东一带反动地主武装对李自成进北京后所派遣的地方政权的破坏。因此，在鲁西南一隅竟有一支以马应试为首的地方农民军，高举着闯王的旗号，使自己成为全国规模农民革命的组成部分之一，这实在是很难得了。

李青山的下落，可能是被明朝垂死的政府捉去杀害了。马应试的下落，就更无法弄得清楚。但“榆园军”是直接承继了这些战斗的传统。在明亡之后坚持抗清的这一点论断，恐怕是不成问题的了。在清末续修的《范县县志》（卷六）里，记载着“榆园军”的最初首领之一名字叫梁敏的，他就是李青山的部下。

现在，我们来问：他们为什么被称做“榆园军”或“榆林军”呢？最初说明这件事的，是清初山东新城县的大诗人王士祯（渔洋），他在他的笔记《居易录》（卷十四）里，根据他的学生濮州人王家祯的叙述，做了最初的记录。后来许多县志都是转据了这段材料。这段材料说，在濮州、范县以至朝城、观城、郓城、城武一带，有好几百里的地面上，由于荒地不耕，榆钱落地，年久长成大树，就成了一片广漠的榆树林，饥民们聚集在里面，发展成一支号称百万的起义军，这就是“榆园军”或“榆林军”名目的由来。他们最重要的首领是两个人，一个叫张七，一个叫任七。任七有的书上写作任复性。据说，他们充分利用了榆树林这一自然条件的掩护，“官军”不明了林中道路，不敢进攻他们。又据说，他们使用地道战，在榆树林内挖了许多地道，“官军”进来不容易发现他们，反而容易被他们消灭。他们使用地道战术这一点，是非常值得注意的，因为农民起义军以劣势装备对待装备比较精良的“官军”，使用地道游击作战，是极为有利的，也是带有创造性的一种战法。这种战法，自秦、汉时候被农民起义军发明并使用以来，历代曾被不断地使用和改进，直到二十世纪在中国共产党领导下抗日的晋察冀农民，也曾使用了这种有悠久革命历史传统的战法，去取得胜利。而十七世纪曹、濮一带在任七、张七领导下的“榆园军”从这一方面，也表现过在对敌作战中劳动人民的创造性的智慧。

但这不是说，王士祯的这段记载就是完全可信的，或者是没有缺陷的。不是这样。譬如，就有人怀疑过，当初在曹、濮一带的黄泛区上，当真有过那么广漠的榆树林吗？这片榆树林当真能掩蔽百万之众的大军吗？这些怀疑是值得注意的，但对此，我们一时无法做出任何带确定性质的回答。另外，关于“榆园军”后来怎样被统治者压平的，也有不同的传说。据王士祯的记载说，顺治十二年（公元1655年），黄河自荆隆口决口，水灌榆林，树尽涝死；地道也被冲坏，“官军”乘此机会，发动进攻，“榆园军”遂被压平。但根据清末续修的《濮州志》（卷一）的记载，就至少有两点跟王士祯的说法不同。第一，顺治七年九月，黄河也曾自荆隆口决堤，但大水灾并没有造成了起义军多大的困难，他们依然“驾舟出没”，反而更增加了统治者的顾虑。可见，黄河决口不足以造成“榆园军”失败的主要原因。第二，《濮州志》说，“榆园军”的失败是在顺治八年，清朝派遣直隶、山东、河南三省总督张存仁前来进“剿”，张七被杀，任七妥协投降了。这样，在“榆园军”失败的年代上，就提早了四年。究竟哪个记载比较可靠呢，我们一时也无法判断。我之所以不嫌麻烦、这样罗罗嗦嗦地叙述，其目的是为了说明“榆园军”史料的短缺，及其内容的分歧。

但不管怎样分歧，我们在进行科学研究的现阶段上，是仍然可以概括起一点起码的东西来的。我们至少可以确定，大约自明崇祯十二年（公元1639年）起，到清顺治十二年（公元1655年）止，在这十七个年头中间，在鲁西南曹、濮二州的地面上，曾经有过许多支未能统一起来的农民起义军，他们比较重要的领袖前后计有李青山、马应试、张七和任七（即任复性）这些人，他们曾对明朝统治者进行过反抗，他们曾经热烈支持过李自成的大农民战争；他们在清朝统治建立以后曾进行过许多抗清的斗争，这些斗争曾经跟胶东的于七起义互相呼应，给予清朝统治者以不小的打击；他们曾经充分发挥了劳动人民在战争中的智慧，使用了地道战术对付敌人。正由于他们至少完成了这么一些历史任务，达成了这么一些历史成果，所以在统治者编纂的书中，也偶尔透露出对他们不敢忽视的情绪，称他们做“巨寇”或者“大贼”，说他们“猖獗”，说他们“为害甚烈”。此外，当时有两个反清的士大夫分子，一个是濮州人叶廷秀，此人字润山，一字润苍，他挺身入“榆园军”，参与了起义，这件事使太原的大学者傅山（青主）听到消息后，感动地写诗道“山东留得好男儿”，又说，他自己甘愿“遥伏黄冠拜义旗”！试看，这是多么高涨的爱国情绪，而这是被“榆园军”引发出来的。第二个士大夫分子是徐州的阎尔梅（号古古），他虽然没有直接去参加“榆园军”，但从历史材料里看出，他在徐州一带组织反清复明力量的过程中，也曾对“榆园军”给予了密切的注意。连爱国士大夫分子都予以密切注意或者甚至来直接参加了的“榆园军”，它在当时的政治局势中，想来一定占有它一定的地位。

趙儷生文集

乃正題

第四卷

蘭州大學出版社

图书在版编目（CIP）数据

赵俪生文集．第4卷 / 赵俪生著．-- 2版．-- 兰州：兰州大学出版社，2019.8
ISBN 978-7-311-05647-6

Ⅰ．①赵… Ⅱ．①赵… Ⅲ．①赵俪生（1917-2007）—文集 Ⅳ．①C52

中国版本图书馆CIP数据核字(2019)第164827号

责任编辑　张国梁　钟　静
封面设计　陈　文

书　　名　赵俪生文集　第四卷
作　　者　赵俪生　著
出版发行　兰州大学出版社　（地址：兰州市天水南路222号　730000）
电　　话　0931-8912613（总编办公室）　0931-8617156（营销中心）
　　　　　0931-8914298（读者服务部）
网　　址　hhttp://press.lzu.edu.cn
电子信箱　press@lzu.edu.cn
印　　刷　甘肃春宇印务有限公司
开　　本　787 mm×1092 mm　1/16
印　　张　27.5
字　　数　464千
版　　次　2019年8月第2版
印　　次　2019年8月第1次印刷
书　　号　ISBN 978-7-311-05647-6
定　　价　950.00元（全六卷）

目 录

思想文化史研究

西北地方史研究

杂 文

思想文化史研究

我看儒学

一

儒学是一个文化体系，是世界上几个巨大文化体系中的一个，就其时间的延续和空间的扩展说，在几个大文化体系中它是很突出的。我们说它是一个文化体系，就是它基本上不是一个政治体系或政治思想体系。因此不存在它和某一政治思想体系谁取代谁的问题，也不存在与革命学说并列为新体系的问题。当然孔子和孟子活着的时候曾发表过不少政治性的谈话，那是针对他们当时的；对后世，只有归结成哲学意义的普遍性原理时才起作用，在后世，主要情况是历代统治者对它的使用，或者说利用。“利用”者，有利就用，无利就不用。清末张之洞提出“中学为体，西学为用”，其实说到底，西学是用，中学何尝不是用，只有当权者的利益才是“体”。儒学在五四运动中之所以遭受到讨伐，就是因为它被“用”了，用了一两千年很长的时间。

在现代，大陆本国对儒学的使用明显减弱了，但在东亚诸国，却继续在使用。他们对儒学，主要在把它作为一种文化因素来使用，也就是说，使用到群众生活、社会伦理方面。如南韩，就著重在礼仪方面，叫人们讲究兄友弟恭、长幼有序；在新加坡，就著重在个人、家庭、社会、国家间谋求调协和谐合；在日本，皇权方面就要求臣民对它“忠”、“孝”。在资本主义方面，则提倡“见利思义”，不要一味追求“利己”，也要考虑一些“利己”以外的问题，让不同利益的人们都能活下去，经济才能腾飞。由此可见，这些使用已经不是原教旨的使用、全幅面的使用或者全体系的使用了，而是“用其一点，不及其余”，或者说“各取所需”。但是，效果依然显著。

这种作用，无形中是针对着西方的。西方这些年在表现上确实也有些问题。在政治上，这里轰炸，那里封锁，这里禁运，那里制裁。而在意识方面则非常贫乏，个人的利益和意念，凌驾于一切之上，凌驾于家庭、国家之上。假如有些国家一度讲阶级斗争讲的过头了的话，那么，西方国家搞个人主义、搞企业竞争也很激烈，我的兴隆就建筑在你的破产上。绝对的利己主义到头来是会无路可走的，于是人们想到了中国的儒学。中国的儒学讲“中”，说“执其两端而用其‘中’”，左偏右偏都不能过头，过头了不管在哪里都要出毛病。这个两三千年前人们就有了的道理，临近21世纪的人都很有必要对此进行反思。儒家又讲“仁”，仁就是讲人与人之间的关系，你不能光顾自己不顾别人，不要认为坑害了别人，对己就是绝对的好，别人糟了你也不会好到哪里去。这些道理很值得现代人反思。它是弥补偏差的最佳药剂。无怪德国大哲学家康德、黑格尔都那么留意东方的儒学，原来他们已经意识到儒学是一股颇值得汲取的精神资源。现代德国哲学家韦伯（M.Weber）也很注意儒学。这些都不是偶然的。

在咱们中国，也有很多流行病，似乎需要使用儒学这付药剂来治一治。譬如，大学生、研究生不念书，有空闲去倒点买卖，到写论文时候，“千古文章一大抄”，此其一。首都一家大报纸上说，一个中学生为了找到自己的自行车，不惜推倒50辆别人的自行车，此其二。京东有个匪霸叫卢四，他说“我看上哪个妞，她就跑不了”；最近我留意了一下，咱们国家的犯罪动机非常原始，非常浅陋，一想到需要钱就去杀人，一想到需要女人就去强奸，如此等等，服刑如何，概未考虑，此其三。酒中搀甲醇，棉花包里搀石头沙子，猪肉、鸡肉中注射水等等，此其四。但世上任何的譬喻都不能绝对相像，儒学不是一种针剂，注射几分钟后就可见效；它是一床神毯，铺在社会的大厅里，日久天长，它就发放着一种气味，薰染着大家。可是这床神毯被“文化大革命”彻底破坏了，需要重新铺设，而这是一个难度极大的工程。咱们国家最近借孔子诞生2545年的纪念大会，邀请各国学者来中国首都成立“世界儒联”，其中怕也寓有对社会流行病进行慢性长期治疗的意思。

二

上面我们说，儒学是一个文化体系。其实，这意思还没说完。在文化系统的核心里，还有一个哲学体系，那就是关于人们怎样认识客观，人们怎样求得适应的不同道路。东方自古以来，在走着与西方基本上不相同的两股道。

西方，特别是19世纪，把一条科学（自然科学）的、理智的、逻辑的道路绝对化、神圣化了，人们靠计算、符号、公式、分析去办事，视形式逻辑的演绎和归纳（特别是归纳）以及同一律、排中律等为绝对性的法宝。在他们看来，“概念”是知识中最根本性的细胞。一切科学都建立在这个基础上。自“西学东渐”以来，中国也重视起“船坚炮利”，因而“声、光、电、化”成为人们学习的首要之急。一个自然科学和科学技术的世界形成了，一套规范的认识论和知识论统治着世界。

其实自古至今，东方自然也包括中国，就有着另外的信念。孔子说“人能弘道，非道弘人”，就强调了在认识中人的能动性。孟子说“万物皆备于我，反身而诚”。试看，他在儒家讲“中”、讲“仁”之外，又添了第三个重要概念：“诚”。这就把“主体”与“客体”、“外在”和“内在”联系在一起来考虑了。本来嘛，把“人”排在一边，专门研究“物”实在是一种偏向。法国的柏格森是生物学家出身的哲学家，他就主张不能光讲物，还要讲生命。人不能光靠“理智”的“刀”去把客观对象（物）切成粉碎。粉碎自然有好处，那就是把研究做“细”了，精致化了，但其缺陷是不能见其“大”、见其“全”、见其“活”。明朝的王阳明正是把学问往“大”处做、往“活”处做的儒学中的重要人物。所以近代的“新儒家”学者们除冯友兰一人宗述朱熹之外，绝大多数都是从王阳明思想找到源泉。试看熊十力主张于理智思辨之外，还要有一种超理智的思辨；梁漱溟借用佛学中的说法，在“现量”、“比量”之外，还有个“非量”。“非量”就是超越在现量之外的另一条获得知识的道路。牟宗三也讲儒学的“诚明”和佛家的“观照”。总之，这是近代新儒家从儒学中、从与儒学融合的儒学中，找出在西方逻辑道路、分析道路之外的另一条道路，哲学史家们把这叫做直觉主义（Intuitionism）。

但是一提到直觉主义，要是在五六十年代，“左”倾思潮鼎盛时期，是会被一棍子砸死的。当时有八位教授署名的一部思想史，其中王阳明一章就拉蒋介石、梁漱溟、贺麟三人来“陪绑”，其中除蒋介石另当别论外，为什么单单挑选了梁和贺？几十年后，我才明白，此二人皆属于阳明学派，皆主张直觉主义。写这段文章的署名学者叫“诸青”，我当时误认为此公姓诸名青，其实是一个隐语，意为“几个青年学者”。曾几何时，此诸青已渐成诸老矣，不知对当年的笔触，有何反思？直觉主义不是什么主观唯心主义，不是神秘主义，而是人们文化心理活动中的另一条道路，它来自人们生活经验的深厚积累和人们理性的高度升华。它不是一条规范的道路。规范的道路，是西方式的逻辑、分析道路，那是主路；但有局限性，还需要提高和补充。提高，我指的是马克思主义辩证法。前苏联学者把这区分为低级逻辑和高级逻辑，说如同初等数学和高等数学一样。毛泽东认为这种区分法“值得研究”。我说补充，是指直觉主义。有些场合是逻辑和分析无可措手足的。如梁漱溟举的一个例，你走进一个展览室，看书法和绘画，一眼望去，何真何假，谁画“四王”，谁写“苏、黄”，一目了然。这其中没有逻辑分析的余地，假如不是凭直觉又是凭什么呢？我再增一例，我读史书，不断接触到这样的一些史实，某乙一被某甲接触，立即断其必为“伟器”，后来果然。某丁被某丙接触，即刻退语人曰，此人必为国家蝥贼，后来果然。这不是什么神秘的“相面术”在起作用，其中含有“直觉主义”。《尚书·洪范》中就提到高明和沉潜，窃以为逻辑分析法即是沉潜型的心理活动，直觉法即是高明型的心理活动，二者可以相辅而不悖。再说远点，《周易》中所透露出来的一些思维方法，人们也叫它“原始思维”，其实那就是远古人的直觉主义。直觉主义，可以是逻辑前的，也可以是逻辑后的，它是逻辑方法的一种有力的补充。

三

现在关于恢复一些儒学活动，人们又有了争议。争议大体有左的一派和右的一派。右的一派说，马克思主义是“斗争哲学”，它应该让位给儒学的“调和哲学”。左的一派严厉批判了让位说，又说恢复一些儒学是复古主义。其实这两派都犯了共同的错误，即把马克思主义跟儒学看做是一个档次的东西了。我认为这两件事物绝不属于一个档次，绝不可并立在一起谈论。马克思主义是一种革命学说，它创发了革命实践并指导了革命实践；后来这种实践出现了严重偏差和错误，在有些国家和地区的人们放弃了它。在这种场合，其政治生命是死了，但其理论生命并没有死，它的变私有制向公有制的向往，还在鼓舞着人心。而儒学呢，它从一开始就不是什么革命学说，它是一种综合的有关人伦、道德教育、学习等的学说，它为一定的经济基础服务的上层建筑性质并不突出。在当时，已经很难说它是为鲁定公、鲁昭公服务的，何况经历2545年后，它能取代谁呢？那些考虑“取代”的人，其实都是些政治上信心不足的、怯懦的人。在现社会，提倡一点儒学，并不是准备让它有朝一日“篡位”，而是希望它能对现社会的一些弊病进行一些教化补救而已，事情到头来并没有那么可怕。

复古，或者说复旧，有没有？肯定有的。如出殡时，罗列出纸扎的钱柜、电冰箱、电视机、小汽车，这才是货真价实的复旧。最近长沙岳麓山中不是有了阴曹地府了吗？但即便这些，也不能用“严打”去对待。酌情制裁，也就是了。而儒学能跟上述这些同日而语吗？儒学是中国人绵亘了两三千年的精神财富，民族珍宝；当然，其中也有糟粕，那就是历代统治者所使用、所利用的部分，那个账不应该算到儒学的身上来。糟粕是次要的，精华是主导的。世界四大文化系统，唯独儒学和佛学屹立最久、最牢固，在普通人心目中茁根最深，这难道是偶然的吗？

有关孔子思想中“仁”、“礼”关系的一点辨析

一

开头的这一节，我把它作为预备节。所谓“预备节”，就是先不阐述本文作者自己的观点，而是先来综合介绍一下在“仁”、“礼”问题上，海内诸大家的一些主要观点。

冯友兰先生在1973年曾介绍他自己过去的观点。这观点是：“礼”和“仁”是思想的两个方面，其间还可能有一些矛盾（《中国哲学史论文初集》第4页）。他当时又认为，“礼”和“孝”是孔子思想的保守方面，“直”和“仁”是孔子思想的进步方面，前者使人束缚于传统之内，后者使人自传统中解放出来。前者可以引申至于反动性，后者可以引申至于革命性（上同）。但1973年的冯先生，在承认了“完全错误”之后，就只剩下揭露孔丘“仁”的反动本质了。假如事情只停留在这里，还会好办些。可是1981年的冯先生又在《三松堂自序》中说，1973年的他，“毫无实事求是之意”，“不是立其诚而是立其伪”的（《三松堂自序》第189页）。这一来，孔子“反动本质”云云，就算宣布为“伪”的了，那么“诚”的是什么呢？看起来，大概说“仁”可以使人自传统中解放出来，甚至可以引申至于革命性，还是冯先生的本意和“诚”意吧。

蔡尚思先生在他1981年的新著《孔子思想体系》中，有两处地方谈“仁”、“礼”关系。在第一处地方，他举出两条理由，其一是当“仁”、“礼”合论时，实质上是以“礼”为“仁”，纳“仁”入“礼”；“礼”是目的，“仁”是手段。其二是“仁”、“礼”分论时，“礼”比“仁”更高，范围更广（见该

书第240～241页）。在第二处地方，可以说与第一处大同小异，大体说，“礼”是“仁”的准绳和目标。总之，在孔子思想中，“礼”是主体，故蔡先生下结论说，孔子之学是礼学（同上书第282～285页）。为了证成如上的结论，蔡先生运用了孔学反对派韩非的论点和距离孔子二千四百年后的南通张季直（謇）的论点。

匡亚明先生在他的《孔子评传》里说，“礼”是宗法社会的一种规范。“仁”是一种人道主义思想。只有“礼”没有“仁”，社会矛盾就要激化；只有“仁”没有“礼”，上下尊卑界限就要模糊。孔子执其两端而用其中，以求达到小康社会的和谐（见该书第195页）。匡先生又说，“仁”是内在的主导因素，“礼”是外在的表现形式，二者是联系在一起的。但有没有分离呢？他举出孔子对管仲的两点批评，一点说管仲以“臣”的身份，僭越地摆“君”的派头，这是严重的不知“礼”。可是他又“六合诸侯”、“一匡天下”，达到了“仁”的水平（同上书第197页）。须知，孔子一贯把“仁”的水平悬得很高，他的徒弟宰予、冉雍、子路、冉有、公西华都各有自己的优点，但都评不上“仁”字。他的当代政治家楚国的令尹子文、齐国的卿陈文子各有建树，但也评不上“仁”。单单这个不知“礼”的却评上了“仁”，是不是“仁”、“礼”有分离的情况呢？所以匡先生说，孔子还是把“仁”放在“礼”之上的。

以上，我做了谨慎的转介，未敢掺入任何的“褒贬”。底下，我将冒昧发表我自己的见解了。

二

我认为，孔子，像公元前全世界若干大思想家那样，喜欢拿两个概念（而不是拿一个概念）去谈论问题。开始我想，这是不是二元论的提法？后来我认为，不是。因为一元论、二元论，甚至多元论，是就宇宙本体而发的，“精神？还是物质？”这是主要命题。我又想，这是不是两点论的提法？后来我认为，不是。因为两点论，实际上就是讲矛盾统一的辩证法，属于方法论范畴。孔子所提的一对一对概念，看起来既不属于本体论，大部分也不属于方法论，而是现实人生中的一些事情。先列举如下：

仁‖礼；　　　　仁‖知（智）；

忠‖恕；　　　　德‖刑；

义‖利；　　　　学‖思；

言‖行；　　　　直‖枉。

试想，这些二者间的关系不是一律的，而是多样的。其中有尖锐的对立。如仁‖不仁（在以上八例中我未列入），《论语·里仁》说“恶不仁者，其为仁矣”，可以作证。上举八例中忠‖恕一例，我不把它们当道德条目看，我倒欣赏章太炎、胡适之两家把这一对概念理解作“知内”、“知外”的新义（《检论》第三；《中国哲学史》第107～108页），是两条认识的道路。其中，如义‖利、直‖枉二例，其中寓有对立、对照之意，但不尖锐。至于仁‖礼和仁‖知（智），在我看来，它们只是一对一对被列举（或者叫并举）的概念，在正常情况下，它们是对等的；在个别情况下，也往往包含一点对照的意思。无论如何，它们不是尖锐对立的，因而说不上有什么“谁统摄谁”的问题存在。

就以世界范围来说，早于孔子的波斯火袄教圣者琐罗亚斯德也提出一对概念：善‖恶。并加以神格化，善神叫玛兹达，恶神叫阿利曼。但这中间，也仅仅是对照的意思，任人选择，看你是跟着玛兹达走“善”的道路呢，还是跟着阿利曼走“恶”的道路。后来，晚于孔子的摩尼教圣者摩尼又提出一对概念：明‖暗，用预言方式告诉人们说，“暗”终要褪出，而“明”终将到来。我们可以不可以拿孔子的“仁”和“礼”来跟波斯宗教中的“两元”提法放在一起思考思考呢？

三

至于谈到“仁”、“礼”两个概念哪个大一些，哪个小一些，哪个是高一级的概念，哪个是低一级的概念，我倒有我自己的看法。容我一步步阐述如下：

首先，我认为“克己复礼为仁”这段语录，不应该被用来作为人工压低“仁”抬高“礼”的一种手段。这是一句普普通通的语录。孔子平生，按照说话时的不同场合和对象，往往从几个不同的方面去谈论同一件事；对同一概念，也往往有时当大概念使用，有时当小概念使用。譬如“克己复礼为仁”这句语录，假如允许按我的理解翻译出来的话，那么，它是说宗法贵族们，你们多少克制一点自己的贪欲，接受一点文王、周公的约束，那么你们就可以对老百姓做出一点小恩小惠（冯友兰先生讲“仁”也提到“小恩小惠”这四个字，见《论孔丘》第54～55页）。这里讲的“礼”显然是小礼，不宜拿去大做文章。《中庸》第十二章中说，夫子之道，费而隐。什么是费而隐？注疏说，就是广大而又深微的意思。当小概念来理解，那么匹夫匹妇之愚之不肖，可以与知可以能行。但假如当大概念来理解的话，那就广大深微了，即便圣人亦有所不知，有所不能了。“克己复礼为仁”一句，并不广大深微，它是对一般宗法小贵族讲的，不宜于拿到深微的哲学家水平上去放大引申。

其次，关于“仁”、“礼”是高一级概念还是低一级概念的问题，试看《中庸》中的一段话：

> 仁者，人也，亲亲为大。……亲亲之杀，礼所生也（《中庸》第二十章）。

这段话的意思，我的理解是，“仁”，按广大深微的大概念讲，它是某种人道主义。但把概念缩小下来，落实到具体社会中，就要按血缘分出级差。父母死了，三年之丧；伯叔死了，就减等。减等就是“杀”。杀来杀去，“礼”就出现了。试看，这里说的非常清楚，“仁”是原发概念，“礼”是派生而又派生的概念。那么，我们怎么可以说“礼”比“仁”更高、“礼”比“仁”的范围更广呢！说更高、更广，显然是从主观上非把孔子压下去不可出发的。

再次，在一些重要场合，孔子本人或孔门弟子（包括再传弟子）表述一些重要德目时，总是漏去“礼”而不漏去“仁”。举两个例子。其一，《论语》中说：“子曰：志于道；据于德；依于仁；游于艺。”（《论语·述而》）这里讲的是一步步修养，以“道”做一生追求的总纲，然后拿“仁”和“德”做依据，最后还要加些文学艺术的修养，事情就完成了。孔子在这么重要的场合，一个字也不提“礼”，“礼”的“更高”、“更广”，到哪里去体会呢？其二，孟子说：“孔子曰：道二，仁与不仁而已矣。”（《孟子·离娄上》）孟子是子思的徒弟，子思是孔子的孙子，想来孟子不敢假传圣旨。试看他传达孔子的思想，说孔子把“仁”提到唯一的位置上，把“仁”提到绝对的地位上（跟“不仁”尖锐对立起来，这跟《论语》中“恶不仁者，其为仁矣”的话可以互相印证）。在所有这些重要场合，都是对“礼”只字不提，难道这是偶然的吗？

四

犹有可论者：“仁”和“礼”的原始萌发场地也不同。

当然，“仁”、“礼”都萌发自原始社会。但“仁”萌发自人们古老的共同体，即原始公社和后来跨入阶级社会后依然遗存下来的农村公社。在这种天地里，限于生产力的不发达，对头人之外的普通社员说，财产是均衡的；在均衡的物质基础上，只可能萌发平等的、民主的意识形态。孟子描述古老的人们的共同体说：“死徙无出乡，乡里同井，出入相友，守望相助，疾病相扶持，则百姓亲睦。”（《孟子·滕文公上》）《周礼》虽是一部严重窜乱了的书，但其中也有古老的遗存，如“保息”六条中就有“养老”、“振穷”、“恤贫”这些条目；在“本俗”六条中就有“联兄弟”、“联朋友”这些条目（《周礼·地官司徒·大司徒》）。根据我的理解，这些都是“仁”这个意识形态所自萌发的基地。

“礼”就不同了，它萌发自头人和群众的初步对立上。部落酋长要管束部落群众，部落群众要接受这种管束，比较松散的时候，就用“礼”；严重化的时候，就用“刑”。千万不要认为原始社会（特别是后期）一切都是松散的，不是这样，例如要“兴野役”（即发动大规模的集体劳动了）时，就“以（熊罴）大旗致之，其不用命者诛之”（《周礼·地官司徒·遂人》）也很严重。《周礼》中说“以五礼防万民之伪”、“以乡八刑纠万民”（《周礼·地官司徒·大司徒》）。这个“防”字和“纠”字很要害，从约束渐近于镇压。等级社会慢慢形成并发展起来以后，剥削统治阶级就把原始社会末期的“礼”和“刑”顺手接了过去，加以细密化。但他们也按阶级矛盾的程度而在“礼”、“刑”中间有所倚重，文王、周公就倚重“礼”；从法家到秦始皇就倚重“刑”；到汉武帝总结经验教训，就发明出了“外儒内法”、“外礼内刑”的一套。他把孔子选中，弃其“仁”而用其“礼”，在“礼”之中夹上“刑”，这就是“定儒家于一尊”的底蕴。我们是社会主义者，我们的学者为什么单单要学汉武帝那一套，弃孔子之“仁”而尽力拔高孔子之“礼”呢？这是我个人百思不得其解的。

读《孟子》札记

一

余九岁时，北洋军阀恢复读经，高小一年级增设《孟子》一课，当时老师马虎教，学生胡乱学，犹记将石印《孟子》放置老师台前，背过身去，就像甘肃对“花儿”一般地高唱起来，到底唱的什么，学生固然不在乎，老师也不管。这就是60余年前学习《孟子》的大略。可是，问题在于，60余年前固已如此，难道60余年后之今日，就能学习得非常清楚明白了吗？其实这个问题，清初的黄梨洲（宗羲）早已接触到过，他说，按道理讲，“一人索之而弗获，千万人索之而无弗获矣”，“一时穷之而未尽，千百年穷之而无不尽矣”；况且“四子之书，平易近人”；可是千万人学之历千百年，仍然是“明月之珠，尚沉于大泽”[①]。这是为什么？当然原因很多。黄梨洲是阳明学派，他把学习《孟子》学不清楚明白的责任归到程、朱。他说，“不能摒弃传注，此亦一述朱，彼亦一述朱，宜其学者愈多而愈晦也”。举一小例。程子谈到孟子，说他“有些英气”；“英气”本是好事，但程子又接着说“才有英气，便有圭角”，便不免和统治秩序相撞击，故又说“英气甚害事”[②]。这一下就把《孟子》搞“晦”了。直到去年，美籍华人学者杜维明先生才在提交给曲阜“儒学国际讨论会”的一篇论文“提纲”中说孟子“体现了具有中国特色的知识分子的风

① 黄宗羲：《孟子师说》，见《黄宗羲全集》（第1册），浙江古籍出版社，第48页。

② 见《四书章句集注》（《新编诸子集成》第一辑），第119页。

骨”[①]，这才把沉于大泽的明月之珠又捞回了一把，将程、朱之“蔽”摒除了一些。

再举一例。在一本连续再版了六七次、印制逾二三十万册的《中国哲学史》里，谈到孟子的“民为贵”时这样说：“孟子说，‘民为贵，社稷次之，君为轻’。孟子是说当时人民这方面的问题最重要，社稷的问题是次要的，君的问题不大。孟子绝没有把民看得比君还尊贵的意思。不但孟子没有这样的思想，即使整个封建时代，二千年来的地主阶级思想家无论他如何进步，也难以设想民比君更尊贵。孟子的‘民为贵’的思想，是为孟子的仁政学说服务，为了加强封建君主地位的，而不是为民争地位的。”[②]这真是将尖的说成圆的、将圆的说成尖的最佳一例。这方法叫做“补文增义”。“民”、“社稷”、“君”这三个方面的问题，就是“补文增义”的明确证据。“民”就是“民”，“君”就是“君”；“这方面的问题”云云，孟子没有说一个字。尤有甚者，上引这段《哲学史》的作者，还把历史上一切“异端思想”都排掉了，而马克思列宁主义讲到后边一种社会形态在前边一种社会形态中萌芽时，从来都讲异端思想的作用。除此之外，“民为贵”不仅孟轲有，比孟轲早百余年的晏婴也有，孟说“闻诛一夫纣矣”，晏说“桀、纣，君诛乎？民诛乎？”[③]前者只涉及被诛杀者的身份问题，后者已涉及到执行诛杀者的身份问题了，君都应该被民诛杀了，还能说“问题不大”吗？我举这一例，只在于说明，在学习《孟子》的途程上，历来的“障”、“蔽”很多就是了。

40余年前，日丹诺夫《在亚历山德洛夫〈哲学史〉座谈会上的讲话》在我国译布以来，“此亦一述曰，彼亦一述曰”，把古往今来的思想家都划到“唯心”、“唯物”两条无时不在互斗的路线之中。这样做，当初觉得很解决了些问题。40年后反思一下，感到害了很大的事。我们平心静气地想，唯心、唯物，这是客观存在，虽孝子慈孙不能改易，但这是对观点而言的。某一观点是唯心的，某一观点是唯物的，这样说不仅是可以的，也是应该的。但拿来针对具体的思想家，说某一思想家是唯心主义的，某一思想家是唯物主义的，这却要慎重。人，总是具体的人，他在宇宙论方面可能是唯心的，可在人生哲学方面、历史观方面，又出现很多唯物观点。另一人，他在宇宙论方面可能是唯物的，

① 杜维明：《孟子：士（知识分子）的自觉》（提纲）。

② 任继愈主编：《中国哲学史》（第1册），1979年第3版，第137页。

③ 吴则虞：《晏子春秋集释》（《新编诸子集成》第一辑）上册，第48页。

可在人生哲学和历史观方面，又是唯心的。有人说，要看他的主流。这个主流，在某些思想家身上可以找出来，在另外很多思想家身上却不容易找出来。找出来，是牵强的，硬派的。纸帽是加上去的。例如孟子头上的“主观唯心主义”帽子就是强加上去的，和孟轲的脑瓜并不符合。

这些“障”和“蔽”，激起来一种心思，我幻想成为一名潜水员，潜入“大泽”之中，看能不能摸出几颗“明月之珠”来。

二

首先要从“大泽”中捞出的“明月之珠”，就是“民为贵”。

这个思想很宝贵。在这一点上，孟子和很多思想家不同，我这样说的意思至少是指：和孔子思想不同，和“稷下先生”中的一些思想家的思想也不同。孔子早150年，血缘贵族势力虽在衰落，但尚未崩解，所以孔子多讲“使民”，即如何适当地、不过分地使用劳动人民的劳动力去从事力役和野役。“民为贵”的意思，孔子没有表露过；孟子则反复阐扬“保民而王”、“得乎丘民而为天子”。“丘民”，田野之民也，就是劳动人民。有人辩论说，孟子不是也说过“无君子莫治野人”的话吗？我们回答说，这不是讲战国的现实，而是对滕文公讲井田时代的古话。其次，孟子思想和“稷下先生”们的主流思想也不同。试以《管子》为例。《管子》一书，既非管仲时代的著作，也非西汉甚至王莽时候的著作，而是“稷下先生”的丛辑。试仔细对读《孟子》和《管子》，就会发现孟子是站在“民”这一边讲话的，而《管子》书则站在对立那边。讲“顺民心”，因为顺民心“政”就“兴”，逆民心“政”就“废”；又说，民“与”（给他东西）则喜，“夺”（拿走他的东西）则怒，所以《管子》书的作者煞费苦心地教导统治者们要聪明一些，要不声不响从人民那里把东西拿走，要“见予之形，不见夺之理”[①]。假如民还要捣乱，那么就要“正民”，这就渐近于法家了。由此可见，孟子之学虽出于鲁，孟子中年以后虽居齐甚久，但他的思想则较“鲁学”和“齐学”有其不同与独到之处，他要求“得民”、“保民”、“悦民”、“贵民”。

并且孟子这种重民思想不是孤零零的、平地冒出来的，它有许多并发和辅助的思想。试摘要言之。第一，他有仇君思想。当然，这思想是有条件的，

①《管子》《国蓄》篇第七十三，《轻重》乙篇第八十一。

“君之视臣如土芥，则臣视君如寇仇”；他结合自己在齐的亲身经历“谏则不行”、“言则不听”、“有故而去”、“则君搏执之”、“极之于其所往”、“收其田里”[①]，一句话，采取很多绝情的措施，引起孟子的仇视；他把战国之君看做是既“贼仁”又“贼义”的“残贼之人”。与他同时的思想家，很少说这种激烈的话。第二，他有反战思想，并且表现得也很激烈。他说了一系列的话，“善战者服上刑”[②]、“有人曰我善为阵、我善为战，大罪也”，他认为“靡烂其民而战之”，“驱其所爱子弟以殉之”的梁惠王“不仁哉”[③]，并且说好战者要受到报复，“杀人之父，人亦杀其父。杀人之兄，人亦杀其兄”，等等。

孟子不懂得社会发展史，我们也没有理由要他懂得。当时，社会要摆脱血缘贵族们“封邦”的老一套，要走上新兴国家，并且再由新兴国家的相互较量中产生出统一国家的新的一套。这是历史的必然。战争，这是历史必然不可缺少的催化剂。可是孟子不懂得。他言必称尧、舜，多言禅让，这是为什么？根据我个人的反复考虑，我认为这不是想“开倒车”，而是一种对古老“公有制”的憧憬，一种空想主义。我们大家都读过列宁的著名的谈马克思主义的三个来源和三个组成部分的文章[④]，在其中谈到空想社会主义，说它批判资本主义社会，指斥它、咒骂它、梦想消灭它，梦想有较好的制度出现。孟子思想距离空想社会主义甚远；但似乎我们可以类比的口吻说，孟子看到了战国君王们的专制、残暴、荒淫、侈糜和好战。他不懂得这是“公—私—公”公式由原始的“公”进入“私”、并且这“私”在进一步深化的必然性。他只懂得指斥它，咒骂它，梦想有较好的制度，于是找到了“尧、舜”。尧、舜时候，“民”的地位是比战国时为高的，所以孟子乃坚持“得民”、“保民”、“悦民”和“贵民”。新近出版的一本《孟子导读》的“导言”中说孟子的主张是“保守的，甚至是倒退的，至少是不合当时形势的”。[⑤]在这里说了三点，前两点我个人坚决反对，因为它还是“儒法斗争”滥调的残余，至于后一点（“不合当时形势”）则还不能算错，孟子思想不合当时形势则是千真万确的。

那么，这个思想叫个什么名字呢？有人说，叫民本思想；有人说，叫重民

---

① 《孟子》《离娄》下，《离娄》上。

② 《孟子》《离娄》下。

③ 《孟子》《尽心》下。

④ 列宁：《论马克思、恩格斯及马克思主义》，莫斯科外文出版局，第68页。

⑤ 杨伯峻：《孟子导读》，巴蜀书社，第16页。

思想；反正，它不是资产阶级型的民主主义，这是没有异议的。但马克斯·韦伯（Max Weber）曾经把古希腊罗马的商业资本、高利贷资本发达叫做“古代资本主义”；那么，孟子的“民为贵”思想能不能叫“古代民主主义”呢？请大家考虑。

三

第二颗要捞出来的“珠”，在我看来，应该是孟子对人这个“主体”在“内”中所潜存的能量的估计。哲学唯物论，无疑是正确的、好的，但有时，特别是当它不知不觉向机械唯物论偏离的时候，往往令人有一种感受，即在“外”和“内”之间、在“本体”和“主体”之间，偏重于“外”和“本体”，而不知不觉对“内”和“主体”方面的估量，有所削减。西洋哲学史上，这方面表现较明显。中国古代科学不够发展，向“外”的诱力不大，所以儒家一直是偏向“内”去寻找。试看孔子所说：“人能弘道，非道弘人。”[①]这话起两种互相反背的作用。第一，它认为“道”不能“弘人”，这个思想是不够对头的，这拿恩格斯关于“必然”和“自由”关系的著名论断一对照，就可以看得出来。人懂得的“必然”（“道”）越多，他的“自由”（“弘”）就越大。可见道是能弘人的，只说“人能弘道”不说道能弘人是不全面、不辩证的。但第二，孔子这样说，强调了“人”的作用，督促人把“主体”的能量、内在的功能，尽情发挥出来，这是中国的人文主义，不能说没有价值，也不能说这种价值不大。

孟子在这一方面，做了很多、很大的发展。孟子从“水”这种日常生活中接触到的最活泼的东西讲起。“徐子曰‘仲尼亟称于水，曰水哉，水哉！何取于水也？’孟子曰‘原泉混混，不舍昼夜，盈科而后进，放乎四海。有本者如是，是之取尔。’”在这里讲到“有本”，就是指“主体”方面的“内”的能量。“孟子曰，君子，欲其自得之也。自得之则居之安，居之安则资之深，资之深则取之左右逢其原。”在这里讲到“自得”，“自得”的对立方面就是“外铄”，孟子是排除“外铄”，倡导“自得”和“固有”的。“如智者若禹之行水也，则无恶于智矣。禹之行水也，行其所无事也。如智者行其所无事，则智亦大矣。”

①《论语》《卫灵公》第十五（《四书章句集注》第167页）。

在这里讲到智如行水、行所无事则智大。[①]“舜之居深山之中，与木石居，与鹿豕游，其所以异于深山之野人者，几希?！及其闻一善言，见一善行，若决江河，沛然莫之能御也。”在这里讲“若决江河”，启蒙人们去无限量地认识宇宙，认识“本体”，并用以完善自己的“主体”。在另一条孟子语录的“辑轶”中又说“吾于河广，知德之至也”[②]，这又一次说，人的自我完善是无限量的。但为什么有很多人表现为很有局限性呢？孟子回答是“塞住了”。“孟子谓高子曰，‘山径之蹊间，介然用之而成路。为间不用，则茅塞之矣。今茅塞子之心矣。’”在这里，教人“开茅塞”；用另外的词表达，就是“致良知”了。所有这些话头，什么“有本”、“自得”、“固有”、“智大”、“德至”，说的是一件事，就是启发人们尽情地去发扬“主体”内部所潜存的认识能量和修养能量。客观世界总是学不到尽头的；“有余师”，关键在于你要“芸己之田”。这些思想，不能不说是“明珠”。但这些明珠已经有人捞过一次了，那就是明朝的王阳明。

有人说，这些都是唯心论。我看不是，当然，我也从来没说这是唯物论。在唯物和唯心之间，还有很多很多东西，并非“非此即彼”，过去我们使用“非此即彼”害了很多事。什么是唯心论？唯心论是把“心”或“理念”绝对化，使它超出客观存在的“本体”世界。可孟子并没有这样做。佛教教义这样做了，如“法相宗”（又叫“唯识宗”），从“五蕴”（色、受、想、行、识）讲起，讲到“六识”（眼、耳、鼻、舌、身、意），再讲到第七识和第八识，也叫“阿赖耶识”。在“阿赖耶识”中藏有很多“种子”，包括“有漏种子”和“无漏种子”。达到“无漏种子”，就可以成佛。这看得很清楚，这是把“心”或“理念”一步步精致化，一步步拔高，使它与客观“本体”相脱离。它唯恐其不脱离，唯恐其脱离不远。但孟子不是这样，他没有这么精致（他相对说有点粗犷），没有这么拔高，他也不这么绝对化，他只讲人有一种内在的认识“本体”的能量，也有一种内在的完善“主体”的能量，这些能量要充分使用出来，叫它起作用，如此而已。孟子的“心”，从来不虚无缥缈，而是依存于“事”上。颜习斋临终前谓其门人曰，“孟子‘必有事焉’句，是圣学真传。心有事，则心存。……故乾坤之祸，莫甚于释氏之空无，宋人之主静。”[③]孟子的“心”和“内”并没有压倒“物”和“外”，所以不能叫唯心主义：这就是我的论辩。

① 统见《孟子》《离娄》下及《尽心》下。

② 顾炎武：《日知录》（黄汝成《日知录集释》卷7，《孟子外篇》条第28页）。

③ 李塨、王源：《颜习斋年谱》（四存版《颜李丛书》本）卷下，第33页。

四

“明月之珠”，需要捞的不止以上两点，但在我看来，最炯炯乎大的是这两点了。要站在人民那边尊重人民，要高度估量人的内在的能动性，这正是中国儒家和孟子在中国伟大文化积存中在人文主义方面的重大贡献。底下，我想发挥一点另外的“余意”。

孟子是“鲁学”，还是“齐学”？司马迁说他“述仲尼之意”[①]，这仅指出了问题的一个方面，另一个方面则如李泽厚先生之所说，“孔、孟子在很多方面并不相同”[②]。这句话，是很多老一辈哲学史家不曾说出来的。孔讲“仁”、“礼”二义，孟不太讲“礼”了，讲“仁”、“义”二义了，此其一。孔子盛称文王周公，孟子不太讲周公了，盛称“尧、舜”，此其二。“民为贵”和“有本”、“自得”、“固有”、“德至”，这些在孔子那里都不十分突出，孟子自生心意，把这些突出了，此其三。另外，也许还有不少其他点。从这个角度看，我认为孟学出自鲁，但已不全是鲁，也就是说，颇有超出于“鲁”者。

再说“齐”。孟子在威王、宣王时两度游齐，宣王时且曾“当路”（居要津之意），故《史记·孟荀列传》以及西汉《盐铁论·论儒篇》皆将孟子列在“稷下”之林。我不同意这种排列，钱穆也不同意[③]；但他是考据的，我是论证的。孟子和“稷下”之流，气象不同。在这里，请允许我把话说远一点。傅青主瞧不起宋儒，有一次攻击朱熹和他的大弟子尹焞，说：“我于《左传》，薄有所得，……只是醒得文章之妙。朱晦庵谓是趋炎附势之书，不知何为而为此言？尹焞说，只有六经：如《左传》便把文章做坏了也。尹焞醒得文章是个甚来?!”[④]鄙人平生崇拜青主；但在这一点上持不同见解。《左传》确实相当“趋炎附势”。所谓把文章做坏，就是说心眼坏了。据我看，大部分“稷下先生”和“法家”，都是心眼坏了的，他们趋炎附势，执妾妇之道以干禄位。孟子不这么干，他保持了杜维明先生所说的“风骨”，这是孟子不能归属于“稷下”范畴的重要的依据。

---

① 《史记》，中华书局标点本，第7册，第2343页。

② 《中国古代思想史论》，人民出版社，第40页。

③ 《先秦诸子系年》（1935年商务印书馆“大学丛书”），第219～220页。

④ 《霜红龛集》（下册），山西人民出版社，第1020页（卷27）。

读《荀子》札记

一

让我先从荀子的文章说起。

荀子的文章，的确是独成风格，并且对后世留下深远的影响。他不同于孔子，孔子毕竟时代较早，他只能留下凝缩的语录体，让后人去引申；荀子也不同于孟子，孟子在若干政治辩论中力图胜过对手，从而形成“哇喇哇喇”的“大江东去”式的文章风格。荀子是齐学中的殿军，深受稷下的种种影响，其中辩家的影响也很明显。但荀子和辩家又有不同，辩家是专门挑选一些类似“钻牛角”的问题去磨炼人们的逻辑思维，使之渐趋于精密；荀子不如此，他只是使用辩家所产生的影响，将这些影响带进自己对政治、道德、修养等问题的论列之中，使人们感受到他对命题、判断、推论这些普通的逻辑形式，比别人更留心、更频繁地在使用。这对后世的“议论文”的写作带来影响。

因此，荀子的文章中喜欢排类，喜欢立框架、安档次。这样的例子在《荀子》中俯拾即是。如对国家的治理，分为（一）王、（二）霸、（三）危、（四）亡四个档次；对人品，分为（一）圣人、（二）君子、（三）士、（四）小人四个档次；对为人臣者，分为（一）圣臣、（二）功臣、（三）篡臣、（四）态（慝）臣四个档次；对人才，分为（一）国宝、（二）国器、（三）国用、（四）国妖四个档次；对于知识分子，分为（一）公士、（二）直士、（三）悫士、（四）小人四个档次；等等，等等。这样做，有显明的优越性，即排除了前此人们“浑融一片”的、“朦胧”的表达方式，科学面目更加鲜明了。但有没有弊病？怕也有的。如后人做文章不够几条几股也要强凑上一两条一两股，设条条、立框框，这个影响对后世也很大。

有时，荀子也提出一些深刻的逻辑问题。举一个例。他在《性恶》篇中就接触到“可能”和“必然”问题。像这样的问题，恩格斯论证过，记得斯大林在《社会主义经济问题》中也论证过。可是两千多年前荀子也接触到了。他在论禹时（关于尊禹，后文论“法先王”、“法后王”时还有论列），说路上走路的人都有可能成为禹那样集“仁、义、法、正”化身的“圣王”；但路上走路的人，可能懂得一些做成禹的道理，也具备一些可能成为禹的质地与才具，这些人不是一点这样的积累都没有的，但终究做不成禹。为什么？这就是“可能”与“必然”的关系问题了。荀子认为这中间有个人为努力的问题，就是说，在具备某些做成禹的条件和实际成为禹中间，还需要另外一些条件。像以上这些例子，就说明荀子引导后人在做文章的时候如何使文章趋于深刻。

荀子文章还有一个特点，就是不惜反复阐说。他真不愧是稷下学宫三为祭酒的人物。这种文章风格，似从教学实践中得来。试观他在《致士》篇中讲“师道”有四，要有尊严，要有信用，要有逻辑，要既细致又博大；在《非相》篇中讲一个人讲学或发言时，要庄矜、要端诚、要用譬喻、要逻辑分明。假如不是一个好的教师、一个有丰富教学经验的教师，是讲不出这些话来的。而这些教学经验又影响到文章的风格上来，使他一直不惜反复譬说。

此外荀子文章还有一个特点，就是喜欢用排成一串串的形容词，特别是联绵字，这个特点很突出。这自然是战国后期生活中事物多样化、复杂化的现实在语言文字上的反映。这个影响传递下去，就形成赋体和骈俪中铺张扬厉与堆积辞藻等等的特色。

二

在上一节中，文章的事已经谈过了。底下几节，就准备探讨到荀子思想的实质，关于这件事，可以说历来有关荀子议论中的夸谈怪论，是最多的。随便举几个例。其一，说荀子是法家，孔孟是儒家；其二，说荀子是唯物主义者，孟子是主观唯心主义者；其三，说荀、孟截然对立，例如性善性恶之争；等等。这些问题，实在不能不辩一辩。“吾岂好辩哉，吾不得已也”。

首先，荀子绝不是法家。法家要求强化秦始皇式的中央集权国家，主张用刑、用赏。而荀子单单反对这样做，而且反对得相当深刻，相当精彩。他在《议兵》篇中说："赏庆刑罚执诈之为道者，佣徒鬻卖之道也，不足以合大众，美国家，故古之人羞而不道也。"这就是说，用刑用赏，实际上是一种从正面和反面进行的一种收买政策，是不解决问题的，一旦遭到危机，被收买者带头叛变、奔逃。纣王行炮烙，难道他的刑不繁吗？武王来了，又解决什么问题呢?！在《致士》篇中他又说："赏僭则利及小人，刑滥则害及君子。"

再者，法家拿秦做实验基地，拿秦树典型。荀子本人也曾到过秦国，见过秦昭王和应侯。但荀子对秦的做法一直没有好印象。他说："秦人其生民也狭厄，其使民也酷烈。劫之以势，隐之以厄，忸之以庆赏，鳍之以刑罚，使天下之民非斗无由也。"这就是说，并非秦国之民生而好战，杀人盈城杀人盈野是上头用刑赏逼出来的。这些看法也明显不是法家的。

再次，就从对管仲的评论上，也可以看出苗头。管仲虽非法家，但法家对管仲一直保持好评。荀子则不然，他一直把管仲评成二等。在《儒效》篇中说管仲"功臣"也，犹不得谓"圣臣"，说他只是"次忠"。在《大略》篇中又借孔子的口气评论管仲"为力不为义，力知不力仁"，所以只够得上做霸主的相，不配做天子的大夫。

其次，涉及孟、荀的唯心、唯物问题。我们说，在《孟子》书中，泛滥着很多唯心观点这是毫无掩饰的；但也不断流露出唯物观点，如《公孙丑上》中的"必有事焉"一节，即被颜元（习斋）誉为"圣学真传"。这是为什么？这是因为这段话讲任何"心"的反映都是由外界的"事"引发的。在《荀子》书中，确有一些明显的唯物观点，如《天论》篇中"天行有常，不为尧存，不为桀亡"、"天不为人之恶寒也，辍冬；地不为人之恶辽远也，辍广"等等。但在整部《荀子》书32篇中这是少见的，而唯心观点也很多。所以总起来说，很难说孟、荀二子各自是唯物主义的或唯心主义的。

至于讲"心"，很难据之定义为唯心主义。"心"，孔子讲，孟子讲，荀子也讲，老子、庄子也讲。而且不只讲"心"，还讲"神"、"精"、"诚"、"中"、"一"等等。这是讲的什么？这是讲人的自我修养的最高境界，不涉唯物唯心问题。大体每人一个讲法，各有变化，而基本内容都差不多。孟子讲"诚"，荀子讲"心容"，《管子·心术上》讲"心宫"，庄子假仲尼、颜回之名讲"心斋"。我们试来一一观之。

孟子讲，"可欲之谓善，有诸己之谓信，充实之谓美，充实而有光辉之谓大，大而化之之谓圣，圣而不可知之之谓神”（《尽心下》）；又讲“万物皆备于我矣，反身而诚”（《尽心上》）。荀子讲，“心者，形之君也，而神明之主也；出令而无所受令。……心不可劫而使易意。是之则受，非之则辞。故曰：心容”（《解蔽》）；又讲“曷谓一？曰，执神而固。曷谓神？曰，尽善挟治之谓神。万物莫足以倾之之谓固。神固之谓圣人”（《儒效》）。庄子假借孔子名义讲“无听之以耳而听之以心，无听之以心而听之以气。……气也者，虚而待物者也。虚者，心斋也”（《人间世》）；又讲“隳肢体，黜聪明，离行去知，同于大道，此谓坐忘”（《大宗师》）。《管子·心术上》篇（根据郭沫若氏的推断，此是宋钘、尹文的作品）讲“心”居“君之位”，九窍居“官之分”；又讲“心也者，智之舍也，故曰宫”；又讲“天曰虚，地曰静，……洁其宫，开其门，神明若存，纷乎其若乱，静之而自治”。试看，这几家讲的都差不多，都是说人的自我修养达到高乘境界时，“心”就像一个盒子，既像飞机上的黑匣子，又像希腊神话中潘杜拉的匣子，既神种又要害，它统摄着人的主观世界，其能动性很大。这是不是唯心主义呢？不是。因为唯心唯物要在“本体”“主体”关系上才显影出来，而以上这几家的表述不涉及此，它们单指“主体”修养的高级境界。当然，假如有人处心积虑从其中挖出一句半句，如“万物皆备于我”、“出令而无所受令”，然后上纲上线，也是一种作法，不过这种作法似乎已经过时了。绝大多数人已经不这么做。时下，倒有不少人承认这是东方文化的一大精粹。

三

既然上文提到“本体”、“主体”关系，现在倒要缘着这个话题多说几句。“本体”、“主体”二者谁从属谁，这是一条分水岭。但还有一个情况，即“本体”、“主体”二者是捻成一条鞭来对待，还是叫二者分权，这又是一条分水岭。我们从马克思老人家那里懂得古代社会有两种类型，一曰亚细亚的，一曰古典的。相应地，古代意识形态上怕也打着这两种类型的型号。那么，我要说，鲁学是“亚细亚”的，齐学或多或少带一点“古典”味道。荀子一生，生活在齐国的时间最久，其受稷下影响最重，从而在《荀子》书中我们可以找到一些“本体”与“主体”间的分权，窃以为，这才是荀子的真正特点。

举几个例。其一，在《儒效》篇中，荀子说“不知，无害为君子；知之，无损为小人”，这句话就把知识积累和道德修养分权了，这就比《大学》、《中庸》里将二者捻成一条鞭高明多了。其二，在《天论》篇中，荀子说能明“天”、“人”之分，方可谓至人。“分”就是“职分”，天有天的职分，人有人的职分。在这里，分权表现得更为明朗。当然，荀子在说过这些话的前后，有没有说了些不分权的模糊的话呢？会有的。试看荀子生活了近一百年，在这悠长的一生中，难免有些前后不一致的地方。但不论如何，他在“本体”、“主体”的处理上，是一度分权过了，这就是难得的、可贵的了。其三，在《解蔽》篇中，他提到“浊明外景，清明内景”的话。“外景”、“内景”的话，《大戴礼》中传说孔子当初就使用过这对词汇，荀子在讲《解蔽》时又使用它，并加“浊”、“清”的区别，说明荀子认为人的自我修养可以力求达成高的境界，而对外部世界的认识，则有若干认识不清的东西，二者是有区别的。这表明又一次地分权了。

总之，在“天”、“人”关系上，子思《学》《庸》不分权，荀子有某些分权，这是一个值得注意的歧异点。

现在来谈另一个问题，即为什么荀子提出来“法后王”的问题。在这个问题上有着不少的混乱。人们爱说，孟子主性善，荀子主性恶；孟子法先王，荀子法后王。两人截然反背。其实不是这么一回事。主性恶，恰如郭沫若氏所说，“颇有些霸气，急于成立一家言，每每标新立异”（《郭沫若文集·历史编2·十批判书·荀子批判》第223页）。清朝学者戴震和陈澧都说，孟、荀两家的性论并无根本的歧异，且可互相发明。且吾人往复综观孟、荀两家其他议论，确确实实感到，两家之同实超出于其所异。

“法先王”、“法后王”的纠缠，也是如此。孟子不说“法后王”，这是事实；“法后王”是荀子说的，这没有错儿。但荀子时而说“法后王”，时而又说“法先王”，害得杨倞在注解时说什么此“先”字当为“后”。个人意见，这样一字之差，没有必要苦苦追求。要找问题的实质。实质是什么呢？我们说，从整部《荀子》书中可以看出，周制和文王、周公的“德”、“威”，极明显地降落了。再不像孔子那样“吾从周”、“久矣吾不复梦见周公”了。当然，荀子也不是对周公一点也不尊崇的，他在《儒效》篇中称周公所起的作用是“大儒之效”。儒道往上推，推到了顶，就是周公。但除此之外，他就很少推崇周公了。相对地，他更推崇禹。推崇禹，是从墨子开始的。荀子在这一点上是不是受墨子影响？我们不敢下论断；但荀子虽然一方面批判墨子的“节用”是使天下贫，是“焦天下”（《富国》）；但另一方面，特别在“尚贤”方面，跟墨子很一致。我们说，墨子也好，荀子也好，他们背离孔子的“从周”，转而崇尚夏禹，其中是有其时代的原因的。

大凡一个极富“德”、“威”的大时代慢慢揭过去之时，“德”、“威”之外自然也流露出不少的“失误”，后面的人自然而然会引起若干的反思。前段时间中的若干神话里，有不少值得怀疑的吧?！孟子就是这么干的，他说他对《尚书·武成》篇只相信两三条简，其余的他怀疑，假如纣真的那么坏到透顶，文、武那么“至仁”，打起仗来何至于“血流漂杵”（《尽心下》）呢？到荀子这时代更晚一些，人们的反思就会更多一些。人们会想：文武周公怕也并不像传说的那么仁慈吧？实际上也会很残酷吧？“立国七十一，姬姓独居五十三”（见《君道》篇），血缘贵族的种族统治也未免太厉害了吧？把农业人口死死锢蔽在“乡里”与外界不交通，也未免太死了吧？等等，等等。到头来，还不如禹那么实干、那么顾生产；还不如舜那么民主、宽松。这就是“法后王”的真正的底蕴了。章太炎说，“近古曰古，太古曰新”；又说，“法后王者，上非文、武，下非始皇帝”；又说，“法后王者，则素王是”；又说“素王者，是以变新也”（见《訄书》初刻本第一篇《尊荀》）。这说得很清楚了。荀子的“法后王”，并不是已经找到哪一个新的崇拜对象，他只是说，过去对周制和文、武、周公的崇拜太过了。“素”，向也。到战国末，人们应该导向让历史自己创造出自己新的“素王”来。

读《庄子》札记

郭（沫若）老在学问上是大家；一点不带小家子气。每读其文，如临乐山沙湾之山水气势。鄙人若干年来在古史分期问题上、在西周社会性质问题上、在井田制度上，曾与郭老有过不少次的争论，有时争论的很激烈；但在先秦思想、先秦文化方面，则与郭老每多契合。前些年听到过一句传言，说“十批不是好文章”；与此恰恰相反，鄙人认为《十批判书》是郭老写得最好的一本书。当然说好，也还是从气势（或气魄）说的；至于具体论点，则不敢苟同者为数亦复不少，最明显的像说墨子思想反动之类。再如说庄子思想中非常严肃地称赞孔子，《齐物论》中所称的“圣人”很明显地是指仲尼。这就十分鲜明地给我提供一条思路，让我去追究一下：（一）道家的“圣人”和儒家的“圣人”究竟是不是同一个档次？（二）道家对于孔子，除去偶尔一两句“严肃的称赞”和一些“游戏性的呵骂”之外，还做过一些什么其他的对待？

先谈“圣人”问题。

儒家和道家有个根本区别，儒家主要谈“人”，很少谈“天”（自然），早期儒家尤其如此。道家既谈“人”更谈“天”，并且往往以“天”来统属“人”。《庄子·山木》篇说，“有人，天也；有天，亦天也。人之不能有天”。《秋水》篇说，“无以人灭天”。他们讲究“人与天一”。所以在《天下》篇里，他们安排人物质量的时候，在“圣人”之上还安排了三个档次：“天人”、“神人”、“至人”。虽然这三个档次标准的差别并不明显（如什么不离宗、不离精、不离真），但至少在“圣人”之上是有更高的档次的。并且，道家的“圣人”显然自认为比儒家的“圣人”为高，他的特征是“以天为宗，以德为本，以道为门，兆于变化”。而在道家看来，儒家的“圣人”更低一码，叫做“君子”，他的特征是“以仁为恩，以义为理，以礼为行，以乐为和”。

儒家谈“圣人”，谈的更现实，不抽象，更贴近于生活。《孟子·公孙丑上》篇说，子贡问孔子本人，够得上“圣”吧，孔子很谦虚，说够不上，他个人只是“学不厌、教不倦”而已。这仅仅是就生活中的勤奋而言的。《滕文公上》篇说，孔子死后，门徒们捧出有若来做孔子的替身，曾子反对，说孔子像“江汉以濯之，秋阳以暴之，皜皜乎不可尚已”。这主要是讲人格修养，未涉及学问，更谈不到“天”（自然）。只有孟轲的时代晚，与庄周同时，他不免受了百家争鸣的感染，他在《尽心下》篇中说，“可欲之谓善，有诸己之谓信，充实之谓美，充实而有光辉之谓大，大而化之之谓圣，圣而不可知之之谓神”。孟轲也提到“神”的档次上来了。在我看来，这是后期儒家接受道家影响的一种反映。早期儒家不如此，孔子在《论语·卫灵公》篇中说，“人能弘道，非道弘人”。这段话有没有局限性，那是另一问题；但孔子坚决和道家划了界线，你是讲“道”的，拿道来把人死死地扣住了；我不这样，我讲人的主体能动性，不让“天”来把人扣住。所以从我们后代人来观察，就很难说清楚究竟是道家的“圣人”档次高呢，还是儒家的“圣人”档次高。到后期儒家的荀子，他才能够对庄子进行反批评，说他“蔽于天而不知人”，而提出来要制天、用天、使天、化天，暗示出后世科学技术的道路。

至于《齐物论》中的那一段，窃以为应另作处理。兹先将原来文段引出：“夫道未始有封，言未始有常，为是而有畛也，请言其畛：有左、有右、有伦、有义、有分、有辩、有竞、有争，此之谓八德。六合之外，圣人存而不论；六合之内，圣人论而不议；春秋经世先王之志，圣人议而不辩。故分也者，有不分也；辩也者，有不辩也。曰：何也？圣人怀之，众人辩之以相示也。故曰辩也者有不见也。”这段文章，很难分析。就整段文意来看，讲真理之逐步复杂化，按正常道理讲，越复杂化道理就越加明晰；可是有时相反，反而更不明晰了，这是庄子不可知论中的一个层次，故不得谓此段为从其他典籍中错简羼入；这是《庄子》原段，怕是不成问题的。据此，这段中的“圣人”就不像郭老所说“显明地是指仲尼”，而很可能不是指仲尼了。试观《庄子》全书中，对“圣人”的描述，也是非只一端的，《则阳》篇中就说“圣人达绸缪，周尽一体矣，而不知其然”，又说“与世偕行而不替”，似此，道家的圣人对于六合之外、六合之内、先王经世诸事，也完全可能存而不论、论而不议、议而不辩的。不一定只有儒家的圣人才能如此。

其次，让我们来看庄子是不是“非常严肃地”称赞孔子。

确实，在先秦儒家以外诸子中涉及孔子次数最多的，怕要算《庄子》书了。不过庄子素以“谬悠之说，荒唐之言，无端崖之辞”来表达思想的，所以有时很难琢磨。但假如将《庄子》书细细读去，庄子及其门徒们对于像儒家宗主的孔子这样的人物，还是有章法的。以我归纳，似有如下的四种对待，四种手法。

第一种对待，是把孔子当作批判（有时甚至是斗争）对象。（当然这种情况多出自外、杂篇）如《盗跖》篇，就直接指斥孔丘“诈巧虚伪”、“狂狂汲汲”、“摇唇鼓舌”、“擅生是非”、以“侥幸于富贵封侯”。《渔父》篇稍稍含蓄一点，说孔子“愚亦甚矣”，指斥他不治天道，专要处理人事，而人事中又充满着许多种祸患因素，很难祛除。他劝孔子不要留下足迹，不要留下身影。此二篇在批判之余，都提出正面论旨，即宣扬坚定的道家立场：守真；贵真；全真。再如《天道》篇，说老子问儒家的“六经”其要旨是什么，孔子说是仁、义；于是老子就批仁、义，说仁叫人爱人，看起来无私而恰好有私；义叫人遵循正路，而大自然自有其秩序。最后结论是，仁、义的作用只不过是乱人之性。《天运》篇假借鲁太师的金口，指斥孔子要在鲁实行的“先王之道”不过是“刍狗”（祭祀中使用的摹拟性草扎，用过就毁弃，没一点用处的东西），并且不但劳而无功，而且还有殃。试看这一些，已经不仅是“游戏性的呵骂”，而是原则性的争辩了。争辩的目的非常明显，那就是把儒家批下去，把道家竖起来，此中的派性是相当强烈的。

第二种对待比较客气，把孔子作为并比的对象，也就是说，让孔子还可保持相对地独立；但并比的结果，往往是老聃高一着，仲尼低一着。如《天地》篇中那个抱瓮灌圃老人的故事，就最典型。故事说子贡遇见这个老人，嫌他用力多而见功寡，建议他采用桔槔（辘轳）打水，可以用力少而见功多。可是这位秉承着道家观点立场的老人却批评孔丘夸诞，冒充圣人，卖名声于天下；还说什么用机械的人必有机心，那是“道”所不能容纳的；“道”所要求的是德全、形全、神全。这次，《庄子》书表现得比较民主，准许孔丘答辩。孔子的答辩辞是指斥对方“治其内不治其外，知其一不知其二”。再如《德充符》篇说，有个残疾人叔山无趾，跟孔子、老子都有过接触，他认为孔子“諔诡幻怪”，达不到“至人”的水平。老子说，他达不到至人是由于打不破“桎梏”，而只有“以死生为一条”、“可不可为一贯”才可打破桎梏。无趾说，孔子没有这种根器，怕是无可挽救了。再如《天运》篇说，孔子求道未得，在沛遇见老聃，他自述说，他求之于制度名物，五年而未得；求之于阴阳，十二年而未得，请老聃指教。老聃说，名器、仁义，那种地方不可以多呆。要逍遥于“采真”之境。“道”这种东西，自主体内产生，外界客体不接受不行；自外界客体采集来，主体内部不接受也不行。世上的恩、怨、取、与、谏、教、生、杀，都是刑罚，被这些湮没的人，天门是不对他开的。统观以上诸例可以看出，虽然已经允许孔子处在平等的地位上，但在真理面前，则一直是孔子、儒家低一码，老子、道家高一码。道家的派性立场，依然是强烈的。

第三种对待更诡谲、更富于策略性，带有更浓厚的寓言气味，那就是把孔子扮演作已经被道家“改造好了”的一种角色，这样，庄子就可以更“谬悠”、更“恣肆”地利用仲尼的嘴巴，宣讲出若干道家的道理来。这样的例子，在《庄子》书中较上述两宗为数更多。

最明显的两个例子，莫过于有关“心斋”和“坐忘”的两件事。“心斋”和“坐忘”是人的修养的很高的境界，带有某些神秘主义的色素了，后世宗教中每每提到有这种境界。儒家和孔子也是非常著重修养的，但在孔子时期从未接近于神秘主义，只有到孟子晚期，才有了“万物皆备于我”、“反身而诚、乐莫大焉”的境界。可是《庄子》书中的“心斋”、“坐忘”则是安排了由第一代儒家孔子及其得意弟子颜回来担承，时代不对头，此其一。再试看“心斋”、“坐忘”的内容，什么“唯道集虚”，什么“离行去知”，纯是一派典型道家的提法，怎么可能通过三十几岁就早亡了的颜回的实践来体现呢？足见是虚构的。此其二。

以上二例，见于《庄子》《人间世》篇和《大宗师》篇，都是“内篇”中极可靠的篇章。此外，在可靠性也极大的“外篇”《田子方》和《山木》篇中，类似的例子更多。《田子方》篇中说，有个温伯雪子到鲁国，接见鲁国的人，说这些人“进退成规成矩，从容若龙若虎”；后来孔子来见，宾主不交一语，使用“目击道存”、“不可容声”的神秘主义方式进行交流，可见孔子也道家化了。又讲，老聃给孔子讲了很多“至人”、“真人”的修养路径，孔子听了后，自比于醋缸里的小飞虫、小蚊蠓，足见已经心悦诚服地接受了改造。在这篇文章里，作者还不断地讲解“忘”和“亡”，“存”和“存存”，后来这个“存”字的意义通过《易·系辞》的使用逐渐成为后期儒家也很喜欢使用的词汇。在《山木》篇中，更充分使用孔子辱于宋、卫，危于陈、蔡的情节，叫孔子接受道家的改造，情愿“辞交游，去弟子，逃于大泽”，与鸟兽为群，返回到大自然的境界，“绝学捐书”，看人际关系不“以利合”而“以天（自然）属”。总之，是孔子已经断然脱离社会，回归到大自然的广阔天地中去了。此外，在《德充符》篇若干残疾人的故事中，孔子也照样是打着道家的腔调，大讲什么化、不化、形不全、德全等等一连串道家的道理。统观所有以上这些例证，我们可以看到这里的孔子已经完全被同化了，他已不再持有儒家的观点，而宛然成为道家的宣传员了。这样做，自然不能说成是庄子的恶意，但总不能说成是敬意吧，事情只能用道家的强烈的派性来解释。

第四种对待，是比较严肃地肯定孔子。这样的例子为数极少，仅于“杂篇”《寓言》中见之。庄子的好朋友惠施跟庄子一起谈论孔子，惠施说孔子不断地精进自己的认识，60岁的看法就跟59岁不同了。庄子说，这是他勤勉求知的效果；而实际的孔子比这个还超过，他这人不仅使人口服，而且使人心服，“已乎已乎！吾且不得及彼乎！”他还假托孔子自己的话说，孔子是“受才乎大本，复（伏）灵以生”。这些话，可以算得庄子对孔子罕见的称许了。

做出如上四项的归类，会获致到什么样的收获呢？现在，请允许我把由庄子问题的钻研所引出的综合性心得体会，写在下面吧。

我们天天说，先秦诸子争鸣，先秦诸子争鸣，到头来是一种朦胧的说词，我们有责任更进一步说清楚它。中少年时我说不清楚，现在比较能说清楚一点了。我自己在心里制造了一句话，是“两条战线和一个大染缸”。其细部内容，容我慢慢道来。

两条战线，一条是由庄周为主帅对儒家展开的。在这场交绥中，道家的人们相当深刻地揭露了儒家和孔子的保守性质。保守何在？在于肯定他们所面对的社会不敢蔑视它，只能将将就就地修补它，想方设法钻到其中去然后或者可以改变它。在更宏阔的思想问题上，儒家只狭窄地谈论人际关系，而很少地涉及到宇宙间自然规律及其对社会和人际关系的影响（包括统一和歧异）。庄子是这场交绥中的主帅，在交绥中取得不少的胜利，但也暴露了自己学派的很多缺点，如自然主义、相对主义和不可知论。（但须注意：自然主义和唯物主义，相对主义和辩证法，不可知论和可知论，是一墙之隔。这就是说，庄子的缺陷中，也正有其积极的意义在。）庄子给人一种印象，仿佛人在大自然中是无能为力的；在残暴的社会面前也只有回避，回避才是最聪明和最“高尚”的办法。这就是说，一大把问题，孔子从这边企图解决，结果没有解决了；庄子又出来从那边企图解决问题，结果又没有解决了；可是，最重要的事还不在这两点上；最重要的是，是他们两造在交绥中把他们之前人们不清楚的一些问题，从两造各自的角度上，弄清楚了。思想水平和文化水平提高了一大步，这才是那个真正的价值。

第二条战线是由孟轲担任主帅对“杨、墨”展开的。孟轲和庄周，有一段时间人们并不太重视。试观《史记》中，74卷只给了孟轲144个字，63卷只给了庄周133个字。孟轲与庄周约略同时，可能孟比庄稍长几岁。孟轲从大路子看来，似比庄周思维粗糙些，但从今传《孟子》七章的末章（《尽心》）看，孟轲也有思维极精密的地方。孟子肆力辟杨、墨。墨是指墨翟，这是血缘贵族末流与公社农民间矛盾的反映；杨是杨朱，与老子同是模糊型的人物，但孟子批杨朱，实际上是批道家，是和庄子批儒家恰好形成对流的两股流。孟子的精华是在他发扬人的内在能动性方面；他批杨朱并没有批出水平，当有逊于庄子。但无论如何，庄子批仲尼，孟子批杨朱，实际上构成为先秦诸子争鸣中的两条主线，则是不庸争辩的。

至于我所谓的“大染缸”，则指的是稷下学宫。这样说，丝毫不带有贬意。庄子平生未曾接触过稷下学宫；孟子虽曾“当路于齐”，但终于决裂了，而且决裂的很厉害。这是一条线，一条重要的分界线。稷下学宫，是古代商业资本发展的地方，因而就具备了优越性和不足之处。其优越性，表现在鲁是“亚细亚”的，齐略近于古典的。其不足之处在于，商业资本泛滥之地自必带有某些嘈杂，此黄老派道家之所以不及庄老派之所在。荀子把儒家后代的某些分支叫做“贱儒”，我也把道家中在稷下的某些分支叫做“贱道”。（后来一些卑鄙的、凶暴的、狡狯的后期法家、术家、纵横家，差不多都跟他们有蛛丝马迹的关系）庄子不“贱”；他十分矜持，十分“高尚”，像孟轲到了韩愈、二程、朱熹手里就一变而为儒家的正宗一样，庄子到了西晋的何晏、王弼手里，也是一变而为道家的正宗，在那个思想开放的时代里，道家被叫做“庄老之学”，“庄”已提到首位，而虚无缥渺的“老”已退居二线，这个变动不是随意性的。

现在把话题再回到郭老身上来。他的《庄子批判》写得不坏，在《十批》中算是几篇上品之一。《十批》中没有专写一篇《孟子批判》，把孟轲附挂在“子思之儒”后面，令人感到不足。《庄子批判》中是有一条线的，那就是由于郭对儒家有好感，于是就不免尽一切可能把庄子和儒家拉近乎，如提出“颜回之儒”、以及田子方等线索。但我们缘着这些线索找寻过了，始终找不到说明性很强、甚至只是具有一点点说明性的资料。与此相反，倒是上述“四种对待”则彰彰在人耳目，这样的资料在《庄子》书中几乎俯拾即是，所以在本文中对郭老于“同”中存了一点“异”。这点“异”就是说，庄子是道家的正宗，他跟儒家基本上是两条路线、两个宗派，所以没有必要在他们之间找血缘，拉近乎。

我对《易》的一些看法和体会

本文主旨，在说明《易》是中华民族综合文化的起点。它是原始综合的，而不是后世科学分析的，其内容极为丰富。作者认为，《周易》是《易》发展史上的第二阶段，《易传》为第三阶段，后世种种“易说”为第四阶段，此外，还有个第一阶段，那就是原始一段，即“毛胚阶段”。这一阶段的精义，历来说《易》者，甚少发挥，本文拟补此缺。

一

我们应当历史主义地对待《易》。所谓历史主义地，是指把事物提到它原来的时空条件之下，而不是提到另外的时空条件下，譬如说，提到我们当代的意愿或要求之下。而《易》，又有它自己历史衍变的过程。试看我在用词方面用“易”，不用“周易”，也不用《易经》，这中间包含着一定的看法。在我看来，《易》的衍变过程大体分四段。请允许我从后头说起。例如著名的王船山的《周易内传》、《周易外传》，虽挂着《易》的牌子，但它实际上是船山辩证法思想的抒发，《易》只是旧瓶里面装的新酒了。《四库提要》中“经”部说《易》的那一大片书目，大体如此，姑名之曰“后人《易》说”。这是第四段。向前推，到《易传》和魏晋人的易注，这是第三段。《易传》一作“十翼”，《史记·孔子世家》确定不疑地说是孔子所作，但我们无论如何不敢相信，理由很简单，其中有些思想、有些话头，显然不是孔子时候可能有的，而只可能是战国经历了“百家争鸣”以后的产物。退一万步说，即便孔子当年有什么“底子”，也是经过感染了道家、阴阳家、法家思想的儒家后学们大大改窜了的。由于历来牢固地存在着孔子作“十翼”的说法，所以“十翼”中的四翼（彖上下、象上下）已经和“经”缠到一起去了，剩下六翼虽附在“经”文之后，但实际上儒家后学们也拿来当“经”对待。我不使用“易经”这个词，就是因为它所标志的历史时空概念模糊，又好像指西周，又好像指战国，界线欠分明。再向前推，到卦爻辞，这是地地道道的“经”无疑了。虽然什么伏羲画八卦、文王重卦、周公作爻辞这些说法，我们都姑妄听之，但64卦、384爻大体在殷末周初时候人们做了一些安排，这是无疑的。这就是“周易”这个词所显示的意思。但我认为，把问题上溯这里，还未到头。必须指出，“周易”还有它的前史。在我们的排列中，假如“周易”是第二段，那么，一定还有第一段。这第一段指什么呢？我的意思是指在整齐的64卦和384爻还未安排之前已经流传了很久很久的那些《易》的毛胚。我们现在虽然已无法还原这些毛胚，但似乎可以这样设想，从64卦384爻中抽出那些接近于当代逻辑的，留下那些原始逻辑的；抽出那些接近于科学的，留下那些带神秘色彩的；抽出那些理智、感情已明显分离的，留下那些理性思维与形象思维互相渗透的。那么，那就是《易》的第一段历史，也就是我们所说的“毛胚”了。

因此，我感到在这里，有对于什么是神秘主义和原始逻辑、什么是理性思维与形象思维的渗透，有比较仔细说一说的必要。

二

神秘主义是古往今来弥漫在人们意识深处的一种东西，随着科学技术的日益昌明，神秘主义理应步步受到廓清，但实际上它的残余仍然不小，特别当科学一时解释不清的场合，神秘主义就占领阵地。因此，对它实有过细研究的必要。

我感到，有三种神秘主义，一是原始的神秘主义，二是宗教中的神秘主义，三是哲学中的神秘主义；并且又要请求读者允许我从后向前倒着来进行表述。

先说哲学中的神秘主义。在种种色色的神秘主义中，它已经是一种精炼的神秘主义了。或者可以说，它是普通人达不到的一种境界，或者说，是普通人不得予以验证的一种境界。例如《庄子》的《人间世》篇和《大宗师》篇中，转述仲尼（孔子）所达到的境界，“心斋”和“坐忘”。到达这种境界之时，人的感知已不是通过感官而得来，而是“离行去知”、“无翼之飞”。《孟子·尽心上》篇中也说，君子“存神”的结果，能到达“上下与天地同流”、“万物皆备于我”的境界。《庄子》书中正面传达道家的修养时，也说到“独”和“真人”，这也带有浓厚的神秘色彩。明代的王阳明经常讲“此心之灵明”，说“其灵常寂”而可以“百通”，所以叫“全神明”（参看王氏《年谱》嘉靖二十九年条下）。所有这些，都不是每个人随时随地都可以验证的。

第二种是宗教中的神秘主义。它没有哲学神秘主义那么精炼。它不基于验证和科学，而基于信仰。孙中山先生讲三民主义，一开头就讲是一种思想、一种信仰、一种力量。这就受有宗教的影响了。一提到信仰，就不是纯理智，而是带有感情成分、心理成分的东西了。几种大宗教的教主，也都以非验证的“预言”，企图引导人们到达超现实、超自然的境界。有一阶段，人们企图用“鸦片烟”、“劣质酒”来斥倒它，但单纯这样做无大济于事，全世界40余亿人口中有22亿以上依然在吸这种烟，饮这种酒。这就给我们留下课题：如何对待宗教，如何理解宗教中的神秘主义。

第三种是原始的神秘主义。这要充分利用《易》来说明问题、分析问题了。

一只公羊用角去碰篱笆，在现代怕只有孩子对这种现象发生兴趣。但处在《易》第一阶段的人却不是如此，他发现第一次“羸其角”，第二次“不能退、不能遂”，第三次“藩决，不羸，壮于大舆之輹”（见《易·大壮》第34）。这三种不同现象联起来，仿佛在暗示着一些什么。一只小狐狸过河，第一次河水浸没了它的尾巴，第二次浸没了它的脑袋（见《未济》第64与《既济》第63），这两个现象联在一起，又仿佛在暗示着一些什么。捕猎时，第一次“田有禽”（见《师》第7），第二次“田无禽”（见《恒》第32），第三次“旧井无禽”（见《井》第48）。（按，读者对“田”字、“禽”字、“井”字不可执着于一义，如“井”可能是饮水之井、陷井之井、井田之井，等等；“田”亦可能是田猎之田；“禽”亦可能解为飞禽之禽，亦可能与“擒”通，作广义的猎获物解）这些现象联在一起，又意味着什么？在现代人，对待这些现象是纯理性的，分析的；但远古人于幼稚的理性中夹带着浓厚的神秘主义，其特点是在近代人分析中认为绝对不带有必然联系的地方，他们认为有；近代人分析中认为绝对有必然联系的地方，他们却似乎不觉察。这就是说，远古人有远古人的逻辑，其中带有近代人已经不理解的东西。这样的例子在《易》中还很多。抓俘虏，在部落冲突中是常有的事，“有孚”字样在卦爻辞中多见，就是一种反映。有时大俘虏跑了，小俘虏还在；有时小俘虏跑了，大俘虏还在，“系小子，失丈夫”、“系丈夫，失小子”（见《随》第17）。在远古人看起来，这中间仿佛有一种神秘的联系。当时，原始的贸易已经发生了，进行贸易必然有时“得其资斧”有时“丧其资斧”，有时“得童仆”有时“丧其童仆”，所以有时“先笑后号咷”有时“先号咷而后笑”（见《旅》第56、《同人》第13）。远古人把这些都搜集起来、联系起来，加上“贞”、“亨”、“吉”、“凶”、“吝”、“否”、“厉”、“眚”、“悔”、“咎”等程度不同的判词，这中间是有着某种原始信号的，只是近现代人已经很难通晓这种信号罢了。

统观以上三类示例，可见神秘主义在原始人头脑中有；在宗教信仰中有；在哲学家头脑升华时有。这是一种什么东西呢？请原谅我说一个不一定恰当的例。“文化大革命”中，红卫兵告诉“牛鬼蛇神”要“改造思想”；有的“牛鬼蛇神”就反映不懂得如何改造思想，红卫兵又告诉他们要“端正立场”；最后叫他们“触及灵魂”。这虽然是瞎胡闹，但其中也带有启发，那就是，人对客观的反映，有层次性。第一层也就是最上层是认识，由认识产生思想，这是最明朗、最自觉的一层；第二层是意识，这就不那么明朗、不那么自觉了；还有第三层，那就是潜意识。神秘主义往往贮藏在第三层潜意识里，它跟个别人的心理机能、生理机能关系更密切，跟客观世界的关系较疏远。我感到是不是可以把“潜意识”叫做“灵魂深处”。这仿佛是一个很难探测的地方。远古人的精神在这个角落里活动的频率比近现代人为大，《易》卦爻辞中的神秘主义多、原始逻辑多，其根源是否在此，值得大家考虑。

三

近现代人的理性思维已经发展得很强大、很完善了，形象思维基本上划到另一部分。但远古人不是这样，他们在二者间互相串连，互相渗透。这个特点，出现在文学领域，形成一种独特的文学手法，就是《诗》“三义”——“赋、比、兴”中的“兴”。什么是“赋”？“赋”就是平铺直叙。什么是“比”？“比”就是拿甲事物与乙事物并比起来。“三义”之中，“兴”最特别，假如不联系远古人理性思维与形象思维间的串连和渗透，就很难说得清楚。甲事物与乙事物在理性上并不直接关联，但从理性思维与形象思维相互串连、相互渗透的角度上，却可以凑到一块，使用其中一个去引发另一个，这就叫“兴”。试看：

明夷于飞，垂其翼。君子于行，三日不食。（《明夷》第36）

鹤鸣在阴，其子和之。我有好爵，吾与尔靡之。（《中孚》第61）

一只大鸟，飞着飞着翅膀耷拉下来，这是一件事；有个旅行者三天没有吃到东西，是另一件事。这二者是本不相关的，但远古人拿来串连在一块，用前者引发后者。老鹤在叫，小鹤也在应声叫，这是一件事；有好酒要与别人共饮，这是另一件事。这二者是本来可以不关联的，但又串连在一块，用前者引发后者。在文学艺术上，令人感不到任何的牵强生硬。相反，倒还有某种独特的滋味，这就是“兴”这种手法的特点。《诗》三百篇中这样的例子更多，试举其一：

匏有苦叶，济有深涉；深则厉，浅则揭；

有瀰济盈，有鷕雉鸣；济盈不濡轨，雉鸣求其牡。

（《邶风》）

这其中，“深则厉，浅则揭”已经理性化了，带有总结经验的味道，意思是对待不同情况要采取不同步骤。其余，“苦叶”与“深涉”有什么关联？“深涉”与“雉鸣”又有什么关联？都说不清楚。但古往今来，没有谁说这首诗不好。它是用的“兴”义，即用苦叶、深涉引发雉鸣求偶，主题还是明朗的。这种“兴”的手法一直传袭下来，在戏曲中遗存。如京剧《罗成叫关》（旧名《淤泥河》）中，描述罗成与刘黑闼部下鏖战到达最艰苦阶段，罗成唱：“黑夜里闷坏了罗士信，西北风吹得我透骨寒”，唱着唱着，突然插入两句：

江山渔翁罢了钓，绣女房中掌银灯……

这是什么意思？初听起来，这跟鏖战毫不相干，几乎是差了题目，有点语无伦次了。其实就是“兴”，是形象思维与理性思维的串连和渗透，通过渔翁罢钓、绣女掌灯，暗示罗成在这场鏖战中要走到生命的尽头：他快要死了。这两句词，还是有它独特的艺术效果的。

远古人思维的跨度跟近现代人不一样，由此可以得到体会。

四

现在，让我们从《易》的毛胚阶段下降到西周阶段，来看一看西周时候的人，怎样把毛胚中的若干“象”（物象），用“数”来进行编织，这样做是很有意思的。

人们都知道，远古人很迷信占卜。所谓占卜，就是采取手段去探测天、上帝或者神的意旨。据说殷人用龟，曰“卜”；周人用“蓍”，曰“筮”。这是两种方法。有人解释“易”字的训义为由卜入筮，其法简易（另有人则训“易”为“化”，根据是司马迁说“易以道化”）。“筮”的方法是用蓍草做两个符号：

—；--

这是起点。对于这个起点就不应轻易放过。有人说，其中带有数学“二进制”的启示”。“二进制”中，带有若干探索宇宙奥秘性能的起步作用。这在自然科学界已广泛展开探索，此处不多赘言。但必须指出，当西周人开始用“数”来编织卦爻的时候，“十进位”怕是已经十分流行的了。清朝末年，西洋人估计中国人到春秋时才懂得十进位，这是严重的低估。甲骨刻辞中“千”“万”之数累累可见。大体这种“数”的知识，全是从生产实践中积累起来。畜养牛羊，要计数；秋田收益，也要计数。像近现代人这么高深的数学，远古人可能不懂得，但有些道理仿佛已经摸索到了。譬如，素数，即除不开的数，古人似乎有所觉察，观他们对2和3很感兴趣，即是一证。2×3=6，3×3=9，古人对3、6、9也很感兴趣，这在阴阳家、神仙家和道教的若干安排中，可以看的很清楚。古人对于当代数学中的“排列、组合、机率”当然还不深通，但在八卦、六十四卦、384爻中已经贯穿进去“排列”的原理，试看单卦是由三个符号组成，于两个符号中一次取三个，$p=m^n$，$2^3=8$，八卦就出现了。重卦是六个符号组成$2^6=64$，六十四卦就出现了。这是使用了“排列”的原理，毫无疑义。但由八至于六十四，还不足以表现宇宙万物的复杂性，64×6=384，“爻”就出现了，“爻者交也”，表现事物现象的复杂化。到战国、秦、汉之际，阴阳术数因素浓厚起来，乾爻乘以36，坤爻乘以24，共凑成360之数，曰“策”。这个“策”，就跟天文历法挂上了钩，因为“策”数与“期年”（即周年）之数只差$5\frac{1}{4}$日，比较接近了。总之，迷信中夹带着科学，科学中羼杂着迷信，这就是西汉时期为什么一方面谶纬迷信如此浓重，而另一方面天文历法又如此精进的道理之所在。

总之所见，《易》中的神秘主义，启发我们去探索人们认识的层次性，去设法揭示人们意识和潜意识中的底蕴；《易》中人们理智与感情间的渗透，又在文学艺术传统中留下有益的手法；《易》中关于数的安排，又衍变到与天文历法的相关连。这就告诉我们：《易》中的原始综合的内涵，是极为丰富的。我们几乎可以说，《易》是中华民族综合文化的起点。

《史记·孔子世家》中说，“孔子晚而喜《易》”；又说他“读《易》，韦编三绝”；又说“假我数年若是，我于《易》则彬彬矣”。我们试问，孔子何独于晚年喜《易》？何以兴趣大到韦编三绝？何谓“彬彬”？按个人体会，此处“彬彬”，非指文明礼貌之状而言；字书曰，彬，备也，用当代话翻译出来就是“全面”。今以私意臆测，孔子平生以“六艺”（礼、乐、射、御、书、数）教人，是分支的；晚年归于《易》之综合，故喜。“子曰，加我数年，卒以学《易》，可以无大过矣。”（《论语·述而》）朱熹在这里注释说：“圣人深知《易》道之无穷。”个人认为这条注释好得很。“彬彬”、“备”、“全面”、“无穷”，说的是一回事，即《易》中实包有中国远古人所具备的一种原始的综合。

从原始的综合，就自然而然引导我们想到我们当代的综合。我们当代科学昌明，分析、分类、分支之法，日新月异。但我们需要分析，同时也需要综合。或者说，我们既需要分析，更需要综合。回想起来，50年代，我们对学生讲辩证法、讲“矛盾”讲的比较深入，有时甚至陷入绝对化；讲“由渐变到突变”或“由量变到质变”，讲的也还可以，有不少这方面的实例，可资印证；独独讲“联系”这条规律时，回忆起来，则不免一般化，甚至非常肤浅。分析过多，断裂过多，而联系甚少，综合甚少，是要出毛病的。那么，由《易》的原始综合中，我们是不是应当考虑一些我们当代的综合呢？姑指出来，请大家指教。

试论《周易》彖、象辞之哲学的导向

《周易》卦、爻辞中充满着不少原始辩证法的因素；但不论如何，卦、爻辞还不能算是哲学。理由是卦、爻辞中除辩证法因素外，还充沛着更多的原始思维和原始逻辑的积淀，充沛着某种神秘主义。这些，对哲学说，都是前行的东西。只有到彖辞和象辞，这才把导向引到哲学，引到自然科学，引到人的自我修养、自我完善，以及如何处政治场合等等的问题上来，这就是哲学了。但这彖、象辞中的哲学，是什么年代的意识形态的反映？这些哲学，又是一些什么派系的意识形态的著录？近些年来，说法很不一致。大体说来，仍不免是信古一派和疑古一派。信古派至今仍一口咬定“十翼”是孔子之所亲著[①]；疑古派则拿牙牌签诀[②]相比拟。矫枉过正，看起来大有中和一下的必要了。

在展开辨析之前，有必要先看一看彖、象辞中说了一些什么？没有说一些什么？

彖、象辞中，大体讲了三个方面的内容：（一）天（或天地）；（二）天人；（三）人的自我修养。讲天或天地，自然是自然哲学。在这一部分里，彖、象辞讲“交”，讲“通”，讲“复”，讲“解”。这些，都与辩证法有关。讲“交”，就是说事物间的联系；讲“通”，就是说运动变化的通彻；讲“复”，有人说是循环论[③]，其实当时人把运动变化看做是平面的还是螺旋形的，还没有达到这种区别的水平，他们只是比较朦胧地感知到有“复”，所以说它是循环论，有点后来人扣上去的味道；讲“解”，还说什么“解之时大矣哉”，这反映当时

① 《周易全解·序》，吉林大学出版社，页1行8。

② 《燕京大学学报》1929年第6期，页967～1006。

③ 《周易大传今注》，齐鲁书社，页241。

人已经朦胧地感知到（不管多么困难的）矛盾，总有解决的时候。这些，就是彖、象辞作者按当时及其一己感知能力所能写出来的自然哲学和自然辩证法。

在讲天人关系上，彖、象辞使用了不少的“顺”字，如“顺天休命”、“顺而止之”、“顺乎天而应乎人”、“天地以顺动”、“圣人以顺动”等等。我认为，从这个“顺”字上可以得到某些信息。有人说“十翼”的作者要晚到荀子后学，以及秦汉之际甚至文、景、昭、宣①。窃以为这样估计未免太晚了，仍脱不掉疑古派之过头的影响。《荀子·天论》已不讲什么“顺天”而讲“从天而颂之，孰与制天命而用之”。人的能动性的自觉，已经表现出来了。所以我们判断，执“顺天”思想的彖、象辞，远在荀子之前。又有人说：“易传”的思想论点与子思的《中庸》诸篇颇多相似②，这看法有一定的可取；但遍观《中庸》（以及《表记》、《坊记》等），只见“顺父母”，不见有接近“顺天”边际的字样。

彖、象辞（特别是“象辞”中的“大象”部分）最主要的内容，自然是讲人的自我修养、自我完善。在这一方面，彖、象辞讲了很多。如“自强不息”、“果行育德”、“健而巽”、“以俭德辟难”、“以虚受人”、“用晦而明”、“以同而异”、“惩忿窒欲”、“致命遂志”、“辨物居方”、“立不易方”、“迁善改过”、“遏恶扬善”、“独立不惧”等等。这些内容的基调是儒家的，但与《论语》中的孔子思想又有差异之处。孔子思想每每有妥协、软弱的表现，这大概与鲁国贵族政治的跋扈有关。彖、象辞的作者虽然出生在孔子以后，但他们使用的这些话头、表达的这些思想，有些可能是贵族压力还不大的时代遗存下来的，故显得比孔子强硬。如对善恶，《大有》卦的象辞写的是“隐恶扬善”，到《中庸》转述夫子表扬舜的话，说舜“遏恶扬善”，“执其两端用其中”，一个“遏”字一个“隐”字，强度就相差很多了。其实在同一孔门之中，是既有子思之儒也有子张之儒，子张就“辟”一些，也就是说偏激一些。彖、象辞作者很可能是孔门偏激一派弟子们的手笔。

上文说过，拿《中庸》跟彖、象辞对照，是有一定可取的作法。试举几例：（一）《中庸》讲“时中”，《蒙》卦彖辞也讲“时中”；（二）《中庸》讲“遁世……不悔”，《大过》卦象辞也讲“遁世无闷”（《文言》中又重复一次）；

---

①《青铜时代》（《郭沫若全集》“历史集”卷1），页394～404。

②《孔子诞生2540年国际学术讨论会论文提要》《孔子与周易》。

（三）《中庸》讲“博厚载物”，《坤》卦象辞也讲“厚德载物”；（四）《中庸》讲君子以至诚能“经纶天下”，《屯》卦象辞也讲“君子以经纶”（《系辞》用的词是“弥纶”）；（五）《中庸》讲“鬼神”之为德，其盛矣乎；《易·系辞》也讲“游魂为变”，可知鬼神之情状。这样的话孔子本人是从来不讲的。像以上的例子还不止此数，用心搜集还会更多。据此，我们似乎可以判断，彖、象辞的作者与子思及《中庸》之写作，约略同时稍前，当在公元前5世纪50至40年代，距孔子之殁不过20余年耳。

卦、爻辞较彖、象辞为早，这是不需要证明的。前人已经说过，《易·卦爻辞》与《诗·小雅》在使用词汇方面有共同点[1]，这一点对人也是有启发的。窃尝寻其事例，如（一）《易·否·九三》中有“苞桑”，《诗·小雅·四牡》有“苞栩”、“苞杞”。苞，茂也，树木丛生之貌。（二）《诗·小雅·皇皇者毕》有“六辔沃若”，《易》之《乾》、《离》、《丰》、《观》、《巽》、《节》中有“惕若”、“沱若”、“嗟若”、“发若”、“节若”、“颙若”、“纷若”等。《小雅》时代作者，在使用由两个字构成的形容词时，往往一实一虚，其第一字虚者多用“如”，其第二字虚者多用“若”。（三）《易·比·六三》与《否》卦卦辞中均有“匪人”，《诗·小雅·何草不黄》中亦有“哀我征夫，独为匪民”句。“匪人”、“匪民”，实义同；亦是同一时代的用词。其余类似的例证尚不在少，兹不胪举。《小雅》之著作年代当在周室厉、宣、幽、平之后，即公元前9～8世纪。据此，我们似乎又可以判断，《周易》卦、爻辞与彖、象辞制作年代，当各为公元前8世纪与5世纪。其年代差距当在300年之谱。从卜筮转向哲学，这个导向过程，似此推算，当为三百年。而这三百年，恰好也是儒学形成、创立、昌盛到分支派的三百年。

上文又曾提到，要看彖、象辞中没有说些什么？我们说，彖、象辞中不谈仁，不谈义，不谈礼，不谈诚。这就是彖、象辞与子思、与《中庸》（以及《坊记》、《表记》等）既有其相似之处，又有其不相似之处。试观《表记》，在“仁”这个问题上，简直可说把孔子学说发展了一大步。它把“仁”做了几个不同方面的发挥。它说好仁而无个人欲望，恶不仁而又不恐惧，这样的人很少。它又说“仁”与“义”是辩证交错的两个方面，一个偏右，一个偏左，很难掌握二者中间的长短、厚薄、大小。总之，“仁”是个很难掌握的东西。这

①《中国文学史简编》（陆侃如主张）。

样讲“仁”比《论语》中的档次高多了。这些，在彖、象辞中无所反映。再看《中庸》，在“诚”这个问题上也把孔子学说发展了一大步。它说“诚”能尽性，能化，能先知，如神。这也是孔子本人没有达到的档次。彖、象辞对此也无反映。前文说彖、象辞当产生于《中庸》同时稍前，作出这个判断，与彖、象辞中不讲“仁”不讲“诚”，也不无关系。

但又必须指出，彖、象辞与《中庸》，大路子是相同的。那就是说，把“天”和“人”联在一起讲，这是东方文明的特征之一。西方从很古就跟东方不同，他们把“天”和“人”联在一起一段时间之后，就劈成两块了。我们20世纪末的人扭过头去看，联在一起有联在一起的优越性和缺陷，劈成两块有劈成两块的优越性和缺陷。《中庸》篇就是带头把“天”和“人”、“外”和“内”联在一块谈问题的。《中庸》说“能尽人之性，则能尽物之性”；《大学》说“知至而后意诚”，“欲诚其意者先致其知”；《中庸》又说“诚”的功夫“非自成己，所以成物”；又说“性之德也，合内外之道也”。这些道理，确实是一以贯之。从这里出发，我们再去读《易》的彖、象辞，那里边处处在说，雷击啦，君子如何如何；水淹啦，君子如何如何；光明暂时地沦没了，君子如何如何；草木生出甲坼，君子如何如何；等等。把天道和人道联在一块讲，这是《中庸》诸篇与彖、象辞很大、很明显的一个共同点，只不过彖、象辞稍稍原始一点，粗糙一点，《中庸》诸篇更精密了许多就是了。

综合以上，我是要说《周易》的哲学导向是从彖、象辞开辟的。卦、爻辞仅仅是卜筮的若干丛杂的材料。彖、象辞才把古易导向了哲学，即导向了儒学；导向了从子张到子思、以及孔子的某些徒子徒孙们受了阴阳家、道家一定影响后的战国初年的儒学；导向天人合一、外内合一的哲学。因此，我们既不能把彖、象辞的写作人定在秦汉之际甚至西汉，也不能一口咬定彖、象辞是孔子本人的亲著。它的具体时代，鄙人前文已有估定，兹不重复。

最后，对当今易学，也愿陈一二愚见。当今易学，可谓兴盛矣；亦可谓滥矣。《系辞》说，圣人之道四，有的“尚其辞”，有的“尚其变”，有的“尚其器”，有的“尚其占”。以当代而观，“尚其占”者未免甚嚣尘上了。“尚其器”（自然“数”也在其内），一时尚难以断其前途。历来“义理”一途，一直是“尚其变”的，但这一途发展得还不够。有人不是发展，而是企图超越，千方百计想和马列主义挂钩。必须指出，易学和马列主义是远远不同档次上的东西，挂钩的动机或者可以说是好的，但效果肯定不好。此其一。

训诂之学有局限，这是不容否认的。但完全抛开训诂，纯从程颐、朱熹的易学出发来干活计，也不会有什么高的成就。此其二。当然，易学是个很难搞的东西，它的“绝对值”很难求得；一般，说来可怜，也不过追求一点“猜测值”而已。举一个例，《晋》卦卦辞有“昼日三接”四个字，高亨氏的解释是一天交战三次，三次取胜[①]；黄寿祺氏的解释是国王一天三次接见，足见宠爱[②]；闻一多师的解释是为了叫马蕃庶，牝牡一天交配三次[③]；顾颉刚氏说此不易解、不敢强为之说[④]。当然，这些“猜测值”也并不是一点价值也没有的。不过我们总要努力向“绝对值”进取、追求，不可容忍易学永沦于无何有之乡。

---

①《周易大传今注》，齐鲁书社，页316。

②《周易译注》，上海古籍出版社，页287。

③《周易义证类纂》(《闻一多全集》“古典新义”册)，页19。

④《燕京大学学报》1929年第6期，页984。

《易·系辞传》内容之剖析

《易·系辞》（上、下）是《易传》（十翼）中一个重要的篇章。《彖》《象》辞虽也同样重要，但却是零星句段，分别挂在卦辞和爻辞后面的，针对一卦一爻而立意。《系辞》不然，它是针对整个《易》道的总论，上下篇各12段，共24段，约四五千字之谱，够得上当代一篇小论文，照马王堆出土的抄本看，现本《文言》的一部分、《说卦》的开头几段，也曾被人们编入到《系辞》里，这样，这是一篇将近万言的大文章了，并且还是最古老的专业性哲学论文之一。

但是，历来有关它的争论也多。大体归类，争论从三个方面而来，一是关于制作年代的，二是关于文章编制的，三是关于所属派系的。关于制作年代，最突出的是李镜池氏，他简直将它定在汉武帝定儒家于一尊之后。无疑，这是受了疑古派影响。在这里，让我插说一句，到今天，我们仍然充分肯定疑古派在历史上的作用，但他们把许多不该否定的也否定掉，把许多不该估作晚出的也大大地估晚了。这一方面的经验，也该总结。自然，与此相反的倾向也不合适，如说“十翼”皆孔子之所著之类。关于文章编制的，从北宋欧阳修就已经有话了，如“抵牾”、“烦复”、“繁衍”、“丛脞”、“乖戾”；到李镜池氏，就干脆称之为“杂拌”、“杂货摊”等等。所指这些缺陷，在某种程度上是存在的，也不需否认；但也还另有一些人从另一面说话，如朱熹说它“精密”，是易之“括例”，近人高亨氏也说它“往往有精义”。有关这些，我们下文还要申论。有关所属派系的，以当代说，1989年1月与8月的《哲学研究》上，就各有论文一篇，前者言《系辞》的基调是道家的，后者针锋相对，言《系辞》的基调是儒家的。

我个人是这样想，我们可不可以先不管它的制作年代是早还是晚，先不管它的文章编制是精还是杂，也暂时先不管它的基调是属于哪一家；我们可不可以先来看看《易·系辞传》（有时也包括《文言》和《说卦》的开头几段）中究竟讲了些什么内容？通过内容的剖析，它的制作年代是早是晚，它的文章是精是粗，它的学派是儒还是道，就可以自然而然地不解而自解了。

基于以上想法，我尝试着来写这篇文章。我准备按七点内容来展开谈论。

第一，《易·系辞》中讲了“易、简”这段意思。在上篇第一章中就提出来了。什么是易、简？高亨氏的解释是，“不是神秘，而是平常；不是复杂，而是简单”。这个解释还可以。在上篇第八章中讲到“赜”，赜，杂也。所谓圣人见天下之赜，即感到世上感性事物是繁杂的，需要向理性概括，需要抽象。当然，古人的抽象跟科学昌明以后的人的抽象可能有很不一样的地方，例如远古人就利用“乾”、“坤”两条来抽象，说“乾以易知，坤以简能，易则易知，简则易从”、“易简而天下之理得矣，天下之理得，而成位乎其中矣”。在这里，我们遇到一个“中”字，这个“中”字，我们很敏感，它是儒家的喜用字。《礼记》中《中庸》诸篇，“中”字很多；《彖》、《象》中“中”字亦各三十余见；《系辞》中凡三见，曰“位乎其中”、“行乎其中”、“立乎其中”。这个“中”，也是从“赜”中易简出来的。所以说，易简是《系辞》中提出来的一种方法，它指哲学上的概括和抽象。这个词，宋儒也喜欢使用，陆象山与朱子争辩，赋诗云“易简功夫终久大，支离事业竟浮沉”。“支离”就是“赜”，指罗罗嗦嗦在感性事物中纠缠；而“易简”，即理性上的抽象，却是一种大功夫，后来成为陆王学派的特征。而这“易、简”二字，则是《系辞》中标揭出来的。

第二，《易·系辞》中讲到“三才”。三才，一作三级，指天、人、地。在另外场合，只讲天和人，没有地。于是有人抓住把柄，说一会儿讲天人地，一会儿讲天人没有地，这就证明《系辞》是杂货摊。而我以为不然。上古人数学知识没有当代人多，但从最初的实践中也懂得了一些，譬如他们已懂得2和3这两个数是除不开的（数学上叫素数），因此就更感兴趣。2×3=6，对6也感兴趣了。《系辞》下篇10章中说“有天道焉，有人道焉，有地道焉，兼三才而两之，故六”。这就是说，人们有时抽两个来看取关系，有时抽三个来看取关系，而总起来容纳在六之中。他们这种一会儿取2，一会儿取3，一会儿取6，用他们的词说，叫“配”。对这个“配”字，我们也应该很敏感。上篇6章中说，

“广大配天地，变通配四时，阴阳之义配日月，易简之善配至德”。什么是配？我们说，在当代，我们学习辩证法，运用辩证法，辩证法四大规律第一条就是联系的规律。我们当代科学有了相当的昌明，人们懂得了联系不是胡联系，要在一定条件下找寻必然联系，才有用。可上古人懂不到这种水平，他们在摸索，在试探，在“配”，配配看，有配对了的，自然也有对不上号的。这段意思，郭沫若先生在《十批判书》的《吕不韦与秦王政批判》第4节中有所触及，读者可以参读。战国、秦、汉之际，人们就在做这种“配”的实验，从实验中会出来科学，也会出来谬妄（如西汉的谶纬），而谬妄又往往是通往科学的曲折之路。这个“配”，作为一种方法，儒家喜欢用，如拿天道和人道配起来讲；五行家更喜欢讲，如什么五味、五臭、五音、五色、五兵、五德、五帝之类（所以到《淮南子》书中儒家和五行家就混在一块了）；相对地说，最早的道家不喜欢拿天道和人道配在一起，他们毋宁用两相对比的方法。天人合一，是东方的；天人在一定程度上的剥离，是近乎古典的。所以说早期道家比早期儒家在哲学上略高一个档次。

第三，《易·系辞》中讲了“生生”之道。也就是我们当代所说的运动、变化、发展。这一段，是《易·系辞》的最中心、最重点内容，也是最宝贵内容。看起来，《系辞》上、下篇，似以上篇的分量为倚重；上篇中，又似以第11、12章与第4、5章为倚重。在这四章里，说出了不少高乘的东西。如说“一阖一辟谓之变，往来不穷谓之通”；又说“化而裁之谓之变”，“推而行之谓之通”；又说“穷则变，变则通，通则久”。它又以疑问的口气说“《易》不可见，则乾坤或几乎息矣”，但言外之意分明是说运动、变化、发展是不息的，“生生之谓易”。它又给辩证法加了一个唯物论的基座，“形而上者谓之道，形而下者谓之器”，在“心”、“物”之间划了最古的一条界线。从这条界线出发，上到抽象，下到具体，清楚地不紊乱“心”、“物”的界线。向抽象方面，它说到一个“神”字。一接触到这个“神”字，我们又应该敏感起来。在先秦诸家中，很多家提到“神”。但请注意，“神”和“鬼神”不同。“鬼神”（下文还要阐述），偏重于“神道设教”、神秘主义和宗教气息。“神”，不管是道家使用这个字或者儒家使用这个字，都是意味着玄妙、精微的意思，无一丝鬼气，它似乎是哲学抽象的最高境界。另一方面，向“用”字上发挥，它经常使到一个“民”字。这又是儒家的本色了。道家也提到“民”，但往往向偏消极的道路上牵引，儒家不然，它往偏积极的道路上牵引。说“是以明于天之道，而察于民之故，……以前民用”（注释说，“前”，导也）；又说，“化而裁之谓之变，推而行之谓之通，举而错之天下之民，谓之事业”。试看，这些提法都是带有积极的意义的。

第四，《易·系辞》中还出乎意外地讲了“鬼神”，讲了“游魂为变”。这一点很特别。《易传》是公认的儒家经典，孔子又是公认的儒家的宗主，孔子本人在给子路碰钉子的回答时，说“未能事人，焉能事鬼”、“未知生，焉知死”。（见《论语·先进》）可是在《系辞》上篇第四章里说“仰以观于天文，俯以察于地理，是故知幽明之故；原始反终，故知死生之说；精气为物，游魂为变，是故知鬼神之状”；在《礼记·祭义》篇里说“众生必死，死必归土，此之谓鬼。骨肉毙于下，阴为野土；其气发扬于上，为昭明焄蒿凄怆，此为物之精也，神之著也”。这不就矛盾了吗？哪一种答案是孔子本人的、哪一种答案是后托的呢？

在这里，我自己感到有点新义，想写出来。我想提到墨家。关于墨家，据我接触到的，至少有两方面的“一偏之见”。其一是说，墨家突然消逝了，只后来在秦冒出来一点余波。这个“消逝论”很奇怪，儒、墨本是二大显学，儒家日渐坐大，大到不堪想象，墨家为何好端端消逝了？其二是说墨家“反动”，这是郭先生的高论。可“进步”、“反动”，各有其时代的标准，观郭先生所列墨家“反动”的细目，纯是一派抗日战争军委第三厅时的词气，墨家怎么能服呢？照我说，墨家不是“反动”，而是在人们头脑的“启蒙”和“蒙昧”的历程中，档次偏低一些。窃以为，道家最高，它把本体和主体间做了某种剥离；儒家中等，属于亚细亚型，它把本体不谈或少谈，只谈人的主体，假如要谈宇宙，那么也要缠在一起谈。墨家以农民为主要群众基础，又远宗夏道，夏时比周时阶级形势自然更松弛些，农村公社锢闭性更显明，科学气息更稀薄，所以他们相信鬼。

20年代许地山先生在《燕京学报》第2期（1927年）上说，儒、道二家，均出自《周易》。窃以为，这个看法大大值得商榷。儒家不出自《周易》，是不需要论证的，只是晚年的孔子及其孙子思顺手把《易》接了过去加以改造、加以利用而已。道家出不出自《周易》，在时下总的学术水平上，我们还不敢说。我们只能说，孔子死后，诸子间互相浸润，互相感染。墨家并未消逝，它也在浸润，在感染。试以鬼神为例。

《周易·观卦》说“盥而不荐，有孚颙若”。有些冬烘头脑的先生，仍把这个"孚"字解作"符信"，怎么讲也讲不通。高亨先生解作杀生（俘虏）以当祭祀，就通了。何况《彖辞》明明说"下观而化也。观天之神道，而四时不忒；圣人以神道设教，而天下服矣"。台湾的《白话易经》说，"《临》是由上往下看，《观》是由下往上看，彼此都在监视"，但也可以说是上边杀鸡给猴看，是一种对下边的威慑，叫他们"服"。这段意思，在《墨子·明鬼》篇里，在《礼记·祭义》篇里，在《易》的《彖辞》和《系辞》里，都说的是同一层意思。墨子说"鬼神能赏贤罚暴"；《祭义》篇说"因物之精，制为之极，明命鬼神以为黔首则，百众以威，万民以服"；《易·观卦》说"圣人以神道设教，而天下服矣"。所有这些，使我产生一种猜疑，是不是墨家渗透到儒家里面来了？而这很有可能。

这种诸家之间的浸润、感染、渗透，根据我个人的设想，大体有两种情况。第一种情况，撰写这些先秦文献的原本是一个人，或基本是一个人，那么所谓浸润、感染、渗透是在一个人的头脑中体现的。他以儒家为基调，但又羼入了五行家、道家、墨家的思想因素。第二种情况，撰写者原本不是一人，其中以儒家为基调者先起了原稿，而前后若干道家、五行家、墨家之人，随手篡改，随意将自己的东西窜入进去。这就是我对像《易·系辞》这样的文献之原始炮制者的一些设想。

第五，《易·系辞》中讲到一个"存"字，上篇第七章说"成性存存"。在第五章中又说"继之者善也，成之者性也"。这个"存"字，我们也应对之敏感，它是儒家最最本色的一个字，它是反映儒家的修养方法的。孟子转引孔子的话说："操则存，舍（捨）则亡。出入无时，其知其乡（向）。"孟子自己也说："苟得其养，无物不长；苟失其养，无物不消。"这是说，一个人的修养，要时时操办，随时掌握，一次放松就会丧失掉。后世儒者，秉此绳绳相继，清初河北大儒颜元（习斋）名其所著曰《四存编》，后来以"四存"标号的学校在河北一直有影响。至于这些有"存"字的段落，是《系辞》原本句段，抑或是后来的好事者窜进去的，那就不得而知了。

第六，《易·系辞》中还讲了个"顺"字，这也是儒家最最本色的一个字，我们也应敏感起来。上篇第十二章中说"天之所助者，顺也。人之所助者，信也。履信思乎顺"。这几句话虽短，但使我立刻联想到《中庸》第19、20诸章中的一大段文章。在这大段文章中，主题是讲"诚"。"诚"是子思、孟轲等第二代儒者很喜欢演奏的一个节目。子思说，怎样才做到"诚"呢？他自己回答说，先要诚乎身。要诚乎身，必先顺乎亲；要顺乎亲，必先信乎朋友。拿“顺”和“信”联在一起讲，《易·系辞》和《中庸》的论列程序，几乎是雷同的，这使我很惊讶！在拙作《试论〈周易〉彖、象辞之哲学的导向》（见《齐鲁学刊》1990年第3期）一文里，我虽初步判断，《彖》、《象》辞与《中庸》、《十方记》似为时代相近、思路相近的人的著作。现在，我又根据论“顺”论“信”的相同，感到《易·系辞》也是子思时候人之所写。据此，故对武断《系辞》是汉武帝定儒家于一尊之后、诸儒生“自我宣扬”之作的判断，自然是抵触的了。

但这个“顺”字，又不可理解作奴仆式的驯顺，不可理解作屈从。《坤》卦的《文言》说，“履霜坚冰至，盖言顺也，直，其正也；方，其义也。君子敬以直内，义以方外”。这段话讲的好极了，一个人内心里自己要“直”（讲正道），对外界要“方”（讲公道），总起来，要遵循客观事物自然发展的规律做事，这中间丝毫不包含屈从。宋朝张载的《西铭》末尾处说“生吾顺事，没吾宁也”，就是指的这种有直有方的“顺”。

第七，《易·系辞》中还对《易》的原始创作过程，做了一些揣测，窃以为对后世人启发很大。下篇第七章说：“易之兴也，其于中古乎？作易者其有忧患乎？”第十一章说：“易之兴也，岂当殷之末世，周之盛德邪？”这“中古”二字，与当代我们使用的“中古”（medieval）不是一个意思，古人把“上古”意味着“大同世”，把“中古”意味着“小康世”，即“大道既隐”、“兵由此起”的时代。一句话，即阶级矛盾在一定程度上深化了，所以《易》的若干卦辞和爻辞中反映出矛盾重重，对若干社会“险”情有所暗示，叫把该垮掉的垮掉去，该稳定下来的稳定下来，这段意思本来很好，可有那么一位南宋的疑古派，却怀疑是从汉朝人的《易纬》抄袭来的。奇怪，人们为什么不说《易纬》是从《系辞》中抄去，却偏偏说《系辞》自《易纬》中抄来呢？看起来，其中还是有一个目的性，就是非把《系辞》的制作年代拉得晚而又晚不可。疑古是可以的，但不可违背实事求是，不可主观随意性太强烈。

当然，在以上七点之外，还有更多的精义，如上篇第九章中讲“数”。但鄙人对于易数，既无修养，又无兴趣，故只好暂不置喙了。总之，我写此文的目的性是明朗的，我想把《系辞传》中的“往往有精义”就我所及的水平阐发出来，在阐发中尽量与当时其他经子诸书（如《礼记》、《论语》、《墨子》等）以及当代哲学，在可以、并且应该串联的地方串联起来，以使这部古文献中的若干积极因素，能有用于当代。至于主张，那么我认为《系辞传》的基调是儒家的，不是道家的，更与《庄子》无涉。但是，我不排除五行家、道家、墨家对《系辞》都会有感染、浸润、渗透和羼入的作用。至于《系辞》的制作年代，我根据其与《中庸》有着相同的论证序列（打个比喻，同一数学题，在甲班讲的和在乙班讲的，其列式与答案由来一模一样，我们据此说甲班和乙班是一个老师，总是可以的吧），认为当与孔子之孙子思的生活时代前后相距匪远。

当代《易》学专著七种内容提要

当今之世，谈《易》之书，已云充斥。然各书作者各自之出发点不同，其修养亦不同，故著成书后，往往雅俗不齐，浅深各异。初学诸君子欲窥蹊径者，往往难于剔抉。有见于此，故不揣谫陋，选取此道中有分量、有特色之著述数种，仿清朝人晓岚纪氏之义例，写为《提要》若干则如下。

（1）《周易探源》，李镜池著，中华书局1978、1982年初、再版。

李镜池先生是跨越30年代到60年代的一位学者，已去世十余年了，晚岁在华南师院执教。

这本书不是教科书，所以并不源源本本讲什么常识性的知识。这本书是论文集，泛论《易》的《经》和《传》，提出一些问题，摘出一些重要情节，作出一些判断。显然，他不是“象数派”；但也不纯讲“义理”，他的书常有不少历史考据的味道，但有时有些稍嫌急遽的判断，不及闻一多先生《周易义证类纂》那样的精悍。但这部书的可读性很强，文势滔滔，读者不感厌倦。对64卦，在本书中他不采取一卦一卦遍讲的办法，他选取了很少几个卦（《震》、《坎》、《井》、《兑》、《家人》），讲的很开朗，富有新意。譬如一个“孚”字，在卦爻辞中出现40余次，保守的易学者拿它全解作“信”（信符）义，但这种按“近义”解释在很多场合是不通的，牵强的。李氏就大胆地按其“古义”作“俘”（俘虏）解，就把古时候部落间冲突中俘虏对方部落人员当奴隶的社会背景烘托出来了。他讲“井”，说有井田之井，有水井之井，有陷井之井，非常通达。但通达又不可过分，如郭沫若氏在《中国古代社会研究》中拿《易》经条条向社会发展史上硬套的办法，就不免过分了。李先生处理的好些。

（2）《周易古经今注》，1984、1989年出三版，中华书局。

(3)《周易大传今注》，1979年版，齐鲁书社。

高亨（1900～1986）著。高亨先生字晋生，吉林人，生前在山东大学任教。

高先生早年肄业清华研究院，是王国维弟子，以文字、训诂的成就，为学术界所称道。他治《易》，有他自己极明显的特点，即绝口不言象数；并且把《易》的《经》和《传》严格区别开来，使经是经，传是传。他对《经》，是采用高强的文字、训诂、校勘诸本领，力图使卦爻辞各归于其本义（这自然是很艰难的）。闻一多的若干精湛考证，他都吸收进去了。对于《传》，他在每卦之下，并列“经义”与“传解”两条，清楚地显示出来，有些“传解”和“经义”相符，两者相得益彰；有些“传解”则背离了“经义”，讲错了，或者讲糊涂了。每卦之后，他还加写“附考”，把一些牵制到的、需要进一步弄清楚的事情或问题，一一加以考证。但“不言象数”，其优越性是排除迷信和其他一些邪门外道；而其不足之处，是《易》本自卜筮中来，不缘着象数线索，就会漏下很多东西，使个别考证不免显得无力。大凡训诂考证一道，没有极结实功底的人是拿不动这件武器的；但有功底，拿得动的，也并不是说在每个问题上都能取得胜算。《易》道浑远，《易》辞迷离，非仅训诂一道可以穷其底蕴，还须结合远古人的心态、远古人的思维、远古人的风尚等等去综合治理，方庶几乎可得其精要。但不论如何，在当代治《易》诸家之中，高氏是功力最深最强之一人，也是学术风格最本分的一人。

(4)《周易尚氏学》，尚秉和著，1980年，中华书局版。

尚先生（1870～1950），河北行唐人，前清进士，曾受聘担任少年张学良的家庭教师，“九一八”后居北平，以中医行世。他是一位坚硬的“象数派”。严格地说，他不治“数”，专治“象”，是一位《易》学中的象家。什么是象？象就是推测一桩事的下场、一个人的遭遇时，不是按照近代人的逻辑方法去分析，而是按照远古人的逻辑习惯，借另外一桩事、另外一个人去进行“隐喻”。《诗》（三百篇）和《易》（卦爻辞）的作者惯用这种手法。在《诗》中叫做“兴”，在《易》中叫做“象”。起“兴”和取“象”，在《诗》和《易》中，比比皆是。这种逻辑习惯，近代人已经全不熟悉，西、东汉的人还能通晓其中很小的一部分。春秋、战国人把“本卦”发展到“之卦”，西、东汉人把384爻发展到4096个“占”（见《易林》）。情况越弄越复杂烦琐，越弄越神秘。尚氏平生，根据他的自述《滋溪老人传》所记，对易象和《焦氏易林》深感兴趣，用力极深。他主张“欲学易，先有筮”、“象者，学易之本”。这样，他就自己给自己刻画成了一幅易学中卜筮派中象派的风貌。他认为《易》的象，很多后世已失传了，《焦氏易林》中还保留下来一部分，但很难索解，于是他尽平生之力，索解出来一些端绪，为此，他深为当时大学者河北王树枏和江西陈三立所称许。他使用这些端绪来解《易》就写成了这部《周易尚氏学》。崇尚象数者奉为圭臬，不入象数之门者则莫测高深。

尚氏之外，杭州大学复有鄙人忘年交好友黎子耀先生。黎先生，湖北人，现年已八十二三，任杭州大学教授。最近，他一连出版两书：《周易导读》（四川巴蜀书社版）和《周易秘义》（浙江古籍版）。他与尚氏易学，有小异而不疑其大同。两家均于《焦氏易林》有深邃的探索，都是从所占某一卦的一个爻变中伸延到另一卦，前者叫“本卦”又叫“遇卦”，后者叫“之卦”又叫“变卦”，从这两卦的关系中，看取一些关兆。此道为本文作者之所不谙，故恕不多加雌黄。

（5）《周易全解》，金景芳、吕绍纲著，吉林大学出版社1989年版。

金先生，辽宁义县人，现已年近九十，《全解》之前，复有《易通》、《易说》等著述多种。

金先生不是象数派，也不是考据训诂派，他有自己的特点。他的特点，根据我个人的概括和归纳，第一，他坚信《易传》（即“十翼”）是孔子本人的作品，这样，他对《易传》的信赖程度就比别人高得多。假如顾颉刚先生的特色是“疑古”，那么金先生是“信古”。第二，他要发扬《易》的“经”与“传”自联在一起的哲学思想。“联在一起”这一点，与高亨的“经是经、传是传”，截然两途。“哲学思想”这一点，使他归属于“义理派”，他千方百计想从《易》中挖掘出辩证法来。他对《易传》（十翼）中的《易系辞》、《序卦》诸篇用力甚勤，体会也深。第三，他坚信64卦是有结构的，《乾》、《坤》二卦打头，《既济》、《未济》二卦收尾，中间60个卦也都一环扣一环。他的弟子吕绍纲同志在执笔写书的过程中，也深深贯彻了这一点。金先生这个“有结构论”，我是相信的；但具体来说，是不是每一个前头的一卦必然和后头一卦有着对立统一的关系，还要考虑。我们只能说，很多个前头一卦跟后头一卦有联系，反映现实中兴和衰、乐和哀、顺和逆等相对的情节，但不是所有的前后两卦之间都有这种联系。我深信，从前（从西周初到西周末叶）一定曾经有过那么一位（或几位）“高人”（即高明的人）（但不是孔子；要比孔子早些）对64

卦进行过精密的组织和安排，现代人所觉察到64卦的结构就是那时奠定的；但从那以后，又经过了多次的改编、篡改和窜乱，原来情况会受到损伤和破坏，所以，现在我们见到的“结构”，已经不是完整的一环扣一环了。

这本书的可读性也很强，因为其中结合了历史上和现实中人们的遭遇进行讲解，所以容易使读者因联系自己而感到亲切。

(6)《周易译注》，黄寿祺、张善文著，上海古籍出版社，1989年版。

这是一部“大全”式的书。我们说“大全”是指在书中很多方面的内容都包括在内了。通论式讲述《周易》若干常识性的知识，有了；逐卦逐爻的白话译文，以及“十翼”的译文，也有了；在原文艰深处引证繁博的注释，也有了。所以我们说“大全”，这种综合效果是应该被充分估量的。在“象数”、“义理”两派路数的采用上，本书著者主张“强干弱枝”的原则。即周易源本象数，发为义理，故象数、义理为易之骨干，其余均为枝叶。显然，这是二元并进的提法。一两千年来，多少人治《易》的经验总结证明，象数自是象数，义理自是义理，汉易自是汉易，宋易自是宋易，两家之间，自不免有若干琐节方面的交流与互惠，但在本门路的基本做法上，未见有什么调停的余地。本书持调停态度的效果：第一，令人有“杂烩”的感觉，味道有欠统一；第二，实际上仍是以象数为骨干，书中引申郑玄、虞翻诸义的地方很多，受“尚氏学”影响很重的迹象也很多。所以我主张让搞象数的自搞象数，让搞义理的自搞义理，让搞汉易的自搞汉易，搞宋易的自搞宋易，各自在相对独立的学问门派中搞若干年之后，再说下一步。这并不是提倡形而上学，而是象数义理羼合到一块，越羼合越乱。如本书译文，在二元并进的精神下就译得疙疙瘩瘩，还不如市场上卖的一本《白话易经》译文那样爽快利落。但无论如何，这是一部有参考价值的“通书”（自清乾隆以来，编纂大部头“通书”已经在文史界形成传统了），不是一个人、一两年，而是一组人马、经历一些年头才能产生出来的成果。这成果，还是应当受到尊重的。

(7)《周易概论》，刘大钧著，齐鲁书社1986～1988年出三版。

作者是一位中年同志，现在山东大学，有一个研究所，香港报纸誉为大陆最有希望的易学家。

此书在未读以前，颇闻一二微词。既读之后，觉落落大方，在一高等学校中不失为一本书的讲稿。作者的主张是，既要训诂，亦不应忽视象数。“既要训诂”一句，意似指不废高亨氏诸书之意；而重点意思，仍在后一句，“不应忽视象数”。作者对于象数，不似尚氏之一力追寻《易林》轶义，而是对西、东汉之际荀爽、虞翻、郑玄诸家的卦变、卦气、卦位，以及爻辰、升降、纳甲诸说言之津津，乐道不疲。人总是要写自己熟悉的东西的，本书作者原有与卜筮之道渊源甚深的家学传统，故书中路数对汉易之近乎谶纬的一支，似甚接近。盖亦不失为《易》学中之一个方面也。

以上所论列七书，大抵不出“象数”、“义理”两派，但又有结合当代尖端科学而崛起之“先天易”一派。盖北宋邵雍（康节）作为“先天易”、“后天易”之说，从据说自陈抟（tuan）遗留下来的64卦的“方位图”和“次序图”而衍变下来的“先天易”，与近代尖端科学，不无可以接合之处。山东淄博市王赣同志之《古易新编》（黄河出版社1988年）一书，即此类也，此一倾向，其前途发展是无限的。附志于此。

1990年12月7日写完

试说《诗·小雅》与《易·卦爻辞》之间的关联

《诗》与《易》之间有某些关联，这一点，多少年来我已经受到过不少的启示了。

尚秉和先生在其《滋溪老人传》中说："始吾以《易》象失传，故易说多晦；乃浏览《毛诗》新旧各说，其晦黯与《易》同。"[①]闻一多先生在其《说鱼》中说："隐（讔）和喻一样，而目的相反。'喻'训'晓'，是借一事物来把本来说不明白的说得明白点，'隐'训'藏'，是借另一事物把本来可以说得明白的说得不明白点"。他又说，"隐在《六经》中相当于《易》的'象'和诗的'兴'"；"……占卜家的语言中少不了象。诗人的语言中尤其不能没有兴"。[②]李平心先生又提出一个新辞"谐讔"。他引刘勰的话说，"谐之言皆也。……讔者隐也，遁辞以隐意，谲譬以指事也"。他又说，"兴就是谐讔，这种手法在《诗经》中逐目皆是"；"《易》作者模仿了《诗经》中的谐隐，写成了卦爻辞"。[③]

尚先生说的"晦"，闻先生说的"隐喻"，李先生说的"谐讔"，所指的是一回事。从远处说，它是人类远古思维方式和以后的思维方式拉开距离以后的产物。后世人的思维，越来越严密了，有了逻辑。逻辑这种东西，对人类提供了思维的缜密性，但在另外某种场合（如巫人卜筮，诗人吟咏）却成了一种拘束。远古人没有这种拘束，他的思维可以蹦的很远，跨度要比后世人大得多。后世人想不到的他可以想得到，后世人把两件东西两桩事拉不到一块的，他可

①《周易尚氏学》，中华书局，页361。

②《神话与诗》（闻一多全集选刊之一），古籍出版社，页117～118。

③《李平心史论集》，人民出版社，页86。

以拉到一块。这就在《诗》中形成了“兴”，在《易》中形成了“象”。但请注意，我们还不能在“兴”和“象”中间划等号。“兴”和神秘主义的纠葛浅，“象”和神秘主义的纠葛深，特别是易学经历了两汉的谈“象”诸家一步步复杂化，像《易林》那样把64卦384（或386）爻烦琐化成为4096个条条之后，晦黯加深，隐而不喻，或者说，到了一种谁也喻不出来的一种隐，除非像猜谜一样。无怪高亨先生治《易》，干脆“不谈象数”、“不可强做说解”，他指斥治“象”者“越钻研越碰壁，越摸索越扑空；碰壁而凿孔穿隙，扑空而增枝添叶”[①]了。所有这些纠纷，窃以为都是两种思维拉开距离的后果。

话题有点扯远了。让我们仍旧回到《诗》和《易》的关联上来。上文所引李平心先生的论点中，本文作者并不完全同意。他讲《易》的作者模仿了《诗》，这就意味着《易》比《诗》晚。这种把《易》的年代拖晚的主张并不自李先生始，顾颉刚先生早在《燕京学报》上就这样做了[②]。这股“疑古”的流连郭沫若先生也不免受了影响。近几年来，大家觉察到这种倾向，就实事求是地把好多古籍的制作年代恢复到应有的“古度”。譬如在我看来，《易·卦爻辞》和《诗·小雅》应该是同一历史年代的产品。这样主张的理由，至少有两项：

第一，两者气氛相同。《易·系辞》说，“易之兴也，其于中古乎?”“作《易》者其有忧患乎?”[③]这话很确切，在64卦中不仅从《蹇》、《困》、《坎》、《需》、《睽》诸卦中充满着忧患，就是其他一些表现幸运和意志上扬的卦中也会突如其来地冒出充满忧患的一条两条爻辞。在《诗》三百篇中反映忧患最多、最充沛的，要算《小雅》了，只要读一读诗前的诗序，什么“刺幽王也”等等就可以觉察到；特别在七个“什”中的《节南山之什》，其字句之艰涩，气氛之沉郁痛楚，人们意兴之灰黯，冤仇所结之深，在三百篇中怕要达到顶峰了。

第二，两者间几乎可以互换。这就是说，拿卦爻辞中某些辞段，略略加工，甚至有的连加工也不需要，纳入《诗》中，即很合适；反过来，拿《小雅》中某些章句纳入《易》中，即宛如一段爻辞一模一样。这是我反复对读《诗》、《易》后的一种亲切感受。在此，检出《小雅》中的八个诗段逐条分析，

① 《周易古经今注》，中华书局，页3。

② 《燕京大学学报》1929年第6期，页967～1006。

③ 《易传·系辞下》。

予以说明。例一：

匪鹑匪鸢，翰飞戾天。匪鳣匪鲔，潜逃于渊。

此段见《小雅·谷风之什·四月》。《四月》诗共8章，章4句。此段居第7章之位。《诗序》云，写的是“怨乱并兴”。观诗中所写，大体是夏日徂暑，秋日凄凄，冬日烈烈，残贼构祸，第6章又写到南国江区。可是突如其来地在第7章中写出上引四句来，诗人的跨度就显得大了，说不是猛禽，却能飞得很高；不是佳种鱼，却偏偏能藏到水底。乍看起来，与整篇诗思似不相连属，这也正是《卦爻辞》的特色。从用字看，高飞至天，潜于渊，也正是《卦爻辞》中常见的辞汇与意境。例二：

老马反为驹，不顾其后。

此段见《小雅·鱼藻之什·角弓》。

《角弓》诗共8章，章4句。《诗序》云，写的是“不亲九族，骨肉相怨”。此为第5章，全章4句，是“老马反为驹，不顾其后。如食宜饶怄，如酌孔取”。后二句好懂，说吃饭要往饱里吃，喝酒要狠命喝。前二句呢？诗人的跨度又大起来了，害得笺、疏诸家，拐弯抹角，越讲越不明白，这一点又非常像《卦爻辞》。例三：

毋教猱升木，如涂涂附。

此段见《角弓》第5章。此中“猱”、“涂”二辞，皆见于《易》。《升》之《象》曰：“柔以时升，巽而顺”。《睽》之上九曰：“见豕负涂”。“柔”当即是“猱”。“涂”，泥也。大意说，不要教猴子爬竿；又说，在粗皮的竿上涂泥。这两层意思，远古思维的人能把二者拉在一起；近世思维的人，要拉在一起就有些难了。《卦爻辞》中这样拉不在一起的情况很多。例四：

有豕白蹢，烝波涉矣。

此段见《鱼藻之升·渐渐之石》。《渐渐之石》诗共3章，章6句。此为第3章。诗序说，写的是“役久病于外”。3章全文是“有豕白蹢，烝波涉矣；月离于毕，俾滂沱矣”。说的全是要下滂雨的气象征兆。《易·睽·上九》亦有“见豕负涂，……往遇雨，则吉”。据说“毕”是阴星，“豕”是奎星，远古人对星的观察，较近代普通人为更密切娴熟。但1、2两章讲的是“山川悠远”，

第3章突然讲起星的移动和气象征兆，也未免有些突兀。例五：

> 牂羊坟首，三星在罶。

此段见《鱼藻之什·苕之华》。《苕之华》诗共3章，章4句。此为第3章。诗之主题，本是写周室日臻衰亡，人心忧伤，诗的进程是正常的。但突然来了第3章“牂羊坟首，三星在罶；人可以食，鲜可以饱”四句，后两句是“赋”，前两句是“兴”；假如《诗》中的“兴”相当于《易》中之“象”的话，那么，这两句显然是在进行“形象思维”，母羊的头是小的，现在却说它大；心星星座所由构成的三颗明星，人们却通过小鱼篓可以瞭望，与《易·丰·六二》“日中见斗”似是类似语句，这是有某种象征的，可惜后世人已很难通晓了。例六：

> 众维鱼矣，旐维旟矣。

此段见《鸿雁之什·无羊》。诗4章，章8句。按《无羊》与《斯干》为《鸿雁之什》中很突出的两首诗，一写牧民生活，一写农业的宗族家室生活。两首都写到做梦。《斯干》说，梦见熊、罴、虺、蛇；《无羊》说梦见鱼。注疏说，梦见鱼，是丰年之兆；梦见旐旟，是家室溱溱、男女众多之貌，这些都还顺理成章。以《易·剥·六五》“贯鱼以宫人宠”并读，远古人似乎确拿“鱼”来象征增殖，闻先生之说不诬。例七：

> 鱼丽于罶，鲿鲨。（九罭之鱼，鳟鲂。）

此段见《鹿鸣之什·鱼丽》。《鱼丽》诗6章，章3句。上引括号内，见《豳风·九罭》。两诗虽一在《风》一在《雅》，但句法相同，一四字句接一二字句，节律别致。于“赋”之中，似亦颇饶“兴”意。例八：

> 鹤鸣于九皋，声闻于野；鱼潜在渊，或在于渚。
> 鹤鸣于九皋，声闻于天；鱼在于渚，或潜在渊。

此两段见《鸿雁之什·鹤鸣》。《鹤鸣》诗2章，章9句。此为每章之首四句，以“渚”、“渊”交错协韵，相当别致。《易·中孚·九二》有“鸣鹤在阴，其子和之”；《上九》有“翰音登于天”，可提供《诗》与《易》之对比，二者皆用天之高、渊之深、鹤鸣之音为素材，构成其“兴”或“象”。

不仅《诗》、《易》中有“兴”有“象”，就是散文中也有。例如《论语·

乡党》最后一段："色斯举矣，翔而后集。曰，山梁雌雉，时哉，时哉！子路共之，三嗅而作。"这就是"起兴"和"取象"。这一段，历来多少注疏家都说不明白，有的甚至越说越糊涂。最近偶尔看到台湾一位学者的文章，拿自己打猎的经验来解说，比较清新。这段的意思是说，雄雉们飞而后集，追求雌偶，孔子从而感兴得象，认为是射猎的最好时机；于是子路弯弓屏息，进行射猎。这是一段最佳取"象"；对于孔子自感"不遇时"的心情说，又是一段最理想的启"兴"。从雉到孔子，这跨度也是很大的。

统以上诸例观之，《诗·小雅》与《易·卦爻辞》间，无论在用辞、命意、起兴、取象诸方面，均有十分的相似。至于气氛，更有其相似处；此已见前文，兹不赘。据此，吾人似可判断，两者之制作年代当相去不远，大体在周代宣、幽、平之世，亦即公元前8世纪前后的历史段落之中。此一判断，想来或者可以是不中不远的。但在此犹须附加说明。此处所谓的"制作"，更严格说，应该是"编定"的意思。也就是说，在"编定"之前，还各有很悠长的"毛胚"阶段。我们说"编定"，是有根据的。试观《诗》的"喓喓草虫"一章，本在《国风·召南·草虫》，可在"编定"时又错入《小雅·鹿鸣之什·出车》篇中去了。再如"春日迟迟，采蘩祁祁"句，亦一见于《草虫》，二见于《豳风·七月》。《易》亦有类似现象。如"舆脱輹"，这是一条十分惊人的易象，但在"编定"时，却又插入《小畜·九三》和《大畜·九二》两处去了。由此可见，公元前8世纪人们"编定"的时候，也还是存在着一定的粗疏的。

最后作为一点赘言，对前引高亨先生的一段话再补说几句。

高先生对象数，说了很多贬语，如"凿孔穿隙，增枝添叶"等等。对此，治易象者有所不服是很自然的，于是乎提出折中方案，说什么今天讲解经文，应以训诂为主，又要兼顾一些从经文自身中仍可看出的取象。窃以为，似此折中，不是个好办法。盖易道庞大，不分割甚难治好，不如先划分为"先天易"与"后天易"[①]；然后将"后天易"再划分为"汉易"与"宋易"，前者专门料理易象，后者专门处理与易有关之哲学问题。以图表表明之如下：

易
- 先天易（专理与天文、宇宙有关诸事）；
- 后天易
  - 汉易（专理易象）；
  - 宋易（专理与哲学有关诸事）。

① 参看《古易新编》，黄河出版社。

是否妥当，敬希海内外专家指教。

附记一则

观《诗·郑风·女曰鸡鸣》第一章曰：

女曰鸡鸣，士曰昧旦；子兴视夜，明星有烂。将翱将翔，弋凫与雁。

前四句易解，后二句费解。唐人孔颖达《正义》曰，“早朝于君，君事又早终，闲暇无事，将翱翔以学习射事，弋射凫之与雁，以待宾客，为饮酒之羞。古士好德不好色，如此。”这段注疏，可谓蠢死了。

清人牟庭（陌人）《诗切》云，“毛传曰，翱翔，犹彷徉也；桧（风）羔裘郑笺曰，翱翔，犹逍遥也；淮南（子）原道训高（诱）注，翱翔，犹倾仰也。余按，‘子兴’以下，女又言也。夜景如此，请子翱翔游戏。弋取凫雁可也。”[①]这说的比前人明白得多。

“弋凫与雁”显然是一种隐喻。窃以为，李后主词“教郎姿意怜”、蒲松龄小说中“绸缪备至”，均是一回事。复见《聊斋·庚娘》故事中有“看群鸭儿飞上天耶”，谓是闺中隐谑；凫雁与鸭儿，实古今取喻之同。

① 《诗切》（第2册），齐鲁书社，页800。

试说卫风与卫国

自从孔子说“郑声淫”（《论语·卫灵公》），《诗》三百篇中《邶》、《鄘》、《卫》三风的《诗序》中也跟着说“卫之淫风流行”、“淫风大行”（《诗·国风》邶、鄘、卫三风诸传），于是郑、卫之风淫的话就一直流传下来。其实，这件事是值得辨析的。

所谓“风”，实际至少有三方面的含义：（一）社会风气；（二）民间歌谣的内容；（三）这些民歌的音乐节奏。古人用辞简约，有时单指三义中之一义，有时三义混融而言。如子夏说“卫音趋数”（并见《礼记·乐记》与《史记·乐书》），《正义》说趋数，促速也，这显然是说的节奏，与内容无关。所谓“淫”，至少也有二义：（一）男女间关系混乱，不遵礼法；（二）生活侈靡放纵。人们也往往是混融而言之，但以第一义为主。

那么，卫风淫不淫呢？若按社会风气而言，特别是上层贵族间，风气是不怎么好。但也不单是卫国一国如此，列国大体差不多。例如卫宣公和宣姜的乱伦关系往往为人所指斥，但同时前后还有齐襄公和鲁桓公夫人、鲁庄公夫人哀姜和庆父之间，等等一系列乱伦关系，不也是同样严重吗？卫宣公杀其太子伋（一作“急”）与晋献公杀其太子申生，不也是极其类似的事件吗？为什么单单说“卫风淫”呢？

这中间，有个儒家观点的问题。儒家关于乐曲的观点，虽然孔子已开其端，但一套一套的强硬观点实创始于子夏，他在魏文侯那里说了很多，今《礼记·乐记》中记其大概，太史公复在《史记·乐书》中铺张扬厉了一番，将乐曲划归两大类，一类是“正声感人而顺气应之，顺气成象而和乐兴焉”；“奸声感人而逆气应之，逆气成象而淫乐兴焉”。（《史记·乐书》，中华书局标点本1210页）从此以后，郑卫之风淫、郑卫乱世之音的话也就一古脑儿地出来了。其实，在儒家观点未形成、未凝固之前，人们的看法并不是这样的。试看：

吴公子札来聘。……为之歌《邶》、《鄘》、《卫》，曰美哉渊乎！忧而不困者也。（《左传·襄公二十九年》）

适卫。说（悦）蘧瑗、史狗、史鳟、公子荆、公叔发、公子朝，曰，卫多君子，未有患也。（同上）

当然，这些话中也会有“观光上国”者的客套成分，但从季札到列国中对人事所说的一大堆话综合看来，客套很少，倒是肺腑之言多，且带有洞察性。那么，“美哉渊乎”、“忧而不困”，这才是对卫风不带偏见的评语。

我们纵观现存的《邶》、《鄘》、《卫》三组风，共有诗39篇，所得的印象也与季札所见相同者多，与子夏相同者居少。窃以为，郑、卫诗中大不了只有两篇，《桑中》和《溱洧》比较开放些，无顾虑地写了男女间的恋情，在儒家观点看来有些破格，如此而已。其余诸诗，即便从僵硬的儒家观点来看，也是无可挑剔的。试看《邶》、《鄘》、《卫》三组风诗，至少具备着如下的一些优点：

第一，其中有很有分量、很有水平的作品。如《柏舟》、《谷风》、《氓》三篇就是最突出的例子。将此三篇拿来与《豳风》中的《东山》、《七月》，《秦风》中的《蒹葭》、《黄鸟》，《魏风》中的《伐檀》、《硕鼠》，《王风》中的《黍离》，《唐风》中的《蟋蟀》相攀比，亦无丝毫逊色之处。30年代，闻一多先生为《邶》风写了许多考证，其中《新台鸿字说》（见《闻一多全集选刊》之二《古典新义》）成为不少人赞誉的名篇。20年代，俞平伯先生为《柏舟》、《谷风》二诗写了可与考据并举的鉴赏文章（《燕京学报》，第一期，143～158页），说《柏舟》诗情文悱恻，百读不厌，在朴素的《诗经》中为不易多得。《氓》这一首于悱恻之外，更增加了不少当时社会交换贸易情节，加重了文学作品之社会经济的价值。并且，除上述三篇之外，次一等有分量、有水平的诗篇，尚不在少数。

第二，《卫风》与当时卫国政治挂的比较紧。所谓“挂的紧”，不是指像两汉以来文学弄臣们的那种谄谀，而是指诗人敢于讽刺政治。在这里又不能不插进来说说《诗序》的事。历来，对《诗序》，人们说了很多话，一般都是反面的话，等于说《诗序》是后人胡扯。我认为这不公平。以《卫风》来说，《诗序》的价值很明显，将诗与政治相挂之处一一指出来。如庄姜之抑郁，宣公时之混乱失道，公子伋、寿之枉死在人民中留下的印象，州吁叛乱给人民带来的不安，许穆夫人嫁出后对宗国颠覆的悲伤，以及宋襄公母之思卫，等等。将诗与《史记·卫世家》相对读阅，丝毫不感到《诗序》作者在那里胡扯；相反，倒是感到卫国民间对社稷兴亡倒是十分关心的，当得上“渊”和“忧”这两个字。

朱熹是宋朝人，头脑中科学成分比汉朝人加多了不少，他在为《诗经》所作的《集传》里，有些不相干的《诗序》他就甩掉不用了，在《卫风》部分，他对《诗序》采用较多，可见在朱熹看来，《卫风》中讽寓政治的许多情节是可靠的、可贵的。

从《卫风》不禁就想到了卫国。

我常常这么想：我们治鲁国史、齐国史的人，我们治儒学和稷下学的人，对齐、鲁周边，也不可不注意，要分出点精力来钻研钻研。例如卫，不错，卫国的历史上没出过齐桓公、管仲，没出过孔子，连晏婴、叔向、子产这样的人物也没出过。它被赤狄灭过国。齐、晋两国都想把它当成附属国，齐未做到，晋做到了。晋要叫齐国“尽东其亩”，齐不答应；对卫则“伐卫，东其亩”（《韩非子·外储说右上》）了。齐桓公有一次问管仲，我要南伐，以谁为对象？管仲说鲁。又一次问管仲，我要西伐，以谁为对象？管仲说卫（《国语·齐语》）。又有一次，晋国出兵伐宋，自卫过境，有一位将军就起意要偷袭卫，多抓些战俘回去；另一位将军说不行，“卫唯信晋，若袭之，是弃信也。乃止”。（《左传·成公六年》）

以上所反映的，只是问题的一个方面，此外还有另一方面。在最早，鲁、卫两国的地位是等同的。孔子说，“鲁、卫之政，兄弟也”。（《论语·子路》）有一次，在鲁定公四年（公元前506年），卫国的子鱼（也称祝鮀；孔子说他“佞”，但此处的“佞”不是贬称而是褒称，意为有口才）在为了列国排次序究竟应该蔡、卫二国孰先孰后的争论上，子鱼说了一大段话（《左传·定公四年》）。从这段话里我们可以看出，在周初分封的过程中，鲁、卫是并肩相齐的国家。所颁的车旗礼器是对等的，此其一。周室的一位大夫曾说“诸侯之封也，皆受明器于王室，以镇抚其社稷”（《左传·昭公十五年》）。所赐的殷民，鲁有6族，卫有7族，基本相同，此其二。两国皆赐有策命，赐鲁者曰

《伯禽》，今《尚书》无此篇名；赐卫者曰《康诰》，今《尚书》中不仅有《康诰》，复增出《酒诰》、《梓材》二篇。此其对等者三。相比之下，则赐康叔者明显逊色多多矣。

这三篇策命，假如我们抛开它们那“诘屈聱牙”的外壳来看，那么其内容不外是告诉康叔，殷人酗酒太厉害了，酒味都冲到天上，被上帝闻见了，就给殷人降下灭亡的命运；我们文王接受了这个伟大的使命，灭了殷，接管了这片土地和其上的人民。对这些人民，在惩罚时要区别对待，对那些犯罪小，但带有一贯性质的就要杀掉；而对那些犯了大罪，但不坚持敌对的可以不杀。总之，要尽断狱之道。另一方面还必须看到，殷民的祖先、百姓们还是勤勤恳恳地，好好种庄稼，农闲时赶着牛车到远处去做点买卖，赚点利益，回来孝顺各自的父母。所以你在治理卫国时，要把井田安排好，把地埂子要打整齐，把住房的墙垣修好，墙头上糊草坯，弄些木材，做成梁柱，涂上颜料。总之，领导人民把日子过好。——以上，就是周王室对建立卫国所做的暗示。

周灭殷商不久便起了叛乱，叛乱的规模还很大。谁叛乱？文献中说是“三监”，又说是“四国”。“三监”历来有不同说法，有的说是武庚、管叔和蔡叔，有的说是管叔、蔡叔和霍叔。我们不来多纠缠这些，因为像这些琐节一一辨析起来是没有头的，试举一例，旧燕京大学著名教授洪煨莲先生仅就《诗经·豳风》中一首短诗《破斧》的有关纠葛就写了三四万字（《洪业论学集》，1981年，中华书局版，350～375页）。从其中也还看不出什么头尾。“四国”一辞就是《破斧》篇中提到的，说“四国是皇（是吪、是遒）”。哪四国？注释说“管、蔡、商、奄”。管叔的辖地是鄘，蔡叔的辖地是卫，殷纣之子武庚居邶，而奄则是鲁所居曲阜的旧名。这样一看，鲁、卫二国的地面在当时全是属于叛区，此鲁、卫对等之处四。

现在正式的话题接上了：周公东征平叛以后，鲁、卫两国是怎样从战火中建立起来的？这一段历史，史料少，是我们面对的一个致命问题。孔子曰，“文献不足征也；足，则吾征之矣”（《论语·八佾》）。史料即便有也是零星零点的，如《豳风·东山》篇中“我徂东山，慆慆不归”、“自我不见，于今三年”；《小雅·大东》篇中“小东大东，杼柚其空”、“潸焉出涕”、“哀我惮人”等等。但是这些零星材料也是言鲁境者多，言卫境者少；西人归言东事者多，东人自言其事者少。所以如果要廓清楚这段史情，是有很大的困难的。

吾人试观《史记·世家》中诸早期世家，其中有一共同现象，即诸国中历史各种现象都是自春秋始逐渐明朗并日渐复杂化，具体言之，鲁自惠、隐，卫自武、庄，晋自武、献，齐自僖、襄，过此以上，纯为世系，仅书某公卒某公嗣立而已。故具体对于卫国来说，平叛以后，史事明朗化、复杂化以前，有着一片极大的空白。这片空白，阻碍我们，使我们弄不清楚，从传统根源上，从社会经济根源上，从文化根源上，为什么使卫国形成了国势一直不振、缺乏突出的明君贤相、缺乏自树一帜的学派、最后沦为附属国地步的理由之所在。最后只有一点也许值得说，也许不值得说，那就是它亡国最迟，末代君角，为秦二世所废。史家每云，姬姓之国，卫独后亡。这也许算得上是一个特点吧。

说《鸱鸮》兼及《金縢》

凡读过“三百篇”的，大都能体会到《豳风》一组诗很有分量。其中，篇幅长的《七月》和《东山》，很多选本和教科书都收入了，几乎人人都熟悉。一组七篇，除开上举两篇外，还有五篇较短或很短的，这些其实也非常值得注意。如《破斧》一篇，洪煨莲先生就写过三万多字的考证[①]。再如《狼跋》一篇，闻一多先生在他的匡斋诸杂文中就不断地阐发它，阐发的很高妙。[②]现在，我想来说说《鸱鸮》。

《鸱鸮》诗四章，章五句。全文引出如下：

> 鸱鸮鸱鸮，既取我子，无毁我室；恩斯勤斯，鬻子之闵斯。
>
> 迨天之未雨，彻彼桑土，绸缪牖户。今女下民，或敢侮予？
>
> 予手拮据，予所捋荼，予所蓄租，予口卒瘏，曰予未有室家。
>
> 予羽谯谯，予尾翛翛，予室翘翘，风雨所飘摇，予维音哓哓。

傅斯年先生说，这“本是学鸟语的一首诗，在中国文学中有独无偶”。[③]顾颉刚先生说：“这是一个人借了禽鸟的悲鸣来发泄自己的伤感。”“读了这首诗，很可见得这是做诗的人在忧患之中发出的悲音。”[④]我认为，这些说法都很中的。

现在，先让我试验着将诗译成白话：“鸱鸮呀鸱鸮，你这恶鸟，你攫走了我的幼雏，还想毁我的巢。你晓得，我是怎样爱我的幼雏，为它我费了多少的

① 《洪业论文集》，中华书局，第350～375页。

② 《闻一多全集》第1集《神话与诗》，第356～367页。

③ 《历史语言研究所集刊》第1本，第110页。

④ 《古史辨》第3册，第316～317页。

勤劳。趁雨季到来之前，我抓来桑皮和泥土，把我的巢加固。即便树下的农民，也不便拿竿子把我的巢戳去。我的嗓子哑了，我的爪子拘挛了，因为你毁了我的巢，我从此没有了家，我只能叼点要发霉的谷粒，抓点苦苦菜来吃。你看，我的羽毛减少了，我的尾巴不中用了，临时弄起来的巢在风雨中飘摇。现在，我只剩下这嗷嗷的叫。”

这样解释，这样翻译，基本上是顺畅的，只有很小的两点阻障。其一，“桑土”是井田（有人将“土”释为“杜”，说是树根，兹不取）。督理井田是民政官的事，不是鸟的事。这里是按孔颖达的《疏》勉强翻译的。其二，“下民”二句显然是长官口气，不是鸟的口气，但也只好勉强根据牟默人（庭）解作“树下”的讲法来译，但这是属于“增文生义”一类的。除此二外，无有纰漏。

但却来了《诗序》。《诗序》的作者，我们不管他是毛苌、卜商抑或卫宏，却丢给了我们一个极大的难题：周公跟他侄子成王的事被搅进来了。《序》曰：“《鸱鸮》，周公救乱也。成王未知周公之志，公乃为诗以遗王，名之曰《鸱鸮》焉。”很多纠缠都从这里产生了。以《诗》之“赋”、“比”、“兴”三义而言，我们前文的解释和翻译，本是按“赋”义办事的，现在有了《诗序》，于是乎郑玄曰“兴也”[①]，朱熹曰“比也”[②]。“兴”，怎么兴？“比”，比谁？这样，就至少产生了如下一些问题：（一）在诗中说话者是谁？是鸟？还是周公？（二）“鸱鸮”指谁？指叛乱者管叔、蔡叔？指纣子武庚？甚至指成王？（三）“子”（“我子”、“鬻子”）指谁？指成王？指管、蔡？抑指周公属党？怎么会把成王列在了鸱鸮恶鸟所比拟的行列？怎么周公还有什么“属党”？这些话头都是从郑玄的话引出来的。《十三经注疏·毛诗正义》中孔颖达转引郑的话说：

郑以为，武王崩后三年，周公将欲摄政。管、蔡流言。周公乃避之，出居于东都。周公之属党与知将摄政者，见公之出，亦皆奔亡；至明年，乃为成王所得。此臣无罪，而成王罪之。罚杀无辜，是为国之乱政，故周公作诗，救止成王之乱。于时成王未知周公有摄政成周道之志，多罪其属党。故公乃为诗，言诸臣先祖有功，不宜诛绝之意，以怡悦王心，名之曰

①《十三经注疏·毛诗正义》。

②《毛诗集传》卷3。

《鸱鸮》焉。

郑玄在这里说出了一个爆炸性内容。我们说“爆炸性”，是针对儒家传统意识形态，把文、武、周公粉饰作“至仁”、“大孝”等等而言的。这里说，周公欲摄政，翻译出来应该是欲代位。其实，抛开意识形态，代位又有什么？吴寿梦四子，除第四子坚决不就外，长次三子，不是一个接一个即位吗？“先王有命，兄卒弟代位”[①]。之后，跟着个人权欲的增长，出现了专诸刺王僚的故事。那么，根据郑玄提供的这条材料看，与专诸、王僚类似或具体而微的情况，并不排除曾经发生在成王、周公之间。试看，周公的“属党”与“知将摄政者”，周公出奔后，他们也逃亡了，后为成王所缉得，将行杀罚，这情节不可谓不严重了。在这种情况下，周公作《鸱鸮》（我们暂时假定有这么一回事），我们说以鸱鸮比成王，以“我子”“鬻子”比那些功臣之后的“属党”，不也挺顺理成章的吗？

正因为这段内容带爆炸性，故诸家多不敢置喙，唯见清末王先谦有言：“（郑）笺于它书无征，不敢据信。”[②]试看孔颖达在其《正义》中仅仅平衡地列举“毛以为”、“郑以为”，而在其后不加任何的认同或异议。朱熹在其《集传》中更装出一副压根儿不知晓有郑玄此一段话的样子，并且更加势利地说什么鸱鸟鸮所比拟的是武庚！说管、蔡，管、蔡还是周家的人；说武庚，武庚是“殷顽”，最最保险的了。煌煌大儒，解释经义，竟如此“看人下菜碟”。只有到了清中叶，山东栖霞的牟默人（庭）才对郑玄发动了攻击，他说：“谓周公谋欲居摄而管、蔡流言，则是管、蔡为无罪，而流言非诬也。以周公之属党为罪人，是明言周公为罪魁也。又谓名之曰《鸱鸮》，乃是周公自名其诗，必谓管、蔡非鸱鸮，不应得此名也。岂非自比于逆乱而助之诪张为幻者哉?！郑君经注之谬，当以此为最矣！”[③]骂得真痛快！但在痛快之中，不知不觉也暴露了自己对传统意识形态之铁杆般的顽固（自然，默人先生知识渊博，我们是崇拜的）。

窃见民国时易学家尚秉和先生曰：“鸮同枭，长大食母。故（易林《噬嗑》之《渐》）曰‘治成遇灾’，言共母养成而遇害也。此与《韩诗》说合。《韩

① 《史记·吴太伯世家》。

② 《诗三家义集疏》，第528页。

③ 见《同文尚书》，齐鲁书社，第748～749页。

诗》鸱鸮所以爱其子者，适以病之，正以喻成王也。疑较《毛诗》训切。”[①]按，此诚为康成后之空谷足音。

有关《鸱鸮》的纠缠大体如此。但这还不算完，又绞进来《金滕》。

《金滕》为古文《尚书》28篇之一，内容分三部分。第一部分说周武王征服殷商之后害了病，周公筑三坛，祭告于太王、王季、文王之灵，愿以身代，并进行了贞卜。周公祭毕归来，将祷文藏在金滕匮中，并告诉诸史及执事人等，要保密，所以大家“勿敢言”。第二部分说武王死后，管、蔡等放出流言，周公“居东二年”，“罪人斯得”。“罪人”是谁？又是照样的说法纷歧。不过这次纷歧的一造已不是毛公而是孔安国了。孔说，“罪人”指管、蔡及其他叛乱者；郑玄说，“罪人”指周公属党。郑在说《诗》与说《书》中的观点一致。在“罪人斯得”之后，周公写了《鸱鸮》送给了成王，底下紧接一句“王亦未敢诮公”，注解说，诮，让也，是嚷骂的意思，这也是值得人们推敲的。第三部分说，突然来了自然灾异，大风雷，庄稼也倒了，树也拔了，成王启开金滕之匮，得知了周公乞天代死之誓，成王哭了，忏悔了。于是大风停止了，庄稼又挺长起来，树木扶起来都活了，天下大丰收。至此，《金滕》编造者的故事乃宣告结束。

近世对于《金滕》，以鄙见所及，约有三种议论：

（一）顾颉刚先生在《古史辨》中的一封通信里，将《尚书》28篇划为三类，第一类以《盘庚》为首的13篇为“可信可真”的。第二类以《甘誓》为首的12篇，顾先生说：“这一组有的文体平顺，不似古文；有的是人治观念很重，不似那时的思想，这或者是后世的伪作，或者是史官的追记，或者是真古文经过翻译，均说不定。不过，决是东周间的作品。”第三类《尧典》、《皋陶谟》、《禹贡》三篇，则敢断为战国、秦汉间的伪作。《金滕》篇被列在第二类中，窃以为顾先生在此颇有见地，特别是“决是东周间的作品”一语，更显中的。

（二）不止一位学者，根据《孟子·公孙丑上》所说：“诗云，‘迨天之未雨，彻彼桑土，绸缪牖户，今此下民，或敢侮予？’孔子曰，‘为此诗者，其知道乎：能治其国家，谁敢侮之？’”根据这段传述，人们从话音里可以听出，至、亚二圣压根儿没有任何迹象表明他们引的四句诗与周公有什么联系，假如

①《焦氏易林注》卷6。

他们已经知晓是周公的大作，将不知推崇到何等的地步。从反面论证，既然孔、孟丝毫不知《鸱鸮》与周公有任何联系，那么，周公赋《鸱鸮》以诒成王诸传说，就都是孔、孟以后的人编织的了。

（三）徐中舒先生说："盖《金縢》称周公欲以身代武王，及天雨反风禾尽起之说，种种灵异之迹，断非信史所宜有，亦非党羽或其后裔之言。"①按，灵异诸说，须俟秦汉以来五行谶纬之说盛，方始多见，西周不及有也。而徐先生有关"党羽"、"后裔"之推测，对我们后来人的启发特大，盖云如《金縢》，如《豳风》，多出自春秋时鲁国、鲁人之复制，或不大谬欤?!

综合以上，在本文作者个人方面，似乎获得了如下的一些认识：

（一）《鸱鸮》是一首好诗，一首非常之好的诗。从自然主义角度来看，它是一只鸟自诉其苦难。用比拟的眼光看，它像是贫苦人民的一篇诉苦。

（二）麻烦的是，人们（我们说不出这些人是谁）拿周公和成王的事纠缠进来了。周公和成王的关系，有两种可能：一种是像传统粉饰的那样；另一种像郑玄所说，迹近于一场政变，是统治者的内部矛盾和冲突，这并不是不可能的。很可能，正因为有了后者的事实，才不能不制造出前者的一场粉饰。在一首好端端的鸟诗上加了《小序》还不算，还再编造出一篇《金縢》来。

（三）《金縢》很大程度上靠不住。上引三方面的质疑者，理由都很充足。

（四）联系到本世纪20年代晚期、30年代初期，傅斯年、徐中舒两先生所提出的《豳风》并非出自邠、岐而是传出自鲁的说法，我们或者可以推测，春秋时的鲁国和鲁人对周文化（扩充一点说是三代文化），自然首先是继承，但继承的程序不会是单一的，其中会包括整理、剔别、淘汰，也会包括某些增益吧。从这增益中，就会羼进来若干"非西周"的或者说"西周后"的东西。这一点，我们料理《诗》、《书》、《易》的人似乎应该预见及之。

这些见解，是否有误，爰写出来，请专家们指正。

---

①《历史语言研究所集刊》第6本，第4份《豳风说》。

《尚书·洪范》篇新义

一

我常常这样想：孔子思想、儒家思想，这么庞大的体系，垂这么久远的影响，难道它像地下泉水，突然冒出来的吗？恐怕，还是像长江大河，上流有个源头吧。这源头，按朝代段落，就是夏、商、周；按古文献，就是《诗》、《书》、《易》。孔子说，“周监乎三代，郁郁乎文哉”；那么我们也可以说，“孔监乎二代，郁郁乎文哉”。孔子正在批判综合了“三代之英”，才形成了他的“大道之行”的思想的。

以上的话，使人听来会有“行空”之感，那么我们就试验着落到实处吧。我找到了《尚书·洪范》。儒家的“中”的思想，不就是从“极”（皇极）中来吗，孔子的“九思”，不就是从《洪范》的“五事”中来吗，儒家的“仁、义、礼、智、信”，不是以《洪范》的“肃、乂、晢、谋、圣”衍变出来吗，等等。但是，要奠定如上这些看法，是要经历一些麻烦的，因为从本世纪20年代就有人把《洪范》的制作年代压晚到战国之末，秦（帝国）建国前夕。这么晚出的资料，怎么会充当孔子思想、儒家思想的源头呢？

于是乎问题就需要辩论了。

二

考虑到部分读者，对《洪范》内容会很陌生，故本篇论文需要加写一节，简述一下《洪范》篇内容的概略。

“洪”，大也；“范”，法也。旧说谓其为天地之大法也。这旧说也有可取之处，它用“天地”二字，实际上“人”也包括在内，就是说《洪范》是统摄了自然与人文两方面的某些古老内容的一副框架。据说，它本是“皇天上帝”赏赐给夏禹的；夏为殷所取代，这份古文献就藏在殷商的档案馆里了；殷为周所取代，通过箕子的传递，到了周武王的手里。所以这一文献，有人把它列入《周书》，有人把它列在《商书》，其实就根源看，假如有人把它视为《夏书》，也没有多大的荒谬。

《洪范》又叫“九畴”，即它包括九部分内容。到宋代（如邵雍），人们把它跟《河图》、《洛书》搅到一起，以增加什么神秘性，我们这里不予评论。九个内容计有：（一）五行，（二）五事，（三）八政，（四）五纪，（五）皇极，（六）三德，（七）稽疑，（八）庶徵，（九）五福、六极。这种编制是很丛脞的，由此见出它的雏型的形成不会很晚，假如很晚人们就会把它拾掇的更整齐了。这九项内容也是很不均衡的，从后代人看来，有些很重要，有些很不重要，如“五福、六极”和“八政”就很寻常；如“皇极”、“三德”、“五事”、“稽疑”，就是很宝贵的古文化史资料。

三

到本世纪20年代，出现了《古史辨》。这不仅仅是一种刊物，更重要的是一股潮流。它跟在五四运动之后，承袭清中叶后期今文经派的余绪，使用乾嘉学派末流琐节考证的工作方法，对古史大胆怀疑。这样做，可以把历代塑造、描绘的“神光”打掉，至少可以大大冲淡。这无疑是革命的；表现为五四运动起作用的一个方面。但事隔70年后我们反思：有没有偏差？肯定是有的。最主要的偏差是把若干人物、事件、典籍的年代码后了，仿佛把悠久的中华文化史劈头削去了一大节子。仔细想来，这其实是一种幼稚病。

现在，谈论防“左”的话头和文章，慢慢地多起来了。什么是“左”？其实就是“过犹不及”的那个“过”，俗话叫“过头”。无产阶级领导的运动中有过头；资产阶级领导的运动中也有过头（如法兰西大革命中的罗伯斯庇尔就是明显的事例）；学术运动中也有过头。把好端端的一些革命同志统统看成是叛徒、奸细，这是政治上的一种过头；把好端端的一些典籍统统看成是后人伪造的，这是学术上的一种过头。典籍中有没有货真价实的伪书，肯定有的，但只是一小撮，而不是一大片。

例如《洪范》。《古史辨》第5辑中就有一部《洪范疏证》[①]，由于该文的作者是本文作者所敬重的，故不拟提名道姓。但尊敬作者，不等于尊敬作品，对作品是不敢恭维的。首先，它不论证《洪范》的实质和主旨，而只抓琐节，如某个字的用例，某几部韵的用例，以及谁袭用谁的问题，等等。说起韵，《诗》、《书》、《易》中的韵与南北朝以后的韵差距很大，拿宋、明以来的十三部、十七部、二十三部去对古韵"按图索骥"的话，很不合理。古人诗歌有入韵的，有不入韵的，有别成声调的，顾炎武已言之綦详[②]。至于谁袭用谁的问题，恕我打个粗俗的譬喻，兹有胞兄弟二人长的相貌极相似，我们不能遽然据此断定哥哥是"弟弟的弟弟"。《古史辨》中此类事例，非止一桩。我说幼稚病，大体指此。

有关《疏证》中若干具体问题的过细商榷，将纳入以下的若干节中。

四

先让我来谈谈"五事"。

《洪范》中最重点的内容，自然是"皇极"。崔东壁说，"畴虽有九，然尤重者，皇极一章"[③]。这话是不错的。但我先来说"五事"，是由于"五事"是儒家的修身学说的滥觞。从夏代开始，恐怕人们已经觉察到培育人才、选拔人才的重要性。崔东壁说，五事者，"自淑其身者也"，这就是说，人要自我修养，要从人这种高级动物的生理和心理方面，去进行教育和自我教育。所以"五事"的开头是：

貌　　言　　视　　听　　思

这种列举，是古朴的。可以被视作儒家以前、而不是以后的东西。这份古朴的东西还有其本身的发展，"貌曰恭，作肃；言曰从，作乂；视曰明，作哲；听曰聪，作谋；思曰睿，作圣。"这段文辞中的"曰"和"作"，值得人们特别注

① 《古史辨》，上海古籍出版社1983年版，第5册，页388～403，刘节《洪范疏证》。

② 杂见《日知录》卷21及《音学五书·诗本章》。

③ 《崔东壁遗书》，上海古籍出版社1983年版，页356～362，《洪范补说》之页359。

意。单纯“貌、言、视、听、思”，只是列举人体五官的基本动作，不带倾向性；一用上“曰”字，就有了方向性了，这些基本动作要向“恭、从、明、聪、睿”这些个方向上施展。施展的结果，要达到什么目的呢？文献中又使用一个“作”字，就是要达到“肃乂哲谋圣”这样的修养成果。这是孔孟“仁、义、礼、智、信”春秋战国标准形成以前的一个三代标准。至于在这些标准后面，再加上“时雨若、时旸若、时燠若、时夙若、时风若”这些话头，则是秦汉阴阳五行家联缀上去的，与古义不容相混。试观《管子》书，其中后人联缀上去的痕迹就很明显。

可是，纷争出现了。

《尚书疏证》说，“五义亦有所本，盖出于诗小雅小旻。”按《诗·小雅·节南山之什·小旻》篇，凡诗6章，三章8句，三章7句，其第5章云：

> 国难靡止，或圣或否；民虽靡膴，或哲或谋，或肃或文，如彼流泉，无沦胥以败。

《疏证》的作者说，“诗义有六，此节其五，其为袭诗，显然有据。”[①]又添加说，“王应麟谓小旻为洪范之学，不言袭诗，乃信经之蔽也。”《疏证》作者指斥宋人有“信经”之蔽，而不知不觉中暴露了自己倒是有“疑古之蔽”了。作者说，诗有六义，是错误的。《书》只五义，《诗》亦只五义，何来六义?!“圣”为正面义，“否”为反面义，笺曰“有通圣者，有不能者”[②]，讲解已甚明晰。即便退一万步说，此有六义，彼有五义，何所据谓五去一袭自六，而不言六减一袭自五?!这当真是哥哥成了“弟弟的弟弟”的逻辑了。琐节考据家之所以为人不为重者，以此。

再者，近来新出一书曰《尚书综述》[③]，其中说“《洪范》所说的‘五事’，是从《论语》的‘九思’来的”。按“九思”见《论语·季氏》，其文曰：

> 孔子曰，君子有九思，视思明，听思聪，色思温，貌思恭，言思忠，事思敬，疑思问，忿思难，见得思义。

试看：“五事”较简，“九思”已繁，事物衍变之自然顺序为由简而繁；而《综

① 《古史辨》，上海古籍出版社1983年版，第5册，页393，第4行。

② 《十三经注疏》，《毛诗正义》，页181。

③ 蒋善国：《尚书综述》，上海古籍出版社1988年版，页229，倒数第8～6行。

述》作者却指繁者为原始的，简者为派生的，此逻辑殊难令人通达。试观孔子“九思”，其中貌恭、视明、听聪三义或与“五事”间可能存在某些关系，其余色温、言忠、事敬、疑问、忿难、得义六义，纯是儒家思想从三代传统中又重新发展出来的东西，更丰富了，更多样了，所以我们说它是在“五事”之后而非之前产生的事物。

五

现在该来说“皇极”了。

皇，大也，略相当于我们常说的“伟大的”。极，《尔雅》说，至也，意思是顶端，或尽头。可是郑玄说，中也，也就是儒家所讲究的“执中”、“中庸”、“时中”，道家所说的“守中”。这两种讲法调不到一块，于是朱熹出来造为新说，说“极”就是标准，它经常处在中央的位置，从四外望过去，都要拿它“取正”。这仿佛数学中的座标。①

《洪范》中的“皇极”一段，包括三个内容。第一个内容是讲一些一般的政治经验，或者说行政经验，但它在讲法上很有特色，用鄙人平生好友童书业的话说，那就是它是“综合了夏、商、周以来神治主义的有系统的大文章，与战国中期以后的德治主义间有不可逾越的鸿沟”。②这也就如《墨子·非命》篇中所说“夏人矫天命”③的意思。它讲话，不像人在讲话，而像神本人在讲话，讲好人好事我要给福；坏人坏事，我要给咎；等等。第二个内容是一段韵文，每句4字，共14句，得56字。文曰：

> 无偏无颇，遵王之义。无有作好，遵王之道。无有作恶，遵王之路。无偏无党，王道荡荡。无党无偏，王道平平。无反无侧，王道正直。会其有极，归其有极。（按，“颇”曾经唐明皇改为“陂”，今据顾炎武“义”古读若“我”，与“颇”相叶，故仍“颇”字。）

这是说，无论执政或者做人，都要持平，不可片面偏差。持平，也就是行中

① 《朱子文集》卷72。

② 《古史辨》，上海古籍出版社1983年版，第5册，页600～668；童书业《五行说起源的讨论》之页665（六证之三）。

③ 《墨子·非命》上篇。

道。像这样的思想，像这样的话头，在三代时候可能很流行，被一些“说说唱唱”的瞽叟们普遍流传，故今日我们在《诗》、《书》、《墨子》、《荀子》、《左传》中，都能见到一些大同小异，在节引时或长或短的文段。在举说出处时也有屑小纷歧，或曰“周书”，或曰“商诗”。[①]这是好现象，不是坏现象，说明《诗》、《书》、《易》及诸子之间有相互串联的现象，所反映的是同一个时代。当然，其中每有字句间之出入，如：

《诗·小雅·大东》：“周道如砥，其直如矢，君子所履，小人所视。”

《墨子·兼爱下》：“王道荡荡，不偏不党；王道平平，不党不偏；其直若矢，其易若砥；君子之所履，小人之所视。”

此间，“如砥”、“如矢”、“所履”、“所视”，为《大东》所有，《洪范》所无；“荡荡”、“平平”为《洪范》所有，《大东》所无；《墨子》兼而采之诚略有出入，亦不足为怪。

“皇极”的第三个内容是错简在“三德”中的一段文字。崔东壁说“三德章后，自‘唯辟作福’至‘民用僭忒’，所言乃会极、归极之义，与三德不相涉。且以韵读之，亦与会极归极相叶，疑在‘归其有极’之下，而错简于彼者”。[②]这个眼光和见解很好。但把这一内容与皇极衔接起来体会，就又孳生出新的想法。在另篇文章里，记得我个人曾经抒发过一段意思，即在原始社会末期，在部落大酋长统帅之下，是既有若干原始的民主，也有刚刚发生发展的原始的专制的。试看“皇极”中讲求执中、持平，主张不要发生偏差，这是原始民主、平衡的反映；但从“皇极”中错简的一段看，又讲只有“辟”（君）能作福、作威、玉食，“臣”则不能。这就是原始的专制了。

在“皇极”段，人们又曾提出来过几个枝节。

第一个枝节，是一个“皇”字。《洪范疏证》说，在“三百篇”中，“皇”字皆训“大”训“美”，无训“君”、“王”者。换句话说，“皇”都是形容词，假如用作名词（君王），就“非古义矣”。[③]此说不确。“三百篇”中若干“皇”字确作颂扬赞美之用，如“皇父”、“皇考”、“皇矣”等；但《小雅·楚茨》中“皇尸”、《周颂·桓》中“皇以间之”二例，则恰成反证。“皇尸”为先皇之尸

① 见《墨子·兼爱》与《左传·襄公三年》。

②《崔东壁遗书》，上海古籍出版社1983年版，页358。

③《古史辨》，上海古籍出版社1983年版，第5册，页401。

(摹拟像)；"皇以间之"，间，代也，指武王，诸说皆同。二例皆以"皇"训君王之义，何以《洪范》中"皇则受之"、"惟皇作极"之训君训王就必然是"晚出义"了？况且按童书业的划线法，"皇"字是神治化、威福化的用辞，"王"字是德治化以后的用辞，这种讲法，显得通达得多。试观"皇极"中错简一段，其威福化的神气是何等的充沛？但这只证明它的年代较早，并不能如《疏证》那样证明它的年代较晚。

第二个枝节，是上古人叶韵的事。《疏证》指摘《洪范》中原隶"庶徵"节、后人调入"五纪"节一段文字，说所用"成"、"明"、"章"、"康"、"宁"相叶之法"与诗经不合"；又说"东"、"阳"、"耕"、"真"诸部，诗经分别甚严，战国时始通叶。[①]此说亦不确。试观《诗本音》中所列，如《凯风》篇首章入韵，二章不入韵，《燕燕》篇首章、三章皆不入韵，独二章入韵；又言，"《周颂》之诗，多若韵、若不韵者"。[②]《易本音》中举《彖辞》中有"以"、"真"、"谆"、"臻"与"耕"、"清"、"青"为韵者，当由方言之不同。[③]《日知录》中又说"古人作文之法，一韵无字，则及他韵；他韵不协，则竟单行"[④]。又说，"古人之文，譬之风行水上，自然而成者，岂若后世词人之作，字栉句比，而不容有一言；离合乎？"[⑤]《疏证》作者，首先把诗经说成韵律"甚严"，然后按主观臆说，将古韵划分为"三百篇"韵法与战国韵法两档，然后强将《洪范》摁入后一档中，以期达到其强证成说之目的，实所谓心劳意拙者矣。

六

"稽疑"这一部分，也应该被认为《洪范》中很重要的内容之一。它说的是占卜。

这一部分最重要的内容，应该是"四谋"，即每遇疑难，要谋及乃心；谋及卿士；谋及庶民；谋及龟筮。龟筮有时又分开来对待，就成了向五个方面协商。这无疑是原始民主的遗存。崔东壁说，"在上者之谋，不必定胜于在下者

---

① 《古史辨》，上海古籍出版社1983年版，第5册，页394。

② 顾炎武《音学五书》，中华书局1982年版，《诗本音》页179及61。

③ 顾炎武《音学五书》，中华书局1982年版，《易本音》页198。

④ 顾炎武《日知录》卷21"古人用韵无过十字"条。

⑤ 顾炎武《音学五书》，中华书局1982年版，《诗本音》页179及61。

也。是以圣人广搜博采，不以己所见遂以为然。不然，谋及卿士，固已罕矣；乃复谋及庶人，谁屑为之？”[①]崔氏所说“圣人”是他崇古、美古的反映，我们可以不管。实质是说的原始民主遗存，令他这位浸透了封建专制主义的学者，为之大惊失色。五六十年代我们的一些学术著作或历史教科书中给人一种印象，即由原始社会向阶级社会转化是一个猝然的关卡，关卡以外，似乎是毫无阶级痕迹的自由世界，一过关卡马上就壁垒森严起来了。其实，这是一种教条主义的幼稚病。试看“稽疑”这里，已经出现“皇王”了，然而还须谋及卿士，谋及庶民。庶民，郭沫若氏一口咬定是奴隶，但对此说不服者甚多，实际上它是带一点点人身隶属性或者一点人身隶属性也不带的自由民。

我们试拿《洪范》的“稽疑”跟《周礼》“春官大宗伯”部分中的“大卜”、“卜师”、“龟人”、“占人”、“筮人”等部分对读的话，就会立刻感到，《洪范》是相当古老的东西，而《周礼》则要晚得多了。在《周礼》中反映的，是一套更烦琐化了的占卜手段，以及占卜工作中的琐细分支。而在《洪范·稽疑》中，却表述了决疑的大原则，以及“三人占则从二人之言”的服从多数的原则。这在《诗》、《书》、《易》中，算得上是罕见的内容。

可是又有了奇怪的推理，说什么卜用龟，产生在渔猎时代；筮用草，发生在农业时代。又推论说，殷代绝无筮法，筮法是周人创的。[②]这真是奇谈怪论！《礼记·表记》中明明说，“昔三代明王，皆事天地之神，无非卜筮之用，不敢以其私亵事上帝。是故不犯日月，不违卜筮。卜筮不相袭也。”[③]注释说，袭，因也；用现代化的用辞，就是卜、筮不相互取代，卜是卜，筮是筮，各自是独立的。只是使用的场合略有差别，在较大场面、较大疑难上用龟卜，在较小场面、较小疑难上用蓍筮罢了。

七

在以上诸节中，我对《洪范疏证》做了翻案文章。并对“肃、乂、哲、谋、圣”这样的自我修养标准；对由“极”而“中”、由“中”而“仁”的早期儒家思想衍变；对稽疑占卜时所采用的“四谋”民主原则——都做了一些力

---

① 《崔东壁遗书》，上海古籍出版社1983年版，页360。

② 《尚书综述》，页228。

③ 《礼记·表记》。

所能及的阐述。窃以为，这是《洪范》的精华，也是中华文化伟大积累中的一些珠宝。

除此之外，也还有一些稍次一等的重要内容。如“五行”。《洪范》中的五行是古老的，它与秦汉的“阴阳五行”不应该看成是一码事，单从它的水、火、木、金、土的排列序列上看，也跟“相生”、“相克”的序列不相同。记得已故墨子学者栾调甫征引过当代的物理学家张子晋的话说，八卦和五行是中国古代物理学的两大系统[①]，这个话后来未见谁承续发扬过。其实，南宋的叶适（水心）也曾说过类似的话。大体说来，五行就是物质世界的基础，八卦就是它的表现形式，或者说是它的变化形式。司马迁说，黄帝治五气，王肃说，五气是五行之气，而“气”用当代词汇就是物质，这些话我比较相信。

再如“三德”部分的“正直”、“刚柔”也值得注意。它虽然还不是辩证法本身，但它显然为以后战国齐学中汎滥起来的古代辩证思维，提供了一个古老的启发。

综上所述，《尚书·洪范》篇，就它的原型说，它是夏、商、周三代传下来的一件文化珍宝。就它用小篆或隶书在竹片或木片上写成的年代说，就说成是战国初、中期也可以。但这两件事，哪一件重要呢？我认为，看它的原型的远古文化价值，是重要的；琐琐碎碎地去抓住一半条在后人篡改中所露出来的狐狸尾巴，假如有人一定要做，那么做做也没有什么坏处，但其意义是非重要的；假如更进一步，非把这一原型及其意义和价值拉下来，贬低下来，那就是很不应该的了。

①《古史辨》第5册，页386。

从地缘看先秦诸家间的网络关系

——兼论儒家学说的浓缩特点与扩散特点

一

先秦诸家思想，在整个思想史上算得上是高峰。就说是最高峰，似乎也不为过。因为拿宋明理学高峰来与它相比，亦颇有逊色。中国社会到宋朝，已经有很多条条框框了，相应地在意识形态方面，条条框框也打下了很多烙印。先秦不然，宗法在急剧解体，而秦汉式的集权主义又正在形成，两方青黄不接，所以思想最活泼。基本可与古希腊的“古典”时代相媲美。也如同儿童的发育过程相类似，人们头脑的第一次开朗，是个了不起的事情。一个六七岁儿童画的画，长大后再也画不出来了，这件事很足以说明问题。所以对“古”和“今”说，最好不要刻板地求其厚薄，大体应厚则厚之，应薄则薄之，实事求是，古今一同。

但对“五四”以来讲先秦思想史的诸大家之作，一直有一条意见。举例说明，讲孔子，大体是“孔子名丘字仲尼，鲁国人”，底下就谈思想如何，“仁”如何，“礼”如何。而对孔子思想、儒家思想与鲁这一特定环境的关系是什么？表达很少。由此，使我产生了在“人缘”之外追求“地缘”的必要。所谓“地缘”，绝不是单纯的地理关系。本世纪50年代，我们批地理条件决定论，40年后，我们既有积极的收获，也有对消极面的反思。所谓“地缘”，是指以一定的地理或地域条件为标志的，包括这一特定地域中的传统、政治统治、经济生活的经营、以至民俗等等的综合影响。在一定的综合影响下，一定的学派产生了；在另一综合影响下，另一学派又产生了。而在这数种综合影响、数家学派之间，又起着一种网络式的相互渗透关系。不表达出这种关系来，对于一部赫赫有名的思想史来说，总令人有一种“不过瘾”的感觉。

“思想”与“文化”间，表现出一种辩证关系。“思想”以“文化”为基础，而“文化”又以“思想”为其标志与特征。有人使用平列的分类法来表述文化，如说文化分六大类，曰制度文化、礼俗文化、学术文化、宗教文化、科技文化、器物文化。这样分好不好呢？表面看来它似乎面面俱到。其实，在不同历史时代，六类之中有的成为特征性的，有的则是次要的。并且，六类意义也会兼联。如穆斯林不吃猪肉吃羊、牛肉，这显然是一种文化特征，但它既是一种宗教特征，又是一种制度特征。再如彩陶、黑陶文化，又都靠器物作为特征性的标志。六类之中，独缺“思想”，由此可以看出“平列分类法”的局限性。只有“思想”，才是“文化”的最核心的主轴。

根据以上，我把公元前6、5、4、3世纪的诸家思想，按“地缘”分为“鲁文化”、“齐（燕）文化”、“三晋文化”、“（宋）楚文化”，在如下章节中加以表述。

二

先谈鲁文化。

鲁是小国，也是弱国。有些弱国后来强起来，有些小国后来大起来，但鲁国一直不够强大。清朝人顾栋高算过一笔账，说鲁国也不过顶后世的26个州县，约摸相当于近现代的一个地区（专区）。“鲁”，可能是一个以“鱼”为图腾的氏族，据说在河南鲁山时是姑姓，后来为姬姓所取代。周公平叛，践奄，以伯禽封在这里。想来，最初的几代鲁公恐怕在征服者与被征服者间下过一些功夫，周天子之所以赏赐于鲁的器物特厚，也带有帮助文化征服的用心。所以，过去人们说鲁“独秉周礼”的话，怕也不能是铁板一块的。试看，它北方有“泱泱大国”的齐，东南方面则分布着杞夷、莱夷、东夷，甚至徐夷、淮夷等等。把这些统统叫做“夷”，其实是“周”观点的偏见，翻开老账看看，这些“夷”中绝大部分不也都是“五帝”名王之后吗？这就是说，鲁从建国之初就有矛盾，有压服与不服的矛盾。后来在公室与“三桓”之间，又发展出新矛盾，成为鲁国的主干矛盾。“三桓”中的季氏，历季文子、季武子、季桓子、季康子诸代，虽也有过“三分公室”、“四分公室”的胜利果实，但他们始终没有在鲁国建立起中央集权的新式国家机器，始终没有出现像齐桓、晋文那样的角色。打仗也是跟在别人后边，盟会也是跟在别人后边。当然所有这一切，都和社会生产不够发达有关。

孔子和儒学就产生在这样的一个国度里。孔子论血统说又是殷人。所以我们千万不要把“郁郁乎文哉，吾从周”这样的话头，作过分拘泥执著的理解。从后世若干文人学者在改朝换代后所说的一些冠冕堂皇而又听起来有些言不由衷的发言中，我们也应对孔子有更充分的理解。他一面说“从周”（《论语·八佾》），可又说“吾从先进”（《论语·先进》）（按此处所谓“先进”，指沦为“野人”的殷人）；又说“学在四夷”（《左·昭·十七》），孔子自己甚至“欲居九夷”（《论语·子罕》）。由此可见，孔子的文化观点是综合的，带有相当兼收并容的气息。江青把“孔老二”和“周公”绑到一根柱子上，是既反动而又无知。

但孔子的生活时代究竟是早了些。当时人们的思想，还不可能像孟子庄子那样的洋洋洒洒铺张扬厉。任何人都摆不脱他时代的特征。孔子的思想，只可能是浓缩的。像《论语》中的若干语录，如“吾道一贯”、“忠恕而已”、“人能弘道，非道弘人”、“天何言哉”、“有教无类”、“齐变至鲁，鲁变至道”、“从吾所好”、“叩其两端而竭”、“何远之有”、“和而不同”、“使民以时”、“患不知人”、“人焉瘦哉”等等。后世的思想家、注释家，甚至八股作者都可以从这么四五个字七八个字中，演绎出若干相干的有的甚至是风马牛不相及的文章和议论出来。窃以为，这就是孔子思想和儒家学说的特点之一，它的词句很少，内蕴很多。后学有极大的幅度可以由其中发掘出许许多多的新义来。

鲁国的社会，按照本文作者的见解，恰巧可以跟马克思老人家所说的亚细亚生产方式相当。“亚细亚的”最根本的特点是“公社”，即人们古老的共同体。鲁有公社，其余列国也有公社，但一国的公社可以与他国的公社有所不同。而鲁的公社的特点，是它被血缘贵族牢牢把持的程度相当明显。假如像时下很多学者所主张的中国没有奴隶社会，那么鲁的公社就很像采邑。贵族中讲究血缘纽带，采邑中也不能说没有“野人”的血缘纽带，这样上下交互尊重血缘纽带，所以儒家思想中宗法的气息就必然浓厚了。试看，儒家很注重讲人的“主体”，相对地不注重讲宇宙“本体”；注重讲“内”，不注重讲“外”。《大学》“八条目”中，两条涉及“本体”，涉及“外”的世界，那就是格物和致知；六条是讲“主体”的，那就是诚意、正心、修身、齐家，扩展到治国、平天下。“内”、“外”，本是两码事，可是儒家把他们编织到一起了，说什么“欲诚其意者先致其知”、“知至而后意诚”。其实，这是一种混乱。正因为是一种混乱，所以害得后儒们绞尽脑汁求其能圆其说。可是任何坏事也可以转变为好事，把宇宙“本体”的事编织到人的“主体”方面来，其结果是人际关系的意义加重了，人的自我完善的课题被突出出来了，社会秩序（如君君臣臣父父子子）的意义被强调了。这就是儒家，就是从鲁国这个生产不够发达的小国弱国中，从宗法基础上发达起来的儒家思想。它讲“仁”，就是叫“君子”对“野人”好一点，剥削不可过分，不可太残酷；讲“礼”，就是叫贵族间的利益争夺不可太肆无忌惮，不可太无耻，要有一定的限度；讲“孝”（或“孝悌”），就是尊重血缘家长。这些儒家原则，处处都是和鲁这一特定环境扣在一起的。

三

我们再来看齐文化。

齐与鲁在很多方面不同。齐是滨海大国，有鱼盐资源，又有丰富的矿山资源。由于土地只有五分之一或四分之一宜于农业，所以人们自然而然向手工业、商业的方向上发展。齐人和燕国人都经营制盐业，沿着济水运到梁、赵、宋、卫等盐资源短少的地域。用盐，还可以交换北方燕山的马，以装备战车。齐人采“山之荣”，断山木鼓铸，制成美金（铜）和恶金（铁），铜可以制造兵器，铁可以制造农具。他们还和半岛尖端的莱人合搞蚕丝织品的织造和印染。在物资和成品丰富的基础上，自然而然发展起商业、交换、货币的经济。

在这里的齐国，先是姜氏统治的齐，约630余年；继之是田氏统治的齐，约160余年，总800年之数，与周室同其首尾。在统治中，出现过齐桓公和管仲这一双著名君相合作的“霸”业；出现过晏婴这样的思想家和政治家；出现过威王、宣王这样赫赫有名的君主；出现过稷下学宫的文化盛世。这样，就使得齐和鲁的风气很不一样，齐学和鲁学的偏向也很不一样了。当时人对齐的印象是“大”，“宽”，“广”，“阔达”，“未可量”。这是一面，另一面则是“多匿知”、“虚诈不情”，子夏评齐国音乐的特点是“敖僻乔志”，意思是傲僻，使人意志骄逸（见《礼记·乐记》）。经营商业贸易久了的人，往往头脑灵活，懂得“一可以为十，十可以为百”的道理，懂得货品在市场上的“轻”或“重”，从而影响经营者对货品的“聚”或“散”，“射”（收购）或“泄”（抛售）。他们讲究“乘势”和“待时”。这影响到学术或思维上，使齐学中更多些道家的朴素的辩证法。

但是，齐国的古代资本主义并不能一厢情愿地发展下去，它有阻力，它有对立面，对立面不外两个，一是齐桓、管仲式的新兴国家机器，一是农村公社。新兴国家机器要求“管山海”，要求“六柄在手”（生、杀、贫、富、贵、贱），要求“利归于一孔”，翻译出来就是社会生产的剩余劳动血汁，只准许流入国家这一条管道，不准许流入其他的管道。从老百姓那里拿走东西，要不露形迹，给老百姓一点好处，要大力宣传，这叫“见予之形，不见夺之理”，又叫“知予夺，政之宝”。（以上这些都是从后世齐国政事汇编《管子》书中透露出来的。）这样，在新兴国家与手工业商业资本间，就必然有磨擦，有斗争。这种斗争，从两边产生影响。一边，它使古代资本主义究竟发展不成资本主义；另一边，它使齐桓称霸的强度逊色于晋，试观晋灭赤狄，而齐则屡屡为赤狄所征伐，可为显证。

齐国农业地区，像鲁国一样，也有公社，而两者间有差别。据传说，当年太公接管齐和伯禽接管鲁，过程不一样。齐粗糙一些，鲁严密得多，所以齐接管期短，很快就向中央汇报；鲁接管期长，久久稳定不下来，向中央汇报的迟。从这中间我们或者可以明白，鲁的公社更像采邑，而齐的公社则更原始些，保留着公仓、赈恤、祭祀等职能。这种公社，不像鲁国那样属于血缘贵族；相反，后来这些公社都被改编为新兴国家隶属下的里甲那样的东西了。《周礼》一书的价值，恰巧就在于它反映出这种改编以前和改编以后两宗档案的混乱。

齐学，或者说稷下之学，就是在上述那样的基础上产生的。所以它不是一家之学，而是多家之学，是杂学。它反映古代“争鸣”“齐放”的精神最为辉煌。它包括老子学派、阴阳学派、兵法之学、辩家之学。有人说，齐学中有法家，或者说齐学的特征是法家，还说什么“鲁一变至齐，齐一变至道”等等，对此鄙人坚决反对，并且窃以为这是极荒谬之论。理由：齐国是商业资本发达的国家，而资本主义（不论其为古代的或近代的）总是喜欢自由化的，只有像三晋这样的内陆军事扩张主义强国中，才产生法家。管仲的这一套，只是管理新兴国家的“政术学”而已。当然，其中也谈到“尊君”，但一谈“尊君”就立刻用“仁”学折中一下，冲淡一下。后来正牌的法家是不这么干的。何况，现今《管子》书中有不少篇是战国后期法家后学假借管仲的招牌硬炮制出来塞了进去的。

再者，齐学中包含不少儒家观点，这一点希望引起注意。这些观点，有些晚于孔子的，那可能是移植过去的；有些是早于孔子（如管仲）或与孔子同时（如晏婴）的，则是自发的和独立的儒家观点。《管子》书和《晏子春秋》中也偶尔讲“仁”，讲“礼”，讲“孝悌”，讲“忠恕”。足见齐学和鲁学，也不是截然分开的。至于《弟子职》篇厕入《管子》书中的事，则说明齐国的初等教育完全沿用了儒家的办法。我前文说，各地域各学派间起着一种网络式相互渗透关系，于此可见一斑。

四

现在来谈三晋。

晋，原来是个极小的封国，僻处汾河弯处、浍水地区，四周山地，与狄为邻。但它是一个内陆性的军事扩张的国家，依靠军事贵族（这些贵族既不像鲁的季氏，也不像齐的田氏，而是居于一种第三性质），由晋南扩展到晋中，由晋中扩展到晋北，由山地扩展到平原（试观韩赵魏三家之都均在平原），成为“晋国天下莫强焉”（梁惠王语）的军事强国。而开始，它的封地，不过翼城、曲沃、绛三角小片地面而已。它最初的牌号不叫“晋”，而叫“唐”。说起唐，它是指尧，可是尧部落联盟的居地，在传说中流动幅度挺大，保定、太原、安邑、唐河，据说都是“唐墟”。唐叔虞的儿子居晋水，改牌号为“晋”，《史记》是这么说的。但必须指出，这个晋水不是源出汾阳流经晋祠的那条《水经注》里的晋水，而是在今之晋南。理由很简单，当时晋国还远远不曾扩展到晋中。在星野上，晋中不是“参”星的分野，晋南才是“参”星的分野，《左·昭·元》所记子产有关古史的谈话是可靠的。《诗》三百篇中晋地民歌不叫“晋风”而叫“唐风”，亦可帮助我们思过其半。

晋的统治者，在三家分晋以前，为宗室诸侯等历300年，国公除晋文公能力、修养比较卓余外，其余大多是庸劣之君。但晋国的卿大夫阵营则人才辈出。据说晋有传统贵族十一家，又说有八姓，大体如郤氏、栾氏、中行氏（即荀氏），以至赵氏、魏氏、韩氏，都是领兵贵族，并且能左右朝政。试想，晋国需要防御的邻近邦族，东部、北部有赤狄，西北部有白狄，西及西南有秦国，干预中原之后，又不断与齐、楚大国交战。从这种对外关系中，锻炼了晋国的军队，在不到50年间，部队猛增六倍，列表如下：

公元前678，武公元年，周天子命一军为诸侯；

公元前661，献公十六年，作二军；

公元前633，文公四年，作三军；

公元前631，文公六年，作“三行”（一六军）。

领兵贵族中，赵氏最突出，出现了赵衰、赵盾、赵武、赵鞅、赵无邮这样一些文武兼备的人才，比鲁国的季氏，齐国的国氏、高氏要出众些。到赵武灵王胡服骑射，在战争艺术上体现了一个飞跃。其实在出现“突变”之前，“渐变”的过程是很明显的。在太行山区与赤狄作战过程中，晋人很早就发现了“车战”的不利因素，逐渐试验以“车”为守，以单骑配合步卒进行进攻，这样与山地可以相适应。总起来看，晋国在军事上是有贡献的。

至于意识形态方面，开始时也不过是从周天子那里分来的一套。《国语》一书中保留晋国部分篇幅最多，观其君臣应对答辩之词，依然是周室的一些论点和逻辑，跟鲁相差不远。但为什么单单在三晋国家出现了法家呢？窃以为，晋在山地时商业资本力量显较齐国为弱，但其军事集权的蓄积则显较齐国为厚。滨海之国眼界较宽，见闻较广，生活丰厚，人多孜孜为利，新兴国家机器在集权上有困难。内陆之国山峦阻障，唯有克敌制胜，国家才有出路，故其国家机器在性质上虽是新旧混杂，但在统治其人民方面，却更需要有一套，更需要尽地力、捕盗贼、严刑法，以求达到富国强兵的目的。这就是为什么法家出现在晋、秦的道理之所在。

必须提到魏文侯，他叫魏斯，是魏武侯的父亲，梁惠王的祖父。当时魏尚未东迁，他还在安邑。他在安邑集中了一批人才，其中有段干木和田子方，田据说与庄周是介乎师友之间的关系。正如齐宣王在临淄集中了一批人才一样。所以我认为春秋战国之际，中国有两大文化中心，东边的中心在稷下，西边的中心在西河。西河这边的规模自然没有东边的那么盛大，那么人才济济，但也集中、积蓄了一股文化力量。正如晋国早年的意识形态是自周室而来一样，西河文化中心最早的意识形态也是来自儒家。后来的法家是从儒家中蜕变出来的。儒法截然两途，然如蛾出自蛹、蛹出自蚕一样，蜕变到后来就完全不是一个模样了。孔子弟子子夏（卜商），居西河之上，把邹鲁的影响带到了秦晋，今文水、隰县、郃阳、大荔，均有传说性的子夏遗迹，不是一点也不说明问题的。加以吴起曾受业于曾参（郭沫若考证应是曾参之子曾申），可见儒家在孔子时虽富于浓缩特点，而一旦发展开来，其扩散特点也是很明显的。这一点，从李悝这个人物身上也可以体会出来。李悝和李克是一个人还是两个人，一直有争论。“悝”、“克”，可以是一声之转，大概没有问题。“克”古不读ke而读kei，与hui可以互转。但班固《汉书·艺文志》却在儒家中列7篇，法家中列32篇，这怎样解决？窃以为抛开这些纠缠（在做学问过程中，有时我们非常需要“抛开”，抛不开会出现很多累赘），我们可以说，李悝或李克，7篇或32篇，正是由蚕变蛹、由蛹变蛾过程中一些折光的效果。我们常说法家刻薄，可是试观李悝“兴地利之教”以及“平籴”等政策，甚至较《管子》书中后期法家所传管仲的政策，要醇厚得多。这其中，显然是有着儒家的影响的。

五

最后，来谈楚文化。

与当时北方的鲁、齐、晋文化对比来看，我们几乎可以说楚是另外一个世界。它是一个开发较晚的地区，虽然《史记·楚世家》尽力将楚的历史与中原挂在一起、给人一个“平行”的感受，但它究竟是后进的，显得有些野蛮（请注意，“野蛮”并不带贬义）。它是由以“熊”为大图腾标志、又以畜牧人所习惯的“芊”（读“弥”）为姓的统治家族统治者，所都由秭归而江陵（郢）而寿春，“筚路蓝缕”，开辟荆山，传世约40余代，仅以都郢的年数，就有450年之久。这块地区，东有云梦之泽，西有巫山、巴山，气候土壤等自然条件，影响着楚国的人民从很早就在头脑中充满着某种神秘的色彩，试看他们神话多、迷信多、巫术多，从而文学的想象也多，词藻也多。可以说，这是它们的特点。对比起来，北方文化就显得更实际些，干燥些。

在这里，必须补叙一下宋。宋是殷人之后，一直强大不起来，宋襄公想称霸也失败了。在它的南部，也就是原陈、蔡的地区，与孔子同时，出现过一批鄙视现实政治，无拘无束，逍遥放肆，敢于看出现实的缺陷的人，《论语·微子》篇中所记长沮、桀溺、荷蓧丈人就是其代表人物。这一层人物的意识形态，构成为老子、庄子思想形成和发展的基地。这派思想，流至商业资本比较发达的齐国，成为稷下学宫中最占势力的一派。诸如宋钘、尹文、田骈、慎到、环渊等人，对道家思想各有所发展。同时，他们又和齐地土生土长的阴阳家（以邹衍为代表）平行发展，相得益彰。大体说来，这些人的思想中有着不少朴素辩证法的对立观点，有着对自然和人生的若干朴素的唯物主义观点（自然，同时也有着不少唯心主义观点），有着不少迷信因素和科学因素。从这一套综合的学术中，后来的天文、地理、算学、历法都已茁发了很好的萌芽。

楚和宋，无论从哪一方面考虑，都是可以连成一片的。假如宋的文化结晶是《老子》，楚的文化结晶是《楚辞》的话，那么我们可以说，它们是同根同脉、从同一座花坛上开出来的两朵大花。试看，老子爱讲“道”，爱讲“精”和“真”，爱讲“灵”和“神”，而恰巧《楚辞》中也爱讲“道”（凡36见，据姜亮夫说），爱讲“精”和“真”，爱讲“灵”和“神”。此则必非偶然也。观这两家书中，“神得一以灵”、“其中有精”、“其精甚真”、“保神灵之清澄”、“东风飘兮神灵雨”，纯是一派路数。宋楚文化中这个特征性内容传到汉朝焦延寿手里，就成了“学灵三年，仁圣且神”了。楚文化展览中见一漆棺，开一小门，两神话人物守卫之，这正是“灵”和“神”出入的通道。

可是不要忘记，屈原思想中还另有因素，那就是说，还有忠君爱国思想。这思想，很难证明是自发的。屈原生活的年代，上距孔子在陈几乎要接受楚昭王之聘的时候，已200年，故可推论，屈原不可能没有与闻孔子绪论。由此可以看出，儒家的触角已经伸到楚国了。鲁国儒学的忠君爱国思想伸展到楚；宋国的老子思想伸展到齐的稷下；孔子的许多思想观点通过子夏伸展到三晋的西河；再加以墨子之学在鲁在齐均受锢闭，而后世在秦却得到一定程度的发展。这些现象，正是鄙人撰写本文的主要命意，即要看取先秦诸学派间的网络关系；并且在诸家之中，独儒家最富于扩散性，以今日太平洋诸岸对儒学均如此重视的现象来辅助证明，更足以看出鄙见之或不大谬。

儒道两家间存在争议的几种古籍之剖析

——《管子》四篇、《中庸》(包括《大学》、《表记》)、《道德经》、《易系辞传》四种对读记

一

我立意要写这样一篇东西，盖有如下的两个动机。

其一，是想对鄙人的“八个层面说”进行一些更详尽的阐述。事情是这样的：在拙著《学海暮骋》的《自序一》里，我对先秦文化发展说出了我的“八个层面”的体会。大体是说，在第一个层面上，人们正在蒙昧与文明的边缘上过着卜筮的日子；在第二个层面上，人们有了阴阳两个符号，在使用它们进行排列与组合；在第三个层面上，人们创造了八卦，又发展为64卦、384个爻；在第四个层面上，人们编写了《爻辞》,《爻辞》和《诗·小雅》有若干类似，所以我把它的写成年代拟在公元前8世纪前后；在第五个层面上，亦即公元前6世纪半，孔子出现了，他把《易》一伸手接了过去，把它改造成儒家的；在第六个层面上，孔子死了，他的门徒和他的孙子孔伋（子思）等第二代儒者正非常活跃，也是儒、道、墨三家互相浸润、互相感染的年代，这是公元前5世纪；在第七个层面上，儒、道两家的浸润感染退居其次，其排他性发展起来，于是乎孟、庄两家各领一支人马，互相批判，大显“争鸣”，这时是公元前4至3世纪；在第八个层面上，在稷下学宫荟萃各家的基础上，荀子出来总结，下启两汉之学。

现在我要说，在八个层面中，我很看重第六个。理由很简单，在过去长时期人们把注意力都集中到第五个和第七个层面上去了，即集中到孔子如何如何，孟、庄两家如何如何的上面去了。而公元前5世纪则正是诸家间互相浸

润、互相感染的极其重要的年代。《中庸》，也包括《大学》和《表记》（我们又习惯叫它《礼记》四篇，外加一篇《坊记》），是在这个年代里形成的，这一点怕是没有太大问题的吧；《易系辞传》中有不少论证方式与《中庸》相似，因而我拟定二者的形成年代当相去不远；《道德经》另当别论，它的思想实质的形成当较早，或者说早许多，但它整齐韵语书的写成，或与《中庸》、《系辞》相前后，甚至可能再晚一点；《管子》四篇（《心术》上下、《白心》、《内业》）经郭沫若先生从丛脞中拔擢出来另加看待，它的思想是黄老，但文章内容较《道德经》为粗糙，故可推断其形成当较《道德经》为略早；又其中儒道墨法皆有混杂现象，故又可推断其地缘或在齐国。把所有这些事说说清楚，对先秦文化发展不是会有点益处吗？

其二，我开玩笑地说，现在发生了儒道两家的争夺战。一方不但把《易传》说成是道家的，连《中庸》和《大学》也要说成道家的了。另一方恰恰相反，不但把《易传》列在孔子专著的首位，且将《论语》列在第三位。这真是大相径庭。未来的发展，也许距离更远。我又开玩笑地说：我要参战。但我的立场是不党于任何一方，任何一方有所长，我都肯定；任何一方有不足以令人信服处，我都反对。并且由于双方都是好朋友，有的甚至是长辈，故在议论时绝不提名道姓。我的主旨是，在第六个层面上，事情正处于模糊状态，儒家自从孔子死后，第二代儒家正在衍变；道家就更难说，楚学是如何到了齐的？楚学和齐学的关系是什么？到现在还未见谁说清楚过。有些宇宙、人生的大问题，各家都在谈。举两个最明显的例子。当时大家都在谈"中"和"心"。孔子讲"时中"，老子讲"守中"；儒家讲"正心"，道家讲"养心"（养成"金心"）。若讲到明白处，后世人可以一目了然：这是儒，这是道。可是经常遇到并不那么明白，后世人就该懂得，在公元前5世纪，各家正在互相感染、浸润，还不到孟庄二家旗帜鲜明、壁垒森严的年代。在这种时候，我们把某一典籍一定要死乞百赖地拉归哪一家，有这种必要吗？

下面，我将就本文副标题中所列篇章，逐一予以讨论。

二

先说《管子》四篇。

四篇都是道家作品，是没有问题的。但《白心》为一组，《心术》（上、下)、《内业》为另一组。《白心》的思想与《道德经》最邻近，其文字也精练高妙，其讲“道”的无处不在，讲“功名”与“无成”对立，“进”与“退”对立，纯与老子思想一致。《心术》和《内业》就与《白心》略有不同，于“老”之外又掺进了“黄”（黄帝），掺进了一些养生术，启以后神仙说的门径。郭先生说，一篇之中有“经”的段子，有“传”的段子，这说法很好。当代大学里不也是教授讲正课，助教讲辅导课吗？按照“经”、“传”两分的思路读下去，就发现“经”的段子比较醇正，说出不少早期黄老道学派的一些要旨。如说出“道”“其大无外，其小无内”这样精彩的话。在这里也可看出，道家和儒家的不同，两家都讲“内”，但道家是联系“外”而讲“内”的，他讲“天然”，讲“天无私覆，地无私载”，人在这种天然中“若存若亡”、“大清大明”、“明于日月”。然后再讲自我修养，讲“神入舍”，讲“内聚”和“内德”。

到“传”的部分，就讲得驳杂了。本来嘛，第二代思想就必然比第一代驳杂，以今度古就明白了。试看：“经”里说，“虚无无形谓之道，化育万物谓之德，君臣父子人间之事谓之义，登降揖让贵贱有等亲疏之体谓之礼，简物小未（大）、杀僇禁诛谓之法”，这已经是把道家德目与儒家德目再掺上少许早期法家德目，掺合到一起讲了，不过仍不失以道家本宗宗旨为统帅。到“传”里，本宗的统帅力慢慢减弱，就冒出了更露骨的话：

事督乎法，法出乎权，权出乎道。

这短短12个字，真正显露了道家与法家的纽带联系。由此可见，道家、儒家、法家，都不是“纯粹而又纯粹”、“笔直而又笔直”的东西。此方均有彼方的一点羼入，用郭先生的话说，叫“赃品”。事情是这样的：当郭读到《孟子·公孙丑上》，见孟子讲“浩然之气”时，忽然冒出来“其为气也，配义与道”的话，郭先生吃惊地称呼这个“道”字是“赃品”（见《郭沫若全集》，《历史》Ⅰ，第564页）。其实各家的“赃品”何止这么一点。你家的仓库里有我家的“赃品”，我家的仓库里也有你家的“赃品”，这是极为寻常的事。有人就专查仓库，查到一星一点“赃品”，就把整个仓库说成另一家去了，这样能服人吗？如有人根据《尹文子》中“归一者，简之至；准法者，易之极”这么几句连“赃品”也够不上的话，就证明《易系辞》的“易简”是道家的作品，是道家的仓库中物，成吗？况且尹文已当齐愍王之时，上距前5世纪何止百年，根据一百年后的“赃品”来论证一百年前的仓库，这怎么能叫人信服呢？

现在再说说“四篇”中一些枝枝节节零星文句的事。《白心》中说，“不卜不筮，而谨知吉凶”，这不免令人想起许地山所说儒道两家均出自《周易》的说法之不足信。儒不出于《易》，而是一伸手把《易》接过去予以改造，兹不多论；从《白心》中的话来看，道家自然主义天道观视卜筮不足以知吉凶，亦可助证道家在起源上与《周易》无甚大的纠葛。又，《内业》篇云“天主正，地主平，人主安静”，这已经是“三才”的滥觞了。这和《易系辞传》下篇第10章所云“有天道焉，有人道焉，有地道焉”，带有连续性。

三

再来说《中庸》等《礼记》四篇的事。

《中庸》是儒家作品，但不是第一代儒家的作品，而是第二代儒家的作品。全文33章，自20章以后至26章，作者集中力量在讲一个“诚”字，这颇值得重视。在这一系列的讲说里，颇讲出了一些新东西。我们后人设想，第二代儒家们会如此想，第一代老夫子精深博大固然精深博大矣，但比起道家来思维能力明显低一码，那么，我们不会把我们的思维能力也提高一些吗？于是乎讲出了“诚”的一篇高论。尤其第22章，从至诚讲到尽性，从尽性不仅讲到尽人之性，而且讲到了“能尽人之性，则能尽物之性”，在当时的水平上，这话讲得出格了。用当代的话说，一个人只要把自己内部修养好，只要把内部的能动性充分提调起来，那么，全部大自然的秘密也就有可能被通晓了。这能实现吗？不要紧；不要谴责古人；他们这不是一种狂妄，而是一种超越。《封神演义》里讲什么千里眼、顺风耳，什么神灵祭起一个法宝，也不是一种胡编滥造，也是一种超越。记得1936年冯友兰先生从苏联回来，在清华大礼堂里就讲过这段意思。思想家往往有若干超越时代的设想，不仅不是荒谬，而是使后人感到珍贵。但正由于它超越，底下他就讲不明白了，只好用神秘主义来填补空白，说出什么“不思而得”、“与天地参”这样的话头，到孟子更神秘到“反身而诚，乐莫大焉”的境界了。其实这股思想，还是从孔子的“人能弘道，非道弘人”这八个字里脱胎出来的。其高明处在此；其局限处也在此。这是地地道道的儒家货色。有人挑出一个“明”字，一个“道”字，就说《中庸》是道家的，真是舍本而逐末了。

《大学》和《中庸》，虽未必出自一人手笔，但实质是连续的。《大学》12章，按朱熹说，第一章是“经”，余11章是“传”，而“经”里只不过讲了个“八条目”，而“八条目”和“尽人之性则能尽物之性”是一脉相连的。试看“欲诚其意者先致其知”、“知至而后意诚”这两句话，其局限性也是跟《中庸》22章一脉相连着的。无怪王阳明的弟子陈九川在这两句话上翻来覆去向他的老师问难，说什么“不成片段”、“打不成一片”（见《传习录》）。假如我们今天能代阳明答疑的话，我们将告诉陈九川说，确实打不成一片；但这是一种超越，而不是谬妄。超越不是科学，但能显示科学的某些影子。

《表记》篇的特点，是讲“仁”讲出了新水平。《论语》中讲“仁”次数很多，水平较古拙，还不习惯抓本质属性，不习惯下严格意义上的定义，只习惯用举例说明法，如说这样这样是“仁”，那样那样不是“仁”。《表记》说，“仁者人也”，就鞭辟入里些。并且，讲的层次也多些，从正面讲，从反面讲，讲到“无欲而好仁，无畏而恶不仁”，把“仁”的指标定得更高了。从这里也可以体会到《礼记》四篇是第二代儒家的作品。

顺带说一件小事。似乎到公元前5世纪后半，人们不约而同地谈起“左”和“右”来了。这种谈，自然已经不是像“左手”“右手”那样生活中的谈法，而是带有某些哲学意味了。《管子·白心》说，“若左若右，正中而已矣”；《表记》说，“仁者右也，道者左也”；《道德经》31章说，“君子居则贵左，用兵则贵右”。这三例，除《道德经》所说事涉礼俗外，另两例则多少是对“中”而言，或如《注疏》中说，有相须以成之义；也就是说，两个对立面。

我总这样相信，同时代的东西自必有共同处。我用这个原理考释过《卦爻辞》和《诗小雅》，它们是同时代相前后的作品。同样，我在对读本文所举四种典籍时，发现它们几乎一齐谈“左”和“右”，一齐谈“三才”（天、地、人），一齐谈鬼神的作用。此则必非偶然也，它们一定是同一时代相去不远形成的文献。四种中的《中庸》之制作年代只可能是前5世纪后半，所以我就把另外三种也视为相距不远的了。

四

现在来说《道德经》。

《道德经》的制成年代，可能更晚一点，理由是经文中对战争的感受，纯是一派战国情况的反映。如说到“乐杀人者”、“杀人之众”（30 章），“戎马生于郊”（46 章），“大国取小国、小国取大国”（61 章），“民不畏死”、“民饥”、“民轻死”（74 章），“田甚芜、仓甚虚、厌饮食、财货有余”（53 章），等等。（在以上“大国取小国”的例子里，我取义作“夺取”解，而不像某些家取义作“取得信赖”解）。

正由于成书晚，所以思想较《管子》四篇显得精炼得多，思维水平高。我们说思维水平高，主要指抽象能力高，用老子的话说，是“玄”、“恍惚”。须知，“玄”，“恍惚”，并不是坏意辞。太具体了并不好，像孔子讲“道”，我统计过，三十多个例中仅一二例稍抽象一点，其余都是说的什么邦之道、君子之道、父之道甚至相师之道，具体得很，在哲学价值上较低。人类的思维，要不断排除许多琐碎无关宏旨的废料，向逻辑概括的高度升华。在先秦诸子中，老子做得最好。他能处处游离开具体，做出各种各样的抽象。他看到两个对立面，又看到两个对立面的统一（“玄同”）。他看到发展，看到发展到烂熟，也看到**刚刚的发展**，所以他喜欢讲“未孩”、“孩”、“婴儿”、“赤子”，以及“牝”、“谷”和“微明”。他又揭示“有”、“无”二义，不知不觉中与印度哲学前后同步。这就是魏晋时佛法初入，跟道家凑近较容易、跟儒家凑近较难的道理之所在。

至于《道德经》中有没有“赃品”？大概没有。每一部创立宗派、创立学派的专著，如《论语》和《道德经》，一般不包含“赃品”，或者“赃品”较少。但类似还是有的，如《道德经》54 章讲修于身、修于家、修于乡、修于国、修于天下，这和儒家的修身、齐家、治国、平天下已经很邻近了。可是，没见谁据此论证《道德经》是儒家典籍的呀。

五

最不容易辨析的，要数《易系辞》。

《系辞》是《易传》（十翼）的组成部分之一。“十翼”中有三个部分分上下，故实际只有七个部分。而其中只有三部分最要害，即《彖传》、《象传》和《系辞传》。

在说《系辞》之前，先须说说《易传》总体。历来有关《易传》的争议不外两个方面，一是关于制作的年代，二是关于作者。关于制作年代，各家学说差距极大。30年代李镜池氏受“疑古”之风的影响，把年代定在汉武帝定儒家于一尊之后，这未免疑古疑得太过头了。最近一位老学者认定《易传》是孔子之所亲著，是孔子第一号代表作（《春秋》居第二，而《论语》仅居末席），并说《易传》中的天道观和辩证法是孔子思想之特征性的内容。当然，说《易传》是孔子所作，司马迁、班固都这么认为。马王堆出土帛书中，有说孔子将《易》“居则在席，行则在橐”，还说夫子自道“后世之士疑丘者，或以《易》乎?!”等语。窃以为，所有这些加到一起也不足以证明《易传》是孔子之所亲著。知我罪我在《春秋》，疑我在《易》，一个责任编辑也完全可以说这个话嘛。而我不同意把《易传》作为孔子第一号代表作的最根本理由，是文风不对，气韵不对。西汉人讲“望气”，这其中自然迷信气味很重；但我们看文章，看著作，有没有“望气”的这件事？怕是有的。鲁迅先生用假名“秋隼”在《申报·自由谈》上发文章，很多人一读就觉察了。鲁迅有鲁迅的文风和气韵，孔子也有孔子的文风和气韵，像《论语》就是，《易传》就不是。《彖传》、《象传》、《系辞传》的文风和气韵最像《中庸》，《象传》中的“大象”特别像。我据此私拟《易传》是第二代儒生闻夫子之风者，或者保留下什么笔记整理而成的。这年代最可能是前5世纪后半，即鄙人所谓之第六个层面。再者，不说文风和气韵，就以使用的词汇看，《中庸》讲“时中”，《易传》也讲“时中”；《中庸》讲“遁世”，《易传》也讲“遁世”；《中庸》讲“载物”，《易传》也讲“载物”；《中庸》讲“经纶”，《易传》也讲“弥纶”；《中庸》讲“神鬼之盛”，《易传》也讲“神鬼之情”；《中庸》讲“隐恶扬善”，《易传》也讲“遏恶扬善”（在这里一个“隐”字和一个“遏”字存在着强度上的差别）；《中庸》讲一个“顺”字，《易传》也讲一个“顺”字；……所有这些，难道都是巧合的吗？

现在说另一派。这一派说，《易传》全是受了道家影响，受了老子很重的影响，甚至受了庄子很重的影响。《易传》制作时，庄子尚未出生，怎么个接受影响法呢？不能因为海外的道门有钱，我们就可以扩大宣传，不能这样。“文章千古事”，我们还要考虑到若干年后人们怎么看。我们承认，在《彖传》、《象传》、《系辞传》三者中，以《系辞传》受道家影响较重，大不了是这么个问题。最近有人提出“儒道互补”这个提法，我倒是很拥护。中华文化，说到底，不过是个儒道互补的事情。汉武帝定儒家于一尊，到头来尊到何处去了？

现在有人出来尊道，说儒家坏的积淀很重。道家就没有坏的积淀？怕更多，像采补、御女术之类。不用说这些叫人脸红的积淀，就说光明正大的吧，有人说，刚健有为，自强不息，固然是好传统，但以静制动、以弱胜强也是好传统。但我认为，二者不能同日而语。提倡什么、不提倡什么，是个导向问题。导向自强不息，没有流弊，或者说流弊较少；导向以静制动，两三千年来的尔虞我诈、权诈术数，难道还太少了吗？

现在我来说我自己的看法。我认为，《易系辞传》仍然是儒家的典籍。用前边诙谐的表述法，仓库仍是儒家的仓库，不过这一间仓库里各家的货色多一些就是了。我这样认为，理由有下列一些。第一，根据《史记》、《汉书》和帛书的记载，孔子“作”过《易传》。虽然我根据文风和气韵，认为不是孔子所亲著，但其为儒家典籍是无可否认的。《易传》又名十翼，《系辞》是十翼中之一翼。根据逻辑和名分，它当然是儒家典籍，是无可置疑的。第二，《系辞》行文用词，与第二代儒家的作品《中庸》颇多类似之处，故可判断两篇文献或同出一人之手，或为同一组人中的分别制作。第三，《系辞》下篇第7、8、9、10、11诸章，谈到《易》的最初制作，谈到《易》的制作历史，其语气与身份似非孔子本人莫属。什么“其有忧患乎”、“为道也屡迁”、“危者使平，易者使倾”、“原始要终以为质”等等，不是对历史对文化有着极深厚素养的人如孔子者，是说不出这些话来的。第四，即便羼入了道家，也不是照搬，而是加以改造，如上篇第1章一开头“天尊地卑，乾坤定矣”，接着说“卑高以陈，贵贱位矣”，这不纯是道家的语调，而是使用儒家观点立场将道家自然观与儒家社会观加以融合改造的结果。孔子对文化是善于改造继承的。他为什么在临终前要说“罪我者”在《春秋》、“疑我者”在《易》这种话呢？根据我个人的体会，一般人习惯因循，不习惯改造，孔子担心后人不服他对《春秋》和《易》的改造，所以才留下了“罪”、“疑”这两段意思的。

《管子》与齐国历史的关系

一

《管子》一书，号称难读。郭沫若说它“简篇错乱，文字夺误，不易董理”[①]。故郭氏不惜以两年之精力，在闻（一多）许（维遹）的原有基础上写成百万字的《集校》，以利后人。但校勘之业，局限性本来很大。其高明者，谙熟先秦诸典籍，遂使用“串连法”进行校勘，如谓某字某句在本书发生误讹者在另一书中则未发生误讹，串连校理，令人豁然。但在另种情况下，则校理者亦宛如瞎子摸象，如《山高》（即《形势》）篇中有“抱蜀”一词，“蜀”之一字，校勘诸家有拟校改为“器”者，有主“獨”者，有主“蠲”（意为洁）者，有主“椟”者，有主“铎”者[②]，令读者最终亦莫衷一是。此校勘本有之局限性，非董理之不善也。《管子》之外，另举一例。《晏子春秋》中言晏婴之简朴，曾列一早餐菜单，中有“三弋、五卯、苔菜”之句，校勘训诂诸家亦为之手忙脚乱，“弋”谓射来之飞禽，“卯”为“卵”之误，“苔菜”本无问题，但亦有训为“茖”者[③]，无怪陈寅恪不敢读先秦两汉之书矣。

且《管子》一书，非但文字夺误，其内容思想实质，亦极难辨析。冯友兰

① 《管子集校》叙录，《郭沫若全集》历史编第5卷，人民出版社1984年版，第1页。

② 《管子集校》叙录，《郭沫若全集》历史编第5卷，人民出版社1984年版，第63～66页。

③ 吴则虞：《晏子春秋集释》，中华书局1962年版，第423～424页。

曾于50余年前说过“现在所有题为战国以前某某子之书，原非必谓系某某子所亲手写成”，又说“现在所有多数题为战国以前某某子之书，当视为某某子一派之书，不当视为某某子一人之书”[①]。冯氏逻辑紧密，加“多数”二字，以表示不排斥“少数”。而《管子》一书，即“少数”中之一部也。郭沫若说：“管子书乃战国、秦、汉时代文字之总汇”，“道家者言、儒家者言、法家者言、名家者言、阴阳家者言、农家者言、轻重家者言、杂盛于一篮”。[②]此语甚精当。《管子》一书，非但不是管仲亲手写成，亦非管子一派之书，而是战国、秦汉时期不少人前后动过无数次手脚的一部总汇；但是在这里必须加写一句，即不管有多少后来人动过手脚，管仲、齐桓公时候的一些情况的“内核”，则依然贮藏或反映于其中。

《管子》书的内容，确乎是五花八门。试略举例以说明之。如《山高》（即《形势》）及《宙合》、《心术》诸篇，读之宛如读老子《道德经》，不仅辩证的逻辑思维二者相近，即意境之新奇、措辞之隽丽，亦颇多近似之处，此诸特点说明，其为道家思想甚浓之人所撰著，盖无疑义。再如《弟子职》一篇，为训蒙之辞，恂恂儒家。且《管子》书中与儒家沾连之作，非仅此一篇，在不少篇中吾人发现其与孟子“民本”思想相毗连，与荀子“制天命而用”的思想以及“王”、“霸”之论，均十分类似。荀子每爱于散文之外，使用韵文叠字掺杂其中，如《成相》、《赋》等篇。《管子》之中，此亦不少。如杂篇《小问》中“眴眴乎何其孺子也？”“庄庄乎何其士也？”“由由乎兹免，何其君子也？”《宙合》中“泉踰瀷而不尽，薄承瀷而不满”；《侈靡》中“标然若秋云之远”、“蔼然若夏之静云”；以及《四时》篇中“五漫漫，六惛惛”等等，均明显地为受荀卿影响极深之人之所撰著。故鄙人极不同意《管子》为王莽时人之所著（见后文），亦不同意为吕后、文景时人之所著，而深疑为田齐宣王、愍王时期荀子后学所纂。但是否有当，殊不敢自必，揭之以请教于高明耳。

且《管子》书中，阴阳五行家之学说，亦正在雏形状态之中。试观《五行》、《四时》、《水地》诸篇，使用对数字的选择与安排，将自然、人身、甚至道德条目交叉配合在一起，摆弄成四方、四季、五音、五味、五脏、五虑、九窍、九德等等，此即两汉谶纬迷信与天文科学之滥觞也。特别是两汉的“五德”（金、木、水、火、土）在《管子》书中仅有三德（星德、日德、岁德），

① 冯友兰：《中国哲学史》上册，中华书局1961年版，第43～44页。

②《管子集校》叙录，《郭沫若全集》历史编第5卷，第18页。

可证《管子》一书主要内容之成形，当在两汉之前，而不在两汉之时。至于《轻重》十六篇（亡失三篇），因马非百（元材）有专文论列，故本文亦于下节中专节辨正之。

二

马非百远在32年前曾著长文，标举六点以证《管子》书中《轻重》十六篇为王莽时人所作[①]。继后，复成《管子轻重篇新诠》一书，郭为《集校》时犹注为“稿本”，可见当时尚未出版。郭之按语有“证据薄弱，说难成立”[②]等语。笔者迄今未得购读，故只好仍以32年前长文中六点论证作为对象，于以下提出个人的见解。

“六点”中第一点，是“曲逆”。它既是一个地名，又是一个人名（不管其为真人之名，抑或古书中捏造之人名）。今河北完县有水曰曲逆，据说以水流回湍曲复而得名。曲水流域，汉时有曲逆县，属中山郡。汉高过之，见其屋室之大仅次洛阳，有“壮哉”之誉，乃封陈平为曲逆侯。这是一桩事。另一桩事是，《管子·轻重甲》篇记齐桓公与管仲反复讨论夏桀的天下为什么被商汤取去了的问题，其一是桀好为“妇女钟鼓之乐”，其二是中了“汤之阴谋”。什么阴谋？管仲说，“女华者桀之所爱也，汤事之以千金；曲逆者，桀之所善也，汤事之以千金。内有女华之阴，外则有曲逆之阳，……”这件事基本上是随便说的一句古话，但也不是一点影子都没有。《竹书纪年》中有岷山二女的影子，《墨子》书中有桀之“邪臣”的影子，就像《穆天子传》中有伯夭这样一个“舌人”的影子一样。有这么个影子，但又无法进一步考证落实，古书古史中类似的事例很多。但马氏却仅就传说中夏桀时之曲逆是间谍，而西汉时当过间谍的陈平又封在曲逆这一点，遂断《管子·轻重》十六篇必为陈平以后之作。试问，这能叫人相信吗？

其第二点，是“鲁梁”。《轻重戊》篇记齐桓公与管仲的讨论中，多次提到“鲁梁”。马氏说，汉之鲁国为恭王刘馀之所封，梁国为孝王刘武之所封，故《管子·轻重》诸篇，不得早于梁孝王。其实不然。在山东城武县东北25里与

---

① 马非百：《关于〈管子·轻重〉篇的著作年代问题》，《历史研究》1956年第12期。

②《管子集校》叙录，《郭沫若全集》历史编第5卷，第31页。

金乡县毗连处有梁丘（按远古地名多先用“丘”，然后用“邑”，置郡县时用“县”，如封国在此则用“国”），《左传》庄公三十二年宋公与齐侯在此遇会。故“梁”之名，春秋已有之，不必俟彭越、刘武之被封始县。且古今地名，有较严格之地名，亦有粗指某一带地域而言之地名，《管子》书中此类粗略地名正复不少，如“鲁梁”、“莱莒”、“谭莱”、“滕鲁”、“齐晋”等等，其“齐晋”一辞，尹知章注谓“齐之西而晋之东”，诸校家群起而驳之，而吾独以为不错，盖尹氏明粗指之义也。“鲁梁”即粗指潍水以北、泰山以南，兖、沂、曹、濮之地而已。与汉之梁孝王又有何干系?!

第三点，《轻重甲》篇中有句云“天下之国，莫强于越”。当然，齐桓、管仲之时越国藐然小哉，正臣服于吴。从历史时间上看，这自然是不对头的（《管子》书中这种不对头的事很多，我们从来不否认）。但公元前6世纪末、5世纪初之时，齐国正处在景公长时间统治结束之后，孺子荼、悼公、简公、平公几位末代国君日子很不好过的时候，越王勾践灭了吴。这也是鲁国哀公的时候。当此之时，齐鲁均已转衰弱。吴未灭之前，大家有“莫强于吴”的印象，吴舟师伐齐之事，非止一次；那么一旦越灭了吴，自然而然“莫强于越”的印象就接上了。这恰好反映，编写《轻重》之人，正处在姜齐田齐交替之际。刘向《说苑》卷4有“越甲至齐雍门”事，可证。马氏所谓“越”指南越，是汉武帝制楼船征南越事件的反映，实在是不着边际。

第四点，《轻重甲》篇中有这样一段情节，即管仲教齐桓公“立五厉之祭”，用鱼为祭品，则“泽鱼之征，百倍异日”。又《国蓄》篇中有这样一段情节，大意说，给天子缴租是用货币，给诸侯缴租是用粮食，所以诸侯就可以从粮食上大做文章，“谷贵则万物必贱，谷贱则万物必贵。两者为敌，则不俱平。故人君御谷物之秩相胜，而操事于其不平之间”。但马氏则根据上述两段情节，说前者是汉宣帝时耿寿昌奏增“海租三倍”之反映，后者是耿寿昌请立常平仓、行谷物国家专卖的反映，这实在是风马牛不相及。以鱼税而言，《管子》中所说是鱼多收税就多，粗言曰“百”；而汉官所奏是要定一制度，严格提高“三”倍。“百”与“三”，两者泾渭分明，何容混淆。

马氏之五六点，郭氏已驳①，兹不赘言。综括以上，足见马氏六条，均难成立。

---

①《管子集校》（四），《郭沫若全集》历史编第8卷，人民出版社1985年版，第318～319页，及第414页。

三

《管子》书为王莽时人所作之说既已排除，那么，《管子》书中是否反映有齐国历史的某些情况呢？我们说，这是肯定的，现在分做几个大项述之如下。

第一项是村社。《管子·轻重甲》中有“不资者得振”句，“资”字校勘家以为当作“澹”，即“赡”之意；“振”即“赈”。又有“无以与正籍者，予之长假”、“死而不葬者，予之长度”。“假”，有训为贷款者，马非百独以为假田，郭沫若是其说。“度”即“宅”，谓葬地。贫穷的人会得到赈济，流人会分配到公田，死无以为葬者给葬地。无疑，这都是村社的传统制度或风俗习惯。《入国》篇中有“死上共棺椁”句，校勘训诂家虽皆不得其确解，但联系上文，则知为“行九惠之教”，其“九惠”有掌老、掌幼、掌孤、掌养疾、掌媒、掌病、通穷等，全是村社共同体的职能。特别其中规定“养一孤者，一子无征；养二孤者，二子无征；养三孤者，尽家无征”，全是淳朴的古老礼俗。执行这种职能的，叫做“社”。《侈靡》篇中有句很重要的话说，“千聚无社谓之陋”。按《乘马》篇曰：“方六里，命之曰‘暴’；五暴命之曰‘部’；五部命之曰‘聚’；聚者有市。”则一聚当为方百五十里。校勘家认《侈靡》篇“千聚”当为“十聚”之误，那么就是说，十个聚没有“社”，那就太不发展了。这种社，血缘味道浓重。《轻重已》篇中说“祀于大宗，同族者入，殊族者处”，校勘者云“处，止也”。不同血缘的人，不能参加祭祀典礼。但“礼”也可以临时设置，如《战国策·齐策五》苏代说齐闵王的话中透露，大出兵之时，军中有“军市”，“通都小县置社”，这也就是《周礼·小宗伯》所说的“若大师，则帅有司而立军社”。东汉的蔡邕说“大夫以下成群立社，曰置社”①。通过这些材料，我们可对“社”增加体会。“社”，就其原意，是人们古老的共同体，带有浓厚的血缘气息；于社中，执行许多古老平均主义的风俗和制度，还有许多互助互济的规定；这是一个方面。从这个方面说，“社”带有一定的封闭性。但它也有发展的倾向，如大夫以下可置社，行军时军过处可置社，有市；并且一定范围内没有“社”就被认为“陋”。这样的“社”，被逐渐强化了的非血缘的官僚体制的国家，顺手接了过去，就自然而然地成了国家的基层单位。

第二项是关于盐铁。马非百氏即因盐铁一事是西汉一大政事，故一定要把

①《汉魏六朝百三名家集》之《蔡中郎集》。

《管子》书拉到西汉去。其实，西汉有西汉之盐铁，齐国有齐国之盐铁，何能混为一谈？试观《地数》篇中有“以四什［倍］之贾（价），循河、济之流，南输梁、赵、宋、卫、濮阳”，这口气很清楚是齐国的。且《管子》书中谈盐铁的话都很古拙，与《盐铁论》中的话头迥非同时代的言词和调子。如“煮沸水为盐”一句在《轻重》诸篇中多次见到，校勘家有疑“沸”字为“泲”者，有疑为“沛”者，均欠妥。《册府元龟》及《通典》均作“煮海水”，较平实，又切合实际。又如“十口之家，十人咶盐；百口之家，百人咶盐”，“无盐则肿”，“齐有渠展之盐，燕有辽东之煮”等语，都是些古朴的话语，且是发自滨海者。只有“孟春既至，北海之众，无得聚庸而煮盐”一句，已经初步显示了国家权力的干预，但与后世“盐铁专卖”还是截然两码事，因为上文是说，为了集中劳动力于开春农忙，故修垣墙、冢墓、台榭、煮盐等事暂时停罢，并非专门垄断煮盐也。

至于冶炼金属（特别是铁），看来是从部落间的冲突和对武器的需求引起的。《地数》篇中管仲和齐桓公是从黄帝和蚩尤间的冲突谈到远古人对寻找矿苗已经积累了经验，“上有丹沙者下有黄金，上有慈石者下有铜金，上有陵石者下有铅、锡、赤铜，上有赭者下有铁”。据说蚩尤掌握了这些金属，就制成了剑、铠、矛、戟等武器，从此部落间的战争也就逐步激化了。在管仲和齐桓公的谈话中又提到一点，即对金属资源的封禁。“君谨封而祭之，距封十里而为一坛，是则使乘者下行，行者趋；若犯令者，罪死不赦，然则与折取之远矣。”必须指出，这是一种对矿苗现场之一种原始性的封禁，将它神秘化，并用死罪来杜绝盗矿的行为。管仲对齐桓公讲完了以上这段古事又说齐国当前的事，他提出齐国的封禁法令，就比传说中黄帝时严厉多了：“谨封而为禁。有动封山者死罪不赦。有犯令者，左足入左足断，右足入右足断。则其与犯之远矣。”这种惩罚，要比传说黄帝时的惩罚更少神秘性，更多国家政法权力的严峻意味。控制了金属矿源，就可以铸兵器，慢慢由兵器及于农具，《小匡》篇说“美金以铸戈、剑、矛、戟，试诸狗马；恶金以铸斤、斧、钼、夷、锯、欘，试诸木土”。从以上种种，我们可以设想齐国制造铜、铁兵器农器的大略情况。

第三项，是关于国家政策对农业和对商业货币二者间关系的巧妙掌握问题。在《管子》书中谈这个问题最精当也最露骨的，要数《国蓄》篇了。《国蓄》篇的作者明确地站在新兴诸侯国家国君的立场上，认为应当把整个国家的经济利益，全输送到国君的这一条管道中来，其最为强调的主要观点是：“利出一孔者，其国无敌。”在这句话后边，还有“出二孔者，其兵半诎。出三孔者，不可以举兵。出四孔者，其国必亡”。于是，什么是“一孔”、“二孔”、“三孔”、“四孔”，就引起争论了。有人说“一孔”指君，“二孔”指相，“三孔”、“四孔”指臣民。又有人说，“一孔”指币（货币），“二孔”指谷（粮食），“三孔”指富家，“四孔”指诸侯（别的国家）。这些解说，都欠妥贴。不过“利出一孔”的话头，《韩非子》、《商君书》、《孙子兵法》中都有，都是说国家经济利益，要全输送到国君这一条管道中来，则是不容置疑的。

作者强调君权，说“予之在君，夺之在君，贫之在君，富之在君”。但作者又知道，民是“予则喜，夺则怒”的，所以又教导国君“见予之形，不见夺之理”。这句话最阴险，给点好处要扩大宣传，剥削去的却要无声无息，使被剥削的人不觉察。同样的话，在《轻重乙》篇中重现，可见这话很关键。怎样才可以不声不响把利益统统输送进一条管道呢？回答是“智者有什倍人之功”，就是要耍弄手段，像“蓄贾游市”一样，在贵贱、轻重、聚散、射泄方面下功夫，“民有馀则轻之，故人君敛之以轻；民不足则重之，故人君散之以重。敛积之以轻，散行之以重，故君必有什倍之利”。作者最后说：“故人君御谷物之秩相胜，而操事于其不平之间。”“胜”，就是统治。人君就靠在谷物贵贱不平之间操纵，来进行统治。这种思想的萌芽，恐怕在管仲时候已经有了，但到这么成熟的地步，则非田齐末季不可。这和孟轲所说“万乘之国弑其君者，必千乘之家；千乘之国弑其君者，必百乘之家；……不夺不餍”的情况，是同一个时代。孟轲指摘的是政治大流，《管子》书所献策的，是如何使这股政治大流在财政经济上得到充分的支持。二者说的是同一件事，即取代血缘贵族的新国家的强化。

四

在这最后一节中，我谈一个问题，即对《管子》书中的材料，当我们进行史事考证的时候，应当采取怎样的态度？我认为，我们既不可尽信，又不可以尽不信，须严格查证而后用之。兹举齐桓公“存三小国”之事为例。

在《大匡》、《中匡》、《小匡》三篇中，《管子》书的纂辑们讲了一些桓公时齐国的历史。其中包括“存三小国”的事。所谓“存三小国”，指存杞、存邢、存卫。在存三小国之后，齐桓公声誉大大提高，“天下诸候称仁焉”。可是这三桩史事，在史书中著录的情况不同。《史记·齐世家》只记了一桩（存卫），《国语·齐语》和《春秋·左传》中记了两桩（存邢和卫），只《管子·大匡》中三桩事都记录了，而又包括可疑的情节。

关于历史年代，“三匡”中记载的非常紊乱，全不可靠，我们毋宁信赖《春秋》，《春秋》中虽也偶有夺误，但基本是可以信赖的。在桓公统治的43年（前685～643）中，特别是后期的二三十年间，戎狄的活动特别急骤。其中包括山戎、白狄、赤狄、淮夷等。单以今山东、河北一带而言，在桓公二十四年至二十八年（公元前662～658）这五年期间，狄人伐了邢，又伐了卫，桓公联络几个国家出兵，替邢人在夷仪重新筑了城，替卫人在楚丘重新筑了城。《国语》、《春秋》所记略同，只《大匡》篇中增记了“予邢车百乘、卒千人，予卫车三百乘、甲五千”的情节。《管子》书中又多出来的内容，是在“存邢”、“存卫”之前，加了“存杞”一段。大意说，宋欲伐杞，桓公欲伐宋，管仲不同意，派曹孙宿去做外交说服，宋不听，“桓公筑缘陵以封之，予车百乘，甲一千”。这是一段从一般史料中溢出来的内容，它的可靠性如何？值得我们考虑。

杞是夏禹之后，姒姓之国，周初武王封东楼公于杞，即雍丘，当即今之河南杞县。宋人所伐之杞，或当在此。春秋前期，杞忽又迁国至今山东安丘。为什么迁？怎样迁的？这是一段史料中说不清楚的事情。近人王献唐氏立为新说，“盖东楼公未封杞前，早在山东之诸城自有其国。封杞而后，旧国仍在；迨杞不守，其后嗣仍回本土耳”[①]。此说究能否成立，当俟续证。按缘陵一地，《汉书·地理志》臣瓒说缘陵就是营陵，其地在今山东昌乐县东南十余里，距安丘东北部甚近。这缘陵地名，倒成为考证落实的关键点，因为《左传》僖公十四年（齐桓公三十九年）有“诸侯城缘陵而迁杞焉”之语，与《管子·大匡》篇所记，两相符合，令人感到《管子》书中亦并非尽是“齐东野人之语”。

《春秋》与《管子》中复有两条，非常值得研究历史的人的注意。其一是《春秋》在鲁闵公二年（齐桓公二十六年）记“齐人迁阳”四个字，无传。阳在何处？传注亦无交代，只说“齐人逼徙之”，为什么“逼徙”，亦不清楚。是否齐都蔡丘受逼，被迫临时迁阳？亦不知晓。其二是《管子·大匡》篇中突然

① 王献唐：《山东古国考》，齐鲁书社1983年版，第242页。

记载："狄人伐。桓公告诸侯曰，请救伐，诸侯许诺。大侯车二百乘、卒二千人；小侯车百乘、卒千人。齐车千乘，卒先致缘陵，战于后故，败狄。其车甲与货，小侯受之，大侯近者以其县分，不践其国。"此段事，甚离奇。郭沫若《集校》中概未涉及，大概是因为这一段文字无校勘的必要吧？王献唐讲杞一段，文字曼衍，而独不提此段情节，也不能说毫无原故吧？但当时狄患甚剧，到处波及，故当时狄人到底伐过齐没有？到没到过缘陵？从《管子》书引发这个问题，倒是颇值得我们研究的。

《管子》书的史料价值

一

《管子》书一直被视为“子部”之书，单就这一点就是可以争议的。《管子》书与一些诸子书不相类似，它是“一书多子”。它挂的是管仲的牌子，书中亦不无少量管仲管理国家政事的遗闻遗记；但就全书来看，特别就其中的精彩篇章来看，则无疑是道家思想占主导；道家之外，阴阳家学说、儒家学说、墨家学说甚至辩家、兵家内容，均丛脞于其中。《管子》书这个特点很突出，跟大量的“子部”之书很不一样。我倒觉得，把它当作“史部之书”，仿佛更实际些，而这也是我写作本文的目的之一。

在“九流十家”中，《管子》书属于哪流哪家，也有争议的余地。《汉书·艺文志》把它列在“道家”，本甚停妥；但自《隋书·经籍志》以下，直到《四库提要》，却将它改列在“法家”，这就值得商榷了。这涉及到《管子》书的成书年代问题。历来没有人或很少有人认为《管子》书是公元前7世纪的成品，倒有不止一位学者把它的写成年代下拉到公元前2世纪，甚至公元时候。但绝大多数学者则公认它是公元前4世纪的产物。当时正是田齐威、宣二王在位之时，当时法家思想体系尚未形成。此其一。法家思想，形成在“三晋”偏内陆的军事强国，而实施于西北高原国家的秦，它的发展与东方滨海、商业货币相当发达的齐国，说不上有多么密切的因缘。此其二。有人说，齐有“齐法家”，此说也值得争议。充其量，管仲当年治理国家时已经有了一些“尊君”和强调“权”、“柄”的提法，这算不得是法家。并且说到底，法家确实谈不上什么一流一家，也不过借道家部分思想为基础，推行其“政术学”而已。其目的，在于把人民的手脚捆绑起来，实行专制。故蒋介石对法家感兴趣，江青对法家亦感兴趣，此中绝非偶合也。宋朝科举把《管子》列在命题范围，其用意亦大体相同，而《管子》书实际尚不如此，它除了也教导统治者，把劳动人民的剩余劳动产品榨入“一孔”之外，还说了很多很多更丰富、更有意义的东西（详后）。根据以上的论列，窃以为《管子》书不得谓为法家之书。

因此，《管子》书在中国史学史和中国文献史料学中，应保有一定的地位，因为它在先秦社会经济发展史上，在先秦意识形态发展史上，都有很重要的资料价值。这价值是双重的，当分述之于以后的诸节之中。

二

请允许我从先秦较早的三个文化基地谈起。

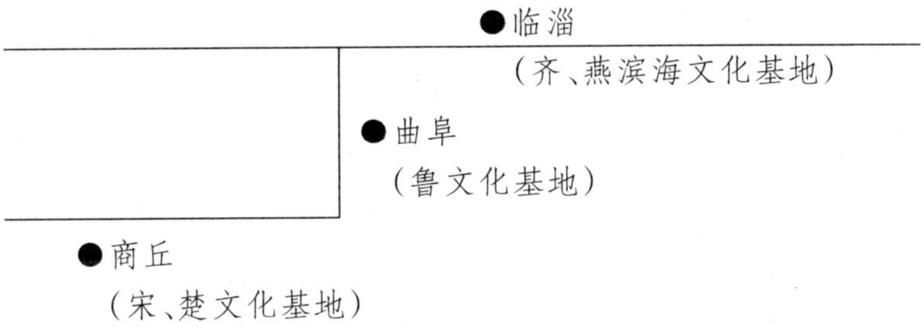

先说鲁文化。鲁文化是姬姓周室的定型文化。当然，开头也并不定型，“周监乎二代，郁郁乎文哉”。可是它在既“文”之后，也趋于定型化。它的排他性很强，杞国因参用夷制，《春秋》中就将其一贬再贬，自侯而伯，自伯而子。孔子的《论语》，浓缩的特点很突出。《论语》的思想也是很丰富的，但没发展开来，呈浓缩型。这和鲁是小国、是交换经济发展不足的国家，可能有关。

再谈齐文化。齐文化，是不是可以叫“齐、燕”文化？值得考虑。本文作者十余岁时，见青岛棠邑路有“齐燕会馆”，当时脑子一动，为什么不叫“齐鲁会馆”，偏叫“齐燕会馆”？70岁后，读Max Weber的文章，讲到希腊、罗马的“古代资本主义”，讲到滨海性。我们自然绝不照搬，但这对理解“齐、燕文化”，有没有启发？自然，齐、燕人从未像希腊、罗马人到摩洛哥那样，到日本或朝鲜半岛去抓俘虏奴隶；但濒临北海（渤海）这一点，算不算一个重要特点？它地硷卤，只好靠矿冶、煮盐、捕鱼、养马，来发展经济。因此，《管子》书中一直讲“流通”。这是中国古代经济思想史中最突出的内容。此外，阴阳家的大九州、小九州之说，虽不免“善夸”之嫌，但假如不临滨海，就不可能产生这些对宇宙的幻想。总之，齐文化对比起鲁文化来是开放型的，大概不成问题吧。

再说宋（楚）文化。宋不是头等国，宋襄公想霸也没有霸起来。他无法跟齐桓、晋文比。但宋（楚）地区，属于相对晚开发地区，在这片北到曹州、南到阜阳的地区中，却孕育了老、庄派富于人生幻化的思想和文化。它对于鲁文化和儒家思想，先天就是一个对立面，或云纠正剂。这规定了老学和道家思想（后来叫“黄老”，又叫“庄老”）不可能到鲁国去茁根，而只可能到齐国出茁根。“稷下学”或“齐学”的基调是宋（楚）文化中道家思想的蔓衍，主要原因是齐国人对宇宙的幻化和宋（楚）人对宇宙和人生的幻化，有结合在一起的机缘。

今以《管子》书中某些篇章的内容，拿来作例证。试看：（一）从《水地》、《四时》、《五行》以及《度地》、《地员》这些篇章中，我们可以看到这是一组处理社会、国家和人民日常生活所日用的综合性文献，其中包括天文、地理、节气、物候等内容，而贯穿在这些文献中的思想，则无疑是道家再杂以阴阳五行说的一种混合思想体系。大体，这些篇章，是介乎《夏小正》和《淮南子》“天文”、“地形”、“时则”、“山”、“林”诸训之间的一种产物，而又跟《王制》、《司徒》、《禹贡》、《山经》、《水经》的内容，有某种的邻近。这些，全不是治理国家的法条，而是治理国家必不可少的“百科”参考依据。但从这些文献里，甚至可以嗅到儒、墨二家的残迹，却找不到法家的思想和措施。（二）《山高》（今名《形势》）和《宙合》，几乎历来的人都公认是《管子》书中的最佳篇章；但这两篇，从思想到文辞，全是老子式的和荀子式的，连老子精妙的辩证法和荀子富丽的赋体排句，都表现得十分明显，这跟法家的“刀笔”式的文章，一接触就令人感到判然不类。（三）《弟子职》，是一篇纯儒家的小学教规，可见齐的初等教育，仍衍用鲁法。（四）“三匡”（《大匡》、《中匡》、《小匡》）是齐国对桓公与管仲执政时历史过程的追记，对比起鲁《春秋》来，它显得粗糙，在年月和地点的记录方面欠精确，但也可补《春秋》中的某些不足。“三匡”之外，还有《霸形》、《霸言》、《问》、《戒》诸篇，亦多是追记桓公与管仲议论大政的一些片断，这里边已经具有突出君权的内容了，但它既讲“权”和“独断”，又讲“德”和“利”；有德并能谋国得利的君，才是“明君”。这跟法家的讲法还不一样。（五）《侈靡篇》是整部《管子》书中的一朵奇葩，郭沫若氏于《奴隶制时代》中有专篇论列，但他关于此篇为吕后时的制品的考证，窃以为尚不足服人。这篇文章，显然是齐国威、宣二王时候某些“古代资本主义”思想之集中的爆发。即便在所有先秦文献中，它都算得上是独特的。（六）只有《法法》、《重令》、《法禁》、《任法》、《君臣》以及《明法解》诸篇中，贮有法家的一些论点，如什么“生之、杀之、富之、贫之、贵之、贱之”等“六柄”之论。有关这些篇章，第一，它在《管子》书中所占比重不大；第二，很多学者的论文都说这些篇章是以后秦、晋法家后学作品的偶然羼进。

根据以上的列举，我们可以看出，《管子》书中的占主导地位的思想不是法家思想，而是道家思想和阴阳五行家的思想；儒家思想和墨家思想也偶有羼进。只在追记齐桓公和管仲执政的若干篇章中，有一些法治和尊君的内容。充其量说，这些只是法家的萌芽或远祖，而不是其成熟体。

三

除开有关思想派系的纠缠之外，《管子》书中倒是贮藏了不少齐国前后期社会经济发展的大量资料和印象。试想，公元前后刘向校理自秦灭六国所抄来而未焚毁的文献资料时，围绕着《管子》一目的就有564种之多，他将内容重复的删除归并，定为86篇，今仅存76篇，由此可见在此书编定过程中，其资料来源的丰富程度了。窃以为，从此书中至少能看到如下的六项内容。

第一，我们从《管子》书中，可以看到古人对矿山金属知识的积累。他们已经懂得，山中蕴藏着人们所需要的财富。他们叫“山之荣”。他们已经懂得，裸露岩石色泽的不同（如丹沙石、磁石、绿陵石或赭色石等），象征岩下矿藏的不同（黄金、铜、铁、锡、铝等）。这种知识，有利于觅矿和采矿。《管子》书中不止一处著录这些内容。并且，即便最古老的统治者，也已经懂得封锢矿山，不让随便开采。不过，他们不像朱元璋靠专制主义进行封锢，古老的统治者是借助于神秘主义，一旦封祭，就“乘者下，行者趋，犯者不赦”。国君使用徒隶进行鼓铸，然后将金属“赋”予农夫，以制农具。《管子》书中和《国语·齐语》中所著录的农具名色，是诸书中最多的。农具之外，还铸造兵器和钱币。齐国能在“五霸”中成为第一任霸主，和矿冶发达、兵器较精良不能说没有关系。

第二，我们从《管子》书中，可以看到盐的制造和出卖。当时人们已经懂得“无盐则肿”，“十口之家，十人咶盐；百口之家，百人咶盐”。“咶”，有人作“舐”，闻一多训“啖”。这就是说，盐是不可缺少的日用必需品。滨海之国，煮海为盐。在这一点上，文献中提到齐，就连带提到燕，所谓“滨海性”，古人也已经意识到了。国家煮盐，百姓也煮盐。但国家有约制，开春农忙，禁止聚煮，以保本业。盐制成后，沿着黄河和济水水道，运销梁（开封）、赵（邯郸）、宋（商丘）、卫（卫辉）、濮阳一带，这些无盐之国，就依靠齐、燕的“远馈而食”，其价较原产地高四倍。并且还可以输到阴山（原文“阴王”，此依郭沫若校）换马。而马又是当时战车战争中不可缺少的因素。

第三，从《管子》书中，我们又可以看到古代商业资本发展的种种情节，特别在《轻重》16篇中，看到大量讲社会流通的内容，这不能不说是最可宝贵的了。在公社未瓦解时期，人们过惯了“死徙无出乡”、“农之子恒为农”的生活，虽也有一点“远服贾”的事迹，但究竟是极少量的。从姜齐到田齐，社会交换频繁起来，人们的头脑越来越活了。并且齐国土壤，可种植面积据说只有4/5到3/4，单靠农业生产不行。所以齐人开始想：“一可以为十，十可以为百”，“勇胜怯，智胜愚，疾胜徐”；他们开动脑筋，研究物品在社会需要方面的“贵”或“贱”，以决定对这些物品是进行“聚”或“散”，进而影响市场价格的“重”或“轻”，“重”了就要赶紧“射”（收购），“轻”了就要赶紧“泄”（抛售）。对粮食和货币的关系，有时他们掌握“币为上、谷为下”，有时又掌握“谷为上，币为下”，最终他们总结到“币”和“谷”“互为轻重”，从社会生活实践中获得对立统一的观念。并且，他们最后把这些观念和手法教给了新兴国家的君主，教他们莫要偏倚靠商人，以防止商人操纵国势；又莫要偏倚靠农人和农业，以防止农业代理人操纵国势，要阻塞商人和农民的利益发展；国民总利益不准归于“三孔”，而只能归于“一孔”。这些思想，到汉昭帝时的《盐铁论》中，根据汉武帝时社会经济又进一步发展后的形势，又一次得到了持续和发展。

第四，从《管子》书中，我们又可看到中央集权的初步成长。从历史的经验中我们大体可以说，中央集权的成长，需要如下的一些条件。首先，需要从意识形态上建立不同于血缘贵族意识形态的一种理论。其次，需要创造一种新兴君主的规范，包括道德规范和政治规范。再次，要为新兴君主建立强有力的经济和军事的基础。再其次，需要在这些条件的基础上，把君权一步步拔高。在《管子》书中，人们已经在缔造理论了，阴阳家在道家的理论配合下，正在炮制一种“天人合一”的学说，主旨是“天因人，圣人因天”，“天时不作勿为客”地在自然和人事上采取主动的哲学。至于新兴君主的规范，在《管子》书中倒是随处皆有，如讲“德”讲“利”讲“权”讲“威”，也羼杂一点“贤良”、“仁爱”等儒、墨的碎片。在经济方面，上文已经说过，“利归于一孔”；并且不宣扬“予之在君，夺之在君，贫之在君，富之在君”，“贵贱可调，而君得其利”等思想。以上这几方面的条件，在《管子》书成文的当时，看起来已经初具规模了。所相对欠缺的，就是当时人们只把君权拔高到齐桓公的水平上，远远没有达到秦皇、汉武的水平。这就是为什么不能说《管子》书是法家书并且在历史上还有待于正牌法家去将中央集权的专制主义更尽力拔高的理由之所在。

第五，从《管子》书中，我们既可看到起先进作用的东西，如商业资本的流通，又可以看到象征政治历史前进的中央集权；此外，还可以看到旧的残余，即农村公社。齐国的血缘根底也是很深厚的，比管仲晚150年的晏婴说，靠他的俸禄得祭祀其先人的就有500家之多（见《晏子春秋》下）。在血缘纽带还起一定作用的时代里，农民的基层组织，就是公社。《管子》书中说，方六里有社。假如很大一片地面上无社，就叫做“陋”（不发达）。除了传统下来的古老的农村公社之外，军中置军社，大夫也可以立社。社还可以举市，渐成市井。社有公共粮食的积贮，“廪”和“窌”，管理赡赈贫乏之人。社的祭祀，同族者参加，殊族者止。社也管水利灌溉，在《周礼·司徒》中有“遂人”一职，《周礼·考工记》中有“匠人”一职，最初都是公社职员，但伴随着中央集权的渐渐强化，这些职员逐步向官僚机器中的“水官”吏佐转化，有吏大夫、大夫佐、都匠、水工，等等。最后，到齐之末季，社又叫“书社”，意思是社中书其户口于版而悬之的意思，已经完全蜕化为后世“里”、“甲”那样的行政基层最小单位了。史籍中恒见以书社几百赏某大臣或割予邻国，都是具体的事例。

流通、集权和公社，是《管子》书中可以见到的三角形矛盾的统一体。商业货币流通，按其本性谈，它是喜欢自由化的，但血缘贵族的破灭又必然导致新兴国家君主的集权。集权想把流通死死管住，但又实际上管不住；这是一套矛盾。集权管理国家，国中既有商业手工业的发展，又有古老公社的残余，有往前迈的一条腿，又有后面拖住的一条腿；这是第二套矛盾。两套矛盾统一在一个社会之中，这就是《管子》书中展现出来的当时的社会状况。

第六，从《管子》书中，我们还可看到齐国操练水军。人们遏住淄水的源流，为矩游之乐。“矩”，有人释渠，有人释距跃，总之是训练水军的活动。《吴世家》记载，吴派兵从海上攻齐，为齐人所败。刘向《说苑》(4)也记载越人甲兵曾打到过齐的雍门。齐有需要与吴越交战，没有水军是支持不住的。

根据以上六项看来，《管子》书中的社会经济资料，不是非常有价值的吗？

四

《管子》书中所反映的意识形态发展的资料，同样也是非常有价值的。

先秦诸子，众所周知，是我国思想史上的一个高点。宋明理学是第二个高点，但按各自社会的发展水平来看，可以说宋明较之先秦在思想高度上，犹有所逊色。因此，说先秦诸子是思想史上的唯一最高点，也不为过。故历来研究思想史者，无不重点研究先秦。可是从来都是一家一家、一人一人地研究，很少有人把先秦诸子当作一个综合体，去找取其思想网络。现在我发现，通过《管子》书，可以找到先秦诸子在稷下时期的网络和结构。有关这一点，必须从道家说起。

首先，道家和儒家不同，儒家思想呈浓缩型，不适宜于担任思想网络中的主体。后来，它定为“一尊”之后，人们才不得不把一切头绪都编织到它的身旁。那是人为的。而在先秦，谁担任网络结构的主体，却是自然的。道家有一定的朴素的辩证法，这不能不说是一个很重要的特点，它像一个吸盘，吸引各派思想进行交错，使思维趋于深化和活化。《管子》书中，这样的例子很多。如《牧民》篇中讲“予”和“取”的关系，《山高》篇中讲“无为”“无事”和“独有”的关系，《势》篇中讲“作”和“静”、“主”和“客”的关系，《白心》篇中讲“同”和“反”、“相从”和“相距”的关系，等等，这些篇章的作者讲得很微妙，又很综合；这就是说，使人感到既是在讲现实政治，又是在讲宇宙和人生，又是在讲修养。三者统摄在一起。由于思维高明，文字也跟着高妙，有时用韵语，渐近于赋体。像这样的思维，这样的文字，才是先秦稷下诸子中领先的成品。

其次，道家思想，到头来是唯物唯心二者共居兼备的哲学。我们达到这种认识就花了三四十年。最初，大家都认定老子思想是唯心论；后来有人转而认定老子是唯物论；有人是先认定是唯心论然后180度大转变认定是唯物论。直到近几年，在天津的一位老学者才说出老子思想既有唯心又有唯物的较接近真实的认识。过去是不允许这样认识的，唯心唯物是不允许共居的。可道家思想，恰恰如此。就在这一点上，它与阴阳家可以合拍，共同完成“天人合一”的一套体系。当时跟着生产的发展，人们需要有天文、地理、节令、物候等既包括自然、又包括人文的“百科”式的知识。在担任这一角色中，墨家本来有些苗头，但由于墨家整套体系与“古代资本主义”的齐不能适应，故墨家在齐未能得到发展，而由阴阳家担任了与道家合作的角色。《管子》书中《幼官》、《水地》诸篇就是例证。

再次，道家思想中本来就有“术”（策略）这个分支，它天然地成为公元前7世纪管仲管理国家的朴素学说与公元前3世纪中央集权专制主义学说（法家）二者中间联系的纽带。在《管子》书中，管理国家学说有些是朴素的，有些是严峻的，如讲“尊君”、“行令”、“严罚”、“号令”、“斧钺”、“禄赏”等，这些内容我们今天已无法辨别究竟哪些是管仲的、哪些是三晋法家的了。不过道家也是很诡谲的，在他们感到“斧钺”等提法太严峻时，他们又会将儒家和墨家的“仁”、“兼爱”、“尚贤”等有限度地接纳进来。至于儒家的“礼”，它和“法”本来就是一邻之隔，所以接纳起来，就更方便了。

综上看来，道家思想在稷下时期构成为一整套诸子百家的网络，通过这个网络，我们后世人不仅能够按一家一家一人一人去研究先秦思想，而且可以窥见诸子百家中相互接纳、相互渗透的脉络。在这一点上，窃以为《管子》书具有它自己独有的价值。

根据以上的论证，我对某一专研管子的刊物的一篇《发刊词》中一位学者的论列，深感不惬。这位学者把传统说法“齐一变至于鲁，鲁一变至于道”改为“鲁一变至于齐，齐一变至于道”，并且又自我诠释说，他这样改变的意思是说“儒家变到法家，再变到法家之道”。假如我不曾理解错的话，这位学者的中心意思有两点：（1）齐学是法家之学；（2）法家最接近“道”（真理）。而这两点，窃以为都是站不住脚的。齐学不是法家之学，本文已充分论证，兹不重复。法家更接近于道，却似乎是一种奇谈怪论了。自“儒法斗争”为人民所唾弃以来，党中央号召“开展民主”，法家思想作为一种反民主思想的类型，还是值得研究的。但说它更近于真理，怎么好叫人理解呢？

五

我们说，《管子》书的史料价值很高，是就其大致轮廓而言的。至于细节，则有不少不确切之处，要经考证和订正后，方可使用。

今以《大匡》篇中所记齐桓公存三亡国之事为例。三国，指卫、邢、杞，而非如西晋人《左传》注所云之鲁、卫、邢。此事，吕思勉《劄记》中所辩甚详（见该书页168～169）。鲁当时虽有庄、闵、僖三公更迭中之纷乱，但国未亡。齐桓所存三国，均为赤狄所侵凌。关于杞国之波动，窃以为是检查《管子》与《春秋·左传》之长短优劣的最好事例。

杞，夏代统治者的后裔，姒姓。世系以史迁之所记录，犹断续连不起来。只知周武王克殷，封夏后之后于今河南之杞县，旧称雍丘（属陈留郡）。后徙山东之安丘（古名淳于）。什么时候迁徙的？为什么迁徙？《左传》所记不清晰，只杜注说，鲁桓公六年（前706），淳于公亡国，杞似并之。杜预用一“似”字，表示说不清楚。《大匡》篇则明确记载宋欲伐杞，齐使曹孙宿以重币阻之，宋不听，果伐杞。齐桓乃筑缘陵而封之。按《左传地名补注》，缘陵在山东昌乐东南，与安丘西北，恰可相合。可知杞之东迁，为齐桓公避宋之所为。时间在存邢前一年，此若可靠，则当是鲁庄三十一、齐桓二十三，公元前663年。

但《大匡》中年份，不可靠者极多。它不用《春秋》式的严格纪年法，它用粗略的“又二年”、“又五年”的纪年法，故极不可靠。历史事件，亦多前后倒置。如按《春秋》，伐山戎在前，安三小国在中间，召陵之盟在后，而《大匡》则以安三国先叙，继之以召陵盟会，然后始伐山戎。年代排列，《大匡》显然距离史实为较错乱。但《大匡》中又有优于《春秋》者，在其记录了第二次安杞之事。此次非为拒宋，乃为击赤狄。此段文字是这样的：“狄人伐，桓公告诸侯曰，请救伐。诸侯许诺。大侯车二百乘、卒二千人，小侯车百乘、卒千人。齐车千乘，卒先致缘陵，战于后故，败狄。其车甲马货，小侯受之；大侯近者以其县分之。不践其国。”关于这件事的影子，《左氏传》系在鲁僖十四、齐桓四十、公元前646年。可是杜注又说“辟淮夷”。那么，第二次安杞、至于缘陵、并且筑了城，究竟是为了抵御赤狄的侵袭呢，抑或是为了抵御淮夷的侵袭呢？这就成了千古悬案。举此一例，以表明《管子》书中之史料，盖不敢放手使用，必考证之；其考证而仍无确凿结果者，只好两造并举而存疑焉。

齐桓公与管仲

齐桓公和管仲是春秋段历史上的大人物，但正史中所给的篇幅却显得不足。《史记·管晏列传》管仲部分只520余字，《齐世家》中桓公四十三年间史事，才1800余字。且太史公于孔夫子对管仲褒贬两辞，独录其小之的一面。《左传》涉及桓、管事，每每露出偏见来，如鲁庄公十三年柯之盟，曹刿劫持齐桓，管仲恢恢处之一事，左氏不书，赖公羊为之弥补。

但战国、秦、汉间杂家诸书，于桓、管轶事则往往乐道不疲。（当然不独桓、管，诸如晋文流亡、赵氏孤儿及程婴杵臼、豫让刺襄、韩赵魏灭智氏、伍子胥奔吴，甚至杞梁妻哭莒等等，后世成为戏剧中不厌采掇的资料。）《吕览》、《韩非》、《淮南》、《说苑》、《新序》诸书中，言之尤繁。此中除刘向两书为太史公之所不及见外，其余例应览及，何以不取？窃以为，第一，太史公自有自己的看法；第二，诸杂家书所记虽于桓、管轶事丰富化了许多，但同时亦不免故事化了，史家不取，亦在理解之中。

兹愿剔罗诸家，将桓、管轶事分为七大项而论列之于下。

一

先言桓、管君臣谋国、得国之事。

桓、管君臣之取得政权，不是自然传递下来的，而是经过一个小集团的图谋得来的。这个小集团的最核心骨干就是管（仲）、鲍（叔）。《说苑》六管仲哭鲍叔曰“吾尝与鲍叔负贩于南阳”，足见此二人具有小商贩的身份。卫国的一个臣子曾说“苟卫国有难，工商未尝不为患”（《左传·定公八年》），足见工商是一个活跃的、能动性较大的阶层。管、鲍之外，当时还有召忽，他说“吾三人者于齐，譬之若鼎之有足，去一焉则不成”（《吕览》十五）。他们最初把赌注下在公子纠身上，管仲却考虑得更周密，他认为“事未可知”。后来纠失败了，小白成功了，《管子·大匡》说“鲍叔告公其故谋”，足见事情是预谋的。这种预谋集团在历史上并不少见，晋文手下亦有赵衰、狐偃，魏文侯手下亦有段干木、田子方等。这些人都想抱成一团，成一番事业。只要不干坏事，少干坏事，就是可以肯定的。

这一小集团有其优越性，也有其不足之处。优越性在于内部团结始终牢固，未发生内讧，君臣之际，亦迄未露出任何不信任与背离、叛离等迹象。其不足之处，窃以为，其所处历史段落较早，各家各派的文化之花尚未开放，甚至尚未蓓蕾，故此一预谋集团仅仅在政权上耍花样，而其文化档次则相对尚浅。这就是为什么后来以孔子为宗主的儒家，当他们谈及桓、管或者管、鲍或者管、晏的时候，齿缝里总不免流露出一丝鄙薄味道的原因之所在。有人欲立“管子学派”，固不知其为“管仲学派”，抑“《管子》书学派”？倘是后者，则与“稷下学派”为同义语，殊不须另立名目；倘是前者，则管仲为政治家，不成其为“学派”也。

这个集团逐渐扩大，增添宁戚、隰朋、东郭牙、弦章（一作弦商、弦宁）等。自然，统摄人物，还是管仲。当齐桓公需做出一些不适当措施的时候，管仲对他施行抑制。齐桓公尚能接受这些抑制，也是历史上不多见的。

二

再言桓、管治理国家的措施，以及从这些措施中能够看出来的一些国家社会总貌。

要看取这一点，怕主要要根据《国语·齐语》。在这里，恕我直言当代一些报刊以至教科书中对齐国性质的不一定合适的表述。表述之一，是说桓、管治理的国家已经截然是一种新型国家了，甚至说井田已经废除。表述之二，是说姜齐还是老式血缘贵族的奴隶制，可是一到田齐，就骤然一变而为封建制了。窃以为，这都近乎奇谈怪论。

试看《齐语》中明明说“井田畴均，则民不憾”，足见整齐的田块尚未打乱；所谓“相地衰征”者，衰，差也，只不过是按土壤收获量高下，分等级征收租赋罢了，井田何尝废除？此其一。并且，与井田配套的“国”、“都”、“野”、“鄙”制度，依然存在。试看管仲治国“参其国而伍其鄙”，严格按3∶5的比例安排国人的居住区和野人的居住区；并且当时只有国人才有资格当兵，野人没有资格当兵的制度，依然存在。试看桓、管立“士乡十五”，韦昭曰“士，军士也”，说的是抽兵组成军队，五乡成一军，十五乡成三军之数。此其二。并且血缘贵族国氏和高氏与桓公各领五乡，各组一军，各自操练部队。此其三。根据以上三点来看，我们很难说桓、管所治理的国家，如何如何已经成为相当发展了的新型中央集权的官僚制度的国家；我们只能说，桓、管所治理的国家，只不过是一个旧血缘贵族势力并未明显减退、新型国家正在摸索创制中的一种类型。试观管仲带兵打平了王子带与狄人勾结侵入王城的叛乱，挽救了周天子，周天子以“上卿”之礼相待，管仲不敢接受，说我做了上卿，国子、高子将无法摆。由此可见，血缘贵族的统治势力依然庞大。

在这里，顺便想说说《管子》书研究的当前水平问题。对《管子》书的研究，当前已可谓繁荣。但在对《管子》书中不同篇章的年代估量，则远欠精确。在此，窃以为，应将管仲其人与《管子》其书二者严格区别开来。管仲是公元前7世纪的人，而《管子》书则是公元前4、3世纪的书。试想田齐湣、襄之世，稷下诸先生带着田齐晚期的意识形态编织成的《管子》书，其“轻重”、“管子解”、“杂篇”诸部分固不必论，即其“经言”、“外言”、“内言”、“短语”部分，其中究竟哪些内容是反映田齐的？哪些内容是反映姜齐桓、管的？这个工作至今仍甚粗糙，有时还处在相当混乱的状态。

当然，与把《管子》书的时代拉前相伴随的，是把《管子》书的时代拖后。郭沫若、马非百两先生虽持论径庭，而其拖后则一也。在此，不多具论。

三

现在，试来检讨桓、管思想是什么？

不少学者说，管子思想是法家。有人又说是“齐法家”，用以区别于三晋法家。鄙人对这些议论都有看法。请一辨。其一，管仲下距韩非，为时400年，强说管为“前期”、韩为“后期”，而缺乏中间环节，其说难通。其二，法家起于内陆军事强国，而管仲思想发自齐、燕滨海渔盐之地。渔盐之地，工商荟萃，其社会略近于古典社会，具某些自由化倾向，与法家截然两途。且上文所言“缺乏中间环节”，确切言之，是说在齐、燕与秦、晋间缺乏中间环节。中间环节是有的，如李悝。但李悝，倒是与儒、与鲁有某些机缘，与齐则无之。其三，当然，在管子与法家间，也不是说连一点相似也没有的，如管子讲“六柄”（生、杀、贵、贱、贫、富）而韩子讲“二柄”（刑与德），两人使用“柄”字相同。但倘仔细分析之，则可发现“六柄”之义原自原始社会末期之酋长专制，其义粗疏旷大；而“二柄”不言富贵，专言刑戮与奖赏二义，其中打击与收买“两手”之术，已相当成熟。此方可谓之法家。苟以“柄”一字之连，不加分析，遽谓管仲为法家，殊为失据。

有人问：你既然不同意管子思想是法家思想，那么，你想管子思想是什么思想呢？对此，我谨回答说，我久久臆造了一个公式，兹表述之如下：

桓、管思想 = 儒前思想 + 道前思想

对此公式，有必要加以诠释。这个“前”字，是从“博士前”、“博士后”等时髦词汇那里学来的。凡发生在孔子以前而又与孔子思想有相当类似者，吾称之曰“儒前思想”。凡发生在《道德经》以前而与《道德经》思想有相当类似者，吾称之曰“道前思想”。以上是释词。底下，试说明含义。

我说桓、管思想中有儒前思想，是根据三条理由：1.桓、管思想中有重民思想，这无疑是属于儒家思想的。管仲在多次替桓公担任顾问时，总是说要“厚于民”，不要“伤于民”、“病于民”、“背于民”。这种思想，历史很悠久，从周天子身边的一些“史×”或“巫×”的嘴边上，我们不断听到这种声音。后来到孟子，就进一步发展为“得民”、“保民”、“悦民”、“贵民”等。所以，桓、管思想介乎“史×”与孟子之间，恰好提供一个中间状态。2.管仲在一些联邦的盟会席上，曾不断宣讲“智”、“勇”、“信”、“义”这些道德条目，后来经儒家总括，成为什么“仁、义、礼、智、信”或者“智、仁、勇”等条目。3.据说，管子行“九惠之政”，对老、病、孤、独者行仁慈、抚恤之惠。这是古老公社原则的残余，也是儒家“仁”的由来。有人说，管子是强力政治家。倘就其“儒前”思想而言，则“儒”者柔也，并不强。说强，还是变着花样向“法家”身上导引。

我说桓、管思想中有道前思想，是根据这样一段故事，故事说齐桓手下的有司三次报告请示，齐桓都不回答、不料理，只是说“去问仲父”。甚至有司发牢骚说，仲父、仲父，当君主好轻松呀！此事各书均载之，大同小异。《吕览·审分览·任数》篇说："至智弃智，至仁忘仁，至德不德，无言无思，静以待时，时至而应。……古之王者，其所为少，其所因多。因者，君术也；为者，臣道也。为则扰矣，因则静矣。"这是一篇典型的道家论点，而桓、管在实践中已经运用着了。

假如有谁发问：桓、管思想中有没有"法前思想"？假如有的话，那就是前文所言"六柄"之与"二柄"的关系问题了，事极微细，窃以为不足纳入公式之中。

四

思想说过，底下该说说桓、管的事业了。桓、管的事业是"称霸"；其口号是"尊王攘夷"。兹试于本节与下一节中阐之。

称霸，是华夏（后来称汉，再后来称中华）共同体内部凝聚力加强的初步表现，是秦始皇兼并六国、同文同轨的前奏行为。任何历史人物的活动，都要在历史许可的条件下进行，当时"战国"尚未推上历史舞台，"杀人盈城"、"杀人盈野"的情景尚未出现，故不可能出现秦始皇，只可能出现齐桓公。齐桓公，不管他自觉或不自觉，他是要在若干血缘贵族大大小小的封邦之间，建立一个联盟。并且，他做出种种表现，想当这个联盟的盟主。表现之一，是存三亡国。一是邢，一是卫，一是杞。杜预将杞排在外，将鲁纳入亡国之列，后来许多学者不同意，说鲁虽遭庆父之乱，公子般与闵公（公子启方）遭暗害，国却未亡。但齐桓派高子去稳定局面，也是有的。这样说，被齐桓稳定了局面的，已有四国，并且犹不止此。他还曾从楚国侵凌下，稳定了郑和宋（加在一起，已是六国了）。据《管子·霸形》篇所记，楚国在郑放火烧荒，摧坏城邑；在宋，破坏井田上的水利排灌系统，叫一部分田得不到水，另部分田却被水淹了。齐桓在召陵的盟会上以盟主的身份说，"毋贮粟；毋曲堤；无擅废嫡子；无置妾以妻"。这几句话，涉及的面很广。当时有的封邦对粮食禁止出口，即便邻国已有饥馑，也仍然禁运。当时有的封邦将水利排灌系统进行改造，对邻国断水或使其积水成灾。当时有的封邦中君主继承权很不稳定，嫡庶互争，酿成内乱。齐桓针对这些现象，进行协调，加强分散诸国间的凝聚。孔子称赞桓、管，有"一匡"之誉，盖即指此。

齐桓组织联盟、自任盟主的表现之二，是北伐山戎，稳定了燕国；西与晋侯前后配合平定王子带勾结伊雒之戎攻入王城之难，稳定了周天子的局面。对于赤狄，齐桓却未曾有什么大的作为。近人蒙文通氏说：“入春秋以来，不见狄事，自庄公三十二年而狄祸发，如飘风，如骤雨，自此狄患中国，终春秋下至七国。”又说：“时齐桓霸业方隆，而狄祸发于其间，桓公曾不能以一矢北向，岂齐之力有未逮欤！”（见《周秦少数民族研究》页58～59）对此，鄙人曾有“三角形矛盾”之说，桓公虽强，而国中工商势力与国家机器间有矛盾，而农村公社古老结构又是向后拖的一条腿，故齐的强盛终究是有限度的。《管子 · 小匡》所云“西征，攘白狄之地，遂至于西河”、“西服流沙西虞，而秦、戎始从”等语，很像是替齐桓吹牛的话。试想，赤狄尚无法应付，遑论白狄?!“三匡”之外，未见其他资料言及齐桓西至流沙，故可断其为不足信。总之，齐桓对夷狄，是“攘”了一些的，但击溃赤狄、融合赤狄之功，仍须归之于晋。

五

现在来谈“尊王攘夷”这个口号。

“尊王攘夷”是一个政治口号。在当时，它起过一定的实际作用，即对华夏共同体起过凝聚的巨大力量。但须注意，真实性之外，也带有一定的虚伪性。例如“尊王”就有虚伪性，如王子带勾结戎狄攻入王城、迫使周天子出狩于外，后来王子带奔齐，齐将其收留，引起王室极大不满，这就说明“尊王”的实际意义另有所指。马克思在分析法国革命的若干层次时，曾说到“召唤亡灵”这一段意思。资产阶级本身力量尚未凝聚充分时，它往往召唤古罗马的亡灵为之服务，一旦新事物本身力量强大，它就脱去古装，以自己的面貌出现了。“尊王”口号的远程目标，其实是为了形成一个大一统的中央集权的秦皇、汉武式的国家，但当时这些条件还不具备，故暂时只好拿周天子来做号召了。这口号的当前意义是平庸的，而其辽远意义则是具有社会前进的启示的。

关于“攘夷”，要更多费些笔墨。首先必须指出，这距近代意义的“民族主义”或“爱国主义”，在严格概念上还应该有区别。理由是近代“民族”的四项基本条件——共同语言、共同居地、共同经济生活、共同心态，尚未充分形成，虽其雏型已经初具。当时，共同体间的差别，往往根据血缘和文化风貌而定。如《左 · 成 · 四》引古语“非我族类，其心必异”，其中主要是指血缘。

再如齐、鲁的毗邻小国杞，本夏禹名王之后，但因居近东夷，略染夷习，鲁人因是贱之，呼之“杞夷”，这主要是指文化风貌。再如赤狄，则两种差别皆备，其血缘属塞西安种，其文化习俗按《左传》中所反映，具有与华夏迥不相同的四项差别：1.不祭祀先祖；2.披发不笄；3.徒步作战；不使用战车；4.嗜酒。其与华夏之区别，十分鲜明，然与近代“民族”含义相较，仍显得原始些。

桓、管抓住这些差别，号召“攘夷”，其目的仍为强化华夏共同体的凝聚力。观《左·闵·元》中所记管仲之言，“戎狄豺狼，不可厌（餍）也；诸夏亲慝，不可弃也”。仔细体会此语，明显在于，于排他的努力中锻炼并加强自身的凝聚力。但这是一个方面，一个主要的方面。而另一方面，在具体措施中，则每见齐、晋、郑、宋军队中均有由赤狄人组成的特别支队。这就说明，共同体间的对抗是一个方面，融合、同化又是一个方面。齐、晋二国对于赤狄，先之以打击，继之以同化，所以赤狄后来就从历史中消逝了。

总起来一句话，桓、管在历史上的最大贡献，是强化了华夏共同体的内在凝聚力，不管桓、管在做这些努力时是自觉的或者不自觉的。

六

底下，有必要来料理以下孔子《论语》中对桓、管的评论。

因为孔子是历史上的文化巨人，《论语》是传统文化中的经典著作，故其所持对桓、管的评论，应该得到专题的对待。孔子在《论语》中对管仲（自然也包括齐桓公）计有两褒一贬。两褒均见于《宪问》篇第十四，兹摘其要句如下：

> ……子曰，管仲相桓公，霸诸侯，一匡天下，民到于今受其赐；微管仲，吾其被发左衽矣。岂若匹夫匹妇之为谅也，自经于沟渎而莫之知也。
>
> ……子曰，桓公九合诸侯，不以兵车，管仲之力也。如其仁！如其仁！
>
> 问管仲，曰，人也。夺伯氏骈邑三百，饭疏食，没齿无怨言。

一贬见于《八佾》篇第三，其要句如下：

> 子曰，管仲之器小哉！……管氏有三归，官事不摄，焉得俭?！……邦君树塞门，管氏亦树塞门；邦君为两君之好，有反坫，管氏亦有反坫。

管氏而知礼，孰不知礼?!

我们今天用当前的词汇来说，在孔子的这些评论中，实存在一个宏观评论与微观评论的差别。从宏观立论，桓、管增强了华夏共同体的凝聚力，这一价值很大，不是普通男女用狭隘观点可以评论得了的，夷狄来了被迫上吊也懂不了的。因为管仲功业太大，所以即便齐桓公把别人属邑划归管仲，被划的小封主也没有怨言。但从具体生活动作去检查，那么管仲的生活丰裕些，摆出的规格比大夫高，接近于邦君。所以拿“俭”、拿“礼”这些具体道德条目来衡量，管仲就有点不够标准了。窃以为，孔子这些论点并不自我矛盾的。

在这里，“三归”究为何释，是一个问题。论语学在西汉有个大师叫张禹，他综合“鲁论”和“齐论”而兼说之，世人称为“张侯论”。他有一弟子，名包咸，字子良，会稽曲阿人，《后汉书·儒林传》有传。《十三经注疏》曰“包曰，娶三姓女”。此说殊不足据。夫齐国自桓公以下“好内”之人，何止一人二人?！管仲既娶三姓女，何足构成孔子评论俭、不俭的把柄？秦汉之人，盖有另说。《韩非子·外储说左上》说，“管仲父出，朱盖青衣，置鼓而归；庭有陈鼎，家有三归”。清人郭嵩焘云，三归为税法，《山至数》篇云“民之三，有归于上矣”。《说苑》亦云“桓公赐之市租”。这是说，把齐国人民缴纳的租税，一部分归于管仲。西汉末刘向又说，有一次，桓、管征求大夫们的意见，拥护的站左边，反对的站右边，有一位不左不右的，中立而言，“内政委焉，外事断焉，驱民而归之”，意思是权力未免太大了。于是管仲筑三归之台，“以自伤于民”。意思大体是，“我的地位太高了，我的权力太大了，我的收入太优厚了，我要时时向人民作检讨”。韩非和刘向的说法矛盾不大，无论如何比包咸之说要可信得多。租税收入多，所以孔子才把它提到俭、不俭的问题上来。

七

最后要说说桓、管身后诸事。

战国、秦、汉杂家诸书中，关于竖刁、易牙、开方这些佞幸诸事，也说了一大堆，大体说，管仲临终嘱咐齐桓说这些佞幸不能信任，齐桓不听，终于招致了临终“欲食”、“欲饮”而不可得，且死而“尸虫出于户外”。窃以为，这些传说只有一种价值，那就是，齐桓事业之完成是少不了管仲的，少不了管仲的参赞、顾问、谏诤和监督。一脱离了这些，齐桓就会走斜路子。在这一点上，管仲的价值要比齐桓高。

鄙人在以上诸段中，虽然大胆地说出了自己的一些独立见解，但年事渐老，精力日衰，某个论点刚刚发挥到热闹处，限于精力，却又戛然停止了。因此，作者本人对本文并不是满意的。为此，敬请海内外明达诸公多多赐教。

说上古部落迁徙和地名方位的转移

有研究生来质疑。他们说，新出版的《夏史论丛》（齐鲁书社出版）在页6、102、248～249、313～315处都谈到夏史上的两个地名：斟寻和斟灌，在书中除页6处涉及较详外，余均一掠而过。斟寻和斟灌究在山东，抑在河南，我们还是不清楚，请予讲解。

我回答说，要弄清楚，光在两个地名上打交道不成，要看旁枝旁叶的许多书，才能有收获。例如顾炎武《日知录》卷六中有"因国"一条，略曰："有胜国；有因国。《周礼·媒氏》：凡男女之阴讼，听之于胜国之社。……《左传》：凡胜国曰'灭之'，是也。……《礼记·王制》：天子诸侯祭因国之在其地而无主后者。……"这是说，"胜国"，是被征服的邦国，它的"社"要"屋"，"屋"就是拿土埋掉，树木要焚掉，民国时的文章中说"溯自清社既屋"，就是用的这个典。"因国"不同，是说一个氏族、一个部落由于这样那样的原因搬迁了，剩下了个"墟"（如《左·定四》所说少皞之墟、夏墟、殷墟等），另外一个氏族、一个部落又来了，借用了这个"墟"以重新安邦定国，这就叫"因国"。

顾炎武在上引文段之后，摘要举了两个例。兹将两例原文引出之如下：《左·昭·二十》："齐侯（景公）饮酒乐。公曰，古而无死，其乐若何？晏子对曰，古而无死，是古之乐也，君何得焉？者爽鸠氏始居此地；季萴因之；有逄伯陵因之；而后太公因之。……"这是说，在这块地面上，迁徙来、迁徙走的氏族部落已经很多了，齐国最后才定居到这里。另一条事例是：《左·昭·元》："（子产曰），昔高辛氏有二子，伯曰阏伯，季曰实沈，居于旷林，不相能也。日寻干戈，以相征讨。……后帝迁阏伯于商丘，主辰，商人是因，故辰是商星。迁实沈于大夏，唐人是因，以服事夏、商，……故参为晋星。”由以上二例可以看出，借旧氏族部落的居地，据之以立新邦，是之谓“因”。通过以上顾氏“因国”一条，我们对上古氏族部落迁徙时每因旧墟的史迹，总算知一大概。

我所谓“旁枝旁叶”的书，还包括北魏郦道元的《水经注》，其卷26“巨洋水”条云：“《郡国志》曰，平寿在斟灌东。薛瓒《汉书集注》云，按汲郡古文（按，即《竹书纪年》），相居斟灌，东郡灌是也（上海人民出版社袁英光、刘寅生标点本竟标为“相居斟灌东郡，灌是也”，见该书页846，读者可以按察；此外，乱标之处不一而足）。明帝以封周，后改为卫斟寻，在河南，非平寿也。又云，太康居斟寻；羿亦居之；桀又居之。《尚书序》曰，太康失国，兄弟五人，徯（后作“须”）于洛汭，此即太康之居，为近洛也。……”这是说，斟寻、斟灌的原址在洛邑附近（今巩县）和卫国顿丘（今濮阳一带）。这是太康失国以前的事。迨中康、相失国以后，其情况见于《左·襄·四》晋臣魏绛之所述：“后羿自鉏迁于穹石，因夏民以代夏政，用寒浞。……（浞）杀羿而烹之。因羿室生浇及殪。使浇用师灭斟灌及斟寻氏。处浇于过，处殪于戈。……靡奔有鬲氏，收二国之烬以灭浞，而立少康。”

试看，这些历史过程就全是在今山东境内进行的了。据杜预《左传注》，寒国，北海平寿东有寒亭；鬲（读“隔”，不读“历”）在平原；过在掖县；乐安寿光一带有斟亭与灌亭。京相璠还更明确地说，“二斟相去九十里”。这些地名方位，全在山东。为什么，一下子从河南跑到山东去的？根据是什么？《帝王世纪》说，“夏相，依同姓之诸侯斟灌、斟寻氏。”“依”是投靠的意思。因为是投靠，所以离开河、洛，步步东移。傅瓒《汉书音义》说，“斟寻在河南，盖后迁北海也。”真是一语道破。所以郦道元带总括性地说：“盖寓其居而生其称，宅其业而表其邑，纵遗文沿褫，亭郭有传，未可以彼有‘灌’目，谓专此为非；舍此‘寻’名，而专彼为是。”（《水经注》卷26）。这话说得非常辩证合理，意思是说，假如把“二斟”方位定在山东，那么就一定不会在河南；反之，定在河南，那么就一定不会在山东。——这种观点很错误。须知，地名方位是会转移的呀。总起来说，上古时斟姓氏族部落（原祝融后，后受夏封，故姓姒氏）最初居地一在巩县西南，曰寻；一在卫地，曰灌。后迁徙到汉北海郡的潍与寿光之间，二地相距九十里。夏失国之前，“二斟”在河南；中康与相失国流离时期所投靠的“二斟”，则在山东。

我所谓“旁枝旁叶”的书，还包括雷学淇的《竹书纪年义证》。这部书很重要，研究生一定要找来过细地阅读。雷学淇，字介庵，一字瞻叔，北直隶通州人。生卒年月，一时未详。其父雷镈，字宝彝，乾隆二十七年（1762）举人。雷学淇，嘉庆十九年（1814）进士。其著述《校辑世本》，已为今《世本八种》所收。外有《夏小正本义》4卷，《竹书纪年义证》40卷，等，外有文集若干卷。此《竹书纪年义证》，为日本侵占北平后（1939年）修绠堂铅印书，世不多见，但大图书馆均有之。书中页38、40、45处盖言之甚悉也。

为了与斟寻、斟灌氏族迁徙之事相印证，兹再举杞的事为例。两事相同之处，都是从河南迁山东。不过在时间上，一个在夏朝，一个在周朝，时间相隔很远。《史记》36《陈、杞世家》中说，杞，是禹之后。历殷代世系不清，史书中只说“或封或绝”。到周武王灭殷以后，觅得夏嗣东楼公封于杞，地在雍丘，今河南杞县。传20世（按《史记》漏其第9世成公），计自公元前9世纪至公元前445年（楚惠王四十四年）灭于楚，综计400年以上。这个小国也有个迁徙问题，什么时候迁徙的？史书中言语模糊欠清。《史记·索隐》曰：“周封杞而居雍丘，至春秋时杞已迁东国。”《左·隐·四》杜预注曰：“杞国本都陈留雍丘县。推寻事迹，桓六年，淳于公亡国，杞似并之，迁都淳于。僖十四年，又迁缘陵。襄二十九年，晋人城圮之淳于，又迁都淳于。”试看，杜预在这里使用一个“似”字，表示他也说不确凿。当时周天子为天下共主，杞的“并”淳于是出于自发，抑是周天子的改命，后人也难确知。所可确知者，鲁桓公六年，当公元前707年，下距楚惠王灭杞（前445）为260余年。可见杞之地理方位之应定在山东安丘者，历260余年。而公元前707以前之地理方位则应定在河南杞县。

这个杞国，在《春秋》编年史中，居在很不受尊重的地位。其国主爵位，时而称“公”，时而称“侯”，时而称“伯”，时而称“子”，一再降黜。这是为什么？《左·僖·二十三》杜注说，“杞入春秋称‘侯’，庄二十七年绌称‘伯’，后用夷礼，贬称‘子’。”《左·僖·二十七》杜注又说，“杞，先代之后，而迫于东夷，风俗杂坏，言语衣服有时而夷。”这说得很明白了，由于杞人部分采用落后部族东夷人的服装和礼俗，被认为败坏了周礼，鲁人贱之，故于《春秋》中常常经有目而传无文。

总起来看，无论是在夏朝还是在周朝，无论是氏族、部落还是邦国，都有迁徙的事；在迁徙中，往往把原地名带过去，如杞这个小邦国之名，从今河南杞县带到山东安丘；斟寻、斟灌这个斟姓氏族所居二地寻和灌，一起从今河南的巩和卫辉一带带到今山东寿光、潍县去了。但是，这中间，仍然有些问题，根据史料，还是弄不清楚的。譬如，斟寻、斟灌既已迁徙到山东，为什么后来的夏桀又都于河、洛地域的斟寻？杞既迁山东历260余年之久，秦、汉定郡县时为什么把郡县定在雍丘而不定在安丘？这都是些值得继续追踪的问题。

只有一个问题是可以看得明确无疑的，那就是“夷”、“夏”一直在冲突，并从冲突中慢慢融合。孟子说，“吾闻用夏变夷者，未有变于夷者也”。其实这话不辩证。应该说，夏、夷在冲突中互相影响、互相改变，最终融合为一个大的共同体，总称“华夏”，但其中何尝没有夷的因素？羿的系统就是夷。杞所从俗的也是夷。当时东夷的影响在山东地面上是相当大的。并且，这个观点，会很有助于大汶口文化的分析。

东汉政论家、思想家王符

王符，字节信，安定郡临泾（今甘肃镇原县）人。出生年估计在东汉章帝、和帝接替之际，卒年估计在桓帝、灵帝接替之际，虚拟当在公元82？～167？年。东汉著名的政论家、思想家。

范晔《后汉书》卷49有传。但因范书著成上距王符辞世已近300年，且南北阻隔，故王传异常简略，除节录《潜夫论》36篇中五篇的部分内容外，有关王符生平事迹，只说了三桩事。

第一桩是说王符的四位朋友。他们是：马融、窦章、张衡、崔瑗。这一条非常重要。试想，王符出生自与匈奴、羌人邻近的边徼地区，假如不是游学到了东都洛阳，结交上了这些全国第一流的经学家、天文历算学家、文章家，并受其影响的话，他就不大可能具有写出《潜夫论》这样一部批判当世的名著的勇气。只可惜史文缺漏，他们怎样进行学术交流的，他们的友谊怎样开始并贯彻的，我们后世已无由考稽了。

第二桩是说王符“无外家”。这在我们当代是小事一桩，但在古代，母系来路不清，却是遭人贱视的一个话题。宋朝黄庭坚（鲁直）曾为此抱不平，他有诗云：“能著潜夫论，何妨无外家？”

第三桩是说度辽将军皇甫规对他很尊重。皇甫规，安定朝那人，是王符的近同乡，与段颎、张奂是当时平定“羌乱”的三大将。皇甫规告老回乡，二千石长吏来见他，他都很怠慢，可是王符到门，皇甫规却衣不及带，屣履出迎，同坐极欢。这个情景，看来是皇甫规的晚年，也是王符的晚年了，而乡人传话说王符是个“缝掖”。“缝掖”，是一种剪裁得很不称身的衣服，据说孔子曾穿过这种装束（见《礼记·儒行》）。足见王符晚年回到老家，也还是这么一副穷书生的模样。

王符一生精粹，都贯注在他的《潜夫论》里。这部书不显于当世，直到《隋书·经籍志》才列入了目录。

从《潜夫论》中反映出来，王符的思想是一个复杂的综合构成。当然，主流是孔、孟的儒家思想，外羼杂一点道家和法家思想。这是说先秦思想对他的影响。他也摆脱不了西汉传统的影响，譬如说，《盐铁论》中的“重本抑末”和董仲舒的“天人合一”或“天人感应”。但是，王符究竟是东汉人，他面对的现实与西汉又有了一些变化，因而当王符再讲“重本抑末”、“天人合一”的时候，跟西汉的贤良文学以及董仲舒的讲法比较起来，就又有了不少的变通和发展。

他在《本训》篇里讲，宇宙之初，“元气窈冥”，后来化为清浊，化为阴阳，后来又化生万物，最后和气生人。他很强调这个“和”字，所以又说“人本中和”。在这一点上，他和王充的峻急观点有所区别。他又说，“天道曰施，地道曰化，人道曰为”。这个“为”字极重要，是对孔、孟发扬人的主观能动性观点的继承和发展。在《本训》通篇中，他反复讲“气运感动”，这种讲法，比董仲舒多一些唯物的素质，少一些神学神秘的色彩。由此我们可以看到时代的向前推进。

他在《务本》篇中，讲了“重本抑末”。他的讲法跟《盐铁论》中的讲法又不一样了。《盐铁论》的讲法是，本就是本，末就是末，一对一。这是西汉社会古典经济初起的反映。东汉不同了，古典经济复杂化，并且已经露出趋向衰败的势头。王符面对这个现实，他把“本”一分为二，以农为本，以游为末；把“工”也一分为二，致用为本，巧饰为末；把“商”也一分为二，通货为本，鬻奇为末。这样，他把西汉的一对一变为三对三，支持的面扩大了，打击的面缩小了。这样一种观点，假如形成政策，那么不仅是可行的，而且还是带有策略性的。一个书生，一个“潜夫”，假如不是对他自己当代的社会有着精密的观察和深沉的思考的话，是不会想出这些“点子”来的。

王符还在他的《潜夫论》中，使用不少于五六篇的章幅，展开对社会迷信的批判，并且把迷信行为跟当时权贵们侈靡的生活结合起来，加以声讨。从他这些议论中我们可以看出来，东汉社会存在的问题实在是太严重了。劳动的人少，游手浮食的人多，其比例几乎是一比一百。社会上诱骗行为非常普遍。人们害了病不找医生，而是找巫觋。妇女本是管蚕桑和织绢工作的，现在受社会风气影响，把蚕桑丢下不管，去当巫婆。人们深信，生病是神鬼作祟的结果。这样，反迷信、批鬼神，就成了思想家的任务。王充说，鬼这种东西根本不存在，它是患病之人精神状态失常后的一种虚构。王符的观点没有这么明朗，他以带有“二元论”色彩的说法，在《巫列》篇里说，一个人的吉凶，一半靠天命或天意，一半靠人自己的行为。他说的天命和天意，我们可以解释说是自然机遇；但其中无可讳言地还包括着董仲舒的神学遗存。他说的人自己的行为，主要指修养和德行。他主张“邪不伐正”。自己正了，妖邪就侵袭不到你身上来。这种办法，在纠正社会不良风气方面，其作用自然是迂缓的。但王符在这方面的功劳，主要在于揭发。

在王符著文论政并抨击社会黑暗风气的举动下，接踵出现了不少的政论家，最卓著的有王符好友涿郡崔瑗的儿子崔实，著作题名《政论》；还有兖州仲长统，著作题名《昌言》。但这两部书都没有留传下来，只在隋唐类书中保存着片段的佚文。世代到崔实、仲长统时候，已经快到三国了，他们已不甘心当“潜夫”，曾到袁绍或曹操手下希望得到重用，但因为他们的性情都属于“狂生”类型，得不到权贵的欣赏，也只好郁郁不得志而死。

但这个传统传下去，传到了魏晋。魏晋在统治者方面虽然依旧很糟，但文化界的风气打开了，思想比从前解放些，人们可以纵谈古今了。这个风气的打开，不能不归功于王符的启迪作用。总之，王符不愧为我国历史上进步的哲学家和思想家。

对家乡人谈谈郑康成

几年前，在武汉遇到张舜徽先生。他是当今著名的文献学家，平生精研“许郑之学”。许指许慎，郑指郑玄，字康成。许著有《说文解字》，郑著有诗、礼等经注。张先生当时刚从河南回来，他说：“河南纪念许慎可隆重啦，在他老家郾城和东汉首都洛阳两处开会，还有塑像揭幕仪式。”接下来他说：“你不是康成的乡邦人吗，为什么不呼吁一下，也纪念纪念郑康成呢？”我回答说：“我离乡已60余年，近35年来远居陇右，对乡邦早已丧失号召力；且此事非官商二力不办，而我与二力素隔很远，谁会听我的呢？”

说康成是我们乡邦人，这是有道理的。《后汉书》的《本传》上写着他是高密人，并且他少年时在高密当过“啬夫”（纠纷调解员和赋税征收员）；但他的故里和墓地在历史上都曾经划在安丘县境域内。据清末民初王丙曦氏（此人也著了一部郑的《年谱》）所说，此地东距高密55里，西距安丘55里。历代州府县区划常有变化，曾经十分紊乱，他的家乡划在安丘的时候很不少，明、清两代基本是安丘县属。另外还有一条极生动的材料，可以说明。康成60岁后所收的最得意的弟子崔琰（此人是清河郡东武城人，后来是曹操手下的智囊，终为曹操所杀害）遭遇黄巾起义军，辗转逃至江淮，写了一篇《述初赋》，其《序》中忆及当初投师门的情景说：

> 琰二十九，闻北海有郑征君①者遂往造焉。道由齐都，涉淄水，过杞都之津，登铁山以望高密。（诸类书中有文摘）

这时，郑公村就在眼前。这显然是青州以东，昌乐、潍县、安丘交界之处，潍

① 士经朝廷征聘者谓之征士，美称之则曰征君。

水、汶水交汇之地。与古斟灌、淳于等地，均相毗连。这正是安丘的北境和东北境。可是，为什么偏偏我们这块地方对郑康成关注不密切了呢？

我试来回答这个问题。首先，年代距离究竟是远了一点。试想，康成活到公元2世纪末，我们大家生活在公元20世纪末，相距一千七八百年。再者，他搞的是经学。什么是“经学”？先来说什么是“经”？经，是指中国上古文献资料。经孔子整理，有诗、书、易、礼、春秋，乐，据说佚失了。这些文献经秦始皇一把火烧光或者烧残了。这就给后代（汉代）留下一个任务，就是重新整理这些文献。这些文献，有用小篆写的，有用隶书写的，所以就分成“古经文”和“今经文”。中间纠纷很多，郑康成一辈子就是料理这些纠纷的。料理这些纠纷，并不是一般人可以胜任的，必须很博学的人才能承担，所以康成从他活着的时候起就被认为是大学者。可是到今天对于四个现代化来说，这些古经的注释和训解已经不是最迫切需要的东西了，顶多是钻研上古文化的人才研究它。再还有一点，对古文献资料的整理，也是后来者居上，魏晋诸儒就有许多超出汉儒的地方；宋儒又有超过魏晋的地方；特别到清代，一方面推尊“许、郑”为他们的先师，另一方面在精密方面又不知超出“许、郑”若干倍。这样古今统起来看，汉儒的成就就显得落后了。以上窃以为即是康成不多为后世所知的原因之所在。

但话又转过来，他究竟是公元2世纪最渊博的学者，究竟是从我们乡土上出来的人，我们应该一方面把他看作是个人，尊重他的个人造诣与贡献；另一方面，更要重视他在历史上、在乡土上所造成的影响。譬如我们从小听说，安丘的文风较盛，这中间难道就没有郑康成的一分影响吗？

现在，让我来说说郑康成的身世吧。他生于东汉顺帝永建二年（公元127年），卒于献帝建安五年（公元200年），年74。据说他身长八尺，秀眉朗目，7岁就善于加减乘除，10岁就喜欢天文和占候（气象）；20岁，在“经”之外，复爱好“纬”。什么是“纬”？纬就是以战国五行家的一些观点和方术来解经。我们对之应“一分为二”，一方面要看到一些上古极其宝贵的科学成就（如天文、算学）往往积贮在这里面；另一方面，一些邪门外道（如占卜）也积贮在这里面；更重要的是宿命论这种人生观，在西汉和东汉支配人最厉害。所以我们说，康成既很科学，又挺迷信。他一辈子为两件大事所伴随，一是党锢之狱，二是黄巾起义。“党锢”是指对若干带头知识分子的镇压，康成虽然绝对不是带头者，但仍有所牵连，如原北海相（相当于昌潍地区专员）杜密就提拔过他，从啬夫拔入太学，后来杜密成了朝廷上反宦官专政的要犯，康成受牵连达14年（自45岁至59岁）之久。至于黄巾起义，康成从正统观念出发自然是对之不理解的，所以一直采取逃避态度，在即墨不其山和徐州南城山都是在逃避农民起义，闭门注经。其实，某次与起义军相遇，起义军对他还是很尊敬的。他63岁时，比他小26岁的孔融来做北海（郡）的相，下条子说，像郑康成这样有学问有道德的人不应该称"郑君"而应该称"郑公"，他的故里应该称"郑公乡"，里门应该叫"通德门"。在他活着的时候已经受到如此的尊重。原安丘县治院内，建有"郑公祠"，敬奉着康成石刻像。晚年，袁绍与曹操争夺势力，袁绍命儿子袁谭胁迫郑康成去随军，老人赶到元城（今河北大名境）就死了。他一个儿子，在支援孔融的战争中先他而死；一个孙子，因与祖父同属兔，且手纹相同，取名小同。后来，这郑小同给魏家的末代皇帝高贵乡公当秘书，某次，到司马昭的办公室，司马昭怀疑他偷阅了什么保密文件，就用药酒将他毒死了。

由于康成在当时已经是大人物，到后世又一直是大人物，所以围绕着他历来有不少花花絮絮的传说，兹检其重要并有趣者，述之如下。

（一）康成自知其死。据说，他梦见孔子喊他"起来起来，今年是辰年，明年是巳年"。辰是龙年，巳是蛇年，据说"岁至龙蛇贤人嗟"，他按谶纬一推算，知道自己要死了。

（二）康成与他老师马融中间的关系。马融是当时的大学者，也做过大官，年长于康成47岁。康成30岁左右，感到东土无可问学者，乃西游京（长安）洛（阳），通过涿郡卢植的介绍，投到扶风马融的门下当学生。马是有些架子的，开始对郑玄并不亲自传授，只叫高班学生予以指点。有一次，算一个天文方面的数据，马融在这一方面不过关，知道郑玄对圆的切线、割线计算精密，就特意将他请上楼来，郑玄一算就解决了问题，借机郑玄便向马融请教了一些疑难，随即告辞东归，马融慨叹地说，"郑生此去，吾道东矣。"传说便由此产生。据传说，马融派遣刺客要在旅途中杀害郑玄，这一点郑玄也已推算出来了，就跑到桥下，脚泡在水面，双手抱住桥架。马融当然也善推算，他发现刺杀对象已在土下、水上、据木，说人已经死了，便将刺客召回。这故事很有意思。我们当代，硕士、博士导师剽窃研究生成果的，虽屡有所闻，但企图杀害研究生的，则迄无一例。

（三）传说郑康成有学问，他家的牛也识字，牛角碰到墙上，成个"八"

字，白居易做诗曰“郑牛识字吾尝叹”。其实，不管谁家的牛，角碰到墙上，都成“八”字。

（四）传说康成家的丫环也熟读诗、书。有一次，康成发脾气，把一个丫环罚跪在泥里。另一个丫环来看见了，问“胡为乎泥中？”罚跪的丫环回答说，“薄言往诉，逢彼之怒”。前句见《诗经·邶风》的《式微》篇，后句见《邶风》的《柏舟》篇。

（五）关于康成喝酒，也有传说。据说袁绍大宴宾客300人，每人敬康成一盅酒，三百盅酒下肚，康成依然从容，不露醉意。而曹操的《董卓歌》则说“郑康成行酒伏地气绝”。这句话，主要还不是为了丑化康成，而是为了丑化袁绍，说袁绍逼大学者替他斟酒，大学者摔倒地上就死了。袁、曹正打官渡之战，你死我活，故写此诗句，顺便也谤及了郑玄。

（六）关于注《易》的故事。原来《周易》是一部古代卜筮的书，但其中却也隐藏着许多哲理。后代学者给《易》做注释的，何止数百家。郑康成注《易》，魏晋时候的王弼（字辅嗣）也注《易》，可是两个人路数截然不同。郑以象数去解释《易》，王以义理去解释《易》。于是，故事便发生了。据说王弼注《易》，桌上摆一个小木头人，说是郑康成，他注一句指着小木头人骂一顿。有一夜，他听到窗外木屐声响，进来一个老者，指着王弼说，“你后生小辈，怎敢讥笑辱骂老子?!”王弼吃这一吓，就害病死了。

并且，当时我们乡土上还不止康成一个人，与他相前后的还有一组人。如孙崧（崧一作嵩），安丘人，字宾硕，他因掩护了大学者、《孟子注》的作者赵岐而为社会所称道。赵岐，京兆（长安）人，逃亡到北海来在街上卖烧饼。孙宾硕一见，就知道他不是个卖烧饼的，把他用“复壁”（保密房间）藏起来。还有邴原和管宁，此二人都是朱虚人。朱虚，一般解释是临朐，但旅加拿大安丘人李江秋考证说，安丘南40里有五个村庄都叫“管公”，即管宁故里。邴、管二人，陈寿《三国志》都有传，说邴原与郑玄齐名，人称“邴郑之学”。邴原跟曹操做事。管宁风格更高，曹操祖孙三代下诏征召，均不赴，终年89岁，可谓德高望重了。此外，还有乐安人国渊和营陵人王脩，也是与康成同时代的有贡献的人物。由此可见，公元2世纪末、3世纪初，我们乡邦一带是出了一大批人才的。

1991年7月9日于兰州大学

东晋南朝儒道佛思想交融下的成果——诗·书·画

一

有人把公元4、5、6世纪看作黑暗时代。我不同意。当时中国，无论从北半块看，或者从南半块看，都不黑暗。北朝多民族角逐，虽然有时不免于凶暴，但在角逐中出人才，像石勒、苻坚，甚至沮渠氏、拓跋氏的一些创业君主，并不比原汉族的“英主”们逊色。南朝则在意识形态方面见长，儒、道、佛三股意识的流，互相交融。像花生一样，上面开花，地底下不声不响地结出果子来，唐宋辉煌的精神文明成果，其实都是在公元4、5、6世纪时候结下了苞。

儒、道、佛三股流，请允许我先说佛学这一股，因为它在4、5、6世纪有外来居上的势头。佛学，创自印度，传自西域。自常山道安和雁门慧远师徒二人从西域人那里感染到佛学以来，佛学就在中国人中间生了根。受战争影响，他二人流徙到襄阳，在那里，同以习凿齿为首的儒道交融的思想家们进行了交流。很快，道安被俘送长安，慧远停留在庐山，一北一南，各做分支的发展。慧远居庐山30年，政治大人物像桓温、桓玄、殷仲堪等，都来跟他相互切磋。大体说，两种思想在开始接触时，其排他性还不甚强烈。当时佛学重要经典的精确译文尚未译出，佛教中的教派、学派森然壁立的情景也一时尚未出现，这时候，佛学家迎合儒学、迎合玄学的倾向，倒是比较明显的。这时交流是有利的。佛学的思辨，佛学的逻辑，佛学在思维过程中所表现的层次性，引起了比较淳朴的儒学家们、比较空灵的玄学家们的高度重视，这是丝毫不足怪的。

当时人们的第一种反映，是佛学比儒学高，比道家学说也高。举两个例。慧远在一封给刘遗民的信中说，他早年学习“世典”（按佛教术语儒家经书为世典），后来见到老、庄的书，才明白儒家不过是“应变之虚谈”，最后接触佛理，又觉悟到按“沉冥之趣”说，也就是按道理的深刻程度和抽象高度说，佛学又较老、庄为高。[①]统治国家五十几年，活到八十几岁的梁武帝萧衍在一首《述三圣诗》中说“少时学周孔，弱冠穹六经”、“中（年）复观道书，有名与无名”、“晚年开释卷，犹月映众星”，诗的结尾说“差别岂作意，深浅固物情”。[②]这意思是说，并不是什么主观偏见作祟，客观的反映就是佛高于道，道高于儒。

但中国的精神文明是有根底的，它在当时的表现，既不是“全盘印度化”，也不对佛学表现为狭隘的排拒。儒学的势头，与汉武帝和董仲舒的“一尊”时代比较起来，是低调了一点，但依然坚持，在坚持中求发展。例如东晋的范宣，处在玄风鼓荡之中，有人问他“何以太儒?”他借《论语·微子》中孔子的话简括地回答说，“丘不与易”。[③]这四个字怎么讲呢？孔安国解释说“己大而人小”。意思是不屑于理睬，这解释自然很不得体，带有沙文主义气息。皇侃解释说“天下各有道，我不以我道易彼，亦不使彼易我，自各处其宜也”。[④]我感到这样解释好，富有兼收并容的恢恢风度。这是第二种反映。

这种精神，一直传递下去。范宣的徒弟戴逵就儒、道两家末流对等地进行批评，他说两家都“捐本徇末”，结果都流于“伪”和“薄”。[⑤]南齐的顾欢又就儒、道、佛三家联合在一起予以肯定，他说“道则佛也，佛则道也；其圣则符，其迹则反”。[⑥]意思是说三家都是圣道，只不过尊奉的仪式各自不同罢了。与顾欢同时的人，对此持不同态度，袁粲说孔、老“治世”，释氏“出世”，不可等同看待。明僧绍又说，佛家明宗，道家全生，明宗者通，全生者蔽，也不可等同看待。总之，各种意见都有。到南梁王规的儿子王褒就在诫子的遗训中

①《广弘明集》卷27上慧远《与隐士刘遗民等书》。

②《广弘明集》卷30上梁武帝《述三教诗》。

③《晋书》卷91《范宣传》。

④ 皇侃:《论语集解义疏》卷9。

⑤《晋书》卷94（隐逸）《戴逵传》。

⑥《南齐书》卷54（高逸）《顾欢传》。

说，他自己“既崇周、孔之教，兼循老、释之谈。汝能修之，吾之志也”。[①]这是三教并学、并用的典型言论。而当时的实际情况，也就是如此。即以绘画来论。当时山水画刚刚萌芽，人物画已有长足发展，但试问，人们画些哪方面的人物呢？具体的情况是，画孔子像者有之，画孔门弟子图者有之，画东王公、西王母者有之，画七佛图、画维摩诘像者亦有之。这就是在深厚的文明基础上进行兼收并容的更具体的表现了。

兼收并容的同时，也存在着矛盾和斗争。开始不尖锐，后来尖锐化了。这其中有两个很重要的因素，一是政治利益，一是经济利益。政治利益是指三家都争取最高统治者的最高宠信；经济利益是指三家及其成员都要得到更多的庄园和农奴。唐代，这两点看的很清楚。在4、5、6世纪，这种争夺还未白热化，所以，三家尚能和平共处，从其中酝酿出一些味道浓郁的文明成果来。这些成果，其荦荦大端，我指的是陶渊明和谢灵运的诗；“二王”（王羲之和王献之）的书法；以及从宗炳开始的中国山水画。愿于下文一一予以分述。

二

先谈陶渊明。

陶氏是中国文学史上的大人物，是除屈原而外以个人名字挑牌的诗人中的最早者。个人名字挑牌是小事，诗人的诗品与人品之完善地完成，却是大事。这种诗品与人品之完善，没有思想基础是不可能的。那么，他的基础与儒、道、佛三家的关系是什么？在本世纪20年代至40年代，梁启超、陈寅恪、朱光潜诸大家，才接触到这个问题上来。在这之前，人们一直在家世、名号、生卒、籍里诸问题上使劲。当然，弄清楚这些细节也不是不必要的，但主要要看思想基础。陈氏非常强调陶与天师道的关系，对此敝人有辩。宗教是社会组织，它与思想信仰有时密合，有时游离。犹记20年代，革命形势自南而北，窃尝亲见不少笃信孙中山先生主义的，并不一定参加组织，而若干参加组织者对主义似不甚了了，此敝人幼年之所亲历。此其一。再从史事来看，王凝之是五斗米组织中人，孙恩亦是五斗米组织中人，而两方残酷争杀，又作何解？总之，天师道或五斗米道，只是一种社会组织，贫富贵贱均可参加，至于教义则各取所需，各有其解。倘将陶渊明诗品人品之完善，一古脑儿归到天师道来，

①《梁书》卷41《王规传》。

则令人期期以为不可。

看起来，陶氏是有其深厚的思想基调的，这个基调，无疑是儒。儒讲名分，讲操守，陶氏正是如此。观其诗中对儒学的沦落何等慨叹，对儒学的复兴又何等兴奋，可知。“如何绝世下，六籍无一亲？终日驰车走，不见所问津”，“道丧向千载，今朝复斯闻”，[①]等等。这是论证陶氏基调是儒的现成依据。其次，从对刘裕篡晋的反映来看，也是鲜明的儒家立场。沈约《宋书·陶传》所云“义熙以前，书晋年号，永初以来，唯云甲子”云云，虽昭明太子及唐修《晋书》均不载此语，但《宋书》这一段是道出底蕴的话，试看陶氏《饮酒》诗二十首之第十八，有句云：

> 有时不肯言，岂不在伐国？仁者用其心，何尝失显默?![②]

在此，陶渊明借西汉杨雄即便在喝醉了酒的时候也绝口不谈政治、而心里样样清楚，这不正是道出了陶氏对晋、宋改朝换代在内心中有着很深的痕迹吗？这种风格恰好是来自儒家的。

但陶氏的高明之处，在于他出于儒而又不为儒所限。在这里请允许我把话说远一点，杜甫就是出于儒而为儒所限住了。敝人平生最崇拜杜甫，即以偶书小条为例，亦百分之九十九写杜诗。当我读到《李白与杜甫》中对杜肆意贬低时，我曾愤慨至极。但老来仔细一想，像说杜甫《茅屋为秋风所破歌》是侮辱贫下中农子女，固是信口之言；但杜甫有没有局限？怕是有的。上文说，有人问范宣何以太儒，我也想对杜甫提出此问。病床上听见杜鹃叫就拜，“忠”到如此地步，思想渐趋于僵化了。他自己说“晚节渐于诗律细”[③]，这是诗人思想经由京、洛的旺盛期，又历秦州的衰洒期，到夔州的老年期，将自己诗的思想性、社会性相对放松，对梁、陈“徐、庾体”技巧有所偏嗜的结果。千古一代诗圣，令人总有似乎说不明白的一点什么不足，此不足就在“太儒”。

陶渊明不“太儒”。儒之外，他还接受玄学和佛学的影响。大约他早年是很富有斗争性的，心慕荆轲和伯夷、叔齐，“饥食首阳薇，渴饮易水流”，但平生遭际又与阮籍、嵇康略同，故诗中“常恐霜霰至，零落同草莽”、“严霜结野

① 《陶渊明集》，人民文学出版社，页54及47：《饮酒诗》二十首之第二十首及《示周续之、祖企、谢景夷三郎》。

② 《陶渊明集》，页56：《饮酒诗》二十首之第十八首。

③ 《杜诗镜铨》15《遣闷戏呈路十九曹长》（上海古籍本，页740）。

草，枯悴未遽央”、“凝霜殄异类，卓然见高枝”等句，与阮嗣宗《咏怀诗》是同一个调子。他转而欣慕伯牙和庄周。当他向一位采薪者打问荒墟丘陇间那些居人到哪里去了，采薪人的回答是“死殁无复余”的时候，他觉悟到“人生似幻化，终当归空无”。[①]这“无”来自玄学中的“有”和“无”。这“空”呢？怕不能不说是受了“相距约抹二十多里”（梁任公语）的慧远大师及其“莲社”的影响吧。故当寅恪先生判断陶氏“绝对”未受远公影响的时候，区区以为判语未免绝对化了一点。

陶氏镕铸三家，涵泳蕴藉，外似无光，故较他晚100年的刘勰竟对之一字不提。钟嵘提了，仅列二等（中品）。这是何故？这是由于人们一时还品尝不出滋味。对谢灵运就不同了，《诗品》中将其列在上品，沈约《宋书》为之写了篇幅逾恒的长传，誉他的诗“兴会标举”。人们显然已经品尝出他的滋味。因为，他是淝水之战主帅谢玄的嫡孙，袭有封爵；平生凿山浚湖，广占田园，敢与地方官吏相敌对；自幼养在“治”所，是五斗米的正牌信徒，手下也具备着某种社会势力；他终因“不规”，在广州弃市。自云天下才共一石，曹子建独得八斗，己得一斗，[②]可见是自负“有才”的。“才”是什么？根据我的理解，“才”是从一定的生理遗传出发、通过某些社会生活、社会的教育和影响而形成的某种心理状态上的较特异功能。会做诗，并且能够做到“兴会标举”，这点特异，就叫做“才”。这些才到头来是跟世家大族的出身，大庄园主的生活和地位，分不开的。所以在谢灵运，就很少见有人在他思想根源与儒、道、佛三家关系上进行过很多的推敲与议论，因为那已经是次要的事情了。

陶开端的，是田园诗。谢开端的，是山水诗。二者有所不同。田园诗包括山水景物，但更包括生产劳动和社会。山水诗则不然，它的社会意义稀薄得多，而在词藻与声韵上，可以多加追求。两者平行发展，成为4、5、6世纪精神文明的成果之一宗。

三

现在来谈书法。

书法是我国独有的一种成就。它的母体，是文字。文字是一种符号，一种

① 《陶渊明集》，页28：《归田园居》五首之第四首。

② 孙志祖《读书脞录》引《南史 · 谢灵运传》云云，但周一良云，并无此语。

工具，传递信息的工具，各种各样的人统统要使用的一种工具。书法就不同了，它既是工具，又是艺术。艺术中就有人们的意识、有创造、有美的观念，体现于其中。书法中是有思想的，这样，它跟儒、道、佛三家就不可能一点关系也没有。

自唐朝以来，谈书法的文章和著述，越来越多起来。但其内容，主要是搞评比，谁是第一等，谁是第二等，如同评画一定要定出什么“逸品”、“神品”、“能品”等等一样，而且标准很粗糙。相对地说，讲如何由篆而隶、如何由隶而“草隶”、“行押”的，不多而且往往谈的十分简陋。人们从大体上说，这种书法改变的动因是行政公文量的增多，为了赶效率，所以由篆而隶，由隶而草、行，这正是由血缘贵族的分封向中央集权转进的时候，就具体朝代说，大体是秦和秦前秦后。这种说法，大体不错。但过细一追究，如为什么三代的书法是篆籀？为什么它的书法特点是提锋、圆行，如蔡邕说的“不方不员”，总在使用弧形线来结构？再其次，为什么到了隶书，书法特点突然变为按锋、铺毫，讲究折书，也就是卫恒所说的“规旋矩折”[①]，也就是总在使用矩形折线来结构？这一点，单纯用公文效率来解释是解释不通的。

书法上有个词，叫“真书”或“正书”。什么是“真书”或“正书”？大体篆籀通行之时，篆籀为“真书”或“正书”；隶书通行之时，隶书为“真书”或“正书”。赵宋以后不言而喻，“真书”、“正书”就是楷书了。反正，草书和行书，从来不叫“真书”或“正书”，意思是它们是变体。从钟繇到王羲之和王献之，正是在变体上有巨大的贡献。可是人们的头脑往往跟不上时代的新风气，总认为“真”、“正”为好，变体不好，所以《晋书·王羲之传》中仍然写道“尤善隶书”，这隶书早已不是什么汉隶而是草隶了。同上文中提到王献之时，说他“工草隶”，这就说的更清楚。

王羲之、王献之在公元4世纪完成了这种书法上的变格，其动因何在？其于儒、道、佛的影响又如何？这是个很重要的问题。在上文谈陶诗时我曾认为与天师道、五斗米道间看不出有明显的关系。现在我则说，草书和行书的变格却与宗教有密切的关系了。试看，与“二王”同时的大书法家族郗氏，当人们谈论其书法后学时，说：

①《晋书》卷36《卫瓘传》附《卫恒传》。

> 写经画符，锋势郁勃，人所不逮。[1]

草书、行书，与宗教的画符写经有关，这已是可以证明的了。但除去宗教行为对书法有所推进之外，思想是更重要的因素。在这里我的意思是说玄学。玄学的历史作用，是叫人们的头脑开窍，叫人们的思维活起来，叫人们从两汉的经学教条中解脱出来。试观《世说新语》中人们的谈话，是何等的俏辟?!人们说“清谈误国”，这是坏的一面，但好的一面，则反映出人们思维、思辨的能力大大提高了。在书法方面，思想活了起来，字体就自然而然游离开“方广”而讲求“波势”(即线条)了。王献之曾对他父亲说:

> 古之章草，未能宏逸。顿异真体，合穹伪略之理，极草纵之致，不若藁行之间，于往法固殊也。大人宜改体。[2]

要追求“草纵之致”，这是思想活跃的表现。“二王”在书法上的伟大贡献，与玄学是分不开的。观王羲之在会稽时，日与许迈、支遁往还。许迈是神仙家，支遁是以擅长清谈而著名的佛教大僧侣，他们的思想都是开放型的、活的。思想上的活才能带来笔势上的活。王羲之之所以能达成“烟霏露结，状若断而不连；凤翥龙蟠，势如斜而反直”(唐太宗语)的境界，没有思想上的活，怎么能成呢?

四

现在来说山水画。刘勰在《文心雕龙》中写道:

> 庄、老告退，山水方滋。[3]

其实这个话是需要诠释的。第一，“庄、老告退”的实际情况是“庄、老”并未告退，不过是弥漫开去就是了。第二，“方滋”的“山水”，是既指山水诗，也指山水画。我们从后世的影响看，画比诗的影响要绵长。所以我要少谈山水诗，而多谈山水画。这是我的选择。

---

① 陶弘景:《真诰》卷19。

②《法书要录》卷7引张怀瓘《书断》上，见台湾影印版《四库全书》子部118册，页812～207。

③ 刘勰:《文心雕龙》第6篇《明诗》。

山水画，不能不推到宗炳（375～443）。我们对宗炳并不抱特殊兴趣，但不能不首先提到他。我们分开，拿他的人和他的画论来做两概论述。

宗炳，字少文，南阳涅阳人，约是今河南镇平一带。终年69岁，《宋书》卷93有传。平生多次奉到征诏，一直“不至”，是一位从思想到行动对他跟前的政治不发生兴趣的人。经历名山大川，“凡所游履，皆图于室”，是货真价实的山水画的鼻祖。但他的思想根源从哪里来呢？看他“居丧过礼”，无可否认是儒家的路子。看他“精于言理”，怕是不能不受玄学和道家的影响。看他与佛教大师慧远“考释经义”；妻殁，经慧坚师的教化，“方能遣哀”，他接受佛学的影响比较深入，并且是有证据的。

接受三家影响的结果，他的思想与一般画家不同，他不仅有作山水画的实践，他还有理论。这理论，又不是什么像“骨法用笔”那样的一般画论，他是从哲学高度建立山水画论的大家。他提出三个概念：“道”、“理”和“神”。画山水画的对象是山水，山水是“象”。山水画家首先要观赏山水，用宗炳的话说是“贤者澄怀味象”。山水是具体的客观存在，它是“质”；质是死的，宗炳说“质有而趣灵”，这就是画家的精神加工，使山水更活、更美了。画家摄取山水的“灵”，要靠自己的感官，用宗炳的话说是“应目会心为理”。使用感官，通过加工，到达了“理”。什么是“理”？理就是已经认识、体会到的现象和规律。现象和规律有认识、体会到的，也有一时尚未认识、体会到的，二者综合在一起，宗炳把它叫“道”。他说“圣人含道”、“圣人法道”，就是说圣人不违背已认识的和一时尚未认识的规律。但是，拿什么来认识规律呢？是“神”。也就是理学家们所经常发扬的“此心之灵明”。“质”是纯客观的；“道”、“理”是主观和客观结合的产物；“神”是主观感知这些现象和规律的机能。三者结合在一起，宗炳说：

> 以应目会心为理者，类之成巧，则目亦同应，心亦俱会。应会感神，神超理得。①

有人对此，会扣上“唯心主义”帽子；我则相反，我感到在公元5世纪，竟有人在认识论方面、在客观世界与主观世界的结合上，达到如此明朗不疑的水平，是难能可贵的。何况，他除此之外，还有一些像近代绘画透视学方面的技

① 张彦远：《历代名画记》卷6，见台湾影印版《四库全书》子部118册，页12～327，329。

术性发挥呢。

综上所述，无论是陶渊明的田园诗、谢灵运的山水诗、王羲之和王献之的草隶书法，或者是从宗炳开始的山水画，这些精神文明成果的出现都不是偶然的，都与儒学、玄学、佛学和早期道教有关。这个“有关”，还须加以诠释。有的与三家都有关，有的与三家中的两家有明显关系，有的以一家为自己突出的特征。但无论如何，三家弥漫的精神时代，是谁也否认不掉的。没有这个时代，没有这样的土壤、没有这些肥料，这些花是开不出来的。

《十六国春秋》、《晋书·载记》对读记

一

大凡钻研“五胡十六国”一段史事，或者说，大凡要料理中国4、5世纪历史的同志们，都不可避开地要以《晋书·载记》和《十六国春秋》作为主要的史料书来对待。当然，在这两种基本史料书之外，也还有一些溢出的资料，例如《资治通鉴》就又补入了不少。但无论如何，这两种是最主要的。可是，有关这两种史料书历来的议论就是很多的，也很纷歧。大体地说，不外两个方面的问题，其一是《载记》与《十六国春秋》的文笔和史源孰优孰劣、孰早孰晚的问题，其二是明朝屠侨孙辑今本《十六国春秋》与北魏崔鸿原本《十六国春秋》间的关系问题。现在，按议论者的先后罗列出来，并予以分析。傅山（青主）在顺治年间写的一段日札中说：

> 七月初九日夜大风，偶得睡。梦老古来，甚称张斌。吾笑应之曰，王景略亦自不足道，何复斌之可喜？古亦点头。因为极论《载记》本之崔鸿《十六国春秋》，其事顾不足尽信；即其文笔，亦一糟套，可厌也。古默然。[①]

按这里所提的张斌，是不见于《二十五史人名索引》的（《索引》所列张斌是元朝人）。十六国之时，张斌有二，一是石勒部下谋士，一为敦煌人，曾写过一篇《葡萄酒赋》。青主由张斌扯到王猛，由王猛扯到《载记》和《十六国春秋》，主要的话是说这两种书在史料价值上不足信，在文笔方面也不过是

① 傅山：《霜红龛集》卷40《杂记》五。

可厌的糟套而已。他另有赠李天生（因笃）的五律十首[①]，其第十首中有一联云“《春秋》难续狗，《十六》秽崔鸿”。意思是说，《春秋左传》是貂裘，而《十六国春秋》不过是狗尾而已。在这里，青主加了一个“秽”字。我们应该指出，这个“秽”字跟很多人给《魏书》作者魏收所加的“秽”字应该有所区别，魏的“秽”字由史德问题而来，崔的“秽”字是由文笔问题而来，说他文章芜乱，远远比不上马、班史笔的谨严、峭削、犒练而已。

雍正年间的全祖望（谢山）在对门人答问的时候说了一大堆关于《十六国春秋》的话。[②]他直截了当地把明万历刊本《十六国春秋》说成“赝本”，说“以愚观之，则直近人撮拾成书，驾托崔氏”，还说“东涂西抹，痕迹宛然”等语。傅青主仅从文章芜秽方面立论，并未涉及崔本与屠本的关系问题；全氏进了一步，正式定屠本为驾托的赝书。从雍正到乾隆，考据之学大兴，从版本角度来谈论的越来越多了。纪昀（晓岚）的评论是有代表性的，见《四库全书总目提要·史部》（该书卷66），人人可以查读，兹不具引。他与全氏持相类态度，说明朝屠侨孙整理刻印的书是“伪本”，他作出这个结论的前提是崔鸿原本“亡于北宋”。近人已故夏定域先生在其遗作《四库全书提要补正》中说，

> ……据《汲古阁秘本书目》有新抄本，称从宋本出，盖未亡佚。该书目录后列乔孙及同校姓氏十人，非仿旧翻刻之本，非出伪造明甚。《汲古阁秘本书目》可信，《四库提要》所云不确。[③]

另一近人已故余嘉锡先生亦有类似辨析，他说：“尤袤《遂初堂书目》有此书。尤即南宋初人，亦不得谓之亡于北宋也。”[④]由此可见，全、纪二氏之论，不免偏激，欠于持平。不过纪昀在《提要》该文段的尾部又加写了几句，“其文皆联缀古书，非由杜撰，考十六国之事者，固宜以是编为总汇焉”，总算是持平了一下。

乾嘉之际，赵翼（瓯北）又有了新的议论，主要是关于《十六国春秋》与《载记》的优劣比较问题。兹引其有关文段如下：

> 当时史官（按，指唐初）如令狐德棻等皆老于文学，其纪传叙事皆爽

① 傅山：《霜红龛集》卷9《为李天生作十首》。

② 全祖望：《鲒埼亭集》外编卷43《答史雪汀问》。

③ 夏定域：《四库全书提要补正》，见《中国历史文献研究集刊》第5集，页161。

④ 余嘉锡：《四库提要辨证》上册，页381～385。

洁老劲，迥非《魏》、《宋》二书可比；而诸僭伪《载记》，尤简而不漏，详而不芜；视《十六国春秋》，不可同日语也。

……修史诸人皆文咏之士，好采诡谬碎事，以广见闻。又史论竞为艳体，此其所短也。①

窃以为，对瓯北上述议论，本文作者意见最多。赵氏纯乎从阳湖派“文咏之士”的角度出发，说什么“爽洁老劲”，其实《十六国春秋》、《晋书》、《魏书》、《宋书》四书究竟如何评骘，尚大费商量，容将来为文详辩，此处不赘。仅以上段引文而论，瓯北所云，即有足商榷之处不少。窃以为《晋书》并非“简而不漏，详而不芜”，而是所漏甚多；其“芜”的程度与《十六国春秋》仅在伯仲之间；更不得加一“详”字。至于《晋书》段尾的史官“论曰”，更不仅仅是什么艳体不艳体的问题，而是存在着严重的观点立场问题。试想，唐朝统治者虽自称狄道李氏、西凉李暠之后；但究其实则是六镇镇将出身的胡汉杂糅的一个家族。唐太宗在民族关系问题上，尚能持有比较恢宏的观点。但于世宁、令狐德棻辈却不能体察这种最高旨意，在编写《载记》过程中一方面表述石勒、苻坚甚至沮渠蒙逊，也并不例外地像一些带开创性的国主那样留意生产、关心社会生活、减轻人民一些负担等等；但另一方面，则在文尾处抬出“戎狄是膺，荆舒是惩”、“非我族类，其心必异”等民族沙文主义老教条来狠狠地咒骂一通，把这些少数民族首领说成是禽兽狗彘之不若，并且在传文与评语之间形成一种作者与作者自己斗打不休的怪状。试问，面对这样的《载记》，我们能相信上引赵瓯北先生的评论是公正的吗？

二

基于以上的缘故，我决心像胡适所说“拼得用极笨的死功夫”，把《载记》和《十六国春秋》并摆面前，一卷一卷地对读。自然，我已不可能读到崔鸿原本的《十六国春秋》，而只能读屠氏今本的《十六国春秋》了，这是无法超越的局限。读完之后，我坚持认为《载记》主要采自《十六国春秋》的断语，是可信的。此其一。理由是，两书在若干大关节目的重要文段地方几乎都是雷同的，给人的印象，就像发表出来的新闻文献比较编辑室里原送来的文段只有一

① 赵翼：《廿二史札记》卷7《晋书》二。

半个字句的增芟那样，非常清楚，那是编辑先生所加的点染。《载记》作者唐朝史官，亦正是如此，点染的痕迹，历历可数。其次，我又坚持认为今本《十六国春秋》在屠氏等十人整理付刻过程中虽然也留有这里动一动、那里动一动的痕迹（有些动是并不高明的也是事实），但若干基本内容还是北魏末年搜集到的东西，明朝人造是造不出来的（例证见下文）。此其二。为了证明我个人如上的两个论断，我从庞杂的读书笔记中选出8个例证，来说明自己的观点。

［**例证一**］慕容德南燕国中一场农民起义的首领的故事。

这首领叫王始，是一个迷信"做皇帝"到了发疯程度的农民。史书中著录了这桩事，曾被诟病为"芜"和"秽"的根据。我借这一故事来看取《载记》和《十六国春秋》间的史源问题。《载记》的文段比较"爽洁老劲"吧，我们就引它：

> 妖贼王始聚众于太山，自称太平皇帝，尊其父为太上皇，兄为征东将军，弟征西将军。慕容镇讨擒之，斩于都市。临刑，或问其父及兄弟所在，始答曰，"太上皇帝，蒙尘于外，征东征西，乱兵所害；唯朕一身，独无聊赖。"其妻怒之曰，"止坐此口，以至于此，奈何复尔？"始曰，"皇后，自古岂有不破之家、不亡之国耶？"行刑者以刀钚筑之，仰视曰，"崩即崩矣，终不改帝号。"①

兹以今本《十六国春秋》对照，其卷65《南燕录》（三）中，立《王始传》一小条，基本情节与《载记》相同，但《十六国春秋》中却溢出了后来被唐朝史官芟去的几个原始情节，一是王始是莱芜人，二是其父名王固，三是兄名王林，四是弟名王泰，五是妻姓赵氏，真名真姓。这些琐节虽是无足重要的，唐朝史官拿它芟去也是完全应该的；但从史源上说，它是更原始的，是北魏末年从原来案卷中搜集来的，不可能是明朝屠侨孙等十人异想天开添油加醋造出来的。由此证明，今本《十六国春秋》就其主要内容看，大体仍崔鸿之旧；从史源看，它比《载记》更原始。

［**例证二**］北凉国沮渠蒙逊之子沮渠牧犍（一作"茂虔"）向南朝刘宋献书目录的事。

这件事有两重意义，第一，说明当时河西"五凉"地方文化高、成品多，

①《晋书·载记》卷118，参考今本《十六国春秋》卷65《南燕录》三。

沮渠氏的北凉也跟张氏的前凉、李氏的西凉一样，对文化人是重视的，对文化成品是珍重的。第二，说明沮渠氏虽然不能不跟在山西大同的拓跋魏保持关系，但同时又跟在南京的刘宋有来往，把河西成品献过去，把江南的成品讨要过来。所以这件事，不像上引“夸大狂”故事那样地无关重要，它是重要的。书目如下：

①《周生子》13卷；②《时务论》12卷；
③《三国总略》20卷；④《俗问》11卷；
⑤《十三州志》10卷；⑥《文检》6卷；
⑦《四科传》4卷；⑧《敦煌实录》10卷；
⑨《凉书》10卷；⑩《汉皇德传》25卷；
⑪《亡典》7卷；⑫《魏驭》9卷；
⑬《谢艾集》8卷；⑭《古今字》2卷；
⑮《乘邱先生》3卷；⑯《周髀》1卷；
⑰《皇帝王历三合纪》1卷；⑱《赵畋传》1卷；
⑲《甲寅元历》1卷；⑳《孔子赞》1卷。

以上，共20种155卷。

这个目录，不见于《晋书》，亦不见于《（北）魏书》，只见于《十六国春秋》和《宋书》。于是产生出两个问题来。其一，是不是明朝屠侨孙等十人现成地从“十七史”的《宋书》（卷98）中抄去的呢？其二，是不是崔鸿从《宋书》中抄去的呢？看起来都不是。《宋书》目录中《亡典》作《王典》，《魏驭》作《魏驳》，假如照抄，不可能出这么大的差错。再者，我们姑且定崔鸿成书年为公元522，沈约成书年为公元488，相距34年，在南北分裂局面下，资料传递不可能这么快。我的想法是，《宋书》所据，是原来献书的目录；《十六国春秋》所据，是拓跋焘兼并北凉，将北凉资料俘来平城后存档的孑余。两处资料来源不同，故有两个字的互相歧异。是否如此？请专家判断吧。无论如何，《十六国春秋》的史源，自有其独特之处，不容被诬为“撮合成书”、“东涂西抹”的东西。

［**例证三**］慕容评“卖水鬻薪”的事。

公元370年，慕容燕的亲王、大将慕容评率领大军与苻秦以王猛为统帅的军队，在今太行山东侧山西潞城黎城、河北武安一带的浊漳水沿边，要打一场决战。王猛根据慕容评性贪鄙、军无斗志来判断燕军必败。慕容评的贪鄙，表现在他“卖水鬻薪”。关于这件事，目前我们能看到的有四处，这四处是《水经注》、《太平御览》引崔本《十六国春秋》、《晋书·载记》和明屠氏今本《十六国春秋》。[1]大体说来，这四处材料是大同小异。“小异”在哪里？在卖水的价码上，“入绢一匹，得水二石”，这是很重要的资料要点。全汉升先生40余年前曾引此来说明自然经济不以货币为媒介而是实行以物易物的办法去进行交换。在上述四种材料来源之中，两种无此要点，两种具此要点。《水经注》与今本《十六国春秋》具之，而《御览》引崔本《十六国春秋》与《载记》均不具。由此，似乎可以推出两点推论，其一，关于这同一件事，有两种史源，一是《水经注》，一是崔本《十六国春秋》，二者同是北魏末的成品；其二，从这一例证中可以看到一件意外的事，即同一《十六国春秋》，在崔氏原本与屠氏今本间，仍然存在着某些差异：崔本未纳入“绢一匹，水二石”的资料，而屠本纳入了。这是为什么？是不是屠氏等十人重编时自《水经注》中摘入的呢？姑存疑于此，以俟高明。

三

［**例证四**］苻坚军自代北是否俘来代国国主，此国主究是什翼犍、抑或是窟咄的事。

此事，今人周一良先生于论列崔浩因修魏初国史之事被杀事，曾论及之；今周氏《魏晋南北朝史札记》已出版，读者可以参阅。吾今所论，则欲借此同一史实、三种不同记录之事，来考验考验《十六国春秋》的史料价值。三种不同记录，是指：（一）魏收《魏书》根本不提国主被俘的事，给人的印象仿佛压根儿没有那么一回事，只说什翼犍怕敌不过苻秦兵力躲到漠北去了，回到漠南被人（极可能是自己儿子实君）行刺，“暴崩”了。（二）《载记》说什翼犍被苻洛打败，其子缚父请降，苻坚以其荒俗，令入太学习礼，并召见有所问答。（三）今本《十六国春秋》说苻坚把昭成帝（什翼犍）的长庶子窟咄迁之长安，使入太学读书。在这段文后，今本《十六国春秋》的编纂者又将《载记》的文段以小体字附在后边。这就是一条绝好的证据。说明窟咄之说，是崔鸿原本《十六国春秋》的内容，明朝人把《载记》中歧异的说法引来并列，以供读者采择。而到北宋司马光写《通鉴》时，他却既不采用《魏书》之说，亦

① 《水经注》卷10；《太平御览》卷334；《晋书》卷111；《十六国春秋》卷29。

不采用《晋书》、《宋书》、《南齐书》之说，他单单采用了“窟咄”之说，这说明司马温公在选择时，还是信任了崔鸿的《十六国春秋》的。[①]

［**例证五**］有关“五凉”时候凉州文士的记载。

有关“五胡十六国”时期河西“五凉”地区的文化人积累和文化成果积累问题，陈寅恪先生早已先见及此，见于其所著《隋唐制度渊源述论稿》之中[②]，兹不赘述。我今只从史料渊源上来看问题。我可以说，对于文化史上这一重大公案，《晋书》卷91暨92儒林、文苑诸传中，竟尔一无涉及。这说明他们心目中只看到那些见马咆哮说什么“敢是虎”的酸子，他们头脑中充满着那些但凡沦于夷狄之区的尽是些“野蛮人”的不正确观点。《魏书》卷84暨85儒林、文苑诸传中，亦同样未予涉及。但《魏书》在其卷52中，相应地《北史》在其卷34中，则为这一桩公案中的重点人物如刘昞、阚骃以及宗钦、索敞等立了传。这说明，这些编史之人，远在陈寅恪之前，已经看到这桩公案的影子了。但他们所表述的却多是较晚的情节，我的意思是指在拓跋焘统治后期，通过崔浩的汲引和保护，自凉州搬到平城来以后的那些情节。在此以前的情节呢？换言之，原在河西地区张凉、李凉以至沮渠凉统治下的较早的情节呢？那我们只有依靠今本《十六国春秋》所传递下来之崔本《十六国春秋》所著录的《前凉录》（六）、《西凉录》（三）、《北凉录》（四）了。从这些断节中，我们可以看到很多东西，如（一）这些人大都是受西晋玄学思想和谶纬书典影响很重的人，并不偏重儒学，他们大都是敦煌人，不少是在酒泉南山（祁连山）隐居不仕，但又授徒以百计、以千计的人。他们是形成中国儒学与玄学相融合的学术温床之一。这些人的私谥上都冠一个“玄”字，值得留意。（二）进入《魏书》专传，无形成为全国性的，所以只留下头面人物和头面事迹；至于够不上头面的人物和事迹的，《魏书》自然而然予以排除，但在作为地方史志性质的前、西、北三个《凉录》中则予以保留，如善阴阳术数的、善占梦的、善鼓筝的、著过《葡萄酒赋》如前引张斌的，统统写进来了。试问：从这些侧面，我们不是可以窥见当年河西文化界的一些面貌，从而也可以窥见《十六国春秋》的某种独有的价值吗?!

［**例证六**］关于沙门昙无谶的事。

昙无谶（“无”读“摩”），是自罽宾来的一名沙门，留居凉州。在昙无

---

①《资治通鉴》卷104（晋纪26），中华书局标点本第7册，页3280。

② 陈寅恪：《隋唐制度渊源略论稿》，页20～30。

谶的问题上，不是需要拿《晋书》跟《十六国春秋》来对读，因为唐人修晋史，认为凡进入北魏范围的事已经毋庸料理了。需要的，是拿《魏书》来对读。对读的结果，是关于同一人物两种记载截然不同。《魏书》只写他如何“以男女交接之术教授妇人”，并跟沮渠氏家族兄弟姐妹“朋行淫佚”等事挂起钩来。《十六国春秋》则不然，它用相当长的篇幅，缕述昙无谶多次翻译佛教经典若干部若干卷，还带了几个徒弟，其一是沮渠蒙逊的从弟，后来流落金陵、钟山成为一名高僧；其一是张掖人道进，在饥馑中割肱肉以啖饥民。为什么这么悬殊？这是和政治牵连着的。最初拓跋焘想拉拢沮渠氏，以蒙逊女为昭仪，以公主妻蒙逊之子牧犍，派特使李顺往返其间；后来拉拢不成，刀兵相见，遂诛李顺，赐昭仪与牧犍死。沙门史事，受此政治斗争的折光，遂有如许差异。而《十六国春秋》则比较公正地、详细地著录了这一沙门的正常事迹。

［**例证七**］关于沙门佛图澄的事。

佛图澄与鸠摩罗什前后同时，但风格很不相同。鸠还带有某些研治经典的学者气息，澄大不然，他以术士的姿态，从一开始到结束，一直与石勒、石虎父子的政治军事活动缠到一起，做出种种的预言和参谋。对于这样一个妖妄气息很浓厚的人，《十六国春秋》和《晋书》的史笔很不相同。《晋书》的写法，是将澄的主要事迹统统集中到《艺术传》里，使石勒、石虎载记显得净化，这也许就是赵瓯北所谓的“不芜”吧。《十六国春秋》的写法另是一路，它把石勒、石虎的每一个举措跟澄的预言参谋缠到一起写，这样的写法缺点就是傅青主所说，不免有些“秽”。但也有其优越之处，即把一个虽然“凶残”，却也“猛气横飞”“奇谟间发”的倜傥人杰如何在一个迷信工作者协助下有声有色地进行活动的过程勾勒出来了。从阅读的效果看，《十六国春秋》实优于《晋书·载记》。

［**例证八**］关于周虓的事。

周虓（xiao）是汝南周访的玄孙，在涪陵时，其母为秦军所俘，虓遂降了北。苻坚待他极好，他在宴会上骂苻坚为“氐贼”，苻坚原谅他；他参与苻苞的谋反活动，苻坚也不处死他，只加杖刑。在描述周虓之死的过程中，《十六国春秋》的弱点暴露出来了：

> 虓加考楚，不食而死。敛已经旬，坚复剖棺临视，虓尸倏忽回眸，鬓髭张裂，睛瞳明亮，顾回盼坚。坚睹而喜，乃厚加赠。①

① 今本《十六国春秋》卷37《前秦录》五。

这就是地地道道的芜秽了。不过，周虓的事迹还是有必要记录的，因为将苻坚对待一系列敌对阵营人物如慕容暐、慕容垂、朱序以至周虓的态度上去检查，苻坚有容人之量固然值得肯定，但姑息养奸的缺点，不能不是苻坚招致失败的原因之一吧。观朱序于八公山下自秦军中唱曰“秦军败矣”这一情节，不是可以思过半矣了吗?

四

根据如上的一些例证，本文作者认为是不是可以提出如下的一些论断?

（一）不能把“伪本”、“赝本”这样的帽子，扣在今本《十六国春秋》的头上。崔鸿原本《十六国春秋》究竟如何，已不可知。但此一书稿流传，历北宋、南宋，迄未流散。明屠侨孙等十人所辑，根据内容判断，绝大部分是北魏末季之人才可以留下来的记录。其非“东涂西抹”、“撮拾成书”、“驾托崔氏”可知。全谢山氏之论，失于偏激而无据。

（二）不应将《晋书·载记》的评价，弄得过高；也不应把今本《十六国春秋》的评价，弄得过低。赵瓯北氏纯从文笔简繁立论，不顾史源之深浅、史料价值之高低，殊非评史的论。评史标准，必须是史料史源价值第一，文字第二，此不容颠倒者。

（三）《晋书》为唐人所辑，距离晋朝已近四百年。且唐初史臣受南朝骈俪影响甚深，形式主义倾向很重，故在编写史书时，于文笔方面留意较多，于史料说明性之强弱、史源之浅深，介意不多。故初看起来，《载记》似有“简而不芜”的优点；但仔细深入地读下去，则感到史料丰富性很差，仅在舞文弄墨而已。尾部“史臣曰”云云，尤为荒谬，即唐太宗李世民亦不抱如此恶劣的民族沙文主义态度。

（四）今本《十六国春秋》缺点，亦仍不少。傅青主以“秽”称之，谓其文笔可厌云云，不无中的之处。但它所著录的某些历史资料，多为《晋书》、《魏书》所不备，此即其不可摇撼的价值之所在。即以苻坚史料而论，其丰富性驾出《载记》一至二倍不止。读者不信，可以亲验。到头来还是纪晓岚氏圆滑的措词更为允妥：“考十六国之事者，固宜以是编为总汇焉。”

朱熹与王守仁之比较的探索

现在，人们在提倡哲学史的比较学，主要是进行中外比较，例如拿王船山思想跟康德思想进行各方面的对照，等等。使两方在对照比较中显现出各自的特色，这很有好处。但是我又想：难道在本国的哲学史范围内就不能进行比较吗？恐怕也能。例如我在刚刚结束了宋明理学的一门课的讲授工作之后，就多次地、抑制不住地想拿朱熹和王守仁来进行一点比较的探索，或许通过这种探索，我会说出来一点什么东西。只是目前的这篇文章，不过是一种试笔性质的纲要而已。

一

先提点意见。一些哲学史，包括二三十年代老一辈人写的哲学史，似乎都有一种缺点：重点分析哲学家们的思想，他的宇宙论如何，他的人生哲学如何，……就是不、或者很少拿这些跟哲学家们的生平践履挂在一起。很多哲学史讲哲学家生平，两行文字就带过了。我想补正这一点，所以我在第一、二两节中，准备拿朱熹和王守仁两人的生平践履，来进行一些对比。

朱熹，是一个学者，一个综合学者，一个建立了庞大思想体系的哲学家。他主观上想不想做官、做大官，我们不得而知。我们只知道，作为一个中高级官吏，他绝大部分时间是“靠边站”的。这就是我对朱熹生平的总印象，这不一定恰当。

朱熹，南宋初、中叶的人，生于建炎四年，卒于庆元六年（公元1130～1200年），历高、孝、光、宁四帝的统治，终年70岁。《宋史》卷429有传，但这传有偏见，是在南宋末一度受了政治沉重压力的朱门后学、在元朝得宠之后的手笔。清人写的朱子《年谱》有不少种，大体以王懋竑的较好。黄宗羲《宋元学案》卷12《晦翁学案》中有对其生平与思想的状述，自然不及《明儒学案》中的《姚江学案》写的那么精彩。新近故世的周予同先生写过一个小册子《朱熹》很不错，颇值一读。

朱熹，原籍江西婺源，寄居福建建阳之考亭，所以在“濂、洛、关、闽”中他是闽学，又被叫做“考亭”之学。父亲朱松是大官，因反秦桧而遭贬。他平生除做过漳州、南康军、潭州的知州（知军）、并入朝担任皇帝的待诏、侍讲总计不过四十余日外，大部分时间是“知宫观”。提调宫观，宋初原为尊老敬贤之举，后转为贬斥之阶，例降二级，可以不赴任，在家闲住。朱熹与陆游、辛弃疾、陈亮（同父）、叶适（水心）都是好朋友，有的书中把陆、辛、陈和朱熹描写做针锋相对的抗战派和投降派，这完全是对历史的歪曲。朱熹父子一直是主战派、反投降派，只是晚年对韩侂胄的盲动主义的无准备的“北伐”持不同政见而已。连辛弃疾卒前二三年，不是也看出“北伐”不可能取胜而从京口任上垂头丧气地回铅山去了吗?

朱熹晚年卷入了派别斗争。遭到了反对派的多方面攻击，例如“假名以济伪”、“本无学术，所至携门生数十人，邀索高价，其伪不可掩”、“剽张载、程颐之余论，寓以吃菜事魔之妖术，以簧鼓后进”（《宋史》本传），等等，指其学派中人为“伪党”、“逆党”，甚至有上书乞斩朱熹者。他在严重的派别迫害中死去。

他的学问的方面很广。不仅在人文方面有贡献，在观察、认识大自然方面也颇有贡献，如他说地一日转一匝，此外还有“大转”；如他见到石中有螺贝，从而推断地壳的升高。此外，他还带着科学的和理性的头脑去对待古籍，曾怀疑先秦与两汉的40余种古籍为“伪”书，开启了后来“辨伪”的学门。但后来大量流传下来的，还是他的哲学性的语录等著作。大体后世流传和尊奉的朱熹的思想内容，往往是消极意义较多的那个部分，加以封建知识分子行动与思想脱节的特点，因而“伪道学”的名声流传下来，很影响了朱熹本人的历史声誉。于是不给母亲吃好米的话也有了，带着两个小尼姑游山逛水的话也有了，这些事现在已经很难查证。

然而朱熹毕竟是一个读书人，几乎是一个书呆子，一个经常“靠边站”的官吏，一个形成了庞大体系与丰富内容的学问家，我想这一点应该是肯定的。

二

与朱熹对比，王守仁是迥乎不同的另一种人。他是一位思维能力特别峭拔的人，也是行政能力很高的最高级的文武官吏。

王守仁，曾在四明山中的阳明洞讲学，故人称阳明先生，这个号压过了正名。浙江余姚人。生于明成化八年，卒于嘉靖七年（公元1472～1528年），终年57岁。《明史》卷195有传。其弟子钱洪甫、王汝中为他写的《年谱》，把谱主的各个方面，都勾画的很好。

王守仁的父亲也是大官。阳明早年，遍尝了各个生活方面的滋味。湛若水说他有“五溺”，一溺于任侠，二溺于骑射，三溺于辞章，四溺于神仙，五溺于佛氏。总之，是从各方面体验生活。37岁时，触犯太监刘瑾，谪贵州龙场驿（今修文县）。在这种闭塞痛苦的环境里，他“未尝一日之戚戚”（《瘗旅文》），创发了把思维“向内”追寻的道路。但并不是所有遭际痛苦环境的人都“向内”发展，如与他同时的杨慎（升庵），他也因反宦官而长期流放云南，但他“向外”转，终身博物，认为德业当自学问中来。王守仁不是如此，他感到人内在都有着一种能量，人们应当尽力把这种能量挤出来使用，把这种精神能量跟具体使用紧密地结合在一起，一定很有效率，很能解决一些问题。此后，他就在一生中实践他的这种信念。

跟朱熹不同，他不是甘于“靠边站”的人，他像宗教主一样一心一意要实践他的信念。在当时条件下，作为一个大官的儿子，本人也是大官，他不可能在他的阶级范围以外去实践。于是，他生平便干了三件大事，一是压服大庾岭南北的农民起义，二是压服广西大藤峡少数民族的起义，三是以迅雷不及掩耳的短短35天的“闪电战”，扑灭了宁王朱宸濠的叛乱。这三件事，性质并非一律，但都是维护封建国家利益的行动。王守仁此三举效率之高，曾引起李贽（卓吾）的深深敬服。在第一、第二件事中，王守仁充当了中央集权专制主义镇压人民的工具，这也是不容讳饰的。但我要说的是，在这样的行为中，他也是在实践其把内在能量充分挤出来，充分使用的那种信念。

他的官位很高，开始是右佥都御史、南赣巡抚，后来是左都御史、两广总督兼巡抚。甚至，中央有人认为他应该做三边总督兼兵部尚书之职。可是，他的做事效率高，并没有得到成正比的结果，很多昏庸的官僚包括太监嫉妒他、造谣陷害他，加以他的健康情况太坏，便在赣江上游返家的船上死去了。

总之，王守仁不是一个书呆子，他根本反对支离破碎地去积累一些杂乱无章的知识。因此，他基本上不是一个学问家，他的思想体系也不庞大，也不够丰富。但他是一个在思维、在理性思维方面有着特殊贡献的人（详后节）。

三

看到一种主张，说朱熹的最高范畴是“理”。这是对的，只是以往的人们对朱熹的这一最高范畴的积极意义说的太少了。其消极意义，不管是沾上边沾不上边的，倒是说了一大堆。又说王守仁的最高范畴是“心”。这也对，也不对。因为一提到“心”，很快就联想到唯心主义和主观唯心主义，再以哲学的党性原则一衡量，就把他归到敌人一方去了。所以在我看来，他的最高范畴是“良知”，“良知”是一种内蕴的“知”的能力，而“知”属于认识论和方法论方面，不是整个一套世界观的问题（自然要受其约制），他只是教给人们如何把理性思维提高，并且集中起来使用。

在这一节中，先说朱熹的“理”。我认为在宋朝、在中国封建社会由其自身前期向后期转进（注意：我个人最反对什么“走下坡路”的说法）的过程中，朱熹较其前人更完整地、更精致地讲“理”，是具有极大的历史积极意义的。譬如被群起而攻之的“未有这事，先有这理”的命题，我思考了很久很久，感到它是说得通的。譬如扇子，是朱熹很喜欢用的一个例子。临安的商人要制造大量的扇子以供应广大市场，他就先要“穹理”。竹子的性如何？如何制成扇骨？纸的性如何？又如何打成折而又耐用？如何装在一起？扇风的性能又如何？……按照这些“理”，去制造商品，去供应市场，去促进新生产力的萌芽。从这方面看，是理在事先的，它是循环往复中的一个断片，不是先验论。就说最可以为统治者利用的命题“未有君臣，先有君臣之理”，我也想通过。社会本是无阶级的，人与人之间是平等的；但后来阶级这种存在不以人们主观意志为转移地产生了，还产生了专制主义国家，它需要把平等的人弄成不平等的，一部分人统治压迫另一部分人，君统治臣，父统治子，这个客观需要就是“理”。于是，在现实社会中就有了君和臣的隶属关系，父和子的隶属关系。说这种需要在先，也不是先验论。

“理”是一种精神的东西。在人类认识发展史的某一阶段上，人们从认识论和方法论角度，把精神的东西跟物质的东西暂时地剥离开来考虑问题（朱熹说“理与气，决是二物”），要求人们从庞杂的事物中去追求规律、抽象和共性，从特殊和个别中去追求“一般”，——这件事本身不应该受到讨伐，而应该被肯定为具有进步的意义，甚至是具有极大的进步意义；对封建意识的境界说，是一种不知不觉的突破。

但朱熹之所以受讨伐的主要理由，是他主张“理先气后”。应该指出：他在这一点上不是坚定的，而是犹豫动摇的。自然，主张理在气先是他的主流。如他反复说，“未有这事，先有这理”、“毕竟先有此理，而后有此气”（均见《语类》卷95）。也不断地说“理是本”、“理终为主”的话。但主流之外也说了另外的一些话，如“无是气，则理亦无挂搭处（《语类》卷1）。在另一处他换了一个词，叫“安顿处”。唯物主义气息很浓厚。他又说“论本原，有理然后有气；若论禀赋，则有是气而后理随以具”（《语类》卷49）。这前半句，本文前文谈扇子和君臣父子时已说过了；这后半句，唯物气息也是浓厚的。前半句加上后半句，循环往复的两个断片，就凑齐在一起了。此外，除了偏重“理”一面的言论和偏重“气”一面的言论之外，还有第三种提法，如说理和气“本无先后之可言”（散见《语类》卷1和《文集》卷37等处）。这很容易导致到辩证思维上去。到晚年，他更慨叹地说，“先有理后有气耶？后有理先有气耶？皆不可得而推究”（《语类》卷1）。在唯物唯心这个分水岭上，他最终迷惘起来，是表现为动摇犹豫的。

足见朱熹不是一个顽固的唯心主义者，他还有唯物的倾向，此外，他的思想中还富有辩证的因素。只是一涉及到人伦和人的修养方面，朱熹就遇到了难题。原来，一涉及到人的修养方面，宋明的哲学家们就总脱不开《大学》中的“八条目”。考虑到有的读者对《学》、《庸》可能生疏，兹将“八条目”的一大段引在下边：

> 古之欲明明德于天下者，先治其国；欲治其国者，先齐其家；欲齐其家者，先修其身；欲修其身者，先正其心；欲正其心者，先诚其意；欲诚其意者，先致其知。致知在格物。物格而后知至，知至而后意诚，意诚而后心正，心正而后身修，身修而后家齐，齐家而后国治，国治而后天下平。

在这里，使用了顺逆两种次序，宣讲了“八条目”。可是“八条目”中，却先天地存在着一个疙瘩。这疙瘩存在于“致知”与“诚意”的关系问题上。“致知”是认识客观的问题，“诚意”是主观修养的问题，两者如何联到一起？为什么诚意必先致知？为什么知至而后意诚？很难解答。王守仁是摔掉格物，把致知修正为“致良知”，这样比较容易把“致知”和“诚意”捏到一起。可是朱熹摔不掉格物（这正是他比较唯物的地方），那么先天注定，朱熹在“致知”、“诚意”的联系上始终纠缠不清楚。越纠缠不清楚越要纠缠，自必流于烦琐哲学了。

四

王守仁和朱熹的时代背景不同。朱熹所处的时代（中古共同体残余最后瓦解的时代）商业、货币、交换都比较发达，中央集权（特别在经济方面）不是最集中的，中国在世界范围内也不算最“封闭”的。王守仁所处的时代是在辽、金、元之后，专制主义的集权和残暴程度有所回升，“封闭”的味道也加重了，向科学世界开放的道路更加阻塞了。所以王守仁干脆丢开“格物”，向“致良知”和“知行合一”发展。我认为，这是中国社会发展的艰难性在人们的思想发展史上所打下的烙印。

王守仁学问的面子不够宽，哲学体系也不够宏大，他专精在思维这一点上。

思维和思想不同。思想，是指想出来的东西是什么？思维，是怎样想？所以，人们的思想，在阶级社会，是打着阶级的烙印的。思维则不然，地主也要思维，农民也要思维；资本家要思维，工人也要思维。思维比思想，更多地隶属于生理和心理的方面。而王守仁的创造，单单就在这一方面。关于思维，他强调人的主观的、内在的精神能量，把这种能量叫做“良知”，人人生而皆有，看你去不去调动它。他在一篇《象祠记》里，强调人可以改、人可以化的思想。这种思想，他在《传习录》中讲了许多，但不及六首七绝讲得爽快。诗曰：

> 良知却是独知时，此知之外更无知。
> 谁人不有良知在，知得良知却是谁？
> 知得良知却是谁？自家痛痒自家知。

若将痛痒从人问，痛痒何须更问为？
个个人心有仲尼，自将闻见苦遮迷。
而今指与真头面，只是良知更莫疑。
问君何事日憧憧，烦恼场中错用功。
莫道圣门无口诀，良知两字是《参同》。
人人自有定盘针，万化根缘总在心。
却笑从前颠倒见，枝枝叶叶外头寻。
无声无臭独知时，此是乾坤万有基。
抛却自家无尽藏，沿门持钵效贫儿。

（《阳明诗集》卷二《答人问良知》、《咏良知》）

由以上诗句看出，王守仁受了明中叶外部世界走向科学道路的阻塞的影响，又受了佛教启发人向内发展的影响，他把外部世界的作用几乎全部排除（如他说良知之外更无知，外界见闻是一种苦遮迷，他嘲笑朱派枝枝叶叶外头寻，等等），把外部世界凝缩到内部主观世界之中，求取其统一与集中。这是他的第一个集中。他又进一步将对外部客观世界的实践（行），凝缩到对内部主观世界的实践（知）之中，求取其统一与集中。这是他的第二个集中。有这两个集中，思维的能量就必然大，效率就必然高。

而这种能量大、效率高，差不多不同的阶级都可以追求，都可以达到。王守仁用来压服起义，王派后学（泰州学派及其后学）就用来反抗封建暴政。两者的能量和效率是一样的，性质却截然相反。在这里，顺便提到时下对王派后学的看法。有三种意见，我全不同意。一种意见说何心隐、李卓吾等是“左派”王学，这不合适，因为这带有唯成分论的色彩，仿佛缙绅思想家就必然是“右”，社会中、下层的思想家就必然是“左”似的。另一种意见说，泰州派比王守仁更反动，这种看法极谬误，因为它不符合实际。再一种意见，说王守仁和其后的异端派根本是两回事，这也不然，因为它们中间的主要联结的脉络是明显的，割不断的。解决这个问题的关键在于，“王学”的特征在思维，在于充分揭发人们内在的思维能量，以求在“行”中效率高。这种能量大，效率高，不同的阶级都可以顺手接过去使用，所以“王学”的实践后果才各有不同。

五

最后，我们还要在朱、王两派对后世的影响方面来进行一些比较。

朱学自从在元朝翻了身，一直就成为上层人士所遵循的教条。宋朝的陆九渊的诗句说“支离事业总浮沉”，这句话没有说错，朱派的后学差不多总是浮沉在宦海之中，成为帝王将相之间流行的一种“帮闲”哲学。这从元朝的许衡和清朝的李光地身上，就可以看出来。自然，除去上朝堂的思想家之外，走流沙的也有，如陆桴亭和吕晚村（留良）等，顾亭林也比较接近朱派。

但王派对后世的影响，却比朱派大得多，深远得多。假如有谁问我：你教过一遍宋明思想之后，有什么感受？我将回答说，我的最大感受是，“王学”的影响太大了，太深远了。一直到晚清在山东肥城的黄崖山所发生的一个讲学集团的集体自焚事件，其思想脉络（太谷学派）也是“王学”的。35年前，当我追随嵇文甫先辈试讲宋明思想的时候，从他的“謦欬之微”中我已经受到过这方面的一些影响，但当时年轻，理解力软弱，认识模糊。30余年来，学习了一些马克思主义，懂得了列宁所说当一个唯心主义思想家跟另一个唯心主义思想家斗法的时候，这对于唯物主义的发展是极为有利的观点，对“王学”的影响之大，就更认识的清楚些。中国思想史，到17世纪，达到了一个高峰。这是晚明社会矛盾空前紧张化的反映；是明末农民大起义所引起的全国范围的阶级大调整后的产物；也是满洲贵族入主中原所带来刺激的后果。这时候，大学者、大思想家辈出，几乎是战国诸子争鸣以后的仅见盛况。试看：南方的黄宗羲是正牌的“王学”；北方的孙奇逢是折中的“王学”；王夫之（船山）思想中明显受有“王学”的影响；颜习斋猛力抨击朱学，客观上也是“王学”的同盟军。陕西的李颙，据说有个蒲城的米黼之要去访问他，既到门，忽不入，遂行。人家问他不入之故，他回答说“闻渠是阳明之学”（《霜红龛集》卷40）。足见朱、王门户，在康熙时依然非常严峻。山西太原的傅山也是同情“王学”的，他有一段话说：

> 讲学者群攻阳明，谓近于禅，而阳明之徒不理为高也。真足憋煞攻者。若与饶舌，争其是非，仍是自信不笃，自居异端矣。近有袒阳明而力斥攻者之陋，真阳明亦不必许可，阳明不护短望救也。（《霜红龛集》卷

37《杂记》二）

傅青主认为“王学”是不需要保卫的，信心很充沛。戊戌政变的殉道者谭嗣同，早年受“王学”影响很重。近人郭沫若先生对王守仁的思想写过一篇备极歌颂的文章（见重庆版《历史人物》）。所有这一些加到一起，此则必非偶然者矣。我们说，假如“朱学”是“正”，“王学”就是“反”，17世纪诸思想家的思想就是“合”。“王学”对于“朱学”，执行了“入其垒，袭其辎，暴其恃，而见其瑕”（王夫之《老子衍》语）的历史任务；17世纪诸思想家又执行了对朱、王两派同样是“入其垒，袭其辎，暴其恃，而见其瑕”的任务。这样，就形成了清初的“经世济用”之学，学术的脉流更加壮大了，唯物主义的因素更加丰富了。而在这一个辩证发展的总历程中，“王学”确确实实担任了一个很重要的角色。

王阳明和他的学派

王阳明是我国明朝中期的一位大哲学家，他的哲学体系不仅着重地影响了我国明、清两代的思想界，而且对邻邦朝鲜和日本也有深远的影响。

王守仁，生于明代成化八年（1472年），卒于嘉靖八年（1528年），浙江余姚人。因曾在绍兴城东南的阳明洞地方讲学，人们习惯称他阳明先生，这绰号竟比本名流传更广。他父亲曾中过状元，担任过尚书一级的大官吏。湛若水说王阳明中年以前有“五溺”：一溺于任侠，二溺于骑射，三溺于辞章，四溺于神仙，五溺于佛氏。可见他青年时期已从各方面去体验生活，进行自我锻炼。他28岁中进士，37岁因向皇帝提建议而触怒了太监刘瑾，被充军到龙场驿去做驿丞。龙场驿在今贵州修文县，当时那里生活条件自然非常差，但他“未尝一日之戚戚”，他乐观地帮助跟随他的人员和当地苗民，克服疾病，构筑房屋，过去他一度也曾沉溺于朱熹的格物说，认为“今日格一物，明日格一物，必有豁然贯通处”。他同朋友“格”竹子，“格”了很久没有效果，反而病了。他体验到单纯一件事物一件事物地去钻研，这条路不大解决问题。到龙场后，他萌发了“向内”的追求，认为可以暂时舍离开客观世界，而人的主观世界的感知能力很强、能量很大，满可以开发，并且客观世界之所以有意义、有价值，就是由于它们在人的主观感知方面有所反映，那么把客观世界尽情统摄到主观感知方面来，事情不是会更捷便，更能摆脱若干罗罗嗦嗦的干扰吗？有一夜，他想通了这一点，不觉在黑夜中大喊大叫起来。

从此，他建立了他的体系“致良知”。“知”是指人的感知能力，“良知”是指这种感知能力不是从客观方面什么地方找来，而是主观方面本来就有的，而且能量很大，“致”是指对于这种本来人人都有的能力和能量，必须努力去开发它。一年过后，他到贵阳做学术讲演，又给自己体系中加了一个项目："知行合一"。这个项目，也是和朱熹唱反调的。朱熹强调"知"，相对地不强调"行"，这使其后继的道学家们只会坐而言，不会起而行，甚至"知""行"严重脱节，如讲"孝"而不孝父母、讲"仁"而残酷暴虐。王阳明反其道而行之，说"知""行"可统摄到一起，"知""行"是密切联系着的，从来不脱节，那些不"行"的人是由于他并不"知"，这样，以"致良知"和"知行合一"为骨干的思想体系，便在他40岁以前形成了。并且通过讲学，很快得到传播。

这是一颗炸弹，冲击波很强。很长时间里人们迷信孔子，后来加上迷信朱熹，天天诵读《大学》和《中庸》，在致知、格物、诚意、正心、修身、齐家、治国、平天下这八大条目中团团转，转的昏天黑地，还是从框框里转不出来。突然有人登高一呼，说孔子和朱子并不能把天下万古真理包下来："夫道，天下之公道也；学，天下之公学也，非朱子可得而私也，非孔子可得而私也。天下之公也，公言之而已矣。"（《答罗整庵》，见《传习录》）这是主张把真理交给大家，不靠一个人的智慧过日子。这个声音还告诉大家，人人心中有一"圣人"，只要努力去争取，那么人人可以为尧、舜，满街都是圣人。这样人们主观能动性就受到很大的启发。试想，这种破除迷信、解放思想的力量，在当时是多么大呀。正因为如此，在他死后，嘉靖的大臣桂萼指责他"事不师古，言不称师，欲立异以为高，……号召门徒，互相倡和，才美者乐其任意，庸鄙者借其虚声，传习转讹，背谬弥甚"。（《明史·王守仁传》）。这几句反面的话也是很有分量的，说王阳明是"异端"思想，解放太过头了。

现在，再说王阳明的政治行为。在57年的一生中，他替封建王朝干了三件大事。其一，是镇压了江西、湖广、广东、福建四省边境地带的农民起义；其二，是以35天短短时间、以迅雷不及掩耳之势，平定了明朝在江西的藩王——宁王朱宸濠的叛乱；其三，是压平了广西少数民族首领——土司的动乱。三件大事中，除第二件维护了国家统一，还具有积极意义之外，其余两件无庸讳言，是反人民的。作为一个大官僚的儿子，本人又是文职兼武职的大官（巡抚，总督，都御史），他实际不可能有另外的选择。但有几点可以附带中说的：第一，在某种意义上，他的这些行动，正是把客观和主观、"知"和"行"统摄到一起的一种实践，他似乎要用具体行动表示他这种办法效率高，奏效快，要比那些腐朽官僚高明的多。第二，也正因为如此，他并未博得正德皇帝及朝廷大臣们的欣赏，相反，他遭遇种种嫉妒、打击和诬陷，落得丢官还几乎丢命，因为有人诬陷他本来是派了学生跟宸濠勾结“先与通谋，虑事不成，乃起兵”等等。但他不理睬这些诬陷，当他在赣江上游的船上弥留时，他说他自己是“此心光明”的。

王阳明的后继思想家很多，支派很繁盛，即以清初黄宗羲（梨洲）所著《明儒学案》来看，有关“王门”的记载就有20卷之多。以受“王学”影响的学人和学派所绵延的时间来说，几乎直到清末。谭嗣同著名的“冲决网罗”的思想，就明显是受了王学的影响。清末山东肥城县境的黄崖山上发生一起讲学集团集体自焚事件（参看《山东军典纪略》）曾轰动一时，而其首领张积中是太谷学派的著名传人；而“太谷学派”跟明末的“泰州学派”无论如何不能说它们中间没有关系。而“泰州学派”正是王学的正宗，其代表人物王艮（心斋）是王阳明的嫡传弟子。王艮不是知识分子，他是一个“亭子”（制盐工人），他把“王学”从知识分子堆中引到了下层劳动人民中来，他经常宣讲“百姓日用就是道”。从此以后，“王学”便逐渐走着一条道门化、党派化、秘密结社化的道路，从哲学思维发展到现实的斗争中去了。王艮之后，又出了何心隐和李卓吾（贽），他们跟市民暴动串连起来，直接跟奸相、权相作斗争，直到他们本人被迫害而死。为什么“王学”支派差不多对封建秩序说都是一些不安分、不安定和捣乱的因素呢？这值得我们思考，并且这一点在评价“王学”上也应该占一席之地。

从王艮到何心隐、李卓吾，历来对他们有不同理解。一派把他们叫“左派王学”；一派说他们比阳明本人更反动；一派说他们跟阳明是两回事，不是阳明的后学。我个人认为，这三派的说法不大合适。说地主知识分子的“王学”就是“右”，社会下层人民的“王学”就是“左”，这未免带唯成分论的气息。说王派后学比王本人更加反动，这说法非常荒谬，因为恰好阳明本人还镇压过劳动人民，而这些后学却明目张胆地反封建，造封建秩序的反。至于说阳明及其后学是两码事，我们也不同意，因为他们中间有着不容抹煞的逻辑联系和历史传统联系。自然，任何后学对祖师爷都不免有变动处，如荀子对于孔子就是鲜明的例子。

阳明学派对清朝前半段（即康、雍、乾时期）的思想界影响也是很大的，这特别表现在“朱学”和“王学”的分野上。且不论朱熹本人在南宋起过什么作用，但“朱学”到了清朝，在孙承泽、李光地辈手里，已经确确实实“支离事业竟浮沉”，浮沉于宦海之中，无甚新鲜的内容可言了。“王学”则不然。黄宗羲（梨洲）几乎可以说是“王门”正宗，是他写出了《明夷待访录》那样矛头直指封建专制主义的时代宣言。在北方，孙奇逢（夏峰）是一大儒，他是师承“王学”的，李颙（二曲）是关中一大儒，他也是师承“王学”的；太原傅山（青主）在他的《霜红龛集》的“杂记”部分中也支持“王学”，说他是打不倒的，不须捍卫。清代最大思想家王夫之（船山），虽然朱、王一齐批判，但从他的学术渊源中看，从他若干论点的倾向性看，他显然更接近于“王学”。在文学方面，著名的《牡丹亭》作者汤显祖也是“王学”的门徒，他写的杜丽娘这一要求妇女解脱封建束缚的形象，激动了无数读者和观众的心。这些影响，总不能说是太小了吧，也总不能说是太坏了吧。

可是二三十年来，受“左”倾思潮的影响，对王阳明和他的学派却表现为要么不谈，不屑于谈；要么就一抹到底，一骂到底。建国以后，仅贵州出过几篇文章，那是因为王阳明在那里“放了毒”而肃清影响的。这根源就在于对唯物主义与唯心主义的关系方面，有着很错谬的理解。他们置列宁在这方面的若干谆谆教导于不知不闻的境界。他们把唯物和唯心单纯看做是相反的，而从来不看做既是相反又是相成的。其实唯心主义在与唯物主义的交错中，对唯物主义的发展，起过很重要的促进作用。以王阳明为例，他的学派在程颐、朱熹之后，王夫之、黄宗羲之前，作为“正反合”过程中的一个“反”因素，对于清代哲学思想中唯物主义因素的明显壮大，不是起了很重要的作用吗？

“内”与“外”

——中国思想史上一直辩论的一个问题

“内”，指的是人们的主观世界。“外”，指的是人们主观以外的客观世界。这两者间的关系是什么？是中国传统思想史上一直辩论不休的一个课题。

《周易》在卦爻辞中，未涉及到这方面来，但在彖（tuàn）辞中涉及了，《泰》和《否》两卦的彖辞提到两种情况，一种是“内阳而外阴，内健而外顺，内君子而外小人”，另一种情况是“内阴而外阳，内柔而外刚，内小人而外君子”。这虽然主旨在表述两种人性格方面内与外的分裂，但究竟涉及到“内”与“外”的这方面来了。彖辞，虽然我们绝不相信它是孔子所作，但在《十翼》中还是时代较早的，有些古朴的辩证气味。

孔子也未涉及到“内”与“外”方面来，但后人把他所讲的“忠”和“恕”拉扯到这方面来了。《大戴礼·三朝记》说，“知忠必知中，知中必知恕，知恕必知外”。章太炎在其《检论》中说周以察物，举其征符，而辩其骨理者，“忠”之事也。闻一以知十，举一隅而以三隅反者，“恕”之事也。这是说，把客观世界中的事事物物拿到主观方面来集中认识，这叫“忠”。从主观世界出发，到客观世界的事事物物方面去调查研究，这叫“恕”。自然，这全是《大戴礼》和章太炎的加码，孔子本人并未如此明白宣讲，他只说一句话“吾道一以贯之”。假如可以翻译出来的话，他是说，我的真本事是把主观世界和客观世界统一起来。如何统一？孔子不曾说。何晏的注说“天下殊途而同归，百虑而一致”。意思是说，又有分散，又有集中；但主要点，在集中。这样，就给后世儒家，在认识论上立下了基调。

最早把“内”、“外”提到明确不移的辩论水平上来的，是告子和孟子。他们在谈论“仁”和“义”这两个道德条目时，涉及到这方面来。告子明白地说

“仁，内也，非外也。义，外也，非内也”（《告子》上）。意思仿佛是说“仁”是发自内心的东西，而“心”并不单纯是一块血肉，它是具众理而应万物的一架“反映器”。“义”则不是这样，它是如何对待客观事物所采取的态度，部分要视客观事物如何而定。二者所处的层次不同。但孟子反对这种看法，他与孔子的“同归”、“一贯”保持相同口径，把“仁”、“义”、“礼”、“智”这些儒家道德条目，不管这些在人们认识的层次上会有所不同，统统把它们拉到“内”的方面来了。他说“仁、义、礼、智，非由外铄我也，我固有之矣”。这样做的效果，是强化了人们的主观能动性，使人们都能发挥“民之秉彝”，并且明白“求则得之，舍则失之”的道理，因而能够加强向“内”的修养，“存其心，养其性”，最终达到“万物皆备于我矣，反身而诚”的境界。但从认识论的角度上考虑，“万物皆备于我”的境界，究竟带有神秘的气息，在达成的层次上也会造成紊乱。

《庄子》书中，讨论“内”、“外”关系的内容就更多了。其中以庄子转述老子的一段谈话，最富辩证意味。老子说“中无主而不立，外无正而不行”，所以“由中出者，不受于外，圣人不出；由外入者，无主于中，圣人不隐”（《天运篇》）。假如可以翻译出来的话，老子似乎在说，主观世界所认识出来的道理，假如跟客观世界的情况不吻合，那么，这种道理圣人不拿它出去发表。从客观世界总结出来的，假如主观认识上还承认不下来，那么，这种道理圣人也不把它确定。老子把“内”、“外”看做是互相矫补的，这很宝贵。但老子的时代究竟较早，客观世界之分为自然界、社会界，有同有异；主观世界的能动性与局限性关系又如何，当时还未深入接触。所以老子这话辩证有余而深入不足，令人不免有朦胧感。

在我国秦以至汉初，《小戴礼》这种书出现了，其中《大学》、《中庸》两篇，千年过后，被宋儒尊为最高经典，说成是曾子或者子思的著作，其实从其思维与思辨看，还是“百家争鸣”以后的东西。它的“三纲领”（明明德、亲民、止于至善）和“八条目”（格物、致知、诚意、正心、修身、齐家、治国、平天下），后来成了儒家的最高纲领。但假如我们拿“内”与“外”这条分水线来看的话，“八条目”其实是混淆不清的。

“八条目”的原话是，“古之欲明明德于天下者，先治其国。欲治其国者，先齐其家。欲齐其家者，先修其身。欲修其身者，先正其心。欲正其心者，先诚其意。欲诚其意者，先致其知。致知在格物。物格而后知至，知至而后意诚，意诚而后心正，心正而后身修，身修而后家齐，家齐而后国治，国治而后天下平”。这样，同一道理，从正面说一遍，再掉转方向说一遍，仿佛头头是道。其实，它是拿三组内容，囫囵捆绑到一起了。格物、致知，属于“外”，即客观世界的问题。正心、诚意，再加上修身（其实“修身”已属于边缘问题的行列了），是主观世界如何修养，以备可供考验与锻炼之用。至于治国、平天下，那简直是政治实践和行政管理学的问题，距离哲学抽象已遥乎其远。“八条目”的组织者的逻辑划分原则，在此表现为极不严格，这怎么能拿来当“最高纲领”呢?

明朝的王阳明，有个弟子叫陈九川，这个人高明极了，不愧为阳明弟子，他读到“八条目”时，就一再发出辩难。一则曰，“自明明德于天下，步步推入根源。到诚意上，再去不得。如何以前又有格、治功夫?”再则曰，“自疑功夫颠倒，与诚意不成片段”。三则曰，“物在外，如何与身、心、意、知是一件?”在阳明反复开导之后，他四则曰，“还觉有内、外，打不成一片”。（见《传习录》）

这四次质疑，使阳明很感困难，他只好带着某些牵强的气息来辅导弟子。他说，“指其充塞处言之，谓之身。指其主宰处言之，谓之心。指其发动处言之，谓之意。指意之灵明处，谓之知。指其意之涉着处，谓之物。只是一件。意未有悬空的，必着事物。故欲诚意，则随意所在某事而格之，去其人欲而归于天理，则良知之在此事者，无蔽而得致矣。此便是诚意的功夫”。

我们试来分析。不难看出，阳明在这次答疑中是很吃力的，不惜列出“充塞”、“主宰”、“发动”、“灵明”、“涉着”等层次，以说明“诚意”这道手续为“去蔽”之所必需。这些层次，多从佛学中受影响而来。但阳明在根本上又与佛学迥异，佛学说这些求知道路都是一种迷误，必须另寻“证悟”。阳明说，只要诚意去蔽，就可以达到良知。他的缺陷，在于他不讲“诚意”、“去蔽”的局限性。“诚意”、“去蔽”功夫，充其量在对人类社会（当时只可能是阶级社会）的认识上，开脱一些“人欲”，可以得到较多一点的良知。但假如把这种求知推广到大自然界，那么“诚意”、“去蔽”就显得无效了。人们需要动用自然学科和应用技术去矫正对“外”界认识的错误，使相对真理向绝对真理发展。在这一点上，阳明显示了自己的虚弱处，他总在强调“只是一件”，一如陆九渊强调“此心此理，不容有二”。他二人如同孔子、孟子一样，片面强调把“内”和“外”拧在一起，而不强调拿对“外”界的实践向“内”进引矫正，这是公元13至16世纪中国处于封闭状态、自然学科不发达在儒家哲学上的反映。

“诚”、“立诚”、“诚意去蔽”，假如孟子时候这种方法论口号还能保有一定的积极作用的话，到明、清时候，这种口号的积极作用就越来越小了。到晚清，只剩下曾国藩诚心诚意去打太平天国，谭嗣同诚心诚意去保光绪、诚心诚意去被杀头。儒家修养学的无效性，已经暴露无遗了。还是陈九川认识得对，诚意正心是一件事，格物致知是另一件事；物是“外”，身心意知是“内”；这中间不成片段。这中间虽也有联系起来考虑的必要，但更需分成两橛。“只是一件”、“不容有二”的提法是有害的。中国科技不发达，与社会经济有关，与这种“内”、“外”不分的传统认识论意识形态，恐怕也不无关系。

读《霜红龛集》札记

一

余21岁，始得读全祖望《鲒埼亭集》。对其中《阳曲傅先生事略》一篇，倍感兴趣。越二年，因事过西安，自安邑景梅九前辈处借得《霜红龛集》石印本两本，盖残本，但仍珍如拱璧。32岁北平解放入城，始自隆福寺坊间购得宣统三年丁宝铨、缪荃孙、罗振玉审定木刻本共44卷（正文40卷，附录3卷，年谱1卷），凡12册。至今又忽忽33年，经史无前例之动乱，而该书竟片纸未损，安然架上。

《集》前与《年谱》前，各有丁宝铨氏领衔写作之序文一篇，颇可一读。大意谓，南人著述，往往疏于西北；意应补此疏漏。谈及傅氏，序文先谈其为人，继谈其学术。在为人方面，丁宝铨氏从“奋激”、“慷慨”、“肮脏”（即痛苦之意）、“倔强”、“澹定”五个方面，将傅氏与孙夏峰、黄梨洲、顾亭林、王船山、李二曲、陆桴亭诸人进行了对比。在学术方面，丁氏举出四项，以行概括。兹予转述（不按原序列）。第一项，傅氏留心诸子之学，兼及释、道“二氏”，故在哲学上有其贡献。此端，侯外庐先生于其《近代中国思想学说史》中专列一节予以探讨，兹不多赘。第二项，傅青主与其稍后之颜习斋颇有相似之处，说“傅、颜议论，先后一辙”。此论断极重要。本札记将于后文中引申与辨析。第三项，谈到文章之法。傅氏常言，“老夫只是酤得文章之妙”，确乎如此。但丁氏于此项之议论，稍有欠妥。丁氏言傅之文论，异于“桐城派”，确乎如此；但谓近乎曾国藩，则又比拟不伦矣。傅氏文论与其文章之写法，确有其一己独特之处，本札记将于后文中有所发挥。第四项，傅氏于考据、训诂，亦有向前推进之处，如引金石证史，阎若璩即称道之。丁宝铨氏如此分做四项的概括，总的看来，觉得不差，对后人是有启发的。

33年以来，对《霜红龛集》，可说不停止涵泳于其中，特别是当遭遇和心情特别高兴、兴奋，或者特别窒息、痛苦之时，取傅书诵之，则须眉肩脊，往往感到硬铮了许多。手下积得的纸片与本本，已不在少。兹余年无多，取出这些片片与本本，稍加连缀，写成札记式的东西若干节如下，以为交代。

二

明、清之际，大儒辈出，学派林立，形成17世纪中国学术界之高峰。人们往往称此为“经世济用”之学。但此高峰，亦自有其传统与继承的关系在，即所谓“程朱”、“陆王”两个不同的体系是也。自东林以来，往往于“程朱”、“陆王”采取又批判又综合的态度，于批判综合过程中，再向前发展。17世纪诸大儒，亦大体如此。但批判综合之中，又往往各有其侧重之处，此亦不易隐蔽者。黄宗羲几乎是嫡派的王学路子。顾炎武、王夫之则不然。亭林诋斥王学为“邪说”，说王门高足王艮、王畿等“罪深于桀纣”[①]。船山在其《俟解》中虽说阳明早年“举动俊伟，文字紧密”；但又在《张子正蒙注》中诋斥王学为“阳儒阴释”、“诬圣邪说”。他把王艮、王畿等说成是“无忌惮”的“小人”。在北方，无论是大河南北的孙夏峰（奇逢），或者关中的李二曲（颙），则又都是王学的路子。

傅青主自称“我不曾讲学，辨朱、陆买卖”[②]。此话有其可信处，亦自有其故作含糊处。其实，青主亦自有侧重，即于“王学”为近。观吴雯（天章）缅怀青主诗四首之一云“发愿文成道力该”，这是最直接的证据[③]。此外，其《杂记》（二）中有直接议论阳明之处，其文曰：

> 讲学者群攻阳明，谓近于禅，而阳明之徒不理为高也。真足憋杀攻者，若与饶舌，争其是非，仍是自信不笃，自居异端矣。近有袒阳明而力

① 《日知录》卷18。

② 《霜红龛集》卷40，《杂记》五。

③ 《霜红龛集》卷22。

斥攻者之陋，真阳明亦不必辄许可，阳明不护短望救也。[1]

很明显，青主对阳明估价很高，不知不觉站在“王学”立场上，且很坚定。在整部《霜红龛集》中，有不少散落各处的字句，在足以引起读者的留意。如他批评有些人“只在注脚中讨分晓”、“单单靠定前人一半句注脚”；而从正面主张“究得人心空灵法界”、“一双空灵眼睛，光明洞达”，主张读书时要“洒脱一番，长进一番”。他亦不绝对反对语录，如他说：“读书不必贪多，只要于身心有实落受用处，时时理会。如宋儒语录，不胜寻讨，须细细涵泳之。近代薛文清语录最好，若能领会得一句两句，便不是从前不痛不痒人矣。”[2]吾人从辞藻来看，“空灵”、“洒脱”、“受用”、“痛痒”等等，几乎全是阳明教授门人弟子时的惯用词汇。吾人于此，已可以思过半矣。

从傅氏对其当代学者的评论中，也可以看出他的高明资质。57岁时，曾往辉县苏门山访孙夏峰，为其母求墓志。事后，傅氏在《杂记》中说，“顷过共城，见孙锺元先生，真诚谦和，令人诸意全消也。……不知者以为世法模棱之意居多，其中实有一大把柄！……理学家法，一味板拗；先生则不然，专讲作用。此等学问，亦大难向腐儒讲矣。”[3]在此，攻击板拗，提倡胸中要有一大把柄，亦纯是一派王学路子。

再如阳明有一种能动的修养论，主张“人可以改”、“人可以化”。这思想见于他的《象祠记》[4]，其中说，“人之不善，虽若象焉，犹可以改；而君子之修德，及其至也，虽若象之不仁，而犹可以化之也。”青主在此一点上，亦与阳明相同。他在对子孙辈的遗训中说：“改之一字，是学问人第一精进工夫。……小底往大里改；短底往长里改；窄底往宽里改；躁底往静里改；轻底往重里改；虚底往实里改；摇荡的往坚固里改；龌龊底往光明里改；有耳性的往没耳性里改。”[5]

阳明之学，要求解脱束缚。其再传弟子汤显祖（若士）曾著《牡丹亭》，对妇女之要求解脱封建束缚心情，有极生动之反映。青主集中，亦不乏与此类

①《霜红龛集》卷37。

②《霜红龛集》卷38，《杂记》三。

③《霜红龛集》卷38。

④《阳明文集》卷3。

⑤《霜红龛集》卷25。

似的诗文。兹举二例。其一，《集》中“乐府”部分有《方心》一首，诗前有序甚长，历历叙述燕（北京）方姬之死。姬为酒家女，太原张生见而爱之，因订终身。但张来往行估，中间又插入某些误会，终致张生不来，方姬病死。诗结尾处曰：“黄泉有酒妾当垆，还待郎来作相如，妾得自由好奔汝。”[①]民主气息，十分浓厚。其二，文集中又有《犁娃从石生序》一篇，叙述妓女犁娃宣言其自己“不爱健儿；不爱衙豪；单爱穷板子秀才”，遂嫁石生峋，随之受苦终身。患病，请“傅道士”诊之，因亲见其“颊辅寒肃，如敷绀霜”。傅氏并云，“每常欲取所亲见，为风尘异人杂记，俾此辈不以不幸终湮没无闻。”[②]此中，浸润着甚深的人道主义气息。所有这些，都与异端王学有一脉相连之处。

三

青主对于诗文，确乎自有一套，从理论到实践，踪迹明显可寻。在此一点上，傅氏又稍不同于颜习斋。颜氏有时较傅更加偏激，认诗、文、书、画四事为“四蛊”，而只务求礼、乐、兵、农。傅氏不如此，“老夫酷得文章之妙”。但也有偏见（或者叫“主见），在朝代上不喜宋人之文，在地域上不喜“东南之文”。他说“宋人之文，动千百言，萝莎冗长，看着便厌”，“文章诚小技，可怜终日在里边盘桓，终日说梦”。[③]又说，“韩、柳、欧、苏，文章妙矣，终觉闲话多；王、唐、瞿、薛，文章妙矣，只觉惟有格套而已。”[④]“格套”就是吾人所谓之“框框”，反对“格套”，即是所谓破框框，反对形式主义。罗嗦冗长，这是形式主义的表现之一。傅氏主张文章要“简”，要“减”，要“不贪”，要破形式框框，要有思想内容实质，要有高的格调。他在一篇《题汤安人张氏死烈辞后》中说，“先儒云，只有可减，无可添。与禅学（解黏）一般”，“黏连项背，都是方内人取第工夫，高格高调全不用也”。[⑤]此类论调，自禅学中结蒂，与阳明路数也是邻近的。

颜习斋亦不喜唐、宋八家之文，他评论韩愈《潮洲谢表》说：“表中便盈

①《霜红龛集》卷2。

②《霜红龛集》卷16。

③《霜红龛集》卷40，《杂记》五。

④ 见《霜红龛集》卷26，《杂记》一。

⑤《霜红龛集》卷17。

幅媚气。文公之所以为文人之雄，非圣贤骨力也。”他评论欧阳修：“（欧阳）文忠率偕三五书生，优游庙堂，偷安自娱，作太平无事士夫样，全似燕雀处堂。”又说“吾每阅文人论文及作为文工夫，便头痛欲呕”。[①]吾人总观傅、颜二氏文论，盖有其时代背景，当时人遭历明、清之际的板荡，一意讲求经世济用，要求求知力行，所以提倡骨气，提倡格调，反对格套，反对粘连萝莎。傅氏又在此内容与形式的矛盾问题上，加上地域的偏见，说“东南之文，概主欧、曾；西北之文，不欧、曾”。[②]引起全祖望为他写《事略》时，在结尾处回敬了一笔，说他写此《事略》“当不为先生之所唾；但可惜者，未免为南方之文耳”。[③]这种地域偏见，在近代人看来，已甚无意思，还是把问题纳入实质性的水平上来予以探讨为好。

傅氏对于文章，不但有理论，而且有实践。他写的文章，越是好的、精妙的，就越短，实践了自己求“简”、求“减”的话。如他的《定远将军张公传》一文，只有295字；《帽花厨子传》一文，只有336字；《书张维遇志状后》一文，只有357字。可是文章内容，并不因字数少而有所减损。举《书张维遇志状后》一文为例。文仅357字，但结构紧密，内容生动。当时有平定人张际者，可能由于宿娼染疾而死，其子张煜请白居实写了墓志，又要青主写点什么。青主所写，分为四个部分，第一部分，像个“引子”，大体说自己是“学老、庄者也”，不爱谈世间仁义诸事。第二部分，一开头就是一句很有力的话，“老夫以别眼看维遇”，接着“其敢死为胜”、“敢死于床箦与敢死于沙场等也”、“且道今世，纵酒悦色，以期于死者，吾党有几人哉?!”这样一连串在程、朱道学先生们听起来多么刺耳的话，像连珠炮样喷射出来了。青主竟敢歌颂一个因游狭邪而死亡的人！而青主的本意则是，在士大夫们对满洲贵族统治者纷纷迎降、出仕的情况下，游狭邪而死去不是比当汉奸而活着高明得多么！第三部分，青主转而写景，写环境。他说他最爱吃平定州的河漏（按“河漏”是一种在带小孔的盘上压出来的圆体面条），张际家有古梅一株，冬青一株，青主每在梅和冬青旁吃河漏，则多进一半碗。后来梅和冬青都无故枯死，接着张际也死了。这样把环境和人物结合在一起，烘托出文章的悲凉气氛，也像画了一幅画。第四部分，说张际的儿子张煜好学，爱读书抄书，给整篇文章留一条乐观

① 均见《习斋记余》卷6。

②《霜红龛集》卷16，《序西北之文》。

③《鲒埼亭集》卷27。

的尾巴。寥寥三百余字，就写出了这么多事、这么多思想、这么多波澜周折，可谓“简”中有不简者在矣。

四

窃尝认为，如傅氏生当今世，定然是写小说的能手，盖他善于从典型环境中撰写典型性的人物性格。在《霜红龛集》中，此种事例，非止一二。兹稍举而论之。

《集》中有《太原三先生传》一篇，为青主佳作之一。所记三先生，一王、一钱、一梁。王为一老退职官吏，傅氏刻画其俭朴，“窗户不能得纸，风呜呜然；索客坐椅子不得有成对者二张也”；“桌子残毁不稳，唤小厮不来，自起绕地寻支高木瓦支之”；“食时出小米饭二碗，黄咸菜二碟，云客待食则食些。我盖不敢让。”梁为一伊斯兰信仰者，傅氏刻画其虔诚严肃，“山与同宿三五夜，以一床子卧山，自卧地上一席。听之，终夜不睡，时时呵斥唤叹如先生责让幼学者。山闻之起，深敬省如闻晨钟”；“顾壁间琴上，有燕子结巢焦尾”，“出斋门而东，临所谓鹭鸶溪者，青渺渺然映带乎萧索门庭”。此真是典型环境中的典型人物了。

再如《定远将军张公传》，描述一城防指挥人员在城陷前之决心自缢以及从容镇定不迫，“将军过舍早饭。饭且健。将军内赵泣不能食，私谓婢子曰，‘何不害怕，能多食也?!’饭已，不一言为家人，径出。一婢子见启尝所御匮，取一青绳子，袖之去云。”又尝为祁县戴廷栻之父写《传》。戴廷栻，字枫仲，善收藏，其“丹枫阁”收藏与南方冒巢民（襄）的“水绘园”齐名。其父亦为退职官吏，傅氏写其退职家居时之恬淡情节，“早上寨墙周望，望见有虎侵牛犊，即遥呼寨下人，某山凹虎侵牛犊，向某处行。寨下人群逐之，夺犊归也。”似此等例，集中甚多，不及备举。以上诸例，均见《集》卷15中。

五

傅氏为我国17世纪大书法家，其书法极名贵，收藏家皆珍视之。既在书法方面积累经验，故其谈书法处，必有可观。《集》内遗训子孙部分中有《字训》若干段，谈书法要点，其精髓不过一个“正”字，一个“拙”字，及反对

"造作"而已。

傅氏说："写字之妙，亦不过一正；然正不是板，不是死。""作小楷须用大力，柱笔箸纸，如以千金铁杖柱地。""写字只在不放肆，一字一画平平稳稳结构得去。""写字无奇妙，只有正、拙；正极巧生、归于大巧若拙已矣。"又以当时另一大书法家孟津王铎（觉斯）为例，云"王铎四十年前字，极力造作；四十年后，无意合拍，遂能大家"。

傅氏极不喜赵子昂（孟頫）与董玄宰（其昌）。对米芾，亦有微词。其不喜赵子昂，盖与赵氏以宋宗室降元、觍颜事敌、全无气节之事有关。《集》卷4中有《作字示儿孙》诗一首，其中跋云："贫道二十岁左右，于先世所传晋、唐楷书法无所不临，而不能略肖。偶得赵子昂香光诗墨迹，爱其圆转流丽，遂临之，不数过，而遂欲乱真。此无他，即如人学正人君子，只觉觚棱难近；降与匪人游，神情不觉其日亲日密而无尔我者然也。行大恶其为人，痛恶其书浅俗，如徐偃王之无骨。……不知董太史何所见遂称孟頫为五百年中所无，贫道乃今大解，乃今大不解。"数十年来窃谓此一大段论调，盖有其骨棱辉煌之处，亦有过头之处。子昂操行，可肆力攻击，虽孝子慈孙不能回护；但书法与为人之关系，究不如此直接，究不可以恶其为人者，恶其书法。傅氏于此，亦自有其转变。《集》25《字训》一段中又有云，"予极不喜赵子昂，薄其人，遂恶其书。近细视之，亦未可厚非。熟媚绰约，自是贱态；润秀圆转，尚属正脉。"在此，傅氏进行了一场自我纠偏，使其一己之书法评论，纳入全面与公正的境地。吾人可以说，颜鲁公与赵子昂在节操方面，虽截然是两种类型之人；但仅就书法方面而论，则二人皆有建树，同为后世书法家之典范，盖不可独尊颜氏而斥子昂于一钱不值之境地也。

傅氏对董其昌，亦有不点名的批评，"晋自晋，六朝自六朝，唐自唐，宋自宋，元自元，好好笔法，近来被一家写坏，晋不晋，六朝不六朝，唐不唐，宋元不宋元，尚暖暖姝姝，自以为集大成。"[①]后有唐林加注云，"此为董文敏说法"。而此种"暖暖姝姝"字体，竟为康、雍、乾三帝所提倡，蔚成清初百年风气。苏州园林壁上，遂为之琳琅满目。青主在政治上是反清的，在书法风格上是反软、媚的，此二者是互为一致的。

总上所札——如谓青主思想路数，与阳明之学为近；如谓青主议论，与习

①《霜红龛集》卷25。

斋有同处，亦有异处；如谓青主字论力贬子昂，但亦有持平、肯定之语：——凡此论点，数十年中学界甚少及此，故不揣谫陋，为揭出之如上。自然，《霜红》集中，精义绝不仅此，此仅一端、两端而已，故以“札记”名篇。至于傅氏之言佛学，之言老、庄，之言杜甫，……精义尚多，请俟古稀而后，天不我死，闲庭信步，日得宽馀，当为续札以补之。

谈杜甫的秦州诗

杜甫留给我们的遗产，实在是太丰富了。如分题钻研，有好多分支值得探索。就拿组诗来说，在他三四十年的创作生涯中随着生活地域和环境的改变，心情的不同，自然形成许多的组诗，有时作者本人有意识地给它们一个总题，把它们串连成为明显的一组；有时也任其散落地独立存在着。更有时，一组诗也会跨越了几个不同的生活阶段和生活地域。这些组诗，一个个鲜明地表征了杜甫风格和技巧上的变化重重，给后代诗人留下这样的或者是那样的影响。他的秦州诗就是很重要的一部分。

杜甫在他48岁的这年，因生活所迫，逾越陇坂住到秦州（天水）和同谷（成县，唐为成州治）来，来时正是“高秋”，去川时已是腊月，居停了不到半年时间给我们留下了120首的诗篇。这些诗，我权且把它们叫做“秦州诗”吧（成州在军管系统上也从属于秦州的）。我认为，这120首诗足以代表杜甫创作生涯中的一个特定阶段，因为在这一大组诗中著录了诗人前所未有过的某些心情，展现了诗人以前不太使用的某些技法，也就是说，在这一大组诗中我们的诗人在他过去一贯的典型风格之外，又复尝试了新风格的塑造。这些塑造新风格的尝试，自从去蜀以来虽然仍有所延续，但跟在蜀的诗毕竟又有所不同。在这些诗中，似乎又可以划出四个小组的组诗来：（一）秦州杂诗20首；（二）秦州去同谷的旅途即景诗12首；（三）同谷七歌；（四）在秦、同居停期间用短小篇什即景咏物之诗，约有十四五首。这些诗对汉魏六朝诗的遗产有了新的继承，诗人本人风格有了新的创造和尝试，对以后的晚唐诗和宋诗带来了许多的影响。现在，结合具体篇什来具体分析一下。

我们从许多征象上可以看出，诗人这一阶段的生活几乎是最艰苦的，心情几乎是最沉重的，社会关系和环境条件几乎是最落寞的。这里既没有长安生活中一些诗酒、倡酬、观画、观舞、听歌的机会，也缺乏像东都、弘农人口密集地区那样多那样典型的社会事件，连蜀中的一些杜鹃、花鸭、桤木、芙蓉等等的景色也是不多的。他所看到的是“士苦形骸黑，林疏鸟兽稀”、“烟火军中幕，牛羊岭上村”，以及一些少数民族的生活，如“羌妇语还笑，胡儿行且歌”、“羌女轻烽燧，胡儿掣骆驼”等。虽然有时也出外登山临水，但经常的生活是仅仅希望做到“晒药能无妇，应门亦有儿”就好了。在杂诗二十首里有这样一首：

> 鼓角缘边郡，川原欲夜时；秋听殷地发，风散入云悲。
> 抱叶寒蝉静，归山独鸟迟。万方同一概，吾道竟何之?!

这是一片极其肃穆的境界，和寂寞而又顽强坚持诗人一贯态度（“吾道”）并不动摇的心情。寒蝉、归鸟两句，没有这么一种心情的贯注，是写不到这么精严的。这是说，让那些跟在肃宗手下新近收复了京师的文武官僚们胡干去吧，他们腐朽到连个邺城都拿不下来，或早或迟他们会受到人民惩罚的，从表面上看似乎他们是主流（“同一概”），而诗人爱国忧民的一番忠贞似乎是无容身之地似的（“竟何之”）；其实则不然，诗人坚信坚守这一点，才有了“定蝉归鸟”等的宣誓。这里不仅有技法上的精练，更重要的是诗人之所以能够达成这种精练的根源，他的思想和信念，他的信守和忠贞，这些，在经历了更艰苦的生活考验下，不是动摇而是更顽强了。我这样说的根据是，在杂诗二十首中诗人处处关心着国家和人民的命运，如“西征问烽火，心折此淹留”、“那堪往来戍，恨解邺城围”、“东征健儿尽，羌笛暮吹哀”、“西戎外甥国，何得迕天威”、“故老思飞将，何时议筑坛”等等，最终诗人将自己比譬作一匹衰老的战马“闻说真龙种，仍残老骕骦，哀鸣思战斗，迥立向苍苍”。寒蝉的静，归鸟的迟，骕骦的哀鸣，它在苍苍中的迥立，既是客观景物的描写，又是作者主观世界的揭露。试看这些意志和情感，是多么地积极悲壮，谁能说这是颓废和衰洒的呢?

杜甫在天水住了约摸三个月，虽然也曾自慰地说：“废地翻宜粟，阳陂可种瓜”，但生活上究竟是维持不下去了，在《发秦州》诗中他记录下了南赴同谷的动机说，“无食问乐土，无衣思南州”。在偏南些的徽、成地区中，十月天气还如凉秋一样，草木未黄落，山水清幽，有良田畴，并且“充肠多薯蓣，崖蜜亦易求”。所以诗人决心“中宵驱车去，饮马望塘流”。在这首诗的结句中，诗人又一次绝非偶合地提及到“吾道长悠悠”。足见每到生活考验的重大关头，我们的诗人总是要拿出自己的信守和忠贞来重新坚定一次的。在到同谷后不久，他就写出了代表他自己写作顶峰之一的“同谷七歌”。为篇幅所限，这里只引四首于下：

有客有客字子美，白头乱发垂过耳。岁拾橡栗随狙公，天寒日暮山谷里。中原无青归不得，手脚冻皴皮肉死。呜呼一歌兮歌已哀，悲风为我从天来。

长镵长镵白木柄，我生托子以为命。黄精无苗山雪盛，短衣数挽不掩胫。此时与子空归来，男呻女吟四壁静。呜呼二歌兮歌始放，邻里为我色惆怅。

四山多风溪水急，寒风飒飒枯树湿。黄蒿古城云不开，白狐跳梁黄狐立。我生何为在穷谷，中夜起坐万感集。呜呼五歌兮歌正长，魂招不来归故乡。

男儿生不成名身已老，三年饥走荒山道。长安卿相多少年，富贵应须致身早。山中仔生旧相识，但话夙音伤怀抱。呜呼七歌兮悄终曲，仰视皇天白日速。

反复嚼味这一组诗的内容，实在感到是太丰富了。这中间有诗人过去一贯的本色，又有非本色的别格；有一贯的忠贞，也有艰苦环境下特具的苍凉激越。正由于这种关系，历来谈论这组诗的人也就更集中地发表了各自的见解。宋朝的朱熹说他集中了九歌、四愁、十八拍的优点而又独创一体。清初诗派首领申函光（凫盟）也说它顿挫淋漓，应是全集中的得意之作。明后期的东林领袖和杂剧作家赵南星更在自己的文章中一再提及拾橡栗的一段情节，作为对他自己绝不向阉党屈服的一种激励。自内容说，我们从这里十分形象地看见白头诗人乱发过耳，手持长镵，短衣挽起，手脚皴冻，当日暮天寒雪盛之时，饥走荒山道中，或拾橡栗，或掘黄精，野外所见不过狐狸跳梁，归来所闻不过邻家的男呻女吟而已。但诗人于“万感交集”和“伤怀抱”之余却是“仰视黄天白日速”，这是何等的顽强劲儿。从技法看，杜甫一般的特色是“稳”，少见李太白“蜀道难”式跌宕的气势；但在这组诗中他再也按捺不住寒蝉般的静谧了，充沛地迸发出了歌行体长短句的萧萧滚滚之姿。此外，从“溪水急”、“枯树湿”、“黄蒿古城”以及“白狐跳梁黄狐立”，甚至像押“死”“速”诸字韵脚的这些用字遣句之中，既可见出杜甫的创格，又是他对楚辞九歌、招魂以及古诗“枯鱼过可泣”、“千岁髑髅生齿牙”等既厉且艳的诗句的紧密继承，又对晚唐诗人譬如说李贺的“金铜仙人辞汉”、“归自会稽”诸歌的创作，显然是给予了极大的启发。一想到这里，真感到杜甫在诗史上确实是做到了承先启后、继往开来的地步。

“同谷七歌”里的这些特色，也散见于他同时所作自秦州去同谷沿途即景的十二首诗中。在这一组旅途诗里，诗人显得情感多面，技法多样，这里有个人的经历和心境、有生民疾苦，有写景如画，也有七歌中的激励。譬如在“同谷”一首里他写了“山深苦多风，若日童稚饥。悄然村墟迥，烟火何由追”，从而产生了“重来未有期”、“常恐死道路”以及“追此短景色”的一连串想法，这也是一个老人历遭艰苦后所不可免的现象。这跟他以后到蜀所见杜鹃就拜，不能拜就哭的情态是一类。在《法镜寺》一首里他又画出了一幅恬静的风景画，“回回山根水，冉冉松上雨，泄云蒙清晨，初日翳复吐。朱甍半光炯，户牖粲可数”，真要叫读者叹如身历了！在又一首题作《盐井》的诗里，他用了单一的叙事体刻画了煮盐的情况，并指出“自公斗三百，转致斛六千”的私营盐利重于官盐一倍的剥削实额。在《泥功山》一首里他写出了“白马为铁骊，小儿成老翁”那种青泥陷人的危境，并殷殷“寄语北来人，后来莫匆匆”。其中我认为最具有代表性的是《石龛》一首：

熊罴咆我东，虎豹号我西，我后鬼长啸，我前狨又啼。
天寒昏无日，山远道路迷。驱车石龛下，仲冬见虹霓。
伐竹者谁子，悲歌上云梯。为官采美箭，五岁供梁齐。
苦云直竿尽，无以充提携。奈何渔阳骑，飒飒惊蒸黎?!

杜甫在技法上是肯于大胆创造的，譬如像这首诗的开始四句，就别致地使用了汉乐府歌辞中古拙层叠的起法，七年后他在四川咏杜鹃时也有过“西川有杜鹃，东川无杜鹃，涪万无杜鹃，云安有杜鹃”这样的类似笔法，这实在是把古诗“鱼戏莲叶”东西南北的技法做了很好的继承与发展。在情调感染方面，它又是曹孟德《苦寒行》式的。但曹氏《苦寒行》的气氛主要是写实，而杜甫笔下的熊、罴、虎、豹、鬼狨等等，则是使用浪漫主义手法，讨伐当时的贪官酷吏骄兵悍将的，具有更现实的社会意义。接着，诗人又引导我们接触了“路迷”和“虹霓”等具体景象，然后再转入到“三吏”、“三别”式的境界，叙述为了平息安史之乱，五年来这徽、成一带的劳动人民不惜爬上高空为国家采伐制造箭竿的直竹，直竹快要采光了，可是邺城一战官军仍不免于溃败，可见官家腐朽，不足以担负拯民于水火的责任，诗人对他们是失望的。在这一首不长的诗篇里，作者既表现了对他自己一贯的现实主义创作态度，和社会体裁剪取手法的持续与发展，并且也精彩地结合进来自《楚辞》、《九歌》、《招魂》以来传统浪漫主义的生动因素，使现实主义和浪漫主义在同一首诗里得到了熨帖的结合。

假如“七歌”是秦州诗中的顶峰，杂诗和旅途即景诗是顶峰四围散落的诸峰的话，那么，另外的一些“小即景”诗就是由本组山峰向另一组山峰绵延连续的别派了。另组山峰，我的意思是指咏物诗。咏物诗和咏物词在宋诗宋词中占有相当大的比重，可以说这件事具有两方面的意味，一方面它意味着宋人诗词思想内容之相对地贫乏，但另方面也意味着宋人对技法基本训练之更加重视，有如绘画之强调素描一般。像在唐诗中，初唐诗人是不做咏物诗的，杜甫本人前期虽也咏鹰咏马，但那都是借咏物以抒情的大歌行，不是静观式的素描。杜甫的咏物诗是自秦州时期的“小即景”诗如《初月》等篇转化而来，到居蜀时期才更经常地做，这才使咏物诗在他的全部遗产中占了一定比重的。在他创作生涯的最后十年之中，他似乎总喜欢用律体或者是八句的古体来写一件事物，包括昆虫、鸟兽、花草等，并且似乎是总喜欢标两字为题与酬倡诗题字累牍的情况相对照，以示别成一格。杜甫的这种创格，是自居秦州时开始的。

杜甫这些最早的咏物诗，大体上具有这样的一些特点：笔触比较细，联语很著力于工整，结句处点染诗人的情感，主要是沉郁而不奔放，跟“同谷七歌”可说是同归而殊途；到四川后的咏物诗又往往再加些诙谐而轻松的情调，这是秦州时所没有的。现在，选《萤火》、《除架》两首在下面，并加以分析：

> 幸因腐草出，敢近太阳飞；未足临书卷，时能点客衣。
> 随风隔幔小，带雨傍林微。十月清霜重，飘零何处归!?（《萤火》）
> 束薪已零落，瓠叶转萧疏。幸结白花了，宁辞青蔓除!?
> 秋虫声不去，暮雀意何如。寒事今牢落，人生无有初。（《除架》）

历来人对这两首诗也有过谈论，如不少人说《萤火》诗是“刺阉官也”，甚至指明就是骂李辅国的，这未免有跟政治强拉硬掣之嫌，且启后代对诗猜谜的不良之端；王渔洋（士祯）说《除架》是诗人穷途末路之作，又未免把诗人的品格贬得太低了。最好不要这么解释。实际上，这是由小即景诗向咏物诗转化的开始，此时诗人屏居僻处，活动较少而心情多静穆，于若干年来长篇巨什大笔挥洒之余，颇思别具一格，将自己爱国爱民的一片忠贞更加凝练，通过更小的篇幅和更精细的技法表达出来。诗人表示，尽管人们把我的蔓叶剪除了那也没有什么，反正我的花已开过，瓠已结过了，人生“靡不有初”，“鲜克有终”，结局如何，又何必斤斤计较；何况尚有秋虫暮雀的陪伴，也并不寂寞呢？这是自慰，也是坚持。他又表示，一个人即便他再怎样卑微，不敢近太阳，也不足以作囊萤之光，但仍是可以发挥他一定的作用的，点衣、隔幔、带雨、随风，又有何不可?！至于最后下场如何，不必计较，随他去就是。这是一种达观而硬朗的人生态度，哪里来的穷途末路之说呢?！由此看来，杜甫在秦州的咏物诗跟他的七歌、“杂诗”、旅途即景诗等，从思想情调上看，是并无差别，而且是共成一贯的。在技法和风格上的各有差别，则正是老杜诗法多样化的具体表现。

总上来看，我个人认为，秦州时期在杜甫创作划阶段中，应该说是处在一个转折的地位上，即由京洛时期向草堂时期的过渡。并且还要说，这个转折的意义非常重大，因为虽然在这个转折时期诗人作品中社会资料的分量相对是减少了些，但诗人的政治热情仍是同样的充沛，在艰苦考验下品格更加骨硬，他的技法更精炼更凝练了，技法更多样化了，在诗的格式和风格方面也有了新的开辟和增殖。单纯从技法上说，假如京洛期是“正”，那么“秦州期是“反”（不是截然的对立，而是“变格”之意），草堂和夔州期便是“合”了。这正是杜甫创作道路辩证发展的一条大线索。

同一故事，不同时代的不同写法

——从《崔尉子》到《苏知县》

自从隋朝统一南北之后，江河湖汉上的水运事业，明显比以前繁盛起来；兼以财富向少数人集中的倾向，于是“江贼”、“水寇”这一类行当也渐渐加多，在社会传言和小说中都有了反映。这类故事，往往是船家把船划到僻静去处，将男主人（一个上任的官吏或者一个富商）杀掉或者丢到水里淹死，霸占了此人的财物和家属妻小，严重的甚至拿了这官人的凭证去做一任令长或者佐僚。这当然也反映了中古期到近古期我们国家的人事制度和安全制度还非常松懈。

但是，像这样的案子，有时也会平反。有个最典型的情节，是靠两个条件，一是被害人儿子的相貌被老祖母辨认出来了，二是当年有一件东西——一件罗衫，衫上有一个烧损的窟窿，成了有力的凭证。这样相同情节的故事，唐朝人写过，明朝人也写过，而在篇幅、情调、风格、琐节方面，都有很大的差异。这就提供给我们进行比较探索的机会。

唐朝人写的一篇叫《崔尉子》，见于《太平广记》卷121，全长不及一千字（约800余字），真可称得上是一篇袖珍短篇小说。说的是唐朝天宝年间，有一个清河崔氏家族，住在河南荥阳，老太太很会治生产，所以家颇富有。儿子要到吉州（今江西庐陵）去做官，老太太不去，只由妻子（太原王氏女）陪去了，当然还带了资财和男女仆人。上了贼船，主人被害，“江贼”孙某霸占了资财和王氏。王氏原带有身孕，20年过去了，孩子长成十八九岁，到东都洛阳去参加考试，夜中迷路，投到崔庄上来。庄客们看到眼前这少年非常像他们当年的少主人，又经老太太验证，连言语举止也像。临别赠给一件她亡儿的衫子，下襟有火烧孔。此举子带回家去穿着，被他母亲认辨出来，冤情因以得报。

明朝人写的与此就不大相同了，题名《苏知县罗衫再合》，见《警世通言》卷11，全长已16000字。书中标明是永乐年间的事，看故事场景已是嘉靖、万历的场面了。这故事就显得复杂，把若干明朝琐节编织进去。故事的地址已不是河南荥阳，而是河北涿州。老太太两个儿子，大儿子叫苏云，考中二甲进士，发放浙江金华府兰溪县令，带了妻子家人前往。在张家湾弃陆登舟，到了扬州广陵驿，因船底漏水，需要换船，这就换上了仪征县的一个“江洋大盗”徐能的船。

这一下，故事就大幅度地铺开了。在这里也展现出了明朝的小说家和唐朝小说家的不同。唐朝的笔墨是不厌其短，但笔底下有性灵；缺点是情节从简，笔是提起来写的。明朝的市民社会有了进一步的发展，文人的笔是铺下来写的，所以就不厌其长。在这里，作者就江贼及其团伙，作了详尽的描写，其成员中自然大部分是社会流氓，但头头却具有“富人”的身份。明朝作者，按明朝意识形态的需要，对原情节做了两处重大的改变，其一，为了完成故事末尾“大团圆”的需要，作者安排男主角没有死，而是被人救活，流落到安徽一个人家当塾师；其二，改变了夫人软弱无力抗争、只好“从贼”的情节，安排她跑掉了，逃到一家尼姑庵中把儿子生出来，又安排这儿子被丢弃在街头树下，偏巧被贼头徐能捡拾了去，抚养以为义子。这些情节，就令读者有人为捏造的感觉。但如此，明朝被加重了的“贞节”原则，也可以保持住了。从这些地方，我们可以看出，明朝的小说家是煞费了苦心的，但效果并不理想，它只是符合了明朝市民的心理需要，却或多或少地斫丧了作为文学艺术所须永恒具备的超社会形态的价值。这一点，明朝人自己已经接触到了。《古今小说》卷末附有《绿天馆主人叙》一篇，作者说：

> 皇明文治既郁，靡流不波。即演义一斑，往往有远过宋人者。而或以为恨乏唐人风致……

又说：

> 大抵唐人选言，入于文心；宋人通俗，谐于里耳。

“谐于里耳”的涵义好懂；“入于文心”是什么意思？根据敝人的不一定合适的理解，它意味着唐朝人的风格是从南朝文学讲求辞藻艳丽、意趣通灵中衍变而来，其中不免受玄学和佛学影响，长于抽象而短于社会调查。到宋、明，市民社会进一步壮大起来，人们都以“务实”的原则为宠尚，再有形无形掺入一些理学的教条气味，这样中古贵族文学的灵气，就逐渐失掉了。

让我们把话头扭回到故事上来。苏云的儿子被贼头徐能拾养，取名徐继祖，到北京赶考，路经涿州。在这里故事就又局部地回归到唐朝原胎故事的轨道上来，78岁老祖母辨认出了模样，赠送了罗衫。徐继祖中了进士，授了监察御史，到了南京。底下，情节就接近收尾了。凭着罗衫，父子相认，母子相认，江贼团伙被逮捕，处刑。徐继祖更名徐泰，一家父（母）子、祖孙“大团圆”了。

这同一故事，在同代和异代，又有繁衍。在《太平广记》卷122中另有一篇叫《陈义郎》的故事。它与《崔尉子》的情节其相同处是凭了一件剪伤手指所留下的带血迹的衫子，其相异处是杀人犯不是江贼，而是做官人的好朋友将其推坠江中的，地点也换成了四川仪陇。到金、元时候，唐僧取经故事在话本中传播着，其中玄奘之父陈光蕊故事也颇有与《崔尉子》故事相沾连或相衍袭的迹象，只是用词俚俗、情节粗犷得多了（参看《西游记》），地点也换成了广东。再到清朝，《聊斋志异》中也有了《庚娘》和《老龙船户》这类故事，跟唐朝“老根”故事之间，差异就越来越大了，甚至主题也已转移。

在文尾处，还得允许我发挥一点余论。苏东坡有一篇《韩文公庙碑》，被清朝人选在《古文观止》里，几乎是家喻户晓。其中有两个警句，道是：

文起八代之衰，而道济天下之溺。

其实，这是带观点立场的。也就是说，带派性色彩的。“八代”，指的是东吴、东晋、宋、齐、梁、陈、隋、初唐。难道这么长一段时间内，中国的文章全是“衰”的吗？这是说的文学史；而在思想史上，难道玄学和佛学占了一点优先，就是“溺”、就是跌到烂泥坑里去了吗？像《世说新语》、《文心雕龙》、唐传奇中《李娃传》等等，谁敢说文章是不好的呢？这就说明，东坡的那两句话是带偏见的。他们要树立文学上、哲学上的新流派，要树立以革新儒学（理学）为一尊的新框框，要树立以“文必西汉”为新标准的文学，所以就把以前的东西说成“衰”和“溺”的了。拿《崔尉子》和《苏知县》作对比，我们明显看到唐人文笔与明朝人文笔相比之下，倒是带有更多的性灵和神韵的，一点儿也不“衰”。

1999年9月9日于兰州

《聊斋志异》妇女形象中人性的异化

一

人性问题和人道主义，长期以来成为“禁区”。在“四人帮”统治时期，文学艺术作品中的人性，不管是善良的人性或是邪恶的人性，都无例外地被归结到阶级的根源。即使归结不上，也要勉强归结上去。并且这种归结，还带有严重的机械论倾向，例如把一切人性的邪恶，都归结到剥削阶级的成员，或者仅仅是在意识形态方面被认为不够“合法”的人们的头上；又把一切人性的善良都归结到被剥削的、劳动的、革命的，或者仅仅是披着一件革命的衣裳的人们。我们承认，被剥削的、劳动的、认真参加了革命的人们中，很多具有善良的人性；我们也承认，压迫人的、剥削人的人，很多具有邪恶的人性。那就是说，人性上面，打着分明的阶级的烙印。人性发生了导源自阶级根源的两极异化。《三字经》上的两句话“性相近，习相远”，我曾为此反复思考，不曾感到有什么不辩证、不唯物的地方。“相远”，就是说的异化。

但是，使用阶级分析法去对待人性问题，却万不可以绝对化。绝对化了，有很多事情说不通。而任何带有哲学性的总括，都必须具备处处都说得通的性格。因此，当我们判断一切人性的邪恶，都归属于某一个阶级或某几个阶级；当我们判断一切人性的善良，都归属于另外的某一阶级或某几个阶级——的时候，我们是要更谨慎些的。有人还曾力求把说不通的情况强要说通，例如把按推理应该是善良的人身上的邪恶，怎样去解释呢？回答是，从邪恶的阶级那里感染来的。“四清”运动中有句习用语，叫“错在干部，根在地富”。“文化大革命”中，也有不少“造反派”指控一个系的总支书记之所以成为“走资派”，是由于系里“反动学术权威”对他进行了“反改造”的结果：他蜕化变质了。在人性问题和人道主义问题上，十年动乱中所产生的混乱，有如此者。

现在好了，8月中旬《人民日报》上发表了整版的论述人道主义和人性论的文章。这是对“四人帮”设下的这一“禁区”的有力冲击，大大有利于解放思想、活跃思想、繁荣文化。我曾反复地学习了这一论文。就我的学习心得来说，我感到此文最重要的一点，是肯定了有人道主义（善良的人性）的人，可以属于不同的阶级；反过来说，不同阶级的人，都有可能具备人道主义（善良的人性）。这篇文章，还深刻地论述了无产阶级革命和人道主义的关系，大意说，无产阶级革命，排除了或者正在排除着私有制，排除了或者一步步排除着人间的剥削行为，这样就从根本上建造了人道主义的物质基础，这个话是千真万确的。自然，文章也提到这些年来在这方面的效果不好，走上了人道主义的反面。为什么会走到反面呢？文章作者把它归之于认识上的片面性和简单化。这是会令人感到不满足的。应该说，过去一段时间，人们过分地相信了暴力和权力，把它们无约制地扩大化使用，才是导致人道主义走向反面的真正的根源。

话归本题，既然人道主义和人性问题的“禁区”已经打开，我们对于《聊斋志异》这部伟大的艺术作品，就有了认真探讨的可能。长期以来，我感觉到《聊斋》中若干妇女的形象，是特别值得注意的。自然，很多《聊斋》中的妇女，都披着一件“鬼”、“狐”的外衣。在这里必须指出，所谓“鬼”、“狐”，所谓“生”、“死”，甚至不惜又捏造出什么“鬼死为聻”的谁也不能证实的说法，这些到头来统统是文学家、艺术家为了调配情节而使用的一种工具。抛开这些以后，我们说，《聊斋》中所写的，都是人！都是渗透着善良的或者邪恶的人性的人！因此，我对“故居”楹语的上联“写鬼写妖，高人一等”云云，是有意见的。第一，《聊斋》不是写鬼写妖，而是写人的；第二，高谁一等呢？是指《阅微草堂》呢？还是指《太平广记》呢？而前者绝大部分是封建的大糟粕，跟《聊斋》中精华占绝对主导的情况，根本“单位不同不能成比例”；后者是唐人小说，须知唐朝人头脑中的某些“蒙”尚未开启，人们头脑中的启蒙运动是以宋、明为时代标志的，时代不同也不好相比。所以问题不在于《聊斋》高谁几等。楹语的上联，实际上是对蒲松龄做了不应有的贬低。

《聊斋》中写的鬼狐，全是写的人，全是明末清初社会上活生生的人。人就有人性。特别是妇女，她们身受君权、神权、父权、夫权等的惨重压抑，这种重压，在人性上不可能没有反映。从多年的反复阅读中，我发现《聊斋》中妇女人物所具有的人性，表现为向两极的分化。一极，流于残暴或酷虐，这就是许多泼妇或悍妇故事中所表现的。这些妇女，由于这样那样的原因，由于阶级和非阶级的情况的影响，不断残暴地虐待、迫害她们的丈夫、公婆、丈夫的次妻（在当时是合法的）及其所生的子女、以及带有某些奴隶身份的婢仆。另一极，流于善良，甚至是极端的善良，无微不至地爱着、同情着、帮助着一个男子，或者另一个女子。假如是爱着、同情着、帮助着一个男子，结局就形成为一对佳偶和患难夫妻。假如是爱着、同情着、帮助着另一个女子，结局就形成为一种“双女同盟”。这类故事，在《聊斋》中出现为若干美好的篇章。

那么，所有这些，不值得我们研究研究、分析分析吗？

二

有这么一组故事：

我最感兴趣的一篇，题名《房文淑》[①]，这是《聊斋》中很不被留意的一个篇章。故事说，有开封人邓成德，至兖州“佣为造齿籍者缮写”。突然，据说是狐狸的女子房文淑出现了，她替邓成德帮了如下的一些忙：第一，为他谋了一个家馆教师的有报酬的职业；第二，跟他共同生活，并生一子；第三，将所生儿子兖生送给邓的原妻娄氏，给她药使她有了哺儿的乳水，并赠银十余两以维持她的生计。这种帮助，真可说是无微不至了。假如世上决没有无缘无故的爱和无缘无故的恨，那么，我们就要探索，房文淑如此爱着、同情着、援助着邓成德的缘故又是什么呢？假如邓是一个秀才、举人、进士，或者是一个良田千顷、夏屋渠渠的乡绅，事情还容易说清楚，然而邓又偏偏是一个“身无片椽”的穷人。（《聊斋·蕙芳》篇中“异史氏曰”说，“马生其名混，其业亵，蕙芳奚取哉?!”也正是触及到了同类的至少表面上是无缘无故的爱的问题，可以参证。）房文淑的这种爱，这种同情和帮助，无疑是一种质量很高、成分很浓的人道主义。而房又据说是一只狐狸，很难定她的阶级成分。有人辩论说，

① 见三会本卷十二，页1695～1698。

这是“瞎话”；但任何能够长久存留的“瞎话”，任何为人民所喜闻乐道的艺术作品，都不可能没有现实生活作它的基础。也就是说，明、清封建社会的现实生活中，是存在过这种人道主义的。

另一个故事《阿绣》[①]，说的是海州的少年刘子固，忠诚地爱上了一个东北姑娘阿绣，可是无缘成婚。这中间就出现了据说也是一只狐狸的另一个阿绣，她“悉君心事，图效绵薄”，从满洲兵入侵的兵荒马乱中，撮合了真阿绣和刘的终身大事。她告诉真阿绣说：“爱汝者将至，宜与同归。”这本来可以酿成嫉妒事件的三角关系，但由于狐狸阿绣十分尊重别人的爱情，故不惜在患难中予以玉成。蒲松龄在这里，通过狐狸的外衣，传写了人道主义的高尚和人性的芬芳。

另一个故事《宦娘》[②]，因为我在几处文章中都曾写到它了，故此处从简。是的，我很爱这篇故事，并且时常表彰它。这也是一个三角关系，但在其中并未出现近代式的白刃和手枪，而是友好备至。赵宦娘据说是一个“鬼”，她很爱温如春的琴术，但“以异物不能奉裳衣”，所以“阴为君腼合佳偶”，她在暗中使用种种方法，使温如春跟另一个音乐爱好者葛良工结合。她向温学了琴术，又把自己的筝术传给了葛，“出门遂没”。这种爱，是可以找到一点缘故的，那就是对音乐爱好的共同事业。但共同业务，不是属于阶级的东西。从这故事中，始终找不到打着阶级烙印的人性。

另一个故事叫《红玉》[③]。她与穷书生冯相如相爱，并且和他自由地同居了。但在遭到封建意识浓厚的冯的父亲的诃责后，她就替他另物色合法的配偶卫氏，还助他出订婚银40两。这中间穿插了一个在乡御史企图霸占卫氏的波折。当冯相如在父死妻亡儿失、大难才过、物质精神创伤累累的时候，红玉又出现了，她在暗中替他抚养大了儿子——福儿。她还帮助冯相如重新创立家业，稳定生活。

再一个故事是《神女》[④]。这故事中贯穿着一条线索，妇女头上戴的一朵珠花，一种相爱的标志和象征。假如译成外文，可译作“珠花的故事”。说福建一个姓米的书生，遭遇无辜的冤案，田产荡尽，衣巾被革。在这种情况下，

---

① 见三会本卷七，页991～997。

② 见三会本卷七，页985～990。

③ 见三会本卷二，页276～283。

④ 见三会本卷十，页1312～1321。

一位素未谋面的“神女”，却第一次赠以珠花，第二次赠银二百两。自然，后来这“神女”的家族也曾对米生有所求助，但那已是辅助的和后发的情节了。这种以一朵珠花作标志和象征的、由男女双方谨严信守的爱，用阶级分析法去寻找它的缘由，是无效的。我们必须从另外的角度上去探索。

其余像《封三娘》[①]中封三娘和范十一娘的始终相爱，《连城》[②]中连城与宾娘之生死相依、患难与共，也都是十分动人的“双女同盟”故事。

请允许我补述一个与本文主题不甚结合的故事《王六郎》[③]。王六郎不是妇女，但由于在他身上渗透着的人道主义太典型了，不能不拿来为妇女诸事例作补证。故事说的是一个捕鱼人与一个溺死鬼交朋友的过程。这个溺死鬼王六郎，在有人作替身、自己可以重新做人的重要关头，却宁愿放弃这个机会，动机是“女子已相代矣；仆怜其抱中儿，代弟一人，遂残二命，故舍之”。这说得很清楚了，纯乎是一种不折不扣的舍己救人的人道主义。孟轲说，“人乍见孺子将入于井，皆有怵惕恻隐之心，非所以内交于孺子之父母也，非所以要誉于乡党朋友也，非恶其声而然也”，就是说，这种人道主义是排除了一切自私的动机的，而王六郎也正是这样。在这里，还要做一点对比。王六郎在紧要关头面对的，是母子二人的两条性命；《聊斋·窦氏》篇地主南三复面对的，同样是母子二人的两条性命；况且在后一情节中，这“母”与南三复有过实际上夫妻的关系和允诺，这“子”正是南三复本人的骨血；而王六郎与堕河妇女母子则是素陌生平的。但王和南却采取了迥乎不同的对待态度。这其中，南之所以走上了人道主义的反面，是地主阶级的立场在起作用，故事上打着明显的阶级烙印。王走上了人道主义的正面，其缘故是什么呢？在此，我们无法不肯定，即便王六郎是一个卑微的小知识分子，他的灵魂里仍然可能载荷着浓烈的人性和人道主义。

*　　　*　　　*

《聊斋》中女性人物的人性向另一个方向的异化，即转变到人道主义的反面，成为残暴酷虐的悍妇和泼妇的故事，也有不少。最突出的，有《马介甫》

① 见三会本卷五，页610～617。

② 见三会本卷三，页362～367。

③ 见三会本卷一，页26～30。

和《江城》[①]，其余如《邵女》[②]、《吕无病》[③]、《珊瑚》[④]、《大男》[⑤]、《锦瑟》[⑥]等。对此生疏的读者同志们可以自己检阅，此处就不再一一缕述其情节了。

但从这些篇章中，可以初步总括出一些东西。大体说来，蒲松龄老先生虽然看起来对悍妇、泼妇的描写表现为很有兴趣，但从实际效果方面来检查，这些抒写人道反面的篇章，远较那些抒写人道正面的篇章为逊色。也许这是我个人的偏见，留待大家指正。至于人道、人性之所以向反面异化，其缘由似乎也是多方面的。很主要的缘由，怕是与阶级关系有关。争嫡庶，争家庭财产的支配权力，这些都是与家庭内阶级差别、等级差别密切关联着的。另外的缘由，是属于本能方面，即作为性爱对立面的性恨。此外，有些缘由是从作者世界观的局限性导源而来、加以炮制的，如轮回报应之类，即所谓"人生业果，饮啄必报"，像江城原是一只老鼠，来报前生被踏毙之仇；如邵女丈夫的主妻对邵女有炮烙二十三针之酷，必须报尽，始获好还，等等。这些基本上属于糟粕范畴。迷信诸事是不在科学分析之列的。

统观以上若干例证可以看出，《聊斋》中妇女角色身上所反映的人性，向着正反两个方向异化。而所以异化的根源，换言之，即这些妇女之所以爱，之所以恨，除去一少部分尚待查明其缘由者外，其大部分是有缘有故的。在这有缘有故之中，阶级关系占重要的比重，任何人不能予以排除。但是除却这些阶级根源之外，同样也不该排除那些非阶级的因素。我们必须承认，爱和恨的根源，善良人性和邪恶人性的根源，都不是单一的，而是多方面的。

三

看起来，人性是一种综合的构成。它似乎包括三个构成的层次，一是人的原始素质；二是所受社会的一般影响；三是在严峻阶级斗争情况下所打下的阶

① 见三会本卷六，页854～864和页721～736。

② 见三会本卷七，页883～894。

③ 见三会本卷八，页1110～1118。

④ 见三会本卷十，页1409～1416。

⑤ 见三会本卷十一，页1564～1570。

⑥ 见三会本卷十二，页1682～1689。

级烙印。谈到具体某个个人的人性，则有时只包括一个层次，有时包括其中的两个层次，有时三个层次都包括，并且有时这些层次还会互换，抽掉一个，增殖一个。到头来，这跟历史上阶级关系的不同形式是密切相适应的。

综观人类阶级社会中阶级关系的形式，似应包括如下的四种：

第一种情况，阶级与阶级间处在一种尖锐对抗性的矛盾和非斗争不足以解决问题的状态之下；

第二种情况，阶级与阶级间处在一种一般性矛盾的状态之下；

第三种情况，阶级与阶级间处在一种仅仅在物质利益、生活样式和风俗习惯方面存在着差别的状态之下；

第四种情况，阶级与阶级间处在一时尚可以相互适应、可以共居的状态之下。

提到这第四种状态，是要冒风险的。“四人帮”时期，一碰到这类看法，是立刻要揪出来作为阶级斗争熄死论、阶级调和论和对阶级斗争学说的放肆的修正——来对待的。但我并不恐惧。因为第一，“四人帮”业已粉碎；第二，我个人研究阶级社会历史上的阶级关系，已历20年，口袋内颇贮存有阶级与阶级间可以相互适应、可以共居的充分证据，必要时满可以写成像是“阶级间可以适应与共居考”一类的文章，为我自己辩护。

人性构成中的不同层次，是与阶级间关系的不同状态，大体上相适应的。即只有处在第一种状态时，人性上面才打上鲜明的阶级烙印。而这第一种状态并不贯彻于整个阶级社会的终始，不是历史的每一分钟每一秒钟都充满着尖锐的对抗性的矛盾的。这不需论证，而属于常识的范围。但过去一段时间，人们习惯于拿第一种状态来概括这所有的四种状态，从方法论来看，毛病就出在这里。由此推衍出来在阶级社会就只有带着阶级性的人性的结论。这是以偏概全的办法。此法妥当与否，拿《聊斋》中若干人物的人性表现来印证，即可见出分晓。

最后，想附带谈谈对蒲松龄平生艺术成就的总评价问题。不少同志说他是个浪漫主义作家。是的，从写作手法方面看，很多是浪漫主义的，如《翩翩》篇中以绿叶为布、以白云为棉，即是一例。但仅仅说他是个浪漫主义作家，似不足以概括他的主体。从总体看，恐怕应该说他是一个伟大的现实主义作家，观其对明、清之际贪官劣绅的揭发和控诉，对科举制度的讽刺挖苦，对妇女婚姻不自由的反抗，即可确证。不过，他习惯于使用一些浪漫主义手法来加强其现实主义内容的感染力，写狐写鬼，也正是浪漫手法中最主要的一项。所以，我们可以说，他是一位以浪漫手法为特征的伟大的现实主义大师。但除此之外，会不会还有遗漏？

从他在作品中传写充沛的人性，包括从正面描绘爱人、帮助人、同情人的诸善良情节，以及从反面揭露恨人、虐待人、摧残人的诸邪恶情节——来看，我们能不能说，蒲松龄除却是一位以浪漫手法为特征的伟大现实主义作家之外，他还是一位伟大的人道主义者呢？这个问题提出来，留待广大的读者去议论吧。

1980年中秋节写于沪之江湾

补　记

有的听众和读者提出，要我对“异化”的概念，说得更清楚些。我对“异化”理论在中外古今的衍变历程，所知甚少。只知道在自然科学范围内和在社会科学范围内，似乎有所不同。前者的“异化”概念比较简单，即“一分为二”。后者比较复杂，有“主”、“客”体之分。所以就有人提出质疑：“你所说的人性异化，是以性善论为主体呢，还是以性恶论为主体呢？假如性善为主体，性恶就是异化，假如性恶为主体，性善就是异化。反正，不能把两者都看做是异化。”

这一提示，对我启发很大，我又向更辽远方向思考了一些问题。我认为，性善论与性恶论都是人们认识过程中比较片面的反映。我们今天，不能简单地支持性善说，或性恶说。我们要看到，从人的原始素质，发展到未来的共产主义道德品质，这是一条悠长的发展历程，也就是人性“异化”中的“主体”。而阶级社会带来的社会影响和阶级烙印，则是“客体”。这是一个长的和大的“异化”历程。恰好跟社会发展由原始共产主义到科学社会主义是一个很长很大的历程一样。从原始公有到更高级的公有，这是“主体”。阶级社会的私有，私有制的逐步深化，这是“客体”。“客体”被逐渐克服，“主体”达到了更高级的存在，这是一整套的“异化”历程。

至于我前文所说，中国妇女的人性在“四权”高压之下，向两个方向“异化”，有的更残暴了，有的更加充沛着浓烈芬芳的人道主义。也许我在这里使用“异化”一词，会有什么不恰当；但我在这一场合，基本上是按照自然科学范围内的概念和习惯去使用的。就是简单的“一分为二”。无所谓性善是“主体”，或者“性恶”是主体。这一“异化”，是前段所述人性从原始素质到共产主义道德那个更庞大得多的“异化”体系中的一个小小的分支，并且从某种意义上，又可以说这个分支是主干体系上的一种逆流，即在以人性邪恶为主干的阶级社会中，某些人性反而会“异化”为特殊的善良与芬芳。这样理解，是否妥当，请听众、读者继续指教。

1980年10月24日于皋兰山下

读《聊斋志异》札记

好多年以前，我就想写一篇题名为《〈聊斋志异〉中反映的社会经济材料》的文章，并想继之而写一篇《“三言两拍”中反映的社会经济材料》。直到现在，自己还认为这是两个好的选题。可是由于种种原因，却很久很久没有能够将这个心愿兑现出来。

近来，偶尔又重读《聊斋》以资消遣。偶有心得，即随手写在一片纸上录为札记。积两月余，得二三十纸，而《聊斋》全文四百余篇，约当百分之五六。但又感到除去这些即兴之作外，无意于做出更多的札记来，所以就干脆将这些零星东西串到一起，以作为一时读书心得的记录。其中主要的，自然是有关社会经济的内容；但又由于《聊斋》一书中，有些篇章与社会经济无关、主旨仅在“言情”、而文章又特别佳妙者，亦往往掺入一二。因此，总题就不应该仅限于“社会经济”方面了。所以，最终采取了笼统的读书札记式的标题法。但又须反转过来表明，虽然标题采取了笼统的提法，而笔者主要的着眼点仍在社会经济方面的材料，则是依然遵循原来写作、构思的主旨的。

1966年深冬大雪中记

一

《公孙九娘》

我常爱对朋友们说，自己少年时候受了父亲和姐姐们的影响，及早地接触了《聊斋》，也接受了他（她）们的偏见。父亲最爱《叶生》，经常一读三叹。姐姐们爱读其中的“双女”故事，如《莲香》、《香玉》等。可是等到自己的独立思考能力逐渐培养起来之后，爱好就发生了变化。从民族思想的角度，我推崇《公孙九娘》，和一些转弯抹角描述“大兵”、“北兵”的零星的、极不引人注目的篇章；从描绘带有民主性质的爱情以及文章佳妙方面，我爱读《婴宁》、《阿纤》以至《凤阳士人》等；而认为像《珠儿》、《画皮》等则是糟粕性很重的东西。

我尝评论《公孙九娘》是《聊斋》四百篇中的案首。我不是没有道理的。第一，它既深刻地同情着于七起义这样一场爆发在康熙年间的农民起义，同时又充分暴露了满洲贵族统治者大量屠杀汉族起义者以及许多无辜人民的罪行。在《聊斋》四百篇中，民族思想流露得如此充沛，揭发暴露如此深刻，而在收集付印时又未被芟除的，这恐怕是一篇“凤毛麟角”了。第二，通篇文字遒劲而又凄艳，如仅仅使用“碧血满地，白骨撑天”八个字，就把那场发生在济南西南郊的骇人听闻的屠杀惨案完全勾勒出来了；再如描写人鬼结婚时，作者采取了正面、明确的抒写法，说“初九娘母子，原解赴都；至郡，母不堪困苦死；九娘亦自刭枕上。追述往事，哽咽不成眠”。所占两绝，句中复有“忽启缕金箱里看，血腥犹染旧罗裙”。一段民族的、纠缠着家族和自身的深仇大恨，被淋漓尽致、凄艳动人地刻画出来了。第三，在收场方面，也不同凡格。作者使用了婆娑迷离的收尾法，使故事带了一条“缠绵未尽”的尾巴，这比较起蒲松龄经常喜爱使用的大团圆、升官、成仙、“丫头老婆来磕了头又磕头”的收尾办法，又不知道高明了若干倍。

《林四娘》

这显然是一篇经过蒲松龄二道改写过的故事。前后两故事，所涉地名人名大体相一致，但神髓不同。一经蒲氏改削，顿化儿女私情为沉痛地追怀故国的民族凄艳事迹，真所谓“化腐朽为神奇”矣。

故事写的故明衡王府宫人林四娘的感情流露：她如何“为亡国之音”；如何“俯首击节，唱伊、凉之词，其声哀婉；歌已，泣下”；如何使陈宝钥为之“于邑”；即“家人窃听之，无不流涕”。在她的临别遗诗中，还有着这样一些句子：什么“谁将故国问青天”；什么“泣望君王化杜鹃”；什么“汉家箫鼓静烽烟”等。自然，林四娘是个王府的宫人，正如公孙九娘可能是个中产人家的女儿一样，她们的民族思想中可能带有某些上层社会的色彩，像对明崇祯帝带有留恋悼惜心情的情节所表现出来的。但蒲松龄在当时敢于写这些内容，无疑还是具有进步的意义和作用的。

《乱离二则》及其它

这部分内容，是印本中所不载的。想来是由于怕触忌讳而芟除了。在影印手稿中，却保存下来。故事主干无大可取，不过写乱离中骨肉的巧合，正由于情节太巧了，所以显得不真实，只能当“瞎话”听。但从总体上也传写了一个板荡的时代，历史上南北朝、北南宋，像这类的骨肉隔离后又重逢的史事，也是很不少的。

我着眼的，倒是在文内有这么几句：“时大兵凯旋，俘获妇口无算，插标市上，如卖牛马。”这暴露了满洲军事贵族掠卖汉族妇女的史实。在金兀术时代，像这样掠卖的事在大同一带是曾经十分盛行过的。清朝统治者自然不高兴别人暴露这些事，所以印行时便芟剔了。但没有芟剔到的，在印本里残留下来的，也不是没有。如《韩方》篇（卷16）中也牵连到明朝末年满洲兵在畿内、山东一带杀人的事。在这个故事里，作者假借一个土地神的嘴，叙述齐东一带闹瘟疫的根源，说“今日殃人者，皆郡中北兵所杀之鬼，急欲赴都投状，故沿途索赂，以谋口食耳”。单纯论这段故事的躯壳，它无疑是迷信的，但其中也透露了“北兵”在济南、齐东一带屠杀了大量的无辜人民。此外，《野狗》篇（卷15）中，也有“于七之乱，杀人如麻，乡民自山中窜归，值大兵宵进，……僵卧死人之丛”。统《公孙九娘》、《乱离》、《韩方》、《野狗》诸篇联系起来考虑，蒲松龄显然是有意识地（虽然也是有避忌心理地）在暴露满洲贵族在入关统治前后，都曾经残暴地屠杀过汉族人民与起义民众的历史事实。再如《张氏妇》，就更典型了，它真人真事地叙述吴三桂起事，清朝在兖州练兵，“大兵”到处寻奸妇女，这种赤裸裸的写法，真可说是对清朝的极大的挑战。根据这些，我认为蒲松龄是有一定成分的民族思想的，像《聊斋志异选》书末所附选注者的后记中所说，不承认蒲松龄有民族思想的论断，是不能令人同意的。

二

《金和尚》

这篇文章，文笔也是上乘的，但与其说是文学著作，毋宁说是一篇史料。因为它十分具体地记录了一个大寺院地主的生平及其活动的规模。金和尚在当时很著名，当时前后诸（城）、安（丘）、高（密）、胶（州）等县的文人们（如李澄中、丁耀亢、张贞、曹贞吉，以及王士祯、赵执信、安致远等）的文集中涉及此事的颇不在少，可以对参。我往年曾经对参过，可以说以《聊斋》所记为最详阐。

金和尚无论从出身看，或者从他本人一生的行径看，都是一个典型的流氓、市侩。他借“饮羊登龙”之术“数年暴富”。既富以后，就主要依靠招佣流民替他做佃户，剥削这些流民佃户的剩余劳动，使财富愈益积累。从这一点看，他已很少和尚的气味（和尚仅仅成为一种幌子了），已经是一个最残暴、最荒淫的、“新发户”式的恶霸地主。他经常雇佣长年佃户“数百家”，加上零雇短工，“食指日千计”。和尚们除对他们进行经济剥削外，还对其妻女进行凌辱，所以才有“佃户决僧瘗床下”的事情发生。这个僧霸集团的政治影响面也是很广的，“千里外呼吸可通”，甚至“方面大员”都要受他们的要挟，被他们搬弄短长。

这是一篇绝好的史料。文章后段，写金和尚出殡一节，增添了一些渲染的笔墨。我个人出生在与此事发生地相邻近的地域里，小时候也看见过这种大出丧，所谓“方相”、“方弼”、“开路神”，招引得人山人海，充分显露了封建地主生活中极大的腐朽性。

再者，同书卷16中，复有《紫花和尚》一则，所言虽系丁野鹤（耀亢）侄辈前生奸人侍婢、构成极冤的迷信故事；但丁亦恰好是诸城人，记得《出劫纪略》中也涉及到五莲山和尚的事，——由此似乎可以看出，在这个大和尚大地主集团势力很发达的地域及其附近一带，地主与和尚的概念与实际，也经常模糊不清，粘连到一起了。所以在《紫花和尚》故事中，只好借前生和尚、后生地主的界线来处理有关的情节。

《田七郎》

这是一篇具有一定深刻社会历史意义的故事。故事中虽有宿命，但全无鬼狐，这在《聊斋》中也算得是少见的。整个故事是“双套”的，即一个大故事（主干故事）套着一个小故事（非主干故事）。小故事是“奴变”；大故事是一个封建地主千方百计企图用金钱和殷勤收买一个劳动人民（猎户）替他做爪牙、替他在紧要关头上服务的故事。

豪绅地主武承休想结交猎户田七郎，想收买他。田七郎表现的，是一副冷冷的态度。田七郎的母亲，头脑就更清醒，她两次给武承休闹难看，一则曰“老身止此儿，不欲令事贵客”；再则曰，“再勿引致吾儿，大不怀好意”。这些言语既峭拔，头脑也冷静深刻，立场也坚定，反映出劳动人民中一个积有丰富社会经历的老妇人对这场收买事件的洞察。特别深刻的，这位老母还有一段话，她说，“富人报人以财，贫人报人以义”，这两句话既道出了收买行为的底蕴，也揭示了旧社会中“讲义气”、“崇侠义”等风俗习惯里所包含着的经济实质，以及在隶属关系上的约制性的实质。但不管这位老母如何拒绝，武承休的豪绅企图是不达目的不休止的，他继续不停地对田七郎进行笼络，直到田七郎完全入了他的彀为止。有些文学评论家在他们的文学史稿里竟说，这篇东西显示并歌颂了“义气”，实在是肤浅与错谬的见解。尝见元、明之际的杂剧《杀狗记》，其中非但不曾歌颂“义气”，而是把它揭露了。当孙荣要与两个狐朋狗友结拜时，狐朋狗友们说，哥哥府上有事，我们“风里风里去，雨里雨里去”，“人命也承担”。孙荣说“府上欠缺”都“在愚兄身上”。所谓“义气”的实际的、冷冰冰的经济内容，统统被赤裸裸地揭露出来了。又尝见《青琐高议》中有《王实传》一篇（见前集卷4），情节与《田七郎》基本相似；但由于《王实传》写法近乎历史纪实，《田七郎》笔法则更加以文学渲染，在许多关节上可能较故事本身又有所调整。如《田七郎》故事在地主要求报效之前，先插以田七郎遭遇横祸、地主挺身出救为事先设立之插曲，致使地主图报的企图显得不十分露骨。《王实传》则不然，它更露骨地描绘进士王实按照其父临终报仇的遗言，有目的、有计划地与市西狗屠孙立为友，孙立在某种程度上也觉察到这一点，并也说过与田七郎母亲相似、而模糊些的话。后来孙立果为王实杀其母之奸夫——里中富民张本，而由他自己承担罪责。太守也站在王实立场，隐蔽唆使情节，在“真义士”的高帽下，将孙立处了死刑。

大故事中套着的小故事，是一场“奴变”。这是明、清之际在江东地区大量发生过的性质复杂的社会现象。董其昌、瞿式耜、钱牧斋、顾炎武家，都发生过。武承休家颇得主欢的厮仆——林儿遁归某御史家，正是典型的奴变、告讦一类的情节。这中间个别处可能有主、奴间阶级斗争的气味存乎其间，但总的说来，怕是地主阶级内部矛盾尖锐化的反映。在故事中，事情发生的地点是辽阳，这有两种可能，其一是这个地点是虚构的，并不含有真实的社会历史意义；其二是真实的，那么奴变、告讦、叛投之事，不仅在江东大量发生，不仅山东即墨黄家发生，连辽东地区也发生过的了。

顺便再提一点线索。在《聊斋志异》中，不止一次提到“主计仆”这个字眼。《柳氏子》（卷15）篇和《四十千》（卷13）篇中，都有这种身份的人物出现。这种“主计仆”，都是大官僚地主——如故事中所具体指出的新城王氏和胶州法氏家所豢养的，介乎“二地主”、“狗腿子”、“奴仆”之间的一种身份。这是明清土地所有权复杂化、“永佃权”出现以来，在阶级阶层方面带来的反映。

《窦氏》

这是一篇正面描述地主老爷如何调戏、奸污农奴的女儿，并且违信背誓、不负责任因而遭到强烈报复的故事。报复是完全应该的，但出之于鬼神，就带了浓厚的糟粕成分。所以说，故事的精彩部分在前半段，描写窦姓佃户家庭如何贫寒，父女如何待人诚实，而相对地地主南三复则如何在骗奸之后“转念农家岂堪匹耦，假其词以因循之”，致使发生窦氏女抱儿双双僵死南氏门外之惨事！这些过程都写得十分逼真、感人，其揭发作用是相当大的，带有反封建的民主性的精华成分。

试将此篇与其它书中类似体裁者相比较。《二刻拍案惊奇》中，有“满少卿饥附饱飏，焦文姬生仇死报”（卷11）故事一则，满少卿后来虽然作了官，但恋爱时还是穷小子，故阶级压迫痕迹在前半段中是不明显的。《初刻拍案惊奇》中有“刘元普双生贵子”（卷20），阶级压迫痕迹很明显了，但遗憾的是作者站在欣赏与歌颂这场奸占事件的立场与感情上，来进行描写，因而把故事写成了一篇典型的“地主文学”。《窦氏》篇与此截然不同，《聊斋》作者显然是站在谴责的立场与感情上来写这个故事的。我认为本篇之可宝贵处，主要在此。

《阳武侯》

我少年居住青岛，隔海相望，有岛名薛家岛，当时盖不知岛之命名与明朝的薛禄有关。薛禄此人，《明史》卷155（列传43）有传，大体此人本是极穷的出身，原名“六儿”，后来可能认为“六”字作名太俚俗吧，顺音改为“禄”，也顺带地加盖上了“受皇家爵禄”的封建的烙印。文化水平也始终很低，据说平生不谐文字，只知战阵。只知蒙头蒙脑替明成祖朱棣当兵打仗或者带兵打仗，确确实实立了不少战功，所以在当时史书作者的笔下便成了“靖难”功臣第三名，以及历事永乐、洪熙、宣德三朝的元老。

《聊斋》中的这一则，与所附王渔洋《池北偶谈》中的一则，对比起《正史》来，既可以说保存了《正史》的弃余，也可以说记录了在乡土一带流传的有关此人早期的历史，也就是说带有某些劳动人民气质的一段历史。如薛禄之父“最贫”、“居海岛”、“为人牧养”；如禄幼时“垢面垂鼻涕，殊不聪颖”，“人以为太憨生”；如当时其家应出丁口一人戍辽阳，其兄不愿往，禄谓兄曰“若肯以婢子妻我，当任此役”；等等。这些都是《正史》之所削而不存的。因为这与他们中“头面人物”的排场不利，会削弱这些“名臣”头上的“光轮”的。然而稗史却把这些保存下来了。

但在此，存在一个问题。劳动人民出身，转化为统治剥削阶级中之一员，在有利于统治剥削阶级的意识形态中，亦必求其“有说”。于是阴阳迷信，便在此种关口起作用了。《偶谈》说，其父“牧羊处有鼓乐声出地中”；《聊斋》说“蛇兔斗草莱中”。吾外祖家诸城，尝闻清朝康熙、雍正、乾隆间“阁老”刘统勋、刘墉家传闻轶事，大体谓统勋之母为地主家佣妇，有江南相地脉之阴阳士“南蛮子”过境，谓一草洼为“龙眠地”，试埋生鸡卵其中，不久自行煮熟，其母窃闻之，即向地主索讨此地以葬，后果“发迹”云云。此类传说，其作用在为个别的阶级转化事件，蒙罩上一层神秘不可捉摸的外衣。

《小二》及其它

《小二》一篇，具有一定的社会历史资料的价值，它对白莲教和明末天启年间在滕县一带爆发的徐鸿儒起义事件，都提供了不少线索。故事的主干描述，有滕县秀才丁紫陌混进徐鸿儒起义军去勾引他往日的女友赵小二。小二的父母赵旺夫妇是老白莲教徒，坚定参与起义，最后壮烈牺牲。但小二却由于受了丁的挑拨，说什么“左道无济，止取灭亡”的话，她“豁如梦觉”（这很可能是作者从自己不同情起义的立场上而捏造出来的话头），背叛了起义军，夫妻二人开了小差，当了逃兵。

在赵小二此后的活动中，白莲教式的“妖术”性的事迹是很多的。如剪纸作鸢、作驴、作判官诈物，设坛求雨，预卜荒歉等等。“妖术”等等，下文尚有论述。其中另有一桩情节，即开设玻璃厂。在厂中，小二身为女老板，“勤者赏赖有差，惰者鞭挞罚膝立”，这与一度曾参加起义的身份是不相称的。但也可能反映出当时小手工业主对雇佣工人是很残酷的这一历史真实。在另一篇题名《云萝公主》的故事中，亦有别置南院，“炊爨纺织，以作生计”的事，“南院人作事勤惰，女辄知之，每使生往谴责，无不具服”，与小二的事应该是同一类历史情况的反映。这都反映当时已经有了手工业中的监工制度。

《聊斋志异》中所反映有关白莲教以及徐鸿儒起义的，尚不仅《小二》一篇。他如《邢子仪》（卷11），内有使用幻术以木鸟摄取人家妇女之事，而夹杂以“报应”糟粕哲学，可谓对农民起义的一种诬蔑。再如《白莲教》（卷5），亦记载白莲教徒们的种种幻术，如盆水载舟，堂烛照夜，化人为豕杀以灭迹等等，均极离奇不经之事。《妖术》篇（卷1）内容，亦与此等事相类似。大体言之，这类内容是明、清之际阶级矛盾尖锐化复杂化的一种反映，其一部分反映了当时的反抗者在企图使反抗胜利而又无法使其真正达成胜利的局限下所产生的种种幻想；其另一部分则反映了反动派不惜利用种种虚妄无稽之谈对起义进行诬蔑。

《九山王》与《宅妖》

大凡封建文人士大夫，几乎没有谁对农民起义不抱仇恨态度的。顾炎武在早年搜辑的《天下郡国利病书》里，倒还不排斥这方面的内容，大概当作“病”来提高警惕吧；到晚年的《日知录》里，则采取“不予置喙”的态度了。蒲松龄一直是置喙的，但经常采取敌对立场。如上节所提的《小二》篇，作者在“异史氏曰”中说，赵小二倘非得了丁紫陌的劝告，“非一言之悟，骈死已久”，并且惋惜多少参加农民起义的人，为什么遇不到丁紫陌这样的明白人。这个立场是很明显的。《九山王》和《宅妖》两篇短文的内容，也与农民起义相关联。

《九山王》这篇故事的内容，可分成两截去对待。前半截是说，凡阴谋害人的人，都该得到报应。报应是宿命论。但阴谋害人的情节则值得研究，看什么人害什么人，怎样害。事件从表面看来，是人害狐狸的一家老小；但从所反映的实质来看，似乎是说一个阴险狠毒的房东暗中埋藏炸药害死一家“夙无嫌怨”的房客。文中说这房东“方寸已有盗根”，这就等于说“地主就是强盗”。故事后半截，说这个害人的人被推戴为起义首领，号“九山王”，最后失败，原来军师就是狐狸的化身，这且不去管它。我们只看所反映的起义的情节。年代是顺治初，地域是曹、兖之间。规模是“啸聚万余人，官莫能捕”。九山王所领仅系此中一分支，也数千人，后来也发展到了以万计。这反映的可能是“榆林军”的情况。

《宅妖》，原稿中题做《鬼哭》，是一篇使用笔墨极其简练的小故事（全文不到300个字）。内容也是反映农民起义的，不过从侧面写，从事后写。这场起义，社会上叫它“谢迁之变”，时间在顺治年间；地点文内未标郡邑，或在作者故乡（淄川）附近；谢迁是谁，容当另行考求。故事写一个学使王士襄住进了一座往年在里边屠杀了大量起义者的宅院，经常有鬼哭，呼曰“我死得苦”，并且引得“满庭皆哭”。王士襄拿自己的官位来吓唬鬼，但听诸鬼“百声嗤嗤，笑之以鼻”。这么四个短句，共16个字，已经烘托得够了，起义者们有控诉，有嘲笑，有气魄，是倔强的，至死不屈服的。

《王者》及其它

《聊斋》书中有几篇是同类性质的，像是姊妹篇，例如《王者》、《天宫》、《侠女》。这些姊妹篇的共同性质是：说它们所表达的情节是假的吧，它们有很大可能是有起码的真实史迹做根据的；说它们是真的吧，又偏偏罩上了许多罩纱，或者有意地歪曲部分的真实。像这样，就既不能拿来当纯虚构的故事读，又不能拿来直接考证历史，只有当作两者中间的状态来对待。

以《王者》来说，那个劫走了湖南巡抚的解京银两的势力，很可能是明末清初真实存在在湘、赣边境或者湘、赣、鄂边境上的一支势力。我曾经臆揣过这件事的根底。第一，根据故事中瞎子领路的情节“东，东之；北，北之”来判断，这很像陈友谅后代“柯陈氏”地主豪霸集团所盘踞的阳新、武宁一带；第二，明末李自成系大农民起义军的遗留部队在较晚一个时期比较集中地集结在巫山一带，号“夔东十三家”，但在较此稍早一个时期，即在李自成本人在通城被害后不久，农民军与何腾蛟、褚胤锡间保持较密切接触的时期中，大农民军的驻扎地也与故事中“王者”的势力范围相符合；第三，记得顾炎武《天下郡国利病书》中《湖南》部分也颇收贮了一批材料，说在湘东一带，在清兵到达以后，直到吴三桂“三藩”被平定以前，一直有一些起义力量的活动。《王者》的直接的模特儿究竟是哪一个，那就不敢说了。从“衣冠汉制，不言姓名”的情节看，这个集团显然是抗清尊明的，并且是对外保密的。至于其中“人皮数张，五官俱备，腥气流薰”云云，可能是有意制成的对湖南巡抚使者的一种威慑，但也未免渲染过分，容易使读者误解起义者为杀人不眨眼的魔王。

再以《天宫》来说，这完全可能就是发生在清朝初年某个大贵族、大官僚家里的一档子丑事，拂拂扬扬传开了，传到蒲松龄耳朵里，就改头换面地记录下来。所谓“改头换面”，第一是跟西晋惠帝（司马衷）的皇后贾南风的尽人皆知的秽事靠拢起来，比附做一起；第二在尾巴处再由作者出面把故事“点实”一下，说是严世藩家的事，这正如《金瓶梅》故事也要跟严家牵连在一起一样，不一定具体地就牵连在一起。贾南风是淫秽透顶的，严东楼家也是淫秽透顶的，但不一定天下古今淫秽透顶的事，都与他两家相关，康、雍、乾时代，这类的事，岂不是也颇有记载的吗？

再以《侠女》来说。这几乎是整部《聊斋》中顶著名的篇章，故事好文章也好，但一般社会谈论中往往拿文中“仇人头耳”、“须发交而血模糊也”等字句，与雍正之死、吕留良孙女、大侠甘凤池等牵连在一起，殊不知蒲松龄在康熙五十四年就死了，绝无预知后事的可能，上述谈论云云，想系妄作比附牵连者之所为，当然也反映一种反清的情绪。

《黄英》与《刘夫人》

这是两篇讲做买卖的故事，一篇是花妖做买卖，一篇是鬼做买卖，两者合在一起，反映商业资本在明末清初的发展。

《黄英》的故事更完整些，文笔更美些。通过故事情节的发展，作者以带有“贱商”思想特征的封建保守的顺天人马子才，和在马子才看来带有卑贱庸俗的“市井”气息的金陵人黄英姊弟——这样的两造作为对照，以爱菊、秋菊、卖菊为故事的本体，道出了两派不同的意识形态、路数之间的往复交错。

《刘夫人》的故事，是假借冢中的女鬼刘夫人，将其前生骨肉廉生邀来墓中，对他进行种种的薰陶感染，教他从事商贾活动，如说“何但作富家翁乎”，替他预卜“财星照临”，使他点唱陶朱富曲，并祝廉生“当得西施作内助矣”，等等。她终究将廉生改造成一个“醝贾”，使他赢得数倍之利。

这跟蒲松龄的身世，恐怕也是分不开的。他的父亲读书不成，弃而学贾，赚过一份家业后来又中落了。从他父亲身上带给他的商业资本的感染，恐怕不能不是一个应该被考虑的因素。但蒲的生活地域，究竟是北方的山东；生活的年代，究竟是康熙之世，跟苏、松之地和雍、乾之世，究竟又有所不同，跟同、光年代就更不同了。所以《聊斋》中反映商业资本的情况，不像“三言二拍”中那么烂熟，也不像《二十年目睹之怪现状》中那样带有买办的气息以及封建社会已经糜烂透顶到垂死的感受。《聊斋》中对商业资本的反映，往往是一鳞一爪的，有时还透着一点清新的气味。但商人的意识形态则反映得很明确了，如《霍女》（卷11）中霍女在维扬舟中自卖千金，丝毫不以为意的情节，就反映出了在康熙时候，与封建贞节观点恰好对立的一种认为贞操与爱情完全可以买卖、可以用货币交换的意识已经存在，已经打入某些人的头脑中去了。试观信守封建条框相当牢固的作者本人，在这类时机，并不曾在“异史氏曰”中站出来，对商业资本大骂一通，就可以“思过半矣”。

《龙飞相公》

这是反映一个开矿的故事。据说，龙飞相公名叫戴潜，可能是明朝成化、弘治年间的人，此人可能头脑顽固，视开矿之类的新型社会活动为一种不法行为，可是他的孙辈戴堂却偏偏从事这方面的经营（用龙飞相公的话，是“接连匪类”），近墓作井，戴潜便引地海之水淹没矿井，溺死矿工43人。

这故事的发生地址，是安庆。从正规史料和杂家笔记中，也颇有记载安庆一带有“倚山作炭”，发家致富的，足证《聊斋》所记并非妄听妄言。文末“异史氏曰”段中又说，“吾乡”（按指山东淄川）也有挖煤井的，堙埋过十余人，两月余救出未死。因而记起往岁读王渔洋和赵秋谷（执信）笔记、文集，脑际至今还残留着其中记载了在淄博一带，有代表新兴工矿事业经营者与顽固的封建势力斗争的印象，大概是一方力求开矿，一方施尽各种伎俩进行破坏。今家藏《渔洋四十八种》早已售去，秋谷书原先就是借来的，也早已归还，一时无从查考。异日将这些材料一一聚拢起来，进行一些比证，一定是很有意思的。

三

《婴宁》

在全部《聊斋》的言情小说中间，《婴宁》一篇应当被公公道道推为压卷之作。故事好，文笔好，写语言对话好，写景也好，想是留仙当年“浮白载笔”时的极得意之作。

所谓故事好，是指作者在故事中描绘了一个孜孜憨笑的、很少感染封建社会传统恶浊的、给读者以极清新印象的女子形象（记得《二十年目睹之怪现状》第七十回中描写翰林周辅成娶了一个填房妻子，那个女子给我的腐朽透顶的印象，至今不忘。与《婴宁》可以做两极端对读）。所谓文笔好，是指通篇不见败笔，不见松劲处，无论是写初遇，写相思，写山中的三日相聚，或写婚后改葬姨母，笔力均遒劲不苟分毫。所谓语言好，是指像“个儿郎目灼灼似贼”、“目灼灼贼腔不改”，以及男女二人遇合后花丛中所谈诸“背人语”等口辞，白话内容用文言文、古文表达，其中颇须费一番周折，而竟也写得十分流利、逼真、可爱。所谓写景好，是蒲松龄一贯之所长，如《王桂庵》、《西湖主》、《聂小倩》等篇中，均有极美丽的写景致、写环境的文字。《婴宁》中也有几段。如写初入山一段，“伶仃独步，无可问程，但望南山行去，约三十余里，乱山合沓，空翠爽肌，寂无人行，止有鸟道。遥望谷底，丛花乱树中，隐隐有小里落”。又如写初入门一段，“门内白石砌路，夹道红花，片片堕阶上，豆棚花架满庭中。入舍，粉壁光明如镜，窗外海棠枝朵，探入室内，茵几榻，罔不洁泽”。似此类写环境文字，与生动的人物性格，以及生动的对话配合在一起，确实可以说在效果方面使人感到有通篇浑然，宛如天成之妙。

自然《婴宁》篇中也不是没有糟粕的。如用枯木巨蝎谑虐西邻浮浪子致死的一段情节，为不必有耳。

《阿纤》

这是一篇老鼠精的故事，但也自有它的别致之处。第一，故事形式虽是老鼠精，但其中心内容并不在于写动物成妖（像《太平广记》中给人的累累的印象那样），所以糟粕性虽有，却不很大；第二，故事也不像另外一些老鼠精故事那样，以寓言形式传写一种老鼠性格的人格，如贪婪、琐碎、可厌等等，也不是这样。阿纤一家，除却有窖藏粮食一点情节之外，几乎使人嗅不到一点老鼠的气味；她们一家倒是勤勤恳恳、朴朴实实的。这篇故事，在我看来，似乎是企图假借人鼠联姻的情节，传写封建社会中姻戚间由于门第高下而产生的误会和纠纷。一个大伯子哥，通过经商旅行中的一次偶然遇合，替自己弟弟缔结了一门亲事。婚后家中粮食增加，经济利益有所增长，所以一家人倒也还满意；但自从知道女方出身自一个卑微的、甚至是可耻的“不以齿数”的家族的时候，隔阂产生了，又带来了各种歧视。终于，逼得弟妇出走。但最终由于弟弟、弟妇间存在着真感情（这在封建社会里，带有浓厚的民主气息），所以小家庭又一次地聚拢了。

有些字句，也写得简练深刻。如写古姓老叟“拔来报往，蹀躞甚劳”；如写古叟原居邻人瞥见古叟被塌墙压毙时说，“石压巨鼠如猫，尾在墙内犹摇，急归呼众往，则已渺矣”，这个特写镜头也给人以难忘的真实的印象。如写阿纤一家尽量企图掩盖身份的情节，老叟说“子孙皆夭折”，又说“此处人情大不善”，阿纤也说，“寄语大伯，再过西路，勿言我母子也”等等，这中间都埋藏着一股深沉的社会人情味道。

故事中有个硕腹男子名谈二泉者，代阿纤家办理粮食售却事宜，这也是一个极富有神话气息的商人形象。

《叶生》与《司文郎》

作者在《自序》中说，“成孤愤之书”，这种“孤愤”情绪，特别突出地表现在《叶生》以及《司文郎》这样的篇章里。

蒲松龄72岁才考取贡生，四年后就死了，连个举人也未曾考得上。所以终生孤愤，特别尖锐地反映在对科举闱场方面。他在《司文郎》中，假托一个曾经是“前朝名家”被罚作瞽叟的僧人，当他嗅到“馀杭生”的文章时，“逆咳数声”，说“再投，则作恶矣”；当他嗅到“馀杭生”的老师——试官的文章时，“忽向壁大呕”，说“刺于鼻，棘于腹，膀胱所不能容，直自下部出矣”。蒲松龄借这样一段故事情节来揭露试官本人的不通（在《五通》篇中，亦有“仅余半通”之句），并以发泄自己一生“不遇”的极大的忿懑。

在《叶生》篇中，作者又从正面塑造了一个臆想的人物，一个能够深深了解并体贴知识分子苦衷的丁令威，使叶生和作者自己可以得到某些安慰。其中写叶生中举后归家一段，文章写得好极了，把情节、环境、人物、对话都配合得恰到好处，创造出一个悲凉的气氛来。这段文章如下：“归见门户萧条，意甚悲恻。逡巡至庭中，妻携簸具以出，见生掷且骇走。生凄然曰，我今贵矣，三四年不觌，何遂顿不相识?！妻遥谓曰，君死已久，何复言贵？所以久淹君柩者，以家贫子幼耳。今阿大亦已成立，行将卜宅穸，勿作怪异吓生人。生闻之，怃然惆怅，逡巡入室，见灵柩，扑地而灭。衣寇履舄宛然，如蜕委焉。”像这类知识分子的凄凉情节，在《田子成》（卷12）中也曾出现过，不过不像《叶生》写得如此深刻而凄厉罢了。但《田子成》篇的通篇文章仿佛显得更轻松、潇洒些。

《王六郎》

这篇文章，说的是一个溺鬼和一个渔夫因一起喝酒而产生了友谊的故事。主题宗旨，是写人道主义。一个鬼，能不能托生，重新做人，这是最要害的关键。但王六郎单单在这最要害的关键时刻，却奋身舍己救人，不要无辜的母子二人去替他当鬼，他自己宁愿不去投生。这是很难得的，《聊斋》把它写出来，这是精华。假如我们再拿《王六郎》和《窦氏》对比，同是面对母子两条性命的问题，一个舍身救人，一个闭门不纳，后者是打着地主阶级的烙印的。

但精华又跟糟粕纠缠在一起。什么感到了“上帝”的“明察”，派王六郎去做土地，而这位土地又偏偏念旧，邀请渔夫去探亲，这一部分的文笔和命意，就不怎么样了。

《郭秀才》及其它

在《聊斋》故事中，许多许多都是给人一种恐怖、不愉快的印象的。所以像《郭秀才》这样优美的、带给人以愉快情绪的小故事，就格外令人感到稀罕。这跟北美洲东部传说的《李普大梦》的情节，有不少类似之点，如山中聚饮、聚戏等。在整篇《郭秀才》中，没有鬼狐（至少没有显明身份的鬼狐），没有痛苦，有的是诙谐和趣味，如学鸟语等，最后大家“叠罗汉”，骤然倒地，化成一条道路送客回家，真是太富有谐趣了。

除《郭秀才》外，在另外几个个别的篇章里，也偶有类似的优美的民间传说出现。如《翩翩》篇（卷7）中有剪裁芭蕉叶做成衣服，掇拾洞中白云做棉絮，套成棉衣，穿的人必须心眼正派，稍涉邪念，树叶云雾立即还原。这个故事也是很美的。再如《桓侯》篇（卷12）中，说荆州彭处士遇到“细草一丛，蒙茸可爱，放黄花，艳光夺目，嗅之，有异香”，后来张桓侯告诉他“鲜者可以成仙，枯者可以点金”。这故事中虽已掺进了某些杂质，但仍不失为可爱的。

另外还有某些传说，虽不一定是令人喜爱的，但却也有着深远的民间来源，甚至是古代的或者外国的渊源。如《造畜》说有人施行魔术，将五个妇女变成驴子，将五个儿童变成羊。这跟唐朝传说《板桥三娘子》用炊饼将寄宿旅客化为驴子的故事（见《太平广记》）怕是同一根源的传说的衍变。记得30年前有人写过文章，说这是阿拉伯故事的输入，究竟根据充足不充足，是不是“文化西来说”的某种支脉，现在都说不清了。在我看来，这类故事，很可能是东方中世纪自由人转化为奴隶、隶农、农奴的历史过程在民间神话传说中的一种曲折的反映。自然，这也仅仅是个人想法而已。

四

在写了以上三节整整十年之后，还感到有必要续写一点什么。

《宦娘》及其它

我很长时间以来，存在着一种误解，认为咱们中国人缺乏爱音乐的传统。从汉武帝时西域传来什么“眩”术，什么“鱼龙曼衍”，加上土生土长的“百戏”，出土文物中所见亦大抵此类。这些玩艺，热闹则热闹矣，但深邃程度恐怕不够。直到清末的京剧，也多以剧情、武打引人，虽然谭、余、言、高诸家也在“腔”上有所创新，但仍被板眼套数所锢蔽，其乐曲的深邃性总嫌不够，总嫌带有甚深的市井气。

可是在某次翻读《聊斋》中，我的这些想法被订正了。这次，我连翻了三篇，《宦娘》（卷9）、《粉蝶》（卷12）、《局诈》（卷13），都与音乐有关，而且那种爱音乐到了发迷的程度，深深令我感动。故事是现实的反映，神鬼是凡人的反映，那么，我怎么能说我们中国人的爱音乐不深邃呢！

先说《局诈》。这是说了几段社会骗诈的故事。但其中一段，单单是骗琴。据说一个湖北的道士，听说山东嘉祥县有个书生从什么古坟里挖出了一张好琴，他就设计了一个复杂而有步骤的骗局，他先捐了官，然后偏偏活动到嘉祥县来当“丞”（也叫“二衙”，即副县长），然后慢慢和琴主人交朋友、拉交情，还不惜将从妓院里弄来的一个什么女人对琴主进行迷惑，最后把这张好琴骗到手，跑掉拉倒。这桩事，确如蒲松龄所说，“骗中之风雅者也”。故事中提到了两支曲名，一曰《御风曲》，一曰《香妃曰》，并说前者“其声冷冷，有绝世出尘之意”，后者“幽幽若泣”，是否虚构或夸张，不得而知。

第二个故事叫《粉蝶》。是叙述一个海南岛的书生飘海遇仙，而仙又偏偏是他的姑姑和姑丈，他随他们学会操琴之术，并和他们的婢女粉蝶发生爱情的故事。这位姑母当询及琴术时说“随意命题，皆可成调”。侄子就说，“海风引舟，亦可作一调否?”于是姑母“即按弦挑动，若有旧谱，静会之，身似在舟中，为飓风之所摆簸”。这个书生共练习了两支曲子，一曰《飓风之操》，其另一支曰《天女降谪之操》。

最动人的是《宦娘》这个故事。如果有人要我推举《聊斋》中最佳篇什的话，除《公孙九娘》、《婴宁》外，我必以《宦娘》一篇为荐。故事说，一个陕西的书生叫温如春，爱操琴，自以为很不错了，可是某次从山西经过，在一座破庙里邂逅了一位道士，真是“强中手”。温开始傲慢，后来折服，虚心向他学习，大大提高了一步自己的操琴之术。

夜中遇雨，投宿宦娘家，因“藉草腐湿，不堪卧处，因危坐鼓琴，以消永夜”。宦娘非人，但生前酷爱音乐，对筝已有成熟修养，独操琴未臻成熟火候，“垂泉犹以为憾”。而雨夜得闻温生鼓琴，十分羡慕，可是隔于人鬼之界，本身不可能嫁给温生，于是就下决心在冥冥中替温的生活美满积极效劳。

本县有个姓葛家的女子叫良工，也很爱音乐，听到温生的演奏后很爱慕温生，但他父亲嫌两家门户不当对，反对这件婚事。女鬼宦娘暗中进行了复杂的活动，最终撮合二人成为佳偶。

女鬼宦娘，不仅帮助人积极，对音乐事业也是终生至死以坚守。她对温如春说，“君之业，妾思过半矣，但未尽其神理”，要求再一次进行辅导，辅导后说“妾已尽得之矣”。她又听说葛良工在弹筝方面还需要辅导，她又辛勤就自己心得，编成讲义，“绘谱十八章”而去。假如鬼是人的反映的话，那么，宋、明以来，社会上一定有这么一类十分专精热爱音乐、一心一意追求琴、筝弹奏技法的男女，他们心灵高尚，积极助人，虚心向人学习，苦心钻研，钻研至死，死犹不懈。《聊斋》在这一点上，还是发扬了他的传神之笔的。而从此以后，我也再不敢乱说什么咱们中国人的音乐兴趣不够深邃的话了。

《聊斋》中的商人意识

在蒲松龄老先生的脑海中，一定积淀着许多种的意识。其中最突出的，自然是民主意识。这表现在他同情平民，深憎贪官污吏、豪霸恶绅。其次，是封建意识。这与前述的民主意识并不冲突，完全可以共存于蒲老的脑海之中。对封建意识，有时是不自觉的，带有客观描述态度描述一番；有时则是相当自觉的，描述中带有欣赏。除此两种意识之外，我发现在蒲老脑海中，还有不少的商人意识。这与嘉靖—万历资本主义萌芽潮流有渊源，于康熙—乾隆又一度资本主义萌芽潮流的兴起，是一种前奏和征兆。

商人意识，有时可与封建意识共存，有时就不免与封建意识相冲突。我们试来观察一下，《聊斋志异》中这二者是怎样冲突的，又是怎样共居的，——这一定是很有趣味的。

在《黄英》中，以顺天马子才为一造，以金陵陶姓姊弟为另一造，形成封建意识与商人意识的冲突。陶氏以为卖菊足以谋生，但马闻而鄙之，从封建社会自然经济的牢固基础出发，说什么“以东篱为市井，有辱黄花”。黄英说，“自食其力不为贪，贩花为业不为俗。人固不可以苟求富，然亦不必务求贫”。这是通过蒲老的笔，通过金陵女子的口，说（写）出来的商人阶层的宣言。宣言之外，复有实效。一年增舍，二年起厦屋，又买田一区，复治膏田20顷。马、陶结缡后，马要“划清界线”，立南北籍，但最终还是合为一，不分疆界矣。这故事无异于说，商业资本的冲击，对封建说，有时是无法拒抗的一种力量。

在《刘夫人》中，主题是将一个书生改造成一个商人。坟中女鬼刘夫人有商业经营思想，她对廉生说“薄藏数金，欲倩公子持泛江湖，分其赢余，亦胜案头蝇枯死”。“案头蝇”指读书虫、书呆子，语中实带有批判的气息。廉生第一次往荆、襄，计利三倍。第二次往淮上，成为盐商，且娶美妻。归来按2/5与3/5剖分，以盗入其家掘得藏金以1500（两）为“个”，盗取其二，至少已3000两矣。故事尾上的“评”语说，“死无需金，何庸商贩”？“世情惓惓，鬼亦犹人”，意思是连鬼也商业资本化了。

《霍女》是一篇读《聊斋》者不可轻易放过的故事。它和《云翠仙》故事有很多不同，但有一点是共同的，即在资本主义萌芽时期，在封建意识认为毫无让步可能的妇女贞操问题上，现在也可以拿钱把贞操当商品来买。《云翠仙》中梁有才的赌博朋友说，一个有姿容的妇女，“货为媵，金可到百；为妓，可得千”，价码都开出来了。云翠仙故意套取梁有才对卖妻的态度，梁扭捏作态，但终于在“八百缗”上着意，由此引出了一场惩罚。《霍女》篇更加奇特。霍女对婚姻，一直采取松散的态度，先与朱姓同居，继与何姓同居，最后与黄姓同居。这种态度本身，就与封建意识相悖离。她也与云翠仙类似，对黄生进行了一段“作剧”式的考验。她立意要以千金将自己向一个邻舟“巨商子”自卖。在这种考验下，黄生与梁生基本类似，扭捏作态，经历了“失色”、“不肯”、“漫应”、“微哂”、“兑付、封志”到“嗌不能言”一系列的表态，充分暴露了在金钱面前男子汉对爱情和婚姻的动摇神态。幸好，这是一场“作剧”，霍女很快回到了黄生的身边，并说出了她“于吝者破之，于邪者诳之”的惩世伎俩。这种惩世主义，既是霍女的，也可以说是蒲老先生的。

贞操可以成为商品，《聊斋》以前的文艺作品已有之。兹举二例。其一，《二刻拍案惊奇》卷28中记徽州府商人程某欲以银30刃向卖酒人李方哥商量卖奸其妻陈氏。商人的话是，“现钱现货，愿者成交”，李方哥的话是，“难得财主家倒了运来想我们，我们拚忍着一时羞耻，一生受用不尽了。而今总是混帐的世界，我们又不是什么阀阅人家，就守着清白，也没人来替你造牌坊”。其二，《金瓶梅》卷38，韩道国做生意回来，王六儿如此这般将西门庆勾搭之事，告诉一遍。韩伙计说，“等我明日往铺子里去了，他若来时，你只推我不知道，休要怠慢了他，凡事奉承他些儿。如今好容易撰钱，怎么赶的这个道路?!”总观以上，在最富于嫉妒心情的男子方面，在金钱诱惑和商业资本主义意识的支配之下，他们大都表现出妥协来，这和封建制度最牢固时期的景象，已经很不相同了。封建制度在解体。封建意识也在解体。封建意识的解体，当然首先是由于近代反封建思想的斗争和冲击；但资本主义意识的侵蚀，也是一个方面的力量。

但封建意识解体是一方面，另一方面又会在加固。这不奇怪，任何潮流中都有回潮。试看比蒲老先生晚数十年的纪昀（晓岚）在其《阅微草堂笔记》卷4中也记了一段与婚姻相关的故事，可供比较。故事说，“……有媪能视鬼，曰，于某家见一鬼。鬼名某，住某村，死时年二十七八。死百日后，妇邀我相伴。见其恒坐院中丁香树下。……后见媒妁至妇房……泪涔涔如雨。（妇）嫁前一夕，或倚柱立，或俯首如有思。……娶者入，见其远远随至娶者家，为门尉所阻，稽颡哀乞，乃得入。……至烛灭就寝，尚不去，为中溜神所驱，乃狼狈出。”“里有少寡议嫁者，闻是事，以死自誓曰，吾不忍使死者作是状！”试看此一老妪，可谓神道设教，而且立竿见影。纪氏的著述，其上层建筑的性能何其鲜明，其为地主经济基础服务的作用何其有效！对比来看，蒲老著述其游离于正统的幅度是很大的，这非常非常值得宝贵。

论蒲松龄的诗及其与《聊斋志异》的关系

剖析《志异》的文章，过去不少，时下更多。但留意蒲氏的诗及其与小说间关系的，则所见尚少。蒲氏的诗，根据晚清人的序跋来看，原抄本的篇数为1295首，后经散失，仅存97首之数，但多蒙其乡人路大荒先生多方搜求，解放后中华书局版《蒲松龄集》中已收到930余首，再版时又增至1000余首。我们后人，真该感谢路先生的劳绩了。这1000余首之中，是不是有窜乱进来别人的东西，不敢说；但绝大部分，从风格上判断，是蒲氏本人的则可无疑义。

我为什么把注意力从《志异》转到诗上来？我是这样想的：无论中外，一个大画家除了他代表性的巨制外，他还有许多素描册和局部的小幅习作，这些东西是他完成巨制的练兵场。而我们后人，假如有条件把练兵场和最终巨制拿来作并比的研究，一定是极饶趣味，并且是会有成果的。我从绘画方面获致了这一启发，就动手将《聊斋诗集》（《文集》也不排除）与《聊斋志异》拿来作一些并比的探索。

还有另外一种启发。在作家与作家间，进行比较的研究，总是一种值得提倡的方法。那么，我也可以作些试验。跟谁比？王士祯（渔洋）吗？作比较的条件是有一些，但不充分。我选择的，是孔尚任。试看：蒲氏淄川人，孔氏曲阜人，乡邦相去匪远。蒲氏的生卒年份是1640～1715，孔氏的生卒年份是1648～1718，也就是说，蒲氏比孔氏早生八年，早卒三年，可以说是约略同时。有一点非常引人兴趣的，是蒲、孔二氏均有淮海之游，蒲氏是31～32岁之间南游的，约略一年，当时的身份是县官的幕宾；孔氏是39～42岁之间南游的，约略三年有半，身份是奉命出差的京朝官（自然还不是部长级，约略是局处级罢了），更重要的是，他二人均在南游中得到了很多的感兴，写了很多诗，作了不同角度的社会调查。一句话，他二人均有意无意地为自己的“巨制”——《聊斋志异》和《桃花扇》蓄积了素材，绘制了局部或细部的习作。而这两大“巨制”，又在相距不远的年份里定稿完成了。孔氏的定稿期是康熙三十八年（1699），蒲氏的定稿期可有两个，第一个是《自志》的写作年代——康熙十八年（1679）；第二个是“书到集成梦始安”诗句的写作年代——康熙四十五年（1706）。我们姑且用后一个年代吧，那么两个巨制的完成，相距不过七年！同时两部巨著出世，这真不能不说是一个了不起的时代了。

由此，我就非常注意蒲氏30岁后的这次南游，注意蒲氏诗中属于《南游诗草》这部分的诗，注意这部分南游诗和后来、老来的诗的比较，注意蒲氏的诗对《聊斋志异》的写作所带来的影响，注意蒲氏南游赋诗的收获与孔氏南游赋诗的收获的比较，等等。

说到诗，中国人的诗是用途很广的一种东西，所以一部诗集中内容往往很驳杂。诗，可以用于庆贺，可以用于吊唁，可以用于戏谑，当然主要用于记事、写景和抒情。蒲氏的诗也是如此。但他的南游诗稍稍不同，第一，他是一个平生很少出远门的人，看起来仅仅登过泰山和崂山，多次到过省会济南而已，所以到淮南就不免感受特深，沿途的景物他都写进诗篇中去。第二，他的交往很小，绝不像孔尚任那样能与淮南的大名士们如查士标、龚半千、石涛、宗元鼎、李沂、黄云等诗酒倡和。从蒲的诗中除了一名叫顾青霞的女子（可能是孙的姬妾）外，主要打交道的就是“幕东”孙蕙（树百）了。蒲、孙二人后来终于吵翻了（观《文集》卷5《上孙给谏书》可知），但在淮南时则是推心置腹的密友。孙问蒲想作历史上的什么人，蒲答愿作郭子仪[①]；蒲对孙作一名小官也很同情：“年年曲膝向风尘”、“故人憔悴折腰苦，……莫将此骨葬江干”、“但余白发无公道，只恐东风亦世情”[②]。情谊都十分密切。孙蕙在淮南也确实作了不少对老百姓有利的事，观《清代七百名人传》为他立的传可知。

更重要的，是他从南游诗中，形成了他的诗的特点，进而也就形成了文章的特点，甚至《志异》的风格特点。这特点就是蒲氏从传统中受契于晚唐诗人李贺（长吉）者最多，间接地受契于《楚辞》的也不少。这使我进一步体会

① 《聊斋诗集》卷1《树百问余可仿古时何人，作此答之》，见《蒲松龄集》第464页。

② 见《蒲松龄集》，第461、462页。

到，他早年在本乡成立的诗社为什么叫“郢中”；他为什么在《自志》中一开始就写了“三闾氏感而为骚”、“长爪郎吟而成癖”的句子。大体一个人作诗，特别是作传统形式的诗，他总丢不开传统。譬如说，多少人很难不受杜诗的影响，蒲氏诗中受杜诗影响的迹象，也很明显，但不是特征性的，特征性的东西是受自李贺。举一首为例。这首诗标题是《挽淮阳道》[①]，是沉痛哀悼一个清官的，诗曰：

明河高耿流星矢，荆榛挹露芙蓉死。
玉鱼符下长鲸飞，繁星夜暗烛花紫。
波及淮阳百万户，讴讼犹存在行路。
门客忽抛玳瑁簪，鬼雨漫洒松楸树。
善人偶出天已妒，天下滔滔宁非数。

这已不须诠释，从“芙蓉死”、“烛花紫”、“鬼雨洒”等词藻中，已触目即知。大抵李贺是一位早夭的诗人，阅世不深，其浪漫的、富于幻想的因素并未被世情所泯没，故诗句中词藻色彩丰富，句势每多陡峭。蒲氏受此影响，表现在一己诗文之中，故王士祯（渔洋）乃有“古折奥峭”[②]的评语，唐梦赉也评他一个“峭”字，还加以诠释说“峭如雪后晴山，峠崿皆出，一草一木，皆带灵气”[③]。这就是说，具备了这一特点的作家，无论他抒情、写景，或者叙事，一定都非常清楚、非常严格、非常准确、非常突出，又非常生动。《聊斋志异》中处处正是具备着这样的特点，而我之所以看出这特点来，则是从蒲氏南游诗中领会到的。

现在，让我来举一些例。

在《聊斋诗集》中有一首《为友人写梦八十韵》[④]，这是一首五言古体诗，152句760字。这是一首没有具体时间、地点、人物姓名的爱情遇会的故事，大体跟唐人张鷟（文成）的著名爱情遇会故事《游仙窟》差不多，词藻是李贺式的，有时也带点李商隐的味道。这显然是一个练兵场，因为在这种作品里加上人物、情节，立刻就是一篇或者几篇《志异》的故事了。另一篇叫《侠女

① 《聊斋诗集》卷1，见《蒲松龄集》第466页。

② 王士祯：《题聊斋文集后》，见《蒲松龄集》第430页。

③ 唐梦赉：《聊斋词序》，见《蒲松龄集》第728页。

④ 《聊斋诗集》卷1，见《蒲松龄集》第467～468页。

行》[①]，这是一首七言古体诗，38句266字。这题目使我们即刻联想到《志异》中的故事《侠女》，但二者之间纯是各异的情节，《志异》中是用隐约的笔姿写一个向最高位置上的人复仇的故事，而诗中写的则是像唐朝严武幼年时行径那样[②]，由于父亲偏爱小妻，不爱自己的母亲而引发的刺杀其父小妻的故事。故事本身虽没有多少价值，但完全可以说明蒲氏在南游时已经在搜集故事，先用诗的形式写写试试看，然后再写成小说。蒲氏有《独坐怀人》诗一首，中有句云："途穷书未著，愁盛酒无权。暮笛惊残梦，深窗坐小年"[③]，虽说是"书未著"，其实实际上"书"的内容已经在残梦后的深窗下酝酿着了。再有一首，叫作《崂山观海市作歌》的七言古体诗[④]，假如我们拿它与《志异》中的《山市》[⑤]对读，实在是类似境界的两次写作，一是用韵文，一是用散文罢了。

蒲氏在《志异》中对特定环境的勾勒，是最出色，也是最难能的。而这种本领，在南游诗中有不少七言律诗描写扬州、镇江、宝应、高邮一带景物，实际上是练兵场。试看《志异》《王桂庵》篇中所写"梦至江村，……有夜合一株，红丝满树。隐念诗中'门前一树马缨花'，此其是矣"[⑥]一段；《霍女》篇中所写"商舟解缆，却如急箭"[⑦]等情节；《庚娘》篇中所写"水程迢递，漫漫不辨南北"，"皎月初升，见弥望皆芦苇"，"欲登金山，漾舟中流，欻一艇过，……真庚娘"[⑧]等段；——假如蒲氏不曾有南游的亲身经历，没有多少篇七言律诗的试写，小说是不容易写到这种境界的。其实蒲氏自己也有所透露，他有《感愤》一诗云："漫向风尘试壮游，天涯浪迹一孤舟。新闻总入夷坚志，斗酒难销磊块愁。尚有孙阳怜瘦骨，欲从元石葬荒邱。北邙芳草年年绿，碧血青磷恨不休。"[⑨]此中"新闻总入夷坚志"一句，已经透露他已经在那里搜集写作小说的素材了。

①《聊斋诗集》卷1，见《蒲松龄集》第503～504页。

②《新唐书》卷129《严武传》。

③《聊斋诗集》卷1，见《蒲松龄集》第483页。

④《聊斋诗集》卷1，见《蒲松龄集》第506页。

⑤《聊斋志异》卷6，三会本第852～853页。

⑥《聊斋志异》卷12，第1933页。

⑦《聊斋志异》卷8，第1090～1097页。

⑧《聊斋志异》卷3，第383页。

⑨《聊斋诗集》卷1，见《蒲松龄集》第475页。

32岁秋季，蒲氏离开扬州地区，由原路返回故里，在这里，路大荒先生所著《年谱》中可能发生了一个误差，即粗略地仅仅根据一位王洪谋所写《柳泉居士行略》中并未确凿交代年月的一段文字，就认为蒲氏一返回故里，便当了毕家的塾师，这样蒲氏在毕家担任塾师的时间，将长达三十八九年之谱。这就引起了捷克汉学家普实克的质疑[1]。其实，根据可靠的蒲氏为他自己老妻所写的《述刘氏行实》和蒲氏长子蒲箬为其父所写的《柳泉公行述》两文中的叙述，蒲氏是在40岁丧母“自是之后，每岁设帐于缙绅先生家”；“松龄年七十，遂归老不复他游”[2]，他在毕家课馆不过30年。自淮南返里后，中间有七八年是在自己家里度着艰苦的生活的。观《述刘氏行实》中所记，“授田二十亩。……农场老屋三间，旷无四壁”，“假伯兄一白板扉，大如掌，聊分外内。出逢入者，则避扉后，俟入之乃出”。《聊斋志异》的最初文稿，怕就是在这样的环境中写成的；只有这样安排年谱年份，《自志》中的“萧斋瑟瑟，案冷疑冰”等句，才能够落实。

40岁，蒲氏到了距离蒲家庄60里的西铺毕家课馆。这里的生活要舒服得多了。他的“东家”是毕际有。毕际有是毕自严的儿子。毕自严是这一带的一位大人物，他自明万历二十年中进士以后，就一直作官，什么主事、员外郎、侍郎、兵备道、按察史、布政史、御史、都御史，一直作到崇祯元年至六年为期将近六年的理财大臣——户部尚书。他死时蒲松龄尚未诞生，可见毕际有的年龄一定比蒲氏大至少一二十岁。蒲氏所教导的，是毕自严的孙辈和曾孙辈了。一个大官僚家，自然有楼台亭阁，什么石隐园、绰然堂、效樊堂，其中装点有石梁、石舫、连枝桧、文梓、大夫松、牡丹亭、竹里、万笏山等等景致，蒲氏离馆后每逢盛夏必去“逃暑”，据说松风稷稷，十分凉爽。《志异》的若干续稿的写作和一些前稿的最后改定，怕都是在这家园林里完成的。

蒲氏后40年的诗，与南游诸诗比较，风格有所变化，带浪漫气质的李贺风格减少了，杜甫“三吏”、“三别”式的风格转浓了。这一阶段，他主要写乡里中的旱灾、涝灾、蝗灾，以及官吏、乡绅的欺压百姓。他的诗中出现了这样的句子：

---

① 见《东岳》1980年第3期。

② 见蒲箬《柳泉公行述》与蒲松龄《述刘氏行实》，见《蒲松龄集》第1808页与1796页。

可怜翁媪无生计，又卖小男易斗糠。
市中鼎炙真难问，人较犬羊十倍廉。[1]

自然也不是说蒲氏晚期已把李贺式的峭削凄绝的风格完全放弃了。不是这样。例如晚岁有《袁太君苦节诗》，一首长的七言古体诗，其开句云“夜辟天门伐天鼓，修罗兵杖下如雨，尸蝇扑面飞满城，颈血成流浸败堵”[2]的句子，就表示在形式上并未摒弃长吉的诗风，在内容上则是用着极其含糊的笔墨，描写“大兵”、“北兵”（满洲兵）在山东屠城的惨状。我在此又联想起他在淮南时的诗句：“北邙芳草年年绿，碧血青磷恨不休。”我怀疑这是不是同样用着极其含糊的笔墨在怀念史可法在扬州的殉国。

蒲氏与乡里恶绅、地痞相斗，虽亦偶见于诗，但更多见于文集的书札之中。张鹏展为他所写的诗集序中，说他与当时当地大官大绅“无所触亦无所附”[3]，其实触还是触了的。试读其致王士祯、孙蕙两札，即可见一斑。前札云：“敝邑有积蠹康利贞，旧年为漕粮经承，欺官害民，以肥私橐，遂使下邑贫民，皮骨皆空。……昨忽扬扬而返，自鸣得意，云已得老先生荐书，明年复任经承矣。于是阖县皆惊，市中往往偶语；学中数人，直欲登龙赴愬。某恐搅挠清况，故尼其行，而不揣卑陋，潜致此情。”[4]后札略云：“为乡绅者，居官而有赫赫名，甚可喜；居乡而有赫赫名，甚可惧。”他向孙蕙提了五条意见：（一）择事而行，（二）择人而友，（三）择言而听，（四）择仆而役，（五）收敛族人。最后还增加说：“祈先生微行里井而私访焉，倘有一人闻孙宅之名而不咋舌咬指者，弟即任狂妄之罪而不敢辞。”[5]蒲氏在《志异》中之所以能写出《梦狼》、《韩方》、《张鸿渐》、《黄九郎》、《潞令》、《成仙》等篇中官吏、缙绅压迫人民的残酷，写到“刺贪刺虐，入骨三分”的程度，恐怕与蒲氏中、晚年在乡里一带调查研究的内容是有极其密切的关系的。他这一时期的诗文，又一次成了他自己的练兵场。

孔尚任与蒲氏有着不同的风格。他的诗的风格不表现为峭削凄艳，而是表

---

①《聊斋诗集》卷4，见《蒲松龄集》第590～591页。

②《聊斋诗集》卷4，见《蒲松龄集》第585～586页。

③ 张鹏展：《聊斋诗集序》，见《蒲松龄集》第686页。

④《聊斋文集》卷4《与王司寇》，见《蒲松龄集》第139页。

⑤《聊斋文集》卷4，第126～128页。

现为醇厚和蕴藉，也就是说，深厚、稳定和和谐。加以他有机会接触高层的政治，所以在淮海三年半的调查积累之后，他就以南明福王的短命王朝的兴亡，作为他巨制的素材。蒲氏所熟悉的，则是社会的中下层，所以就以民间故事的汇集而成为巨制。两人之间有不同，两大巨制的体裁之间有不同，但创造了不朽的文学成果，这一点则是共同的。

白璧之瑕

念蒲老的书，也总算念了一辈子了，不能说不熟悉。譬如孩子们提起一个篇目，我就能哇喇哇喇说出一些细节，误差很少。但熟悉不等于概括。概括是要站在另一个层面上，既看到蒲老的精华，也要看到其不足之处。几十年来，人们对蒲老的精华做了充足的表彰，流行于分析一等品，抓尖子；可是二等品以下，就涉及不多。这使人有一种不够全面的感觉。

我经常感觉到，蒲老喜欢拿一些高度的精华与流俗的东西夹缠起来写。自然，这也结合着一个老作家对作品可读性问题逃避不开的考虑。但我深深感触到，一些庸俗东西严重地破坏了一个精彩故事的整体。空口无凭，举一些例子来说明一下自己的观点。

例一。《陆判》篇。这在《聊》书中，至少应该被列为二等品。并且，它还有特殊贡献。它对近代外科手术，包括截肢手术和器官接合手术，都有启发。记得当年冯友兰在清华礼堂里讲，《封神演义》对近代战争有预见和启发，也是同类的意思。陆姓判官能把心脏换一副，把头换一颗，这既神奇又有启发。但紧接着，不足之处就出现了。当朱尔旦请求陆判替自己太太换一换容貌时，他说：

> 余结发人，下体颇亦不恶，但头面不甚佳丽……

这短文几句话中流露出来的意识，很坏、很不好。这是朱尔旦的意识，但是通过蒲老的笔写出来，未加批判，所以当我们说这也是蒲老的意识的话，想来构不成多大的冤枉。对于自己的结发妻，退一步说，对于一个一般的妇女，其价值观难道就只停留在下边一部还好用、上头一部分再考究一点的地步上吗?

例二。《侠女》篇。这简直是《聊》书中的一等品了。这是描写社会底层的、贫穷的、受压抑受迫害的两个家庭、一对男女的恋情，为了同情男方家贫娶不起媳妇不能传宗接代的困难，侠女与顾生发生接触，育一男婴，同时也将自己的家仇报掉，“仇人头耳”、“髯发交而血模糊也”，给古今的读者留下了极深的撼动。有人甚至拿来与雍正皇帝与吕留良文字狱以及传说中的吕留良女儿吕四娘相比附，其实这都是完全不相干的。

一篇本来非常值得人们崇敬的故事，可是夹七夹八的东西却羼进来了。平空添了一只狐妖，与顾生发生了同性恋。关于同性恋，在这里我们将无所评论，只视之为一种社会现象，古代就有，清末更甚，而当今英国更为常见。但无论如何，拿它与凄凉悲惨的侠女故事纠缠到一起，是不是一种成功的设计，窃以为颇值得考虑。特别是在尾部又平添了一段“异史氏曰”，其文曰：

> 人必室有侠女，而后可以畜娈童也。不然，尔爱其艾豭，彼爱尔娄猪矣。

糟糕。简直是糟透了。蒲老的脑子里怎么会冒出这样的思想来。按“艾豭”、“娄猪”二辞，见于《左传》定公十四年，说的是卫国的夫人南氏很荒淫，迷恋宋国美男子宋朝，宋国就给她送来了，宋国的老百姓就编了歌谣讽刺这件事，把宋朝比艾豭，把南氏比作娄猪。这本是些写人的话，使用到狐妖和顾生身上还无所谓，牵连到蒲老自己精心塑造的人物侠女身上来，且比拟之为“老母猪”，实在令读者不知其解了。

例三。《婴宁》。这就不仅是《聊》书中的头等品，简直是全书中的尖子了。篇中写人物、写景致，简直是双臻绝妙。但平空又添了“西人之事”一段，说西邻居一个儿子朝婴宁注视，婴宁不避而笑，西邻儿子认为婴宁有意于他，并且婴宁还指墙下，西邻儿子误认为是幽会地点，结果却被树洞里的巨蝎毒死了。自然蒲老书里一直贯穿着一股精神，那就是“惩世”。惩暴，惩贪，惩淫，惩惰，书中随处皆是。此一段，即所以惩淫也。但另一个问题也应该考虑，故事需要谐和，而不允许破坏。蝎毒情节，严重地破坏了婴宁一片天真无瑕形象，这一点，当蒲老“浮白载笔”时，是否考虑到过?

例四。《犬奸》。这是一个很短的篇章，也可以说是一篇游戏之笔。并且在文章结尾又写了辛辣的“惩世”的句子：“然人面而兽交者，独一妇之乎哉?!”

这一切都很好，可是后边又来了一篇“异史氏曰”，而且是一篇骈体的“判”文，其中有着这样的句子：

> ……云雨台前，乱摇续貂之尾；温柔乡里，频款曳象之腰。锐锥处于皮囊，一纵股而脱颖；留情结于镞项，甫饮羽而生根。……

这已经远远不是什么惩世和谴责，而是在玩弄和欣赏了。这就清楚地告诉我们，在蒲老的脑子里有两股东西经常纠缠在一起。一股是崇高的人道主义，另一股则是低劣和淫亵。这也完全可以理解。人是活生生的人，具体而非抽象地生活在明末清初社会里的人。试观自明嘉靖、万历以来，小说中下流淫秽的描写，远远要超过《聊》书很大一段距离。不过，我们对于蒲老是有特殊要求的，他不应该等同于那些“话本”的作者，他应该更崇高些，应该在生前用自己的笔，芟除或修改掉如上述的那些芜秽。

2000年8月15日写于兰州，时年84

曹贞吉与曹申吉

曹贞吉，字升六，安丘人。《清史稿》卷484（《文苑传》一）有传，但仅41个字，远不足罄其底蕴。他善填词，自然也善做诗，诗词集同以“珂雪”题名。《清史稿》本传说他“诗格遒练”；也提到他的词，说“吴绮选名家词，推为压卷”。《四库提要》更强调他的词，说“其词大抵风华掩映，寄托遥深”。张之洞《书目答问》书后附有“清代著述家姓名略”，这个名单是很有分寸、很有分量的，共分十二门，其“词家”一门，独以曹氏居首位，而朱彝尊、纳兰性德、张惠言均居其后，可见人们对曹氏词的成就，评价一直很高。

为什么《四库提要》评他“寄托遥深”四个字？这话，自然可能有多方面的意指，但根据我多年来留意这件事的体会，感到这跟曹氏与其弟曹申吉间的昆仲关联不无关系。试就此申论之。

曹申吉，号澹余，较其兄早数年成进士，似颇得康熙帝之赏识，命其为祭南岳的特使，曹氏写有《南游记》一小册，有刻本。很快，他就被提拔为贵州巡抚。观此种种，足见其少年得志。但不久，三藩事起，曹申吉陷在吴三桂统治下整整五年（自康熙十二年十二月至十七年十一月）。这五年中，他干了些什么？他的态度支持谁、反对谁？都弄不清楚。三藩平后，康、雍、乾三朝替他做了三种政治结论，康熙朝定为“逆臣”；雍正朝撤销“逆臣”，但亦未有平反味道；乾隆朝，才正式批准他入忠烈祠。我追求此事始末数十年，去岁在昆明，始蒙方丈国瑜以江西南昌人刘昆《过庭录》一书之标点油印本见赐，如获至宝。其中云：

康熙十二年十二月二十八日，三桂至贵州。以贵州提督李本深为贵州总管大将军。巡抚曹申吉先削发遁；招至，与潘起先、张文德等俱以原官用。

(康熙)十七年十一月，(吴)世璠僭号。……世璠召顾命大臣曹申吉等入滇辅政，皆托故不行。惟申吉入滇后渐谋归正。事泄，死。

刘昆之父刘健，三藩时留在云南，耳闻目见当时之事，所记当可信赖。曹申吉之事，依靠此一史料，虽然不能完全弄清楚，但也可以看出其中的梗概。因此文主要对象为曹贞吉，而不是曹申吉，故对申吉不再做更多的评骘与揣测。

二曹为胞兄弟，昆仲感情甚笃。遭此反复剧变，为胞兄者能不担受牵连？当其为“逆臣”时，为兄者能无恐惧？当其改而为“忠烈”时，家属们能不释然而沾其“荣光”？凡此种种，均为设想之所及。凡此种种，能不在曹贞吉灵魂上打下深刻的烙印？窃以为，此即“寄托遥深”之语之所指也。试检《珂雪词》，其最为选家所易选入者，首推《留客住·鹧鸪》一词，词曰：

瘴云苦。遍五溪沙明水碧。声声不断，只劝行人休去。行人今古如织，正复何事关卿，频寄语？空祠废驿，便征衫湿尽，马蹄难住。

风更雨，一发中原，杳无望处。万里炎荒，遮莫摧残毛羽。记否越王春殿，宫女如花，只今惟剩汝。子规声续，想江深月黑，低头臣甫。

词中何以单单提到“五溪”和“瘴云”？何以提到“江深月黑”？何以提到“一发中原”？凡此种种，显然皆与三藩之事相联。只有联系三藩当时的历史形势，只有联系曹申吉的具体遭际，始能懂得《留客住》中“寄托遥深”的内蕴为何事。并且不仅《留客住》一篇。试更观集中《青玉案·雁字》一词之下半阙云：“人间多少伤心客，欲寄离愁那能得？折势分明成乙乙。无端风雨，横斜催乱，几阵烟云黑。”又《御街行·和阮亭赠雁》一词之上半阙云：“寒芜极目连三楚，雁阵惊相语。一声长笛出高楼，渺渺断云天暮。江深月黑，霜寒人静，独自衔芦去。”此中，提到“三楚”，又一次提到“江深月黑”；且以雁阵为喻，写一阵“无端风雨”将“乙乙”“折势”的昆仲雁行“横斜摧乱”，确有一种遥深的寄托存乎其中。

顷于本年五六月，因考察之事过故乡安丘。在县图书馆藏书中，得读前所未读之张贞《渠邱耳梦录》一种。书分甲、乙、丙、丁四集，其乙集中有“曹中丞”一条，录澹余绝句五、七言各若干首。其五言一首(《闻鹧鸪》)云：

小鸟频相劝，羁人感倍多。也知行不得，难住又如何?!

其七言一首（《送李卓庵》）云：

兵戈凄断楚江湄，君去滇南慎莫悲。
回首故乡真万里，此生倘有梦还时?

此处所引小诗二首，恰好可与乃兄《留客住》、《青玉案》、《御街行》诸词弦弦相扣。由此可以更进一步地证明，《珂雪词》中“寄托遥深”的风格特点，正是与三藩的震动以及曹申吉的遭际，紧密相联着的。

论孔尚任爱国主义思想的社会根源

一 问题的提出

孔尚任是我国17世纪末、18世纪初的一位重要的剧作家和诗人。他的著名剧作《桃花扇》含蕴着充沛的爱国主义思想。在这部剧作中，孔尚任拆穿了南明弘光政权的腐朽，描绘了四镇军阀的专横跋扈，史可法壮烈牺牲时的英勇，以及明亡后广大人民对故国的怀念。他在剧中对弘光朝的群丑，施以无情的鞭鞑；对民族英雄，作了热烈的歌颂；并且在剧中，处处传达出在异族奴役下的广大人民的隐痛。有些地方，这种爱国主义思想还被十分突出地烘托出来。如在第四十出“入道”中，作者借了道士张薇的口，怒斥侯朝宗、李香君这两个在祖国危亡之际尚“痴情不退”的人，说：

> 呵呸！两个痴虫！你看国在哪里？家在哪里？君在哪里？父在哪里？偏是这点花月情根，割他不断吗?![①]

孔尚任的爱国主义思想，在这里已经表达得很集中、很明确了。无可置疑，他是有着爱国主义思想的。但这一点，假如我们结合到孔尚任的某些经历，往往就感到不易理解。在这一方面，孔尚任跟较他稍前的一位爱国主义思想家顾炎武的情况，是很不相同的。顾炎武遭满兵毁家之痛，亲身参与了苏州和昆山的两番抗清，直至晚年，清朝举办“博学宏词”科，有推荐他的，他决绝地回答说，“唯办刀与绳”。像这样的一番经历，跟他的爱国主义思想是完全相称的，

---

① 孔尚任:《桃花扇传奇》第四十出“入道”。

因此，顾炎武的爱国主义思想是容易理解的。孔尚任则不然。他出生于一个典型的维护封建正统的孔氏家族，三十七岁上受到满清康熙帝的破格“赏识”，拔擢为国子监博士，旋奉命巡察黄河海口，经三年余；返京后，又任“京朝官”（国子监博士、户部主事、户部员外郎）十年。在他自己写的作品《出山异数记》中，他还曾记述了康熙帝祭孔庙时对他的“恩遇”，说：“霁堂陛之威严，等君臣於父子，一日之间，三问臣年，直不世之遭逢也。”[①]他的朋友邓汉仪在替他的诗作注时，也写道，“从古星轺，未有饥饿如公者，……荣宠可谓至矣。”[②]像有着这样一种经历的人，竟能写出像《桃花扇》那样的作品，这中间是有一番曲折，值得研究一下子的。

这个问题，过去已经有人提出过。王西徵著《正乐堂漫录》说，“孔氏曾受清圣祖特遇殊恩，而《桃花扇》脱稿又在入仕京师以后，斯足异耳”。[③]按，王先生首先斤斤于脱稿日期，已有问题。据原作者所写“本末”看来，作者远在未仕时，即已画就《桃花扇》一剧的轮廓了。可见《桃花扇传奇》是经过长期酝酿而写成的。但即以三易定稿的写就而论，王先生于提出这个足以致异的问题之后，在处理和解决上，也是不足的。兹不揣谫陋，掇此绪余，再加论证。不过，由于受到有关孔尚任现有资料的局限，本文有不少论据是从与孔尚任有关的许多别人的资料中去寻找端绪、并展开分析的。这一点，需要在这里声明一下。

二　明末满兵入侵曾在汉族人民中引起了普遍的仇恨

明末崇祯十二年（1639）和十五年（1642），满洲兵曾两度侵入畿辅，大掠山东诸府州县，当地人民曾受到严重的焚杀淫掠，因而对以后的满清统治者很早就埋藏下了仇恨的种子。不过，由于康、雍、乾三代文字狱接连发生，记载这些仇恨的著述被朝廷焚禁了，或者被作者的儿孙自己毁掉了。但到今天，也仍旧可以看到一些孑余。如益都安致远（静子）就有一篇“壬癸冬春纪事”，所记即甚详确：

① 孔尚任：《出山异数记》（见《昭代丛书》）。

② 孔尚任：《湖海集 · 送驾至淮上恭赋》，邓汉仪注。

③ 王西徵：《正乐堂漫录 · 孔尚任之出山及其诗》，见1940年《文学年报》第6期。

明崇祯己卯，予年十一，“大兵”略地山左，济南陷。越三年，壬午，复略地而东。……予大父遣予及叔慎往避乱於稻田（村）外祖魏氏楼。

十二月，……铁骑大至。村无一人，纵火焚毁，百室皆烬矣。是时，“大兵”转掠而东。予乘夜同予叔复旋里门。时值元旦，鸡犬皆尽，灯火寂然。间有自营中逃出者，细讯其被掳及逃逸始末：所掳之人，并以铁镣梏手足，不则以绳反接之。乘彼熟睡，即附火爇绳，焦皮肉不恤。而铁锁或以旧钥相投者，启之，幸而得脱。其或追及，则必磔之以威众。

（癸未）二月初旬，闻“大兵”自登、莱西返。……中旬，而大队齐至。所掠子女辎重，顿置楼下。……每黄昏后登楼西望，烽火连绵，南北亘四十余里；时值西风，隐隐笳吹之声，彻晓不绝。……事定，予同予叔归里。相去不满四十里，两月无一音耗，途中旧时径路，无一仿佛，马迹皆成通衢。所过村落，皆颓垣坏壁，桃红如故，柳绿依然，盖二物以隆冬不中薪栅，仅免斩刈耳。[1]

另如益都赵执信（秋谷）在一篇他替一位莱阳人张禹玉所做的墓志中，也曾简略地记下了一点痕迹：

当明之季，邑（莱阳）残於兵。先生仅六龄，听之乳媪，媪被杀，先生从积尸中识路返其室，众莫不异之。[2]

以上是登、莱、青诸州的情况；至于鲁南兖州一带，也有类似的焚杀淫掠的遭遇。孔尚任的平生知己颜光敏（字修来），即曾有一段惨痛的身世之悲。这段事情，被朱彝尊（竹垞）记载在替颜光敏的父亲和颜光敏本人所写的两篇墓文中，其一所记如下：

公讳伯璟，中宪大夫知河间府事讳胤绍之子。……河间兵（按指满洲兵）至，城孤乏援，不支。（胤绍）衣朝衣朝冠北向拜，集家人一室中，举火自焚死。公（伯璟）及弟伯玠时家兖州府，兵亦至。城将陷，公性肥，不能驶足；伯玠性瘦，善走，手掖公以行。公绐弟他顾，自城跃下；伯玠俯视恸哭，矢及其身而卒。公仆地，伤左足，极夜乃苏，为逻卒所得。……

① 安致远：《安静子文集》《纪城文稿·壬癸冬春纪事》。

② 赵执信：《饴山文集》卷8《张伯绩墓志》。

> 遇复有被掠者，偶语曰，昨见城中妇女十数辈，逻卒驱以走，中一妇人不肯行，卒反刃击其臂，臂折，犹骂不已。卒杀之墙下，有媪过之，指曰，此颜氏妇也。公曰，得非吾妇乎？同被掠者至墙下，果然，盖刃伤已四日矣。验其息，犹未绝，载之还，即今朱宜人是已。
>
> 公足尚跛，蹒跚走河间，……哭其父甚哀，路人皆泣。中宪公之自焚也，幼子伯珣甫六岁，其仆吕有年抱之出火，负而走，途中流矢死。伯珣匿民间，得免，公既拾父遗赅，访得其弟，遂与俱还。[①]

其另一所记如下：

> 伯璟娶朱氏，镇国中尉某之女。兖州破日，为逻卒所驱，以刃劫之，不前及；以刃击臂，臂折，骂不已。乃杀之墙下，历四日复活。君（光敏），朱出也。时甫三岁，亦陷乱军中，乳母孙抱之得出。[②]

这件事也曾被王士祯（渔洋）记在了他的“颜先生传”中，不过文辞简略，不敢像朱彝尊所记的那样具体；但他也在文末的论赞中说，“颜氏之於忠孝，所由来远矣！”并说他对于这类事“未尝不流涕嗟慕”。[③]颜光敏抱了这种身世之痛，虽也出仕满清做过吏部稽勋司主事；但在暗地里，他对于反清复明的活动是同情并支援的，如顾炎武在济南下狱，颜光敏就是最积极营救的一人。

孔尚任生于清顺治五年，且是出生在曲阜东境，距泗水不远之尚庄山地，从时间和地域上，自然都赶不上亲自经历这场异族杀掠的大震动。但这种民族仇恨的普遍心理，自幼是绝不会感染不到的。况且孔氏跟颜氏中间，由于一是“至圣”之后、一是“复圣”之后，且同是世居曲阜，因而姻戚连绵，关系至为密切；他跟颜光敏、颜光敩兄弟又是至交，孔尚任曾有写给颜光敩的信札一通，叙述他对颜光敏之死的悼念，以及他跟颜光敏中间的深厚的友谊，说：

> 四海茫茫，谁为解人？谁复知我者？学问文章，犹属声气之末；而无气无声，如磁针珀芥之投，所谓生平更无两人。一旦人琴俱往，泪枯声失，从此闭户深山，终世不必更一语矣。[④]

---

① 朱彝尊：《曝书亭集》卷72（墓表一）《奉直大夫颜公墓表》。

② 朱彝尊：《曝书亭集》卷75（墓志铭二）《吏部清吏司郎中颜君墓志铭》。

③ 王士祯：《渔洋山人文略》卷5《孝靖颜先生传》。

④ 孔尚任：《湖海集》卷11《与颜学山札》。

晚年，他隐居曲阜东北石门山中，曾有诗句云，“人稀草木长，心迹不复说”[①]。我们试问：他这种说不出口来的心迹是什么？他跟颜光敏的这种声气以外的投契之点，又是什么？我觉得，我们可以有理由认为，这个焦点就是民族的仇恨；而这种民族的仇恨，正是孔尚任爱国主义思想之最初的根基。我觉得，我们应该这样理解，即孔尚任爱国主义思想之最初的根基，正是明末满兵入侵畿内和山东在汉族人民中所引起的普遍仇恨心理的一种反映。这种仇恨心理，跟着不久以后满清兵攻打江南时“扬州十日”、“嘉定三屠”等大屠杀行为，在汉族人民中所引起的反映是更为强烈了。

三 扬州一带市民和遗民的氛围对孔尚任的影响

孔尚任于康熙二十五年（1686，时尚任年39岁）秋奉命视察淮河海口，到康熙二十八年（1689，时尚任年41岁）冬返回北京，计在淮、扬地区居停三年有余。在他的一生中，这是一个交往频繁的段落，也是诗文酬唱最多的一个段落（《湖海集》可以说明），因而也可以被看作是他受外界影响最多的一个段落。试问，他在这三年余的生活中，所接受的是一些什么影响呢？

原来扬州在当时是一个遗民氛围很浓厚的城市，也是一个市民氛围相当浓厚的城市。这两种气氛，从其各自的社会根源说，是互相区别的，一来自拥护封建正统的缙绅地主，一来自反对封建正统的城市手工业主和商人。但自明亡以后，满清王朝初建，汉人恢复之心未死，于是拥护明朝封建正统的缙绅和有反对封建正统倾向的清初的市民，开始有合流为一的趋势。我们先来看一看扬州市民的情况。在这里，色染业是发达的，能够染出多种多样的色泽和花纹。李斗著《扬州画舫录》记载说：

> 江南染房，盛于苏州。扬州染色，以小东门街戴家为最。如红有“淮安红”（本苏州赤草所染，淮安湖嘴布肆专鬻此种，故得名）、桃红、银红、靠红、粉红、肉红（即韶州“退红”之属）；紫有大紫、玫瑰紫、茄花紫（即古之“油紫”“北紫”之属）；白有漂白、月白；黄有嫩黄（如桑初生）、杏黄、江黄（即“丹黄”，亦曰“缇”，为古兵服）、蛾黄（如蚕欲老）；青有红青（为青赤色，一曰“鸦青”）、金青（古皂隶色）、元青

① 孔宪彝纂：《阙里孔氏诗钞》。

（元在缬缁之间，合青则为䨼艳）、虾青、沔阳青（以地名，如“淮安红”之类）、佛头青（即深青）、太师青（即宋染色）、小缸青（以其店之缸名也）；绿有官绿、油绿、葡萄绿、苹婆绿、葱根绿、鹦哥绿；蓝有潮蓝（以潮州得名）、睢蓝（以睢宁染得名）、翠蓝……，其类不一。元滋素液，赤草红花，合成䩉韎，经纬艳异。凡此美名，皆吾乡物产也。①

漂染的色泽，其分类如此细密，足见技术已有相当发达。其次，看一看酿造业。上引同书记载说：

造酒家以六月三伏时造曲，曲有米麦二种，受之以范，其方若砖。立冬后，煮“瓜米”和曲，谓之“起酷”。酒成谓之“醅酒”。“瓜米”者，糯稻碾五次之称；碾九次为“茶米”，用以作糕粽；五、六次者为“瓜米”，用以作酒，亦曰“酒米”。“酷酒”即“木瓜酒”，以此米可造木瓜酒，故曰“瓜米”。酒用米曲则甘美，用麦曲则苦烈。烧酒以米为之，曰“米烧”；以麦为之，曰“麦烧”；又有自酷酒糟中蒸出，谓之“糟烧”。其高粱、荞麦、绿豆，均可蒸，亦各以其谷名为名。城外村庄中人善为之。城内之烧酒，大抵俱来自城外，驴驮车载，络绎不绝。②

这说明扬州近城农村副业的发达，正是导引向资本主义生产因素之萌芽的最初条件。在扬州，营造业也是很发达的，被雇佣者多是农村中来的贫民。记载说：

营舍之工，黄河以北，称为“泥水匠”；大江以南，称为“瓦匠”。瓦匠，貌不洁，皮皲肤瘃，不为燥湿寒暑变色。缘高如都卢国人，搜述索偶，与木匠同售。其术瓦之器，唯钙而已。③

以上只看了一些漂染业、酿造业、营造业的有关记载。其余如雕漆、织缎、编竹等业，也是非常发达的。这就说明了清初的扬州虽基本上仍是一个封建城市，但手工业经营已甚发达，市民层已有一定的庞大了。市民层的庞大，自必形成为一种市民的好尚和氛围。

在这个市民气氛浓厚的城市里，当时又刚好住着很多明末的遗民，包括文

① 李斗：《扬州画舫录》卷1《草河录》上。

② 李斗：《扬州画舫录》卷13《桥西录》。

③ 李斗：《扬州画舫录》卷17《工段营造录》。

章家、诗人、画家、各门的学者和曲艺家。其中最著名的，如江西宁都的魏禧（字叔子）和魏礼（字季子），如皋的冒襄（字辟疆），安徽休宁的查士标（字二瞻），以及本地兴化人宗元鼎（字定九）等。这些人在明亡之后，逗留在一种一方面坚持节操，而另一方面又颓废于某种生活享受（如写文、作诗、画画、饮酒、弹唱、近妇人等）的状况之中。即以宗元鼎为例，他于写诗画画之外，复以养花卖花自娱。他曾自己写了一篇短传说：

> 老人家住维扬琼花观后，茅屋三间，柴门内方广二亩，以种花为业。所种芍药、玫瑰、虞美人、莺粟、洛阳夜合、萱草、蝴蝶、夜落金钱、翦春罗、翦秋罗、朱兰、蓝菊、白秋海棠、雁来红，共十余种。朝晨担向红桥坐卖，遇文人墨客，即赠花换诗而归；或遇俗子购之，必数倍其价。得钱估酒痛醉，余者即散诸乞儿。市人笑为“花颠”。[①]

在这类遗民人士的精神生活上，是有着很深的苦痛的。故国已经不易恢复，不得已之余，便只好沉溺在这种市民性的享乐里。再如大画家道济（即石涛，亦即大涤子），他也住在扬州，画画之外，以替人砌垒太湖石为其专门技艺。记载说他“兼工累石。扬州以名园胜，名园以垒石胜，余氏万石园出道济手，至今称胜绩”。[②]不论这些人从表面看来多么地闲适，只要想念起故国来，他们便不禁热泪迸流。譬如，对于史可法在扬州壮烈殉国的事，这些遗民们更是口传笔述，把它们一一保留下来。孔尚任在《桃花扇》中所写各种情节之逼真精确，恐怕跟这些遗民们的口述是分不开的。不要说史可法，即便跟史可法一道坚守扬州城、拒抗清兵的一个扬州知府叫任民育，他的殉国遗迹也都被这些遗民们保留着。王士祯（渔洋）曾记述说：

> 予以顺治庚子理扬州，士大夫为予述（任）民育事甚烈。民育毕命处，在太守厅事西偏，血凝碧，阴雨犹彷佛可见。时距其死十六年矣。[③]

举此一例，可见遗民们心头口边，对故国遗事，是保留着很多记忆的。对于南京和孝陵，他们更是视为亡国后祖国之神圣的象征。多少人前往参谒，多少人写出了凭吊的诗篇。在这里，特选出魏禧的一首游金陵望钟山的诗，以见

① 张潮辑：《虞初新志》卷4《卖花老人传》。

② 李斗：《扬州画舫录》卷2《草河录》下。

③ 王士祯：《渔洋山人文略》卷5《任民育杨定国传》。

一斑：

> 生平四十老柴荆，此日麻鞋拜故京。谁使山河全破碎，可堪翦伐到园陵?！牛羊践履多新草，冠盖从容半旧卿。歌泣不成天已暮，悲风日夜起江声。①

试看：这首诗的全部情调，跟后来被孔尚任写在《桃花扇》最后一出（续四十出）“余韵”里的情调，有什么差别?！这不简直是同一种情感的不同方式的抒发吗?

自然，孔尚任出生较晚，不及亲与魏禧相面及。孔尚任33岁时，魏禧已经死去了。在孔尚任离去扬州那年（孔尚任41岁），魏禧的弟弟魏礼也已是61岁的老者了。但这种情绪的感染，还是完全可以想象出来的。孔尚任在扬州与冒襄、魏礼、宗元鼎、查士标都是极好的朋友；到金陵，又与那里的遗民画家龚贤（字半千）、樊圻（字会公）等也结成极好的朋友。此外，即便旅居在江南的西北诗人和学者，如三原的孙芝蔚（号豹人）、华阴的王宏撰（号山史），跟孔尚任也都有往来。我们应该重视到，这些交游往还的事迹，在孔尚任为了写作《桃花扇》而积蓄史实资料、而引发爱国情操的过程上，都是有着极重大的意义的。

四　顾炎武、颜元的学风对孔尚任也不无启发

孔尚任自幼受到汉族人民普遍仇恨满清的那种社会心理的影响，中年以后居住在淮、扬之间三年有余，又感染了浓厚的遗民思想和市民思想；于是，他的爱国主义思想虽然从外形看是越来越潜藏，但在实质上是更牢固、更深广了。但他这种爱国主义思想的蓄积，为什么主要地不通过其他方式（如义理、天算、绘画等）表达出来，而偏偏通过乐曲一事——即具体地说，通过了写成《桃花扇》这一部戏曲的事实而表达出来呢？这中间也还是有原因可以寻求的。

原来自从明亡以后，爱国主义思想家顾炎武到北方来，跟当时北方的许多遗民学者普遍地发生了接触，交流了思想。在这些接触和交流之中，无形中成立了一个学术界的思想体系。这个体系，大体上说，是反对空谈义理，主张重视一切有关国计民生的具体材料；反对言行不一致，而强调民族节操的身体力

① 魏禧：《魏叔子诗集》卷7《登雨花台恭望》。

行。这个体系，在顾炎武死后，逐渐地削弱下来；但不久以后，又由颜元出来进行了一些持续。颜元从孙奇逢的学术系统中走出来，大力地改换了孙奇逢的“混融博大”而又“模棱两可”的面貌，对空谈义理和言行不一致的时弊，进行了猛烈的抨击和辛辣的挖苦；另一方面，又带建设性地提出了对“礼、乐、射、御、书、数”这些实用之学的分科研究的方向。自然，这种建设性的方向提的时候不对，在满清统治不仅没有打倒、而且在一天天巩固的情况下，这种“礼、乐、射、御、书、数”的分科研究，究竟对满清统治者起了什么作用？这是颜元学术思想的局限性，并且也是汉人爱国主义思想逐渐受到压缩后的一种反映。

但从顾炎武到颜元，这两个越向后越表现为逐渐合流的北方学术系统，它们对时代所起的好影响，在极曲折的表现方式下，也还是有的。有不少他们的继承者，都能够在此后就礼、乐、射、御、书、数中的一个分科，进行较深入的钻研，做出一些有时代性的成就，对祖国的人民做出了一些极其晦黯的贡献，这正是爱国主义思想之曲折性的表现。而孔尚任，又无疑是在这同一种时代的曲折中，从“乐”这个方面去表达出了他的爱国主义思想的。

孔尚任在扬州期间，结识了孙奇逢的弟子、四川跛诗人费密（字此度），并且同他交流过思想。《湖海集》中有写给费密的信一封，其中说：

> 昨晚快论，各发胸臆，虽不能不稍有异同，然皆真知确见，非依傍附和之谈。直谅多闻，正可彼此相借耳。归来细思，先生之论，主于尊经，乃圣学之津梁；街南（按，指吴姓友人）之论，主于诚意，亦人心之砥柱；而愚见主于格物者，乃小学末艺，譬诸洒扫应对，盖亦恐人驰骛高远，将耳目所及者毫不经意，未免又趋于省事一路，故不惮于最粗、最浅者，触类旁通，必求无疑而始慊。此下学上达、困知勉行之次第。况“大学”齐治均平，皆始于格物，愚何敢躐等以自谬于家学，且背两先生尊经、诚意之旨也?! ①

试看在信中所表达的主张，从“格物”出发，主张从“最粗、最浅”处入手，反对“省事”一路的做法，最后并标揭“下学上达、困知勉行”的信条——这不完全是顾炎武一派思想家的主张吗？我们再来看，孔尚任替颜元的弟子李塨（字恕谷）著《大学辨业》所写的题词吧：

① 孔尚任：《湖海集》卷13《与密此度札》。

> 予自少留意礼乐兵农，亦稍稍见之施行矣。然未敢自信。今读恕谷先生《大学辨业》，何其先得我心欤?![1]

这就说明了孔尚任早就在不自觉地走着“颜、李之学”的道路，所以一见之下，才能有“先得我心”之感。另据冯辰纂辑的《李恕谷先生年谱》，孔尚任还曾为了论乐之事，与李塨数次发生接触。如康熙三十九年（公元1700年，是年孔尚任年53，李塨年42），“（李塨）入京，拜孔主事尚任论乐”；又，“听孔东塘歌‘大成乐’。（李塨）辩黄钟为徵之误”；又，“同东塘考文武舞仪”。[2]据以上迹象观察，正可以见出孔尚任所走的“礼乐兵农”道路，正是当时北方顾—颜学派普遍发生影响的一种结果，而在孔尚任，而又特别在“乐”的一方面，有了很重要的成就。

此外，作为一件枝节的事在这里附带提一提的，是在孔尚任故乡曲阜一带（在这里他度过了他37岁以前，和53岁以后至71岁逝世前的两段生活），也有一种爱好音乐的风尚。如颜光敏，朱彝尊替他做的墓志中，就说他“雅善鼓琴”。[3]颜光敏的弟弟颜光敩也有同样的好尚，德州田雯（山薑）替他做的墓志中说，“公灵姿妙悟，尤精琴理。尝曰，琴之失传久矣；今之鼓琴，何殊筝笛。吾数年后，当别有谱。……呜呼，公亦奇矣!”[4]除去颜氏兄弟之外，在曲阜以东的泗水县，又曾有一位精于鼓琴的高先生。这位高先生的事迹，未见孔尚任本人的记载（未得见其《岸塘集》，也许那里面有）；但比孔尚任小58岁的兖州学者牛运震（字空山），以及牛运震的同年学友董淑昌，却都曾写下过有关这位老琴师的记载。牛运震记载说：

> 同四弟元震往泗水百丁村，访高先生，学《静观吟》；过宋先生学琴山居，吟写“梧叶舞风谱”。[5]

牛运震的同年学友董淑昌则有更详细的记载：

> 余生八九岁，尚不知琴作何状。……既而在牛眉村家，座中有高年客，鬓发皓然，约其齿八九旬矣，颜色尚如童子，言笑不轻，有问乃答，

---

① 李塨：《大学辨业 · 题词》。

② 冯辰辑：《李恕谷先生年谱》康熙卅九年条。

③ 朱彝尊：《曝书亭集》卷75（墓志铭二）《吏部清吏司郎中颜君墓志铭》。

④ 田雯：《古欢堂集》铭表卷2《颜学山墓志》。

⑤ 蒋致中：《牛空山年谱》（商务版）页13，雍正十二年条。

> 沉静之意，渊如也。眉村谓余曰，“君尝以未闻鼓琴为恨，此元公高先生，当今之伯牙也。”（元公）顾谓余曰，“五音羽声最清，今当试之。”言讫，投指而声动，嘹嘹呖呖，若断若续；渐则凄凄切切，怨慕之心，若可形见。既而划然以变，磊落轩昂，又如高人逸士，长啸於清泉白石之间。……先生推琴而起曰，“此所鼓者，常调耳。为诸君不能听，故为其最易者，大雅君子弗尚也。”[①]

由以上引文看来，这位泗水县百丁村的高先生对于琴理和鼓琴之术，是有着相当引以自负的高度修养的。按，牛运震、董淑昌往见这位高先生时年才30，该时这位高先生已貌如八九旬人；而孔尚任比牛运震大58岁，倘牛运震30岁时孔尚任尚未逝世，也恰为八九十岁的老人：故在年岁与时代上看，孔尚任与这位高先生恰是同时，年岁相当的。再按，这位高先生为泗水百丁村人，孔尚任为邻近泗水之曲阜县尚庄人，则二人又为里居甚近的同乡。由此，似可大体推断，孔尚任跟这位高先生断无不相认识之理；而假如相识，则孔尚任在琴曲乐理方面，想来绝不会不受这位高先生的影响。

总括以上看来，在孔尚任的乡里兖州、曲阜、泗水一带，原有着一种爱好乐曲、精通琴理的风尚。孔尚任在自己倾向于“礼乐兵农”的总的学术道路之下，独于“乐”的方面能够有所成就，可能与这一方面的环境影响也是有些关系的。自然，他在扬州的三年中，也曾充分接触了江南一带的工尺曲谱之学，那对于《桃花扇》的写成，较之北方琴理，可能有更直接的帮助。

五　结束语

以上，我分析了我自己在从事于“孔尚任为什么能写出桃花扇来”这个问题的过程中，所发现的一些看法，以及对孔尚任爱国主义思想所追寻到的三方面的社会根源（第一个方面的根源带有比较根本的性质）。自然，根源是不只在这三个方面的。而且，社会根源之外，特别重要的，还有孔尚任本人的主观努力。因为在当时，可能接触到如上三方面社会影响的人，恐怕不可能是仅仅孔尚任独自一个；而且在孔尚任之外，还完全可能有更多的人会接触到较比这三个方面更多、更复杂的社会影响，而那些社会影响对于一个人的爱国主义思

① 蒋致中：《牛空山年谱》，商务印书馆，页13，雍正十二年条。

想的萌发和壮大是有极大作用的。但在这些人们中间，只有孔尚任这个具体的历史人物，通过了《桃花扇》这一历史传奇的创作，充沛地反映了明、清之际中国人民爱国主义的思想情绪，这一点与孔尚任的个人努力是分不开的。从这里，也可以看出个别历史人物对社会历史所可能起的一些积极作用。

最后，还有一个问题来分析一下。孔尚任是的确有爱国主义思想的，而且，这种爱国主义思想是有具体的社会根源的；但有人问：他做了十四五年的“京朝官”，对康熙帝存在着那样一些感激恩遇的记载，这又如何解释、如何去理解呢？根据我个人的看法，第一，这是地主阶级出身的人物在爱国主义方面所可能具有的局限性的表现；第二，从孔尚任的一生中观察，在他的爱国主义思想和地主阶级局限性的矛盾中，在最终结点上，还是爱国主义这一积极的因素战胜了地主阶级局限性那一消极的因素：他是忠于他的《桃花扇》的中心思想的。康熙三十八年（公元1699年，是年尚任52岁）六月，《桃花扇》三易稿成，京中士大夫多有演唱者；秋夕，皇帝闻知，遣内侍连夜索取甚急，稿遂进入内府。不久，孔尚任即宣告罢官，次年归里。这是很显然的，康熙帝在《桃花扇》中嗅到了一股叛逆的气味，他会很清楚地觉察到，他企图从孔氏族中提拔出一个寒微之士来替他做效忠奴才榜样的计划，显然是失败了。汉族正义人士的爱国思想，是无法用收买的手段去削弱的。因此，康熙帝才下令把他罢黜了。

孔尚任晚年居石门山中18年，从他现有的诗文中看，他是丝毫没有“悔过”或者要求“起复”的表示的。直到他生命的最终，他对于他自己在《桃花扇》中所发扬了的爱国主义，表现了行动上的坚持。

1955年7月28日于青岛

谈孔尚任的诗

孔尚任的传奇，特别是名著《桃花扇》，已经是普遍被人重视的文学遗产了。但孔尚任的诗，作为与他的传奇可以并比观览的资料，倒很少见人谈起。

他的诗，主要见于他的诗文集《湖海集》。自然，除了《湖海集》以外，还有他晚年隐居在曲阜石门山时所作，收为一两个小集或选入孔氏的总选集中去的，这比《湖海集》就更不容易查到。《湖海集》是他在淮水下游、苏北盐场和扬州、南京居留时期的诗集，那是他作诗的旺盛期，也可以说是他毕生中的代表时期。此书刻本流传甚少，京、沪旧书坊中数十年也未见得买进和卖出过一两部。我去年自南京图书馆抄来一部（介安堂第五刻），才得以尽情地阅读它。

孔尚任的诗有他自己的风格。这种风格，只有把孔尚任的诗放在同时代诗人们的诗中间，特别是那些与孔尚任有相当关系或者曾经给予孔尚任一定影响的诗人们的诗中间，去进行比较，才能看得更清楚。旧时代中地域关系占有相当重要的地位，故我们不妨专拿山东诗人，如新城的王士祯（渔洋）、德州的田雯（山薑）、莱阳的宋琬（荔裳）、安丘的曹贞吉（珂雪）、曲阜的颜光敏（修来）来进行比较。南方的施润章（愚山）、冒襄（辟疆）等，就不涉及了。

在这些诗人中，大约都有一种心头的隐痛，笔头无法写出，或者即便写出也无法刻印到集子里，这一点我们读者要体会得到才行。清朝以异族入主中国，当时有良心的人谁无故国之思？可是出身于统治阶级的这些诗人们，总不能不考考清朝的科举，总不能不做做清朝的官。像顾炎武那样仆仆边塞的，能有几个？但科举做官之余，心头每每感到相当的窒闷和压抑，就通过自己的诗曲折地透露出来，构成为自己的特点或风格。不久以前，我们曾习惯于以粗暴的态度来看待这些诗人，简单地扣一顶“汉奸”之类的帽子，就杜绝了一切理解这些诗人、这些诗章之“有某种价值”的内容的机缘。

王士祯提倡“性灵”，是一种逃避尖锐矛盾（政治上的矛盾）的结果。但他和受他影响的诗人（如四川费密、山西吴雯、陕西康乃心等），也并不完全只在措新词和造新句上做功夫，对于生民艰苦也颇有所反映的，特别在咏史诗中，借古说今，也说了一些内容出来。田雯于拙钝中求深沉；曹贞吉于雕琢中露沉痛；颜光敏如“铁板铜琶”，于豪壮中寄托他的家国之悲；宋琬在栖霞于七一案中牵连了好几年，更是诗意苍凉，不敢明说什么了。就这样他们还不免于惶惶然。王士祯的“秋柳诗”被政敌利用了去，差一点构成为“文字狱”；曹贞吉的弟弟申吉投了吴三桂，也差一点受连累。我说这些，意在表明这类在政治上没有站稳祖国立场、在良心上又未泯没了故国之思的诗人们，其内心的苦痛与诗意的曲折。自然最好是像顾炎武那样明目张胆地在诗文里主张“反清复明”。他也就可以不受这种苦痛的折磨。

孔尚任的风格特点与上述诸人均有所不同。他不像王士祯那样迫切地追求新词句和新意境，他不像曹贞吉那样把自己的作品内容有意降低到南宋人咏物词那样的窄狭境界，他也不像颜光敏那样故作豪壮的铿锵之声。他的特点，用旧话说，是“蕴藉”；用新话说，是不突出地发展哪一面哪一点，而是从内容到形式的统一的含蓄。这种含蓄的程度，甚至超过了《桃花扇》。《桃花扇》中有不少地处是比较尖锐地表达了矛盾。在诗中，这种尖锐和明朗的表现，倒是不多的。

按照我自己替他的诗所进行的分类法，大体上可以分为四类，第一类是一些言不由衷的诗，其目的只在于“票面地”表达作者对清朝皇室的忠实，在当时写这种诗是可以理解的；第二类是表达生民风土之诗，特别表达了泰州一带盐场、盐灶、盐夫、盐吏们的情况；第三类是遗民诗，是孔尚任在扬州、南京时与查士标、龚半千（贤）、樊会公（圻）、王山史（宏撰）等遗民画家或遗民活动家往还之际所作的。以上三类，除第一类与孔尚任的真正感情相抵触，因而不能被认为是他的心声之外，第二、第三两类的诗，一般都是好诗，带有某些现实主义的气息和相当浓厚的爱国主义思想。

还有第四类。这类诗为数不多，但它们出现在孔尚任的诗集中显得非常新鲜奇特，在同代诗人的诗中，也不多见。兹抄二首。

其一，题名《污水池》，诗云：

污池水浑不见底，池边灌园人早起，
如雪白纻搅青丝，竹竿挑出两人死。
一男一女貌如花，香帕系颈肩相比。
人人围看不识谁，有姥哭媳又哭子。
媳为嫂兮子为叔，嫂寡叔幼情偏美。
昨日人投碧玉钗，花烛今夜照门里。
心急口懦无奈何，两人私誓同沉水。
水底鸳鸯不会飞，那得生根变连理。

（《湖海集》卷5页29）

其二，题名《清江妇》，诗云：

清江妇，委蔓草，
邻人谁咨嗟，但骂死不早。
妇门对寺门，妇夫与僧好。
夫僧来往频，僧妇若叔嫂。
南浦鸳鸯雏，西海迦陵鸟。
暮宿朝不离，稍稍人皆晓。
其夫乃出之，母家暗懊恼。
一日妇不食，二日起何早，
三日膏沐完，房栊出悄悄。
母家索向夫，夫家向寺祷。
宛转寺门深，禅榻卧娇袅。
母夫两无言，缚之投浩渺。
漂漂好桃花，渔郎得最巧。
岂知夫恨深，夺妇抉其脑。
蔓草不掩尸，血渍无人扫。
行路问不休，忙杀邻家媪。

（《湖海集》卷6页12）

这真是新的境界了！这诗中所写的不是依附了封建道德的节烈妇女，而是抗拒封建束缚，不惜用死的代价去追求自己爱情的牺牲者。她们或者自杀，或者受到残酷的杀害和封建道德拥护者们的唾骂。试问，孔尚任以“孔门”之后，巡准所及，现象万千，何以独独写此二事！在我看来，这不是偶然的，这反映出在孔尚任的思想情感中，不仅仅有着像表现在《桃花扇》中那样的爱国主义思想和情感，而且还有着像上引两首诗中所表现的同情封建叛逆的思想和情感，而这种思想和情感无疑带有“异端”和“启蒙”的气息与作用。这是十分宝贵的。假如我们在思想上更走远一点，联系到明末和清朝初、中叶我国资本主义的萌芽，联系到明末“三言两拍”诸小说中的情调和情节，以及以明万历间的李卓吾（贽）为代表的“左派王学”诋斥正统圣贤的“异端”思想的话，我们或者越发感到孔尚任这类诗的值得宝贵。也许，当我这样写时，我不觉把事情夸大了一些，说出了一些过早的结论；假如那样，我愿意得到读者同志们的批评和纠正。

1957年1月26日于青岛

论孔尚任的诗和诗论观点

孔尚任因《桃花扇》传奇一书而不朽。然单举《桃花扇》传奇一书，似仍不足以尽孔尚任。孔尚任除传奇之外，还有他的诗在，这一点不该被我们忽略。一，孔尚任本是以诗名家，有人指出过，度曲乃其别技。如果像某些人那样企图借此减削孔氏及《桃花扇》所应享的盛誉，固属错误；但孔氏于昆曲谙熟不深，乃尽人皆知之事，亦不须代为隐讳。对于诗则不然，他是一位老行家。二，他的诗歌创作恰好是替传奇做了长期的准备工作，虽然吟诗和度曲在技法上是有着差别的，但技法上的共同点也还是存在的，长期吟诗终归是大大有利于度曲。而且从文学的观点和风格方面看，孔尚任的诗的现实主义风格和正确的诗论观点对他的《桃花扇》传奇创作也发生了影响。

要探索一下孔尚任这位文学家及其诗的观点、风格以至技法的话，我认为首先应该在方法问题上说两句枝蔓的话。我指的是，做一些年谱和交游考之类，要抓住重要的环节，要抓住这些环节的内里而不是外表。譬如说，王渔洋（士祯）和渔洋诗派，对于研究孔尚任说，是不容遗漏的，也是遗漏不掉的，而且在孔尚任和渔洋各自的诗文集中也不乏相互间的一些一般的酬倡之作，拿来排比一下，亦非大难之事。但剩下来的问题是，孔尚任的诗跟渔洋诗派间的关系究竟是划着界线呢，还是沆瀣一气呢，这就不是排一排倡酬年月所能解决的事了。

既然已经提到了渔洋和渔洋诗派，就请由此谈起。王渔洋是清初康熙年间所谓执骚坛牛耳垂50年的人物，他平时又喜爱延揽人才（所谓“奖掖后进”），所以在当时全国范围的诗坛上俨然一大宗主。孔尚任与他保持一定关系，这些关系表面上也不难钩稽。他们的乡里——曲阜与新城相去匪远；在北京作为部中的郎官（刑部或者户部，侍郎或者主事或员外郎），彼此颇有往还；他们互相称道过，交流过一些共同的认识和感情，也不可免地相互间存在过意见。有时这二人之间，颇表现为思想合流，这大抵是在对朝政流露不满情绪的时候，例如孔氏罢官之后，留别渔洋的诗中有“真嫌芳草秽，未信美人妍。留恨当端午，催归有杜鹃”①等句，其中“美人”、“芳草”、“秽”、“恨”云云，自是一番对谗幸小人们的共同憎恨之情，孔氏敢于向渔洋倾吐，其中自必有可以吐露一定肺腑衷情的交谊。孔氏对渔洋也有过不满情绪，如说：渔洋“龙门高峻，人不易见”。因而有句云，“侯门今似海门深”②，但这只是对于个人作风的意见，而这类意见有远较孔氏为更辛辣者。渔洋亦于《居易录》中不止一次的道及孔尚任，但仅仅把他作为同买古董的朋友和喜爱考古的收藏家来对待，从不曾一言提及《桃花扇》，更无一言道及孔氏的诗。这一点很值得注意。这跟渔洋到处称道吴雯（洋莲）、费密（此度）、康乃心（孟谋）等的惯例，是截然相违拗的。更有一桩值得注意的事，渔洋推选“京师十才子”，并田雯（山蘁）、颜光敏（修来）、曹贞吉（珂雪）、王又旦（幼华）等一一列入，独不及孔尚任。我这绝不是替古人计较，比一日之短长，而是说其中定有缘故，耐人追寻。在我看来，这中间是个诗论观点的不同和诗的风格的不同问题。

渔洋派诗论的特征是什么？渔洋所喜爱的、所称道的，是哪些诗？他所不喜爱、不称道的，又是哪些诗？我们就按着这些个线索来探求吧。渔洋平生纂著繁多，有三十六种与四十八种等汇刻的不同版本，其中有诗、诗选、诗论、文集、札记等等项目。我个人素以《渔洋诗话》为其晚年诗学定论的标本。其中有三条最为突出，先录于下：

> 越处女与勾践论剑术曰，妾非受于人也，而忽自有之。司马相如答盛览曰，赋家之心，得之于内；不可得而传。……数语皆诗家三昧。③
>
> 洪昇（昉思）问诗于施愚山，先述余夙昔言诗大旨。愚山曰，子师言诗如华严楼阁，弹指即见；又如仙人五城十二楼，缥渺俱在天际。余即不然。譬作室者，瓴甓木石，一一须就平地筑起。洪曰，此禅宗顿渐二

① 《阙里孔氏诗钞》卷3，孔尚任《留别王阮亭先生》诗。

② 戴璐：《藤阴杂记》卷7引孔尚任《燕台杂兴》诗，并《自注》。

③ 王士祯：《渔洋诗话》卷上。

义也。[①]

律句有神韵天然，不可凑泊者。[②]

这里显明地反映出来，渔洋的诗论观点是主观唯心主义的，相当于哲学中的心学而非理气之学。洪昇说它等同于佛教中的顿悟一派，是中肯的。在渔洋看来，美的诗情诗意诗句不是客观外界在诗人主观世界中的反映和再造，而是一种神秘主义的电触，“得之于内”、“忽自有之”、“不可凑泊”的。因此渔洋所欣赏所称道的诗，自然就不会是反映社会生民疾苦之诗，反映阶级压迫、民族压迫之诗，以及虽不及道今然颇借古以寓今的怀古诗。渔洋不喜欢这些，无论对古人、对友人、对自己，他都一致地不喜欢这些，观其《感旧集》诸选，即可以亲切地体会及此。他所喜欢的是一些不结合政治、或者少结合政治的写景寓情之诗，尤其喜欢近体诗联句中一些佳丽而又精致者。例如他喜爱于费密的是“大江流汉水，孤艇接残春”、“白马岩中出，青牛壁上耕”之类的句子，甚至连一位不知名的安丘诗人马长春（三如）的“山田高于屋，牛在屋上耕”这样并不多么高明的句子，也都喜爱的了不得，说什么“善写难状之景”；[③]他喜爱于吴雯的是“门前九曲昆仑水，千点桃花尺半鱼”之类的句子；喜爱于康乃心的，是咏秦始皇父亲庄襄王的一首诗；而在这些受到表扬的诗人们的诗集中实际上还存在着相当大量的质量更高的诗，反映哀鸿遍野、生民艰辛、甚至歌咏壮烈不屈的诗，渔洋则绝口不提。在政治上胆子小，结合当时的政治空气来看，还可以有起码的一点理由获致到后人的谅解；但即便在不触禁忌的范围内亦仍坚持提倡有“神韵”的诗，那就可以完全暴露出渔洋诗论中的核心问题不是什么政治压力的后果问题，而是本人观点的问题。

在这里应该着力地指出，不拘孔尚任跟王渔洋有过多么密切的生活上的联系，也不拘他二人间如何地曾经交流过一些对时政有牢骚的情感，孔尚任在对于诗的观点上，是跟渔洋本人、渔洋的“神韵”说、以及所谓渔洋派的诗歌风格，截然地区别着的。试先录《湖海集》中一些最突出的诗论片断以为主要的佐证：

人生最足惜者，不闻道也，不能以文辞见长。不足惜也。读古人经

---

① 王士祯：《渔洋诗话》卷上。

② 王士祯：《渔洋诗话》卷上。

③ 王士祯：《渔洋诗话》卷上。

书，学其道也。不能学其文辞，而道自在也。今人或止效其文辞，不问其道；或即以文辞尽乎道。于是道与文辞判为二。久之文辞不本于道，而道废。道废而文辞亦不能孤行。虽文士如林，篇什相尚，识者概谓其不足观也矣。……夫道在是而文辞即在是。岂非道学之功，即学诗之功；而闻道之人，则闻诗之人乎？世人纷纷驰逐，但于倡酬之末，以求合于诗，而诗愈不工。……[①]

画家分南北派，诗亦如之。北人诗隽而永，其失在夸。南人诗婉而风，其失在靡。虽有善学者，不能尽山川风土之气。盖山川风土者，诗人性情之根柢也。得其云霞则灵，得其泉脉则秀，得其冈陵则厚，得其林莽烟火则健。凡人不为诗则已，若为之，必有一得焉。为之而亦有不得者，乃不以己之意为诗，而假人之意以为诗。久假不归，虽山川风土，亦不能效其功。所谓失其在夸与靡者也。[②]

天下之言诗者，莫盛于燕台与维扬，而余在燕台与维扬，实未尝见一诗。夫所谓诗者，欲得性情之正；一有委曲徇俗之意，则大旨已失。天下之人，稍能言诗，辄思游燕台游维扬，其意何居？亦曰，近贵也，近富也。燕台之贵人，乘舆拥媵，日殿呵于道，四方之客能承其颜色，即可致身青云，见者谁不慕而奉之?！其为诗也，大抵诵贵之言，而谓有性情之正乎？维扬之富人，据厚赀，居大第，即持筹书算，臧获仆御之辈，亦华冠丽服，以气加人。人苟能仆仆其门，亦可乞馀沥以活妻子，见者谁不羡之？羡之则思有以亲之。其为诗也，又多谀富之言，而性情益不可问矣。[③]

孔尚任表露自己的文艺论点，自然不限于此寥寥三处，但此三处所接触到的问题已经不少，其表露孔氏观点之处又都很真切，故愿就此予以分析。在这里，孔氏主要涉及到三个问题，一个是“诗以载道”的问题，亦即诗人世界观与诗人技巧之间的关系问题；一个是诗人跟他的地域环境的关系，以及诗的地域特征和地域风貌的问题；第三个是反对那些诗人“委曲徇俗”的庸俗化倾向

① 孔尚任：《湖海集》卷10《花屿堂稿序》。

② 孔尚任：《湖海集》卷10《古铁斋诗序》。

③ 孔尚任：《湖海集》卷10《城东草堂诗序》。

问题。应该指出，在第二个问题上，孔氏的观点中有显著的地理环境论的成分，从地理环境论来解释诗人们的地域特征和地域风貌，这样来看问题自然是不对头的，应该在这里提一笔。除此之外，孔氏的这些观点，在我个人来看，几乎都是健康的，有的甚至是十分宝贵的。他大胆地说在北京和扬州，他“实未尝见一诗”，这样就把那些“十才子”之类以及扬州的那些附庸风雅之辈，都一笔骂倒了。他又大胆地抨击北诗之“夸”与南诗之“靡”，根据我个人的臆测，他是在针对着王渔洋和吴梅村（伟业）的弱点在进行评论。并指出到了渔洋和梅村的追随者手里，就更是“一代不如一代”，连“夸”和“靡”这样一些地域风貌方面的弱点也都谈不上了。在这些议论中最最重要的，是他谈“诗”与“道”的关系的这一段。他反复表述两层意思，一层是说“道”是第一义的，“诗”是第二义的；另一层是说，“道”与“诗”不能分离，也不能互相代替，离开了思想实质就无所谓诗的技巧，“而诗愈不工”。我认为，这是孔尚任文艺观点、诗论观点中的最根本点，但就此一个论点来说，无疑是现实主义的，跟渔洋派“得之于内”、“神韵天然”的论点是直接对立着的；更进一步说，这就是孔尚任之所以能够写出《桃花扇》传奇、当时如鲫才子们之所以写不出《桃花扇》来的诸般理由中重要的理由之一。

这里，也许有人说，主张“诗以载道”并不一定就是现实主义，并不一定就是进步性的主张，因为“道”可能是意味着人民对客观现实的正确或者比较正确的认识，也可能是统治阶级用来麻痹劳动人民反抗意志的精神毒药，在未断定这两个可能究竟是哪一个之前，“诗以载道”的性质是不容易确定下来的。为了进一步确定“诗以载道”论者们的“道”的内容和性质究竟如何的问题，我愿在渔洋派以外再牵引出当时的另一个诗派——河朔诗派来进行论证。河朔诗派是以“广平三君”之一的申涵光（凫盟）为首的一个不大的诗派，它在哲学思想体系以及地域关系方面，都跟当时的河北学派——从孙夏峰（奇逢）到颜习斋（元）——有着密切的关系。申凫盟本人就对孙夏峰处于师友之间；他跟他的诗友殷岳、张盖被称为“广平三君”。他于诗有独特的造诣，对当代的诗他有自己的批评意见，其寄张盖诗中有云：“我行天下久，粗能辩好恶。大复与空同，文章备矩矱。其馀多琐细，真诗久寂寞。”[①]孔尚任的重要诗友之一——田雯（山薑）年三十五从申凫盟学诗，可能受到申氏很重的影响，观田氏

① 申涵光：《聪山诗集》卷1《与张逸人覆舆》。

诗中屡有“聪山诗客吟秋水，又在白苹红蓼边”、“聪山诗客今何在”等句[①]可证。而转过来，孔尚任对于田雯也似乎是在诗友之中关系很密切的，除田氏曾为孔氏赋《小忽雷歌》，情真词切之外，孔氏《燕台杂兴》诗中也有一首咏田雯的，其中有句云：“看取山蘁老辣诗”[②]。“老辣”二字，一以表示孔氏对山蘁的钦佩，一亦点出了山蘁诗的特征，盖与“夸”者“靡”者均不相类。我写这些，并不想暗示一个诗派的传统，譬如说申凫盟把影响带给田雯，田雯再把这同一影响带给了孔尚任。不，至少在目前我所已经掌握的资料中，还远不足以说明这样一层关系。有时人与人之间在学术、思想、诗文风格等方面的相互影响，并不一定表现得那么直接和明显。但至少可以这样说，孔尚任的诗的观点、诗的风格在不只一点上跟申凫盟以及河朔诗派的观点和风格，是不谋而合的。我认为这一点，也非常值得注意。渔洋自视很高，门户之见甚深，对同时与自己好恶不同的许多著名诗人（如顾炎武、阎尔梅、贾应宠、丁耀亢、蒲松龄、孔尚任，甚至像吴伟业），都采取“不涉及”或者“少涉及”的态度，但他对河朔诗派终不能不稍稍道及，在“诗话”中他写道，“申凫盟称诗广平，开河朔诗派”[③]，这说明他不能不给予起码的承认。我们试来看一下申凫盟的诗论观点又是怎样的呢？他在《聪山集》中写道：

> 古人之诗，必有其原，则道焉耳。道者，立人之本，万事所从出，而诗其著焉。古人之诗，大抵禀清刚之德，有光明磊落之概，本诸“忠孝”敷以和平，三百篇皆诗、皆道也。[④]

这说的很明白，“道”是诗人做人处事的根本观点和立场，表现在旧时代的具体场合中就是“忠孝”，在明清板荡之际的实际内容就是爱国主义。申凫盟所说的“道”是如此；孙夏峰、顾亭林等所倡的“道”，何尝不是如此；孔尚任在他的诗、诗论和《桃花扇》传奇中所贯串的“道”，也是同样的内容实质。这种“道”，是很不可能被理解作麻痹劳动人民反抗意识的毒药的。因为就是在这种“道”的导引之下，申凫盟才写出了他的《春雪歌》、《插稻谣》、《哀流民》等深刻反映社会阶级矛盾的诗篇；同样也是在这种“道”的导引之下，田

① 田雯：《古欢堂诗集》七言律卷1及七言绝句卷2。

②《阙里孔氏诗钞》卷3，孔尚任《燕台杂兴》诗。

③ 王士祯：《渔洋诗话》卷中。

④ 申涵光：《聪山集》卷1《青箱堂诗序》。

雯也写出了他的《淘金谣》、《采砂谣》等同样深刻反映社会阶级矛盾的诗篇。申、田两家的这些诗篇曾经被清末选家选入了像《国朝诗铎》那样的集子中去，而这些诗是渔洋《感旧集》之类所绝不会收录的。在同样的这种“道”的导引之下，孔尚任也在他的《湖海集》中写出了反映淮海盐夫们生活的苦痛、反映扬州城市种种腐朽面的现实主义诗篇，甚至还写了替两位争取爱情自由的被迫害妇女进行表彰的两首诗——《污池水》和《清江妇》[①]。根据以上的这些论列，我认为我们可以判断“诗以载道”的主张中是包含着现实主义的内容实质的。

自然，当时这些主张“诗以载道”的人，在各自的政治实践中也是千差万别的。申凫盟是遗民，是殉国大臣的遗孤，其民族立场是一直坚持到底的，其他人就未必能够。如山西泽州的陈廷敬，他也是当时的大文章家，诗论观点从一开始就跟渔洋派相对立，他曾自叙说，“新城王阮亭方有高名，吾诗不与之合；王奇吾诗，益因以自负，然卒亦不求与之合。”[②]他坚持标揭“诗以载道”的口号，以少陵为宗，但此人在政治实践上就不如申凫盟，一直担任着清朝统治者的高级臣仆。然而我们说，即便这样，在同为臣仆的人的群队之中，主张“诗以载道”者跟主张“神龙见首不见尾”者中间也还是有着区别的。试举陈氏的诗论观点为例：

> 余尝谓古人有言，声画之美者无如文，文之精者无如诗。夫文以载道，诗独不然乎？自昔宋初学者祧少陵而宗义山，虽以欧阳公之贤，犹舍杜学韩，欧阳公诗不逮文，固无可论，然亦岂非以韩诗之为尤近于道与？近世诗人多学白香山，香山之诗观义山为优，然当时之人已有议之者，而杜牧之为特甚，则其弗几乎道者，不为时所重；而传之后世，得无流弊也，不其虽与？……昔有吴中巨公，自负揽文章之柄，一日谓予，人不学杜诗斯可矣。予心识其言之非，而未有以应也。……[③]

这段主张不仅跟渔洋派界线分明，连吴梅村都在被攻击之列了。按吴梅村的诗论主张似乎是折中于神韵派与载道派之间，他替他的朋友龚芝麓的诗作序说，“夫诗之道，不徒以其才也，有性情焉，有学识焉，其浅深正变之故，不于斯

① 孔尚任：《湖海集》卷5及卷6。

② 陈廷敬：《午亭文编·自叙》。

③ 陈廷敬：《午亭文编》卷37《吴元郎诗集序》。

三者考之，不足以言诗之大也”。[①]在这里，他表述了他自己的三因素说，一才、二性情、三学识。他的“才”，与渔洋派接近；他的“学识”主张接触书本中的知识，与载道派有接近的机缘；他的“性情”，则摇摆于两者之间。在这同一篇诗序中，他还谈到钱牧斋（谦益）立意学杜与他不合，可见吴梅村是不立意学杜的，并进而推知上引陈廷敬的话所说“吴中臣公，自负揽文章之柄”者定是梅村无疑。辗转说来，我的主旨是说，无论申凫盟也好，陈廷敬也好，田山蘁也好，孔尚任也好，不管这些人中间的政治实践有多少差别，他们有一个共同点就是主张“诗以载道”，主张诗的思想内容是诗的第一义东西，文辞技巧是第二义东西，由这个最根本的共同点然后再派生出一些次要的共同点来，如宗少陵；不斤斤于近体联语中之一二丽句；爱作五七言古体诗，且最爱利用七言古歌行体中三字句、四字句与七字句参差使用的方便，传写社会现实。要说这些人都从属于一个诗派，那自然是非常牵强的；但在诗论观点与诗的风格方面，他们中间又是如此地酷似，就连他们诋斥神韵派、折中派的话头和神气，几乎都是类似的。孔尚任是载道派中的一员，而且还不是寻常的一员，因为他不仅仅主张“诗以载道”，也不仅仅在平生长期的吟诗生涯中铸造了他自己的近于少陵一路的诗的风格，而且特别重要的，是他以这种“载道派”的现实主义文艺观点和文艺创作实践作为他自己的基地与出发点，再结合了其它的因素（少年时期爱国思想和民族意识的熏染，对南明亡国遗事的留意和调查研究，在扬州、南京三年居停期中所受的社会影响，等等）从而写出了不朽的巨著——《桃花扇》传奇来。

真的，我时常这么玄思，要写《桃花扇》，要谱写南明的一朝政事，假如抛开文艺观点问题不予考虑，那么，实在说吴梅村要比孔尚任有资格得多。论度曲，吴比孔要娴熟，且有《秣陵春》传奇和《临春阁》、《通天台》杂剧的具体成就可作见证；论对于晚明、南明史事的通晓，在吴多是“所见”，在孔仅是“所闻”或“所传闻”了，而且在梅村诸大歌行中已经有意无意地替一部时代性的戏剧打下了不少方面的基础。然吴梅村虽非神韵派，但他的文艺观点折中于才识和性情之间，对客观现实，特别是面对面的政治现实，采取了一种半推半就的姿态；后半生特别忧惧谗祸，而又牵挂于前明对他的“恩德”，于是心理上矛盾重重，不得已放浪于形骸之外，将自己本来大有可为的文艺生涯，

① 吴伟业：《梅村家藏稿》卷28《龚芝麓诗序》。

有意地压缩在像对吴昌时那样的大官僚地主园亭中的舞乐宴游生活的追忆之中。孔尚任则不然，他虽然“出生也晚”，且一度为康熙所垂青，曾于一旦间被擢为国子监博士，然而他的民族意识纵然是含蓄的，但也是强烈的，兼之他平生为诗，宗“载道”之论，不斤斤于一二丽句的雕琢，而留意于忠孝和平之大节；且居京数载，知清朝当政者之“不可为”；居淮海数载，又颇闻遗民口中的掌故底细——于是他全面地拥抱50年前的历史，尽情地勾勒它，渲染它，终于完成了吴梅村所负担不起的任务。因此，我们说，孔尚任之所以能够创造了《桃花扇》，偶然中是具有着必然性的，这种必然性与孔尚任的现实主义文艺观点和文艺风格，特别是跟他的诗论观点与诗的风格中间，是有着极大关系的。

我国十七、十八世纪的几个画派及其社会背景

一

一个绘画工作者，一个绘画史工作者，其首要的任务自然是去钻研某个画派、或者某个画家个人的风格和技法特点。但是，除了这种多少孤立的研究工作之外，另外还有很重要的一条，那就是，要联系这些画家、画派的社会背景。所谓社会背景，包括画家们活动的当时的阶级关系、民族关系、生产力和生产关系方面的新因素，以及在社会意识形态方面与绘画相平行的其他分支，如哲学、文学、以至史学等等方面的动态，把这些联系起来考虑问题，这比多少孤立的研究，往往会有更加豁然贯通之妙。总之一句话，我们需要从整个时代风貌上去理解一个时代的文化成果。

那么，我们正要谈论的我国17、18世纪的时代风貌是什么呢？这正是明、清之际和清朝初中叶的时候，以年号来说，正是清顺治、康熙、雍正、乾隆的150多年（公元1644～1795）。这一时期，在我看来，社会正经历着四个大的回合，分述如下。

第一，是明末农民大起义。这是地主阵营和农民、劳动者阵营生死搏斗的一大回合。很多明末清初的事情，都可以从这里看出苗头。不只一个研究明史的学者说过，中国封建社会发展到后期，到明末，就像一个烂熟的西瓜，农民大起义像一把刀，一刀切下去，什么瓤儿啦、籽儿啦、汁儿啦，统统淌出来啦。这说法，有一定见地。这场起义持续的时间最长，以李自成被害计，持续近20年；以李定国在中、缅边界上的失事计，35年；以李来亨在茅芦山自焚

计，38年。38年以后，其余波振荡，依然很大。虽然画家荟萃的江东一带，大农民起义的烽火始终未到，但影响或者说精神冲击，不能说没有的。

第二，是清初广大人民的抗清反满（满洲贵族）的活动。这是一场民族斗争，而任何历史上的民族斗争，说到底，是个阶级斗争问题。因此，我们必须对它进行阶级的分析。而进行阶级分析的结果是什么呢？我们发现，明末大农民军的余部参加了，大部分出身地主的知识分子参加了，人民群众也参加了。这样，就不能拿“地主阶级的反满派”和“地主阶级的拥满派”来划线，不能这样来描绘当时的形势。在当时特定的情况下，矛盾面有了新的侧重，阶级从属于民族，而不是相反——民族从属于阶级，因此用“地主阶级”的帽子是扣不住波澜壮阔的抗清形势的。不过，后来遭受血腥镇压，转入地下，成为秘密结社、帮会活动罢了。单就康熙前30年来看，遗民们的集会结社奔走联络的活动是十分频繁的，其能量是极大的。清初绘画的成就之卓越，怕跟这件事是相关的。

第三，是清朝统治者的文字狱镇压。自然，除文字方面的镇压之外，还有大量的对非文字方面的镇压。并且，镇压一手之外，还有笼络的一手，如“博学鸿词”之类。但，单就文字狱镇压一项，其作用也从正面和对立面两个方面打下了沉重的烙印。从时间说，最沉重的文字狱镇压从康熙初到雍正，也足足七十余年之久。但哪里有压迫，哪里就有反抗。遗民画中的一些神秘、讽刺的因素，要从这里去体会。

第四，在满汉民族冲突的高潮逐渐过去之后，民族融合的迹象慢慢出现，这样，矛盾就缓和了一点，社会稳定了一点，于是资本主义萌芽就又有所发展。说到资本主义萌芽，根据个人的理解，它不是一次而是在历史上多次反复出现的。因此，刻舟求剑地把资本主义萌芽划在宋，或者元、明之际，或者嘉靖、万历，定其一点，排斥其余诸点，是不一定合适的。这跟气候相类似，天气冷下去不是一次寒流可以酿成的，热起来也不止一次热流。乾隆前30年，又一次明显的资本主义萌芽气流到来了。除此之外，我还有另外的考虑。我常常想拿明太祖和清康熙帝来比较，二者间的同异可以列举很多，但有一条不大被人留意。那就是，朱元璋和他的儿子对土地私有权的干预（特别在江南）很强烈，一时“私田”减少，“官田”增多。相对满洲统治者虽然入关初期也有圈地，但很快转变了政策，对江南土地私有权的干预是不强的。这就给资本主义萌芽提供一层有利的条件，从而市民阶层很快有所抬头，市民意识有所滋长，从这样一种不以人们主观意志为转移的经济基础上，才有可能产生出像扬州地区那样的画派来。

我国17、18世纪的几个画派，无论是明末清初的“四王”派山水画，或者在康熙朝中晚期达到鼎盛的八大山人、石涛等人的遗民画，或者“金陵八家”，或者到乾隆前30年达到鼎盛的“扬州八怪”，我们都应该从上述的四大回合方面，去增进对他们的理解。

二

让我们先谈“四王”派的山水画吧。

过去对“四王”派山水画，长期以来存在着不够公正的情况。根源是把马克思主义的阶级分析法做了谭立夫主义唯成分论的歪曲，背离了唯物辩证法和实事求是的原则，形成一套乱扣阶级帽子的机械论。诚然，“四王”派的骨干画家，王时敏（烟客）和王原祁（麓台）祖孙二人，出身于位居“宰辅”的大官僚大恶霸地主家族，尤其是“四王”派在明末的祖师爷董其昌（玄宰），更是民愤甚大的。这些都是事实，不容抹煞，也抹煞不了的。

举两个例。其一，董其昌曾强夺秀才陆绍芳家佃户之女绿英为妾，董的次子祖权助虐尤甚。有他们的亲戚范生不平，写了剧本（传奇），董家将范生暗害了。范生的母亲哭于董氏之门，董祖权率悍仆对她进行殴打，甚至剥去了老妇人的衣裤。这即刻引起了广大人民的积愤，松江市民群起抗议，将董氏家宅焚毁了，董其昌不得不避居湖州（见文秉《定陵纪略》诸书）。其二，王时敏的祖父王锡爵是明万历朝继张居正之后的宰辅，居相位者历七八年之久。锡爵有个女儿，已许配徐廷栋之子，徐氏子夭折，锡爵之女即借白狐作祟为由，伪为神鬼之道，以掩饰其私行。后来声张出去，连万历的后妃嫔御都轰动了，王家感到无法了局，就赔银千两，将这一女儿嫁给绍兴某生。可是，隐秘终于为社会所周知，这对于王锡爵的伪名声是极不利的，于是采取两手措施，一方面由锡爵的一个族叔将绍兴某生夫妇诱骗到家，杀人灭口；另方面，由另一当时大文人王世贞（凤洲）写一篇《昙阳大师传》，企图作正面的留传（见谈迁《枣林杂俎》诸书）。即此两例，已足窥豹于一斑了。

但问题在于：这样的家族，这样的阶级成分，和“四王”派山水画的关系是什么？阶级会打下阶级的烙印，这是不容否定的；但怎样打，打到什么程度，却值得研究。大凡一个人，他在经济生活中所处的地位和他在意识形态方面的造诣和贡献，这中间不能说是没有关联，但这种关联不是直接的、机械的，而是曲折的、经过折光的。不重视真山真水，不强调师法自然，而只强调临摹、强调文人字画中的笔姿和情趣，这不能不说是受了大地主家庭的局限。但由于他们家藏的名迹较多，眼界广阔，又有悠闲的生活余裕从事写字画画，因而他们在风格和技法上也有了某些独到、创造之处，这些东西假如确实有的话，就不能说是地主阶级狭窄的东西，而有可能也成为广大人民所喜闻乐见的因素。对于画家的阶级出身和艺术成就，我认为应该区别对待。

就说董其昌。他的字，离胎米芾，虽然有颓废的倾向，但总的说，是潇洒有致的。清朝康、雍、乾三朝君主都爱董的书法，苏州园林遂至琳琅满壁。但这是问题的一个方面。另一方面，对于平民它不是也起作用嘛。以我个人为例，我在书画方面纯乎是外行，但偶尔练练字的事是有的，从而也积累一点经验吧。写欧，写颜，写黄，写着写着流于僵化，不是板滞，就是颟顸，或者就是霸悍，总之是流于贺天健老人所谓的“结壳”。后来，写一点米吧，学一点董吧，不知不觉就有点“化板为活”的味道了。看起来，董的书画笔法，也还是“有某种价值”的吧。

再说“四王”。“四王”自然是社会上层的画派，不像“八怪”画之为“不衫不履”者所喜欢。画坛之有王时敏和王原祁，犹之诗坛之有吴梅村、王渔洋一样，下里巴人是不容易欣赏的。但他们在一味摹拟“大痴”、“云林”之余，在技法上难道就一点贡献都没有吗？我认为不能这么说。特别是“四王”之一的王石谷（翚），他出身门第较低，平生也重视真山真水的观览，他能够冲破什么“南宗”、“北宗”的藩篱，综合运用各派技法之所长，形成了自己巍然一代大画家的成就。

以近代画家为例，受石谷影响的，不在少数。试略举几例。老画师贺天健在他的《自述》里说，别人问他，“学四王对你究竟有没有害处？”而他的回答竟是“不是没有好处的”（见该书页14）。他还说，不能认为王石谷尽然脱离现实，他有着很多反映现实的著名作品。另一山水画大师吴镜汀在他自己选集的前两页，选入了他本人早年亦步亦趋地摹拟石谷的作品，使人看到他后来以奔放笔姿描写伟大祖国山水——泰山、黄山、三峡、汉江、秦岭时，和当年摹拟石谷的锻炼还是息息相关的。北方老画家胡佩衡晚年设塾传艺，从他当时授徒情节的回忆来看，他经常叫他的徒弟临摹石谷。以上这些情节，不是偶然凑合的，说明“四王”派山水画固然不能提得太高，但像近二三十年来贬得这么低，似乎也是不合适的。

“四王”以外，还有吴、恽。吴历（渔山）几乎跟石谷同乡、同岁。他后来信奉了天主教，做到司铎，曾准备去欧西，至澳门而返。他有机会接触西洋画，故于水墨蓊染方面有所贡献。恽格（寿平、南田）更与“四王”不同，他是抗清战士的遗孤，早年是战争中的难童，懂得一些民族矛盾、阶级矛盾的过程，所以节操也好。他的花鸟画的影响是很深远的，从他的传派中我们既可以看到画院派的花鸟画家们的，又可以看到“八怪”画家们的一些来龙去脉。

三

17、18世纪的遗民画家为数不少，顶顶有名并且影响深远的，有八大和石涛。其他如陈老莲、傅山、龚贤（半千）、石溪等，也各有各的成就。但，假如孤立地钻研八大、石涛的画或者生平，还不足以理解为什么遗民画对当时、对后世有那么大的影响。我们应该把时代风貌结合起来考虑问题。

遗民的运动，应当追溯到明亡以前的东林派知识分子反阉党的斗争。在“四人帮”统治时期，东汉的党锢和明末的东林都是禁区，只有董必武同志去了无锡游览，并且题诗，有“景仰昔贤风节著”之句。据说旧有顾宪成所书楹联，文曰“纵然斫尽东林木，一片平芜也是林”，试看这是何等顽固的精神！这种精神在清初“扬州十日”、“嘉定三屠”之后，不是被吓倒而是更加顽强了。全国范围内爱国的知识分子集会结社奔走联络的活动，几乎达到旧史上无双的高涨程度。随便列举一些。在广州，有以屈大均为首的“岭南”集团；在江西，有以宁都“三魏”之一魏禧（叔子）为首的江西集团；在苏州，有以烈士吴炎、潘柽章的弟弟吴殳、潘耒为骨干的几个结社；在淮、泗地区，有以阎尔梅（古古）、万寿祺（年少）为首的徐州集团；在山东，以顾炎武在章邱大桑家庄的庄地为中心，集聚了一批山东的遗民；在河北广平府有以申凫盟（涵光）为首的一组诗人；在山、陕，规模就更大了，他们以太原、祁县、雁门、华阴、富平作为他们活动的中心，李因笃、傅山、王弘撰都是其中的骨干；在湘西，王船山（夫之）也不是闭门著书的人，根据近年来的材料看，他和陶汝鼐一起跟李定国是有联系的。这个规模，也就够大的了。

不但规模大，能量也很大。试举两例。其一，沛县人阎尔梅足迹遍天下，曾遍履“九边”之地，写下了一部关于“九边”地理、防御、经济的专著，可惜已佚。当时遗民到过兰州的很少，阎到过。其二，广州人屈大均（翁山）到过华山，在长安结识李因笃，经介绍去雁门，并与一抗清烈士之女（远在固原）结缡，抱持四月女婴，辗转由北京而天津，经运河船运抵扬州，又经半载始返广州，共历三年（事见《翁山文外》卷3）。四川大学已故女教授黄少荃先生生前著文涉及到这方面时，曾提出“他们的活动经费是哪里来的”这个问题，我们至今尚苦于不能很好回答。总之，这是一个极大的社会运动，远远不能用“地主阶级反满派”来概括。就是在这么大的影响下，史学界才出了顾炎武（亭林）和黄宗羲（梨洲），思想界才出了王夫之（船山），绘画界才出了八大山人、傅青主、龚贤、石涛等人，戏剧界才慢慢出现了《长生殿》和《桃花扇》这样的剧本的。

八大和石涛，都是明朝的宗室后裔。八大山人（朱耷）是明中叶被王阳明（守仁）镇压下去的宁王的后代，从皇亲的身份上败落下来已经有百余年了。石涛是封在桂林的一个小小藩王清江王的子孙，他父亲在“板荡”之际企图自称“监国”（代理皇帝）而被废为庶人，杀掉了。石涛跟随太监流落出来，从早年就饱餐了桂林的山水，继之又充分领略了黄山的山水。从来路上，八大、石涛就跟“四王”不同，“四王”出自地主阶级最凶恶的代表，八大、石涛出自皇帝中的飘零子弟；“四王”（王石谷例外）主要靠观览古今书画名迹，凭借临摹的功夫；八大、石涛主要靠亲身领略真山真水，师法自然。八大父祖几代都是画画的。并且，他从前辈人那里也吸取了东西。例如当代老画家谢稚柳先生写了一本《朱耷》，虽然短短万余字，但我个人认为写出了罕见的精练水平，在书中他指出八大喜用笔锋的侧势、逆势与均势，指出八大书画在用笔方面，也有从董玄宰中出来的痕迹。他指出，八大“从董其昌身上翻了一个身”（见该书页12）。这句话写得很好。翻身的例子是不少的，陕西周至李颙（二曲）的一本著作就叫《四书翻身录》；激进的思想家李贽（卓吾）就是从主观唯心主义大思想家王阳明身上翻了个身，翻出了“左派王学”。同是一个董玄宰，“四王”也从他那里脱身，八大也从他那里脱身，两者同根而殊途。这是怎么回事？只能说，现实的生活实践不一样，所以才使用了相类似的武器（技法），打出了迥乎不类似的局面（风格）来的。

这是个批判与继承的问题。批判中有继承，继承中有批判，这是客观事物中的辩证法。但什么时候也有过激派，如傅山（青主）结合他对降满派的满腔愤恨，就提出了在书法上“宁拙勿巧，宁丑勿媚，宁支离勿轻滑，宁直率勿安排”（见《霜红龛集》卷4）的过激主张；他还说了“开米颠（芾）一流，子敬（王献之）之罪；开今日一流，米家之罪”（见上引同书卷37）的话。我征引这些话的目的，是企图帮助说明，在遗民情绪的总的笼罩之下，在书法论方面就有傅山这样的偏激之论；在具体画面上，就有八大那样的荒怪、乖僻的内容；在诗方面，就有扑朔迷离的遗民诗。

石涛的情况又和八大不同。石涛是个“半截”人物。54岁之后，康熙的两次南巡他都迎驾，第二次还蒙引见。他跟满洲宗室、辅国将军博尔都交成了很好的朋友，到北京，跟在朝的名贵们诗画联篇。晚年居住扬州，市民化、庸俗化的端倪已经显露出来。不过，他前半生经历真山真水的一段，还是他一生艺术生涯的主要源泉。他之所以能够在他的画中不墨守陈规，不陷入形式主义的泥淖，不提倡仿古，敢于不拘一格，大胆创新，能够灵活泼辣地运用细笔、粗笔、干笔、湿笔尽情挥洒，——一句话，他之所以有这些成就，恐怕是跟前半生的遗民经历以及整个时代的遗民气氛，有着密切的关系的。

四

石涛还是个承上启下的人物。他上承遗民气氛，下启“八怪”的异端风格。在“八怪”画派中，有个二流画家叫高翔（字西唐），《扬州画舫录》中说，他与石涛相交甚密，石涛死，他每岁春必往扫墓（该书卷4）。这条材料，可以被看做是遗民与市民间的一架桥梁。

说到“八怪”，我认为，要刻版地考证哪八位画家是严格的“八怪”，哪些位画家不在“八怪”之列，这样做是没有太多的积极意义的。因为这样做的结果，势必把一些重要画家排除在“八怪”之外，而把一些非重要画家却网罗在内了。我们应以共同风格作主要标准，而不应单以籍贯及交游关系为主要标准。假如我这样主张的标准可以算数的话，那么，“八怪”画家似应分为三组：（一）籍贯不在扬州，但曾生活在扬州、画风与“八怪”显系一类者，如华嵒（新罗）、高凤翰（南阜）和黄慎（瘿瓢）。（二）正牌的扬州派画家，如郑燮（板桥）和李鲟（复堂），以及寄居扬州的客籍人士金农（冬心）和“八怪”中的殿军罗聘（两峰）。（三）其他应划归扬州画派中来的所有二、三流画家。这样主张是不是合适，请专家们指教。

在扬州的外籍作家中，华新罗是大家，人们曾称“新罗·八大”。他是福建长汀人，长期居住扬州。他以爱画最灵活的鸟兽昆虫而著名，如画松鼠、画眉鸟、八哥、兔子，以至蜻蜓、螳螂、寒蝉等，这种选题上的特征也不是不说明问题的。他还著有《离垢集》二本，稿存浙江图书馆。高凤翰也是大家，他是山东胶州人，曾随卢见曾（雅雨）在淮南盐署做小官吏，牵连卢案下刑部狱，右臂为之不仁，左腕作字作画，特具风格。拙藏他的残荷册页上题诗中有句云，“总教折断玲珑骨，不借污泥也自香”，从这诗句中我们可以嗅到他反抗旧传统力量的一股“异端”劲儿。对于这种“异端”劲儿，我们也应做“两点论”的分析，第一，市民和封建主是对立的，从而市民意识必然跟封建传统意识有着一种对抗的阵势。第二，由于我国长期封建的积累和资本主义萌芽先天的脆弱性，所以我们对于这种对抗，也不能做过高的估计。黄慎也是福建人，长期居住扬州，以画驴、画下层社会人民的受苦生活为专业。从不少资料中看来，有些画家单纯靠卖画为生，别无其他途径的经济收入，可见扬州地区的资本主义萌芽发展程度，已经可以使绘画成为一种独立谋生的行业了。

正宗的扬州画家，严格说只有二人，就是郑燮和李鳝。郑燮以画兰竹著名，以“诗·书·画”的综合修养见长于世。在山东做县官时，他也确确实实写过一些同情老百姓的诗文，办过一些有利于老百姓的事情。但像傅抱石先生所著《板桥集》的序言，我们确实感到有几分过誉了。板桥生活中是有很颓废、很腐朽的一面的，而这在艺术中不可能没有反映。李鳝是一位比郑燮大十几岁的画家，他原也从正统中出身，中过举人，是花鸟画家蒋廷锡的弟子，入过画苑，当过内廷供奉。板桥诗说他“护跸出入古北口，櫜笔直至仁皇前”，可见是见过康熙的。中年革了科名，贬了官，落拓江湖成为“异端”派。前辈画师陈衡恪（师曾）先生曾有一段讲到李复堂的话，窃以为很精妙。他的大意说，宋人画提倡“写真”，追求形似；发展过头，成为标本画，所谓“真而不妙”了。明人陈惇（字道复，号白阳）等反其道而行，提倡“写意”，追求笔墨与韵味；发展过头时，认为即便稍不形似亦无所谓，甚至所画为何花何鸟，亦说不清，即所谓“妙而不真”者。恽南田自然是“妙派”，他的弟子蒋廷锡是“真派”，蒋的弟子李复堂自工笔中出来画写意，自勾勒中出来画没骨，“化板为活”，遂臻上品。（见金北楼弟子发起的《湖社月刊》1931年，第40～60期合订本，页63～65）这段话是运用辩证法讲运动变化发展在绘画中的具体体现，很耐人嚼味。拙藏李复堂册页中有题诗一首云，“兴来钩染翡翠鸟，狂发涂抹芙蓉花，古人行草常连楷，工写相兼亦不差”。这正是李复堂的夫子自道，亲身体会。在这里，他把书法画法串到一起，讲出了书画表达方式中的辩证关系。

金冬心（农）是一位从写字做诗转到绘画中来，也画几笔“带金石气”的文人画的作家。他的徒弟罗聘（两峰）却是一个绘画中的多面手，为“八怪”画派担当有力的“殿军”角色。他是安徽歙县人，寄居扬州。他运用陈老莲以来的人物画技法，画大菩萨像；他运用石涛以来“断片取景”的经营位置办法，画悬崖、倒树、莲湖、古刹、水乡、竹林，历历如真。他晚年画“鬼趣图”，实际上那是对乾隆时官僚社会的一种讽刺画，具有揭露丑相的现实意义。日本人很喜欢他的画。我每每拿他的山水画和“四王”山水并比观览，深深感到一百多年间山水画的变化真大，“不废江河万古流”，历史在前进，绘画也在前进。

与“八怪”同时，文学界有曹雪芹及其《红楼梦》，有吴敬梓及其《儒林外史》。在史学界有全祖望（谢山）。在思想界有戴东原（震）。曹雪芹死于1764年，金农亦死于1764年，郑燮死于1765年，足见他们是在同一个时代中生活下来的人。意识也类似。在《红楼梦》中，通过宝玉和黛玉的嘴，骂封建教条是“混帐话”；在《儒林外史》中，杜少卿冲破封建的男女授受不亲的礼俗，跟自己妻子在清凉山下手拉手地步行一里多路，使行人目眩神摇、不敢仰视。戴东原在他的《孟子字义疏证》里，公开指斥“义理”障蔽了“人欲”，他正面提出要“彰人欲”。与此同时，“八怪”画派的画家们，跟上述这些人这些事不约而同地能够大胆解放思想，大力破除传统的藩篱，反对封建士大夫的僵化艺术，变细笔为粗笔，置山水而事花鸟，变勾勒以入没骨，使画面上色彩鲜明，形象生动，即市民与城市贫民亦可共赏。这不能不是绘画史上的一次突飞猛进。它给以后的画家赵之谦、任伯年、吴昌硕、齐白石、徐悲鸿等人，也带来了极其明显、极其强烈的影响。

1979年6月5日写于兰州大学

东痴、渔洋、秋谷

一

在现今淄博地区，当17世纪之时，是出过不少大诗人的，可是我这样想，对于这些大诗人，与其用一个一个研究的办法，不如并比研究更能引发兴趣和产生更理想的效果。我的实际设计是，以渔洋（王士祯）为轴，上挂比他年长22岁的表兄东痴（徐夜），下联比他年少28岁的外甥女婿秋谷（赵执信），从他们的诗风、诗论以及处世为人，都能比较出很多的东西来。只有一点要说明一下，蒲留仙（松龄）也擅长作诗，并且和上述三人生当同时，有着这样或那样的关系，应该也并比在一起，但我没有这样做，理由是留仙虽也作诗，并且诗的水平和价值都不低，但是他毕生精力毕竟是奉献给短篇小说去了，并为此在身后博得世界性的声誉。他不是作诗的专业户，还有，他在作诗的门户上，不曾与上述三人形成争吵，所以，蒲留仙就另作一案了。还有一点，就是流寓北方的江东顾亭林（炎武），也于同时在淄博地区活动，他和徐东痴的关系非同一般，就像反清复明的同志关系那样，而王、赵两家对顾颇露微辞，有时即便不“微”，也露出“不置辞”的冷漠。因此，在比较过程中，顾的言行也有必要穿插进来帮助对上述三家的分析。

二

现在，先从东痴（1612～1684）说起吧。

他原名徐元善，渔洋说他慕嵇叔夜之为人，更名夜。字嵇庵，又字东痴（见《渔洋文略》）。但也有人说，“夜”、“痴”字样，寓有思明、复明之意（见郝毓春《隐君诗集序》）。明崇祯四年（1631）和十五年（1642），明叛将李九成两次攻陷济南和新城（桓台），第二次东痴的母亲不辱，投井死难。从此，东痴一生不应试，不出仕，保持了终身的遗民身份。

从顾亭林的几种《年谱》看，一致记载着他初到山东，就通过章丘张元明的介绍，结识了两个要紧的朋友徐夜和张尔岐。这三个人有一个共同点：顾的母亲为满洲兵砍断臂膀，嗣母在常熟绝粒而死；张尔岐之父亦为满洲兵虏去，于途中被杀害；徐夜母又投井死。这个共同点使三人结成性命之交。本文作者25岁最初研究顾亭林时，仅得读东痴诗一二首，事隔52年，始得读张光兴等三同志编辑选注的《徐夜诗选注》，所读徐的诗猛增至近300首。从这些诗中，才较充分地领会了徐和顾、顾和王交谊的某些底蕴。

顾《酬徐处士元善》诗的自注说“来书劝为昌平承天之行”，足见亭林平生祭明陵的举动，最初是东痴建议的。至于康熙三年（1664）祭昌平明陵是亭林去了，东痴也去了，但究系二人结伴同去，抑各自去，则由于遗文欠明，不敢遽断，很大的可能是同去，并且还一同游历了山西。试观，陪亭林祭陵不是一般的关系，只有像王弘撰（山史）这样同志般的朋友，才能够“华阴有王生，伏哭神床下”，这是保密的行动。

明遗民在清朝高压下进行活动，大多诡秘不使人知，且很少留下痕迹。顺治十八年（1661）东痴南游，亭林亦恰于同年南返，二人在杭州相遇，东痴有诗云“客中常避客，此地独逢君”，只这两句就够人寻味的了。近人邓之诚复云顾“亲至山中访之”（见《清诗纪事》页160），邓氏平生所见资料甚富，当另有所据。吾人几乎可以推断，这类会面是预先约定的，而非偶然猝遇。试想东痴平生清贫，所饮酒亦须以诗代疏向诸公乞讨，而生平竟出游五次，计北游燕赵一次，南游苏杭一次，北至昌平一次，西游宛邓一次，赴江西两次（一次未达，一次到达竟客死德安）。这些不辞劳苦的奔波，目的是什么？正如刘继庄（献廷）谈到王昆绳（源）时所说，“事不可以无稽也，而竟莫之能稽”。

渔洋对他这位“徐五兄”的行径是不同意的，多次写诗婉言劝阻，最露骨的一首是《追和东痴钓台怀古》。诗曰：

帝业真归赤伏符，故人不作执金吾。

犹嫌齐国知男子，终隐桐江学钓徒。
鼎足三尺慎要领，师中十载白头须。
清风万古严陵濑，知有云台博士无？

（见《渔洋精华录》卷10）

这首七律典全取自《后汉书·逸民传》，大意说汉光武南征北战，须发都白了才当上皇帝，这是应了天命的，可是一些逸民如周党、王霸、严光等却偏偏不服，见了光武不称臣，不下跪，后来出来个云台博士叫范升的，狠狠地批判了这些人，说他们文不能出点子，武不能打仗，觊觎更高的官位（三公），摆臭架子。渔洋这首诗中的隐意已经很不婉转了。到康熙十五年（1676）渔洋进京，表兄弟二人最后一次握别时，东痴才以诗为答，略曰：

……
在昔托相知，穷通不易辙。
出处各为心，古人肠不热。

（《丙辰正月十一日奉送阮亭先生赴京》，见《徐夜诗选注》页115）

意思表达得很清楚，做官、不做官是各自选择的道路，选定之后，就很难更改了。大家都老了，还是不激动为好，各走各的路吧。

三

现在，来看渔洋（1634～1711）。

渔洋，原名王士禛，因“禛”字与雍正帝胤禛相重，犯讳，改名士正，后作世祯，字贻上，号阮亭，又号渔洋山人。祖上自诸城（琅琊）迁来桓台，已历八世。里中有“四世宫保”牌楼，标明在嘉靖、万历之世，渔洋祖上做过大官。渔洋昆仲皆能诗，其长兄士禄（西樵）亦有诗名；渔洋为季，早岁科甲，历层层官秩，遍游各地，声气广通，于是领海内风骚者50年，被誉为诗坛盟主，所以他终生事业是作诗。

要作诗，就要有所考虑，有所选择。考虑什么？选择什么？大体说来，一个新诗人、新诗派的崛起，一股新诗风之成风，都要在传统诗派中有所选择。追踪哪家？扬弃哪家？在当前诸诗派中风从哪家？疏远哪家？这都是要有所选择的。

在渔洋顶头的传统上，就是明末的“前七子”和“后七子”。他们标榜的信条是“文必西汉，诗必盛唐”，方法是摹拟，作形式方面的追逐，所以后世的反映并不好。“七子”中颇有几个是济南人，王家不可能不受影响，如徐东痴父亲死后就随母住在外祖父王象春（季木）家，季木是“七子”中的后进，他的诗风，钱牧斋说是“赡而肆”、“大放厥词”。渔洋为人谨慎。平生不道“七子”短长。

再者，当时诗文主流有两派，一曰载道派，一曰言志派。载道派主张诗文要有实质性的内容，这内容就是“道”。“道”的内涵可以有千般万样，孔子讲道，老子也讲道，理学家也讲道，佛家的禅意也是道。往精华处发展，可以达到为天地立心、为生民立命的崇高意念，往糟粕处走去，可以以忠孝节义去束缚、去锢闭人们的头脑和灵魂。但清初时期，这一派势力不小，泽州陈廷敬、永年申涵光、德州田山姜、曲阜孔尚任，都主张“诗以载道”。另一派主张“诗以言志”，主张诗是诗人心声的反映，你想什么就写什么，想怎么写就怎么写。假如“载道派”的“道”是一种框框，那么“言志派”就是要“破框框”，使诗解脱化、清新化、活化、自由化。钱谦益（牧斋）、吴伟业（梅村）属于这一派，顾炎武（亭林）虽然带有很重的载道派倾向，但基本上也是主张“诗以言志”的。在这一点上，渔洋偏重倾向于言志派，证明之一是他跟陈廷敬同朝为官，论诗从来不合；证明之二，他平生心仪牧斋、梅村二家最深，崇敬之情溢于言辞；证明之三是他选“京师十才子”，孔尚任竟不入选。可见渔洋的门户之见也是很深的，他要的是意态轻妙的，是词藻佳丽的。至于国家兴亡、生民疾苦，他认为这些不一定非要统统写到诗里来。

另外，还有一条杠杠。由于唐诗是中国全部诗史中鼎盛期的产品，所以对唐诗态度如何，又成为不同诗人、不同诗派的分界。譬如，诗必盛唐，天宝以下无足取和诗不必盛唐，韩愈诗也有特点嘛，宋朝黄鲁直诗也有足以师法之处嘛，这就形成了一条分水岭。再有，就是对杜甫的态度。杜甫是诗中的全能手、最高权威，元稹说“自有诗人以来，无有如子美者”。所以后世“宗杜”和不必宗杜，又是一条分水岭。宗杜，如陕西富平的李因笃就是一例，观其《受祺堂诗》，无论古体或是近体，几乎满纸老杜，连排律的作法都被他揣摩到家了。王渔洋不这样，他很少提到杜甫，更不崇拜杜甫，所以赵秋谷说“阮翁酷不喜少陵，特不敢显攻之”（《赵执信全集》页537）。渔洋从盛唐期杜甫以外刻意选拔出几位诗人如王维、储光羲、韦应物、柳宗元、孟浩然，再加上东晋的陶潜、唐中期的孟郊（东野），作为他称道的对象。察其用意，似在诗不必像《北征》那么沉重，压得人透不过气来，不如轻松一点为好，短一点为好。他常说“佳处多从五字求”，他批徐东痴诗有一条云“三四佳句”，意思是只这几句已经足够了。他平生奖掖的诗句，计他本人的“满路槐花出故关”，徐东痴的“黄叶随人过板桥”，费此度（密）的“孤艇接残春”，吴天章（雯）的“千点桃花尺半鱼”，等等而已。有一次他过秦岭，看到有一句题壁诗“牛在壁上耕”，他也喜欢得不得了。总之，他似乎欣赏人们以敏锐的感官在瞬息间捕捉而来的意境，就像一些老僧们在瞬息间捕捉来的思维一样。老僧们的思维写出来的是“偈”；渔洋鼓励自己和门徒们写出的是有神韵的诗句。渔洋还从诗论方面故作玄虚地说，像这样得来的诗句，是“得之于内”的，“忽自有之”的，是“不可凑泊”的，等等，这便徒然为持不同诗见者提供了若干进行攻击的把柄。

仿佛在哲学上有一派，主张直觉。这和西欧体系是不同的。西欧著重实验，形成经验主义，又从经验基础上再形成理性主义。东方人主张心物合一，内外合一，超越经验和理性，通过直觉，取得天人合一的“知”。这种“直觉”是与感觉、知觉类似而不同的一种特殊的求知方法。渔洋之诗的神韵说，很像哲学上的直觉说在文学方面、在诗的问题上的一种同步行径。自不敢必，姑书此以待教正。

四

现在，该来说说秋谷了。

秋谷（1662～1744），名赵执信（“信”读“伸”，意为笏版。秋谷在入场应试时经常为书吏唱名之误读而挑起纠纷，此亦为乡中父老所爱称道者）。明朝亡时，东痴年已33岁，故至清朝为名正言顺之遗民；渔洋当时才11岁，其脑际之明朝遗念已甚稀薄，所以诗中故国之思不浓，其《秋柳诗》四首曾遭人告发，云有思明之意，此纯系恶人构陷之词；秋谷则生于康熙元年，历康、雍、乾三朝之盛世，故其诗文中所显露的，纯是一派大清子民之立场——此三人在民族问题方面态度之差异，也都是自然而然的事情。

秋谷少年得意，17岁中举，18岁联捷进士，23岁为山西乡试主考，28岁因在皇后丧期筹演其好友洪昇（昉思）之《长生殿》传奇，为昆山徐元文嗾人密告，致削职除名终身。自此遨游天下，醇酒妇人，至83岁（目盲11年）而终。

秋谷诗论与渔洋相抵牾。对此，50年代人们盛称秋谷为唯物主义，渔洋为唯心主义。以此划界未必符合实际，盖因秋谷论点中唯心主义亦不少，渔洋论点中唯物主义亦非绝无。大体言之，秋谷一生理性能力很强，富有辨析与批判的能力，诗文犀利（此亦即渔洋所谓之“划刻”）。每每为人称道，而秋谷亦颇以此自负，故为人所志墓之中，每露其人易箦之际语其后嗣曰“非赵子无以铭吾墓……”等等的话头，令人感到其自负的程度已较严重。

他的诗论很不错，故后世《谈龙录》一小书传诵不绝。他主张诗中要有事在，还要有人在；他主张诗人要知学，还要知道；他主张诗文以意为主，辞藻只是仆役，为主人服务而已。由此可见，秋谷诗论为有机地批判综合了旧有的载道派和言志派的合理内涵，形成一种较以前诸论更健康、更全面的现实主义诗文论。

秋谷诗论是建设性的，看得出并非专为诋斥渔洋而作，纪晓岚（昀）所谓求渔洋作序不遂乃终生诟厉的话，我们也只好姑妄听之。不过秋谷也并不是没有缺点的，在诗论方面批判渔洋是可以理解的，但诗文中随时随地遇到可以挑衅之处，秋谷皆不放过，也是事实。且秋谷行为放浪，所到之处，宿妓嫖娼，且辑其作为专集，其中竟有“三度天台，不见桃花烂漫开”（《全集》页333页）这样的词句，反映了某些男人单纯把异性当成使用工具的不健康心理。

秋谷思想中亦有确切无疑的唯物思想，如对人死后家属为死者“送浆水”（送汤）、“送盘缠”等礼俗的激烈批判，谓“以桶水覆地而饮之，是视其亲为何物耶？其尤甚者，以纸钱曳地，遍行庙中，何处绁止，则曰亡者在是，相与痛哭”（《全集》页590～591）。本文作者少年之时即被强迫行此种礼俗，积愤一生，今读赵子之文，始知反此迷信之孝者早已发出其呼声矣。

五

现在，该是写出点像总结那样的东西的时候了。

王渔洋是一个大人物，无论在历史上，或者在文学史、诗史上，他都应该是个大人物。他领导的诗风，影响整个诗坛者达半个世纪之久。只是由于他的才气（这不是个唯心主义的东西，而是实实在在的东西）不是那么最高，又由于他的古学（如像纪晓岚在《四库提要》中所表现的那样）不是那么最深，所以人们对他每每有嫌浅嫌薄的批评。民族思想他不是没有，但包裹得很紧；对宦海浮沉他也不是不厌恶，观其题孔尚任书斋曰“岸堂”可知。

徐东痴和王渔洋表兄弟二人作诗的源头，都在魏、晋。章太炎说过，历史上最美的诗文出现在魏、晋。细读徐、王二家诗，魏、晋诗风的烙印是掩盖不住的。王、韦、孟、柳的影响是有的，但那只是从表皮上看。东痴一生的行径，值得深一步研究，当时“三藩”正要起事，天下兵荒马乱，而东痴却往来奔走，这中间不可能没有隐秘的内容。

至于秋谷，他也应该是一个大官，但由于偶然事故停罢了。家中也比较豪富，所以能云游天下，诗酒连篇。他有一种自信，就凭着这种自信，他被罢官后一直不谋复职。他自信的就是他的独立思考的能力，凭着这种能力，他的诗文也起了相当大的影响。

鄙人年已耄耋，力不从心，铿铿两周，仅能成此短文，不过发凡起例，乞后来者谅而续之，则幸甚矣。

1994年7月7日于兰州大学

一篇写法奇特的短篇小说

——《喻世明言·杨思温燕山逢故人》读后

假如有人问我，《聊斋》四百余篇你最喜欢哪一篇，我必冲口答曰《婴宁》。为什么？因为它的写法别致。同一道理，假如有人问我，“三言二拍”共一百篇小说中，你会推举哪篇为案首，我将答曰《杨思温燕山逢故人》。为什么？因为它的写法别致。别致在哪里？这就话长了：大体一个故事、一篇小说，可以有好几种写法。譬如，平铺直叙法，也不见得写不出好文章。如“三言”中的《沈小官一鸟伤七命》就是源源本本、平铺直叙，而效果并不坏。还有一种写法，是从故事中间截取一个截面拿到开头来，然后在中半截再从头倒叙。“趁我们主人公在睡午觉的时候，让我们把他的身世叙述一下吧”，我把这叫做“屠格涅夫法”。时下一些新作家仿佛还在演用这种写法。第三种写法就像《杨思温燕山逢故人》这样，我把它叫做烘染法，像明朝陈白阳（道复）画菊花一样，他不用重墨勾勒花瓣，而是靠背景上的淡墨把一朵朵菊花生动地烘托出来，效果很别致。

这篇东西的作者，是大手笔。他不同于书中其他篇章，借江湖艺人话本改写而成。他是纯文人的写法。他把基干故事压缩到最小，最末尾，而用小说前部和中部很大的篇章写大氛围。大氛围是什么？是宋、金间的关系。这时候，金兵灭北宋、俘虏徽钦的那场战争已经打过去了，双方又恢复了某些外交和商贸关系。作者就从这里写起。他从东京（开封）的上元节（元宵节）跟燕市的上元节的比较写起。正如恩格斯所说过的那样，野蛮民族的军事上的征服伴随来的是文化上的被征服。燕市也有上元节，也闹花灯，但规格无法与东京比，而且不免粗俗。燕市上也有大酒楼，而且是摹仿东京的白楼和樊楼的规格，其中跑堂的还是东京的旧人，不过已带有某种很微弱的种族奴隶的身份了。作者写这些，不用岳飞“饥餐胡虏肉”“渴饮匈奴血”的写法。岳飞是大帅；而我们的作者把笔压低一码写，写出一些留居异域的宋朝人的淡淡的哀愁，我们读了后，有点像看了京剧《挡马》后的感受。

他还写第二个氛围。第二个氛围是什么？是人鬼间的关系。说起鬼，五六十年代大批“有鬼无害论”，吓的沾鬼边的戏不敢演了，沾鬼边的书不敢出了。其实所谓“鬼”，并不是一种物质的存在，而是一种精神上的创造物。在文学上，它有极大的使用幅度。用人表达不出的，用鬼可以表达出；用人、情节转换不过来的，用鬼可以转换过来。具体说，就是小说主人公郑意娘。她是鬼，但分明又是人。她会顺手题写诗词，她要求自己对丈夫的爱情保持忠贞，也严格地要求丈夫对自己的爱情保持忠贞，并且一旦丧失了这种忠贞，她将进行无情的报复。这样一个郑意娘，假如单纯按人写，有写不出来的部分；单纯按鬼写，也有写不出来的部分；只有把她写成又是人、又是鬼，才能把故事写的出神入化。

而且这种人鬼模糊也和宋、金间的民族冲突，并且在冲突中不声不响地进行着民族融合——相勾连着。试看，当拜把子兄弟杨思温问嫂嫂郑意娘在秦楼前看到的那一车韩国夫人宅眷是人是鬼时，郑意娘说：“太平之世，人鬼相分；今日之世，人鬼相杂。”这是郑意娘在说话，也是我们小说的作者在说话，在反映宋、金战争后普通老百姓的一种心理感受。

于是，故事便缘着这条线索发展下去，作者又创造出第三个氛围，或者说“境界”。这里是据说的韩国夫人原先的府邸，而今搬迁了，改成一座荒草离离的韩国夫人的坟场和享堂。我们的作者也表现为很有本事，他顺手又安排了住在坟院墙外一对老夫妇。男的人们叫他“山东拗蛮”，意思是性格内向、倔强、甚至蛮横。靠打线为生。女的东京（开封）人，性格爽朗。这就像在戏场上在主角之外随手安排几个“裹子”、“老末”、“小花脸”一样，虽然比起主角没有那么要害，但在台面上却是不可少的，他们能帮助推动情节的衍变和发展。譬如，主角郑意娘的故事就是顺着这位“东京老媳妇”的嘴讲述出来的。

这郑意娘原是宋朝乔贵妃的养女，嫁与忠翊郎韩思厚为妻。遭遇国变，郑意娘为金帅撒巴太尉所俘，欲施强暴，郑自刎而死，故在形象上我们的作者总忘记不了描写她“项缠罗帕”的这个情节。她侍侯撒巴太尉的妻韩国夫人，并且在韩国夫人死后随埋在这座阴森森的坟院里。东京“老媳妇”说，寻常阴雨时候，她经常到园中去与意娘闲话。这样，“人鬼相杂”的情节，不就疏通开了吗。小说家就是运用了这样的手笔。

故事的中心点就在这坟院里进行。丈夫要求把妻子的骨殖迁回到他供职的金陵去，妻子说，“我在生之时，他风流性格难以拘管，今妾已作古人，若随他去，怜新弃旧，必然之理”。由此可见，郑意娘是有预见的。她曾以生命献出了对夫妻之爱的忠贞，她也要求丈夫保持相同的忠贞。丈夫答应了，并且发了誓。于是骨匣便带到了金陵。

底下，故事就只剩下一条尾巴了。那就是丈夫背叛了誓言，破坏了忠贞，并且按誓言受到了惩罚。而且这惩罚又是很残酷的。这不奇怪。在文学创作里，人们往往把这种惩罚、或者说报复，写的很残酷。例如《聊斋》的《窦氏》篇中写地主南三复勾搭贫农姑娘时曾信誓旦旦，但一转眼却另婚，置原妻儿于死地而不顾。他所受到的报复也是残酷的。这带有传统民俗学的意味。民俗传统中，就是要求报复的。宽恕的思想，是后来的政治家和哲学家为了敉平冤冤相报的矛盾严重化，而倡导出来的。宽恕是后发的，报复是原始的。在中国最古的时候，据说是天地相通的，人可以上天向天帝申诉，天帝也可以派人下界复查。后来据说天地之通断绝了，冤事无处申诉，于是就发生了杀一条狗、杀一只鸡，将血撒在十字路口，以感动天帝，也感动人群。到现在在大西南云、贵地区，还有这种遗风。可见，宽恕的思想，是存贮在儒家的经典里；报复的思想，是存贮在民俗学和小说里。报复和宽恕交替参互使用，这就保持了社会的稳定与平衡。

1998年12月17日于兰州

西北地方史研究

《穆天子传》中一些部落的方位考实

一　引言

1973年，我写过一篇有关《穆传》的文章，辩论了一下《穆传》究竟是“小说”、抑是可供采择依据的史料的问题，旨在申述张骞的通西域并不是什么“凿空”，远在他之前，中原与中亚间的个人与团体的串连，早已在发生着了。我个人对那篇文章很不满意，认为一般化，故决定将它废置，重写一篇。三年的间隔，产生一些对《穆传》的总的看法，准备拿来写在这篇新的文章的篇首。

《穆传》不是“小说”，是可供依据的有用的史料，这已不须辩论。但《穆传》中有不少地处很难落实，这是问题症结之所在。近世企图予以落实的史家不算太少，其中以顾实与岑仲勉用力最勤。顾氏之书，主观上从民族扩张的观点出发，把古人足迹所及尽力予以夸大，是不易为后人所理解所接受的。岑氏则太著重于古今中外人名地名的对音和对转，弄不好反而成了作者本人主观看法的工具。但不论如何，我仍然承认，他二人是在《穆传》问题上功力最深、成就最大的。

要落实《穆传》，有好多条渠道。从历法和干支方面推算，是一条渠道，过去的学者们曾在“周正”和“夏正”方面进行过争论。穆天子旅程所经，大体两年，但这中间有一个漏洞，即汲冢的简原已散乱，而《穆传》后世传本中的干支也确实有凑不拢的地方，这说明有错简，从而这条渠道就有了故障。另一条渠道，是从名物情节上去落实，刘师培在这方面做了一些工作，如关于

“七萃之士”、“六师之人”、“墨乘”、“工布”等，与古代礼书所记，大体相符。但这只限于中原名物，至于西域名物，有好多还是弄不清楚。第三条渠道是从书中所使用的词汇和语法去落实。在这一方面，过去的疑古派如顾颉刚、童书业两先生都曾从反面提出问题，如“太公亶父”、黄金若干“镒”、“阏氏”、“膜拜”、“皇后”等词汇，都与西周通用词汇不符，显得较为晚出。至于语法和语式，特别是见西王母的一大段，历来就是《穆传》被指摘为神话的重要凭据。对于这些，在落实《穆传》的过程中，都有待于排除。

看来看去，落实《穆传》的最主要渠道，怕要从山川部落着手。因为《穆传》内容不是其他，而是一场官方的旅行，目的不外察阅山川、联系诸部落的头人和人民、采集一些异域中的动植矿物而已。其实这样的事，既不始于张骞，即便传说中的穆天子和这部《穆传》所记，也未见得是首创之举，远古史中早有更古老的踪迹了。《列子·汤问篇》中说，“大禹行而见之，伯益知而名之，夷坚闻而志之”；《淮南子·地形训》中说，“禹乃使太章步自东极，至于西极。……使竖亥步自北极，至于南极”；王充的《论衡·列通篇》说的就更清楚了，“禹、益并治洪水，禹主治水，益主记异物”。所有这些，自然我们承认，神奇夸张的色彩甚至是很浓厚的，但这些话的“内核”则绝非子虚，绝非无中生有。

综合起来看，在张骞和张骞以前，较大规模地勘察大西北至少有三次：传说中的禹和益是第一次，其记录是《山海经》；传说中的穆天子是第二次，其记录是《穆传》；张骞是第三次，其记录纳在《汉书·西域传》之中。三次勘探，三次记录，各有不同。打个譬喻说，第一次像是深夜中所见的景物，黑影幢幢，很难辨析；第二次《穆传》中所记，已像黎明前所见的景物，有的分晓，有的模糊；第三次天光已经大亮。到隋、唐及其以后的记载，那就更像正午时所见，不太需要考辨了。现在，我们假如取《穆传》为骨干，上挂《山海经》，下连《西域传》，将一些尽可能辨析清楚（哪怕半清楚也好）的山川部落，来落实一下，想来还是一桩值得做的工作。写作本文的动机和想法，大体如此。

二　河宗氏与阳纡之山

穆天子旅途中的第一个大站头，就是河宗氏。在到达河宗氏之前，《穆传》

中未决的问题还是有的，如“宗周”究系镐京、抑是洛邑的问题，置喙之人甚多，兹避而不谈。半途中还遇上犬戎，犬戎在古史中痕迹亦复不少，故亦不多赘言。今只言阳纡之山与河宗氏这个部落。

阳纡的方位，一直很难确定。古文献中“纡”有时作“汙”或“盱”；有时它是山名，有时又是泽薮之名。有人把它的方位定在今陕西的三原、泾阳一带（《淮南子》高诱《注》），又有人把它定在今河南孟津（《水经注》引李尤《盟津铭》），这两个方位显与《穆传》不合。《山海经 · 海内北经》说，“阳汙之山，河出其中，凌门之山，河出其中”。《水经注》说，“河水又出于阳纡、陵门之山，而注于冯逸之山”。冯逸之山，当为今之中条山；“凌门”、“陵门”当即龙门；从引文的次序排列来看，阳纡必在龙门的上游，那就很可能是河套了。徐炳昶的《中国古史的传说时代》一书中曾引古生物学家杨锺健的话说，河套古代为一大湖（见该书页361）。那么，阳纡除是山名之外，假如又是薮名的话，高诱的“秦薮”之说就可以说通了。可能后来水涸，薮名经地名层化，又移到池阳（三原）去，也是可以设想的。阳纡与龙门，是传说中禹治水的两个重点，所以古籍中往往予以并举，并且《淮南子》中还有什么“以身解于阳纡之河”的神话，在叫做“阳纡”的河和湖的北面有山，这就是现在内蒙的大青山，文献中又名之曰阳山，这也可能与“水北曰阳”的原则有关。《水经注》说，“河水自临河县东径阳山南”，这也就是《史记 · 秦始皇本记》中所说“命蒙恬渡河，取高阙，据阳山北假中”的那个阳山。郦道元身当北魏末扰攘之际，其著《水经注》驳杂钞辑之处非少，所以他把阳山当一处，把阳纡当成下游地方的另一处，混乱的症结怕就出在这里。

假如阳纡之山和阳山是一回事，河宗氏部落的方位就很容易确定了。岑仲勉先生曾就“河宗”与“居延”在英语与法语拼写中可以构成对音为理由，定河宗方位于居延（见所著《中外史地考证》上册页14～15），实感牵强。我们仍然相信唐朝人张守节的话，他在替《史记 · 赵世家》做“正义”时，对“奄有河宗”一句解释说，“盖在龙门河之上流，岚、胜二州之地也”。这说的很清楚，不能揪住他用了一个“盖”字，就说这是“疑辞”和“臆测”。岚、胜二州当今内蒙之清水河、托克托、东胜一带，这个方位几乎是可以定案的。

但“连锁反应”还是会有。例如不止一位《穆传》的研究者就提出过质疑问为什么这次旅行往返两程全经河套，而偏偏不走陇坂、鸟鼠山的一路？对于这一提问，我们必须努力做出回答。就像明朝通西域的人必定抓住哈密一样，传说中的穆天子旅行要在河宗之邦举行祭河仪式，要在这里观览图籍，最重要的还是在这里能够物色到理想的“舌人”（翻译）。河宗伯夭看起来是穆天子一路上紧紧伴随的译员，对很多部落的献礼物品都是派遣伯夭代表天子接受，他对“西膜”的风俗习惯和语言似乎是相当熟习的。陇坂、乌鼠山一带，可能找不到这样的人才。

提到“西膜”，不免再多说几句。《穆传》中多次提到“西膜之人”，随带着一连串的词，如“膜拜”、“膜昼”、“膜稷”，《山海经》中还有“膜犬”。童书业先生就曾以“膜拜”一词是出现于佛教传入中原以后的词为理由，指斥《穆传》为伪书。这一词组中的根本词是“西膜”。郭璞的《注》说是“沙漠之乡”。写出这样一条注释，不能说不带有“望文生义”的嫌疑；但仔细想，也不能说他全错。刘师培说“西膜”是“塞迷”（Semites）的转音（见《国粹学报》第51期《史篇》），他又从“塞”字引伸，进一步说“西膜”就是《汉书》中所说的“塞种”。岑仲勉指出，“塞迷”和“塞种”是两回事，“塞迷”是闪族，属白种人；而“塞种”原语为Saka不是白种人。据此，“西膜”是塞种，容有可能；是塞迷的可能性，则完全杜绝了。观隋、唐类书中，提到西域概念时，有时作“西胡”，有时作“西极”；那么“西膜”会不会是与“西极”、“西胡”、“西域”是同义的一个词呢？待考。

童书业提到的“膜拜”，也在这里辩一辩。原是郭璞的《注》把问题带出了枝节，他说“膜拜”就是“南膜拜”。“南膜”又作“南谟”，又作“南无”，这确是佛教的呼号，呼一声，拜一拜，谓之“南膜拜”。但这个“南”字是郭璞凭空加上去的。假如“西膜”之人的拜法就叫“膜拜”，那就不一定是佛教以后的事情了。顾实谓“膜”可假借作“拍”，即“两手相击而拜”（见《穆天子传西征讲疏》页80），为古时荒服人民的一种通行礼俗，与中原之稽首再拜截然相区别，原不待佛教之传入。此说相当可以成立。假如一切与印度或西域相关之名物，必待佛教之传入而后随至，那么《山海经》中“无达”、“氾天”、“丑涂”诸水名显系印度语中名色，远在佛教传入之前很久即已赫然载在中原远古典籍，这又怎样去解释呢?。

三　赤乌氏与春山

自从穆天子离开河宗之邦以后，有相当一段途程是缠不清的。如乐都是不是今青海的乐都？积石是不是今甘肃的临夏？黄帝之宫究竟在哪里？都说不清楚。假如说当时能够爬越喀喇昆仑山到达帕米尔和喀什、叶尔羌地区的话，以清光绪年间英、俄间谍杨哈斯班和葛罗姆切夫斯基凭借近代科技手段经多方勘探始获知极少数隘口的事例来印证，是不容易令人置信的。所以又有人设想穆天子是沿着北宋年间王延德走过的那条路——经居延、哈密转到南疆去的。这些事一时都说不清楚。故暂避而不谈。

赤乌氏是穆天子旅途中遭遇到的一个重点部落。我们今天把它拿来作为重点，还另有道理在，因为这涉及到民族来源的大问题。中华民族自古以来就是多民族组成的大家庭，然就其骨干来讲，不外东有夷而西有戎，稍后的称呼是东有殷而西有周，融合之后统称华夏，刘邦之后曰汉。从考古上说，就是黑陶与彩陶。像把中国的彩陶说成是来自高加索那样的一套“中国民族西来说”，自然是在政治上别具用心，在科学上也是牵强难以说通的。但假如我们说周人原是西戎之一支，来自于阗、叶尔羌、帕米尔一带（岑仲勉氏即持此说，丁山氏更根据《易》辞中“七日来复”和“死如、焚如、弃如”的话头，来论证这一点），那就不一定被斥为荒谬。我们试问：为什么《山海经 · 西次三经》中偏偏提到“南望昆仑，其光熊熊；西望大泽，后稷所潜”的话头呢？后稷是尽人皆知的周人的始祖，因此假如我们说周人的原始居地在今新疆最西南隅一带的话，这依然在祖国边疆以内，总构不成“民族西来说”的翻版吧?! 何况赤乌氏部落又会在这个问题上构成为有力的助证呢。现在，我们先引录《山海经》和《穆传》的有关原文在下面：

> 《山海经 · 大荒西经》：“有西周之国。姬姓。食谷。有人方耕，名曰叔均。帝俊生后稷，稷降以百谷。稷之弟曰台玺，生叔均，叔均是代其父，及稷播百谷，始作耕。有赤国妻氏。……”
>
> 《穆天子传》（卷二）：“天子西征，至于赤乌。（赤乌）之人其献酒千斛于天子，食马九百，羊牛三千，穄麦百载。天子使祭父受之。曰：赤乌氏先出自周宗，大王亶父之始作西土，封其元子吴太伯于东吴，诏以金刃之刑，贿用周室之璧。封其璧臣长季绰于舂山之虱，妻以元女，诏以玉石之型，以为周室主。……”

这两段引文之所以重要，是在于结合上其他资料，完全可以刻画出一部周族发源、迁徙、分批文明化的历史。在《山海经》中，它列在《大荒西经》，无山川标志，很可能是错简（因为《山海经》中错简较《穆传》中痕迹尤多），实际上怕仍是《西次三经》中的一段。这段内容，最为朴实可贵。“有人方耕”一句，简直是特写镜头，说后稷和他的侄子（伯侄二人，或者由二人代表的两个家庭），在那里共同经营农业生产。这个部落，明确不移地叫“西周之国”，并且标明姬姓。这个“西周”，跟若干年后迁徙到中原而且相当文明化了的“西周”，根本不是一回事。这段纪事，假如跟《诗·大雅·生民》篇并比观览的话，就可以看出文明化以前和文明化以后间的差别。《生民》篇描写的对象也是后稷，不过是用文明化以后的笔墨去写，所以什么“牛羊腓字之”、“鸟覆翼之”，什么“荏菽旆旆”、“禾役穟穟”、“麻麦幪幪”、“瓜瓞唪唪”等辞句都用进来了。其实没有这么进步，倒是《山海经》写出了一点真相。

《山海经》中的“赤国妻氏”是否就是《穆传》中的“赤乌氏”？我们不敢说定，但很可能是。《山海经》中赤国妻氏与西周之国并列，可见是邻居，也就可能是亲戚。《穆传》中就直截了当地说是太王的女婿封在春山。春山、锺山、葱岭，怕是一回事，这大概不成问题。周族东迁并且文明化了以后，仍有一个亲戚部落留在原始居地上。依然经营农业，这完全是可以理解的。并且，像这样的东迁和文明化，并不止一次。汉朝时后安定郡（今平凉地区）有个乌氏县，为岐、梁、泾、漆地区“四戎”之一，蒙文通认为这就是赤乌氏后裔东迁后所居地的置县。这说法在很大程度上是可信的（蒙说见所著《周秦少数民族研究》页1005）。试观《史记·货殖传》中所记乌氏酋长名倮者，依然向他们老家的戎王售卖丝缯，而他们老家的戎王则将以“谷”为单位的牛马来偿其值，可见西戎第二次东迁的文明者跟原始居地中人们中间，一直还是保持着密切的关系的。

四　洋水与黑水

传说中的穆天子在离开赤乌氏之后、到达西王母之邦以前，曾访问过五个部落：曹奴氏、长肱氏、容成氏、剞闾氏和鄄韩氏。这个地区，大体上应该是帕米尔。穆天子在这里渡过两条水：洋水和黑水。

关于黑水和洋水，中原古籍中很早就有著录，不过几种著录间虽然基本情节大体相同，但在非基本情节方面又各有出入。现在，为了说明问题，将现代帕米尔和喀喇昆仑山一带的水流情况，作一简要叙述。在帕米尔八个“帕”的最东一“帕”——塔克顿巴什帕米尔之东，有叶尔羌河自南向北流，此河又名葱岭南河；流至喀什附近，又跟喀什噶尔河（又名葱岭北河）相汇，合成塔里木河，自大戈壁中先自南向北、后又自西向东，流入罗布淖尔。按照中原上古的说法，这就是黄河的上源，不过说它从罗布淖尔起潜行地下，又在积石重新冒出地面来罢了。在帕米尔最西南一“帕”——瓦罕帕米尔，有一条喷赤河，有着几支不同的上源支流，此河向西流，名阿姆河，流到咸海中去了。从帕米尔以南的喀喇昆仑山中，又流出许多支流，向西南汇为印度河，流过“五河地区”，注入阿剌伯海。从喀喇昆仑山和昆仑山的东南余脉——冈底斯山和阿耨达池一带，又有一些支流汇为恒河，流入孟加拉湾。再稍东，就是长江的上源——怒江的源头唐古剌湖了（见下面所附试制示意图）。

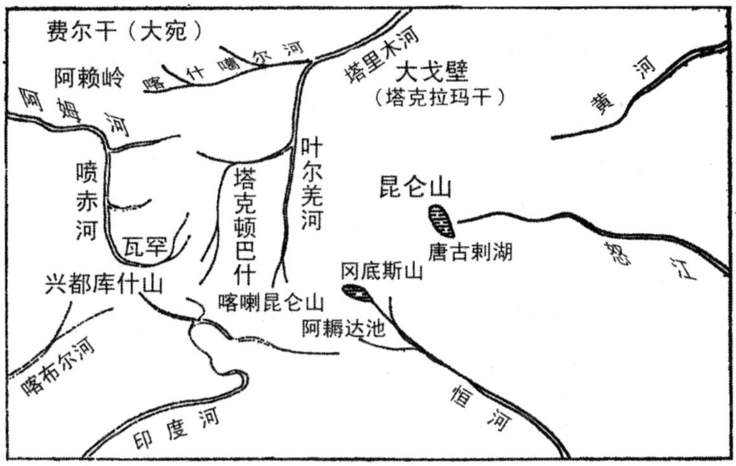

现代情节既经表明，现将《山海经》中《西次三经》与《海内西经》以及《淮南子·地形训》中有关这同一地区的三段内容，录在下面：

《山海经·西次三经》：“昆仑之丘。……河水出焉，而南流，东注于无达。赤水出焉，而东南流，注于氾天之水。洋水出焉，而西南流，注于丑涂之水。黑水出焉，而西流于大杆。”

《山海经·海内西经》：“昆仑之墟。……赤水出东南隅，以行其东北。河水出东北隅，以行其北。……洋水、黑水出西北隅。……弱水、青水出西南隅。”

《淮南子·地形训》：“河水出昆仑东北陬。……赤水出其东南陬，西南注南海。弱水出自穷石，余波入于流沙。洋水出其西北陬，入于南海。

凡四水者，帝之神泉。”

上古人对山川的了解竟如此基本精确，实足令人惊讶！即以最晚的《淮南子》一书的成书年代说，也比佛教传入早二百年，但当时人们对中、印边界的山川，已经能够说清楚了。“河水”是指塔里木河是无疑的，说它出自昆仑的东北也是正确的，只是说注入无达（阿耨达）一点，是误差。“黑水”是指阿姆河也是无疑的，说它出自昆仑的西北而西流，也是正确的。只偶尔，人们把偏北的锡尔河的上游纳林河，或者偏东的叶尔羌河，也误叫做黑水。“洋水”是印度河也是无疑的，说它出自昆仑西南也是正确的，说西北是误差。“赤水”可以有两种解释，说是恒河上游也可，说是怒江上游也可，说它在昆仑的东南，也是正确的。发生一点在次要意义上的误差，这对上古人说，是丝毫不足怪的。

穆天子在这一地区中的活动是：渡过洋水，到了曹奴之人的部落，然后“北征东还”到了黑水，封长肱之人于黑水之西河，以为周人主。他继又到了群玉之山，据说是容成氏部落的住地，穆天子在这里“采玉万只”。然后，他又经过剞闾氏和鹗韩氏，就到西王母之邦去了。要将曹奴氏、长肱氏、容成氏、剞闾氏、鹗韩氏的住地方位一一精确地落实下来，那自然是不可能的。但这里的洋水、黑水、黑水之西河，总逃不出叶尔羌河、喀什噶尔河与喷赤河三条水的范围之外，恐怕是敢断言的。这样，上引五个部落的方位，也就可以大体上判断是在帕米尔地区了。

五　浊繇与重䍧氏

穆天子自从离开帕米尔地区，不久就到了西王母之邦，然后又到了大旷原（有不少人推断它是吉尔吉斯草原），进行了大规模的狩猎，于是开始返程。在返程开始的一段路程里，他走经三个值得考察的部落：浊繇氏、骨飦氏和重䍧氏。

关于浊繇氏部落，有两点值得注意。第一，中原史籍如《山海经》、司马迁《史记》、鱼豢《魏略》都曾提到它，把它跟大夏、大月氏、坚沙（有的史籍作“竖沙”）并列，以为“流沙外”的四国之一。第二，不管这个部落的名字用汉字写出来是“浊繇”，还是“诸繇”、“居繇”、“属繇”，假如我们将此二字急读起来，很与楚河名字的读音chu接近。故当顾实将浊繇氏所居之滔水定为楚河时，我们并不感到难以接受。并且说老实话，我个人连《史记·匈奴传》中所提到的西戎八国之一的緜诸（《汉书·地理志》天水郡有緜诸道）都有所大胆怀疑，怀疑它是不是如像赤乌氏内徙成为安定郡的乌氏县那样，楚河上的诸繇后来内徙天水郡，由于吏人隶书的错谬和倒置，而弄成了緜诸了呢？自然，这仅仅是一种私人的揣测而已。

穆天子从浊繇氏动身，经历七日，达到骨飦氏，第八日到达重䚹氏。从总体上看起来，这一地区很像苏联的费尔干省，重䚹氏所居有一条水，名曰“重䚹氏黑水”，很像是锡尔河上游的纳林河。这地区就是唐朝所谓的钹汗那，汉朝所谓的大宛。顾实以骨飦氏为浩罕，恰当与否不敢说定。骨飦氏之邦中有苏谷，据郭璞的《注》文说“谷中有草木皮，可以为衣被”。这很像木棉。三国、魏、晋时为中原所知的“吉贝”或者“劫贝”以及用这种东西所织成的“白叠”布，恰好就是这一地区中的出产。此外，还有一种植物叫“木禾”，《山海经》中也提到，仿佛是很高大、可以充食用的一种树木。重䚹氏之邦内还有一种采（彩）石，传说中的穆天子还曾教当地人民“铸以成器”，清末学者郝懿行曾经推断这是一种琉璃器皿。

但更重要的，是这一地区中居民的血缘族属问题。《穆传》中说，“柏（伯）夭曰，重䚹氏之先，三苗氏之□”。这个脱字很可能是“裔”，或其同义字。伯夭是穆天子的向导和舌人，他对“西膜”之人的渊源很熟悉，他的话是不该被忽略的。“三苗”是中原迁出来的种姓。可是从另外一些记载里，这一地区又是“塞种”的居地。《汉书·西域传》说，“塞种分散，往往为数国，自疏勒以西，休循、捐毒之属，皆塞种也”。又说，乌孙，本塞种也，大月氏西破走塞王。……故乌孙民有塞种。”《汉书》中所说塞种的居地，与《穆传》中浊繇、重緜诸部落的居地，在时间上容有相错的可能，但在空间上则恰好相当。那么，所谓塞种，究竟是自西方迁来的呢？抑是与“三苗”一同自中原迁来的呢？这就需要解决一下了。

有关这个问题，历来有两种说法。

一种说法是古希腊史家们留下的。他们说这个原叫Saka的种族，初居于中亚细亚，在公元前9至7世纪时向西扩张，以南俄罗斯草原和高加索为根据地，其势力一度曾到达罗马尼亚和匈牙利之地。他们曾和波斯名王大流士、马其顿名王亚历山大发生过冲突，希腊史书中对这些事皆有所著录。至于这种

Saka人向东有没有扩展呢？假如有，情况又怎么样呢？欧洲人就不清楚了。与此可以配合并且可以互相补充的，是中国的《汉书》，不过所记的事情已经迟至公元前2世纪前后，说有一种塞种人，原居乌孙故地（今纳林河流域），后来受大月氏人的排挤，向南迁徙，到克什米尔、阿富汗一带（古名罽宾）去了。这也就是西方史家所说的“印度·塞西安”人。

另一种说法是公元6世纪中国史籍中的一种说法，南北朝时曾在南朝的萧梁和北朝的高齐都呆过的荀济曾写过一篇《请废佛法表》（收在唐释道宣所辑《广弘明集》卷7中），其中说：

> 按释氏源流，本中国所斥，投之荒裔以御魑魅者也。乃至舜时，窜梼杌于三危，《左传》允姓之奸居于瓜州是也。杜预以允姓、阴戎之别祖，于三苗俱放与三危。《汉书·西域传》，塞种，本允姓之戎，世居敦煌，为月氏迫逐，遂往葱岭南奔；又谓，悬度、贤豆，身毒、天毒，仍讹转；以塞种为释种，其实一也。允姓与三苗比居，教迹和洽。其释种不行忠孝仁义，贪诈甚者，号之为佛。

我们之所以不惮其烦地征引如此一大段，其目的是想对它进行一些过细的分析。荀济此人是当时的一个怪人，原是梁武帝萧衍的朋友，但萧衍不用他，说他“好乱”；此人终于被北齐文襄帝高澄所燔杀。他诋斥佛教最为激烈，故引文中斥佛诟释之处，我们可以认为是一种政治偏见而置之不论，但他平生学问深厚，终年80以上，他说的一些古话，不可能是胡诌。他所征引的《汉书》，不见于班书，故蒙文通氏认为是晋朝华峤、薛莹等人纂辑的另外一种《汉书》（蒙说见《周、秦少数民族研究》页9）。华、薛之书较之班书，自然权威性远远不如，但后来者未始无居上之处，倘无增补订正，《汉书》又何须重写?！这段引文中最要害的一个关节，就是说塞种和允姓之戎是一回事。我们对这个论断，要么推翻，要么承认，不可能有第三种态度，但推翻怕是困难的。“允姓之戎”是一个庞大的部族，王国维曾考证过，犬戎和严允（猃狁）都是它的一个分支（见《观堂集林》卷13《鬼方、昆夷、猃狁考》）。所居三危，汉唐人都驾轻就熟地指为敦煌了，其实，假如我们按照《山海经·西次三经》中山川的排列和距离来看，远古的三危远在敦煌以西，很可能是费尔干。这样，允姓之戎和塞种，从种姓上合拢了；三危和费尔干，从地域上又合拢了，那么，我们将较轻松地提出一种假说：原居中亚的Saka人，除向西扩张到罗马尼亚和匈牙利的一支之外，另一支东侵中原的周邦，被叫做玁狁，曾经严重地影响着朔方、太原一带华夏人民的和平生活。在经历了一段又冲突、又融合的历程之后，他们（整体或者一部分）又向西回归，跟三苗一同居住在费尔干地区。又迟过几个世纪，到西汉之初，他们又受到匈奴、月氏和乌孙的迫逐，南到罽宾（克什米尔），成为印度·塞西安人了。假如如上的假说有任何可以成立的可能的话，那么，《穆传》中的浊繇、骨飦、重䍃诸部落则恰好反映了Saka人与中原华夏人又冲突又融合历程中的一个截面，反应了允姓之戎与三苗共居费尔干地区的一点情节。

六　巨蒐(或渠搜)氏

穆天子离开费尔干地区之后大约11天，到达了距离河套的阳纡之山只有一天路程的巨蒐氏部落。这个巨蒐氏，又是西域路上的一个重点部落，它就是渠搜，这恐怕是不成问题的，因为“巨”和“渠”、“蒐”和“搜”，音义皆可通假，岑仲勉氏曾就“渠搜”或“巨蒐”搜辑了九条古籍中的资料（见《西周文史论丛》页46～47）。这一部落在古籍中留下较多的痕迹，也反应一点它的重要性。但他的方位也有两个，一个在费尔干，一个在河套。《尚书·禹贡》和西汉贾谊的《新书》，都把它跟昆仑、大夏并举。到《隋书·西域传》，就更明确不移地说，钹汗国就是古渠搜。清徐松《汉书西域传补注》引《太平御览》所引宋膺《异物志》提到大头痛山、小头痛山时也说“在渠搜之东，疏勒之西”。所有这些方位记载都是一致的并且明确不移的：在费尔干。可是为什么独独《穆传》把巨蒐的方位弄到河套一带去了呢?

对此，可以有两种解释。一种解释是：《穆传》错简了，巨蒐氏居地应该比《穆传》中所记载的更西。试观《列子·穆王》篇中就将巨蒐的访问安排在访问昆仑、赤水、西王母之邦以前，不像《穆传》中这样安排在返程路上“东南翔行，驰驱千里”之后。细观穆天子在巨蒐的经过，癸酉尚在翔行千里之中，乙亥已经南征至于阳纡之东尾，中间仅仅甲戌一天功夫，就进行了那么多赏赐和接受献礼的活动，颇不令人置信。说不定，《列子》的安排是正确的，而《穆传》错简了。

第二种解释是，河套地方确实曾有过一个巨蒐或渠搜部落，那是遥远地方巨蒐或渠搜内迁后的居地。《汉书·地理志》中，朔方郡就有渠搜县。这个县的设置，跟上郡之有龟兹县，陇西郡之有狄道、氐道、羌道三县，安定郡之有月氏道、又有乌氏县，天水郡之有豲诸道等一系列事例，是同类的举措。我国自古以来就是一个多族组成的国家，某一部落（或部族）的原始居地可能距离中原较远，但在互相冲击与融合的过程中，该部落或部族之一部分可能内徙，并与华夏之人相同化，于是中原国家便将这一部分列入郡县编制，并且将原部之名移植过来作为县道之名。这样说，恐怕是可以说得通的。那么，一个部落（或部族）两个地理方位的事，到头来倒成了我们伟大祖国、伟大民族的各个组成部分在不断融合过程中的一种标志和痕迹了。

1976年5月4日写成

新疆出土佉卢文简书内容的考释和分析

一 引言

“西域”史事的研究，半个多世纪来也自有它的衍进。在本世纪的二三十年代，以张星烺、冯承钧、向达诸先生为代表，曾做过不少整理和翻译的工作。但所介绍，不外伯希和、沙畹、斯坦因、马伯乐诸人的作品，其中严重地存在着一个方法论的问题。这些东方学者，爱使用“人种学”和“文化系统”这两桩“法宝”来处理问题，这中间局限性很大，召致谬误的可能性不小，并且最容易夹进来帝国主义侵华的“别有用心”。现在，我们重新拾起这个题目，首先必须以“不破不立”的精神，以求破旧立新。更具体些说，所谓讲“人种学”，就是爱讲“西域”某国属于“印欧种”、“伊朗种”、“羌种”等等。中国古代史书也不免如此，什么“塞种”，什么“高鼻深目，近胡”等等。这些情节不是不能讲的，导师恩格斯也说过：“人类学还是从人种形态和人类生理过渡到历史（社会学）的桥梁。”[①]但这些东方学者则恰好是停留在人种形态的范畴，而不过渡到社会学方面，或者带着别具的用心，把问题带到他们所需要的“社会学”中去。所谓讲“文化系统”，举例来说，发掘出一块古于阗的丝织品，就说这上面是希腊文化系统和汉文化系统的交错。这现象有没有呢？是有的，但抛开更重要的因素、单说什么希腊化影响，很容易和“中国人种西来说”、“中国文化西来说”等谬论相合流。“文化系统”在讲原始社会时，用处很大，那时阶级、民族、国家这些东西都未形成，或者界限还很模糊，所以使

① 恩格斯：《自然辩证法》，中译本，页150。

用什么“细石器文化”、“仰韶文化”、“龙山文化”……是必要的，也不得不如此的。但在阶级、民族、国家已经明确不移地出现以后，再用“文化系统”来说明问题，其局限性就很大了。

为了使“西域”史事研究更接近科学，更能排斥谬误，我们一定要使用马克思主义的阶级分析法，分析“西域”某国、某地区中社会经济发展这一人类社会中最根本的现象，分析其阶级形势与阶级斗争形势，以及与此有密切关系的政治影响力以及政权影响力这些上层建筑给经济基础带来的反作用。只有这样，才能够有效地避免谬误，有效地祛除肤浅，使问题逐渐臻于深化和鞭辟入里。

可是，这样也就带动了另一个问题，即史料问题。伯希和、沙畹、斯坦因、马伯乐不是也很重视史料吗？诚然。但由于看问题的出发点不同，所掌握、所使用、所突出的材料就必然也不同。史料，除去刚发掘或尚未发掘的之外，反正就是那么一大堆。但这中间有差别。有的人材料全面，有的人片面；有的人方法对头，有的人方法不对头。就以“西域”史事来说，唐以后史料暂置不论，祖国上古传统历史中，以《汉书》、《后汉书》、《魏书》三《西域传》，单以它们所保存的史料价值来看，可以说是全世界搞“西域”史事（西方叫“土耳其斯坦史”）的人众口称许的瑰宝。这三篇东西，在史料上可以说是各有所据，各有所长。所谓“各有所据”是指《前汉书·西域传》根据张骞的调查报告（据说有《张骞出关记》，已佚），《后汉书·西域传》根据班勇的调查报告，《魏书·西域传》根据宋云诸人的《行纪》。正由于各有所据，也才能够各有所长。其“长”主要表现在记载道里、户口、兵数，等等。《汉书·西域传》在三者中较多地著录了一点社会经济情况，如贫富的对立、商人的群队、市列和货币、农业和畜牧，这样一些大概情况。这自然是可喜的和可贵的，但局限性也不是没有，即更多、更详细的情况就阙如了。多年以来，人们就总在寻觅一些对此的补充资料。

1963年中国科学院新疆民族研究所打字印行了一本《新疆出土佉卢文残卷译文集》，使我们上述的心情得到了某些满足。这本译文集所包括的，主要是英国人斯坦因从我国新疆省的古于阗、古精绝之尼雅（古书叫“尼壤”）、古伊循、古楼兰诸遗址上所取走的木简内容。木简数字，据说近千枚，编号已到七百余。所用文字，是一种与梵文（Prakrit）相邻近的佉卢文字（Kharosthi）。简内所纪之事，大体是古鄯善国（包括且末）内之政令、报告、书信、契卷、账目等等。经英国人拉普逊（E. J. Rapson）和法国人塞纳（M. E. Snart）以及波耶（Abbe Boyer）等人根据他们对梵文的已有知识，触类旁通，勉强将这批简文弄通了。但仍有不少处看来依然是没有弄通的，就暂以拼音保存原来的音读。在这几个诠释人中间，似乎也有着意见分歧。后复经英国人巴洛（T. Burrow）译成英文，再经新疆民族研究所的王广智同志转译为中文。

这本东西，其价值自然是极其珍贵的，但也存在着缺陷，例如简书的年代，无论原来的诠释人，或英文、中文的翻译人，均未明确指出。他们仅仅在引言中指出，佉卢文字曾于公元前后数世纪内，特别是公元后3世纪后半，成为了新疆地区，特别是于阗、鄯善一带的通用文字。那么，这批简书的内容，到底是公元前抑公元后？到底是否公元后3世纪后半？抑或较早或较晚？便成为前提性的问题了。这在对简书内容进行具体的分析之前，成为了迫切待决的事情。

二　对Supi人的考证

根据我个人通读这七百余号简书内容的结果，我初步判断这批简书中某些要害事件所反映的年代，当是公元5世纪中叶前后，更具体地说，当在公元440年前后，以祖国史纪年来说，当是北魏太武帝拓跋焘向祖国西北扩展势力之时。《魏书》卷102《西域传》说：

> ……世祖遂议讨（沮渠）牧犍。凉州既平，鄯善国以为唇亡齿寒，自然之道也。今武威为魏所灭，次及我也，若通其使人，知我国事，取亡必近，不如绝之，可以支久，乃断塞行路，西域贡献，历年不入。后平鄯善，行旅复通。

我之所以初步判断这批简书的年代恰当上述这段文字所表达的时候，其主要根据有二。其一，从简体内容来看，当时鄯善和中原的来往一时并不密切，很像是“断塞行路”的时候。这和汉朝情况，很不相同。西汉时，鄯善国有“辅国侯、郤胡侯、鄯善都尉、击车师都尉、左右且渠、击车师君——各一人，译长二人”。[①]徐松的《补注》说，“诸国官皆用其国人为之，而佩汉印绶”。这些情况，佉卢文简书中毫无反映。东汉时，西域与中原关系，虽云“三绝三通”，但基本上是通的，《后汉书·西域传》声明，主要情况“前书”业已详

---

①《汉书·西域传》。

备，故“后书”仅记“其事异于先者”，故可大体推断，后汉时鄯善国亦必有汉帝加佩印绶之都尉、译长等官职人物。而佉卢文简书，对此毫无反映。故大体可推断，此批简书既非西汉，亦非东汉时物。再者，佉卢文简书中有极重要之一简，其译文如下：

> 目前没有由中国来之商贾，因此丝债现在不必调查。……当商贾由中国到达时，再行调查丝债。……
>
> （第35号简，中译本页11）。

此简可以有力证明，简文所反映之时代情况，与两汉时“丝绸之路”往返频繁的情况迥异，此时“丝绸之路”恰好是暂时阻塞不通的。此外，另有简文一条，亦可辅佐证明，此批佉卢文简书年代较两汉为晚，其简文译文如下：

> 第一个naksatra，称为子（鼠）。该日，诸事皆宜。
>
> 丑（牛）naksatra，应洗头，酒饭之后，应独自奏乐取乐。
>
> 寅（虎）naksatra，应交战。
>
> 卯（兔）naksatra，有人逃跑，甚难找见。
>
> 辰（龙）naksatra，忍耐，诸事必须忍耐。
>
> 巳（蛇）naksatra，诸事不宜。
>
> 午（马）naksatra，出门宜赴东西。
>
> 未（羊）naksatra，应洗头。
>
> 酉（鸡）naksatra，应裁缝衣着被褥。
>
> 申（猴）naksatra，诸事顺利。（按：原简颠倒）
>
> 戌（狗）naksatra，来去宜速。
>
> 亥（猪）naksatra，宜耕种、播种及翻葡萄园，定能结果增产。
>
> （第565号，中译本页144）

这显然是中原十二属相在边远地区中的传播。按清乾隆时人赵翼（瓯北）在其《陔余丛考》[1]中有“十二属相起于后汉”一条，大体谓先秦计时分十段，一昼夜分十五段，尚无子丑寅卯之说；汉武帝改定正朔，始以十二支为记。东汉以来，始有“十二物”之相敷会，见《论衡·物势篇》。赵氏又云，此俗极可能出自北方少数民族，然后传入中原者。这后一点，且不具论；其中原起自

① 赵翼（瓯北）：《陔余丛考》卷34。

东汉一点，基本上是可以信赖的。那么，据此推论，佉卢文简书时代，十二相属业已传至鄯善，则定然晚于东汉了。

我推断简书年代的根据之二，是简文中所反映的Supi人对鄯善之经常侵扰。七百余简中，记侵扰之事即有十九简。那么，Supi人是谁？成为研究这批简书的要害之所在。中译者将此译为“鲜卑人”，但又声明说“恐极不妥”。不妥恐怕是不妥的。但妥的，又是什么？看起来不能不大费周张。

现在，先让我们把涉及Supi人侵扰的十九个简文摘引出来，然后再进行分析吧：

有种种理由担心来自鲜卑人（之攻击）。在此城内，余等将对人民作一检查……于阗人现已来此。（第86号，中译本页22）

有来自鲜卑人之危险。汝不得疏忽。……其他边防哨兵，应迅速派遣来此。（第88号，中译本页23）

从前之信差皆已看到鲜卑人正在来此。（第109号，中译本页26）

现此处听说，鲜卑人在四月间突然向且末袭击。（第119号，中译本页27）

汝前派边防哨兵来此探听关于鲜卑人之事，且前关于鲜卑人之消息一切都甚好。（第126号，中译本页29）

……据彼称，鲜卑人已到达柯祇达沙沙（Kogitasasa）地方，关于此事余已派鸠那犀那前去该地，故应迅速另派骑兵一名来此。现无从山里该处来acovimna。（第133号，中译本页31）

……现有人带来关于鲜卑人进攻之重要消息。汝务必亲自巡视各acovinas，并派遣一合适之acovina乘其牲口来此。（第139号，中译本页32）

当时，鲜卑人曾到达凯度多。（183号，中译本页44）

……鲜卑人从该处将马携走……（第212号，中译本页51）

似乎去年汝处因处于来自鲜卑人之很大危险中，便将国家之人民安置于城内。现鲜卑人已全部走掉；从前彼等居于何处，现仍应住于该处。（第272号，中译本页63）

迈利陛下在位之4年3月13日，鲜卑人到达且末，劫掠王国，抢走居民，鲜卑人曾抢走vast瑜纽（yonu）之名僧罗必那（Samropina）之男奴一名，并将彼作为礼物送给支那色迦尸（Cina-sgasi）。（第324号，中译本页78）

现有鲜卑人已到达那沃特（Navote）地方。……余等已派信差一名火速前来汝处，当汝接此命令信，立即……，俾使国境不受侵害。（第351号，中译本页88）

顷据僧伽罗塔诉称：鲜卑人曾抢走彼之名菩达色罗（Bndhasra）之奴隶一名……（第491号，中译本页124）

据彼等称，有理由担心和警惕鲜卑人。其他之边防哨兵应迅速派遣来此。（第515号，中译本页131）

余已由此派出探子一名，前去警戒鲜卑人……（第541号，中译本页139）

有种种理由担心鲜卑人。汝不得疏忽。舍凯应继续保持警戒。不论有何来自于阗之消息，汝务必使余知晓。不论有何来自皇廷或来自鲜卑人之消息，汝将会被通知。（第578号，中译本页152）

山中之男人一名，名逻都迦（Ratuka），彼系来自鲜卑之难民。（第675号，中译本页177）

……兹向汝报告如下：彼等现已在此完成了一次前所未见之空前之战斗。这次空前战斗之结果，终于使一切事情均已解决。诸战士现已俘获一切东西。一则因有些人已被彼等于战斗中杀死，另一些人已被彼等生俘，故一切事情均已解决。（第713号，中译本页183）

……现来自且末之消息说，有来自鲜卑之危险。命令现已到达，兵士必须开赴。（第722号，中译本页186）

从以上简文中可以看出，当时鄯善国时时有遭受Supi人侵扰的可能性，并且事实上Supi人一度侵扰到且末和凯度多，双方曾经发生过战斗，Supi人曾自鄯善抢掠了人口和马匹，鄯善国曾为此戒严，并将国民迁居城内。我们至少可以看到这一些。一个主要点，即Supi人从哪个方向前来侵扰（北？东？南？）简文中则寻不到任何反映。只能看出，鄯善人在防御Supi侵扰中，有时是和于阗人联合的，但也有和于阗人冲突的反映，如“于阗人曾以骑兵攻击里米那（Remina）”（第376号），“于阗人抢劫凯度多境内”（第415号），“国境被于阗人抢劫……”（第494号）等。这三条简文所反映的侵扰，显然是从西方来的。这些侵扰者，究系于阗本国人？抑或侵占了于阗的其他族人？简文中亦看不出迹象。

现在，我们试从中国传统史籍中来寻绎一下，看研究哪一段庶几乎可以和这种Supi人侵扰之事相适应。寻绎的结果，只有公元5世纪北魏太武帝拓跋焘向河西扩展势力，跟在今青海一带的吐谷浑族，跟在今武威的沮渠氏的“凉”国，跟在今新疆哈密及其以北的蠕蠕（一作茹茹）和继之相向发展的丁零（高车）族——接连发生冲突的时候，感到比较最相适应。兹先将有关史文摘抄排列如下：

《魏书》102西域传：“世祖遂议讨（沮渠）牧犍。凉州既平（按，事在太延五年，公元439年之六月与九月），鄯善国以为唇亡齿寒，自然之道也，今武威为魏所灭，次及我也，若通其使人，知我国事，取亡必近，不如绝之，可以支久。乃断塞行路，西域贡献，历年不入。后平鄯善（按，事在太平真君九年，公元448年，五月），行人复通。”

《魏书》99沮渠蒙逊传：“（太平真君）二年（按，公元441年）春，世祖拜（沮渠）无讳为征西大将军、凉州牧、酒泉王。寻以无讳复规叛逆，复遣奚眷讨酒泉，克之。无讳遂谋渡流沙，遣（沮渠）安周西击鄯善。鄯善王恐惧欲降，会魏使者劝令拒守，安周遂与连战，不能克，退保东城。三年（442年）春，鄯善王比龙西奔且末。其世子乃从安周。鄯善大乱。无讳遂渡流沙，士卒渴死者大半，乃据鄯善。”

同上：“先是高昌太守阚爽为李宝舅唐契所攻。闻无讳至鄯善，遣使诈降，欲令无讳与唐契相击。无讳留安周住鄯善，从焉耆东北趣高昌。会蠕蠕杀唐契，爽拒无讳。无讳将卫兴奴诈诱爽，遂屠其城。爽奔蠕蠕。无讳因留高昌。（真君）五年（按，公元444年）夏，无讳病死，安周代立。后为蠕蠕国所并。”（按，罗振玉《西域石刻录》中著录新疆吐鲁番东40里明代火州故城出土《凉王大沮渠安周造象集》，书年号为“×平三年”颇疑为和平三年，当为公元462年，可知公元462年时，沮渠安周仍在统治高昌。）

《魏书》4（下）世祖纪（下）：“（太平真君）六年（按，公元445年）四月，征西大将军、高凉王（拓跋）那等讨吐谷浑慕利延于阴平、白兰。……遣散骑常侍、成周公万度归乘传发凉州以西兵袭鄯善。……度归以轻骑至鄯善，执其王真达以诣京师。帝大悦，厚待之。”

同上：“八月，高凉王那军到曼头城，慕利延驱其部落，西渡流沙。

……中山公杜丰精骑追之，度三危，至雪山，慕利延遂西入于阗。”

《魏书》101吐谷浑传：“慕利延遂入于阗，杀其王，死者数万人。南征罽宾。遣使通刘义隆。……七年，遂还旧土。”（按，此文“七年”二字，甚费解。前文为“太延”年号，而太延又无七年。若臆断为真君七年，则慕利延之略西域，仅首尾不及二年。若将“七年”解作“七个年头”，则慕利延在西域活动时间较长。三者何是，待考。）

《魏书》4（下）世祖纪（下）：“（太平真君）九年（按，公元448年）五月，以交趾公韩拔为假节、征西将军、领获西域校尉、鄯善王，镇鄯善，赋役其民，比之郡县。……九月，成周公万度归大破焉耆。……十二月，诏万度归自焉耆西讨龟兹。”

《南齐书》59茹茹传：“先是益州刺史遣使江景玄使丁零，道经鄯善、于阗。鄯善为丁零所破，人民散尽。”（按冯承钧有《高车之西徙与车师、鄯善国人之分散》一文，对此事年代曾进行考证。推断为公元491～493年以前发生之事。此推断可以信赖。文见《西域南海地史考证论著汇辑》一书之页45～46。）

《宋云行纪》：“（神龟二年，公元519年）从吐谷浑西行三千五百里，至鄯善城。其城自立王为吐谷浑所吞，今城内主是吐谷浑第二息宁西将军。”

根据以上史料，我们可以给鄯善国当时经历，排出一个大事简表如下：

公元439年　北魏灭北凉。鄯善国断塞中原行路。

公元441年　北凉沮渠安周、沮渠无讳前后西击鄯善。鄯善国王比龙西奔且末。

公元445年　北魏万度归西击鄯善。与其王真达诣代京。同年八月，吐谷浑王慕利延西入于阗，杀国王。死数万人。

公元446年　在此年或此年以后之数年中，慕利延复还青海故土。

公元448年　北魏以韩拔为鄯善王，比之郡县。

公元490年　丁零族破鄯善，人民散去，北迁伊州（唐之纳职县）。

公元519年　宋云、惠生道经鄯善，见鄯善为吐谷浑将军驻扎。

从以上年代不难看出，在439～519年的80年中，鄯善国共经大体上四度的波折，一是北凉国沮渠氏的侵扰；二是吐谷浑王慕利延侵扰于阗国时所带来的波动；三是代表中原（北方）集权政府——北魏的将军万度归和韩拔的统一运动；四是丁零（高车）族对它的侵扰，以致使它臻于散亡和人民的北迁。现在，让我们来看一看，在这四场波折中，哪一种更接近于Supi的这种称谓？（一）新疆研究所的同志译作“鲜卑”，不是一点理由也没有的，北魏拓跋氏是鲜卑，吐谷浑从族源记载方面看也是鲜卑（虽然伯希和曾经怀疑这一点，说吐谷浑怕仍是匈奴的别支[①]）；但我们考虑，拓跋氏对外总爱自称“大代”、“大魏”，而不自称鲜卑；吐谷浑被称作“阿柴”、“阿訾”，也不自称鲜卑，所以总的看来，把Supi译作“鲜卑”，怕仍是不妥的。（二）沮渠氏号称“凉”国，直到高昌还使用这张牌号，很少自己抬出“沮渠”这个姓氏，况《唐书》中记载“沮渠”的另一种音读为“斫句迦”[②]，距离Supi之音甚远，故Supi之指沮渠，其可能性更小。（三）丁零（高车）族分十二姓，其第十二姓曰“右叔沛氏”，其“叔沛”二字庶与Supi稍近，但前一“右”字音节，无法处理，此外，《隋书》、《通典》、新旧二《唐书》铁勒传中也提到过“苏婆”和“苏跋”两辞，但岑仲勉氏以“苏婆那曷”同读为一辞，故与Supi有距离，且汉译“婆”、“跋”多为va音，与pi音甚远。（四）无法之余，我们只好想到《隋书》和新旧两《唐书》中所提到的《女国》或《东女国》，这个国家因国王姓苏毗，又往往被叫做“苏毗国”。“苏毗”二字与Supi声音十分接近。根据王忠同志《新唐书·吐蕃传笺证》所引钵教古传说，吐谷浑、党项、苏毗、羊同是“内四族”，孟族、突厥、吐蕃、汉族是“外四族”。[③]苏毗国西邻印度、南界吐蕃，东与吐谷浑、党项相连，北界恰是于阗国。隋时即在中原史册上有了记录，可见它的国家形成较隋为早。它经常和吐谷浑、吐蕃联军出击，所以鄯善人简书中所记录之Supi的侵扰，有极大可能是中原史册中所记吐谷浑王慕利延主于阗、杀其国王的这件事。吐谷浑军很可能和苏毗联军，自苏毗境攻入于阗，骚扰鄯善。简书中与于阗联合之时，为苏毗、吐谷浑未灭于阗之前，简书中与于阗敌对之时，为苏毗、吐谷浑已灭于阗之后。自然，更多、更有力的证据，一时尚付阙如。但目前，在本文作者看来，这是对Supi人较为妥帖的一种考证了。

---

① 伯希和：《吐谷浑为蒙古语系人种说》，见冯承钧译《西域南海史地考证译丛》第七编，页30～33。

②《新唐书》卷221（下），唐国伟。

③ 王忠：《新唐书·吐蕃传笺证》，页21～22。

自然，人们也许会反驳说，这个年代未免定的太晚了。这些原佉卢文简的发现者英国人斯坦因不是记载说，在堆积这些佉卢文简的遗址附近，也曾从垃圾中掘出过汉文晋简标明着西晋武帝（司马炎）的泰始年号（265～270年）吗？[①]但我们考虑，佉卢文简与汉文简并非从同一个洞或堆中发现，而仅只是在邻近的处所发现，而且这仅指古楼兰遗址一处而言，斯坦因所获简书来源极其复杂，且所发现汉文简亦有下至公元300年者。按目前所见佉卢文简书内容所涉国王名字，至少已有五个[②]，以每一国王平均统治30年计，那么，这批佉卢文简七百余号所延及之年代，甚至可达一个半世纪，那么它的上限和下限如何？也就很难确定了；也就是说，它的上限也完全可以到达西晋的。

关于佉卢文简书的年代和Supi人的考证，暂时只好到此为止。

三　简书中所见鄯善国的政治经济情况及其分析

佉卢文简书的年代既已大体判断，现在我们可以对简书中所反映的鄯善国的政治法律、社会经济等情况，来进行一些剖析了。

先看社会生产。这跟《汉书·西域传》所反映的情况，已经有所不同了。该传对鄯善国说的是：“地沙卤少田，民随畜牧，逐水草。有驴马，多橐它。”从简文中看，“多橐它”的现象还是依然的，畜牧场也有，但农田水利已经开展起来了。从第47、72、125、368、502、604、703、722诸号简书中，均有清楚不误的水利灌溉反映。由于简文中买卖田土的事很多，故可断言若干荒田已经开发。简文中已有“熟田”（misi-）和“荒田”（akri-）字样。土地已经有所计量，如有个单位叫“kuthala”。但计量的精确程度远远不及中原，仅记能种若干籽种之土地一块等等，而不见“四至”。简文中已经有了“佃户”

---

① 向达译：《斯坦因西域考古记》，页98～99。

② 简文中所见国王名字，至少有五个或六个，伐色摩那（Vasmana）是一个；夷都伽·摩夷利（Jituga Mayiri）和支都祇·摩希利耶（Citughi Mahiriya）两名为相讹之同，又是一个；夷都没伽·阿没瞿迦（Jitugha Amgoka）和夷都加·阿没笈伐迦（Jitugha Amguvaka）和阿没克伐吉（Amkvage）三名为相讹之同，又是一个；比毕耶（Pepiya）又是一个；眈阇迦（Tajaka）和托没伽罗伽（Tomgraka）为两名、抑为相讹之同，不敢断。故云，至少有五六个国王。有的同志，仅仅从Vasmana与“元孟”可能是对音的一点挂钩，就判断简文是3世纪物，我殊不敢苟同。

（Kilmeci）和“地租”（vaka），可见中原的封建制度，已经在这里茁根，不像《汉书·西域传》所反映，仅仅是“寄田，仰谷旁国”了。

至于物产，简文中通称“谷物”若干，不提具体的粮食种类，仅在水利灌溉时曾一度提到“小麦已经灌水二三次”（第27号）而已。谷物之外，简文中所见本国生产及国外进口物类，大体有如下这些：酥油、酒、丝绢、地毯、胡椒、豆蔻、紫苜蓿、竘酱、茜（qian）草、石榴、宝石、玉等。牲畜中以骆驼为最多，“骆驼”字样之前，每冠以骆驼所属之种类字样，如我们说“来杭鸡”之类，此外有牛、山羊、绵羊。猪未见反映。在交换行为中，最普通者为以物换物，只在极少数情况下，使用金币几枚，可见金币甚少，可能来自罽宾等受大希腊化影响较重之诸国。罚款多用丝绢，而丝绢显然来自中原。

鄯善国之度量衡制度，相对地粗略。容量单位有“米里马”和“希”，一“米里马”等于20个“希”。大体相当于中原之“升”、“斗”。价值单位叫“穆立”，其价值大体即指一“米里马”谷物之价值，另外，似乎有种货币单位叫māsa，如以8000个māsa买骆驼一峰。长度单位叫distis，如买身高5 distis之男人一名。此外，丈量地毯与丝绢时，又往往使用“马身长”、“手长”这样一种粗略长度计量单位。

国家组织，除有国王外，有“执政官”（某次提到“边界执政官”）、“税吏”（Sothamga，或者Svothamga，佉卢文中这种讹音情况很多）、“司书”（divira），等。从简文中可以看出，这种税吏和司书，往往是对上欺隐税收，对下残酷剥削敲诈的主要角色。还有“Gozbo”一职，译文一直未将它译出来，看起来也是个挺拿权的职位，某些职务和衔名，似乎是世袭的（见第10、430、562简），可见也有贵族制度。有军队，简文中提到过第四军、第五军等（见第562简），有边防哨所和哨兵。此外，还有一种类似中原上古时候的“社”或明朝时候的“里”、“甲”这样的组织，译文叫它作“百户”（Sata），又译作“区”。看起来，从根源上说，它是远古农村公社的后裔形式；从现实职能说，它是代替国王和税吏在基层上派差征粮的一种机构。简文第46号中曾提到，男子对“百户”负有义务，女子不负。这种类似的制度，在德国“马尔克”制度中亦曾出现过。

鄯善国当时虽显然进入封建社会，但买卖奴隶、买良为奴的事，在简文中还有不少反映。这大体上也和中原的晋、北魏情况相同。我们试来看一看：

第3号简中，曾记买妇女一名，名苏祇沙（Sugisae），价41匹绢。（中译

本页1）

第209号简中，曾记将名阿罗祇瑜多祇萨阿（Argiyotgisaae）之妇女一名出卖，得七岁之骆驼一峰。（中译本页50）

第324号简中，曾记卖人一名，价一张弓。（中译本页78）

第437号简中，曾记身高5distis之女孩一名，卖给僧人，作价45穆立。（中译本页117）

第575号简中，曾记转卖一名叫Cmaga之男人，价三岁骆驼一峰，谷物5米里马，外Kosava 1，namata 1，avalika 1。（中译本页150）

第589号简中，曾记卖女孩一名，名色迷蹉，给价40穆立之一岁骆驼一峰，另给绵羊4只。（中译本页161）

第590号简中，曾记卖妇人一名，得价40穆立之骆驼一峰、值30穆立之骆驼一峰、12手长之毯及11手长之地毯各一条，另得8个Sutra muli。共计98个穆立。（中译本页162）

第591号简中，曾记买名叫钵楼色达那之男人一名，价五岁之骆驼一峰，五岁马一匹，及atga muli。（中译本页163）

第592号简中，曾记卖女孩一名，得值30穆立之骆驼一峰，及于阗地毯一条，作为atga muli。（中译本页164）

以上这些被卖之人，有的身份写明是奴隶，但不是奴隶身份的人也被卖，试看第106号简中有如下一段，“该人在执政官面前控告，‘余系属于国王所有之人，现莱比耶无正当理由将余出卖’。”可见卖良为奴隶的事是发生过的，这是封建的超经济强制在起作用的反映。再者，有些人被卖是统治者帮凶趁着天灾而酿人祸，如第589号简中写明有名莱毕没蹉及钵祇多之母子二人，将女孩色迷蹉“于饥荒之时”，卖给司书罗没索蹉。就是这个司书罗没索蹉，从简文中反映出来，还曾多次在强制买良为奴和兼并土地，足见鄯善国的阶级压迫和阶级剥削都是惨重的。底下，我们再看土地买卖的情况：

第186号简中曾记，将能种30希籽种之土地一块出卖，得价怀胎之牛一头。（中译本页45）

第222号简中曾记，将总共能种5希籽种之地一块赠送给Cozbo，Cozbo将价值10穆立之粗地毯一块为回礼。（中译本页54）

第327号简中曾记，将misi地中之13个Kuthala地出卖，得价10（价格单位）之牝牛一头，以后又给值5单位之粗地毯一条。（中译本页80）

第419号简中曾记，将4 apoira葡萄园一所及另一块地，总共五块地出卖，得价金币一枚，另付2穆立，以后又付12穆立。（中译本页110）

第422号简中记载，能种2米立马籽种之地，卖价骆驼一峰。（中译本页111）

第495号简中曾记，将能种1米立马10希籽种之地出卖，得值30穆立之三岁马一匹。（中译本页125）

第549号简中曾记，将能种1米立马10希籽种之地出卖得于阗粗地毯一条及谷物5米立马。（中译本页141）

第571号简中曾记，将misiya地连同地上之树出卖，得值50穆立之二岁骆驼一峰，另收附加费——酒10希。（中译本页147）

第579号简中曾记，将能种1米立马10希籽种之地一块出卖，得值12穆立之13手长地毯一块。（中译本页153）

第580号简文曾记，将能种1米立马1希籽种之地一块，尚连有几块能种1米立马籽种之地，几块地一起出卖，得价40穆立之四岁马一匹，另收谷物1米立马10希。（中译本页154）

第581号简文中曾记，将内有7avacira之葡萄园一所，卖价6手长之地毯一条，Kavajil，绵羊2只，谷物1米立马。（中译本页155）

第582号简文中曾记，将25Kuthala之misi地一块出卖，得值15穆立之马3匹。（中译本页156）

第586号简文中曾记，将15Sujada之葡萄园一所及地上之树，卖价马一匹。（中译本页159）

第648号简文中曾记，卖地一块，得马一匹。（中译本页173）

第652号简文中曾记，将能种1米里马籽种之地出卖，得酒10希及agisdha 3。（中译本页173）

第654号简文中曾记，将能种3米里马之地出卖，得马1匹。（中译本页174）

第655号间文中曾记，将能种1米立马5希籽之地及葡萄园一所出卖，得价4岁骆驼1峰，及raji2amila，共计值90穆立。（中译本页174）

第715号简文中曾记，将能种3米里马籽种之misi地出卖，得价9岁之骆驼一峰。（中译本页184）

这种买卖，表面看来，似乎是“公平交易”，一方愿买，一方愿卖。其实大不然。在中原历史上，借权势地主的超经济强制力进行土地兼并的残酷事实，史料中几乎是连篇累牍。在鄯善，情况亦正是如此。试看第581号简文中明确地写着“双方在此干旱与饥馑之时，达成一项买卖……”（中译本页155）。血泪斑斑，隐在文字背后，兼并者唯恐劳动人民有所反复，就在约文中多次写明，一旦成交，这种所有权将“长达一百年”、“长达一千年”，“其权限有如生命”等字样（凡见第418、422、469、571、572、580、581、586、589、590、652、654、655等简）。可见土地私有制的法权观念在鄯善国的封建剥削者压迫者的脑袋里，已经是多么地根深蒂固了。

在这里，我们禁不住要跟伯希和等东方学者们吵几句嘴。你们那么爱讲人们的血统和种系。就以鄯善为例吧，看他们在四五世纪还在使用着与梵文（prakrit）相邻近的佉卢文字来从事诸如政令、报告、券契、账目等的写作，或者可以推测，就其族姓来源说，不能杜绝来自印度的可能，冯承钧就认为他们是公元前二三世纪的印度移民①。退一万步，即便这就是科学的论断吧，那么，它是不是鄯善国最根本的东西呢？即以近代民族而论，它具有的是四个因素，即共同的语言、共同的居地、共同的经济生活和建立在这种经济生活上的共同心理状态（也就是意识形态）。摆在我们眼前的佉卢文简书所反映的鄯善国人民，其语言虽一时仍然衍用印度的，但居地变了，受汉人的影响越来越显著，特别是封建制度，在这种制度下的人口买卖和土地买卖，它所反映的人们对私有制的根深蒂固的意识形态，这和导师马克思所分析的印度“古代东方”的情况，如“土地私有制的不存在，就是了解东方世界的真正关键之所在”②，“像在亚细亚那样，就是没有与地租形式不同的课税”③是何等不同?！我们想请教一下伯希和先生之在这些同与不同之间，到底哪些同、哪些不同是更根本些呢？是血缘关系吗？还是经济关系？这种答案，只有给你们这些东方学者们自己去解答了。

鄯善的剥削、压迫阶级，还把他们根深蒂固的私有制意识形态，以政治法律形式，表现在国王的谕令之内。下面，我们选择一些简文：

汝务必按照天下（lokadharma）之法律办事。（第128号，中译本

① 见《西域南海史地考证论著汇辑》一书，页1及页44。

②《马克思恩格斯通信集》第1卷，页1831。

③《资本论》第3卷。

页30)

无论是国法，或是家法（指继承法），其余凯度多人皆应遵守。（第31号，中译本页10）

以主人之财产，偿付奴隶之债务，殊不合法。（第24号，中译本页8）

未经法律判决而拿取（于阗来）难民之财产，系不合法的。（第471号，中译本页119～120）

（彼等将土地上之树都砍去出卖），一个人去砍倒别人之财产，系属非法。（第482号，中译本页123）

不论何人或牲口为国家服役而死亡，应由政府计算（偿还）。（第435号，中译本页115）

凡在战时所取之物，皆作为无罪处理。（第17号，中译本页6）

vasu剑凯伽并未理解什么是权利。彼将荒地皆给他人。（第713号，中译本页183）

在这里，鄯善国王和他所代表的国家机器，已经把土地私有权和私有财产的不可侵犯性等原则，以政治法律形式固定下来了。它宣布对私有财产的保护，和对私有财产侵犯者的惩处。这是一个方面。另一方面，它又扮演出一副伪善的面目，以凌驾在敌对阶级之上的“仲裁者”身份，来对不同的阶级利益进行“调解”。如第272号简中说，“据闻汝处国内人民，由于旧债正在互相为难。应阻止这些富裕者纠缠欠债人。当汝处安宁、没有于阗之侵犯、而国境巩固之时，彼等再行偿还债务。”（中译本页64）再如第357号简中也说，“诸民因旧债正在互相为难。必须制止彼等。当国境重行安定时，审讯才能进行。”（中译本页89）这两种姿态其实是可以统一在一起的，即这个鄯善国王所代表的封建国家是封建剥削阶级的权力机关，以税吏、司书等职事人员来掌兵、刑、钱、谷诸事，以地主和高利贷者作为他们依靠的社会基础。从所有这些情况来看，鄯善虽小，“五脏俱全”，它和中原的晋、（北）魏封建社会情况，其实是别无二致的。

自然，我们很难武断说，当时西域其他诸国，如莎车、龟兹、于阗、焉耆等社会经济及阶级形势也与鄯善相雷同；但我们想来也同样没有理由，说它们中间的情况是多么地迥异。大体设想，恐怕是差不很多的。由此可以推论，佉卢文七百余号简书内容所反映的，其意义，就不是很小了：它显示了我们祖国新疆在公元四五世纪时候社会的风貌，给《汉书》、《后汉书》、《魏书》三《西域传》做了有力的补充。

四　附论都护制度的作用

在我们上文所涉及的年月里，都护制度是不存在的。但在这段时间之前和之后各一个多世纪，著名的汉和唐的都护府制度就曾屹然存在着。就在上文所涉的这段时间之内，也曾短暂地存在过北魏将鄯善“比之郡县”的事，就是说，这比都护制更前进了一步。因此，在本文结尾的部分，我们结合鄯善的国内阶级斗争形势，来看一看都护制的作用，是有其必要的。

一提到都护制，不能不上溯到西汉。但我们不准备考证年代，或者解释细节，如周寿昌、王先谦之解释“戊己校尉”那样。我们只想分析作用。西汉的经营“西域”，是带着明确不移的战略目的的，而且这种战略目的事实上获致了成功。这个目的，就是防御匈奴。由匈奴牵连到“西域”，因为早在张骞到达“西域”之前，匈奴人已经统治了“西域”，“西域”诸国皆役属于匈奴，匈奴在“西域”设置了叫做“僮仆都尉”这类名字的官，征收赋税。《（前）汉书·西域传》说，“赋税诸国，取富给焉”；《后汉书·西域传》说，“敛税重刻，诸国不堪命”。在这种情况下，汉帝国在“西域”陆续设置了使者、校尉、长史以至都护，起初不过是管理屯田粮秣，供应过往使者的伙食而已；后来作用逐渐加重，成为“考察诸外国动静，有变以闻。可安辑，安辑之；可击，击之”。（《（前）汉书·西域传》）在这里，我们必须指出两点。第一，当时的汉帝国并不是人民的，而是剥削阶级的国家，它的政策和官吏的作风，自必打上剥削阶级的烙印。这一点，我们丝毫不企图隐讳，更不替譬如说傅介子以及班超的某些行为辩护。但我们仍然指出，西汉时候的“西域”策略，是积极的，并且收到了积极的效果。这个“积极”，不论对中原人民或者对“西域”人民说来，都肯定不移。第二，对比起匈奴来，汉帝国的都护制曾受到过“西域”的欢迎。在西、东汉之际，“西域”诸国多次派遣代表，请遣都护，想来不可能是汉人自己给自己脸上擦粉。对于利害得失，“西域”诸国，不会没有算计的。自然，也须说明，款塞求遣都护的，是各国国王，而不是人民，这一点也不要引起误解。但，求派都护的事，即便由国王来表达，在某种程度上，也反映其人民的愿望。“西域”诸国为什么一定要与中原通好？史料中也有反映。如中原社会经济发达，生产品多，他们想搞物资交流。如说“见汉人众富厚”，“欲通货市买”、“欲贾市为好”，等等。这是事实，也是根本的原因之一。但另外还有没有别的原因呢？应该寻一寻。

我们应密切注意，从西汉过渡到东汉，从公元前1世纪过渡到公元后1世纪，在“西域”、匈奴、汉帝国三方面看，都有很大的变化。在“西域”方面，用中原历史名词来表述的话，是从“春秋”时代向“战国”时代衍变。张骞初通之后，国的数目在加多，“本三十六国”，《前书》说“稍分”，《后书》说，“自相分割”，成为五十五国。到东汉中期，数目减少，大国雄峙，以莎车为最强，汉河西大将军窦融两度向中央推荐莎车王为“大都尉”，甚至“都护”。看起来，莎车王东征西讨，很有点像战国的秦了。为什么分裂？为什么兼并？这恐怕都与社会生产力发展和内部阶级形势紧张有关。在匈奴方面，是“漠南无王庭”，显然经过西汉帝国的斗争，其“断右臂”政策的成功，匈奴分裂了，衰弱了，但即便衰弱，也仍然在和东汉帝国反复争夺车师。在汉帝国方面，帝国的性质没有变，但政策和策略变了，由积极的“西域”政策，改变为消极的政策，从汉光武开始，接着一大片白虎观派的儒生吵吵嚷嚷，宣传什么汉武帝的“轮台之悔”，对“西域”说什么“有求则卑辞，无欲则矫嫚”，再后依然说什么“有求则卑辞而来，无欲则矫嫚王命”。对汉帝国本身，他们说什么从大禹以来就仅仅是“就而序之”、“非上威服，致其贡物”，又说什么“得之不为益，弃之不为损”。这都是些“闭关主义”者的论调。自然，这和东汉帝国国内阶级形势变化、阶级斗争形势紧张，有较密切的关系。但即便调子如此低沉，在窦宪、班超时候，“西域”还是开辟了一些局面的。

我们说，东汉的这种消极政策，从历史上评价，是错误的。它对中原人民和“西域”人民，都没有利益。“得之不为益，弃之不为损”，这种斤斤计较的说法，是政治上鼠目寸光的表现。即便当时还不是以人民作主的，但这“益”和“损”也都是相互的。以“西域”来说，由36国分裂为55国，又兼并而为《魏书》上说的16国，这是社会发展的自然趋势。但即以莎车一度之强盛，也无能创立该地区中的统一局面。匈奴呢？第一，它是游牧族，在社会经济发展上与汉帝国迥异，其本身无力对“西域”带进来促进性的影响力；第二，在政治上，它对“西域”是单纯榨取的，而且本身逐水草迁徙，更无助于稳定性的加强。在这种情况下，中原的帝国有能力对“西域”的生产带来各方面的促进作用；又能够在群雄角逐的局面上，设法起一种稳定的作用，如汉、唐都护制下的局面，就是一种统一。促进生产，这是一种经济影响力；促进统一，这又是一种政治影响力。假如这两种影响力都不是坏的，那么，我们为什么不能说都护制是一种起积极作用的设置呢?!

回过头来，我们再来看一看鄯善吧。从简文中明显看出，它的国境日益狭促，国势日益鯈廐不安，不断遭受苏毗人的侵扰，一度和它的最近邻邦于阗也处于冲突状态。国内关系呢？一批高利贷者、富人，其当权者居在执政官、税吏、司书之类的官位上，对上欺蒙国家税收，使国家防御侵扰的能力日益削弱；对下横征暴敛，逼得贫苦人民卖地、卖儿女，人民逃往于阗、龟兹的痕迹在简文中屡有反映。内外形势如此紧张，前后复有沮渠氏和高车（丁零）族的侵扰，终至形势无可挽救，到了人民散亡、国家北迁，故园沦为吐谷浑驻军地的地步。它缺乏什么？它缺乏中原的统一力量。斯大林在《莫斯科建成八百年纪念日的祝词》中说，“世界上任何一个国家，假使不能从封建割据中和诸侯的纷争中解放出来，那么它便不能指望保全自己的独立，不能指望真正地发展经济和文化。只有联合成为统一的中央集权国家时，才可能期待文化经济的重大发展，才能确保自己的独立。”[①]当时的中原，两汉帝国已经崩溃，“五胡十六国”的纷争局面刚刚要收场，作为隋、唐的大一统局势，一时尚不能实现，作为隋、唐大一统雏形的北方统一者——北魏，也正在刚刚开始奠定。马克思说，“在这种普通的混乱状态中，王权是进步的因素，……王权在混乱中代表着秩序，代表着正在形成的民族而与分裂成叛乱的附庸国的状态对抗。”[②]北魏太武帝拓跋焘派遣将军万度归经营西域，这已经是一种足以珍视的苗头了，但也仅仅是苗头而已。《魏书》中连万度归其人都未写立专传，令我们今日无法进行更进一步的考察，殊令人惋叹。总之，我们抓住鄯善不放，是有其目的性的，这就是企图从反面论证问题，看一看西域地区在特定一段时间之内，在缺乏中央集权的大一统局面的情况下，个别小国遭到国破民散的可悲境遇，什么经济文化的发展都更谈不上了。从反面的论据获致正面的结论，即中原大一统中央集权国家，它所设制的都护制度，对于“西域”这些始终未能从其本身出现统一的小国来说，十分明显是带来了积极的作用，足以促使其经济文化出现重大发展的作用。

①《真理报》1947年9月7日。

②《马克思恩格斯全集》第21卷，页453。

西辽史新证

一

将西辽史拿来予以重新的料理，在今天不仅有其必要，而且也具备着某些条件。

所谓必要，是指边境问题而言的。有人说，在清朝以前，中国的西部疆界从来没有超过甘肃和四川，从来没有到过巴尔喀什湖以东的地方。可是铁的事实证明，西辽国本土的西界，就恰好在巴尔喀什湖远远以西的锡尔河下游的别罗甫斯克（此城原名阿克摩斯杰德，后由一个俄国征服者别罗甫斯基而更今名）一带；在12世纪，河中府（又叫“河间地”，英语叫Transoxiana，波斯语拼音是Mawaranehr）地面是西辽国规规矩矩的领土。而西辽这个国家呢，则连俄国史家巴透尔德都承认它是中国辽朝的一个分部，它的领土是中国历史版图的一个部分，它的纪年在中国正史（《辽史》）中曾给予正式的著录，在辽远地面上建国而被中原正统历史著录者，此为极破格的一次，甚至是唯一的一次。[①]而西辽的统治年限又是相当久远的，在这一点上它与许多夭折的王朝严格地区别着。西辽的统治年限，按卡得最紧的数字是88年，但元朝的耶律楚材说了一句话，“传国百余年”[②]。这句话不是乱说的，因为在蒙古的旭烈兀进军报达的路程中，就遇到过西辽残余后裔克尔漫（又叫“乞里湾”）小邦的前

① 《土尔其斯坦简史》，《中亚史四论》，英译本，第28页。

② 见《湛然居士集》卷12，《怀古诗一百韵》自注。

来降顺[①]。降顺的年份是1259，蒙古官吏正式接管的年份是1305。这样，从耶律大石即王位的年份1124计起，西辽国的最长统治年限将达136年（假如按蒙古接管算，将达182年之数）。以中原封建王朝最长统治年限平均300年来比较，这已经不算短命的了。假如再将中原辽朝统治209年合计在一起，那么，作为中华民族历史成员之一的契丹人，几乎在长达四个世纪的历史年限中起着重要的影响。这么大的一个民族成员，这么长的统治年代，这么辽阔的版图（它的最西边界有力地标志着我们伟大祖国历史上最辽远的边界之一），再加以它给中亚带来的经济、文化上的深远的影响（在这里又不禁要节引耶律楚材的另一句话："颇尚文教，西域至今思之"），我们今天对它进行一些重新的料理，不言可喻，自然是十分必要的了。

至于谈到进行重新料理的条件，多半个世纪以来，中外史家在这一方面也不能说毫无积累。中国的史家冯承钧、冯家昇、傅乐焕、梁园东、岑仲勉，日本史家羽田亨，俄国史家布莱资须纳德（E.Bretschneider）、巴透尔德（V.Barthold）等，在这方面做了各自的努力。他们展开了有关西辽史上一些问题的辩论；对文字史料和实物史料进行了一些考订；对契丹人与回鹘人、蒙古人、花剌子模人等的关系进行了一些清理，对中亚的一些山脉、河流、关隘、古城遗址等的方位以及古钱币上的年代纪录等等，做出了一些确定；其中特别重要的，是对阿剌伯史料与中国史料间做了某些综合与比勘。这些分别的劳动成果是斑斑在目的，在这里不须更加表彰。剩下的，是对他们辩论未决的问题，需要进一步向前推进。更其重要的，是将马克思主义的观点方法拿来作为指导，在这一点上，过去假如不能说是等于零的话，至少也是微不足道的。他们在帝王将相方面谈的很多，但在社会经济和群众作用方面则涉及很少。在今天我们进行重新料理的时候，这些缺陷都需要一一考虑，予以填补。

二

要重新料理西辽史，又从何入手呢？西辽史所牵涉的问题不少，这中间要有个选择。经过考虑，本文作者认为从"契丹人如何进入土耳其斯坦的？"或者说"契丹人是在什么年份、沿着哪条路或者哪几条路，进入土耳其斯坦的？"——从这个问题作为劈开全局的线索，较为妥当。在这一问题上，中外学者插

① 散见刘郁《西使记》,《元史》卷149、《元史译文证补》卷12。

过嘴的实在不能算少了。

但首先要说清楚一个方法论问题。我们常常说形而上学是谬误的，但只有结合具体问题的分析，才能认识的更清楚。在过去探讨这个问题的部分史学家的脑子里（日本羽田亨是最突出的代表），不晓得从何而来的一个框框，仿佛契丹人只能够是一次、只能够是沿着一条路线进入土耳其斯坦的。以这样一个框框作为无形的依据，于是充分使用形式逻辑中“非此即彼”的“排中律”，一方说契丹人是从北路葛逻禄人游牧的海押立进入的，从而走南路的说法就一定是不对的；另一方说，契丹人曾攻打过南疆的喀什，那么他们走的显然是南路，走北路的说法就是谬误的了。我们不禁想问：契丹人的迁徙，也如许多其他部族所进行的迁徙一样，难道就不可能沿着不同的路线、在不同的年月中、不是一次而是多次地进行的吗?!

我们试来看一些具体情况。在原来的辽朝方兴未艾的时候，契丹人已经有部分向西域流徙的情况。根据16世纪的默哈麦德·涅儿察奇的《布哈拉史地纪》（此书1892年有巴黎法文本问世）一书所记，契丹人远在1041～1042年间，自吐蕃地区已经进入西域。这项史料自然不一定完全可靠，但假如还有些靠得住的话，那么，远在北宋的庆历年间，契丹人已经向南疆地区有所迁徙。等到辽国被金灭亡以后，契丹人四向迁徙的迹象那就更多。兹举一些例。《长春真人西游记》中记述，当他旅行在今蒙古人民共和国西部，渡过一条叫做喀鲁哈河以后，他看到一座故城的基址，街衢巷陌可辨，形式纯乎是中原的，古瓦上有契丹字，从而长春真人判断“盖辽亡士马不降者西行所建城邑也”。[①]叶隆礼《契丹国志》中也记述，辽亡后耶律大石到沙漠地带，金人派遣契丹降帅耶律余睹到合董城跟大石答过话，又说“辽御马数十万牧于碛外，女真以绝远未之取。……今馀党犹居其地”。（该书卷19）按合董城即可敦城（突厥语谓可汗妻为Khatun），又作曷董城、河董城，地名的汉字记录形式非一，其地理方位更众说纷歧，争论很多。但一般都相信这座城池座落在辽上京西北约三千里的镇州，蒙古人呼之曰“吾骨脑儿”之地。该地在耶律大石走经的过程中曾经屯聚过人，筑过城；即便在大队远去之后，犹有其同族人聚居该地。这些契丹人，到1179年（金大定二年），还曾显示过力量，他们在金朝所派遣的群牧使耶律斡罕的率领下发动抗金起义，虽然终于失败了；《金史》说“割耳鼻五

① 见《长春真人西游记》，王国维《观堂集林》校注本，第15页。

十车”（卷18），这些话虽不免夸大，但契丹人民的力量，被证明仍然是在聚积着的。

以上是说明在辽亡以前和以后，契丹人有在南疆和蒙古地面西部活动的迹象。从全局看，这是偏东偏南方面的活动。现在，再来看偏西偏北方面的事。阿剌伯史家拉式特·哀丁记述说，“（耶律大石）初逃于乞儿吉思，后至畏兀儿，最后到土耳其斯坦。”[①]这几句话很简明扼要，说不定比《辽史·天祚纪》卷末的叙述更少引人进入迷糊阵。另一阿剌伯史家阿莱·哀丁在其《征服者的历史》中记述说，“（耶律大石）初到了乞儿吉思的边界上，侵占其地，但不久他们为乞儿吉思人所驱逐，才又到了叶密尔河流域，在那里建起一座城池。”[②]这座城池，根据巴透尔德的考证，当为近世之朱古察克。[③]再者，根据巴透尔德转引伊本·阿尔·阿蒂尔记述，早在黑汗王朝的阿尔斯兰汗（狮子王）苏来曼的时候，就已经有契丹人约一万帐居住黑汗国和中国的边境上，替黑汗把守山中的隘口，黑汗王分给他们一些土地和一点钱作为报酬。后来这些契丹人在商队的指引下进入七河（斜米）地区，到了巴拉沙衮。[④]这个阿尔斯兰汗苏来曼在位的时候，究竟是什么年代呢？根据上引同书的论证，他是后来跟西辽南路军队在喀什作战的阿尔斯兰汗阿哈默德的祖父。那么，西辽南路军队在喀什作战的年份假如不出12世纪二三十年代的话，上溯两辈人约六七十年，苏来曼当是11世纪中叶或稍晚的人，换言之，当为中原北宋王朝统治的中叶或稍晚。这一万帐的契丹人，从年份上看，与前引涅尔察奇《布哈拉史地纪》所记自吐蕃中过去的那批人，很像是同一股；但从地域上看，一南一北，又不像是同一股。这一分歧，在取得更进一步的证明材料之前，只好存疑。但契丹人从也儿的石河到叶密尔河、到伊犁河、到楚河的痕迹，也还是斑斑可考的。

契丹人在蒙古地面上的踪迹，在七河（斜米）地区的踪迹，都已表述过了。剩下的，就是喀什的一场交锋这个情节了。这是由一件历史文件引发的，据说在12世纪30年代，有一个回回王桑节儿写给报达政府执政的一封信，内容主要说，邪教徒势力业已大挫，契丹人的一位首领在与喀什的阿尔斯兰汗阿

① 转引自梁园东《西辽史》，第61页。

② 转引自梁园东《西辽史》，第62页。

③《七河史》，《中亚史四论》，英译本，第102页。

④《中亚史四论》，英译本，第101页。

哈默德的一场交战中被杀了。俄国史家巴透尔德对这封信的资料价值十分重视，在他的著作中曾多次提及。巴氏通晓多种中亚语文、自然有能力阅读原件，但我们则连该信的英译文或俄译文都未能得见。巴氏似乎很认定信中提到的被杀者，就是耶律大石。因此他推论说，“耶律大石与西辽建国人究竟是否同一个人，颇值得怀疑”。[①]我们认为这样的推论是未免急遽的！因为桑节儿的信本身虽无可疑，但信中并未说死者就是大石；何况经过巴氏转述的内容前后颇有歧异，巴氏在1893年写的《土耳其斯坦简史》和在1922年写的《七河史》中，对信的年代一说是1133，一说是1135；对收信人一说是报达政府，一说是哈利发的大臣；对主要情节方面，一说是契丹人首领“被杀”，一说是“被俘”。[②]总之，喀什战役究竟如何，目前很难说清楚，只有留待将来进一步的落实了。

总括起来看，在12世纪二三十年代，在蒙古地面的西部，曾有着一批契丹人；在从叶密尔河到楚河的路上，曾有着一批契丹人；在喀什方面，又曾有着一批契丹人。这已经是三堆了。是否有第四堆，尚不敢确定。这三堆中，是否有某一堆是由另一堆调动过去的，也都很难说。但无论如何，像认为契丹人单只是一路人马，单只是经由一条路线西入河中之地的论证前提，经过如上的分析，已经可以被认定是站不住的了。

下面，我们将继续前进，转而论证回鹘人的情况，以及耶律大石假道回鹘问题的究竟。

三

我常常这样想，一片精致的贝雕，也要镶嵌在一片精致的背景画面上，才越发显出它艺术上的完整。相类似的，西辽国的建立，是在回鹘人背景上的，因为假如我们将回鹘这段历史弄的更确凿一些，那么，在回鹘基地上建立起来的辽国，岂不是在科学上更精确一些了吗。

回鹘是从突厥中分立出来的一个强大分支，后来形成强大的部族，有着树瘿中五小儿那样的族源神话，有着在蒙古地面鄂尔浑河流域建国的历史。强大以后，它跟中原的唐帝国一贯友好，曾帮助唐帝国击溃了西突厥。但在公元

① 《中亚史四论》，英译本，第101页。

② 参看《中亚史四论》，英译本，第27页、第101页。

840年（唐文宗开成五年），由于回鹘统治集团内部的分裂，加以自然灾害，又受到临近部族黠戛斯（即后来的吉尔吉斯）的袭击，遂招致了回鹘人的四散迁徙，以后在今新疆及附近的地面上，分散地形成了几个邦国。有关这几个回鹘邦国的问题，有些纠缠有待于澄清、推进。

一般是三分支的说法。冯家昇持此说。[①]三分支就是河西回鹘，又叫甘州回鹘；西州回鹘，又叫高昌回鹘；葱岭西回鹘，又叫哈喇汗国（哈喇汗国之名，是俄国史家格里高利叶夫所私定，中国《宋史》中名之曰黑汗朝）。在这三者中间，前两者问题不大，后一个则存在着进行探讨的余地。甘州回鹘，无论从中原五代、辽、宋诸朝的正史上，或者从敦煌壁画的鲜明的形象上，或者从经卷中文字记载所反映的内容上，均斑斑可考。高昌回鹘在吐鲁番也遗留下了很多佛教的和摩尼教的文化遗迹；并且在蒙古统治的13世纪，人们普遍把高昌回鹘看做是回鹘的正宗。单单所谓"葱岭西回鹘"，在其族系问题的确定、以及其他有关问题上，却存在着分歧的看法。以冯氏为代表的，认为这组人仍是回鹘；而历来许多中外学者如洪钧、陈垣、格里高利叶夫、布莱资须纳德、巴透尔德，甚至不久前出版的新疆民族研究所编写的《新疆简史》[②]，都认为是突厥。在本世纪的三十年代，在《禹贡》杂志上，曾有一位王日蔚者，写了好几篇文章[③]，但除了表现看法的反复不定外，似乎也没有弄出个可以令人信服的结论来。

这到底是怎么一回事呢？分歧的症结，不外一是史料的纠缠，二是方法论上的差异。前者问题不大，既有史料反正就是那么一大堆；在方法论方面，却是要祛除形而上学的缺陷，努力争取辩证地对待问题。具体地说，对待回鹘和突厥的关系，我们就须使用辩证法。回鹘在很早的时候是突厥的一个分支，但后来又相冲击，重新融合。这中间有个血统问题，还有个宗教信仰问题，而这两者又是相互纠缠着的。伊斯兰教是帮助形成并巩固人们的共同体的共同心理状态之一。在中亚的历史上，它尤其是一个导致各种变动的根源之一。哈喇汗朝从萨满尼王朝手中夺得了河中之地，跟较它更早就接受了伊斯兰教的塞尔柱王朝相冲突，在冲突历程中却也接受了对伊斯兰教的信奉。单在这一点上，它就跟信奉佛教和摩尼教的高昌回鹘严格地区别着。今新疆最西南一角的喀什地

① 见《维吾尔族史料简编》上册，第42页及44页。

② 参看《新疆简史》，第100页。

③ 见《禹贡》杂志第4卷第2、5、8各期。

区，在历史上曾被兼并为哈喇汗朝的领土，因而喀什地区人们的信奉伊斯兰教，就较新疆中部和东部早出四个世纪。这就是一个差别，而差别发展起来，就会形成矛盾。西辽在面对这个矛盾的时候，就会有所反应。当时契丹人被伊斯兰教徒斥为“邪教徒”，足见他们当时还不是伊斯兰教的信仰者，所以它对待高昌回鹘的态度就可能是友好的，从而“假道”的问题就有着更大的可能性；它对待哈喇汗朝的态度，由于宗教隔阂，就可能是不友好的，只能是攻打、侵占和取代。从这点认识出发，就可以判断日本史家羽田亨认为西辽假道的对象是葱岭西回鹘的看法①，是很难确立的了。

又区别又联系，总是辩证法的重要诀窍之一。在这里，作者准备稍稍多说几句。试举两例。其一，元朝将其统治下的人民分为四等，我们试问，他们为什么把汉族分为“汉人”和“南人”？这除了是分裂汉族统一的一种伎俩之外，还有没有其他缘故？其二，明朝统治哈密人民，为什么偏偏把他们分成回回、畏兀儿和哈剌灰三部？这除了反映明朝统治者企图分化哈密人民之外，还有没有其他缘故？这些，都值得我们拿来跟三支回鹘的事联系起来，加以思考。

同是汉族人民，经历五胡十六国以来的大动荡，北方人民在种族融合方面较之南方有着更复杂的经历，与此伴随的，南方的生产力由低向高发展，速度较快；北方相对比较慢，局部地区有停滞不前的现象。这些差异都是客观造成的，而蒙古统治者则利用了它，作为达成其种族分化并各个统治目的的手段。与此类似，同是哈密的人民，但其中一部分是有着更鲜明的种族特征的、作为回鹘人直接后裔的畏兀儿人；另一部分是表现了突厥与回鹘的融合、保留着较多的突厥族特征、信奉伊斯兰教历史较久的、原哈喇汗朝人的后裔，这就是所谓的“哈剌灰”；第三部分是各种族杂居的人民（其中有汉人，也有蒙古帝国的遗民），由于也是信奉了伊斯兰教的，中原人往往通名之曰“回回”。这些，也都是客观形成的差异，而明朝中期以后的统治者则利用了这些差异，以达成其分别统治的目的。这些无干的情节分辨清楚了，在哈喇汗朝与高昌回鹘之间的差别问题上，我们岂不是可以“思过半矣”了吗？

不仅在宗教信仰方面，就是在血统方面，哈喇汗也不是纯粹的回鹘。他们是以原西突厥覆亡后的遗民作为骨干，与一支回鹘人的融合体。《新唐书》中

---

①《西辽建国始末及其纪年》，《禹贡》半月刊第5卷第7期载其中译文。

记载说，回鹘人四散之后，其中一支“庞特勒（应作勤）十五部奔葛逻禄”[1]，而葛逻禄正是突厥中一个强悍的分支。俄国史家把哈喇汗朝统治下的人民叫“哈喇鲁突厥种”，这个“哈喇鲁”字样与“葛逻禄”字样同是Karluk一词的不同汉译，葛逻禄人是西突厥遗民中信奉伊斯兰教最早、也是最坚定的，他们把伊斯兰教强加给融合进来的回鹘人，这才构成了哈喇汗国。

总之，冯家昇氏将三部回鹘看作是平列的、均衡的，这种看法不甚妥当。他还制有一幅地图[2]，将三部各自圈出，这样初看起来似甚醒目，但过细一想，这图带给读者的印象也未见得符合历史原貌。现在，让我们回到西辽的本题上来，当时的契丹人，不管两堆也罢，三堆也罢，大体从阿尔泰、塔尔巴哈台、济木萨一带出发，分两路，一路接连渡过叶密尔河、伊犁河、楚河，向巴喇沙衮前进，取哈喇汗朝的统治权而代之；另一路自济木萨经焉耆、库车、阿克苏向喀什方面前进，打了桑节儿信中所提的那一场战役。“假道”的事，发生在后一路，不发生在前一路，从而“假道”的对象就只可能是高昌而绝不会是什么“葱岭西回鹘”了。

四

契丹人进入土耳其斯坦的路线和情况，既经料理如上。底下的情节就都是人们通常知晓并且不存在争论的，如契丹人如何打到撒马儿罕，打到布哈拉，耶律大石如何在这两个地方中间一个叫起而漫的地方即“葛儿汗”位，然后返兵东下，定都巴喇沙衮。这些情节，多见于《辽史·天祚纪》，涉及的争论不多，故不多赘。底下的问题是：西辽国究竟统辖有多大的国土？国土的本土有多大？加上附庸诸国又有多大？再次，西辽国以怎样的制度统辖它的人民？在政治统治制度方面跟原来的辽国有什么渊源？又有什么差别？这些，倒是值得探索的问题。

先看领土的范围。阿拉·哀丁在其《征服世界者的历史》中说，葛儿汗征服了突厥名王伊夫拉西叶的后裔，取而代之，其疆域为“从克姆刻耶（KumK-idjik）到巴塞尔金（Barserdian），又从塔剌斯（Tars）到塔密基（Tami-

① 《新唐书》卷219。

② 见《维吾尔族史料简编》上册，第42～43页。

dja）”。[①]梁氏对此的注释说，“除塔剌斯外，皆无可考。”其实，人们的知识是不断向前推进的，由“无可考”，可以达到有可考。岑仲勉氏就把问题向前推进了一步，他说“余察原义，前一语乃东西两至，后一语乃南北两至”。[②]这一体会是精湛的。岑氏继续考证说，克姆刻耶与喀呷立（或海呷立）不过一音之转，地在今阔帕勒（Kopal）附近；塔密基即忒儿迷，为河中府南方锁钥，巴塞尔金即《元史》中之八儿真，“其确址今不可考”。[③]今按此不可考者仍复可考。俄国史家巴透尔德在其名著《蒙古占领及其以前的土耳其斯坦》中“河中府的地理考察”一章内，对忒儿迷与八儿真两地均有进一步的记述。兹摘译有关段节如下：

距离苏儿汗河河口不远之处，就是忒儿迷的古堡，阿剌伯地理学家们对此记述甚详。……被成吉思汗毁掉的古城址就在河的岸边，废址历历可寻；而成吉思汗以后所建的新城则距河较远，乌兹别克人统治时期的遗址至今犹存。[④]

占德（Jand）距离别洛甫斯克16至20里。……在悉格纳克和占德之间，还有乌兹干、八儿真和阿什纳斯诸古堡。有人说，乌兹干位于喀喇图山中，但这是很值得怀疑的，八儿真可能距占德较之距离悉格纳克更近一些。[⑤]

这样，西辽国初建时本土的“四至”，已可基本上考知了。“南至”是忒儿迷，位于苏河入阿姆河的口上；“北至”是塔剌斯，今名奥利亚·阿达，位于塔剌斯河的北岸；“东至”是喀呷立，位于阔帕勒附近；“西至”是八儿真，位于今别洛甫斯克附近。不过，还需要加以说明的是，这“四至”的四个点，不应该被理解作譬如说一个正方形的四个角，不是这样，而是应该被理解作一个上底长、下底短的梯形；或者说，像一个洗面盆的侧面形；阔帕勒在其东北（右上角），别洛甫斯克在其西北（左上角），塔剌斯在正北（上底的中分点），忒儿迷在正南（下底的中分点）。兹试制示意图一幅如下：

---

① 见梁园东《西辽史》，第63页。

②《中外史地考证》下册，第464页。

③《中外史地考证》下册，第465页。

④《蒙古占领及其以前的土耳其斯坦》，英文本，第74～75页。

⑤《蒙古占领及其以前的土耳其斯坦》，英文本，第178～179页。

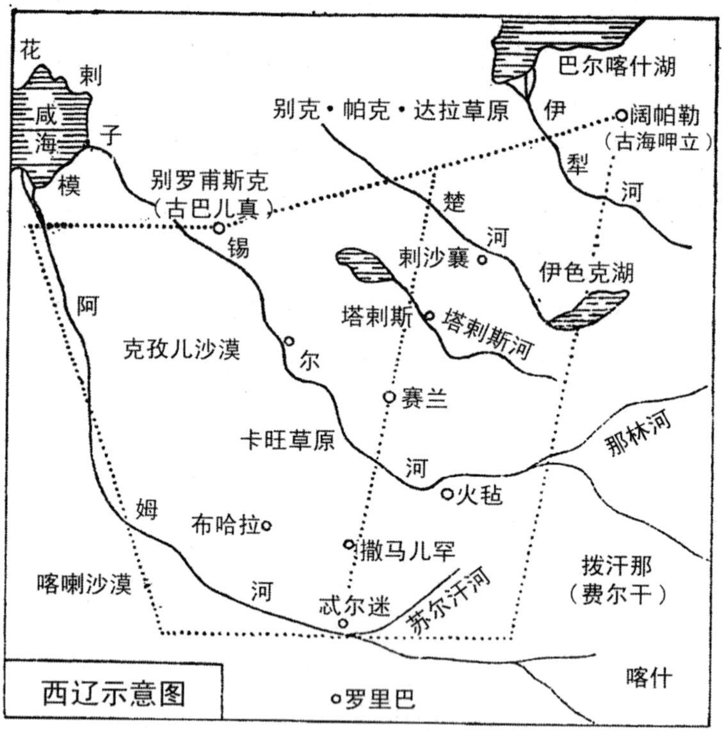

以上所说，还仅仅是西辽建国之初的本土。阿拉·哀丁在表述西辽全部的疆域时又说，“……以后，（大石）又续行占领康克里。此外，又征服了喀什噶尔和和阗，又曾远征乞儿吉思；别什八里亦为他所取得，拔汗那和阿姆河北也都属于他；于是奥斯曼的子孙（撒马儿罕王）亦成了他的臣属。这样的领土构成以后，他又使他的将军伊儿纳兹进攻花剌子模，直待花剌子模完完全全降伏。”[①]巴透尔德也做过类似的表述，他说，“他们在叶尼塞河到塔剌斯河之间的地面上建立了国家。之后，他们征服了康里，东土耳其斯坦也并入版图。在回历531年（即耶历1137年），在火毡附近击溃了河中府的统治者马赫默德，又在1141年在卡汪草原彻底消灭了塞尔柱朝的速檀桑节儿的军队。另外，还特派一支部队去征服花剌子模。”[②]根据这些叙述，当耶律楚材说西辽国“幅员数万里”[③]的时候，他是并没有夸大了什么的。

① 转引自梁园东《西辽史》，第63页。

② 见《中亚史四论》，英译本，第102页。

③ 见《湛然居士集》卷12，《怀古诗一百韵》自注。

五

关于西辽国在中亚的政治统治、阿剌伯材料中有所反映，但仍需要拿中原史料来跟它交叉起来，进行分析。

伊本·阿尔·阿蒂尔写道，“这个葛儿汗也不大干涉他所征服的那些国家的行政，他对人民征收赋税极低，每家只要有一个地纳儿就够了。对待属国国王极有恩惠，凡附属了他的，只要用一块银牌系在衣带上、表明对他的臣属关系就够了。”[①]综合了不少阿剌伯史料的巴透尔德，他也有一段更详密的综合叙述：“哈喇契丹的统治，跟游牧的其他汗国统治的通常形式很不相同。除了保持游牧习俗之外，哈喇契丹人从中国文明中所吸取来的东西，其幅度远较其他游牧族为深广。在其国中，中国的‘户税’制度被衍用了，每户只缴一个狄纳儿（约合十先令）。第一代葛儿汗据说不颁赐任何的采邑，百人以上的军队就不信任别人去率领。即便到末代的葛儿汗，也没有任何世袭封邑的痕迹；当然，他们的行政也远远缺乏统一（重点号是本文作者所加）。任何一个曾经施行过统治的王朝，在被占领后只要表示降顺，就可以依然存在，其所负封建义务不外蒙古统治时期俄罗斯人所熟知的三种方式。在很多地方，有葛儿汗的常驻代表与地方统治者并肩而治。其余地区，如花剌子模，葛儿汗的收税代表定期地前来征取。最后一种方式，在13世纪初，布哈拉的宗教头目‘伞得儿’亲自将税款带到葛儿汗的大帐中来，一如晚些年辰莫斯科大公亲自将税款缴到金帐汗那里去一样。”[②]

对于上述的这些情况，我们要弃其糟粕，取其精华。说葛儿汗多么仁慈、有恩惠，这显然是在歌颂帝王将相，不符合于历史的真实，不管当时的人民比较起许多更加残暴得多的汗王来，会有什么样的具体感受。至于说到西辽国行政的缺乏统一，这倒是触到了问题中的一个要点，这和原来辽国的制度有着渊源的关系，在这里，需要结合中原史料来予以论证和分析。

原来辽国的统治形式，就是有其特点的，即“北面”和“南面”的分立。《辽史·百官志》说，“辽国官制分北、南院”，“北枢密院掌兵机、武铨、群牧之政，凡契丹军马皆属焉。以其牙帐居大内帐殿之北，故名北院。元好问所谓

① 见《西辽史》，第67页。

②《中亚史四论》，英译本，第29～30页。

“北衙不理民”是也。南枢密院掌文铨、部族、丁赋之政，凡契丹人皆属焉。以其牙帐居大内之南，故名南院。元好问所谓“南衙不主兵”是也。[①]耶律大石所建立的西辽国，对此制度继续衍用。《金史》中说，“大石称王于北方，署置南、北面官僚”[②]，可以作证。

这种特点，自然是中央集权不强化的表现。而中央集权不强化，我们又不能用什么民族特性等唯心观点去解释，而应当用马克思主义观点、亦即对于上层建筑方面的问题要从经济基础上去寻求根源的观点，去进行观察。契丹人在渔猎和游牧的生活方式上，其传统保持得十分顽强。契丹统治集团长期保持其四季渔猎游宴的习俗不予革除，即所谓“四捺钵”者，傅乐焕氏所考甚详[③]兹不赘。至于一般人民的生活方式，《辽史·食货志》也有极简单的表述，“契丹旧俗，其富以马，其强以兵，纵马于野，弛兵于民，……马逐水草，人仰湩酪，挽强射生，以给日用。”[④]在占领了封建农业经济相当发展的汉族人民居地之后，在经济上没有能够及时很快地接受同化（像公元4世纪拓跋族所表现的那样），从而在政治制度等上层建筑方面也就没有能够向中央集权跃进。个别的契丹贵族也曾对此有所觉察，如萧孝忠的传中就记载说，“国制：以契丹、汉人分北、南院枢密治之。孝忠奏曰，‘一国二枢密，风俗所以不同。若并为一，天下幸甚！’事未及行，薨。”[⑤]足见中央集权问题已经从客观上反映出来，只是契丹的整个经济发展跟不上去，所以一直不能完成其政治上的中央集权（虽然兵权的集中已经很强化）。耶律大石所建的西辽国既然依旧衍用故辽的制度，故对其附庸国权力的集中抓的不紧，致在平时两者间尚可维持其表面的关系，一等形势变化，西辽国的收税吏就不免有被丢到河里去的事情发生了。[⑥]

巴透尔德还说，西辽的“户税”制来自中原。不错，中原的中古时期一直是有“地税”和“户税”的。并且中原文物制度一直对西辽有着深远的影响，

① 见《辽史》卷45。

②《金史》卷121《粘割韩奴传》。

③ 见《辽代四时捺钵考（五篇）》，载《历史语言研究所集刊》十本二分，1942年。

④《辽史》卷59。

⑤《辽史》卷81。

⑥ 见巴透尔德《蒙古占领及其以前的土耳其斯坦》，英文本，第355、356页。

这也不容置疑。但西辽的“户税”和中原的“户税”又有所不同，这一点也有必要说清楚。中原的“户税”，是在承认中原大地主庄园利益的前提下，综合“地税”（以生产手段——土地的亩积，作为征税的标准）和“丁税”（以成龄的个体生产劳动者作为征税的标准）两者的内容而产生的，户分“九等”或“十则”，内中又带进去了“赀产税”的成分。西域诸国的“户税”则不是如此，它是适应游牧人民和作为工商业者的小市民的小家庭分散的特点，以一“丁”（成龄的个体劳动者）为一“户”来进行征税的制度。何以见得呢？元宋子贞替耶律楚材所写的《墓碑》中说，“始隶州县，朝臣共欲以丁为户，公独以为不可。皆曰：我朝及西域诸国，莫不以丁为户；岂可舍大朝之法，而从亡国政耶?！公曰，自古有中原者，未尝以丁为户……”[①]从这段材料中，我们可以看到两点：第一，中原是以荫蔽大量佃户的地主大庄园为主流的农业封建社会，以丁为户不利于大庄园地主的利益，从而也就不利于蒙古最高统治者的统治。耶律楚材的立论就是从这一点出发的。第二，蒙古和西域诸邦则一直缺乏这样的大庄园经济的传统，他们适应游牧人一帐一帐地分居、以及城市手工业商人小家庭制而长期施行着以丁为户的征税制。西辽所适应的，正是后一种情况。所以一户征收一个狄纳儿，也就说不上是什么低税额制。这种以丁为户的传统，中原史料中也有助证。《辽史·天祚纪》中记述西辽最末一帝耶律夷烈即位后，“籍民十八以上，得八万四千五百户”。[②]这条材料，初看似有误讹，何以籍“丁”的结果，反云得若干“户”？但以《耶律碑》来参照理解，就可豁然于西域地面的以丁为户为传统，老小、妇女不在征税核计之列，故仅籍十八岁以上之男丁，作为户的数额来统计。我们在这里辨析一下，仅仅是想订正俄国史家可能对中国国情不十分清楚的说法，这丝毫也不排斥西辽国从中原文化中带过去大量的东西。

* * *

西辽史中需要重新料理的问题，尚不止以上所涉及的这些。还有另外不少的问题，如战争问题、手工业商业以及文化发展的问题以及伊斯兰教的问题，等等。耶律大石的军队打过不少著名的战役，诸如呼罗珊战役、喀什战役等，但是，有关兵力、武器、战略、胜负等情节，能够钩稽到的资料不多，无法获致较有推进意义的认识。商业、手工业、文化发展的情况，一鳞半爪的资料是

①《元文类》卷57。

②《辽史》卷30。

有一些的，如巴透尔德在其《蒙古占领及其以前的土耳其斯坦》一书中，曾叙述河中府地面在10世纪初萨满尼王朝时候，其所受中原文化影响已经很深，丝织业已十分发达，造纸业已完全顶替了羊皮和阿剌伯草纸的使用，贫富分化已十分明显，阶级剥削已很惨重，如一枚铅皮包装的西瓜运到报达就值七百个狄罗姆，而一个手工业徒工的月工资才十五个狄罗姆，等等。[①]这些，都可以说明西辽占领以前的手工业、商业的发达情况。但西辽统治时期的资料，则相对极少。关于伊斯兰教，在异教徒与伊斯兰教徒之间，亦即西辽统治者与花剌子模“沙”（王）以及塞尔柱速檀之间的冲突与勾结之中，不同经济利益的各族社会等级通过宗教外衣而进行角逐，这也是很自然、并且是可以想见的。受到已掌握到的材料的局限，本文不能一一地予以专节的论述了。

1974年10月25日写于兰州

【附志】近两年来，一直听到有同志跟此文商榷，迄今仍未有幸拜读并借以自纠其谬，深感遗憾，谨此赘言。

1981年5月5日于济南

① 见巴透尔德《蒙古占领及其以前的土耳其斯坦》，英文本，235～240页。

明朝的西域关系

一

仿佛一直有着这样一种印象：明朝的西北疆域是很狭促的，仅仅以嘉峪关为内外之界。实际上不是这样。明初洪武、永乐的西域政策与汉武帝、武则天的相似，是积极的。洪武五年（1372），冯胜下河西，就汉朝遮虏障之地、嘉峪山之麓，初筑土城二百二十丈，其地在肃州（今酒泉）西七十里，还是一种比较草率的经营。后来，就逐渐布置得很具规模：关内肃州设“镇”，为“九边”之一，是西北大军区之所在，关外设“关西七卫”，其中四个设在沙州（今敦煌）迤西南，即今青海省海西地区，亦即柴达木盆地一带。这些少数民族（主要是“撒里·畏兀儿”）与中原的汉族人民进行着严格的茶马交易。茶，对于游牧人来说，是一种肉食生活的必需品；而马，对于明帝国及中原的人民说，则是一种重要的战略物资和生产动力。养马差役，被明朝的人民看做是残酷的压榨之一，所以以茶易马，也是减轻人民负担的方式之一。另一卫所，设在哈密。哈密在“七卫”之中，具有着特殊的地位，因为它除去贡马之外，还担任中原和西域之间的中点站和接待站的角色，还为中西交通人民提供翻译人员[①]，故历洪、永之世，明朝对哈密王公赐赉特厚。明朝以此中点站为出发点，对其迤西诸国，广事招徕。这样，时间渡过了五六十年之久。第一次转折点出现在洪熙朝（1425年）。明仁宗在其《即位诏》中，将按照统治者意志而制定的政策来了一个一百八十度的大转变，下南洋的措施罢废了，通西域

① 无名氏：《秦边纪略》卷6；顾炎武：《天下郡国利病书》卷117。

的措施也同样地罢废。积极的西域政策代之以消极的西域政策。此后虽然也曾出现过反复，但基本上未出现永乐年间的盛况。正德、嘉靖朝鼠目寸光的君臣们，痛惜一点绢帛、锦缎、文绮、纱罗、饲养狮子等猛兽所费的羊只、以及来往接待迎送之费，换来的却是西北边境上的无休止的纷扰。弘治七年至八年（1494～1495），明朝和吐鲁番地方割据者打了一场拉锯战，以此感到嘉峪关的意义重大，兵备道李端澄这才构筑大堡，以为壮观。[①]后来，又陆续修墙壕、筑墩台，边防要塞的样子才逐渐出现了，这已是嘉靖年间、公元16世纪的三四十年代。所以说，以嘉峪关作为边防要塞的事已经很晚，不能说成是明朝的典型情况。

历史是劳动人民创造的，而某一历史时期的政策，则是按照当时统治者的意志而制定的。明朝前期的周边政策，是朱元璋、朱棣父子前后连续制定的。这种制定，看起来也不纯乎是一任大皇帝本人的主观，他们也在他们的历史局限下，考虑他们面对的客观形势。当时的内外形势是这样：中原正值元末大乱之后，生产情况很糟糕，社会秩序极坏。针对这种情况，于是制定了“里甲”（社会基层机构）、“户帖”（户口卡片）、“黄册”和“鱼鳞册”（户口和地亩本子）、“军屯”和“民屯”，以及打击贪官污吏、不法地主的一系列政策。根据多民族的情况，他们又在大西南试验推行“改土归流”的政策，即有步骤地将少数民族的原始头人换掉，而代之以中央集权所委派的“流官”。对待蒙古势力，仍不能不以防备元朝亡后蒙古贵族割据力量的侵扰，作为重点。这时候，新疆内外一带，正是在旧察合台系后王（再掺杂上旧窝阔台系后王）的无穷无尽的互相争杀中，渡过了整整一个世纪。农业的、定居的人们跟游牧、逐水草的人们之间的差别和矛盾，信奉伊斯兰教的人们跟信奉其他宗教、以及什么宗教都不信奉的人们之间的差别和矛盾，以及由于连年内战而造成的生产力总是提不上去，——所有这些，使得这一地区始终不可能出现秦始皇式的大一统局面。永乐时，通西域的使臣往来频繁，其中一人叫陈诚的，所历十有七国，其所记当地生产情况和社会面貌，甚至较之元初耶律楚材、乌古孙、长春真人邱处机等所目睹的情况和面貌，又倒退了许多。这大概就是蒙古后王们积极打内战的直接后果吧。陈诚所记的较重要邦国，大略有如下几个。

别什八里。其主帐所在地，当在今天山以北济木萨一带。这是蒙古察合台

① 清常钧：《敦煌杂钞》卷下“嘉峪关”条。

后王们的主干力量之所在。永乐间，使节陈诚在其《西域蕃国志》中记载别什八里的疆域情况说，“其故疆东连哈密，西至撒马儿罕，西北至脱忽麻，北与瓦剌相接，南至于阗、阿端。”又说，“度其地方，东西尚有五千余里，南北不下千里，人民可以万计。”[①]但他们内部非常混乱，大小王公不断地进行火并，故其国势不能保持正常，时强时弱。明朝初年，他们受到帖木儿汗国的威逼，故有意地要跟明帝国把关系搞好。计历黑的儿火者、沙迷查干、马哈麻、纳黑失只罕四王，一直对明朝殷勤进贡。到歪思汗篡弑以后，将主帐向西移到了亦力把里（今新疆霍城一带）。后来，在正统年间，亦力把里跟中原仍有往来，那是在较著名的汗王也先不花在位的时候。吉尔吉斯部、哈萨克部，甚至准噶儿部的逐步发展的历史，和别什八里、亦力把里的历史怕是纠缠在一起的，这一点很足以引起我们的重视。出生在喀什的16世纪史家穆哈马德·黑达儿认为，吉尔吉斯人到头来不过是从蒙古整体上游离出来的一个分支，其差别仅在于蒙古人已经皈依了伊斯兰教，而吉尔吉斯人则否。[②]假如这一说法在科学上得以确立的话，那么，我们研究18、19世纪吉尔吉斯族（又叫布鲁特族）的历史，就一定得追溯到15、16世纪的别什八里和亦力把里的历史。

撒马儿罕。《明史》上的“撒马儿罕”，就是世界史上著名的帖木儿汗国。自命为成吉思汗继承人的帖木儿（1336～1405），出生于莫卧里斯坦的杜格拉特家族，他父亲不过是渴石地方的一个普通王公；他本人开始也不过给别什八里汗王秃黑鲁·帖木儿的儿子伊里亚斯·火者充当辅佐官而已。但另外的说法，则说他不过是一个盗马贼，因受刑而跛了足。据说，由于他娶了某汗王的孙女为妻，故《明史》、《明实录》中称他为“驸马”。他小于明太祖朱元璋八岁，在朱元璋登位的次年他也登了君位。在他当位的近40年的时间里，几乎都在进行对各方的征服，对花剌子模，对察合台后王喀马·阿兰丁，对另一察合台后王黑的儿火者，对报达的苏丹，对金帐汗的后王，对印度，对小亚细亚，他都曾用兵，并且取得了胜利。他和明帝国的关系，开始于洪武二十年（1387）。洪武二十七年（1394），他对朱元璋进表，称颂他为“照世之杯”[③]，颇博得了朱元璋的欣赏。在这篇表文里，帖木儿对明帝国的措施，“凡商贾之

① 陈诚：《西域番国志》，《善本丛书》本，页16。

② 黑达儿：《拉式德史》转引自巴透尔德《七河史》，英译本页152。

③《明实录·洪武实录》卷234，此外《明史》卷332《西域传（四）》亦全文引录。

人来中国者，使观览都邑城池，富贵雄壮”这样的开放态度，表示庆幸。可是许多史家，其中包括日本人羽田明和中国的柯绍忞，都认为这是帖木儿的机诈，借通好之名而行刺探之实。他们这样说的理由有二：其一，帖木儿拘留朱元璋的特派使节傅安达13年之久；其二，他从洪武末年就准备东征中国，至永乐元年（1404）正式发动对中国的征伐，只是因为帖木儿本人在次年死去，才致战争中止。柯绍忞在《新元史》中写道，“（帖木儿）募精兵二十万，以粮运不给，载谷数百车，军行至沃野，即播种之，充异日之军实。又驱牝骆驼数千头，如饷乏，则餐其乳以济饥。中途遇大雪，士马僵毙，帖木儿亦患疟疾，至窝德拉尔城而卒。”[①]对于这件事，明朝政府也还能够及时地获得情报，《明实录》中说，“回回例兀言，撒马儿罕回回与别什八里沙迷查干王假道，率兵东向”[②]，就是说的这件事。尽管帖木儿汗国与明帝国之间一度曾有发生战争的危机，两者间的商业贸易并未因这受阻，从撒马儿罕属邦之一八答黑商到喀什噶尔是一条大通道，明朝曾遣使通知对方，叫“八答黑商、葛忒郎、哈实哈儿（即喀什噶尔）等处开通道路，凡遣使往来，行旅经商，一从所便”。[③]

哈烈。此邦是帖木儿汗国的一个分部。汉译又作黑鲁，当今阿富汗国赫拉特之地。帖木儿死后，他的儿孙加汗吉儿、米兰沙、沙赫鲁以及哈里儿沙、兀鲁伯（Ulugh Beg）等分立，统治着撒马儿罕和哈烈。陈诚《西域蕃国志》中记载这里的商业贸易情况说，“市肆夜不闭门，终夕烧灯燃烛”、“交易通用银钱，……分三等，从人自造”、“税钱什分取二，国用全资此钱”，又记述其东北商业城市八剌黑（按，即阿姆河以南之巴里黑）的情况说，“西南番商旅聚此城中，故番货俱多”。[④]足见这一带是当时中西交通贸易的大中心。明帝国跟这些邦国搞好关系，无论在经济上或者政治上，甚至在军事上，都会相互有利。

底下，我们将具体地来看一看这些互利的关系。

---

① 柯绍忞：《新元史》卷228《帖木儿传》。

②《明实录·永乐实录》卷33（永乐三年正月）。

③《明实录·永乐实录》卷57（永乐六年七月）。

④ 陈诚：《西域番国志》，《善本丛书》本，页3及13。

二

上文说过，具体政策是按照具体统治者的意志制定的。在明初，最积极的西域关系政策（以及南洋关系政策）的制定者，就是明成祖朱棣。朱棣是个封建大皇帝，他自然完全不可能具有人民的思想，但在封建统治者们中间，也应该承认他有他自己的特点。例如种族歧视的思想，他就很淡薄。他们父子，是从抗元的战场上打出来的，但朱棣却不歧视蒙古人，他左右的文武职官（包括侍卫人员）不少是蒙古人。这就引发了一位洮州卫所的镇抚官叫所恭的上言说，“侍卫防禁宜严，外夷异类之人，不宜置左右”。朱棣将这一奏书向群臣们展阅，并说“所言近卫宜严，甚是。但天之生才，何地无之?！为君用人，但当明贤否，何必分别彼此?！……《春秋》之法，夷入于中国，则中国之。……近世胡元，分别彼此，柄用蒙古、鞑靼，而外汉人南人，以至灭亡，岂非明鉴?！”①这显然是在从历史中吸取教训。像这样的一种观点，在封建统治者们中间，确实已经算得上开明的了。在某次征讨蒙古的过程中，涉及到所俘虏的男女如何处理时，他命令释放，并叫发给口粮羊马。他说：“彼亦吾赤子”，又说“今天下之人，皆朕赤子，抚之一视而无间”。②这虽俨然是一股封建大皇帝的口气，但这种一再申明不搞种族歧视、对所有不同种族的人都“一视无间”的态度，仍不失为好的。

永乐年间的西域关系，就是在这样一种政策下展开的，对边境内外的各族各部，都要求处好关系。在原始资料中，这样的例证很多。如：

> 洪武三十年正月，遣使告别什八里的谕文中说，“西方诸国商人，入我中国互市，边吏未尝阻绝。朕复敕吾吏民，不得恃强欺谩蕃商。由是尔诸国商获厚利，疆场无扰。”③
>
> 永乐元年十月，谓礼部诸臣曰，“自今诸蕃国人愿入中国者，听。”④
>
> 永乐三年正月，上曰，“边关立互市，所以资国用、来远人也，其

①《明实录·永乐实录》卷86（永乐十年十一月）。

②《明实录·永乐实录》卷76。

③《明实录·永乐实录》卷249。

④《明实录·永乐实录》卷23。

听之。”①

永乐三年十二月，上谓后部臣曰，“……西番易马，朝廷本推诚抚纳远人，皆与好茶。闻近时守边头目人等，多用恶谬茶欺之。……今后马至，必与好茶！”②

永乐四年十一月，回回撒都儿丁者，亦别什八里人，行商于甘肃，偕至京进马。礼部言其来非诚意，赐予宜杀等。上曰：“朝廷柔远人，宁厚无薄。”③

永乐十一年七月，敕甘肃总兵官曰，“别什八里王马哈麻敬事朝廷，遣使来贡；如至，可善待之。其市易者听自便。盖远人慕义而来，当厚加纳抚，庶见朝廷怀柔之意。”④

自然，什么事都有它的反面。像这样的“大开门”政策，不可避免地会带来某些消极作用，如有的边防军士私自陪送回回商人出境，有的在境外私自买马匹，有的甚至“泄露边务”；有的私卖军器给外夷，有的将严禁出口的高级织品——罗绮盗卖出口；有的回回商人甚至买中原贫民的妻女，携带归国，等等。⑤但像这样的事一经查觉，都即刻予以禁止了，不致成为主流现象。

从通商贸易关系上发展起来的，是相互间政治上和军事上的联系。哈密在这中间最为突出，它已经俨然是明帝国的属国了。明帝国除了对它的王位继承一直有权参与、并有权最后予以批准外，永乐四年三月还加派了汉籍官吏周安、刘行等去任哈密国的“长史”、“纪善”等职，以为其王的辅佐。⑥宣德元年，明帝国新皇帝登基的《大赦令》对哈密也有效地施行，明特遣使诏谕哈密大小官员军民“自诏书至日，以前所犯，罪无大小，悉赦不问”。⑦这条材料很能说明问题，因为根据这种情况来看，哈密跟中原的关系，与诸省、府、州、县已经相差无几了。与别什八里，关系也逐渐密切。如永乐三年，哈密忠顺王

① 《明实录 · 永乐实录》卷33。

② 《明实录 · 永乐实录》卷39。

③ 《明实录 · 永乐实录》卷47。

④ 《明实录 · 永乐实录》卷89。

⑤ 《明实录 · 永乐实录》卷49、52、62（永乐五年四月、五月、十月，七年三月等条）。

⑥ 《明实录 · 永乐实录》卷41。

⑦ 《明实录 · 宣德实录》卷13。

为鞑靼可汗鬼力赤毒死，别什八里王就曾率兵讨鬼力赤之罪，朱棣对此举非常欣赏。[①]永乐五年，沙迷查干的使节告诉明帝国说，“撒马儿罕本其先世故地，请以兵复之。”这就是说，他准备对帖木儿的后王们用兵，以夺取锡尔、阿姆两河之间的河中地，前来向明朝征求意见。朱棣的复信很谨慎，他说，“宜审度而举事，慎勿轻动，以取危辱。”[②]像这样一种关系已经不是寻常的，而是近乎一种结盟的关系了。别什八里改为亦力把里之后，在明朝宣德三年的时候，曾将亦力把里所遣使臣由明朝政府加封为“都指挥佥事”、“指挥佥事”等有差，并“悉赐冠带”。[③]这件事也是破格的，亦力把里的使臣受明朝政府的加封和冠带，也足以说明它对明帝国具有附属国的味道了。在另外的情况下，明帝国又在西域邦之间担任一种纠纷调解人的角色，如：（一）永乐八年，帖木儿的儿子沙赫鲁要跟他的侄子（帖木儿之孙）打仗，朱棣就遣使诏谕，劝他们不要打仗，要他们叔侄“抚辑尔民，安于西陲”。[④]（二）永乐九年闰十二月，瓦剌使者前来报告，说别什八里王马黑麻要侵犯他们，朱棣又诏谕马黑麻说，“盖敦睦四邻，尤是保境之道，自昔好兵首祸，其弊必至自危，王其审之”。[⑤]（三）永乐十四年三月，别什八里王纳黑失只罕跟哈烈王兀鲁伯之间有争端，朱棣又诏谕他们“各释怨睦邻，保其人民，以享太平之福”。[⑥]从如上的事实判断，明帝国对这些西域邦国俨然已经具备着宗主国的身份了。

在不同血族的人们的较密切接触下，必然会有融合的现象出现。中国旧时，把这叫做“向化”。例如宣德年间史料中就提到一个叫亦剌思的撒马儿罕人，洪武年间前来归附。永乐年间，他前往亦里吉思，导其王暖答石前来朝贡，因功擢升锦衣卫指挥使，死后其子袭职。这里的“亦里吉思”，就是今日我新疆多民族之一——吉尔吉斯的踪迹在明朝历史上的最早著录。[⑦]这是值得珍贵的；而这个撒马儿罕的向化人在这中间起了一场介绍的作用。在洪熙年间，史料中也曾提到过有撒马儿罕的头人和哈密的指挥佥事都曾申请在甘州

①《明实录·永乐实录》卷34（永乐三年三月）。

②《明实录·永乐实录》卷49（永乐五年四月）。

③《明实录·宣德实录》卷35（宣德三年正月）。

④《明实录·永乐实录》卷68（永乐八年二月）。

⑤《明实录·永乐实录》卷80（永乐九年闰十二月）。

⑥《明实录·永乐实录》卷100（永乐十四年三月）。

⑦《明实录·宣德实录》卷16（宣德元年四月）。

（今张掖）居住，明帝国表示接受，并吩咐给这些向化的人们以住房、器皿、牛羊，以及羊场、田土等物。①这些，都说明着汉人和西域人民之间的日渐接近和融合。

三

形势有变化，历史也有转折。在上述的与西域往还的高潮中，自然也有不少“言官”提出反对意见，认为通西域、下南洋是国家的一宗得不偿失的大浪费。永乐十九年四月，借着三大殿发生大火的“灾异”，朱棣的儿子（后来的仁宗洪熙）正在监国，就颁发了一道诏书，说，“往诸蕃国宝船及迤西、迤北等处买马事项，暂行停止。”②这已经是全部罢废的先声了。三年过后，永乐二十二年七月，朱棣在北征鞑靼的返程中在榆木川死去；八月，他的儿子朱高炽即皇帝位，颁《即位诏》三十五条，其第六、七两条云：

> 下西洋诸蕃国宝船，悉皆停止；如已在福建、太仓等处安泊者，俱回南京；将带去货物，仍于内府诸库交收；诸蕃国有进贡使臣当回去者，只量拨人船护送前去；原差内、外官员，俱限十日内起程赴京，不许托故稽留。
>
> 往迤西撒马儿罕、失剌思等处买马等项、及哈密取马者，悉皆停止；将去给赐缎匹、磁器等件，就于所在官司入库；马、驼、骡匹系官给者，仍交还官；系军民买办者，给还原买之人；原差去内、外官员，俱限十日内起程赴京，不许托故稽留。③

路线就这样地改变了。从此，明帝国积极的周边活动和国外活动，基本上停顿下来。自然，什么事也有例外，如宣德间郑和还进行了一次第七遭的下西洋，但也已经是尾声了。撒马儿罕、哈烈、亦里把里等朝贡的踪迹，在《实录》中虽然也还偶有著录，但频率毕竟已经少得多，也远远没有以前“赐宴”、“遣使陪送”那样的热烈程度了。只哈密一处，与中原的关系保持得更长久些。后来，适应他们有三个种族，即回回、畏兀儿、哈喇灰（这三种人可能是指：

---

①《明实录·宣德实录》卷9（洪熙元年九月）。

②《明实录·永乐实录》卷120（永乐十九年四月）。

③《明实录·洪熙实录》卷1（永乐二十二年八月）。

信奉伊斯兰教的蒙古后裔；宋、元时州回鹘人的后裔；宋、元时带有某些突厥人血统的“葱岭西回鹘”，也就是被称作“哈喇汗国”的后裔）的实际情况，于国王之下复设代表三族的“都督”各一员，共襄国事。到成化年间（15世纪70年代），由于地方割据者吐鲁番的侵扰，哈密部分部众只好退居苦峪（即古瓜州，今安西之地）。最后，其残余部众也只好再退居到嘉峪关内的肃州来了。到正德末、嘉靖初（16世纪上半）的时候，哈密迤西南的安定、曲先、赤斤、罕东诸卫也都凋零殆尽，其残余部众也纷纷迁到关内来，在肃州和甘州这片自古以来就是多民族温床的地面上，进一步实现着各族间的大融合。到这时，才是明朝西北边境以嘉峪关为界的时代正式到来的时候。根据马罕默德·黑达尔《拉式德史》一书《导言》中引用印度莫卧儿史家艾尔金斯的表述，这时候正是“把河中府给了乌兹别克人；把莫卧里斯坦给了吉尔吉斯人；把印度给了莫卧儿人”的时代。[①]又根据俄国史家巴透尔德转引当时俄国沙皇伊凡暴君所派遣人员詹金逊的《报告》说，当时“哈萨克人有势力，正严重地影响着塔什干；吉尔吉斯人的势力，正严重地影响着喀什。他们已经断绝了通往中国和通往中亚去的一切商路”。[②]这也正是中原明帝国万历开初十几年的时候，无论从明帝国的国外形势或者从它的国内形势来考虑，它的西域关系已经到了显然是无可作为的地步。这种情况，后来直到清初，才发生了新的变化。

① 马罕默德·黑达儿：《拉式德史》，英译本《导言》（胶片）。

② 巴透尔德：《七河史》，英译本，页158。

历史上各族人民共同建设西北边疆简述

在中学讲授中国历史的教师们，每每反映“周边”关系这部分内容不好备课，不容易讲述。兹不揣简陋，粗笔写成这么一篇参考资料，仅供中学教师同志们的采掇。谬误之处，乞赐指正。

中国历来就是一个多民族的国家；祖国西北地区历来也是一个多民族的地区。其影响力最强大的民族计有汉族、匈奴族、突厥族、蒙古族和回纥（一作回鹘，今名维吾尔）族。此外，公元前后的乌孙、月氏和羌种，公元4、5世纪的丁零（敕勒）和柔然（茹茹，又作蠕蠕），6、7世纪的吐谷浑和吐蕃，11、12世纪的契丹，以及15、16世纪作为蒙古后裔之一支的准噶尔等，也都在这一地区进行了活动，各自尽了各自的力量，有力地促进了祖国西北边疆地带的稳定和巩固。

在这中间起了主导作用的，就总的历史过程来看，自然是汉族。在张骞通西域以前几个世纪（一般将具体年代推断到公元前4世纪或其以前），由《穆天子传》一书所反映的一个人数庞大的巡行旅队，往返通过了这一地区。这一地区中诸部落的酋长和人民，曾对巡行者们表示了欢迎，赠送了大量的食品（麦、穄麦、牛羊、食马、食犬等），巡行者们也回赠了中原物品，如青铜器（“黄金之罂”）、贝带、丝织品（“锦组”和“䌷组”）、朱丹、姜桂、车辆（“墨乘”）等。他们给这一地区带来了竹子；带走了粮种（“嘉禾”）和树苗，以及石料（玉）和矿苗（熔制琉璃器皿的原料）等。[①]这不能不说是中原和西北边疆地区人民中间最古老的经济文化交流的记录。

张骞通西域以后，汉族人到西北边疆地区来的，就越来越多了。最主要的

① 《穆天子传》。

是使节和随员、屯田的兵卒和遣戍的罪人。逐渐连一般的汉族人民也在这里定居下来了。举两个例子：在被英国斯坦因于南疆且末、尼雅一带发掘的佉卢文木简中，其中第686号记的是几笔牛账，其中记载牛跑往汉人（秦那）处去的，就有五笔。[①]足见公元3、4世纪（中原自西晋到北魏的时候）已经有汉族人民定居到古鄯善一带的地方上来了。再如黄文弼先生1921年在吐鲁番发现墓砖124块，其历史年代概括了自公元550年至686年共约136年的历史段落，其所记的死者，按姓名看，纯乎是汉人，或者是汉化了的鲜卑人。到公元7世纪，唐代著名诗人李白在碎叶（今托克玛克附近）出生；这跟著名的玄奘法师所记、远在怛罗斯（即塔剌思）城南的一座小孤城里遇到有三百余户汉人纠集在那里的情节相印证，[②]足见在隋、唐之际，汉族人民的足迹已经遍于西域各地了。

羌种也是在祖国大西南、大西北两个边疆地区活动范围很广的一个古老的民族。清代注释《汉书》的两位学者徐松和王先谦，都不约而同地提示到这一点。徐松征引唐杜佑《通典》的一段佚文说，从婼羌到葱岭数千里的山地中，住着各种的羌。[③]王先谦更征引一种古地志《十三州志》的内容说，这些居住在从婼羌西到葱岭的羌种，其户数与口数是很多的。[④]足见羌种在很长的一段时间内，一直是昆仑山系中的主要居民。

月氏（读如“肉支”），是一个从内地向西迁徙的古老民族。部分史家，把月氏和羌种看成一个共同体，这一点也颇值得我们重视。《逸周书》中把它写作禺（读“容”）氏，说它在中原的正北。[⑤]后来，它不断迁徙，迤逦自贺兰山迁到祁连山下。今甘肃张掖西北的临泽县，古曰月氏城，晋以后改名昭武，从这片地方曾经多次多批地向西方迁徙去不少的族系和人民。[⑥]大月氏就是其中的一批，它在公元前2世纪迁到伊犁地区，后来又受到乌孙的排挤，南迁至今阿富汗一带的地面上，在公元1～5世纪的时候建立了世界历史上著名的贵霜王朝。这族人，在东西文化的传布方面，起了很大的作用。

---

① 新疆民族研究所：《新疆出土佉卢文残简译文集》，页179～180。

②《大唐西域记》卷1。

③ 徐松：《汉书西域传补注》，难国兜。

④ 王先谦：《汉书补注·西域传补注》。

⑤《逸周书·王会解》。

⑥ 张星烺：《中西交通史料汇编》（旧印本）第5册，页88～89。

乌孙的向西迁徙，似较大月氏稍晚。观《史记》中所载汉文帝四年匈奴单于致汉室的“遗言”（即书信）中将乌孙、楼兰、呼揭等并列，足见乌孙当时仍被列为罗布淖尔诸小邦之群。[①]不久，它跟在大月氏后面也向西迁徙，在伊犁河地区稳定下来，多次与汉室通婚，接受汉都护的节制，成为中原统一政权统辖下最西北的属国。

至于匈奴、突厥和蒙古，它们在历史上的情况比较类似，其影响力都曾经是非常强大的，并且都曾和中原的统一政权发生过冲突。但冲突究竟是一时的，而且主要是他们统治者意志的表现，与人民利益不符。在冲突过后，他们的人民就定居下来，接受中原统一政权的节制，与汉族人民以及其它诸少数民族的人民进行着长期的文化、经济生活的交流，体现着彼此之间的同化和融合。

现在，将祖国西北边疆地区各族的文化、经济交流，以及共同进行建设的基本情节，分类地写在下边。

一　农业的发展

水利灌溉是农业种植中必不可缺的部分，特别在西北边疆地区，天旱水缺，水利灌溉的重要性就特别显得突出。可是，穿渠引水之法，早在公元前2世纪末就从中原地区移植过去了。在公元前110～103年（汉武帝元封年间）之前，今陕西澄城、大荔一带的劳动人民就已经创造了开渠的方法。他们在开龙首渠的过程中，挖很多井，每井最深大约40余丈，使井下水相连通而成渠，可以越山岭十余里的距离，[②]将洛水引经商颜山地，可灌溉“恶地”70万亩之数。这时张骞尚未通西域，故知井渠之事来自波斯的说法，是毫无根据的。这种方法很快就推行到了敦煌以西、罗布淖尔以南的白龙堆地方，在那里汉宣帝的破羌将军辛武贤为了积谷备战的目的，修筑了一种叫作“卑鞮侯井”的井渠。[③]根据东汉、三国时人孟康所作的解释，这种“卑鞮侯井”就是“大井六通渠”，足见纯乎是从大荔经验中学来的。这些井渠的遗址，至今犹存。今新疆自治区境内有很多坎儿井的遗址；在沙雅地方，曾发现长达二百华里的古

① 《史记》卷110（列传第50）《匈奴传》。

② 《史记》卷29《河渠书》（《汉书》卷29《沟洫志》同）。

③ 《汉书》卷96（列传第66）《西域传 · 乌孙国传》。

渠，当地人名之曰“汉人渠”。[①]这种先进的农业灌溉技术甚至传播到更远的地方，元朝的耶律楚材记述说，在塔剌斯河畔“唐时凿道南山，夹为石牐（“闸”的异体字）以行水，牐脊砖坚岸”。[②]另据13世纪元世祖忽必烈派遣往旭烈兀那里去的使臣常德（仁卿）所写的目睹记载来看，当时在木乃奚地方（今伊朗境）“土人隔山岭凿井，相沿数十里，下通流以溉田”。[③]

水利灌溉，在汉、晋的西域屯田中，有着大量的推行。这种大规模的推广，在诸少数民族人民中起着巨大的示范作用。在罗布淖尔一带所发现的一些汉、晋遗简中，有着著名的第30、31、32号简，简幅宽大，正反面所写字数较多，记载着当时当地所植的粮种有大麦、麦、禾、床（王国维释作“糜”）；所灌溉的亩积在30亩、50亩之数；一次乘堤之夫多至五百余。[④]王国维考证说，“楼兰有守堤之兵，北河有溉田之卒。……以其有堤防观之，则似人工所为，非自然之水道也。”[⑤]

这种大面积的人工水利灌溉，向西推行到轮台。西汉昭帝时桑弘羊曾经说，“故轮台以东，捷枝、渠犁皆故国，地广，饶水草，有溉田五千顷以上。处温和、田美，可益通沟渠，种五谷，与中国同时熟。”[⑥]这种水利灌溉的遗迹，19世纪的徐松在1800年后仍然可以看到。他记载说，“玉古尔者，汉轮台地。有故小城。……有故大城。又南百余里，田畴阡陌，畎陇依然，直达河岸，疑田官所治矣。”[⑦]总之，中原水利灌溉之法在西北边疆所引起的影响，是巨大而深远的。西北边疆后来之所以成为农、牧并举的地区，与此关系极大。

作为交流，西北边疆各族人民也将许多珍贵的农作物品种移植到中原地区，其中最重要者如棉花（“白叠毛”）、大麻、苜蓿、葡萄、芫荽、黄瓜、豌豆、核桃、大蒜、胡萝卜等，这些，中原的典籍如《博物志》、《齐民要术》、《本草纲目》、《梦溪笔谈》等书中都有所著录。

① 《新疆简史》，页32。

② 耶律楚材：《西游录》。

③ 刘郁：《西使记》，见《秋涧先生大全集》卷94。

④ 王国维：《流沙坠简》卷2。

⑤ 王国维：《流沙坠简》之《屯戍丛残考释》。

⑥ 《汉书·西域传》。

⑦ 徐松：《西域水道记》卷2。

二　手工业技术的提高

先说丝织。中原养蚕和丝织的历史已经十分悠久，这无论从黄帝之妻螺祖开始育蚕的传说，或者从西安半坡遗址中出土的蚕茧遗物来判断，其结论都是如此。但在欧洲，除了统治者能够辗转买到一些美丽的丝绸之外，在很长的年月中，人们一直掌握不到它。公元2世纪的希腊史家包三尼牙斯（Pausanias）隐约传闻一种八足蜘蛛会吐出丝来，6世纪的东罗马史家普罗珂皮（Procopius）和昔阿梵尼斯（Theophanes）也仅仅记载东罗马皇帝派遣波斯僧人到东方访购蚕种。[①]但育蚕方法，却及早地就传播到了于阗。唐玄奘的《大唐西域记》中记载，有汉公主嫁到于阗，将蚕种藏在帽絮中带去，在于阗普遍地传布开了。[②]斯坦因曾在于阗找到一幅壁画，根据斯坦因个人的解释，正是描绘的这件事。[③]中原丝织技术，一旦传入于阗之后，不久又传到波斯；而又反转来，在较晚的一些时候，于阗和波斯在织造方面创造出来的特点，又影响到了中原。根据中国考古学家夏鼐的研究，隋、唐时期中原丝绸织造技术侧重于平纹组织和经线起花，而波斯织造则偏重于斜纹组织和纬线起花。[④]在花纹图案方面，双方也都各有特点。后来这些特点都融合起来了，解放后吐鲁番地区许多遗址中所发现的若干锦绮残片，足以说明这种情况。唐朝杜佑的侄子杜环在天宝年间高仙芝与大食人的怛罗斯战役中被俘，后来辗转自海道归国，他就亲眼见到不少汉族工匠在中亚担任绫绢机杼匠、金银匠和画匠。他甚至记录下了两个织络人的名字，他们是河东（今山西）人乐隈和吕礼。[⑤]与此相应的，边疆人民毛织的技术（制“罽”，读“纪”，即氆氇），也早就传布到了中原。

铁是铸造生产工具的重要物资，也是促进社会阶段性发展的重要标志。导师恩格斯曾经指出，织机和矿石熔炼与金属加工，是财产私有制发展过程里工

① 张星烺：《中西交通史料汇编》（旧印本）第1册，“中国与欧洲之交通”部分，页57及页76～78。

②《大唐西域记》卷12《瞿萨旦那国》。

③ 向达译：《斯坦因西域考古记》第四章，页45及插图第31。

④ 夏鼐：《新疆新发现的古代丝织品——绮、锦和刺绣》，见《考古学报》1963年第1期，页66。

⑤ 杜佑：《通典》卷193，引《杜环经行记》。

业活动中的重要成就。[①]从远古的传说里，据说周穆王从犬戎那里弄到一种锋利的金属刀；从《穆天子传》中又得知中原的人们曾经组织诸部落的人民“铸以成器”。[②]到汉朝时候，匈奴人曾经从汉人这里学习到精制铁器的技术。[③]隋、唐时期，突厥人从一开始就在这一方面有着很突出的表现和成就。他们从一开始就是茹茹族的“铁工”、“锻奴”。[④]史籍中不断记载他们“工于铁作”，善于制造“鸣镝、甲鞘、刀剑”。[⑤]他们铁器制造业的发达，甚至使他们不能不从更北的黠戛斯（即吉尔吉斯人）那里输入铁源。[⑥]甚至7世纪末东罗马派赴突厥地面去的使节梅南窦，曾亲眼看到很多突厥人民携带铁器，到处出售。[⑦]突厥族的这个制铁传统传给了回纥族。北宋使节王延德在高昌回鹘境内，看到他们“人性工巧，善制金银铜铁为器”。[⑧]洪皓从东北的辽国那里也辗转知道回鹘“善造镔铁”[⑨]，铁器一直是回纥人跟契丹、女真人中间重要的贸易物品之一。

纸，也是人类借以传布文化的重要物资。古埃及人用草纸；游牧人用羊皮；中国古时用龟甲兽骨、竹木简片，以至绢帛。公元2世纪（东汉初），中国人普遍懂得造纸了。他们利用桑树皮、麻缕、旧麻布、渔网，以及破鞋子之类，轧成烂浆，然后用网模从浆中捞成薄层，晒干成纸。在旧社会，人们把劳动人民的辛勤劳动成果归功到蔡伦这样一位宦官的身上。[⑩]英国人斯坦因在新疆、甘肃的活动，客观上给上述情节提供了实物证明。他在敦煌一带找到一种质地很细、颇像布料子的淡黄色纸，经分析含有桑科植物纤维很多，据说这是

① 恩格斯：《家庭、私有制和国家的起源》，中译本，页154～156。

②《帝王世纪》卷4；《穆天子传》卷4。

③《汉书》卷70（列传卷40）《陈汤传》云：“胡，颇得汉巧。”

④《周书》卷50《突厥传》。

⑤《隋书》卷84《突厥传》。

⑥《新唐书》卷217《黠戛斯传》。

⑦ 张星烺：《中西交通史料汇编》（旧印本）第1册，“中国与欧洲之交通”部分，页107。

⑧《宋史》卷490《回鹘传》，引王延德使高昌记。

⑨ 洪皓：《松漠纪闻》。

⑩《后汉书》卷78（列传68）《蔡伦传》。

公元前1世纪时的遗物，[①]很可能是“蔡伦纸”的前行者了。他又在上述同一地方一座古长城的掌烽燧的屋子里找到另外一些纸，经分析有着明显的由麻织物初步改造成纸的痕迹，[②]据说这是公元2世纪的东西。在蔡伦造纸之后不到半个世纪，它就已经传播到西域，然后向南传到印度，向西传到中亚。唐朝时候，传到撒马儿罕。俄国史学家巴透尔德记载说：“撒马儿罕的纸在文明史上是应该大书特书的，根据穆斯林的记载，那是公元751年唐朝的工匠传过来的。在10世纪末，撒马尔罕人所造的纸已经完全可以顶替穆斯林世界中的草纸和羊皮纸了。”[③]到13世纪，中原的雕版印刷术和木刻活字印刷术，也都先后传到了西域，在吐鲁番的发掘中，找到很多经过这种印刷术印制的成品。

三　商业贸易的频繁和交通运输的扩大

商业贸易是经济生活中的重要节目。在我国西北边疆地区的几条大道上，自古以来，商队一直在往来着。佉卢文简书中有一条鄯善王的谕令说，“目前没有由中国来之商贾，因此丝债现在不必调查。当商贾由中国到达时，再行调查丝债。”[④]由此简文可见，通往中原的商路哪怕是短暂的阻滞，都会给像鄯善这样的西域小邦之内的经济生活带来影响，有必要由王颁谕来予以讲明。唐玄奘法师在其旅行记中也曾提到过帕米尔地区中商队的通过，“葱岭东岗，四山之中，商旅往来，若斯艰险。昔有估客，其徒万金，橐驼数千，赍货逐利，遭风遇雪，人畜俱丧。”[⑤]这里提到的，显然是极其庞大的商队。14世纪末（明朝初年），当蒙古各系后王争战不休的时候，商业贸易依然不断。俄国的巴透尔德记载，当别失八里后王和铁木儿后王争战不休的时刻，“他们兵围阿克苏，城中居民以将城中中国富商及其资产全部缴出作为条件，要求撤兵。这件事表明，不拘时代条件如何艰难，东方贸易始终未曾停止过。”[⑥]商业贸易的频繁，

---

① 斯坦因：《西域》（Serindia），1921年牛津版英文本，页650。

② 斯坦因：《西域》（Serindia），1921年牛津版英文本，页673～674。

③ 巴透尔德：《蒙古征服及其以前的土耳其斯坦》，1928年牛津版英文本，页236～237。

④《新疆出土佉卢文残简译文集》页11，简文编号：35。

⑤《大唐西域记》卷12。

⑥ 巴透尔德：《七河史》，见《中亚史研究四题》1956年莱伦版英译本，页144。

自必引起交通运输规模的扩大。从公元前后起，中原和西域的人民一道，就开辟了两条大通道，所谓西汉的“南道”和“北道”。《汉书·西域传》对此记载得非常明确。东边的起点是玉门和阳关。“南道”出阳关，顺罗布淖尔的南沿，经由古鄯善，通往莎车；然后越过帕米尔，通往西域偏南的一些邦国，如罽宾（克什米尔）和大月氏。“北道”出玉门，顺罗布淖尔的北沿，经焉耆、龟兹（库车），通往疏勒（喀什）；然后越过葱岭，通往西域偏北的一些邦国，如大宛（费尔干那）和康居等。这两条大通道的打通，不能不说是中原和西域人民，在很早的年代里所完成的重大的成就。

西汉末、东汉初，打通了车师、伊吾庐一路，也就是开启了今哈密和吐鲁番的一段路程。这样，“北路”就向北调整了一段。在公元5世纪到8世纪这段时间里，也就是从魏太武帝拓跋焘到唐太宗李世民的时候，汉族人民和吐谷浑人民、吐蕃人民又开辟了一条经过青海北沿和柴达木盆地，通过一个被后来的清朝人叫作噶斯口[①]的山隘，进入西汉以来的“南道”。中国史家称此道曰“吐谷浑道”。这条道路成了沟通唐朝与波斯之间的重要通道，试观古波斯银币在我国出土的1174枚中，其76枚（原数超过百枚）出土于这条通道东端的西宁，其947枚出土于这条通道西端的乌恰（喀什附近），[②]就很足以说明问题了。

到公元第9、第10世纪的时候，通路又有了新的开拓。这正是中原的五代与北宋的时候，当时在贺兰山地区出现了西夏国，甘州地方又有着一支回鹘的势力，所以当时的商队便只好沿着哈密到居延海，谨慎地擦着西夏和甘州回鹘的边沿上过身，去东汴京（开封）甚至更远的辽国。这是一条“新北路”。等到13世纪蒙古人积极活动的时候，他们又开辟了自蒙古地面接连越过也儿的石河、伊犁河、楚河、塔剌思河、赐尔河到达撒马儿罕和布哈剌；然后再越过阿姆河到达巴里黑和哈烈。蒙古士兵和当地居民，曾在这条路上修筑了为数很不算少的木桥和石桥。成吉思汗走的是这条路，耶律楚材和长春真人邱处机走的也是这条路，明朝初年的使节傅安和陈诚走过的最西一段也是这条路。这样，中原和西域人民，在1500年中间开拓了五条干道，并且随时随地按照自然和人为情况的变化，极其灵活机动地就这些通道的东段、中段、西段做出局

① 纪钧等纂《（钦定）河源纪略》卷28。

② 黄文弼：《古楼兰国历史及其在中西交通上的地位》，见《史学集刊》第5期，1947年12月。

部的调整。明成祖朱棣还曾派遣使者通知“八答黑商、葛忒郎、哈实哈儿等处开通道路，凡遣使往来，行旅经商，一从所便”。[①]所有这些道路，是沟通东方和西方间的大动脉，是祖国西北边疆地区各族人民对整个人类文化历史所提供的极大的贡献。

四　文化的交流和社会发展的跃进

作为若干年来多民族共同建设的历史积累的结果，各少数民族与中原之间在文化上也不觉地靠拢了许多。《北史》中提到西域的文化情况时说，“其风俗政令，与华夏略同。……文字亦同华夏，兼用胡书。……置学官弟子，以相教授。”[②]《北史》是北朝的历史，约当公元4、5、6诸世纪，当时的文化情况已经如此了。证以实物史料，亦皆相符。从吐鲁番阿斯塔那遗址的唐墓中发现的残卷，上有唐景龙四年（公元710年）西州高昌县宁昌乡厚风里的12岁的义学生叫卜天寿的，用汉文所写的经书抄本以及诗杂录，清楚地说明8世纪时西域地方的文化情况。[③]再从南疆若羌县古米兰城发现的回纥人坎曼尔所写的两件诗签，其书写年代是唐元和十年和十五年（公元815和820年），签中不仅抄录了中原诗人白居易的《卖炭翁》诗，而且自己也写了诗，诗题名《忆学字》，诗的全文是：“古来汉人为吾师，为人学字不倦疲。吾祖学字十余载，吾父学字十二载，吾今学之十三载，李杜诗坛吾欣赏，讫今皆通习为之。”[④]这首9世纪的诗很朴素，写得能够感动人，反映了回纥等少数民族的学员们对汉字文化的学习是丝毫不牵强的，非常自觉自愿的，这表现了民族间的感情是十分融洽的。到元朝时候，维吾尔族人安藏甚至能够将汉文古代典籍，一一选译成蒙、维文字。[⑤]这都有力地证明，民族间冲突仅仅是暂时的、仅仅是统治阶级利益的反映的话，并不是虚构的。

这种文化融洽的情况不仅仅表现在小学生和基层教育方面，也表现在一般社会经济生活的各种制度上。吐鲁番出土过很多标着唐代年号的地契、借契等

---

① 《明实录·太宗实录》卷57（永乐六年七月）。

② 《北史》卷97（列传85）《西域传》。

③ 郭沫若：《出土文物二三事》，页1～7。

④ 郭沫若：《出土文物二三事》，页9。

⑤ 柯绍忞：《新元史》卷192（列传89）《安藏传》。

文书，其中记载着当时田地分为“口分田”和“永业田”，这跟唐代均田制的各种法令是吻合的，并且比较中原地区更加严格地执行“死退”（即“身死退田”）和“剩退”（即“有剩余退田”）等制度的规定。[①]其地点是柳中县、交河县等等，都是公元8、9、10世纪从哈密到吐鲁番地面上的真人真事。这种情况到13、14世纪依然如此，中国维吾尔族历史的研究者冯家昇，曾经考证并翻译过两通元朝畏兀儿文的契约，经过分析后他说，这两件文书所反映的证人、书写人、契约格式（包括签押和盖印），与汉人习俗完全相同。[②]其实这个传统已经很久了，公元前1世纪的龟兹王绛宾不就是一个很好的例证吗？《汉书》中记载说，他“乐汉衣服制度，归其国，治宫室，作徼道（巡逻路线）周卫，出入传呼，撞钟鼓，如汉家仪”。[③]所有这一切源远流长的民族融洽的事迹，都是任何民族关系的挑拨者们所无法抹煞的。

通过各民族间文化的融洽的交流，通过各族人民在这一地区共同从事经济文化的建设，少数民族的社会经济结构也深深地受到中原魏、晋中古封建社会经济结构的影响，而向封建社会跃进。后来又经历唐代的影响，其封建社会和结构就更加稳定。在这方面足以担任有力证据的，是新疆南路出土的佉卢文简书的全部内容。

这些简书，编号将近一千。简的内容所反映的，大体是公元4世纪罗布淖尔西南的古鄯善小邦内的社会经济情况。这批历史资料的价值是十分珍贵的。鄯善虽小，五脏俱全。从这批资料中，我们可以相当完整地看到当时当地社会结构的全貌。在这里，已经有了地租（vaka）和佃户（Kilmeci）；[④]已经有了为封建剥削阶级利益服务的整套政权上层建筑，计有国王、执政官、税史、司书，有军队，有世袭的贵族，还有作为原始社会阶级社会中残余的“次生形态”[⑤]——“百户”。在这里，有着大量的土地买卖和人口买卖的现象。他们的

① 日本《大谷文书》（龙谷大学印）。文书编号：2604、2854、2865、3149。

② 冯家昇：《元代畏兀儿文契约二种》，见《历史研究》1954年第1期。

③《汉书》卷96（列传66）《西域传》。

④《新疆出土佉卢文残简译文集》，简文编号：496，页125。

⑤ 马克思：《给查苏里奇的信》，《马克思恩格斯全集》第19卷，中译本，页430～452。

财产私有制已经十分深化，至少在十四条简文中[①]，人们写着“（私有权）其权艰有如生命，长达一千年”云云。当时当地，国家有征税，私家有惨重的剥削，包括高利贷粮和高利贷钱，还有为私有财产尽保护作用的种种法律条款，[②]等等。这些条款所反映的精神，是封建地主阶级的法权观念。鄯善虽小，足以喻大。从这部佉卢文简书的内容中，我们完全可以有根据地判断，祖国西北边疆地区，至少从公元四五世纪开始，已经发展成为与中原的魏、晋中古社会别无二致的封建社会了。

---

① 简文编号：655、654、652、590、589、586、581、580、578、572、571、569、422、418。

② 简文编号：17、24、31、46、106、128、134、435、471、482、489等。

执法严格的兰州河桥吏

五届人大二次会议通过并公布了七个法律，这确实是我国人民政治民主生活中的一件大事。回想前些年，“四人帮”横行无忌，人民吃够了无法无天的苦头。现在，法令既出，这就要求大家都必须认真作到“有法必依，执法必严，违法必究”。

我是研究历史的。近日，深宵读书，翻得《明实录》中关于兰州河桥吏严格执法的一段文字，颇有感受，特抄录如下：

> 洪武三十年六月，附马都尉欧阳伦坐贩私茶事觉，赐死。初，上命秦、蜀岁收巴茶，听西蕃商人以马易之，中国颇获其利。其后商旅多有私自贩鬻，至为夷人所贱，马价遂高。乃下令禁之，有以巴茶私出境者，置以重法。伦尝遣家人往来陕西贩茶，出境货鬻，倚势暴横，所在不胜其扰。虽藩阃大臣，皆畏威奉顺，略不敢违。时四月农方耕耨，伦适在陕西，令布政使司移文所属起车载茶，往河州。伦家人有周保者尤纵暴，所至驱迫有司，索车五十辆。至兰州河桥巡检司，捶辱其吏，吏不能堪，以其事闻。上大怒，以布政使司官不言，并伦赐死。保等皆坐诛。茶货没入于官。以河桥吏能不避权贵，遣使赍敕嘉之。（《太祖实录》卷254）

茶马交易是中原和西境少数民族间的一件大事，是明初的一桩大政，朱元璋赶走了元朝统治者，北部边境的防卫、战备是一步也不能放松的。战备就得有战马，而战马在中原一带繁育不如边境一带为宜。史料中常见中原把马派给民户来养，民户害怕马死包赔，趁夜将马拴在官府的门口，一家逃亡的事情发生。所以明朝战马的来源主要依靠“西蕃”。“西蕃”人过的游牧生活，食肉饮略，茶是不可缺少的东西。朱元璋在嘉峪关外设置“关西七卫”，用意十分深刻，一是团结西北少数民族，使其在政治上向中央政权靠拢，孤立刚被驱走的元朝统治者，防止其后裔的叛乱活动；二是使马有充分进口的机会，茶有充分出口机会，加强战备，繁荣经济。洪武三十年二月，朱元璋刚发了一件敕文，说：“今朵甘、乌斯藏、河西一带西蕃，自昔以马入中国易茶，所谓懋迁有无者也。迩因私茶出境，马之互市者少，于是彼马日贵，中国之茶日贱，而彼玩侮之心渐生矣。”（《太祖实录》卷250）可见，朱元璋对私茶出境表示了极大的担心和关注，他从国家利益出发，对走私“下令禁之”，并宣布有违反者要“置以重法”，是无可非议的。

但是，朱元璋女儿安庆公主的丈夫欧阳伦，却依仗着附马的高位，凭借着特权，明目张胆地破坏国家法令。他横行霸道，走私贩茶，图谋私利，破坏民族团结，干扰战备，危害农业生产。对于欧阳伦的违法行动，竟无人敢管，“虽蕃阃大臣，皆畏威奉顺，略不敢违”。兰州河桥吏的地位、权力和欧阳伦是无法比拟的。但这位河桥吏却严格执法，不畏权势，坚决向上反映情况，这种精神确实是难能可贵的。朱元璋也不考虑违法者是自己的女婿，进行了坚决的处理。这一年，朱元璋年已七十，第二年（洪武三十一年）就死了。他临终的前一年执法如此严峻，也是难能可贵的。

14世纪这位兰州河桥吏严格执法的故事，对于我们今天学习七个法律，执行七个法律，我认为是一件有参考价值的资料。这件事又是发生在我省兰州，所以特写之如上。

清康熙朝甘肃提督、靖逆将军、靖逆侯张勇事迹考略

张勇是被乾隆誉为“有古名将风”①的人。而我之立意要追寻张勇的事迹，说来奇异，却是从顾炎武这位学者的事情牵连引发的。吴映奎、张穆两家《顾亭林年谱》，均在康熙十七年戊午与十八年己未（亭林年66与67时）岁下记载说：

(十七年）冬，张廷尉云翼承父命以聘来迎往兰州。坚辞之。②

(十八年）十二月二十七日，张廷尉云翼夜半告访。③

半夜闯入住室，很不礼貌。从此追寻，原来这个张云翼（字又南）是甘肃提督、靖逆将军、靖逆侯张勇的儿子（长子早亡，此为次子），以父荫，官大理寺卿，故称“廷尉”。继读顾炎武《蒋山傭残稿》，见有致张廷尉书二通，其一通略曰：

……敝人侨居之计，且为后图，而其在此，亦非敢拥子厚之皋比，坐季长之绛帐。倘逖听不察，以为自立坛坫，欲以奔走天下之人，则东林覆辙，目所亲见，有断断不为者耳。④

其另一通略曰：

……别有启者，鄙人以颁白之年，采山而隐，卜于西岳，宗祀考亭，

---

①《清史稿》卷255（列传42），中华书局标点本，页9772。

② 吴映奎：《顾亭林年谱》页44；张穆：《顾亭林年谱》，页85。

③ 吴映奎：《顾亭林年谱》页47；张穆：《顾亭林年谱》，页88。

④《顾亭林诗文集》，中华书局1983年版，页86。

前书已陈，无烦赘说。惟恐物情难一，多口易生，疑为色取行违之人，谓是讲学聚徒之辈，则朱子当年尚且蒙讥于伪学，而腐儒今日岂能偏信于同人?! 倘晤抚军，乞陈硁鄙之素。幸甚，幸甚。[①]

顾炎武在信札中，清楚说明他个人晚年寓居华阴，绝无马融、张载讲学之意，更不聚徒结社，希望军区司令不要听信流言，予以谅解。在这之前，顾与张氏父子已有来往，按《顾亭林年谱》康熙十四年有车守谦按语说，“先生著《左传杜解补正》三卷，（张）又南捐赀刻之”[②]，张穆复加按语说“（顾）衍生尝写《历代宅京记》一部，赠靖逆侯”[③]。可见张勇之子曾捐款为亭林刻书，亭林曾命其过继儿子衍生誊其著作一部，赠给张勇。

至于顾炎武的关中密友李因笃（天生）和王宏撰（山史），与张家的关系，则更亲密。这也许作为一个地方名人、学者、绅士，对赫赫文武大僚，不能不做出来的一些姿态吧。王宏撰比较拘谨，张勇原配妻子即张云翼生母死后十余年要安葬了，山史无可推辞，为撰《靖逆侯张公元配李氏墓志铭》，略曰：

夫人汉中府洋县人，前监察御史李公时孳女也。……今诸子彬彬皆知向学笃行，实夫人之教居多。[④]

当时张勇要求入觐，康熙俞允，以其腿有残疾，准肩舆入乾清宫，时人以为“殊荣”；返陕时乡人为之祝贺，山史又不能推辞，为撰《贺靖逆侯非熊张公入觐序》，文辞简约，仅以唐郭子仪作比拟，其中有云：

余未识公面。与公之子廷尉、司农二君，为道谊文章之交。[⑤]

“廷尉”指张云翼；“司农”指张勇第三子云翮，时官户部郎中，故称。李因笃与王山史就不同了，他既是经学家、古声韵学家和诗人，又是能量很大的活动家，他和张云翼过从极密，观其《受祺堂诗集》中，张云翼授了大理寺卿，他赋古风五十韵；张云翼要到宁夏提督赵良栋处跟赵的女儿结婚，他也写了七律四首；张勇本人进京陛见康熙，他也写了七律十首。兹举其贺张云翼到

---

① 《顾亭林诗文集》，中华书局1983年版，页208～209。

② 张穆：《顾亭林年谱》，页77。

③ 张穆：《顾亭林年谱》，页77。

④ 王宏撰（山史）：《砥斋集》卷9，页33～34。

⑤ 王宏撰（山史）：《砥斋集》卷1下，页36～37。

赵良栋处联姻的七律一首，以见一斑：

宁朔将军武库才，馆甥新第夹云开。
牵丝幕府喧钟鼓，列炬河州照草莱。
玉臼何烦仙媪待，银槎直摘女星迴。
清卿弱冠兼能赋，揽镜看花莫遽摧。

（自注：廷尉外舅为宁夏提督赵将军擎之）[①]

拿这样一些诗，与跟亭林等遗老往还的诗杂厕在一起，实在使读者心里很不是个味。不过，当时局面异常复杂，人们的面目往往是多面的，遗民志士有时要走一些曲折的道路。就连张勇这样一个军官，也有另外的一面。观吴三桂及其部属三番四次赍符札前来勾引，其中定有缘故，吴三桂绝不是傻瓜。张勇跟当时的遗民间也有关系，举两个例。李因笃为张勇写的《传》，在尾部加写道：

公不耻下交，从游多岩穴隐者。部士某主公质肆，私费公帑千余金，初怒斥之，已而闻其与贤人处，遂弃责。吴郡顾征君炎武在廷尉座谈美其事。公当代骏伟，名著信史；退而观之，又何其大雅君子也。[②]

这就是"两面"的问题了。再如刘继庄（献廷）《广阳杂记》中记当时遗民活动家梁纷（江西南丰人）在大西北进行调查研究，就是通过了张勇的关系。记载说：

梁质人留心边事已久。辽人王定山讳燕赞为河西靖逆侯张勇中军，与质老相与甚深，质人因之，偏历河西地。河西番夷杂沓，靖逆以足病，诸事皆中军主之。故得悉其山川险要、部落游牧，及其强弱、多寡、离合之情，皆洞如观火矣。著为一书凡数十卷，曰《西陲今略》。[③]

据说现《关中丛书》中之《秦边纪略》一书，即此稿之钞本。统上两例观之，张勇也不是一个"一边倒"的人。他之所以终于坚决"一边倒"，这跟当时吴三桂和西北另一军官王辅臣（绰号"马鹞子"）的考虑问题和工作方式有很大关系。有时，不妥当的工作方式会害很大的事。刘继庄《广阳杂记》卷四

① 李因笃（天生）：《受祺堂诗集》卷31，页14。

② 李因笃（天生）：《续刻受祺堂文集》卷1，页19。

③ 刘献廷（继庄）：《广阳杂记》卷2，页15～16。

中有专记王辅臣事一段，全长3600余字，内容生动活泼，未觌者不可不读。此处，仅录其与张勇龃龉一段：

> 癸丑，平西王反。念陕西为天下之脊，而王辅臣、张勇实握兵权，又皆旧部曲，辅臣尤为亲密。……三桂以书二通、札二道付（汪）士荣，令其从间道走平凉以致辅臣，而令辅臣以书一札一转致张勇，不别遣使。辅臣得书，令其义子王吉贞赍逆书二通、伪札二道，解逆使星夜入朝。上见之大喜，留吉贞于朝，而嘉辅臣之忠也。张勇闻之，怒曰：吾二人事同一体，汝即欲作忠臣，亦宜先使知会，同遣使入，乃背我独献忠于朝廷，令朝廷疑我，是卖我也。我看汝作忠臣者作至几时。——自此张、王遂成参商矣。①

王辅臣领先献忠于朝，但不能坚决坚持下去，后来在陕西宁羌兵变中又倒到吴三桂那边去了，这样，他就在历史上留下了一个变化无常的人物形像。张勇虽然在一开始未见得不可能站到吴三桂一边；但由于种种情况，特别是王辅臣的刺激，他坚决坚持以康熙为代表的清帝国大统一的立场，在稳定西北局面方面，起了极大、极重要的作用。在历史上留下了一个比较完整的形象。

李因笃的《续刻受祺堂文集》中有一篇《少傅兼太子太师靖逆侯将军谥襄壮张公传》，全长2700余字。由于《续刻受祺堂文集》数十年来觅取极为不易，故得见此书者甚少；复由于李文对张氏事迹记述较详，可资与《清史稿》张勇本传（全长2100余字）进行对照，故仅节录之于下：

> 张公勇者，字飞熊，陕西汉中府洋县人。遭乱从军。初谒英王（按：阿济格），王大奇之，与语（关中）山川物俗甚悉。……见重督府孟公乔芳，破巨盗贺珍，转战南北山间，股被数创。……顺治五年回纥（按指米喇印、丁国栋事）叛，从孟西征，复临洮府及兰州，凉、甘、肃诸卫。河西平，公功独最，授甘肃总兵。既建牙，为生聚教养之政，缮亭障，明斥堠，通商贾，广百工……，凡六载。
>
> （顺治）十二年，疏请南征。十三年冬，取滇、黔。十五年春，以前部破十万溪，贼惧，焚铁桥逸去，公敛马勒更作之，飞渡全师，遂拔鸡公背。康熙元年，进云南通省提督。
>
> 康熙二年秋，玉门弗靖，诏公以现衔移甘，甘（州）有提督自此始。

① 刘献廷（继庄）：《广阳杂记》卷4，页17～27。

有毡裘数百帐未即去，歼之定羌庙。羌戎竦慑，不复入牧，然犹恋大草滩水草之饶，古所称祁连山，彼中颇以蕃息；既失，每过必哭。……公因设永固协营，筑八塞，守望益严，西疆安堵。历八载，耕获不扰，商旅流通。

（康熙）十二年冬，吴三桂以云南反，梁楚骚动，蔓延关、凉，间谍潜来，诱我边将，十三年正月，公首发其逆书。四月，逆党吴之茂遣间赍书至，公即缚致阙下。十四年二月河东乱，公出师，败贼兰州城下。三月，吴逆更遣间赍大将军伪符札至，公斩使以闻，诏加靖逆将军；五月，诏晋靖逆侯。

时河、洮诸帐，乘乱侵轶。公分兵围兰州，躬赴临洮，遏阶、岷之寇不得前；拟专攻巩昌。闰月，遣兵赴巩昌，贼逆战熟羊城，大破之。六月，诏下兵部，听一切便宜从事。……国家肇位以来，四征弗庭，亲藩及使相被是命者不少概见，公以外将领之，盖异数也。是月，巩昌就抚，秦州亦降。

八月，晤图大将军（海）秦州，分兵从攻平凉。十二月，惠安兵变，戕陈提督，公亟请移天津镇赵公良栋于宁（夏）。（康熙）十五年正月，公率师赴中卫。略定，公力疾趋巩昌。三月，公军伏羌（按，今甘谷），御巨贼王屏藩于乐门（按，即今洛门镇），相持数月。六月，三败贼，夺其营。是月，平凉降，余贼俱遁。公以孤军抗大敌，收复全秦，而久劳疆埸，创痛浸深。七月引疾求罢。上慰留。十六年二月，进少傅兼太子太傅。

（康熙）二十二年夏，首请入朝。许之。……二十三年疾亟，薨。公以身系安危者三十年；自滇移甘，凡十二疏辞疾，俱奉诏勉留，迄薨于官。[1]

按，以此《李传》与《清史稿》卷255“本传”对读，感到内容基本一致，仅有细节之歧异，如《传》谓西安府咸宁人，系指著籍；《李传》谓汉中府洋县人，系指原籍；如其字“飞熊”一作“非熊”，其他书所载亦各互异；如张云翼官《李传》谓为大理寺卿，《稿传》谓为太仆寺卿，恐以《李传》为是；而大端情节，则两传略同。

① 李因笃（天生）：《续刻受祺堂文集》卷1，页14～19。

总览张勇一生，（一）镇压了明末农民起义的贺珍部起义；（二）镇压了以米喇印、丁国栋为首的回民起义；（三）隶吴三桂属下，攻打南明政权的军队，平定云南西南部；（四）“三藩”起事后，虽吴三桂多番勾引，均予峻拒，且领兵与响应“三藩”的王辅臣部、王屏藩部、吴之茂部在兰州、巩昌、中卫、伏羌一带坚持对垒，终获胜利。

现在，请允许我对清康熙十二年至二十年间发生的“三藩”起事，直言无隐地陈述我个人的全部看法。第一，吴三桂是一个反复无常的军人，一个昏庸腐朽的割据者，他在历史上的作用几乎全是反面的，没有任何值得肯定之处。第二，国家统一是社会繁荣、人民生活幸福的重要条件之一，因此，坚持统一与搞分裂，这中间是条界线。康熙坚持统一，“三藩”大搞分裂，所以从历史宏观的角度看，统一者代表了历史前进的脚步，而搞分裂者则是促退的。第三，仅仅上述二点，尚未能说尽整个当时历史的底蕴。满洲贵族的统治，是从镇压农民起义的血泊中得来，加以统治初期剃发、圈地、大杀戮等政策，是颇不得民心的，当时社会意识中的爱国主义也远较后来多民族国家观念下的爱国主义有别，流行的是狭隘的汉族主义和复明思想。于是在清朝统治和“复明”中间，就展开了若干次回合的较量，而“三藩”是这中间最后的一次，也是规模最大的一次。很多明末农民起义中的老干将（如马宝和王辅臣）和老战士，很多南明小政权底下的忠贞臣民，以及所有的明遗民，对“三藩”却抱有幻想。思想家如黄宗羲、王夫之、顾炎武等，则在一旁密切而冷静地观察着每一个动向，暂不表态。当时王宏撰（山史）有一首诗：

二月连阴淹冻雨，东风寂历野人家。
屋前雀噪声何急，城上乌飞影复斜。
不改青山留暮霭，虚拟果日向春华。
沉吟厥异追郎赠，扶病从谁泛海查。①

当时双方有三个交绥点，一在洞庭湖西北角的华容，一在江西萍乡一带，第三个就是大西北的平凉。王辅臣响应了“三藩”，大西北受到极大震动，犹如“雀噪声何急”；张勇的两个部下赵良栋和王进宝像两把尖刀样插进四川，直指昆明，又犹如“乌飞影复斜”。在这个转折点上，张勇这个军官，由于许多客观因素和主观因素、许多必然因素和偶然因素的结合，成了时代中重要的

① 王宏撰（山史）：《待庵日札》卷1，页10。

一粒砝码。他举足轻重。他如支持了吴三桂，那么西北形势大变，并可转而影响华容和萍乡两线的胜负。他终于支持了康熙，这样不仅西北局势稳定，川、湘战局也随之急转直下。至于张勇个人获致了那么多的“殊荣”，对比起整个历史进程来，则是微不足道的事了。从此，颠覆满洲贵族统治的幻想，终于全部破灭。历史在等待着二百三十年后的辛亥革命的爆发。

张澍的生平及其著述

一

张澍，《清史稿·文苑传》有传[①]，仅寥寥二百二十余字，远不足以穷其底蕴。余寄居陇右，忽忽已二十又三年，循亭林顾氏“采山之铜”之义，于关陇文献每有涉猎，深感对于张氏应该有所发扬。盖第一，敦煌之学，为当代中外学者所艳称、所乐道，而欲究敦煌之学，须先明敦煌之学之背景与基础，即所谓“河西之学”者是。所谓“河西之学”，包括四郡、五凉、三秦与一夏，而以“五凉”为最根本。而张澍于28岁主讲兰山书院时，即曾成《五凉旧闻》四十卷，其自序谓，“自汉武开辟，刺史宣化，名贤鹊起。及五代割据，张氏四世忠晋，多士翳荟，郁若邓林，往籍可按。已隋、唐之际，尚多伟人。迨宋、元，则荒伧已甚”。[②]在此，其眼光已经有所表露。中世以后，复辑有《二酉堂丛书》等书（详后）。不拘这些书尚有若何不足之处，然其“筚路蓝缕”之功，其于不知不觉中为敦煌学打造基础的眼光与魄力，实值得后世学人予以发扬与继承。

第二，“姓氏之学”，实为贯穿吾国历史中之一条很重要的线索。通过此条线索，于远古可以探求氏族的踪迹，于中古可以看出世家的枝蔓，并且特别重要者，为每当族与族间冲突融合之际，胡、汉姓氏之纠缠，实是追寻民族融合过程之一极重要的手段。清末章太炎氏有见于此，于其自述中言及清三百年之

① 《清史稿》卷486（列传273）（文苑传三），今印本第44册，页13408。

② 张澍：《养素堂文集》卷4《五凉旧闻序》，页8。

学术，所重者不过地理、官制二项，于姓氏、食货、刑法、乐律诸学，则成绩不大。[①]此种谴责性的总结之语，是深有见地的。而清人对姓氏之学，于成绩不大之中，亦固有其较大者，即张澍《姓氏五书》是。《姓氏五书》其刻版印行者虽仅《姓氏寻源》与《姓氏辩误》二种，余稿散在国内各图书馆，甚至法国巴黎。窥其全豹，大非易事。但仅据已刻版行世之二书已可断言，《姓氏五书》确为清代学术中之一巨著。其同乡学友潘石生（名挹奎）在读过《寻源》《辩误》二书之后，曾说过“前此未尝有也”[②]，虽仅一句，已云中的。其意，盖谓此二书具有创发性。

第三，学术衍变，亦自有脉络。王国维氏有见于此，曾说出过“国初之学大，乾、嘉之学精，而道（光）咸（丰）以降之学新”这样卓有见地的话[③]，而张澍其人，恰恰界乎“乾、嘉之精”与“道、咸之新”之间，形成一架两者过渡中的桥梁。观《养素堂诗集》中的赠俞正燮（理初）诗二首云：

一棹鲤鱼风，清江卸短篷。知君经五库，问我姓双蒙。
茶话香留舌，荷喧句在筒。果谁是高密，废疾起何公。
经神盛国初，后起亦爬梳。星宿须穷脉，罾罟或失鱼。
腐儒仰梁屋，名士醉骚书。之子今雄伯，闲时问距虚。[④]

这是道光十一年（1831）的事，是岁张澍年五十一，俞正燮年五十七，二人邂逅于巡淮官吏的幕府酒宴之上，谈的却是学术的衍变。二人相约不专做辞章之士，立志做郑玄（康成）、何休式的经师（文献学家），学习他们为了春秋三传往复辩难（何写《公羊墨守》、《左氏膏肓》、《谷梁废疾》三篇，郑乃继写《发墨守》、《针膏肓》、《起废疾》三篇，与之争辩）的精神，并继清初经学旺盛博大的根底，在学术上把根子再茁深些，资料的面子再全面些，自然有时也不免牵涉琐节，如双蒙城与双姓的关系，以及“距虚”是一种小虫之类。在我看来，二人之交接，实具有某种独特的意味，即张澍为乾嘉学者之后劲，而俞正燮则为道咸学者之班头，于此俯顾仰承之间，实存在有学术史上的一大关节。

有见于如上的三点，故我愿对张澍之生平与著述，略作介绍。

---

① 章太炎：《自述学术汉第》，见《制言》半月刊第25期（1936年）。

② 张澍：《养素堂文集》卷25《潘石生考功传》，页13。

③ 王国维：《观堂集林》卷23《沈乙庵先生七十寿序》。

④ 张澍：《养素堂诗集》卷21，页18。

二

张澍，号介侯，甘肃武威人。父名应举，字聘九，曾著有《真知录》四卷，看来是理学一路人物。母家为元朝军官，尝有“奋威将军”之号。张澍诗中亦有“都护家声成幻梦”的句子。[①]张澍生于乾隆四十六年（1781），卒于道光二十七年（1847），终年67岁。他是一个早露头角的人，14岁在西安中举人，19岁（嘉庆四年）中进士，入翰林，充实录馆纂修。他的同年友鲍桂星曾有赠诗云：

> 苏武山连积石高，朔风西气郁文豪，
> 人如青海秦时月，笔卷黄河塞上涛。
> 天下奇才有平子，殿前作赋愧王褒。
> 羡君弱冠成名早，愧我簪花已二毛。[②]

这首诗，抛去循例捧场的内容（与张衡、王褒相比拟）之外，不少句子是写实的，刻画了少年张澍的一些风貌。

假如张澍平生不曾做官，则其学术成就也许更大些。假如张澍擅长做官，一路做上去，那么也许连现有这些成就，都不会有。其具体情况是，既要做一点小官又做不顺，一直坎坷于仕途。关于这桩事，张澍曾与他同乡好友潘石生有过如下的一段谈话：

> 忆在都门时，与余饮次，忽长叹。余问君何事不怿？君曰：以子之精心果力，著书当可传；以子之直气严情，筮仕实不合。余曰：入世不谐，良自知之；著作有闻，得勿责誉？君曰：不然。子经学诸书，余未尝遍读之也，《姓氏五书》仅览《寻源》《辩误》二种，经学、史学、谱学，一以贯之，前此未尝有也。余曰：余自幼负志，耻为文人，思为吏，稍有树立，冀附于古循良后耳。君乃大笑曰：子性方而不圆，大府有叵，子则愠于色、见于辞，人且訾子，何能展布所学？……余曰：有是哉？余知过矣。遂唏嘘而罢。[③]

① 张澍：《养素堂诗集》卷1《于家槽访舅氏后裔》页7。

② 张澍：《养素堂诗集》卷1，页1。

③ 张澍：《养素堂诗集》卷25，页13。

张澍“思为吏”，但辗转十五六年，在四川前后七年，在贵州二年余，在江西前后六年余，全是偏僻小县的县官，举凡贵州的玉屏、遵义、广顺，四川的屏山、兴文、大足、铜染、南溪，江西的永新、临江、泸溪，都是旧时代别人不肯干的苦差事。但张澍为此，亦不无收获。以所纂辑《蜀典》、《续黔书》，并创修或续修玉屏、大足、泸溪等县县志，以及最后编写《凉州府志备考》等书观之，其多处历练，对其方志之学，亦颇有所增益。其《凉州府志备考》一作，尤为后世治方志之学者所称道。如李慈铭于其《越缦堂日记》、鲁迅先生于其《会稽郡故书杂集序》中均曾言及张澍，即是佳例。

张澍在学术上，纯是乾、嘉路子。他虽也偶然搞文字、音韵，但究非特长。他的特长，是以辑佚为手段和出发点。在这一点上，他似乎非常娴熟。但张澍的一些软弱之处，也自单搞辑佚这一点上引发出来，因为辑佚是乾嘉考证之学这个已经很窄的学门中更窄的一个部分，倘不与其他部分交融，其局限性是很大的。观其《二酉堂丛书》与《诸葛忠武侯文集》，即可看出。他平生交谊，也大都是乾、嘉学者，如王引之、段玉裁、钱仪吉、朱珪、阮元、郝懿行、臧琳，都是学术上的朋友。与钱仪吉，似乎友谊最深。与彼等同时前后，专骛西北史地之学派，正在兴起，诸凡祁韵士、张穆、徐松、沈垚、何秋涛等学者，正开始积极活动；《藩部要略》、《西域释地》、《蒙古游牧记》、《朔方备乘》、《西域水道记》、《新疆事略》等书，亦正陆续问世。总之，张澍晚年正逢乾、嘉之学与道咸之学汇流的大时代。

自52岁开始，张澍定居西安。他曾有诗云，“我岂轻去乡，故乡无寸田。敝庐十余屋，强族夺其椽。过门不敢入，何由得留连？数百卷书稿，早已化云烟。碑版充箱箧，瓜分用质钱。结茅在三辅，我意反茫然。”[①]可见选择西安定居，自有其苦衷在，定居后，命其居曰“枣华书屋”。十载前，临时寄居时曾有二酉堂，《二酉堂丛书》得名由此。而《姓氏五书》之主要两种，以及《养素堂文集》、《诗集》诸书，皆署“枣华书屋锓版”字样。亦在此期间，张澍双目逐渐失明，他的诗略云，“……我瞽有何恨，所恨书未成。惴惴乞我友，钞写卷帙盈。不令饱虫鱼，留以待讥评。后世扬子云，知我是儒英。如此死瞑目，何羡美目清?!”[②]观此，可见他临终前十余年中之处境与心情。

他的著作篇目，已故王重民先生曾就巴黎国家图书馆所藏往年伯希和自西

① 张澍：《养素堂诗集》卷24《卜居》，页7。

② 张澍：《养素堂诗集》卷24《病目》，页12。

安买走的稿本事，有专文评介，①兹不多赘。

三

初步介绍张澍著述，约可厘为三大类。

第一类为有关姓氏之学的著述。主要包括《姓氏五书》，与《二酉堂丛书》中之《世本》与应劭《风俗通》中之《姓氏》篇。两者均有张澍按语，可以串连通读。但对按语，自亦须“一分为二”。试思张澍为一18世纪末、19世纪初之西北学者，平生很多时间又消磨在做官上，故其按语中“考订不精”与“以意删改”之处，②恐在所难免。况姓氏之学，本是一颗难砸之核桃，以近世观之，倘无三种本领，甚难打出什么筋斗来。所谓三种本领者，其一为马克思主义的原始社会史之全套的知识与观点；其二为全世界范围的民俗学知识；其三为世界各主要国家语言与我国历史上诸主要少数民族语言，及其间对转规律之掌握。夫此三端，谈何容易?！吾人亦只好遵循前人踪迹（张澍的亦不排除），一步步走向前去，愈走愈精确，愈走愈深刻而已。

《姓氏五书》者，计（一）《姓韵》；（二）《辽金元三史姓录》（附西夏）；（三）《姓氏寻源》；（四）《姓氏辩误》；（五）《古今姓氏书目考证》，共三百余卷，可谓巨帙。陕西布政使杨振麟出资为刊《寻源》、《辩误》二种，前者45卷，后者30卷。钱仪吉（衎石）为之序，对张澍“弱冠从事，皓首成书”，“既博”、“且精”，③甚为推许，据云《姓韵》稿本，存在北京图书馆；《姓氏书目考证》稿本存在清华图书馆；《三史姓录》中，仅巴黎藏有《元史氏姓录》（附西夏），辽、金二部分稿本，或陕西博物馆有所收藏，不悉知晓。

综观《寻源》、《辩误》二书，可以通过姓氏错乱之订正的过程，看到历史的复杂性，以及透过复杂性而仍旧可以寻绎出来的某些规律性。阶段性也是规律性的表现之一。大凡上古早期，人们按血缘纽带而得姓氏；上古中期，人们又按地域纽带而重订姓氏，此中已经有了第一次的纷乱。中古之世，世家大族各以族姓自贵，制为谱谍，而谱谍又非铁板一块者，于是乎有堙沉，有失系，有舛误，又有依托、附会、溷冒、攀援等现象，于是姓氏一事又经历其第二次

① 《金陵学报》第10卷第1、2合期（1940），页171～188。

② 商务印书馆《世本八种》出版说明，页5。

③ 见冯国瑞：《张介侯先生年谱》（《慰景庐丛刊》），页37。

的纷乱。及北魏、北齐、北周，与辽、金、元之世，少数民族以征服者入主中原，此中不免若干汉姓之胡化，与若干胡姓之汉化，姓氏至此，正经历其第三次与最严重一次之纷乱。兼以记录过程中，又产生若干以姓为名、以名为姓，以一人硬分作二人、以二人合捏为一人，甚至父子兄弟之间，亦产生姓氏方面纠缠。张澍对此，毅然进行了一次料理。料理过后，再按旧时代人非常娴熟的韵目，像字典模样，将每一姓氏罗列出来。此中不仅有毅力，更重要的是具有一定的眼光。有此眼光，始能看出姓氏之学关系之重大，看出西北姓氏之学与西北民族关系之息息相关（假如不在一定程度上弄清楚西北姓氏的纠缠，那么西北民族冲突融合的历史，也是不好研究，不容易获致确切成果的）。自然，张澍的料理，也仅仅不过是"循环往复"若干次认识过程中之一环，不应该把它看做是"包打天下"的东西。

第二类为有关河西之学的著述，自必以《二酉堂丛书》为其代表。已故向达先生曾云，"（介侯）先生一生，于关陇文献，网罗放失，不遗余力。生平著作等身，其《二酉堂丛书》，藏书家几于家喻户晓。"[①]试问：《二酉堂丛书》何以如此著名？以敝意揣之，斯时正当乾、嘉、道、咸接续之交，而该书以乾、嘉辑佚之方法，为道、咸以来西北史地学郁成重点的时代高潮，准备某些条件，故能受到学术界较普遍的尊重。

《丛书》计辑有汉、魏至五凉、隋唐学者（也有诗人）七人著作的残章断句。七人者，为皇甫规、张奂、段颎、周生烈、侯瑾、阴铿与李益。七人中除皇甫氏家安定在黄河之东外，余均河西人（非武威即敦煌）。此外，《丛书》中复辑得有关河西与"五凉"文献的残章断句七种，计《三秦记》，《凉州异物志》，《西河旧事》，段龟龙《凉州记》，谕归《西河记》，段国《沙洲记》，以及阚骃的《十三州志》。所有这些书，全由辑佚而来。材料来源，不外类书，兼及由唐、宋及其以前各经史注文中摘录来的断句。一斑一点，一鳞一爪，自远不如全龙豹之解决问题；然龙豹固已不可得见，而竹头木屑，又每为营建者之所急需。总之，读此《丛书》，宛如近世纪历一场浩劫之后，收拾残箧，发现若干张往年成套、今已散乱之零乱卡片。对此一堆卡片，弃之心痛，存之自有可以使用之时候与场合。故有心人自会知晓对《丛书》之珍重也。

在此须补叙一笔者，张澍复有《续敦煌实录》三卷，记敦煌人物，计张氏

① 向达：《唐代长安与西域文明》之《西征小记》篇，页339。

家族为一卷，索氏家族为一卷，宋氏、汜氏、令狐氏合为一卷。《二酉堂丛书》中有目而未刻，稿存巴黎，已故王重民先生曾得见，其评语曰，“介侯是书，征引博洽；言敦煌人物，宜莫先于是矣。唯或不注出处，是一小疵。”[①]私人揣测，此定是一部好的、有用的参考书。

第三类为诗文著述，亦即《养素堂文集》与《养素堂诗集》是。此两部书，具有两重意义：一，内中贮存作者正规著作外的零星学术作品；二，内中反映作者若干生活上与思想感情上的变动，以及与朋友间的唱酬。而后一种的意义更大。张澍是有才华之人，赋诗著文，均有可观。但亦不刻意为之。不雕琢，不虚张。窃又尝见张澍所手书楹联屏幅，其书法亦婉如其文章，非碑非帖，更远非馆阁体，总之自成一路。其诗有时亦与其五凉学研究有关，例如诗集卷10中有《闲居杂咏》十二首，记武威鸟兽草木虫鱼，即可与《凉州异物志》并比观览。同卷纪白燕诗注中又尝自云“时余纂辑《河西旧事》”[②]，是年张澍30岁。足见在张澍30岁前后的数年之中，正反复于五凉史事的探索，其稿或命名《五凉旧闻》或命名《河西旧事》，大凡为其钻研中之不同稿本也。

在此文中，《五凉旧闻》一种迄未论及。盖此书仅存原稿，从未锓版流传，故一时借读尚难。不久能获借读后，当于敝续作《五凉史事爬梳》中补志之。

【附记】关于张澍生年，有不同记载。有的同志，根据武威张氏祭祀牌位将生年提早五年。故张氏中进士时之年龄有三种说法，一为18岁，一为19岁，一为24岁。吾据冯国瑞《年谱》说。

---

① 《金陵学报》第10卷第1、2合期，页174。

② 张澍：《养素堂诗集》卷10《庚午早秋白燕见吾凉之南郊诗以纪之》，页9。

论晚清西北之学的兴起

一

王国维在一篇为沈曾植祝七十寿的序文中说：

我朝三百年间，学术三变。国初，一变也；乾（隆）嘉（庆），一变也；道（光）咸（丰）以降，一变也。

顺（治）康（熙）之世，天造草昧，学者多胜国遗老，丧乱之后，志在经世，故多为致用之学。求之经史，得其本源，而实学以兴。雍（正）乾（隆）以后，天下大定，士大夫得肆意稽古，不复视为经世之具，而经、史、小学专门之业兴焉。道（光）咸（丰）以降，途辙稍变，言经者及今文，考史者兼辽、金、元，治地理者逮四裔，为前人所不为。虽承乾嘉专门之学，然亦逆睹世变，有国初诸老经世之志。

故国初之学大，乾嘉之学精，而道咸以降之学新。[1]

这段话，对清代学术三阶段的衍变史，讲的已经非常透彻了。王国维在后文中，又按三阶段列举了代表人物，清初他举顾炎武，乾隆他举戴震和钱大昕，道咸及其以后他举龚自珍、魏源。其实清初不只顾炎武，黄宗羲、王夫之、颜元等，亦皆荦荦大宗。雍、乾以来，学者并非由于“天下大定”才“肆意稽古”，而是经受文字狱残酷镇压之后，不敢把学问路子走的跨度太大，才改为小脚走路，一枝一节，精而欠通。鸦片战争（1840年）前后，国势日衰，

① 王国维：《观堂集林》卷23，《沈乙庵先生七十寿序》。

外侮沓至，人们才感到富国强兵的必要，才感到治“四裔”之学的必要，于是新的经世济用的学风，逐渐形成。魏源在其《圣武记》的序文中说：

……财用不足国非贫，人材不竞之谓贫；令不行于海外，国非羸，令不行于境内之谓羸。故先王不患财用，而患人材；不忧不逞志于四夷，而忧不逞志于四境。官无不材，则国桢富；境无废令，则国柄强。桢富柄强，则以之诘奸，奸不处；以之治财，财不蠹；以之蒐器，器不窳；以之练士，士无虚伍。如是何患于四夷?! 何忧乎御侮?! ……[①]

在这里提到了“四夷”和“四境”，就带有了方向性。清代版图扩大，扩大之后，若干民族有待于研究，若干地理有待于实际调查，假如抛开这些实际问题于不顾，依旧埋头故纸堆中，考据一生，国家将何以堪?! 所以新的经世济用之学（当时简称“经济”之学；与现在的经济学 economics 截然是两码事），应运而生。张之洞在其《书目答问》书末，附《姓名略》一项，于汉学、宋学、小学，中西算学、训诂、校勘、金石、古文、词学之外，另设“经济”一门。他注释说：“经济之道，不必尽由学问。兹举其博通切实者。士人博极群书，而无用于世，读书何为?!”[②]这和魏源的话是一个调子，也带有方向性，强调了御侮图强的现实要求。

后来的西北之学，包括西北历史地理之学和西北少数民族之学，就是在鸦片战争的形势下，沿着清朝第三阶段“道、咸之学”的端绪，通过若干学人的锲而不舍的努力，才形成并且发展起来的。

二

现在，为了更具体地说明西北史地之学、西北民族之学的兴起，先让我安排一个人名表在下面：

祁韵士（鹤皋）	山西寿阳	1751～1815	65岁
俞正燮（理初）	安徽黟县	1775～1840	66岁
张　澍（介侯）	甘肃武威	1776～1847	72岁
徐　松（星伯）	直隶大兴	1781～1848	68岁

① 魏源：《圣武记序》（见该书卷首）。

② 张之洞：《书目答问》末附《姓名略》。

王　筠（菉友）	山东安丘	1784～1854	71岁
程恩泽（春海）	安徽歙县	1785～1837	53岁
龚自珍（定庵）	浙江仁和	1792～1841	50岁
祁寯藻（春圃）	山西寿阳	1793～1866	74岁
魏　源（默深）	湖南邵阳	1794～1856	63岁
许　瀚（印林）	山东日照	1795～1864	70岁
沈　垚（子敦）	浙江乌程	1798～1840	43岁
何绍基（子贞）	湖南道县	1799～1873	75岁
戴　熙（醇士）	浙江钱塘	1801～1860	60岁
张　穆（石州）	山西平定	1805～1849	45岁
何秋涛（愿船）	福建光泽	1824～1862	39岁

……

在这里，需要稍稍说明几句。表中所列仅15人，尚有不少二三流学人姓名未列入。并且，表中所列，不限于一个学派，一个专业。从职业看，这中间有高级官吏、中下级官吏、幕友、穷儒、书画家；从专业看，有西北学专家，但也有文字、训诂、校勘、辑佚学者；从学风看，主要是道咸学风的人，但上代乾嘉影响很深的人也有。其中张澍的生卒年月，一般定为1781～1847年[①]，今表将生年提前五年，其原因是据武威乡土人士言，张澍牌位上所书提早五年。按王渔洋（士祯）曾说，到宋朝，人们的年龄记录即有“真年”与“官年”之歧异；到清朝，更有“减年应举”之说。[②]如张澍，即可能是减五岁应举，才有19岁中进士之说，而其实际中进士年龄可能已24岁。

三

现在，让我们先从俞正燮和张澍两位谈起吧。俞是皖南人，张是甘肃河西人，但在道光十一年（1831）俞57岁、张实际年龄56岁时，却在淮南的一次宴会上相遇了，当时张澍写了两首五律：

一棹鲤鱼风，清江卸短蓬，知君经五库，问我姓双蒙。

① 据冯国瑞：《张介侯先生年谱》（在《慰景庐丛书》）。

② 王士祯：《池北偶谈》卷2。

茶话香留舌，荷喧句在筒。果谁是高密，废疾起何公。

经神盛国初，后起亦爬梳。星宿须穹脉，罾罟或失鱼。

腐儒仰梁屋，名士醉骚书；之子今雄伯，闲时问距虚。[①]

我们试从这两首诗里看他们二人的学术风格，以及当时整个的学风。大抵这时乾、嘉刚刚过去，传统的因袭力量还是很大，大家还都是从“经学”出发，一开口就是郑玄（高密人）和何休。这也好，张之洞不是说过么，“由经学入史学者，其史学可信”，“以经学史学兼经济者，其经济成就远大”。[②]这话确有道理。俞、张二人瞧不起那些腐儒和醉薰薰的名士，他们决心要做到“星宿须穹脉，罾罟或失鱼”。前一句是黄梨洲、章实斋浙东史派的话，讲求一个“通”字；后一句就是标准“乾嘉”派的了，告诉人们在掌握了100条资料的时候，千万莫忘记还有第101条资料。总之，从他二人身上可以看出，经学的影响还很重，乾嘉考据的影响还很重，这些都是前一阶段的遗存。

俞正燮是一位很有分量的综合学者，张澍的诗句说“知君经五库”、“之子今雄伯”，张穆的诗句说“精博兰陵荀”[③]，将他比拟荀子。但是试看，连这位经学家的眼光也已经扫到蒙古、回疆以及俄罗斯的问题上来了。在《癸巳类稿》卷8中，有一篇《驻札大臣原始》，长达17000字，综合叙述了自清朝开国以来，历康、雍、乾三世，与北方、西方诸少数民族打交道的过程，和管理这些少数民族事务的机构之逐渐设置。他又写了《俄罗斯事辑》，就等于一篇很早的“俄国简史”；后来张穆继之，写了《俄罗斯事补辑》；又后来，何秋涛写了《北徼汇编》，也就是再后来扩展成书的《朔方备乘》了。可见，这些道、咸学者的研究成就是连成一条线的。

张澍的看家本领是“辑佚”，这也是乾嘉学的一个分支。靠辑佚，他辑成了像著名的《二酉堂丛书》之类。当然，辑佚之外，他也搞方志之学，颇有成就。他的眼光，虽然没有扫到清朝康雍乾以来的西北边疆，但却扫到历史上少数民族的身上来了，我指的是鲜卑、女真、西夏、元朝以来的蒙古。这些少数民族冲击了骨干民族——汉族，但也与之发生了文化生活的融合和交流。在这融合、交流之中，“姓氏”是一个测量的浮标。胡姓转成汉姓，汉姓转成胡姓，

① 张澍：《养素堂诗集》卷21《赠俞理初》。

② 张之洞《书目答问》末附《姓名略》。

③ 张穆：《㞦斋诗文集》卷3《述怀感旧为老友王冠山先生寿》。

胡人冠以汉姓，汉人冠以胡姓，再加上犯罪、避罪、依托、攀援、篡改、假继承等等社会日常生活现象的干扰，“姓氏”问题，早就一塌糊涂了。张澍不视此为畏途，却尽力爬梳，写成了巨著《姓氏寻源》（后来扩展为《姓氏五书》）。通过这一“姓氏”的浮标，我们可以获致到若干民族冲突与民族融合的消息。

俞、张二人，是过渡人物。所谓“过渡”，是指由乾嘉考据之学，向道光、咸丰以降的边疆之学、少数民族之学和西北之学的过渡。

四

现在，我们要谈到西北学的中坚人物——徐松了。与徐松同时，还有“龚、魏”。“龚、魏”在新风气、新思想的导引方面，其作用压过了徐松。但在对西北之学、少数民族之学的实地调查与研究的具体成就来说，徐松还是一位学术带头人。

徐松，号星伯，原籍浙江上虞，寄籍大兴，实际是个北京人了。此人早年一帆风顺，由举人而进士，而翰林院编修，派入“全唐文馆”，充文颖馆总纂，在嘉庆初年，可谓少年得志的了。他的能量也大，借此馆阁机会，叫钞胥自《永乐大典》中钞出了500卷的《宋会要》稿。可是不久就犯了罪，受到遣戍伊犁的惩处。什么罪？不知道。遣戍期是六年，往返近九年，这正是嘉庆十七至二十五年（1812～1820）、徐松本人32至40岁大好年华的时候。但坏事会变成好事。伊犁将军松筠很信任他、重用他，在松筠出平叛乱的时候，还委任他代为拆行。松筠要求他重写《新疆总统事略》第三稿，他提出要实地调查，松筠以伊犁将军的身份支持他。四川龙万育记述说：

> 先生于（新疆）南北两路，壮游殆遍。每所之适，携开方小册，置指南针，记其山川曲折，下马录之。至邮舍，则进仆夫、驿卒、台弁、通事，一一与之讲求。积之既久，绘为全图。乃遍稽旧史方略及案牍之关地理者，笔之为记。①

在这样基础上，他写出了实际地理考察著作《西域水道记》，历史地理著作《汉书西域传补注》，还帮助松筠写成了第三稿的《新疆总统事略》，此书经

① 徐松：《西域水道记》卷首龙万育序。

道光帝赐名《新疆识略》刊行。他在九年的遣戍之后，在40岁上又回到了北京。

江阴缪荃孙记述说，回到北京以后，徐松“所居在顺治门（按，即宣武门）大街，厅事前古槐一株，夭矫空际。颜之曰‘荫绿轩’。读书处曰‘治朴学斋’。朝野名流，相见恨晚”。[①]从嘉庆二十五年到道光二十二年（1820～1842），即他40岁至62岁的时候，他这里无形中成了边疆之学、西北史地之学、少数民族之学的研究中心。缪荃孙的《事辑》说，陈潮、沈垚当时是他的助手，“每出城诣先生，为召平定张石洲（穆）烹羊炊饼，置酒大嚼，剧谈西北边外地理，以为笑乐。”[②]何绍基之父何凌汉与徐松是进士同年，所以徐松对何绍基说已经是前辈了，何绍基有一首诗记述这群学者在北京开展学术讨论的情况说，“酒光烛影方熊熊，论议飙发开我蒙，忽然四座寂无语，天倪道昧相冲融。纸窗夜半明华月，开门飞满一天雪。”[③]某次徐松在陶然亭宴请同好，沈垚记述说，“酒酣以往，书扇作画，哦诗联句，读曲蹋歌，极其兴之所至”。[④]这虽是偶尔摄取的一个两个镜头，但从其中已可看到这些学者们的亲密友谊。

在这期间，徐松和道咸以降的新思想代表人物——龚自珍有了来往。这件事，也是学术史上应该记录一笔的。龚自珍字瑟人，号定庵，是一个才华极高但又放荡不羁的人。他是段玉裁的外孙子。由于不善于写馆阁体的字，中举后十一年未成进士。他终日与妓女、僧人缠在一起，终究在50岁上被鸩暴卒。在道光二年（1821）前后，他在北京混个内阁中书，徐松遣戍回来也不可能即放大官，也只混个内阁中书，二人就成为西北学的朋友了。吴昌绶《定庵年谱》说，“桐乡程春庐（同文）修《会典》，其‘理藩院’一门，嘱先生校理。是为天地东西南北之学之始。而于西北两塞外部落世系、风俗、山川、形势源流合分，尤役心力。洞明边事，雅称绝诣。自撰《蒙古图志》，订定义例，为图二十有八，表十有八，志十有二，凡三十篇。”[⑤]可惜此稿终未成书。十八年后（这时鸦片战争已在一触即发的时候），龚自珍乞养出京，临别赠徐松诗一首云：

---

① 缪荃孙：《徐星伯先生事辑》（见《艺风堂文集》卷1）。

② 缪荃孙：《徐星伯先生事辑》（见《艺风堂文集》卷1）。

③ 何绍基：《东洲草堂诗钞》卷5。

④ 沈垚：《落帆楼文集》。

⑤ 吴昌绶：《定庵先生年谱》道光元年条下。

夹袋搜罗海内空，人材毕竟恃宗工。

笥河寂寂覃谿死，此席今时定属公。[①]

按“笥河”指朱筠，“覃谿”指翁方纲，二人均是大兴籍的学界大老，二人去后，龚以此位许之徐松，可见是极为推崇的。

五

现在，该说到当时山西一个小小的姻戚学术集团了。它由寿阳祁氏与平定张氏连续组成，以张穆为其中的骨干。张穆，是继徐松之后，西北之学的又一个奠基人。

寿阳祁氏是大族。祁寯藻官至大学士，且是同治帝的师傅。他的父亲祁韵士在嘉庆初年当宝泉局的一名主事，亏空铜料，这本是上一任官的责任，但却无辜落到接任几天的后任官头上，遣戍伊犁。他比徐松早六七年替伊犁将军松筠编写《新疆总统事略》第二稿，顺便也写了自己的著作《西陲要略》和《西域释地》。在遣戍之前，他还写过《蒙古王公传》，据《清史稿》记述说，他写这书是带有创发性的，把大内库贮“红本”一本一本翻过，这些红本是外边人无论如何也参考不到的资料。他的女儿嫁到平定张家的老三，而老四就是张穆。

张穆，字石州，又作硕洲，是一位仅仅活了四十四五岁的短命学者。他的祖父曾在安徽做过16年的州、府官吏，也有著作；他的父亲到福建当主考，半路因急病死在浙江建德的船上了。当时张穆才14岁，随继母寄居绍兴者数年，得受教于会稽莫宝斋（晋）先生。张穆的祖和父都是进士，独张穆因性情谑浪，曾以溺壶装酒带入考场，被发觉后又出言不逊，以“咆哮公堂”罪终身不得应试，故无科名。但他治学术水平极高，在北京经常到徐松和何绍基家里去，他们合力建成顾亭林的祠堂，张穆写了《顾亭林（炎武）先生年谱》和《阎潜邱（若璩）先生年谱》。何绍基的诗道，“借书一日几回来，农父东西共好怀。尚友顾、阎如奉手，纵横万里小㲋斋。”[②]“㲋”即“殷”字，㲋斋是张穆的斋号，他的诗文题名《㲋斋诗文集》。何诗中“纵横万里”语是对张穆学术上的开廓特点做了最好的描写。

① 龚自珍：《定庵杂诗》（不分卷）。

② 何绍基：《东洲草堂诗钞》卷13。

张穆的代表性著作是《蒙古游牧记》。他写这书也有缘起。祁韵士比张穆大54岁，祁死时张才10岁，故不可能有直接的学术接触，后来祁韵士的儿子祁寯藻委托其姻弟张穆代为整理其父遗著，张穆在整理过程中得到启发，他感到祁韵士所做的，只是蒙古族的编年史，缺乏地理方位的记载与编年交叉起来，这是学术上的一个缺门，有必要补足起来。当时人们对蒙古的情况，基本上是模糊的。只粗略地知道，有“旗”，有“部”，有“盟”。具体说，某盟距离另一盟若干里，就说不上了。官书《大清会典》和《大清一统志》中是有所记载的，但这些煌煌官书，贮在大内，一般社会人士是见不到的。张穆虽无科名，但当时已是知名的名士，他有条件查阅大内资料并采访重要的政治人物。他的做法是，按部落先叙述其功勋和封爵，然后叙述领地内的山川城堡，以及“旗”“盟”间的会盟情况，和向中央政府入贡的道路、品物、数额等等。主要是把这些领地的“四至”“八到”表述清楚。当时一种最通常的贡纳制是“十二九”和“九九”，即12×9=108，9×9=81，羊只和乳酒即按此数贡纳。他在著作中也屡屡引用他的好友沈垚的若干考证成果，如元的鱼儿泺和辽的鱼儿泺不在一个地理方位等。祁寯藻在序言中高度评价了这部书，说它是“考据”与“经世济用”之最好的结合。

在《蒙古游牧记》之外，他还写了《延昌地形志》，可惜死时距离完稿还很远，虽经其好友何秋涛整理补缀，仍达不到成书的水平，故仅以钞本存北大历史系。这书是对魏收《魏书·地形志》的大力纠正。魏收为了取媚于高氏，把北魏朝的中心和重点不写在平城（大同），也不写在洛阳，而写在邺（临漳），这样拓跋珪、元宏时代的盛况就无所反映。张穆反其道而行，重点地考证了洛阳，对大同一带的恒州、朔州等郡县设置，也下了很大的功力。何秋涛在补缀过程中加按语说，恒、朔诸州“皆石翁凿空而成，精力尽见于此”。①

以上所说，是关于山西平定、寿阳地方以姻戚关系组成的一个西北史地之学与少数民族之学小团体的科学研究成果的大体情况。

六

张穆不得年寿，还有一个比他更早夭的学者何秋涛，得年仅39岁。何秋涛字愿船，虽是福建原籍，但因其祖父曾在直隶博野做过官，故在保定有点基

① 见《延昌地形志》钞本。

础，何秋涛本人逝世前也在保定莲池书院教读，所以有点像个保定人。

他平生著作不多，除著名的《朔方备乘》外，仅有《一灯精舍甲部稿》一本，据说他“自为儿时，能举天下府、厅、州、县名，数其四境所至”[①]，可见对历史地理之学，似有宿慧。他一直对北部邻国俄罗斯以及中俄边境诸事，饶有兴趣。写成《北徼汇编》一书6卷；以此书为底本，又扩展为85卷的《朔方备乘》，得到咸丰帝的欣赏。可是稿本遭历火灾，焚毁两次。秋涛卒后，其子何芳秝自福建以残稿进京谒李鸿章，鸿章嘱《畿辅通志》的写作班子帮他整理，在整理过程中到底保存了多少该书的原貌，已无可考。

看起来，书的核心，当在书的第三部分“二十四考”。对中、俄边界上的山脉、水道、城垣、邑居、方物、界碑、卡伦、窝集、部族、教门等，均有所阐述。不过，何氏并无机会到中、俄边界进行实地考察，仅能保持书本上的精严。上文说过，道、咸学们的学术成就连成一条线的，例如“二十四考”中就曾就张穆《月斋签记》一稿，做了不少的汲取和订补。

综上所述，我们可以清楚看到，鸦片战争前后，一大批爱国学者看到国势的转衰，看到外国入侵力量的胁迫，感到对祖国境内一些边徼地区、一些不发达地区、在科研上是一些空白点的地区，一些少数民族，有一种进行过细研究的迫切需要。他们看到了，并且马上动手来弥补这些空白点和缺门。他们一步一个脚印地开辟了这条路。那么，我们后人看到这种情况，就有责任同样一步一个脚印地把西北史地之学、西北民族之学的火炬点燃的更旺，并且一代一代地传递下去，获致更丰厚、更过硬的成果出来。

① 黄彭年：《何君墓表》，见《一灯精舍甲部稿》卷首。

西北学的拓荒者之一——徐松

一

徐松，《清史稿》卷486有传。与乌程沈垚、泰兴陈潮、掖县李图同一组传。组传全文不及五百字，徐松个人传不及二百字，远远不足反映徐氏一生之学术成就。顷过常熟，在石梅藏书楼（旧“游文书院”）中，始得读江阴缪荃孙（筱珊）《艺风堂汇刻》，对缪氏一生学术旨趣有所领略。其《艺风堂文集》卷一中，有《徐星伯先生事辑》一篇；名曰《事辑》，实乃一篇简明扼要的年谱。对徐氏生平学术，实已烘托略备。谨据此，并参以他书，对徐松生平试行分析。

徐松，字星伯，原籍浙江上虞，寄居北京，入籍为大兴人。生清乾隆四十六年辛丑，卒道光二十八年戊申（1781～1848）。终年68岁。其生平略与法国大革命、法国第一共和至第二共和之历史时代相当，当其60岁时，鸦片战争爆发，从此祖国逐渐沦为半殖民地。徐氏处此时代，务求实事求是与经世济用之学，故张之洞《书目答问》末所列《著述诸家姓名略》十二门中，徐松列名二门，一在史学门，并指明与张穆等同为地理专门名家；一在经济门，并指明经世济用之道博通切实，不必尽由学问而来。对徐松学术特点，可谓所指中肯。复见何绍基诗集中有《题吴称三所藏大兴徐氏尺牍册》诗一首，曰：

星伯徐丈人，名重天禄阁。洎为绝塞行，专究舆地学。李（申耆）张（石洲）与魏（默深）沈（子敦），同时考疆索。争斠元广轮，西域及朔漠。谁期事机伏，渐见中华弱。畴人立传后，徐（君青）、罗（茗香）、陈（东之）递作。今日同文馆，早已开橐签。当时谈艺欢，我皆闻其略。觥觥盛名儒，冉冉归夜壑。大息抚遗笺，时艰竟安托？！[①]

何绍基较徐松晚31年成进士，徐氏与何绍基之父何凌汉同年，故诗中称“丈人”。观此诗中“渐见中华弱”、“时艰竟安托”等句，正反映鸦片战争后学界挽危亡、讲求实学的时代精神，而徐松实为其中的中坚人物。

二

综观徐氏一生，形成为几个跳动式的段落。

（一）自20岁至28岁，为正常的科举生活，由举人而进士，由庶吉士为编修，可谓一帆风顺。

（二）自28岁至30岁，此三年中可谓少年得意，入直南书房；派入“全唐文馆”；充文颖馆总纂。看来，似颇得嘉庆帝之宠幸。在此期间，徐氏除执行皇家指派之工作外，复利用职权与现场方便，为学术的长久利益而进行辑佚工作。他动员一些钞胥，除钞唐朝文外，另从《永乐大典》中钞出《宋中兴礼书》24本；《宋会要》（经整理裁定为500卷）；《河南志》3卷。其中《宋会要》钞稿，后来成为我们研究宋史必不可少的资料书《宋会要辑稿》。在此期间，他还写成了自己的科研专著《唐两京城坊考》5卷。

（三）在一帆风顺的少年得意段落之后，他的生活进入了自32岁开始到40岁才结束的犯罪与受惩罚的段落。犯什么罪？就我们所见到的资料，未见对此有所说明，徐氏曾一度离京出任湖南学政。是否在学政任内发生过什么事情？很有可能。吾人所知的，是御史赵慎畛对他进行弹劾，他即被遣戍伊犁。服刑期为六年。往返各需年余，故加在一起，计为八九年之数。

徐松到新疆时，伊犁将军是松筠。松筠，蒙古正黄旗人。从乾隆晚季开始拔擢，曾派治俄罗斯贸易，署吉林将军，又充驻藏大臣，复办理陕、甘粮饷，调伊犁将军。他从嘉庆五年任命，未实际到任。七年到任；十四年调喀什噶尔；十九年又调回伊犁，二十一年卸职。计在伊犁将军任两度共九年零几个月。

---

① 何绍基：《东洲草堂诗钞》卷29。

松筠一直想编纂一部新疆的地方志书。为了这一目的，他必须使用那些充军来的知识分子。充军到新疆的著名知识分子，为数不是很少的。乾隆朝，纪昀（晓岚）来过，卢见曾（雅雨）来过。嘉庆初，洪亮吉（雅存）来过，但在伊犁逗留不及百天，就奉诏赦还了。松筠开始时使用一名知县汪廷楷编成初稿。后来山西寿阳的祁韵士（后来的大学士祁寯藻的父亲）因铸钱局亏空案无辜遣戍前来，松筠命他纂第二遍稿，成十二卷，名曰《新疆总统事略》。等松筠从喀什二次调来任职时，他命徐松再重修一遍。徐松提出来要实地调查，松筠以将军的权势支持他。

徐松的《新疆赋》自序说："……走（按，即"牛马走"或"下走"之意）以嘉庆壬申（按，公元1812年）之年，西出嘉峪关，由巴里坤达伊犁，历四千八百九十里。越乙亥（按，1815年），于役回疆，度木素尔岭，由阿克苏、叶尔羌达喀什噶尔，历三千二百里。其明年（按，1816年）还伊犁。所经者英吉沙尔、叶尔羌、阿克苏、库车、哈喇沙尔、吐鲁番、乌鲁木齐，历七千一百六十八里。"据此，徐松此番遣戍，除返程未计外，共历15258里。仅以南疆调查言，也达万里之数。道路如此辽远艰苦，而徐松的调查研究工作又是怎样进行的呢？成都龙万育《西域水道记》序说：

> 先生于南北两路，壮游殆遍。每所之适，携开方小册，置指南针，记其山川曲折，下马录之。至邮舍，则进仆夫、驿卒、台弁、通事，一一与之讲求。积之既久，绘为全图。乃偏稽旧史方略及案牍之关地理者，笔之为记。……孜孜不倦，十年成书。①

这在有关新疆地理的科学研究上，实在是一件辉煌的示例和创举。调查所得，除帮助松筠编写志书外，徐氏个人写成纯地理著作《西域水道记》5卷，历史地理著作《汉书西域传补注》2卷。

嘉庆二十四年（1819），徐氏39岁，戍期六年已满，释放回籍。次年冬，《新疆总统事略》十二卷定本缮就，由道光帝看过，松筠具名、邓廷桢撰序、皇帝御制"圣藻"题辞，改名《新疆识略》，付武英殿刊行。皇帝召见徐松，垂询西陲事甚详。由于是罪臣吧，不可能复官过高，故仅赏给内阁中书一职。

① 龙万育：《西域水道记序》（见该书卷首）。

三

（四）从40岁起，遣戍八九年的段落过去了，京华的岁月又一次开始，此时徐松寓居顺治门（今宣武门）外大街，缪荃孙记述说，“厅事前有古槐一株，夭矫空际，颜之曰‘荫绿轩’。读书处曰‘治朴学斋’。”在这里，他与学术界朋友如俞正燮、苗夔、魏源、张穆、陈潮、沈垚等切磋西北历史地理旁及天文、算术以及一切挽救积弊之道，无形中形成当时的一个重要学派。

何绍基又有诗一首，记述这些学术界朋友们在北京寒夜中讨论学术的情景，略曰：

> ……酒光烛影方熊熊，论议飚发开我蒙。忽然四座寂无语，天倪道味相冲融。纸窗夜半明华月，开门飞满一天雪。①

这个段落，约自徐氏40岁以后至60岁以前，近20年。在此期间，徐氏将其著作《西域水道记》、《新疆赋》、《汉书西域传补注》陆续付刻。此外，还写了《唐登科记考》30卷。缪荃孙说：“先生学识闳通，撰著精博，负重望者三十年”②，主要指这一段落而言。但就官场职位说，则一直不高，不过主事、员外郎而已。与南书房、全唐文馆、文颖馆时期相比，不堪同日而语矣。

（五）自60岁以后，至其逝世，八年之中，徐氏的科学研究工作，未曾留下痕迹。晚年，又出去做了一点官，计担任过江西道监察御史，转江南道监察御史，调陕西榆林府知府，署延、榆、绥道，又署潼、商道，如此而已。

综观缪荃孙氏所撰《事辑》，对徐氏一生学行，所记扼要精致，重点突出，已可谓不负知己，但于徐氏家世、父祖、子女、身后诸事，则略而未书，令人遗憾。只知其夫人陈氏，山东城武人，于徐氏45岁即已去世。

四

关于徐松的著作，缪荃孙在《事辑》之后，附有一个目录。从徐氏身后一些手稿多归于缪氏一点来推断，徐、缪关系是很密切的。故所列目录当极可

① 何绍基：《东洲草堂诗钞》卷5。

② 缪荃孙：《徐星伯先生事辑》（《艺风堂文集》卷1）。

靠。兹根据目录，并杂以他处所见，分类叙述如下。

（Ⅰ）重点著作。（一）《西域水道记》5卷（有道光三年刻本，以后有仿刻）；（二）《汉书西域传补注》2卷（有道光九年刻本，以后有《指海》本，式训堂本）；（三）《新疆识略》12卷（有殿本、复刻本）；（四）《新疆赋》2卷（有道光四年刻本、元尚居本、上海袖珍本）；（五）《唐两京城坊考》5卷（有连筠簃本、《畿辅丛书》本）；（六）《唐登科记考》30卷（据云，已刻入《南菁丛书》）；（七）《新觏注地理志集释》16卷（据云，张硕卿拟刻之）。计七种。

（Ⅱ）辑佚之作。（一）《宋中兴礼书》24册（稿本在孙衣言手）；（二）《宋会要》钞出500卷，稿归缪荃孙，后世辗转影印；（三）《河南志》3卷，缪有所录副本。计三种。

（Ⅲ）杂稿。（一）《宋三司条例考》1卷；（二）《宋元马政考》1册（稿本）；（三）《明氏实录注》1卷（据云，已刻入会稽《赵氏丛书》中）；（四）（五）沈垚言，曾见徐氏有《元史西北地理考》、《西夏地理考》两稿；（六）张穆言，曾见徐氏有《顾亭林年谱》之作；（七）《说文段注札记》1卷（长沙叶德辉有刻本）。计七种。

有关徐氏的诗集或文集，无论刻本或稿本，则一直无所闻悉。

五

徐松平生文章朴实无华、简明扼要，不泛滥辞藻，不汗漫陈说，纯系一派务实者的风格。故其著作，相对地说，往往篇幅偏短，部头偏小。以《西域水道记》而言，短短五卷，约略才及10万字。文体一力仿效《水经注》，以12卷篇幅，写11个内陆湖泊所接受的水流，对于这些干流和支流，都一一写明其所自、所入、所会（或汇）、所迳，尽皆有条不紊，是一部严格的地理科学专著。对新疆地区说，这是带有创发性的。

再以《新疆识略》而言，全书12卷，约略25万字。虽然书首列了一大串满洲贵族、高级和中级官吏直至不少内阁中书的姓名衔头，自首至尾不见“徐松”字样；但翻读全书，则明显感觉到此书是徐氏的笔墨，简明扼要，有图有志。记各路军台、营塘、驿站、道里等名数；于屯务，则记其兵屯、回屯、户屯、旗屯等不同的设施；于厂矿，则记其铜厂、铅厂、铁厂、煤窑、山场（木材产地）等情况；于牧业，则记其马厂、牛厂、羊厂、驼厂；于边境，则记其卡伦安置距离与巡边制度；于少数民族，则记哈萨克、布鲁特两大骨干民族的屏藩作用。井井有条，读之令人起一种鲜明的概览作用。在鸦片战争前后，这样的书是明显起着一种务实和救弊的作用的。

在这里，请允许我拿《新疆识略》与《朔方备乘》二书进行一些对照。

《朔方备乘》是何秋涛所著。何氏，字愿船，福建光泽人，平生所得年寿仅39岁（1824～1862年）。何绍基说他“奇绝吾宗尚弱龄，胸吞万卷笔通灵”。[①]平生爱治地理，黄彭年说他“自为儿时，能举天下府、厅、州、县名，数其四境所至”。[②]咸丰初年，他就立意要写点中、俄边境的书，先成《北徼汇编》6卷，后来逐渐扩大化为80余卷的《朔方备乘》。此书原稿，遭遇两度火灾。他死之后，“秋涛之子芳稌奉其残稿”[③]来谒见李鸿章，李吩咐《畿辅通志》的编写班子替他补缀、排比，才成为今日吾人所读到的《朔方备乘》。

拿《朔方备乘》与《新疆识略》对读，感到两书截然不同。后者简练谨严，前者铺张扬厉。观愿船平生文风，似不与相同类，或者补缀排比诸公之所为，亦难说定。仅以书中第三部分所谓“二十四考”来看，似应是愿船本人平生心血之所在，但所论列的题目太广，涉及的面太宽，又缺乏徐松那样“持开方小册，置指南针”的实地调查，致使“二十四考”的内容不免显得粗疏，其中不能排除不精确内容的存乎其间。但抛开“精”、“疏”的差别，统观徐、何两先生，生当鸦片战争前后，祖国处在危亡境地，一治回疆，一治俄徼，其中所寓爱国主义的深厚感情，则是两先生之所同的。

① 何绍基：《东洲草堂诗钞》卷13。

② 黄彭年：《何君墓表》（《一灯精舍甲部稿》卷首）。

③ 李鸿章：《朔方备乘序》。

徐松及其《西域水道记》

1985年，作者在《西北史地》第1期上发表《西北学的拓荒者之一——徐松》一文，主要依据缪荃孙所写《徐星伯事略》和何绍基的诗文，对徐氏事迹，作了初步的勾勒，而对《西域水道记》一书，所涉尚浅。本篇则针对《西域水道记》一书，做些专门的、较深入的介绍，意在对新疆地区之地理的、民族的、农牧工矿业的情况，就清代的历史局面，做出一些分析。此外，对徐松的另两种著作，也做了一定的评介。

一

清中叶以后的历史地理学家徐松，字星伯，原籍浙江上虞，自父辈宦游京师，入籍为大兴人。生于乾隆四十六年辛丑（1781），卒于道光二十八年戊申（1848），终年68岁。其生活时代约略与法兰西大革命以及法国第一共和与第二共和时代相当。当其60岁时，鸦片战争爆发，中国乃沦入半殖民地时代。自此时起，学者们均以救危图存、经世济用为务，如龚定庵（自珍）小于徐氏11岁，魏默深（源）小于徐氏13岁，均清中叶以后崛起之新学派领袖也。张之洞《书目答问》末所附著述诸家《姓名略》十二门中，以徐松列入两门，一在“史学门”，并指明其与张穆同为地理专门名家；一在“经济门”，并指明“经世济用之道，博通切实，不必尽由学问而来”。[①]窃以为，这些话对徐松学术可谓所指中肯。

综观徐氏一生，约略可划分为几个跳动式的段落。第一段落，自20岁至

① 张之洞：《书目答问》末附《著述诸家姓名略》。

30岁（嘉庆五至十五年，公元1800～1810），可谓一帆风顺与少年得志的时代。在此时期内，徐氏自举人而进士，由庶吉士为编修，入直南书房，派入全唐文馆，又充文颖馆总纂。由此观察，徐氏当时颇得嘉庆帝之宠幸。第二段落，自30岁至40岁（嘉庆十五至二十五年，公元1810～1820），为得罪遣戍的时期。盖徐氏曾放湖南学政，据徐珂《清稗类钞》所记，“盖随棚厨夫卖茶点与诸生敛钱，事涉徐之封翁”[①]，为武陵赵慎畛劾奏，遣戍伊犁。为期六年，但往返已首尾九年。第三段落，自40岁至60岁（嘉庆二十五至道光二十年，公元1820～1840），为居京治学时期。此时徐氏遣戍归来，官职不过中书、主事、员外郎等，但所居顺治门（即宣武门）外大街所寓居曰“荫绿轩”，书斋曰“治朴学斋”，[②]与友人龚自珍、魏源、俞正燮、张穆、沈垚、苗夔、何绍基等相往还，切磋西北史地以及天文算术等学，无形中徐氏成为一泰斗。龚定庵赠诗云“夹道搜罗海内空，人材毕竟恃宗工，笥河寂寂覃谿死，此席今时定属公”。[③]（按，笥河指朱筠，覃谿指翁方纲）。第四段落，自道光二十至二十八年，公元1840～1848，徐氏60岁至68岁，又出到外地做了一点官，计任江西道监察御史，江南道监察御史，陕西榆林府知府，又署理过延榆绥道和潼商道。如此而已。在此段落，未见有新的著述。

二

遣戍新疆，首尾九年，是徐松一生中的大事，也是他在地理学方面取得卓越成就的重要客观条件，故对此段过程不能不较详言之。首先须予以说明的，是清代文臣遣戍绝不可与河西屯戍西域的刑徒与宋代罪犯之刺配等作等同的考虑。较徐氏早43年遣戍之纪昀（晓岚）其经乌鲁木齐时，随身带有仆夫四名，犬数只。到乌后，亦为其地长吏执掌文牍。[④]较徐氏早13年遣戍之洪亮吉，居停未及百日，即奉谕召还。徐氏到伊犁后，即为伊犁将军松筠所重用，如嘉庆二十年塔什巴里阿克阿珲（阿洪）孜牙敦作乱，杀卡伦侍尉，走出边境。松筠

---

① 徐珂：《清稗类钞》著述类。

② 缪荃孙：《艺风堂文集》卷1《徐星伯先生事辑》

③ 龚自珍：《龚定庵诗集》。

④ 纪昀：《阅微草堂笔记》《滦阳销夏录》卷5。

亲自督兵剿办，即派徐氏以幕府摄篆[1]，其被信任之程度可知。

松筠，蒙古正黄旗籍，乾隆后期受拔擢，派治俄罗斯贸易，署理吉林将军，充驻藏大臣。因与和珅不和，不能随时俯仰，故官位屡起屡蹶。嘉庆五年，调伊犁将军，未实际到任，七年到任，十四年调喀什噶尔，十九年又调伊犁，二十一年卸职。计松氏在伊犁前后任职九年零几个月。松筠平生有宿志，即为新疆地方编写一部志书，为此一目的，他懂得必须使用遣戍而来的高级知识分子。开始时，他使用一名知县汪廷楷编成初稿，继之他请祁韵士续写二稿。祁韵士，山西寿阳人，是不久以后大学士、同治皇帝师傅祁寯藻的父亲。他在接收铸钱局时，无辜代前任受亏空之累，遣戍新疆。他对蒙古地区的历史地理，早已有过研究。这次接任新疆地方志的第二稿的编撰任务，排成12卷，初名《伊犁总统事略》。嘉庆十七年，松筠第二次调返伊犁，就请徐松编写三稿。徐氏提出，要实地调查。松筠以将军的身份，支持了调查的建议。于是徐氏"携开方小册，置指南针，记山川道里，下马录之，至邮舍，则进仆夫、驿卒、台弁、通事，一一与之讲求"。[2]这次调查，实是一次伟大的创举。其事在斯文海定与斯坦因之前，且二斯氏是外国人，其调查实带有某些侵略的色彩；徐氏调查，则纯乎是爱国的，为祖国的新疆疆域做出地理的人文的勘定。

而徐氏于勘查中，生活也颇不寂寞，颇具情趣。观其在伊犁地区之惠远城时，其自述为"入宣阊门（按此惠远南门）西走南塘第三舍为余老芙蓉庵戍馆，读书、击剑、对酒狂吟，因作新疆赋也"。观其在喀什噶尔的自述，为"清流潋潋，交覆浓阴，暮春三月，新畴方罫，稊柳缘塍，柴扉映溪，红杏成雨，……枕流藉草，吟咏忘归"。[3]又尝于惠远城西广仁城西塔勒奇城一带，"积为小湖，周可里许，……筑戍馆于此名，曰且园。园中有楼，曰面面山楼，果树榆树可百余株，圃中裂畦，布种莺粟，繁如云锦。……"[4]再观其塔里木河考察中之所见：

玉古尔者，汉轮台地。《西域传》云，轮台、渠犁地相近也。庄南四

① 缪荃孙：《艺风堂文集》卷1《徐星伯先生事辑》嘉庆二十年条。

② 龙万育：《西域水道记序》。

③《西域水道记》卷1。

④《西域水道记》卷4。

十里有故小城，又南二十里有故大城，又南百余里尤多旧时城郊，田畴阡陌，畎陇依然，直达河岸。疑田官所治矣。[①]

这已不仅仅是游记，而是考古记了。

三

徐松的代表作当推《西域水道记》。在当时，徐氏的《西域水道记》和张穆的《蒙古游牧记》几乎是学术界的“双星”，开风气之先，把人们的注意力从乾嘉的琐节考据引向祖国的西北史地和少数民族，这是学术的经世济用通向救危图存的一条新路。当然《新疆识略》也是一部于开风气有很大影响的书，并且徐松在其中也注入了很大精力，摊入进去大量的调查材料；但它究竟是一部“官书”，用现在的话说，是属于“集体编写”的类型，在其中汪廷楷、祁韵士、松筠等人在经营初稿和把握结构方面也都尽过力，并且在出版时由于徐松是“罪臣”故未挂名字。由于上述这种情况，所以《新疆识略》不宜于当选为徐氏的代表作。

《西域水道记》则是徐松回到北京后在他的绿荫轩中精心写成的私家专著。书五卷，道光三年（1823）刻行。这部书，是精心依照郦道元《水经注》的写法写出来的。总纲是按水系，再将山脉、城堡、战争痕迹、民族语言及风俗甚至山水景物，统统综合地写了进去。说到水系，新疆水系又跟中原和南方不同。中原南方的水系的最终结，是流归于大海。新疆无海洋可归，大部分注入内陆湖泊，有的潜入地下。故徐氏书按诸水所归的“淖尔”（湖）来写，计11个淖尔，写为12个部分（罗布淖尔分两部分）。不过徐氏虽按所渚淖尔来划分，实际上他是写了几条水系，几个水的流域，计有包括喀什噶尔河、叶尔羌河、和阗河在内的塔里木河流域，是最大、重重要的一个组成部分。其次，注入今国境以外的巴勒喀什淖尔的伊犁河，包括它的支流，这是第二个组成部分（这个地区是清朝统治新疆的核心地区）。再其次，是位于新疆最西北角上的额尔齐斯河、乌古伦河、额敏河三个水系，三个流域。这也是清朝军队自康熙二十年至乾隆二十年约80年间与准噶尔首领噶尔丹、噶尔丹策零、阿睦尔撒纳等反复较量的重要现场。再次，是以玛纳斯河为主河和乌鲁木齐及其附近一

①《西域水道记》卷2。

带。最末，还要提及一条水系，即现在甘肃境内以昌马河和党河为其主要支流、以敦煌著称全世界的疏勒河。它所注入的哈剌淖尔，现已为沙碛所吞没，从地图上消逝了。《西域水道记》中所写的，大体就是这么五大流域，五大水系。这种划分，这种写作布局，与新疆这一客观具体地理的天然布局是相符合的。因此，我们可以说，徐松的这一规模的创设，是科学的，具有创发性的。

大凡一个人写地理，除非是荒无人迹的地方之外，总摆脱不掉人的活动；也就是说，自然地理、人文地理相伴随，对于徐松说，写新疆地理面对的就是不久以前刚刚发生过的康熙—乾隆朝对西域的用兵。在长达一个世纪的时间里，满洲八旗兵和绿营兵跟准噶尔的几代新型酋长以及南疆回教首领大小和卓木等，在崇山峻岭中，进行过无数次的战斗。最终，统一者取得了胜利，分裂者、或者说企图独立者，被压下去了。徐松回避不开这些情节，于是他就以迎历史形势的姿态，放笔直书在塔里木水域、伊犁水域、以及阿尔泰地区中，所进行的征战。但在同时，也显露出这一广袤的游牧地，逐渐被开发的过程：水渠修起了，屯田兴办起来了，自然先是旗屯和营屯，但慢慢地户屯也有了，若干客民也麇集而来，铜矿、铁矿出现了，还有和阗地方的采玉场以及阿尔泰地区水獭猎捕业和其养殖业，统统发展起来了。就以伊犁河水域来说，人们修建了一座又一座的城子，如熙春城、惠宁城、惠远城、拱宸城等等，这些既是军事统治者的营堡，又是增进人们生活物品交流的集散地。从这中间，这片地区的社会性质档次，不是在不知不觉中就提高了吗？

这就是说《西域水道记》这部书除开在自然科学上的价值外，其在人文科学上的价值，大致在此。

四

除却《西域水道记》之外，徐松还有几部著作。

《汉书西域传补注》是《水道记》之外的副产品。“补注”补谁？补唐人颜师古的原注。颜师古虽是初唐时候的大学问家，但第一，任何大学问家都会不免有疏漏，有时甚至会有很严重的疏漏；第二，颜未曾到过西域，在这一点上亲身勘察过和未曾亲身勘察过之间，就有极明显的差距。举一小例，西域有一小国曰捐毒，颜曰，捐毒即身毒。徐曰，捐毒在葱岭东，今布鲁特地；身毒为五印度地，相去绝远。这件事，虽不大，但在学术上颜氏就是有了“硬伤”

了，而“硬伤”是做学问人最忌讳的。

徐氏写这本小书不外用两种方法：第一，是乾嘉以来传统的考据法，即网罗颜氏以前以后诸家之较颜氏精确者，荟萃比较，以求取增新的认识。在字句之校勘正误方面，徐氏似乎对“高邮王氏”有很高信赖，观书中“王怀祖先生曰”随处可见。第二，是凭借亲身勘察的优势，对西域诸事做出更清楚、更宏观的表述。也举几条例证。如西域三十六国，徐松一句话“今回疆地”，就说清楚了。这意思是说，三十六国不包括清代的准噶尔地面，即北疆（伊犁地区和阿尔泰地区）在内，当时北疆还在匈奴和乌孙手里。与此接连的，是原《传》文说三十六国“皆在匈奴之西”；徐松便使用变化发展的观点，说匈奴绝泽之后，三十六国应该说是“在匈奴之南了”。这些，都是订正一些观念。另外，就是订正一些事项，如提到塔里木河的源流，《传》说有二源，徐氏订为三源，即和阗河、叶尔羌河外增一喀什噶尔河。再如，阳关《传》云，有两道，“补”指出隋以后增山北经伊吾一道为三道，而指出所谓“出四道”者仍不出汉之南北两道。所有这些，不是亲身经历，是很难这么清楚的。葱岭以西，徐氏未到诸地，“补注”就不具备这种清晰的程度了。

另一部著作，是《唐两京城坊考》。这是一部少年作品，是嘉庆十四年徐氏29岁时写的，后经张穆参订。作者自序说，“余嗜读《旧唐书》及唐人小说，每于言宫苑曲折、里巷歧错，取《长安志》证之，往往得其舛误。”①于是就借出入全唐文馆和文颖馆的方便，参考大内所藏外间少见典籍，写为此书，“以为吟咏唐贤篇什之助”。这是很有趣味的。本文作者即尝取唐人传如《任氏传》、《李娃传》、《无双传》、《东城老父传》诸篇，取其中所言里坊、街巷、城门、寺院诸事，按《考》核读，无舛误者。不过，此仅指里坊、街巷而言。至于将传奇人物踪迹亦复载入史考之中，其中是否含有水分，则有俟于后人之平章。鲁迅先生固早有“飞灾”②之警告矣。

① 徐松：《唐两京城坊考序》。

② 鲁迅：《唐宋传奇集》序例。

西北学的拓荒者之一——张穆

一

张穆，《清史稿》卷485（《文苑》2）有传，与祁韵士、何秋涛三人合一“组传”，每传不过一二百字至二三百字，殊不足以充分表达晚清西北舆地之学之开始，及其重要的意义。余留意张氏之生平与著述，自30岁前后读其《顾亭林年谱》开始，40岁前后又读其《㐆斋诗文集》，60岁以前治中俄关系史时，又读其《蒙古游牧记》，今夏在济南，蒙王仲荦先生以其《魏延昌地形志》（未完稿）精抄本见假，盛暑薰蒸，裸背坐风扇前，录其《总目》，得与魏收《魏书·地形志》反复对读，竟忘汗流之浃背也。如此，于四十年中迤逦寻绎，对张氏约略知其底蕴。窃以为，张氏在学术史上的重要性有二：其一，将乾、嘉考据学之精确，与明、清之际“经世济用”之学之博大，结合起来，为嘉、道以来，处于楚歌中之祖国现实服务，其中实蕴藏有挽衰救亡之爱国主义的精神。其二，张氏与何秋涛氏二人，虽均不得年寿，但各在其短短之一生中，从学术上联络同好友朋，实际上形成了一个“科研集体”，亦即今日之所谓“梯队”也。此一梯队，在西北学的创建方面，实在是起了极大的作用。由于以上两点，故不揣谫陋，愿将个人学习到的一些内容，为学界写出之。

请先述张穆之生平，及其学术渊源之所自。

张穆，原名瀛暹，字石州，又署硕洲，山西平定人。生清嘉庆十年（1805），卒道光二十九年（1849），得年仅45岁。其祖张佩芳，字荪圃，受教于山东牛运震，在乾隆年间，以进士历任安徽诸州县官，计历歙县、合肥、寿州、泗州四地，凡16年。曾有《陆宣公翰苑集注》、《希音堂文集》等著作，并编有《歙县志》、《黄山志》等志书。幼子敦颐（即张穆的父亲），字复之，号晓芹，嘉庆进士，授编修。47岁，于赴福建任主考官途中，急病卒于浙江严州之建德舟次，当时张穆生母已死，继母李氏，年才21岁，于孀居后，携14岁之前房幼子张穆，居住其原籍浙江山阴者数年。李氏有表兄莫晋，字锡三，一字裴舟，号宝斋，会稽人，乾隆六十年一甲二名进士。此人对张敦颐很赏识，张穆说“先君子受知最深”，而张穆侨寓绍兴时“因得受教”。[①]

张穆曾写有《莫公事略》一篇，记述其表舅父兼启蒙老师之生平。大体上说，莫宝斋在行政工作方面，是一个勤勤恳恳、不畏强暴的政务官，观其平生反复上疏讨论盐政、仓贮诸事可知。在学术思想上，是一个阳明学派，强调“悟”，即提倡理性思维的能动性。张穆所写《事略》中，引其《重刊〈明儒学案〉序》一文内容，“后人佥谓朱子集群儒之成，数百年来，专主一家之学。专尚修，不尚悟，专谈下学，不及上达也。自（陈）白沙静养端倪，自开门户……自阳明倡良知之说，即心是理，即知是行，即工夫是本体，直探圣学本源。”[②]这种在处理实际政务方面的认真精神，和在处理学术问题方面的大胆思维精神，想来对十四五岁的张穆会带来很关键性的影响。

张穆和他的同乡寿阳祁氏是亲眷。祁韵士之女，即嫁张穆三兄丽暹。韵士之子祁寯藻，官至尚书大学士，与张穆为姻兄弟辈，三人均治西北舆地之学，故蔚成一最早的地域性的专业学术之小集体。张穆身后遗稿，亦多由祁寯藻出资刻板印行。而张穆有不羁之性。因犯规终身不准应科举之试，致无学衔。祁寯藻《月斋文集序》云，“应顺天乡试，携瓶酒入。监搜者呵曰，去酒！石州辄饮尽而挥弃其馀沥。监者怒，命悉索之，破笔砚，毁衣被，无所得。石州扪腹曰：是中便便经笥，若辈岂能搜耶?！监者益忿。送刑部，谳白其枉，然竟坐摈斥，不复得应试。”[③]今春在京参加“史代会”时，得邂逅清华老学长张恒寿先生，盖亦平定人也，吾问张穆何敢以瓶酒入场，张先生说：“乡里人都知道，哪里是瓶？是一把夜壶。”（按场规，此物可以带入）呜呼！谑浪如此，遂以“咆哮公堂”罪而革斥终身矣。

张穆著述，其刻板者仅《顾亭林年谱》、《阎百诗年谱》、《月斋诗文集》与

---

① 《月斋文集》卷7《莫公事略》。

② 《月斋文集》卷7《莫公事略》。

③ 祁寯藻：《月斋文集序》。

《蒙古游牧记》四种。《魏延昌地形志》迄未刻板，仅北大有藏稿。此外，据云尚有《说文属》、《校定尚书疏证》、《元裔表》、《外蕃碑目》以及《重修平定州志》。由此看出，张氏平生虽亦兼治文字训诂之学，且其诗亦别有格调，但其主攻方向，则是祖国西北山川疆域之学无疑。而《蒙古游牧记》与《魏延昌地形志》二书，更是其代表性著作，谨于以下两节中为之介绍。

二

《蒙古游牧记》的写作，是适应了时代要求的。大体说来，清帝国经历了康、雍、乾三朝，帝国加固了，版图空前扩大了，内在的和外来的矛盾也加深了。少数民族问题比以前任何时候都突出。特别是蒙古族，它是少数民族中的大民族，又是统治民族——满洲族的历代姻亲，它的前代又曾经是建立过震动欧、亚的大帝国的。但中原有州郡，自秦汉以来历历可查；蒙古地区呢，大家都知道它有“旗”、有“部”、有“盟”，但这些旗这些部这些盟的地理位置如何？中原人很模糊。清政府虽也集中人力，编写了《大清一统志》和《大清会典》，但这些煌煌大典，贮在内府，社会上一般人接触不到。祁韵士是乾隆后期的进士，嘉庆初年在户部当个主事，管理宝泉局（即以后的铸币局），因前任库存铜料亏欠案，责任无辜落到祁的身上，因而遣戍伊犁。在遣戍之前，当他在翰林院的时候，就创立过《蒙古王公传》的编写工作。《清史稿》他的传说：“时无文献可征据，乃悉发库贮红本，寻其端绪，每于灰尘坌积中，忽有所得。各据部落立传，以《实录》、‘红本’者为准，又取《皇舆全图》以定地界方向，八年而后成书。”[①]遣戍回来，有了感性接触，又跟另一位遣戍学者徐松前后合力写成另一部书：《藩部要略》（后更名《新疆事略》）。这些工作，都是适应了时代的要求的。可以看出，这时候“西北学”或者叫“西北舆地之学”的苗头，已经茁长出来了。

张穆较祁韵士小54岁，祁死时张才10岁。他们间事业的连续，不是直接的，而是间接的。祁韵士的儿子祁寯藻替张穆《蒙古游牧记》撰序，其中说：“始余校刊先大夫《藩部要略》，延石州严加校核。石州因言，《要略》编年书也，穆请为《地志》以错综而发明之。未竟而石州疾卒。以其稿属何愿船比部

①《清史稿》卷485《祁韵士传》。

整理，又十年始克成编。”[①]愿船指何秋涛，福建光泽人，时任刑部主事，故称“比部”。

张穆在《蒙古游牧记》的《自序》（按，此书不见书首，而在《㞐斋文集》中）中说，他写此书的动机是“内、外蒙古隶版图二百余载，而未有专书”，“《一统志》、《会典》虽已兼及藩部，而卷帙重大”，“学古之士，尚多懵其方隅，疲于考索”。他又说他写此书的方法是“因其部落，而分纪之。首叙封爵功勋……继陈山川城堡……终言全盟贡道……详于四至八到，以及前代建置。所以缀古通今，稽史籍，明边防，成一家之言也”。有些情况又是史籍中稽考不到的，他就通过关系进行采访，“询诸典属，访诸枢垣”，他当时已是名士，中央大官也不好拒绝他的采访。“致力十年，稿草屡易”，未竟而卒。稿由何秋涛携回闽中，又十年始补缀完成。咸丰九年（1859）此书刻板行世，祁寯藻为之撰序说：“著述卓然不朽者，厥有二端，陈古义之书，则贵乎实事求是；论今事之书，则贵乎经世济用。二者不可得兼。而张子石州《蒙古游牧记》独能兼之。”[②]这是很高、也是很确切的评价。

今统观《蒙古游牧记》全书，凡16卷，大体分成三个部分。第一部分，1～6卷，记内蒙古6个盟、24个部、49个旗的地理（包括自然地理与人文地理）。第二部分，7～10卷，记外蒙古喀尔喀四部的地理（包括自然地理与人文地理）。第三部分，11～16卷，散记在今宁夏、新疆、青海诸省境中之杜尔伯特、土尔扈特、和硕特诸部所在地的地理（包括自然地理与人文地理）。张穆在书中引用了极大量的资料，包括二十四史、特别是辽、金、元史，各种稗史，碑碣方志，康、乾征讨后所编纂的多种《方略》，以及他“梯队”中人（如沈垚）研究的成果。可以看出，在写这部书的过程中，他是动用了自己生平极大的功力与积累，绝不是泛泛之作。但是在这里也须说明，他所凭借的仅仅是书本上的谨严，因为他没有一一目验亲历的条件，这种亲历和目验，只有遣戍的臣子和征讨的大皇帝才能具备。

在这部书中，张氏著录了一些游牧地区的生产和生产关系。如乾隆时在新疆奎屯河设淘金厂，各厂金夫粗计共约1223名，每月纳课金36两6钱。[③]乾隆

① 祁寯藻：张穆《蒙古游牧记》序。

② 祁寯藻：张穆《蒙古游牧记》序。

③《蒙古游牧记》卷15。

时在喀喇乌苏屯田5400亩；在庆绥城有84户，种2520亩，纳粮142石零。[①]记阿拉善旗，有开垦成熟地1190顷，由旗向民人收租，这又是一种剥削形式。[②]内蒙科尔沁部主部十旗康熙时贡纳制是“十二九”，即羊108只、乳酒108瓶，余旗按“九九”，即81只、瓶。乾隆时改按小札萨克征纳，每札萨克进羊1只、乳酒1瓶。[③]这些都反映了草地上牧民中的剥削与被剥削关系和粗略数字，看来较之内地稍显松散。此外，书中还著录了一些鸟兽草木虫鱼之类的事，如外蒙和新疆，都有一种白莲，与内地莲花略同又稍异。在科布多，到处可以看到鸟鼠同穴的现象，不是甘肃渭源所独有，“方午，鼠蹲穴口，鸟立鼠背，蒙古人谓雀为鼠之甥”，[④]这极富有民俗学的意味。

除此之外，张氏在书中还考订了一些地名。例如，元之鱼儿泺与辽之鱼儿泺名同而实异，两个鱼儿泺各在相距遥远的方位。又例如镇海既是元代一个人名，也是一个城名，在这里设置了较大规模的屯田。史书中又往往将镇海转曰称海，但如再转为青海，则误矣。再例如，元都和林，《元史》记太祖十五年建，是不确切的；实是太宗七年所建，作万安宫，有耶律铸诗注可证。[⑤]书中此类事例甚多，在此不及一一备举了。

三

张氏自叙其写《魏延昌地形志》的缘起，说：

> 穆初读《水经注》，即谋博征典籍，撰为义疏。黟俞君理初教之曰，“是当先治地形志”。取而读之，苦其芜乱。大兴徐丈星伯敏（叩）以（魏）《志》分卷之由，亦茫无以对。单心钩稽，退写为图，图成始恍然曰，“此非北魏之志也”。……[⑥]

现在研究生喜欢讨教治学方法，其实如上引一段，治学方法的启示就很

①《蒙古游牧记》卷15。
②《蒙古游牧记》卷11。
③《蒙古游牧记》卷1。
④《蒙古游牧记》卷13。
⑤《蒙古游牧记》卷7。
⑥《魏延昌地形志》（抄本）自序。

多。兹一一分析之。第一，张氏读《水经注》，就企图写一种“义疏”出来，这就是企图将这一部历史地理巨著再进一步把材料加多、精确度加大、使其价值更高，这本身就是一种选题行为，也就是设置了一种科学研究规划。并且，拿抄本《延昌地形志》“司州”部分来印证，这个规划在一定程度上也是很好地实现了的。第二，俞正燮像个导师似的（他比张穆大30岁），指点他说，作为准备程序，要先研究研究魏收的《魏书·地形志》。先读什么，后读什么，一般说这是论文导师的职责之一。这一指点，就把张穆引到《地形志》方面来了。第三，张穆面对魏收《地形志》，发现问题：就是“芜乱”，理不出头绪来。他使用“按志制图”的方法，打开了这个僵局。我也经常对我的研究生说，“画一个图，做一个年表，问题就出来了”。张穆画出图来才恍然大悟，这是东魏的沿革，不是北魏的沿革。从这《志》中，拓跋珪、拓跋焘开疆拓土的迹象无所反映，元宏迁洛的局面也无所反映。本来，魏收自己也声明过“录武定之世”“据永熙绾籍”，就是说《地形志》是以532～534年和543～550年的记录写下来的。时间很晚了，不足以表达北魏拓跋珪、拓跋焘、元宏时代的规模。第四，张穆从科学性的不确切，联想到魏收的政治品德问题。魏收为什么按东魏、高齐的情况来写北魏的《地形志》呢？显然，他有意取媚于即将篡魏的高洋政权，才把全国政治中心不写在洛阳、不写在平城，而写在邺。为了政治上的取媚（或者不敢不取媚），把北魏的宏大歪曲了，把它写的狭促了，丧失了科学的确切性。所以张穆把“司州”不写在邺，而写在洛阳；并对平城一带州、郡、县设置进行了精心的钩稽和重新的安排，何秋涛在恒州目下加按语说，“恒、朔诸州，皆石翁凿空而成，精力尽见于此”。[①]对于魏收的《地形志》说，张穆的工作，可以说是一种拨乱反正。

假如我们拿魏、张两家的《地形志》进行对读，那将是十分有趣的。可以看到当时州、郡、县的设置是十分混乱的，再没有户数口数的限制，一个大郡可以领二十余县，一个小郡可以没有领县，徒具郡名；随着军事和政治的需要，可以把郡县随意归并和割裂；西北地区的郡县，更是紊乱和若明若昧。据闻，劳干先生在海外曾对魏、张两志，再行订补，结果如何尚不知。总之，无论从正面还是反面，对读魏、张两家《地形志》，都会是满有收获的。此外，在对读两《志》过程中，我们还可以从今河南南部、湖北北部、安徽、江苏北

①《魏延昌地形志》（抄本）总目。

部地区中当时一些州、郡、县的设置和裁撤中，看出北朝力量的向南扩展，南北大一统正在孕育之中。

四

让我安排如下的一个表：

祁韵士（鹤皋）	山西寿阳	1751～1815	65岁
俞正燮（理初）	安徽黟县	1775～1840	66岁
徐　松（星伯）	直隶大兴	1781～1848	68岁
王　筠（菉友）	山东安丘	1784～1854	71岁
程恩泽（春海）	安徽歙县	1785～1837	53岁
祁寯藻（春圃）	山西寿阳	1793～1866	74岁
许　瀚（印林）	山东日照	1795～1864	70岁
沈　垚（子敦）	浙江乌程	1798～1840	43岁
何绍基（子贞）	湖南道州	1799～1870	75岁
戴　熙（醇士）	浙江钱塘	1801～1860	60岁
张　穆（石州）	山西平定	1805～1849	45岁
何秋涛（愿船）	福建光泽	1824～1862	39岁

这一组人，生当鸦片战争前后的同一个时代，年龄差距最多不过60多岁，他们中主要一部分是中过进士、做着官、兼当学者的；另一部分则是“穹儒”，平生不过为人作幕、或教教书，是专治学问的。他们真是来自五湖四海，为了共同兴趣（西北史地、文字训诂、书画）走到一起来了。在他们生活的时代中，学术界也是有着歪风的，沈垚说，“都中考订诸人，以毁诉争名誉，而自谓能文者，又以富贵贫贱为予夺，此等倾轧恶薄之习，乡党自好之士所不为者，士大夫公然行之。文章本小技，无关天下之大故，而习俗如此，亦可为痛哭者矣。”[①]但他们这一组人却能贵不骄贱、富不厌贫、濡沫相染、生死相济，如沈垚卒，张穆为殡棺野寺、哭奠成礼而去；如张穆卒，何秋涛为之整理遗稿，在行间严肃地写上“以上为石翁原稿，以下为秋涛所补”字样，令后人读之，肃然起敬，唯不知剽掠他人果实者读至此作何感想耳。他们也经常聚会，

① 沈垚：《落观楼文稿》卷2《与王藤轩书》。

如某次徐松在陶然亭宴请同好，沈垚记其事曰：

> 天气晴和，微风散馥，酒酣以往，书扇作画，哦诗联句，读曲蹋歌，极其兴之所至，可谓乐矣。夕阳将堕，客犹未数，垚先归，步出亭，清风扼于疏木，恍若鸾凤之音自天而降，不觉胸中郁滞，一时消融顿尽，而心之灵明，又以虚而将有所受：夫乃叹胜地良辰，友朋会集之不可少也。[①]

在这组人中间，专门治学问且与张穆关系最密切者，当推沈垚、俞正燮、王筠；许瀚也不排除。沈垚是自浙江跑到北京来给徐松帮忙的一位寒士。当他在浙江考乡试的时候，许瀚正在主考幕中，当时大家惊诧沈垚这本卷子很别致。张穆说他的特征是"三反"："生鱼米之乡，而慕羊嗜麦；南人足不越关塞，而好指画绝域山川；笃精汉学，而喜说宋、辽、金、史元事。"[②]这种特征也是时代特征。试看以后的王国维，不恰好是更成熟宏大的一位沈垚吗？他年寿很短，但留下的几篇文章，如《六镇释》、《西游记金山以东释》、《漳南滗北诸水考》却在西北学的开创史上留下了磨灭不掉的脚印。俞正燮年长于张穆30岁，张穆说："穆颇多请益，理初赏之曰，'慧不难，慧而能虚，虚而能入为难'。因与订交。穆礼事之，尊为先生，不敢与齿也。"[③]俞正燮是个博学、面子很广的人，也兼治西北史地。王筠是治文字学的，当时文字学的两部大著，其一是桂馥的《说文义证》，其二是段玉裁的《说文解字注》，王筠在两部大著之后，又写了《说文释例》和《说文句读》。当时《解字注》的权威性很高，但张穆评论说，"瑕瑜所在，夫自有真读者，以无主之胸，浮游遇之。"[④]对王筠的成就并不菲薄。他有一首替王筠祝六十寿的长诗，说："俞君黟大儒，精博兰陵荀。许君起日照，家法汶长遵。最后得安丘，投分俞、许均。安丘与俞许，谊亦昆弟亲。说解十四卷，研寻三十春。未及俞之大，已兼许之醇。"[⑤]从这里可以看出，他们经常进行相互间的学术评论，这种评论对于切磋琢磨、互相推进是有很大帮助的。试看，这不是一个很好的科研集体、一个很理想的"梯队"吗？

---

① 沈垚：《落观楼文稿》，卷2《陶然亭燕集记》。

② 张穆：《落观楼稿序》。

③《㬥斋文集》卷3《癸巳存稿》序。

④《㬥斋诗集》卷3《述怀感旧六十韵为老友安丘王贯山先生寿》。

⑤《㬥斋诗集》卷3《述怀感旧六十韵为老友安丘王贯山先生寿》。

邢澍的生平及著述
——兼论金石证史的作用和局限

一

在清朝乾隆、嘉庆年间，甘肃出了两位为全国学术界承认的有成就的学者，其一为武威张澍，其另一为阶州（武都）邢澍。邢较张出生为早，二人中进士年份前后相距九年；而张的学术声誉则较邢为高。观清末张之洞《书目答问》末附《姓名略》，将有清一代学者分十二类列名；黄宗羲、顾炎武均列名六类之中，张澍列名三类（经学家、史学家、金石学家），邢澍则仅列名一类（金石学家）。换言之，邢澍为学术界公认在以金石证史方面有成就的学者（自然，实际上不限于金石学）。两年前，余尝撰《张澍的生平及其著述》一文，今又愿就邢澍之事有所论述，写为此文，以与前文共为姊妹之篇。

邢澍字雨民，号佺山，阶州人。生于清乾隆二十四年（1759），61岁后归里，而卒年竟不可知。天水冯国瑞为之辑录《守雅堂稿辑存》，列在《慰景庐丛刊》之二，附有《事迹考》一篇，假定其最早当在道光十年（1830）逝世，故年寿当在72岁以上云。邢氏21岁中举人，32岁中进士，与著名学者洪亮吉为同年。中进士后则在浙、赣二省做官，自知县至于知府，历浙江永康、长兴诸县与江西饶州、南安两府，在长兴任达十年以上，并四次调充浙江乡试同考官，故与浙省关系较深。中年以后，居家秀水（嘉兴府治），50岁，曾返原籍扫墓；61岁又回籍，终老故乡。地方志中说他回籍后“沈静寡营，著书自娱”。平生藏书甚精，卷数一说为万卷，一说为三万卷，多在秀水，及身已渐散失。他平生一面做官，一面做学问，洪亮吉为他的《松林读书图》题诗，中有句云“曾闻哲人训，仕学本同贯”，意思是说做官和做学问是可以不矛盾的，可以大堂审理案件，后堂潜心著述，而不相悖。而邢澍做官较张澍稍稍顺一点。长兴的人一直讲他是一位清官。

邢澍的学术路子，自然是考据，是所谓清代的“汉学”。试观张之洞《书目答问》末《姓名略》的安排是有章法的，在“经学家”类中又分两类，一曰“汉学专门经学家”，一曰“汉宋兼采经学家”。根据我个人的体会，前者是强调感性材料，强调归纳法的；其末流往往于株守汉学残垒，烦琐考证，“只会吃桑叶而不会吐丝”。后者将感性材料与理性思维并重，归纳法之外亦运用演绎法，在学问中讲一个“通”字，“浙东学派”属于这一类，黄宗羲、全祖望、章学诚走的是这条路子。前一派“专门汉学”自然要推顾炎武为开山，但朱彝尊、钱大昕实为将学问越做越细者的代表人物。朱、钱二人均嘉兴人，地属浙西，故在文史学传统上，“浙东学派”与“浙西学派”素来有所区别。邢澍与钱大昕交谊甚好，在秀水买宅又正是朱竹垞的故居。钱大昕一派讲究多藏书、多读书、锻炼自己的考证辨识的本领，在别人看不出问题的地方能看出漏洞来。钱氏在读了邢澍一篇小文《跋晋书束晰传》之后，曾有答书（见《守雅堂稿辑存》文集卷二，页十四），引他人诗句云：

> 观书眼如月，罅漏靡不照。

这正是他们这一派所提倡的风尚，而邢澍在做学问上正是走的这条路子。

二

邢澍平生所积累的小考据文章定不在少，但今存者仅《守雅堂稿》中寥寥的几篇，兹检其有代表性者数篇作为示例，说明邢澍的学术风格特点。

他有一篇《桓水考》，考证落实古桓水的所在。桓水之名，初见《尚书·禹贡》，其原文文段如下：

> 西倾因桓是来，浮于潜，逾于沔，入于渭，乱于河。

在这段古老文字中，不是处处都成问题的，河是黄河，渭是渭水，沔是汉水上游，潜是嘉陵江，这都不成问题。只桓水历来都说不清楚，考据家“如月”的眼睛就盯在这个“罅漏”上了。首先，“桓”是不是一条水的名字，也有纷歧。马融说是水，郑玄却说是“陇坂”，可见郑玄也出很大的错谬。班固承认桓水是一条水，却又说流到南海去了，这又不对头。南宋的薛季宣又别立新说，说桓水出自西倾山北流，流到黄河里去了；这样一条水是有的，殊不知却是洮河。到清朝胡渭《禹贡锥指》、顾祖禹《方舆纪要》虽然解释的清楚一些了，但都未指名其为今之白龙江。独邢澍居家阶州，白龙江近在家门，他“求之目验而信，证之经文而合”，做出了桓水是白龙江的精确判断。他在另一篇小文《武阶备志序》中曾说，“舆地之学，非多阅古今书不能也；阅书多矣，非身履其境，参互考验，仍不能也”，这跟顾炎武所说搞历史地理学，不仅要“求之于典籍文字之间”，还要“稽之于道里徒步之下”（见《天下郡国利病书》“山西”部分），是共同的见解。

他又有一篇《跋晋书束皙传》揭露唐初人所修《晋书》喜采小说家言，往往涉于无稽。他举《束皙传》为例。束皙就是参加了整理汲冢竹书的那个人。传文说，有一天司马炎问臣子们三月三日到水边去修禊用的曲水流觞，是怎样一种礼俗？有一臣子挚虞说，有人生三女，三日皆死，故到水边去祓除不祥。司马炎听了不很愉快。束皙为了讨好皇帝，就捏造说，周公建洛邑，因流水以汎酒；秦昭王置酒河曲，见金人奉剑，“曰，令君制有西夏”。司马炎这才高兴，并把挚虞贬为阳城令去了。束皙之言尽是些不可靠的话，但《晋书》却都纳入了。邢澍论证说，祓除不祥是远古的礼俗；而“流觞曲水”（像《兰亭序》中所说）则是晚出的。《周礼·女巫》、《韩诗·溱洧》、《论语》“浴乎沂”都是记载了一种远古礼俗及其遗存；而周公和秦昭王的事，则《史》、《汉》甚至《文选》，均未提及，仅出于《继齐谐记》这样一种笔记小说。邢澍还要写一本《晋书辨惑》的书（实际未写）。钱大昕读了此文，深为赞赏，并又胪列了《晋书》中记载州郡的错乱。所有这些，对初学历史科学、初学史料整理的后辈，能够启发他们擦亮眼睛，在搜集资料时不可盲目从事，正如傅青主曾说，“不仅不为今人瞒过，亦且不为古人瞒过”。史学工作者，是要锻炼这种本领的。

他还有一篇小文，题名《跋王昌龄诗》。很多诗选，都说王昌龄是江宁人，其根据是《新唐书》。其实这是不确切的，他不过在江宁做过“佐贰”的“尉”官。《旧唐书》和《全唐诗》一前一后都说他是京兆人。在这种时机，怎样来辨别孰是孰非呢？邢澍采取的办法，不是在新、旧两《唐书》间执行“非此即彼”的排中律，而是深入到王昌龄的诗文集中，发现“故国之思，皆在兰田、霸陵间”，而于东南则无所惓惓。以此作为充足理由，判断王昌龄为江宁人的说法，是有错误的。

以上，在于说明邢澍的学术路子是钱大昕“浙西”一派讲究“精”和“细”的一路学风。

三

邢澍以精细的考据作为根基，其主要发展的一支，则在金石学方面。

大体说来，“金石学”就是中晚清时候文物考古学的一种名称。此时，这门学问尚处在综合阶段，金文、甲骨、简书等分支尚未形成，而当时主要指碑版，用碑版内容与史书相互参证，清中晚季蔚然形成大风气。我们说，碑是实物，硬碰硬的，故从道理上讲，它比史书可靠。这是唯物主义原则在对待史料问题上的态度，但又不可绝对化。碑虽是实物，但其出现是个别的、零星的、不成系统的，或者说不是自明的；又，碑虽实物，不经人们主观意志的渗入，但著碑文之人会产生误讹和偏见；不正确和主观的因素，仍是不能尽情排除的。故我们说，碑版证史的价值，不可以像晚清人那样无限地拔高。

窃尝取赵万里氏所著《汉晋南北朝隋墓志辑释》一巨书为例，进行过一些探测。发现六百多通墓志之中，倘非谀墓之文，亦多秀才买驴、书卷三纸、未有驴字。其中在大关节目处对历史确可起助证作用者，以敝见所及，不过两通。其一曰北魏《奚智墓志》，其二曰隋《张通妻陶贵墓志》（见赵书“辑释”卷5页42处与卷8页86～87处，“图版”编号为207与394）。前者所可助证者，为氏族分解时，血缘纽带之作用逐渐减弱，地域纽带之作用逐渐加强。后者说的是洛阳富商张通之妻陶氏，原在西市鬻饭，饭精而价廉，因以致富；既富之后，张通舍宅为寺，又夤缘至韩擒虎弟韩增素大将军、昌乐公府中当了一名“司士、行参军”，足以助证隋唐时商业资本与庶族地主虽有所发展，但其投靠性、局限性仍然很大，不可片面强调其如何发展的一面。其余均属琐节，自然亦不能说它们对历史丝毫不起作用。至于晚清人的“碑跋”，则除其中卓越者，确可醒人耳目外，其余则不过按一“成套”，先勘碑主籍贯名号，再勘世系爵位，再勘官位及地理设置，终于谈谈书法，扯扯别字，如“安昌”之应为“昌安”，“光明殿”之应为“明光殿”，以及几个“泰州”、几个“秦州”而已，晚清金石学的现场情景，以敝见所及，不过如此。

邢澍生当有清中叶，清代金石学尚在滥觞之时。他与他的朋友孙星衍合出了一部书，叫《寰宇访碑录》，在社会上颇为流行。此书刊于嘉庆七年（1802），凡十二卷。孙星衍的序文，说明了成书的经过。开始，邵缙涵在“三通馆”工作，下命令叫把天下石刻、拓片，尽送三通储备参考。拓片送来，邵缙涵自然派胥吏录集成书，并别录副本一份，赠送给孙星衍，孙星衍为官作幕，周游四方，对邵本多所增益，渐至倍闻。后来“归吴下，获交邢明府澍，出以相质。明府博学洽闻。藏书万卷，复据筐箧所有，补其不备，删其复重，乃始成书，刊以问世”。足见此书是集中了邵、孙、邢三人的精力而成，邵在中央，有征调大权；孙在地方，经历甚广，可以尽量目验实物；邢再利用参考书，起一种“责任编辑”的作用。这部书之所以在当时非常风行，由于它是金石碑版之学在当时最精确的一份目录，起一种“索引”（“引得”）的作用，指示门径，使治学的人得知什么地方有块什么碑；虽未录文，但已正目。

在《寰宇访碑录》刊刻后七年（嘉庆十四年，1809年），邢澍又以他自己名义著成了《金石文字辨异》一书，凡十二卷。这是他在纂辑了《寰宇访碑录》之后，由“博”返“约”，在碑文文字（主要是字形）方面的一宗研究成果。目前我们见到的只是抄本。读了邢澍这部书，在我个人说，获得了如下的一些启发。

字，孳也，不断孳乳，越孳乳越多。但在这个孳乳过程中，有着互相矛盾的两种倾向。一种倾向是嫌字的含义不够分支化、严格化，故又创新字以补此不足。如英语中狗除dog之外，尚须增益小狗puppy与母狗 bitch等。另一种倾向，嫌某些字自篆隶衍为正书过程中笔划太繁，故进行简化（请注意：简化字古已有之，如“餘”作“余”、“無”作“无”、“幹”“乾”作“干”、“萬”作“万”、“漆”作“柒”、“禮”作“礼”等）。故我国的字，在由篆书经隶书向“正书”（即楷书）衍变过程中，紊乱现象特别显著，而此一点在中古碑版中能得到最好的印证。

有些紊乱，几乎是令人不能谅解的。如“豐”与“豊”之乱、“蛾”与“蟻”之乱、“士”与“土”之乱、“阳”与“羊”之乱、“敞”与“敝”之乱、“升”与“斗”之乱、“福”与“富”之乱、“逮”与“遂”之乱，酿成这些紊乱的原因怕是多方面的，有的与字声、字形邻近有关，似乎多少可以谅解；而另外一些紊乱仅仅是由于对文字的不严肃、不谨慎而出现的，如草头与竹头间之紊乱（“管”与“菅”之乱、“簡”与“蕑”之乱、“籍”与“藉”之乱，等)，甚至将“贰”乱为“贰”，最为典型。此种现象之所以产生，恐与篆隶向正书之衍变过程有关，与少数民族之融合亦有关。而所有这些紊乱现象，从历代碑版中反映的最为亲切。邢澍此著，对这些现象有所整理罗列。当然，此书亦有其局限性，即当时声韵通假之学尚未形成大流（至章太炎此学始大），故邢澍未能将声韵问题结合进来使文字之孳乳衍变规律更臻于深刻化的地步。

四

邢澍除金石学之外，所治学门尚多。早年他从事纂辑之学，成《全秦艺文录》80卷，又《关右经籍考》11卷，洪亮吉对此项工作曾有好评。邢氏又尝治姓氏之学。姓氏之学，为史学分支中极重要之一门，亦为极难治之一门，甘肃邢、张二学者不约而同，致力此门，但又互有不同。张澍有《姓氏寻源》等五书，学术界历来评为巨制。其所注意之重点，盖在中古少数民族的冲击与融合、近古少数民族的冲击与融合——所造成的姓氏纷乱中下功夫。邢澍注意之重点，则在上古（先秦）血缘纽带解体以来所成形的姓氏纷乱中下功夫，其所著《两汉希姓录》6卷，书未得见，未知其为抄本抑为刊本，但自其《序言》中可以窥见其宗旨。其序中云，“古者族系掌于史官，……定世系，辨昭穆”，故姓氏可稍免于紊乱；“汉兴，不复行考牲之典”，所以姓氏（特别是诸贵姓）每每“失其本系”；邢氏“执所由来昝自汉代”，故有《两汉希姓录》之著。这中间是有一点见解的。总之，邢、张二氏，虽用功著力之点不同，而于姓氏之学均有贡献，则是相同的。

邢氏又治方志之学。尝纂《长兴县志》28卷，又尝赞助其乡人吴鹏翱（字云逵）著成《武阶备志》一书，凡21卷。但不论如何，邢氏在方志方面的成就，显然较张澍为逊色，无论从数量上或质量上，均可得此结论。邢氏亦治辑佚之学，尝辑《尸子》、《孙子》、《司马法》等书。据云又治天文之学，尝有《十三经释天》之著，惜乎今已不传。

邢氏之诗，全部未见，仅见其《南旋诗草》。大体张澍为诗，每多诘曲之句，但诗味较深较浓；邢澍之诗，流畅居多，而诗味则较淡薄。以上所言，为邢澍金石学主干成就以外的其他成就，草草言之，恐不免于挂漏与浅薄也。

丝绸之路上两大国
——伊朗和中国历史的比较

我为什么单单拿伊朗史来与中国史进行比较呢？这是因为有些国家与国家间的历史容易构成为比较的对象，另外一些国家则否。例如日本，与中国一海之隔，且日本文明带有很浓厚的中国影响。但在日本史与中国史间进行比较却有困难，原因很简单：脚步的调子不同，例如日本史上奴隶制阶段就不明显；再例如它的封建制也和中国的不相似，属于不同的模式；譬如它的“幕府”，在中国史上拿什么来比照呢？等等。伊朗史则不然，它与中国史之间有不少同步现象；自然也有不同步的现象。什么是“同”？词典中说，“同步，是指两个或两个以上的量，在变化过程中保持一定的相对关系”。“相对”有时也作“恒定”，这自然是指在物理学方面的现象而言的。但我们能不能移植到历史中来呢？试试看吧。

举两个例子：一个说明相当严格的同步，一个说明严格的不同步。前者是指，伊朗和中国之沦为半殖民地几乎很明显是同步的，都在1840～1848年这段时间，并且都伴随着一场国内的农民大起义，中国是太平天国，伊朗是巴布教徒的起义。为什么这么同步？原因之一怕是与西欧资本主义东侵的脚步也是同步的有关。至于伊朗与中国间的严格不同步，是指现代史。中国60年来发展起共产党的强有力的领导，领导人民打胜日本帝国主义，打赢解放战争，建立人民共和国，又领导搞“四化”，使中国腾飞。伊朗有没有共产党？我缺乏研究。但肯定没有像中国共产党这样在人民中具有强有力影响的党。在伊朗，自从1979年巴列维王朝被推翻之后，一直在宗教首领（大毛拉和普通毛拉）的领导之下。这与中国怎样构成比较呢？这不免属于“涉外”的问题了，此处不谈。但作为历史学术问题来研究还是可以的。我认为，伊朗知识分子的分野与中国知识分子的分野截然不同，这是一个很重要的因素。伊朗近代史上的知识分子，几乎一半跑到宗教阵营，研究神学并从事宗教职业；另一半趋于相当深刻的“西欧化”。中国知识分子则不然，“封建”这张皮很早就被中国知识分子认识清楚是“附”不得了；“西欧化”的知识分子有一点，但比重微小。中国人绝大多数又是以不相信任何宗教著称于世界的，而当时马克思主义真理传入了中国。所以，广大知识分子选择了马克思主义这条道路，是中国近现代史的重要特点之一。从此，中国现代史与伊朗现代史就表现为明显的不同步了。

以上，仅是选取两国近、现代史上的同步现象与不同步现象来对“同步”问题做了一些说明。而本文的主要旨趣则在于，就丝绸之路上东、西方两个大国——中国和伊朗之间在古代、中世纪史上做一些比较。

请允许我先做一些最一般、最浅近的比较。伊朗版图大体165万平方公里，中国960万平方公里，中国大体上比伊朗大6倍。伊朗人口大体3744万，中国10亿。中国人大体比伊朗多30倍。此其一。中国是多民族国家，汉族之外有蒙、维、藏、回等数十种大小少数民族。伊朗也是多民族国家，波斯（古称法尔斯）人之外，有库尔狄斯坦人、路尔人、巴赫狄亚尔人、俾路支人、阿受培疆人等。此其二。中国从传统上有南北之别，秦汉时北方比较发达，唐宋以来南方比较发达，无形中形成南方人和北方人的差别。伊朗从传统上就有东西之别，中隔达式特·依·卡维儿和达式特·依·路特两大沙漠，西方受希腊、罗马、古代东方影响较重，东方受斯启泰影响、马其顿影响、贵霜影响、突厥以及蒙古影响较重，且东方始终以游牧为主，无形中形成东西的差别。此其三。

现在，要说一些主要方面的比较了。我发现：中国历史与伊朗历史（指古代中世纪），都以一些整方整块的朝代（形象点说像儿童们的积木）联合在一起而构成，像两堆积木，这一堆中的某一块，恰好可以跟那一堆中的某一块形成对照，只是在前后上中国大体晚二三百年。举一个最鲜明的例子，伊朗史上中央集权的专制主义形成于大流士之时，暂定其年代为公元前521，中国尽人皆知形成于秦始皇，其年代为前221，伊朗比中国整整早300年。这中间怕也有缘故可寻。中国殷周之时，其周边缺乏比华夏文明更高、或者即便不高至少也比较文明的力量。当时中国周边，都是所谓戎狄。伊朗则不然，按其西方说，有巴比伦、亚述、古埃及和古希腊。它们之间的战争，有相互间的征伐，征伐之中就夹带着文化的交流，其中自然包括生产工具和生产技术的交流。伊朗当时的历史脚步比中国快些，其根源是不是从这些方面去寻找。并且，我还常常这样想，假如把我国的古史分期问题、中国历史划阶段问题，拿伊朗史对照进来考虑问题的话，事情将会是越考虑越有意思，并且会越有成果。

伊朗历史上的第一个著名朝代是阿契门尼德王朝（Achaemenids）（“契”，有人按不同读音法，音译为“赫”），这是伊朗史上所谓“名王倍出”的时代。这个朝代在中国历史上同时的朝代是春秋后期，按《春秋》以鲁国的国公纪年，所谓隐、桓、庄、闵、僖、文、宣、成、襄、昭、定、哀十二世，阿契门尼德王朝在时间上恰与“襄、昭、定、哀”相当，这正是全世界著名文化巨人孔子生活和活动的时候。自然，在阿契门尼德王朝之前，还有一个米底亚王朝，就如中国古代史上周朝之前还有夏、殷一样，“周监乎二代，郁郁乎文哉”，阿契门尼德朝也在米底亚基础上，复吸收吕底亚、亚述、巴比伦文化因素，而达成了“郁郁乎文哉”的历史段落。所谓名王倍出至少指居鲁士（Cyrus）、刚比西士（Cambyses）、大流士（Darius）、泽尔士（Xerxes）四个王（此外，还有七个王）。特别是大流士，他完成了中央集权的专制国家。在这同一时期，中国则正如孟子所说，“万乘之国，弑其君者，必千乘之家；千乘之国，弑其君者，必百乘之家”，中央集权的专制国家正在血缘家长制贵族的火并之中，替自己的诞生准备条件。步子是相同的，只是一个比另一个稍晚一些。到西汉，中国历史上不是也“名王倍出”了吗？高、惠、文、景、武、昭、宣，特别是汉武帝，给历史的震动不比大流士小。我常常这样想，拿伊朗史上居鲁士和大流士的历史段落跟中国史上秦皇、汉武的历史段落来进行一些过细的比较，一定会看出来更多的东西。

此后，在伊朗史上来了亚历山大大帝的大希腊化的征服，这件事在中国史上相当于战国后期，但在中国史上缺乏相似事件的比较。亚历山大死后，留下了塞留古的统治，之后就是偏东的大夏（Bactria）国和偏西的帕提亚（Parthians）国，亦即中国《史记》、《汉书》中所谓的安息。安息王朝在伊朗史上绵亘约400年，在时间上约略与中国西、东汉大帝国相当。但这仅仅是就时间而言的，在社会发展上说，安息已明显进入自然经济的中世纪风貌，而中国的西、东汉，则如《盐铁论》、《潜夫论》两文献所反映的，古典经济还有相当的泛滥。中国史书对安息的记载也不过是粗略的，记载有驼鸟（大马爵）、魔术演员（眩人）等，比较重要的是记载安息银币上正面铸王像，反面铸后像。一代王死，新王登极，货币则另铸而已。

伊朗史上对内对外影响最大的王朝，是萨珊王朝（Sasanians）。这个王朝在丝绸之路上的活动最积极，留下的历史痕迹最多，影响也最大。在时间上，它约略相当于我们的魏、晋、南北朝、隋。在曹操的儿子曹丕做皇帝的第七年上，萨珊朝开始了；到唐太宗李世民在位的中后朝，萨珊王朝为阿剌伯的哈里发所兼并。这个王朝，虽然在时间上与中国自然经济典型时期的魏、晋、南北朝相当，但在社会风貌上则是相当兴盛的封建社会，可与中国的盛唐时期形成对照。所以说，要研究丝绸之路，最重点应该安放在伊朗的萨珊朝和中国的隋、唐。我们这样说，是因为在这段历史中，充满着许多丝绸之路上很重要的线索。譬如，这时期东罗马的拜占廷帝国正是跨踞欧、亚两大洲之间有强大影响的一个势力，它与伊朗间发生着又冲突又联系的关系。试想：拜占廷向东的影响，中国隋、唐向西的影响，恰好是由萨珊朝的波斯来接头。此其一。再譬如，当时在中国的北方和西北方，在波斯的北方和东北方（今苏联境），正是突厥影响很强烈的时候。中国用大力抵御突厥，而伊朗在以后终究给塞尔柱征服了一个时期。突厥虽是游牧族，但它的影响在历史上还是重要的。此其二。再譬如说，当时从波斯以南海湾地区的阿剌伯，伊斯兰影响正在发生着、发展着、扩散着。伊斯兰文化是全世界几个重要文化之一。伊朗国内的人民，由火祆教信仰者、摩尼教信仰者，皈依为伊斯兰教的信仰者，也正在这一时期及其稍后，此其三。再者，正如两汉时期夹在伊朗、中国之间的大月氏在丝绸之路联系次大陆问题上起很大的作用一样，隋、唐时期夹在伊朗、中国之间的嚈哒（白匈奴），在丝绸路上联系东西方和次大陆关系问题上，也占重要的位置。此其四。统上四点，我们可以说，萨珊朝的伊朗和隋、唐朝的中国，这两个国家在这一时期的关系，以及通过这个双边关系所夹杂进来、所反映出来的多边关系，这无疑是丝绸之路研究中性质最重要、内容最丰富的课题。

在萨珊朝之后，接踵而至的是波斯周边诸族的进入。有阿剌伯统治时期，有塞尔柱统治时期，有蒙古统治时期（包括伊儿汗国和帖木儿汗国）。这些，在时间上约略相当于中国的唐、五代、宋、元和明的上半截。在历史变动的性质方面，约略相当于中国的辽、金、元。之后，正常的伊朗王朝又恢复了，有沙法维王朝（Safavids）、喀喳尔王朝（Qajars）和巴列维王朝（Pahlavi），约略相当于中国的明后期、清朝，直到民国及其以后。这段历史，在丝绸之路问题的研究上，较之安息王朝和萨珊王朝时期之所以有逊色之处，大体是由于：第一，伊朗的国势和在世界史上的典型作用有所减弱。第二，海路逐渐开通，对陆路也有所抵折。中国五代的吴越国国主钱镠作战使用的火油弹就是波斯制品而从海路运来的。第三，丝绸之路的贸易和文化交流，受了东西方各自情况的影响，也就是说，受了中国和伊朗各自本国内的这样那样的影响，不是那么地畅顺了，表现为时“绝”时“通”的状况（东汉的史书上把这种情况叫做“三绝三通”）。历史在这期间，也从中世纪向近代转进。

底下，我准备就两个比较专门些的问题，来看丝绸之路上西边的伊朗给东边的我国所带来的影响。其一是宗教的影响，其另一是商业、交换、货币，以至手工业方面的影响。

中国不出产宗教，这是个在世界史上很突出的问题。当然，中国也有道教，但那是从老、庄思想和阴阳五行家思想中摘取一些素材、又按照佛教礼仪仿制一些规格而凑成的。有些统治者（如宋代明代的某些皇帝）也颇利用它。但它究竟无法与世界上的几个大宗教相比拟。我曾经思考过为什么中国不出宗教的缘故。我是这样想的：古代人们的精神，总要有一个附著之处；古代人们的文明成果，总要有一个积贮之处吧。佛教、基督教以至伊斯兰教的创始者的国度里的人们，他们把精神文明主要附著到宗教、积贮到宗教之中去了。科学，最初是从宗教中出来。在中国，却出现了先秦诸子的百家争鸣。先秦诸子的百家争鸣，摆在全世界历史上也是罕见的，它积贮并发扬了古代中国人的精神活动成果。汉武帝定儒家于一尊，货色尽管多样，但牌子只准使用一个。这就是大大顶替了对宗教的需要。

波斯人有宗教，并且在这方面很不平凡。和释迦牟尼同时或者更早，就出现了琐罗亚斯德（Zoroaster）。他提出两个概念：“善”和“恶”。他并不强迫人们从善仇恶，他只让人们选择，这一点最耐人寻味。一位外国学者说，这是“二元论”宗教。是不是这样呢？我思考过很长时间。一元论、二元论，这是在宇宙本体问题方面的一对概念，指物质和精神。那么是不是“两点论”呢？仿佛也不是。两点论，实际上是指辩证法，也就是“正”和“反”的相反相成，属于方法论范畴。琐罗亚斯德的“善”和“恶”是指人生中间的事情。如中国的孔子讲“仁”和“礼”，又讲“仁”和“知（智）”，讲“忠”和“恕”等等，也是把概念不是一个一个、而是一对一对地摆出来，这仿佛是上古人的一种习惯。到公元后3世纪，也就是中国从东汉末到西晋初的时候，波斯又出现了第二个宗教创立者摩尼（Mani）。他的宗教，对琐罗亚斯德说，有相同（传统因袭）之处，也有不同之处。他讲“明”（光明）和“暗”（黑暗），也是一对概念。其教义的综合内容是“二宗”（光明和黑暗）和“三际”（初际、中际、后际）。这种教义带有某种斗争含义，比较容易被受压迫的人们接过去；

所以摩尼和他的宗教虽然一开始也很受波斯统治者的使用，但很快遭到镇压。据说他被白赫兰一世下令剥了皮、砍断肢体、燔杀了。后来这个教门，在回鹘人中间很兴盛，这样就很容易通过回鹘的中转，传到中国来。在初唐时候，大皇帝李世民在宗教问题上采取极为兼容并包的态度，所以史书中很多资料反映出来，当时长安（甚至包括洛阳和以后的开封），各种宗教并存，除佛教居最重要地位外，景教（罗马基督教的一派）、火祆教（琐罗亚斯德教）、摩尼教都有教堂，都有信徒。宗教是鸦片烟，这是问题的一个方面；而宗教又夹杂着文明成果，这又是一个方面。盛唐之“盛”，是由很多因素造成的，但由于对宗教的开明而夹带传播进来四方八面的文明，共同酿成盛唐文明的辉煌灿烂，恐怕也是原因之一吧。此外，宗教和阶级斗争也有关系。南宋时候闽、浙地区的很多起义，都借“食菜事魔”为社会秘密活动的组织条件，而“食菜事魔”就是波斯摩尼教在中国的繁衍和转化。

现在来看第二个问题：波斯对中国唐宋商业贸易的发达有没有、有多大的影响？

就我所知，至少有两个学者对中亚钱币有很大兴趣，不仅搜罗，而且从钱币上去追寻文字史料以外的史实。其一是巴透尔德，他是德国血缘而俄罗斯化了的一位学者，先是俄国科学院院士，后来是苏联科学院院士。他凭借钱币考证历史，在钱币年代学上很有进展。其二是我国的夏鼐先生，他对中国考古工作中发现的波斯钱币极为注意，平生前前后后写了不少长篇和短篇的考证文章。到目前为止，人们总括这方面的积累，报道说，波斯银币在我国已发现1174枚，发现地点分布面很广，由陆路来者，计有新疆的乌恰、吐鲁番及西宁、西安、洛阳、太原、定县、陕州（三门峡）等地，由海路来者，计有广东的曲江和英德等地。发现情况，除少量银币用于噙口遮眼和装饰之外，还有较大量贮存的痕迹，如西宁之76枚，乌恰之947枚，这就很容易使人联想到贸易的问题上来。例如，河北定县也是发现了波斯银币的地方，而恰恰《太平广记》中就有一条材料：

> 唐定州张明远，大富。主官中三驿。每于驿边起店停商。专以袭胡为业。资财巨万。家有绫机五百张。远年老，或不从戎，即家贫破。及如故，即复盛。（见《太平广记》卷243“治生”类，注明引自张鷟著《朝野佥载》卷三）

这是一条常见的材料，但很多人不敢使用，主要是“袭”字难于训义。袭，可以是袭击之意，也可以是衣装制作之意。但在训义之外，也可以进行综合分析嘛。（自然，罗素说，“分析不是曲解”。这句话很值得我们警惕。）张明远此人是双重职业，一方面负有“戎”职，且主持三个官家的接待站职务；另一方面，私营商业、私营旅店，以及手工业工场。并且戎职与商职间有连带关系，不兼戎职商务就萧条，重干戎职商务就又兴盛起来。无论戎职或者商职，对象都是“胡”。胡这个字，在汉语中所指很广泛。此处，可能是突厥。但从苏联考古界认为粟特商人曾远到贝加尔湖以东考虑，定州方面的“胡”，也不排除中亚人，特别是“绫机五百张”一点，引起我们联想到中国和中亚在丝织业方面产品的交换和技术的交流。唐代杜佑的侄子杜环在《行记》中不是也记载有中国河东（山西）机工在撒马儿罕服务吗？

近来有一个很可喜的现象，即一些在苏、杭地区从事丝织技术的工程师们，他（她）们也参加到了对新疆吐鲁番地方阿斯塔那、哈喇火者等墓葬中出来的丝织品残片的研究工作中来了。他（她）们从平纹织和斜纹织、经线起花和纬线起花等方面，在检定中国丝织习惯与波斯以及中亚等在丝织习惯间差异和相互间的因袭关系，这些工作的意义都是非常重大的。我国新疆龟兹等处织绵，一直用丝绵纺成经纬，比中原的经纬线粗壮，也形成为一个特点。

这就使人牵连地想到我国历史上的资本主义萌芽问题。资本主义萌芽问题是我国历史上的重大问题之一，它的主旨是研究中国后期封建社会是如何分解的，人们如何分解为富人与贫人，人们又如何分解为农业的小生产者和手工业的小生产者，又如何分解为农业、手工业中的雇佣者和被雇佣者。但过去有的人以刻舟求剑的办法来对待，一定要定点和划线，如有人定在唐代定州的“绫机五百张”，有人定在宋代湖州南浔镇的丝织工场，有人定在元末明初杭州的“日佣钱二百缗”，等等。我认为，定点划线不一定合适，资本主义生产方式的萌芽，封建社会的分解，也像潮汐一样，不是一次完成，而是一轮一轮的，有涨潮也有退潮，上述的一些点不过是几次明显涨潮的标志而已。把多少次潮汐联在一起，才能够看出来封建社会解体的总历程。现在，话归本题，丝绸之路上从西亚、中亚来的影响，自汉唐至于元明，对我国资本主义的萌芽是不是带来刺激呢？肯定会带来的。刺激的程度如何？频率怎样？这就是一直还不曾研究出来的内容了。那么，缘着“绫机五百张”和贮币947枚等线索，是完全可以、并且应该探索下去的。

杂文

论哲学遗产的具体意义与抽象意义的区分

——对冯友兰先生一些看法的商榷

1957年1月8日《光明日报》上刊载了冯友兰先生的一篇文章，题名《中国哲学遗产的继承问题》。这文章的篇幅虽然比较短，但接触到的问题是不少的，并且问题的性质都很重要，冯先生能“大胆”地提出来，与“百家争鸣”的精神是十分符合的。

关于冯先生文章重点的第一点，在我国近数年来的哲学史教学和论著中，否定过多、继承太少的现象，是存在过的（自然也存在过继承太多、否定过少的个别现象），因而纠正一下这些偏差，是需要的。关于冯先生文章重点的第三点，即关于哲学思想中是不是存在有为一切阶级服务的成分问题，也非常值得讨论。自从斯大林的著名的关于上层建筑的定义及其性能的说明刊布以来，在加强哲学和历史工作者阶级立场的坚定与阶级分析法的坚持方面，起了不可估计的指导作用；但对于上层建筑的多样性与复杂性，有时这定义会感到每有不敷应用之处，从而时时引起人们希图予以补充和发展的要求。但经典著作的补充和发展，又不是一桩简单的事。冯先生提出来，留待大家考虑，集中群众智慧把问题再向前推推看，是非常必要的。根据我个人的看法，斯大林的定义和日丹诺夫的名言，都是着重在批判处于两种敌对阶级观点立场间的折中主义的，“矫枉必须过正”。而继他们之后，教条主义者们把这些定义和词句拿去搬弄，就不免更加僵硬化了。至于冯先生文章内容重点的第二点，即传统哲学中同一哲学命题可以有具体的意义和抽象的意义，关于这个问题，我可以说，这类的迹象在我个人从事研究与思考的过程中，也是跟冯先生有着极相类似的遭遇，但在对于这种极相类似的遭遇的解释和理解方面，却与冯先生有着差别。我总以为，把这类现象简单地理解作具体意义和抽象意义的区分，未免有些抽象与不能令人很好理解之处。在我看来，哲学史上这类现象之所以发生和存在，是由于有着不同的（甚至是敌对的）阶级利益的不同的（甚至是敌对的）阶级对于同一哲学命题之互不相同的解释。更简括些说，在冯先生看来，这是同一事物的两种不同作用；在我看来，这已不是同一事物，而是在同一或类似的语言文字的形式（外壳）中所包括着的两种不同的事物（命题或遗产）了。我们之间的差别点，似乎应在这里。

为了更详尽地说明我对冯先生看法的商榷，我愿结合自己所遭遇的事例来说明问题。冯先生在他的文章中举了六七个例子。我这里只举两个，一是明代的“王学”及其分化，另一个是我国中古时期阶级斗争中所表现的宗教的分裂。

王阳明（守仁）哲学思想体系是继朱熹哲学思想体系之后的我国近古期（封建社会分解期）最重要的两大哲学学派之一。由于明朝专制主义政治上层建筑的作用更加强了，“朱学”成了对政权依附性更强的一种思想体系，于是“王学”代之而兴。但“王学”是怎样兴起来的呢？它是在正德年间遍地有着农民起义的烽火、更兼以统治阶级内部尖锐矛盾的情况下发生的。王阳明的思想方法的提高，是从他镇压广西大藤峡少数部族人民的起义，江西南部大帽山、横水、桶冈和浰头的若干农民起义，以及不久后镇压明朝贵族宁王朱宸濠为首的统治阶级内部叛乱的这些实践中，获得来的。革命实践，可以提高革命哲学——唯物主义的修养；相适应的，反动的实践，也可以提高唯心主义的修养。假如朱熹哲学思想是在“今日格一物，明日格一物”中提高，那么王阳明哲学思想是在今日杀一池仲容、明日擒一朱宸濠中提高了的。他的思想是明代专制主义要求集权的反映，是专制主义要求集权而若干与资本主义萌芽不无关连的精神地主们又要求地方分权间矛盾的反映，是所有劳动人民与各种剥削阶级矛盾尖锐化的一种反映。在这样意义下来估价阳明哲学，至少在我个人看来，是找不出多少带人民性的气息的。

然而阳明哲学却提供了一种契机。请注意，我说的只是契机。而“契机”，跟冯友兰先生所说的“抽象意义”，在我理解是不同的。无论具体意义或抽象意义，据我理解，都无法逃脱上层建筑的性能，它无法被理解作兼为不同利益的阶级而服务的东西。而契机则不同。譬如形式逻辑中的思维方法，全人类都需要它；再譬如“独立思考”，我国高等学校中在提倡，其实任何国家任何学校何尝不该提倡。但无论形式逻辑中的思维方法，无论我们正在提倡的独立思考，都不属于阶级，而是更疏远于阶级利益，更贴近到心理活动的一种活动。我所说的契机，正是这样一种东西。明朝专制主义为了加强其集权统治，为了镇压反抗和叛乱，需要加强独立思考，而这种独立思考却无意中成为一种契机，它使阳明之学转化为与它基本相反的“左派王学”。但这同一契机，又可以成为另外一种契机，使王学更加右倾，成为“右派王学”。

举例说明，张居正和何心隐（即梁汝元）是站在极不相同的（甚至完全敌对的）政治立场上的。他们中年时期在北京遇会时，即已敌对，张居正说，“尔时时欲飞，却飞不起也”；何心隐说，“此人必当国，当国必杀我”。后来，何心隐终于被张居正迫害死了。但他二人都是接受了阳明的契机。张居正接受了这一契机，使自己成为“雷厉风行”的权相，他说，“使吾为刽子手，吾亦不离法场而证菩提”。何心隐也接受了这同一契机，使自己与李贽（卓吾）成为当时思想界极端异端派的重要代表者，他曾借用了宗法公社的外壳，来试验推行乌托邦社会主义。由此可见，这是两种敌对立场、两种反对的利益对于同一契机的接受和使用。阳明的“人人可以为尧舜”、“满街都是圣人”等命题，就是由于它具备着这种提高思维能力的契机，才在哲学史上有了“某种价值”的。在“左派王学”心头和笔端的“尧舜”与“圣人”，实际上早已经跟老牌王学中的“尧舜”和“圣人”是截然的两回事体了。

底下，我再谈谈我国中古期宗教的分裂。在冯先生的文章中提到了庄子所记“盗亦有道”的事，其道也包括了圣、勇、义、智、仁等一般的道德条目。但我认为用这个例来表达问题还不十分明确，因为第一，庄子所载诸事，不一定尽属事实；第二，盗跖是传说式的人物；第三，战国时候的“盗”究系如何性质的群众活动，尚不能遽然确定下来。在我初步研究中国农民战争史的过程中，我倒遭遇到两件更典型的事，值得分析。其一，是从东晋末年孙恩、卢循所领导的农民起义中可以看出，起义的反抗者和被反抗的统治者双方都同样是“张氏五斗米”的信仰者，他们有着完全相同的教义和仪式。甚至当孙恩部队打到会稽时，内史王凝之（王羲之的儿子）还在祈祷，求鬼兵前来相助；但事实上任何神秘力量不能阻止宗教的分裂，同样武装着五斗米道义的孙恩部众终于打入会稽，把与他们同道的王凝之及其他世家大族分子予以处死了。自然，具体史料中并不曾载有这敌对双方如何给予某一教义命题（自然也是哲学命题）以迥乎不同的解释，但这种情况是完全可以想象到的。其二，是在北魏末年，在今山东、河北交界地区，出现过一种以新佛教教义为思想武装的农民起义，他们自名为“大乘”，视世族分子的佛教徒为魔鬼，号召“新佛出世，除去旧魔”，“杀一人者，为一佳菩萨；杀十人，为十佳菩萨”。《魏书》卷19《元遥传》记载说，他们“所在屠灭寺舍，斩戮僧尼，焚烧经像”。这种宗教内部尖锐分裂的情况，也是完全可以想象的。我为什么要举这两个例子呢？我的意思是想说明，在上述的情况下，把问题理解作宗教命题（亦即哲学命题）的具体意义和抽象意义，这种区分已经是十分不济事了。我们很难说明白，说孙恩、卢循是发挥并实践了五斗米道义中的具体意义。同样，我们也很难说明白，说北魏的拓跋贵族和汉人世家大族这些佛教的信奉者是发挥并实践了佛教教义中的具体意义，而“大乘教”起义者们则是发挥并实践了佛教教义中的抽象意义。在尖锐的阶级斗争面前，事情已经绝不仅是同一命题之具体意义与抽象意义的区分问题，而是同一教义中不同解释的截然分裂，是不同的（甚至是敌对的）阶级利益之尖锐抵触的反映了。

我们试进一步来探讨，这种分裂之所以可能的条件是什么呢？在我看来，任何古代宗教教义中，都有其尖锐反映奴隶主、封建主、或专制主义最高统治者利益的部分，也有其并不尖锐反映剥削者统治者利益的部分，而在这后一部分中（如五斗米道义中财富均衡思想、摩尼教教义中的明暗冲击思想，等等），就无意中替劳动人民提供了一种可以利用、使用、使之转化为自己服务的可能。这也是一种契机。这种契机，由于它不是一个体系，仅是某一体系中的个别点或个别因素，故我们不能说它带有上层建筑的性能。只有通过这种契机的联络，使得旧的命题带有了迥乎新的、革命的意义的时候，那么这新旧命题就不应该被理解作一个命题而是两个了，旧的仍是统治阶级的上层建筑，而新的则是为劳动人民服务的先进思想了。这种同样穿着旧的文字外衣的新命题，显然是带有人民性的，而这种人民性与文学遗产中的人民性正有着某种的相似之处。而这种人民性的确认，在我看来，是与上层建筑的定义丝毫不相违背的，因为它早已经从上层建筑的范围中分裂出来了。

我之所以使用以上两项例证，并不是由于我对阶级斗争事迹有什么偏好，而是只有把问题提到这样尖锐对立的场合中来，在我看来，仿佛问题的本质才能看得更清楚。总之，我在这篇短短的小文中，总是企图拿不同阶级利益对相同哲学命题的分裂性的解释来代替冯先生把同一哲学命题区分为其具体意义与抽象意义的提议。自然，我的这种新提法完全可能是错误的、更机械的、更不能说明问题的；假如那样，很希望得到冯先生和广大读者同志的指教。但我总牢固地认为，当我们开动脑筋去对斯大林和日丹诺夫的话进行更细密的补充和发展的时候，我们仍需要十分坚定地遵循他们批判折衷主义的宝贵精神，坚持马克思主义的阶级分析法。这种折衷主义，在“齐放”“争鸣”声中，也可能要企图使自己复辟，而在这种时机，我们万不可有意无意地来替它搭造一座桥梁。

从《困》卦谈起……

我也“老而好《易》”。好它的什么？第一，不好它的卜筮。因为卜筮颇能迎合人们的投机心理：碰一个好运气。其实，这是空虚的反映，效果也不会落实。第二，不好它的象数，因为象数是汉朝人精心设下的“鬼点子”，叫后代的傻瓜们去钻。三钻两钻钻不透，七钻八钻也钻不透，徒以助长神秘主义的宿命论。第三，我也搞不了“先天易”，因为搞先天易非有高等物理、高等数学、天文学、航天学的一般基础不行。而我不够。所以到头来，只能搞一点“人文易”。这就是说，第一，拿《易》和历史相印证，经常发现《易》中的道理和历史发展有不少吻合。第二，拿《易》和个人经历相印证，经常发现《易》中的道理和个人生平的起伏又有不少吻合。当然，这种吻合不是绝对的，只如南宋人杨龟山说的“髣髴”或如清朝人张尔岐所说的“影似”。但就这种“髣髴”或者“影似”，已经很够意思了。

举例说，《周易》64卦中第47卦就是《困》卦。《困》卦的前一卦是《升》卦。我经常说一个人一辈子有过五关斩六将的时候，也有走麦城的时候。《升》卦所髣髴、所影似的就是前者，《困》卦所髣髴、所影似的就是后者。拿我个人生平来说，我从30岁不到就当上大学教授，解放后步步高升，认真过了七八年《升》卦的日子。当时我不学《易》，不懂得《升》卦后边还跟着《困》卦，哪里想到在44岁前后会有山丹劳改一年的事呢？

事情是这样的，1957年反右时我还是好端端的所谓“红色教授”，奉调来到甘肃，来到兰大。一家人喜孜孜的，什么不幸也没想到。可是有两个机遇（probability）在暗暗等待我。山东反右扩大化，把我扩大进去了，揪回去批斗，押回来监督改造。此其一。兰大文科又并入师院，两单位各有各的传统，各有各的人际关系，所以当时同单位中四个大右派就单单轮上我去山丹接受

“加强思想改造的步伐”去了。此其二。

“加强思想改造”，经过30年挂零的长期反思，其实是去接受惩罚，与服刑有很大的类似。山丹三十里铺的那座“农场”，头头叫刘子卿，这个名字即便我到了阎王殿上也不会忘记，也要对他进行控诉。他本领真大，能自造政策和策略，能自造法律和法规。例如指定某三五个人，三天不准吃饭、跟班劳动。这连服刑都不如；服刑不劳动也让吃饭，这里只强迫劳动不叫吃饭。这种刘氏法规实行的结果，就有三位青年教师接连倒下了。第一位姓叶，中文系的，福建人，饿得偷吃了别人一口馍馍，挨了一顿好揍，赌气不回去睡，在田野里冻死了。第二位姓李，生物系的，带头强化劳动，累死了。第三位姓周，广东人，打芨芨草后又被派进城取铁锅，距城二里半路一跟头摔下去就死了。殷纣王的故事也许没有错，他看见娃娃过河冻得发抖，老头不发抖。我也许就是那个老头吧，三个青年死了，我这“第四号亡人”没有死，竟活到1991年迎接了对我从事学术60年、从事教育54年的祝贺会。这祝贺会，在当年参与派遣我去送命的同志们心上一定是很不舒畅的。

这就又说到了《困》卦。试看遭遇“困”运的人，屁股坐到树杈子上；窜入幽谷中三年不见人影；进退两难、满处都是蒺藜；被蔓生植物绊倒再爬起，爬起再绊倒，处在臲卼状态；他怎么办?《困》卦的“象”（“大象”）说，“君子以致命遂志”。这句话真是千金重。当年我虽还未读到、更未体会这句话，但这种精神，我却已从悠久的中华文化里学到了一点皮毛。《论语》里就有“见危授命”这句话。用白话翻译出来就是到了实在没办法、一点办法都没有的时候，就只好豁出去；但是有一条，为文化、为学术、为中华学术的初心，则分毫不变。我在山丹一年，叫我放马，我把马拴在有点水草的地方，马吃草，我读书。读的是《左传》和《国语》，脑子累了时就读《辛稼轩词》。三种典籍救了我一条命。有人会说我是“死不悔改的顽固派、反动派”；但我坚持了“见危授命”或“致命遂志”这几个字，把“命”“授”（豁）了出去，把“志”“遂”了下来，30年过后，我这“志”不是也没有谁说是“遂”的不对吗?

最近听了传达，说我们要一面防右，更重要是反“左”。我从灵魂深处拥护，这种提法，因为我亲身所受的“左”的迫害实在是太沉重了。须知上文提到的那个姓刘的不是一个人。不是一个人，我们一个人就斗他不赢，反过来他还会叫你二次进入《困》卦的。在中国，必须上头有一股大力量贯下来，也许这些姓刘的才会稍稍敛迹吧。

关于激进主义与保守主义

我拿起笔写下题目，又放下笔，反复几次。原因是至亲好友都劝我不要戳这个马蜂窝。可是我想，这不是个马蜂窝。在两股意识形态之间，摆摆事实讲讲道理，貌似折中，而实际是把问题的认识提高一步，有什么不可以的？

事情是这样的：据说，有位在大陆颇具声名的中年哲学家到美国加州伯克利定居了，写了一本书。这本书我千方百计寻找，到写文章时迄未找到，故只能靠转述。转述说，书的大意是，历史上的激进主义都没有好效果，都没有好下场，倒是保守主义还能保持历史稳步地向前进。据说还举一些例，如说孙中山还不如袁世凯，洪秀全很糟糕而曾国藩却不坏，等等。这是一派。

另一派与此针锋相对，也写了一些文章。文章虽由一个人署名，而背后显然有一个班子，有一批人。他们搜罗海内外不赞成激进主义的人（不是一小撮而是一大片），说他们是新儒家，反对激进，也就是否定历史上的革命，形成一股逆大陆意识形态的意识形态，云云。

那么，我来表态。请允许我不说哪家对哪家不对，哪家好哪家不好。那样并不能从深度上解决问题（过去多半个世纪我们简单地说yes或no，害了不少事）。我想先从激进主义和保守主义这两个词、这两个概念上来做文章。

这是两个并不精确也不严格的词和概念。近半个世纪以来，西方传媒喜爱用这两个词。如说江青是激进主义者。在我们大陆人看来，这简直是荒唐。撇开这个例子不说，我认为，这两个词的寓意是应该跟宇宙间的运动、变化、发展相伴随的。运动有渐变和突变，有量变和质变，这是东西方物理学家都不否认的。那么，我们就据此给上述两个词、两个概念予以界定。但凡在运动变化历程中需要突变或质变的情况下，却认定要以渐变或量变来顶替，不希望有突变、质变的发生主张者，那么这样的人我们称之为保守主义者。但凡在运动变化历程中不需要、或者不一定需要突变或质变的情况下，却认定一定要以突变或质变来顶替正常的渐变和量变的主张者，那么这样的人我们称之为激进主义者。

还要界定一些事情。“激进主义”与“革命”不是一个同义词，“保守主义”和“反动”（或“反革命”）也不是一个同义词。“革命”纯带褒义，不带贬义；“反动”纯带贬义，不带褒义。而“激进主义”则褒贬二义兼含，“保守主义”也是褒贬二义兼含。为什么会这样呢？因为革命中会有杂质，保守中也会有杂质。革命中的杂质，肯定是坏东西；而保守的杂质中，却不排除有些好的因素。现在，我们举例来看。

激进主义在历史上表现出来的杂质，如虚无主义、无政府主义、暗杀团，以及正规革命中出现过的“肃反”扩大化以至冒进等等。我们把这些东西叫“杂质”，意思是它们本来是不应该有的，但由于外部敌对力量的压力、内部的纷争、内部头领们在意识上所带的传统影响所起的作用，等等。试想，我们对待“革命”这个词、这个概念，应该有两方面的考虑，一方面，从抽象的角度想，革命应该是纯粹而又纯粹的，就是要把旧社会来个大改变（“旧世界打个落花流水”）；但另一方面，从实际的角度想，革命又一定需要走弯曲而又弯曲、复杂而又复杂的道路，在这一意义上，杂质又是不可避免的，就看你把杂质来排除得如何了。这就是在这个意义上，西方传媒炮制的“激进主义”这个词，才有存在的价值。所以，伯克利哲学家写文章时，就应当对“激进主义”采取既分又合、既合又分的辩证态度，而不应当把革命和杂质包成一个塑料包甩到垃圾箱里去。革命是无可非议的；在人类历史的每个段落上都是需要的。而杂质又是被人民所诅咒的。把这两件事分析开来对待好不好？

我们再来看保守主义。保守主义不是不可理喻不可想象的坏东西。把保守主义看做是不可理喻不可想象的坏东西，那还是30年前激进主义杂质在那里起作用。社会需要一贯性、稳定性，人们并不是每一分钟每一秒钟都需要混乱，那样社会将乱套，将一事无成。人类到现在有的若干成就，主要是在稳定中制成的。这就是所谓的“保守主义”之所以存在的社会根据。但保守主义也不能绝对化，一超过某个界线，它就立刻变成“反动”，这也是若干历史事实可以证明的。并且，保守主义还有另一方面，即它不仅可以转化为反动，而且还能从其体中孕育出、滋生出要求社会向前进的进步势力。所以我们说，保守主义是个“这一半，那一半”的东西。

现在，在大陆文艺坛、文化坛、社科坛上出现的旋风，说穿了是人们对杂质的憎恶，海外风吹到大陆，表面上它是与杂质相对抗，在实际上是对包含革命在内的激进主义的对抗。这当然是一种挑战，于是乎大陆意识形态起而应战。这应战本应该是保卫革命的，但不知不觉连杂质也在保卫之中了。保卫革命是无可非议的，但连杂质也在保卫之列，就不免使一部分人为之齿冷。为今之计，这两股旋风能不能中和一下？这是我的真诚的想法。

说些具体的。在文艺界，这些年鲁迅被冷淡了，梁实秋、林语堂在书店里、书摊上甚嚣尘上。有人说，这是群众的选择。但我们还要看，是什么样群众的选择，在大革命高潮时候的群众，就不会这么选择。这显然是被杂质弄得头昏脑闷、思绪上无路可走了的群众的选择。我们不能简单指斥海外风的袭来。须知，它是乘虚而入的。我们不虚，它就进不来。我们只用杂质去哺育群众，群众自然而然就要换换口胃了。

在史学界，陈寅恪几乎成了唯一的“泰斗”。陈先生对史料最娴熟，对史料最认真，这是他广泛受到崇拜的根据。但作为一位“泰斗”，他的这些条件实在不足。一个“泰斗”，必须具备领起一代风骚的力量，这一点他远远不够。他自称他的思想是在“南皮、湘乡之间”，靠张之洞、曾国藩思想，怎么举得动20世纪到21世纪12亿人口大国的史学呢？我们从他的弟子、再传弟子来看，都是些从新旧《唐书》和敦煌卷子里抠搜一个数字两个数字、一个字眼两个字眼的人物。这个气象就可以看出来了。

在哲学界，前几年冯友兰受到海内外双重的讨伐，这几年又时来运转，显然就是哲学界的“泰斗”了。看到一位作者，称哲学界出现了冯友兰为“冯友兰现象”，把他的“贞元六书”捧到了天上去。这也是极不正常的。鄙人是冯先生的学生，不能说对冯先生不理解。他在《三松堂自叙》中说，在“四人帮”时候，他是立其伪而没有立其诚，意思是，自兹以后，他已经立其诚不再立其伪了。在我看，这又是撒了一把沙子。在我看来，冯先生一生与世浮沉，他的“伪”已经在他的主观意识上与“诚”凝为一体，他自己已经分辨不开了。在我们外人看来，他是吾道伪以贯之。从这中间，使我深深悟到宋朝人为什么一口咬定朱熹是“伪道学”的道理之所在。

这说明什么呢？这说明，当代文化的长河已出现低潮，已流入低谷。为今之计，我们要求激进主义者们彻底抛弃其杂质，也要求保守主义者们不再贬斥革命，尽量发挥其前进的性能，两方停止交绥，大家齐心合力，去为缔造一个中国文化的新高潮而努力。

最近，一些文化人都在翻阅一本书，那就是罗曼·罗兰自己封闭了50年的《日记》，而今面世而且有了中文译本。从这本书里，我们看到1935年时候，这位伟大作家对革命的盛赞和向往，也看到他对所接触到的种种杂质的疑虑。由此可见，杂质的存在是由来已久的，它与革命俱来，历七八十年而无法消灭，这一点也值得我们所有要求进步的人类引发深思。

论理想主义

在两年前我虚龄80岁时，我妻写了一篇关于我们二人60年来共同走过的道路的文章；蒙《新华文摘》不弃摘登，致使海外亲友也很快读到，且有反馈回来。在那篇文章的尾部，她对我这个人做了三条定性，一说我是个自由主义者，二说我是个人文主义者，三说我是个理想主义者。我开玩笑说，这是给我扣了三顶帽子，不过这三顶帽子戴在头上还很舒服，只有一条，就是这三者摆的次序不太合适，理想主义应当摆在首位，因为它是个基调性的东西。这一来，我就不禁对理想主义想了很多很多，因为理想主义在历史上、在当今世界上，真是可以说是千般万样，它与西欧的、东欧的、东亚的（具体说也就是中国的）文明传统、当前政治与意识形态有着复杂的关系。想到这里，真是思绪联翩，无可终止。但不管多么错综，到头来总得搞出来个头绪来，一可为自己做个思想记录，二可借此求教于当代诸声气相同或相类的先生们。

那么什么是理想主义呢？

我是这样想的：所谓理想主义，是指对社会上人们身份不平等、财产分配不平均，也就是说对人们中间贫富贵贱有差别，有时是很悬殊的差别的现象，心中怀有一种看法，一种志向，想去对上述现象予以敉平。这就是理想主义。历史上理想主义者们通过种种实验，包括空想的、科学的、粗暴的、中和的……直到今天，使人感受到这种敉平的愿望，要达成还须经历很悠长、很复杂的周折，不是一蹴而就的。

我不是说，西方连一丁一点的理想主义也没有。不是这样。当他们从中古宗教垄断中挣扎出来的过程中，理想主义在其中的作用怕也不容低估。但一等一个完整的资产阶级、一个完整的资本主义形成并确立以后，理想主义就不多了。在方法论上，他们依靠分析；在人生价值上，他们纯是理性的现实主义者。中国《礼记·礼运》篇说小康的人是“各亲其亲，各子其子，货利为己”，再往前发展一步，就成了不亲其亲，不子其子，只剩下“货利为己”四个字了。在意识上，只剩下“自我”。这距离理想主义就越来越远了。

在东欧（具体说就是俄罗斯），情况就有所不同。那里没有完整的资本主义，没有完整的资产阶级，而有牢固的农村公社和带有某些轻微依附性的公社农民。这引发了马克思在临终前的岁月里急匆匆地研究了俄文资料，判断公社里具有着与大同社会理想间某些共同的因素。在此之前，俄罗斯本土的一些理想主义者（其中一部分，人们称之为民粹派），也有过类似的看法。这时候，某些俄罗斯学者把理想主义分为两支，一曰政治上的理想主义，一曰经济上的理想主义。后者是想从农村公社上面做文章，而前者则从巴黎公社的失败中汲取教训，强调暴力和专政。在20世纪的七八十年中，人们做了一个伟大的实验，以与西方那个完整的资产阶级集团相抗衡，结果出现了二战和二战后冷战以及冷战后的多极化，但不论如何，历史上和世界各地形形色色理想主义者们的企图还远远没有完成，贵贱不平等、贫富不平均的现象，虽经一个世纪来的努力有所变化，但基本情况并未改变，富者愈富，贫者层依然存在在世界的很多角落里。因此之故，理想主义者还不能停止思考，还需要在若干成功失败的经验教训上，谋求最终终止贵贱不平、贫富不均现象的新的方案。

在中国，又是另外一种情况。中国的农村公社早在秦始皇时候已经破坏了，后世存在的只是残迹。中国只有广漠无垠的小农和凌驾在小农之上的一个一个的地主和独家的皇帝。后来，皇帝被推翻了，地主在土改中覆灭了。中国的特点是从来没有完整的资本主义和完整的资产阶级，只有不同时代中涌现出来的资本主义萌芽。有人为此惋惜，我觉得没有惋惜的必要，因为像西方完整资本主义是走过一条漫长的极其罪恶的道路（掠夺、杀戮……）过来的，看一看圆明园就明白了。我们无须乎重复那条道路，但我们又生活在一个到处充斥着资本主义的世界，我们无法跳出这个现实，我们只好精密地抉择，弃其所短而吸其所长。但中国另有一特点，那就是传统。中国有悠长的传统，在这个悠长的传统里自然积淀着若干糟粕，但更多的是精华。西方有没有传统？东欧有没有传统？有的。但他们的短，我们的长。长短是个量的问题，但反转过来也可以在质的方面造成影响。从《礼记·礼运》篇所记孔子对大同社会的理想，就是一个起点。孙中山不断题写“大道之行也天下为公”不是胡乱或随意题写的，它标志着古代理想主义与近代理想主义的契合。为什么从孔夫子到孙中山，再加上马克思和恩格斯，还是把人类社会扭转不到世界大同的道路上来？理由很简单，就是因为世界上还存在着一个完整的资本主义，一个至少在表相上看还不是马上要崩溃的资本主义。很多人看中它，跟着它走。

譬如，有个我孙子一辈的少年就对我说，他宁愿到西方当一条狗，也不想在大陆上做一个人。这个话不只反映他自己，还代表一层人。报上把这叫拜金主义。也许，拜金主义也是理想主义的一个分支吧？可是我到过那个世界，我的感受是索然无味。我看到那里的人不过凭借一点知识和技术，博得了丰厚的年金，买下一幢二楼或三楼的小住房，带四周的草地。汽车房里有两辆或三辆小车，外加一部运货车。夫妇二人各存各心，到周末时候男主人与情妇私约上走了，女主人也不让人，与情夫私约上走了，家里只剩一个儿子，在“儿童室”里披着盔甲，用刀剑或摹拟手枪，乱劈乱砍一气，管家婆也把他管不下来。“文明”就这样吗？我在心里问自己。这样的人中间，也有我的朋友，我跟他们谈天说地，每接触到“贫富不均”的话，一句也没有。在他们家不远，不就有无家可归的老头子、老婆子卷着一块棚布在马路上过夜吗？不就有一家老小夜里勉强有个睡处，天一亮就得带着被盖、包袱和儿女在公园长凳上过白天吗？高薪的先生们对这些不是看不见，不是不知道，而是独善其身麻木不仁，孔子说“仁者人也”。把别人当人看的人，才是仁。西方的有些先生们，是些不仁之人，是些绝无心肝之人。可是这些人还很骄傲，他打问你一个月挣几个人民币。

看到所有这一切之后，我才更进一步认识到我们理想主义者之可贵。

理想主义是一切有仁之心的人的温床。革命者、殉道者、爱国者、人道主义者……都从这张温床上孳生出来。当你去采访一些红军战士，问他（她）们当年为什么参军时，绝对多数的回答是，由于看到社会上贵贱不平、贫富不均现象，愤而投军。他们看见了愤，西方的白领先生们看见了不愤。这是我从生活里看到的东西方的区别之一。但是，我们要把西方“独善其身”的理性现实主义意识扭转过来，却是一种极不容易的事。因为他们的意识也不是一朝一夕形成的，而是在一定的物质环境（高科技、高生产、高生活）中长期形成的。东欧曾经用了一个世纪的力量，企图用对抗的方式去压服它，改变它，结果是没有成功。须知资本主义这种事物有它的两面性。一方面，它是自奴隶制、封建制之后最文明的也是成就最大的一种社会体制，但是它的罪恶性也很大。俗话说，一个人有了钱什么事他都可以做得出来。举一个例子就足够说明问题了，欧美有一批嫖客，每年定期到南亚的泰国、缅甸、孟加拉去嫖宿13岁上下的少女。这种事从他们自己的观点看，纯是一种“商业行为”，一方愿买、一方愿卖嘛；但从“仁者人也”的观点看，这是十分残暴的！上文所说，宁到西方当狗也不愿在大陆做人的少年群，对此不是痛恨，而是哪怕偷渡、哪怕做假护照，也要投过去入伙。

由此可见，要达成人身平等、财产平均的理想，还需要很长时间和很艰苦的程序。

话回到本文原来的话题，即我的三顶帽子的事情上来。我是一个坚定的理想主义者，这是基调。假如我胆敢高攀，那么，我表示，我愿拜赫尔岑和车尔尼雪夫斯基为师。至于自由主义，那仅仅是个生活作风问题。我平生不喜欢听大报告，不喜欢接受组织分配，不服从“少数服从多数”的原则。这虽是作风问题，但在我的少年时代也阻滞了我从革命外围跨入革命核心的道路。至于人文主义，在我的理解，那仅仅是个学术问题了。在一辈子做学问上，我从来是一个“天人合一”者。我不赞成“人征服自然”的概念和做法。你一心一意要把大自然的事事物物斩尽灭绝，你自己到头来也得完蛋。还是中国《易经》里的道理最富有远见，别看它原始，它的道理还是令人深思的。

最后我还想说一说，我立意要写这篇文章的目的是什么？从线索上看，这篇文章好像是在表述自己的；但在宏旨上，它不是。它是说世界的。这个世界并不怎么理想，还有着许许多多令人不满意的地方。就在这里，形形色色的理想主义就有存身的余地，就有继续发挥其作用的责任。

对新世纪到来的一些个人看法

在饭桌上，孩子们问我对21世纪的到来有什么看法，我说："能活着进入21世纪，对我来说自然是一种荣幸，因为多少亲朋好友都留在那个世纪了，没有过来。不过，过来了的人也要做多方面的考虑。照我看，21世纪的世界大局不会给我们带来好果子吃。"

这自然是一种悲观论调。而我之所以有这种悲观看法，是基于发生于20世纪最末年代的两件事实，一是苏联和东欧的解体，一是科索沃战争。

苏联解体是一件大事，甚至比20世纪初苏联诞生给世界带来的冲击还要大。记得我小时候，最初接触马克思和恩格斯的书，书扉页上顶头有一句口号："全世界无产者联合起来！"就这句口号，就能使西方资本主义有所戒惧。又记得希特勒的法西斯统治刚刚要扩张的时候，以季米特洛夫为首的第三国际就发出了全世界人民形成反法西斯联合战线的口号。固然，希特勒的具体击溃，还得靠斯大林的坦克和美、英的海空军，但当年全世界反法西斯的号召，不是不起作用的，不是只起很小的作用，可是曾几何时，在对南斯拉夫78天的轰炸中，除巴尔干个别地方有一点小规模的示威抗议外，全世界的反西方资本主义霸权主义的大广播喇叭的声音却听不见了。从电视上，我们只能看到东欧国家的代表，甚至高加索国家的代表和西土耳其斯坦国家的代表，在纽约参加北约的庆贺会，个别国家在迫不及待地申请参加北约。北约是什么？是血淋淋杀人的刽子手！索拉纳和奥尔布赖特不比当年戈林、戈培尔、里宾特罗甫的价值更低。

这些说明什么？这说明，两世纪交接时候的形势跟20世纪上半截的形势，大不一样了。人们常说，冷战结束了。仿佛这是一桩"单打一"的好事。其实在这件事上也得运用两点论，即“华约”垮了，“北约”更嚣张，更肆无忌惮了。当年我们不是有句话吗，“这边松一松，那边攻一攻”，现在这个话活龙活现地摆在我们眼前了。

的确，科索沃战争是人类文明和野蛮史上一座重要的里程碑。可以设想，世界上各种势力正对它进行剖析。结果有的已发表出来，有的还在酝酿中，而在我看来，它是人类发展史上许多反背现象综合起作用的结果。

头一个反背现象，就是穷与富发展的反背。换句话说，就是世界上穷人越来越穷，富人越来越富。宋朝的钟相说，“吾疾贫富不均，今为汝均之”。我们今天再读这个话，一方面是感到一千年前理想主义者的伟大，另一方面也感到空想者的无济于事。最近的传媒不是做了些粗略的统计了吗？世界上最富人收入与最穷人收入比例60年代是30∶1，90年代初是60∶1，到了90年代后期已经是80∶1了。这个悬殊此后不会缩小，还会加大。今冬一次骤然降温，欧洲一下就冻死上万人。冻死的是些什么人？传媒说是些“无家可归”的人，反正富人是不会冻死的。虽然欧洲一些国家的头头们，在搬弄什么“第三条道路”，说什么减少失业、发展慈善救济事业等等，到头来不过变个花样而已。试看一些大公司大集团一股劲在兼并，越兼并资本就越集中，被辞退的人员越来越多了。

第二个反背现象是高科技的正面使用和负面使用的反背。高科技本身是好事，一些有成绩的国家受到国际奖励，就是明证。但很多高科技被使用到消极面上去了，如毒气、激光、高级炸弹等等。各国间谍也充分使用高科技手段，从空中、地下、互联网上从事破坏工作。到目前为止，还未见到国际组织做出任何禁止科技使用到负面上去的规定。

第三个反背现象，就是人口数字盲目增长和人们素质的日益降低的反背。试看，在某些大陆上，人们无限制地发展情欲和繁殖，使一大堆一大堆的男孩子和女孩子被生下来，又因缺乏食品、衣服而很快死去，甚至整体或零星器官、部件也被卖掉了。这在做父母的身上，就有个素质问题。再看犯罪，当今犯罪的工具倒不是高科技而是低科技，成本很低，一根塑料绳，一把菜刀甚至水果刀，一条编织袋就够了。代价也不高，也不过抢劫到寥寥几十元钱，而最后代价却很高——死刑，立即执行。这不是愚蠢吗？从这中间，也可以看出一个问题：素质问题。

这样，西方发达资本主义的霸权主义者们，就会把形势看得很清楚，掌握得很清楚。他们会想：世界上最主要的财富掌握在我们手里，穷人们反不起来；世界上最精良的杀人武器也掌握在我们手里，只掌握二等武器的人们一时也反不起来；从前他们有世界性的号召组织，现在这种力量也衰了。从前世界人类中还有不少的一批人乐于为一种信仰而不惜牺牲，奔走呼号，此起彼伏；现在他们看到大轰大嗡了一个世纪，到头来造就了少量的极权主义者和他们手底下大批大批贪污腐化的官僚，大轰大嗡者也不免消极下来，甘心使自己成为庸人和自了汉。霸权主义者看到了这些，他们自然而然就会踌躇满志，就会肆无忌惮起来。这就出现了科索沃战争。

有人会问：在这种形势下，我们爱好和平、爱好自由、不愿受强国凌虐的人，该怎么办呢？

首先，我们应该反思，过去的一个世纪里，我们追求伟大理想的人都害了急心病，急躁症。认为在一个不长的时间（譬如说，一个世纪）就可以实现。有的人就更甚，认为只要吃饭不收钱，就是进入了理想社会；炼出些烧结铁，就能赶上哪国哪国。我们很早的歌里有一句“团结起来到明天”，这个“明天”，可以指的是tomorrow，但也可以指是future。而现在看来，指tomorrow肯定是错了，指future也是意味着相当的遥远。不能估计得很邻近。

譬如说反霸吧，就要团结很多力量，穷苦劳动人民要团结。中上层人士要团结，在世界范围说，伊斯兰世界中有很尖锐的反霸力量，也要团结到一块，但伊斯兰世界有他们独特的意识形态，要团结到一块是有一定难度的。这要慢慢磨，霸权主义的凶恶，也迫使一切反霸权力量慢慢向一快团聚，而不是四分五裂。这是我们于悲观之中带有乐观因素的一面。

乐观的好果子，21世纪我们还吃不上。以中国为例，先发展东半部，10年、20年，东半部发展起来了，现在转而发展西半部，西半部的基础和条件差，需要的时间将比10年、20年更长。这些都是在一个前提之下，即不发生内部的和外部的敌对力量的捣乱。李登辉不仅仅发表了“两国论”，而且还抛出了“七块论”，假若他这些“论”得逞，我们上述的“好果子”就会更加渺远了。兼以西方更凶恶的主儿在东亚找个地方再发动一次“人权高于主权”的“科索沃”的话，那么，这个渺远将更拉长。

必须看到，搞垮西方资本主义的霸权主义，任务是非常艰巨的。它不同于地主阶级，一场土改就足够把他们葬送了。资本主义不然，它的结构很缜密，它还有为人类做贡献的一面；但它的毒性也很大，内部矛盾也很严重，说它是

“纸老虎”就是从这一面看问题的。“纸老虎”的另一面是“铁老虎”，在科索沃战争中才刚刚显了一点身，全身解数还远远没有露出来，也许21世纪就要大大显露了，我们必须提高警惕，做好充足的思想准备和物质准备。

我们这一代人是要走的了。下一世纪的甜头也吃不上，苦头也吃不到了。那全是后一代和后几代的事情了。也许，真的像老导师们所说的，必须世界上一些主要国家条件成熟了，大家就才能挽起手来一齐进入一个崭新的社会，一个无剥削无压迫的世界。当年有人想做另一种实验，想在单独情况下创建新社会，这种试验没有成功。那么，就让我们把距离拉开，把时间放长久一些，“放长线，钓大鱼”吧。反正，我们的理想是绝不能放弃的。

中州访古小记

郑州的绿化成果，是全国闻名的。沿街整齐、高大的法国梧桐，时值早春，尚未浓荫蓊郁，疏疏落落还透出不少阳光来。吉普车疾驰而过，驰入了泡桐列道的公路上。泡桐树开喇叭花，藕色连绵，仿佛一片淡紫色的云气。车子驰过平野，渐入丘陵地，两小时后终于到达了新的巩县城，它是由旧名孝义镇的镇子改为县治的。在这镇子的近郊，就坐落着宋陵。

历代帝王的陵墓，也可以做比较的观察。譬如说明代的十三陵，一方面说，宏伟壮丽，完成这样的陵墓，不知耗尽多少民脂民膏。定陵，我们掘开了，这是从万历十三年修到四十八年，整整修了三十五年的一座地下宫殿。唐代的昭陵和乾陵，虽然尚未发掘，而且地上事物多已不存，但其规模看起来是巨大的。宋陵和这些对比，显示了迥异的风格。第一是不依山作陵，就葬在平川地面；第二是规模特小，就我们所见，比有些朝代的王爷功臣们的墓葬规模还不如。这是为什么？难道可以拿宋代帝王特别俭约来解释问题吗？这显然是说不通的。

由北而南而西南，先是英宗的永厚陵和仁宗的永昭陵，再向南是真宗的永定陵，渡过一条小河是太宗的永熙陵和太祖（赵匡胤）的永昌陵。再向西南，就是哲宗的永泰陵和神宗的永裕陵。地面设置，大部分早被金人和刘裕给破坏了。但“兆域”的框框还是可以窥见的，譬如一对对“门狮”（守门的石狮子）从绿油油的麦苗中露出来，总可以反映四门的距离吧；再譬如，成了一片瓦砾的“角阙”土堆，也可以反映出“兆域”的四个角吧。这些规模都是不大的，不够宏伟的。

唯一可以反映点什么的，是那些宋代的石刻，计有门狮、文武臣、蕃使、石羊、石虎、石马和控马官、角端、瑞禽、石象和驯象人以及望柱。特别是真宗永定陵的，虽然个别已经缺头少尾，但气象是不坏的，能反映出公元11世纪能工巧匠们在石雕艺术方面的水平和特点。特别是一对立狮，和北京天安门前的坐狮比较，能显示不同的风格出来。蕃使也是真实外国人、外族人的相貌和衣着。拍一些照片出来，是可以够上历史插图的水平的。

宋朝帝王陵墓经营时间短，一般在帝王死后动工，七个月完成，只赵匡胤墓可能花费了较七个月多一倍强的时间，这跟从皇帝一登基就开始营建陵墓的习惯是不同的。为什么这样，可能由于宋代自五代后周小国割据传统下来，格局本来不大，兼以交换和货币流通较前发展，剥削阶级的人们更注视现实世界的享乐，因而相对地忽略些死后的部署。

另一天，我们乘车去参观少林寺和中岳庙。从登封出发，吉普车颠簸在“十八盘”的崎岖小路上，经二三十里，到达少林寺。传说“一叶渡海”来到中国的印度高僧达摩禅师，就在这里面壁。可惜，原来宏大的寺庙屋宇，已被反动军阀石友三放火烧成残迹了。许多断井颓垣，尚能看得出来。其中最令人感兴趣的，是坐落在寺址最后面的白衣殿墙上的壁画。寺址最后边，正面是千佛殿，北墙上也有壁画。画的内容是很多和尚（“罗汉”）在大海中过渡。从画的笔法看，是比清代壁画为早的一种明中叶以后的人物画风格，衣衫折皱，笔笔勾勾，不带画匠气，东面是白衣殿，东壁、南壁、北壁皆有壁画，而水平、风格不同。南壁北壁所画，是少林寺和尚们如何操练武艺的内容，画风是清朝画匠的作品，比较俗气些。东壁分为南、北两段，北段画少林寺和尚们如何从王世充手中抢救了唐太宗李世民的故事，南段画少林寺和尚们如何和元末红巾军打仗的情景。从艺术角度看，画的风格是明中叶（甚至明初）的山水画和人物画。北段下栏，有一片山水画，山是用云头皴和劈斧皴，水口画的很生动美丽，很像一幅沈石田（周）的山水画。从历史的角度看，我们亲眼看到了红巾军的打扮和标志，一条长红带，中间结成小的笔架型的结，缠在正额之上；红带绕到头后，分披在两肩之旁，这就是农民革命的标志。和尚们都是肥头大耳，白净面皮，纯乎是一副寺院地主帮凶的架势，有的徒步，有的骑牛；使用的武器有齐眉棍和单刀。双方对垒，有被和尚俘获的形象，也有和尚被俘获的形象，表现互有胜负。我个人感到，这是一幅很有历史价值的壁画，应该特力加以保护。目前，经历年雨水冲破屋瓦淋漓壁上，部分画面已经遭到损坏了。

据说有两件事与少林寺相关联。其一是佛学中的禅宗，即宗教哲学思想中最唯心的一派，由此地孳生发展。这和附近的嵩阳书院是传统儒学的发展场所一事，可以并提，可以引发联想。大体唯心主义发展到高度，必然会遭到反唯心主义思想的批判，而唯物主义正由此基础上得到发展。其二是武术（拳术）中的形（行）意拳，按十二禽兽之形，形成拳击者的身段，并引发击败对方的力量，是中国拳术中最古拙、最不要花样、而能出真功力的一个派别。后世，把这一派叫“少林派”。少林寺的和尚们，正是由于长期练拳术和其他武艺，所以总被某种社会力量援引，作为助力。救唐太宗怕是神话，但在秦王李世民和王世充作战的过程中，确曾有两个和尚叫惠玚和昙宗的，从战斗中抓获了王世充的侄子王仁则来献给李世民。这件事，甚至一心想反清复明的顾炎武都深感兴趣，他在临终前还到这里来旅行，写出了“寄语惠玚流，勉待秦王至”的诗句，煽动少林寺的和尚积极参加已经规复半壁河山的“三藩”反清起事。他对中岳庙也寄以反清复明的希望，他在诗中写道：“……老柏摇新翠，幽花茁晚春，岂知巢许窟，多有济时人。”意思是说，不少隐逸之士，隐姓埋名，聚在这里，说不定对时局可以起些推动的作用呢。顾炎武的这些想望，事后证明都是落空了的。但少林寺和尚和他们所娴熟的武艺，经常被考虑作一种可以使用的社会力量，则是一桩很显明的事情。

至于中岳庙，它的规模却是宏大的，因为历代不少帝王都要亲自到这里来借祭祀中岳的名义去巩固自己的统治，从汉武帝到清朝的乾隆（特别是武则天），都曾到这里乞灵，以求加强他（她）们统治权在一般人民头脑中的神秘性（传说古柏在夜中会呼喊出万岁的声音）。但中岳庙最终也保不住任何剥削阶级王朝的统治。而今只留下一片大院落，荒草离离，仅仅四个铁铸的武士，凶眉怒目，斜立阶庭，标志着11世纪北宋铸铁业技术水平的不低而已。

山东乡邦文献考察小记

今年五、六月间，我们自发地组织了四个人（山东大学中文系副教授袁世硕、我、我妻高昭一、兰州大学中文系讲师张崇琛）对山东昌潍地区的六个县（益都、潍县、平度、诸城、五莲、安丘）进行了为时21天的考察，目的是想看一看十年浩劫之后，各县博物馆、文化馆、图书馆又搜集起来一些怎样的乡邦文献？包括抄本的、不常见的木刻本的、石印本的、以及零散断片的诗文集和专著等等。我们此行，得到省领导王众音同志、宋英同志、山大领导孙汉卿同志的大力支持，方得以畅顺进行。兹将考察所得，按每个人的兴趣角度，写为小记。此篇，仅是我与高昭一同志注意之所及。

一

益都为旧青州府治，文物和文献积累层应该是厚的。果然，博物馆厅内厅外，琳琅满目，石刻碑刻之盛，为所到诸县之冠。清初相国冯溥的园林亭馆，近在比邻。

关于文献，我们重点地考察了清乾隆时益都学者李文藻（南涧）的著述。35年前，王献唐前辈曾以“山左先喆遗书”之一《南涧先生易箦记》一册见赐，余之得知有南涧盖自此始。35年之后，复得在益都见到南涧先生抄本文集一种、刻本诗集一种，始得进一步涵泳于其中。《文集》为其私淑弟子闫湘蕙于光绪十三年（1887）所抄辑，分上、中、下三卷，上卷收文三十一篇，中、下卷各收文三十篇，共九十一篇，不知与上海古籍《李文藻四种》本有出入否。据云南涧在岭南临终前，曾遗言谓此类文章“工夫浅”、“不足惜”，非罗台山（有高）删定之不可，其谦抑凡如此。集中有济阳张尔岐的《蒿庵闲话》跋文一篇，胪举蒿庵已刻著述书目六种，未刻四种，为余早年著《张蒿庵年谱》时所不备知，而于此获益。

诗集名《岭南诗集》，刻本二册，其中包括《思平集》一卷、《潮阳集》三卷、《桂林集》四卷，共八卷。收古今体诗571首。南涧以考据家、藏书家名世，而诗才诗格，亦蕴藉居上乘。试读其“观湛甘泉所作陈白沙墓碑”一诗，诗云：“人物南邦最，碑铭异代存。停帆上江岸，身到白沙村。聘玉藏楼阁，遗书问子孙。增城词翰好，端是报师门。”集前有钱大昕序，谈到诗人必须真诚的问题，指责乾隆前后某些诗文的虚假，“若乃前导八驺，而称放废；家累巨万，而叹窭贫。舍己之富贵不言，翻托于穷者之词；无论不工，虽工奚益？”集中记述广西少数民族生活，娓娓如画。以上诗文二集，窃以为应该标点，重新刊印。

复蒙益都博物馆拓赠李文藻《墓志》一片，钱大昕撰文，惜碑心刻字，已为十年动乱中“小将”一一凿烂。外，李文藻为其妻邢氏、扶正之妾周氏所撰《墓志》各一片，钱坫、戴震各为篆盖，足见当年学者间情谊之深厚云。

李文藻之外，尚见有明清之际的人的两种诗文集。一是徐振芳的，一是房可壮的。徐振芳号太拙，乐安人。万历年间生，顺治时卒。诗有“三草”：《雪鸿草》、《三素草》、《楚萍草》，均抄本。李焕章《序》中有云“太拙之才，刁悍尖激，欲距诸公之顶，而披其颊。以故口无余唾，胸无俗韵”，其为人犷纵可知。太拙晚年居射阳湖，曰“吾不能北归矣”，盖亦遗民之流亚也。且此老思想深沉。观其《阳明先生词》一首，诗云：“庄诵龙潭夜坐诗，醍醐灌顶认良知。尔时种种生疑谤，奕世人人自得师。洙泗一灯身接续，西南半壁手撑持。讲坛寂寞仪型在，泉泻清冷月印池。”房可壮，号海客。天启时，他是与宦寺斗争的大名人，平生遗稿，据云遭兵燹无所存，此光绪间房氏家塾重刊之《偕园诗草》，一帙而已。尝见钱牧斋诗文中，有与房海客往还之踪迹。

又见一石印单行小册，曰《徐春浦先生自述》。窃以为，此小册与探讨资本主义萌芽问题，不无关系。此册写于民国八年（1919），作者时年70岁。自述谓：自幼以官债欠税诸事破家，年十六到银楼习银工，又习商三年。二十五岁，为铺伙。后积钱三百余千（吊），入商号为分股铺伙。光绪二年，买大亩田二十余亩。光绪八年，与人合股，自出千余千（吊），开设丝局，资本增益十倍。宣统元年，缫丝技术改良，利益更倍蓰于前。此为商人资本向工业资本转化之一小小事例，为近代史上的好史料。

在益都，复有一极饶趣味之举动。盖博物馆有一张起明同志者，现已40余岁，山东半岛东端荣成县之崖头村人，以下乡落户知识青年到了益都。20年来对益都的古迹文物，亲自访求，兴趣之浓，如中痰迷，寝馈不释。因得自学成才，卓然将有所成就。是他，极力怂恿我们亲身到益都南部高山中，看一看传说是南宋时候金人统治下杨妙真、李全抗金时的山寨（俗名“唐三寨”）和明初唐赛儿的山寨（卸石棚寨），他甘愿充当导游。寨在益都南境、临朐北境之高山地区，乘车过场集公社后，即须步行爬登海拔七八百公尺之山岭，羊肠细径，两旁陡壁峭削，下顾令人惴栗。高昭一君以近七十高龄，爬上爬下，竟无倦容。得山崖刻石二处，一曰“嘉定十四年三月一日，大宋国李万户”，一曰“千户：马进、王克（？）、王安”（嘉定十四年当公元1221年）。距此十余日后，吾人复在诸城县博物馆见宋绍定辛卯（1231）年，元“山东淮南行尚书省”造“元帅府监军印”铜印一枚。金贞祐四年（1216）“山东路行部”造“忠孝军万户印”铜印一枚。——此四条材料联系到一起，可以看到自从元太祖和木华黎的兵向南迫进以来，金政府迁到开封，在此期间，益都、临朐、安丘、密州（诸城）、莒州、潍州一带为“红袄军”积极活动地区。晚清萍乡人李有棠撰写《金史纪事本末》一书，于卷四十二“群盗叛服”一段中，从文字史料上进行了一定的爬梳料理，与实物史料恰好可以互相印证。大抵此一带的人民武装势力，处在宋、金、元三种力量各有消长的情况下，其政治态度，从实事求是的精神角度来要求，很难要求他们有多么坚定的民族立场与阶级立场的表现。叛服无常，是客观条件影响下形成的，是不可避免的。此事，我曾于30年前议论过，后来曾遭到不少的谴责；但李广虽老，见猎犹爱，当于近日另为专题《有关红袄军的一些新考证》一文，以申论之。

又在益都博物馆中发现清末官吏间通讯书札两大包，系李鸿章淮军系统中一位相当大的军官的幕僚，为其首长私自保存下来的一些信札。去年，我曾在长沙湖南省图书馆看到一捆一捆整理好的曾国藩、曾国荃、曾纪鸿、曾纪泽、胡林翼、左宗棠、彭玉麟，晚及何绍基、王闿运以至黄兴、蔡锷等革命军人的专档书札。看过后，感到史料价值极高。益都所见两包虽非专档，但从乱杂无章中也可以料理出宝贵的史料。如某札中云：“俄人占据沈阳，……要挟三条，一撤袁道、二撤王营官、三撤团练。不允所请，遽行派兵把门，占据衙署。又闻要作府尹。种种无礼，实难尽述。”像这些叙述，不是既很生动、说明性又非常强的近代史资料吗?

二

在潍县，我们没有接触到我们想接触的东西。据云，潍县古籍，早已上缴到省里了。我们参观了十笏园，看到刻有文征明和张瑞图书法的碑各一通，其余均是郑板桥（燮）的诗、书、画，琳琅满目而已。看到一册很名贵的书画册。内有清大学士刘墉（石庵）信札一通，高级大京官还要写信回诸城自己妹夫那里去商借四百两银子，读之不觉莞尔。听说，还残存一点陈介祺（簠斋）的零星残稿，但匆匆中亦未得亲见。

在平度，我们乘车去大泽山，那里是葡萄园林立的地方，有较小的山三处，叫三山、天柱山和高望山。天柱山上矗立着北魏荥阳郑道昭为他父亲树立的《郑文公碑》。日本友人来参观者不少。附近，还有北朝人凿造的一座石室，像一极大的鹅卵，中空，有孔隙可以进入。

在县图书馆，看到清道光间地方人士王廷斌的三种著作。一种叫《恒言》，是觉察乡村语言中多有与古读可通者，录辑成书。另一种叫《学经就正》，是在读《易》、《诗》、《书》过程中感到有需辩证之处，每一问题写一专篇，共得15篇。另一种叫《泥金帖》，是从正史中辑录出来的唐朝人知贡举、成进士的名单。看起来，这也不过是一种小考证。

晚清掖县有个李图，徐松很夸奖他的诗才，但他的《鸿桷斋诗文》在这一带地方却迄未得见。

三

在诸城，看到的东西就很多了。但是也有其自己的特点。旧时代将学术划为三部：义理、考据、辞章。诸城自明清以来，辞章之学蔚然兴盛，成为一种传统。近代诸城出那么多诗人、小说家，绝不是偶然的，跟这个传统不能说没有关系。搞考据的，似乎没有；搞义理的，仅见张侗（石民）谈一点《周易》，对《太极图》也有他自己的图像和解说。

在这些辞章家中间，辈份稍老一点的，是丁野鹤（名耀亢）。他跨晚明与早清两个时间段落。在家中，他是大地主，他在《家政须知》一小册中说，虽然几经丧乱，他临死前的田产数额居然超出他父亲留给他的十倍，可见是善于积贮的。在社会上，他是交游满天下的人，他所结交的，包括明朝和清朝的官吏、学者、诗人、画家、遗民，各种各样的人物，如董其昌、陈继儒、陈老莲、钱牧斋、吴梅村、王铎、龚鼎孳、孙奇逢、申涵光、宋琬、闫尔梅、梁清标、查嗣廷、房海客……都跟他有关系。他的著作，似乎包括如下的若干种：《逍遥游》一卷、《陆舫诗草》五卷、《椒丘诗》二卷、《江干草》一卷、《归山草》一卷、《听山亭学》一卷、《天史》十卷、《西湖扇传奇》一卷、《化人游》一卷、《蚺蛇胆》一卷、《赤松游》一卷。诸城县博物馆中仅有上述目录中前面的几种诗草，安丘县图书馆中藏有石印本的《天史》（详后文）；我们最盼望的传奇杂剧一类的（如《蚺蛇胆》一定是写杨椒山的）著作，却一种也见不到。

大抵丁野鹤的诗，在明、清之际，也算得上是一大家。粗看起来，他的诗似乎很犷放跌宕，但仔细一看，他是从战略上藐视做诗，而从战术上又很重视做诗的人，部勒紧严，不失局度。其所以有些名气，恐怕在此。至于他政治态度的不稳定和反复，是他声誉受到损减的一个主要原因。对此事，他亦有自知，观其《椒丘诗》中有“文信井”一首云：“宋朝丞相不臣元，累系三年井尚存。欲向水边羞照影，贪泉何事独忘源。”

较丁野鹤辈份稍晚一点的，诸城有个“十老”遗民集团。主干人物有二，一是张侗，号石民，长期隐居在卧象山；一个是李澄中，号渔邨，是康熙五十“宏博”之一，被征到满清政府那边做了几年事，又回乡了。李有《卧象山房文集》和《艮斋文集》，张有《放鹤村文集》。他们结为诗文社，如“鸡豚社”、“白莲社”就是他们常用的一些社名。至于更隐秘一点的事情，诗文集在刊刻以前早就删除净尽，不露痕迹了。“十老”之中，有一人名徐田，号栩野。犹记30余年前余在青岛旧书摊上买到《栩野诗存》铅印一小册，书尾有王统照（剑三）先生跋文一首，文字楚楚有致。《诗存》中有《磨镜老人歌》一首、《蚕妇行》四五首，皆是古体诗，对民族之遭历磨难，以及劳动人民的辛勤，与官府剥削之残酷，均有极好的描写，明显属于现实主义风格，与丁野鹤之动荡反复者，恰好形成鲜明的对比。

馆藏中复有《五莲山志》一种，五卷，卷首有李象先（焕章）康熙二十年所作《序》。《志》中记载，山距诸城83里。明万历三十年赐内帑，命御马太监张思忠监修光明寺，三十五年竣工，内贮佛经六百八十函。寺有庄田十五处，《志》中仅记村名，未记顷亩。数日后，我们到五莲县，亲登五莲山。光明寺在山顶，地极狭促，无法与西川之乌尤、伏虎等寺相比。殿宇现已全毁，仅余文震孟书碑一通犹存。询之当地人寺产顷亩，据云约一万亩（一百顷），实际上恐不止此数。《聊斋志异》中所写《金和尚》情节，看起来部分与实况吻合，部分为根据传闻，或文学塑造。蒲松龄传记资料中，似未见曾到诸城的迹象。但和尚污占佃户妇女，恐是事实。民谚中“五莲山的和尚，大榆林的婆娘”之语，近代人犹能记忆之。据云，最大的和尚不住寺中，而住在潮河镇上，五莲山据云为崂山余脉，由极硬朗的花岗岩构成，其中大系马峰、小系马峰，为摹练宋元山水画中披麻皴法之最好的模特儿。上有望海亭，晴朗时已可瞭望见海。海距此已不过五六十里之遥矣。

四

安丘县无博物馆，仅有一图书馆，其中藏书又有其自己特色，即所藏明嘉靖、万历刻版十七史零种为多，而我们一行四人都不是追求版本的，故兴趣不大。至于乡邦文献，则安丘与诸城亦不同。诸城人爱做诗，安丘人则义理、考据、辞章均有其均衡的成就。以义理言，有刘原渌及其《读书日记》，《清史稿》与《宋学渊源记》中均有所道及。以考据言，王筠的文字学成就也是普遍承认的。虽然太炎先生十分瞧不起王菉友，谓其为“文学举隅”之“陋”，所贬已甚严重；然菉友先生“说文三种”（《文字蒙求》、《说文句读》《说文释例》）至今仍不失为社会上学习文字学之初级的、中级的、甚至是高级的教科书，有些部分无疑带有专著的性质。至于辞章，曹贞吉的《珂雪诗》与《珂雪词》不只被一位选家、也不只被一位目录学家推为有清一代“压卷”之作。张贞的文章，在清初即为江南文人所称道，认为他文章的“简”是不容易做到的。

诸城丁耀亢（野鹤）所著《天史》一种，安丘图书馆中藏有之。书为石印本，六册（分礼、乐、射、御、书、数），上署紫阳道人著，下署煮石草堂刊，有钟羽正、陈际泰、杨观光三序，有自序。诸序大抵写于崇祯七年至十四年，在明亡前夜。六册之中，《十案》占三册，大体征引史事劝善惩恶，计“大逆”29条、“淫”19条、“残”25条、“阴谋”25条、“负心”13条、“贪”13条、“奢”14条、“骄”16条、“党”6条、“左道”24条，共175条。余三册，一册题名《集古》，一册题名《纪略》，盖即著名的《出劫纪略》是也。“闯官莅任，以割富济贫之说，明示通衢”等重要史料条段，盖出此书。我们建议将此复制若干部，现正在接洽中。

在安丘读到安丘人的著述，其重要的，一是张贞的《杞记》，一是王筠的“乡宁四种”。《杞记》之外，张贞《渠丘耳梦录》也是在安丘才读到的。

张贞是清初著名文章家。其文集盖有《半部稿》、《杞田集》、《杞记》、《或语》、《渠丘耳梦录》等。“杞”为西周春秋时一小封国，初在河南商丘，后迁山东安丘。每见当代注家一逢“杞”字，即一律注为商丘，不辨时间段落之先后，致每多失误。古代封国搬家、氏族搬家之事，多有迹象可寻，顾炎武《日知录》中已揭其端，晚清学人雷学淇所论更加周密。杞之搬迁，是其一例；斟寻、斟灌之搬迁，更是较早之事例。张贞于《杞记》之最初数卷中，言此甚详。

《杞记》共22卷。有新城王士祯、邹平张实居序及自序，又有韩文靖后序，大体作于康熙四十五年至五十五年之间。其第十九卷中，竟收录《夏小正解》一种。盖鄙人钻研中国土地制度史事，已历20年，对井田制度尤多致力。《夏小正》为有关井田事之重要史料，故每涉及此，即油然兴起。不料于鄙人67岁初度之夕，能在离别56年之故乡安丘一小小县城之中，一次得读两种《夏小正》，颇认为是自祝期颐的一种最佳形式。所谓“两种”，一指《杞记》所收，是杨慎（升庵）校本；另一指王筠（菉友）“乡宁四种”之一《夏小正正义》。《夏小正》有戴德的《传》，宋人金履祥、傅崧卿、王应麟均曾进行料理，据云傅氏于宣和间始将“经文列前，传文附后”。明杨慎又自谓始“提经于上，抑传于下”。总之，经传文是分开了。关于井田制问题，注校家仿照孟子“虽周亦助”的语调说“由是观之，虽夏亦助也”，这样，把夏、殷、周三代统到一起了，这话很有价值。但这句聪明的话究为宋人金履祥所说，抑为明朝人杨慎所说，则在安丘所见《夏小正》两种之间，却存在着歧异，这需要进一步弄清楚。

王筠“乡宁四种”，一曰《夏小正正义》，一曰《弟子职正音》，一曰《毛诗重言》，一曰《毛诗双声叠韵说》。自序作于咸丰壬子（1852年），谓“自莅兹土已八年，俗朴讼简，日有余闲，成书四种”。是时作者六十有九（距逝世仅二年），因识“读书径路良多，不可得少辄足”。于文字之学，字形之外，复求声韵，自谓“声音之道，与训诂并隆，是当声入心通，心穹其要眇，不可形求惟肖，以滞于迹象也”。然则太炎之贬，未免斥人太过、目无余子太甚也乎?!

又在一私人家中，见到菉友手批《国语》一函，批语中一部分是考证性质的辨正，另一部分是逻辑论证性质的驳证。批语数量不大，但亦落落可读。

张贞《渠丘耳梦录》有作者康熙四十八年序。书分甲、乙、丙、丁四集，共一百一十九条。丙、丁集中个别条文内容牵涉无聊，已无大可观。其乙集中有“曹仪部”、“曹中丞”二条，记曹贞吉、申吉昆仲诗词选段或摘句各若干。曹氏昆仲，手足之情极笃，而申吉远仕云贵，且遭“三藩”的大反复，其政治结论历康、雍、乾三朝而三变。此事盖在贞吉灵魂上打下很深的烙印。近中，拟另写《曹贞吉与曹申吉》一文，对此事详细分析之。

偶尔遭遇到一部胶州高凤翰（南阜）的诗集，据云为诗全集之选编，刻于乾隆二十七至二十八年之间。高氏的书画，早已多次瞻仰过，诗集倒是第一次读。高凤翰访谒过张贞，第二次再访时张贞便死了；高凤翰也曾访谒过蒲松龄，第二次再访时蒲也死了，他为《聊斋志异》题了诗，后半云“忆昔见君正寥落，丰颐虽好多愁颜。弹指乡终二十载，亦与异物成周旋。不知相逢九地下，新鬼旧鬼谁烦冤！须臾月堕风生树，一杯酹君如有悟；投枕灭烛与君别，黑塞青林君何处!”其中是贮藏着很深厚的感情的。

以上种种，仅是我与高昭一同志的一些收获。袁世硕同志，对益都冯氏五代诗传，颇感兴趣，当有专文论及。张崇琛同志本人就是诸城“十老”中张石民、张蓬海两先生的裔孙，对“十老”事迹收获不小，且拟写为《金和尚本事考》一文。凡此种种，两同志将各有所交待。吾等第一次考察之后，兴趣倍增，拟于秋冬之际，再到山东西部沿运河地带之临清、东平、济宁、聊城作第二次考察旅行。倘有收益，当续向读者报之。

《托兆·碰碑》观后

小时候看《碰碑》，前头必带《托兆》。七郎一出台，带两条长长的“魂子”（纸剪的长穗），鬼卒们吱吱发叫，有的还口吐鬼火。这当然是迷信恐怖的东西了。自从批“有鬼无害论”以来，《托兆》不见了，只孤零零一个杨令公唱着一连串反二黄苍凉的曲调。净化是净化了，但剧情显得单寡了点。

最近，打开中央三台，突然看见了50年未见的剧目：《托兆·碰碑》。荧屏上写“名家合作”四个大字，原来是马长礼先生与天津净角邓沐玮先生的合作。50年见不到的戏突然见到，真是又惊又喜。

剧改工作也在进步。“左”倾时代，一碰见“糟粕”就粗暴地砍掉，现在看来也不是个好办法。“精华”和“糟粕”是肉连肉、筋连筋的，要细剔，不可乱砍。最近三台的一些戏，就慢慢走这条路了。

邓沐玮扮演的七郎一出台，就是一副“杨家将”的英雄架式，一点不带鬼气。阴风没有了，鬼火没有了，第四个兵卒，只是手执黑旗表示一点“冥”气。唱词也稍有改动，一方面表现七郎前来是表示老爹爹要归天了，打一个信号；第二方面向六哥表示为弟的已被仇人射死，不能在太君跟前行孝了。舞台上并未演出七郎浑身是血，但却化妆出“头戴雕翎”，给观众暗示七郎被射杀的凄惨。整个剧情，完满地表现出“杨家将”父子兄弟一家尽忠却被奸臣谗害的悲惨下场。

至于马长礼先生，我头一回看他的戏是演刁德一。“这个女人不寻常”，当时看过就看过了。这次看《碰碑》，却令我肃然起敬。自杨宝森50年代谢世以来，我没看过像马长礼这样结实的戏，紧巴巴的，一气贯到底，真不容易。马大约小我十岁左右，也七十多岁的年纪了。人老了，都要给后代留下一块或几块样板。如不佞也编了本什么《史学论文自选集》一样，马长礼先生这出《托兆·碰碑》，看起来是要留传后世的一块样板。

中央三台，近几年演了不少好戏。如小折子戏《探阴山》、《平贵别窑》、《断桥》、《五台会兄》，像这些戏，拿到世界舞台上都是第一流的；大戏，像《长坂坡》、《孙尚香》、《乌盆记》。假如可以提点意见的话，就是张派戏多了点。再者，个别演出，带有“捧角儿”的味道，这不太好。把个好角捧得忘乎所以，这样作，对这个有希望的角色有什么好处呢？

2001.1.29，辛巳正月初五日，于病院床上

小说与传记

——《张之洞》与《张之洞评传》对读记

拿一个近代历史人物的传奇故事和史学传记两相对读或者前后参读，是人生中的一大享受，又可对鸦片战争以来一百六七十年的历史过程，增加若干的参悟。

具体说，我指的是张之洞。对张之洞，我平生对他并无地缘的或者人缘上的特殊机遇，只是到了80多岁不能亲自跑书店挑书了，由孩子们买回来三本有关他的传奇小说，共120余万字，够长的。作者叫唐浩明，据说已经是海峡两岸的名人了。他的《曾国藩》三大本，几年前读过，很佩服，其中有些段节写的极动人。后来又写了有关杨度的三大本，我也买来读了，这其实是写王闿运和杨度师生二人的故事的，湖南乡土味很重。当作者出完这六大本之后，又出《张之洞》三大本，据说这是“封笔”之作，就更非拜读不可的了。可是，这中间有了变异。曾国藩、王闿运、杨度是湖南人，作者也是湖南人，从地缘和人缘上，历史地积累起来的资料和传闻，一定不会少，剩下的只是费脑筋编织和揉搓的功夫了。张之洞这个题目，没有前边两个题目那么驾轻就熟。张是河北人，从沧州到天津，也包括河间府，这一带也像湘乡、湘潭、湘阴、长沙一带一样，有它地区特有的言谈语调、风俗习惯等等。作者要摸清这个，是要费些力气的。但作者在这方面运筹的还不错，没有看出大的纰漏，写小说就有这一项艰难。故事不一定扯到什么地方去，贵州兴义、山西晋祠、广西钦州、广州香山……扯到哪你就得熟习到哪。假如不可能获取直接资料，那么间接资料的亲切度就会减弱；假如连间接材料也阙如，单凭臆造和文学的塑造，不是不可以，只是冒险度就更大。但《张之洞》作者克服这些困难方面看起来是老手，驾驭的比较好。

从前土改，人们说打土豪先要扫边子。做历史人物的传记，人们往往先写“交游考”，就是这个意思。张之洞是封疆大吏，身边不免有很多幕僚。说起幕僚，当年郑天挺先生写过一篇关于曾国藩的幕僚的文章，在国内国外都很有名。张之洞手下也有一群幕僚，其中如辜鸿铭等都为人尽知，独桑治平这个名字比较陌生。而这个人在整部小说中又作用很大，如《光明日报》刊登刘起林文章中列桑为张之洞幕僚友朋中之第一人，足见重要。我很惭愧生平未治近代史，甚至连《张文襄公文集》都没翻过，所以不敢说斩钉截铁的话，只能说凭几十年经验的一点推断，而推断往往是靠不住的。我推断，桑治平这个人物，作者塑造的成分极大。据原书，此人原名颜载礽（按，礽字读仍），河南洛阳人，曾因在北京看牡丹结识了肃顺幕友王闿运，王与颜一见之下，就推荐颜到顾命大臣肃顺府中代替王的角色。颜慕历史上管仲、桑弘羊治国有道，遂改姓名为桑治平，担任了肃顺的幕友。不久肃顺等八大顾命大臣垮台，慈禧太后垂帘听政，桑治平云游天下，最后定居在古北口。多少年后，复经张之洞堂兄张之万（子青）的推荐，出任张之洞的幕友，历14年。整个这段故事给人的印象是浪漫主义色彩浓厚。能够看得出来，作者在写这段故事时所用的文笔也跟叙述张之洞其他事迹的笔法不太一样。写其他部分，处处是实打实的，一步一个脚印，虽非考据，但从笔外余音中可以看出，事情是有据的。独独桑治平情节中有飘忽迷离之感。当然，这在写小说的前题下，是允许的（在做历史考证中是绝不允许的）。何况，桑治平这整套情节，在120万字的小说中不是可有可无的，而是一根“擎天柱”。通过他的辅佐，通过他和张之洞的若干谈话和讨论，直至临终的诀别语，才可以展开张之洞活龙活现的思想的境界和路数。

现在我掉转笔头，来说史学传记。九年前友人冯天瑜以其《张之洞评传》相寄，那是匡亚明主编的丛书中之一种，当时我还未退下来，课很多，只把书约略读了一点，未获明确的印象。现在好了，在读完120万的小说的基础上再来读《传》，就感到亲切。我从中看出来，写小说和写传记是两码事，但各行其道，并行而不悖。写小说，重在情节，至搜罗并掌握很多很多的情节，将这些情节很巧妙地搭配起来，这就增强了对读者的诱惑力。写传记就不然，它着重资料和逻辑。资料要力求其全，在此基础上运用逻辑。所谓逻辑，既包括形式逻辑，也包括辩证法。通过对资料的划分和分类，进行比较和分析，使感性资料向理性上升，也就是说一步一步进行逻辑抽象，达到最终的结论。《张之洞评传》在这方面做的比较好。需知当时社会意识的冲击力仍非常大，一股是

“文化大革命”极“左”思潮的残余，一股是“全盘西化”的否认传统的思潮，能在这两股冲击中保持不受影响或少受影响，是很不容易的，有些人不知不觉就被哪一方拖走了。在这方面，《评传》还算是掌握得比较稳，细读全书，未见明显的文化虚无主义的影子。

我常常这样想，张之洞可以说得上是个有福气的人。生前位极人臣，死后八九十年，既有了科学的《评传》，又有了上百万字的生动引人的小说，两者对读，趣味无穷。知人论世，庶几可以不朽。在这方面，如像李鸿章和袁世凯是无法企及的。在从鸦片战争到辛亥革命间的六七十年中，顶得住“浪淘沙”的，也就数曾国藩和张之洞两个人了。他二人在政治、军事、外交、实业等方面的建树之外，更其重要的是，两个人在文化方面对后世都有很大的影响，连陈寅恪都在自己思想的表述中，提出湘乡、南皮的“不古不今”之学对他的影响。的确，湘乡和南皮是一块跳板，从极端守旧的时代过渡到日渐开朗日渐开明的新时代，这块跳板是自然而然的，并且是必不可少的。从这个认识我们再回过头来想，在极“左”时代，把曾国藩、张之洞这号人骂作“极端反动”等等，就可以更深刻地认识到极“左”的文化虚无主义其危害之大与荒谬之甚了。

2001.11.19日，写于兰州大学

趙儷生文集

乃正題

第五卷

蘭州大學出版社

图书在版编目（CIP）数据

赵俪生文集. 第5卷 / 赵俪生著. -- 2版. -- 兰州 : 兰州大学出版社, 2019.8
ISBN 978-7-311-05647-6

Ⅰ. ①赵… Ⅱ. ①赵… Ⅲ. ①赵俪生（1917-2007）—文集 Ⅳ. ①C52

中国版本图书馆CIP数据核字(2019)第164825号

责任编辑 张国梁 马媛聪
封面设计 陈 文

书 名 赵俪生文集 第五卷
作 者 赵俪生 著
出版发行 兰州大学出版社 （地址:兰州市天水南路222号 730000）
电 话 0931-8912613(总编办公室) 0931-8617156(营销中心)
0931-8914298(读者服务部)
网 址 hhttp://press.lzu.edu.cn
电子信箱 press@lzu.edu.cn
印 刷 甘肃春宇印务有限公司
开 本 787 mm×1092 mm 1/16
印 张 28
字 数 472千
版 次 2019年8月第2版
印 次 2019年8月第1次印刷
书 号 ISBN 978-7-311-05647-6
定 价 950.00元(全六卷)

目　录

赵俪生学术自传

篱槿堂自叙(我的回忆录)

杂诗丛残

序跋书评

师友回忆

赵俪生学术自传

第一章 身 世

这本小册子既以“学术自传”为名，意思是有关生活（也包括政治生活在内）的事要较少涉及。但当真正动笔的时候一想，“树从根脚起，水从源处流”，不说一点身世仿佛就无从说起似的。当然，我懂得要尽量少占篇幅。

我出生在山东省偏东偏南的一片平原之上。假如沂蒙山是山东省的一条脊梁骨的话，那么我的老家就在沂蒙山的东尽头处。水流以脊骨为界，向南流的有沂水和沭水，向北流的有潍水、涨水、淄水和胶莱河。在潍水的支流浯水之滨，就座落着我的故乡——景芝镇，它坐落在诸（城）、安（丘）、高（密）、胶（州）四县间几乎等距离的方位上。

在顾炎武的《天下郡国利病书》中记载着，景芝是明清之际山东的四大镇之一。四镇之中，三镇在今淄博（颜神镇即今博山；张店镇即今淄博市具体所在地；周村镇在淄博以西处），独景芝镇偏东些。淄博以陶瓷工业和琉璃业、大丝绸业著名，而景芝的专业是酿酒。

论籍贯，那么我母亲郭家的籍贯是诸城，我父亲赵家的籍贯是安丘，而小时候村里有人纳钱粮，则主要到高密。这就是说，人丁户籍在安丘，田亩册子在高密。这一带，是苏东坡所说的“桑麻之野”。郑板桥诗云：“过尽青山是潍县，过了潍县又青山。”我十岁以前对“山”的概念是抽象的。这里盛产烟叶、高粱、大豆（指黄豆，不是蚕豆）。所以，高粱酒、豆油、豆饼（土称“麻山”，是牲口的精饲料，肥田的上好肥料）是景芝镇的三大出品。据传说乾隆和乾隆以前，胶州麻湾港口经常靠泊着300只风船，专门运送白干酒、豆油和豆饼到海州，甚至远到扬州。

我们赵家是元末明初自河北枣强迁来，是打铁户。到清朝康熙、乾隆年间以酿酒、榨油起家，就成了商人大地主。咸丰年间，捻军打到我们那里，据传说捻军司令任柱（任化邦）和镇压捻军的淮军大将刘铭传，都曾驻扎在我们村里。经过这一场战乱，商业手工业相对说衰落了。当时兴起一场由团练头子带头倡议修土圩子的潮流，大商人地主就自然而然向恶霸地主转化，这些人的后代在土地改革中被乱棍打死的就比较多。

说文风，我们这一带的文风，在北方说，还说得上是盛的。记得章太炎说，他从苏州动身去北京，过了长江就感到荒凉，过了淮河就荒凉更甚，只有从济南往东看去，仿佛还有点文化人的踪影。我们这里，是秦汉定郡县时候的北海郡与琅琊郡衔接的地方。先秦两汉的文化人物，如晏婴、公冶长、郑玄、管宁等就不多说了，以清朝论，安丘就出过大文章家张贞、大诗词家曹贞吉，大文字学家王筠，以及理学家刘源渌。诸城出了不少大官吏，如刘统勋、刘墉、窦光鼐，更有很多诗人，其中以明清之际的丁耀亢（野鹤）最谑浪有文采。这些人，我们一方面把他们看作个人，尊重他们各自的文化造诣；但另一方面（更重要的一面），则更重视他们在历史上、在乡里间所共同遗留下来的文化影响，这种影响一代一代相传下去，对后世不能说没有起作用。

关于我双亲的家门，在这里也不能不报一报。我母亲是位终生的文盲，平生生儿育女，操持家务，以坚毅给儿女们留下很深的印象。她的父亲和伯父，都有举人学衔，书法皆佳，伯外祖写孙过庭，亲外祖写颜真卿转写何绍基。昆仲均未上公车，以教家馆为业。据说我外祖教出来的进士很不少。我父亲是位有点“少爷”气的人，因为他祖父（我的曾祖）是云南镇南州知州、昭通府知府，他的父亲（我的祖父）是举人，内阁中书。他考中秀才，补了廪生，科举就停废了。据说当时到日本留学有定额，县里衙役哀求大家踊跃前往，我的四位叔父都报了名，只父亲听说大洋中的水色不是蓝的而是黑的，拒绝前往。他平生喜欢填词，我的一位族伯也喜欢填词，两个路数截然不同，族伯走南宋吴梦窗、周草窗的路子，斫造气味较浓厚，而诗情诗意淡薄，往往全篇雕琢而成。我父亲走北宋周邦彦的路子，诗情诗意充沛些，但生活的深度、厚度上稍稍逊色。族伯是我外祖的学生，家有土地30顷（3000亩），后来成进士。我父穷途潦倒，刚52岁就故去了。但由于外祖父在族伯家设馆，我父前往随学，外祖赏识了父亲的才和貌，就把自己大女儿许配了。我祖父和父亲也善书写，他父子二人全写欧阳询，近乎“馆阁体”，外加一点赵子昂，这是很多清朝人走惯的路子。

我是我父母的第11胎孩子，我出生时母亲已41岁，父亲也38岁了。我上边的除夭折的之外，全是姐姐。自我记事时起，我父母自祖父那里继承下来的100亩土地已典卖净尽。“文化大革命”期间红卫兵到我家乡调查，确实证明我不具备“地主”成分。由于我10岁以后就跟随母亲、姐姐到青岛去过贫民生活，所以历来填的表在“成分”一栏中一直填写“城市贫民”，简作“城贫”。

第二章 学 历

一说到学历，自必想到小学、中学、大学。除此之外，还有作为辅助条件的家庭影响和社会影响。但还有一层意思，即一方面我们要回忆当时接受这些教育时候的情节，另一方面还要说出50年后、60年后的一些反思。后者较之前者，似乎更为重要，因为通过反思，可以把当时教育的效果的各方面，反映出来。

小学这个阶段，在我个人看来，似乎是每个人必不可缺少的，但又似乎对终身影响不大的。这一点上，许多初等教育学家可以驳斥我。而我的理由是，一个人的定型期，其主要铸造期，是在中学，特别是高中，这时一个人已是十五六或十七八岁的时候了。在我们中国，似乎只有这个年龄，才是接受铸造，并且自我铸造的最佳时期。在我的感觉上，小学只不过是个“顺大流”的时候。古歌中说“不识不知，顺帝之则”，而我在小学时期不过是“不识不知，顺校之则”而已。

初等小学，四年，我只上了三年，跳了一班，这也许是由于所谓幼稚期的聪慧吧。那是在本村里。这个学校的正名叫“景芝东村私立育才小学”，还受到过黎元洪大总统的金匾嘉奖。记得学校分三个院。最东院是以我曾祖为首的分支祠堂，院中有一古柏，挂一口钟，开学时将神主和主楼收拾到另外房间里，由师生上课。换言之，由祭祀祖先和教育后代两方轮换使用。中院和西院，各是两家远房叔祖的账房兼客房，也暂借出来供上课使用。东院是高小，学生有的已近20岁，够做我的叔叔了。中院是初小男生班，西院是初小女生班，我就被编制在女生班，班中不是我的姑姑，便是我的姐姐。

记得这个院特别雅致，有一棵很大的海棠树。这棵海棠树所结的海棠果，自然我们也摘来吃，但我们最爱的是它的花。在我们幼小的感受里，它是最美的花了，非常艳丽，比杏花、桃花美得多。在它底下玩耍或者背书，兴致和效率特别好。我这个时代，念《三字经》、《百家姓》、《千字文》的事已经过去了，我们念的是："人、手、足、刀、尺、狗、牛、羊，一身二手，大山小石，天地日月，父母男女，红、黄、蓝、白、黑。"比我们晚一辈的，又念"大狗叫，小狗跳"了。这些不同的启蒙课本，到底哪个好一点，哪个差一点，我到老来都说不清楚。只记得四年级学《地理》课，老师叫每人画一幅分省简略，我分配到的是贵州。记得家里贫穷异常，自习不但没有自习间，连桌凳都没有，只拿一只破杌子当桌，小板凳楂儿当凳，在院子里面。事隔数十年，学习条件之艰难早已抛掷到脑后去了，而贵州地理在头脑中比较清晰，有一条乌江，这一条是死死记住的了。60岁前后亲到贵州，亲临乌江渡时，心中还油然记起儿童时画乌江的事。所谓"基础教育"，大概就指这些了。

高小就比初小复杂得多。这座学校已不在本村，而是在景芝镇上了，距家三里之遥。它的全名叫"安丘县立第八模范小学"。门口影壁上挂两块牌，一曰"学校重地"，二曰"闲人免进"，还画有交叉的五色旗，有点高高在上，关门主义的气息。同学们大都在街上有铺子，午饭各到店铺里吃；我家没有店铺，只好早晨离家时由母亲炒一个鸡蛋卷两卷饼带在书包里，中午由老师灶上的厨工老宫给夹带在老师的笼里溜热了吃。一年四季，春秋二季自然好过，夏冬二季就有困难，夏季有雷，有很大很大的霹雳炸雷；冬季雪很厚，小河上的冰不踏过不去，踏吧有时将冰踏烂，棉鞋会落水飘流，自己只好穿灌满雪水的棉袜上一天学回家。大学生欺侮小学生、功课不好学生欺侮功课较好学生的情节也已经有了。记得因为某次发作文我得了个第一，圈多，批语好，到中午老师们到馆子聚餐不在校内的时节，批语坏的大个子同学就在场里扮演一场"枪毙人"的表演，将我五花绑起，由两人架着，几个同学吹号，用炮竹代替枪响，把我推翻，给我来个嘴呛地。这种恶作剧已经接近到犯罪的边沿了。

记得当时正是张勋复辟以后，北洋军阀提出恢复读经，我们高小临毕业的那年，就增添了《孟子》。"孟子者，七篇止"，我们大概只讲了五篇，后面《告子》、《尽心》两章没有讲。这可能由于毕业前学时不够安排了，但也许由于这两篇比前五篇更难讲，老师讲不了，学生怕也懂不确切。在此不免联想到一个问题，就是小学教师的水平问题。60余年的经历使我感到，有很多因素总在破坏小学教师水平的提高。第一个因素就是待遇低、社会地位低，想多赚钱、想往高处爬的，干几年自然而然就走了。第二个因素是一些在学业上想上进的，干几年考上大学、专科学校走了。我想，只有研究儿童心理学的人也许会长期牢固就业。这是当我回忆自己上小学的学历时，不觉想到的一桩事。

中学就不大相同了。我上的中学是青岛胶济铁路中学。这座学校是由胶济铁路局作为经营职工福利，在青岛湖南路胶济铁路小学（“三座楼”）历届毕业生想升学的基础上办起来的。当然，它也有个自身发展的历史。开始几年，学校没有固定校址，靠租赁楼房上课，计自广西路迁浙江路迁明水路迁大学路，只管上课，不管住宿和自习，学生走读，所以很难要求质量。再者，老师也都是胡乱聘来的，教语文的有旧私塾夫子，教英文的有教堂里的假洋鬼子，等等。这怎么能把学堂办好呢？大概后来，他们慢慢觉悟到要办好学必须延请专家。

专家请到了。他叫宋还吾，山东成武人，北大毕业，五四运动的积极人物，因在曲阜第二师范当校长任内，鼓励师生在孔林内演出《子见南子》话剧，被以孔祥熙为首的士绅告到当时中央政府，他被免下职来，才应聘来给我们当校长的。他高高的个儿，留一丛浓黑上须，西服革履，拿一支相当粗的手杖。记得他是1930年春天到任的，那时我正在初中二年级从第一学期进入第二学期，虚龄14岁。他不仅是一个人到任，而是带来一大帮人，其中主要是一些从北大、北师大毕业，有学识有新思想的教师。于是，风气创开了。语文课堂上讲起了白话诗、白话散文、白话短篇小说；公民课堂上讲到了辩证法三大公律；当然，在党义课堂上也在讲周佛海的《三民主义之理论的体系》。不管怎么说，这都是些崭新的东西。

从此，我的头脑开始接受第一次铸造。我的灵魂，浸入了第一个染缸。自14岁绵延至20岁，甚至以后数年，历七八年甚至十年之久。我把这个时期叫做“浸润在新文艺中的十年”。

从此，我开始用白话文写作。此前，全是用文言文的。那时，我们的老师已谈不上什么桐城派了，只能按《古文观止》中的浅近篇章教，我们也只能按“起、承、转、合”的程式写，再加一些“呜呼”以及“矣”、“焉”、“哉”之类的语助词。现在不同了，形式主义的语文训练结束了，自由思想占领了阵地。你想什么，就写什么；你想怎样写，就怎样写。除非身历的人，很难想象我们那批十四五岁孩子初历头脑解放时的喜悦。前边我提到了桐城派和《古文观止》，我加以说明，我不是想诋斥它们，当代的人照样阅读《古文观止》，照样欣赏桐城派古文，因为它们已经无害了，不再起一种捆绑人的作用了。可我们小时候，它们的的确确是捆绑人的，是老的封建意识形态捆绑人们头脑的一种工具。

记得我的第一位白话文语文老师是一位女老师，她叫郝荫潭，曾在《沉钟》丛书中出过一本小说叫《逸如女士》。当时，铁路中学赁租青岛大学的一幢大楼（这里原德国驻军四幢石头楼的西南角一幢），所以可以说和大学堂是近邻，那边杨振声校长聘请的教师及其配偶，多来我们中学里兼课。郝先生当时是杨晦教授的夫人，听说后来离异了，自己孤孤零零死在云南。那时我写了一篇作文，描写大学路和黄县路拐角处一洞石桥的水塘，春雨落时激起的一轮一轮的涟漪。不知为什么，它受到了郝老师的赏识，她大加圈点批语，并在发作文时大讲一通。这一行为，倒不在于在当时小小的教室里增高了我在同学中的声誉，它更高更大的作用是，启发了我终生写文章的至死不衰，甚至当代不少名人当面告诉我说，他每在目录上碰到我的文章，就非找来读不可。我是如何培养成了这点可怜的魅力的？我自己不清楚；但假如有人死命要问的话，那么我只能说是郝老师赐给的。

第二个老师叫修古藩，此人还活着，已80多岁了，是北京师范学院的退休教授。江西萍乡人，他的江西话，在一些山东土包子娃娃听来，是离奇的。例如班中有一同学叫潘瑞祥，而修老师却读作“房树墙”，引起大家给他起绰号叫“黄鼠狼”。修老师是大量将鲁迅、周作人作品和译品印成油印讲义发给我们的人。我们开始知道有《域外小说集》、《现代小说译丛》、《日本短篇小说集》，都是从他讲课中得知的。他还推荐让我们订《沉钟》和《骆驼草》这类北大继《语丝》之后出版的小型新文艺刊物。

在这里，我要插进来说一说“童话”这桩清新的新文艺形式在以我个人为例的蒙昧头脑中所引起的巨大作用。

我具体接触到的，是三家童话，不包括著名的安徒生童话在内。这三家是，王尔德童话、爱罗先珂童话和托尔斯泰短篇故事。王尔德童话，自然首先接触到的是《安乐王子》，那是周氏兄弟早年的文言译文选入了教材的，“城中柱石峙立，安乐王子之像在焉”，大家还能背。但我最受感动的，是另一篇《夜莺与玫瑰》。它写一只夜莺，为了染红一朵爱情需要的玫瑰花，不惜将自己心脏贴在玫瑰刺上，用鲜红的血去完成这朵花所需要的颜色。这篇童话启发了我少年的心灵，隐约懂得了人生的事业，是要用耗尽了的心血才能达成高点的。这件事我一辈子不断想起。爱罗先珂是一位飘泊的俄罗斯盲人，有几年功夫居停在周氏兄弟的八道湾家宅里，以教世界语为职业。老师选他一篇《鲫鱼的悲哀》作为教材，但最使我受感动的是另一篇，写两个蝴蝶，一个飞向东，叫明天的太阳早些上来；一个飞向西，叫今天已落的太阳再重新返回来。这惹恼了害怕阳光、喜欢黑暗的猫头鹰，它命令手下去捕杀这两只蝴蝶。在我少年的头脑里就想，像“三一八”惨案中被杀害的刘和珍君，不就是这样追逐光明的蝴蝶吗？为了追逐光明，人是会被捕杀的。至于托尔斯泰，读他的作品时我的英语已培养起一定的阅读能力，我从老师书架上借来牛津版、著名译述家Maude夫妇翻译的《二十三篇故事》。这本可以装在口袋里的小书，我长大后买过几回，丢失了再买，总不忘怀于它。其中不完全是童话，很多以成年人为对象的故事，但起童话作用的篇章仍然不少。例如《一个人需要多少土地?》对我的启发就很大。故事说在俄国少数民族地区，有的风俗规定，土地不按顷、亩出售，而是按“天”，在一天之内，买土的人按一个基本圈圈走呀走，走一段插一根标竿；太阳一冒出地平线就走，在太阳落山之前返回出发地，迟误了货款没收，土地一亩也到不了手。故事说一个贪婪的人，他贪婪着多了再多的土地，终于货款被没收，本人累死。托尔斯泰最后说：“宽三尺，长七尺这就是他需要的。”当我五六十岁研究土地制度史的时候，我还不断想起这篇童话。它启发我们，联想到人们的私有和作为社会制度的私有制。联想到中国历史上，宋代有些地主发展土地经营对整个社会繁荣也起过好的作用等等。这都是后来发生的思绪了，但假若要找它的起头，则和少年时期读童话所遗留下来的感受，有着很遥远，但又很缠连的关系。

这是我一生发生最早的一次兴趣，这兴趣很浓，它给我带来无穷的启发。50年代，人们极力反对兴趣，这一切要按照革命的需要；培养学生提倡兴趣，就是英才教育，不时曾经力争，争不过来。现在几十年过去，才看得清楚这种左倾机械观点在效果上所造成的损失。话回到原题目上来，新文艺和童话故事还启发我自己替自己开辟了一条文化生活的专门行当——翻译。当时我是这样想的：试探着做一些翻译工作，有着多方面的有利性。第一，它可以越来越深广地满足我自己喜爱新文艺的兴趣；第二，它可以有效地增进我的外语理解力；第三，它可以锻炼我的外语与汉语的对照修养，懂得怎样将一个外语语句像拆卸钟表一样拆卸下来，再按汉语规律装配起来，这样做对于一个作为中国人的我去娴熟祖国语文，怕也是一个再好不过的办法；第四，搞文艺，首先想到的是搞创作，可是创作需要两条，一需要很高的才华，二需要丰富的生活体验。假如这两条不够，那么“不得已而求其次”，翻译也是一条路了。因此，我在此后悠长的岁月里就一直业余地操这个行当，从译短篇到译中篇到译长篇，从译英、美作品到俄国的、苏联的、日本的作品，从译文艺作品到译马克思主义经典著作到译近代西方社会科学、哲学文章。可是有人会问，你为什么没有把自己培养成一个职业的翻译家呢？我的回答是，这其中有个思想问题。这个思想问题是，当时人们在说，翻译是媒婆！当时年少气盛心大，一心想当新娘子、新郎君，当媒婆多没出息？就是这么一回事。

套话说，光阴似箭，日月如梭。转眼已到1931年，是民国20年，我已15岁了。在这一年，有许多发生的我身边的事情都是不寻常的。首先，我的父亲于夏6月去世。他的去世，由于家庭生活全靠几个姐姐在工厂做工维持，所以可以说是影响不大，但扶柩回籍之举还是必行的。其次，以蒋介石为首的南京政府，在进一步巩固了统治之后，在学校里施行党化政治思想控制，设置训育处，增置训育员和军训教官。我们的中学，顺应这种情况，也准许了宋还吾校长的辞职，与之共进退的一些具新头脑的老师，当然也走了。这时候，我正从初中毕业，原校升入高中。在两班一百多人毕业考试中我得了第7名，不能算很逊色；但分数单上记载着数学的总分是45分！这是严重的后遗症。面对这个现实，我怎么办呢？一种办法是，决计高中后不再升学，那么数学鬼混一下也就过去了。不少同学走这条路。另一种办法，一定要上进，一定要升学，那么数、理、化的学习成绩，必须得搞上去，不上去不行！我在三伏天扶柩回籍，将父亲安葬在祖茔之次，并且按照礼俗遭父母大丧百日内不能理发，在头发蓬蓬似鬼的情况下，回到了坐落在市郊四方的已建成自己固定校址的胶济铁路中学。这时，我在市内的家派出所已换了门牌，顺应男尊女卑的原则，“家长”栏内我父亲名字换上我的名字。这对我是极大的刺激，它警告我说，自己已经是要当家立业的人！

我是怎样萌发了决心的，几十年后我也说不清楚了。记得一天下午，我以冲动的心情，走到中山路劈柴院门洞里那家卖文具的摊店（这家摊店的练习簿又便宜、又耐用），一口气买了十大本厚厚的练习簿，回来把小代数、平面几何、三角这些初中课本以及现用的大代数、解析几何课本整理在一起（这些都是中国私商翻译的外版外文书，其编著者分别是温德华氏、霍克氏、范氏、斯密氏、盖尔氏、耐利氏等），跟着老师现行讲课演算指定下来的习题（一般五六十道），另一面作为“补课”外加演算初中三年级不曾演算的习题（自己规定不少于四五十道），每晚坐在教室里一动不动达三四个小时之久。熄灯后回到宿舍点起洋蜡把未做完的做完。是谁给了我这种毅力的？我回答不出来。假如是受了像欧阳修母亲那样的训导，那么把动力归于母亲；假如当时正在恋爱，女方鼓励了我，那么把动力归于女友；假如哪位老师把我叫到房里，处心积虑将我训导一番，那么把动力归到老师。可惜，三者都不是。那么这动力，就自然要归于“形势逼人”的四个字上去了。环视四周，父亲死了，家庭靠姐姐做工维持，我又是独子，我又不甘心堕落到叫人背后挖脊梁骨的地步，并且英语课文中不是有一课的题目是“To be somebody else （要做成一个什么人物）”吗？——所有这些加在一起，我一天演算一百道题的毅力，就油然地产生了。

这样做是有效果的。在班上考试，数学再不是45分而是90多分，有时到100；高中毕业市教育局会考，分数实额超过了语文和外语；大学入学考试的情况也类似；以优异成绩考取了北京大学和清华大学。这是效果之一，也是最明显的效果。但人究竟是有机体，经过高中一年半的奋力拼搏之后，18岁少年的脑力和体力显出了短暂的衰败，一时病象丛生，这是效果之二，反面的效果。但是，除却上述正反两面的效果之外，还有一个最大的效果，就是我相信我的毅力是可以信赖的。经过第一次考验的成功，使我在一生中多次地凭靠自己的信心和毅力，一桩事一桩事地做下去，只有我自己心里知道，这是高中补习演算各门数学题这件事赐予我的。

但是到此为止，关于效果的事，还不曾说完。一个更大的效果是，通过几何中轨迹内容的学习，特别是有多边形边数无限增多就渐近于圆的内容的学习；通过大代数、中级数等内容的学习，特别是数由有限到无限的内容和学习——使我那久已习惯了形而上学和简单形式逻辑的头脑，不知不觉出现了向运动、变化、发展的方向上的考虑，在我看来，这才是最大的收获了。总之，西欧童话故事给我的启发，数学由初等数学向高等数学跃进所给我的启发，是读一千篇、一万篇《滕王阁序》和《阿房宫赋》得不到，也达不到的东西。

还有，数学、物理习题的演算，又给人一种训练，使你高度集中地坐在工作现场，两三个小时一动不动，每条神经都贯注在每一个数据和符号的正误的检查上。我以一生的经验证明，这种训练对数学、物理以外的其他学科项目，也都是有用的。即以料理古代历史为例，你在料理某书某卷某注释训诂方面，也需要与上述同样程度的精确。所以说，我身有感受地认为，我15～18岁时对数学、物理的学习，即便以后我以社会科学做了终身的专业，但那三年的精力是丝毫没有浪费的，因为从其中接受了严格的训练。

中学毕业进入大学，这是自然而然的推移。我上的是北平国立清华大学的外国语文系。现在，正如中学学习与小学学习很不一样了一样，大学学习跟中学学习也很不一样了。我以为，大学的最主要作用，是开扩眼界。在中学，人们局限在固定的教室里上课（顶多上实验、图画、音乐、体育时换一换环境），并且总是那么几位老师。大学不同了，人们要脚走或自行车代步，在许多大楼间疲于奔命，以争取不因迟到而受到讯问；至于老师，那么山南的，海北的，不同国籍的外国人，每人愿意讲什么就讲什么，愿意怎样讲就怎样讲。不是传说当年马叙伦先生讲了一个学期，一篇《庄子·天下篇》没有讲完，大家起个外号叫“马天下”吗？老师不一样，同学也不一样。在中学里，同班就那么五六十人，除少数江南人在铁路服务者的子弟外，都是本省人；虽然功课好功课坏的差别也有，但差距不太大。大学不同了，虽然以江苏、河北、山东、浙江、广东籍的居多数，但全国各省包括边远如甘肃、青海、贵州、云南籍贯的都有，每人有着各自不同的学历、方音、风俗习惯，包括特别聪明的和特别怪癖的都在内。“山外有山、人外有人”的感受，会油然而生。

并且，犹不止此。以我本人为例，虽然我所居住七年的青岛是个半殖民地，也见过一些日本的、德国的资本家和更多的中国买办，但就我的头脑（指意识形态，按二三十年代的音译法为“意底沃罗基”）而论，则基本上仍是封建的，不曾受过异化的冲击。一进大学不同了，鲜明昭著的资产阶级意识在每个角落里拂郁着，从生活到理论观点。譬如说，喝咖啡，红茶加柠檬，吃奶油点心，吃巧克力，打网球雇贫苦儿童拾球，都是进了大学才看见的。“人不为己，天诛地灭”的意识，也处处可以感受到。当然好的方面也很多，如民主，自由。假如这种资产阶级冲力是一股明流的话，那么，无产阶级革命运动的冲力是一股暗流，或者说是在暗中逐渐公开化的一种潮流。譬如说，当时在同学中流行很多歌，如“光棍的锄头不中用呀，联合机器来革命呀”，过些年后恍然大悟，这就是宣传“工农联盟”嘛。又如“生活像泥河一样流，机器吃我们的肉”，这已是一种形式的《国际歌》了。这就是无产阶级革命运动的声音了。不但有声音，也有组织，在当时只可能是保密，只某几个外围组织半公开。即南京当权政府的一些组织系统也不公开，例如通过军训教官转手的活动经费和个人定额津贴，是在曝光之后，大家才知道。同样，一些与政府不一致的地方首长（如张学良、李宗仁等）寄给学生会和救国会的款子，也是在曝光后大家才知道的。所有这些，在中学里都未接受到过。只是有一次青岛中山路街心公园（现在是银行区）里有人被刺杀，人们传说那是个共产党叛徒、被组织决定派人处死了的，事后证明是确实如此。这是中学时期的事。一旦进了大学，那么政治斗争的事，真是越来越司空见惯了。

在这里，既然写“自传”嘛，我想就应该无罣碍地写出了自己的心里话。对于清华，我想写出我多年以来隐蔽在胸际的一些看法。当时，谁考进清华，简直比清朝中了进士还辉煌。北京市语说“北大老，师大穷，清华燕京可通融”，这是市民选女婿的标准。到今年，我们那一批考进清华的270余人中，除开见上帝和马克思的之外，在大陆剩不下100人了，这些人多已抵达古稀与耄耋之间了，但写起纪念文章来，众口一声称颂当年的大学生活几如世外桃园。我和他们不一样。虽然我从来没有公开唱反调，但反调一直憋在肚子里。一进校门就是“拖尸”（Toss），高年级学生虐待新学生的一场大恶作剧，这跟小学时大个子同学拉我到操场去“枪毙”，不是大同小异吗？再说上课，赫赫有名的刘崇宏教授的《西洋通史》和雷海宗教授教的《中国通史》，除了支离破碎的一些知识碎片和一些烦冗的卷、页数据之外，又给了学生一些什么呢？我这样想，我想我是严肃的，因为正是我本人恰好是教了一辈子《通史》的人，从而我最有资格评骘当年的教课。再如外国教授翟孟生（Jameson），他的《西洋文学史》又怎么样呢？只叫我们背譬如迭更斯生于何年？卒于何年？他有多少小说著作？其主要著作（如《大卫·高伯菲尔》）的主要情节是什么？男主角是谁？女主角是谁？几十年来，我不断地问自己，“背过了这些，有什么好呢？”再如凭着一篇《八仙考》升了副教授的浦江清先生，他在“大一国文”的课堂上，不过打着他淮南地方的腔调像煞有介事地讲《左传》中的“邲邲之战”和“鞌之战”，我们学生只不过似懂似不懂地听了一场像当时留声片中的“洋人大笑”而已。我说这些，自己感到一点也不过激。

看到这些之后，我决定，“我干我的”。上这个大学，不过是混资格，将来可以找个差事，混碗饭吃而已。可是这个“我的”，又是什么呢？我的这个“我的”，到头来是想看一看世界无产阶级革命运动是怎么一回事？我是想一辈子搞文化的（当然文化永远不可能跟政治游离），我要看一看无产阶级革命会把文化搞到何处去。从此，我走进了“左派”的阵营。我进这个阵营，是全神贯注的，不是半心半意的，不是混的。举一个例，我们组织起来冒着军警的包围到东华门大街的中国剧场去看苏联电影《今日之苏联国》。当我们看到列宁墓上斯大林的形象时，真是周身血管都抖动了，一片鼓掌和欢呼。这时，假如能提前若干年读到赫鲁晓夫的《报告》的话，我想就不会如此激动。但那是历史的局限性。依照同一道理，我进入无产阶级革命的“近郊”（而不是“核心”），也是在一个前提之下的，即当时远远不晓得像目前东欧国家的“滑坡”和苏联的分解。但是有一件事在大学时期已经看到了，即革命组织中长期顽固存在着的“左”倾关门主义。不少革命者有这种心理，“我自己是革命的，我信得过；对别人信不信得过，我不敢断。要以最高的警惕，识别一些新参入者是不是混进来的‘敌人’”。有一次我读《老残游记》至18回，看到一个姓白的大人在冤案理平后批评酷吏刚弼说：“清廉的人原是最令人佩服的，只有一个脾气不好，他总觉得天下都是小人，只他一个人是君子。”读至此，我拍案大叫说，“左”倾思潮在历史上也是有的哇。因此，即便当时我仅仅是个18～20岁的青年，我已经懂得在介入“组织”这件事上，必须谨慎，因为一旦我成了“组织”中之一员的话，我必须在每个观点上与“组织”保持一致。这点，我办不到。即便100个观点中有99个相一致，只有一个不一致的话，我也绝不能强行一致。缺乏组织性，是我一生的致命点。

既然要搞文化，当时还不懂得搞历史学，就只好先搞在中学里培养起来的兴趣——文学。具体说，搞小说。又受生活经验贫乏的限制，不能搞小说创造，就只好搞小说翻译。那时，图书馆西文阅览室里有《莫斯科新闻报》，有美国出版的《新群众》，进城去在喜雀胡同白俄教授柏烈伟家里可以买到《国际文学》。从翻译中几乎可以说，能得到无穷无尽的启发和滋润。记得译过一个日本短篇，描述两个小学教师到山中的古庙去开共产党的秘密小组会。在那篇文章里，作者把日本山色的秀丽和景物的幽静，简直写得入神了。又译过一位美国报告文学家斯皮瓦克写的一篇给罗斯福总统的一封信，说在南部经营棉花的种植园里，一位怀了孕的黑人姑娘正处于极其悲惨无助的境地，他问正在行“新政”（New Deal）的总统如何拯救她。从这篇文章中，我仿佛亲眼看见了美国西南部农业庄园上雇工生活的境遇。又译过一篇十月革命后的一位俄罗斯母亲，经历千辛万苦搭乘不买票的火车到乌拉尔一个劳改场去探望她因为偷了一点什么吃的东西被送去服刑的儿子，她怀里揣了一个极小极小的苹果，由于揣得过久而热烫烫的了。慢慢地，我由翻译短篇发展到翻译中、长篇，我选了一篇描写十月革命后富农暴乱的故事《孤独》。记得这部小说分二部，我在春假一周间译了第一部。记得窗外的紫荆花已经开了，男女同学们这个来邀我去八达岭，那个来邀我去西山无梁殿，我都婉言谢绝了。在高中演算数学题时候的那股“雷打不动”的劲儿，又上来了。到暑假，本该回青岛看望母亲的，也暂停了。通过这场翻译，我懂得了俄国富农是怎样一个阶级，它的政党——社会革命党如何由于阶级利益与布尔什维克处于敌对的地位。又看到列宁的政策，一方面由著名将军杜哈切夫斯基率军进剿，另一方面在政治上调整粮食政策，争取个体小农和贫农走到布尔什维克的同路上来。从内容上看，这是篇写大形势、大起大落的文章；从字数上将近20万字，一面上课一面趁春假、暑假时间，完成这件译述的工程，自己对事业的信心和毅力，不知不觉又提高了一步。我从此懂得，一个人干一桩事业，不干则已，要干就要叫它一定干成，叫它一定能够干成，这是人一生中间很重要的一条纲。

当然，从译述中也遭到一些艰难和疑窦。例如，上述日本教师到山中去开秘密会，那座庙里的主神名字，其日语英译文是Osi，这可把我难住了，我把它转到日本的假名，然后到阅览室里遍翻和汉、和英、和德、和露等辞典，记得一星期过去了，无法之余只好到图书馆馆长办公室去找当时的馆长钱稻孙先生（这时我正选修他的大二日语），他立即回答是“天照大神”。从此，我才真正懂得了专家的作用和意义。再例如，在译《孤独》的过程中，我发现前后两个版本中间有个极明显的不同，平叛的总指挥前一版本中明明写的是杜哈切夫斯基，并且在提到他时，作者还加了笔墨对他略加颂扬，说皮尔苏斯基元帅很早就识别出杜是一位有才干的将军。可是到另一版时，一切有关杜的话统统取消了，平叛总指挥换成了斯大林。我想，倘是虚幻小说，换换倒也无所谓，可这是历史小说呀。当然，历史小说究竟还不是历史，既然挂着小说字样，就允许塑造。但这显然不是塑造。后来在熟知了杜哈切夫斯基冤案的始末之后，我才懂得这后一版本的变动，是在高压政治下的一种篡改。

我在大学上了三年，翻译只是一种业余的操业，主业还是上课，积累分数。说起分数，当时分五个档次，E是优秀，S是良好，N是正常，I是尚可，F是失败（不及格）。习惯把F叫拿手枪，意思是应该自杀；就把I叫拿棍，只能当个巡捕；把得S叫拿钥匙，意思是“有门儿”啦。我军训、体育拿的全是手枪，其他大部分拿棍，拿钥匙的时候很稀少。所以按成绩看，我是个劣等生。这跟高中成绩比，就是个大堕落。但我自己并不这样认为，假如我真正如此认为，我早该自杀了。我这样想：这个大学的路数和气味，和我根本不合，我在这里只是混混的，一面混一面自己干自己想干的事。那么什么是自己想干的事呢？一是写作，二是从事社会活动（指全部的“一二·九”运动；但因此书是学术自传，有关生活和政治的，就从略了）。反正我不曾虚度了我的光阴，我的自我感觉是充实的。

由小学，而中学，而大学，在这14年头中我成长起来了。做好种种准备，使自己向此后真正的学术生涯迈进。

第三章　师　承

蔡尚思先生说，老师有两种，一是“死老师”，一是“活老师”。他说的“活老师”，意思是不管这位老师现在已经死了，但当他对你“传道授业”的时候还是活的。他执行的，是口授面喻。他所说的“死老师”是指书，意思是不管这些书的作者当年曾多么生动地活着过，但对你来说已经够不上“面炙”了，你只能通过他所遗留下来的文字的传导，接受他的教诲。蔡先生的意思，重在后者。他是说，活的老师平生得益者寥寥可数，而“死老师”们留下的东西都浩如烟海。但在我，又不是每种书都可以给我当老师的，有的书读过几遍，心心不印；只有心心相印了的才产生效果。从我的感受说，活老师言教身教，有声有色，像吃药一样，它的效果大得多。

勉强说，我的头一个文化老师，也许是我的父亲。他是一名秀才，考取过廪生，也就是说，是一位接受官家微薄生活津贴的秀才；本想考举人，但清朝的场屋关闭了。他天赋极高，而意兴极为疏懒，不事家人生产，只爱填词。所以我从小就知道词有小令、中调、大调，最长的《戚氏》三阙、《莺啼序》四阙。他对南宋王沂孙、吴梦窗的缺乏感情实质的词派并不喜欢，但对感情跌宕的苏东坡、辛稼轩也不加意称道，独对周邦彦、柳永则屡屡表现崇敬之意，说只有周才是正宗。有一次，他吩咐我去买来三本红格簿，他说旧时代小孩都读《龙文鞭影》，知道一些典故，我给你现编一部《龙文鞭影》吧。于是他就在鸦片烟吸过之后，一篇篇写下去，三个本子都写满，题曰《集腋成裘》。当时，他已穷到连一本参考书也没有了，但令我至今惊讶的是他每个古典下都附注出出处，某书甚至某卷。这使我惊羡老一辈人读书讲究背诵，这功夫真利害呀！他还叫我熟悉“诗韵”，而我却由于已沾染了新文艺而对诗韵表现出“不入不入”，故终生不会填词，不做律诗，就是做也是不合韵的。诗情诗意，我是喜欢感染的；但“一东二冬三江四支”，我却终生感染不上。这毫无办法。

我的第二个文化（文献）老师，就要算闻一多先生了。我在中学读书时，曾在伯父的书斋里见过他，那时他是青岛大学的教授，伯父是清末的进士，是著名的词家和藏书家。当时我是小孩子，没有资格跟宾客交谈。后来，闻先生到清华教书，我也进清华，正如上一章中我表述过的，我对清华当时开的那些课都不感兴趣，只对闻先生课愿意听。当时他开四门课（《诗经》、《楚辞》、《唐诗》、《中国古代神话》），作为外系学生，即便到二三年级，也没有资格全部选修，只挑《神话》一课选修，其余旁听。旁听不缴作业，不计分数。选修就要缴作业了，记得闻先生给的题目是《远古帝王感生传说的分析》，就是指那些“履巨人迹”、“见北斗枢星”、“有黑龙卧其上”等等。我平生第一次学会查类书、翻丛书，就是围绕着做这篇paper开始的，这就正式踏上文献学的边沿了。对《北堂书钞》、《艺文类聚》、《太平御览》、《永乐大典》、《古今图书集成》以及《玉函山房辑佚书》等，开始翻查也感到过烦躁，久之尝出滋味，即根据一根线头可以找到很多花花绿绿的线头，心里很喜欢干这个事。对一件事的底蕴，像破案一样，追踪寻访，从类书中找到线索，还要缘着这条线索深入到一部部原书中去，总不能查完本题就一扔不管了吧，一般习惯是借查甲案的机会，不知不觉地牵连到乙案、丙案上来，当时年轻，精力充沛，对有兴趣的问题难舍难分，手里攒着一大把问题——“一锅下吧”。这一“下”就三个月、半年过去了。我开始感觉到这比翻译一篇或一部小说，更饶兴味，份量更重一些。当然这种转变，也是和一个人由少年向青年的过渡相伴随着的。

我和闻先生中间，不仅有学业的传递，还有他对我人格上的陶冶。自离北平以后，我到山西参加了部队，在晋西北和晋南各地转战了两年半。在我到西安出差，读到大后方的报导时，我给闻先生写了一封信，向他报告了游击区的生活花絮。也许这些感动了他吧，他从云南晋宁破例地用蝇头小楷给我复了一封长信。这封信我珍藏下来，捐赠给先生遗著的编委会了，后来由一位师妹编入一本小集子，出版后送我一册。我深知，晋宁时代，是先生一生学术达到最醇练的时候，那部《周易义证类纂》就是这时候的产品。朱自清先生说他的作品“精悍”，而他给我复信的时候，正是他的学术闪耀着“精悍”之光的最佳时刻。我曾立志要把《义证类纂》的本事学下来，但恐怕到死也学不到手的了。

大概在1940年前后，我才正式确定自己由“新文艺”向“史学”跳槽。谁推动的？在这里就要说到“死老师”的作用了。这时，我已自部队转业为中学教师，偶尔自图书馆中借到全祖望的《鲒埼亭集》，我一下子就扑到它的卷9和卷11、12上去，因为那里有着张煌言的传说性篇章，黄梨洲、顾亭林、李二曲的传记性篇章。在28卷中还有傅青主的传记性篇章。当然，当时限于时代和时局，全祖望只能采用“神道碑”这类的形式来传写。我最受感动的是张苍水（煌言）的神道碑铭。这篇碑铭长达六七千字，是一篇出格长的文章（正如钱牧斋给孙承宗写的碑文也是一篇出格长的文章一样）。不但出格长，而且出格地精彩，既有经过多方考核的精确的史实，又有充沛的感动和生动的文采。从这篇文章我才懂得，高乘的史学写作就应该是这个样子。我从事史学工作从明朝开始，从明清之际（17世纪）开始，其根蒂实与这篇文章有很深的关联，从此我就对清初明遗民展开了研究。五六十年代，人们写文章加意贬低遗民运动的作用，说什么“不过是地主阶级的拥满派和反满派”，用“地主阶级”一张大皮就把汉奸和爱国者卷成一堆去了。这个作法，并不是坚持了什么阶级观点，而是严重地混淆了历史上的大是大非。对这种形“左”实右的看法，当时我反对，现在我仍然反对。

遗民运动的作用，是很巨大的。从满清入关开始，一直持续到三藩起事，甚至三藩失败以后，在南方边僻山区，以“复明”为牌号的反清运动，一直在持续着。甚至可以跟孙文、黄兴、章太炎的“驱除鞑虏”联成一条线。我就是这样以全祖望的著作为介绍人，参加到史学工作的行列中来，以遗民运动的研究作为自己自选的第一个课题。我说“自选”，是没有老师指定。这就是说，假如第一次题目由老师指定的话，第二次就不一定非靠老师不可了，人要锻炼自己的主体能动性。我找到的第一个历史人物是顾炎武。在这里需要着重地说明一下，我选中顾作为对象，是与另外一些顾的研究者很不相同的。他们从“学”上下手，我从“行”上下手。他们著重研究顾的经学、史学、音韵学、地理学，而我则著重研究顾在北方仆仆风尘25年所参与的遗民运动。缘着这个线头，就像拆一件毛衣一样，我拆出来很多东西。我找到，在陕西的华阴、富平，有着一活动中心；在山西太原、代州和祁县，又有一个活动中心；在河北永年（广平府），又有一个活动中心；在山东章丘（明水）和东南方的诸城一带，又有一个活动中心；甚至洪泽湖岸边，还有一组遗民在活动。所有这些，都是在全祖望及其《鲒埼亭集》的伟大的启发之下展开来的。模拟，是人的许多有创发性活动的前奏。看到全祖望把浙江一域的遗民活动勾勒得如此引人入胜，这本身就引起我的模拟冲动，想把北方山、陕、齐、燕的遗民运动也试探性地予以勾勒。以上，就是我游离开新文艺和外国作品的译述事业，向史学入门所迈开的第一步。

1945年，日本投降了。这时，我已在高级中学里当了七八年教员，我已是三个女儿的父亲，我在史学工作的默默操作中已有五六年的光景了。俗话说，闭门造车，要出而合辙，我应该到更广阔一点的世界中去，让别人检验检验我的成就了。于是在1946年冬，借在重庆的全国文艺界抗敌协会迁移上海的大会给我发出邀函的机会，我在赴沪半途中在开封下车，对河南大学进行了访问。这次访问中，我有幸结识了第一位对我有影响的史学家——嵇文甫先生。

我去晋见嵇先生，是由两位青年人带领的。其一是周可任，他是陕西岐山县益店镇的人，是在乾州中学我教过的学生（他不久以后，即在泌阳被白崇禧部活埋，壮烈牺牲）；其二是牛维鼎，他是安徽阜阳人，此二人当时都是河大文史系的学生。此时，嵇先生住在刷绒街一处小院落内，由于思想新颖，受到国民党反动派的种种限制，正在苦闷、寂寞之际。他难得遇到像我这样一个年轻好学的后辈，我也难得遇到这样一位思维活跃、境界宏阔的长者，所以我们一拍即合了。当时，我们接连谈了三夜。谈的主题是明清之际的学术、思想界。记得我谈的是关中之学和“关中三李”，嵇先生谈的是孙夏峰（奇逢）以及从孙夏峰到颜习斋中间的学术传递。三个夜晚过去了，我对嵇先生产生了极大的崇敬，嵇先生也把我“引为同调”，对我给予了很高的期许。当时，嵇先生和那两位青年都希望我到河大来。但嵇先生说，由他推荐是不合适的，因为统治者认为嵇的色彩是“红”的，不久前还被捕过，在洛阳拘留过几个月。他听说我去上海开会，就提议找中央研究院的人担任推荐。后来我遇到同时考入大学的友人傅乐焕，由他转请他叔叔傅斯年（孟真）担任介绍。由于孟真的妹妹是我的嫂嫂，傅就欣然作了推荐人。加以次年2月我的第一篇史学论文在《大公报·文史周刊》上刊出，这使河大校长姚从吾对我增加了信心，于是就给我下了聘书。从此，有一年光景，我得以和嵇先生朝夕相见、从容问学了。

我从嵇先生那里学到的最重要的东西，是他学术境界的宏阔。他的学术路子很大，于学无所不窥。中年曾在先秦诸子方面，有过许多精辟的见解；中年以后，浸沉在王阳明思想和王船山思想里，体会出许多精彩的端绪来。他常说，他不是不会做考据，但对清中叶以后许多江南的琐节考据家很瞧不起。他曾经冯友兰的推荐，在北大、清华担任过专任讲师和兼任讲师，对当时赫赫负盛名的“诸沈”和“诸马”很不抱好感，那些人也在评议会上说他接近“赤化”而主张停止续聘他。这样，他就回到中州来了。他的课，都在大礼堂上，原因是听的人太多，据说连便衣侦探也来听。他的最高明之处，在于他讲的道理全是辩证法和唯物论，但这类的词句他却不用，他用的词句全是传统的，让找把柄的人什么也抓不到。他前些年教《中国社会经济史》，后来教《中国思想史》，外加一高年级小课《明清思想史》。我到河大后，他就把这小课让给我教，我心里想，像戏剧中英雄豪杰那样“试试你的膂力如何”，于是我便欣然地把课接了下来。经过一年的讲授，学生没有流露出不叫我教下去的意思，我总算受住了考验。

嵇先生不喜欢琐琐于言教。他连自己四个儿子的家庭教育也往往放任自流。因此，我要跟他学习，那就是从“微言大义”中去体会。事情往往是这样，我写了一点什么拿去请他看，他看后总是连声说“好”，不说任何缺点，只是说某人某书中还说了一些什么，另某人某书中又说了一些什么。我明白，这是启发我的主动性，让我自己到学术的原野上去驰骋，自己去寻找自己需要的营养和补苴。孟子说，“欲其自得之也”，只有自己去得来的，才能“居之安”、“资之深”、“左右逢其源”。这比手把手的教法，比用细笔小楷去批改一字、一句的做法，路子要大得多。这样带出来的学生往往比较通达。

我们只相处了一年，开封就第一次解放了。当时的仗打了七天，街上的尸体气味已不是臭，而是辣椒般的刺鼻。解放军匀出几辆大十轮卡车，送我们一批人员和家属到中原局。我一家和嵇先生一家又恰好分配到一辆车上，经通许、鄢陵、许昌、襄城到达鲁山。中原局在这里，二野和三野联合指挥的前委刚刚成立，淮海战役马上就要打响了。嵇先生留下来筹办中原大学，其余连家属六七十口，要送到石家庄的华北局分配工作。在分别之际，记得是在鲁山中学的操场里，嵇先生有一段临别赠言。他说，拿他和我对比，由于出身和经历不同，所以作风不同。他说他是“富贵不足以长骄，而贫贱又免于饥寒”；我呢？则是“富贵足以长骄，而贫贱又不免于饥寒”。所以我的性格是激动性的。说至此，他留给我两句话，那是——

“欧阳公尽用其所长；

柳子厚避所短而不犯。”

现在距离嵇先生逝世，倏已27年了。我反思，对这两句话，前一句我也许曾接受了他的殷殷劝导，后一句则在很大程度上没有遵守住，违背了；只有到老年，血气已衰，才有了某些改良。

我跟嵇先生相处的一年，是1947年夏到1948年夏；跟王献唐先生相处的一年，则是1949年初春到同一年的冬天。那是在济南。当时济南刚刚解放，我从华北大学派过来，做些各界代表会工作和工会工作。王先生当时住在市区南边沿山根上一个小院之内，小院住三家，故王先生有一方图章："三家村人"。王先生，山东日照人。日照，古名海曲，赤眉军的原发动人吕母，就是这地方人。王先生的学历，只是青岛德国人办的礼贤书院，而且学的是工程。他平生学术成就，都是以家学源渊为基础而自学发展起来的。清末的文字学家许瀚（印林）和丁以此，都是日照人，王先生的父亲就曾问学于许瀚。献唐先生学名王琯，用的是西域人以玉琯献给唐朝的典故。他平生以主持并发展山东图书馆，而为人民留下了巨大的文化事业，也使自己为读书人所尊敬。

我去访问他时，他正极度的抑郁不欢。他原有癫痫病，曾在协和医院进行过开颅手术，未曾根除，以致每隔些时候就发作一次，发作时突然摔倒，有时摔伤。他的堂弟王崇五是王耀武时代的济南市长、军统头目，所以解放后此事对献唐先生也带来某些麻烦。我们经常向上边反映，后来山东省的党政大员去看望他一次，基层上的态度马上就好转多了。等山东善本文物移到四川万县山洞中完好无损的情况，经二野反映到中央和文物局以后，他为人民建立的功勋才为当世所传颂。渣滓洞被蒋记人员残害的实况查清过程中，王先生长子夫妇及一胎内孙儿被害之事查清以后，王先生又具有了"烈属"的身份。我曾亲眼看见，王先生的物质环境和精神状态从十分困难到一步步好转的全部过程。

王先生的学术风貌，跟嵇先生很不相同。嵇先生是北大毕业，三十几岁上又去过苏联，很早就接触了马克思主义，他见过大世面，又是搞哲学的，所以属于高明一路。王先生从治小学（文字学）起家，平生著重在古书的鉴定和文物的考订上。他在鉴别琐节的时候，是十分沉潜的；但他在赋性上又有不少狂气，狂气发作时就非常高明了。嵇先生从不诙谐，而王先生极赋幽默的情趣，经常放口臧否古今人物，妙语连篇。嵇先生晚年几乎全部从政，身兼中南军政委员会委员、河南副省长、郑大校长等职，仿佛不大做什么学问了，据说晚年颇有意于"政术学"的研究，而迄未见留下成品。王先生则以布衣终身，晚年潦倒抑郁，也做不成什么大学问了，只写了许多跋文，另外就是画画、写写字。他的字独具风格，是从宋徽宗到赵秋谷（执信）那里传递下来的“瘦金体”，别具一格，我把它叫“扭秧歌体”。

记得我第一次从献唐先生案头借的一本书，是章太炎的《自述学术次第》。此书有两种印本，50年代初我自修绠堂买到的1936年太炎先生逝世后《制言》半月刊25期中所载的；而我1949年自王先生处借到的则是仿宋体铅字排印的线装薄册。王先生老图书馆长的习惯就在这本小书上也打有烙印，他连这么薄薄的小本都打了布套子，也足见他对此书的重视。我可以说，我平生得益于这本小书之处，真是太多太多。一生中，我不断地翻读它，一次比一次的收获深一些。根据小注，这篇东西是1912年写的，当时太炎才45岁，不过此后的24年中一定经过了多次的修改增删。其中谈了九个要点。第一点，他治佛学，主法相宗，以《楞迦》为无可超过的经典，比较偏于实在，而不主“空”宗宗旨；第二点，他治经学，主古文经，与当时正很时兴的“公羊派”恰成反调；第三点，他治《易》，讨厌汉易，而以人类社会发展史的观点去治《易》，从其中看出人类由蒙昧到文明、从无阶级到阶级的进化；第四点，他治文字学，反对单在字形上用力，而主张从声上体会字义的转化；第五点，他认为千古文章以三国、两晋人的文字为最美，而从陆贽到曾国藩，则把文章做成公事文了；第六点，谈到政治制度，他认为议会制度有毛病，由数千年专制骤改议会，缺乏中间衍变历程；第七点，谈到法律，他认为历代法条有适宜的，也有背谬的，后人应好好斟酌；第八点，他认为晚明遗老，其思想主张中，颇有不少“道道”，由于不能不诡秘，后世人多已不能通晓了；第九点，清代考据之学极盛，但他认为其局限性仍然很大，其病在于不能贯通。试看，在20世纪一二十年代中就有如此高明的见解，真足以惊人了。并且，这些精义，我并不是第一次就能领会了的，而是通过几十年中鄙人自己学业逐渐开拓的过程逐渐领会了的。记得，在借阅章太炎《自述学术次第》的同时，我还从献老那里借来刘申叔（师培）的《左庵集》，不久又借来《左庵续集》。虽然，多少年后，我从一本宋益乔先生写的苏曼殊传中得知，刘申叔及其夫人何震在政治品德上很糟糕，不惜通敌卖友；但在开国之初，当我从王献老手中借到《左庵集》的时候，我却是跟读太炎《自述》有着同等程度的受到启发。

假如我在王献老跟前的第一学程是“章太炎和刘申叔”的话，那么第二个学程就是“两周金文辞”了。这个学程不从书本开始，而是从实践，或云实验开始。经常，我坐在他的“陋室”中，有个什么青衣小帽的“古董客”走进来，鬼鬼祟祟从提兜里掏出一个什么，用绵纸层层包裹，里面原来是一件青铜器，此来是请求王献老替他“长长眼”。王献老真不愧为这方面的专家，他先从远处望一望“器”的形制；然后伸手从盖处、颈处、腹处，细细窥看有无铭文，铭文款识文字与铸成的情况；最后看看青铜的铜锈。一般，他的“诊断”有三种情况。那时大家出语戏谑，惯呼罗振玉为“老贼”（老实说，这种谑是有些“虐”的）。第一种情况，断为“老贼”的赝品；第二种情况，连“老贼”赝品都够不上的货色；第三种情况，真品！于是，王献老便摸着他那韩熙载式的胡须讲开了，何以是假？何以是真？久而久之，连我这个“外行”也慢慢发生兴趣起来，到大布政司街买回《积古斋》、《奇觚宝》、《愙斋集古录》，直到借来《两周金文辞大系》，一器一器对照查读，不觉也通晓了不少的有关知识。后来，我虽然不曾以此道名家，但一提起两周青铜器铭文来，总不至于十分无知，就是由于32岁时的这一点点积累。在这里，还须加叙一笔的，我进行这些学习，并不是“脱产”进行的，经常是开大会、首长做报告，由于我文化较高被指定作记录，记录时还要整理成文件，打印传送。有时要出外调查，有时要向首长汇报。记得深夜12时电话响了，是市长从洛口黄河水情现场打来的，要我好好记录下来，立刻坐小车向省首长去汇报。这些我一一做了，并且未出误差；但同时，我也未曾耽误我在王献老家住补习学校的作业。当然，当时鄙人风华正茂，如日中天，也是一个条件。但无论如何，学习和职业性工作两不误，在我经历中是可以得到证实的。

对于以上这几位对我有过影响、有过传授的老师，在他们过世之后，我都写过纪念文章。记得闻先生在滇惨遭杀害之后，我正在陕西蔡家坡教书，当时陕西特务罗布，但我仍趁黑夜写了《混着血丝的记忆》一文，托中国银行的关系，递到上海开明书店叶圣陶先生处，转由郑振铎先生在《文艺复兴》上刊出。嵇先生逝世20周年（1984年）时，北师大《史学史研究》季刊叫写篇文章，我写了《谨述嵇文甫前辈的学术风貌》一文。只有献唐先生，记得有一年《山东画报》的编辑部写信来商量，说台湾出了很多纪念文章（记得提到有屈万里先生的文章），建议在《画报》上开辟两个版面，由我撰文，由献老三儿子国华同志夫妇提供图片及纪年资料。我欣然承诺，还专为此去了一趟青岛。谁知王氏夫妇一方面接待殷勤，一方面对图片、资料等事讳莫如深。察其寓意，专利思想十分牢固，似唯恐他人染指者。于是，我只好怅然而归了。所以，如上面对献老的叙述，这才是第一次，上距献老辞世已30年了。

底下，我愿就我接触马克思主义并学习运用它的过程，有所叙述。

记得在中学时，我买到过一本书叫《现代世界观》，德国塔尔海玛著，李达译，昆仑书店出版。这是一本马克思主义深深印入我的心坎的头一本书，我终生不忘它，丢失了，在旧书摊上遇见再买一本回来，反复几次，总要有这本书留在自己身边。抗战开始后，西安中正街（解放后更名解放路）临近东大街处路西有个旧书摊，经常有些外文版的书会在那里卖出。我想，大概是从延安回来或者要到延安去的人，为了旅途减少麻烦而甩掉的书，以苏联版为多，但有一次我遇到一本英国版的《路易·波拿巴的雾月十八日》（即《拿破仑第三政变记》）。这本书，封面已经扯掉了，原文尚无缺失。我买回来，白天教书，深夜在一盏油灯下就翻译它。翻译，是一种最深入的学习。记得，马克思本人和恩格斯的《序》译过去之后，正文七章，我只译了两章就译不下去了。原因很多。当时每周担任32～34个课时《英语》，外兼一个级任，要看大字、周记，要参加升降旗，查宿舍卫生，疲劳不堪，此其一。马克思老人家喜欢用典故，中国人用典故多自先秦两汉处来，马克思用典故多自希腊、罗马或中世纪经院文化中来，当时我呆的那座中学十分简陋，这些典故的出处无法查找；出处查找不清，寓意就体会不准，译文就很难下笔，此其二。当时上海生活书店登出广告，说柯柏年同志的译文就要出版了，此其三。十余年后我读到柯译本，感到他的译文优于我处自然很多，但当年假如我将此书坚持译完，那么，也会有若干优于柯译之处显示出来。

译述工作虽然中断了，但书还是反复地在读。读到中半以后，精义滚滚而来，诸如对山岳党、秩序党、社会民主派的阶级分析，对小农性质的分析，对工农联盟概念的阐发；这些精义带给我的影响不是一时而是终身。试看我个人中年以后的论文题目，多爱使用“分析”、“剖析”字样，其实我自己心里明白，这是从《拿破仑第三政变记》里脱胎出来的。50年代初，我曾与童书业合开一门课，叫《马列主义史学名著选读》，上下两学期，前一学期童讲《家庭、私有制及国家的起源》，后一学期我讲《拿破仑第三政变记》，足见我对此书爱慕之深。前几年，由于某个野心者从此书的序里借用了“天才”字样引起轩然大波，也殃及此书，有人说此书并非马老人家的重要著作，甚至后来数年间书店里连此书的单行本也不卖了。这是很不应该的。野心者理应讨伐，但此书不应遭贬。

以上说的，是开国以前。开国之后，我在济南，当时从苏联过来不少中译的理论书，用苏联纸印刷，远较延安纸为精美。译文则每多古怪、不辞之处。但不论如何，我还是买了一大堆。大量阅读列宁和斯大林的文章，从此时开始。记得我最爱读列宁的《谈谈辩证法问题》一篇，其中讲螺旋型的运动变化发展，还批及诡辩。列宁对诡辩说了一句辛辣的俏皮话，“脑袋钻不进去的地方就把尾巴插进去”，此语我终生不忘。尔后，几十年来，每当我展读一些煌煌大家把明明白白的大道理偏偏引到诡辩的死胡同里去的时候，我不禁笑吟吟地说，“又在那里插尾巴了”。对斯大林，我不完全否定，他滥杀若干无辜，那是政治问题；至于学术上，我一直喜爱他文章中明朗不移的逻辑。他的《辩证唯物主义与历史唯物主义》一文，今天看来，其中充满着若干生搬硬套、机械论和“左”倾以及右倾观点，特别当人类社会发展的多线论兴起并且越来越为更多的人所接受以后，他的五种生产方式的单线论已经明显地说服力不强了。但不论如何，我数十年来，每当考虑一个史学理论问题时，我总是把这本小册再览一下，正如考大学的学生临考前把高中数学课本拿出来翻一翻一样。

以上说的，又是“死老师”。现在来说“活老师”。1948后半年，我曾在华北大学工作过半年多。这座学校，是人民大学的前身，当时设在河北省正定县城内（这里是我妻的老家）。学校分四个“部”，第四部是研究部，主任是范文澜先生。当时在华大，真是进步学者如云，如过江之鲫，但我最受影响的，只有两位，一是艾思奇同志，一是何干之同志，他二人在“史论结合”方面给了我不少的教益。艾是云南人，无论说话或者对人，都带着一股醇厚沉重的气息，连一丝一毫尖酸刻薄的味道都没有。何是广东人，因写了《中国社会性质问题论战》和《中国社会史问题论战》二书而知名。他是老党员，但每逢运动他都是“运动员”；运动一过，他又立刻是“红色教授”的尖子；可是下次运动一来，他又是“运动员”了。这一点，我终生不明白。当时，我正暂时地游离开明清史，想对南、北朝史的北朝一侧的历史研究研究。其动机是这样的，似乎一位日本学者有过这样一种见解，中国历史到汉晋之际，已奄奄一息了，发展不下去了，由于受到了北方和东北方野蛮民族的有生命力的冲击，中国在隋唐才又大大振兴起来。多少年后，我发现这位日本学者大概在某种程度上也受过恩格斯的启发，他似乎想套用恩格斯的观点没有套用好，从而对中国历史落入了唯心主义。恩格斯确曾这样认为，奴隶制到罗马，已经不能再振作了，来了日尔曼才展现了新的生命力。但据我的理解，恩格斯是从原始社会的生命力出发的，这种根源来自经济结构（公社），而不像30年代某些日本学者把这种生命力影射到“大日本皇军”的“东亚共荣圈”方面去了。我当时就是从这个偏重理论的问题出发，想搞一搞拓跋魏的事情。我读了史料，写了文章，拿给艾、何二位去看。他们看了，并且都说出了自己的意见。记得艾的话是，“每当我们要去驳倒对方一种意见时，切不可草草从事，要考虑我们一方的论据，使之审慎又审慎，周详又周详。我们要立于不败之地。”何的跋语大体是，拓跋族有公社。这种公社，在拓跋族由游牧转向农业化的时候，它靠拢封建制比靠拢奴隶制更来得自然些。他从社会发展史的理论角度，认可我关于中国北魏社会由原始末期直接向封建跃进的见解。他们都长于我10岁甚至更多，但当时是以同辈人对待我的；可是既受了教诲，那么，我也就顺理成章地把他二位给我的影响写进“师承”一章中来了。“文化革命”后期，我曾在大明湖边邂逅一位人民大学的中年教师，他告诉我何干之同志在北京郊区苏家坨公社沙涧大队劳动时，因心肌梗塞突然发作，撂下手中的铁掀，躺在公路上就死去了。呜呼……

第四章　研究重点(一)

我平生第一个研究重点，应该是“中国农民战争史”。

这要回溯到1953年春天，在青岛的山东大学。我当时36岁（虚龄37），已经是从“而立”向“不惑”迈进的年龄了。

事情要从山大历史系说起。1949年秋开国，开国后三年之内，这个历史系以健全“基础课”为主要事项。所谓“基础课”，主要指“中国通史”和“世界通史”。“中国通史”分段，先秦段由童书业、韩连琪交替担任；两汉段由张维华、卢南桥交替担任；南北朝隋唐王仲荦一人担任；两宋段由后来参加的华山担任；清代加近代史由郑鹤声、孙思白交替担任；而黄云眉和我交替担任“明史”部分。当时教师每人要担三门课，我之所以在通史课中任务较轻，主要因为我在“马列主义教研组”中任课较多，如《社会发展史》、《辩证唯物主义与历史唯物主义》以及《马列主义史学名著选读》，等等。这些课的讲授，在“边教边学”的过程中，也曾大大地锻炼了我自己的理论水平，使我在讲《明史》时，试验了“以论带史”的新方法。

到1953年春天，大家商议要开“专门化”课了，“专门化”课怎么开？当时很费了一点讨论。各大学，似乎各有各的开法。北大，以“断代史”作专门，如某老师专精“宋史”，那么他就在基础课“宋朝段”之后，再以深入研究的水平开“宋史专门化”。山大当时以不守旧、趋时著名。大家不同意开断代。当时，“五朵金花”正在盛开。什么是“五朵金花”？八九十年代的青年，怕很多已不太清楚了。原来，顺应马列主义的学习和“学习苏联”的号召，中国史学界自然地对古史分期问题（即奴隶制与封建制衔接的问题）、农民战争问题、土地所有制问题（即中国究竟以土地国有占主导抑或以土地私有占主导的问题）、民族问题、资本主义萌芽问题（即封建社会开始瓦解的情况），展开的讨论较多，发表的文章也较多。历史学中若干其他问题，客观上看来似乎是一时遭到了某种冷落。于是向达先生就说了史坛上只开“五朵金花”这样一种似乎是牢骚的议论，1957年他划右派，这一条也是定性的“根据”之一。山大对这些“金花”是十分热衷的，于是经讨论确定，开三门“专门化”课，（1）“中国土地制度史”，由张维华担任；（2）“中国手工业商业发展史”，由童书业担任；（3）“中国农民战争史”，由我担任。三门课中，除“手工业商业发展史”要等“土地制度史”开完接着开之外，其余两门须于1953年暑后开学时搬上讲台。——以上，就是我和农民战争史产生机缘的开始了。

我本人当时对农民战争史有什么看法？过多少年后又有什么反思？这是应当写一写的。当时，我对这一门课任务的接受，是既无特别热烈的迎接感情，也无丝毫的抵触情绪。我常说一句话，“人没有后眼”；有时连“前眼”也缺乏。所谓“后眼”是指1966年毛主席的《杭州谈话》，说：“哪里有妥协让步？只有反攻倒算。”这个话是在距1953年13年后“内部”发表的。假如我能在13年前以感知这一信息，那么我当时就把这个教学任务婉言逊谢了。婉言逊谢也不犯错误。但更令人追悔和深思的，是连“前眼”也不曾警惕。当时，被郭沫若先生所谓“为民立极”的宝书四卷已经普及全国了，其中第二卷《中国革命与中国共产党》一篇中，就有着“只有这种农民的阶级斗争，农民的起义和农民的战争，才是历史发展的真正动力”的这一段话。假如当年我具有这样的觉悟，即认识到这个话既有其正面的指导作用，又有不一定恰如其分的估量，从而给农民战争史会带来一些消极作用的话，那么我也会将这一教学任务逊谢了的。但是说来可怜，当时既乏“前眼”，更无“后眼”，只好带着一股幼稚和盲从，在自己的讲稿和论文里，一遍又一遍地重复着“真正动力”的语言和实质。直到1979年，在农民战争史学会的成立大会上，人们才觉悟到好长一段时间中对农民战争在历史上的作用是“过高地估计”了。在这个“过高地估计”当中，也有我的一份，也不可能没有我的一份。到十年“文化大革命”中，往往在“牛棚”里半夜被喊醒，说广播中又有“最高指示”要宣布了，每人要立刻记下来并背过，天亮时谁背不过要在过道里罚站，或者不准吃早饭。“真正动力”和“只有反攻倒算”也是“最高指示”嘛，这就给农民战争史带来若干若干的麻烦。只有等到拨乱反正后第一次史学代表大会上，胡乔木同志才根据“四人帮”史学的教训，说了“政治不要当指挥棒；史学研究假如总是跟着指挥棒团团转的话，那不仅害了史学研究，也害了政治”。可惜这个话说得太晚了，以我和我的农民战争史研究而言，已经“团团转”了20有余年了。

以上说的，是“指导思想”，现在该说说“具体措施”了。

我首先要求领导将我妻高昭一从校外单位调进来、专业地帮助我开出《农民战争史》。当时家里五个孩子，老大初中已快毕业，老二刚进初中，老三上小学，儿子在幼儿园，倒数第二的女孩刚刚出生，由保姆护理。我们的“夫妻小店”，就从这里开始，一开开了一辈子。关于农民战争，脑子里自然已经有个轮廓，知道最大规模的在“正史”中立有专传。虽然从封建统治的立场出发，不免要加上“逆贼”、“流贼”等称号；次大规模的在“正史”中往往写入其作为镇压者的将领们的传中；再其次，就要到角角落落的地方去寻找，“五行志”里会有一点，“灾祥志”里也会有一点；最后，往往有些极宝贵的资料会神不知鬼不觉地埋藏在某文人的书札或诗词里，这就是最难寻找的一部分了。朱熹说：“为学如炖肉，先须用猛火煮，然后用慢火温。”“正史”里的内容属于用猛火部分，集中精力像一阵风样子就可以掌握，那最后一部分不用慢火是不可能的了，只能在日常的泛览中去“可遇不可即”。例如，明末山东诸城有个诗人叫丁耀亢，号野鹤，他的几种诗集都见过刻本，只一份叫做《出劫纪略》的仅见钞本，其中记载李自成军占领诸城时“以割富济贫之说，明示通衢”，这对治农民战争史的人说，简直是金刚钻式价值的材料了，因为它能证明明末农民大起义曾经实行过小规模的土地改革，已经触动过封建地主所有制的根本了。在此后的数年里，我们二人（特别是我妻）从泛览丛书里若干小品、杂品中“遇”到了不少的尖子材料。

光材料不行，还要考核辨析，因为在几种不同材料中有关年月、人名、地名（包括山川城镇）间，往往有歧异。歧异一般较小，有时也有很大的（歧异）。于是我们着手做两样东西：年表和地图。这是两样最低级的劳动，但经验证明，若干精辟的、高级的认识，又都是以这低级劳动成品为基础而产生出来的，因为年表是把事情发展在时间方面的纵向显示出来了；地图是把事情发展在空间方面的横向显示出来了。经线有了，纬线有了，就自然而然织成一具网子，用这网子你才可以捉到鱼（科研成果）。我们从农民战争史研究中印证了这点小小的平凡的经验，我在以后的讲课中不断地宣讲，许多同学照我们的话作了，他（她）们事后说，在他（她）的论文写作上济了不少的事。

科学研究从基础工作向高级深化处发展，是一件自然而然的事，不是谁的主观意志强加的结果，不是外力引发而是内在自发的。以农民战争史为例，在一桩桩一件件料理农民起义事件的过程中，自然而然地感到还有些什么共同的东西，需要另作处理，这时候，科研工作本身就显示出要上升，要飞跃，要走向专题。在此后的几年里，我们发现了一些专题，其情况在这里加以简述。

我们发现的第一个专题，是农民的身份，即不同时代中农民身份间的差异。人类开始经营农耕时就不是个体的而是群体的，那叫原始农业公社。作为原始农业公社社员的农民，其身份基本上是自由的，但也不能把这种自由绝对化，因为酋长还会在他们身上加一点隶属性。慢慢，血缘贵族出现以后，这种隶属性就从酋长加给的转化为贵族加给的，同时，这种隶属性在程度方面大大地加重了，性质也带有了阶级压迫的味道。郭沫若先生对这种隶属性做了超量的估计，把这种身份的农民叫做“农业奴隶”。伴随着《中国史稿》第1卷的推广，这种看法在大学生中一度产生影响。然而不论如何，这种负荷有一定隶属性的公社农民，是中国历史上农民身份的第一个模型。到战国时，跟着商业货币的发展，井田废弛了，血缘贵族崩溃了，在这之后一个极短时间内，出现过个体小农。用鸟来比喻，这时的小农是从第一个笼子飞出来，一时还未被捉进第二个笼子里去。在中国历史上，只有战国和西汉初、以及公元10～11世纪北宋初，曾经比较大量地出现过这种身份的农民，我们把它看作是第二个模型。这种农民，正如恩格斯所说，他们有富裕的自由，也有贫困的自由，所以在西汉就有流民自卖为奴婢的事。这种债务奴隶性质的农民，由于数量不是最多、在历史上不是时间很久，因此我们不把他们看做第三个模型。东汉、魏晋以后至于隋唐，世家大族（庄园地主）把农民世世代代锢闭并荫蔽在他们的庄园里，给他们身上加上越来越重的封建隶属性，使其身份大体与中世纪欧洲的农奴有某些相似，这构成中国历史上农民身份的第三个模型。“两税法”实施以后，商业货币经济比前一度更大规模地发展起来，中国封建社会进入了它自身的后期，农民身份复杂化，正如土地改革中划的成分那样，有雇农（农村无产者）、贫农、中农（个体农民）、富农（手工业原料及商业的兼营者）。这四种身份并存的情况，成为第四个模型。

我们为什么要研究这些呢？那是因为我们看到了，历次农民起义所表现出来的，起义规模的大小，战斗力的强弱，坚持时间的长短，其内部凝聚力的大小，都与其参加农民的身份有关。在第一个模型时期，农民被锢闭在分散的公社里，不大可能有较大的聚众起义。在第二个模型时期，才可能出现陈胜、吴广和赤眉、绿林、铜马那样的起义。在第三个模型时期，农民被锢闭在地主庄园里，又不可能有大规模的起义，瓦岗寨算是最大规模的了。只有在第四个模型时期，才出现从黄巢到李自成、张献忠到白莲教的大起义。农民战争，由于农民身份方面的差异和变化，而形成了各自的特点。集中表现了这方面心得体会的，是我1956年写的一篇文章《靖康、建炎间若干农民武装力量性质的分析》，刊在《文史哲》上，后收入《寄陇居论文集》中。这篇文章，曾受到日本广岛大学一位先生的好评，他的文章刊在其学报上。这篇文章之具有说服力，就在于它具体分析了不同起义集团中农民成分及其聚合力的不同。

我们发现的第二个专题，是起义和国家机器间的关系。这是两个互相对立、互相冲击的力量。起义是一种近代以前的革命，是一种暴力行动，而国家则是统治的机器，它要求稳定，而起义却要把它“砸个稀巴烂”，所以国家机器的代表者就要进行血淋淋的镇压。

因此，我们就有必要分析，作为互相对立、互相冲击的两方，各有什么优越条件和不利条件，这两种条件又怎样在消长。国家机器方面的有利条件不外是，掌握的财富多，兵多，武器比较精良，有传统意识为它们服务。其不利条件是官僚机器腐朽，官吏贪污腐化，等等。起义方面的有利条件是，革命意识高涨，群众力量巨大，有形成一个更好的政治局面的愿望。其不利条件是，武器装备较差，军事训练较差，群众中容易形成分散，首领中间更容易形成不团结和分裂。哪一方能更好地发扬自己的优势并有效地克服自己的劣势，往往哪一方就能取得胜利。

但胜败虽然是战争中一桩重要的事，而更重要的是战争的后果。于是，一大堆问题说法跟着来了：在经过了农民战争的打击教训后，统治者有没有改良？或者反而会变本加厉？假如起义者本身建立了政权，这种新的政权跟被打倒的旧政权之间有多大差别？能不能叫“农民政权”？或者只不过是新的“皇权主义”？后来，人们就沿着这些问题研究下去，后来几乎每个分支都成了一个热门。

我们发现的第三个专题，是农民起义与多民族关系间的关系。中国从来就是一个多民族的国家。就以历史上来说，匈奴、羌、鲜卑、吐蕃、回鹘、突厥、契丹、女真、蒙古、满洲，这是荦荦大者，小的就更多了。在中原的主干民族，是汉人；少数民族多在边远，或自疆界以外进来。中原方面有大天下，大气候；周边方面，各自有其小天下，小气候。一旦大天下方面气候有变，自必牵及小天下和小气候。这中间的关系，有时是十分复杂的。一般的情况，周边的头人和中原的统治者关系较深，而周边的人民往往同情起义。但有时又恰恰相反。但不论如何，中原的动荡对周边说，总是一种带动，启发他们生产力和文化能力的提高以及生产关系、阶级关系的调整。

我们发现的第四个专题，是宗教在起义中所起的作用。农民起义，是近代革命以前的一种革命，要革命就需要力量，要力量就需要信仰。在已经科学化了的近代，革命信仰表现为主义；在主义还没有条件形成以前，信仰的力量往往需要从宗教中去吸取。宗教中有神秘主义的教旨，其中虽然科学成分不足，但其原始的鼓动性则是很大的。另外，有些宗教的教旨中本身包含了光明和黑暗、善和恶、神圣和邪魔、富贵和贫贱的转化，农民起义使用这些意思是非常现成的。再还有一层，宗教在阶级社会中存在的久了，往往形成为上层宗教与下层宗教的分裂。上层宗教专为统治者的方便而说教，从而得到统治者的宠爱；下层宗教带人民性，经常会遭到统治者的镇压，从而转入地下，成为秘密宗教，设置了若干咒语、仪式和戒律，这些也往往是农民起义所需要的。在没有政党之前，宗教的某些机能起着一种组织的作用。当然，宗教有宗教本身的很多局限，这些局限会给起义带来损失。从历史上，大体有两种情况，一种情况是越古老、越科学不昌明的时候，越需要宗教；但也有相反背的情况，即时代已经有一定的开化和明朗了，但跟着来的是统治者的镇压也更残酷了，于是对秘密宗教的需要又急迫起来。如清光绪年间，山东潍县一场不大的农民起义被镇压了，其19岁的女领袖刘金妮毫无畏惧地走上刑场，口中不断念诵白莲教咒语“真空家乡，无生父母”，观者都惊成疾病，即一佳例。

当然还会有第五、第六个专题。这些专题的次第展开，自然而然就大大丰富了农民战争史的研究内容，并且也极其鲜明地显示了科学研究的综合特点。试看，仅以上四个专题的结合来说，古史分期问题的内容结合进来了，民族学和民族史的内容结合进来了，宗教学和宗教史的内容结合进来了，马克思主义国家学说、上层建筑学说诸内容结合进来了，阶级分析法可以充分地使用进来了……一切的学术事业，大体都是缘着这么一条大同小异的道路积累起来的。

我平生第二个研究重点，应该是“中国土地制度史”。

有人会问：你的农民战争史研究不是正“方兴未艾”，热气腾腾的吗？怎么又转到土地制度史上来了呢？这其中，原因很复杂。

第一，是政治的原因，换言之，即我被划为右派。我的右派问题，虽经

1978年山东省委的决议，已彻底改正了；但在改正之前，情况仍然是严峻的。1958～1978，整整20年嘛。在这20年悠长的岁月中，我失掉了登上讲台的权利，也失掉了发表文章的权利。当时的情况大体是，我写了一篇什么文章寄出去，收稿的编辑部例须发函到写稿人原单位，复函很简单，“该人系反党反社会主义之右派分子”，于是一切告吹。第二，即便在学术上，我也丝毫无能为力。只举一例已足证明问题了。1961年由史绍宾这个化名主编的《中国封建社会农民战争问题讨论集》（三联书店出版），从其中可以看出很多问题。“史绍宾”者，史学界之哨兵也，火药味已很浓。再看书的内容，我个人连构成为批判对象的资格都没有了，由我的第一号弟子孙祚民代替我成为被批判对象，而实际上他与我是很不一样的（最近得知，他已故世了）。第三，从逻辑推理上，我们只要翻开这部《讨论集》略微读一读，即便最不敏感的人也会嗅到，一股演绎法铺天盖地，大体说，毛主席教导说，只有这种农民的阶级斗争才是历史发展的真正动力，而某某不曾严格地这样说，所以某某是反动的。试设想一下，在这种情势下，对中国农民战争史怎么能继续研究下去呢。第四，到史无前例的“文化大革命”期间，毛主席又在《杭州谈话》中表扬了我的第二号弟子孙达人，说“哪里有妥协让步？只有反攻倒算”。而我本人，则是一贯主张，统治者既有反攻倒算，也有自我调整的。而自我调整的频率又显较反攻倒算为多。可是在当时，我有七个头、八个胆，敢跟毛主席唱反调吗？

而我转移到土地制度史上来，也有我自己的原因。

最主要原因，是我看到了50年代人们探讨土地所有制问题时的漏洞。恕我冒昧，50年代某些学者，从今天看来，真是太喜欢写文章了，洋洋洒洒，动辄一二万言，但不说明问题，不解决问题，满篇左倾思潮、教条主义，故作高深，形而上学，食古不化。这个问题，起初是由侯外庐、贺昌群两先生引起来的。他二人从中古均田制出发，说国家所有制占主导。但他二人忘记，他们提出此问题的当代现实是什么。当代现实是把阶级斗争强调到近乎绝对化的程度，地主是万恶之源，怎么不强调地主所有制，反而强调国家所有制呢？固然地说，封建国家是地主的代表者，但那究竟是第二义的了。于是，有人跳出来跟他们辩论，谴责这个提法不曾把问题提到最根本的焦点上来。

在我看来，人们对马克思“亚细亚生产方式”的理解，一直存在着严重的问题。首先，人们把“五种生产方式”看作是绝对的（一度有人说，谁反对“五种生产方式”谁就是反对马列主义，就是反党）。于是产生了把“亚细亚生产方式”怎样安排的问题，安排在原始社会？抑或安排在两种生产方式之间？于是乎产生了什么第六种生产方式的说法，这在苏联联系“托派”政治问题，曾惹过轩然大波。根据我的理解，所谓“亚细亚生产方式”问题，是指公有制在私有制社会（阶级社会）中的遗存。单就这个观点，就是若干形而上学观点的人所不能接受的人。他们说，公有制就是公有制，私有制就是私有制。他们连赵孟頫夫妇所说：“你身中有我，我身中有你”的道理都不明白，都不肯接受。实际的情况是，在人类公有制阶段中，私有制的萌芽早就存在了；而在私有制阶段中，公有制的经济形式一直有遗存。农村公社这件事彰明昭著，我们暂且不去说它，就说在中国历史上多次大量出现的“计口授田”吧，这是什么所有制，就值得研究。这种情况在历史上往往是极其寻常而又普遍的；在国家边远地带上，有许多土地是长年抛荒的，从传统的概念“普天之下，莫非王土”看来，这是国家的，但国家从来不管。慢慢，一些流民流徙来了，耕种起这些土地。自然，把这些“生田”垦种成“熟田”，是要花祖孙几代的辛勤劳动的。可是，在这期间，国家的职员跑来了，说要纳国税。国税，自然是一种剥削；但与地主的私租比较起来还是轻得多的，所以劳动者也就接受了。于是问题便产生了：这是土地私有制吗？显然不是。是土地公有制吗？显然也不是。是国有制吗？可以这么说，但仅只是外皮。其实质是什么呢？是披着“国有”外皮，执行着“轻徭薄赋”的一种原始共耕在阶级社会中的遗存。这是处在私有制阶段中的一种打了折扣的公有制。根据我的理解，这就是马克思所说的“亚细亚”遗存的形式之一种。这种现象告诉我，当时无论什么私有制或国有制都不成熟。都不是纯粹而又纯粹、笔直而又笔直的。

这就有力地启发我，私有制和公有制都不是铁板一块。公有制有公有制的发展历程，这个历程，比较难于全程掌握，因为它中途被私有制所否定，而在将来还有一个“否定之否定”，即私有制被“扬弃”的时候。什么是“扬弃”？这中间有个笑话。抗日战争初期有位晋察冀的民主县长出布告说，“本县长扬弃一切官僚习气”。这是滥用名词，不懂装懂。“扬弃”，德语曰“奥夫海变”，其中带有辩证意味，即既有“抛弃”的涵义，又有“保留其合理部分”的涵义。官僚习气有何保留之余地？故流为笑谈。言归正传，这私有制有朝一日被扬弃的说法，伴随着帝国主义垂死性的理解，在当年确确实实构成我们若干青年人的坚定不移的憧憬。但以二战以后情况作参考，仿佛代表私有制的资本主义在那里自我修补，而反映公有制的不少国家则呈现滑坡，那么，将来的“扬弃”会采取什么样的形式出现呢？这问题怕一时不容易说清楚了。

私有制有私有制的发展历程，这个历程，只要我们极尽努力，似乎还有可能说说清楚。但有一层障碍必须扫清，即近30年的史学著作中，总把私有制一开始到其成熟，描写作是同等的凶恶。这是非常不符合历史主义的。必须指出：私有制有其自身的浅化阶段和深化阶段。什么是浅化的私有？什么是深化的私有？举例说明。原始墓葬中女酋长（酋长夫人）把贝壳系成项链跟死者殉葬，有时还附加少量的生产工具如石刀之类，这些可以被视作私有的萌芽，最浅化的私有制。而像一部墨西哥影片《玫瑰庄园》中所描写的，这处庄园的所有权完全由庄园主的意志所支配，无论美国资本家想什么办法想买下这座庄园他都不卖，最后只好采用以毒药毒死这位私有主，庄园的所有权才有可能转移。这就是深化的私有制。从浅化到深化，是一个迢遥的历程，这是50年代探讨土地所有制形式问题的先生们所不理解的，或者是理解不深的。

我是如何得到启发的呢？在这里我要说，“以论带史”这个提法并没有错。别有用心的人，无端将“带”字纂改为“代”，那自然是荒谬的。但“带”，并没有错，特别在习染于琐节考据而不能自拔的人，用理论带一带并没有什么坏处。例如我，从阅读《费尔巴哈论纲》“德意志意识形态”一段中，才懂得了所有制衍变发展的全史。国家所有制在前，而私人所有制在后，这是我明白的第一点。国有制由部落所有制而来，而且在这个衍变过程中，一直存在着两点局限，即第一，属于私人的只有“占有”，它的涵义远较“所有”的全义为浅；第二，即使占有，也主要指“不动产”（土地）而言，至于“动产”，还处在法律未予明确处置的地步。这是我明白的第二点。等到动产、不动产都成为纯粹的私有财产的时候，那已经进入“现代资本主义”的时代；在这个时代中，“人”对于“物”具有绝对的支配权力，包括使用它、滥用它，甚至毁灭它。这是我明白的第三点。

那么让我们来对照我们中国的历史，那种纯粹的私有财产，那种可以任意使用、滥用、甚至毁灭的权力，在社会公认的情况下，在鸦片战争甚至土地改革以前，怕是一直不曾出现过吧。这就是为什么我们说中国一直带有“亚细亚”色彩的原因。至于为什么这样呢？我也从上述经典著作中得到启示。现代资本主义的纯粹的私有制之出现，需要两个前提，一是古老共同体（即公社）从实质到形式，统统被抛弃了；二是国家对私有财产的任何影响，都已消除。那么，对照中国历史，我们可以说，至少在鸦片战争之前，有的甚至在土地改革以前，共同体形式并未被抛弃净尽，有时看起来净尽了又会在废墟上重新生长起来；专制主义国家权力的影响也压根儿未被消除，一两千年的历史表现出国家权力影响的时弱时强，试观以宋代干预财产力量相对最弱的年代，尚有太监杨戬的接替人李彦在临汝、鲁山一带把反映地主不动产私有制的券契横行焚烧，使地主在一瞬间变为国家佃农的事情（见《宋史》卷四六八，列传二二七）。

上述两点，虽然不曾在旧时代中国历史上大量出现过，但我们把这种理论遗产，翻过来就是方法。从此我立志，要在中国经济史的每一个关节上悉心检查，看共同体形式抛弃了还是未曾抛弃？抛弃净尽了还是未曾净尽？还要看国家权力的影响消除了还是未曾消除？什么情况下弱一点，什么情况下又强化起来？我发现，照这两条检查下去，周代半公社所有制的井田制度可以得到解释，魏晋南北朝的半国家所有制的均田制度也可以得到解释，宋和宋以后的地主（相对）土地所有制也可以得到解释。我就是沿着这么一条线索，才写出我的《中国土地制度史论要》来的。

我自己认为，这个才12万字、附在拙著《中国土地制度史（讲稿）》之前的小著作，是可以代表我的作品之一。之所以有代表性，是因为在这个作品中，把我个人从马克思著作中体会出来的私有制由浅化向深化、而古老共同体和国家权力则在这由浅化向深化的发展中担任阻力的这些认识、这些思想，反映出来并结合史料写在一本小书里。当时我65岁（虚龄66岁）。就在当时，我已经摸到我自己的这一著作的不足之处了。不足之处在哪里呢？一个工作，要沿着两个互相反背方向各工作一道，成果才会逐渐臻于圆满，臻于成熟。而我却只沿着一个方向工作过了，另一个方向尚未动手。我说的两个方向，是指“以论带史”和“论从史出”。二者合拢一起，就是“史论结合”。如上文已叙述过的，“以论带史”方向的工作已经做过了。在这里，再说说“论从史出”这个方向。有人很强调这方面，说只有史料里抽绎出来的，才成为理论，至于当代的若干政治理论与哲学，则如胡适所说，只是“大思想家的大假设”而已。这些显然属于谬误。但从“理论”出发和从“史（料）”出发，是两个截然不同的出发点，相应地，其效果也各不同。我应该在结束了从“论”出发之后，再做一道从“史”出来的工序，即基本上抛开理论的影响，带着一副似乎是空白的头脑，重新回到经济史料的海洋中去，泛滥于其中，涵泳于其中，说不定会遭遇到前一工序中理论所不曾启发到的若干新点，说不定会遭遇到足以纠正前一工序中若干失误或不足之处。做完这一工序，再回过头来写一本新东西，那将与目前这本12万字小册不大一样了。可是我想到，自己已经六十五六岁，精力渐衰；并且这还不是最主导的原因，更主导原因下段就写。这样，我这从事了十六七年的中国土地制度史研究工作，事实上就从此暂告一段落了。

仿佛《后汉书·马援传》中有这么一句话："伏波类西域贾胡，至一处辄止。"这是耿氏叔侄议论马援的一句话。我们对此，不妨有两层理解。第一，是说马援在对"五溪蛮"的军事进攻中不肯锐意奋力进兵，打打停停，停停打打。第二，用"西域贾胡"取譬，是说西域商人做买卖的方式，到哪里停留一阵，再到哪里又停留一阵。我说这些干什么呢？我是说，我的做学问，有点像西域贾胡做买卖，"至一处辄止"。这个特点，有很大的弊病，这我不是不知道，但我坚持了一辈子，为此蒙受了若干"京派"、"考据派"的冷讽热嘲。我的平生好友童书业常常说，做学问要有个"老营盘"。而我现已垂垂老矣，还自己报不出个"老营盘"来。我考虑过这个问题，想出来几条原因。其一，原本我就不是个学历史的，学历史是"跳槽"过来的，我从小喜欢浪漫主义文学，所以一生不愿被枯燥的史料捆绑住。当我读到说某位学者50年间从头到尾把《廿四史》读过三遍时，我的即刻反映不是钦佩和仰慕，而是认为大可不必。其二，我从一接触史学近著起，就憎恨琐节考据。我看到有人考证了个"拐子马"，就沾沾自喜的了不得；有人考证了一个浙江士子中的败类谢三宾，就有人出来捧上天；有的老师教给学生考证某人之卒年究在某年之十二月抑在次年之正月。我常说，我宁去死，也不做这些"史学工作"，这没有办法。其三，最重要的一点是，我的最终宿营地，怕还是哲学。我爱思维。纵观我的一生，由文学而历史，由历史而哲学，历史学到头来不过是一个过渡、一个跳板。让那些琐节考证的史学家去笑骂吧，我并不是你们那里的长驻客，正像鲁迅《野草·过客》中所说的："我还得走。""一个声音在呼唤我。"……

第五章　研究重点(二)

我平生第三个研究重点，应该是文化史，这是个晚年的项目。正如好端端地从“农民战争史”转移到“土地制度史”一样，为什么又从“土地制度史”转移到“文化史”来了呢？如上文已曾说过的，第一个转移是为了回避政治指挥棒“只有反攻倒算”不得已而作出来的；第二个转变的动因，则是由于一种“自我逆反”。关于这一点说起来话长，需要慢慢细说。

所谓“逆反”，30年代人们使用的词是“反动”。作用和反作用，正动和反动，是相互对待的物理学名词和概念。可是自从“文化大革命”以来，“反动”一词用得太滥了，并且成为政治的专用定语，所以我就换用了“逆反”。那么，你“逆反”什么呢？

多少年来，我一直读马克思主义哲学书和政治经济学书，也讲过不少这两个方面的课，可是到65岁前后，我在思想深处不自觉地产生出“逆反”的心态。大体在两个方面。第一个方面是关于宇宙的规律性。过去很长一段时间，我心里这么想，在教室也这么讲：宇宙是有规律的，只有一时还未认识到的规律。可是经过“逆反”，我想非规律性的现象恐怕也是有的吧，恐怕也不少吧。假如过分强调了规律性和必然性，就很容易造成在非规律性场地和偶然性堆积上，也要勉强寻找、甚至制造出规律性和必然性来。教条主义泛滥，很多情况下是这么产生的。于是我想，要承认偶然性和它的作用，要承认宇宙间有一部分是未必合乎规律的。

第二个方面是关于经济基础是“不以人们主观意志为转移”的，它是一切政治现象和意识现象的决定者，至少是约制者。在治土地制度史的二三十年里，我深深信仰着这个观念，试看在我写的文章和书里，一遍又一遍多次地重复着“不以人们主观意志为转移”这来自经典的词句，足以反映我在思想上对之信赖的诚挚。可是在这方面，“逆反”也来了。我想，经济的力量就那么大吗？人们意志的力量就那么小吗？我们不能把经济看成那么硬绑绑、死巴巴的东西，我们也不能把活泼泼的人们的意识看成是那么“无能为力”的东西。可是，五六十年来我们为什么会是这样了呢？

我想，这和政治有关。试想，自十月革命以来，有了无产阶级政党（布尔什维克）和无产阶级专政，政治自必要求思想为它服务，所以在苏联历来讲哲学的教科书里，就一直在宣讲哲学的党性，并且很强调这一点。这一强调，自然而然在宇宙的必然性和偶然性之间造成分裂，不惜过分强调必然性而排斥偶然性；在经济和意识之间造成分裂，自然而然在人类社会的问题上强调经济基础的决定作用或约制作用，以及人们意识之处于“被约制”和“被决定”的态势。无疑，这是一种偏颇，一种向“左”倾向的偏颇。

于是，我的“逆反”便产生了。我想：人一辈子为什么老在搞一些硬梆梆、死巴巴的东西，或者总是在把一些并非多么硬梆梆、死巴巴的东西一定要弄得非常之硬梆梆、死巴巴的呢？有些人一生流连辞章，吟花咏月，也过了一辈子。我个人虽然决不能流连辞章，但搞一搞悠长历史上人们的思维，人们的意识，把它们既作为个别又作为总体，看取它们的作用，包括既受经济约制，又游离在约制之外的诡谲的活动，不是既饶有兴趣而且也完全有可能取得某些结果吗？

恰好在这时，大陆上出现了“文化热”。这是“四人帮”倒台和开始改革开放的直接后果。我迎接了这场“热”。我从来不是拿学术做政治投机的人(那样的人以我亲身经历过的，真已经累累了)，但我一直认为，结合一股潮流研究学问比自己关起门来研究学问，动力要大得多。例如，五六十年代我所投身的农民战争和土地制度的研究，不也是借了“五朵金花”的动力吗？当年我们受“老大哥”影响而掀起的“五朵金花”大浪潮，不管其中有多少泥沙，多少粗暴和强辞夺理，事过几十年再看，它仍是替中国文化翻出许多新花来的。50年代的“热”我迎接了，80年代的“热”我也迎接，但在这两桩事中间又有区别，第一次迎接相当天真，相当幼稚；第二次迎接就比较老练些，“全盘西化”就接受不下来，到头来我还是非常之尊重传统的。我要看一看，中华文化中哪些东西能推动我们祖国前进。看起来，我距离《河殇》很远，距离“新儒学”稍稍近一点，但也不一样。

我分两步走。近的一步，我从明中叶的王阳明思想上溯到孟子，远的一步，我从先秦诸子百家上溯到《周易》。

我一直认为，在中国文化史上，我们很难定性某一思想家为唯物主义的，也很难定性某一思想家为唯心主义的。这种认识并不萌发自我，梁启超和熊十力早就阐发过类似的观点，熊的看法见于他写给科学院院长的一封信，自然这种陈述远远不会被考虑。给思想家剪一顶纸帽的办法来自苏联，到日丹诺夫尤甚。他把唯物唯心看作两条炮火连天的前哨。这是极“左”的典型。在中国就表现为由八位学者署名的思想史中，将王阳明定性为反动的主观唯心主义思想家，还像“出大差”一样，由三个人来“陪绑”，计一蒋介石、二梁漱溟、三贺麟。其是不伦不类已达极度，政治和学术已经完全搅得分不开家了。

我并非王阳明的孝子贤孙。当我20岁初读《明史·王守仁传》的时候，我曾简单地把他定性为屠戮起义人民和少数民族的刽子手。但后来读了他的《传习录》及其思想衍变历程，才懂得他是个了不起的思想家。在这里，不能不说远一点。中国社会，长期残存着“亚细亚”的特色；也就是说，阶级社会以前的共同体因素一直在阶级社会中局部地存留着。它保持着一些平均主义遗存和民主主义遗存。这一情况的好处，是叫剥削者、专制者的“毒性”始终达不到最高度，但其缺点是叫社会渐近于“停滞”，科学技术受不到大的推动力。于是形成“中”和“西”的相互反背，西方世界一力向“外”发挥，中国向外发挥各方面都有阻力，乃转而向“内”——即以追求人们主体的自我完善为主攻目标。王阳明在十五六世纪，正是这样做的代表。他讲的“知”，不仅表明向完善的伦理道德追求，也向外界知识追求。怎么追求？在西方，通过发明显微镜、望远镜、光度表、热度表等等去追求；在中国没有这个条件，王阳明才只好提出“致良知”，即使尽一切方法把自己内部藏得很深、能量很大的“知”力充分发挥出来。他讲人的内在知力原本是“灵明”的，使用出去是可以到处“充塞”的，只要“动”起来能量是很大的，只不过有“蔽”就是了。学习到这里，我立即结合现实，在教条主义充塞的海洋里，我们不正是急需王阳明牌的“去蔽”、“致良知”、求“吾心之灵明”去启迪自己的主观能动性吗？到头来，这是一付极好的药剂。

王阳明思想的古老素材，取自孟轲。我对孟子的看法也有变化。小时候感到他是个哇喇哇喇的政治辩论家，像资本主义世界竞选的议员，连“逾东家墙而搂其处子”的话也说出来。慢慢，我的看法改变了。“孟子者，七篇止”，前五篇确实有些粗糙，后两篇，特别是最后一篇，其中蕴藏着很多精度很高的思维。他从很寻常的事物中取譬喻，他讲水，讲山中之蹊径，讲深山中的野人，说人的完美是本身固有的性能，不是从外边哪里取，只看你去发扬它还是不发扬它；自己发扬出来的东西，才能像水一样潺潺地流个不尽，才能像山中的蹊径一样四通八达，不被茅草所堵塞。他说，自己耕的地是永远耕不完的。读着这些语录，我心里禁不住想，我们这一代被教条主义、被硬梆梆死巴巴东西塞得满腹满咽喉的人，是多么地需要这种清凉剂、清醒剂呀！

从孟子到王阳明，这自然是一种偏。偏向“内”而未曾专门去对付“外”。这与西方恰成对照。西方生产力发展不受阻，人们向“外”有广阔天地，所以自然科学、应用技术一日千里。可是他们对于“内”则不足。虽然到19世纪，韦伯（M·Weber）说英国基督教新教有一种“新伦理”，崇尚勤勉和节俭，也算是一种向“内”的功夫吧，但无法与东方伦理（人的自我完善）相并比。总起来看，他们是一种偏，我们是一种偏，二者应该互补，也只能互补，在悠长历史段落中互补。说“互补”，就是说不能互相代替，不能把儒学硬搬到西方去，也不能要中国“全盘西化”。文化的融合需要更悠长的时间，跟军事征服完全不相同，它需要一个“雾露晕染”的过程。

我再往前追。孔子对“内”也很强调。他说：“人能弘道，非道弘人”（见《论语·卫灵公》）。其实，老夫子这话只对了一半，他应该说：“人能弘道，道亦弘人”，就可得满分了。但无论如何，“人能弘道”一句，对千古之人发扬其主观能动性是一个极大的鼓励。这个精神贯下来，到《周易》的“象辞”里，就出现了“君子”这样这样、“君子”那样那样一连串的说话，其中当以《乾》、《坤》二卦最富代表性，其象辞曰“君子以自强不息”、“君子以厚德载物”。张岱年先生说，前一句表现积极进取，后一句表现宽容人道，是中华文化中最要紧的内容。最近有人，一力要把《易传》接到道家去，甚至连《中庸》也想拉过去。我开玩笑说，现在爆发了儒、道两家的争夺战，我也要参战了。我怎样参战？我准备说明，说《易传》是孔子之所亲著，虽有史迁的话作证，我还是不相信的；说《易传》是道家之作，我同样不相信。因为，不管《易传》中羼入了多少道家、阴阳家的观念和辞藻，其根本精神是孔子的，从“人能弘道”到“自强不息”、“厚德载物”看，显然是一贯的。儒家强调“人”，道家强调“天”。《庄子·秋水篇》中说“无以人灭天”。我们敏感到孔子说“非道弘人”是针对道家说的；庄子说“无以人灭天”是针对儒家的。两家时时刻刻在针锋相对。

那么，研究这两家间的交错，就是研究先秦文化的主线了。怎么个研究法？窃以为，从时间和空间这两个条件入手，是研究一切历史问题的无他选择的法门，这就像解析几何一定要先定X轴和Y轴两个坐标一样。我说时间，主要指公元前6世纪、5世纪、4世纪、3世纪，哪件事、哪个人物、哪部作品、定在哪个框里，要弄清楚。这里要插进来说，疑古派把很多古文献的年代拉后了，也拉乱了一些，我们需要花费功夫。我说空间，主要指譬如这鲁地、齐地、宋、卫、陈、蔡地、楚地、三晋地和西秦地，等等，哪股思想是孕育在哪块地方，另一股思想又孕育在哪另一块地方，这其中最重要的是要看取地域间的互串，在这方面有很多情况我们还看不透，说不准。举例来说，孔子晚年到卫、过宋、到陈蔡、接近楚，这中间在文化交流方面起到什么作用？齐桓公时，陈完（文子）到齐国，在文化上又带了什么影响？道家源于宋国，也可以说是东楚，它怎么北上进入稷下学宫的？吴的季札、晋的赵武和叔向、齐的晏婴等人不断聘问诸国，除既有的一些文献记录之外，还可以找到些什么迹像？《周易》的封爻辞究竟在什么年代、什么地域、经由一个什么人、或者一组什么人编写出来的？等等，等等，这些问题即便最大的学者也说不准，并且往往言人人殊。只有孔子弟子子夏去了西河，到魏文侯那里形成一个晋秦文化中心，对后来法家的兴起有作用，这一点比较能说清楚些。

在上段，我提到前6世纪、5世纪、4至3世纪，是什么意思呢？我的意思是说，公元前6世纪，基本上是孔子年代（虽然孔子实际上在前6世纪，只占了一半，在前5世纪还蝉联了二十几年）；公元前4世纪是孟、庄的年代（虽然他们在前3世纪又蝉联了十多年）那么，公元前5世纪是怎样的年代呢？这就是我要抓的要害之所在了。在这个年代里，孔子的一页已经揭过去了；孟、庄的篇章还未揭开，这时，齐国的威、宣二王尚未登台，稷下学宫未开幕，慎到、田骈、宋钘、尹文、邹衍、鬼谷之徒，尚在帘内有待登场。我认为，这正是儒、道二家“雾露晕染”的时候，正是孔子之孙孔伋（子思）生活的时候，也正是《道德经》、《中庸》、《易传》三个重要文献被炮制出世的时候。所以，《易传》、《中庸》虽为儒家基本经典，而其中又或多或少“晕染”了道家的辞汇，就是可以理解的了。它们是前5世纪（特别是后半期）同时期的出品。有人引用了《尹文子》中有“归一者，简之至；准法者，易之极”等语，就说《系辞》“易简”出自尹文，出自黄老。殊不知尹文为齐宣王、湣王时人，上距子思之《中庸》、《易传》近一百年，如何一百年前之文为袭自一百年后之人?!且尹人所谈“易简”为执法行政之论；《系辞》所谈“易简”，属认识论范畴，二者全不相及。

以上，说的是孔子和孔子身后的事，那么孔子以前呢？从公元前12世纪到前6世纪，这时候的资料主要是《诗》、《书》、《易》。所以我经常对学生说，《诗》、《书》、《易》三串联，就可以找到中华文化的源头。而这三者又不是平衡的。《尚书》只是条令；《诗》中有生动而丰富的民俗；《易》虽还不是哲学本身，但已经是哲学的胎胞了。而任何一种文化都要以哲学为其轴心的，所以《易》最重要，它牵及的历史段落也最长，“《易》之兴也，其当殷之末世、周之盛德乎?”它的上限已经引伸到公元前12世纪以前去了，那时候人们的理性思维还没有完全确立，原始思维还占有相当的比重。

《易》，是一颗很难砸的核桃。兼到了当代，不少社会上的人又把它拉回到卜筮的神秘方向去，这替找寻文化源头的事，又增添了不少麻烦。《易》本是自卜筮中来，但在发展中已经变成哲学了。它成了儒家和道家的有力的前行者。前行者对后来者会具有一种产生影响的可能。许地山曾说，僧道两家均出自《周易》，这话说的未免绝对化了。儒家不出自《周易》，只是孔子晚年一伸手把《易》接过去了，把它改造成为儒家的经典。道家和《易》的关系我一时还说不清楚，这主要是由于老子（老聃、李耳……）人物的模糊特点、《道德经》写成前的情况的模糊特点所召致的。单纯从“天人”关系看，道家与《周易》的血缘较之儒家当更为亲近些。

前面说了些有关《易传》的事，现在来说《易经》。“经”比“传”还难办。古人围绕着它说了一大堆名字，什么伏羲、神农、文王、周公、孔子，几乎第一流人物都挂上了。虽然我们一桩也不相信，但从其中应该认识到一点，阴阳两个符号的创立；将它们三叠而成8个卦形；然后将其两两相重而成64卦；每卦包含6个阴阳符号，形成6爻，共384个爻；爻又有初（一）、二、三、四、五、上（六）6个位：这些事情都是自远古以来经历很长很长的岁月积累、很多很多智者心血的凝聚而形成的。这件事的意义极大，它不仅替社会上卜筮者奠定了基础，更重要的是替中华文化、替中国的哲学和某几门科学下了一个模式。这非是了不起的人不能完成的功业，所以后代的人们将之无法归属，就挂到上列的“四圣”或“五圣”的名下去了。

这些竭尽心血的智者们，虽然他们的事迹已无法钩稽了，但有一点是可以肯定的，即他们的思维、思维的路子跟我们有所不同。近代的科学思维、逻辑思维，他们肯定有了一些，但更多的还是原始思维。那种思维路数，我们已很少懂得了，就西汉时期人也只能勉强懂得一点点，小部分。须知，我们今天的这些科学思维、逻辑思维并不是很轻松形成的。它是包括西欧产业革命以来，包括培根的思维框框在内长期形成的。远古人缺乏这些。远古人比拟的范围很广泛，受启示的范围也很广泛。甲事物与乙事物，在我们近代人看来压根儿比拟不到一块的，远古人也可以联想到一块。在《周易》里，这叫“取象”。在《小雅》里，这叫“起兴”。这是两种很类似的哲学行为和文学行为。据此，我曾判断《易》卦爻辞和《小雅》的写成年代相同，即公元前8世纪。举例来说，狩猎的陷阱里今天有东西，明天没有东西；今天抓到一个大俘虏可是小俘虏跑了，明天抓到一个小俘虏可是大俘虏跑了；做贸易赚了就笑，明天折了就哭；公羊碰篱笆，第一次折了角，第二次夹在篱笆间出不来进不去；小狐狸过河，第一次淹了脑袋，第二次淹了尾巴——所有这些，远古人都感到在启示着什么，象征着什么。于是著录下来，留给后世的人去玄思。

当初立卦设爻的人，肯定是根据一种“象”的。但他们当初取象、立卦、设爻时的心态，我们后代人已经非常之隔膜了。这无可挽救。但西东汉的易学家们不甘心，他们硬要按照他们汉朝人当时的心态和思维，替《周易》编制甚至臆造出非常烦琐的枝叶，在原有的神秘主义上增加了更多的神秘色彩。这就是“汉易”。到三国时王弼的手里，他似乎懂得了这种无可挽救的根底，乃决心“扫象不谈”。他这样做，并非由于一位仅只活了24岁的青年人的狂妄，而是由于他的聪明告诉他，再死死缠住“象”不放，对后世已经没有什么好处了。还是“义理”比“象数”的用处大。试想，唐、宋诸学者不能说学问不大，他们在搞《易》学上不追踪“汉易”，而走王弼的道路，这绝不是偶然的。只有清朝中叶及末叶的一些烦琐考据家和凿死铆的人，才又在一定程度上复兴了一点“汉易”。但也没有多少油水了。另外，广大的迷信工作者以及与迷信工作血缘相近的人，还在主张走部分“义理”部分“象数”的折衷道路。

我们说，“义理”的用处大、路子宽广；“象数”的用处小、路子已经不通了，这意味着什么呢？这是说，近代社会更少是迷信，更多需要哲学，需要《易》中蕴蓄很深的古代辩证法。儒家精研人道，精研人的内在的自我完善，但在宇宙问题和辩证思维方面，相对不足；道家提倡天人之道，频繁地阐发对立的观念，但在人际关系和现实社会方面，采消极态度，办法不足。这两者通过什么来体现融合呢？是《周易》。试读公元前5世纪写成的《易系辞传》，继善成性也有了，穷则变、变则通也有了，“三才”——天、人、地的跨在自然和社会之间的“三才之道”也有了，这不就综合起来了吗？向“内”和向“外”综合，是一种互补；儒家和道家的综合、天人之间的综合，又是一种互补。补来补去，中华文化不就日益壮大了吗。研究到这里，我感到自己对中华文化源流的探索终于摸到一点点影像了。自然这还远远不够，需要此后活一天学一天的继续努力。

附一　自　传

我原名赵甡（读“莘”，《诗·大雅·桑柔》有“甡甡其鹿”之句），字俪生，以字行。1917年（民国六年）农历四月廿五日出生于山东省安邱县景芝镇东村。母亲郭氏，诸城人。这一带是苏东坡所说的“桑麻之野”。我十岁以前对“山”的认识是概念化的。我祖父和外祖父都是举人，都未上公车。祖父和父亲写欧和柳；外祖父写颜和苏，笔姿酣肥些。祖父在光绪朝做内阁中书，遗下一大堆日记，记载与端午桥（方）、王廉生（懿荣）、吴清卿（大澂）等收购青铜器、金石、字画的过程，除记价款外，还偶尔拓下铭文，有鸟形、人形以及两只兽眼，在我幼小头脑中留下对文物的浓厚兴趣。父亲是位破落诗人，不务家人生产，酷爱填词，不推崇苏、辛，独奉周美成（邦彦）为正宗。曾有《秋籁集》诗词四卷，未刊，稿已佚。

十岁在景芝镇小学毕业，家中无以维持生活，由母亲带领三个姐姐和我到青岛去谋生。住在西镇的贫民窟里。冬季风雪，手足成疮。姐姐在日商茂昌鸡蛋公司做工，把卵黄、卵白分开，冷冻出口。后来长姊以营养不良而死，另两个姐姐在英商英美烟草公司做工，装金鼠、炮台之类的小包和大包，达六七年之久。为了年终奖金，发高烧都不请假。我在三个工人的工资养育下，得在胶济铁路中学上了六年学。初中时，热心新文艺，终日读鲁迅的《呐喊》、《彷徨》，周作人的《雨天的书》、《自己的园地》、《泽泻集》以及《爱的教育》、《文章作法》等书，致数学常不及格；高中发奋理工，大代数、解析几何经常考一百。跟同学们组织了个文艺社，叫《浪花》，后来又出一副刊《浮世绘》，我在上面发表白话诗、散文、短篇小说和译品，当时已经开始使用笔名“冯夷”。

考大学。先考税务专门学校，理由很简单：两年毕业，月薪二百两银子。哪里知道，考取的都有宋子文、孔祥熙的介绍信。我这土包子，初试就刷掉了。再报北大、清华。谢谢上帝，考中了。在北大上了一星期，又艳羡清华的洋楼和优美的校园，从北大退学，重到清华报到，是第十级。学号：2293。两校都是外语系。上了大学以后，就自然而然地不像高中那样死用功了；用功是照旧的，但活得多了。不再考虑分数，“拿手枪”（清华用E、S、N、I、F五级计分，F的样子像手枪）也不在乎。对本系课，带有“英文英文，一笑一笑”的心理。记得诗人朱湘说过，你和谁有仇，就叫谁的儿子住清华外语系，因为这里害得死人。我有亲身感受。特别是那些叫人死背西洋作家生卒年月的洋老师，他们到底有多少学问，我怀疑。所以我经常听中文系、哲学系、心理系、社会系的课。闻一多先生的四门课（《诗经》、《楚辞》、《唐诗》、《古代神话》）我全听了，闻先生给一题目《上古帝王感生传说的分析》，是我生平第一篇（未发表的）考据论文。从此，我就把我自己向“综合修养”或者叫“杂家”的路子上带，并且终生对此毫无悔意。

我在大学只上了三年，并未毕业。缘故是第一，体育都不及格，马约翰老师最讨厌我，因为我连个最简单的跟头都翻不过。第二，军训都不及格，而且还假造理由避开了以何基澧先生为训练长的在西苑的集训。不争取毕业的又一个缘故，用十年动乱中“小将”的语句说，是“该人早年投机革命”。“一二·九”的五次游行，我全参加了，而且掌过门旗；我参加了“左翼作家联盟”和“民族解放先锋队”，还当过清华文学会的主席，编过《清华周刊》和《副刊》。由于活动多，上课就少。法语女老师用英语对我说，“我当你死了呢，你还活着来上课呀！”我一气到“注册课”把法语drop了。我功课成绩虽坏，但学的东西不少，大部分是自学的。家庭贫穷，只好靠稿费维持，于是拼命译东西。感谢毕树棠前辈的提携，他给我从图书馆西文部优先借到杂志的方便，我从《莫斯科新闻报》、《国际文学》、美国《新群众》以及《伦敦水星》、《读者文摘》上翻译一些文章，投寄《大公报》、《益世报》、《时事类编》上发表，有时一篇长文可以拿到近百元大洋，足够半年的伙食钱。这时，也学习做“索引”（又名“引得”），记得做过1935、1936两年西洋杂志论文摘要，博得张申府老师对我的赞赏。芦沟桥事件爆发前后，我用一个暑假的功夫，一口气译完了一部20万字的苏联小说《孤独》，将译稿挂号寄沈雁冰先生，自己就到太原参加抗战去了。

在山西，我呆了约两年半。开始在太原国民师范接受牺盟会的军政训练，后来分配到离石，在第二战区战地总动员会工作。不久，日军进逼，我们就在离石、碛口、军渡三角地带打游击，曾写过一篇报告文学《在王老婆山上》，刊在胡风主编的《七月》。后来渡河，从陕北辗转到晋南，在夏县人民武装自卫队当连指导员，后来部队改编为第二战区政治保卫队，我任营教导员。这几年的实际锻炼，对我也有极大的好处。晋东南、东北、西北、西南四块地区，全用脚掌走到了，对民间疾苦和山川风物有了感性认识，老来翻读方志之书，每到三晋，即倍感亲切。正如顾炎武所说，不仅琐琐于典籍文字之间，而是稽之于道里徒步之下。

之后，在日军投降前后，我有八年时光，在陕西关中地区当中学教员。事情是这样的，我在中条山患了恶性疟疾，被送到西安广仁医院救治，恰逢山西新、旧军冲突，很不容易找到原部队了。我教的学校，计有乾州中学、西安高中、扶轮中学和雍兴工业职业学校。所教课门是英文，也兼教国文和历史。这八年中，所教课程繁重，生活艰苦，待遇菲薄；但生活安定了，可以用点功。于是我抽教课之暇，进行史学的学习和锻炼。我试写了一篇《清初山、陕学者交游事迹考》，1946年在《大公报·文史周刊》上刊出，这是我的第一篇发表的论文。蒙胡适之先生来信鼓励。继之，我又写了《王山史年谱》和《张蒿庵年谱》（两稿均未问世）。当时，我泛览关中之书，逐渐览及中州之书。这两个地区的学者，以理学名儒居多，也偶有考据词章之士，所以我开始是从“思想史”进入史学阵地的。30岁，我在傅孟真先生向姚从吾先生推荐下，第一次踏进高等院校——河南大学当副教授，教的就是“明清思想史”。嵇文甫先生在这一方面给了我很大很多的鼓励。叶圣陶先生也不断为我介绍文章在上海的刊物上刊出。

开封解放了，我得以重返解放区，迤逦自中原来到华北，在正定的华北大学第四部（研究部）当研究员。我最尊敬艾思奇、何干之二同志，每逢有所写作（如《北魏史》的研究论文），必捧呈请教，他二位也都给予指点，特别在理论辨析上，给我的教诲最多。从这时起，我才慢慢懂得了拿“史”和“论”相结合，二者中不可有一偏废。当然，要结合得很好，那是艰难的。不久，济南解放，我被派去工作，工作之暇，我又去向原山东图书馆馆长王献唐先生殷勤请教。清朝乾、嘉之学的成果，我就是在王先生的多次言谈中领会了的，而且单纯领会不成，还要自己一一复查，把某版本、某笺注、某字句、某器铭款识，一一亲自核实。这一阶段，我对郭老《两周金文辞大系》一书用功甚勤，以《积古斋》、《奇觚室》、《攈古录》、《客心斋》诸器铭款志的诠释为辅佐，一器一器核读下去，收益匪浅。同时也泛览了章太炎、刘申叔二家之作，受到启发极大。在开封住了一年，我感到自己的“宋学”（理学）水平有所提高；在正定住了半年，我感到自己的马列理论水平有所提高；在济南住了一年，我感到自己的“汉学”（文献、考据）水平有所提高。当时30岁出头，“风华正茂”，遇到理想的老师，就如鲸之吸水，巨饮狂吞，而自己的肢体也就在不知不觉中日益壮大。试想：这段自学经历，不就等于住了一次研究生班，或者读了某种没有名称的学位吗？要善于找老师，更要善于向老师学习，这一点，对后辈青年可能是有启发的。旧时代，很讲究学术渊源、师弟承受，只有“四人帮”才叫后辈打倒前辈，还要再踏一只脚。以我个人的这点小经历来验证，没有上述诸前辈的教导、奖掖和提携，连目前这点可怜的成就都是不可能的。

从此以后，祖国解放，人民共和国建立，我个人的经历也就正常、平淡得多了：一直当教师。由东北师大而山大，由山大而兰州大学。朋友们在读到这里时，提意见说，此后就缺乏了“生活的足迹”。可是我想，譬如胳臂上生过一个疮，现在统统好了，再提如何发烧，如何流脓，对己对人，都无好处和必要。故此处用了省笔。我平生对教课极感兴趣，并且认为教学科研并不冲突。只有嘴巴讲清楚的，写成论文才有说服力；只有写成过论文的内容，讲出来才能保持深度。自居陇右，荏苒已二十六七年，居久随俗，俨同故里。且此间冬暖夏凉，无疾风久雨之苦。况且，对研究西北史地，颇多方便。新近故世的顾颉刚前辈曾写赐一幅字条，其末句云：“不须更问蓬莱岛，此地令人欲挂冠”。看起来，老人家是要叫我在此安家落户的了。

我这大半辈子，研究有一个主轴，那就是研究我国阶级社会的阶级关系。其余算是“客串”（不过我“客串”的频率未免太大了一点），只此是本行。人家科班搞历史的，都精于断代，我却没有断代的过硬根底。勉强说，只明朝和北朝，还下过一点功夫，其余很差。一上来就搞专史。先搞“农民战争史”。最初，这是上边的任务，叫开这门课，个人兴趣不是太大。开始搞也很幼稚，不过是清一些起义的起迄年月、作战路线、战役胜败、领袖人物的生平，等等。方法论也很幼稚，很教条，恪守只有农民的起义和战争才是社会发展唯一真正的动力的教导。后来发现统治者也有反攻倒算，也有让步。当时讲让步，也不敢不把功劳归到劳动人民头上，于是形成一个公式，就是“劳动者打击教训，统治者才妥协让步”。不久前，读到金景芳先生的论文，说不仅只有“反攻倒算”的论点是左倾思潮，就是“打击教训妥协让步”的论点也是左倾思潮，我这才恍然大悟。本来嘛，统治者你不打击他，他也要调整嘛。这样的例子本来多不胜数，可是有的人就是矢口不承认统治者会自行调整。在这些人看来，统治者只会反攻倒算，只会像胡宗南向陕甘宁边区进犯一样，向农民起义的自由的桃花源进攻。历史并不果真如此！我正是感到研究农民战争史遇到了麻烦，才又转到“土地制度史”这块园地上来了。

这块园地，耕耘起来也很艰苦，理论修养需要很深，史料的根底也需要很深，面上需要很广，处理起来又需要很细，积累一些年，投进去很大的工作量，它依旧岿然不动。我不喜欢把事情停留在几斗麦子几斗米、官收多少、田主收多少的这些问题上。我从人类财产由公有向私有的总的转化过程来考虑，私有制夹在原始的和高级的公有中间，但它不能最终消灭公有，而只能最终为公有所扬弃，从而完成一个伟大的历程。正如导师马克思所教导的，私有财产的积极的扬弃，就是共产主义（更高的公有制）。这是体现着一种否定的否定的肯定。（见《马恩全集》42卷中译本页131）但私有制也在历史上起了充分的作用。我们研究古代中世纪史的人，就是面对这个私有制的产生、发展以至一步步深化的过程。这个过程并不是平静的，而是充满着阻力。人们原始的共同体——公社和它的次生形态是一种阻力。中央集权的专制主义的国家权力，又是一种阻力。后者比前者，作为阻力，更为严重。在多民族国家里，基干民族中的阻力削弱了，周边少数民族又带来这样那样共同体的阻力和军事、政治权力的阻力，阻力又加大了（封建社会长期衍续问题，在这里可以受到启发）。私有制长期不能平顺地达到比较纯粹的地步，以使公有制将它扬弃。我们讲一部奴隶社会、封建社会的土地所有制的历史，不就是更具体地讲上面表述的这个历程吗？自从找到这个，我感到钻研的信心就大了一些。在“史论结合”的总过程中，有时“论”可以带动史料向前进，我有亲身的体会。据此，我不赞成“竭泽而渔”的提法。因为第一，实际上鱼是捞不完的，史料也随着考古发掘而大量增殖，它不是一片小泽而是海洋；第二，有些琐节对逻辑总括的进行是影响不大的，列宁说当我们进行逻辑总括的时候要甩掉很多很多东西；第三，这个口号只会诱导人重新回到乾、嘉琐节考据的洞穴中去，使人们只见树木，不见森林。中国旧话中说，有“高明”和“沉潜”两路人，高明不是绝对的，它需要沉潜来保证，来验证；但翻过来，沉潜也不能绝对化，要是专门倡导沉潜主义，那就可能有害。历史是永远不能脱离哲学的，就是你不信服马克思主义，你也一定得有其它的哲学。单纯考订谢三宾有几个孙子，我想了一辈子，想不出它的意义和价值。

与土地制度史方面的观点相联系，我对古史分期也有自己的看法。我坚决反对把西周奴隶社会塑造成“鼎盛”，把当时的阶级关系只说是奴隶和奴隶主的尖锐对立，而排斥农业劳动中大量的自由民。我之所以反对的理由，是当时私有制刚发生发展，共同体还担任着很大的阻力，深化的过程没有那么快速。所以西周只能是奴隶社会的低级阶段。任何从主观出发进行拔高的活动，都是徒然的。只有到了西汉，私有制才前进了一大步，社会总气氛才有一点古典经济的味道，而封建制又开始露芽。所以我认为两汉是过渡。杭州一位看法相同的老先生说：“今天我们的看法好像是少数派，不久的将来我们将成为多数派。”我同意他的看法。

除去阶级关系这一主轴外，我的兴趣很广泛，中西关系史也想学习，文艺的演变史我也想染指，旁及绘画史和书法史我也兴感很浓，这样就使自己缘着“杂家”的斜坡一路滑下去了。

不久前，有人叫写自传，我只写了不到两千字；这次北京图书馆叫把学术观点也写进去，不觉就写得多了。最后，我还有两点补充。第一，我遭遇过两个好校长，一位是华岗同志，一位是江隆基同志，他们对知识分子的那种爱护，是能够使我终身不忘的。第二，是我的妻高昭一，河北正定人，自在离石游击队与我结婚以来，瞬已四十有六载，我的这点小小成就中灌注着她的合作和帮助。我今行年六十又七，古稀已近。甚愿老骥伏枥，壮心不已，锲而不舍，努力至死，以企报答，并且不辜负所有那些爱护过我、帮助过我的人。

1984年

附二　自撰学术年表

1917年6月14日（民国六年丁巳4月25日）

鄙人出生，一岁（虚龄）。

1932年，16岁

在青岛胶济铁路中学读高中。本年在青岛《胶济日报》上以“枕秋”笔名，发表白话诗《小羊》、《小小的白帆》两首。此为鄙人发表作品之开始。

1933年，17岁

与同学六人组织“浪花社”，在《胶济日报》上发刊《浪花》副刊，共出20余期，为胶济铁路党部查封。

1934年，18岁

考入清华大学外语系。与友人合编《浮世绘》副刊，在《青岛日报》上发刊，后为青岛市党部查封。

1935～1936年，19岁至20岁

参加“左翼作家联盟”与“民族解放先锋队”。与同学组织“国防文艺社”及“清华文学会”，出版《国防文学》两期，《新地》两期。本年发表译品2篇：（1）《人性的风》，苏联皮涅克作，译文在《新地》上发表；（2）《两兄弟》，苏联格鲁吉亚作家（名字遗忘）作，译文在南京中山文化教育馆《时事类编》上发表。

同年，以“赵甡”本名在《清华周刊》第44卷（期号遗忘）发表《1935西洋杂志文艺论文编目》及《1936西洋杂志文艺论文编目》两篇。

1937年，21岁

抗战开始，到太原受训，参加“第二战区总动员委员会”工作。以“冯夷”笔名发表创作小说2篇：（1）《风沙》，刊在《清华周刊》第45卷第6期；（2）《紫荆开花的时候》，刊在第12期。

1938年，22岁

与妻高昭一结婚，到晋南夏县参加部队，任指导员，以“冯夷”笔名发表战地通讯2篇：（1）《在王老婆山上》，刊在胡风主编之《七月》（期号遗忘）；（2）《任海龙》，刊在武汉《新华日报》上。

同年冬，所译苏联作家微尔塔长篇小说《孤独》，经沈雁冰介绍，王任叔（巴人）主持，编入上海孤岛《大时代文艺丛书》出版（按，该书后于1951年在上海新文艺出版社再版）。

1939年，23岁

因病脱离部队，任陕西乾州中学教员，此后数年，均在中学任教。

1941年，25岁

中篇创作小说《中条山的梦》写完。该书于1946年在《文艺复兴》上分二期连载，1951年在上海海燕书店出版单行本。

1944年，28岁

德国作家沃尔夫剧本《奥京喋血》（又名《维也纳工人暴动记》，又名《福劳利德镇》）译完。该剧本于1960年由人民文学出版社编入《沃尔夫戏剧集》中出版。

1946年，30岁

闻一多先生在昆明遇害，写悼念文《混着血丝的记忆》，在上海《文艺复兴》上刊出（期号遗忘）。

1947年，31岁

论文《清初山陕学者交游事迹考》本年2月12日刊出于天津《大公报》胡适主编之《文史周刊》上，不久上海《大公报》亦照载。此为鄙人发表史学文章之开始。自此，使用次章赵俪生名字。另一篇文章《赵南星评传》发表在上海贺昌群主编之《读书通讯》（期号遗忘）。本年夏，就聘为开封河南大学文史系副教授。

1948年，32岁

本年发表文章，计有：（1）《张穆〈亭林年谱〉订补》，刊在南京《学原》杂志；（2）《诸葛亮身世考》，刊在上海《国文月刊》；（3）《清初四大学派》，计分为①《亭林学派述》、②《梨洲学派述》、③《船山学派述》、④《孙（夏峰）颜（习斋）学派述》四篇，接连发表在上海《读书通讯》上。

同年，应友人诗人苏金伞之邀，写短篇小说《临歧》，发表在其主编之文艺刊物上（刊名遗忘）。本年开封解放，到解放区，任正定华北大学第四部研究员。

1949年，33岁

在济南升平街写论文2篇：（1）《论中国新史学的建设问题》；（2）《谨评闻一多先生的学术成就，兼论中国文献学的新水平》，两文均发表在《新建设》杂志本年之第6期与第8期上。本年中华人民共和国成立。到济南，在市委领导下工作。

1950年，34岁

到北京，在中国科学院编译局工作。秋，到长春，任东北师大教授。冬，到青岛，任山东大学教授。

1951年，35岁

天津《历史教学》、青岛《文史哲》于本年创刊。鄙人发表论文4篇：（1）《爱国主义思想家顾炎武的反清斗争》，刊在5月《文史哲》创刊号；（2）《说蜀汉的兴起》，刊在《历史教学》1月创刊号；（3）《斯大林对史学的新指导》（副题：《学习〈论马克思主义在语言学中的问题〉札记》），刊在《历史教学》4月第4期；（4）《再论上层建筑与基础并答赵宗复先生》，刊在《历史教学》8月第2卷第2期。本年，《文史学的新探索》一书出版。

1952年，36岁

论文《马克思怎样分析法国第二共和时期的历史》（副题：《为〈拿破仑第三政变记〉问世一百周年而作》），刊在9月《文史哲》第2卷第5期上。后被中央党校选为辅助教材。同年，旧作修改稿《北魏史述论》在《山东大学学报》上发表。

1953年，37岁

发表论文4篇：（1）《学习〈苏联社会主义经济问题〉，体认唯物辩证法的威力》，1月《文史哲》第1期；（2）《斯大林与民族问题》，5月《文史哲》第3期；（3）《明初的唐赛儿起义》，7月《文史哲》第4期；（4）《北魏末的人民起义》，9月《文史哲》第5期。

《逻辑学教程》本年在上海春明出版社出版。

1954年，38岁

发表论文5篇：（1）《南宋金元之际山东、淮海地区的红袄忠义军》，载《文史哲》第4期；（2）《论有关隋末农民大起义的几个问题》，载《文史哲》第6期，其中首次提出农民战争与统一战争之关系问题；（3）《南宋初的钟相杨么起义》，《历史教学》第11期；（4）《明正德间几次农民起义的经过和特点》，《文史哲》第12期；（5）《论历史科学的多样性与复杂性》，见《新山大》（报），刊期遗忘。

1955年，39岁

本年发表论文4篇：（1）《论孔尚任爱国主义思想的社会根源》，见《文史哲》第10期；（2）《批判胡适的考证学方法与校勘学方法论》，见《文史哲》第5期；（3）《夔东十三家考》，见《文史哲》第1期；（4）《李自成地方政权所遭地方武装的破坏》，见《文史哲》第11期。

与妻高昭一合著之《中国农民战争史论文集》，在上海新知识出版社出版。

1956年，40岁

本年发表论文3篇：（1）《从五代宋初对生产的恢复和发展看唐末农民大起义的作用》，见《文史哲》第5期；（2）《论明末农民军对货币财富的积累》，见《文史哲》第6期；（3）《靖康、建炎间各种民间武装势力性质的分析》，见《文史哲》第11期，此篇曾被日本广岛大学寺地遵先生在其学报上写文称誉。

1957年，41岁

发表论文3篇：（1）《论哲学遗产的具体意义与抽象意义的区分》，与冯友兰先生相争论，载《光明日报》（日期遗忘），后收入科学院社会科学学部编辑之《中国哲学史问题》专辑。

夏8月，举家由青岛迁兰州，任兰州大学教授。写《从阶级关系和阶级斗争角度看古史分期问题》，载《兰州大学学报》创刊号。继又写《综论两宋的阶级斗争和阶级关系》（副题《兼论资本主义萌芽在宋代发生的可能性》），已编入《兰州大学学报》第2期，因政治问题临时撤版。此文后编入《寄陇居论文集》中。

1958年，42岁

反右运动不断扩大化，秋冬之际被划为右派分子，撤去教授学衔，此后发表文章的权利基本上被剥夺，长达20年之久，直到1979年始获改正。

1962年，46岁

以“董弼”笔名，发表《论孔尚任的诗与诗论观点》一文于《光明日报》之《文学遗产》副刊上。

1963年，47岁

以“鹿其莘”笔名，发表《论杜甫的秦州诗》一文于《青海湖》文艺杂志上。“文化大革命”中此文遭到极严峻的批判。

1964年，48岁

经校长江隆基特许，《〈日知录〉研究》得在《兰州大学学报》上发表，20年中所发表文章，不过如此。

1978年，62岁

《西辽史新证》一文，发表在东北《社会科学战线》第4期，此为若干年来未发表文章后之首篇发表论文。

1979年，63岁

本年计发文章7篇：(1)《〈穆天子传〉中的一些部落方位考察》，见《中华文史论丛》第2期；(2)《新疆出土佉卢文简书内容的考释与分析》，见《兰州大学学报》第1期；(3)《历史上各族人民共同建设西北边疆简述》，见苏州《中国历史教学》第2期；(4)《谈史学研究的工作方法》，见《郑州大学学报》第2期；复经《新山大》转载，又收入齐鲁书社《治学之道》一书，(5)《我国十七八世纪的几个画派及其社会背景》，见《甘肃师大学报》第3期；(6)《胡适历史考证方法的分析》，见上海《学术月刊》第11期，复经《新华文摘》转载；(7)《试论两宋土地关系的特点》，见《东北师大学报》第1期。

1980年，64岁

本年计发表文章6篇：(1)《有关井田制的一些辨析》，见《历史研究》第4期；(2)《五种古老历头对读记》，见《杭州师院学报》第4期；(3)《〈聊斋志异〉妇女形象中人性的异化》，见《文史哲》第6期；(4)《明朝与西域的关系》，见《东岳论丛》第1期；(5)《张澍的生平及其著述》，见《兰州大学学报》第4期；(6)《〈天下郡国利病书〉研究》，见华东师大编《史学史论文集》。

1981年，65岁

本年计发表文章7篇：(1)《弄清历代剥削制度的一些前提》，见苏州《中学历史》第1期；(2)《从土地所有制角度来理解农民战争的几个问题》，见

《兰州大学学报》第2期；(3)《关于古史分期问题和农民战争问题》，见《甘肃社会科学》创刊号；(4)《亚细亚生产方式及其在中国历史上的遗存》，见《文史哲》第5期；(5)《有关均田制的一些辨析》，见《文史哲》第3期；(6)《读〈聊斋志异〉札记》，见《蒲松龄研究辑刊》创刊号；(7)《清初明遗民奔走活动事迹考》，编入《寄陇居论文集》。

本年，《寄陇居论文集》由齐鲁书社出版。

1982年，66岁

本年计发表文章14篇：(1)《光考据不行，还需要思辨》，见《文史哲》第2期；(2)《汉屯田劳动者所受剥削性质与数量上的差异》，见《西北师院学报》第2期；(3)《从亚细亚生产方式的角度看西周的井田制度》，见东北《社会科学战线》第3期，复经加拿大多伦多大学译载《中国人论亚细亚生产方式》一书，纽约出版；(4)《对北魏均田制的一些分析》，见厦门《中国社会经济史研究》第2期；(5)《均田制的破坏》，见《天津社会科学》第5期；(6)《亚细亚生产方式理论是先秦史研究的推动力》，见上海《学术月刊》第8期；(7)《试论两汉的土地所有制和社会经济结构》，见《文史哲》第5期；(8)《朱熹与王守仁的比较的探索》，见《中国哲学史研究》第3期；(9)《王阳明和他的学派》，见《文史知识》第2期；(10)《读〈霜红龛集〉札记》，见《晋阳学刊》第2期；(11)《论蒲松龄的诗及其与〈聊斋志异〉的关系》，见《蒲松龄研究辑刊》第3辑；(12)《为学途程上的一些遭际》，先载于《书林》，后载入《治学集》；(13)《读书一定要读序跋》，先载于《书林》，后被《文汇报》转载；(14)《张澍的生平及其著述》，见《甘肃社会科学》第3期。

1983年，67岁

本年计发表文章9篇：(1)《试论两宋土地经济中几个主要现象》，见《文中哲》第4期；(2)《试论明代土地赋役问题症结之所在》，见《天津社会科学》第6期；(3)《金元两朝对中原土地关系所作出的变动》，见山东大学《历史论丛》第2辑；(4)《〈周礼·地官司徒〉篇中所见“亚细亚”形式的痕迹》，见《历史论丛》第3辑；(5)《清初关中二李一康诗之比较的分析》，见《中华文史论丛》第2期；(6)《曹贞吉和曹申吉》，见8月9日《光明日报》；(7)《辛弃疾卒前三四年中的情绪波动》，见中华书局《学林漫录》第8辑；(8)《西北学的拓荒者之一——张穆》，见《西北史地》第4期；(9)《忆述嵇文甫前辈的学术风貌》，见《史学史研究》第2期。

1984年，68岁

本年计发表文章5篇：(1)《清康熙朝甘肃提督、靖逆将军、靖逆侯张勇事迹考略》，见《西北史地》第2期；(2)《论顾炎武的家世与早年生活》，见上海《学术月刊》8月号；(3)《顾亭林旅卒曲沃小考》，见《天津社会科学》第2期；(4)《红袄军史事补记》，见《农民战争史研究集刊》第3集。

本年，《中国土地制度史》由齐鲁书社出版。

1985年，69岁

本年发表文章5篇：(1)《杨愔与北朝政治》，与小女赵结合写，见开封《史学月刊》第1期；(2)《中国经济史上的三个转折》，见《史学月刊》第2期，复经《新华文摘》转载；(3)《顾炎武的诗论与诗》，见武昌《中国历史文献研究辑刊》第5期；(4)《西北学的拓荒者之一——徐松》，见《西北史地》第1期；(5)《我对"史学概论"的一些看法》，见《文史哲》第2期。

1986年，70岁

《顾亭林与王山史》一书由齐鲁书社出版。

本年计发表论文7篇：(1)《说上古部落迁徙和地名的转移》，见《齐鲁书刊》第5期；(2)《从宏观角度看鲜卑族在中世纪史上的作用》，见《文史哲》第3期；(3)《论晚清西北学之兴起》，见西北民族学院《西北民族研究》创刊号；(4)《有关孔子思想中"仁""礼"关系问题的辨析》，见《孔子研究》创刊号；(5)《丝绸之路上两个大国——中国史与伊朗史的比较》，见《西北史地》第1期；(6)《〈十六国春秋〉、〈晋书·载记〉对读记》，见《史学史研究》第2期；(7)《一通与唐史、中亚史有关的墓志》，见《西北史地》第3期。

1987年，71岁

本年主要精力，在写《〈日知录〉导读》，故论文篇数较少，仅得2篇：(1)《试论东晋南朝儒、道、佛三家思想交融下的精神文明成果——诗、书、画》，见孔子基金会所编《论文集》，齐鲁书社出版；复刊于《烟台大学学报》第2期；(2)《对〈易〉的一些看法与体会》，见《孔子研究》第4期。

1988年，72岁

本年计发表论文4篇：(1)《读〈孟子〉札记》，见《齐鲁学刊》第3期；(2)《〈管子〉书与齐国历史的关系》，见《历史研究》第4期；(3)《试论管子书的史料价值》，见《史学史研究》第4期；(4)《说杞》，见《齐鲁学刊》第4期。

1989年，73岁

本年发文4篇：(1)《〈日知录导读〉导论》，见《文史哲》第6期；(2)《说明清之际安丘人物间的人际关系》，见《安丘文史资料》第6期；(3)《从地缘看先秦诸子间的网络关系》，见《烟台大学学报》1990年第1期；(4)《试论〈周易〉彖、象辞之哲学的导向》，见《齐鲁学刊》第3期。

1990年，74岁

本年发文8篇：(1)《宛在的音容》(悼念王瑶兄)见《王瑶先生纪念集》，天津人民出版社出版；(2)《试说〈诗·小雅〉与〈易〉卦爻辞之间的关联》，见《东岳论丛》第1期；(3)《读〈荀子〉札记》，见《齐鲁学刊》第1期；(4)《齐桓公与管仲》，见《管子学刊》第3期；(5)《〈陈连庆学术论文集〉序》，见《陈连庆学术论文集》卷首，吉林文史出版社出版；(6)《我所接触过的安丘当代人物》，见《安丘文史资料》第7期；(7)《〈聊斋〉中的商人意识》，见《蒲松龄研究》；(8)《当代易学专著七种内容提要》，载甘肃《社科纵横》。

1991年，75岁

本年写文章4篇：(1)《说〈鸱鸮〉兼及〈金滕〉》，见《齐鲁学刊》1992年第1期；(2)《〈易·系辞传〉内容之剖析》，见本年《东岳论丛》第5期；(3)《试说卫风与卫国》，见《管子学刊》1992年第1期；(4)《对家乡人谈谈郑康成》，见《安丘文史资料》第8期。

本年办理离休手续。11月，兰州大学举办“赵俪生教授从事文化活动60年，从教54年庆祝会”。

1992年，76岁

本年发文4篇：(1)《读〈庄子〉札记》，见《齐鲁学刊》第4期；(2)《回忆张恒寿先生》，见石家庄河北师院《张恒寿先生纪念集》；(3)《徐松及其〈西域水道记〉》，见《兰州大学学报》第4期；(4)《顾炎武的地理学成就》，见甘肃《社科纵横》第5期。

本年出书2本：(1)《〈日知录〉导读》在成都巴蜀书社出版；(2)《学海暮骋》(即《寄陇居论文续集》)在北京新华出版社出版。

1993年，77岁

本年发文2篇：《儒道两家间存在争议的几种古籍之剖析》，见《齐鲁学刊》第3期；《〈洪范疏正〉驳议》(为纪念顾颉刚先生诞生100周年而作)，又曾易名《尚书·洪范篇新义》，刊在孔子基金会编《孔孟荀之比较》一书第

100～120页。

本年出书1本:《学术自传丛书·赵俪生自传》,在成都巴蜀书社出版。

1994年,78岁

本年写文1篇:《东痴·渔洋·秋谷》(十七八世纪淄博地区三大诗人之比较),次年,该文刊在《齐鲁学刊》第2期。

1995年,79岁

本年发文2篇:《我看儒学》,见甘肃《社科纵横》第1期;《春波和我——〈古史钩沉〉代序》,该书在历史教学社出版。

1996年,80岁

本年写文章3篇:(1)《明清之际黄、顾、王三先生之比较》,见《烟台大学学报》本年第4期;(2)《王符传略》,见甘肃文史馆编《甘肃历史名人画传》;(3)《赵俪生史学论著自选集后记》,见该书末。

是年10月,兰州大学举行"赵俪生教授八十寿诞庆祝暨学术研讨会"。山东大学出版社出版《赵俪生史学论著自选集》、《赵俪生先生八十寿辰纪念论文集》。毕业学生王瑞琴捐资10万元,在兰州大学设立"赵俪生奖学金",以促进培养优秀史学人才。

1997年,81岁

本年写文4篇:(1)《明史专家王崇武逝世40周年祭》,载(《齐鲁学刊》,后收入《篱槿堂自叙》);(2)《关于激进主义与保守主义》,见《科学·经济·社会》1997年第2期,复为数种集刊所采用,有的还发给奖状;(3)《死三人记》,收入《篱槿堂自叙》;(4)《悼黄胄》,见5月23日《兰州晚报》。

1998年,82岁

本年写文6篇:(1)《我和顾炎武研究》,载《学林春秋》;(2)《记王瑶与冯契》,见《清华十级校友通讯录》第16期,后载《学林漫忆》;(3)《顾炎武在关中》,见《兰州大学学报》1999年第3期;(4)《论理想主义》,见《科学·经济·社会》1998年第4期;(5)《二十世纪史学的回顾》,见《文史知识》1999年第2期;(6)《一篇写法奇特的短篇小说》,见《文史知识》1999年第4期。

1999年,83岁

本年写文3篇:(1)《说藩镇》,见《文史知识》1999年第6期;(2)《同一故事,不同时代的不同写法》,见《文史知识》2000年第1期;(3)《对新世纪到来的一些个人看法》，见《科学·经济·社会》2000年第1期，复为几种集刊所采用。

本年出书1本：《篱槿堂自叙》（我的回忆录），由上海古籍出版社出版。

2000年，84岁

本年上半年因补写《篱槿堂自叙》续文自第9章至第15章，故零星文章写作较少：（1）《关于两门专门史研究的回忆》，见《文史知识》2000年第7期；（2）《说“八大教授”》（原稿暂时搁置，留待身后发表）；（3）《二十世纪和二十一世纪》，见《兰州晨报》2001年1月1日元旦特刊。

2001年，85岁

本年计写文8篇：（1）《陈大羽九十春秋书画集序》，见该画集篇首，复载2001年8月《文汇读书周报》；（2）《〈托兆·碰碑〉观后》，见3月《兰州晨报》；（3）《白玉之玷》，见《蒲松龄研究》季刊第1期；（4）《怀念任访秋先生》，载河南大学《任访秋纪念集》；（5）《天水〈二妙轩论文集〉序》，见该文集；（6）《刘克训画集序》，见该画集卷首；（7）《小说与传记——〈张之洞〉与〈张之洞评传〉对读记》，见2002年《群言》；（8）《记两位画家及其各自的不幸遭际》（副题：黄公渚先生与郭世清先生）（原稿暂时搁置）。

年底，接受《史学史研究》的学者访谈谈话整理为《赵俪生教授访谈录》，见2002年该刊；收入本文集第一卷时改名为《我对中国史学界寄厚望焉》。

籬槿堂自敘

（我的回忆录）

第一章　乡土和身世

第一节　乡　土

我姓赵，名甡。“甡”字所巾反，读莘。《诗·大雅·桑柔》有“甡甡其鹿”之句，《注疏》说，众多也；又说，聚貌。窥察父亲命名之意，也许是要我儿女众多；也许是要我事业昌盛、有所著述吧。字俪生，也是父亲起的，这也不过将“名”拆开来而已。有些朋友往往将单人旁省掉，我很不喜欢。我1917年（民国6年丁巳）农历四月廿五日（阳历6月14日）出生于山东省安丘县景芝镇东村。安丘，是我的籍贯；景芝镇东村，是我的出生地，在这块地方我只住到十岁就离开了，所以我对乡土的感情不是多么浓厚。67岁上回乡乘吉普车到处跑了几天，再翻翻志书，才所知略多。

安丘，现在是潍坊市属下一个不大的市。它北邻潍县，南邻诸城，东邻高密，西邻临朐，东北邻昌邑，西北邻昌乐，东南邻莒县，西南邻沂水，八县环围，是山东半岛中部偏南的平原地区，以盛产小麦、黄豆、烟叶、高粱著称。郑板桥诗云“走遍青山是潍县，过了潍县又青山”，就是说，独独我们家乡一带缺乏山峦之美。苏东坡从杭州调到密州（诸城），在文章里说“背湖山之观，而适桑麻之野”。这“桑麻之野”四个字，我认为是对我的故乡的最好的描写。不过，安丘虽无名山，但其西部邻近临朐一带，是有层层的台地的。

《左传》成公八年（公元前583），晋国派遣楚国的叛臣巫臣绕道到吴国去，路过渠丘，据说这是莒国属下的一个小封地，城池很破败，所以巫臣才有“城已恶矣”的话。这个小封地可能在偏南的地方，与后来的安丘城原本对不上号。可是不知怎么一来二去的，“渠丘”却成了安丘的古名。在考古发掘方面则有更远古的资料，自景芝镇西门外浯河崖上发掘到的黑陶高脚杯和白陶鬶是大汶口文化的最精品，至今展览在北京的国家级历史博物馆里，这就比公元前583年更早得多了。这说明，我们家乡在远古时候，是东夷人聚居繁衍的地方。

安丘的水，大体说是四条。头等河一条，叫潍水。从县的东沿自南而北，流到渤海里去了。潍水俗名淮河，“潍”音怎么与“淮”音发生误讹和沾连的，顾炎武的在他的《谲觚十事》中争辩过。二等河一条，叫汶水，自县的西南向东北流，入潍水。这是安丘县具有代表性的一条水，其与潍水交汇处是古斟鄩、淳于、营陵（缘陵）、杞诸邦国的所在地或其附近地带，是一个古老的文化区。第三、四条水叫渠水和浯水，都流入潍水。我的出生地即在浯水之东。

安丘基本上没有山，但沂蒙山的最东余脉，却伸到了安丘的西部。沂蒙山对山东半岛来说，像一条脊梁骨，脊梁骨以北的水，向北流，脊梁骨以南的水，如沂水和沭水，则向南流。我的家乡，则恰好处在沂蒙山这个躺卧着的巨人头向西南脚向东北态势下伸出来的脚丫子底下。

至于政治区划，则历朝历代，情况十分复杂，一会儿划到了这边，一会儿又划到了那边。以我来说，我把西汉划的郡国认为是最有权威的，它把安丘列在北海郡，缘陵是首县，安丘是次县；而南沿就是琅琊郡。试想，北海和琅琊是两个名郡，历来出了不少的人才。我以自己能在这两大名郡的边缘上出生而感到自豪。

第二节　身　世

安丘巨族，首推张、马、曹、刘。有几句民语说：“张、马、曹、刘、赵，江、海、河、汉、尿”。试看人家把赵氏家族只不过比作一股尿水。当然，这也许是大族与大族间互相倾轧的一种诬蔑之辞。

这个家族来自河北枣强，这是有资料根据的。时间是元顺帝至正年间，公元14世纪中段距明朝开国为时已不远。他们在枣强，本是打铁户，可也偶尔有念书的，中了秀才，就放了山东安丘的县令。要在北宋初，进士们在翰苑中进修几年，才可以得到“权知某县事”的任命。元朝末年兵荒马乱，徐达的兵快打过来了，所以秀才也可做县官。此人叫赵太平，是我们的始祖。他在赴任途中，在今淄博市东北的金岭镇病故了，二世公据说会看风水，就扶柩将他老人家安葬在景芝镇保元门内。这地方，后人叫“老林埠”。土改中，凡有需执行死刑之赵姓男女，多于老林埠执行之，似寓有“厌胜”之意，就是说，让恶霸地主们到阴间里也祖祖孙孙不得翻身。

这个家族本来并不恶霸，是做豆油和白干酒生意的大商人地主。他们在胶州麻湾包有据说300只南船，将大篓大篓的豆油和白干酒运往海州，甚至扬州。这自然要发家致富，可是清同治初年，阶级斗争激烈化了。捻军到了山东，剿捻的淮军也到了山东，传说捻军指挥官任化邦（任柱）和淮军指挥官刘铭传前后都曾驻扎在我们村里，指挥官就住在我家的高房里。阶级斗争一激化，官军不够用，就自然而然叫地主们组织“联庄会”，形成一个个土围子。地主们手里一旦掌握了一点兵权，恶霸的味道就自然而然地滋生了。我有一位叔曾祖父的神主楼子旁边就吊有龙头拐杖一只，说是刘铭传军门赏下来的。

可我们这一支系不搞武装，以读书科举为业，所以到我身上还能有一点积累下来的痕迹。我不认为遗传会有什么决定性的作用，但起一定的作用还是应该承认的吧。因此，在这里，我准备对我的曾祖父、祖父、外祖父、伯外祖父和我父亲，作出一些描述。

曾祖父叫赵鹤立，是一个颇有毅力的人。他是大商人地主的过继儿子，“长毛”来了，将他父亲杀害，他在搏斗中也受到重伤。后来他考科举，秀才已经中了，但“书办”来索取贿金，他拒绝付给，“书办”们回去在卷子上挑了个什么毛病，革掉了。报中和报革的两次报子都报到村里来，我自幼就熟悉这段故事。他发奋走“捐班”道路，户部铨发他四川仁寿县知县，“书办”又来了，索贿300两，他不但拒绝，又打了人家耳光。“书办”们回去，将四川仁寿调成云南恩安。“万里云南”，亲友们都劝他莫去，他坚持去了，干了12年，从恩安县知县调镇南州知州，再调回昭通府知府，然后告老回家。

有一年在杭州大学，姜亮夫先生请吃饭，我问：“您们云南可有个恩安县?”他说：“你怎么知道有个恩安县的？这个建置早撤销了，它就是我们昭通府的附郭县。”我说：“家曾祖在同治年间当过恩安县知县署理昭通府知府。”他说：“哎呀呀，是我的父母官呀。”

又有一年去大理参观。去程在楚雄打尖，返程在南华打尖。在南华县招待所里招待我们的，是县文史馆的工作人员。他们告诉我，南华县清朝叫镇南州。我马上问：“同治六、七年可有个知州叫赵鹤立的?”他们说他们正修这一段，确有赵鹤立这么一位知州，山东安丘人，临去职老百姓还送了“万民伞”。我出到街上看看，这县座落在一片贫瘠的小坝子上，少数民族很多，汉民很少。

我这位曾祖父是一位遭遇坎坷时能够坚持挣扎的人。我在心里想：我是不是有一点他的遗传？

我的祖父是另外一种人。他叫赵尔瑨，字晋玉。他考山东乡试，中式举人，进京当了一名内阁中书，长年在午门楼上缮写上谕、诏诰等文件。光绪十五年（1889）当了一次北闱乡试同考官。他来往的达官贵人不少，如瑞方（午桥）、王懿荣、吴大澂（清卿）等，账本子里都有贴存的信札。“红灯照”进京前一年，他46岁就死了。他死之年距我出生之年18年，我是他身后的幼孙，无由得知他的形貌和性情了。他留下十几大本日记，都是用铺子里的帐本记的，记载他购进青铜器、甲骨、宋明人字画的项目、价款、来往有关的知会。帐本我看到的也不全，当时分家风俗什么都要分，四吊子画每家一吊，十几本帐每家三四本，我只能看“二份”的那个部分。

也曾和别人讨论过。有一次由乌鲁木齐乘车与周绍良先生同包厢，我问他：“一个内阁中书怎么有那么多钱买古董字画？”他答：“我曾祖父周馥是两广总督，回北京每天黎明前要上朝时，先称出300两银子（约合18斤多一点）一包的‘红包’若干包，去送科、房中的中书们。这不算行贿；只是委托中书们遇有重要上谕及早钞寄的一种预付的酬劳金而已。试想，全国多少巡抚总督，每人一包，买字画古董不是满够了吗？”

可是这些珍藏，在运柩的途路上全部被窃劫了。父亲告诉我说，从宣武门外住宅准备启行时，车户们请示太太，道路不靖，箱笼轻重要有个区别。当时继祖母可能考虑到车户们与黑道多有勾连，问这话可能是探路的，于是回答说：“一个穷中书，有什么轻的重的，不过一堆破烂罢了。”车过黄村，车尾绑箱粗绳被斩断，青铜器、字画于是荡然无存。呜呼！

我三四十岁时，也曾一度迷于收购字画。我想：这是不是也受祖父的影响？

现在，该来说说我外祖父兄弟二人。哥哥叫郭金篆，字芝农；弟弟叫郭金范，字心亭。二人都是举人，都未再考会试。是诸城城内金家巷子的人。我赵家的曾祖和祖父没有著作，仅以仕宦传世；外祖父兄弟都有著作，所以带有学者的身份。67岁那年，我和我妻在诸城九曲巷（金家巷子故址）伫立一大阵，以表示对外祖家的怀念。在诸城博物馆找到两位外祖替别人著作写的《序》，而且是石印原迹，可以看到在书法上，大外祖写孙过庭，嫡外祖开始写颜、转学何绍基的。这和赵家不同，我祖父和父亲都从欧字写起，参些赵子昂，更接近“馆阁体”的要求。两位外祖父为人写序的书，都是关于文字学和篆刻学的，所以其中一种是由西湖西泠印社印行。这一带，是有这种传统，例如文字音韵学家许瀚（印林）和丁以此，就都是他们同时代邻县的日照人。

遇见一位与我同龄的老者赵子封，他是县政协的副主席，他对我说，他孩童时随他祖父去拜望郭大先生，未入门即遥闻丝竹管弦之声，原来大先生酷爱昆曲与京戏，家里经常有梨园中人前来演习，兼作相互间的观摩。传说京剧《击鼓骂曹》的道白和唱词，其初稿是郭大先生撰写的。二先生才华可能没有大先生那么大，他一生仅以教家馆为业，据说他教的学生考中进士的居多，故他的聘金较一般优厚一倍至数倍。晚年，他受聘我村替族伯赵孝陆（名录绩）做馆师，此家有地产30顷（即3000亩）。我父家贫，寄学此家，外祖赏识我父才华，就将其长女许配了，这就是我母亲与父亲相隔百余里能够结婚的机缘。

我平生爱写字，也喜欢看京剧与昆曲。有人告诉我，大外祖父身高一米八以上。做东昌府教谕时，他黎明前到资料室一条一条查阅、翻检资料。我心里想：我显然不就是他老人家的再版吗?

该说说我的父亲了。他叫赵录斌，字仲全，似乎是取“文武双全”的意思，其实他半点也不“武”，纯而又纯的“文”。古文功底很深，什么时候积累下来，他未曾谈过。据我推测，是在北京宣武门外法源寺做中书公的二少爷时在自己家馆、或寄学别人家馆时用功积累下来的。他中了秀才，补了廪生，清朝的科举就停止了。当时提倡赴日本留学，他堂兄弟八人，五个去了，他不去。很早就沾染了鸦片烟嗜好，生活日渐疏懒，当中学堂教习要按钟点上下班，他办不到，所以连中学堂教习的职业也维持不下去，就日渐穷途潦倒了。

他酷爱填词。当时清末民初，词学界人多走“二窗”的路子，即吴梦窗（文英）和周草窗（密），都是南宋词人。词又叫“长短句”，不限五言七言，可长可短。而南宋词人弃长偏短，二字句、三字句偏多，读起来气韵狭促，有亡国之音。清朝快亡时，词人又抬出“二窗”来，这很不正常。我父亲不走“二窗”路子，但也不喜欢苏、辛“铁板铜琶”的派头，他独爱周邦彦（美成），说只有周才是词学的正宗。我，作为他的儿子，就不完全同意。周上承婉约派，下启“二窗”，专写儿女情怀，专尚雕琢词藻，似乎也说不上正宗。

当时我不满15岁，就辑一部词选叫《词钞》，大量选入苏东坡、陈同甫、辛稼轩、姜尧章词，拿给父亲看，他用朱笔圈点了，有关观点他却一声没有吭，他已看到自己的儿子也完全可能跟老子观点不同。

他52岁就故去了。留下《秋籁集》诗词四卷。稿经我亲自抄为两份：一在清华园，一在高密乡下姐姐处，遭遇日本侵略，统统毁了。

我的母亲是个文盲。但她对我的教育是身教不是言教。记得一个严冬的清早，家里要摊煎饼，需要推磨。母亲轻轻离开热炕头，到村中一家邻人家借驴，牵了回来。当时积雪成冰，驴脚上是铁掌，母亲是木头底小脚鞋，于是连人带驴一起摔倒了。但母亲不慌不忙，不惊叫，不呼助，自己慢慢爬起，再慢慢将驴拽起，慢慢套上磨，磨起糊糊来。那时我才六七岁，是从纸窗上糊的一块巴掌大的玻璃里窥见的。母亲这种坚毅承担生活的精神在我一生中起着一种强烈的感召作用，每当在承担生活中感到泄劲时，我一想到母亲和驴一起摔倒一齐爬起的景象，就又重新鼓起一股劲头，去承担不管是多么沉重、多么残酷、多么屈辱的担子了。

以上，就是我的幼年环境，包括自然环境和人际环境。这些环境条件影响我、制约我，使我走上了以后的道路。

第二章　小学和初中

第三节　小　学

初等小学就在本村里，距家不过200步之遥。

让我先来描写一下我的家。那是游离开那些砖瓦高屋建筑群、位置在一片片菜圃中间的一个用黄泥坯做墙、麦秆做房顶的院落。院落中北房五间、南房五间，没有厢房。北房五间，最西一间是储藏室，余四间相通。正中是过往间，盘两盘锅灶，有大风箱，烧豆秸做饭，火力可通往毗连房间的炕洞里，积蓄一点暖气。东间由父、母住，父亲长年不在家，就由母亲带着我住。两间由四个姐姐住；后来二姐出嫁了，死了，就由三个姐姐住；后来大姐姐又病死了，就由两个小姐姐住。东间还有一个套间，仿佛是一间读书的"静室"，墙上挂着日本帝国大学毕业生、我四叔写的我父亲最得意的《莺啼序》词，词四阕，字也恰好是四吊子。外有大香几一架，上置木盒装粉纸精印的《御批通鉴辑览》一部。我当时压根儿没想到后来竟会学了历史，所以这部书我连一动也未动过。

南房五间，最东一间是大门道，最西两间是磨房和厕所（濠湾）。余两间似乎空着。院中有桃树、杏树、扁桃树、枣树，有葡萄一大架，葱韭七八畦。南房外面还有菜畦十二三畦。记得张宗昌准许种罂粟，我家也种过两畦，罂粟花实在美丽，妖冶多姿。

当初分家时，我父抓阄结果，是分到昭通公的老宅，一挂砖瓦房，前后有月台，左右有厢房。可是父亲非要卖掉不可（卖给他的四叔，昭通公的幼子），新盖了这么一处土房，麻雀将房顶抽成洞，涝雨天外面大下里面小下，记得小时经常拿洗脸铜盆接雨水，以免淋湿了被褥。家的四周还有四五棵桑树，母亲带着姐姐们养蚕，就把这东套间当结茧室，很清洁也很神秘，不准看，不准动，不准进门。茧结好，缫成丝，拿到街上去卖。我上小学的几年，家里一亩地也没有了，就靠养鸡卖蛋、养蚕卖丝去弄一点活便钱。

我67岁那年回家，一位族兄带着我和妻站在一块石条（这石条是中书公中举所竖一对旗杆的石础中的一片）上，向南望着一片绿绿的麦田说："那就是你故居的所在呀。"

现在来说小学。这小学叫私立育才小学。别看是私立，还蒙徐世昌大总统挂过一块大匾额。学校分三个院，最东一院面积最大，原是昭通公和中书公的祠堂，祭祀时设上祭桌、安上牌位；祭祀过后，将牌位等包好吊在房顶上，底下上课。这是高小部分。中间一院，是一位叔祖的客厅，也让出来做初小男生部分。最西一院，是另一位叔祖的客厅，这家更有钱些，院子更精致些，做了女生部分。不知怎么安排的，我编在女生部读书，一同上学的不是我的姐姐，便是我的姑姑。男孩子只我一个。院中有海棠一巨株，花开得真繁盛，真漂亮。桃杏花瓣薄，里外一个颜色；海棠里色淡红，外色呈朱砂色，宋朝工笔花卉中有这种颜色的记录。学校三部，除东院配老师二人外，余两院各配一人。女生院配的教师是我的嫡亲伯父，此人经常用竹板子打女学生手心，还用铜戒尺打学生的后脑勺，所以学生非常恨他，在鹅卵石上写上"赵硕卿"名字，在花坛边挖坑埋上，还吩咐我跪着哭，以示诅咒。

我常常这样想，对于一个青少年的发育、发展来说，高中阶段应该是最关键的年头，这时人们的心扉（脑子）逐渐开窍了，或者说大大地开窍了，理科功课使他们有最初步的逻辑能力，并且当数学从初等数学进入高等数学时，他们又会朦胧地感受一点辩证思维的影响；文科功课使他们除开白话，又更多地接触到古文字和古文学，受这些积累的影响，他们已不满足于"作文"那样的摹拟行为，他们个别的已经有某些最原始的创作冲动了；兼以羼进来外语，一方面增加了烦难，但另一方面又增进了新鲜和对比的感受；随着体育课的训练，生理发育了，训育员在检查宿舍时会在被褥上遇到遗精之类的痕迹；男学生开始莫名其妙地给女生写什么"情书"，而收信者于惊慌、愤怒之余，也会有了某些遐想和怡兴产生出来；有些人想出个头头了；有些人爱议论国家大事了；有些人酝酿着要组织个什么小团伙了。以我个人说，这些变化都是在高中、更准确些说是在高中二年级，也就是说，十五六岁时发生或遇到的。而这些变化，对于一个人一辈子来说，实在是关系极为重大。

可是在小学时，一个人不过六七岁、七八岁、八九岁，真所谓混混噩噩，按最好的情况说，也不过按时上学，按时上下班，不迟到不早退，在卷子上多得圈圈少得叉叉而已。其余时间就是玩、玩，一玩到底。玩中不免要打架。大不了就是这些事。所以我说，小学阶段是一个人不能不经历的阶段，不能超越的阶段，是打造最初基础的阶段，但也是一个令人回忆不起什么关键性变化的阶段。

转眼三年过去了。初小要四年，但不知何故，我只上了三年就叫我毕业了，名次是第一名。这使我在村中小有名气。育才有高小，但家里人叫我到三里外景芝镇上去走读高小。这家学校设在景芝镇后疃区的北阁子（玉皇大帝庙）的前边，门口挂方牌两面，各有红、黄、蓝、白、黑国旗两幅交叉，下书“学校重地”、“闲人免进”字样。校名写在竖牌上，是“安丘县立第八模范小学校”，这是公立的学校了。

高小生活，还是使我想不起什么关键性的事迹。唯一的，是大学生欺侮小学生。与我来去作伴的，是两名我的族叔，比我大四岁、五岁 。他们家里有钱，午饭在铺子里吃。我是由母亲炒一颗鸡蛋、卷两卷饼、用蒸笼布包好带在书包里，由学校老师灶上的工役老宫夹带在老师蒸笼里馏热了吃。早晚往返三里，夏季有暴雨炸雷，冬季有厚雪薄冰，半途小村庄中还有凶狠的恶狗，追咬过路之人。我这两位族叔，不但不帮我防卫，反而把狗惹怒，让它扑我，有一次就将棉裤撕开一个大口子，棉絮绽了出来。过小河，他们一跳过去了，我跳不过，只好踏冰，而冰不厚，承担不起我体重，结果冰破了，我一只脚陷入水中，棉鞋陷入水底。我只好穿着一只鞋，光着一只脚去上一天学。最严重的是一次是表演“枪毙人”。那是趁老师们中午到菜馆雅集去了，二位族叔将我五花大绑起来，颈后插纸招，上书“枪决考第一学生赵甡一名”，用红笔点了点，划了叉，将我拉到操场，叫其他同学列队聚观，个别学生还吹号擂鼓，用大爆竹一枚权当枪声，还将我压在地上，叫我来个“嘴呛地”，这才完毕。晚上回去报告母亲，母亲火了：“欺侮人哪有欺侮到这种田地?!”她去找了那两位族叔的父母，那两家父母似乎也觉得不像话，也惩办了两下各自的儿子，此后他们稍稍收敛了一些。

在这两年高小的学程中，我也没感到什么心得，受到什么启发。只是当时北洋军阀恢复读经，在毕业的一年添了《孟子》一课，而老师也不过胡乱教，“《孟子》者，七篇止”，老师只教了五篇就说“算了”。现在我老了，懂得多些了，才知道《孟子》七篇最难讲的是第七篇《尽心》，次难讲的是第六篇《告子》，因为其中有不少微妙的哲学思辩，连历代注释家都众说纷纭，莫衷一是。小学教师怎么能啃动这些东西呢？他的任务不过叫我们认认字、顺顺句、背下来就行了。

1927年冬天，我母亲毅然决然用一把大锁锁上了北屋四间的总房门，带领三女一儿像逃荒一样到青岛寻找活路去了。如许大一个村庄，如许大一个家族，我们临行时不见一个送行之人，没有听到谁说过一句温暖的慰藉的话，也没见哪一家送来哪怕一点点路上吃的东西。所以我常说，我们一家是被“赶”出来的。这也就是我对老家缺乏感情的原因之一。

第四节 初 中

我的中学，初中三年，高中三年，全是在青岛渡过的（学校叫胶济铁路中学）。因此在这里有必要说一说青岛。

青岛是一个滨海城市，是德、日两代的殖民地，对于一个刚从封建农村自然经济环境中出来的我说，纯是一个资本主义世界，十分陌生，十分不自然。有些街道，如广西路，就纯是德国味的；有些街道，如市场三路，就纯是日本味的。而且日本味不只从市场三路的菜市场表现出来，几乎处处弥漫，公园里的樱花，私人家庭院落杆子上飘浮的绸带鱼，到处可以听到的木屐声，街上精致的日本商店、特别是文具店，等等，等等。公公道道地说，少数日本男人的确是极其凶残的，但日本妇女、老人和小孩，都是很好的，跟他（她）们做邻居有时会使人产生比和中国人做邻居还安详的感觉。日本话已经渗透到中国话里来了，随便就可以举一些例，如卖花的走街串巷，喊的是“哈那”、“希来以哈那”；卖冰淇淋的喊的是“亚斯古梨”；太平路三间大饭店上写的是“ゴラトホデル”（即Grand Hotel，大饭店）。这就是说，青岛这块地面虽然政治上刚刚收回来了，但文化上还是殖民地的。

这时青岛叫胶澳商埠，市政府叫胶澳商埠局，驻军是张宗昌的部队，在街上走过时高唱“三国战将勇，首推赵子龙”这样的歌曲。从家乡初到青岛，头一个感受就是贫富悬珠。老家也有富户和贫户，但并不那么悬殊，并且有些悬殊之际多半隐蔽着，不十分暴露。青岛不然了，有钱人、外国人住在“东山”一带，花园洋房，灯红酒绿；穷人住在台西镇、台东镇那些肮脏的聚居区，啼饥号寒。鸦片馆、吗啡馆、妓院、当铺、治花柳病的诊所，比比皆是，统统暴露着，毫不隐蔽。这就使我幼小的心灵里，懂得资本主义虽然比封建社会进步，它的科技（当时叫“声、光、电、化”）虽然发达、而且越来越发达，但在贫富这个问题上它解决不了，因而它总是一个不稳妥的社会。我每走在山本路（后来叫中山路）就总是不愉快，这跟十余年后我每走在上海南京路就总是不愉快是同一种感情，同一种心理。

我的这个家，也是飘零沦落得不像个样子，因此我初中三年的学并没有好好上，也不可能好好上。以父亲来说吧，他是“一家之主”，词填得那么棒，怎么对自己的妻子儿女竟是冷漠到如此地步了呢？固然，他当时在失业，腹中如许古文化才学，在资本主义市场上卖不出一个大钱，他自己心里也痛苦，他有词句说“中夜徬徨拭宝刀，斑斓血泪溅征袍，此非吴市怎吹箫?!”他整天手里拿着《聊斋志异》，读《叶生》篇的“异史氏曰”中的一段“频居康了之中，则须发之条条可丑；一落孙山之外，则文章之处处皆疵”。他这种心情，我这做儿子的虽仅十一二岁，但已经懂得了；但我们一家五口，究竟是你的骨肉呀；但你既不张罗住处，又不接火车站，让我们娘儿五个滚着爬着好容易找到在铁路局作事的堂兄的家，在人家只有一间租房的家里，人家三口睡床上，我们五口在床下打地铺。而且我们到青岛一两个月，我们的父亲竟不曾来看望我们一次。

我经常对儿女们说，我吃过一种饭。那是在小港码头上卖给苦力（Coolie）吃的，原料是从轮船上卸下来的一桶一桶的剩饭剩菜剩汤，其中有面包块、肉骨头、鱼骨头、咬不动的菜根、通心面等等。小贩把这一桶一桶的东西包买下来，支起锅灶，加热消毒，以一大枚铜板一碗的价钱出卖，而且生意兴隆。我有一两年时间就在下学后去吃这种饭。我对儿女们说，老来一想起这种饭，就有一种要呕吐的感觉；但当时没有办法：它便宜呀。

我还说过另一件事。上学要买练习簿，买练习簿要钱，可我那个家哪里来的钱呢？于是自己开辟财源，星期天到海边礁石上去打海蛎子。海蛎子，更堂皇的名字叫牡蛎。一番海潮过去，海蛎子就把自己的壳牢牢地贴在礁石上。我设法找一具小铁凿、一具小铁锤，拾一个别人遗弃的罐头筒，系上铁丝，以便手提。星期天一整天，星期六半天，就全在团岛的礁石上度过。海蛎子壳一被凿开，海蛎子本身就像一摊鼻涕样流出来，赶快收到筒里。一天或半天过去，就可以有一筒或至少半筒海蛎子，于是提着在云南路的街道上、里份里，高声叫卖。一个周末可得3角到5角钱。中山路一日本老叟开一家文具店，物美价廉，这卖海蛎子的钱就都送到他的手中了。

至于我那个家，就只好由姐姐们出卖劳动力。最初，由老乡们介绍，到一家中国人办的鹤丰烟草公司当女工。这家公司资本小、条件差、剥削重。不久，我的大姐姐就因营养不良患鼻衄之疾死了。我母送大姐棺柩返回原籍埋葬，只身往返，她又一次表现出对生活的承担力和做母亲的责任心。剩下两个姐姐，改入日本人办的茂昌鸡蛋公司，工人们穿白大褂，将卵黄卵白分开，各装入大桶，冷冻出口，运到日本去。

至于我上的那家中学，正处于创初和不上轨道的阶段。铁路局在铁路小学毕业生的基础上，作为发展职工福利，草草办起了中学。房子是租来的，学生只上课不住宿，走读。这样生活管理和功课复习就无法保证。老师也是胡乱请来的。举几个例。一个教《国文》课的七旬老叟，他对白话文学一窍不通，只会讲归有光的《项脊轩记》。一个教《英文》的自吹叫Dr.Liu（刘博士），其实是浸信会教堂里伺候洋牧师的。有一次他在课堂上说："西欧和东欧人为什么有姓Hans的呢？那是因为汉人随成吉思汗西征，把男人们杀死了，夜里就同人家的老婆睡觉，临别时老婆问，生了孩子叫什么？回答说，我是你的汉子，就叫'汉子'好啦。"呜呼！当时的老师就拿这样一些既污辱中国人又污辱洋人的胡说八道，在课堂上误人子弟。

课堂上学不到东西，社会上看到的东西可不少。北伐军快到济南了，日本借口"保护侨民"，掀起"五三惨案"。日本军队自海上登陆，帐篷就扎在火车站前的广场里，到济南杀人放火之后，又回来乘军舰而去。当时，甲午海战中的清朝被俘军舰被改装了，换了名字，经常游弋在青岛的海湾里。这两只舰叫"逑磨"和"八云"。此外，他们的名牌旗舰"长门"和"陆奥"也经常在暑季前来青岛停泊，还邀请大、中、小学学生参观，其中所寓的威慑之意，是十分明显的。当时的国民革命，虽一度受阻，但终究是过来了。张宗昌军队逃往东北，五色旗换上青天白日旗，孙中山先生的像章带在学生们的左上口袋边。当时，中山先生刚刚逝世，大家臂带黑纱，手提花圈，口中唱着"我们总理，首创革命，革命血如花……"这样的歌曲。这"革命血如花"一句特别动人，人们一遍一遍地重复着，一边唱一边流出来眼泪。

新政治气氛过来了，跟着新文化气氛也冲过来，而且文化气氛比政治还更容易弥漫开。在青岛棠邑路上有个齐燕会馆，本是商人的联合会所，而今每夜上演田汉的《获虎之夜》。这个震动可真是巨大的，看到一个青年为了爱情被误中的猎虎毒箭射死，多少青年男女的心扉被煽动得呼呼价响呀！不少穿清朝紫背心的老者在会馆门口企图阻止自己的女儿或孙女，不让她们看这样“邪恶”的戏，但是徒劳的，那些女孩子偷偷从后门或侧门进去，早已入座了。书店里可以买到《呐喊》和《彷徨》，学生们在下课的路途上边走边表演着赵太爷满脸溅沫、呵斥阿Q“你怎么配姓赵”，像念台词一样。他们背诵《阿Q正传》的劲头，远比在教室里被迫背诵古文的劲头要大得多。

关于共产党，当时已有所耳闻。我们训育处有个训育员姓王，当时有句通用话“一棍砸杀王小”，同学们就叫他王小，他的真名倒不显著了。同学们说，王小原是共产党，国民党清党时他叛投了南京方面，成了共产党的叛徒。他教我们《党义》，使用课本是周佛海著《三民主义之理论的体系》，仿佛他还有一定的社会科学修养。另有一位比我高一班的同学叫张维邦，上海人，父亲是广西路电报局局长。忽然，这个同学不来上学了，同学们说他是个共产党，被公安局捕去了。再有，有那么一天，中山路公园（这个公园后来被撤销拆除，建筑成大银行的高建筑群了）里有人被枪杀了，这件事很轰动，报纸上全登了，说是共产党叛徒，近年读山东的《党史》，得知确有其事，是王尽美时代出的一个叛徒。总之，共产党这一事物，在我的脑海中已经影影绰绰形成一个影子；具体怎样尚不清楚，那要再等几年，头脑更成熟些，生活领域更宽广些，再去具体地接触了。

铁路中学再这样不死不活地办下去，也不是个办法了。铁路局头头似乎也觉察到这一点。他们要邀办学专家。1930年冬，专家请来了，他叫宋还吾，曹州府城武县人，北大毕业，五四运动中的学生领袖。在担任曲阜山东省立第二师范学校校长任内，带领男女学生在孔林内演出话剧《子见南子》，对孔子不免有些儿丑化。这件事轰动了全国，由国民党财政部长孔祥熙和衍圣公孔德成联名控告。这事后来虽然不了了之，但宋还吾还是离职了，胶济铁路局趁机将他聘了来。他高高的个儿，蓄一撮浓浓的上须，西装笔挺，携一根stick。他不仅一个人来，他还带来了一大批受五四影响、具有新思想的老师。当时杨振声任青岛大学校长，也有一大批具有新思想的教授，这样大学中学，串连兼课，新风气一下子就捅开了。

1931年（“九一八”那一年）夏7月，我初中毕业，名列班中第七，并且还留下一个疤疤：数学45分，不及格！8月份，父亲死去，一家人扶柩回籍。9月份，我只身回到青岛，到新建在四方区的校址报到。从此，我进入了高中。

第三章　高中阶段

第五节　浪花文艺社

北京人有句话，“动真格的”。这话的用场很广泛，若干凶暴、邪恶的场合都用得上。可我用这句话的意思是，上小学，我没有动真格的；上初中，我也没有动真格的；上高中了，我才动了真格的。换句话说，这时候不动点真格的，也不中了，即所谓“形势所迫”。

什么形势所迫呢？有外的，也有内的。也就是说，有环境上的，有自身的。1931年暑假，父亲死了。假如暂时游离开儒家的“孝”道，那么，父亲的死是替我们这个贫民窟中的家庭卸掉了一个包袱。我住校了，家中只有母亲和两个姐姐。她们又换到一家叫英美烟草公司做工，将轮带上的烟卷装进小包，或者将轮带上小包装成大包。年底发个双薪。她们搬到胶东路二路的一间租房里，显得比以前整洁得多了。可是我也是十五六岁的半大人了，我也懂得该想一想啦。父亲死后，派出所将户口板上的家主改成我的名字。家主，家主，我主了个什么呢？家庭的负担全在姐姐身上，她们晚婚对她们自己是一种牺牲。我无论如何要锻炼本事，早日把奉养老娘的责任承担过来。初中毕业时，父亲的意思叫我到报馆排字房中学个排字工人。母亲坚持反对。看起来，母亲想“放长线，钓大鱼”，可我究竟会是多么大的一条鱼呢？

再就我自身来说，初中混混还可以勉强混过去，高中再混怕是混不过去了。科学有连续性，第一个环节没弄好，第二个环节就失灵；第二个环节失灵，到第三环节上就更糟糕了，这个我懂得。初中毕业数学45分，这说明小代数、平面几何没有学好；那么进高中怎么学大代数、解析几何呢？于是，我下决心追补。

追补数学的事，容我在下节中详述。这里还需穿插另一桩事，即了结一桩新文艺社团的公案。

原来在初三年级时，曾组织过一个新文艺团体，取名“浪花文艺社”。社员七人，丁原颐、王心正、丁蕙田、朱启明、赵君颖、王贻官和我。人家叫我们“浪花七君子”。我们在《胶济日报》上每周出半版文艺专版，有新诗、散文、杂文、短小说和短译文。这个刊物办了半年多，平平稳稳，虽也没有多少人夸奖，但也没见谁挑过什么茬子。可是突然的事发生了。我们浪花社的顾问、国文老师孙绍梁把我叫去了，问丁原颐开学报到了没有？我说还没有。孙老师说：“铁路党部要抓他，赶快设法通知他，叫他回日照老家躲藏一阵为好。”我们赶快到小港小火轮码头，果然丁从小火轮上下来，我们通知他转移了。但风声一天比一天大，浪花社分裂了，王贻官在校内贴告示声明退出，丁蕙田在报上登广告，声明“年幼无知”、“误入歧途”；朱启明因眼底有黑痣一颗，回济南动手术去了。“七君子”剩了三个，我们夜夜躺在四方铁中宿舍二楼的双架床上，遥看从市内开来汽车的灯光：听候被捕。白天，同学们侧目而视，小声说我们是共产党。我们咬住牙，熬过半个学期，竟然风平浪静，安然无事。

50年后的80年代，在青岛铁路局党委组织部和宣传部的人为党史资料来向我调查，才告知我，孙绍梁老师和丁原颐同学当时确是中共地下党员。国民党那次的情报还是相当准确的，可能是地下工作中出了叛徒。

第六节 对数学的追补

“追补”这件事，我一辈子经常思考。这个方法，我一辈子经常使用。为什么？答案很简单：根底薄。而这个“根底薄”，指的方面很多，如数理根底薄，外语根底薄，汉语文字学根底薄，经学根底薄，哲学基础根底薄，等等。当然，所谓“薄”，也是相对而言。不少人比我们还薄，但这些人已不在学术界活动了，没有追补的必要；我呢，一辈子总在这块水潭里游泳，把水底下摸不透那是不行的。

“薄”的对立面是“厚”。怎样算“厚”？比如说，郭沫若从少年时候在乐山，先秦诸子和五经四书已经读熟；童书业你拿《左传》提一段头，他就会哇喇哇喇背出来，不许有错的。这是什么？这就叫根底厚。再打一个也许比拟不伦的比方，你到一个大院找一个朋友，你只知道他住在大院，其余不清楚，那你就麻烦了，“这里有×××吗？”“对不起。”一个开始做学问的人一开头，很多精神都花在这方面去了，古人叫作“困学”。可是，这个大院的居民委员会和民警办公室就不同了，“有个××吗？”“噢，在×栋×门×楼。”这是专家，他们对于这个大院说，叫做根底雄厚。难道我们在自己所处理的学术部门和课题范围内，就不能达到居民委员会和民警办公室的水平吗？回答是，一开始不能，最终慢慢接近。“人定胜天”，由根底浅薄到根底雄厚，是一个人为争取的过程，这就是我一生不断执行“追补”的思想根源。

我在初中阶段，数理功课极差。这原因很多，家庭生活极度贫穷、碌乱，是一个因素；个人头脑还没有发展到理性应有的幅度，是又一个因素。那时的境况是很狼狈的，老师要缴算草，而自己不会，就去巴结数学好的同学，他算毕了借我抄抄。而老师也很机灵，立刻指出你是抄的某某的，因为他演算错了的你也跟着错了。有时，老师又提四个学生到黑板上来演算，人家都演算好下去了，只我站在那里，老师不叫下去也不敢下去，这叫“站堂”，一种示众。初中三年就是这么狼狈度过的。

现在，人已十五六岁了，父亲已经死了，派出所把我派成家主了，三年过后不考大学则已，考大学要考数理的，怎么办？“形势逼人”，“逼上梁山”，这追补的决心是逼出来的。这时母亲和姐姐扶柩回籍尚未回到青岛，我突然跑到中山路劈柴院门洞里一次买了十本很厚的数学练习簿，下决心把小代数、平面几何、大代数、解析几何“一锅下”。别人晚自习大约最多算30道题，我至少要算90道题，算不完不睡觉。遇到难题，请教班上的数学尖子，再不然去找老师。这样坚持不到一年，“立竿见影”，我的数学分数上升到90以上，有时考100。

这虽是件小事，但对我一生作用很大。我的毅力，经过这次考验，使我信得过了。我偷偷地想，曾祖父在云南坚持12年，我追补数理化才不到3年，算什么呢?！村里人说，曾祖父考秀才回来，他一位叔父说“报子插上又拔出来啦”。等从云南坚持12年回乡，又遇上那位叔父，我曾祖父说“这一回再也拔不出来了”。我也对自己说，我这一辈子再不借抄人家的算草，再不在黑板上“站堂”了。

就在业务本身说，给我的体会也很深。在初等数学范围内，数是常数，点是点，线是线，面是面，体是体，这都在形式逻辑范畴之内。可是一进高等数学，数可以是常数，也可以是变数；点可以运动，它的运动就形成轨迹，可以成为直线，也可以成为曲线；并且这些都能用高等数学加以计算。后来我想，这不就是大自然中的辩证法吗？而从演算实践中学来的辩证法，要比从政治课本中学来的辩证法叫人更加信服。

这个“追补”，自从追补数学有效以后，我在一生中不断推广使用。举两个例。

追补法文。我的英文不算那么好，但还够用。法文只在大学三年级时按规定必修。教师是一位未婚的 mademoiselle（小姐），当时我参与一二·九运动，校外活动多，有时来不及上课。后来又去上，她就用英语说：“我当你死了呢，你还活着来上课呀。”我认为是一种侮辱。老师可以训诲学生，但不能侮辱学生。我耽误功课不对，但是为了救国，又不是逛八大胡同去了。一怒之下，我到注册课把《法语》停修了。“文化大革命”后期，我被军工宣队动员退职（实际是被清洗），在贵州女儿家闲居两年，就决意追补《法语》。两年过去了，虽然口语不会多好（因为法语中有联读 Liaison），但阅读力进步较大，我在原订阅的英文《北京周报》之外，又加订一份法文的，先读法文版，再拿英文版对照，发现阅读力误差不大。

另一个例子，是追补《十三经》。前面我说过，我的旧学根底只不过《孟子》七篇中的五篇，可怜得很。可是谁会晓得，自己后来自愿投身到史学方面去了。开始先搞明、清，后来转治北朝，最后竟到先秦段上。先秦历史岂是胡乱弄得的吗？以陈寅恪之渊博，尚且说“寅恪平生不敢读先秦、两汉之书”，而况我乎?！但世界上的事，本来就是各走各的路。我决心追补《十三经》。《十三经》的重要性也不是齐的。我按轻重分先后。首先是《周易》、《尚书》、《诗》，其次是《礼记》和《周礼》，再其次是《春秋》和“三传”。每种典籍弄起来也分先后，先独立地搞“白文”，因为独立地搞“白文”，是求其不受《注》、《疏》的影响；然后搞《注》、《疏》，把自己独立弄不明白的，借《注》、《疏》弄弄明白，但同时必须随时警惕会被《注》、《疏》引到烂泥塘里去；最后拿《皇清经解》来找补找补——这个“追补”，就是这样地在完成着。需要添加说，这个工程比较起追补代数、几何的工程来，其工作量要大得多了。不过又需添加说，追补数学只是高二、高三年级间的事，追补先秦根底则是绵亘于50岁至70岁之间二十余年间的事。当然，之所以有勇气追补《十三经》，其动力和耐力，还是从追补代数、几何那里来的。

第七节　翻　译

我从16岁开始到24岁转入史学研究，这8年中主要以翻译为自己的业余事业。为什么选择了翻译了呢？当时在高中阶段，自己是这样想的：老师说，我的国文学得可以，我的《英文》学得也可以，二者接合起来，不就是翻译吗？搞翻译，既可以考验一个人对外语作品理解的准确度、深度和精度，又可以锻炼一个人中文的表达能力；此外，借翻译，一个人还可以通晓若干异邦异国人们的心灵和才智。

记得我译的第一篇是华兹华斯（W.Wordsworth）的一首诗《我们是七个》。这诗写一个纯朴的乡间女孩，她不懂得死，把死了的和活着的一样看待。她有6个兄弟姐妹，连她7个，可是两个死了，两个迁徙了，家里只剩3个了，她却一直犟着说还是7个。这首诗我先用白话诗译过一遍，又试验着用旧体五言古诗译过一遍。我连这个诗题都爱。直到晚年，我还在心里设计着要写一部以此诗题为名的长篇小说呢。

翻译诱导人去寻觅翻译的素材，这样就不知不觉多读许多书。记得最早的两本：一本是《王尔德童话集》，另一本是毛德夫妇译的托尔斯泰的《二十三篇故事》。我一辈子爱这两本书。其中有些篇章如《夜莺与玫瑰》、《小汉斯的故事》（即《忠诚的朋友》）、《一个人需要多少地?》、《上帝看到了真实，但仍须等待》，我几乎终生诵读不厌。

为了使有关“翻译”的内容叙述得圆满，在这里我不得不暂时摆脱“高中”的年代框框，提前地涉及一点大学。那座大学的图书馆里有一间极大的西文阅览室，它的一端是“期刊室”。外国杂志，琳琅满目。期刊室的主任，是一位自学成材的作家——毕树棠先生，他允许借给我我所需要的合订本。这样，我的翻译素材的来源就拓广了若干倍。记得我经常借阅的，有《莫斯科新闻报》、美国《新群众》、英国《伦敦水星》以及《斯洛文尼亚评论》等。第三国际的《国际文学》，图书馆按校务会的意旨不订。我只好到城里喜雀胡同白俄教授柏烈伟家中去买。跟着翻译素材的拓展，我的译文量较高中时大大增加，我感到我自己对外文的理解较前精细并精致化了，也感到我自己中文的表达能力也较前伶俐得多了。译出来的东西，投寄到《大公报》、《益世报》、《国闻周报》、《时事类编》去，发表后还可得到不能算少的稿酬，这对于我这穷学生来说，实在是不无小补。我的这些译文发表时，多用“冯夷”这个笔名。

回想起来，高中阶段的大事就是如上叙述的三件。一、结束了“浪花文艺社”，懂得了政治会对它所不喜欢的东西加以迫害；二、从对《代数》、《几何》两门功课的追补中，开启了个人一生对根底薄处进行不懈追补的极好、并且极有益的经验和实践；三、开始了译述生活，并且对之津津有味。

但是，还该有点别的。我的意思是说，旅游。这对一个少年人的身心，也是有很大益处的。初中毕业时，由学校发起、由老师领导，我们乘坐胶济火车到省会济南做了一次旅游，欣赏了“四面荷花三面柳，一城山色半城湖”的大明湖风光。又一次，由青岛市长沈鸿烈的邀请，临届高中入学生乘坐“海琛”号军舰到崂山旅游，观览了下清宫、上清宫和华岩寺，亲眼见到了那棵叫“绛雪”的耐冬。一转眼，三年过去了，我们面对“会考”。所谓“会考”，意思是不让一个学校自己主办毕业考试，要由市教育局总办，市中、铁中、礼贤、圣功、文德等校用统一试题集中考试。考试结果，在铁中内部我仍考第7名，在全市范围近300人中我考第13名。当时天津大陆银行给发奖金，10名以内奖给大洋20元；20名以内奖给10元。在我那个家庭里，十个钢洋是罕见的。当时毕业同学发起聚餐一次并摄影，要缴将近两块半。我以5元到亨得利配近视镜一付。剩下的钱，全缴给母亲了。我一生戴眼镜，盖自此始。

第四章　大　学

第八节　考大学

从初中升入高中，人们在科学知识方面，开拓了一点眼界；等从高中考入大学，那就不仅仅是科学知识方面了，而是上下古今，对政治、对社会、对人际、对世界，眼界都在开拓之中。所以我认为，开拓眼界是进大学的第一意义。

当时我们高中两班，近80个学生，报名考大学的二十几个，约占四分之一强。其余的大都在铁路上就业了，当个站务司事，月薪40元，渐增至60元，还有烧煤的补贴，小日子也就可以了。至于考大学的，那么大概具备这么一些条件：一是其家长在老家是地主，有租子收入，要么在城市机关里当公务员，有稳定的薪资；二是他们本人的功课大体名列前茅，至少数理化成绩不坏，自认为够得上被录取的标准；三是他们一般看不起40～60元薪资的职位，他们懂得大学毕业后无论当中学教员或见习工程师，薪资就不会低于100元了。我们班上想当工程师的人特别多，我们就不叫他们名字，而呼之曰 engineer（工程师）。

我们组成团体，前往北平。事先由我们的数学老师——他刚从北师大毕业不久，与母校尚保持联系——代为洽准借给大教室一间，大家打地铺，可省住旅馆的破费。当时的北平很破烂，本来嘛，袁世凯折腾过了，北洋军阀折腾过了，而今日本人又伸过腿来，蒋介石只剩下个“华北政务委员会”，在中南海里与日本人折冲尊俎，维持局面。我们背着行李，走过西河沿这条满是旅馆小店的街（这是我在北京走过的第一条街），到和平门外的北师大理学院安顿下来。

比起青岛来，北平又是另一番滋味了。假如青岛是资本主义的，那么北平就是封建的，当然封建中已处处埋藏着反封建的火种。北师大门口有很多黄包车，你一出到门口，马上一大堆光着膀子的黄包车夫就挤到跟前来兜生意，问“乃块儿”。我们一惊，北京话不是标准国语吗，怎么“乃块儿”我们竟不懂。日子久了，才熟悉“乃块儿”是老北京人土语，意为“到哪儿去”。当你说出你要去的街名时，又马上伸出一大堆指头来抢生意，“五大枚”，“四大枚”，“您就干脆给三大枚得啦”。这使我们对北平产生一个印象：好便宜的劳动力呀！抢生意过程中经常还出现恶声的骂人话，“操你妈嘚”、“姐儿妹嘚”等等。又使人感到中国好落后呀，北平好落后呀。

对待考试，也分两派，沉潜派终日坐在地铺上拿着各名牌大学历届考试题目悉心揣摩，孜孜不休；高明派只要踩清楚几个考试地点，像北大在北河沿三院，清华在宣武门内“大鸟笼”（民国议会），之后就是到处玩耍，游览名胜。我大概属于后者，我们的理由是，把脑子用得疲倦了，临场“抓瞎”；还不如叫脑子清朗清朗，临场好用。记得一次到北新华街一家电影院看新片子《渔光曲》，正看到得意之时，突然一声枪响，戏场里人乱了，事后知道是一场情杀。

在这里，有必要插进来叙一叙我的一位同学王承鸿。我俩初、高中同学六年，在班上总是他考第一，我考第七。他应付大小考试的方法很独特，他不死抱住课本或笔记本念或背，他只用一页不大的白纸在上面写些什么，贴在床头，他躺在枕上看着这张纸，有时口中念念有词，就凭这个考第一。大家奇怪，他纸上写的什么？原来是一些单词、公式、课文中的隽语、以及一些像是哲学原理的东西。噢，这是逻辑概括呀。这一点，我学过来，直到中老年教课我一不带课本二不带资料，只带一个小本。我的学生，无不熟悉我的“小本”，这就是我的逻辑概括，而这种方法从起源上说，是从王承鸿那里学来的。

顺便说一说王承鸿。他是山东平阴县人。《老残游记》里记老残在山中遇虎，又遇到一位深通玄学的道门女子，就是在平阴。王的父亲和叔父都在铁路局文书课做事，一个是科员，一个是主任科员，收入也可以了。王的青春期比我来的早，看上了一个姓朱的女同学，可是人家不喜欢他，这种精神异常就发生了，而且这病跟了他一辈子。第一次异常是高三第一学期，他忽然失踪了。原来他读一些虚无主义的书，助长了他的盲动。他想流浪，于是他偷偷离家，徒步在胶州、日照间乱闯，遭历了一些苦难，最后被他家里人寻觅回来。他落落大方，不拘小节。举一个例。考北大和清华的试卷不同，使用文具也不同。清华试卷，无论文理，一律横行，自左而右，纸是洋纸，用钢笔书写。北大试卷，理科与清华同，文科用毛边纸，竖格，用毛笔小楷书写。王忽略了这一点，仍带自来水笔到北大应考，发现不对头，要求回去取毛笔墨盒，考场管理人员说，你的试卷作废了（我考北大考得很成功，列榜第8名，这是全国考试，这个名次很不容易了）。

但他还是考取了清华。入学后，我二人又同住一间宿舍。宿舍是平房，四人一间。东南角是我，东北角是王，西北角是任福善，西南角是周逵。他很瞧不上任，说他阴柔，是小人。王半夜到厕所解手，回房后照例来个“蝎子倒爬墙”，即以两手支在床上，两脚高伸贴在墙上，半小时后钻进被窝睡觉。他把这叫midnight sport（夜半运动）。这些动作，有时轻巧，有时就笨重，会影响同屋人睡眠。任福善向他提意见，他抡起拳头把任揍了。这影响很不好。他又精神异常了，不上课，终日捧一本安德列也夫的《沙宁》读。不久，他又失踪了。这次是到绥远的清水河、托克托一带流浪。未经人寻觅，自动返回，学了一点半半拉拉的蒙古话。我写这些的意思是说，弗洛伊德学说还是具有一定的真理价值的，一个人青春期的遭遇，会影响人一辈子。

当时考学中还有一个插曲。有几个岁数大的同学提议，到一趟北平，不可以不逛一次八大胡同。大家都去了，只我一人未去。当时为什么强犟地不去，是受了儒家思想的影响？我至今说不明白了。王去了，回来给我讲了许多新知识，说有“打茶围”，有“住局”，后者住宿，前者只是喝喝茶、嗑嗑瓜子而已。但我们班上有位个头最小的同学，在与一位“姑娘”恩爱中过头了，将精遗在了自己的裤子里，回来的路上两腿拉八拉八的，出了洋相。听说，此人后来是美国一个研究所的主任了。

第九节 清华大学(一)

清华，是被很多很多人艳羡的所在。北京的市语说，“北大老，师大穷，清华、燕京可通融”，这说的是丈母娘选女婿的标准。是的，历届清华学生是比较少年英俊些，风流倜傥些，但也肤浅些，或多或少带着一股洋味，更具体说——美国味。

当我作为一个从山东来的高中毕业的土包子学生前去报到时，我只有“高山仰止”的心情。特别是20年代建成的四大建筑——大礼堂、图书馆、体育馆、科学馆，巍巍峨峨；清朝咸丰年间的古建筑——工字厅、古月堂，古香古色，都使我仰慕不已。但很快这仰慕之心就复杂化起来，顶头碰到的一件事就是“拖尸”。

“拖尸”，自英文toss而来。toss，意为抖擞一下；具体说，是四个彪形大汉将报到新生的四肢各持一肢上下抖擞，然后猛然摔到草垫子上，给你这新来户（freshman）一个下马威，叫你老老实实，规规矩矩。但请不要误会，“拖尸”仅仅是这么一摔而已，不是如此，它是被学校列入报到项目之一的一个整过程。所谓报到项目，如“到财务科缴费”、“到教务处注册”、“到校医院检查身体”等等，但还有一项“到体育馆检验身体”。好一个“检验”?！这个字眼带有蒙蔽性，翻译出来，就是叫你去接受“拖尸”，去接受自美国传播过来的风俗，由二年级学生组织起来对一年级学生进行的恶作剧。或者说严重一点，去接受一场侮辱。

先是“钻狗洞”。记得昆曲《燕子笺》中有“钻狗洞”一折，那个小生念道：“罢，到这般时候，也就顾不得了。”我们当时的心情，也正好如此。那是用军训用教育步枪穿插起的一条三角洞。步枪上装有刺刀，刺刀尖向着洞内，钻洞人必须蜿蜒着才能躲过刺刀尖，英文叫zigzag，爬出洞去。然后是“端木盘”，木盘无边缘，上置一圆木球，地板上用白油漆画着像《解析几何》里高次方程的曲线，叫你沿着曲线走，盘子里的球不能滑落，假如滑落了，那位Sophomore（二年级生）先生就喝斥一声“Repeat!”（重来）……这样的程序大约有五六个，然后到最后一个程序，像“三堂会审”一样，三个凶神恶煞般的“拖尸团”头头命令你躺到草垫子上，由四个彪形大汉将你用力上下颠簸，然后一摔；我想有心脏病、高血压的就该去见上帝了。但这还没完，又听厉声吩咐你爬起来，到头头们面前的桌子跟前执行“盖章”。这“章”是专门到屠宰场仿制来的“验讫”二字，用紫印色打在你的额头上，或者腮帮上、脖子上。至于具体打在哪里，要按头头们的意向。他看你调皮，就打到脑门上；我大概由于老实，给我打在后脖子梗上了。用衬衫领子一遮，可以躲过眼目。而打在额头上的呢？我见过，一走进大食堂，立刻惹起一片轰笑。我现在想起，觉得这“拖尸团”跟60年代的“红卫兵”有某种类似，只是阶级属性不同，后者是“无产阶级”的，前者纯是美国牌资产阶级的罢了。

多少年来，我不断思考过这问题。这怕与清华的“前史”有关。在1925年清华改为国立大学以前，曾有过14年“留美预备学堂（校）”的时期，输送了上千名具有高中水平的青少年赴美，这些青少年大都头脑简单，从极度落后愚昧的祖国走出去，接触“声、光、电、化”，先入为主，自然而然就崇洋了。其中一些人在返国之前就揭出“清华门罗主义”，倡言“清华者清华人之清华”的宗旨，这就树立下门户了。这些人回国，虽然《校歌》上说“中西文化，荟萃一堂”，而实际上是西多中少，西重中轻，并且二者间“荟萃”得也不谐和。当然，也有人会觉察到这一点。于是乎开办起“国学研究院”来，自1925至1929，招收过四班研究生，这些研究生普散到全国去，也的确在中国传统文化方面起了作用，但很快王国维大师投湖自尽了，梁启超本身是一半政客一半学者，也病故了。清华的文科，也只剩下老辈的如刘文典、陈寅恪、杨树达，半老辈搞哲学的如冯友兰、金岳霖，中年的如朱自清、闻一多等人撑台，比起北京大学和东南大学来，在根底和积累方面，在教学和研究的连续性方面，总不免逊色一点。

但作为一名新生进校，我的感觉还是良好的。首先，一年级不分系，理工科生必须选修一门文科课，文科生必须选修一门理科课，这一点就说明清华着重培养“通才”而不亟亟于“专”。理工科生多选修一门《逻辑》，文科生多选修一门《生物学》或《地质学》。我就是一年级时修了《生物学》，二年级时又修了《地质学》，以此为基础，我才有条件旁听史禄国（Shrugoroff）的《人类学》和《古代人类学》。我的《大一国文》教师是杨树达，《大一英文》教师是吴宓，《哲学史》教师是冯友兰，《逻辑》教师是张申府。都是赫赫名流，但当时我作为十七八岁的娃娃，确实感受不深。杨先生一辈子搞训诂，祖述高邮王氏，与他的湖南前辈王先谦前后都是搞《汉书》的。是他给我们讲述了《左传》中的《邲之战》和《鞌之战》，至今犹有记忆。吴先生神经质太厉害，那是他与毛彦文女士恋爱失败的后果，使我们做学生的很难预估他的喜怒。在英语读音上他特别强调英国味，可是当时除吴先生外，众老师全是美国味，真是“一齐人傅之，众楚人咻之”了。冯先生岸然道貌，俨然程夫子转世，讲课纯按他的“两大本”《哲学史》讲，由于喀巴嘴，在表达方面比较吃力。由于这位老师在政治方面的多变性，故我一生迄不与他接近。张申府当时在清华“吃不开”，但此前他却是大人物，他曾是中国共产党巴黎支部、柏林支部的创建者，黄埔一期生入学口试的主持人。他的《逻辑》课很少讲逻辑学，而是骂蒋介石，成为热门的政治论坛。听他课的不外两部分，一部分是抱持自己见解从拥护或者反对立场上来挑检他的政治论点的；另一部分则是混混学分的。他的课缴一份读书笔记，没有不及格的。以上这些评述，都是结合我自己老来的体会得出来的，当时跟他们受教时还没有这么复杂的理解。回味起来，受教于这些人，也是"大开眼界"的一个组成部分。在中学里，你是无缘接触到这样的人物的。

但当时有些教师、有些课，也确实不怎么样，如刘崇宏的《世界通史》和雷海宗的《中国通史》，就是显著的例子。刘后来在台湾被吹捧成史学的泰斗了，可当年教我们时，他的课纯乎是一大堆 bibliography（资料），某著者、某书、某页或某页，无摘引，无转述，无议论，无概括，两堂过去，笔记上记的全是杂乱无章的数据。呜呼！雷呢，大概认为《通史》课嘛，你讲深刻的学生也听不懂，于是就像说相声似的"扯"吧。60年后，我至今仍清清楚楚记得第一堂老师一上堂就念诵道：

天地混沌如鸡子，盘古生其中，一万八千岁。……

假如这是讲《神话学》倒还罢了，可这是讲《中国通史》呀?! 古往今来，天底下地皮上，哪有讲《中国通史》这么个讲法的?! 真是令人百思不解了。

说起外语系，我心里就烦躁。当年为什么选这个系呢？当年之所以选这个系，大概不外两方面原因：一是在高中时我这门功课顶好，同学们叫我"English（英语）大 home（家）"，后来简称"home"，成了我的诨号。二是英文这碗饭总可以吃上，每个中学里都需要英文教员嘛。这个观点未免太实际了。一旦入系之后，就一直感到很不得劲。只有叶公超的《文艺批评》我还感到有点滋味，其余的我全不感兴趣。如翟孟生（Jameson）的《西洋文学史》，完全让学生背诵譬如狄更斯生于何年，卒于何年，有多少著作，代表作是什么，再就是如《块肉余生述》（David Copperfield）中男主角是谁，女主角是谁……等等，等等。再如我们的系主任，他几十年来讲《戏剧》和《莎士比亚》，一直拿他在 Ohio（俄亥俄州）跟他老师 O'Neill 上学时记录下的那本笔记留声机般地念呀念呀，真正做到了"呻其占毕"的水平。这里顺便提个笑话，电机系副主任上课和外语系主任上课无独有偶，他是几十年全靠他在麻省理工大学（M.I.T.）记下的笔记本，到西南联大时一个调皮捣蛋的学生把他的笔记本偷了，一面向同学们预言，下星期老师必然请假。果然请假了。这位同学又把笔记本偷偷塞回到老师办公室的书堆里，又预言说这星期老师准不请假，果然有了笔记本课照上不误。呜呼！堂堂名牌大学，堂堂名牌教授，数十年中不修改讲稿，不增加新信息，不注入新见解，全凭留学国外时的笔记，这顿饭一吃吃一辈子，这叫个什么“对学生负责”、“对学术负责”呀?!钱钟书拒绝留校当研究生，说没有一个教授配当他的导师，我十分佩服他这种高傲。

无法之余，我把触角伸向了中文系。我去旁听了三位先生的课。俞平伯90年代报刊上很捧他，也许因为在《红楼梦》上蒙过冤屈，替他平反平反。但当年我对这位老师，却尊敬不起来。个儿是矮的，眼睛是斜的，小平头，一袭蓝布大褂。初开学的晚会上，他献演《活捉》，他演张三郎（文远），夫人演阎婆惜，他夫妻二人的昆剧修养是够好的，但看过后，心里总不是个味。去听课，繁征博引，甚至引到“先曾祖曲园先生曰”，我心里想，做学问就做学问罢啦，引曾列祖有什么必要?!朱自清佩弦先生，温文尔雅，深通人情世故，人望很高。我们同学办的刊物请他写文章，从不推辞，而且文稿工工整整，一如其人。但我到他课堂上听，一门《陶潜》，一门《李贺》，两个工作量最轻的题目，而且讲不出东西来。我们同学们私下里常常评头论足，说“讲出东西来”和“讲不出东西来”是老师中间的一条分水岭。

真正讲出东西来的，找到了，是闻一多。闻先生我在读中学时就见过他，那时他是青岛大学的教授。记得青岛大学起过风潮，学生背后有各派势力，如山东省政府、胶济铁路局之类，目的是想撵走教育部派来的杨振声。闻是杨的文学院长，所以也被起哄了，说他“不学无术”。这当然是岂有此理。但这对闻，也是个刺激。他本是新月派诗人，在美国又是学舞台设计的，现在又教起《诗经》、《楚辞》来，自不免有功力不到的地方，所以他一回到清华就拼命下功夫，许多蝇头细字的读书笔记都是在新南院写出来的。他也搞考据、搞训诂，但他比所有的训诂家都高明之处，是他在沉潜之余，还有见解、有议论，这些议论对我们学生来说，启发很大。于是，我们就一下子把闻先生爱上了，大家争着选修或者旁听他的课，闻先生一下子在清华园内走了红。但他是有脾气的，同学们也都小心翼翼着。

我是外语系的学生，对中文系教授的课，不能多种选修，只准修一门，其余只好旁听。《诗经》、《楚辞》、《唐诗》是旁听，只《中国古代神话》是选修。选修的要缴报告，计学分。当时，闻先生对人类社会发展、社会经济形态的一些问题还注意不多，单纯从神话搞神话，使用训诂武器，特别是音转这个法宝，搞出许多串联来，如说尧就是“鳌”、象就是大鼻子的象之类。而我们学生主要是要从他的讲课中窥察他的治学方法。他喜欢查类书，我们也跟着查类书；他讲神话，不免多涉及两汉的谶纬之书，我们也跟着熟悉一些谶纬。闻当时动用“经解”不很多，所以我们学生在《十三经》上受影响不大；可是到了西南联大，到了蒙自，闻的学问来了个大跃进，他通过《周易》研究，把古代民俗、古代社会经济、甲骨文、训诂文学……凝炼到一起了，写出了《周易义证类纂》那样精绝的著作来。那已到1945年了；我们受业时是1935～1936年，中间有10年的时差。但我敢大胆地说，他的神话研究和《周易》研究中间，是有一根线串联在一起的。

我中年本来是搞“农民战争史”和“土地制度史”的，那是受马克思主义的影响的结果。晚年，我不知不觉回到“先秦文化史”上来，在闻先生死后若干年，又一次“受教”于他，感到他的研究实在太精湛了。可惜死得太早，若是活个大寿数，他会写出惊动几个世纪的东西来。我既然受教于他，我就得立志，以期无愧于称做他的学生。

第十节 清华大学(二)

以上，写了不少有关老师的事；现在，该来写写同学们了。

当时同学已经分派，即所谓左、右、中。中派的特色是不过问政治，闷着头干功课。他们说，俺爹俺娘在家里辛苦种地，就该好好念书，挣个好分数。右派，是指按月从南京励志社领取5元、10元、15元津贴的那些人，在大礼堂里往进步教授洋服上丢生鸡蛋的是他们；举手表决时一个人举两只手，纠察队查票数，查左边一区时跑到左边、查到右边一区时跑到右边的，还是他们。我们叫他们“老法”（法西斯）。左派呢，是指在共产党影响下的一批人，他们不少人最初受虚无主义影响，热情于国家的兴亡，喜欢奔走呼号，有时不免于大哼大嗡。当时清华教务长潘光旦说学生会有三类：一类是“学生自活会”，那是指弄点福利、组织组织春季郊游之类；一类是“学生被治会”，那是指被校外政党、政派暗地操纵的情况；一类才是真正的学生自治会。在各种势力明争暗斗的情况下，这种纯自治只是一种乌托邦。

可是试问，为什么大家都向左呢？这不是偶然的。国家，社会，总得有条出路吧。“北洋”的路子是走不通的了。原来的孙中山提出来的确是一条光明大道，一条很多很多中国人都可以走的大道，“平均地权”、“节制资本”、“扶助农工”，虽然有温和倾向，可能做起来不彻底，但这些口号能号召的群众数量还是大的。但孙先生手下得力的人少，他一死，“权”立刻就被他生前并不喜欢、并不想重用的蒋介石篡夺去了。什么“天下为公”、“平均地权”、“节制资本”、“扶助农工”，统统完蛋了，剩下的只是“礼义廉耻，国之四维”和“先安内而后攘外”了。这样，大家就得另谋出路。

不少人找到了共产主义。马克思生平着重讲人们的公有制和私有制，这是人类社会里最大最大的问题，最重要最重要的问题。别看现在有的国家担任世界警察，这里派兵，那里轰炸，他还是解决不了他们国内的萧条问题，这也就是说，马克思所提的公有制私有制问题继续有效。可是有人问，为什么苏联和东欧垮了呢？我认为，东欧原本是苏联一手捏出来的，带有某种附属国气味，苏联垮了东欧自然也跟着垮。那么苏联呢？我认为，它垮在一个“左”字上。

“左”，本来是指人们看问题的一种倾向。但在无产阶级革命运动中，它却形成为一种政治痼疾。论它的根源说，它来自组织性和纪律性的过分强调，惟恐出叛徒、特务、异己分子等等。久而久之，这种政治的心理状态，凝固到政策和策略中去，便是我们常说的那个“左”。虽然某一时期、某一执行政策的人，也会出来反反“左”，但那是皮相的；他们一旦反起右来则是全心全意的，不断扩大的。

我上大学时，革命组织有了，“左”倾关门主义也已经有了，当然，那时的形势和解放以后不同，蒋孝先的宪兵三团就驻扎在北平，他们的便衣侦探就混在我们食堂里跟我们邻桌吃饭。只要在你枕头下找到一本绥拉菲莫微支的《铁流》，就够叫你被捕了。假如再搜出来《1925～1927中国大革命史（简略本）》或者《清算立三路线》小册子，那么，你就被认为是正宗正派的“共党”了。所以早期的共产党人行动多诡秘，不诡秘就保存不住。我进校时，老一班的革命者如何凤元、高承志、徐高阮都毕业走了，或者留校做研究助理人员。据说，第一任地下支部书记是牛佩琮，此人山西崞县人，在群众中威望很高。有一天我们宿舍通道里突然响起来枪声，后来得知那是蒋孝先宪兵三团的便衣追捕牛佩琮时被他跑掉了，他是从暖气管地下管道的水泥槽里跑掉的。此人后来当过周总理十一办公室的主任。“文化大革命”过后，我在北京打听如何再见一面“老牛”，别人告诉我说，黎明时候你到陶然亭公园，看见两个老头打太极拳，其一是牛佩琮，其二就是被康生整下去的前山东省委书记黎玉。

他俩总在一块锻炼。牛佩琮离开清华以后，支部书记就是蒋南翔了。蒋当时还不是大官，还没有架子，尽量做到“不起眼”，即不被人注意的地步。你很难说他是哪个系哪个年级的，他入学很早了，一直在几个系里转悠着，注册了的是中文系。后来与蒋南翔并称的是杨述（杨德基），他倒是一个浪漫的、激情的、多才的少年，淮安人，在校时与我颇谈得来。“文化大革命”时他被整得很惨，据他夫人韦君宜记述，他临终前还拐着腿爬四楼，爬五楼，找头头们询问他的“结论”是什么。

具体引导我参加到革命外围的，是赵德尊。他是辽宁人，小矮胖子，从来不发脾气，是外语系比我高一级的学生，喜欢写一些短文章，笔名罗白。此人后来成了高岗的秘书长，黑龙江省委书记，《毛选》第五卷中提到高岗手下有五虎将“张、张、赵、马、郭”，这个“赵”就是他。“文化大革命”开始，有他所在单位的人到我这里“外调”，大家谈了一两个小时，适逢“小将”们到我家做“小战斗”，捶桌子砸板凳的，外调人员说，这比赵德尊那里松轻多了，在他那里这两个钟头五次战斗都来过了，而且闹得凶，因为他是伟大领袖点了名的。他在1935年组建“左翼作家联盟”清华园小组，成员有王瑶、郑庭祥（即郑天翔）、我、冯宝麟（即冯契）、邵森棣（女）；王逊因为参加过“反帝大同盟”被捕过，这次似乎没有参加。此外，还有赵德尊的同年级同学李秉忱、蒋振东、张卓华；邵景渊（女）参加了没有我记不清楚了。仿佛还有王作民（女）。我们这一伙，平时都喜欢舞点文弄点墨的，组织到一起了。这是秘密组织，还需要有个公开的名目，于是又组织了“国防文艺社”，又扩大改组成为“清华文学会”。这是一个以“左联”为核心的统一战线群众团体，我被推为主席，陈国良（即陈落）为副主席。陈是比我高好几个年级的中文系学生，是牛佩琮一辈的老革命者。

当时我们各发挥其所长。王瑶喜欢搞文艺理论，爱读普列汉诺夫和卢那卡尔斯基的书，爱写书评和文学评论与论战的文章，我们叫他“小胡风”。郑庭祥和我爱搞翻译，特别爱翻苏联和俄罗斯的短、中篇小说。冯宝麟和邵森棣爱写诗。王逊是哲学系跟邓以蛰（叔存）搞美学的，有时写写散文和散文诗。此外还有一位叫杨戊生，笔名魏东明，原籍浙江，出生在东北，在组织上他是北平市“左联”的成员，在写作方面他已经在国内大杂志如《光明》、《中流》等上面发表文章。有一次他说“你们都是园内作家，我已经是园外作家了”。他的报告文学（当时报告文学这个品种才刚刚创立不久）《丰台的马》在当时挺出名。我们办过两期《国防文学》，两期《新地》。还邀请过朱光潜、沈从文等文学名人到工字厅做报告。总之，我们在清华园左翼运动中承担起了文艺的这一翼，倒也还弄得热热乎乎的。后来入校的新生中，有不少参加我们的会，如诗人查良铮（穆旦）就是一例。一位天津的女作者也给我们投稿，她叫张秀亚，后来在台湾很出名。

一个人在兴趣上、在事业上要发展，孤孤零零冷冷清清地干，也不是说绝对发展不起来，发展起来的例子在现实中、在历史上都是有的。但假如顺应了一股潮流，那他将发展得更快、更充沛、更完好。我正是在“左联”和文学会的大家一伙的劲头下，体现了自己青年期写作的旺盛阶段。1935～1936年这二年当中，我写了几篇比较像样的创作小说，翻译了不少外国小说，特别是译了苏联中长篇小说《孤独》，这是一篇写十月革命后一股叛匪的活动的。地点是唐包夫省，主角是一个富农斯托罗折夫。说到富农，十月革命后富农和中国土地改革中的富农有所差别。十月革命后，贵族大庄园主早跟沙皇一起崩溃了或者流亡国外去了，剩下来成为革命力量绊脚石的是富农，相对于中国大革命中的土豪。他们有自己的政党——社会革命党。若干蒙昧的贫苦农民跟着他们跑，就形成了叛乱。翻译这部小说，对我以后学习历史，对在历史研究中使用阶级分析法，都很有影响。

第十一节 一二·九学生运动

一二·九运动上距五四运动16年，五四运动发生时我还是个两三岁的娃娃，一二·九时我已是十八九岁的青年了。这两场运动，都是推动社会向前发展的重要群众运动，但二者间由于情况（或者说条件）不同，又有若干相歧处。如五四是反帝反封建的，其反帝是泛指英、法、俄、日、美，而一二·九时日本成为主反的对象了。又如说领导者，五四是资产阶级与无产阶级综合影响的结果，而一二·九则纯乎是共产党领导的，不过不是以公开合法身份出来领导，而是由秘密活动取得学生会领导权而体现的；群众大多数拥护，它就有力量。再如五四的核心基地是北大，一二·九核心基地就转到清华和燕京了。从我那个年级（十级）和高一级（九级）、低一级（十一级）——这三个年级的学生中，涌出了不少不少的优秀人才，这不能不说是爱国运动锻炼的结果，正是“云从龙，风从虎”。

一二·九运动是由两个重要条件支持成功的，其一是民心，其二是组织。我思考过，光有民心没有组织力不行，光有组织不得民心也不行。所谓“民心”，就是打日本。“小鬼子欺侮我们太厉害了”，街头巷尾都可以听到这个话。日本坦克在长安街上开过，日本飞机在天空演习，日本浪人在东单牌楼随意行凶打人，“胃活”、“大学眼药”、“仁丹”、“味之素”等日货广告到处琳琅满壁。东北，强占了；热河也强占了；通州也成立了“自治”政府；现在轮到华北“自治”了。学生们说“偌大一个华北，已经容不下一张课桌了”。

所谓“组织”，就是指共产党。这时，正经历了“左”倾盲动路线的错误，经历了对“围剿”的错误战略，在长征路上又发生一、四方面军头头的不合，所以到达延安时真是人困马乏。但北方局这时受影响不大，仍照正常秩序运转着。当然，“左”倾关门主义也一直严重，使组织不能在群众中起更大的作用。但话转过来说，虽不能起更大的作用，但一定的作用还是起了。各大专院校，在地下共产党支持下，左派力量远远优于国民党操纵下的一小撮“老法”力量，在各级学生会里争得领导权，最后组成北平市“总学联”，这样，学生运动之有组织、有领导的司令部，便结构起来了。

有了指挥部，还需要扩大宣传，以发动更广大的群众。在这里，一定得提到“歌”。真是歌之力量大矣哉！很多青年参加革命，都是从唱歌开始的。如《工人歌》“生活像泥河一样流……”、《锄头歌》“手把着锄头锄野草呀……”、《五月的鲜花》“五月的鲜花开遍了原野，鲜花掩盖着志士的鲜血……”、《义勇军进行曲》“起来，不愿作奴隶的人们……”（后来成了国歌），以至以后的《流亡三部曲》“我的家在东北松花江上……”。以我来说，朋友们一致说我是身上连一粒音乐细胞都没有的人，但所有这些救亡歌曲我都会唱，而且历五六十年的今天有时仍可引吭高唱，足见其时代魅力之大。另有一首歌，其中有三句云：

> 这歌声唤醒了城镇，
> 也唤醒了偏僻的大小村庄，
> 这歌声给我们巨大的力量，……

的确如此。所以我常说，抗战是唱歌唱出来的；又说，抗战胜利是救亡歌曲的果实。这些话听起来“玄”，但其中的意思没有错。

荣高棠，现在是大人物了，当年他叫荣千祥，专门领导大家唱歌演戏的。

北平有一种行当，叫卖梨膏糖的，叫卖的调子特别优雅婉转，荣千祥学来了，编入了救亡内容，大家都爱听。久而久之，“荣千祥”三字转晦，“梨膏糖”三字反而无人不知。他后来的“高棠”二字，实由此而来。再如著名演员崔嵬和张瑞芳，当年崔是私立中国大学的学生，张是北平女一中的学生，二人担任《放下你的鞭子》活报戏的两个主要角色，记得在西山无梁殿他二人这出小戏引来人山人海。通过这些宣传手段，救亡运动的气势也越来越大了。

具体的游行共五次，历时两年。第一次是1935年12月9日，故曰“一二·九”。这次不是示威，而是请愿。示威是对抗性的，请愿还不是，带有恳求之意。恳求什么？恳求出兵抗日。请愿的对象是何应钦，蒋介石在北平的代表。结果，请愿的群众被殴打。于是来第二次，12月16日，简称“一二·一六”。这次是示威。对谁示威？对刚要成立的“冀察委员会”，这是在日本促动下成立的、亲日的地方政府。委员长是宋哲元，副委员会长是秦德纯、萧振瀛。当时的学联领导部已经有点“左”了。试想：这些宋、秦、萧，也是要区别对待的嘛，这个可能死心塌地降日，那个可能动摇于降战之间，第三个可能誓死不做亡国奴嘛。可时当时的口号喊出来了：“打倒宋哲元！”“打倒秦德纯！”“打倒萧振瀛！”一派“统统打倒”的架势，还是1925～1927年搞农会枪毙叶麻子时候的做法，“革命不是请客吃饭”。“左”的苗头已经从这里发出来了。

最“左”的是第三次，发生在1936年3月31日，叫“三·三一”。这是一次抬棺游行。北平中学生郭清在狱中病死，大家借机举行抗议。仿制一架空棺举行追悼，地点在北河沿北大三院礼堂 。一开会，宣布唱《国际歌》。《国际歌》是全世界无产阶级革命的声音，但拿到中国抗日遭难者的追悼会上来唱，似乎不合适，果然，立刻就有人退席了。参加的人越来越少，包围的军警越来越多，革命一点也不“浩浩荡荡”、“千千万万”，而是“冷冷清清”，抬棺队伍刚到南池子、北池子接口处的骑河楼就被打散了。不久，刘少奇来到北方局，以“三·三一”为典型事例，纠了一点“左”的偏。但到后来的“文化大革命”中，这次纠偏也成了“叛徒、特务、工贼”的罪行之一。所以我说，“左”是一种痼疾。

第四次发生在6月13日，叫“六·一三”。第五次发生在12月12日，叫“一二·一二”。这个日子与西安事变巧合在一天，但我们事先毫无觉察。运动已经运动了整整一年多了，经验教训总该总结出点什么来吧，果然，这次行动是比较成功的。口号也大不一样了，“拥护宋委员长出兵抗日”，“拥护二十九军坚决抗日”，“中华民族大团结万岁”，一派的抗日民族统一战线政策，表现出来了。对方也大有转变，二十九军士兵不再打我们了，不再抓我们了，而是和我们并肩呼口号。秦德纯召集我们在景山讲话，说了人要有人格、国要有国格那样的话。他的山东话把“格”不读gé而读作gi。事后我们得知，宋哲元不在北平，他已秘密前往冀、鲁边界去跟韩复榘商讨蒋介石被扣以后的对策去了。当日寒风凛冽，听完秦德纯的讲话天已黑下来，大家拖着游行了一天的腿徒步走回清华园，先到体育馆洗一个热水淋浴，回到宿舍已午夜1时，蒙头大睡，醒来听到宿舍里像炸了窝，大家欢呼着“蒋介石给抓起来了！”

我，作为一个个体，五次行动都在群众中参加过了。那么，我得了一些什么呢？

我想，我参加了一次“政治”活动。“四人帮”把“政治”作用吹到了天那么大，那是极“左”的疯狂。但一个读书人，也不能一辈子关起门来“爬格子”，不过问政治，那也不好，我在亲身参加运动的过程中，懂得了合适的政策能博得群众的拥护，跟你走的群众就越来越多；反之，群众就消极，跟你走的就越来越少。懂得了统一战线这个法宝，使中国革命又走上了丰富的道路；这也是世界法西斯（特别是日本军阀）加紧猖狂的形势逼出来的。

但我和我的许多同学走的道路，并不完全相同。他们是拿革命热情在搏斗中去经受考验，从而产生了参加组织的要求；又在组织中经受考验，逐渐成为组织中低层和高层的头头，后来成为大人物（big figure）的。在一二·九后期，记得蒋南翔到我房间来。他说：“你人很诚实，在搏斗中表现英勇，这说明你革命热情很充沛，但是革命热情是多变的，它还需要组织的保证。”我明白了，他是在启发我，要我提出参加党的申请。我说：“容我考虑考虑。”过了些日子，我去找他。我说：“我读列宁的《传》，读到马尔托夫的事。马尔托夫主张，有些知识分子可以邀请到党内来作为党的宾客，而不需要他们遵守什么组织性、纪律性。列宁狠狠地批判了马尔托夫。马尔托夫是孟什维克，当时肃反，‘契卡’已经把马尔托夫列入被肃的黑名单里了，列宁却弄来一张车票叫女秘书送去，让马赶快逃往西欧。事后，列宁想起马尔托夫说，多么精致的知识分子呀。我读过后，不知道为什么，我感到我自己有点像马尔托夫。我走不成布尔什维克的道路，我受不了严格的组织性和纪律性。我愿意做一个全心全意的马克思主义的信仰者，同时是一个自由主义者。”

从那以后，蒋南翔再不来找我了。

第五章　抗战(一)

第十二节　太　原

芦沟桥事变后12天，我悄悄锁上我宿舍（6院720号）的房门，将钥匙交给工友老关，只携带随身换洗的衣裤，从清华园车站搭上平绥路火车，于黎明时到达大同，恰逢开往太原的长途汽车班车尚未发车，我连忙搭车，于日落前到达太原。

事情是这样的：清华园这座恬静的园林已经叫人住不下去了。自芦沟桥炮声打响以来，若干江南籍的同学，特别是家里有钱或做官人家的子弟，都接到家里的叮嘱，物无巨细，统统包装起来："回南"。仿佛北平已成异域，他们这次离开就再也不要回来了。学校呢，表面装出绝不南迁的姿态，但实际上，图书馆的善本书在装箱，电机馆、机械馆、航空实验馆里的珍贵仪器也在装箱，白天不装夜里装，每当夜深人静之时，砸钉之声响彻在大楼里，好像小时候听大地主人家入敛时的声响。总之给人一种印象，北平已经可以不要了，随什么人要占去就让他们占去吧，中国的地面大着呢。

至于到山西，也有充足的理由。当时在全中国，山西是向"抗日救亡"开放得最宽的一个省区。在这里，不能不从阎锡山说起。

阎锡山是一个军阀，统治山西多少年的土皇帝。但他和别个军阀比较，有个极大的不同，他善于思维，善于出新点子、新花样，善于应付新局面。1935年红军到达陕北后，在"左"倾盲动之下，曾向东"侵入"过阎锡山的"领地"。林彪、徐海东、刘志丹都曾率部进入山西，在洪洞、赵城、中阳、石楼一带与阎军曾有接触。晋军是有名的两支枪的部队，一支步枪还有一支大烟枪，这么腐朽怎么能打仗呢。这时，陈诚等的中央军也插进山西来，大大搅乱了阎的“地方主义”。当时阎说，他是“踩在三个鸡蛋上跳舞”。

他先组织一个社会团体，叫“主张公道团”，简称“公道团”或“好人团”。它的团歌中，说什么共产党来了，“不论贫富都难逃”。

这看得很明白，他企图挑拨穷人和富人团结一起去反共，这是很险恶的，但也是徒然的。因为地主和贫雇农间怎么能在反共上团结得起来呢？这个团体很快就臭了。阎锡山又开始组织第二个社会团体“牺牲救国同盟会”，简称“牺盟”。当他着手组织这个团体时，形势又变了一步。共产党的信使周小舟，已往返于延安与太原之间了；以薄一波为首的大批平津学生来到了太原，他们绝大多数是共产党员或者相当于共青团的“民族解放先锋队”（简称“民先”）的队员。新鲜的血液注入到旧的血管里，自然就生气勃勃起来。在八年抗战中，“牺盟”建立了新军（决死队），建立了部分新政权，所以一旦日本投降，这股势力就成为八路军的一支强有力的辅助力量。

我到山西来，是参加“牺盟”的训练班的。从清华的“民先”，已经派遣过不止一批的受训者了。其中有著名的凌松如（烈士）和纪毓秀（女），我的中学同学王承鸿，还有戴新民（女），他们受过训已经是指导员或更高的领导者了。还有王玉发，传说他在太原和托派头目张慕陶有接触，被遣返回清华。半年前，“民先”派遣的名单上就有我，可是当时我正在译一部苏联小说，腾不开身。现在译稿全部杀青，寄给上海沈雁冰去了，所以我就到太原来报到。

山西是我离开山东后接触的第二个省区（北平虽在河北省内，但它是特别市，所以到北平不等于已经接触到河北省），并且一直在这个省内工作了三年，所以我的脑海内一直在盘桓着山西与山东的比较。山东人口多，当时黄河正在决口，真是一片“哀鸿遍野”的景象，乞丐到处皆是。山西，人们一面在骂阎锡山反动，一面也承认山西境内没有叫化子，老百姓中也有穷的，但大家日子过得很安定。我常常想，这两个省跟历史上的齐国、晋国有没有关系？怕是有的。齐国自管仲以来经营工商业，所以后来的山东人眼界较宽，生活能力强。但缺点也有，也就是历来古书里说的，不免有点“夸”，还有点“诈”。晋国当年以“兵强”著称，宋、元、明、清以来，除晋北人还有点英武慓悍的特色外，晋中、晋南人全很绵软。晋中人经营金融业务和高利贷，钱庄和票号都是他们办起来的，他们这里俨然成了北方资本家的发源地和集中地了。语言情况也各别，山东话基本上还是“中原音韵”，不会发入声；山西人是不是当年晋国执行“远交近攻”政策、派遣大批人才支援越国，把“南蛮鴃舌”输入进来了，至少晋中人是会发入声的。住房也不一样，山东除地主住瓦房外，一般是麦秸房顶，很简陋；山西人住窑洞，贫户是土窑，像晋中大商人住的却全是一挂一挂的砖窑，加以油漆，也十分气派。山东人的村庄是平面的，山西人的住处则是一层一层的，高高下下。下一层的房顶就是上一层的场院，记得我们的侦察兵把手榴弹插进下一层窑的烟洞里，把底下住的日本兵全炸死了。

我到太原国民师范报了到，就立刻发给我一套灰粗布军装，一根皮带，一副绑腿，编在第十连（记得第十一连是女同志，第十二连是俘虏的“红小鬼”）。吃的蒸馍、莲花菜和土豆。上午下午全是下操，中午还有一小时的“抗热运动”，即大家整队蹲在操场上让太阳晒。军官还是晋军的旧军官，有时也行些打骂。但不管怎样，当时“抗日救亡”的气氛是高的。予生也晚，赶不上1925年广州北伐、1927年武汉分裂前的那种大气氛了，但1937年太原的抗日救亡的大气氛却是刚好赶上。记得我们大家到郊外操练回来，通过首义门的城门洞，高唱着山西的救亡歌曲，有一段是：

到前线去，大伙儿一起！驱除我们的敌人，出中国去，今天是被压迫的民族，明天一切属于我们自己！自己！（“被压迫”读bi–yɑ–pie）

这真是具有时代性的一段歌词。记得1978年秋，上海一个电影公司要拍敦煌和常书鸿的片子，要一个像是学者那样的常书鸿的访问者，用京剧说就是找一个“里子”，找到了我。这位总导演是山西人，说起来恰好和我同时在国民师范受训。片子拍完，摄影总技师是山东人，找来一瓶白干，三人痛饮，酒醉后总导演就和我一起高唱起这首歌来，一遍一遍，热情无法控制，使敦煌的女招待员大为惊恐，担心我俩都疯了。不想这首歌在41年之后，还有这么大魅力。

可是事情又生了枝节。我母亲在青岛，为了避开日军可能攻占青岛的炮火，要将青岛的家搬回老家。这时大姐姐、二姐姐早亡故了，三姐姐也出嫁了，只剩下四姐姐和母亲二人，搬家有困难，所以写信来叫我回趟山东。我考虑，我是唯一的儿子，于是就向牺盟会和民先队请了假（这时“决死队”已开始筹组，我也报了名），经由石家庄、郑州、徐州到济南。这时方才得知母亲已迁回老家，于是再往老家奔。记得当时济南开往青岛的火车是空的，只有一家往青岛奔丧的和我，可是这列车返回时却拥挤不堪了。这说明，人们都认为沿海为危险地带，所以都向内陆跑。我回到老家，与年已花甲的母亲团聚了22天，没想到这是母子间最后一次的团聚。9月初，我又告别母亲出行到济南。这次是告别，是永别。五六年后，母亲就在沦陷区病故，终年67岁。我连奔丧都是不可能的。

第十三节　长　沙

从老家到济南，就遇上“平津流亡同学会”的许多熟同学。原来他们是晚一步、日本军队已经进驻以后才搭轮船到烟台的。这些男女同学，一旦离开学校，离开组织，不管曾经多么革命，现在骤然间自由主义化了，成为一些无拘无束的小布尔乔亚。举两个例。我的朋友郑庭祥的未婚妻宋守莲，在齐鲁大学医学院肄业，当时我们三人再加宋的一位女同学，四个一起逛大明湖，划船，在齐鲁小卖部赌吃冰淇凌，谁吃得最多谁可以不付钱。北大的诗人鲁笛（后改为陆平）和他的女友请大家到小布政司街沂州小馆去吃“馓”（sǎ），这是一种用鸡汤煮的大麦仁粥饭。他的女友即席伸出她的胳膊，叫每个人在她的胳臂上签名。推却不过，我也用自来水笔签了“冯夷”二字。事后想起，在软骨隆咚的人的皮肉上签字，至今还不禁毛骨悚然。

我也遇见了王逊，他本是济南人。不久前他在《清华周刊》上发表了一篇散文《明日的园子》，说半夜以后，有咸丰朝伺候王爷的几个宫婢在树丛里窃窃私语，说日本兵已经驻进园子里来了，还在体育馆里养马。后来日本人果然在体育馆里养了马。所以我们把王逊叫“预言家”。当时他的旅行伙伴是任泽雨，任的父亲是武昌地方法院监狱的典狱长，他邀约我们到武汉，住宿可以在他家里，有时还可以吃饭，以节省旅途开支。他们说，到武汉停一停再去长沙，看一看北大、清华、南开合组的临时大学，可以上就争取个毕业，不可上时再返回北方的交战区，亦不为晚。于是我们三人结成伙伴，在郑州又遇上山西五台的同学赵继昌，四个人一路下湖广地面上去了。

人的眼界是不断开扩的。小时候不知道“山”是什么样，十岁从黄旗埠坐火车，开出一站是岞（zuò）山，还没有陕西汉唐皇帝的陵墓那么大的一个土疙瘩，但那是我见到的第一座山。到青岛，看见了大海。到北平，看见了皇帝的宫殿（这地方要叫我住我会感到很不舒服的）。现在到了武汉三镇，真是令人胸襟不禁大大开扩。当时中国航空员与苏联航空员并肩与日本飞机进行空战。由于战争刚开始，人们对轰炸的惧怕心理还不重，我们坐在轮渡的甲板上从报童手里买过《新华日报》，一个字一个字细读上面三版连载的毛泽东的《论持久战》，真是佩服得五体投地了。这时头顶上正有一架日机中炮，一溜烟扎下来。心里油然地觉察到，真是面对到大时代、大场面了。想起《桃花扇》里写明末左良玉镇守三镇，“想俺左良玉镇此名邦，好不壮哉!”我当时也油然有了“壮哉”的感受。

“壮哉”之外，也还有小实惠。譬如北方人总是吃面条，到武汉就尝起米粉了，四个人叫一锅子，又叫“锅面”。还有就是街上到处有卖莲子的，热热的一小壶给你倒到碗里，加一块桂圆。几十年后我又到武汉，满街上找这种莲子，已经找不到了。

到长沙，一进小吴门韭菜园临时大学的校园，就碰到朱自清先生了，他说茅盾先生几次打电话问我报到了没有，仿佛有什么急事，他还把沈的地址告诉我，还说沈的住址很保密，不可传扬出去，他不愿接触过多的人。我按地址去找，在郊区一位教授的二层楼寓内找到了。当时鲁迅已经过世，茅盾算文艺界的头号人物。他瘦小，不多说话，说话冷冷的，不流露感情。身上裹一件皮夹克。从外表看，他很像个特工人员，而实际恰恰相反。他告诉我，我的译稿他收到了，转手交给了王任叔（巴人）先生，已编入“大时代文艺丛书”。再多的话他一句也不说了，我只好告辞了。三年后，我在陕西乾州中学教书，他在重庆军委政治部第三厅，我们之间又通了十几封信，信和谈话不一样，有些儿热情。当时他使用的姓名是沈今甫。可惜这些信，为了躲避特务搜查，统统毁掉了。

我们考入了一个“乡村服务团”。同时考入的有韦君宜（魏蓁一）、程之平（骏声）、周荣德、王修（王谦益）和我。韦和程是共产党员，他们报考，怕是党的指示，表示对党外人士的事业也要支持。这个服务团，是“定县平民教育促进会”主办的，领导人有晏阳初、瞿菊农、熊佛西等，全是名人，特别是晏，大声讲演，声色俱厉，俨然是一位大人物、大政客。他还邀湖南省主席何键来讲话。何上身很长，下身很短，身段有点像袁世凯，文化水平大约与韩复榘处于伯仲之间，说着一口诘聱的醴陵话。

训练两星期，我和王修编入二分团，下到衡山县石桥铺。被安排在一位保长家的二层木楼上。场景揭开了：一清早我和王修下楼小解，顶头碰见一对老夫妻和一个年轻媳妇，三人一起跪在保长门口，看样子已经跪了一整夜了。问情况，他（她）们说，老夫妻的独子、新媳妇的丈夫被抓壮丁，怕跑掉，一直捆在保长的牲口圈里。我们到牲口圈里一看：果然。我们马上去找保长，保长还在睡觉，好容易叫醒，他说："你们只是宣传宣传打日本什么的，其余的事莫管。这不是你们的事。"呜呼！晏阳初的"抗战服务"原来仅是如此啊。

我们是这样想的：抗战不是单纯地打日本，应该借打日本的机会，多多少少把国内的剥削与被剥削、压迫与被压迫的关系松散一下，这样会发放出更多的能量。譬如像阎锡山那里，至少还有那么些条文吧，什么"赚钱多的要多负担；有财产的要多多负担；赚利息的要重重负担"，所谓"合理负担"三原则。不管这些原则在具体执行中还会打多少折扣，但无论如何"土皇帝"的条令是摆在那里了，而湖南"土皇帝"的理由却是"莫管"。你不把内部关系松散一下，你打日本也不是那么容易就能打得赢的呀。

为此，我与王修跟第二分团的头头辩论了一场，那个头头不过是教会中一个唯唯诺诺的小属员。我二人看到这种宣传工作起不了什么作用，就在回到衡山县时脱离了这个团体。这个团体是有薪水的，记得是25元，我们干了一个半月，只拿了一个月的钱就走了。

我决意回到第二战区。王修也决意与我同行。在北行前，我二人到了一趟南岳。在南岳市上，我头一次看到墙都刷成灰黑色的，窗玻璃上贴了交叉的纸条：这是防空的措施，听说蒋介石的"军委会"迁到了这里。我们从南岳市上了山，临时大学的文科各系就在山上，那一夜，我们和王逊、冯宝麟、邵森棣、查良铮聚谈了大半夜，次晨依依惜别。

在长沙八角亭，我买了一块手帕。我是从来不用手帕的，有鼻涕用手一捋，随便哪里抹一抹就行了。我平生好友童书业，也有类似习惯。这次买手帕，心中默默有个想法。我想：我也是20岁的人了，论虚龄已是21，这20年我有一个精神上的靠山，那就是我的母亲。现在，母亲留在沦陷区了，我应该建设一个新的精神上的靠山，也就是说，应该有个妻子了。我要在第二战区找到这个人，把这块手帕送给她。

"民先"湖南队部给我们增添了一位青年赖珮，于是我们三人结伴北行，直奔临汾。

第十四节　离　石

北方的气候已经寒冷下来。走到郑州，看到有很多军大衣在卖，老羊皮里、灰绿面子、绒领，每件不过十四五元。当时我袋中还有点余钱，就一次买了三件，每人一件，以御寒气。到临汾，在汾河西岸的刘村，“民先”总队部设在这里，我们遇见了总队长李昌（雷骏随，他是清华比我低两级的同学，湘西少数民族）。他分配我和王修，再增添一位比我们岁数大些的原中法大学学生吉喆，三人去离石参加“第二战区总动员委员会”；长沙来的中学生赖珮另分配到一一五师学兵队去了。

我们先搭火车。这时太原已经沦陷，火车只通到灵石县的南关镇。深夜，我们在南关镇下车，住进一家店里。这里，临战景象特别明显，就以店里的那条大炕说吧，若干伤兵已像罐头里的鱼一样摆在那里了，我们三个几乎是插进去的。创疼呻吟之声，不绝于耳。翌晨，有不少于三位伤兵已于夜中死去了。我们从这家店出发，步行五天，前往离石。

一路经过双池镇、大麦郊、康家峪、中阳县等地，有一段遇见傅作义三十五军的军车，好心要带我们一段路程，却把我们带向偏西的西楼丛山之中了。这时，正好1938年开头的几天，寒风凛冽，刺人肌骨。但我们也总算领略了晋西，这里正是1935年林彪过河与晋军交战的地方，也是两年后决死二纵队与阎军“新”“旧”两军交战（所谓“韩钧叛变”）的地方。有时，终日奔波于荒山之中不见一户人家，黑下天来好容易找到一个单户人家，男人们都死了或者跑了，只剩下一个70岁老婆婆，苦苦恳求，老婆婆找出一点莜面做猫耳朵，蒸了蘸着柿子醋吃。莜面是燕麦磨成的粉，我从小说里得知，俄罗斯人惯用用燕麦喂马。

离石，明、清时候叫永宁州，“一州管三县”，显然为较县稍大的一种建制。它的城池虽不大，但很坚实。它北邻临县，东邻汾阳，西隔黄河与陕西吴堡为邻，南邻中阳。有一条水叫三川水，是东川、北川、南川汇合起来的，别看是寒冷地带，我亲眼看见水面上游着鸳鸯。语言和饮食习惯有点与陕北类似，例如有两种食品是我到老来都想望的，一种是“钱钱饭”，是把黄豆一颗一颗人工砸扁，像小制钱似的，熬到小米稀饭里；一种叫“黄儿”，是用发酵的小米糊放到带盖的小铁鏊子里煎出来（山东的鏊子是大的，小米糊不发酵）。

十字街上有一家很讲究的馆子叫“近古香”，做出来的菜和点心都是上乘的。

“动委会”就设在这里。主任是续范亭。续氏家族传统以反阎著名。续范亭原是孙中山先生的部下，由于曾在中山陵剖腹自杀以示反蒋而名闻遐迩。组织部长是南汉宸，是做秘密联络工作的，在大学里他是经济学教授。人民武装部长是程子华，晋南解县人，跟关羽是老乡，他的十个指头在红军战争中不少于三根被打断了，他用笔写字有一定困难。宣传部长是李公朴，未曾到任，由副部长赵宗复代理。赵是赵戴文的儿子，燕京大学毕业，共产党员，“文化大革命”中他被红卫兵迫害跳楼自杀了。以上，就是“动委会”领导层的阵营。

城南三里有个村庄叫马茂庄，在“动委会”领导下有个“西北青年工作团”驻扎在这里，实际上也是“民先”的晋西北队部。我、王修、吉喆三人就被分配在这里。这里的头头叫马寅，上海人，回族，年龄比我还小好几岁，人们说他是穿着豁裆裤破格入党的，此人后来仿佛是国家民族委员会的副主任了。我们到达前不久，从河南襄城调来一批女青年，年轻活泼，天真幼稚，叽叽喳喳地整天说个不完。她们的头头叫刘大学（襄城刘氏是颇有点文化传统的），有一些才华，一只眼从小就盲了，所以总戴一副墨晶镜。在这堆女孩中，又有一个刚从“动员宣传团”调来的，她就是我以后的终身妻子——高昭一。

她是河北正定府的人，后期师范毕业，人长得不漂亮，个儿也不高，更说不上窈窕，性格有些生硬、别扭。但不晓为什么，我一上来就感觉出她比另外的女孩们深刻。我常给儿女们说，找对象不能全面要求，只有一点“配”上，就能过一辈子。截止到当时为止，我是个搞文学的，小有才，有一点肤浅，也有相当的骄傲。但我有一个优点，这就是童书业经常说，赵俪生“服善”。看见谁有某个优点，既不贬低也不抹煞，而是不断地称道。高的优点，就是她比我早涉足于社会科学，早接触到政治经济学，譬如，她当时已读过高岛素之的《资本论大纲》，而我则不曾。当然，我也读了满肚子的高尔基、绥拉菲莫维支，她也不曾。寸有所长、尺有所短嘛。

我们俩有两次较密切接触的机会。一次是被分配在一起编一种油印小报，拨一孔窑洞，炕上一个炕桌，我二人盘腿对面坐着编报。另一次是被分配到城北四十里大武镇（这里是西晋末匈奴酋长刘渊即帝位的地方）去办一轮“农民训练班”，给一批选拔来的农民讲“合理负担”、“减租减息”、“抗日民族统一战线”，结业后他们回去组织农民救国会。离石有好几个区里的农救会是非常出色的，人干着这个工作一方面感到很累，另一方面感到比在湖南何键底下工作过瘾多啦！这是动了一点“真格的”嘛。上课之余，还给民兵教歌，这是高的事，我浑身没有一颗音乐细胞，只是陪陪而已。记得她教的一首歌的头一句是：

炮火连天响，战号频吹，决战在今朝……

当时我想，多么难记的烦冗的歌辞呀。几十年后读外国人索尔兹伯里的《长征》，才知道这是杨尚昆夫人李伯钊在毛尔盖作的曲，这时延安整风尚未出现，文学语言大众化尚未提出来，所以这首歌的知识分子气息还很浓厚。我设想，这也许是高昭一在太原国民师范十一连受训时跟十二连的红小鬼那里学来的。她教歌之余，也教我唱点昆曲《林冲夜奔》。北昆的集中地是河北高阳，距正定不远，所以她自小就有机会听白云生、韩世昌的演唱。她又教我唱一支民国年间的歌，叫《湖上招魂曲》，其中有几句云：

凄苦的湖上，
雨斜风狂，
没有渔火，
也没有灯光。

我特别钟情于这几句歌，到老来还一直唱唱。就这样，我们在工作中混在一起混长了，感情就自必由一般的朋友、同志的关系，向更高处发展。

她是城里人，接触面比较广，且自幼丧母，在继母手下长大，就比我懂事得多，显得比我成熟。遇事总是她出点子，她带头，我跟在后面。我想，这样也好。不久，我们又调到离石县的“动员实施委员会”，这是一个比总“动委会”低一级的单位，但优点是能接触到基层。这机关设在离石县城内北城墙根的黑龙王庙里。主任是赵迺光（原名裕如），河南孟县人，北平大学法商学院的学生。他比我大几岁，所以同志们喊他“大赵”，喊我“二赵”。这时，王修也调来了，刘大学也调来了。女同志住正房（北房），男同志住厢房。有一天，我到街上买了20根芝麻滚子，这是用麦芽糖卷起核桃仁、冰糖碴等做成的一种食品，请大家开个茶话会，宣布我和高昭一已经是夫妻了。

用老式的看法，我们的成婚未免有点仓促，酝酿期太短，会不太成熟。但我们俩认为已经成熟了。这是战时嘛，宜于突击式。试想在正常时期，我们的结合会遭遇多少阻碍。要父母之命，要媒妁之言，要合八字，等等。就以属相说，她属虎，我属蛇，书上说“蛇虎如刀错”，那还了得?！但我们这一“错”就“错”了五六十年于兹了，足见相书上皇历上多是些无稽之谈。

我从长沙八角亭买来的那块手帕，终究有了它的得主。

第十五节　柳林和王老婆山

县动员实施委员会的工作分配开了。离石县五个区，城关区、大武区（县东北）、吴城区（县东）、柳林区（县西）、碛口区（县西北）。赵裕如和刘大学留驻城关区，高昭一和韩昌泰去了吴城，王修和刘兴邦去了大武，我一个人去柳林，碛口由当地青年薛玉龙暂代。

听说柳林现在已独立成一个县了，已经高楼大厦林立。当时则还是一个区，不过工商业较其他区发达罢了。我手下有两个地方干部，一叫高如山，一叫王导昌（此人后改为王大昌，五六十年代是北京航空学院的党委书记）。我住在高如山家里，办公在一座破庙里，工作依然是办农民训练班，组织农民救国会，监督执行合理负担，减租减息。我这样工作了二十多天，日本人就打过来了。但就在这二十多天里，我还是碰到并处理一些事情。作为清华园中的一名大学生，到此地才算是得到了一些实际的锻炼。

譬如康克仁的事。康克仁是康家峪的一个地主。土地不是很多，但在穷乡僻壤地方他就算个尖子了。一年前，最初号召组织农民救国会，康克仁有意见，他认为老财和受苦人怎么能尿到一个壶里呢，于是他另外组织了“富农救国会”，还挂了牌子。这行为当然不好，带有某些对抗的气味。但当时从陕北过来的以丁玲、吴奚如为领导的文工团，感染了很深的“左”倾偏向，他（她）们不作说服工作，直接下命令叫民兵前去一绳子将康克仁捆到镇上扣押下来。后来他（她）们一阵风走了，问题给我们留下。我们经过研究分析，在土地改革时期，康可以是“革命对象”；现在是抗日民族统一战线时期，康就不应该是“对象”了，况且无论如何不经批准用绳子捆人，扣押不放，群众有反映，康也不断上告。我们呈请县里批准，将康释放回康家峪，他愉快地参加了农民救国会。许多中小地主闻风而动，对参加农民救国会不再抱有顾虑了。

正忙得不可开交，县里的电话打来了，叫紧急撤退。说日本军队自汾阳越过黄芦岭、韩信岭，以快速兵力进攻离石，并企图进一步控制黄河上通陕北的重地——军渡。县里叫我们先撤到碛口，再待命到集合地点集合。高如山、王导昌全是柳林本地人，家中的事还需处理。我就带上几个青年往碛口去。在碛口找到薛玉龙兄弟。当夜，就在碛口区公所住宿了。碛口这地方很别致，位于黄河岸边一个山包子上。路呈环形，绕到北面是临县三区，绕回到南面是离石第四区。黄河流在山陕峡谷之中，水势激荡。幼时读《木兰诗》，“不闻爷娘唤女声，但闻黄河流水鸣溅溅”，现在身历其境了。

接电话，日军已经进了离石县城了，县领导单位都进入了三角地山地中，叫到山地中集合。清早出发，中午到一个大村庄叫骆驼局，县里的人差不多都在这里，县委书记张槼来了，动委会赵迺喆光来了，人民武装自卫队大队长阎志清也来了，他手下的几个连队也带到了山地中。我妻高昭一仓皇中乘三十五军军车回来，燕尔新婚，分别一个月，又聚首了。在那种年头，一旦冲散永远失迷的事是很多很多的，我们算侥幸了。

当时的情景，真有点像《铁流》。部队质量极差，只50%的战士有枪，其余的只配几颗手榴弹，有些小鬼连手榴弹也没有，跟着走路。县里的工作人员把家属也带来了，老婆、娃娃、毛驴儿……这样的队伍真难带呀，把个自卫队大队长急坏了。他的办法是，到一个村庄，首先严密封锁人们的来往，在附近村庄捕捉敌人的探子，同时派出我们有经验的侦察兵，出到各路侦察，我们听取回报，研究决定应战对策。这座丛山叫王老婆山，命名有什么依据，我来不及研究。山名新奇，村名也新奇，什么骆驼局、野狐局、蓝家山、上段段、下段段……十天光景，我们这个庞杂的人流就在这些乱山中转悠着，找寻敌人封锁线上的弱点，企图突围北去，可是始终达不到目的。日本重兵，驻扎在离石、军渡、碛口，呈三角包围。三角间的公路上，由蒙古德王手下的骑兵往返巡逻。他们已知晓，县里的主要人物都在山里，所以扬言要搜山、清乡、扫荡。我们突围突不出去，在山里又稳定不下来，这真把头头们急坏了。

最后他们决定：外省干部（不能操地方乡音者），通过黄河上的筏子送往陕北；本地妇女儿童隐蔽在老乡家里，作为逃荒来的亲戚；只剩下较精干的武装人员，强行突围北去。按照这个决定，张槼、高昭一，河北人；大赵、刘大学，河南人；我，山东人，这五个人纯是外地口音，一旦被俘虏，日本人辨别不出，手下的内蒙人是辨别得出的，不好混过去，所以只有撤到陕北。指定碛口干部薛玉龙兄弟负责办理筏子和筏工之事，地点选中碛口以南、军渡以北的孟门、枣峁一带。事情就这样决定下来了。

时值3月上旬、农历正月末二月初，我们准备过渡。两块大木板用粗绳捆成一只船的样子，两头各放一只酒篓，内装沙子，以稳住筏身。经决定，我、高昭一，一二〇师的一位侦察兵三个人第一天过渡；余三人第二天过渡。当时上流飘下的大冰块甚多，对筏身的撞击力太大，终于两块木板被撞散了，我们三人一齐落水。幸亏当时距离西岸已经不远，那位侦察兵左手抓住我，右手抓住高，拖上岸来，浑身已灌满了冰水，鞋都被冰块冲走了。当我们光着脚丫子踏上沙滩时，感觉到沙滩热呼呼的。

这里是陕西吴堡县的横沟村。“横”字地方语读“斜”，所以叫斜沟。陕北的老百姓真好，他（她）们看见筏子翻了，就跑来一大堆人救护。他们腾出一孔暖窑，让我们上上下下统统脱掉，换上他（她）们的内衣，然后把浸水的衣服拿走，洗的洗，烘干的烘干。第二天，大赵、张桀、刘大学也到了。我们在这里休息四天，答谢了老乡们，向延安进发。

第六章　抗战(二)

第十六节　延安道上

我们五个人，三男两女，打着绑腿，系着皮带，背着各自的小行李卷，辞别横（斜）沟的乡民，向延安进发，这一程走了十天。这中间有个道理，两个女同志在三角地带的突围中消耗太大，有下部流血现象，所以我们有意把进度放慢。

从东北向西南方向走。要过三条河的流域，一是无定河，二是清涧河，三是延河。无定河在历史上是有名的了，“可怜无定河边骨，犹是深闺梦里人”。河边上，坐落着绥德城。绥德城也是有名的，“米脂的婆姨绥德的汉”，这是指吕布和貂婵的。这里是专署所在地，地委书记兼专员刘澜涛，我们后来在电视上看到他已经很老了，1938年他可是个中青年模样，记得他睡觉的地方是一架铁架床架在土坑上，高高的。他批评我们擅离火线是怕死，是“武装逃难”。我们虽然心里不服（明明是组织决定嘛），也只好听着。他写两封介绍信，介绍两个党员上抗大，三个非党员上陕公。

陕北这地方是没有什么景点的，只一路听到山鸡叫，叫的调门挺急躁的。据说，关中土地分散，陕北土地集中，过去的土地差不多集中到两家：艾家和杜家，仿佛从李自成时候就是如此。这里据说有22个县，再穿插一些镇店，如义和镇、瓦窑堡、甘谷驿等。第8天上我们宿甘谷驿，第9天上宿刘万家庄，鲁艺部分学员驻在这个村里，听到有河东来的，都围过来问长问短，带着羡慕的口气说，你们已接触过敌人而我们还在学习。第10天上，我们到了延安，凭介绍信在招待所里住下。

说到延安，后来人们一直叫它“圣地”。正如毛泽东说美帝是纸老虎又是铁老虎、最终是纸老虎一样，圣地有它“圣”的一面，也有不一定怎么“圣”的一面，最终还是不愧为“圣”地。我想过：“圣”在哪里？我的答案是，革命的、抗日的理想主义，百折不回，就凭这一点它“圣”。当时全国都呼喊抗日，但有假的，有半真半假的，只有这里的声音是最真诚的，最高亢的，最打动人心的。不然，为什么南洋华侨不远万里往陕北奔呢？

我常常这样回过头来想：一个人参加革命，参加一场战争，可不是一件轻松的事、一件简简单单的事情呀。当然，一些少年头脑一热，就参加了什么什么，这样的事也是有的。但慢慢地，他的头脑就复杂化、深刻化起来，觉察到他承担了的是一桩非常严肃、非常沉重的事情。特别是女同志，像一些四川女孩参加红四方面军、后来成了西路军，在河西遭受马步芳野蛮军队的刀砍、奸污、活埋，这些后果在最初参加时像捻麻线一样，线头早就捻到里头去了。理想主义和牺牲绞到一块，其所以伟大就在这里；其所以“圣”，道理就在这里。

我为什么说有不怎么“圣”的一面呢？因为有两桩大事，当我们到达延安的时候，一桩正在收尾，一桩正在开头。

收尾的是张国焘的事。张国焘如何评价，我不想牵涉，其实我也不懂。他在川康地带企图另立中央，这也不能说是“对”。但他究竟是到了延安了，一、四方面军总是会师了，可是“后账”却算不完，什么“积极分子”脱下草鞋打张的耳光的事也有了，把许世友这样耿直的军官判了刑的事也有了。团结是两方面的事，俗话说，一个巴掌拍不响。我们到延安时正是张名义上担任边区代主席，实际上却是游山逛水、不理政事、策划出走的时候。毛、张不团结，一方面军和四方面军不团结——这总称不上是“圣”吧。

正在开头的事，是“反托”。我们是1938年3月中旬到延安的，听人们讲，1937年12月有一架苏联飞机降落到东郊机场，从机上下来了王明和康生。毛泽东迎到机场，高呼“从昆仑山上下来了马克思列宁主义”。其实下来的，已经是斯大林主义了。托洛茨基如何评价，我也不想牵涉。只是上中学、上大学时听人们讲某某是托派，究竟如何我也不懂。反正在我的印象中，在斯大林头脑里，托洛茨基、布哈林是十恶不赦的坏东西；在毛泽东头脑里，张国焘是十恶不赦的坏东西——我只懂得这些，在“文革”中，人们挑出来一句话，无产阶级是解放全人类最后解放自己的，仿佛是至仁至义的，可是我不明白，为什么对待当初并肩过的伙伴倒是如此的狭隘，如此的酷毒呢?!这也总归称不上是什么“圣”吧。

康生是我的小同乡。我外祖家在诸城城里，康生的张家也在诸城城里。诸城在传统上是出大地主大官僚的地方，康生从这个传统里长大出来，又到欧洲和苏联去披上了第三国际的辉煌的外衣，然后回到延安，就合情合理地成了“无产阶级”的酷吏和谗佞。我们到延安时，这些才刚刚开始，几年之后，就发展到整风运动和抢救运动了。当时在个别几个机关的大院里，已经可以看到“肃托”的大字报，其中已经有了“把埋藏在我们身边的敌人统统挖出来”这样的字句。于是我私下里对妻说：“我们不宜于在延安长期呆下去。你知道，我基本上是一个懦弱的人，一个不富于勇敢气质的人。碰见斗争，我不是凑上去，而是躲在一边。虽然我对政治不是一点也不感兴趣的，但最终还应当是一个文化人，而不是什么政治家。我们已经信仰了马克思主义，这一点是不变的，像封建社会的女人嫁了丈夫一样，‘妾心古井水’。但我们不一定在这么集中的场合里搞，我们可以到松散一点的场合去搞。并且，我是一个先天地具有自由主义气质的人，平生最不喜欢开会、听报告、服从组织分配，等等。像我这样的人，在延安呆下去，会有什么好下场呢?”

我妻同意这些观点。在这里，请容许我再补充一下我自己的一些观点。老革命们经常爱打一个比喻：革命像一列火车，有的人从起点就搭乘了，直到终点。可是有些人是半路在小站上上来的，这无可非议，觉悟有先后，“革命不分先后”嘛。另有一些人，从半路小车站上下车了，这就有议论。在“左”倾思潮占主导的年代里，人们说这些人是“叛徒”，少说也应该叫“变节分子”。我不同意这种观点。我认为，关键要看他出卖不出卖革命。他出卖了，那就是名符其实的“叛徒”或“变节分子”。假如他并没有出卖，只是“不干啦”，那么革命组织，第一，不应以“叛徒”、“变节分子”的帽子随随便便往人头上扣；第二，“君子必自反也，我必不忠也，我必不信也”。革命组织也自必有不足之处。况且，革命的终点又在哪里呢？于是我二人便去告知那另外的三位，我们没有“解决组织问题”的紧迫要求，因而没有必要住陕公，我们要经由西安取道去晋南或者晋东南，回“第二战区”。他们没有表态，既未赞成亦未反对。可是钱呢。五个人从离石出来，全是穷光蛋，试想，每月五角钱津贴，会攒下什么钱呢？我从武汉回到临汾，口袋里剩下5块钱中央票，高昭一在“动员宣传团”是有工薪的，她攒下了25块晋钞。这就是我们结婚时的保证金额了。自吴堡出来，五个人的花销，全靠高昭一这25块晋钞支付，现在已所剩无几了。恰好我有位青岛胶济铁路中学的高一班的同学叫阎世臣（改名阎晨，是一二·九学生运动中北师大的头；当时北大的头头是陆平，清华的头头是姚依林，燕京的头头是黄华），他现在是高双成部队延驻安办事处的主任，主动资助了我们10元；后来在宜君的饭摊上又巧遇陆平自武汉回延安，他在临汾曾与我交换过一套衣装，他把八路军全套军装脱给我，我把中山装、人造鹿皮茄克脱给他，便利他到武汉做工作。现在又遇见了，他又资助了我们5元。我们就是凭这15块钱旅行到西安的。

这一路的景点，比北方要多了。一过鄜县就是三十里下坡三十里上坡的一条大山涧，老百姓说这是杨六郎把守的三关口，也只好姑妄听之，因为“三关口”太多了，豫南有，晋北有，旧察哈尔省北部也有，谁也定不准哪儿是杨六郎把守的。到中部，是民族始祖黄帝的桥山陵墓（这自然是象征的），我们由于疲劳也顾不上去瞻仰。到宜君，巧遇上安丘景芝赵家本族人开设的一家“店”，既管住宿也管吃饭。讲论起来，老掌柜还比我矮一辈呢。临别时坚不收钱，一片乡谊和族谊。离开宜君不到半天路程，在我们眼前便展开三十里红光火艳的桃花，老百姓说这叫哭泉，是孟姜女哭出来的泉水滋养出来的。我可以说，平生再未见过比这更娇艳的桃花，北平西郊大觉寺的桃花是看过的了，由于地寒，较此犹有逊色。老友王瑶说过，对一个地方，你可能无数次地来，也有可能再也不会来了。对哭泉的三里桃花我是不可能再来了，但留下的印象很深。路上的不少赶毛驴的老乡，送南方旅客到延安，回程是空的，我们就商量叫高昭一搭乘一段路，我步行着“或前之，或后之”，分道时付一点“脚钱”。在第九天上午到了三原。这里是商人麕的地方，旅馆过道里全是浓妆艳抹的妓女。“又回到资本主义了”，我和妻说。第二天一早我们走上最后一天的旅程，从黄土高原的劈缝处，我们居高临下第一次眺望见“八百里秦川”。

第十七节　在西安

西安可不是个简单的地方，它是国民党反共的前沿阵地。街上经常遇见带桃红花领章在巡逻中的宪兵。双十二事变中蒋介石是在这里栽了跟斗的，他就要在这里振振他的威风。省政府是纯蒋家的了，此外，中央军校第七分校设在这里，中央训练团干四团设在这里，西北青年劳动营设在这里，到延安去的青年有一部分就从草滩渭河渡口糊里糊涂地被“转移”到劳动营去了。街头小摊上摆着《抗战与文化》这样一本刊物，主持人叶青和柳宁以污秽不堪入目的辞藻在辱骂着共产党。我心里想，像这样的货色才是不折不扣的叛徒、特务，而“不失第三号人物身份”的张国焘，跟这些渣滓还是有很大区别的，他在美国肯萨斯写成的那部回忆录还大致是有所本的嘛。

我夫妻先到七贤庄八路军办事处，把介绍信和“民先”转关系信统统缴了，“民先”西安队部的负责人戴中衷是我大学时物理系的女同学，她说，往日这里住的地方很多，这几天港、澳和南方来的青年特多，实在住不下了，暂时另找个地方住下吧。至于晋南和晋东南方面，写信来要求有文化的青年去做政治工作的部队不只一家，只要双方谈妥，就可以转关系，随他们的人出发，路费由他们出。

我们只好找一家小店住下。然后出到街上。哎呀西安呀，雪白的面条不带肉的8分、带肉的1角，雪白的馒头，这对我们吃了十个月小米、棒子和高粱的人，真是进入了另一个世界。并且，西安的风味小吃，品种也真多，什么醪糟（甜酒）、油拓、白纪饼夹肉、粉蒸肉、羊汤泡馍……。不过这里不是供给制，样样要钱的，我们哪有这么多钱呢？通过一位“民先”成员的介绍，我在“灾童教养院”找了一个临时工，每天上午给娃娃们带带早操、教教歌、教娃娃们练练大字小字，每月15元工资。高昭一妇女病加重，不能参加工作，按照中医的建议，到五味什字的“藻露堂”去买一种“培坤丸”，效果良好，她就这样一直服用下去了。

在这里，有必要写到我的两位叔叔。他们都是国民党政府的中、高级官吏。五叔是黄河水利委员会的专员、河防处处长，兼山东修防处主任，是简任二级的官员。他少年中过秀才，之后就到北洋系统下做直隶的或者天津的河防小吏，从小到大，一直熬起来，靠资历吃饭。生活不免腐朽，吸少量的鸦片，身边有个扬州籍的姨太太，有一辆包车，上下班乘坐。七叔是日本广岛师范留学生，同盟会会员，参加过国共合作的第一次全国代表大会，所以也说得上是国民党的老前辈了。他和张继（溥泉）是好朋友，经张的介绍，邵力子请他担任了几任边远县的县长，因臂部伤残，就在民政厅当一名主任秘书。而民政厅厅长彭昭贤是C.C.派的大人物，七叔和他不合，就请病假在家，拿干薪了。他一妻一妾，有女儿，有家乡来一个老者管理杂务。

两位叔父算得上是民主，一看打扮就知道我们是八路那方面来的，可他们不盘问我，只按亲属礼仪接待，不加谴责，也不加表扬。有一夜，军警宪兵进行全市紧急大搜查，指着我问："他是谁?""舍侄。"又问"您是谁?"七叔掏出一张名片，警宪看过敬一个礼，"对不起"，退出去了。这显然就是一种保护了。他们人情世故是懂得很深的，所以不用开口，就数次主动拿出十元或五元，充当我们的零用钱。兼以我在《七月》、《文艺阵地》、武汉和重庆《新华日报》上的稿费陆续寄到，所以我们的日常生活也并不十分困难。

闲下来，就夫妻二人去逛生活书店。这家书店在马坊门，附近南院门还有一家旧书摊。这两处都有不少好书。另有一家开设在中正路、东大街拐角处的小书店，有时有不少外文书，如英国版本的《雾月十八日》和苏联版本的德国作家细格斯的小说和沃尔夫的戏剧等。我设想，这些书是一位自苏联回国、经延安要到重庆去、避免关口盘查的同志卖出来的。我从延安新买到的中国版《列宁主义问题》连书页还未裁开，不是就被宪兵一伸手拿走了吗?

第十八节　中条山下(一)

"民先"西安队部戴中褎同学的通知来了，有全国总队部的武克仁同志要到晋南督导工作，与他同行的有夏支队（山西夏县人民武装自卫队）的梁副官，他受命接我们去部队。于是我们四人结伴启行，坐火车到陕州（今三门峡），过太阳渡到平陆（历史地理学家史念海就是平陆人）。这里有竹子，挺稀罕的。老话说，"山南曰阳，河北曰阳"，是有道理的，渭南在华山之阳，平陆在黄河之阳，都产竹子。再从平陆北行，过一座很大的镇——张店镇，再北行就到了夏县。住一宿再往北就是夏支队的驻扎地——尉（yǔ）郭镇，支队部、政治部全住在一座大庙里。人们说："河南人有钱买炮（枪），山西人有钱盖庙"，信然。我们在晋中、晋北、晋南各地行走，几乎每个村庄都有一座"庙庙"。

晋南，又是一个新境界。它和晋北、陕北不同，气温较暖，是产麦区，人们不专靠吃小米过日子，也搀吃麦子，但不舍得吃细白面，吃带麸皮的粗面，蒸馍和擀棋花面。夏天，水果很丰富，林檎很多。林檎，山东叫"花红"，是一种小苹果，不过林檎含铁素多，咬开过一会就出现氧化铁的颜色了。这里也盛产西瓜和柿子，老乡檐下挂着一串串的柿疙瘩。这里的人没有晋北人的粗犷，也没有晋中人有的精细狡狯，而比较平易和缓。晋北梆子腔调高亢激昂，晋中梆子比较细致暖和，而晋南这里唱的是“郿鄠”和“乱弹”，尾音拔高，和河北的“老调”有某种相似处。老乡在田野里劳动，一边劳动一边唱道：

有孤穷、行军，心好急躁，
想起了关、张弟，痛苦号咷。

这“急躁”、“号咷”二字突然拔高，令人感到别有风味。

在民国年间，这里是反阎区。阎锡山是五台人，“会说五台话，就把洋刀挎”，他部下多起用晋北人和晋中人。于是以续氏家族为首便形成一股“反阎”派势力，续氏虽是晋北崞县的，但势力多在晋南，如运城的学者景梅九（号称“南章北景”，章指章太炎）也是续派反阎的健将。总之，在晋南这块地方，人们对阎锡山是有一定离心力的，跟孙中山先生倒有一定的接近。

现在抗战了。日本人打来了，以运城做他们的堡垒。探照灯整夜整夜向四处照耀，这是威慑，也是怯懦。没有必要时，他们龟缩在运城市内；有必要时，就出来骚扰风陵渡、夏县、平陆，杀人放火。有一首歌当时非常流行，其开头几句是：

张老三，你听着，告诉呀哈你，
我本是山底下上来的，
亲眼（niǎn）看见的，……

看见的，就是杀人放火。谁保卫老百姓呢？阎军不见影儿了。蒋介石派过来两支部队，云南的老三军和四川刘湘部下的四十七军，军长叫李嘉裕。他们也不是拼命抗战，而是见机行事，打有利就打，打无利就保全实力。在这样的形势下，夏支队的人们看出了要建立一支真正保家卫国的人民武装的必要。这个见地，是高明的，甚至是伟大的；但这份工作却是艰苦的，十分艰苦的。他们最初收集到的，只是些地方热血青年和四处下来的散兵流勇。要把这两股力量捏成一块，这工作可真不容易。

还有一件事，就是“左”倾盲动主义，在这支部队也非常严重。在我们夫妻参加这支部队前三个月，“夏支队”第七中队长王毅哉等八人就以“托派”嫌疑在黑夜中突然被包围枪杀。康生从昆仑山上带下来的风，很快也刮到夏县来了。王毅哉据说是一个办办报写写文章、办办剧团演演戏那样一个在山西小有名气的文化人。八人中有两人是大革命时期的老党员，在盲动的“肃托”中也一同被杀害。1985年11月，夏县县委发出《文件》，予以平反。将这些人的家属按牺牲军人家属优待，但这已经很可怜了。

“民主建政”这桩新鲜事物已经出现了。所谓“民主县长”是指民选，经阎锡山的任命，而阎的任命又是根据“牺盟”的推荐的，推荐前这些被任命者又都是经中共研究确定了的共产党人，如夏县县长李涛、芮城县长张虎臣等。除王宿人被害外，其余解放后都成了大人物。

这支部队的政委，就是李涛。李，东北人，东北大学学生，一二·九学生运动的头头。支队长王学林，河北人，是从正规军垮下来的，微有城府。政治部当时还未正式成立（霍钟秀尚未到任），只有组织、宣传二科。组织科长孙雨亭，宣传科长朱敬熙。孙是夏县本地的老革命，后来是云南省的省委书记。朱是浙江人。支队下辖三个中队，第一中队长万连芝，没有文化，是“二杆子”型的人物。我夫妇二人，就在他连担任正、副指导员，主管文化教育和政治教育、教教识字、帮助战士们写家信，替战士写入党申请书。当时大家同吃、同住，部队游动时我们随着游动，伏击时他们却编个理由叫我们留在第二线管后方勤务。这也许是一种不信赖，但也可能是一种爱护。我们接受了这种安排，第一线送下来伤员，高昭一就和卫生员一起进行护理；第一线传下来话，叫选精干战斗员支援时，我就以代理连长身份选拔上人送上去。这是我一生中担任基层连首长的经历，想起来心里很熨贴。

几个月中，我们连队就在这三四十里方圆的地面上转悠着。这些村名，至今依稀记得。计有，大洋村、挪过村、白张村、西董村、西阴村、司马村、禹王城……其中几个村，还具有历史的意义，如司马村就是司马光的故里；西阴村就是考古学家梁思永带领考古队发掘仰韶彩陶的村子，为此还出过一本专门的考古报告。当时，我们可没有功夫“发思古之幽情”，二十里外枪炮声正密集地打成一片，临战时发生的事情，往往是人们所预料不及的，必须把每一根神经动员起来才能勉力应付。

这一带社会秩序很不好。日本人的烧杀就不去说它了，当时从临汾方向溃散下来的本国散兵流勇为数不少，他们或单身或二三成伙，凭着随身携带的枪枝和子弹，就放肆地刁人抢人，甚至强奸妇女。我们夏支队，为了建立我们的声誉，就得着实做两件事，一件是给自己战士做“三大纪律八项注意”的教育，第二件是自觉地担负起“保境安民”的任务，对那些确实做了坏事的予以逮捕，甚至处理。想起来很可笑，当时没有法律，无法可依，我们就是法律。

记得当时我们处决过三次人，都是组织科长孙雨亭担任像审判官那样的角色，我担任像书记官那样的角色，开群众宣判大会，由受害人当场哭诉，我们宣布罪行记录和判决，立刻拉到附近高粱地里就崩掉了。这样镇压一下，对社会秩序的好转有很大的效果。过境的散兵流勇就要小心一些了。

我们还得做间谍工作。派遣间谍到运城市内刺探日本人的动向。个别有成就的间谍连日本宣抚班里的情节都可以侦察出来。另一方面，还要严防从运城市内“皇军”宣抚班派遣出来的间谍，他们主要任务是“策反”，拉拢我们部队中的人动摇叛变，投到他们那边去当“皇协军”，宣传说当皇协军一个月发多少大洋、外加许多优惠等等，以瓦解我们。有党籍的侦察员进了城可以找地下组织，所得到的情报的可靠性就更大。有一次，侦察员回来跟我谈：“指导员呀，我碰见你的老同学啦，是个女的，穿一身呢子军装，可姿势啦，听说她是从燕京转到清华的。她的职务是宣抚班班长。说着一口流利的日本话……”今事隔55年，我到底猜不出这个人是谁。我问这个女性的姓名，侦察员说，用的是日本姓名，四个字，最后一个是“子”字。

日本官兵，经受了军国主义的教育，绝大多数是极其凶残的，但也愚蠢。他们的智商没有中国人高，这是其一；其二是对中国他们是初来乍到，对我们的地理、风俗不熟悉，所以瞎闯胡来的情况是有的。举个例，和国民党军作战我们警惕心就高，相对地对日本人就低得多，日本兵进入村东口了，我们还慢条斯理地坐在村西口饭摊上吃饭的事是经常有的。有一次，运城的敌人声言要打夏县和尉郭镇，坦克、大卡车都开动了，广播说要扫荡尉郭镇上的“共匪”。我们的支队部和政治部自然都撤到山上去，临走时他们说：“老赵，咱们给日本人留点礼物。”“什么礼物?”“在庙门山墙上留几幅日文大标语，你是通晓日文的嘛。”惭愧，我在学校确实选修过钱稻孙先生的“大一日语”和“大二日语”，可是受参加学生运动的影响，并没有学出水平来。支队部和政治部各留一名警卫员帮助我，给每人留一匹马。当时找不到油漆，只好用红土拌到胶水里，爬到高梯子上刷标语：

铁砲たくれ、优待いいだしましよ（缴枪不杀）

枪炮声已在镇北口密集地响起了，我毫不惊慌地工作着，心里油然地升起了一股中国人的自豪感。三条大标语刷完，我们三个人各爬上一骑马背，抄小路进山去了。

第十九节　中条山下(二)

经历了三个多月的戎马生活，我就病倒了，是恶性疟疾。这个病跟一般疟疾不同，也许几天不发，也许一天发几次，并且对人的损耗度要大得多，不但战斗生涯维持不下去，就是躺着也十分痛苦：发烧、头痛、泄肚、不思饮食。我们的部队，连个医务所也没有，连“奎宁”这种药也没有。经头头们研究，由高昭一护送西安就医。而我们的单位竟穷到连一点医疗费都发不出来。

我已经走不太好了，但还是得走，走向平陆。在这过程中，有两件事，需要在这里记一记。一件是在冯卓村邂逅了一位晋南的民主人士吴仲六先生。前年（1992）我的一个学生从太原写信告诉我，吴仲六先生还活着，还担任着山西省的政协委员。那次初识，他不过三十上下，高高的个儿，喜欢谈学问，理学、周易、马克思主义他都涉猎，他是景梅九先生的弟子。晋南的村庄有的很奇怪，是一座桶状陷在地平下的像罗马斗兽场那样的所在，陷下约有两层楼高，崖头上种着树，树根可以保持土质的稳固，崖底下就打成一孔一孔的窑洞，里面住着一户一户的人家。总起来这块桶状凹陷地就是一个村庄。我把这叫做北方的桃花源。仲六先生把我们安置在他的客房里，深夜里不断有黑衣、黑裤的人来找他，各自掏出手枪，哗喇哗喇地理着子弹。我想，吴先生怕还兼有着豪侠的身份。

第二件是从吴先生的冯卓村出来走不上一小时，在一片黄土塬下，我见到了一个半掩埋了一年光景的战场。那是北平的二十九军的一部，被日军围歼在这里。人体可能已经搬移过了，只剩下一些马体半曝露着，肋骨已经干裂爆开。还在咔叭咔叭地响。我夫妇肃立下来，向他们默哀。说起二十九军，总是有一股浓厚的感情的。

到了平陆，我就干脆不能走了。幸好，这里有卫生所，有奎宁丸，夏县的病号交给了平陆，在这里我躺了20天。病情略好，就过河搭火车往西安去。七叔把我收容了，我和他的老仆住在一起，高昭一住到北马道巷三十五军留守处，因为她的老师、傅作义将军的机要人员崔载之先生正在那里招收政工人员，组织政治部。高昭一住在那边，白天来护理我。七叔住在粉巷，前后三道院落，第一道原由王以哲将军住，双十二事变他就被打死在这里，于是变成了“凶宅”，租给粮店存放大米包了。第二道院子由七叔家住，第三道院子由房东住。二道院子没有厕所，妇女上厕所要到三道院子，男人上厕所要到头道院子，记得我夜里扶着手杖、摸着墙去上厕所，想起房东家人说王以哲将军的灵魂夜里在院中踱步，皮鞋声清楚可闻，我就不禁毛骨悚然，感到病不觉加重了许多。

由秋入冬，七叔又想出了新点子。他过去提拔的一个人，现在是临潼县卫生院的主治医师兼副院长，七叔就托他把高昭一用为“挂号员”，有工薪，有一间住房，我就作为她的家属接受医疗，并进行疗养。当时临潼县长张锋伯（杨虎城旧部）是七叔的老朋友，如有缓急可以找他帮助。华清池就在隔邻，随时可以走过去洗温泉浴。事情就这么安排下了。而我，以病危几次之身，竟得以慢慢恢复，活了下来。

“文化大革命”中，“红卫兵”指着我的鼻子说我是革命阵营里的“逃兵”。现在我回忆录写到这里，我想，假如我真是“逃兵”，我真该逃了；可是我没有逃，这怎样解释呢？在游击队，每月5角津贴，吃小米饭，害了病没有一分一角的医疗费，只好靠血缘关系来把病治好，但是一旦治好，我们又主动地归队了，这怎么解释呢？假如不是为了打日本，假如不是由于爱国，我夫妻二人都不是傻子，我们为什么这么干呢？

回来了。几个月工夫，部队已经有了很大变化。已经不叫夏支队了，而是由晋西南各县人民武装自卫队（夏县支队、芮城支队、平陆支队、闻喜支队……）联合组成的“政治保卫队”了。原夏支队已编为政治保卫队第三支队。队部所在地也改变了，已不在平原上的尉郭镇了，现在已迁到丛山中的洞底河镇附近的关家霁霂。洞底河是牺盟中心区所在地。所谓“中心区”，实际上相当于后来的“地委”，“不是枪指挥党而是党指挥枪”嘛，部队首脑部总要在党的附近。我们回到政治部，为了照顾我的体力，我们不再下队了，我在宣传队工作，高昭一在儿童团工作。别小看我们的儿童团，那个小团员孙岳后来还成了周恩来总理秘书班子中的主力人物哩。

我几乎成了宣传科的“大拿”。宣传科定期出刊一份油印小报，发到班、排上去，是一种教育材料。报由我主编，社论、短评由我来写。支队还办了一种“军事干部轮训班”，挑选一些优秀的班、排干部到山里来听课。课由我讲。课计两门：（一）《新三民主义论》，（二）《抗日民族统一战线》。使用的都是延安解放社新出版的书。这讲课，在我一生中意义很大，所以记忆犹新。

记得是在一条小河沟边上，绿柳刚刚抽条，战士们排队过来，先把枪架好，每人一个坐垫，盘腿坐下。等看见我来了，指导员喊一声："起立!""敬礼!"等我还过了礼，他们重新坐下，掏出笔记本来。我从来不"照本宣课"，就是"宣"他们也不懂。我是把那两本书融合贯通了用自己通俗的语言讲。所以下自战士、上至部队领导，都一致反映这课的效果好。多少年后，我开玩笑地对妻说："可不要小看当年的讲课，那是后来历史学教授的发轫之地呀。"

晋南各支部还召开一次军政干部的总结大会，由政治部主任霍钟秀做总结报告，我做记录。会毕由我编写成一本油印小册子发下去。小册子展示了晋西南各县人民武装力量的增强。

可是与此同时，踩着三个鸡蛋跳舞的阎锡山又发生了变化。他从一心一意依赖新军，又转变为"抚旧抑新"了。他又重新起用那些"败军之将"杨爱源、王靖国、孙楚、陈长捷们，磨刀霍霍，准备向决死队一纵、二纵、三纵和政卫队发动进攻了。他已于1939年1月召开"秋林会议"。

在这里说几句闲话。1982年、1983年，我和高昭一连续两次到昆明开会。当年游击队的组织科长孙雨亭同志刚从省委书记的任上退下来，担任人大的主任。他在翠湖饭店盛宴招待我夫妻，记得席间有麂子肉、鹿筋、猴头等，最后上来"过桥米线"。酒过三巡，孙对我说："老赵呀，当年有个事要跟你说清楚。那次晋南干部总结会之后，调整班子，你已是公认的宣传科长啦，可是到头来还是老朱上你不上，你知道为什么吗？现在可以说破了，就是因为老朱是党员，你不是。论工作，无论编报、讲政治课，老朱都远远不如你，可他是党员呀。我讲这些都是叫你打破平生不参加党的戒律。你不入党，党不吃亏，你吃亏呀。"

我回答说："老孙，你说错了。不是我吃亏，是党吃亏。这类事实，替入党做官论打造下坚实的基础，这跟'不正之风'和'党干部腐化'有密切的关系。顺便我讲个笑话。我几十年来从来不是哪一级的人民代表和政协委员。有位好事之徒到省委书记那里去质问，回答说，每次增选名单都提上他去了，可每次党委审查会上都通不过，大家的理由是'这个人谁也掌握不住'。这个话的逆定理是，只有党能掌握住的才能当人民代表和政协委员；那么，我宁愿一辈子不当人大代表和政协委员，仍能愉快地生活，丝毫没有吃亏感。"

话不觉说远了。赶快拉回来。我们所在的山，是一座美丽的山，不像太行那样。太行雄伟嶙峋，但缺乏娟秀。中条很娟秀，到春天黄色的小刺玫开的满山遍野，香气馥郁。它像个海星鱼，有四五个爪爪伸出去，东北方向的伸向闻喜、绛县，东南方向的伸向翼城、阳城（又叫太岳），西南方向的伸向芮城、解县，隔一条黄河，几乎和太华连脉了。古时候它叫雷首之山。到宋代道教影响似有与唐代佛教抗衡之势，也造出若干“仙”的神话，其中“八仙”是一组骨干神话，这些“仙”们最早的活动场所就在中条，特别是张果（即张果老），他就是这地方上的人。

我和妻找一个工作清闲的时候，也出去登山涉水，感到这中条山的“里环”要比“外环”漂亮多了。碰到一家老木匠家，买了几块梨木，请师傅给推平，回到政治部做了几幅木刻，作为插图登在我们自己编的小报上。从这时起，我已经在自己的小本上做写小说的笔记了。一年过后，当我过起中学教员的生活时，我便打夜工写成了中篇小说《中条山的梦》。这小说先在郑振铎主编的《文艺复兴》上作两期连载，然后在海燕书店出过两版。50年代初，在《人民日报》的读者来信栏中，有一位解放军战士投书说这本小说“败坏了人民解放军的伟大形象”。我读到后，感到这位战士的头脑太形式化了，不懂得什么是发展，什么是由粗到精、由小到大的发展历程。在他看来，人民解放军从呱呱坠地就都是个个雷锋。不是这样。事情都有个“前期”，我写的不是成熟了的人民解放军，而是它的“前期”——人民游击队。前文我已说过，散兵流勇的成份很大。

当然，我并不是不需要自我检讨。我写这本小说的时候，人才二十三四岁，阅世甚浅，对人物和事件融会塑造的能力低，自觉不自觉走着一条自然主义的道路。雨果说，什么就是什么，妓女就是妓女，卖淫就是卖淫。我在小说中也写着散兵就是散兵，流勇就是流勇。这样写，好处就是保留了时代的真实记录，缺点就是使那位投书的战士觉得不满足。我的缺点就是缺少塑造这段工序。

第七章　抗战(三)

第廿节　乾州中学

1939年夏初，我又病倒了，这次是痢疾，大便中带脓血。并还夹杂着疟疾，是比上次更不定期的一种疟疾，中医说这更麻烦。于是仍由我妻伴送西安治疗。这次我们过的是渑池渡。在渡口遇到“牺盟”中心区的头头们回来了，情绪不高，大概秋林会议的气氛已经显示出阎锡山要“磨刀霍霍”了。

这次未住七叔家，住五叔家，在西门里城墙下的一座小院里，门口挂着牌牌“黄河水利委员会山东修防处”。不久，河防人员传来消息，阎老西的新旧军已经磨擦上了。在街上遇见原夏支队的政委李涛同志（现在的政委是刘裕民同志），他请我俩到东大街曲园饭馆吃饭，他说咱们的部队已经转移了，很难找，晋东南阳城一带阎记旧军已经在大规模地屠杀新军、新政权的干部了。他劝我俩在西安观望观望再说。

我中学的一位老师杨展云（字鹏飞）这时正给陕西省教育厅厅长王捷三当秘书主任，他和五叔商量，还是让我教书吧。这个意见传达给我俩，我俩犯了很大的周折。当时我们身无分文，夏初了还穿着部队的棉军装，天天跑到一个叫建国公园的亭子上，看见几个小孩每人叫一份饮料，我们就叫不起。我们考虑，从部队到教书，这是人一生中一个大转折。55年后的今天，以宏观的眼光看，这个转折没有什么错，一辈子教学、科研的道路，这是一个开端。但在当时，舍弃了前方到后方，离开革命队伍到国统区，这在我们心里还是经历了一番折腾的。一年过后，接头上西安城工部，还可以替革命做些情报工作；九年后开封解放，我们第二次踏回到革命队伍中来；这样，1939年的那扣心结，才总算有了一些疏解。

9月初的一个黎明，我俩自中正门（现叫解放门）搭乘一辆西北公路卡车前往乾州。由于乘客拥挤，只能坐在车尾，抵达乾州下车时，人已经变成了一个黄土人。这座学校是新建的，利用一座城隍庙，将神鬼泥塑搬开，叫木匠用白木板钉一些单间，这就是教员宿舍。事后我想，接待的人假如敏感的话，一定觉得这一对老师跟别的老师很不一样，没有大皮箱，没有行李卷，没有提包，没有灶具，真够得上一对“行迹可疑”的夫妇了。

乾州，这是武则天和唐高宗的陵墓之所在。城北在一座山梁上，就是乾陵。半坡上有两个大土堆，老乡们叫两个nie nie（乳房），又把整个的陵叫“寡婆陵”。到唐德宗被朱泚之乱赶出长安逃到乾州，叛军们在陵坡上喊话，皇帝在城墙上可以听到，足证当时城距陵墓也不远。当年，这里叫“奉天”，是后代皇帝祭祀“天皇”和“天后”的地方。1100年后，这地方衰落了。这里的民情比较浇薄，吸“片烟”的人多，所以懒，不用力务殖庄稼，树也少，娃娃也不多。人们用两根木棍夹起来装上土，就可以打成墙，不需合泥制坯。房子都是“厦子房”，像河南山东房子切了一半那样子。这里产的麦好，叫“紫麦”，磨出来的面劲大，所以乾州以两种东西著名：一是锅薆（“薆”一作“块”，即锅饼），一是挂面，在关中道小有名气。人们唱秦腔，我的中学生中就颇有几个能登台的。西安易俗社的著名编剧范紫东老先生就是乾州人，我有幸数次与他同席筵宴。不少南方同志厌恶秦腔，不能忍受那种高吭和粗犷，但我不然，深夜在庙里点上汽灯听唱秦腔，是别有风味的。

我在乾州中学教了两年半。甲、乙、丙、丁四班学生，从初一第一学期到初三第一学期。在这里，人开始不是“一面人”而是“两面人”了。即我们必须在任何日常谈话中，隐瞒我们是山西新军中下来的；必须跟同事们一样地参加“纪念周”，跟大家一起朗读总理《遗嘱》和“总裁”的十二条《守则》。我教四班英语，兼丁班主任，早上必须和学生一起跑早操、参加升旗；夜里要查自习、查宿舍卫生。直到九点多回到家里，这才是另一面的人了。我在油灯的碗子里加一根捻子，坐在从学生冯德益家借来的一张白油漆二屉桌边，展开我几乎是通宵的写作。在这两年半的时间里，我完成了三件事。一是写成了中篇小说《中条山的梦》，本拟再写一个续篇《战斗的繁花》的，写不下去流产了；二是译成了德国进步作家F·沃尔夫的十二场剧本《维也纳工人暴动记》（又名《福劳利德镇》，又名《奥京喋血》）；三是初步搜集了一些关中学者的文集、诗集和理学语录，这件事象征着我已准备从“新文艺”向历史学“跳槽”了。

在这里，关于德国作家的剧本，还须多写几句。这是我从西安旧书摊上买来的莫斯科版英译德国文学作品。沃尔夫和细格斯（女）是当时留驻第三国际的两位作家，前者写剧本（著名的《马门教授》就是他写的），后者写小说。我译的这个剧本描写希特勒未吞并奥地利以前，奥国的工人运动部分还执掌在第三国际和社会民主党手里，工人运动领袖对奥国独裁者陶尔斐斯抱有幻想，时时企图妥协。第三国际的领导人倡议展开斗争，一直发展到武装暴动，结果还是失败了，不得不越过国境，逃到苏联去。这是在季米特罗夫提出“反法西斯联合战线”口号之前，人们把“斗争”绝对化时代的一次典型事件。这部稿子迟到1961年才由人民文学出版社编入《沃尔夫戏剧集》出版。出版前，由出版社出面，从大牢里觅到一位据说是参加过希特勒法西斯组织的反革命犯人替我校订，此人文化水平不低，替我校订出不少误译，足见我在乾州中学可以动用的资料书之贫乏。但对我来说，这部译稿却像在离乱中养下的孩子，一辈子不断地想起它。

在这两年半中，有两个朋友来乾州看过我们，是我们生活中的大事。其一是王瑶，他刚从沦陷区混在许多山西商人队里到大后方来。不久以后，他又到遥远的大西南去拿大学文凭和研究生文凭去了。其二是程之平，原名程骏声，他是河北人，在一二·九运动中因与反动派动武而引起过诉讼。当前，他是《西京平报》社的记者。不过，这是公开身份，而隐蔽的身份则是中共西安城工部的工作人员，用国民党的语言说，就是“匪特”（即“共匪特务”）。他来乾州，是要发展我夫妇二人担任城工部的一些工作，如利用我的两个叔叔是国民党政府的简任官和荐任官的条件，打听国民党在军队调动、金融改革、工业实况、陆空运输方面的情况，提供参考。我夫妇愉快地承诺了。言明接头人不管姓什么，名字总叫“育人”，手里一定拿着一本罗曼·罗兰的《生与死的搏斗》。这个工作，一直持续了六七年之久。“文化大革命”中，红卫兵死叮住我是“国民党特务”，后经外调，得亏程之平兄多次为我写了详尽的证明材料，才不再被逼供。不管在多大的曲折里，只要坚持“真的就是真的”，就可以保持正气，就可以不为以后的历史再制造出更多的谎言和假案。

做情报这件事事关紧要，可是乾州的那伙小党棍都是低能之辈，无从发党；他们却把我和茅盾先生的通讯跟踪上了，封封信检查，查完盖一图章："乾县县党部检查验讫"。信内说的是小说或剧本稿子与发表的事，下款总是署"沈今甫"，他们也无从晓得沈今甫就是茅盾。可是我却紧张起来了，我要找他们的"上边"，于是借去西安的机会，到梁府街陕西三青团去找了老同学洪同。洪同原名洪绥曾，福建人，当时是宣传部长。他介绍我和他们的组织部长陈中经认识了，解放后陈的真正身份才公开，那么洪的身份是什么呢？至今不明显，只知道他是一位在海峡两岸间飞来飞去的大人物。当年，他一听到查信的事就提笔给乾县三青团的头头写信，说赵某人是一位爱国的青年学者，请对方和县党部书记长多多尊重，云云。这一措施很生效，查信的动作停止了。洪又写一封信叫我去看一位清华留美的老校友吴启诚。吴当时是胡宗南的中将高参，住在西安西南郊王曲镇的中央军校第七分校。我问程之平"去不去"，程说，"当然要去。接上这个关系有很大好处"。于是我就去了。

吴启诚根本不像一个军人，也不穿军装，说话夹杂不少洋话，英语、法语都有。家庭生活也是纯自由式，洋规矩比中国规矩多。那时，美国副总统威尔基到西安，就是他陪同，兼充翻译。他还喜欢写写中国诗，古诗、律诗都写，有某种文采风流。他对人也不戒备，一见如故。从他口中，可以了解到许多西安的复杂政治情况，所以此后我一到西安就必定去看他，二人仿佛交成了很好的朋友（后来他自杀了，胡宗南亲笔为他题碑"布衣好友吴启诚先生之墓"）。

"文化大革命"中，红卫兵审问我："你认识吴启诚吗？"我回答说："当然认识。""你们是什么关系？"我说："你去问组织。"事后，这个红卫兵说："我问了，组织也不知道。"可见组织的档案里光懂得记人家的"坏事"，好事全不著录。可是中国人不著录的美国人却著录了。1987年4月我到美国参观访问50天，在纽约州立大学亨特学院，其历史系主任杰姆斯·哈利逊教授约我便餐，有他的两个同事作陪，其中一人叫Murray Rubinstien（华名张格物）的，是副教授。突然问我："I heard you had been a Communist agent，is it?"（"我听说你曾是共产党特务，是吗?"）我的第一个感受，就是蒙受了一场侮辱；第二个感觉，就是美国人的消息比中国灵敏。于是我含含糊糊地回答说："我一辈子只是一个读书人。"

事情说远了，把笔再回到乾州来。我在乾州中学所教约120个学生中，只有一个最知心的，那就是周可任。周不是乾州人，是岐山县益店镇的人，个儿不高，样子较土气，脸上有块疤。他说，那是他小时候他祖母抱他下地，把他放在地头上。狼来了，叼住娃娃就跑。祖母是小脚，但仍死命追狼，拼着老命从狼口里抢下自己的孙儿，剩下这块疤。这个人的特点，是心地非常淳朴，一旦感染上革命文艺和革命理论，就一头扎进去，把一生奉献了。他在乾州上初中，在西安兴国中学住高中，又到河南大学文史系，因参与反内战反饥饿斗争被开除，到豫南南阳府的泌阳县当中学教员兼为人民解放军做地下联络工作，不慎被发觉，被白崇禧部活埋，壮烈牺牲了。他那老祖母从狼嘴里抢下来的孙儿，终于被另一种狼所吞噬。

在乾州，我害过一场平生最重的病——伤寒病。那时我24岁。发烧慢慢上去，一星期达到顶点，出现昏迷；再慢慢降温下来，一星期才渐渐平复。这两个星期是主病期，其前其后还有之前的预发期和之后的反复期，总共两个多月。毫不夸大地说，病到顶峰时，有几度濒于死亡。当时，我的长女赵绛已经出生半年多了。难为我妻，又要照料不满周岁的婴儿，又要照料重病的丈夫，有两个月功夫她几乎是衣不解带的。也难得我的学生吴少波的祖父吴让三老先生，当时已七十开外的年纪了，扶了拐杖天天来为我仔细诊脉、仔细修改处方。天下的坏事可以转为好事，自从这场大病之后，我此后一生中很少害病。我心里想，是不是我肚肠内若干细菌经这次高烧统统杀死了。这个话被医疗专家听去也许会笑掉牙齿。

第廿一节　西安高中·扶轮中学

陕西省教育厅有一年突然发动全省中学生单科抽查考试，这次是抽查《英语》，结果是乾州中学得分最多。这就引起西安高中校长侯良弼的注意，他到处打听乾州中学的英语是谁教的。有人告诉他是厅里杨秘书长的一位学生教的。于是，他去找了杨鹏飞，说从下学期就给我致送聘书，邀请我到西高去教高二级四个班的英语。于是，自1942年第一学期起我离开乾中到西高执教。

西安高中当时是陕西中学里的最高学府，原设在西安东厅门，抗战开始迁往汉中，目前又自陕南迁回关中，在泾阳县租赁商会的房子安置下来。这个小县城很平静，城外有一片泾干湖，湖中有芦苇和野鸭，老师们下了课可以到湖边散步。街上一家馆子，做的粉蒸肉别有风味，可供雅集。但我最感兴趣的是校长侯良弼。

侯，华县人，武昌高等师范（即武汉大学前身）毕业，教数学。此人是陕西教育界的名人，也是一位怪杰。他着力实干，不顾别人，所以兄弟学校说他是教育界的“恶霸”。当时，我的妻女尚在乾州一时未能搬迁，我一人只好搭公灶；侯的家眷在老家，他也是单身，所以我们一天三餐同桌吃饭。陕西的习惯，吃饭非常简陋，一碟盐、一碟辣子、一碗醋，很少专炒的菜肴，饭大都是棋花面，午饭有蒸馍，如此而已。我有时不爱吃这种饭，而侯校长却甘之如饴，吃劲很大。在饭桌上，我有机会听到他的不少怪论。

“我（nguo）们陕西人叫你们山东人咯（gi）咋了嘛。”有一天他开腔了。我大吃一惊，“我们山东人把你们陕西人怎么啦?”我问。他接下去说：“nguo当过富平县县长，还当过高陵县县长，啊（哪）一个村树木多，娃娃多，田务殖得好，必然是山东庄子。啊一个村树木少，娃娃少，田务殖得坏，必然是nguo们陕西庄子。打官司问你啊嗒人，回说山东人，nguo说，大老爷不管，回你山东打去。又回说，回大老爷。nguo们现在可成了陕西人了么，我说啣对着哩。”像这类言语，经常是他说得津津有味，我吃着棋花面低头静听，要和他抬杠是抬不完的。

有一次，他提到关麟征。他说：“nguo把他开除咧，还告诉他，你驴日的娃将来有点儿出息，回来把你侯校长看gao。过些年辰，nguo正在南柳巷家里憩着哩，门斗拿进一张片子，上写‘国民革命军第一军军长，关麟征，陕西鄠县’。nguo赶紧招呼门斗，说侯校长莫到（意为‘不在家’）。”我把这故事在家里说了，“侯校长莫到”就成了习惯用语，每逢有不愿或不便接见的访客，孩子们就使这句用语，当暗语传递。

他也有很正气的时候。有一天，他送来两个客人，气哼哼地坐到饭桌上说：“驴日的杨尔瑛[①]派他的手下人来高中要发展三青团，nguo告他，不得成！nguo不要！只要nguo侯良弼（pi）当一天校长，三青团就发展不成，nguo只叫学生把书念好。”这在当时政治形势下，实在是罕见的了。

可就是这个侯良弼，在1951年镇反中被枪毙了。镇反大会上，在麦克风前揭发批判的，就是当年西高的国文教员余达夫，他事后说，侯五花大绑插着亡命招子，还不时用仇恨的眼光瞪视着四周。我是这样想的，毛泽东临终前一两年的回忆录音还对有关人说：“当年你们杀了叶麻子。[②]像这种人，不杀比杀了好。”在镇反中，以我所见，陕西杀了侯良弼，山东杀了刘次箫，河南杀了

① 杨尔瑛，当时三民主义青年团陕西省团部的主任。

② 叶麻子，即叶德辉，清末湖南的学者、藏书家。

李宏毅（逸生），都属于一类性质，都属于毛泽东所说“不杀比杀了好”的一批人。

学校又搬迁了，从泾阳迁到西安南郊翠花山。这里的风景更美了，真是小花异草，满山遍谷，随手采来金银花可以泡茶喝。西安城里闷热，翠花山上沁凉。我想，唐朝搞政变的太平公主，这一带就是她的活动场地吧。不过缺点是太荒凉，没有充足的图书期刊，学生仅仅学习老师们教下的那么一点点东西，营养不足。但有人说，战时状态嘛，就该如此。

在这个学校里，有个姓杨的女学生，蒲城人，功课挺好，有时到我房里问功课，我挺喜欢她。我离翠花山，她一直送我到山口。后来她有信来，妻说这是插入的“第三者”。此后我就跟她断绝了来往，至今她的下落不明。

我在西安高中只教了一学期，1942年暑假后又转移到扶轮中学。理由是：一、铁路系统较地方系统多一些补贴；二、在高中只我一人有职位，到扶轮夫妻二人有职位，我是高中英文教员，她是初中历史教员。

扶轮中学全名陇海铁路郑州扶轮中学，是一个有名气的老学校，抗战开始后迁到汉中，又迁蔡家坡。蔡家坡本是一个荒僻的小车站，抗战开始后，中国银行天津分行总经理束云章（江苏丹阳人）将巨额资金投资开发西北，创办雍兴公司，选在蔡家坡办了三个厂子（纺织厂、机器厂、酒精厂），蔡家坡这一下就日益繁盛了。三个厂子建在平原上，在铁路的北沿；扶轮中学则建在黄土高原的坡上，借一个庙宇（龙泉寺）旧址又补建许多平房而成的。

蔡家坡，属岐山县。在三国时候，曾是魏、蜀两军一度在此对垒的地方。蔡家坡镇以东，黄土高原坡上有个台，俗称司马拜台，传说是司马懿筑台拜将之地；自蔡家坡向南，过了扎在渭河上的草桥，草桥以南就是高店镇，传说杨仪杀魏延于此；再往南，是五丈原，就是诸葛亮临终观星拜斗的地方了。据说“文化大革命”中红卫兵破四旧，要砸烂诸葛庙，老农们拿起杈杆保护诸葛亮，红卫兵终究没有砸成。

扶轮中学没有教员宿舍，在一个叫小坡村里借（或租）老乡们的闲置窑洞安插。我们家被安置的，是三孔大窑洞中的一孔，另两孔闲置。我们所住窑洞，门脸上的悬土一旦掉下来，可以将全窑人窒死在内。窑内有两耳窑，筑成炕状，可作卧室。当时当地，治安情况很坏，土匪半夜烧人。“烧人”者，是将被土匪估计藏有鸦片烟或白银元的人家的男或女主人，绑吊起来，拿柴火浇上煤油烧，勒逼他（她）们缴出黑白二物。不少老婆子宁烧死也不说出藏处。土匪当然没有必要烧我们这些穷教员，但一夜数惊，也大大妨碍备课。于是与村中不远一家老汉（叫李过海）商量，借得他家暖窑一孔，与李的儿子、儿媳、孙女同院而居，可以守望相助。这孔窑也相当大，窑洞深处喂着一头牛，夜中牛粪气味，沁人心脾。当时没有电灯，发洋蜡照明。夜中点上蜡烛在炕桌上备课。

这孔窑洞，在我们生活中是有历史的意义的。因为在这孔窑洞里，我与三个学生结成了深交。他们是束布、金彭、赵宏才。束布，江苏丹阳人，其父束樵如是上述束云章的族侄，当时担任他的主任秘书。束布的母亲早故了，父亲娶了继母，从此他感到了人生的凉意。他具有内蕴的才气和毅力。不久后到重庆复旦大学，就以22～23岁的年华写下数十万言的文艺批评文章，用“石怀池”笔名发表在茅盾、胡风主编的大型文艺刊物上。日本投降后，他正准备返回他的故乡参加新四军工作时，不幸在渡嘉陵江时“舟覆，惨遭灭殁”（其父讣函语）。他复旦的老师章靳以为他搜集遗文，辑成《石怀池文艺论文集》出版。当时在扶轮高二级，身体稍显孱弱，口齿微微结巴，但内蕴很厚。他的新文艺兴趣主要是从我这里读了许多手稿后诱发的。当时为了避免被搜查，我的许多文稿和许多不宜公开摆在桌子上的书如《海上述林》，统统放在房东李过海老人自备的棺材里，束布他们对此秘密已经熟悉，就像到图书馆一样，自己掀开棺材盖自己取读。

金彭，后用名金铿然，南京人。当时在班上他是美男子，真可以说是年少英俊。兼以他正同班上最漂亮的女学生骆雪娟交朋友，简直整个学校都羡慕这郎才女貌的一对。他们俩到重庆，大学毕业后就一直干新闻事业和国际联络工作，曾在约旦、叙利亚等中东国家建立新华通讯社。那种生活是很艰苦的，他们夫妇也闯过来了，并且锻炼出一份很高水平的英语和法语能力。现在，骆已是白发皤然一老妪，金也经常卧病在床，有时合力译几本左拉的小说。金至今还兼着国务院国际研究中心的特约研究员。

赵宏才，后用名赵洛生，浙江奉化人。他是高三学生，我没有教过他，他是跟着束和金到我家里来的。他两只眼睛骨碌碌地观察着环境中的人和事，说明他是个很精明的人。是一个精明人，但也是一个终身坎坷的人，他一辈子都有戏剧性。他父亲是陇海铁路豫东北一个小火车站上的站长，蒋介石和冯玉祥、阎锡山打仗时，蒋就住在站长家里，由于是老乡，所以很拉近乎。他哥哥赵宏器，兄弟二人同在重庆中央大学，他哥哥学工，主张科学救国；他学文，及早参加了共产党，主张革命救国，兄弟俩经常辩论，引得很多同学也参加辩论。他兄弟二人，每人坚持自己的路线。他在南京被捕，住过国民党的大牢，越狱逃脱了；“文化大革命”中又坐了共产党的大牢，又越狱逃脱了。逃脱后流浪在苏北、豫东的乡野里，感染伤寒几乎倒毙在路边上。他从学生时代，就善于做秘密组织工作。在扶轮中学，他就跟他的同学、后来的外交人物——柯在铄在一起发动了一场风潮，要求改良同学们的伙食。当时，铁路职工子弟供给膳食，可是经过层层克扣，学生吃的饭很糟糕，大米中有沙子。柯、赵就领头起来反对校长林群，林是中统特务，使用政治力量把风潮镇压下去了。柯、赵是应届毕业生，学校莫奈他们何，只有叫他们走了拉倒；但束、金是高二生，于是就受到了“勒令退学”的处分。又由于柯、赵、束、金是经常在夜里到我家小窑洞里来玩、来谈的；一定有人打了小汇报，所以我夫妇二人也受到聘书一年满期后不续发聘书的处分。我们教书四年，还不曾遭遇过这样的对待。我们很气愤，但也莫奈林群何。经束布父亲的推荐，我于1943年暑假后受聘到山坡底下三家工厂旁边的雍兴工业职业学校去教书。

第廿二节　雍兴工业职业学校

第一分节

雍兴工业职业学校，是中国银行系统的学校，师生待遇都比一般学校优厚多多。以学生说，专门招收初中毕业水平的学生。入学后供食、供衣、供宿、供学习资料，还有生活零用钱。以老师说，所聘大多数是工程师以上职位的人，待遇比当时在武功的西北农学院的教授还高。与现实的工厂生产相结合，学校分两科，机械科和纺织科。教师除分别属于两科之外，还有个普通科，教高等数学、物理、外语、历史等课的，隶属于这个普通科。我和我妻即属于这个科。培养三年。所用课本和讲义，多采用大学工程科系水平的教材。

我们夫妻创立的这个小家庭，经历了五年极端艰苦的阶段，天可怜见，现在进入了温饱的新生活。我们有了一处住房，一外间，一套间，后院有厨房和储藏室各一小间。有电灯。但受战时影响，窗子上还不能装配玻璃，只能用白纸糊，用桐油扫亮。距校不远有蔡家坡镇，五天一集，肉、鸡、蛋，要买多少有多少。蔡家坡以产蒜苔著名，远销外地。点心，五香花生米，也有卖的。总之，这生活比乾州、泾阳的生活，比一碟盐一碟辣子的生活，比在与牛共居的窑洞中的生活，要提高得多了。门前有一片菜圃，自己种西红柿、苋菜，随时可以采来上到餐桌。在这里，我们生下了二女儿和三女儿。

俗话说，“饱暖思淫欲”，我是饱暖思事业。英语教员，仅仅是职业，而职业和事业是有区别的。新文艺看来是弄不成了。蔡家坡是工业区，保卫工作很重要。当时“防止异党活动办法”已经实施，经解放后运动中的交待和揭发，得知蔡家坡三厂两校各出一个具有中统或军统身份的人，组成一个秘密的保安保卫小组，主要是遏制工厂中工人的异动，还要严防宝鸡工人首领和蔡家坡工人首领间的联络。连这些人在火车站照个像，他们都要把底片弄来，放大加洗了分析研究。当时，我和上海的文艺界叶圣陶、郑振铎、章靳以、孔另境、戈宝权等有通讯联系，知内情的学生告诉我，我的信封封查，不过不是剪开查后加一封条写明某党部检查验讫，而是用水将信口处润湿，再用小刀揭开、查毕再封上，不露痕迹。呜呼！

正是这时候，我实践了从新文艺向史学“跳槽”的逐渐转折过程。在乾州时，我已经委托了一个郃阳的学生代为搜集康乃心的诗的零星刻页。《二曲集》和残本的《三李年谱》已经有了。现在经济能力稍稍宽裕，就从西安南院门的旧书坊和私人藏书家买到一些理学家的集子，如《冯忠定公全集》（冯少墟的集子）以及富平吕柟和三原马理的集子或语录。我一面泛览明末清初关中的理学，一面追踪江东大学者顾炎武在关中活动的踪迹。一个人的最亲密朋友，总是最值得探索的知情人。我找到了王弘撰（山史）和李因笃（天生）。从而，王山史的《砥斋集》和《山志》、李因笃的《受祺堂诗》也设法买到了。至于《续刻受祺堂诗》和王山史的几种《日札》，则是远在以后通过更曲折的渠道才买到的。我家里的线装书一下子多起来了。在当时，读线装书是不受监视的。

我也交了几个这方面的朋友。其一是傅安华，他是河北冀县人，在北大上学时与全汉升、杨向奎都是同学，听陶希圣的课，在《食货》上写文章。抗战后，他“弃儒从商”，跟蔡家坡棉纺厂经理王瑞基当机要秘书。此公温文尔雅，从容不迫，担任秘书之余，颇不忘情于文史。因此我二人间就多了共同语言。慢慢。两家的妻子儿女也交上了朋友。其二是梁黄胄，河北蠡县人，当时他还远远不是世界知名的大画家，而只是一个贫寒的青年，他姐夫是蔡纺厂的一名警察队长，住房里外两间，里间由姐姐姐夫带孩子住，外间由黄胄和黄胄的老娘住。当时，黄胄已经喜欢画画，画一条一条吊在纵穿外屋的一根长绳上，像吊着一大堆洗过的衣服那样子。他来我这里，是希望在中国语文和外语方面得到某些辅导。其三是杨镇南，正名是兆庚，山东诸城人。一二·九学生运动中，他正好是“冀察政务委员会”的秘书长，属于被我们嘶喊着要打倒之列。而今时过境迁，双方都另作别论了。原来这蔡家坡地面有个大村庄叫灵谷村，二十九军冯治安部在这个村里设置了“后方留守处”，有少量军队驻守，原冯玉祥部的僚属和家属多安插在这里，杨是其中之一。宋哲元临终时，送他一位川籍的侍妾，一位老勤务兵，三人共处。人们说“二八佳人八八男”，其实何止八八、快近九八了。老人家对我很好，也难得异乡遇故旧，他说他曾向我的外祖郭先生问学，在青州曾同我父一同考“府考”。他写颜体，曾为我写四幅联璧的大中堂《正气歌》。又小条幅一件，写杜甫《秦州杂诗》一首，末句是“万方声一概，吾道竟何之”，这意我明白，西北军系统的反蒋根底是很深的，他们看不惯马裤呢、踢马刺、中统、军统的这一套。杨似乎对方志很熟悉，他经常给我谈各府州县的志书，一直到省志和一统志，对我以后使用志书开了门路。

在这一时期，我写了一些文章。这时美国罗斯福总统死了，杜鲁门下令叫投掷了原子弹，日本天皇宣告投降。八年抗战，就此结束。在大西南和大西北的蒋记文武官员，蛹涌着到东南沿海地区去接收（当时叫“劫收”），如蝇蚋之争血。大学生们掀起了反内战、反饥饿的斗争。这时，我写了明末东林派人物赵南星的传，用写历史对现实舒一口气、助一把劲。不久，闻先生在昆明被害了，我又写了激愤的悼文《混着血丝的记忆》。我又试验着写一篇考据论文《山陕学者交游事迹考》，把我当中学教员以来所贮下来的读书心得加以梳理，加以考辩，把山陕学者们的爱国活动初步地勾勒了下来。这篇文章后来成了我的“成名之作”。

这时候，在重庆的“全国文艺界抗敌协会”要搬迁到上海，要在上海开一次复员大会，我在被邀请之列。于是我便于1946年冬11月只身作东南之游。

第二分节

我从西安搭乘“绿钢皮”东行。在潼关、灵宝之间，看见了八号桥。几天之前，另一列“绿钢皮”就从这座桥上掉下去。我们的列车通过时运行极缓，使我们得以观看事故的现场。许多兵持枪警卫着，以防止附近居民乱拿乱抢；死难家属们呦呦地哭着，辨认着各自亲人的遗体，检点着大皮箱内的金条和珠宝之类。“劫收”未成身先死，剩得妻儿泪满襟。

中途，我在开封下车，想把河南大学看一看。我投到我的学生周可任处，他还介绍了另一位同学牛维鼎（安徽阜阳人），我就在他二人居住的东二斋找个床位住下了。牛正临届毕业，把他的毕业论文《元稹年谱》原稿拿给我看，使我惊叹河大学生的水平很不错。当时，他们也在搞“反内战、反饥饿”，同学们出出进进，忙忙碌碌。周和牛大概是地下党员，运动中的头头，所以其忙更甚。

有一天，他二人说，去看看嵇先生吧。嵇先生？就是嵇文甫。此前，我曾略读过他的一本书《左派王学》，现在他是这座大学的文学院长，兼文史系主任。当天刚下过一场小雪，我们踏着浅雪前去晋谒。当时开封街上军警戒备甚严，可以说每个街口都设有岗哨。河大在城的东北角，嵇先生住在通往西北角去的一条叫刷绒街的街上。临街的外墙上有由河南警备司令部政训处制的巨幅蓝底白字的大标语：“纷杂错综的思想必须纠正”（总裁训辞之一）。我心里想，为什么历代统治者都要给这些无枪无炮的知识分子们如此巨大的钳制呢？

嵇先生跟北大、清华我所常见的西服革履的教授们完全不一种打扮，他大袍马褂，翁头棉鞋，一派理学家的装束。这院子也不宽敞，除厢房外，倒座就是“上房”，嵇先生和太太住西间，中间会客。家内一切清简，不讲究摆设，也没多少书籍。但他谈起学术来却有滔滔之势。记得在一篇文章里我曾借用《世说新语》中的话来形容他，“吐嘉言如锯木屑，霏霏不绝”。记得他谈的是孙夏峰（奇逢），我谈的是“关中三李”。这两个方面结合在一起，不就是一部17世纪北方文化史吗？难怪同去的两位大学临届毕业生都听得入迷了。

当时两位大学生颇有意要设法把我弄到河大来，用他们的说法是“增强进步力量”。我呢，在关中执教八年了，为时已不谓短，也应该挪动挪动了。据说，他们跟嵇先生商量了，嵇说由他推荐，效果适得其反。他说校长姚从吾是胡（适）、傅（斯年）系统的人，要找历史语言研究所的人推荐，等姚征求文学院长意见时，他全面支持就是了。他说他只能当个内应，不宜公开出面，他一出面就坏事了。

我告别开封，继续前行。那时的火车是一段一段的。到了徐州，去中国旅行社买火车票时，服务人员极力动员我买飞机票，说有两架飞机在机场等待起飞，机舱内人不多，票价可以折扣，两个小时就到上海了。但我很顽固，仍买了火车票。等我两天后到达上海路过胶州路殡仪馆，只见很多丧家在仪馆门口拥挤着，哭成一片。打听一下，原来徐州那两架飞机当夜因上海大雾，在江湾机场双双坠毁。呜呼！我心里想，“顽固”这个辞的意思是不好的，但是不是有时也会产生好的效应？

对于上海，我简直是刘姥姥进大观园，一切陌生，只好瞎闯。到了冒险家的乐园里，自己本身也不知不觉带上一点冒险家的气味了。一切新奇。苏州河边一排排野殡的棺材，经风吹雨打，有的已裂了很宽的缝，快露出尸骸来了，怎么市政方面管都不管呢？坐黄包车过桥，马上一大堆孩子前来助推，我想上海人如此见义勇为，不料马上伸过来若干只小手，原来要钱的呀。这是我踏上上海地面最早的两个印象。

文化、文艺界的前辈、同辈们，则对我是一往情深的。叶圣陶先生在他福州路开明书店编辑部的一片长廊里替我安排了一架行军床让我休息，并且每当我要出门时，他总是亲自把我送到弄口，用上海话替我雇好黄包车，讲妥价钱，以免我被愚弄。郑振铎先生，当我走进他静安寺路庙弄一号的住房时，他正在写字，没有等我开口，他就抢先说："顺便也给你写一幅吧。"他的书房简直像一座古墓，到处摆的都是明器（殉葬物）。我临告辞时他说："差点儿忘了，你的稿费我写个条子，你到中正路找李健吾先生那里去取吧。"孔另境先生的女儿现在已经是一家文学研究所的副研究员了，她的信里说，她80开外的母亲至今还清楚记得1946年冬我到北四川路他们家访问的情景，说"个儿那么高"。我这次的访问，是谈茅盾先生和我中间不少事情的交割。孔是茅的妻弟。还有一位著名作家魏金枝，他穿一身蓝布长袍，记得他是浙江台州人，老中学教员。我们似乎很谈得来，只要碰到一起就一定要谈一大阵。这也许就是"一见如故"吧。在这里，又要插一段话。我平时说过："假如姚文元碰见我的话，他应该喊我赵伯伯。""文化大革命"中这一条揭出来了，说我"攻击无产阶级司令部"。原来1946年冬我到上海，姚蓬子曾拜访我，希望我为他新办的"作家书屋"写一两本书，"撑撑台"，有这件事。至于叫"赵伯伯"云云，那就是我顺口说的了。

在正式会议上，只记得理论部长胡风打着浓重的湖北腔讲了很长时间的话；夜晚，在九江路花旗大厦的舞厅里开娱乐晚会，绿原在会上朗诵他的长诗，其中有几句至今记得：

> 秦始皇，这私生子
> 面无四两肉，
> 心里一把刀。……

这哪里是在骂秦始皇，这就是径直在骂蒋介石。谁晓得，九年过后，绿原一翻身变成了“特务”。我久久地信不下来，直到90年代才读到他的一篇辨白的文章，我心中才释然。

开完会后，我在返途中路过南京。

在这里，我要插进来说一说傅乐焕。

当年，我有一位族叔叫赵孝愚。我叫他三叔。他在清末从捐班做到北京西城兵马司副指挥。曾以捉拿赛金花而享盛名于一时。息景后，住干面胡同一座四合院，这院是不久前辜鸿铭住过的。三叔带着三位姨太太住后院，大哥住前院正房，二哥住西厢房，三哥东厢房；三哥留学日本去了，他和去世不久的三嫂的新房，“上边”吩咐下来每周末我进城由我暂住。于是大哥、二哥、我，还有大嫂——四个人周末就玩“出诗条子”，将唐宋诗中之一句摘出一字列五种答案叫人猜压，压中的赢，压不中的输，积下钱来到大栅栏去吃蟹黄包子。现在要说的，是这位大嫂。她姓傅，东昌府聊城县人。一个鲁西人怎么嫁到鲁东人家做媳妇？原来傅、赵两家都在省河务局做事，住家济南。大嫂的长兄傅云门是局长，前文提到西安的五叔就是他手下的总务课长。有一天，这位傅局长宴客到深夜又送客上津浦夜车，送罢客人主人未归，经发觉在西闸口外辗死了，其状甚惨。傅乐焕就是傅云门的儿子，由他二叔傅斯年扶养，在北大历史系读书。每到周末他也到干面胡同他姑姑家来。他1932年进北大，我1934年进清华，他比我高两个年级。按辈份，他该喊我表叔，但我们从来不论这一套，我总以学长对待他。八年抗战过去了，他现在是中央研究院历史语言研究所的副研究员。我认为，我有必要到鸡鸣寺找到他。

找到了。我说：“请告诉您叔叔，我想到史语所来工作，不论多么小的职位都肯干。”他说，他叔叔到老蒋那里去了，这几天正闹美军强奸北大学生沈崇的事，中央大学都闹起来了。他一直还没回来。一会儿，傅斯年的小车回来了。乐焕就上楼去说这件事。回话说：“到史语所不合适。大学三年肄业，并且是外语系，进所连个助理研究员都叙不上，只能叙个助理员，五口之家怎么养得活?! 我介绍他到大学里先教几年书吧。”他写了一张八行信纸给河大校长姚从吾。三天之后，我拿着这张八行信纸到开封卢方胡同姚公馆去投到。姚上身长、下身短，一幅袁项城的身段。他和蔼地接下书信，叫我先回蔡家坡照常供职，听候通知。

第三分节

我返程的火车，于旧历年1946年的除夕开抵华阴（今名盂塬）车站，站上的人大放鞭爆，送旧迎新。1947年正月初一上午抵达西安。在一个学生家略事休息，续搭火车于正月初一日暮色苍茫中返到家中。我将在上海用稿费买的一件海勃绒大衣送给妻子。这是我一生中送给妻子的唯一一次礼物。

现在，我想说说蔡家坡的特务。

上文说过，蔡家坡防止“异党”和工人暴动的特务小组由4人组成：扶轮中学校长林某（浙江人），灵谷村扶轮小学校长朱某（浙江人），棉纺厂总务科长马某（河北保定人），机器厂文书科长王某（山东人）。他们大都是“中统”系列。可能由于这些人的“战斗性”还不够强吧。由机器厂经理兼职校校长从重庆请来他的一位学生到职校来当训导主任兼总务主任兼教《应用力学》和《材料力学》。一个强力的“军统”人物到了蔡家坡，并且成为了我的同事和邻家。

王德荣，安徽至德人。当时蒋介石在湖北江陵（后移临澧）和甘肃兰州办了两个特务训练班，前者简称“江训班”，后者简称“兰训班”。王是“江训班”的高材生，但毕业后并未做职业特务，却投考了重庆大学工学院土木工程系，一面上学一面组织学生中的反共活动，毕业后由助教而讲师。这次应邀到北方来，他是有一番抱负的（对这抱负他也不太隐蔽）。他认为，蔡家坡和宝鸡（包括益门镇）是工业重地和咽喉要地，本党（指国民党）不占领阵地，异党（指共产党）就要占领阵地，所以他和许多混饭吃的特务很不同，他教课之余仆仆风尘，奔走于宝鸡、益门镇、凤翔、岐山等地，没有三青团的地方他就把三青团组织建立起来，已经有三青团的地方他就与之建立联系，加强组织，在三青团的基础上发展特务。在职校内部，他通过学生军训体系，选拔部分中队长和小队长当他的耳目，随时汇报新动向。

我明白，王德荣是一个劲敌。这时，我和西安城工部依然保持联系。并且除此之外，又增添了一层关系。事情是这样的：我的学生周可任和他的同学梁得柱，在渭河以南、高店镇以北经营了一座菜圃，名为菜圃，实为替陕北运送缺项物资的一个秘密据点。在这个菜圃的窝棚里，积贮着胶轮带、轴承、自行车和汽车部件、面粉、白糖、纱布绷带手术刀……等。这自然是中国共产党组织的，但梁得柱这个系统与我联系的“育人”是横的关系，我从未接到关于菜圃一事的通知。我之所以得知，纯是我与周可任的师生关系。他选择我家作为开秘密会的场地，商量在栒邑买通了一条“路”的条件下，如何将上述陕北缺项物资用毛驴队运送过去。据说，多少烟土，或多少银元，买通两个小时平安通过，过时就开枪了。他们在我家开会时，我妻替他们四处巡逻。因为我家隔壁就住着王德荣，他的每一根神经都是经过江陵训练班训练好的，要防备他需要加倍警惕。可是不管王德荣怎样兢兢业业，在他的眼皮底下就有他的敌人。在梁得柱的会议上，就有职校的一位姓王的学生参加。我心里立刻明白：就在这铁桶般统治着的职校中，就有着一名埋藏得很深的共产党员。

工人中间的情况，我比较隔膜，只是听来的。他们大都借设香堂、拜把子弟兄的形式进行组织、联络，并从而发动行动。所谓行动，也不过是要求增加工资待遇。机器厂工人的行动在未爆发之前就被镇压下去了，宝鸡方面来的秘密警察把几个头头带走了，群众无首，没有闹起来。纺纱厂闹起来了，工人们借春节闹社火做了一次演习，然后爆发出真正的罢工行动。厂警镇压，工人不服，社火队中那个踩高翘腿的小生带头往岗楼方向扑，被开枪打死了。事情闹大。车间里有半个多月在停产之中。

国民党的宣传展开了，说是异党分子从中煽动。兼以当时留在鄂豫皖边区的原红军有向西向陕北运动的迹象，于是蔡家坡三厂两校停课停产十天，宣布戒严。事后，有关学生告诉我，当时拟定的黑名单中有我的名字。他们已准备好麻袋若干条，一旦紧急，将黑名单中人一一装入麻袋，沉入渭河。……

我们一家人在蔡家坡的生活，就是在这样的环境中渡过的。

1947年6月，收到开封河南大学校长姚从吾寄来的《聘书》，略谓敦聘某某先生为文学院文史系副教授，月薪三百三十元整，希望8月底以前到校报到，云云。

我心里明白，在我的30岁（虚龄31）上，个人生活史又划出了一个段落。此前一年，跟着日本的投降，八年抗战结束了。随着河大聘书的寄来，八年中学教员的生活也结束了。关于这件事，我们夫妻也曾多次地合计过。单纯从生活待遇考虑，蔡家坡的银行规格的待遇是丰厚的；到了河大，很多补贴都没有了；但人不能光从生活着想，进入河大，是一生高等教育生活中从事教学和科研的起步，这个意义是大的呀。

8月中旬，我们一家五口从西安搭乘东去“绿钢皮”中的一间包厢（独立的单间，无上铺，只下铺两席，孩子们可以比较自由地活动），离开生活了八年的陕西，东去开封。

第八章　从中原到华北(三)

第廿三节　河南大学

一提到开封，自然而然会提起《清明上河图》中北宋首都的繁荣景象。但1947年夏我到的开封，却是截然另一种情况。假如气数之说还有它一点点合理内容的话，那么，当时国民党的气数已经眼看到尽头了。物价飞涨，通货膨胀，民不聊生，把个省城开封折磨得奄奄一息。

河南人又跟山西、山东人有所不同，他们自古生活在大平原上，人们的生性平阔宽松。发音也简单，例如“学生”叫“xiao”，“鸡”叫“鸠”，“怎么啦”叫“zhua”。生活也平简，街上油馍论斤两称，红枣稀饭大碗盛，半加工食品比西北多，如面糊炸虾，炸豆腐丸子之类，拿回家来一加工就是一品菜。妇女参与商业活动，也比山东、山西的多。一清早，老婆子小媳妇挎着篮子上门串院，卖豆芽豆腐。马道街路边一大串老婆子卖线，兼为人缝缝补补。甲骨学家董作宾回忆说，他自小跟着他妈在南阳街边上卖线。当时开封人很不讲究环境卫生，你走在街上，听见一家门吱喽开了，一个男人或一个女人端个尿盆在街上哗啦倒了，怡然地回家去。菜市场徐府坑摊贩卖红糖白糖的，糖堆上爬着大绿头蝇黑鸦鸦一片。

河南大学，倒是冀、鲁、豫三省大学中比较像样的一所，也有大屋顶中西合璧的楼房，还有旧时书院和留美学校的一些传统和遗存，所以南方一些学者也每每愿意到这里来任教或短期讲学。可是当我到来时，刚刚是反饥饿反迫害斗争被镇压下去之后，学生中的精英抓走的抓走了，开除的开除了。如牛维鼎就被抓进监狱，周可任就被开除了。党棍校长田桐林干不下去了，派来学者校长姚从吾。姚是襄城人。襄城是文化水平较高的县，姚是德国明兴大学留学生，治元史（蒙古史）的，归国后担任过北大的历史系主任。但他办事能力很差，所以河南大学也一直乱糟糟的，没有办出个模样来。

当时中文系和历史系合在一起，叫文史系。系主任是嵇文甫。教师中间颇有几位著名的，如朱芳圃、马元材（非百）、李嘉言、张长弓、任访秋、何鹏毓等。安排我教三班课，一是本系三、四年级的选修课《明清思想史》，在七号楼上；其余是工学院学生的两班《中国通史》，在南关禹王台上。《明清思想史》是嵇先生留下来的课，明朝他已讲过了，我接下来从黄梨洲、顾亭林、王船山、颜习斋讲起，后来发表的《清初四大学派》，就是那时候的讲稿。《通史》呢，就按周谷城的书讲，班上有不少去印缅从军回来的学生，受国民党党化影响较深，对周谷城书中的一些新观点每每提出来质疑（或者说抗议）。

家呢，被安排在龙虎街20号一所较整齐的院子里。上房4间，东厢西厢各3间。也不晓得怎么安排的，上房安排给我，东厢房安排给李嘉言，西厢房安排给医学院留德药学教授夏一图。李、夏都是我老师辈的人，怎么这么个安排法呢？也许把我当成傅斯年荐来的、姚从吾聘定的“红人”，“远来的和尚会念经”吧？我有三个女儿，一家五口，再用一位保姆，4间房子也满满当当的了。

学生运动虽然受到了镇压，但共产党的城工部仍然在，它的主持人叫刘鸿文（解放后他是河南省委的统战部长、秘书长，后来死了）。上次来河南我已结识了他，似乎是一个福建籍的青年，很精干，很善于做秘密工作。他有时在嵇先生家里聚拢一些民主党派人士和无党派人士在一起，传达一些一般听不到的信息，分析分析开封和河大的情况。当时进步势力可以发挥的作用越来越局限，只有郭海长（河南耆宿、国大代表郭仲隗的儿子）办着一家《民国日报》，还有河大体育教师、诗人苏金伞在搞着一点新文艺活动，如接待文学家曹禺、卢焚等人来汴，等等。记得我在郭海长的报上编过一个双周半版的《文史周刊》，嵇先生、李嘉言、刘兴唐（尧庭）都写了文章。还记得苏金伞约我给他编的一个文艺刊物上投稿，我写过一首白话诗和一篇极短的小说。

我刚从中学里来，初进学府，也须在学术上多少树立一点门面，于是就写起了《王山史年谱》和《张尔岐年谱》来，这两个人是顾炎武的密友，给他二人写年谱，实际上是“顾炎武研究”的一个环节。记得一个老干部说：“当年我们打地主，首先要扫外围嘛。”那么，我写这两部年谱，从方法上说，也就是扫顾炎武的外围。

第廿四节　开封攻城战

我对战争，真是没有什么体会。在中条山，是货真价实地参过战了，但人一到战场，就是另外一个人了，不计利害，不计生死，懵头转向地只想把我们攻上去，使敌人垮下来，所以事后产生不出多少体会。只感到当时紧张，忙不过来，没功夫考虑其他的事。幼年时在老家，曾遭遇过两次土匪，一次是刘黑七（桂堂），一次是王子明。刘的队伍没从我们村里过，径直去攻占景芝镇去了；王的一次从我们村里过了，但没有骚扰我们家，因为我家是土屋麦秸房顶，一般都是佃户或雇工住的，他们找那些砖房瓦屋的建筑群去了。我们一家趴在挖过了山药的壕沟里，上面盖些高粱杆，只隐隐约约听见村子里有人放枪而已。

1948年端午节前后的这场开封攻城战，则货真价实地告诉了我战争是什么，怎么个样。因为这次我自己不参战，而是躲在堆积了很多被褥的闷热的床底下，洗耳静听街道上的巷战，以及远远近近的炮弹和飞机上丢下来的炸弹的爆炸。

这场战争，打了五六天，不到一星期。6月16日，姚从吾告诉我，他从省主席刘茂恩和驻军司令李仲辛那里得知，攻城战马上就要打响了。他当天下午就要乘军用飞机飞往南京。这天夜里，南关方向有密集枪声，人们说飞机场已经被解放军占领了。17日，市民们有些慌张，抢着打下几缸水，买下一点咸菜，听说酱园生意利市三倍。攻城战是从东面的曹门、宋门一带打响，很快攻入城内，到了相国寺街一带。19日攻打河南省政府，20日攻打龙亭李仲辛的指挥部，到21日地面战争基本平息，只剩下蒋记空军的狂轰滥炸了。李仲辛死了，刘茂恩宰只鸡用鸡血涂成受伤民众，混出城去了。22日，解放军出榜安民，布告上写着司令员陈士榘，政委是唐亮，政治部主任是陈其五。陈其五即刘毓珩，是我大学时候的同学。果然，他派吉普车把我接到他们的指挥部。我问他是如何知道我的住址的，他说我们在城外对你们城内的事“一清二楚”。这就是说，共产党的地下工作和群众工作已经做得很深入了。

24日嵇先生的二儿子来通知，说刘鸿文同志叫通知，解放军不准备长时间占着开封城，不久要撤。撤后国民党新五军要开过来。现在通知一些民主人士到解放区去。人数不能太多，带东西不能太多，因为大卡车很忙，要把国民党的武器和物资抢先运走，只能拨少量大卡车来送文化人。当天下午在鼓楼街金台大旅社集合。

这使我们夫妇要解决不少难题。回到解放区去，心理反映是两股，一是向往，二是不能不有所迟疑，考虑到留在白区很快又九个年头了，在生活习惯上更多地沾染了旧社会的东西，突然回到老区，是不是会不习惯？是不是会被同志们视为“异类”？再者，当年两个人都是单身，现在带三个孩子，虽然预先也知道，要过供给制、吃大锅饭，但孩子习惯不习惯？还有，四间上房里满满当当的东西，全套家庭用具（包括灶具坛坛罐罐）；九年来也买了三架子书籍，我们又不是河南人，无亲戚家可以寄存，丢了吧，也很可惜。而考虑的时间只有半天，来不及深思熟虑。最后，只好毅然把这个家留给了我在西安高中教的学生、河大数学系毕业生、留校助教韩靖民代为掌管处理，自己仅仅带着手底下现款3百万法币折合的解放区冀钞3万（合后来的人民币300元），就动身走了。古人所谓“毁家纾难”，也许就是这种滋味。

开封城本来就不景气，经此七天战火，真是满目疮痍，一片瓦砾了。街上死人的味道已不是臭，而是辣椒般的刺鼻，人们多用药棉蘸些酒精捂着鼻子走路。在旅馆里，看到嵇文甫、王毅斋、李俊甫、罗绳武、苏金伞、田雨三……各带家属都已经到齐了。

十轮大卡车，夜里走，白天有国民党野马式战斗机俯冲、用机关炮扫射，所以停歇休息，借以防空。第二天中午，我们停在通许的张市，晚上我们停在司马村，这里是豫、皖、苏军分区的驻扎地。27日的晚上卡车开足马力，经鄢陵、许昌到达襄城。车上装有两架机枪、两个战士，以防“土顽军”（地主武装）的突然袭击。卡车打开远灯，我们清楚地看着在睡梦中的河南大平原上的村庄，和蓊郁的树木。

襄城，已经是比较稳定的解放区，已经土改过，工商业在重新振兴之中，集贸市场上物资繁荣，不像开封死死一座围城，什么也买不到。人们把我们安排在一座基督教堂里，说大家不要走远，有首长要来看望你们。过了多久，来了，自己报名：刘伯承，陈毅，陈赓。好家伙，我们这一群知识分子真是受宠若惊了。

刘伯承方头大面，目光微微下垂。他说：“蒋介石有三怕，一怕林彪同志入关，二怕陈毅同志过江，三怕我刘伯承入川。怕也不成的喽，入关的还是要入关，过江的还是要过江，入川的还是要入川喽。”一派革命的乐观气氛。陈毅才气纵横，文采风流。他说：“今天我们在这里相会，意味着两条战线的合流。我们用枪杆子打蒋介石，各位先生用笔杆子讨伐蒋介石。今天这两支同盟军凑到一起来了。”他把知识分子跟工农兵摆到相齐的位置，这在后来那些“左”倾教条主义者听来，就是明显的右倾了。说这样话是需要勇气和革命的自信的。陈赓一身整齐的军装，很少说话，我想这是黄埔训练和在上海长期做地下工作的遗存。

两天后，我们到达了鲁山。鲁山本是一个小地方，但在当前的形势下，它却一下子变得非常要害。中原局在这里。二野、三野的联合指挥部“前总”，刚刚组班子。邓小平的“总书记”称呼，便从这里叫起来。淮海战役不久就要打响了。所以这个小小的县城，在历史上也曾经“风云”过。

第廿五节　从中原到华北(一)

鲁山城外28里有条鲁水，又叫鲁河，在干流和支流交汇处形成一个不小的“在河之洲”，友人刘兴唐（尧庭）对我说，那个洲上有个远古遗址，地方人叫邱公城，从地面上随便扒一扒就可以找到石刀和石斧。这引动了我的兴趣，就邀约刘兄和他的儿子（一个十六七岁的少年）去探一次险。我们挽起裤腿，脱下鞋袜，“深则厉，浅则揭”地到了洲上，找到不少彩陶的碎片，大的有半个巴掌那么大，颜色和花纹跟别见的也不同，白色中夹红，呈粉红色，像张飞脸上的那种颜色；线条之外，其最突出的特点是有一个大黑点（黑椭椭，这在氏族人脑子里不知象征着什么）。刘兄父子还捡到很少的石刀。后来，我把这些碎片带到东北师大的古物陈列室里，裴文中去讲学看见，找我去问了情况，后来还进行了一次发掘，出了一本《报告》。此是后话不提。我们回程时鲁河的水涨了（这使我知道一条河的水也有涨的时候和落的时候），幸亏那位小伙架着他父亲和我平安渡过，回住处才知道裤腰部分都淹了水。仿佛看到哪本杂志上有人考证，说曲阜的鲁来自鲁山，是一个氏族（也许是姞姓）的徽号，那么，邱公城遗址是不是跟这个氏族有什么关系？

我们住在鲁山中学的教室里。一面休息，一面办关系。所谓办关系，是指填一些表，由刘鸿文一一写“按语”，这些“按语”是保密的，刘对党负责，反映我们这批人在蒋管区时的政治表现。所以只是刘一个人忙，我们不忙。我们只是跟大家唱唱歌。顶头一首歌便是《东方红》。我一面唱着，一面心里有活动。《国际歌》里不是说我们不需要救世主吗？还有：

山川低，五岳高，
毛主席治国有功劳，
边区办的呱呱叫，
老百姓都颂唐尧。

“唐尧”二字，制歌词者还是斟酌了的，没有用“秦皇”、“汉武”，用的是大部落联盟酋长。但显然，这也是个人崇拜的滥觞了。发展到后来就有了“毛泽东，斯大林，像太阳在天空照”、“毛泽东思想是不落的太阳”等等一系列出台。我是说，假如我是被歌颂者本人，那么，我将以个人的威望予以抑制，予以减刹。但事实上正好相反。苏联编写的历史唯物主义教科书也增加了一章，说无产阶级革命也要歌颂自己的领袖。斯大林也说：“彼得大帝只是一滴水，而列宁是海洋。”可见这是共产国际一致的趋向，个别群众是扭不转的。

中原局决定，中原形势还不稳定，战争虽然从总体上已可看出苗头，但局部还会有曲折，因此，除嵇文甫少数人留下来筹办中原大学之外，其余带家属四五十口人，要送到华北局去分配工作。与嵇先生在开封相处一年，在鲁山不觉又20多天，眼看要分别了，不能不有所告别。于是在鲁山中学操场的篮球架旁，有了一番较长的谈话。

现在距离当年，已有四五十年了；距离嵇先生辞世，也已32年；今年又恰逢嵇先生诞辰100周年；我明年也将80岁了。因此在这里不能不说出真实度百分比最高的话。应该说，经过一年的同事之后，我们二人中间的谐和度不像从前那么高了。关键在于他很不喜欢我的激情，尤其是有时激情不能控制。我不钦仰他的遇事“模棱”，是非观念有时表现得很模糊。他把我的激情，归究于我祖上做过官，这有点共产党极“左”时代“查三代”的那种唯成份主义倾向。我想到《聊斋》中卖鹌鹑的《王成》篇，狐仙看到王成夫妇的鹑缕百结时说：“王柬之之孙一至此乎！”我曾祖父当过12年知州和知府，不能成为我爱发脾气的根由。根由要到遗传和心理学方面去追查。我这一辈子深深感到人类科学界在心理学方面的深入还非常肤浅，光养几箱子小白老鼠是研究不出奥秘来的。嵇先生送给我两句话，上句是“欧阳公尽用其所长”，这句话无论运用到谁身上都合适；下句是“柳子厚避所短而不犯”，这个“避”字就有问题，在很多情况下“避”是避不掉的。“避”不是在任何情况下都能解决问题的办法。总之，嵇先生的“世情”色彩太浓了一点，晚年据说又研究“政术学”，重在一个“术”字。我不同意这些做法，就是把我摆在老君炉里炼一万遍，从我的骨灰里也炼不出一点“术”来的。有人说，嵇先生讲的马列主义是“庸俗社会学”，这与嵇先生“世情”浓厚、喜欢“调合”是有关的。郑州大学的一名老职员告诉我，嵇老晚年喜欢跳舞，每到周末就抱着女同志跳个不完。

在鲁山，我结识了豫西行署主任李一清同志。他原名李浴源，山西寿阳人。我考进清华时，他已毕业走了。所以这次算是初识，但大家很能谈得来。不知不觉谈到了王瑶。王瑶自从被以蒋南翔为书记的清华园支部开除出党以后，就回到平遥县道备村“隐”居起来了，在日本统治下表现很模糊。后来，以李浴源为政委的“决死”三纵的一支部队开到平遥一带时，李浴源想，这是个老同志嘛，应该创造条件让他“出山”。他派手下的侦察组长去过两次，第一次被拒绝了，第二次甚至说了“下次不要再来，家里就住着‘太君’，再来就要报告了”这样的话。所以李浴源说，王瑶很恶劣。可是在《王瑶先生纪念文集》中的《年表》里却说当时王瑶曾到沁源去找李浴源，去找组织，李浴源不在，王瑶在沁源等了一个月就回家了云云。当然兵荒马乱之中，事情会有些周折，但无论多么周折，两种说法中间总不至如此“径庭”。

在鲁山，我夫妇还结识了陈赓的夫人傅涯同志。傅涯同志广东人，曾跟她兄长一起在西安竹笆市街开设了一家“广东酒家”。“广东酒家”是跟“长安酒家”齐名的大酒店，但却负担了共产党秘密联系据点的职能。西安特务如此狠毒，竟始终未能破获这个重要据点。傅涯同志赠给我们一架蚊帐，说他们有两架，分一架给我们，因为我们孩子多，豫西的蚊子咬人很凶的。我们始终保留着这架蚊帐，可是从哪个报道里得知，傅涯同志已继陈将军之后谢世了。

第廿六节　从中原到华北(二)

在鲁山住了23天，到华北去的人们要动身了。另外陈赓将军夫妇也要到临汝。大约三部六轮卡、两辆军用吉普，一齐开行。时当盛暑，暴雨时临，诸河暴涨，道路难行。况且这一带是“北五处”地方，鲁山、临汝、郏县、宝丰、宜阳，简称“鲁汝郏宝宜”，是民性强悍的所在，晚清行刺两江总督马新贻的张汶祥就是临汝人，“凌迟”时候至死一声不吭。目前在临汝这里办着一个中原军政大学，陈赓是校长，山西“决死”二纵的政委兼司令员韩钧是副校长，训练一批土改中翻身的农民子弟，做大野战军中官兵额的补充。出发第一天的目的地本定是洛阳的，受气候限制，临时决定停宿临汝。这天夜里，有河大文史系我教过的一位女学生来访问我。

她叫罗梅欣，是罗梦册教授的侄女。罗教授何人也？他是豫西人，年龄与我不相不下，英国剑桥回来的留学生，南京中央大学的教授。为了竞选河南国大代表，他回开封，曾来访问过我。他告诉我说，他要在中国办“费边社”，走改良主义道路。他说：“共产党几十万大军至今打不进南京城，我们组织起20个教授就可以打进去，掌一部分权力。”我微笑着。我懂得他所说的打进南京，翻译出来，就是打进陈果夫、陈立夫的复兴社（或称蓝衣社）。

侄女和叔叔完全不同，她在河大学生运动中受到感染，偷偷跑到豫西参加“土改”。现在正逢“夏屯”（夏收、粮食收购、入仓），她在负责编辑一张《夏屯小报》。我没有问她是不是共产党员，但从谈话中已经觉察到她已经看出“左倾”苗头的弊病了。在“土改”中和“土改”以后，干部乱打、乱判、乱杀人的事太多了，使心理处于中层的农民思想不通，从而在生产上也不够积极。她说：“你可以看到，临汝城里的疯子很多。”这句话提醒了我，鲁山城里也至少有三个疯子，不久以后我到我妻的故乡——河北正定，也碰到好几个疯子。多半是女性，因为女性感情脆弱。这使我想到，像“革命不是请客吃饭”、“不过正不足以矫枉”这样的话头在热火朝天的革命运动中讲，是不是合适？讲了，其结果必然是愈讲愈“左”，等到不好效果充分暴露出来再去纠偏已经晚了，很多无辜者的血已经流了，人的脑袋离开了脖颈是再也接不起来的。那些疯子大半是被杀者的亲属，思想不通就疯了。记得高尔基有一篇小说，瞿秋白译作《大灾星》，记一个女子喝醉了，躺在水洼里，一面唱着“好像是海呢”。这故事使我终身难忘。中国土改后的疯子唱不唱、唱些什么，我没有弄清楚过。

第二天到达洛阳。当时有谣言，说胡宗南的大军距洛阳只有30里了，店铺纷纷上门板，“冀南钞”与现洋的兑换率也从30%降到20%，这就是说，要5元解放区的钱才顶上现洋1元。我们处之泰然。可是旅途多艰，我病了。满街寻找医疗所不着，最后找到一所教堂附设的医院，医生全是意大利人，他们讲意大利语我不懂，他们说的中国话也很不通顺，最后找到英语这个媒介，双方比较通顺地沟通了。可是七年后肃反运动中，忽而有一条揭发材料说，我在洛阳跟罗马教廷通消息。后来我一再追思，突然想起当初从开封出来的人中曾有一人要和我一起去找诊所，也许是这位先生在追求“从宽”的过程中给我下了一块石。

过了洛阳，调不到卡车了，只好坐从老乡那里派差派来的牛车和驴车，行程就慢多了。迤逦自孟津而孟县而沁阳。沁阳，旧称怀庆府，跟嵇先生老家的卫辉府，是豫北两个著名的专区。东周时候，经戎狄的骚扰和贵族内部的叛乱，有一度“周天子”就在这一带地方流离着。《诗经》里的《王风》，就是这一带的民歌。我们到来时，这里正在“土改”，热火朝天。城门两边就像天安门两边一样，有两幅大标语，它是：

地主就是罪恶，
农民就是真理。

对此，我的心里又有活动。我想，“地主就是罪恶”，这句话在我思想上基本上是可以通过的，因为虽然就具体情况说，有很坏的地主，也有不太坏的地主；但现在是抽象地说、概括地说、作为一个剥削阶级来说，说它“罪恶”，可以。但也有缺点，那就是“区别对待”的精神从其中表现不出来。“农民就是真理”，这句话在我思想上通不过。我想，马克思说过，农民有其趋向革命的一面，也有其小私有者的一面，所以它还需要革命的改造，需要工农的联盟。在中国历史上，农民自己去闹革命就必然走到大皇帝，刘邦、朱元璋就是例证。所以我认为，“农民就是真理”这句标语，是错误的。从具体措施看，假如承认了农民手里已经掌握了真理，那么，平均主义、报复主义……都会表现出来，“土改”岂不乱套了吗?！有人说：“在群众运动初期，就是要它乱一乱。不乱，群众起不来。到中后期，我们再来落实嘛。”我认为，这是典型的“左”倾机会主义，这是旧知识分子“一纵一收”的策略在无产阶级革命中的插入；在思想上，这是阶级异已思想占领了阵地。

但，一段离奇的故事却由此产生了。我把这一思想写进了日记，继之又写进我的小书《从中原到华北》，经石家庄新华书店接受，并运往烟台转往大连印刷。建国之初，三联书店打电话告诉我，书稿在渤海中遭蒋匪炮艇的袭击，沉入大海。他们以新出版的《资本论》和《剩余价值学说史》等来作为对作者的赔偿。我欣然地接受了。从此，这对我一书稿久已淡然忘怀。

“文化大革命”中，突然有大字报，题目是：

> 赵俪生是地主阶级的孝子贤孙，
> 他侮蔑农民手中没有真理。

这一下，把我惊呆了。当时，我已关进牛棚，牛棚里有《统管纪律》，其中一条是不准看大字报。我是夜里到医务室看病，在往返途中偷看来的。第二天拔草时候，恰好只有我和我系的总支书记，我偷偷地跟他“交头接耳”，他说：“你真是个书呆子。什么遇见蒋匪炮艇，全是鬼话；那份书稿就放在你的档案里。我是总支书记，我早已看过了。造反派进入档案库，你这件隐秘自然而然就曝光在群众面前了。”

原来如此。

第廿七节 从中原到华北(三)

上太行和下太行，在我的脑海中留下了最美好的记忆。我前面曾经说过，在十岁以前，我对“山”的概念是抽象化的。后来岁数大了，看到新疆的大山和云南、贵州的大山，对山的概念丰富了。但那些大山给我的，只是地理学上的价值，而独独太行山给我的，则在地理学价值之外，更重要的还有历史学的价值。在悠长的中国历史上，太行和秦岭，是人们心目中的一个纵座标和一个横座标，山东和山西，山南和山北，就是以这两条座标而获得的系列概念和称谓。我得以在“土改”轰轰烈烈进行过之后，从南沿上去、从东沿下来，亲自看了看太行的山山水水和人文风光。

上山和下山，各自伴随着两条河。上山时，看到沁水和丹河像两条蛇样自晋东南的丛山中流出来，丹河汇入沁水，沁水汇入黄河。下山以前，我们越过浊漳水及其一道一道的支流，然后又越过清漳水，看到二水汇而为一，流在河北的大平原上，人们在河旁筑了一座邺城，成为大野心家（或者说大英雄人物）曹操和高欢事业发轫的根据地。

我们坐的是骡子车，骡子耐力强，一路斜坡上去。所经地名，也是不平凡的，如拦车镇，据说是孔子晚年要到晋国去跟赵简子会晤，走在这里被儿童项橐拦住，问太阳距地表的距离及其与光度强弱的关系，大圣人对光学缺乏研究，只好回鲁国去了。再如天水岭，晋东南一带土地改革的经验大会就是在这里召开的，因为据说这里的“土改”过程中，左倾和右倾的偏向都不大。经验总结出来，凡“充分发动群众”的地方就会较少地发生偏向。这也对，所谓“充分发动群众”，也就是运动领导者所掌握的情况比较全面，政策比较能落到“实”处的缘故。

终于到晋城了。晋城是旧泽州府。土改之后，提倡发展手工业，所以从南寨到南关再到南门十里长街上全是卖铁器皮具的，也卖土布。这里的老熟人也多，原夏县县长、政卫队政委刘裕民是这里的专员；原政卫队政治部主任霍钟秀在一个区里当特派员；刘的夫人、原晋南牺盟中心区书记王竞成也在附近工作。他们对我夫妇在政治上还是信任的，以老同志相待，叫我们住较好的招待所，叫我们可以任意翻阅资料室里的资料，包括本地区出版的小型《新华日报》的合订本和一些非“内部”的上下行文件。结合下一周在长治市所看到的类似文件，使我大吃一惊，或者说一惊非小。我所惊的，就是“左”！我看到，在这一带的文化部门，主要是小学和初中或师范里，人们怎样发动学生展开在教师中的阶级清洗运动。学生中有各种名目的组织，最主要一个叫“翻先队”，这是指查教师的三代甚至三代以上，看他们的先人在“地富”、“中农”、“贫雇”中属于哪个阵营。只要沾上“地富”，那就坚决清洗。试想在旧中国、在文化相对不发达的晋东南，能受较高教育而称职当教师的，不是“地富”家庭出身的有几个?！于是，大量教师被清洗下来，逐回家去劳动；有的给胸口挂上“地主”、“恶霸”的牌子监督上课。这种划阶级的做法在学生中发展得更恶劣，像地富子弟要背贫雇子弟去上学；贫雇子弟可以尿在地富子弟的头上叫“洗脑筋”；地富子弟要替贫雇子弟做作文、演算草、放牛、割草，女的要代替纺花、做鞋，都有定额，不足定额者开会斗争。考试成绩，要根据卷面扣分加分，如贫雇子弟加5分，地富子弟减5分；个别地方规定，不管卷面如何，贫雇子弟一律80分，中农子弟40分，地富子弟15分。学校出告示，“翻先队”队长（学生）名字在前，校长名字列在其后……我在这里所举是最拔尖的材料，其余复杂情况尚多，不能一一抄录下来。况且，所有这些仅仅是“复查”材料中被选录出来作为“纠偏”根据的，若干被认为不是“偏”不需要“纠”者，真不知还有多少。

在那本“掉到渤海里去了”的小册子里，我曾为以上的现象充当辩护士，我说这比国民党好得多，国民党发生了错误隐藏起来，而我们则把错误暴露在光天化日之下，使之得到纠正。现在轮到我写《回忆录》的时候了，明年我将臻于80，我又有了自己的新的看法。老话说：“人非圣贤，孰能无过，过则无惮改。”“纠偏”，就是为了改的，纠而不改，等于不纠。当时是40年代，相隔20余年，到60年代的“文化大革命”，那些“左”倾偏向不但丝毫未改，不是更加变本加厉地“再现”了吗？“红卫兵”不就是“翻先队”的新版本吗？“一切又重新来过一道”，那么，要“纠偏”有什么用呢?！“左”已经是我们永难治愈的一场痼疾了。

在长治市，我们结识了一位农学家乐天宇教授。他是湖南道州人，美国留学，现在是范文澜先生为校长的北方大学的农学院院长。他早年曾在河南大学任教，所以当他从广播中得知有一批河大人要从这里经过时，他就立意要接待我们。此人属于那种无话不谈的自由主义共产党人。只要碰到整风，就不会让他漏过的，他也惯了。一见面，他就讲述一个故事。说有纪晓岚（昀）的一个裔孙，从天津投到解放区来，安排在北方大学。范老是爱才的，但他手底下人却暗中折磨他。早晨跑步，大家都穿八路军灰棉制服跑步，独纪某穿古铜绸面皮袍跑步。范老过问了：“为什么不给他发棉制服?”回答很干脆：“仓库里没有了。”有一天，范老要来后勤上的钥匙打开了仓库一看，棉制服有好多在架子上呢。乐天宇说：“硬是有那么一批不开眼的土干部混进党内来，排挤一些有本事的非党人士。要不，党整风干嘛。就是整风，也整不完这样的人。”

长治是一个稍稍近代化的城市，有发电厂，有电灯，有些马路式的街道，可能也有几家工厂，在北平的傅作义“剿总”还没有忘记时不时派飞机来丢几颗炸弹。从长治往北，是潞城和黎城。这带地方，可能殷人在这里活动过，因为至今留有微子镇和比干岭这样的地名。可是到春秋时候，这里却被赤狄族盘踞着。晋人从曲沃兴兵来打赤狄，我设想晋城是不是晋人攻打赤狄的桥头堡？通过这场战争，晋人把车战战法改革为骑兵战法，这就是历史上记载赵武灵王“胡服骑射”的来由。这场战法上的变革，就是在黎城一带狭窄的山道上体验创造出来的。晋国因此也得到发展，韩、赵、魏三家分晋以后，赵国的都城不就搬迁到河北平原的邯郸去了吗？所以我感到，我们这段旅行，是亲自追踪了一次古晋国发展的历程。

当然，在近代，这里也有著名事迹。1938年3月，刘伯承将军就曾在自乡党铺到东阳关20里狭窄的谷地里靠手榴弹炸毁了180余部日本军用卡车并杀伤与之相应的军兵。

第廿八节　从中原到华北(四)

从6月上旬到8月上旬，转眼间已经快两个月了。时序不觉已自初夏至盛秋。我们一家人离开平静宁贴的书斋生活，经历山川颠簸，但也大开了眼界。所谓“大开眼界”，是既指对自然的，也指对社会和历史的。

经武安时，听到广播，朱自清先生在北平逝世了，终年不过五十一二。是日傍晚到达邯郸。这个城市，显得很大，很嘈杂。满街在卖联合国救济物资，如奶粉、军用饼干、奶油和乳酪、果仁等等。我们被安排在华北局招待所，满院子种着青葱的扫帚菜。这里有自来水，可以把旅途中弄得浑身的尘垢，清洗一番了。休息过后，也偶尔带了孩子到一个像是公园那样的地方去玩，这就是后来叫做“烈士陵园”的地方。在这里有一番奇遇。

在一架花棚的地方，一位像干部又像大学生的人突然问我：

“你们是不是刚从开封过来的?”

“您怎么知道的?”我反问道。

“我从《豫西日报》上知道，一批人要去华北，估摸着日子你们也该到了。”

“那么同志，您在哪一部分工作?”

“豫西。做部队工作。现在在这里休息。抗日战争时期，我在山西‘决死’二纵。”

“那么，您是韩钧的部下?”

他笑一笑。慢慢低声而诚挚地说：“我就是韩钧。”

真是奇遇。我们立刻像老朋友似地恳谈起来。他把我们引到公园内他的住处，见到了他的夫人。他不像乐天宇那么开门见山，那么无保留地无话不说。他说话很谨严，口音像是豫东彭雪枫那一带的人，凡不该说的都抑住了。但能说的话还是很多很多，从晋西北一二〇师谈到“决死”二纵，谈到秋林会议和阎锡山所说的“韩钧反了”，一直到某些人说他破坏了抗日民族统一战线。我把中原局势也给他讲了许多。我们相约，一两天内再谈一次。

我对与韩钧的奇遇十分重视。回到招待所，我叫大女儿将我的一些作品送到公园，请韩看看，借以使他对我有所了解。我们又要启行了，启行到此次旅途的终点——石家庄。临行前又去长谈一次，殷殷惜别。可是到石家庄不久就听说，韩钧同志服安眠药自杀了。这真是晴天霹雳！最最使我惊奇的是，在那么多的谈话里，他竟丝毫没有叫我敏感到他要自杀。内外有别，他在这一点上掌握得很紧严，像决死二纵“叛变”以及什么破坏抗日民族统一战线这样的委曲和内幕，是绝对不会向我这个党外的陌生人泄漏的。我很尊敬他。

道路泥泞，我们的四轮卡橡胶轮上系了铁链，也照样在泥潭里开不出来。当天，只好在黄粱梦住宿。这是围绕着据说一个叫卢生的黄粱一梦故事而建造的一座道教中心。我这个人一辈子，对儒家有80%的好感，对道家和佛家也有70%的喜欢；平生最憎恶的，一是法家，二是道教。前者教导那些独裁者怎样更加独裁，而后者则用什么“房中术”、“采补”等等，勾引那些独裁者去糟踏无数的女孩子以满足其淫欲。

终于，到石家庄了。在这座大城市的西沿上，有一座新建成的花园饭店，华北人民代表大会正在这里召开，华北人民政府要由此成立。傅作义“剿总”的轰炸机队也以此作为日夜轮番轰炸的对象。我们被华北局交际处的人安排在这家饭店里住下。

第一个碰到的是原扶轮中学的学生柯在铄，他现在已是全国青年联合会的主席了。师生之谊，依然浓烈。他带领我去看了艾思奇、尚钺和作家荒煤，第二天还带领我和河南诗人苏金伞去华北局宣传部拜望了萧三和周扬。

夜中轮番轰炸，饭店的人安排我们到郊外一家农民家里休息，夜中屡屡被炸弹的爆炸声所惊醒。黎明前返回饭店，雇车到正定去。这里，是我妻老家的所在地，也是由北方大学与华北联大合并而成的华北大学的所在地，在这座解放区的大学里，我们将参加工作。

第九章　在华北大学

第廿九节　正　定

正定，原名真定，清朝雍正帝名叫胤禛，为避讳，真定就改为正定了。它更古老的名字是恒山郡，为避西汉文帝名叫刘恒，恒山又改成常山郡，《三国演义》里的“常山赵子龙”的呼号，就是改了以后的。有些年代，改郡为州，这里又曾叫恒州或者镇州。

这是一个很大的城池，到我们到达的当时，这是个很破烂的城池。试想，经过日本人盘踞，再经过“土改”，推掉了地主这座大山，像一名壮汉刚刚做过一场大手术一样，一时不免于不振了。贫雇农分得地主家的“果实”，自己不习惯用，就统统拿到市集上来，五花八门。到粉碎了“四人帮”、改革开放刚刚起步的时候，这里成了省会石家庄人采购副食品的集贸基地，这才慢慢地繁荣起来。

这里也是古老文化的基地。就以佛塔说吧，就有“正定四塔”：砖塔、青塔、花塔、木塔。最早的砖塔建于北魏，最晚的木塔建于唐中叶以后。青塔还是佛教中一个著名教派（临济宗）的纪念塔，我有时看见日本旅游者极其虔诚地向它鞠躬。到元朝，又建立了隆兴寺，俗称大佛寺，至今仍是旅游界的重大景点。

论人物，西汉初南越王赵佗，也就是自称“蛮夷大长，老夫臣佗”的那个人，就是正定人。另外，常山赵子龙也是一个著名人物。到明末清初，有个梁清标，他是崇祯朝的进士，降过李自成，又降了清朝，在康熙朝做到户部尚书和吏部尚书，是“宰相”那样的角色了。他搜藏的书画在全国闻名，他藏画的书斋叫蕉林书室，当时南方笪重光和北方梁蕉林的藏画图章，是鉴定家最重视的印记。记得80年代我要求妻带我去找蕉林书室的遗址，却变成正定县废旧公司了。就连“蕉林书室”那块匾额，想找到拍一张照片，人们说久已不知去向了。

试想，我们在1948年8月返回正定，处境十分尴尬的。岳家的家族及其亲戚朋友，无疑属于被镇压者的阵营，而我们穿的是八路军的灰制服，从形式上无疑属于镇压者阵营，两方相见，又是亲戚，又有界线；太疏远了不对，太亲密了又不对。岳父被定为“小土地出租者”；可是近族和姻亲被定为“扫地出门”者，大有人在，有的还受了极刑。仅举二例。岳父的外家——阎家，就是正定的首富，范文澜先生告诉我，这家一个丫环阶级觉悟提高了，揭发出阎家一处秘密的地窑，内藏元宝上镌刻的年代有明朝的，还有元朝的。他家的后裔阎简弼（我妻的表兄）当年从燕京转来清华，曾与我一个教室里听冯友兰先生的《中国哲学史》。后来院系调整到东北去，听说在劳动中撂下铁锨钻进了一辆正在开驶中的大卡车的轮底。这样的结果，怕与“出身”问题紧密分不开的吧？我妻的外家——王家，也就是北洋“三杰”中的王士珍家，土地虽然不是最多，但王当过陆军总长、内阁总理，声威是大的，加以王的过继长子在家胡作非为，还为日本人干过事，逢到“土改”他是跑不掉的。与阎家的长子（简弼的哥哥）一起被“溜”死了。所谓“溜”，办法是把受刑人的双脚绑住，架在几匹骡子后面，脑袋拖在地上，到城中东西南北四条大街“溜”上一遍，受刑者不死也昏迷了。又是范文澜先生告诉我的，某天夜开完会大家到厕所解手，恰好我和范老站在一起，他问我“你怕鬼不怕”，我说“不怕”，他说“你夫人的表兄给‘溜’完了以后，就是在这里杀下头来的”。如今事隔四十多年来，我一直不明白他跟我讲这些干什么。反正我们的态度是，姻戚是历史积累下来的，其中有罪的我们绝不包庇，也包庇不了；无辜的，我们仍按传统礼俗对待，大爷是大爷，叔叔是叔叔。我们总不能像我的一位老同学那样，用铁丝牵着自己亲爹的鼻子去游街，还叫老爹在底下跪着，自己在台上宣布罪状。当然，我这一辈子也做不到我那老同学那么大的“官”。

城的南门外，就是滹沱河。我妻母校的校歌第一句就是“枕恒山兮面滹沱”，概括得很形象。滹沱，地方人叫葡萄河，又叫咘嗒河，此河源自雁门，是少数民族地区，河名原本是胡语吧？一条河在山谷窄道里规规矩矩的，一到大平原，它就像一条蟒蛇样，滚来滚去，“三十年河东，三十年河西”这句话就是由此而来的。我们到来时，一下渡船就是南门，可是康熙年间安丘诗人曹申吉来看望梁清标时，在他的《南行日记》里却说南门外“十里芙蕖”，“迂回二十里始得驿道”，可见河水变迁之大。

第卅节　华北大学

华北大学，是以范文澜为校长的、设在邢台的北方大学与以成仿吾为校长的、设在张家口的华北革命大学——两校合并改组而成的。改组后范、成担任副校长，另由更加德高望重的吴玉章担任校长。学校除校部外，设四个部。第一部是抗大、陕公式的对初来参加的热情青年们施行训练的单位，在正定东门里的大佛寺里驻扎。第二部是准备进城后与旧式正规化大学相并的部分，也设“系”，如中文系、历史系等等，地址在东门里法国教堂，那里有西式楼房，有教室、实验室、工场等等。第三部是几个专门性质的训练班，如“外交人员训练班”、“新闻工作人员训练班”等，这些班对人员的要求更严格，带有某些保密性质，大都驻扎在附近的村庄里，也不许亮牌子，用代号。第四部是研究部，设在西门里的“王宅”。所谓“王宅”，是指北洋军人王士珍的公馆，一派砖瓦旧四合院的格式。这房子在小县城里自然显得突出，但假如与袁世凯、段祺瑞、冯国璋的派头对比起来，则仍是极其简单朴素的。

几个组成部分分散在各处，这也是战时、暂时的布置，不可能自己形成自己的建筑群，更没有校园（Campus）。校部，也就是总管理处，设在小十字街，吴玉章校长和钱俊瑞教务长住在路西，成副校长住在路东，都是“扫地出门”了的大户们空出来的院落。各部分间的联系靠勤务员跑腿，记得那时连自行车都不多。跑石家庄，跑平山（中央所在地），开一部军用吉普，送一般客人，就套一辆或几辆骡子或马拉的胶轮大车。

吴玉章校长四川人，是老革命家，老民主活动家，跟随孙中山先生多年，并且在海外组织革命活动。记得那年正逢他60大寿，我们大家去贺寿，看到堂屋正中高悬着两幅红色贺幛，一幅的下款是毛泽东，另一幅下款是朱德。吴老将他的《新民主主义革命史》提纲油印成册，分送给贺寿人，亲自用毛笔题写赠词，毛笔字写得很有风格。钱俊瑞同志，安徽人，多年在上海创办经济学学术刊物，是一位经济学者。据说，少奇同志特别器重他，让他担任平山县县委书记。传说，他赶到一个斗争会现场，把一名错斗的妇女解脱出来。当时他担任教务长之外，恐怕还是党委书记。后来进城，他在文化部和高等教育部也都是担任副部长兼党组书记。此人思维敏锐，语言能力也很强，善于掌握策略，也擅长做民主人士的统战工作。

范文澜先生，原籍浙江，因祖上在河南汤阴做官，所以在生活习惯上是北方人的味道。他的夫人戴老就是豫北人。多年来，他是北平女子文理学院教史学、文学、训诂学的挺古板的教授。可是由于赋性偏激，所以早在共产党的“左”以前，他已经“左”起来（这一点与鲁迅类似）。他写文章骂孔子，骂宋明理学，骂朱熹，骂佛学，都很偏激。到延安以后，他很受到尊重，当毛泽东讲“年轻人应该起来打倒老年人”、“这是历史的规律”的那场讲演时，范也在座，毛还加了“范老你是专家，我讲得不对你可要纠正呀”那样的话。范老在延安就写起他的《中国通史简编》来。我曾经有缘读到此书的初版本（而不是一次又一次的修订本），其中主要写的是历代统治者的残暴及荒淫与无耻。残暴、荒淫与无耻，这些都是毫无问题的，问题是像配方一样，这残暴、荒淫和无耻，究竟应该占多大的比例。无论如何，它不应该是历史的全部。历史中的确有这些脏东西，但除此之外占更大比例的，应该是人类社会的美好的希望和前瞻。所有这些都是在背后里叽叽喳喳的，可我把它带到了长春，后来经过揭发，这个话反而成为我说的，成为我背着的一条罪状。

至于成仿吾，他是一个倔老头，当年“创造社”时期翻译法、德诗歌散文的那种才华，已经荡然无存了，只剩下当年骂“文学研究会”、骂茅盾为什么“群鬼”的那股横劲儿。我自己想起来也感到奇怪，在30年代我在文艺界有来往的，全是“文学研究会”的人，如郑振铎、叶圣陶、茅盾、王统照等，而与“创造社”的郭沫若、成仿吾则从来就是“不相与谋”的。由于在下文第三十三节中我还要专节叙述我与成的冲突，故在此处暂时从略。

第卅一节　第四部

第四部，就是研究部。它设在正定西门里的“王公馆”。这里是北洋大军头王士珍的公馆，由一系列大院落、小院落、后花园、过厅、跨院等等合组而成。第四部的研究课题当时是有限的，几个青年人帮范老修订与续写《中国通史简编》，这是一个课题。由范老带头、由支部书记刘大年实际领导的《中国近代史》，又是一个课题。由艾思奇担任组长、由我担任副组长的《中国近代思想史》，研究龚自珍、魏源、康有为、梁启超、谭嗣同等人思想的，又是一个课题。其余都是零星的了。

当时职称及其界线，已经有了，但较模糊。大家都按供给制，稍稍有些差别。譬如范老是“小灶”；叶丁易、王冶秋和我，似乎还有何思敬，是“中灶”；荣孟源、刘桂五、王南、王克风以下全是“大灶”。这第四部的同仁们各有各的妙处，容我在以下一一做出描述。

叶丁易，安徽怀宁人，在蒋管区时候他是设在四川三台的东北大学中文系教授，比较大个的民主人士，所以在王公馆中他是被安排在正堂屋的东间，给人一种“第一号人物”的印象。他的继房妻子白虹同志陪伴着他。他可能有些自命不凡，脱离群众，所以四周围的人对他有些闲言碎语，如说他去找吴玉章校长要求配给一名勤务员（其实这是不必要的），再如说批评范老的《简编》，只不过是拾掇自赵瓯北的《廿二史札记》，等等。开国之初，他到苏联讲学，因脑溢血死在莫斯科大学了。1950年，我与他合编《光明日报》副刊《学术》，他管西城集稿，我管东城集稿，相处得没有什么矛盾。

王冶秋，又用“高山”这个名字，也是安徽人，可能是皖北。发表过一些散文和小说。他和妻子住在“王公馆”正堂屋西间。他和丁易不同，很注意与群众的关系，和领导的关系也密切。他在进北京的半路上入了党，进城后不久就是国家文物局的副局长（郑振铎的副手）。他的太太很长时间主持《文物》的主编工作，编辑部的人叫她“老板娘”。这两夫妇后来的情况，我就不太清楚了。

刘大年，湖南华容人。此人没有学历，自学成为学者。当时他是第四部的支部书记。身体很坏，好像肺部有毛病，有一次聂荣臻部在正定城外试炮，一声炮响，大年同志的肺受了震动，立刻吐血不止。记得血流在地上一大片。进城以后，他一直是史学界无冕的领袖。他的观点狭窄，很固执。

最妙的人儿，数荣孟源了。他属河北沧州盐山的荣家，是大家。他是最老的党员，可当时他不是党员，党籍被开除掉了。这就不能不追溯到延安时代，那时他是延安师范的教导主任，延安师范奉中央命令，校址要与西北局调换。学生们不情愿，荣的“小农”意识也出来作祟，“为什么我们辛苦一场打好的窑洞要让给高麻子呢?”于是兴起风潮，教员罢教，学生罢课，由荣执笔起草了《上毛主席书》。隔一日，毛的批示下来，四个大字“岂有此理”。群众欢腾了，“毛主席都说西北局岂有此理嘛”。谁知周扬到来，代表边区教育厅宣布延师解散、停课整风，荣孟源同志停职反省。老荣的党籍就这么丢掉了。所以他满脑子装着“老革命不如新革命，新革命不如不革命……”这样一些牢骚话。

还有两位也相当妙的人物。一位是何思敬，他曾是中央派驻李宗仁那里的代表。这种身份是很高的，如南汉宸就是派驻杨虎城那里的代表。何现在老了，在这个第四部替他设一个“国际法研究室”，只他孤单一人，纯是“因人设事”的性质。记得每在大院子里开会，一般人蹲坐在地上，独“何老”让勤务员搬一架圈手椅，每当辩论到问题焦点时，他总是挥舞着两手，高声地喊着：“这是个原则性问题!”黄华是他的女婿，听说晚年就住在外交部长家里。

我们第四部的另一位怪人，叫王锦第，他的儿子是鼎鼎大名的作家王蒙，他晚年就住在文化部长的家里。此人与张岱年似乎是老朋友和好朋友，因为在张的《学术自传》里几次叙述到王锦第，张的划“右派”言论中有一条说，王的历史早已交待清楚，交待清楚的可以不批不斗，但北大在“三反”运动中又把王锦第斗了，张替他鸣放了一下，就被划为右派了。王这个人据说德文极好，只是按北京人的说法有点儿“鼬”。

第四部除却这些“老牌”的之外，还有中青年们，其中萧前是我们哲学室的秘书。另有一位叫牟安世，此人乃四川自流井的人，在北大上学时与德语教授冯至关系密切；在第四部与我过从较密，被认为是在自由主义的共同点上“臭味相投”。

范老住在后花园里。那里的花房花棚，经过“土改”，早已荡然无存了，独王士珍的花厅依然存在，范老、戴老和勤务员住在里面。所谓“花厅”，也无什么特殊，只是玻璃窗多些，采光较好，他们的卧室里只不过一片河北式的大炕，长长的，据说住兵可以住一个排，戴老睡在炕的东头，范老睡在西头，头边安一小桌，放一盏油灯，桌上放着他平生喜爱的《文心雕龙》校注稿，上面朱墨斑驳批着若干增注，这稿子是他睡觉也不离开的。他和乐天宇是好朋友，现在乐的农大也迁到石家庄来了。每隔些时，乐要骑匹马来看望范。范必叫勤务员到大什字北去买两斤肉，包饺子相待。每次包饺子，总叫勤务员送一盘给我。所以当时我一看见第四部门口拴一匹马，我就跟妻说，我们又有一盘饺子好吃了。

第卅二节 “逃情况”

在1948年的初冬，我们接到情报，蒋介石可能要将傅作义部调到长江沿岸以加强长江防务，北平防务交中央军接替。调动的方式可能有二，一是由天津乘美国轮船，二是由陆路由北向南纵贯河北、河南。这第二条路自然而然会在石家庄发生战事。科研教学人员属于非战斗人员，必须事先避离，以减少军事考虑者的过多顾虑。所以我们华北大学的较高级人员奉命都要向南稍稍撤退。这用解放区的习用语说，就叫“逃情况”。初步确定的目的地是邢台。根据通知，生活日用工具和书籍，暂留原处不动，由留守人员保管，撤离人员只要轻装跟着走就行了。主要交通工具是骡子拉的胶轮大车。

这样，在我心中就油然引起一个想法：这不又是一个旅游的好机会吗？夏末秋初来时，只在邯郸略作停留，其余一晃而过了。目前，正是补课的大好机会。

记得是在一个下午动身的。我们这辆胶轮车上坐的有：我夫妇二人带三个孩子，成仿吾，何干之同志的夫人刘炼女士，还有牟安世。第一站是元氏。元氏城虽不大，但历史传统很久，恒山郡一度曾设在元氏；写字人经常遇到的一部汉隶帖《封龙山碑》，原刻石的崖壁就是元氏。城中有座孔子庙，房舍全已破坏了，独孔子像还在，每天黎明一位极老的老者身穿长袍，在孔子像前跪拜。这就使人想到，世界上的人有激进的，激进到超越的地步；也有的人就是保守，固执不化。他每天黎明静悄悄地来三跪九叩首，又不搅扰或破坏生产，你没有理由抓起他来。

第二天过高邑。说起高邑，它是东汉光武帝刘秀起家的地方。当时他在“铜马”丛中绕来绕去，一度曾十分狼狈过，只能吃点“滹沱麦饭”度日，后来得到下曲阳一带耿氏宗族的支持，才慢慢积累力量，在这高邑即起位来，算是立住了脚根。他讨的第一位夫人（皇后）就是附近藁城的。到明朝末年，这里出了个赵南星，他是个有大才学的人，在政治上能力也很强，是东林党中的大人物，当时正人君子的领袖，当过天启朝的吏部尚书，与阉宦们做了坚决的斗争。他对他的故乡也很有感情，说“青葱掩映，则知其高邑也”。可惜他晚年政治斗争失败，流放到雁门代州，他说代州“白沙黄草，三月不春”。崇祯朝的冤案平反公文被人有意滞发，致使他终于没有能够活着返回他“青葱掩映”的故乡高邑，死在代州了。我有个同班同学王勉写过一篇文章，考证《金瓶梅》的作者有很大可能是赵南星。这自然不是定论，但赵南星生前对歌舞姬妾之事，经验体会也是很丰富的。可惜我们是过路打尖，并且旅程上也有纪律，不允许进城访古，只好带着遗憾离去了。

底下一站是赞皇。这是贴近太行山边的一座偏僻小县城。我们在一家饭馆就餐，见一位老妪白发苍苍，龙钟呆滞，但仍扶着拐杖、挎着饭篮，在饭馆的饭桌中间讨饭。当然你给钱，她也欢迎。跑堂的告诉我：“别看这老婆子，他儿子在后方是大工程师。”这话引起我的追问，跑堂的进一步告诉我：“她姓杨，她儿子叫杨世骧。”这一下令我吃惊了。杨世骧在陕西蔡家坡西北机器厂是总工程师，在当年的“工程人员英语进修班”上，他坐第一排。他是日本留学生，英语基础差，所以来补习。他的语言学习进步很快。他曾告诉我，老家是河北赞皇。想到这里，我赶紧跑到街上去追赶那个老妪，想奉赠她哪怕是极有限的一点钱财，但是已经找不到了。胶轮大车定时要启动，不允许我大街小巷再去寻觅。

我们终于到达邢台了。这里是旧顺德府，与偏南的广平府（永年）、偏东隔省界的山东东昌府（聊城县）无形中组成一个具有独特气质和人文风格的地区。这里的人粗壮敦厚，街上卖的烧饼、面条、烩饼一般都比其他地区大一倍、份量重一倍，所以新到人假如按其他地区习惯安排饭食的话，桌上会剩下好多吃不完的东西。小说中武大郎卖的那种炊饼，就是这一地区的名产。

原北方大学就设在邢台，自离去后校舍空着。那又是一座法国教堂，楼房很多，树木也很多，在这里有一个我个人一辈子仅仅见过一次的景观——大乌鸦群。这里的乌鸦是纯黑色的，似乎很肥大，叫声也特别粗壮聒耳。它们的组织性纪律性很强，清早集体大叫一阵，一齐飞走了，到日落山时又呱呱叫着飞回来，入夜后寂然安歇，翌晨拉下一地的粪粒，是农田中上等的肥料。

邢台这地方，卖旧书、文物、碑帖拓片的，似乎比邯郸的多。王冶秋在这里呆过，并且他也有这方面的嗜好，于是由他带领，我得以结识了不少这方面的小行商坐贾。我想，这地方自有它的地域特色，试想，北魏时候赵郡李氏是大族，他们遗留在地上地下的墓碑墓志铭不在少数；北齐时候，邢台以南的邺城又是高家的都城，又在这一带留下了很不少贵族官僚们的碑石；清末同（治）光（绪）间康有为出来，在书法上贬抑“帖学”，大力提倡“碑学”，一时酝成风气，于是洛阳的魏碑，邢台的北齐碑，一直到泰山的金石窟，顿时声价十倍起来。所以这一行业在这一地区兴盛起来，是有其必然的。在王冶秋的带动下，我也买了不少份拓片，对我当时正在进行的《北魏史》研究也起到一些辅助的作用。

当时大家没有正经事干，就经常彼此串门。例如诗人艾青和历史学家尚钺就来看望我，作为我到正定东门里第二部看望他们的回拜。记得尚钺扶一根很粗的手杖，据说这是摹拟闻一多先生的风格。闻师母高真女士有一天也跑来串门，她喜孜孜地说要给我们讲一个故事。

她说，有一天你们闻老师下课回家，把书包一摔也不说话。我和儿女们怀疑他在学校里又跟谁生了气，也不好问。半天，你们闻老师发话了："咳，咳，我真惭愧呀，当了这些年教授连一个女学生都没拐上手，你看王瑶，才当了一年多五华中学的国文教员，就拐上一个女学生跑了。"我们一听，原来是讲笑话，才放了心。

其实，闻先生所使用的这个"拐"字，有点委曲了王瑶夫妇。据我所知，王瑶的夫人杜琇女士当时是真心真意地爱上了王瑶，并且在婚后生儿养女的几十年里，受尽了王瑶兄的精神抑制。就说当时的出走，也是冒了生命的危险的，因为杜的父亲是卢汉手下保卫人员的头头，他坚决反对这场婚姻，曾派人前去追踪，他（她）们俩躲在运送货物大卡车的篷布里，才幸免于难。闻先生用了一个"拐"字，只不过是"语不惊人誓不休"罢了。

不久，大家奉命重回正定去，傅作义不但不会取石家庄，而且准备和平解放北平了。在返程中，我要求在元氏多住几日写点东西，钱俊瑞同志许可了。所以当我们这一家重新返回正定西门里"王宅"时，已经是腊月快要过年的时候了。

第卅三节　跟成仿吾的冲突

有一天，一辆中型军吉普从平山开来，直开到小学十字街吴校长门口。车上下来的是周扬，他是中宣部副部长。此来，是下达中央命令，北平即将和平解放，进城后接管大专院校和文化部门的任务，就交给华北大学了。要大家组织讨论。

从此以后，每天下午在吴校长住的大厅里，就总在开讨论会。被邀请参加的人似乎很广泛，只要小有名气几乎都被邀参加了。记得从堂屋一直坐到廊沿底下。讨论一直很热烈。

有一天，讨论到北平各大专院校教师都要到军管会的文管会报到，并办理登记的问题。有人主张，不管年龄老少，全要亲自前来报到。于是有人说，譬如像陈寅恪，眼睛看不清楚了，身体也很衰弱，由家属或朋友代替报到就行了。这时，成仿吾副校长用宏亮的湖南话发话了。他说："资产阶级知识分子到无产阶级领导的革命机关来报到，来办理登记，一定要亲自来，本人来，不得由别人代替，因为……"他特别提高了声音说，"这是个态度问题!"

他这句高亢的湖南话，叫人听起来特别刺耳。会场上鸦雀无声。我当时的内心活动很多。我想，这是把自己当成征服者，把知识分子当成被征服者，要他们"迎降"，在文管会门口办个受降仪式吧？我又想，同是共产党领袖，为什么在河南三位高级将领前来拜访我们，陈毅将军还讲了"两条战线的合流"那样的话，而成仿吾则一口咬定即便像陈寅恪那样国际闻名、又那么病残的人也要亲自来报到呢?

于是，我发言了。

我说，我讲点题外的话。我读过一些列宁的传记。十月革命后，俄国知识分子可比中国知识分子凶得多，嚣张得多，像巴甫洛夫，他开口闭口骂布尔什维克"匪帮"(the bandits)。可是列宁怎么样呢？他隔几天就拿着黑面包和黑鱼子酱来看望巴甫洛夫。他骂，列宁并不抓起他来，也不同他吵，而是耐心地等他回心转意，替苏维埃共和国工作。我说："这一切，我觉得值得我们大家学习。"话假如只讲到这里，将会一切太平无事，可是我却提高嗓音说："特别值得成校长学习!"

这一句话，可把马蜂窝给戳下了。当时在会场上，仍是鸦雀无声，没一人反驳，没一人表示同情。事隔几十年，当我在北京又遇见李何林同志时，他对此事记忆犹新，他亲切地握着我的手，对旁边的几个人说："在那种场面，讲那样一段话，可是需要勇气啊。"

我说："也需要接受惩罚。"

他说："我听说了，贬到山东一年。不过，你当时没进北平也好，那里面五花八门，你应付不了的。"

在那次发言后三天，我接到华北大学调离的通知。通知说，现在山东已经解放，山东分局来函，要求华大在干部人员上提供支援。赵俪生同志是山东人，理应支援桑梓……云云。我看了公文后对妻说："我被开除了。"

校部的秘书又来通知，鉴于赵俪生同志有三个孩子，年岁幼小，并且夫人身怀有孕，冷冬朔九，车马颠簸，会有诸多不便，经吴玉章校长提出，将吴老随身的两名勤务员之一苏春芳同志派遣来辅助赵俪生同志，一直送到华东，不必回程，在当地济南公安部门另行分配工作。

实在感谢吴老对干部的人道主义之情了。

1995年11月30日写毕

第十章　在济南

第卅四节　济南市委和市政府

1948年2月，旧历年刚刚过完，春寒料峭，我们一家五口，再加警卫员苏春芳同志，由华北大学包租胶皮轮大车一辆，由石家庄直往济南。

成仿吾有点像诸葛亮，诸葛亮斩了马谡，还要祭马谡。成开除了我，还为我设宴饯行。但这宴不是专为我的，首席是正要调任南京市长的石家庄市长柯庆施。我夫妇是次席。柯庆施高大的个头，大声嗓，酒量之大我平生未见第二人。他带着一个机要秘书，频频给我们加酒，当时还未来及问其姓名，事后人们告诉我，那个人是张春桥。真是失敬了。当时他恂恂若属吏，足见这种人是能屈能伸的。后来的张春桥，我给他斟酒，他还会怀疑酒中放毒呢。

那个初春，也是个大境界，也就是说，错过那段时间，就再也看不到的境界了。在内战期间，津浦、平汉两条干线扒的七零八落，桥梁也都炸伤。我们一路所碰见的是两大景观，第一是第四野战军正调往中南，去打白崇禧，真是车辚辚马萧萧，当年日本装备和蒋记的美式装备，现在都落入人民解放军手里，就格外显得威武。空中呢，一排排编队的重型飞机隆隆在头顶飞过，但是不须害怕，它不是轰炸机，而是受阎锡山租雇的陈纳德运输机大队，前往太原，将兵工厂的精密机器拆卸运往台北。浩浩荡荡的炮车和马队由北向南，运输机由东往西再由西往东，西去时机声还不那么沉重，东返时机上已装重型机械，机声就特别沉重了。我们一辆胶皮轻车，驰行在积雪的河北平原上，看着解放战争中的一个特写场景，心里不觉增加了若干人生的体会。

到了济南。

济南刚刚经历过了解放战争，跟开封大同小异。只是在我们说，开封一解放，我们就离开了；济南刚解放，我们就进来了。记得二大马路路南那家最大邮局门脸高顶上的那座水泥亭子被迫击炮打得粉碎，狼藉在马路上，尚未清扫。

我们住进石泰岩。现在，旅馆的花样越翻越新，什么五星级、四星级等等。当年的旅馆，不过什么联昇栈、悦来栈，像石泰岩就算拔尖的旅馆了，可见华东方面还把我们看做重要来宾接待。至于手续，原来说清楚的，由苏春芳同志代办。可能他先到了山东分局，经批下来，我夫妇由济南市具体安排，在济南市人民政府协助工作。

我要去"认认门，认认人"了。市委在斜马路（济南商埠全是经纬东西和南北的直路，只这条马路不正，所以叫"斜马路"，就如北京的杨梅竹斜街一个意思）。书记叫刘顺元，是说着我们青州府一口地方话的一位老"土八路"。人挺和蔼。见过书记，再见宣传部长，他叫夏征农，上海方面的风格，原来是作家，我见过他的文章，他看过我的档案材料，也知道我喜欢写文章，所以见面还谈得来。再到市人民政府。这是设在二大马路路北的一个小洋楼大院，可能是"五三"惨案时期日本人经营下的一个机关驻地。在中间一座小楼里，我见到市长。他叫姚仲明，东阿县人（东阿是出产驴皮胶的地方）。他是济南老小学校长，老共产党员（大革命时期也具备老国民党员身份）。他的秘书长叫管大同，是我邻县的潍县人。他们家以在各大城市开设惠东大药房而著名，他本人也喜欢写写文章，后来为一篇歌颂武训的文章被毛泽东点过名。此外，还有丁梦孙和李澄之，前者是民政局长，后者是教育局长。这两个人也各有风格，丁原籍日照常住济南，是一位带旧知识分子气味很浓的老干部，后来我和他交成很亲近的朋友。李是沂蒙山区的人，老资格的国民党员，他夫人隋灵璧也是大革命时期的妇女领袖。跟这些人打交道，人倒感到比跟华北大学的人打交道更心情舒畅点。

我在丁梦孙领导下，办"济南市各界代表大会"的秘书组事务。所谓"各界代表会"，就是以后各级"政协"的试办。有工人代表，有农民代表，有知识分子代表，有爱国资产阶级代表。我不是党员，只能是副组长，正组长派来的是陶钝。此人是我外祖家诸城的人，一口土到不能再土的诸城腔（带"咬舌子"），不修边幅，大咧咧的。我们办一份《会刊》，他在上边写一篇《会场巡礼》那样的文章，写工人和农民代表多么正气凛凛，等写到资产阶级代表时，却用“肥头大耳”、“脑满肥肠”一类带侮辱性字眼。我一看，当面说，这篇文章不能用。他坐在对面一拍桌子，质问为什么不能用。我说，你既然请了他们，他们就是宾客，就不该当“阶级敌人”来对待。我们吵起来，官司打到市委宣传部，“上边”的意思下来：这篇文章不能用！陶钝才不吭气了。这又一次证明，“左”是我们的一种痼疾。这位陶公后来活到90多岁，做到全国文联的副主席。

第卅五节　王献唐先生

在济南南郊的十大马路上，有一座房东盖起来就是为了出租、收房钱的小平房院，北房、东房、西房各三间，南沿未盖房子，所以不能叫“四合院”，只能叫“三合院”。在北房里，住着患癫痫病的王献唐先生和他的庶母。这位庶母已经很老了，但仍然勉强担任着母子二人的炊爨事务。献唐夫人当时住在青岛，青岛一时还未解放，还过不来。

献唐先生原名王琯，号献唐，是用了西域人将玉琯献给唐朝的典故。日照县两城镇人。两城，后来成了一个考古遗址，还出过一本考古报告。王先生的尊人是一位老中医，不惜奔波为人诊病，当病家谈到报酬时，老人说，“你就挖些石刀石斧送给我吧，我最喜欢那些东西”。老人看医书之余，还爱看《说文解字》。当时，大文学家许瀚（印林）还活着，在家里督工刻印桂馥（未谷）的《说文义证》。献唐的尊人经常到印林家问学。兼之，王家的姻戚丁以此（字竹筠，按此人即国民党老组织部长丁维汾的父亲，近代物理学名家丁肇中的曾祖）也是文字学家。这样，以乡土为纽带，就形成了一个研究古文字学兼及古声韵学的一个无形的基地。而王献唐先生这样一位全国级的地区文献专家，就是在这样一个无形的基地上茁壮培育出来的。

我第一次看见王献唐先生，那是在30年代，我还是中学生，他也比我后来看见的模样年轻许多，不到40岁，但已经是山东图书馆的馆长了。那是在我伯父赵孝陆（录绩）的客厅里。忽然有一天，桌子和椅子都拉到一边去了，空闲出来的地板上放着两块大碑，里面用油纸包裹，外面用麻袋包裹。我问这是干什么？伯父的仆人说，山东图书馆长要拓这两块碑。一会儿他来了，我是娃娃，当然够不上寒暄，但我冷眼一望，就感到此人跟我伯父经常来往的客人不一样，感到此人似乎先天地具有某种特异的神态。

现在他显得老了（实际也不过五十二三）曾到北平协和医院动过开颅手术，有一定程度的成功，也有一定程度的不成功，所以还偶尔犯病会猝然摔倒。比这更使他不愉快的，是居民委员会对他的骚扰。事情是这样的，献唐的堂弟王崇五是解放前王耀武蒋记政府的济南市长，是军统局的济南站站长。这后一个官衔是带有爆炸性的。我就碰见过几次居委会的纠缠。

“王献唐，王崇五是你什么人?”

“俺兄弟，叔伯兄弟。”

“他是个什么人？……是个大特务头子吧?”

“哽。”

“那你是个什么人?”

这对一位老学者来说，实在是一种摧残。他猝然倒地的次数就加多。于是我和李澄之商量。李当时除管中小学教育外，还兼点“统战”方面的职务，所以我催促他把情况反映上去。后来山东分局书记康生和副省长郭子化坐一部小汽车来把献唐先生看望了一次，还赠送了一袭高级滩羊皮袍，以资御寒。这个风声一传出去，居委会方面的压力就马上减轻了。居委会干部遇见献唐先生散步，还问一声：“王大爷，出来逛逛?”

献唐先生当时还没有工资收入，靠卖书，卖私人收藏文物度日。不久，庶母逝世了，当时我正出差未在济南。等我回来，丧事已经办过，太夫人走了，青岛已解放，自然夫人就回来了。

说起夫人，我们叫她王大娘。她娘家姓丁，是丁维汾的族妹。她和献唐先生中间既有合，又有分。合是中年时候大约夫妻尚好，接连生了四个儿子，而且个个挺拔。分是各干各的，王大娘是文盲，献唐先生这一套版本目录她根本不着边际，不感兴趣。她最热衷于乡土戏曲，叫“撸姑子”后来又称“茂腔”。当时她来之后，增赁西房三间，她住在里面，招来老家拉板胡的唱戏的，于是土腔扬抱在庭院之中：

赵美英，那个进灯棚，
闪闪那个柳眉来观灯。
东门灯那个观过去，
一观观了个西门灯。

西门灯，也有明，
上边坐着那秦叔宝，
下边坐的是那小罗成，哽……

献唐先生从北房里听到这糟杂而又俚俗的声音，颦蹙起眉头，露出来“不可忍”的神态。但王大娘还是有贡献的，她做的一套家乡吃喝，如豆瓣子酱、小豆腐、生辣菜、熟辣菜，很适合献唐先生的口味。自她来后，献唐先生的面颜日见丰腴了些。

献唐先生对文化事业的贡献，是不容易被一般群众所了解的，更不被刚刚入城的那些枪杆子干部所了解。譬如吧，抢救重点文献资料，这就是献唐先生在中国文物史上，特别是山东文物、文献史上，永远抹不掉的一份功劳。这方面的例子很多，在这里略举一些。如《穆天子传》是汲冢竹书之一种，清版本校勘学者黄丕烈（荛圃）反复校勘，其书藏东昌杨氏海源阁。1930年海源阁书散出，各书肆（包括日本书商）争相采购。当时阎锡山部晋军打入山东，“炮声隐隐，市语苍皇”，献唐以一月俸钱购归，以免书流域外。此书是黄氏集八家校勘于一本，后世凡有研治《穆传》者，深得益于此本者最多。此例一。再如，乾嘉间山东栖霞学者牟庭（号默人）一生闭户著书，不求闻达，著述等身，其中以《诗切》与《同文尚书》二种新见解最多，亦最精辟。但学术界多年只闻其名，未见其书，每每引以为憾。其家藏稿迟至卢沟桥事变始愿求售。献唐先生辗转寻觅，始得有今齐鲁书社之影印本行世。牟氏自云，周秦师儒，皆训诂学义，而不切文意，致古意难晓，牟氏如中医切脉，以得三百篇之本怀。自此诗人俯仰之情，音辞婀娜，如枯槎春生。《同文尚书》取“今古文同”的意思，摒弃各派“家法”，单凭作者的悉心揣摩与独立思考，提出若干新见解，成就一家独立的尚书学。本文作者亲见顾颉刚先生在齐鲁出书以前，千方百计求一见此书，寤寐以求的情状，犹历历在目。而以上两书，均由献唐先生运往抗战后方四川万县租赁十数山洞贮藏，得留传后世。此例二。再如，南宋最末年内廷供奉汪水云随末帝赵㬎及皇太后、太皇太后，受蒙古军俘送燕都，又往大都；后不仕，为黄冠（道士），云游西岳、川湘浙赣之间，遗诗240余首。这些诗，不是寻常的诗，是一部南宋亡国的诗史，故历来各家流传，本子很多。献唐先生约集当时学者顾实、柳诒徵、王重民诸家进行合力校勘，终成佳本流传于世。此例三。再如清道光、咸丰间山东莱阳学者周悦让（梦白），自科举得一进士之后，就辞官闭户读书著书，“偶有所得，即下一笺”，积成《倦游庵椠记》一书，其书稿也是经由献唐先生以900银元买下，运往四川万县山洞，才得以保存下来的。

因此，我就跟李澄之商量，不仅王先生与特务无涉的事要反映上去，他这些汗马功劳也要反映上去。慢慢有了效果，王先生被聘为山东古管会（后来改称山东文管会）委员，有了职务，也就有了点工资。再后，以郑振铎、夏鼐为首的全国考古学会也向他发出了请柬。我记得他去北京那天，第一次脱下长袍，穿上崭新的中山装时，他捋着上须对我说：“王胡子大爷也要进你们的北京城了。”

献唐先生四个儿子，没有女儿。大儿子据说是地下共产党员，重庆的特务本已把他列入抓捕名单，但碍于他是丁鼎臣的外甥，王站长的侄儿，一时未捕，但后来还是捕了，关在碴滓洞。有一天，献唐老泪纵横地告诉我：“挖出来两口子的尸体，老大女朋友肚子里还怀着我的孙子呢！国民党对我有什么好？”二儿子是他最心爱的，华西医科大学优秀毕业生，已预先订妥公费资送留学，可是谁会想到，突然感染脑膜炎，一两天功夫就没了。献唐非常悲痛，不惜将自己珍藏的“饕餮脸”（又叫“金盖脸”）卖给卫聚贤，始为儿子营了葬。四儿子学工程，历来跟老家庭疏远，并明确表示献唐先生身后所有遗物、遗产，以及所有知识产权，他一概不过问，不染指。所以献唐身后继承人，就只剩三儿子王国华兄了。国华自小留在日照老家，跟他祖父长大，未受足够的中、高等教育，靠自学的一点积累勉强操持一些老人的遗事。此人逝世，也已十余年，闻其子媳双双在青岛开出租车。“三姓之后，于今为庶”了。

我和献唐先生的关系，只能被描述为非正式的师生关系。他从来未正式地给我讲授过什么，我只是在济南工作的十个多月中，经常到他的寓所里去聆取他的“謦欬之微”。而我的亲切感受是，从“謦欬之微”中所得到的收获，远远比在讲堂里“他在上边讲，我在下边记”要大得多，大得多。当然也要结合另一个条件，即我本人也不是什么蠢的家伙，献唐先生也是在透视到我这30岁刚刚出头的年轻人，只要他“告之往”，我就可以“知来者”的，他才放开来对我施教。

2000年4月8日写至此

第十一章　去北京

第卅六节　东厂胡同二号

中华人民共和国是1949年10月1日宣布成立的。此前一个月，津浦线已经修通了，我便搭车到了北京，住在石驸马大街北师大宿舍叶丁易的书房里。我到北京饭店，找到当年西安城工部单线联系人程之平同志，他当时是民主人士接待处的处长，经常跟钱俊瑞在一起研究事情。他说，我的事他业已知道了，党内研究那么做也不一定合适，可以通过钱俊瑞把我调进北京。他叫我先回济南，听候通知。

11月我正式调到北京，安排在新成立的中国科学院编译局担任编译。这个局设在东厂胡同二号。邻家是一号，是有传统的名人宅邸，黎元洪住过，蒋梦麟住过，胡适住过，现在范文澜住。倒座的南房里住着邓广铭，解放前他是胡适的秘书，所以住在这里。解放后他未搬，仍旧住在一号。

二号也是一个大宅院，不过主院是北大文学语言研究所占着，把中门封闭了，从后门出入。我们占的是东跨院，所谓“一堂二内”，不过这堂是大堂，内是大内，暂时容下两个局：编译局和国际联络局。前者的局长是杨钟健先生，陕西华县人；后者的局长是钱三强，我在清华时的高年级同学，名教授钱玄同先生的儿子。我被分配在杨老手下工作，按副处长待遇，每月650斤小米（当时北大的高级教授是1200斤小米）。临街的倒座房，隔成单间或者两单间的套间，给一般人员当宿舍。我被分配给了一个套间，准备从济南接来家眷一起住。

在半年时间里，我跟杨老一直配合得很好。原因之一是我在陕西当过八年教员，像个半啦子陕西人了，在语言和某些习惯方面，能达到谐和。当时局里其余的人都还没有来，只我们二人匹马单枪创办起一个局。主要工作有二，一是创办《中国科学》和《中国科学通报》两个杂志；二是把原中央研究院和北平研究院下属各所各科学期刊进行合并、分开，总之一句话是调整。调整之前是先登记、填表。不清楚的还要下到所里一一落实。杨老了，跑腿的事情是我，但干这样的事我津津有味，不怕辛劳，反而精神愉快。

这时，“上边”派来了一个关肇直，这是一个“宝贝”。看戏时，看到宋仁宗被包拯请来观花灯，出来一个灯官报灯种，我们这个关肇直就活龙活现地像这个灯官，30岁的人尚未婚娶，却留上两撇仁丹上须。他的父亲是广东人，母亲是山东人，他的外祖父是北京师大教《通史》古代一段的老教授——陆懋德。很多著名史学家的《中国古代史》都是陆教的。关不学历史，学数学，是清华比我低一班（十一级）的学生。在学校时根本不认识，连听说也没听说过。可是不知怎么一来二去的他到巴黎留学了，并且似乎在中国参加布拉格世界和平大会的事情上起了什么作用，于是他入了党。所以一进编译局，他就摇头摆尾起来，因为他的直系上司杨钟健当时还未入党，直系下属我也不是党员，他承上启下，内心中就自封为编译局中的核心了。我常常这样想，自从政策和策略是生命的话传世以后，也会带来正面的和副面的影响，许多非正规的、不正常的甚至不正派的都通过“策略”二字的绿灯就进来了。“他对我们参加世界和平大会起作用嘛”，就是一句“策略”的话。这样，一个对中国国情，对世界革命的来由，对马克思主义理论——一派茫然的人，就以党员身分出现在新中国新建立的科学院里去了。我想，当年巴黎支部管组织的人，不能对这件事推卸开责任。

编译局是一间大房子，东南角摆最大号写字台一座，安有电话，由局长杨钟健使用。西南方摆中型写字台二座，安有两架电话，由关肇直和我对面坐。其余人员是普通书桌，不安电话。关此人心眼非常小，唯恐怕我以副处长名义冒他正处长的权柄，所以打电话时总是谆谆叮嘱对方再打电话一定要找“正”处长。办公室的人听惯了，就误认为他姓“郑”。于是就闹出了笑话，有访客找关处长，接应人竟说了“我们这里没有关处长，只有郑处长”的答辞，其实，我的“官”有比他小的部分，也有比他大的部分。我是整个科学院学习大组组长，兼院长副院长学习小组组长。关坐在我对面，经常听见副院长们如吴有训、陶孟和、竺可桢等因事或因病向我请假的电话。

杨局长一直对我很好。他把他父亲杨松轩先生（陕西咸林中学校长）的墓志铭初拓本送给我，我至今事隔50年还有时找出来在客厅里挂挂，因为这份墓志铭是张伯苓撰文、于右任书丹、马衡篆额、李书华撰铭，真是一派名人，可以说得上是“扬名声，显父母”的事。特别是于右任那带有魏碑气息的小楷书，我没在其他地方见过。所以，我一直把它当做一件文物珍品收藏着。

第卅七节　我跟郭沫若的冲突

郭沫若，我从小对他的文章有好感。在初中时，我读到他那情书集《落叶》，“你那飘浮在逝水上的落叶啊”，我常常吟诵。又读了他的短篇小说《叶洛提之墓》，这是一篇“盗嫂”的故事。还读了他的译品《茵梦湖》，开头几句我一直能背，“一日晚秋薄暮，一老人衣冠楚楚，徐行走下城市”……这一切都说明，一开始我对他并无反感。

反感，是自到科学院以后。我是院长副院长学习小组组长，但郭沫若、陈伯达不在院部学习（郭在中南海与周总理一起学习，陈伯达在党校学习），所以我们一开始并没有非接触不可的机会。但我被指定同局长们一起列席院务会议。只是列席，不发言，也没有表决权。但这就赋予了“静观”的机会。我亲眼看见他拍着桌子训斥吴有训和陶孟和。吴有火性，不服，跳起脚来同他吵；陶则安安稳稳地承受这种凌辱，其状甚惨。于立群当时并不是科学院人员，但也搬一把椅子坐在郭老身后帮腔，说三道四。

我忍不住了，就写信给当时设在王府井大街南头路西的《人民日报》社，说有情况要反映。他们打电话约我傍晚7点到报社。我去了，当时还没有录音机。有四五台打字机围在我周边，啪啦啪啦价打。但最使我吃惊的，是事隔一月，我收到一封复信。可惜这封复信在“文化大革命”中被抄走了，不然我一定把它影印出来，“立此存照”。

复信分两段，前一段是“应酬”的口气，说您向我们爽直地反映了科学院领导同志的一些作风问题，我们很感谢。后一段就利害了。“但是”，（一个“但书”，毛泽东就几次阐发过“但书”的重要作用）毛主席教导说，假如拿敌对的态度对待自己同志的话，那么我们自己的立场就不知不觉站到敌人那方面去了。“谨供您参考”！好家伙！这不就是说，谁给郭沫若提意见，谁就是反革命吗？最有代表性的大报的编辑室，表的就是这样的态，对自己的成员不惜用威慑别人的口吻予以保护，而且在此后历次运动中也都是一贯地保护积极分子，打击提意见者，这个传统才造成了此后一直是“党天下”的传统。我这个匹夫小子，在开国之初，不过是初试锋刃罢了。

另外一件冲突是为了一篇文章。当时，叶丁易和我合编了一个《光明日报》上的副刊，叫《学术》，他管西城集稿，我管东城集稿。有一天，叶说，请你们院长写一篇文章吧。我就找个机会对郭老说了，反应很痛快，一口答应了。而且没隔几天，就把稿子交给了我。题目是《蜥蜴的噩梦》，文内不点名地骂了董作宾，也不点名地骂了郭宝钧。说这样的人只好到台湾去“殉葬”。这一下，我们犯难了。董已去了台湾，骂他“殉葬”关系不大；郭现在考古所担任研究员，这样骂法合适吗？叶和我商议，郭老是大人物，他的文章我们不宜改，于是叶说：“你就近问一问是否由郭老自己改一改？”我问了。郭沫若很不客气地说：“你们嫌不好，给我拿回来，别的报刊会要的！”好家伙，大人物的架子我是感受到了。我和叶商量，没有其他办法，“原样照登”就是。

这件事使我憋了一口气，在脸色和语气上都可以觉察出来。杨局长敏感到了，就问“你和谁生气啦”？我憋不住了，就“竹筒里倒豆子”统统说了，而且是在办公室说的，于是被“听者有意”的正处长关肇直听去了，就连忙向党组汇报。适逢周末，我去打开水，遇见党组书记恽子强了（他是革命先烈恽代英的弟弟），他说：“到我家坐坐不？”我敏感到党组书记大概有什么话要对我讲，就立马去了，果然。恽十分温和地对我说：“此后有什么事到我这里来说，好不好？在办公室里人杂，传来传去，会产生影响的。”这一下，我就完全明白了。

我的气越憋越厉害。《人民日报》的复信叫我憋了第一口气，关肇直打的小汇报叫我憋了第二口气，当时我才三十二三岁，火气盛，就接连写了三封信：辞职！当时已经是去留的事依靠组织安排，已经没有“辞职”这一说了，可是我还是走老路了，辞职。再说，要辞职第一找杨局长，第二找人事处长恽子强，但我都没有找，我的《辞呈》是自己跑到郭沫若院长室交给秘书的，明显带有向郭沫若挑战的意思。当然，郭沫若也不是吃素的，在我第三份辞呈递上去的中午下班时，编译局的女秘书姚舞雁同志（她是姚蓬子的妹妹，姚文元的姑姑）交给我一张《中国科学院便条》，上面写着：

编译局编译赵俪生三次请辞，碍难再留，应予照准。郭沫若。

这样，我这一辈子跟“创造社”的两员主将各碰了一下头，虽然在形体上并未碰得头破血流，但都是以鄙人的失败而告终。我失败了，但精神是愉快的。

第卅八节　艾思奇对我的救助

辞职照准，这件事办的很麻利，但麻烦的事还在后头。当天晚饭后，院部的总务主任黄某（按，此人南通人，两年后镇反运动中被揪回南通，原来是个军统特务，枪毙了）到家下来说，院部的宿舍很紧张，离职人员按规定限三天搬出宿舍，最多不得超过六天。超限，我们要派工人强行搬迁了。

这一下，可叫我“抓瞎”了。我搬到哪儿去呢？难道黄某人会把我们家的铺盖撂到马路上去吗？

首先，我先联系北京的几个大学。回话是，正在改造调整，不进人。无法之余，我想到的只有一个人：艾思奇。他是原华北大学第四部的副主任兼中国近代思想史研究小组的组长（我是副组长）。但他现在很忙，到处作报告。因此，我首先要打听哪一天在哪个大学作报告。有一天有人打电话告诉我，他那天下午在清华大礼堂作报告。我就赶去了。清华嘛，轻车熟路。先到同方部，看见冯友兰先生杂在人群中精心记笔记。再到大礼堂，前门的人很拥挤，我就到后门。当年这里是高年级女同学朱画晴女士练钢琴的地方，记得上学时夜里从大阅览室出来疲倦之中听到琴声幽扬，不觉又提回一点精神。这时我凭科学院的工作证明，进到后门里通着主席台的地方坐下，看见吴晗、费孝通、钱伟长一排坐着，台的前沿就是艾思奇在作报告。等到中间休息时，我就找到艾本人，说有件急事要找他。他考虑一下，就说：“这样吧，你在后台等我讲完，坐我的车回党校，夜里好好地谈一谈。”

中央党校当时设在颐和园对门，临时使用清华农学院的房子。门口警卫森严，叫我登记，还对我进行盘问。事后，艾思奇解释说：“这两天党校紧张，因为两天前有一无名男子要找陈伯达同志，经怀疑搜身，带匕首一双，意图行刺，所以门卫上就紧了一点。”

艾思奇同志，云南人，原姓李，名字的西文简字是S.T.，所以就取了这个笔名（这一点与郑振铎类似，郑的名字的简字是C.T.，所以叫“西谛”为笔名）。以我与艾在正定共事近半年的体会，艾思奇同志天性淳厚，从来不见他刻薄过人，也从来不见他用坏心眼考虑过人，他总是拿好心对人，以厚道待人。他生活十分俭朴，当时他已是马列学院的副院长了，却连个勤务员也不配备，一切自己来。当时他爱人和孩子大概还在平山，所以他一人经营生活。一个套间，他住里间，在外间书房里安放一架行军床叫我睡。自己到大厨房用两个饭盒打来两份“盖浇饭”，他一盒我一盒对坐而食。吃完就谈，在谈话中他听的多，表态少。谈完他就安排我睡，并说他自己睡还早哩。半夜醒来，我看见他光着身子只穿一件裤叉，到院子井里打上一桶井水，浑身淋浴，把旧裤叉洗好晾到铁丝上回屋睡觉。

第二天，他不比我起的迟。他告诉我，他昨天夜里想好了，他要介绍我去吉林长春东北师范大学去教书，他用加急电报打给张如心校长，并嘱他电汇路费。说完这些话，他就做出姿态，表示不多留了，于是我就告辞回城。

就这样，我跟关肇直、郭沫若中间因纠纷而造成的危机，从而得到了解救。我们一家五口，做搬迁长春的准备。那个关肇直调升数学研究所所长，想来更是威风八面了。听说此人在“史无前例”中是造反派，领起一支战斗队要打倒华罗庚，至少要把华搞臭，未能得逞。据说抑郁而终，阳寿未到60。后来又在报上看到一篇文章，讲他在担任所长期间，如何压抑和迫害天才数学家陈景润。

2000年4月16日写完

第十二章　去东北

第卅九节　东北师大

截止到当时为止，我的脚未踏出山海关一步。现在要出关了。我们买了北京—莫斯科一次国际列车的车票。车没有硬席（旧说法叫三等车），除卧铺包房外，全是软席的散座车，绿绒弹簧的座位。旅客不多，稀稀啦啦的。

东北，学生运动中经常唱“我的家在东北松花江上”，还有“满山遍野的大豆高粱”，有些偏抽象的理解。现在具体化了。东北地面很大，当然带着日本统治近二十年的创伤，也带着国共内战的创伤；可是另一面，则是铁路网比关内密，铁路支线多，像人的血管一样，血脉比较通达。假如青岛的房屋和街道，是半德国半日本的话，那么这里除老的中国村庄外，其余几乎全是日本派头的了。村里人睡火炕，城里人睡踏踏迷。房间是木头格、拉门。

东北的人，大多是山东“闯关东”人的后裔，个儿偏高，挺爽直，比原山东人更粗犷。以上说的是主流。此外，还有原八旗人的后裔。再就是中国人与俄国人、日本人的混血儿。江南人的味道，这里比较少。一种较普遍而其他地域甚少的吃喝，是高粱米，简直就像江南人吃大米饭一样。但大米算细粮，高粱米是粗粮。此外，还有一种区别于谷子、小米的粮食叫稗子。稗读“败”，稗子糊糊摊的煎饼就是比小米糊糊的香。

东北的语谈，也有个别的地方，如电车叫“磨电”，汽车叫“电车”。我们是黎明前四五点钟到长春的，没人来接，打电话给东北师大校长办公室，说马上派电车来接。我们一听好怪，电车在轨道上走，怎么好派呢？原来这又和日本语有关，日本语把汽车叫自动车，读曰“吉电啥”，说的时间长了，就成了“电车”。

火车站在老市区，从老市区什么头道街、二道街、三道街出来，一条直通南部市区的大道，叫斯大林大街（现在叫和平大路），顶头一条垂直的东西大街叫自由大路，东北师大的许多大楼就座落在这条街上，据说都是伪满洲国各部院的办公大楼，所以构不成Campus。假如沈阳及其毗邻的几个城市，构成一个工业基地的话，那么长春似乎是文化基地了。著名大学就有两座，东北师大和东北人民大学（现称吉林大学）。此外，还有著名的东北电影制片厂，简称“东影”。毛泽东时代的若干著名片子都是这里拍出来的，许多苏联著名片子都是这里译制出来的。我们初来乍到印象很深，大学生还是日本大学生的装束，一律白色学生制服，大盖帽。每逢假日，部分大学生受雇到东影去当群众演员，还有一点微薄的报酬，相当于勤工俭学。

东北师大的校长兼党委书记是张如心。教务长是何锡麟，是从延安解放社出来的，带有理论家的身份。他把他译的《列宁选集》第二卷签名送给我。不晓得为什么，我每到一个地方，总跟偏重理论的人交成朋友，在正定是艾思奇和何干之，到长春又交上了何锡麟。大约这样，对于我的理论修养会有增益。可惜的是何不久调到北京师大，不久就去世了。艾思奇也只活了56岁。

东北师大的理学院叫自然科学院。文学院叫社会科学院，院长兼历史系主任是智建中。此人我在下一节中将有专文叙述，故此处不赘。我在历史系中是中国古代史教研组主任，开《中国通史》课的上古史段，徐喜辰先生担任我的助教。我的上古段教完，接着就是陈连庆先生的中古史段（即魏晋南北朝隋唐段）。我与陈连庆先生结成了终生的好友，1998年他去世后，他的女儿要我为他的遗集写了《序》。

我们的家最初安排在自由大路偏东的一段，一座简陋到不能再简陋的水泥小二楼，我家住楼上，楼下由两位俄语女老师母女二人居住。母亲叫Сополева（Sopoleva），女儿叫Нерюбина（Neriubina），中国字是索波列娃和聂留宾娜。我们邻居关系处得很好。我在她们家的台桌上看到她们丈夫索波列夫和聂留宾的放大照片，都是沙俄军官，前者已死去，后者还活着，自西伯利亚回来，成为苏联公民。这中间还夹杂一段故事。到东北后，我家养了一只小狗，也经常到俄国人家去串门，那母女二人也经常拿剩面包和菜汤喂它。狗，俄语叫собака，简称бака。这年8月，我家唯一的儿子在长春市立医院下生了，出院后我们跟邻家唠咯，说起个什么名字，那母女说，就叫Sabachka吧，又嫌音节太繁，就叫了Baka。后来肃反运动中，山大的积极分子宋锡民怒斥我：“你不崇洋媚外，连你儿子都是起的英文名字嘛！”天老爷，我真是欲辩无言了……

也许由于我是艾思奇推荐来的吧，张如心校长对我很看重，加聘我为校务委员。这个角色挺要害，有很多重要或机密的事，都在这会上讨论。参加会的都是党委委员、院长，教师参加的极少。讨论的事举个例，有一次，讨论该不该聘高亨到学校来？高亨先生，东北人，清华国学研究院的首届毕业生，跟王国维先生精研经籍训诂之学，对《周易》有精湛的研究。他的路子跟同是东北人，同是《周易》研究者的金景芳先生就截然不同。高亨主张研究《周易》一定要把《经》和《传》分开来，使《经》是《经》、《传》是《传》，互不干扰。金景芳主张，《经》和《传》必需联系起来研究，才能看透《周易》的辩证思路。两派各有所长，都是海内大家。高亨除《周易》外，还长于诸子之书的训诂。找训诂学者，除唐兰外，就数高亨了。

可是高亨有严重历史问题，那就是他在蒋介石快完蛋的前夜，担任了东北勘乱委员这个职务。真是搞起学问来那么聪明的人，在政治面前，竟是如此糊涂。他还亲自到东北来“莅”了一次“新”，看到炮火连天，事无可为，才狼狈逃回重庆去了。现在全国解放，他也慢慢老了，写信回来，要求为桑梓服务。记得在张如心校长的客厅里讨论了两夜，每次都讨论到午夜以后，当时吸旱烟和纸烟的干部多，满屋烟气弥漫，最终还是只两票支持，大多数反对而否决了：不聘。高亨只好另投青岛，被华岗校长聘用了。

这时，我们的家搬到了西康路，两份apartment，两套噶斯（煤气），两只浴缸，比前边那一份宽展多了。因为有婴儿，就雇了一位保姆。她姓刘，我们喊他刘婶。她对我妻讲了她很多悲惨的经历。她的第一个丈夫是个开天车的工人，不慎从天车上摔下来摔死了。第二个丈夫是跑老山挖人参的，国共交兵，怎么敢乱跑，只好赋闲在家了。最悲惨的是长春围城中的饿殍们得到郑洞国准许可以到城外八路军的粥场就食。她讲，出城有走不远就躺倒的，有的距离粥锅只有几步就死了的，有的饿久了猛吃下碗粥撑死了的。真是惨不忍睹。她带着女儿，总算奔到了粥锅旁边，喝上了粥，才活了下来。

第四十节　智建中同志

智建中同志，苏北盐城人，是周扬领导下的陕甘宁教育厅的科长。同他一同担任过科长的，还有原兰州大学副校长林迪生和辛安亭。这样一说，就可以看出他的辈份了。我之所以专诚立一节来写他，是因为他在“文化大革命”之前和之后，有着明显的转变。我亲眼看见过不少干部，“文革”之前，他忠实执行极左路线；“文革”之中，他成为“走资派”，受尽折磨；可是到“文革”之后，当他重新掌握一点权之时，他仍然一“左”到底，毫无悔悟，对那些他曾迫害过的“牛鬼”们毫无歉愧之心。跟这些人对比，智建中截然不同。当1950年下半年我跟他同事半年的时光里，他虽然不是最左的，却也是左的阵营中有力的一员。他派两名青年（大概是助教吧）一名叫宋广应，一名叫薛虹，经常到我家走动套近乎，仔细听取并记录我在日常生活中的琐言琐行，半年后，当我要调往山东大学时的临行晚会上，则将这些资料，上纲上线，恶言恶语，统统抖擞出来，使我过晚地觉悟到原来我中了一场“阳谋”。

一转眼28年过去了。到1978年，我又到长春来，参加由《历史研究》编辑部召开的“古史分期问题讨论会”，在南湖宾馆。说起南湖宾馆，据说它是周恩来总理批评过的规格逾制的楼堂馆所之一。开幕式那天，我有自知之明（是摘帽右派嘛），就坐到最后一排上。可是奇怪的事发生了，《历史研究》一位副总编在会场里到处寻觅我，当他找到我时，他说“请到主席台上就座”。这对于我说，真是莫知所措了。那位副总编看到我犹豫不肯去，又说：

“这是会议筹委会的决定，在北京就定下来了，请不要辜负这番好意。”

只好上了。记得我的左手边是杨公骥，右手边是金景芳，再过去是何兹全、白寿彝……。会议还没开到一半，就有会议工作人员来小声通知我，叫我到宾馆门口接待室去接待来访者。并说宾馆出过事，所以门卫森严，访客只能到门口接待。我悄没声地从主席台后门溜出去，原来是智建中同志和当年我教的学生，28年后已是正、副教授了，有吴枫、杨树森、高振铎。他们此来是通知我，不要预订火车票或飞机票，因为东北师大要请我作五场讲演，师生们还准备了一系列的宴请。这边会议一结束，那边就派车来接，到他们招待所住。

智建中同志明显老了，比28年前明显老多了。他说，在“文化大革命”

中，他是“走资派”，还是“现行反革命”。拨乱反正后，他什么职务也不担任了，只担任一个“党委顾问”的空衔，逍遥在家。他谆谆嘱咐，一定要来参加他的家宴，宴倒没什么紧要，宴前宴后他有很多话要对我说。

十几天后，我如约赴了他的宴。宴前宴后，他说了很多话。事隔22年，原话的次序和词藻已经记不清了，但“微言大义”则还记得清清楚楚。现在只能按我的记忆和思路，写在下面。

他说：“我是党员，老党员。我们的党是伟大的党，光荣的党，正确的党。这个话，从总体上讲，作为一种概括，我可以接受。但还须加以补正。伟大光荣，就不去说它了，我们只说正确。应该补充说，在个别历史段落上、在个别人的执行下，也会出现很不正确。这一点，必须要补充上去。‘文革’以后，我就认识了这一点。”

“以我为例。我从延安下来，一直没做过违背党、对不起党的事。运动来了，把我打成走资派，我乖乖地受着。我下乡做过‘四清’，农民对我感情很深，听说我打成走资派，不服，进城来游行，这可不得了了，说我煽动农民反对无产阶级的领导，在长春大街上开盛大的斗争会。咱们系一位从福建来的中学英文教员，善于自我塑造，把自己塑造成世界古文明的大专家，被市革委会‘三结合’结合进去了，他坐在主席台上，我跪在下面，头戴高帽。这种颠倒，能说是正确吗?”

“再以你为例。你在我们这里只呆了五六个月，自然不可能有什么建树，加以你说话随便，于是闲言碎语天天往我耳朵里灌。你走时候的会，名为送别，实是一场批判斗争会。我老了，那位副系主任的司马昭之心人人皆知了。他就是想把你赶走，把我打倒。现在这个人如愿以偿了，他是党委委员、历史系主任兼古代史教研组主任了。几十年过去，谁为事业，谁为自己的小账本，不是一清二楚啦吗?!”

智建中的话很多，我也记不下那么多啦。比他在家宴上的讲话更令人感动的，是在长春火车站上为我送行的一幕。我要走了，但火车票很难卖。软卧是根本没希望的了，就是硬卧也难，只买到一张上铺。上铺在开车前是很闷的，所以我就临时坐在下铺的边上。送车的主要是我当年教过的学生，把行李放好都一一告别走了，忽然有人敲窗玻璃，我一看，原来是智建中同志来给我送行了。那么大年纪，头发已经苍白，身体微微有点伛偻，没有陪伴的人，在9点多的夜色中来给我送行，这个意思我是完全能够领会的。

22年后我在写着自己的回忆录，心中油然想起了另外一件事情。我想起，被罗曼·罗兰自己封闭了50年才公诸于世的《莫斯科日记》。日记中记载着这位法国大文豪在一个截然新样的国家里逗留了一个月，他会见了这个国家的领导者，一些出头露面的人物和一些普通的人民。他看到了一些光明，也以敏锐的感官觉察到一些阴影。对于这些阴暗面的萌芽，这位作家不敢放开来写，原因之一是担心会替他的好朋友高尔基带来麻烦。高尔基到火车站送别了罗曼·罗兰夫妇，双方都带有着异常的心态。

当然，罗曼·罗兰和高尔基是大文豪，大人物，是人类中稀罕的花朵。智建中和我，纯是小人物，在这一点上无法与上述两位构成比拟。但有一点是可以构成比拟的，即送火车站和送火车站时的心态。什么心态，可以说是一种忧患的心态。《易系辞》中说："作《易》者其有忧患乎？"《诗经·黍离》篇中说："知我者谓我心忧，不知我者谓我何求？"自古代至当代，自国内到国外，人们都会产生这种忧患的心态。忧患什么？忧患的，是新生事物体上所携带的不健全的东西。这些东西有些会被克服，但很大一批留下来了，而且发展了，甚至会把新生事物带向毁灭，带向消亡。这是人们忧患之所在。古书上说："不患恶衣恶食，而患匹夫匹妇之不被其泽。"忧患的，正是这个。

智建中同志在那次车站送行之后不到一两年就死了，患的是癌症。

2000年5月2日写毕

第十三章　青岛山东大学(一)

第四十一节　三校合并

1950年冬，应华岗校长之邀，我们一家又自长春迁往青岛。我上初、高中时，曾在青岛住过七年，这次回来，又住了七年，所以我跟青岛这个港口城市前后有14年的缘分。这时正逢抗美援朝开始，沿途会车多是军车，战士们雄赳赳气昂昂跨过鸭绿江去了。

这时，设在青岛的山东大学正在三校合并。所谓三校，指由原设在青岛的青岛大学改名为山东大学，原在苏北新四军下成立的华东大学和原设在济南的教会学校齐鲁大学三校合并。这是开国之初全国院系调整的组成部分之一。

仿佛给人的印象是世纪之交的当前的这次院系调整，主流倾向是“分久必合”；而半个世纪前50年代的那次院系调整，主流倾向是“合久必分”。当然这也不绝对，实际是合中必有分，分中必有合。但对50年代的那次院系调整，几十年来听到的反映，则往往偏重于它的负面效应。举一个例。

有一年我到杭州大学去讲学，一位老教师告诉我，原浙江大学自贵州遵义迁回来，不少学科的教学班子和科研班子本来已经很像个模样了，但天外飞来一个话，说张其昀在台湾要对浙大进行策反。张其昀何人也？他是与竺可桢齐名的著名地质地理学家，解放时竺留在大陆，张跑到台湾，并且据说还当过“教育部”部长。于是通过肃反，极力清查张其昀的黑根黑线，然后有人提倡，把浙大拆散，张其昀就起不了多大的作用了。于是很大一批学者调整到上海复旦，另一批调整到上海同济，还有新成立的华东师大，真是“亚饭干适楚，三饭缭适蔡”。这样一来，所谓的张氏黑根黑线虽已化为乌有，而浙大多少年积累下来的教学凝聚力和科研凝聚力，也跟着扫地以尽。事隔30年，人们感到浙大班子拆散造成的损失，立意要弥补，这才又新成立了杭州大学。可是学术人员的凝聚力绝不是一朝一夕可以培养起来的。那么，当年拆散浙大班子的调整，究竟是产生了正面效应还是负面效应，究竟正面效应大还是负面效应大，那就很难说清楚了。

山大的情况，又跟浙大不同。这里的办法，是丢石头、掺沙子。齐鲁是教会学校，并且其中著名的医学院留在济南没有过来，过来的只是少数文学院的师生，起不了多大作用，好好“改造思想”就是了。唱主角的是原山大和当“石头”、“沙子”掺进来的华东大学。华东大学，按规定说，应该跟我两年前呆过的华北大学是同等级的学校，但据我亲身经历，无论对马列主义修养的深度或者掌握政策使其不出偏差的稳健性方面，华东比华北要浮薄得多，浮躁得多。对此山东大学早就有所闻，所以很早就出现过不同意合并的大字报、签名和请愿团。但“上边”的政策定下来是不好轻易变动的，所以华大的学生和山大的学生掺到一块了，华大的教师和山大的教师掺到一块了，而最最重要的是华大的党委和山大的党委掺到一块了。后来的若干矛盾和纷乱，根源就出在这里。原山大党委的成员陆续调走了，赵纪彬调往河南，罗竹风调往上海，结果是华大的班子占领了阵地。这时，由香港来到青岛的华岗被大家请来当党委书记，而华岗又是多年搞白区工作经验丰富、而对老区种种风俗习惯很不熟悉的人，所以实权就捏在副书记刘宿贤的手中。

刘宿贤何人也？先看他的下场。“文化大革命”过去以后，中央派遣陶铸的爱人曾志到武汉查处原武大校长李达同志被陷害至死的究竟，查到原湖北工学院党委书记刘宿贤在其中做了手脚，就约刘谈话。其前夜，刘就在自己家中吊死了。再看1951年我刚到山大后不久，就发生了山大医学院著名女教授陈慎昭服氰化钾自杀的事情。在刘宿贤领导下泡制的材料中说，陈慎昭是蒋匪帮特别培训出来双手会打手枪的女特务。有一件事是我亲自看见的，我在华岗校长的第二间会客室里等候谈话，我听到在第一间会客里华岗拍着桌子骂刘宿贤在陈慎昭问题上“太左”啦，“影响很坏”。刘不服，一摔门就走了。这是我亲见的，经49年犹历历在目。

有一次我在一个会上遇见原渤海游击区的一位老干部，他说，刘宿贤从渤海游击队开小差回他老家，在日本统治下当了两年保长，觉得给鬼子干不是个味，又跑回部队去，这不是严重的历史问题吗？可是刘宿贤的本事大，他把这一条从档案材料里抽掉了，叫这么重大的事不留痕迹。

刘宿贤的行政职务只是总务处副处长，行政职务任教务长的是余修。他是山东革命家鲁佛民的儿子。原叫鲁方明，我上清华时他是中国大学的学生，我二人同是《北方文学》的编委。假如刘宿贤的风格是一“左”到底的话，那么余修的风格是需要“左”的时候他就“左”，需要“右”的时候他就“右”。这两位联起手来，实际上就是三校合并以来山东大学的领导核心。

在他们上面，凭空又加了一位校长——华岗。

第四十二节 华岗校长

说起华岗，现在距离他死在济南东南方雁翅山下的监狱中，转眼已经33年了，对他平反昭雪的会也早已开过，但围绕他的一生，仍然有不少问题解决不了，人们对这些问题的说法，也一直是众口纷纭。

譬如说吧，他是一个老资格的革命家，这一点没见有谁对此持反对看法。以我为例，1937年初清华共产党支部审查当时的“社联”、“左联”、“民先”的成员认为够了入党水平的人，每人发给两本小书，都是用留声机钢针精心在腊纸版上小字刻写印出的小册子，一曰《清算立三路线》，一曰《一九二五——一九二七中国大革命史（简本）》。这后一本的著者就是华岗。假如他不是老革命，假如他有什么问题，党中央会批准以此书作为发展新党员的必读书吗？可就这样一个活了69岁的人，平生坐了23年的牢，其中8年是两次坐的国民党的牢，这是可以理解的；而其中15年竟是坐的共产党的牢，并且最后惨死于狱底，这怎么理解呢？平反是平反了，但平反的词也欠清楚。当然，50年代，法制还很不健全，一切党说了算，而很多情节都习惯于“捂着”，叫它不透明。现在只按透了明的说，华岗是判了刑的是犯了罪的，那么，犯了什么罪呢？据说有三条：

（一）在蒋介石已打倒之际，仍呼他为“蒋委员长”；

（二）在上海做地下工作时，与浙江籍同乡特务，有许多说不清的往来；

（三）山大要逮捕外语系有反革命历史的副教授方未艾时，他以党委书记身份出面阻拦。

第一条根本构不成罪。第三条他阻拦也并未拦住，人还是捕了。只剩下第二条，这需要很确凿的人证和书面证据，据说也没有。但就凭这些，就判了13年！于是社会谣言纷起，有人说是周总理叫这么办的，有人说是康生叫这么办的，有人说是华岗得罪了中宣部长陆定一的后果，又有人说是山东省委宣传部长彭康叫这么办的。但所有这些，都属于谣言，没有根据。

但若干年后，我有一个想法。说上述四人或其中的任何一位在华岗事情上“插了手”或“下了手”，那是没有根据的。但这四个人都“不干预”、“不过问”，不也是一种态度吗？举一个例。贺龙快要叫“红卫兵”揪出来了，周总理立刻把贺龙夫妇藏在自己家里，这就是一种“保护”，一种“干预”和“过问”嘛。华岗虽比不上贺龙人物那么大，但也是老革命家、老理论家，可是一直坐到牢底，无人吭声。这里面恐怕就会有文章了。

至于华岗这个人，我可以说一说。他是一个学者型的人，是一个知识面挺广而不在哪一方面搞专精的学者，往往这样的学者更能给后辈人才带来多方面的影响，这就是为什么华岗死后山大学生久久怀念着他的原因之所在。作为一个革命者，他属于白区地下工作者的类型，从而与长征过来、延安下来的老区工作者间，不大容易形成谐和。他与其说是一个共产党员，毋宁说他是一位大民主党派人士，他在这方面规模宏伟、恢恢乎大哉，风格与宋庆龄、何香凝是一个等级。这就容易叫一些土包子人物看不顺眼。大家试想，当刘少奇“叛徒”问题要彻底平反之时，纪登奎、汪东兴、陈永贵、陈锡联等人不是坚持表示思想不通，说什么在沈阳和张学良、在湖南跟赵恒惕，怎么说也是叛卖么。华岗平反追悼会迟了几个月才开，也属于相同的道理。白区工作方式和老区工作方式中间，就是存在着严重的区别，拿老区工作方式到白区，不到一个小时就会被抓进监狱；拿白区工作方式去老区工作，很多评语就会迎面而来，什么“丧失立场”，“缺乏阶级感情”，等等。在以刘宿贤为首的那样一组人上面加上一个民主人士派头很重的“书记”，这就是许多矛盾产生并积累下来的根源。

至于我本人，我是在许多方面从华岗那里受益，这一点不能忘恩负义。举一个例，1951年1月4日，我在天津《历史教学》上发表了一篇阐述斯大林《马克思主义与语言学问题》一文的文章。斯大林这篇文章主要是阐述上层建筑（包括意识形态）跟着经济基础的变动将如何变动的问题。他的大意是说这种变动“或迟或速”，而我当时在阐述中对此做了“急剧的归纳”，竟把这种变动概括为上层建筑随着经济基础的变动而变动的“不迅速性”。这一论点，被赵宗复同志抓住了。赵是阎锡山的老朋友、老顾问赵戴文先生的儿子，老共产党员，当时是山西大学的校长。他写了一篇争鸣文章，稿子由《历史教学》编辑部转来问要不要写答文。我把所有这些统统拿到华岗那里；他是理论家，有责任做出评论。他仔细阅看了所有的文件，打电话叫我到他龙口路40号的家里去。他说，你的归纳是犯了粗疏的毛病，但还说不上是右倾错误；但赵宗复先生反其道而行，说某些风俗习惯犹如"破砖烂瓦"，言外竟是一扫除即可净尽，这可带有了"左"倾虚无主义毛病。双方各有精彩，各有失误，不是一方为绝对性的对，另一方为绝对性的错，所以这个"局"，还是有充分答辩的余地的。他叫我回去再把资料仔细过一遍，平心静气写一篇答辩文章寄去。我按照这个安排做了。8月份，两文同时刊出，赵先生再没写文章来。从这件事情里，我明白了为什么华岗一从反省院出来就被任命为《新华日报》的总编辑的道理之所在，他确确实实是政治论争和学术论争中的一名老资格的舵手。

现在我还要说说华岗先生在生活方面的事。他是个书生气很重的人，不善于料理生活。他一心扑在革命上，一心扑在革命理论上。其余的事不大理会。就以家庭说吧，他也一生充满了不幸。他的第一任夫人是他的革命同志、党员，而且在一个小组。小组三个人，那第三个是邵荃麟，后来成为著名作家，后来又因为提倡写中间人物而被批判。当时（大革命时期），身患着很严重的病（大概是肺结核）。为了发扬同志爱，华夫妇就精心地护理。可是突然华岗被捕了，只剩华的夫人一人护理，护理着护理着，同志爱就转变为夫妻爱。这件事令华岗终生遗憾。他说过，他到北京开会遇见邵荃麟，两个擦身而过，不打招呼。

他的第二任夫人姓谈，跟他生育了两女一儿。华岗从50年代中期就被关禁闭、蹲监狱，到"文化大革命"前不久，情况一度松弛些了，管监狱的人都对他表同情，在普通监房之外，另给他盖了两间平房，准许他有一个像勤务员那样的人叫小陈，准许他二人另起伙做饭。最后，准许他保释在外就医，他可以回到青岛他的家。可是这时候"文化大革命"爆发了，"红卫兵"不准许谈氏夫人和儿女住在龙口路40号的花园洋房里，勒令她（他）们搬迁到鱼山路山大教师宿舍中不到十平米的一个单间里。这时，华岗回来了。于是就发生了据说是小儿子不欢迎，而后又发生了据说夫人也不欢迎的局面。当然她（他）们的心理状态也是可以理解的，从高干家属骤然落到黑五类家属，心里有一股深深的怨气，又不敢怨别人，就一古脑怨到那个当丈夫和爸爸的身上了。这不是华岗一家，很多人家普遍如此。

于是华岗的书生气又发作了，他想，回到雁翅山下还有两间平房，一片菜圃，还可以自己起灶，还可以著书立说。他跟小陈商量，“还是回去吧”。可是他学了一辈子辩证法，讲了一辈子辩证法，他竟没想到事物是变动的，监狱也变了，旧的“公检法”砸烂了，换了一套造反派，他不能享受优待了，小陈也走了，他被编到大炕上跟盗窃犯、杀人犯睡在一起。并且，造反派的心眼是很诡的，他们懂得管理人员打犯人是犯法的，犯人打犯人犯法不犯法还没有规定。于是他们就唆使那些盗窃犯、杀人犯起来斗争华岗，殴打华岗。当时华已虚龄70，怎么受得了？收殓的人说，华岗死在一条空荡荡的土炕上，身无完衣，体无完肤，大小便淋漓在尸体四周，房内扬溢着一股恶臭……

一代革命家，一代理论家，下场如此。

最后，我还要记一下彭康的下场。话说有一年我被清洗了住在贵州女儿家里。距离不远处是厂子的招待所，平时空荡荡的，可是忽然有一天住满了中级军官。我打听一下，原来是来取证的。西安交大校长兼党委书记彭康被造反派学生殴打死了，贵州厂里一位工程师是凶殴人的大学同房间同学，所以来取证。取证的人们走后，我路上遇见那位工程师，问起究竟。他说，那天开大会斗彭康。凶殴者是大会发言人。发言到结尾处，一般的词令是：“彭康要老实交代，不老实交代，我们就要砸烂尔的狗头！”这个凶殴者感到这个词令太熟了，想变个新花样，就说：“彭康你要老实交代，不老实交代，我们就枪毙你！”

要在一个一般的“牛鬼蛇神”，听了这个话，他会想第一，这只是随口说说的，不会真的枪毙我；第二，就是真的要枪毙，也只好跟着去。但彭康的反映不是这样，他是老干部，他是大干部，只许他枪毙别人的份儿，怎么会轮到他被别人枪毙?！他想不通，他就用胳臂轻轻拐了下那位发言人，一面说：

“走，走去枪毙去，走”。

这还了得！一个“走资派”，敢在千万人众目睽睽之下公然对抗革命造反派，嚣张到如此地步，是可忍，孰不可忍！于是一拳下去，彭康就倒下了。第二天，学校公告，彭康已死亡。

事隔三十几年以后由我们来看，彭康的下场，不是比华岗的下场也好不了多少吗？

2000年5月9日写完于兰大

第十四章 青岛山东大学(二)

第四十三节 看京戏

《回忆录》写到这里，家里人提意见了：政治太多了，生活太少了；写别人太多了，写自己太少了。我就得好好考虑这些意见。

恰好从1951年开始，我的生活内容也比以前丰富了点。这是肃反产生的副作用。肃反运动，本来是与我沾不上边的，但在左倾盲动的华大领导班子却提用了他们手下的一个人，此人叫蒋捷夫。湖南人，与我同龄，与我并齐地讲马克思主义大课《辩证唯物主义与历史唯物主义》。在教学效果上，他当然比不过我，我知识面丰富，他知识面单寡，只会按苏联提纲A、B、C、D，甲、乙、丙、丁地教，又不好好备课，打一通宵麻将，第二天去上课。这样，学生的反映自必不好。他心里想："我是党员，他是非党员，他怎么会反映比我好呢?"恰好来了肃反运动，他就向党委建议，历史系头一个斗争我，理由是要打掉我的嚣张气焰。党委副书记都投了弃权票，可是蒋还是赢得了另外的四票，通过了。斗争会格外盛大，在讲大课的大教室里，从下午两点半到六点半还没有完。斗争完，我回到家里，稍稍休息，家里人问我情况，我说：

"像簸糠秕子一样，一颗粮食也簸不出来。"

可怕的是，就在这样的情况下，蒋捷夫就敢提议，党委会就敢通过，掌握政策水平之差，可见一斑。而在我，不过没头没脑地、不着边际地挨了四个钟头的恶毒詈骂而已。而那些骂我的人，在此后数十年运动中暴露出来，有的家庭是恶霸地主的，有的是参加过反动党团而且是骨干，有的甚至是货真价实的特务。这些认识的积累，就使我对积极分子政策，一直采取怀疑态度。我的大学老同学赵德尊1947年在河北平山全国土地会议上的发言，竟敢在那么些大人物面前说，土改中积极分子80%是流氓。我佩服他的勇气。可是这些现实资料并没有打动最高人物的心，在此后的运动中还一再申讲什么不能在积极分子身上泼冷水，要保护积极分子，等等。

从此以后，我夫妇在政治上就消极了一大步。除了教学和科研是属于“职业”范围之内不能收缩之外，在生活上就自己放松了些。看京戏和买字画这两件事，就是在肃反运动以后出现在我们的生活里的。

我35岁才开始看戏。为什么这么晚？理由很简单：家里穷。有的人就与此不同，谭其骧夫人李永藩女士告诉我，她从小看“堂会”积累久了，所以自己也会演荀派戏。我妻高昭一在老家正定还有机会看到北昆演员白云生和韩世昌的戏。杨向奎先生一篇小文中说，他小时候在丰润一早起揣上两个饼子一天跑着看两个村庄的两台子戏。这些经历我都缺乏。我在高中的经历只是背英语单词和解方程式，x等于几、y等于几。后来住了清华，中学同学王承鸿，跟我同房，夜里有时不回来睡觉，我问他，他说他到前门外看杨小楼、余叔言的戏去了；我问他多少钱，他回答说，五块大洋还只能是一张站票。我听了，只能伸一伸舌头。

到35岁上，已经是三级教授了，每月有280余元的工资。又兼出几本书，有稿费、版税汇来，记得总是到棠邑路中国银行去取，那时支票的传递还用铁丝，吱吱价响。有了这点经济基础，看看戏买买字画就成为可能的了。

一个学历史的爱看京戏，是理所当然。因为京戏，绝大部分是历史剧。昆剧就不同，它多半是男女间的所谓言情戏，又是小折子戏。而京剧，如三国戏，就是站满全台的大戏，与历史有很密切的关联。

我们学历史的，天天读正史，而正史除《史记》富有文采，《汉书》和《后汉书》也有一点外，后面的那些正史，几乎都是“断烂朝报”，枯燥乏味，缺乏形象化。在这一点上，京剧就是一种有力的弥补。当然，弥补之中，会有不少的歪曲，这也要预先有思想准备，而歪曲不是主流，弥补是主流，它能提供若干原始性的发展，那是正史中所没有的。

譬如《飞虎山》表述五代后唐国创立者李克用和他的义子李存孝中间，因虎吃羊、牧羊人打杀虎的纠缠而被收为义子的故事，剧中若干民间味道极其浓郁的内容，那是从新、旧《五代史》中绝对得不到的。并且犹不止此。在关汉卿的戏曲里，还不只一次地写到李存孝。这个李存孝，终究因为一次叛变行为被他的义父老李克用残酷地处了车裂之刑。总之，戏剧的内容，大体上等同于野史所起的作用。它不能用来做考证，但它可以增强史学工作者的意念、思考和想象。保守派的考据家是严格排斥想象的，但我不。我认为这些虽不可用之于考据，但不妨碍搞活脑筋，使一位史学工作者的头脑丰富起来，不要叫脑子里充塞的全是老的教条和新的教条。

大体每当两个大朝代更替之际，也就是通常所说两个“盛世”之间所夹的“乱世”，戏剧的素材就更多些。三国戏多，是一个证明。五代的素材也不少。如《古今小说》卷15《史弘肇龙虎君臣会》中所记五代周国国主郭威（郭雀儿）和史弘肇二人原来是两个无赖，赖人家一只狗子打杀煮烂了去卖狗肉。读到这种地方，就自然而然地对那些煌煌《本纪》的“神光”产生出不少冲淡的作用。

京剧中除《飞虎山》外，给人提供启发的正多。如《白良关》，表述尉迟敬德父子凭着两支铜锏相认的故事，使人想起戏剧中不少剧目都包含有中原主干民族与边境少数民族间又冲突又融合的关系，如哪一个将领的儿子被少数民族掳去收为女婿成了驸马，也生养了儿女。试想，所谓融合，就是通过血缘融合、风俗习惯融合、渐至生产资料和生产方式的融合而慢慢形成的嘛。《白良关》、《霓虹关》、《当阳公主》、《牧虎关》以及经常看的《四郎探母》，其中就蕴含着这些内容。所有这些，就在“断烂朝报”之外，给我们提供出若干生动的、原始的景象。这些景象，考据派说是假的，而在我看来，它比那些“真”的还更真些。

我常对儿女们说，我平生有两股埋怨情绪。先说第一股。我埋怨，我在10岁至20岁间为什么就没有这样的一种机遇，在邻居中邂逅一位画家，他喜欢我，叫我替他磨墨展纸，慢慢陶冶我成为一名画家。从我写字的笔姿看，我完全有这种可能。可是，缺乏这种机遇。现在再开始，已经过了那种含蓄期，那种接纳培养的稚气阶段，不可能了。第二股埋怨，是埋怨自己在10岁至20岁间，为什么就没有这样一种机遇，在邻居或亲戚中邂逅一位拉京胡很娴熟的人，他喜欢我，教导我把我经常顺口胡唱的若干唱段纳入胡琴的规格，合乎板眼。当然，唱戏和画画中间又有不同。只要经过精心的培养，我相信我自己可能成为一名中流以上的山水画家。这恐怕不是吹牛。唱戏呢，怕只能清唱，不能登台。第一我的个儿太高，穿上厚底靴，就成为黑白二无常了，不是人们说杨小楼“个儿太高，撂手撂脚”吗。第二，我自中学到大学，体育课及格的时候很少，像“吊毛”（翻跟头）之类，我就很低能。但我的嗓子不坏，宽嗓窄嗓都好用，所以只要经过艰苦培训，生旦净都可以来一点。但所有这些，都等于说傻话了，因为人生是不可能回过来再重新走一遍的。我之所以在耄耋之年还想这些事，那是因为我懂得画过一幅长轴山水画自己挂在墙上，胸中就会有一股浩然郁勃之气，第一它很好受，第二它可使人长寿。我还懂得，一个演员唱过一段淋漓唱段之后，走到后台时也会有一股郁勃之气。而当你写完一篇很自我欣赏的大史学论文之后，除却疲劳，没有这种浩然郁勃之气。这就是精神劳动门类不同中间的差异。或者只有我讲完三个小时的课后，回到教员准备室，也许有过一点点与画完一幅画、唱完一段戏时“具体而微”的感受。

我写这些，不是要显示自己的才分，竟如此之大，之多。不是这样。譬如体育运动，我就是一个低能儿。在清华时多少同学热爱着马约翰教授，我就不爱，路上碰见也不招呼。如今看电视时，每到欧洲足球赛，英国足球迷和流氓们闹得赛场大乱的时候，多少观众看得入迷，我却“卡叭”一声关掉电视机回屋睡觉去了。再譬如对时下流行的歌手、歌星我也有相同的厌恶。我觉得，她（他）们不是在引导人一种美感，一种愉快的享受，而是让观（听）众与一个患剧烈头疼或剧烈腹疼的人在分享着一种痛苦。

第四十四节　买字画

在写到童书业的一段文章里，我提到过去50年代初在青岛曾有过一度买字画的较好机遇，东西多，价钱比较便宜。在当年青岛买字画的群体中，大体存在着两种倾向，一是厚古薄今，二是厚今薄古。前一派追逐什么宋画、元画。在这一方面，一是东西少，二是假品多。说起假品，我从来就不一口否定，而是持“一分为二”的态度。有的假品诚然是毫无价值，纯乎是骗人的；但有的假品则不然，它起一种在真品不可能的情况下，从一定程度上反映真品的某些原始特征，足资后人借鉴。后一派追逐明清画，特别是晚清。它的特点是一东西多，二虽然也不免真假混杂，但究竟从假品堆里不时冒出来不少真迹。但真的不一定好，好的也不一定真，有些作品给人的艺术享受不一定低于真品，这也是玩字画人经常有的经验。

我基本上属于厚今薄古派。我首先追逐清末民初的几个大家，当然，我也有我自己的选择。如对任伯年，徐悲鸿先生一辈子热衷于他，我则不然，我认为任的画“海派”气未免重了一点，笔气浮薄，唯求一俊。我重视吴昌硕、齐白石，以至上溯到赵之谦（扮叔）。他们的特点是把“写字”和“画画”往一块融。吴昌硕把籀文融进去，赵之谦则把汉碑、魏碑融进去。话说到这里，不免要说远一点。把“写字”和“画画”融到一块，并不自晚清始，最迟董其昌已经开始了。二十多岁时读傅青主的书，看到傅把赵子昂、董其昌骂得一塌胡涂；三十多岁到苏州，看到墙上一片全是董派的书法。心里想：真理只有一个，为什么在董上会如此径庭？后来慢慢明白了。傅纯自民族立场上立论，相当程度上游离开了艺术问题。假如我们游离开满汉民族冲突问题以及乡绅恶行等等；那么，董其昌在融书法与画法于一炉的问题上，是有其贡献的。试看：清初“四王”的用笔运笔出自董其昌，自不必说；就是遗民大画家八大山人（朱耷）也出自董其昌。有一次，我翻看王烟客的画集，又接连翻看八大山人的画集，我曾惊呼着说，“这不是一个学堂里毕业出来的学生吗”？后来又读到上海画家谢稚柳的一本小册子，其中说八大山人使用笔锋的侧势、逆势，是出自董其昌，这一下我顿然明白了。可是徐悲鸿先生在这一点上并不清楚，他只从政治和阶级上考虑，所以就把八大山人估的很高，而把“四王”贬得很低了。从今天看来，那是美术史上的一股“左”倾偏向。

我特别爱收存“扬州八怪”的作品，理由是我感到从他们的画里，冒出来一股令人感觉新奇的人文主义气息。也就是说，在他们以前的人追求“形似”，到他们就追求“神似”了。这个“神”字很宝贵，因为这一“神”，人们主观方面的精神品格就渗透到客观的一花一木一山一水中去了。

当然，不是“扬州八怪”范围内每一位画家我都爱。譬如郑板桥，傅抱石把他捧了上天，我就持不同意见。郑的竹、菊、兰、梅画得不坏，有些题词也确乎有些异端思想；但从总气息看，市民的庸俗气太重，郑甚至在信札中公开宣扬“断袖分桃”的“龙阳之宠”的“美妙”，令人恶心。再如金冬心，他也想把“书”和“画”往一块融，他写隶书中的漆书一门，和伊秉绶类似浙派，渐近于现代的艺术字，但拿书法融入画法的成功度不大。

在“扬州八怪”中，我偏重于李复堂（李鳝）和罗两峰（聘）两家。我爱李，第一是他老功底深，他是老科班出身，当过内廷供奉；第二是他思想解放的幅度大，敢于大胆创新，纵横挥洒。我珍藏有他的一本册页，中有一幅画的是一幅翡翠鸟和芙蓉花，诗曰：“兴来勾勒翡翠鸟，狂发涂抹芙蓉花，古人行草常连楷，工写相间亦不差。”这是书法史和美术史上的一段高论。从王羲之、献之父子的几片“帖”里，从颜真卿的几个“稿”里，我们不是经常看到他们写着写着行草，不知不觉就带出几个很工整的楷书字吗？画画亦复如此，工笔中带写意，写意中又带有工笔，这也是老画家们画了一辈子画不知不觉达成的自由境界。

罗两峰画《鬼趣图》，其实是一种社会讽刺画；加以黄慎画驴，渐近于社会风俗画。这些画衍变下去，就成了后世的漫画。试观丰子恺的《老鼠做亲》，这条线不就是这么传统下来的吗？

徐悲鸿先生当北平美术学院长的时候，在班上大力攻击“四王”。“四王”确实有其不足之处，如公式主义，三棵树、一堆山石、加一个水口，等等。但王石谷不如此，他惯写江南的初春，用枯墨画杏树的老干，用铅粉轻轻加点胭脂，点出一片桃杏花，再少少加点绿柳条，最后用水一润，一幅美丽的江南春景就宛然展现在人们的眼前。像这样“师法自然”的画，有什么必要要对之加以攻击呢？

第十五章 “另册”一案的全部过程

第四十五节 57年的鸣放

我不是1957年划的右派。我的右派是1958年被提出来，1959年秋冬之际才宣布处理，1960年开始执行。这过程很复杂。

回忆1957年青岛的人们正在大鸣大放的时候，我在“八大关路”的疗养院里接受医疗。采取这一步骤，大体有两方面的动因，第一，接连两年开设《中国农民战争史》的课，又要看材料，又要写论文，又要写讲稿，又要上讲堂，人确实是累了。虽然正在好的年龄，但这种消耗法也维持不了多久，所以要疗养疗养。第二，在下意识上，也想避一避风头。假如说那时已清楚地觉察到了“大放”之后马上会来个“大收”，说已经觉察到那是一场“引蛇出洞”的“阳谋”的话，就未免把自己看得太聪明了。但迷迷糊糊的预感是有的。说一点预感也没有，那也是不真实的。究竟自己好吧歹吧是参加过十几年的政治斗争和战争的人了。

但疗养院也不是世外桃园。我在疗养院是摆开摊子画画的。宣纸、毛笔、颜料都带来了。而且真的画了不少幅，有的甚至裱起来题上款送朋友。但所有这些也抵挡不住“鸣放”的冲击波。诗人高兰到疗养院来了，说：“大鸣大放么，怎么能少了你?!”这当然就是拉我下水了。

我下了水。但没参加任何一场鸣放会，只在《青岛日报》上发了一篇文章《放的关键在于领导》。这种文章，在以后就叫“毒草”，甚至是“大毒草”。记得是跟冯沅君先生的一篇文章接连着刊发的。她的文章的要害句子是“一个人入了党就像鲤鱼跳过了龙门一样”。我的文章不是一句两句，而是全面开花，对1955年的肃反运动和积极分子政策进行了全面的评估，甚至指名攻击了高教部部长杨秀峰和山东大学校长晁哲甫。他二位在一次大会上谈到肃反运动出了偏差，把一些好同志当成敌人斗了时说，“我们已经磕了头”；“但不要我们已经磕了头，你们再踢我们两脚”。这个话，显然带有不服气的气味。于是我在文章中质问“究竟磕了几个头?”“究竟是谁踢谁的脚?”这些句子，用后来红卫兵的语言说，就是“十分恶毒”的了。

记得这篇文章发表的第二天一清早，胡华同志来看我了，他当时也在青岛疗养。他对这篇文章既未表示赞许和支持，也未表示反对，而是使用十分隐蔽的语态，对我表示一种惋惜，意思是，你这么聪明，也竟被“阳谋”的炮弹击中了。他比我小四岁，在华北大学时他是第二部学员班的班主任；开国之初，经常是他在“文委”做报告，我们“文委”属下各单位都去听，回来在自己单位做传达报告，所以我曾对他说：“鄙人成为老兄的传声筒了。”多少年后，因为人民大学和“二炮”的纠缠他曾和学生一起到中南海请愿，站在吉普车上讲话，被塔斯社记者拍了一张照，登到了《真理报》上。那时中国正在反修，所以最高方面看了照片非常恼火，胡华后来告我说：“我的党籍差一点没有丢掉。”此公下世，迄今也有13年于兹了。

山东大学看起来是很难呆下去了。校园里，通过大鸣大放，整天乱糟糟的。像一座污水池，各种各样的汽泡都在往上冒。我是一直不介入的，但社会的力量会来介入我。例如丁山先生的夫人，那位质朴的南京老太太，就到我家哭着诉说了整整一个上午，她说她知道我是最主持正义的，她要求我到广播站去控诉杨向奎和刘敦愿，她说丁先生正是被他二人给害死了的。论正义，我是该替已故的丁先生去鸣一鸣的，但我平生胆小，终究没有敢“跳出去”。

再有，那个由华东大学组成的领导班子处理起事情来也确实不像话。譬如，开始叫大家大鸣大放，群众绝大多数是不敢鸣，不敢放。领导提出一个办法，叫党团员带头鸣放。党团员是服从组织的，就去鸣了放了。等“反戈一击”的时机到来，从群众中抓出来的右派不足“定额”，万般无奈，只好从领导发动出来的党团员中去揪右派。这就是组织迫于“上边”的压力，出卖了自己的群众。这样做的效果非常非常糟。

于是，我提起笔给高教部写了一封信：要求调离。通常，这种信投出去总是渺无回音的，但这次反应却格外迅速，高教部高教司司长王越同志很快到了青岛，他来过我家，熟门熟路，一进门把公文包往玻璃板上一放，就说“你去兰州”。这一句话，我这后半生40年就定局了。

他继之告诉我，兰州大学也在大鸣大放，学生还闹了点事，谴责学校当局不请好老师。高教部也知道兰州大学的师资力量弱，所以作为“整改”，就从四面八面调集力量，支援兰大。我们已将这个决定通知兰大了，兰大方面在电话里说，很快将派专人来青岛帮办搬迁的事。

第四十六节 由青岛迁兰州

兰州大学派来的人，叫陈克敏，甘肃甘谷人，很年青，皮带上带一支小手枪，显然是属于保卫人员的范畴。他很能干。五十几件行李，连包装加运，是一件不轻松的活，但他干的很轻松愉快，还和我家的儿女混得很熟。

我们选择的路线，不走南路走北路，在北京稍作停留。住在前门外鲜鱼口的高教部招待所，那是同仁堂乐家的许多套房舍中的一套。记得张政烺先生首先来看望我们，还有当时正帮助范老写书的青年学者卞孝萱。我也去看望了几位老人。在马神庙老北大二院的院子里，正糊满着批判林汉达的大字报，叶圣陶先生那么老于世情的人，在反右的声浪中已经有点魂不守舍的味道了。在原辅仁大学，我们初次谒见陈援庵先生，寒暄未竟，从书架后面就闪出一位女士，朗声说道：

“陈老已经上了年纪，奉周总理指示，会客时间不得超过20分钟，现在已经一刻钟了。”

陈先生马上插话：“这是远路客人，这是远路客人，要适当放宽些。”事后我们才打听得知，此位女士乃援老门下“金童玉女”中的“玉女”刘乃和先生。多少年后，她到兰大讲学，到家下小坐，我提起此事，大家相对大笑。就此公，辞世也不觉好几年了。

我还到琉璃厂萃宝斋去买了一幅齐白石的《牵牛花》，100元。这数字在今天是微乎小哉，在当年还是大开支。那两排七八朵牵牛花我倒不怎么看重，倒是叶子和藤蔓的画法很别致，有草字的笔法。也就是说，没有写过草字的人是画不出那样的藤蔓的。而最令我不忘的，是那位中年半老的售货员。三年后，当我又从兰州到北京又到萃宝斋坐坐的时候，他对我讲了一段话：

“您老敢情是三年前来过鄙店一次吧。那幅齐白石的牵牛敢情是您老客买走的吧。那画今儿个就拿400块也买不到手喽。记得您老是从东边一个什么地方来，到西边一个什么地方去的。那会子，您还是跟宝眷一起来的。”

我心里想：这个人要是到一个什么情报局工作，岂不更合适？

这时，兰州大学的几个副领导也正在北京，他们请我们到苏联展览馆的餐厅去吃俄式西餐，有黑面包、鱼子酱。对鱼子酱，我们一家都不吃，只我一人大口大口地吃。我说我是海边的人，不怕腥。他们还邀请我们看叶盛章的《三盗九龙杯》。曾几何时，现在在舞台上演杨香武的，已经是叶盛章的再传弟子了。

买火车票。我们一行七人，买了一间半包厢的座位。那另半间包厢的乘客是一位苏联专家，他买了西瓜请孩子们吃。但俄罗斯人切西瓜的风俗却跟中国人不同，中国人是切成三角形的，俄国人则是切成圆圈，从中间把瓤掏着吃完，剩下的瓜皮是大大小小的圆圈。我想，孩子们会从其中增加对不同国家不同民族间有着不同风俗习惯的体会。

截止到当时为止，我的脚还不曾踏过宝鸡以西的土地，现在要接触陇上的风光了。火车过了宝鸡，就穿越一连串的山洞。山洞过完，就到了天水。天水以西，就出现了甘肃的典型地貌。用地方话说，就是“一挂原，一挂川”。所谓“原”，其实也可以叫“山”，所谓“川”就是平地。火车碰到山，就钻洞；一出洞，就看见“土地平旷，屋舍俨然”，“阡陌交通，鸡犬相闻”。这样川原交替，就到了兰州。

那时的兰州，要描写给现在的少年听，就成了《天方夜谈》。火车站的站房，像看瓜人搭起一个棚棚。马路是土马路，当时刚下过一场雷雨，“有雨一街泥”。现在兰大的车库里，小车至少有七八辆，那时却一辆也没有，从医学院借来一部“中巴”，车身上带着红十字。那时的兰州大学，东岗的新校址刚刚规划，高楼大厦还全无踪影。当时校址在西关什字，一部分是旧时的贡院，一部分是左宗棠大帅的驻节之地，所谓“致公堂”，所谓“静观园”。当时反右派斗争正达到高潮，门口贴着大字报，告诉大家数学系的大右派刘古杰已经从郑州抓回来了。

像太原、开封、西安各有其特点一样，兰州也有它的特色，而且花样不少。如“酿皮子”，是一种用面糊蒸的凉面条，吃起来筋筋道道的；如“灰豆子”，是一种豆粥；如“软儿梨”是一颗颗冻得像黑色圆石头的东西，放在清水中一泡，梨内的冰冻就转换到梨外，形成一个冰壳，将冰壳弄破，里面就是

“软儿”了。对外来者说，这都是新鲜事物。

兰州人的性格，按我的理解，是陕西移民和四川商人的混合型。不像陕西人那么生硬，也不像四川商人那么滑溜，仿佛是一种中间状态。在语言上也有特点，如孩子们中间传说一段话，“我fufu（叔叔）给我买了一本画fu（书），我坐在石头上看fu，你fuo（说）fufu不fufu（舒服不舒服）”。我们在牛棚里，每逢兰州人读“最高指示”时，总听见“毛Vu（主）席教育我们Vuo（说）”……

第四十七节　滕景禄其人其事

滕景禄此人我从来没有接触过，但他的举措却害苦了我一辈子。

此人正和刘宿贤、彭康一样，是左倾教条主义老母鸡屁股底下孵出来的雏鸡中的一只。

恰好我奉高教部之命调离山东大学的同时，他奉派到青岛来担任市委书记。他一到任，就举动很大，把前任市委书记孙汉卿、组织部长矫枫、宣传部长孙蒲风一齐打成“青岛市委内部右派反党集团”。更奇怪的，是还把民盟青岛市主委葛慎修和无党派人士赵俪生二人打成这个右派反党集团的“外围分子”。

为什么我沾上这个边？这纯系我和孙汉卿是大学同学。孙汉卿，在学校的名字叫孙德香，山东栖霞人（后划归牟平），物理系学生。当时清华学生的左、中、右分派的情况是，山西籍学生绝大多数是左派，这恐怕跟牛佩琮领起来的风气有关；山东籍学生以中间派居多，大都闷着干功课，不大过问政治，只有两个较早走向革命的，一个叫宫曰骊，一个叫曹桂馥（后改名曹言行，解放后担任过北京市城市建设局局长等职）。孙汉卿就是在他们俩影响下参加革命的，当时北方局属下有个西郊区委的乡村社会工作部，孙从那里干起来。社会工作部属下有个平民子弟小学又叫工人子弟小学，就设在清华三院后身。记得吴新之和孙德香一个是校长，一个是教务长，而我是六年级国文教员兼班主任。记得两位女同学——高景芝大姐和戴新民大姐也同在这个小学里任教。孙和我从这时候起就相熟起来。芦沟桥事变后，我去了太原，孙去了渤海地区，一直从事渤海抗日游击区的创建工作。青岛解放，他被调来做市委组织部长，渐升至市委书记。由于当年子弟小学有那么一段，所以在青岛就走得比别人近乎，他曾邀请我给青岛中级党校教马列主义课，这在别人看来就是不寻常的了。划成“外围分子”，恐与这类事有关。

再回过来说滕景禄。他也是栖霞人，和孙是小同乡，同是党员干部，当时是个工会主席，平时泡病号，一到运动就瞪起眼睛来整人。不知为什么他要把孙往死里害。转眼到了60年代初，他正在上海华东医院接受医疗，少奇同志从北京给他叫通一个长途，说：“你划的那个青岛市委内部右派反党集团到底是怎么回事呀？也应该向中央说说清楚嘛。”滕也是政治经验丰富的，他一听不妙，预感到那件事怕要“翻”了，就从五楼窗上一头栽下来，一命呜呼了。

据说，中央指派华东局书记柯庆施料理这一案件。他到了潍坊市，召集济南、青岛两方面的有关人员开会，结果孙汉卿、矫枫、孙蒲风宣布平反，降级使用。在会上有人问：“还有党外那两个呢？”柯庆施答曰：

“党外吗？面子就大了。我们不可把口子开的太大，那会惹出很大很多麻烦来的。那两个人，我看就靠他们自己争取摘帽子吧。”

我和葛慎修的冤案，就这样被“草菅”了。

可是在当时，山东大学的蒋捷夫并没有躺在火炕上睡大觉。他也是政治斗争经验丰富的。他确认此机可乘。他下令，重新搜集并整理赵俪生的反党材料，呈请山东省委转甘肃省委将赵某人揪回山东大学处理。打个比方，像在哪里杀了人要揪回哪里枪毙一样。可是老天爷，我杀过谁呢?！……

第四十八节　“起解”和“回解”

大约在1958年的6月末的一天，兰大党委书记刘海声同志派工友叫我到他的办公室去。这个举措自然有些异样。试想，兰大新校舍已经建成，我住一楼，刘住二楼，有事来往招呼。现在变换形式，第一说明不存在“友谊”，剩下的只有“公事公办”了；第二说明我的身份已经低落，再不是部派“专家”，而是敌我矛盾作内部处理了。

我到了公事房，刘还是带人情味的，当然他的话也很难讲，软了不对，硬了也会出毛病。他大体说：“山东那边要你回去，我们也反复交涉，那边仍然坚持叫你回去。回去就回去吧。你从山大带了三个学生过来，其中一个叫尹居诚，是党员，我们派他陪你回去。你要放宽心怀，世界上的事没有过不去的，早去早回。”这话听了只觉得很沉重。多少年后，许多事情曝光以后我才明白，蒋捷夫和山大当时领导班子的“底牌”是要把我划为“极右分子”发往寿光农场劳改，叫我死在那里。这个“底牌”我自然不可能知道，但刘会知道一部分。他从兰大利益出发，自然要抗争。“早去早回”一语的着重点，在于一个“回”字。

出发了。当时火车还不直达，要在徐州转车。我们住了旅馆。第二天，尹居诚说：“我们去逛云龙山吧。”他随身携带两个比小学生书包大五六倍的草绿帆布大包，逛云龙山时他一肩扛一个，挺累的。我问为什么不寄存在旅馆里，他说：“你知道这是什么，这全是你的档案材料，历次运动人家揭发你的，属于绝密材料，怎么好撂在旅馆里呢？”我颠了颠，约三四十斤不止，真可以说得上是“罪行累累”的了。

到达后，把我安排在文学馆一楼的一间小房里，两张床，派我教过的一学生罗仑（按此人后来是南京大学的教授了），与我相伴，或者说，对我进行监督。而罗仑此人对当时那一套是并不怎么看重的，他“瞒上不瞒下”，白天他从来不在房中，就是夜里他只好隔三差五地回来睡一次。所以若干年后我对他的同班们说，“罗仑当年对我行了仁政”。但我睡觉的墙并不仁，那上面贴着两幅标语：“赵俪生要老实交代！”“拒不交待，死路一条！”

自从“政策”和“策略”被提到齐头并摆的地步以来，几乎人人都娴熟策略，人人都擅长运用策略。当然蒋捷夫在这些人中间也不比谁落后。他对我就像猫玩老鼠一样，当年气焰那么“嚣张”的赵俪生，现在沦为阶下囚，任我蒋某人摆布了。他不露面，而是派手下跑腿的，来对我宣号传令。开始是吓唬，说要有充分思想准备，“你在同学中间是民愤很大的”。暗示斗争会声势一定很浩大。其实，学生都“勤工俭学”去了，宿舍里剩下不几个人。继之是另一种吓唬，说你罪行太重了，怕要送农场改造，回不去兰州了等等。策略手段，无所不用其极。

有一天，跑腿人告诉我下午两点半在房间里等候，全系师生要传唤你去在定案书上签字。我一直等到三点半，传唤的人才来。我去了。教师和学生代表坐了满满一教室，中间一小课桌，桌后坐三个人。中间是黄云眉，他是杨向奎走后的系主任，一位好好老先生，平时与我交往尚密，可是到这时候就不得不绷起脸膛来了。两边坐的是蒋捷夫和孙思白。他们拿一张纸叫我看，并叫我签字。我一看，上列我罪行的主诉是三条：

（一）赵俪生说，南斯拉夫是共产主义运动中百家中之一家，百花中之一花。

（二）赵俪生说，他假如在马路上碰见蒋捷夫，他将给他白刀子进去，红刀子出来。

（三）赵俪生说，武杰（按山大党委组织部副部长）像个土匪。

现在事隔42年，我在写回忆录，我们试来分析这份定案书。第一，第三条根本构不成一条罪名，俗话说“关上门可以骂皇帝”，何况是一个只当过县公安局长的武杰？而且没有录音，只是根据“积极分子”小汇报而来。第二，第二条简直可笑，就像读《金瓶梅》似的，西门大官人要送来旺去吃官司，不恰好就捏造了这一条吗？第三，唯一有分量的是第一条，但就这一条，也是根据演绎法的一个大命题推出来的。这个大命题是“百家争鸣、百花齐放是对学术问题而言的，至于政治上，就只有两家，不是无产阶级一家，就是资产阶级一家”。而这个大命题就恰好是典型的左倾论断。假如这一论断继续有效的话，我们又该怎样来论断改革开放中的“让一部分人先富起来”？又该怎样来评价在科索沃战争中中国对南斯拉夫的支持呢？从42年后的今天看来，什么山大党委，什么总支书记蒋捷夫，他们简直是应了一句陕西话，道是：

“人在世上，猴在树上，胡捌哩。”

但事情还没有完。定案会结束后的傍晚，孙思白承蒋捷夫之命来传达：“你不能回兰州去了。明天一早七点半，学校有一部大巴斯送一批极右分子和反革命去寿光劳改场，其中也有你。你要做好准备七点钟我来叫你。”但奇怪的事情发生了，第二天我从七点等到八点，等到九点，等到十点，不见有人叫我。我心里想，孙思白又在吓唬我了。多少年后，我才继续得知，那不是吓唬我，而是夜中事情有变。据说那天夜里，兰大党委有长途电话，说“从人事关系上说，赵俪生已经是兰大的编制；至于政治处理问题，那么山大是中国共产党领导，兰大也是中国共产党领导，天下一盘棋嘛，你们给我们送回来，我们也会处理的”。

孙思白又来了，说：“山大党委对你宽大，放你回去，但不能一个人回去，你跑了怎么办？今天傍晚，有一批山大毕业的大学生和研究生分配到西北，你由他们押送回去，你要好好服从他们的管教。”

这批学生大约有八九个人，各不相同。有的陈旧思想占主导，认为师生之谊不可废，还不断地让茶送水；有的则纯乎是八年后“红卫兵”的派头了，“叫嚣乎东西，隳突乎南北”，其中一位分配到新疆去的姓王的，创造发明的能力特强，跑到列车的广播室，跟女广播员拉好关系，从话筒里广播道：“乘客同志们，你们知道什么是右派吗？毛主席说，右派就是反革命，不过因为人民秩序巩固，所以客气点，不杀头，不判刑，但是性质不变，还是反革命。现在我们押在列车上的就是这么一个反革命，他叫赵俪生，四十多岁，发案前是山东大学的教授，现在押往兰州。希望全列车的乘客同志们提高警惕，加强监管，只准他规规矩矩，不准他乱说乱动。”

我就是这样回到兰州的。

转眼又过了一年。1959年冬，兰州大学文科划到西北师范学院。记得有一个冬天，一位工友在院子里喊：“赵俪生在这里住吗？党委组织部长叫他去训话。”

我去了。组织部长坐在办公桌后的椅子上，我站在他的对面，立正，低头。

“现在，给你宣读处理。经甘肃省委与山东省委联合决定，赵俪生划为右派分子，撤去教授学衔，降四级，监督使用。”

“完了。你回去吧。”

多少年后，我才陆续获悉，这个处理，是经一年之久在两省间、两校间反复讨价还价的结果。原处理是：“赵俪生划为极右分子，解除公职，劳动教养……”

1999年11月，蒋捷夫以82岁高龄在济南千佛山麓的山东社科院院长级的宿舍的厕所里死去了。他费了九牛二虎之力欲置我于死地，可他终究死在了我的前面，而我还活在世界上，还有最后剩余的一点精力，把蒋捷夫的“英雄”事迹，写在了我自己的《回忆录》里。谢谢上帝！

2000年6月25日写完于兰州大学

22楼之209室，时年84岁

游美日记

1987年3月27日（星期五）

今日起程，由儿子伴送到北京。下午5时，兰大派车到，只能容纳四人，其余送行的人只好走到火车站，幸好距离不远。

121次列车8车厢3包房。我对面下铺是兰州铁路局的一位官员；我的上铺是兰州军区的一位参谋；对面上铺的河北蠡县一家涤纶化纤厂的厂长，是属于乡镇企业的新型人物。

3月28日（星期六）

黎明5时醒来，列车已过宝鸡。中午与儿子在餐车上吃饭。入睡前列车似乎在豫北汲县一带运行，这里是嵇文甫先生的故乡了。车过石家庄时，我犹在梦中。

3月29日（星期日）

过保定时，那位蠡县的厂长包装得非常整齐下车去了，车厢里剩下的三个老派人自必有一番议论。在良乡车站（这里是出产板栗的有名的地方），列车停车两小时，原因是本次列车已晚点一小时半，铁路上的规矩，只能晚点车给正点车让路，没有正点车给晚点车让路的道理。黎明前后，由首都开出来的车一列接一列，我们只好“靠边站”了。9时20分，我们列车晚点4小时抵达北京。到张自忠路（原铁狮子胡同）中纪委招待所住下。我的助手左书谔同志早两天到，他已把我的飞机票买好了。

这一天是阴风惨惨，黑云漫天，气温骤降。

3月30日（星期一）

早晨，到教委外事局去了一趟。

中午，请助手和儿子吃一顿馆子。到砂锅居，开口点了一个“干烧鳜鱼”，服务员（旧称“堂倌”）说：“对不起您，这两年鳜鱼缺货。海子里鳜鱼多着哪，可就是买不到，也不知道到哪儿去了，您老就凑合着一品干烧鲤鱼吧。”

跟儿子和助手去逛北海，后门里有个静心斋，过去在北平呆多少年，就没到过静心斋。原来是慈禧晚年颐养的地方，院子里太湖石垒石太繁重，什么东西过头了总不太好。又参观一个“友谊展览”，是各国首长或代表团送给中国首长的礼品。从这里发现一个问题，即越是发达国家的礼品越不怎么样，越是不发达国家的礼品倒是艺术吸引力满强烈的。科技能力提高了，是不是艺术创造性会减低？

夜里看英语电视，有周培源、费孝通、雷洁琼、钱伟长四教授答外国记者问的场面。

3月31日（星期二）

今天休息。养精蓄锐，以待支付在飞机上十一二个小时，加以起飞降落、以及东西半球时差变换等等的损耗。

夜里看电视，有赵紫阳总理与港、澳人士谈话，说中国已不搞清理精神污染了。

4月1日（星期三）

黎明5时起床，洗脸刮胡，换衬衫。昨天预约的租车已经停在院中。6点45分上车，7点20分到机场，行车35分钟，这时间早，还没有交通阻塞现象，所以显得快。我们算是最早到达机场的乘客，行李问都没问，就搡进轮带里去了。给的座位是C#18，据说是好座位。9点30分，飞机启动了。

11点20分到达上海虹桥，大雨滂沱。候机厅里电视在放映《阿信》，在家里已看过的了。因飞机需要小规模修理，故迟至下午1点30分才继续飞行。这一飞，要持续10个小时以上，越过太平洋，到旧金山着陆。按中国大陆的时间计算，到达旧金山的时间该是午夜0时，而实际则是回到了前一天的黎明7点50分。

越过太平洋的这段飞行，倒是非常平稳的。机舱里的大多数人在睡觉，大电影屏幕上在演老得没有牙了的《梁山伯与祝英台》，愿听唱腔的就带上耳机子。一路上送正餐两次、点心三次，果子汁随便喝。

（美国）4月1日（星期三）

早7点50分到达旧金山，因须办理入境手续（个别人在证件和携带物品方面可能有问题），所以停机较久。12点30分继续起飞，可以从舱窗里俯看Rocky Mountains（落基山脉）的山顶积雪。下午近5时，到达纽约肯尼迪机场。

一出门，就感到我们这些封闭型知识分子的愚蠢。举两个例。行李箱注入轮带，到终点又经轮带输出到轮盘，这个我知道，也在电影电视上看见过。但同行若干人都是从差不多的百货公司买的箱子，临行前为什么不懂得做个记号呢？这假如不是愚蠢，又将怎样解释呢？结果苦头便吃下了，从轮盘用大力抱出一件，不是自己的那件，于是放回轮盘上去，再抱。今年我已整整70，箱里又装了不少送国外人的书，非常沉重。兀的不累死我也么哥。

第二个例。从肯尼迪机场搭乘中国领事馆的大巴士到市区去，沿途看见许多招牌，上写park，park……心里糊涂起来，美国的公园怎么这么多？后来又看见一块招牌，上写parking，心里一亮，这是个"动名词"，又看见一块写道parking two hours only，噢，大概是停车场吧。这才慢慢从糊涂里明白过来。

领馆安排我住8楼815号，单人住，日租金35美元，好家伙，住一夜就要280元人民币！房中有电视机一台，美国电影一点也不好看，无非是亲吻、斗殴、凶杀、黑人……窗前一条大河，后来得知就是哈得逊河，高中时读Rip Van Winkle，一开头就是Whoever has made a voyage up the Hudson...（无论谁游历哈得逊……）大家都会背，现在真的亲眼看到Hudson了。

这里的饭食非常可口，一派北京口味，小米绿豆稀饭，炸油条油饼，蒸包子。只是外加柑橘一只，带一点洋味儿。

4月2日（星期四）

原来中美交流的机关将我的事委托给领事馆了，具体安排的人姓夏（女），是南京大学外语系的毕业生。她递给我一个大纸包，里面有很多通知事项，外一信封，装有我旅美60天的费用4 820美元的支票一张，还有《医疗保险》一本。据说，这本《保险》很珍贵，可是我60天中一次也未使用。这4 820美元的支票也不能用，必须到银行（譬如说，中国银行）换成零份支票（譬如说100元一张的，50元一张的，等等）要本人签字样本符合，才可以支用。

4月3日（星期五）

搞支票。夏女士陪我去，会计小罗开车。小罗是兰州大军区高级军官子弟，所以谈起来宛如同乡谈故乡似的。美国银行的规矩，为防止拥挤、盗窃、抢劫事件的发生，取款窗口准许一人靠近，其余人在较远按次序等候。这个兑换，要扣除手续费10%，也就是48美元。数额不小，但也无可如何。

下午，学术访问开始了。按照 program（节目单），第一所学校是纽约州立大学的享特学院的历史系。夏女士打好电话，送我出领馆门，帮我叫了一辆招手停，并属我除按程付价外，要给司机5角硬币的小费。

系主任叫杰姆斯·哈利逊，是一位倜傥洒脱的中年人，他自己说他是越战中的空军驾驶员，退伍后到哥伦比亚取得博士学位。新出版一本著作《无休止的越战》，签名赠送我一本。当时已是下午两点到三点之间，按美国人的风俗，要吃一顿"午点"，这使我想起在甘肃下乡搞"四清"，在午饭与晚饭之间有一顿"腰食"。他们的大楼里就有一个自助餐部，5元一客，哈利逊叫来另一位客人叫 Murray Rubinstien，还取个华人名字叫张格物，怪茁茁的。又是美国人的风俗，主客的餐费归主人掏，陪客的餐费自己掏，这在中国人看起来又是新鲜事儿。这位张格物副教授送我一份论文的抽印本，研究的主题是光绪年间在南京及江南各地兴起的反洋人、反洋教的运动。这个选题本身就带有一股寻衅和反华的气味。在进餐过程中，他突然问我"I heard you had been a Communist agent， is it?"（我听说你曾经是共产党特务，是吗）。这一下，我感到似乎是蒙受了极大的侮辱，几乎要拂袖而去了。

美国人的绅士风度，原来如此。

哈利逊替我叫一辆招手停，车子似乎专门从联合国大厦前开过，使我领略了联合国大厦附近的风光。后来，又经过一条溪涧，看到迎春花已经盛开了，这是我在国外看到的一次春天的到来。

4月4日（星期六）

倾盆大雨，终日未出门。

4月5日（星期日）

从今天起，换夏季时间，提前一小时。上午10时我去打饭，厨房的人说："过时了，是11点了。"但仍很客气地打给我酱肚、油炸花生米和两个煮鸡蛋。

4月6日（星期一）

今天的节目是访问赫赫大名的哥伦比亚大学。冯友兰先生就是这座大学的研究生。美国的总统，不少也是哥伦比亚出身。我自少年就听说山东教育厅长何思源的中学、大学、留洋的经历是"六中、北大、哥伦比亚"云。

哥伦比亚有几处校址，这一处叫 Morning-Side。一个大学，大体总有一个似乎是个有代表性的景点，英文中叫 Campus，例如清华一进二门，正北是大礼堂，西壁是科学馆，中间是草坪，这就是清华的 Campus 了。哥伦比亚的

Campus 房屋很密集，雕像，喷水池，等等，挺唬人的。一座矮小破旧的三层楼上写着 Philosophy，噢，这就是冯友兰读博士的地方了。

按照安排，先参观它的东方图书馆。馆长贾可璧（Jacoby）彬彬有礼，拿出宣册来叫题辞。看样子，他们很自负的，但下到书库里一看，特点显出来了：在他们心目中，台湾是中国的代表，大陆够不上。架子上安排的是《胡适年谱全编》、《傅斯年全集》，以及台湾“国师”陈大齐的著作。郭沫若、唐长孺、周一良、岑仲勉等人的著作，一本也无。问起来，他们推说我们跟大陆的关系还未理顺，买书买不到，云云。可是关于“文化大革命”大字报专辑则琳琅在架，被视为珍品，这些东西为什么买得到呢？其实这里面好多是假造了骗“老外”的钱的。

发生一件奇怪的事。在哥大东方图书馆门口，一位中国面孔的女大学生拉住我的衣角。她说，她爸爸嘱咐她，只要看到有大陆来访的人，就赶快回家去通知他，他们家就在这条街上，很近，一会儿他就到。果然来了，此人叫潘力生，75 岁，湖南澧陵人，善书法，大陆有不少名山古刹都有他题的匾额。可是此人又似乎具有相面、算卦这样的法术，这就使我感到“江湖气”了。我们萍水相逢，可是他就微微透露几点对我的“预知”，如我老伴长我三岁，我有一子五女，并且二女儿因登山失慎已经亡故了，等等。我在心中暗暗警告自己，不可流露过分的惊讶，要沉着应付。他邀请我当即跟他去参加一个纽约华人总商会的晚宴，我委婉地辞谢了。（后来，此人还不断写信来纠缠我，要我替他觅一部泰山金石峪的《金刚经》拓片。）

哥大门口玻璃亭里坐着一位老太太叫 Dahlke，汉字名戴琦琼，是一位资深的接待处的高级顾问，她对我非常好，在我回到领事馆后还打电话来，问我在哥大还有什么要她办的。我忽然想起，哥大哲学系有一位叫做 DeBerry 的教授（汉字名狄百瑞）写过不少有关中国儒学的文章，我问他能不能接待我一下，谈一谈。戴答应代办，叫我等回电话。晚上，电话来了，是一位邱女士，她说：“狄百瑞教授老了，又很忙，没有精力接待。但他说，他可以指派他的一名研究生对阁下进行一小时的辅导，条件是必须把质疑的内容写成大纲事先送来经研究后再定辅导的时间。”好家伙！中国教授只能接受美国教授的研究生的辅导，我又一次感到蒙受了侮辱！

第二天我打回电话，说我的心脏病犯了，去不成。

4月7日（星期二）

要到波士顿去了。下到七楼结了账，不到七天，房费255美元。

4月8日（星期三）

夏女士送我去火车站，小罗开车。车子专门绕过一个场，他（她）们告我说，这叫Time Square，在全世界都有很有名的。

火车站叫Ben Station。美国人时兴坐飞机，火车几乎很少乘客了。所以铁路很落后，火车站也不起眼，外观像个普通的小市场，进到后头，才是售票和候车的所在。火车进入市区转成地铁，所以进站时像进防空洞似的，黑糊糊的。

美国的火车不像中国是国营，他们是私营，公司叫Umtrack。列车的牌号也不像中国101次、102次等等。他们这列车叫Owl（猫头鹰），那列车叫Nightingale（夜莺）等等。一国有一国的风俗嘛。车中的长列的皮卧椅，座位全向开车前方，没有对面座，也就是说，不使旅客有倒退行车的心态。铁路、桥梁、涵洞都比较陈旧，有我小时乘坐胶济路或正太路的感觉。

列车一直北行，微偏东北，有从徐州开往沈阳的那股子劲。沿途所经，尽是所谓的New England地面，一片industry（工业）气象，不带一点agriculture（农业）的味道。时值初春，迎春花刚开，柳树树头刚刚发绿。居民纯是英国式的小二楼或小三楼，墙皮刷成赭红、青白、纯黑不等，各随所爱。楼梯有的是内楼梯，也有的是外楼梯。有两样东西是家家如此的，一是百页窗，一是三角墙（gable front）上插风信鸡。沿途看见不少沼泽地（这是小说里经常描写的），污染得很利害。偶尔也看到一片坟场，一排排十字架很整齐。

下午2点54分到达波士顿。没人来接。只好自己叫一辆招手停，到剑桥镇的Quality Inn，索车费12美元，这就是“宰人”了。住504号房，不管饭，每日房租75美元，也是“宰人”的。宰就宰吧，谁叫我们人生地不熟来?！与我前后到达的原山东大学同事徐绪典（民国时期大总统徐世昌的侄子），就夤缘哈佛·燕京这条线索，在哈佛校内租赁学生宿舍一间，月租金约与我的日租金相当。

原program上写着：“当你到达波士顿车站时，邱姆（Kuhm，有人译作孔姆）先生将到车站接你；如果他实在忙不过来，那么，他的弟子们将去接你。”我小时候跟别人到洋教堂去听布道，那洋教士说，“你们中国伦（人），最不讲信用”，言外之意自然是洋人最讲信用啦，喏，我初出国门，遇到的就是这样的“信用”。

迟到傍晚，来了一个女孩子，叫 Kristin Stepleton，碧眼黄发，24岁，自己说是 Kuhm 教授的研究生。她说，她的老师正忙得不可开交，旧任的太太在法院为离婚索赔的事打官司，Kuhm 先生必须出庭；新任的太太马上要分娩，孩子一生下来就需要父母的结婚证明，否则，教堂拒绝给孩子行洗礼。用俗话说，“事情赶到一堆了”，所以他不能来。

她问在哈佛有什么熟人，我只能举出两人：一是伊朗史专家Frye教授（汉字名费耐生），一是华裔儒学教授杜维明。但我说明，我和此二人亦非深交，前者仅在乌鲁木齐的“敦煌吐鲁番学会”的年会上见过一面，后者曾到兰州大学来访问，由我接待，组织过座谈会。如此而已。

4月9日（星期四）

我在美国的生活，是我自己安排的，我把它叫“不出门的自助餐”，不去餐馆，只从百货店里买回来面包、纸盒牛奶、花生或榛子、柑橘或香蕉，自己沏好茶，就这么过日子。也并不感觉到营养不足。

Frye 先生来了，我把 Kuhm 的事告诉他，他摇摇头，表示他不愿与此人打交道，因此事情的困难不能从这个人身上求解决，只好另寻他途。他问我和杨联陞的关系，我说是大学同学，他高我一级，他九级，我十级，在学校住一栋宿舍，见面打招呼。Frye 告诉我，杨在哈佛的学术地位非常高，他们都是哈佛学术委员会的委员，于是他拿起电话拨了杨联陞家里的号码。

电话接通了，他们用英语说了一阵，然后把听筒递给我，说杨要直接跟我说几句话。

杨用中国话说：“我听说你来了，但是我只能告诉你，第一我不能到旅馆看望你，第二我不能请你到家里或馆子里吃饭，因为美国史学年会就要开了，我的若干弟子都要到波士顿来，都要来看我，我老了，接待不动，所以一律挡驾。我挡了他们的驾，怎么好单独应酬你呢？”

我告诉他，我并不要他到旅馆来看我，也不要他请我吃饭，只希望在 Kuhm 先生这里打开僵局。中美交流协会指定的是 Kuhm，可是 Kuhm 躲着两三天不见踪影。我困居旅馆，又不习惯吃西餐，又不习惯打美国电话，所以情况很困难，希望有所解救。

杨发话了：“Kuhm 那里，我不能打任何交道。至于你，又不能吃西餐，又不会打电话，我要问：你到我们美国来干什么？像你这样到美国来，只能给中国人丢人!”他在电话里，声色俱厉了。

“杨联陞同学，‘丢人’二字，是您先出了口的，那么底下，就得容我来说了。记得芦沟桥炮响的第二天早晨，我二人在清华六院（新斋）门口碰见还说过几句话。你说，这一来就要各分东西了。不久，我就到了太原，在山西新军打了两年日本鬼子，弹片至今还留在腿里。可是您哪，您却在中美处在极不友好的情形下跑到美国来，替侵华军师当了军师。试问，咱们二人谁丢人?!”我也在电话里声色俱厉了。

电话那边没有回响，但明显也没有挂上。可能，对方也会受到些震动吧。

客人走后，我一个人躺在床上想，为什么这些人这么气粗？我的解释是，这些人在大学里受的殖民主义者的教育，先入为主的就是崇拜西方，而西方又是在悠久的传统里崇尚“各亲其亲，各子其子，货利为己”的，所以这些人从来不是理想主义者。什么是理想主义者？理想什么？我想，我们理想主义者首先瞅着的就是贫富不均。宋朝杨么起义的指导者钟相说，“吾疾贫富不均，今为汝均之”。当然他的话里把“贫富不均”的纠正看得太轻松了，落入了空想。但视贫富不均为不正常现象，立志要矫正它，子又有子，子又有孙，子子孙孙，无穷匮也，追求大同社会的理想，永远不能放弃。这就是近代史上若干志士仁人、抛头颅洒热血黾勉以求的理想。而这些在美国的人不是这样，他们追求的是高薪资，一处小楼带草地，汽车房里四部小汽车，先生一部，太太一部，儿子一部，外小货车一部。至于现实社会的那些贫富不均，他们则视而不见，充耳不闻，反而放口咒骂一切激进主义者都没有好下场。用中国老话说，这都是些“全无心肝”之辈，跟他们有什么可讲呢？他骂你“丢人”，你就“丢人”就是了。

4月10日（星期五）

我告诉联络员 Stepleton，请她转告 Kuhm 的秘书，说我不准备在波士顿再呆下去，请这位秘书打电话给在华盛顿的“美中交流办”说，我马上到华盛顿去，请他们接火车，并安排住宿。

Frye 先生要请吃饭。电话是张广达的女研究生周锡娟打来的，说 Frye 的夫人 Naby 要从伦敦回来了，Frye 先生请我明天下午到家下吃饭，他亲自开车来接。

夜里，一位说中国话的女人给我打电话。她姓刘，叫刘静，英文写出来是 Jane Liu Jernow，这后一个字是她丈夫的姓，是一位古董商人。她是中国盐城人。“美中交流办”共有两位高级（科长以上）雇员，其一是刘静，其二是Pam Pierce（美国人）。我在电话里告诉刘静说，我一到华盛顿，就准备把“交流办”给我的四千多美元金全缴回去，只讨一张飞机票立即回国。刘女士以温和的声音在电话里说，那样做未免有点过分了，她劝我还是把program勉强执行下去为好。我说我在纽约，住的是领事馆；到华盛顿，能不能住大使馆？她说这种事交涉过的，大使馆说，它只接待特殊的中国人，不接待普通的中国人。她说，她们已经在乔治·华盛顿大学附近替我找下旅馆了。

4月11日（星期六）

Frye先生的房子不在哈佛校内，而在Cambridge小镇的一条小街上，房子买下已经5年了，小二楼，显得旧一点。夫人Naby穿一件红线衣、一件红线裤，光着脚丫子招待客人，也不知道这是哪国哪地方的礼俗。5岁半的儿子带着一脸阿拉伯人的神气，用盔甲把自己装扮成中古武士，拿一柄木剑到处乱砍乱刺，还在地毯上乱打滚。我心里想，这就是美国儿童的典型模样了。Frye先生小我五岁，1922年生，父母的籍贯是瑞典，所以身上带有明显的北欧气味。他的衔头上写的教授学衔前边多加一字，叫Aga-khan Professor，我问他，他说他念大学、念研究生都是Aga-khan家族资助的，所以在衔头上要加上人家家族的字样。他说，他在哈佛念学位的时候，跟周一良同房间。

这餐饭很奇怪，无肉，无鱼，无鸡，只有酸黄瓜，煮洋葱。长桌上倒是燃着几支长长的白蜡烛。匆匆把场面走过，Frye先生亲自开车送我回旅馆，在旅馆门口他和我拥抱两次，嘴里嘟哝着“in Russian Fashion”，意思是按俄罗斯方式向我告别。

4月12日（星期日）

今天，我要离开波士顿了。

杜维明打来电话，叫我下午6点前办好离旅馆手续，6点他开车来接我，先到餐馆里吃晚饭，10点他开车送我到火车站。在碰了杨联陞那么响亮的钉子之后，Frye和杜维明二人总算在我的心态上做了有力的弥补。

常熟餐厅开设在Cambridge镇的一条主街上，菜肴品味是地地道道的江南风味。杜小我23岁，1940年在昆明出生，父母可能是浙、赣地方的人。他请了三位客人，第一位是陈荣捷老先生，台湾中央研究院院士，已经84岁了，身体还那么硬朗。他喜欢讲儒学中的一个“中”字，阐发得很绵密深刻。第二位是我。第三位是陈来，他是张岱年培养的研究生，现在哈佛做访问学者，不久回国后要安排他当北大哲学系的系主任了。

菜肴虽然是地地道道的中国味，但有时还夹杂一些美国的庸俗噱头，譬如炸饺中夹带一条字条，我的一条是“很快你会遭遇一个情人”，杜维明的一条是“你马上要发一笔大财”。陈荣捷也吃出一条，随手就丢到桌子底下去了，他不喜欢看这种东西。

餐毕，杜开车到机场，陈荣捷先生要乘飞机回 Pittsburgh（匹兹堡）家中。飞机倒是几十分钟就到，但下了飞机要到存车场取出车子自己开着到家里，关门睡觉。一位84岁的老人自我料理生活的本事还这么强，实在令人钦慕。

杜又开车把我们带到他的家，见到他的夫人。夫人是美国人，新生一个儿子，另一四五岁的儿子，也跟 Frye 的儿子一样地“无法无天”。在杜的家里坐了一会，叙一点话，然后开车送我去 Boston 火车站。这个站的架式稍稍像个火车站（不像纽约的 Ben）。在开车中途，杜维明在一家银行的墙边停下来。他掏出信用卡，按密码塞进去，一会儿抽屉里就送出150个美元。事情是这样的，我身上带的全是旅馆支票（Traveller's Cheque），不能当钞票用，所以他取自己款借给我用。凭卡无人取款，我还是头一回看见，真是刘姥姥进大观园了。

自波士顿到华盛顿的单乘票是71元，往返双乘票是79元，这就是美国人的经营方式。我问杜买单乘还是双乘？他敏捷地回答说：“买双乘。你不是还到康州（Connecticut）去吗？”

晚10点50分车开了。

4月13日（星期一）

早7点50分，到达华盛顿的 Union Station（共和车站）。Pam Pierce 来接，到G街与21街、22街间交汇处的“大学小店”（University Inn）住下来。房号是204。半间房，一床、一橱、一椅、三灯，浴间和厕间与邻号伙用。就这么个条件，每天的房租是40元！

4月14日（星期二）

看起来，我像个滞销的货品，抛到市场上，顾客反映冷落，所以摊主就把我收回来，在自己眼前摆着。看样子，我在华盛顿停留半月之久。这里也有乔治·华盛顿大学，但没有对口的专业，所以项目上没有列。唯一一个比较大的项目，是访问国会图书馆。

今天恰巧是林肯总统遇刺122年的忌辰，是应该到林肯纪念堂去的。但昨天已约好，与 Pam Pierce 去国会图书馆，所以访问林肯纪念堂的事只好推迟一天了。幸好距离不远，说去就去。

我住在华盛顿的西头（21、22街），国会图书馆却在东头（1、2、3街）。我们坐公共汽车去，车上不售票，不查票，乘客上车自动掏8角硬币丢入箱中去。有没有人不丢？或者少丢？我们中国人会这么想，我也这么想，但没跟别人谈过，所以也没得到过答案。

国会图书馆据说可以和伦敦的大英博物馆相比美，但那是指主楼，主楼我没去，我去的只是中文、日文、韩文图书的贮藏大楼，当然架势就逊色些。主任叫王冀，河北人（河北保安司令王树常的儿子）。我心里想，这把椅子从前是像李书华这样的人才坐得的。但我在这里，也有一桩奇遇。有一位女馆员，人们说，她是当年国民政府五大院长之一的后代。我问“贵姓”。答说“居”。噢，是居正先生的后代。我好像估量到了什么，我问：“令尊和令堂的大名可否相告？”答说：“居浩然和徐萱。”我马上说：“他（她）们是我在清华的同级同学。”真是异乡遇故知？在另一间接待室里，一位广东籍的老馆员告诉我说：“这位居蜜小姐是我们馆里最有学问、知识最渊博的人。”

4月15日（星期三）

今天下着蒙蒙细雨。我要去观览林肯纪念堂（Lincoln Memorial）了。

出门向西，自23街拐向南，不久就到达了。建筑用大白石柱，室内18根，外廊26根，共44根构成，外貌跟古希腊的 Parthenon 略有相似。简单、庄严、不夸大、不神秘。林肯像坐西向东，南墙上浮雕有葛蒂堡讲辞（Gettysburg Address）的全文。说起这篇文章，我在高中时英文课本中有，我直到老来还能背诵；后来当高中英文教员，又教过多少遍。文中的“of the people”、“for the people”、“by the people”三语，被孙中山先生扼要地译作“民有、民治、民享”。记得梁启超对此讨论过，我也有同感，“of”和“for”两者都好理解，好办。只有“by”怎么个“by”法？分歧就大了，普选制是一种办法，代议制又是一种办法，像我们的“人大”、“政协”又是一种办法。林肯短短一句话，在执行起来，就产生出如许的争论。

林肯纪念堂与华盛顿塔一西一东遥遥相对，中间有水池，叫 Reflecting Pool，我想翻译出来，似乎该叫“映景池”。牌子上写着，它参照法国梵尔赛宫水池和印度大水塘而建成，每当月夜微风之际，或暴风雨雷电之际，池中景致各不同云。

4月16日（星期四）

我决定不乘公共车而是徒步到国会图书馆去。从G街向南转入E街，接上就是 Pennsy Lvania Ave.（宾夕维尼亚大道），再接上就是 Constitution Ave.（宪政大道），很快就到了。全程需要75分钟，足见华盛顿城市不大。

下到书库。跟哥伦比亚大学东方图书馆差不多，中文书仍以台湾书为主，大陆书寥寥无几。翻了翻《傅斯年年谱》，傅55岁就死了。又翻了翻《胡适年谱全编》，胡活到72岁，依然神采奕奕。又看见澳门出版一本屈大均的《年谱》，记载屈氏临离广西东返江西的那天早上还给顾炎武赶画八幅册页，足见遗民间是有联络的，也足见遗民间的感情是多么真挚。又看见香港出一本《蕲黄四十八砦》，可惜我已放弃研究农民战争史了，不然，此书定当细读。

居蜜女士到书库来，带我到本大楼中一处餐厅请吃午饭，是自助餐。我将我著作的一本精装本题款相赠。

4月17日（星期五）阙记

4月18日（星期六）阙记

4月19日（星期日）

今天是复活节（Easter），有些人上教堂，去追悼亡灵。又是星期天，很多人睡大觉。街上的行人和车子都很少。

还是出游。先到林肯堂，又向西北方看到一座桥的桥头上，安放着四尊仿制的雕像，有人，有马，肌肉突出，镀以金皮，显得庸俗。看说明牌，原来是意大利罗马、那不勒斯、米兰、佛罗伦萨四市赠给华盛顿市的。

前面是 Potomac 河，水流很不小。沿河北岸东行，有一大片日本人赠送的樱花树林。再往前走，便是 Jefferson 纪念堂，用大白石柱26根围着一个拱顶，旁一湖名 Tidal Basin，水不小，很多人用钓竿在钓鱼，还真的钓到不小的鳜鱼，跟北京的鳜鱼模样一般无二。再绕到华盛顿塔附近，有一小花园，牌子是 Tulips Library，我想该译作“郁金香品种园”吧，其中有一品黑色的，我想应该和中国的墨牡丹、墨菊相当。

花将近十个美元，从书店里买了一本 Stalin （《斯大林传》）。书一开头，就造了一个天大的谣言，说斯大林不是鞋匠邱卡什维里的儿子，说什么一个瑞典籍的探险家、地矿学者到高加索来，斯大林父亲出门去了，斯大林妈妈接待下这个人，就怀孕了斯大林，云云。其余的都不谈，只看脸像，试问，斯大林哪一点像瑞典人？他不是正牌不误的高加索血种吗！

4月20日（星期一）

又是步行到国会图书馆去。往返各需70～80分钟。

这次，从书架上遇见杨联陞的一本论文集。前边有一篇《序》，好家伙，好大的口气呀！大意说，我的文章都是用英文写的，后来有人说，台湾的学生有些英文阅读力不怎么强，于是就有人提议出一中文的。而我本人已没有精力写，于是由我的弟子某某教授、某某教授……译成中文，由我校对，准予印行。呜呼，其泰已甚了。

文集里还附了胡适写给杨联陞的信，向他提供一条经济史的材料。说朱熹的全集里有一篇临安“婆子”（老妇人）制假钞票（“会子”）的供词，说在一个小院落里，套板印制，通过太监从宫中弄到绵纸……。这封信的刊入，在于说明胡、杨二人的关系有多么亲切。

4月21日（星期二）

一转眼，Pam Pierce和朋友们到Virginia温泉三天的度假期过去了。她回到华盛顿打电话告诉我，“交流办”的主任要接见我。我想，他不来旅馆看我，而要我到公事房看他，这中间已经有点“架架子”的味儿了。可是又一想，中国有句老话“走客见坐客”，于是提起皮包跟在Pierce后面去了。

“交流办”就在白宫的西栅栏外。办公室里琳琅满壁，尽是齐白石、徐悲鸿等的画。这叫美国人看，是挺唬人的。但我一看见就知道全是琉璃厂买来的水印画，一张真迹也没有。

主任叫盖耶（Geyer），40来岁，像一位侵朝的大兵。据说，他曾在北京美国大使馆当过好几年干事。他用龙井茶相待。寒暄已过，我打开皮包，把所有的Cheques（支票）摊在桌上，用英语对他说：

“这是美国给我的钱，请收回去。我只有一个要求，就是尽快替我弄一张飞机票，我要回国去。”

Geyer的脸色很难看。他用结结巴巴的中国话对我说：

“这样做，未免过分啦吧。前一阶段的工作，我们没有安排好。底下的工作，我们安排得好一点就是啦。”

……

事后，Geyer背后告诉Pierce说：“我接触过不少中国人，但像这个人，我从来没有遇见过。”

4月22日（星期三）阙记

4月23日（星期四）

华盛顿街上我来后的第一批花（如郁金香）已经残了，第二批花取而代之。它们是水仙和杜鹃，都不在盆里养，而是在花畦里。水仙比中国看到的水仙棵子大，花大。杜鹃不仅有红的，而且有白的。白的比红的更引人喜爱。

晚上，Schwarcz（舒尔茨，女），从康州打来电话，解释她不能不把我的访问时间推迟一点（安排在29、30日）的理由。她说，她新近刚刚生了一个儿子，产后身体很弱，而她们那边熟悉中国语、在业务上能跟我交流的只有她一人。她说，她在的州是康州（Connecticut），所在镇叫 Middle Town，学校叫 Wesleyan（煨斯莲大学），下的火车站叫 Meriton，火车开过耶鲁大学所在 New Haven（纽海温）一站，就到 Meriton 了。

4月24日（星期五）

今天，Pam Peirce 开着她自己的那辆破旧的车子带我去美国国家美术馆去参观，真是叫我大开眼界。我平生最喜爱印象画派的画，这里就有几个大的展室，画经过精心的装潢，死死地钉在墙上，每室都有一名带手枪的警卫，以防抢劫或盗窃。展品在墙上并不密集，重要的画一面墙上只挂一幅，小幅挂两幅。世界名画在世界的分布，是按自由贸易规律，谁掏钱谁买到手，所以很分散。法国卢浮宫比较集中的多一点，其余德国、英国、美国都购藏一些，再其余就归了私人（如美国的富翁哈默）手中了。

令我更高兴的，是每幅展品都有仿制品和印品出卖。仿制品由社会上的二、三流甚至三、四流画家所画，可以看出仿制得很精心，并不粗制滥造。价钱比较高，我们过路人买不起。印品可以买得起，我就买了40张，准备回国分送子女或友人，是最好的礼物。

4月25日（星期六）阙记

4月26日（星期日）阙记

4月27日（星期一）

刘静女士请我吃饭。预先有电话约定。下午6点半她开车（她的车比 Pierce 的车豪华些）到旅馆接我。先开车到她家接她的丈夫。她（他）们家座落在华盛顿的西郊外。到达前先经过一座庞大的自然公园，真是美极了。过了自然公园就到了一片住宅区。这片住宅区也漂亮至极，一排排小二楼或小三楼。看起来住在里面的都是些富裕人家。Jernow 做希腊、罗马、埃及以及中国、日本的字画、骨董生意，家里放着一些古盔甲、古陶器、古瓷器和古油画以及日本的浮世绘。我看赝品居多数，但赝品照样可以卖出价钱。他拿出几样中国字画，我微微露出一点鉴定的能力，他立刻对我更加刮目相待了。

我们三个人，开车到华盛顿的中国城，这里有一家蒙古烤肉店，中间一架大圆鏊子，底下笼着木炭火，四周摆着猪肉片、羊肉片、牛肉片，任顾客选择，选好交给站在铁鏊中间的大厨师，他给你拌好调料，放到鏊子上烙，一面烙一面翻腾，等认为好了时，就给你盛出来。记得梅兰芳秘书许姬传写的《七十年见闻录》里提到北京有蒙古烤肉这件事，具体情节是否与华盛顿的相一致，则不知道。我好事，跑过去跟大师傅握手拉近乎，顺便问一句“府上”，回答竟是“贵州”。呜呼，所谓“蒙古”者，仅仅是招牌上如此写而已。

4月28日（星期二）阙记

4月29日（星期三）

5点钟起床，7点钟一切束扎停当，Pam Pierce开车送我到Union Station。8点20分开车。我在美国首都呆了16天，像个“荡荡游魂”似的。列车近中午过纽约，车厢重新编组，一部分北去Boston，一部分东去Connecticut，像中国到济南拐向胶济方向类似。

下午2时20分，车到Meriton，下车。这个车站小到不可理解，只有一条短短的站台，没有站房，只有一间售票的木屋子。Weslyan大学两名黑人大学生（一男一女，可能是一对情侣，开车赚点工资，这叫“勤工俭学”）开车来接。这个小镇城叫Middle Town，它和Weslyan的关系就像Cambridge小镇之于哈佛一样。车子开到一栋楼前，门口挂个牌子Humanity Institute （人文研究所）。男大学生帮我把行李送到楼上，打开房门，用英语对我说：“这就是你的住处了。”

这个环境真好，真幽静。窗外一棵棵大橡树，硕大的松鼠撅着大尾巴跑上跑下，毫无怕人的表情。我心里想，能在这里住一年，写一部大著多好呀，可是按安排我只能在这里停留最多50个小时。

4月30日（星期四）

舒尔茨（Vera Schwarcz），犹太血统，父母入的是罗马尼亚籍。祖父母都被纳粹抓去弄死了。她的年龄，大约比我三女儿小几岁，比我儿子大几岁。一度，她在北大，曾是我同学王瑶指导下的研究生。在北京期间，她对五四运动仍然健在的参与者进行了周详的采访，搜集了大量的资料，写了一本《五四运动》，在美国出版。继之，她又想写一本《张申府传》。可能在政协《文史资料选辑》上读到我写的《张申府先生二三事》，得知我和张先生有所契合，从而对我感到兴感，才邀请我到她这里访问的。

提起张先生，话就长了。我是在《逻辑》课班上认识他，可他并不认识我。后来我发表在《清华周刊》上的《1934—1935西洋杂志文艺论文编目》被张先生看到了，他辗转叫同学转告我，叫我到他的office（办公处）去。我去了，那地方在图书馆的下层，黑黝黝的。花玻璃上写着他的名字，他正把两条腿架在书桌上读杂志（这种架式我从照片上看到尼克松和勃列日涅夫在加里佛尼亚圣克里门蒂家里也这么架着）。他告诉我，除了文艺论文外，希望也留意哲学论文，包括逻辑论文，有什么新动向随时来告诉他。我应诺了。这是我第一次跟张先生见面并交谈。

在一二·九学生运动中，有一次在西直门大街我被临时派遣作“通信员”，跟另一位同学到“北平总学联”去汇报西路游行大队的情况。总学联的秘密指挥部设在西单亚北点心铺的楼上，三个人坐在一间单间里，装作喝咖啡的顾客，一是姚克广（即姚依林），一是张申府，一是许德珩。从那以后，我才知道，张先生原来也是学生运动的幕后领导人之一。这是我和张先生见面的第二回。

在30年代，我就见过他这两次。不久他被捕了，清华教授会也通过决议：解聘他！此后，我没见过他，也不可能。事隔25年全国解放后我在中国科学院工作时到辅仁大学去听苏联专家吉谢列夫报告，这时才又遇见他。以后，就是我在政协《文史资料选辑》那篇文章中所说的那些情节了。

舒尔茨似乎很忙，教学外她还从政，是康州的州议员。她说，你不是山东人吗，你们山东代表团正在这里和康州结为友好省（州）。她拨出30日这一天专门跟我交流关于张申府先生的事。我把我所知道的张先生的情节告诉她，她也把在中国留学时采访到的情节告诉我。到头来给我的印象是，她比我知道的要多得多。

最后，我提出一个问题：一个学者，是做纯学者好呢？还是兼任政治家好？我说，兼做政治家会赚很多便宜，但也会吃大亏。在中国，政治家又叫“政客”，话音里就带些贬意了。人们提到梁启超就用这个词。我看张先生一生也跟梁先生走了类似的路。梁先生背叛了戊戌“革命”，随顺了北洋，最后落了个富裕寓公而终；张先生在“宜将剩勇追穷寇”之际，选择了李宗仁，一篇

"划江而治"的文章召致来废斥终身的下场，比梁启超还惨。

舒尔茨问我对美国的看法。我说，你们美国自然有美国的优越之处，如自来水灭菌，我们中国就办不到。但假如就文化积累（cultural accumulation）而言，那么，我说，美国薄，中国厚。积累中当然有坏的东西（也就是"糟粕"），中国和美国的文化中的坏东西都很多，但我们用抽象的谈法，试把中、美文化中的坏东西割掉，那么剩下来的好东西（也就是"精华"），也还是中国的厚，美国的薄。这就是为什么美国人显得浅薄的道理之所在。所以我不喜欢美国。

舒尔茨听了很不愉快。她说，她请了我来才明白，"一二·九"时候热爱民主的那个赵俪生已经没有了，现在是作为破落地主的赵俪生又复活了。我听了自然不会愉快。

5月1日（星期五）

下午三点半，仍是那一对"勤工俭学"的黑人大学生情侣开车送我前往纽约。车子开到New Haven时，他们有意在耶鲁大学的一些主要建筑间绕行一圈，以使我得以浏览一下耶鲁的风光。车开到一个高坡时，男大学生指着远处对我说："That's Atlantic!"（那是大西洋）我想，我这一辈子总算看了一眼大西洋了。下午近7点，到了纽约的另一个火车站，大学生替我买票，送我上车。7点25分登车，7点35分火车就开了。

这是一条东西行的铁路，令人想起陇海线。公司还是Umtrack。但这次的车型，是我没有经验过的。个人一个小单间，相当狭窄，但需用的东西却一应俱全了。看风景，有一片大窗子；睡觉，有一个床位；盥洗，从穿衣镜下可以转出洗用的盆；要大小便，又可以转出便池。总之，东西都装在墙里，以使房间不至显得太窄。看起来，这是经过设计师精心设计出来的。但当我津津乐道地跟美国朋友谈这种车厢时，他们却流露出近乎羞耻的样子，说那都是老掉牙的东西，在美国已经没有多少人要坐这样的"包厢"了。

5月2日（星期六）

昨天傍晚一上车就疲乏得呼呼睡去了。醒来5点多钟，临窗一望，目之所及全是农田。时值大雨倾盆，田野里一个人影也看不见。这是Ohio（俄亥俄）州的地面。说起Ohio，我不免记起青年期热心西洋文学的时候，记得一个戏剧家叫O'Neil，仿佛就是Ohio州的人，要么就是Ohio大学的教授。后来，卓别林成了他的女婿。我们外语系的系主任给我们上《莎士比亚》课就是拿O'

Neil的讲课内容写成笔记来给我们"呻其占毕"的。

我下车的站口叫Teledo，从这站通往密西根大学所在地的Ann Arbor。据说，很早一对欧洲的移民夫妇住到这里，种植叫做Arbor的一种树，夫人叫Ann，死了，丈夫为了纪念妻子也纪念事业，就给这地方起名叫Ann Arbor。

张春树先生，山东惠民人，夫人骆雪伦，福建人。夫妇二人是台湾大学文史系的同班同学，我见过他（她）们的毕业照片，中间坐的是姚从吾，模样我还认得，只是比河南大学时候苍老了些。前几年，张氏夫妇回大陆，到兰州大学讲过学，还担任了兼职教授。张是专研汉朝历史的，一心想看到发现的几千条竹简，更想亲自去居延看一看。但当时，"开放"程度还很有限，"反美蔑美"的气味尚未完全退缩，官方没有让他达到目的，所以他们还准备二次重来。从这一点出发，他对兰州大学成员之一的我，立意要殷勤接待。在华盛顿时，我就接到他的长途电话，说他夫妇亲自开车到火车站来接我，但时间稍迟一些，火车9点到，他们10点半来接，嘱我在火车站耐心等一等。

10点半，他们夫妇准时来了，到他们府上，按山东习惯喝小米粥，就咸菜。这在美国，已很不容易吃到。早餐罢，他们开车去住旅馆。这家旅馆名叫Arbor Lodge，旅馆性质叫Motel。美国人善于造字，旅馆原叫Hotel，可是目前这种旅馆既住人又可安放汽车，汽车叫motorcar，于是乎将H改成M，就构成Motel了。我想这和中国的车马店有某些类似。住105号。房间比"大学小店"那一间大三倍，而每日租金仅29美元。

5月3日（星期日）

按预定规划，我在密西根只停留两日，2日算半天，4日也算半天，那么今天3日是唯一完整的一天了。所以，除了在主人陪同下观览了美丽的植物园外，最要紧的是在主人的书房里细针密线地谈一谈了。

我问主人："我到了美国，为什么到处受到冷遇？"他沉吟着说，这半天，他也在思考这个问题。他说："第一条原因是你们兰州大学的知名度不够。全世界都知道有牛津、剑桥、哈佛、普林斯顿，对中国只知道有北大、清华，谁知道有个兰州大学来？"我说："第二个原因呢？"他沉吟下去，我抢过来说："第二怕是鄙人的知名度也不够。"他没有反驳，算是默认了。"第三条原因是你来得不是时候。中美刚开始交流的时候，双方还派遣了一些像样的，慢慢也就滥了，一些乌七八糟的人也来美国讲学，讲不出东西，各大学请人的部门的胃口吃倒了，所以他们现在不热络请人讲演。陪吃一餐饭，游览游览，这与礼貌有关的事不可缺，其余的那就另当别论了。”

我说：“像 Kuhm，不是连礼貌也没有做到吗？”

他说：“所以 Geyer 向你做了检讨。”

张先生是既这样说也这样做的。他到火车站接我，替我找旅馆，亲自开车陪我到中国餐馆吃饭，陪我游览了密西根大学的植物园，我临走结账时店主人说张教授早就预付了，等等。但他从来不介绍我接触密西根大学的教师、学生、教学、科研。这中间是有一道深深的闸门的。偶尔，也有例外。有一天下午趁图书馆下班时候他带我到图书馆的大厅里，指着书目卡片橱说：“看看你自己的著作。”我打开C字开头的橱（美国“赵”字不按新拼法开头字母是Z，而仍按老拼法C），在我的名下竟有9张卡片，想不到美国竟连我自己都已阙存的书也搜集到他们的书库里了。我一面翻着卡片箱，一面对张先生说：

“这样看来，鄙人的知名度不是也不能算太小吗？”

张没有积极回答我的问题。看起来，除了知名度，人缘也是个重要的因素。无论在美国，甚至在中国，我的人缘都很差，这才是我一生到处碰壁的最根本的原因。北京话有“来事儿”这个词，鄙人一生最吃亏的地方就在于不会“来事儿”。

5月4日（星期一）阙记

5月5日（星期二）

上午11点40分，张先生夫妇开车送我到底特律（Detroit）飞机场，飞赴洛杉矶。

这是一架较小的飞机。大飞机有两条通道，小飞机只有一条通道，两排乘客。飞机下午1时起飞，飞行4个半小时抵达洛杉矶。假如没有时差，到达时刻应该是5点半，但东西部时差3小时，所以到达时刻是2点半。

没人来接。坐等了一会，周鸿翔教授来了。他是广东人，加州大学的历史系主任。这位先生挺古怪，没有架子，不太修边幅，跟东部那些衣冠楚楚的教授毫无相似之处。他开着他那部破旧的汽车送我去旅馆。旅馆的名叫 Hotel Claremont，这名字带点法国味。这家旅馆的特点是不时髦，有点儿陈旧，但住起来挺宜人。据说，刘宾雁来洛杉矶，就住在这家旅馆里。我住二楼208室。每日租金39美元。

5月6日（星期三）

天气热起来了。在东部穿的那些衣服穿不住了。上街，只穿衬衫就行。上街上走走，看到洛杉矶商业大萧条，货窗上的货品多标明削价25%，有的甚至50%。这地方，中国化得很厉害，饭馆林立，看看名字，差不多都是“梅林”、“陈苑”、“小上海”等等。

5月7日（星期四）

心情比较安谧，因为这次“不适应”的旅行，已经到达最后一个站口了。我的“洋罪”已经快要受完。

周先生跟东海岸那些教授确乎不一样，他诚恳坦率，很容易接近，办事样样令人感到妥帖。他说，有一年底特律美国人父子用棒球的棒子打死了中国人，他还到底特律去参加过示威。

他的前任系主任是陈观胜。说起陈观胜，我上大学的时候，他是我们邻家燕京大学的教授，还是《燕京大学学报》的编委，一度担任过主编。他的一部著作叫《印度佛教的中国改造》。我几年前在西宁碰见一位藏族青年，到日本留过学，从日文版把陈先生这本书的《序言》译成了中文，我拿过来发表在《西北史地》上。这件事陈先生还不知道，周先生在电话里告诉了陈，陈氏夫妇邀约下星期二（5月12日）上午10点在办公室里接见我。这已经很不容易了；因为劳干（贞一）也在洛杉矶，他扬言说，当年王国维说他自己是清朝遗老，民国（其实是国民党）的人他一律不接待；劳贞一仿效说，他是蒋记的中国人，所以从大陆来的中国人他也一律不接待。

5月8日（星期五）阙记

5月9日（星期六）

周先生带不少研究生，其中一名叫赵仁冠，上海同济毕业生，曾在兰化当工程师，现在在加州大学读博士。因为我二人共有兰州同地供事之雅，所以谈得比较近乎。旅馆没有电视机，他给我抱来一部电视机；他还带来一个多月的《人民日报·海外版》，真是使我的精力有所关注了。

脑子里又开始接触学术问题。我刚到洛杉矶不久，周先生就向我打听两件事：一件是他听说，唐兰先生写了一篇有关大汶口文化的文章，因其中观点与某大权威不合，遭到非议，抑郁不欢而死。（这件事我回国后打听过，没有得到证实。）另一件是他听说，有一位彝族人的学者写了一本书说中国文明的源头在金沙江。（这本书我回国后找到了，寄了一本给周先生。）现在，在《人民日报·海外版》上又看到一位叫赵国华的人说八卦和彩陶陶纹中有密码，这个观点我很欣赏，而且很久以来在自己脑子里早就孕育着类似的想法。又看到在大陆人们在品评花，品评的结果是梅花第一、牡丹第二。这个品评的结论，我不服！我认为这是南方人观点领了先的结果，假如把北南方统一起来考虑，特别考虑自唐朝以来中国人的普遍爱好，那第一花的称号无论如何不能不归到牡丹的头上。

5月10日（星期日）

美国书店里，杂志架上在最醒目地方总是插着两种杂志：一是《Playboy》，一是《Pen House》，前者中译名是《花花公子》或《纨绔子弟》，后者中译名《阁楼》，阁楼是男女幽会的惯常用场。我是个老土包子，从未见过，现在开开眼。看过之后感到很没意思，例如照片中很多拍的“口交”，这在中国古代早就有了，叫“品玉”和“品箫”，虽然没有照片，但“春宫”画早就画了很多。

5月11日（星期一）

今天，我的小女儿要从夏威夷到洛杉矶来看我。她在夏威夷大学读硕士。作为准备，我从二楼#208搬到一楼#118，因为前者只摆一架床，后者则有两架床。

飞机到达的预定时间是下午4时，周先生3点半就带我去了，但荧屏上的告示说，这002航班要到7点45分才能到达，我们只好回去。6点45分再去，终于在94号门门口接到了。

这一夜午夜4时才睡，父女们谈了很多家中和大陆的事。

5月12日（星期二）

今天，要做些真正的学术交流活动。

上午10时去看陈观胜老先生。伉俪二老均已80多岁，脸上都有老瘢，老先生的驾车证还没有吊销，他还有资格开车，但实际上已经不开了。他的书已经绝版，无可赠送。他说，他的书里，注释比正文的篇幅大得多，并且，注释比正文的价值也大得多。当天下午周先生就将陈先生这部专著复制了让我带回国去。

结束时大家一起照了像。

下午，南加州大学有约会。东道主卫思纬（Wills）先生、中国河南人铁先生、美国人骆思典（S.Rosen）、中国复旦来的研究生吴家宪，大家座谈了一下午，留吃晚餐而罢。

南加州大学校园里有一种树盛开蓝色的花，我从来没见过，不知树名是什么。

5月13日（星期三）阙记

5月14日（星期四）

今天赵仁冠夫妇带我父女出去看看。先到日落大道（Sunset Boulevard），在这条街上住着许多最有钱的大亨、退休下来的大官、外国贵族，以及最享盛名的电影明星，等等。一般汽车1万美元的就够豪华的了，他们多用10万美元一辆的。后来又到好莱坞大道（Hollywood Boulevard），看了一些男女明星所留下的手模脚印之类。继到中国城（China Town），在一家馆子里吃了水饺、锅贴和拼盘，纯中国风味的。

返途偶尔看见一家招贴“真正兰州牛肉面”，我即刻叫停车，想看一看究竟，谁知另一张招贴上写着“今日停业”。

5月15日（星期六）

我快要走了，周先生在中华大菜馆设饯别宴会，约请了加州大学图书馆的蒋吴庆芬女士作陪。吴女士1985年曾到陕西师范大学去讲授使用电脑进行图书编目的方法。

5月16日（星期日）

周先生开车送我女儿到环球影城（Universal Studio）去参观。我老了，疲倦了，而且不感兴趣，所以就不去了。这里，光门票就14.95美元。是专为拍摄电影而设置的场景，不拍时就开放卖票，叫大家参观。

5月17日（星期一）阙记

5月18日（星期二）

“打道回府”。早7点，周先生开车送我去机场。8点50分，飞机起飞。我与周先生以及小女儿告别了。小女儿今天下午乘另一班机回夏威夷。

去旧金山的飞行时间，严格说只要40分钟，但实际却占用1小时12分钟，时间有很多是花在等跑道上。跑道很拥挤，要严格服从指挥台的指挥。

令人感动的是Pam Pierce安排她的女友、一位金发碧眼的小学教师前来接应，她手里拿着一牌上写“Zhao”。她带领我从“联合”航班处走很长一段距离才到达“国际”航班处。假如没有这个安排，我一个人瞎闯，是会有很多麻烦的。我很感激这位美国小女子的帮助。

在这里，我看见日本的营业处是五间柜台，新加坡也是五间柜台，台湾是三间柜台，只有大陆CAAC仅一间柜台，还是雇佣会说英语的外国人在那里营业。

从上午10点半等到下午3点40分，等了5个钟头，才等到去北京的航班。

5月19日（星期三）

一直在飞机上。飞机稳渡太平洋，要飞行10个多小时到达日本成田机场。有广播，乘客不要下机，只由七八个穿防毒衣帽的卫生人员上机来清扫卫生。不计时差，现在应该是午夜4时，但东京却是华灯初上的时候，大约是下午六七点钟吧。继续飞行，夜10时到达上海虹桥。

5月20日（星期四）

凌晨0点20分，到达北京首都机场。儿子和儿媳来接，仍然到张自忠路（旧铁狮子胡同）中纪委招待所，住212号。连续飞行约16个小时，现在已经是耳聋眼花之甚了。这日子，已经快到我70岁的生日。

5月21日（星期五）

昨夜8时自北京乘上北京—兰州特快。不料正午12时却在三门峡因故停车6小时。原来在阌乡站发生撞车事故，我们列车开过时，一架蒸汽机车头还躺在铁轨上扶不起来。

5月22日（星期六）

下午2时，抵达兰州。返回家中。此番旅行，首尾57天，将近两个月。

1998年5月18日重写完毕于

兰州大学，时虚龄82岁

附　我与俪生走过的路

高昭一①

按中国人的纪龄习惯，俪生今天正满80岁，看见他健康地跨越过这道生命里程线，我心里感到莫大的欣慰。我比俪生长三岁。人进入老年以后，睡眠的时间相对少了，在醒着的时间内往往思绪连篇，一幕幕的往事涌现脑际。我常想把这些浪费掉的思想记录下来，留给后世子孙，也许还是有益的，尤其是关于俪生的一些事情，诸如他的为人品格、思想、遭际等，由我来写也总归会真实些。好在我还有过治史的底子，趁现在脑子还不糊涂，想来还是能够把握好这种分寸的。

一

1937年7月7日爆发的卢沟桥事变，标志着日寇全面侵华战争的开始。俪

* 高昭一，原名肇义，1914年11月生，河北正定人。1936年在正定女子师范参加中华民族解放先锋队，次年赴山西太原加入牺盟会，在前线与赵俪生结为夫妻，此后在山西吕梁、中条山地区的新军游击队中参加了两年的抗日斗争。1939年秋转入后方，从事教育工作。解放后，在山东大学历史系任教，辅助赵俪生完成中国农民战争史科目的开创工作，合著《中国农民战争史论文集》、《历史上山东农民的起义》等著作和论文。此后因受政治牵连病退在家，为赵俪生竭力维持学术后勤基地，空暇著有《盐铁论译注》、《回首忆当年》等。现离休在家。

生和我也都以这个时间为坐标，开始了新的生活历程。7月19日，俪生在完成苏联小说《孤独》的译作之后，受“民先”（全称“中国民族解放先锋队”）组织派遣，毅然离开清华校园，前往山西太原接受“牺盟会”（全称“山西省牺牲救国同盟会”）的军政训练班。比他略晚几天，我也以“民先”身份从（河北）正定来到太原，参加同一个训练班。有那么一段时间，我们都在太原，同在国民师范，然而彼此并不相识。

此后，俪生敏感到故乡山东可能沦陷，于是请假回家探亲，这是他们母子间的最后的一次团聚。在归途济南站，他遇到“平津流亡同学会”的许多同学朋友，于是便结伴南下湖北、湖南，参加“乡村服务团”，去做动员民众的工作。

10月底，就在忻口战役的最后相持阶段，大概预感到局势即将恶化，我和一批青年被编入第二战区总动员委员会（简称“动委会”）宣传部下属的动员宣传团，深入敌后去做广泛的抗日救国思想宣传工作。我们从太原出发，北行经静乐、五寨、苛岚……等县，作巡回动员演出。这时正值11月8日太原被日寇攻陷，而我们继续向西北进发，到达保德。接到“动委会”让我们回归离石的消息，并命令我们向总部靠拢，于是我们南下，途经兴县、临县，返回离石。

俪生在湖南农村，目睹了国统区政治的腐败与黑暗，认识到在蒋记官吏重压下，农民要动员起来那是很困难的，故决意重返第二战区，经湖南省“民先”队部的介绍，经郑州、临汾，直奔“动委会”总部所在地——离石。也正是在这里，我们二人会合相识了。

马茂庄是离石城南三里的一个小村，“动委会”下辖的“西北青年工作团”设在这里，我和俪生一前一后来到这儿。有两次在一起工作的机会使我们彼此熟悉了对方。一次是被分配在一起编辑一份抗战油印小报；另一次是一块被派到城北40里的大武镇去主办“农民训练班”。我们从一开始工作就合作得很好。在我眼里，他是一个“一二·九”式的标准大学生，很会讲话，而且讲话时总带有着刺儿，有点儿清高孤傲。这是我对他的初步印象。在短短的合作期间，我发现我们的思想感情有许多相似之处，他也并不像人们所传的那样难于接近，而且恰恰相反，他温和热情，是很好相处的。而我给他留下的印象，按俪生的叙述是：遇事能想办法解决，显得比他老作，再一点使他比较佩服的是，我读过高岛素之的《资本论大纲》，在政治经济方面的知识比他略长。在大武办农训班时，我们朝夕相处，吃、住均在一处，很自然的感情也更为接近，就这样双方订下了终身。

农训班结束后，我们又被调往“动委会”下属的“离石县动员实施委员会”，机关设在离石北城墙根的黑龙王庙。在主任赵迺光的主持下，由俪生到街上买了二十几根芝麻滚子，请同志们开了个茶话会，向大家宣布了我们的婚姻关系。我们的婚礼就是如此简单，按传统老眼光未免有些仓促草率，拿今天年轻人的观念衡量，又不免寒伧丢份儿。然而就是这样，我们共同战斗、生活了59年。天假一岁，明年我们就可以庆祝“金刚钻婚”了。

战时根本没有什么婚假蜜月，婚后我马上被派往吴城区，俪生被派往柳林区（现在已经是柳林市），组织动员备战工作。此时汾阳已陷落，日寇继续向西面的离石扑来。我们奉命向黄河岸边的碛口撤退，在一个叫骆驼局的小山村，凑巧与俪生一伙人会合。此后我们便转入当地山区，同日伪军展开游击斗争。当时的各种条件都是十分艰苦，为此俪生曾写过一篇报告文学，题目是《在王老婆山上》，发表在胡风主编的文艺刊物《七月》上，署名冯夷，介绍了我们当时的战斗状况。

1938年3月上旬，在日益险恶的形势下，组织决定留下本地干部和部队突围北上，外地（不能操当地方言者）干部渡河去陕北。于是张渠、赵迺光、刘大学（女）和我们两口共五人，在当地老乡与贺龙120师的一位侦察兵的协助下，选择碛口与军渡间的孟门渡乘筏渡河，结果木筏在中流被冰块撞散，幸赖这位侦察兵紧紧拉住我和俪生的手，才像落汤鸡一样被拉上对岸。时值料峭春寒，上岸时觉得脚下的沙滩都是热乎乎的。

此后我们又徒步迤逦南行至延安，在那里待了将近两个星期，最后我二人商量决定不住陕公或者抗大，还是参加具体抗日战地工作对我们更加适宜。于是我们又徒步南下西安，经“民先”组织安排，去晋南夏支队（全称“山西夏县人民武装自卫队”）工作。

1938年的初夏，日寇已控制了同蒲铁路，夏县以西不远的运城就是日寇集结盘据的重镇，不时派兵向周边地区进行“扫荡”。我们夏支队就是在这中条山区，组织动员民众与敌人展开斗争的。我们刚来，分配在政治宣传部工作，任务是编辑油印军报和宣传品，刷写汉、日语标语，给战士上文化课等。后来我们又被派往基层，担任第一中队万连芝部的正、副指导员，这样面对面与敌人作战的机会也就多了。战斗的生活风吹雨打、风餐露宿，往来于丛山平原之间，其辛苦之状确实难以言表。秋后，俪生患上了恶性疟疾，一日发作数次。在缺医少药的情况下，部队批准我送护他去西安治疗。当时部队穷得连一分钱也没有，我们就是靠着亲戚的周济和朋友的支持，才挺了过来。年底当俪生身体已基本康复后，我们又返回了部队。这时晋西南各县已联合组成更庞大的队伍，原夏支队已改编为政治保卫队第三支队。为了照顾我们，俪生被留在宣传部，我则去管理儿童团。别小看这些小家伙，其中孙岳后来成为周恩来秘书班子中的主力人物。俪生这时期开办“军事干部轮训班”，由他主讲《抗日民族统一战线》和《新三民主义论》两门课程，他把融会贯通了的内容再用通俗流畅的语言表述出来，得到战士和领导们的一致好评。后来俪生经常对我说：“我当教授的基础，就是当年给战士们开课打造下的。”

1939年初夏，俪生又一次病倒了，这次是痢疾和疟疾并发，比上次还难治。部队又让我伴送他去西安治疗。这时期的形势有了很大变化，国、共矛盾开始加剧，阎锡山利用旧军已开始在晋东南屠杀新军和新政权的干部。我们在西安街头遇到原夏支队政委李涛，他告诉我们部队已经转移，很难找到，他劝我们在西安等等再说。为了维持生计，我们接受了朋友的介绍，到陕西乾州去从事教育工作，从此我们脱离了火热的抗日前线，踏上了教育工作的途程。

以上回忆的是我们在抗日前线两年多的大致情况。对这段历史，尽管俪生后来每以“文革”小将的术语自我调侃说，“早年投机革命”，但它在我们心目中确实是引以自豪的。试想我们当年才刚刚20出头，血气方刚，不谙社会人情世故，摆在我们面前的路是多种多样的：延安、西安，顺民、良民，甚至是汉奸，而我们却义无返顾地走了一条最艰苦的道路，甘冒生命危险，不计私人报酬，上了前线，而且选择的还是那些并无正规军团作保障掩护的游击区。对那些世故佬而言，这叫“犯傻”；对那些不关痛痒的后世功利者而言：“革命了半天，既没当上官，又没发了财，图个啥?”不错，我们对于政治始终都是幼稚的，而且那段历史确实在当时和后来也都没有给我们带来任何物质利益，但我们至今不悔，因为在那个国难当头的年代，我们诚心诚意地尽了一个中国国民应尽的义务，对此我们心安理得，无愧于当时父老和后代子孙。

二

1939年9月的一天，我和俪生乘一辆大卡车沿西兰公路风尘仆仆地从西安来到了乾县，当时正值国民党政府施行强化治安统治，防止异党活动的开始。在人们眼里，我俩的行迹确实非常可疑，和一般到任的教师不同，我们没有皮箱、行李，甚至连一些必备的生活用品也没有，像是一双在逃的通缉犯，或是私奔的男女。

乾县中学是在一座城隍庙基础上新建立的，招收四个初中班，全部英语课由俪生一人独担，每周24节课，喊一上午，到中午下课时已累得喘不上气了。再加上当班主任、批改作业等工作，每天忙得没空闲。他身体底子又单薄，就这样勉力支撑着。精神上为了自拔，不致沉沦，只能充分利用夜晚这段属于自己的时间，拼命地写作和读书。我们在乾县呆了两年半，俪生利用四个学期的业余时间和假期，完成了三件工作：一是写就了十余万字的中篇小说《中条山的梦》。这是他根据自己的战地笔记和回忆加以整理提炼完成的，先在郑振铎先生主编的《文艺复兴》杂志上作两期连载，后来由海燕出版社出版；二是翻译完成了德国进步作家F·沃尔夫的12幕话剧《维也纳工人暴动记》（又名《福劳利德镇》或《奥京喋血》）；三是初步搜集了一些关中学者的文集、诗集等资料，为日后向历史学的发展，铺垫了一些基础。

这一阶段的生活异常艰苦，因为抗战，按当时教育部规定，工资一律打对折。因此，俪生名义上的月薪120元，实际只拿到60元，我的30元工资，也只发15元。我俩白手起家，一无所有，一切都要从头置办，所以经济状况相当拮据紧张。这时期俪生清华好友王瑶曾专程来看望过我们，目睹乾县的闭塞和我们生活境遇的贫寒，他曾发过很大的感慨，意思是佩服我们能在这样艰苦的环境里生存，换了他，那是绝对忍受不下去的。

贫困是可以忍受的，让我们心理上倍受压抑的却是“双重人格”，从乾县中学到开封解放，甚至到后来的政治运动中，每提及此事，总使我们感到愤怒。我们必须隐瞒曾在山西新军的经历，白天和大家一样参加“纪念周”，朗读总理《遗嘱》和“总裁”十二条《守则》，只有晚上俪生才能重操革命文学旧业。当西安城工部的程之平（原名程骏声）专程来乾县和我们接上关系后，我们就开始为组织收集军事、经济情报，有意识地培养进步青年学生，宣传组织学运，掩护对延安紧缺物资的运输等工作，这在当时按国民党的话叫作“共匪特务”。我们并不隐讳干过这些工作，然而我们从心里厌恶“特务”这字眼，比起那些货真价实的特务来，我们简直是无地自容，即无一丁点经济实惠，还要甘冒身家性命的风险。就在事后，“文革”中的红卫兵还死咬住俪生是“国民党特务”；1987年俪生去美国访问，纽约州立大学的一位副教授还问：“听说你是共产党特务，是吗?”类似这样的事情真是叫人啼笑皆非，哭笑不得。不错，当年做过的那些工作，是我们出自对当时反动腐败政府统治的一种心理反抗，是出自对一个能够代表人民大众的政治团体的一种憧憬和向往，我们对此终生无悔。

一份耕耘，一份收获。我们原本就是学生出身，也都曾有过教书的经历，所以对教学也算是驾轻就熟。再加之认真卖力，很快就博得了良好的教学声誉。当然也还有人在背后说什么来历不明呀、大学没毕业呀，等等。1940年8月，我们的长女降生了，俪生为她取名为绛，这是因为他崇敬明末清初的思想家、活动家顾炎武。顾原名绛，后更为炎武，俪生拿这“绛”字来给孩子定名，既寓以其节操学问自励，也作为自己开始从事史学研究工作的纪念。家中有了孩子，增加了不少生机和乐趣。俪生的教学负担有增无减，在绛儿周岁时，他终因劳累过度，又患上了伤寒，曾经一度濒于死亡。多亏当地一位吴老大夫的精心医治，才转危为安。此后不久，陕西省教育厅突然发动全省中学单科抽查考试，抽查的科目又恰巧是英语，结果乾县中学这个新建的学校总分名列全省第一。这件事引起中学校长的注意，于是俪生成为各校争相延聘的香饽饽，俪生最后接收了西安高中的聘请书，离开了乾县。

西安高中是当时陕西中学里的最高学府，原址在西安东厅门，抗战开始迁往汉中洋县，复又迁回关中泾阳县，校址大半占用的是民房、商会办公处和庙宇。1942年春，俪生来这里担负起全校高二英语课的任务，教学工作量很重，加之住集体宿舍，吃公灶，生活很不方便，更丧失了利用业余时间搞写作、研究的自由。所以在这里只教了一个学期，没有再接受西安高中的续聘，就离开了。这个学校给俪生留下较深印象的是校长侯良弼，他是陕西教育界的一位怪杰，力主实干，却又脾气犟拗乖戾，毫不顾忌任何势力与情面，他当众羞辱调皮学生关麟征，激励他走上黄埔军校的故事，在关中传为美谈；我们也曾亲眼见到他公开激烈抵制三青团在西安高中发展组织……然而在1951年的“镇反”运动中，他却作为“学霸”被镇压了。作为一位曾在陕西教育界颇有影响的人，可不可以对他的结局有另外的处理方式呢？这留给历史去作评论吧。

以后我们应聘去蔡家坡的扶轮中学任教。蔡家坡属岐山县，原是陇海线上一个不起眼的小站。抗战开始后，一些银行实业家在内迁转移中，把许多资金投到这里。兴建起一批工厂企业，使这个小地方逐渐兴盛繁华起来。扶轮中学全名是陇海铁路郑州扶轮中学，是属铁道部的一个颇有名气的学校，也是抗战后迁到这里的，校址选在黄土高坡上的龙泉寺，后陆续扩建了一些校舍。扶轮中学的师资阵容要比普通省立学校强。由于是全国招生，所以学生也显得与众不同，大多都比较精干。这些学生后来有的成为学运领袖、大学教授，绝大多数成为后来遍及全国的工程师。

1942年正是全国抗战最艰苦的阶段。国统区由通货膨胀所造成的货币贬值，使学校教师和学生的生活水平都已降到最低限度。我俩工作带一个孩子，比起那些人口多的家庭来，生活尚可勉强维持。俪生给两个高二班级带英语，我带四个初一班的历史。我们的家安置在小坡村边的窑洞里，每晚我们都要备课用功到午夜后才休息。当时没有电灯，全靠小炕桌上的蜡烛来照明。

俪生那时25岁，正值精力旺盛时期，加之思想开放活跃，很得一批进步青年学生的推崇，彼此间志趣意气相投。经常来我家讨论问题的学生有高三级的柯在铄、赵宏才（赵洛生），高二级的束布（束衣人，笔名石怀池）、金彭（金铿然）等，他们都知道俪生的许多手稿笔记和被当局查禁的革命书籍（如《海上述林》）都藏在房东老人自备的棺材中，也经常像去图书馆一样，掀起棺盖自己取读，后来他们全都走上了革命的道路。也正是在他们的组织带动下，扶轮中学掀起了学潮，要求改善学生的生活待遇和津贴、驱逐反动校长林群（中统分子）。后来林使用政治力量把学潮镇压下去，柯、赵是应届毕业生，学校莫能奈何；束、金却受到“勒令退学”的处分，他俩此后报考复旦大学去了。我俩也牵连在内，一年聘约期满后，没有再接到续聘，很明显是被解聘了。我们从未受到这样的对待，心里自然也是非常气愤的。经束布父亲的推荐，1943年暑假后，我们受聘到坡底下的雍兴高级工业职业学校（简称雍兴高职）去教书。

雍兴高职是雍兴公司投资自办的私立学校。雍兴公司总经理束云章（束布父亲的族叔），原为宋子文手下中国银行天津分行经理，“七七事变”后，天津陷落，束用天津分行的资金在蔡家坡投资买下地皮，先后设立三厂一校，即机器厂、酒精厂、棉纺厂和雍兴高职。建校的目的就是为工厂培养工程技术人才。学校设机械、纺织两专业，各招40名学生，从初中毕业生中招选，学制三年，毕业后由雍兴公司分配各厂录用。学生食宿包括制服全由公司负担。这个学校有企业作后盾，故经费充足，设备齐全，有自己的实习工厂，做到了学以致用。直到解放后，在西北、西南一带的机械、纺织、电力行业中，雍兴高职毕业生都充当着技术骨干的角色。这个学校的教师阵营也十分强壮，从校领导到各科主任，清一色的日本东京高工毕业资历，连普通课程也延聘的是一批名家高手，因此教学质量并不低于大专水平。有实业撑腰，教职工的待遇也相当优厚，按当时水平，远远超过邻近的武功农学院的教授。教师（不带职务的）底薪300元，外加饭费60元，家属米贴一石（100斤，按市价折合钱币），一年发13个月的工资，还有冬夏两季毛、棉制服两身，这在当时确实是高水平的了。

我们创立的这个小家庭，在经历了五年极端贫困艰苦的阶段后，现在开始进入了温饱的新生活。我们有了一套住房，有了电灯照明，吃穿都有了明显的改善。也就在这里，我们的二女儿纪（1943年）、三女儿絪（1946年）相继出世，成了一个五口之家。作为母亲，我开始为家务所羁绊，于是暂退居在家专理家务，只偶尔作为代课老师教几节历史。俪生则努力于他业余的史学研究，他在科研方面进步迅速。年轻时的辛勤劳动，今天回想起来，还是很动人的。当时教员宿舍电灯只供应到晚上10点，这也是为了节约能源，10点以后我们就点起蜡烛，窗上挂起黑布帘，将书桌抬到墙角里，这样从外边一点儿也看不见室内的灯光（因为巡夜的更夫会向治安当局汇报），如果次日无课，他就工作一个通宵。我们两人的工作方法不同，我是从通处下手；俪生是找重点突破，结果还是他见效快，有成绩。他研究历史先从人物入手，充分利用当地文献资料，追踪顾炎武后期在关中的活动，这样便又涉及到李颙（二曲）、王弘撰（山史）、李因笃（天生）等一批学者的生平与思想。他的第一篇史学论文《清初山陕学者交游事迹考》，1946年发表于《大公报》胡适主编的《文史周刊》上，胡先生还亲自写信给俪生表示鼓励。初试成功，更增强了他治史的信心和干劲。

然而雍兴高职的这几年对我们来说并不宁静，在这里我们“双重人格”的“弦”被绷到了最紧张的限度。原来蔡家坡的政治治安是基本依借中统势力来维持的，这批人官僚习气重，多为庸碌之辈，“战斗力”自然低下。可是自从雍兴高职从重庆聘来王德荣为训导主任兼总务主任后，局势顿然发生变化。王是军统“江（陵）训班”高材生，又是重庆大学工学院土木工程系毕业，来雍州高职教授《应用力学》和《材料力学》两门课，确实是个多面手。他并不隐讳自己来蔡家坡的意图和抱负，他认为：蔡家坡和宝鸡一带是工业重地、交通咽喉，国民党不占领阵地，势必导致共产党占领。所以他和那些混饭吃的特务不大一样，工作教课之余，仆仆风尘奔走于宝鸡、凤翔、岐山等地，建立健全党团组织，加强各地组织间的联系，在此基础上发展特务，掀起反共浪潮。我们明白，这次可碰上了劲敌，他不仅和我们是同事，还和我们一墙之隔是邻居。这时我们除了和西安城工部的联系外，又增添了另外一层关系，原来我们的学生周可任、梁得柱在高店镇与渭河之间经营了一片菜圃，实际上是为陕北输送紧缺物资（如电话机、轮胎、盘尼西林等）的一个秘密据点，每次行动前的会议都在我家召开，而我家隔壁就住着王德荣，所以我们必须百倍警惕。俪生政治敏感到达神经质的程度，就是那个时期落下的。于是我主动担负起反特任务，和王的妻子接近，交成朋友，暗中观察监视他的一举一动。我自认为是成功的，此后有关校内的政工举措动向，学生们的政治面貌，我们大体上都能做到胸中有数。在和王德荣的暗中斗法较量中，我们彼此之间互有胜负：他代表党国掌握着生杀予夺之权，给我们造成极大的精神压力，使我们身心交瘁、紧张不安；我们在暗处，依借着生存本能所需要的机智勇敢，靠着进步民众的支持，最终还是成功地在他的眼皮底下继续活动。我们虽然恨他，但是客观地讲，他不失为当时佼佼杰出的政工人才。结果由于错误的选择，他的一切理想抱负都像挡车的螳臂一样，被历史的车轮碾得粉碎。

1945年9月抗日战争的胜利尚未使人民的喜悦维持太久，紧接着而来的国共谈判破裂又笼罩起一层内战的阴影。经济市场是最敏感的温度计，物价刚降下去便又猛地回升了，升腾的幅度大而且快，这足够说明国家局势的不稳定。与人民生活疾苦形成强烈反差的是那些争发国难财的“劫收”大员，为了私利丧尽廉耻，同时也使政治丧失了最起码的民心。国统区内掀起了如火如荼的反饥饿、反内战、反迫害运动。有感于现实，俪生撰写了《赵南星评传》（载上海《读书通讯》1947年第135期），借明末东林党人对阉党专政的反抗，舒泄了自己的愤懑。专制政权绝不会容忍民众对它的“冒犯”，武装到牙齿的军、警、特对手无寸铁的群众施行了疯狂的镇压，甚至连一些知名的民主人士也不放过。1946年7月李公朴、闻一多惨遭特务杀害的噩耗相继传来，闻先生是俪生在人格、学问上最崇敬的老师，他怀着无比激愤的心情，挑灯连夜赶写出《混着血丝的记忆——悼闻一多先生》，发表在当年上海《文艺复兴》刊物上，以示对暴行的抗议。

抗战胜利后，我们也开始为自己的前途考虑：我们还年轻，生活水平也还可以，如满足现状，不求进取，似乎在良心上有所遗憾。恰巧1946年底在上海召开的“全国文艺界抗敌协会”复员大会为我们提供了一次契机，俪生作为西北地区代表在受邀请之列，遂有东南之行。俪生途经开封下车，受到河南大学学生周可任、牛维鼎的接待，他们为加强学生运动的领导工作，策划俪生来河大执教，他们将俪生介绍给进步史学家嵇文甫先生。嵇先生专治思想史，俪生呈上自己的《王山史年谱》请求指教，于是双方在明清思想史的话题上切磋得十分投机，颇有一见如故之感。老先生很欣赏俪生的文采风格，愿意同俪生共事，只是他本人不宜出面推荐，因为他是国民党特务黑名单上列名的人。他建议俪生可以利用与傅斯年的姻亲关系，通过傅的介绍进入河大。这样，俪生在上海参加了由胡风主持的文艺界代表会议后，专程到南京中央研究院拜访了傅斯年、傅乐焕叔侄，傅斯年为俪生写一张八行信纸的信给河大校长姚从吾，推荐他到河大任教。

1947年6月，俪生收到河南大学校长姚从吾寄来的聘书，敦聘俪生为文学院文史系副教授，月薪330元整，希望8月底以前到校报到。在俪生30岁时，生活又划出了新的段落。八年的陕西中学教员段落业已结束，新的高等教育生涯已然开始起步。

三

河南大学座落在开封城区东北角，铁塔的南面，牌楼式的校门非常堂皇，有门警荷枪站岗，对出入的人却并不盘查。

嵇文甫先生当时是文史系主任，在排课和选择授课教师方面是他说了算。俪生报到后，嵇老主动提出除教《通史》外，让他接替自己主讲的《明清思想史》专题课，这对初登高校学府的俪生来说，确实是一种栽培和锻炼，内心深处的感激之情难以言表。俪生下决心一定要把课讲好，以不辜负嵇老的信任与厚望。这门课每周四小时，给本系三、四两个年级合开。为了把工作做好，他花费了很大的心血，记得盛暑天，他穿一条短裤，光着脊梁，汗流浃背，几乎整天坐在书桌边，临时备课、写讲稿……课也上得很顺利，就这样俪生在大学讲台上开始获得成功。

俪生初进河大，正逢教育部下文明令解聘经济系王毅斋、教育系陈中凡两位进步教授之时，他俩均以煽动学生游行闹事等罪名，被扣上“共党嫌疑”的帽子。其实当时真正在幕后领导学运的是刘鸿文、李淑英等，他们都安然无恙。在这样的环境中必须加倍警惕，所以俪生在讲课时格外谨慎，只是在给工学院一年级开的《中国通史》课上，在讲原始共产社会母系氏族公有制时，引起右派青年从军学生反感，课后有人在黑板上画了漫画，使俪生感到扫兴。

在河南大学刚刚一年，解放战争豫东战役的序曲就奏响了。1948年6月17日华东野战军三、八纵队向开封发动进攻，攻城战役历经六天，我和俪生当年都曾打过仗，却还未经历过如此激烈的场面。我家前院就落了两发炮弹，将厨房顶给打掀了，所幸没有伤人。22日国民党57军残部据守的最后一个据点龙亭被攻克，军长李仲辛自杀，至此开封获得第一次解放。这次战役的胜利非同小可，是解放军首次攻克一个省城，在当时政治影响极大，但解放军不准备长期固守，决定不久主动撤离。

军管会陈其五同志（清华同学）在和俪生一次长谈后，临别时再三叮嘱："一定要离开开封，重回解放区去。"不久城工部也发出通知：特邀进步人士嵇文甫、王毅斋、李俊甫、赵俪生、苏金伞等去解放区，可携带家属，但不宜带过多的行李，因为那时车辆短缺。6月末的一天，我们十几家人，分乘两部十轮大卡车，随解放军撤离开封，辗转向豫西解放区进发。自从1939年与俪生回到西安大后方，到1948年重返解放区，前后首尾十年。这十年我们在国统区从事教学科研工作，这也是我们为事业打造基础的十年。当时我们总觉得离开了抗日战场，好像对国家和人民做下了什么亏心事，所以在后方工作时，要加倍的努力，才觉得对得起前线浴血苦战的同志们。现在又终于回来了，倍觉亲切高兴。

我们一行从开封启程，先是向南经尉氏、许昌到达襄城。在这里刘伯承、陈毅、陈赓将军接见了我们，然后到中原局所在地鲁山作了将近一个月的休整。嵇文甫、王毅斋等几位先生留在河南，准备筹办中原大学，其余大部分人到华北局分配工作。从孟津渡河后，经孟县、沁阳，开始上太行山。过去我俩在晋西北、晋西打过游击，晋东南没有来过，从感情上说我们爱山西、更爱山西的人民，这次上太行我们都有回故乡之感，心情十分高兴。从晋城、高平、长治到潞城，这正是轰轰烈烈土地改革刚刚过去，正要纠偏的时候。沿途各人民政府行署中又遇到了不少过去的同学与战友。到达黎城时已是8月份了，记得广播报告新闻，听到清华大学朱自清先生在北平病逝的消息，俪生心里很难受，总想写点作品来纪念他的老师。

渡漳水到涉县，进入河北省境，也开始下太行进入平原。又经邯郸到石家庄，此时正值华北人民代表大会召开选举董必武为华北人民政府主席的时候。北平“剿总”派出的飞机也几乎天天轰炸石家庄，有时吃一顿饭就要跑两次警报。在这里见到不少同学、朋友和学生，如柯在铄，还看望了闻师母高真女士。小住数日，我们便到北面的正定华北大学报到去了。

华北大学刚刚成立，它是由华北联大和北方大学合并而成的，任务就是为适应全国解放的新形势，培训大批干部。吴玉章任校长，范文澜和成仿吾为副校长。学校设四个部，教务长是钱俊瑞同志。我们报到后，被分配到第四部——研究部工作，部正副主任为范文澜、艾思奇。这儿人才荟萃，仅历史学方面就有刘大年、叶丁易、王冶秋、荣孟源、何干之、尚钺等。俪生以研究员身份被分配为艾思奇同志的副手，任近代思想史组副组长，秘书为萧前同志。在工作中，艾思奇同志一直对俪生非常爱护。

整个研究部住在正定西门里王宅，那正是我大舅父王士珍建造的私宅，他没有子女，死后家产由过继儿子和三个兄弟平分，土改中充公，这些房屋，现在归第四部使用。自1937年离家出走，11年后我又回到故乡。我领俪生回家探亲，我父亲很欣赏他的这位女婿，俪生对岳丈也很尊敬。

这时期北平对石家庄、正定一带的空袭不断，傅作义的部队也曾组织反攻，声言要夺取石家庄。为谨慎起见，华北大学组织了一次部分人员的战略转移演习，大家称之为“逃情况”。我们被转移到邢台，在这里得知济南解放的消息，这对和平解放平津极为有利。我们又奉命回正定，归途路过元氏，这时俪生酝酿已久的一部书《从中原到华北》已经成熟，于是申请留住元氏，得到钱俊瑞教务长的批准。原来这部书是应三联书店邀稿撰写的，旨在向全国介绍解放区新的气象和形势。书稿写成后，我们一家人又回到正定华北大学。手稿交付后，据说由烟台带往大连，途中遇国民党舰艇截击，书稿沉入渤海。建国之初我们在北京科学院工作时，俪生突然接到三联书店电话，意外地提出赔偿书稿费，在当时供给制条件下，俪生不懂得客气也就把钱收下了（具体数目已忘记了）。随着时间的推移，我们也几乎对这件事忘怀了。可是后来在“文革”中，红卫兵批斗俪生的大字报上竟然摘录的是这部书稿的内容，使俪生惊异万分。在劳动时他私下向历史系总支书记王翼洲打问是怎么回事，王说：“你真是个书呆子，那本书稿根本没有丢入大海，而是在你的档案里。红卫兵冲击了档案库，自然就掌握了那本书稿的内容。”

1949年元月北平可望和平解放的局势日益明朗，华北大学受命准备对北平各高等院校的接收工作。在一次会议上，当讨论到陈寅恪先生眼睛瞎了，是否也必须到军管会报到的问题时，俪生与一位领导意见不一致，他举列宁对巴甫洛夫的态度来争辩，带了一些不驯服的口气，于是这位领导借口山东解放区需要人员，调动我们去山东。吴玉章校长对此颇感不妥，派他的勤务员苏春芳同志一路护送我们到济南。沿途尽是南下的大军，炮车辚辚，战士们戴着皮帽子，都是进关的四野部队。

1949年从初春到入冬，我们是在济南度过的。当时的市长姚仲明、文教局长李澄之等同志都给予过我们不少关怀与帮助，我们也以兢兢业业的工作来予以回报。俪生参与了济南市首次各界代表会和工人代表大会秘书处的工作。繁忙的事务工作之余，俪生专程去南山根一带的“三家村”，拜访了仰慕已久的王献唐先生。王先生当时正处在贫病潦倒之中，诙谐开朗的风格使他俩成为忘年之交。俪生从他那儿学到不少古籍版本学和文物鉴定的知识，弥补了治史的一些缺憾。同时也不断地向省、市领导反映王的情况，使王先生的物质环境和精神状态逐渐改善好转。在此期间俪生撰写了《论中国新史学的建设问题》，发表在《新建设》第六期上，当年10月中华人民共和国诞生，文章提出在改造旧史学的同时，必须进行新的通史、新的断代史、新的专史的创建，而马克思主义原理与中国具体史料相结合，则是中国新史学建设的必由之路。

在济南，我们原来是想重返高教专业的，可是当时这里没有国立的高等院校，纯事务性的行政工作也非我们之所能与所好。于是在钱俊瑞同志的帮助下，俪生又被调到北京中国科学院工作。那时科学院刚刚建立机关，俪生被分配到编译局，局长是古脊椎动物专家杨钟健先生，机关设在王府井大街东厂胡同二号，我们的家也安在这里。

自入解放区以来，我们过的是供给制生活。平津解放后，入城干部待遇有所改变，对那些接收下来的专家、教授们最高待遇是每人每月1200斤小米，折合市价也就是120元之谱。我们算入城干部，俪生的等级是编译，每月650斤小米就算是很不低了。这样全家靠六七十元生活，加之需要添置家具和买书等，日子比过纯供给制并不显得宽松。因此俪生经常利用夜间写些零星论文在报刊上发表，得点稿费，补贴家用。《光明日报》的《学术》周刊便是由丁易和俪生创办的，西城编辑是丁易，俪生负责东城的稿件。他们每星期碰一次面，商量定夺一切编辑事宜。

在科学院俪生是院部学习大组组长并院长副院长学习小组组长，郭沫若、陈伯达、吴有训、竺可桢、陶孟和等均在组内，不过郭按民主人士在国务院学习，陈在中央党校学习，其余在科学院学习。俪生对院长有时以训斥的口吻对待副院长的作风很看不惯，有时憋不住就会在办公室中议论一二，经过别人汇报，便难免得到“影响领导威信”的评语。俪生终因过不惯这种官场生活，上书请求辞职，蒙郭院长手准，我们就这样离开了科学院。临行时，杨钟健先生本着惜才的想法挽留俪生，说了“为名于朝，为利于市”的话，做官、求利均非俪生之所好，故而又恢复走上教学、科研之途。

从1947年到1950年的这三年期间，是我们生活中颠沛动荡的三年。从开封到正定、到济南、到北京，真是席不暇暖，光置办起来的家就扔了好几个。但按俪生自己的话说则是：“在开封住了一年，我感到自己的‘宋学’（理学）水平有所提高；在正定住了半年，我感到自己的马列理论水平有所提高；在济南住了一年，我感到自己的‘汉学’（文献、考据）水平有所提高。当时30岁出头，‘风华正茂’，遇到理想的老师，就如鲸之吸水，巨饮狂吞，而自己的肢体也就在不知不觉中日益壮大。试想：这段自学经历，不就等于住了一次研究生班，或者读了某种没有名称的学位吗？”所以这三年时间虽然不长，但在我们的人生旅程中，确实起着至关重要的作用。

四

我们又开始了教书生活，这要感谢艾思奇同志，是他打电报将俪生介绍给东北师大校长张如心，从辞去科学院职务到应聘为东北师大历史系教授前后不到十天。1950年春夏之交，我们全家乘北京开往苏联的国际列车抵达长春。

东北师范大学是一座规模不小的大学，校址在市区斯大林大街与自由大路交叉之处，房屋建筑高大气派，据说这里是过去伪满洲国政府所在地。学校分自然科学与社会科学两大院部，社科院长为智建中同志，他还兼任历史系主任，俪生在这里担任中国古代史教研室主任，给他配的助教是徐喜辰先生。这里文科教师人才济济，中文系有穆木天、彭慧夫妇、杨公骥、孙小野、蒋锡金等，历史系有邹有恒、郭守田、陈连庆、林志纯等，师资阵营比较整齐。长春的住房很宽敞，厨房装有管道煤气，食宿问题比起北京、济南来要方便多了。

俪生工作仍然很忙，又是在大热天光着脊梁看书、写作、备课。这期间他写了不少文章，一本史学论著文集《文史学的新探索》是这时期由海燕书店出版的，同时还出版了《中条山的梦》单行本。我在这年8月生下我们唯一的儿子赵缊絪。“絪缊生化”是传统词汇中讲辩证法的对立面的，俪生取之为他的第三和第四个孩子命名。

东北的季节变化很快，立秋以后天气骤然转凉，就在我们愁怅如何过冬时，俪生接到青岛大学校长华岗发来的一封急电，约他速来山大。青岛是俪生的老家，从童年到初、高中都是在这里度过的，他对青岛有特殊的感情，现在故乡在向他呼唤，他心情十分兴奋。东北师大的领导也十分通达地批准了我们的调离，10月我们一家又乘车南下入关。那时正逢热火朝天的抗美援朝，沿途看见一列列的兵车和军用物资运往东北，运往朝鲜。

设在青岛的山东大学当时刚与华东大学合并不久，里面还包括齐鲁大学的一部分人。我们来到时，罗竹风同志已调往上海，赵纪彬先生已调往河南，华岗被邀请到山大任校长，副校长为生物学家童第周和文学家陆侃如，历史系主任为杨向奎。那时老师们除了教学外，主要的任务是学习。记得华岗校长每周星期六下午都要作一次大报告，讲社会发展史、历史唯物论、辩证法等，讲这些都是为了思想改造。

刚解放时山大的马列主义课程开不出来，没有人会教。除了华岗校长一马当先，俪生也就临时滥竽充数了。他开课讲授次数较多的是《社会发展史》、《辩证唯物论与历史唯物论》，以及《马列主义名著选读》。给整个文科开大课，颇受同学们的欢迎。不久学校组建了马列主义教研室，主任由华岗兼任，副主任为吴大琨、赵俪生、蒋捷夫，我被分配为吴大琨教授的助教，教政治经济学。此后随着陆续培训出来的师资增多，马列主义教研室的工作逐渐走上轨道，我们也结束了这门教研任务，回到历史系本专业上来。

山东大学当年办学以不守旧、趋时而著名。1953年春在提倡开设专门化新课的风气下，历史系准备拿出《中国土地制度史》、《中国手工业商业发展史》和《中国农民战争史》三项专门化课来。前两项由张维华和童书业两人承担，俪生接过了这第三项任务，而且上面要求在当年暑假后就开出课来。我作为俪生的助手，和他一块儿全心全力地投入到这项工作中来。中国农民战争史这一课程在全国来说是首次开创，凡事开头难，草创一个新局面，假如没有牺牲精神，是不会作出成绩来的。记得我俩付出了不少的辛勤劳动：浩繁的资料整理、摘录，有影响的历代农民战争地图的绘制，编辑历代农民战争年表，当然最重要的还是理论观点的建树。由于对工作有浓烈兴趣，所以工作进展比较顺利。在这期间我们撰写了不少有关农民起义的论文，试探着用马克思主义的科学方法来分析具体的农民战争。俪生对教课是富有经验的，他视上课如临大敌，课前总是一丝不苟的再三备习，一定作到胸中有数。上课时他则以清晰的逻辑条理，用感情驱动着流畅风趣的语言，来诱导学生们对问题产生兴趣，直到深思。课一开出，就轰动了全校。这样一来，非但没有给我们带来什么好处，反而招致了宵小之徒的嫉妒与仇视，埋伏下了被人暗算的杀机。

思想改造运动过后，全国又展开了肃反运动，先从基层整起。山大历史系吴大琨教授首当其冲，接着就是赵俪生。经过"群众"的分析、拔高、提炼，结论是"赵俪生是披着马列主义外衣、疯狂向党进攻的现行反革命分子"。我受到的株连就更莫明其妙："群众"要求开除现行反革命分子家属高昭一的公职，从此财务科便停发了我的工资，真是国立山东大学，就好像是私家开的饭馆一样，这门饭叫谁吃不叫谁吃老板说了算！我们半生的历史比带头整我们的任何一个人都要清白干净，可我们却成了反革命。这件事后来由青岛市委如实地呈报省委宣传部，不久省委的结论下来了："在多大的会议上给赵俪生戴上的帽子，原样在多大的会议上陪礼道歉、摘掉帽子。"

对比起华岗校长来，我们这点冤屈真算不得什么，他居然也被当作反革命揪出来，最终竟然身陷囹圄，这实在是让我们感到震惊！记得在一次群众揭发批斗会上，他只说了一句话："欲加之罪，何患无辞。"众所周知，山大《文史哲》这个刊物，原本是由华岗带头创建的同仁刊物，最初是以华岗校长自己的稿费收入做基金，历史系同事杨向奎、童书业、吴大琨、赵俪生等，大家凑稿子，不取任何稿酬，慢慢一步步开展起来的，使《文史哲》创出了牌子。然而这时它却成为批判这些开创者的园地，一篇篇大言不惭地吹牛、骂人的文章，给学术界带来了什么呢？除去教人投机、陷害，难道还有什么别的积极意义吗？

自肃反运动过后，我们在思想上起了很大变化。我们已是六个孩子的父母，且已步入中年，埋头教学科研，过苦行僧的日子，得到的客观效果却往往相反，于是我们便去在物质精神生活上寻找一些慰藉。这时我们搬进蓬莱路一号居住，这是一幢北欧式的别墅建筑，在半山腰上可以俯瞰大海，室内有黑色大理石壁炉，细木地板和护壁，房间多，面积大，在当时是教授们居住条件最好的住所。为了将房间充实起来，我们买了不少的家具。我们在衣着上无甚开支，和孩子们一直保留着供给制时穿破烂儿的家风，然而伙食却不含糊，必须要吃像样的，青岛海鲜多，鱼虾之类饭桌上是少不了的。俪生从王献唐先生那儿学来的一些版本、古董文物知识，现在也都派上了实践用场，他的稿费、工资差不多大多数都送进了书店和古董字画铺。那时在土改、公私合营等一系列运动之后，许多地主、官僚、资本家的私人收藏品在市面上廉价出售，一些有此嗜好的先生们不免去挑拣选购，来点缀自己的居室，我们当然也未能免俗。鉴赏之余，俪生尚不觉过瘾，难免捋袖也舞弄舞弄丹青笔墨，虽在行家把式眼里不免嗤鼻，然自己也每以“文人”字画自娱。再一大癖好便是听戏，当时来青岛港献艺的京剧班子络绎不绝，我们得以有机会尽情欣赏了各流派艺术大师们的表演和唱腔。俪生在看戏上不惜花钱，有时请同事、朋友们一齐看，过后再认真地进行讨论评价，从编剧、唱腔到表演，各抒己见。他对戏剧的欣赏由外行变为内行，甚至当地一些剧团在新剧目的编导彩排上，还要来请他进行指导。俪生还花钱搜集解放前高亭、百代公司灌制的前辈艺人唱片，多达三四百张，闲暇时放来自娱，“文革”中红卫兵勒逼俪生亲手把这些唱片一张张像掰烧饼似地掰碎，那真是在掰他自己的心啊！就在这种玩和娱乐中，俪生也没有把它和学术研究隔离开，而是互相发明，为此他写出了许多有质量的文学、文艺评论文章，得到这些领域内行的赞许。

尽管如此，俪生的气质仍很特别：天生的自由习气，不加约束；神经质的敏感，看事料事透彻；一遇见事就又心直口快地发表己见，而这些意见八成又要得罪某些人，这些都埋伏着以后的恶果。他也清楚自己的处境，迟早不会有什么好下场。在青岛眨眼居住七年了，也该到大天地里去活动一下了，说不定能痛快地工作。因此俪生向中央专家局申请调动，不计条件，支边也行，因为我们不就是从西北干起来的嘛！重回西北也好，就这样下定了离开故土的决心。

1957年初，高教部调赵俪生支援兰州大学，为了搬家，我们忙活了一两个月，于8月抵达兰州。那时兰州的城建规模尚十分落后，刮起风来是天黄黄地黄黄一片土雾，下起雨来深一脚浅一脚尽是烂泥。兰大当时还在老城西关什字萃英门一带，正在准备向东岗新校迁移。当时兰大的反右工作已近尾声，副校长陈时伟、左宗杞夫妇（化学专家）被当作反党集团首犯正在批斗。我们天真地认为，这次调动也许使我们躲过了这次灾难，事后我们才知道真是太幼稚了。山大多年来一直盯视着俪生的某些人，乘我们已经走开，材料可以随意炮制，他们说：“肃反叫你溜掉，这次你可跑不了啦！”俪生的右派就这样被划定了，时间是1958年秋冬之际，距1957年是一年多的时间；地点是青岛，距兰州则是数千里之遥。直到1959年底，处分才批下来："撤去教授学衔，降四级，监督使用。"俪生的工资由高教三级降到七级，从280元降到148元。被剥夺了教课权，被剥夺了写作权。这两项是俪生的第二生命，这样等于把他推上了不是断头台的断头台。

反右、拔白旗、大炼钢铁……运动一个接着一个，没完没了，俪生已不再是一个专家教授了，而是一个待罪的囚徒，在艰苦的劳动场所，干最苦的活。一阵风吹来，兰大的文科下马，人员合并到其他院校，我们被并入西郊十里店的西北师范学院历史系，大有旧时代母亲带孩子改嫁"拖油瓶"的滋味。记得那时给俪生的粮食定量是每月21市斤，还不如孩子的定额。学校在河西走廊的山丹县设立了一个农场，那是一片戈壁荒野，没有任何生产条件，声言要白手起家，命名这些黑"五类"分子下去开荒建场。当时，俪生虚龄44岁，又逢到这样一个饥饿的1960年头。在农场里挨骂、挨打、罚跪是家常事。有时罚三天不准吃饭，还要跟班劳动。他经常在饥饿中苦苦煎熬。就这样他还是改不了读书科研习气，工暇休息时总是一个人读书，作了大量读书笔记。农场同事用"太史公，牛马走"来形容他，寄寓了嘲讽、同情、钦佩等复杂心情。

兰州家中的状况也是苦不堪言。全家的人生活再加上六个孩子上学受教育的费用，仅靠俪生那点可怜的工资来维持。我的工资又停发了，学校既不说是开除，也不说是暂停。为了生活，我的大孩子们在假期只好去打零工，小孩子们则到野地里去挖草根、拾野菜，用来充饥。有一次我吃野菜中了毒，全身浮肿，指甲发紫，头昏眼花，上天可怜，居然没有死掉。更悲惨的事还在等着我，二女儿赵纪在兰大附中高三即将毕业，寒假为备高考没有回家，她在校几乎门门功课考第一，短跑又是校记录保持者，她为人谦和，老师同学们都和她很好，可就是背着父亲是右派的政治包袱。1961年2月2日，刚下过小雪，她和两个女同学散步到皋兰山底，见有地衣（一种可食菌类），于是不知不觉寻捡上山，在老虎口险要处，她和另一女同学不慎滑下山崖，不幸双双殒命。

二女儿意外死亡的事引起到任不久的兰大校长江隆基的关注，他通过省委叫师院党委发急电通知俪生返回兰州。2月12日黎明，有人敲门，我开门看到的是一具骷髅架子似的鬼状人物，披一件老羊皮，说："我回来了！"这声音我熟悉，我不免失声，这怎么会是我的丈夫呢?！赵俪生是学术界有名的风采人物，人去不到一年功夫，怎么会竟然如此！怪不得事后农场的人纷纷议论：

“孩子的死，救了爸爸一条命。”农场已预定俪生为“第四号亡人”。他回来了，木木然地躺在床上，皮贴着骨头，只是有一口气。这口气很宝贵，它说明生命虽然微弱，但还持续着。我很诧异：是什么样的神奇力量支撑着他从河西荒凉的劳改场所徒步走向火车站，是怎样爬上了东归的闷罐子货车，又是怎样在冰天雪地的黑暗之中摸回了自己的家？我苦思着这股劲儿是什么？可能是一个人的求生愿望无比强大，它征服了所有设下的陷阱，小心翼翼地争取生路，争取生还。我下定决心，一定要把这生命之火帮他重新点燃！最初一个阶段，由于虚弱，他似乎没有思想，没有感情，超然物外，大有四大皆空之势，我悟到佛教大概就是从痛苦已极的基础上产生的吧？稍稍恢复过来一点，他就又要读书，读书好像成了他的本能。他把手底下方便的英文版的《王尔德全集》反复阅读，之后开始动手翻译王尔德的《道廉·格雷的画像》。天天持续工作，精神身体日渐好转，转眼书稿译完了，人也恢复了。他事后常对人说：“译一部书，能救下人一条命。”这以后他又写了白话长诗《哭赵纪》，当着全家人朗诵，大家眼里都流着眼泪。

五

江隆基校长决心要把兰州大学文科重新恢复起来，这样我们就又回到了兰大。重新恢复后的历史系已是元气大伤，师资不足，江校长指名叫俪生上基础课《中国通史》，从原始社会一直讲到鸦片战争。这门课开了两年半，共五个学期，给1961年入校的66届历史系学生打造了踏实的基础。俪生教课任务繁重，除了正式课外，每周还有两次四小时的辅导课，学生对此尤感兴趣，因为它不拘泥于形式，活泼、自由，学生可以随意提问题，教师要在瞬息间思索考虑，即刻作出答复，往往产生新义，连锁反应，以不断引出新的问题。同学们背后常说：“上赵先生的正课有时可以打马虎，但对辅导课一定要抓紧。”为此这班学生对俪生种下了特殊的感情。此外，他又给本系助教们开小课，用对研究生式的方法认真培养，为此花费了很大的精力。

恢复后的兰大历史系，总支书记是王翼洲同志。1963年春，学校给俪生摘掉了右派帽子，恢复职称的事则暂且搁置。我家经济条件此时十分困难，俪生工作忙，又常饿着肚子上课，熬夜搞科研，紧缺的食品价钱昂贵，为了俪生和孩子们的营养，我把能卖的都卖了。到最后实在没办法时，只好下狠心将珍藏的珍本书籍拿去变卖，连已懂得爱惜书籍的孩子都哭了。更有乘人之危进行讹诈者，如甘肃省博物馆一职员以向俪生借用展览为名，将我家宋、明、清精品画幅十五轴拿走。事隔一年，由省文化局的一位副局长来家里说了些不三不四的话，他的话是："什么是右派？就是亏欠了党，亏欠了人民，亏欠了就该补偿，拿你这几幅字画缴公，就算是一种补偿吧。"扔下500元的一张支票，扬长而去。我俩相顾愕然，这不是明火执杖地抢劫吗？俪生的牙不好，满口只剩十来个牙齿，因此吃饭、讲课、发音都受到影响，为此住医院进行拔牙、镶牙手术。江校长知道我家经济困难，特批补助费50元作为镶牙费用，谁料此事竟也在"文革"中成为江校长的罪行之一。一位大厨师咬牙切齿地说，你的狗牙你江爹赏了50块，他给我们劳动人民一个蹦子来?！中国人喜欢用善恶报应说来宽慰自解，这在总规律上也大致不差，然而在活生生的社会现实中却又未必如此，经常能够看到的是好人在哭、恶人在笑。

俪生教完了通史课，随即准备开出专史《中国土地制度史》。系领导的原意是让他开《中国农民战争史》，这对他讲是驾轻就熟，简便省力，但他本人考虑结果是宁愿花大力准备《土地制度史》，也不愿回首《农民战争史》。实际上他是对阶级斗争夸大论的一种逆反抵制。他安慰我说："只要人还在，我有能力开辟更多的研究途径，不怕别人压制剽窃，他们是压制不住更剽窃不完的。"就在俪生充满信心投入新的科研教学领域的同时，一场史无前的运动也正在酝酿之中。1965年1月，农村社会主义教育运动的"二十三条"公布，新课刚上满一年，兰大师生就开始轮番下乡，到农村去参加"四清"运动。文艺界也在这年年底刮起了大批判风潮，什么对《海瑞罢官》、《燕山夜话》、《李慧娘》等的批判，成为报刊上最出风头的文章。其他学术领域也不甘落后，一轰而上，气势汹汹。俪生在1963年《青海湖》杂志上发表的《论杜甫的秦州诗》一文，也遭到激烈的批判，说他使用的笔名"鹿其莘"，其谐音是"戮其心"，意思是共产党把他的心戮碎了。其实这个名是自《诗经》"甡甡其鹿"中取来的。

1966年初，俪生就被派到榆中县南坡湾公社去参加"四清"运动，暂时避开了城市繁嚣的文化斗争，而此刻正是"山雨欲来风满楼"之际。《五·一六通知》下达不久，一夜之间，大字报铺天盖地而来，小女儿神色恐慌地跑回家告诉我："不得了了！兰大校园里全是爸爸的大字报，说要把爸爸揪回来交群众批斗。"事到临头我反而冷静了，反正横竖不得免焉，何如硬着心肠去迎接，除死无大祸，批斗就批斗吧！满校园的大字报，没想到我成为最忠实的读者。从贴大字报的那天起，我每天吃过晚饭后，总要一张不漏地看完，我自信能从这字里行间分辨善恶是非、预测形势的发展动向。就在贴大字报的第三天，俪生奉命乘军区吉普车赶回兰州，进门没几分钟，学生小将们便破门而入，反剪着俪生的双手，推搡着带往校部，一路上口号震天。

这场运动开始阶段很有意思，各级领导显然是胸中无数。以兰大而言，一开始校委级领导一致趋向在党员中牺牲一个王翼洲，“权威”中牺牲一个赵俪生，便以为可以向上向下交差塞责了。6月1日《人民日报》社论《横扫一切牛鬼蛇神》发表，又使风头突变，不仅揪出了更多的人，而且矛头逐渐指向以江隆基为首的校党委。北京市委垮台的前车之鉴，使省委也无所措手足。为了主动配合、因势利导，于是学习北大聂元梓的样板，在兰大扶植起以历史系学生李贵子为首的一批造反派，准备把兰大党委送上文化革命的祭台。校内运动由大字报、大辩论开始，升温为武打式的斗争会，许多人经受不起这种身心交加的摧残和污辱，纷纷自杀或逃亡，江隆基校长就在这种形势下自杀身亡。俪生常说平生遇到过两位好校长，一位是开创新山大局面的华岗，另一位便是振兴兰大的江隆基。两位校长无论从修养学识到人品风格，都堪为师表，然而两人的结局和下场又都是同样地无情、酷烈。

俪生的罪责虽然有增无减，但随着“文革”运动斗争的扩大化，相对的压力却在减小。对那些造反派——后来的红卫兵，我们深为他们的幼稚、无知，被政治利用后形成的病态疯狂而痛心。客观地讲，他们中的许多人天良并未泯灭。以俪生言，在批判斗争间歇，有人会悄悄地端来一杯水，有时甚至是一杯糖茶；同样五花大绑的绳子，他的却是虚绕着；几次最酷烈的武斗，在开打前总有人大声吼着，叫赵俪生这个老家伙滚蛋，驱逐出现场以避皮肉之苦；我们最感激的就是“文革”伊始他们就以“兰大革命师生”名义把我家的书橱、书架、画箱等全加上了封条，文革浩劫，我家的书画没有损失，全赖这些封条作了护身符。

被揪出来实行专政的人越来越多，为了加强统一管理，为他们设置了隔离禁闭的“牛棚”。俪生被拘留关押在一间空教室里，和其他“牛鬼蛇神”一起集体生活、劳动，叫这些人互相揭发、互相作贱。俪生的工资停发，按家属人口发生活费，记得当时按四口人计算，我家只领到48元钱，除了维持最低生活外，可说是一无所有。俪生又干起了劳改活儿，我每天看见他拉车子，一车车的砖、瓦、石子按定量完成，此外还要打扫厕所、挖粪、拔草等。这时期我的子女们也都支边的支边、插队的插队，最后只剩下小女儿在家上学，与我相依为命。

到1969年底，林彪又要拿人民练兵了，扬言外蒙、苏修要入侵，搞所谓的军事行动大疏散。兰大军、工宣队下令："限一周之内，大家都要离开兰州，有亲投亲、无亲投友。"我们要求到贵州息烽大女儿那里去，蒙格外开恩，批准俪生请假一个月，送我和小女儿一同走。贵州这地方虽有"地无三里平"之说，然而到处都是绿水青山，风景很是优美，到处开遍山花。俪生的假期很快到了，他又得重回兰州，到兰大新办的永登县"五·七"干校去接受劳动改造。

1970年5月的一个黄昏，我接到一封俪生从兰州拍来的电报，看了电文，一家人都惊呆了。兰大革委会积极动员老教师退休退职，俪生不够退休年龄，就动员他退职。在政治高压下，他只好服从领导的意图，办理了退职手续。我心急火燎地赶回兰州，俪生没在家，正在办理回城手续的儿子说："爸爸前天被永登'五·七'干校的人给带走了。"当时又在搞什么"一打三反"运动，干校又贴了他的大字报，抓他回去批斗，实际上是嫌他不赶快离开兰州。我在家等他归来。他终于给放回来了，气色很坏，他对我说："我只能很快地走掉，走得远远的，离开这个地方，精神也许才能舒坦些。"我深知就是用退职的代价也赎买不了那被批斗的代价，他还是抱着幼稚天真的想法。在这一点上他白学了历史，还没弄懂"普天之下，莫非王土"的含义。就这样他拿着我俩被注销转移的粮户关系和两年薪金的退职费4000元人民币，匆匆离开兰州，往贵州而去。我留下来对尚留在兰州的一儿一女进行善后处理工作。承蒙革委会还算客气，给我们留了一间18平方米的土坯房，这里成了我所有家私的堆栈，和我一双儿女的栖身之地。

像这样凄凉仓惶离开兰大的也非我一家。儿子在校园里遇见数学系主任周慕溪先生，他家属远在上海，退职后孤苦一人背着沉重的行李去赶火车。出于同情，儿子主动替他背起行李，扶着他蹒跚而行。在马路边休息时，周先生苦笑着指着手杖上雕刻的一只蝉，说："人家都说我周慕溪心理很阴暗，连手杖上都落着一只大苍蝇。"周先生终于回到了自己渴望已久的家，大约半年后接到他儿子的信，告知老人溘然长逝的消息。

料理好兰州的一摊子，我又匆匆赶去贵州。在息烽，我们又开始了新的生活。当年大女儿大学毕业后支援三线建设来这里的拖拉机电机厂当技术员，她把妹妹赵红也接来当学徒工，在这里，我们又组成一个小家庭。每天的家务事做完或是吃过饭，我和俪生就到处散步游玩，贵州确实风景如画，闭塞的田园村落因山势自然错落有致，一个个恰如《桃花源记》所描写的模样。我们常坐在高高的铁路路基上，观看夕阳落山的景色，“苍山如海，残阳如血”确实是这一带的真实写照。然而这里也并非是世外桃源，远在数千里之外，兰州的一双儿女经常使我们牵心挂肚；跟踪而至的大批外调人员，也增加了厂里两个女儿的政治压力；最重要的是靠着那点坐吃山空的退职金，还能维持多久？随着时间的推移，这种压力也就越来越大。人到绝处，或逢生或走险，这是必由之路，退职快两年后，俪生决定到北京去上访。

1972年9月，俪生到北京，住在兰大物理系毕业生于尔果家里，于同学不仅接待了他，还帮俪生谋划了一切。俪生将简历及退职前后经过，简明扼要地写出来，交给“中央办公厅国务院办公室文革联合接待站”。出乎意料，这份材料竟得周总理亲自过目，很快总理办公室专为此事给甘肃省革委会发出一份《便函》。在周总理的亲自过问下，甘肃的冼恒汉不得不将这件事抓起来，尽管兰大和历史系领导们一再推委拖延，也最终在10月国庆节后正式宣布赵俪生复职。按中央规定，退职期间工资照发，累计扣除退职费4000元，还补发了两个月的工资。这件事对我们一家人说，是件大好事，我们将永远铭记在心。

此后俪生又先后参加了历史系《古代十大战例》的编写工作、西北三省（陕西、甘肃、新疆）五校合作搞的新沙皇侵略我国西北地区历史的研究，都是投入的精力很大，得到的批判也最多，“赵俪生是苏修大特务”的帽子便是此时背上的。俪生已将届花甲，负荷能力差了，很快身体渐感不支，心血管病也明显显示出来。系领导又一次动员他办理个“编外”手续，给八折工资，实拿120元，不致没有饭吃。就这样，他再一次退出历史舞台。回到家里也好，至少不面对着重重难解的矛盾，剩余的精力还可漫步于学林、书海之中。在这期间他完成了《中国土地制度史》的写作，业余对《聊斋志异》的重要篇章进行了剖析，并写出大量的论文。他悲观地估计此生所有已完成的著作不会在有生之年公之于世了，于是在书稿后面写下“篱槿堂遗著”字样，由此讹传到社会上，不少友人还以为他业已去世，屡有唁电、唁信到来，在学术界传为佳话。

“四人帮”终于被打倒了，“文革”也终于结束了，随着国家形势的好转，我们的家庭也逐渐有了起色。我的一双在兰州当工人的儿女，1977年分别考取了兰州大学历史系和外语系，儿子学历史，小女儿赵结学外语。我对他们讲："按年龄，这次大学考试对你俩说是最后一班车，你们凭自己的能力挤上去了，但不要满足，你们已经被耽误得够呛了，儿子开始上大学的年龄27岁，仅差一年，就是你们爸爸进大学当副教授的岁数，而你们才开始读大学一年级。要加倍努力，弥补已失去的时光。"一年后我那贵州当工人的女儿也考取了兰大外语系的硕士研究生。

最感兴奋的是中央领导决定，给1957年划右派的事重新甄别、改正。我们目前是在兰州大学，而当时被划右派是山东大学搞的、山东省委批的，所以在改正问题上还是遇到很多曲折。甘肃省平反工作上做得利落、快当，而山东那边却迟迟不动，脚步很慢。但不管怎样俪生总算熬到不情愿地给他卸下政治枷锁的这一天。那时我们全家人觉得如同久禁的囚徒，突然窥见了明亮的天空，其兴奋程度确实难以言表。但反过来深思，这苦难的20年，我们有啥罪呀？我们侥幸看到了这一天，那些屈死的冤魂们呢？

由于政治上的初步松动，兰州大学决定让俪生招收研究生。俪生原本是"编外"人员，哪有资格招收研究生？一天在路上遇到教务长崔乃夫同志，招呼俪生准备招生，俪生回答说："我是编外人员，没资格招生。"崔笑着说："书呆子！编外编内不就一字之差嘛。"俪生于是下决心一次招收两个专业的研究生，即《中国土地制度史》和《中国农民战争史》。全国招生，考试结果，录取了七名学生，土地制度史五名，农民战争史两名，合编为一班。基础课、专业课全由俪生一人独自负担，从讲授、到辅导、到科研，他全力以赴，辛苦极了，他又开始了不要命的工作。每逢上完三节课回家，即便是隆冬季节，他的衬衫、衬裤都被汗水湿透了，每次下课回家都得换内衣。名义上是七名学生，其实教室里挤得满满的，学生们为了听课都预先去占座位，这样他不是讲小课而是开大课，那时所有的文科高年级大学生及新入校的文科研究生都来听他的课。

从带研究生到研究生毕业，整整三年，在这三年里，俪生不辞劳苦，昼夜忙碌，总想更多地为国家、为人民多出一份力，多培养出几个学术人才。回想20年的岁月白白流逝，人生有几个20年呀！他从不考虑个人得失，他也很清楚自己处境维艰。"十年树木，百年树人"，树人谈何容易，打马虎眼走过场确实容易，就是一丝不苟、认认真真难，所谓全心全意为人民服务，为学生服务，俪生当之，庶几无愧！

在经历了研究生毕业论文答辩的风波之后，俪生的研究生及子女都被分配到四面八方。人去楼空，剩下的依旧是那寂落冷清的作坊“夫妻小店”。伤心之余，俪生从此下决心再也不带研究生，但却也禁不得系上一再把别人的研究生寄在他的名下。教学不仅是他的职业，也是他的生命，只要有精力，他总要支撑着去给学生们开点课，不是去向学生陈述什么教条、旧知识，而是用他那总是走在时代前列的思想和感情，去激发年轻人对专业的热爱、对历史的反思、对文化的继承和弘扬。

历史系的天地太狭小，我们也该到更广阔的天地里去舒涣一下身心，何况中国原本就是当客人容易、做主人难。于是我陪他到社会上走“江湖”，应各大学之邀，到处讲学。这样，一方面可以把自己的学术思想和成果扩及到更大的空间，接受实践经验，反馈总结提高；另一方面可以考察研究一些问题，包括学术的和大学教育体制的，等等。计到过的学校有：山东大学、河南大学、郑州大学、苏州大学、杭州大学、杭州师范学院、华东师范大学、上海师大、复旦大学、青海师范大学、陕西师范大学、湖北大学、华中师范大学、四川西南交通大学、湘潭大学……

在这期间，山东大学为了落实知识分子政策，原拟将我们再调回山大，可是甘肃省委副书记刘冰（原兰大党委书记兼校长）抱着爱才的想法说：“我在甘肃一天，你也得在甘肃一天。”兰州大学也有意将俪生竖为文科学术带头人，屡次向教委申报博士点，可是最终皆以“人缘”之故未获通过。有一次，13个评委竟投了13张弃权票。假如无人从中作梗，怎会产生这么离奇的事？对此我们以东汉古文经始终“降在小学”的待遇来宽慰自己。就在研究生毕业离他而去的那一年（1982年），俪生自己的学术科研也达到高潮，当年各种期刊上发表的论文达到14篇的记录。1986年，就在他的三女婿倪逸家因病去世前后，他又积极响应教委号召，招收了来自各地的年轻教师，举办了助教进修班，以对待研究生的标准严格要求，并开出“绝唱”式的大课《中国综合文化史》，结合当时社会上的“文化热”，他在开宗明义的序论里指出，政治气息过于浓厚而学术空气过于淡薄，发展的趋势势必是虎头蛇尾。他提倡还是应当多从中国的文化传统以及继承与扬弃的关系中去提高认识能力，他对原始思维、迷信与科学、宗教哲学与美学、从孟子到王阳明对主观能动性的弘扬等一系列命题，提出自己多年来独到的见解。课开出后，又引起轰动，当时来听课的学生又是人头攒动，教室总是塞得满满的。

人过70以后，体力精力明显下降，科研和教学应该让年轻或更年轻的人去扛梁顶柱，俪生的离休终于也获得批准。1991年11月，兰州大学和历史系联合为他隆重地举行了“祝贺赵俪生教授从事学术60周年，从事教学54周年”纪念会。各级领导、同事和学生们济济一堂，对他所从事的教育和科研事业作出了充分的肯定，这对我们含辛茹苦的历程来说，终于圆满地划上了一个句号。

六

现在我们双双离休在家，享受着颐养天年的清福。俪生仍免不了读书写文章的习惯，然而随着衰老，效率也是越来越低了，他也有时因此而急躁。入老以后，俪生的文风越来越凝练，文章短小精干而且通俗易懂，这庶几可以为时下年轻人文章越写越长、越写越晦涩提供某种借鉴和参考。俪生一辈子不沾染吸烟、打牌、下棋、气功等活动，惟嗜喝茶，进餐时偶酌绍兴黄酒数盏。老来尤以书法自娱，开始时写些条幅、中堂，到现在只写大字对联了。每有亲朋索要，总是很高兴地即兴挥毫相赠，这也成为他惟一锻炼身体的方式。

俪生从年轻到老脾气甚急，有时候暴躁，似乎是有周期性的，所以往往在对待外部事务上，不该忍的他忍受了，却又在该忍的时刻他又爆发出来，这样他便得罪了许多人，其中包括朋友和亲人。理解他性格的人宽容了他，不理解他的人却难免耿耿于怀。我常和他开玩笑：“换了我，谁也很难侍候你一辈子。”我这辈子也经常和他发生争执，但是我知道他这个人绝无害人之心，他的心地是善良的。说实话，我们不像夫妻，而像朋友、同学或兄弟，经常总是一块切磋琢磨问题，不会卿卿我我，这可能是我们从事的职业以及苦难的经历，铸造了我们这样的生活风格吧！到老来我哑他聋，在交流上增添了一些障碍，也经常因误会弄出些笑话，但彼此之间还是心领神会的。

我来谈谈我对他的认识。俪生是个天生的**自由主义者**。说天生不是指先天遗传，而是生就他的社会时代氛围，这就是“五四”新文化运动以来形成的新思潮。千百年来钳制中国人民的封建专制，抹煞了人的个性自由，“五四”像决堤洪水冲刷而过，使觉醒的人们思想一日千里地奔涌。俪生憎恶烦琐的教条主义，并以自己学术不断的更新来予以抵制。尽管在客观现实面前，他也为此付出了惨重的代价，碰得头破血流，但他那个性自由分明的棱角最终也未被磨光磨平。

在思想上俪生又是一个人文主义者。他憧憬司马迁父子所理想的“天下一致而百虑，同归而殊途”，也真诚地拥护“百花齐放、百家争鸣”的方针政策，渴盼以学术思想带动起社会宽容、理解的气氛。人们在权、钱、物、欲面前的障蔽太多了，想凭着摇头摆尾的几首流行歌曲、撕胸裂肺的几部言情小说、玩世不恭的几出“痞子”电视、滔滔雄辩的几场现身说法，就想砸开这冷漠的链条，那是幼稚的，甚至是虚无的。俪生的人文主义不是来自西方，而是根植于中国大地，人际间和谐宽睦的认识早在两千多年前的孔子思想体系里就已具备了，到董仲舒“天人合一”，更把人、社会、自然三位一体的和谐平衡关系通过政治表达出来，而从孟子到王阳明更以调发本体良知良能，充分发扬人的自我主观能量去改良社会。这些线索应该就是我们东方中国人传统中的人文主义。在这一点上俪生与“新儒家”观点有相似之处。特别是与梁漱溟、熊十力每有契合，而与他的授课老师冯友兰则相去甚远。尊重个性，倡导人们独立思考与实践的能力，充分发挥个体人在社会中的创造作用，并承认和尊重这种创造价值，这才是本质意义上的人文主义。

俪生又是个理想主义者。他毕生研究顾炎武，并以之为楷模，这不仅仅只是钦佩他学问“知”的广博渊大，更钦佩他为理想而终生执着于“行”的务实精神。俪生就是秉承着这样的原则，孜孜不倦地开垦着一片又一片的园地，把对真善美的追求化作理想事业，忘我地工作、认真地写作、卖命地教学，在实践中化作一种无私、自觉的敬业精神。他从文学跨入史学，又从史学涉向经济学、哲学，最终把自己融化在文化的海洋里，无有止境地前进，从未想到停下脚步去占领一座山头、一块阵地，来为自己树立门户、经营地盘。为此他受到讥笑嘲讽，但他依旧我行我素，不予理睬。道不同不相为谋，理想在前方召唤着他。

以上述三种思想为脊柱，构成了俪生的人格，如果套用中国哲学术语，把这人格称之为“内”的话，那么那个“外”又是什么呢？我觉得那应该就是俪生的学术风格。

俪生治学宛如一位上乘厨师，同样的材料一经他手烹调炮制，味道就是别有其风味。这种与众不同的根谛何在呢？那就是刀案工、火候、水温、油温、时间、佐料、调料等技术处理手续。你会说“这些我都知道”，但操作调动起来却未必如此。人们思考问题，通常只调动起大脑皮层某个区域或部位的兴奋，却使另外的区域或部分处在休眠状态，故沉潜者往往有竭泽而渔的功力，然却无情；高明者往往有纵横捭阖的法术，然却无义。俪生对此皆不以为然，他于教学科研，既以现实主义的严谨去进行缜密的逻辑推演、高度的抽象思辨，又以浪漫主义的热情去调动活跃的形象思维、超时空的直觉感觉，从那些没有生命的材料符号中去扑捉"象"和"情"。即便是相像的思维程序，到头来俪生与人仍是不同，那只能归之于模式的不同，终结点上的模式便是支撑俪生的那条人格脊柱，上乘厨师终结点的与人不同，就在于他能全身心地去体验色、香、味——真、善、美的和谐统一，刻意工求那是绝对办不到的。这就是俪生在学术上不畏扼制的底牌，同样这也是俪生在教育上无私奉献的底蕴。历史资料是死的，方法是多种多样的，它们又都属于公众，不是某人某家所能专擅独揽的，只有思维灵感那才是个人的专利，也是任何人或势力所不能代替或抹煞得了的。因此他深信把金针悉数度于学生弟子，只能使百花园地更加斑斓多彩，百家之堂更加人才济济。而赵俪生也终归是赵俪生，像一颗流星一样，自有他闪烁、运行、陨灭的轨迹。我很拙钝，实不能传达俪生一生的业绩，拉杂写来，仅供大家参考。

杂诗丛残

第一丛　白话新诗（五首）

小　旗　手

您瞧，那个小女孩子，
顶多也不过十一二，
背上拖着一支小毛辫子，
绑一点头绳，
枯瘦成那个样儿。
就不说她应当吃点大肉丸子，
（像晋惠帝所“指示”的）
至少也该到学校里去识几个字儿。

可是您猜她干啥啦！
天不亮就从宋门跑进城，
一直跑到南京巷的轿铺门口，
等着，去抢一柄清道黑虎旗。
我几乎天天看到那个女孩，
那么严肃地捧着竹竿，
随了锣鼓，
一溜小跑把新郎送到岳家，
或是把一具龙头罩引到曹门外去。

不管人家欢笑地带了缎花，
或是在白布“搭头”下哭得死去活来，
——她总是同样严肃地
　　从事于她的职业。

每次我坐了包车上下班，
一看见她就像做了什么亏心事。
但这几天听说城壕外头在拆房，
我也就再没有看见过她的影子。

1947年开封

山　茶

半年前我就眼巴巴地盼着你，
你却有意延宕地不肯放开花苞；
我甚至担心你会含苞而萎，骗我一场，
谁想你是在锻炼和折磨我的急躁。

清明前后，你一口气开了九大朵，
还有十几朵想来也擦不过旧历的三月末。
可怜你的瓣儿在苞内受了过久、过紧的束缚，
初开时它蜷屈、紫黑、而不伸展，
可是三天过后它们就都恢复了应有鲜艳。

硃砂般的颜色那么深沉，
层层的瓣儿，纤纤的瓣筋。
像芍药，芍药比你香得浮躁；
像芙蓉，芙蓉又比你孱弱小巧。
你茁壮、浓艳，不靠香气向人们夸诱，

默默地在书房里伴着书香向主人点头。

1957年4月8日

我爱小港

人们喜爱汇泉和燕儿岛，
又爱海滨公园，也爱栈桥；
我爱小港。

不错，这儿有些个尘土飞扬，
有些个繁嚣，也有些儿肮脏，
但它更贴近普通的生活。

这里有成箱成篓的咸鱼，
不管它多么臭气熏天，
煎一煎，烤一烤自会香味扑鼻；
这里有各种各样的家常用具，
从三担水打不满的水缸，
到石匠们一凿一凿凿就的蒜锤和蒜臼子。

这里有麻袋、苇席、草绳、石灰，
也有一群群黑色和白色的毛猪，
被用卡车和网套运送到西岭上去。
冷藏车自对面开来，
里面是包装停妥的肉品和“下水”，
送到各个销售和出口的部门。

这里有整排整排的大帆船，
从阴岛、石臼所、海州等处开来，
船头上贴着红春联，祝福风平浪静，

桅杆上挂着小红旗和风铃，叮当作声。
唐朝的诗人说：
“一铃犹独语，
颠风当断渡”，
不到小港你不知道这诗音员的真实。

再还有火轮船——客轮和货轮，
它们有的来自外国的港口，
它们在跟杜勒斯的“禁运”政策搏斗，
增加中国血液在世界脉管里的交流。
海鸥呀呀地叫着，
在甲板四周盘旋飞翔，
它知道甲板上会有面包屑，
而没有射杀的汽枪。

每当落日一片殷红，
在水平线上滞留着半个脸孔，
小港内的一切都拖上一条深灰色长长的阴影，
水纹像木刻家的雕刀刻出来的，
一条宽、一条窄，一条暗、一条明。
突然长啸一声，
又一只轮船入港。
身后拖着一片郁勃的烟云。

1957年4月10日

再哭赵纪

一

不止一个人曾经善意地告诉过我，
要我在漫长的岁月里把你逐渐忘记；
他们又劝我把“尕娃”们好好地扶养起，
（这自然是我的天职）
用她们的安慰来冲淡对你的记忆，
孩子（我们爷儿俩背地里偷说一句），
这算不算得上是人性的残酷?!

自然，我并不想把你当成一个沉重的包袱，
像讽刺画里背起山岳的那副怪样子。
你已经先我一步，到达了宿营地，
我又何苦人为地制造许多痛苦，当作包袱，一直背到有朝一日，
我们会在一个什么地方重逢再遇?!

但是，孩子，你确实是过早地离开了人世。
你离开我们，未免过分地急促?!
哪怕只叫我们到医院中探望你一次病，
哪怕让我们给你嘴里倒进一CC的酒酊，
哪怕给你的脉管里输血一小瓶，
哪怕只让我们听到你弥留之际的
一句隐约不清的呼叫、关注、留恋，甚至是一点遗憾之情，
——那我和妈妈也会比较地平静，
也不会像今天这样经常地不能平静。

二

是印度泰戈尔的一首小诗，

我们女作家谢冰心翻译过来的，
说一世纪后有那么一个女郎（为了纪念诗人），
在自己的洋台上，她点起来一抹灯光。
可是孩子，即便我有一座洋台，
你能不能看到我的灯光（从另外的一个世界）?!
也许，我不一定要刻板地那样做，
要想你的机缘，在我身边并不难于寻求；
我可以写一本书，画几幅画，
做一首到一百首、一千首的诗，
来加固人们对你的记忆。
可是孩子，这对于你那确实过早的离去，
究竟何济于事?!

说来说去，总嫌我的脑袋太拘泥，而且冬烘，
不能把失却爱女的父母的那一片想念之情，
叫它在心头上存在得那么真纯、那么空灵、那么虔诚，
像洋台上——冥冥中点起来的那一盏灯。

1961年6月8日

咏法国画家莫耐的一生

你早年的风格那么精严，
二十五六岁的人，心胸才刚刚开展，
你就用库尔贝的恬静、马奈的热情和色彩的鲜艳
去拥抱阳光——
在钟楼上、顶楼上、船帆上，
在人影历历的方场和红紫绚烂的花坛上。
你在画面上拖绘出一条条黄色的带，
叫我们亲耳朵听到了鼓风猎猎的海。

中年三四十岁，胆子更大，技法更准，
你的画面就如盛夏中万木葱茏的树林。
那强烈阳光下塞纳河对岸耀眼的倒影，
那泰晤士河桥边西敏寺尖塔上阴黯的初冬，
那些愉快的游艇和水面上的光影重重，
一排排绿树，一排排暗影
——你一一将它们收进了你的画中。

从日本人那里，又复感染到用色的泼辣和浓重，
你把它们一一点上了山鸡的彩翎。
你从笔底下涂出了——
　日出时光影的橘红，
　田野中罂粟花的朱红，
　深草丛里读书人身旁的浓绿蓊蓊……
还有那裙裾上的夹绿夹蓝，其中色调的沉潜
充分衬托出了你妻子卡密尔的阴沉和娇艳。
更难得情如手足的雷诺，
他，作为一个画家，跟在兄弟画家的背后替他留影，
描写他在画室里，游艇上，花园中，
一头蓬发，一部大须，
衬托出一幅伟大智慧者满有风趣的面容。

在老年你有了年寿带来的成熟，
笔触里含蓄了仿佛无限的严肃和静穆。
你写海边嶙峋的岩壁，
　写哥德式教堂的建筑，
　写威尼斯的河街，给画布蘸饱了湛蓝颜色的宁谧。
直到你生命的最终，从你的作品里
看不出塞尚的故作颠狂，和梵·高的有意乖僻。
你使用了师友毕萨罗的斑斑点点，
它们那么枯涩，可又那么酣炼，

使人记起中国金陵城中潜修的龚半千。

我们已经隔代，
你跟我的爷爷在道光年间一起出生到人世中来。
由于你的高寿，当你向人生辞别，
那时节，我已经在高等小学里肄业。
现在转眼我也到达了我的中晚年，
才得从一种巴黎版本中读着你平生作品的选刊。
在我“揽揆初度”的这一天，
我极其偶然地领会到你的神髓，
（至少，在我自己的感觉方面是如此）。
由于这一点点感受，仿佛给我的体劳神疲，
注入进来无穷无尽的志趣……
你不相识的异邦异代的画人哪，
我该怎样地感谢你才是?!

1961年6月8日
夜于兰州十里店

第二丛　西和炼铁杂诗(十六首)

无题诗七首

一

斯是古仇池，氐羌互争歧。蜀图中原地，诸葛六出此。
街亭去不远，祁山堡垒遗。身在此山中，四望方向迷。

二

西和佳胜地，烟酒著陇蜀。獐麝驰山麓，芝草出幽谷。
太古此多犀，遗角犹在畦。于兹劳动久，临去难舍离。

三

江水何溅溅，林木何葱葱，羊肠何崎岖，宛入武陵境。
山花戴露艳，炼烟入夜浓。黎明古树下，铁水正殷红。

四

朝露化作雨，淋漓沾我裳；泥泞何滑达，负重觉路长。
回看民工队，麻衣黑馔粮。童稚或无裤，伐木送柴忙。

五

山花有红白，山花有青紫，山花有绿色，莹莹如美玉。
大如小锦葵，小如大雏菊。婀娜似芙蓉，袅窕如罂粟。

六

阴雨兼旬日，今朝喜放晴。上流水暴涨，江浪滚滚流。
牧童多讴歌，抑扬动人听。土语苦不解，辞意终难明。

七

炉火正熊熊，炭花舞夜空。炉头司料勤，炉口钢钎劲。
六人鼓风班，鼓风声轰轰。山头月更小，不觉夜影轻。

告别庙台子

来居庙台子，倏忽二十天。山中风雨骤，临去增怅然！
我来江水清，雨暴涨水浊；我来树青葱，而今半黄色。
青黄相掩映，川原何潇洒！坝上筑炉群，式样各不同。
群各策群力，铁水不畅行。究根虽多种，燃料供不应。
既乏煤与焦，木炭势又穷。此穷而之他，远行去老林。
原始森林木材多，源源鼓铸不虞贫！
明朝将上路，今夜仍鼓铸，黎明仍值班，风寒衣单不畏惧。
初离金城时，炼铁期一月；后改五十日，而今无限扩。
风雪山林中，妻孥应念我。远寄诗一章，权当相慰藉。
炼铁任务完，自当复相聚。灯下倚暖炉，共话山林趣。

青羊看山诗七首

一

越岭到陇南，步步是新山；云雾蒙峰顶，树顶如点园。
始悟米襄阳，画法有本源；不然大小米，何以千古传?

二

沿路看山壁，裂缝处处新：缝纹如蛇曲，曲曲似绳纹。
始悟古皴法，笔笔皆有根。谁云清湘古，我说石涛真。

三

地面如雾白，山顶雾昏黑，如入妖幻境，伸手不见掌。
下有羊肠路，盘盘九十九。俯听涧底处，只闻人语响。

四

画家李可染，尝写略阳图。我来颉水河，饶有画中趣。
四围山势陡，市廛屋瓦密。颉水滚滚流，流向嘉陵去。

五

雄雉振翮鸣，雌雉薮中应。啼声何躁急，幽谷失沉静。
红叶已满山，青松相辉映。徽、成去不远，山景更佳胜。

六

黎明散工回，晚月亮如珰。层峦争嶙峋，薄雾成烟障。
树叶尽黄枯，坚冰随雪霜。翘首念妻子，羁客思还家。

七

一路泥泞去，归人尽杖行。麦苗展新绿，荞稭尽鲜红。
云雾锁峪口，冰雪峰顶凝。雉鸡啼不断，依依难舍情。

闻郑振铎先生堕机失事

沪上静安寺，庙弄有幽居，先生尝居此，反日收古书。
戌年初访谒，于今一转支！伟岸目矍烁，慷慨健谈姿。
架上多冥器，累累如墓墟。丑年初解放，先生过济南，
逆旅偶握见，馆名石泰岩。翌年在北京，文物在团城，
院中古柏静，室内列鼎钟。先生导我游，宣册题姓名。
斯后未再遇，忽忽又戌年，突闻堕机事，能不伤我怀?!
近年报刊上，时时读鸿文。曾序汉卿剧，新说足重论。
未及相质证，先生已千古。山中闻噩耗，木然无所已……

第三丛　山丹下放杂诗(二十首)

初饮祁连雪水

祁连雪水汇成塘，微夹泥沙味甘芳。
何日烹茶得一酌，宛然身在历下堂。

坞　壁

一入凉州界，居宅触目新：黄土筑高墙，四角如斗樽。
房舍与庭院，隐隐在其中。或筑望楼堡，枪口凛然存。
仅留小窄门，略与外人通。我国四合院，想从此滥觞。
遥想东汉末，陇人来居停；各各筑坞壁，或即此制形。

见旋风柱

九日九场风，十日十无雨；东风才吹罢，西风平地起。
晨昏履薄冰，当午汗浃背。坐看长城下，旋风遍地走。
三五如天柱，上矗重霄九。

听　鸟　语

天色昏黑未黎明，垅上百鸟已喧腾。
鸿雁嗷嗷起复落，瓦雀啁啾傍田塍。
最是鹡鸰声嘹亮，衬得雉鸡远啼轻。
可怜绅商笼蓄鸟，何如老农耳底聪。

山丹一片月

山丹一片月，夜溲起乃见。我心随月色，东去十里店。
东苑三〇一，儿女睡正酣。老妻爱勤苦，灯下犹织编。
四壁橱与架，藏书尚安然。稍稍沾尘土，事势所不免。
溲罢不成寐，反侧复辗转。

浇水遇大风雪

暴雪狂风双目迷，圈腮冰结腮不知。
壮伙足蹬长橡履，老龙身披白毡衣。
百里祁连水滚滚，冰雪凝块似黄泥。
顿知水利灌溉事，古代东方大政题。

巡　水

遥望大黄山，大黄阴岭秀。积雪齐浮云，山中松柏茂。
我一巡逻兵，昼夜巡渠道。朝看黄羊奔，夜听豺狼嗷。
水源何自来，李寨有水库。偷水与漏水，我所谨防杜。
手荷一铁锨，锨轻职责巨。

驼　耕

驼声似牛鸣，而无悠扬韵。有时戛然止，颇类猫鼠音。
庞然果大物，犁行慢吞吞。耕作不数亩，偃然垅上蹲。

曳犁重劳动中，诵苏东坡超然台词有感

平生不曾到外家，闻说台前门径斜。
东坡作记复填词，长叫荒台著声华：
烟雨中春千家暗，半壕春水一城花。
何年何日得登览，南望马耳、长山岈?!

*东坡原词前半阕云："春未老，风细柳斜斜。试上超然台上看，半壕春水一城花，烟雨暗千家。"

山丹医院杂咏六首

一

五月将残初夏临，山丹犹然才中春。
杨花滚滚满庭路，渠水潺潺绕城堙。
桃杏初结小如豆，葱葩骨朵似戟林。
枕间读书百页满，赢得一天头昏沉。

二

花椒幽芳满圃香，习习微风动晚凉。
病房庭院何寂寂，宛如梦到桃源乡。
左邻鼓催梁红玉，右院银幕广播忙。
岑寂鼓噪成对比，无垠惆怅在病床。

三

小圃五天结情深，隔墙梵塔唐风存。
几株老杏浓阴绿，芹韭满畦雨后青。
数载未闻鹃啼韵，今午突闻两三声；
听罢色喜复心悸，漫向窗外痴凝神。

四

窗外绵雨声潇潇，炎暑七日周末耗。
朝接家书两勖勉，午进盘蔬杯酒浇。
方志夜读倍饶趣，宵半辗转睡不着。
遥听观剧归来者，笑踏泥水过圃壕。

五

陀翁巨著似锦屏，页页幅幅逗奇浓。
昔有任颐伯年父，善绘十八屏景通。
观画读书有同感，顿觉方寸获性灵。
何年练成巨匠笔，著书绘画两擅能。

*陀翁指陀斯妥耶夫斯基。

六

小住山丹二十天，遍地绿树尽蹁跹。
朝听布谷满城唤，晚看燕宿发塔沿。
档案馆里贮方志，新华架上书刊全。
伶仃疲体觉丰满，抖擞归来垦滩田。

无题诗一首

牧马如今才五天，荒滩渐识水草源。
牝畜已满十二岁，半老犹当追少年。
清早渠头啮露草，傍午阴下饮涸泉。

郊原日日有旅伴，燕支山前不思还。

喜收到汇款并购得金笔一枝

款困两款至，笔损双笔临；渠头读《国语》，廿卷七日完。
月终腹常饱，水清茶味醇。追思端阳命，苦痛无限沉。

删丹咏史

四围山色中，牧马残照里。北望是龙头，嶙峋多煤铁。
山北界草地，塞马多驰逐。东南大黄山，删删丹青槁，
匈奴失燕支，“妇女无颜色”。西南是祁连，遥遥积冰雪。
山外大通河，水利极磅礴。俯看是长城，墩台可指数。
何人倡筑此，明季有杨博。际兹大界中，胸怀当恢扩。

杏林牧马

杏园十亩有嘉阴，植榆周边渐成林。
苜蓿夏来贴地绿，芽草雨后似箭喷。
醇读唯闻笔触快，马饥频传啮声勤。
时见六旬牧驴叟，倦来笑答互温存。

摘食野生枸杞

红豆生棘内，原来是枸杞。初见牧人摘，颇疑会中毒。
初尝味酸甜，屡食竟成癖。嫩者类樱桃，干者似果脯。
啖多竟成醉，山林风味足。

第四丛　1961—1962间杂诗(十二首)

无　题

一

年来苦迫促，竟无一句诗。野哭畏肠断，园游恨履迟。
春秋芳菲涩，夏冬寒暖移。搔首看山色，大河日东漓。

二

寒暖苦无定，朝烟复暮烟。路灯笼薄蔼，黄月照远山。
行人渐寥落，车马声不喧。诘朝严霜霰，应念步行艰。

三

突见五泉水，湍入中山林。源头融雪激，心边会意深：
不虚三朝卧，得亏终岁勤。安得如激水，常发垂老根。

四

癸卯已三日，寂寥乏诗思。非徒楚坐股，复缘弱脑枢。
夜读东辽史，朝翻西夏书。除夕更元旦，混然不知区。

五

可怜最小女，垂老倍觉亲。牴头随咏哦，杖笔习挥抡。
难读诘屈句，不识复笔横。呀呀同笑语，老少两龆龀。

六

不忍见谷口，去岁绝命时。思父兴陟岵，念母拾地衣。
蒙茸雪盖地，盘屈径绕陂。失足惊呼处，掉头不忍思。

七

散馆闻蛙鼓，缓缓不甚嚣。想缘天尚冷，未似暑雨浇。
才嚼山谷味，又被玉茗招。夜行苦关节，槐香十里遥。

八

来居大岔口，河阳多枣林。氤氲蒸雪气，月色初凌蒙。
大河冰封厚，兰山土嶙峋。遥忆金城阙，无限玉塞情。

咏史诗二首

一　吴玠·吴璘

建炎塞马正颠狂，兄弟吴家扼凤翔。
迫叫兀术割须髯，传呼撒离“啼哭郎”。
杀金坪上晓吹角，和尚原边夜输粮。
东望中原岳少保，两家事业一般强。

二　杜　甫

容易赚得左拾遗，难饱皇家糊口醍。
才去秦州卖药草，更迁同谷捡橡实。
步趋麦积视雕塑，跋涉冰林（炳灵寺）探秘笈。
自兹跄踉西川去，稍稍喘息浣花溪。

花　事

一年花事太匆匆，误却牡丹猫眼红。
蹀躞园林粉瓣萎，邂逅枇杷金背浓。
担间卖取白芍朵，归去点装洋彩瓶。
顽女还嫌香未足，深宵潜入蔷薇丛。

袁世硕以其新作《孔尚任年谱》见寄

多年裹足违山林，怎抑今朝见猎心?!
卧看东塘唱酬迹，长忆山史交游痕。
于两可处谨束扎，多转折间费耕耘。
五十童心犹未死，愿连韬辇逐前尘。

第五丛　1963—1966间杂诗(十二首)

一

旅京十日将赴青岛前夕，独步北海五龙亭成此。

京华十日倦淹留，去去山东海尽头。
往岁山丹成梦寐，明宵岛景供重游。
长躯五载始来复，仲女一朝成墟丘。
多少槐荫并柏影，可能遮得许多愁?!

二

在济，于赵东甫先生壁上见献唐王先生遗画，因询葬处。

云烟自诩状峨嵋，傲笔嶙峋已可哀。
八塞间关探遗事，万灵遥瞩拜土堆。
山呼“四里”路半圻，村叫“三家”墙近埋。
异日鲁东访墟址，阿谁领去拭莓苔?!

三

与老友王瑶同游碧云寺、至水泉院，忆邵、冯旧事。

三十年前此洞天，水清潭碧一宛然。

白云松啸鸟语萃，红叶香山指顾闻。
爱妬无常少年事，飘零故友隔云烟。
重来皓首亲旧物，渊穆有恒半老年。

四　游十三陵，观定陵、长陵

枫叶初丹柿叶橙，昌平山水从复横。
诸陵星布山阿里，一库斜欹水天明。
享殿飘香落桂蕊，宝城雀噪兆晚晴。
亭林七拜天寿底，我乃初来谒山灵。

五

与友人张政烺先生在中山公园盘桓竟日，拍照一打。

何来莽莽一硕夫，白尽毛颠余壮躯。
闯遍花园乱拍影，茶亭稳坐大讲书。
评人论世具双眼，深厚醇朴见性初。
不佞常夸书同画，君前不敢更做诗。

六

到汴，访老友任访秋先生，见庭中有楝树，摘实以为纪念。

重上华堂十七年，中庭有树才拂檐。
闻说花放紫薇致，想是香飘夜合欢。
撷取枝头金铃子，我心长系汴水沿。
再来何日迎花信，苦楝风轻看春残。

七

自京到汴，自汴返陇，车过三门峡遇雨。

出入弘农几多重，今番遇雨更关情。

峭巅函底丰收遍，柿叶苞仁兼黄红。
雷首北峙划河曲，太华遥矗指关陇。
曲折无限终有尽，八百秦川一砥平。

八

参加“社教”，居榆中南坡湾大队五十日，始喜见杏花盛开。

拘守寒村五十天，一朝风景何独妍?!
白桦依依葱色溢，红杏蒙蒙粉气渲。
树树鸣禽鼓劲力，声声布谷促耕播。
画人好自研丹粉，勾取一篇南坡湾。

九 梨 花

杏花残去梨花开，青碧沉沉戴雨泽。
多叶浓条托云萼，无香不艳立风霾。
磨房轧轧桔槔动，戽斗潺潺活水来。
做罢“四清”看风景，兴隆山下春气回。

十

“社教”中与兰州军区后勤参谋长石进元同志极称莫逆。

秀才难得遇将军，日日南原两登临。
危涧陡陂焚灰粪，水平梯地播芋群。
岗峦日色分明暗，峰际霞光辨两晴。
阔论高谈双挥手，人间不解费精神。

十一

在南坡湾，日日登山赏黄刺玫以为游乐。

黄花人道小刺玫，谷涧丛生多蓓蕾。

不卑不矫善独立，亦刚亦柔半低垂。
锄田老妇成雁阵，萧鼓童蒙歌落梅。
花事一春又去也，只余绿树日浓肥。

十二

“社教”群众会在庙院中召开，檐前有紫牡丹一株，洵盛事也。

巨花如碗干拂檐，百朵煌煌当庙前。
夜夜闻香作记录，铮铮诉语惨人寰。
贪污盗窃齐俯首，贫下农家正气完。
革命高潮花下起，名芳激浪两结缘。

第六丛　退职以后杂诗(十一首)

一　游成都西郊杜甫草堂

两日两番到草堂，当年蹊径石苔芳。
千章乔木藏鸟语，万点桃花傍幽塘。
题咏笔姿竞舒卷，成双游客说短长。
倚天拔地丛丛竹，近趋遥瞻苍茫茫。

二　掇拾杜甫寓蜀杂诗中辞藻成句堆砌漫成

杜老乘兴蜀作家，锦官城外筑溪沙；
手植四松今安在，夭桃五株尽着花。
幽鹂慈鸦藏林表，宿鸥乳燕傍堂椏。
每叹世路常多梗，穷喜此生将有涯。

三　追忆去冬西湖游踪

记否去年钱塘渡，湖山初瑟复饶趣。
潋滟里湖、外湖水，依迷苏堤、白堤树。
随着山回山转了，陡向峰南峰北去。
最是雨中过虎跑，清泉翠竹迷烟雾。

四　自重庆去息烽火车中口占

车沿綦江去，蜀山断入黔。乌江东北绕，娄岭西南环。
洞著凉风垭，峰多石灰岩。才离遵义府，息烽在眼前。

五　偶　成

夜雨倾盆听到明，朝来云轻日欲晴。
远山苍翠真欲滴，小涧潺湲恰似铃。
遥念陇间人未至，俯思此生途欲穷。
山花隔日采盈把，落瓣缤纷映窗棂。

六　闻蟋蟀

促织振其羽，终宵亦有声。入床情已慰，在壁听更真。
陇右断斯久，黔中续得闻。已非小儿女，篱落不呼灯。

七　与昭一在铁路八孔桥观落日

处处杏花傍舍开，蹁跹春色次第回。
水田新灌明如镜，山影倒悬苍似莓。
虹彩潋滟警野火，残阳凝滞疑血衃。
黔中难得晴如许，相伴高墩看景来。

八　游黔灵山

上巳春游正佳期，黔灵翠色堪疗疲。
千叶夭桃多异彩，百年荆树蕃高枝。
松杉挺耸凌霄汉，野卉蒙茸隐湖湄。
一岁一番来登览，终年尘染尽无遗。

九　游花溪

明丽春光正旖旎，荆妻与共过花溪。
穿桥九曲闻跌水，越岭千寻眺墅居。
依依柳青映潭碧，绵绵藤曲缠枝欹。
迎春细蕊沿溪散，开遍谿川无尽期。

十　儿女返兰探亲，口占

十里槐香漫，一城絮雨飞。担卖牡丹首，瓶插枇杷枝。
儿女散复聚，壮盛衰又微。翳翳夏将至，新韭已荐畦。

十一　清明为次女扫墓

墓苑掐来小桃枝，权将春色掩哀思。
一从失足十三载，活到而今三十一。
日久年深心已老，死生流转人渐痴。
回看瓶插烂漫发，羡他哀乐两不知。

序跋书评

《史学新探》付印题记

1951年1月，我曾在上海海燕书店出过一本论丛式的小册子，题名曰《文史学的新探索》。这本小册子的缺点，主要是只以某一时期内作者自己所写的论文为收选标准，即性质不同者亦一并收入（例如论自然科学的文章也收进去了），因而不能免于庞杂之弊。但根据读者意见，认为其中有些论文还很需要。今年这本小册子的版权转移到新知识出版社，我便趁机会将它大大地修删了一番，从原来的22篇中删去了17篇（这些被删去的假如不是由于太肤浅和有错误，便是由于已经失去了作用），只留5篇。我又从近年来所写学习马克思列宁主义经典著作的论文中选出与史学工作有密切联系的两篇补入。此外，《论中国新史学的建设问题》一文刊出于1949年冬的《新建设》杂志，距离现在已有五年的功夫了，其中有不少地方，对于五年来的现实说，已显得陈旧。故再将我1952年6月刊在《文史哲》双月刊上的与本文内容可以互相联系的一篇论文《学习〈矛盾论〉，联系史学工作的一点体会》，和新近在山东大学校刊《新山大》上刊出的另一篇论文《论历史科学内容的多样性与复杂性》，都编入了本集，以为补充。这样，这个新版本的部头，虽然由于只有9篇文章而较前缩小了，但在内容上，却紧凑了一些。因此，书名也随带地改变了，把原来"文"（当时的意思，是叫它代表文献学，但却很容易被误认为是代表文艺）的字样取消，简名之曰《史学新探》。

这本小册子虽然经过这样的淘汰，但其中的错误与肤浅之处也仍是不免的，希望读者诸同志能够不弃指正。

1954年11月19日，于青岛

《寄陇居论文集》自序

感激齐鲁书社为我印这本文集。齐鲁是我的父母之邦，十岁以前，我就在这片“桑麻之野”上长大成人。可是很快就流离转徙，成为一个“东西南北”之人。特别是近二十三四年来寄居陇右，居久随俗，俨然故土。今以寄陇名集，由齐鲁出书，方寸之内，盖有其戚然于怀者。

集内收文章22篇，划为五类。

第一类是有关土地所有制方面的几篇文章，都是新近一二年的作品，故置于集首。近十三四年来，致力于中国土地制度史的教学和研究，曾写为一部不像样的讲义，油印过也铅印过，都不算正式的东西（最近才拟动手写比较像样的书）。在这过程中间，也偶尔抽出一点像是心得那样的东西，以论文或札记形式表达出来。此集中的开首五篇，即属此类。

第二类是有关一位学者顾炎武的四篇文章，前三篇是60年代初的作品，已隔近20年了。顾氏有三大代表作，《日知录》、《天下郡国利病书》和《音学五书》。本应该逐一写为文章的，但对古音韵，我实在没有这份修养和才干，只好缴白卷。所附一篇活动事迹的文章（1947年就已写过一篇的了），是建国初年写的，也已30年了。最近，读到有的同志认为顾氏北来不为抗清，而是为调查总结明亡教训的说法，私衷殊不服膺，最近始著文予以争辩，今编入第二类末之。

第三类是有关西域史的几篇文章。我对西域史兴趣很大，但起步很晚，大约七八年前由领导分配了一些这方面的工作，才动手来干，在干中学习。仅有的一点点外语修养，在这方面济了一点事。翻翻古籍，再翻翻外籍，考一点，译一点，再跑跑敦煌和新疆，慢慢也就弄假成真了似的。

第四类是与思维和哲学有关的一些杂文。应该承认，我一直是喜欢哲学的，从来没有不喜欢它。书是要念的，但死念书不行，还要想，要多想。这一类文章，大都是想出来的，里面反映个人的思维情况。当然思维，就必然有正确的思维，也有不正确、与客观不符合的思维。所以这一部分东西，出岔子的可能性也大，希望读者更多的指教和纠谬。

最后一类是有关农民战争史的几篇文章，都是旧作，是一个世纪的四分之一以前的作品了。这次之所以纳入，有一点心情存乎其间。我在50年代原是搞农民战争史的，为什么开了小差了呢？这中间有缘故。就是由于个人一贯认为既有反攻倒算又有统治者们的“调整”或“调节”，但突然“只有反攻倒算”成为了不可违反的时代信条，我立刻敏感到不妙，就离开了这块园地，转移到土地制度史方面，从阶级斗争转移到阶级关系的检查方面去了。其实这二者是相成的，并不抵牾。从前出过一本论文集，凡那本集子未收的、在结集以后续写的，选其可存者，纳在本集之尾。

我今花甲早逾，古稀尚须有待，寄陇以还，心血所结，不过如此。愿以余年，锲而不舍，能写出质量更好的书和文章出来。

1981年元月14日，于兰州大学

《学海暮骋》自序一

试想，一个七十五六岁的人，还能在自己生前亲眼看到一本著作问世，其喜悦的心情是不言而喻的。

先来释释名吧。《学海暮骋》，“暮”，一般指“日暮”或“岁暮”，但也指“迟暮”，即一个作者的暮年；“海”，一般指“海洋”，但也可以指“瀚海”，即大草原，在现实中只有大草原才可放马奔驰，而海洋是不可以的，只神话中有马在水浪中奔驰的说法。

这本书是作者65～75岁间的作品，它已经明确地带有“暮”的色彩了。其一是篇数多（约50篇以上）；其二是篇幅短，很多都是只排三个印刷页那样的篇章；但其三，比青年和中年时候的东西凝炼了，老作些了。

书分六个部分，而其重点在第一个部分。为什么呢？

试来作解答。大约在本世纪80年代初、中期，在中国大陆上出现了一股“文化热”。作者也感染了这股“热”，于是乎就萌发了想探讨中华文化的源流这样的心思。此前，我是搞农民战争史和土地制度史的，阶级斗争不可以不搞，阶级分析法这方法也不可以不用；但积久下来，也感到有“太死巴”、“不活”的弊病，这就自然而然转移到文化这个较灵活、较诡谲的方面来了。中华文化源流，自必首先是先秦文化；而在这方面早有若干人做出业绩来了，什么孔子如何，孟子如何，庄子如何，荀子如何，不需要我炒剩饭。我不孤立地一个一个看他们，我要看他们之间的网络，通过网络我要看取中华文化发展的一些层面。

为什么又提到层面上来?

请允许我说两句闲话。五年前，我的一位至亲患了肝癌，到一家大医院做C·T。照片取来，一个个层面上，密密麻麻都布满了癌点。这自然带给我巨痛；也带给我启发。我们为什么不可以给先秦文化做做C·T呢？从此，我就写下了本书第一辑中的系列文章，并隐约看到了一些层面：

在头一个层面中，我看到人们在悠长时间内经营着卜筮过日子，他们正在蒙昧和文明的边缘上，充满着神秘主义。

在第二个层面中，人们有了两个符号（—、- -），并且开始使用这两个符号在做像近代数学中所说的“排列”与“组合”的试验。

在第三个层面中，8个卦发展到64个卦，又发展成为384个爻。

在第四个层面中，人们编排成了《爻辞》，这是从原始思维向理性思维的过渡。《小雅》也与《爻辞》同时期前后写成，它二者都使用“取象”和“起兴”的手法。

在第五个层面中，大约在公元前6世纪，孔子出现了，儒家出现了，他们把《易》一伸手接了过去，将其改造成为儒家的。同时，自然也接过去《诗》和《书》。

在第六个层面中，大约在公元前5世纪，孔子死了，孟、庄二家尚未走上舞台，这是孔子之孙孔伋（子思）所代表的时代，也是道家《道德经》、儒家《中庸》（包括《大学》）以及《易》学中的《易传》这三部东西当令的时候。这时候，中国早期辩证法特别泛滥。这个特点很重要。

在第七个层面中，孟、庄二家各领一支人马，形成两支反对反对派的战线。“争鸣”，由此表现出来。

在第八个层面中，通过稷下“大染缸”的综合，由荀子出来总结。不过他这总结并不公允，仍有偏在儒家一家之嫌，这与汉武帝“定儒家于一尊”恰好不谋而合。

这八个层面，正是在作者写作本书中第一辑十四五篇文章的过程中络续看出来的。看是看出来了，但看的还不够精确，看的还不够深刻，现在拿它写在这篇《自序》里，抛一抛看，抛砖是可以引出玉来的。

其余的五个部分，想我不再一一做自我介绍了。只最后一个部分（“师友纪念”），倒是当真倾倒出了几滴心声来的，所以自己特别珍爱。总起来看，作者的毛病在这本集子中还是暴露无遗的。即如《后汉书·马援传》里所说

“如西域贾胡，至一处辄止”。志趣太广；涉猎太宽；转移率太大；缺乏“老营盘”。所有这些，留下来做后世学人的鉴戒，从反面是会产生效果的。

是为序。

1992年5月27日本人75周岁初度日

作于兰州大学之22楼209室

《学海暮骋》自序二

本书系作者65～75岁间的论文综辑。大体分类6辑，而以第一辑为倚重。

第一辑，是要追寻先秦文化的源流。不少先秦思想史家，大都是孔子如何、孟子如何、庄子如何，而不讲地缘社会传统，不讲发展的各个层面。作者有鉴于此，就特别著重鲁、齐、晋、楚这几个地区，以及《周易》64卦、384爻、《易传》以及儒、道两家以孟、庄为代表的争鸣。这个研究，还未终结，但从这一辑文章中，至少可以看出一些新的端绪。

第二辑，是与魏晋南北朝史有关，也与祖国的大西北有关。从当前看来，大西北落后，远远比不上特区。但我们也应辨证地看问题，这大西北，在中世纪确很重要。鲜卑族的活动很突出，佛教意识与儒、道两家的交融也是一大公案，都值得我们研究研究。

第三辑，作者的乡邦是山东，对之也不可能没有一点乡土之情。特别对蒲松龄和孔尚任这两位17、18世纪的巨匠一直不能舍弃于无动于衷之地步。蒲学是很有研究余地的一门学问，他与王渔洋、赵秋谷（执信）这三位是居处邻近的大作家，是很值得做并比的研究的。

第四辑，是关于祖国的大西北。本书作者暮年三四十年间即寄迹并寄情于此。这片草原，是大有研究余地的。作者深知，迄今尚有若干底蕴，未曾发掘而公诸于世。当清之中季，受到西方的侵凌，中国人才觉悟到研究西北学的重要性。本辑主要是追踪那些钻研西北学的先驱人物的足踪，看他们是怎样荜路褴褛的。

第五辑，是关于宋、明理学。作者一贯认为，宋、明理学在思维的水平和开阔度方面，是远逊于先秦的。不能说两个高峰；应该说，先秦是主高峰，宋明是次高峰。但在朱学与王学之间，我们对王学应该估价更高得多。它主张发挥主观能动性，对于后世形形色色的教条主义是一种对症的破除剂和补救剂。

第六辑，是对生平师友的一些纪念。往往从这样的文章中，看出作者的心声。试想："死生亦大矣，能不痛哉!"假如退一万步，对活人还要说一些半真半假的话的话，对死人是半点假话也讲不得的。不过，还要说明，这里收入的只是一小部分，其余因牵扯到活在世上的人，不得不从略。

1992年6月13日兰州

《赵俪生史学论著自选集》后记

要给自己的《自选集》写后记，根据我个人的体会，就等于写一篇自我检讨。

自然，这跟30年前的那种检讨，是截然两码子事。那是自上边贯下来，以“勒令”的方式下达，而自己也不能不按当时的“风俗”，给自己胡乱上纲上线一通。两方面都是不负责任的。

现在不同了，人已到80岁，回首一望，四海茫茫，心里想，也总该自己很好地总结总结了吧。

在20世纪的四五十年代到八九十年代，我勉强算得上是中国史学园地中的一朵寒葩，受到客观的和主观的限制，这朵寒葩总给人一种发育不正常的感觉。客观的云云，所指尽人皆知，就无需再说它了。主观的局限性，倒需要在这里说一说。我认为，在这方面我要分两条来表述。

第一，我将史学定为一生本业，为时未免晚了一些。这要吃些亏，在《自传》里，在《回忆录》里，我都记载了是24～25岁之时，我从新文艺的创作和翻译“跳槽”到了史学中来。我说过多少次，我的旧学根底只是一部《孟子》，而且七章之中只学了五六章。在这一点上，我就无法跟郭沫若和好友童书业相比，他们旧学根底是“幼功”，像梨园子弟自五六岁历三冬两夏之苦积累下来的。与他们相比，我简直是不堪以道里计。

可是我后来为什么也能够驰骋史域、似无挂碍了呢？回答是，我有一个“法宝”，那就是我在《自传》、《回忆录》里不惜频频记述的那个“追补”。这个“法宝”，是从追补代数、几何、大代数、解析几何过程中锻炼出来的。中年以后，追补廿四史、十三经。特别是追补十三经，它花费了我自50岁至70

岁二十多年的精力，我纯乎使用了万斯大、万斯同的办法，“非通诸经不能通一经，非通诸经不能穷《传》、《注》之敝”，我就是走这条路过来的。我缺乏“幼功”，这是无法追悔的；但用“老功”来追补，到头来不是也还像一回事吗？

第二，是我在从事史学操作中，在取向上有所偏。具体地说，在史学操作中，理性主义的努力和感性主义的努力总是结合着的，两者间要保持平衡与谐和。而我倚重在理性一边。对比起来，对感性一边就用力不够。试看，我当初介入史学就是带着理性进来的。举一些例。明清之际的遗民运动，是不是仅仅“地主阶级的反满派”？北魏帝国的作用，是不是像某个日本学者所说，是“东北方野蛮民族的能动性”救活了魏晋奄奄待毙的社会？西周的奴隶制，是不是像某位大学者所描述的那样笔直而又笔直、纯粹而又纯粹？人类的私有制是不是从一开始到它的末期总是同样地“凶恶”？中国的私有制有没有它自身的浅化阶段和深化阶段？社会发展是不是像“五种生产方式”描写的那样，总是单线的，可不可以也考虑复线发展和个别的变异？……我就是搅拌在这样一些问题里活了一辈子的。

史料，我不承认我不重视。考据我也不是不会做。不重视史料，我花几十年精力去“追补”二十四史、十三经干嘛？但我一辈子不抠擞史料，不处理像某人之卒年究在本年之十二月抑在次年之正月那样的问题。琐节问题，只有当它紧密地联系着大关节目问题时，不处理好它，大关节目问题就解决不好时，那么，琐节问题就躲闪不开地需要处理一下。但乾、嘉学派教给人的是，把大关节目先撇在一边不管，从琐节开始到琐节收尾，这样的路子怎么能叫后人服膺呢？

有一句话说，一种倾向带来另一种倾向。反考据带来的另一种倾向，就是在不知不觉中对史料的重视不够，对史料之增殖的迫切及不上对理论之增殖的迫切。这一点，我发觉到了，并且在晚年努力纠正它。

现在，该让我来描述一下我在具体收选这本《自选集》中的每一组文章时的心理活动了。

我平生第一个像样的科研项目，是农民战争史。这个课题大有可为，像我在《自传》中所写的那些专题，及今思之犹津津有味。但时令不好，风雪来得骤，也像敦煌卷子《寡妇赋》中的两个名句，“雹碎春红，霜凋夏绿”，一场农民战争史发展的美梦，就此烟消云散了。现在只选一篇，不过是由于这一篇曾蒙一位日本学者为之著文予以奖誉罢了。

第二个科研项目是中国土地制度史。这个项目我坚持的时间长一点，约20年。我从事这个项目，也有我自己的特点。我是从中国古代土地公有和集体所有解体的不利落，土地私有制中夹杂着公社残余和国家权力的干预，来展开研究的。一句话，就是从亚细亚生产方式的角度来研究问题的。这一点，被李约瑟注意上了，发函邀请我参加他的一次盛会，可惜恰好碰上国内不稳定，没有去成。

在这方面的具体文章方面，还可以说几句话。公社（Commune）这件事物，在先秦史和井田制中，是躲闪不开的，但郭老却说不能讲公社，讲公社就没有了奴隶社会；在北魏史和均田制中，公社已经不是躲闪不开的问题了，但唐长孺先生却说公社是均田农民之父，等等。当时，郭、唐是上古史、中古史的最高权威，我抖起胆来跟他们争辩，这文章就选在本集里。

再一个项目，是顾炎武。这项目原本不是这样的。原本是明清之际黄、顾、王三先生的比较研究。但黄、王资料多在南方，而顾晚年25年在北方，齐、鲁、秦、晋文献中多可觅到踪迹，所以研究中心不知不觉偏了，偏到顾一人的身上来。顾的一生，著作都很谨严；活动有时诡秘，也值得我们留意。1970年以后，我写过一部《日知录导读》，海内外的评价颇不谓恶，只可惜那都是些段段，虽然加一些《讲》，也流露一点晚年为学的心声，但究竟很难选到《自选集》中来了。

我自40岁以后，举家移居陇右，至今已40年，此生已不再迁徙。借到大西北的机会，接触到不少少数民族的文明成果，感到津津有味，不觉又延伸到历史上的少数民族的活动，做过一些研究，涉及五凉史、西辽史、蒙古在西域诸汗王史、帖木儿汗国史等等，由于条件的限制，这些研究多半没有达到应有的深度就又转移到另个方向去了。现在拿来选在《自选集》中的，仅是讲鸦片战争以来，中原学人为了救危扶倾把眼光转向西北史地、西北民族方面来的几篇文章罢了。

值得遗憾的，是有关先秦文化、有关《周易》的文章，碍于《自选集》系列书规格的限制，没有选到集子中来。“孔子老而好《易》”，一个人人生经验积累多了，自然而然对《易》的体会就深一点，人们说，等下本再选入吧。可是到那时，怕已经“隔世”了。

感谢金景芳先生，以95岁高龄亲为此书撰序；感谢白寿彝先生，刚出医院就亲笔为鄙书题签。盛情高谊，当至死不忘。感谢山东大学前后两任文科校长乔幼梅同志和齐涛同志，没有他们的大力支持，有关鄙人八十的两本书是不容易以如此快的速度、如此精美的装帧与世人见面的。感谢责编王桂琴同志，她冒着酷暑，砣砣编校，不过她是我的潍坊同乡，所以就不多饶舌了。

1996年8月8日立秋后一日

写于兰州大学22楼之209室

《中国通史史论辞典》*序言

但凡有过教与学经验的人都知道，受教的学生们喜欢一种教法，不喜欢一种教法。他们（从高中生到大学生到研究生）不喜欢的，是一种平铺直叙的、人云亦云的、重点不突出或者根本没有重点的、不提出问题不解决问题的课。他们喜欢的，是重点突出的、提出问题并在一定程度上解决问题的、从而鼓励和启发了学习者的兴趣并从实际中诱导了学习者的独立操作能力的课。我们讲中国通史的，也不例外。当然并不是说一堂课50分钟全讲争论，不是这个意思。全讲争论，势必对讲授内容的系统性、连续性起一种伤害作用。我是说在系统知识传授的基础上，一定限度地诱导一些争论，这对启发学生独立思考、独立操作能力方面，将起到很好的作用。我从事历史学研究多年，并经常指导本科生和研究生的论文，深感中国史学范围中课题甚广，论争甚多，要具体了解各家之论点、论据，查阅资料也甚为费时费事。如有一部集诸多争鸣性问题，予以介绍的书籍，定会给史学研究工作带来帮助和方便。

在这个问题上，宝琦同志和我有同感。宝琦同志和我是50年代山东大学的老相识，近十年来他在信函中经常抒发这一方面的感受，得到我的响应。也许，这就是他后来挺身而出、一心一意要编这么一部《辞典》的最早的契机。在中国通史（包括近代）范围内，已经争论过和还有争论价值的问题，很多很多。有大型的，有中等的，也有近乎琐碎的。大型的，如开国之初的所谓“五朵金花”等问题，1983年《历史研究》编辑部已出过一本《举要》，对老师备课和学生复习都起了很好的作用，就是明显的例证。但大型问题之外，中等的和甚至琐节上的争论，在教与学中有时也很需要。我们很难要求老师们，在他

* 此书由赵俪生、孙宝琦主编，黑龙江人民出版社，1992年9月版。

们的备课过程中，在他们平时的阅读网络中，这些大大小小的争论已被他们统统钩稽到、网络到了。想到这里，自然而然就感到编一部这方面的辞典，是非常之必要的了。

我也是一名教历史40年以上的教员，对以上所说的，亲身有所体会。举一些例。（一）对中国上古水利灌溉，我是在与人争论并自我辨识中，提高了认识也提高了教学的。开始，有的书上照印度和伊朗的“框框”套，说先有了灌溉然后才有了方块田。慢慢觉得不是这样，上古沟洫是排水的，而方块田在甲骨中已有刻录了。中国水利是战国秦汉兴盛起来，那时方块田已败落了。在讲课中把这件周折说清楚，也表示了争论在通史讲授中的作用。（二）井田和均田，是上古和中古历史上的两大田制。讲通史也逃避不开，要交代。但两种田制与农村公社的关系怎样？有的学者说，讲井田不能讲公社；又有的学者说，均田制带着东方公社色彩，说国家是农民之父。公元前七、八世纪没有公社，公元后四、五世纪却有了公社，这怎么办？经过研究才知道，井田时期是有农村公社，不讲公社是交代不过去的；均田时期私有制和阶级关系已经深化了，公社只是残余形式。把这些内容结合详密的考证和论证讲给学生，学生方面会产生感受。（三）资本主义萌芽也是个大问题。过去人们喜欢划杠杠，有人把杠划到晚唐，有人划在宋，有人划在元、明之际，有人划在明嘉靖、万历。并且一方总说另一方不对。那么，我们讲时划在哪里？后来逐渐明白，资本主义萌芽，也如暖气源源袭来，不是一次而是多次。封建后期，个别发达地区总有萌芽现象出现，只不过嘉靖、万历更茁壮一点而已。说自己一方对，说另一方不对，是不应该的。（四）明太祖朱元璋是个大历史人物，可是每讲到他，教学双方都感到有难度，起义领袖和封建大皇帝中间怎么统一起来？为此，报刊上周折了很长时间。其实，不要把农民领袖和近现代革命领袖在想象中划等号，此其一。封建皇帝为了他自己的统治，他也要为国家做些事，此其二。把这两点联系起来，不仅可以把朱元璋说通，并且可以使学生减少一些绝对化倾向……从以上这几个事例中，我深深感到史论对通史的教与学之间的紧密关系。也正是由于这一点，我才对这部《辞典》的编著工作，自始至终给予了由衷的支持。

但我本人终究是七十三四岁的人了，并且兰州距离上海又比较远一些，所以除与宝琦同志频繁联系外，其余终于落了空，但我对这种“落了空”是并不甘心的。辞典全部工作，是在黑龙江人民出版社副社长田兆民同志的支持下实现的，是在宝琦同志协同上海师大、哈尔滨师大、中共中央党校、上海政法干部管理学院、上海市区业余大学、复旦大学、华东师大、湖南师大、江西师大诸校老师们的辛勤编写下完成的。我给宝琦同志写信中说出了我的惭愧心情，并说将以撰写《序言》来“立功赎罪”。现在，《序言》已至结尾，我发现即便这慢“功”也立的不怎么样，但也只好如此了。

1989年12月12日于兰州

《古代西北屯田开发史》*序

这部书稿，自从创意编写，到达到付印水平，这中间一晃就是十多年的时光。拖拉如此之久，这是应该向出版单位和读者道歉的。不过，我们还有我们的困难。写这么一部不小的书，一两个人是很难胜任的，不能不集体编写。幸而集体之中，颇有几位“行家里手”，如清代部分、汉代部分，甚至唐代、宋代部分，其撰写者都是在其各自的历史段落中写过专著或论文。写过专著，再凝缩起来写成屯田通史中的一个分部，那就越发能够显示其驾轻就熟的优越性了。这一点，是在对不起出版者和读者的心情中，稍稍可以自慰的。

屯田是中国历史中的一件大事。凡是讲过中国历史的老师（不论是小学的、中学的、大学的、讲习班的），都省略不下“屯田”这个“节目”。作为制度，它由粗创到一步步细致化；作为作用和意义，更值得我们细针密线地分析。粗略说来，它是一种土地国有制，而土地国有制又是介乎人们财产（土地是其中很重要的组成部分）公有制和私有制中间的一个两栖因素，也是一个变异因素。因此，它经常会起着一种调节的作用。具体说，土地私有制的体现者是历史上各种类型的私有主（通常叫地主），它从劳动人民身上取到的，通常叫“私租”。土地国有制的体现者是国家，一种很高的，或者说最高的权力机关；它从劳动者身上取得的，通常是一种劳役租形式，到后期也有慢慢衍化为实物租甚至货币租形式的。它的租额，一般比私租轻，因为这种租额就其衍变的渊源看，是来自“国税”。“私租”是土地私人所有权的体现，“国税”是国家管理公众事务职能的体现。二者不仅在税额轻重上有所差别，在剥削的意义上也有所差别。在这一点上，屯田常有某种原始公有制的后裔的味道。有些农

* 此书由赵俪生先生主编，甘肃文化出版社，1997年10月版。

业劳动者（各个历史段落上带有不同身份特征的农民）往往宁愿选择土地国有制，这一点使得历代的屯田都有其一度繁荣的历史。

我们再从地域来看。自古至今，差不多都是东南经济发展较快，西北和西南经济发展较易受到阻滞，这自然和气候、土壤有很大的关系。在经济容易发展的地区里，往往私有制发展较快，小片土地的分割比较严重；而在经济发展容易受阻的地区里（例如西北），私有制不容易发展起来，于是大片大片的荒地就自然而然留下来由国家牵头组织人民，特别是组织军士来进行垦种了。这就是我们这本书创意写作的特殊性之所在。从这里面，可以看到开垦荒田为熟田，有效地获取军粮，巩固军队，巩固国防，稳定国家粮食生产，保持西北和东南间经济发展之一定的平衡，一句话，保持国家的统一和稳定——这种种的作用。

再从民族关系方面来看。历来的情况显示，主干民族总是住居在中原，少数民族大多住居在东北、西北和西南。它们中间的关系，在古老的年代，由于各种水平的低下和原始，总是表现为征服和被征服的关系，或者说你杀我、我杀你的关系。可是，跟随着经济和文化水平的逐渐提高，这种关系由残暴转向文明，人们在族与族间寻求往来、沟通，渐至于相互间取长补短，趋于一致，以至于融合。屯田在这一方面，成为重要的纽带。我们在历史上经常看到，开始是主干民族的民屯，慢慢地附近老百姓也聚拢来，或者加入民屯，或者自立军屯。再慢慢地，少数民族的人也聚拢来，他们之间交换籽种、农具，互相在风俗习惯方面感染，男女通婚……最终，民族间的隔阂也逐渐消除，民族差异也无形中大部分消融了。所以说，从屯田上最容易看出民族间的谅解和融洽。

可是，屯田的历史，并不是一鼓气连绵着的，它有盛有衰，有兴建和破坏，又有再兴建和再瓦解，总是跟着朝代的兴衰而起伏。理由很简单，它有朝廷办的，军队办的，朝廷和军队兴旺时它也兴旺，朝廷和军队衰败时它又经常成为叛乱的渊薮。可是等新秩序恢复时，在老屯田的废墟上建立新屯田，也往往有驾轻就熟的方便。

屯田一开始，自然是自然经济的，带有强制的味道。但慢慢地商业和货币的联络网也会孳生并且贯穿起来，也会产生借贷、租赁、雇佣等现象，因为到头来这也是一个小社会，是外面大社会的反映。总之，屯田在生产力和生产关系方面，都会有它自己的创造和创新，它反转过来，又会替中原的大社会提供新的素质和影响。

我是这个研究和写作组合的所谓的牵头人。可是，我这个头牵得很不好。自然，年龄是个很重要的因素，我写序时已经78岁，耳欠聪，目欠明，所以只有“短衣匹马随李广，看射猛虎终残年”了。这就是说，虎是别人射的，我不过跟在后边罢了。就连这篇短短的序言，也是依靠自己当年曾亲自射过虎时候积攒的一点旧“底”，盲人瞎马地乱写一通罢了。我写这些，意思是要表达自己的深深的惭愧之情。

再一次请求读者和出版者多加原谅。

1994年12月25日写于兰州大学之22楼209室

高昭一《回首忆当年》序

我妻高昭一同志癸酉年已满79周岁了，按虚龄整整80。我们一家人商量如何替她庆祝八秩大寿。有好几种方案。有的主张设两桌宴席，友好家属，欢聚欢聚；有的主张到灯料行访问一下，看大陆有没有那种“寿”字电磁管灯出售，装起来也形成一种气氛；最后，还是确定下来，把目前这部回忆录稿，自家庭储蓄中支出一部分充当印刷费，印成一本书，留给子孙和教过的弟子们，做个纪念。旧时代这样做的例子很多，他们刻成木版，藏之家塾或者家祠，留给后裔。反正，它是不向全社会扩散的。

为了付印，我把原稿又精读了几遍，自愿担任了像责任编辑那样的工序。在这过程中，我深深感觉到，这不仅仅是她个人的活动纪录，也是我（我是她的“半边天”）的纪录，也是儿女们早年经历的纪录，总起来看，又是20世纪自20年代至90年代间社会变迁的纪录。这短短38个章节，其实也是一部历史。

高昭一同志与我结为夫妇，一转眼已56年，“金婚”过去了。“翡翠婚”过去了，现在就再等4年，到“钻石婚”期了。我们虽然共同生活了这么些年，但各自在性格方面仍保持着差异，这在文章风格上也表现出来。譬如说，刮起风来，我是在大门口顶着，她在后院里顶着。几十年下来，我的折损率就比她大。我慢慢产生了“刚”中之“柔”，比年轻时候诡谲了些，文章风格也表现为胆怯、逢事想说又不敢说、又不甘于不说，文风就曲折了。高昭一同志不是这样。就在“史无前例”时期，她的身份也与我截然不同，她是“人民内部”；而我是“敌我矛盾”，后来转化为“敌我矛盾作内部处理”、“帽子拿在群众手里”。举一个例。本市另一座高等院校的一位党委书记忽然被怀疑为“汉奸”，他的名字与我们在晋西北一直工作的同志韩昌泰雷同，于是“神话”编造出来了，说原来那个老韩并未被日本人毒死，而是投敌了，日本投降后他转到晋南摇身一变，又成了老干部。对这件事，可充证人的只有我夫妇俩，但方式很不同。对高是用小汽车接送的，并呼之曰“先生”；我是由牛棚里提出来，由两个院校红卫兵各二人押着，乘敞篷吉普来去的。当然证人作用还是起了的，“这鸭头不是那丫头”。我们二人总算替一位无辜的老干部帮了一个忙。

我说这些的意思是高昭一同志文风梗直，不喜欢打弯。不但文章，就连她这个人也是不打弯的。时下有句惯用语，“买账”。不管这词的含义是好是坏，在我呢，实在非“买帐”不可的时候也只好“买账”，而高昭一同志我和她过了一辈子，她是“绝不买账”的！凭这一点，她没有白活了80岁，没白受了这一辈子的“折腾”，留下了这样的人格，留下了这样的文风。

1993年2月18日雨水节

王劲著《邓宝珊传》*读后

这是一本值得向读者推荐的书。我这样说是有我自己的理由的。

首先，写邓宝珊的传，天然的难度就很大。我们经常喜欢说，“解剖麻雀”，意思是难度不小。但邓宝珊先生则远远不是一只麻雀，他是一只山鹰，一只大西北的山鹰。他翱翔的地域很辽阔，关系很多样。他和胡厉生、杨虎城、于右任、续范亭、邵力子、傅作义、董其武等，都有很深的人缘关系。他和陕甘宁边区以及毛主席、周总理关系也不可谓不密切。他在榆林，是独据一方的“节度”，但他不具备普通“节度”所具备的“大老粗”性格，他有“小诸葛”之称，这是天水人的特点之一，文武皆备。可是他又不是一个模棱两可的人，他能看清方向；假如看不清，他就不会在和平解放北平过程中，做出那么卓越的贡献。总之，这只山鹰是不容易解剖的，可是在这本书里，作者从容地解剖了。

其次，写邓的传，作者假如不具备多方面的修养，也是很难完成任务的。我的意思是说，思维高度、分析方法、实事求是不偏不颇的主宰力，再加以勤奋搜集资料的毅力，在这些方面，只要哪一方面稍稍虚弱，在成品中马上就有反映。举例子说，在国民党和共产党中间，邓先生究竟是哪一边的人？问这个问题的人，本身就不免幼稚、简单化，希望得到“左”的或“右”的结论。邓是邓，不是别的什么人，他遨游于两大之间，推动了一些什么，截止了一些什么，本书作者所写出的，正是这样一个具有自己特点的历史人物。没有一定的不偏不颇的主宰力，就很容易把人物写偏了。再者，这是一个中国近现代史上的人物，这跟古代史人物不同。研究古代人物，基本资料是整方整块的，有定

* 此书于1988年3月由兰州大学出版社出版。

额的，当然也不排除稗史资料，但究竟是少量的；近现代史人物资料是极其零散的，要到角角落落的地方去寻，举例来说，假如没有图书馆特殊保存的邵力子主甘时的报刊资料以及邵力子故乡浙江方面一些纪念资料的话，那么邵、邓主甘一段就写不成。总之，不要小看写这么一本篇幅不大的传记，假如缺乏方法论和资料学工作经验，缺乏二者中之一，或者二者全缺，那么这本书就远远不会是目前的这个样子。

再其次，谈到文章。一篇文章、一本书，主要是看观点，还要看资料，但还要看文章。光有观点和资料，没有文章，也上不去。就是说，要有点文笔，有点文采。作者在这方面，据区区弊见，也不是下乘的。作者娓娓的叙事之笔，是足以引人入胜的。但稍嫌弱一点。假如笔头子再硬一点，那么邓宝珊人物形象，像一幅油画像一样，将更加栩栩如生。

王劲同志自1961年起，担任我担任的《中国通史》课程的课代表，历五个学期之久。课代表是沟通教师与学生间意见的，王劲同志做的很茁实，很稳妥。至今忽忽二十六七年，际兹《邓宝珊传》问世之际，不揣老朽，爰为写出敝人一孔之见如上。

程兆生《金城漫话》*序

时下流行的地方特色介绍性质的小册子，已经读过不少了。可以说，满意的很少。主要原因是，那些小册子的作者，没有花费足够的精力和功力，随便翻翻方志，随便打听一点民间传说，掇拾掇拾，补缀补缀，就出版了。这样的书，对于那些匆匆一过的旅游者，并不能说没有一点价值；但假如更追深一步，就会发现内容肤浅，甚至包含错误，更甚至很严重的错谬也在所不免。

目前这本书却不一样。当作者把原稿50个稿本拿给我看的时候，我最初的臆想：“也不过掇拾、补缀一类而已。”由于忙，我先请我的两位助手读一读。他们仔细读过后，回来说“很不坏”。于是我就花费了差不多十天功夫，一篇篇读下去，古话说“是亦有心人哉！”我读完这50个稿本后的感想，就是本书作者确是一位“有心人”。他怀着对兰州的满腔热情，根据多年积累下来的资料和传闻，一篇一篇地写下来。说是方志吧？它没有方志的陈旧格套，说是导游资料吧？它不使人感到肤浅。当然，这还不是什么科研成品，但其中已经收纳了不少科研成果了。当然，在这本书中也不排除错误的存在；但以我所见，错误恐怕已压缩到最低程度。这样，已可以心安理得地应作者之邀，来写这么几句推荐的话了。

我个人的家乡，距离兰州甚远。但自从居住在兰州，一转眼已30年了。这已是一生的七分之三。所以说，兰州是我的第二故乡，怕不存在问题。这就是说，我对兰州、甘肃、大西北，也是有感情的。带着这种感情，我写了如上的一些文字，敬请通家、专家指教。至于具体意见，已另纸写成小册呈给作者，想来作者会融入书中去的，故此处不赘。

1986年5月8日于兰州大学

---

* 此书于1987年4月由甘肃人民出版社出版。

陈连庆《中国古代史研究》*序

连庆兄长我一岁，先我而去了。侄女陈翰写信来，叫给文集写序。这意思我是明白的。旧籍中一位学人逝世，其墓志碑传，全是托付得人，而被托付者也都能“不辞而为之文”。但要我来承受这种委托，是有局限的，也就是说，有合适的部分，也有不合适的部分。论情谊，应该说是够了，我二人同事虽仅半载，但其后神交40年，鱼雁频通，学术见解几乎尽同相是而无所忤。但论学问，特别是所谓旧学根底，我却望不到连庆兄的项背，他太渊博了，根底太厚了，让我来状述他，怎么能配得上呢？我说这话，丝毫不带有谀人或自贬以示谦抑的意思。有井水饮处皆知我最不富于谦抑的品性。我说这话的意思，是要把连庆兄一生晦为人知的一些底蕴留给后世。我很快也要随连庆兄而去了，我再做作谦抑，又有什么意思呢？

大凡一个人活在世界上，免不了要受他所处环境的这样那样的诱导与奖进，也免不了要受他所处环境的这样那样的抑制和局限。有时，这些外力是无可超越的，自己无可选择的，也就是说，不以自己意志为转移的。这几天我们从电视中看到巴格达住进指定公寓里的那些美英平民，他们能选择吗？同样，60年前日本军阀统治东北近20年，这对连庆兄来说，能选择吗？当然，个别东北人跑到重庆的也有，跑到延安的也有，但那究竟是少数，绝大多数还不是在水深火热中忍受过来。试想，这不是一年两年，而是15至20年呀。在我与连庆兄的应对进退之中，我深深体会到这件无可超越的事在他身上打下的沉重的烙印。他在骨子里更顽强；但在表面上更晦黯。这个特点，从他的全部学术上也可以体察出来。

---

* 此书于1991年12月由吉林文史出版社出版。

我常说，我平生有两位最爱谈学问的朋友，一位是童书业先生（号丕绳），另一位就是连庆兄。他二位都是谈起来没有完，两三个小时持续下去，由于兴趣充沛，所以谈者听者均不感疲劳。但两位在方法论的方向性上，却截然反背。丕绳兄最爱谈观点，他的话往往总是这样开始，“我又有一个新观点”。你仔细听下去，观点，观点，他与古往今来的观点有什么差距，与另一观点又有什么差距，几乎一点史料的事儿都不沾。可是等他过几天写出文章来时史料全托出来了。连庆兄与此恰恰相反，他是史料，史料，一直是史料。你仔细听下去，有微妙的体会。那就是说，他的史料不是三刀两爪子现抓现拿来的，也不是为了说明某一结论有意组织起来的，他是从长期自如的读书中涵泳出来的。那么自然，那么绵密，一点不沾强证成说的迹象。我懂得这样子谈学问，是很不容易的。他一句不谈观点，你听过之后，经过反思，他的观点本身，不就埋藏在谈话之中么。

这两位都是魏晋封建说的主张者。但表现又有不同，丕绳一直有惧怕什么的心态，总是担心会与某权威相抵触，所以写文章时不免把观点变来变去，给别人留下的印象不是最好，自己也经常说心不谓妥。连庆兄有没有惧怕心态我说不清楚，他的办法是藏在肚子里，不表露。他在晚年的自述里说，十一届三中全会以前，他只发表过一篇文章；三中全会后的不到十年里，他一鼓气发了50多篇。三中全会以前的那些悠长岁月，也就是他有受抑制感的年代，也就是他顽强而晦黯的年代。试想，80年代在南湖的会议上，还有人说魏晋封建说是“托派理论”嘛，你叫连庆兄如何不晦黯呢?

但在我看来，只有连庆兄才够得上是魏晋封建说的盟主，只有他才是中国历史上奴隶制的彻头彻尾的研究者。他研究了西周奴隶制的早期性，继之他阐述了春秋的过渡性，然后他揭示了从战国到王莽间360年古典奴隶制在中国历史上之降格的出现。他对债务奴隶和西汉小农破产的研究，是精湛的。再继之，他又研究了奴隶在北朝和南朝的残余，作为尾声。这样，他对中国历史上的奴隶身份，也就是说，人身的全强制身份，亦即经济强制与超经济强制加在一起的一种强制，自始至终，自浅到深，自初期到发达期到衰落转化期，做了细致、绵密的研究。在这方面，他和有些人是区别着的。那些诸公们，往往是只抓住几条条死抠，有的抠经典文段，有的抠罗马史，有的抠《左传》、《史记》中的只言片语，以及与这些只言片语关联的若干琐细考证。他们给人的感受是醒目的；但也是单寡的。连庆兄不是如此。他从一种类乎“南高派”[①]的学风出发，慢条斯理地进行罗列，比较，分析，从更广阔而不局促的天地里强化自己的说服力。现在，这些文章都收在本集之中了，读者可以自取。其实，外国学者凡要真正搞清中国古史分期问题之究竟者，满可以将本集内的一些精彩片段摘译过去。

连庆兄并不单止研究历史上奴隶身份的衍变，他还结合了土地所有制和兵制来综合在一起研究，这样不仅仅加深了对奴隶制的阐述的说服力，并且对井田制、屯田制、占田制和均田制都有了更透辟的看法；他对占田制的种种阐释，是精湛的。这种透辟和精湛，据我的理解，是由跨越而来。过去搞历史的，讲究搞先秦的不涉两汉，搞两汉的不谈魏晋，这样搞出来的学问是狭促的。连庆兄不是如此，无论讲课也好，写论文也好，总是跨越三段，这在不知不觉之中，使自己史学幅度宏阔，见解通达。那些只会拿一点竹头木屑教给学生的，虽然自己也沾沾自喜，但到头来只可能是三家村的学者。

任何人都有局限，连庆兄也不能例外。譬如说，“文”、“史”、“哲”三个方面，连庆兄一生是相当地集中在“史”上了。对于“文”（文学），他在自述里说过，他对诗词极饶兴趣。我也听到过他谈诗，那是很精妙的。但他自认缺乏灵感，所以一生不以辞章擅扬。“哲”呢？这当我考虑连庆兄一生时，不能不是一个谜。他读书如此渊博，不能说对孟、荀、老庄以及程朱陆王没有心得体会。他为什么不写文章呢？这问题，在他生前我未及问他，而今已莫及了。可能这与50年代60年代的学风有关，那时讲历史最著重经济基础，至于社会意识和人们心态对经济基础的反作用，则是到80年代才被普遍关切的。但潮流是一回事，自己在肚子里的又是一回事。当时潮流不提倡，我们私下里照样搞，这样的经验是很多的。那么，连庆兄为什么不、或者很少涉入哲学呢？我这样想并且这样问的原因是，历史是少不了哲学的，也就是说，少不了理性思维。理性思维能使感性史学发生惊人的变化，产生升华的认识。连庆兄不搞这些，这一点上我至今困惑不解。另还有一种揣测。有一位非常权威的老一辈史学家评论章学诚时曾说：“读书少的人爱发议论。”这句话的逆反命题自然是：读书多的人就发不出议论来了。连庆兄是否因为读书太多就自我抑制了哲学兴趣和理性思维了呢？姑悬此，以待后世高明者的论定。

---

① 指以柳贻征、缪凤林、向达为代表的原南京高等师范的一派史学风格。

据说，责任编辑同志许诺我可以秉笔驰骋，万字不禁。但我究竟是老了，就这四千字，已经是断续想了四天，写了四天，只好结束。连庆兄很爱的两句诗是："天意怜幽草，人间爱晚晴。"我认为，用"幽草"自况是不确切的，连庆兄哪里是幽草，他是一片东北大森林，茫茫无际。"晚晴"倒是确切的，在晚晴的光辉下，连庆兄一生呕血之作才得以按目前的样子托给人世，托给学术界。连庆兄有了这部文集，庶几乎可以不朽了。

1990年8月25日于兰州

春波和我

——《古史钩沉》* 代序

70岁以前，对于为人写序这样的事，我是一直坚决地婉言推拒的。理由很简单，我算什么，我有何德何能，哪一点配给人写序？为此，还开罪过几方人士，甚至说我有架子。呜呼！我是一名卑微到不能再卑微的人物了，像蝉的幼虫一样，是活在很深很深的土里的，架子从何而来？但到70岁以后，我这堵堤坝不知不觉也被时代潮流冲了几个窟窿，掐指算来，也为人写过几篇序的了。

但在我们中间，春波老棣，应该属于另当别论。我们中间有一点缘法。我常常这样想，人缘和地缘总是纠缠在一起的。具体说，是指泉城济南，在它的怀抱里，我前后两度缔结下平生可贵的翰墨之缘。第一度发生在43年前的1948年，那时王耀武刚刚打垮，我从华北调来当个小干部，工作之余，我就主动到经十路王献唐先生的“三家村”去拜访，去请教。王老长我21岁，老家日照（海曲），与我老家不过百里之遥，都属于“胶东”这个片片。转瞬之间，王老辞世已整整30年了。当他弥留之际，我正在河西祁连山下接受劳改，无法亲侍床笫。王老学问之浩渺，像我这样再活三辈子也不堪望其项背；但我一点也不自卑，王老也并不因此而不看重我，因为他老人家聪明绝顶，他会看到除开我之所短之外，也有我之所长；时代的增新，也为我的所长增翼，例如哲学，严格的汉学家是不搞的，只搞考据。王老就像“宁都三魏”的魏禧那样，对青年王源（昆绳）这匹“抉缇之马”表现出又约制又宽纵的复杂心情。

话又说远了。现在说第二度缘法。8年前的1983年，我从兰州到山东大学做半年的讲学，春波不声不响来听课。有一天在四大马路书店里碰上了，他主

* 此书于1995年5月由（天津）历史教学社出版。

动上前打招呼，我们就结识了。我长于他32岁。他老家潍邑，距我家乡不过60里。他中等个，微胖，一支脚似乎稍稍不良于行，是一位军官的儿子，没有拿过什么高等文凭。他思路纵横绵密，如抉缇之马。当然他有他的所短，但也正如我以一个31岁的小伙出现在王献老面前的时候一样，我也不是十分不聪明的人，我也懂得他在所短之外，有其所长，并且随着时代的增新，所短日有所补，所长日有增殖。羽翼渐丰，有朝一日就会如垂天之云。我们的缘法，就是在这样的认识上缔结下来的。

春波一进入学坛，一上来就搞先秦史，先秦经、子，先秦思想，先秦文化。这没有很大的勇气，再加以卓识，是很难达到的。在这里，我有一段新义，准备借题发挥一下。我是说，一个人一辈子专精的方向，是很难确定下来的，以我为例：最初想专精英语，其中带有甚深的谋生气息，因为翻译稿子可以赚稿费，当外语教员可以拿薪水。后来感到光图“谋生”不行，还得远大点，才开始搞历史。可是一开始胆子小，只敢搞明、清。慢慢胆子一天比一天大，从时代上由明、清而南北朝、而秦汉；从范围上由人物、思想而社会经济、而阶级斗争；最后60岁以后，才落到先秦历史、先秦文化上来。到这里，“妾心古井水”，再不动的了。不少人拿我这一生的治学，作为奚落的话题，说我像《后汉书·马伏波传》里的一句话：“类西域贾胡，至一处辄止。”又有人说，我像梁启超和章学诚。这个话，在我看来，不是贬低我，而是拔高我了。试想，我何人斯，而敢与实斋、任公相比拟?！但我要严肃地说一句，像我这样这边爬爬、那边滚滚，一辈子算下账来，我感到我没有吃亏，而是赚了很大便宜的，我要比那些考证竹头木屑还沾沾自喜的先生们，要开阔得多。我爬来爬去，没有白爬；滚来滚去，没有白滚。我沾了满身的泥土、落花、落叶、木屑，到头来，我的综合能力得到了培养。

春波一上来就搞先秦，是会遭遇种种困难的，但这不要紧，许多根底方面的东西是会追补起来的，我们不可被陈寅恪先生“不敢读先秦两汉之书”这句话吓倒。而春波搞先秦还有很大的优越性，就是他思维的幅度广，思维力锐利，别人想不到的那些面，他会一个一个去想。这样是会开出很大很大的花的，这一点我敢预言。但顺便提一句，等这花开出来的时候，我个人化灰约已20年，正如王献老化灰已经30年了一样。

1991年3月27日，兰州

校后记：兹春波同志2001年6月不幸以51岁过早逝世，书此志痛。

《河陇史地考述》*序

中国历史长，地面大，所以历来治中国史的往往采用从时间上截取一段、从空间上截取一片的办法来研究，这样就有了断代史和地域史这两种史学品种。守忠同志一生研究中国史，在断代上重点研究《宋史》，在地域上偏重西北史，或曰甘青宁史，也就是书名上所标的“河陇”的史事，因为这是他的乡土。过去常说的一句话，是“热爱祖国，也热爱自己的乡土”。前辈学者张介侯、慕少堂、冯国瑞诸先生已经这么做了，守忠同志继他们之后又做了大量的工作，其中是深深蕴藏着对自己乡土的热爱的。

底下，我准备说另一码事。50年代后期，我也像很多人一样入了“另册”。那个变化是新奇的。不仅仅像溥仪别人不再叫“皇上”而改叫“老溥”的那种感受，有远远超过的情节，像好端端教过、而且心爱过的学生，竟打起耳光来了，而且打的那么真诚，那么凶狠。当时，守忠同志一度是顶头负责管理我们这种人的人，但他与上述情节截然相反。记得一次国庆节前夕，他代表系总支对我们“训话”，却用了抱歉和悯人的语调说，由于上头有文件，你们暂时不能回家，明天从广播里只要听到天安门的讲话一讲完，你们就可以随便活动了。这是几句普普通通的话，但我从中嗅到了浓烈的人道气息。“仁者，人也”，这短短四个字的一句话，我是在听了守忠同志那一席话后更明白了的。

傅青主有两句话，“由来高格调，发自好心肝”。我今年76岁了（守忠小我4岁，也72岁了），深深体会到这心肝之好与心肝之不好是大有区别的，和做学问也有关系。时时存心害人的，学问也不会真正做的好。仁民爱物的人，写出文章来，即便没有那么花哨，它是朴实的，其中藏着一颗好的心肝。

* 此书陈守忠著，兰州大学出版社1993年11月版。

我研究顾炎武，不仅仅表彰他的“学”，更着重表彰他的“行”。今于守忠同志，亦然。是为序。

1992年9月2日于兰州大学

《中亚史地文献综述》*序

自从东部沿海的改革开放日奏成效以来，西部开发就自然而然提到日程上来了。全国人大常委会副委员长费孝通先生为此颇动了些脑筋，写了系列性的文章。西部和东南沿海是有着很大差异的，第一是地理方面的，如黄土高原、戈壁大草原，等等；第二是民族问题，在西部不仅存在着少数民族，而且存在着几个在历史上发放过巨大能量、曾经对中原施加过这样那样影响的少数民族。近代以来，一些西欧的、东欧的、东亚的国家很早就对之感兴趣了。他们的考古家、探险家、旅行家，较中原人们更早地涉足到这一地区，涉足到这些民族中去并留下了一大堆这样那样的记录。

鸦片战争惊醒了中原的人们，使他们把眼光转向西部，转向民族的研究。徐松写了《西域水道记》，张穆写了《蒙古游牧记》，何秋涛写了《朔方备乘》……这个端绪就启开了。国民党时期有个“蒙藏委员会”，也办过两种刊物。解放以后，兰州大学办过一个《西北史地》季刊，发刊至今，已逾十年，不少学者在上面发表过有分量的文章。接着，西北民族学院的《西北民族研究》大型季刊也发刊了。再接着，甘肃省民族委员会的民族研究所也发行了相应的刊物。加之敦煌研究和丝绸之路研究，以及相应的旅游业的发展，可以说西部开发这个题目，近年来是越做越热闹了，未来的前景也是极有希望的。

但是，有句老话叫做“前事不忘，后事之师”。对于当年那些西欧的、东欧的、东亚的探险家、旅行家、考古家所留下的记录，我们也不可忘怀，不可置之于不顾。有些当年考察的痕迹后来已经见不到了，此其一。那些考察者们是不是有个别的带有“觊觎”心态呢？也说不定。窥察窥察他们那些“觊觎”

* 此书由满达人编著，兰州大学出版社，1995年3月版。

心态，提高一些我们中国人本该有的爱国主义，这也是本分的，不应该受到什么指责的，此其二。

满达人同志早年曾去日本考察，对30年代前后的日本文化成果，是做了充分吸收的。近40年来，达人同志又较长期供职于兰州大学图书馆，兼及教学科研，泛览各种各样的资料。兰州大学图书馆的收藏不能说是尽善尽美的，比起首都几家最大型图书馆来，自有其逊色之处，但有些收藏也颇足自慰。达人同志寝馈其中，见到与西部开发有关的资料就辑录下来，加以日本学者之所辑录，就完成了目前才摆在读者诸君面前的这部书。

达人兄与我同龄，我们都是七十六七岁的人了。在兰州大学同事，已近40年，有着深厚的友谊。际兹达人兄《中亚史地文献综述》问世，嘱我写一点什么，谨黾勉应嘱而为之序如上。

癸酉上元书

《徐夜佚诗辑录》*序

清初明遗民的活动，是清朝前半截历史上的一个不容忽略的课题。

但在本世纪50年代，这件事却曾引起过争论。当时，多民族大家庭的共和国刚刚成立，拿历史与现实相影射的心理总是难以去除的，于是康熙被绝对化了，谁反对康熙，谁就带上了消极的意义。遗民们是反清的，于是被定成“地主阶级的反满派”和“地主阶级的降满派”（汉奸们），二者处于差不多的地位和意义。这就值得争议了。

不错，清末像章太炎提出来的口号“驱除鞑虏”，拿到多民族大家庭的年代中来看，是狭隘了；但在当时是革命的，毫无问题。这就需要用辩证法来处理，按时间、地点、条件的不同具体分析，获致各自符合实际的结论。

满族及其帝国的卓越人物——康熙，反映了历史的前进脚步：他们完成了统一，并且扩大、强化了这种统一，从而也促进了经济的繁荣。但这些是从以后的“功业”中总结出来的。清初遗民们看不到这些，他们看到的是：大明江山没有落到李自成之手，却落到满洲贵族之手了；而满洲贵族一开始也不懂得政策，什么剃发呀，什么圈地呀，什么屠城呀，这些在在都引起了汉族人民的反感。这种反感是自然而然的，无可谴责的。这些“人民”，按严格逻辑来界定，地主也是其中的成分。但必须指出，不是唯一的成分。试到这种抗清资料中去查，其中有农民，有手工业、商业者，有知识分子，有少数民族，特别重要的是，是还包括农民革命的若干老干部。当然士绅也是大量的，并且在封建社会士绅总要出头露面的，这毫不足怪。但无论如何，拿“地主阶级”的阶级帽子来扣在遗民运动的头上，是无论如何扣不周严的。

---

* 此书于1993年11月由天津古籍出版社出版。

我个人对遗民运动感兴趣，是从全祖望及其《鲒埼亭集》开始的。在那部书里，把清初浙江地区的遗民活动，可以说勾勒得淋漓尽致了。这就给我一种启发，我们不也可以学习全祖望的精神，把浙江以外其他地区的遗民运动研究研究吗？当时我居家陕西，把山（西）陕（西）的遗民运动的资料进行了初步的搜辑；我又是山东人，后来又把山东的遗民运动资料也做了一些搜辑；特别是通过当时大学者顾炎武在北方活动的线索，能看出很多过去书里没有提到过的若干踪迹。

遗民运动，大体以某地区、某山地为根据地，形成一个集团。最著名的像浙东的四明山，大学者黄梨洲就属于这个集团；再像江西的宁都，大学者魏禧是这一集团的主干；在湖南，陶汝鼐等人在南岳衡山活动，大学者王船山也与参与其中；在北方，河北大学者孙奇逢在河南夏峰形成一个中心，大河南北的遗民们通过这个联络中心互通声气；在太行山北端，有以五公山人王馀佑为首的一个练武集团；在太原，以大学者傅青主为中心，也形成一个集团；在苏北洪泽湖畔也有一个遗民集团，明末山东青州的大人物房可壮和徐振芳，就和一批侠士隐居在这里，也有活动；在章邱，有个白云湖，小说《醒世姻缘传》里对明末这一带社会之繁荣做了极生动的描写，而这个地方也是一个遗民据点，试观学者顾炎武自江南初到山东，就在这白云湖畔结交了不少的志士；此外，在诸城的卧象山中，也颇有一批遗民在那里经常聚会……以上种种，都是有大量资料足资证明的。

徐夜跟白云湖集团，恐怕有联系。甚至连清朝大诗人、大官吏王渔洋，和他们也有声气相通（在他的笔记里可以找到线索）。现在，张光兴等同志以乡邦人的便利，搜辑到徐夜的佚诗，整理出版，这对清初遗民活动的研究添砖加瓦，是极大的好事，值得大家欢迎。

我们必须学会使用辩证法。康熙代表了当时历史前进的脚步，但这只是一个方面（最主要的一个方面）；另一方面，我们又不可忘记，他是人民的统治者、压迫者；他是一个少数民族的成员，但他建立的国家又是其他少数民族的牢狱。所以我们切不可一锤定音：康熙是碰不得的。不能这样。有清三百年中，遗民们的活动此起彼伏，后来和秘密宗教联到一起，终究在孙中山先生领导下取得推翻清朝帝制的最后胜利。这一条历史的长线，是不应该受到菲薄的。

徐夜只是这条长线中的一个小疙瘩。但是，就着乡邦的便利，把这个小疙瘩解一解，这个工作不是很有价值、很有趣味的吗？

是为序。

1993年8月16日于兰州

《西北灾荒史》*序

袁林同志把他这140万字大著的校样抱到我家来，让我看看，并嘱我写篇《序》。我毫无推卸之意，满口地应承下来，并且还说，替这样的书作序，是我一生中少有的光彩。

因为这是一部不寻常的书。这话我不是乱说的。等出版后一两年，这个“不寻常”就显影出来了。西北地区各级管理者，必定得参阅它；东南开放地区的中国的和外国的投资者，也必定得参考它；搞历史和自然人文地理的研究人员，也必定少不了它；甚至联合国搞环境改良的官员们，也少不了它。一句话，这本书的使用价值，就是如此之广泛。

这和作者的眼光与选题能力的“稳、准、狠”是分不开的。我熟知这种情况。袁林同志早年在西北师大附中上学时，就是班上的尖子。可是由于这样那样的原故，大学竟数年不录取他。他在窑街煤矿当了八年矿井下的工人。他曾对我说，同宿舍四个人，三个人因透水事故报销了，他得以生存下来。这也好，正所谓“苦其心志，劳其筋骨，饿其体肤”的锻炼。他终于考上了大学。在大学期间，他以逻辑思维能力强、中西哲学修养深而为同学、老师所称道。至于辛勤攻读，更是四年如一日。他之所以具有独特的眼光，选择了西北灾荒史这样的题目，恐怕与以上我所表述的那些情况分不开的。

试想，像这样的工作，并不是随随便便一个人就可以做得了的。什么人做得了？答曰：南宋末的马端临、南宋初的郑樵和中晚唐的杜佑，这些大手笔才能做得了。他们不是那种抠抠搜搜搞一点小考据的人，他们着眼于社会的盛衰、民族的兴亡、生民之立命的这些大问题。一句话，做学问就是为了“经世

* 此书袁林著，于1994年11月由甘肃人民出版社出版。

济用”。而这本140万字的书恰好著成于发展开放东南之后人们自然而然想到继之而发展开放大西北之时，这“经世济用”的作用，不是格外明显吗？

为了这部书，作者花费了六年精力，不声不吭地查阅浩繁的志书及其它资料，精细地做出若干统计表、核算值和值得信赖的许多总结。目不锐，志不坚，心不细，阅读不广，是做不出这些成果的。

我有幸，在80年代得到袁林同志做我的助手，历三四年，我们曾经一起南到昆明，东到苏、沪，与当时的各种不同年龄档次的才学之士，交流学术。而今我老了，眼看着袁林同志卓然有成，确确实实感到比我自己得到什么荣誉还更加光彩。是为序。

赵俪生七十八岁

1994年3月12日大雪中写于兰大22楼之209室

《谥法研究》*推荐书

《谥法研究》一书在学术界不是可有可无之书，而是必不可少之书。古往今来，谈谥法的人和文章虽然不多，但总有一些；而把它安排使之成为一个学门的，则自本书始。从此，“谥法学”成立了。为什么叫“学”？第一，对其本身，要进行条理化、系统化，也就是说，从若干丛脞现象中抽象出一些什么来。第二，“学以致用”，用在哪里？就用在历史文献这广袤的场地上。清朝人爱把史学考证比做刑狱审案，不是没有道理的。一滴血，一根头发，是很琐细的东西，但在侦破上往往起关键的作用。谥法学也是如此。不少人说谥法是很琐细的事，诚然。又说，它是帝王贵族的事，诚然。但这件事的用场却很大，它是一件年代前后、内容真伪的测量仪，借助这件测量仪（当然，要和其他方面的测量仪联合使用），就能测量出某书、某事、某书中之某段之真伪和时代先后。并且，还可以有效地教导若干后辈的研究生们，在阅读古籍时，连这么微细的谥法也莫要随便放过（如同一个干练的侦察员连一根头发、一滴血也不放过一样）。研究生们学会了这种过细的本领，才能通向过硬。人们常说：“博古通今”，其实很多号称“博古”的先生们是“博”得不够，从而也不够过硬的。那么，这部书将会影响他们如何确凿地去博古，从而去确凿地通今的。

窃以为，这部书作用在此，谨为推荐如上。

1994年6月11日于兰州大学

---

* 此书汪受宽著，经赵先生和刘乃和教授推荐，国家古籍整理出版规划领导小组将其列入《中国传统文化研究丛书》第一辑，由上海古籍出版社于1995年出版。

《北凉译经论》*序

斗城同志叫我在他这本新著前写点什么，这我不能推辞，也不愿推辞。但是，把到家的话说出来，我是不配给这本大著作序的，理由很简单，我在佛学、佛经、佛教史诸方面的根底和素养，远远盖不过这本书所涉及的范围。由我来写序，实在是一种“僭越”。但他提出来这个意思，也许由于我的岁数几乎是他岁数的一倍。对此，我谨表感谢。

但也并不是说，我与这本书的内容毫无毗连之处的。从三十几岁起，我在从“十六国史”、“北魏史”的学习过程中，就一眼盯上了北凉，一眼盯上了沮渠家，一眼盯上了昙无谶这个和尚，直觉地感觉到从这中间能抖搂出很多东西来。但由于个人的兴趣太泛太杂，一转眼就被别的题目挡掉了，几十年来每一提及，总觉得是一块心病。

当代，有人宣扬，不须读内容就可以写序。惭愧，我没有那种本领（这也证明，我属于更低一个档次的人类）。两天以来，我老实巴交地读着《北凉译经论》这100个打印页的内容，感到精神上得到了平生未有过的享受和满足。当年我想抖搂的东西，现在由我的同事抖搂出来了。他比我年轻，他比我精力旺盛，他比我佛经根底深厚多多，兼以对河西洞窟的熟悉等优势，所以由他来表达这段历史底蕴，是顺理成章的，合情合理的。我感到了一种暮年人少有的心情上的愉悦。

我与斗城同校同系，凡同事近20年，但我们过从甚疏，无杯酒之欢，只是在采购生活日用品的店铺里遇见，彼此相跟走一段马路，交流交流各自的心

---

* 此书杜斗城著，甘肃文化出版社，1995年版。

得、心情而已。但我很早就预感到，此人的能量是非凡的。现在这种预感已逐渐显影了。我愿在我还活着的时候，能够亲眼看到这种能量的更汹涌的宣泄。是为序。

赵俪生　时年79岁

1995年8月12日于兰州大学

《甘肃历史名人画传》*序

我的籍贯，不是甘肃。但我在出生的省份里，只住到18岁就离开了。而在甘肃，自40岁上来此，已整整40年了。假如一时还不死，那居住年份的数字还会增加。所以，我已是甘肃和兰州市的合情合理的公民了。当年，顾颉刚先生写一条幅，引一首咏崆峒山的诗，末句说"不须更问蓬莱岛，此地令人欲挂冠"。我听从了顾先生的话。

我对少数民族有认识，是到甘肃以后的事。所以我常说，到甘肃以前，对祖国历史只懂一半；到甘肃以后，才懂了另一半。这里是我补课的课堂。

大约人才辈出，要和时代氛围有密切的关系。以甘肃说，汉、唐出的人物多，人物的局度也大。时代气氛枯弊了，人物就少，人物的局度也涩缩些。以明、清两代说，明自正德以后，就越来越封闭；清代虽然不封闭，但向西用兵的频率大，影响甘肃的生产和人文，所以明清两代，甘肃出的人物、特别是大人物，就偏少了些。

现在好了，大时代、大氛围又到来了。正是出版《甘肃历史名人画传》的极好机会，甘肃的人才眼瞅着要风起云涌，风云际会。再过一百年、二百年，人们再编一部《甘肃名人传》的时候，内容将较这一本丰富若干倍。故书此，以当预言。

---

* 此书由甘肃省文史研究馆编，甘肃人民出版社，1998年版。

李振翼《甘南藏区考古集粹》*序

一

振翼老弟写信来，说他甘南考古的论文集就要出版了，催我在好多年前就应诺下要写的《序》。我呢，不觉年事已高，光春节期间就住了两趟医院，的确在体力精力方面有困难。但一想到和振翼43年的友谊，立刻就懂得，这个约不能爽。

在旧时代，一个地区想编出一部像样的地方志（包括省志、府志、县志），必须具备几个条件。第一，是这个地区的"长吏"（用现代话说叫"第一把手"）对文化事业有点兴趣和眼光，想把这一地区的传统文化总结总结，备以启迪此后文化的昌盛。他有权，有权就有钱，有钱一切就好办事了。第二，还必须网罗几个全国范围的学者来审审稿，把把场，也就是说，从宏观和微观方面杜绝错误的发生。例如康熙十二年修《山东通志》，就请了顾炎武、薛凤祚、李焕章、张尔岐去从不同学科的专门化方向，保证地方志的质量。第三，这一条是最重要的，是地方上原来就积累下来的，经多年多人调查勘察得出来的资料，例如，明万历初年，蓟辽总督戚继光就派手下幕僚郭某把旧燕国地面（明朝叫营州、平州和幽州）的山山水水古迹人文做了一次普查，据说曾写成《燕史》数百卷，《永平志》130卷（可惜均不传）。这就是基层资料的积累了。将来甘南州有没有一把手出来提倡修志，提倡修一部有质量的州志，这是另一话题。但假如有的话，那么，振翼同志的这部书和继之还要出的书，无疑将是修

* 此书于2001年11月由民族出版社出版。

志非参考不可的基层积累下来的重要资料集。

二

回忆43年前我从山东调来兰州，那时运动已经展开，振翼已载入另册；过了一年，我又被我所从来的那个单位扩大化入另册。入另册是会成为贱民的。从前，校系以及学生团体头头有事找我，都是到家下来，而今不行了，于是从贱民中寻一名“传令兵”，就找到了振翼。我二人的友谊就是从这里开始的，得以频频接触，而又不犯嫌疑。

振翼，天水人。小我16岁，现在也是67岁半老翁了。他个儿不高，肤色偏黑，性情内向，他从来没反抗过谁，反抗过什么；但他心底里也从来没服过谁，服过什么。他毅力很强，不管受多大的苦，总是一声不啃。大学历史系毕业后分配到甘南首府合作。从此他就扎下头来，一干三十几年，走遍了甘南的山山水水，仔细地勘察着每一块残碑，每一个古城堡的残迹，回到研究室里，再拿史书一一勘对。他工作在合作，家在天水，每半年或一年探亲一次，必过兰州，过兰州必过家下，必以他的新作交我先读为快。我们这近40年的友谊，就是这么积累下来的。振翼又喜欢画画（主要画山水），也喜欢写字。我喜欢画画，也喜欢写字，所以一见面就拿出书画新作互相欣赏，亦是一乐。

现在，振翼的一部代表性著作要出版了。而我已垂垂老矣，无可大的作为。只是想到明末清初江西“宁都三魏”的魏禧对他的朋友的儿子王源（昆绳）要求很严，一次说“文章可底于用者，十之三矣”；一次说“文章之底于用者，十之七矣”。我很惭愧，已说不出振翼文章之“底于用者”的百分比，只能说了以上的一大篇话，作为对振翼出书的一种祝贺。

2000年3月9日序于兰州大学之22楼
209室，时虚龄已八十有四岁

吕绍纲《庚辰存稿》*序

记得在一本郭沫若全集的扉页上看到一张照片，郭先生手拄一枝大笔，比人高一倍，毛锥快到房顶了。这是什么意思？这是说大笔如椽。我就想，当前如果有谁家会做或者卖这种笔，我真想弄一枝赠给绍纲兄。为什么？因为我周视当前文史界，绍纲这枝笔杆子够得上大，够得上硬，够得上泼。一句话，他当得起“如椽之笔”的这个称号。

举一个例。他在三年之内，就一口气写两本大著，一本是秉承老师金景芳先生的立意，由绍纲兄执笔，用师徒二人的名字问世的，书名叫《周易全解》。另一本是绍纲个人立意，在全解之外有所增益的，书名叫《周易阐微》。两书加到一块，快80万字了，笔不大、不硬、不泼，能写得出来吗？这还只是就易学而言，若再加上孔学、儒学，那就更浩渺无涯际了。

这不单单说明一个人会写文章而已。会写文章，写文章多，说明作者的脑瓜好用，会思维，善于思维；第二说明作者知识面宽、知识面厚。绍纲兄恰好是这样一位能把宽厚的知识面用精妙的思维充分提调起来呈现给读者的大手笔。

这本《庚辰存稿》，其实已经是几本大著生产流程中的副产品了。请注意副产品的这个“副”字，并不意味着低一格的意思。有时相反，反而比大著更耐人寻味。清朝人的一些札记和小文集，反而比本人的大著更受重视，即是显著的例子。大著是走大路子，副产品是缠住一个问题、一件事，缠来缠去，不觉就比大著更鞭辟入里。

还有一点，我最敬佩绍纲兄，即他与金景芳先生的长期谐和的师生关系。

---

* 此书由上海古籍出版社于2000年12月出版。

很多人做不到。戴东原出名后，就把江永叫“婺源老儒江永慎修”了。金、吕他们师生相随，如兄如弟，如父如子，历三四十年而不衰。这说明，他们师生二人学孔子，学儒家之道，没有白学，没有学白，而是身体力行出来了。我非常非常敬佩。

我长于绍纲一十六岁，金景芳先生长于我亦一十六岁，我尝戏谓自己处于贤师徒中间，恰好“比例中项”，绍纲尝为之发噱。转瞬之间，金老先生已近百龄，我亦八十三四。绍纲嘱为此书撰序，我的最初反映是我何人斯，不敢应命。而转思，倘不借此结一段翰墨之缘，一失之际，将成无涯之戚。故黾勉成此，是为序。

2000年4月21日，谷雨后一日，写于兰州大学

《陈大羽九十春秋书画集》*序

承大羽先生不弃，命我为他九十春秋书画集撰序。我认为，这是我一生中最荣耀的事情之一。荣耀之中，也夹杂些惭恧。

为什么？理由很简单：我不是画家。对画家行当来说，我是个外行，外行就说不出内行的话，所以惭恧。可是我在30至40岁之间有一段经历，值得在这里说一说。那是在青岛。青岛曾经是德、日、美列强的殖民地和半殖民地，当时民国初建，胜朝遗臣多以此地为逋逃薮。所携除珍宝外，每有字画。三代过去，到孙子辈，式微式微了，就拿字画出来求售。这是其一。再者，土地改革轰轰烈烈地过去了，像诸城那种地方，大地主家藏龙卧虎，像刘喜海家，黄县丁佛言家，潍县陈介祺家，有些藏品，就成了贫下中农的胜利果实。贫下中农要此无用，就一转手、二转手拿到青岛求售。我恰好遭际这个机遇，眼底下就看到了不少其他年代看不到的东西。当然，赝品也不少，但赝品有时也有很高的参考价值。这段时间，就等于我业余上了一次美术专科学校，对美术史不知不觉有了一点积累。79岁办离休前，我还有意想给学生开一门《中国美术史》，以为临别遗念，虽然终于没有开成，但之所以敢于开这门课，其凭借也还是30岁到40岁间的这点积累。

应该说，我很喜欢大羽先生的画。

为什么？就是因为大羽的画，能给人带来一股乐观主义的阳刚之气，使人受了画的感动和激发，就能像画中的一花一木一藤一蔓那样泼辣地在人生中闯生活，不悲观、不消极、不堕落。这就是大羽先生的风格和作用。不同的艺术家各有不同的风格和作用。譬如有的画家用英国式的线条去描绘苏州水乡的宁

* 此书画集由中华书局于2001年4月出版。

谧，它给人的是一种阴柔之美，使人沉郁，陷入沉思。再譬如梵高，他为人倔强，连他的画中人物（如医生、邮递员等）也是倔强的，甚至他画的云彩和树头都是倔强的，这就给人带来一种不妥协的顽抗之气。这种不平之气，在财产不均等的社会里是完全可以理解的。

那么，大羽的这种乐观、阳刚的画风是从哪里来的呢？自然，遗传和个人气质会起一定的作用，但更重要的怕还是他在文化传统中的选择。大羽30年代进上海美专，师从吴昌硕的弟子诸乐三先生，学习吴派大写意画风，40年代又到北京拜在白石翁的门下。这说明大羽一生倾情大写意，拜师求教，对艺术事业的虔诚。从大羽画里，这里那里，会看出一些缶老和石翁的影响。但我个人始终有一个看法，即大羽画风不应该归于白石派。他的画比白石画更开放，更大胆。缶老和石翁有一个习惯，把自已得意之作立为框框，此后就不断地重复这个框框，如缶翁的底下一片菊花，背后一块山石，山石后面又露出一丛菊花；石翁的一片高石，上一喜鹊或八哥，下一丛梅花，梅枝呈几何形的编织之状。在画市上，不管是真是赝，已经见过无其数了。这是卖画人不得不为之道。大羽不立框框，一张梅花跟另张梅花不同，一张菊花跟另张菊花不同。大羽画的梅花跟白石的梅花很不相同，大羽画的菊花跟吴昌硕的很不相同。他仿佛不大考虑画卖不卖得出去，或者卖多少钱的问题。窃以为，大羽先生在某些方面倒是酷似咸丰、同治、光绪年间的赵之谦（扔叔）。赵之谦承“扬州八怪”之后，也是一个“不衫不履”的落拓型人物，少年当幕僚，中年混了一名举人，在京师借教馆为业，得广交京中名士，且著力于北碑。北碑虽然是书法，但对绘画的运笔是有很大影响的。拓跋氏族的犷犴，渗入到北碑，再渗入绘画，就出现了赵之谦的松干，藤蔓粗蔓，以及钟馗的袍袖，等等。

在我看来，从传统方面，大羽似受赵扔叔影响为深为大。举一些例，扔叔喜欢把一股浓墨或一股浓色猛地泼在纸上，在别人这就糟了，必须换纸，但扔叔不然，经过他的经营、陪衬，这股浓墨或浓色非但不是“伤”，反而成为醒目的标柱。大羽也喜欢这么干。再如扔叔喜欢画一些传统人不画的事物（如仙人掌、夹竹桃），这在有些人看来，叫做“费力不讨好”，但我们站在美术史的角度上看，那就是开拓，所以郑振铎选近代画集以赵为首页，不是没有见地的，他带有开创的架式。

大羽先生的画很多方面，其精神、神气颇似赵扔叔，开拓新对象，开拓新意境的情况也是很多的。他的篆书行草，底蕴足，豪放不羁，书韵画趣交相映。且又加以时代的新精神，如画鸡画蜡嘴的题词等。赵㧑叔和大羽之所以气魄宏大，气势磅礴，大胆敢于创新，其原因在于心无罣碍。佛经《心经》中说“无罣碍故，是无恐惧”。我尝细读白石翁的自述，他老人家的罣碍，实实在在是太多了，这会大大影响他老人家的开拓与创新。你看莫奈，垂老之际，还念念池塘中睡莲花叶下的水草，在水流过时，草上和水上的光影变化，如何用油画表达出来。这就是一心许给了事业，其余全无罣碍。

大羽有没有罣碍，我不知道。但从画中看，是无罣碍的。愈老而胆愈大，愈加狂纵恣肆，四朵洋红，就是一盘寿桃，唯大羽能也，人不及也。

我喜爱大羽先生的画。

今逢先生九十大寿，我因病废，足不下楼者已五年，故不能亲赴金陵称觞，谨草此文略抒敝见，借以祝大羽先生长寿。

2001年3月4日写于兰州大学22楼

之209室，时年85岁

《二妙轩文集》序

二十年前，一个偶然的机会，到甘谷县旅游、访问，并做了几场学术讲演。在那里，看到了大象山，看了蔡家寺，还看到当年王辅臣和张勇激烈对战的地方。当然，也结识了一些地方人士，其中就包括陈冠英同志及其夫人，记得还应邀到他们家下去吃了一顿便餐，看到他们书房里琴棋书画，文化气氛相当浓郁。

一转眼二十年过去了。冠英同志已经当上了天水市文艺方面和文化方面的负责干部。他干了一件非常了不起的事业，即把“二妙轩”刻石挖掘出来，加以整补，纳入“杜甫纪念馆”以为重点内容。什么“二妙”？“二妙”者，一指杜甫秦州诗，二指清初诗人宋琬（荔裳）在当秦州道台时，聘请学人从明肃王府存《游化阁帖》中将“二王”（王羲之、王献之父子）的字按杜甫秦州诗的文，一个个集到一起，这个工作没点文化水平还是不容易做的，但宋琬办的很妥当。于是晋人的字和唐人的诗就融合到一起，这不叫“二妙”，又叫什么。当然，历来人们也用过更沉重的字眼，如称杜甫为诗圣，称王右军为书圣，但这一“圣”，人们的头皮就紧张起来，倒不如“妙”字来的更令人轻松愉快。

这几年，冠英同志又征集很多友好、文人、名人从不同的方面来阐发“二妙”，有的钻研宋荔裳的生平和诗作，有的考证《淳化阁帖》二王字的由来，等等。这又是一件大工程。工程快完成之际，冠英同志又向我提出要求，叫我在书前头写一篇《序》。对此，我有三种反映。

第一，我感到是一种荣耀。陇右自古文武人才济济，我何人斯，一侨寓之人而找到我。第二，我深感力不从心。以今年论，一年倒住了半年医院，还动了手术。走路要两个孙子两边架住。从前拿起笔来，文思喷涌；而今拿起笔来，一片枯竭。到底人是老了，不是一般的老，我看吴昌硕题画只到84岁，那就是说，八十四五之人，婉言谢绝社会任务，已是人情之常，一点都不出格了。但是第三，我对杜甫的秦州诗和清初宋荔裳的诗，却都有过一番翰墨因缘，虽老不能忘情于怀。根据这一点，我还是应该把这写文章的任务接受下来，拼着老命去试试，即便写出大纰漏，读者也会原谅，“一个望九之人啦嘛”。

先来说和秦州诗的因缘。大约41年前，我被打入了“另册”，工资拿掉60%，一家八口靠40%的数额过活。当时大孩子刚进大学门，二孩子高中应届毕业，三孩子上初中，四、五、六则在高小、初小或幼儿园，一开学都要缴费。有个朋友就说，“另册”是不能发文章的，你用个笔名，我拿去找刊物发表，赚点稿费，也可以补贴家用嘛。于是我就写了《谈杜甫的秦州诗》。那是1962年，距“文化大革命”只有三四年。这本来平安无事了，可是从上边吹来一股风，说这篇文章需要嗅一嗅。一到“文化大革命”，这嗅的成果就满园大字报铺开了，众口一声说这是一株大毒草。当时笔名用的是“鹿其莘”。这是取我原学名一个“甡”字的典故“甡甡其鹿”。“甡”读“莘”，我取的笔名，由此而来。但一位青年教师却在大会上说：“这是一套隐语。‘鹿’同‘戮’，‘莘’同‘心’，就是说共产党已经把他的心戮碎了。”看，这真是上纲上线的绝妙佳例。

其实当年那篇文章，把秦州诗并未说尽。现在老了，理解的更周全。假如杜甫的诗可以分三个时期的话，那么第一期我们叫“京洛期”，主导风格是现实主义的，像“三吏”、“三别”以及“北征”。第二期我们叫“秦州期”，作者的人生观有了变化，诗的风格也有了很大的变化，诗的主导风格渐近于浪漫主义，调子激越苍凉，像《同谷七歌》，李太白写得出来写不出来，我们还未敢必。它在三个时期中起着一种“高屋建瓴”的作用。这点作用，在那篇“毒草”中尚未发挥出来。第三期我们叫“锦城——夔州期”，作者自己说“老来渐觉诗律细”，他用字更斟酌了，用韵更完美了，写一花一草一鸟一木，带有了某些自然主义色彩。但晚年当他回忆起开元、天宝间一些名臣猛将时，秦州风格和《同谷七歌》的调子，有时还有某些复辟。

现在，来说说宋荔裳。

我的老家是山东，从小就听见长辈们说一些有关地方文人王渔洋、赵秋谷、蒲松龄以及宋荔裳等的轶闻佳话，不知不觉在幼小的脑子里打下一点基础，老来就这些线索，进行某些研究。关于宋荔裳，我只听说他和于七起义的关系历来有两种说法，一是说他的侄子为了霸产，对他诬告；另一说法是于七本人就是一大豪绅，他的起义，栖霞、莱阳各地大户给予支持，所以声势很大，震动了满洲贵族的朝廷，派氏族兵“八旗”前来镇压，所以《聊斋志异》中《野狗》、《公孙九娘》都有“杀人如麻”的字句，这说的是镇压的残酷。当时，宋荔裳在外做官，未曾身历。但家族间的牵连不能没有。而《安雅留集》中很少反映。其实当时的文集，在发刻前，碍于害怕文字狱的牵连，无不经过大量的芟薙，把有一点“连碍”的都芟掉了。所以现在要找寻宋荔裳诗文感情的原貌，已经是很困难的了。

反正，宋荔裳跟王渔洋、赵秋谷间，是有很多不同之点的。明清换代时，宋已三十一，渔洋才十一二岁，秋谷更晚，已是纯粹而又纯粹的大清子民了。至于诗文风格，渔洋倡言神韵，施润章说“神韵”是一座“七宝楼台”。袁枚子才说渔洋“文深于情，才余于学”，意思是辞藻很多，但真实感情少；才分不小，可惜学问根底不深。赵秋谷一意不服渔洋，处处与之相羝，自己以善于独立思考，文章多有新意有名于时。宋琬则遭历大狱，诗文散失，今日吾人已远不能窥其全豹。只是沈德潜说他“多悲愤激荡之音”，如何激荡，悲愤什么，我们后世人已很难说清楚了。

以《同谷七歌》的悲愤激荡，加以根据沈德潜所传的宋荔裳的悲愤激荡，合在一起想，不是不知不觉间对“二妙”的含义，又增加新的什么意思了吗？

是为序。

辛巳中秋前二日，写于兰州东郊

《刘克训画选》*序

弘宇老弟擦过年就届花甲了，朋友们都怂恿他出画集，可是我认定这画集只是弘宇前半生的反映和总结，并以此为跳板，过渡到后半生更繁茂更丰盛的艺术成果上来。

我和弘宇结交，有两个因缘。其一是我二人青少年时代都是在青岛渡过的。其二我二人都到了西北，他在格尔木和西宁一共过了二十七八年，现在又回到了山东。我在兰州一转眼已44年了，渐渐混籍为陇右之民，“东人不复返矣”。

就基于以上两条，在50年代末60年代初他开始访问我。记得那正是你好容易买到一包“高级糕点”，马上就被抢走；你在馆子里刚叫了一碗大米饭，马上就被抢走的年代。什么都要“券”、什么都要“票”的年代。在我那间“仰承”（顶棚）呼扇呼扇响着的小屋里，弄了一点酒来接待弘宇。从喝酒上，从画画上，我已经领略到弘宇有点儿狂。很多人讨厌狂，有的还深恶痛绝。我不然，我倒喜欢朋友中会有几个狂士，因为我从史书中读到过弥衡、嵇康这些人的事，还读过《游侠列传》，懂得这类人往往有比平庸的人有更多独特的造诣和成就。

有些年，有些人大批天才论，说天才是唯心主义虚构出来的东西。我当时想，大家伙都成了驯服的庸才，社会就前进了吗？曾几何时，现在翻过来了，报纸上到处登着“诚聘”人才的广告，报酬提到唬人的程度。用这种引诱法，就会出来货真价实的人才了吗？也未见得。

人才、天才、英才，都不是什么虚构出来的，它是实打实的。人既是自然人，又是社会人，所以人才的产生与遗传、少年环境、所受教育，特别是自我

* 此画集由学苑出版社于2001年出版。

锤炼分不开的。人才的出现，并不像戏台上的文雅小生台帘一掀，啊哈一声摇着折扇出来的，而是从土里、粪里、骆驼蓬堆里滚着爬着出来的。弘宇成为一方有名的画家，也是如此。

特别画画的人，更需要有这种才。白石老人诗曰，“缶翁晚年有异才”，什么是异才？根据我的理解，它是一种特殊思维的产物。现在天下人普遍使用的逻辑思维，特别是科技人员，全靠逻辑地分析。但逻辑分析，是普泛的方法，可不是唯一的方法。譬如说，“直觉”就是另一种方法。中国古时候传下的《易》和《诗》里就很多。八大山人和虚谷画的禽鸟和小动物之所以动人，就是因为它是通过“直觉”得来的。神韵派和性灵派的某些精辟诗句，若干高僧所谓忽然说出来的“偈”语，也都是这样。弘宇画的猫头鹰，也是如此。一看觉着好，怎么好说不明白。因为它感人的方式不是“明喻”而是“暗喻”。闻一多先生说，暗喻就是把明白的东西说的更不明白点。好极啦，那些有“异才”的画家，所给予观众和读者的，就是这种不明白点中的明白。

最后，再说点老事。

清初江西有个大学者叫魏禧。我们在中学课本里的《大铁锤传》就是他写的。他有个老朋友的儿子叫王源号昆绳，拿了自己得意的文章叫魏禧看，意思是要得到大家的奖誉。魏禧却不说奖誉的话。过多少年，王昆绳又到扬州来，颏下须已数寸，目炯炯有光，写的文稿摞起来已数寸。魏禧看了，只说“文章可底于用者，十之三矣”。又过多少年，王昆绳也老了，又来扬州，说是要出文集，请魏禧作序，魏在序的末尾写道：

> “人学问当有变化。少年英发，及中晚之岁，贵深沉掩抑，使不显其光……”

我拿这些情节，比附到弘宇的事上来。人学问当有变化，艺事也应当有变化。弘宇也越不出这个规律。试观弘宇所画猫头鹰，题辛巳的比庚辰的有一点不同了。这就是变化。魏禧是遗民，所以他提“掩抑”和“不显其光”。我们是新时代人，“掩抑”是不必了，但“深沉”还是要的。祝愿弘宇下半辈子的另本画集，既要保持少年时的“英姿”，又要增添许多“深沉”，是为序，兼以为嘱。

85老人赵俪生写于兰州大学，时
惟辛巳深秋，奄忽冬之将至

师友回忆

混着血丝的记忆

——悼念闻一多先生

惨此世之无乐，咏在昔以为言。

——陆机

我也还有记忆的，但是，零落得很。我自己觉得我的记忆好像被刀刮过的鱼鳞，有些还留在身体上，有些是掉在水里了，将水一搅，有几片还会翻腾，闪烁，然而中间混着血丝，连自己也怕因此污了鉴赏家的眼目。

——鲁迅

我初番知道闻一多先生的姓名，怕是十五六年以前的事了。那时我正是青岛一个初级中学里的小学生。像北伐以后的每个中学生一样，我们在刚刚从“五四”退下阵来的许多国文英文老师的启发之下，及早地邂逅了新的思想和新的文学。鲁迅、郭沫若、郁达夫、茅盾、徐志摩……都像“霓虹灯”般地照亮着当时我们那些半幼稚半愚昧的头脑。在那些《呐喊》、《彷徨》、《落叶》、《塔》、《迷羊》之中，有一天便闯入进来一本特殊地装帧了黑封皮的诗集《死水》，那种相当严格地将西洋诗的规律应用到中国的新诗中来的风格，颇为当时我们那一群也多少读过几首英文诗的学生所欢迎。从那以后，我们的脑海里便又增添了一个崇拜的偶像。

我初次得瞻仰他的丰采，则是在读了《死水》之后的两年，在我族伯的客厅里。我的族伯是清末的一名进士，也是乡中最大的地主。民国以后，便以收藏家的令名斐声于岛上了。那时同他老人家往还的，差不多都是名流学者，我每次去给他“请安”的时候，都会遇到几位的。记得叶誉虎（恭绰）先生是最常碰到的一位，他常常为了搜求或者考订什么古书、字画、碑贴等事，不惜从上海前来商谈。此外，还有新文学家王剑三（统照）先生和山东图书馆馆长王献唐先生。有一天，我又邂逅了一位厚发清癯，鼻上架有银丝眼镜的中年人，我的族伯事后介绍说，那是青岛大学的教授浠水闻一多先生。

那次我并没有能够同他交谈，因为一个十几岁的孩子在大庭广众之中，只有“怡然敬父执”的份儿，而没有“问客来何方”的份儿的。以后不久，我便从传闻中得知，青岛大学因为山东省府、青岛市府、胶济路局和教育部诸派势力的分化与磨擦，爆发了学潮。许多愚昧的学生受了地方势力的挑动，对校长杨振声先生，院长梁实秋先生，系主任洪深先生和闻一多先生肆力攻击。记得当时偶尔走经青岛大学旁的山石边时便看过一条刺目的标语“驱逐不学无术的闻一多”。据说当时支持了闻先生的学生只有一个人，那便是在他那无窗室中苦吟着生活的烙印的臧克家君。

时光流逝了几年，一直等到“一二·九”学生运动的前一年，我从大学一年级不分院系的普通学生走入了分系的二年级时，这才在教室里亲炙他的教诲。那时，作为一个外系的学生，我竟能在系主任严格地执行选课规划时，“偷漏地”选了中国文学系的四门功课：“诗经”、“楚辞”、“唐诗”和“中国古代神话”。而且那又都是闻先生的功课，在一般人看来不免会觉得希奇，或认为我这行径有着甚深的“捧角儿”的意味。确实，连我们自己也不否认，我们当时有一般同学就真是回避了那些强迫我们记忆英、美文学家的生卒年月的课程，而去听几位为我们所崇敬的有正义感的教授的讲演。像那样的教授除闻先生外，还有当时哲学系的教授张申府（崧年）先生。自然，在他们两位中间，因为性格与学业的不同，也自有他们的差别在。

那正是“九一八”之后，国内国外双重的压力正加紧地煎迫着中国的人民，也煎迫着学府中有血气的师生。那时，发生过刚从苏联游历归来的冯芝生（友兰）教授被逮捕到保定的事。[1]张申府先生在课堂里以热泪激动了学生的正义，还闹过一点乱子。而闻先生在当时，却不免显得含蓄而又固执。他当时在课堂内不大谈什么政治（有时自不免发两句牢骚），而只谈考据。他说话的本源不外是《艺文类聚》、《太平御览》、《古今图书集成》这些“类书”和《玉函

① 那件事后来被冯先生自己写在一本“贞元之际所著书”里，说是“洞中才五日，世上已千年”。

山房辑逸书》一类道家的纬书，这是他研究作为“神仙家”的屈原及《离骚》以及古代神话，所自必遵循的道路。当时他给予学生的印象是苦学、诚挚而且神秘。在这里，“苦学”与“诚挚”自不需另加诠释，至于“神秘”二字，我愿引用他自己题名为《玄思》的一首诗中底两节来加以说明：

在黄昏的沉默里，
从我这荒凉的脑子里，
常进出些古怪的思想，
不伦不类的思想：

仿佛从一座古寺前的，
尘封雨渍的钟楼里，
飞出一阵猜怯的蝙蝠，
非禽非兽的小动物。

的确，他的诗里是常常提到蝙蝠的。在另首诗里，还有过“黄昏里织满了蝙蝠的翅膀”，我至今还喜爱而且还能背诵这句诗。在当时，由我们某些个学生看来，他确实有着一种蝙蝠般神秘不可测的什么。例如他书斋的墙饰、桌饰以及窗帘、家具等大都纯是黑色，以及他喜欢在黄昏时走来上课等等，便都是有力的证据。

记得是初夏的黄昏，马缨花正在盛开，那桃红色绒线穗儿似的小花朵，正发放出轻淡的香味。七点钟，电灯已经来了，闻先生高梳着他那浓厚的黑发，架着银边的眼镜，穿着黑色的长袍，抱着他那数年来钻研所得的大叠大叠的手抄稿本，像一位道士样地昂然走进教室里来。当学生们乱七八槽地起立致敬又复坐下之后，他也坐下了；但并不即刻开讲，却慢条斯理地掏出自己的纸烟匣，打开来，对着学生露出他那洁白的牙齿作蔼然地一笑，问道：“哪位吸？”学生们笑了，自然并没有谁坦直地接受这gentleman风味的礼让。于是闻先生自己擦火吸了一枝，使一阵烟雾在电灯光下更浇重了他道士般神秘的面容。于是，像念“坐场诗”一样，他搭着极其迂缓的腔调念道：

“痛——饮——酒——
熟——读——离——骚——
方得为真——名——士！”

这样地，他便开起讲来。显然，他像中国的许多旧名士一样，在夜间比在上午讲得精彩，这也就是他为什么不惮烦向注册课交涉把上午的功课移到黄昏以后的理由。有时，讲到兴致盎然时，他会把时间延长下去，直到“月出皎兮”的时候，这才在“凉露霏霏沾衣”中回他的新南院住宅。在讲课中，他显得繁征博引，那股儿浓烈的学院气息，颇有泰山压顶之势。但说句老实话，他的治学方法，在我们某些个学生们觉得，是并非完全没有缺陷的。他太喜欢根据两件事物在文字或音音员上的一点偶同（就这点偶同也往往是经多日的穷搜才得到的材料），而大胆地把它们牵扯到一起。例如在讲诗经时，他把《桑中》“要我乎上宫”的“要”字解作现在北方俚语中的“操”字（这还是等到班中两位女生同时请假了，才讲了出来的）；在讲“中国古代神话”时，他把“尧”字和《列子》中被上帝派去轮班用脑袋顶住归墟五山的“鳌”解为一事，并且还根据“封于有庳”（“庳”，一作“鼻”，今有鼻墟）一句把舜的弟弟象和“殷人服象，为乱于东夷”的“象”说成一起了。自然，这不仅闻先生如此，自乾嘉以后的若干许多“翻案”学者，以及顾颉刚先生和早期的郭沫若也大都如此。在这里，我记起了一个笑话。那时，我已经随便捡拾了“冯夷”二字作为发表文章的笔名了，这件事闻先生自然并不知道，但同学们却是知道的。有一天，他在“神话”班上兴致勃勃地开讲了：

“我今天要讲讲冯夷。冯夷是什么呢？人们只知道他是一位水神的名字，其实这说法还不彻底。冯夷就是‘羿射封豕长蛇’的‘封豕’，一作‘封豨’——也就是：一条大猪！一条大猪！”

同学们轰堂大笑了，有几位跟我特别熟的还拿铅笔头儿描住我，笑得腰都直不起来。这颇使闻先生为之不解，他几乎要怀疑同学们在“起他的哄”了，直到事后有位向他一语道破，他才一笑置之。

但不拘他有时考据得不免有几分大胆的地方，我们也还是热切地听他底讲，记录他的笔记，因为他到底能够从荒谬的传统见解中剔罗出许多较之牵强处为数更多的确切的新见。例如他从古代神话中找出许多有关古代礼俗的宝贵的材料（如关于社、郊祀、高禖、祓除不祥等等），是颇能使我们折服的。此外，我们尤其爱戴这位老师的，倒是他的全人格。只要你跟他上过一堂，你便会看出他多么热情，多么坦直。（自然，那时，他有时也很乖僻；不过我想他后来一定并不如此了。）前数年，在有一次跟束衣人君闲谈时，我曾引用了傅青主赠李天生（因笃）诗中的一联“由来高格调，发自好心肝”来描述清华园中的闻一多先生，自觉十分惬当。不过昆明时代的闻先生恐怕就绝不只此了，在那个阶段中我虽然在形骸上与他隔离了，但据我的设想，他是以“好心肝”为基础，又复挣脱了“个人主义”、“名士”的羁缚，而英勇地站上了为广泛的人民而服务而战斗的前哨了。

当时北平的大学生正在两年中连贯地发动了“一二·九”、“一二·一六”、“三·三一”、“六·一三”、“一二·一二”五次请愿示威的游行，此外还有一次到保定高碑店被打回去的“扩大宣传”和到绥东的“战地服务”。闻先生曾几次为这些事情慷慨捐钱，并曾为绥东战士绝食一日，这是我确实知道的。在赞助文艺活动方面，他曾为当时我们组织的国防文艺社和后来由国防文艺社改组扩大而成的清华文学会帮忙不少，曾出席过鲁迅先生追悼会，而且还登坛致词，后来还替我们介绍了许多文学前辈梁实秋、沈从文、朱光潜诸先生到会讲演。在这方面，闻先生较之那些托辞“我们要唱昆曲”因而“没有时间”参加“你们的会”的教授和最初也“签名”，也“发动”，也“题字”，也“领衔”，然而一旦人家对他的半月刊社发给津贴之后，便一切都“婉辞谢绝”的名流，是有着截然的区别的。

1937年“七七”芦沟桥事变，使我们仓皇地离别了。后来只是同年10月在武昌会过一面，谈过一个多钟头，此后便再无晤面的机缘，而根据本年本月18日的昆明电讯，他的遗体业已火葬，那么当年武昌之别，显已成为永诀了！从那次分别之后，闻先生徒步走向了西南，到了昆明；我徒步走向了西北，在太行、吕梁、中条诸山中，流徙地对日本帝国主义的侵略者作了两年余的战斗，直到1940年我因为疾病的缠累不得不退到后方开始营这“呻其占毕”的生涯时，这才偶尔在一份画报上看到闻先生参与演出了一场什么剧之后，和编剧演员们合拍的一张照片。出乎意料地，他竟留起胡子来了！（这又不禁使我想起一度飘洒在六全大会主席团上的冯芝生教授底胡子。）不久，又听人说他已在由蒙自到昆明途中某次敌机轰炸时“被炸身死”了，又有人说是“身负重伤”。这使我很焦虑，不能不写封信，迳直地去打听打听。也许是我信中叙述戎马生活的字句有些打动了他吧，这位一向疏懒于复信的老师，竟破格地用蝇头正楷给他的学生复了一封长信：

俪生同学：

离故都瞬将三载，同事教职员十九随校南迁，仍得朝夕晤对，无异昔日。唯旧时同学诸君，分散略尽，消息杳然，存亡莫卜。每一念及，辄为之黯然神伤。顷接手书，藉知吾弟数年来情况，并诸同学近状，回环展诵，悲喜交集。八年前旅居青岛时，曾得谒见令伯父孝翁先生，追陪履杖，古貌高风，暖然似春，私心仰慕不已，顷闻遽归道山，曷胜震悼。冯芝生、朱佩弦、吴雨僧诸先生均在昆明本校……多自离平后，初居武汉数月，及学校迁湘复课，即往长沙。学校迁昆明时，有同学二百余人，组织旅行团徒步西来，多亦随行，在途中两阅月，虽倍极辛苦，然亦有想象不到之趣味。现行年四十，已髟兼髟兼有须，即途中之成绩也。空袭受伤，乃至昆明后事；来函云云，谅系传闻失实。平时对舞台设计，极感兴趣，前者陈铨先生导演《祖国》，曹禺自导《原野》，均系由多设计。早年本习绘画，十余年来此调久不弹，专攻考据，于故纸堆中寻生活，自料性灵已濒枯绝矣；抗战后，尤其在步行途中二月，日夕与同学少年相处，遂致童心复萌，沿途曾作风景百余帧，到昆后又两度参与戏剧工作，不知者以为与曩日之教书匠判若两人，实则仍系恢复故我耳。校中休假办法，去岁又经恢复，多年限已届，遂即请求休假，迁居距昆明四十公里之晋宁县城。到此闲居将近一年，除略事整理《诗经》、《楚辞》、《乐府》、《神话》诸旧稿外，又从易经中寻出不少的古代社会材料，下年将加开“上古文学史”一课，故对于诗歌、舞蹈、戏剧诸部门之起源及发展，亦正在整理研究中……同学施忠说君曾随校至湖南，读书数月，后赴陕晋一带工作，一年以前学校文学院在蒙自时，曾一度来函，后即音信杳然，颇深系念。吾弟若知施君消息，务望见告；否则，亦请设法向熟人打听，至荷至荷！此复顺颂，文安！

一多手启　五，廿六，晋宁。

这封信无异是闻先生的一段忠实的自叙传；在我看来尤其觉得足以宝贵的，是在这里闻先生自己指出了他脱离书斋生活走向人民的转枢——从衡阳走到昆明的两个月的徒步旅行和在这段旅行期间他与群众（虽然只是青年知识分子）初步打成一片的经验所给予他的启发。这是他一生中最坚实的生活实践的起程碑。从那以后，他的正义感，他的人道主义，便像江河的水流通过了闸门，越流越汹涌，越流越壮阔了。

1944年双十节以后，我收到挚友王瑶兄从昆明寄来的一封信，其中以大部的篇幅描述着闻一多先生：

……闻一多先生近来甚为热情，对国事颇多进步主张，因之甚为当局及联大同仁所忌，但闻先生老当益壮，视教授如敝履，故亦行之若素也。昆明宪政促成会闻先生推动甚力，双十节召开纪念会时，闻先生朗读宣言，中有"……政归于一党，权集于一人……节节溃退，国民党实不能辞其咎……"等语，态度激昂，群众甚为感动，末决议如召集国是会议，组织联合政府等，中央特务当场开枪，略事骚动，复归镇静。现闻先生为援助贫病作家，纪念鲁迅文协及青年人主办之刊物等，皆帮忙不少，态度之诚挚，为第十年来所仅见……在联大上课时，旁听者常满坑满谷，青年人对之甚为钦敬……

同年同月后接束衣人君自复旦来信，也同样地道及闻先生：

……在双十节，昆明举行数万人的大集会，冯夷师，你知道吗，你底那位说"痛饮酒，熟读离骚，方得为真名士"的《死水》的作者闻一多老师，不久前高喊田间为时代的擂鼓的诗人，现在，索性抛开书本，高喊民主，做起这个数万人呼喊着自由与愤怒的群众大会的主席啦！当三位主席之一——云大校长说及学问研究的重要性的时候，这位从旧堡垒里走出来的老诗人立即吼起来："什么学术，什么研究，抛开它们吧，我们要干，干，干！"冯夷师，你会相信吗，这样大喊大叫的是闻一多先生呢……

就这两段也已足够了；足够给闻先生被害前两三年中的生活，做一个生动而概括的写照了。由此可以看出，本月15日昆明大街上的狙击事件，虽然投给了闻先生生前的一切故旧和中国爱好自由、和平与民主的人民以不可遏止的愤怒，并使他们更坚定自己的意志去为闻先生未竟的遗志而努力，但在闻先生本身则是业已尽了他最后的牺牲，毫未出乎他的意料之外地躺倒了。他底死，在他的卑鄙的谋杀者和敌人看来，也许是一个值得夸大的胜利，但在他自己则不过是好像走到了一个旅程的预期的终点而已。清初的全谢山（祖望）在记述张苍水（煌言）的一篇碑文里曾说："且天下无惜死之忠臣；剖肝绝腹，正所以全归也。"我认为把这话拿出来状述人民忠臣的闻一多先生，也是惬当的。

七十岁的老翁罗曼·罗兰对苏联的人民说："从巴黎到莫斯科这个旅程并不平顺，但我已经走到了。"相同地，作为闻先生的友生之一，我也曾眼瞅着这位"行年四十，髟兼髟兼有须"的老青年，踏着他那矫健的步伐，走出了他那黝黯的书斋，经历了一段并不平顺的旅程，终于走进了人民的群中。他已走到了。而且，他死了。只此而已。我觉得，需要替已死者表白一番，并且向后死者述说了一番的，也正在此，也仅在此。至于他底诗的风格与所谓“新月诗派”对于中国新诗坛的影响，他在殷商贞卜文字，诗经、楚辞、唐诗、乐府、中国古代神话诸方面的精湛的研究，他早年所习的绘画与舞台设计，以及他晚年也常常玩玩的金石篆刻的技术等等，则在我这毛头小子看来，都未免是“次焉者”的事，有的则简直是“末节”而已。

一九四六年七月廿七日陕西蔡家坡

谨评闻一多先生的学术成就

——兼论新中国文献学所可能预期的水平

闻一多先生为民主事业而壮烈牺牲，到现在已经三年半了。他的全集问世，也已一年有余。在这期间，中国人民的革命事业已经获致了基本的胜利，中国社会已经起了基本的变化，中国的学术水平也行将在改造中大大地提高。在闻先生遇殂的次日，我曾衔哀写过一篇小文，题名《混着血丝的记忆》，载上海《文艺复兴》杂志，以志悼念。而今我又复感觉一种必要，去对闻先生的学术成就试做一次严肃的评骘。然而我是闻先生的学生，无论从师生的关怀上，或从治学经历的修短上来做这一工作，确是有些诚惶诚恐的。但闻先生自己在《匡斋尺牍》中也曾说过："当我为一个较新的观点申诉理由时，若有非难旁人的地方，请你也记住，我的目的是要站稳我自己的立足点，我并不因攻倒前贤而快意。这点动机上的微妙的差别，也不要忽略了才好。"同样，当我企图对中国文献学水平之应大大提高的这一论点有所阐述时，假如我冒昧地对闻先生学术成就的美中不足之处有所触及，那末先师地下有灵，或当不加呵斥的吧。

我敬谨阅读了闻先生的全集，至再至三，现在将主要意见归纳成三点，胪列并阐论于下：

第一点意见：闻一多先生是一位在早、中年期中，在世界观人生观方面颇为动荡、颇为摇摆不定的人；然在晚年，由于对蒋介石的疯狂反动的憎恶，由于受了进步青年们的拥护与影响，由于参加民主运动的组织活动的实践，他在思想意识上大大的改变，获得了人民意识，并开始试验着运用新的方法与观点去治理学术。然而，也究竟因为他在逝世前倾向于新事物的时间短暂，他新理论的修养与新实践的基础尚不深厚稳固，因而他尚不能很好地、充分地运用人类最进步的理论去用之于学术。

闻先生在早、中年时期确有行动摇摆的表现，这可见于季镇淮先生所作年谱，以及先生自己的书札。例如25岁时，自美国寄信回国说："留居美国之滋味，非笔墨所能形容。俟后年年底我归家渡岁时当与家人围炉絮谈，痛哭流涕，以泄余之积愤。我乃有国之民，我有五千年之历史与文化，我有何不若彼美人者？将谓吾国人不能制杀人之枪炮遂不若彼之光明磊落乎？总之，彼之贱视吾国人者一言难尽。我归国后，吾宁提倡中日之亲善，以抗彼美人，不言中美亲善以御日也。"抗美是好的，但提倡亲日则是偏差。又如27岁时，写信说："纽城同人皆有意于中华文化的国家主义。""我决意归国后研究中国画并提倡恢复国画，以推尊我国文化。"想研究中国画也是好的，但提倡恢复国画则又是有些偏差了。我举这些例证，仅是借此来说明一种事实，并因而显示闻先生晚年的猛烈的进步之不可企及，以及闻先生新基础之并不深厚（因为与他这一时期的同时前后，李大钊、瞿秋白等人，已在正规的革命道路上斗争着了）。

然而闻先生晚年的猛烈的转变及其壮烈的死，实在是不可企及的，那几乎是中国正义的士大夫自杨椒山（继盛）以来"嫉恶如仇"的德性之最高的表现。在学术方面，在这一时期中，他也初步地试验着去运用新的方法与观点了，这一事实最典型地表现在他的《屈原问题》一文，在这篇文章里，闻先生对孙次舟先生"只见树木，不见森林"的纯粹考据予以批判与发扬，又对于当时成都文艺界的盲动亦予以批评。他说：

> 孙先生以屈原为弄臣，是完全正确地指出了一桩历史事实，不幸的是，他没有将这事实在历史发展过程中所代表的意义，充分的予以说明，这也便是误会之所由发生吧！我以为，事实诚然有些讨厌，然而不先把意义问个水落石出，便一窝蜂地拥上来捣毁事实，以图泄愤，这是文艺界朋友们太性急点，至于这时不赶紧宣布意义，让意义去保护事实，却只顾在事实的圈子里招架，也不能不说是孙先生的失策……
>
> 孙先生的误会，是把事实看倒了头，那便是说，事实本是先有弄臣，而后变成文人（而且不是一个寻常的文人），孙先生却把它看成先有文人，而后变成弄臣。这样一来，真是"失之毫厘，谬以千里"了！依我们的看

法，是反抗的奴隶，居然挣脱枷锁，变成了人，依孙先生的看法，是好好的人偏要跳入火坑，变了奴隶，二者之间，何啻天渊之隔！……所以，依照孙先生指出的事实，加上他的看法，文艺界对他群起而攻之，是极其自然的现象。[①]

在对于这一事件的批判里，闻先生所持的观点是辩证的、历史唯物主义的，因为他不是把事实孤立起来看，而是把屈原的活动和成就作为历史发展中的一件事来联系地看的。这种见解之获得，这种方法之掌握，实实在在是闻先生积极参加民主运动的群众活动与组织活动的体会与结果。郭沫若先生在全集的序文里说："由庄子礼赞变而为屈原颂扬，而他自己也就由绝端个人主义的玄学思想蜕变出来，确切地获得了人民意识。"这评语是确凿的。

但，我为什么又说闻先生的新基础尚不稳固呢？也有证据。《现代诗钞》（或名《新诗选》）的编选工作是在他45岁及其以后的数年中做的，并不是早期的选作，但在那本诗选中他所悬的政治标准是有欠严格的。一方面，他歌颂田间为"擂鼓的诗人"、"明日的诗人"，同时他也的确选入了不少艾青和田间的诗，然而另一方面，他又以唯美的尺度把陈梦家的《白俄老人》一类的诗选入进去；苏金伞本身是一位战斗的诗人，但闻先生却只把他《夜猎银狐》的一首美诗收入；此外，他又把被郭沫若先生指为"蓝色文学"派的几个青年诗人的诗，选入了不少；至于他选入赵令仪的一首"鸳鸯蝴蝶"派的诗，即是闻先生自己也已作过自我批评的了。这种"兼包并容"的态度，亦即旧民主主义的态度，表现在与颂扬屈原的同时稍前稍后，是可以充分证明闻先生在某些场合对新事物新理论的掌握业已相当坚强，但在另些场合还不能避免政治上软弱的症象。

第二点意见：基本上，闻一多先生是一位诗人（自然，他的诗人之中还包有斗士和学者的两重人格，一如朱佩弦先生所说），但作为诗人的他的卓越贡献，如其说是在于《红烛》和《死水》那两部诗集带给中国新诗坛以摹拟西洋诗格律的影响，倒不如说在于他用诗人的经验去解释文学史上的诗篇，使那些为汉学家和宋学家糟踏得稀烂的诗句和诗，重新恢复了它们那自然而又新鲜的意义。

---

① 见《闻一多全集》甲，第249、257页。

关于这一点，首先我想的是闻先生虽是一个内心炽烈的人（其炽烈的程度也许并不亚于“天狗”时代的郭沫若先生），然而他那《红烛》、《死水》两部诗集带给当时中国新诗坛的影响，基本上却是唯美主义的。不管闻先生生前对这一点如何不服气，例如他给臧克家先生的信中就曾控诉过，他说：“说郭沫若有火，而不说我有火，不说戴望舒、卞之琳是技巧专家而说我是，这样的颠倒黑白，人们说，你也说，那就让你们说去。”然而今天我们公允地判断，固然闻先生的诗是大大有别于戴、卞，然其影响却也大大有别于创造社之革命浪漫主义的狂飚运动。因此，在这里，我仍不愿把作为新月派诗人的闻先生的诗的影响，估价得过高。

然而闻先生作为一位诗人，他对历史上的诗歌遗产却了解得那样深远微妙，以致令人感到去听闻先生讲诗，或去阅读闻先生讲诗的文章，实在是一大享受！举一个例证：《匡斋尺牍》中有连续几段讲《诗经·狼跋》篇的文章，讲得真是高明而美妙！在他引用《易林·震之恒》的“老狼白獹，长尾大胡，前颠后踬，岐人悦喜”来和《狼跋》的“狼跋其胡，载疐其尾，公孙硕肤，赤舄几几”对比并解释了“膚”字之后，他说：

> 在一个人的服装中，鞋不是最打眼的一部分，除非你是在注意他走路的姿态。此诗上以跋胡疐尾说明老狼行步艰难，下文即描写公孙的赤舄，可知诗意是以狼之跋胡疐尾形容公孙的步态。一只肥大的狼，走起路来，身子作跳板状，前后更迭的一起一伏，往前颠时，前脚差点踩着颈下垂着的胡，往后坐时，后脚又像要踏上拖地的尾巴——这样形容一个胖子走路时，笨重，艰难，身体摇动得厉害，而进展并未为之加速的一副模样，可谓得其神似了。①

《狼跋》的作者固然得其神似，而闻先生的这段说诗也真是更得其神似了。另一个例证：《唐诗杂论》中有三篇讲初唐诗歌的文章（《类书与诗》、《宫体诗的自赎》、《四杰》），在这里，闻先生用了他那简洁锋利的文笔，把从“堆砌辞藻”“蜣螂转丸”式的六朝宫体诗到唐太宗、虞世南所代表的“类书式的诗”，到打开风气的卢照邻的“长安古意”，到刘希夷的宁静，到张若虚的“春江花月夜”，这一条表现崭新事物如何从僵死的旧时代中生产下来的鲜明线路，极清晰极凸出地刻划了出来。像这些地方，都不能不说这是作为诗人的闻先生

① 见《闻一多全集》甲，第360页。

底独特的造诣。

第三点意见：由于闻一多先生一生最大部分的时间是在学院气息极为浓厚的学校里教书，因而他大部分精力就不能不在“故纸堆中讨生活”，因而他一生的成就（如全集所表现出来的），也就不能不主要地表现在文献学这方面。他曾对《楚辞》、《诗经》、《周易》、《庄子》这四种文学，同时也是历史的古代文献，下了很大的功夫，做出了若干相当精彩的考证；同时，他在殷商卜骨文字和两周青铜器铭文方面，也下过一番相当大的功夫。然而，由于他过早地逝世，由于他那“热烈的爱憎与精悍之气”（朱佩弦先生语），使他在这一方面的造诣始终未能达到顶极，使他在他的考证学的既成业绩方面表现为胆大而不冷静，在蒐查类书与堆积证据时还不免于受自己主观的支配，因而使他在古文献字句的琐节考证方面，最多亦未能超越高邮王氏父子所表现的境界，在大关节目的解决问题方面，与“通方知类”（梁启超语）的王国维的业绩，亦尚有其距离。

谈到文献（广义的文献）考证学，就我在这方面极疏浅的经验，我是喜欢把它分做两类的，一类是在文字、章句、训诂、版本、目录诸方面的琐节考证，一类是在大关节目上解决问题的考证，而同时我愿附带地说明，我这样分，丝毫没有瞧不起前一类考证的意思；恰恰相反，这种在文字、章句、训诂、版本、目录诸方面的琐节考证，假如能够做得十分精细并且在量上做得相当的大，则也是一个极基本的工作，而且那些在大关节目上解决问题的考证，也必须以这样琐节考证的大量集合，充当其基地与凭藉。然而，反过来说，假如我们不是来泛论整个中国近代文献考据考证学的成就，而是个别地去检查并评判一个文献考证学的个人成就时，那末，我们就不能不看他的琐节做得是否十分精细并且相当大量，同时（而且是尤其重要的），还要看他能不能以自己（和别人）的琐节考证的精细而大量的成绩同做出发点，使自己上升到大关节目的解决问题的考证。例如我们悬了如上的尺标来衡量闻先生，则可得出结论，即闻先生在琐节考证方面颇有几处是精彩的（如《〈诗·新台〉‘鸿’字说》），然大部分仍不免于主观地堆积证据和自信心太强的弊病；在量的方面以先生的寿数来比并不太小，然一般地说并不太大；尤其重要的是他还很少能以自己（和别人）的琐节考证做基础，使自己升到大关节目的解决问题的考证（自然，在这里我们又不能不重视他之年未五十遽尔遇害的事实，是一个重要的原因了）。

假如我可以拿王国维、陈寅恪二先生的学术风貌与闻先生试作一番对比的话，那末我要说，王国维的特点是博而精，冷静，多解决问题。自然这种解决问题并不是永恒的，然而在他当时的学术水平上则是解决问题的（例如他的《殷周制度论》，甚至像一篇《生霸死霸考》，后来都经董作宾先生和郭沫若先生做了修正和补充，但在清末民初实物证史的幼稚期中，这些文章还是解决问题的，还是学术水平从较低提到较高中间必经的阶梯）。陈寅恪先生则以他掌握的极度谨严为其特色，即以其《隋唐制度渊源论》来说，当他运用一个证据（哪怕那仅是胡三省的一条《通鉴注》）时，他必先用几个副证据来把这一主证证得确凿了，然后再用。同时他不忽视反证，也不抹煞反证或隐蔽反证，而是从反证的攻倒中稳步地建立自己正面的证据。这些特点，在在都值得现在的史学工作者学习的。闻先生绝不是冒险主义者，他不跳越问题，但他也没有能够很多地解决问题。他大胆而不冷静，不免于主观自信力的太强，喜欢查类书，喜欢堆积证据而不善于挑剔证据，喜欢作假设而不善于做定谳（自然这里所谓定谳也是暂时的定谳）。根据以上的比较，我对于郭沫若先生全集序中的下列论断未能苟同。他说：

> ……就他所已成就的而言，我自己是这样感觉着，他那眼光的犀利，考索的赅博，立说的新颖而翔实，不仅是前无古人，恐怕还要后无来者的。

郭先生是我最钦仰的一位近代学者，他的《两周金文辞大系》是我学治金石学阶段所极尊奉的经典，并且我认为他的《古代研究的自我批判》一文是截止到目前中国文献学之最高水平的标志；然而，当他赞扬闻先生的文献学成就为“前无古人，后无来者”时，我则期期以为不可了。尤其到了今天，在革命胜利后，大家的政治水平事实上已大大提高（而且今后仍要继续提高），不久即将出现的文献考证学的新水平亦自必较前大大地提高。这绝非痴人说梦，而完全是意想中事。那末，在新文献学水平上来衡量，我们仍要推尊闻一多先生的业绩为前一段落中学术工作者个人努力之登峰造极的表征。然而此后的文献学，倘能在四五十年中培育出数十个或者近百个闻一多式自强不息的工作者，而他们在理论方面假如又能够对马克思列宁主义这一具体的客观真理作了充分的掌握；假如他们又能够深入资料、结合理论、把工作成绩从琐节考证的量的增高，引到质的移行，因而使中国文史学的若干大关节目上悬而未决的问题一一得到了相当满意的解决；假如他们又能把各自孤立的研究和发明联系起来作一种集体的成绩而表现，那末到那时候，人们会像发现奇迹一样，惊讶地看出了中国文献学和历史学的水平业已远远地超迈了为闻一多先生所代表的时代。到那时候，假如闻先生地下有知，也会含笑于九泉的。

1949年12月7日，于济南

忆述嵇文甫前辈的学术风貌

一

嵇老逝世，转瞬已20年了。《史学史研究》季刊从去年就叫我写一篇评述嵇老的文章。对此，我的心理反映是复杂的，大体第一是不敢承担，第二是不敢推拒。稽老是一位“极高明”的学者，学术界早有公见，我亦知之甚悉；但有无不足之处呢？此则后学之不宜议，即议亦应恰如其分，很难掌握尺寸。至于不敢推拒的理由，则是我中年时候颇受嵇老的“知遇”，为我的习作撰序，给与热情的期许；我从他的“謦欬之微”中，领会到很多东西；并且我平生所教功课如《明清思想史》、《中国社会经济史》与嵇老当年在北大、河大所讲课目，也十分一样。看起来，绳绳相继，作为后来人是有责任讲一讲前行者的。

在讲嵇老的学术之前，让我先讲一点我所知道的他的生平践履。旧时代的理学家很讲究“践履”这一条。那么我要说，假如嵇老的学术风貌可以用“极高明”三个字来表达的话，他的生平践履可以用“坚持进步”来表述。记得1946年的严冬，我在牛维鼎同志和周可任烈士的陪同下，到开封刷绒街去对嵇老做第一次的晋谒。伪河南警备司令部政训处在嵇家门口的外墙上刷制巨幅蓝底白字的标语：“纷杂错综的思想必须纠正”！可是嵇老处之泰然，长袍马褂、翁头棉鞋，两手不断挥动，吐嘉言如锯木屑，霏霏不绝。当时谈的是孙夏峰。并且接连谈了三个深夜。稽老的次子嵇道之先生前年为乃翁撰传[1]说嵇老平生心仪“一峰二山”，慕孙夏峰之平实、王船山之深微、全谢山之淹贯。确

① 见《中国社会现代科学家传略》（《晋阳学刊》编）第一辑，页338～344。

实，嵇老在哲学方面，颇有契于船山的“极深而研几”；而在生平践履方面，则极肖孙夏峰。傅青主（山）有一次到夏峰来为其母寿髦君求墓志，归去后回忆说：

> 顷过共城，见孙钟元先生，真诚谦和，令人诸意全消也。……不知者以为世法模棱之意居多，其中实有一大把柄！……理学家法，一味板拗；先生则不然，专讲作用。此等学问，亦大难向腐儒讲矣。①

在满洲贵族多方监视下的夏峰与在反动派多方监视下的嵇老，两者何其相似?！但这两位一古一今的思想家，胸中都有一大把柄，在生活上尽可模棱，但把柄（坚持进步）不可丧失。这一点非常宝贵。以区区数十载之所目见，积学甚深者不乏其人，但在践履方面，戡乱者有之，献鼎者有之，护跸者有之，劝进者有之，甚至叛国者亦有之，由此观之，“把柄”一事，殊非易易。这是我个人认为在嵇老的践履方面，作为后死者不能不说到的一点。

二

先生姓嵇名明字文甫，以字行。河南省（旧卫辉府属）之汲县人。生清光绪21年（1895），逝世于1963年，终年68岁。平生生活于清朝者16年，生活于民国年间者38年，解放后又14年。以31岁赴苏留学为平生重要经历，从此学到了马克思主义。生平著作，想其次子道之先生或有编年目录，但未见发表。我所见到的嵇老著作，为数极少。嵇老晚年很有兴趣的题目“政术论”，我几乎迄今毫无所知。目前写此小文，仅凭二书，其一《左派王学》，其二《王船山学术论丛》。

先谈《左派王学》。

《左派王学》一书，成书并出版于1934年，正当嵇老40岁前后。全书5万字，是一本小书，但写的极精辟。“王学”，指阳明之学。阳明之学，继朱（熹）学之后，为近古理学中一大学派，其影响深度，以地域讲影响及于日本、朝鲜，以时间讲清末学者受其影响者尚甚多。当代大学者郭沫若即曾于王学中深受启发。但后来在“左倾思潮”侵袭下，人们把唯物和唯心两大系列、两大路线间的关系看成绝对的、僵化的，二者间几乎是两军对垒、炮火连天的架

① 傅山（青主）《霜红龛集》卷38，杂记（三）。

势，从而“王学”在某些哲学史中就给人一种十月革命后的“白匪”和中国红军长征中所面临的“白狗子”那样的印象。这不符合历史的实际。讲“心”，不一定是唯心论。有很多思想家讲“心”，是指人的主观能量和主观能动性，并且不一定脱离作为客观存在的“物”。如陈白沙（献章）讲“求诸吾心”，求到一定程度，便感到“我大而物小，物尽而我无尽”[①]。这讲的是人对客观认识能力的幅度。阳明也讲“心”，但也给予“心”以物质的规范，他说“心无体，以天地万物感应之是非为体”。[②]阳明未把“心”说作是无限的和万能的。王船山也讲“心”，他谴责他当代的人“世之衰也，学不以心而以耳目”[③]，这里的“心”也指的是人们独立思考的能力。有些书把这些思想家截然区别，说船山是唯物的，白沙、阳明是主观唯心的。其实他们间并无两军对垒的迹象。嵇老此书写在30年代，他不把哲学两大体系看做是僵化了的、绝对的，他在书中说阳明也讲“物”，船山也讲“心”，这样讲更符合于历史的真实，并且使人亲切地感到两大阵营中人也往往使用着相同的思想资料，并且给予这些思想资料并不是“大相径庭”的解释。

嵇老著书讲学，每多独到之处，看出许多别人多年以来不曾看出来的问题。例如阳明之学为明正德、嘉靖时候在浙右、江右地区甚为流行的一种思潮，而（颜）习斋之学则是清康熙时候大河南北地区流行的一种思潮，王学重良知而颜学重实用，二者似乎是不相类的，而嵇老却在《左派王学》一书之第13～14页、与第105～108页处指出，颜学与王学“有许多共鸣之点”，并且进一步指出“陆、王可说是颜、李的前驱”，他甚至准备写一篇《从陆、王到颜、李》的文章。他做出这样判断的根据有二，其一，两派都主张“学”不离“行”。他们主张只有通过“行”才能体现“学”，把“行”抛到一边的“学”不能真正“学”到什么。其二，两派都主张“务实”，颜习斋用学琴作比喻，王阳明用学射作比喻，主张人们应该各按自己的才性务其专长，这比提倡虚诞夸伪的作法要好得多。从这条自陆、王通向颜、李的大线索、大脉络中，我们可以印证到朱学、王学、清初经世济用之学三者之间的“正·反·合”关系。他们每后一个学派对其前一学派执行着“入其垒袭其辎”的批判、扬弃和综合、继承的关系，体现着发展的规律性。《左派王学》出版后二年，钱宾泗先

① 《白沙语要》（见《百陵学山》丛书）及《白沙子》卷3“与时矩”。

② 《王文成公全集》卷3。

③ 《读左氏传博议》（船山遗书）。

生（穆）亦出版其《中国近三百年学术史》，于“颜习斋”章中提出了与嵇文甫先生相同的看法，又增加了一点论据，如谓习斋“攻朱多、攻王少”、“其攻陆王语皆随分无气力”，又谓颜氏“攻朱语多似王说”①，以充佐证。当时嵇、钱二氏均设帐都门，其间究为何人与闻何人绪论，今事隔近50年，本文作者当时正在大学一年级肄业；50年后，殊难辨其究竟，亦殊不愿辨此究竟，似作“所见略同”观之可耳。

三

再谈《王船山学术论丛》。

此书出版于1962年，为嵇老逝世前一年出版的著作。全书约11万字，分前后两部分，后半为1935年旧作《船山哲学》，前半主要为解放后的新作。由于船山行文的积习经常表现为汗漫陈说，不像阳明那么干脆爽利，所以嵇老论船山文，也往往表现为引文过多、引段过长，相对地说对这些段的剖析有时显得简略，有时显得欣赏者多，指出不足之为少，如对《宋论》中赵匡胤即皇帝位一段天命如何启之牖之的史观，仅欣赏其为“活灵活现”，而不加更深刻的评骘，即一显例。但海外华人学者许冠三先生遽尔指此为“以新黑格尔主义之观点解说船山之天理学说及其史观”②云云，“新黑格尔主义”这顶帽子是不切实际的，扣的十分突兀，无怪嵇老后人对此相当愤慨，曾著文驳辩（未见发表）。许文又说，嵇老或受贺麟先生文之启发而写成，“亦未可知”。既然“亦未可知”，又何必生此无谓之是非，徒伤学界关系，并遗泉下人不能自辩之苦?!

船山思想，受不受阳明思维方法的影响？这倒是一个很重要的问题。对于这个问题，嵇老接触到了。犹记1946年冬，徐旭生先生与嵇文甫先生几次在开封卢方胡同姚从吾先生客厅中议论此事，此时本文作者以后辈得聆端绪。后来，徐老将此义写成一段“论学书”发表，略云：

> （船山）先生对于陆、王之学，辨之极精。然先生之父武夷先生实为邹东廓弟子，而邹氏则王门之龙象。然则先生之学，果对王学不受丝毫之

① 钱穆《中国近三百年学术史》（商务“大学丛书”）页184～191。

② 《中国哲学》第5期许冠三《船山学术思想生命年谱》，页583。

> 影响乎？经学术史之研究，可知一学派对当代其他有力学派，或从正面，或从反面，必受若干影响；完全绝缘，殊非可能。[①]

此处徐老有一小误，船山之父王朝聘非邹守益弟子，而是其孙邹德溥（泗山）之弟子，应在此订正。船山学与阳明学之间，并非绝缘，则是千真万确之事。嵇老指出“船山尽管反对陆、王，但他们（陆、王）所指程、朱的种种弱点，他却也不能一概否认，而于不知不觉间已受着陆、王的影响了”。[②]

本文作者于此，愿有所增益。窃尝反复思考，明朝初、中叶之学术思想界，并不只阳明一人一家，自陈白沙至湛若水、至王阳明，再加以为数不少的第二流思想家，形成为一种大时代弥漫的总气氛。他们主张“向内”寻求，发扬每个人本人主观思维的能量，以与在“外”者相感应。他们大都思想解放，不喜欢依傍经文和圣人。船山对于白沙，丝毫不抱反感，观其《读李大崖（承箕）墓志铭书后》[③]一文可知。即对阳明，也曾有过褒语：

> 阳明抚赣以前，举动俊伟，文字紧密，又岂人所易及?！后为龙溪、心斋、绪山、萝石辈推高，便尽失其故吾。[④]

这已经可以看得很清楚了。船山之所攻击，尽是阳明后学，斥为禽兽，十分过火。但对阳明除指其“无善无恶”为“近乎禅”之外，并无过分的恶言恶语。可见徐、嵇二老往岁所论，也是触及到思想史上提倡实事求是、反对框框的学风问题。试想，当年之船山，并不知其帽上应书“唯物”二字；当年之阳明，亦并不知其帽上应书“唯心”二字，更不懂得他们之间应该划清界线，而且这种界线是不可逾越的。任继愈同志说：

> 学了马克思主义以后，过去看不清的东西看清了，不明白的明白了，觉得这个武器非常锋利。但也带来了一个问题，就是把现在所达到的分析能力和分析水平强加到古人身上去，这就违反了科学性……[⑤]

我个人十分钦佩这段说话。

---

① 《学原》1947年，1卷7期页54。

② 《王船山学术论丛》页121。

③ 《姜斋文集》（《船山遗书》）卷3。

④ 《俟解》（同上注）。

⑤ 1982年冬，衡阳“王船山学术思想讨论会”《简报》第5号页3。

以上短短一篇小文，受到种种局限，第一是个人觉悟和学识水平的局限，第二是以后辈谈论前辈学术成就时所可能存在的局限，致使对嵇老的真实风貌，容有失真的极大可能，敬候同志们的批评和指正。

附：嵇文甫前辈的学术风貌

一九四六年冬，解放战争已经展开，反动派色厉内荏，仓皇挣扎。在一个傍晚，我和周可任（烈士）、牛维鼎同志三人踏着积雪，从原河大的东二斋到龙亭以东的刷绒街去，我对嵇先生作初次的晋见。伪河南保安司令部政训处在嵇先生所住院落的临街墙上，刷制了巨幅的蓝底白字的标语：“纷杂错综的思想必须纠正”（“总裁训词之一”），真是触目惊心，这是多么可恶的精神压制呀。然而嵇先生怡然恬然，照样大袍马褂，头戴风帽，耳戴耳暖，脚蹬衲制棉鞋，坐黄包车一星期两次到河大礼堂去讲哲学史，用不带马列的词句传播马列的实质，气得特务们由于抓不到把柄而暴跳如雷。

记得初见的那一夜，我们一直谈到深宵，并且一直连续了三夜。我自然很兴奋，嵇先生于寂寞受抑制之中，也难得一个谈得拢的晚辈。他谈的是孙夏峰（名奇逢）。夏峰保定人，家乡土地被初入关的满洲族圈占，后来大半生住在豫北辉县，距嵇先生老家汲县不远。夏峰学派在17世纪影响很大，颜习斋（名元）就是继承又发展了他的绪余。当时，大家谈到，北方学者和南方学者的不同，南方学者三杯酒后就赋诗，北方学者三杯酒后就上房，这见于颜习斋弟子李恕谷的记述。当时似乎还谈到窦尔敦和壬遁（奇门遁甲）之术，谈的很热闹。嵇先生家很清简，夜深无以待客，叫起一个儿子到午朝门买了一盘豆腐粉条馅素包子，大家一面抓着吃一面继续谈。

我当时在陕西省已当了八年的英文教员，课读之暇，搜求关中文籍阅读，对“关中三李”和顾炎武的亲密战友王宏撰（山史），有了一点体会，当即向嵇先生汇报。嵇先生高兴极了，后来他为我的《王山史年谱》写序，中有“我当时大为兴奋，不禁拍案称快，深引为同调”之语。对此，我自然是很感激的。记得当时又谈到傅青主（名山）的《霜红龛集》，我说我得知傅曾到苏门山来谒见夏峰先生，在事后的札记中谈到他对夏峰的印象，有两句话是“外似模棱，而其中实有一大把柄”。嵇先生对这两句欣赏极了，后来一直念叨这两句话。我后来体会到嵇先生为什么如此欣赏这两句话的原因，那是由于孙夏峰在清初的处境跟在反动派抑制下坚持斗争的嵇先生的处境有着很相似之处的原故。

当时我想进河大。周、牛二同志也大力推动。可是嵇先生说，若由他推荐，将产生“不但无益，而又害之”的结果，他叫我向正统方面找门路。不久，当我拿着正统方面的信函先请他过目时，他高兴地说这样做就有效果了。果然不久之后，我以30岁的青年受聘到河大教书，除教工学院两班《中国通史》之外，嵇先生把他亲教多年的三、四年级选修课《明清思想史》让给我教。这是多么高的风格呀。在旧社会，谁肯把自己的拿手课让给后辈的？自然，这中间也有锻炼我的意思，如像京剧中所说，“试试你的膂力如何”。所以我也要努力接受得起这场考验，一年之后，证明我勉强可以接得住这个班了。

旧时代也有些好事情，并非全是一团糟，例如学术渊源、师弟承受，旧时很讲究。只有“四人帮”才叫后辈打倒前辈，再踏上一只脚。还说这种师受渊源是什么黑根黑线。那个“理论家”，当他谈到教育家江隆基时说：“乜（nie）就不简单了，乜就调上线了！”这里的“调上线”是说江和杨虎城将军的关系。当时听到这段广播，我嘴里不敢说，心里暗暗地想：“你就没和丁维汾调上线吗？”后一代总是要和前一代相沾连，接受这样那样的关系，然后形成自己一套，再去影响更后面的一代。前代人对后辈的帮助、奖掖、提携、鼓励，是后辈成长中的一个重要因素。我上文说的，就是亲身体会。我常常说，我这一生，今已年逾花甲，假如没有河南嵇文甫先生领我走了一段“宋学”路子，没有山东王献唐先生再领我走了一段“汉学”路子，那么我今天连这点极其微薄的成就也是谈不上的。人老了，爱流眼泪，爱唠叨前辈们对自己的爱护，觉得人世间没有比这更宝贵的东西。

从1947年到1948年，跟嵇先生同事一年，开封就第一次解放了。解放军腾出运送大炮的卡车，把他们解放的第一个省会、第一座国立大学的一批教师，送进了解放区。记得那时又和嵇先生同坐一部卡车，车上架着机枪，以防“土顽军”的突然袭击。卡车打开远灯，我们注视着通许、鄢陵、许昌的夜景，黎明到达襄城，在一座小教堂里光荣地受到刘伯承、陈毅、陈赓三位领导人的接见。往事历历，仿佛如昨。此后，又在鲁山的中原局同住了一阵，嵇先生留下来筹办中原大学，其余的人一大批都到华北局去听候分配工作了。从那以后，再未和嵇先生见过面。嵇先生已作古人，我这后生晚辈，东望云天，只能有流着眼泪写这么一篇短文的本领了。

回忆张恒寿先生

恒寿先生长我一十五岁，是名符其实的我老师一辈的人了（譬如，与恒寿先生同龄的贺麟先生教过我们《西洋哲学史》，小于恒寿先生七岁的岱年先生也给我们开过《哲学概论》和《中国哲学史问题》），可是恒寿先生却一直和我们以“同学”相称。他有一条理由：“我们是同一年（1934）进清华的。”不错，不过他是进研究院，我们是进大学本科的，只是当年这种界线还不像以后这么僵硬罢了，大家一起在一二·九气氛中办社团、办刊物，这倒是真的。

我在上文中接连说“我们”，除我之外，至少还包括王瑶。王瑶和恒寿先生早已是太原晋山中学的老同学了。记得1935年夏天，有一天王瑶兄忽然对我说，“我带你去看一个朋友”。出了西校门向西南方向走，越陌度阡，到达一个半市镇、半村庄的所在，我知道这地方叫城府，顾颉刚先生的《禹贡》社就设在这里。恒寿先生一家人租住着一个小院落，清楚记得院子里按北平人的生活习惯，打着席天棚，太阳毒时将席遮上，太阳过去后再拉开，透空气。记得我当时想，做一个研究生比做一个大学生要富裕多了，学校有一笔不坏的奖学金；加之山西的阎锡山确实要比什么张宗昌、韩复榘之流眼光深远些，他还懂得培养乡邦子弟，每年大概有不少于300元的奖学金。加之恒寿先生自己家里也还丰厚，所以就带上一家老幼来读研究生了。

我在上文中接连称“恒寿”先生，其实老规矩这是有些失礼的。“恒寿”是学名，是名讳，朋友后辈理应称号，可是说来惭愧，我与恒寿先生相交数十年，一直没有问过他的“次章”。只是在他逝世前大约一年吧，忽然寄给我赠诗一首，并写为横幅，书法猷美；在用章时，正名章之下，盖有“越如”二字另一方章子，我想这也许就是“号”吧；但我吃不准，所以未敢使用。

写到这里，老伴问我：你准备写张先生些什么呢？我答曰，写三件事，一是他的诗，二是他的庄子研究，三是他对汉朝社会的看法。

他的诗，晚年印成一个小本，叫《韵泉室旧体诗存》，寄我一本，我把“诗”放在三项中的第一位不是没有道理的，因为从诗中可以看见恒寿先生这个“人”，而在其他项中只能看到他的“学问”。恒寿先生的诗，假如让一个浮躁的、不懂诗的也不懂人生的小伙子去读的话，会认为不过是胡乱写出的一堆顺口溜。但在经历了沧桑的人读起来，就知道这里边有“味”。什么味？恒寿先生自己作答：

“终恨乏雄魄，未改狷者型”。（《诗存》页70）

“狂者进取，狷者有所不为”。纵观恒寿先生一生，他一直不汲汲于进取，但他坚持了他的“有所不为”，这就是他的这个“人”。就以教书所在的学校讲吧，他若置身于京都名牌第一流学府之中，比起那些“文是文山，会是会海”的衮衮诸公来，他将丝毫无逊色之处；但他却宁愿在天津、宣化、石家庄这些次一等城市中生活，怡然自乐地教教书，写写诗和文章。所以我说他的诗和人是：

“颇得柴桑意，隐隐似霜红”。

说恒寿先生的诗近于陶潜，这是谁都看得出来的，诗集页54～55处八句，音乐味何其相似；但说近于傅青主，则似乎“自我作古”。我这样比拟有三条理由，第一他们古今二人都是山西人，自旧时代以来，地缘始终是一条很要害的关系；第二他二人均精研庄子，颇得其中三昧；第三他二人都狂狷，只不过傅青主在狂狷两方面都是阳性反映，而恒寿先生则只在“狷”方面是阳性反映，在“狂”方面作阴性反映罢了。所以他的诗比起霜红龛来，其辛辣颇不足，而其恬淡则有余。窃以为一个“淡”字，就可以把恒寿先生的诗和人概括尽了。须知，写诗要写得很浓并不难，要写得淡才难，这如同白牡丹比紫牡丹更令人感到珍贵是一个道理。

《诗存》后面有一篇《后记》，这真是一篇了不起的大文章，它不仅是恒寿先生的自叙，更是一篇文、史、哲综合的议论，无论对治文学史的人，或是治思想史的人，都会从这篇短而宏深的文章里，获致到绵绵的启发。

他的《庄子新探》，应该说是他一生中的代表作了。就写作时间说，几乎绵亘了一生，自青年到老年，何况中间还经历了由文言转白话的一场周折。但所有这些还都是次要的，最主要的是这本书反映了恒寿先生的学术风貌。那么，他的学术风貌究竟是指什么呢？

照我说，应该叫大考证，落落大方的考证，大关节目上的考证。说起考证，自清朝乾（隆）嘉（庆）以来，特别以下江三角洲地带为典型地区，人们把这门学术越做越琐细了，有时我对其中一些令人不耐卒读的作品私下里对自己的研究生说过一句刻薄的话：“鸡零狗碎之学。”足见我一生对此积愤之深。可是恒寿先生的考证却丝毫不沾这种边。我常说，读他的庄子考证，如同进入一座宏大的手术室，人们静悄悄地，只听见钳子、剪子、镊子的轻轻碰响，主治医生对应切除什么，缝合什么，心中井井有数。恒寿先生就是这样的一位手术师，来给庄周动手术，他把《庄子》书33篇总共200余个段节一一加以精心的料理。33篇原本分三类，内篇、外篇、杂篇。当初这么划分是有一定道理的，人们通过这种划分，反映这些篇章之可靠性的等次。但这又不是铁板一块的。有时内篇文章中会出现一些与原庄周不合的思想，或者说是较庄周本人要晚出的思想；有时外、杂篇中会出现一些反而像是庄周本人或者当时的思想。这些情况，清朝人不是一点也没有接触到的，但动大手术来切除什么、缝合什么，却是恒寿先生的业绩。我说“落落大方”，是指恒寿先生做这些考证不像三角洲人们那样挑起一个针鼻子大小的事就大动干戈，不惜繁征博引以炫其腹中之富，而到头来于主题毫无补益。张先生处理庄子是从思想实质出发，经过足以说服人的论证，又回到思想实质上做出结论；有时，也举一些同时前后的子书（如吕览、韩非、荀子、淮南子等等）作比较，但具体比较过程往往留在“暗场”，而只把比较得出的结论拿到舞台上来，令人有台面干净利落之感。有时，也在《庄子》本书不同篇、不同章段之间作比较，同样也是做得毫不烦琐。须知，做到这个地步已经很不容易了，叫乾嘉以后的人写，写几十卷、出一套一套书也写不完的，而恒寿先生却只用二十几万字，这是一种本领，十分高强的本领。

《庄子新探》分上、下篇。上篇是考证，考证《庄子》书中可靠性的等次。这是一种奠基工作。我常常这样想，假如每部先秦古籍都有人做这种大手术，该多么好呀。下篇是分析，在这里又显示出恒寿先生的另一种能力与能量，那就是理论的能力与能量，这是只有经历了多年精心阅读和体会马克思、恩格斯以及黑格尔、康德、斯宾纳莎等人哲学专著才能获致到的水平。没有这种水平，是驾驭不住庄子这匹骏马的，而恒寿先生若无其事地驾驭住了，像家常唠嗑样地把庄子的自然主义、相对主义和不可知论，一一分析出来了。在书尾，他又像诗集末尾一样，写了一篇短小精悍的“结束语”，在其中提到了庄周

“不与当权者合作”的传统，他的“未改狷者型”，又一次地显影了出来。

1957年春，恒寿先生写过一篇大论文，是关于汉代社会性质的。在我看来，这也应该是恒寿先生一生中的一桩大事。文章发在《历史研究》1957年9月号的头篇，文长33000字。但据后记说，原稿6万余字。三十几年后，恒寿先生将它收入一本论文集中；这本论文集他也寄给我了，可惜当时我的小女儿在普林斯顿写论文，我认为有参考这本论文集的必要，就即刻寄走了，所以这本论文集我始终未来得及细读。据说，论文集中收的是在一定程度上恢复了6万字稿的原貌，可惜已见不到了。

说起来话长。50年代，左倾思潮已经渐渐浓重起来，教条主义则一直很严重。五种生产方式，人们直按单线衔接的观点去看待，后来人们才慢慢产生了复线的看法，并且上一个社会阶段跟下一个阶段相连的问题上也有了较灵活、较多样的看法。并且，学术问题和政治问题经常缠在一起，例如当时曾有人说，谁不赞成五种生产方式谁就是反党。在那种情况下，中国历史上奴隶社会跟封建社会在哪里衔接、怎样衔接的问题，就成为尖端的问题了。范、翦两先生主张在西周初，郭沫若先生主张在战国，还有人主张在魏晋。恒寿先生这篇长文，看起来是经当时科学院哲学社会科学学部郑重组织讨论然后刊出的支持郭说的一篇大著。

恒寿先生当时在天津，这篇稿的组稿、撰写过程，他从未向我谈过。这是一篇支持郭说最有分量的一篇，也是不同意郭说诸家对之较少异议、很少反感的一篇。因为恒寿先生在这篇文章里显示了他史料的功力和马克思主义理论的功力。须知当时，有些史料派对哲学理论修养不足，有些理论派对史料功底又短少些，所以写出文章来不是左腿跛就是右腿跛，总是给人一种印象：一跛一跛的，偏偏斜斜。只恒寿先生这篇文章不跛，在“史论结合”方面做到了好处。

当然，我们这些人对这篇文章也不是连一点意见也没有的。譬如，把西汉古典经济的分量和比重有所压缩，把小农经济和租佃有所放大，把西汉和东汉看做差不多，把汉武帝政策的作用估计过高，等等。这些意见，我未向恒寿先生提，并且也不具备这种身份了。当时在“万方声一概”之下，我已成为人们中的另一个档次了。但我私下里对恒寿先生这篇文章还是称道不遗余力，我对研究生们说，张先生对马克思有关“城乡关系”在亚细亚的、古典的、中世纪的以及近代布尔乔亚的形态中的不同，了解的最深，讲解的最透，后生们应该很好地向他学习。

我和恒寿先生最后一次见面，是1989年的10月在北京饭店，在孔子诞生2540年的会上。当时，大家住总布胡同空军招待所。他已渐渐老迈，需要研究生扶持，有时要乘坐轮椅了。在会议第一天下午的大会上，恒寿先生、王瑶兄和我，三个人又碰在一起。事隔两月，王瑶兄就在上海逝世。据恒寿先生为王瑶兄写的纪念文章看，王瑶兄高度评价了恒寿先生的书法，并要他为他写诗并书写成字幅。遗憾的是，字和法书还未寄出，王瑶兄的噩耗已经见报。大概是接受了这次的遗憾吧，恒寿写了给我的赠诗并亲笔写为横幅。我非常感激。王瑶兄生前想望而未及看见的，我得到了。可是又怎么会想到，在接到法书之后不久，竟又接到了恒寿先生的讣告呢?

回忆江隆基校长

我跟江校长相识是在1938年。那时，他是西安二中校长。当时，陕西省教育界有那么一伙人，包括李敷仁、武伯纶、袁若愚、李瘦枝、朱茂青、李一清、余达夫等。特别是李敷仁，白手起家创办了个《老百姓报》，很有销路，在国外（主要是苏联）也很受重视，所以小有名气。国民党第四处（肃反处）很恼火这伙人，经常派人盯梢。后来就发生了袁若愚被绑架，继之李敷仁被绑架并枪杀（未死）的事件。最后，到胡宗南把我们这伙人的最高层人物杜斌丞悍然杀害，达到了顶点。1938年情况还不那么紧张，大家常常聚会，有一次在北大街二中聚会，江校长是东道主，热情致词。我们相识，就是在那次会上。

过了一年多，我所在学校——西安高中搬到了泾阳。那是一个小小的县城，城外有个泾干湖，湖中有芦苇和野鸭，同事们教完了课经常到湖边散步。那附近还有一个私立初中叫泾干中学，校长也是一个民主人士。他告诉我们说，江隆基可能到泾干中学来住几天，我们都盼望着。可是等接到信息去看望他时，他已经到陕北去了。这次行踪可能是有点保密的。

时光一闪就是24年。1961年夏，我正在十里店西北师院东苑区的宿舍里养病。情况是这样的：

当时兰大文科各系并到西北师院去，这属于当时的“折腾”之一吧。我的身份是右派分子，被送到山丹农场去劳改一年，刚刚回来。当时师院派到山丹农场去的领导人真可说是无法无天的，他对这些人进行了残酷的折磨，致使四个教师接踵死去。当时我已濒于危险。但突然的事发生了。

我的第二个女儿叫赵纪，当时在兰大附中高中临届毕业，准备考大学。由于十里店居住条件很差，她放了假也不回家住在学校宿舍里温课。有一天小雪初过，她们三个女孩跑到皋兰山上，不慎二人摔了下来。其中一人业已气绝，我的女儿还微有气息。当地红山根砖瓦场就打电话给兰大。当时江校长已接掌兰大有一段时间了，对我的山丹劳改已有所闻，现在又听说孩子出事，他就一面派他自己的小汽车去红山根把孩子接送甘肃省人民医院，并打电话请求抢救小组大力抢救；另一方面，他通过省里拍急电到山丹农场，叫即刻放我回来。

我在山丹一年，当真是数度濒于死亡。一天三顿糊糊，劳动很重，因为要浇水，需要打塘坝，打地埂子。有时场领导宣布几个人的名单，说这些人不好好劳动、不老老实实改造，罚三天不吃饭，跟班劳动。有饭票也不打给糊糊，空着肚子打了整整一天塘坝，我一面打一面想，世界上怕没有比这更惨重的刑罚了。我也曾口头、书面打报告，要求回兰州来看看家属。回答是："你要好好考虑，你是什么身份，你是什么货色。"在做一月一次的"鉴定"时，还把"想回兰州"这一条提出来，作为批斗的根据。

但是突然，在一个大雪铺天盖地的深夜里，我被叫到场部去结账，叫我把东西收拾好，明天一早回兰州。为什么对我开恩了？这个闷葫芦怎么也打不开。第二天黎明，我看到狐狸在雪上飞，心里想怪道俗话说"飞狐"呢。搭上一列运牛的铁篷车，坐在牛粪上，回到了兰州西站。老伴痛哭着告诉我说，老二已死去十天了……

兰大文科系又奉命编回兰大，江校长正筹备建成一座文理兼备的综合大学。有一天，我正在丧女悲痛中卧床养病，忽然有一部小汽车接我到兰大开会。真是又摸不着头脑。原来是第一批右派分子左宗杞等三人的摘帽子会在旧文科楼二楼会议室召开。就在这间会议室门口的走廊上，江校长握着我的手说："你的女儿，我们没有招呼好，遭遇了不幸……"我自认我这一辈子还算个会写文章的人，写了一辈子写到70岁的人，但1961年在旧文科楼二楼听到江校长这个伟大的人道主义者寥寥数语的时候，我的感情是什么，我的思想是什么，我确确实实是不会描写的了……

66届学生招进来，要开课。当时，我是没有资格开课的，只配在资料室里打打杂，有时候做清洁卫生工作。可是忽然通知我开《历史文选》，第二天又改通知我开《中国通史》。这真是一步登天了。没有沦落过的人，是不会懂得这种滋味的。我一贯有一种"报恩的思想"（我也不管这种思想是属于什么范畴），于是我一鼓气教了五个学期，从中国猿人讲到鸦片战争。江校长经常带了校委、党委的一些人来听课，其中崔乃夫、丁桂林同志一直听了一两年之久。

又发生一件事。我的大女儿赵绛，原考入兰州科学技术大学，可是不到一年，该校奉命停办，学生转入兰大现物系和物理系。其余学生全报到了，只我女儿未接通知。去打听，回话是“她父亲是右派”。我们一家焦急，团团转。无法之余，我抽中午12点下班前到四号楼门洞里等江校长下班，我匆匆忙忙把事情对他说了，他叫把名字记下来，只隔一天，就接物理系通知，叫报到。这个女儿今年46岁了，她的物理专业道路，不能不说是江校长为她开辟的。所以，当江校长平反追悼大会要开的时候，我们一家人精心制作了一个小小的花圈，绸带上下款写着赵某、高某“率长女赵绛”敬挽。为什么要这么写？无非还是“报恩”思想，表达对这位执行公正政策的伟大领导人的感激之情罢了。

最后，我还不能不写一写江校长含冤离世的前一夜的情景。这一夜，很多人通宵未睡。“造反”的暴徒们在奔走策划。牛鬼蛇神们在被勒令写批判江校长的大字报。历史系，是我和王翼洲。印象十分牢固深刻，真是往事历历，仿佛如昨。在一间教室里，“造反”的人们把大字报稿拿来：我二人就用毛笔蘸了墨汁一张一张地抄，抄完还要用红墨水把江隆基以及王翼洲、赵俪生的名字加上红叉。这件事后来习惯了；开始第一次干，心情非常奇特：“不是要枪毙的人才画这样的红叉吗？”等所有大字报写完，还要去贴，提着浆糊，拿着刷子，贴呀贴呀，把兰大的每一片大字报棚都贴得铺天盖地，在黎明前的微光中看到一片的白，心里陡然想：“这不像出丧吗？”但立刻警惕到，千万不能说出来。贴完看看表已6点多了，“造反”的人们训话说：“你们这些混蛋不配参加明天的会，你们滚回去睡一下，马上回来接受人民的批斗。”谁会想到，当我一觉醒来，孩子们从邻家孩子们听来，我们当代的教育家、我们敬爱的江校长，已含冤永离人世而去了！

一个既过过五关、又走过麦城的人

——记我所知道的张申府先生

一

我18岁那年初识张申府先生。那是1934年秋，在清华大学三院的平房教室里。记得当时的环境是绿柳低垂，蝉声聒耳。当时清华同时开三班《逻辑》课，第一班由金岳霖先生教；第三班"数理逻辑"由沈有鼎先生教，由于内容艰深不易听懂，所以选课者极少，有一次沈先生傻乎乎地笑着说："对影成三人。"第二班由张崧年（申府）先生教，选课的人格外多。为什么格外多？当时我不明白。因为有关张是李大钊的得力助手，有关他曾介绍周恩来、朱德入党等事，作为学生，我毫无所知。在一二·九学生运动中他是清华幕后的指导人，在西单亚北点心铺楼上他和姚依林是运动的指挥者——所有这些，统统是以后知道的。当时，仅仅知道他爱借用逻辑讲坛作为他自己进行政治评论、宣扬反蒋观点的场所，是吸引群众的最大魅力。拥护的自然来听，反对的也得来一知究竟。记得他身材较高，方脸膛，微胖，穿一身考究的西装，严整地打着领带，用一口并不浓重的河北中部河间、献县的口音（如"安"不读an而读ŋan）讲课。

课堂里挤得满满的，窗口上也站着人。未选课的随便来，选了课的可以不来，这就是自由化的大学风格。张先生从来不点名，但有一次"风云突变"，他突然点起名来了。他手里拿着一大把半联的黄色选课卡，一张一张地念那上面登记的学号，被念的人站起来，张先生问姓名、籍贯、系别、年级。这要花费很多的时间，影响讲课的进程，学生们都愣着。好容易把一大把选课卡对完，自然还有很多是没有选课卡的，张先生也挑问了几个。忽然，他从口袋里飕地掏出一封信，随口说“我收到一封信”，然后把信纸对着听众张开。

信纸上原来是一幅画。中间一人，大约是张先生了，两旁两人各持手枪向他发射，画上清楚地画出了弹火的飞迸。上边，一行大标语：“第三党万岁！”

“谁写的？请站出来！”张先生声色俱厉地说。课堂里鸦雀无声。好半天，张先生把语调和缓了一下。“说我是第三党，大概是由于我认识邓演达先生吧？可是我要说明，在认识邓先生之前，我早在莫斯科认识了蒋介石先生，又在柏林认识了朱德先生，那么，怎样来定我的党派呢？”他停顿了一下，“其实写这封信的是谁，我是知道的，就在这教室里，不过没有勇气站出来罢了。至于我本人，我声明，我是学哲学的，像苏格拉底一样，从来不怕死。”

下课铃响了。我们上了一堂非常异样的课。大家怀着各不相同的想法，走出教室。想来有一个想法怕是共同的：社会上政治上复杂的矛盾和斗争，已经冲击到高等学府的课堂里来了。

二

一转眼15年过去了，中华人民共和国成立。我在新成立的中国科学院的编译局工作。有一天，我们局分到一张票，听苏联专家吉谢列夫的考古学报告。我们局长杨钟健先生说：“你去吧。”从东城东厂胡同到西城辅仁大学礼堂，要乘好长一阵子电车。记得报告会由范老和翦老主持。那种一段一段念稿子，并且俄语一段汉语一段的办法，着实令人不感兴趣。于是乎左顾右盼。倒也顾盼到不少熟人。陈援庵先生手拿一柄硕大的放大镜，问我他的老友赵孝孟是我的什么人，当我回答是我的叔父并说此人已在天津谢世时，援老为之凄然。我身后一排坐着原河大训导长马非百（元材）先生，他轻声地埋怨说开封解放为什么不约他同到解放区，我也轻声地回答说，假如预约了马先生，也许大家都出不来开封了。忽然，又一位老先生跟我打招呼：“你是Mr.赵吧？”我仔细认了半天，才认出来是张申府先生。

报告会结束，我陪张先生乘电车返回东城。这些年来，我也隐约听到张先生发过“划江而治”的议论，从而不符合“宜将剩勇追穷寇”的意旨，而被“一抹到底”了。他为什么发这种议论？有什么动机？有没有背景？我全不知道。假如是同学，就可以破釜沉舟地打问，但老师不行。还有，“一抹到底”到什么程度？政治上、生活上怎么待遇？他也不肯自道其详，只说“在北京图书馆工作”，如此而已。他随身带着一部木刻线装书，一套四本，我拿过来打开一看，竟是一部《麻衣相书》。呜呼！张先生竟研究起这种东西了，怎不叫人吃惊！

我经常这样想：一个人一辈子是不平衡的，也不可能平衡。总有起伏、涨落、高低。总有过五关、斩六将的时候，也有走麦城的时候。这是旧的说法。新的说法是，欢迎人对革命立功勋；也允许人对革命犯错误。即便是犯了极大的错误，也不要打入冷宫，永不起复。一个当年那么勇敢地斗争过的人，一旦落到靠读《麻衣相书》过日子的地步，其心情的寂寞是可以想象的。这，本人有责任，本人以外的人也不能说完全没有责任……

在上述过了15年之后，又过了20年，1979年5月，我到北京参加五四运动六十周年的纪念大会。在一次“召集人”的会上，讨论到五四“老人座谈会”应该邀请什么人参加的时候，有人说叶圣陶，有人说顾颉刚，忽然有人提议张申府。有人说：“怕已经死啦吧？”又有人说：“哪里哪里，还好好活着，就在距国务院二招不远的一条胡同里嘛。”从此，我才知道这位老师仍在人间。“老人会”是严格限岁数的，当时我才六十二三岁，所以没有可能看到张先生。

三

又过了5年。1983年4月，天气仍寒肃，我到北京参加“中国史学会”粉碎“四人帮”后的第二次会议。这时，我跟张先生的小女儿张燕妮已经通过好多次信了。这次来京，就预定要去家里见张先生。4月16日星期六下午2时半，燕妮从北图弄了一部车到京西宾馆来接，我们就到了王府仓胡同。这大约是阜成门一带，距当年鲁迅离开八道湾自买的小院，想非遥远。前院是杂院，住着不只一家房客；后院是独家独户，上房甚高，还有东西二厢房。燕妮说，周总理生前留下亲笔批示，这房子张先生活一天都归张家居住，水电修缮全由国务院承担。我们首先见到燕妮的生母、张先生与刘清扬离异后晚年娶的最后一房妻子，也七十上下年纪了。她说，她是清末一个老“戈什哈”的女儿。燕妮说，当张先生献县原配妻子所生女儿（是一位60岁的女教授）和刘清扬所生两个女儿来看望“爸爸”时，她们管老太太不叫“妈”而叫“燕妮她妈”，这甚至引起了左右邻舍们的愤慨……

张先生家里，凡贴墙处，全是书橱，竖的橱和横的橱，里面全是书，中国古书和西洋书，主要是英文书和德文书。张岱年先生有一次说："你到大哥房里，随你动什么他都不管，可只要动一动他的书橱，他就瞪着眼睛，像牛的眼那么大。"有一次，我买到一本《许姬传七十年见闻录》，其第三部分的第37节有"张申府与许刻书"一段，记张先生中年到琉璃厂访书的经过，可见张先生一生也是收藏善本古书的。

师生见面，已经不能谈什么了，他的记忆已全然模糊。拍照人摄取了不少镜头，然后告辞。四年过后，在1986年冬，张即溘然长逝。

四

1987年春，我以"交流学者"身份到美国访问了两个月。动身之前，接到美国东部康涅狄克州的威斯连大学（按美国有好几个威斯连，冰心上的是麻省威斯连，洪煨莲上的是俄亥俄州的威斯连）的舒尔茨（Vara Schwarcz）副教授的邀请，去谈张申府的事，她正在写一部张的英文传记。因此，我在4月29日到5月1日应邀到Middle Town去做了两天的访问。

舒尔茨，女，1947年生，犹太血统，原德国人。祖父母全给希特勒抓进集中营害死了。她跟随父母流亡到罗马尼亚，成为罗马尼亚国籍的人。后来她又流亡到美国，在加州伯克利加州大学和东部耶鲁大学得硕士、博士学位。曾在北大学习，是王瑶的研究生。她著有《五四启蒙运动》一书。因慕中国女作家陈衡哲之名，取中国名曰舒衡哲。她曾多次访问梁漱溟先生与张申府先生，取了录音和复制文献材料共约数箱，带回美国。

与其说我能帮助她些什么，勿宁说，她倒告诉了我许多关张的事。例如她说，张写"划江而治"一文的背景，是李宗仁。她又说，张曾亲口对她说，当年李大钊是北大图书馆长，张是馆长室秘书，馆长不在时可以代拆代行。有一次，毛先生缴来职应由他缮写的一份材料，可能缮写的工整速度不满李的意吧，李叫张转毛重缮一份。张回忆说，他非常客气地对毛说："请拿回去重作一道。"他看到对方的脸上露了不愉快的神色。（后来，我偶然读到一本有关陈伯达的书，那里边说，当陈初到延安，初与毛先生相见时，当毛得知陈是从北平出来的，他即刻打听张申府的下落。足见毛先生一直将张惦记在心。）

这些内容，也给了我很多很深的启发。中国历史是长期专制，所以中国知识分子除“隐逸”一类外，大都免不了要找政权去挂钩。梁启超当总长、当造币局长，就是最明显的例子。张先生假如真的在1948年跟李宗仁挂了钩的话，那也不足为怪。近百年的中国学者，纯学者很少，大部分都兼“政客”身份。中国知识分子，命运不悲惨的极少，大都是在“挂钩”中遭到了这样那样的“折腾”。

1988年2月29日，兰州

记被《一二·九运动史要》说作是“右倾投降主义者”的一伙人

今年7月中旬，突然接到50年不通音问的同班老同学韦君宜的来信。信中主要说，以“老蒋”（按，指蒋南翔）为首的中央党校的一个“党史研究班”编写了一部《一二·九运动史要》，最近就要出版了，出版后寄我一本，嘱我读后寄一书评，由她送《光明日报》发表。其实，在收信之前，我已知晓一点她的情况。《清华十级级友录》说，她发了两次脑血栓，痊愈后在房中无端又摔伤了右臂。从来信看，明显地已不良于书写。

韦君宜，原籍湖北，但给同学们一个印象，她仿佛家在天津，并且她的家族仿佛跟天津大财阀们（如周作民）有不少关系。在学校时，她用原姓名魏蓁一。人极聪明，个儿偏矮，不漂亮，大家都喊她“小魏”。抗战军兴，她在武汉嫁给了也是我们同学的孙世实。不幸，孙很快在一场敌机轰炸中遇难了。后来，她又嫁了杨述，即杨德基，杨和蒋是齐名的学运起家的大人物，后来做到北京市大专院校党委总书记。小魏原本是相当“左”的，但经历“四人帮”残酷迫害“走资派”以后，思想上似乎有一定程度的游离，我读过她一篇发表在《人民日报》上的悼念杨述的文章，写他死前拖着不方便的腿，爬三楼、五楼，探询有关自己的“处理”，这种写法很不寻常，似乎有了一点觉醒。她多年以来一直是人民文学出版社的社长。记得为了出版节本《金瓶梅》的事，有读者写信说“……你们这些大官僚”，她的答语是“说实在的，我们也够不上什么大官僚”云云。不过，不小的负责干部，恐怕是已经不容辞让的了。

《一二·九运动史要》寄到了，相当精致，彭真题的封面。全书近20万字，字数不算多。由于我对这本书特感兴趣，且书中所叙尽是我亲历之人之事，所以未用完一昼夜就读毕了。感到不坏，特别是第7章讲少奇把瓦窑堡精神带到北方局的这段大文章，过去不仅在少奇是“叛徒、内奸、工贼”的时候无人敢写，就连这顶帽子未扣上以前，人们也是不敢这么铺开来写的。这是本书最主要的优点。其次，若干细节（包括人名、地名、年月日等等）显然经历过仔细的查对，较比从前的几本一二·九史要精确多了。当然，也还有不足之处，如不平衡。运动发生在北平，记北平的就详实而生动，记天津、上海的就逊色一些，记西安、桂林等就粗疏多了。但我个人意见集中在书的第10章第3节，题目是“反对资产阶级改良主义和右倾投降主义”。我认为至少后一半不应该是这么个提法。

这一章所写的是，继反动教授杨立奎以及反动中学校长吴葆三、焦实斋等跳出来分裂学生运动之后，天津《大公报》记者王芸生和北平学生运动领袖人物徐芸书（按，即徐高阮）、黄刊（按，即王永兴）以及蒋弗华（即蒋福华）等发表的一些对学运的不同意见。我与王芸生素昧生平，他当年为何写这些文章，我一概不知不晓，故在此不予置喙。但与徐芸书、王永兴、蒋弗华三人则不仅是一般泛泛的同学，而且是过从尚好、尚密的朋友。其中除王兄仍健在人间，并且担任着北大“敦煌吐鲁番研究中心”的导师之外，徐、蒋等人早已“其人与骨皆已朽矣”的了，我认为不应该再给这些活的和死的人头上扣上“投降主义”的帽子。加一百倍说，他们不过是革命阵营中个别的“持不同政见者”，是革命列车在半路小站上下了车的旅客；但他们当年都是极优秀的青年，聪明绝顶，并且洞察了“左”倾关门主义之危害的人。在反关门主义的时候，他们可能有过游离开“大局”的一偏之见，这在今天显然是允许的，在当年也不过是一种“不同政见”而已，远远够不上什么“投降主义”；理由，他们的意见在当年远远构不成为一条“路线”（如王明）。既然未构成一条“路线”，哪还称得上是什么“主义”呢？故第10章第3节的提法显然不合适。

我把这些意见，直言无隐地写给了韦君宜，她回信说——

“你的那些高见自然无法发表。”

妙哉，妙哉！这陡然加来的写文章任务，就又这么陡然地被摘除了。不久，《光明日报》上刊出书评署名“韦君宜”，文中通篇说好，无一字的不同意见。其实，韦的信中原已写的很清楚了，“我们搞这一本书，非个人一家之言”。这句话就是说，这部书是代表组织的，故难以容纳个别人的看法。由此，我对“个人”和“组织”的关系，又一次受到了教育。

*　*　*

现在，让我来回忆一下这一伙人的影像吧。

为头的，自然是徐高阮。徐，江浙人，我说不清他是哪省哪县的人了。面皮是少有的白皙，而且不像北方人那样胖乎乎的两个腮，他的皮是紧紧贴在颊骨上的，鼻子像刀削。在清华园里，他属于革命者中最老的一层。这老一层的人包括：牛佩琮、何凤元、高承志以及陈国良。至于蒋南翔、姚克广（依林）、黄诚，那已是第二层。像李昌（雷骏随），已是很晚的一层了。由于是最老一层，他带着一种前辈式的倔傲。他虽然反对关门主义，但在他身上正留有关门主义时代的残余：诡秘、不说真话、声东击西，令人捉摸不透。他有一位很密切的女友许留芬，他们俩无论上教室、上图书馆、进城，总是比翼双飞。可是，听说他们终久没有成为夫妇，徐单身一人孤零零地在台湾死了。陈寅恪《寒柳堂集》中收有为他写的一篇序，大体是关于《洛阳伽蓝记》的，也许徐死前在搞魏晋南北朝史吧。

我最接近的，是蒋弗华。我今行年七十又一，可以说在我一生所接触的多少多少人中间，我没有见过一个比蒋更聪慧的人。一个人形成某种价值，当然要集合很多因素，如志气、毅力等，而聪明不能不说也是一个重要的因素。蒋，山西晋城人，是回族。他的岳父叫马骏，和张培梅两人是阎锡山手下叫人害怕的军官。1948年，我从中原局到华北局路过晋城，从新华书店里买到一本小书叫《斗争马公馆》，讲的就是翻身农民向马骏家斗争诉苦的经过。在学校时，蒋从未向我说过这门亲事，我们只知道山西人早婚，他已经婚娶过了。

他个儿不高，一头卷发，一脸小圈腮胡，连圈腮胡也是卷曲的。小眼睛，戴一副小眼镜，穿一身旧棉袍，走起路来有点像鸭子般的迈步，稍嫌拖拖拉拉，其实还是在摆着一副名士派头。他说话非常幽默，带有极辛辣的挖苦，不习惯的人会受不下去。例如有一次他兴高采烈地跑到我房中来，问我和郑庭祥（即郑天翔）什么时候死，因为他已为我二人想好了一付挽联，上联是“肖洛霍夫，绥拉菲莫微支，马耶珂夫斯基”；下联是“Moscow News，New Masses，International Literature”（《莫斯科新闻报》、《新群众》、《国际文学》）。这些，正是当时我和郑最热心翻译的对象。蒋这样做，不过在讽刺我和郑当时表现的“左的可爱”而已。

当时，我和郑正在编一本杂志《新地》，公开说是“清华文学会”的刊物，其实是“左联”小组所举办。蒋弗华当时给我们译了一篇法国作家安德勒·纪德的散文诗式的文章，挺长，记得有两万字以上。译文是漂亮极了，确实很少人能有这么精确的脑瓜和俏丽的笔触。但却引起了辩论。辩论的主旨倒不是关于译文如何的，而是关于纪德和巴比塞的比较。当时，有三个法国大作家到过苏联，罗曼·罗兰和巴比塞回来后是高度赞誉和大力鼓吹，巴还写了《从一个人看一个新世纪》，只纪德比较冷静缄默，不指摘也不歌颂。于是，从苏联那边就流露出议论，用中国辞汇来说，就是“第三种人”或“民主个人主义者”。于是我们辩论：巴比塞好呢？还是纪德好？杨述、蒋弗华、郑庭祥和我，都表了态。只蒋一个支持纪德，是少数。可是事隔50年今天再看，确确实实巴比塞并没有什么特别好，纪德并没有什么特别坏，不过他更多一些思辨，更少一些个人崇拜罢了。当年，鲁迅翁对施蛰存、杜衡等人的挖苦，也不过反映他老人家的一些“左”罢了。我把这段往事写在信里告诉了韦君宜，韦回信中说：“以今日视五十年前，何妨若一百年后视今日？”这两句话，也不过表示她对此事不拟深论、略打马虎过去就是了。

1939年夏我和蒋在西安马房门生活书店的书摊边，又邂逅了。我的山西新军的军装已换成便服，他倒是绿色军装，由于没有番号，不知道究竟属于哪家部队，也不好问。那天夜里，约好在莲湖公园的茶座上作彻夜之谈，记得还碰上警报，管制了一阵灯火。当时谈的是我想写一部《欧洲十九世纪文艺的神髓》，被他大大挖苦了一番，意思是皮毛还未抓住，上来就是什么“神髓”?!自从那次分别以后，他就返回晋城探亲，据说在距家一日路程的地方被暗杀了。什么人杀的？这怕是千古之谜了。因为当时当地驻军很复杂，八路军有，山西新军有，国民党军有，阎锡山部队有，日本特务也有。1948年我重过晋城打听，事隔九年，人们竟连个影子也没有了。像湖底泛起的一个水泡，它永远永远地破灭了。

记得徐、蒋合办《学生与国家》刊物，二人到燕京后往城府红葫芦胡同顾颉刚家请求题写刊头时，恰巧我刚好从顾先生处出来，碰了个对面。刊物出来后，还送了我一本。现在，想找这本刊物，怕比登天还难。那上面蒋写的《青年思考独立宣言》，我也无由再读了。

还有一个人，也有必要在这里写一写。他就是丁则良。丁，似乎是那种江南人做官落籍北京者的后裔。他没有徐蒋深刻，咋咋唬唬的，爱领大家呼口号。解放后，他成了教授，仿佛是东北人民大学的历史系主任。1957年春夏之交，他正从巴基斯坦参加全世界史学年会飞回北京，东北方面已经派人守候着，叫他回校“交代问题”。那时，他住在周一良家，留下一封遗书，就投未名湖自绝了。我追忆起1954年夏一大批在思想改造中刚刚洗了第一次脑筋、从而不大舒畅的知识分子到青岛来舒畅一下胸怀，有邓广铭、齐思和、阎简弼，也有丁则良。在山大历史系的欢迎晚会上我与丁握手时，顺便说了句“我们还是一二·九的老战友呀”。丁脸色微沉，用不大的声音说：

“惭愧，我走了弯路。”

这句话在我脑际盘旋了若干年。我想，他是说了一句诚实话，不失为真诚的君子；但什么“弯路”呢？直到60年代西北师院的外语教授李学僖才告诉我，当年他在英伦留学，每天早晨打开Morning Broadcast（晨间广播）时，总听见丁的播音。这一下，我才明白了，原来他“失”过“足”。

我自己问自己：你写这些是什么意思呢？我想我的意思应该是：像这样的人物，已经是在30年代那场“大浪淘沙”中再也不会有谁去写的“魂灵”了。真如朱德元帅所说，革命如一次列车，有从起点上、到终点下的，有半路上、半路下的。这两种人中间在价值上自然有很大的差别；但只要不是预先带了炸弹上车来搞破坏的之外，就总是“同路人”吧。我盼望，大家伙不要带着过分“恶劣”的印象和言词，去追忆他们。

原因是除了这些“同路人”主观方面有着这样那样的弱点，有的甚至是很严重的弱点之外，在革命队伍本身，也正存在着更严重的弱点，那就是“左”倾关门主义与冒险主义，正如少奇所说，它长期残留在革命队伍之内，缺乏对它的揭发斗争，使它千百次地重演，损害最大。长期以来，“左”倾思想的领导者们对搞关门主义的有奖，对联系群众和同盟者的处分。在组织上，他们深深惧怕知识分子和小资产阶级进入先锋队里来。因此，那些已进来的必然日子很不好过、心里很不好受。久而久之，一些阶级觉悟不够坚持的人就有可能游离开革命的总轨道，有的坚持自己的“民主个人主义”终身，有的就不免有了“失足”的行为，事情的原过程说到底不就是这么一回事吗？说到底，这是个双方有责任的事，不能片面怪罪这些“坏家伙”们“混进来”又“滚出去”，一块臭肉搅浑了一锅汤。

1987年11月27日，兰大22楼209室

从铮园到绿杨邨，再回到铮园

——记我与徐中舒先生的几次接触

同事汪受宽从昆明开文献学的会回来说，他遇到缪文远了，缪说徐老前几年还可以看小人书，这一半年连小人书也看不懂了；缪站在他床前大声说，“先生你看我是谁呀?”徐老竟认不出来。一个人活得太长，往往如此。1983年4月16日我到北京王府仓胡同去看张申府老师，他不是也糊涂了？一见面傻乎乎地说“你四十几了?”大家大笑。老师改口说：“噢，你五十几啦吧?”大家仍然大笑。这一下，他糊涂地不知说什么好了。徐老的情况，看起来比张还不如。据说他只剩下能吃能睡两条，所以生命还能延续。

在此之前，曾接到过川大历史系的来信，说本年10月23日是徐老90寿辰并从教70周年纪念，叫写贺信或贺电。贺电拍去了，又收到信说，要出纪念论文集。好嘛，我准备写一篇《公社农·小农·依附农》的文章寄去。

但我和徐老间的接触，其最动人的场景，还远不是这些。话说从1970年春二三月到1972年秋九十月之间，我有两年半多一点的时间被兰州大学“动员”退职，变相地被“清洗”了。这期间，我常往返于贵州与兰州之间，因为大孩子在贵州工厂里，老伴带两个小的仍在兰大家属院住。往返必经成都换车，换车期间必在成都游览一番，顺便到川大看看徐和缪（钺）。

1970年这次未看成。这时距离“横扫”虽已四载，余威未尽，川大“门脸”上那几条长板凳上坐着“红小兵”，我望望焉而去之矣。第二年，1971年7月18日（星期日）我再来，“红小兵”不见了，坐的是一个老头，一个老太太。我仍小心翼翼，不敢径直说出徐中舒名字，搭讪着问道：“缪钺先生可见一见吗?”老太太笑逐颜开地说，他就在距离校门不远的铮园住，一栋小二楼，一打听就可以找到。我很快找到了缪家。缪先生本人和老伴住楼下，其长子（一位理科的副教授）住楼上。记得这位长公子家教湛然，恂恂敬客。缪并未列在“牛鬼”行列，只是不能参加“革命的”战斗队，胡乱凑几个“中间分子”另摊子学习而已。缪能混到这种身份，已属不容易了。这年，他已67岁，但发苍不重，声音洪亮，吐语机警而又幽默。他虽籍隶江苏溧水，但从说话腔调到饮食习惯，一家人都是“保定府儿”的味道。问起徐，缪似乎不愿多说也不敢多说，只说自从“四清”就挨批，“文革”中挨斗挨得“极惨”而已。并说，徐已从铮园被“轰”出去，住到有相当一段距离的仓库——绿杨邨去了。我问，绿杨邨怎么去？缪想了一想说，有一位搭半天工的保姆，12点下班要回绿杨邨，叫我跟随她去。

绿杨邨距离九眼桥，还有好大一段路。那里原是川大的一处堆栈，“文革”后有两家罪情最严重的“牛鬼”被轰到这里住。一家是中文系的张默生（山东临淄人），一家就是徐。张在山东很有名，我上中学时他是济南省高中的校长。算起来，张当时年已75，徐已74了。保姆把我带到一处偏僻的小门，门边坐着一位老太太，浅蓝竹布上褂，湘缘羽纱黑裤，坐在一把“交椅”上，手里拿着一柄芭蕉扇。保姆叫她“徐婆婆”，说有客人来啦。徐婆婆可能已经受够了“文革”中“客人”的祸害，漠然并不招呼。我只好自己去敲门，徐先生出来应门了。他冬瓜脸型，个儿比缪要高，说一口略带安庆味的普通话，头发已经惨白了。听过我的说明来意之后，立刻让进去。一进去，却让我见到了一幅生动的景象。家具，包括桌、椅、箱子等等都乱糟糟地从地板摞到房顶，只剩二老每人一张小床和二人合用一张小桌，一把暖瓶，从这暖瓶里倾出白开水来奉客。谈了一会，徐仿佛突然想起了什么似地，爬到家具堆很高的层次上（这是有一定危险的），打开一只箱子，在里面翻来翻去。这时，徐婆婆进屋来打了一个转身，看见徐先生的举动，显然要发怒的样子，但终于抑制住了，未公开阻止丈夫的行动。徐终于找到了一本显然是为了防止被抄走而藏得很诡秘的书。我一看，原来是中华书局刚刚出版的一本《左传选》。徐把书铺开在小桌上，一面郑重地对我说：

“这本是新出的，我只有一本，所以不能奉送。书前书后，有我写的两段文章，里面是有点东西的，你就坐在这里把它读读。”

我照徐先生的好意，仔细地读了，原来是他对《左传》由来的一个新看法，说《左传》原来是瞽史的演唱，后来我把这看法叫做“瞎子唱书”。徐先生所谓“有点东西”，就是指的这个。这件事虽小，但我一生久久在念。我想：一个诚实的学者对他自己的学术见解是多么地珍惜呀！试想，当年的那个环境也够离乱的吧；徐婆婆已查出患癌，大家心绪也够糟的吧；但徐老仍不惜爬高，翻出这点“东西”来以飨同好，这是一个多么动人的场面哪！

转眼到了1972年，我又过成都。记得这时正是基辛格秘密访华首次发布消息的时候，说尼克松次年5月将访华：中美关系打开了。这年，徐先生应该是75岁。他已从绿杨邨搬回铮园，但徐婆婆已经死了，五个儿子全回来奔丧，臂上都缠着黑纱。别人告诉我，五个儿子全是右派，这一点我不好意思落实。反正都分配到成都以外，记得最近的在贵阳，最远的刚从乌鲁木齐回来。他们告诉我，川大落实政策，从徐开始。头头找徐谈了话，四句。第一句：从今往后，可以不参加政治学习了。第二句：在家里想干点啥，就干点啥。第三句：想写点啥，就写点啥。第四句：假如需要，我们可以给你派助手。

徐本人似乎比绿杨邨时候疲乏一点，儿子们烧饭，徐还开了一瓶“成都大曲”。他谈了一些顾颉刚在北京的遭遇和陈寅恪在广州死前死后的情景。我在贵州与世隔绝，听了感到很新鲜。我说我想去拜望一下顾炎武研究者黄少荃，徐惨然地说，不久前她刚刚悬梁自尽，你已见不到这个人了。五个儿子中的一个送我到九眼桥，借机在路上边走边谈谈。他说，他父亲不久前发过一次病，有六天光景，躺在地上打滚，也笑，也哭，用手抓自己的胸脯；骂人，骂的那些话是儿子们从来没听见过的。请来医生诊断，说是“心源性精神病”。“心源性精神病”是怎样的病，我不懂医学，不敢乱说。但看起来，这病又像歇斯底里，又不像。理由是，以后并未多次复发过，可见生理上没有“根”，只不过是对十年“文化大革命”残酷迫害的一次总爆发就是了。“文化大革命”快收尾子时候，徐老的具体情况就是如此，谨立此存照吧。

补充写一点。据说，徐老的大弟子不少，其中有唐嘉宏、缪文远和罗世烈。有一次唐到兰州来，在饭桌上告诉我一个场景。有一年，蒙胡子（按，蒙文通）死了，开了一个以斗争会代替的“追悼会”，正面悬挂着蒙胡子的放大像，加两条黑叉。台上跪着一个戴高纸帽的，就是徐中舒。第一个上去进行批判的，就是蒙的儿子，这真是“划清界线”的绝好事例了。不过这样的例子既非空前，又不绝后。我的老同学牛荫冠（此人解放后担任过几个省的财政厅长，还当过财政部副部长）家是山西兴县最大的富户，土改时，牛是土改组的组长，坐在上边，他父亲跪在下边。游街时用铁丝像穿牛鼻一样穿了他父亲的鼻子，由牛荫冠牵着。据说这件事后来被“上边”知道了，可“上边”并不欣赏，据说还下了一道什么“文”。

自落实政策以来，徐是一天比一天好，但也一天比一天衰老了。1980年5月24日，在“农民战争史研究会”的开幕式上，记得徐就坐在我的旁边。照安排，他要代表四川省史学会讲话，他还特意用一页纸竖行毛笔写了提纲，但即便有提纲也中途讲不下去：思维断线，接不起来了。对此，大家谅解。这年他应该是83岁。又过两年，1982年5月25日，在“先秦史学会”的成立大会上，他的精神较上次好得多，做了一个小时的学术发言，大体讲的是周民族从今山西省迁徙过来。这天仍是我坐在他的旁边，亲自看到他老人家精神奕奕，言语无丝毫失误之处，不觉私心大慰。这年，他85了。倏忽五载，谁会想到，他竟在90岁上连小人书都看不懂了呢？

1987年11月19日，兰州

一个绝顶聪明但被扭曲了的人

——为童书业逝世二十周年而作

张维华死了，终年86岁，算是好寿数。来了讣告，我也去了唁电，其中说“先生在五十年代山大历史系教师中，为具有真正水平之一员”。写着这样的电文，不禁想起了童书业。童死去已19年，终年差几个月不到60岁，真是寿夭之事不可测。1980年我到杭州，童的小女儿童教英同志对我说：“你是先父生前好友，为什么不见写一篇纪念文章呢?”当时我未作答，并非我“语为之塞”；而是要答，需要涉及很复杂的一段历程，非三言两语可以说清。1984年在西安我把情况一股脑对童的老友史念海讲了，史说还是不写文章为好。但不写不写，连我本人也要按自然规律办事，岂不遗闻湮没了吗？因此，还是趁20年忌辰的前夕，把它写出来吧。

童的长婿黄永年写的童传，好几年前就读过了，感到不少形式化的地方。这也不能怪黄，那时的风气就是如此，打就要打到地，好就要好上天。我要从另一个角度来写童，他平生弱点，就在一个“怕”字。有六怕，怕失业、怕雷电、怕空袭、怕传染病、怕癌、怕运动。童的一位学生又补充了两条：怕地震、怕蒋记反攻大陆。所有这些他都怕，有时怕得要死。在此还要说明，这里的“运动”，非指体育运动，而是指政治运动，这一项是他最怕的。每当运动前奏，“先吹吹风”的会开过之后，第二天童的脸马上就像烟灰一样的颜色。单这一条，在过去“左”的时代，能写吗？我想有朝一日教英同志读到这里，七年前的疙瘩就可以解开了。

以1955年的肃反运动为例，先是批胡风，接着从党内揪出华岗，慢慢就要深入到本单位的问题了。照例先开一个“吹风会”。记得“吹风会”的主持人是三个：杨向奎、蒋捷夫、孙思白。不久之后，我就是肃反的大对象；可是“吹风”之时，我还侥幸有资格跟若干积极分子坐在一起听“吹风”。“吹风”的大意是，山大历史系有三个大反革命。其一是张维华，他是美帝的忠实走狗，齐鲁大学的洋人离去时，给他留下埋在地下的几缸金银，作为进行反革命活动的资本；还有一张地图，标志埋缸的方位。我们运动的目的，就是要张缴出这张图，不达目的绝不罢休。其二是童书业，他有血债，他一夜之间杀了一千个共产党员，有检举材料可证。其三是韩连琪，济南解放后他化装成乞丐到青岛去给国民党通风报信。听了“吹风”内容后我回来对妻子高昭一说，童先生看见咱家杀鸡都吓得捂着脸，他怎么会一夜之间杀死一千个党员呢？

原来事出有因。童跟他父亲的关系，不甚协调。童夫人时常谈起抗日战争时，童的父亲受其妾的挑唆，将童夫妇赶出家门，逼得童夫妇从江南到江北、从江北到江南跑“单帮”生意过活。那时童的鞋底上都是大洞，用一把稻草塞住。解放后，童父及其妾住在上海，写信到青岛来，说你现在是大教授了，应该按月给一点赡养费。最初，准备每月给30元，不知怎么一来没有给。上海那边就写了检举信，信在肃反之前早已由市委转下来，贮藏在党委的组织部了。

事情是这样的，1948年徐州解放之前，顾祝同为了勉强点缀升平，发起要邀请一些学者到徐州去讲学。很多人拒绝前往，童书业和杨宽二人应邀前去了。当时使用军用卡车把他二人送往苏北，黑夜之间有不断的枪声，童问这是什么声音，蒋军官兵回答说：“打共产党，我们一夜可以消灭他们千把。”回到上海之后，童是“书呆气”很重的人，不懂得这话的轻重，就把这话传出来了，传来传去，话的主词从蒋军官兵讹成了童本人。童父之妾，就是按这话头写成了检举材料的。

童如何对待的，我就不太清楚了，因为我在他们之前被斗，并被宣布为“披着马列外衣、猖狂向党进攻的反革命分子”。斗争的气氛，远较他们的为盛大激烈。但我心里并不太紧张，因为对我一未抄家，二未隔离，一直让我“逍遥”着，不久，山东省委宣传部长夏征农来青岛以“有反必肃、有错必究”的原则，替我宣布了平反。

事情过了很久，已经是运动“收尾子”的阶段，突然发生了一件新鲜的事。似乎是一个星期天，家里人大部分都出门了，只剩高昭一在家合衣午睡。当时只有我三岁的小女儿赵红从外面偶然跑回家，意外地发现一个瘦老头跪在妈妈床前。这一下，可把她吓坏了。她喊着跑着出去找人。后来高昭一也醒了，我也从街上回来，研究的结果，那个跪着的人是童书业。

事情的关键是，童有一份“交代材料”在党委组织部，运动过去了，他想索要回来毁掉，可是又不敢自己去要；想求我代他去要，又不敢当面提出，所以想到我的妻；可来时正值我妻午睡，所以就出了这怪相了。“交代材料”中说了些什么呢？说的是有一个受美国情报局指挥的，隐藏在大陆很久、很深的，以研究历史、地理、绘制地图为幌子的反革命集团，其最高首脑是顾颉刚，各地分设代理人，上海代理人是杨宽，山东代理人是王仲荦，东北代理人是林志纯，底下还有一句“我和赵俪生也是其中的成员”。这份“交代”写了一厚本，题曰《童书业供状》。我得悉之后，立刻去找了组织部长高芸昌，高派人到合江路宿舍把童找来，就在组织部办公室内找来一只盆子当着童的面，把《供状》撕开，烧成了一盆灰。童从此才释然了。

在这件事情以后，我与孙思白之间，曾展开过多次激烈的争论。孙认为，我去替童要求将《供状》焚毁的事，是一件严重无原则的行为，因为这份文件需要永远保存下来，作为童书业不惜陷害老师好友的品质问题的铁证。但我不以为然。任何人，任何人的性格、品质，都是跟他的环境条件分不开的。在“左”的路线下，一次次运动的架势，真是吓得死人。前文表述过，童是个“怕”字当头的人，旧社会怕失业，曾怕到神经失常，这是被扭曲的头一回；解放后不怕失业了，可又怕运动，试想，一千条性命的“血债”，不够他发疯的吗？这是被扭曲的第二回。当然，我从来没有说过，童写那样的《供状》是好的、应该的。童在平时经常对我谈，一个变态心理的人制造的谎言和假相，往往是最精致的。可是他究竟还是在长达数万言的《供状》中并未遗漏下连他自己也是其中成员之一的“坦白”。存心害人的人，是光害别人，绝对不害自己。而他既害别人，也没有忘记了害自己，这是他“精神病”、“变态心理”的铁证。法律不是规定，有精神病的人，杀了人也是不判死罪的吗？根据这一点，我对童采取的是谅解态度。

童在生前经常给我讲弗洛伊德，我腹内所存的一点有关弗洛伊德的知识，都是从他那里听来的。似乎弗氏在谈到陀斯妥也夫斯基时，说他有时对别人是“施虐狂者”，有时对自己是“施虐狂者”，但 最终结点上却是个“受虐狂者”。这话高明极了，并且完全可以适用于童书业。试看，长达万言的《供状》一案，到头来还不是害了自己吗。再举一例。有一年，咱们大陆方面宣传蒋记要反攻大陆，童的神经又紧张起来了，紧张到控制不住了，他去找当时的山东大学历史系党总支教师支部书记，说：“他们来了，首先要抓住我，用枪口对准我的胸口，要我带他去搜捕共产党员。你知道我是胆小的、怕死的，我不能不带他们去抓你。但我和你约好，当我到你窗口时我拼命咳嗽，你听到咳嗽声，马上躲起来就是了。”这简直比小孩还幼稚。可是不久，“受虐”的时机很快到临，文化大革命一开始，对童书业的第一张大字报上写着“童书业有变天思想”、“童书业借反攻大陆谣言恫吓党员干部”。想来，光这两条就够他受的了。

*　　*　　*

我和童的友谊，建筑在三件事情上，一、谈学问；二、看京戏；三、品画。

童书业最爱谈学问。谈到高兴时眉飞色舞，手舞足蹈。不管听的人爱听还是不爱听，他一直谈下去，谈到午夜以后。他最怕黑夜中出事，但谈起学问来就什么都不怕了，因而造成过小事故，有时迷路，有时被警察收容。因此很多人厌烦他谈学问，径直撵他走。我夫妻能有耐心地听他谈，所以他认我二人为终生好友，一到周末或星期天，就一定到家下来。我家的饭并不特别好吃，个别菜的烹调技术距童夫人远甚。但他恋着谈学问，就到处宣传我家的饭如何好。童在吃东西方面也有怪癖，如裸露的肉他是绝对不吃的，吃了就吐出来；但包裹起来的肉他却大口大口地吃，这不是“闻其声不忍食其肉”，倒是见其形不忍食其肉的“仁者”了。我们就顺着他，把肉用面糊、豆腐皮或茄片、瓠片包夹起来，做给他吃。吃完就谈，吃是次，谈是主。他谈的，都是治学中新收获的萌芽，或者说，是一些论文成形前的毛胚。并且在这里又须加一笔，童有时很傻，但有时又很精。例如他跟一个人谈过某个他自己的“精义”，这些时候这“精义”不知不觉被摄入该人的论文中去了。从此，他就再不到这家去谈学问；我们问起来，他只把眼睛弯成蛾眉那样咪咪地笑着，不出一语。再者，他总有一种偏执，认为我夫妻二人接近革命早一步、接触马列早一步，而他晚一步，从而对我们产生某种莫名其妙的信赖，仿佛我们听后没有认为大谬的论点，就是可以站住脚的了。其实这是十分靠不住的，我们自己的许多论点后来不都变成“反动透顶”的啦吗？

当时有四个人是京戏迷：杨向奎、卢振华、童书业和我（我妻因脚有湿气不能常去）。大家一起去，互相请客。童听戏，也有他的怪癖。第一，他不听票价高的戏，如梅兰芳2.8元、马连良1.8元、张君秋1元等，他都不听。原因之一，怕是夫人卡得紧。（有一次他跟我一起从合江路宿舍到大学路去上课，他花5分钱买了一个尖底纸包的花生米，倒给我一半，一面吃一面唠唠叨叨地说："连剃头加吃花生米，才给我发5块钱！"）他只听东镇一家小剧院门票3角的戏。第二，在一夜三块或四块的戏中，他有他的选择。他厌烦老生和旦角的唱工戏，每当慢三眼、慢四平或反二黄慢板时，我们三人都眯起眼睛听得入神的时候，童却不见了，他到吸烟室休息去了。等武打戏一上场，什么《龙潭鲍骆》，什么《杨香武三盗九龙杯》，他高兴极了，神采奕奕，并且在戏散回家的路上，他一定告诉我，听了这样的戏，他的精神所得到的恢复，要比睡过一场好觉、或者接受一次"休克"治疗要强得多，明天的第一堂课一定讲得特别精彩。他甚至约请我专门去听他那一堂课。有时，联系"龙潭鲍骆"和"杨香武"，他能谈出一系列宋、元、明、清的社会礼俗，一直谈到资本主义萌芽问题。在夜深人静的街道上，他高声放肆地讲着，简直是意气风发了。

童书业是历史学家，此外，他还兼备画家和画论家的身份，这是大家所公认的。他早年习过画，卖过画，还专门到北平跟胡佩衡学过。他画山水，路子是"四王"。他仿过王石谷，也仿过戴醇士（名熙）。他自己说，仿石谷达不到"乱真"；仿醇士完全可以"乱真"。他说，旧社会有做假画的集团，谁着墨，谁上色，谁题字，谁刻图章，谁把新画来"加旧"，谁上裱，都有专行任务，赚了钱大家分。有时，眼看着自己参与制造的伪品，连社会上最著名的鉴赏家的眼睛都骗过，使那人连连表示珍赏的时候，他想笑不敢笑出来，只好憋着。但说来可怜，他家纸、笔、墨、砚，一概不备，只有正月初一到黄公渚（孝纾）家拜年时，借黄家高档的画具设备，才即兴给朋友们画一两幅。

当时解放不久，诸城一带大官僚、大地主家里的字画，在"扫地出门"时成了贫雇农家的"胜利果实"，一转手二转手到了青岛出卖。此外，青岛是德、日、美三代的殖民地、半殖民地，许多"先朝"政客，如今失意了，都愿到青岛来当"寓公"，老一辈死后少一辈就把所藏书画也拿到店里出卖。所以50年代前半段，在青岛市面能见到的字画比较多，价钱比后来也便宜不少。童是从来不买画的，但是我买。买来之后挂在墙上，由童来品评。他的品评，带专家气息，也带偏执气息。他往往不从画法、纸色、绢色、墨色、题款、用章、藏章诸方面的综合情况上去下判断；而是"单打一"，根据某年某地他见此画家有某种画法、笔法为理由，判断与此画法笔法极相类似的一幅画为真品，而判断与此画法笔法迥不类似的一幅画为赝品，等等。这样做的结果，误差往往很大。所以在当时青岛的卖画、买画、品画的人们当中，他的品评不太被人重视，理由是他的观点太偏执了。

当文化大革命开始时，童已经支持不住了。我听说，在山东大学“牛鬼蛇神”们拔草时大家都是蹲着拔，“红卫兵”只准许两个人带板凳：一是冯沅君，因为她是小脚；二是童书业，因为他有病。后来我问杨向奎是否如此，杨说：“哪里?！板凳已坐不住了，是躺着拔；后来是童太太代拔。”有一年在杭州郊外我见到童太太，我问童先生是怎么死的，童太太说，她也不知道。她问医生，医生说：

“他的肺没有了。”

王仲荦告诉我，当童的噩耗传来时，一位讲师的夫人在阳台上说“又替人民节约了二百多元人民币”。现在这位夫人的丈夫也已上了“教授”职称，照我看这批人民币也不能“亿万斯年”地领取，有朝一日也会像童书业名下那笔人民币一样地被节约下来的。

由一个人的死引起的政治风波

——回忆丁山先生

丁山死去，一转眼已经在十五年零几个月了。假如他还活着，也不过才86岁。今年夏天在青岛，山大历史系50年代毕业生刘士圣请客吃饭，席间有另一50年代山大学生尹铁铮在座。尹是安徽亳州人，丁是安徽和州人，尹初入学时因缘安徽同乡关系曾不只一次到丁家去。我们谈起三四十年前的往事，我轻轻问了一句，“丁先生到底是怎么死的呀?”这一下，尹激动起来了，厉声说：

“简直可以说是给害死的呀！……”

说着他极其异常地哇哇地哭起来了，哭到连饭也不能继续吃下去，只好退到一边去。尹是青岛民主党派的秘书长，由于一生耿直不屈，也遭遇了不少磨难。他这番哭，不是没有来由的。

记得1950年的冬天，冒着冰雪和严寒，我一家人从长春迁去青岛，从东北师大转到山东大学教书。一路所乘火车在站会车、错车时，记得全是军车，战士们正“雄赳赳，气昂昂，跨过鸭绿江”，去打抗美援朝战争。在济南转车，我去看望了算是我多半个老师的王献唐先生。王先生嘱咐说，到山大后，代他去看望两个老朋友，一是丁山，一是郑鹤声。这两位老友，都比献老小五岁。这是我与丁山发生接触的缘起。

当时山大历史系主任是杨向奎，副系主任童书业。我到校不久，就跟童交上了朋友，懂得童做学问是一把高手，但当系主任却远非其才。学生们又告诉我，丁、童之间也有点积怨。事情是这样的：杨不给丁开课，说他的立场没有转变，净说反动话，怕开了课学生起哄。丁呢？正像他自己非常自负地说过的，第一是贫农出身，第二是没有科班学历，却在廿八九岁上就当上了中央研究院历史语言研究所的专任研究员。他专治殷商史和甲骨文。通史课第一段就是商周史，杨偏偏不叫丁开，叫童开。童知道系里有一函甲骨影印片的资料集，去借，资料员说："一直在丁先生那里。"童托第三者去讨借，丁不给，并说："我已经在上面写了很多条'跋'了，都是个人的心得，怕别人偷了去。"童听了自然不愉快，但他也有他的办法，他对学生去说："我的课，本来可以上得更好，但丁先生垄断了资料，我受到局限。"学生一听，派了七八个人夜中闯进丁的住室，说："丁山，系里的资料你不能垄断，缴出来！"积怨就这样地积累下来了。这也是童没有带我去看丁山的原因之一。

我一个人去看了丁山。那时似乎丁的家眷还未从上海迁来，他独身住在文学馆的一间房里。第一次的印象是，此人很硬，不打弯，在学问上是一位唯我独尊者。我是晚辈，"诺诺而退"就是了。但不久在1951年的一个冬天清早，丁先生到合江路宿舍来回拜我了。丁是从来不回拜人的，这次回拜，使我受宠若惊。那天他穿一灰罩皮袍，长围巾，拄一支拐杖，看上去绝不像49岁，俨然60多岁老翁的样子，挺老相的。这次也绝口不谈是非话，足见丁倔强之中亦有其世故在。他告别时，我送他出门，原来他还有一件事情要办。他有一个私淑的弟子叫刘敦愿，住在合江路宿舍门口，刘此时到苏州进修去了，其母病死，这天去埋。只见一个老年街工，拉一辆地排子车，将薄薄一具棺木安放在上准备往墓地拉。丁山赶上前去，摘下自己棉帽向拉车工人深深鞠了一躬，弄得那个工人不知所措。丁说："我叫丁山。是山大的丁山教授。棺材里的，是我学生的母亲。他学习去了，没人送葬，请你把她埋好。钱已付过，我再给你鞠一个躬！"这一情节，是我亲眼目睹，至今36年犹历历在目。为什么死者的儿媳妇和孙儿孙女一个也未去送丧呢？我至今不得其解。

到第二年（1952）元月，丁山本人也死了。只我听到的死因，就很多。对此，我不做任何判断。有人说，他是老肺结核。又有人说，他太倔，不相信西医；中医开了方子，他自己要加加减减，才取来吃。有人说，他从《艺文类聚》、《太平御览》、《图书集成》中查药方叫药。有人说，不给他开课，是他精神上最致命的伤害。等等，等等。

在他死前几天，孙思白约人同去看望丁山，我去了。这时家眷已迁来，一家人住在金山二路一座洋房的第三层上。第三层近乎楼顶间，房子的墙矮一点。丁的女儿和我的女儿是同学，早已见过的了。丁太太是初见，一位淳朴的

"南京型"老太太。丁这天并未躺在床上，而是坐在椅上，或者在房中走来走去。他的面目黧黑，两颊火烫般的红，身穿一件皮茄克，像是猎装。他气呼呼的，不大说话。孙当时是第二副主任，丁不说话，可能与此有关。厨房里案板上放着两只褪了毛的白净的胖鸭子，丁太太说这是杨主任派人送来，给先生滋补身体的。

丁山未死在家里，而是死在山大医院。尹铁铮说："头一天学生们去看望，还好好的，第二天就死了。"接着就出了事。历史系四年级学生四川人李定钧带头拦阻丁的遗体不准出丧，说要法院验尸。山大党委采取紧急措施，夜间在鱼山路校部大楼的六二礼堂召开紧急座谈会，当场宣布李定钧是"托匪"，由党委组织部副部长武杰亲自给他带上手铐，由校警带走了。"丁山之死"的各种议论，遂一举压平。

1987年8月31日，兰州

明史专家王崇武逝世四十周年祭

王崇武先生离开我们一转眼已经整整40年了。我，叨天之怙，迤逦活了下来，感到有责任将崇武兄的轶事写出来，一来可备后世治20世纪史学史的人作参考，二来也权当一份炙鸡絮酒之奠吧。

王崇武，河北雄县人。说起雄县，据说大路边一座石碑，上面刻着四个大字，道是“燕南赵北”。就这四个字，也就够耐人寻味的了。我常常这样想，咱们祖国各地区都有各自文化遗传的脉络，以河北说，以敝见所及就至少有两条，一条在衡水、河间一带，自北朝刘焯、刘炫以来，成为东汉经学到隋唐经学中间的传递集团；一条在保定，颜习斋说，高阳孙相国与鹿善继、孙夏峰三先生论道河北，噫吁盛哉！崇武兄出生在这一带，什么经学、历算之学、兵学，甚至任侠、壬遁、风角之学，在乡里间都有不自觉察的感染。这一带对押韵做诗，则相对疏淡。正因为如此，他进了北大，进了历史系。他是1932年进大学，比我早两年。他那一个班级，真可以说人才“倍”出，杨向奎属狗，崇武与何兹全兄属猪，张政烺属鼠，傅乐焕、全汉升属牛，他们的岁数都是联着壁的。平素北大学生宿舍都是破破烂烂的平房，在他们临届毕业前的1936年，盖起了松公府灰楼一座，很是气派，记得我从西郊进城来看过一次，门上只一小窗如镜框状，内挂绸帘，有人还悬上一半件小玩具。崇武大学毕业时就住在这样的宿舍里。

他在学术定向方面很早熟，在大学期间就写了好多篇与明史有关的文章。那时顾颉刚先生办了个《禹贡》，陶希圣先生办了个《食货》，他们大学高年级学生就在上面投稿。什么宦官制度啦，军屯、商屯制度啦，记得都谈论过。当时虽未形成家数，但苗头已经茁然长出来了。

抗战军兴，他一直在重庆李庄。这个地方我未去过，只是听人说。有一年，王献唐先生自济南到青岛，住在旅馆里。我邀请他午餐，并探以何人陪席为妥，他冲口而出："高亨！"他二老在酒席上说的全是李庄历史语言研究所的往事，把我都给听傻了。酒至多半酣，忽然问有手杖没有，并且还要两支，原来他二人要表演在李庄用手杖打架的情况。文人之酸状、之天真状，真是表演得活龙活现了。

崇武兄当时够不上跟这辈老人扯皮。历史语言研究所给级别刻薄，只给个助理员，后来给个助理研究员已经仿佛很宽厚了。幸好他尚未结婚，一个人关起门来，死钻洪武、永乐两朝的史料和史事。在日本投降以前，他一连串写成了三本书：《皇明本纪校注》、《奉天靖难录校注》、《明靖难史事考证稿》。三本都编为研究所的"专刊"，编号分别为27、28和25。三本都由商务印书馆出版。这是要经所长傅斯年批准的，可见傅对崇武兄还说得上是器重。

后来崇武结婚了，夫人是四川人，也是学历史的。后来，不知怎么一来二去的，他们夫妇弄到一批中英庚款留学奖学金，到英国去了。他们在英国的情况，崇武兄未给我谈过，只送给我一本他夫妇翻译的有关太平天国的书：《太平天国史料译丛》。连来加去，总要三个年头吧，所以一赶他们回来，祖国已经解放一年多了。

崇武兄在著作中不太爱发议论，他的拿手本领是做"细工活"。说起"细工活"，美国伊朗史专家福来（R.Frye）先生告诉我，伊朗出的手工品最富代表性的是"细工艺"。人们右眼戴着显微镜筒，精雕细琢。他过兰州时还专送我一件实物，其精细令人惊叹。崇武兄在历史方面的操作，令人不断想到与波斯"细工艺"媲美。

在《皇明本纪校注》和《奉天靖难录校注》这两本书里显示出来的，正是一种令人惊叹的"细工艺"本事。凡治明史的人都知道清修《明史》水份很大，漏洞很多，研究生们往往就去死钻《实录》。可是，《实录》就可靠了吗？王崇武先用他这两本书来回答这个问题。专制主义帝王是不放松一丁一点的，于自己统治不利的统统要删去，于自己统治有利的统统要羼进来。这一点我们治历史的人一定要心中有数，不可被煌煌史料骗过。中国历史上的专制主义发展到朱元璋、朱棣（明太祖、明成祖）手里，已经达到很高的水平了，他们父子间本来是统一的，但中间又出了个建文，出现一个"大统"的继承问题，老父子二人的文章就做得不一样了。多少文臣武将在中间吃了夹饼。情况出人意料地残酷，充分暴露了专制主义的可怖。关于这一点，崇武兄一句话也没有说，但凡仔细阅读了这两本书并且没有偏见的人，都会自觉不自觉获致这一结论。在这里，“细工艺”是显现了它的很深的作用的。

在北京，他参加了近代史研究所工作，但他在古代史方面还是出了很大的力，一是帮助范文澜先生修订《中国通史简编》，一面是帮助顾颉刚先生标点《资治通鉴》，这后一工作，其主要重量还是压在崇武的肩头上，因为顾先生究竟是老了，还要以主要精力招呼《二十四史》的标点工作。此外，他还以私人负责的名义，校点了明史要籍《小腆纪传》和《小腆纪年》。这些沉重的工作堆积在他的手边，压在他的心头，自1951年绵延至1956年，他已经感到疾病会越来越严重地影响他的健康和工作了，于是他提出来到青岛去疗养两个月。

那是1956年的8、9两个月份。他住在栖霞路科学院的休养所里，距我家蓬莱路很近，拐一条小街就到对方那里。于是我二人敞开心怀要好好在一块玩一玩了。记得我们经常去的地方是汇泉中山公园的一家茶座。这里很幽静，记得小业主姓屈，莱阳人，除茶外，还可提供新鲜面包、大腊肠、冷热咖啡、小点心、果酱等等，有时，他还可以告诉我们一些故事。我二人在公园里坐久了，就搭马车进街里中山路，在“青岛咖啡”吃顿西餐，或是到“乐口福”吃一盘大虾炒面。他不喜欢看京戏，所以天黑我们就各自回家。

当时他的病只挑明了一种：高血压。我还请我的好朋友、山大医学院内科主任杨枫设法买到印度用蛇液制的降压药。服下后，有时有效，有时无效。这就告诉人们，崇武史除却高血压外，还有别的病。果然，9月末尾他回到北京住进协和医院，医生力主开刀。开刀是要亲属或至友签字的，结果是由他的同班张政烺签的字。打开肚腹，各部脏器上密密麻麻布满了癌点！至此，已不需要治疗了，把肚腹缝上，回家调养。次年4月，崇武兄与世长辞，终年46岁！上有父母，下无子女，呜呼哀哉！对于再过两三个月的反右派，他已经“盖不知有汉，无论魏晋”了。

在本文文尾还需要补叙一笔的，是通过崇武兄的搭桥，我与远在广东的另一位明史专家梁方仲先生发生了学术通信的关系。崇武给我说，梁方仲这人非常好，你可以和他交成极好的朋友，他是“广东十三行”一行的后代，很有钱，家里藏的书画很丰富。假如你到广州，他会邀请你看他的藏画，但我要预先嘱咐你，即便遇到你最欣赏的画，你也不要露出爱不释手的样子，因为那样，等你回到旅馆时，那幅画或那几幅画已经包扎好送到你的书桌上。他就是这么一个伉爽的人。

梁长我9岁，与我的另一好友童书业同庚。梁在清华研究院读经济学硕士毕业后两年，我才进入大学，可见他的班次比我高多了。自从发生通信关系之后，他陆续将他研究粮长制度、研究一条鞭法的论文和专著源源寄给我。在这中间，又夹杂一段我与陈寅恪先生的因缘。

事情是这样的：我写过一篇分析北魏六镇起义的文章，发表在《文史哲》上。其中有这么一个论点，大体说陈寅恪不接触马克思主义，但由于他忠于史料，所以他获致的结论与通过马克思主义所获致的结论，每有符合。这段意思可能被陈先生知道了，就私下里嘱咐将他的南北朝史、隋唐史的油印讲义，每批卷成卷寄给我，并又小声嘱咐说，讲义看不看不打紧，那补白地方刻着我的诗，其中透露一点心声。梁先生就把这在信里告诉我了。这件事多少年来，我未敢向任何人透露，因为到“文化大革命”中，假如叫红卫兵掌握了这个情节的话，就成为再典型不过的“反革命串连”了。

这件事还没有完，还有连锁反应。到“文化大革命”中，有一位金应熙先生其人者，在《中山大学学报》上发表了批判陈寅恪的煌煌大文，在其中也把我捎带上，说有那么个“右派分子”如何如何说，以证明天底下的反动派总要沆瀣一气的。我读到后哈哈大笑，对老伴说，赵大秀才拿竹杆要打阿Q，顺手打到小D的头上了。拨乱反正后开“史代会”，在京西宾馆，有客人敲我房门，“进来”；“贵姓”；“金应熙”；“哦，哦”……在这两声“哦哦”里，我又映出了赵大秀才打小D的一幕。这次不打了，但也未明示歉意。我端详了来客的模样，真是仪表非凡，确是南国的才子。我感谢他的下顾，但听说此公也于1992年下世去了。

以上这些，崇武兄全然不晓得的。但这是由他的“搭桥”招惹出来的这么一串的事，故也附写在这里。

怀念任访秋先生

我牢牢记住，任先生长我八岁。也就是说，他已是我长兄一辈的人了。我们相识，是在 1947 年。我初进河南大学，当时中文、历史尚合在一块，叫“文史系”。嵇文甫先生是系主任。有一次嵇先生告诉我，任访秋是他教的后期师范生里最早一班的学生，后为考进北平师范大学中文系，在北平报刊上发了不少文章，也是出名最早的。此人宽厚平易，从来不与别人计较。这是嵇老当年在我脑海中注入的有关访秋先生的最早印象。

后来，我们就相交成朋友了。除互作家访外，很多机会都是在七号楼二楼教员准备室里相遇。那时，大家都穿长袍，我二人都属高个（当时他还未驼背），任先生经常提一个皮包，包很大，里面装的东西很重，包的成色也很旧了。当时蒋记政权已岌岌可危，物价腾飞，货币急剧贬值，往往上午发薪水，即刻去买面粉，还可以买一袋，若迟到下午，就只能卖半袋了。有一天，他在教员准备室里忽然高声吟诵两句诗，道是：

“无衣无褐，何以卒岁？!”

有两位经济系的讲师也循声吟诵，一时俨然构成为对蒋记政权的一种讽刺和抗议。

生活无以维持，当时有人办了一家嵩华学院，请人兼课。记得任先生教《中国文学史》，我教《西洋文学史》，工薪不发货币，发面粉，教一小时每月一袋面，挺实惠。在这家的教员准备室里，我俩又增添了若干“无话不谈”的机会。

不久，开封面临解放。解放军入城后，要接一批教员到解放区工作，因为当时地下城工部通知的名单里没叫通知任先生，我们这就没通知他，他就留在开封，等候第二次的解放了。

一转眼17年过去了。我们初识时，我是30刚出头，他是快到40了。而今我已年近50，任已快到60了。记得他住辘轳湾，院中有一棵楝树。曹雪芹祖父曹寅号楝亭，我却只从字面上知道有种楝树，实际未接触过，而今接触到了。我详细地咨询了有关楝树的情况，记得嫂夫人是陕北（似乎是米脂?），她详细地向我介绍了楝树开花结果的情节，我在日记里记了一首小诗：

“重上华堂十七年，中庭有树才拂檐，
闻道花放紫薇致，想是香飘夜合欢；
枝头撷取金铃子，我心长系汴水沿。
再来何日迎花信，苦楝风轻看春残。”

一转眼又过了10年，已是改革开放的年代了，河大邀请我讲学，这时我已60开外，任先生已近70，驼背已显得很严重。他已不住在辘轳湾，而是住在学校新建的宿舍楼里，记得是二层。上次他约我上馆子，我因匆匆要走，婉辞了；这次辞不掉。记得我二人各偕老伴，任先生的儿媳也参加了，由北土街缓缓往南走，边走边谈。但，这已是我二人最后一次的相聚了。

前些时，从与姚嬴艇先生的电话里获悉，访秋先生已作古人。计寿，当在90以外。近几年来，我们这一批20世纪20年代活跃起来的人，已纷纷谢世。寿登90以上者为数不多，仅缪钺先生、邓广铭先生、杨向奎先生数人而已，而任先生也在其中。

记得当年河大文史系中文方面的主干教师是任访秋、李嘉言、张长弓三位。我常拿任、李二位作对比回忆。任先生豫南人（记得是方城），李先生是豫北人（记得是武陟），任心胸开阔，做学问往大路子上看问题；李心胸不够开阔，做学问是细工绣花活，考证的很细密。听说李先生在“史无前例”中正在巨像前请罪，忽闻鞭炮之声，疑是红卫兵要枪毙自己，一阵昏迷就作古了。呜呼，看起来任先生得享高寿，还是沾了他心胸开阔的光。

2001年5月2日，写于兰州大学22楼之209室，时年85

也怀孟超

一

我14岁时，也就是说1930年后半年，开始浏览上海大型文艺刊物《现代》和《申报》上的杂文副刊《自由谈》。我留心到一位短文作家的名字，叫楼适夷。一晃功夫70年过去了，我又买到一本《适夷散文选》，这是北京人民出版社为他祝寿而出版的。祝几十寿，书里没有说，但我私下里估摸，我14岁他就能写那么成熟的杂文了，少说也有20吧，那么，这寿怕是90了。

打开书，顶头碰到一个题目，是《我怀孟超》。孟超吗，倒是我的家族中最大龄姐姐的丈夫。我们全村同辈的弟弟妹妹们全喊他“大姐夫”。记得很小很小的时候，天下着很厚的雪，孟超迎亲的队伍，就要出发了。有仪仗，有锣鼓，一顶蓝轿一顶红轿，我全看着过去了，跑回家跟娘说：“这个天坐在轿里不冻杀了？”娘说：“在霸山歇一夜，第二天到家。”这霸山，是韩信跟项羽潍水较劲的地方，也是著名作家王统照的老家，他的那个镇子叫相州，正是景芝镇和诸城县城间的中点站。

楼适夷先生写的孟超，却是他晚年在上海滩的事。楼和孟，都是太阳社的成员。说起太阳社，我也有一点记忆，头头叫蒋光慈，后来也许嫌“慈”字太儒化了吧，改名蒋光赤。20年代的激进主义者们就是这种风格，无政府主义气味非常浓厚。孟超后来写了昆剧剧本《李慧娘》，康生初看了还写了祝贺信，可是江青看了说是“反党”，于是孟超成了“中央专案”下的犯人。后来未能熬到平反，就孤零零在上海寓所里死了，口里流出来血。楼适夷这篇小文就是说的这些。小文两千多字，我认为写的好极了，真应该选入时下流行的什么精品选刊，或者编入大学或高中的课文中去，加上注释，叫后代学子去读。这种文章跟《荷塘月色》、《桨声灯影里的秦淮河》的效应不一样，后者只能给人一种“闲情逸趣”，而楼文却能使后辈们懂得某个时代是多么的严峻。

二

假如楼先生写的是孟超的晚年的话，那么，我倒知道一些与孟超早年及其身世有关的一些事。

孟超的父亲叫孟练生，行二。行三的叫孟方达，兄弟二人是我伯外祖父和外祖父的私淑弟子。诸城这地方有个传统，就是做诗的兴趣很高。你到诸城博物馆里查找地方文献，立刻就会发现，诗集最多，文集相对较少，理学语录之类有一点，但更少了。所以我说，诸城出个臧克家不是偶然的。我伯外祖和外祖做不做诗，我不清楚；留给后世的，只是文字学一类。有一年我到诸城访问，一位县政协的副主席（70多岁了）告诉我，他四五岁时，随他祖父探望我伯外祖父郭芝农（金篆）时，未进门就听到笛韵悠扬，原来郭先生酷爱昆剧，搜集一些爱好者和职业演员在家中演练。这一点，给这位70多岁的政协副主席留下了很深的印象的，我听之后，也顿悟出一条线索：孟超单单写《李慧娘》，形式是昆剧，难道跟少年时候在乡里传统上的影响一点关系也没有吗？

郭氏兄弟和孟氏兄弟，这师徒二家，私谊是很深的。我们小时候听说，郭氏兄弟后来穷得揭不开锅了，孟氏兄弟家还积有田亩，就打发两个长工各扛两块粮食给老师送去。我们那时的粮食口袋是用比较细而特长的麻布口袋，上面印有堂号（××堂记），一袋装三斗。各有六斗粮食，老哥儿俩可以够吃些日子的了。

我和孟超的三叔——孟方陆，曾有过亲身的接触。仍是1930年，一个冬天，孟三先生找我父亲来了。这时，我们的那个家已经贫穷到不能接待客人的水平。6元租金租来的（而且要“上打房钱”）8～10平方的一间房，四周摆四张床，父亲一张，母亲带我一张，两个姐姐各一张，中间一个“弩儿气”煤炉，架着烟筒。客人进来，连个坐的椅子都没有。孟三先生仿佛很懂得这些，就不坐下，站着把一个大纸包递给我的父亲，说那是他的诗集原稿，要刻去了，请我父亲题辞，说《序》已经有好几篇了，你就填一首词罢，长短句是你的拿手戏。说完就走了。我父亲是非常疏漏的，但这次例外，他当然能掂量出他们间情谊的份量，一夜之间，就填就一首《念奴娇》，中有句云：

“记否燕台旧侣，长醉海棠荫里，微雨湿春晴。”

这“微雨湿春晴”的句子，叫我这14岁的儿子历70年，而不忘。我当时在心里默默地想父亲是有才气的，而且才气不小。

第二天一清早，父亲命令我把题辞连同原诗稿一齐给孟三先生送去。孟三先生和我们是一条街（苏州路），走不到半里路就到了。那是坐落在高坡上一家小公馆，要爬几十蹬洋灰台阶才能上去。房不是楼房，是平房，在某种程度上也显示了山东土地主的吝啬。他接过诗稿，把题辞看了一遍，露出非常满意的神色。我要告辞了，他说“等一等”。然后，从抽屉里拿出三方刻图章的石头，三把尺子，一本他自己历年刻印积存下来的印谱，意味深长的对我说：

“课余之暇，练习练习篆刻之术，日后也是一个饭门嘛。”

我深深明白孟三叔爱护朋友儿子的深情厚意。可是我后来把这番情谊辜负了。原因是不久父亲死了，我进了高中，每天要演算几十道大代数和解析几何的题，实在精力顾上不来。我只刻过一个图章，用的是父亲的一句词。父亲说，欧阳修的句子“郎似东风，妾似东风絮”未免凉薄了一点，我替他改改吧“郎似桐花，妾似桐花凤”。他问，你看怎么样？我冲口说“凉薄是不薄了，只是微粉了些”。父亲听了，似乎不愉快。我就拿这9个字刻了一方图章，不敢刻白文，只能刻朱文，刻的我的左手中了数处刀伤，血流不止。

以上这些内容，似乎走题了，跟孟超大姐夫缺乏直接关系。但这对孟超的家族还是有所煊染的。

三

现在，该切到本题上来了。

1979年5月，北京召开五四运动60周年的会，兰州去两个人，兰州大学是我，甘肃社科院是叶林生同志（此人现在是苏州大学历史系的主任了）。会址在动物园（旧名叫万牲园）附近的国务院第二招待所（简称“二招”）。我分配的同房是山东大学的孙昌熙，隔壁是王瑶。孙是我中学的同学，王是我大学的同学，两个都是研究鲁迅的（用当前若干自称是现代主义者的用词，这两人都是“吃鲁迅饭的”。）有一天我开会回来，看见台灯下压着两张戏票，是当天夜里初次上演的《李慧娘》。我问孙是什么人送来的，孙说两个中年女同志，自己说是你的外甥女，她们叫你“五舅”。噢，我明白了，这是孟超和我大姐的遗孤。当晚，我和叶林生一同去了剧场。

剧场很大，但观众已经满坑满谷，气氛很热烈。演出之前有广播，大意说：“观众同志们，我们的演员们，经受了史无前例的残害，有的嗓音已不正常，有的胳臂腿啦已经失灵，所以假如在演出中有什么失误，希望观众同志们发扬人道主义精神，爱护演员，不要拍倒好。”听到这番广播，全场更提神儿啦，大家心里想，作者孟超破着命写剧本，现在演员们又破着命来演这场戏，大家能不以最凝聚的精力来观赏这场戏吗?

戏演到临终场前大约一刻钟，最动人的场面出现了。那时贾似道戴着平帽翅的丞相帽，身穿袍服，手扶玉带，突然一个“铁板桥”躺在舞台上了。这“铁板桥”是中国传统戏剧中的“功夫活”，没有练就的功夫是演不出来的，勉强演要么躺倒的形象很难看，要么演员的腰部和颈部会受到损伤。这次的演员功夫很好，躺倒的形象很爽快麻利，而且没有声响。这一下，全场被感动了，大家不约而同地鼓起爆烈的掌声，池座和楼座的后排观众甚至站起来鼓。这种空前的场面，似乎用无声的喇叭在说，“这个老家伙终究是倒下了”。

孟超的效果就在这里。

四

古书里说，“吾闻圣人之后，虽不当世，必有达者”。我的伯外祖父和外祖父虽然也说不上是什么“圣人”，而且原话所说的“圣人”也并不是指孔子，而是宋国的臣子正考父，他是孔子的先祖。所谓“达者”的“达”，自然是指“闻达”，即为官作宦，闻达于世间。孟超的父亲和叔父是“郭氏兄弟”的私淑弟子，他们把文字之学、训诂之学、甚至昆剧传统，以及做诗填词一一传递到后辈，到孟超身上，到《李慧娘》一剧如此成功的演出上，这股郁勃之气，不就传达出了吗？我是把“必有达者”的“达”字，未训作“闻达”之达，而是训作“传达”之达的。

2000年12月12日，写完于兰大22楼之209室

水天同先生五年祭

水天同先生仙逝，一转眼已经五年了。我，作为后死者，是应该替他写一篇《传》的，但是资料不足。资料不足，包括文献的和口头的都不足，要写一篇好《传》就很难了。油画画不成，只好作速写。

应该说，水先生一辈子是一个潇洒的人，一个洒脱的人，不汲汲于事功。不少人，把讲师和教授间的差别，科长和处长间的差别看的非常沉重；水先生不这样。他认为人一辈子只要活得自如，就很够了。写三本书和写三十本书，有多大差别呢？说到事功，记得德国传记作家路德维希到苏联去找斯大林，问功业心是一种刺激呢？还是一种障碍？在水先生身上，功业心作为一种刺激或者作为一种障碍，效用都不明显。他认为，一个人只要像他自己这个人一样，原模原样地活一辈子，也就够了。这就很难。很多人需要加工。我们走在街上，假眼皮、假头发、假胸脯……不是比比皆是吗？这还只是形体的；至于精神的，也就是说灵魂方面的，伪装就更多了。骨子里明明是个卑鄙污浊到极点的人，却蒙着一身正人君子的堂堂外衣。水先生最不要这么干，他要做他自己。

他想教教英语的时候就教教英语，他想翻译点什么的时候就翻译点什么。他平生翻译的量不大，甚至有点过分的小了，但他对翻译之道的理解却是极其精妙和深刻的。他反对两套框框之争，一是“直译”与“意译”之争，一是译文用文言抑或用白话之争。关于使用直译还是意译，他认为要区别不同的情况，有时西文语句与中方行文不约而同，那么顺笔写来，自然巧合。可是这种情况是不多遇到的；多遇到的情况是，中西文字相差甚巨，那么，完全直译，必不可能。就需要将西文构架拆卸开，个别小句可以颠倒，然后按中文传统重新构架起来。他认为，究竟何时何处需用意译，何时何处需用直译，关键在于译者中、外文字之造诣如何。窃以为，这句话深刻极了。时下我们常常看到一些时髦书从国外传进来，于是四五个人急急忙忙凑成一伙，你翻甲章，我翻乙章，修养各各不同，文笔更多差异，这样译出来的东西，直译也说不上，意译也说不上，只能让读者啼笑皆非，这从哪里谈得上造诣呢？

关于译文用白话抑或用文言之争，水先生又说了一句深刻而又精妙的话：翻译者旨在传达原作口吻。须知，这“口吻”二字，可就难煞人了。中国人有中国人的词汇、典故、习用语、幽默和噱头，西方人有西方人的词汇、典故、习用语、幽默和噱头，要在这二者中间找寻对上茬口的东西，实在是一番大学问。举例来说，我个人生平曾经多次企图将“三言两拍”中的一些最佳篇章译为英文，但都未能坚持下去，如唐末五代草泽将相说比武是“比个大哥二哥”，这在英文里怎么译？旬月踌躇，我一直想不出好译法。说这些，在于说明水先生“传达原作口吻”这句话实践之难，要求水平之高。

到72岁上，他才勉强写了《自述》（见书目文献出版社《中国当代社会科学家》第6辑）。这篇自述也写得洒脱，很多事不提，包括他出身的水家也一字不涉，只记得上小学时兰州街上的少年在身后编着歌儿骂他。他的一点温馨的记忆是关于那位日本籍的夫人，水先生生前也曾多次对我说起过，他与她的婚姻生活是一生中最宁贴的。在《自述》的尾部，水先生用谦虚的口气说，他这一辈子“书也念了几本，路也走过不少”，用我们的话说是已经读万卷书、行万里路了，然而犹有遗憾。遗憾什么？根据我的揣度，他是说，他的莎士比亚研究未能大幅度地展开，他的文化人类学研究连初步展开也说不上。这是他潇洒一生中的两大遗憾，连我们做友人都为之遗憾不置，因为凭水先生的高才，以及对中西文化、中西语文的深厚根底，假如他生前能带起一批徒弟把莎士比亚研究大幅度展开的话，那种效应，那种贡献，将是垂青史而不朽的了。

当然也不是说，水先生平生连一点事功也不讲求。譬如，他在云南办了八年英语专科学校，这个事功就不算小，培养了多少外语人才。连他临终那天下午，他还是陪云南来的客人谈笑风生兴奋过度而气阻的呀。

水先生是清华留美预备学校最后一班的学生，我是清华改大学后第十班的学生，相差十个班次。旧时代晚中进士五年递贴子（名片）时必书“小门生”字样，那么，我对水先生说，已是双料的小门生了。逢此谢世五载之际，我只能洒着眼泪对后辈们说，像这样的老先生此后是不会很多的了。

1993年10月30日于兰大22楼

记王瑶与冯契

旧语词中有两个词我很喜欢，一个是“含苞”，一个是“脱颖”。前者说的是花朵，后者说的是毛锥（毛笔）。花朵在开放以后，自然是璀璨如锦；毛锥一旦脱颖而出以后，自然是笔走龙蛇。但我感到，都没有含苞待放和脱颖欲出时更富于情趣，更耐人寻味。话归本题，1936年时王瑶兄22岁，冯契兄21岁，鄙人19岁，在一块上学，使得鄙人得以领略二位学兄如何含苞欲放、脱颖欲出时候的情景，而今活在阳世之间的人中，熟悉此情此景之人，恐怕是舍我其谁了。故不顾耄耋，愿就此有所撰述。

王瑶兄出生在山西平遥。这个地方，无论在政治上或者在金融事业上，都是不寻常的。在政治上，它一度是“代”郡的郡城，故城郭保留，宛然至今。在金融业上，它是票号的发祥地，有清代华尔街之称。这种在操业上和历史上积淀下来的娴于计算的明敏，不能说一点也没有沾染到王兄的身上。从同学的时候开始，我就觉察到遇事他比我反映快，他即刻反应能力很强，而我要过好一阵才能做出反应。所以我在给嫂夫人的信中，说我的智商打80分，而王兄在95分以上。而我心底里暗暗设想，这和金融业中长期积累下来的明敏，怕是分不开的。

冯契兄出生在浙江诸暨，我们同学间常开玩笑的，那是出了西施的地方，可我们一面开玩笑，一面心里清楚，冯兄跟西施没有一丝一毫的相似。他出自农家，性格偏于内向，在大学一、二年级时就不声不吭地啃大本大本的西文版的康德和斯宾诺莎著作。很快，他就被老师们器重，冯友兰先生讲《中国哲学史》课，每讲到自认为淋漓尽兴的时候，总是向班上说：“密密密斯忒儿冯冯冯宝麟，你你有什么意见？”引得我们一教室的人既新奇又嫉妒，整个讲堂七八十个人，你的眼睛里就只瞧得上一个冯宝麟，那么我们大家伙就只是“叨陪末座”了。从此中也可以看出，冯兄的脱颖欲出，已经被老有城府的冯先生觉察到了。

人总有个“坯子”的时候，也就是说，还没有挂釉，还没有彩绘。等一挂釉，一上彩，一只美丽华贵的瓷器就出来了。我要说，论“坯子”，王瑶兄应该是一个革命者，或者说是一个激进主义者。很长一段时间，看不出他准备当学者的意图。可是历史总是曲折的，那时候的革命队伍很“左”，关门主义很严重，对成员要求这样，要求那样，兼之本人也有些弱点，于是进去又出来了。当学者，在他，是不得已而求其次。到昆明复学，当研究生，那些措施，与其说是属于事业的，勿宁说是属于职业的。

我看，他的本行，还应该是文艺理论和当代作家研究。那时，他整天手不释卷的是普列汉诺夫和卢那卡尔斯基。在这方面，应该说他的底子很深。至于陶渊明以及魏晋文人等等，那是很远以后的事了。他后来之所以能带出那么多精彩的研究生，一个一个对周作人、郑振铎、夏衍等做出那么精湛的研究，其中那股“气”，是在1934～1937年间积贮下来的。

冯契，作为“坯子”，不是一个激进主义者，虽然他一辈子保有党员身份。他似乎是一个天生成的学者，温柔，内向，早年写诗和小说，喜欢思维，往深邃的地方思维。当然，那时我们也都挺左。我们三个人一起参加了“左联”，到现在的《左联辞典》里，还编入我们三个人的词条。当时双十二事件刚刚爆发，学生中左右两派分裂得很厉害，礼堂里的“民主”不解决问题，就到校园里大打出手，曾把一个云南省党部派遣来的研究生丢到小河里去。从今天看，就是违法的暴行了。不过人一辈子总有那么一段的。

现在，我通过王、冯二人，说一说我个人对导师和研究生中间关系的一些体会。在我看来，导师和研究生中间的关系，是继承和异化的辩证关系。也就是说，又有继承又有异化。在某些个例上，表现为继承为主，异化其次。在另些个例上，又表现为异化为主，继承居次。

以冯契为例，他的导师是金岳霖。提起金岳霖，在今日报纸上、刊物上真是烜赫的大宗师了。在我的印象里，那是一位行动很古怪、内心很诡谲的老人。当年在英国，书念得很茁实。在哲学派别上，他和系里大多数教授一样，笃信美国的逻辑分析主义，而在我看来，逻辑分析主义，是一条钻牛角钻不出所以然的死胡同。试观死钻数理逻辑的沈有鼎先生钻成半疯，就可以思过半矣。搞哲学不能那么个搞法。

40年代中期，也就是日本投降前的一二年，金和冯在昆明附近的一个小村庄里，进行着传授和继承的历程。传授者很投入，所以可以说，金的一套本领全被冯学到手了，这正是那句话，“名师出高徒”。但冯兄的可贵之处，是他并不在金岳霖身上止步，经过“史无前例”的迷离之后，老年的冯契才从金岳霖身上翻了一个身。陕西李二曲著的书叫《四书翻身录》。哲学上的这个翻身很重要，不管是翻60度甚至只翻20度，都是很宝贵的。因为这一翻，就“青出于蓝而胜于蓝”了。冯觉察到了西方的逻辑分析主义的不足之处，单纯靠搞自然科学的方法是不够的，还要有搞人文科学的方法，于是他将中国“天人合一”的观念注入进去，使自己晚年的造诣达到了一个新高点。当年老先生们对“密密密斯忒儿冯”的估量没有落空，真的出台了一个大的角色。

再以王瑶为例，他的导师是朱自清。朱自清和闻一多是当时中文系的两块光辉的牌子，但闻先生脾气大，对学徒要求严厉；而朱先生修养高，为人温和。研究生投闻门者多而投朱门者少，所以王兄就投入了朱门了。这个过程我知道。这师徒二人，就气质说，相似之处不多。一个是虽然已决心入“儒林”，但心眼里还是一团火，还是那个参加“察哈尔抗日同盟军”时候的激进主义者。另一个则是“炉火纯青”，虽然心眼里对光明的憧憬不比别人不浓烈，看世事也看得非常清楚，但所有这些都包得很紧，很少外露，从表面看，是个无可无不可的雍容之人。有时，研究生和导师之间，也会出现这样的情况，老师照样可以施展教泽，学生照样可以学到东西。阮籍、嵇康、陶潜、李贺，这是他们师生二人间的共同课目，而王瑶兄又是个绝顶聪明之人，很快从朱先生那里也学到了不少东西，加之他从无产阶级文艺理论那里得来的优势，这就从朱先生原来基地上有了某些飞跃。这一时期，王瑶兄写出了相当高水平的有关中古文学的不少论文。

但正如他的好朋友朱德熙所说，“他并没有把全部精力放在学问上头”，“除了读书，还关心现实”。只有深悉朋友内蕴的人，才能说出这么中肯的话。还是当年含苞欲放未放、锥颖欲出未出时候的那股子劲在那里起作用。这个作用已经不小了。但王瑶兄晚年还一再把自己比作闯进笼子里的麻雀，“它总要扑楞两下，但扑楞已经没用了”。这“没用”二字未免悲观得过分。纵观王瑶一生扑楞六十几年的功绩，难道可以说是没有用吗？

现在，想说说这两位学兄各自带出来的研究生的情况。这些研究生的名字我都留意，他们的论文和专著，只要我能弄到的，都读过了。就是说，丰采已经领略，只是无缘亲炙，乏握手之欢。我所获得的印象是两方面的，一方面是“谁带的徒弟像谁”，另一方面则是时代究竟不同了，徒弟从导师身上异化的现象也普遍。我常幽默地说，旧话中有个话叫“开窍”，那么我要说，五四时候人们只开了三个窍，到一二·九时候就开到五个窍，八年抗战人们开到七个窍，经过“史无前例”和“上山下乡”，人们的窍要开到20个不止。这不能不说是“文化大革命”的负面的效益。新一代的研究生串联的范围大大地扩展了。想到我们老师一辈，死巴巴坐在书桌旁念一辈子书，有的念出一点点名堂，有的连一点点名堂也未念出来。现在不同了，把古的和新的串在一起，把中的和洋的串在一起，从各种不同的角度、方面、角落去考虑问题，所以新义往往如雨后春笋丛生。

但也并不是说这新一代完全没有弱点。他们很广，又很杂，但在功底上显出过硬不够。我常把导师跟研究生中间的交谈，叫做探测，像探测海底一样，看有没有珊瑚，珊瑚有多少。举例来说，1947年我初进河南大学，表面上和嵇文甫先生是同事，但实际上我是以师礼事之，他似乎也默认了我这个门徒，于是开始了交谈，也就是探测。这一探测，我惊讶地感触到嵇先生在理学方面，也就是思想史方面，确实是浩无际涯。这就是老一辈人根底之硬，在后辈心里所建立下的威望。话归本题，王、冯二位学兄的徒弟们虽然绚烂多姿，开拓面很广，但假如从论文和专著中伸进手去，摸一摸功底的话，就感到比他们的导师稍逊一筹，有的一筹还打不住。这些，就是新时代带来的异化了。

1998年3月28日，于兰州大学

宛在的音容

小时候看人家出丧，见挽帐上四个大字："音容宛在"。当时看过也就过去了。而今垂垂老矣，由古稀向耄耋转进，若干至亲好友一位跟一位到另一个世界去了，一觉醒来，"落月满屋梁"，这才矍然领会到上面四个大字的确切意义。

我与王瑶兄是大学时代的同窗学友，自1934年至于1937年，首尾四年。那时候，我们一起到教室听课，一起到大食堂或小饭铺吃饭，一起到琉璃厂买旧书或到北京饭店楼下法文图书公司买外版书，一起在城内大街上游行示威，一起组织会社、编刊物、写文章。同时，我们一伙青年朋友们自发地各有所好，各有所趋，有的写小说和报告文学，有的写诗或散文诗，有的搞翻译，王瑶兄一直喜爱并写作文学评论和文学理论方面的文章。因此，我们私下里对他有"小周扬"和"小胡风"这样的称号。

王瑶兄一直是快步走路，急口说话。他走起路来，得得作响。他讲起话来，山西乡音很重，内容像连珠炮般喷出，语音越说越高亢。但我留心到，当他露出快要发脾气的时候，同时却又流露出一股孩童般的真纯。这个境界很美丽，很高乘。他后来博得若干学生的崇敬，我想这是原因之一。当时我曾对另外的同学说，"假如我是女同学，我一定爱上这个人"。他理性能力很强，非常善于辩论，在一场辩论中从不饶过对方。他口边喷着唾沫，两手挥动，我们私下里说这是"抛砖引玉"。

我们当时组织过两个会社，一个叫"国防文学社"，出版《国防文学》两期；一个叫"清华文学会"，出版《新地》两期，王瑶兄还主编过第45卷《清华周刊》。但就在他手里，《周刊》被教务长先生勒令停刊了。王瑶兄写了一篇

“告师长同学”的大文，这篇文章在当时很有名气，义正辞严，不卑不亢，显示了王瑶兄的气度。

可是在芦沟桥事变前的一段时期里，王瑶兄的情绪不是很高扬的。他主编的刊物被勒令停刊了，此其原因之一；当时的革命，虽然瓦窑堡精神已经下达，但正如少奇同志文章里讲的，左倾关门主义残余仍很严重，组织对成员的看法有时很片面，有时也引起成员对基层组织有看法。此其二。王瑶兄在爱情上也遭挫折，此其三。前一条是众所周知的，后两条是我作为密友探测出来的。为此，他很早就启程返回他的故乡——山西省平遥县道备村隐居起来了。

我们有三四年互不知下落，互不通音讯。1941年，我夫妇在陕西省乾州中学找到一个教书的职业，王瑶兄突然自西安来乾州相访。乾州，是唐高宗和武则天皇陵墓之所在，也是唐德宗被朱泚之乱团团围困的地方，那时叫奉天。我当时每周34小时的英语课，喊得嗓子经常喑哑。租得民房东厢厦房一间，四壁萧然，只一盘大炕，夫妇二人带一新生不满周岁女儿，连孩子衬布都是山西新军带下来的供给制军装的破片。有被两床，我妻带婴儿一床，我与王瑶兄合盖一床。街上买点乾州名产——锅㸑和挂面，妻子一手抱着孩子一手拉风箱煮些挂面，三人饱肚。日本飞机时常飞临上空，丢个把不大的炸弹或打一索子机枪。

这时叶圣陶先生自成都寄给七律一首，末句云，“遥知此中皆战场”。我与王瑶兄即从此谈起。当时既有枪炮战场，也有思想战场，还有精神战，其中再夹杂着若干人际战场。经过几个昼夜的畅谈，我们认为，进《宰辅传》压根没有门；进《忠烈传》也未必有资格；进《货殖传》根本没有本领；到头来还是进《儒林传》吧。这就是我们的路线。可是道路又各有不同，他辗转自宝鸡，而汉中，而重庆，而昆明，拿大学文凭和研究生文凭去了，我则边教边读，自力苦苦营生，且不懈于学业的上进。

时光又一闪过了若干年，我的右派帽子刚刚摘掉，组织上说叫我舒畅一下，叫我携带巨款到琉璃厂替学校图书馆选购古书。我借机到中关村王瑶兄家，他也“儿女忽成行”了，而且家道殷实，骎骎然驾小康而上之矣。老友重逢，直出直入。他说：“你没有我够朋友。比如，你老婆姓什么、你儿女名字叫什么，我全能说出来。可是我老婆姓什么，儿女叫什么，你全说不出。我的书，每一种都寄给你，可是我相信你连一个字都没有看！你的书，一本都不寄给我，我从别处找来，一一看过，不信其中某个论点我都可以举出来。”

我说："老兄，不能这么说。咱俩虽然都入'儒林'，但传也有个大小之别。您身居京华，车马冠盖，小弟僻居边塞，自然会有些自卑，也是人情之常嘛。至于尊著，则确已一一拜读。《新文学史》两巨册，且有日文译本，因为隔行隔道，老老实实说只粗略翻过，也说不出具体意见。后面那本《中古文学史论集》，学院气派，考据气息已很坚硬，老老实实说小弟对之兴趣不大。只对老兄中间三本《思想》、《生活》、《风貌》，鄙人则深深拜倒石榴裙下，理由是老兄当年'小胡风'之音乐味在此三书中犹未全泯，思辨气息尚未被考据全压下去，文中尚有几分活气，此最最宝贵者也。"

这次以后不久，就来了"史无前例"。他的学校的红卫兵来提审我，我的学校的红卫兵也提审过他。说我们中间说过许多"黑话"。从那以后，我们之间连红话也不说了。夫子曰：或语；或默。我们从此一直默下去，直到王瑶兄逝世。他死了；但他的音容笑貌却永远活在我的心里。当然，这里所说的"永远"，也不过是祈祷性言辞。我很快也要逃不过自然规律的；所以趁此一息尚存，写为此篇。

记蒋弗华君轶事

从《九级级刊》第8期上，读到张国良兄写王玉发的一篇文章，很有感触。这种文章不写，好多事情就要永久地淹没了。历史是公正的，也应该是公正的。健康的要著录下来，轰轰烈烈的更要著录下来，残疾的、也就是说少胳臂没腿的，不是也应该著录下来吗？

蒋福华，又作弗华，九级社会学系学生，山西晋城人，回族。他，不高的个儿，卷曲的头发，一脸小落腮胡，戴副小眼镜，冬天穿件半旧的棉袍。他不跛，但走起路来，像鸭子的步法，给人一种“跛”的感觉；后来我才明白，那是一种名士派的派头，对于风格有所助长。

他住六院（新斋）底层第三排西半截，我住第一排东半截，所以来往很方便。经常跟他一同出入的有两个人，周荣德和王勉。当时郑庭祥开玩笑说，蒋弗华带着他的两个“徒弟”。在思想上相一致的，还有徐高阮，和徐的女友许留芬。说起徐高阮，应该多说几句。他是江南人，清华园中很早的共产党人之一。那些人应该包括何凤元、高承志、牛佩琮，还有徐高阮。徐当时大概已经是党员，而蒋弗华只是外围“社联”的成员。但他二人都有点“异端”，或者说是“不走正路的安得伦”。他二人编了个刊物《学生与国家》，请顾颉刚题的签，在刊物中表达了他们跟正统的革命不太相同的道路。徐在天津《国闻周报》上发了他的《谈谈共产党问题》，蒋在《学生与国家》上发了他的《青年思想独立宣言》，这就闯下大事了。平心静气而论，那两篇东西不过是反对“左”倾路线而已，若在今日反“左”人人皆知的情况下，也算不了什么。但在当时就几乎等于“叛变”。试翻历来编写的一二九运动史上，千篇一律给他们头上加一顶帽子；“右倾投降主义”，好大、好吓人的一顶帽子呀。于是乎，徐高阮到了大西南，成了陈寅恪的助手。陈的《寒柳堂集》里还收有一篇陈替徐写的序。徐后来因病死在台湾。

那么蒋弗华呢？他的下落知道的人很少。我有机会在他猝死前几个月，在西安与他邂逅数日，略有盘桓，故在此做些历史资料性质的著录。

大概是1939年夏。在西安马坊门的生活书店的门市部里，我二人意外地相遇了。那时我已脱了山西新军的军装，当中学教员。他却穿起一身草绿的“中央军”军装，可是既无胸章又无臂章，弄不清他是哪个番号的。他约我当天傍晚到莲湖公园的茶座上作通宵之谈，我去了。记得当时日本飞机大轰炸，我们躲到西城墙的防空洞里，警报解除再回茶座。时已半夜，凉风吹拂，荷气沁人。我告诉他，程骏声（之平）在东木头市《秦风日报》社，洪绥曾（洪同）在梁府街青年团陕西支团部，熊彙荄在王曲第七分校，问他要不要接头，他说，“一个也不要”。几天后他就要回晋城老家探亲去了。这时他才告诉我他早已婚娶，岳父（或祖岳父）是马骏。马骏和张培梅是阎锡山部下的老军官，新一辈军官提到这两个名字，都会流露一股害怕的神气来。我又问他，现在在哪个部队里“发财”，他举着打麻虎眼的神气说，跟一个在部队里的朋友混个少校薪资吃一口饭就是了。我不便再问下去。

此后不久，忘记是从清华校友会系统得知呢，还是通过地下“城工部”系统得知呢，蒋弗华在返回老家的路上，在阳城被杀害了！阳城那地方我呆过，情况很复杂，中央老三军的部队有，四川四十七军李嘉裕的部队有，阎记旧军陈长捷的部队有，薄一波、戎武胜的“决死”一、三纵的部队有，十八集团军的一二九师的部队有……一直到现在，谁也弄不清楚蒋弗华是谁人，为什么被杀害的，成为一桩千古悬案了。

我之所以到今天还想起来写一点蒋兄轶事的原因是，他是同学中少见的才人，是人类中的一个花朵。我之年近耄耋，可以说得上是“阅人多矣”，但是我似乎未曾经历过一个比蒋才华更高的人。回首55年前，假如没有那么多层面，抗日的和降日的，革命的和反革命的，“左”倾的和右倾的，托派和干部派……人们不需要在这些层面里翻上去、倒过去，那么像蒋弗华这样的人，无疑会成为一名罕见的学者。说到这里，已经接近于说傻话了。本来嘛，人在变老的过程中就是不免要越来越傻。

1994年12月19日

记赵正楹君轶事

一

赵正楹，山西崞县人，清华外语系学生，年级恐怕比九级还早，因为我查过九级几种名单，都没有他。他住六院（新斋）前排三楼，我住一楼，时常有来往。来往的缘由，多半是与清华“世界语学会”有关。这个学会早先的头头是李选青，山西榆次人，也住六院中排。我是会员，右胸口袋上插一绿色五角星会徽，上面一个“E”字，表示Esperanto。

芦沟桥事变前几个月，赵正楹来找我，说他忙得很，李选青已毕业离校，把在《世界日报》上的《世界语之光》副刊的编校发寄事宜留给了赵，赵太忙，就来委托我“代劳”两期。这任务很繁重，要把许多来稿爬梳爬梳，批上字号，进城交给报馆，隔两日进城校对（要在夜里），出报后取来单份，一一分发出去。这些工作，我都做了，赵正楹仿佛很满意。

接着芦沟桥事变爆发，我去了太原，赵留在北平，直到8月15日以后，才与赵继昌结伴通过天津，经由青岛、济南到大后方。谁料这时日本占领军接到一个什么情报，说清华、燕京两校学生要到天津组织示威，反对日本占领平、津。天津站口一直是不盘查的，现在盘查了，凡清华、燕京师生，一律扣留审查。赵正楹、赵继昌就恰好碰上了。

二

赵继昌，山西五台人，经济系十级学生，曾任《清华周刊》44卷编辑，我和王勉、周荣德三人是他的《副刊》编辑。解放后，他做到驻民主德国商务参赞，1980年去世了。听说他身后留有《回忆录》，我本想写信去向夫人讨要，又听说夫人是第二任，与第一任子女不谐，所以也就一直未敢去讨要。今年10月，接级友赵儒洵兄寄来他新出版的《洪波序曲》，其中就包含有《赵继昌回忆录》的节录。这是非常宝贵的。其中“天津遇险”一段，说的就是他和赵正楹一同被扣的事。

他们被扣留在日租界一幢小洋楼的地下室里，地下铺有芦席，门口放一马桶，天天发几个米团团（omosime），根本吃不饱。这样拘留了20天，要放他们，但须在一份《契约书》上签字。《契约书》上写的是“保证不参加共产党领导的抗日活动，保证致力中、日亲善”等等。当时，赵继昌还不是党员（只是“左联”成员），赵正楹已是资深的党员了。他们当时的思想是，骗过日寇，保存自己，返回大后方，投身抗战。这场事，本是一场寻常的事体。过去就过去了。可是假如有人往“忠节”这类原则上追求的话，就会是个不大的或者很大的问题。果然，在赵继昌身上什么问题都没出，在赵正楹身上可就出了大事了。

三

在这里，要插进来说一说郑庭祥（天翔）。郑，内蒙（旧绥远）凉城人，十一级。他后来是大人物了，做过北京市第一副市长，七机部副部长，最高人民法院院长，等职。当年在清华园，王瑶、郑庭祥和我三个人，却是至好的朋友，连吃饭都是三个人连袂去东门外倪家小饭铺吃，饭账合算一块，从来不分，这次你付，下次他付。一个人需要钱了，到另一个的抽屉里拿来花，有了钱再自动还回去。这个关系，已经很“铁”了。芦沟桥事变后，三人各自分飞，一幌50多年。现在，王兄已经仙逝。八十过后，郑和我又想起了彼此间的旧情，“鱼雁频通”已经两三年了。

他写信说，当年他由赵德尊介绍入党，拨归赵正楹单线领导，故二人有一段交谊。作为“平津流亡同学”大家从青岛到济南后，又碰到一堆了。二人去了延安，入了陕北公学，想把由芦沟桥事变散失了的组织关系恢复起来，大概赵正楹在班上也把在天津日本人那里，在一个什么东西上签了字的事也不当回事说出去了。突然有一天，郑受到了隔离批斗，说他包庇“民族叛徒”赵正楹，不把他在天津日本人那里填写反共书的事向组织揭发出来。这时，赵正楹遭遇的什么，他已经不知道了。他只好请妻子拿一张《大公报》去给赵正楹，上面刊登着山西清华同学写给徐芸书（高阮）的一封《公开信》，下面有九级赵寿贞（征夫）在临汾的机关和地址，暗示他，你还是到临汾投他们去吧。

赵正楹去了临汾没有？不清楚。只牛荫冠说过，他下班回来，桌上摆着一张纸条，上写着他“回来了”，此后就如石沉大海，无踪无影了。当时牛是晋西的行署主任。赵正楹原有个叔叔在天津当小职员，两赵被日人拘留时，此人曾花钱营救过，几十年后仍然活着，远从台湾来大陆，找到郑天翔，讨个“说法”。郑说，他也没有“说法”给那个赵正楹的叔叔。

过多少年后，我们只能说赵正楹是当年极“左”时代的一个无辜牺牲者。当然，这仅仅是个人的说法而已。

再须附增者：最近接郑天翔学兄赐寄其新出版诗集《大庆之声》（北京出版社），在页69及143中，即两次悼及赵正楹，一曰“从来伏虎多悲壮，未有正楹沉冤深”；二曰“问君瑶台居何处，好将确讯慰和青”。（小注云，赵和青，正楹女儿）。足见赵正楹有后代留在人间。

1999年11月11日

记丁则良君遗事

在学校时，我和丁则良只是见面打招呼的一点交情，没有来往。只记得游行队伍到了大街上，有两个领喊口号的人，一个是化学系的曹国枢，一个是历史系的丁则良。

1953年夏，北京一批高级知识分子来青岛散心。据说，他们刚刚在思想改造运动中洗过一点脑筋，这比“史无前例”中冲击的力度要温和得多啦，但不少人仍受不了，所以安排他们到青岛来松弛一下。史学界的记得有邓广铭、聂崇岐、邵循正、齐思和等人，其中还有丁则良。山东大学历史系同仁在一个夜晚设清茶一杯接待他们。大家都来了。握手时握到丁则良，我说：“我们不仅是清华十级的同班同学，我们还是一二九运动中手拉手的战友哪。”他突然低下头用压低了的声音说：“惭愧，我走了弯路。”

这个话，久久萦绕在我的脑际，多思不得其解。1957年他死了，就杜绝了当面交谈的机会。事隔41年，读到九级级友赵德尊寄赠的《回忆录》（中央文献出版社出版），1936年他是清华团支部的书记，书中记载不少个外围（如《左联》、《社联》等）成员条件成熟可以转党的，其中就有丁，可是又说，丁进入组织因政见不合又退出来了。从这中间，我得到了“走了弯路”的第一种理解。

大约1960年吧，当时兰州大学文科并入西北师范学院，有一次两校合在一起的四个大右派一起拔草。所谓“大”，是指划右派以前的身份是教授。其中一人是李学禧，他划右派的主诉是由于他是甘肃省“九三”的秘书长。拔草时监督不严，大家就侃开了，我问他留英的情况，他说当时在伦敦的有王崇武，还有丁则良。他说每天早晨打开收音机，有一段Morning Broadcast，是针对刚刚建立的新中国，这段话的撰者和讲者，都是丁则良。从这中间，我得到了“走了弯路”的又一种理解。

当年，丁则良是跳北大未名湖死的。为什么跳湖？这也该落实落实。当时他住在周一良教授家。我就写信去问周，周回信说，因为当时东北人民大学（即现在吉林大学）把他划成了“余、丁、徐反党集团”的分子，叫他回去交待问题，他不声不吭跳进湖里去了。我又写信到吉大向朋友吕绍纲教授打问，回信说，他当时是四年级临届毕业生，当时所有批斗会他都亲自参加过，所以情况很熟悉。“余、丁、徐反党集团”的余是余瑞璜，是物理系教授，据说是杨振宁的老师；徐是徐利治，是数学系教授，三人都是民盟的执委。

丁死后，东北人大还开了个定案批斗会，丁的胞弟丁则民教授还登台批判（这种现象一点也不奇怪，川大蒙文通教授死后的批斗会，由蒙的儿子蒙默登台批判；山东黄县的土改大会斗争牛荫冠父亲，由牛亲自主持）。当时，东北人大校长（匡亚明）竟拨款一千余元为丁治丧，还引起有人不服，给匡贴了大字报，说他“右倾”。

我们十级级友，正如洪同学兄所说，都是“八老九十”（不是“七老八十”）的人了，有些事再不弄清楚，已经没有多少时间了。关于丁则良学兄的事，我就数十年来断续所知的材料，爰写出之如上。

丁终年仅42岁，很多著作还没有来得及写出来就死了，所以现在国内流行的几本社会学家辞典和史学家辞典中都未列他的条段。

1998年10月30日

我对牛维鼎同志的回忆

收到朱伊君同志的来信，乍一展读，吓了一跳。怎么比我小六个整岁的维鼎同志，会走在我的前头了呢？但信中所说，是铁的事实。况且，像这类似的事，已经不是一桩了："白发人送黑发人"，这怎么能使我们这些后死人受得了呢?!

我认识维鼎同志，是因缘另一个朋友：周可任。周可任，陕西岐山县益店镇的人。自十几岁肄业乾州中学时，我就是他的英语教员兼级任。我和可任同志一直关系密切。1946年冬，我从西北到上海参加"全国文联"由重庆复员上海的年会，路过开封，就下车来看看可任，也看看河大，就住在河大西二斋。就在这时，结识了文史系四年级临届毕业生牛维鼎同志。以那时我29岁计，那么维鼎不过才23岁。

记得那时他给人的第一个印象，就是深沉。他个子不高，脸色偏黑，两只眼睛深沉地打量着对方，话不多；有时很呛，反正是个不会讨人好的青年。我一眼看上去，就明白他是个搞地下工作的，因为截止到当时，我接触同样的人已经不少了。我在认识他以前，就从可任嘴里知道他是个革命者。他穿一件棉袍，一见面交给我他的两篇文章叫我提意见，一篇是《龙战于野，其血玄黄》，后来发表在河大的学报上；另一篇是《元稹年谱》，厚厚的一本稿子，是他毕业论文的原稿。我拿着这部原稿，跟牛、周二位在七号楼前拍了一张照片。

夜里在灯下，我一面翻读这些文章一面心里想：多么好的人哪！干革命干的那么沉着带劲，做科研又如此老练、对路子。这样起步的人，未来的造诣真是不可限量的。哪里想到，50年代后在红旗底下，他竟受了二三十年的冤屈，严重地挫伤了他的能量和成就。到今天，我认为我们大家都该痛切地反思，像维鼎同志所受的挫伤，一个革命者一个革命者加在一起，是我们整个革命事业多么大的挫伤呀！但有些人就是不考虑这些，只要你不会讨好我，说话又呛，眼睛又骨碌不服气，那么打你个什么什么，就够你半辈子受的了。前些年，事情不就是这样进行的吗?!

现在维鼎到另一个世界去了。可任走的更早，他是在泌阳被白崇禧部活埋的。50年代，我接到二野总政治部宣传部的信叫写纪念文章，我写了。他虽然走的早，但那没有什么说的，革命嘛，碰上了反革命嘛，有什么说的呢?!记得可任脸上有一块疤，他告诉我，那是他祖母带他在地里做活，给狼叼了一口，他祖母拼着老命从狼口里把她唯一的孙儿夺回来，可是后来终究被另一种狼杀害了。可是维鼎呢，他小时没有碰见狼，中年也没有碰见狼，他碰见的都是人，都是自己革命队伍中的同志，可是他终于赍志以殁，没有干出出色的事业，没有写出有大分量的著作，这是他九泉之下也不会甘心的，可是这又去向谁说呢?!

安息吧，牛维鼎同志！我们这些还活着的，只要活一天，也还是要干革命，要干四化，要干改革。历史的大流是谁也截拦不住的，君不见“四人帮”乎?!只是你受委屈了。

1987年9月25日，兰州

记我所结识过的安丘当代人物

一　张公制

张公制，我叫他表大爷。因为我的嫡亲祖姑，是他的大娘（伯母）。他和我父亲表兄弟之间，似乎通过一点声问，后来就疏淡了。1950年，正是“雄赳赳，气昂昂，跨过鸭绿江”的时候，我从东北师大调至青岛山东大学。过济南时尊长们说，到青岛要见见两位至亲，一是张公制，一是刘次萧。我到职后因故一位都未去拜见。

有一次，大概是1955年吧，我收购了一个卷子。卷子分为两截，装裱成一块。前半截是文征明的横幅浅绛山水，山水画的不坏，题款也挺像，但文征明名头究竟太大了，假冒太多。可是右下角盖着“北海刘可宗”的两方图章。刘正宗，原名可宗。这两方图章是稀罕的！更稀罕的下半截是张继伦的一段书法，笔力骨硬，似乎是写黄的，记不准确了。于是我把这后半段剪下来，恭恭敬敬托在山大外语系当副主任的张健表弟转呈表大爷，因为那是他祖上的手迹。公制收下后并未做出即刻反映，过了一阵之后，他叫表弟带给我一幅他亲撰亲书（章草）的对联，以为酬答。联曰：

“弯弓射虎可没羽”；

“解衣对客若无人”。

——噢，我明白了。上联是表扬我的，下联是批评、告诫我的。上联用汉李广善射的典故，说我才华尚可；下联用五胡十六国苻坚手下的王猛（北海人）的典故，说他“扪虱而谈”，太不拘礼法，容易开罪当世，借以警我之狂傲。我把这幅对联裱装起来，每逢节日必挂在客厅里，告诉后辈们，这是老姻长的一份厚赐。此外，表大爷还请我到他观象路官邸里吃过一顿午餐，仅二人就餐，吃安丘擀单饼卷菜。席间简朴雅洁，至今历35年犹如昨日。

二 张任

张任，字仲伊，我叫表兄，是公制的侄子。1934年我考进清华大学肄业，当时全校数千学生中安丘籍的只有三人。一、王赉，白芬子人；二、秦馨菱，高崖人（现归昌乐）；三、我。当时张任刚从美国康乃尔大学学成归国，回清华土木工程系教水利。按当时习惯，一位教授要定期请同乡学子到家下就餐。事先打出电话，我们三人都去了。记得张表兄年华正茂，身体很健壮，面色较黑，想是喜欢体育活动的结果。他英语自然说得娴熟，但说华语时安丘味仍较浓厚。

记得抗战开始后，在西安还邂逅另一位表兄叫张坚，当时他是中国驻苏联塔什干的领事。

三 秦馨菱

这个名字，我第一次见名单，认为是位妙龄女郎。见面之后，原来是铁一般硬的男子汉。他比我高一个年级，他九级，我十级。当时清华大学有个西乐队，十月革命后沙皇的乐队指挥捷克人古朴卡流亡到中国，清华把他请下来当乐队指挥。在这个乐队里吹奏最大号喇叭的，就是秦馨菱。他样子挺古怪，不留头发，一直推光头；冬天清华园够冷的了，他不穿棉毛衣，一身夹衣过冬。

他学的物理系。一生专门从事探矿和地震探测两门专业。根据清华校友资料，他直到现在仍是国家地震局地球物理研究所研究员兼第四室名誉主任。

四 秦佩珩

佩珩上大学是住的燕京。燕京与清华是邻家，但前者私费，后者公费，所以我估量秦家供应大学生的财力要雄厚些。1941年，他在《燕京学报》29期上发表了他第一篇明史考据文章，是关于吴梅村一首诗的。吴的诗，特别是篇幅长的歌行体诗，往往是晚明的重要史料，但吴喜欢朦胧处之，不露真人、真姓名、真地方，所以要考证，需要很繁难的考证。

抗日战争时期，他在四川当过几个学校的历史系主任，足见治学之外，他还擅长于料理人际关系。郑州大学成立，他一直担任系主任。拨乱反正以后，我每出外经郑州换车，必到郑大；每到郑大，必先趋秦府。佩珩不爱修边幅，满口安丘乡音，豁达不拘小节。有一次他高兴地说："曩咱安丘出了不少史学家啦。你是一个，韩连琪是一个，我也算一个，这不就仨啦嘛。"他把"个"不读ge，而按安丘语调读guo。

在北京平息暴乱那个月份的末尾，他在郑州逝世了。听说是坐在车子里，往省政协开会的路上突然不行了。过不多久，夫人也去世。记得夫人是"南五处"（潢、光、固、息、商）的人。他的少君，已经是郑大哲学系的主任了。

五　韩连琪

韩连琪，字东生。在他逝世前三个月，我有缘与他做了最后一次的盘桓。那是1989年10月我到北京开孔子诞辰2540年大会，转到曲阜，再转济南，住在山东大学。首先去拜望他，人不在，到医院检查去了。第二天黎明，他就由女婿用自行车推着来我的住处，恰逢山大派车送我去万竹园参观，我就约他同去了。万竹园坐落在趵突泉以西、捍石桥以东的东青龙街上，现在是李苦禅画的长期展馆。记得那天他精神还好，一直评论画的所长与所短，侃侃而谈，极饶兴味。

他说他"快死啦"。我说："还写点什么不？"他说："想弄弄《管子》。"我问："是专著吗？"他说："哪里有精神写专著？能弄出个札记来就不操（错）了。"我问："有稿子吗？"他说："哪里有稿？只在书上做了很多眉批罢了。要等医院的检查结果，倘是良性的，还可以试试；倘是恶性，那一切都完了。"第二天深夜我上火车，山大历史系总支书记在我耳边细语说："老韩的检查报告出来了，对本人和家属保密，只告诉组织了，是恶性的。"呜呼……

他一辈子光治先秦史，兼及两汉。搞中国史的都知道，这两段是最难治的。他对传统绘画和书法，鉴别力很高。

六　王正

我和王正只见过一面。那是1941年春，陕西省清华校友会决定在武功农学院开会庆祝校庆。那天中午野餐过后，我问沙玉清教授："你们这里有位王正教授吗？"他说："有，教森林学的。"我请沙先生带我去，他欣然同意了。记得王家刚撤午餐，午餐是西餐，刀刀叉叉，夫人是德国人，还有一个女儿。王先生和夫人讲德语，对我讲华语，安丘味很重。他的特点是一身猎装：长筒袜，短装的骑马裤，上身皮茄克。留学回来的人，这种装束的不少，如清华的莎士比亚专家王文显和体育主任马约翰等，都是这样打扮。

七　孙沾群（霖）

记得20年代末、30年代初，青岛市一年总有几个画展。参观的人很踊跃，定画的人也很多，一幅自10元、20元至50元。当时山水画，推胶济铁路局的主任科员宋贻素，花鸟推铁路中学的图画教员孙沾群。孙先生，安丘符姑庄人，他的一方图章是"家在汶水之东浯水之西"。他每次办展览，都叫我去帮着跑跑腿，挂挂画，在签到处请人把评语写下，等等。

孙为人豪放，不拘小节。大口饮酒，大口吃肉。他的花鸟，专学吴昌硕，字也有点学吴的石鼓文风韵。曲阜孔府孔德成卧房中一直挂着一幅桃，硕果累然，就是孙画的。他教我们画桃时说，"我画的桃，不但甘甜，而且一包水"。其诙谐如此。他比较喜欢我，举两个例：一、我18岁考上大学后，写信回来，请老师赏一幅画，他很快满足了我的要求。画的是芙蓉，记得胭脂膏画花瓣，铅粉勾筋，加几片芦苇。题字是"谁写少年容，樵人剑南老"，是放翁的句子。这幅画经芦沟桥事变，丢失了。二、我30岁，初进河南大学当副教授，老师得知了很欢喜，画了一幅樱花麻雀，并自赋长诗，诗曰："经年不把笔，把笔恒惴惴，胆小心自怯，手生笔作祟，不敢狂挥笔，唯恐一笔废。今画小折枝，意在求其媚，一媚遮百丑，有疵谁理会？花开两三枝，来禽四五对，春风骀荡中，声色互点缀。一片大浑囵，笔笔仍破碎。"这幅画，写此文时仍安然挂在我的书桌边，不觉已历43寒暑矣。

他可能由于平生食驴、马、牛肉过分，晚年患皮癌，疼痛至不能忍受，尝谋自绝者二次，被家人救下。1951年，我随李希张（“希张”后作“希章”）老师到东镇探病一次，时已垂危；不久逝世，又往吊祭一次，柩下一哭而已。

八　李希张(巡)

李老师至今仍健在，听说下个月要庆九十大寿了。他是李家官庄人，北高师（北师大前身）英语系毕业。我在高中三年的《英语》课，全是他教的。他在词汇积累、语法架构、语法分析等方面，给我们学生打造下极其坚实的基础。我70岁那年到美国访问50天，虽然许多新兴词汇和语言习惯我已非常陌生了，但老根基依然有用场，特别在专业场合而不是生活场合，李老师教下的东西还是起了很大的作用，个别外国朋友还说我老英语根底好，我心里想这全是李老师的栽培。他早年身体不好，好像有过轻度的肺结核。脾气也不好，爱生气，所以学生都怕他。他很讲究孝道，寒暑假前要回家见老太爷之前就明显改变衣装，平时西装革履，回家前换成一派中国衫裤，冬天还在棉裤上扎上腿带。他父亲是一位进士公，有一次他从箱子里翻出老先生殿试的卷子（白折）来叫我看。

“九·一八”那年，我父亲死了，我回安丘送丧回来，按当时礼俗，发长如鬼。李先生把我叫到他房里，拿他用了几年的一部英汉字典给我，说：“我知道你家穷，这本字典你拿去用吧，我再买一本新的。”这部字典，至今仍在我身边。前几年我写了一块字，写的是“慈母手中线，游子身上衣。……谁言寸草心，报得三春晖。”后来我到青岛沙岭庄谒见他，见他把这块字挂在他卧榻边的墙上。

这几年读《安丘文史资料》，得知他写了很多回忆文章，滔滔千万言，笔气不衰。在此，谨祝老人家达成更长的寿数！

九　赵孝陆(录绩)

他是我的族伯。六十几岁，日本统治时期，在青岛胶东路去世。计冥寿，该115岁了。他是清末的进士，他的特长有二，（一）善填词。南方词学名家朱古微很推崇他的词。他的集子叫《摹𫐐（cháng）阁词》，未印行，最近到处访求他的遗稿，竟不可得。只记得我少年时人们传诵的一阕词，说的是当时人民生活痛苦悲惨，但军阀们仍酣战不已，句云：“微闻碧海冤禽瘁，怎寒潮落了还生?!”只记得这一点点了。（二）喜欢收藏著名书画家的字画和古书的稀见的古刻本。在这些藏本上，他都写有跋文。这些跋文，价值很高。举例子说，王菉友的若干刻本、稿本上，都有这样的跋文。在这里，插入一段轶事。菉友当年有副画像，在上面题了几句，曰“哀哉王筠，王筠可怜！子孙若贤，多存几年；子孙不贤，长街卖钱”。（齐鲁书社校印《清诒堂文集》页184载此）到孝陆考科举时，这件东西果然在安丘冷摊上卖了钱了。他收购回来，加上跋语，悬在案头。他还寻菉友后裔，鼓励并资助此人进青岛大学中文系肄业。他藏画中最著名的有《十行乐（图）》。旧时代没有摄像录像等事，只能请画师或画匠来画行乐图。他藏的《十行乐》我也未得全见，只见过一幅《（王）渔洋放鹇图》，是《十行乐》中的名品。我见过原件，还有过一幅影印件，已经失传了。微闻《十行乐》现在台湾。

他晚年喜爱《公羊传》，曾在书眉上批了许多字，密密麻麻，今已不可知矣。

他行大，有堂弟行六，名录绰，字孝孟。我叫他六叔。原是平大工学院毕业，应该做工程师的，但因上唇有先天性裂口，不适应于应酬事宜，就到北平图书馆工作，与谢国桢、赵万里都是同事，陈垣是他们的上峰。他写过一些版本、目录学方面的文章。陈、谢、赵诸公都曾向我询问过他，可惜他四十几岁在天津逝世了。遗稿存其长女手中，有待整理。

1990年6月16日写完于兰州大学

死三人记

37年前，在那个农场里，大半年功夫就死了三个人，大家替我排上了个队，是“第4号亡人”。但是，由于一个非常偶然的情况，我没有在农场里死去，并且一直活到今天。从而，使我感到有责任把那三位前行者久被湮埋的事，写在下面。

一

第1号亡人，叫叶明恕。他是福州人，北师大中文系毕业，职称嘛，假如未升讲师，那就是两三年资历的助教。他本人据说没有问题，或者问题不大。问题据说在他的父兄。他的父亲是福建省警察厅长，哥哥是福州市警察局长，一个逃到台湾，一个在镇反时被镇压了。光这段家庭历史，就够叶明恕呛的了。其实，中国自古时就不讲论这些，如尧的儿子如何，舜的爹如何，尧还是尧，舜还是舜嘛。可我们那时候不成，“龙生龙、凤生凤”，“老子英雄儿好汉，老子反动儿混蛋”，于是叶明恕就被下放到山丹农场来了。

叶明恕的死，明显地说明了一点，那就是，强制（或者叫“专政”）最终不能解决问题。你施行强制，他有三种办法对付，一是“顺着”；二是偷奸摸滑、拐弯抹角地跟你对抗；第三种就是毫不拐弯地对抗到底，一至于死。试想，我们是3月下旬出发的，叶5月中旬就死了，连来加去不过50天工夫。

记得出发那天，叶明恕的行李已被统一运走了，人已经坐到大巴士上了，可一转眼他又溜回宿舍去，多亏他的支部书记爱才（当时的话是“右倾”），拿一条好烟、几个罐头好说歹说又把他拉回来。他就是思想不通，他就是不愿被下放，最终你还是拿他没办法，只能说他“花岗岩”脑袋。

我们当年那个农场，设在河西走廊山丹县的三十里铺。八九十个人，八九十支铁锨，先住在庙里，自己浇水，自己种粮食，自己打土坯、盖场房，自己养羊、牛、猪。这个劳动当然是重的，但当时吃喝还可以。有时跟河西土著并肩劳动，有时跟河南移民一起劳动，“你追我赶”，拔白旗，插红旗，叶明恕怎么赶得上趟呢?！他偷偷与司机师傅商量把他带回城市，司机岂能隐瞒，汇报后当晚开批判会“帮助”。所谓“帮助”，开头是恶言恶语，慢慢几个干部就带头拳打脚踢起来。“要文斗不要武斗”是六年以后的话，这时还未出场。

我们那个种地，是一个庞大的系统工程。先浇水。打电话给祁连山的水库，由他们安排哪一天几点钟到几点钟给你开闸放水，放多少水。我们就在放水日期前，展开大规模的准备工作，目的是叫水流到你想叫它流到的地方去，不要叫水流到你不想叫它流到的地方去。较平的地方打一点土埂子，所费劳力不大；沟沟洼洼的地方就得打起塘坝。塘坝有半人高，要用铁锨一下一下地拍实，这个劳动耗费力气是很大的。所有这些，都由“老龙”们指导。“老龙”就是农村中浇水的老把式、老师傅，从公社里请来。到水放下来的日子（一般都在夜间），大家就统统投入战斗，非常紧张。一不小心，叫水跑了，跑到长城的方向去，那这股水就算浪费了。所以“老龙”们很“歪”（脾气很大），在抢水时候你上不去他会用铁掀没头没脸地打你。叶明恕到这种时候就只好运送运送骆驼蓬草以备堵口子时使用罢了。

浇过水后，地埂子早冲得不见了，塘坝顶多剩一点残迹。这时候就犁地。犁地使用人力和畜力。人力就是四五个人一架犁铧，人像伏尔加纤夫样弯下腰拉着绳子，这个办法既耗力而又效率不高。畜力较高，可农场初建还不曾买下牲口，只好到公社去借。人家忙时不借给，等借给时却已经抢种过了。借来的牲畜，牛、马较少，以骆驼、牦牛居多，这些牲畜负拽力大，但不好调教，扶犁的人很艰难。叶自然不胜任这种工作，只好牵着牲畜的鼻绳在大田里走过来走过去而已。碰到人工拉犁的时候，据说有人观察过，四根绳子绷得紧紧的，只叶的这一根是松弛的弧形，他就是死下心不用劲拉嘛。

犁过地，撒过种，还有一道工序，叫“磨地”。“磨”是西北的叫法，东边叫“耙”，或者叫“耱”，就是把翻起来的地敉平一下，种子埋进土里，还可以保墒，就是说让那些可怜的水份，不至于被阳光很快地蒸发掉。

叶死的那天，恰好被安排和我一组“磨地”。所谓“磨”，是用大荆条编织成像一床褥子那样的东西，底下安六枚铁齿，以使土圪瘩遇之便成粉碎。一人站在上面，平衡压力，另一人拉。轮番互换。这个劳动不重，分配者隐隐寓有惜老怜乏之意。

可是另外还有一个插曲。原来我们那个支书叫刘子卿，陕西凤翔人，他确实是个特殊的人物。原来他在大学里不过是个总务处的副处长，可是一下来，他就成了土皇帝了。他富有创造性，创设了罚跪、罚不准吃饭，即使有饭票炊事员也不敢打给。这是严重违法的，但那个时候法制观念还未普及，东西南北中党管理一切，一切支书说了算数。那天正是叶明恕被宣布不准吃饭跟班劳动的第二天。

那一天，我也被宣布不准吃饭，跟班劳动，可我还能支撑得住，叶明恕就支撑不住了。这说明我的血里糖的补偿的能量大。这就不禁想起一件古事，说殷纣王清早看见祖孙二人过河，老者不打颤抖，少年打颤抖，殷纣王问大臣为什么，大臣说，老的骨髓已经长满，小伙子骨髓还没长出来哩，于是殷纣王叫把祖孙二人抓来，敲骨验髓……我比叶年长十五六岁，所以我的耐饿度比他强些。

正午，大家在地头上歇晌。叶明恕装作小便，到另一小队的人堆里掏一只布口袋，掏到一个馍，就急忙往嘴里送。可是说时迟、那时快，旁边一位装作睡着而实是眯着眼在看的队员顿时高喊起来："叶明恕偷馍了！"于是人们纷纷爬起，一顿拳打脚踢……

叶明恕下午一直没劳动，小队长另派一人跟我一起磨地。河西地方气温的差度很大，有时达16℃，而东南沿海的温差才2℃，所谓"早穿皮袄午穿纱"者是也。叶明恕觉察没觉察到这一点，我不得而知。但他一直躺在一堆干草上，棉袄撇在一旁，呼呼大睡，在可以不劳动中得到满足。

那是5月17日下午的事。18日凌晨2时，睡在我旁边的一位党员干部悄悄起身，叫起另外两人，带好手电筒、点起马灯，悄悄出去了。两小时后悄悄回来，复又睡下。从他们悄悄的言语中，似乎在说，叶明恕一夜没有回来睡觉，寻觅到场地里，他仍躺在那堆干草上；冻死了。

早晨7点大家排队到场地。调皮的人说起怪话："叶明恕真能睡，一天一夜还不醒来。"另一个说，"怕是要到另一个世界醒来了。"10点钟，吹哨子紧急集合，有刘书记，有县公安局一个副局长，还有个县法院的代表。先由刘书记讲话，说毛泽东教导说，矛盾是可以转化的，叶明恕本是人民内部矛盾，但因为他誓死对抗人民的态度，他已经堕落成为敌我矛盾了。那两个县里的人连连点头，表示同意。

可是事隔两月，到7月份，农场的第2号亡人死了，校党委派人送来两副棺木，两架花圈，花圈的带上写着“明恕同志灵右”。说怪话的人又说了：“咱们党委犯了极严重的右倾错误！叶明恕，咱们刘书记早就宣布他是敌我矛盾了嘛，花圈上怎么还称呼他是‘同志’呢?!”

二

第2号亡人，叫李纲，生物系助教。人们说，他是“三新”，大学刚毕业，新任助教，是一新；新结婚，妻子美貌，是毛纺厂的女工，是二新；新入党，入党前是校团委委员，是三新。他和叶明恕是截然两种人。叶是明摆着的“破罐破摔”。李不然，年轻有为，爱劳动，样样带头，是被场里竖起来的“标兵”。而他那年轻的生命就恰恰断送在这个“标兵”上了。

夫“标兵”有两种，“死标兵”和“活标兵”；而“死标兵”好当，“活标兵”难当。因为“死标兵”受崇拜的时候，他本人已经不在人世，一任世人把塑造的东西加到他的身上，而他本人没有负担。“活标兵”不然，他还活着，那么对他除了崇拜之外，还会有对不足处的责难。所以他的弓弦一定是拉得非常紧，弄不好就会绷断的。

李纲死在“七一”党的生日前后。他死的时候我不在农场，而是被送到县城的卫生院，住院开刀。原因是浇水的时候，祁连山山水中冰块砍到我的腿上，流血、感染、化脓，左腿肿得像一条粗棒子，注射链霉素都消不下来。场部的人也担心把我浑身肿死在农场里了，这个名声他们承担不住，这才把我送往医院的。从我的腿肉里，撕出来七八条长长的脓袋，像剖鱼时候从鱼肚子里撕出来鱼鳔、鱼苦胆似的。住院15天，所以李纲的死，我未亲见。

记得我被送往医院离开场部的时候，他正参加场房的基建工作。基建工作就是盖房子，而盖房子先要合泥，制坯。“坯”又叫“积”，也叫“堪”，或叫“胡堪”（讹音叫“胡秸”）。泥里拌铡碎了的麦草，要用光着的脚踩。这踩泥工作，是很沉重的活儿，李纲是“标兵”，义不容辞，就踩上去了。而踩泥这个活儿是要干干歇歇的，李纲年轻，不懂得利害，一口气踩了一天，不换工种，到夜里就急病死了。

等我从医院回来，场部替我换了工种，叫我养马、放马。这个工种有它的优越性，它使我可以不必在苦干调皮的中年人中间亮相，可以独自把马带到僻静的地方，马吃草吃得正酣的时候，我可以读书。但也有很麻烦的方面，马夜里需要喂一遍草；马很容易感染肺气肿，弄不好会死，一害上就得牵它到兽医家用药筒子给它灌药；还要带它去配种，要帮助它产马驹，要防止它突然发性狂奔而去，等等，等等。

我一般是5点半牵马出去吃草，因为这时草上带有露水，最鲜美。9点，把马带回场部，叫它吃些槽里的干草，我也吃早饭。有一天，大约是七一后一个星期的时光吧，我牵马回来，见到学校来了大卡车，还有一辆吉普。一个中老年女子和一个中年男子。这个中年男子我认得是人事科科长，那么那个中老年女子我也可以推想出来是人事处长了。从卡车上卸下来两副棺木，两架花圈，带子上写着“明恕同志灵右”和“李纲同志灵右”。从场部办公室里透出来两个女子撕心裂肺的哭声。我立刻明白，是李纲的新婚妻子与姐姐到了。

第二天，小队长吩咐我早一个小时把马牵出去，晚一个小时回来，食堂给我留饭。我立刻明白，叫我不要看见出丧的场面。可是世界上的事，就往往有天然的弥补。有个姓刘的，原化学系实验室的管理员，管药品和玻璃器皿。现在他是采购员，骑自行车到各公社去搞“公关”。他知道我放马的水草之地，有一天骑自行车来了，坐下来跟我唠了半天嗑。他说：“人死了最臭，比死狗死猪还臭。那天挖开，叶明恕已经烂完了，李纲刚开始烂，颜面已经乌黑，看不出模样来了。我们赶紧告诉领导，拦住不要叫家属到跟前来。学校还带来两套制服，谁也没办法给那么稀软稀软两堆东西穿上，就只好盖在上面了。可就这么两件沾了血水的新制服，被雇来挖土筑坟的老乡留心上了，半夜又来挖开，把两套制服拿走，洗净后拿到市场上卖了50块钱。人穷嘛。手里的活便钱太少啦，就只好干这种缺德的事。”呜呼……

三

第3号亡人，叫周新治。周是四川人，广东师范学院地质地理系毕业，分配到大西北。一般，四川人大家都叫“川耗子”，即有洞即钻，无孔不入。而周新治的性格恰恰相反。譬如，他有心肌梗塞，就凭这一条他就不应该下放，可是他从来不据理力争。他认为领导既然把他定在名单里了，他也不该再说什么。检查身体时，心肌梗塞查出来了，但那个医生是个混事的医生，说不要紧，下去锻炼锻炼，心肌梗塞会好的。真是见鬼的话！但周新治却经常重复这个话，把这当真理传述。

他死的时候，已经是严冬了。忽然传开，说中文系有临届毕业生30人要来农场短期锻炼；又说，校长也要来场视察。这一下，场里紧张起来了。平时场里是一天三顿糊糊。有个下放人员说怪话，“喝三顿糊糊，就干三顿糊糊的活罗。”可是校长大人下来了，总不能叫他喝糊糊吧。临届毕业生伺候不好，还会给你起点小风潮呢。所以要吃几顿馍馍。有人还提议到山丹县城弄些大米来。肉嘛，肉多着呢，山上放的两群羊，每夜都要“乏”死一只两只的，拖回来剥剥皮，下锅就是啦。可炊事员反映，锅太小，要换大的。于是打电话到新河镇去借锅。谁去背呢？有人说：“周新治在家泡病号，叫他去！”他就老实巴交地去了。镇距农场5里之遥，往返10里。锅背回来了，但还是小，于是又打电话到县城去借。那边答应了，谁去背呢？“还是叫周新治去。”县城距农场30里，往返是60里的路程。

学校图书馆有个站柜台借书的娃娃叫小刘，也不晓得他犯了点什么错误，也下放到农场来了。那一天，他恰好要进城看病，场部就叫小刘陪伴周新治一路走。小刘事后对大家说：“周新治已经饿得走不动了。可是他很乐观。他说小刘呀，我身上有粮票，咱们到公社食堂吃顿饱饭去。谁想到二十里铺、到十里铺、到五里发电厂，平素只要拿出粮票，立刻卖给。现在不中了，要单位的出差证明。大师傅拍打着围裙说，同志，你们听见没有，定西饿死了万把人呢，省里捂着，说是闹瘟疫，周总理派保密人员来查，死人肚子里全是草哇！这就是说，粮食紧啦，不是我们不卖给。周新治走到距县城一里半地方，摔到地下就再也没有爬起来。”

我和周新治接触，是在他死前约莫一星期的时候。那几天，场领导派遣两个人一小组去到野地里拔或者割芨芨草。芨芨草，是河西名产，它类似苇子，比苇子细，比苇子硬，不易腐烂。可以用来编帘子、编炕席，特别是铺房顶，上面抹上泥，最耐风吹雨打。拔或者割芨芨草，一天有限量，5斤以下是不及格，20斤上下是合格，40斤以上受表扬。那一天我们二人割了一天芨芨草，各约20余斤，中不溜秋的，过秤时不会挨骂了，于是就各就一方土台，像是分宾主般坐下。

“先生——”他开口说。这使我非常惊讶。他看出我的眼神后继续说：“这有什么值得惊讶的？我在大学读书的时候，你已经是名满全国的大教授啦。我把你看做我的老师，叫你先生，有什么不应该的？”

“可我现在是劳改人员呀。”

“不管这些。那都是历史，历史是一晃就过去的。我现在要跟你说的，就是这块表，”说着他掏出一块怀表让我看，“我这一辈子就只剩这一件东西了。”

我很敏感。从“我这一辈子”这个短语里，我隐隐感到一种不祥。才三十出头的人，怎么冒出来这样的话？

他继续说：“建国以来很少有英国的商品销到中国来。这是极稀有的一批，物美价廉。比国产的‘火车头’表又美观又便宜，那时我刚刚分配工作，就买下来了。我带它在怀里快十年了，比老婆还亲。说起老婆啦，我们已经有个小男孩，可老婆能干我不能干，她老嫌我窝囊吧，只有这只表它最理解我。”37年过去了，我想到这是他的一篇《遗言》，他在野地里对我说这一篇话，也是考虑过的，有选择的。

周新治1960年11月29日死的，到12月6日，他的夫人由地理系办公室一位同志陪着来到农场。当时大雪铺天盖地，天气严寒。场部替她准备的饭，她说“不吃啦”。场部提议请她到菜窖里看看遗体，她说“不必啦”。匆匆忙忙把被褥等物卷成一个小卷，就要起身。突然，她像记起一件最紧要的事似地喊道：

“那只怀表呢？”

很多人还明白不过来是怎么一件事。最后，还是由厨房一位老师傅下到地窖在遗体的衬衣口袋里摸到了它，交给了夫人。

看着送夫人到车站的马车启动之后，这位老厨师嘟嘟囔囔地说：

“这年头，把人就这么做（zu）着哩嘛。”

*　　*　　*

周新治的死，在这座农场的兴衰史上，划了一个阶段。假如叶明恕的死，还标志着农场的初兴；李纲的死，则标志着这种被称作“思想改造”圣地的神话的最彻底的破产。

冬天来了，这是自然环境。大田上的活完全停止了。几匹马，陆续冻死了，其中一匹肚子里带着驹一起冻死。羊放到山上，夜里在破庙里歇宿，每清早放出时至少有三只五只“乏”死了，有的刚产下的羔子就被大羊踩死了。猪呢，我们经常在清晨打扫猪圈时，发现一只母猪和几只刚刚产下的猪崽子一起被羊水和尿水坚实地冻成一块冰饼。人呢，现在的人的局面也在变化。极“左”思潮的代表人物——省委书记张仲良受批判了、做检讨了，要调到南京去了。我们农场的土皇帝刘子卿也调回学校做检讨去了。夏天时候那根绷得很紧的弦，嘎嘣断了，一种效果产生出另一种效果：一片混乱和极端的无组织无纪律。这令人反思，夏天时候那种高组织高纪律，是用高压强制出来的。从前，5点半人们就起床了，现在9点半还躺在地铺的草堆上。夜里，从前不到9点就吹哨熄灯，现在午夜以后仍然热闹非常，赌博的人大呼小叫，悠闲的人喝着茯茶聊天，肚子饿了的人到野地里埋死小猪的地方把小猪的尸体挖出来，用极快的速度剥皮、洗净，用两只反扣着的洗脸盆煮，煮烂，狼吞虎咽地吃掉，再用最快的速度把皮骨埋藏掉，把洗脸盆清洗掉，以免场部的人来检查时找到痕迹。个别人，堕落得更严重。把下放人员的夹克衫、呢裤、皮包等偷出去，卖给村里的老乡。所谓“卖”，不是用货币买卖的意思，而是原始的以物易物。换一条羊腿，一只羊头，一堆羊杂碎，一两个糜子面炕的硬馍，等等。这些东西并不是自己吃的，而是带回到场部来卖给下放的同事们。这个“卖”也不是换回来货币，而是粮票和饭票。倒来倒去，这个青年干部再不是饿得天天睡觉，而是腰缠若干粮票和饭票的“大亨”了，谁缺吃的，都得低声下气去跟他借或者买。谁会想到，当时这个投机倒把的“能人”，在学校里还是共青团员呢。

农村社会，也在经历着“巨变”。抢羊、抢粮、抢甜菜仓库的事，已经屡有所闻。抢羊是有一定组织性的行为。大家都是一个公社，甚至是一个大队，知道羊群夜里歇在哪个庙里，于是天黑下来抢羊的人就出动了，其中自必有几个壮汉，但多数是婆娘和未成年的男女少年。这些人，也多多少少懂点法律，懂得抢羊是犯法的，懂得18岁以下的犯罪不判刑。这些人随身带着宰羊、剥羊的工具。他们到得庙前，“临战”啦，放羊人照例是有两只狗的，狗都很恶，死命地咬，死命地扑。那就得来点“狠”的了，捡大石头往狗的身上砸去。狗很灵性，一只狗砸死了，另一只狗就放弃战斗，躲到一边去了。放羊人就更“诡”，躲在庙窑深处装做睡熟了的。于是抢羊人放开行动，但他们并不多抢，每夜四五只，五六只，捡肥的，拖到一个山凹子里，点起篝火，宰的宰，剥的剥，剁的剁，顷刻之间，每家分到一份。大家“偃旗息鼓”，扑灭篝火，各回到家，立即把“胜利果实”煮烂，吃掉，骨头埋到园子里，躺下睡觉。

至于抢粮库、抢糖萝卜（甜菜）窖，那是在大白天，“明火执仗”。也是老婆子、婆娘、未婚嫁的小子、闺女们一马当先。区委书记在窑口，两边两个民兵，枪口向着群众。书记力竭声嘶地喊：“父老兄弟们，不能抢呀，这是国家财产，也是集体所有的财产呀！”又喊：“父老兄弟们，你们逼着我犯错误呀，我开了枪，打死人命，我犯错误；我不开枪，你们把公家的东西抢走，我也要犯错误呀！”大家听了这个话，心眼里知道这个书记还是个好书记，可是窖还是抢了，没抢光，抢了一多半，老老少少各人肩上扛着脏兮兮口袋子一口袋甜萝卜各回家去了……

四

文章写到这里，应该结束了，但还有一条尾巴。这就又要提到“第4号亡人”。“第4号亡人”本该是我，但我濒临死亡却没有死，那个死的第4号不在山丹而在临夏（河州），那里农场规模较山丹略小，但与山丹同属西北师范大学的兄弟单位。刘子卿也曾在那家农场里当过支部书记。

第4号亡人，叫李崇裕，物理系中青年副教授。这个人我曾同他在一幢宿舍里、一条通道上住过，我知道他是谁，他也知道我是谁，就是没有彼此打过招呼。上厕所，上下楼梯，经常碰面。

据说此人自高自大，自以为了不起。可能他是一个人才，但他的自我估价比社会对他的估价要高得多。他一到农场，就给校党委写了一封信，要求即刻宣布他为二级教授、物理系主任，并派小汽车把他接回学校，并且在副食品和粮食供应上要特别从优、加倍。他还开了一个清单，计猪肉每月几斤、大米若干斤、白糖几斤之类。这样的事，要在寻常的时代，遭逢上胸襟开阔的领导，那么，这仅仅是哈哈一笑的事而已。顶多说，这是个不知天高地厚的娃娃。可他偏偏碰上大饥饿的时代，又偏偏碰上肚肠狭窄、头脑极“左”、又极官僚主义的领导，于是他们感到自己是受到了严重的冒犯，于是乎加上“按语”，用红头文件批转下来，叫群众从反面学习。“按语”千言万语，要害一句话：“猖狂向党进攻。”

于是，李崇裕死在了临夏。医生怀疑他自杀，剖腹检验，原来是一肚子青草。

饥饿是一种自然的生理本能，无法使用政治力量把它压服下去，叫他不饥饿。劳动也是一种自然的本能，适当进行有利无害，但不能使用政治压力施行超强度劳动，施行了也不会持久。这两者结合到一起，美其名曰“思想改造”，更是一件明目张胆、自欺欺人的行为。可是在40年前，我们的某些领导者们，却像疯魔了一样，死不回头地这样干下去，在人类社会上，在历史上，造成如上述的累累的疮疤。

1997年3月18日，于兰州大学22楼之209室

趙儷生文集

乃正題

第六卷

蘭州大學出版社

图书在版编目（CIP）数据

赵俪生文集. 第6卷 / 赵俪生著. -- 2版. -- 兰州 : 兰州大学出版社, 2019.8
ISBN 978-7-311-05647-6

Ⅰ. ①赵… Ⅱ. ①赵… Ⅲ. ①赵俪生（1917-2007）一文集 Ⅳ. ①C52

中国版本图书馆CIP数据核字(2019)第164829号

责任编辑　张国梁　李　丽
封面设计　陈　文

书　　名　赵俪生文集　第六卷
作　　者　赵俪生　著
出版发行　兰州大学出版社　(地址:兰州市天水南路222号　730000)
电　　话　0931-8912613(总编办公室)　0931-8617156(营销中心)
　　　　　0931-8914298(读者服务部)
网　　址　hhttp://press.lzu.edu.cn
电子信箱　press@lzu.edu.cn
印　　刷　甘肃春宇印务有限公司
开　　本　787 mm×1092 mm　1/16
印　　张　27.75
字　　数　466千
版　　次　2019年8月第2版
印　　次　2019年8月第1次印刷
书　　号　ISBN 978-7-311-05647-6
定　　价　950.00元(全六卷)

目　录

小说与通讯

译　　作

小说与通讯

风 沙(短篇小说)

一

在北国，深秋的季节里是永远不缺乏风沙的日子的。在那些日子里，漫天的黄风挟着沙土，没昼夜地到处吹袭着。爬在篱笆上的秋扁豆的黄叶跟蔓子都凋残了，却依旧固执在篱笆上等待最后一场的严霜。老母鸡也开始脱落毛羽，她们不住地拍打着翅膀，使一团团纤白的绒毛从翅子底下掉出来，随了黄风的鼓荡，它们飘满了天空。顽皮的孩子向天上指画着，说那是天老爷顶小顶小的女儿。到了夜晚，伴着老鼠的咬嚼，灶龛里也添了促织的吱叫。间或，当风沙来得顶厉害的时候，从猪栏那边又会传过来小猪的哀鸣，夹着老母猪的不安的嘈嘈。

在去年这样的日子里，杜大先生病倒了。他躺在火炕上一直到现在，听见了风沙再度的来临，他才觉悟到自己的病已经耽延了整整的一个年头。在这一年里面，他简直没有出过大门，只有很少的几次在充满着阳光的院子里兜过几个圈子；而大部分的日子他总是安静地躺在炕上，或是半欠起身子靠在炕桌上，用瑟缩的手戴上他那宽边的花镜，一个字一个字地读着那部唯有的《聊斋》。就是春秋两季顶忙的时节，家里人也不许他到田野里去看看，杜太太甚至派了顶小的儿子进宝来专门守候着爸爸，替他装烟袋，倒茶水，逼他讲顶好听的故事；一面也就是监视他，不让他走出家门一步。

可是今天大先生一定要出去一趟；他宁愿因此跟太太吵上一架，也是非出去不可的。

半个月前，从一个赶集人的手里，杜大先生收到一封快信，在那里面装着他唯一的弟弟——杜二先生的噩耗。那一夜他整夜没睡，在小美孚灯黯淡的光线底下，他一遍又一遍地读着那封报丧的信。那是由一个亲戚写来的，里面详细地记述着二先生近几年来的失意，他临终时候的悲凉跟死后装殓的简陋的情况。有好几次他简直要昏晕过去，他全身的筋肉痉挛着，心上有着剧烈的刺痛。外面的风沙咆哮着，灯火一跳一跳地好像就要熄灭。窗前的天竹在狂风里嗖嗖地响，不断地扑上窗来抓打着窗纸。……一幕一幕地，他起始回忆着弟弟。

在前半生的二十年里，这两兄弟是始终在一块的。他们一同上私塾，一同进学堂，一同受着尊长的夸奖跟父母的爱怜；虽然有时因了弟弟格外的聪慧而得到分外的赞誉时，在做哥哥的心里就不免蕴蓄着浅淡的妒意，不过弟弟的优秀到底也还是哥哥的一种光荣，所以除了偶尔的纷争以外，在那二十多年的日月里，兄弟间是始终有着深切的了解的。可是自从弟弟过厌了破落绅士的日子，坚决地离开这祖传的家园到一个都市中去开始新的生活以后，各自不同的生活方式就自然而然地把两兄弟分隔得遥远了。自那以后，又是二十多年的岁月。在这中间，两兄弟同样地都没有享受到人生最低的一点幸福，可是还都同样倔强地生活着，忍受着所有人生里可能受到的折磨。他们很少通信。有一次哥哥到都市中去探望过弟弟，弟弟也曾几次地回到家来，不过这种短期的接触更助长了相互的轻蔑跟各自心中的倔强，于是此后他们中间的关系就无形地断绝了——直到杜二先生死去的消息传到大先生的面前。

读着报丧的信，大先生的心里掀起着深深的内疚。他不再蔑视他的弟弟了，因为从那封信里他明白了弟弟是有着比自己更大的生活勇气的。在他临死的前几天，他还勉强地爬在枕上写信托人觅事，对顶痛恨的朋友告罪，用乞怜的口吻向人借钱；等到他晓得自己再也不能活下去的时候，他对旁边的亲戚说：“我要死了，我的一生是一个失败。我决舍了家庭，疏离了兄弟，甚至牺牲了人格，不愿顾脸面……这一切就是为了要活下去！可是现在我再也活不下去了，我只有恨我自己。我死后，请不要告知我的儿子，让他好好地读书吧；也不要通知我的哥哥，也不要把灵柩送回家乡去，我不愿我们光荣的祖坟里埋下一个失败者的死身！让我无声无息地死去，让我无声无息地埋掉了吧！”

杜大先生觉得太对不住自己的弟弟了。世上的一切都错待了他，难道在同胞哥哥的心里也寻不到些须的温煦吗？为了这，他写一封快信告诉那个亲戚，一定要他把二先生的灵柩运回家来，他要替他修一座像样的坟墓，让他平静地安息在那儿；并且他预备在弟弟的灵柩运到村上的时候，他要对着棺木说出他心底的忏悔。接到回信，一切都照办了。按照信上写明的时日，在今天下午灵柩就可以运到村上。坟墓早已修好，一切葬事的设置也完全照大先生的话办妥了，不过他依旧不放心，他一定要亲自到村外去看一看坟墓修得怎样。

二

日色的确是短得厉害，刚刚吃过午饭，太阳光就退下一条棂子去了；不过今午的阳光好像特别充足，它照耀着下余的九格窗棂，使这熏黑的四壁中间也摊到些须的光亮。几匹微弱的寒蝇频频地扑着油焦的窗纸，发出小鼓般冬冬的声音。趁着房中稀有的明亮，进宝跟他的哥哥进禄在炕上来回地翻滚，指点着墙上破败的年画，模拟着黄天霸的英武或是杜十娘沉箱的姿势，这都是经过爸爸的指点才学会了的。可是今天的爸爸却再也无心来鉴赏自己训练出来的成绩了，他在一件一件地扣着衣服的纽扣。

“进宝，好孩子，到那边衣橱里去给爸爸拿风帽来。快去啊！”

这话给正在外间里洗刷碗碟的太太听见了。本来，在吃早饭的时候，大先生就提过要出去的意思，太太没有答腔，装作并没有留心的样子。现在她再也不能装作听不见了；她走过去拉住进宝，向丈夫问道：“要风帽干吗？”

“我要出去一趟，去看看二弟的坟修得怎样了，灵柩是今天晚上就要到家的。”

“坟不是已经修好啦吗？我真不晓得有个什么看头……自己的病还没有好。”

“病倒是小事。亲兄弟一场，不亲自去看看心里总是过不去的。”

“亲兄弟？现在老二死啦，你也记起是亲兄弟来啦！他没死的时候，是你记得他呢，还是他记得你呢？亏了还说是亲兄弟！”

这一来杜大先生可真火啦。他巴巴地顿着茶杯的底子，气得两只臂膀连连地抖动着。每次生了大气他都是这么样的。他不再跟太太讲什么废话，只用严厉的声音对进宝吩咐着：

“拿我的风帽来呀，进宝！你听见了吗？”

看见爸爸生了大气，孩子不敢再遵从妈妈的命令了，做妈妈的也不敢再去拦挡孩子，一任他从橱子里拿出风帽来驯顺地递给爸爸。爸爸气哼哼地穿上鞋子，戴上风帽，顺手拖起一支拄杖对孩子说：

“走！进宝、进禄，我领你们去看二叔叔的坟茔！”

两个孩子带着恐惧的神色，静静地牵着爸爸的袖子走出屋去，只留下妈妈委屈的啜泣声在房中缭绕着。

一年来没曾踏过的街巷，在杜大先生想来定然会有着很大的变异了。但其实是不然的：街巷依旧是那么的鄙隘，在阴沟的垃圾旁边照例是几条肮脏的猪在那儿用嘴巴子钻寻着。只是街上的孩子都好像大了许多，从前抱在妈妈怀里的，现在居然能蹲在门口拉屎，并且还知道不时地向前挪移，把一堆堆冒着热气的东西留给身后的狗仔了。各家的场园里聚积着稀少的柴薪，很少的房顶上修葺了新草，而一群群讨厌的麻雀却总是在那上面唧喳着，掏着洞穴，仿佛故意跟穷苦的人们为难似的。

道旁晒太阳的人们用一些嗟叹的话慰问着大先生：

“大先生快一年没出门啦，听说是身子不壮实……”

“咳！真是没有想到哩，二先生竟这么快就……”

“……谁不是这么说呢。咳，人生有命，福寿在天哪，这是没有法子的。”

一路应答着，杜大先生走到村庄的尽头了。在围墙外面，风猛烈地刮着，杜大先生的病体简直有点抗不住。他拉下风帽的边缘盖住了整个的脸，只把两颗眼睛露出来，不时地眺望着远方。他恨不得立即达到目的地，详细地体察一下弟弟的窆穴。现在，痛惜弟弟的心情，竟有着宗教一般的力量在支配着这可怜的哥哥了。

二先生的坟茔离村庄不远，位置在一片平坦的原野里，有几棵新栽的松树点缀着。孩子们的眼睛到底是敏锐的，老远处他们已经看见那拱立在两列黄土中间的璀璨的坟门了。进宝拉拉哥哥的手，指着前面说：

“哥，你瞧，一座庙子呢，嘿！”

“对啦，多么好看呀，比土地庙还新哪！”

“放屁，放屁！”大先生连连地喝叱着，“那是二叔叔的坟茔，怎么好说是土地庙子呢！”

整个的一个下午，杜大先生在弟弟坟墓的旁边兴奋地逡巡着，有时他仔细地瞅着坟门上的油漆画，告诉匠人多加一点金末上去；有时他又跑进沁凉的坟洞里用拄杖拨弄着砖石，叫小工在缝隙的地方多放一点泥灰；有时他又同监工走出几十步去从远处观望这座坟茔，批评着它的风水、明堂的方向跟树木的位置，并且还计划着将来在什么地方树立碑铭，什么地方安置供桌……他好像完全不知道疲劳，也忘记了年来的疾病。

这时候，孩子们在附近的田野里摘些酸枣，捕捉蚂蚱之类有趣的虫虫，尽量地嬉笑着，奔跑着。直到玩得厌了同时也感到了疲倦的时候，他们才跑到爸爸跟前来，牵着衣袖子要回家去。这提醒了爸爸，他抬头望望，太阳已经落到山后，郊野里远近的景物都罩上了一层朦胧的暮霭了。自己的村子里，从每家房顶上都飘起着浓黑的炊烟，顺了傍晚时候的劲风，一直向高空中飞卷上去。

“还是早点回去吧，这么大年纪小心别着了凉。”监工说。

三

吃过晚饭，天已经大黑了，风也大了起来，可是灵柩还是没有消息，就是派出去迎接的人也一个都没有回来。大先生在堂屋里来回地踱着，后来终于耐不住，又拄着拄杖出到门口。没有月光，村子里黑黝黝的，什么也瞧不见。只更夫们已经起始了他们的工作，村外面梆子跟破锣从两个相对的方向里传过来：“梆！呛啷！——梆！呛啷！——”这么单调地呼应着。

忽然，从村子西头闪来了一个光亮，那大概是一个灯笼，一晃一晃地向这边来。打灯笼的人似乎是一位生客，因为他走得很慢，并且在每家门口都停下来端详一会，再高擎起灯笼照一下门牌的号字。大先生断定他一定是运灵柩的人，就老远里招呼着：

“喂！这边来！这边来！是不是找姓杜的？”

果然跟大先生预料的完全相符。在小灯笼黯淡的光线底下，大先生看出那是一个苍老的面孔，因为奔跑的疲劳而连连地喘息着。放下了灯笼，他说：

“你就是杜大先生吗？——噢。我是运灵柩的孙先生派来的，他叫我来通知一下，杜二先生的灵柩已经宿了邱哥庄了，今夜不能到家，因为过白狼河断了一根杠！挺壮的杠子一天压断了两根，咳，看样子二先生真是不愿意回家呢，我们在那儿祷告了好久……”

“噢，你们走的是东路呀，为什么不奔大路走？——压断了杠子又怎么办呢？”

“杠子倒是已经又赁下一付了。只剩二十里地的路程，明天晌午以前一定可以到家。对了，孙先生还叫我通知大先生，那边的孝子并没有跟来，请这边的侄少爷们预备迎柩的事。”

“怎么？进爵那孩子，他没有随灵回来吗?”

“他有一封信在这儿，”老头子说着从肚袋里摸出一封很厚的信来，交给大先生。“我还要赶回去，是孙先生吩咐的，一定要赶回去。好，就这吧!”

小灯笼又向着原来的方向绕去了，慢慢地消逝在村路的拐角处。杜大先生呆站在那儿，他没有想到留来人喝一杯热水，或是细细地问一下，就让他匆匆地离去了。这老头子的一切话语都使大先生感到奇特，他简直不能相信事实跟期望中间会有着这么大的差异。向村路的黝黑里投射了最后的一瞥，他踱回家来，连忙去拆读侄子的信，相信着从那里面他会抓到一点儿分晓。

瑟缩的手展开来的是几张残破的纸，上面零乱地涂着一些字句：

伯伯：

两个月来我所处的境地是你老人家做梦也梦不到的。就是死去的爸爸也不知道，因为通常我是住在学校的宿舍里，没事不回家去；也许那在天之灵现在已经晓得了儿子的着落，可是这又有谁晓得呢？……其实我也已经习惯了这种环境，早不像刚刚进来时候的痛苦了。四壁间投袭下来的幽黯仿佛已经咬死了我的心，我已经不再留恋地凝视那片从铁棂中间格划出来的天空了。每天三次的放茅，许多镣铐锁链的声响就会从楼下的院子里传到我的耳中，到了夜晚就连这点声响都没有了，只有凶猛的狂风吹得我不能入睡，一直到天色黎明风沙平静下来的时候，于是又会有人来把我牵到特务队长的房里，享受我每天例应得到的一份恫吓。伯伯，读到这儿，我想你老人家一定会知道你的侄子——那在最近死掉了爸爸的孩子，已经不是一个自由的学生而是一个牢狱里的囚徒了。

伯伯，我相信你是顶痛惜我的，正如我的爸爸痛惜我一样；同时也正如敬爱着爸爸一样，我是始终拿顶大的热情敬爱着你老人家。不过，在这种事情上，我相信你是永不会了解你的侄子的，因为虽然我们中间有着血统的弥近，但不可否认的也有着时代的鸿沟！你跟爸爸都太老实了，你们一致地承认世界上有着正义，好像自己不做坏事，那谁也不会错待了你。你们把世界看得太光明，把人性估价得太高贵。可是事实上，爸爸死了（那是孙家舅舅探狱时告我的），死得那么可怜！你老人家在风烛残年里受着苦。而我，一个无辜的青年，只为了正义感的迫切使我做了被良心要求着的最低一点事情（关于这我不能够细说），可是就这一点顶小的事情，也已经很够送掉我宝贵的生命了。不过，你老人家莫太担心，我还有着一线的希望。无论自己多么达观，我始终是不甘心让他们那些……把我偷偷摸摸地弄死。

在你老人家的脑子里也许会把我想做一个冷酷的人，竟不知道在爸爸的残年里给与他一点安慰。这我是不能同意的。我相信世上的人除了祖母怕没有第二个人比我更爱着我的爸爸了。而我爱他，并不是因了先天血统的规定，而是因了我们生活的接近，十年中我目睹他受到遍体的鳞伤，使我对于可怜的爸爸起了莫大的同情。我钦佩他，因为他有勇气脱离了半死不活的绅士生活，到都市中来打开一条新的路子；我可怜他，因为他直到最后还只是悔恨着自己，而对于一切的黑暗缺乏一种反抗的魄力！当孙家舅舅来探望我的时候，他告诉我爸爸临终的情形，他的遗言……我的脑子里就立刻浮出一个可怜的老人的阴影，他匍匐在人们的脚底下度过了一生，死后也还是蜷曲着身子。就这一点，亲爱的伯伯，你应该笑逐颜开了，因为你的侄子是绝不再像他的爸爸了，他就是死在刑场上，尸身也还是挺直的。

现在天色渐渐地发白，孙家舅舅替我买来的洋蜡已经只有很短的一截了，剩下来一层层的烛油堆积在桌面上。外面的风又大了起来，它愤怒地挟着沙土，在监楼外面的荒野里咆哮着。我很清楚地听见楼下面那辆载重的汽车在轰隆轰隆地开动着机器：就是它把我载到这楼上来，也就是它常常在黎明的时候，把几个跟我相仿的青年人载到那边的荒野里去。听到从那面传过来连续的枪声，我已经不再从草铺上爬起来张望了，我知道早晨的云雾一定遮住我的眼睛，不让我看清那人生里顶残酷的剧幕。每次我只是麻木地翻个身，侥幸地想着：“反正这次不是我。”是的，只要最后的命运临不到我，我就还有充分的时间来追念我死去的爸爸，我受苦着的伯伯，跟所有像我爸爸伯伯一样受苦着的人们……

亲爱的伯伯，我不能再写下去了，冰冷的手梏紧紧地扣住手臂，真是疼痛得厉害。刚才开走的汽车，想已达到了荒野。你听，“拍！

拍！”两响懒懒的枪声传过来了，还跟着两声更浅淡的回响。我再也耐不住了。我想放下笔到窗前去望一望，但愿今早的原野里不再有厚实的烟雾，障碍住我的视线吧！

给你请安！

侄　进爵谨上　×月×日

四

第二天中午，杜二先生的灵柩被运到村上来了。人们只看见进宝、进禄穿着丧服在前面引领着，到村东头的祠堂里去。这一天，大先生没有出门，那并不是因了太太的阻拦，而是他自己再也不想出门了。昨天兴奋的心情已经完全消灭，他再也不关心弟弟的丧事了，就是日常生活中的琐事，他平常顶喜欢过问的，也特意地避开；并且他开始怕见阳光，讨厌儿女的欢笑，拒绝较为美好的膳食了。沉默完全征服了他。只有在风沙顶迅烈的夜晚，妻儿们发了鼾声的时候，他还偶尔从抽屉里拿出侄子的信，戴上宽边的花镜，在摇曳的灯光底下细细地读着。

从那天起，杜大先生感到了生命的衰残。

紫荆开花的时候(短篇小说)

一

海岛上繁茂的樱花总是跟春天汹涌的潮水一起来的……

可是，不管海岛上春天的景色点缀得多么好，斯塔夫斯基先生的院子里却永远是一味的阴沉，寥落。他住在若鹤山的犄顶上，从滨海的沥青路望上去，在比栉的日本人家的住房跟葱茏的林木后面，只能看到他那红瓦的房顶跟一个三层阁楼上的小小的窗户。你必须顺了沙石的盘路爬上去，直到两条腿子觉到了酸痛，在拐过第二个弯以后你就可以看见那座矗立在灰色的篱垣后面的剥蚀零落的楼房了。

据说那座楼房当初是非常壮丽的，因为建筑部位的优越，它高高地睥睨着下面宏旷的海港。在德国占领时代，一位青年的海军将校作了它最初的主人。就是现在，虽然给一个俄国人的简单的家族住了进去，它却依旧多少地保留着当年气息。在房前空旷的草坪上立着一架小孩子玩的秋千，一条绳索断去了，另一条带着糟烂的踏板懒懒地垂着；另一边是一个中国式的茅亭，天晓得有多久没经修葺了，圬栏的草深深地凹陷下去，使人想到荒山路上遇见的死狗的肚皮。就在这茅亭附近，一棵白皮的紫荆树带着满身毛茸的紫色小花，傲岸地挺立着。——是它把海岛上多余的春色分给了这飘泊流浪的人家的庭院。

每天带了俄文课本跑到这样的一所房前来按着门铃的事，已经是半个月以来的习惯了。不过这次代替了中国的老仆人出来开门的却是斯塔夫斯基先生自己。一见面他就说天气一天天暖和了，从此我们的教室不妨从客厅挪到茅亭这边来。于是我们就一同走上草坪去。可是我忽然发现在紫荆树下的排椅上已经先坐着一个人了，那是一个日本的青年学生，秃光的脑袋上戴着一副度数极深的眼镜，在那儿低着头看一本什么杂志。他看得那么起劲，当我走到他跟前时他连招呼都不打。

坐下来，功课就开始了。那个日本学生也并不初学，因为他并不要求学习字母跟拼音，却从我所学到的地方一同读下去——这一天我们学到的第一个生词是“同志”。

“同志也就是同伴，同学，”斯塔夫斯基先生说。“譬如你们二位吧，就是学习俄文的同志——噢，你们还不认识呢，真是对不起，我竟忘记替你们介绍了。这位是×先生，这位是中岛先生，你们都年青，又统统是黄种人。”

我们笑了，半欠起身子鞠一个躬，又坐下去听起讲来。

功课完了以后，我们照例有一段闲谈的时间；不，与其说是闲谈，不如说是静静地坐着。这时候，斯塔夫斯基先生一定命令中国的老仆人去弄一点茶，并且把两只洁白的小卷毛狗从窝栏里放出来，叫它们在主客中间闻嗅着，增加一点儿温存。于是我们全都默默地去鉴赏那躺在我们脚底下的平静的都市。海军栈桥像一条蜈蚣躺在湾子里，几个小火轮傍近着它。灿烂的樱花从每家庭院的空隙里充溢出来，在那上面时而飘起着几条彩色的绸鱼①，张大了嘴巴用乳白的肚皮尽量地吸入着三月的海风。街衢寂静着。偶尔一个花儿匠会挑了一担鲜花出现在山下的马路上。

“哈——那——”②那么寂寞地唱着，又拐进一条小巷里去了。

“真奇怪，”斯塔夫斯基先生首先打破了沉寂，带着感伤的调子说，“这儿连一点中国的气息都嗅不到；真的，在每个西洋人的眼睛里，这简直完全是日本的景色呀！”

“怎么，看样子先生倒是很喜欢日本的吗？”这是我第一次从那个日本青年

①这好像是日本的一种习俗，每在春天，尤其是献灯节的时候，他们总喜欢把几条大大小小的绸鱼挂在房前的旗杆上。这到底代表些什么意义，没有问过他们，所以不能解释；不过据中国人的说法，那是生了小孩子的时候表示庆贺祥瑞的意思，每一绸鱼代表这家庭中的人员，顶大的两个自然是家主夫妇，而那个顶小的小鱼大概就是那个新生的小家伙了。

②“哈那”是日语“花”的音译，中国花儿匠专逗日本人的买卖者往往如此呼叫；有时亦呼“希来以哈那”，意即“好漂亮的花哪”。

的嘴里听到的话，他的英语说得那么笨拙，还掺杂着许多日本的拗音。

“不，我并不喜欢日本。正如你们各人热爱着你们自己的国土一样，我始终是爱着我的祖国，那遥远处盖着冰雪的露西亚。不过，我倒是十分喜欢这樱花……”

“嘿!”我笑一下插进去说。“我跟先生是正好反对的。世界上再没有别的东西比樱花更使我讨厌的了，它带着一股浓重的日本人的气息。”

“哈哈哈哈……”中岛君笑了，口里的英语就说得更不妙。“你这是一种偏见……哈哈哈哈……”

他笑得我不好意思。我正要预备几句委婉的话找补一下，可是那个十分健谈的日本青年马上又开口了：

“我也是十分讨厌樱花的，这也许因为我生长在樱花的国度里从小看厌了的缘故，我顶喜欢的倒是这紫荆。”他指着近旁的那一棵说。“记得第一次认识它是在哈尔滨的公园里，那时我也不过七八岁，可是从那时起我就爱上它了。我很早就觉得它仿佛是象征着一个什么新奇的世界——”

斯塔夫斯基先生好像被感动了。他说：

“你的话使我想起了一桩旧事。我记得小时候有一次病了，我的祖母，可怜的黎第亚·伊凡诺夫娜（愿她地下平安），她看护着我。当我发烧得顶厉害的时候，她给我讲了一个美丽的紫荆花的故事，那是一个很旧的露西亚的传说，说在一个严冷的春天的早晨，一个困苦的农奴躺在床上要死了，他指着窗外院子里的紫荆树对他的儿子说，等到这棵紫荆再一次开花的时候，他的儿子就不要受苦了，那时将有一个新奇的世界出现。于是他死了，紫荆从此就不开花。他的儿子出去当兵；他每年回家一次，看那棵紫荆是否开了花……一次一次失望地离开家乡，但他却永远不抛弃那个信念……”

“后来呢?”我焦灼地问。

“后来吗？——我亲爱的祖母，她死了；而后一代的人们却已经获得了幸福。”

他凝滞住了，低下头去不再讲话。他那两匹驯顺的卷毛小狗，从长眉毛的间隙里射出黄绿色的目光，傻气地凝视着它们的主人。

“我们该走了。”中岛君站起来说。“先生好像起了很深的乡思，是的吗?”

斯塔夫斯基先生默默地送我们到大门口，只说了一句简短的话：

“我不久就要回祖国去了。”

二

从此斯塔夫斯基先生就当真不再教我们俄文了。一个月后他果然带着妻子到北方的另一个都市去，预备转道回国。我失去了一个良好的教师，然而同时也得到了一个知己的朋友，那就是中岛君——自从在斯塔夫斯基先生家里认识以后，我们竟很快地建立了我们中间的友谊。

他叫中岛隆一，是长崎人，然而却出生在久留米。七八岁就跟着父母出外流浪了，直到十五岁那年，他说，才定居到这个滨海的都市里来。在一条僻静的小街上，他的爸爸开设着一家小规模的牛奶店，靠着这个店铺的收入，一家人度着他们俭朴的生活，就是他跟他妹妹上中学的费用也完全从这里面开销。为了不忍看着年老的爸爸独个儿操劳，勤勉的中岛君就极力利用自己课业的余暇去帮忙他。每天一清早，你可以看见他披一件松弛的和服，用穿着木屐的脚，缓缓地蹬着一辆送牛奶的自动车，在街上奔忙着，一面还愉快地吹着口哨。吃过早饭以后，他的装束就会变得完全不同：那是一身规规矩矩的呢制服，配着闪耀发光的铜钮扣，一个大书包垂在肩上，有时那里面还装着一张弓或是两柄木剑……我知道，他这是要到学校去了。

记得第一次认识以后，就在那天辞别了斯塔夫斯基先生的下午，我们谈了许许多多。他生长在中国已经十几年，我又是自小就住在这日本气氛十分浓重的都市里，然而他的中国话竟一点也不会说，而我除了几句骂人的下流日本话倒是十分熟习之外，正经的日本语也是一句都说不来的。所以我的谈话还是不得不运用那并不高明的英语。除此以外，我们还在谈话中极力找机会插进几个俄国词——那远别了的斯塔夫斯基先生留给我们的可怜的单词。

那天的谈话是这样展开来的。

"为什么斯塔夫斯基先生忽然想起回国呢?"我问。

"这并不是偶然的，你晓得，我很早就跟他认识了，从前也曾跟他学过俄文，所以对他特别清楚。他本来是旧俄的贵族，革命后跑到中国来，十几年的流浪生涯使他认识了世界，他积极起来，不久就给中国的官方逮捕了。住了一年牢房，他再也不愿停留在中国了。——回国的心思是早就有了的。"

"人家收留他吗?"

"那可不晓得，不过据我想也许不会发生问题。斯塔夫斯基先生还年青，将来的前途是光明的。可是我们……尤其是日本……”

“提到日本，我总觉得一个日本的学生竟而学起俄文来真是一桩希罕的事。”

“哈哈哈哈……你的偏见太深了。哈哈哈哈……”他大笑着，但忽然敛住了笑容，庄重地说：“你不应该再把我理解作一个一般的日本人。”

真的，我真不应该把他看作一个一般的日本人。然而说句实话，在最初我的确是瞧不起他的；不过当我跟他的谈话逐渐多了起来，并且参观了他的藏书，了解了他的生活以后，我起始钦佩着他了，尤其在一次偶然遇见的小事里，我更能充分地认识了他和一般日本学生中间的差异。

那是发生在暮春的季节，樱花已经残了，树底下到处堆积着白茫茫的花瓣。我和中岛君，还有他的妹妹静子姑娘，三个人一同缘着日本神社的长长的石阶走上去。天气已经挺热了，我们的脸上都微微地冒着水汽。在神庙旁边，有一片像是公园的设置：那儿有许多铁栏，里面装着各种的禽鸟跟兽类，许多日本孩子围挤在旁边。

我们在一条长凳上坐下来，无聊地望着那些栏里的禽兽跟站在栏边的游人。忽然，从石阶底下传来许多铁底鞋子的沉重的急响。等声响近来，我们才看见那是一队海军的士兵。新近专为来参谒神庙：有许多军舰停泊在海湾里。他们陆续地上陆，虔诚地跑到这神庙前面不停地鞠一些躬，把口袋里所有的零钱大把地丢到庙廊底下聚钱的匣子里，再到一旁边清净的水池边去喝点儿泉水或是洗洗手，于是就又匆匆忙忙地回到他们的军舰上去了。

这时候突然有一个小女孩，看样子不过六七岁，从泉水旁边跑到那些海军士兵的跟前去。一面跑一面喊着：

“奥陶桑——奥陶桑——”①

她紧紧地牵住一个水兵的衣服，说了些我听不清楚的日本话。那个在上唇上留着一丛小胡子的水兵给小孩叫得呆住了。

过了些时候，那个水兵仿佛明白了一点情形；他俯下身去，说了一些好像是安慰的话。里面有一句我听得很清楚：

“我不是你的爸爸……”

一面说着，他推开女孩子的手跟他的同伴们走了。女孩子呆呆地站在那儿

---

①“奥陶桑”是日语“父亲”的音译。

一动也不动，把小指头咬在嘴里，凝视着那一群螃蟹似的动物悉悉索索地走下石阶去。于是她就抽咽着哭起来了。

静子姑娘跑去把她拉过来，用手巾替她揩眼泪，一面说着许多一点儿也听不懂的话。

我闷急了。问："到底这是怎么回事呀？"

中岛君始终静默着，好像有些什么东西使他感到了极大的痛苦。

半天他才说："这就是大和民族的精神，这就是大和魂！"

我依旧不懂，索性用一双眼睛紧紧地盯住他，勒逼一个回答。

又老半天，他才吐一口气给我讲述这个故事：

"我认得这个小女孩，她叫芳子，从前我们曾住过邻居的，我跟妹妹都喊她芳姑儿。她跟我们一样，有一个爸爸，一个妈妈。她的爸爸当海军陆战队，一·二八战争在上海被打死了。她的妈妈不肯把消息告诉给孩子，每当孩子问起爸爸来的时候，她就总说等到春天开花的时候爸爸一定来拜庙，所以孩子就当真跑来等她的爸爸了，于是就等着了这个很像她爸爸的家伙……唉，这就是大和民族的精神，这就是大和魂！它剥夺了人家的爸爸，破坏了人家的家庭……"

"哥哥，你不要这么说。"静子姑娘插进来用英文说。"你不能否认我们现在有着我们的国家，我们的民族。为了我们国家民族的远大的发展，就是偶尔发生这么一两出小小的悲剧，也用不到十分悲哀的。"

中岛君生气了。他气哼哼地接过去说：

"是的，用不到悲哀。嘿嘿，等到人家来剥夺了你的哥哥去，那时候你就会晓得什么是悲哀了！"

此后就谁也不再讲话，大家默默地走下神社的石阶去。半路上，中岛君拍拍那个叫做芳姑儿的女孩子，说道：

"跟我到果子店去，我给你买点儿弹子糖，吃着弹子糖就别再要你的爸爸了，对不对？"

小孩子点点头，跟他一起跑到正街上去了。

三

等到第二年春天的潮水又汹涌地拍击着石筑的堤岸，繁茂的樱花更其惨白地盛开在每家庭院的时候，静子姑娘已经懂得了什么是悲哀，并且说来可怜，她已经懂得太多了。

那时候我刚刚从多半年流浪的生活里回转来，像一只海燕似的跟了温煦的气候，我又栖息到这北方的海岛上来了。有一天，偶尔在公园里一个树木荫蔽地方的木凳上，我发现久别了的静子姑娘独个儿坐在那里。她还是当年的装束，两条油光的发辫垂在后肩上。我走过去，一面招呼着：

“静姑儿，快一年没见面啦，你好吗？”

听见我的声音，她才抬起头来；可是当她发现站在她面前的是我的时候，她立刻跑过来，紧紧地握住我的手：

“——是你吗？……我，我是挺好的，可是你的好朋友隆一——我的哥哥，他已经死了！”

我惊呆了，问：“死了？——这是你说的吗？”

“死了。是我说的，一点也不错。去年你离开这儿不久，他就给居留民团派到满洲去服军役去了。前些日子爸爸从领事馆接到关东军方面的消息说他在一次剿匪的战事里被打死了。听到这个消息，爸爸便发了疯。那天晚上他喝了过多的啤酒，就把自己的店铺整个地捣毁了！他自己受了些微伤，送到医院去，那晓得又转成了脑膜炎……”

“那么你为什么还呆在这儿呢？”

“医生不准我傍近爸爸，说是害怕传染；妈妈在那儿看守着他。这些日子我总是跑到这里来，因为过去我常跟哥哥一同坐在这里，我总觉得他还像孩子时候捉迷藏一样，等一会儿就会被我发现躲在草丛的中间了……”

她停一会又继续说：

“不！他没有死，他在一个遥远遥远的地方，好好儿地呆在那里。”

于是她从口袋里拿出一张中岛君的小像，那像片的角都龌龊了，大概是被那可怜的妹妹装在口袋里，或是握在手里经时太久了的缘故。她用指头指着像片给我看，并且说：

“你瞧这像是一个死人吗？”

看见那张熟识的面孔，我的眼泪也不觉地涌出来了。

那整个的一个下午，在沉痛的静默里送走了，等天色渐渐地黑下来，我就站起来说明我愿送她回医院去的意思。

可是半路上我们竟不意地走过斯塔夫斯基先生的故居，这使我停住了脚步。那所房子依旧衰颓地矗立在那儿，门上挂着招租的条告。衬托在灯火辉煌的邻舍中间，这座楼房显得异常的空洞而且可怕。只有大门上孤零的门灯还发焰着一点黯淡的光，剩着这点儿光亮，我又一次瞥见了那棵傲岸的紫荆树，相别以来它的花开得越发繁茂了。

“你瞧那棵紫荆树，”我对静子姑娘说。“去年这个时候，我跟你的哥哥还有一个俄国人，一同坐在那边的亭子底下谈论着它，你的哥哥说它象征着一个新奇的世界。我们三个人虽然代表着世界上三个不同的族类，却都一致也憧憬着一个东西……现在呢，那个俄国人已经回他的祖国去了，而你的哥哥却在满洲送掉了性命……”

“让我来代替了哥哥吧，”静子姑娘说。“不过我不要憧憬，而是要促成它，使它更早地出现在我们的面前。并且我很清楚地知道，那个新奇的世界已经不远；它就要来了——在另一次紫荆开花的时候。”

一九三七年元旦写成

临　歧(短篇小说)

一

康熙十四年八月初五的夜晚。在邻近太白山麓的郭家寨村里，人们有些惶惶不安了。要说是受了三藩起事的影响吧，三藩起事已经快一年了，壮丁们给抓到周至县城里去的事，虽是屡见不鲜，可也还没有这么普遍地骚动过人心。因为富人呢，走动走动官府，拉去的子弟自然可以回来；穷人呢，那就是一去如石沉大海，家里人也不能不勉强认为替皇帝陛下去服务是一件义不容辞，或是不义亦不能逃避的损失。

要说是受了王辅臣这员驻扎甘肃的藩将忽然倒戈，连汉中府也丢掉了的震动吧，震动确是震动了的，可是说句实在话，大家心底里倒是在欢迎这震动。因为就不说满洲人强迫剃头和穿什么马蹄袖子的事，河北保定府旗人圈地的消息是早就传开了；还有人说，山东青州府的汉人也都给撵到海岛上。这是要一把扼死汉人的办法，比较抓抓壮丁征些粮草是更不能容忍的事。所以自从汉中丢掉以后，不论贫富的人家，倒是统统习惯于在保持静默中，寄托一个幻想。

那么这骤起的惶惶不安，倒是由于二曲夫子的行止引起来的。好几天以前，从西安府从富平县，都曾派了轿子来。府里的差人还牵有几匹很神气的高头大马。那些人，据说有的进城禀见县太尊去了，剩下的住在村东头的庙里，因为二曲夫子是一向不应酬官差，也应酬不起的。这些人马轿夫，自然是接二曲夫子到省，再不然到富平县，还有人说直到现在皇帝爷那里还是一口咬定，非把这个什么李颙给请到北京城不可呢。可是岔子还不在这里。昨天，初四的夜里，也可以说是初五的黎明。说是南山上有十几个卖木炭的歇到了村西头的庙里，还带有两付滑竿哪——窍眼就在这里，闷葫芦也就在这里了。

“二曲夫子要上山了，”人们用压低了的声音传说着。“听说那边的游击司令已经派来了滑竿。”

“我们也一同去吧。”每一个害怕圈地的人，都在心头里隐秘地想着。

二

可是在二曲夫子居住了整整一年半的那座简陋到无可简陋的住宅里，一切都寂静着。在往日，这正是二曲夫子在灯下静坐习恭习敬的时间，今天他却极端例外地到后面的窑洞里去了，他在那黑暗中踱来踱去。李太太的纺车也极端例外地停止了它的哼哼，因为这位老太太正给两个儿子逼迫得不可开交。

“妈妈，还不赶紧收拾收拾，明天天不明我们就要动身了呀。”慎言说。

“去问你父亲，”妈妈说，“这么大的事我可做不了主。”

“还提爸爸呢，”长子慎言也咕噜着。“他仍是教我们去读四书，说读诵了自然可以翻身的；可是妈，咱几时翻过身？不说吃穿坏，就光担惊受怕，也受得够了！妈，您不晓得，皇帝爷就总是怀疑爸爸有恢复明朝的野心，今天征，明天抓，后天叫巡抚、藩司派木板来抬，大后天再叫知府知县用绳来捆……爸爸倒也清闲，两眼一闭，水米不入；可是我哪，我这为人子的，东磕头，西递禀帖，妈妈，您替……”

“不要说官，就是那帮流氓也把人呕死了。”二儿子插进来说。“妈。您呆在家里，哪里知道这些。张煌言打南京他们也要加强监视；顾亭林来宿一夜，他们也爬到窗子底下来听；这次吴三桂的来头大，听说干脆要爸爸的命……这就是为什么害得我们城西门外头好好的新庄堡房子不敢住，硬是住到这见鬼的郭家寨来……”

“说来说去还是那句话，”妈妈说，“这么大的事我一个妇道人家做不得主，你们去问父亲去。”

这时他们的父亲正在黝黑的窑洞里踱来踱去。从窑洞的后端，正有一股浓烈的牛粪气喷发出来。老先生倒背了手；盘旋在他那脑海里的，也早已不是什么“道问学”和“尊德性”的分别问题，而是村东头或是村西头的选择问题了。他开始觉悟到，去解决后一问题还较解决前者一类的问题更使他那聪颖的脑子感到困惑。

“爸爸！”黑暗里忽然有了这样的声音，使他心中不免一悸，但立刻平复了。并且他从声音上判断，那是两个儿子齐跪倒在地下发出来的哀告。

“好的，好的，”老先生口吃地说，“有事我们回屋里谈，你们先起来，去燃上灯。”

三

“我刚才已经决定了，”爸爸走进到灯光中来，对垂手侍立在两侧的孩子说，“——明天一早，我们就动身！”

“是不是坐滑竿到——”慎行兴奋地插口问。

“不！”坚决的回答。“我要到富平郭九芝县长那里去，他到底是当代的正人，他不会错待我的。至于南山里的孩子们，我也知道他们很崇拜我，昨天那些木炭贩子不是说得很详细吗？他们很想捧出我来做一个号召；可是循名责实，他们是什么？他们是盗匪呀！”

“可是爸爸，那些木炭贩子说得明白，他们到处是高悬太祖高皇帝的像，还朝夕哭着呢！”

“那只是骗鬼的事，”爸爸固执地说，“当初斩桂王于昆明市廛的，不正是吴三桂这个贼吗？孩子们，你们想想，你们的祖父，我的父亲，是怎么死的？不是在河南襄城灭贼而死的吗？你们想，你们忍心让你们祖父在天之灵，看着他的不肖子孙一个个都去附了逆?!”

“但是爸爸，”慎言说，“即使他们是贼，他们既然很崇拜您，您就未始不可以教化他们呀。以儿子看，事情未可如此沾滞。当年的太祖高皇帝，还不是一个流丐?! 况且说回头来，假如您到了富平，固然可以逃开周至的流氓，可逃不开皇帝爷的征诏呀?! 爸爸，我实在不忍再看见像去年的那位藩台，硬要拿一把明晃晃的尖锥，刺进您的大腿……”

“那有什么，顶多是一个死。”

“可是爸爸，”慎行插进嘴来，“死了又有什么代价呢?! 死有重于泰山，有轻于鸿毛。……”

“你说的对，假如我死了，我敢说，那是重于泰山的。因为我的死对于大明的遗民们是一个号召。”

“如其拿死来号召，何如拿生来号召?！爸爸平素不是总说关中之学自泾野少墟以来，就是强调实践的吗?”

“自然的喽，”老先生有意地增加了自己腔调的富丽。“死也是一种最难能可贵的实践。可是问题不在这里。问题在于，我是要号召庶民并不是要号召盗匪的！”

“那也就是说，您只要号召那些缙绅之家。”慎言说。

“爸爸，在最初，盗匪不也是庶民的吗?‘皇帝之赤子，盗弄兵器于潢池之中’……”慎行问。

“你们的思想太激烈了！简直就不像是我的儿子！”爸爸简短而愤愤地说，一面走出去，到太太的房里商议如何打点行装，明早启行到富平县的事去了。

四

天还没有破晓。雾像一条暗色的绢带一样，束住了南山的根。从山口子里流出来的泉水，那么活泼地激着小河床里的碎石，跳过一个个村庄，流到渭河里去。水流在暗中发出着零金碎玉的溅声。

一封贴了“富平县正堂郭”的纸灯引导着两乘暖轿，缓缓地向渭河的渡口这边走来。后面，有些马匹跟着。再向后，仿佛故意要同大队隔开距离似的，有两个骑在毛驴背上的人在边走边谈话。

“哥哥，你回过头来望望，那山顶上一亮一亮的是什么呀?”

“人家说，那是烧木炭窑里冒出来的，要不便是牧羊人放的野火吧。”

“不，要叫我说，那也许就是大明义兵驻扎的营地。弟兄们冷了，也会放野火的呀。‘野火烧不尽，春风吹又生’，唉唉，我们这里，可正是肃杀的秋天呢。”

“爸爸说我们激烈，你却又如此风雅起来了。叫你这一风雅，我倒记起来一件事。前些时郃阳的那位学者康乃心来见爸爸，登门执弟子礼，退下来在我房里做了一首诗，末句说‘河汾吾道在，倚剑向天涯’，他希望爸爸来替华夏恢复江山，我看这是一个幻想，他是要失望的。郭家寨的老百姓也要失望。”

弟弟仿佛没有听见这一段，他仍在黯夜中从驴背上回顾着南山的野火。

“老二，你为什么老在看山?”

“我舍不得她。到了富平，怕就再也看不到山了。”

“富平也有山，李天生大叔家的对门就是明月山。不过没有这秦岭的高而险峻罢了。”

“恐怕也没有这野火。……”

前边的人们，似乎在嘈杂地停住，有人在提高嗓子叫船家醒来。这一切，告诉这两兄弟知道，渡口子已经近在目前了。

中条山的梦（中篇小说）

序

从一九三八年春到一九三九年秋，我曾经在山西夏县担任过“夏县人民武装自卫队”和后来由它合并了晋南其他六县的人民武装而组成的“第二战区政治保卫队”第三支队的连政治指导员。这支队伍，也正如“决死队”一样，是在山西牺牲救国同盟会领导下的一支抗日新军。在那差不多一年半的时间里，我亲眼看见了我们的部队通过了政治工作，变成了一支有相当坚强战斗力的抗日人民武装。

后来我因为支持不住疾病的缠累，不得不退到当时“逆流”力量已经开始生长的陕西，到乾县去教书。在被监视与几乎每封来信都被检查的迫害下，只好拨脱了一切的活动，抽取出寒暑假的空暇，打了好多通宵的夜工，写成了这样的一本小说。在小说快写完的时候，“逆流”已经汹涌起来，山西的旧军开始向新军进攻，我们的原部队已突围向晋东南去了。听说，有不少当初一道工作的同志，牺牲了。因此，我写完此书时的心情至少是这样：这本小说总算替他们底不朽业绩，做了一番报告与存案吧。

小说写成后，首先寄到重庆当时“军委会”的“文委会”，请沈雁冰先生设法出版，但稿寄到时，沈先生已去香港，稿子退回了。等打听到沈先生香港的地址后再寄去时，又恰恰遇到太平洋战争爆发，稿子毁掉了。等沈先生回到桂林，蒙他又来信要稿子，于是重誊一份寄去，结果格于检查，不能通过，反有被检查机关扣留的危险，据说幸亏熊佛西先生给要回来了。对日快胜利时，蒙章靳以先生介绍刊入《抗战文艺》，目录在报上已刊布，刊物却始终没有出来。直到一九四七年，才又蒙郑振铎先生编入《文艺复兴》，作了两期的连载。（当时发表时，用的是笔名“冯夷”。）从写完到印成铅字，整整费了六年的工夫。现在又蒙王任叔先生介绍到海燕书店来出版，等印成书本时，上距脱稿已足足的十年了。

在这里，我愿意写下我对此书的自我批评。我觉得这本小说，基本上还可以勉强说是要得的，因为它的作者曾以自己亲身工作中的体会为出发，企图去尽量忠实地报告一下抗日战争初期中一个较典型战区里一支小小人民武装的成长。但无可讳言地，它有着许多毛病。如：（一）在写作的当时，陕北整风运动尚未展开，毛主席《在延安文艺座谈会上的讲话》尚未发表，为工农兵的文艺方向未明确，而我又是一个知识分子出身、学习了很不算少的西洋文学名著（特别是法国的福楼拜和俄国的陀斯妥夫斯基）而又接触了很不算多的工农兵生活的人，故在小说中显露了唯美气息的西式句法的写景与大众化的对话互不调和的缺陷；（二）我写作的当时才只二十三岁，经历人生太不深刻，写典型的技术太差，故在小说中仅仅把一两个反派人物写得还稍有面目，正派人物则几乎完全写成“差不多”了。其他的毛病自然还多，然其迥迥大端而为作者本人所理解到的，是如此。谨写在这里，敬候读者们的不弃指教。

写着这篇短短的序言，我不禁想起了当年我们一同在中条山工作的同志，除了我的妻始终生活在一起外，其余都已天涯海角了。一九四八年秋，我从中原到华北经过晋东南的晋城时，曾邂逅到当年我们的政委刘裕民同志（那时他是晋城的专员），我把稿子给他看了，他说这稿子引起了他不少的回忆，并发觉当年工作中错误太多（如用体罚对待汉奸嫌疑犯，以及不能很好地组织镇压破坏分子等等），同时也感到今天我们的经验已丰富得多，偏差和错误已少得多了。最近又从报上看到，当年我们政治部的组织科长孙雨亭同志现在已在西南大行政区担任了民政部副部长的职务，可见他是经受了更艰苦的锻炼、有了更好的工作表现的。刻下此书在出版前，已来不及寄他看过一遍了。其余当年的战斗员和指挥员同志们，凡未牺牲的听说都在陈赓将军的部下，在云南了。身在东北，遥念西南，特别是在这战争贩子们又要掀动新的战端的今日，在校完这本小说之后是不能没有感想的。十年以来，中国人民已站起身，中国人民的武装已壮大坚强了不知道多少倍。当年日本军阀曾吃过我们那支小小队伍的不少苦头，那么像今天假如战争贩子们当真敢于挑起新的战火的话，像现在身在西南的我的那些战友们会给他们吃多少苦头，是不难臆测的。

最后，谨向上述对此书出版曾给过帮助的各位前辈先生们致谢！谨向在大西南保卫着祖国边疆的当年的战友们致敬！

一九五〇年九月廿七日，长春市

一

笨钝的雷声拖着阴霾，退过山的那一面去了；这里，给留在山原、林木和村屋上的，却是被那突然袭来的冰雹和风暴在短短十几分钟之内造成的难以磨灭的痕迹。

即便是顶茁壮的玉蜀黍的茎，也都斜倒得离地面只有很小的距离了；像孕妇肚皮样隆胀起来的苞穗，深深陷进了泥泞。在果地里，就是结在最荫蔽的枝叶间的林檎或花红，都给冰粒和大雨点完全冲洗了脸上的浮霜，现在，她们是在为了被横暴者剥夺了的光艳的颜色而哭泣，而战栗着。瓜畦里，松软的泥土统统给卷起来，也许是给溅了起来的，掩盖了瓜的蔓和叶；硕大的瓜也仅只给剩下半个脸孔，在痴呆地望着一切受灾的邻人们……

几分钟前，给这不祥的突变所震慑，躲藏在窟洞角落里的人们，现在终于敢用颤抖的手，拉开自己的门窗了；但一等他们发现牛棚不见了顶角，或是谁家的草垛却有半个在自己院子的水坑里漂着的时候，人们又不禁紧紧地牵住了各自孩子的手，在用听不见的话语祷告了。像给这祷告召致来似的，远近的墙屋倒塌的声音回答着人们的虔诚。

——哎呀，老天爷，这已经够喽哩……唉，唉，光是鬼子的糟害就尽够俺们受的喽哩……

然而，山洪却又爆发了！

在白沙河干涸的河床里，洪流仿佛溃兵似的卷着山峦上所有的泥沙，奔腾下来了。虽然那泥浑的水涛跟从前干涸的河床从遥远处看来很难找到明确的不同，但那轰隆轰隆的声响，却分明使村庄里的人们再也难于镇压自己心头的悸动了。

但……

但……一等那七月天火般的太阳，这儿那儿突破了旧棉絮似的阴云的罅隙，重新把那炙热的光射到大地上来时，人们才像发现了奇迹一般，觉悟到那冰雹的灾难也不过是一时的。于是，荷着镰刀和筐的汉子，停留在门口，呆望一会退过了山去的阴霾（他知道在那块阴霾的笼罩下，人们正在忍受着怎样的情景），之后，越过倒塌了的墙边走向田野去，在那里，野草跟田禾正在做着生长的竞赛。

田野里，水汽在悠悠地蒸发着。

那面，静静地躺着中条山。她那起伏的岗峦，带着在暴雨的挥洒下越发苍秀了的林木，凝眺着盐池的湖水。在人类的脑子可能记忆的任一场变乱里，山总是平安地、镇静地，用蔼然的轮廓抚慰着人们的心。但有时，她也会给人带来惊悸和恐怖。……

像这次，当人们抬起头来的时候，山便给予了每颗心以新的不安了；因为在她那显明的山道上，正有四匹马驮着灰绿色的身形，用并不缓慢的速度向山下驰来。

自从一九三八这暴乱的春天开始以来，在短短不及半年的日月中，住居在三角地带里的人们，已经给训练得有如兔子，不，简直像鹿一般地警觉了。只要在四周的景物中，被偶尔看到（甚至只是被嗅到的！）什么异样的征兆，人们便立刻抛弃了镰和锄头，瓜筐或者果担，有时连旱烟管都随手摔掉去……只一股劲儿打着弯腿子往各自的家屋中飞奔。

越过了注满山洪的白沙河砂砾的河床之后，那四个骑者不约而同地松弛了口缰，马耸起耳朵来表示已经知道了山路的穷尽，一面开始在平原的泥泞道上，小心防避着前失。从路边沿俯倒的田禾中，散出一股被雨水引起的发霉的味道，闻到了这，马的鼻子便剧烈地张缩着，步子更加放慢了；于是，这又引起了鞭梢抽在毛皮上的清脆的音响。

在泥泞道上试探地跑着，那头前的马突然给勒住了，在同一瞬时，那有着猿猴般身手的骑者已经跳下鞍子，在选择好做隐身的树后瞄准了手枪。被这动作怔了一下的其余三个，也迅速地跳下了马。

向着高粱地的幽密处，那瞄准手枪的人喊道：

“干啥的？赶快出来！——要不我就打死你个狗日的！”

那里，的确有一个蹲伏的身形。一等他蠕动着走出高粱的丛薮时，人们才看清了，那是一个颤抖着的庄稼打扮的人。

四个人取包围形势，拢近了去。

“干啥的？赶快说！”

在四个人的威逼下，那人张开了嘴：

“啊唔……咿啊唔……啊唔啊唔唔……噢噢噢噢……”

同时，用手做着割草并且往筐里安放的姿势；他又翘起大姆指连连拍着自己的胸口，指指别人又指指自己。于是——

“啊唔……噢噢噢噢……”

“哎——原来是个哑叭。”有人这么说。

“不见得吧！”头前的人反对。于是，拿手枪指着，更加逼近去，他问道：

“喂！你是个哑叭吗？”

被问的人露出了笑容，同时还把指了指嘴的手不住地摇摆着。

“那么你在哪一村住呢？”

被问的人翘起脚跟，用手指画着东北方遥远的天际，嘴里又“噢唔噢唔”地叫着。

“那么，你的通行证呢？”紧接着问。

被问的人摆起手来。这次脸上的喜容收敛了，代替了的是恐慌的表情。

“马裕禄！把他捆起来！”中年人命令着，并没有收回他的枪。但却转过去向另一个人说话了。

“老林，这准是奸细，给日本鬼子探听消息的！”他吐一口唾沫继续说，“他妈啦个×的，嘴不能说，可是耳朵能听，你想，有这种道理吗？”

“不光这一点呢，”青年人接口了。“他既是别处人，怎么不带路条呢？刚下过了雹子，可是偏偏到这条路旁边割草来了，你看巧不巧？”

这时，那叫做马裕禄的勤务兵，已经用那从哑叭腰里解下来的腰布捆住了他的手臂。

“这几天这样的奸细给碰到不止一次了！他们日本老子也太混球，叫他们统统装扮成哑叭，难道怕我们不容易认出来吗？——真是。”

说着，把手枪插回去，向勤务兵挥一下手，说：

“把他带上，走吧！——叫他走在头前！”一面向着装做哑叭的人，“反正到了支队部，我总得把你这哑叭病给好好地治一治呢！”

给捆着手臂的人，仍不断地一面走一面“噢唔噢唔”地嚷着。下剩的人统统拉着马跟在他后边，但没有一个人跳上马背去。

走着走着，谈话可又开始了。

“哎，老林，我一下子想起来，没有开战以前我们对于抗战的想法可真够荒唐哩！”

青年人抿着嘴笑着，回问道：

“那时候你怎么个想法的？”

“啊哈！”中年人用一副武人常有的狂欢的表情说，“说起来，那真是一个大笑话。我那时想，日本鬼子他有一天打进了内地，四面八方全受咱们中国人的包围，咱们抗战就像瓮中捉鳖似的……哈哈哈……那简直再容易也没有啦!”

没有等待别人插嘴，自己又补充下去：

“可是事到如今怎么样呢？眼前就是：敌人的军队和汉奸几乎把我们包围得像瓮里的鳖了。”

这次，青年人接嘴了：

“你那么伤感中什么用呢，老王？你须得知道：只要我们主观上不想当瓮里的鳖，只要我们大家一心一意地团结起来，那么这次抗日战争到底还是在中国地面上进行的哩：所以，当瓮中之鳖的，必然还是我们的敌人，而不是我们!”

中年人笑了：

“团结吗？哈哈，光看咱俩倒是团结了！如果一个支队长跟他的政治主任再不团结，那还像个啥话说呢？可是，老林，你去问问前头走的那个哑叭，他也是中国人哪，他跟你团结不呢？”

哑叭在一条壑的边沿上走着。

“那当然——”正在滔滔地说下去的话，给突然的意外阻住了——那在壑的边沿上走着的家伙猛地摔了一跤（也不晓得是故意做出的还是怎么），掉进深壑的最底下去。

一瞬间，那装做哑叭的庄稼汉的身形，已经消逝在沟壑的拐弯处。上边的人们都呆着。——足足有一分钟的沉寂。

“我们追去，”一个勤务兵这才突破了沉寂，自告奋勇地说。另一个勤务兵也同声地附和着。

“算啦，算啦，我们还有正经事呢。现在我们都把家伙预备好，圈他一圈；他狗日的总得出沟来吧？只要他一露头，咱们就给他一排子，打着打不着，咱们就回支队部去啦。”

“对。”人们哗然地应诺着，一面散开去各自找寻荫蔽。

当支队长惯于作战的目光一发现了那个伛偻的身形在壑的开口处起始晃动时，他那支乌油的头把盒子的口便愤怒地发出了第一粒的子弹。接着另外的三支枪都一齐应和着。受到七月天窒息的大气的阻力，子弹嗷嗷地怪叫着，像什么野兽的叫嗥。

惊人的事发生了：从果树的荫蔽处，枪声开始回击了!

更惊人的事：从子弹的声音断定，至少有两支枪在回击。

“真倒霉!”支队长狠狠地吐着口水说，“今天叫我们放走了一个汉奸，却引来了汉奸的便衣大队啦!”

跟着对方身形的消逝，回击的枪声也停止了。

“这怨我们太大意了，我们先就该搜他一搜的。”

政治主任的话，谁也没法反驳。

重新骑到马背上的人们，眺望见从前边的村庄里，有不少灰色的点在向这边蠕动。

“看呀，特务中队开上来了哩！——大概是听到了枪声吧。”

走得较拢来，果然是特务中队的一个分队。分队长老远地就敬着礼说：

“道是谁，原来是支队长和林主任下来啦。——出了什么岔子?”

“没有啥，没有啥，捉住一个汉奸又给狗日的跑球啦!”支队长说，“可是，请的人统统来齐啦吗?”

“差不多统统到啦，区长，县长，专员公署的秘书，农民救国会，商会，青年救国会……统统派了代表啦。嘿，有的天刚亮就来啦，也不晓得信上咋说的，他们老打听请他们来干吗的？我说，甭说像我这大兵头子，就连八大处那当官儿的，都不准摸得清楚哩……”

支队长哈哈地笑了。

“干什么吗？告诉他们，我要请他们到野女人屋里打茶围哩!”

每个脸孔上被引起着木然的笑容，人马一齐向那边的村庄攒动了。

二

在另一村庄中一个老财家精致的院落里，布置着林中队长新婚的家；这时候，正给一种剧烈的嘈闹、吵叫、谑骂跟抗战歌曲夹杂着淫秽的小调的声音充塞着。

刚从铁道西打游击回来的万队长是这中间顶热闹的一个，他一进门就先提着林队长的耳朵到阳光充足的地方，端详着说：

“好狗日的呀，人家六月大热天的到道西去打仗，你可抽功夫搬下婆娘啦!好小子，来，来，先让我看看，这几天功夫倒是胖啦还是瘦啦哩……”

在左眉梢上斜挂着一片疤痕的铁色的面孔，即便在万队长尽力找寻的目光下，也并看不出什么异样。然而：

“瘦了，瘦多了哩；你这家伙可要小心呀，千万别把脑袋瓜子都一同钻进去。哈哈哈哈……”

长着冬瓜样长面孔的刘队长给逗得喜开了过宽的下巴，接话道：

“人家是担负夜间勤务哩……”

然而万队长却已经丢开了新郎，又跑到新娘子坐的坑沿边去了。

“新嫂子，你也让我好好地看下子；不过我看女人和看男人是两门两道。你们都要记住，看娘儿们是先看手像的。”

涂着水粉的脸，因为被粗鲁地拉去了手的缘故而微微红晕着，那一对卫河一带风骚的黄眼睛骨碌骨碌地溜来溜去；于是，打着忸怩而又撩人的豫北的腔调说：

“你看这人喽，人家还不认识他哩可就动手动脚地……”

“不认识吗？”万队长嬉皮笑脸地问，一面摘下那在尖顶上套着灰军帽的大草笠，露出了有着四个明显的棱角的可笑的光头，继续说：

“我给你介绍吧，嫂子。我叫万连云，河南汝州府的；我看保不住咱们还是老乡呢，听你那话音，大概不是卫辉，就是怀庆府的吧？我在这里干的差事跟你那新姑爷是一模一样，他是第三中队，我却是天字第一中队的中队长哩。”

女人抿着嘴角，打量着这粗鲁的人。但对方却在开始检查手像了！

“嘿，老林！你快来看！”像发现了什么了不得的事体似的张嚷着，“这条纹理——这是‘妨夫纹’哩！这主着你有一天要给人家拿去切脑袋瓜子的！”

新郎，也许是一个很迷信的家伙吧，听到了这种玩笑的说法，居然就换了一副沉浊的语调说：

“穿二尺半的人要想好死是不容易的。”

这时，躲在角落里的坐柜上，正在用手指搔着自己的尖脚鸭子的佟副官开口了：

“我说老万你这家伙，就是爱说话，一打开话匣子就哇喇哇喇听不见别人的啦。你这一辈子，真是‘歪嘴骡子卖了个驴价钱，吃了嘴的亏’啦！”

“可不是，可不是，”话匣子越加开足了，“要不是咱这熊嘴，在百灵庙那一仗早就升了营长喽。”

佟副官表现着厌烦了，他岔开话头子说：

“我提议，叫林嫂子给唱个小调儿，有赞成的吗？”

人们哗然地响应着。

女人忸怩地望着丈夫，仿佛在征求着意见；这一来，男的开了腔：

“我给起个头吧——”

于是伸长了脖颈嗽了一刻，用沙沙的嗓子开始了：

害下了什么病，
小脸焦巴黄？
——我看你
不久就要见阎王——

尖锐而又圆润的女音紧接了下去：

提起了奴的病，
昏昏又沉沉；
茶也懒得吃，
饭也懒得吞。
——你看我
不久就要见阎君——

到这里，唱者暂时地中止了她的歌词，无声地咽下一口唾沫去。之后，瞥见了听众们一个个出神的可笑的面容，圆润的歌声又响了。

三月又清明，
杨柳又发青，
遇见了
那王三公子他叫王金龙——

我看他有意，
他看我有情；
二人荒郊外，
海誓又山盟。
——因此上
种下了一场相思病——

歌声在极端的沉寂中停下来，每一颗单纯而粗犷的心分明给撩起了一些细碎的跳动。

这时候，女人开始反攻了：

“万队长，你也得唱一个！”

“对，对，你听我的来！”那么慷慨地答应着，一面伸长起脖颈，把眼睛瞅定了房顶：

从军，之乐乐如何？
自从入军队，
好比上洋学，
练体力，
学功课，
无日不求学；
明日把官坐，
名利一齐落，
居家老少、欢天喜地、快乐共如何？……

“球！这个调调不能再俗气啦，我知道，这叫个什么‘苏武牧羊’的。”刘队长插口说。

但，像这样的话不但不能使唱者灰心，正相反，却显然更加鼓励了那副破锣似的嗓子。

“老刘，你可懂得个×！调调是‘苏武牧羊’，话可是新的呀！你别言语，再听下去吧，后头还有好的呢，——”

入了坏军队，
与我不一般，
嫖窑子，
吸大烟，
无日不赌钱；
没事把街上，
戏院把戏观；
内乱不能停，

外侮不敢担，

将来打仗、投降缴械、死是真可怜……

仿佛还要继续下去的歌词，突然给村外边传来的稀疏的枪声打断了。

“怎么啦？”谁都想这么问一句。

“李魁元！”林队长提高了嗓音喊着，但因为没有回应，又连喊了几声。

“有！”在马房附近的一摊掷骰子的小赌局拆散了，护兵李魁元向房里跑来，手枪匣子在他的左屁股上颠簸出一种磕撞的声音。

“去到村子外头跟步哨上问问，看出了什么‘漏子’啦！快去快来！”

“是。”

“让咱们静一静，谈一点正经话吧！”佟副官严肃地说，“老万，你这次过道西去，可打着点油水啦吗？”

“球哩——油水？运城敌人一增就增了万把人，每天可是这村拉鸡吗，那村拉姑娘吗，什么油水都给他们打去了！咱们？就凭这百把支步枪？”

“可是说起枪来啦，你这一趟就没卡住几支‘快家伙’吗？不是听说这些时稷王山一仗就退下了不少的官兵……”

“退是退下了不少哩，就是咱卡不住！我日他妈的，那些退下来的都带的清一色的短家伙，听说腰里钱票子都一卷一卷的哩。不是人家不投咱，说咱们地方队伍牌子不正，统统投了第八路，再不就投中央军去了！”

刘队长听得出了神。他追恋地说：

“唉，把你个松包呀！他们不投，就不会硬卡一家伙?！你看，要是我的话——”

万连云给急得嗓子都发尖了：

“好！你就去卡一家伙看！只怕卡不了别人，反叫别人给卡了哩！刚才打枪，说不定就是卡到门上来的！哼……这年头‘大鱼吃小鱼，小鱼吃虾米，虾米吃泥’，像咱们这小队伍还谈得上卡人，只要保住不再一分队一分队刳到别处去，就已经谢天谢地了。”

“可是说起来也怪啦，”林队长说，“从前咱们这队伍在铁道西刚刚成立起来的时候，真不算小队伍哩，可是咋地一天一天不中用，到现在连一半都剩不下了。”

人们听见佟副官在房角落里的坐柜上隐隐地冷笑着。

“你别着急，等再过几天看，怕连四个中队都不准够了呢!”

“这到底是怎么搞的呀?”

“怎么搞的!”佟副官紧接过去说，“要叫我说，那完全怨老王给把队伍带刳啦。”

中队长们却反对这意见。

“老王对弟兄们从来都是很好的。”

“不过，”副官说，“别看你们也都跟他几年了，你们还摸不清他的脾气哩。那家伙呀，他就吃了一项毛病的亏，老是拿不定主意，今天东呀可是明天西呀的！从前打临汾退下来，有人告诉他‘抢吧!’他就抢起来了！现在那什么×政治主任呀，政治员的，告诉他说，‘要增加政治工作，军民要合作哩!’嘿，他又觉得是时髦的买卖了。‘三大纪律’呀，‘八项注意’呀……弄来弄去，把当兵的可就亏啦！从前在道西，白面都吃不清，现在包谷汤都喝不饱肚皮哩！……俗话说得好，‘冻不死的葱，饿不死的兵’，穿二尺半的家伙们是哪里吃的好、穿的暖、饷关的多，就往哪里跑。……你们说，我的话有没有道理?”

“是呀，”林队长赞成地说，“老王那家伙就是那样的。从前，刚退下来，我把路上收的洋钱啦、元宝啦，交给他，他拍着我的肩膀说，‘到底是老林!’可是后来呢，我只从老百姓那里收了点布给弟兄们缝衣裳，他可就把我叫去了，那功夫他刚刚喝上了酒，抓住他那支头把盒子对我说，‘你再糟害老百姓，看我不枪毙你!’——你们听，这就是跟了四五年的老长官嘴里说出来的话。……”

“你猜他不敢吗?”副官从坐柜上站下来，一面用脚在地下打捞着鞋子。“告诉你，人家现在是‘一切服从政治’哩……就像前几天你结婚时候办的那出事，若是叫他知道了，你看他枪毙不枪毙你?”

被触到了隐私的人的面孔，立刻罩上了一层黯淡的阴翳。万队长露着傻子似的神气仿佛要打听什么底细，但给刘队长的目光阻止住了。

“报告!”

“进来!”护兵进来了，喘着粗气。

“出了什么岔子啦?”

“报告队长：没有啥。刚才支队长跟政治主任从山上回来啦；我听支队部的传令说，他们半路上逮了个汉奸可又给跑球啦，打枪就是追汉奸来着。”

“唉，这年头，遍地都是汉奸啦……”谁在叹息地喃喃着。

“可是，你刚才说，你碰见支队部的传令啦，他干吗来着?”

“报告队长：我还没有报告完哩。支队长叫召集各分队的队长队副，去到支队部开会。——要马上就去的!”

“又开会啦? ——有什么重要的事?”

“报告队长：不知道!”

人们给逗得嘻开了嘴巴，一个个开始打着伸欠，一面吩咐各自的护兵备好马匹。

“还不是‘政治’呀，‘军民合作’呀，‘官兵一律’呀，……唉，唉，叫我×你个归了苞锥的血祖宗!”

副官的话，在每个人的心底里是引起着同情的。

三

夜的画笔在天空上一次比一次渲染着更多的黯影，最终，大地上的一切，都卷入到苍茫中去了。

除非身历的人，怕很少有谁能够想像到战地的夜是如何地寂静而神秘吧!在这里，高粱的秸虽仍是那么强旺地向上挣长着，发着喀喳喀喳的碎响，但在高粱地里却再也没有胆大的庄稼人敢来这里拉屎了。烂醉的酒鬼，即便在丰饶的赌头之下，都不敢在夜里从这一村庄到另一村庄，因为他知道田野的小道上保不住就有着比狼和鬼更可怕的东西。随时随地，都有可能突起一片枪声和一阵嘈乱，甚至还来不及知道那是些怎样的队伍或人群，但立刻性命完结了，财物、箱笼或是牲口给拉走了，……于是一切便又重新卷进了神秘的寂静。

特别是在驻扎着部队的村庄，人们的心在梦中都会为拉着枪栓高声问着口令的吆喝所震动。在这样的场合，除掉村子四周放哨的弟兄，怕再也没有什么人在活动了。

在第三中队驻扎村庄的东口上，担负了入夜后第一班勤务的是七班中士冯玉龙和他那班的新队员李德娃。这时，他们俩都坐在离村口半里光景的一座碑楼子背后，在暗夜中守望着。

“班长，你看我又把今天晚上的口令忘记了……”

半天，对方才用着近似厌烦的口调回答说：

“告诉你多次了，夜里放哨是死也不准吭气的！……今晚上的口令是一种牲畜，你想想看……”

压得细微的声音带着恍然醒悟的喜欢说：

“对了，是骆驼，可是吗?”

“唔唔……你静着吧……”

沉寂。只偶尔有高粱叶子撞着高粱叶子发出来的悉索的音响。

但突然，在遥远处，仿佛有马蹄的声音傍近了。

“德娃!”班长命令着，“上好顶门子，有人呢!”

“对。”

当那马蹄声靠近到约摸有五十米达的时候，中士班长便猛然地拉动他那冲锋枪沉重的枪栓，一面高声问道：

“干啥的?”

马仿佛惊了一下，蹄声稍微一顿，但立刻又跑近了。骑者也高声答话：

“支队部!”

“口令!”

“骆——”一面回答着，骑马的人已经到哨兵的附近，跳下马来了。冯玉龙的手电筒在那人的脸上一晃，使来人的眼睛显然有些眼晕。

“甭照啦，”来人气喘嘘嘘地，“我是支队部的佟副官啦。你们的第一分队长在不在?”

“在，”十分肯定的语气，“有什么事吗?”

“什么事，还不是闲扯淡吗?麻烦你们随便哪一位给把他叫出来吧，就说我找他有点闲事；他出来，我就不用进庄子去啦。”

“对。德娃，你去一趟，顺便叫八班预备换班啦。”

背着“马拐子”的兵士，向村庄中去了。

副官一屁股坐到碑楼子的石台上，点起一支烟卷来，如有所沉思地吸着。马在他左近咬嚼着沾了夜露的植物。吸烟的人那么频繁地大口大口地吞入又喷出着烟气，使他那沉静的态度中分明显露了焦燥的神色。一刻间，当村庄中有人声近来时，副官已将那几乎要烧着手指了的烟头狠命地摔掉，一面霍地站起身来了。

“哎，哎，郑队长来了吗?”

“来啦，来啦哩。佟副官，半夜三更你有啥事来找我呀?”

“‘无事不登三宝殿’，但凡找你，自然是有事啦。”

“对，对。”分队长走近了。“那么，说吧！”

“不行，”副官狡猾地笑了，“你瞧，我得拉屎！咱俩进高粱地去，我一面拉屎，一面跟你说话好吗？”

这提议颇引起了对方的踌躇，但那副官却不管三七二十一地拉了对方的手；于是像一对獾似的，两个人踽踽地钻到田禾里去了，在身后留下一片高粱叶子悉索悉索的声响。

是一片颇大的田禾。田禾的尽头有一片果园，在那里，分队长那只被紧紧地握住了的手，才好容易被松弛了；同时，两个人静静地在果园边的水车近旁坐下。

“老郑，”低哑的声音说，“你知道，林队长已经完了！”

“怎么？”

“老林已经死了！给枪毙了的！”

“我就不相信！你说，谁枪毙他的？”

“谁，还不是支队长王青山？”

“今天上午我还见过他呢。”

“就是今天下午的事嘛。告诉你，老林搬婆娘那回事不晓咋地犯了案啦，老王就召开了一个大会，当着专员公署，县政府，别的军队和老百姓，当场就把他拉出去啦！”

“跟老百姓借个万儿八千，老王他从前不是也干过的？”

“可是现在人家要‘服从政治’了！”

“我×他个妈呀！”分队长在水车的水扇上狠命地摔着子弹袋的长余部分，愤怒地说。“俺们林队长这次完全是吃了‘政治’的亏啦！”

“哼！”副官嘘一口气，又点起一支烟卷来。“吃‘政治’亏的，怕不只老林呢，你睁大眼珠子等着瞧吧，像这样搞下去呀，不一定再轮到哪个倒霉的身上……”

“唉——”沉重地叹息着，谈话中止了。

草丛里发着细碎的声音，分队长拿手电筒晃了一下：一匹刺猬正在附近的水溪里小口小口地啜水。

大个子在黑暗中靠过去，用力抓住了副官的肩膀。

“佟副官，你听我说一句良心话吧，我实在不想在这号队伍里干下去了！”

“你不干，到哪里去呢？”

“我回老家去。”

“回老家去？干吗？”

“当老百姓。”

“哈哈哈哈！”尖锐的笑声在暗夜中振动着。“我从前真没有认清楚，原来你老郑是个大松包哩。”

“可是副官，我不当老百姓，又有什么路子可走呢？”

“只要你有决心，路子是多的。”

“可是到底有什么路子呢？”

“路子真是太多了，单看你有没有决心干吧？！”

谈话又停顿下来，仿佛故意用沉寂来增加相互间心灵的渗透。

最后，仿佛给一种蕴蓄了甚深意味的暗示所打动，分队长更靠近过去，紧紧握住副官的手，用时而有着间歇的调子说：

“佟副官，——我的性子，在这块地方只有你摸得清楚啦，——现在，我郑林山，——上有天，下有地，中有良心热血！——只要你佟副官肯指我一条明路，我若有不遵——管叫我天打雷劈！”

“好啦，不要赌咒吧。”对方的音调里透出喜悦的因子来，“那么，老郑我问你：老林这一中队，你能带动多少呢？”

“带动多少？！”粗鲁的人显然给这句问话惊动了，“佟副官，你的意思是叫我带起弟兄们走吗？那我可办不了！你想，王支队长那人虽说不好，他待弟兄们总算热气，我跟他一场，临走我连这支三把盒子都想托人交回去；若叫我带人，那我就不是人做的啦！”

对方即刻接话了：

“我说你这家伙是三斧头砍不开的死脑筋啦，可不是吗？你说你要对得起支队长，可是我问你，支队长对得起他的部下吗？老林跟他足足有四五年啦，他凭哪一点就把他一下子给枪毙呢？哽？想想，人家刚刚结婚还不到半个月……这样的长官，干吗要跟他讲良心呢？并且……”

副官又点起一支烟卷来，继续下去：

“等一等，听我把话说完。你仔细想想，咱们当兵吃粮，把话说到头来，到底是为了啥？唼？‘抗日救国’吗？‘为国为民’吗？‘报答长官’吗？——狗屁！告诉你：都是狗屁！古书上说得好：‘人不为己，天诛地灭！’可是，我问你，你家里有啥人口？”

“爹早先在‘杆子’上，给人家打啦；娘还在。——再什么人都没有啦。”

“有多少地哩?”

“有地？有地还出来当兵?”

“那么，你娘靠谁养活呢?”

“唉，听天由命吧，我有十几年不敢想起她老人家啦。”

“噢——你看你这人，古语说，‘百行孝为先’，你扳了娘十几年不管，还算什么人呢?”

“可是，碰上这么个队伍，吃穿还混不出来，叫我拿啥管屋里的老娘?”

“真是越说越死脑筋啦，世界上就只一棵树能上吊吗？这队伍吃不开，吃得开的不是还多着吗？就譬如说，现在铁道西有一支队伍，人家一个二等兵，一个月拿多少钱呀？我算给你听听吧：八块九的正饷，两块钱米金，六毛钱的草鞋费，作战期间还另有赏钱，慰劳品，毛巾呀，牙刷子牙膏呀，洋碱呀什么的。——听明白，这是一个二等兵的待遇。若是排连长，那就更多了；一个排长顶少的话，也得拿他个三五十块。郑林山，你若是带过去一部分弟兄和枪械的话，我再给你写上一封介绍信，保险顶坏也得给你个排长哩。你看……”

“哽，哽，你的话是有道理的；不过——”

“不过怎么?”

“不过照我看，要带走一半子人就不容易……”

“老郑，你听我说，计划早已打好，安排在我肚子里了。你这一分队全部带走大概不成问题吧？至于第二分队，不是刘麻子的分队长吗？那是个混球，是个老‘营混子’，只要叫他有油水沾，×自己的亲生娘都干的哩。至于第三分队，那你趁早就别打岔，那狗日的红眼圈子是人家‘政治’方面的人，不过年轻摸不着门道。对于他，你只要瞒好，别透露消息就对啦。——这么一来，你顶少也能带走七八十个人，五六十杆家伙吧？到了那边，他们要不给你补充补充给你个连长，我脑袋瓜子都切给你！不过就是一件，凡事一不做二不休，你要想干你就得马上干，今天一夜，赶天明就得带到铁道西去；要不然，那可就——”

对于一件必须立刻做出来而又并非十二分甘心情愿的事，分队长不觉地又显露了一次，也许是最末一次的踌躇。

“呆什么?”副官催促着。

“对。”分队长毅然地握住副官的手，“就那么办啦。”

“对。”喜悦在副官的嗓音中又一次地复活了，“我在小李王庄王三保子家里等你啦。记明白：工作要慎重，干这宗事不敢硬来，唯一的好办法就是拿感情的话打动老粗们的心肠，告诉他们老林死得多么冤屈；喜欢钱的，就拿钱套。再一点：工作要迅速，顶好半夜里就开到小李王庄，我在那里给你写好信，说不定那边还有现成的接引人呢。不过，将来当了连长，可别忘了咱这穷汉呃……”

老郑忸怩着。

“岂敢，岂敢呀。不过副官，你不也一道过去吗？”

对方的眼睛在幽冥中射出两道狐狸样狡猾而又狠毒的光。他特别压低了声音，仿佛讲给自己听似的说：

“我的任务还差得远着呢……”

忽然惊觉了自己的失言，他霍地站起来把对方推开，一面仍像一匹獾一样，走回到岗哨那边去找寻自己的马。

郑林山一个人呆呆地站在水车旁边，一直到副官的马蹄声逐渐消逝在田野的远处；之后，他才跟着电筒的亮光向村庄中走去。

在村外的小道上，他忽然记起了什么似的停了步，向岗哨方面喊道：

“哎！哎！是哪一班的弟兄在那里放哨啊？”

回答他的只有微风吹着高粱叶子的悉索。运城敌人的探射灯已经从西南角的天空上开始它那通宵不停的探射了。

一个孤独的身形，踽踽地向村庄中的黑夜走去。

四

连绵了六天的阴雨，在第七天早晨才好容易露出了晴的希望。灰色的天上已经失去了浓密的均势，现在，已是分化做大块大块乌黑的乏云，随着西风在互相追逐着了。从那乏云的缝隙里，这儿那儿，便不时地显出了罕见的蓝天。

在一所泥泞的农家场院里，一切寂静着；从那里，一股由新伐木材身上发出来的浓烈而潮湿的芳香，不断地弥漫开去。这时候，中士冯玉龙正跟另一个中士祝甸之在一大堆劈开和未劈开的树桩中间休憩着。因为两个人都不习惯吸烟，所以他们只好用各自眼神的默默的交换，当做恢复精力的唯一的方法。

原来，自从为革新部队引起来的那场空前的“携械潜逃”事件发生以后，这林中队里残留下来的三五十名弟兄便被调到这荒僻的山村里来了。照他们自己的话说，便是被“充了军”。因为在像这样的地方，就连筹措三五十个人每天足够充饥的食粮，都仿佛很成问题的，何况又碰上这样十天半月的涝雨呢？并且，自从调到这里之后，他们好像从此就给从那部队的整体上断然地割了下来；再也接不到命令，也没有经济的接济，更不用说政治上的联系了。固然，在发生过一次足以涣散人心的事变之后，暂时地调移确可防止更多的潜逃；但在那些已经相当地认识了部队、甘心不愿离开的弟兄们说，叫他们无端地遭受了不能接触敌人的限制，情绪上会受到不少的影响，也是十分明显的。

甚至，在连阴的第五天上，柴草的供给也竭尽了。经过暂代中队长职务的张明洛分队长的交涉，村公所决定在村子四近的路边上指定一些早经砍伐了的大树残桩，来做他们煮饭的燃料。于是两天以来，这些闷闷的弟兄们便把他们过多的热情施展到雨中松软的泥土上去，人们可以听到当他们挖掘树桩子时齐声唱着的高吭而嘹亮的歌声。

“有一天，老粗们要是做起活来哟，——那跟打仗是一般无二的！”他们自己说。

尤其是冯玉龙和祝甸之，这两个被弟兄们顶亲近着的中士班长，自告奋勇地留在家里担负更加吃力的劈伐木材的工作。两天来的经验，已经使他们能够把握每一个不同树桩的纹理了。他们已经知道应该先在哪里砍开一个裂口，之后，再如何拿一片木板夹进去，于是便铁匠似的抡起大锤猛力打去，这样，一个顽强的桩子便会自然地裂成两半个。

除非他们累了的时候，他们才不约而同地停止下来。有时他们也交谈几句。

“老天爷总算睁眼啦，”祝甸之懒洋洋地瞅着天空，慢吞吞地说，“要是再下个三天五日呀，可真要把人的心都焦死！”

冯玉龙搔着自己右半边的头皮，更加缓慢地接声说：

“叫你焦心的怕还不是什么老天爷吧；倒还是咱们整个队伍的问题……哽？”

“就是吗，谁说不是呢？不过一提起咱这支队伍的问题——×他个妈，咱们是‘老娘婆子干着急，有劲使不上去’哩。”

“‘有劲使不上去’吗？照你说，群众就一点力量都没有了。”

“那么照你说：群众是有力量的！又当怎样呢？人家支队长、政治主任就把你给充了军，不管了，你的力量又在哪里呢？我看你的力量就只拿来砍烂树根子吧啊……”

“球！不管了？凭什么呢？晴了天，他们要是还不来，咱们就到支队部找他们，向他们提出意见，提出批评来！反正这已经不是老军阀派的部队。”

“哼！提出意见来不接受你的还不是一样吗？唉！玉龙，你是知道我的，我这满腔热血叫我死也不愿离开咱们这部队，可是一想到它老是不长进呀，——唉，我真是苦闷极了！”

“那你就这么苦闷着好了……”

冯玉龙仿佛故意要叫谈话在这里有一个短促的间歇；之后，他把身体的姿势重新摆了一下，沉静地说：

“老祝，我劝你从头想一想。不用从远处，就从打临汾退下来到现在，你看倒是长进了还是退步了呢？当然，你不能从人数的多少上去看，那是靠不住的。三个月以前，在铁道西边，只咱们这一个大队不就顶足足的两团人吗？可是现在呢，整个支队四连人都不清够了。这是退步了吗？叫我说，不是退步！为什么呢？因为从另一岸看，咱们队伍的分子比从前好得多，纪律也整顿了不少呢！可不是吗？照从前，多少老营混子、流氓、土匪、破坏分子，连上敌人的奸细，不都公开地混在这队伍里吗？现在呢，固然我们不能说没有，可倒是少得多了！照从前，刁人抢人，你问弟兄们他们哪一个没干过呢？从前，——你忘记啦吗？——谁的包袱里没有点绸子缎子，小元宝大洋钱呢？可是现在，连老林搞这么一手都得掉脑袋瓜子！哽……”

“是的，进步谁也不能说没有，不过太慢就是啦。”祝甸之插口说，“照我看，咱们这队伍毛病还大着呢！”

“当然，要说毛病，真还大得很！就譬如政治吧，‘政治，政治’，也不过老王他自己口头上‘政治’起来了，老粗们哪一个懂得抗日的道理？不用说懂，连听都不清听过一套呢。再说十有九个，连自己的名字都认不得，人家那真正的政治部队、革命部队，是这样的吗？……所以我说，毛病还大得很着呢！不过老祝，你听着，这些毛病要改过来，可并不像咱们劈这堆烂树根子一样地容易啊！”

“不这么容易，可也不是多末难呀！‘天下无难事，只怕有心人’；叫我看，只要大家肯干就行！”

“你说的对！老祝。——‘只要大家肯干就行！’”

又开始一次短促的间歇。

最后，祝甸之猛地站起身来，像要重新开始工作似的。但仿佛理会到这一番谈话缺乏一个应有的结尾，他添加道：

“我要说，你该又说我大白天做梦啦，玉龙！可是我真的常常梦想着，有一天咱们这支部队真会变成一支呱呱叫的队伍，——装备好！纪律好！打仗成绩好！在老百姓眼里也光彩！”

“这哪里是白天做梦吗？这是应该有的一个伟大的理想啦！”

两对被理想打动了的兴奋的目光突然碰到了一起，谈话便猝然停止了。

村巷里欢腾的歌声近来了，这里的两个一下子发觉了因说话而耽误下来的工作，便立刻抖一下身躯，重新劈起树桩子来。

几分钟后十几个高高矮矮的队员，像簇拥着一个尸体似的，把一个粗大得使人奇怪的柏树根抬回来了。在院子中间，他们突然齐呐一声喊，把那硕大的桩子向那两个正在劈着的人丢过去。立刻，泥污便给四面八方地溅了起来。

祝甸之气愤地擦拭着他眼皮上溅着的泥污。但没有来得及开口，一个叫做王东海的队员却忽然发现了什么似的抢着说：

“同志们你们来瞧，咱们出去刨树根，他们二位班长在家里偷懒哩。”

说话的人一面指着那几个未劈开的树桩子，当做证据。

“等晚上开检讨会时节，你们提出来批评他们俩。”九班中士刘子立笑着说。

“批评？我们根本就不接受！我们根本没有偷懒！我们刚才是讨论咱们队伍的问题！你们问玉龙，看我们是不是在这里讨论政治问题来着？……”

“可是提到政治啦，咱们的政治主任刚才来啦，你们谁瞧见他了吗？”另一个队员插口说。“说起咱这政治主任来，亏他还是本地人呢，他只听说咱们住在这金家塬，可并不知道到底哪一个村叫金家塬，所以他骑匹马打这村里经过，一股劲打着马上坡去了。嘻，嘻，要不是我叫住了他，至少他已得来回多跑二十里冤枉路。”

“他这次来，也许带来新的命令了。”刘子立沉吟地说。

果然，停不很长一会功夫，中队部的传令兵来了。他说：“张队长叫三位中士到中队部集合。”

五

当冯玉龙、祝甸之和刘子立三个人走进张明洛住的那孔窟洞时，他们看见政治主任林冰同志正在面对着墙，从自己身上解下皮带和手枪来。因为天气热，他连上衣都一并脱下来，挂到墙上。

“叶进步！叶进步！”张明洛在高声喊着护兵；当那被叫唤的人出现时，他吩咐他去叫伙夫烧一壶茶来。

但林冰同志却转过身来。发现了三个中士的到来，他向他们招呼着，像老朋友似的握着手。之后，他喊住了护兵。

“大热天烧茶干吗呢？要害渴就不如吃瓜。你们也许不晓得，这村里出的瓜是顶有名的。”说着，他转向护兵，“你就去买两个来。挑好的！——这里有钱。”

看到张队长并没有阻止的意思，护兵接了钱出去了。屋里，人们逐渐地坐了下来。

“林主任，我猜出不了这几天，你就总该来了！”刘子立先开口说。

“我们刚才还谈到，要是你们再不来，我们就要去找你们，向你们提出意见来了，是的，弟兄们的情绪很要紧！”冯玉龙说。

“怎么？弟兄们的情绪很坏吗？”林冰急口问着，一面用炯炯的一对小眼睛扫着大家。人们立刻发现出，在那对小眼睛的周围，有着一对暗黑的晕翳。

“不见得顶坏，”张明洛眯朦着一对害重痧眼的红眼睛说，“不过就是因为调到山上来，捞不着打仗，吃的烧的又困难，天又下连阴雨，所以大家心里都烦燥得很。”

“噢，这倒没有什么。我们已经有了全盘新的决定。不过，我担心的是：会不会还有剩余下来的破坏分子趁着弟兄们情绪的低落，又开始活动呢?”

“这——倒还没有发现。我们虽然很难说现在一个也没有，但是从前那几个已经很明显了的破坏分子都完全跟上郑林山走掉了。”

“可是，林主任，你们那里此后听到过郑林山他们的消息吗？”祝甸之问。

“听倒是听到了一点。一个便衣探从铁道西回来，据他说，在当夜，过同蒲路过得迟了，天已经大亮。碰上了护路的鬼子兵，开了一火，他们就给打散了一部分，下剩的一部分到道西就投了皇协军。”

“什么皇协军?”张明洛插口问。

“就是伪军，日本鬼子收买的汉奸队伍。”

“怎么？他们投了皇协军去了？佟子美给他们介绍的就是皇协军吗?”冯玉龙问。

“可不是?”

“那么佟子美，他是干啥的?”

“干啥的？那当然可想而知啦。”

“那么佟子美哪里去了呢？扣住啦吗?”

“哪里去啦？还不是在支队部里当他的副官?”

“哽？这是怎么？——我真不明白。”

“不明白？这还不是老王——支队长的问题？咱们支队长一开口就是‘老弟兄，不好意思’。像枪毙林占元那次，要不是老百姓告到专员公署去，对他脸面上不好看，他肯那么干脆地来一下？这次佟子美，我跟他谈起来，他说‘我们不要神经过敏，无凭无据就随便拿一个好人当汉奸看待’。”

“‘无凭无据’？你没有告诉他那是我亲自听见的吗?”

“冯同志，这话我们现在先不提，一提，于我们没有好处，反而加强了潜伏分子的警觉，你懂吗？——并且老王总算也接受了一部分意见，他决定把佟副官调开支队部，叫他到修械所去管事啦。”

“修械所？什么地方要活动不是一样的?”祝甸之气愤愤地说。

“咳，反正一切怨我们当时拿不定主意。现在想来，那天晚上还不如把这一分队拉出去截一下子呢!”张明洛说。

“那也不好，那样自相残杀，死伤损失一定不会小的。”

“也总比叫他们去当汉奸强啦!”又是祝甸之恨恨地说话。

“这倒不见得。听说大部分被欺骗过去的，到那边尝了几天滋味，都想回来了。——便衣探这么讲。据说就郑林山本人都懊悔的不得了，对别人说想要回来呢。”

“为什么?”

“因为人家只给了他个中士班长的职务。”

“中士班长？我那晚上清清地听见佟子美答应下他，至少是个连长末?”

“咳，挑拨分子的话有几句靠得住的？他们是看什么人讲什么话。想做官的拿官引，爱钱的用钱套，对有革命意识的他们还满口革命呢。譬如他要是挑拨你们的话，他就该说，‘这成什么队伍？简直是土匪、流氓，没一点纪律，没一点组织，老百姓一听见就头疼！你去看人家第八路军，那简直是——咳，所以我说要革命就要找真正革命的军队！……’……不是这样吗？”

叶进步抱着两个硕大的西瓜进来了，在腋下他夹着一把亮光的切瓜弯刀。

人们暂时把谈话间歇下来，开始把米黄色的瓜瓤不停地往嘴里咬着，过多的水汁从人们嘴角边流下来，有的给重新吸了进去，有的就跟瓜子一齐落到衣服上或是地下了。

张明洛把厚厚的一片瓜皮拥到自己的两只痧眼上，像戴了一副绿色的眼罩。据他说，这是痧眼最有效的治疗法。

“我们不要光吃呀，”刘子立咽下一口瓜去说，“林主任，你刚才讲你们已经有了全盘的决定，倒是决定了些什么呢？”

“是的，我马上就从头告诉你们。”林冰把一片瓜皮丢到门外去，开始说。“最初我们准备把你们调到这里来，顶多不过三朝两日，谁想到一连就是一个星期。我早料到弟兄们情绪上会低落一些，可是又有什么更好的办法呢？老实说，这几天，我的工作实在太忙了！十天以来，每天我都不会睡过三个钟头以上的觉！全部功夫几乎完全用来说服支队长！……”

“说服支队长？”

“可不是吗？你们还不知道呢，自从枪毙了林占元，刳走了人以后，老王又发生了一个大的危机：他又冲动起来了。你猜他每天跟我怎么讲呢？”

人们都瞪着眼睛。

“他讲：‘人越带越少，枪越搞越跑，办法越来越没有！政治，政治，政治的结局就是如此吗？咳，想起来我还真不如去投了第八路，再不然投了中央军，——都有办法！’……你们看……”

寂静。人们的面容上表露了他们每人心中的沉思。偶尔，张明洛将遮眼的瓜皮取去，眯矇几下，再捡一块清凉的贴上。

“所以这些日子，我的主要工作就是把握住他！说服他！加强他的信心！这以后，才谈得到新的决定上来。不过幸好老王头脑中总还有不少进步的因素，他终于被我说服了；并且新的事也总算有了一个新的安排。……我们决定就拿你们这一中队剩余下来的三五十个弟兄做一个实验，首先给你们派正式的队长和政治指导员，枪械子弹也尽先给你们补充，并且尽先就给你们一个新的任务，叫你们立刻开到铁道附近去随机歼灭敌人，打击敌人！一方面，你们自身也将很快地求进步，坚定每个弟兄的信念，学习灵活的游击战术，有条件地扩充人枪，并且组织老百姓……总之，你们的任务很多，我们对你们的希望也特别大，因为你们这一中队要是好起来，大家的信心就都坚强了，那么这整个部队不是就有希望了吗？”

“是的，”冯玉龙说，“不过林主任，你们决定了叫谁来当我们的队长呢？”

“想来想去，我们决定了调第一中队的万连云过来！那个人作起战来是顶英勇不过的，就是头脑简单些，这只要你们跟指导员能够好好地把握他，推动他就行了。”

“指导员呢？”

“那是一位新同志，你们都还没有见过面的。那是一个学识很高的人，认识也很清楚，就是在生活上，换句话说，就是在吃苦耐劳上，——也许差一点。不过，他会自己锻炼自己，并且向你们学习的。”

“叫啥名字呢？”

“他姓杨，叫杨珂。”

“什么地方人？”

“不管这些琐碎的事情了。反正明天我们大家统统来，一切就都清楚了。”

“明天吗？”

“是的，明天。早上我们把一切安排好，如果可能的话，我们还希望召开一次正式的干部会；那么下午或者傍晚，你们就可以出发到山底下去了。”

被一种希望所打动，人们虽然缄默着各人的嘴巴，但那眉头的攒动却分明把每颗心中神秘的兴奋给泄露了出来。所有的眼睛不约而同地转向屋外那疏淡的阳光，希望从那里可以获得一个明天不再阴雨了的确定的担保。

“好了，我还忙得很；请你们将这情形传达给弟兄们知道，预备一切。我这就走了。”

林冰站起来，开始穿戴着自己身上的一切。

“告诉马夫备马！”张队长从眼上丢开最后的一片瓜皮，揉一揉眼，吩咐着他的护兵。

在巷子里，马夫把政治主任的马牵了过来。那是一匹衰老的白色牝马。林冰突然问道：

“老同志，我问你，这匹马为什么总是跑不快的？”

老马夫故作机灵地笑了一笑，眯着他那满是皱纹的眼皮，说：“这是匹耕地的马，跟战马当然是两门两道呀。不过主任，你可不敢看轻了它，它是咱们队伍里独一无二的正派来路！”

“什么算是正派来路呢？”

“这要说起来话就长了。主任，别看你的官比我坐得大，对于咱这个队伍的来历，你可没有我摸得底细。不用讲别的，我是马夫，就单照马说，哪匹马是哪里来的我都能说出来！譬如支队长那匹青马，那是我去年开仗以后十一月里在霍县的南关镇，从一个马队上的逃兵卡过来的。——那也许是一个军官，谁知道呢？再说支队长太太骑的那匹枣红马，那是从侯马一家老百姓槽上牵来的，主人老早就吓跑球了。说来说去，咱这队伍里二三十匹马，差不多都是刁的，抢的，捡来的。只这匹马是支队长在万泉时候碰见一个可怜的受苦人，他全家家当统统给散兵糟蹋光了，只剩这匹耕地的马，藏在高粱地里没有给抢走，可是他什么都没有了，光这么一匹马中什么用呢？他说他情愿送给支队长，支队长可怜他收下马赏了他八十块钱，叫他自找活路去了。——这你就该明白啦，耕地耕久了的老马，是打死都跑不快的。”

“哦，哦，原来如此。”林冰一面回答着，一面在心里默默地说，“又是好一套光荣的历史！”

这时候，队员们也都出到街巷上来了，听到了明天立刻就要出击的消息，欢声沸腾着。林冰在鞍子上回过头来，摆一摆手说：

“好，明天再见，同志们！”

“让我们呼个口号欢送林主任，”冯玉龙说，“欢送林主任要坚持抗战到底！”

嘈嚷的喊声后面紧跟着一片震动的轰笑。本来已经开始走动了的政治主任的马却又给它的主人勒住了。林冰二次回过头来，笑着说：

“你们喊这口号是什么意思？——仿佛害怕我会半路上跟鬼子妥协下来吗？”

“你倒不怕，”张明洛顽皮地眯着他的红眼睛说，“就怕你的马半路上给你妥协下来……”

哈哈的笑浪更其高昂地震动开了。

但政治主任的老马，仿佛故意要表现自己的不会妥协，在它主人猛力地夹了它一腿之后，就立刻出人意外地奔驰起来。不一会功夫，人们就只看见政治主任俯伏的身形，像一个草绿色的小点似的，在远方崎岖的山道上，一上一下地颠簸着了。

六

七月末梢频繁的雨水，一次比一次更多地从原野里夺去田禾的碧绿。现在，展延在新晴的斜阳光下的田畴，已经几乎完全是光耀的褐色了；在那上面，只间或有着三亩五亩苜蓿田的整齐的方块，好像给这金黄色大地的锦衣上，有意地增添一些紫色的补丁。

沿着田陇间曲折的小径，部队在进行着。几天来，堆积在每一颗心里的郁闷，仿佛完全给融和到充满着熟透了的稼禾气味的大气中去了。快乐的歌声不时地荡开去，嘈杂地，但并不是多么地高亢。歌声间歇时，人们偶尔可以听到草蝈蝈配着一两声青蛙的鼓奏，从左近的草丛或是水洼子里传了出来。

倾斜的阳光给每个荷着武器的人身后，拖上一条过分悠长的阴影。

行列中，谈话在进行着。现在，弟兄们正选择了他们的新队长和指导员当做他们谈话和辩论的题目。在靠近部队尾巴上的四五个人中间，有人提出了这样的问题：

“你们说，现在的万队长比从前的林队长怎样？”

立刻，几个人同时接嘴了。

“球！你别提老林啦！一打仗就不敢靠前，只晓得找自己婆娘去！人家老万是多少年的老行伍啦！百灵庙，上海抗战，人家哪一仗不是亲身参加过？”

“算啦，别替他吹牛啦！老万他就不找婆娘啦吗？老林的婆娘好吧坏吧从前还是个良家女子；老万的呢，听说是个‘破鞋’哩！”

“‘武大郎养夜猫子，什么人玩什么鸟’，对不对？人家‘破鞋’不‘破鞋’，你可管不着！”

“呃，呃，我听第一中队里弟兄们讲，这万队长扣过弟兄们的菜钱。”

“咳，小伙！营盘里混出来的你去问问，哪个排连长不吃空名字克扣公费哇？”

一个上些年纪的队员老气横秋地说：“这实在也是没办法的事情。……可是，刚才你们提起老林的婆娘来啦，你们谁晓得她现在又跟了什么人？”

“怎么？老刘，听话头你还想打她的主意吗？哈！哈！可惜迟了，她已经跟老林的勤务兵打了伙喽哩。嘻，嘻，嘻，嘻……”

“谁告诉你的?”

“支队部那个过道西去的便衣探告诉我的。”

“咳，咳，”上些年纪的人更加感伤了。“所以我说：女人里就没有一个好东西!”

“那你才叫是胡说呢!”一个扛一支冲锋枪的年轻小伙子插嘴说。“你去看看那位指导员的太太……”

谈话的题目立刻集中到这一方面去了，几个人几乎是同时发出同样的问题：

“指导员也有太太吗?”

“不，人家不叫太太，——叫太太有多不好听呀，人家是杨珂同志的爱人。”

“‘爱人’?”

“哈，连‘爱人’都不明白吗?那就是心上的人，顶亲顶亲的人，……其实，也就和太太一样。”

“不管这些!他爱人也好，太太也好。你只给我们讲那女的是怎么个样子?你在啥地方看见的?”

“前天我到支队部去，在政治部里看见的。她叫秋爽同志。人家像咱们一样穿着军装，走起路来也是腰板挺得直直的。有人说，她的学问同她男人的一样大，讲起演来可叫入耳呢，可惜我没听过。我只遇见她在特务队里教歌，人家唱得真好，就像戏匣子里的一模一样……”

“她教的什么歌?”

“名字我忘记了。反正头几句还叫我学会了哩，大概是这么个——

沿着高山，沿着平原，
游击兵团，在前进中!
为了驱逐日本强盗，
打到敌人后嗷方昂昂昂——

“所以我说，现在的女人已经不比从前，真有比男人还中用的呢!”

“多早晚，咱也弄那么一个……”有谁在这么说。

“弄一个什么呀?”走在前边的刘子立班长问，一面回头过来；但一等他发现了人们的间隔因谈话弄得太远了时，他立刻暴躁地嚷道：

“统统跟上距离！就像你们这样能作战吗？哼！简直是一堆老百姓赶集！”

人们给骂得鸦鹊无声了。

但，在靠前面些，讲话却并没有停止。在那里，人们正在热烈地辩论着另一个问题，那问题是这样引起来的：

“老孙，为什么咱们队伍里还要派一个指导员来？”一个新参加的弟兄问，他身上还穿着老百姓的衣服；他没有枪，只在腰里捆着五个手榴弹。

“那还不明白吗？政治指导员是派来做政治工作的。”

“可，政治工作又是啥呢？”

“政治工作吗？”回答的人好像有些低微的厌烦似的说，“就是教你识字，——告诉你为什么要当兵打日本？——为什么军民要联合起来？……同时，他也去对老百姓宣传，把告诉你的话也告诉他们……”

那个新队员显然被这番话引起着浓厚的兴趣，他仿佛还要提出一些什么来，但他刚要开口，却被跟在他后面的一个把一支“三八式”像扁担一样挑在肩上的人抢先了：“根娃，你趁早就别信他那一套。我吃粮吃了八九年，什么事没经验过？政治工作？从前军队里根本就没有过这玩意儿。只红军里有。抗战以后，才添了这么一项，还不是卖膏药，灌米汤的把戏！‘宣传军民合作’？你再宣传得爬上天，老百姓都不会跟你合作，你要揍他两个耳巴子他才跟你合作呢！……嗯，嗯，就是这样的……”

“赵子良，叫我说，你这思想根本就是反动！”

“放屁，你才反动！我这完全是经验……”

“经验也是反动的经验！”

“球！你胡说！”

“吵什么？”祝甸之班长从后面赶上来叫嚷着，“行军期间一概不准说话！”

“班长，这就不对了。不准我们弟兄们讲话，为什么他们中队长和指导员可在讲呢？你看！”

人们向队伍的前头望过去，果然看见他们俩正在兴致勃勃地谈着，万队长在讲话之外，还分明不时地补充了许多手势进去。

可是，祝甸之用着严厉的口调回答道：

“军队里讲不了绝对的平等，赵子良！我问你：他讲话也得叫你讲话，可是他挂着支头把盒子，你也得挂上一支？他后边马夫替他牵着一匹马，你也得牵上一匹？”

被抢白了的人默默地低下头去，大家也都暂时地沉默了。

其实，在行军纵队的前面，万连云队长的确是在跟杨珂指导员热烈地交谈着。这时，他刚刚起始向他这年青的新朋友讲述他生活中顶光荣顶紧张的一幕。

“那时候战区长官给俺们军长下的命令，是限三天拿下百灵庙来！俺们军长就给俺们旅长——他叫孙兰峰，你知道吗？——限他一天！旅长呢，你猜他下了什么命令？他只限三——个——钟——头！”

说到这里他急口地吞一口唾沫，一面高高地翘起三个指头来。

“三个钟头狗日的就三个钟头，俺们一营人五部汽车就开上去了，爬他妈×的大青山！——好我的亲娘！双皮鼓轮的汽车开着开着冻住了，——再开！开着开着又冻住了，——再开！后来到底叫我们望见了百灵庙的灯光！那时候！步枪根本就用不上了，完全靠手榴弹！格隆！格隆！哈，老蒙古不晓得给我们炸死了多少！”

“日本人呢？”杨珂插口问。

“日本人不多。日本小鬼子有多灵呀，他肯在那里等死？他们早就把粮草钱票子什么的完全丢下跑球啦！所以遭殃的完全是蒙古鞑子！咳，那一仗，敌人的损失可真不小，光面粉你猜有多少？哈，打开百灵庙以后，就是晋绥军的那号大汽车——你见过吧？——哎，有十几辆二十辆专门拉面粉，拉到归绥，一拉就拉了半个月，还没拉清！再说钱票子，哈，打开百灵庙以后那十几天功夫弟兄们可发了财啦！随便拿吧，装吧，哈，用洋面口袋一口袋一口袋地装着，——你猜去干吗呀？——哈，哈，去打麻将！要牌九！哈，哈，哈，哈……”

急口讲话和高声的大笑显然使他有些困乏了，他连连吞咽着自己的唾液。但，他忽然转过头去向跟在他后面的传令兵说：

“苏培智！你传下去：到前边有树的堡子那里，大家休息一会，喝些水再走。”同时，他又回过头来向着他那青年朋友，“反正我们赶天黑能到达离铁路十里以内的地方驻下就是了。对不对？”

“哽，哽。”

可是，出人意料地，当弟兄们在堡子四近停止下来时，却找不到水喝。远远近近，连一个水车的影子也望不见。后来，有人走进堡子里边去，才发现了在堡子里约摸五六亩荞麦地的中央，有一架辘轳屹立着。没有人，弟兄们蜂拥上去了。

一个队员把步枪靠在井台边的树上，开始放绳；半朽烂了的辘轳旋子在横桩上发出一连串呆笨的音响。等预计水筐子孕饱了水，那摇辘轳的人便抡起两条骨硬的臂膀来向上绞动；但在同一瞬时，那完全朽烂了的绳子突然绷断了，摇辘轳的人给闪出了两步，摔在地下。

“娘卖×!”

看见这里的辘轳没有希望，队员们又开始到其他的地方寻水去了。但，正在这时候，杨珂走近井边来，发现了一切发生过的事。

“这不成，”他指着破坏了的辘轳对万队长说，“我们绝不能无故损害了老百姓的东西不管。”

“那怎么办呢?”

“我们应该赔偿人家的损失，或者至少也要向人家道个歉的。”

“向谁赔偿损失，跟哪一个道歉呢？——连个鬼影子都摸不见一个。”

“让我来找!”杨珂仿佛赌气似的说，抛下万队长和他那副茫然不明了的眼神，独自到堡子外面靠近村庄的地方走去。

当他遇见从村庄里走来的第一个人时，他便高声地问道：

“喂，老乡，你知道那个堡子里的七八亩荞麦是谁种的吗?”

被问的人是一个壮年的农家伙子，他因为缺乏跟穿军服的人物接谈的经验，微微显露一些莫措手足的神色。但他终于严肃地回答了；牙齿紧咬着，从齿缝中送出一个一个清亮的字音。

“官长，你问他干吗呢?”

“你甭管，你只告诉我他在哪里就对了。”

“他，他吗，住得还远着呢！——离这村怕还有十四五里路哩。”

“叫什么村？他叫啥名字?”

“官长，你到底打听他干吗呀？——他已经疯了!”

意外的答话，引起杨珂深深的吃惊。

“疯了？为什么疯了的?”

“咳，咳，官长，说起来话长了。——我们这块地方的事你摸不清楚。”

但像这样的话，越发引动了听者的兴趣。杨珂说：

“老乡，你听明白，我是队伍上做政治工作的，你晓得吧？刚才俺们队伍开过那个堡子跟前找水喝，一不小心把辘轳的绳弄断啦。俺们队伍是从来不糟害老百姓一针一线的，所以想找这里的主人说一说，看怎么办，你明白吗？噢，是的，你刚才说他已经疯啦，你能告诉我他为什么疯了的吗？”

听了这么一段的说明，青年庄稼汉的脸上即刻显出了轻松的笑容。他说：

“咳，咳，说起来这个人也真是太可怜啦，官长，你既不是外人，想知道咱们这块地面上的事，那咱们就到那棵大柿子树底下，等我慢慢地说给你听。”

“好的，好的。”

在大柿子树底下坐定后，那青年庄稼汉拉掉自己头上的草笠，轻轻地扇着风，一面开始说：

“这个人姓田，叫田福汉，是小秦村人，离咱们这里十四里半地。他家里有一个六十几岁的爹，没有妈。——嘿，不是没妈，是早死啦。他有个亲兄弟，刚刚十八岁，还没娶亲，——好一条结实小伙子！他自己已经娶亲多年啦，他老婆一共替他养活了五个：三男两女，现在顶大的已经十岁喽哩。官长，你看，像这样的家，该够多好的啦吧？那晓得他的爹打铁打了一辈子，到三年前忽然害疮把一只右胳臂残废啦！你看，下苦人吃饭不就单凭一只右胳臂吗？又不识字，又没念过书，残废了胳臂怎么办呢？——就只好坐到炕头上等别人养活了。……

“老汉残废了也罢，反正土埋了多半截的人啦，对不对呢？可是谁晓得他的兄弟又叫日本鬼子给糟害了呢？——怎么糟害的吗？你听我说呀。今年春天四月里鬼子占到咱们这方地面上来，就不断到他小秦村去。你知道小秦村离汽车路才五里，离火车道才八里路呢！有一次，鬼子又去了，自然老百姓，特别是女人家和壮丁小伙子都逃啦。他弟弟本来已经逃到村外边果树林里啦，可是他忽然记起自己屋里的一匹骡子，怕鬼子牵了走。这么一想，他就大着胆子回了家，一路上也并没碰见敌人，谁知他牵了骡子出到村外，可就遇上事了。……

“鬼子老远地就喊：‘站住！站住！’他哪里敢站住，反倒快跑起来了。其实他若站住了，也许没多大事呢。鬼子一见他跑，就开了枪。后来鬼子过去了，他哥哥寻到河沿上，才看见他和那匹骡子都死了，子弹从他后心穿进去，从胸口里钻出来。……

“他兄弟死后，他家里缺了一个出力人和一匹牲口，眼看就撑不住了。单只剩了他一个人出力。可是你听我说呀，官长，后面还有可怜的呢！一个月前鬼子又打从小秦村过，硬要拉几个老百姓给他们带路到运城去。别人都逃了，一下子就找见了他的爹，那个缺了一根胳臂的残废人！鬼子说他一定是当过兵，不然怎么会残废呢？一定要崩他！后来又说，他要肯带路到运城，就饶他一条老命。老汉没法，只得去了。到了以后，鬼子打从老百姓那里抢下的牲口里挑了一匹大牛给他，算是赏钱。老汉牵回村里来，当时就跟大家讲说，'日本鬼子打死我的亲生娃子，我还贪恋他一匹牛?！咳，咳，要不是想到屋里没有牲口了，再买吧又买不起'……

"可是就这么着，祸根已经埋伏下了。六月初时节，俺们这些村里都成立农民救国会啦，官长，你大概知道的吧？田福汉一下子就给选上了他村里的会长啦，因为他家境贫寒，为人心直，办事出力，自从他当了会长以后，他就认真地执行起'合理负担'来，这一来，把村子里狗日的财东村长村副什么的，统统得罪下了。好，人家马上就指告他有汉奸嫌疑，说他父亲通敌带路，并有敌人的牛一匹算是赃证！这一来，可就把他爹捆起来送到区上去押下了！咳，咳，就为这，田福汉就一气气成疯子啦！"

他义气地嗟叹着，还最后插一句说：

"你没看见那堡子里七八亩荞麦全荒着吗？没人管啦！咳，没人管啦不就荒啦吗?"

这时候，从堡子那个方向跑来一个弟兄，他老远地就叫道：

"杨指导员，队长说这就要走啦！叫你赶快归队！"

年青的庄稼汉子也站起来说：

"好啦官长，你该走啦，我也得去割苜蓿喂头口啦。"

"你不要叫我官长，好不好?"

"那么叫什么呢?"

"就叫我的名字……我姓杨，你就叫我杨珂同志好啦！"

"好，杨珂同志。"庄稼伙子给这生疏的称呼逗得笑了出来。"可是，我忘记告诉你我的名字啦——我叫梅颠娃，俺这村叫柳树坪。"

"好，回头队伍往回开时，我一定来找你的。梅颠娃同志！"

说毕话，杨珂就赶快向堡子的方向跑去；从远处，他看见队伍的先头已经开始在田禾间向前蠕动着了。

七

大地在黝黑中昏睡着。夜的风，挟带着沁人心脾的凉意，从山峰的顶头上跌下来，悄悄地在原野里作着弧形的卷进。八月初头第一次出现的月亮，纤细得仿佛哪一个的指甲在天空上搔破的伤痕一样；从那里，沁透出一股青绿色神秘的微光，使那远远近近的景物上统统笼罩了一层雾似的迷蒙。

蒙着夜露，有两个人打一个灯笼，在田禾中间的小路上移动着。

那是杨珂。这时，他刚刚结束了小秦村的村民大会回来，额头上还完全保留着十几分钟以前向农民代表们做着细微分析时候的颦蹙。显然，今夜他是过度地兴奋了。他的腿一上一下地在村路上颠踬着，手里依然提着来时从中队部里带来的两颗防身的手榴弹。那个被派来接他的队员背一支步枪，渴睡地跟在他的脚后走着。

这时，他正在一幕一幕地回味着自从下山以来，他所开展的工作。虽然在短短十几天之内，他还没有参加过武装的战斗，但在驻扎地附近的村落里，他却已经把军民的关系弄好起来了。首先，他拿小秦村做开端，就从受苦人心里获得了信赖。经过他几次的整顿，小秦村农民救国会竟在组织上慢慢健全起来，并且在群众上也增强了不少。拿这种力量作后盾，杨珂对那一村的村长和富农做了一次苦心的说服，结果竟使他们答应自动地请求区公所释回田福汉的老爹，并且连那匹耕牛也依然物归原主。

现在，有八九个村庄，已经有手持矛子的自卫队员在昼夜地放哨盘查行人了；儿童团已经学会了三个歌子。抬伤兵的担架已经绑好放在每一个村的办公所里；抗战军人家属的田亩，也有人效力代替耕种收割了。听说，有不少人在争先恐后地去替田福汉收拾那七八亩半荒的荞麦。……

“但对于部队本身几乎还没有开头呢？”他在心里说，“一两天之内一定得先展开个识字运动才行。”

这么地盘算着，他抬起头来。前面，那片矗立在黑夜中的硕大的荫翳，就该是队伍驻扎地的潘牛村了。在朦胧中望去，首先看见村西头药王庙的垣墙，好像给整个村庄的腰围上，加束了一条宽宽的白带子。

“这时候顶少也有下一点钟了，”他又在心里说，“他们山上的，……听说在开办干训班哩，也许一样地没有睡觉吧……她……”想到这里，他的脑子又转进了新的兴奋；他真希望她能够随时知道他工作的情形，并且会因为他工作的努力而得到心灵上的快慰。

“愿她能够安睡并且努力工作，像我自己一样……”

村庄子近在目前了。

在满栽着好多大扁柏树的药王庙里，杨珂发现中士冯玉龙还没有睡；他正在一盏菜油灯半明不灭的光焰下，悉心地清擦一支乌油的步枪。三天前，经过了一场埋伏战斗，冯玉龙在大姆指上受了枪弹的擦伤。现在他那包了纱布的右手，分明不能十分灵活地去拆卸每一个细小的零件。

“喂，玉龙同志，这么晚你还没睡，还在干什么呀？”杨珂问。

“在擦枪。等后半夜查过第二遍哨再睡。”

“擦枪？谁的枪？”

“谁的枪？还不是日本鬼子的？你看，这就是我受伤的那一次，从那个打死的狗日的手里捡过来的；当时看着像是没啥，现在擦好起来，想不到倒是一支呱呱叫！”

“哪里造的？”

“东北造。‘六五’，分量又轻，射击又准。你瞧这不是那个‘东’字五花！”冯玉龙说着，一面兴奋地把枪身移到灯前，指给杨珂看。

“咳，真想不到东北兵工厂造出来的武器，有一天也会落回到咱们中国人的手里来！”杨珂感喟着，“可是，老万呢？”

“可是杨指导员，我差一点忘记报告你啦！万队长今天临黑时候，带起二十个人走啦，说是趁天明到水头镇外面打一个埋伏。临走前他说，剩下的人就交你负责啦，夜里多查几遍哨再睡。”

“哽，哽，还有什么？”

“没有别的啦。——噢，对了，他还说那个汉奸嫌疑犯叫你审一审。”

“汉奸嫌疑犯？”杨珂吃惊地问。

“是的，一个汉奸嫌疑犯。——这又该怨我没从头报告你啦。今天临黑以前，大台村和台村堡的自卫队员放哨时碰见了一个老百姓模样的人，他一开口就打听哪一村驻了队伍。自卫队队员们觉得希奇，就搜了他一搜，结果搜出了维持会的良民证，两匹白布，外带一个包袱，里面是些眼镜，剃头刀和一些旧银货，手溜子，头面，镯子，耳坠什么的，还有十几块钱的票子，和两块绸子手帕，上面有血迹，还有刀创药的气味。问他哪里来的这些东西，他言语支吾。大台村和台村堡的队员当下就把他捆起送来了。正好万队长马上要走，他留下话说，叫先捆在马房里等指导员回来审问。看，就是这么一回事。现在时候已经不早了，看你是立刻审呀，还是等明天再说。”

听到组织起来不过才十几天的自卫队竟而当真就发挥了它应有的机能，杨珂那一对困倦了的眼睛，又一次地燃烧起来。他即刻回答说：

“来，我们马上就审他！”

几分钟后，罪犯就给带到杨珂的房里了。在昏黄的灯光下，人们可以看出那是一个矮矮的庄稼汉子，两手给反剪着。从面孔的表情上，显示出他具有着每一个中国农民都有的一副憨气；但在目前，那憨气却给过多的恐怖所遮掩了。他白布短衫的左肩上，新裂了一副大的裂口；腮颊上沾了许多泥污；当他开口时，便露出了他那黏着不少瘀血的牙床。

他一连呻吟着踏进门槛站住了。从他的步态上看出，他的脚还分明有些跛拐。

杨珂正在房子另一个角落的桌边，细心检查那些搜来的物件。他一件一件地看一遍，嗅一嗅。最后，他拿起那布质的良民证来端详着；那上面记载着犯人的一切。他叫任海龙，现年三十四岁，闻喜县三区马家滑人。在那良民证黑色的字迹上面，还盖着一颗朱红斑烂的印记道：“大日本陆军一〇九师团宣抚部钤记”。

于是，审问开始了。

“叫什么名字？”

“任海龙。”

“哪里的人？”

“闻喜第三区马家滑的人。”

“闻喜人怎么一下子跑到夏县来？”

“你听我说吗，官长。”犯人说。“上月初四我在地里岸做活，鬼子兵打路跟头走，人家硬叫我给人家牵牲口，我推说回家告妈一声再走，人家就要拿洋炮崩我，没办法就只好跟人家来了，一直到运城。这几天人家要打王峪口，又叫我牵牲口，我牵到半道上推说拉屎，就从高粱地里溜跑了。”

“那么你的布和包袱是哪里来的呢？”

“那两匹白布还有那个小包袱，全是妈给与我的。那几天兵荒马乱，妈说，‘你把那两匹布和那包银器都带在身上吧，说不定什么时候就得逃难，带在身上可以换饭吃。’”

“呃，”杨珂紧口插进去问，“你那个包袱里包的是什么，你说说我听听吧。要说明白是些什么件头？有多少？”

“妈给我，我连看都没细看，只知道是些银器、眼镜子什么的，件头是说不清有多少了。”

听的人冷笑着。

“已经给逮住了，这末东一句西一句有什么用处呢？照你说，包袱里都是你妈给与你的。可是件数却说不清？有这种道理吗？告诉你，像你这样的家伙，我们不出半个月就逮住四五个了，都是腰里有白布黑布，他们供出来，那是给飞机打信号的。对不对？”

“人家的事，那咱可说不清。”话语中颇透着几分倔强。

“说清说不清，你先把你自己的实话说清出来；该原谅你的地方我们总会替你想办法的。”杨珂严厉地说，“不过，如果你不肯吐露真情，那你可就先要吃亏了！告诉你：我们对于汉奸是绝对不客气的！”

但那犯人却决然地回答说，所有的实话都已经说过了。

“先吊他一绳子！叫他尝一尝滋味！”杨珂命令着。

于是，他便给拉了出去。几分钟后，一阵阴惨的哀呼便从院子里的柏树底下发出来，接着是马鞭子抽在身上的声音。那哀呼越来越凄惨，同时也越发微弱了……最后，连那最低的呻吟也戛然停止。

“扣住人中！”可以听见冯玉龙在高声呼喊着，“快去找凉水来！”

凉水喷到第三口，一种低微到几乎听不见的呻吟从犯人的喉间送出了。

“说不说实话?!”

“说！说！哎哟！——我说实话！哎哟！我说了就是——”

“那么赶快说实话！”

也许鞭打创伤太重了，当那犯人第二次被带进来时，他两条腿战栗着，几乎要扑到地上了。

“老爷！……老爷！……这的确是实话，那统统是妈给与我的！”

“再吊他一绳子！”有谁在提议。

“不用再吊了，直接了当，枪毙了完事！”杨珂愤怒地说，“任海龙，你听我讲，现在战事紧急年头，你身上带着维持会的良民证，还有黑白布，带血的手帕，黑天半夜到处打听有没有驻扎队伍！就这些，已经足够枪毙的资格了。

现在我限你最后的五分钟，你要能讲出实话来，还可以想办法留你一条活命；要是不然，我今晚马上就送你回老家去！说到哪里，办到哪里！”

房里鸦鹊无声，都在期待着犯人开口。

“一定要枪毙，我也没有法子。”任海龙终于打破了寂静，开口说，他的声音在颤动着。“其实，也足够枪毙的资格了！可我得说个明白，我不是汉奸！我至死都不承认我是汉奸！我恨日本鬼子恨透了，他捉我去牵牲口，一个多月，半个铜子都没有给过我，吃的还不管饱呢，我给他当汉奸?！……只为我屋里实在穷得没办法呀，有一天我才跟鬼子兵打伙抢了一家老财！他们狗日的把好东西统统揣起走了，元宝啦银元啦什么的，一点也不分给我。我没办法，只好捡了些他们剩下不要的，绸缎被窝啦，银货首饰啦，指望能换点子钱，好带回去。被窝啥的，第二天就卖给一家老百姓啦，银货是因为给价太少，没有肯卖，一直揣在腰里；一时心粗，也没数清有多少件头。那两匹布也是抢来的，想拿回去给妈做件裤袄，妈的衣裳早就破得出不去门了。可是谁料想到，半夜三更翻跟头打跌地好容易跑到这里，怕碰上队伍可就碰上队伍了！……这也是命该如此！不过，我还要说，我领头打抢了人，你当土匪崩了我，我死也没半句话说；你要说我是汉奸，老爷，那我就是埋到土里，都是冤枉鬼啊……”

他脸色显得异常的苍白；突然他尖声地唏嘘着，接着便嚎啕地哭起来了。

给哭声打动了的人们，都肃然地呆着；房子里，听不见一点其他的声音。

间歇。

忽然，在村子里的什么地方一只公鸡喔喔地叫出了第一次报晓的啼声，抖动地。这时节，黎明前鱼白的天色开始扫到窗纸上，使房里菜油灯豆大的光焰显得分外的黯淡。

偶尔，从极其辽远的地方，传来几声步枪的响声。还夹杂着机关枪咯咯咯咯的排放。

“你不要哭，任海龙！”杨珂最后用沉毅的语调说，“你这样地肯说实话，很好！你既然不是汉奸，我们决不会枪毙你！你这种至死都不愿承当汉奸名义的精神，才是真正中国人的精神！但是，你帮同敌人打劫中国人，这是你犯的错！……不过，……不过，刚才我听你说，你恨日本鬼子恨透了，那么你愿意不愿意留在我们这里，一同去打日本，将功折罪呢?”

犯人仿佛没有听懂审问者的话，在怔着。

“指导员说不枪毙你了，叫你跟我们一同当兵打日本，你愿意吗?”中士替他解释。

“我情愿当兵打日本!”

这简短的答语不再是颤抖的，而是坚决的，从心腑里迸出来的话。

“好!”杨珂从炕沿上站起来，打着舒展。

弟兄们把犯人带出去了。

“你觉着我处理得怎样，冯同志?”

“很对。”

“是呀，这真是一个典型的农民，他只想到解决自己家庭的穷困，可完全忘掉了民族国家的危难。”

“照我想，他也许就根本不知道什么国家，什么民族。”

“哽，也许他根本就不知道；不过，他既然已经参加了我们的部队，我们从此就得对他负起责任来，教育他，注意他的生活，改变他的想法。我看，照他这样一个忠实的农民，保不住将来会变成一个英勇的战士呢!”

“只要……那完全是可能的。”冯玉龙说，“不过，天实在不早啦，你的样子仿佛很疲倦，你应该好好地睡一睡了。工作不是一天做得完的，是不是?”

说完了话，冯玉龙出去了，一面回过身来替杨珂悄悄地掩上那扇破烂的风门。

杨珂颓然地躺到炕上。

八

正午。太阳光直上直下地焦炙着地面。

缘着中条山蜿蜒的山势，一架飞机在低空里飞翔着，不时地做着欹侧；在每次它打一个欹侧的时候，山跟下便有密集的排炮，瞄准着山边沿上的几个村庄和山凹子发射出来。炮声震撼着整个的山原和林木。

在一棵顶高的柏树的顶枝上，蹲踞着一个灰色的身形，那是瞭望的哨兵。这时候，他刚刚把一副破旧不堪了的老式望远镜从眼睛上摘下来，一面用舌头舔着铅笔在一个破本子上匆促而又拙笨地画着。

一会儿，他敏捷地扯下那张纸片，夹上一排子弹便掷下去了。

底下，在树荫里，人们正在讨论着每一份获得的材料；一张地图摆在万队长和杨珂同志的中间。分队长，几个中士和中队部其余的人们都在他们的周围蹲踞着。

“让我们先看瞭望哨的报告来，”杨珂说着把纸片摊在地图上，大家的眼睛立刻集中上去。

> 东岸日人大炮集中张家平，李家原，南北师村一代，有几处以经着火，冒黑烟，西边公路上土气充天，好像有汽车几百辆样子，要注意，格的太近，

“瞭望哨的意思很对。你们看——”中队长指着地图说，“东面距离还远，要注意的是西边的公路，离咱们太近了！这对于咱们不利。所以照我看，顶好在短时间之内就得移动一下。”

“移动当然得移动；不过向哪移动？——就是一个问题。”

“支队部的命令：‘撤上山去！’现在要赶紧开拔，还不是没有希望。”文书上士桑明轩赶紧插口说，一面拿眼睛瞟住中队长。他是一个矮矮的商人模样的家伙，据说从前在安邑县政府里当过多年的书记；但因为有一次他向新队员吹嘘说他当过县长，所以弟兄们便把‘县长’送给他做了绰号。

“‘县长’，你想上山你自己上山去！”祝甸之愤愤地说。

“你看，你看，这不是我的问题；这是上面的命令！”“县长”显然有些着急了。

“命令?!——‘军令有所不受，将！——在！——外！’”

“是的，”杨珂接过那针锋相对的话碴说，“上边下命令的时候，对于目前的新形势并不知道，所以我们在执行命令上当然就有回旋的余地。照目前，上山绝对是不可能的！那简直就是逃难！武装逃难！——一场大笑话！现在我们应该讨论的是留在山底下敌人四面包围之中，该怎样地保卫自己？并且进一步，怎样去消灭敌人?”

“说到保卫自己，我看万队长的话很有道理，我们不应该老呆在村子里，应该在附近常常移动。”张明洛说。自从他痧眼复原以来，他那本不算大的眼睛仿佛又缩进了一圈，显得更小了。

“不过盲目的移动也是很危险的。那非有很好的群众基础不行！也就是说，要有老百姓替你侦探敌人，通达消息，并且在必要的时候，掩护我们。”

“这你不用担心，杨指导员！”参与这场讨论的本村自卫队队长说，“我敢

负责地说一句，就我们附近八九个村子的自卫队，绝对愿意负起这个任务来!”

“好啦，这是再好没有的啦。那么现在我们开始来讨论怎样去消灭敌人?”杨珂说，一面从纸片堆里捡出一份文件来。“照我看，刚才‘同蒲铁路工人游击队’来的这个信很有价值。据他们推测，敌人的目的并不是上山，他之所以炮轰山口，目的是压迫咱们的正规军向山上撤退，他好乘机占领县城。这是很可能的。所以‘铁工队’邀约我们，跟他们一同去到城厢附近，配合正面的正规军，保卫城厢！他们打敌人左侧，咱们打他的右侧。连云，不晓得你认为怎样?”

“我是任怎么着都成。”

“呃，怎么？你这话是什么意思?”

“没有什么意思。杨珂同志，我早就告诉你了，我一辈子就是高兴打仗！要是谁见姓万的泄过一回气，我连脑袋瓜子都输给他！可是现在，自从给老王当了队长，不晓得怎么一来，就老害怕把弟兄们往火线上带了。”

“那是什么原因呢?”

“我自己也说不出来。”

“官坐得大了，怕自己牺牲吗?”

“要是怕牺牲自己，那我就算是姑子生，姑子养的！怎么样?”

“那到底是为了什么呢?”

“你们听，我猜着了。”冯玉龙说，“万队长是害怕万一损失多了人枪，回去支队长要不高兴他的，对不对?”

这话仿佛一下子打中了要害；万连云默默地低下头去，不说什么了。

杨珂说：

“要真是为了这个原因，那就完全不应该了，连云。你想，咱们部队里的每一分子，谁不希望部队人多枪多呢？可是，为了避免损失，就游而不击了吗？就只在稳定的时候打打埋伏破坏几股铁道，等敌人大举进攻的时候，可就撤队伍上山去吗？这样还成什么队伍了呢？叫老百姓讨厌，叫弟兄们心烦，这样的队伍是存在不长久的！老实讲，咱们队伍从前就是吃了这个亏。所以，要扩充部队，正要迎头赶上前去。只要能很好地了解敌情，很好地配合友军，以少胜多，也是兵家的常事！譬如，我们真的能消灭了一股敌人，拿敌人的武器来增加我们自己的装备，你看，那时候，支队长他会不高兴你?”

始终浸沉在抑郁中的中队长，分明给这几句话一时地鼓动起来了。他断然地说：

“对！你的话有道理。咱们今天就照你说的，拼他一家伙看！”

大多数的面孔上都透露出喜色。这时候，排炮的轰击越来越密了，炮声里还偶尔夹杂着机关枪一声两声的点射。

柏树上又掉下一排子弹，人们匆忙地从那上边拆下纸片来：

城北约莫二十里地方，大该以经接火，步枪声很密，

“既然决心出击，那就不要再耽延了。”杨珂说。

“对！”中队长转过头去向着身后的中士们说，“你们就回去，叫弟兄们统统准备，一点钟之内就集合出发。凡是昨天晚上跟我出去的，枪都要马上再擦过一遍。”

“借了村公所的席子门板统统要还回去，地方要打扫干净了。”杨珂补充说。

“是。”

分队长、班长，和其他的人们都走散开去了。那个自卫队队长也开始立起身来，拍着自己裤子上的泥污。他踌躇着，不时用凝滞的眼神扫扫万队长，又扫扫杨指导员；显然，他还有些什么话要说，但却总是哽住在喉边，说不出来。

杨珂看出这种神气来，立刻问道：

“潘同志，你还有什么要说的？”

被问的人依然踌躇着，但终于吞吞吐吐地开口了：

“……咳，咳，要叫我，真不愿意启口呀；可是，咱们这一块地方上的受苦人，实在受鬼子的糟害受得太撑不住了！他们一心一意要报仇！……同志，我明白你们自己的枪械还不够用，可是他们一定要叫我……”

说话的人嗫嚅着不再说下去。

“噢，我明白了。潘同志，你们是不是希望我们能丢下几杆家伙？”

“是呀，是呀，他们都这么希望。哪怕一杆都好。不过，照我看，你们自己的弟兄不是还有不少没有枪的吗？我们怎么好再提要枪的话。可是听说你们山上有修械所，还能够自造手榴弹，那么你们看能丢下几个手榴弹的话，就给我们丢下几个吧。”

“你看？”杨珂斜过眼去瞥着万连云。

“十个二十个手榴弹，其实也算不了啥啦。不过他们用惯用不惯，我看可靠不住。”队长说。

自卫队长粗犷地笑起来了。

“你是不是担心他们不会用，队长？那你请放心好啦。俺们这村里可真有几个干家哩，甭说手榴弹，机关枪迫击炮都玩得呱呱叫的!”

“那么好啦，”中队长吩咐着他的护兵说，“去到各班里匀二十颗手榴弹出来!”

护兵刚刚出去，一个队员急忙地走进来了。敬一个礼，他说：

“报告队长：叫擦枪可没擦枪油啦!”

“那怎么办呢?”

“你看怎么办呀，队长!”

“潘同志在你们村里能买得到生发油吗?”

“哎呀，生发油?！抗战以前这宗货就不多，现在更不会有了。”

“那只有熬鸡油啦！——德娃，你这就到村公所去，说请他们想法弄一个鸡来，熬了油好擦枪。——要快。”

“是。”

可是这么一来，有趣的事却给引起来了。李德娃去后不久，人们便看见老村长跟他十七岁的儿子每人两手里都提着好几只公鸡和母鸡，往药王庙里走来。给倒提着的家禽们一路上不断地咯哒咯哒地惊啼着。

一瞥见了这，杨珂立刻跑上前去，在门口边拦住了村长，一面说：

“村长，你一定是误会了。刚才我们派弟兄们去，是要跟你弄一只鸡熬油擦枪。你怎么一下子送这么多鸡来干吗呀?”

老汉翘着白胡子微笑着。他固执地不顾别人的阻拦，却一直走进庙里来，一面高声地说：

“弟兄们在咱们村上住了半个多月，纪律又好，又不糟害老百姓，今天说要开拔了，去打日本，难道别的没有，几只鸡还不现成?”

这时候，万队长也迎上来了，他简直就伸手拉住老人的胳臂。

“老汉，你听我说，我们马上就得开拔了，你留着我们打了胜仗回来再吃，不好吗?”

“打了胜仗回来？那这么几个鸡可中个啥用呢?！那时候，咱给你们宰猪！——你看着，说到哪里，办到哪里，没一点含糊。现在，不出半个钟头，我老汉准给你们煮好一大锅鸡汤叫你们先润润肠胃，省得半道上害渴了还麻烦。”

说着，老人一直向灶房里走去了。

“老头子真没有办法。”杨珂望着老人的身影，亲昵地说。

“只有领受这种好意啦，”万连云说，一面拉住杨珂的手，“现在咱们先去检查一下弟兄们的枪械子弹，顺便叫他们一两个人来熬鸡油。”

两个人并着肩走出去了，门口卫兵高声地叫着敬礼。

院子里寂静下来。八九只给割断了喉咙的鸡在柏树根边的草丛里，间歇而无力地拍着翅膀。卷起了两只袖子的老人正在那么熟练地从大锅里倾出着沸水。

护兵走进来，手里提着几个装手榴弹的围袋。从那里面，他一五一十地数着，把二十颗手榴弹摆到地上。带着兴奋的面孔，那自卫队长从身上脱下自己的短褂，把所有的手榴弹谨慎地包起，用两只袖筒子紧紧地捆缚住；之后，他把它慢慢地举起来，扛到肩上。

望着那负重的身形稳步地走向门口去，老人微笑着，频频地点着头。

九

霎眼间，战斗的日子过去，比较稳定的生活又跟着开始了。

是中秋的夜。被家家户户切盼着的月轮，仍是那么不慌不忙地离开东边的地平线，向天空的中央运行着。她不时地从一片一片灰黯的云纱里突出来，仿佛总希望拿她全幅惦挂的面容俯瞰着地面。

但是在那里，景象却不同了。田禾给到处斩倒下来，露出了整个光裸的大地。一天比一天更其透凉了的秋风，在原野里毫无阻碍地滚着，偶尔夹带着几声草虫的嘶叫。冷露无声地滴在屋瓦和树木上，给那澄澈的月光无端地增添了更多的冷意。

村庄的围墙跟三面茂盛的芦苇划出了一湾池塘的边界。映着月光，池塘的水面亮得像一方镜子。这时候，正有一个光裸的身躯在试探着踏进水里去。

——哎呀，才几天功夫水可就这么冰凉冰凉的了……

自言自语地喃喃着，却放开步踏进了水里，一片雪亮的波皱给两条腿子激动了起来。

“玉龙！”一个厉声的叫喊从芦苇的旁边传出来。“别那么逞能啦！秋天都过一半啦，还洗个啥×劲儿呢？要冻出一场病来，哼！”

但塘里的人可并不管这些，他开始用两手把水撩到身上去，一面慢声地回答着：

“哼！老祝，谁像你呀，光虱子就生了一身！”

对方分明给激怒了。

“球！你简直是侮辱人！你能从我身上找出一根虱子毛来我脑袋瓜子都切给你！”

塘里的人哈哈地笑了；但他并不立时接嘴，却把整个身子俯到水上，用两只脚在水里翻打着，使银白的水花四面地飞溅开去，算是给对方的气愤以一种戏弄的回答。

半天，冯玉龙才又从水里站直起来，一面用鼻子喷着水，一面说：

“呃，别生气啦！你还是去查一遍哨吧。中队长指导员都不在，张队长也出去啦，要是碰巧出了什么‘漏子’，就得咱们负着责任哩！”

“咋的？中队长指导员统不在啦？到哪里去啦？”

“上山去啦。”

“上山去干啥？”

“听说是领生活费去啦。同时，听说因为咱们这几次保卫县城，打水头镇，兴南庄夜袭，都打得很不坏，人家上边还要给咱们颁犒赏哩。”

“哈，这点子胜仗可算得个啥呀，大的胜利还在后头呢！”

“你又要吹牛皮了。”

“真不是吹牛皮！”对方打着极其正经的腔调说，“照我说，咱们这进步只不过是一个开头呢。你信不信？就譬如拿任海龙来说，他虽说当兵不到个把月，兴南庄一仗，光手榴弹就抹死了十几个敌人，谁不夸他呀?！可是照我看，就他也不过只是一个开头。他直到现在还惦着他的妈，他的老婆和娃娃，听说背地里还埋怨不发生活费，嫌吃的没菜哩。你不信，要不是监视得紧，他真有开小差的可能！”

“当然么，谁是打个滚身就变了形的？又不是孙猴子。老祝，连你自己不也是正在一个进步的过程里吗？”

“是的，你说的对。——‘过程’！哽，你，我，咱们大家和整个的队伍，都是在一个‘过程’，一个进步的‘过程’当中。”

话语停下来，只听见水撩在身上时发出的低微的溅声。

“好，”冯玉龙走近芦苇的边沿上去。“我已经洗干净啦，你等我擦一擦穿上衣服，咱们一同去查哨去。”

“对。”

但，几乎是在那光裸的脚踏上岸边的同一瞬时，从邻近的潘牛村那个方向里突然腾起来一声枪响；从声音上立刻可以判断出，那是盒子枪的放射。

紧接着，又是第二发枪声。

“嘘！”祝甸之抓紧住自己的冲锋枪，一面低声地嘘啸着叫冯玉龙赶快穿起衣服来。

“轰隆！……隆！……隆！……”是一颗手榴弹的炸裂声，从同一个方向爆发出来。这时，苇丛里的两个人已经抓紧着各自的武器，在小路上俯伏着身形向前面疾速地奔去了。

不久，他们发现一个黑影从对面向这边跑过来。看到了这，祝甸之又低声嘘啸一下，两个人便迅速地伏倒在路边上了。人们的手在无声地开着“保险”。

黑影拢近时，祝甸之突然高声地喊道：

“干啥的？”

对方似乎给这剧烈的呼喊吓得惊叫了一声；之后，才听见颤抖的声音回答道：

“……是……我……”

“你是谁？”

“我是潘牛村的自卫队队员。”

“叫啥名字？”

“牛根娃。”

两个身形同时直立起来，走上前去；一面紧问着：

“前边出了什么‘漏子’啦？”

在月光底下，可以看出那个青年自卫队员的脸上充满了惊悸的神色。他岔息地喘着粗气，胸口在单衫子底下不断地起伏。他那提了一颗手榴弹的胳臂也分明在颤抖。

老半天，他才好容易迸出了话：

“……你们是不是前些时在俺们村上驻过的队伍呀？噢，是吗？那么好啦，我正要来报告你们啦……刚才俺们潘队长派我和另一个叫三义的出来放哨，可碰上事啦！……两个，两个穿军衣的打路上过，叫三义看见啦，问他们是干什么的，回说是‘队伍上的’；再问是‘什么队伍上的’，回说是‘你不用管’；三义听话头子不对跑上去啦，喊他们站住，谁知人家就开了枪啦！……我光看见三义头一枪没管事，第二枪就倒在地下啦。……我一着急，就拔出一颗手榴弹，丢了过去；那俩狗日的只顾三义可没防避我，叫我一手榴弹就都扳倒那里啦！我过去看了看，一个是完啦，那一个还有些气哩……”

“……同志们！你们看可该怎么办呀？”他又最后地加添一句，这才起始猛烈地呛嗽起来。

“还该怎么办呢？人已经扳倒那里啦，咱们就先去看一看再讲吧。你说对不对，玉龙？”

“对，就只有这么办啦。——看样子，像是两个逃兵。”

“哼，也保不定是——”

当冯玉龙和祝甸之被那个自卫队员引到出事地点的附近时，他们听到依然有连串的呻吟声从草丛里送出来。趁着月色，人们可以看出那是两个军衣打扮的人，躺在血污和被卷起的泥土中间。一个已经不动，一个还偶尔抽搐着腿子。

那个青年的自卫队员这时候正在五十米达以外的地方，到处搜寻着他同伴的尸体。

“喂，喂，老乡！”冯玉龙用脚轻轻地蹴一蹴那个呻吟的家伙，高声地问着。“告诉我，你们是干啥的呀？”

呻吟的人抽搐得更厉害了，他开始手脚一齐动了起来，好像要打一个翻身。

祝甸之也走上前去。

“喂！老乡！你说话呀！”

“哎呀！——”抽搐着的家伙把嗓子迸开了，“叫我×你个亲生妈呀！……哎呀！说话吗？……你八月十五送老子去见阎王爷，你叫谁陪你屋里娘困觉呀！……哎呀呀呀！……”

“妈拉个×！”祝甸之吐一口唾沫说，“看样子狗日的准不是好东西！”

“先别着急，”冯玉龙说，一面慢慢地俯下身去。

“老乡，你听我说。刚才拿手榴弹扳你们的可并不是我们呀，我们是那边村里驻的队伍，听见枪响才来的。‘冤各有头，债各有主’，对不对？所以我说，你先不要骂东骂西，你先告诉我你们是哪个部队上的，我们好给你送信去。……”

"送信？……哎呀呀，我不是说过啦吗？告诉你屋里老子娘，说我今天晚上……就摸了阎王鼻子啦，不能陪她困觉……"

"球！"祝甸之急躁地说，"干干脆脆，送他完结了拉倒！"

但冯玉龙又把他拦住了。这次，他跪下身去，俯在那抽搐的人的旁边。他开始检查那人身上的一切，看有没有臂章符号一类的东西。但结果，他失望了。

"喂，喂，老乡！"他依然慢慢地说，"你既然不肯说你是哪一个队伍上的，你能够告诉我们你叫什么名字吗？"

躺在血泊中的人显然有些衰弱了，他已经不能那么高声地呻吟。

"……啊呀，……啊呀，……问名字吗？那就写在你家的神牌上吧，我行不改姓，坐不改名，姓李，叫李魁元啦！……那个死了的是郑林山队长！"

"郑林山?!"冯玉龙、祝甸之两个不约而同地尖叫出来。

但那躺着的人却分明更其衰弱了，他虽然始终抽搐着，希望能打一个翻身，但总是无效的。最后，他好像用尽全力去试探一下；可是就在那一次，那抖动得异常厉害的四肢，在努力挣扎了一下之后，便立刻僵垂了下来。低微到极不清晰了的呻吟声也终于逐渐地完全停止。

"死了。"祝甸之说。

"嗯。"冯玉龙轻声地说着，一面迅速地移到另一个尸体旁边，依然跪俯下去。他在屏住气仔细地端详着死者的脸孔。

月亮正在一片乌云里挣扎着，只把一少半的光辉投射到死者的脸上。但那也已足够了。冯玉龙已经辨认出，那是一副熟悉的面容，善良的同时也是愚蠢的面容。在那面孔底下，从脖子接近到胸前，一片巨大的伤口给过多的淤血凝积着。

一支三把盒子给丢在两步开外的草丛上，正辉耀着乌油的光彩。

"想不到，郑林山有一天当真回来了……"

冯玉龙自言自语地喃喃着，一面从死尸上立起身来，痴呆地。他的眼睛木然地凝眺着笼罩了月色的夜景，不禁在心里油然地记起了另一个夜晚的情景来。

祝甸之正同样痴呆地站在他的身旁。

……

十

秋爽同志的住房，在山庄里可算得少有的宽敞并且明朗的了。这不是山西地面上常见的窑洞，而是拿砖瓦砌造起来的住屋中的一间，有着茁壮的门和一个宽大通风的后窗子，从那里，可以望见村外面遍生着酸枣林的沟间，和沟间那岸陡起来的险峻山坡，以及山坡上层层罗列的梯田。

这时候房子中空寂着。只偶尔一阵谷风吹过来，揭起了桌子上几本杂志的封页，作着悉索的低微的声响。

突然，门轧地开了。从那里，露出了一副探索的面容。从身量上说，那正是一个所谓“五短身材”的人，在他那满生着白色麻瘢的面孔上，一只蒙了青白色云膜的眼睛，分明地衬托出另一只鹞鹰般独眼的眼神。发现了房里没人，他轻着脚步进来了。

几乎是第一眼，他便发现了他所想发现的东西。那是压在砚台底下的一张纸片，上面用软铅笔粗重的笔画写着这样的草率的字迹：

林冰：

孙雪娥的家庭方面又发生了新的问题。她切盼能够跟你再谈一次，并且做一个最后的决定。

你们就在我房里谈好了，我下了这堂政治课，想到支队部去一趟，听说杨珂昨天晚上已经上山来。匆匆。

爽。

“噢——噢——”看的人尽量压低着声音，一面不断地点着头。在第二秒钟，他已经踏着同样轻的脚步出去了，门在他身后无声地阖上。

几乎只是隔了一个很短时间的间歇，门又轧地开了。这次是林冰气喘嘘嘘地走了进来，他手里拿着一条马鞭子。

发现了房里没人，他也四下里搜寻着。但他那粗心的眼光费了老大功夫才找见了砚台边上那张主人留给他的纸片。他慌忙地读着它；之后，把那张纸片顺手揉成一团放进口里，一面在秋爽的床上躺下去，用脚蹬住了桌沿。

慢慢地咬嚼着纸团，林冰的头脑深深地陷到追忆，幻想，思考和判断的纠缠里了。十分明显地，理智和情感的闪光正在他的额头和眉心里做着相互的更替。

十分钟。

一声悠扬的下堂号，从村子里邻近的地方传过来。像给号声惊醒了一般，林冰又从床上坐起了身子。他把已经在口里给嚼得稀烂了的纸糊，一口一口地吐到地上。

“就只有这一条路！”他决然地自语着，这时房门又一次地开了，一个女孩子的面孔在门口出现。

那是一个看样子还不到廿岁的女孩，穿着一身灰色土布的单衣。她的脸色苍白着。这种苍白并不由于一时的触动，而是经久盘踞在人们脸上的。在她的眼睛、鼻子、耳朵甚至口和牙齿上，到处都透露着一种过分纤细小巧的风格，但在那风格里却又隐然蕴藏着每一个初从家庭里解放出来的山地姑娘通有的幸福的辉光。

看到了房里的人，她好像轻微地惊悸了一下，不觉轻轻地低下头去；同时缓缓地阖上了门。

“你来了……”怯生生的声音。

“哽，”生硬而坚毅的回声，一面问道：“家里又发生什么问题啦？”

女孩子抬起眼来望着，仿佛埋怨对方立刻就触到了本题。

“还不又是要卖我……”

“又是怎样地卖呢？”

“咳，咳，我真没有勇气来说了。”女孩子连连地摇着头，显出十分混乱的神情来，“这次是一个军官，听说是四十七军的一个营长，四川人，情愿给我父亲掏六百块钱的彩礼，我父亲就口头上答应下人家了。昨天打发人叫我回去，我父亲刚喝上酒，他告诉我说：‘明天你就得给我把铺盖搬回来！许了人家就不比在自己屋里了。每天跟那些不三不四的男男女女混在一起，成什么话呢？反正当爸的对得起你就是了。上次专员公署的田秘书，你嫌人家屋还有一个，说是做小，今次可不是做小了吧？’……

“我父亲他还说：‘你这次要是再不回家，你就再也别想踏进我的家门了！’——他还这么吓我。”

“那么，你是不是就害了怕？”

“害了怕？害了怕我还来找你？！——我早就把铺盖搬上回去了。”

“是呀！所以什么话都可由他讲，听不听主意可就在你自己了。不是吗？”

“是的，那当然的。”女的的话头显然在逐渐地流利起来，不像刚一进来时那样的拘束，那样地生涩了。“不过，主意虽由我自己拿定，可是我这次来找你谈，是还想听听你的意思……”

男的笑了，他紧接下去：

“这就是说：你自己根本还没有拿定主意。是不是？”

这样的话句分明使对方受到了刺激，孙雪娥的面容开始涌现着羞涩和急躁的混杂气氛。

“林冰！”她叫着。“你为什么总是这样地看不起人？虽说我只是一个参加工作不久的女孩子，难道人家要把她当猪羊宰杀，她自己还没有拿个主意的能力吗？”

笑着的人笑意更加浓重了。他说：

“我的目的正是要你一下子把你的主意统统讲了出来。”

“那么，我偏偏不讲出来。”

“你要偏偏不讲出来，那我就更没有什么要讲的了。”

“真的吗？”

“真的，雪娥。我真不明白，一个进步的女性还有什么东西碍着口，不敢坦白地说出一切来。”

“咳，咳，这人真叫我没办法啦。”几种不同的情绪迫使她的嗓子不觉地发尖起来；她走近林冰去，迅速地用自己的手抓紧住他的两手。“我就坦白地给你讲吧！我计划一方面我写信回家跟家庭永远脱离关系；一方面我们——”

跟着话语的中断，她的头也轻轻地俯下去了。林冰感觉到自己骨硬的双手给扣得更紧起来。

“你是说，一方面我们——结婚。是不是？”

女的的头更垂得低了，你甚至可以说，她几乎是不敢抬起来去正视一下对方的面孔，那在半年来已是十分惯熟了的。她的话语同时也成为只有自己明白的嗫嚅了，在那里面还夹杂着一些轻鼻音和类似唏嘘的和声。

半天，她才又吃吃地说：

“……不一定那……只要有一种表示，……一种担保就够了。”

“并且，那也绝不会妨碍了工作的。”她最后补足一句。

“这正是我所考虑的，雪娥，当真不会妨碍了工作吗？”林冰突然地插口进来说，同时不停地滔滔继续下去。“不过，我得向你说明，我绝不是在危急关头企图要逃避责任的！半年来，由于我的影响和引导，你从家庭妇女的情形中解脱出来，献身给抗战的事业！无可否认地，我在思想意识上帮忙了你，但你也曾把一个处女的纯洁的爱，毫不吝啬地给了我了。我接受了，并且也把我的给了你。——这是事实。但这么一来，我们两人中间的关系可就增加了一层，我们已不只是工作上的同志，而且还是一对爱人了。这就是为什么现在碰到了家庭的纠纷时，你要来找我谈，我也乐于来跟你谈的。你刚才说，你写信回家去脱离关系，这是必然的步骤！然而你说目前要有一种表示，结婚或者订婚，我却害怕会给工作上带来很不好的影响！”

“为什么呢?”

“你想，我们是在一个部队上工作，而这个部队又是正在千灾百难中要克服多少困难，慢慢走上轨道去。现在我们假若结了婚，在我们，这是十分自然，也是非常正常的。但那些潜伏在部队中的破坏分子不会借机散放谣言吗?村庄里落后的老百姓，又会怎样少见多怪地批评或咒骂呢?他们会说，政治工作的目的就是替自己办婆娘；他们不会这样说吗?像这样的谣言传出去，再谁家的女孩子敢来参加工作呢?再说，眼前有不少男女政工人员，已经在暗地里恋爱了，这种事是必然要发生的；那么我们的结婚不明明是给他们增加了刺激，增加了鼓励吗?我是一个领导工作的人；你将来也必然要成为领导的干部的。我们或者可以说，我们自己不会让私生活影响了工作，可是那些受了我们的影响和刺激的工作同志们，他们要是因为私生活而严重地影响了工作，那又要怎么办呢?”

“照你说，那么每一个抗战的分子都该永远地不结婚才对?”

“不是这么说。我是说，如果眼前还有更好的办法，为什么非马上就这么办不可呢?问题是只要渡过这个时期，再不然另换一个环境的话，我自己都要向你提出要求的，雪娥。因为说一句坦白话，我目前的年龄和生理状况，也许已经比你更迫切地需要着了。”

绞绕在诸多困惑问题中的她的头脑，仿佛还没有一下子领会了话意。但，一等她完全领会了时，她的脸羞红了。林冰分明看见那红色的潮从她的耳根向脖颈上慢慢地推进。

沉寂。

“林冰，”这次再不是那么急躁的叫喊了，正相反，这是仿佛故意地压低了的声调，在问着，“那么，你说有什么更好的解决方法呢?”

被问的人从偎倚中抬起头来，正视着对方的眼睛，用清朗的语音说："我准备送你去学习一些时候，你知道你在理论和工作能力上都还很差。"

"自然很差。但是，到哪里去学习呢?"

"一个遥远遥远的地方。在西北。那儿，有成千成万跟你差不多的热情男女，在那里学习。有多少我们平时只听见说，只读过人家的文章，只是钦佩着的人，亲自给你们讲课，指导你们的理论和生活。他们每天爬山，行军，开荒，开讨论会，写文章，出壁报，演说，演戏，唱歌……总之，一句话，大家都像亲兄弟姊妹一般地亲爱，又像前线将士一样的紧张!"

"不过学习一个多长的时间呢?"

"六个月，顶多一年，便又把你派回来了。那时，你的工作能力一定不止提高了几倍，而这边的部队也总该渡过了艰苦的时期。那时，你我一同工作，而且结合成一对终身的……"

"但是，这期间我们岂不就隔断了吗?"

"你真傻!就不会写信?仍像从前一样，你告诉我你学习中有了些什么的进步，我告诉你我在工作中遭遇了一些什么新的困难。你想，世界上还有比这再愉快的吗?"

给热情的憧憬所吸引着，孙雪娥的两只纤细的眼睛，不觉地睁成了一对出奇的亮晶晶的光体，凝注在林冰的同样热情的面孔上，仿佛在找寻着是否有任何一点不可信任的痕迹。

一等诚实的担保满足了她那故意多疑的心时，她早按捺不住地把自己拥到那有时是严肃的导师，有时又是活泼的玩伴的人的身边了。

房子里哪儿响了一下，使那对拥在一起的身形急速地分开来。他们不约而同地注视着门；但那门却依然紧紧地静静地合着。于是人们又把视线移到窗外，从那里，却有一些什么把这两对目光给牢牢地滞留住了。

在遍生着酸枣树的沟涧那边，有两个人正沿着小径慢步走下那陡坡来。那矮一些的，一望而知是秋爽同志的坚实的身躯；并排走在她的旁边的，是一个魁梧的青年男子，穿着一件簇新但显然太短了的俘获来的敌军黄呢大衣，从那大衣下面，露出两条有点太不匀称的骆驼似的长腿。他们在走着，一面仿佛在热烈地争辩着一些什么问题。

"你看，那是谁?跟秋爽指导员一同来了。"

"谁?你还不认得吗?那就是秋爽同志的丈夫，第一中队的指导员杨珂同志么。”

但孙雪娥却凝视得发起呆来了，仿佛不曾听见林冰的话，但其实，她是不特听见，而且在心上已经沉重地受到了一种刺激。在第二秒钟，她突然又一次地贴近到男人身边，用几乎听不见的低声吃吃地说：

“老林，我不想去……我愿意，永远在你的……身边……永远地……像他们一样……”

看见那对稚弱无疵的眼圈中孕满着晶莹的泪水，林冰已没有勇气再说更多的一些什么了。他只默默地偎倚着，一任那些热辣辣的水珠从另一个腮颊流到他的腮颊上，又从他的腮颊上流落到他的火烫的掌心里。

微响：门开了。出现在门口的，是那一只蒙了云膜，另一只射出鹞鹰般眼神的白色麻瘢的面孔。

发现了房里的情景，他机灵地打着冀东一带油腻的腔调说：

“对不起，是林主任吗？——请原谅我的冒失，我是来找秋爽同志的，她到哪儿去啦，您可晓得吗？”

林冰勉强地应答他，一面指着窗外：

“她到支队部去啦，你看，不是刚刚回来吗？你到门口准可以迎见她的。”

“好啦好啦，林主任。那我们回头再谈吧！再会，您。”

“五短身材”的人果然在门口的沟涧边迎头遇上了杨珂夫妇。他老远就提高着嗓子说：

“哈罗。秋爽同志，现在大家都是革命不忘恋爱，恋爱不忘革命啦！”

“你羡慕我们吗？”秋爽也老远地打着诨说：“羡慕，就赶快去找你的刘兰香去吧！”

被提及了隐私的人反而显得十分欣然了。他赶紧接下话去：

“您瞧，当着客人，您怎么总是那样三岁孩子似的信口开河呀？”

“可是，你不提，我倒忘啦。”秋爽说，“杨珂，让我替你介绍吧，这是我们干部训练班的工作员杜飞同志啦，是我们这里顶顶大名的头一位理论家呢！”

“哈哈，好大的一顶帽子！可小心把我这脑袋瓜子给压扁啦——您。”杜飞更其欣然了。“不过可得注意，看是不是托洛斯基派的理论！”

“那可就不得而知啦。”秋爽一面说一面准备迈步离开了。“可是，杜同志，你这是正要到哪里去呀！”

“我正寻你哩。今天我有事要到修械所和伤兵医院去，——跟你招呼一声。”

秋爽噗哧一声笑出来了。

“说你去找刘兰香，你就当真去找啦。哈哈哈哈！……”

“请您别开玩笑啦，好吗，秋爽小姐？我是去看看我那支六轮子修好了没有，顺便给伤兵教教歌，他们向我要求过不知多少次啦，有什么办法呢。你晓得，伤兵的情绪近来很颓废。”

“哈，杨珂，我又忘记交代你啦，这位杜飞先生不特是顶顶大名的理论家，还是我们这里独一无二的音乐专家呢！”

“瞧吧，不出一分钟就两顶帽子啦！‘音乐钻家’吗？对啦，只可惜我钻来钻去钻了八九年，连个缝儿都没钻着呢。好啦，回头来详谈吧。再会啦，您！再会啦，杨珂同志！”

“再会。”

十一

秋爽同志的话没有错，杜飞同志到铜崖来，其唯一目的正是为了要会见他的“爱人”刘兰香，那在修械所隔壁的伤兵临时医院中的女看护。而一等他会见了他所想会见的人时，又像往常的每次一样，他们便立刻锁上房间一同出去了。

同时也像往常的每次一样，一听见上锁的声音，便总有一两个轻伤兵的头从对面的病房中探出来；并且，一等那侦伺的眼光把一对背影送出了大门之后，病房里便绝无例外地涌起了一阵谈论的狂潮来。

首先，是谁把一口浓痰恶狠狠地向大门的方向唾去，算是对于他们底看护者的欢送礼；之后，一切便即刻开端了。

“走了吗？”

一个在脑袋上厚厚地捆缚了显然已是用过一次了的旧纱布的伤兵，从枕头上欠起身来，向门口的人问着。但不晓得是没有听见呢，还是怎么，门口的人没有即刻答话。于是问者又问了：

“喂，老吴，香香又去‘打围’去了吗？”

“是的，是的，一点不错！”轻伤兵因着两次被问话的人打断了联想，顿时急躁起来了。“你这家伙，我看还是好好地养你的伤吧，看回头又得花啦花啦地淌血啦。人家的事你打听个什么劲儿呢？反正你又捞不着揩些油水！”

“那你凭什么探头探脑的呢？”另一个扶着两只新柳木拐在房里走来走去的伤兵插口问。

“我是看那位‘独眼龙’，走起路来打后面看可叫有意思啦，蹒啦蹒啦的可像个鸭子哩。哈哈哈哈，再像也就没有的啦！……”

“‘独眼龙’？哪个‘独眼龙’？”一个躺在靠窗跟前架起来的一扇门板上的伤兵，把正在双手捧着读得津津有味的小唱本抛下来，问。

“还有哪个‘独眼龙’呢？”

“是训练班的那个什么工作员吗？”

“你这不是明知故问。”

“噢，我当是谁呢？……”

“你当是谁？”

“我当是——”话说到这里停止了，讲话的人用手指一指隔壁，从那里正有斧头锤子敲打在老虎钳上和大锯解着木头的复合音传送过来。

“你当是——谁？”紧接上的问话。

“你猜？”

“你是说，”声音压低了下去，“修械所的所长吗？”

“你看，你不也是明知故问。”

“哈哈哈哈……”

笑声把谈话的兴趣扩散开去，连坐在角落里悉心缝补着自己饭包的一个，也把针绾在活计上，跑来插嘴了。

“你们是不是说老佟？那家伙这几天，我看是心中有什么事啦，顾不及似的。今早上我出去拉屎，天才刚刚明哩，他独自个爬上一匹马就跑下山去啦。”

“到现在一天也没见回来。”有谁补足说。

“老佟那家伙总是鬼头鬼脑的，我看谁也摸不清楚他的底细。”看唱本的人又插口进来，“不过他的朋友也倒是多呀，什么部队上他全有熟识的人。”

“朋友多？为什么还干这么号小事情呢？”

“那可谁知道。”

“‘小事情’？那是谁说的呀？这事情还小吗？支队部里的副官，顶少也是个上尉；再当个所长，光替别的队伍上修修枪，一支步枪五块，盒子炮至少就要十块啦；——这还是偷着卖铁轨的钱不包在内。”

“是呀，事情也怪啦。听那边的工人说，自从佟所长接差以后，差不多就光是替人家队伍修枪啦。那咱们要安这么个修械所干×呢？”

“那等你当了支队长再管吧！”门口的轻伤兵多时没有插口的机会，现在才好容易接上话碴儿了。“你不是‘狗咬耗子，多管闲事’吗？咱们还是谈咱们的香香来，——我早就有一件事奇怪啦，你们说，为什么‘独眼龙’每次来都是碰巧老佟不在家呢？好像是每次都算了卦的。”

“那当然是的喽。要是老佟在家，凭他那股不管三七二十一的劲儿，可真就打了围啦！”

“哈哈，保不定连那只独眼都要给箍瞎哩……”

“哈哈哈哈……”

轰笑的波浪越发播散得远了。

这时，谁偶尔向对门望过去，于是新鲜的事又给发现了出来。

“吓，你们瞧，香香的门上几时又写了字？”

“写了字？”

几个人同时好奇地问着，腿快的几个便立刻跑去看了。

“什么字？”看唱本的人从门板上高声地问。

没有人立刻回答出来。老半天，才有谁在同样高声地给看唱本的人答话了：

“‘诸葛亮’，还得请你来；我们都认不全啦！”

“妈拉个×！咱们又不开玩笑，小陈，你凭么翻过来覆过去地叫我‘诸葛亮’呢？”

“怎么？你不是姓诸？”

“球，你懂得个狗屁呀，俺们是姓朱洪武的那个朱哩。”

但不管在骂，却已经挣扎着站起来了。他是在小腿上中一颗炸子的，但只炸去了一些肉，已经快要复原了。因为没有更多的拐，他是用一根竹棍支持的。

几个人都瞪大着眼睛，等待他的讲解。

“哈，牛×可不小哇；你们听吧：这扇门上写的是‘第三支队临时伤兵医院’，那扇门上是‘医师刘兰香办公室’！‘醫’字还错好几个笔画，连‘办公室’的‘辦’字都写得四不像哩。这倒是谁替她写的呀？”

“我亲眼看见，是她自己昨天晚上拿粉碇子写的，写了好半天功夫哩。”

“哼，亏她还好意思自称医生，连看护还不知道当过几天呢。”

“就是一天也没当过，又有个啥关系呢？——只要老佟喜欢她就行啦。”

“狗日的，给她擦掉！”忽然，有谁提议。但凡事情在伤兵们中间，只要有人一经提议，立刻便付诸实行了。

可是，一大片字迹擦掉之后，人们立刻又感觉到空虚。于是“诸葛亮”——这伤兵群中唯一的学者兼美术家，又想出了好法子。他把手在口袋里摸索着，好一会，才掏到了一块粉笔头儿，那是他上政治课时从指导员手底下拾了来的。

不到一分钟，一个庞大的女性裸体的速写便生动地展览在锁着的门扇上了。

“哈，哈，哈，哈，……”

“哈，哈，哈，哈，……”

“哈哈哈哈哈哈……”

……

几个旁观者笑得弯着腰，有的简直在打着呃了。这引动了房里的人们，除掉一两个伤势重到欠不起身的之外，余下的人们有的拖着腿，有的抱着头，统统出到院里来参观这最能打动受伤的单身汉的心的艺术。

一个本是极其冷静的院子到现在已经是欢腾到极高度。

其实，就在这同一时间，刘兰香跟她的“爱人”也正在逐渐欢腾到极高度。这时，他们正在村外接近山头的坡上，一大丛也不过才种植了四五年的松树林中。即使在秋末也仍是嫩绿着的针叶，替他们密密地遮去了阳光，同时也便遮去了担心和羞耻。

断续的语句夹杂在一阵一阵急骤的喘息和哼声中，不时地从矮松林里传送了出来。

“……放轻些哟，你这坏骨头……”

“坏骨头？”

“……可不是坏骨头？……放着工作不好好干，大天白日价……”

“放着工作不好好干？”像喝醉了酒似的男音说，“这还不是工作吗？你去看老林，杨珂，他们狗日的哪个是不吃荤腥的呢？哼，刚才我还亲自碰见林冰和一个女工作员……就在秋爽的床上，连门都不关起来……”

“……我就不信，人家总不像你……”

“不像我怎么？”

“不像你这么不要脸——皮……”

妖娇的骂声突然融化到一片紧接着的吃吃的笑声里了。话语中止了下来，代替了的，却是一阵更其急骤的骚动。小松林飒飒地晃动着，就像有一只什么小兽在那下面翻滚。

半天。

"……慢些哟，你不要命啦吗？……"

小松林晃动得越发厉害了……

从这铜崖村外的高山头上望下去，恰是白沙河干涸的谷；在那深谷的迢遥的开壑处，正展露出一幅漏斗形的原野和村庄的远景。从那里，分明可以望见有两三股灰黑色的烟从几个树木蓊郁的黑点上高腾起来。

习居战地的人一望便知：那是日本鬼子又在放火烧庄子了。因为，山底下，是的，山底下那是被占领被蹂躏着的地方啊……

* * *

日色平西的当儿，杜飞同志已经踏着轻快的脚步，在从铜崖村回到训练班的道路上疾走着了。随走，他还随口无心地哼着一个什么调情的调调，一遍又一遍地。他在整个的肢体上感觉到一种曾未有过的松弛和愉快。

但，在山道的一个拐弯处，却突然有谁在呼唤他了。

"杜飞！杜飞！"

杜飞顺着声音望过去，在山嘴上面的丘顶上有一座小庙，一个人正蹲在那庙前的石阶上。一等他的独眼努力辨认出那呼叫者是谁的时候，他不觉地打了一个寒噤。

那是佟子美！

"佟老板，"这是杜飞对他的特别称号，"你从哪儿跑到这儿来呀？"

"我在这儿等你的，你上来，我有话说。"

杜飞爬上丘顶的庙前时，佟子美却又默然了。他只用手把杜飞拉着，走向庙后去，在那里杜飞看见佟子美的那匹白马给拴在一块大石头上。第一眼，便能看出那马是已经累到了极度的。

独眼的朋友马上便发现出那个在头发、衣裳和鞋袜上布遍了尘土的人，在今天的确是有些神情失常了。

"怎么啦？"仿佛还是自言自语地念道着，一面拿手抄一抄自己那满是灰尘了的长头发，一面扑通一下子坐到地下去。"你先坐下来，杜飞。"

杜飞选择了一块地面，也坐下了。

佟子美把两手撑住头，拉长了话声，一个字一个字地说道：

“真想不到，咱们也有今天。”

“怎么啦？”几乎是尖叫。

“杜飞！”话声更其拉长，也就更其沉重了。“今天就是你我的生死关头啦，你还给蒙在鼓里呢！”

听话的人越发莫明其妙了。他开始胡思乱想地揣测，他甚至想到他和刘兰香刚才的事情上去。最后，他简直坐不住，想要立刻爬起来跑掉了。

但对方却又开口了。

“告诉你吧，郑林山又回来了！”

“郑林山？是那个分队长吗？”

“不是他又是谁呢？”

“他回来啦？现在在哪儿呢？”

“谢天谢地！”佟子美双手向天作个大揖说，“他回来找这岸的部队来啦。可是谁晓得他白天害怕，黑了天出来。可碰上盘查的自卫队啦。听说八月节他也喝了几口，话没说对碴子，他开了枪，人家也就给了他一手榴弹。——他就这样地给溜死啦。”

“溜死啦不就完啦吗？”

“好——说呀，我的哥儿。他还带过来四五百人三百多杆家伙呢！”

“在啥地方呢，知道吗？”

“今天一整天我就是为了这个问题哇。我到了保子家里，叫他派了几个便衣出去，才打听详细啦。妈的郑林山死的当夜，这岸万连云中队里就知道啦！第二天，他们就派人出去搜索，看郑林山带过了队伍没有？现在，两方面关系已经接好，那岸的带队姚子利明天一早就要上山来见王青山哩。”

“姚子利？我也认得他一面吧？”

“可不是，就是郑林山过道西的那一夜，在保子家里我不是还替你们介绍过吗？”

“你还说哩。——那么佟老板，看样子咱们在这里恐怕是呆不下去了。”

“那当然喽！”佟子美深陷的眼核急转着，声音更加沉厉了。“现在我们只有三——十——六——着！——”

“对。”独眼的眼神也低沉了下去，“那我们就准备走好啦。”

“你说的倒容易！”佟子美把两手架起来的脑袋偏到一侧去，故意装作不屑面对着杜飞的样子。“就那么偷偷摸摸地走掉拉倒吗？告诉你：咱们干这宗事，是‘一不做，二——不——休！’你可晓得？”

“不过，到底要怎样地一不做二不休呢，佟老板？”

“当然是有办法的啦！”对方紧接过去，“仔细的办法停一刻还要给你详细谈的，现在我先大略地告诉你：今天夜里我们就得跟他们拼一拼！目标是：我们走，叫他们也干不成！明白吗？不过这得要分头来做。凡是顶麻烦顶危险的活儿，我都替我姓佟的自己认下啦；这你不用管，你也干不了的。现在只说分配给你的任务——”

“分配给我的任务是什么呢？”

“在这里，你自己会明白的！”佟子美说着豁地站起了身来，伸手从腰里掏出一个包袱抛在杜飞脸前的枯草地上；之后，他便大踏步地走到庙墙根去，叉开腿，溲溲地小解起来了。

这边，杜飞起始在打开着那包袱。他的动作是那么迟疑，他的表情是那么困惑而且不自然了。包袱是分做两折包好的。当他解开外面一折时，一大卷崭新的钞票便显露了出来。用不到第二瞥，他已经清楚地看出印在钞票四角上的是阿拉伯字码的十字。

他连忙再翻开去，从第二折包袱里露出来的，却是一支乌油光亮的手枪。这一来，他给惊得呆住了。

“呆什么呢？”佟子美一面扎着他的裤带，一面走回来问。

没有回答。

佟子美又一次蹲下身去，他默默地从对方手里把那两件东西夺过来；之后，他先把那钞票狠命地摔在地上，一面指着厉声地说：

“这是送给你花的！”

对方点点头，呆呆地。

于是他又把那支手枪放到距离钞票一尺有余的地上，同样厉声地说：

“这是送给你用的！”

对方更呆了，痴呆里分明还揉杂着不少恐惧的分子。但他仍然把头点了一点。

“要拿，就两件一齐拿了去！要不，那……那就是另一个说法了！”

一种恍然的神色突然袭上白色麻瘢的脸孔，那脸孔因此显出更其死气森森的神气。他用他那独眼的畏缩的眼神向上瞥了一眼他的佟老板；之后，开始用手先抄起那卷钞票来填进上衣的口袋，又捡起那支手枪，用上衣的襟子拭一拭，小心地揣到裤袋里了。

“好啦！我两件一齐拿了去。”

“当真吗？是不是拿定了决心的？”

“是的，”偏是努力要结结实实讲出来的话，却偏是怯生生地颤抖着讲出来了。“我已经拿定决心了。”

相互地用眸子钉住着眸子，两个人在沉寂中度了三分钟。

“那好啦，让我们来详细地谈一谈吧。”

山道上，从哪儿传来了一阵悠长的驴鸣，那鸣声引动了拴在他们旁边的雄马，使它即刻耸起耳朵，伸长脖颈，噉噉地长啸起来。映着深秋天犀利的山风，那马啸显得十分地嘹亮而且悲凉。

那个满身尘土的人又一次地站起来，大踏步走过去，照准马的脖子上重重地给了一击；挨了打的畜生连连地向后退着，一面凸起了那一对充满着恐惧而又莫明其妙为什么恐惧的大圆眼睛。

太阳已经落到山的那一面去了。

谷涧里，雾在涨起着。

十二

深夜里，杨珂忽然从训练班回到政治部来了。

幸好，林冰还没有睡，这时他正伏在一盏燃了五个粗捻子的菜油灯前，匆忙地写些什么。一阵一阵的过云雨敲在窗子上，就像撒豆子一般地急骤。

杨珂轻声地走进来，一面背回手去脱他那件淋了雨水的大衣。林冰惊异地从桌子旁边站起身来。

“怎么，天这么迟了你又回来啦？”

“没有什么，”杨珂平静地把大衣放到大柜上，同时自己耸身坐到柜上去。“秋爽她叫我回来的，有干训班的一些事情，她叫我同你谈谈。——我明天也该下山啦。”

林冰口里噙着一支毛笔，立刻把一只椅子拖到柜的旁边来。

“不慌，不慌，林同志，你先完成了你的工作再说。”

“不，这工作是一刻儿完不了的，”林冰指着灯下的纸片微笑着说，“这是我准备提到咱们十月一日的军政联席扩大干部会议上去的报告提纲。你知道，你们这次下山去的战斗和工作，的确给老王加强了不少的信心，他已经同意到十月一号开一次扩大干部会，好好地开展一下工作哩。”

一面说一面在椅子上坐下了。

“我们的战斗和工作，至少在我们自己是还非常不满意的，当真是这样!”杨珂说到这里把话题有意地弯转。“特别是这几天我在支队部、政治部和干训班走了走，好多事是更使人灰心泄气了!”

“怎么？看到了一些什么呢？不妨坦白地讲出来，哽？——”

“坦白地讲出来吗？——那便是因循、敷衍、消极、怠工；再就是挑拨、离间和破坏啦!”

“哽，哽，”林冰轻轻地点着头说，“不过，你再继续地讲下去呀。”

对方笑了。

“我们顶好不要把话顺这么一个次序讲下去，好吗?”看见了对方并没有反对的意思，他继续地说下去，“秋爽叫我告诉你两件事：第一件是孙雪娥同志和还有几个一同送到西北去受训的男女同志明天一早就要起身啦，你要送行的话明天早些去，不然怕赶不及的……”

“送行?”林冰把嘴歪到一边笑着，说，“又不是这一辈子再也不得见面啦。”

“那么好啦。”杨珂把话接下去，“再有第二件事，她说她从训练班的人们嘴里获得了一些材料，也许这几天有人要对你做什么不利的行动哩，她希望你小心些好。”

“不利的行动？要暗害吗?”

“是的，她大概就是指这。”

“唉，其实暗害的阴谋是总有的，我也知道；不过，她获得的是什么新的材料呢?”

“等一等，”杨珂说着从柜上跳下来，“你这里有开水吗？我渴得很。”

“这里有。”

当杨珂在大口吞着热水的时候，有一阵沉重的脚步声移上阶来，同时一声粗声的“报告”在窗外面响着。那是守门的岗兵。

“什么事?”

“支队长派了个勤务来，找主任有话说。”

“叫他进来。”

“对。”

不一会勤务兵进来了，鞠着躬。

“报告林主任，支队长说请你就过去。”

“半夜三更，有么重要的事？”

“报告林主任：是山底下一个姚队副和一个中士班长一同上山来啦，支队长跟他们谈了很久。支队长气呼呼的，想是有什么重要的事要跟你商量呢。”

“对，你回去说，我这里说毕一两句话就来。”

勤务兵鞠个躬出去了。这时杨珂已经回到了柜上；看到了这，林冰也跳上柜去，跟他并肩地坐到一起，仿佛说：

“你继续地讲下去吧！”

“林同志，我先问你，训练班那个独眼的白麻子脸到底是个干什么的？”

“干什么的，不是工作员吗？”

“唉，我不是说这。我是问他是不是——”

“你问杜飞是不是破坏分子吗？——那是早已发觉出来了的。”

“那么为什么还让他工作呢？”

“那因为他是友军方面介绍来的。他的使命我早已注意到了，不过我们跟友军中间的统一战线还需要保持，不能立刻开除他，只是严格地监视他就是了。其实，照我看，他也不过是一个懦弱的家伙，开展不出什么来的。核心并不在他的身上。”

“我也是这么想，不过据说，今天他很有些神情失常。”

“怎么呢？”

“你听着呀。——秋爽说，有一个表面上跟杜飞来往得很密切的干部，——据说，那是一个很可靠的人，——据他向秋爽报告说，杜飞今天一天的神情跟往常很不同。他差不多一整天没有在队上，不晓得到哪儿去啦，天快黑啦才跑回来，一把就拉住那个干部，拖到村外边山头上去啦。到得山上，你猜他说什么？他说：‘朋友，好朋友，在这儿你是我唯一的好朋友啦，现在无论如何请你替我解答两个问题：第一什么是‘牺牲’？是不是为了任何事任何人牺牲了都是光荣的呢？第二，什么是‘道义’？是不是不管对任何朋友都需要讲道义？就譬如说吧，你是我的好朋友，但你是一个坏人，我把你出卖了，是不是也得算是罪过呢？”

“哽，哽，是的，是的，”林冰一面听一面在沉思着，“以后再怎么了呢?”

“以后，那个干部便希望他说出事实来，他向他担保不把事情讲给任何人，并且一定帮忙他把问题解决了。但杜飞死不讲。临了杜飞十分伤感地向他说，‘朋友，我也许要走了。我想回老家去做庄稼汉，那样什么都会简单多多的，不像这里的五花八门。’此后，他再也没说什么。那个干部莫明其妙他的事，趁他大便的时间偷偷地搜了搜他的床，在褥子底下找出一支手枪来!”

“那怎么不收了他的呢?”

“我也是那样说；但不晓得怎么，那个干部没有收，却只向秋爽报告了。”

“其实收不收也是没有什么关系的，”林冰说，“我早就看出，那是一个很懦弱的家伙，根据这些话更足以证明了。不过，”他忽然使话音低沉下去，“杨同志，你认得佟副官吗?”

“是的，”杨珂会心地望一望林冰的脸，“见过一面，而且早就听见说了的。”

林冰更加低沉了声音说：

“你觉得他如何?”

“哽，哽，”声音里忽然爆发出挑衅的口吻，“但是领教一句，林主任，他也是友军介绍来的吗？还是什么高级衙门里委派的呢?”

“我奇怪：你为什么用这样的口吻?”

“我是说：姑息养奸，终要贻误大事的!”

“你是说我‘姑息养奸’吗？那只有怪你自己没有把这个部队的性质弄清楚啦。你到部队上也有几十天了，你总该多少看出来，这是怎样的一支部队？它从前的历史怎样？它的目前和未来的发展又会是一条直路呢，还是委曲婉转的道路？——这就是说，做政治工作，在这里是不能跟在别的部队上一模一样的！譬如，就拿老王来说，在半年之内他已经由独断独行、胡干乱干的情形中转变到相信政治工作，相信他的部队有变成一支铁的队伍的信心了！但自然他的旧习惯旧作风还有不少，就例如他总是拿英雄豪杰的那种侠义心肠对待他的部下，尤其是老部下——像佟子美就是，他总不相信佟子美是坏人……”

“那么好啦，就让他继续下去！祝他的工作成功！我们的部队万岁啦!”

“为什么老是那样带感情地讲话呢?”林冰用责备的眼神瞅住那坐在他身旁的人，“我看，他的工作也快该收场啦!”

“怎见得呢?”

"怎见得？刚才支队部那个勤务的话你可听见啦？姚子利把郑林山的事详细地一讲，老王他还不觉悟吗？他又不是傻子！——可是，咱们的话拉得太长啦，我得走啦，说不定老王就是找我商量解决佟子美的问题哩。"

"不过，"大个子跳下柜来，"你得小心。"

"你放心，不会有什么事的。——到支队部这才不过半里地。"

"带了手枪吗？"

"没有。我的枪给别人借走啦。"

"来，把我的给你。"

"不，不，别那么多心，叫人家笑的。"

匆忙地从炕上的被窝旁边抓起了手电筒，林冰急步走出去了，一面回过头来说：

"你先睡下。"

外面，雨仍在下着，也仍是那么地急骤；但却是非常稀疏的。林冰一个人追随着手电筒里射出来的焦黄的光圈，在滑汰的村巷中急走着。住家户的门统统关紧。夜是那么深，就连一声狗叫都听不见。

在村屋的穷尽处，立刻就是一条小河的干涸的河床。在晚秋天，水早经退了；但沙却仍是满着的。林冰用电筒扫过去，映回来的是一片雪白的光辉。

他咳了两声，在沙面上走过去；但忽然，他感到身后边分明有另外的一双脚踏在细沙上的声音。

赶紧地回过头去：确有一个黑影正跟在他的背后。

"谁？"

"是我，林主任。我在这儿等您等了好半天啦。"

那是杜飞！

在急促的一瞬间，林冰的确给惊吓了一跳；但就在第二瞬间，那恐惧心已经被兴奋的情绪压倒了。

"是杜飞同志吗？"

"是的，您！"

"来找我干什么呢？——是辞行来啦吗？"

"是的，正是。"

林冰拿电筒往对方照过去，隐约可以看见那个"五短身材"的人在背上背着一个轻便的行李卷子。

“那么要不要开个护照，拿些盘费呢?”

“谢谢您，那倒是不需要的。”

“那么，一定是有人叫你来取些什么的吧，我想?”

“是的；不过您请放心啦，我已经决定不那么办。”

“为什么呢?”

“因为那是一件罪恶的事。”

“是一件罪恶的事吗?”林冰的话里透出一点冷笑来，“既然罪恶的事，为什么从前却要干它呢?”

“那就一言难尽啦……”

这时候，从对面的村子里传过来两个人说话的声音。那个慨叹着仿佛正要说出一些什么话来的人，猛然把一件东西抛到地上。

“林主任，”声音已经离开了十几步的距离，“我把这东西送给你，当一件永久的纪念品啦!”

“还有，”声音更远了，“铜崖方面顶好马上派人去，不然要来不及的。”

林冰把电筒向话语的方向照过去，隐约中看见一个蹒跚的黑影在河岸的树林边一晃，便再也看不见了。

于是把电筒光照到眼前的地下，他立刻看见雪白的沙滩上丢着一支乌油的手枪。他随手捡起来，赶紧向对面的村庄走去。

在村口上，他遇见了第二次派来催请他的两个支队部的勤务。他们一同走进村去。

但刚一踏进村口，一种极大的震动突然从一个很遥远很遥远的地方爆发出来；那有点像敌人的排炮，但又没有那样清脆，却是连绵不断的。因为是深夜里，那声音就显得格外的震动而且惊人。

这里的地都仿佛有些微微的震动。

人们不约而同地向黝黑中望过去。在远处的山头和谷涧上面，在那些峰顶和天空相互衔接的地方，正有一片火光把远处的天空映得明亮。

震响并没有即刻停止下来……

“哪里？炸了地雷啦!”一个勤务说。

“地雷吗，怕是手榴弹吧!”另一个应声说。

林冰在心里已经明白了一切；他跑步向支队部的门口走去。

王青山已经站在门前，他身后还簇拥着一大群人。大家都在看，但还没一个人说出自己的意见来。

“已经迟啦！”林冰故意装做冒失地说，“修械所怕也炸得稀烂啦！佟子美也早已经跑远喽哩！”

“呃！”王青山几乎是怪叫着，“老林，你啥时候来啦？”

“刚来，支队长！”

“没听清，刚才你说啥啦？”

“说啥？你们不是看火吗？还看什么呢？——已经迟啦！东西也完啦，人是也老早就跑远球啦！”

“你怎么知道？”

“我刚才知道。”

“刚才知道？你咋知道的？”

“一句话说不完，停一刻再告诉你吧！你先说，你叫我来干吗？”

“干吗？还不是为了这宗事？刚才黑天前，姚子利他们上来，才把佟子美这狗日的底底细讲啦！好，我×他个妈，我直到今天上半天还给蒙在鼓里呢。”

“不是多年的老弟兄吗？”

“老林！你简直是岂有此理！”对方显然是愤怒了。“事已经烂成这像啦，还讲这种话可中个×用呢！”

“不是商议吗？刚才请你你不来，我就料着要出事，所以老早就派特务队去啦，不过看样子不轻能得到呢！”支队长一面回过头去向黑暗中高声问道，“马裕禄！到铜崖是十几里路？”

“叫十七，其实顶多也不过十五里路吧。”

“那么也许已经到啦。”

“到也许到啦；”政治主任的声音已经是郑重的了。“不过我看，出了这宗事，咱们自己总该马上去一趟！”

“对！”一面回过头去吩咐道，“马裕禄，牵四匹马……快！”

两分钟后，四匹马已经在漆黑的山道上奔驰着了。因为道路的熟悉，马并不因黑暗而把脚步放慢下来。马背上的人都保持着寂静，眼睛不移地看着远处的火光。

跑了约莫有十里地光景，转过一个山嘴，着火的地方已经可以毫无阻碍地清楚地望见了。迎着山风，火势正忽大忽小地熊熊着。这时，雨已经停止，云开了，露出了即近黎明时天色的鱼白。于是，除了火，人们已经逐渐能辨别出火上的浓烟，正一直向上地挺冒着。

对面有马蹄声近来了。

“是谁?”支队长老远地问着。

“是我。”

“特务队长吗?”

“是。”

特务队长跑近了，他迅速地跳下马来。

“咋啦?”

“快甭提啦!”来人气喘嘘嘘地说，“他妈×炸的个一塌胡涂！——一塌胡涂啦！隔壁那些伤兵才可怜啦，都死啦！唉，唉，佟子美也真算是狠到家啦!”

“他呢?”

“佟子美吗？听丢下看门的一个学徒娃娃说，狗日的早就走啦，人也带完啦！火线大概是预先埋伏下的。那个娃光知道人家走，可不知道埋了炸药哩。幸亏一堵墙把他救啦，只炸跑了四个脚趾头……”

“好狗日的呀!”支队长尖叫着，他的嗓音改变了。突然，他勒住马，好像要从马上跳下来，但他的一只脚在镫上一滑，大块头的身躯却一下子跌下来，滚到路旁的荒地上去了。

“怎么？怎么?”

另外的三个立刻都翻下马来，拢了上去。

“唉！唉!”蜷俯着的人说，“老林，不晓得怎么我心里忽然一阵子疼，——一不小心就跌下来啦！……哎呀，我嘴里又咸又苦……怎么这末地难过呀！……”

“难过什么呢?”

“也难怪支队长心里疼呀，”特务队长插嘴进来说，“这好比从腿上割一块肉哩！割肉还有不难受的道理吗?”

“是的，不过特务队长的话说得还不正对。”林冰换了一副慰藉的口气说，“这不是割去一块肉，而是挖去一个疮哩。只要忍住疼，割了去马上就会长出好肉来的！老王，你总要咬紧牙关忍住一点呀！你说我的话对吗?”

“是的，老林，你说的对。”

“是的，我说的一点都不错。”林冰添加说，“佟副官他这一走，据我所知，破坏分子是整个地从我们的部队中退却了。我们此后，不是正可以好好地开始我们新的计划啦吗？真的，老王，我希望你不要忘记我们计划的大会，十月一日的大会啦！——至于目前的一切，你就当是做了一场噩梦吧。结束了一场噩梦，不是正可以马上开始一个新的梦，展开一个新的伟大的理想啦吗？”

“是的，老林，你说的对。——我完全明白的。”

蜷俯的身形开始慢慢地蹲起身来，在一口一口地吐着什么。

“看，是血呢！”支队长自己用电筒照着地下说，“不过吐出来，也就没有啥啦。”

“觉得好些啦吗？”

“嗯——”答话的人已经站起身来了。

“好啦，那么让我们再走吧。”

五个人重新爬上鞍子去，默默地。在前边，熊熊的火势已经小了许多，但天色却已经更接近黎明了。

在黎明前透着紫色的大气里，中条山的顶峰在前边耸立着。她在蔼然地俯瞰着她的儿女们，仿佛在期待着一些什么似的。是的，她的确是在期待着，因为她显然已经知道，他们正结束了一场噩梦，并且准备着要在她的怀抱里，她的岗峦和田野上，展开一个新的梦，一个新的伟大的理想了。

是的，山在期待着；并且还预备替他们胜利的事业做永恒的见证者。

一九四〇年二月十四日起写；

一九四一年二月四日脱稿于陕西乾县新开巷；

一九四七年元月九日校改于上海槟榔路；

一九五〇年九月廿八日再校于长春自由大路东北师大宿舍。

在王老婆山上(通讯)

一

整夜的行军，在黎明时才好容易到达了目的地，那是在王老婆山麓上的一个村庄。在那里，我们却意外地绝望了，——因为约定在这儿会合的公安局的弟兄们失了约，他们没有等待我们，却独自趁敌人尚未布好防线的当儿，偷偷地突围北去了。

他们有二百多人，枪械子弹都是很齐备的，还有两挺机关枪，而最重要的是在他们的队伍中有着县长——县长的口袋里装着钱！钱！这是多么需要着的东西呀！然而，现在一切都完了。脸前是百十个被鬼子赶出家来的褴褛的农夫，他们一个个都是那么热情，然而又都是那么地缺乏军事知识，以致有些时候就简直显得怯懦了。武器呢，则是八十来支枪，十来把大刀，几支矛，还有一支唯一的手枪，它骄傲地吊在我们队长的左屁股上。

提起我们的队长，那完全是一个急性鬼，他的暴躁的性格就像他的思想信仰一样地坚定。他时常拿“枪毙你”这么一句话来训斥他的队员，甚至政治指导员。不过，他的这种性格终于会因为没有钱而不得不收敛了，谁都记得，每当我们离开一个村庄时，我们的队长向村中的闾邻长们道着深深的歉意时的脸像。

没有钱的确是一桩大事，百十几个人的伙食在乡下人看来是一宗惊人的负担。尤其在这晋西一带地方，因了山地的枯瘠，出产的不丰饶，风气的闭塞，以及动员工作的不够，人们的性格竟给限制得可怕地吝啬了。他们当真会因为你吃了三十斤小米或是一筐山药蛋没有给钱而去报告了敌人，使你遭受到一场意外的损失。

可是这一切又有什么办法呢？我们也只得在村里捡几孔窑洞停下来，在村口的路边上放几个步哨，再派出几个探子，就这样地息下来了。

二

东方的炮声已经平静下去，这表示敌人已经占领了县城。这时节，密集的排炮跟手掷弹的炸裂声从西南西北两个方向传了来，那分明表示敌人已经在向黄河的二大渡口——军渡、碛口——进攻了！

进攻军渡是攻陷离石后敌人必采的步骤，因为离石到柳林、军渡中间是一条平坦的汽车路！那直通陕北的孔道。可是，在进攻军渡时，同时也以同样迅速的兵力，去进攻碛口，这却是预先没有揣测到的事。离石、碛口中间是一条崎岖万分的小道，它在许多高山（例如王老婆山就是其中一座顶高的山）跟河岔子中间缠绕着。敌人这次却偏偏在这条崎岖山道上的每一个村落里安排几个伪蒙骑兵跟几个随营的汉奸，仿佛故意要切断我们跟北方八路军一二〇师或动委会游击支队中间的联系。

我们是四面被围了，然而顶糟糕的事，还是在于我们始终不能断定敌人的这种包围形势，是专门为了来对付我们，或是另有企图。

在几次的队部会里，我们讨论着目前的形势跟应有的动向。关于目前形势是没有逆议地肯定为我们的游击队随时有被敌人袭击的危险，而且如果一旦遭受袭击，则溃散就会是必然的结果。关于动向，却有两种势均力敌的意见——一方面主张“誓死保卫离石”，他们坚决反对队伍的突围北去，理由则是我们的游击队在这一带山地中已成为唯一的抗日武装了，它有着它急迫的任务，像镇压汉奸活动，掩护地方工作人员使地方工作不至停滞等。另一方面则主张“保全实力”，他们坚持要找敌人防线上较弱的一点在夜里突破，把队伍拉到北方去。理由是游击队本身主观条件太差，如果在这一带山地中停留下来，不久就会被敌人发现、袭击而完全溃散，那时节不但不能保卫离石，反而给与每个新战斗员以失败主义的影响，使游击战争一蹶不能复振。所以，他们主张把队伍拉到北方临县、苛岚一带去跟有丰富斗争经验的队伍取得联系，配合着他们打几次侧面，使每个战斗员都获得了坚定的胜利信心之后，再回来“誓死保卫离石”，亦未为晚。

经过几次热烈的争论，在日暮时终于决定了采纳后者的意见。于是又派了几个干练的侦探子去探敌人防线上武力配备的虚实，之后，我们大家依然息下来，准备着今夜或是明夜的突围。

三

突围的命令下了。

那是第二天暮色四合的时光，厚厚的阴云在天上布满着，又起了漫天的狂风，它挟着沙石向每个人的眼上、脸上无情地投掷来。然而我们每一个都静静地迈着步子——这样地，我们百十来人就跨上王老婆山的崎岖迤逦的山道了。

“今夜的行军口令‘攻击！’——赶快向后传，声音要放轻些。”

像这样的夜晚，对于我们的行军是很有好处的，因为暴风跟严寒会替我们把敌人防线上的哨兵关进了窑洞里去，而减少互相遭遇的机会。它还有许多好处，例如它可以把我们队员们的咳嗽声、吐痰声以及每当我们走近一个村庄时不可避免地引起来的狗吠声……都吹到跟敌人驻扎地相反的方向去。

山越爬越高，风也越吹越猛，即便是那魔鬼似的漆黑的夜也仿佛显得越发广茫了。等我们到了山的顶头时，疲乏的腿才获得了休息五分钟的命令。于是我们坐下来，谛听附近村庄里偶尔传来的狗吠，或是凝视着前面埋藏在山谷里的黝黑，从那里面，每隔几分钟你就会看见我们派出去的尖兵的信号——一个电筒的亮光连续地明两次，再划一个圆圈圈，就又消逝去了。

这信号告诉我们的是“通行无阻”，于是我们又开始前进了。虽然在几天不停的行军中大家的腿子都显得疲劳，可是每个人还依然好好地跟定前边一个的足跟，在黑夜里用惊人的速度一足闯高一足闯低地走着。这可诅咒的王老婆山的起俯的山脉呀，它仿佛永远不会让你走到它的尽头！

在半夜以后，事情好像已到了最严重的阶段，有人在小声地耳语说：离敌人的防线已经只有五里了。这就是说，如果我们的行军再在平静中继续一点钟，那么我们就离开了敌人的防线五里路而敌人的包围也就是被我们突过了。

然而，突然地，在前面黝黑的山谷里，尖兵的信号改了样：神秘的电光不断地在夜的画板上涂着叉叉，一连有十几个。

命令又传下来了：

“缘山顶小道散开，卧下去——赶紧往后传，声音要放轻些。”

等我们在山顶的小道上找好荫庇爬下时，一切都揭露在我们的眼前了。在我们前面约莫四五百米达的距离上，尖兵的电筒仍在不断地做着叉叉的信号，那信号慢慢地向我们的右手边移动，这分明是想把后面追踪的敌人引到与大队相错的道路上去。果然，几分钟之后，在约有一千多米达距离的黝黯的山谷里，出现了五个明亮的火把，那熊熊的火迎着山风忽大忽小地燃烧着。根据他们的速度跟火把的距离推测起来，那一定是二十或二十五个马队，在追踪着我们的尖兵。

“他妈的！又是蒙古鞑子！”一个队员这么低声恨恨地骂着。

伪蒙骑兵受了我们尖兵的欺骗，当真向我们右手边的山谷里岔去了，这儿那儿不时地引动起守夜狗的狂吠。失却了尖兵，我们的大队只得暂时在这山顶上集合，停下来，等候队部会议的决定。

可是，伪蒙骑兵的火把又近来了。他们竟在我们四近的山谷里作着巡回的搜索了。这使我们不得不再散开，重新找荫庇卧了下来。有一次当骑兵距离我们最近时，中间竟只有二百米达，不过他们是在谷底我们是在山顶罢了。我们可以很清晰地听到马蹄子叩在冰冻了的小河上的声音。那时候，因为我们所据的地势的优越，所以没一个人害怕，相反地我们却都捏紧我们的手榴弹，等待命令，好给他们一阵致命的轰炸。

根据昨天探子的报告，在距这儿八里路的村庄里，驻扎着三百多敌人，附着四门钢炮，这报告使我们队部会议对山底下近在咫尺的敌骑不敢作攻击的决定，一任他们远去了。等那五个熊熊的火把消失在峡谷的拐弯处之后，大家这才集合起来，在即近黎明的奇寒中，顺着夜来的原路向回撤去。

四

依然是在王老婆山麓上觅定一个偏僻的村庄。在那儿我们一直停息了两天。

这时节，因了敌人突然地进袭而游离失散了的地方工作干部都陆续地聚拢来了，他们的离奇的化装术会使你笑得窒息，那些灰色的整齐的军装都不晓得哪儿去了，代替了它们的是油腻的笨袄裤、铜烟袋跟一些别的乡下的装饰。他们给我们带来许多消息：敌人已在距城三里的马茂庄建筑飞机场，看样子像要把离石作为它们重要的根据地了；碛口方面，在被占领的当天就有二十几条生命遭到了屠杀，其中有铁匠，内战时代残废了的兵士，退伍了的老火夫，还有青年妇女。在柳林，则据说是因为商会主席赶紧组织了维持会，所以屠杀较少些。近黄河一带的居民，有好多被双双地背着面捆做一堆给丢到河里去的。……

听到了在自己出生成长或是一度工作过的地面上遭到了这种难以令人相信的摧残，我们每一个本地的战斗员或是外来的工作员的心里都深深地埋藏下仇恨的种子，队伍里，情绪在猛烈地高跃着。

可是，不晓得从哪儿传来，一种带有甚深的恐怖性的谣言传遍了我们驻扎的村庄跟队伍中的每一个人。那谣言是：敌人不久就要大举搜山了！

屠杀的故事增强了我们的仇恨心，恐怖性的谣言又增强了我们生活跟工作的警觉性和规律性。在比往常加倍的紧张努力而且愉快的状态下，我们生活着工作着。

两天过去了。

代替了搜山的谣传，人们又在耳语着一个新的秘密了。等那秘密变成了遍人皆知的消息时，却是在距我们驻扎村庄五里的村子里，新近驻扎了一连刚从河西开过来的八路军。

这消息在最初是被我们像对待搜山的谣传一样地不相信，可是等到傍晚我们的探子归来做了类似的报告时，我们不但相信，而且简直是全军雀跃了！

经过正式的接洽，八路军弟兄们答应了跟我们取得紧密的联系。在共同生活，共同学习，共同战斗，共同工作的过程中，我们可以从他们那儿学习到丰富的战斗经验跟良好的生活习惯，而他们也可以在地理、道路以及军民联络的工作上得到我们大家的帮忙。

主观的条件一旦增强，大家简直是跃跃欲动了。人们随时都在期待着一个袭击敌人的命令。

我相信，这命令不会迟得很久了。

一九三八年二月，军中。

译作

人性的风

[苏]皮涅克　原著

一

人生里的十年——一个人只要瞥回十年去——一切就好像是昨天的事：人把每桩事回想到顶小的节目，到眼底下顶浅的皱纹，到房里的气味。可是每当人生五分之一的十年离去时，就有几百万人类离开这儿烂到土里，去喂虫子。并且，就在这同一个十年当中，又有好几十万人类走进人生里来；他们生下来，长起去，活着，旅行到新的地域，繁殖，跟春天的湍流竞进，享受夏天的丰饶，秋天忧伤的宁静，并且在冬天赤红的落日里消逝。人生里的每个时代，每个国家，每个城市，每所房，每间屋都有它自己的气味——就好像每个人、每一家、每一代有它自己的气味一样。几个十年确会常常互相关涉，可是当整个的时代连着城里乡里的事情全被人忘记了，那时候眼底下的皱纹和房里的气味却依然记得好像比整一时代的事情还更实在更有意义似的。

它自己的风吹拂到各处。

这个特殊的人类伊凡·伊凡诺微支·伊凡诺夫记得他的生活是在一个市镇里，那儿有木头的铺道，沿街有木栅栏，有装着活动的小门可以进入的小花园，过道里弥漫着浓重的人生的气味，还有低天花板的小房外望着院里的草地。在他的一生里吹拂着有人生气息的风。他房里有一把破旧的皮垫椅，在皮垫椅后面，历年来的烟头子堆积着。房里的书桌很少变动，桌布从来也只一条：那是一个书桌，烟灰把桌布从绿色变成黄色，它们已经嵌上去了，吹是吹不下来的。花园里，在矮窗的后面，有茂草、荨麻、菲沃斯草和莠子。在他的一生里吹拂着有人生气息的风，而这风把他粘固在他的房里。

那儿，在几个十年之后，他还记得那个永远是秋意的恶臭的夜晚，人性的气味浓重得会使喉头颤动起来。就是那一天他赶走了他的老婆。那时候正是开花的季节，田野里有着春天的湍流，并且夜里充满了这样的话："我爱你，我爱你，永远，永远地！"在那有着丛丛的花簇的昌盛的世界里，有着太阳、宇宙和她的眼睛的湖，在那双湖水里可以沉没了整个的宇宙和太阳；因为只有她充实了宇宙和太阳。于是在人性的欢洽里生了一个婴儿，一个新伊凡。黄昏里，母亲的眼睛是可爱的，它们带了世界上可爱的母性——黄昏里他常到她身边去吻她苍白的手：那时婴儿睡去了，那个新伊凡。所有这些都发生过了。于是就来了那个恶臭的夜晚，在那一夜一个人觉到了孤独，并且害怕在人世上他竟给过度的人性碾得粉碎了。

那不是真的夜晚，那是半夜。窗外面下着雨，天是漆黑。一支蜡烛在桌子上燃着，滴滴的脂油滴在桌布上，那桌布从那一夜至今还没换过一次。女人的眼睛气愤地突出来，那下面有着皱纹。他站在桌前，她在门边。

她说：

"伊凡，请了解我，那全是一个谎。饶恕我。那什么也不是，只是一刹的冲动。喂，你我在一起有过真正的幸福，我们是互相爱过的。"

伊凡·伊凡诺微支俯在烛火上，成百遍地把那张纸片慎重地读着。在纸片上她写道："尼枯莱，虽只是一阵迷恋，我也还是少不得你的。我的丈夫今夜不在家。门开着。十一点钟来，那时候人们都睡熟了。"

伊凡·伊凡诺微支连手带纸都放进口袋里去，之后，从烛火上转回身来，带了从前同样的慎重，慢慢地说：

"这件事怎么能原谅呢？那个字这儿没有提到。我不管什么冲动不冲动，并且冲动又待怎么样呢？事情是简单的。你跟别人把我的床作践了……滚吧！"

"伊凡，记着——我们还有一个小孩，一个儿子呢……"

伊凡嘲笑她：

"我们有一个小畜生。我再也不要你的小畜生了……滚吧！"

于是她眼睛底下的皱纹消逝了，只有一双眼睛，充满了嫉妒，轻蔑和不顾脸面的表情。同样地带了慎重，她对他低声说：

"卑鄙的东西！我爱他，我爱他——他，偏不是你！"

伊凡转过身来，没有回答。她猛然转回来，阖上了门。他不去追她。门后边静悄悄的。或许，一刻钟就这样地过去了。他忽然跑向门去。门后边空空的，婴儿的床上什么也没有，床边上燃着一支蜡烛。门开着。他跑向过道，跑进人类住所里具有的浓重的气味之中。通外面的门也开着。他跑进雨里，到了前院。临街的大门也开着。于是他无助地、屈辱地并且可怜地喊道：

“阿伦奴式加——”

没有回应。街道消逝在黑暗和雨里。

早上，一个老妈子带来了一个纸条。“伊凡 · 伊凡诺微支，好心的，”——在纸条里她要求他把她和她儿子的东西送给她。他把她所有的东西都找出来，他花了整天的功夫去找，那个女人帮着他。那女人两次出去喝茶吃饭，可是他没心吃东西；每次当女人出去时，他就坐下来写一封长信。晚间那女人把东西装在一辆车上，把信带在胸上。伊凡帮着她把车一直推到街的尽头，就在街上，他抱着那女人的手臂要求她别忘了带一个回信。他抱着那女人的手时，她很难为情，拉出手来挺懂事地说：

“这与我有什么关系呢？她若是给我一封信，我就带给你。我的腿是没有错儿的！”

永不会有回信了，不论今天，或是明天，或是明天的明天。可是在后天他晓得了她已经离开了市镇——坐火车到一个什么地方去，带着她所有的东西；很显然是为了幸福。并且，实际上，她确是为了幸福而离开。伊凡 · 伊凡诺微支永不再看见她了。一年中他晓得了她住在莫斯科的一个什么地方——三年中他晓得了她又生了一个孩子，一个叫尼枯莱的孩子。那孩子的姓是他的——伊凡 · 伊凡诺微支 · 伊凡诺夫的——尼枯莱 · 伊凡诺夫。

在破旧的皮垫椅后面烟头子越积越多了。

二

她，这两个孩子的母亲，伊凡 · 伊凡诺微支的老婆，领悟了爱情像许多女人领悟了它一样，当她们追随着男人的每一个步趋，当她们悉心去探知他的每一点想头。实际上，阻碍他去生活，阻碍他去想，去工作，——而同时女人们也丢掉了自己的一切，最先就失去她们的尊严；这种爱情终不免在摧毁里完结，因为就是爱情的束缚也不成其为束缚了，而这种爱情是破坏的。每一个人生和每一桩爱情都可以在幻想里描绘出来，而这个女人离开她丈夫以后的许多年的生活，相像着一条鲜艳的红手帕，一条吉布赛人的围巾，经过了到处飘泊的折磨已经沾染了种种的烟草和香料的气味，不过在它的折皱里面却依然存留着原来的人性的芬芳。而今这条围巾，折皱展开着，落进莫斯科近郊的垃圾里，落进最窒闷的人生的垃圾里去了。她的儿子，伊凡，跟着她的妹妹住在外省里。她的儿子，尼枯莱，最初跟她住在一起，不过后来她就把他送进一个孤儿院里去了。生后七年，他第一次晓得了疾病的苦痛。他病在石筑的孤儿院的回音的廊子里。他的母亲那时候已经看出他的父亲，那连他的名字都不给孩子的父亲，也不过是一个卑鄙的人，因为只有那样卑鄙的人才敢于生下病痛的孩子；更进一步，她长久地想着就是她自己也是一个卑鄙的人，竟敢于生育一个孩子。无论在哪桩事情上，人类的裁判不应当并且不能够像人类自己裁判自己那般的严厉。

于是母亲死了。她死的很值得，因为她知道自己已经能用了爱和对她的尊敬来感动她的孩子了。这两个孩子，住在远方的伊凡是挺平安的，住在石筑的孤儿院里的尼枯莱却感受着疾病的苦痛。她患伤寒病死了，不过她一生的意义是在于想跳出她被注定了的角色之外。

两个孩子并不认识。只是几年以后住在孤儿院里的尼枯莱从他住在外省里的哥哥伊凡那儿接到一封信。伊凡写信来认他的弟弟，建立了兄弟的情分。尼枯莱给了回信。哥哥伊凡写着他邻近的河流，场圃上的干草垛，他高等学堂里的同学，还有鸟和草地。弟弟尼枯莱写着他的廊子，他的实业学校，和他的宿舍。通了许多信之后，弟弟尼枯莱跟哥哥伊凡提到了他的病痛。关于他们的母亲两个人都写了不少。他们互相告诉着每桩事情的顶小的节目，所有靠记忆保留下来的母亲的纪念。当伊凡在省里长到十四岁的时候，他的姨母告诉他关于他父亲的事，伊凡就写信给尼枯莱告诉他说他们还有一个父亲活在世上呢。这个消息给尼枯莱一个奇异的印象（也许就是可以预料到的一种印象吧）：尼枯莱起始梦想着他的父亲。尼枯莱把他的梦想和对于父亲的思念，那承续着的记忆和温柔，都深深地藏在心里；在孤儿院的宿舍里他已经学会了隐瞒他的心事了。伊凡写信给他的父亲，他的父亲回复得很慈柔，并且详尽。伊凡把他父亲的信寄给他的弟弟尼枯莱。尼枯莱写信给伊凡·伊凡诺微支·伊凡诺夫，可是没有回复。

（在括弧里必须说一下，伊凡和尼枯莱度过了这些岁月在伟大的俄国革命之中。）

三

人生里的十年并不是一个悠长的段落。而人生里的十天却是一个可怖的段落！父亲伊凡·伊凡诺微支·伊凡诺夫在破旧的皮垫椅后面积下了更多的烟头子，——并且跟从前一样，市镇依旧坐落在那儿，有着木头的铺道，缘街的木栅栏，通入花园的门，弥漫着浓重的人生气味的过道，和窗子后面的茂草。这儿实在不须述说伊凡·伊凡诺微支是做什么的人或是他会做过一些什么事，——一个高等学堂的教师或是一个区里的统计员，在他的一生里吹拂着有人生气息的风。在那个十年当中，伊凡·伊凡诺微支记得那封从他的儿子伊凡那里寄来的信。那是大清早送来的，第一行说道："我问候你，亲爱的爸爸，"那一天伊凡·伊凡诺微支就年轻了十岁，他记起了太阳，新草的葱茏，和年年春天的湍流，却只浅浅地回忆到那个可怖的夜晚，他走过一个个开着的门一直到了大门的那一瞬时，那时候他喊彻了街上的黑暗："阿伦奴式加！"那一整天他总想再喊出来，只要高吭地，只要一切都原谅的，只要快乐地。于是他带了快乐很详尽地回复他的儿子。这之后不久，他收到另一封信，这次是从尼枯莱那里寄来的，起头用了伊凡的信里同样的话："我问候你，亲爱的爸爸，"这激起他所有的血液，他所有的嫉妒，和那个充溢了人性的芬芳的恶臭的夜里所有的回忆，他一次又一次地想喊出来："滚吧！滚吧！滚到你那些小畜生那儿去……我再也不要你的杂种了！"

事情发生在深秋的薄暮，那时候雨天窒息的气味弥漫在房子的过道里，并且老早就得点上烛火，（这已经是革命的轰雷退到远方去的时候了）。临街的大门响了一下，在通着过道的台阶上有一个人带着棍子的敲响。门开进廊子里来，有人低低地问道：

"劳驾，伊凡·伊凡诺微支·伊凡诺夫住在这儿吗？"

"是的，这儿。我就是，"伊凡·伊凡诺微支答道。

一个小个儿的人进了房子，带着一支好像跛子们用的那种橡皮头的棍子。他的肩耸着。昏黄中，他那长着稀疏的胡髭的脸像一匹白棉布，显得非常苍白，非常困顿。这样的一个人将被伊凡·伊凡诺微支记住了。他，这个人，跨进房里来，迟疑而愉快地停在门槛的旁边。他说：

"那是你——伊凡·伊凡诺微支吗？"他啜泣起来，向前伸出了他的手臂

(他的棍子掉在地板上)。

“爸爸，——是我……你的……你的儿子尼枯莱!”

伊凡·伊凡诺微支站在桌旁（在那蒙了早已失去原色的桌布的桌旁），他并不伸出手臂，却从尼枯莱那儿转过身去，——他觉察到几十年前的那个夜晚又怎样突然地进了他的房子。他镇静地说：

“请坐。你有什么赐教的?”

尼枯莱没有回答，谦逊而又敏捷地坐在近门的一把椅子上。

“你有什么赐教的?”伊凡·伊凡诺微支重说一遍，这一次声音更高了。

尼枯莱不懂这问话，也就迟疑着说不出答话来。

“你有什么赐教的?”伊凡·伊凡诺微支尖声喊着。

“原谅我，我不明白……”

伊凡·伊凡诺微支把他的圈手椅拉过来，坐在尼枯莱的对面，两手靠在椅子的扶手上。伊凡·伊凡诺微支拾起棍子来递给尼枯莱，尼枯莱接了它。伊凡·伊凡诺微支用眯着的眼睛注视着他。

“原谅我，我不清楚你的父亲，”伊凡·伊凡诺微支低声说，越发眯起了眼睛。“我不清楚你的父亲，”他用更高一点的声音重说一遍……“饶恕我。我们必须有一个解释来结束了这一场误会。你用了我的姓是由于一场误会。我不知道谁是你的……”伊凡·伊凡诺微支停住了，掏出一个纸烟盒。“对不起，请问你可吸烟吗?不?好吧!原谅我，我没有这种光荣去知道谁是你的……父亲……”

尼枯莱从他坐的椅子上站起来。伊凡·伊凡诺微支也站起来。棍子又掉在地板上。伊凡·伊凡诺微支赶紧把它递给尼枯莱。伊凡·伊凡诺微支的眼睛痉挛地闭着。

“是的，是的，……原谅我!我没有这种光荣。我没有一点办法!我没有这种光荣!我没有这种光荣去知道你的母亲跟谁……跟谁孕育了你!”

尼枯莱不再等着多听伊凡·伊凡诺微支的话了。他很快地离开了这间房子。他颠踬着左脚很快地走去。棍子在他的左手里，左肩高耸起来，只有病痛剧烈的人才那样地耸着的。

“是的，是的，……我没有这种光荣!我没有这种光荣!”伊凡·伊凡诺微支在离去的人后面高喊着。

* * *

尼枯莱跟伊凡弟兄二人约好在父亲住的市镇里会面。尼枯莱比伊凡早到几个钟头。伊凡从车站到旅馆去。他知道他弟弟已经早在那儿了。以前他们从未见过。房里的桌子上一支蜡烛在燃着，他走了进去，一个健康的高个儿穿着陆军少校的军装。房里的桌子上一支蜡烛在燃着，可是伊凡在房里一个人也找不着。他问廊上的听差道："我的弟弟呢?"听差回答：

"我没有瞧见他出去。"

于是伊凡就往地板上看，看见在桌子背后有一个憔悴的人。那个人拥抱着椅子的靠背。伊凡是一个强壮的人，披挂着系刺刀和手枪的皮带，他把他扶起来，抱在臂里。

"尼枯莱，亲爱的，什么事情呀?"他心情纷乱地问。"旧病又发作了吗?"

尼枯莱镇静地答道：

"不是那么回事，我身子挺好。我是……"他的话使他感到劳累了……"我是到伊凡 · 伊凡诺微支，你的父亲那儿去了。他告诉我们的母亲曾……所以他不晓得谁是我的父亲，像他说的，他不晓得我的母亲跟谁孕育了我。"

"什么? ……我们的母亲……"

一支蜡烛在房里的桌子上燃着。强者扶持着弱者的手臂。窗外面，街道消逝在黑暗里。桌子上，在蜡烛旁边，有许多烟头子。强者立刻坐到地板上，在弱者近旁。就是这样地两兄弟彼此会见了。两个人类彼此从未见过，不过从初度自觉的童年里他们彼此知道了每一件事。他们谈着他们的母亲，他们中只有一个还记得她。至于他们来找的那个住在这市镇上的人类，他们有一个冷淡的字——卑鄙的人——因为他就是诽谤了他们的母亲的一个卑鄙的人。

这省城里木头的铺道不只可以用来使人们在污泥中行走，还可以用来散布一省里种种的消息。人类伊凡 · 伊凡诺微支，一个在一生里薰蒸着人性的人类，还需再度过一个跟家门洞开的那一夜同样的夜晚。那是一个冲动的夜晚，有一次那些冲动，在那儿，许多年以前，曾挈走了他的老婆。街道消逝在黑暗里，大地哭出了雨水，伊凡 · 伊凡诺微支站在大门口等待他的儿子，儿子伊凡；而他却在莫斯科旅馆一间房子的角落里绕着弯子。于是父亲伊凡 · 伊凡诺微支在黑暗里叫出来：

"伊凡奴式加!"

儿子伊凡不来找他的父亲。在早上父亲伊凡看见了他的儿子……只一次并且也是最后的一次了，在火车站上。他父亲，站在人群当中。两个人类走经他。一个靠着橡皮头的棍子，另一个扶着这个跛子，那是一个高个儿的健康的军官，披挂着皮带，上面系着刺刀和手枪。他是一个漂亮的、红面颊的、发育适当的、不苟言笑的年轻人。他的父亲看出这年轻人的眼睛像他母亲的一样地惹人注目，像那双他一度要把世界和太阳全都沉没到里面去的湖水。火车很快地开走了，一面放着汽号，在后边留下一抹烟雾。父亲走开去，缘着木头的铺道，走过木栅栏。街上吹着风。在街上，在木头铺道上，走着一个衰老的，头发苍白的人……

房子的过道里弥漫着人性。

四

在任何事情上，人类的裁判不应当并且不能够像人类自己裁判自己那般的严厉。

一九三六年刊于《新地》
（北平清华文学会主办之季刊）

一笑之失

[法]H. 巴尔扎克　原著

“当一八一二年出征的时候，”孟特里武将军说，“我曾无意地引起了一场怕人的灾祸。你，边雄大夫，在你研究生理时，也曾那么谨慎地研究了心理的，想来在这件故事里，或者可以替你那‘意志’的诸问题，寻到一番解决吧。

“那是我的第二次出征。作为一个单纯的炮兵中尉，我喜爱冒险，并且在随便一件什么事情上，不免纵声一笑。

“当我们到达了白莱辛那河的时候，那部队，像你所知道的，是几乎完全瓦解了，并且失去了任何一点军事训练的意味。事实上，那不过仅是一堆各色种族的人本能地从北往南流动而已。如果不发食物和燃料，兵士便会把一个褴褛不堪、光裸着脚的将军从他们的营火跟前赶跑。即便在越过了这条著名的河流之后，混乱的情形也仍是较前有加无已。

“我单身一人寂寞地穿过了榛滨沼地，继续前行，想找寻一间人家可以让我歇宿的房子。一处也没有找见，或者竟而找见又给赶了出来，傍晚时分我才挺幸运地投到了一家波兰人的可怜的小庄院。没有什么方法可以使你对于这样一个地方起一种印象，除非你曾看见过下诺尔曼的板房，或是拉·比斯地方最穷的小屋。这样的住屋只包括一个单间，在一头拿板壁隔开，把较小的部分当作储藏草料的地方。虽然暮色愈加迷蒙，但我从远处就已望见了一缕细烟从这家房屋上升起来。我希望着能够遇见比我已经央告过的那些人更能给予同情的主人，便不觉鼓勇向这田庄走去。我走进去，发现几个军官围坐在桌旁，正吃着在煤火上烤炙了的马肉、冻了的甜菜根和马铃薯。跟他们一道的（并看不出一点特殊的神色），有一个女人。我认出他们中间的两三个人是我曾经服役过的第一团里的炮兵大尉。他们欢呼着惊叫着来迎接我，这些欢叫若在白莱辛那河的那岸是的确会吓我一跳的；但在目前寒气已不十分凛冽，我的伙伴们正在享受着安憩、温暖和食物；地板上铺着一把一把的干草，而一切合拢了来，仿佛已经可以预想到会有一个安适的夜晚让我们来过。总之，我们现在已经不甚缺乏什么了。在一些可以作不费之惠的时机，他们都是泛爱的典型。我开始在一堆草料上坐下来；并且干脆躺了下去。

“在桌子的一头，在通到积满干草的小屋去的门边，坐着我从前的团长。在我不可避免地结识了的那一伙芜杂的人物当中，他要算一个顶特殊的人物了。他是个意大利人。在南方的国家中，只要有一个好的人性，同时也便是一个凛烈的人性。我不知道你是否留心过，意大利人面容端好时候所具有的那种奇异的白皙——那真是一桩奇事——尤其是在太阳底下。当我阅读查礼·诺第哀所描述的奥德上校底幻化的形象时，我在他每一个精炼的句子里，遇见了我自己的若干印象。一个意大利人，像他那一团里大部分的军官一样，也如被我皇陛下从‘由麾部队’中选拔出来的人们一样，我的团长是一个高个儿，有八九个‘庞斯’高，身体匀称得叫人艳羡，也许可以说多少有点儿肥，但却力大无穷，并且像一只灰色猎狗似的机警刚毅。对比着他过多的蜷曲的黑发，他那白皙的脸蛋儿像女人似的发着油光，他的手掌是小的，脚长得好看，还有一张优雅的嘴，他还生有一副精致的鹰鼻，在鼻端很自然地削尖了，在他经常脾气爆发的当儿，那鼻子便会变成毫无血色的苍白。

“真的，他脾气的激烈真会使人难于相信，也远非字句所能形容；关于这，底下将有充分的例证。碰上那种脾气，谁都不能不为之动容的。或者我自己是唯一不害怕他的人；但那也是在他对我萌发了非复寻常的友谊之后。在他看来，凡我所做的都是对的。当他脾气发作起来的时候，他眉宇上的肌肉抽缩着，形成一个三角形，或者也可以说是形成一种甲胄上马蹄铃的形状，在他额头的中央。这种形象有时甚至会比从他那蓝眼睛里冒出来的刺人的火光更多地予人以恐怖。这当儿，他整个的身体颤抖着，而他的力量，本来就是很大的，现在越发不可遏止。他用一种强烈的混合语讲话，他的声音至少像查礼·诺第哀所描写的奥德一般地有力，尤其每当那种混合语讲得重时，更在子音或音节的地方夹杂了若干音调的富丽。假如有些时候，这样一些巴黎的俚腔俗韵对他说也是一种格外的美点的话，那么你事实上一定会听出那里面含蕴着一种怎样强力袭人的感觉，当他逐字宣布命令或者是在感情冲动之下讲话的时候。在平静下来以后，他底蓝眼睛闪映一种天使般的美妙，他那修齐的眉宇带着一种招人爱怜的神色。在‘意大利部队’的检阅中，没一个人比得上他：就是我们越过俄罗斯边境之前拿破仑举行最后一次阅兵的时候，连多尔塞本人——那美貌的多尔塞——也被我们的团长凌越了。这位宠运儿是诸般矛盾的集合体，而矛盾又是激情的主素。因此你不必问我他是否向女人身上施行这种不可拒抗的征服力，在他这种征服力之下，我们的个性都会像从玻璃吹管底下吹出来的玻璃液一样地易屈服。但是由于只有锐利的观察者或者可能解释的一种奇异的宿命所牵，这位团长并不曾、不愿作甚多的征服。

“关于他的暴横，为了给你一点印象起见，我愿意用很少的几句话告诉你我亲眼看见在他脾气发作做下的一件事。一天，我们跟我们的炮车正爬上一条仄狭的道路，路的一边是一条深阱，另一边是一片树林。在上坡的中途，我们遇见另一团炮兵，由他们的团长率领着自对面开来。那个团想叫我们这一团第一连的值星上尉替他让路。当然地，上尉拒绝了。于是那个团长就打一个招呼叫他手下的第一连前进。虽然赶炮车的人尽量小心地从树林跟前过去，但第一辆炮车的轮子到底绞住了上尉的右腿，并且干脆把骨头折成两段，把他从马上摔到对面去。这一切只是瞬间的事。我们的团长正距离这里不远，他猜出了这整个纷争的所为，便尽快地驰马跑了前去，一直穿过树林和我们的炮队（据我们想他的马定会一个筋斗翻到地下去的）。于是，他到达了出事地点，站在那另一个团长面前，这时候刚巧是我们的上尉大喊一声‘救命哪’便倒下去了。好啦，我们那意大利籍的团长立刻便失却了人性！他的嘴里喷出着白沫，就像香槟酒的浮沫一样。他狮子一般地咆哮着。气得连一个字都咬不清，甚至连一声叫喊都没有，他只向他的对方作一个可怕的示意，指着树林并且抽他的军刀。两个团长进了树林。在一两分钟之内，我们便看见我们的挑衅者仆倒在地上，他的头给我们团长的军刀劈成了两半。这一来，另一团的人退回了：了账！也真算快啊。我们的上尉几乎要了命，躺在被车辆摔出的污泥里呻吟着。他，有一个女人，一个十分妩媚的意大利人，麦新那籍的。她对于我们的团长并不是全然冷淡的。这种情形，对于他的脾气更如火上浇油，她的丈夫便寄在他的保护之下；去保卫男的也正如保卫女的同样是他应尽的义务。

“现在且说我在榛滨近边的小屋里受到那么温暖的款待时，这上尉正巧坐在我的对面，而他的女人坐在桌子的另一边，跟那位团长对面。她是一个矮小的女人，这个麦新那人，并且很黑；在她那杏仁般的眼睛里，闪耀着西西利岛上太阳的炽热。她的名字是洛辛那。这时候，她正巧瘦得可怜，她的双颊像大路旁陈灰曝土的果子一般，沾满着尘土。虽然她由于旅途的困乏，几乎衣不蔽体，她的头发纠缠着乱无头绪，蒙着一块破了的头帕，但在她身上仍然有着一种女性的柔媚，她优雅的姿势、她弯弯的朱唇、她的白齿、她的脸蛋儿的轮廓、她胸口的起伏，这些都是寒冷、穷困和悲凄所不能抹杀的柔媚，对于那些仍会想到女人的男人们，他们依然不免要因而涉及恋爱的。除此之外，洛辛那还具有一种看起来脆弱而实际上却是非常坚毅刚强的性格。

“她丈夫的脸孔像一块斑花石，暗示出（如果一个人能够把这两层意思联想到一起的话）一种不惹人尊重的好性子。他是一个上等人，勇敢，受过良好的教养，但对于将近三年来存在于他的妻和那个团长中间的诸般关系却表现出一种不识不知的样子。我惯常把这种淡漠解释作意大利人的人生态度，或者作为他们地域性的隐俗。可是他的脸上，还有一些什么，常常引起我莫大的疑惑。他的上唇是薄的，并且相当厉害地弯曲着；在嘴角处不向上翘而向下垂。我认为这种面貌无异是从一个表面上懦弱迟钝的性格中，泄露出一股潜伏的残虐。

“你不难设想到，当我到达时谈话并不十分精彩热烈。我的同伴们都乏了，在静寞中吃着。自然，他们也问我几个问题，于是我们彼此告诉着各自的苦楚，把我们的故事里夹杂上若干有关行军、寒冷、将军们的错误，以及俄罗斯人的琐事。在我到达之后的一两瞬时，那团长完结了他那并不大的饭量，擦一擦胡子，祝了我们的夜安，用他的黑眼睛瞟住那个意大利女人，叫道：‘洛辛娜。’于是，并不等待一声回答，他便径自到放着草料的小屋里过夜去了。

“在团长的召唤里包含着的意义，是不难猜到的。于是这青年妇人便只好让一种难于形容的忸怩，使她自己逃避出来；这种姿态不特表示出她对于这样毫无顾及地宣扬出来他们中间的关系因而感到不快，并且还表示她感到了这有伤于她自己的尊严和她丈夫的尊严。但是，她面容上的抽缩和眉毛的猛蹙，却越加厉害了，这无异是某项行动的泄露；或者她是遭受了命运的一些挑激吧。她仍然安静地坐在桌旁。片刻过后，（或者这正是那个团长躺倒在干草铺上的时候了，）他重复叫道：‘洛辛娜。’这二番恳求的音调，比第一次更加粗野地带有征询的意味。在他那种南腔北调里，在他那种意大利式把三个音节里的子音和母音故意拖长的当中，所有人类的急不可待性、专断性和意志的不可克服性，统统表现出来了。洛辛娜的脸色突转苍白；她立起身来，绕过我们的身后到团长那里去了。

“所有我的伙伴们都保持着一种奥妙的岑寂；只有我说来不幸，在我统统望了他们一遭之后，开始笑了起来。而一经我开了端，那笑声被每一张嘴巴重复着。

“‘你笑了，’丈夫说。

“‘一点不错，我的同志！’我说，重复严肃起来，‘我承认我是做错了；但我相信我顶衷心地向你求饶，并且你假如认为我的谢罪还不足使你满意的话，我还另有准备，来使你满足。’

“‘那不是你错了，而是我呢。’他冷冷地说。

“之后，我们就在这房子里睡下，立刻我们全都打起鼾来。

“第二天一早，谁都来不及唤醒他身旁的伙伴，也不等一个旅途上的朋友，便按照各自幻想的指引，重新动身前行。那就是这种利己主义使得我们的撤退成为天底下曾经演出过的顶可怕的一幕自私自利、惨不忍睹，并且恐怖万分的戏剧。

“但是，约莫离开我们的住处七八百步远近，我们又重新全遇合了，几乎是全部——一同前行。一种共同的需要驱策着我们，就像被一个盲目暴横的孩子赶成了一群的鹅、鸭。我们到达了一个岗子，从那里我们昨夜寄宿的庄院依然可以望见，这时候我们听见一种牛吼般的叫喊，或者说像沙漠中狮子的怒哮；然而不，那是一种不能拿任何人类惯知的声音可以比喻的骚声。同时，掺杂着这种不祥的怕人的咆哮，我们又可以辨别出一个女人底弱而无力的嘶叫。我们全都转回身来，被一种不可描述的恐怖情绪震慑住了。房屋已望不见了，它已经被一团火焰封锁起来。团团的黑烟被风卷走，同时也给我们带来一些嘶哑而可怕的声音，并且附加着一股不可言喻的强烈的气味。

“离我们身后不远，赶来了我们的上尉；他很快地赶上来参加我们的旅队。我们全都静肃地望着他，没一个人敢向他发问。但他业已揣知了我们的好奇心；用他的右手指着自己的胸脯，用左手指着放火处，并且说：‘干掉啦！’

“我们一声不响地继续前进。”

* * *

“世界上再也没有比绵羊造反更加可怕的事情了，”德·玛尔赛说。

译者附记

昂诺累·巴尔扎克是十九世纪法兰西文艺的巨匠，人人皆知，无需赘述。

这个短篇，虽甚精致，但自然也并不足说是他的代表作。我之所以翻译它的原因，是认为在这么短小的篇章里，竟有三个面孔给凸现地雕塑出来，这对于学习刻画人物的人，也未始不是一个小小的启发。

一九四七年刊于开封《黄河文艺》

福劳利德镇

[德]沃尔夫　原著

亡　命　者

（一九三四年维也纳工人二月革命后作）

我梦见你和那些死难者，
维也纳的三百个死难者，
有人用大炮轰击
维也纳红色无产者的宿舍。

在那唯一无二的住宅区，
十二个孩子被打死，
你，孩子，躲在我的外衣下面，
到这个世界里来，你是否愿意？

甚至在病床的旁边，
今天还开着军法会议，
有刽子手和临死的祈祷，
我的孩子，你是否恐惧？

人家追赶着我们，
从东部边境到西部边境，
我们跟着从维也纳逃出的义士，
挨饿，要饭和受冻。

到处都有人围向我们，
为什么有人要四处把我们捉拿……
你，藏在我身上的孩子，
那时候，你要怎样回答？

我听见你的心在跳动，
像一个小铁锤在敲打，
是的，总有一天你要这样说，
你一定要降生。

人物表

亨兹	“马克思”工人警卫团团长
卡尔	“马克思”工人警卫团营长
福朗兹	“马克思”工人警卫团连长
费尔特	“马克思”工人警卫团枪手
赛波儿	“马克思”工人警卫团枪手
路　第	“马克思”工人警卫团枪手
迈克司	“马克思”工人警卫团枪手
商尼	煤气厂工会委员
沃尔特	煤气厂工会委员
魏塞尔	福劳利德镇消防队长
格兰姆陵	铁路工人，后来是自卫团团员
白丕	被称为“苦命的白丕”
玛利	商尼的妻
林妮	格兰姆陵的女儿

葛莱特尔　　女教师
沃图·包尔　国会议员，奥地利社会民主党执行委员
雷斯耐尔　　《工人报》编辑
卡兹尔　　　《工人报》编辑
皮歇尔　　　《工人报》社的杂务人员
审判长　　　维也纳第二军事法庭
检察官　　　维也纳第二军事法庭
辩护律师　　维也纳第二军事法庭
肯兹尔　　　消防队员
贵妇人　　　教廷救济委员会
议长夫人　　教廷救济委员会
神父　　　　教廷救济委员会

地点

剧中事件发生在福劳利德镇，维也纳和邻近捷克的边境上。

时间

一九三三年三月十五日至一九三四年二月十六日

第一场
一个信号

维也纳，福劳利德镇，施林格尔坊的一间住宅。一九三三年三月十四～十五日的夜晚。宅内空空的，半明半暗，只有街灯映进来的一点微光。——从右边，出现了一个身影，偷偷地走向左边的门，发现门是关着的，就轻轻地走向作为舞台背景的窗子跟前：谨慎小心地开了一扇窗户，想要爬出去，但是必须再把窗子推开一些……哗啦一声，用绳子拴在窗子上的一把水壶掉了下来。那身影还来不及从水壶落地的惊慌中镇静下来并且逃开，就出现了灯光。一位年约五十岁的胖胖的老太太，玛利，从右面的房里突然跑出来，一把抓住他——这是她的儿子赛波儿，今年十八岁。他穿着裤衩和球衣站在那里，把自己的裤子缠在身上，手里提着鞋，头发还在滴水。工会委员商尼上，五十五岁，头发花白，穿着内衣和短裤。

玛　利　（气愤地把赛波儿向前拉）我可抓住你啦，小伙子！活像一只掉在水缸里的老鼠，那还抓不住！才十八岁，就半夜里偷偷摸摸地去找一个女孩子，像一个小偷，像一个流氓！（把他拉向前）真不要脸！

商　尼　（抓住他，十足的教训口吻）你就没有一点脑子吗，赛波儿？半夜里像贼似的从窗口往外爬，在这施林格尔坊，（庄重地）这是我们建筑起来的社会主义工人城，是一种标志……

玛　利　（使他转过身来对着自己）真不明白从哪一点上看中了那个女人，你这孩子！（愤怒）女的都二十五啦，你才十八，她是个教书的先生，你是个车床工人。你们俩配到一起真像酸梅饼配腌青鱼，毛巾碰上刺猬啦……

赛波儿　可是，妈，葛莱特尔……

商　尼　（使他转向自己这边）葛莱特尔，葛莱特尔！像你这样年纪，好孩子，在半夜里脑子里用不着去想葛莱特尔，只需要睡眠！当年我像你这么大的时候……

玛　利　（盛怒）他们打算去滑雪哪，他们两个。他们早已把滑雪的家伙预备好啦，想在下星期去！——那不成！给我滚回床上去！睡觉是用不着裤子的！（把他的裤子拿走。）

商　尼　（向那怏怏地站在那里的赛波儿）赛波儿！女孩子们是不会从一个人身边跑掉的，只管去睡，睡吧，……（朗诵）

> 我们在几小时内从睡眠那里偷来的东西，
> 这本是他的哥哥（死亡）给他带来的，
> 我们必须把它还给死亡，
> 这对于他们两弟兄是没有关系的。

玛　利　（从赛波儿的裤袋里掏出一支大型斯蒂尔手枪）啊，原来是去干这种事?!

赛波儿　（想抢那支枪）给我，妈！

玛　利　（把手缩回去）你黑夜里出去是为了打枪，不是为了一个女孩子　吗?

商　尼　费尔特不回家来，也是为了这个吗?

赛波儿　（不作声。）

玛　利　（急忙走向水管，把耳朵挨着管子静听）他们又在用铁锹掏墙啦，在下面地窖里……他们要从洋灰墙里挖出步枪和机关枪来！（冲到赛波儿跟前，带着一种疯狂似的震怒抓紧他）我生儿育女，可不是叫他们出去跟保安队和陶尔斐斯打仗的，我不能叫他们还像二七年那样从正义宫被抬回家，给打得稀烂！赛波儿，好孩子，该死的东西，别叫你妈难受。听话吧！（突然）跟你的葛莱特尔到山里去吧，只管去，带着你们滑雪的家伙去，只要离开这该死的维也纳就行！（用力敲打左边的墙）葛莱特尔！你听得见吗，葛莱特尔？（想把手枪用纸包起来）明天我就把它弄走！

赛波儿　（抓住她的胳臂）还给我吧，妈！我们“马克思”警卫团的连长说过的……（想从母亲手里夺回那支枪来；枪走火了。）

商　尼　（高声叫）赛波儿！！

赛波儿　这不是女人们动得的东西。（扳上保险机。）

葛莱特尔跑进来。二十五岁的女子，教员，脸上单纯而结实；穿着裙子和衬衫，匆促地披了一块披肩。

葛莱特尔　怎么回事？

玛　利　（又生气）带走他，你的淘气货，没出息的东西，你的小公鸡儿。带上他，葛莱特尔，带上你们滑雪的家伙，把他带到山上去，到滑雪场去，到冰山上去，离开这儿越远越好，我再也不想看见他了……（坐下来，拿双手捂住眼睛。）

葛莱特尔　（对她）不过，玛利妈妈……

玛　利　别再管我叫“妈妈”！我根本不是妈妈！你们听过我的话吗？（跳起来，把赛波儿的手枪拿走）这东西在这里摆着哪！（向葛莱特尔）你，你就让事情这样发展下去！

葛莱特尔　有什么办法呢？我早就跟赛波儿谈过，尽了我所有的力量。我早就向学校请了假。想趁着这春天，带着滑雪具到山里去，明天已经是三月十五日啦。可是，小伙子们一句也不肯听我们的；只有他们的首长们说的话倒像在他们耳朵边上打鼓那么响——像亨兹、卡尔、福朗兹和魏塞尔。

赛波儿　（性急地）少提人家的名字，葛莱特尔！

葛莱特尔　我并没有别的意思。只要是那个魏塞尔告诉你的，在你就把它当作天上的星星那样一点也不会错。

商　尼　（在他的索引卡片上查找）这个魏塞尔，他尽管别人的闲事，这个消防队长。

赛波儿　（站到他的面前）你是说魏塞尔同志吗？

商　尼　（拿着索引卡片）你的魏塞尔“同志”，他在一九二七年正义宫开枪事件以后就脱离了党，现在可又跟共产党……（按卡片读下去）你的“葛格·魏塞尔；消防队长，三十五岁，已婚，有一个三岁的孩子”。

铁路工人格兰姆陵匆匆上，他四十五岁，穿着“马克思”警卫团的制服，带着马枪；后面跟着他的二十岁的女儿林妮。

格兰姆陵　（激动地）有警报吗？

商　尼　孩子们胡闹哩。

格兰姆陵　响了枪吧？

玛　利　（看到格兰姆陵和他的枪就很生气）要是再有什么响枪的事情，玛利妈妈就去报告警察局，把这件事情弄垮了算完。难道你们以为我二十年来还没看够打仗和杀人吗？难道你们以为我还盼望着打内战吗？

格兰姆陵　内战已经在眼前啦。

玛　利　什么已经到眼前啦？

格兰姆陵　喂，玛利妈妈，要是陶尔斐斯在明天下午，三月十五日，禁止国会召开合法的会议，那不是内战是什么，我们的党总是说：国会是人的肺脏，没有它人民就不能呼吸，不能生活。如果他们把人民的这一点权利都想剥夺，那么，那么工人们就有“一种神圣不可侵犯的权利，武装起来！”

商　尼　（严肃地）精神上武装起来，这就是沃图·包尔和德国人常常强调的。

格兰姆陵　那么为什么德国人和警卫团给我们发步枪和机关枪呢？

商　尼　为什么吗，格兰姆陵同志？为什么吗？为了保卫我们社会主义的成果，我们的公共建筑，我们这里的施林格尔坊，我们的儿童之家，工人浴室，还有我们大规模的社会文化设施，这是世界上任何别的城市所没有的！

格兰姆陵　如果明天他们解散了议会……

商　尼　一个全体大罢工……

格兰姆陵　又像一九二七年那样，在正义宫放起火来，警察们枪杀工人像打兔子似的，我们铁路工人全体罢了工，整整两天工夫一个车轮子也没转动，没一个火车头冒烟……可是后来那个罢工却给闷死了，因为我们的党想把行动从马路上搬到“议会的议席上”去。（激烈地）同志们！如果明天他们还把我们当傻瓜，我们就到总部去给他们那些老爷们打打气！

玛　利　（向格兰姆陵）冷静点，奥托。你一发脾气就像个疯子！说不定明天人家就不让你当铁路工人，把你从宿舍撵出去……

林　妮　难道他为了他的养老金和住房，就该向人家低声下气吗？

玛　利　住嘴，你这乍出茅庐的孩子！

林　妮　（走到格兰姆陵跟前）就为了得一处住房吗，绝不是呀！你说对不对，爸爸？

玛　利　（安静些）“就为了得一处住房吗？”没有家，孩子，你就像离了水的鱼一样，只算是半个人。我想你大概完全不记得十五年前我们住的那种黑洞了，那时候床上都长满了霉，夜里耗子在我们的鼻梁上跳来跳去；而现在……（打开左右的门）这里还有一间房，这里是厨房和浴室，还有孩子们的房间，今天我们住的真就像天堂一样呢……

亨兹同福朗兹上。亨兹是一个四十岁强壮有力的人，“马克思”警卫团的团长。福朗兹，二十五岁，连长。

亨　兹　是这里吗？

格兰姆陵　（向赛波儿）验枪哪。

玛　利　（对亨兹）你把赛波儿给我留下，不要他参加这些事，你懂吗？

亨　兹　（对赛波儿）哪一连？

赛波儿　（肃立）第二连。

福朗兹　（报告）他才参加了一个星期。

亨　兹　（向格兰姆陵，低声）准备好了。

玛　利　（耸起她的耳朵）什么事？

亨　兹　没有什么。（打算同格兰姆陵和福朗兹一同离去。）

玛　利　（挡住去路）这样不行，亨兹！绝对不行！你得给我一个答复，你这司令员！你把我的两个儿子迷惑得发了疯；他们夜里还尿床呢，就已经跟小偷似的在夜里四下去活动啦；就要去打枪，流血，替你们那疯狂的思想卖命！（绝望地）眼看我们这一切又要完了，我们这些好容易得来的一切——我们的孩子，我们的丈夫，我们的工作，我们的家……

亨　兹　静一静，玛利，警卫团正要照顾到不让工人们损失一点东西。

商　尼　亨兹！我相信你是个可靠的人。你有良心。你不会做一点冒失事的，亨兹。没有中央委员会的命令，就什么事也不要做！

亨　兹　我们是一支武装力量，商尼。我们最重要的事情就是纪律。

商　尼　对的，亨兹。纪律要求我们不要在那小丑陶尔斐斯，或者说斯塔亨堡的“尾巴”面前头脑发昏；纪律要求我们只服从我们的党。（热情地）那是一个党。（翻动他那一串卡片）一个像岩石那样坚固的党，一个庞大无比的党，在奥地利就有一百多万选民，它能够受人们的拥护，就正是因为它的城市政策……

格兰姆陵　（讥讽地）正由于那几处公共建筑……

商　尼　（严肃地）是的，几处公共建筑，格兰姆陵同志！难道那完全等于零吗？卡尔·马克思坊、歌德坊、拉萨尔坊，以及我们的施林格尔坊，有着上万间阳光充足的工人住宅，学校、幼儿园、澡堂和会场！是的，同志们，这些都是不流血不流泪的社会主义的标志，看得见的坚强堡垒！（举起他的索引卡片，像捧一尊神像似的）自从一月份以来，单只我们这一区，就增加了八十二个新党员。

福朗兹　但是，如果它不采取行动，那也不过是一个瘸腿的大肚汉罢了。

亨　兹　胡说，福朗兹！你是一个连长，一定要约束你自己！警卫团曾经宣誓，它不干预党的政策。

福朗兹　（兴奋地）那是当然的，魏塞尔曾经告诉过我们！

商　尼　魏塞尔！同志们，你们恐怕有些弄错了吧！他是一个无政府主义者……

赛波儿　（走向前）他是完全没有问题的，爸爸！

玛　利　（拉他回来）他简直是个魔鬼！你们这些小伙子们都叫他迷住了。

敲门声。玛利走到右边去。从门上的窥伺镜向外望，转向屋内的人们。是“苦命的白丕”，她开开门。一个瘦长个子的人溜了进来，他穿一件斗篷，戴一顶蒂鲁人的小帽；那就是苦命的白丕。

白　丕　（对玛利）好心的太太，多谢你的通报。没有重要的消息，对不起，连一点什么可以令人兴奋的事情都没有。今天，同志们，只有很少的一点小事：意大利军队已经开到勃伦纳隘口，哈特送给了斯塔亨堡三列火车的军火。

亨　兹　你从哪儿来，白丕？

白　丕　（摆架子）从哪儿来？从总部。现在党部快像个蚂蚁窝啦，只要明天早晨面包房还照常发卖面包的话，那么幼主沃多和他的母后就要准备在宫中登上奥匈帝国的宝座啦。……

格兰姆陵　发动了吗?!

白　丕　明天下午准四点钟。

亨　兹　看吧，一场混战！

白　丕　奥塔克林和布雷登挠都往外起枪哩。

亨　兹　有命令了吗？

白　丕　（拍拍胸脯）命令在这儿！

福朗兹　一点不错！

格兰姆陵　如果党委再出来阻挠我们，这次我们就捣毁他的老巢。我们要绞死那些头儿，让警卫团的首长们来当执行委员……

亨　兹　（把他推到墙边去）你再胡闹，奥托……

白　丕　号外，请看吧。（把它送到亨兹面前。）

亨　兹　（接过去，默默地读着，这时候大家聚拢上来。）

商　尼　（读）“根据一九三三年二月十八日颁布的紧急命令，一九三三年三月十五日应行召开的议会已无限期延期。政府已决定不惜采取一切有效的手段来镇压任何反抗这项命令的行为。”（继续读下去。）

亨　兹　（对白丕）警卫团的领导方面怎么说呢？

白　丕　什么也没有说。

亨　兹　党呢？

白　丕　也没有。

寂静。

亨　兹　还是那老一套！难道我们是一群羊吗？同志们，我们必须知道，如果明天议会被武装解散了，那么我们该怎么办呢？党会发出一些怎样的命令呢？同志们，我们要立刻选出一个代表团，明天到党委会和警卫团的领导那里去！

商　尼　一个代表团，对。

玛　利　一个代表团，我们妇女从前就干过。（镇静下来）坐下吧，男人们。派一个代表团。那么你们就得写了。——走，姑娘们，咱们去煮些咖啡来！（和葛莱特尔、林妮同下。）

亨　兹　一切都准备好了吗，商尼？

商　尼　本区的党员名册必须预备好，以便随时可以检查，那是区主席应该办到的。（把笔和纸郑重其事地放在那里。）

亨　兹　一点不错，区主席！那么，开头要写，第二——十——一——区，维也纳市，福劳利德镇，施林格尔坊代表团决议……

商　尼　（写）“第二十一区，维也纳市，福劳利德镇，施林格尔坊代表团决议……”

亨　兹　（念写）因鉴于陶尔斐斯内阁所造成的严重形势，施林格尔坊工人城的代表们希望……

福朗兹　福劳利德镇，费雅特工厂……

格兰姆陵　和铁路工会……

亨　兹　以及铁路工会，希望我们的党立即发出全面的号召：一，全体罢工；二，推翻陶尔斐斯政府；三，把工人阶级武装起来……

福朗兹　把这三点画上红线，商尼！

格兰姆陵　特别是最后这一点！

白　丕　（靠近水管静听）这是干什么？

福朗兹　（也听）他们在地窖里掏墙，往外起机关枪哩。

白　丕　好机灵的小伙子。

亨　兹　（愤怒地加添一句）都是冒失鬼！

格兰姆陵　（站到他的面前）我们明天就需要呢，亨兹。

亨　兹　没有命令，什么都不“需要”！

福朗兹　那些小伙子是谁也制止不住的，亨兹！

亨　兹　我要把他们统统赶出营去！

除商尼外，都随同奔下，商尼本来聚精会神地抄写和用尺子“画线”，突然站起，看见房里无人，向门口跑去。

商　尼　（一只脚在屋里，一只脚在走廊上）亨兹，亨兹，怎么回事？“决议”不要了吗？（回到房子中央，倾听一会儿。看看钟，时间一点钟，走到桌前，把“决议”推到一边，又在党员名册上粘贴，自言自语地）第二二五、四六七号……这样一个党，这么大的一个党！他们只管来吧！（拿起他的矮凳，在空中挥了几下，仿佛他想把桌子和世界上的一切打得粉碎似的，但他又把它好好地放下，坐上去，又拿出党籍卡片来，愤怒而又热情地继续往下写。）

第二场
沃图·包尔的“胜利”

维也纳《工人报》编辑部，一九三三年三月十五日。编辑雷斯耐尔和卡兹尔坐在桌边，卡兹尔正在批阅报纸和稿子；他对面坐着一个金黄色头发的人，带着一个公事皮包，神气十足。雷斯耐尔在听电话。杂务员皮歇尔，大高个儿，五十多岁，长着一副爱喝酒的人的面孔，站在雷斯耐尔面前等候着。

雷斯耐尔　（向电话机）内阁总理办公室，请立刻给我接上……是的，这里是《工人报》编辑部。……您是内阁顾问路德维希先生吗？对不起，我们想打听一下关于新的紧急命令的事情……要到明天早晨才能公布吗？糟糕，真糟糕……至少请你告诉我们一点内容呀，哪怕是一个大概的轮廓呢，顾问先生。这总算是政府又一次表示对工人的爱护吧，哈哈哈……怎么？因为议会延期，要采取行动吗？再说两句话，顾问先生……喂，顾问先生！（挂上耳机）该死！

卡兹尔　（低头看着文件）哼，他们今天就要吓一跳！

雷斯耐尔　（正在写）要吓他们一大跳！

皮歇尔　（好像很亲密地）难道陶尔斐斯就没长耳朵吗，那个诡计多端的小矮子！矮子们总是坏透了的，雷斯耐尔同志。……哦，警卫团的事情怎么样了呢？他们是预定在今天四点钟发动的呀。

雷斯耐尔　（还在写）谣言。

皮歇尔　你说这是“谣言”吗？雷斯耐尔同志。我的看法不是这样。……外面的代表团怎么办呢？

雷斯耐尔　随他们候着呗。

皮歇尔　雷斯耐尔同志，我把那个代表团瞧了一遍。他们说，他们是从福劳利德镇施林格尔坊来的；看起来他们这一伙好像是挺野蛮的哩。你可不要随便相信那班家伙的话呀，雷斯耐尔同志。我可是知道，应该怎样去对付那班人……

雷斯耐尔　（生气）就得让他们候着！

皮歇尔　（惹恼了）你说话用不着这样高声，雷斯耐尔同志！上星期，你跟那个女戏子蒲珀在这办公室里逗着玩的时候，谈话就没有这样高声。

雷斯耐尔跳起来。皮歇尔急下。

卡兹尔　（向金黄色头发的人说话，一面继续阅读文件）多少钱呢？

金黄色头发的人　三百先令。

卡兹尔　三百先令？你疯啦，小伙子！你看，在我这办公桌里就有两个你们自卫团的同志昨天拿来的材料，比你这个还更加有趣。（给他看一卷东西）——总共才花了五十先令。

金黄色头发的人站起来。

卡兹尔　至少应该是正式的文件才行呀。

那个金黄色头发的人拿出一个文件远远地向他晃了一下。

卡兹尔　我又不是天文学家，看不了那样远，走近点儿怕什么呢，小伙子。（念）“罗特希尔德医院……外科，白伦宝教授……胆石病；患者：爱德华·伏劳恩斐特。”……伏劳恩斐特？是纳粹的地方领导人吗？

金黄色头发的人　正是他。

卡兹尔　住在犹太人开的医院里？

金黄色头发的人　吃的还是犹太式的伙食呢。

卡兹尔　（隐瞒住内心的激动）那是当然喽。

金黄色头发的人　（站起来）正像你所说的。我们把这件事叫做可怕的侮辱。

要是你们不想要的话，《自由报》会对这个消息感兴趣的。

卡兹尔　干吗那样性急呀，小伙子？谁说我们对这消息不感兴趣？从职务上说来，对于每一件有关政局的事我们都感兴趣。不过我们的基金是很有限的……我可以给你一百先令。

金黄色头发的人　我可不是专想捞钱，先生！要是拿到《自由报》去，他们立刻就会给我二百先令。再说我也不是为的钱，你懂吗？这是一件用不着讨价还价的政治材料。

卡兹尔　（想了一会儿）可惜还差一点什么，一点不平常的东西，一件吸引人的小故事，譬如说吧……那个纳粹头子写给一个犹太籍女护士或是女医师的一封情书。

金黄色头发的人　说不定那猪猡会有一个犹太籍的外婆呢，这是可以打听得出来的。

卡兹尔　好啦，一百五十先令。（接过材料，写）拿这个条子到会计科去。

金黄色头发的人　这就跟白送一样。（慷慨地）谁都不肯这样卖。（把条子放进袋里，下。）

卡兹尔　（站起来，拿那份材料到雷斯耐尔跟前）你听见了吗，雷斯耐尔？（把公文夹送到他的眼前。）

雷斯耐尔　（正在写）恭喜恭喜。

卡兹尔　这是金子，是纯金！不过，要是警卫团在四点钟开始行动的话……

雷斯耐尔　那么大家的兴趣就会都集中在警卫团上面，你的全部揭发工作就只好扔到垃圾堆里去了。

卡兹尔　你说什么，雷斯耐尔？我们的报就好比一件乐器，像一只小提琴似的。难道小提琴就只有一根弦吗？不，它有四根弦！低的是G弦，比方说，就算是你的警卫团事件吧，你把它拉起来，人们就要发抖，就要浑身打颤！可是以后呢，他们也还需要相反的弦，高的E弦，这就是一些笑料。你不相信吗，人们要是对于那个罗特希尔德医院里的纳粹分子伏劳恩斐特笑过一阵以后，他们又会对于一切政策发笑，一直到把他们笑健康起来。于是，那个纳粹头子很容易地就会吓坏了，然后就成了一只死老鼠！

雷斯耐尔　（看表）两点半……要是这件事情成功了的话……陶尔斐斯就会比死还要难受。

皮歇尔入。

皮歇尔　雷斯耐尔同志！那些代表，简直是蛮不讲理。他们说，要是包尔同志到议会去了，他们就想跟编辑同志谈谈。听我的话，雷斯耐尔同志，你心里总得要有准主意，你总得好好地来对付这伙人。

雷斯耐尔　叫他们进来吧！

皮歇尔下。亨兹、格兰姆陵、商尼、福朗兹立刻上。

雷斯耐尔　（站起来）你们是从福劳利德镇来吗？

亨　兹　施林格尔坊和工厂里派来的。

商　尼　（严肃地）一个代表团。（递给他一份决议书）我是区主席商尼·赫莱尔。

雷斯耐尔　（向决议书看了一眼）好的……不过党的负责人现在到国会去了。

格兰姆陵　就是陶尔斐斯解散了的那个议会吗！

雷斯耐尔　（眼睛盯住他）你们知道，什么都可以“解散”的。不过，也够他受的，那个小坏蛋！

卡兹尔　他今天会要难受得哭出来呢！

格兰姆陵　发动了吗？

福朗兹　我们那一伙恐怕是不容易撤回来的……

亨　兹　本来讲好就在今天下午四点钟……

福朗兹　现在，他们在等……

雷斯耐尔　等着吧！

商　尼　（骄傲地）你们瞧！

亨　兹　但是，要是他解散了国会呢？

格兰姆陵　要是他逮捕了我们的代表呢？

亨　兹　在我们区指挥部里人们就等着出动了！

福朗兹　枪支也齐备了。

雷斯耐尔　神经过敏，同志们，太神经过敏了！（看表）现在是三点还差十分，事情也许已经决定了。政府一定是已经让步了。要不然，全体国民都会起来反对它。你们也许知道吧，在上次五月大选的时候，就有一百多万工人拥护我们呢。

商　尼　占总登记人数的百分之四十五哪！

雷斯耐尔　单只维也纳，社会民主党就得了七十万票！

亨　兹　（严肃地）有十万个维也纳的工人现在已经准备好了。他们等待的不是讲演和统计数字，他们只等待命令。（站到他的正对面去）谁都知道得清清楚楚：要是陶尔斐斯解散了议会，难道党不可以号召一次总罢工，难道警卫团不可以出动，占领政府机关、兵营和邮局吗？

雷斯耐尔　（沉着地）你干脆就宣布公社成立了多好呢，嗯，你这个新的罗伯斯比尔！

皮歇尔和国会代表沃图·包尔匆匆入。包尔是个上了些年纪的人，头部侧面轮廓分明，穿着一套灰色衣服。两个人都显得很乐观，皮歇尔还响亮地笑着。

皮歇尔　一进一出！进去又出来了！我们办了一件多么漂亮的事呀，包尔同志，简直漂亮极啦……这就是我的意见！（好意地拍拍他的肩膀）他从来没有碰到过这样的事，那个坏透了的家伙，那个陶尔斐斯！咱们的代表先生们多么胆大呀：他们一直冲进了议会的中央！

包　尔　（严肃地）平静下来吧，亲爱的皮歇尔。

皮歇尔　（激动地）叫我静下来吗，包尔同志？还是叫陶尔斐斯静下来吧！但是，我们的包尔同志，今天又可以算是一个领袖了；（又拍他的肩膀）今天大家看清了，我们的党能够干些什么事情。现在我们已经卡住了陶尔斐斯的喉咙！

卡兹尔　他自己没有亲自到场吗？

皮歇尔　哪里呀！我们的代表先生们到场啦，进去了可是又退了出来。是两点半钟在议会里，可不是三点！议会开了五分钟，一刻钟以后呢，他们又都退出来啦！

包　尔　可是没有发生什么粗野的事情，同志们，正是像皮歇尔说的那样；不过是，在议长的提议下开了会，在大多数表决以后又闭会了。（得意地）议会总算是开过了。

皮歇尔　（纵声大笑）等到他们的宪兵队开到的时候，我们的代表早就进去又退出来了。

卡兹尔　他该气疯了吧，那个矮子！

雷斯耐尔　那个家伙向来是要闹笑话的。干脆死了倒好。

皮歇尔　我们的代表们万岁！（把包尔举起，像举一个小孩子那样）我们的代表同志们万岁，他们把陶尔斐斯当了傻瓜啦！万岁！

包　尔　（被举在空中）行了，皮歇尔！

皮歇尔　我再说一遍。万岁！这真值得你请大家喝一杯呢，包尔同志！

包　尔　（恼怒）让我下来吧，你这浑蛋！

皮歇尔　（粗鲁地放下他来）你骂我是浑蛋，我告诉你，你是一块烂泥！算了吧，包尔同志！（下。）

雷斯耐尔　（正在写）我们应该出一张号外：不顾陶尔斐斯的禁止，议会依然召开！

格兰姆陵　议会里决定什么事了吗？

包　尔　（站在代表团面前）你们是同志吗？

格兰姆陵　从福劳利德镇来的。

卡兹尔　他们都是警卫团员，包尔同志，他们是很好，很英勇，很热情的……（这时候包尔已经聚精会神地在读一张报纸）他们想就在今天发动……可是，同志们，你们看，眼前就是一个可以避免流血又要获取胜利的好榜样，也就是我们的党使用精神武器的好榜样！（看表）现在，正是陶尔斐斯带领着宪兵队来解散议会的时间了。

雷斯耐尔　（边写边笑）这号外一定要立刻印出来。整个维也纳都要笑，整个世界都要笑！

亨　兹　（把那张纸从他手里夺去）谁要笑，你们这些骗子，你们这些小丑，你们这些该死的傀儡！

雷斯耐尔　（站起来）你疯了吗?!

卡兹尔　（走到亨兹面前）把那张纸交还给我！

包　尔　（走过去）这是什么意思？

亨　兹　（面对他）这就是说，我们福劳利德镇的工人们已经受够了陶尔斐斯那个矮子的祸害，也早已受够了（转向雷斯耐尔）这些臭虫们的愚弄。这就是说，警卫团员们已经把武器准备好了，要来一个总清算。（突然）我们希望从你们这里发出一个明明白白的命令，你听清楚了吗，明确的命令，要不要发动总罢工……

格兰姆陵　警卫团要不要出动……

福朗兹　要不要在四点钟发动……

包　尔　你们都疯了吗？难道我是在一伙神经错乱的人中间吗？你们知道你们

谈的是些什么事吗？你们知道你们的要求会立刻引起政府的反击吗，出动军队，把炮架到街上，断绝一切交通，断绝铁路运输，断绝面包的发售，在所有股票市场上奥地利先令的跌价，大量屠杀，女人和小孩的尸首堆在街上，饥荒和贫困，血和泪的交流……内战，同志们，是的，内——战，一切文化都完了，党也完了，我们奥国也完了！

亨　兹　好啦……那么我们是不是要把那些机关枪重新埋起来呢？

包　尔　谁让你们起出来的？今天，党已经向你们指出，应该怎样运用议会的手段去摧毁敌人了。党是始终在战斗着的，但是，同志们，不是利用武力的观念，而是要运用观念的武力！党是用精神武器来战斗的！

格兰姆陵　好吧，用“精神武器”继续战斗吧，你们这些没有骨气的家伙！（撕掉他的党证，把它扔到桌面上）铁路工人格兰姆陵现在要到实际行动方面去，不要空口说白话的。

商　尼　（拾起撕毁的党证，劝他）你入党已经二十年啦，格兰姆陵，二十年啦……

格兰姆陵　我不能跟一个死人结婚。（下。）

包　尔　少了一个无政府主义者。

亨　兹　少了一个机关枪的连长。

商　尼　少了一个老同志。

包　尔　他要是想破坏党的基础——党的纪律——的话，那么他只是一个害群之马。

沉默。

福朗兹　要是党的领导方面有了错误呢……

包　尔　那就不用你管了，小伙子，党的全体大会才有权过问呢！

福朗兹　（平静地）你在党里是一个领导人，包尔同志，这是我知道的，我可只是警卫团的一个连长。但是，包尔同志，我却看得清清楚楚：用你那种在议会里要要戏法的手段，是打不倒那个陶尔斐斯和斯塔亨堡上万的喽罗的；要是我们的党在这紧要关头里负不起它的使命，（满腔热情）那么“群众的历史的创造性”就会有它自己的决定了。

包　尔　“群众的历史的创造性”……就算有这样的话又该怎么样呢！

福朗兹　卡尔·马克思对于“巴黎公社”曾经讲过这样的话，包尔同志。是的，那是魏塞尔在一本小册子里念给我们听的。

包　尔　魏塞尔？

商　尼　就是那个福劳利德镇的消防队长。

卡兹尔　哦，那个家伙，葛格·魏塞尔，是个工程师，就是指导着技术学校的吗？

亨　兹　现在他是我们的技术指导员。

商　尼　那是一个激进分子。

亨　兹　胡说。

商　尼　（激动地）胡说？自从魏塞尔当了"技术指导员"，我那两个孩子就忽然对于政治着了迷，并且那个大的，费尔特，今天一早居然在身上带回来了这东西……（从袋内掏出一张报纸。）

卡兹尔　（接过去）《红旗报》！

雷斯耐尔　（走过去）《维也纳红旗报》呢?！

包　尔　（拿着《红旗报》，威胁地把它向代表团的人们挥动着）同志们，现在你们看清楚了吧！（好像是得胜了似的）你们看看，你们是盲目地陷进危险里去了吧？冒险家，空想家，以及煽动分子都在活动，都在火药桶旁边玩火呢！同志们，难道你们就当真愿意把我们多年来久经考验的伟大的党，交给好战的浪漫派和那些亡命徒吗？难道党在最近这几年没有正确地领导着你们，渡过了一切艰险，一切的漩涡和暗礁吗？难道党没有给你们建立起那些著名的市立工人宿舍、学校、文化宫和托儿所吗，这些不都是社会主义建设的基础吗？党使你们不走亚洲式的轰炸和变成一片冒着硝烟的废墟的道路，难道你们还不满意吗？党下了最大的决心领导你们走上欧洲式和平建设社会主义的道路，我们的红色维也纳就是一个照耀全世界的标志，难道你们还不满意吗？同志们，谁要是当真敢来破坏我们辛苦得来的胜利果实的话……（热情地）那么同志们，党就会敲起警钟，那时候我们就会向你们发出号召：武装起来，宁死也不受奴役！

亨　兹　（从正面瞅着他）包尔同志，我们可以把这些话告诉给警卫团的同志们吗？

包　尔　你们一定要把这些话告诉他们！

卡兹尔　（抓住亨兹的手）宁死也不受奴役！

雷斯耐尔　（撕毁旧的号外，重写一张新的）宁死也不受奴役！

包　尔　（看表）警卫团的团员同志们，回到你们的区指挥部去吧！向那些同志们说明，由于党的策动，议会已经召开过，通知他们紧急任务已经解除了。

福朗兹　那就是说，枪支又要重新埋起来吗？

包　尔　是的，年轻的英雄，（眨了眨眼睛）不过，可别埋得太深了！

商　尼　（用肘触福朗兹）可别埋得太深了！

从福劳利德镇来的三人同下。

卡兹尔　这件事你办得真漂亮，包尔同志，真是办得巧妙！

雷斯耐尔　（还在写着）这个口号：宁死也不受奴役！这跟打到议会中去的事实，正好可以互相配合。

包　尔　（踱来踱去）等一等，同志们！我们总得再想一下，明天会发生什么事情？要是陶尔斐斯当真在议会门前架起机关枪来呢……我真不敢说，我真不敢说。议会是的的确确不得人心的。（很怀疑的神气）工人们是不是因此就会冲到街上去呢？

卡兹尔　不要紧，包尔同志，你瞧那些警卫团员，他们都是好汉；他们会替我们去赴汤蹈火的！

包　尔　（还是来回走着）再别跟我提起那些家伙啦！他们刚到这里来的时候，就好像一些战神似的，一个个端好了机关枪要准备进攻。我只跟他们讲了五分钟的话，他们就像浑身透湿的哈巴狗那样悄悄地走了。（站住）现在的工人们再也没有一点斗争的精神，没有一点骨气。跟这些工人在一起还能搞什么政治呢？

雷斯耐尔　（又撕掉刚才写的那张号外，另写）我们可以把号外的标题再写强硬些：**工人阶级的神圣权利……武装起来！**这才带劲……

包　尔　留神街上。（面对他们）不是闹着玩的，同志们，不要拿战争来开玩笑！我们还有更妥善的办法。（得意洋洋地）陶尔斐斯要是惹翻了我们，那他就是一个浑蛋，一只乡下的野狗，一个渺小的政治家，一个小小的梅特涅。（骄傲地）雷斯耐尔同志，你马上替我要苏黎世的电话，叫第二国际的总书记说话……卡兹尔同志，让勒特里希打听一下，捷克使馆方面有些什么消息。并且替我要巴黎的电话，接到我楼下的办公室去——找保罗·庞古！只要庞古对那个小矮子讲一句话，就可以叫他老老实实的了，那个恶毒的小坏蛋……（恶气冲冲地来回走着）只要叫陶尔斐斯看见一个外国人，叫他听到一句法国话；再加上今天他在议会里碰到的传遍世界的丢人的事情……

卡兹尔　真是丢人丢到家了！

雷斯耐尔　（又在重新写一张新的号外）来这么一个标题吧：**陶尔斐斯真丢人！笑都要把他笑死！**

卡兹尔　不出一个星期，陶尔斐斯内阁就非垮台不可！

包　尔　工作吧，同志们！（这时候雷斯耐尔正在要巴黎和苏黎世的电话，包尔想着心事）还有一件事：我们随时随地都应该留心工人们……像那些福劳利德镇的家伙们，那个消防队长魏塞尔；——要好好地注意着福劳利德镇。

第三场

魏塞尔的宣誓

“国际”咖啡馆的小单间；一张桌子和四把椅子。窗叶闭着。点着电灯。正门在左边，侧门在右边。亨兹、卡尔、商尼围坐桌旁。商尼面前摆着一份文件。

商　尼　自从二七年七月，正义宫事件以后，他就脱了党。

卡　尔　那个时候，连我都想脱党呢。你想那时候那些光会拍马屁的家伙们，一个跟着一个地都退却了。

商　尼　他当时在哪里呢？

亨　兹　同志们，虽然那时候他已经不是党员了，可是还跟我们在一起工作。他是一个诚实的、高尚的人，并且还是一个出色的专门人才。我个人是可以替魏塞尔担保的。

卡　尔　（在想）我们可以考验他一下。

一声敲门的暗号，大家静听，又响了两声。亨兹开门。魏塞尔进来，他有金黄色头发，细高个子。他们默默地握手，然后，围着桌子坐下；亨兹站着。

亨　兹　魏塞尔同志，我们都是工人，用不着绕圈子说话。你知道我们是为什么约你到这里来的。不过，今天晚上我们请你加入警卫团的领导小组，这可是一个同患难共生死的组织呀。

魏塞尔　我知道。

亨　兹　在魏塞尔同志宣誓以前，还有哪位同志要讲话吗？

卡　尔　（缓慢地）魏塞尔同志，……有一件特别的事情，我们想征求你的意见。你知道，在毕桑堡有几处地下据点，那里还储藏着大量的弹药。……当然喽，我们很想调查清楚这些地下弹药库的情况；我相信那一定是有兵士和机关枪守卫着的；可是每次我出去蹓跶和“游山玩景”的时候，我从没有看见过一个哨兵，一支步枪。我真想知道他们是怎么搞的。

魏塞尔　什么都看不出来吗？

卡　尔　什么都看不出来。

魏塞尔　（沉思）也许是地下工事，地下碉堡，有电力自动装置……说不定在哪里设有自动的开关……据我想周围一定是有围墙围着的吧？

卡　尔　周围有三百公尺。都标着“注意！高电压！”

魏塞尔　这就对了。（慎重地考虑）最好是趁黑夜把一根电线抛到围墙上，另一根电线插到墙底下；再把这两条线接起来。那么，碉堡也许就会显露出来，并且会往外射击。

卡　尔　妙哇！

亨　兹　（看着他的眼睛）魏塞尔同志，你愿意担负这个任务吗？

魏塞尔　我愿意。

亨　兹　魏塞尔同志。我想就在这里请你宣誓加入警卫团和我们的领导小组……（全体起立）随着我说一遍：我——葛格·魏塞尔——誓以全力保卫战斗的无产阶级的伟大事业，愿竭尽忠忱，贯彻始终，即使冒生命的危险，也在所不辞。越战越强的无产阶级万岁！

魏塞尔　（用坚定的声调）“……即使冒生命的危险，也在所不辞！——越战越强的无产阶级万岁！”

大家又跟他握手，然后全体就坐。沉默了片刻……谁都不知道该怎样开口。魏塞尔坐在那里，面色苍白，又有些激动；他努力振作了一下，站起来。

魏塞尔　同志们……你们这样信任我，我十分感谢。几年来我就等待着会有今天。我是不会使你们失望的。(他说不下去了。)

亨　兹　(抑制住自己的感情，声音粗哑地）好啦，魏塞尔同志，让我们立刻来谈谈具体的事情吧！你知道——我们从前也曾经谈过——警卫团指挥部的计划本来只打算保卫我们的几处工人宿舍。我曾经跟你提过我们的抗敌计划。不过现在你变成了我们自己人，我们就要说得更清楚一些了。在我们的计划里，还有几处重要的袭击目标，有重要意义的地点；我们一定要不顾一切抓住毕桑堡，它的无线电台和它的炮兵阵地。

魏塞尔　(激动地）要是那里也有弹药库的话，我们一开始就应该派一个或两个主力营去攻占这样的地点。

卡　尔　还要攻占北方车站，切断装甲列车和军队的运输……

亨　兹　还要进攻通到第二十区的福劳利德桥，为的是要和卡尔·马克思坊保持联系，并且作为冲进内城的准备……

魏塞尔　好极啦！但是，同志们，从我们的后方联系来看，那个警察分局可正盘踞在我们的中心，像一个胖蜘蛛似的，它会卡断或是搅乱我们的线路。所以我们也必须在最初十五分钟的战斗里就占领这个分局。……谁有纸吗？

亨　兹　(拉开桌子抽屉看）这不是！

卡　尔　(看那张纸）“国际”咖啡馆的一张菜单；就用背面吧。

魏塞尔　(开始画一个略图，大家都弯下腰来看他画）本区的警察分局，是在布吕纳和布拉格街的中间，它对福劳利德镇来说是一个顶重要的据点。从我的消防派出所，(画）可以看到，每逢有什么骚动的时候，就有整连整连的警察和武装警察部队开进里面去。你们知道开到哪里去吗？开进一个地下隧道里去，一条通到我那消防派出所去的道路。不管怎样，有这些全副武装的白色部队躲在你们的后面，总是一个极大的威胁。所以，同志们，(画）最好是你们用两营人去迅速攻占毕桑堡那个重要的炮兵阵地，用一营人去攻占北方车站，再用一营人去占领桥头堡，同时我也用一个突击营，就照这个箭头所指示的地位，去进攻警察分局。我对袭击的意见就是这样……

左边门上有敲门的声音。大家直立不动。亨兹和卡尔掏出他们的手枪。又是一声，与暗号不合。亨兹低声地推其余的人们由右边的侧门下。

亨　兹　到楼下的敞厅里去；还在做买卖呢。在那里等我！

卡尔、商尼、魏塞尔从右方下。亨兹走向左方。门又敲响。亨兹慢慢地开开门，用一只脚抵住，使门只开一条缝。路第，一个二十三岁的警卫团员，探进头来。

路　第　真不容易找到你呀！

亨　兹　（笑，放心了）傻瓜！

路　第　对不起，还是那桩事儿。

亨　兹　路第，我今天真是没有工夫。

路　第　（进到屋里）当然，为了我的事，你是永远不会有工夫的；不过我可有的是工夫来找你。（坐下）我为找你已经整整跑了一个钟头啦。你的老婆说你在咖啡馆里，洗盘子的姑娘看见你走进院子；你可是不在院子里……（四处张望）这儿倒是挺好，挺清静的。

亨　兹　（平静地）好啦，路第，你听着，我还有一点紧急的事情……

路　第　我的事也是"紧急"的呀，亨兹！我已经流荡了两年啦，到现在我还得跟我的老人们住在一起，我的老婆呢，也得跟她的老人们住在一起。我今年可是已经二十三岁啦，亨兹。鸟儿都有它自己的巢，每个人也都有权利睡到他自己的床上去，总不该老是领着自己的老婆到那又冷又黑的体育场去，或者是在一个仓房里睡上几宿！你在"住宅管理委员会"是干什么的呀？

亨　兹　我为你要一处住房已经提过两次了。

路　第　是呀，要我去住快要倒塌的破房子……

亨　兹　那是因为你催得太紧……

路　第　（激烈地）我要住到施林格尔坊去。我想要一处干净的新房——两个房间带一个浴室。喂，亨兹，一定要单住一所房，哪怕带着我的老婆只住一个星期，只住一个月也行。亨兹，我也是一个人哪。我参加警卫团已经五年啦。到底为的是什么呢？我要住到施林格尔坊里去！

亨　兹　你会住进去的，路第；我们总要使你满意。名单上在你前面的只有三个人了。

路　第　（气愤地）我的前面还有三个人，三个人。这不是又得一年吗？我告诉你，亨兹，要是我轮不到第一名，要是我在最近三个月里还得不到一处房子的话，我可知道你们在哪里埋着三百支曼利希步枪和两挺机关枪。我要是捞不着一处房子，我就到警察局去告密，把这些枪支都搜走……

亨　兹　（一步跳上前去，掐住他的脖子）把什么搜走，你这混账东西！你这狗娘养的！（狠狠地打了他一个耳光）把你刚才讲的再说一遍看，你这卑鄙的家伙，再说一遍呀！（路第被他提起来颤抖着）我告诉你，你要是敢说出去，你这个畜生，你这个杂种，我就让你浑身都是窟窿！（把他扔到地板上，路第想爬起来，又跌倒了。）

亨　兹　装死吗？你等着吧，我这就去找一桶冷水来，好小子。（从右边下。）

路　第　（睁开眼睛，向周围望了一眼，然后，愤怒地向门口晃一晃他的拳头）狗崽子！（勉强挣扎起来，要向左边走去，又跌倒了，看见地板上有一件什么东西，捡起来，看）菜单……“国际”咖啡馆……菜单……饮料——该死，肚子可难受起来啦，我路第正想吃点什么……（翻过菜单来）呃，施林格尔坊……这儿是毕桑堡，福劳利德桥和警察分局，许多线和箭头，一营突击队，两营警戒；……一张菜单外带着一个攻击计划，有意思，真有意思……（很快地站起来，把略图藏在身上）拿桶冷水往你自己的头上浇吧，“好小子！”（很快地溜了出去。）

第四场
把武器起出来

施林格尔坊的地窖：一个非正式的射击场设在长长的甬道里，有两盏小电灯照着。“马克思”工人警卫团第二连的枪手费尔特、赛波儿、路第卧倒在两张矮木床上，用他们的步枪和一挺机关枪向右方一堵（从台下看不见的）墙射击。费尔特卧倒在前列的木床上，魏塞尔在他旁边指导着；路第在后一张木床上，身旁是福朗兹。左方有台阶，可以由地窖通到上面去。葛莱特尔和林妮站在那里一个洗衣盆前，旁边摆着一满筐的衣服在那里

“洗”。其中的一个站在较高的台阶上，当守望哨。为了掩盖枪声，她们尽量高声地在唱一支奥国的民歌：

阿尔卑斯山的探险者，
他俯瞰着云雾缭绕的世界，
像他这样敢于冒险的人，
真有无穷无尽的喜悦。
他不避艰险，不避死亡，
他不知道恐惧，简直不知道恐惧，
即使面对着死亡，
他也要英勇地和它相抗……
我们精神百倍地爬上高山，
在任何时候，不管有暴风雨或是晴天！
脚上穿着笨重的钉鞋，
手里拿着十字镐，
我们朝着山头奔去，
尽管那里摔死过人。
尽管有许多人向我们叫喊，
这是非常危险的，
但我们绝不动摇，
始终忠于攀登高山的宿愿……
我们精神百倍地爬上高山，
在任何时候，不管有暴风雨或是晴天！

歌声时常给步枪的射击和机关枪嗒嗒的声音所打断。

福朗兹　（喊）射击停止！

射击停止了。从右方掩蔽物中传出看靶人所唱的射击效果。姑娘们仍旧用低声继续唱下去。

声　音　（从右方）右边的枪有两发打得偏左，也太高啦。

费尔特　（又卧倒，重复一遍）有两发打得偏左，也太高啦。

魏塞尔　（在他身旁）打得太高那是因为离目标太近；这些枪可以打二百公尺；

因此，你瞄准的时候要低下两指去，并且枪要拿得紧……你这个小伙子挺结实——你是费尔特吧？

费尔特　商尼·赫尔策的儿子费尔特。

魏塞尔　（卧着）你是干什么的？

费尔特　车工，那边是我的弟弟赛波儿，他也跟我一样。

赛波儿　（在他身旁）我们俩都在煤气工厂里做工。

声　音　左边的机关枪打散啦，打得满墙都是啊。

福朗兹　（跟路第一同卧在第二张木床上）我不是经常告诉你：要集中火力！

路　第　机关枪可并不是灌肠器呀。

福朗兹　别说了吧，路第！（又和他一同瞄准。）

葛莱特尔　（对林妮）还不立刻发动？

林　妮　也许他们要等到陶尔斐斯把我们逮捕得一个也不剩……

福朗兹　也许会等到大家都投了自卫团……

林　妮　（奔到他的跟前）我的父亲是因为那班人拖拖拉拉，尽要些花样，使得他几乎要疯狂，这才离开你们的；但尽管这样，我林妮·格兰姆陵可知道自己应该站在哪一边；你爱怎么挖苦就怎么挖苦我吧！（唱。）

费尔特　林妮说的对！你还要等下去吗，福朗兹，像一年以前那样……？

路　第　那时候陶尔斐斯，那个矮鬼，他遣散了我们的议员。

费尔特　（激烈地）那是头一次；三个星期以后，在四月里，他接着又解散了我们的警卫团，那是第二次；可是我们还是得“等着”。（掏出他的手枪来。）

路　第　枪把上砸满了钉子吗？

费尔特　对啦！每次陶尔斐斯给了我们多么大的打击，可是我们还得等着的时候，我就在枪把上砸上一个钉子；去年十月我们的《工人报》被迫停刊了，那是第三次，第四次就是十二月里禁止一切集会……

路　第　上星期搜查了我们蒂鲁尔的党部，我想那还算不得一回事吧……

赛波儿　在施维哈特还逮捕了我们的工作人员……

费尔特　以后我再也不为了这些事在背后砸钉子啦，伙伴们；我们要从前边把枪子儿打出去！

福朗兹　（插嘴）交换枪位！射击开始！

费尔特和魏塞尔一同退到二排去，福朗兹和路第、赛波儿占了第一张木床上的地位。赛波儿用卧射的姿势放了几枪，福朗兹指点着他。路第持枪站在他的身旁。

魏塞尔　（在第二张木床上）不要把你的机枪像海岸炮那样架起来；到时候你是会来不及搬动的。

费尔特　（在机关枪旁）不过福朗兹说……

魏塞尔　要是从屋子里向外射击，福朗兹的话是对的；但是，小伙子，谁敢保你不会在大街上用你们的枪，或者是在一个桥上……

福朗兹　（回过头来向魏塞尔）还是你那套老战术，我知道……

魏塞尔　很快就会变成新的了，同志们，要是当真开始了战斗的话……

费尔特　一定是会有战争的！

赛波儿　这次我们再也不要把枪埋起来了！

魏塞尔　可是事实上，你们不是正在埋它吗？

费尔特　这次没有埋吧，魏塞尔同志！

魏塞尔　你们正在埋你们自己和你们的枪支，在你们的宿舍里，在你们的老鼠笼子里！（带着抑制的热情）小伙子们，想想目前的形势吧！（拿起一根枪刷，在地窖的后墙上比划着）这里是你们福劳利德镇的施林格尔坊……

路　第　（从地板上捡起一块炭来交给他）你愿意替我们画一幅真的图吗？那样我们会懂得更真切一些！

魏塞尔　（用炭块画着）好吧，这里算是施林格尔坊……那边是毕桑堡，较比我们这里的地面高出一百二十公尺，空中的直线距离是十公里，是政府炮队的一个重要据点……

福朗兹　我想，我们也要占领那个地方！

魏塞尔　但愿我们能够立刻占领那个地方，只有那样才有办法。同志们，谁占住了毕桑堡，谁就能占住福劳利德镇，谁就能占有奥地利最大的无线电台。（继续画下去）其次我们所需要的就是维也纳，是邮局、火车站、兵营……

路　第　那么福劳利德镇的兵营怎么办呢？

费尔特　福劳利德镇的兵营？

路 第 就是警察分局嘛。

魏塞尔 （瞧他一眼）你真是一个机灵的孩子，你叫什么？

路 第 路第。

魏塞尔 （热心地）你说的对，路第，那是一个很有意义的问题！瞧这里，路第，要是说毕桑堡是我们福劳利德镇的脑袋和额头的话，那么警察分局就是它的心脏了；在第一个钟头的战斗里，一切都要依靠这一点来决定。因此，同志们，我们万不能让警察分局有工夫开来大批的警察和突击队；我们一定要先下手为强……

费尔特 （激动地）要占领那些桥……

魏塞尔 攻到内城去……

福朗兹 还是停止谈话吧，葛格！大家知道，我们的总部另外有一个总的计划：保卫市立的工人宿舍……接着打吧！（端起一支枪，卧倒开始射击。）

青年们都跟着福朗兹和魏塞尔端起枪来，开始射击。姑娘们仍在边“洗”边唱。林妮站在上面的台阶上，葛莱特尔在下面“洗”着，她也被路第代替了的赛波儿拉到左方靠台前的地方来。

葛莱特尔 要是你们还要去搞什么议论的话，我看还真得要些时候呢。

赛波儿 这次已经不只是“议论”了！

葛莱特尔 那就是疯狂吧！

赛波儿 那么你为什么要加入呢？

葛莱特尔 因为你加入了嘛。

赛波儿 这就太不对了，葛莱特尔！你应该有你自己的认识啊，葛莱特尔！（庄重地）要是你不了解对那些杀人放火的白色匪徒们作战的意义，要是你不了解在自由的旗帜下冒着枪林弹雨，固守街头堡垒的意义的话……

葛莱特尔 好像这不是什么议论似的，赛波儿。反正一句话，我是属于你的！（抓住他）这又跟去年的光景一样了，还记得吗，赛波儿？那时候你也曾经赌过咒，说一定要“发动”啦，并且枪支也都准备齐了……结果呢，什么事也没有！我们的滑雪旅行也落了一场空。可是这次，我们千万别再把我们的好事耽误了，赛波儿。（低声地）我已经攒下了二百先令；我们下星期就动身吧！

赛波儿　要是这里的同志们万一开起火来呢……

葛莱特尔　我就不相信会开起火来，你真傻；什么事都不会有……（低声地）赛波儿，你知道，我们要随身带上八天的干粮，要到约哈姆山上去呢；在那二千公尺高的地方，有风，有雪，有太阳和松树——静悄悄地没有一点声音，就只我们两个人在那二千公尺高的地方……

赛波儿　（被打动了）耶稣啊！回来的时候，我们就直冲下来，从戈尔姆经过考格尔滑到蒂鲁尔，太美了；我已经在我们的雪鞋上装上了钢刃子了，葛莱特尔，这就像在一块肥皂上似的！

林妮在台阶上层唱起来；葛莱特尔立刻随着唱，这时候小伙子们已经停止射击，只是在拉枪栓和瞄准。姑娘们唱着“英勇的阿尔卑斯山探险者”的最后一段。

在我死去的时候
就躺在我的棺椰里，
我生来是个诚实的孩子，
死了埋了，也还是一样。
身旁放着我的钉鞋，
十字镐拿在手里，
在我冰冷的腰围
缠着血红色的飘带！
我们精神百倍地爬上高山，
在任何时候，不管有暴风雨或是晴天……

亨兹飞快地从台阶上跑下来；福朗兹和魏塞尔从木床上跳起来，小伙子们也作了同样的动作。

福朗兹　（报告）我们试过了六十支步枪和一挺机关枪；到现在还没有发现一支上不了子弹或缺少零件的哩。

亨　兹　（对魏塞尔）喂，葛格！我知道你打的是什么主意，葛格。（对小伙子们）你们继续射击！（把福朗兹和魏塞尔拉到一边）施瓦托施被捕了。

福朗兹　是我们的团长吗？

魏塞尔　这就要轮到你了，亨兹！

亨　兹　（笑）轮到我被捕呢，还是当团长？

魏塞尔　（也笑）两样都有。

福朗兹　事情怎么样啦，亨兹？

亨　兹　他们想煽动我们，逼迫我们发动；不过有几件事事前得弄清楚。（低声地）费雅特和色勒两家都要罢工了。你们呢？

福朗兹　在两个钟头以内，枪支就可以齐备。

魏塞尔　总部说什么呢？

亨　兹　区部的领导方面把命令和计划都锁起来了。现在只等总部发出口令……

福朗兹　……“卡尔病了！”

魏塞尔　总部会不会发出这个口令来呢？

亨　兹　（不高兴地）就是天塌下来，也不会的。（面向路第）是你吗？

路　第　（报告，望着他的眼睛）路第·鲁查蒂，第二连的枪手。

亨　兹　我们要在四十八小时之内准备停当，听候团的命令；所有可以携带的武器都要放在手边！（走到地窖墙上晒图的地方，低声对魏塞尔说）要小心啊，葛格！（把图擦掉，向台阶方面走去。）

魏塞尔　（跟在他的身后）“卡尔病了”……亨兹，那个口令真会发下来吗，亨兹？

亨　兹　总会发下来的。（下。）

小伙子们继续射击；这时候赛波儿持枪卧倒；费尔特站到正在“洗”着的林妮跟前，葛莱特尔在台阶上面。

费尔特　林妮，你在洗什么呀？

林　妮　一件长褂子。

费尔特　是替朋友洗的吧？

林　妮　明天你就会看见是穿在谁的身上了。

费尔特　干吗这么大的火呀？

林　妮　我知道我是个不中用的人！不过，要不是为了我，我父亲会活到今天吗？他现在跑到自卫团方面去了，这也不能怨我呀？

费尔特　在我看来你还是跟从前一样的……暴躁的脾气！

林　妮　（突然抓住他）我真想再跟你在一起，费尔特，再把你当作我的，费尔特……但是你，你就不能为我抽出一点闲工夫，光是搞你们的动员呀，什么实弹射击呀，什么政治呀。……费尔特，明天晚上你去不去参加“自然爱好者时装跳舞会”？

费尔特　只要能够走开我就去。

林　妮　（激烈地）为什么要等能够走开呢，费尔特？你难道连我们最后的一点快乐都不管吗？你一年到头总是站在费雅特工厂的机器旁边，现在狂欢节又快到啦。……

葛莱特尔在上边高声地唱起来；一个大约二十五岁的小伙子迈克司从台阶上跳下来；后面跟着玛利，她气喘吁吁地进来。

迈克司　（压低声音）警察来啦！

福朗兹　是迈克司吗？

费尔特　（在他旁边）那个共产党……

迈克司　把枪都收起来吧！

福朗兹　大家都躲到后面去！（把小伙子们推向右方。）

玛　利　（从台阶上走下来）费尔特！赛波儿！孩子们都跑到哪儿去啦？他们早晚得去蹲监狱，这些死鬼，这些流氓，早晚要被绞死的！

福朗兹　（低声地）静一静！（向迈克司）你从哪里来？

迈克司　从布吕纳街和霍克公园来。（帮忙把枪弄走）要是这些枪给搜走了，多么可惜呀。（向福朗兹）你给我五支；我会藏到一个保险的地方去。

福朗兹　（瞪着他）你是一个共产党员吗？

迈克司　（回瞪他）我是一个工人。

魏塞尔　躲开，小伙子！你们找两个人马上从院子里跑出去，扰乱一下子，把警察的目标转移到你们身上……谁去？

迈克司　要是没有人去，我去。

费尔特　我去！

玛　利　我去，我去，……你们这些流氓，难道把你们养大成人，就是叫你们去干这种事的？你们得留神：葛莱特尔，还有赛波儿，我要跟你们大发雷霆，使窗上的玻璃震动，使你们这班小伙子的耳朵都要震聋。……（把赛波儿和葛莱特尔推上台阶去）走吧，你们这两个流氓，两块废料，两个坏东西，成天泡在这么个地窖子里！我偏要把你们这些虱子抖出来，见见明亮的太阳光，就是连太阳都臊得不亮了，我也不在乎——你们这些瘟神，你们这些废物！（与二人同下。）

沉寂。

魏塞尔　挨门挨户地搜枪吗？

福朗兹　从来没有过的事。

路　第　是圈套吧。

福朗兹　林妮，你瞧上面台阶缺个人放哨呢。

林妮望着他，迟疑片刻，随后就走到台阶上面她的岗位上去。

费尔特　（激烈地）像这样你会把她逼到另一条路上去的！

福朗兹　怎么回事？

费尔特　（恼怒）我知道你们存着疑心！

魏塞尔　（站到他的身旁）别嚷，费尔特，要清醒一点；那个姑娘也许是不成问题的，不过，她是跟她的父亲住在一起的，她父亲可是自卫团的人哪。

福朗兹　拿出枪来！瞄准射击，喊出自己的记录来！

枪从右方两支两支地传递出来。小伙子们又随同福朗兹和魏塞尔卧倒在木床上。

费尔特　（丢下他的枪）我敢替她担保；这简直是侮辱！

魏塞尔　（在他的身旁）算了吧，费尔特！费尔特，你不想想看，今天是怎么一回事？这不只是陶尔斐斯和奥国工人之间的战斗；不只是这样，费尔特，绝对不只是这样，这还是一个信号，一个有力的考验，看看我们工人阶级是不是已经有了力量去打击那个残酷的怪物！（大家注意听他的话，都在木床上爬拢来）孩子们！我们这里福劳利德镇的人就可以做出一个榜样，我们就可以点起一支照遍维也纳、照遍奥地利的火把。但是，同志们，要做到这一点我们就必须在开始的头一个钟头以内解决福劳利德的敌人，要不然我们自己就会遭殃！我们必须把战斗推进到多瑙河的那边，推到内城，推到市中心区去。

路　第　叫他们房间里的枝形挂灯震荡起来……

赛波儿　叫他们的菜汤里多少也落几颗子弹……

福朗兹　要是政府用大炮和骑兵把市中心封锁起来呢？

魏塞尔　（热情地）当然，福朗兹，只要我们给人家留出时间来，人家是会那么办的！因此，福朗兹，我们必须争取主动：去进攻兵营、炮兵阵地和警察分局！福朗兹，不要只是等待着，一心只希望军队不要开枪。不，我们一定要敲起战鼓，拿起武器，向政府军队进攻，消灭高级将领，并且要进行最有效的战斗，把士兵们争取过来……

福朗兹　要那么办首先就得想法子跟军队取得联系。

魏塞尔　对喽！（大家作成一个小圆圈围住他）历史上也有这样的例子。一九〇五年莫斯科的工人们发明过一种“新的市街战术”，也就是游击战术。瞧这儿，（又画起来）我们的连队编制太不够灵活了，对于敌人的炮兵是一个太大的目标……

费尔特　我们的连队？

魏塞尔　（认真地）是的！因此我们在作战时一定要尽量化整为零，我们要分成小组，每组五个人，或是三两个人。这样就可以使政府军队的冲击不发生效力，倒反会突然受到我们的攻击，被我们打垮。（热情地）同志们！你们都是机灵的小伙子，你们必须决定，我们要不要主动进攻，争取胜利，或者是……

福朗兹　（抓住他的手）葛格，你应该把你的意见，也可以说我们的意见，向总部提出。

魏塞尔　（微笑）要是时间来得及的话。

福朗兹　（对其他的人）继续验枪！再有十五支就验完啦！（这时小伙子们又照常瞄准，他转向迈克司）你有什么事？

迈克司　我有一个请求。

福朗兹　什么请求呢？

迈克司　你们这里的枪很多，枪比人多；你们可以给我一支，让我也来参加。

路　第　（插嘴）他要是共产党员，那么叫共产党发给他枪好啦！

福朗兹　少说话！你，迈克司，我猜你是想到这里来开展共产党宣传的吧？

迈克司　（平静地）我是想来跟你们并肩作战的，同志。

沉寂——大家期待地站在那里，福朗兹在考虑。

魏塞尔　同志们，我认为事到今天，我们不应当丢掉任何一个战斗的工人了。

福朗兹　让我们看看他是不是老实的。（给迈克司一支枪。）

第五场
煤气厂罢工了

在福劳利德镇的煤气工厂里，一九三四年二月十二日清早五至六点钟光景。更衣室：有桌子，沿墙排列着长凳，整个后墙是一座平顶橱柜，有标着号码的抽屉。点着两盏电灯……商尼睡在长凳上，头底下枕着卷起的大衣；亨兹坐在桌旁，趴在一张图表上睡着了；沃尔特拉开了几只抽屉，塞进去一些什么东西，在重新往里推时弄出了一点响动；亨兹惊醒了。沃尔特赶快坐下……

亨　兹　什么时候啦？

沃尔特　五点半。

亨　兹　没有电话吗？

沃尔特　没有。

亨　兹　有“卡尔病了”吗？

沃尔特　没有。

亨　兹　你……，沃尔特，你在想什么？

沃尔特　我想什么你是知道的，亨兹。

亨　兹　（神经质地）我当然知道！的确，那是不难知道的。作为一个共产党员，在你看起来，什么事都是非常简单的：社会民主党的领袖们全是叛徒，撤退的战略家，此外没有别的；不过我要告诉你……（沃尔特瞪了他一眼，他顿了一顿）沃尔特，你个人是个好样儿的。你知道，在我看来，我们在维也纳的党首脑部的那些政客们是些什么东西；都是没心没肺的家伙，是光会跟人学舌的鹦鹉，没有骨头的软体动物……

沃尔特　你们警卫团的领导怎样呢？

亨　兹　警卫团的领导？这可是顶呱呱的，它随时都在准备着，这一点你满可以相信！

沃尔特　武器的问题怎么解决呢？

亨　兹　也打在计划里了；领袖们把计划锁起来了。

沃尔特　要是发动了呢……

亨　兹　（兴奋地）我们不会在福劳利德这一个地方单独行动的。

沃尔特　（平心静气地）亨兹，你知道我们工会委员们多少天来都在厂里守夜，随时都警戒着。自从前天，自卫团的部队就发出了警报，警察们也武装起来了，在军队里请假和外出也停止了。

亨　兹　我知道。（指着那幅图表）这里，整夜我都在想，我们怎样才可以一下子把埋藏着的武器立刻取出来，我们怎样才能占领那些顶重要的据点……

商　尼　（在睡梦中翻了一个身）注意！第二左舷炮门第一炮塔，瞄准对岸采林尼加的海岸炮台，——开火！边炮齐发……

亨　兹　（在他耳边）加快冲到里头去呀，商尼！

商　尼　（醒来）轰隆……

亨　兹　你好，烧锅炉的！

商　尼　真是见鬼！（伸个懒腰）大概是在二月吧，正是像这样一个二月的早晨，海岸炮台向我们的战舰开了大炮，但是我们“圣葛格”号、“罗多尔夫”号和“盖亚”号上的水兵们，我们卡塔罗港的水兵们死也不落下我们的红旗……我们有四个人贴墙站了起来，贴着斯卡尔亚里坟场的墙，作为暴动的发起人，在一九一八年二月十一日那天……

沃尔特　刚好是十六年以前的事。

商　尼　对。那时候商尼也是一个顾前不顾后的家伙，跟你们一样，简直是一包炸药！

亨　兹　你觉得难过吗？

商　尼　是说因为我今天没有当日的景况就难过吗？（庄重地）今天，同志们，情形不同了；今天我们已经不是被封锁着的卡塔罗港里的六千个水手；今天我们单只维也纳就有六万个武装的警卫团员啦！

沃尔特　“武装的警卫团员”……武器在哪里呢？

沉寂。

沃尔特　我以工会委员的资格来问一问。

亨　兹　已经有十二支步枪。

沃尔特　（看他一眼）十二支步枪。

亨　兹　马上就会多起来的。

沃尔特　马上……同志们，你们知道，我们和发电厂有一个双方都要遵守的协定！要是发电厂罢了工，我们的煤气厂也就关门。再说，要是警察、军队或是有技术的替工要来占领我们的工厂的话，必要时我们也得用武器来保卫！

商　尼　等一等，同事！要是我们煤气厂罢了工，再加上那个供给各个工厂用电的发电厂，那就可以算是维也纳总罢工了。那就是我们的“武器”。

沃尔特　要是对方使用步枪和机关枪来夺取我们的工厂呢？

商　尼　（迅速地接口）那么，我的朋友，那对于维也纳的三十多万工人就是一个信号！

亨　兹　那时候我们就不只十二支枪了，沃尔特，就有五乘一万二千支。那时候，维也纳过一宿就会变成红色的了！

费尔特、赛波儿和路第上。

费尔特　还上工吗？

商　尼　为什么不上？

费尔特　费雅特工厂罢工了，因为他们逮捕了格劳骚……

路　第　那个工会委员。

亨　兹　这个消息靠得住吗？

赛波儿　几百个工人同志们都站在厂房前边，谈论着这件事呢。

亨　兹　但是电车为什么照旧在跑呢？

沃尔特　电灯也还亮着。

商　尼　发电厂还照旧上工呢。

小伙子们开始换上他们的蓝布工人服。他们在抽屉里发现了传单。

路　第　（把传单拿在手里）呃？一封情书吗？

赛波儿　（同样地）我这儿也有呢！

费尔特　（同样地）一张传单！（念）“维也纳的工人们！同志们和同事的工友们！里辛和阿济格镇的工厂已经罢工了。在那里，所有社会民主党的中心人物全都被捕了。在尹斯卜鲁克，工人俱乐部和印刷所都被法西斯捣毁了。流血的冲突已经发生。维也纳和全奥地利的工人们，现在正是你们生死攸关的时候……”

赛波儿　（念）“……每个工厂都选举出行动委员会来领导斗争吧！解除法西斯匪徒的武装！武器掌握在工人们的手里！”

路　第　（念）“签署：奥地利共产党。”

亨　兹　（对沃尔特）我们可不是共产党呀。

沃尔特　（平心静气地）谁也没说你是呀，亨兹。不过，我们希望我们大家——你们和我们——不要让自己一点反抗都没有，就被陶尔斐斯和他的刽子手们绞死了。

亨　兹　我们是不至于的。

沃尔特　我们怎么会不至于呢？（带着内心的兴奋）同志们！你们的工会委员和领导干部们每天都有被捕的；你们的党部被查抄了，还有你们的工人俱乐部、印刷所、合作社。你们党的领导们干什么去了？你们工会的领导们干什么去了？

亨　兹　（做出制止的手势）我们知道。

沃尔特　那么你们，你们打算怎么办呢？

商　尼　难道我们应该单独罢工吗？

亨　兹　要单独发动战斗……

商　尼　要破坏纪律……

沃尔特　还要遵守纪律，直到明天警察开进了我们的厂里；遵守纪律，直到应急替工扼杀你们的罢工……同志们，你们要遵守纪律，只是为了有利于我们的事业，对于那些背叛我们事业的人，是不能盲从的！

商　尼　朋友，用不着你来管！

亨　兹　你破坏了我们的协定，沃尔特！你是在离间我们哪！

迈克司匆匆入。

迈克司　快接总部的电话！

亨　兹　（跳起来，到电话机前，按电钮）是总部吗……是的，我们在这里；这里是“安娜”……那边是谁……“卡尔”……（大家全都跑过来）“卡尔”怎么啦……“卡尔病了”……你这位说话的是谁？那边那位又是谁呢？从哪里得来的？你不能告诉我吗？……再说一遍，“卡尔”怎么啦？

赶紧把听筒递给商尼。

商　尼　（聚精会神地听）什么……是的，这里是"安娜"……怎么样——"卡尔病了"……（把听筒拿在手中，不听）"卡尔病了"。

费尔特　（跳起来）总罢工吗？

商　尼　放汽号！

费尔特　到街上去……

迈克司　到各厂去……

亨　兹　停一停！（想了一遍）他可是没有说出他的名字来。

商　尼　故意挑拨吧！

沃尔特　不明明是"卡尔病了"吗？

商　尼　（拿他的大衣）我到工会走一趟。

沃尔特　胡闹，商尼！走一趟要两个钟头，谁知道两个钟头里面会发生什么事情：警察也许会来，也许已经在别的工厂里干起来了……（转向别人）同志们！你们自己拿主意吧！立刻去召集一个全厂大会！

苦命的白丕和林妮上，是使劲挤进来的。

林　妮　我一定要对他说……

费尔特　林妮！

亨　兹　格兰姆陵的女儿吗？

林　妮　是的，格兰姆陵，那个自卫团员……（异常兴奋地）他昨天夜里受完了军训带着他的枪回到家里，兴奋得什么似的。他们的队长费少校也亲自来了。费少校说"这一次我们要根本解决"。

费尔特　"这一次我们要根本解决！"

林　妮　后来爸爸就匆匆忙忙地吃了晚饭，挂上他的水壶，带着饭包，抓起枪来就跑了，没提他到哪儿去，也没说要多久才回来！

亨　兹　到哪里去了呢？

林　妮　他说，要是我今天离开家一步，或是去找他的话，他就要把我当一只疯狗枪毙了呢。

白　丕　你们说了这许多话，同志们，都是些间接听来的揣测，有什么用呢？我就是刚从总部里来的。

商　尼　从总部来的？

亨　兹　有命令吗？

白　丕　（装出平静的样子）先不要那么神经过敏，同志们！我带给你们的是可靠的消息，是一点假都没有的事实。中央委员会整天整夜都在开会。那些可怜的家伙们费尽了心机来替你们想办法；刚才林兹地方的同志们来了一封信，他们说：只要他们那里有一个人被捕，或者有人到他们的工人俱乐部去搜查枪支或是搜寻名头大些的什么人的时候，他们就即刻要发动……

亨　兹　"卡尔病了"这件事呢？

白　丕　（想了一下）但是，但是，同志们！我说，那些林兹的家伙，都是了不起的小伙子，只是没有纪律。对于一个军事组织，纪律是顶重要的，就我们的警卫团来说也是这样；要不，我们不就等于一伙老百姓吗？因此我说，同志们：不要乱动！不要神经错乱！"卡尔病了！"……你知道那是什么意思吗？同志们？那就是说总罢工……

亨　兹　（抓住他的脖子，模拟着包尔的腔调）那就是说内战。同志们，那就是说大量屠杀，混乱，一切文化的破产；那就是说一堆堆的还在冒烟的瓦砾和野蛮主义……（把他推开。）

沃尔特　（抓住他）那就是说饥饿和贫困，那就是说先令的跌价，道德的破产，一切安宁和秩序的破坏，奥地利的灭亡……

费尔特　（抓住他）那就是说一切蟑螂和臭虫们要完蛋，一切臭东西，骑自行车的和官僚们都要垮台！（在小伙子们的哄笑声中把他撵了出去。）

亨　兹　总罢工！

沃尔特　一切都没有问题了。

亨　兹　"卡尔病了！"

迈克司　打开保险线！

费尔特　关上总气门！我们走吧！（要往外走。）

商　尼　等一等，小伙子们！这是我们的煤气厂，是我们红色福劳利德镇的煤气厂呀！我们要做好安全措施，锅炉房还要烧，我们要继续开动那些抽气机……

亨　兹　我还得到福劳利德镇的团部去。同志们，要是进行顺利的话，明天一清早红旗就要飘扬在我们维也纳市政府的屋顶上啦！再会吧！

沃尔特　（止住他）亨兹，厂里只有十二支枪；再给我们弄些来呀！

亨　兹　对。（急下。）

沃尔特　那么，小伙子们，你们赶快去关总气门……

商　尼　镇静些，同志们，用一点脑子！那几个一千五百度的锅炉要是一下子冷下来的话，是会爆炸的。锅炉间要保持开动，还有那些抽气机，不然煤气就会倒回去，会布满整个福劳利德镇……瞧，电灯还亮着呢。

沃尔特　谁出去看看电车是不是照旧跑着的。（赛波儿下）不管怎样，同志们，"卡尔病了！"那是毫无问题的！

商　尼　是的，我只是说，要发动得恰是时候，要一下子就把事情办好，电厂方面应该先发动。只要电厂一停下来，谁家厂里都不会有动力了……（赛波儿急上。）

赛波儿　电车还在开着。不过已经有两个坏蛋到工厂里来了。

路　第　那么警察也就要到这里来……

商　尼　那么他们就可以立刻把我们抓住。

费尔特　枪呢？

迈克司　到工厂里去呀！

路　第　走吧！

沃尔特　（站在门口）站住！大家都留在厂里，每个人都到他的车间去。把我们的主意告诉全体工人，然后再回来把我救出去……

商　尼　你留在这里吗？

沃尔特　总得有个人留在这里，好对付那些坏蛋们……（向其余的人）走吧！

他推大家到左边从通厂房的门下；他急急忙忙地从口袋里掏出些纸片来，匆匆看了一眼，撕掉几张，检查一下钞票夹子，又撕掉几张，统统塞进电话机口，把剩下的塞到嘴里，看见地板上有一张传单，想拾起来，这时候两个特务进来了。

特务甲　（拿着自动手枪）举起手来！

特务乙　（同样地）不准动！

沃尔特双手举起，镇静地站着。

特务甲　（疑惑地）有谁在这里打过电话吗？

沃尔特　也许吧。

特务甲　就你一个吗？

沃尔特　你自己看。

特务甲　（对特务乙）搜他！

特务乙搜他，发现了工人证，把它递给特务甲。

特务甲　（几乎是恭敬地念着）噢，是，一个……（装模作样地）你正是我们要找的！你就是那个共产党的工会委员……（用手放在他的肩膀上，露出上衣里面的特务证章）你被捕了！

沃尔特　我可以问一声，为什么吗？

特务甲　在适当的地方你自然会明白的。跟我走吧！

特务乙　（从地板上拾起那张传单；递给甲）瞧这个！

特务甲　（开始念，面色铁青）"……里辛和阿济格区的工厂已经罢工……自卫团已经武装起来。流血的冲突已经发生。每迟疑一天，就是一件历史的罪恶……罢工，发动邻近的工厂！到街头去……解除法西斯匪徒的武装！（害怕）武器掌握在工人们的手里！"

特务乙　（挨近去，像看到一个妖怪似的说着）"武器掌握在工人们的手里……"

特务甲　（向沃尔特）这是你带来的吗？

沃尔特　"在适当的地方"你自然会知道。

特务甲　（愤怒）你这家伙！你要小心点！厉害的还在后头哩！（把传单拿到他的面前，凶狠地）"奥地利共产党！"

沃尔特　正是。

特务甲　这里，黑字印在白纸上："武器掌握在工人们的手里！"这大概就是你所指望的吧！呃？但是，亲爱的先生，我们奥地利的工人可不是希望流血的亚洲人；他们是诚实可敬的人！

沃尔特　（顺着他的声调）那么为什么警察要占领工人俱乐部呢？

特务甲　为什么？（想了一会儿）就是为了那些煽动的人，乖乖，就是因为像你这样的小伙子。（轻侮地拍着他的肩膀，用一种教训的口吻）要是我们捉住了那些煽动的人，我的小朋友，工人们就很容易对付，一点都不困难了。（更加低声地）但是这些莫斯科派来的人，他们到工厂里来当"工人"，夜里陪女人喝香槟酒，光会用头脑工作……

沃尔特　（顺着他的声调）但是先生们，你们的特务工作也不是随便一个搬运工人就能够做的，光用胳臂腿是办不成这种事的；你们的工作也是动脑筋的工作呀。

特务甲　（凶狠地）你！！你要是打算侮辱官长的话，那么，小乖乖……

费尔特、迈克司、赛波儿、路第、商尼和其他的工人们在右边门口出现。

特务乙　（拿着自动手枪）要开会吗？

特务甲　（喊）不要堵住门口，不然我们要开枪啦！

沉寂。

特务甲　（拿着自动手枪，但神态不稳地）这是执行职务！我数到三你们就得走开……

商　尼　（急步向前）特务先生，我是这个煤气厂的工会委员，我叫商尼·赫尔蒂，五十五岁，在这个工厂里已经三十多年啦。管理这个工厂的有市政府、经理部、工会和全体工人……

特务甲　废话少说，要不然，连你也一起带走！

商　尼　（站到沃尔特的前面去）特务先生，不能把他带走。

费尔特　（同样地）得把他留在这儿！

赛波儿　（同样地）要跟我们在一起！

商　尼　门外边还有四百个人哩，特务先生，都是我们的人。

特务甲　（喊）抗拒官府吗？全都举起手来！

沃尔特　（把手放下来了）你弄错了，特务先生……（向费尔特、迈克司、赛波儿）动手吧，小伙子们！

两个特务很快地被把他们包围起来的工人们解除了武装，被带到后面去。

沃尔特　同志们！关上总气门！罢工啦！

赛波儿拿着特务的一支手枪又出来，很快地从左边下；这时候从那边传来喊声："关上总气门！罢工啦！"

商　尼　（向左方喊）关上总气门，打开安全放气管！

沃尔特　要注意安全设备！

商　尼　事情要好好地做呀，孩子们！红色的维也纳明天一早就需要我们的煤气的呀!

费尔特　（注视电灯）怎么啦?

迈克司　（这时候电灯熄灭了，随后又着了，不过暗得多）发电厂也停了吗!

人们惊讶地向黯淡的电灯光看着，仿佛他们不敢相信似的。喊声从左边来，赛波儿跑进来。

赛波儿　（非常激动地）同志们，发电厂也罢工了……电车统统停开啦!

第六场
不管沃图·包尔怎么样……战斗开始

《工人报》编辑部，一九三四年二月十二日正午。……卡兹尔坐在桌旁，用左肩擎住电话听筒，用右手在一个笔记本上潦草地写着一些什么。沃图·包尔来回走着。

包　尔　没人接吗?

卡兹尔　没人接。

包　尔　叫内政部试试看!

卡兹尔　也没人接。

包　尔　可是总得叫通一个工厂啊——安克尔面包厂、煤气厂或是发电厂!

卡兹尔　谁也不来接，各部总是“占线”，工厂呢，光是铃响，可没有谁来接。

皮歇尔端着两杯啤酒上，他放一杯在卡兹尔面前，另一杯放在邻桌上；他很高兴地拉住包尔的胳臂引他到邻桌来，强迫他坐到一把椅子上。

皮歇尔　喝一杯兴奋剂吧，包尔同志；喝一口！哼，皮歇尔不照顾你，谁来照顾你！祝你们健康，同志们！（拿过卡兹尔面前的杯子；喝干了）瞧瞧你们的脸，同志们，一个个都像水泡过的死尸；依我看来，我们大家早晚都是要死的，只是不知道什么时候死就是了。不过，只要能活一刻就……

包　尔　（恼怒地）别胡说啦!

皮歇尔　好吧！“别胡说啦!”（拿过包尔的啤酒杯，一连喝了几口，走向门口去）

听说林兹已经有人牺牲了。

包　尔　你从哪儿听来的?

皮歇尔　大家都在街上嚷着，都说军队向工人俱乐部开了枪。

包　尔　还能有别样的情况吗？……皮歇尔，你不也是两个肩膀扛着一个脑袋的人，一个懂得道理的人吗?（掏出一封信来）你可以念一念!

皮歇尔　难道我们又讲和了吗，包尔同志?

包　尔　（拿着信）你听这是怎样说的：“林兹，一九三四年二月十一日”，……昨天发的信；你看这里：“今天上午我跟五个忠实的党员同志商量”……他所指的都是不需要党的命令就可以执行职务的忠实同志……“并且经过一番深思熟虑以后，我们大家做了一个绝对不能推翻的决议”……你自己瞧吧!

皮歇尔　（戴上一副很大的老式眼镜）“……如果明天，星期一的早晨，他们开始搜查我们的枪械，我们将要进行强有力的抵抗并且发动攻击……”

包　尔　“……将要发动攻击!”这就要引起一场惨祸，这就要导致党的毁灭!

皮歇尔　（继续念下去）“……我们再不退却了!”（从包尔的杯中喝了一大口）这些林兹的同志们都是些头脑发热的家伙，可也是勇敢的小伙子呢。（继续念下去，庄重地）“我们再不退却了!”但是，包尔同志，——照我个人的意见来看——这信里分明说，“假如明天，星期一的早晨，他们开始搜查我们的枪械的话……”

包　尔　这不就说明了，那些盼望着进行巷战的人不是就要发动战争吗!（从他手里把信掣走。这时卡兹尔跳到电话机前）什么事?

卡兹尔　联邦政府首相官邸……老是“占线”，好哇，是谁老在打电话呀……那么，内政部，好吧，我等着就是……（听筒仍在耳旁；向包尔）是不是我们要亲自到街上去走一走，看看发生了什么事?

包　尔　发生了什么事吗?（疑虑地）盲动，神经错乱，混乱……

皮歇尔　我们一块儿去，包尔同志，我跟你在一起!（抽出一支大型斯蒂尔手枪）让反动分子尽管来吧!（拉住包尔的胳臂。）

包　尔　你疯了吗?

雷斯耐尔上，兴奋地。

雷斯耐尔　电车已经停开啦；电厂罢了工；煤气厂被警察占领了，现在又被工人们夺回来啦，街道上到处都是巡逻队和弹压卡车……

包　尔　安静些，雷斯耐尔同志，安静些，不要把事情看得太严重了！像这种症候顶好是不去理睬它。

雷斯耐尔　（兴奋地）屠宰场也罢了工，还有海底电报局，安克尔面包厂，费雅特和谢尔，还有机车制造厂！

包　尔　（犹豫地）也许我们现在该宣布一个总罢工了……卡兹尔同志，叫总工会的电话！

雷斯耐尔　现在，工厂里的人都已经武装起来了，包尔同志，你这才宣布总罢工吗？

包　尔　（正在想）不要神经过敏，雷斯耐尔！为什么不“总罢工”呢？情况已经是这样了，当领袖的是不能落在事实后面的，（很机密的样子）到底会发生什么事情，雷斯耐尔？你真认为铁路工人这次会罢工吗？这些维也纳的同志们我知道得很清楚，我跟他们打交道有二十五年啦；这些工人们就只能让我们领导着走上一条缓慢的、平稳的道路……

卡兹尔　（在电话机旁）无线电报告林兹的消息……

包　尔　开收音机！

皮歇尔扭开收音机。立刻就听见……

播　音　哈罗，哈罗！维也纳毕桑堡广播电台！政府公布，由于步兵二、三两团的英勇进攻，以及两个炮兵连的协同作战，已经把林兹工人俱乐部暴动者的抗拒完全击溃。现在工人俱乐部已在政府军队的手里；暴动者死伤严重。政府已将该处叛乱完全镇压下去了。

包　尔　卡兹尔，叫首相官邸！（这时候，卡兹尔正在第一个电话机上叫）雷斯耐尔，哪个工厂被占领啦？福劳利德镇的煤气厂？他们正在武装他们自己吗？那简直是疯狂，神经病！你是说，厂里已经武装啦，雷斯耐尔？马上替我叫福劳利德镇！（这时候，雷斯耐尔跳到第二个电话机前）人们都疯了吗？谁给他们命令啦！维也纳街上会有大量屠杀的……

皮歇尔　照我看来，事情已经吃紧啦。

卡兹尔　（对电话机嚷叫）总理官邸……是的，小姐，……您是内阁顾问路德维希先生吗，您好哇，顾问先生……议员包尔叫的电话，是的，沃图·包尔……

包　尔　（极力镇定自己，缓步走向电话机，带着一副庄严的神气）是的，顾问先生，我是包尔……是的，包尔本人……你说所有的工厂都罢工啦；好，这是对林兹事件的一个当然的反应；不过我听说，林兹已经平息了……你说什么？第二十一区有人开枪，是福劳利德镇吗？顾问先生，最近两年来，在这个不安分的区域里多么容易出事呀……你要我们对这件事情负责吗？顾问先生，那是多么冤枉呀，一个非常严重的冤枉！（用一种哀求的口吻）顾问先生，我重述一遍昨天我提出的建议——同时也是代表我们的党——我们准备承认政府在今后两年内不须议会通过就可以有无限的权力……你认为怎样，顾问先生？

雷斯耐尔　（在第二个电话机前）是谁……福劳利德镇的煤气厂吗……警察已经占领了厂房？……你们要什么？枪械吗？一营警卫团？（向包尔）福劳利德镇煤气厂给警察占啦；他们已经听到了林兹的消息，他们正在武装他们自己哩……

包　尔　稍停一刻儿，顾问先生，只一秒钟，（把听筒递给雷斯耐尔，自己跳到第二个电话机前）是煤气厂吗……我是包尔，沃图·包尔……是的，本人……当然，你们要保卫你们的权利，同志们，特别是针对着目前的白色恐怖；当然，总要争取主动，总要表现出你们随时都有戒备……当然要总罢工，不过，要有信心，同志们，要有钢铁般的信心，不要把打仗当作开玩笑……稍等一会儿……

注意第一个电话机上的对话。

雷斯耐尔　请您放心，顾问先生，党从没给过动用武器的命令。您该了解我们，顾问先生……

包　尔　（对第二个电话机）千万不要把事情闹得太大，同志们，但是有一点是不能更改的：宁死也不受奴役！等一秒钟，同志们……（把第二个电话机的听筒递给雷斯耐尔，急急奔向第一个电话机去）顾问先生，要是政府今后仍旧保持以往的和平政策的话，我们的党是绝对要保持好意的中立的……“太迟啦”，这是你说的吗？顾问先生，这是最后的一条保险线啦……（像一种哀求的口吻）顾问先生，你没有听见吗？（僵僵地站了一会儿，把听筒挂上了。）

雷斯耐尔　（在第二个电话机前）你们是不是还能够依靠党？同志们！这是一

句奇怪的问话，一个从来没听说过的问话！你们问是不是包尔同志本人在接电话吗？……（立刻把包尔拉到电话机前。）

包　尔　（几乎是机械地）喂，当然是我本人……党不是还在做它的工作吗？这件事交给我们好了，同志们！至于你们目前的事，要保持信念，不要受别人的煽动，要用最冷淡的轻蔑态度去对付警察，并且静候总部的指示……想想看，同志们，单是在维也纳一处就有四十二万个党员哪……

苦命的白丕入。大家叫他不要作声。

包　尔　正因为我们有这样雄厚的实力，我们的战斗口号就必然是——宁死也不受奴役！（挂上电话，踌躇着）我真拿不定主意；我们是不是应该向工会提出总罢工的劝告？

白　丕　我本不想插嘴，同志们，不过在第十九区，他们已经用机关枪开了火……

卡兹尔　哪里开了火？

雷斯耐尔　谁开了火？

包　尔　（正对着他）是警卫团吗？

白　丕　不要乱，同志们，安静些吧！哪儿开了火吗？在第十九区的卡尔·马克思坊，还有第十二区。谁开火吗？政府军和警卫团。枪子儿直飞到多瑙河的桥头上。宪兵骑着摩托车跑来跑去；警察们坐着装甲车；可以听得见兵营里的汽笛；救护车一辆跟着一辆像比赛一样……

皮歇尔　（掏出他的手枪）我们走吧，同志们！

白　丕　两连炮兵已经开上了“高地”。

包　尔　（好像失去了知觉）疯狂……

雷斯耐尔　激烈派和奸细们的好把戏！

白　丕　包尔同志，他们都在等着你哪！

包　尔　（吃了一惊）我？

白　丕　在总部，在参谋部，在菲渥利丹。到那里你的四周就完全是警卫团的人，他们即使流到最后一滴血，也一定会坚持战斗的！这儿，不出一刻钟警察就会来！

包　尔　当然，一定会来的，同志们，我们还是走吧！（取他的礼帽和大衣，站住思索）不过，我去干什么呢，跟那些疯狂、那些恐怖、那些野蛮行动？难道我需要那些东西吗？

皮歇尔　走吧，包尔同志。（拉住他的胳臂。）

雷斯耐尔　我留在这里管电话。

卡兹尔　我等着给你替班。

这时候机关枪声已可以清晰地听到，也可听到间歇的炮击声。

皮歇尔　（提着手枪，大模大样地）走哇，包尔同志。宁死也不受奴役，走哇！（皮歇尔右手持枪，左手抱住包尔的胳臂下。）

白丕也随同急下。卡兹尔稍微踌躇，也下场。雷斯耐尔僵坐着，电话听筒仍在耳边。远处传来机关枪声和炮声，并且逐渐加强。

第七场

施林格尔坊开火；魏塞尔被俘

一九三四年二月十二日，商尼的住室：窗户玻璃打坏了，正面墙的窗口上，堆满着沙袋和草垫子，防御着敌人的炮火；在“掩蔽物”中间，有些大约一人来宽的枪眼，从这些枪眼望出去，可以看到正是一个阴沉的冬天。远远近近的步枪声和机关枪声，以及遥远地方的榴弹炮声，间歇地可以听到……又是一阵沉寂。路第卧倒在第一个枪眼口；他独自一人；他把枪靠在枪眼口上，呆望着这间住室。

路　第　像这样一间房子，我倒是挺喜欢的，给我住倒是正合适……（小心地打开一个门）这儿是厨房带浴室，……我的老婆和我自己，再合适也没有了……（走向右方）这儿是卧室。（敲敲墙）这施林格尔坊的墙都建造得挺结实。（坐到沙发上）可怜哪，已经打死不少了呢；每打中一炮要是死五个人伤十来个人的话，那么宿舍里就一定会有空屋子了。像这样的炮轰倒是分配宿舍的一种好办法。（他躺直在沙发上。）

右方有响动；他跳起来；赛波儿拿着一支枪，葛莱特尔提着一只篮子同上。

赛波儿　你受伤了吗，路第？
路　第　你怎么知道？
赛波儿　你这个窗子不打了嘛。
路　第　我的子弹打完了。
赛波儿　这里有一满带！
路　第　我是一支老式曼利希步枪；我的子弹要到地窖里去取。
赛波儿　我顶你的窗口；你走吧！

路第下。赛波儿站到枪眼口上。

葛莱特尔　（拖他回来）先吃一点吧，赛波儿。（倒出一点咖啡，给他一块面包）你妈嘱咐我的。
赛波儿　我不饿。（想回到窗口去。）
葛莱特尔　（取出更多的食品）我跟你从来就没有安闲过！你想吃点儿腊肠吗？
赛波儿　圣餐呀，腊肠呀！（吃）你快要变成一个有钱的寡妇了，葛莱特尔！
葛莱特尔　（用腊肠打他的头）你这傻子！（仍在唠叨）我真不爱听“寡妇”这个字眼儿。我当了寡妇，你可到哪儿去了呢？吃吧，把那支枪给我！（拿过枪去。）
赛波儿　小心点！得，保险机上好啦。
葛莱特尔　（拧开保险机）这不就拧开了吗；用不着担心。从前你们在地窖里实习的时候，我在一边看过多少回啦。（拉出枪栓来）这是枪栓吗？
赛波儿　得了呗，姑娘，你算了吧！
葛莱特尔　让我自己再推回去！（推回去）哦。……怎么装子弹呢？
赛波儿　（退出子弹，做给她看，怎样装一排子弹进去）很容易：拉开，装进去，推上，扳过去！
葛莱特尔　（再取过枪来）你吃吧！（她边说边在不大注意地练习装退子弹）我真该留在学校里，跟孩子们在一起，教他们写字。不过现在，就是孩子们也都呆在家里，等着挨子弹啦。赛波儿，你还想着我们的滑雪旅行吗？
赛波儿　有趣呀，我也还在想着哪。
葛莱特尔　我们应当把滑雪鞋拿到地窖子里去！
赛波儿　（大笑）你怕被炮弹炸坏吗？（从右边取出他的冰鞋来。）
葛莱特尔　（端详着这双鞋）新擦的，啊哈，还是钢刃子哪。光凭这双滑雪鞋你就可以滑过整个白云岩……

一颗子弹穿窗射入，直打进对面墙里。他们俩本能地蹲下去。

赛波儿　（把葛莱特尔拖到紧靠窗口的地方，他们俩都蹲在“掩蔽物”后面）他们正朝着施林格尔坊这面打呢；不过他们是白费劲，一点用处也没有。亨兹现在担任了我们这一区的司令员；他到哪儿，哪儿就会冒火的。魏塞尔和卡尔也出动了；马上全体的伙伴们都会武装起来。那时候，我们就要进攻了！

葛莱特尔　千万别失败才好。

赛波儿　（推开她）你说话，倒真像个妇女啦！说这些话有什么用呀？在一个钟头之内我们的伙伴就可以到齐；那时候，我们的突击营就要跟着魏塞尔去进攻警察局，再攻过桥去，到布雷登瑙，到市中心区；一到明天维也纳就变成红色的了！

葛莱特尔　（高兴地）到那时候就好啦！赛波儿！瞧，我把我的银行存款全都提出来，去买东西：罐头牛奶、腊肠、梨、核桃、一切滑雪时要用的东西，并且我自己还要做一条像样的滑雪裤，那么你就再也不能赶到我的头里去了……

赛波儿　（蹲到她的身旁）也许直到戈尔姆顶上去，那里只不过二千四百公尺高……

葛莱特尔　（挨紧他）“只不过二千四百公尺高”，但是，那上面的风景够多么美呀。到晚上，黑夜像只大毛熊似的偷偷走进下面的峡谷里来，可是在山顶上呢，却还是明亮的。夜间的星星在蔚蓝的天空闪耀着，那时候你就唱起我们那支歌，你还记得吗？……（开始低声地唱起来，赛波儿用男高音跟着唱）

阿尔卑斯山的探险者，
他俯瞰着云雾缭绕的世界，
像他这样敢于冒险的人，
真是会有无穷无尽的喜悦。
他不避艰险，不避死亡，
他不知道恐惧，简直不知道恐惧，
即使面对着死亡，

他也要英勇地和它相抗……

我们精神百倍地爬上高山，
在任何时候，不管有暴风雨或是晴天。
在我死去的时候，
就躺在我的棺槨里，
我生来是个诚实的孩子，
死了埋了，也还是一样，
身旁放着我的钉鞋，
十字镐拿在手里……

这时里边街上响起了枪声；施林格尔坊的防线上给予回击。赛波儿跳到枪眼口开始射击。

葛莱特尔　（跟上来）赛波儿，小心你的头！

赛波儿　两部弹压车从警察局沿着布吕纳街开过来了！……路第到哪儿去啦？

葛莱特尔　我去找他来。（走向门口，又回到他身边）赛波儿，别开枪，等我回来再说！（下。）

赛波儿　（在枪眼口上，瞄瞄准，又把枪放下）“别开枪”！真会说风凉话；他们这时候正在从住家户里抓出女人和孩子来，叫他们挡在装甲车前面哩。到那时候你再放枪吧！

枪火愈加浓密，两发炮弹打中顶上的一层楼。一些沙袋从窗口落到房间里来。赛波儿赶紧把它重新堆好。福朗兹、商尼和费尔特带着一挺重机枪进来；他们的脸上、身上，都蒙了一层灰尘。

赛波儿　打着谁啦？

费尔特　先别问，抓紧时间！

福朗兹　架在左边……我们得向右边打，对准警察局！

他们在左边的枪眼口上架起了机关枪。

赛波儿　开始攻击吗，福朗兹？

福朗兹　等到九点钟的命令下来。

费尔特　（看表）还有半个钟头！

商　尼　（跟别人一起在架机关枪）保持冷静，孩子们。亨兹是对的，先要把枪支全部取出来。那边墙里头还藏着五百多支枪和大量的弹药哪……

费尔特　警卫团总部也许是想替博物馆保存起来吧！

迈克司匆匆上。

福朗兹　（转身向他）从车库来吗？

迈克司　从亨兹那儿来，他们马上就可以准备好了；电车厂里正在分配枪支。要凿开那地窖里的墙，真不是人干的事；光是洋灰就有五十厘米厚呢！

福朗兹　半个夜晚你都是在那里的吗？

迈克司　总是爆不开嘛；到处都是警察们的装甲卡车。可是半个钟头以内，我们就都可以武装起来了。

玛利手提大菜篮，同葛莱特尔跟路第从右边上。

玛　利　（从篮内取出面包和一只大咖啡壶，不停地咒骂着）他还不肯卖给我哪，那个面食铺里的老东西，好像几个面包就抵得了天上的圣餐……来吧！男人们，今天的午饭也许要晚一些。来呀，孩子他爸！（在桌上铺开白色的油布，摆开盘子、匙子、叉子、刀子、盐瓶，仿佛一切仍在和平状态之中）在我们这里什么事都得有个老规矩！（几颗枪弹穿窗射入）混账！这房子是一个月前刚刚粉刷过的呀！

路　第　你交多少房租呀，玛利妈妈？

玛　利　二十先令；太多吗？

路　第　这简直是白住呀！

玛　利　（照旧在安排饭桌）就是这两间带一个厨房，暖气和浴室。我们好不容易熬到现在，一切才算有点像样子。

赛波儿　（在窗口，执枪）一辆警车！（瞄准。）

玛　利　（拖他回来）躲开窗口，你这浑小子！……来呀，孩子他爸，来呀，男人们，吃点喝点；哪个炉子里都得添点煤，今天可是怪冷的，我们还得再去弄些来，走吧，葛莱特尔！（二人同下。）

一部分人开始吃喝，都是一手提枪，一手端着咖啡，或一片面包，眼睛都瞅着枪眼口。

费尔特　（向外喊）卧倒呀，同志们！

福朗兹　向布吕纳街扫射……再稍微瞄高些！

在左边窗口上的机关枪响起来了。

福朗兹　停止！

迈克司　打死了两个警察……

费尔特　余下的都跑回警察局去啦……

赛波儿　女人孩子也恢复自由啦，她们都往家里跑呢……

商　尼　应该有人去对警察讲讲，也许他们也闹够了！

福朗兹　好像是这样。可是，在多瑙河边又有两辆车从桥上开来啦！

魏塞尔上，没戴帽子，腰带上挂着一支手枪。

魏塞尔　亨兹呢？

迈克司　在车库。

福朗兹　在那里分配枪支。

魏塞尔　你们这里有多少人？

福朗兹　这里是我的一连，下边还有两连。

魏塞尔　（焦急地）福朗兹，这时候每一个人都是重要的，每一分钟都是重要的。警察局正在增援哩。又有两部弹压车从外面开进来啦！……

福朗兹　外头的这一部，你可以望得见；它再也不敢"推进"了。

魏塞尔　好的，福朗兹；可是人家在警察分局里已经安置好了一百人和四挺机关枪啦！他们知道警察分局有多么重要，是福劳利德镇的心脏！（热情地，但保持着平静）福朗兹，我们必须要进攻，立刻进攻！

福朗兹　对。要按照预定计划来决定一切，大家要联合进攻，你，我，还有亨兹！

魏塞尔　（激奋地）自然要"按照预定的计划"，福朗兹；不过计划本身已经有点儿改变了，桥头上又开到了弹压车，炮兵也出现了。赶快拿起你的机关枪和所有的步枪，福朗兹，带上你的小伙子们开下去，穿过公园到消防站，在那里跟我的人会合，趁他们增援还没有开到，攻破警察局，然后再冲过桥去。但是要赶快办，你听见吗，福朗兹，赶快，就在这一秒钟！

商　尼　等一等，葛格！你真是性急，而且是有点神经过敏。再等一刻钟或者十分钟，我们就要跟亨兹一起，带上三百人，按照预定的计划一同进攻了。

费尔特　要是警车已经开过了桥呢？

商　尼　别说话，费尔特！一个战斗部队最要紧的是纪律；要是没有纪律，那就是一伙土匪了！

费尔特　坐在椅子上一动都不动，那就要变成射击俱乐部了！（抓起枪）弟兄们，咱们走哇！

福朗兹　（拦阻他）在这里是该听谁的命令呀？（向魏塞尔）葛格，你再等五分钟！（向其他的人）谁愿意到车库去跑一趟？

路　第　我。

魏塞尔　（忽然感到异常疲倦，对其他的人）你们说，再等五分钟，五分钟……今天已经是星期二，本周的第二天啦。其实头一天，昨天我们就该进攻，有的时候五分钟很长，有的时候可很短哩……？有的时候一秒钟轻得像肥皂泡，有的时候却重得像炮弹；有的时候，一秒钟简直不够喘一口气，可是有的时候……（重新抖擞精神，向着路第）好的，你跑去找亨兹；他会明白的；告诉他立刻把枪械送到消防站去；尽量多给我那方面分配人和枪！……你还有什么事吗？

路　第　我吗？什么事也没有。

路第放下枪跑了出去。

魏塞尔　（拿起步枪，从枪眼口里望出去）你们这里倒是一个挺好的战场，福朗兹，不过，可别让这一点蒙蔽了你们。打巷战，要能够进退自如，哪里紧急就到哪里去。（突然）你不是说我“性急”吗，商尼？只要把你的脑袋在战场上露出来，商尼，一会儿工夫你下半辈子的二十年寿命就算完蛋啦！（忽然向着别人）福朗兹，同志们，马上来，向前推进，赶紧到我们的消防站去，要快，我们是孤立无援，静候着你们哪！（持枪下。）

福朗兹　（从枪眼口里望出去）一切准备好，……分成小组穿过公园到消防站去……重机枪加强火力，掩护出发！

迈克司　我们弹药不够了。

费尔特　那边还有五箱哪。（要去取。）

商　尼　（拉住他）孩子们，纪律要紧。我们绝不能不服从我们自己选举出来的领袖！路第五分钟之内就会回来！五分钟算得了什么呢？

迈克司　（在枪眼口上）又有好几辆弹压车开到警察分局啦……街上一阵枪声。

费尔特　怎么啦？

福朗兹　大家隐蔽起来！（了望）他们要封锁我们的出口。

迈克司　（在枪眼口上）他们对消防站构成了一片掩护进攻的重火力网了……

福朗兹　那不是魏塞尔吗……闪开你的头呀，葛格……他正在上一层的窗口，现在他要给他们尝点儿苦头啦！

费尔特　难道我们就不会干吗？（把机枪又架到枪眼口上）大家干呀，弟兄们！

福朗兹　留心！

费尔特　怎么啦？（向外看）这一伙匪徒！……他们把女人和孩子们赶在装甲车的前面！卧倒呀，同志们，卧倒呀，……（扑到机枪旁边，暴怒地叫着）我们不能开枪了！

福朗兹　大家注意！等到下一次火力停止的时候，赶快下去，马上冲到魏塞尔那里去！我还要去带别的连；你们到院子里去集合！（下。）

费尔特　我们再也不能开枪了……

赛波儿　（站着，把枪靠在右手边的窗上）只要瞄得准，用步枪好了，还是可以照旧开枪的。（瞄准，射击。）

迈克司　好家伙，他这一枪就把前头的那个警官解决了！（也拿起一支枪来。）

赛波儿　瞄准时你得小心，不要打着女人和孩子们；要瞄得准……（射击。）

迈克司　现在他们要绕后路爬进公园去了。他们是要抄消防站的后路吧。在那边他们也是赶着铐住了手的囚犯和女人们替他们开路！

赛波儿　（瞄准）只要瞄得准确……

街上突然响起一阵排枪；赛波儿在瞄准中间扔下了枪，跌倒地上。

迈克司　（跑来搀他）赛波儿，怎么啦？

费尔特　（同样地）赛波儿！

迈克司　（扶起赛波儿的头）正中在脑门上。

费尔特　（尖叫）救护员！

迈克司　别叫了吧；你先看清楚打在哪儿啦。

商　尼　（这时他正在一旁整理弹药和子弹袋，准备出发）好啦，小伙子们，刚才急得什么似的，现在可浪费起时间来啦。（走过去）赛波儿在干什么；他又怎么啦？……赛波儿！孩子！你没有听见吗！（抓紧他，明白过来了，趴在他的身上）赛波儿呀……

费尔特　（扶起商尼的头）爸爸，爸爸，……要是让他们占领了施林格尔坊的话，谁都免不了会这样的！（又拿起枪来跟迈克司一同跳到窗口去。）

商　尼　（回想着）刚才他只要在外边就好了，赛波儿，只要是在走廊上或者下边的院子里，赛波儿，……在魏塞尔那里……只是早了一秒钟，只是一秒钟。（抓起他的枪在别人的身旁卧倒下去，人们正在照常瞄准并且射击。）

玛利妈妈和葛莱特尔带着一只大咖啡壶和新切的面包上。

玛　利　来呀，男人们！谁要是出过力的，现在可以上煤了！来呀，大家伙儿！

葛莱特尔　（手中拿着的杯子掉在地上）赛波儿，赛波儿！（她冲到他跟前，扶起他僵硬的头。）

玛　利　（凑上去）这孩子出了什么岔子啦，这个小讨厌的？（叫起来）赛波儿！（把他抱在怀里）你不听妈的话，你这死鬼，你这光知道放枪的大傻瓜！不！不！你不是鬼！（抚摸他的头）你还是好好儿的，你是一个聪明的孩子，你就是不听妈的话，赛波儿，我也不再叫你听从我的话了……只要再看我一眼，再看一眼，赛波儿，说一句说，只要一句话，赛波儿。你听见了吗，你看见我吗？（她轻轻地拨开他的眼皮，四面张望一下。葛莱特尔痴呆呆地跪在她的身旁；男人们在射击着。）

迈克司　溜进公园去的警察越来越多啦……

商　尼　好好地瞄准……

费尔特　他们看出来了；总是让枪火交织着，封锁住施林格尔坊的出口……

商　尼　那么我们就出不去了……

玛　利　（跳起来）谁也不听！谁都不！（拿起咖啡壶向着机关枪摔过去）你们都是刽子手，刽子手！（拉商尼过来）你也是一个，听见了吗，我要我的孩子，我的孩子，你这刽子手！

商　尼　（扶住她）玛利……

费尔特　（站起来）打呀，爸爸，打呀！难道等着他们来抓活的吗?！……妈，您去搬子弹来，妈，在卧室里，在衣柜里，快些，妈，子弹！

玛利望了他一眼，提起篮子从右边下；商尼手里拿着枪，呆呆地站在那里。

费尔特　打呀，爸爸，他们冲上来啦！

商　尼　（卧倒在枪眼口上）大家坚持下去呀，孩子们，……打呀！孩子们，打呀……

放了一枪又一枪。

迈克司　现在让我们把一切力量都拿出来吧！

葛莱特尔始终瘫痪了似的跪俯在赛波儿身边，抓住他那只依然握着枪的手。现在她使出全身的气力，掰开死者的手，拿起枪来，拉开栓，装上子弹，卧倒在右边的枪眼口，紧挨着商尼的身边，瞄准了再开一枪。再瞄准了开一枪。玛利手提菜蓝上，悄悄地倒出子弹来；又走出去。

费尔特　这是他们想不到的！

迈克司　他们沿着公园的后墙退却了！

商　尼　可是我们枪的射程始终够不到那堆木材后面他们的机关枪位。

一些炮弹打过来。玛利又提着篮子回来，把子弹倒出来。

玛　利　都在这儿啦。

福朗兹从右边上。

福朗兹　他们从桥头上朝这边开炮啦；上面一层楼已经着了火。（看见了赛波儿，忽然停下来，用胳臂搂住他）赛波儿！（把他放下；用坚定的语调说）同志们，事情才刚刚开头哩。

费尔特　魏塞尔怎么样啦？

福朗兹　（粗暴地）我们身后面的铁路堤已经被自卫团占领了；给我们的命令是要把它夺回来！我们这儿的几个连要立刻全体出动，方向是铁路堤和煤气厂！费尔特，你带你这一排用重火力掩护退却，你懂吗？

费尔特　（立正）是。（正对着他）魏塞尔呢，福朗兹？

福朗兹　警察已经占领了消防站啦。

第八场

最艰苦的斗争:煤气厂上空的白旗

福劳利德镇煤气厂的工会。左边是门,背景上有很大的窗户,窗下摆设着桌子和椅子;墙角里堆着步枪……围着桌子或坐或立的,有亨兹、卡尔、商尼、沃尔特和福朗兹,有的皮带上佩着手枪,有的头戴便帽,身穿皮短衣;门边站着费尔特,在那里持枪守卫。

卡　尔　就让他们这样干一下吧!

商　尼　他们是不能这么干的。

福朗兹　整个福劳利德镇是会毁了的呀!

商　尼　只要炮弹落在煤气槽上——大槽里还有十八万立方公尺——那还了得,他们可负不起这个责任!

沃尔特　要是他们偏偏要"负这个责任"呢?

亨　兹　要是,要是……不过叫我说,我们还是留在这儿吧,我们在这些机器上卖过力气,罢过工;从这里我们又发动了战斗;这里是我们的煤气厂,我们要保全它。

商　尼　亨兹,你是我们的司令员,只要你这样决定的话,那么我们的一切劝告不过是白费时间罢了。

亨　兹　(平心静气地)不要说了,商尼!我为什么把大家召集起来呢?因为我自己担当不了这个责任;煤气厂已经是支持福劳利德镇,也许是支持整个维也纳的最后据点了;成百的警卫团员正要退到我们这里来,还有上千件武器堆积在这里,至少有三团敌人的步兵逐渐向我们包围过来;因此现在我们要选择一下……

卡　尔　(跳起来)这有什么好选择的?我宁愿亲自点火把全部厂房炸掉完事。

亨　兹　卡尔,在这里除非奉到命令,谁也不准爆炸!

卡　尔　要是这个高贵的"会议",得到了另外一个结论:既不爆炸,又不防御呢……还有一件麻烦的事情!楼下的院子里还有二百人,带着十挺重机关枪和两万发子弹;我那二百人就能抵御步兵营和装甲车,保卫我们的福劳利德镇，并且还能攻占北方车站方面自卫团的机关枪阵地。难道你想告诉这二百人说：退却，竖起白旗来？

亨　兹　（向他）卡尔！要沉住气，对。下面都布置好了吗？

卡　尔　所有的墙上都布满了我们的枪支。

亨　兹　附近一带呢？

卡　尔　附近的街道都有我们的岗哨。

福朗兹　新的一队一队的警卫团员陆续前来参加。我们满可以组成一个突击队去进攻毕桑堡和炮兵，像魏塞尔当初向我们提议的……

亨　兹　（生气了）你真该把你的魏塞尔带到这里来，留住他！

福朗兹　你应该留住他！

亨　兹　（对自己，轻声地）我们该劝说他，叫他只要等十分钟，吃亏就在那堵洋灰墙……（他突然记起了旁边的人）同志们，我想大家都同意我们应该保卫煤气厂，那并不仅是一件光荣牺牲和抗战到底的事。不，同志们，那是另外一个问题。谁能够告诉我们，在维也纳别的地区不是暂时休战呢？在乡下，在布鲁克和斯蒂尔，在林兹和新维也纳，也许他们并没有像我们这样失败，而是在更加成功地战斗着呢？（外边有闹声，费尔特下）同志们，我们在这儿的任务不仅是军事性的，也还是政治性的呢。我们的岗位，对于那些有决心想集合起来，赶来援救我们的人是一个信号。

皮歇尔，穿着一件搬运工人的大皮围裙，把帽子的两扇帽耳在下巴下面系上，跟费尔特从左边上。

费尔特　有从参谋部来的人！

卡　尔　从运酒车夫的参谋部来的吗？

皮歇尔　从总部来的哪！（摘掉帽子。）

商　尼　皮歇尔？

亨　兹　（面向他）怎么啦？

皮歇尔　统统完啦，皮歇尔跟总部完全断绝关系啦！

卡　尔　你那个总部在哪儿呀？

商　尼　仍旧在法瓦利丹吗？

亨　兹　你是逃出来的吗？

皮歇尔　对，“逃出来的”，同志们，一直朝着枪子儿还在飞着的方向走；我向一个车夫要了这一身老百姓的衣裳。看起来，我不是挺像的吗？

商　尼　他怎么说呢？

皮歇尔　谁？

商　尼　包尔。

皮歇尔　包尔怎么说吗？他说：“同志们，事情是失败了，正像我们所预料的。现在，我们必须从头做起，但是这一次却要用理性来解决！”……我说：“沃图·包尔同志，我们在一起工作了二十年，你跟我，一直是依靠着你的理性；可是那到底有什么好处呢？”他说：“总比罢工的人的胡闹好一点吧。”又有一个人问他说：“你是指福劳利德镇吗？”他不高兴地说：“指一切有疯狂的人的地方。”我说：“二十年来我跟‘有理性’的人们在一起，现在我要到福劳利德镇去找那些‘疯狂’的人们去了。人总得要有点骨气，包尔同志，要亲自看看战斗的结果是怎样的。”这就是我的意思。

亨　兹　对，皮歇尔，好的！其余的人们认为怎么样呢？

皮歇尔　其余的……多少人都想到你们这边来，但是警察的警卫线把所有的桥梁切断了，自卫团的人布遍了每一个角落。多少人又回家去了。

亨　兹　别的几个区里还在作战吗？

皮歇尔　我没听说。

沃尔特　各个工厂呢？

皮歇尔　不知道；电车可是又开出来了。

商　尼　电车开了吗？

沃尔特　电厂又上工了吗？

亨　兹　（急迫地）这说明什么呢，同志们？那就是说，应急替工、兵士、学生和一小撮工贼已经接了工了。……皮歇尔，你不是说有很多人想到我们这边来跟我们一同往下干吗？

皮歇尔　是的。

亨　兹　（激动地）事情就靠他们了，同志们，只靠他们了！不能靠那些胡吹一气的头子们，不能靠那些应急替工，破坏罢工的和走狗们。不，同志们，只有依靠干部，他们肯把生命贡献给斗争，就像给炉子里添煤一样；他们把我们的煤气厂看作一个信号……（迈克司把枪挂在肩上，上。）

迈克司　外面有几个工人，是我们的前哨带来的。

亨　兹　（热情地）他们一定是从别的区来跟我们会合在一起的。皮歇尔，出去看看，说不定还是跟你一道来的哩。把他们带进来！

皮歇尔　让我先去看看那些人。

卡　尔　可以立刻把他们组织起来；我们的武器真比皮袄里的虱子还多呢！

跟迈克司、皮歇尔同下。

福朗兹　有了这些突围出来的小伙子们，我们可以组成一支突击队进攻毕桑堡了！

亨　兹　（得意地）总会有几十个人会突围出来，到我们的煤气厂来找武器，重新组织起来的。喂，沃尔特，现在我们放弃煤气厂是对的吗？

沃尔特　只要工人们愿意战斗下去的话，放开是不对的。

福朗兹　我想不会有谁愿意放下他的枪吧！

迈克司和皮歇尔带着三个工人同上；一个穿制服的铁路工人，两个背着背包的工人。大家都向他们跑过去。

亨　兹　好哇！同志们！突破他们的包围线可真不是一件容易的事情吧？

福朗兹　（笑着）你们没有先给他们一点苦头尝尝吗？

沃尔特　你们的背包里装的是枪械吗？

皮歇尔　事情正是这样……

亨　兹　你不要说，皮歇尔。……你们是怎么样冲过来的呀？

铁路工人　我们没有冲过来，是你们的哨兵把我们捉住的。

亨　兹　你们是从哪儿来的呢？

工人甲　从耶德列色；我们是去上工的。

铁路工人　我是九点钟上班，现在已经八点半了。

工人乙　我也怕要误班了。你们的哨兵拦住了我们。他们不相信我们是工人。

亨　兹　我们的哨兵……不相信你们是工人吗？

工人乙　我明白你们话里的意思。这里是战场。还在放枪呢。这里没有照常上班的工人。恐怕我们是奸细……（兴奋地）不是的，朋友们，我们是真正的工人。（打开他的背包）这是我的饭盒和工作服；这是我的工会证，上星期的印花都贴得好好儿的。一点都不错，是地道的工人。

亨　兹　（接过工会证，机械地念着）阿罗·菲福尔，屠宰厂工人……（看着他）真是丝毫不差，地道的工人。（突然抓住工人乙，简直要把他摔倒）你呀！你就没有看见工人们还在这里打着仗吗？你这个狗崽子！

工人乙　（退缩地）我的确看见了，对不起；他们还在打呢。谢谢你，司令员先生！不过只有你们这一处还在打仗了。别的地方到处都已经平静下来了。

福朗兹　我看你倒像个真正的工人哪……“对不起”。

工人乙　正是，（骄傲地）我在屠宰厂已经工作了十二年多了，在奶酪部，自然是半日工。昨天和前天我们因为战事歇了工；不过我会补上的，绝对错不了。

沃尔特　别人的意见怎么样呢？

工人甲　你问我吗？我是《维京日报》的排字工人。就是打仗的那两天，我也一直在做工。

沃尔特　“打仗的那两天”……唔，你可知道，你排出来的是什么吗？

工人甲　我懂得，（走近他去）同志，我从前也常常问我自己，感到非常痛苦。在一九二七年，我们罢了工，一九三一年我们想要罢工；但是过了一天，工会又宣布复工了。我们这些“带头的”怎样了呢？失业！流落街头！我挨了两年饿。我老婆又得了肺病。从此以后，我就再也不干了。

亨　兹　不过你可知道，这次我们是真要干到底吗？

铁路工人　“真要干到底”，“宁死也不受奴役”，……这些话我们都知道。

亨　兹　（向着他）那么你想去输送自卫团和军队吗？

铁路工人　（激烈地）你想把我叫做破坏分子吗？我们铁路工人一向是领头罢工的。但是后来就有人说，我们不要做得“过火”了，罢工不过是“带头的人”的工作罢了。弄来弄去，要是被逮住了，就得蹲上十年。我们再也不敢相信你们了，我们丝毫也不相信你们的那些空话……

亨　兹　“空话”吗……（从迈克司手里抓过枪来）这是什么？

铁路工人　一支枪。我知道在福劳利德镇你们是在打仗。那是对的……（思索）不过，要找我们铁路工人，你们就应该头一天就跟我们来联系，在城里，在总站，在货站，总得在头一天。

亨　兹　（吃惊）总得在头一天……

工人乙　今天整个城市都平静下来了。电车跑开了，火车跑开了，工厂开工了。为什么我们偏偏要失掉工作呢?

迈克司　(在窗口上)又有两个人从空场那边来了。

皮歇尔　(也到窗口上)手里还拿着白旗，像交涉停战的使者似的……

商　尼　(也到窗口上)从政府方面来的……

福朗兹　他们是警卫团员。你们瞎了眼吗?瞧他们像牲畜那样捆到一起，这个的右腿绑到那个的左腿上，走起来一瘸一拐的;现在有一个人举起白旗来了。

亨　兹　(指着三个工人)把他们带出去。让他们走吧!站住!(走到他们跟前，平静地)告诉你们厂里的那些工人，要是你们在我们进行战斗的期间，印刷那些毁谤我们的报纸，要是运送了自卫团和军火来破坏我们，要是他们……不，不，不要说这些话，朋友们，替我们问候他们。你们听见了吗?从坚守福劳利德煤气厂的部队这里带给他们兄弟般的问候吧!

工人甲　我们会把你们的问候带给他们的。

迈克司带三个工人同下。……沉寂。大家坐着仿佛都僵住了。谁都想说话，但谁也不敢开口。

沃尔特　同志们，现在我们该作出决定了。

亨　兹　(怒气冲冲地)决定已经有了!谁要想走，那就请吧，大门是开着的!我不会拉住哪一个，你们是知道的!不过，谁敢说这三个家伙的话就能代表整个维也纳呢?也许他们是胆小怕事，反动怠工的人，破坏罢工的人呢!福朗兹，叫他们回来。我要绞死他们!(福朗兹走到门口去)站住，福朗兹，后面那个，那个瘦家伙，那个排字工人，他是一个无产者，你们觉得怎样?不，福朗兹，跑步，快去抓住他们。(福朗兹下)也许不会吧，也许就不会有这样的事!

沃尔特　这不是会有不会有的问题，同志们，问题是在于这件事对于我们的决定有没有关系!

亨　兹　(激烈的)不会有吗?大家可以看到，这种事倒是常“有”的!

卡尔回来，带着两个手拿白旗的使者:这是苦命的白丕和另外一个警卫团员;两人浑身是泥;他们靠中间的两条腿和靠外走的两只胳膊都被绑着。在可以自由的两只手里，拿着休战的白旗。

商　尼　白丕吗？

沃尔特　苦命的白丕吗？

卡　尔　真是患难之交哇，你们这一对维也纳的暹罗双生子；还带来了白旗，这个怪胎！（从白丕手里扯去白旗。）

亨　兹　你们从哪儿来？

白　丕　并不是我们来。是白色恐怖来了。请饶恕我，我本来不想到这里来传播什么恐怖：可是他们在布雷登瑙把我们掳去了。他们用枪托子把我们赶过桥来，先到福劳利德镇，然后沿着街道到这儿来；那个新司令派我们……

亨　兹　谁？

白　丕　没有什么可怕的……，不过整个福劳利德镇已经被警察和军队占领了；他们的少校给了我这封信，并且说：要是在半个钟头之内还不把白旗挂到煤气厂上的话，……（把信交给亨兹。）

亨兹读过，递给卡尔。

卡　尔　（念）“福劳利德镇司令办公处为晓谕事：查维也纳业已重新归于合法政府之掌握。仅余福劳利德煤气厂仍为叛逆所据守。今特发出最后通牒，着该厂叛军在一小时以内作无条件之投降。高悬白旗，用表归顺。如其不然，十点钟时即行开炮。”（面向白丕）你们竟敢带来这张肮脏的纸片吗，你们这两个无耻的家伙，这一对叛徒！（撕毁最后通牒）一切都准备好了。煤气槽里已经备好了两份炸药！

亨　兹　（站到他的面前，镇静地）谁给的命令，卡尔？（向白丕）你是说，他们在布雷登瑙把你抓住的吗？

白　丕　今天早上。我想看一看哪里还在放枪。到处都是静悄悄的，只有你们还没有停火。

亨　兹　到处都是静悄悄的？

白　丕　电车开了，面包店在卖面包，邮差也在分送邮件，工人们也到工厂去上工呢。

卡　尔　你撒谎吧，你这肮脏东西！

白　丕　（对他的同伴问）呃，你说？

同伴点头。

亨 兹 同志们，凡是在这里的人大概谁都想说：那是不可能的！但是，同志们，我们要有勇气来正视事实。

卡 尔 （迷惑地）投降吗？

费尔特 （走到亨兹面前）我们往外冲吧！

亨 兹 同志们，你们是了解我的。一直到现在，你们也都知道，我有怎么一个想法。很好，就这一个工厂来说。我们也会像只战舰一样，三呼万岁，带着飘扬的旗帜把自己炸沉了。可是以后怎么办呢？一度爆炸之后，整个福劳利德镇就会变成一片废墟。这并不能解决问题，只不过是造成灾难，给这里的无产者和他们的家属一个打击罢了。但是，假如这个爆炸是一个号召，一种鼓励的话，那么即使是再大些的牺牲，我们也是要作的。不过这样的一个号召，同志们，是适宜于一场大战的开头，也就是说，当我们各方面的队伍都能够作战并且也愿意作战的时候，是可以这样办的！同志们，眼前的情势是这样吗？我们所有的队伍都在他们的岗位上吗？各工厂还在罢工吗？电车和火车都停开了吗？总部宣布过总罢工吗？我们希望这样，同志们；要是事情当真是这样，我一定同意你们的主张；不过我们必须承认，目前的情势不是这样的。

卡 尔 结论呢？

亨 兹 结论吗？我们已经到了斗争的末路。

卡 尔 不爆炸？

亨 兹 不爆炸。

卡 尔 这就是说，挂起白旗来，这就是说要投降！连同这些年我们储藏下来的，比老婆孩子还多的枪支。这些不论我们是睡着或是醒着都不撒手的枪支。昨天我们还拿着它们袭击过路堤，打退过装甲车……（绝望地）我受不了！（跑到门口。）

亨 兹 （向他跳过去）现在，当作你的长官，我可以给你下命令了，卡尔。（又柔和地）不过，卡尔，我要像一个老朋友似的跟你讲话。卡尔，你下楼去，叫大家准备退却；要分成小组，悄悄地，向着不同的方向散开。凡是能带的枪支都要随身带走。你听见吗？卡尔？

卡 尔 你亲自去对弟兄们说吧；我不去。

亨 兹 卡尔，一字一句都会堵住我的喉咙。

卡　尔　亨兹，我们一块儿立刻找他们去，单是我一个人他们是不会相信的。

匆匆地，卡尔、亨兹和其余的人们同下。只剩下两个绑着的停战使者。

白　丕　咱们怎么办呢？（想要跟大家一道走，却忘了自己跟另一个人捆在一起，跌了一跤）真差劲哇！他们光讨论他们的，单单忘记了咱们俩和这一面白旗。

第二个人　时候大概快到了吧！

白　丕　（用没有绑着的手掏出手表来）老天爷！这一次真要完事大吉了！只要他们对准这边的煤气槽开上一炮的话，单只是因为他们把咱们忘记了；……那些人什么事都想到了，就是没有想到最重要的一件！（急忙从地板上捡起白旗，和他的同伴一瘸一拐地走向门口去。）

福朗兹、商尼、费尔特和皮歇尔上。

福朗兹　亨兹绝不会下这种命令的；绝不会！

商　尼　你问皮歇尔！

皮歇尔　我们的司令员有他的理由；他说，要是大家复工了，坚持战斗是没有意义的。

费尔特　因为总部不给我们撑腰！

福朗兹　（对商尼）并且因为我们那些失败主义的战略家还在我们的耳根底下嘀咕！但是弟兄们，那再也不能愚弄我们了！我们不投降。我们不放弃武器！我们要突围到捷克的边境去！

皮歇尔　（拍他的肩膀）你说的对！我们要突围到捷克的边境去，我皮歇尔也是这么说。小伙子们，我们冲出去……

费尔特　机关枪也带上吗？

福朗兹　自然喽。

迈克司　下令整队吗？

福朗兹　赶紧！迈克司，你带着一队人断后。费尔特，你带着你的机关枪打前锋。（走向门口。）

商　尼　（截住他）不叫他带，什么都不叫带。你们这些杀人的凶手！你们难道叫我丢掉最后的一个儿子吗？（抓住费尔特）你留在这儿，费尔特，你跟爸爸一块留在这儿！他想领你到边境去，一直穿过军队和警察，穿过力量比我们大一百倍的军队，难道你这个小伙子敢担当几十条性命的责任吗?

福朗兹　难道这些年，你们这些老头儿领导着我们的时候，也接受过我们的劝告了吗?

费尔特　好啦，福朗兹！再会吧，爸爸。请您替我向妈妈和林妮问好。

商　尼　孩子们，他们会像打兔子一样把你们打死的。

福朗兹　他们绝不会的，商尼，只要我这一连里还有一支步枪的话！再会吧，商尼大爷。(与三人同下。)

商尼毫无办法地站在那里。白丕带着绑在一起的人突然叫了起来。

白　丕　就要到时候了！还有十分钟！喂，商尼，给我们解开，要不然就赶快拿着这面白旗，跑呀，商尼，跑呀。他们可不是说得玩的。十分钟内我们就会炸死的。跑呀！(想把旗子递给商尼。)

商　尼　(沉思)他们明明是去送死嘛！那些小伙子们！费尔特！(跑下。)

白　丕　他们都是疯子。只咱们俩还清醒着。不过没有腿，清醒有什么用呢！(对第二个人)快些，咱们坐下来，解开绳子扣。用牙咬呀，你这个讨厌的家伙。把绳子咬开，你越弄越紧了！咱们就这样跑吧，你这个无用的东西！要是十分钟内不把白旗挂起来，咱们就该脊背朝天啦……

要同他到门口去。

亨兹上，走到桌边，坐下。

白　丕　(很小心地向着他)这是旗子……司令员同志，十分钟内，就要打到煤气槽上了。……我们自己会插上去，只要你有命令……

亨　兹　(打一个手势。两个人出去了。亨兹走到窗口，望着外面)好的，你们尽量地把武器拿走吧……瞧他们那些穿着蓝工装撤退的，什么都藏在里面了：他们的手榴弹，手枪，步枪。商尼，枪筒从你的裤腿下面露到外边来了；有了像这样的小伙子们，维也纳真该一天就变成红色的……就在头一天。好啦，再会吧，孩子们，再会吧！(坐到桌旁)将来，当你们偶尔谈起你们的团长的时候，弟兄们……(突然筋疲力尽地把头低到臂弯上去。)

沃尔特匆匆上。

沃尔特　你发疯了吗，亨兹？他们都撤退了。厂里都搬空了。白旗已经挂起来了。在一刻钟之内，军队就会开到这里来的！

亨　兹　你没有告诉我什么新鲜的事情。

沃尔特　正是像我想到的：败舰之将，与船俱亡。

亨　兹　（自负地）是的，我还要替自己保留一点荣誉呢。作为一个团的司令员，我对我的部队是要负责任的；几百个同志在福劳利德镇被打死了，受伤了，残废了；或是被俘了。事到如今，你还能希望我偷偷地溜掉吗？要是那样，人们就该从背后指着我说："瞧瞧那个福劳利德镇的司令员！"

沃尔特　那么让他们把你俘虏了，拿枪托子赶着你走过福劳利德镇，又该怎样呢？

亨　兹　我早已预备好这一着了。（把手枪摆到桌上。）

沃尔特　对。要是他们冲了进来，七颗子弹对准他们冲锋的人，第八颗就送给你自己的脑袋，对不对？（亨兹点头）亨兹，打败仗以后，拔刀自刎，那是古代罗马将军的死法；一个军官陷在重围里面时也会用枪弹打穿自己的头颅。（抓住他）亨兹，你有另外一种荣誉。你是没有权利自杀的！

亨　兹　我再也活不下去了。

沃尔特　我们还需要你，亨兹。

亨　兹　还要一个把你们领到灾难里去的同志？

沃尔特　胡说，亨兹！是谁甘心失败的，是谁断送了每次的罢工，糟蹋了每次的战斗号召的；几年来是谁欺骗了那个排字工人，那个铁路工人；使他们堕落，以至变成了破坏分子的呢？难道是你吗？难道是你们吗？亨兹，你们像猛虎一样地作战。你们冲锋陷阵。要是大家都像你们一样地战斗，那么红旗也许今天已经飘扬在维也纳的上空，和整个奥国了！

亨　兹　（抬起头看了一下）假如……可是魏塞尔到哪儿去了呢？还有别的小伙子们呢？他们正在受着拷打、监禁和绞杀吧？沃尔特，难道你不明白：多少年来我们收集武器，像松鼠存储过冬的粮食一样，守护这些武器，训练弟兄们运用这些武器，为了争取自由的伟大战斗造就干部……再说，魏塞尔是一个了不起的人，有好几夜我们俩一同做配合手榴弹药料的实验。有一次，药料爆炸了，烧掉了他的头发和眉毛，他还是继续工作，现在他却是……死了！

沃尔特　死了？你是从哪里听来的？

亨　兹　难道这一切都是白费吗？

沃尔特　没有什么是白费的，亨兹。你简直是瞎说，没有白费的！在一九〇五年，沙皇下令屠杀请愿的群众，那是白费吗？我们现在所受的苦难和巨大牺牲，是徒劳无益的吗？亨兹，现在我们需要学习的是毫不失望地撤退出来，到一条重要的新战线上去继续我们的战斗！

亨　兹　战斗已经结束了。

沃尔特　战斗才刚刚开始呢，亨兹，到现在为止，我们不过才武装了我们的手，现在我们还必须武装我们的头脑呢。

亨　兹　（抬起头来）这是……他常常说的。

沃尔特　谁？

亨　兹　魏塞尔。……他还活着吗？

沃尔特　他们把他俘虏去了。这回也许要轮到我们吧，（指他）也许会轮到你。

亨　兹　（跳起来）真的吗，沃尔特？

沃尔特　（在窗口）赶快，亨兹；步兵已经顺着街道冲过来了！（丢给他蓝色的工装）快，穿上这件衣服。

亨　兹　（重新把手枪藏起）不要紧；他们抓不住我的！（跟沃尔特一同跑向门口。）

第九场
四十七名武装工人向捷克边境挺进

接近捷克边境：冬季的田野，二月十四日至十五日的夜间，严寒，只从雪上映出一点黯淡的微光。……警卫团的一连人挣扎着前进，全副武装，计重机枪三挺，步枪四十七支，他们都非常疲倦，冻僵了，又是吃不饱，并且渴得要命。在皮歇尔宽阔的脊背上背着一个筋疲力竭的同志，那个人的肩上还背着两支步枪。有一挺机枪轮流由两个人扛着，另一挺放在一辆怪型的小车上——一半像雪橇，一半像马车，安着很小的轮子。——突然，皮歇尔背上那个筋疲力竭的人开始高声地唱起来。

市政厅前有许多人牺牲了，
市政厅前工人的鲜血流满地，
有两个青年的社会主义战士，
在这里互相忠诚地宣誓。
他们宣誓要彼此忠实，
因为他们彼此友谊深厚：
假如哪一个在战斗里死去，
另一个就给死者的妈妈报信……

福朗兹　（沿着行列跑过来）静一点，谁又在那里嚷嚷啦！

皮歇尔　（把那个同志放下）不许嚷啦，奥图！

奥　图　（唱）

一颗敌人的子弹飞来，
打穿了一个人的心窝。
他的父母将是多么哀痛……

福朗兹　（用拳头推他）醒一醒！

奥　图　（搂住他的脖子，产生一种幻觉）不要哭，妈，不要难受，不要叫你这警卫团的儿子心疼……是的，眼泪也是水味。可是你什么时候把水放进地窖里去的？我想喝一口……水。天哪，拿水来吧，妈，水，水！（福朗兹要抓住他，他把福朗兹一把搂紧了。）

福朗兹　他已经渴疯啦。谁能够弄一点喝的吗？

费尔特　谁也弄不来。

迈克司　福朗兹！要是不能马上到达边境的话，我们得找一个村子。

费尔特把机关枪放下，在枪旁边躺下来。

福朗兹　（拖起他来）疯了吗！我们已经走了十四个钟头啦；你想在这接近边境的地方停下来吗？

费尔特　（高声大笑）你说，接近边境啦……我欢迎你呀，可爱的边境……我脚上穿的还是五天前上工时换的短统鞋哪；里面全冻了冰，已经没有脚了……我欢迎你呀，可爱的边境！

奥　图　（又开始唱）

他的父母将是多么心痛，
陶尔斐斯，却当作一场逗乐。
如今战事已经结束，
我们大家要还乡，
在这里，多少事情已经改变，
我抓起一支铅笔，把它写在纸上……

福朗兹　弄点儿雪来，（抓紧奥图，把一团雪塞进他的嘴里。）

迈克司　我们还是找个村庄吧，福朗兹！总得找点喝的呀。弟兄们再也忍不住了。他们快要渴疯了。

皮歇尔　不要水，弟兄们，水会把血冲淡的呀！

奥　图　水呀！到村子里去呀！（想要动身去。）

费尔特　（寻见一根稻草）我得找个火来点一支烟卷，要不，一步都走不动了！找点火！

拿出稻草来。

皮歇尔　（笑起来）烟卷？他找到一根稻草，一根稻草啦！（打着了他的打火器）喂，吸你的烟卷吧！

福朗兹　（用手枪把打火器从他的手里拨下去）谁要是领头吸烟吵闹，叫敌人发觉了我们的话，我就要打发他回老家！

费尔特　（对他）给我点一下！

两条探照灯光从右方探照着这些地面。公路方面有摩托车的声音；现在两条探照灯光在警卫团的连队上面交叉起来了；机关枪立刻从右方开始发射。

费尔特　警察！

迈克司　装甲车！

皮歇尔　天哪！

福朗兹　注意射击位置！两挺机枪安置在两翼，第三机枪作后备！集中火力对准探照灯的方向打呀！

命令传下去。连队占好位置；警卫团的两挺机枪回答着铁甲车方面的枪火。

迈克司　砰！右边的探照灯打瞎了！

费尔特　第二个也快瞎啦！

奥　图　（清醒了）静一静！摩托车又开动了！

皮歇尔　右边的摩托车已经掉头跑了；给他们尝点苦头！

福朗兹　集中火力向左边的摩托车打呀！

左方的探照灯也熄灭了；摩托车嘈闹地开动了。

费尔特　他们滚蛋了！

皮歇尔　他们真没想到会碰这么一个钉子。

迈克司　再打！再给他们一梭子！

福朗兹　停止射击！……打得好，弟兄们，干得漂亮。怎么样，奥图，你的渴劲儿呢？

奥　图　什么渴劲儿？（靠到皮歇尔身上。）

费尔特　幸亏我们带着枪。

福朗兹　要不是这几根烂枪，他们会像打兔子一样解决了我们呢！同志们，你们还记得那时候在地窖里，魏塞尔告诉我们的：只要还有战斗的可能，永远不要离开你们的武器，永远不要！弟兄们，现在我们离边境只有几公里了！离边境真是不远了。

费尔特　说不定我们绕了个大弯子呢！

迈克司　边境上有条玛契河；我们会听得见水响的！

皮歇尔　你就听吧，河也许冻住了！

奥　图　那么我们就砸开冰，足喝一气！

福朗兹　（急迫地）整队！枪上肩！也许装甲车已经向边境上的哨兵和宪兵队发出了警报啦……费尔特，你扛着机关枪领头。迈克司，还是由你断后，缩短距离，前进！

一连人从舞台的左前方向右前方行进。静场。……之后，一连人又从右到左上场。……仿佛听见有电话铃的声音。在朦胧的雪光下什么都辨认不清。电话的铃声又响了。人声说，“唉，老天爷！夜里都不得安静呀！”左方显出一线光亮。可以看见一座监视哨棚。

监视人　（身穿内衣，面对电话机）是的，我听着哪……是的，公路监视哨，七十五号……是的，官长。我的眼睛无时无刻不在盯住道路，绝对地……不会，官长，到现在什么也没有看见……是的，官长！（挂上）浑蛋！在这冻死人的时候还叫我往边境上跑腿！（往火炉里添些木柴，坐上咖啡壶，切一片面包，拿过一份报纸；正在这个时候……）

费尔特　（回到福朗兹眼前）停止！前面有亮光！

福朗兹　（向右边打手势）停止！

迈克司　（走上前去）是监视哨。

皮歇尔　看清楚，也许是一个村庄呢。

奥　图　（又低声唱起来了）

在这里，多少事情已经改变，
我抓起一支铅笔，把它写在纸上。
我写着眼中流泪，
我写着两手发颤——
你的儿子死在市政厅前，
你的儿子你再也不能看见……

费尔特和皮歇尔抓紧他，堵住他的嘴。福朗兹和迈克司带着枪溜到棚前，想从窗缝往里窥探。

迈克司　我看见一部电话机，提灯，小旗，……是监视哨棚，没有问题。来，我们先把电线割断！

福朗兹　等一等，迈克司！我们总得先弄明白，我们是在什么地方呀！

他把枪和帽子递给迈克司，敲门；监视哨小心地开了门；福朗兹入。

福朗兹　你好！今天真冷，也真黑哪。我一定是走错了路啦。

监视人　（疑惧地）看你是想上哪儿去吧。

福朗兹　到捷克收买鸡和鸡蛋去。

监视人　你绕了很久了吗？

福朗兹　好久了。

监视人　要小心哪，边境不远了。（低声）维也纳的警卫团大概就在附近，全武装的整整一营人呢！

福朗兹　造谣！

监视人　（给惹恼了似的）造谣？我刚从电话上接到的消息。他们把堵截他们的两辆装甲警车都打退啦！你知道吗……（非常兴奋地）工人在逃走时把两辆警车打垮了，那是武装的工人哪！怎么样，我想，就是鸡蛋贩子听了也是高兴的吧！（自言自语地）不过，要是他们给人家抓回去，那就完啦！人家会把他们一个一个地捆起来，就像福劳利德镇的消防队长魏塞尔一样。

福朗兹　（跳起来）魏塞尔？

监视人　一点不错。被人家抓住，带到军事法庭上去了。

电话铃响。

监视人　（向电话中说）是的，我是监视哨七十五号……请再说一遍，官长，我没有听清楚。……（赶紧把第二个听筒递给福朗兹）什么事？一大队的维也纳工人警卫团员从白兹镇前进，有武装……叛军至少有两挺重机关枪……不可能的，官长，怎么……两辆装甲车带着探照灯都给打垮啦，遭受了损失……只要我看到什么可疑的事情，就马上通知沿路所有的岗哨和总部……是的，官长，错不了，官长！（挂上，向福朗兹）你这就明白是怎么一回事了吧！

福朗兹　边境在哪儿？

监视人　先吃点！

福朗兹　边境在哪儿？

监视人　你大概也渴了吧；你的嘴唇都皱裂啦。（开一瓶啤酒，倒出一杯来递给他。）

福朗兹抽出刀子来，要割断电话线；监视哨抓住了他的手。

福朗兹　（瞅着他）你父亲是干什么的？

监视人　在采石场干活的。

福朗兹　你的母亲呢？

监视人　当女仆。

福朗兹　边境在哪儿？

监视人　（走向门口，迟疑地）要叫他们知道了，我砸了饭碗，还得去蹲监狱。我的老婆只好去讨饭！（绝望地）好啦，把电线割断吧，连我也枪毙了吧！

福朗兹　（平静地）别说那些傻话了，我们是不会枪毙工人的。监视哨同志……（倒出第二杯啤酒来，举起）我们绝不会伤害你，监视哨同志，请你永远记住，在一九三四年二月十五日的夜里，有四十七个被追赶着的维也纳工人躺在你门前的雪地里冻僵了，他们将要落到警察们的手里，但他们不愿意投降了被人家去绞杀！明天清早他也许会看见他们的尸体给大车装着从这里走过，脑袋上带着子弹窟窿。祝你平安，监视哨同志！（干杯。）

监视人　（抓起他的杯子，摔到地上；静默了一会儿，然后：）你们可得小心哪，你们这些人，真得特别小心呢！在这渡口一带，每半点钟他们就要来巡逻一次……你们要放轻脚步过去，这里离边境只有二百公尺了。边界上是玛契河。那是一条挺深的河，有五十公尺宽。（低声）不过有一处地方，现在已经结了冰啦……你记住。要是我在这里打开门，只要留一个小小的缝，亮光就恰好会照到渡口上。

福朗兹　照到冰桥上吗？

监视人　是的。我只能给你们照很短的几秒钟。

福朗兹　当真吗？

监视人　（指着电话机）不放心，你就切断电话线！

福朗兹　（瞅着他）好。……不过，把咖啡壶和那瓶酒给我们！（拿着这些东西，走到门口）请给我们照五分钟吧！（出。）

监视人罩上灯光。……在门外，福朗兹遇见了迈克司，轻声地说，“准备前进！”迈克司走到队前，重述着命令，“准备前进！”但大家几乎都疲倦得要死了，已经在雪地上昏睡过去。奥图昏迷地呓语着，自己在嘟哝着他的歌词。福朗兹拿着咖啡壶过来，给他喝了一口；于是咖啡壶和酒瓶就在人们中间传递起来。

福朗兹　走啦，费尔特，边界只有二百公尺了！

费尔特　别骗人了吧……

福朗兹　谁来骗你！

费尔特　（边写边念）“……亲爱的妈妈，现在刚好我们的连长就在这里。正是深夜。只有灰色的雪映出一点亮儿……我们的连长说捷克边境已经不远了，还只有二百公尺……要是我给你带来很多的痛苦的话，亲爱的妈妈，请原谅我！再会吧，最亲爱的妈妈，再会吧，可爱的祖国，还要替我问候……”

福朗兹　（走回来）前进啦，费尔特！

费尔特　（揣起信来）还是我领头，还是我扛机关枪。（站好。）

福朗兹　顶重要的是肃静，不准出声，只准打手势！（向正在雪地里挖掘着什么的皮歇尔说）睡迷了吗？

皮歇尔　司令员同志。你说“睡迷了吗！”我说，我皮歇尔知道我在干什么（给他看）我要把这个带走。

福朗兹　是一块石头吗？

皮歇尔　（庄重地）是我的祖国呢，司令员同志……

一道光线从左边射过来。

费尔特　（支起他的机关枪）探照灯！

福朗兹　别说话啦！同志们！河流和边界就在那条光线照着的方向上；成单行，沿着这条光线前进！

光线熄去。迈克司带着一名哨兵走来。

迈克司　福朗兹，（面对着他）河就在前边二百公尺的地方了。

福朗兹　能过得去吗？

迈克司　冻上了，就好像一座桥。

福朗兹　（向别人）同志们！向我们的福劳利德镇行一个最后的默念礼吧！好啦，同志们，子弹上膛，关好保险机！（听见枪栓的拉动声）便步走！

第十场
魏塞尔在军事法庭上

维也纳第二军事法庭：审判长、检察官、两个助理法官和辩护律师。……被俘获的警卫团员路第正在受审。

审判长　（从公文夹里取出一张纸片；对着路第）这就是证据吗？

路　第　是的，审判长。

审判长　（念）“菜单……国际咖啡馆……饮料……本日菜目。”这是什么证据?（翻过菜单来）噢!

检察官　（继续念）“毕桑堡……福劳利德桥……警察局?”是一个军事计划呢……

助理法官甲　（附和着）还有箭头指示着进攻的路线……

助理法官乙　攻过桥，到内城去……

路　第　那就是他的理想。

审判长　被告！要仔细想一想你所说的话。到现在，所有被捕的人都否认这种意图。他们一口咬定，只有一个计划，就是要保卫工人宿舍。难道你自己是属于一个特殊的恐怖团体吗?

路　第　（吓了一跳）恐怖团体?是说我吗?……千万不要记录下来呀，审判长，不要记录下呀！我是没有罪的。我什么都说出来了。我把这件证据呈递给法庭，就是为了我想改悔，为了过一个新生活！我们大家只不过是被他们煽惑了的，审判长。除了少数人……大家全都是落在网里的鱼。只有他是撒网的人；他制定了这个计划!

审判长　被告！这件证据（高高地举起那张菜单）是能够叫消防队长魏塞尔掉脑袋的。你能肯定这是他画的吗?

路　第　是他亲笔画的，审判长，就在那天，在“国际”咖啡馆里，被我发现的，审判长，你把这张菜单摆在他的鼻子底下，他立刻就会吓得没有血色了。

审判长　（对法警）带他下去！……把魏塞尔带上来!

路　第　再停一会儿，审判长，只一秒钟！我是无罪的。我什么都说出来了。我有一个年轻的爱人，审判长，我希望能跟她结婚!

审判长　你的爱人并没有受审。

路　第　（挣扎着不让法警把他带走）两个青年人的幸福呀，审判长！我们已经计划好我们的家庭，我们的家庭！我是没有罪的。我已经把证据呈递给您了……

审判长　（拿着菜单）这张菜单上注着日期，是一九三三年十二月十二日。你就在这一天发现了它，这是你刚刚说过的。从那个时候以来，你私自隐藏着这个可以使整个维也纳变成一片废墟的、危险而且犯罪的计划，一直有两个月之久。你犯了预知不报的从犯罪……

路　第　（绝望地）审判长……（他被法警拖出去了。）

检察官　（从他的公文夹里取出一片纸来，跟菜单上的攻击计划两相对比）您愿意看看吗，这是一份从消防站找来的魏塞尔亲笔写的工作报告，这儿是攻击计划……笔迹是一样的！

审判长　让他去抵赖吧！

助理法官甲　真想不到！一个政府的公务员……

警官带魏塞尔上；他穿着消防队长的制服，只是职位的标记已经扯去。

审判长　（读一份文件）你是葛格·魏塞尔；技师；现年三十五岁；已婚；前福劳利德镇消防队的队长，是不是？

魏塞尔　正是。

审判长　从前你是工业学校的学生。曾经当过共和主义警卫团学校团队的领导人。对不对？

魏塞尔　对。

审判长　警卫团的目的是什么？

魏塞尔　保卫工人的利益，保卫共和国的宪法。

审判长　直到二月十二日还是这样吗？

魏塞尔　直到二月十二日还是这样。

审判长　被告！你可知道，在林兹的警卫团跟警察武装冲突了，在斯塔德劳·福劳利德镇警卫团员们袭击警察分局，使无数的警员（提高声音）甚至军官、军佐们都在叛逆们的枪火下牺牲了。这件事实你知道吗？

魏塞尔　自然您也知道，审判长，自从一九三三年三月以来，政府屡次违背宪法，解散国会，破坏了工人们的组织，逮捕了工会委员，并且自卫团袭击工人住宅的事情也在不断增加。

审判长　你认为工人们应该对这些事情采取保卫行动吗？

魏塞尔　正是。

审判长　那么这场战斗算是一场自卫行动吗？

魏塞尔　按照警卫团领导方面的指示来说，是这样的。

审判长　你还知道有其他的指示吗，例如一些个别的低级的领导人？

魏塞尔不语。

审判长　被告！你是有勇气来采取某种行动的。比方说：当消防部长华格纳命令你立刻交出武器的时候，你在电话里的答复是："我是一个革命分子，我要执行我的革命任务！”那么，魏塞尔，你现在一定会有勇气来承认一切。你承认，你有推翻政府的意图吗？

魏塞尔　有的。

审判长　谁给你的命令？

魏塞尔还是沉默不语。

审判长　我并不想要你供出什么人的名字来。不过你自己提到了党领导部的指示。

魏塞尔　（带着内心的激动）党领导部的指示吗……那就是说：等待！一直等到陶尔斐斯和自卫团把我们最后的一名工作人员和工会委员都抓光，并且把最后的一个党组织都破坏。

助理法官甲　这家伙是一个共产党员！

审判长　请等一等，先生们！……魏塞尔，党没有命令你进攻，那么，你是自发地行动起来的吗？

魏塞尔　我也不过是群众自发的发动者中的一个罢了。

辩护律师　技师先生，我想提醒你，你是完全有权利可以拒绝供述的。

审判长　我相信，被告自己知道得很清楚，拒绝供述是含有怎样的意义……魏塞尔！在你们中间既然没有制定某种计划的领导人，只是有“群众中自发的发动者”，那么，难道那就是暴动的灵魂和推动力吗？

魏塞尔　（正视着他）审判长。自然，我们里面也有执行某种计划，保持一定立场的领导人，干练而勇敢的领导人。不过，要是那些计划对于群众是陌生的，那么群众是绝不会发动战斗的……那些受着白色恐怖和穷困压迫的人民，只要他们的情况不是一天比一天恶劣，只要工人们不是一天比一天更清楚地看到，在这种绝境里，除了革命斗争绝对没有其他的出路，那是不会发动战斗的。没有强大的蒸汽压力，哪一个司机都开不动他的火车；没有这种力量，哪一个领袖也发动不了群众！

审判长　那么，像那样的领袖们发动过群众吗？

魏塞尔　太少了。

审判长　就在他们进攻警察局的时候吗？

魏塞尔　太少了。

检察官　在进攻路堤的时候吧！

魏塞尔　也谈不到。

审判长　你自己呢？

魏塞尔　我自己也谈不到。

审判长　（很快地把攻击计划送到他的面前）你可认得这件东西吗？

沉寂。……全体紧张地注视着魏塞尔。他拿起那草图，看一看，翻过来，看看菜单，又重新翻过去再看草图。

审判长　魏塞尔！你可认得这个草图吗？

魏塞尔　认得，审判长。

审判长　你知道这是谁画的吗？

魏塞尔　（平静地）我。

检察官　一个军事上的进攻计划呢！

魏塞尔　（笑着检察官的兴奋）倒是一个进攻计划，……可就是不能实现。

检察官　（愤愤地）听你的口气好像是说，“真可惜”呢。

魏塞尔　可不是吗，检察官先生，真可惜呢！因为，要是我们能够实现这个计划，那么，审判官先生们，你们可就要站到我现在站着的地位上来了。

检察官　（跳起来）好一个恫吓！

助理法官甲　（同样地）好一个挑衅！

审判长　魏塞尔！你把性命当玩笑了！

魏塞尔　我清清楚楚地知道，我正在做什么，审判长，我确切地知道我曾经做过一些什么。假使有一天机会来到了的话。我还要继续做，只会做得更好。

辩护律师　（急急地插嘴）各位法官先生，请允许我插进来说几句话。作为一个辩护律师，我的职务就是要提醒你们一点；无疑的，你要把它说成是法律，还不如说是属于医学的范围。先生们，你们自己都不能否认吧，这个被告给人的印象是一个天不怕地不怕的偏重理想的人物，他完全是根据理想主义来行动的。他是一个穷孩子出身……（带着律师的同情心）他的母亲因为子女太多的缘故，连最后的一口饭食都舍不得自己吃。因此简直可以说，这被告从吃娘奶的时候起，同时就把“社会主义”也吸进去了。我们知道，社会主义是由饥饿造成的精神病的一种特殊形式……审判长，各位法官，我坚决相信，要是这个人，魏塞尔，不是在那样一种穷困的环境里长大，而是生长在光明的上流社会里，法官先生们，这个有勇气有责任心的魏塞尔一定会变成我们自卫团最好的一个领导人。他一定会……

魏塞尔　（激烈地）审判长，难道我一定要遭受我的辩护律师的侮辱吗？

审判长　（恼怒）被告，我禁止你说这样的话。

辩护律师　我可是正在这儿替他辩护哪！

魏塞尔　（重复平静了）请你不必费心了吧，律师先生。你怎么能替我辩护呢？你属于那个用大炮和机关枪向工人住宅射击的阶级。我是从另一个阶级出身的，是属于工人阶级的，并且我还是技师和知识分子，我们这个阶级在生死斗争里遭受你们的攻击，这是因为我们的生长就意味着你们的灭亡！

审判长　被告！请不要把大胆错当了勇敢呀！你的案情已经弄明白了。（向法警）把消防队员肯兹尔带上来。（法警下）魏塞尔！你们消防站上只有你一个人负责吧？

魏塞尔　是的。

审判长　十二号那天，站上一共有多少人？

魏塞尔　六十个。

肯兹尔，一个胖胖的年约四十岁的人，穿着消防队员的制服，被法警带了上来。

审判长　是消防队员肯兹尔吗？

肯兹尔　（军队式）有。

审判长　（念一份文件）已婚；两个孩子；公务员，有一定的收入。（愉快地）好啦，你老实说，肯兹尔，你看起来也像一个有理智的并且是靠得住的人，你为什么单单跟别人两样，一定要搞什么放枪的玩意儿呢？难道向警察开枪或是去让警察打死，真是一件逗乐的事情吗？

肯兹尔　（没有十分听懂）逗乐吗，法官先生？一点也不逗乐。

审判长　不过，肯兹尔，你总算是上了岁数的人了，在家里也是当爸爸的人了。你一定会想到，像你所搞的事情，是会掉脑袋的。那是一个疯狂的冒险。那是内战。那是一件罪恶，肯兹尔。难道你就没有想想你自己的家庭——你的老婆和孩子吗？

肯兹尔　（鲁钝地）当然我想到过，审判长。在那天早晨，子弹在我们鼻子跟前叫啸的时候，我想到过；在监狱里，我也想到过。不过，在那以前，我也曾经想到过，我哥哥的老婆和孩子，你知道吗，审判长，那些孩子们没有一点吃的东西，因为我的哥哥已经有一年找不着工作了……是呀，审判长，就是现在有工作的，不是也一样地过不去吗？

审判长　你这个人，扯到哪儿去啦。

检察官　是假装的吧！

审判长　肯兹尔，我只要你回答“是”，或者“不是”。你有过枪吗？

肯兹尔　有的。

审判长　你开过枪吗？

肯兹尔　打过，在他们攻打我们的时候。

审判长　你是一个公务员，警察是国家执行政令的武力，我问你，是哪一条服务规则叫你向警察去开枪呢？

魏塞尔　（抢着说）我是肯兹尔的直属上司，是我命令他那么干的。

审判长　可是你自己，魏塞尔，你并没有执行你的上级消防部长华格纳叫你立刻交出武器来的命令！

魏塞尔　按照你们的说法，审判长，你们认为我是有罪的，是应该受到惩罚的；同样地，要是肯兹尔他不遵从我的命令，我也会认为他是应该受到惩罚的。

检察官　肯兹尔！仔细想一想。你会服从一个疯子的命令吗？

肯兹尔　一个疯子？

检察官　比方说：你的上级命令你拿消防队的斧子砍死你自己的孩子，或是要你从二十公尺高的救火梯上像倒栽葱那样跳下来……肯兹尔，你会执行这样的命令吗？

魏塞尔　（插嘴）检察官。情形是完全不同的。消防站的队员们是没有选择的余地的。谁要是迟疑不决，我就站在谁的面前，凭着我手里的一支枪，就可以强迫他们射击。

审判长　你把全部责任都揽到你自己的身上吗？

魏塞尔　是的。

检察官　疯子！

审判长　魏塞尔！（轻声地）你家里也有老婆和孩子。你在这法庭上的行为可以看做是一时的神经错乱，要不然就只好看做对国家的一种新的挑衅。魏塞尔，仗已经打完了。你的同志们被捕了，死了，逃跑了。我再告诉你一遍，你在这法庭上的行为显然是一时的神经错乱。

辩护律师　（热心地）法官先生们！我完全同意审判长的意见。我提议要检查一下被告的精神能力是不是健全，并且把他移交给精神病院去看管。

魏塞尔　（平静地）我已请求过你一次了，律师先生，你不必替我操心，你还是不必发言吧……法官先生们！我并不是一个孩子。我的头脑是完全清醒的。我清清楚楚地认识到我是处在多么危险的环境里面。我早已准备好为了工人阶级的事业来牺牲我个人的性命。我什么都没有保留。今后我的行为也决不会有所变更……（从容地）这就是说，要是我们在进攻以前已经有过今天这样的经验教训，那我们一定会有更多的枪支，更多的战友，准备得也会更充分——当然我们的进攻是一定会获得胜利的。

检察官　我们一定会……

魏塞尔　（热烈地）是的，检察官先生！今天你可以尽量讥笑我们，因为我们犯了错误，因为我们太胡涂了，心肠太软，也太缺乏经验；为了这些原因，所以现在我们带着手铐站在你们面前，并且也就是为了这些原因，所以绞刑架还是全国到处都有。但是，先生们，可不要太过于相信自己！总有一天，我们在不同条件下，会采取另外一种方式；那时候我们会从今天伟大的教训中学习到克敌致胜的办法，因为在今天，世界上只有工人阶级能够知道怎样获得胜利……

审判长　（跳起来）不许你说话！先生们，你们还有什么要向被告提出的问题吗？（大家说："没有。"）那么，暂时退庭，去商讨量刑吧。

退庭。沉寂。

肯兹尔　魏塞尔，我的同事，我的长官……

魏塞尔　你可以称呼我"同事"。

法　警　这里不准说话！

魏塞尔　（高声地）我嘱咐我的女人几句后事。（警察走开了）我知道这一切会使她万分难过的。告诉她换掉她的姓氏。但要把我的事迹都告诉我的孩子，告诉他消防队长魏塞尔的全部事迹！

肯兹尔　（柔声地）魏塞尔同志，这完全是不可能的，是不能这样想的！但是，你为什么要对法庭上的人毫不顾忌地讲话呢？

魏塞尔　（微笑）肯兹尔，我根本不是对法庭上的人讲，我是在你的面前讲，是讲给你听的，肯兹尔。讲给你听，也就是讲给外边的同志们听。肯兹尔，反正我是要掉脑袋的。我比你更了解这些官员们的事情。但是，只要我的脑袋还长在脖子上，那它不会动摇。（热情地）你的脑袋也不要动摇啊，肯兹尔。去告诉大家，肯兹尔，即使他们用的是甜言蜜语，即使他们戴着的是天鹅绒的手套，也决不要跟他们妥协。你去告诉大家，肯兹尔！你答应我吧，肯兹尔。

肯兹尔跟他握手。

法官们重新登场。

审判长　（庄严地）现在宣判："葛格·魏塞尔，三十五岁，前任福劳利德镇消防队长，经维也纳第二军事法庭判决，该犯因犯叛逆罪根据特别刑法第七十四条的规定，判处绞刑。判决即时生效，并须于两小时内执行。"……你听明白了吗，魏塞尔？

魏塞尔　听明白了。

审判长　你希望要精神上的帮助吗？

魏塞尔　不。

肯兹尔　魏塞尔同志！（想走到他跟前去。）

魏塞尔　要有勇气呀，肯兹尔。昂起头来。答应我，你们永远都不灰心；你，你们大家！（突然）而且不要忘记了我们，不要忘记了我们呀！（柔声地）我们这些维也纳和奥地利的牺牲者，我们这些受了绞刑的，虽然我们死了，我们也都是想生存下去的……

审判长　（赶紧地）宣告闭庭。

魏塞尔　（在警官前来抓他的时候）当你们继续战斗下去的时候，不要忘记了我们哪。可不要忘记了我们……（警官把他的双手扭到背后；魏塞尔依然抵抗着）战无不胜的无产阶级万岁！

第十一场
继续战斗着的妇女们

施林格尔坊商尼的住室，与第一场及第七场相同，只是已经被子弹打穿了许多窟窿，又经稍稍修整过。墙上的弹孔里塞着破衣服。正是阴沉欲雪，寒气凛冽的冬天。一九三四年二月十六日。……玛利妈妈正在打扫。她不停地搜寻着子弹壳和炮弹的碎片，找到了就往垃圾箱里扔。突然一张报纸从门底下的缝隙里给塞了进来。玛利看见了，走到门口去，开开门，跨出一步，又退回来，再向四面张望了一下，用脚把报纸踢到一个角落里，然后捡起来，在垃圾箱上坐下。

玛　利　（念给自己听）"一九三四年二月中旬。《维也纳红旗报》……"（又向四面张望一下，继续念下去）"同志们，工人们，警卫团员们！奥地利的工人阶级已经作过了一场巨大的战斗。这是全国工人阶级反对法西斯独裁的首次革命。共产党员和警卫团员在共同作战中所表现的，无与伦比的革命英雄气概和奋不顾身的精神……"我真想知道，商尼到哪里去了！（拿出眼镜来，兴奋地念下去）没有商尼的消息，已经四天没听到他的一点消息了！

有人敲门。她把报纸塞到裙子底下。葛莱特尔上。

玛　利　（又在打扫）没上课吗？

葛莱特尔　已经被辞退了。

玛　利　是呀，人家也不会再聘请住在施林格尔坊的教员了。

葛莱特尔　我替孩子们难受。他们不愿意叫我走。……我问你，妈妈，你已经看见了吗……（拿出一张报纸来）……"陶尔斐斯政府通令奥国奉公守法的人民，限期自动交出枪支：到二月十八日下午六时为止，一切未经登记的武器均须在下列各地点自动交出。凡交出机枪一挺的，赏给五十先令，缴出步枪一支的赏给十先令。凡在二月十八日以后，依然保存上述武器的，将判处一年以上的徒刑。"

玛　利　（想着）十先令……（匆忙地走到垃圾箱跟前。从垃圾里捡出二十个步枪栓来。）

葛莱特尔　妈，你弄那个干吗？

玛　利　（激烈地）想把这些废铁扔出去！

葛莱特尔　（计算着）二十个步枪栓……（望着）二十乘十，整整二百先令呐。

玛　利　你想教我算术吗，教员小姐？一点都不错，二百先令。这笔钱满可以寄到国外去给费尔特；要不就送给蹲监狱的人也好。你想想看，那些参加过战斗的人，不是被赶出了国境，就是被关进监狱，剩下的只好在大街流浪，没处挣一分钱去。……（她把二十个步枪栓装到提篮里，用两件衬衫盖上）……打了一阵子仗，也让他们吃点儿什么，至少让他们在那份吃不饱的囚粮以外，买点什么吃呀！

葛莱特尔　男人们对这件事怎么说呀？

玛　利　他们什么也没说，完全没说什么！（从裙子底下扯出红旗报来，撕掉，丢到火炉里）这一切事情我再也不想听了！

林妮匆忙地进来，顺手锁上门。

林　妮　有警察来了！家里还有商尼的党员卡片吗？

玛　利　（从抽屉里倒出一堆来）这不是！

林　妮　赶快。

葛莱特尔　烧了吧！

有人敲门。……葛莱特尔丢一捆到火炉里。林妮把剩下的塞进了她的工作服。门上有人捶打。林妮开了锁，打开门。两个特务上。他们并不摘下帽子，只稍微露了露他们的证章，就走到了房子中间。

特务甲　喂，太太小姐们，我们是来帮助你们交出你们还保存着的枪支的；这就是说，来给你们帮忙的。你们知道，一挺机关枪的赏金是五十先令，一支步枪或是重要步枪机件的赏金是十先令。要是迟到二月十八号还不交出来的话……

葛莱特尔　（瞅着玛利，赶紧说）特务先生，你们来得正好，这是赫尔策太太，商尼·赫尔策太太。为了她的丈夫，她挂念得不得了。四天以来，她没有得到他的一点消息。

特务乙　你们还想打听“消息”吗？唔，你们知道，有些人的事情是非常简单的，只要施行一次根本治疗，就像那个消防队长魏塞尔，他（做绞死的比划）再也不会闹嗓子了。

玛　利　商尼吗？商尼怎么样了？

特务乙　如果他也是红色匪徒的话……

玛　利　（跳到他的面前）商尼可不是匪徒！

特务乙　安静点，我说话的时候就不准你说，你这老家伙！

特务甲　别说了，亨得尔！（对玛利）我们可不是为了家务事来的。高贵的太太。……武器在哪里呀？

玛　利　给我出去吧。

玛利不高兴地回过身去削马铃薯，两位姑娘帮助她。特务们在墙上敲敲，在箱子下面和火炉后面瞅瞅，在垃圾箱里乱翻一阵，在地板上敲敲。

特务甲　（站到玛利面前）在福劳利德镇至少总该有三十挺机关枪吧。已经搜出六挺来了。下余的呢？

玛　利　（在削马铃薯的皮）也许那只篮子里会有一门大炮呢？

特务甲　（大怒）你小心点！（对特务乙）搜她们身上！（他们动手搜查妇女。）

林　妮　（抗拒着）走狗！你们不能搜查妇女！我不让你们搜。（她跟特务们抗拒着，一个特务野蛮地抱住了她，另一个从工作服里搜出卡片来。）

特务甲　好啦，我的小妞儿，这就大事完毕啦！（向特务乙打个手势，特务乙扭过林妮的手臂去，倒绑了）好漂亮的卡片，什么？还是红色匪帮的会员卡片哪！

林　妮　给你道喜，特务先生！这是我父亲，自卫团员格兰姆陵的旧卡片，他一年前已经脱党，并且四天前在铁路堤上给自卫团放哨的时候殉难了。现在你连他的女儿都逮捕起来了，特务先生，这真该给你道喜呀！

在这一场争论中，两位贵妇人同一位神父上。

贵　妇　（对两个特务）先生们干什么？

特务乙　好一个傻娘儿们！

贵　妇　（严厉地）你叫什么？

特务甲　（逗她）你叫什么呀，美丽的姑娘？

神父迈进一步，拿出一份官府的文件。

特务甲　（立正姿势）请求你的原谅，夫人！第二十区特务皮须勒在执行职务。（对第二个妇人）干我们这一行的不得不强硬一些，议长太太。（对神父）你大法师还从来没有跟罪犯们打过交道吧？

贵　妇　（加重语气）警官，我们这些在救济委员会当委员的，倒是不免要常常去跟危害社会的分子和“罪犯”们打打交道。根据我的经验，警官，对于那些“罪犯”们，不应当使用武力强迫，当应采取另一种完全不同的方法。

神　父　（向她微笑）对极了！

贵　妇　（用教训的口吻）因为，警官，在每个罪犯的心里，在他心里的一个秘密的角落，也就是说，在某些掩盖着的心灵深处，还隐藏着一点点儿人性，那点儿人性，就正是我们所要寻求的！作不到这一点，我们干脆回家好了，（对特务乙）甚至在最刁悍顽固的罪犯里边，甚至在最堕落的流浪江湖的要饭的里边，都会有你的弟兄存在的，你知道吗？

特务乙　（肃立）是，夫人！

贵　妇　（看见了林妮）这个姑娘为什么绑着呢？

特务甲　一个政治犯，夫人。

贵　妇　（想了一下）许多“政治犯”都是伟大的理想主义者。基督说过，“谁斗争得多，爱得多，谁就该被多多宽恕。”……放了这个女人吧！

特务乙给林妮松绑。

贵　妇　亲爱的妇女们，亲爱的姐妹们，我们到你们这里来，不是跟你们为敌作对，也不是冒充好人，当然也不是彼此不相关的。我们听到过也读到过，虽然你们误入了歧途，可是你们受着伟大理想主义的光辉照耀，妇女们同你们的丈夫并肩作战。这一点，我们绝不怪你们。你们是有很大的热情和善意的。但是现在，斗争已经过去了，这种精神的力量是不应该埋没或是任它消灭了的……

林　妮　（揉着她的手腕子）现在“斗争已经过去了”。

议长夫人　你可以相信，在将来我们一定要尽到一切努力，让政治的毒素再也染不到妇女们的身上。

玛　利　（走到前面来）我的丈夫商尼呢？

神　父　稍等一等，亲爱的太太，什么都会告诉你们的！

玛　利　（绝望地）是不是他们已经把他绞死了，像魏塞尔一样呢？

贵　妇　（神父赶快向贵妇人耳语）魏塞尔……亲爱的女人，这应怨他自己呀。他是一个煽动别人的人。他是莫斯科派来的。他把我们的城市变成了一片血泪的苦海。基督说过，“靠刀剑生活的，必死于刀剑之下。”至于你们这些人，只不过是被引入歧途的牺牲者，对于像你们这样的人，我们是既往不究的，我们现在要从一切的煽惑，一切的政治手段，一切的暴力中间，把你们搭救出来。

议长夫人　只有一种势力，只有一种独裁，要统治今天的维也纳——那就是爱的独裁！

神　父　（庄严地宣读一份文件）“为医治维也纳城区许多无辜的牺牲者、妇女、老人及儿童在最近数日内所遭受的创伤起见，已由天主教人士发起组织一个救济委员会，其主要负责人为红衣主教殷尼资法座及议长夫人……”

贵　妇　好极啦，继续念下去！

神　父　“本救济委员会对于穷苦的清白住户将予以每周二十先令的特别补助金。”

贵　妇　（对玛利）也有你的份儿哪，亲爱的老太太！

玛　利　（疑虑地）我们必须到教堂里去领吗？

贵　妇　没有什么“必须”的。只要你从心里想要就行啦！

神　父　（热情地打开第二本名册）这就是赫尔策太太，商尼·赫尔策太太吗？

特务甲　是的，法师，这就是赫尔策太太。

神　父　（夸耀地）你还多哪，你该得四十先令，赫尔策太太，每周四十个先令哪。现在你可没什么说的了吧！（取出纸币，开始点数，并且把名册送到她的面前，还递给她一支自来水笔）这儿，请你把款子签收了吧。

玛　利　（拿着自来水笔）是真的吗？

神　父　（挺神气地）当然是真的喽。跟你的丈夫在短期内恐怕不能工作，需要长期住医院的事，是一样的真实。

玛　利　商尼住医院了吗？

神　父　（根据名册宣读）约瑟夫医院……商尼·赫尔策，五十五岁，因失足坠楼，肾部受伤，肋骨折断……

玛　利　（激动，考虑着）肋骨折断……肾部受伤。他们从家里把他带走的时候，他还是好好儿的。商尼……肋骨折了吗?（丢下自来水笔，跳起来对着救济委员会的人）你们把他怎么弄的呀?!

神　父　失足坠楼。你不是已经听见了吗?!

玛　利　你撒谎!（指着两个特务）一定是你们两个打伤了他的肋骨，踢断了他的骨头。就是你们，你们打坏了他的腰子……

两个特务把她扯住了。

贵　妇　放开这个女人。我刚才说的意思你应该明白!……赫尔策太太，在战斗很激烈的时候，不用说，双方都犯了许多错误。我了解你的痛苦。所以我特地来安慰你。现在是一个相互谅解和彼此忘却的问题!我来，并不是跟你记仇恨，而是要跟你相亲爱的。亲爱的赫尔策太太，现在让我们把过去的事情忘记了吧!

玛　利　（站到她面前）忘记……要我忘记你们怎样打伤了商尼的腰子和打折了肋骨吗?你这个假仁假义的人，你们怎样打死我的儿子，炮轰我们的宿舍，怎样派巡警狗子盯着我们，半夜三更里从床上逮走我们的人，你们怎样在监狱里打折他们的骨头，你们怎样像猫一样蹑手蹑脚地溜进我们这间破房子里来，这些事都要我们忘记?……滚你们的吧，我是不会忘记你们的，你们这些赞美耶和华的姐妹们，（疯狂地）你们这些天上的强盗，你们这些吃死尸的秃鹰们，总有一天我们一切都要报复的。每一小块皮，每一口气，每一滴泪，每一颗临死的汗珠，每一滴血!

议长夫人　这简直是地狱!

神　父　这个女人疯了!

贵　妇　（庄重地）我们的任务正是要把她们拉到我们这边来!（对葛莱特尔）你一直没有说过一句话。你当然也不免陷进了那煽惑和仇恨的无底深坑吧?也许，连你本人也遭受到损失了吧?大概我们这些人谁都尝过了酸辛的滋味吧，不是吗?

葛莱特尔　（平心静气地）反正我们大家谁都领受过自己的一份就是啦。

贵　妇　对啦。你懂得了我的意思；一种痛苦和一种需要，在今天把我们大家联结在一起，使我们团结起来成为一个伟大的看不见的团体；但凡有一点点儿爱和善的人们，都应当抛弃一切无益的斗争，在这个团体里团结起来。不是应该这样吗?

葛莱特尔　的确是这样，夫人。(用手拖她到临窗的墙边，从子弹打穿的窟窿里扯去破布)这就是我们那个“伟大的看不见的团体”吧，夫人。(领她到窗口)瞧底下院子里那些穿制服的，胳臂下都夹着马枪……(领她到更远一点的地方)就在这个窗口旁边，这位太太的儿子给陶尔斐斯的“伟大的爱”打得稀烂……

贵　妇　那是过去的事情呀!

葛莱特尔　说得好，夫人。眼前这位太太的丈夫就躺在医院里，肋骨被打断了。那么，就让她坐您的汽车一同去看看吧!

玛　利　(走到她的面前)我想去看看我的丈夫!

贵　妇　(踌躇)当然可以。(神父匆忙地跟她耳语了几句)可是不能马上就去。你必须先提出一张申请书。

玛　利　到那时候商尼就会死了!(抓住她的胳臂)我们俩马上就去吧!

贵　妇　放明白一点，赫尔策太太。这可不是在平时。维也纳今天颁布了戒严令了。

葛莱特尔　我想，那就是什么“爱的独裁”吧?

贵　妇　(很窘)自然，也可以这样说……但是我们顶好不要把话扯得太远了。我们都不要说什么空话。让我们像姐妹们似的彼此谈谈吧!

葛莱特尔　那些关在监狱里的女人呢?

贵　妇　(赶紧从身子上拿起六十先令)拿这点钱去，给那些关在监狱里的女人吧……(又从神父的公事皮包里取出更多的钞票，塞到葛莱特尔跟前)替那些穷苦的女人领一点钱吧!领去吧!(被推回来)不要空着手送我们回去呀。(又取出一沓)从你们的姐妹手里，领去这点爱的纪念品吧!

葛莱特尔　(把钱推开)我不是你的姐妹!

玛　利　(把一沓钱丢在贵妇人的脚底下)我们先来拼命吧!

特务甲　小心!(跟特务乙一同站到贵妇人的身前，保护着她。)

议长夫人　我刚才就说过：这是地狱!

神　父　都是共产党!

贵　妇　这里是毫无办法的了；甚至连爱也失去了作用!(与各委员同下。)

特务乙　(又扭过林妮的胳臂，重新把她倒绑了)瞧，还得照我的办。

特务甲　(在她面前摇着党籍卡片)现在也许会乖乖地告诉我们这些卡片的来头

吧？

林　妮　我宁可咬断我自己的舌头。

特务甲　你倒想得不错！（向特务乙打一个手势，特务乙就抓住她那倒绑着的手腕子向上向后一提；这一来，她简直就跪倒在地上了。）

林　妮　（呻吟着）放开，放开……

玛　利　（对特务甲）这就正是商尼失足坠楼的情形吧？

特务甲　（眨了眨眼睛）你自己也许有一天会亲自来作作这种早操呢？

玛　利　（瞪着他）很可能的；我要是豁出去了，那么，也许我全身的骨头都会折断，也许……

特务甲　也许怎么样……

玛　利　也许……我还是好好儿的。

特务甲　（想了想）那你就等着吧。（对特务乙）走吧！

两个特务带着林妮下。沉寂。玛利一面削马铃薯的皮，一面在想着。她走到提篮跟前，把它拿到桌子上，取出一个步枪栓来，看了一会儿，拿一件新衬衫把枪栓擦拭干净，这时候葛莱特尔关好了门。两个女人仔细地擦掉那些枪栓在垃圾箱里沾染上的尘土。玛利找出一瓶煤油，把那件新衬衫撕成碎块，准备蘸了煤油擦拭枪栓。

葛莱特尔　等一等！玛利妈妈，你还有植物油吗？

玛　利　有些炒菜的油，还是炸马铃薯剩下的。（找出来。）

葛莱特尔　你知道煤油会侵蚀金属，植物油不会……（同玛利一道醮了植物油，擦拭枪栓）要是拿蘸饱了植物油的布片把它包裹起来的话……（她们一面说一面用从衬衫上撕下来的布片包裹）是的，玛利妈妈，这办法好……这么一来，这些枪栓和枪就能好好地在地下躺这么一二年。

玛　利　（继续不停地把衬衫撕成破块，蘸饱了油，包裹着枪栓）葛莱特尔……你想它会要躺多么久呢？

舞台黑暗

1934年作于莫斯科

孤　独

[苏]微尔塔　原著

译者题记

接到新文艺出版社编审部的来函，知道《孤独》中译本已经末校完成，即将出版。译者刻在病中，无力对译述始末作一较源本的叙述，兹仅摘其梗概，条列如下：

一、本书系根据一九三六年莫斯科版英文本《国际文学》杂志的连载译文转译而成。据上述杂志编者在文前的按语看来，英译较之原文恐怕是稍有节略。

二、本书中译本译成于一九三七年七月，即芦沟桥事变之时。后在一九三八年，曾经王任叔先生编入当时在孤岛上创刊的“大时代文艺丛书”，但所出之书，据云被日寇销毁大半，流入内地者极为稀少。

三、本书曾蒙戈宝权先生于一九四七年在上海代为审阅，并指出了几条错误；又曾蒙萧三先生于一九四九年在河北建屏代为审阅，也曾指出过几条错误。——这些，都一一校改过了。在这里，谨向上述两先生致谢。

四、本书曾蒙张金人先生于一九五〇年夏在北京允为按照俄文新版（新版较之初版有着极重要的修改，而且荣获了一九四〇年的斯大林文学艺术奖金），大加校改订补，预期本年初可以完成。顷因张先生患眼病，故校改订补，一时很难实现。将来校改订补完成，当于本书再版时全部补入之。

五、为了配合我国当前一九五二年即将全部完成的土地改革运动和不久以前大张旗鼓执行、今后对之仍要时时提高警觉的剿匪镇反运动，本书译者和出版者都认为将此一描写俄国十月革命后豪绅和土匪的勾结叛乱及其被剿平经过的小说提早地拿来出书，的确是有其必要的。

六、当一九三八年在上海孤岛出书时，王任叔先生曾写过一篇相当长的介绍，附于书尾。惟时过境迁，且原文对微尔塔的另一本小说（《合理》）的评述甚长，故不全文照录。兹仅摘抄其中有关《孤独》的部分移植篇首，以帮助读者了解本书的主要内容及其一般评价。

一九五一年十一月九日于青岛

关于《孤独》及其作者

"尼枯莱·微尔塔的登上文坛，还是不久的事；三年前（一九三六）他底第一部小说《孤独》印出来，青年作家给自己负担上了一个勇敢而艰难的任务：小说中描写出了一九二一年春天的唐姆包夫省的乡村，那时全国内战的火焰都已熄灭了，但是在唐姆包夫省还燃烧着以社会革命党匪徒安东诺夫为首、而造成的土劣运动的火灾。忠实的艺术家微尔塔在小说《孤独》中勇敢地表现出了安东诺夫事变的根源，它底暂时成功的原因，和那种不能不把被安东诺夫党徒欺骗的农民阶层从它手中振拔出来的事变底经纬，以及怎样使安东诺夫党徒趋向毁灭。安东诺夫和煽惑安东诺夫的人——豪绅彼得·斯托罗折夫，土劣的宣传者伊洵，被斯托罗折夫欺骗的青年农民楞迦，穷人安得烈·考屑尔和几十个另外的事变底参加者，都活生生地在《孤独》的纸页上出现了。"（引自罗云斯基所作微尔塔小说的批评）

是的，微尔塔所处理的题材，主要便是在苏联苏维埃政权的建设过程中富农的反叛；而这反叛又是和土匪相勾结而展开。要敉平这一叛变，决不应是红军武力所单独担负的任务，而更需要政治的进攻。全篇的故事，即沿着这一主题发展。叛变的开始，彼得·伊凡诺维契·斯托罗折夫利用安东诺夫的武装和农民由于新政策的施行而引起的不安心理，以欺诈的宣传，和凶残的压迫，使农民胁从了。一等瓦西利从克里姆林宫带来了真实的消息，农民们全都知道布尔塞维克是最善良的人，是真正为了穷苦的农民的，并不像安东诺夫所造出来的宣传——屠杀了一车的人，用死尸向各乡村巡回展览，说是布尔塞维克的功绩，那样的欺骗的宣传——以为布尔塞维克是杀人放火的暴徒，而斯托罗折夫的叛变的基础也就从此瓦解了。

正如罗云斯基所说作者是个新起的天才作家。在这作品里充满了清新的气氛；主要的人物，如土匪安东诺夫、富农斯托罗折夫、说谎宣传家伊洵、雇农李斯特拉特和楞迦的性格，都很明显。果戈理对于一个人物性格的表出，是用绘画一般的刻画的手法的。而他却在故事的进展中，也把性格渐渐显露了。楞迦的被害和斯托罗折夫的逃亡，那正是他们性格的自然的发展，决不是作者故意想在苏联的社会里留下一点阴暗面。

摘自王任叔作本书初版后记

第一部
叛　变

一

寒冷，污秽，胆怯的耳语声；唐姆包夫的省会；一九一七年的秋天……

风来回地吹逐着湿雪的凝块，从墙上和循环广告的招牌上撕裂着招贴的纸片；那些纸片就鸟儿似的飞到空中去了。风发狂地呼号着叫啸着，在街筒里穿行，吹得电灯都摇荡起来，将一点忽明忽暗的黄光散射在水湾子上，树木底光裸的枝干上，和潮湿的铁房顶上。水溜子滴嗒着，电线杆子发着嗡嗡的声音。雪是一直地下了又下；这些凝聚在一块的玩意儿厚厚地覆盖在街道和边路上面。

市镇显得非常荒凉冷寞，火车站是空寂的。只有从机器房和铁路修理厂里传出来铁的铿锵声，还有火焰照耀着烟熏的窗子。

弗劳次基街是一条幽暗的深谷。在这儿，靠着河流的近边，显得更其寒冷了，一股残酷的风从森林那边刮过来。灯已经全熄了。

一片高篱笆和一个小花园把律师费多罗夫底两层绿色的大房子跟街道隔离了。百叶窗紧紧地闭着；一丝光亮也透不出来。什么都是死寂的，仿佛这律师的一家已经睡下好几个钟头了。但是那一点也不对，因为这一家里的人是并没有早早睡觉的习惯的。

主人不在家。在客室里的绒榻上，一个人坐在那儿等他。

这个人长得挺瘦小。他的厚嘴唇是苍白的，他那凹陷的眼睛充满了恶意。在颞颥的地方有两个凹穴。他的手短而且白，他的衣服是一半军装：一件外衣，一条马裤和一双挺好的长筒靴。他静静地坐在那儿，固定地凝视着。侍女两次走经他的身旁，可是他甚至从没瞥她一眼。

那是他的一种习惯。亚历山大·斯台潘诺维契·安东诺夫在西伯利亚受了十年的刑役。因了急躁的脾气和野蛮，他不止一次地被送进苦刑的监房里去。而每一次他都是这样地坐着——他的手放在膝上，他那并不看人的眼睛固定在一点上。而他所想的都是关于一些可怕的事情。于是他一次又一次地深深地叹息着——那些个沉没在呻吟里的叹息……

他现在想着些什么呢？想着像目前这样的生活吗？想着他在遥远的西伯利亚遇见过的人吗？想着过去的日子吗？

在西伯利亚的监牢里，曾经有过一个叫做彼得·托克玛考夫的人，亚历山大·斯台潘诺维契曾跟他有过三年的交情。他们曾在同一天为了同一件案子在唐姆包夫被判定了罪刑。黄瘦的彼得永不谈他自己的事，不过在一个争辩的进程里他总是注意地倾听着，皱起他那高高的，瘦棱棱的前额，并且睁大了眼睛。常常整个晚上，彼得詈骂着他的朋友，为了他的野蛮和他对于人们的剧烈的憎恨。亚历山大·斯台潘诺维契只能嗤嗤地喷着鼻气。

“革命就要来了，”托克玛考夫说，“你就要回到琪尔桑诺夫去了，可是你带了什么去呢？你就带一大堆意见去吗？你到底学习了点子什么呢？”

“你和你的革命！”安东诺夫轻蔑地说，“它来的时候我们已经死过三次了。我讨厌这些空谈，彼特加！我根本就不相信它。那么还是不要谈罢！”

彼得凶猛地摇着安东诺夫，叱责道：

“那么你为什么跑进这一堆里来呢，如果你根本就不相信它，如果你怀疑它？”

安东诺夫没有回答。……他拿什么来回答他亲爱的朋友彼特加呢？不止一次地他问他自己怎么一来就会跑进“这一堆”里来了，怎么一来他竟能放弃了一个乡村学校教员的平静的生活，加入到社会革命党员的中间，去过一种经常警戒的生活，去等待这一个或是那一个，并且在黎明时躺在隐藏的地方，因了恐惧和寒冷而战栗着……

他从不了解纲领和章则，从没把它们好好地读过，从没想到过它们。在另一方面，他却曾读过多少的书籍和冒险故事，而当他读完的时候，那些社会革命党员的共同斗争的道路，财产的没收和搜捕时急剧的枪射，是多么地引人入胜啊！

“我从前为什么加入的，为什么，为什么？”他问他自己，可是找不到回答。那一定不过是在年少气盛的时候他的血燃烧起来了。他很想来一个叛变，那么他就可以得到一个愉快的、自在的生活。

但是一股热劲儿过去了。他一度被激动起来，及至到了冷而潮湿的监房里，他的血冷却了。安东诺夫觉得把戏已经玩过，现在他要来偿还了……

一个沉闷灰暗的早晨，清算的日子已经来到。一个秃头的审判官问他：

“你为什么抢劫杀人？凭了谁的意思？你叫什么名字？”

安东诺夫回答不上来，讷讷着，后来嘟嘟噜噜地乱说了一些粗野的话。

“你是属于什么党的呢？”审判官粗涩的声音问道。

“什么党吗？社会革命党。”

为了这，他们给他十二年的徒刑。

我为什么跑进这一堆里来呢？他奇怪着。

二

彼得·托克玛考夫被送到另一个监牢里去了。安东诺夫独个儿留下来。他的眼睛陷得更深，他变得简直很少说话了。可是他并没有忘记他朋友的话。他不再避开讨论的场合；他坐在那儿静听着，从别人思想的断片里他起始织造着自己的梦想。

有一次在冬天，作完了苦工之后，一个睡在他邻床上的人到安东诺夫身边坐下来。他是圣彼得堡蒲提洛夫工厂里的工人。一个布尔塞维克。政治犯和罪囚们都喊他做蒲提洛外兹①。他长得瘦小，可是他的筋肉却是异乎寻常的。他的手非常有力；如果他握你的手，你就会疼得叫起来；如果他轻轻地打你一下，就会留下一块伤痕。

“有时候我连自己都弄伤了，”他轻轻地敲打着说。“瞧，我想逮一个苍蝇，我就在自己额上打了一掌——于是眼底下什么都发了黑。”

安东诺夫尊敬他就像尊敬每一个强壮有力的人一样。并且蒲提洛外兹是忠实的、直爽的，他的意见被他的同志们所重视。就是监狱的当局也都对他很小心很谨慎的。

“哎，你在想些什么？你从不开口。”

“我不想空谈，”安东诺夫干脆地回答。他很不高兴，他头疼。

“可是你沉默着又有什么意思呢？那就像把一个水桶丢在井里一样。你固执着你的意见，那个戴眼镜的家伙固执着他的——门希维克，布尔塞维克，社会革命党——可是等到审判的时候就只会胡说八道。”

“你听见过一个家伙他说他叫列宁的吗？”

---

①蒲提洛外兹即蒲提洛夫厂里的工人的意思。——译者

“是呀。”

“哎，我听过他讲话，并且还读过他的书。他跟这一群只会说说戆话的家伙简直不能比较。你相信吗?”

安东诺夫作一个轻蔑的手势。蒲提洛外兹吸着一种气味辛辣的烟，淡紫色的烟雾在床榻上缭绕着。

“还在寻求着真理吗，你?”安东诺夫恶意地说。“好罢，真理的种类就像这儿的人那么多。你可以辩论到哑了嗓子，并且想着要弄死沙皇，可是他却依旧活着，简直就没有想到死。他要比我们谁都活得长久哩。”

“你当真是这么说吗?”

“像命运一样的真确!”

“他真会活那么长久吗?”

“这一点也不可笑。沙皇有的是权力哪，——我的孩子！他有这个——你瞧——我们的镣铐，”安东诺夫使铁镣子铿啷铿啷地响着。“可是你就只会发明一些不同的字眼。往砖墙上碰脑袋是没有一点好处的。”

“告诉我们你要怎么办呢，那么，说下去呀，”蒲提洛外兹用斜瞥的目光催促着安东诺夫。

“我计划走另一条路。我要拿着手枪和炸弹去把沙皇的整族和他底下的群队都从地面上洗刷了去。”

“哎，小伙子，列宁不是这么说的。你必须用另一种方法去作。”

“啊，对了，两个党员要组织三个委员会罢，我想你的意思是?还要在树林里的小组研究会上读读宣言吗?”

“你听我说，我的孩子。在一八九八年我们工厂里只有差不多八个人参加小组研究会——在树林里，像你说的那样。等到一九〇五年就有二百多人。什么样人呢?绝不像你，我可以告诉你。拿我来当一个例子罢，”蒲提洛外兹摘下他的眼镜来擦着。“我现在五十岁，三十八岁的时候才学习读书写字。你瞧?我并不像你那样，坐在那儿等待阳光。我学习。也许有一天我会变得有用了。你必须注意你四周围正在进行着的事情，小伙子。现在无论什么地方都已经听到我们的呼声了。那么跑到树林里去或是组织委员会也到底还是有意义的!”

“啊，我已经让你喂饱了，爷爷。”安东诺夫插进来说。“我注意地听着你们，听了六年，原来你们只不过是一堆咯咯不休的肠子，它使我伤了心，不想再听你们的了。哪儿我都看不见一点光明。我们都会在这儿劳苦死的……”

于是安东诺夫就躺到坚硬的、恶臭的草铺上去。

三

可是突然地，革命来到了！回到家乡去的道路上充满了花、歌声、赤红的旗帜和擎着眼泪的狂欢的面孔。在唐姆包夫的一个慈善跳舞会里，安东诺夫出卖他镣铐的碎片。肥胖的手指带着好几个戒指，在满盛着钱票的匣子里瞎摸着，扯出十个卢布的票子来给他们的“弟兄”——兵士们。

在那些日子里安东诺夫是一个英雄。光荣使他的脑袋转了方向。

“这才是那个本质呢，”他想。“我们受罪，耐心地忍受着辛苦，可是从那里面才获得了幸福!”

他瞧着他的同志们在世界上高升起来，作了部长和次长，把握住报酬最优、地位最显赫的职务。这些昨天的囚徒现在都变得矫健而且红润了，起始用一种更其幽闲的样子走路。有些人甚至肚子都鼓了出来；另一些人说话也变了样子。他们不再说一句简单的话——而是严肃，胜利而且庄重。

那些还没有能够抓到一件大的职务的朋友，自然还可以认得出来，然而却用一种谦逊的语调说话。他们永无一点空闲的时间，总是在忙着，国家大事紧紧地压在他们的身上。

再有一些人就谁都不认得了。魔鬼晓得怎么一来——一个一辈子穿着破碎的平民服装的家伙会突然穿起一件外衣，一条马裤、靴子和一支挂在皮带上的手枪。他也许是一个将军？一个团长？——或是一个军需官？

党的机关是在一种永远的狂欢状态之下。“我们，社会革命党，”——“我们，革命的真正的斗士，”——“自由胜利的俄罗斯的地域”——“自由”——“权利”——“土地”——之后是“万岁，万岁”……没有穷尽的一些“万岁。”

嘈闹跟辉赫使安东诺夫全身颤抖起来。“啊哈!”他想。“我们到底找到生活了！我一定可以做唐姆包夫全省的委员。此后，我将迁到彼特罗格勒去。去发命令，去使每个人都知道，——于是我就有名了!”

突然这些梦想都破灭了。安东诺夫被任命为唐姆包夫第二区民团的副团长。

这简直是一个笑话！他们都在开他的玩笑！什么地方都有人谈着这桩事，在省里和圣彼得堡的高级机关里。然而像民团安东诺夫这么一个极其平凡的家伙，这已经够好了。这件事给他增加了不少权威——他可以捉打贼人。

今天省民团团长布拉托夫和一个社会革命党党委会的委员命令安东诺夫在律师费多罗夫的家里会面——为了这种原因，安东诺夫不太高兴。他现在等待他的上峰已经等了整整一个钟头了。律师的家里很静，你可以听见一只老鼠在地板下面抓搔着，窗子外面——就只有风跟雪。……

墙上的钟单调地、无聊地滴嗒着。一些无聊的思想穿过他的脑袋。

四

门铃响了两次，愤怒地。门轧地开进门廊里来，在那儿人们脱掉外衣，一面喘着气，还低声哼着鼻息。安东诺夫顺顺头发，又拉拉上衣。

律师是一个有胡髭的人，穿得非常庄重，一点毛病都挑不出来；他走经客室，一面走一面招呼他的客人。

“一会儿我就来陪你，就只一会儿!”

一个矮胖子，布拉托夫，跟着主人走进房子里来。相伴着布拉托夫的那个人安东诺夫并不认得；他长得高高的，有着灰色的头发，高起的眉头，和一束长胡髭，作成哥萨克人的样式下垂着。

“亚历山大·斯台潘诺维契，”布拉托夫说，替他们俩介绍，“这是彼得·伊凡诺维契·斯托罗折夫，区委员。住在德甫里基。记住他了罢？他是跟我们一道的，并且还是一个要人呢。”

“常常到我那儿去玩罢!”斯托罗折夫很镇静并且动听地说。“我总是非常欢迎您的。”

“那么，现在，彼得·伊凡诺维契，”布拉托夫又转向斯托罗折夫去。“布尔塞维克在圣彼得堡得势了。这是事实。我们必须把什么都准备好。你在你那一区里是一个杰出的人物，你一定得到乡间去增进我们跟人民中间的联系。我们谈过的那些你统统记住了罢？那就好啦。告诉他们——从党委会里——叫他们统统要准备好了。”

“好罢，”斯托罗折夫静静地同意说。“我现在想去瞧瞧律师。我是为了一小块土地来的。我想看看契据。我买下了湖边的一块地——从当地的地主那儿。”

布拉托夫笑了。“你为什么要那么忙呢，彼得·伊凡诺维契？无论如何那总是你的了。”

“一点也不错，那总是我的了。不过这样到底更稳当一点；如果再付了钱，那就完全有了法律的根据。”

斯托罗折夫伸出手来，先跟布拉托夫握一握，再跟安东诺夫握。

“有功夫去瞧我们罢，我们那块儿可好着哪。”

布拉托夫和安东诺夫被留下来了。那个头目点起一支短短的烟斗，丢掉了火柴，走到那面的绒榻边去坐下。

“你晓得为什么我们跟你约定在这儿会面吗，亚历山大？今天早晨党委会里开了一个会议。你被任命了一件重要的工作去作。你要到琪尔桑诺夫去作乡下民团的指挥官。你愿意吗？”

安东诺夫什么也没有说，不过一种色素染上了他的面颊。

“什么都要破坏了。”布拉托夫继续说。“现在在圣彼得堡和莫斯科布尔塞维克都占了上风。照时行的谣言推断起来，明儿个我们就都在人家手掌底下了。上边的指令让我们准备自己的力量并且搜集军需品。懂得罢？在琪尔桑诺夫，他们全都是你的朋友。你认得彼得·托克玛考夫吗？”

“我的确认得。”安东诺夫凶狠地笑着回答说。

“好罢，我们就要把你派给他们。那里还有露施齐林、祖叶夫、叶哥尔·伊洵、普鲁日尼考夫和达维多夫——你们都是一块儿的，不是吗？”

安东诺夫点点头。

“派他们到较大的村落里去！”布拉托夫命令道。“找几个人叫他们去找寻可靠的群众。搜集军械，并且要好好地保管着。准备好：有一点新的进展我们就会让你知道。你还要注意，亚历山大，只要你尽力去做，我们就会报酬你许许多多。你懂得吗？你到那儿尽可以任意去做——我们给你充分的自由。只不要有一点闪失。如果你跟狼在一块你就要像狼一样地嗥，而等到你要抓住它们脖颈的时候，那就去抓住并且一定不要闪失了目标。”

“我尽我的力量罢，”安东诺夫咬着牙说。“你放心。我不是傻子。”

“好啦，那么，第二件事情。今天夜里，有一件小事要作，可是——要非常、非常巧妙地去作。在市政府院子里有无数的莱福枪。今天夜里我们一定要把它们弄出来，等到明天就太晚了。我们就打算把它们送给你——在你那新地方你可以把它们藏起来。我已经告诉了李昂诺夫，他是担任守卫的。他会派人来。早上两点钟在你那儿你就可以全都遇见了。”

这时候，他们的主人走了进来；一股优美的芳香散布在房子里。

“喂，我好歹闲出来了——来陪伴你们！玛沙，来点心啊！”

“啊，千万不要，今天不要给我们预备点心。你知道为什么——还是让我来替你们介绍一下，那么我们就可以谈公事了。”

“不，真的，我们真不要吃，”布拉托夫抗议道。可是侍女却已经捧来一个盘子，盛着一瓶酒和一些吃的。“瞧这儿。这都是我们自己的积蓄！专为了招待我们亲爱的客人的，”主人声势隆重地说。“每位一杯，至少喝一杯。”

布拉托夫谈着，主人和安东诺夫听着。谈话的主要意思就是从此以后费多罗夫先生跟亚历山大·斯台潘诺维契必须互相信任，并且所有从费多罗夫家里转去的对安东诺夫的命令一定要确实地执行。并且，为了使事情更稳当一些，将来安东诺夫就要叫费多罗夫做高尔斯基，而不要再叫他费多罗夫了。

为了在路上暖和一点，他们吞下了第四杯酒去，于是客人们走出去穿起外衣来。

“他还是一个了不起的人吗?”当他们往外走的时候费多罗夫拉住布拉托夫低声地问。

“这家伙？啊哈！一个大人物！一个完全没有希望的人！这种人只配填炮口！我们紧紧地约束住他，他也许还会有用。我们现在要派他到琪尔桑诺夫去做民团的指挥官。他到那儿去顶方便：又光荣又有权势。军需，人，我们正在准备一切了!”

布拉托夫狡猾地狂笑起来。在门廊上费多罗夫把安东诺夫拉到一边，问道：

“你就要到琪尔桑诺夫去啦？不知道你是不是高兴顺便作一点小事，呃，肉啦，奶油啦，或是鸡蛋啦?”

“我总会给你带回百把个鸡蛋来。”安东诺夫笑着说。

“嘻嘻——我需要整千的，呃……再见面时再说罢，我要减价出卖或是送人的。”

“再会罢，”安东诺夫回答说，自己心里想，“多么混蛋的家伙呀!”

五

……第二天早上布尔塞维克们宣称在市政府的院子里有许多莱福枪不知道被谁或是谁们搬走了。在会议里交互热烈地攻击着。报纸不惜用冗长的篇幅去批评政治上敌对的形势。不同的政党组织起一个委员会又一个委员会，来调查这个事件。

照市政府的指令组织起来的委员会里有布拉托夫、安东诺夫和一个布尔塞维克的代表。他们整整干了三天，无效地询问着守卫的人，铁路员工和民团的团勇。莱福枪竟丢失得连一点痕迹都没有。

“这些倒霉的莱福枪是否真正存在过都是很成问题的，”登载着那个委员会的报告的社会革命党机关报的评论说。“看起来这不像是布尔塞维克假造的事件，并且在这后面不会有什么阴险的图谋吗?”

六

一个星期之后，安东诺夫离开这儿到琪尔桑诺夫去。那是阴湿的十一月的天气。市镇还像往常一样的沉寂；风在街筒里奔驰着；武装的巡逻兵走来走去。布尔塞维克已经得势了。

在唐姆包夫省的南边，在低下的池沼和水流中间，遥远的特列斯琪诺村跟世界隔离开去。远在第一次革命之前，特列斯琪诺的富农们已经和社会革命党混在一起了。

不止一次地安东诺夫避开追赶他的人们，藏到特列斯琪诺附近的丛林里去；他认得每一条小道，洛帕汀迦河的每一个拐弯，湖沼里的每一个小岛，村子里的每一个农民。特列斯琪诺的农民也都认得安东诺夫，并且还不止一次地帮忙他避开危险。

就在这儿，在特列斯琪诺草地的安全的地方，他集合起在荒野里闯来闯去的逃亡的人们。

七月的气候朦胧地浸润着这整个的世界。天气是炎热的。稞麦的穗子渐渐地变重了，从果园里飘来苹果的香味。

牛虻在洛帕汀迦河上疯狂地飞舞。空气燥热而且窒息。在河流的右岸上，人们从早晨就聚集起来了。

那些穿短棉袄和穿长军装外套的人，偷偷地向外面张望着，他们显然有许久不曾洗脸——从矮林里爬出来，看见别人都跟自己一模一样，就凑到一块去了。

中午时候，在草地上有将近二百个饥饿的、脾气暴躁的人，武装着他们随便可以抄在手里的家伙。

太阳起始西沉的时候，一队骑马的人涉过洛帕汀迦河。湿淋的马匹驮着它们的骑者——安东诺夫的将近四十个人的“队伍”——到河岸的润泽的草地上来。

整个的一队都一律地穿着皮紧身、红马裤和红帽子。

所有的骑者除掉安东诺夫、托克玛考夫和伊洵，都跳下马来。逃亡的人们围住安东诺夫的骑兵，指划着他们的皮紧身，抚摩着他们的马鞴，赞美着他们的莱福枪，用舌头作着低微的咯咯的赞叹声，恍惚地念着咒语。

亚历山大·斯台潘诺维契·安东诺夫细细地体察着这一群野蛮的无赖汉，他们像老鼠似的在洞穴里躲避着红军和白军的哨兵，而准备为了饭和“月光”一般的沃特加去作出一切的事情。

“都是些生手罢，他们？”伊洵低声跟安东诺夫说。“他们也许会把你领到魔鬼的舞蹈里去呢。”他破口大笑起来。

“你好不好跟他们谈谈？”安东诺夫转身向着托克玛考夫说，他正在愤怒地睥视着人群。

“顶好还是让叶哥尔加去作，他是个要嘴巴挂的好手。去跟那些乌合之众谈一会罢，叶哥尔。你的话他们懂得顶清楚。”

“那么好罢，”伊洵磨着牙齿说，他的脸颤动着，“总有一天我把你的舌头割下来。”

“来呀，注意！”一个穿着一件奥地利破外衣的没有刮胡髭的瘦家伙高喊着。“你们这些私生子们和军官们，让我们一起呐一声喊罢！”

逃亡的人们高喊着，傻头傻脑地聚拢来。他们知道为什么安东诺夫把他们聚集在这儿，他们以前也听见过他，并且已经猜出这位新的头目正需要着人手。

伊洵，约束着他那不安静的马，起始说话。他洒下了一大串的笑话和双关的语句，还毫不吝啬地说了许多脏话：这一群污秽杂乱的人搔抓着，会心地笑着。

离人群不远处，一个厚嘴唇的小伙子和一个长胡髭的农人坐在一棵矮树底下。小伙子一面忙着捉他衬衣里的虱子，一面倾听着伊洵的演说。

“又是一个！”当他在蒸发着汗臭的破衣服里摸索时，他这么搜寻着。

“我们的虱子就像罪恶一样多，而一盆卷心菜汤加点儿羊肉对于我们是一点坏处都没有的，我想。不过——他们不会骗我们吗，上帝？你觉得怎样，毕亚特鲁哈？只瞧那个家伙的脸蛋罢——红得像血一样。我打赌他一定有他的一手呢！你看怎么样呢，毕亚特鲁哈？听啊，他答应给我们红裤子和皮紧身了。可是——愿上帝把你的灵魂吹到地狱里去——我们得替他打仗！哈哈，我的孩子们！万岁！”这个家伙喊起来，摇着他那生满了虱子的衬衣。于是大家的声音都一同喊叫起来。

伊洵大笑起来，在安东诺夫的耳朵边喊了一句什么；安东诺夫不高兴地蹙着眉头。一阵兴奋过去之后，安东诺夫命令所有曾是军官的和没有受过训练的军官都到前面去；他们统共有十二个人。安东诺夫和托克玛考夫骑着马走向他们去，而伊洵却还留在这儿回答逃亡人们的询问。安东诺夫队伍里的另一些人把逃亡的人们分成组，列出表来。

“安东诺夫和我——我是贫农联盟省委会的主席，”托克玛考夫告诉那些军官说，“接到社会革命党唐姆包夫省委会的命令，要我们对现在的苏维埃政府宣布一个叛变。两条路你们可以任意选择一条：不然你们就跟我们一起去反对共产党，不然你们就死在森林里随便一个地方。怎么样？”

军官们一声不出。托克玛考夫和安东诺夫等待着，他们的马不安静地动着，草地上的阴影越来越长了。

寂静终于被一个长着灰白头发，在腮上有着一个疤痕的人打破了。他穿着挺干净的外衣。

“我可以问一声吗，”他说，“你们想跟谁打仗呢？布尔塞维克们有枪械、人和军需品。而在这一群乌合之众里，一百个象鼻子也摊不到三支枪呀。”

“我们已经有了一万支盒子炮、手枪、弹药筒和机关枪，藏在湖边上和森林里，”安东诺夫回答道，“我们很知道你们不能空手开火。我们还有很多人呢。善良的、结实的农民已经受到剥夺了。共产党们害苦了他们，他们马上就要喊叫出来。善良的、结实的农民们会跟我们一道，这就是我们军需品的来源。”

“不过他们真的愿意跟你一道吗？这是很成问题的。”灰白头发的人固执着。

“他们没有别的地方可去。我们是他们的一党，”托克玛考夫说。

“啊，好罢，让我来闯闯运气罢。握一握手，”灰白头发的人说。“从前我是跟魔鬼在一起打过红军的。”

“你曾痛恨过他们，是不是?”托克玛考夫问，他的眼睛发着闪光。

“对啦，我是恨过的。”

“这才真是一条狼呢!”托克玛考夫低声对安东诺夫说。“我们怎样来称呼你呢?”他问那个灰白头发的人。

“雅阔夫·瓦西利哀维契·沙菲罗夫。我是一个伍长，曾得过圣乔治勋章。我现在隐藏起来是因为有一次生了气打死过一个军官。”

“我派你做我第一团的团长，”安东诺夫说。“今天晚上我们再见。彼得，你在这儿跟他们谈一会，我要到村子里去一趟。”

于是他骑着马跑过洛帕汀迦河去了。

七

伊凡·斯托罗折夫，一个德甫里基的农民，他有三个儿子：西芒、彼得和赛尔给伊。大哥西芒，自从分家以后他就非常的贪婪。他不走运气，虽然他一声不响地苦苦工作，虽然他白天黑夜地在田野和场园里操劳，变得憔悴而且忧郁。在每件工作上都竭尽了精力——然而他的贪欲却依然折磨他，好像疾病一样。

顶小的，赛尔给伊，被征去服军役了，后来就进了海军。当他们平分家产的时候，前半所房子和两只羊分给了赛尔给伊。这个水手就把它们交给二哥彼得去照管，临走时他说：“以后我们还可以认得出来的。”

只有彼得弄得很好。人们说：“彼得·伊凡诺维契真是幸运。他会把运气叫转到他那儿；他的肩膀上都会长出头来呢，那个家伙。”

他娶了普拉斯考维亚·瓦西亚宁娜。虽然她的一家都是穷光蛋，但他一点也没有作错。

普拉斯考维亚有无数的兄弟姊妹。他们有的替彼得·伊凡诺维契打扫牛棚；另外几个半夜里替他喂马；第三组替他看孩子；第四组做一些零碎事，不管轻的还是重的。这是互有利益的：瓦西亚宁家的孩子们底肚子里总是灌满了斯托罗折夫的菜汤，而他们底劳苦的工作也使得彼得·伊凡诺维契的仓库充塞得爆裂起来。斯托罗折夫自己也非常卖力地工作着，像能干的女人一样；他按时起床，睡觉睡得很晚。他很贪婪，有着一种计较的、固执的贪欲。

在星期日和节日，彼得·伊凡诺维契就到格里亚斯诺惹的市集去，做羊毛、葱、胡瓜和亚麻的买卖。如果他自己没有什么可卖，他也要从邻居那儿买来，去赚一笔小小的利钱。

除此之外，彼得·伊凡诺维契还喜欢把粮食种子，面粉甚至一匹马借给村子里柔顺的家伙。后来这些柔顺的家伙就都到斯托罗折夫的田园里来工作，当作欠债的偿还。他们甚至给他磕头，叫他做主子，“如果不是您可怜我们哪，我们早就饿死了。”

斯托罗折夫并不把钱蓄积下来，他宁愿把它们借贷出去。他放出每一个戈贝克，每一个卢布。他用机器和特种的牛马来经营他的田庄。人们艳羡地叹息着。

很早以前斯托罗折夫就看上列毕亚致湖畔的那儿亩肥沃的田地了。多漂亮的地呀！他计算着他马上就可以离开这个村庄，建起一座大的房舍，设置一个花园，花园的四周种一圈白桦树，盖起棚棚、仓廪和下房，并且把大粒的稞麦、金黄的燕麦和棕色的荞麦都储藏在仓库里面。

那是一块很合适的地。它吸引他，诱惑他。

“到那时候，洗涤牛马的水在我就好像丢掉一小块石头一样，”他想。“我再也不怕旱天了；这块地种起花草、卷心菜或是胡萝卜来是再好也没有了。”

他常常骑马走经那儿，并且从高土墩上下望着那展现在他眼底下的几亩地。

他知道这儿的每一处边界，他已经决定在哪儿耕种什么，哪儿安置牲畜的栅栏，在哪儿洗涤它们。土地，他父亲的一生跟他父亲底父亲和祖父的一生都是花费在土地上，他们都是紧紧地抓住每一分寸。

“我们是依靠土地的，”他常常跟他的邻居们说，“靠了土地我们才填饱了肚皮。谁有土地谁就有权力。如果我有一千个迭斯亚丁[①]的地，我就是一个皇帝了。”

他常常在梦里看见它们，——那几千个迭斯亚丁——一望无际的平原沃土，穿通着溪流，点缀着树木，肥沃而且丰饶的土地——而他就是它们的主

①迭斯亚丁是俄国的一种面积单位，约合一平方俄里的一百零四分之一。——译者。

人。他，彼得·伊凡诺维契·斯托罗折夫大踏步地走在上面，那沿着阳光的土地，连边际都望不到。

土地——他喜欢用手从地下挖起一些散碎的土壤，用手指捻着它们，闻嗅着，甚至尝它的滋味；苦涩而细密的土壤。那里面有着一切——荣华、富贵和权力。

“什么都要变，都要丢掉的，”斯托罗折夫议论道。“人们来了又去了。可是土地抓在一个好农人的手里却永不会跑掉——它活着——永远地。……再没有什么东西比土地更可宝贵的了。”

他想多耕种一点，多占有一点，把它们紧紧地抓在自己手里，筑起高高的篱笆，提防着别人，豢养着凶猛的狗日夜地守卫着。如果有谁竟敢来侵犯了他的土地、他的权势的话，那些狗就会把他撕成碎片。

他但愿有更多的儿子住在更多的土地上，并且占有它，那么所有的人就都要仰起脸来瞧他们，并且因了他们的权势而尊敬他们了。

他总是贪图着土地。他常常跑到邻家的地上，嫉妒地叹息着，自己心里想道：

“啊，只要我有了这块地。只要我有了更多的一点。只要让我坚定地站上去像一个主人！那我可真就像个人物了。那么所有的农民就都要仰起脸来瞧我，所有地方上的官吏也要见我害怕了。”

彼得·伊凡诺维契小视他们所有的人——农民的呆笨和官吏的贪婪。当赛尔给伊从海上回来的时候，他很喜欢静听他所要说的话。赛尔给伊给他哥哥带来了许多犯禁的书籍，彼得读着，并且用他自己的意思解释着。白天在花园里一个寂静的地方，他跟那个水手长谈着关于沙皇的事。他自己的意见认为那个混头混脑的家伙，沙皇，一定得赶走而把政权交付给一个像他这样坚强而又善于打算盘的人。

战争只不过刺激了一下斯托罗折夫。在日俄战争的期间，他把他的舅子，酒鬼阿德利安藏匿了两年，为了避免兵役；而听到本国战败的消息时，他也只是恶意地笑着。一九一四年，他也没有胜利的确信。

他欢迎了革命。

一九一七年的五月，他到唐姆包夫去了一趟，回来时衣服上束着一条红绸带，并且获得了“区党部委员”的等级。他加入了社会革命党。他觉得很合适。

“这是农民的党，”他说。“它要起来为我们作事，为了所有自给自足的农民。”

他骑着马去出席大会和讨论会，练习说话和听话，作种种的允诺并且实践了它们。

当人们还在小声谈着革命的时候，斯托罗折夫就骑马到邻村的地主那儿，把他吓得摸不着头脑，谄媚他、恫吓他、一钱不费地弄到了他在列毕亚致湖畔二十个迭斯亚丁的土地。

对于斯托罗折夫这是一个兴旺的年头。稞麦和燕麦都收获得那么多，简直连仓廪都快要充破了。母牛生了牛犊，牛犊都很旺壮，他给母马配了纯种的雄马，他的猪也都很肥。

那年秋天彼得·伊凡诺维契被选为出席国民大会的代表。他又到唐姆包夫去了一趟，访问了许多社会革命党的党员，看见了好多好多人，记住了好多好多事情。

当他回到德甫里基来的时候，他显得更其年轻了。列毕亚致湖畔地产的契据装在他的口袋里；费多罗夫替他策划了整个的事情，一切都按照着法律的手续办理了。他的梦想实现了。

又有了许多谣言，关于布尔塞维克和一次新的革命。可是斯托罗折夫并不注意这些。年头太好了。他趾高气扬地在村子里走着，脸上带着自尊的笑容，他跟农民们握手，一开口就说：“我们是为了俄罗斯的农民呀，你晓得。”

斯托罗折夫命令农夫们不准稍损地主的产业。他从许多不痛快的事情里救济了地主并且还帮了他的老朋友，例如樵夫菲利普，当农人们为了报复他的贪吝和苛刻要在他的房子上放火的时候。

十二月里斯托罗折夫听到了革命。正月里他赶去出席国民大会，可是马上就回来了：布尔塞维克已经解散了那个会。

到第二年二月里，他的麻烦来了。……赛尔给伊回到家里来要他的前半部房子和羊。羊倒是没有多大关系的——对于彼得·伊凡诺维契两只羊算得了什么呢？——可是那个水手把东西全抓在自己手里，还要去鼓动穷人和士兵们。

彼得·伊凡诺维契住惯了这所房子，就把它看作是自己的了。他忘记了在他弟弟的羊身上烙个记号，那么现在他怎样能够把它们从自己的羊中间分别出来呢？况且他决没有意思要把权力交给他的弟弟以及他底同志们。

当他的弟弟提起湖边上那块地来的时候，彼得·伊凡诺维契大怒了。

“怎么？我连地也要放弃吗？给谁呢？为了什么原故？”

但是他们拿去了斯托罗折夫的半群羊，三匹马，仓房里的粮食，夺取了他的枪械，撕毁了他那“区党部委员”的证书。

年轻的瓦西亚宁家的小伙子都不替他工作了。只有一个孩子叫做楞迦的还留在这儿，像往常一样地替他做事。他从小就被带到斯托罗折夫家里来，他的母亲给这位农人磕头，哀求他可怜她的穷苦，收留她的儿子当一名田庄上的小工。

他对于那些住在混人的末路（这是一条街的名字，在这儿顶穷苦的农民们度着他们可怜的生活）上的下流人，是并不爱惜的。不过他倒是挺喜欢这个小孩。他长得很聪明，眼神灵活，并且非常顽皮。斯托罗折夫踌躇着，好像要毫不客气地拒绝了，但是后来终于答应了收留他。

除了千恩万谢之外，楞迦的母亲替彼得·伊凡诺维契在礼拜堂里燃了三支蜡烛。

斯托罗折夫为了一点小事就毫不怜恤地捶打楞迦。甚至当他并没有犯过的时候也要挨打，只要他偶尔在他主人发脾气的时候冒犯了他。小孩子们常常喊楞迦做“挨鞭子的”，直到有一天他揍了一个叫做撒式加·齐里金的比他大五岁的大孩子，打碎了他的牙床，大家才不敢再喊了。楞迦在这一家里长大起来好像是第六个儿子似的。

斯托罗折夫对于儿子们从不关心，就是对于顶小的考尔迦他也是一样。

较大的孩子们都在田野里找到了工作，靠了工作他们从父亲那儿挣到面包。他们跟他们的父亲一样，都是高大、沉静而且能干的孩子，又是很好的工作者。每人都有两颗机灵而含恶意的眼和一双紧握一切的贪婪的手。

“再多给我几个儿子罢，妈妈，”彼得·伊凡诺维契跟他的老婆说。“啊，你多么圆肥呀。……再多给我生几个儿子——好替我作工。我们老来就不会挨饿了，无论哪一个也会给我们一个角落蹲蹲的。”

普拉斯考维亚总是在一种惊人的速率下生育孩子。

“他们跑出你的肚子来像子弹一样，”彼得·伊凡诺维契大笑着说。“哎，那里边一定还有好多不熟的罢，妈妈。”

可是考尔迦的出生却是很艰难的。普拉斯考维亚躺着，脸色发青，她的眼睛睁大了，她的嘴唇痉挛地一抽一缩，她的身体在极度的痛苦里扭歪着。

不知是因了彼得·伊凡诺维契的心软下来了呢（那时候他的前额上冒着一

粒一粒的汗珠），还是在他心里有些什么东西替他老婆颤动起来了——不过无论如何，当考尔迦尖锐地哭着从他母亲的子宫钻出到寒冷而晴明的十二月的光线底下时，斯托罗折夫竟而忘记了说他那句通常的话：田庄上又添了一个新手了。

第一次真正的父亲的欢欣充满了他的心。

彼得·伊凡诺维契通常总是冷酷而沉寂地呆在家里。只有考尔迦的蓝眼睛和清朗的笑声使他父亲沉郁的日子欢跃起来。有时他会爬上他的膝去，用他那抚爱的拙笨的小手触弄他的面颊，而当他父亲也用他那黑色的厚胡髭触弄他的时候，他就会笑得喘不上气来。

他像一只小猫——柔软、可爱而且闲适。他常常跑到父亲跟前，站在那儿把头仰到后面去。任何人将永不厌倦地俯视着他那双蓝眼睛，像一个未经风暴骚扰的森林地带的池沼一样的清朗、明静，在那儿只有太阳照耀着，还有树林的顶枝连连地摇着它们翠绿的鬃发。

不晓得为了什么原因，考尔迦顶喜欢那个田庄上年轻的小工。而楞迦也喜欢考尔迦，跟他在一块玩，教他骑马。四岁的时候，这个小孩子已经可以抓住马鬃自己骑了。而马也好像知道是谁用了软弱的小腿夹住了它底脊梁。

也许就是因为斯托罗折夫知道了他们俩互相的情谊，所以当大家晓得了楞迦的哥哥李斯特拉特加入了布尔塞维克的时候，他也没有把楞迦赶走。

楞迦呆在那儿像没有事的一样；一切照常。他经常独个儿做三个人的活，像往常一样的快乐，夜晚到街上去闲逛，在草垛后面追逐女孩子们。

斯托罗折夫知道楞迦的勇猛，于是翘起一个警告的手指来说道：“呃，为了女人的事，他们可会揍你哪，你这狗养的。”

“谁要揍我?”楞迦笑了。“女孩子们自己愿意跟我玩嘛。”

楞迦会心地笑着，可是彼得·伊凡诺维契却恶意地吐一口唾沫走开了。一面还咆哮着：

“小流氓，一个十足的无赖；早晚要倒霉的!”

遭遇过秋天的不幸之后，彼得·伊凡诺维契把田庄上的事情丢给他的舅子阿德利安和年轻的楞迦去管理。

苍白头发的阿得利安终日跟他自己咕哝着，楞迦在场园上唱歌，而彼得·伊凡诺维契坐在家中近门边的角落里的一条凳子上。他那硕重的手掌放在桌子上，他从《圣经》里读一节并且背诵一节，从那里面找寻革命的罪谴。

“这儿就是预言者说的，”他说。“他们只能统治八个月的功夫，之后米海尔亲王就来把他们赶走。这儿还有米海尔亲王哪。他也许是罗曼诺夫家的，他也许是一个破落的贵族，不过，活见鬼，他总比我的弟弟赛尔给伊强得多啦。”

他除了礼拜堂哪儿都不去，永不跟他的兄弟们说话，对待儿子也是暴戾而且蛮横。除了考尔迦例外，没有一个人喜欢他。

八

斯托罗折夫跟一个信差在仓房里秘密地谈了很久。直到夜里他才看着他向来路回去了。于是叫起楞迦来，吩咐他一清早就要备好马匹。

“我们到哪儿去呢？”

“到月亮上去，”斯托罗折夫训斥着说。“你的事情是备好马匹，而我的事情才是计划着到哪儿去哩。”

“坏脾气的老东西，”楞迦对他自己说。“去嚼你的破布片罢——你就只会这么干的。白头的老鬼！”

楞迦惋惜地想着李斯特拉特怎样要带他一同到沙利特辛去。楞迦并不想去：他跟这个村庄，跟彼得·伊凡诺维契过得惯了，常常在深夜里跟女孩子们一同出去玩，还跳进牧师的果园里去摇晃苹果树，随后就爬在地下的草地里寻找熟透了的水汁丰富的果子。他拒绝了同他哥哥到城里去，因为他不愿意离开这个村庄。但是楞迦还有别的原因不愿意走——他的爱人住在格里亚斯诺惹。她有一束轻柔的长头发，她叫做纳塔沙。

从前在有市集的日子，楞迦常常到格里亚斯诺惹去，跟斯托罗折夫一同，有时也偶尔自己去。

这孩子爱上了这个女孩，可是他的求婚却没有效果。她愿意跟他一同出来走走，听听手风琴的歌声。她甚至让他围抱住腰身，她喜欢接吻，可是她永不同他到草垛后面去坐，她晓得应该怎样保持住自己。

“你怎么能配跟我在一块呢？”她对楞迦说。“你有什么好处？你有金钱或是田产吗？你只不过是斯托罗折夫田庄上的小工罢了——那么让我做什么呢——做他的厨娘还是什么？去再另找一个罢，我的孩子！”

然而她爱他，更其倒霉的是他知道她爱他。可是她坚决而且勇敢，并且还有一副锋利的口齿。他不能不想她，他没有力量把她忘掉。楞迦叹气，对自己发怒，可是仍然忘不了她。不管天气多么坏道路多么糟，他依然要走到格里亚斯诺惹去看纳塔沙。

九

第二天早晨下着一场细雨；天空中遮满了灰黯的云彩。郊野里是冷的。风刮了起来，田野里虚寂无人，在庄稼割剩的根蘖上乌鸦在嘈闹着。

斯托罗折夫坐在马车上裹在他的外衣里。在赶车人的座位上，楞迦低声哼一个没有词儿的歌，想着他的纳塔沙。他已经很久没有看见纳塔沙了，有五个多月——自从斯托罗折夫不再去赶集以后就没有见过。他痛苦地舍了他的爱人，而纳塔沙却送信来问："你为什么不来看我了？你已经另外找到一个了吗?"

"另一个"——真的吗？楞迦白天黑夜里想念的只是纳塔沙一人哪。但是他再也不能到格里亚斯诺惹去了。这就是一个田庄上的小工生活里顶大的缺点。现在到底他可以看见他的爱人了，因为这条路走经格里亚斯诺惹。他主人的目的地楞迦不知道，但那并不使他发愁。他们不能不在格里亚斯诺惹停下来喂马。

正在他们到达格里亚斯诺惹之前，早晨的细雨变成一场倾盆的大雨了。他们到得村里时，皮衣服都湿透了。像往常一样，他们到牧师家里住下。

跟牧师谈了一会之后，斯托罗折夫吩咐楞迦备好一匹鞍马。三点钟以后他骑着继续前进，把楞迦留在格里亚斯诺惹。

雨还是下着。楞迦痛快地仰望着，这时候斯托罗折夫呆笨地爬上鞍去。那匹母马缓缓地顺路走了下去，溅起着许多雪水。

楞迦对他自己笑着，走进来吃晚饭。两点钟以后，喂过了那匹灰色的雄马，楞迦踱出大门去。在村子的尽头上，一个手风琴哀声地低诉着，还可以听见一个哀哭似的歌声。楞迦抬头望望天空，在那儿许多破碎的烟云追逐着。一会儿月亮隐在它们后面了，一会儿它又钻出来把一抹鬼气的光线散射在茅草的房顶上，泥泞的道路上，和那些疲劳地探出它们枝叶来的树木上。楞迦拿出一把梳子，整一下卷曲的头发，把帽子极度地歪戴着，向唱歌的地方走去：纳塔沙一定在那儿。

他走到街的尽头；在一家孤零的茅屋前面的木料上坐着一群男孩和女孩。

在这一群的中央，拉手风琴的人坐在那儿带着一股了不起的神气。拉着乐器，他奏一个“难受的”调子，纳塔沙用低音和着歌词：

多丢脸，多丢脸！
每人要出三蒲特的粮面。
多丢脸，谁遭难？
又是当兵的欺侮庄稼汉！

为了不要打断纳塔沙的歌声，楞迦没有使她瞧见。他在孩子旁边坐下来，让他们吸烟，接受他们回赠的葵花子，一面听着他周围人们的谈话。……一个穿着黄褐色皮衣服的人在那儿低声告诉他们关于安东诺夫的事。

“穿着红马裤，戴着红帽子，骑一匹亚拉伯种的马。”

“他是一个将军呢，还是什么呢？”黑暗里一个声音说。

“他不是将军，他是一个普通的囚犯，因为在大路上打劫给送到西伯利亚去过。”

“那么，他怎么样呢？”

“骑一匹亚拉伯种的马。”讲话的人继续说，“去唤起农民来。‘我就是为了你们呀’，他说。”

“啊，活见鬼。……他们都是为了抢我们的粮食，那才是真的呢！”

“哎呀，”年轻人继续说，不理会别人恶意的反驳。“骑着马来回地告诉农民加入到他这一边。那么他就给他们好马，让他们骑了去打共产党。”

“听呀，你们知道新村子里的那个彼得卢哈吗？哎，他也随了安东诺夫。他走了就什么消息也听不见了。”一个小伙子说。

“怎么，他走啦？”

“对啦。骑着一匹马就走啦。”

没有一个人说话。手风琴继续奏下去——一个绝望的调子；唱歌的人们互相竞争着。

“哎呀，”穿黄褐色衣服的小伙子到底嘟噜了出来。“喂，让我们到村子里蹓跶蹓跶罢，孩子们，我们为什么老是这么地坐在这儿呢？”

“村子里有泥哪。”

“咳，泥又怕什么呢！我们不会淹死的！嘿，女孩子们！”他喊道，“我们一同绕着村子走一圈罢！”

女孩子们站起来，拉手风琴的人站到行列的前头去，就这么着，一面唱一面笑，他们都穿过寂静的街道走去了。

楞迦走近纳塔沙去，拉住她紧身的袖子。女孩子回过头来，低声柔和地笑了一笑。

……现在等待的苦楚消逝了，愁闷的日子也过去了，他就在她的身边，她唯一的亲爱的孩子，她渴望着的爱人。她已经有五个月不曾看见他了。她靠紧他，从人群里溜出来，拉他回到草垛的后面去。

“亲爱的，”她低声说，拥抱着他。“楞迦，乖乖，我是多么地想念着你呀。我想你把我忘记了，丢了我不想再找我了。”她把她的头俯在楞迦的胸上。

他们分离开的时候天色已经放亮了。在东天边上可以看见一片绯红。地上蒸发着水汽，潮湿的青草经过了昨天大雨的冲击都倒了下去。

“呃，怎么样?”楞迦问，当他临末一次吻着纳塔沙的时候。“我们将来怎么办呢?”

“我要跟随你到天涯海角，楞迦，亲爱的。……我要哀求父亲收留你做一名门婿，也许他会答应的。如果不行——那么——就是去给斯托罗折夫做活我也愿意干，只要能跟你在一块。现在，让我回家去罢，楞迦。不，你不要来，楞迦。……让我去……亲爱的。……”

中午时，楞迦去找她的父亲，福罗尔·巴叶夫，跟他谈了谈。福罗尔估量地瞧着楞迦，好像一个农人在买一条牛犊之前打量着那条牛犊一样。楞迦红了脸，喘着粗气，擦着自己的鼻头，小心地回避开纳塔沙，不看她一眼。她走出去以后，福罗尔说：

“我的生活很穷苦：一条母牛、一匹马和一个挺好看的女儿——这就是我所有的。”他笑了起来，露出他那烂坏了的牙齿。“然而她是一个非常好的女孩子！如果你糟蹋她，我就会勒死你，你这小流氓。好罢，你就娶了她罢，如果你想要她的话。我做庄稼活真是够累，那么现在你可以替我做了。”

于是他们双方都同意了。结婚要在六个月以后。

十

四天以后，在吃午饭的时候，彼得·伊凡诺维契回来了。在他回来之前，楞迦从没有离开过纳塔沙的身边。格里亚斯诺惹的孩子们不止一次地恫吓他，说要打断他的肋骨。

“瞧那个狗崽子，”他们在街上跟在他后面喊着。“也许他们那村子里一个女孩子都没有罢——跑到这里追起我们的来了。”

“敲碎他的脑袋，那么他也许就不再勤来了。”

“我也替你敲碎你的脑袋，”楞迦回骂着。“我总要把你揍的连牧师都不用找了——直接了当去吩咐你的棺材罢！”

傍晚时候，主仆二人离开格里亚斯诺惹回家去。斯托罗折夫把他带来的一捆笨重的东西放在马车上，并且很小心地用稻草遮住。可是楞迦却已经窥见了它的内容，而他所看到的东西使他猛力地吐一口唾沫；因为那是一些用大黑字印就的书籍和宣言。当他们约莫走了三个微斯特[①]的时候，楞迦回过头来跟他的主人说：

“我就要结婚了，彼得·伊凡诺维契。”

“啊！”彼得·伊凡诺维契说，吃了一惊。“我倒很奇怪是怎样的一位贵妇人钓上了像你这样一点用处也没有的无赖？”

“纳塔沙·巴叶瓦，”楞迦骄傲地回答。“一个顶好的女孩子！”

“那个女孩子也许是顶好的，可是她却嫁了一个混蛋！这正是结婚的好时候呢！我们得先去打仗，楞迦，打完了仗那么你高兴结婚就可以结婚了。懂罢？先忘掉那个女孩子。这是紧急的时候，别的地方已经打起仗来了。我们也得打仗——不然我们就要被毁灭了，我们要为了善良和一切而受到摧毁！”

彼得·伊凡诺维契裹在大衣里不再说话了。楞迦也不说。他的兴致突然低落下去。

把潮涌的泪水咽到了喉咙里，他向马匹喊道：“喂喂，你们！动一动罢，不会吗？”

从这时候起斯托罗折夫就日夜不得清闲。他在村苏维埃里宣称他被一个彼特罗格勒的机关委托了负责买马的事。他拿出一张从主持唐姆包夫支部的高尔斯基那里拿到的证书——（那张纸是安东诺夫签发的）拿了这件事情作为借口，他就在每个星期的末尾到区里的各处去游荡。楞迦也常常跟他一同去。有时楞迦被吩咐独个儿去送信给生疏的人们，从他们那里他给斯托罗折夫带回来用俚语写的回条或是奇怪的信件——像“天下起雨来了，铁匠打起铁来了”，

①微斯特是俄国计里单位的音译，一微斯特约合一千零五十米。——译者。

或是“鸟儿飞了，在河里捉住它”。

十一

有一次斯托罗折夫几乎给捉了去。一定是什么地方有勒索的事情破露，或者什么别的事情露了破绽。斯托罗折夫左右的朋友都遭遇了“柴加”[①]。受到危险的警告，他逃了。

有两个星期的功夫他在乡野里乱跑着，靠着随手捉到的野味过活，还要十分痛苦地随时掩没自己的足迹。当他在森林中的一间泥屋里这样生活着的时候，冬天来了。

当天气很坏而他又必须静静地躺在小屋里的时候，斯托罗折夫常会残酷地向他自己笑着，一面回忆着他曾怎样巧妙地欺骗了共产党们。他靠着他对于所有人们的憎恨生活下去，他所有的希望都寄托在安东诺夫的正在招集的军力上。

不断地下了几天雨，小屋里变得非常潮湿了。有一天斯托罗折夫醒来浑身都湿透了，原来房子里满地是水。他想燃一点火，可是无效；潮湿的白杨木吡吡地响着，冒一阵烟就完了。他不能取暖。他的牙齿颤抖着。他的腿疼，头也疼。

斯托罗折夫知道自己病了，所以他再也不能在这间小屋里呆下去；他得另找一个过冬的地方。他决意去找他的老朋友，樵夫菲利普，他那片山林离斯托罗折夫隐匿的地方并不太远。

他沿着几乎看不清的道路，还有许多池沼和苇塘，一路上他不止一次地跟山里人一同打猎。有时他陷进泥塘里去，跌倒在冰冷而滑溜的地上，于是爬起来再走，用第六种感觉找寻他的路径。……

他的头比往常疼得更厉害，他忽冷忽热。他的头昏了，他害起热病来。他已经快要到达那个樵夫的房子。可是他一点劲儿也没有了，他倒了下去。

一个星期之后，他又清醒过来。一张女人的面孔俯在他身上。斯托罗折夫想爬起来，可是一双有力的手把他按在床上。

菲利普·伊凡诺维契是斯托罗折夫的老朋友。他曾跟阿德利安在一个团里

---

①柴加，意为“非常委员会”，系俄国革命时期处置反革命叛徒之组织。——译者。

服过军役，不过他的父亲——一个自给自足的农人——花了一点钱把他很快地弄出来了。当菲利普从军队里回来以后，他要他应得的一分家产，卖掉了货物和牛羊，去到邻近的乡间做一个樵采森林的人。他赌咒一定要把自己弄得富有起来。菲利普发明了许多规则和章程，使任何人都不能偷他一根树枝，甚至一块木屑。于是他捉拿偷窃的农民，并且对于每一个被捉住的人都毫无怜恤地逼取罚金。眼泪不能使他感动，对于诉苦的话他有一只聋耳朵。一九一七年他几乎被杀。农民们恫吓他，说要烧掉他的房子。

后来斯托罗折夫救了他。斯托罗折夫跑来劝说农民们不要理他，跟他闹是丢脸的事；他还恫吓了农民一顿。他们喊了一阵，谈了许多，然而农民群众的嫉恨心往往是不会长久的。他们谈出了心里的东西，从此以后也就仿佛忘记了他们的不平。

菲利普过着平静的日子。直到一九一八年，他藏起了他的钱，已卖掉了他的牛羊，那么当布尔塞维克来的时候，他们从他这里敲不出一点东西来。军队过去以后，菲利普露出他那乳白牙齿低声狡猾地嘶叫着。现在他起始要更加厉害地对待农民了。

“我现在是为苏维埃作事了，你们这些私生子，”他说：“他们要给你们自由，他们一定！”

“啊，我想现在我们都很清闲了，菲利普和我。”斯托罗折夫躺在床上想。

他又进入了一场打着鼾声的健康的小睡，几天以来这种睡眠常常来拜访他。一天一天他增长了新的体力。他现在可以在房里走来走去，有时他在窗口坐得很久，注视着稠密而幽黯的树林。许多寂寞的思想在他的心里飘过，他不愿想起霜雪就要来到，冻住了水湾，那时候他就要离开这间温暖洁净的房子了。

下了一场粘湿的雪。彼得·伊凡诺维契走到院子里去，长久地站在那儿望着树林穿了白色的衣衫；枞树们都是多么听话地把雪的沉重的丧衣披在肩膀上呀。

菲利普终于从车站回来了。那天晚上，他们俩围坐在茶桌旁边，斯托罗折夫对他说：

“我要走了，我的朋友，等一等，不要打断我的话头。我不愿意让我自己遭到不幸，更不愿意连累了你。现在每一分钟都可能有人来。你可愿意劝告我做一些什么事，或是劝告我到哪里去吗？”

菲利普静坐了一会，吸着烟。于是他说，“我不能让你回去。现在不是你应该走的时候。我们幸运的是直到现在他们还没有嗅出你来。喂，注意；离这儿不远有一间小屋。我知道夏天时候有两个家伙藏在那儿。他们也许是逃难的人或是——小鬼晓得他们是干什么的。那是一间顶好的屋子。如果他们还活着，你就跟他们一块儿；如果不然，那你就自己住着，等到春天你就可以随便到哪儿去了。我会去看你的；那里存着粮食，我经常供给你弹药。不要发愁。我们只要等着下够了霜，那时候我们就可以走了。”

终于来了一场严霜。松树震响着，房子的墙壁冻裂开来。菲利普替斯托罗折夫收拾好一双毡靴，一件皮外衣，麻布，一口袋干面包和他的莱福枪需用的弹药。黎明时他们准备起程了。

将近中午，风刮了起来，森林里风声越来越大，狂风在新插的树木中间吹得雪花团团地转。马在未经踏过的雪上走着，有时候深深地陷进一个雪堆里去。他们走了一整天。天色傍晚的时候，菲利普拉紧马缰叫斯托罗折夫跟他一同到森林那边去。

“你瞧见那棵高松树了吗？朝着它一直走去。走到那里，转向左边一直走过那片洼地，约莫得半个钟头。当你看见橡树林子的时候，一直越过去。你就会走到有一排树的地方，再走过去你就可以找见那间小屋了。它在枞树林子里面。”

他重说了一遍路上的标志之后，他增添说：“注意你要一直地走，不要向右——那儿是出狼的地方——那儿埋着打狼的陷阱。好罢，再见，上帝保佑你。”

斯托罗折夫把莱福枪和口袋吊在肩膀上，热烈地吻一下菲利普，就头也不回地走进森林里去。樵夫站在那儿望了他好久，才装着放心的样子走进雪橇，掉转过马头，鞭打着它，走了。

十二

斯托罗折夫找到了那棵高松树，向左转，走进了洼地，那儿满地长着低矮的树木。在这空旷的地方，风是更加强烈了。它吹得粉状的雪花旋转着，扑上他的脸来，刀子似的割着他的面颊和嘴唇。现在星星已经明亮地闪耀着了。突然斯托罗折夫听见一声隐蔽的叫嗥。

“狼！”在他的脑子里闪着。他加快了脚步。不过逆着风向前走是很困难的，风吹得他简直要打跌。雪跑进了他的眼里去。终于，橡树林的黝黯的墙壁近在他的面前。这儿，风静了一点。斯托罗折夫在一块树根上坐下来，擦着他淌汗的脸，抹去胡髭上的冰花。突然他听见近旁有一声拖长的叫嗥。他跳起来，跑进橡树林里去。他跑了很久，喘息着，连腰陷在雪里，在看不见的树桩上和倒下来的树上撞伤了自己，他在有棘刺的矮树中挣扎着。在森林外面他瞧不见路，连一丝儿光亮都没有。他蹒跚着走了又走，跌倒了再爬起，嘟噜着咒骂和祷告；那些坚韧的可恶的矮树，打击着他的脸，撕破他的皮，直到温暖的血流下他的面颊，跟他的汗水混在一块。斯托罗折夫的气力马上竭尽了。他丢下他的口袋，埋在橡树下面的雪里，现在他看见有一点光亮的东西在前边颠踬着，后面跟来了追逐的叫嗥。狼越来越近了。有时它们赶过了他，有时他又好像看见它们的影子从身旁掠过去，只隔几步远。他本可打它们一枪，可是他害怕枪声会把树林里有人的事泄露出去。

他终于走出到树林的边上了。这也许就是菲利普说过的那个地方，也许是另一个地方，但是无论如何，橡树林子已经到了尽头，而一片满浴着月光的宽敞的空地躺在他的面前了。这儿风得了势：锐利而且残酷。挣扎着用自己的气息温暖着冻僵的双手，斯托罗折夫起始走过空地。他找寻枞树林子，可是连一点影子都瞧不见。四面八方他瞧不见别的，除了长着木瘤的老橡树。

在空地的中间，他掉进了一个雪坑，一直陷到他的胸部；那支莱福枪从他的肩头滑下来掉在雪里。他正要挣扎出雪堆来的时候，突然一个非常紧的铁钳子钳上了他的左手。

狼阱哪！他竟落进狼阱里来了！

他无效地扭来转去，挣扎着想脱掉这个紧紧的拘束。他的脚更深地陷进雪里去，他的手被打狼机紧紧地抓住。他无效地喊救。唯一的回应就是狼们的叫嗥。

斯托罗折夫终于不动了。他失去了气力，他的嗓音喊哑了。他不动地躺在那儿，紧紧地被铁和寒冷包围住。风把雪吹上他的身来。寒冷穿透了他的心，他的血冷凝了。他失掉了知觉。混杂的景象和脸孔在他的脑袋里回旋着：死了很久的人都跑到他的眼前来了；他买到的列毕亚致湖畔的那块地——他自己站在田里，独个儿站在他的地上。还有死在森林里，独个儿死在树木、雪和狼们中间的恐怖压上了斯托罗折夫的心头。

他最后一次睁开眼睛。在他上面星星们冷冷地闪烁着。

十三

在一九二〇年的冬天，安东诺夫领着一小队人冒着大风雪跑进了佐拉托惹村去。他赶走了地方上的共产党，抢劫了合作社，傍晚时候他在学堂里召集起村民来开一个大会。他们很勉强地去了，有些简直还是用鞭子打去的。

安东诺夫的骑兵锁上大门站在两旁，把枪交叉起来；他们都是形貌魁伟的小伙子，显得非常凶狠，整齐地穿着皮衣或是布衣。

佐拉托惹的农民们互相低声询问着这支新的军队是干什么的。而在安东诺夫这方面，他也是用奇异的眼光看着农民们。自从秋天他曾在卡门加和它附近的村落里驻扎过，那儿的人们都曾是他的朋友和亲戚。这是第一次他要跟陌生的人们讲话了，而魔鬼知道他们要转到哪一条路上去。

叶哥尔·伊洵开始谈话。他的红衬衣随便地解开着领扣，他那油光的小眼睛狡猾地转动着，他的面颊上发着闪耀而无情的红光。

"贫农联盟省委会的伊洵同志要讲话了，"安东诺夫宣告说。"你们要听吗?"

伊洵走到桌子前面去，弄熄他的烟卷，环视着嘈闹的会场，笑了。

"你们好，农民们!"

"你好，你好。"他们回答。

"今天的确是不坏，不过问题是它到底好到一个什么地步？不是那样吗？哎，你们都是一些脾气多么坏又喜欢发怒的人哪，真的。我奇怪你们为什么这样？政府是你们自己的，不是吗？它使你们够吃够喝，还照料你们——替你们派了委员来。你们为什么还不满意呢?"

"你那条舌头像小鬼的一样滑，不是吗？年轻的小伙子?"一个人从角落里喊着。

"谈正经话，不要瞎扯。"

一个老人从前排的桌子边站了起来，他很苍老。

"你尽在那儿露着牙笑干吗呢?"他咆哮着。"我们不想看你的牙齿。告诉我们，你们到这儿来干吗？你们属于哪一支军队，谁是你们的头儿？你听见我的话了吗？不要麻烦我们老百姓罢。"

老人不耐烦地用拐杖敲打着地板，哼了会儿，坐了下去。

“好罢，那么，听着，我要给你们讲一个故事了。那也许稍稍有一点意思。”伊洵把灯挪开，坐在桌子角上。

“有一次上帝送给乌鸦一块饼干。……”

农民们笑了，屋子里又嘈闹起来。于是伊洵继续说下去：

“他们说上帝帮助那些自助的人。这里也是一样。因为那块饼干，乌鸦差一点被人杀了。当她在找寻那块饼干的时候，人们拿砖头打她，差一点把她打死，后来这个可怜的鸟儿又几乎被猫捉去吃了。……对啦，那块饼干花费了乌鸦不少气力。她坐在一棵树上，想法子怎样去吃这块好吃的东西。于是一只狐狸突然爬上树来了。狐狸就跟她攀谈起来：‘呀，你是一只多么可爱多么聪明的鸟儿呀，真的，乌鸦小姐，而我又是你底一个多么忠实的朋友呀。从古时候，我们知道上帝就总是告诉狐狸要侍候乌鸦。我特别来找你，问你是不是愿意再多要十块饼干。只要你说一声，我马上就可以把它们取来！’你们听见过这个寓言吗，朋友们?”

“啊，对啦，我们全都听见过。”

“寓言是一个，不过你说的不同了。”

“哎，你们晓得它的结尾。乌鸦高声噪了出来，饼干从她的嘴里掉出去，被狐狸吃了。事情不就是这样的吗?”

“是，是。”

“好啦，那么，农民们，从这个乌鸦的故事里你们没有认出你们自己来吗?”伊洵回视着教室里，他的脸不再是嬉笑快乐的了。屋子的角落里黑黝黝的。一层烟草的蓝色的云翳飘浮着。安东诺夫的手下人，执着莱福枪静静地站着。

“我告诉你们：你们自己就是一只乌鸦。这不就是你们应该前思后想一下的时候吗？这不已经是在那只狐狸剥了你的皮以前你要去抓住它剥了它的皮的时候吗？你们丢了多少东西？他们昨天从你们这儿抢走了多少?”

“昨天运到车站去十五万蒲特[1]，”那个白胡髭老头叱骂着，又一次暴躁地用拐杖敲打着地板。“你们还要再拿十五万蒲特哩，”安东诺夫突然说起话来。“弟兄们和农人们，”他喊道，“加入到我们这里来罢！我们正在组织贫农联盟

①蒲特，意译当为俄石。——译者。

——大家为了个人，个人为了大家——就是我们的标语。来扛起你们的枪，小伙子们，我们替你们预备了很多。让我们去打共产党罢。他们还没有站稳脚步呢——布尔塞维克们——我们很容易地就可以把他们打垮了。”

“打垮他们是一件事情，”一个坐在白胡髭老头旁边的人插进来说。“但问题却是我们又要替谁出力呢。”

“我们绝不要替任何人出力，”伊洵回答道。“我们要自己管理自己。你从田里收获的都是你自己的：绝不让你分给别人！如果你想做买卖——也可以，如果你想养三条牛——也可以，那对于国家也都是非常好的。”

“鬼晓得你们想干些什么，你们是不是有一句实话！也许，你们自己就是一种狐狸呢。”

“怎么，我？是一只狐狸吗？”安东诺夫跳起来，捶打着他的胸膛，起始夸张地谈他在西伯利亚受过的罪。当他谈着人民并且他自己怎样替人民们打算的时候，他的嘴里喷着唾沫星子。

受到他这一阵兴奋的喊叫的感染，农民们离开他们的座位围挤到桌子边来，谈着，互相打断着话头。压倒了一切的声音，伊洵在高谈着国民大会，谈着共产党，他果断地说共产党把他们本国人卖到德国去。他还谈着抢劫。……

“我要正式加入你们了。”一个穿布紧身的年轻人喊道。

“正式加入罢。”

“给我们莱福枪呀！”

冲破了这些嘈杂的声音，街上响起乱枪来了，接着是一架机关枪的急响。……好像被一阵大风吹着似的，人们赶紧跑向门口去。吓糊涂了，他们打着，撕着，咒骂着。

于是礼拜堂里敲起了警钟。街道上奔跑着一群马队。他们是什么军队或是从哪儿来，没有一个人知道。费了许多麻烦，安东诺夫才好容易集合起他的人，从佐拉托惹逃走了。红军追了他们将近四十个微斯特，于是，把他们赶到了一个小村里，把整个队伍解决了。

在瓦细列甫加，那一支游击队是被托克玛考夫和沙菲罗夫带领着的，事实上他们已经不能号召起农民来了。彼得·托克玛考夫绝不是一个公开的讲演者。

倒霉的运气跟定了安东诺夫一直到二月里，那时候他所有的部队几乎一个人也不剩了。最后他不得不带领着他那二百名忠实的随从从琪尔桑诺夫附近的村庄里退了出去。

春天里，安东诺夫从高尔斯基那里收到唐姆包夫的消息。那是从社会革命党秘密委员会里下来的命令。它说现在已经到了扩大组织的时候，农民们叛变的心思已经成熟了。

全国都在打击富农。皮尔苏茨基向基辅方面推进。岱格尔准备要突出克里米亚来。跟芬兰、拉多维亚和爱沙尼亚中间的和平也还没有一定准。莫斯科的战争展延着各方面的阵线。

白天黑夜过着军队；人民跑出去打军队的将军，阿达满[①]，还有土匪的头儿。当兵的跟做工的等待着面包，他们的儿女啼哭着要东西吃。

富农们有许多粮食，可是要从他们手里拿出来却是越来越难了。安东诺夫的名字——那“农民的阿达满”——在唐姆包夫的村落里常常可以听到。他的党羽散放出流言去说安东诺夫要保卫农民了，他什么都不征收，无论马匹或是面包，他什么都不要，只是需要人。傍近春天的时候，农民们起始寻访出安东诺夫来，把他请到他们家中，并且加入了他的部队。最先要离开村庄的那些从共产党治下偷积下大堆粮食的农民，他们决意要用手里的莱福枪去保卫他们的粮食，并且要跟安东诺夫一同去闯闯运气。

现在——从希特罗窝，从阿法那西哀夫斯克、微尔虎裁尼惹、潘撒里、巴甫拉达劳窝、普斯托法劳窝，还有包利索格列布斯克、琪尔桑诺夫、莫尔商斯克、加斯洛夫和唐姆包夫各地近乡一带富足的村庄里——农民们跑来加入安东诺夫的军队和他的阿达满中间。安东诺夫在森林里集合起他的队伍，他还把旧日的老朋友也都从村庄里叫到他的身边。

他又记起斯托罗折夫来了。他曾听见人们说有几个猎户在区里蹓跶的时候，听见狼的叫嗥却遇到人的足迹。他们找到了斯托罗折夫，把他带到村里交到衙门里去了。

自从那时候一直到春天，这中间的一段时光斯托罗折夫花费在监狱的医院里，随后就在牢房里。他被审问过就释放了；没有控告他的直接的证据。他曾经很聪明地替安东诺夫策划事情。他很简单地说明了离家的原因，那是因为他害怕村里的共产党。

斯托罗折夫回到家里，安静而且柔顺。好像他永不会忘记了在森林里度过

①阿达满，哥萨克军队的首领。——译者。

的几个夜晚，好像匆忙的日子早已过去，现在成了一个残废人，他已经放弃一切了。

他变得更加跟社会不发生关系，更加消沉。他很少说话，也没有心思顾到庄园。

四月里，当安东诺夫的传言流行在村里，说他正要带着兵去攻打布尔塞维克的时候，斯托罗折夫只是笑一笑，什么也不说。约莫在那时候，就常常有生人出现在斯托罗折夫的后院里了。什么事情都在夜里举行，并且还极端地谨慎，秘密。坐了坐监狱，斯托罗折夫也到底学会一点什么了。

可是在五月间，有一天夜里阿德利安叫起彼得·伊凡诺维契来。

"有一个人骑着马从卡门加来"，他低声说。"他想见你，说是很紧急。他们要来糟蹋你了，那些坏蛋，他们一定要来糟蹋你，像命运一样的注定。他们现在在哪里——他们又出头了吗?"

"少说话罢，"彼得·伊凡诺维契小声说，溜下床去。普拉斯考维亚在睡梦里呻吟着，打着鼻鼾。彼得·伊凡诺维契拿被子替她盖了盖，披上几件衣服就出去了。

"喂，干吗的?"他暴躁地问那个骑马的人。"你骑着马来看我是什么意思呢?如果你给捉去了，那只不过丢掉一颗脑袋，可是如果我给捉去了呢——那就是一千颗哪。你这傻子!"

"没有别的法子，这是一封紧急的信。并且，我还是从他们房子后面绕过来的，没有一个人看见我：我从这儿来的，这地方我哪儿都熟悉。"

斯托罗折夫抬起头来更仔细地看了看骑马的人。他认出他是邻近田庄上的撒式加·加拉斯。

"怎么!你也随了安东诺夫了吗?"

"嗯，那儿的人可多着哪，彼得·伊凡诺维契，就好像一窝蜂似的。"

斯托罗折夫走进廊子里去，点上灯，戴上眼镜，起始读那封信。那是托克玛考夫写来的，命令他把他所知道的最忠实可靠的人民组织起来，成立一个贫农联盟的秘密委员会。命令是封着的。

它指示这个委员会可以在下面设置武装势力，他们要把苏维埃势力丢弃了的村庄里可疑的分子扫数清除，只要有同情布尔塞维克的嫌疑的都应该枪毙。

托克玛考夫给了详细的指示，像电报的密码，秘密的记号，怎么传递信件，在什么地方开会。

"看起来好像我们发动了！回到托克玛考夫那儿去，撒沙，告诉他放心好了，那么走你的罢！"他看着加拉斯出去，回来合上大门，又回到房里去。

那是一个寂静温和的夜晚。远处在混人的末路那儿，一条狗吠起来，还可以远远地听见一个小车的辘辘声。斯托罗折夫回视着那片沉寂的世界，那些睡在月光底下的小板房子——于是他画个十字，上床去。他躺下去时，普拉斯考维亚醒了，就紧紧地靠到他的身边。

斯托罗折夫不晓得他自己还可以像这样睡多久。他记起了那些麻烦的日月，会议、人民的试验、怀疑、踌躇和森林里的夜晚。

"如果上帝愿意什么事都还可以作得出来。"他轻轻地说，用双手围抱住普拉斯考维亚。

安东诺夫要来的传言一天比一天真确了。在田野里工作的农夫常常遇到在帽子上戴一块绿布的骑马的人跑近来。这些生人解释着安东诺夫和土地的分配，讲着粮食和土地，要一点水喝就走了。

到处起火。地方上共产党员的仓廪跟住房都被烧毁了，可是犯罪的人却永远找不到一个。一个跟一个地，年轻人都离开他们很好的庄园跑掉了。

穿着平常衣服的不知姓名的人把共产党的党员或是村苏维埃的分子领到田野里去，打他们个大半死。

安得勒·考屑尔，贫农中顶穷的一个，有一天跑来找彼得·伊凡诺维契。

"我刚刚从湖上捉鲤鱼回来——我顶喜欢一条好鲤鱼了，你晓得。我绕着房子后面走，那时候——你说我瞧见什么啦，我瞧见一个家伙往你的仓房里爬。他先四面看一遭，然后——他偷偷地往里钻——从一个什么窟窿里。横——一——横——心——等——着——死罢，那不是我们这样人，而是一个什么强盗呢！"

彼得·伊凡诺维契叫安得勒·考屑尔静下来，他甚至送他一只老公鸡当做礼物。他又嘱咐他不要把这件事传扬出去，因为你总不会晓得别人是怎么一个想法的。事后他用木板修补了仓房上的窟窿。

夏天过去，秋天来了。

在十一月底的时候，地方上的共产党在学堂里召集了大会，邀请贫农委员和刚从前线上回来的人们去参加。

李斯特拉特出席这个会。他五天之前刚刚回到村庄里来，并且在这儿停留下来了。撒沙·齐里金也出席了。他是楞迦的伴儿——一个勇敢的小伙子，一个拉手风琴和打架的好手。赶车人尼琪塔·西米扬诺维契跟他的儿子费得迦一同来，他的儿子是共产主义青年团的一个团员。

尼琪塔·西米扬诺维契曾加入过布尔塞维克党，可是他并没有在那里面呆得长久。他喝醉了酒闯了点子祸，于是就被开除了党籍。

然而他依然出席所有的会议，甚至党员的会他也出席，像往常一样，他还是许多会的会员。

共产党召集的大会里有许多别村的人来参加，有时他们从很远，从巴拉色夫段铁路以外的远处来。

安东诺夫的人屡次地破坏这一段的交通。他们攻击铁路的职工，抢劫开往莫斯科去的火车，在村庄里偷藏粮食。

在桑姆堡，他们很久地唱着安东诺夫队伍的歌子。

我要替自己打个绿结
因为我的儿子是一个红党……

现在顶好是不要提起粮食或是平均土地的话来了。不然村里的人就会大笑起来并且告诉你走开，甚至连你自己都想跑开三里，再也别在这儿露面了。

“你们听见过安东诺夫毫不打扰我们农民吗?”从前的村长赛利弗斯特·斐特罗夫跟尼琪塔·西米扬诺维契说，“他不像你们共产党，搜刮我们一切值钱的东西。安东诺夫已经开始恢复私人贸易了。可是你们共产党开始了些什么呢?”

所有这些谣言和谈话使德甫里基的共产党当天夜晚在学堂里召开了一个会议。每个人报告了他所知道的和听见的，谁都清楚现在已经是他们得离开这个村庄去接近红军主力的时候了。

有一个安全的地带，那就是唐姆包夫跟沙利特辛中间的铁路和沿路的车站。那儿安东诺夫的军力还没有达到。于是他们决意要离开德甫里基。撒沙·齐里金是唯一的反对者，他说那将是怎样的一个耻辱，可是李斯特拉特马上反对了他的意见。

“现在，别再胡说八道了，你这傻子，说我们没有胆量和一些别的话。党里说在某一些时候退却并不是耻辱。总之——我们要扫数到车站去，不然这些强盗们就会杀掉我们像宰母鸡一样。顶好是准备好了。如果有谁担心把老婆抛下，那就让他带她一同去。我们要组织共产党第一联队!”

于是当场选举出来李斯特拉特做支队的队长，撒沙 · 齐里金做侦缉队的队长。将近天亮的时候散了会。红脸膛的小费得迦跟在他父亲后面走回家去，抱怨着：

“你这老疯鬼，你要把我抛下，自己跟他们去了！达达，我说，达达！让我去加入撒式加的侦缉队罢。”

“不要说罢，你这混蛋！”尼琪塔警告地喝叱着。“不然我就先把你侦缉了，揍死你！”

“可是，你瞧，万迦 · 福鲁式塔克年纪也并不大，他已经加入到撒式加的队里去了。”

“嘘，我不是告诉你吗，象鼻子！”

然而，当他们回到家里的时候，尼琪塔告诉他的老婆说他跟费得迦要到车站去了。

第二天斯托罗折夫就一字一句地晓得了共产党会议里的一切：他的一个探子出席了。傍晚时候，一大队红骑兵开进村子里来。营养不足的马匹几乎不能从村路的泥泞里拔出蹄子来，疲倦的骑兵在鞍子上摇晃着。他们并没有替马匹卸下鞍子，却只给它们一点干草（因为村苏维埃里再也没有一粒燕麦）就散进房子里去了。纵队长召集地方上的共产党。李斯特拉特去了。当他从队长那儿出来时，他全副武装：一件皮紧身，皮带上挂着一支手枪和两个手榴弹。带着踢马刺铿啷铿啷的声音，他到村苏维埃去。一点钟功夫，共产党都集合起来了。尼琪塔 · 西米扬诺维契赶来一辆配了两匹活跃的马的车子，在赶车人的座位上他缚了一杆红旗，一支机关枪从后面伸出头来。

天黑之前，李斯特拉特，相伴着两个骑兵，去拜访斯托罗折夫。并没有跟主人招呼，只不过命令他们不要动，李斯特拉特起始搜检前房、卧房。后来他又跑下地窖，爬上房顶，甚至敲打着墙壁。

斯托罗折夫坐在那儿露着牙齿，满面笑容。“我奇怪，你怎么那么高兴？”李斯特拉特愤怒地问，一面扑打着紧身上的尘土和蛛丝。

“因为害怕你的脾气坏哪。”斯托罗折夫说。

“楞迦哪儿去啦？”

“有事情出去了，”彼得 · 伊凡诺维契笑了。“天刚亮他就到格里亚斯诺惹去了，他在那儿有一个情人。”

“我们后会有期呀，彼得 · 伊凡诺维契。”

“啊，对啦，一定，我们不会隔离很久的。那么，你有什么信儿要我带给你的弟弟吗？”

李斯特拉特走出去，砰地合上了门。

红骑兵队当天夜里就开走了。有些人家女人们哭泣着；她们的心告诉她们悲苦的日子就要来到了。

那天夜里楞迦从格里亚斯诺惹回来，第二天早上彼得·伊凡诺维契就离开这儿到卡门加找安东诺夫去了。

下着雪，刮着冷风。马在冻硬了的路上奔驰着。斯托罗折夫不说话，楞迦静静地跟在他的后面。

斯托罗折夫在卡门加花费了两个星期的功夫。就是安东诺夫的条子对于司令部里的人们也很少发生效力。他们搜集着人，武装起他们来，替斯托罗折夫制作计划和地图，这中间宝贵的光阴溜掉了。斯托罗折夫离开了家和他的儿子考尔迦；他常常感到烦恼，没有因由地骂着楞迦。而楞迦并不注意他的詈骂，他被人群和声音吸引住了。

楞迦终日在大街上溜，因为坐在家里就只为相思所苦。在到卡门加的路上，他在格里亚斯诺惹停下来，去看了看纳塔沙的父亲。

“什么时候结婚呀？”老头儿问。

“啊，这场倒霉的战争呀！”楞迦想。“什么事情都糟乱成这种样子，一个人怎么能够结婚呢。可是我一定得结婚，我已经等得快要急死了，而她也正是一样。”

十四

生人不断地到卡门加来——逃难的人，亡命的水手，还没有能够逃出俄罗斯去的大战时期的俘虏，和能够自给自足的农民的整个家族。他们都需要着一些什么，期待着一些什么，靠着一些什么过活，住在这儿或是那儿，这整个的一堆无知的破烂的人群，失掉了他们生活的轨道，渐渐地组成了一团一团，一队一队，被派遣到森林、村庄和农堡里去。他们把红军零散的部队解除了武装，而在一个严重的攻击的最轻微的暗示之前就走散了，为了他们可以回到卡门加去，那儿生活是自由的并且没有顾虑。

楞迦初次看见这么多人在村子里懒懒地游荡着，吹嘘着他们杀过多少人，打过一仗他们就可以获得多少战利品，或者只不过在混乱的掩护之下偷了多少东西。

但是不久，楞迦就闲得不耐烦。他感到厌倦。因为他没有什么事情可干。他就去帮着耶骚——他们住的房子底主人——看看牛，打扫院子，到田里去下肥料。耶骚已经准备春耕了。刚起初他怀疑楞迦，可是马上他晓得了他的好处。过后不久，当他跟这个小伙子熟悉了的时候，他就对他低声诉说在这种年头过日子的艰难。

“像这种样子，楞迦孩子，”他说，“我们永远想不到，连做梦也梦不到，卡门加变成一座京城了。上帝吹它到地狱里去！你会相信吗，他们把我的马一天换三次——真的，我倒省下计数了。刚才还是一匹栗色的母马，可是现在你瞧——她已经变成一匹灰色的阉马了。这简直是一个京城啦。不，楞迦，我的孩子——战争对于农民就是一场灾难。下种的时候就要来了，而只有主晓得我们种什么东西，耕什么地。呸！让他们都去见鬼吧！”

耶骚·西米扬诺维契恶狠狠地吐一口唾沫，还低声地诅咒着。于是他紧一紧他那捆在冬衣的腰上的棉布带子，把一袋糠扛在肩上，哼哼着走到场园上去了。

楞迦蹓跶到街上去，在那儿他总是看见一样的景象。马队跑来跑去，一团人过去了；风摇着旗子，那上面写着：“土地和自由，国民大会万岁。”一个粗鲁的拉手风琴的人用全力拉着他的乐器，一面唱道：

走呀走呀，邓尼亚，
走呀走呀，邓尼亚，
走呀走呀，邓尼亚，到树林里去吧。
让我们摘呀，邓尼亚，
让我们摘呀，邓尼亚，
到树林里摘一棵牛蒡吧。

每天总是这一个调子。今天有一团人开出去，枪械和军火箱子辘辘地运走了。

被俘获的共产党被从司令部里带出来枪毙，押解的人们纷争着行刑后从囚犯身上剥下来的衣服跟靴子，死囚们胡乱地披着衣服，低声地交谈着，他们的脸色都是苍白的，他们的嘴唇肿胀着。

“啊哈，他们要去枪毙他们了。”紧站在楞迦后面的一个人说。

楞迦回头一看。一个高个儿穿着一件短的皮上衣，嘴上捆着一条红手帕，在那儿抽打着他的鞭子。

“这是今天拉出去的第三批了。昨天，他们说，他们抓住了两个飞行的人，从他们背上割出了星子来。安东诺夫说他们飞得快近星球了，所以就发给他们星子当作证明的符号。”——那个家伙突然狂笑起来。“你是谁的人？”他问楞迦。

“我们从德甫里基来。离车站不远。我跟斯托罗折夫是一起的。”

“那么你还不是安东诺夫底下的喽？”

“不是。我们就要加入的。”

“呸！自从我们开仗以来，这已经是第二年了。”

“农民们喊叫着说他们没有马了。”

“顶多不过打一辈子罢。”

“还要打很久吗？”楞迦问。“你想战争会不会马上就完呢？”他立刻又想起纳塔沙来了。“她在家里一定很孤独罢，”他想，“她也许再也见不着我了，她坐在那儿哭了。咳，什么样的生活呀。……”

高个儿十分专注地翘着鼻子。

“啊，鬼晓得这场战争会打得多久。他们说要撑持到我们得到了——一个完全的胜利。”

“没有关系。司令告诉我们说哥萨克人已经迫近莫斯科了。共产党顶多只能支持一个月或是六个星期。”

“你从那儿来的？”楞迦问。

“从桑姆堡附近的一个地方。古斯奈错夫是我们的司令，啊哈，他真是一个神圣的可怕的人物呢。”

“他喝酒吗？”

“他不喝吗？我想他是喝的。自然我们全都喝酒。这一块儿他们都酿月光酒——他们凭什么要把粮食省下来呢？只要红军一来就会全都抢走的。对了，我喝酒，还赌钱。司令们也是。安东诺夫他自己和他的玛路西亚也时常一瓶一瓶地喝哪——喝完了就光着屁股跳舞。”说到这儿那个家伙又大笑起来。

他起始怂恿楞迦跟他一同到住在牧场上的叫做卡特拉的寡妇那儿去。楞迦耐住烦心同意了，就跟在那个家伙后面。他们顺小路走经花园和干草垛——从那后面传出来谈话、笑、叹息、叫啸的或是隐秘的声音，走过打谷仓和既没遭了火灾也没被枪弹打毁的房舍。

年轻人小心地走到卡特拉的房前去。它离开别的房舍孤立着，像平地上打进了一个木桩。窗子里没有光亮，可是当他们走得顶近时，楞迦可以听见喝醉了酒的歌声、嘈闹和笑声。他走到窗子边去，找到一个窗帘没有合好的缝隙，他望进去。约莫有十个人——男的和女的——不成曲调地轮流着唱一个歌，每个人尽他或她可能的唱了出来。女人们坐在安东诺夫底人的腿上，那些人都酩酊大醉了。楞迦，自从他在卡门加住了两个星期以来，亲眼看见了安东诺夫自己带领的一团人，并且认得了团里的几个中队长和分队长。他的同伴敲敲门。

房里的声音停了一会，于是大家又都嘈杂地唱起来了。

"谁呀？"一个女人的声音问。

"是你们自家人，卡特拉，让我们进去罢。"

楞迦快要踏进门限了，可是那个大个儿已经看见了一小队骑马的人急奔到房子这里来，于是他就偷偷地溜到院子里。骑马的人拉住马缰，围起房子来。几分钟之后，这些烂醉的懦汉便被护送到卡门加去。楞迦远远地跟着他们。

当他们到达司令部的时候，押解的人下了马，有一个进房里去了。几分钟以后他又出来，后面跟着沙菲罗夫。他是从一个会议里被请出来的。会议已经开了五个钟头。沙菲罗夫没有戴帽子，一面走一面扣他短袄上的扣子。他在台阶的栏杆边停了下来。

"你们抓了些谁？"他问。

那个把他从会议里请出来的人报告了被捉的人的名字。沙菲罗夫愤怒地嚼着他的胡髭。

"这都是些什么玩意！"他向那些几乎站不稳脚的人喊道。"你们都快要开出去打仗了，怎样还出去喝酒呢？"

"如果我们还有自由，那么我们就可以自由喝酒，"有一个打着呃说。

"静着！"沙菲罗夫喊道，他大怒了。"不要说话，你这私生子！每人挨二十五鞭子。我现在拢总地告诉你们一次——将来我再抓住谁去喝酒，我就毫不客气地毒打他一顿。那么，去罢！"他命令。

一大堆人聚拢来围住醉汉。有些人替受罪的人表同情，有的向沙菲罗夫喊着："办得很对！""你一点也不错！"农人们站一会就走开了。

刑罚开始了。骑马的人从马上跳下来，毫不怜恤地鞭打着醉汉。挨打的人一面想回打他们，一面咆哮着，骂着沙菲罗夫。

“你等着罢，雅式迦！”一个队长喊着，他比别人醉得轻。“我们都记住你了。有一天，你总会尝到我们皮带的滋味的！”

沙菲罗夫守着这种景象又多看了几分钟，之后，当他听够了嘈闹和诟骂的时候，他又回去开会去了。

十五

安东诺夫很久就希望唐姆包夫社会革命党秘密委员会派一个代表来。高尔斯基一个月前已经写信通知他说那个人就要来了。那个律师常常派人到安东诺夫这儿来。从中央党部里他们带给他重要的文件，红军司令们发出的攻打叛军的命令。至于高尔斯基从什么地方弄来这些命令，那只有他一人知道。

从高尔斯基那里安东诺夫知道有几个社会革命党的领袖失事被捕了。现在已经又派了一个人带着重要的通知来，他无时不在等待他。那天早晨，托克玛考夫来拜访安东诺夫，他显得又黄又瘦了。他的红胡髭从皮肤里不谐和地茁长出来。他害过一场病，现在刚刚好了起来。

“你为什么不高兴呢?”安东诺夫问。“什么事情使你不满意吗?”

“嗷，亚历山大·斯台潘诺维契，我不晓得怎样跟你讲。你曾在我跟前赞美过斯托罗折夫。我跟他谈了谈——他倒是一个聪明的家伙，自然喽。可是只要问他为什么加入到你这里来，我可以告诉你为什么：他的主要目的是在弄回他自己的土地，其余的就什么事情都可以不管了，事情就是这个样子的。”

托克玛考夫忧郁地向窗外望着；总是一群永不正经干的人在那儿闲荡着，狂笑着，嚼着葵花子，或是去做他们通常的马戏。

“事情就是这样的，老家伙，”他叹息着。“要抓住这一群流氓是很容易的——就像霎一霎眼一样容易。彼得·伊凡诺维契自然要靠住你喽，你是他最后的希望。不过彼得·伊凡诺维契是一个大人物吗? 彼得·伊凡诺维契是一个政治家吗?‘啊哈，’农民就要这么说了，‘斯托罗折夫原来依靠了谁哪——安东诺夫呀，不是吗?’那么他就把我们连同我们的党一起都葬送了。”

“嗯，我想，”安东诺夫阻住话头说，“自给自足的农民对于我们是顶合适的了。像他那样的一个农民——聪明而又强壮，整个的世界就担在他的肩上。让布尔塞维克去依靠那些流氓和懒鬼罢。在现在这种情形下，破落的农民自然去支持布尔塞维克去了，因为他是非常非常贪婪的，可是一旦他替他自己抓到了点子什么，他就再也不需要布尔塞维克了。我晓得农民们：他们每人都有一个卑鄙下贱的小灵魂——这用不到隐瞒。在他们每个人的身子里坐着一个彼得·伊凡诺维契。照我的话去看罢。世界就是做成这种样子的，我的孩子。”

“是那样，可也并不完全是那样。我的脑袋要裂了。亚历山大，我心里发烧，我浑身发疼——简直受不住！你有什么新的消息吗?”

“我有报纸……读一读罢，那上面有关系着我们的事。”

托克玛考夫读着报纸，逐条地看着当天的政治事件，知道了他周围正在进行着的事情。就为了那个原因，他生活得不怎么痛快。跟波兰中间的和平还没有确定，布尔塞维克们已经占领了柏莱考普，正要把苍格尔驱出克里米亚去。托克玛考夫深深地叹息着，可是他依旧丢不掉他那些不愉快的思想。也许他已经看出了斗争的没有意义，然而无情的事实却拉住了他。只要他起始了一桩事，他就一定得把它作完。

“亚历山大，”他突然跟安东诺夫说。“你曾想过以后事情会变得怎样，并且我们要开到哪儿去吗，呃?”这是第一次托克玛考夫用了那么低沉凄惨的语调跟安东诺夫谈话。

“怎么啦?”亚历山大·斯台潘诺维契站起来。“你怎么突然那么不高兴起来了呢?”

“啊，没有什么，”托克玛考夫回答说。“什么也没有，只是一些老想头。对啦，我会告诉过你——红军也打波兰呢。好运气在他们那边，撒式迦！他们以后会解决我们的，你瞧着罢!”

有人敲门。普鲁日尼考夫进来，领着另外一个人——一个短小强壮的人，穿着一件好像是铁路职工穿的短上衣，是黄褐色的皮子做的。

“我叫菲尔索夫，”他说，一面招呼安东诺夫。“我是我们党中央委员会的特派代表。”他拿出一张公文来。别的人都围住他跟他握手。安东诺夫整一整外衣，又拢直床单。

“叫伊洵来，”他喊，轧地推开了门。“别人都请出去，你们懂得罢?”

伊洵走进来，急急忙忙地想嚼完一点什么。他们全都坐下。菲尔索夫拿出手帕来擦擦额头，对安东诺夫说：

“我被社会革命党中央委员会派来通知你下面的事，安东诺夫同志。我们指示你叛变的举动一定要清算了，我们要迁到省的北部去，在那儿作一点教育工作。如果你不服从，我们就要丢弃了你。”

安东诺夫的脸色变得像粉笔一样白了，他的颧骨比往常更尖锐地突出来。

“啊，你们这些坏蛋！”他喊道。“我晓得你们会丢弃我的。彼特加、格黎高里、叶哥尔加——你们为什么不做声呢？我被人丢弃了！丢弃了！”安东诺夫突然叹一口气。他颤抖着扑到桌子上，发着粗涩的声音。他的身体抽搐地扭歪着，他起始口吐白沫。他们都奔向他去。

“又犯了！”伊洵带着一副厌烦的姿势说。

“他怎么啦？”菲尔索夫低声问。

“他有痉挛病。”

一个钟头以后，安东诺夫又苏醒过来了。

“给我拿点儿月光酒来，”他闷闷地说。“明天召集一个联盟的大会。”

那天晚上，在司令部后面黝黯的屋中，在紧闭着的窗子里，安东诺夫、伊洵、玛路西亚和赫尔曼·郁林——那个年轻、漂亮并且富于感情的第一军的副军长——在那儿喝酒作乐。

安东诺夫从一个矮脚杯里大口地吞着酒，一点小菜也不就。他很沉静，他的笑声却很凶狠。他老是恫吓地说他要到一个什么地方去，捣碎一个什么人的脑袋。他呻吟着，磨着牙齿。有时候他拥抱玛路西亚，然而一会儿又恶狠狠地咒骂着把她推开了。而她却不离他的身边。于是他就照直地打在她的脸上。

“打我罢，哽，打我罢，”她尖声叫着，拆散下她的头发。“打我罢，撒式迦，你还会这样地爱我的，因为你并没有别人。”

她大笑起来，直接从瓶子里喝着沃特加，咒骂着，嚷着。安东诺夫的没有刮胡髭的脸现在变得铁青了，他不时地把他那双迟钝的眼睛固定在一点上，唱着他顶喜欢的歌。

> 瓦尔河旁，瓦尔河旁，①是我的家乡，
> 我的家乡烧成了一片荒场。

那天夜里，伊洵已经睡熟了。安东诺夫，他已经完全神经失常了，跟赫尔曼和玛路西亚走下后面的台阶来。他们摇摇欲跌地走向仓房去，那儿有几个共产党的囚徒在等待着他们两天以内的命运。安东诺夫推开岗兵。赫尔曼喝的酒最多，可是并不太醉，走过去开了仓门，燃起挂在门楣上的灯笼里的蜡烛。

①瓦尔是非洲的一条河名，这是留传在俄国的一首非洲歌曲的起句。——译者。

那儿有三个囚徒——两个男人和一个女孩——一个教员。他们蹲伏在一个角落里，互相依靠着，等待着死。

看见了囚徒们，安东诺夫没有瞄准就向角落里开了一枪。女孩子叫了一声。

“你不能打，”玛路西亚说。“让我来罢。”

摇摇晃晃地，她瞄准了。手枪没有放响。她又一次瞄准了。突然一个小黑矮子从角落里跳出来喊道：“刽子手！杀人的东西！这儿，杀死我罢！”他一面撕开衬衣，露出胸膛来。

赫尔曼用一只颤动的手拉出他的手枪来，向着那发白的一片射了去。那个人跌倒了，慢慢地爬向角落里他的同伴们那儿去。

安东诺夫又向着那一堆活的，连连颤动、连连呻吟的黑东西开了一枪；于是突然一个人形从那里站起来。抓着木栅墙支持住自己，那个女孩子慢慢儿升起，站直到完全站直了。于是她转向她的刽子手去。灯光摇曳地照在她那浴着血的红光的脸上和沿着墙伸出去的手上。

玛路西亚狂叫了一声，丢下手枪就跑出去了。赫尔曼也退下来，他的脸弄得像一个狰狞的假面具了。而像在早晨一样，安东诺夫又粗涩地咯咯地叫着，跌在地上，起始用两只手挝打着地板。……

人们跑进仓房里来。

十六

在贫农联盟的委员会议席上，安东诺夫从自己的团里派了一个特务卫队保卫着会场，有将近三十个人出席了，包括所有这次叛变里上层的干部，委员会的委员和各个支队里的指挥官。

安东诺夫的头上绷着绷带去了——他犯痉挛病的时候磕伤了自己的脑袋。他不敢抬头看托克玛考夫。他昨天就晓得那些事情了，现在他也还是毫不招呼安东诺夫，只是忧郁地坐在一个角落里，头俯在胳臂上，显然一点也不注意会议的进行。

斯托罗折夫也被请来了，他留心地看着从外区里来的农民代表的领袖们那股聚精会神的样子。安东诺夫称呼着他们的全名，把顶好的碟子移到他们面前去——桌子上摆着点心、羊肉、果酱肉和啤酒。衣装整齐的农民们动人地捋着胡髭，倾听着演说，带一种不得了的神气哼着鼻息。

“弟兄们，”伊洵起始感情激动地说，“和人民们，这个人坐在这儿，”他指着菲尔索夫，那个家伙坐在那儿好像石头雕的一样，谁也不瞧——“这个人被派来要我们放下武器，不要再叛变了。”

代表们兴奋地互相低声交谈着，还向菲尔索夫蹙起了眉头。

“我们打了这些个仗就是为了这——为了现在停下来。我们知道我们的中央委员会——哎，他们从前也曾抛弃过许多许多人。可是他们不能像卖牲口似的出卖我们。他们会碰钉子的——他不只想出卖我们，而是出卖‘农民’呢。”

“坏蛋们哪！”一个穿一件新布紧身的留胡髭的农人喊道。

会场里骚动起来；他们全都站起来围住菲尔索夫，然而他却什么也不说，只坐在那儿带一股嘲笑的神气注视着这个混乱的场面。

托克玛考夫坐着，想着到哪儿去，去投奔谁，到哪儿去找寻真理。可是当他想到他要被解散的时候，他觉到他的脊梁打起抖来。不，他想活着——而活着就得斗争。

“坏蛋们哪！”这是那个穿布紧身留胡髭的农民咆哮着。“他们把我们鼓动起来，现在却把我们丢了。亚历山大·斯台潘诺维契，我们还要跟住你！土地的分配完结了我们，他们的办法毁了我们。我们脊梁上没有一条裂缝，我们浑身都是虱子和创伤。你带领起队伍，我跳上我的马，我们去一直打到结尾。来，让我吻你一下罢。”

农民走上前去吻着安东诺夫。

“喂，你瞧见啦吗？”安东诺夫的弟弟，季密特里，一个穿着外衣的满脸麻子的小伙子，对菲尔索夫说。

“你告诉他们你在这儿看见的。我说，哥哥，”他对安东诺夫喊着，“抓住他们的脖子把他们摔出去。”他指着菲尔索夫。“你喂得他们还不够吗，他们喝我们的血喝得还不够长久吗？现在让我们自己走我们自己的罢，那一定更有趣呢。哪怕抢呢，我们也干，喂，就让我们去抢。……”

来了一阵突然的寂静，代表们开心地抽搐着他们的鼻子。安东诺夫向他的弟弟蹙着眉头。托克玛考夫在他的耳边叱骂着一些什么。

于是一个农人转向托克玛考夫说：“季密特里想要抢谁呢——我不十分明白？”

代表们嘟噜着，他们聚在一起低声耳语着。季密特里觉到自己已经插进脚去了，就坐了下来。菲尔索夫笑着。托克玛考夫又在安东诺夫耳边愤怒地骂着一些什么。安东诺夫站起来走向他弟弟去，从后边抓住他的脖子把他推出房外去了。

“他傻头傻脑的，”他不高兴地看着农人们，说：“他还年轻呢。我希望你们会原谅他。现在我们要用一条绳子把我们缚在一块，同生同死。我们要一同出去拼命。嘿，你，”说到这里他转向菲尔索夫去，“去告诉你们中央委员会的那些老先生们，说我并不怪他们。我要叛变到我最后的一滴血。我打、烧、用鞭子抽，可是我不肯甘休！我还要捣毁城市哪。”

“傻蛋！”菲尔索夫侮蔑地责斥说。“你不明白现在的局势，你这个老总，你这死晕头！还是服从了罢，还来得及——不然他们就会打败了你，把你干掉。”

“他们打不败我！”安东诺夫咆哮着。“我已经有两军人，并且只要我翘翘指头就可以有第三军。我要让整个的俄罗斯浴着血水：我要把布尔塞维克一个个淹死在血水里。对于你们那些老先生们也跟对他们一样，你们这些坏蛋，这些奸贼们！把你们自己卖给苏维埃，你们不是这样吗？一点羞耻也不知道？不要紧，农民们，让我们去打，永不甘休！”

可是那些愁苦的代表们并没有回应。他们起始溜出房去，不说一句告别的话。菲尔索夫愉快地笑着，擦着脸上的汗水。伊洵红了脸，愤怒着走向他去，抓住他紧身的领子摇撼他像摇一双小狗。

“已经够啦，别笑吧，你这个狗崽子！”于是他用了全力把菲尔索夫摔到墙角里就走了。

十七

那天晚上斯托罗折夫吩咐备好鞍马。楞迦早就想念着家和纳塔沙了，他喜孜孜地奔向马厩去。回家的路穿经格里亚斯诺惹。

他们动身时天已经大黑了；旷野里空气是凛冽的。起了一阵风，吹成了许多雪的障垒。那是一个多雪的十二月，一个新的年头——一九二一——的前夜。

第二部
溃　散

一

一个正月里的晚上，德甫里基的农民们聚在安得勒·安得勒哀维契·考屑尔的家里预备听刚从红军里回来的伊凡·英高鲁考夫要说的话。

他们在黑暗里坐着。安得勒躺在炕上，身旁躺着他的儿子雅式迦，和三岁大的玛沙。安得勒到现在已经做了三年光棍了。这间小房子已经歪斜，它靠着几个用木板钉瞎了的窗子望着外面的世界。在冬天的时候，房子的角落里都冻了冰，许多饥饿的大老鼠每天夜里在炕前边打架。

安得勒正在想着尼琪塔·西米扬诺维契要往车站去时留给他的一匹马。考屑尔照料它比从前照料他生病的老婆还要留心。他在村庄里跑来跑去，从邻居们那儿讨一捧或是一磅燕麦；他有一个橇车，车又用绳子编了一副马具，他甚至在工作时也唱起歌来了，那是考屑尔从前从没干过的玩意儿。穷困在他的一生里已经把他磨碎了，而穷困是不会唱什么歌子的。

农民们坐在那儿吸烟，他们蓝色的烟圈飘在天花板上。玛沙在睡梦里咳嗽起来。外边正在猛烈地下着一场大雪；那是一个经常有狂风大雪的寒冷的正月。

“喂，万尼亚，古老的俄罗斯到底怎么样了？”神父斯台潘问，他极力耐住焦躁到考屑尔这儿的一群人里来：他很好奇地想听一听世界上正有着一些什么样的事情。

躲在黑暗里，伊凡从口里拿下烟卷来吐了一口唾沫。

“生活是一天天腐烂了，神父！就要破坏，毁灭！俄罗斯已经不能再弱下去了。我想在我们家里一定很够吃的罢——反正这是唐姆包夫省，出稞麦的地方哩。”

“从前的确是出稞麦的地方，可是现在什么都完了。”一个人叹息着。

“我真不晓得，”伊凡继续说，“我们到底要干些什么！我们打了这么些年的仗，现在弄成这种样子。”

“关于叛变的最后的消息是怎么样的?”从角落里出来一个声音。

“哎，我们在回家的路上听见说这儿那儿还时常起骚动。总没有安宁。”

“你说的对喽！这样看起来，斯托罗折夫说我们也并不是唯一的力量，他并没有撒谎——到处都有人起来了。”

他们都叹气。停了一会。寂静里，蟑螂们在炕缝里悉索着。

“听着，老家伙！”一个人说。“布尔塞维克为什么让军队回家呢？如果他们解散了军队，把孩子们都打发回家来，那么看起来安东诺夫并没有多大的动作。他们也许不费事地就可以把他收了。”

“军队，当然喽！”伊凡微笑着。“得喂一喂肥了，不是吗，你这混头？呃，那就是为什么叫他们回家的原因。他们在队伍里又有什么事情可以做呢?”

又静下来。谁都不敢说出自己心里的想法。只有鬼晓得在他们周围正要着一些什么把戏！

只有从前玛特伟·别斯丕斯托夫，他的儿子密特里曾加入了红军的，曾对农民们讲道：

“有一个传言说苏维埃马上就要取消粮税了。”

第二天就有两个骑马的人把他抓到格里亚斯诺惹去，斯托罗折夫住在那里。那老家伙挨了好一顿鞭子，打得他直到现在还俯躺着，不能动转。那就是随便说话的结果！

什么地方一根烟头子在黑暗里发起亮来；另一个熄灭了。突然一阵马蹄的敲击声冲破了寂静。接着窗子上来了一阵蛮横的敲打。

“所有的农民都要到学堂里去开会！”一个高声粗暴地喊了出来。

“彼得·伊凡诺维契一定来了。让我们去听听他要说些什么。”

人们离开了房子。安得勒用一片破布袋盖着孩子。之后，他又回来看了看那匹马，抚摩着它那温暖的鼻口，这才跟着别人的足迹到学堂里去了。他很焦急。他的将来显得朦胧而且黯淡。

农民们都按时到会。有将近五十个人在小桌子旁边坐下来，在他们中间进行着一个活跃的谈话，那谈话当伊洵和斯托罗折夫进来时就停止了。

“喂，怎么样啦?”伊洵喜孜孜地问着。他跟别人要一支烟。“红军来过吗！”

“有一天他们来了好几回，”从后面的几行里传出来勉强的回答。“他们从磨房里拿走面粉，再拿面粉去换马匹。”

“他们都是本地人，”一个黑色的年轻农人增添说。“李斯特拉特来了，还有费得迦和万奴式迦·福鲁式塔克——他们一块差不多十个人。”

“他们马上就要把你们切成肉丝的，”伊洵继续说。“那一点也不能避免，你们得要组织起来，凭了上帝你们也得这样。你们不能脱离开我们，”他大笑起来。“我们会替你们煮鹅吃呢。”

“顶好是现在就煮熟了，”还是那个年轻的小伙子愉快地回驳说。“可是鬼晓得我们怎样才能够组织起来！”

“啊，你不晓得怎么样吗？好罢，那么，我来告诉你。布尔塞维克们有他们自己的组织，而我们也要有我们的——一个农民的组织。一个农民的同盟。在俄罗斯农民占最大多数，所以如果我们全都团结起来，世界上就没有力量可以破坏我们了。”

“农民有各式各样的农民，”一个穿破棉袄的人说。“一种农民就像我这样，你瞧。另一种就像彼得·伊凡诺维契。我所有的牲畜就是场园上的那条癞皮狗，可是彼得·伊凡诺维契却有一整群的牛羊哩。”

“工作——像我从前那样，那么你也就可以有一群牲畜了，”斯托罗折夫插进来说。“你只想着在家里躺一辈子可不行。”

“啊，我们知道谁替你工作呀！”别人反驳着。

“谁？”

“呃，就是那些孩子们……”

“说出来呀，那么！”

“够啦够啦，现在，”伊洵说。“你们吵些什么呢？彼得·伊凡诺维契遭了共产党的殃，而你们看起来也不像是靠着他们发了财罢。”他对那个穿破棉袄的人说。

“那一点儿也不错！不过到底——只有鬼晓得你们要干些什么！每天有人来，而每个人总有他自己的一套故事。我们可就遭了殃了。”

别的农民们都赞同地喷着鼻气。

教室里人满了。蓝色烟圈子厚厚地结集在天花板上。房子里很暖，人们的脸上都闪着汗水的光亮。

楞迦点上煤油灯，把桌椅移到房子的中间去。

“现在，老伙计们，”斯托罗折夫说。“这儿是叶哥尔·伊凡诺维契·伊洵——

他是安东诺夫亲自特别派来的。他想跟你们谈谈。”

“听着这儿，叶哥尔·伊凡诺维契，”一个黑胡髭的农民说。“你不要再花费时间跟我们讲共产党了。我们自己都知道。你顶好是告诉我们你们的意思是什么，你们都是些什么样人，你们从哪儿来，并且你们要实行一些什么样的规则和章程。”

“西芒说得很对。共产党的事我们都知道。”

“告诉我们，”黑胡髭的人继续说，“你们要给我们一个什么样的政府，并且你们怎样处理土地。不然，我们也许就不想跟你们谈话了。”

伊洵坐在那儿微笑着，一面静听着农人们讲话。他还用他的皮鞭子抽打着他那双顶好的长筒靴的靴筒。他强壮的身躯和整个的外表——那是一个轻浮粗疏的小丑，一个曾跟社会革命党混在一起过的村庄里开小铺的人的一副外表——热切地向这一村自给自足的农民们求助。安东诺夫选他出来做顶艰难的工作是非常合适的；他很放心地相信着叶哥尔不会替他把事情弄糟。

什么地方他都有许多朋友，而他们中有许多人不知道这个红脸膛的大个儿到底是个做什么的。

他从高尔斯基那儿收到整一火车的军械，送走一车一车的制服到唐姆包夫去——而从没有一次被人捉住。伊洵整个的生活里都是幸运的，他笑着度过一生，在每一个村子里，他留下一个寡妇，在每一个农庄上他有一个谁也找寻不着的隐身处。

战争以前伊洵在村里开过一个小铺。他被社会革命党委员会命令着这么作。这个小铺并不是为了赚钱而设的，事实上他什么地方都可以弄到钱。可是伊洵并不苛待他的债户；他们以后总会交过现钱来的，他想。并且的的确确他们以后就总交过现钱来。

谁能够去苛待一个向你伸出手来求告的人呢？啊，伊洵很晓得怎样去抓住农民的心。现在，当他坐在人们前面的时候，他觉察出他们从他身上期待着一些什么；农民们心里惦念着的是多么沉重的债务和多么黯淡的前途呀！他们不需要一个人给他们读一篇报告，却要一个说故事的人来清走了他们那些悲惨的想头，那些惦挂和那些欠债。

“喂，我并不是来跟你们讲演的。最先亚历山大·斯台潘诺维契·安东诺夫派我向你们大家致他最大的敬意。”

伊洵向大家深深地鞠一个躬，人们保持着一个严肃的静默。

“第二件事情我想跟你们谈谈的，农民们，就是我曾做过的一个梦。那已经很久了，可是现在我刚巧想了起来。坐近一点，我不能大声说话，冷气会冲进我的喉咙。”

人们紧围住叶哥尔，每个人在自己心里想着：“这倒还像一个正经家伙。”

“呃，我做过一个梦，那个梦好像一个预言。我被人从空中带到世界的尽头，远在海洋的外面。我顺着一条路走去，路的两边都是谷子地，比人还高的谷子——在早晨的时候悉索着波动着。穗子都有一磅重。那真是一个丰厚的收成，我自己这么想。并且我还可以看见人们穿着干净的城里式样的衣服在田里工作。我走过去跟一位老人说话。他正像一个绅士似的坐在树底下用一把伞遮着阳光在那儿乘凉。

“‘你是一个什么样的人？’我问他。‘这块地是属于哪家绅士的呢？’

“‘这里哪儿有什么绅士呢，你这混小子，’他说。‘所有的土地全都属于我们农民。’

“我再往前走，到了一个市镇。我看见人们在街上走来走去，小孩们玩耍着，草都是青青的。

“‘这是一种什么样的城市呢？’我问，‘这一定是你们的京城罢？’

“‘咳，你这傻子，’一个女人跟我说（她穿着一身的丝绸——并且还抱着一个挺好的胖孩子）。‘你看不出来这是贫穷的村庄里顶穷的一个吗？’

“‘那么你是谁？’我问她，‘你是哪一位绅士的太太呢？’

“‘怎么，你一定是疯了，’女人说。‘我是女人里顶俭朴顶粗陋的了；我的丈夫出去到田里割谷去了，我正要一个人散散步呢。’

“‘这怎么能行呢？’我问——‘如果你除了散步什么事也不做，谁替你的丈夫煮菜汤，你这傻子，谁替他洗裤子，擦地板，开辟花园呢？’

“她瞪着眼睛瞧着我，就大笑起来了。

“‘啊，你是个多大的傻瓜呀，’她说，‘你从什么样的国家里来的？在我们这个农民的国家里，女人们的生活简直像乐园一样。现在——如果你能够明白这种情形——学者们都竭尽了他们的脑力去想一个可以不用女人生小孩的方法；他们想在特别温暖的仓房里生育小孩，像孵小鸡似的。’”

农民们笑着骚动起来。

“你想那有多么好？生小孩子对于她真是太苦了！”

“那才是生活哩，孩子们。”

“听起来更像是天上的王国呢。”

“好啦，那么，”伊洵继续说，一点轻微的笑容挂在他的嘴角上。

“我在那个村里看见的牛马——咳，我们的马跟它们放在一块就像羊一样，上帝相信我是说实话。他们的羊有一码长的毛——拖在地上。我到了他们的京城里——喂，我简直不能形容给你们听，那是太美了！我去见他们的统治者。我走进去，那儿坐着一个红头发的农民，在摸着他的胡髭。

“‘你是这儿的统治者吗？’我问他。

“‘对了，’他说，‘我被派到这儿来做统治者已经五年了。不过，’他说，‘我一点也不满意，当一个统治者，那就是说，我在田里收获到并不更多的粮食，而同时我的工作也并不比较轻松哩。’”

听众们都畅快地笑起来了。只有伊洵和斯托罗折夫不笑。当大家重新安静下来的时候，伊洵又继续下去。

“‘那么，’我就问那个农民，请他告诉我他们怎样想法替自己把生活安排成那种样子。”他说。

“‘那么，’他告诉我说，‘我们第一先推倒沙皇。以后我们中间起了纷争；有些人想这么作，有些人想那么作，再一些人有另外一种作法。当我们正在互相打骂的时候，不听那些聪明人的话——安那其主义者来了。他在前额上有一颗红星，还穿着一件皮紧身。”

一阵笑声的波涛流过了教室里人们的行列，然而这一次的笑声并不是那么畅快的了。

“‘于是安那其来统治我们，吸我们的血液。农民们怒吼起来。后来来了一个特别能干的好家伙告诉我们治服安那其的方法。于是我们就全部都起来把他赶走了。当这件事作完了的时候，我们的长辈们召集了一个议会商讨此后我们的作法。我们决定要把所有的土地归还给农民。于是我们平均地分配了土地；如果有谁想要比他自己的一分更多的土地的话，他要纳税。并且如果有谁想要雇工人作工的话，他还要纳税。这就是我们怎样地获得了一个好的生活。现在，’他说，‘农民中顶穷的人都有肉片可吃，有顶好的面包可嚼，有茶来消遣自己了。来，’他说，‘我要请你吃一点我们农民吃的菜汤。’

“我走到宫殿里面去，那儿的桌子几乎要被各式各样的吃食压坏了。我觉得那么饿，我就走到桌旁去，倒出一杯酒来，送到嘴边——于是就醒了……”

笑声又响动起来，农民们变得活跃了：

“那是一个梦呢!”——一个人在后面高声说。

“永不会真有像那样的生活!”

“除却在梦里，别地方你再也不会看见!”

“等一会，孩子们，我还没有说完我的话哪。我醒来以后，把我的梦告诉了安东诺夫。‘那就是我们想要得到的生活呀。’他说。于是安东诺夫给我瞧一本书，那里面说农民们的的确确可以得到那种生活，如果他们想要得到的话。”

“谁不想要得到呢?”几个声音一齐叫出来。

“那完全是胡说八道。”

“不，孩子们，那不是。如果我们自己起来安排我们自己的生活，那么没有人能够替我们作主。共产党并不算什么一回事。来加入我们的叛变里来。拿起你们的莱福枪罢!”

热得流着汗水，伊洵坐下来，用手擦他的脸。农民们，在几分钟之前还是那么友谊地畅快地笑着的，现在却怒视着他不跟他谈话了。彼得·伊凡诺维契跟他们求告无效，伊洵给他们讲话还是无效。谁也不问一个问题，可是谁也不回家。最后，当斯托罗折夫一点办法都想不出来的时候，那个穿破衣服的人站了起来。

“对于这种事情我们不能立刻就拿定主意，”他说。“照我想，孩子们，我们得等以后再说。得想过一遍。我的意见对罢，孩子们?”

“是的，你的意见很对。我们就得那么作。”听众们鼓噪着。

“让安东诺夫自己来罢，”一个人喊道，“我们想跟他谈谈。”

人们都站起来溜走了。

那是一个下霜的多星的夜晚。斯托罗折夫走回家去，抑郁而且焦心。农人的倔强吓住了他，使他受到很大的刺激。

“喂，现在我们怎么办呢?”他问伊洵。

“要给他们瞧点厉害，彼得·伊凡诺维契!农民的脊梁是挺结实的。他们从早就挨鞭子，并且如果你鞭打他，你不会把他打伤的。”

他畅快地大笑起来。

第二天早晨斯托罗折夫依然生气，他命令他的人去“抢掠”这一村庄。马队散到农舍里去，从那儿立刻回响着女人尖声的喊叫，母鸡的咯咯，鹅的呱呱，和羊的咩咩。

当斯托罗折夫离开这儿到格里亚斯诺惹去的时候，他带走了那个穿破棉袄的人和玛特伟·别斯丕斯托夫。

第二天那两个人被送回家里来了。他们什么也不说。只闭了眼睛躺着，别人替他们解开衣服，才看见他们脊梁的皮上挂起了紫色的条纹，从伤口里往外渗着血水。那个把这两个半死的人送回家来的农人还从斯托罗折夫那里带了一个口信。

“彼得·伊凡诺维契告诉我说，他要毫不怜恤地鞭打你们，直到你们随了安东诺夫。”

两天以后，斯托罗折夫的马队又来了。这次他们又带走了两个：学堂里的更夫福鲁式塔克——他的儿子加入了红军——和那个喜欢说话的黑胡髭的农人。这两个被送回家里来像那两个一样——鞭打得简直不省人事。

农民们屈服了，他们派代表去见斯托罗折夫。那几个老年人到得那里时，他正在吃午饭。他打了代表一顿，把他们赶出去，可是那几个老年人重又转回来恳求斯托罗折夫饶了这一村的人。

又一次人们去出席大会，又一次伊洵跟他们讲话。

“喂，现在，你们怎么样了？”他起始向这一群粗鲁的人说。“很明显地，你们觉得两条火线没有一条好走的！你们两条路都觉得不好，不是吗？那么你们就等着，看红军来了的时候，他们怎么个办法。那可就完全不像现在这样子了。他们绝不管你们是不是要住在这儿，你们自己高兴还是不高兴。他们的话是顶简短顶好听了：有十个枪毙一个！”

伊洵跟他们讲红军的残暴。农民们苍白了脸色，喘息着。

“那一些我们全都明白，”当伊洵说完时，庄严的赛里弗斯特·彼特罗维契声明说。“那已经完全跟我们讲明白了，谢谢上帝。只要告诉我们，我亲爱的孩子，我们从你们那安东诺夫那儿可以得到什么好处呢？追根究底，我们就只供给他的军队，供给你们人、马和粮食吗？”

“喂，什么好处吗？”伊洵笑着说。“我们可以跟你们开一个谈判。”

“那还不错，”那个挨过斯托罗折夫鞭子的黑胡髭的农人说，他现在坐在最前排。“不然就只有空谈和恫吓——那就是一切。我们不管有个什么样的政府，只要它别来管我们，让我们像往常一样地生活下去。”

“对喽——他说得非常对，”一个人在远处的角落里喊道。“我们不管有个什么样的政府，只要我们能够活着，满足自己，就得啦。”

伊洵只微微一提安东诺夫的需要，却冗长地谈着现在被共产党占据了的火车站，那儿集蓄着许多货物。

“我们得抓住车站，”他咆哮着，“你们可以想到的东西那儿都有——靴子啦，衣服啦，还有一切别的东西。可是没有你们我们不能占领车站。说起来，你们这个村庄是一个关键呢。”

提到货物，听众们都快活起来了。

“我们不需要你们任何的东西，”伊洵委曲宛转地说。“我们干军队不是干了一年啦。加入了我们的农民并没有什么负担的。”

赛里弗斯特·彼特罗维契又站起来。“事情是这样的，彼得·伊凡诺维契。很明显的我们必须靠这一边或是那一边。我们不想加入红军。村子里的决议是：请斯托罗折夫去劝说安东诺夫自己来一趟。我们想自己跟他谈一谈，因为你们都是他的部下。那时候就行了：我们就要宣告我们自己是随合你们还是反对你们。”

伊洵作一个失望的手势。斯托罗折夫狠狠地咒骂着。可是也没有别的办法。德甫里基扼住了通到东南铁路去的道路。斯托罗折夫的军队只得停下来，斯托罗折夫自己跑去劝说安东诺夫去了。

二

两天以后，安东诺夫自己到村子里来了。他那匹灰色的斑马在他的坐下跳跃着；鞍子，天鹅绒的马衣，还有所有马身上的装饰都闪耀着镶银的光辉。他那条顶好的马裤——红的，两边有着金色的条纹——裹在高筒靴里。他那羔子皮的帽子斜挂在后脑勺上。

对于这个拿倔强激怒了他的村庄，他带来了他最精粹的军力，他的卫队和他全体的随从——给农人们一个下马威。

老老少少全跑到街上来。老实的农民从窗户里瞅着军队过去。天气挺暖和，偶尔还有一两片雪花懒懒地飘下来。

安东诺夫跟他的随从在赛里弗斯特·彼特罗维契家里住下来。下余的人在别的人家里住下。他们不要他们主人的干草；每个马队都有他的一份苜草。这件事给农人们一个特别好的印象。吃过午饭，安东诺夫出去到村子里溜了一圈，不时地叫住人们，跟他们很和蔼地谈话。

傍晚时候，农人们看见了一桩可怕的事。安东诺夫很久就想抓住考尔迦·

巴斯图赫，一支叛变的队伍的首领。最初考尔迦接受了安东诺夫的权威，服从了他的旗号。后来他又叛变了，对安东诺夫不恭敬地讲话，不尊重总部的命令，拒绝缴出枪械，并且到处地抢劫。

最后，用了好好坏坏的各种手段，安东诺夫把考尔迦引诱到德甫里基来了。现在他喝得酩酊大醉，捆绑着躺在赛里弗斯特的仓房里。

将近傍晚的时候，安东诺夫下命令要把他当着农人的面前枪毙。那是托克玛考夫的主意。伊洵愤怒地反对，可是安东诺夫却喊着同意，于是考尔迦的命运就确定了。

巴斯图赫不晓得他是到哪儿去；他正在叫嚣着一个下流的调子，一面走一面呕吐。他们把他靠在礼拜堂的墙上，给枪毙了；安东诺夫自己执行了命令。巴斯图赫糊涂地被杀死了。当安东诺夫把手枪插回皮套里去时，他回过身来面对着站在近旁的农民群众。

“你们都看见了我怎样亲手杀死一个坏蛋，一个虐待农人的家伙。”他说，“无论谁，只要他向红军出卖了我们，我就要这样地把他处死。”

吓坏了的农民们作出一种愿意随合他的表示，可是也并没有忘记了跟他磋商条件。

代言人赛里弗斯特 · 彼特罗维契要求把邻近的村庄都拉进叛变的队伍里来，不要用斯托罗折夫的队伍去拉，而是用村上的自愿兵队去拉；要允许他们可以在附近的村庄里交换马匹；不要有抢掠或是暴虐的举动；从前属于共产党的地产要交回到村公社里去重行分配。村公社又要求如果占领了车站，那儿货物的一半一定要分给这一村庄。

安东诺夫带着一股了不起的神气答应了这些条件。于是农人们五十个人组成了一队，全副武装起来；他们甚至还有几架机关枪。

那天夜里安东诺夫走了。斯托罗折夫在他自己的家里过夜，许久以来，这是第一次他在家里停留这么长的时间。

月亮高高地在村庄上面驶过。大颗的冬天的星星出现在天上。霜气越来越凛冽了，狗向着稀少的行人狂吠。在司令部里，值班的人们脑袋俯在桌子上打瞌睡。围着村庄，武装的哨兵蹓跶着。在远处的大路上有骑马的在巡逻。清理枪械的房子里点着灯火，还有鞍子，鞭子和马勒也都预备好在那儿了。这个加入了叛变的村庄通夜没有睡觉。

三

村子里起始了一种新的生活。现在街道上白天黑夜都是静悄悄的。夜晚时候再也没有男孩子跟女孩子散步唱歌了；苏维埃外面的木料上再也看不见村里人在那儿闲谈了。

女人们在井边遇见的时候，她们就凑在一块低声谈几句，叹息着，于是又回家去了。那是一个忧郁焦急的时候。

贫农联盟村委会日夜地开着会。主席就是花白胡髭的赛里弗斯特。他的表弟伊凡·西芒诺维契，那个在浸信会的铁匠，负责军需。神父的儿子亚历山大计算着每个会议的时间，还有赛里弗斯特的儿子，黄胡髭的伊利亚——一个从前未经受职的官吏——是当地民团的首脑。

只有受过特别选拔的人，才许加入到民团里来。那里有自主的农民瓦西利·伊凡诺维契·莫尔昌诺夫的两个儿子；另一个农民赛尔给伊·瓦西利哀维契·查阁罗得尼的三个儿子；刚从军队里回来不久的伊凡·屠各鲁考夫——一个拿莱福枪就像铁匠拿锤子一样顺手的人——还有另外的五个。

不管叶哥尔·伊洵怎样滑顺地谈着一个安适的生活，然而实际的生活却变得迥乎不同了。一个人必须给军队接连不断地供给肉或是干草，或是替民团备办伙食，或是借给他们大车和马。赛里弗斯特经常地终日忙着——整个的委员会工作放在他身上。磨房跟油坊又都工作起来了：它们的所有者依照委员会允许的比例数留下粮食当作报酬。全村里都谈论着这个新的计算法。邻村的磨主瓦西利·瓦西利哀维契想收百分之十。

“现在我们不是在苏维埃政府的统治下了，”磨主说。“这是我的磨房，我想收多少就收多少。”

“你不害怕上帝会惩罚你吗，瓦西利·瓦西利哀维契？”农人们劝告他。“咳，就是在打仗以前你也从没收那么许多的。”

“啊，可是当苏维埃在这儿的时候我却收得很少哩！现在行啦，我们这玩笑已经开得够长啦。如果你们不想出那么许多，你们尽可以到三十微斯特以外的磨房去。”

人们向村委会诉苦。

赛里弗斯特把磨房主找来。

“你简直是一个强盗。你可晓得，关于你我听见了一些什么话呀?”主席严厉地问道。

“闭住你的嘴巴，灰胡髭，”瓦西利咆哮着。“你自己也有一个碾啦，不是吗？他们碾黍子的时候你留他们多少呢？我打赌，不要骗你自己罢。”

赛里弗斯特作一个张皇的姿势，好像说：“我怎么办呢？——磨主不能不当呀。那么，去尽量地向人民收取罢。”

于是长辈们去找斯托罗折夫。彼得·伊凡诺维契找来了赛里弗斯特和磨主。“你们只能收百分之五，”他说，“不然我就把你们报告给安东诺夫。”

瓦西利怒视着斯托罗折夫说他要关掉他的磨房。

斯托罗折夫捏响着指节：这样绝对不行。如果磨房关了门，他们怎么能够替军队找给养呢?

他花费了一个钟头跟周围的人们谈着，终于使得他们不好意思，才答应了抽百分之六点五。

委员会想宣布每个人都可以经营私人买卖，可是村里人只是笑着：让我们做什么买卖呢？牛奶吗，还是什么？学堂散了。赛里弗斯特召集农民开一个会，告诉他们学堂得要开办。

人们哼着鼻息，什么也不说，吸一会儿烟就回家去了。

赛里弗斯特自己也觉得没有多大意思。小孩子们应该怎么教导呢？他们到哪儿去请教员呢？读经的问题又会争执起来，而从安东诺夫那里又没有收到过关于神的命令。

然而委员会到底也还有许多工作可做，“密尔”（或是村会议）退给斯台潘神父三十个迭斯亚丁的礼拜堂的地产，教会执事和司祭的地产也都领回去了。真的，对于这件事情“密尔”狠狠地诅咒着，可是赛里弗斯特提醒他们，彼得·伊凡诺维契是斯台潘神父的一个亲密的朋友，于是老人们就不再说话了。很明显地，农人们已经学会了小心留神。

赛里弗斯特十分痛苦地用尽种种方法清理这一村庄。一天晚上，赛里弗斯特和两个农民去拜访那到远方的车站去加入了共产党的尼琪塔·西米扬诺维契的老婆。他们命令丕拉捷亚第二天离开这儿到车站去找她的丈夫；他们恫吓她说，如果她不照办，他们就把房子给推倒。丕拉捷亚哭泣着乞求他们收回成命，不然这田庄就没有人照管了；牛羊鸡鹅也是一样。人们毫不答理她的恳求就走了。丕拉捷亚把家里顶值钱的东西打成一个包裹——衣服和麻布——就走了。当她走过坟场的时候，一个民团成员叫她停住，拿走了她的包裹，退还给她两件衣服，就头也没回地命令她走开。

用了同样的办法，委员会把玛特伟·别斯丕斯托夫和别的曾跟共产党有过友谊关系的人都清出了德甫里基去。赛里弗斯特把被逐人们的家产送到地方军的队部里。同时他也没有忘了他自己，不过他只留下他在红军驻留时期丢失了的东西。

一整天你可以看见哨兵的影子，在钟楼上来回地踱着。到夜里哪儿都安置一个岗卫。只要瞧见一队红军的影子，磨房里就都停下来。从离格里亚斯诺惹顶近的村庄的尽头，一个骑马的人鞭打着他的马跑来了，急急忙忙地带来消息说红军就要来了。民团藏起他们的枪械和鞍子，像和平的公民一样躲到家里去。军队开到时，什么都是寂静而且和平。于是农民们就会赌咒说他们很久没有看见匪军了，简直就连像"委员"那么个玩意都没有听见过。

红军军官深深地叹息着：每所房子里都会藏着一个敌人，每个仓房后面都会埋着一支伏兵。

彼得·托克玛考夫骑着马在唐姆包夫省各处的村庄里走，散发着"真理报"，还谈着"共产党分裂"。他发明了许多故事——比从前的更其可怕了，预言着布尔塞维克跟欧洲中间的新战争，预言着新的税则。农人们到卡门加去找安东诺夫；他们乞求他的救济，相信他一定可以消灭共产党。……

有更多的村镇跟小庄子武装起来了，叛变的烈焰弥漫了唐姆包夫省。

四

安东诺夫军队的数目一天一天加多了。如果没有别的话，他倒是有许多的人听候他的指使。他编成新的连、团和旅。最初还没有那么些军官，可是马上也就有了。

在十二月里，沙菲罗夫在卡门加附近逮住了将近五十个人，穿着肮脏的旧军服外套。他们是一群粗鲁的人，可是他们解释说，他们要到卡门加去看安东诺夫。

"你们想到卡门加去干吗呢？"沙菲罗夫问。

"我们想去打仗。"一个长着一嘴乱红胡髭的衣衫褴褛的人回答说。他嘘着气暖和他冻僵的双手。这些人很像是解散了的红军队伍。安东诺夫亲自接见他们。他跟普鲁日尼考夫和伊洵走出到司令部的石阶上。

“你们要干什么?”他对这疲倦的一群喊着。“你们有什么话要说吗?”

“我们到你们这儿来入伙。”

“是的吗?”安东诺夫嗫嚅着。“你们是来投我吗？最先，你们跟我作对头，现在又来投我来了。真奇怪。”

“那一点也不奇怪，”一个穿破靴子的人说。“我们没有什么别的事情可作；我们打仗打惯了，家里又都毁得不成样子。”

伊洵会心地大笑着，人们变得更大胆一点。

“别扯那一套旧话啦，你就直接告诉我们你现在的意思得啦!”一个人在人群里咆哮着。“你收留我们还是不呢？不然我们就不要你帮忙，我们还可以去投另一个阿达满，替他效力。我们跟谁都是一样，只要有一点肉吃，有几件衣服披在肩上就行。无论怎样我们都可以。”

安东诺夫低声对普鲁日尼考夫说了一些什么就进去了。伊洵也跟着进去。几分钟之后，这些新来的人们一个一个地被叫进来问话。他们被慎重地挑选着：并不是每个人都收留；那些从殷实的农庄上来的都被欣然地留下了，下余的又被托克玛考夫凶狠地审问着。他用他的黄眼睛洞察着每一个人。军官们——他们中间倒是有许许多多——他连问都不问就留下了。他慎重地检查他们的证书，辨认印章上面的字句、印花票和签押。他没有把文书退还给他们。

“你不需要它们了，可是也许我们需要，”托克玛考夫笑着说。“你可以走了。让第二个进来!”

这些被解散了的人分编成团了，军官们被命令着在他们自己的地方上组织军队。

这时候唐姆包夫省里有两军人了。安东诺夫指派两个他顶信任的人——托克玛考夫和一个热烈的年轻小伙子叫包谷斯拉夫斯基的——做两军的军长。这两个军长对那些从唐姆包夫省城里派出来攻击安东诺夫的小支红军军队作着小规模的战争。

唐姆包夫的军事领袖常常喜欢在他们的军队占领了一个村庄的时候就马上印刷出一种胜利的消息来。可是当这一村庄重新宁静下来的时候，几乎就像从墙里爆裂出来的一样——社会革命党和他们的委员、民团就都爬出来了，于是什么事情又会跟从前一样。

有时一个红军支队计划着要在某一个地方诱获住安东诺夫的一团，把它整个解决了。那就是，这一团人看起来好像是解决了——其实却是散开的马队跑开去，在村庄里换掉了他们的马匹，隐藏了。

追他们是没用的——你永不会捉到他们。搜索他们也是没用的——谁能够把安东诺夫的人跟农民分辨开？他们没有制服，枪械又都藏起来了。

战争就这样地拖延下去。

五

有一次一个信差从高尔斯基那里一直到安东诺夫这里来了！天意把这两个人捆在一块，无论安东诺夫想什么法子，他总是制服不了那位骄傲的“彼特罗格勒买马局”的代表。他还是像往常一样的需要他，而他也依然不断地送来偷得的军事命令、报告和信件。

可是他也依旧要回送鸡蛋、奶油、鹅鸭和整车整车的货物。所有安东诺夫可以从苏维埃农庄上搜得到的肉、奶油、鸡蛋、青铜器和银器——安东诺夫的人一定要交给高尔斯基的代理人。

这一次高尔斯基要马。

安东诺夫早就知道高尔斯基在每件可以抓到的东西上都要作一笔大生意，——从侦探们的报告到博物馆里的古董。可是这儿的事情怎么办呢？有一些传言说在莫斯科和唐姆包夫省都有大规模的军事准备要来攻击叛军了。安东诺夫现在正万分地急需着高尔斯基。

“亲爱的伙计，”律师写道。“在伊凡诺夫苏维埃农庄上有二百匹马，你自己留下一百，把一百送给我。”

“这些马是被战斗中的弟兄们所需要的，”（安东诺夫对于这一点愤怒地咒骂着。）“趁着一切都还平静的时候赶快作罢。有各式各样的流言在传布着呢。我一定通知你消息，可是请你也照我所要求的作。”

在一个寒冷的早晨的破晓时候，安东诺夫包围了伊凡诺夫苏维埃农庄，那儿只有少量红军的部队和地方上的共产党员占据着。他们已经在那儿过了一整年，像在堡垒里一样，饿得半死，可是他们依旧坚持下去，不止一次地把安东诺夫的人打走。

这一次安东诺夫决意要亲自指挥作战。他带着斯托罗折夫的边防团，两门野炮，还有将近十挺机关枪。中午的时候他下令对苏维埃农庄开火。那些茅草的房顶立刻都着火了。于是安东诺夫领着他的人向前攻击。

机关枪嗒嗒地响着，共产党用莱福枪射击。斯托罗折夫的一团人不惯于在空旷的地方作战，回过头来就逃进树林里去了。斯托罗折夫指挥着向农庄放了三十炮，可是炮手们都喝醉了，炮弹没有打中目标。

彼得·伊凡诺维契带着他的一团人又一次冲向共产党去，他骑着一匹偏秃的母马跑在前边。呐喊着，挥着军刀。

在他旁边奔驰着安东诺夫，他曾教给他的部下在游击战里一个军官总一定要跑在他的队伍的前面，而在每次起始作战的时候，他也总是不变地跑在前头。他不怕死。除了战利品，他的生活里没一点乐趣。在司令部和委员会里，人们仍旧照从前一样地争吵着，互相陷害着。鬼都不晓得从哪儿出现了一些军官——他们是从绅士蜕变出来的。神父们跟在军队后面，渔利的人搜刮着村庄，作什么事情都是为自己打算；你还没有方法制止他们。

安东诺夫狂吼着越过雪地奔向苏维埃农庄去，从那个方向枪弹射过来；小团的白烟不住地现出来，又慢慢地消逝了。共产党用一串致命的排枪来欢迎这一团人。安东诺夫的马受了伤。跛了脚猛力地跳跃着，那匹灰色的马从大路上逃开了。遍地都躺着马和人。

这一团人跑了回来。气白了脸，安东诺夫命令他们退却。红军并不追击：他们的力量不够。第二天安东诺夫派斯托罗折夫到撒拉托夫去找寻马匹。在霍泊儿河畔，斯托罗折夫的一团人遇到了几个红军，又受了他们一顿颇大的打击。

在回程上，斯托罗折夫被他的失败激怒着，劫掠了一个小小的养马的苏维埃农庄。那是夜里，正下着一场轻软的小雪。斯托罗折夫的人突进了庄子，切断了哨卫，占据了农庄的管理处。农庄的首脑来不及穿好衣服，他只穿着内衣。血流下他的脸；斯托罗折夫手下的一个人在缴他的手枪的时候曾用枪把子打了他。

在斗争里斯托罗折夫的肩膀受了伤。他那伤了不能作事的胳臂使他变得野蛮起来。

"你是一个共产党吗？"他问农庄的首脑说。那个人点头承认。

"那么我们要审问你们了，"斯托罗折夫说。"把所有的人都叫进来罢。"他命令。

马队遍村里跑着，拖起那些正在睡觉的人们；有的到邻村里去拉人，有的传布着警报。就是瞌睡得披散着头发的神父也给从床里拖了出来；他固执地依恋着他的袈裟，和他办公室里所有的物品。

人们都被赶到公共食堂里去。他们挨冻又害怕，他们战栗着，在敲响着的牙齿中间轻声地咒骂着。从马棚里带来两个灯笼把这片地方照亮起来。这儿看起来像一间仓房；遍地都吐满了唾沫，肮脏而且发着辛辣的气味。斯托罗折夫跟神父低声谈了一会，就任命了神父认为可靠的三个农民作为审判。斯托罗折夫把他们叫在一边。这三个，两个老的跟一个胡髭刮得很干净的中年农人，都呆呆地站着注意地倾听他的话。他们的脸色苍白而且凄惨。

“你们要按照你们的良心来审问，”他向他们声色俱厉地说。“其余的你们自己都知道。如果有五个共产党给拉到墙边枪毙了，那对于农人们是一件很痛快的事。”

几个苏维埃农庄的管理人被他们抓住就马上带进来了——光着脚穿着内衣。他们的手倒绑着，每个人身后都站着一个武装的卫兵。

斯托罗折夫起始审问他们，从那个为首的开始。其余的人们都静听着，低声说话和局促不安的情形是没有了。灯笼里火焰的爆裂声是唯一的声响。

“你相信上帝吗?”彼得·伊凡诺维契问。

“不，我既不相信上帝，也不相信魔鬼，也不相信你。我不预备跟你讲什么话。”

彼得·伊凡诺维契从皮枪套里拉出手枪来。

“等一等——你就会跟我讲的，”斯托罗折夫低声说。“现在，孩子们，给他来上一顿。”

五个沙声的家伙跑过去，把那个共产党员打倒了。于是一个坐在他的腿上，另一个坐在他的头上——鞭子就嗖嗖地响了起来。他们不声不响地打了他很久。那个人也不出声，只是躺在那儿好像死了一样。

“水呀，”斯托罗折夫叫道。他们把他浸到冰冷的水里，又把他扶起来坐在一条凳子上。他睁开眼睛。

“拉他到墙边去!”斯托罗折夫命令道。他们把这个人拖起来，靠在墙上了。彼得·伊凡诺维契开了枪。那个人躺在他们面前，血从他的脑袋里涌出来。

“开始!”斯托罗折夫向审判们喊着。他们不开口。

“你是干吗的?”斯托罗折夫问一个又黑又瘦的光头老人。

“我是一个掌柜的。”

“一个伊得[①]吗？”

“我是一个犹太人。”

“那么就是你的祖先把耶稣·基督给出卖了的？”

老人不作声。

“问你话你怎样不回答呢？苏维埃农庄上有多少地？”

“四千个迭斯亚丁。”

“你们听见啦吗，农民们！现在你们可以看出共产党是些什么东西来了！四千个迭斯亚丁给苏维埃农庄，村苏维埃的地产和三百个迭斯亚丁给了你们。小心你们别给那么些东西塞住喉咙呀。”

农民们不作声。房子里热而且臭，在场的人们都从脸上流下汗水来。

“你想要怎么个死法呢？要我们勒死你吗？你们有什么主意吗，审判们？”

审判们吓得发抖。突然一个穿羊皮紧身的老年农人从靠前面的几排里站了起来。

“他没有可以判罪的理由，”他说。“伊色克·伊色考维契是一个正直的人，并且还是一个好人。我们这村里可以从苏维埃农庄上得到雏马的供给。我们从没有瞧见那儿的人错待过我们。”

“没有吗？那么到这儿来，你，”斯托罗折夫命令道。那个农人走上前去。斯托罗折夫从头到脚打量了他一番，于是举起胳臂来用鞭子猛抽着那人的脸。

“这就可以教给你再站起来替共产党争情理。我们现在就要把他勒死了，你得替他结好绳套。如果你不高兴那么作，我们就要把你们一起勒死，为了给别人一个教训。”

这么一来，人群里有着一点儿骚动和抗辩的呼喊。可是斯托罗折夫的人，他们都是站在他的四周的，转过去把莱福枪向着人群，于是又静下来了。这儿是那么的寂静，以至于农人们不平的呼吸和灯笼里火焰的爆裂都可以听得出来。

“喂，你还有什么最后的话要说吗，爷爷？说罢！”

老人站了起来。

“你是一个土匪，”他说，几乎是耳语着。“我跟你没有什么话说——一只野兽能懂得什么呢？”

①俚语呼犹太人为伊得。——译者。

斯托罗折夫注视着这个黑瘦的老头子——那么苍白并且软弱，可是那么地傲慢；他的眼睛闪烁着，他那枯焦了的嘴唇也红润起来。斯托罗折夫突然对这些人感到惧怕。“这儿只有一点点人，”他想。“可是没有一个人乞怜，没有一个人哭叫。他们的力量从哪儿来的呢，我奇怪？”

他的沮丧更深了。这个可怕的夜晚仿佛比往常更其黑暗；这一场审问也显得没有意义。他并没有制服了谁，也没有吓住了谁。

“勒死他！”斯托罗折夫命令，他的每一个肢节都颤动着。那个穿羊皮紧身的老农人给带出去了。

农庄上的共产党一个跟一个地站起来，而斯托罗折夫又一个跟一个地给他们定了死罪。

……火焰在灯笼里静静地爆裂着。人们摇摇欲跌地走到墙边去，于是他们流血了……

曙色染上了天空。

斯托罗折夫带走五十匹马，在苏维埃农庄上放一把火就走了。

安东诺夫命令他把这一群新得的马匹送到一个指定的地点交给高尔斯基的代理人。为了这，斯托罗折夫第一次跟安东诺夫吵起来了。

“这是干吗呢，”往常总是很缄默的斯托罗折夫喊着说。“照你的意思我丢掉了四百条人命就是为了那个狗养的图利者呵！我不给他。如果要我交出马来，我情愿给勒死了。”

“对啦，你尽可以不交出来，”安东诺夫磨着牙说，他脸上的筋肉抽搐着。“你可以自己留下。如果你不要，别人也会要的。并且如果你敢说一句话，我就把你靠到墙上枪毙了你。你最近变得太聪明了，你这狗他妈的儿子！”

斯托罗折夫咬着嘴唇离开这间房子。他跟安东诺夫中间的友谊就达到了尽头。

六

事后，在伊凡诺夫苏维埃农庄上对于胜利者们有着种种的咒骂和嘲弄。村里的女孩子唱着她们自己编制的歌词，一个比一个更加侮蔑。用了顶高的嗓音，她们叫着：

现在那个年轻的土匪
他有了一支新的马鞭子，
他喷着鼻气，还淌着口涎，
于是他就跑出去兜圈子。

“你们真是一群打仗的好手呢，”赛里弗斯特对彼得·伊凡诺维契说。“你们在想着攻打莫斯科了罢，我想？你那长鼻子队伍呀——连个苏维埃农庄都不会经营。”

“你们什么时候打车站呢？”农民们在会议里喊着。“你们倒是挺会说空话呀，你们不是吗？”

“一定打车站！”一个人嘲笑地回答说。“他们连车站附近的地方都不敢去。伟大的军队呵，他们不是吗？”

咒骂和嘲笑传到安东诺夫的耳朵里，他决意要试一下，把事情展开去。二月初斯托罗折夫和普鲁日尼考夫从卡门加接到命令。于是他们就带领着从不同的军团里改编起来的三千人的一支队伍出发去进袭车站，那儿有一个共产党支队保卫着。

将近黎明时，他们走近了车站，就在附近的村落里停下来。在这里斯托罗折夫最后一次匆匆忙忙地检阅了一下军队。之后，带着楞迦，他骑着马远遛到田野里去。在他们面前是隐约地躺在黑暗里的车站。一点孤零的光亮，在灰黯的夜色中照耀着；那是打谷仓顶上的灯光。

车站寂静着；疲倦的人们都睡了。那儿的生活是艰苦的。四周包围着安东诺夫的军队，这一点点人既没有面包，又没有喂马的草料。

安东诺夫恰巧在玛尔多窝以上的地方把铁路切断了；有一个整月光景这个车站上没有得到一点接济。他们闹着粮荒。他们都很憔悴，马匹几乎连站都站不住了。只有尼琪塔·西米扬诺维契还能撑住劲儿。他跟李斯特拉特花费整天整天的功夫骑着马在区里搜集他们可以找到的粮食和草料。

可是安东诺夫的“绿军”的圈子越围越紧了；各村里的防御也越来越强固。偶尔有几个没有心肠的人会谈着要退出去，到玛尔多窝的那边去。李斯特拉特不说什么。他知道那些带着家眷的人不能够冲出去，他们永不能骑着他们筋疲力竭的马从安东诺夫的包围里冲出去。

可是他从没想到会有人来袭击车站；在夜间巡逻的人们大概也没有发现过

叛军的动作。

撒式加·齐里金在早晨回来了，他被靠近铁路的村落里的沉寂和荒凉的景象弄得莫明其妙起来。

第二天早晨，斯托罗折夫的先锋队走近了车站附近的住房。红军被机关枪的嗒嗒声和爆裂的手榴弹的炸响惊醒了。半穿起衣服，人们抓住他们的莱福枪，赶快地跑出房去，并且，一面打着一面前进，到火车站去。安东诺夫的马队在街上奔驰着。红军没有别的办法，只好退却。

在他们自己的马队的掩护之下，共产党离开了车站。

安东诺夫的军队立刻停止了追击。斯托罗折夫、普鲁日尼考夫和另外几个有力的头目——他们大概有十个人——都离不开他们的队伍。胜利者们在忙着搜劫车站。傍近中午的时候，邻近村庄里的农民都赶着大车来到了。门都砸开了，门闩和锁都毁掉了，窗子也都捣烂了——为了寻找那些被期许下的货物。可是哪儿都找不到。

除掉一百支莱福枪，两挺机关枪和几十匣弹药之外，车站上什么也没有。

"这儿，拿过货物来罢，"女人们恶狠狠地叫喊着。"你们把那些东西藏到哪儿去了？你们这些脏鬼！所有的东西都教你们自己搂起来了，一准没有错儿!"

斯托罗折夫无效地搜着储藏室、地窖子和住房；他无效地命令着鞭打俘虏和共产党人的老婆。他们一点也不晓得那些假定的货物和皮子的储藏处，他们坚持着说车站是空空的。

农民们紧蹙着眉头，大声地辱骂着安东诺夫和他的军队；女人跑去找斯托罗折夫，恫吓着说要挖出他的眼睛来。一次又一次地储藏室的墙壁被拆掘着，一次又一次地地窖子被搜检着。……那里什么也没有，除掉五桶煤油。

彼得·伊凡诺维契亲自把煤油分给农人们。他们并不热心地收留了：农民们统统讨厌了他们，除了嘲笑他们简直没有话说。

斯托罗折夫在车站上占据了四天。

在第五天上开来一辆铁甲车，只消十几枪就把这"特别袭击队"驱散了。李斯特拉特回到车站上来，什么事情还是照旧进行下去。

"你瞧事情就是这个样子，亚历山大·斯台潘诺维契，"伊洵说。"我们得另想一些什么办法了；我们得想点什么法子把人们搞到我们这边来。"

恰巧在这时候，高尔斯基送信来，说一批新的红军已经到达唐姆包夫了；

他们是被派来剿除叛军的。

这是莫斯科派来剿服叛变了的唐姆包夫省富农的第一次主要的力量。

总司令部下命令给驻在奥莱尔的部队要它马上消灭安东诺夫以及他的队伍。奥莱尔的部队热心地担负起这件工作，不过有点轻忽了。

他们重复地说着唐姆包夫的部队所犯的错误，然而却不从它所得到的教训里获取一点利益。又一次地在追逐胜利者们的中间，他们占领了叛军的中心又让出去了；又一次地他们解散了安东诺夫的队伍，只是瞧着他再召集起来。新的队伍平空里跳出来，好像从地里面钻出来似的。真的，奥莱尔的部队想着它可以剿清叛变了的乡野，造出一个广阔的阵线，把安东诺夫的力量驱到一个角落里，给他们一个致命的打击，解决了他们并且毁灭了他们……

他们在奥莱尔这么想着。

然而不时地受到高尔斯基的警告，安东诺夫也并不闲暇。一条巧妙的计策已经在准备之中了，安东诺夫决意要把成百的村镇和小庄子以及上千的和平的农人拉进他们里来，使整个的乡野动作起来，然后再从红军的势力之下突围出去。这就是农民们对待红军的方法，他这么决定了。他们会跟了他突出去的。

当运送红军的火车快要开到的时候，伊洵、普鲁日尼考夫、贫农联盟特别动员部和安东诺夫的作战指挥部都广泛地散布出谣言，说那是一个叫做“野蛮的师团”，那里面有中国人、拉多维亚人和犹太人。

煽动者们叫嚣着红军作过的残暴的举动，念着亲身遭难者的“证明”，说着许多故事：像活活地烧死一家，严刑拷打和杀人放火之类。

斯托罗折夫在他自己村上召开了一个会。那是一个晴朗的下霜的星期日。小学的教室里简直没有空闲的地方，因为他们都喜欢听伊洵说话：农民们都高兴听他那愉快的、不着边际的谈话，他的笑话，有趣的语句和故事。

这会要到礼拜堂的外面去开了。廊子上有着厚厚的人群，在台阶的顶上老头子们跟老婆子们支着他们的拐杖站着。他们来听真理，也要被那真理一个一个地说服了。

伊洵讲着红军侵略的故事，讲到热闹时他的眼睛发着闪光。他淋漓尽致地形容着。他说安东诺夫在红军到达之前就要退走，把这些村镇和小庄子毫无保护地留在后面，虽然他知道在附近的区里共产党把所有的男人都杀掉了，从十五岁大的男孩杀起。

“他们来了，”叶哥尔说，“就抢劫地方，枪毙男人、女人和小孩。在轧格里亚秦那那地方有一堆枪毙了的和拷打死了的人底尸首，比房子还要高。现在你们只有一条路了，农民们：跟我们一块走。公民们，红军马上就来了！搜集起你们所有值钱的东西，好好地藏掉你们的粮食和燕麦，把你们年轻的闺女媳妇送到远处的农庄上去。至于男人呢，他们得收拾好马匹跟我们走。让那些残暴的人瞧瞧，你们不愿意遇到他们，或是看见他们，或是听他们的讲演。"

散会时有人骑着急喘的马跑来了。在他们后边跟着两辆车子，上面蒙着麻袋。

"瞧这儿罢，弟兄们，"一个黄褐色的瘦子喊着，这个人农民们立刻认出来了，他是沙菲罗夫，安东诺夫的特务团长。"到这儿来赞美一下共产党的工作罢!"

沙菲罗夫从胡髭上抖掉冰花，从马上跳到雪地里，走到一辆橇车前把蒙罩揭开了。农人们围上来。一个女人没命地叫了一声就跌倒在雪里了，身体扭歪着。于是另一个女人瞧了一眼，也战栗着哭了起来。

人们围住橇车越挤越紧了。

斯托罗折夫努力往里面挤。他看见的东西使他脸色苍白了：他的膝觉到软了下来，他的牙床也好像要融化了。在焦黄的稻草上面堆着人的尸体。他们都是光裸的，用黝黑的眼窝瞪视着世界。他们没有眼睛了，因为他们的眼睛都给挖出来挂在腮颊上面了。

他们的头发烧焦了，都直竖起来好像融雪时候路旁里去年的枯草一样。他们的鼻子都割去了，他们的嘴裂到两耳。

"乡民们，"沙菲罗夫喊，登上橇车去。"瞧这个罢！那些坏蛋糟蹋了我们的弟兄。这儿——你们可以从他们指头底下看出锈坏了的钉子来了，看罢!"

人群更挤近一点。有几个强壮一点、心肠较硬的人竟敢去捡起烧焦了的残断的胳臂和蓝色僵直的腿肢：钢钉子从指头底下穿了出来。

女人们又尖声地叫喊着，老头子跟老婆子们却静静地哭泣着。

"他们被残害了三天了，"沙菲罗夫叫着。"为什么——谁也不晓得。他们都是和平的乡民，女人，老人——并且，"他指着一个小尸首——"这是一个孩子。乡民们，这就是他们做的事。我们得逃避开他们，我们得跑掉，去躲藏起来。来，把你们的东西收拾好，他们离这儿不远了，那些红军!"

这时候另一个骑马的人骑着一匹满身白霜的马奔来了。他递给伊洵一个口袋就又奔去了。沙菲罗夫跟他一同去了，带着那些可怕的人的尸骸。

伊洵撕开信，又跟群众讲话了。

“红军在二十个微斯特以外。安东诺夫已经开始退却了。他今天夜里就要到这里来。只要我们一接到警报——就动身走!”

人群就像糠屑似的散开了。

受到恐怖的打击，人们跑回家去。斯托罗折夫面色发绿，倚在一根杆子上。他病了。

“叶哥尔·伊凡诺维契，那是真的吗——红军就当真那么办吗?”他吃吃地问。

没有回答，叶哥尔猥亵地笑了一笑，走开了……

只有他伊洵晓得这些死尸是从哪儿来的?只有他晓得赫尔曼·郁林，安东诺夫第一军的副军长，怎样逮住了五个共产党（或者——也许他们不是共产党——谁晓得呢?）吩咐笨牛万加——沙菲罗夫团里的刽子手（安东诺夫在每个支队里有一名刽子手）去“装饰”这些死尸。

“好好地装饰他们!”赫尔曼命令道。“让人们看了会冒出冷汗来。”

“我不是头一回干这种事情了，”刽子手回答说，他在职业上是一个屠夫，一个瘦弱的、起皱的、红眼睛的动物，不知道为什么绰号叫做——笨牛。

六天以来，沙菲罗夫的人拖着载了残肢断体的车子这儿那儿地走；六天以来，村里的女人们哀哭着，农民们吓得颤抖着。这几个橇车做了安东诺夫的煽动者们所没有做到的；人们都起来逃避红军了。

安东诺夫狡猾地笑着，跟赫尔曼·郁林握手，好像说：“妙啊，你真是一个聪明的家伙!”

……这天晚上安得勒·考屑尔，苍白而且战栗着，跑去找彼得·伊凡诺维契。他已经拜访了至少十家人家，可是人们都忙着或是想着自己的事，不理会他，并且把他赶走了。

他并不是因为自己战栗着，而是为了他的马，为了那匹他曾亲手喂养过的宝贝的灰色马。

“彼得·伊凡诺维契，”他乞求地说，几乎要哭了，“他们也要糟踏我吗?大概不会罢。”

“那么你想你自己是一个什么样的鸟儿呢?”斯托罗折夫嘲笑地说。“你也签过了志愿书的罢，不是吗?”

“是的。”

“啊，那么，你就是我们的人了。他们会抢走了你的马，杀掉你的猪——连你自己也算在内。”

“你想他们连那种事情都会作得出来吗?”安得勒极端痛苦地问。

“就像霎眼一样地容易！在他们看来——你和我同样的坏——用一根摸油棍子涂出来的。”斯托罗折夫坚定地说。

七

当天晚上安得勒杀了他的猪，切了，装在车上，用稻草盖起来，紧紧地缚在车轼上。

那天夜里气候变得更冷了。一队一队一团一团的整夜从村庄里开过去。他们后面跟着从远方的村庄里来的车子，农民们驰驱着到不知名的地方去。他们随身带着一箱一箱的东西，屠宰了的牛羊，他们的小孩和老婆。马匹被风雪吹瞎了，在路上和雪地里胡乱地走着，互相撞着，阻碍着道路，而后面又有更多的车辆赶上来，跟他们挤到一块了。惊吓成半疯的样子，人们割断他们的马缰，把橇车留下，骑上马背，他们总算从骚乱里解脱了出来。

天明的时候警号响了；它把恐怖打进了他们的灵魂。被剩在后面的或是丢失了家里人的人疯狂地跑到这里又跑到那里。斯托罗折夫团里的马队敲打着各家的窗子，喊着：

“红军来了！赶快备好马罢。”

人们用吓得抖索的手装配他们的马，像个影子似的从家里飘进了橇车，咒骂着，哭泣着，祷告着。

安得勒把他的孩子揣在破紧身里，用顶快的速度驰去了。

在远处的一个什么地方，一架机关枪嗒嗒嗒地急响着，警钟支持着一阵勉强的敲打。橇车碎了，马颠踬着跌倒了，人们帮着他们爬起来再跑，一面还疯狂地张望着。

在离村子五个微斯特的地方，安东诺夫的军队跟最后的橇车在黑暗里冲撞了。马队直冲上去，用马鞭和枪把子照顾着马。他们的马踏倒了农民：后面的枪声越来越近了，几千辆橇车在田野里奔驰着。

农人们鞭打着马，从死亡里逃出来。

这就是两万多和平的乡民的逃亡：那一天有多少孩子丢失了父亲，多少父亲丢失了孩子。大风雪一整天没有停止。路上下满了雪；真的，没有一个人找寻道路，也没有人按着路走。逃亡的人们分散到新的村落里，从那儿又有成百的橇车加入到他们里面来。

约莫离德甫里基二十个微斯特的时候，枪声从旁边很近的一个什么地方响起来了。逃亡者们整个地掉转他们的马头，却又跟另外一串从相对的方向来的车子撞在一块。一时所有的一切都摆脱不开地混在一起；空气中充满了呼喊、呻吟、木头的碎裂和鞭子的抽响。

在这场骚乱之中，安得勒的马断了一条腿。他的橇车给撞成了碎片。莫明其妙地安得勒和他的两个小孩子逃掉了，丢下死了的马、箱笼、衣服和马具。谁还打算着能够跑掉呢？

安得勒站在那儿久久地守着他的马在疼痛里死了过去，他的猪的尸体已经落到车外去了，渐渐地被阵雪掩没在底下。于是他裹起他的孩子，把他们抱在臂里，开始回家去。他一面步履艰难地往前走，一面哭着他那破灭了的幻梦，哭着他那匹那么可怜地直瞪着他底眼睛的马。他哭他自己，因为现在除了贫穷和家屋里冻结了的角落，还有炕底下饥饿的老鼠的凶猛的打架以外，他再也没有一点指望了。

离村庄十个微斯特的地方，安得勒遇上了红军。一个愉快的青年人，绝不像是一个中国人或是拉多维亚人的相貌，他把安得勒的小孩带在他的马上。他详细地问着安得勒关于逃亡的事，忧虑地摇着头不明白人们要到什么地方去，为什么去并且去干什么。在一个邻近的村庄里他们歇下来，红军给安得勒一点吃食，还给他找来一顶帽子。那个军官派一个巡逻到田野里去，他回来时把猪肉也给找回来了。傍晚时候安得勒到了家，看见村庄已经给红骑兵的一个支队占据了。

军官和兵士统统莫明其妙了。他们骑着马走经几十个村镇和小庄子，在那里没有一个人，除了几个吓坏了的老头子和老婆子，深深地鞠着躬。如果问问他们那些男人跑到哪儿去了，他们就说出许多糊里糊涂的话，啜泣着哭叫着，最后才解释着逃难的事。

军官到各家去安慰那些哭泣的人们，作种种的问询，说一些和蔼的话，那些话是可以达到农人们的心里的。他们也告诉他所有的一切，他们的恐怖、狼狈和害怕红军的心理。

他叫大家来看安得勒 · 考屑尔，他是第一个回到村里来的。红军里的人都在场园上忙着：扫地或是修理猪栏的门。这是他们习惯了的工作；他们已经懒得去追赶安东诺夫了。

安得勒·考屑尔告诉他们关于他的马和他的猪，还有一切他在那些失望的日子里所看到的。他拥抱那个年轻的军官，那军官下命令要拿他们平日集蓄的钱替安得勒买一匹马。

一个一个的，徒步或是骑马，农民们愤怒着困恼着，回到村子里来了。安东诺夫的目的已经达到：在和平的乡民群众的掩护之下，他不被红军觉察地溜掉了，把农人们遗留在旷野里。

当他们走近自己的本村时，他们的心里疚疼着，可是他们却被微笑的红军兵士问候着，女人们也跑出来接他们了。在场园上，这些依旧是拉多维亚人和中国人的家伙（不过到底他们是拉多维亚人和中国人吗？）都在那里拿着锄头和斧子拼命地工作着。他们都很客气，只是摇着头，带着一种责备的意思瞅着农人们的眼睛。

那天晚上军官召集所有的农人和他们的女眷到学堂里去。老人也去了。他们看见门口没有一个卫兵，也没有实弹的莱福枪，都感到惊异。没有人来恫吓着要鞭打着他们，也没有人来对他们咆哮，糟蹋他们了。

“这是一个什么样的‘野蛮的师团’呢？”迭姆扬·珂索伊问。他带着一肚子不痛快来开会：在逃亡中他丢了一箱子东西。“在我看来他们并不怎样野蛮。”

“那都是瞎话——别人告诉我这么说。”安得勒怯懦地低声说。

“嘘——嘘——静一点，”他被警告说。“让我们看以后会发生一些什么事情。”

军官和红军政治部的人员一个护兵都不带就到学堂里来了。

他们奇异地看着这些在整个的乡野里骚动起来的人们。他们被叛变的力量和深度吓住了。农民们注意地可是也倔强地倾听着委员和军官要说的话。没有谁说话或者提出疑问；他们坐着静静地吸烟。只有安得勒·考屑尔插一两句嘴。

“我请求你的原谅，”他开口说，把他那布第昂尼的帽子兴奋地抓在手里。“我希望你会饶恕我，乡民同志，可是——你听见关于粮税有什么规定吗？或者，比方说，关于做买卖的事？老百姓真是肩着一脊梁的痛苦哪。”

听完这些话，赛里弗斯特恶意地看了安得勒一眼，这一眼吓得安得勒连一个回答都不等就离开学堂走了。

军官对于目前的困难和已经造成了残破的局面说了好多话，可是，他们跟中央间的联系既然已经被切断了，他实在不能确切地告诉他们关于粮税的事。

农民们嘟噜着一些什么，叹息着，溜出门去。"尽管说罢。安东诺夫回来的时候就会想起你来的。"他们对他们自己说。

军官要求那些穷的和曾经上过前线的人在那儿多呆一会，然而无效；看起来好像谁也不愿意。

"喂，亚历克西·彼特罗维契，"委员跟军官说，这时候就只他们两个人了。"你晓得这在坦白的俄罗斯人叫做什么呢？这是工农联合的一个破绽。"

委员吸他的纸烟。军官坐着沉没在思想里。说句到家的实话，他从前幻想着安东诺夫的叛变迥乎不像现在这种样子。

"你知道，"他跟委员说，"我们受到鬼骗了。我一想起人家怎样地告诉我们关于安东诺夫的事，我就觉得非常害羞。"

"对——呃啦。"委员嚅嗫着。他也想起他在唐姆包夫从上面收到的关于安东诺夫和他周围以及整个叛军中的人们的描写。"一群无知的醉鬼和偷儿"，"一队流亡的人和富农的儿子，武装着鞭子和斧子"。直到现在，这些军官们才能够衡量出那些有经验的聪明的政治家们制造出来的计划的价值。直到这儿，这些军官们才明白斗争得重新设计，战争也得用迥乎不同的方法持续下去了。

"好罢，亚历克西·彼特罗维契，我要去给中央写一个报告了。我要把所有得到的结论写到纸上去。……"

他们分别了。军队第二天早晨就开走了。

八

楞迦在格里亚斯诺惹跟纳塔沙过了几个礼拜。他睡在炕上。纳塔沙在她父亲睡得发了鼾声的时候，就悄悄地爬到他那里去。他们一同在毡子底下低声谈着生活和爱情，吻着；一些不寐的夜晚匆匆地过去了。

她父亲很明白为什么纳塔沙的床上在夜里是空着的。他叹息而又呻吟。孩子们没有结婚就住到一块去了。楞迦是一个靠不住的家伙：也许他会丢了纳塔沙，在她怀孕的时候把她遗弃在忧愁和耻辱里面？

然而，他并不向楞迦讲一些严肃的话，而年轻的人们也就永不想到结婚的事了。常常在夜里他们清醒地躺着，楞迦给纳塔沙尽量地讲述着他所听到的安东诺夫的教训。有时他带回家来宣言和书籍。她读着，并且觉到她可以跟着楞迦直到世界的尽头。

“我也要加入军队了。”有一次她说。听见这话他支起胳肘来粗声粗气地说：

“我就会给你一些什么事情的！难道你想当一名叫化子吗？”

“玛路西亚·考骚瓦就是跟他们去了的……”

“玛路西亚·考骚瓦是一个干吗都不行的人。她是跟安东诺夫勾搭上了——她的结局一定是很糟的呢。她的父亲和兄弟都在军队里；她没有别处可去。可是你到那儿去干什么呢？”

“我只想跟你在一块，如果红军杀了你呢？楞迦？”

“他们不会，我的一生都是痛快的。”

“如果他们真的杀了你，那么我就去加入军队，”女孩的眼睛闪烁着，一面低声说：

“我要去亲手杀掉红军——啊哈，那些可诅咒的东西。我不会饶了他们的，虽然我不过是一个女人。……”

在像这样的时候，楞迦想到他已经给这个女孩子的安静平稳的生活里带来了烦恼，这使他感到恐怖和良心的谴责。

于是她怀孕了。她很高兴。她对于楞迦的爱增进了。她是不知足的，忘了一切，忘不了楞迦——他那亲爱的手，他那苦涩的嘴唇。

有一次她告诉他这件事。当她感觉到心口下面小孩子第一次活动的时候，她快乐地低声笑了起来。楞迦拖住纳塔沙的头，吻着她低声说：

“那是一个儿子，纳塔沙，一个儿子——我们的儿子！”她笑了。她父亲听见了她的声音；他偷偷地画了个十字，呻吟着。

于是他们打算结婚，要像别人一样地在一块儿正式过活了。可是还不行。

九

在安东诺夫退走五个星期之后的一天，李斯特拉特暂时地回到他的村里来探望他的母亲。这是第一次回来探望她，他是独个儿归来的。

在这个含有敌意的村庄底凄惨的河岸上有着他的家，一所小房带着三个窗户。在那几个罩了白霜的窗子里，李斯特拉特晓得，有一个孤寂的老妇人坐在那儿等待她的儿子们，她的“鹰”，在阴郁的等待的寂静中，她倾听着马蹄的笨重的声响。

李斯特拉特知道斯托罗折夫远在撒拉托夫，从那儿他不会马上就很容易地回来，并且村子里的一切都是寂静的。可是他依然小心留神，从花园里偷偷地溜回家去。一切都是沉寂的，就好像在一个死人的村庄里一样。李斯特拉特把他那匹笨钝的灰色马拴在破毁了的草棚上。

“一切都要摧毁破灭了，”他心里闪着这么个思想。“没有男人在家里。连一举手之劳的事儿都没有人做了。”

他在马槽里放满燕麦。高兴地擦着鼻头就悄悄地走进房里去了。

他的母亲坐在窗前，凝视着窗外的河流，在用一种他很熟悉的手势挑她那破围巾上的边缘。

“您好，妈妈，”李斯特拉特说。

老婆子转过身来，在同时间爆发了欢笑和哭泣。眼泪滚下她土色的面颊。

“李斯特拉图式迦，”她低声说。“这是李斯特拉图式迦回家来了。”她从她的座位上站了起来围抱住他，她的双手紧握在一块。

“嗳，现在，你已经喜欢够了，”李斯特拉特说，“你可以给我一点儿什么吃了。……”

“李斯特拉图式迦，我的亲爱的，我的鹰！我给你什么吃呢？我有豆芽菜汤，我还可以给你稀饭加牛奶。阿克须特迦给送来的，谢谢上帝；他没有忘掉我——阿克须特迦。”

“人生是什么——那就像被判定的刑役一样，”李斯特拉特想。“她整个的一辈子就像这样地在操劳中度过了，养大了她的儿子们；她永远看不见一点点愉快。”

他的母亲放了一盆粥和一点面包在桌子上，放一个匙子在盆里，站在一边用湿润而快活的眼睛凝视着她的儿子。

它们都哭坏了——那一对眼睛。她被注定了过一生悲苦的日子。她的名字叫阿克辛尼亚，可是人们早已经忘记了，却给她起个绰号叫“絮叨神”，——这因为她那粗涩破裂的语音；他们又叫她“囚徒”，——这因为她有过多的不幸和艰苦的命运。

奇怪的是她简直没有交过一点好的运道！她的丈夫，一个醉鬼，无赖汉，并且还是一个暴躁的家伙，曾经没命地苦挞过她。此后一家人就分散了：她的女儿嫁了一个老头子——因为谁家的年轻人会娶一个没有嫁妆的女孩子呢——儿子又都打仗去了。……

于是她就在悲苦中哭坏了她的眼睛，她那瘦伶的肩膀在经常的哭泣中颤抖着，生活越来越苦楚，而她的笑容也越来越少见了。……

李斯特拉特吃着东西，一面从容地问询着村里的消息。他感到非常舒适，他不愿想起在一个钟头之内他就要骑着马走经那些沉寂的街道，回到那霜天的雾气里，时时警戒着，提防着敌人。……

突然门开了，楞迦走进来。他紧紧地束着皮带，全副武装着。他那挂了一条绿签的羊皮帽子随便地歪戴在脑袋的一边。当他进来时，他拿手枪对准李斯特拉特。

"放下罢，你和你的鬼把戏，"李斯特拉特说，又喝了一匙粥。"放下罢，我告诉你。我也会放枪呢。你知道。"

他母亲一时呆住了。过一会她才喘息着跳起来，又忙乱地张罗着，笑着，重新又有眼泪流下她苍白的面颊。

"楞尼亚，列圣迦，列涅赤迦。主保佑我。他们俩都回来了，我的两个小鹰一道儿回家来了。脱掉你的衣服罢，孩子。他不会碰着你的，李斯特拉特不会。你不要碰着他，对不对，李斯特拉图式迦？你不会罢，你，呃？"

她总是向李斯特拉特投射恳求的眼神，一面扯住楞迦——那个红脸蛋儿没有胡髭的小伙子——的衣服，用颤抖的手想去解开他的皮带。之后，他就又跑到李斯特拉特那边去。

李斯特拉特擦着他的胡髭严肃地瞅着他的弟弟。

"喂，你站在那儿干吗？坐下来。我想你也要吃点什么了罢？一同吃饭多好。我们不必在家里就互相开起枪来，是不是？像这样的一个地方，也就太不宽敞了。"

楞迦狐疑地瞥他哥哥一眼，迅速地摘掉他的帽子，把手枪插回皮套里去，转过脸去朝着他的母亲说，"这是为了你的一个聚会，不信你就把我打死！喝点儿什么总不是一件坏事罢？"

"我给你留着一瓶子，"阿克辛尼亚嘟噜着说。

"你进来的时候没有瞧见我的马吗？"李斯特拉特问。

"没有，我从大街上下来，就把我的母马拴在墙上了。"

“你这小狗仔，”李斯特拉特蹙着眉头说。“那么不管到哪儿你总是把你的母马拴在墙外喽。这年头我们总会有一些漂亮的庄稼汉的。我想那牲口一定要吃些什么了，不是吗？……一点不错——好好地坐在你那儿！”当楞迦站起来的时候，他喊道。“我要自己去把她拉进牛棚里。有燕麦吗？”

“没有，我们绝不搜刮农人的燕麦，那都是你们的把戏。我们从不搅扰农民。”

楞迦的嘴一歪，作出一种恶意的狞笑。李斯特拉特也笑了。

“别招我罢。我想你也许觉得自己是农民的战士哩？并且再说，燕麦也是司令部里发下来的啦。”他走出房去，大笑着。

“唉，倒霉的运气把我弄到这儿来，”楞迦大声说。“我想，我们不吵一架是不会离开的。”

“不要紧，楞尼乌式迦，我会告诉他的——我告诉李斯特拉特，让他不要碰着你。”他母亲慰藉地说。

楞迦轻巧地拉一拉绣花的衬衣，对着一片破镜子梳他那漂亮的发卷，瞅一眼李斯特拉特毫不留心地放在桌子上的勃朗宁手枪，偷偷地把自己那支锈坏了的枪藏进皮裤的口袋里去。李斯特拉特回转来时，楞迦正在吃他的豆芽菜汤。一瓶看来好像牛乳似的自己家里蒸馏的酒放在桌上，他母亲正在切盐渍的黄瓜。

“你弄了一匹挺好的母马，”李斯特拉特说，到火炉旁边去温暖他那冻僵的双手。“弄到手好久了吗？”

“秋天弄到的。那时候我在桑姆堡附近的侦缉队里，杀了你们的一个家伙。于是这匹马就落到我的手里了，带着鞍子和别的一切。有时候她简直会使自己过分地疲劳。”

“那是一匹挺好的母马，”李斯特拉特重复说，迅速地打量一下楞迦的全身，说道：“那么你就虚张声势地，你——当真作了一个农民的战士了吗？怎么，到底是农民们请你们替他们打仗呢，还是你们为了你们自己的原故呢？”

楞迦红了脸，一面回答道：“我们是为了农民的自由而战斗。”

“滚出去罢！你说的当真吗？”李斯特拉特嘲笑着。“那么你也是为了自由而打仗的？瞧罢，这到底是多么可笑的事：你为了农民的自由而战，而我也正是一样。可是我们现在却成为死敌。这是怎么弄的呢？”

楞迦什么也不说。

“不就是这样吗，楞尼亚？安东诺夫给了你什么位分呢？当作一个土匪，你得到什么样的官职呢，呃！”

楞迦又愤怒地羞红了脸。

“你别说罢。谁是土匪谁不是土匪还是一个问题。我是在侦缉队里的，”他说，舐着他的匙子。“我们有很好的军官，不像你们那军官似的。我的长官是彼得·伊凡诺维契·斯托罗折夫。我就在他手底下做事。”

“真的吗？还是服侍你那旧主子吗，你？不再替自己另找几个主子吗？”

楞迦静着。李斯特拉特感到自己的怒气直往上冲。

“你说你是为了自由而战斗。是不是也为了彼得·伊凡诺维契的自由呢？那么他就可以不雇三个苦工而雇四个了？而你也要再回去替他当奴隶，是不是？”

他们的母亲赶紧插口进来——仿佛惟恐他们会不让她说话似的——诉苦说去年秋天当村里人加入了安东诺夫的时候，彼得·伊凡诺维契曾借给她三蒲特霉烂了的面粉，到现在，他没有一天不来向她讨债，并且还喊着她的名字侮辱她。

楞迦的脸火一般的红了。李斯特拉特却只是耸立起眉毛，用眼角斜瞅着他的弟弟。

“喂，让我们喝酒罢，怎样？”他大声说。“让我们为了自由而痛饮罢，我的孩子！”

楞迦把自蒸的沃特加倒进杯子里。李斯特拉特慢慢儿拿起杯子来吸啜着那杯中物。于是，把脑袋向后一仰，他吞下了那强烈易醉的酒浆，用手擦一擦嘴，拿一片顶小的黄瓜填进嘴里去。

“你喝得多么从容啊。”楞迦赞叹地说。

“我这末惯了，”李斯特拉特直起脑袋来霎个眼，说。“我在沙利特辛当了六年装酒夫到底没有白当。沙利特辛的人谁都能喝一口，我告诉你。你的脖子上有一块灰土，那么一来你就可以把它擦掉了。那儿的人晓得怎样喝酒，我的孩子，还晓得怎样打仗。

“你没有跟我到沙利特辛去真是一桩憾事，”他继续说下去。“的的确确是一桩憾事。如果两年前的秋天你在沙利特辛的话，一定你会看到一些好家伙。斯大林就在那里，孩子：他是一个多么了不起的领袖，一个铁铸的人，并且还聪明透顶。你们那些安东诺夫比起他来可什么都不像了；你们只是一堆垃圾。

等到他去收拾你那些主子的时候——他连一块石头都不肯轻轻放过呢。他曾打散过整个的军队，他立刻就要把你们富农们敲成粉碎了。呸，你们。……”

楞迦想说几句侮辱的话，几句可以当真惹怒李斯特拉特的话。他转动着眼珠子，讥讽地扭歪着嘴，然而却找不到足以侮辱的话可说。

“你怎么跑回来的？”李斯特拉特问。“我们把你们赶走很远很远了。”

“我们有人民做我们的后盾，”楞迦回答说。“我们是为了人民的。我们是为了土地而战斗。你瞧！”

李斯特拉特大笑起来。

“你不要那么说罢！”他咆哮着。“你是为了给彼得·伊凡诺维契多搜刮一点土地而战斗呢！”

“我们是为了替贫苦的农民们争取土地而战斗，”楞迦增添说，脸上现出很大痛快的神色来。“你们从贫民那儿抢走了土地，把它们交给苏维埃农庄！”

“这些日子你变得多么有学问啦，呃！你一定也会受到害处呢，不是吗？他们是不是也从你那儿同样地抢走土地呢？你有那么许多地呢，对不对？瞧他罢，妈妈，瞧这个农民的战士罢。你养了一个糊涂孩子，现在你自己就遭到他的殃了。在别的省份里，农人们都在好好地做着一点儿耕种的事了，可是我们这附近，你们那些混蛋们却依旧闹兵乱。臭东西！”

这一番话使得楞迦越发受不住了。

“不劳多管我们，”他喊着，眼睛红胀了。“我并没有提起你们的人，你也别说我们的。喝干你的沃特加，闭紧你的嘴。在别的省份里你们的政府马上就要倒台了。只要给我们时间——我们也会把你们一个个串起来的。”

“嗽！”李斯特拉特笑着，又满上一杯。“那就是我的下场吗？替我挑一个合适的绞刑架吧，好不好——到底我总是你的一个亲属呀，楞尼亚。妈妈也会求你多照顾我一点。给你儿子鞠一个躬罢，妈妈——他在打算着要绞死他的哥哥呢！”

李斯特拉特那么痛快地大笑着，连楞迦也都欢乐起来了。他们的母亲坐在那儿静听着，可是她简直不懂得他们的话。当人们每天跑来排贬另一个人，并且夸扬他自己的一边的时候，一个人怎么能够懂得一点事呢。

可是当李斯特拉特嘲骂彼得·伊凡诺维契的时候，她却喜欢起来，虽然同时她也战栗起来了。那位肥壮的彼得·伊凡诺维契好像命里注定了永远做她的主子。永远永远地，阿克辛尼亚的孩子们仿佛被判定了替他劳役。李斯特拉特在他压制下过了五年，她的女儿阿克须特迦替他打扫地板。

“所有的农民都欠他债，”她用一种恐怖的低语向李斯特拉特说。“只要他高兴，他就可以把全村人扼死在他的手里——像这样的，”阿克辛尼亚紧握着她那有着硬膜和蓝脉的手指的瘦羸的拳头。

李斯特拉特半讽半嘲地看着这个曲缩可怜的身形，想起许多年前怎样在一个阳光充裕的早晨，她带着他——那时他还是一个小孩子——到彼得·伊凡诺维契那儿去。彼得·伊凡诺维契，块头很大并且形容严厉，站在房前的台阶上，并且，几乎没有听见阿克辛尼亚的哀告，请他收留下她的儿子，把他养大成人；他只用低音哼哼道：

“这一点也不合算。想一想只他的口粮就花费我多少哇。好罢，让他留在我这儿罢；你太穷了。上帝说我们不应该忘掉了叫化子。不过这孩子已经能够照料他自己了——我很郑重地这么说——如果他依然淘气，我就要狠揍他，揍得他不能够坐下去。”

回想到这一幕景象，李斯特拉特厌恶地蹙着眉头，他的脸孔抽搐着。

“如果你把他抓在拳头里，从彼得·伊凡诺维契身上就会流出脏东西来，”他说，“从他身上会渗出臭东西来，而你闻见它却高兴了。你去为你自己找了一个主子，而他们却随便让你干吗就干吗。”

楞迦半醉了，还不断地从齿缝里啜饮着沃特加。李斯特拉特很技巧地替自己卷了一支烟卷。

“在斯托罗折夫的部队里你们还有好多人吗？”李斯特拉特问他的弟弟。

楞迦惊了一下，作一个狡猾而浅淡的笑容。

“瞧见罢，妈妈？他真聪明，不是吗？想趁我喝醉了的时候把我作成一个奸细呢。不过他可是大哥呀。”

李斯特拉特愤怒地看了他一眼。

“你们干吗杀害人民呢？”楞迦喊道。

“并不是我们生事，你这小狗仔，”李斯特拉特说。“那并不是我们发起的，那都是所有你们那些彼得·伊凡诺维契们干的。他们吓掉了脑袋，起始用他们的肚子思想了。他们嗅出来了，那些狗们，他们知道那是他们不正当的获得的下场头。他们想打仗，好罢——现在我们已经打起来了——那就不要诉苦。我们本来只想从他们身上敲下一些脂肪来，可是现在非等我们抽尽他们的臭血他们是不会甘休的了。”

李斯特拉特用拳头打着桌子，把自己弄伤了，可是他却越发气愤。

“呸，鬼头，”楞迦大叫着，被他哥哥一场激烈的话触动了。“他自己觉得是一个演说家呢。等着罢，看你说到没有可说的时候你怎样说下去。你们惯会抢掠人民，反而说你们是为了穷人的。”

头也没回，李斯特拉特就问：“那么你们是为了谁呢？你说你们也是为了穷人的。”

“对啦，一点不错。我们都是为了穷人的。”

“那么彼得 · 伊凡诺维契也是为了穷人吗？”

“啊，你总是弹这一根弦子——彼得 · 伊凡诺维契，彼得 · 伊凡诺维契！彼得 · 伊凡诺维契并不是首领哇。首领是安东诺夫！他曾受过苦刑：他从前在西伯利亚呆过。”

“安东诺夫也有一个主子，他的主子就是彼得 · 伊凡诺维契，”李斯特拉特又向楞迦霎一个眼。“那些彼得 · 伊凡诺维契们锁住你们的安东诺夫像锁一条狗，一直到用着他的时候。现在他们让他松懈下去，让他去打苏维埃政府，就是这样。安东诺夫，真的！如果没有富农和你这样的混蛋，你们的安东诺夫好干什么呢。”

李斯特拉特喷着鼻气，喝完他的沃特加，把剩下的盐渍黄瓜搜在手里，往嘴里送。之后，带着笑容，他用一种淡漠的口吻说：

“你还记得他怎样地毒打你吗——彼得 · 伊凡诺维契？当他在李子树上抓住你的时候，呃。后来母亲也为了你的偷盗打过你。那时候我不是告诉过你，挨打的时候把脊背给人家打吗？呃，你是怎样地给人家拿鞭子抽啊！”李斯特拉特笑了。“他们依然喊你作‘挨鞭子的’罢，我想？”

“不劳你多管！”楞迦说，面色绯红了。

“挨鞭子的！哈哈哈，”李斯特拉特咆哮着。“多么笑话！彼得 · 伊凡诺维契可以踏在他身上揍他，可是现在，楞迦却替那个家伙争取更多的自由了，呵哈哈哈哈！”

“不要再惹我！”楞迦喊，抓住他的莱福枪。“不要再糟蹋得我体无完肤，不然我就要打得你气也喘不上来了。”

李斯特拉特突然感到替他弟弟难过。

“好啦，这已经够啦。你多么容易动火呀，总之，你还不过是一条小狗，你应该结婚了，你这小狗子。而不应该去打仗。”

“那正是我想要作的——得结婚了。”楞迦凄惨地说。

“你真的那么说吗？妈妈，我们的楞迦想要结婚了呢！”李斯特拉特的语调变得温存一点，和蔼一点了。“跟谁呢，楞迦？那个女孩子是谁呢？”

“福维尔·巴叶夫的纳塔沙，住在格里亚斯诺惹的。”

“噢，我晓得，我晓得，”李斯特拉特骄傲地说。“那是一个漂亮的女孩子，妈妈。并且福罗尔也是一个稳重的庄稼汉。”

“我想回家来跟妈妈谈一谈这桩事，”楞迦增添说，又羞红了脸。“我想把她弄到这儿来，她也懂得家庭的道理。”

阿克辛尼亚笑了，敲着自己的鼻头，又哭了一阵。李斯特拉特抚弄着她的头发，用胳臂围抱住楞迦，把他抱得离自己更紧一点。

“娶了她，娶了她，”他温柔地说。“也许我们马上就打完了仗，而一切事情都会安定下来了。现在让我们去看看马匹罢，孩子。已经是我得走的时候了。”

一条牛犊正在残坏了的牛棚里嚼草。那两匹上着鞍子的马安详地并排着站在那儿。

李斯特拉特拍拍楞迦那匹灰色的斑马，说：

“瞧，有功夫的时候你也不替她洗洗。像你这样地糟蹋一匹马，就应该让你自己也发了霉，或者更坏一点。她在一个农家真是一件宝贝呢。如果你想让她耕地，譬如说，你瞧她真是一棵摇钱树。她足足可以做两匹牲口的活儿。”

当李斯特拉特谈到耕种的时候，他的语调变得有点儿温软而且亲切了，就仿佛真个要起始耕种似的。楞迦觉到李斯特拉特在恋念着田庄的生活，而他自己也渴望着在露水浓重的早晨跟在犁头后面，缘着沁凉的翻起来的田沟走去。

“干吗人们一定要打仗呢？”他低声说。

“去问你们自己的人——问他们自己感觉到自己在做些什么，并且问他们在打谁？而你也正像他们一样的是一个大傻瓜，总是说你们那句话‘我们是为了穷人的’。”

“我的确是为了穷人的。”楞迦坚持着。他想让李斯特拉特说一些没有说过的，或是没曾说得清楚的然而却是非常要紧的话。

“傻子，你也许是为了穷人，可是你却没有走上一条对的道路，”李斯特拉特笑着说，亲昵地拍一下弟弟的肩膀。“如果你当真为了穷人，你就应该来跟我们一道。在你们队伍里有多少穷人呀，算一算。”

楞迦并不回答。他望着李斯特拉特敏捷地调好马鞍，松一松马肚带，并且用一双熟练的手摸一摸马的肚子、胸膛和腿。

“一片头等的马肉，”他说。“一匹顶好的马。我自己真不在乎跟你交换了呢。”

现在楞迦想替他哥哥做点什么事，于是他就冲动地说：

“让我们换了罢，李斯特拉特迦！你把你的给我。我只不过白白糟蹋了这匹母马，可是你也许会把她保持到和平的时候？”

李斯特拉特轻蔑地望着他。

“我的天，你是一个什么样的兵士。哎，一个人怎好换掉他的战马呢？我已经骑熟了我的牲口，我们再也不能分离开了。他懂得我透澈而又透澈，不要告诉他就晓得我要干吗——可是你偏要交换？他们怎样教出了你这种晕头汉来？”

这一来楞迦忍耐不住了，吼道：

“啊，你怎么总是排贬我们呢！你为什么老是想把我看成一个傻子？”

“我排贬你们！”李斯特拉特严肃地说，“因为你们是一堆混蛋。你们觉得你们是打谁呢，我来问你？哎，你们的队伍克服了这一省，也许你们再克服两三省，可是我们还有五十省呢。我们不想流血，我们等待着农民们看出来你们要做些什么，看出来你们原是一群狼。等待我们来把你们摧毁了，那时候你们就会放声哀嗥。”

楞迦又愤怒地大吼一声，吼声惊得正在嚼草的牛犊停了一刻，李斯特拉特的感觉灵敏的马也竖起了它的耳朵。

“对了！你们摧残人民是挺好的！”

“啊，滚罢，”李斯特拉特厌烦地驳斥着。“如果人民都像你们那样一点也受不到摧残的话，他们早就替我们造作一个万般苦楚的地狱了。”

“你不是打算笑笑就完事啦？”楞迦喊着说，面色绯红了。“现在不准开玩笑！你老是拿我开玩笑，可是你不曾告诉我，你们为了什么打仗。你们是为了什么目标呢？”

李斯特拉特从槽里抽出一棵草来咬嚼了一会，这才郑重地说：

“这倒是真的——我从来没有说过我为了什么打仗。我想我们俩是从一个窠里出去的，所以知道的事情也差不多。不过就是在从一个窠里出来的雏子中间也仿佛还有一点不同。我们的欲望很多，阿历克西·格里高里哀维契。我是一个无知的家伙——我既不能读书又不能写字——让我全都讲出来真是一件不容易的事。不过你看见你的母亲淌了一辈子眼泪吗，你？我们得把那些眼泪搜集在一个桶里，把彼得·伊凡诺维契淹死在里面。那么他的种子就再也留不下一点了。懂得罢？”

“那么我们呢？”楞迦问。“我们也去找一个桶吗？”

“你干吗要那样呢？你就像瞎眼的猫仔一样——嗅来嗅去，总是给打回到角落里。事情就是那样。”于是他增添说：“好罢，现在，楞尼亚，我们已经谈了一会，这已经是我们得走的时候了。告诉我，这一带有你们的人吗？”

“彼得·伊凡诺维契到折尔芹迦去了，”楞迦回答说。“绕着莫尔昌诺夫农庄走；那儿的路很好走。”

兄弟们回到家里，一面走一面扣着皮带。楞迦，羞红着脸，从裤袋里拉出他的手枪来。

“哎呀，你这流氓，”李斯特拉特瞧见了。“看见吗，母亲？这个丑笨蛋可把我吓坏了，他总是把他的手枪顺手放在口袋里，时时刻刻的。”

楞迦勉强地笑一笑，说，“哎，谁晓得你会干些什么呢？你说了许许多多，你答应了不碰着顺从的人，可是只要一、二、三——你逮住一个家伙，你就把他拉到墙边去了。”

“以后你自己去瞧罢，”李斯特拉特说，转动着他的眼珠子。“也许他们向你造谣说我们逮住人民就靠在墙上枪毙罢。”

楞迦笑了。

“你别打算欺骗我。我晓得我自己应该走的路。”

“呃，小狗，”李斯特拉特亲昵地说，“世界上有多多少少的道路呢，楞尼亚。有的直，有的弯曲。……好罢，我要走啦。再见，妈妈，再见，楞尼亚——如果我们碰巧在打仗时遇见了，可不要发疯呀；一个人在战争里是很容易头脑昏热，不晓得谁是他的亲骨肉的。”

李斯特拉特笑了，可是他心里闪起一个想头：“他是那么年轻，这小狗子。他就要毫无代价地给糟蹋了。”

他们的母亲站在门限旁边望着他们，直到急飞的雪片把她的儿子遮得看不见了。

俩兄弟一同骑着马，直到河旁。于是他们互相望着笑一笑就分别了。一团灼热的什么涌起在楞迦的喉头，他的心紧缩起来。

他骑着马慢慢地向前走去，深沉地感叹着他跟他哥哥的这一场聚会。

他觉得仿佛有些什么东西在他的心里燃烧起来了。现在，他想，他简直不能对农民们讲解安东诺夫的教训了。

就拿彼得·伊凡诺维契作例罢。楞迦跟他在一块混得太久了，以至他已经习惯了他的粗暴，觉得那是做主子的人所应有的了。不过当他母亲告诉了他关于面粉的事，一种新的感觉就起始在他心中搅动。当他愤怒地想起那个粽黑的高个儿大声喊着他母亲的名字故意要给邻居们听见的时候，他的脸都气红了。

于是楞迦记起他怎样加入了安东诺夫。在以前他从没想到过这件事；他毫无目的地就那么作了。那在他看来好像是一件正当的事。追根究底。他从幼童时候就进到彼得·伊凡诺维契的家里。并且自从七岁起他就替他作一名农庄上的小工了。所以当彼得·伊凡诺维契加入了安东诺夫时，他就把他的侄子和朋友都带了去，楞迦也跟着他们，糊里糊涂就去了。他现在不想再想到这件事，可是他不由地总是想到它；他不能把李斯特拉特的话清出他的头脑以外去；那些话非常简单，然而却刺痛了他。

“糟心，”他说，“只要我把他打死就好了!”

他四望着。遥远处可以看见李斯特拉特骑着马走向莫尔昌诺夫农庄去。楞迦站在镫上，瞧见他哥哥跳下马来在鞍子上弄着什么。李斯特拉特站了一会——想着，很明显地——于是做一个姿式好像表示他不管了，拉住马勒慢慢地向前走去。

“他断了什么东西吗?”楞迦奇怪着。他就要去追他的哥哥了，那时候他突然看到在远处有一群骑马的人。他认出他们是他自己的队伍，斯托罗折夫骑着他那匹偏秃的母马走在前头。

“他们来追赶李斯特拉特迦来了，”他想。“如果他们逮住了李斯特拉特迦的话，他们就会把他杀死的。”

他的心又紧缩起来。他用踢马刺刺着马冲向前去迎那一支队伍。

斯托罗折夫拉住马，瞧着楞迦，犹豫地动着嘴唇问道，“你干吗在这里闲荡?”

楞迦觉到自己的怒气增涨了。

“你亲自打发我出来的，”他咆哮着。“你嚷嚷些什么呢?”

斯托罗折夫猛烈而不均匀地呼吸着，马都流着汗；他们显然是跑了很久。人们一定是急于要到一个什么地方去。他们都喜欢停一停，点起纸烟来，奇异地望着楞迦。

“李斯特拉特在村里吗？”斯托罗折夫问。

“正是这么一回事，”楞迦心里想，突然——感觉到自己好像变成了一块石头似的——他回道，“是的，他刚才在我母亲家里。”

“你也到那儿去了吗？”

“是的，我也在那儿。”

“嗤嘻嘻，阿历克西·格里高里哀维契。那么你跟你的哥哥会面了，不是吗？你们分别时也互相吻着罢，我想？”

“我们不必在家里就互相开起枪来，是不是？像那样的一个地方也就太不宽敞了，”楞迦重复着李斯特拉特的话。“我们争吵得够多么凶呀！”

“他到哪儿去了？”彼得·伊凡诺维契漠然地问。

“谁？李斯特拉特迦吗？他到格里亚斯诺惹去了。”

“他没有撒谎，”斯托罗折夫决定了。于是他赶紧命令道：“现在，孩子们，到格里亚斯诺惹去，也许你们会捉到你们想捉的鸟儿。我要从村子里过一下。你跟我来，楞迦，让你去追赶你自己的亲哥哥是不行的。”

他们在寂静里走着。用想象的眼睛楞迦看见李斯特拉特牵了马顺着路慢慢地走去。

没有转回头来，彼得·伊凡诺维契问道：

“你的母亲还活着吗？还那么终日嘟噜吗！她预备什么时候还我债呢？顶好是快一点。”

楞迦什么也没有说。

“你听见我跟你讲的话了吗？你们尽晓得借，等到要还的时候你们就只会搪塞。”

“喂，如果你有了那三蒲特的面粉你就会暴富起来吗？”楞迦非常粗鲁地问。

“你说什么？”斯托罗折夫问，收住了马缰。

楞迦赶到斯托罗折夫面前，直冲着他的脸。在遥远处他可以看见那支军队奔驰着，卷在一重雪的帐幕里。

“我说什么就说什么，”楞迦气愤起来。“你太贪心了！你不应该那样地去糟蹋一个老太婆。你应当对人有一点儿怜悯。”

“对啦我应当怜悯你们这些狗，”斯托罗折夫说，他那刮得很干净的两颊抽揞着。“我怜悯了你们，那么一有机会你们就可以绞我的脖子了。在一九一七年我们怜恤过你们，而现在我们就制服不下你们来了。”

他用颤抖的手指在口袋里瞎摸着，掏出他的烟袋来，当他卷起一支烟卷来燃着了火时，他声音拖得深长地说：“你们穷人们不需要怜悯，只是需要教训。”

“谁让你当他们的教师的？”楞迦高声粗鲁地问。“教师，简直是！……红军把像你这样的教师成打地靠在墙上，让你别再教训了。”

这一来斯托罗折夫气得喘起来了，他的烟卷掉到嘴外去，嘴唇突然痉挛地扭歪着。

“啊哈，你这混账！”他詈骂着。“听了你哥哥的话了！你还没有挨够鞭挞呢。来，挨一下！”

他举起鞭子在楞迦的脸上从眉头到下颏抽了一下。于是他捞起马缰，踢一下马就跑向前去了，一面向身后詈骂着：

“你现在也许更聪明一点了，你这混蛋。挨鞭子的！”

“挨鞭子的！”在楞迦心里一闪……他记起小孩们曾经怎样地跟在他后面喊着：“嘿，挨鞭子的，嘿！”

依旧蒸腾着兴奋的感情，他从后面狞视着斯托罗折夫想道：“有一天我会面对面地碰见你，把你揍死。那就是你的下场头！”

于是他的兴奋突然冷下来了。他觉得更舒适了一点，更自由了一点，那个曾经搅扰过他的问题已经给他很简单并且很快地解决了。

“肮脏的猪猡！”他喃喃着，擦着他脸上的血。“他给我打开了一个多么厉害的伤口。好毒辣的手哇。……”

那天深夜里，楞迦在莫尔昌诺夫农庄上追上了李斯特拉特。

“呃？”李斯特拉特严厉地问，看见了他弟弟脸上的红色的条纹。

“让我们走罢，”楞迦用一种低哑的声音回答说。“我自己已经没有主意了。”

当楞迦跟李斯特拉特望见打谷仓的时候，一片暗淡的曙色已经浅浅地染红了那灰黯的云雾。它霎着一颗红眼睛望着他们，引他们到切望着的休息的地方，而今已经近在目前了。楞迦骑着马悄悄地走在李斯特拉特的前面。李斯特拉特自己笑着，捋着他那银灰色的胡髭。

“你是不是受了惊吓了？”他问他的弟弟。

“没有，”楞迦回答说。“反正结果总是一样。”

“你为什么不把他杀了？”李斯特拉特问。“让我就不会白白地放他过去。你还可怜他吗？”

楞迦跟李斯特拉特的马并在一齐，解释道：

“我不想杀死他，李斯特拉特迦，我不想从后面暗杀他。我想捉住他。等真的把他捉住了，我就眼瞅着把他枪毙。我想在他临死的时候能够直瞅着他的眼睛。”

李斯特拉特温和地笑了。

“你还不过是一个小羔子，”他想。“你还得别人好好地照顾呢。”

……现在打谷仓已经隔得很近了。楞迦勒住他的母马，摘掉他的帽子，他把莱福枪、手枪和炸弹，交给李斯特拉特。

“你拿着这些东西，”他用一种低哑的声音说，又增添道：“李斯特拉特——捆起我的手来，为了基督的原故，我恳求你——捆起我的手来——不然我就要受惊——我就要回去了。……”

李斯特拉特瞧见他那双恳求的严肃的眼睛。他从口袋里抽出一条皮带来，把他弟弟的两只手紧紧地捆在背后。

“预备好，”他说。“这就要走了。”

“走罢。”楞迦嬉笑着，用马刺踢一下他的母马。

十

安东诺夫的冬期军务很成功地结束了。他切断了撒拉托夫、巴拉舍夫和加米辛——最好的产粮食区域——跟莫斯科和唐姆包夫中间的交通，搅扰东南铁路上经常的贸易，不止一次地把火车弄出了轨，在战争里占领了这省里最大最富的一个庄子，拉斯加撒窝，搜掠了它，把盐、煤油和衣料分散给农人们。又一次地，他简直要进逼唐姆包夫了。

这一个春天很适宜于安东诺夫的目的：到处都是大量的水，道路都在一种极可怕的情形之下。

这一春的河水都泛滥了：雪在温煦的阳光里很快地消融去；遍谷里急响着细小的水流，而当冰冻起始解冻的时候，河水就升到一个从未听说过的高度，泛滥到田野、村落和孤独的农庄里去了。

恰像一条充溢的河流，叛变也泛滥着，远远地展延出去，仿佛那古老、和平并且静漠的生活已经决口。普鲁日尼考夫和伊洵有时候整一星期不得睡觉。他们骑着马到村庄里去，成立委员会，组织军事、情报机关，截取红军的给养。

“布尔塞维克们喊着说战争已经结束了，布尔乔亚已经一败涂地，而现在剩余下来的就是攻打我们了。但是如果战争真的完结了，为什么农民们感不到较前舒适一点？他们的粮食税律为什么不实行开去？对了，让我们承认过去的粮食都跑到军队里去了，可是现在哪儿去了呢？现在，弟兄们，粮食到城市里去了，因为工人们罢了工，工人们罢了工，工人们在一种非常糟糕的情形之下，工人们会比我们更快地暴动起来！那么他们就得闭住嘴巴。他们压榨了农民，于是又会打起仗来——永没有完结。”

农民们骚扰不安，正在这时候，传来了克隆斯达德兵变的消息。

在三月十五那一天，一个信差疾驰进卡门加来。他的马累得摇摇欲跌的，刚到司令部的台阶就跌倒了。骑马的人面孔苍白着，走起路来一摇一晃地；他的衣服上罩着污泥，几鬈缠结的黄褐色的头发从帽子底下伸出来。

他递给安东诺夫一封高尔斯基写来的信，安东诺夫就对着一群赶忙召集起来的头目朗诵它。

“三月二日，在克隆斯达德，一些宣布了自己不受统治的水手，红军军人和工人们成立了一个暂时的革命委员会。珂斯洛夫斯基将军（一个甚至管辖到这一带地方的将军，——安东诺夫心里一想）握住了防卫堡垒的司令权。变兵们要求召集国民大会，成立非共产党的苏维埃，以及私人经商的自由。他们已经派遣伏罗希洛夫领着军队来扑灭这场兵变了。”

“我曾在克隆斯达德呆过，”安东诺夫喊着。“他们永不会攻下那地方。那些私生子们永打不过水手。骑着马到四乡里，孩子们，把消息广播出去罢！”

村庄里警钟敲响着，把人民号召到一起；乡野里遍传着这样的话：“彼特罗格勒是我们的了！共产党完蛋了！”

在唐姆包夫附近的村庄里有着如许的闲暇的节日。人们穿起他们顶好的夜服来在街上蹓跶着。手风琴和彩衣都出现了，一股浓重的自蒸沃特加的气味弥漫着：在那些日子里，人们成加仑地喝着酒。

“不要再储藏粮食了，现在整个的俄罗斯就要变成我们的了！”

村里的女孩子们摇着肩膀，放纵地顿着脚唱道：

啊亲爱的女郎，听我说今天的悲伤，
我那漂亮的情人儿跑去了远方，
跟水手们去到海上。

接着就有另一个人回答道：

啊亲爱的女郎，听我说今天的消息，
它会使你把眼泪挥弃，
我们的水手替我们打平了整个的俄罗斯！

当庆祝的热狂达到了极点的时候，一个叫做布拉日尼的水手跟他的几个朋友到卡门加来了。他们都穿着海员的装束——带着长飘带的帽子，肥裤子；喝得烂醉，龇着牙骑在雄赳赳的马上！他们慢慢儿在村里走着，挥舞着他们的马鞭子，跟女孩子们调笑着，叫嚣着下流的曲子。在赛里弗斯特·彼特罗维契的院门口，他们给伊利亚喊住了。

"我父亲请你们进来吃饭！"

布拉日尼大惊小怪地，最初还客气了一阵，不过事实上却赞成了，于是一群人走进房子去。

赛里弗斯特穿上他那蓝色的短袄，在胸上挂起他的奖牌来，表示他并不是一个无名下士，却是一个曾跟着村里的长辈去见过沙皇并且受过皇家奖誉的人。

他的靴子吱吱地响着，发着一股胶皮的气味；他吩咐他所有红面颊的温柔的女儿和儿媳妇在桌边坐下来。水手们坐在她们中间，挤得紧紧的，抚摸着她们的大腿，一面淌着汗。

赛里弗斯特举起第一杯酒来。

"让我们喝一杯庆祝自由罢，水手们和弟兄们，"他用一种油腻的腔调说。"永远永远的自由。"

"万岁！"布拉日尼嚷着，捏一把伊利亚的老婆。她叫起来，可是伊利亚只蹙一蹙眉头——一个人对于一位光荣的宾客能说什么呢？

"克隆斯达德是一个什么玩意呢？"布拉日尼吹嘘着，这里必须表明，他从没到过克隆斯达德，并且从来就没有当过水手。

"那是一个堡垒！一个堡垒！"他继续说下去。"那里的孩子们统统是我们自己的血肉啊。”

“我们不能让它那样！一，二——我们就把整个的俄罗斯送给魔鬼去。三！——就什么都没有了。那就是你的克隆斯达德。”他结束说。

他现在喝得酩酊大醉了，这已经是他喝过酒的第五或是第七个村庄，布拉日尼用两臂抱住伊利亚的老婆哭了起来。

赛里弗斯特吃了一惊，同时也觉得受了侮辱，可是水手们却依旧推他拉他；他们都要他跟他们碰杯，还要他吻他们。赛里弗斯特本来已经喝得太多，现在喝得越发脸红心乐了，他起始跳舞。

好奇的邻居们从窗子里瞅进来，男女孩子叽叽咯咯地傻笑着，在窗格上把鼻子都挤扁了，都在望着里面的情景。

“在这样的一个机会，”赛里弗斯特喊着说，“我们应该做一做祷告。”

“把你的神父抓过来，”布拉日尼叫着，醒过来了。“我要把他做成肉酱，那个鬼胡髭。让他念葬经罢，上帝帮助他。”

他们打发一个骑马的人去找神父。斯台潘神父马上就到了；他是被那个赛里弗斯特派去找他和教会执事的骑马的人用鞭子赶着来的。

斯托罗折夫也来做祷告，像往常一样地庄重高傲。他跟斯台潘神父还有教会执事在一起低声商量了一会，不晓得他们应该提及哪个政府，并且怎样祈祷。

斯托罗折夫对于宗教上的事是很在行的，马上就制造出祷告辞来：“那些人们都是英雄，安东诺夫和他武装的弟兄们”和“我们无畏的农民军”。

在祈祷中间，布拉日尼粗声嚷着，简直像在唱一个什么曲子了。神父挺不高兴，不赞成地摇着他的脑袋。

祈祷完了以后，水兵们过去吻那十字架。布拉日尼几乎要吐在斯台潘神父的法衣和袈裟上，然而他却当真拥抱住他，喂他酒，一直到神父在桌子底下睡熟了完事。夜里，水手们在村里游荡着，砸破了几扇窗子，鞭挞了几个人，殴打了几个女孩子。傍天明时，人们发现水手们给打得几乎要死了，布拉日尼躺在那里脑壳破裂了；这就是一场狂欢的结尾。……

那些日子在卡门加生活是愉快的。有一次斯托罗折夫偶尔向司令部里面瞅了一眼。

他所瞧见的使他很不痛快。安东诺夫坐在一把安乐椅上，上衣解开了，脚也赤着；他的头发散乱着，他那红肿的眼睛带一股疯气。

他面前站着一个在卡门加附近被沙菲罗夫打了一顿的团里的军官。

“你想干吗呢，呃？”安东诺夫问，打着呃。“来，吻一下我的脚，我就让你回家去，真的，没有错儿。”

“我想死，”那个人用一种困倦的低声说。“如果你高兴你就把我杀了，可不要拿我开玩笑。”

那个人高个儿，瘦瘦的，没有刮胡髭，面带血污。他的大鼻子挤缩了好像一个死尸的。

“让他永辞人世罢。”伊洵说，大笑着。

赫尔曼正在唱一个粗野的歌。只有普鲁日尼考夫在那里狡诈地看着这副景象，因为他喝沃特加喝得太多了，眼睛都闪着油光。司令部里的将近二十个人全在喝酒，互相接吻，吵闹着。连房子都闹得当真要动摇起来。托克玛考夫不在这儿：他跟着军队到东方去了。

“不能这个样子，亚历山大·斯台潘诺维契，”斯托罗折夫说。“人们简直太胡闹了，他们一点不能检点自己不正当的行为。他们就为了这么些龌龊事糟蹋了一个水手，你怎么办呢？”

“住口，你这猪猡！”安东诺夫喊着，想站起来。

“让他们俩一同长辞人世罢，”伊洵嚷着。“他太聪明了，那花白头发的老鬼。”

于是斯托罗折夫走到那个瘦长个子前面，拉出他的手枪来在安东诺夫面前晃一晃。

“半响我就可以打出你的肠子来！那么，放下你的枪罢。”

伊洵高声大笑着。

“走。”斯托罗折夫跟那个军官说，面孔气白了。他领他出去，在花园的棚子后边把他枪毙了。

克隆斯达德的兵变使安东诺夫的脑袋转了方向。他发明了许多出人意料的计划，毫不注意已在开始的抢掠的事，却只跟托克玛考夫、普鲁日尼考夫以及别的朋友们争吵，每当他们警告他大祸将近的时候。

他变得很专制了。现在他打算把自己变成一个全国叛变的领袖。

他接近一些可疑的角色，关于那些人有许多不光彩的事情谣传着，安东诺夫叫他们做团里的军官。他收留下所有高尔斯基送给他的人，那都是从苏维埃政府治下逃亡出来的。这些非正式的官儿们包围住他，强迫他任命高尔斯基的亲戚，一个就要到卡门加来的好流口涎的将军做军部的首脑。作为反抗，安东诺夫回答道："已经蛮好了！我现在已经在这里指挥一切了！"

有一次在跟普鲁日尼考夫的谈话中间，安东诺夫轻蔑地说出来：

"你们！如果没有我，你们哪一个能行？是谁指挥一切的？写写字讲讲话——那算得了什么！我是人民军的指挥者，我想请你们少说话。"

一个星期之后，村庄里听到勃罗底海舰队的事件了。斯托罗折夫越发胆壮起来。他到德甫里基来，召集了一个村民大会，宣称如果有谁敢耕种列毕亚致湖畔他那几亩地的话，他就亲手把他枪毙。农人们静静地听完他这短短的演说就散了。

土地又属于彼得·伊凡诺维契了。他又预备种子，端详着，挑剔着，把它们吹干净，整理好犁铧，修理了大车。他忙碌地工作着，一面喊着他的儿子们，当他们在他看来在准备春耕上有点儿迟缓了的时候。

他还不能十分相信土地又是他的了。他赶紧下了种子，向世界上一再地说：

"这可是我的地呀！我买的呀！我在管理它。可不要碰着我的地。"

他一想起也许会有一个生人跑来站到那块地界上，从斯托罗折夫跟他的家人手里抢走那块地，并且把自己当成地的主人的时候，他就简直要发疯了。他越替他的地担心害怕，他对于那些想来打捞这块地的人的憎恨就更加猛烈，并且难以抑制了。

那些日子里，他想象着一条饿狗，当人家把一块好吃的肉骨头从他嘴边抢走的情形一样。

只要可能，宁愿永不离开他的土地，将来死在这儿，一直保持着他的田园。他那下了种子的沃土，他那种种的权利，像在蔑视贫弱的人们，向他们发命令，使自己有势力、变富，在河岸上埋下卢布和戈贝克，收买新的产业、新的牧场。

那里就是他替他自己弄下的土地。他现在已经替自己争取了势力和尊敬。人们都害怕他。当他走近他们的房子时谈话声就会停下来。人们都嫉妒他。……

然而他的权势却不是永恒的。

"他们会从北方来，"他自己想道，"人们从北方，从莫斯科来抢我的土地，我的权势，正如他们抢走了我的小工楞迦一样。他们要来摧毁我的势力，使别人来压制我，压制我们这些斯托罗折夫们。他们要抬举起一些破衣褴褛的乌合之众和所有住在混人的末路上的家伙——米特迦·别斯丕斯托夫或是我的哥哥西芒。那么我就得向他们磕头，成了他们脚底下的人了。我的地也要交出去。”

这想头刺疼他，他的仇恨更大了，他的痛恨永不会有一刻儿冷下来。它使他更加勇毅地去搜寻敌人。他独个儿出去巡逻，或是带着他的几个人，突进了曾经有小队红军在那儿休息过的村庄，盘问人民，枪毙他们，烧掉房子，鞭打那些有跟共产党来往的嫌疑的农夫，在没有参加叛变的村庄里成立起社会革命党的秘密委员会来。

他紧抓住自己的土地，为了保全他的权力而斗争。

十一

现在大地上融去了污黑多孔的残雪。水流潺潺地流过幽谷。河流旁露出了崖岸，洪水已经过去了。

村庄外面躺着蒸发水汽的黝黑黏湿的田野，农人们望着它想起了过去。去年秋季没有人耕种，现在要耕种却没有马也没有种子了。长了疥疮的困倦的马在场园里游荡着好像瞎马一样；就连这种可怜的牲口都没有多少了。安东诺夫的军队在扩充着，军营里需要马匹。安东诺夫在撒拉托夫寻马的结果并不顺利，他不得不转回到“他自己的”区域里来。

农民们的情形更糟了，当煽动者们讲解给他们说那是为了农民本身的利益而征收马匹的时候，他们只能歪起了嘴巴。

再也没有军事上的狂欢了。泛滥的洪水退去了，决斗的日子就在目前。

三月十七号，伏罗希洛夫率领着红军攻打克隆斯达德最后的棱堡。

正逢第十次党代会开会的时候，代表们都跑到战士的面前。在一个沁凉重雾的黎明时候，堡子被夺取了。这消息传到卡门加时，安东诺夫把他的愁苦淹没在酒里。他从他武装的同志们那儿远远地离开去，常常在树林里坐好几个钟头，想着一些重重地压着他的模糊的事情。

一个星期之后，彼得·托克玛考夫在柴姆黎克附近的一场小战里受了伤；他被带回卡门加来的时候已经死了。他的黄眼睛，他的灰小发蓝的嘴唇永远地合上了。现在他永不会思虑一些什么事情了。

安东诺夫整夜坐在他朋友的棺材旁边。他整日地哭，他的头总是俯在玛路西亚·考骚瓦的膝上。她到底又把亚历山大·斯台潘诺维契赢回来爱着她了，然而他的爱是恶意的。他轻蔑地恫吓她，好像他要把自己遭受到的痛苦都发泄在她的身上。

不过愁苦总须搁起来。他还得想到事业，替第一军找一个新的军长。联盟跟作战指挥部里又都剩下一堆混蛋了。

安东诺夫被第二军军长包古斯拉夫斯基和那些非正式的官儿怂恿着想要任命高尔斯基的亲戚，那个好流口涎的将军，做第一军的军长。为了实现他的主意，他断言红军已经在准备一个决战的举动了，所以在一个军队的首脑地位上应该安置一个完全熟悉军事的人。

联盟提出反对。在会议里伊洵高声猛烈地反对这种变动。

“这都是些什么鬼东西呢？”他喊着，流着唾沫。“无论在什么地方，只要有一点点事儿酝酿着的时候，你就一定可以找到几个将军。在扎罗斯拉夫，撒文珂夫起始干这种事；随后又有璞尔虎洛夫团长。在西伯利亚他们拉进了库尔察克海军司令；在克隆斯达德，珂斯洛夫斯基将军又突然起来。把他们全下到地狱里去罢！……”

普鲁日尼考夫支持伊洵。

“将军们一进来，我们就都给扔出去了。我们管煮，他们管吃。可是你想我们会容他们一刻儿吗？”

感情激怒了整整一个星期。安东诺夫常常召开会议，却不请一个委员会的人出席。伊洵恫吓说他要发起一个反对安东诺夫的反叛变。

“瞧罢，”伊洵野蛮地叫着，“事情不是可以那么容易了结的。”

然而讨论却出乎意料地截短了。……沙菲罗夫枪毙了那个将军，因为那个将军跟一个男孩做一件不正当的事被他捉住了。第一军长的职务被库斯涅错夫接受了下来。

他很快地把大权揽在手里，然而事情却要采取一种恫吓的方式了。假如你不预先下手去抓到势力，那么一切都会走到一个反对的方向去的。

十二

二月里，列宁电召唐姆包夫省党委的书记涅姆采夫到莫斯科去。甚至在这以前，佛拉齐密·伊里奇已经在政治局和劳工国防会议的会席上提出剿伐叛军的问题来了。他详细地观察唐姆包夫省事件的历程，读唐姆包夫的报纸。从唐姆包夫军部里他接到胜利的报告，告诉他许多战争和胜利；可是叛乱的运动却好像越来越扩大，越来越强烈了，不断地从一些莫明其妙的地方滋生出来。

涅姆采夫到了。列宁跟他不止一次地作长时间的谈话，那个省委的书记对列宁报告了现有的一切情况。

一个命令赶紧取消粮食税则的电报打到唐姆包夫去了。这就是巨大、重要的紧急转变底第一声消息，也是党在富农叛变之下爆起的第一声地雷。

那时候，有八百多个唐姆包夫的农民囚在莫斯科和唐姆包夫的监牢里。他们为了不同的原因被捕了，有的因为帮忙了安东诺夫，有的因为当侦探，有的因为对苏维埃武装的反抗。

他们中间有各式各样的人：富农，有些人参加了安东诺夫的军队然而不是完全由于自己的自由意志，有些人像瓦西利·包察洛夫老爹——从巴哈列窝来的。老爹之所以被捕的原因是这样的：他是贫农中最穷的一个。他和他的老婆除却一年到头啃白薯而外毫无所有。当安东诺夫到巴哈列窝的时候，他恰巧住到瓦西利的可怜的小屋里去了。这老头子给吓坏了，吻着安东诺夫的手，向他哀告。安东诺夫命令把从共产党们那里抢来的母牛送给瓦西利一条。母牛牵来了。一个星期后，她的主人回来了，就又把她牵了回去。老爹不能忘却这件事。有一次这条母牛的主人——苏维埃的一个分子——正慢慢地逃出村去，那时候安东诺夫的人正往村里开进。他躲在麻地里。老爹瞧见了他，就偷偷地到司令部去把他的仇人告了。那个人就在当时当地被枪毙了。母牛呢，自然回不到老爹手里。安东诺夫的人当时并且当场就把她杀着吃了。老爹为了这件事被捕。他已经坐了三个月的牢房；他诅咒着自己的贪婪，热诚地祈祷着，诟骂"那个骗子"安东诺夫，因为到头来他也不过是一个骗子。

"轻轻地掩我的腿罢，你这狗崽子，"他喃喃着。"像我这样一个可怜的家伙，"他喃喃着。"像我这样一个可怜的家伙，啊，我是多么的不幸啊！"

有一天瓦西利被叫到公事房里，有人告诉他说列宁想见他。

"哎呀，我要完蛋了，列宁要杀我了。"老头子浑身颤抖着说。不过管牢人拍拍他的肩膀，安慰了他一阵。

那一天列宁在克里姆林宫里招待了一大群唐姆包夫的农民，跟他们作了一场朴实而诚心的谈话。还有些别人出席了：留黑胡髭的健壮的斯大林，戴眼镜的微笑着的加里宁，几个军人，还有唐姆包夫的书记涅姆采夫。

瓦西利老爹在头发上擦了油，梳得亮光光的，看起来还像个样子，只是仿佛太羞涩一点了。他低声问他旁边的人哪一个是列宁。是不是那边那个家伙呢？他指着一个高大健壮的军官。

“不，”他身旁的人回答，“那一个。”

“唏，你撒谎罢。”瓦西利老爹怀疑地说。

他身旁的人画个十字，发誓说那是事实。瓦西利摇摇头：事情原来是如此呀。好罢，现在你尽管想一会罢！列宁把注意力从桌面堆积的文件上移开去，靠身在椅背上，把姆指插在袖孔里，愉快地笑着。“那是一个狡猾的家伙！”瓦西利老爹想。加里宁说我们要让过去的事过去完事，他说着笑了，瓦西利老爹也笑了，觉得更放心了一点。可是他从没把眼睛从列宁他们几个人身上移开去。

一个老爹并不认识的农人正在谈着苏维埃农庄和从李斯汀堡公爵那里拿来的土地。

列宁记录着。

“事情就是这个样子，米海尔·伊凡诺维契，”那个农人正在跟加里宁平稳简捷地谈着。“你现在问我，什么事情使我们不满意，为什么安东诺夫还能支持下去？好，让我来告诉你。这位李斯汀堡公爵在我们村庄附近有三千个迭斯亚丁的土地。两千个人到苏维埃农庄去了。喂，一点不错，政府需要我们的粮食；我们明白这个。可是公家的农庄却把地糟蹋了，弄得再也不能耕种。结果是别说人吃的捞不出来，就是狗吃的也没有了！白薯又都给我们抢走。他们从我们那里拿走东西，放着，让它烂掉。连盐都没有了。乡下的情形太坏。

“有一次他们发盐了——绝无仅有的一次。不让有一点穿的衣服。不让有靴子。这么一来，人民就不满意了。而安东诺夫却是一个精明的家伙；他猜出了会发生一些什么事情。……”

列宁歪过身去向涅姆采夫问些什么。涅姆采夫掏出一个纸簿，打开来，回答了几句。黑胡髭的斯大林倾听着谈话，在一张纸上写着一些什么。加里宁瞅着农民们，他的眼镜闪烁着。他们在一起谈了很久。农民们一个跟一个地发言，诉说粮食税则的不好，解释着他们的烦恼和愁苦，并且说种地这桩事在他们现在已经是不可能的了。列宁倾听着，转动着眼睛，显然是在心里辗转地想着一些什么。偶尔他跟身旁的人低语几句。将近结束时，他说话了。老爹把手罩在耳朵上倾听着。

“同志们，”列宁开头说。老爹惊异地听出来列宁说话竟是那样的平庸；他“r，S”的发音并不十分正确。

列宁说得那样简单，瓦西利老爹竟完全听明白了：他讲俄罗斯历来起过的几种战争，将军们怎样挑起一场战事结果还是断送了自己脑瓜，粮食税则为什么不能废除，还有关于那个骗子安东诺夫的一切，以及莫斯科的人们怎样地绞尽脑汁来考虑农民们的事。

“好罢，同志们，”列宁说，“我们现在必须设法满足那些依旧不满意的农民们的需求……对啦，像这种样子是再也不成了。”

列宁起始告诉他们党为了想要帮忙受到战灾的村庄所做的事。

瓦西利老爹愉快地滚动着眼珠子：列宁所说的一切跟他曾经想过的完全一样，不过瓦西利从来不会把自己的思想汇集成那样的一堆。

“我们要拿来代替粮食税则的新税律一定尽可能地定得最低。”

农民激动了：一种赞成的嗡嗡声从他们的行列里发出来，他们笑了，列宁身边的人们也笑了。于是加里宁插进来说道：

“你们都可以预先知道你们要拿出多少来交给国家，为了举办学校、军队和医院。”他愉快地笑着。

农民们拍起掌来。老瓦西利也拍，并且从没那么笑过地笑了许久。

“至于剩下来的粮食——那你们就可以随便怎么用了！整理家庭，置办靴子跟衣服。那就完全任你们自己处理了。”

当做结束，加里宁宣布所有的农民都要从牢里释放了送回家去。他请他们回去把他们在莫斯科听见看见的一切告给所有村里的人们。农民们——欢喜、愉快，立刻变得年轻了，又拍起掌来。随后列宁跟他们一同照一张像片。照像的人装好镜头，一个什么机器卡哒一响，就爆发了一阵火焰，吓得老爹猛地颤抖起来。

农民们跟加里宁一同吃晚饭，他跟他们闲谈一些家常。他嘱咐瓦西利老爹说：“回到家里别忘记把实情告给农民呀。”

老爹发誓说他一定那么做，之后他突然一下子哭起来了。他想吻一下米海尔·伊凡诺维契的手，然而这却使得加里宁生气起来。

老爹并不即刻回家。趁他的文件和车票都在准备的时候，他就到城里去各处游逛，看看他要买一点什么东西。最后，他回家去了。他带着各种粮税的通告，那上面解释着旧的粮食税则已经废止了，这种新设施的议案在党大会里通过了，此后就照这样子施行下去。

当瓦西利老爹从车站上跋涉着回巴哈列窝去的时候，天已经放亮了。田野里的雪已经融尽，而今晒上早晨的阳光它在冒着水汽，光耀而且新鲜地出现在世界上了。老人直接从春天的水潭中走过；他的新靴子透不进水来。他一面走一面跟他自己嘟噜着。他摘下帽子来四处望望。广阔的——几乎是没有边际的——家乡的原野在他面前展延开去。

从一个小山到另一个小山，山脉连绵不断地向西方远远地延续下去。这儿那儿可以看见树丛子的鲜明的轮廓，在瓦西利立脚的山底下一条小河弯弯曲曲地流出来。鸭子们在沼塘里呱呱地叫着。瓦西利从他立脚的地方可以望见灰色低矮的村礼拜堂，有着金黄色的十字架在阳光中闪耀着。他跪下来，画个十字，吻着他家乡的土地，于是赶忙向家里走去。村里人刚刚醒来。炊烟起始从烟突里缭绕着，良好的管家妇已经起来忙着活儿了。

突然，在早晨的寂静中，警钟响起来了。

渴睡的农人们一面往外走一面扣着衣服的扣子，赶到街上去。空气是清爽的，照耀着温煦的阳光。

村里的长辈们带着焦虑的心情跑到礼拜堂去。又出了什么新的岔子吗？这一次敌人又开到哪儿了呢？

可是在钟楼上，他们却看见了瓦西利·包察洛夫的秃光的脑袋。他喜孜孜的，显得年轻了好多。他手里挥动着一张纸片，不停地喊着一些什么，喜欢得连话都说不出来了。他想吻他们所有的人，拥抱整个的世界。这些惊呆了的人们听着瓦西利讲话，简直不能相信自己的耳朵了，他们当真又可以自由地耕地、下种、收获、纳税，并且把剩余下来的粮食自由处置了吗？这就是倒霉时期的结尾吗？商店跟市场又要开张吗？这就是说争吵跟打仗已经可以结束了吗？

“列宁他自己就只穿着一件普通的紧身，他是一个红头发的家伙——他们都是那么朴实。他不是那种骗人的人。他永不会欺骗你们，永不会，我看见他就像看见你们一样的平常。”

他给大家看他的新靴子、裤子和短棉袄。村学堂的教师跑到廊子上去宣读瓦西利随身带来的纸片。那里面说到租税，也说到安东诺夫。

一天到晚他们谈着租税、私人经商和新的生活，第二天还是谈着。安东诺夫委员会里的人，苍白而战栗着，不敢再出头露面。民团也不见影子了。

瓦西利被每一家待如上宾。带着他的老伴儿——加里宁送给她一条围巾和一双鞋当作礼物——他在村子里走着，一遍又一遍地描述着他跟列宁的会见，列宁底和蔼的演说。在别的省份里事情都是安静的，他说，好像没有起什么叛变或是战争。

可是在星期日的一早，斯托罗折夫出现了，他狼似的在场园上嗅着，搜寻老瓦西利带回来的纸片，然而一张也寻不到。于是他轮流地拷打人们，最后他走了，照着安东诺夫的命令，他把瓦西利带到卡门加去。

十三

安东诺夫早就知道老瓦西利干的勾当了，他怎样地敲了警钟，鼓动起农民来，发给他们关于租税和自由经商的纸片。

瓦西利在晚间被带到卡门加来。

这个伛偻的老头子撅着长胡须毫不惧怕地去见安东诺夫，摘下帽子来鞠一个躬。

“就是你去见列宁的吗?”安东诺夫问，玩弄着他的鞭子。“告诉我他们给你什么吃喝，并且花了多少钱收买了你?”

“用好心和真理把我收买了，”老头子愉快地回答。“我得告诉你，亚历山大·斯台潘诺维契，他们全是非常和善的人——列宁、加里宁跟下余的人们。他们指出了所有我们糊涂的地方。”

“你已经扯得够了，”安东诺夫喊道。“他们骗了你，你这傻子，你就听信他们了。”

“唉，他们怎么能够欺骗我们呢?”瓦西利又说下去，他有点发火了。“我们回来的时候，一路上看不见一点叛乱。只看见百姓们都整好犁铧准备春耕了。一提起你的名字，他们就大笑着说，他们从没听见过那么一个土匪。……”

安东诺夫不说什么，只是直瞪着那个老头子，那个老头子也静静地站在那里，直瞅着安东诺夫的眼睛；他眼都不眨一下。

“是你带来了一张纸吗?”

“对啦。那里面告诉你粮食税则就要结束，而那些中产农民——既不穷也不富的——得要留心提防了。”

“拿过来！”

瓦西利从胸上小心地抽出一片纸来。印刷的字迹已经模糊了，几百人读过了它，几千双手拿过它——那片灰色的纸。

安东诺夫读着列宁关于粮食税则的讲演的节录。“你这狗崽子，”他喊着说。“他们把你骗了。他们已经骗了你十六七次了，他们还要骗你。真的，你不会相信他们罢，老爹？”

“主保祐你，你在想一些什么事呢？”瓦西利叫着，画着十字。“你简直把我吓糊涂了，亚历山大·斯台潘诺维契。你听我说：我相信谁——你呢还是列宁呢？当然是列宁喽——啊哈！他就要据有整个的俄罗斯了，而你——有什么呢？身子底下还有一堆稻草罢，马上你连那点子东西都没有了。”

安东诺夫的嘴唇紧缩起来。他把那张纸撕成碎片，猥亵地骂着，随即赶到老头子身边，用鞭子在他那发光的秃头上抽了三遍。血喷出来，老头子闭住眼睛，跪俯下去，哭起来。可是安东诺夫还是打他，践踏在他身上，踢他的脸，叫喊着说要把他杀死。

“把他弄回家去罢，”当斯托罗折夫进来时安东诺夫喘着粗气命令道。

老头子给扔在一辆车上拉走了。在回家的路上他苏醒过来。

“他为什么那样地对付我呢？”他问斯托罗折夫。

斯托罗折夫保持着一个阴沉的寂静。瓦西利继续说下去：“我只是说实话罢了。我是一个老头子，马上就要进坟墓里去了——像我这样子还能撒什么谎呢？况且也不光是我一个人哪；我们一共放出了八百人来；难道他要把我们全都打一顿吗？”

斯托罗折夫感不到一点愉快；他正在回想他在卡门加看到的无耻的秽事。他记起了玛利亚·考骚瓦的被抓伤的脸，又记起了楞迦。他没有想到楞迦会逃走，也不懂得他干吗要逃走。到头来，那孩子跟了他十五年，已经变成他们家里的一个人——好像一个儿子了！

现在关于税则有着许多的传说！如果农人们知道了真实的情形，他们就会变了心的。怎样才可以蒙蔽住他们呢？怎样才可以把实情隐秘起来呢？真理一旦装进了他们的心里，打是打不出来的，就是杀了也不行。

“完了！”斯托罗折夫想。

这条路穿经格里亚斯诺惹，于是他就顺便去瞧瞧纳塔沙。他觉得他可以把他的思想告诉她；高兴她会了解，并且说些什么的。

纳塔沙很喜欢看见斯托罗折夫。他很急于要知道楞迦怎样了。她曾听见传言说他坐了监牢，可是他在什么地方，活着呢还是死了——她可不晓得。红军从未突进格里亚斯诺惹来过。安东诺夫的队伍依旧牢牢地驻扎在村子四围，楞迦没有法子给纳塔沙透进信来。他愁得消瘦憔悴了，可是有什么法子呢；拿脑袋往砖墙上碰是没有一点好处的。

纳塔沙长得更胖了，她的脸上有了土色苍灰的阴影。她的眼睛带一副温柔抚爱的表情，像一个小牛犊儿的眼睛似的。她很留心自己的身段，那身段现在越来越粗了，再也管不了别人的讪笑和责斥。她鼓起勇气来，虽然在夜里她睡不着觉，却依然靠了对于生活和楞迦的思念独个儿活了下去。

她很喜欢看见斯托罗折夫，并且还大惊小怪地照应他。她尽力使他舒适，不晓得拿什么让他吃才好。他们在寂静中坐着。她在等待着他的话；他却在等待着她会先说出一些什么来。

“楞迦”——纳塔沙开始说，啜泣起来。“他自己投降了呢，还是给人家捉去坐了牢呢，——还是给人家杀害了呢?”她问。

斯托罗折夫的怒气涌向楞迦身上去。“自然是他自己投降了。”他自己心里这么决定。

“我们只能假定他自己投降了，”他安静地说。“别的村里的人说他曾到那里夸张过他自己怎样怎样结了婚。……”

“跟谁呢?”纳塔沙喘息着。

“大概是跟一个什么共产党的女孩子罢。”斯托罗折夫低声说，转过脸去，——他不能再正面地看着纳塔沙了。

孩子们玩耍着走上街来。路在太阳底下已经晒干了。黝黑的田野展延到天边，使斯托罗折夫想起家来。他记挂着列毕亚致，他的产业，他那些迭斯亚丁的肥沃的土地。

“娶了一个共产党的女孩子吗?那么他已经忘记了我吗?”纳塔沙倒在斯托罗折夫的臂里，像哭丧似的大哭小叫起来。

“我们只能那么设想。他吹嘘着，同时也提起了你：‘在格里亚斯诺惹还有那个傻东西。’他说，‘只要我吹个口哨。她就会跟我来了!’”

斯托罗折夫淡然一笑，替自己卷一支烟卷吸了起来。

“红军把他领上了错路，也糟蹋了你的一生，”他叹一口气说。“我替你难过，我的娃子，十分的难过。你是一种温顺老实的人，不能替自己打算。别的女孩子就绝不会让这样的侮辱白白地过去。”

纳塔沙转过脸来望着他，她的眼睛现在已经干了。

“楞迦还要赔偿我的眼泪呢，就是他不赔，他的伙伴也要赔偿我的，”她喘息着说。“我就温柔软弱到不能替自己打算吗？你不晓得我，彼得·伊凡诺维契。”

“好罢，再见啦，纳塔沙。我得走啦。”他笨钝地攀上鞍去，骑着马走了。

“还有一件要作的事，”他跟他自己说。“刚才我为什么要那么作呢？”

两年以来他第一次踏到住在格里亚斯诺惹尽头上的寡妇家里，接连喝了两天酒没有停杯。他什么也不说，只是吸着他的烟卷，笑着——一种空洞的、发狂的笑声。

十四

现在纳塔沙打发着充满了苦痛的日子。从前她还在等待着楞迦，会被一阵马蹄的响声惊醒来，在每次有人敲门的时候都以为是他回来了。从前她曾梦想过战云消去之后的安静的生活。楞迦会带着她离开格里亚斯诺惹，在这里每一个长鼻子小狗都会讪笑她的身形。她会生一个褐黄色头发的儿子，跟他父亲一模一样；而蟋蟀们也会在他们的炕边安闲地吱叫着。

有时她又想到，那个小伙子一定是没有空闲来到村里探望他的亲人；他正跟着军队在遥远的地方呢。

可是现在——还等待什么呢？什么事情都很明白了：很显然地他已经背叛了他从前的誓言，他把她丢弃了。他昧了自己的良心。那个坏蛋！

她现在想他些什么呢？他正在吻着抚摸着另外一个，叫她做他的太阳光，谄媚她，跟她一块过夜，把他卷发的脑袋枕在她的胸上。

而她，纳塔沙，丢了脸面；怀着孕，被人们讥笑着，却是孤单的，万分孤单的，在这充满了阳光和歌唱的春天的世界里。

“上帝帮助我——我怎么办呢？我怎么样生活下去养活我的儿子呢？”

她父亲从不开口，从不瞧他的女儿，只是在夜里深沉地叹着气，对他自己嘟噜着——天晓得他嘟噜些什么。

孩子们从窗前经过，唱着关于纳塔沙的猥亵的歌曲。她的父亲震了一下，咬牙切齿地把羹匙扔到地板上就窜出房去。他直到深夜才爬着回家来，喝得烂醉了。不过就是他喝醉了，他也还是什么都不说，只是试探着要打纳塔沙，对准了她的肚子。

日子一天一天过去。有时日子过得她的心都要粉碎了。

她只能想着，让黑夜赶快来罢！从前他们曾互相追逐着，那是在什么地方呢？啊，只要时间能够站住别走得那么飞快呀，她想。只要他们能够给我一点点空间喘气，一点点时间寻思，决定我要作些什么并且怎样打算？

有时纳塔沙气得发疯了，就是在清醒的时候也是一样，想把自己受到的惩罚分配到蜘蛛们身上，于是她就扑打着墙壁，凭空里乱抓着，放声苦燥地大笑起来。随后她就笔直地站着过好几点钟，直到她的父亲回到家来，或是坐在凳子上来回地摇着，重复地说着一句话："我要杀了他们，我要杀了他们……"

或者，有时候，她突然跳起来叫道："啊哈，我可逮住你了！我的楞迦呢？你跟他干了些什么事？把他关起来，糟蹋他，吸他的血，你这该诅咒的！"

十五

这一春是温煦可喜的。蒸发着水汽的肥沃的土地已经喝饱了春季的洪水。沉重的雾气，在晨间的草地上消去了。

天气一天比一天暖和了，畏缩的小草也已经长起在山边。一块块黝黑肥沃的土地都在等待着农人和他的木犁或是铁犁、耙和耧。而他——农人——像一个猎户一样，一到春天也感到一种兴奋的热狂，走到他的园子里，在潮湿的地上徘徊着。把沉重的土块捡拾在手里，闻嗅着它们那在春天的温煦中渐渐融去了的潮湿的热气。

他走到田野里去，失望地耷拉下双手又走开了。它们自从去年秋天就没有耕过，现在就要长满了芦苇。

这是耕地的时候了，正是好时候。可是如果这些湿润的田地将要受到军队的践踏的话，人们怎能耕它呢？在这里野炮曾震响过，机关枪曾嗒嗒地响过，而今只能听见耕地人的歌声了。

在这些晴和的三月的日子里，一个人穿经田野，涉过泛滥的河流和涨满了春水的山谷到卡门加去。在每一个村庄里这个人掉换一匹新马。他奔驰在耕过的田野上，从不留心路径；他骑在马上打盹，终于把一封高尔斯基的信从安东诺夫司令部的后院里送了进去。

安东诺夫读着信，脸色越发阴沉了。

“亲爱的朋友，”律师写道。“要小心：看样子这一次他们好像要跟你正经干一下子了。列宁自己也干预了唐姆包夫的事件。一个赋予了充分权力的特别委员会已经成立了，并且限制了两个月跟你作有效的斗争。我希望你已经听见说了。准备好罢!”

“好罢!”安东诺夫蹙着眉头说，“两个熊放在一个洞里是不行的。不然他们就打倒我，不然我就把他们打倒了。我们瞧罢!”

贫农联盟的煽动者、军部职员和军官们又一次地跑到村落和农庄里去，努力想发动起农民来。他们向农民们求助。

在委员会里也有着许多的辩论。

“一定要领导一个总的骚动了，”安东诺夫对他的朋友们坚持着说，他现在因为失眠和思虑过度已经瘦削了，还哑了嗓子。“如果这是一场农民的战争，那么就让所有的农民都出来打罢。只要能肩一支莱福枪的就得出来打仗。谁要规避——就枪毙他。现在已经没有功夫开玩笑了。看看就要来到的对方的军力罢!”

然而农民们却倔强地拒绝了。他们毫不听煽动者的话，不加入军队，嗤笑着骚动的主意。在开会时，更进一步，他们似理不睬地问安东诺夫的人说：“听说共产党已经取消了粮食税则，那是真的吗?”

十六

红军新派来的将领骑着马穿经唐姆包夫的街道，溅着春天的积水。泛进城里来的水湾子上，洒着阳光的斑点。

他正在想着新的战争，新的阵线；这是他第一次遇到这样的对抗。

他曾经在西部和东部打过仗，还剿过克隆斯达德的叛军，那都像是真的作战一样。在那种场合，人们晓得敌人是谁，在哪里，并且怎样去打。这儿却不能准确地知道谁是敌人了。并不是所有的农民都跟着安东诺夫；你不能把他们完全混为一谈。用普通的作战方式去打安东诺夫过去在唐姆包夫省内已经试验过了；那结果是一个完全的失败。

他记得离开莫斯科之前在克里姆林宫里的那些谈话。他受到警告说情形是非常复杂的，那是一件琐细而繁难的事，唐姆包夫社会革命党跟富农纠缠起来的结子不能简捷地割断完事，而是要解开来，对于叛变的真正的性质一定要明了，还不要伤了中级的农民，要把他们影响并争取到红军一方面来。

“我们怀疑，”在克里姆林宫里他们告诉他说，“省里的农民们也许还一点不晓得第十次党大会的议决案和关于税则的命令呢。安东诺夫不让他们知道事实。去想法子证实了这件事实，并且实行起来。主要的事情是一定要让农民们知道新的政策。”

在到唐姆包夫的路上，他读着所有唐姆包夫地方当局的报告，俘虏们和投降过来的目睹过敌情的人们底证据。

克里姆林宫的人们是对的：唐姆包夫的农民们一点也不知道新的命令。别的乡间都知道。别的乡间就按着新的命令活下去，不谈别的。可是它们却没有能够传达到唐姆包夫的农民。苏维埃政府的呼声没有透到遥远处的村庄里去，而在透到的地方，安东诺夫的人就会出现，把那些知道了事实又想把它传达给农民的人们的嘴巴永远封闭了……

那么敌人在哪儿呢？一个人怎样去打呢？这仗怎么个打法呢？

“让我们把这个弄清楚，”他告诉他的同僚说，“我们首先得告诉农民们新的政策，可是我们怎样去告诉他们呢？”

叛变的区域一定要用一个铁圈子围起来，那些敌对的村庄要占领过来，红军军人就要在那儿建筑起防御的工事。森林、田野和矮树丛子里都要除尽安东诺夫的人。贫农联盟的委员会也要消灭了。苏维埃政府要马上成立起来，一点钟一分钟都不要忘记那顶重要的事——向农民们说明党的新的决议，把新的命令和新的作法解释给他们。

一到夜间，在军委会驻扎的房子的窗里燃起了灯亮。辩论变得热烈了，而从这些热情的争辩里，跟安东诺夫作战的计划就产生了出来。

“我们有八万支枪和八千把军刀，还有同样多的机关枪、野炮、飞机、铁甲车和无线电报机。我们有七千个红军干部。敌人是很强的，所以我们也得拿这么大的力量去打击他。可是这种力量一定要用得正确。我们不能被对于敌军主力的胜利引入了歧途。我们不要只是消灭安东诺夫的军队，我们同时还要捉住他的每一个小卒。”

不久，新的接济军开到唐姆包夫来了。共产党中央委员会派来了几个顶能干的人——鼓动家和宣传家。

在这个屡次地受到安东诺夫军队的惊扰的古老的省会里，生活变得活跃起来了。

人们记起了往日里工厂汽笛的间歇声，通报着“绿军”的到来。

这时候人们从外区里、车站上、村庄里、市镇上和工人住所里来到这个地方，预备开全省的党大会。几百个期待着和平跟工作的人来参加大会。他们来自斗争曾一度高涨过的地方；他们在等待着新的言语和新的行动。

唐姆包夫省的共产党们严厉地批判着过去军事首脑的错误，他们只是消耗军力、追求偶尔的胜利和战利品，不断地在乡野里巡行着搜捕安东诺夫，却没有联合贫农。……

五月里，红军开始了对安东诺夫和他的军队的有计划的攻击了。村庄上面飞机出现了；居民们赶紧躲到房里去，可是飞行的人并不抛掷炸弹。代替了炸弹，他们扔下来彩色的纸片告诉他们关于税则的新的命令，旧粮食税则的取消……以及自由贸易。纸片一霎时就抢光了。从飞机没有达到的村庄里，人们跑了来，偷偷地要了几张回去。

安东诺夫的煽动者们用鞭子赶着人们去开会，叫喊着一套新的瞎话。

“列宁颁布了一个新的命令，”叶哥尔·伊洵叫着。“他想把俄罗斯的工厂交给外国的资本家去。我们灭绝了本国的资本家，现在他们却找来外国的资本家了。他们出卖了俄罗斯，欺骗了人民。不要相信他们，他们告诉你们的全是一套瞎话。他们不过是通过了新的税则剥削你们罢了。跟我们来，农民们，如果我们命里注定要见鬼，那么让我们大家一同去！”

然而红军却毅然向前推进，在战争里占领了一个村庄又一个村庄。敌人日夜地给他们骚扰，从背后或是两胁，用大军或是小的队伍，劫掠军需，不给他们一霎儿宁静。到处是阵线：每一个农庄就是一个阵地，每一个村落就是一个堡垒。

军队前进着，在村庄里安置下一个武装的守卫，成立起革命委员会来，就又开动了，向中心方向包围安东诺夫的主力。

这时候革命委员会捉住了贫农联盟的几个间谍，充公了几个离开家庭去参加了安东诺夫队伍的富农的产业，把它们分配给曾被安东诺夫和他的军队劫掠过的党人的家族。在每一个农民的家庭里都出现了报纸，那上面登载着新的命令、新的办法和新的生活。

乡民们瞧着这一次安东诺夫再也逃不掉了。

乡民们犹豫着。叛变的命运已经确定了。

十七

在五月初间，李斯特拉特和他的小队已经占领了德甫里基。他一天天迟延着不到格里亚斯诺惹去。村庄和市镇中间没有交通的方法，他是非常慎重的。他不愿意冒险。虽然楞迦记挂着纳塔沙，不让他哥哥安静。

最后，有一天早上格里亚斯诺惹的消息来了，说有一队从桑姆堡来的红军已经开进去了，正在把安东诺夫的人从区里清出去。李斯特拉特到革命委员会去，跟赛尔给伊·伊凡诺维契谈了一谈，就下命令要在当天早晨准备好。他告诉楞迦说有一队人要到格里亚斯诺惹去建立苏维埃，并且还要在那儿呆一个很长的时间。他弟弟快乐地喊了一声，搂住李斯特拉特的脖子摇着，直到他哥哥愤怒地抗议起来。

突然听见一阵马蹄的声音；骑马的人在革命委员会的房前勒住了马，叫里面出去一个人会他。楞迦出去了。

"赛尔给伊·伊凡诺维契在哪里？"骑马的人咕噜着。他喘着粗气。

"在吃饭。"

"这是他的一封信——急信。我从格里亚斯诺惹来，发生了可怕的事情……"

"怎么呢？"

"一个女孩子叫纳塔沙·巴叶瓦闷死了一个红军的兵士，"骑马的人嚷着。"她现在坐在草垛上，拿着一支手枪，叫着说：'谁走近我，我就打死他！'她好像一只野兽似的。"

于是骑马的人鞭一下他的马，跑了。

楞迦脸色苍白了，浑身颤抖着。他尖声地叫喊。

"你喊什么，你这傻子？"撒式加·齐里金问，一面走过去代替了楞迦的职务。

楞迦窜回家去，撒沙做一个摸不着头脑的手势，在台阶上坐下来燃起一支烟卷。

楞迦突进家里，抄起鞍子，用颤抖的手拢直了皮带，把他的母马从棚里牵了出来。替她配好鞍子以后，他又窜进房里去拿他的手枪，随后跳上鞍子就像一阵风似的刮走了。

“嘿，你到哪儿去呀？住下！”李斯特拉特喊着，他刚刚跑回家来。楞迦既没有听见也没有回答；他只是拼命地打着他的马。“她干吗啦，她干吗啦！”这些话不断地钻进他的脑袋。“她干吗啦，她干吗啦！”他呻吟着。“我现在又要怎么办呢！”

母马挨多了皮条也发起疯来，好像她主人的疯狂分给了她一些，好像她已懂得了她应该加快，加快，加快。……伸长了脖子，她驮着他跑去，直到风声在她的两耳边叫啸着。

傍黑天时，楞迦到达了格里亚斯诺惹。把他那匹急喘着的母马留在墙外，他突进到房里去。房里空空的。他听见院子里有一声吃惊的低语，有几个脸色苍白并且颤抖着的农民聚集在那里。

福罗尔是其中之一。

“喂，喂，”楞迦野蛮地走向他们去，扯出手枪来。“你们是干吗的？”

“你这狗崽子！”福罗尔喊着。“糟蹋了我的女儿，你这流氓！挨鞭子的！”

“离开这儿！”楞迦用一种冷酷的语调说。

“我们在这儿防守着她。”一个矮小的农民抗议说。他手里抄着一把斧子。

“我不是告诉你离开这儿吗，”楞迦的眼睛闪烁着。“我自己来防守她。懂得吗！”

农民们互相望望就溜开了，福罗尔也给他们拉走。

楞迦在菜园里找见纳塔沙，她坐在草垛旁边玩弄着零碎的稻草。

“楞迦——啊——啊！”她狂叫一声，跌倒在稻草上没有知觉了。

她苏醒过来躺在楞迦的肩上。她那苍白憔悴的脸看来有些怕人。除掉她那一双疯狂的大黑眼睛以外，简直没有什么东西可以使你想起过去的纳塔沙来了。

“楞迦，楞尼乌式迦，列沙！”她乱喊着，浑身颤抖着，使得楞迦也颤抖起来。“他们马上就来了，他们要把我带走，一刻儿功夫。他们派人去找你，列沙。列涅式迦，救了我，藏起我来罢，亲爱的！”

他拥抱她，吻她，玩弄她的头发，像在过去那些幸福的日子里一样。她宁静一点了，也停止了颤抖。

“他们告诉我，斯托罗折夫告诉我说你又找了一个女孩子，一个共产党。”她说，突然哭泣着又倒在稻草上面了。

“嘘，嘘，”楞迦低声叫唤着。她把她的大肚子紧紧地靠在他身上，告诉他说她是怎样地被忧愁、愤恨和嫉妒焚毁了，白天跟夜晚是怎样慢慢地拖下去，她怎样地竟而恨起那个在肚子里动着的小东西来，怎样地，当红军里的一个人——一个像楞迦一样年轻的孩子——昨天来了。她把房子里放满了烧木炭的烟，那个孩子睡得太熟了，所以就给烟闷死了，再也醒不转来。

“我当时想到你，楞迦，想到他们怎样地把你领坏了，使我的生活变成了一个诅咒。如果来的人再多，就是来了五个人的话，我也要把五个完全闷死的。……”

“嘘，嘘，嘘。”楞迦低声说，磨着他的牙齿。

“你现在要跟我在一块了，不是吗！”她乞求地说。“你从他们那儿跑出来了，不是吗？你要把我从这儿带走，不然他们就要来捉我了！楞迦，你瞧！他们在那边，他们来捉我来了。”她满眼疯气，扭歪着，呻吟着，磨着牙齿。

随后她静下来，除掉楞迦什么都忘记了。她的亲吻，她的拥抱和喘息的热情；她拿住他的手让他去摸她的肚子，他觉察到肚皮里面有一个新的生命的跳动。……

于是疯气又上来了。她叫嚣着一些诟骂的话，白沫涌上她的嘴边。过一会又平静下来，她又安静地躺在楞迦的身边了。

最后她睡着了，在睡梦里抽咽着，胸口突然跳动着，磨着牙齿，还喃喃地嘟噜着。

楞迦，瞧瞧她，哭了起来。灼热的眼泪奔放地流下来，滴在她的面颊上。他哭他摧毁了的爱人，他知道自己将永不能忘记她所作的事，永不能原谅她。他晓得随时人们都可以来把她带走。谁都会知道他有一个什么样的新娘子。人们将要用指头指点他，他的同志们也要对他怒目而视了。

楞迦从口袋里拉出手枪来，摸索着去找寻纳塔沙的心口。她的心规律而沉重地跳动着。他把枪口对准了它。

……却不能使自己去扳动枪机。

第二天早上，纳塔沙在一场痉挛里扭曲着。痉挛过去之后，她躺在那里，躺在那里，脸色苍白而且皱缩了。她谁也不认得，只是给自己唱着一个催眠歌。

她永不能恢复她的理智了。她被送到医院里去，当天生产了一个黄褐色的头发的儿子，福罗尔把他带回来养育着。

十八

红军调动红色的子弟到南方去，到琪尔桑诺夫区去；到安东诺夫从前起事的森林里去。顶好的队伍调遣到尹札文、卡鲁噶、拉姆辛和珂斯洛夫等区里去。他们在特列斯金草原上扎起帐棚来，两年以前安东诺夫的光荣就是从这同一带草原上起始的。他现在被迫着不得不离开卡门加了。

最后一次他骑着马率领着他的特务团走经他底京都的阴郁的街道。最后一次农人们听见手风琴和着歌曲的犷放的声浪。

啦嗒嗒嗒！机关枪在怒吼，
“瞄准他们，我的孩子！”安东诺夫喊着。“呕喉！
就是血水蒙了膝盖我也站定，
我要把整个的俄罗斯抓在我的手中！”

他还是抓紧他的权力，依旧写许多求援的文告，吹嘘着自己的军事力量。

可是连最忠实的农村都带一副敌对的眼光瞧着他了。队伍里私逃的人越来越多。富农们自然不打算甘休，不过他们中什么用呢？如果你这方面就只有富农，那么你就绝不会支持长久的，这个安东诺夫很明白。

五月底，他召集了一个委员会的会议。他脸孔污秽，胡髭都没有刮，穿一身破烂的衣服前去开会。

从远处村庄里来的委员们带来消息说，有人去请求他们帮忙剿灭叛军。

安东诺夫向他们粗野地呵叱着，叫代表们做“狗崽子”，并且恫吓说要把他们枪毙。

代表们一生气都退席了。剩下安东诺夫独个儿。他的朋友们也都显得阴沉了。连伊洵都变得暴躁起来。

艰难的日子要来了。村庄都要摆脱开安东诺夫。马上军队里没得吃没得骑了。安东诺夫下命令只要哪里有马匹粮食可以取得就应该征发，顾不到一切别的事情。他再也没有别的路可走了。有很久的时间，红军不让安东诺夫进到撒拉托夫省，而把瓦伦纽日和奥尔洛夫倒出来给他。红军的支队推动着一堵用野炮和铁甲车造成的铁墙去围击叛军，把安东诺夫赶到湖边上去。他退到那里就好像一只狼退到窝里一样，去休息一会，等创伤复了原，那么在重新振作起精力来之后，他又可以出去猎食了。

在一个叛军的首脑会议里决定了只要他们的力量还可以支持，他们就依旧打下去，并且继续地向农民们解释说最近的那些命令不过是共产党的新的狡猾的计策罢了。

伊洵提议要清理外围的几区。在五月底，安东诺夫命令考骚伟代替斯托罗折夫当前敌的指挥，斯托罗折夫调回来管理邻近共产党治下省份的地带里所有的武装军力、给养、草料和军械。

在一个暖和的夜晚，斯托罗折夫回到司令部来了，司令部现在设在伊尔门湖岸上的稠密的森林里。安东诺夫沮丧地欢迎了他。他的额上带着一片阴沉的不愉之色；在那些日子里他过度地喝着酒。

他告诉斯托罗折夫要他自己准备动身，到边界的地区去。现在最重要的事就是去接触每一个人，重新招募新的人手，如果可能的话；并且只要有一口气还要干下去，那么人民就会知道安东诺夫还依然活着，依然在打仗，依然很有力量了……

在离开这儿回本区去之前，斯托罗折夫停下来瞧了瞧伊洵。

"没有关系，"后者说，拍着斯托罗折夫的肩膀。"我们还有把戏玩哩，我们要表现出来我们是什么材料做的。我们的军队依然完整，并且我们还都活着。我们还要打仗呢。干下去，彼得。等过一阵，我们就会派人去找你的！"

第三部
狼

一

到现在将近三个星期了，斯托罗折夫在树丛和森林的边境上游荡着。他度过了他的白昼，又挣扎着度过了那些短的夏天的夜晚，在山涧和幽谷里面。

夏天的闪电在黄昏的天空上晃动着，宇宙不停地向前推动，而他却坐在火旁边，他的心是一片孤单的虚寂。

他的马迟钝地走动着，按着一种宁静的规律在那儿啃着青草。遥远处一条狗吠了起来。月亮将一抹沁凉的光线散布在地面上。一切都是寂静的，仿佛从来就没有起过战争；仿佛从没有听见过枪响和告急的警号，也从没有看见过焚烧着村庄的火焰，而和平和善意自从很久以前就已经紧紧地拥抱着大地了。

有许多夜晚，斯托罗折夫偷偷地溜进那些红军势力已经坚固地建立起来的村庄里去，在黑暗中久久地注视着，想看出在这些地方人们过着一种什么样的生活，在深沉的岑寂和黝暗后面躲着些什么东西。有时候，下了残暴恶毒的决心，他就慢慢地走近去，立刻一片烈火就会在村上爆灼起来，警钟敲响着，人们放着枪。

可是第二天，黑暗又落到他的身上了，微风吹弄得低语的白杨树的叶子悉悉索索地响着。

有一天，当他洗马的时候，他看见在死水里映着的自己那瘦削而未经修刮的脸。苍白的头发在两边鬓骨上闪耀着，显得越发长了。

“我现在简直像——一只狼了，”他对他自己说。“显得苍老。”

一点不错：自从最近三个星期以来斯托罗折夫老了许多了；他的两颊陷下去，他的眼睛深深凹进去，在眉毛底下倒霉地发着光。他靠着干面包皮过日子，因为他的儿子们很少把吃食的东西带到指定的地方来。他想喝奶。有一次他遇见一群牛：那个又聋又哑的牧人挥着手叫他走开，糊里糊涂地嘟噜着，看样子非常生气。斯托罗折夫用鞭子打他的脸，挑出一条牛来，满饮着鲜美的奶汁。

……现在每天夜间村庄里都要起火了。像一个黑影子，斯托罗折夫偷偷地走过岗哨，到住房、仓房、共产党的苏维埃和合作社跟前去，在暗地里枪杀人，并且藏在一个什么小山后面，他望着这一阵慌乱慢慢儿平静下去。

在靠近桑姆堡铁路线的一个地方，斯托罗折夫捆起了一个警务段上的卫兵，拿走了他的器械。用那器械他掘开了铁轨，眼看着车厢互相撞击，带着疯狂一般的欢乐他瞅着撞起火来的火星向空中飞去。

可是他却越来越沉郁了，他黑眼睛里的光亮也消逝了去。他四周还是同往常一样的寂静，一样的荒冷。在丛林和山沟里边他找不见一个隐藏着的同志。他们都被杀了吗，或是武装着给人捉去——或者他们已经投降了红军吗？

“不，这都是没要紧的事，”他想，“那与我没有关系。”

明儿个又有新的火车开过去了，又有许多新的房屋在那些烧掉了的旧房屋旁边建了起来。

斯托罗折夫变得焦躁而且多疑，夜夜他都爬起来倾听着每一种声响，不能够睡觉。

二

当他从追逐者那儿逃开时，一颗子弹射穿了他那匹母马的心。她躺倒地上，长啸着，吐出她那最后的呼吸就死了。斯托罗折夫瞧着她，他的脸抽搐着好像遭到了突然的痛楚。一行热泪流下他的面颊。于是，作一个绝望的姿势，他走开了。

他失掉了一个忠实的朋友。在那些无望的期待着的时光里，他已经熟习了她那有节律的步趋了；彼得·伊凡诺维契依然在期望着——期待着黑夜过去晨光到来，那时候世界上又会起一阵大的骚乱，许多旧日的阿达满又从他们秘密的隐身处出来，把整千整千的人民拉到选举大会的旗帜底下，旗上大书道："土地与自由。"

土地！

列毕亚致湖畔的可爱的土地躺在他的面前：从前他常常骑着马来看它。丰饶的田地，只要有一天又变成他的了，又只替他一个人结果实，只要再度可以私自占有它，那么他就可以坚定地立足在它的界内，筑起一道结实的篱笆把它围住。

只要有私有的自由呀！

"我不是只替我自己挣取自由呀，"彼得·伊凡诺维契想道。"无论谁只要他能自己照料他的地就让他自己照料，让他一直靠住一片新鲜湿润的土壤过活下去，直到他自己愿意把它交给别人。不过，如果你没有一把铁钳子和一副狼的牙齿的话，那么就去找一个强有权势的人，给他充当一名农工，用你的汗水去灌溉他的禾苗，学习着做一个能干的庄稼汉——就是这样你也还是逃不掉像一个傻子或是讨饭的一样地死去的命运。"

一天傍晚，有一个人来看列毕亚致湖畔的地了。他穿的一件白色的长外衣，从老远处就可以看到。他侧着肩膀走经稞麦地，那儿现在是一片绿色的墙壁，有胸口般高矮了。他抬起秃光的脑袋来瞧瞧日色，笑了。风吹弄着他。天气用它夏季的温暖爱抚着他的身体。这个收获丰足的世界是和平而且欢忭的。

斯托罗折夫瞧见了他，就在发着辛辣的气息的艾树丛和繁茂地长到路边上来的牛蒡里躲藏起来。当那个人走近时，斯托罗折夫认出来他是玛特伟·别斯丕斯托夫，他曾经两度鞭挞过的。这是他们第三次的遇会。玛特伟走向地界去，他的脸上挂着笑容，满生着灰色的刚毛，在夕阳光中发着赤红的光辉。他光着脚，内衣在脖子间解开了。这老头子在高声地自言自语。

“看起来多么够劲呀。穗子统统是致密而且饱满的，它们都是！这是好粮食。政府给我的都是好地。”

玛特伟不晓得自己正站在斯托罗折夫的旁边。他搔搔肋下就轻轻地走过去了。“好地，真的吗?”斯托罗折夫咬着牙咆哮着。“那么就是你，你这狗，占有了我的地吗？站住!”他在玛特伟身后吼着，一面从草丛里跃身出来。

老头子像弹簧似的赶紧转过身来，一认出是彼得·伊凡诺维契来就开始喃喃着，划着十字。

“对了，划你的十字罢，划你的十字罢，你这坏蛋！这是你的地了吗!”

“嗯,”玛特伟低声回答。“这是一块好地，感激天老爷。”

“好地是不错的,”彼得·伊凡诺维契说。“不过可不是你的呀!”

“我们都是人民，不是吗?”玛特伟反驳说，他现在镇定了。“土地是为了每个人民的，不是吗，彼得·伊凡诺维契?”

“土地是为了人的，一点不错，可不是为了狗的。你是一个叫化子。即使你占有了我的地，你也依然是赤着脚走路，你没有地的时候也还是赤着脚走路。一个赤脚的叫化子，那就是你!”

玛特伟低下头去看看他那双粗硬的黑脚。

“我那块地离这儿很远，彼得·伊凡诺维契——对啦，那是一块很坏的地，村公社分给穷人的。我又没有马。不管你花多少时间去耕种它，它总不会使你的生活变好起来。现在我们可好得多啦，不是吗？现在我们有政府替我们想办法了!”

玛特伟镇静地说着。他站在斯托罗折夫前面，咬嚼着一叶青草。

一切都是寂静的。在远处的村庄里晚钟敲响了，钟声随了微风轻轻地传到这边来。

“这片土地永不会是你的,”斯托罗折夫喊着，大怒了。“这是我的地，听见吗，我的！你为什么拿了去呢?”

“顶好是好好地走开罢，彼得·伊凡诺维契。他们正捉你呢。如果你给他们捉住，你就再也跑不了啦。”

“好罢，捉住我好啦，那么，捉住我好啦!”斯托罗折夫狂叫着，苍白的嘴唇里迸出唾沫来，他的眼睛凶狠地闪烁着。他赶紧把莱福枪瞄在肩上。一声枪响在田野里回响着。

玛特伟跌倒在冰冷多露的地界上死了。

三

五月廿四日，红军——内中包括着曾把安东诺夫驱出巢穴的军官学校的学生，第一次接触了安东诺夫的部队，把他们击退到南方去了。安东诺夫的人逃过森林和沼泽，零散了，随后又慢慢地聚集起来。

五月廿九日，红军把珂托夫斯基的支队跟季密特廉珂的骑兵队集合成无敌军，派乌保列维契去解决那部分聚集在莫扎洛夫加村里的安东诺夫军的主力。

经过了一次长时间的追逐，安东诺夫最后知道已经不能摆脱开红军了。他躲在瓦楞那河畔的树林里休息了一会，于是下了决心要拼一拼。

在战后的夜里，安东诺夫虽然损失了三分之一的军队却依然是自信的，他调集起第二特别团巴列夫部，第三团尼索夫部，还有纳鲁塔姆包夫部，微霍进斯基部，塞门诺夫部以及其他部队窜到撒拉托夫省的夜郎去。他命令包古斯拉夫斯基带领两千人开到桑姆堡去袭击红军的后方。

然而，即便在夜郎，安东诺夫也没有得势。六月二日，乌保列维契追上了他，又把他驱回唐姆包夫省来，并且把他最精锐的军力消灭了。这是一个莫大的打击；安东诺夫的人完全溃不成军了：这就是说，把戏已将煞尾。

红军的将领第一次能够打一个电报到莫斯科去报告匪军业已剿清；安东诺夫的人已经窜到森林、小村和沼泽一带地方去了。

两千五百个人——所有叛军的残余——困倦而毫不关心未来的命运，在湖边的树林里跟安东诺夫留在一块。他总是在一个地方扭歪着转侧着，好像给捆在了那儿一样，而红军也不让他出到树丛外面。安东诺夫把他的军官召集到身旁。

树林里充满了威吓的声音，天上飞机在哼哼，野炮不停地震响着。

安东诺夫并不向他的同伙们问询关于农民的情形；他知道在村庄和农舍里有着一些什么事情；他曾看见过人们是怎样热切地从事耕作，他们在太阳未出之前就老早爬起来了，仿佛生怕又被剥夺了这种平安劳作的机会，生怕再被迫着带了痛苦的渴望去凝视那无人料理的可哀的田野，生怕还要躲避军队和军人，并且从窗孔里窥探着看他们是友军还是仇敌。

红军军士保卫着农民们从事劳作。他们经常也脱去外衣，在手心里吐口唾沫，用了把机关枪同样的坚定和牢稳，把起了耕犁。

安东诺夫晓得，农民们得到允许，也在组织自愿兵队去帮助红军了，他们这种军队的勇猛剽悍是没有力量可以打击的。

“喂，我们怎么办呢？诸位将领弟兄们？”他问。“我们到哪儿去呢？”

安东诺夫决意要打，可是突然又变了卦，下令要退到折尔涅夫森林里去。

六月廿六日，红军学生队包围了森林，开始了终日的炮轰；于是步兵向前推进，从事森林中的搜索。共产党的支队和志愿兵队沿着瓦楞那河岸前进，军校学生追到伊尔门湖去。那一天二百七十个安东诺夫的人被杀了。红军俘获了桑塔洛夫，一个曾进谒过邓尼金的司令官，还有几个别的军官像包包夫、蒙苏洛夫、医士唐纳叶夫和安东诺夫的副官珂斯洛夫。

安东诺夫跟他的弟弟季密特里逃走了，在夜间他们潜过了哨兵线。人们追踪他到拉姆辛诺沼地去。八天中间，学生队不睡觉也不吃饭，埋伏在水塘里，水达到他们的腰部。他们把安东诺夫当作一只熊似的包围起来；好像他再也逃不掉了。瓦楞那河上潜行着载了机关枪的船只，森林地带的路径上都有老练大胆的侦探把守着，飞机在沼地的上空里盘旋着；然而那里却仿佛是毫无人迹的。看不见一个魂灵，没一根芦苇晃动，湖沼跟水塘中的平静的水连皱纹都不起，森林中是一味的岑寂。

于是红军支队向中心包围进来。在沼地的矮丛里，他们发现了大批军需和枪械的储藏，在芦苇中俘获了参谋长特鲁伯珂和安东诺夫的传令兵阿列式迦。可是安东诺夫却又逃走了，跟季密特里一块。这次他们连他的踪迹都找不见了。

直到七月二十日，特委会才寄给唐姆包夫省党委的书记瓦西列夫一封信，那封信的内容立刻各处都知道了。

“安东诺夫的匪军已经溃散，他们都准备投降并且交出他们的首领来。农民们终于厌弃了伪社会革命党的统治，加入到剿灭匪徒的决死的斗争里来了。社会革命党匪徒最后的崩溃，和在这次战争中农民的充分的合作，使得特委会可以把戒严令撤销。”

特委会再次提醒安东诺夫的人，如有自动投诚者可以保全性命，并将从轻惩治。

这封信公布之后，有两万六千人到红军军部和苏维埃政府的代表机关去投诚。他们同时也缴了三千支莱福枪，五十挺机关枪，一百七十支机关枪筒，还有军刀和手枪。

当时有九千人被俘，将近一千人在战场上被打死了。每天都有衣衫褴褛面容憔悴的人出现在司令部和苏维埃里，在那儿他们放下他们的莱福枪，拭着淌汗的脸。他们疲倦地坐下来，要支烟卷去贪切地吸着。

这就是叛变的终结，火焰熄灭了，灰烬也慢慢儿冷却了。

四

有一天，在森林里遥远处的一条小道上，斯托罗折夫遇见安东诺夫的弟弟季密特里，他告诉他安东诺夫就在附近。

经过一些几乎不可辨认的小道，季密特里把斯托罗折夫领到森林深处的一个小湖边来。在这儿，倒垂的柳树把它们的绿叶浸在清澈的水里，在芦苇中间野鸭呱呱地叫着，老松树仿佛在庄严的寂静中倾听着森林里动物的声响。

在湖畔的一块宽大的树桩上，安东诺夫坐在那儿聚精会神地读一本书。他很瘦，胡髭也没有刮，穿得很破烂。他读的书是果戈理的《塔拉斯·布尔巴》。

一个跟一个地，那些军官和头目——他的军队的最后的残余，叛变的最后的残余，都到湖边上来了。

他们围着他站着，依着他们的莱福枪。他们的衣服绽成了破片，那些他们用去绑缚他们伤口的肮脏的布片从破靴子里露出来。他们中有好几个把胳臂吊起来。他们静静地作成一个半圆形围住安东诺夫。

瞧着他们，他想道："普鲁日尼考夫哪里去了？我们那愉快的伊洵跟可怜的托克玛考夫怎么样了？从开头就跟我在一块的列昂诺夫跟布拉托夫哪里去了？那个吵吵闹闹的赫尔曼又怎样了？还有费多罗夫·高尔斯基？还有好生气的沙莫夫？我那蛮横的传令兵阿列式迦和我那最后的邪恶的爱人都哪儿去了？"于是他自己回答自己：格里高里·普鲁日尼考夫在伐罗克尼式采森林中的一个泥屋里被枪毙了；叶哥尔·伊洵，那个愉快的酒鬼跟高尔斯基一同遭了"柴加"；托克玛考夫中了一颗子弹；喜欢吵闹的赫尔曼因为抢劫暴横被农民打死了；沙莫夫淹死在一个水塘里；他的传令兵阿列式迦投降了；列昂诺夫跟布拉托夫被红军枪毙了；一个叫做潘克罗托夫的矿工在卡姆巴尔区把玛利亚·考骚瓦逮走了。

现在剩下几个还活着的都聚到这儿了。他瞅着他们；他们静静地站着，瞅着地下。

“喂?”他粗鲁地问。“你们就这么地来了吗?”

“你瞧你把我们弄成什么样子了，亚历山大·斯台潘诺维契?”斯托罗折夫问。“我们一直地相信你；你是我们最后的希望!”

“我叫人家把我陷害了，”安东诺夫回答道。“上边的人就陷害我。折尔诺夫叫我做刽子手，你们都听见过罢?他们明明晓得我干吗要出来打仗，那些坏蛋。他们亲手把我送掉了。你们也陷害我，你们这些胖钱袋的家伙!”说到这里他晃动着指头指住斯托罗折夫。“哼，等着罢，等到他们把你磨成细粉的时候你也许还记起我来，可是那已经太迟了。”

“没有关系，”斯托罗折夫说。“我有一个强旺的家族；一旦我们的牙齿咬住了点子什么，我们就不放松；此外，我们还有孩子留在村里呢。”

“我要进到森林里去，”安东诺夫说，用手指着森林的深处。“我风闻着列宁在莫斯科说峇格尔又要准备军队打仗了。等着我恢复过来，我也还要干一手的，找许多新的同志。……你们爱怎么干就怎么干，如果想打仗就打仗——如果想把自己卖掉，也随你们便。我要一个人走掉，我谁也不要。我只带着季密特里跟我一块。你们可以随便到什么地方去了。”

“好罢，再会，亚历山大·斯台潘诺维契，”斯托罗折夫说。“不要把我想做顶坏的罢。”他走向安东诺夫去，吻着他。

他们都说着最后的别辞，走过去吻着他。

“再会，”沙菲罗夫说。“我曾经忠实地服侍过你。”

“再会，”安东诺夫回答说。

沙菲罗夫已经快要隐身在树丛里了，亚历山大·斯台潘诺维契又在后面喊他：

“雅珂夫!你干吗不吻我呢?”

等到沙菲罗夫重新回来拥抱他的时候，安东诺夫在他耳边低声说：

“你把我卖了多少块银钿呢，犹大?”

“你是什么意思?你一定是疯了，”沙菲罗夫高叫着，退缩了，“我并不是一个可以收买的人，这你自己是明白的!”

安东诺夫作一个绝望的手势：他的心告诉他死就站在他的面前；末日已经挨近了。他的朋友们拖拉着沉重的脚步走开了，只安东诺夫独个儿留下来，在幽黯的森林的深处。

五

他把自己裹在破烂的外衣里，在草地上躺下来。这就是收场。

为了谁，为了什么目的那几千条性命牺牲了，那些血泪的狂涛流过了，那些村庄焚烧了呢？

他那血迹斑斓的整个的一生又有什么用处呢？在他的一生里人们总是在他的身边转圈子，然而他却始终是孤独的。

安东诺夫忽然又忆起他从前做过的梦，自己站在司令部的台阶上看着军队从面前走过。

“带了像这样的军队，我就起事了，”他从前这么想。“在去莫斯科的途中会有几百倍的人参加进来，于是我就率领着几十万农民直迫克里姆林宫城之下。布尔塞维克们现在正在村庄里一塌糊涂地弄着什么阶级斗争了，可是那时候是什么阶级斗争呢？每个穿着自己缝的破烂衣服的人都梦想着替自己弄一件新衣裳，在什么地方抓到一块土地，用篱笆围起来，养一只看守的狗，积蓄起他们的卢布，并且安歇在猪牛中间渡过他的一生。你瞧，这才是整个的阶级斗争，这才是整个农民的灵魂哩。从记事的时候起，他就只是为了自己的皮肉而斗争，同时还想办法揭他邻居的皮肉。”

“那么，现在这样，以后呢？”安东诺夫常常问他自己。“我把农民们带到克里姆林宫墙外边再怎么办呢？”

关于他以后要作的事，安东诺夫只有一个非常模糊的想法。他幻想着所有莫斯科的人民都要在他面前鞠躬，他将被选为元首——不是军队的，而是人民的。

“以后呢？好罢，就假设他们真的选出我来，替我佩一个什么条子，以后呢？土地怎么办呢，工人们又怎么料理呢？”

不，安东诺夫再也懂不得更多了，如果有人问他以后的办法，他就回答不来。

他曾幻想过他的同伙们怎样地互相争权夺利；伊洵跟普鲁日尼考夫怎样相

对着野蛮地龇出牙齿；还有那匹灰狼——斯托罗折夫的眼睛会怎样地闪动着红光。

“是的，他们会吃了我的，”安东诺夫曾震惊地想过。“彼特加（托克玛考夫）说的是实话：他们先把我吞了，然后再互相残杀。”他曾撇开过这些未来的可怕的想头不管，而把所有的责任放在选举大会身上；让它在这纠缠的网里召集、讨论并且筹算，从工人跟厂主，农工跟地主，羊跟狼那里——弄出一个一致的意见来。让大会去担负起这件事！……到现在他再也不需要考虑这些了。他又一次地孤独起来了；军队没有了；他的武装同伙都走了；就是那匹马——他计划骑着它踏进莫斯科去的——也在一场战争里被打死了。……

“走罢，”安东诺夫的弟弟推推他的肩膀说，“天要黑了，湿气在长呢。”

六

几天以来，斯托罗折夫无效地想寻一匹新马，终于溜回到他本乡来了。可是有一天夜里大家都知道了有一个人徘徊在他们篝火的四周，又潜藏到黑暗里去了，于是他们都严防着他们的马匹。

从此斯托罗折夫就不再寻马了，他跑到树丛里藏起来。现在他无时不提心吊胆，睡不熟觉，如果听到一点点风声草动或是一只游鸟叫唤时，他就立刻惊醒了。

七

有一天他遇上了阿德利安，他的舅子。那个老农夫正蹲到地边上捆他腿上的麻布绑腿呢，斯托罗折夫就从干草垛后面一下子跳出来了。阿德利安吓得直往后退。他的恐惧一会儿就过去了，之后，他从灰白的眉毛底下愤怒地狞视着斯托罗折夫。阿德利安有一度曾是一个沉湎的酒鬼，可是因为在战争期间在玛苏尔水塘里发生的一件小事就把这个积习永远地戒绝了。现在别说酒，就是闻到一点酒味他都难受。不晓得为什么，他又戒绝了肉食，变得严正而且安静了。五年以来，他替斯托罗折夫看管着田庄。

“我还寻找你呢。你那么蓬头散发的，哎呀，你这个鬼土匪！”阿德利安虽然背地里害怕彼得·斯托罗折夫，然而讲起话来他总是那么粗鲁梗直。

斯托罗折夫在他身边坐下来。落日渐渐沉没了。夜色从东方卷来，遮上了在望的田野。

“你应该自动投降，”阿德利安继续说，替自己卷一支烟卷。“他们也许可以饶恕你。把你的房屋跟田庄都抛弃不顾了，你这老鬼。仗不是替你打的，对不对？”

斯托罗折夫作一个嘲笑的姿势。“别瞎扯啦！如果仗不是替我打的，那是替谁打的呢？就只靠了你吗，呃？好啦，家里的情形怎样？我想你们也许遭了抢劫，房子也给烧倒了罢？”

“不，他们只拿去了你的产业。你儿子们的他们不动。他们本想把普拉斯考维亚下狱的，但后来却放回来了。他们像传说的一样好：红军不糟蹋妇女。人们都打仗打得累了。他们都像鬼一样地工作起来了，彼得·伊凡诺维契。现在的生活比从前好过得多。一个减轻的粮食税则已经施行；自由经商也开始了。投降了罢，我告诉你，那样你也许可以保全性命。还有麻烦呢，唉，家里还有老大的麻烦呢，彼蒂亚，”阿德利安的语音颤动了。

“麻烦？什么麻烦？”彼得·伊凡诺维契的心惊慌地急跳着。

“那是考尔迦。”

“考尔迦出了什么岔子啦？”斯托罗折夫变了嗓子叫着。“他们把他杀了还是怎么？”他跳起来，抓住阿德利安，用他那双硬手疯狂地摇着他。

“你疯啦吗？”阿德利安骂着他，把自己挣脱开。“你这鬼土匪！你想谁能糟蹋一个小孩子呢？你把他们当作什么了，野兽吗？”

“好啦，别扯下去啦，告诉我罢，老东西，”斯托罗折夫用手蒙住脸，“说他到底出了什么岔子啦？”

“他给马踢了。鬼晓得怎么一来就踢在额上了。”阿德利安燃着打火机，燃上他的烟卷。

“他给踢死啦吗？”彼得·伊凡诺维契气急败坏地问。

“没有，医生说他还可以活下去。”阿德利安还想多说几句，可是这当儿远处有一辆车子的辘辘声传来了。

“逃掉，不然他们就会杀了你。人们提起你来都是恨恨的。呜呜——你简直像只狼一样！你应该逃到一个什么地方去。”

“我到哪儿去呢？”彼得·伊凡诺维契痛楚地呻吟着。马上他又是孤独的了，黑夜就要展现在他的面前。

“你应该到外国去；反正你在这儿是没有一点办法的。”

车子轰闹地近来了。斯托罗折夫摆摆手溜掉。阿德利安四周瞥一遭，抬起腿来赶忙地走开。一会儿他也隐没在深谷里瞧不见了。

八

那天夜里斯托罗折夫躺着，把脸深深地埋在草里。他想哭，可是眼泪却拒绝了涌到他那火烫的眼睛里来。只有一股窒闷的感觉，仿佛有一块大石头压在他的心上似的。他不能相信考尔迦是被马踢死了；不，不，它不会踢死他的。他记起当他儿子刚会走步的时候，他怎样地把他放在一匹母马的脊梁上，那孩子就用两只小手抓住马鬃，他的脸喜得笑红了，他一直骑下去，呀呀地急于学着说话。

“他们把考尔迦杀了！杀了我的儿子。我想让他进学堂，让他在这个世界上站起来，那么他就可以变富，增殖他父亲的财富，把他父亲的田地再增加几百个迭亚斯丁；那么几哩周围的人就都要对斯托罗折夫的家族脱帽致敬。……他们杀了考尔迦——我的儿子，我的后生子——可是也许他还依然活着呢？”

奇形怪状的云片静静地滑过去，山涧里虚寂地发着一点声响。

九

一连两天彼得·伊凡诺维契绞在痛苦里，在矮林中游荡着，又总是回到他本村的附近处来。

最后他决计要打回家去，在一两个钟头之内把红军们驱出村庄。

“谁晓得呢？”他跟他自己说。“也许他们的人并不多罢？”

他掘出那支埋藏了的机关枪，还有弹药筒，从同一个隐藏的地方他又拿出手榴弹来。那一夜他向村里走去。

一切都是寂静的，人们白天在田里工作得疲乏了——因为这是顶忙的季节——都酣睡在床上。狗也静着，连更夫底使人心安的梆子声都听不见了。

压住气息，斯托罗折夫偷偷地溜到打谷场上。两个被夏天太阳晒得干裂了的打谷仓一先一后地起火了。一分钟后，几个铜钟不停地摇了起来，全村都被谷仓失火的事惊醒了。间或钟声歇了下去，但一会儿它又轰闹在耳边了。

突然——一颗炸弹落在火旁边顶稠密的人堆里了。它震烈地炸开；于是一切又归寂静。有人扯长了声音哀哭着。……又有两颗炸弹扔过来了。人们喘着气挤到一块。随后，好像遭到了一下致命的打击似的，又向各个方向四散开去。

彼得·伊凡诺维契的嘴唇闭紧着，毫无感情地，他把致命的机关枪火向街心里射去。

从司令部附近，传出一道紧急的命令。惊慌的奔跑停止了。有一霎功夫那儿是寂静的；随后莱福枪急烈的枪火开始了，红军的机关枪嗒嗒地回答着斯托罗折夫。

一颗枪弹的顶针刺穿了斯托罗折夫的右腿。立刻他的靴子里觉得发湿，他的心也清醒了。他停下来，丢下他的机关枪和莱福枪，并且因为他受伤的腿已经不能走路，他只好爬到黑夜里去。他掉到一个场园上的地窖里。这样地，他得救了；因为他一面躺在那里一面可以恢复自己，而红军却到远处的山间水塘里去搜索他去了。

十

现在他什么都没有了，不管是马还是军械——只有一支手枪两筒弹药，还有那把军刀，他现在把来当作一支手杖扶着走路了。希望吗？一点也没有。什么地方他都听不见机关枪的嗒嗒，或是野炮的轰响。叛变消灭了，好像潮湿的木材嘶嘶地冒一阵难闻的烟就熄灭了一样。

重新镇定下来，乡野里的人们又在打谷场上劳作了，因为这一年是一个伟大的丰年。日子慢慢地过去了。斯托罗折夫游荡着的无形的圈子一天天向他围近了。

将近一个星期以来他觉得发烧。脚上的创伤非常疼，使得他既不能动转又不能睡觉。他简直不能够挪动身体。他的肌肉消瘦下去。他愤怒地叨念着战争和胜利。然而这些玩意儿却依然带了企图报复的无餍足的欲望把他激动起来。

他害饿了。他到处巡行着找寻吃食的东西，可是什么也找不到。在目前，能找到几个白薯或是一点点粮食，在他已是很稀罕并且很幸运的事了。

十一

有一次在地边上他遇到一个讨饭的老婆子。她给恫吓得要死，就把所有她的碎屑和硬面包皮都给了他。从那以后他足足吃了三天。以后又来了猎食的日子；艰难无望地寻找吃食的日子。最后，饥饿搭来了恐怖。斯托罗折夫决意要到他堂兄弟的农庄上去试探一下了。

那是一个殷实的田庄，坐落在一个小山上，跟村庄和大路都隔离得很远。很明显地人家已经看见他了，因为当他走近时人影子都赶忙地躲开了，而那条平常总是锁着的大黑狗却在打场边迎上他来。

彼得·伊凡诺维契从鞘子里抽出刀来，狗儿猛地咬住他的刀，把嘴割破了；这使他越发蛮悍起来。最后，彼得·伊凡诺维契也大怒了，决意要骗一骗这条狗。他把刀迫近狗的胸膛，而当狗猛扑到他身上来时，就从侧边砍着了他。那条狗微弱地尖叫一声滴着血跑开了。斯托罗折夫偷偷地溜到房前去推推门。门从里边闩住了。他敲门。敲门声漠落而空洞地回响着。在那些垂着帏幕的窗子里一切都是寂静的。斯托罗折夫跑到贮谷仓和打谷仓去试探一下。每个门上都挂着沉重牢固的链锁。他回到房前，用拳头和刀柄猛力地打门。一点声息都没有。他呼喊，祈求并且哀告，万分疲惫地哭泣着。还是无效：田庄里的一切都静悄悄的。

于是他动起蛮来，用军刀劈窗子。窗玻璃打碎下来。门开了，一个魁梧的长胡髭的农人手里捞着一杆土枪，出现在门口。

“你干吗？”他问。

“为了基督的爱，”斯托罗折夫叫着说，“给我一点面包罢，潘台勒·路琪支，我快要饿死了。”

“我正要用子弹替你充饥呢，像你们这种土匪就应该那么办的，”那个人愤怒地咆哮着。“阿莉沙，拿点儿面包皮来，”他向后面的走廊里喊着。一只手从走廊的一个什么地方伸出来，拿着一片面包。彼得的堂兄弟分明是连看他一眼都不高兴。那个人把面包放在门前台阶的栏杆上。

“拿着走罢！再也别来啦。如果有谁瞧见儿，连我也是性命交关哪。”

“不过我们从前还是朋友哩。现在你已经把自己出卖了！”

“悯人先怜家哟，彼得。你们反正已经豁出去了，可是我却还想再活一阵子呢。”

“你觉得你会在红军治下变富起来吗？你想他们会给你一些什么吗？”

潘台勒·路琪支凑到彼得·伊凡诺维契的耳边低声说：

“你的话讲到我们心里来了，彼得，可是我们已经屈服。泅水要顺流。我们得停些时候，磨快了牙齿；那么等我们的时候一到，我们就比过去聪明得多了——我们现在已经学会了怎样打仗。别咒骂我们，悄悄地走掉罢：暂时过几天坏日子；以后还有出头之日呢！懂得我的意思罢？那么拿起面包来，愿上帝赐福给你。”

彼得·伊凡诺维契瞧瞧面包，嘴里津湿了。可是他从面包皮上扯回手来，用脚跟转过去，走掉了。

“嘿！”潘台勒在他身后喊着。“嘿，彼得，听见吗——为了你们这些家伙宣布了一次大赦呢。投降了罢，你还不至于处死。今天是星期一，大赦期截止到星期六，赶快罢！”

斯托罗折夫回头望着，朝着田庄的方向吐一口唾沫，对潘台勒晃晃拳头，又跛着脚走了。

在十字路口一根柱子上他看见一张告示钉在那里。那就是赦免一切自动投降的人的命令。彼得·伊凡诺维契撕掉了告示，走进山谷里去了。

而今末日就要来了：四天以来他没尝过吃食的滋味。他昏迷不醒地躺在离他本村不远的一个地方。一次又一次地他读着大赦的告示。明天就是星期六，过了明天指定的期限就要截止了。

突然他又记起潘台勒的话来。“你的话讲到我们心里来了，彼得，可是我们已经屈服。”

斯托罗折夫笑了。“他是一条狡猾的老狗！现在变成狐狸精了，你瞧！”他后悔没有拿潘台勒的面包，而称他是一个叛贼。“看起来潘台勒也许走了一条对路，”他想，“并且也许是一个顶聪明的作法，也许他预料得很对。高兴我也要变节了呢。”

“一点不错，”他最后决定了，“让我们瞧到那时候哪条路是顶好的，野兔的办法呢还是狐狸的办法。”

“也许人们会觉到在不远的一些地方有新的军力在聚集了，几个别的领袖还依然活着，并且已经准备好要给他们的敌人一个最后致命的打击了。村庄里街道上的和平景象也许完全是一个骗局。也许就有人在等待着像我这样勇敢的人去号召他们了。

“那么我就这样武装着去投降吗？我就去向他们告饶说：我饿回来了，你们瞧着办罢，只要给我一点点面包和一点点性命呀！”

“那么，现在，”他犹豫着，“我自己认了呢，还是再等些时候呢？我再等些什么呢？在我的目前就只有黑夜，黑夜之后又是一天的饥饿，在耀眼的阳光里——一打一打的日夜，于是秋天、雨、雪……和死，呃，死。这么死或是那么死。反正总有要命的一天。肚子里吃得饱饱的，在家中把孩子老婆和考尔迦搂在怀里，然后再死不更好一点吗？”

最后斯托罗折夫决意要投降了，可是比指定期限迟一天到达革命委员会的办公处。“我星期六不去，星期日去。无论如何，靠我这坏腿一天功夫是走不到村里去的。对了，那样也可以使他们知道我并不害怕他们的军事法庭。”

“他们也许会枪毙我，”他对他自己说，“不过至少我可以吃得饱饱的让他们枪毙。我还可以看见我的家里人，并且还有许多熟人守在旁边。”

“不过也许他们会饶了我，”这个思想在他脑袋里晃着。“啊好罢，那在我反正是一个样子的。”

“那么，列毕亚致湖畔的地呀，我们再会了。再会。”

星期日的傍晚时候，斯托罗折夫在水塘里洗一个澡，把自己装束得整洁了，开始跛着脚向村里走去。

十二

现在列望达夫斯基接受了剿灭叛军的军队的司令职。现在他们的事务并不比从前轻松：那最后的一些对于苏维埃政府之诚实的踌躇的怀疑需要消灭，而对于它的爱护需要扶育和培植。

农民们的马匹——打仗打得精瘦、疲惫而且残废——简直不能把沉重的稞麦从田野拖到打谷场上了。而恰巧又是大丰收；村舍里沸腾着欢乐，新稞麦面包的香味从每家房子里飘出来。

从打谷场到田野中间走着红军的兵士，健强而且敏捷，都急切地工作着。他们割了又捆，打了又簸。他们把他们自己的战马套到犁上，刈禾机上，打禾机和簸谷机上去；那些红军的马匹从战争和对敌人的追逐里休养过来，把麦捆拉到打谷场，把粮粒拉到仓房。

每天列望达夫斯基从军官们那里接到报告说有多少马匹和人去帮忙农民了，每天他接到新的通知说几百个迭亚斯丁的地已经收割并且重新耕好了。他满意地微笑着：这种工作增进了农民跟红军中间的友谊关系以及农民对于党和政府的同情。

在斯托罗折夫的本村德甫里基驻屯着一连步兵，它一共有二百个红军兵士。分住在各个住户的家里，渐渐地——几乎是不知不觉地——跟村里的生活打成一片，跟人们成了朋友，并且简直是被同化了。他们有的真想在这片丰饶的黑土上好好地安居下来了。

赛尔给伊，彼得·伊凡诺维契的当水兵的弟弟，在六月里回来了。他离开村子在外边过了四年，然而看起来并没有一点变化。他有着从前一样的黑胡髭，一样的蓝眼睛，带着它们那冷冷的注视的眼神，仿佛要戳穿别人的灵魂似的。他那黑色卷曲的头发，从帽子底下露了出来。

只是这水兵的衣服跟从前不同了，他戴一顶棕黄色宽边的圆帽，一直束到膝头的皮靴，和一件外国式样的灰色紧身。不过在紧身里面还可以看见那件蓝白条纹的旧水兵背心。他还有一支小手枪，像个玩具一样，戴在腰带上面。

十三

在晚间，农人和他们的老婆，以及年轻的小伙子们都聚集在革命委员会的房子里。

主席赛尔给伊带来最新的报纸，跟他们谈着税则和自由贸易，还读列宁的演说——列宁那时候常常演说——并且替农民们计算着每人应付的粮税的数目。他们互相开着玩笑，挤眉弄眼，还讲些笑话。

等他们统统回家去以后，赛尔给伊·伊凡诺维契就把自己关在房中，在那间房子里他工作、睡觉，从草铺底下抽出数学、化学和物理的书籍，演习一整页一整页的公式和数字，一直坐到深夜，他读着，写着，并且删改着。

在他上床睡觉以前，他要到村里去巡行一周，检查岗兵，或是坐在房子的台阶上望着银河慢慢地淡下去，曙色从远方偷偷地上来了。赛尔给伊·伊凡诺维契就伸伸四肢直到关节都发响了，他还要在台阶上多呆几分钟。时常有一个迷人的女孩子的幻影涌现在他的面前。于是赛尔给伊就蔼然地笑了——笑他自己在想着他本乡的暴风雨已经过去，那些劳苦的人们都安静地睡了，而那个女孩子却还在远方的市镇上焦急地等待着他。

十四

那是一个晴明宁静的夜晚，斯托罗折夫回到村庄里来了。在他面前躺着熟识的街道，较远处的巷子笼罩在迷蒙的暮色里。缘着绯红的天边，厚实的云彩渐渐地堆积着。一股沁凉的气息从菜园里吹过来，尘头起处一群羊回家来了。

还是从前一样的一堆堆的小房子向洼地里延续下去，再爬上小小的山丘，又低降到河边去了。它们的窗子闪映着欲燃的斜晖，礼拜堂上的十字架在青天里闪耀着。

然而村子里现在却过着一种不同的生活了。它不再像春天时候那样胆怯地岑寂着了。那时候生活好像院墙里面的一个蒙罩着的声音，家家户户都没有生气；永远听不见愉快的歌声、吵闹和嬉笑，人们从后门的路到井上去，低声谈着那些黑暗可怕的日月。

可是现在，当斯托罗折夫走近村庄时，他听见一个手风琴的乐声，在一个什么地方，他们在唱歌，时而有亲昵的笑声传出来：街上充满了生气。

斯托罗折夫艰苦地缘路走着，他到哪里，那里的歌声和谈话就停止了，孩子们逃进屋里，向外瞅着，指着他。他低倒头一直跛行下去，扶着他的军刀。人们从老远处望着这个从另一世界里来的事物。

没有一个人邀住斯托罗折夫，没有一个人喊他的名字，没有一个人问他好。可是他回来了的消息却立刻传布出去，一直到远处田野中的孤另的房子里。

革命委员会会舍的门开了，斯托罗折夫的弟弟赛尔给伊走出来接见他。蓝色的烟从赛尔给伊的短烟斗里卷起来；他把黑色的劳动衣扎在裤子里，一支手枪挂在皮带上。彼得·伊凡诺维契到得台阶上就疲倦地坐倒了，看样子挺可怜的。他受伤的脚痛楚着，他疲乏了，想望睡眠比想望世界上任何的事物都来得渴切。

跟他弟弟不期的遇合并不使他惊异。在他看来，事情就得那样，那是命里早已注定了的。

赛尔给伊从嘴里扯出烟斗来，在靴后跟上磕去了烟灰，把它放回口袋里去，开口向他哥哥说话了。

“那么你终于回来了吗?”

彼得 · 伊凡诺维契点头表示同意。他觉得仿佛他是第一次看见这么一张刮得整洁的脸，带着一个好像用石头雕出来的下巴。这个人跟他有血统的关系，然而却像路人一样。

“你是来自动投案的吗?”

彼得 · 伊凡诺维契不说什么。他的头低着，他好像什么也不想的样子。

“你累了，还是怎么?”

彼得 · 伊凡诺维契嗫嗫着：

“对啦。我想睡觉。”

“好罢，我们明天跟你谈罢。”赛尔给伊叫过一个红军兵士来，说道：“领他到仓房去。”彼得 · 伊凡诺维契强挣着站起来，不禁呻吟了一声。

“你受伤了吗?”

“对啦，”彼得叹口气说。于是他摘下他的手枪来递给赛尔给伊。赛尔给伊一面望着他跟在红军兵士后面跛开去，一面对自己说道：

“狼到底回来了。”

十五

第二天早晨，斯托罗折夫醒得很早，仿佛有什么东西在撞他那只受伤的脚似的。他睁开眼睛。一线阳光射在地板上，四周有一圈微尘飞舞着。

他还没有恢复过来，依然有点儿渴睡。他听见墙那边有低低的语声。

“他正睡觉吗?”一个小孩的声音问。

“嗯，乖乖，他正睡觉呢。”一个女人的声音。

“爸爸呢——在仓房里吗?”

“嗯，乖乖，他在仓房里。”

“他正睡觉吗?”

“嗯，考吕式迦，他睡得正熟呢。他马上就醒来，你又可以看见爸爸了。他头发都灰白了，乖乖，他老了许多呢，”女人啜泣着。孩子不做声了。

“他回来投降得太迟了，你那爸爸，”一个斯托罗折夫很熟习的语音在门口咆哮着。“他不照一定的时候来，那个土匪。至于说他的头发灰白了呀，哈——狼都是灰白的。”

彼得 · 伊凡诺维契摆脱他的睡意。

“谁在那儿？”他高声问。

“彼——伊——蒂亚！”女人尖声哭喊着。斯托罗折夫一咕噜从他睡觉的凳子上爬起来，痛苦地跛着走向门口去，用他那只好的左脚踢着门。

门闩倒下去，门开了，放进了晴和的阳光来。斯托罗折夫的心急跳着：站在仓房对面的草地上的就是考尔迦，他的儿子。原来这孩子还活着哪！普拉斯考维亚坐在一块树根上，哭着，手蒙住脸；考尔迦赤着脚，只穿了一条裤子，正在惊异地望着那个站在过道中阴暗的一片长方地上的守卫的人。彼得 · 伊凡诺维契把身子靠在门边的柱子上以免跌倒，因为他的头发晕，腿也好像毫不管用了。

定醒了一会之后，他恢复了气力，于是拖起疼痛的脚走向考尔迦去。可是那孩子却不承认这个头发苍白有着纷乱的胡髭和遮在长眉毛底下的深深凹陷下去的眼睛的人是他的父亲了。他尖声叫喊着逃到他母亲身边去。那个红军兵士奇异地瞧着这场聚会，一面坐在那儿用一把芬兰小刀在一条柳枝上刻着精细的花纹。

彼得 · 伊凡诺维契把哭泣着战栗着的考尔迦搂在怀里。孩子的额上有一片鲜红的镰刀形的疤痕。他把儿子紧紧地抱在胸前，吻着他那褪色的稞麦颜色的头发和充满了泪水的眼睛。在他们身旁，普拉斯考维亚哀哀地哭泣着。

等每个人都哭完了心里的悲哀重新安静下来的时候，普拉斯考维亚告诉他考尔迦和死神的长久而苦楚的挣扎；在孩子还没有恢复之前的那些不能睡觉的可怕的夜晚。她又告诉他今年的收成多么好，稞麦已经打完了，一个新的粮食税则已经施行，阿德利安说现今的生活比从前舒服得多了。

后来一提起这个无可挽救的难题时，她又哭了。她相信现在他已经误了大赦的期限。他要被枪毙了；她责备他忘掉了家庭和田庄，一定要去管些不干自己的闲事。

斯托罗折夫不注意地听着老婆的责备，一种困恼和烦扰的、奇异的感觉占据了他。他没有想到她也会这样。她既不劝他求饶，也不说田庄上没有他就要破坏摧毁了。她只是责备他。

“嗷，够了！”彼得 · 伊凡诺维契打断他老婆的哭诉说。“那种事情你一点也不懂！做了的不能不做。看起来你好像不再需要我这么蹩脚的人了呢，”他讥讽地增添说。“你根本就没有替我打算。你应该替我带几件麻布衬衣和衣服来，你瞧我穿得这么破烂。现在想到死还太早一点，我们还不知道是否我要被枪毙呢。反正无论怎样都没有多大关系：要死也只死一次。”

普拉斯考维亚赶忙解开她带来的包袱。可是那个一直安静地坐着的留着胡髭、腮上捆着绷带的红军兵士却走过来抢走了那个包袱。

“这是不能允许的，”他安闲地说。“有什么必需的东西可以交我们转给他。现在你们谈的也尽够了。你可以回家去了。如果赛尔给伊允许的话，你晚晌再来罢。赛尔给伊说，要我们现在带他去洗澡呢。”

普拉斯考维亚走了；考尔迦牵着她的衣角，一再地回过头来望他的父亲。

红军兵士解开包袱，拿出几件麻布衬衣、一条裤子、一个紧身和一顶帽子，递给彼得·伊凡诺维契。一张大肉饼和一些肉依然放在包袱里。

“给我点什么吃罢，”斯托罗折夫要求。

“你可不能吃得太多了，”年轻人说，撕下几块饼和一点肉。“要不你就会撑死了，可是你还得在死前受一次审问呢。”

“啊哈，你错了。我想现在剩下的事就只有审问了，不是吗?”彼得·伊凡诺维契贪切地吞着饼，“以后怎么样呢？——我就要被处死了。”

“是否你要被处死还要等着瞧呢，”红军的兵士说，当彼得·伊凡诺维契动手抓肉的时候他一下把他的手推开了。“不行，如果告诉了你不能吃，那就是不能吃！你听见了吗？你知道跟你说话的是谁吗，彼得·伊凡诺维契?”

斯托罗折夫掉转头来惊异地端详着这个留着胡髭的家伙，穿一件卡琪布的上衣，肩头上随便地披着一件外套。在那双眼睛里，在那两片恶意嘲弄的嘴唇和撅起的鼻子上，有一些奇异的熟习的什么。

“你瞧你变得多么迟钝并且高傲了呀，”年轻小伙子惨笑着说。“你连你自己的人都不认得了吗？呃？我们不是并排地骑着马一同过了一年，并且在那以前的十二年中每天都是见面的吗?”

斯托罗折夫终于认出他来了：那是楞迦！

“楞迦，原来是你!”他低声说，惊呆了。

“我们终于又见面了，彼得·伊凡诺维契？我只当是你早已给人家杀死了呢——我还替你难过了一阵。我们还有账没有算清呢。你还欠着我一些什么。”

“我欠你一些什么吗?”斯托罗折夫问。“我欠你的是什么呢?”

“你已经不记得了，呃？可是我还没有忘记呢，彼得·伊凡诺维契。我记得挺牢靠的。”

小伙子甩开一绺头发，露出一个粗糙的红的疤痕。“这是你那马鞭子留下的记号。你记得吗？有一天在野外——冬天时候？”

彼得·伊凡诺维契突然记起来了：那是一个下霜的晴明的日子，那天楞迦舍弃了他。

现在楞迦站在他的面前，嘴唇严厉地紧缩着，额上有着深深的皱纹。这再也不是那个可以喝叱、可以用鞭子威吓的孩子了。楞迦已经变得老了一些，也严厉了一些。

四个月以来——自从纳塔沙给送到医院去以后——楞迦就只想着怎样去找到彼得·伊凡诺维契，把他那一腔的愤恨告诉他。照楞迦的意思，彼得·伊凡诺维契对什么都有罪过。他甚至会通敌卖国。

现在他们会面了。斯托罗折夫从这小伙子的瞪视中觉出一种超人性的愤怒，一种好像是野兽的愤怒。这使他颤抖了起来。

“原来如此吗，楞迦！”他哑声地说，“那么，你想杀了我吗？我在你手里。杀了我罢！”

“不行，我们不能那么个干法。我们的人都是严守纪律的。不过我可以告诉你，我恨透你了，恨得我咬牙切齿——我想跟你把旧账算清了——我自己的和纳塔沙的——一切都算清了。啊，好罢，我想总是一样——他们也不会饶了你的。”

彼得·伊凡诺维契从睡梦里被叫醒来。他弟弟站在他的面前。

斯托罗折夫伸展一下，从桌子上拿起一个瓦瓶来，吞了几口冷而滑的酸乳的凝块。

“睡好了吗？”

“很好了。”彼得·伊凡诺维契回答。

“好罢，今天晚上吃过了晚饭，我们谈一谈，”赛尔给伊·伊凡诺维契宣布道。“我们要谈正经事了。”

赛尔给伊对他哥哥显得很严厉。他哥哥坐着一个凳子，两只手凭在上面。他那高高的前额紧蹙着。死的想头又一次地爬进他的心里来。

“好罢，”他说，话音有点哽咽，“我们得谈一谈，以后呢——我就要被枪毙了，不是吗？”

赛尔给伊一直没有回答，他掏出烟斗来装满了烟，这才说话。

“今天晚上再谈罢，”他说，耸动着那罩在钢铁般的黑眼睛上的眉毛。“现在你可以回家去了。楞迦！”他叫着，“把他带回家去。”

“你得让我歇班了，赛尔给伊·伊凡诺维契，”楞迦抑郁地说。“我保不住自己，我太恨你的哥哥了：我真想杀了他。你听见我说的话了吗，赛尔给伊·伊凡诺维契——我恐怕我压不住自己呢。我心里像有一把火似的。”

“我一时忘记你了，下次我再不这么作。懂得罢？”赛尔给伊抬起他那双冷冷的眼睛望着楞迦的脸。“我们不是土匪。要把握住你自己！好啦！明儿个你就可以清闲啦，”他说着走出仓房去。“明天早晨你就可以去做活了。可是现在你得带他回家去。”

楞迦把手举到那顶带着一颗莓红的破星帽徽的褪色到几乎发白了的帽边。

“你拖延了多少时候呀，你真应当连鬼魂也给消灭！”他愤怒地咕噜着，这时候革命委员会的主席已经走远了。“你那弟弟替你耽搁得太久了。还等一个什么命令。要依我，马上送了你的命完事……噢，也是一样，明天早晨我也会送你的命的。”

“明天早晨，”赛尔给伊临走时跟楞迦说的话总是回到斯托罗折夫的心里来。“明天一早你就可以清闲了。”

那么分明就是明天了？明天！那就是说有几个短短的钟头，不多不少，确切得有点儿残酷了，你不能摆脱它，可又不能提早，也不能延缓。心每跳一下，就离那时间更近一点，到时候它就永不再跳了，被那飞速烫热的子弹戮断了。

明天……

就只有一夜了，他留在这温暖幸福的世界上。

在这儿够多么好哇！一条狗停在仓房前面摇着尾巴，仿佛欢迎他似的。明天它就要舐他的尸首了。

一队红军兵士走下大路去，灰尘从他们肩头上飞起来。明天他们就要拿枪打中他的心窝了。……

“走啊，”楞迦从沉思里回转来说。“一会儿就要黑天了，黑了天你在家里干吗呢？你想我还让你跟你的老婆睡觉哪。”

彼得·伊凡诺维契站起身来。在原地方局促不安地站着，转来覆去，好像丢了什么东西：他不能够相信他马上就可以回到家里，看见考尔迦和他的家族。……

十六

他那幢在门廊上装着风信鸡的石筑的房子，矗立在礼拜堂的附近。从赛尔给伊的那半幢房子的台阶上，一张脸孔伸出来窥探了一会又进去了。那是他的母亲。她不出来跟他见面：她也生她儿子的气，并且还叫他是一只狼或是一只癞皮狗。

他的狗跟在斯托罗折夫腿后边吠着，扑咬着。楞迦威吓了它，它就嗥叫着跳开了。

斯托罗折夫踏进门限时，他的心狂跳着。整个的一家人正围坐在桌子边吃晚饭。那扇无声地敞开来引入了斯托罗折夫的门又无声地在他身后合上了。房子里已经挂黑影了。斯托罗折夫划个十字。

“上帝祝福你们的饭食。”他用一种简直听不出是自己的声音说——那声音破碎而且颤动。匙子的磕碰和杂乱的声响都停止了。

“爸爸!”大儿子伊凡喊着。他们都停住吃饭，却没一个人动一动，没一个人跳起来欢迎他。他站在屋子当中；这儿没有位置可以让他坐下。最后，阿德利安捋着胡髭，用一种在彼得·伊凡诺维契听来仿佛含有一些惊慌的语音问道：

“是他们放你出来的吗?”

彼得·伊凡诺维契没有回答。普拉斯考维亚本来呆呆地坐在那儿仿佛没有听懂的样子，现在却哭起来了。考尔迦也突然哭了起来。

“哎哎，你们嚎哭干吗呀?”阿德利安粗声喊着。“你们又不是替他下葬，不是吗?坐下罢，彼得。”

阿德利安的声调很像是一家之主。彼得·伊凡诺维契吃惊了。他走向桌边去，想在长凳上坐下来，可是他的儿子们却把地方占满了。阿德利安、普拉斯考维亚，还有她的妹子卡泰琳娜都坐在杌子上。房子里再也没有更多的椅子、凳子或是杌子了。

“挤一挤!”阿德利安向他的外甥们咆哮着。他们互相推着胳肘，给他们父亲匀出了一点空隙。现在他们都挤在一块不太舒服了。

“给他一点粥，”阿德利安命令道。“回家来一个人就谁也不懂人事了。”

普拉斯考维亚抓起一个汤盆跑到火炉那边去，她的脚让她坐的杌子腿绊住了。盆摔碎在地板上。彼得·伊凡诺维契吓了一跳。阿德利安咆哮地骂着女人们的拙笨。普拉斯考维亚把一碗冒热气的粥放在丈夫面前，又跑到橱边去找匙子。做一个气愤的姿势，她跑出房去，一分钟后带回一把从邻居家借来的匙子。

孩子们静静地吃着他们的晚饭，不停地用好奇的眼光注视着他们的父亲。

"呃，有什么新鲜事儿吗?"彼得·伊凡诺维契问，冲破了枯寂。"粮食的收成怎样?"

好像他的儿子们跟阿德利安早就在等待着这种问询了，他们立刻开始讲，讨论着粮税、买卖、稞麦、燕麦；商量着一个什么牛犊子说是要卖给伊凡·费多蒂赤去。很明显地，他们已经把他们的父亲忘掉了。

阿德利安跟中间的儿子阿历克西大声地分辩着牛犊是否应该卖掉。

"什么样的一条牛犊呀?"彼得·伊凡诺维契问。"你们干吗想卖掉她呢?"

于是他们又记起坐在他们身边的父亲来，大家都不出声了。过了一会，阿历克西说：

"牛犊一定得卖掉。她没有一点好处。她不会生一点利的。"

"她是一种糟牛犊，那倒是事实。"伊凡增添说。

"住嘴，"彼得·伊凡诺维契咆哮着。"你们懂得什么呢?你们就晓得把东西卖掉了，用到时再千方百计地去买回来。"

"我们就是那样，"阿德利安插进嘴来说。

"我们从杜伯赫夫斯基那里用一担干草换了她来，现在她就只好杀肉吃。不然就得卖掉。听着，万迦，吃完晚饭你到伊凡·费多蒂赤那里绕一趟。告诉他来牵去那条牛犊。"

关于牛犊的谈话又变得热烈起来了。

彼得·伊凡诺维契静静地坐着，他心里有一种不安的疑虑，他感到非常的困扰。他真想大喊一声，使一切他们的设施都见了鬼；究竟他才是这一家之主呀——然而不晓得为了什么原故，他并没有跳起来，也并没有喊。

辩论继续着。只有考尔迦不懂得他的哥哥们在分辩着一些什么。他坐在那儿睥睨着他的父亲，像一只小野兽。彼得·伊凡诺维契想把他搂在臂里，然而孩子却像一条蛇似的从桌子底下滑走了。他父亲探出身去追他，考尔迦就没命地叫着，跑到他舅舅跟前去找寻庇护。阿德利安把他放在膝头上哄着他，那孩子却高声吵闹着，指着他的父亲。

“这是个生人。”他啜泣着说。

“他不是个生人，考尔迦，他是你的爸爸。”母亲说；她想把考尔迦从阿德利安身上抱走，可是他连踢带叫，闹得更厉害了。

“生人，生人!”孩子嚷着。

彼得·伊凡诺维契觉得不大好受，就站起来向着门口，说道：

“我要到场园上去看一周。”

“呃，去罢，去看看罢，”阿德利安在他身后说。“仔细看看每一件事物。陪你爸爸一同去，瓦西亚，告诉他我们怎样地操作。”斯托罗折夫、瓦西利跟楞迦一同到场园上去了。

在洁净宽敞的畜栏里，羊在悉索着，一只母牛听见脚步声转过头来，哞哞地叫着，又转回去了。

“马呢?”

“我们把它们赶出去吃草去了。现在有一个兵跟我们同去，”瓦西利吹嘘着说，“因为听别人说这儿有一伙土匪，我们害怕……”

“你这狗仔子!”斯托罗折夫怒吼着，“你想挨一顿好揍了，你这小混蛋!”

瓦西利站在那里恐惧地霎着眼睛，咬住一束干草。

“他说什么土匪！……”彼得·伊凡诺维契想打他儿子几个耳光，然而楞迦却上来排解了：

“好啦，好啦，已经够啦！你又觉得自己是家主了呢，不是吗？让我们往前走罢。”

跛着脚扶着手杖，斯托罗折夫悻悻地绕着他的场园走着。他故意地找错儿，可是仿佛没有一点错儿，绝对地没有一点错儿可以给他找寻出来。

可是在回来的路上，因为走得太快他碰在一堆干草垛上，差点儿给碰倒了。

“你们做活儿就是这么个做法呀，小鬼逮了你们去!”他喊着，欣喜着竟给他抓住一个发泄怒气的口实了。“把东西扔在人们脚底下，你这肮脏的猪猡!”

砰地合上了门，他正要高声吵遍了全家，可是阿德利安却愤怒地抓住了他。

“你叫喊些什么呢？你会惊醒了考尔迦的！又要打仗吗！顶好还是不要玩那一手罢。你叫喊的时代已经过去，老兄，你就要受你应得的惩罚了。”

阿德利安的粗鲁提醒了彼得·伊凡诺维契，他恐怖地巡视着。普拉斯考维亚坐在床边拍着考尔迦，他在睡梦中还依然啜泣；别的儿子们都不在家了。阿德利安坐在房子前廊上吸烟。楞迦的脸仿佛要从火炉旁边黑暗的角落里向外望着。一个手风琴在外面街上奏着一个欢腾的调子。一伙年轻人唱着歌从窗外经过。

“事情就是那样。大家都替你担心不会有好的结果。”阿德利安喷着烟雾。彼得·伊凡诺维契做个歪脸，在窗前坐下来。一个苍蝇困在一个蜘蛛网上，连连地撞着窗玻璃。他抓住它，扯掉了它的腿，把它扔掉了。那个苍蝇依然惹人讨厌地营营着。彼得·伊凡诺维契拿脚踩上去。房子里非常静。只有考尔迦平静的呼吸可以听到。

“他睡着了，”普拉斯考维亚轻声说，走到丈夫的身旁去。“将来会怎么样呢，彼汀迦？他们会杀了你吗，他们？”她用围裙的角擦去了眼泪。

斯托罗折夫不说什么，只是捏着自己的指头，直到关节都捏响了。

“唉，”阿德利安柔和地说。“我们往好处想，也得往坏处想。”

彼得·伊凡诺维契想起考尔迦的尖叫来：“生人！”

原来他已是一个生人了，一个生人……

“他们毫不替我难过，毫不。”他想。

伊凡走进来，低声问了阿德利安几句话；之后，连望他父亲一眼都不望，就走出去了。普拉斯考维亚静静地哭着。

“好啦，”彼得·伊凡诺维契说，“现在我要走了。再会罢。”

“再会，”阿德利安伸出一只生着角膜的硬手跟他的妹丈握一握。“也许就没有事了呢。他们并不是每个人都枪毙的，高兴他们就不碰着你了。反正你是投了降的。”

楞迦从角落里愤怒地咆哮着一些什么，那一群唱歌的吵闹的人又从窗子外边走过。

“好好地照料孩子，”斯托罗折夫说，面色沮丧着。“照料田庄——看着考尔迦，如果……”

“你嘱咐了一团糟。彼得·伊凡诺维契，呃，真是一团糟，”阿德利安说，突然间叹息起来。“你完全打算错了。”

“嗷，一点不错，”斯托罗折夫的语音里有一串奇异的颤动。“我知道我现在是到什么地方去。”

“啊，也许你当真知道，可是你知道目前要干吗么？”阿德利安吸了最后一口的烟，从窗口里扔掉烟头子又吐了一口唾沫。“你现在得去招供出你所作过的一切，他们要审问你每一件事。……好罢，我现在得去看看羊群去了。明天我还要去看你的。”

“明天……明天。”在斯托罗折夫的心里闪着。

他离开这所房子，砰地合上了门。普拉斯考维亚塞一些什么东西在楞迦的手里，低低地带着哭声说：

“给他这几个苹果。”

十七

斯托罗折夫疲倦地坐着，向后捋着头发打个哈欠。他觉得仿佛有点寂寞或是平静了：关于那个可怕的明天的想头消逝了，它已经不再扯他的心。

他整个的一生在他静坐沉思的时候仿佛完全分离开了，好像是另一个人的一生摆在他的面前。每当一个人窥进他知觉和欲望的最神圣的角落里时，这种分化的人格的感觉就往往会出现。当一个人把自己深邃的灵魂中顶光明或是顶鄙污的秘密作一番顶深沉的思考时——就像斯托罗折夫这样——一个人就往往会劈成两个了。他的心已经从感情的泡沫和浮渣里解放出来，遵从了一个严厉、定命而且不偏隘的审判者的定案，看清了怀疑、爱、憎和恐惧的纠缠——所有那些充满在人生中的事物。

当过去他在丛林和无声的夜雾里游荡着混过的那些冗长的时光，那时候悲苦的失望给过去的幻景代替了，那时候憎恨操了所有其他感情的上风。斯托罗折夫的心里还存有一星的光明，向着这点光明他决定了他那最后的日渐消泯的希望的方向。

人们剥夺了他那愿意跟贫弱的人们一同自由过活的权利。他的权势跟他的土地一同被剥夺了——而他却是一个熟知而且尝味过甘苦和调节人生跟人类命运的道理的人。

不，让他放弃了权势他是受不住的。他的同伙们都变成了叛贼。带着他们的武器投降了，背叛了他们发过的要忠实并且死拼到底的誓言，而在准备将来起事的托辞之下隐藏起来了。

他自己也曾欺骗过自己，像一只饥饿的野兽似的到处游荡着，徘徊在他放了火的村庄的凄惨的火光里，残杀着人们。

他也给神欺骗了：那些虔诚的祈祷，香和蜡烛又有什么灵验呢？

在这个苦难、荒冷和黑色的憎恨的世界里，他自己的田庄仿佛是一片沙漠中的沃地。在那里，像斯托罗折夫所想像的，人们都在等待着他，在那里是非他不可的，在那里，如果没有他，穷困和毁灭就一定要来挝打窗户了。

当他决意要投降并且自找死亡的时候，斯托罗折夫始终相信着在他被枪毙之前在家里的二十四个钟头以内，他，这么一个被一切人欺骗了、溃败逃亡了的人，一定会遇见他所爱着的人们，从他们的眼睛里看出沉重的悲哀，于是休息一会，忘掉了所有他所遭受过或是想过的事情。随后，洗涤在自己家人的无际的哀愁里，他就会平静地渡到他的生命以外去。

然而这一切都毫无所有地完结了。

不懂人事的小考尔迦，他所顶爱的孩子，用一个字眼儿把彼得·伊凡诺维契的真相泄露了，一个简单的字眼儿显示了秘密而又是大家一律具有的想法。

他是一个生人……

对于所有的人他是一个生人，对于自己家里的人他也是一个生人。直到现在斯托罗折夫才清楚地看出来他对于他的家族实际上并不是必需的了。

总之，他离开他的田庄已经很久，阿德利安跟他的儿子们早已在这儿像他一样地主持一切了。

就拿牛犊的事作例罢。斯托罗折夫记得在春天的时候，阿德利安跟他的大儿子曾在邻村里看下了一条便宜的牛犊，就想买了它。彼得·伊凡诺维契在离家之前曾吵了他们一顿，把他们全骂了，叫他们做“外行”，不准他们买那条牛犊。终于他们还是买来了，并且作得很聪明，这是无可讳言的。他们破费得很少——只三蒲特的稻草。整个的一夏天她给放在牧场上跟别的牲口一同畜养着，到现在，恰巧在秋天来到以前，就可以重价卖给一个屠夫了。

斯托罗折夫觉悟到在这几年叛变的中间，战斗着，流浪着，他已经失却了种庄稼的道理。那转动着他整部生活的轴，像一个轮子的轴一样，已经分明是折断了。

在最初，轮子自由着，勇敢地滚向前去，被它自身的动力牵动着赶到前面。后来，丢失了动力，它滑跌起来了，左左右右地摇晃着，在崎岖不平的路上跳着。最后，终于跌在路外边的一个什么地方，不能动转了。

就像这样地，彼得·伊凡诺维契的生活脱离了枢纽，脱离了田庄，脱离了经常严行遵守的惯例，在过去那种枢纽支持之下，一切的事情都转动着，为了获得新的财富，银行里新增的几百几百的数目，新的多少个迭亚斯丁的地，新的马、牛、羊、工人和儿子。……

于是生活起始动摇，跳跃，一直到完结在有着潮湿的粮食和老鼠粪的气味的陌生人的仓房里。

十八

他的思想被一只拍在他肩上的手打断了，一个声音叫道：

“起来！”

他醒过来。一些悠长的阴影掠过仓房的墙壁。彼得·伊凡诺维契看见他的弟弟站在凳子旁边；他身旁站着一个生人，一个个儿挺高长得挺漂亮的人，穿着高筒靴和一件皮紧身。

“他们来审问我了，”他心里闪动着，但突然又平息下来。那命中注定的，难以避免的收场已经近来了。赛尔给伊坐下来；那个长着漂亮头发的人依旧站在桌边。

“那么现在，”他起始说，“我们就要畅谈一切了。隐瞒或者说瞎话都是没有用处的。你是一个聪明的家伙，况且我们要作的事还很多。你什么都不必隐瞒了。”

“我没有什么可隐瞒的，”彼得·伊凡诺维契回答说。“我尽可能的告诉你，可别希望我告诉你我所不知道的事。关于我的同伙们我什么都不想说。”

“真的吗？好罢，就让我们只谈你罢。我们想知道你为什么比大赦的期限迟一天来投降呢？”

“我并不投降。”斯托罗折夫严厉地插口说。

“你不投降吗？”他的弟弟问。

“不，赛尔给伊，人们投降是在战场里，如果他们乞求怜悯的话。不过即便你是我的亲兄弟，我也永远想不到跟你乞求怜悯。”

“那也是毫无用处的。”赛尔给伊冷冷地回答。

“我晓得。”

“那么你干吗回来呢？”

“我回来找死来了，”斯托罗折夫沉郁地说。“我回来死在我下生的地方。我不甘心像一条狗似的死掉。”

赛尔给伊瞧一眼他面前的纸片。

“告诉我们，桑姆堡附近翻车的事情，内中有你吗？那件事情是差不多六个星期以前发生的。”

“嗯，是我干的。”

“独个儿干的?”

“独个儿,”斯托罗折夫的语音空洞地响着。“我那时候是孤独的，就像现在是孤独的一样。”

“你可知道,”那个长着漂亮头发的人抢在赛尔给伊前边说，“那火车是运粮食到莫斯科去救济饥饿的工人和他们的儿童的吗?”

“不，我不晓得,”斯托罗折夫回答，又恶意地增添道：“如果我晓得的话，我还要多翻它十辆呢。”

问话的人被这出其不意的勇敢的承认惊住了。

“你能说实话，非常之好。另一个问题：七月里到村里来骚扰，有几个打谷仓起了火，三个女人受伤，两个孩子死掉，那是你干的吗?”

彼得·伊凡诺维契面色苍白了，好像在对自己暗暗地叫苦。

“你撒谎!”他喊着说，“你胡说八道。你想在我死前污黑我的良心。我不相信你!”

赛尔给伊从他面前的纸堆里抽出一张布满着草率的雇用誊写的字迹的纸来，递给斯托罗折夫。在冒烟的灯光的晕翳底下，他读着玛特梁娜·莎温娜的证明文件。在那个记得清清楚楚的夜里，她的儿子、女儿和下辈的小孩们——他们的岁数总合起来是十五岁——被手榴弹炸伤，死了。

“呃?”赛尔给伊坐在那儿吸他的烟斗，分明没有瞧斯托罗折夫。

“我——我从来不想那么作,”彼得·伊凡诺维契支吾说。“我是来看考尔迦的——我那孩子——那时候他病得要死。”

“是你杀了玛特伟·别斯丕斯托夫的吗?”赛尔给伊冷冷地问。

“是的。”

“为了什么原故呢?”

“我不想告诉你。”

“不告诉我们是一点用处都没有的。你懂得吗，彼得，你的把戏已经完了，就是曾经帮忙过你的也把你抛却了！在整个的乡野里没有一个魂灵儿是站在你这一方面的。”

“那没有关系。”

“那对于你既然没有关系，那么你为什么不说呢？你隐瞒些什么呢?”

彼得·伊凡诺维契突然记起潘特勒·路琪支以及他底低语和隐秘的希望来。他干笑着。

“你要根绝我们的党徒可是并不容易呀，赛尔给伊，那是非常艰难的。虽然我是要死了，我身后却还有好多好多呢。他们现在不过是藏得严密保守着沉静罢了。”

“你还依然希望着，依然等待着一些什么吗？那是不中用的，彼得。你没有看出来村子里是怎样的一种情形吗?”

赛尔给伊谈着人民，说他们都赶紧抓住了恢复工作的机会，他们只渴望着一件事——在和平里生活下去。他提到彼得·伊凡诺维契跟他的朋友们应该负责的那些泪水的海洋，和那些贫苦的工农的孤儿寡妇们所给与他们的咒骂，而现在那些贫苦的工农们却终于看到生活底光明的一面了。

赛尔给伊热烈地讲着，仿佛他想让那些依旧游荡在沟壑和丛林里的人们听见似的；他分明是忘记了，这儿只有三个人在听他讲话——一个彼得从前雇用的年轻的庄稼小工和那个从莫斯科来的长着漂亮头发的人。

彼得低倒头静听着这些炽烈的言语。那是他的弟弟在说话；他们是一个母亲生养的，在他们的脉管里流着同样的血液。

“记得有一次我曾告诉过你，彼得——不是你自己断送了自己，就是我们来断送你。现在我们又遇到一块，你已经完了。”

赛尔给伊越说越兴奋了，突然一下子跳起身来。

“简单一句话，”那个漂亮头发的人对斯托罗折夫说。“在俄罗斯只存有一个剥削者的阶级了，而你就是属于那一阶级的。你明天早晨就要死了，而你们的阶级也不会比你活得太长久。”

斯托罗折夫站起来。他的手颤抖着，他的呼吸急喘着。他向他的弟弟弯下腰来，赛尔给伊觉到他的气息的灼热的鼓荡。

“但愿你下到地狱里去！我要告诉你我为什么杀死了玛特伟·别斯丕斯托夫的；就因为他踏到我的地边上。那是我的地！为什么你们要抢走我的地呢?让他烂在那里！去罢，我什么都告诉你了。”

他扼住了胸口，咳嗽了好一会，一种可以把身体糟蹋了的厉害的咳嗽。于是他精疲力竭地坐在凳子上了。

赛尔给伊慢慢地合拢起他的纸片，把它们塞在一个硬纸夹里，再把纸夹放进一个破旧的信匣。他的烟已经熄了，烟斗无用地含在嘴里。他戴正了他那滑到后脑勺上去的帽子，忽然记起冷却的烟斗来了，就把它装进口袋里去。后来他又把它掏出来了，想再吸几口，他把信匣放在桌子的另一头，站定了。

“你还不如自杀了好，”他低声说，“我宁愿自杀也不带着像你那样的思想回到我的敌人这里来。你到底为什么回来呢？”

彼得·伊凡诺维契抬起笨钝的眼睛看着他弟弟的脸，他仿佛非常惊异地发现了赛尔给伊依然在这儿，依然跟他谈话。

“你问什么？”他用一种困倦而且漠然的语调问。于是他狂吼一声道：

“所有我要的就是死！”

灯冒起烟来了。它在地板上投射着一方块黄色的光亮。仓房外面，村子熟睡着。

革命委员会主席跟那个长着漂亮头发的人第一遭遇到这样的囚犯。他们曾看见过一些囚犯，他们吓得抖索着，爬到他们面前，身体扭曲着，吻他们的手，乞求怜悯；另一些囚犯就什么都不表示，只是在临刑时显出困倦、淡漠和沮丧的神情；另一些人他们坦白而且简捷地承认他们的错误：那证明他们不是受了欺骗，就是像被一阵旋风卷走一样地卷进了叛变的漩涡。

然而这一个囚犯却完全不像他们。“他是一只野兽，”那个漂亮头发的人想。“明显地——是一只野兽，并且是一个仇敌——无疑地。也许，他不过是神经失常了罢？”

“喂，先让我们假设你被赦免了；因为我们不想望你的血，我们不贪图报复。如果你被给与了生活下去的权利的话，你要干些什么呢？”他问。

“嗯，提到这件事情吗，”斯托罗折夫想，“如果明儿个我自由了，人家要我去工作了，那怎么办呢？我要怎样地活下去呢？”

这对于斯托罗折夫是一个完全新颖的问题，他替它找不出解答来。在一个有一半人恨他有一半人怕他回避他的村子里，他怎能重新生活下去呢？在他历来想变成唯一无二的人的希望被消灭之后，那时候他只能拥有他可以安身立命的一点产业，而要把一些字眼像“我的土地”，“我的田庄”，“我的权力”统统忘掉了——那他怎么能够活下去呢？他要走出一千里去离开他的本乡吗？不过即使在那里也还是有一些刺人的冷冷的眼睛瞪着他，那些眼睛就像站在他面前的他弟弟的眼睛一样；那些人会指着他叫道：“提防他！他杀过我们的人，烧过我们的村庄!”

斯托罗折夫不说什么。

赛尔给伊和那个漂亮头发的人久久地站着等待一个回答。礼拜堂的钟声敲了十下。赛尔给伊深沉地叹一口气：他替他哥哥感到一阵怜悯的剧痛。他记起许多年前一个露重的早晨，为什么记起的他自己也说不出。他跟他哥哥一同到列毕亚致去。太阳升起着。赛尔给伊累了，哭泣着向前颠蹶。彼得抱起他来带在臂弯里，像一个母亲似的，一直到得湖上。到现在他就要死了——彼特迦，他的亲哥哥，就要死了。他是一个敌人。

压下了自己的怜悯心，赛尔给伊从他的匣子里拿出纸和铅笔来，剪一剪灯花，冷冷地说道：

“现在我们要走了。这儿留给你一点纸。也许你想给我们或是你的家族留下一点话罢。再会!”

“我们是否要加岗守卫呢?”当他们离开仓房里，赛尔给伊低声给那个漂亮头发的人讲。

“嗽不，不需要，”那个人回答。“楞迦不会让他跑掉的。再没有比楞迦更好的守卫了。”

门轧地响着，砰地合上了。跟彼得·伊凡诺维契的生活最后发生联系的人离去了。……他从凳子上豁地站起来——又做一个绝望的姿势。他干吗要噜哩噜苏把他们叫回来呢?他有什么可说的?

在凳子附近的地板上有一张赛尔给伊丢下的报纸。斯托罗折夫机械地捡起那张破碎的纸来，毫无兴趣地起始去阅读那些新闻、论说、杂记和电报的不能十分明了的断片。

只有看到最后，在一堆日常生活（这种生活他再也不能过了）的琐记里，他看见提到了涅斯托·玛赫诺，那个土匪，还有彼特鲁拉“将军”。这两个名字，特别是玛赫诺，斯托罗折夫是熟知的。

“还活着吗?”他困乏地奇怪着。

于是他又把他们忘掉了。报纸从他的手里落下来。他久久地坐着，心里是一片空白。

十九

他忽然听见墙后面有一阵咬嚼的响声。彼得·伊凡诺维契悄悄地溜到门边去。咬嚼声听得更清楚了。那是楞迦在吃苹果。

彼得·伊凡诺维契记得他的老婆曾送给他几个苹果，楞迦在从家里回来的路上还曾提到过，可是没有给他。斯托罗折夫想要一个。

“给我一个苹果。”他隔着门说。

“我哪儿来的苹果？”楞迦暴躁地说。

“你亲自告诉我说我的老婆送了我几个的。”

“啊哈，你就恰好记住啦？喂，孩子们吃去了一大半。我只剩下五个了，还要挨一个整夜呢。你多么清闲；你可以睡觉。然而我却得看守着你。我渴睡得要死，可是嚼嚼这个呢，也许就会清醒一点。”

“给我两个罢，无论如何。”彼得·伊凡诺维契哀求道。

“啊，好罢，我就赏你两个，”楞迦说着开了门。“这儿，这是你吃的最后的苹果了。你马上就要向苹果告别了呢。”

斯托罗折夫猛力合上了门，愤怒地诅咒着。楞迦又上了闩。

这场发作减轻了他心头的重压，斯托罗折夫从冷淡中激动起来了。

“给我苹果！”他大声喊着。“那是我的哪，猪猡！”

“喂，喂，不要吵什么架了罢。你的，一点不错！东西都是你的，也只有七个钟头了，你如其叫嚣还不如祈祷呢！”楞迦报复他。他走回去用他那芬兰小刀削着苹果，于是一片一片的多汁水的果子又在他牙齿中间嚼出响声来了。

七个钟头。……那么等到天明他就要被枪毙。七个钟头之内，枪弹就要射出来，而生命也就停止了。

破题儿第一遭彼得·伊凡诺维契懂得了——而这种明了穿透了他身上的每一个细胞——在七个钟头之内他就要一命休矣。

“你要死了！”他的血、他的心、他的理智喊着。

斯托罗折夫闭上眼睛；他觉到脊梁上起着鸡皮疙瘩，他的膝盖变成木头的了。他以前从没受过这样鬼气的恐怖。

他在打仗的时候感到过恐怖，但那是另外一种。当一个人为了自己的生命而战斗时，他就会忘却了别人的旧账。于是，死就不期而遇地来了。

可是这儿呢？

在这儿，他有七个钟头来想死，有七个钟头来倾听时间的爬行。以后他就要离开仓房，步行到村外边一个遥远的地方去，后面跟着武装的人，他的仇敌们，站在他们前面等一段痛苦而悠长的时间，直到他们站齐了，听到命令就——死。

不行！

斯托罗折夫，在半点钟之前还怀疑着即使自己被赦得了生命他怎样才可能活得下去，现在才明白自己是错误了——他想活。

对了，他自然想活！

想活！

想活下去并且还想挣扎——这是他真正想望着的，而不是死！他过去弄错了；他竟劳累得不能够觉悟到这一点；然而现在他想活，只想活！

彼得·伊凡诺维契在仓房里乱闯着，一会儿站定了，不连接地嘟噜着，一会儿又坐下了。不过马上又跳起来，从一个角落冲到另一个角落，随后冲到门边去，门外面坐着楞迦，在那儿静静地嚼着苹果。

他的苹果！

于是，跟着那突然回到他心里来的对于生命的不满足的渴望，涌起来一阵约束不住的嫉恨的波涛。

“在这四堵墙的外面，”他对他自己说，“人们依然活着，那些从我手下脱离了的人们。他们抓住了我的土地，耕起了我要起建新屋的地方，在他们的仓房里储藏下我的田里的收获。”

“在这四堵墙的外面有着我的家族，那与我毫无关联，”他想。“噉，愿我的家族早晚遭了鬼罢。”

“我们的首脑虽然成了叛贼，然而我们还可以找到别人。他们依然活着。依然活着！”半个钟头以前死了下去的思想现在又重新激发起来了。

彼得·伊凡诺维契捡起那张赛尔给伊丢下的报纸，发狂地抓在手里，重新读着关于涅斯托·玛赫诺和彼特鲁拉的那一段。

“……他们依然活着。……或许安东诺夫也在那里。还有一些剩余下来的别的人。对了，这里也许有几个在目前他们看起来好像是变节的人。那没有关系。那是聪明的——显然是应该那么办。就像潘台勒·路琪支肩上有一个脑袋一样。啊，那有什么关系呢！那样我们还依然可以活下去，我们还可以保留一点力量。所有我们要作的就是等待机会。……‘深深地藏起来’——他记起了潘台勒的话，——‘要安静。你还有出头之日呢。’一点不错，等待机会，深深地藏起来——可是藏到哪儿去呢？还要我回到山沟里去挨着饿巡行——好像一只狼吗？”

“你只要到外国去，”他又突然记起有一天在野外阿德利安所给与他的劝告。“对了，我真应该那么作，到外国去。白天黑夜地走，”这个思想在他的脑袋里打起鼓来。“我到外国去，绝不会死在那儿的；一定会有人收留我，并且管我吃饭。有一天我就要回来了。要等到回来可以平安无事的时候再回来。那时候我们就要清算旧账了。”

那种他要怎样对付敌人的疯狂的幻景又耸立在他的目前了，嫉恨又压服了彼得·伊凡诺维契，嫉恨和对于生活贪恋。

礼拜堂的钟声敲了十一下，那种空洞的节律使斯托罗折夫清醒了。到天明还有六个钟头。就是用他这受伤的脚，他也可以在这段时间内走出二十里的距离，或者，如果他感到不能前进的话，也可以藏到远处的树丛和他所熟知的洼地里去。

于是他记起了在隔德甫里基十五个微斯特的叫做巴哈特尼·乌果尔的地方，住着教师尼琪塔·喀加尔代的儿子列夫。

“我要带给他他父亲临终的遗嘱，”斯托罗折夫想。“他一定不会不藏匿我，他父亲的朋友。”他又想到追赶的事。好罢，就假定他们不跟踪我罢？

“那没有多大关系，”他下了决心。“如果他们追赶我把我抓住了，那么就像常言所说，死得热烈，也是好的。无论怎样，总比消磨这样一个夜晚，慢慢儿熬到天明，要强得多啦。”

他赶紧收集起碎面包和肉，把它们装在口袋里。于是他站定了，对准一个无形的人恫吓地晃着拳头，无声地笑一笑吹熄了灯。

惨黄的灯光消逝了。彼得·伊凡诺维契抖抖索索地站着好像害了热病。随后，克服了自己的懦弱，他叫道：“嘿，楞迦！我的灯灭了，我还要写一封信。替我燃起它来罢，像个好孩子似的。”

他站定在桌边。楞迦响动地抽出门闩，开了门。清晰的星光透进仓房里来。

楞迦一只手里拿着一个苹果，另一只手里拿着刀子，刀子上带着苹果汁，显得湿漉漉的，还闪着亮光。他在暗中摸索到桌边去，机械地把他的苹果和刀子放在桌子的一角上，从口袋里掏出一匣火柴来。

彼得·伊凡诺维契在黑暗中伸出手来，当楞迦俯身到灯上划一支火柴的时候，他抓住刀子向他的后心戮去。于是，用尽全力握住了刀柄，他来回戮了两次。

楞迦空洞地呻吟了一声就蜷曲起来了。他的莱福枪从他的肩上滑落到地板上，沉重地响了一下。彼得·伊凡诺维契的牙齿敲响着，一面弯下身去捡起它来，又撕去了楞迦的子药带。当他这么作着时，他仿佛听见楞迦的心的微弱的跳动。

斯托罗折夫呆住了。

他要不要把他弄死呢？他静听着，屏住气息。一阵寂静统治着一切。

“那只是我的幻想哇！”斯托罗折夫想，又倾听了一阵。一条狗在一个什么地方吠着。斯托罗折夫顿了一顿，才赶忙动手去完结了他的事。

用颤动的手，他在楞迦的裤袋里摸索着，掏出一点纸和火柴。……

在门边楞迦坐过的树桩上，他找到了他的外衣。把它往肩头上一披，他就大踏步跨进黑暗里去了。

一九三七年七月九日译毕于北京清华园
一九四七年元月九日重校于上海槟榔路
一九五一年十月九日三校于青岛合江路

伊朗的宗教与文化

[美]费耐生　原著

[译者前记] 本年8月，“中国敦煌吐鲁番学会”二次年会在乌鲁木齐召开。闭幕之夕，新疆自治区党政领导设宴招待，我被安排在与美国哈佛大学伊朗史教授费耐生（Richard Frye）及其夫人拿比（Eden Naby）的邻座，因得交谈。当时谈到中亚史的专家巴透尔德和他的门徒敏诺尔斯基。费先生告我说，敏诺尔斯基已经在英国死去了。他问我怎么晓得敏诺尔斯基的？我说我译过他们师徒二人合作的《七河史》。费耐生先生听了，当即取出他自己的著作《波斯》一书殷勤相赠，并嘱我也把它译成汉文。我想这就是文化交流吧，遂欣然承诺了。

回到兰州，把书粗读了几遍。感到这本书不是绷起脸孔来写的什么伊朗古代史或伊朗近、现代史。而是像中国所谓“上下古今谈”那样的书。我懂得，越是这样的书，越是不容易写的。正如该书出版者所说，它是以作者“史学家的精严，文艺创作者的才华，和对五颜六色的洞察”，才能写得出来的。现在遵作者之嘱，络续迻译。将来译成全书，拟名之为《伊朗古今》。由于伊朗是丝绸路上中亚大国，与我国西北史地息息相关，故选出书中第三、第五两章有关意识形态部分的译文，在《西北史地》上刊出，以供读者参考。

1985年9月，赵俪生记

一

确认人世间有一宗“善”的力和一宗“恶”的力，这对于一元论者所举发的很多问题来说，可能是一个明智的和顺理成章的答案。二元论和两分法对人们的才智特别富有启发力，并且自从三分法和多分法经常把问题弄得更复杂或者更不妥善以来，两分法带来的解决方案往往是乐观主义的。而伊朗，与其他国家比较，几乎是最二元论的。我们首先从火袄教中发现它。

琐罗亚斯德在宗教史上是一位说服力很强的人物，跟《圣经·旧约》中的预言者们几乎划等号。对于上古期伊朗、印度未分家以前的亚利安人的宗教说，他定然是个伟大的改革者。这种古老宗教的特色，如像《吠陀》经中所表露的，是在某些祭祀场合人们所念诵的对诸神进行颂扬的一些圣诗。可是，这种信仰在社会方面的表象却是各种各样的，因为，求取人与神之间的和谐，这对于宇宙职能说是第一义的。琐罗亚斯德所传布的福音，如像《阿维斯塔》经最古老部分《噶塔斯》经中所积贮的，其重点是伦理的，叫人敏锐地去区分“善”和“恶”。根据琐罗亚斯德传布的教义，人与人之间的关系更紧密了，大家都是“智神”阿胡拉·玛兹达底下的一个成员。一个人一生靠他自己的选择而定案，看他是跟阿胡拉·玛兹达走“善”的一条路呢，还是跟着恶魔阿亚里曼走“恶”的一条路。因此，琐罗亚斯德的教，又经常被叫做“善教”。

此后的火袄教，一直走着一条综合而协调的典型伊朗式的道路，但同时，它也一直坚持着一种高度道德观的信仰和乐观主义的信仰。虽然在这方面我们的资料极其缺少，但琐罗亚斯德教绝不可能不受希腊人思想的影响，我们甚至可以推断希腊神学的若干不同的学派，其最普泛的教义，倒是在伊朗得到发展的，假如没有反对派悲观主义者的反对，乐观主义不可能在伊朗发展，并且我们也发现一种对“命运”之雷打不动的信仰，它在反对着使“善”念达到高度胜利的乐观的二元论。对“命运”的信仰后来发展成一种思潮，以“命运”或“时运”而命名，其音译是祖梵主义（Zurvism）。好像可以这样说，在伊斯兰教进入伊朗之前的某些历史时期，祖梵主义在伊朗是一切有条理的群众所信奉的主导宗旨。“宗旨”一词，也许比“宗教”“教门”等词更恰当些，因为我们一直找不到证明说，祖梵教具有独自的教会体系，以及各别的教理或教仪。自然，还有很多其他信仰，指尚未形成“教会式”宗教的，在伊朗也还是有，这不包括外来宗教，以及那些像犹太人的小教那样。说来可惜，我们的资料很少涉及它们，顶多是提一提而已。

我们已经充分留意到了，在伊斯兰教进入以前的伊朗，玛兹达主义的重大社会宗教运动（它跟摩尼教之间肯定有某些血缘关系），对社会正义所做出来的推动作用。由于在伊朗这个国家，封建的大土地所有者从过去一直泛滥到现在，因而，社会和经济的改革就总是占头等意义的。当然，大量土地接受着扩大化的水利灌溉，却生产着少量的产品，在这样的土地上还需要中央的管制。贵族专制之财富的和权力的基础，总是土地；并且直到今天，对若干村庄具有“所有制”的权威性，仍然是十分重要的。因此，人们可以说，社会上一个“封建”的传统和一个传袭的阶级结构，在伊朗历史上，就像绿洲对于风景说其为标志性的一样。帕提亚王朝一段的伊朗历史，经常被表述为“封建”的高点，但“封建”的不同形式，却是会不断出现的。我们不能把我们在伊朗史中的所见所闻，跟西欧封建社会去划等号，我们只能在更广泛的意义上去考虑问题。

波斯的“封建主义”，扎根于扩大了的家族，包括父家长家族中的奴仆，这才是波斯人自古迄今所“臣服”的真正的单位。自古迄今，这才是执行公众职责却有损于国家的职能的代表。另一方面，这种家族中的臣服关系，以及家族与家族间的个人关系，一度曾是伊朗国表现稳定和有力量的泉源。一个好心眼的地主，经常被农民们看做是一个保护者，保护他少受政府的干预和榨取。地主经常不住在本土，但仍然被在他治下的村中人认为是法律、秩序和权威的泉源，这一点直到最近才稍稍有所变化。

有一点必须强调，即不论如何，在伊朗过去历史的所有阶段中，社会对于宗教有着一种需要和满足，或者用另外的方式表达说，政府和社会都有着若干和宗教的牵连，这一点不一定像某些学者说的一定要等到伊斯兰教进来以后。在宗教问题上，拿摩尼教与巴哈主义作对比，对于我们对伊朗的理解，我相信是有关联的。这两者都被国统宗教——萨珊朝的火祆教和喀查儿王朝的什叶派伊斯兰教——所猛烈反对。无论是摩尼教或者是巴哈主义，都被认为是社会和政权的威胁，可是不管受到什么迫害，两教都有信奉者；并且，社会改革问题都是这两教提出的。

马上会有人出来反对，说“类比”是由人工炮制的，会把问题拉得太紧，因此倒还不如把问题局限在伊斯兰进入以后，而将远古史丢开。那样做很省事，但按照我的意思，那样做会疏忽了伊朗文化发展的连续性，也会阻碍对伊斯兰进入后若干重大变化的理解。一个人假如拿萨珊朝的国统宗教跟喀查儿朝的国统宗教进行比较，这样做要比把所有“平行线”置诸不顾的做法，对伊朗的理解要多得多。让我们来考虑一下萨珊朝的宗教仪式的顽固保守派和对人们操行的矫正主义吧。

萨珊帝国自公元226年统治到630年，它以宇宙主宰者的自命，把自己扮演做阿契门尼德王朝的再现。萨珊王朝的统治者们认为自己是“伊朗和非伊朗的王中之王，受命于天”，这些意思写在他们铭刻的文字里。但是，这个王朝又有了一点新的东西，那就是有了一个有组织的教会，以及正统的教义与宗教仪式。教会日趋巩固的历史在这里不提，但是，一旦它们把教权树立起来，它们就像历史上很多国统宗教那样，丧失了生命力，并且变成了政府官僚体系的愚蠢的附庸。从萨珊王朝末期的琐罗亚斯德教的表现来看，只能看到一大堆令人厌恶的宗教仪式和礼仪条款。日常生活中每一桩细小行动都必须遵守教规，例如琐罗亚斯德教徒们剪指甲也有一定的剪法，此外还有精心策划的传火仪式，从中央大庙的有着长燃火的神坛上把火送到省区、市镇、村庄，以至个别人家的神坛上，这些仪节把虔诚的人们制得服服帖帖。所以当伊斯兰教传进来时，很多伊朗人像呼吸了一口新鲜空气一样，这就一点也不奇怪了。同时还须承认，萨珊朝的琐罗亚斯德教徒们，不会从诵读残存经典中受到任何感动，得到任何智慧方面的和神学上的满足。不少经典已经丢失了，但我们仍可根据其残存的部分得出来论断。

假如我们看到后来在伊斯兰统治下琐罗亚斯德教徒们那种比栉狭促的精神状态，从而设想萨珊朝的琐罗亚斯德教也和以后的信仰状态是一样的话，那就有些不公正了。事实上在萨珊朝的时候，琐罗亚斯德教是官方宗教，有着皇权的支持，它跟政权的关系很密切，它对统治者表示臣服，它对“王中之王”的措施表示认可，它使用“矫正术”行事，在这一点上它不同于以后的伊斯兰教。我们可以这样认为，萨珊朝的琐罗亚斯德教更多使用“矫正术”，更少使用“正统术”。至于它失掉政权支持，变成在伊斯兰大教之下的一个小教的时候，情况恰好相反了。我们可以设想出，在萨珊朝时期在思想方面的某些宽容大度，传到伊斯兰教统治下的正统琐罗亚斯德教的信徒中间时，却丧失了。

这种在对待哲学问题和宗教问题方面宽容大度的态度，通过一些琐罗亚斯德教学者，他们在转变了信仰之后，带进了伊斯兰教中来。波斯人对伊斯兰教和伊斯兰思想的巨大贡献已经举世尽知，且应好好地载入史册。人们都承认，在公元后9世纪阿拉伯统治的阿拔斯哈利发的“黄金时代”，波斯学者们占领导地位，假如不说是占主宰地位的话。这一时期中自由思想者们的知识分子运动，通常被叫做“穆塔兹尔”派，也是由伊朗人点燃起来的，这一运动无疑在把伊斯兰教宽宏化上尽了力量，此后伊斯兰教也就可以被知识分子接受了。现在要来判断有多少穆塔兹尔派的观点被吸收进什叶派之中，这虽是一件困难事，但这二者中间有着一种连续则是无疑的。虽然后来的什叶派越来越教条化了，甚至对神秘派表示敌对，不论如何，在正统的“十二人”什叶派中并不缺乏宽容和自由化的因素，而正是这种什叶派，成了近代伊朗的官定信仰。

要给什叶派下个定义，这种事必须在总性质下参考各门派的不同再来定性。一般说来，什叶派代表了伊斯兰中强调救世主人身权威性的这个方面，其实际的例证，就是介于阿拉和世上凡人之间的伊玛姆。我们曾经拿伊斯兰的什叶派跟基督教做比较，又拿正统伊斯兰的逊尼派跟犹太教做比较。由于逊尼派把信仰放在《可兰经》上，只认它才是安拉的圣言，有点像犹太教信仰的“圣法”，所以我们以上的比较比我们经常遇见的比较法更接近真实；那种经常遇到的比较法，则是把什叶派、逊尼派比作罗马天主教和基督新教间的差别。什叶派有一点，就是在教阶制度上，很有点像天主教；但它不像逊尼派那样强调经典中的教条。要把基督教的两派进行比较是不容易的。更进一步说，基督教从它的起源看不过是犹太教的一个门派，就好像什叶派也可以说是逊尼派的一个门派一样。

什叶派在阿拉伯那边的政治根源，与我们目前的论述无关；但是传布圣言者的女婿的若干形象，如哈利发阿里、他的儿子胡三，以及他的后裔们，则是什叶派伊斯兰教徒们所尊奉的诸圣使徒，引起了此后一代一代的混乱。到最后，传到圣言者第十二代的伊玛姆时却失踪了，现在伊朗官方宗教所崇奉的，正是这位失踪了的伊玛姆，或者说是一位即将到来的救世主。在救世主尚未到临以前，由宗教领袖穆什塔希们代表他指导人民。等时间到了，第十二代伊玛姆就会回来，给人世带来公正。

什叶派本身也分做若干门派，其中最著名的叫伊斯迈尔会社，由阿噶汗家族领导。在他们看来，根本没有一个什么失踪了的第十二代伊玛姆，他们是缘着另一条线找到第七代伊玛姆，叫伊斯迈尔，其门派即由此得名。他们相信，伊玛姆传统父子相继，传到现在的年轻的阿噶汗家继承人喀利姆，他就是印度、巴基斯坦、东非诸地伊斯迈尔会社的精神上的领袖，而在伊朗国内此派信徒则为数不多。在中世纪，伊斯迈尔会社却是西欧人士尽知的一个可怕的暗杀集团，他们的领袖叫做“山中老人”。

暗杀集团的活动，反映了伊朗宗教生活的一个方面：狂热派，这种派别在伊朗以外到处都有。有时，以狂热派为基础，还建立了黑社会，是一种托钵僧教团，在波斯叫做安朱曼会社。这类会社（在近代有菲达延伊派的伊斯兰），在历史上他们总是不断出现，有时影响很大。这类黑社会和托钵僧教团还不能混为一谈，虽然这二者有时也交叉在一块。

托钵僧教团从伊斯兰进入的较早时期就流行起来，有时人多，有时人少。他们的活动性质也不断变易，我们可以把他们的根源追溯到伊斯兰进入以前，甚至可以追溯到亚利安人的入侵时期。的确有不少的社会学家探讨过这个问题，即像这样的教团不止出现在一种宗教，不止出现在一个时代。在人类历史黎明时期一些青年人组织的社团，可以考虑是不是后来托钵僧教团之最原始的形态。我说这些的目的，只在表述像这类团体在伊朗好多世纪的社会上是一个重要的因素。这样的组织，9世纪有过，克尔曼省有过，忽罗珊地区有过，库尔德人中也有过。宗教这个东西，即便到今天，仍然严重地渗透在伊朗人的生活中，比世俗的西欧要强烈得多；而托钵僧教团出现在越来越发达的物质世界上，则表明着一种对精神利益之顽固的坚持。

至于伊朗下层社会的群众，他们是和民间宗教关系密切的，如祈祷、魔术和幻术，如此等等。在伊斯兰教中，在这些仪节方面有很多事情好做，就好比基督教徒在圣诞树上有很多事情好做一模一样。举例来说，在新年前的最后一个星期三，一般从3月21日开始，伊朗人就点起火来，一面口中念诵颂诗，一面从火上跳过。这一定是伊斯兰进入以前风俗的残存。在生活中居重要地位的新年节，自春分节开始，这也是伊斯兰进入以前传进来的。对圣地的参谒，例如到玛式霍德或孔姆去参谒大型的圣祠、圣庙、神社，这是什叶派伊斯兰教徒们特征性的行径，而恰好伊玛姆子子孙孙的坟墓遍及全国。很多这样的圣祠圣庙，原来都是琐罗亚斯德教的祠庙，后来改变为伊斯兰教徒们参谒的圣地，只在名称上做适当的更改就是了。同其他宗教一样，什叶派也藉参谒、朝圣和祈祷的机会，获得神的裁决和灵迹。在这里，已无须描述伊朗民间宗教的五颜六色，但是从今日伊朗国中的各个方面看来，从高级知识分子中的哲学家，到蠢蠢的迷信者，在他们中间宗教不仅是存在，而且在昌盛发展。

伊朗宗教的一个重要部分是“教会”。虽然有人主张伊斯兰教中没有教会组织，但在什叶派中的确有一个组织结构和一套教阶制度。什叶派的原本质地就预先料到需要安排一套机构料理庶民之事，以待失踪了的伊玛姆，即救世主重返人间。伊朗什叶派“教会”的机构和影响是非常有趣的，经常被误解，有时连外国调查家和本国西方化了的上层阶级也对此毫无所知。这并不是一个公开的、有档案资料的教阶制度，附有层层的等级和编制。这样的“教会”，到头来不过是指一批学过宗教的、有学问的人的胞属关系而已。至于这种“教会”之形式上的结构，则毋宁说是松弛的；但这不等于说宗教头头们之间的关系是不一致的、软弱的和无目的的。正如一个个人，有时他的自我修养的力量要比来自身外的强制力要强得多一样，对于什叶派“教会”来说，其内在力量要比外来力量也强得多。当前什叶派总部设在德黑兰以南一个叫孔姆的镇上，在那里有一座学院或者说一座大学，专门训练宗教干部（毛拉），这些人将分配到全国的村镇去履行牧师的职务。一个“毛拉”，精心深入地学习伊斯兰教的某一两个分支学问，如法律学和神学，有朝一日他假如被既有的穆什塔希团所接纳的话，他本人也就成为一个穆什塔希了。逊尼派中不存在穆什塔希，因为逊尼派牧师可以有权对于教义做出自己的解释，有时竟和什叶派的解释一致。对于严守法规的逊尼派却不能这样，因为传统四家的法书是封闭的，并且不准别人补充修正。穆什塔希在伊朗地位很高，不仅在少量的同行之间，也在广大的下层社会上，保有其影响力。

至于个人与个人之间，那么什么是对、什么是错、什么是适当合礼，则见仁见智，各不相同。穆什塔希之间，亦不例外。所以宗教头头中既有自由主义的，也有反动的，什叶派中这样的意见分歧，使它很像波斯帝国时候的情况。对伊朗宗教头头既不应颂扬亦不应贬斥，他们的思想水平既有崇高的也有可笑的。什叶派的最高领导，现在叫做阿尔·乌兹玛，由穆什塔希们从自己群队中推选出来，这个人即便不是最老的，但也是最受尊敬的、地位最显贵的。最晚的一个头头是阿雅图拉·布鲁杰第，他在1961年死去了。他是头一个对外部世界采取积极和有兴趣态度的人，向华盛顿及其他各国派遣使节，向西方寻求第一手资料。他在孔姆兴建一座新的穆斯林神堂，用传统波斯的瓦和花砖建造。据说这是世界上最大的穆斯林式的复合宫苑。

在那些利欲薰心并且狂热的伊朗西欧化知识分子中间，毛拉的声誉极坏。但是，在知识分子与传统保守派之间的冲突，在伊朗是个一触即发的问题，而光明和正义并不总在其中的一方。宗教头头们感觉到，那些有钱的、西欧化了的伊朗人的不应该之处，在于对什叶派缺乏尊敬，从而也可以说对伊朗缺乏尊敬。从德黑兰这个城市身上，我们就可以看出两方的壁垒，在西帕大街以北到西姆兰的郊区，波斯人的社会精英人物荟萃于此，既有商业大楼也有住宅；而大街以南，在古老城区，纯是一片贫民窟。由于毛拉们仇恨上层阶级，还因为他们声称自己是代表大众说话，所以上层社会也害怕并憎恶毛拉。阵营划分如此鲜明，所以我们可以说伊朗国中有国，政权中另有政权。象征“王中之王”的王家政府统治着伊朗，但在伊朗国内另有一个政府，即教权，在孔姆执行统治。在同一个村庄里，我们会遇到宪兵和官吏，他们代表德黑兰；但另有一个毛拉和他的亲友们，则代表着孔姆。在平时他们合作，可是一旦冲突起来，谁也难以判断哪一边会占优势。作为结语，我们不能忘记毛拉们到头来也都是些普通的伊朗人，他们研究宗教，他们从普通人那里来，也反映普通人中的多数。我们经常听到西欧化的伊朗人把一切罪恶都归罪于毛拉，而毛拉们反过来也是如此。但两方面都是伊朗人，他们都代表他们的国家。

二

据说形成一个文化要有三条根，第一条是理性，或者说是思想之所追求；第二条是宗教，即反映人们和宇宙（自然）的关系；第三条是对于艺术和美的欣赏。社会把这三者绑在一起，在这种情况下便形成了伊朗的文化。那么，若干世纪以来，波斯人对艺术和美的观点究竟是如何形成的呢?

立刻，人们可以指出在各代历史中的伊朗，其审美观念有一个主要特点，那就是说，从总体看来，是装饰艺术压过了表现艺术。在我看来，对于阿契门尼德朝和萨珊朝说来，这一点特别正确；而帕提亚朝和伊斯兰早期的艺术，仅说装饰艺术就不够了，也应该描写作表现主义。如众周知，近东的艺术家大都出自波斯；而全世界的音乐、绘画和建筑艺术，都曾由于波斯人的贡献而越发丰富了。

阿契门尼德朝的艺术，主要靠上古建筑物的残迹而保存下来，它的特点是爽朗，其中少量地掺杂一点象征主义和精神的作用。这时是所谓帝国艺术，显耀着世界大国的荣誉；但就在这一时期，其文化也是合成的，或者说国际性的。在这里，不是谈论希腊艺术所加给波斯艺术的影响，或者反过来探讨波斯所加给希腊影响的场合。只要这样说就够了，即当我们从波斯艺术中发现希腊的、亚述的，甚至埃及的因素时，所可能得到的结论很清楚，波斯艺术到头来是近东上古期的一种综合体而已。从霍尔撒巴德及其他地方发现的亚述人的浮雕，这些东西的绝大部分在大英博物馆里是可以看到的，表述的是亚述诸王的狩猎、对城市的攻占、胜利后的俘虏——等故事画。阿契门尼德浮雕却不如此，它不是故事画，而是人物画，用流俗的手笔描绘“王中之王”之意象化了的朝廷。在波斯波里斯发现的缴租图，并不反映缴租者带有被征服者或者俘虏的意味，只反映在“王中之王”治下，在一个秩序完好的王国中，或者说在这么一种天地间，人们理所应当做的事。虽然阿契门尼德王朝的帝王们向全世界宣称，由波斯人所治理的大国确确实实是一座人间乐园，但落实了并不是什么天上乐园的凡体，而是按“乐园”一词在伊朗词汇中的原始涵义：王家禁苑而已。在阿契门尼德艺术中，比起佛教艺术和伊朗晚近艺术来，精神的作用是不浓重的。当然，有很多艺术遗存，现在已经看不到了。

亚历山大大帝的征伐，使阿契门尼德期的艺术宣告中止，只在个别省区里又延续了一阵。大希腊化时期的艺术，不仅仅表现为合成的，也如当时“世界思潮”中的哲学、宗教、思潮一样，是抽象的和表现主义的。在伊朗，平板的阿契门尼德朝艺术过去之后，进入了帕提亚朝之史诗的和骑士风的年代，艺术之内在的涵义加强了，超过了对外在表象的追求。不幸的是在伊朗很少发现相当于帕提亚朝的艺术遗迹，除却在边境一带，如美索布达米亚沙漠城市哈特拉和位于现今阿富汗境内的白格拉姆，我们可以零星找到一点有关个人受难和带有神秘性静谧的艺术形象。在这两处找到的雕像头部比起它以前的时代来，确实有些现实主义：但是它们仍然不表现个性，而是表现受难者之畸形的总体一般。并且，在这些艺术中仍然没有故事，只描绘一些多数是不愉快的人的形相和感受。

阿契门尼德的建筑艺术，似乎从希腊的造型中获得最早的启发，可是那些过高的柱子、那些粗笨以及其他形象，给人的印象则是波斯的。在阿契门尼德后期，伊朗建筑的新造型出现了，其中最著名的是里瓦型和突出的角拱。帕提亚时期雕刻和浮雕的重要特征是人的前额和额饰，所给人的印象是按时代来说似乎是不真实的。

与此同时，中亚游牧人的影响，在小件多彩绘制品和包金品中表现出来。这种样式被撒玛西安人带到欧洲，又被峨特人学去，最终在法国五至八世纪的梅罗文嘉王朝艺术中产生了影响。这件事在伊朗，引发了重视游牧文化影响的潮流。

我们曾经表述过，在游牧人与农业种植人之间，在突厥人与伊朗人之间，还有其他类似的二元因素之间的冲击，这在伊朗历史上的意义是深远的。当伊朗国强盛并且统一的时候，它的影响远远扩展到国境以外，特别是中亚细亚。

这在阿契门尼德朝、萨珊朝、萨法维朝，都是很明显的。但到帕提亚朝、塞尔柱人的统治、蒙古人的统治时期，事情整整翻了个过。即便在阿契门尼德朝以前，在著名的路利斯坦青铜器身上所表现的艺术夸张（这种青铜器在全世界各大博物馆都可以看到），标识出西斯安游牧人不仅在风格方面产生影响，就是在物件用途上所产生的影响也是明显的，如马嚼铁以及各种马身上的装饰品等等。这种应用很广的“兽形”装饰，是草原艺术的风格，在地域上它从匈牙利直到中国的长城外，在时间上它从史前期直到蒙古的统治。这种艺术风格影响了伊朗，也被伊朗风格所影响，后者主要指伊朗强盛时期，甚至一度对中亚若干绿洲城市担任宗主国的时候。

到伊朗的旅游者们，经常非常惊讶地发现路尔人、库尔德人以及其他少数民族的人所仿制的三千年前的物品。这就表现伊朗艺术传统与文化传统的牢固性。

在萨珊王朝统治下，艺术的装饰性又加重了。在帕提亚王朝扩展的地面上，萨珊王朝的艺术把一部分纯装饰性，或者说象征主义精神丧失了。但是代之而兴的新象征主义却一点也不隐瞒它的意义，它简直成了自觉象征式封建社会的代表。若干世纪前带有深远宗教意味的“生命之树”现在却公式化了，变成封建家族中铠甲上的纹徽。艺术越来越公式化了，更加烦琐累赘了。传递艺术灵感的物品也在发生变化，从石料到黏土到洋灰。艺术家选用更顺手的塑造原料，使表现手法所可以达成的可能性增大了。这就是自从阿拉伯侵占伊朗之后，萨珊艺术越来越过分地公式化甚至表现衰落的过程。

伊斯兰教禁止对人体做无论什么形式的表现，这是尽人皆知的。诡谲的波斯人即便信了伊斯兰教，也不会相信这种禁令会阻止他们去表现真实。波斯人自己相信，他们不会像那些吃蚂蚱的阿拉伯部落人一样，只要对他们布道，他们就傻乎乎地做祷告。因为，在闪族（即塞姆族）地区，只要是阿拉伯人主宰过的地方，确实连肖像画都从艺术界绝迹了；可是在伊朗，在整个伊斯兰统治的历史上一直不断有肖像画。与此类似，饮酒按照伊斯兰纪律来说是禁断的，但在波斯人的饭桌上却从来没有断过酒，尽管禁酒令在伊朗史上不是没有过的。这种情况的出现，不是没有道理可寻的；但必须指明，一个波斯人无论他如何跟别人同样地虔诚，他通常不把画不画人像、喝不喝酒等事，考虑在宗教信仰以内，至少在信仰中不是核心的问题。

后期的伊斯兰艺术纯是波斯式的艺术了。这样说，不是要否认亚述的、埃及的以及其他地方的玻璃器皿制造者、书的装订者、建筑者们的创发作用；但是在主要艺术品、绘画和音乐成就方面，波斯人居伊斯兰世界中的前矛。一般都公认萨珊朝的音乐是西方音乐未到达之前当今近东传统音乐的基础。我们可以从许多不同的源流方面，懂得萨珊朝音乐的影响，它对亚美尼亚人、阿拉伯人以及近东的其他种人的影响是确定无疑的。这里不是适当的场合来探讨乐曲、乐器等专门的细节。村庄里有着一种伊斯兰以前的伊朗传统的地方，在这里一些游方的弹琴唱歌的流浪艺人在那里向群众传播古伊朗的曲调，一般说这些人都是民俗的教师和教化人，到今天还带有重要的意义。从前，每一个茶馆里都有一帮乐人，现在被广播代替了，但广播中也时常播放传统的民歌。

带波斯味的微型肖像画，在铁木儿时代和萨法维朝最为流行。在这一方面，在近东没有另外一段时间，也没有另外一个地方，我们看到过与文艺复兴期艺术大师不说在风格方面，单说在个性方面那么相似的艺术家了。最伟大的波斯微型肖像画家白沙德，他15世纪生活在赫拉特。他在细节方面的精致是无法竞赛得过的，到现在他的作品售价依然极高。在萨法维艺术精到的年代里，大型建筑中的地毯和花砖，如像建筑在从前的马球戏场、现在叫大广场的王的清真寺和洒克路弗拉清真寺那样。人们一提起波斯艺术，没有不想到萨法维王朝的艺术的。

在喀查儿王朝时期，欧洲影响越来越强烈，所谓“维多利亚”期的怪模怪样建筑风尚使喀查儿朝的建筑只讲究了地下室和小阁楼。然而一些喀查儿朝的绘画、镶嵌、木刻，在注意精细和琐节方面，还是体现了某些技巧。人们可以说这一时期的特点，是工艺技巧压过了审美观念。波斯工匠的手艺一直是顶呱呱的、受到高度估价的，不仅外国商人如此，本地收购者也如此。

在谈到黎查·沙的统治时期以及当前艺术复兴的题目之前，我们顶好先来考虑一个问题，即社会上某个方面对艺术事业无形中的鼓励和刺激；这是一个广阔的题目，在这里只能稍稍涉及一下。在欧洲中世纪后期和文艺复兴时候，艺术事业的发展，部分原因在于得到保护和奖励，小封国里的小封君们，封建的名门大族们，艺术家差不多都得到过他们的奖励。对伊朗说，这种情况在某种程度下，也是如此。在阿契门尼德朝，我们听到过大流士取得王位的六大助手，这些人及其家族后来都获得了种种特权。后来，那些封建的名门贵族如琐仑家族、卡仑家族及其他家族，他们都有自己的军队和法庭，当然，伊朗的地理情况也格外有利于小独立封国的产生。伊斯兰教进入以后，很多家族还是沿着萨珊封建大家族的身世延续下来，很多喀查儿王朝的贵族特权，有些到今天还有残余。

文章稍稍离题之后，又言归正传，说到当代黎查·沙的艺术复兴这题目上来。在第一次世界大战时期，伊朗的艺术和工艺遭遇一个倒霉的时候，他们无法跟欧洲工人生产的廉价的纺织品、印染品以及金属木材合制器具去竞争。黎查·沙想恢复一些传统艺术，他在德黑兰组织了一个学校，想把工艺美术组织成行业团体。这样做是毫无问题的，有些垂死的工艺部门复活了下来。但是这种国家的保护和奖励，有时却不能生产出古老的原貌，或者生产出一种崭新的精神来。由沙倡导兴建的新式阿契门尼德式建筑和萨珊式建筑，从审美观点上看，几乎统统是蹩脚的。不过这仅仅是想拿古老传统与当代需要结合在一起去探求一条新路的早期企图罢了。不等艺术家们、文学家和语言学家们企图摔开千多年伊斯兰文化的影响，近代伊朗知识界的理智又回归了。新式花砖建筑，如像希拉兹附近的撒第墓以及几家银行建筑，虽然也遭遇了一些批评，但无论如何使伊朗精神获得了某些协调，不像新阿契门尼德型建筑那样只能为未来的方向喝采叫好。

伊朗艺术还有另一个方面值得提一笔。与伊朗邻近的国家中，经常听到人们谈起，他们的人不大爱收集他们本国的古董。可是在伊朗，对收集古董却有着悠久传统的兴趣，甚至形成专业癖好，古玻璃器皿、古钱、微型肖像画、木作、手稿等等。在今日的德黑兰，有很多专门收集家，其兴趣不减于巴黎、伦敦、纽约的收集家们。这种迹象表明，一个地方的艺术打动着一个地方人民的心。波斯古董及其仿制品，大部分卖给了本国的个体爱好者，少部分才被欧、美商贩买去。这又一次证明，波斯人虽然善于接受外来影响，但同时他依然坚持他本土上的传统文化，这种文化对本土居民说，是具有强大的吸引力的。

最后一点，必须留意波斯人的另一诡谲之处，就是对艺术赝品的制造。自从旧中国变成新中国以后，赝品制造业几乎由伊朗人执了世界的牛耳。在古老的印度殖民地时期，英国军官们经营了一个由拉瓦尔品第出口艺术赝品的相当赚钱的市场，但必须说明，贩卖艺术赝品也不完全是一桩卑鄙的牟利行业。伊朗的艺术赝品仿制业，过去是，现在仍然是别人欣赏、他们自己也欣赏的一桩工艺。这不是单纯骗外国外行人的钱的事情。正如有些当代画家仿制文艺复兴的作品是为了显示他的技艺并不比大师们低多少一样，伊朗仿制家自然不放弃去瞒过本国人的眼睛，但更重要的是去瞒过本国的和外国的出口商。有很多人对此深感不解，为什么伊朗赝品的复制者们花那么多苦力去创制一件艺术品，到头来却是得不偿失的道理之所在。

外国人越感到买仿制品是一件大伤脑筋的事，伊朗人就越感到这件事好玩儿。精确说来，这是一场市场心理学的延伸，经常到东方式“巴箍”上去买东西的外国人都熟悉的。可是有时一个美国太太，她对市场心理可能一点都不懂，可是她倒能做妥一桩老练的本地人所做不到的交易，原因是售货人不愿意叫一个不明了市场条条框框的人吃亏，在这中间寓有斗智的因素。波斯人是非常之诡谲的，他在进退损益的斟酌上有一本“经”，叫“塔什利发”，要深刻明了这个字的涵义，或者把它翻译出来，同样是艰难的。

“塔什利发”也许就是波斯人最鲜明、最突出的民族性格吧。……这种两面性的波斯人的性格和脾气，可以从一本用做一代一代儿童教科书的撒第的著作中表现出来。在这本书的一开头，有一篇叫做《古黎斯坦》或者叫《玫瑰图》的寓言里说，假如说了一句大谎话可以招致来善意的话，那么，它显然比说了一句大实话招致来麻烦要好得多。这是很多国族的人都会相信并且埋在心底不说出来的话，可是波斯人却公开地把它说出来了。

［附］伊朗一些主要朝代的年表

中译者编

阿契门尼德王朝　公元前558～330；（相当于春秋后期、战国前期）
（中间插入亚历山大大帝的征伐）
帕提亚安息王朝　前171～后227；（相当于秦汉时期）
萨珊王朝　224～651；（相当于魏、晋、南北朝、隋时期）
（中间穿插塞尔柱、蒙古和铁木儿的统治）
萨法维王朝　1502～1779；（相当于明朝及清初）
喀查儿王朝　1794～1925；（相当于清中后期及民国初）
巴列维王朝　1925～1979

七 河 史

[俄]V．V．巴透尔德　原著
V．敏诺尔斯基　英译

作者介绍

——本文英译者V．敏诺尔斯基给《中亚史研究四种》所写的《引言》

巴透尔德（1869～1930）是穆斯林东方学的伟大史学家，也是一位著名人士。1930年8月26日伦敦《泰晤士报》的讣告中称他为“土耳其斯坦学的吉本[①]”。这句称号，重点指出了巴透尔德对于从里海到蒙古和中国之间广大地区的研究工作的重要性；并且，即使在那一地区之外，甚至相距甚远的地方，在很多伊斯兰历史学的分支上面，也都打下了他的劳迹的印痕。他写过一本《伊朗的历史地理》，一本《西欧和俄国对东方史的研究》，一本对伊斯兰国家两大支柱的研究成果《哈利发和苏丹》，还有另外几种有关伊斯兰和伊斯兰文明的书，这还不包括在有关伊斯兰文明、历史和地理、传记以及书评这样一些主题下的许许多多篇重要论文，其中的一部分确确实实是智慧和学识的珍宝。巴透尔德的著作目录，包括四百个以上的选题，并且我们可以满怀自信地说，在后人继续研究的光亮照耀下，他的这些著作几乎没有哪一种已经失去它的应用价值和兴趣。

巴透尔德1869年生于圣彼得堡，出生于德国血统的一个富裕家庭。他的教名是维廉，但是很快也就甘心承认了一副俄罗斯化的本名和父名：瓦西里·渥拉几米罗维契。俄语成了巴透尔德的母语，并且他亲自承认某次向外国听众

①吉本是著名的《罗马帝国衰亡史》的作者。

宣读他自己用德语写作的论文的时候，还须请一些朋友帮助矫正。他在圣彼得堡大学学习，并且从1896年起就在这同一座大学里教课。1912年他当选为俄国科学院院士，他担任这一职位直到1930年8月19日逝世。他与大学和科学院的紧密联系还反映在婚姻关系上，他的妻子是当时著名波斯学者V. A. 茹阔夫斯基（1858～1918）的妹妹，而茹氏的另一个妹妹则嫁给了N. Y. 马尔教授。

巴透尔德是一位有着苏格拉底式的严峻外貌的人，学生们对他的嘲讽怕得要命，但是一离开讲台，他也会把深情厚谊给予别人，并且经常带头对真才实学和事业上的进取心表示鼓励。只有当人们把一些浅薄之见冒充什么绝对真理的时候，巴透尔德从不妥协，而宁愿冷酷无情地将这样一些肤浅之作撕得粉碎。他在自己身边散布了一圈带崇敬的惊愕；每一位东方学者在动手要写一篇论文的时候，都不免想到："巴透尔德会有什么看法？"当代有一作家，一度慌手慌脚地要炮制一部伟大德国学者玛卡尔特（J. Marquart，1864～1930）的传记，而玛氏的许多观点又是与巴透尔德长期坚持分歧的。最初读到这部传记的《目录》刊登出来，巴透尔德立即由于其中的一小撮疏忽和讹误就大发脾气，竟在一封大加指责的读者来信中忘记了签署他自己的姓名。这是一场富有意义的教训，而当前我在写作有关巴透尔德的《目录》的时候，虽然玛卡尔特的门徒们和传记作者们都寄来了贺词，但我仍然反复加工，杜绝一切可能的漏失。

随着岁月的增进，巴透尔德的脾气由于年龄和经验而温驯了。"也许你是对的；但对于我来说，事情的反面往往比我所期望的表现得强烈得多，而这就使我承认别人功劳的时候显得软弱……当我写评论我老师V. I. 限削洛夫斯基的文章的时候，我主观上本想尽可能说好话的，但别人理解起来，却成了一场放肆的和过度的辱骂。这种事一想起来就使我忏悔。"（1929年7月2日《通信》）。

在许多肢体方面的衰疾外，1893年当他去七河省进行第一次考察旅行的时候就摔断了脚。他返回塔什干进行治疗，但是转过年的春天，他又毫不迟疑地去完成了他的旅游。他对知识的好奇和渴欲，能够压服任何其他的考虑。有一天，他对年轻的外甥马尔说："咱们到美国观光去吧！"于是他们就坐轮船到了纽约。巴透尔德曾经在欧洲的许多图书馆里长时间地工作过，在伊斯坦布尔和开罗也是一样，每次都谨慎地考订着他的研究和发现中的成果。几乎每一年，他都要到土耳其斯坦去做一次"朝圣"。在那里，他熟悉每一位学者，每一份私人收藏的文物，甚至每一本罕见的书。巴透尔德的一桩值得人们记忆的事迹，是在俄国的和穆斯林的学者们、官员们、教师们、医生们和工程师们之间，引发一种对地区历史和古物的兴趣。他成为他的考古队的组织核心。他跟大家伙做通讯联络，在地方报纸上即刻写文章，对现场人员可能发生兴趣的特殊问题都进行调查研究。他给《七河史》[①]所写的《前言》，是他所悬目标与具体实践的最好见证。

巴透尔德是三种穆斯林语文——阿拉伯文、波斯文和土耳其文的学者，并且使用这三种语文出版过著作。但是他最主要的特征是，他并不是作为一个东方语言学家拐进了史学，而是一个配备了东方语文能力的历史学者。在他的论文中，特别是在他一生的晚期，我们可以看到他在总的历史文献方面是多么娴熟，他在探讨诸如移民、封建主义、沙利曼大帝和哈利发的通讯诸问题时，是何等地在行。对于巴透尔德说来，没有所谓的第二手资料。作为一个真正的历史学家，他是从原始资料中生长起来的，每年都要把资料重新整编一次。在第一次世界大战期间，当用中世纪土耳其文编写的喀什噶利氏的《字典》刚刚在土耳其发现后不久，当时俄国正在革命，但巴透尔德通过艰深的阿拉伯语，通读了这部分量庞大的著作，并且从其中札取了史料。他对于所有新出现的资料来源，对于每一次新的地理探险，每一次新的考古发现，都是如此办理。东方学的资料也许有一天会竭尽，但巴透尔德的目光却始终注视在经济因素的影响上，法令上，贸易的通道上，艺术上，以及一切值得重视的其他因素上。在这方面最光辉的例子，就是通过他的史学专著《蒙古占领时期的土耳其斯坦》而推动了“十五个专题”的科研任务出来。

1928年，他的这一“划时代”著作在H. A. R. 吉卜教授和罗斯爵士（此人早年曾在圣彼得堡听过巴氏的讲课）二人的大力主办下译成英文，并在纪念吉卜氏的丛书中出版。印度的沙伊德·苏赫拉瓦第博士也把他的一部有关伊斯兰文明的小书翻译出来，在加尔各答出版（1934）。他的其他著作也都译成了法文、德文、阿拉伯文和波斯文。关于他的著作，已经出现过三份《目录》，两份德文的和一份俄文的，并且在第二次世界大战临战的前夕，德国学者们还积极着手来翻译并吸取巴氏著作中的精华，连零散的篇章也不放过。

巴透尔德一生坚持自己在学术问题上的独立见解。在革命前夕，他的一些

① “七河”土耳其语作jiti su（“吉蒂·苏”），俄语作semirechyé（“谢米列奇”），指天山以北巴尔喀什湖与伊塞克湖间、伊犁河与吹（垂）（楚）河流域及其迤西一带的地区。——中译者。

关于俄国东方学的研究脚步有些放慢的发言曾引起过骚动。而当他发觉在他亲自创办的刊物《伊斯兰世界》上由于某些偶然因素略微降低了水平时，他就退出了该刊的编委会。大革命以后，他的一些有关封建主义的见解曾经在《新东方》（Новый Восток）上引起过尖锐的争论，但最终也把他无可如何。即使在情况十分暧昧并且混乱的关头，巴透尔德依然保持了作为一个历史学家和哲学家的高瞻远瞩的态度，这在他的著作《密尔·阿里·锡尔》的结论部分可以反映出来。

巴透尔德的权威屹立不衰。在大革命以后，在土耳其斯坦一度出现过极端民族主义的泛滥，人们激动地支持一种叫做“我们自决”的原则，事事如此，甚至字母也要改创。即使在那些岁月里，土库曼和吉尔吉斯的官方，依然约请巴透尔德替他们撰写他们社会的历史。在土耳其马斯太发·凯末尔新政府的邀请下，他到伊斯坦布尔做过一系列的《土耳其史》的学术讲演，后来在土耳其印成了书。

作为他忠诚伴侣和助手的妻子的去世，对巴透尔德说来，是沉重的打击，特别在当时，他的教课和写作的任务正在增重。“我的日常工作是永无休歇的；刚送完了葬，我就得即刻工作起来。”（1928年5月16日《通信》）在另一封信中，他说：“在我一生中，还不曾有过像现今这样的出力。”大革命之后，写于公元982年的波斯地志《胡达·阿尔·阿兰》这份举世没有第二份的写本就要离开俄国的大地了，但是当代的作者们依然成功地从巴黎把它进行复制，带回彼得堡来。巴透尔德平生最后的一部巨著，就是将这一摹本付印，并对原穆斯林《地志》作者撰述了著名的《引言》。这篇《引言》是使用了学者从终身苦干中勤慎地搜集并积累起来的事实的全面的掌握而写成的，但遗憾的是作者并没有活着看到此书的印本。

在献给巴透尔德的《唁词》中，伯希和的一篇特别值得重视。这位驰名当代的法国东方学者（死于1945年10月26日）写道：“Tant par l’etendue des connaissances que par la pénétration et la netteté de l’esprit critique, l’oeuvre de Barthold est d’une solidité et d’une variété exceptionnelles. Ce grand savant laisse vide une place que nul n’est préparé à occuper comme lui. Etil vaut peut-êntre de rappeler que, par la loyautté, ledésiutéressementet le courage, l’homme fut chez lui à la hauteur du savant.”（“无论从知识的广度或者深度，或者从他进行批判时的精确度，巴透尔德的著作都表现出一种坚实和出奇的多样性。这一伟大学者空

出了一个位置，使人无法去填补。一想到他的诚挚、无私和勇气，人们就感到在他身上，集注了一切学者的崇高。”）

在巴透尔德的遗著中，我们特别选出这四篇专著来译成英文，目的是为了说明在土耳其斯坦历史和七河地区历史中的一个总历程。必须提醒一句的是，目前这本书的编辑，并非按照原作者写作年代的前后，而是按照该四种专著的内容的纪年次序。除此之外，由于在这四种专著各自写作的年代间有着相当段落的隔离，所以每一种专著按照它自己与其他三篇稍有不同的顺序，在对待同一件事的时候，不免有所重复。在对这些论文进行改编的时候，经过考虑，要消除这些重复是不合适的，因为那样将会伤害每种著作中所特有的逻辑。还有，读者在熟悉了巴透尔德“压编风格”所具有的特色之后，一定会有兴趣去细读《注释》，而这些《注释》又不是在其他三种中都具备着的。

现在，假如我们对四种专著再分别地予以介绍，那么情况就会更加了然了。

（一）《土耳其斯坦简史》。这是巴透尔德在1920～1921年新创办的土耳其斯坦大学所作讲演的一份节要，1922年在塔什干出版。因此，他的特色是注脚很少，并且较之其他三种文字更加通俗。这篇著作，跟巴氏的专著《蒙古占领时期的土耳其斯坦》（1900年出版），表现为迥乎不同的风格。采用一种非常短小精悍的形式，这本《简史》的内容却是包含了很长的历史段落，从无可回忆的年代到俄罗斯人对它的征服。并且，考虑到这篇东西的包罗万象的特点，它对于《四种》来说，倒是一篇有用的《导言》。为了将其中一些会引起普遍兴趣的论点标识出来，我在本文《附录》中将由巴氏所推进的所谓“十五项选题”排列出来，想来不是无用的。在这十五项要点中，巴透尔德将他自己的主要结论总括在一起，这样拿来译成英文，不仅对本书读者会有帮助，即便对于1928年《土耳其斯坦》英译本的读者也会有所裨益。

（二）《七河史》。1893年出版于凡尔尼（今名阿尔马·阿达），这是在巴透尔德决定终生献身于土耳其斯坦史的研究之前七年写出的。这一最早作品，写出至今，已历半个世纪，但即使在今天看来，它在将横亘于正土耳其斯坦与西伯利亚之间的这片领土上的为世人罕知的若干史事予以扒梳的这一点上，依然是举世无双的。Semirechy'e（谢米列契）这个俄文字眼，即土耳其语jiti-su（吉蒂·苏），亦即“七河”的意思，它所指的这片草原，横亘于伊塞克和巴尔喀什这大湖之间，再加上以西的一些陆地。过去的七河地区，在今日苏联已经划分成为卡查赫共和国和吉尔吉斯共和国了。在巴透尔德的大著《土耳其斯坦》一书中，他曾经多次提到《七河史》，可是即便在俄国国内，这本书也一直是弄不到手的，直到最近才在当代探险家与地方文物收藏家白尔斯坦（A. N. Bernstam）博士的督导下，在吉尔吉斯共和国的伏龙芝市出版（1943年）。在转译许多中国名目的过程中，我深得已故的剑桥大学哈龙（G. Haloun）教授的帮助。

（三）《兀鲁伯》。写于1915年，出版于1918年。这是巴透尔德对史迹进行辛勤调查的良好榜样。这本专著，沿着前边两本著作所遵循的总体规划继续前进，并且对《土耳其斯坦》一书所遗留下来的蒙古占领时期的线头，予以重新拾起。从《兀鲁伯》这部专著所依据的老老实实的资料来源上，以及它在当代所进行调查工作的确凿性上，对于处在《中亚史》若干繁难的堆积中的帖木儿帝国（公元1400～1450）这段不长的历史，投给了一线的光明。

（四）《密尔·阿里·锡尔》。这是《四论》中著作年代最晚的一种。它出版于1928年，编在苏联科学院为纪念中亚细亚最晚出现的帖木儿王朝中最著名的这一政治家和著作家诞生500周年而印行的丛书之中。假如说，《兀鲁伯》的故事是以撒马尔罕为中心的话，那么，《密尔·阿里·锡尔》的故事是以今阿富汗西北边境上的哈烈（Herat）（即赫拉特）为中心的。这部同样详尽的专著，标志出了帖木儿后期王朝（1450～1500）的另一地界。

巴透尔德的行文往往艰深费读，翻译起来也并不比较容易。作者在写作时很少考虑如何帮助读者来消化这份精神食粮，无论是一遍遍地重读也好，或者把一些具体节目漏掉不读也好；作为教科书，大学生们更须加倍集中精力。翻译者们曾经做了种种努力试图将原文沉重的结构予以缩短或者简化，但是他们又担心即使在写出更流利的英语的借口下，他们有没有权力“改写”原著；这样会造成改变作者原有目的的后果。

四种著作中充满了艰深的东方名词和字眼，土耳其的，蒙古的，中国的，阿拉伯的，以及波斯的。前两项语文在对音系统上说是拼音的，而在后三种的情况下，作者必须或多或少顺应原始的字体，以致迫使这一行道的学者不得不先按原体照描，然后再进行转译。在目前的这本书里，我们尽量留心不使由于音符太多而叫内容更加复杂化了。著名的人名和地名，都按照通常的形式写出。对于“华扎”这个称号，我们按中亚式的发音，拼为“霍扎”（即“火者”）。在更艰深的情况下，当第一个词儿第一遍出现时，我们将准确对音予以注明；等以后再现时，则仅仅予以提示就是了。不顾会被人谴责为轻率的罪名，翻译者们尽量使读者不感觉到阅读的困重。对原著中巴氏本人对东方语言所做的注脚，我们都用英文一一予以译释。

1949年12月25日，于剑桥

我带着高度的喜悦心情，接受了七河省要我为1898年该省的《年鉴》写一篇七河地区的简史和大事编年纪要的邀请。使一个中亚史学的工作者深感慰藉的事实，这也就是七河地区史之所以引发兴趣的根由，就是没有当地人民的积极合作，任何这方面的研究题目都不可能获致到完全和透彻的成果。我们的史料根据经常是片断的、不完全的，随时需要考古资料来予以补充。人们假如到这一地区来仅作短时间的访问，而未曾与当地居民保持亲密的接触，那么这样的人们所搜集到的资料，往往会遭历不可克服的种种困难。只有长期的当地居民才能够在一个充分巨大的规模上进行地区性的研究，并且能够拿真正有价值的发现来丰富我们的知识。譬如在皮什伯克和托克玛克附近发现的七河地区景教（基督教聂斯托里派）墓葬就是一例，但这种探索似乎一直在一种偶然和随意的情况下进行。相当大量的考古材料在未经研究之前就已经不见了。托克玛克的居民过去经常在白朗那附近古代河渠的底床中发现大量的钱币，但等我去时却一个也找不出来了。像其他的任务一样，任何地区的古迹研究也非通过一定的组织群众不可。因此让我在这里表达我的期望，在七河地区，通过适当的路径，要组织起一个会社来，具有一定的目的和权力，就像土耳其斯坦地区已经组织起来并且开展工作的社会团体一样，通过他们的劳动我们才得以读到像怛罗斯（打剌思）河谷中出土的古突厥文和畏兀儿文的碑刻那样珍贵的发现。

地区力量在发展地区历史方面，除却考古资料的搜集以外，依然大有可为。在确定一个古地名和今地名间关系的时候，对本地区的熟悉是必不可缺少的；地区历史跟地理环境的联系，对于全面的理解来说，同样也是不可少的。人种学资料的重要性就更不需要强调了，在这一方面地区性的研究者往往会有特别优越的机会。

我们希望，这篇短文对本行中未来的工作者，会有某些用场。依靠利用所有我们可以接触到的印刷材料和手写材料，我们尽了一切的努力去将过去七河地区历史可起作用的史实统统总括在一起。在特殊情况下，我们也拿本地区的很多不同时期中的生活条件，来印证史料中的每一个细节。现在要写出一部达到当代历史地理学水平的七河历史，其条件尚未成熟。我们只能提供一个包括若干问题的《大纲》，这些问题的解决则有待于对本地区历史理解的进一步发展，有待于有朝一日我们再不抑制自己对这些问题的解答。我们的这份《大纲》，只意味着对未来的历史学家提供一个开端。至于我们已经在这一方面工作到什么程度，那就不该是我们来判断的了。

(一)乌孙简史

乌孙。

七河地区最早的历史记载，来自中国的史书。古希腊、古罗马的作者们，仅仅提到锡尔河以东所居种族的很少几个名字，但未曾确切地指明他们的疆域。即便对于中国人来说，也只有到公元前2世纪末为了抗击强悍的匈奴，寻求与国，而派遣使臣来通西域。在匈奴所征服的诸国中，有乌孙国。其人来自南山（即祁连山）和布隆吉尔河（即额济纳河）之间，原先过着游牧的生活。他们的国王为匈奴所杀。匈奴王将其王的幼子扶养起来。当这幼子长大后，匈奴命他领有其父的故地。乌孙赶走了他们原先的邻居——月氏，此族人很可能出自羌族[①]，也是曾被匈奴击败过的。在他们西迁的过程中，又从七河地区赶走了塞种。塞种一般认为就是Saka，这在希腊和波斯有关中亚的文献里，是屡见不鲜的。这种考证，主要基于二者声音的极其相似。月氏后来在中国遣使通西域的同时，又被乌孙赶走了，虽然塞种和月氏种的部分遗民依然留居下来。[②]在七河地区，乌孙国王猎骄靡，拥有“昆莫”王号，逐渐强盛，不再臣服于匈奴。乌孙东界当与匈奴接壤，但中国史书对此并无详细记载。乌孙之南，是今新疆境内的一些长期“居国”。其东南是大宛，其西是“行国”康居。由于乌孙居在大宛的东北，康居居在大宛的西北，那么它们两国的疆界，大体可与今日七河省与锡尔河省的疆界密合。至于提到乌孙的族源，仅仅他们语言中的一些人名、称号从中国记载中流传下来。语言学家一直对此尚未予以

①这一点，是很值得怀疑的。——敏诺尔斯基。

②塞种共有三国。中国史书列举其名，曰罽宾（喀什米尔）、休循、捐毒。此三国并不位于七河与新疆之间，而是在兴都库什山和高附的河谷地带。希腊史家也把这些人叫印度·塞西安人。这样，塞种即Saka，即塞西安人，可以认为是无可置疑的了。

研究，而我们仅能指出，其人名经常以“靡”音札尾。有关他们的外貌，我们只能根据一位更晚的（公元7世纪）中国作者颜师古所说，“乌孙于西域诸戎，其形最异。今之胡人，青眼、赤须、状类弥猴者，本其种也”。所有这些对于我们判断究竟乌孙是如很早的东方学家们阿拜尔·莱缪萨以及克拉普劳蒂所设想的亚利安人呢，抑或如晚近的突厥史家拉德洛夫以及阿利斯托夫的意见，是突厥人呢，其根据都是不充足的。

乌孙的牧地主要当位于七河地区，因为中国史料说它“地莽平”。又提到“多雨，寒”，又说“山多松樠”。户十二万，口六十三万。胜兵十八万八千八百人。它的都城，或者勿宁说它的主帐所在地，赤谷城，应在今伊塞克湖的东南岸一带，因为中国人描述它的方位在阿克苏西北610里，大宛东北2000里，距离中国边境5000里。在7世纪一部中国人的《行记》中，说它在距柏达关隘50里的方位上。但这份《行记》几乎是完全不可靠的，需要汉学家重新予以审定。我们不知道阿利斯托夫根据什么说赤谷在七济河的岸上，但我们同意他这样的说法，即像乌孙这样的“行国”，要寻其房屋遗址，那是没有意义的。即便利用伊塞克湖岸边与湖底发掘出来的碑记去考证（到现在还有人这么干），也是没有意思的。我们一定会弄清楚，伊塞克湖边的城寨遗址，是在乌孙这个名词早已被人遗忘了的年代建立起来的。

到公元前105年，中国使臣张骞到达乌孙，劝其东居故地，与中国结为昆弟，以制匈奴。使节在昆莫廷中遭到冷遇，他的计划未能得到反响。只有当乌孙使节伴随张骞返国，见汉“人众富厚”，归国报告后，汉之威信始得略张。然此时继张骞之后汉使相属不绝，多道出大宛，乌孙所得赐少。于是昆莫遣使献马，愿得尚公主，许以马千匹为聘。汉许聘，乌孙以汉公主为右夫人，而匈奴单于之女为左夫人。公主感到风俗迥异，语言不通，因悲愁作歌，言其远托异国，嫁乌孙王，“穹庐为室兮旃为墙，以肉为食兮酪为浆”。

公元前102年，汉伐大宛。汉人邀援兵，乌孙遣两千人为助，待机而动，并未参与实际战斗。

昆莫将死，愿使其孙军须靡尚公主。公主不听，汉天子劝其从乌孙国俗。军须靡官号曰“岑陬”，其匈奴妇所产子曰泥靡。“岑陬”将死，泥靡尚幼，国家权柄暂予“岑陬”季父子翁归靡。当时，前江都公主已死，汉复以楚公主妻“岑陬”，翁归靡继位，因复尚楚公主。翁归靡略具治国才，内部蕃庶，对外强有力。公元前71年，翁归靡与汉联兵击匈奴。取俘获四千级，马牛羊橐驼七万头。[①]此后，昆莫亦逐渐插手葱岭以东事。其次子为叶尔羌（莎车）王，其长女嫁库车（龟兹）王为妻。公元前60年代，翁归靡死，“岑陬”子泥靡立，号“狂王”。

狂王复尚楚公主，公主渐老（年五十以上），犹生一子。狂王与楚公主失和，又暴虐失众心。汉使至，公主与谋置酒杀狂王。剑下不中，狂王惊，上马驰去。狂王子细沈瘦起兵围赤谷，汉使、公主尽在围中。汉朝为此事表示歉意，收汉使魏和意、任昌，槛车至长安，斩之。遣中郎将持医药治狂王，并赐金缯。公主被留验，不服罪。旧翁归靡之子乌就屠，匈奴公主所生，借狂王不得众心时机，走北山（阿尔泰山）中，扬言所借母家匈奴兵来相助，故众归之。乌就屠后袭杀狂王，取其位。匈奴所酿政变得成，出汉人意料，于是穿井、通渠、积谷，以防七河地区之变。此时，幸有楚公主侍者冯嫽，曰冯夫人，从中斡旋局面。分乌就屠为小昆弥，翁归靡之子元归靡为大昆弥（“昆莫”后又改称“昆弥”）。大昆弥领众六万余户，小昆弥领众四千余户。乌就屠亦曾与匈奴战，不利。其与汉使周旋，颇得宜。

大小昆弥之分，易于引发争竞。元归靡之孙雌栗靡为大昆弥，雄健，国内大安，胜于翁归靡时。雌栗靡出示告民，马畜勿使入小昆弥牧地，恐其相扰。此举可以说明，乌孙国中当时已出现私圈牧地，一如此后突厥、蒙古人所称之“卡禄克”。小昆弥遣刺客杀大昆弥。汉使复立汉公主之孙伊秩靡为大昆弥。在大小两昆弥互斗之中，汉使逐渐党于小昆弥。小昆弥安犁靡被匈奴所害，汉使亦得预知，其位由汉都护居之（公元前11年）。安犁靡季父卑爰疐率众八万余口北走，欲兼并两昆弥。汉与两昆弥间关系一度紧张。公元前1年，伊秩靡与匈奴单于并入朝汉，汉以为荣。后都护孙建又袭杀卑爰疐。

公元后八年间，东土耳其斯坦又沦入匈奴。中原与西域关系遂告断绝，直至公元73年始得复通。公元97年，中国将军班超率领一支军队，深入西境，远达里海之滨。但此举似与七河地区无涉，因为在此时期内不闻与该地区有相关之事。史料中仅仅提及，2世纪时乌孙已与中国“完全分离”。匈奴自蒙古地面向西迁移之事，其经过七河时情节如何，同样亦无所知晓。只知2世纪末，迁移人数已十分众多。2世纪中叶，中国多事，西域往还又告断绝。至5世纪始复通。

① 《汉书》原文云获众口四万级，牛羊等七十余万头。此为联军俘获总数。本文作者仅录其十分之一，不知何据。——中译者。

在原蒙古高原地面上，鲜卑人取代了匈奴人。鲜卑之源，可能出自东胡（通古斯族）。鲜卑首领檀石槐（公元181年）占有了西迄乌孙之地。4世纪时，另一鲜卑朝的成员郁律领有古乌孙属地。自4世纪末至6世纪中叶，中亚统治权掌在柔然（茹茹、蠕蠕）手中。柔然通常也被认为是东胡（通古斯）的一支，他迫使乌孙人终于不得不放弃平川地面，进驻天山的山丛之中。北魏朝（或称元魏）建立时，公元425年，西域诸国遣使通问。从此，中原与西域来往复通。公元436年，中国使节到达乌孙[①]，此后乌孙年年遣使入贡。

从此以后，“乌孙”之名，作为一个独立部族的名字，从历史上消失了。像大家所熟知的，这个名词仅仅在吉尔吉斯—哈萨克族的“大帐”（乌孙）一词中得以留存至今。

（二）突厥简史

公元6世纪，一个新的游牧汗国在中亚建立。突厥人来自阿尔泰山，在很短的一段时间内，征服了东至太平洋、西至黑海的广漠地区中的各族人民。汗国的创建人伊利可汗土门，死于公元553年。在581年，它钵汗死后，汗国分裂为二——西突厥与东突厥。七河地区，原乌孙故地，成为西突厥的中心地，并且从此以后，它就越发成为中亚西部相继出现的若干游牧国家的中心地。突厥占领时期，在七河的历史上占有重要的分量。

这一游牧国家的中心所在，总成为各国商人极为注目的地方。这里总是他们商品最好的市场，特别是纺织品，这是自中国和西亚输入游牧地区的主要商品。这种纺织商品输入的必要，伴随着7世纪大宛地区所发生的变乱，引起由西亚通往中国的商路北移。商人们避开大宛和喀什噶尔，自撒马尔罕取路向东北方，经由塔什干和鄂里亚·阿塔进入七河地区，直抵楚河北岸。之后，他们沿着伊塞克湖的南沿，越过柏达隘口，到达阿克苏。据我们所知，这条商路最初是7世纪高僧玄奘和《新唐书》才提到的。《新唐书》成于11世纪，但它的西域材料的根据，却纯乎是第七、八世纪的。中国的编年史家们并不曾详细描述这条通过七河地区的大通路的情况，但它使我们确信，在7世纪至少七河地区的农业已经搞了起来，这是经由来自玛瓦朗那尔（亦即阿姆、锡尔两河之间的肥沃地带）的移民而引进的，正如后来又被浩罕汗国的移民再一次引进一样

①指北魏太武帝拓跋焘所遣使节——散骑常侍董琬等。——中译者

地确凿可信。在玄奘过境的时候，在阿姆河与楚河之间，在文化上是统一的：衣着服饰、语言文字，尽皆划一。占主势的宗教，可能是摩尼教。字母可能源自叙利亚①，有字母32个，文字按竖行书写，当时已有历史作品的存在（所谓“字源简略，三十余言，转而相生”，“粗有书记，竖读其文”）。土人的外貌，据说是发留下来绕住头的四周，仅顶部剃去；或者全部剃去，用丝线遮住前额（所谓“齐发露顶；或总剪剃，缯彩络额”）。居民一半务农，一半经商。贸易中心是素叶水城，亦作碎叶，回教资料中亦有此名，据说位于噶思台隘口之南。自7世纪以来，各国商人麇集碎叶。碎叶以西“数十孤城，城皆立长，虽不相禀命，然皆役属（于）突厥”。

在碎叶城的近郊一带，经常设有西突厥可汗的大帐。玄奘与一位突厥可汗的会见，即在此进行。可汗著绿袍，发蓬松，额上按本地习俗用十余尺长之绸带，捆缠若干匝。可汗的随员发式迥异，搓成辫条。可汗居一大帐，帐中多陈设黄金器物。帐内诸王公亲贵以绸布缠头，按排坐在毡上，其身后方是护卫。“虽一毡帐中之蛮王，见之亦不禁令人钦敬。”高僧离大帐二十步时，可汗出迎，执礼问讯，略问数语，由舌人翻译，然后吩咐抬一铁椅，延玄奘就坐。突厥俗不用木椅，玄奘以“火生自木”为解释，敬火因不坐木椅。同座者，有唐国与高昌来使（高昌国辖今乌鲁木齐、吐鲁番、哈密一带）。宴会随乐声开始。其俗虽野，其乐声则“娱耳目、乐心意”。座客尽皆啖肉饮酒，高僧则食素菜、饮酪浆。宴毕，可汗延请高僧说法，玄奘乃唪一经。颂毕，可汗举臂，匍伏于地，以表皈依之诚。法师离去时，可汗派一少年充向导，此人曾留居长安（今西安府）数年，操汉语甚熟练云。②

当沙婆娄·铁黎室可汗在位之时（公元634～638年），西突厥分为十姓，垂河（一名吹河）以西五姓，以东五姓。在西者称弩失毕，在东者称咄鲁。不久之后，西突厥分裂为二，各据伊丽川之一岸。统治家族的成员间不断发生内讧，唐朝人也插手其中。个别的几个汗也曾统一过内部，但为时很短。例如公元651年的阿史那·贺鲁。公元657年，唐朝人如同四分之一世纪前曾经降服了东土耳其斯坦一样，而今又降服了西突厥，他们的王公都得到唐朝赐给的封号，有的身兼都督等职。有时，西突厥王公也叛唐起事，与当时占领了东土耳其斯坦很大一片领土的吐蕃人联盟在一起。704年，阿史那·怀道一度成了十

①按，即窣利文。

②此段本事，见《大慈恩寺三藏法师传》卷二，释慧立撰，房琮笺。

姓之长。自从这个汗的儿子阿史那·昕大约740年在俱兰[1]镇被杀害之后，西突厥汗国就告一段落了。

在此之前，咄鲁部五姓之一的突骑施，在垂河和伊丽川之间建立一支游牧的势力，曾极一时之盛。其王公大帐，设在碎叶，次帐设在伊丽川上。突骑施族最盛时期的王公是苏禄（738）。当时他的岳父、西突厥的阿史那·怀道身居大汗之位，但权势较之苏禄亦复稍逊。苏禄与东土耳其斯坦以及吐蕃族也结为姻亲。738年，他被一个叫做莫贺达干的突骑施王公杀害了。苏禄的儿子被扶登汗位。莫贺达干与塔什干和跋汗那（即大宛旧地）的统治者联合起来，在碎叶川将苏禄之子打败，将他俘获。740年，莫贺达干成了突骑施族的统治者，他下命令叫把原西突厥诸汗尽皆诛灭。但是他本人的统治寿命也是短暂的，而且遭遇也并不佳。748年（按：唐天宝七年），唐北庭都护王正见占领了碎叶，并且把它一毁到底。此后十年之内，突骑施统治的痕迹荡然无存。七河地区的西部，成了打剌斯的一块属地，而打剌斯又隶属于占据塔什干的一个头头。中国的一部编年史中记述当时该地全境人民处于无休止的自相残杀局面下的痛苦情状时说："耕者著甲胄，人自相杀俘。"

西突厥汗国的崩解，极有利于阿拉伯人的进驻玛瓦朗那尔。阿拉伯的编年史家也不得不承认这一点。他们记载突厥汗国的衰亡年份在（回历）119／（耶历）737年。根据阿拉伯人的记载，东突厥的可汗住在垂河河谷、托克玛克以东的纳瓦卡镇上，在该处他有私领的一片牧地和一片禁山，无人敢于随意阑入。在此禁地中放牧的马群，以及禁山中举行的游猎，尽是备战措施。可汗对阿拉伯不断寻衅，阿拉伯人从而给他取了一个诨名叫阿布·穆札欣（意思是像水牛或大象那样地碰人或拱人）。但是突厥人终于在吐火罗斯坦省（位于阿姆河之南、巴尔克之东）的一场战役里被阿拉伯人击败了。这位可汗在回归他自己本土的路上，被突骑施的一名王公叫屈绪的在进行一次复仇的过程中杀死了。从此以后，突厥汗国彻底解体。739年，当屈绪已经年老的时候，他被阿拉伯人在锡尔河的岸上俘获了。他提出愿意用马千匹、驼千匹自赎，但是阿拉伯总督纳思尔却下令把他处死了。为了防止突厥人前来盗骨，他的尸体被焚成灰。根据达巴里的记载，这桩事比较屈绪之死还更加使突厥人感到悲戚。由于中国文字资料和阿拉伯文字资料的片断残缺以及有着值得怀疑之处，致使我们

①约当今苏联境内锡尔河省的达尔蒂（路戈窝依）车站。

很难在诸资料之间进行比勘。

（三）葛逻禄简史[①]

中国的阿拉伯的以及波斯的史料来源使我们能够在西突厥汗国覆亡之后，对突厥所遗诸部落间的重新组合，划出来一条相对明确的图景。构成西突厥汗国的那些部落，无论偏东些的或者偏西些的，除去戴有"突厥"这个总名之外，还另有一个总称号，叫"乌古斯"，或者"九姓乌古斯"。虽然按照中国史料，西突厥又分成十个部落。沙陀部突厥（意为"草原突厥"）曾经在东土耳其斯坦的最远地区建立过一个王国，中国史料说，它的远源来自西突厥。按照阿拉伯人的传达，这部分突厥人就是众所周知的"九姓乌古斯"。这部分乌古斯（回鹘）人的另一支向西迁徙，以锡尔河下游作为中心建立了一个国家。关于这支乌古斯人寄居七河地区的回忆，残存于一种有关的神话传说之中，说亚费的儿子在伊塞克湖的边上定居下来。

突骑施部一直在七河地区单独地留下来。他们又分为两部：突赫西部和阿济部（阿济部名的读音依然值得怀疑。仅鄂尔浑地区碑刻中有"阿兹"一词，可资印证）。8世纪中期，七河地区的统治权过渡到葛逻禄的手里。当时该族的主力已经离开了阿尔泰山区，而在该世纪之初，其前锋部队已经到达阿姆河岸。766年，葛逻禄占领碎叶，并在此建都。其统治者称"叶护"，这一名词在鄂尔浑碑刻中经常出现。

因此我们可以说，西突厥汗国虽已覆亡，但七河地区依然为突厥诸部所占有，即未被阿拉伯人，亦未被中国人所征服。中国人一度干预西土耳其斯坦之事[②]，但自从他们被阿拉伯将领济雅·伊本·萨里击败之后，干预就停顿下来

①中国史料中只有8世纪的一些事迹年月可考。至于第9、第10世纪七河地区情况的资料，则见于阿拉伯的几个地理学家的著作，由荷兰东方学者戈耶（de Goeje）纂辑成书。另外一些著作，如朱瓦尼的六卷地理书和伊本·虎尔达比的原著，都已散佚。但这些内容，曾被波斯学者们所引用，例如被土曼斯基在布哈剌发现的不具名作者的有关10世纪的著作。（土曼斯基著作名《胡达·阿尔·阿拉》，有巴透尔德的摹本和敏诺尔斯基的英译本）

《宋史》曰："割禄"。——中译者。

②按，指唐天宝十载（751）高仙芝征西域之事。——中译者。

了。阿拉伯人（即大食人）除去将葛逻禄人自大宛地区逐出之外，别无其他的举动。向西北方，像众所周知的，回教的征服者们迄未越过怛罗思河。在突厥诸部的历史上，通过贸易关系而渗透进来的回教文明的影响，要远较回教军队的成就重要得多。玛瓦朗那尔地区的居民一直具有经营商业贸易的雄心，而远自回教侵入以前的时期，在中亚各地，他们已经建立了各业的工场和作坊。在土耳其斯坦的西缘上，在“九姓回鹘”的居地之中，早就有了粟特人的殖民地。粟特人在七河地区已经具有影响力一事，可以从10世纪一位波斯地理学家的报告中得到证实。他说，在噶斯达隘口以北的别力村，又名别力里村，粟特人呼之曰萨马那。商人所到之处，往往伴随着各种教派的传播，这些人大都在玛瓦朗那尔地区任职，其中包括聂斯托里派的基督教（景教）徒。根据回教作者们的记述，土耳其斯坦许多城镇中都有基督教堂。据说，居住在伊塞克湖附近的一支游牧部落几几尔人中，就有着基督教的信徒。

回教徒作者们极其详细地描述了自西亚通往中国的贸易之路如何通过七河地区，并且提到了沿此路的几个城镇的名字，虽然有关这几个主要城镇名字的读法上，依然值得存疑。朱耳城（这也许是突厥文的“拙儿”，义为“草原”）位于皮什伯克城的附近，也许就在阿拉麻丁村的位置上。在这里，自塔剌兹（又读作塔剌思，或奥利亚・阿达）来的道路和自阿哈夕噶越过噶剌库尔隘口过来的道路连接在一起。纳瓦噶城，或称纳维噶城，是楚河河谷中一处巨大的商业中心。从这里开始，分成两条叉路，一条穿过几尔・阿里克山口通往伊塞克湖岸去；一条向北通往碎叶。朱耳城与纳瓦噶城之间的距离是15个回里，亦即50哩。因此，可以大体推断，纳瓦噶城位于通噶剌布拉的通路叉往楚河左岸去的叉路上。整个这一地区属于葛逻禄的统辖，而伊塞克湖的沿岸则主要属于几几尔人，这支原也是从葛逻禄中派生出来的。在纳瓦噶和山口之间，又有一个大的商业中心叫喀什敏喀（另一叫法是孔巴尔喀），属葛逻禄的另一支派腊本人所管。其统治者保有“库特勒・腊本”的称号。这块山口至今仍叫几尔。据历史学家噶尔底济的说法，这一字的原义是“狭而险”。在这山口以南12回里处，又有城镇名雅尔，居民可以征调兵士三千人。几几尔人的统治者，他的称号是“答辛”，就在此城建都。从路程的距离推断，这一城镇定然位于伊塞克湖的岸边，譬如说在南岸上，因为湖居于大通道的左边。距离雅尔城5回里，是顿城，显然是位于与此城读音歧异的小河的河谷里，至今某些残迹依然存在。自顿城相距三日路程，又有巴尔斯汗城。在顿、巴两城之间，仅有几几尔人的帐篷。这个城的名字，也许借一条小河巴尔斯坤的名字而流传下来。根据地理学家库达玛的记述，巴尔斯城由一大组村落所构成：四个大村，五个小村。此处统治者具有“马那格”的称号，或者如另一种史料来源所提供的，称作“塔宾·巴尔斯汗”。从这里可以征发六千多名兵士。根据《胡突记》所说，巴尔斯汗的汗王虽然属于葛逻禄种，但当地居民却倾向于“九姓回鹘”。这一城镇在东、西两土耳其斯坦间，居于交通枢纽的重要地位。突厥人在反映其世系的传说中说，突厥的一个后代，就有着巴尔斯汗的这个名号。

从大宛往巴尔斯汗也有一条直接的通道，这条路通过乌兹干，穿过雅西隘口，阿尔巴山谷，以及喀喇郭垠河、阿巴什河、那林河的河谷。距阿巴什河和喀喇郭垠河的汇流处不远，在一片山丘上，就是阿巴什的城镇（就是现在郭硕·菊尔干的废墟），此城距离大宛、巴尔斯汗和东土耳其斯坦、吐蕃领地的前沿，都是等距离的，那条通往吐蕃地面去的道路大约须通过吐鲁戛特隘口。在阿巴什和巴尔斯汗之间，连一个村庄也没有。七河地区的南部，为药罗葛人（九姓乌古斯中最南的一支）所占领，喀什噶尔也属这族人管辖。纳林河一直被认为是葛逻禄人和药罗葛人之间的边界。

最后一点，从纳瓦噶城通往碎叶的迂曲道路，也与巴尔斯汗城相连。碎叶城位于楚河的北岸，在突骑施的地面上，在距离纳瓦噶三回里的山脚，也就是说，显然是在今天的哈喇布拉克的位置上。其统治者是突厥诸汗的一个弟兄，但他具有伊兰式的称号“雅兰沙”，意思是“英雄之王”。这个城镇能征调两万名士兵。在通往碎叶的路上距离纳瓦噶一回里的地方，又有互不相谋的统治者。那座噶斯台隘口所在的山，被突厥人认为是神圣的，他们相信这是神之所居。关隘以北是别力里城，该统治者的称号，根据一种资料来源是“巴丹桑古”，根据另一种来源是突厥式的称号“伊那特勤”。此王统有三千兵，而城中居民又可征拔七千。从碎叶到巴尔斯汗，商队要走15天，突厥驿送只要3天就够了。通道似乎是越过噶斯台隘口，穿过凡尔尼（又名阿尔玛·阿达），沿着伊丽河原的北坡，再越过几济尔·噶雅隘口（位在桑塔什的高原上），到达哈喇库尔。被阿拉伯人所估计的沿伊塞克湖的北沿从托克玛克通到哈喇库尔的旅程日数，未免太多了。在伊塞克湖的北岸上，在几几尔人的地面，在葛逻禄人领地的边沿上，有着巨大的商业城镇色库尔城，这个名字也许自伊塞克库尔之名转来，直到帖木儿时代此城依然存在。

在所有突厥诸族系中，葛逻禄是最积极地迎接回教文明影响的。说葛逻禄的叶护在回教教主马第（775～785）时转奉回教的资料，是靠不住的。但在10世纪时候怛罗斯以东的诸城镇中确有大规模回教寺的建立。回教文明影响了葛逻禄的一般生活方式，因为在葛逻禄人中不仅仅有猎户，有牧民，也有农业耕作者，葛逻禄人经常遭到其他支系突厥人的不断侵扰，特别是九姓乌古斯，这一支系被认为是10世纪时候突厥人中最强盛的。九姓乌古斯人的绝大多数，连同他们的汗王，都是摩尼教徒，但其中亦颇杂有基督徒、佛教徒和回教徒。史料中看得清楚，巴尔斯汗城（这一城名的读音是值得存疑的），也就是今日之阿克苏。记载中说它是隶属于葛逻禄的，可是它的统治者却曾经是隶属于九姓乌古斯的。后来，这座城镇就给黠戛斯（吉尔吉斯）人占领了。当时，黠戛斯住在叶尼塞河上游的河谷地带，根据中国史料所载，阿拉伯商人三年一次从库车（龟兹）给他们运去丝绸。商业贸易使黠戛斯人与阿拉伯人之间、同样使葛逻禄人和吐蕃人之间的关系拉近了。很可能黠戛斯人与葛逻禄人结成联盟，侵占了九姓乌古斯所占的七河地区的一部分，直到现在仍是他们的居地。总之，黠戛斯人主力之进驻七河地区，其时限必然很晚。如果在哈剌汗朝时候他们已经进驻到七河地区中来了的话，那么他们在10世纪、11世纪时候定然会转奉回教了。可是事实上，他们在16世纪时候依然被看作邪教徒。

这楚河河谷地带，原是葛逻禄地面的中心的，最终转入到他们敌人的手里。将近公元940年之际，一些“邪教徒的突厥人”占领了八喇沙衮，到11、12世纪的时候，这座城池的声价极高。穆喀达西是10世纪唯一提到这座城池的地理学家，他描写说：“地广、民众、富庶。”有关巴喇沙衮城所在的方位，一直缺乏精确的数据，但我一贯认为它位于楚河的河谷之中。占领楚河谷地带的人，被证实也就是哈喇汗朝由之兴起并且被建立的邪族人。就是在这族人的统治之下，中亚细亚的西半部在10世纪时得以统一在一起。

（四）哈喇汗朝简史[①]

历史学家们一直不能鉴定哈喇汗朝的人民究竟是属于突厥人的哪一派系。只有充分的根据相信，由王号叫做波拉汗的统治者所属的药罗葛人，占哈喇汗朝人民的大多数。假如此说得以成立，哈喇汗朝人的侵入七河，定然是来自南

① “哈喇汗”这个词，乃俄国史家格里高利也夫所私定。——中译者。

方。进入之后不久，哈喇汗朝的人就改奉了回教，不过有关这件事的证明材料仅仅是传说。根据伊本·阿尔·阿蒂尔所引述的传说，第一个带头信奉回教的是沙布克（或作“沙兔克”）哈喇汗。在梦中，他看见一人从天而降，用突厥语告诉他说：“信奉回教吧，那么你将在现实世界和未来世界中得救。”另一条最古的记载，见于贾麦尔·阿尔·噶尔西的著作中，说本朝第一个信奉回教的汗王是沙兔克·波拉汗，名叫阿布杜勒·卡里姆，此人是（回历）344年／（耶历）955～956年死去的。两条传说所指的显然是同一个人，因为两宗传说都说此人就是玛瓦朗那尔的征服者、纳丝尔汗（他的突厥称号是“伊拉克”或“伊犁格”）的曾祖父。阿布杜勒·卡里姆的孙子哈朗，在一部当代的著作中，说他也同样拥有“波拉汗”的称号。

这个哈朗，他的都城设在巴拉沙衮的，公元992年他从对玛瓦朗那尔的征战中因病不得不撤退回来，死了。对玛瓦朗那尔的征服，是999年由“伊拉克”纳丝尔所完成的。哈喇汗朝势力的继续前进，受阻于敢纳维的算端马赫穆德（997～1030），此人是阿富汗的征服者，也是东半部波斯和部分印度的征服者。1008年1月4日，好像乌比所描写的，那些“宽脸庞，小眼睛，扁鼻头，稀胡须，铁刀杖，黑铠甲”的突厥人在巴尔克附近被击溃了。从此以后，他们再未向阿姆河以外作任何的征战。

到11世纪的时候，哈喇汗朝就分裂成为若干封国，这些小封国对大汗国首脑的臣服程度，只按照大汗个人的性格而定。在“乌捷尔”①制度之下，不可避免地即刻就要发生互相残杀的内战，特别是由汗国两大支派，由沙兔克·波拉汗的诸孙的后裔阿里（纳丝尔的父亲）和哈朗所代表的两派之间。有关这些内战的程度，以及双方轮流坐庄统治七河的情况，我们掌握的资料是极少的，有时还是互相矛盾的。根据乌比所记，“伊拉克”跟他的弟兄——喀什噶尔的土干汗就极端不和，怀疑他与噶兹纳的马赫穆德有私通。（回历）403／（耶历）1012～1013年“伊拉克”死了，土干汗继承汗位。此人是否统治过玛瓦朗那尔，尚值得存疑。但他统治七河地区是无疑的，甚至开始时东土耳其斯坦怕也在他的统治之下，后来才逐渐被波拉汗哈朗的儿子喀第尔汗玉素甫赶了出来。乌比和伊本·阿尔·阿蒂尔把这位玉素甫叫做和阗的统治者。拿钱币来证明，（回历）405／（耶历）1014～1015年时，他连喀什噶尔也统治了。

① “乌捷尔”是一个古老的俄罗斯词，意思是父祖的遗产由子孙们来瓜分。

在（回历）408／（耶历）1017～1018年，七河地区被自远东来的一些游牧人所侵入。其中主要是契丹人，当时他们正君临着北中国和中亚细亚的最东部。可是后来，像大家所知道的，“天朝”又改换了。邪教徒们距离巴拉沙衮仅仅八天的路程了，他们突然听说土干汗正带领大军追来，他们就往后撤。土干汗追赶了他们三个月，终于将他们追上，并且彻底地击溃了。

根据乌比所记，土干汗在这场战役以后不久就死了，死后由他的弟兄阿尔斯兰汗继位。但拜哈齐却断言，土干汗统治七河直到1025年。古钱币的证据说明，阿尔斯兰汗穆哈玛德·阿里主要统治着今锡尔河省的东北部分，虽然铸着他的名字的钱币在布哈拉也流通过。

1025年，喀第尔汗玉素甫和算端马赫穆德同时入侵玛瓦朗那尔，此地原有的统治者是阿里特勤（纳丝尔的弟兄）、土尔汗和阿尔斯兰汗。一场由哈喇汗朝诸汗王与算端在撒马尔罕举行的会议，被噶尔底济描述得很详细。双方君王间按照严格的礼仪互通礼问，并且遵照一种双方充分平等的小心翼翼的规定办事。一桩颇堪注目的事是，突厥汗为了表示比马赫穆德严格遵守回教教规而拒绝饮酒。双方协议，马赫穆德的女儿嫁给喀第尔汗的次子牙干特勤，而喀第尔汗的女儿则嫁给马赫穆德的儿子穆哈玛德。马赫穆德答应帮助牙干特勤从阿里特勤手里夺取玛瓦朗那尔。但是马赫穆德事后以远征印度作为借口不遵守这一诺言，于是在提议中的通婚之事也就从而破裂了。阿里特勤继续领有玛瓦朗那尔，而他的弟兄土干汗则被喀第尔汗的军队逐出了巴拉沙衮。

喀第尔汗玉素甫的领地，截止到他1031年或者1032年死去之时，除去包括东土耳其斯坦之外，还包括七河地区和锡尔河省的东部。举例说，奥利亚·阿达区和齐姆干。他的都城设在喀什噶尔。他死后，东土耳其斯坦和七河地区分给他的长子波拉特勤·苏来曼，上尊号曰阿尔斯兰汗。怛罗斯（今名奥利亚·阿达）和伊斯费叶（今名赛蓝，在齐姆干附近）两地区分给他的次子牙干特勤·穆哈马德，此人上尊号曰波拉汗。两兄弟都和马赫穆德的儿子敢纳维算端玛素德保持着好的关系。人们又一次企图从阿里特勤手里把玛瓦朗那尔夺过来给予波拉汗，但又一次地失败了。史料里还提到一个什么拉斯喀汗，说他是萨克曼地区的统治者，这个地名很难和萨马那（粟特语的名字是“别力”）对上号。

阿尔斯兰汗兄弟二人之间的关系很快恶化。（回历）435／（耶历）1043～1044年间阿尔斯兰汗将其领地尽数分散给他的亲属，只剩下喀什噶尔和巴拉沙衮，但仍然保留他对各地的宗主权。我们知道，“乌捷尔”制度到现在已经施行半个世纪以上；但是汗国首脑的权威性在阿尔斯兰汗的中衰时期中，肯定说是丧失了。1056年前后，波拉汗将阿尔斯兰汗监禁起来，吞并了他的领地。15个月之后，他本人也被他的妻子鸩毙。伊本·阿尔·阿蒂尔记波拉汗之死在（回历）439／（耶历）1047～1048年。但是这件事发生时的同时代人拜哈齐却把这件事定在十年以后。波拉汗原意是要他的长子贾格里·特勤·胡森继承汗位的，就是这件事引起了暗杀，因为女王希望她亲生的婴儿易卜拉欣是候选人。这亲生子果然即了汗位，但很快在对巴尔斯汗的统治者殷纳特勤的战争中死了。此后大约有16年功夫（［回历］451～467／［耶历］1059～1074、1075年），喀什噶尔和巴拉沙衮被喀第尔汗的两个儿子——突哥里尔·哈喇汗玉素甫和他的弟兄波拉汗哈朗统治着。这弟兄二人连年对玛瓦朗那尔的统治者沙·阿尔穆克·纳丝尔（第一代“伊拉克”纳丝尔的孙子）作战。但对战的局面也会被和解所代替，于是玛瓦朗那尔和哈喇汗国之间的边境就定在火毡地方。也就是说，沿锡尔河为界。突哥里尔汗由他的儿子突哥里尔·特勤承继，两个月后又被废黜了，而此后，波拉汗·哈朗在29年之内一直统治着喀什噶尔、巴拉沙衮和和阗。就是为了歌颂这两个亲王兄弟之间的联合统治，喻世诗《福乐智慧》（Kutaghubi-lik）①这样第一部突厥文的文学作品，在（回历）462／（耶历）1069年写成了。诗的作者是巴拉沙衮人，诗写成于喀什噶尔。

在1089年，塞尔柱算端马立克沙占领了撒马儿罕，并一直进军到乌兹干。喀什噶尔的汗王（也许是哈朗吧）被迫不得不表示臣服。马立克沙撤军之后，在突厥人雇佣下的儿儿尔血统的兵卒们在撒马儿罕发动起义。儿儿尔叛军拥戴起喀什噶尔汗的弟兄、阿巴什的统治者雅库特勤。雅库进占了撒马儿罕，但当马立克沙又攻过来时，他就逃回阿巴什，结果两边受敌，他遭到他弟兄的攻击。阿巴什被喀什噶尔来的军队蹂躏了。雅库本人被捕监禁。马立克沙第二次到达乌兹干，吩咐汗王将雅库引渡给他。汗王感到面子上下不去，迟迟地执行沙的吩咐。最后他派他的儿子到沙那里，命令他随行押解着雅库，把他挖了眼睛，下到牢城里去。但算端并不满意，亲王只好把雅库解到乌兹干。与此同时，喀什方面发生政变，殷纳汗的儿子突哥里儿被赋予了政权，此人住距离喀什八十回里（300哩）的地方。这个突哥里儿很可能是巴尔斯汗的统治者，是

①有杨丙辰中译本，即中央民族大学研究部所藏的稿本。——中译者。

上述殷纳特勤的儿子。原喀什汗王哈朗遭到囚禁，而当这个消息传到他的儿子和臣僚那里去的时候，雅库劝告大家置之不理。马立克沙和雅库订立了条约，从乌兹干撤了兵，让雅库与喀什方面新上台的突哥里儿去火并。这些火并的结果如何，史料中弄不清楚。原汗王哈朗很可能设法使自己重获了自由，因为像史料所显示的，他后来统治着喀什噶尔，一直到12世纪的开始。

1102年，波拉汗哈朗死后不久，玛瓦朗那尔地区被巴拉沙衮和怛罗斯的统治者占领了，此人叫吉布拉伊，号喀第尔汗，是哈喇汗奥玛尔的儿子，波拉汗穆哈马德的孙子。在这个喀第尔汗的部队里，回教徒之外也有异教徒和不信奉任何宗教的人。他扩张版图直到阿姆河，但就在这条河的岸上，他被塞尔柱算端桑加尔击败了，他被俘虏，并且被杀了。从此以后，到哈喇契丹（西辽）人的入侵，我们对于七河地区再也得不到任何消息。

有关哈喇汗朝诸国内部的情节，所存史料也是寥寥的。由于哈喇汗朝在突厥地面上是第一个信奉回教的朝代，它对于回教教义的扩散一定有很大的贡献，这对于他们得以据有中亚之土也是一个重要条件。按照伊本·阿里·阿蒂尔的记载，在（回历）349/（耶历）960年，有20万帐的突厥人信奉了回教。这个数字极大可能指的是七河地区，也可能是指的东土耳其斯坦，但更可能是前者。因为东土耳其斯坦的牧民群从来就不是很大的。到1043年秋，在近代吉尔吉斯（当前叫哈萨克）草原上的游牧的突厥人也信奉了回教。这些突厥人共有一万帐，夏日驻在布哈拉的附近，冬日驻在巴拉沙衮一带。遗憾的是，历史学家们对于回教文明与异教文明的斗争，竟然无所反映。东土耳其斯坦则一直在中国文明的影响之下。甚至晚至11世纪的前半叶，哈喇汗朝的统治者们，包括玛瓦朗那尔地区的，经常拥有“塔（布）噶汗”或“塔（姆）噶汗”的称号，这个称号在8世纪鄂尔浑碑刻中是对中国大皇帝这样称呼的。自（回历）459/（耶历）1067年以来，“马立克·阿尔玛什里·瓦·阿尔——秦”（意思是“东部和中国之王”）的名号出现在哈喇汗朝的铸币上。这只能有一种解释，就是中国文明与中国王朝的影响力已经到达这里。即使东土耳其斯坦的东部邻近中国本部之处，如乌鲁木齐、吐鲁番、哈密等城市，都从来没有隶属过哈喇汗朝，更不消说中国本部了。理由是回教在15世纪以前在上述地区中很不流行。从哈喇汗朝流行的钱币铸词来看，回鹘字母和回教徒普遍使用的阿拉伯字母，两者同样通行。回鹘文自叙利亚文衍变而来，通过聂斯托里派（景教）信徒传进中亚，后来就被普遍地接受了。在《福乐智慧》中，和在后来蒙古人所使用的词汇中，无疑都是哈喇汗朝时候的人和蒙古统治时的人从回鹘文中转借来的。以后我们会陆续看到，在蒙古统治时候信奉基督教的和信奉佛教的畏兀儿都是回教徒的劲敌。在中亚这种不同宗教间的对抗形势一定从更早一个时期就已经存在了，虽然这方面正面的证据一直阙如。

（五）哈喇契丹（西辽）简史

在公元10世纪开始的时候，通常被认为是通古斯（东胡）族，并且搀有一定蒙古成份的契丹人，建立了一个不小的帝国，自太平洋绵展至贝加尔湖和天山。这个被中国史家叫做“辽”的朝代，建立在中国的北部。辽朝在中国领土上掀起过长期的震撼，也接受了中国文化的强烈影响。到1125年，另一个通古斯族——女真，在与北宋政府联盟之下，灭了辽国。契丹的余部，在皇族成员之一——耶律大石的率领下，向西迁徙，在西方建立了一个新的国家。

契丹人的西迁，沿着两条道路：其中一部分横过东土耳其斯坦（中国新疆），被喀什噶尔的塔葛汗胡三的儿子、阿尔斯兰汗（狮子王）苏来曼的孙子——阿尔斯兰汗阿哈买得所击溃。伊本·阿尔·阿蒂尔记载说，契丹人的首领被杀死的年份是（回历）522／（耶历）1128年。实际上，事情的发生可能稍晚数年，因为根据桑节儿苏丹1135年7月写给报达政府的一封信中，提到这场战役，宛然如昨。中国史料只知晓迁徙中的一个分支，并把它和“西辽”国的建立连接起来。因此，哈喇契丹国的创建人和中国史料中的耶律大石是否同一个人，就值得怀疑了。①

所有回教徒的材料都一直肯定第一个降顺了契丹人的回教徒统治者是巴拉沙衮汗。按照伊本·阿尔·阿蒂尔的记载，早在阿尔斯兰汗（狮子王）苏来曼的时候，就已经有部分契丹人，大约一万帐，在七河地区定居下来了。开始，这些人在中国和哈喇汗占领地的边缘上住下来，承担一种义务，替哈喇汗国人

---

①按：这节原文有两处值得格外重视：（一）巴透尔德说：“契丹人的西迁，沿着两条道路”，这一点很有价值，可以解决日本人羽田亨和中国史家梁园东等人的众论纷纭。（二）但他对黑契丹创始人和大石是否一人的置疑，却很难落实。因为桑节儿苏丹写给哈利发和报达政府的信，其书写年代在巴氏书中，一次著录为1133年，另一次著录为1135年，互有歧异；其书信情节在巴氏书中，一云黑契丹首领被俘，另一云被杀。根据这样一封歧异多有的信，就怀疑大石的存在，是证据不足的。

把守山的隘口。作为报酬，契丹人收取一些地租和定额的俸金。有一天，他们向一个富裕的商队询问，什么地方可以找到好的草原。商人们带他们到了巴拉沙衮，也就是说，进入七河地区中来。有一位16世纪的史料编纂者①，我们弄不清他的根据是什么，他把契丹人迁徙的年份确定在（回历）443／（耶历）1041～1042年。他还进一步记载说，虽然阿尔斯兰汗（狮子王）启发这些迁入者信奉回教，但他们坚决地拒绝了。可是，在其他事情上他们都充分遵守汗的规矩，因此汗也就和他们相处下来了。伊本·阿尔·阿蒂尔则仅仅记载说，阿尔斯兰汗经常袭击他们，因此契丹人把他们怕得要命。等到契丹大军进占七河的时候，那些早已定居的乡亲们立即起来响应，并和他们一同向东征服了东土耳其斯坦。

按照朱瓦尼的记载，契丹人，或者按照回教徒对他们的称呼——哈喇契丹（黑契丹）人，穿过了吉尔吉斯的地面，到达叶米尔河谷，他们在那里建了一座城，到13世纪时，这座城的遗址已经不明显了。这给我们提示，他们最早定居的地方可能是今天的朱古察克。在这里，他们的帐数发展到四万。哈喇汗皇朝（具体名称没有保存下来）在巴拉沙衮的统治者，请求黑契丹的援助，一起去抵御那些经常骚挠他们的突厥诸部，如康里和卡禄克。黑契丹人借机占领了巴拉沙衮，在软弱无力的原统治者旁边定居下来，建立了一个一直扩展到叶尼塞河和塔拉斯河的国家。之后，他们征服了康里，把东土耳其斯坦也纳入版图，在（回历）531／（耶历）1137年的时候，又在忽毡地方的附近，击溃了玛瓦朗那尔的统治者——马哈茂德汗，又在卡汪草原于1141年彻底击溃了塞尔柱苏丹桑节克的部队。另外，据说，特派了一支军队又去征服了花剌子模。

这样，七河地区和东土耳其斯坦地区一齐成了黑契丹帝国领土的一部分。帝国的首领，取了“葛儿罕”这个称号（根据回教徒的解释，意思是“汗中之汗”）。一些欧洲学者倒是接受格里高利也夫的解释，说突厥·蒙古字“葛儿干”是“女婿”的意思。作为东辽国的亲属，黑契丹起了如此一个称号，并且以后还被铁木儿袭用过。这种解说究竟如何，并且在契丹语的语言情节方面究竟“葛儿汗”和“葛儿干”的区别如何，都很难说。根据伊本·阿尔·阿蒂尔的记载，第一代“葛儿汗”是信奉摩尼教的。他的容貌很美，穿着中国的绸缎衣服，脸也遮了起来，这是顺应当地君王的仪注。他在国民中的威望很高，军

①所纂之书，名《布哈拉的历史和地理》。此书所确定的契丹人第一次迁徙年代，约当北宋仁宗庆历初（此书1892年巴黎出版）。

队的训练严格。他的军队严禁抢掠。每当黑契丹占领一座城，他们依然照中国按“户”收税的老规矩，每户征收一个狄纳尔（一种金币，约值十三法郎，或九先令）就满足了。但是士兵们的暴行，也就是说，对当地居民家中主权的侵犯行为，则不予惩处。葛儿罕从不给他的属下分封采邑，甚至不信任任何人统帅一百人以上骑兵队（短程的行军除外）。局部地区的统治者之降附于葛儿罕的，腰带上悬挂一面银牌，作为归顺的标志。这样的归顺头领，为数极少。尽所知的范围来说，葛儿罕直接统辖的领土只有这些：固尔札地区，七河省的南部以及锡尔河省区的东北部。葛儿罕的首府设在伊犁河以西，在楚河岸上，或者距离巴拉沙衮不远，叫做庞思鄂尔朵（意为“大帐”），或者叫做和托（“城”）。七河省的另一部分，伊犁河以北一带，属卡禄克汗们所统辖，他们的首府在海呷立，此地坐落在阔帕尔以西某地的平原上。哈喇汗国的诸汗继续统治着玛瓦朗那尔和东土耳其斯坦。在葛儿罕的国内，至少到它统治的后期，我们发现共有三种等级的从属关系，正如在蒙古统治俄国的历史时期中所见的一样：卡禄克汗，像撒马尔罕的统治者一样，在葛儿罕所遣的常驻代表面前，勉强承认这种从属关系；而对于另外一些头头，举例说，如像花剌子模国王，仅仅是定期派员收集租税；最后还有另外一类，如像对待布哈拉回教区，在某个时期，他们把对僧俗人众的统治权尽都自己掌握。至于对黑契丹应纳之税，也被授权由地方代为征收。

按照伊本·阿尔·阿蒂尔的记载，第一代葛儿罕在1143年的年初死掉了。他的女儿继位，很快也死了。权力转移到她的母亲、葛儿罕的孀妻手里，然后又移到他的儿子穆哈马得。按照中国材料，建国者的儿子——耶律夷列和他母亲的统治却颠倒在前边，夷列之妹的统治则在后面。此事经过朱瓦尼的考证，葛儿罕之女统治黑契丹王国的时期是12世纪70年代。耶律夷列下诏，在国内进行人口普查，得户八万四千五百（《辽史》）。这个数字，似乎仅仅包括在葛儿罕直接统辖的领土内的游牧人口。中国史料说夷列的妹妹叫普速完，而一个13世纪回教徒则说她的称号是“汗中之汗”。按照朱瓦尼的记载，女王执政时期，实权操在她的丈夫手里。而中国史料说，女王杀其夫，而与姘夫公开相处。被杀之夫的父亲发动了一次起义，群众包围了王宫，女王当众将其姘夫处死，才保住了性命。在朱瓦尼的传述里，却又说，葛儿罕的孀妻与其姘夫被起义群众双双处死。朱瓦尼在他的黑契丹史料辑中并未提到葛儿罕之女的事情，可见“孀妻”云云或是“女儿”的误记。后来在其他的史料里朱瓦尼也提到葛尔罕之女了。在普速完死后，耶律夷列次子耶律直鲁古即位。按照朱瓦尼的记载，他杀了他的哥哥。在一些回教徒的材料里，这最后一代的葛儿罕叫做摩尼，另一些材料里又叫库曼或者富马。

由于不断地出现妇人执政，而且特别是由于这几位女主又在私生活方面过着英国斯图亚特王朝玛丽女王式的日月，这就不能不削弱了王室的权威。某些回教徒的材料提示说，数个黑契丹的王公所操之权，几乎不亚于葛儿罕。在这种情况下，这个标志着黑契丹帝国之不同于其他游牧邦国，并且反映了原来东辽国所经受了的中国文明影响的机构，自然不容易支持很久。朱瓦尼强调说，黑契丹税吏的行径已经“迥异于往昔”；葛儿罕所派遣的使节，其傲慢招惹起来了属邦中贵族们的反感。并且一般说来，在一个由回教徒构成帝国人口的大多数的情况下，异教徒的占领自然而然地对回教徒的感情是一种挫伤。葛儿罕信奉何种宗教，是否如伊本·阿尔·阿蒂尔所指出的，第一代葛儿罕确实是一个摩尼教徒。或者，像奥波尔特和臧克所提示的，是一个基督教徒。他们考证第一代葛儿罕就是欧洲中古传说中“护教者约翰”。这些都很难说。对于这后一种假定，缺乏可资信赖的论据。即使像15世纪的历史编纂者所说的，最后一代葛儿罕之女是一个基督教徒的说法，也缺乏较早史料的证实。当时，回教并不蒙受迫害，并且回教徒著作者们还颂扬第一二代葛儿罕的公正，及其对回教教义的崇敬。回教仅仅是被迫离开了它的独尊地位，改处于与其他信仰并存的状态，这在他们看来，这种新的自由反而有利于增进他们自己信徒的数量。天主教（景教）教长艾利亚斯第三（1176～1190）在喀什噶尔建立了一个宗教中心。而地方政权则采用了“喀什噶尔和纳瓦卡首府”的称号。这番经历表明，喀什噶尔一度也统辖过七河地区的南部。现在托克玛克和皮什白克墓地中，还有黑契丹统治时期景教徒的墓葬。基督教的节节胜利，很可能煽动起回教徒们的宗教反感，再加以国内政治统治的因由，这就引发了中亚细亚历史上回教徒们一场最严重的起义。

暴乱一开始，葛儿罕就看到了它的范围和危险性。叛乱由于阗统治者带头。葛儿罕立刻对于邻近的回教属国的国王阿尔厮兰汗卡鲁克也产生了怀疑，就提出要他派遣援军，参与征讨。这一行动，是企图迫使他要么就公开参与叛乱，要么就对回教徒进行镇压。假如他采取了后一个步骤，葛儿汗就准备找寻借口把这一危险的属国国王干掉。国王果然走了后一条道路，履行了上级的命令。在黑契丹国的诸贵族当中，他有一个朋友，叫做沙穆尔·达扬古的，将葛儿罕的企图向他透露，并提出警告说，事情一旦实现，葛儿罕将诛灭他的全族。因此假如他还珍重他后代子孙们的命运的话，他应该抢先在葛儿罕之前先发制人，自己服毒一死。这样，他的儿子倒是可以继承汗位了。阿尔厮兰汗看到了别无他路可走，就接受了这一劝告，而沙穆尔·达扬古也确实做到了使阿尔厮兰汗的儿子成功地继承了汗位，在葛儿罕的一位代表陪同下，返回到海呷立。

最初，黑契丹政府在抑制其回教徒属邦的叛乱方面，是完全成功的。后来情况变了，这是由于它的东部边境遭受被成吉思汗自蒙古地面上赶出来的游牧群的侵占。这支群队，由蒙古诸部中最强悍的一部——乃蛮部最后一代汗的儿子屈出律率领。根据一种资料，屈出律一进入七河地区（临近1209年），就主动地向葛儿罕投诚了。根据另一种资料，他被黑契丹军队俘虏了，却又取得葛儿罕的加恩。葛儿罕准许他搜集自己本族的余部，而屈出律则趁机对他的恩人反叛了。朱瓦尼记载说，在屈出律和回教徒叛乱者中最强悍的花剌子模穆哈马得之间，订立了条款，规定谁先击溃了葛儿罕，谁就可以成为固尔札地区（即伊犁地区）和七河流域的主人。这段记载，我们无法寄以信赖。有个史家叫纳萨维的，他对花剌子模宫廷诸事十分熟悉，并且他跟穆哈马得遣往屈出律方面去的一名使节持有私交。他说，屈出律只不过同阿尔厮兰汗的儿子芒都汗喀尔禄克达成了联军的协议，这也就是说，他曾受到过七河地区中回教徒叛乱者的支持。屈出律将葛儿罕藏在乌兹干的财宝抄归己有。与此同时（时当1210年），花剌子模王与撒马尔罕的乌特曼汗联军，跟黑契丹的军队在塔拉斯河附近的伊剌密什平原上展开战役。结果胜负不明，只知道在黑契丹主将达扬古·塔拉兹被俘以后，全军被迫后撤。巴拉沙衮的当地居民，被夸大了的说回教徒如何全军获胜的谣言所激动，坚信花剌子模王不久可以抵达，于是他们就坚闭城门，拒绝黑契丹军开入城内。一名为葛儿罕效劳的富商马赫穆德·白，曾企图对城内劝降，但结果无效。在16天的围城之后，城破了，黑契丹大杀三天，四万七千名回教徒死掉。这样花剌子模王辜负了七河地区回教徒们的期望，仅仅自己固守玛瓦朗那尔。屈出律的军队也被黑契丹军在巴拉沙衮附近击败。葛儿罕的财宝，而今转入黑契丹军队之手。而当葛儿罕下令追回的时候，军队叛变了。屈出律乘机与叛军合伙，葛儿罕陷于孤立，只好对敌投降。屈出律对葛儿罕表面上依然表示尊奉，让他仍居于汗位，直到两年之后葛儿罕身亡为止。在此期间，实权则操在屈出律自己手里。

所有这些事件，大约发生在1212年。较此稍早一些，在1211年，在成吉思汗诸将之一——忽必赉·纳延率领下的一支蒙古部队，出现在七河地区的北部。阿尔斯兰汗喀尔禄克（也许是前面提到的阿尔斯兰汗的儿子、芒都汗的弟弟）杀掉了海呷立地方黑契丹的总督，并且宣布了对成吉思汗的臣属关系。在回教徒起事的过程中，在固尔札地面出现了一个新邦。一个回教的布札尔，原先是一个群盗和马贼的头目，现在强悍起来，占领了这一地区中的主要城池阿力麻里，自称吐格利尔汗。他也承认了成吉思汗的宗主权。

蒙古军在西线上的胜利，被1211年开始转移兵力对付中国的举措所推迟了。这就使得屈出律在黑契丹帝国的废墟建立他的权力。第一件事，他必须和他自己曾经为了自己的目的而利用过的回教徒运动打交道。从宗教信仰的角度看来，屈出律的势力对于回教徒们是跟葛儿罕一样的讨厌。像乃蛮部大多数的人一样，屈出律曾经是一个天主教（景教）徒，但是后来他娶了一个一度与葛尔罕订有婚约的黑契丹贵族妇人，通过她又转而信奉偶像教（也许就是佛教吧）。除此之外，回教徒运动的首领花剌子模王穆哈马得不公正地谴责屈出律糟踏了花剌子模对黑契丹的胜利，并且抢夺了应该归之于回教徒的胜利果实。花剌子模遣往屈出律方面去的使节们曾经带去不止一次的恫吓，然而这些恫吓事后均未兑现。花剌子模王只好把葛儿罕帝国的东部领土留给屈出律，甚至连他原来在锡尔河右岸的领土，在蹂躏过一番之后，也放弃给他的对头，以使他捞不到任何油水。

花剌子模王穆哈马得更不能阻止屈出律在东土耳其斯坦巩固权力。在这一地区，屈出律不采取正规征服的办法，而是于三四年中每逢收获季节他就袭击一次，终于迫使当地被糟践的居民对他降附。鉴于回教徒的顽强抵抗，征服者也对回教徒们采用强烈的措施。他轮流传唤回教徒，号召他们改信耶教或者佛教，或者至少要公开宣布放弃原有信仰，并穿中国式的服装。为了便于达到目的，他还借助于一种类似乎路易十四的“龙骑兵”办法，即屈出律的兵士进驻到回教徒的家里，并且允许他们对违拗者进行惩处。回教徒们的公开祷告和讲道，一度完全停止了。

屈出律在他国境的东北隅，借某次行猎之机俘虏了布札尔。将敌人杀掉之后，他进围阿力麻里。但这次行动却被阻滞了，蒙古人于1217年又恢复了他们的向西作战。在1218年，两万人的一支蒙古军，在纳延·哲别的统帅下，西击屈出律。屈出律军解了阿力麻里之围，并且开始后撤。哲别在阿力麻里立起来布札尔的儿子苏纳·铁真。蒙古将帅一旦进入屈出律的占领区，就立刻宣布完全的宗教信仰自由。这就很足以鼓舞回教徒们起来反对他们的信仰压迫者。屈出律在七河地区一座山口建立了防御蒙古的工事，但也失败了，他逃到喀什噶尔地区。巴拉沙衮被蒙古人占领，几乎未遭任何抵抗，因为他们给这座城取名哥巴力克（“好城”），这样一个名称只限给予主动降附的城镇。在喀什噶尔地区，回教徒们起来大量屠杀屈出律派驻在他们家里的兵士，并且把蒙古兵当作解放者欢迎进来。感谢蒙古军队的特殊训练，和平居民一直毫未受殃。屈出律逃往撒里格尔（又作撒里黑库尔 sa-likhun），在那里他被蒙古军队捉住，并且处死了。

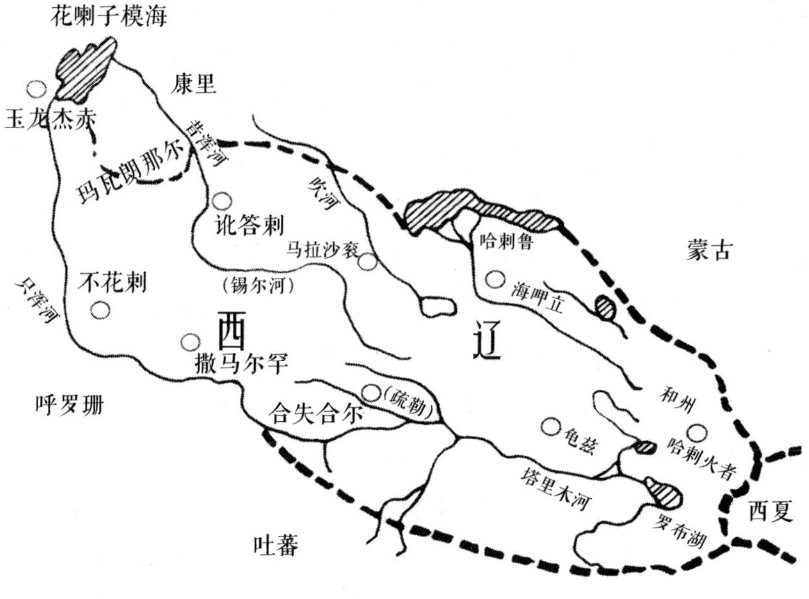

西辽地图(中译者制)

(六)蒙古察合台汗国简史

上文已经叙过，七河地区和东土耳其斯坦都向蒙古人主动地降顺了。因此，它和中国本土、玛瓦朗那尔以及西亚不同，它从蒙古征服中并未吃到苦头。在蒙古进到七河地区之后的年份里，旅行家们把七河地区描写作昌盛的。其中之一是后来元朝的中书耶律楚材，1219 年他陪伴成吉思汗进行西征。他提到阿力麻里和它的属邦，共有八九个城池。到处都果树繁茂，居民和中国本土居民一样地树艺五谷。在伊犁河之西，在通往塔拉斯的路上，有西辽故都虎思鄂尔朵，在这座大城的地下，还可以找到其他城镇的痕迹。

1220年乌古孙作为金朝皇帝派往成吉思汗那里去的使节，也曾西行。他记载说，当时黑契丹人已经所余无几，即便这很少的人，也都在衣着和风俗习惯方面随了回鹘。中国人所叫的“回鹘”一词，有时系指回教徒，有时又指突厥人，特别是指畏兀儿。乌古孙所指，大概是前一用意，因为跟着蒙古人的征服，回教徒们感到自己有所舒展。七河的回教徒们比本地区中文明的其他代表者（举例：基督徒）更加好战，好斗。乌古孙把信奉回教的回鹘之残酷与贪婪，跟伊犁河地区回鹘的状貌做了对比。他说，后者在性格方面是软弱些、柔顺些的，避不杀生并且严守斋戒。

1221年，成吉思汗邀请中国的道士长春真人到西部亚洲去。在走过了回鹘地面之后，长春真人到了固尔札地区。在阿力麻里，一位蒙古政权的代表（达鲁花赤）和当地统治者并肩治理。农民们靠渠水灌种，而汲水的唯一方法是用水罐盛水顶在头上回家。真人在10月17日乘小船渡过伊犁河，这时离开阿力麻里已有四天的行程了。在包古蒂山之北，河水之南，有一小城。在这里，降雪12英寸厚，而日出后旋即融化。11月1日，他通过一座木板桥渡了楚河[①]，到了亚历山大峰的脚下。在楚河和塔剌斯河中间的田野上，这里曾经是西辽的故土，居民不仅经营农业而且还养蚕、种葡萄和果树，情况与中原无异。田里由渠水灌溉。1223年返程时，他被邀请到察合台的大帐中去，但他没有接受这一邀请，因为他急于要返回本土。

长春真人的游记说明，成吉思汗在死前已经给儿子们分配了封地。在游牧贵族看来，帝国就是大汗家族的私有财产，成员每人例应分得一份。因此，成吉思汗给前头的三个儿子各自分了封国（“尹住”），其中包括一定数量的游牧部落（“乌鲁思”），从其中征发军队，也包括供给本部落人生活的地段（“玉儿”）。“玉儿”的边界，确定得很粗略。第一个领封的是他的长子术赤，1207年他父亲将所谓“森林居民”，包括色楞格河下游到也儿的石河地段，分封给他。按照拉式特·哀丁的记载，大帐就设在也儿的石河的岸上。也许这是蒙古人的习俗吧，成吉思汗将最辽远的地面封给他的长子，并加以许诺说，未来征服的西方地面也将全归长子统辖。到成吉思汗死的时候，术赤的玉

①一作吹河，一作垂河，唐代谓之碎叶川。——中译者。

儿也包括了七河地面的北段，现今吉尔吉斯草原（即哈萨克）的全部，花剌子模，甚至玛桑答朗也在内。察合台的封地，从回鹘地面到了撒马尔罕，到布哈拉，从阿尔泰山之南，到阿姆河。窝阔台的大帐建立在塔尔巴哈台，在叶密尔河和科布河的岸上，封地的边界并未清楚划定。幼子拖雷并无封地，因为按照草原上的习俗，他是他父亲亲领地段的继承人。四个儿子每人分到四千人的蒙古精兵。除此之外，他们自然可以随意从各自的领地中征发军队。

因此，不管帝国领土是如何地广漠，成吉思汗前头三个儿子的大帐原来都安置在相当邻近的地方。这就充分地说明了一个事实，当时分封的国家并不像以后那样地半独立。给大汗亲属划出来的地段，仅仅是当作收入的一宗来源，而分国依然要隶属于帝国的首脑部。后来征服了农业种植地区，其课税也不能由诸王各自私分，而是统一分配。对被征服城市中的匠户，也像租税收入一样看待，统一分配给诸王，由诸王安排他们定居下来，从事特定的匠作。诸王不得干预税收，税收由帝国首脑部派出总监，向那些安土重迁的居民们征取。当然这样一种机构不会支持很久，因为大汗所派遣的督抚官，在辽远的邦国中，无法与握有兵权的诸工相抗衡。诸工逐渐巩固了各自封国中的权力，于是大帝国就分裂成为几个独立的国家了。

在成吉思汗的继承人窝阔台统治时期（1229～1241），帝国内部的联系依然是紧密的，帝国内部联合统治的原则还是被严格地遵循着。当牵动整个帝国利益的法规需要拟定的时候，封国首脑都要派遣代表。当新的地区被征服之后，诸王的代表要跟大汗的督抚保持密切的联系。在这里我们无须详细列举那些由大汗家族同意并印发了的条款，例如关于税率的确定，关于接送使臣的驿站服务制度，关于在干旱地带为了使刍草生长畅茂而筑墙引水进行灌溉的制度，等等。

术赤的封地，先天地跟帝国保持着不密切的联系。术赤本人就曾表达过独立的倾向，他的死才阻止了他同他父亲之间发生战争。像前文已经提到过的，术赤的封地也包括七河地区的一部分。在1246年，当普拉诺·卡皮尼[①]前来这一地区进行访问的时候，术赤长子鄂儿达的大帐（窝儿朵）依然建立在阿拉湖的附近。他兄弟息班的大帐更西一些，建在原黑契丹国的境内，或许也在七河地区以内。

① 1246年奉罗马教皇之派东使蒙古。

成吉思汗的次子察合台在整个帝国中享有极高的权威，他居于家族中的长位，也是“雅萨”（蒙古公法）的监护人，这是成吉思汗亲自指定的。他的夏宫设在贵牙午（意思是“太阳”），在伊犁河谷之中，距离阿力麻里附近的珂克不远。冬季，他住在玛劳力克·伊拉，这个地方很可能也在伊犁河岸。在贵牙什附近，察合台立了一个村庄，取名库鲁（意思是“幸运的”）。根据长春真人的记载，察合台的大帐就设在伊犁河的南岸上。他的继承者的大帐，这地方朱瓦尼把它叫做乌鲁·伊甫（意思是“高房”），很可能也在这里。夹默尔·卡什把察合台封地中这块核心地区叫做伊尔·阿拉古。核心的主城则是阿力麻里。

“雅萨”（蒙古公法）经常在察合台汗国和中亚地区回教徒之间引起摩擦。因为蒙古人是萨满教徒，他们在宗教问题上的看法非常宽宏，对领地中各处的宗教信仰都同等地予以尊敬。所有这些宗教工作者们，犹太教除外，都被豁免租税，以及各种差役。后来的事实证明，在帝国范围内承认一切公开任职的宗教事务绝对平等一事，反而不可能保持宗教间的和平共处，这主要是由于不同宗教的头头之间的相互倾轧，这些人出自相互的敌忾，都企图在蒙古汗那里压倒对方。在极个别的例外情况下，只有回教徒（主要是塔吉克族）和畏兀儿人，在文明宗教的代表中间，得以参与他们本国之外的行政管理，并对诸汗效力。畏兀儿人，一半是基督教徒，一半是佛教徒，对回教徒来说，他们是最凶恶的敌人。在中亚地区，这种不同宗教和不同文化团体之间的宗教敌对和政治倾轧特别显得猛烈。因为在这里他们各自的力量可以说得上是势均力敌。当时，回教在固尔札以东地区还不是至高无上的宗教。不仅如此，在回教行省中，包括七河地区，还经常住着非回教的信徒。在皮什白和托克玛克的墓地里，存在着楚河流域中有景教教徒村落存在的明证。在七河地区的北部，在海呷立以北三法里（八英里）的地方，1253年路卜立克[①]就曾亲自看到过一个景教徒的村落，他们有一座自己的教堂。还有，直到14世纪，在伊塞克湖的岸上，在另一个同名的村落里，有过一座亚美尼亚式的教堂，堂中依然保存着《马太福音》的残本。

察合台保护基督徒。马可波罗甚至引用过一段民歌，说察合台本人也成了一个基督徒。在另一方面，由于蒙古公法和回教国王的诰谕之间存在着抵触，

①奉法王路易第九之派出使蒙古。

因而引发回教徒们的反感。蒙古法禁止跃入活水的条文，就与回教澡浴的习惯相违背。与此类似的，还有蒙古的禁止割喉杀牲。因此，回教徒的著作家们就说，察合台对回教教义和回教信徒们抱有极大的仇恨。在一首讲察合台之死的诗里，写道："由于害怕他大家就不敢洗澡的那个人，终于在死亡的海洋里淹死了。"与上述记载同时代的人又说，在察合台统治下，无论谁提到一个回教徒名字的时候，都不敢不加以咒骂。根据另一个较晚作者的记述，说谁只要告诉察合台处死了一个回教徒的消息，就可以得到一个巴利什（即"锭"，约等于500个地那尔，200镑）的金子。著名的回教徒学者阿布·雅库·撒卡琪在（回历）626/（耶历）1229年之被处死刑，就是根据察合台颁发的命令。

可是我们也须知道，在察合台的亲信中也有回教徒。其中影响最大的，是库特·阿丁·哈巴什—阿米得，他出自回教徒中的富商阶层，在蒙古汗国中居于要津。史学家瓦萨甫曾经盛称过他的巨富。甚至当朝权贵都与他联姻。根据朱瓦尼的记载，察合台自己娶了花剌子模王穆哈马得的一个女儿，而将另一个女儿嫁给哈巴什—阿米得。但回教徒对哈巴什—阿米得的政府并不满意。著名的回教神秘派信徒赛夫·阿丁·巴哈济，在给当权者的一封韵体书信中，对于偏信无经验的年轻人、超过对于在一生中学行皆优的老人的信托；以及政府对宗教机关所应辖的世俗事务的干预——都表示公开的不满，信中说："宫廷一旦变成了教坛，还不如连教坛都没有的好。"

在察合台统治的晚期，有那么一个汉人在朝政中成了显要。开始，他在察合台身边担任外科医生，后来成了蒙古高级贵族和硕那颜们的教师。在服务过程中，他显示出对于成吉思汗远征经历所知备悉，并且还保有详尽的记录。察合台对这方面的知识十分重视，就将他引入朝政。鉴于察合台对他日益尊崇，窝阔台就赏给他"威札儿"的称号。威札儿身躯短小，脾气很坏，但勇毅才辩异于常人。他成了朝廷的代言人。某次，他对察合台之妻厉声叱道："你是女人，休要插嘴政事。"另一次，他出于偏见，竟将察合台的妹夫处死了。当他的主子责问时，他回答说："难道准许你的妹夫丧德败行到敢于污辱大汗之妻的地步吗？"察合台在辩论中只好服他。他的同时代人对他主持下的政府的看法，可以从他某次对察合台所说的话中反映出来。他说："为了你，我一个朋友都没有；一旦你死了，谁也不会怜恤我的。"

窝阔台死于1241年的12月，而察合台仅仅比他多活了几个月。窝阔台过分沉溺于取乐，但他为人宽厚，富于人情味，懂得如何去缓和察合台的严酷，并且善于打击那些互相倾轧的权贵们的阴谋诡计。他的继承者们则被这些阴谋诡计控制住了，发生了一系列的可恶的审判和处死，以至“进大帐”成了受酷刑致死的同义语。在野蛮的蒙古人的门口发生这样一些恐怖事件，人们是无可诟难的。证据确凿地证明，所有这些案件都是由文明部族的代表们的相互倾轧所引发。蒙古主子经常将已定罪的人交付给原告，而这些原告在案件中的所作所为并不比那些受了酷刑致死的人更好一些。

在窝阔台的赞同下，察合台指定他的孙子哈喇旭烈作继承人，而察合台的妻子叶速伦和大臣哈巴什—阿米得也宣布了这一王子为察合台汗国的首脑。像这样地，哈巴什—阿米得保持了他在新朝廷中的显要地位，并且立即开始处死那些给察合台医病而处置不善的医生们，包括威札儿和回教徒麦德 · 阿丁。佛教徒畏兀儿人屈尔屈，他是蒙古人占领时期长期统治波斯的人，也由于对女王叶速伦出言不逊而在哈喇旭烈的帐前被处死。

大汗的汗位一直空着，直到1246年召开了库利尔台（王公大会），宣布窝阔台的长子贵由继承大汗之位。由于贵由曾经受过基督教的薰陶，并且他之仇恨回教不亚于察合台，所以他在位的很短时期（1246～1248）中，基督教在整个汗国中曾一度得势。根据贵由的命令，察合台汗的继承人哈喇旭烈被废黜了，由察合台的一个儿子、贵由的好友也速 · 猛格登位。根据拉施特 · 哀丁的记载，也速 · 猛格非常严重地沉溺于饮酒，不理朝政。这位新汗即位，带来了哈巴什—阿米得的倒台，而一切政务全归也速 · 猛格的妻子杜噶西执掌。

在察合台汗的生前，哈巴什—阿米得在汗的每一个儿子跟前都派遣他自己的一个儿子，目的是为了自己家族的利益，而伺机揽权。等也速 · 猛格登位以后，他又给他跟前派去了自己的干儿子巴哈 · 哀丁 · 玛尔季纳尼，此人的生父是跋汗那国的世袭回教长，生母也出自哈喇汗的后裔。也速 · 猛格非常憎恶哈巴什—阿米得，把他看作是哈喇旭烈的党羽，就偏偏任命巴哈 · 哀丁代替他。巴哈 · 哀丁果然登上相位，施尽一切办法去缓和猛格对哈巴什—阿米得的憎恨，终于保他善终。史家朱瓦尼曾经亲自结交过巴哈 · 哀丁，说他一身兼备现世的和精神世界的知识。又说，他的家是当时侥幸得以活下来的著名学者们的中心，而且在他执政时期，回教徒的学者们又一度恢复了他们的权威性。

术赤的儿子和汗国继承人拔都，本有效忠于贵由的意思。但在1248年，贵由突然派遣了大批军队来对付他。为了隐瞒真正的目的，大汗扬言他要回到叶密尔河岸他原来的大帐中去恢复健康。拔都觉察了贵由的真正意图，也就相应地向东方调动了大批军队，但是当他到达阿拉·卡玛，距离海押立七天路程的时候，他获悉了大汗的死讯。拔都就在阿拉·卡玛停留下来，以家族中尊长的身份召集诸王公讨论继承问题。大家都同意服从拔都的决定，而他的决定竟落到拖雷长子蒙哥的身上。这在窝阔台孙辈中引发了强烈的抗议，他们认为他们的权力被骗走了。察合台系的主要王公，包括也速·猛格在内，跟窝系的诸孙站在一边。后来，到1251年，才在和林又召集了库利尔台大会，蒙哥才正式即了大汗之位。窝阔台的后代们带着手下人等全副武装着前来与会，准备乘机发动叛乱。阴谋泄露了，犯罪的人们毫无抵抗地被捕了，有77名显贵被处了死刑。有些王公被送到了辽远的省份，其中一部分在那里被秘密地处死了。也速得以继续主持他的察系大帐。大汗派了专使带来谕令说，假如他不曾参与阴谋的话，他必须到大汗的帐前宣誓效忠。根据贾麦尔·噶尔什的记载，哈喇旭烈从一开始就是蒙哥的一党，主张调令执掌察系军队实权的他的兄弟不里前来参谒大帐。当杜噶西和不里到达之时，立即被逮捕起来。杜噶西被发到哈喇旭烈案前，旭烈当着她丈夫也速的面审讯了她，并判她万马踏尸。也速和不里被送到拔都的帐去，拔都处死了他的老对头不里，而赦免了也速。蒙哥指派他在察系大帐中恢复汗位，但他未及返回就中途亡故了。也速·猛格之死，带来了哈巴什—阿米得的复位。哈喇旭烈将他的干儿子巴哈·哀丁以及全家的人口和财产全部归还给他，而哈巴什—阿米得竟将他的干儿子极其残酷地处死了。

为了全部毁灭他的政敌，蒙哥向西派遣出大量的军队，在鄂尔达的继承人钢库兰的率领下，占领由和林到别失八里之间的地带，并和术赤系的军队划清了一条边界线。所有察合台系中被怀疑有寄同情于阴谋者的，统统处死了。

这样，人们花费了毁掉两系大帐的代价，取得了暂保帝国统一的果实。但当初在窝阔台位下的统一管辖，而今却被双头政治所取代了。作为家族中尊长和蒙哥得以继位的主要炮制者的拔都，享受到与大汗权力相埒的地位。蒙哥亲自对路卜立克说："像太阳的光普照各地一样，我和拔都的权力在国内无处不可施展。"为了表达他和拔都之间亲密无间，大汗经常使用如下的比喻："一颗脑袋上有两只眼睛，它们虽是两个，但注视时却瞅着一个目标。一眼盯上，另眼随之。"在大汗和拔都两家势力范围之间的界线，从塔拉斯河以东经过。路卜立克获得了这样一种印象，即拔都在蒙哥这边声势较隆，而蒙哥在拔都那边的声位却相对较逊。七河地区包括在大汗的势力范围以内，在原察合台位下的直接行政则交与哈喇旭烈的寡妻斡儿哈纳。在她手下，原来哈巴什—阿米得和他的儿子纳赛儿·哀丁都居在要津了。根据瓦萨甫的记载，她本人是个佛教徒，但她却处处庇护回教。与此不同的是贾麦尔·噶尔什的记载，他干脆就说，她是一个回教徒。她曾经在阿力麻里设宴招待大汗的弟弟旭烈兀，当时旭烈兀正带兵去征服西亚。他的军队在七河地区似乎走得很慢，直到1255年的秋天才到达撒马尔罕。

于1253年11月间经过七河地区的路卜里克，提供了一些在蒙哥统治下的该处情况。渡过伊犁河以后，他看到一座残堡，由泥土筑成。残堡之旁，是耕作地。再向前走远一点，就是被路卜里克取了一个拉丁文名字叫艾奎叶斯（“伊奎”“叶屈斯”，意思是两条河）的一座很重要的城池，把它叫做伊兰巴里。路卜里克宿过一夜之后，翌日越过一列不高的小岭，就到达了一条丰美的河谷，有很多从山里流出的水流对这片谷地进行灌溉，水流最后流到巴尔喀什湖里去了。海呷立城就在这里，城中居住了很多富商。在这条河谷中，原先城镇是很多的，后来鞑靼人被这一带的水草所引诱，过来把这些城镇中的绝大部分破坏了。

路卜里克是这一地区农业逐渐衰落、农田转为牧地的目证者。朱瓦尼的记述又明确了蒙古游牧人进驻七河北部。他说，蒙哥汗把乌兹岗给了阿尔厮兰汗卡尔禄克的儿子。（注意，给的是乌兹岗，而不是他们的本土海呷立）。

中国的常德在1259年作为到旭烈兀那边去的使臣，曾经路过这里[①]。他把这地方叫做伊都，人口繁盛，但城中废垒层层，垃圾遍地。这也道及了七河地区农业开始消逝的消息。要解释这一现象的主要点之一，在于此处水草特佳、经常将游牧人群吸引到七河地区里来。只有到19世纪的萨尔特[②]和俄国殖民者手里，农业种植才有所恢复。

1259年，蒙哥在对中国的战役中死了，他的两个弟弟互争汗位，于1260年创了蒙古历史上的新纪录，两位候选人先后登汗位，屯驻中国的军队宣誓效忠于忽必烈，而他的弟弟阿里不哥却在和林自称大汗。斡儿哈纳作为察合台汗位上的首领人物，党于阿里不哥。忽必烈想在察合台领土内搞一点有利于自己的骚动。他就派遣不里的儿子阿毕什哈亲王前去，可是在路途上就被阿里不哥的哨兵擒住处死了。阿里不哥也摹仿他哥哥的做法，派遣察合台之孙拜答儿之

①常德出使所见，见刘郁《西使记》，见《秋涧先生大全集》卷九十四。——中译者。

②萨尔特人（Sarts）。指布哈拉一带居住的一个部族。

子阿鲁忽到西边去。根据拉施特·哀丁的说法，阿鲁忽的使命是去组织从土耳其斯坦到蒙古地区的粮食供应，因为忽必烈已经切断了中国对蒙古地的一切供应，和林首都已经预感到要闹饥荒了。

阿鲁忽在土耳其斯坦的活动非常卖劲，但这对阿里不哥利益不大。他将原察合台位下的亲族和部属全拉到自己身边来，连哈巴什—阿米得的儿子苏来曼·贝克都为他效劳了。斡儿哈纳也不再党于阿里不哥。阿鲁忽把察合台领地西边缘上术赤系差放的官吏们驱走，把领土扩展到原察合台位下从来不曾到过的地区。举例说，花剌子模和阿富汗的北境。不久，他与阿里不哥之间就宣起战来，阿里不哥在前不久刚被忽必烈自蒙古地面上驱逐出来，现在腹背受敌，只好向叶尼塞河撤退。忽必烈由于国内发生变乱，继续用兵之事暂时受阻，这使得阿里不哥得以回击阿鲁忽。1262年，阿鲁忽在赛蓝湖附近击败了阿里不哥的前锋，但第二年（1263）春天，阿鲁忽又在伊犁川被击败了，并且不得不到东土耳其斯坦去存身。阿里不哥的军队开进了固尔札地区的避寒地带。整个七河地区，他怕也曾经占领过，因为斡儿哈纳由于一度曾经党于阿里不哥，所以在1263年夏天到阿巴什岭度夏。

阿里不哥的军队在富饶的伊犁河谷抢得了大量的五谷，整个冬季，军马全靠吃五谷渡日。这种抢掠，给地方上带来了可怕的饥荒，而远途征战也使军队吃不消，果然在1294年春，习惯于吃五谷的马匹改吃青草刍秣，立刻大批病死。在这种情况下，阿里不哥手下的武官们也由于他的残酷嗜杀而背弃了他。又知道东边的阿鲁忽就要开军队来同他打仗，阿里不哥这时候不得不向忽必烈投降了，同时将斡儿哈纳送给阿鲁忽，最终斡儿哈纳同意嫁了阿鲁忽为妻。

忽必烈在名义上被整个帝国尊居大汗之位，但实际不然。旭烈兀在波斯，阿鲁忽在中亚，别里哥（拔都的弟弟）在术赤位下，实际上都是独立自主的统治者。旭烈兀和阿鲁忽曾经联合起来对付别里哥，但别里哥在中亚却另有一个同盟者，那就是窝阔台的孙子海都。

海都这个人，根据他一生的活动来判断，或者根据回教徒史学家们有关他品行的记载，他都能够得上是蒙古统治者中间顶出色的人物了。可惜，我们所掌握的有关他的生活和统治的材料，是稀少的。根据贾麦尔·噶尔什的记载，他生于1235年。他的父亲合失从青年时代就极度酗酒，在海都尚未呱呱坠地之前就死了，海都是在窝阔台大帐里养大的。他的母亲是别克林（或作“蔑克林”）家的后裔，出自山地，血统不明。拉施特·哀丁记述别克林氏，说他们

“既非蒙古，又非畏兀儿”。从仪容观察，海都是一个纯而又纯的蒙古人：拉施特·哀丁确凿记载下来，他的下巴上只有九根胡子。

在从1260到1264的这几个艰难的年份里，海都在阿里不哥的军中供职。阿里不哥降于忽必烈后，海都并未跟去，他仍留在中亚。按照他的意见，要登大汗之位，他比忽比烈更有资格得多。最有力的根据是一条蒙古人的传说。据说成吉思汗曾经坚决嘱咐后代们说，只要窝阔台系还活着一个后代，就不能让另外的人登上大位。海都手里可没有他祖父那样多的军队，凭他意志指挥。他必须从无到有，创造出一支军队来。这一点上，他完成得很出色，他的军队的勇敢和训练之精，是尽人皆知、有口皆碑的。海都除却是一个军事天才之外，还是一个精干的行政长官，敏锐于根据客观条件，争取有利因素。他不为了军队的利益而牺牲居民的利益。在他的统治时期，居民生活的昌盛达到了高标准。值得留意的是，不管他的祖父和父亲如何酗酒，他是一个平生酒不沾唇，连酸马奶子（“苦迷斯”）也不喝的人。

海都第一步先动手去兼并他母亲的部族——别克林族，这一族人由于擅长山地作战而非常著名。第二步，他在阿鲁忽和别里哥的交战中党于后者，从而赚得某些便宜。别里哥跟他手下的司星象占卜的人们商议，那些人告诉他海都贵不可言。在术赤系势力的帮助下，海都创建了一块小小封地，并击败了阿鲁忽的部队。阿鲁忽继续派来大军把海都在下一战役中击败。正在这时候阿鲁忽死了，海都得不覆灭。

阿鲁忽在1265年末或1266年初死了，就在1266年的3月里，哈喇旭烈和斡儿哈纳的儿子木巴剌王，在阿杭格拉（在塔什干附近）宣登汗位。他是察合台位下第一个参与了回教的。他也是不经大汗任命而擅自登位的第一个蒙古统治者。忽必烈不喜欢这样一种破例，就给土耳其斯坦派去了另一个察合台系王公，木巴剌的堂兄八剌。开始，八剌隐藏起忽必烈给他的御敕，而假扮成一个流亡者进入土耳其斯坦。他骗取了木巴剌王的同意，和他自己的一个亲弟兄一起，潜往苏儿汗河谷一带去料理他原封地上的领民。由于木巴剌王在蒙回冲突中总是站在当地回民一边，八剌慢慢地把军队中的蒙古势力争取到自己手下来。在1266年的9月，木巴剌王被击败，并在合毡地方被俘。这时，八剌就在乌兹干宣布登上汗位，并将阿鲁忽和斡儿哈纳的私财全部据为己有。忽必烈发现八剌并不对他效忠，就又派兵来打八剌。可是八剌在东土耳其斯坦地方并不困难地对付了这股敌人。

海都乘着这些纠纷的机会，占领了七河地区的锡尔河的东部地区。他和八剌部下的军队不断冲突，以保护当地居民不受八剌部队的抢掠。根据拉施特·哀丁的记载，海都在1268年在锡尔河把他的对手击败了，这是在术赤系后王蒙哥·铁木儿的援助下达成的。他并不继续追击八剌，而是提出邀约八剌在第二年春天出席库利尔台大会，将一切问题和平解决。1269年春，中亚地区的第一届库利尔台大会在塔拉斯河上召开。在海都的主持下，蒙古在中亚的王公们取得了协议。海都和八剌此后互称“安达”（密友）。八剌部众夏季行牧的草地和冬季行牧的草地，“牙拉”和“吉什拉”，严格地划定了。蒙古王公们全体同意把各自的游牧群住到山里和草原上去，不占农业种植地区；并且除了法定的国税和年金之外，他们不再从当地居民和所领工匠那里榨取更多的东西。

像这样地，一个分立的中亚蒙古帝国形成了，还采行了一系列保护当地居民的特定政策。海都大帐建在何处，缺乏明文证实，但由他死后葬在楚河和伊犁河之间的事实，可以证明当年大帐一定也设在七河。回教徒作者们颂扬海都的公正，以及他对回教的保护。瓦萨甫带着高度的惊讶写道，海都纵然练成了一支极精的军队，但从来不侵犯他国，只要护住自己的领土不受其他三个蒙古汗国的侵犯就心满意足了。在这场斗争中，他是成功的，特别是他得以在察合台系诸王公的相攻中间，恢复了他的领土中的秩序。1269年库利尔台之后，八剌并未改变他的行径，而他死（1271）后的纷争，对于当地居民来说害处更大。

海都在察合台牧地中建立政权一事，第一代察系后王对此无能为力。后来，海都看中了八剌的儿子，那个颇有本领的笃哇，事情才更进一步地稳定下来。在整个海都居位的年月里，笃哇一直是他的忠诚的同盟者，并且跟他一道与另外的蒙古国家交战。跟忽必烈的交战，多半发生在蒙古地区里。对于七河来说，更重要的是同术赤系交战，主要是跟鄂尔答的曾孙伯颜这偏东的一个分支中间的交战。白帐（又叫“青帐”）诸汗几乎是完全独立的，根本不参与“金帐”诸汗的库利尔台大会，虽然名义上还承认自己是“金帐”的属下。伯颜的第二个堂兄弟曲律起来搞反叛，并且在海都和笃哇的帮助下将伯颜赶走了。伯颜向术赤系的首领脱黑答（1290～1312）求援。脱黑答也无能为力，因为他正在对付他手下的叛将诺该。他只能赐给伯颜一道敕封，封他到鄂儿答原来的牧地。另外，他派遣使臣到海都、笃哇这里来，要求引渡曲律，这一点遭到拒绝。直到14世纪，伯颜一直和曲律以及海都、笃哇的联军，进行争战。

仅在14世纪开首的数年之内，他们中间已经打了十八场战役。在13世纪的紧末尾上，海都、笃哇派遣使臣到中国朝见忽必烈的继承者铁穆儿汗（按：元成宗），要求两国联合。据说，他们感到四方面的军队将要夹击他们：脱黑答和伯颜军将来自西北，波斯统治者喀查汗军队将来自西南，巴达克山一带统治者的军队将来自东南，中国大皇帝的军队将来自正东。铁穆儿在他母后的劝告下，对此做了不置可否的回答。

摹仿着成吉思汗的榜样，海都将手下的兵权交给他的儿子们掌握。在他晚年，他分配他们担任不同国境线上的防御工作。窝鲁思担任中国边境上的防务，贝凯撒担任术赤边境上的防务，撒儿班担任阿富汗边境的防务，在那里，海都、笃哇的联军逐渐驱走了旭烈兀的军队。关于海都的长子和继承人察伯在海都生前的活动，我们几乎一无所知。海都的女儿赫吐龙·察合住在楚河河谷地带，那里在当时居民还是多的。她父亲死后，她成了守墓人。这位英勇坚毅的青年女子，在她父亲平生的征战中，尽皆参与了，但却矢志不嫁。于是谣言蜂起，说什么海都对她的爱超出父爱，因为父亲不肯把她嫁出去云云。后来海都叫她选夫。这位公主原先早已自己许给波斯国王合赞的，但是事情落实时，她终于嫁给了她父亲的一位主膳，此人血统是汉人。

有关海都之死的记载，是互相歧异的。根据拉施特·哀丁的记载，1303年传到波斯的消息说，不久以前，海都和笃哇的军队被元朝大汗的军队击败了，海都阵亡，笃哇重伤，终身残废。与此不同的是贾麦尔·噶儿什，他是与本事件发生同时生活在中亚的，却说海都死于1301年的秋天。这样说，消息从中亚东部传到波斯需要一年半之久。这个情况本身就可以推测拉施特·哀丁所讲故事的正确与否。瓦萨甫关于海都之死做了迥然不同的叙述：是海都将大汗的军队击败了，之后，他病了，就嘱咐他的儿子窝鲁思把军队带到水草丰足的地方去。3月里，海都死了。笃哇是海都生前指挥军队的伙伴，而今成了权威人士。根据瓦萨甫的说法，海都生前曾严格嘱咐窝鲁思，要处处听从他。在把海都系诸王公们召集到海都的灵柩旁时，笃哇则说服他们要服从海都长子、当时不在场的察伯的最高权力。海都的遗体运回他自己的领地，埋在伊犁河与楚河之间的失夫利高峰上。察伯此后采用了海都的称号。根据贾麦尔·噶儿什的记载，他于1303年春天在叶米尔河地区举行继位典礼。时间之所以拖迟，是由于赫吐龙想叫窝鲁思继位而酿成的一场严重的内讧。在14世纪最初的几个年份里，在波斯流传着的谣言说，海都后王们的不和已经逐渐形成为武装冲突。

有关察伯的生平，我们所知甚少。拉施特·哀丁说，从外貌看来，他像一个俄罗斯人，或者一个吉尔吉斯人。此人似乎完全居于笃哇的影响之下，而拉施特·哀丁则充分记载了笃哇之身体极度病弱，与其行动的勇猛形成对照。贾麦尔·噶儿什把笃哇说成是察伯的后台老板。经过海都死后的纷扰，国内形势是严重地亏损了。术赤系的情况呢，脱黑答反复前来，要求引渡曲律，一旦遭到拒绝，就派遣两个“土曼”（两万人）的部队去援助伯颜，与笃哇、察伯为仇。1303年的2月初，伯颜派遣使节到报达来说，他的主子在本年份内就要配合中国大汗的军队一起，向笃哇、伯颜进军。为了防止这样一种危机，海都生前曾将他的儿子贝凯撒和沙派去与蒙哥之孙图达·铁木儿、阿里不哥之子马立克·铁木儿联军一起。到报达来的使节说，经过连年内讧，伯颜的军队也削弱了，每个战士不保证皆有乘马。这些征战，迫使鄂儿答的大帐不能不从13世纪中叶的驻地——七河北部迁往锡尔河的下游。

在与上述诸事发生的相同年月里，由笃哇倡议，以联合形式重新建立蒙古大帝国的统一，在当时情况下也只好如此。诸蒙古分国的首领们，承认在中国大汗的名义宗主权之下，彼此保持和平共处；在整个大帝国范围内，贸易将完全自由。这个计划先呈给大汗审阅，他只给了非正式的批准。1304年，大汗的使节和笃哇、察伯的使节一起到波斯来。笃哇的计划，也如在术赤系那里一样，在旭烈兀系这里也未遭到反对。和约订立了，但从中亚以后发生的事情来看，这份和约依然是一纸空文。

1305年，察伯的部队在玛瓦朗那尔跟察合台系的后王们冲突了，察系诸王失利。笃哇派遣代表到察伯那里，为肇事的军官们的轻举妄动表示谢罪，并且建议召开一次分清是非的大会。建议被接受了，双方都派遣了公正人动身前往塔什干。可是这场休战会议又被破坏了，因为有些察合台系和窝阔台系的不服气的王公在怯克巴里地方又袭击了察伯的弟兄沙。沙察知了敌军的众多，决定抄后路冲入敌阵。可是，正在这个紧要时刻，他的部队又被笃哇手下的将领们的军队从另一方面进行突然袭击了，这批军队正在七河南部阿尔巴河谷过冬。沙带领手下七千人的残部逃走了，去找他的弟兄贝凯撒去了。战胜者们把设在塔拉斯河谷中沙的“金帐”抢光了，连同附近的城镇也同样对待。这时候，察伯本人正在叶尔底什河和阿尔泰山地域，跟被笃哇惹出仇气来的中国大汗手下的将领进行对战。他的军队和手下王公背离了他，察伯只剩下300个忠诚于他的骑士，只好去投奔笃哇。笃哇很好地接待了他，并给他指定了特殊的领地。察伯的弟兄们都降顺了战胜者。察伯的原封地归了贝凯撒。贵由汗的曾孙曲买占有了他曾祖的原封地。海都的遗部，除却一部分已经投了大汗的以外，和马立克・铁木儿的部队一起，被曲买、贝凯撒和沙三个人瓜分了。沙在三人中受到特殊的礼遇。

瓦萨甫记载说，所有这些事情都发生在一个年份之内，到1307年，笃哇就患晕厥病死了。拉施特・哀丁的绪纂人则说，他患脑膜炎而死，死耗在1306年尾就已经传到波斯了。他的继承者是从巴尔湖（现名巴尔思湖，意为“豹湖”）找来的他的儿子昆哲，他在阿里麻里附近的塞昆巴喇登位。1308年，他又在裕尔杜死了。在他统治的时代，诸王争位的变乱继续发生。在别失八里战役中，变乱者开始是占胜利的，后来由于军队倒戈而转胜为败了。乱军首领居儿谢别（是窝阔台系的一个后代）在逃命中被杀了。

王位现在被塔里忽攫到手里。他是1251年被杀害的不里的孙子，一个上了年纪的人。由于他的母系来自起儿漫的贵裔，他信仰回教，他的教名是黑兹尔。他给蒙古王公们以不良的印象。第一，他过分袒护回教；第二，他反对笃哇的后代和他手下的回教徒地域中的显贵们。在另外的不少人看来，倒是笃哇的后代更有权踞此王位。站在这些反对派一边的还有不里的另一个孙子郁律和察伯的弟兄——沙。甚至谣言还说，察伯本人就是他们的后台。当塔里忽邀请诸王公前来参与一个“婚宴”时，郁律和沙拒绝了，并且举兵造反。郁律父子在战斗中死亡，沙被俘获。塔忽里的军队在讨平其他的叛逆时，也是得胜的。看到公开对付他无法生效，笃哇的后代的别动队就来参加“婚宴”，用阴谋诡计来暗算他。笃哇的一个儿子怯别黑夜里带着300人马突然杀入塔忽里的大帐，把他杀掉。按照瓦萨甫的记载，此事发生在（回历）708／（耶历）1308～1309年，而蒙古谱系的编撰者们则将塔里忽的登位排在（回历）709／（耶历）1309～1310年，而将他的死安排在（回历）710年。

察合台系中的纷争，使察伯产生了复辟的觊觎。他与曲买、贝凯撒以及窝鲁思的儿子们结成联军，进袭怯别。但结果被打败，退往伊犁河以南。在曲买的同意之下，察伯渡过伊犁河，进入曲买的封地。但很快两个人又不和，察伯就击败了曲买，并且抢掠了曲买的封地，率师东向，准备投向大汗。曲买在逃窜中遇到怯别的军队，他一动手交绥，立刻就被杀了。这一带的乡野，无论在农业方面，或在商业方面，都严重地遭到灾殃。怯别又召集诸王公参加了一次库利尔台大会（按照瓦萨甫的记载，是在［回历］709年开始），会上大家决定让当时还在东方、住大汗领土以内的怯别的哥哥也先不花登上汗位。到现在，窝系后王海都的属地，绝大部分转入到察系王公的手里来了。在海都的诸子中，仅仅沙一人领有千人和一片分离开的领地。

也先不花在相当程度上成功地在他境内恢复了和平和秩序，但境外战争的灾害，在他在位的时期中，对他境内的繁庶，不能无所冲击。譬如某次与大汗的军队（这支军队在科布河度冬，在也儿底什河的分支也先木伦河度夏）中间就发生了公开的战争。大汗的军队放手蹂躏了三个月旅程的一片地面，而另一支大汗的军队则蹂躏了40天旅程的一片地面。也先不花的冬季大帐扎在伊塞克湖附近，夏季扎在塔拉斯河附近——这两处大帐也统统被破坏了。也先不花打算联合术赤系自1312年以来的首领——月即别以共同对付大汗，这一企图也未能得逞。仅仅在1315年，他们由于对波斯统治者完者都的共同仇视，而达成了某种谅解。察系军队在波斯也不曾沾到一点利益，那是由于王公雅萨瓦的叛变的缘故。

历史学家们不曾考订出也先不花死去的精确年代。他大概在1318年死去，因为根据古钱学方面的证据，继他汗位的兄弟怯别统治了八年，在（回历）726／（耶历）1326年死去。1333年，当阿拉伯旅行家伊本·巴图塔来到中亚的时节，他听到了一些有关怯别的传闻。人们把怯别描绘成一位公正的君王，关心生民疾苦，保护回教，虽然他本人是个萨满教徒。史学家们提到怯别关心人民的福利，在这点上穆萨维把他同也先不花对立起来。这种赞扬的心情，很快传到了玛瓦朗那尔和阿富汗。怯别的首府设在纳赫沙镇，他在镇的附近筑了宫室，从那以后，这地方就一直叫噶尔什（宫）了。

很多历史学家说，怯别是自然死亡的，但伊本·巴图塔则竭力主张，他是被他的兄弟答儿麻失里所杀。事实是，在怯别已死之后和答儿麻失里登位之前，还间隔了笃哇的两个儿子燕只台吉和笃来·帖木儿。在燕只台吉统治时期，天主教多米尼加派黑衣教士唐玛斯·曼卡索拉在中亚成功地展开了一场天主教大传教运动。1329年，唐玛斯回到了阿微农。教皇约翰十二世把他重新派遣回中亚来，命他担任撒马尔罕的大主教，带有一封致燕只台吉的信，这封信带到时，按古钱学的考证，燕只台吉怕是已经死了。

笃来·帖木儿在登位之前，在偏东的省份似乎有过他自己的封邑。中国的记载说，1325年西域大旱，中国曾送去金钱的援助。答儿麻失里很可能是

1326年登位的。他信奉回教，并且得到过“阿拉·哀丁”（“伟大的信仰者”）的称号。他之倒向回教，以及随俗于当地，在蒙古人中间引起不满。答儿麻失里不再一年一度地召开“婚宴会”。他向阿富汗方面作战，并且远征印度，但对东部诸省则置不问闻。在他统治的最后四年当中，他一次也没有来过阿力麻里和东部诸省。根据前述的有关木巴剌沙以及其他回教诸王的分析，我们可以看出，蒙古人之所以对这些回教诸王强调回教文化抱有反感，这和游牧人与定居人之间的经济差异颇有关系。1334年爆发了一场反对答儿麻失里的暴动，指斥他违背了“雅萨”蒙古公法。暴动由笃来·帖木儿的儿子不赞带头。伊本·巴图塔说，不赞也是一个回教徒，但他对于公众习俗予以高度重视。答儿麻失里被迫逃往边境地带哈尼，但在半途中被怯别的儿子扬吉抓住了，解到不赞那里，处了死刑。

伊本·巴图塔说，不赞是一个邪恶的统治者，他压迫回民，可让犹太教徒和基督教徒重建教堂。根据沙剌夫·哀丁和穆萨维的记载，他把好多蒙古王公和回教显贵们都处死了。根据古钱来考证，他在位时间极短，在同年份（1334年）里，笃哇的孙子、叶别真的儿子靖克失就登位了。靖克失也不是回教的朋友。穆萨维说，他是佛教徒的保护者。他在登位之前，在1332年，他已经接纳了和中国元朝政府的关系。那年，他遣送了172名俄籍犯人到中国去，从而得到过金钱的奖赏。这位蒙古汗似乎绝大多数时间住在阿力麻里。在他的统治时期，天主教的传教活动转移到这座城里来。佛朗西斯派教士尼古拉斯被任命为往中国的大主教，他在靖克失的朝廷上受到极好的接待。贵人卡拉斯曼和伊昂南（显然都是聂斯托里教派信徒）向这位教皇派遣的主教奉献了阿力麻里附近的一座大庄园，在其中建立了一座漂亮的教堂。继此之后不久，我们从史料中得知，陆续来了布可尼的理查主教，亚历山大城的僧人佛朗西斯·罗弗斯和雷蒙·罗弗斯，西班牙的教士巴斯凯里，还有从亚历山大城来的俗众普罗文斯和劳伦斯。某次，教士为汗治病痊愈，汗就让他七岁的儿子受了洗礼。1338年，巴斯凯里费了五个月的时间，才得以从苦那·乌儿干赤旅行到阿力麻里来，沿途极不平靖，人民涂炭。也就在这个时候靖克失被他的弟兄杀害了。根据穆萨维的记载，靖克失是在半夜里被一名不知名的刺客杀害的，但是，经兀鲁伯所证实的巴斯凯里的说法，靖克失是被他的弟兄也先·帖木儿所杀。杀人者由于后悔患了疯疾，竟将凶杀一事的原教唆者——他的母亲挖了胸脯。

不管是巴斯里，或者是其他的历史资料都没有提瘟疫的事。可是根据聂斯托里教派的碑刻，1338～1339年之间，七河地区曾经因瘟疫而衰落了。

也先·帖木儿又被窝阔台的一个后裔阿里算端所推翻。他是一个回教徒，在他统治的时期，发生了对基督教徒的残酷的屠杀，在这场屠杀中，回教教民也参与其中。1339年，所有上边提名了的天主教教士统统殉了道。七河地区的天主教徒，不少居于行政上的高位，也会受到这场大屠杀的牵连。阿里算端的残暴，远远超出了对付基督教徒的范围之外，因为回教的作者们也把他叫做惨无人道的暴君。他的继位者是牙撒吾儿的儿子哈赞。

伊本·巴图塔对于这些汗名一字未提。他只提到前投降波斯的蒙古王公雅萨瓦的儿子哈黎尔，他在哈拉奇国王马立克·胡三的帮助下叛离了不赞汗。哈黎尔的“威扎尔”和帮手是蒂尔密德的阿拉·阿尔穆尔·胡达旺·札达。在交战中，不赞被他手下的人叛卖了，将他解交敌方，把他绞死了。哈黎尔占领了玛瓦朗那尔，并向阿力麻里推进。鞑靼人[①]又推举了自己的汗，并且率兵前来攻打哈黎尔，可是结局是失败了。哈黎尔占领了阿力麻里，到达中国边境，并且占领了和林和别失八里。中国元朝的大皇帝派兵来打哈黎尔，后来又同他和解下来。哈黎尔叫胡达旺·札达率领重兵镇守别失八里，自己回到撒马尔罕来。奸人从中挑拨，哈黎尔起了疑心，就把胡达旺·札达召回，并且处死了。这样，哈黎尔和马立克·胡三之间发生了不谅解，哈黎尔终于被击败，擒到哈拉奇国王面前，但国王依然饶了他一命，并且给一份不坏的年俸。1347年春，当伊本·巴图塔从印度返程路过哈拉奇时，哈黎尔还活着，住在那里。

在这些反反复复的故事里到底包含着多少真理，那是不容易说清楚的。根据上述情节来判断，哈黎尔和哈赞似乎不可能是一个人。历史材料中根本未提哈赞，但在（回历）734／（耶历）1342年和（回历）744／（耶历）1344年这两个年份里铸造的钱上，却镌有他的名字。他和胡三间的冲突和和解，根据历史学家们的分析，是受了旧突厥王公哈札汗的挑拨的缘故。

哈赞企图把支离破碎了的蒙古汗权重建起来，他从事对旧突厥王公们的斗争。在这一方面他并未获致成效，反而在1347年的一场对上述哈札汗的战役里被杀了。从兹以往，玛瓦朗那尔一带蒙古王公仅仅成了傀儡。实权已经完全转移到旧突厥王公们的手里去了。

---

①这里鞑靼一词，似指在成吉思汗率部出征时，留在原蒙古住地上的较出征者更原始一点的蒙古人。

[附]蒙古统治七河一百三十年间大事年表

中译者编

1218　蒙古人占领七河。
1219　耶律楚材旅行过此。
1220　金使乌古孙旅行过此。
1221～1223　中国道士长春真人旅行过此。
1227　成吉思汗死。
1229～1241　窝阔台居大汗位。
1242　察合台死。
1242～1246　哈喇旭烈为察系汗。
1246～1248　贵由居大汗位。
1246～1251　也速·猛格为察系汗。
1246　教廷使节喀皮尼旅行过此。
1248　拔都到达七河。
1251～1259　蒙哥居大汗位。
1253　法王使节路卜里克旅行过此。
1254～1255　旭烈兀远征波斯过此。
1255　亚美尼亚王海屯一世过此。
1259　元使臣常德过此。
1260　忽必烈与阿里不哥同居大汗位。
1260～1265、1266　阿鲁忽成为中亚一股势力。
1266　八喇的到来。
1268　海都在锡尔河战胜八喇。
1269　怛罗思河上的库利尔台大会。
1271　八喇死。
1301　海都死。

1303　察伯即中亚汗位。

1304　蒙古诸国协议罢兵。

1305　察伯与笃哇交战。

1306～1307　笃哇死。

1308～1309　塔里忽为中亚汗。

1310～1318　也先不花为汗。

1318～1326　怯别为汗。

1326　天主教在中亚得以盛行。

1326～1334　答儿麻失里为汗。

1333　阿拉伯史家伊本 · 巴图塔旅行过此。

1334　不赞为汗。

1338～1339　七河地区瘟疫大行。

1339　大杀天主教徒。

1347　察合台系诸汗势力基本崩溃。

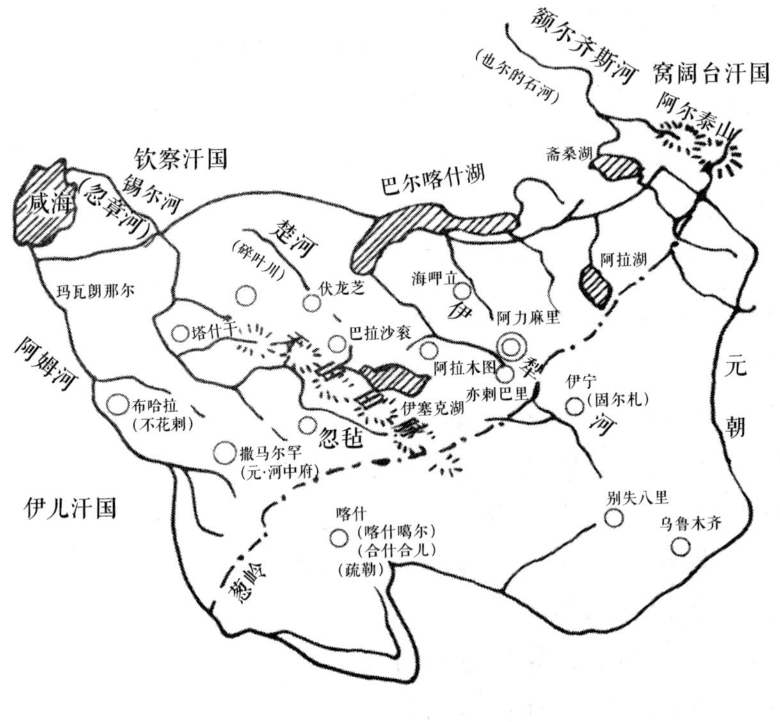

察合台汗国地图(中译者制)

（七）帖木儿汗国（莫卧里斯坦）简史[①]

土耳其斯坦西部诸突厥（亦即回教系统的）王公的彻底胜利，迫使东部诸蒙古系王公也要拥戴出一个汗出来，居于王位。蒙古系王公中最有权威的是蒲拉集，他的封地正好邻近突厥系王公的地面，叫做“蒙豁来·苏巴”（意思是“前哨省”）。这一地区包括东土耳其斯坦的一部分，自喀什到库车（即古龟兹），还有七河的一部分，及于伊塞克湖的南岸。到1348年，他寻访到一个18岁的小王子，叫吐豁鲁·帖木儿，并把他从固尔札带到阿克苏来。他宣布此人就是笃哇的孙子，叫大家伙儿都尊认他是汗王。当时人们只知道吐豁鲁·帖木儿是一个蒙古王公的儿子，但现在弄清楚了，原来他的母亲先嫁给了笃哇的儿子叶密儿·火者，怀孕后火者死去，她在次嫁的丈夫家中把吐豁鲁·帖木儿生下来。因此之故，一般认为他是其继父的儿子。

虽然这个被推居汗位的小王子的嫡系血统当时深受怀疑，但这次的遴选，事后却证明是一件幸事。在1360年，吐豁鲁·帖木儿连那些突厥系王公都征服了。可是在他刚刚死去以后，在（回历）764／（耶历）1362～1363年的时候，他儿子伊利亚斯·火者的军队就被从玛瓦朗那尔赶出来了。吐豁鲁·帖木儿死后葬在阿力麻里，这坟墓在现在距离阿拉木图四哩的地方，依然可以看到，距霍林·马札尔村不到一哩之遥。

在东土耳其斯坦的边沿上，由蒲拉集和吐豁鲁·帖木儿所创立的国家，这块土地自渺无记载的年代起就是一个文明区，它包括一片自北到南、自东到西要走七八个月途程的地面。从也儿的石河和叶密里河到天山，从巴尔库到大宛（拔汗那）、到巴尔喀什湖——统统是游牧人的居地。巴尔喀什湖当时叫阙哲·天吉斯，被认为是莫卧里斯坦（察合台后王居地的东半块）和乌兹别克斯坦（术赤后王居地）的境界线。从人种学的角度来看，很难说清楚，这片地面（莫卧里斯坦）和旧察合台汗国西半部中间的差异；也很难说清楚，这里的蒙古人和突厥系的因素已经融合到怎样的程度。无论如何，东半部的游牧方式和西半部的回教徒的定居生活方式之间的差异是如此之巨，使得即便像帖木儿这样的汗也不能在原察合台系的旧地上重建大一统之局。对于回教和回教文明的

①帖木儿汗国事，《明史》见卷三三二《西域传四·撒马儿罕传与别失八里传》。柯绍忞《新元史》卷二二八，又为帖木儿立了专传。——中译者。

抵触情绪，在蒙古人民中要比在统治者中更为强烈。吐豁鲁·帖木儿本人早已皈依了回教，他的后代们拥有回教式的命名。但是绝大部分的牧民却一直保持不信教的态度，直到15世纪后半，这些人才被他们的西边邻居同化成为回教徒。在帖木儿和他后代的统治时期中，人们用一个带辱骂意味的词“夹挞”（匪帮），来形容莫卧里斯坦地区中的居民。“夹挞地区”经常被历史记载者们用作莫卧里斯坦的同义语。

蒲拉集比吐豁鲁·帖木儿死得早些。蒲拉集死后，由其幼子虎歹打继位。吐豁鲁·帖木儿死后，由伊利亚斯·火者继位。可是蒲拉集有个兄弟叫噶玛尔·阿兰丁的，却起兵反对伊利亚斯。火者继位，并把他杀掉了。按照蒙古习俗，继位时间太短，人们就连他提都不提了。噶玛尔·阿兰丁掌了权，立志要把吐豁鲁·帖木儿的后代赶尽杀绝。趁着这场内乱之机，另一个王公帖木儿①，原先已经占领了察合台国西部地区的，而今带兵来征服莫卧里斯坦了。根据穆萨维的记载，帖木儿在（回历）772／（耶历）1370年（按：明洪武二年）已经占领了阔赤喀尔。到1375年，他从赛蓝出发，到达了卡伦河。噶玛尔·阿兰丁的营帐正扎在怯克台山丛之中。阿蓝丁向白尔凯伊·忽里延方面撤军，因为忽里延的地形复杂，有三条峡谷，从其中流出三条大河来，敌军很难接近。但是就在这样一个地方，他仍然被帖木儿打败了。帖木儿占领了这块地方，旋即向柏达隘口进军。按照他的命令，三个王公领兵沿伊犁河追击敌军。帖木儿本人在柏达隘口停驻53天。与此同时，他的儿子贾杭给尔则带兵在丛山之中和东土耳其斯坦的乌赤·法尔曼地区追击噶玛尔·阿兰丁，将他的军队一部分一部分地消灭掉。贾杭给尔甚至连阿兰丁的妻女都俘虏到了。这时帖木儿本人从柏达隘口越过哈剌·噶斯玛克（又叫噶斯台）隘口到达阿尔巴河谷中的阿巴什，在这里举行了他和噶玛尔·阿兰丁女儿的结婚礼，婚后，他就越过雅西隘口返回乌兹干去了。

次年（1376），趁帖木儿西征花剌子模的时机，噶玛尔·阿兰丁又进占了大宛（拔汗那），但是一听到帖木儿率兵赶来，就即刻撤退到阿巴什去了。帖木儿追击他。噶玛尔·阿兰丁打了一场埋伏，但仍然被击败了，并在塞琪·伊

①根据巴透尔德在其另一作品《中亚简史》中说，帖木儿（1333～1405）属巴剌思族。又说，根据托干教授的考证，帖木儿与成吉思汗有着共同的远祖。又据柯绍忞《新元史·帖木儿传》，说他娶喀斯庚汗孙女为妻，故其部人称之曰“驸马”。——中译者。

噶什（意思是“八棵树”）地方受了伤。战胜之后，帖木儿取道阿达坤，返回到阿姆河畔，然后回到了撒马尔罕。

1377年（按：洪武九年），帖木儿又一次出兵征讨阿兰丁，在库拉图草原遭遇，又将他击败了。在同一年份，帖木儿遣一支偏师占领七河。其前锋部一直追击阿兰丁到邦姆山隘。帖木儿到达阔赤喀尔，并穿过一个叫鄂纳古的地方，返回乌兹干。帖木儿的下一次征讨发动在1382年（按：洪武十五年）。几支部队被派进七河地区来。前锋部队在主力部队到达之前，已经将敌军击溃，并返回到阿达坤地方了。前锋主力两军合拢，开进伊塞克湖的丛山之中，但一直遭遇不到阿兰丁的主力，就又返回撒马尔罕去了。

噶玛尔·阿兰丁遭遇多次失败，自必削弱。他的侄子虎歹打一直统治着喀什噶尔。他在阿兰丁一心一意要灭绝吐豁鲁·帖木儿后代的淫威之下，偷偷隐藏下了吐豁鲁·帖木儿的一个儿子，叫黑地儿·火者。此人当他父亲死时，方在襁褓之中。当噶玛尔·阿兰丁的势力达到顶峰时，这个小王子被隐藏在喀什噶尔和巴达克之间的丛山里。此后12年中，他又转移到国境的最西南地区去，那里距罗布泊已经很近了。有关这桩事，我们一直不能给它确凿定案，也不能摆脱一种传说，说黑地儿·火者小王之被虎歹打所发现，恰如当年虎歹打之父蒲拉集之发现火者的父亲吐豁鲁·帖木儿的经过一模一样。不管怎样，这个小王子终于在1389年被扶上了汗位。

1389年，帖木儿又一次出征莫卧里斯坦。从阿兰·苦升，越过别力巴什和剔别里克·喀剌，他到达了阿尔那克（又叫“阿兹那克”）山隘。从此以后，他所经过的地方，其地名记载如下：阿干·苏里（此处盛夏冰雪犹存），达噶·鄂特剌，厄吉尔·雅里（“马鬃”）平原，乌兰·察里平原，以及卡巴尔·厄吉尔（“奔马”）。在这一带，在黑地儿·火者部将昂噶·蒂尔指挥下的蒙古骑兵队被击溃了。当昂噶·蒂尔的军队还在乌朗·雅尔的时候，帖木儿的前锋部队已经派过去了。第二天帖木儿的主力军发现走错了路，在越过基延·噶集之后，就拐回正路，当夜抵达阔阔萨里，第二天抵达哀狐。经过三天的耽搁，帖木儿设想敌军一定要趁机逃逸了。于是他分兵两路。他本人经过昔剌、昔白图（“粘土地”）、阔以马剌、库拉干、布玉尔剌忽，到达哈喇·古出尔（这个名字，在勒那绘制的地图上定位于塔尔巴哈台山系的西侧）。他的儿子奥玛尔·沙赫带领另一支军队在阔布河的岸上追及昂噶·蒂尔，并将他击败了。昂噶·蒂尔逃往噶克玛·布尔吉。奥玛尔·沙赫在阿赫达·狄吐尔地方与帖木儿大军会师。帖木儿继续前进，穿过阿拉库尔平原（此地又诨名叫“狗不喝”），之后，返回哈喇·古出尔。在这里，帖木儿下令驻营休息，然后又派出一支部队向也儿的石河前进。俘虏的敌军人员统统送往撒马尔罕。帖木儿本人则经过叶密里·古出尔到达大汗的大帐萨莱·鄂尔东，休息了。他从叶密尔发布命令，叫各部军队统统向莫卧里斯坦南部进军，然后在玉尔杜兹集合，他本人也正向玉尔杜兹前进，扎在土耳其斯坦的王公们正好停在蒙古地面和乌兹别克地面的交界之处，通往那里的道路要经过乌尔·噶兹等地。帖木儿大军在继续向玉尔杜兹挺进的半路上，他们遭遇上了黑地儿·火者的军队。经过两天松松垮垮的战斗之后，两军协议彼此离去。从叶密尔动身，帖木儿率兵经过乌鲁格·固尔（意为“驻军总部”）、悉尺坎·达坂（意为“鼠门关”）隘口，再越过昆盖河回到玉尔杜兹。从这里，他又越过喀拉沙儿（莎车），又追击了黑地儿·火者一程，同时又命令当时正在吐鲁番哈喇火者（和州）地方的奥玛尔·沙赫离开东土耳其斯坦向大宛（拔汗那）回师。之后，在1389年8月8日，他从大玉尔杜兹旋师，同月30日就回到了撒马尔罕。这段路程要叫商队走，通常需两个月之久。

在1390年，帖木儿又一次出兵略取莫卧里斯坦之地，借以追捕已逃往也儿的石河彼岸去了的噶玛尔·阿兰丁。大军自塔什干出发，到达伊塞克湖，然后进入怯克台丛山，过阿尔扎图（春暖关）隘口，到达阿力麻里（也叫阿尔玛·阿达，即今凡尔尼），再渡过伊犁河和噶喇答儿河，最后到达伊赤尼·布赤尼平原和郁刻儿·启蒂赤平原。大军到达也儿的石河时，噶玛尔·阿兰丁已经更向北方窜进阿尔泰山的土拉河地带去了。在那里，出产黑貂鼠和银灰鼠是驰名的。军队回师时，经由阿勒坦·却尔基和大巴尔喀什湖。

经过多番征讨，噶玛尔·阿兰丁也许就没有再回到莫卧里斯坦地面上来过了。按照一种蒙古人的传说，他晚年患水肿病，在某次帖木儿侵犯时钻进深山老林再没见过踪影。当帖木儿又移师西向进行征伐之际，黑地儿·火者又趁机在莫卧里斯坦地面上立住了脚步。1397年，黑地儿·火者派遣他的长子沙迷查干（意为“世界之光”）作为使节往谒帖木儿。帖木儿向他提出，索要沙迷查干的姐妹达瓦库·阿噶为妾。火者将女儿送去了，此女子在帖木儿朝中拥有“次妃”（蒙古语“齐齐汗妞”）的称号。

1399年（按：建文元年），黑地儿死了。死后，四个儿子乱国。四个儿子的名字如下：沙迷查干、穆哈马德·奥格兰、锡尔·阿里和沙·查干。这对于奥玛尔·沙赫的儿子米尔札·伊斯康达（帖木儿之孙）倒颇有利，他趁机进扰东土耳其斯坦。他兵围了阿克苏城，城中居民将城内中国富商及其财货全部缴出作为条件，求得撤兵。这件事表明，不拘时代条件如何艰难，东方贸易始终未曾停止过。

有关帖木儿和黑地儿·火者的四个儿子中间的关系，我们一无所知。（有的记载说，黑地儿·火者死在帖木儿之后。）黑地儿死后，莫卧里斯坦的一部分似乎降服于帖木儿。帖木儿将他从小亚细亚俘来的黑鞑靼部安置在伊塞克湖的岸上，但他一死去，那批人就马上跑掉了。帖木儿又曾给这块地面上派来一名大官，但不久也混得很不光彩了。1404年，当他筹备征伐中国的时候[①]他把莫卧里斯坦北部地区直接划归塔什干管辖了。所领东土耳其斯坦地面，也划归大宛（拔汗那）管辖。

帖木儿死后，黑地儿·火者的儿子沙迷查干遣使到中国求援，意思是使他得以占领玛瓦朗那尔。这件事发生在1407年[②]，第二年，他就死了，由他的兄弟穆哈马德汗继位。新汗登位之后，即刻遣使到帖木儿的儿子沙哈鲁那里去表示降顺。但他一面表示降顺，一面依然插手干预玛瓦朗那尔地区的内乱，并支持该地的某些王公。这种举措导致他于1416年[③]丢失了喀什。根据穆哈马德·黑达尔的记载，这位穆哈马德汗在自己的国土内狂热地传布回教教义，所有的蒙古人都需要戴回回式头帕子，反对者要以马蹄践脑。在卡蒂尔湖北岸的著名建筑物“塔什·喇巴”，据说就是奉献给他的。

1416年（永乐十四年）沙迷查干的儿子纳黑失·查干即新汗位，他同时派遣使节既到沙哈鲁那里，也到中国。中国史料把穆哈马德汗死的年份就著录在本年内，但根据阿布德·阿尔·拉札克的记载，早出一个年头，是在1415年。在1418年，纳黑失·查干又被黑地儿·火者第三个儿子锡尔·阿里的儿子歪思汗所杀。在1420年，莫卧里斯坦地面上爆发了一场歪思汗和锡尔·穆哈马德·奥格兰之间的火并。至于蒙古王公的总头虎歹打在这场内乱中站在哪一边，还弄不清楚。无论如何，虎歹打和兀鲁伯是保持接触的，这时候，兀鲁

①明永乐二年。《明实录》中记永乐三年云撒马儿罕回回向沙迷查干假道，有率兵东向意图。——中译者。

②明永乐五年，《明实录》中记五年四月沙迷查干言撒马尔罕本其先世故地，请以兵复之。——中译者。

③明永乐十四年。——中译者。

伯正以他父亲的名义统治着玛瓦朗那尔。也许就是在虎歹打的怂恿之下，兀鲁伯对莫卧里斯坦地面又一次发动征讨。在半路上，蒙古王公们迎接了他，并对他表示降顺，于是这趟征讨就宣告撤回了。在同一年中，沙哈鲁派遣了著名的使团到中国去。5月初旬，使节到达莫卧里斯坦。当时，歪思汗和锡尔·穆哈马德的后人们之间的斗争仍在继续进行，因此使节们对自己的安全感到恐惧，但他们在到歪思汗那里去的半路上遇到虎歹打，惊慌的情绪减退了些。6月4日，使团越过坤盖河，5日，他们遇到一个地区长官穆哈马德·伯克，8日到达了玉尔杜兹。20日，他们获悉穆哈马德·伯克的儿子刚刚抢劫了歪思汗的一个使节团，这消息促使他们赶快继续赶路。到头来，莫卧里斯坦地面上的这场争斗的收场是锡尔·穆哈马德逃往撒马尔罕，在那里他遭到光荣的禁锢。10月里，他企图私逃，未能得逞。到12月，兀鲁伯就放他回去了。他回到了莫卧里斯坦，到1421年他终于战胜了他的对头，成为该地区独一无二的首领。由于他不肯对兀鲁伯表示降顺，兀鲁伯就在1425年领兵进占七河，在阿克苏河（楚河的支流之一）边上将蒙古王公的军队击溃。在兀鲁伯越过楚河和卡伦河的时候，虎歹打前来表示降顺。5月里，兀鲁伯在同一地区里又击溃了锡尔·穆哈马德，并直追敌军，至于伊犁河畔。兀鲁伯进到玉尔杜兹，这是莫卧里斯坦地面上夏季的扎营盛地（“埃拉克”）。返师途中，兀鲁伯在一个叫做噶尔西的地方，找到了当年帖木儿想要移到撒马尔罕而未成功的那块大青石（“怯克·塔石”）。这块大青石现在安放在帖木儿墓上。

根据穆哈马德·黑达尔的记载，锡尔·穆哈马德得以善终。他死后，歪思汗又一度当权，但是到1428年在伊塞克湖岸对沙兔克汗的一场战役里被杀了。这位沙兔克汗拥有“撒马尔罕之汗”的称号，可是撒马尔罕的实权则一直操在兀鲁伯手里。最后歪思汗被兀鲁伯废黜了，并将他遣返到莫卧里斯坦的地面上去。

在歪思汗统治时期，莫卧里斯坦地面遭到不信教的东蒙古人的侵扰。在14世纪，绰罗斯[①]、和硕特、土尔扈特和辉特[②]四部的联盟出现了。在1399年额鲁特头领玉杰赤·哈沙噶将蒙古王公叶尔别杀掉了。近代东蒙古史专家D.波阿蒂罗夫以这件事为标志，定为额鲁特蒙古王称雄的开始。1408年，一个新的蒙古汗王鄂尔真·帖木儿在别失八里被拥登汗位，这个汗位按正常说，是

①绰罗斯。意为“左翼”，即指准噶尔部的左翼。——中译者。

②辉特部，即杜尔伯特部之回教徒的称法。——中译者。

应该属于西方莫卧里斯坦系的，可是实际上怕已经隶属于东蒙古系了①。早在锡尔·穆哈马德的时候，莫卧里斯坦的人们已经做好准备，要对额鲁特人（或者按回教徒的称法“喀尔梅克人”）作战。喀尔梅克人向中国明朝政府求援，明朝派遣使节来劝阻锡尔·穆哈马德，叫他不要实行他的计划。根据中国材料的记载，歪思汗将他的主帐由东土耳其斯坦西移到伊犁八里。那就是说，已经移到伊犁河岸，移到七河地区中来了。这个时候，中国旅行者②对这地区的描写，再也不像12世纪旅行者们那么触目的一番城乡繁盛的景象了，15世纪的七河，是由游牧人聚居，别无他种。这些人住毡帐，吃肉和马奶子。在衣着方面，他们一半像额鲁特人，一半像回教徒。在伊犁河的两岸上，歪思汗经常跟额鲁特蒙古领袖达延汗的儿子也先台吉不断交锋。歪思汗跟喀尔梅克人打了六十一场仗，其中只赢过一场。他在战争中被俘两次，并且违背他自己的意志把自己的一个姐妹嫁给了也先台吉。

沙兔克汗也曾企图在莫卧里斯坦地面上建立统治权，但很快就在喀什被害了。他死后，蒙古王公分成两大派，一派拥戴歪思汗的长子裕诺思，一派拥戴他的次子也先不花，这两个小王子都是在儿童时期。也先不花的党占了优势，裕诺思的部下就将裕诺思送到玛瓦朗那尔，从那里兀鲁伯又发送他到波斯留学去了。根据巴布尔的记载，这件事发生在1434年（宣德九年）。少年的也先不花在蒙古王公中威信不高，在他统治的前半期那些王公们几乎完全以独立的姿态统治在他们各自的省区里。这样的王公之一叫密尔·穆哈穆德·沙，他是阿巴什地面虎歹打的儿子。这样的王公之二叫密尔·卡里姆·白尔第，他在阿拉·不花地方筑了一座城堡，并以此为根据地，不断进袭大宛（拔汗那）。这样的王公之三叫密尔·哈克·白尔第·别启切克，他在伊塞克湖一个小岛上叫阔以苏的地方建立了堡寨，他将家眷屯在这里，以防喀尔梅克人的进袭，而他本人则不断带兵袭击土耳其斯坦和赛蓝。虎歹打的孙子赛以德·阿里则从帖木儿后王手中夺到了喀什噶尔。

喀尔梅克人从很早的年月里，就对伊塞克湖一带发动进袭。过了几年之

①以七河为中心所称的东、西，与中国习惯称法不同。中国称喀尔喀蒙古为“东蒙古”，称额鲁特蒙古（即“瓦剌”）为“西蒙古”。读者必须留意。——中译者。

②指陈诚《使西域记》，有《学海类编》本，北京图书馆《善本丛书》本，以及《明实录》本（见《永乐实录》卷九十八）。《善本丛书》本改题名曰《西域番国志》。——中译者。

后，他们的前锋甚至伸展到锡尔河省。在1455年也先台吉死后，额鲁特（瓦剌）部蒙古在东边的势力一度衰弱，差不多有两个世纪光景在中国史料中再也没有提到喀尔梅克人了。回回资料中著录了也先的儿子叫阿玛三吉·台吉，还有另一个头人叫乌斯·帖木儿·台吉。这个乌斯·帖木儿·台吉在1452年与1453年之间曾在锡尔河岸击败过乌兹别克人。根据另一个资料，此事系在1457年。（这份资料说，有个叫锁儿檀马赫穆德的王公被喀尔梅克人俘去，当时此人仅3岁，在喀尔梅克人那里停留了7年之久。）到1459年，琐儿檀阿布·赛以德在哈烈接见过一个喀尔梅克人的使节。

稍早一点，在15世纪40年代，也先不花又掌了权，借行仁政之名笼络人心。对于帖木儿后王们来说，他是一个不好对付的邻居，经常进扰他们。最后琐儿檀阿布·赛以德进击莫卧里斯坦，在答剌思（怛罗斯）附近将蒙古王公们的军队击败。他从波斯将居留了十七八年之久的裕诺思召回来，并且在裕诺思向他保证对玛瓦朗那尔绝无任何野心的条件下，把他送到莫卧里斯坦的地面上来。有些王公，像密尔·卡里姆·白尔第和密尔·易卜拉欣（哈克·白尔第的继承人）都顺从了裕诺思。但这些人搞独立惯了，对裕诺思也不会多么驯顺。后来裕诺思在一场战争中战败了，退居吉蒂干城，此城位于大宛（拔汗那）和七河之间，这是阿布·赛以德指定他在这里居住的。

也先不花死于1462年。在他统治时期的一桩大事，就是哈萨克人在七河地区，特别是在楚河西岸的初次露面。现在，哈萨克人一直在这一地面居民中占绝大多数。俄国革命前，这族人一直被叫做“吉尔吉斯·哈萨克”，这个名称是不妥的。史家穆哈马德·黑达尔估计他们的人数为20万人。他们的头人吉来和查尼伯克跟乌兹别克的汗王阿布海儿之间有衅端，故此二人倒为也先不花所欢迎。

也先不花死后，莫卧里斯坦西部也归裕诺思统治了。阿克苏城及其迤西一片地面，归也先不花的儿子都思特·穆哈马德统治。但在他死后，阿克苏城也被裕诺思兼并了过来。都思特·穆哈马德的儿子怯别琐儿檀跑到吐鲁番去统治了四年。后来他被人民杀掉了，首级传到裕诺思这里来。

到1472年，裕诺思取到了某种统一的局面。他在人民之中虽较他的几个前代汗王情况稍好，但仍然是格格不入的。他出生于（回历）818年或819年（耶历1415～1417）。在他留学波斯的时期，他在著名历史学家沙剌甫·阿兰丁·雅集的指导下受到了回教徒的教养。一位来自玛瓦朗那尔的法官曾有谒见裕诺思的一次机缘，他所期望见到的是“一位无须髯的具有沙漠中突厥人的仪容的人”，但实际上却见到了“一位蓄有全部塔吉克式蓬须的、仪容十分优雅的人，其言语举止之高雅，即便在塔吉克人之中也是罕见的”。像如此的一表人物，实在不该命运错定到游牧人那里。他终生都在设计一个定居之处，并且还说服他的一部分人民来跟他学样。根据穆哈马德·黑达尔的记载，他的某些举止行径说明他是半宗教的，因为他是深信他的人民“除非采取定居的生活”，那就很难说得上是一个真正的回教徒。所有他的这些努力，结果都是徒然的。因为对于一个蒙古人来说，要他定居下来过城镇生活，比要他蹲监牢还痛苦。这位汗王曾经不止一次离开城镇到草原上去，这样庶几不被他的人民所摒弃。

上文已经提过，在1472年，七河地区一度被喀尔梅克人的军事首领阿玛三吉·台吉所侵略。此人是由本国的内讧中被赶出来的。裕诺思在伊犁河岸上被这支军队打败了，他逃往锡尔河地区过了冬。在这里，他把乌兹别克汗王布鲁赤·奥格兰打败。但到第二年春天，他又做了塔什干总督的俘虏。一年过后，总督被杀，裕诺思重获自由，被送返莫卧里斯坦，那时候入侵的喀尔梅克人已经撤走了。

远在1469年阿布·赛以德死之前，裕诺思就想侵犯帖木儿汗国旧日的领地，并且妄想占领大宛。后来，他又企图插手到阿布·赛以德的两个儿子——阿赫麻德·米尔札和奥玛尔·沙以德之间的火并中间去，他捞到的油水是1485年兼并到塔什干，1492年兼并到赛蓝。这位汗王对于城市生活的爱好竟如此强烈，他一直住在玛瓦朗那尔地区的城镇之中，甚至他的领民中的绝大多数都离开了他，并且宣布拥戴他的在草原长大的次子阿赫麻德。在东土耳其斯坦，蒙古王公巴刻尔建立一个独立王国，裕诺思多次东扰，他都能够抵挡得住。

裕诺思在1487年患中风病死了。他的长子马赫穆德（生于回历868／耶历1463～1464年）继位为玛瓦朗那尔西部的统治者和全邦名义上的宗主。此人跟他父亲一样是一个文人，还会做诗，不过仅仅通晓一点突厥语中的韵律，诗做得不怎么好。史家巴布尔盛赞他的各种优点，但也承认他毫无军事才能。对于治国安民，他也似乎毫无禀赋。

马赫穆德一直停在玛瓦朗那尔，千方百计想扩张他的领土。开始还有些成绩，到1500年就出现了乌兹别克的汗王、阿布哈尔的孙子穆哈马德·西巴尼的快速兴起。根据穆哈马德·黑达尔的记载，马赫穆德汗开始是支持西巴尼的，甚至不惜在1488年将土耳其斯坦地面割让给他，这一来却伤了他跟哈萨克人中间的关系。1500年，他帮助西巴尼占领了布哈拉和撒马尔罕，但他的这位新交的朋友却马上反戈一击，迫使他不得不向他的老弟求援。

他的兄弟阿赫买德（生于回历870／耶历1465～1466年）却根本不像他。他的侄子巴图尔将他描述作草原上的真正男儿，一个体力极强的人，一个坚强英勇的战士。他平生只爱刀剑这一桩武器。他常穿蒙古衣装，他的武器和马的装饰纯粹按照蒙古习俗。阿赫买德在两场战役中击败了喀尔梅克人的领袖也先台吉，而他给喀尔梅克人留下的恐怖印象如此之深，从此喀尔梅克人给他起了一个绰号“阿剌察”，意为“杀人魔王”。他征讨过那些叛逆的王公，征讨过背叛了他的哥哥并将他哥哥在两场战役中击败了的哈萨克人。他唯一的不顺利是他企图征服喀什噶尔和叶尔羌而未能得逞。

阿赫买德响应他哥哥的求援，将19岁的儿子曼须留在莫卧里斯坦，带领另外两个儿子到塔什干去。1503年乌兹别克汗王西尼亚突然进袭，并且将两个汗王一齐俘虏去了，但西巴尼将他们俩放了回去，却从马赫穆德手里夺到了塔什干和赛蓝两地。马赫穆德和阿赫买德兄弟二人在阿克苏过了冬，阿赫买德就中风死去了。马赫穆德将阿克苏和莫卧里斯坦的东部地留给了他的两个侄子，自己退居吉蒂干。两个侄子之一的曼须汗就一直呆在阿克苏，另外一个哈犁儿汗又回到七河地区，在那里他成了吉尔吉斯（这才是真正的吉尔吉斯，俄国革命前把这些人叫“黑（哈喇）吉尔吉斯”）部的首领。

这可能是历史上提到吉尔吉斯（即“哈喇吉尔吉斯”）人生活在他们今日生活的土地上的最早记录。虽然我们也掌握一些材料，足以说明，早在10世纪以前，部分吉尔吉斯人已经进驻到这一地区中来了。史家穆哈马德·黑达儿说，在吉尔吉斯人和蒙古人之间并看不出任何人种上的差距。他的看法是吉尔吉斯人不过是从蒙古整体上游离出去的一个分支。他对吉尔吉斯人与蒙古人之间互相仇视的解释，是由于蒙古人已经皈依了回教，而吉尔吉斯人则一直是不信教的。

阿赫买德的另一个儿子叫赛以德，当初被父亲留在玛瓦朗那尔，后来从乌兹别克人手里逃出来，和哈犁儿会合。他经过吉蒂干时和他伯父马赫穆德同住了一段时间，但由于对他伯父所行的恶政深抱反感，就又逃到他兄弟这里来了。赛以德和哈犁儿一同住了四年，在此期间，他们对伯父马赫穆德采取公开的敌对态度。为了调解这场不和，曼须从蒙忽里斯坦赶来，在伯侄之间安排了一次会议，但会后，内讧再次爆发。马赫穆德所遭受到的政敌的压力太大了，他只好“一面倒”，重新返回玛瓦朗那尔去投靠西巴尼。1508年西巴尼下令将马赫穆德和他的儿子们一齐在锡尔河岸上处死了。在这件事情之后，曼须对他的两个弟兄开启战端，并在阿尔玛·阿达（今日之楚尔尼）地方将他们击溃了。哈犁儿逃往大宛，在那里被乌兹别克人的总督加尼伯杀掉了。赛以德在纳林河附近的森林里渡过了几个月的时光。这一举措丝毫也不值得奇异，因为按照一个蒙古人的观念，一个勇敢的战士在青年时期就应该让他到大山野林中去漫游，到距离有居民的地方一两个月旅程的地方去，靠打猎为生，并随手打了野兽随手剥皮穿在身上。被赛以德所选择的这片地方刚刚遭受过从喀什噶尔的阿卜·巴克尔那里派遣的侵略部队的严重糟践。后来在部下的怂恿下，违反着他本人的意志，他到了大宛，到达时间恰好是当马赫穆德死去两个月之后。哈犁儿死前一个月的时候，他也遭到了监禁，只是后来逃出来了，平安到达卡布尔，在同年（1508）的年尾他充当了巴布尔的部属。

从喀什来的阿卜·巴布尔的部队，在王公瓦利的指挥下，一路顺利，进入七河，迫使曼须汗不得不离开自己的乡邦，带着一批吉尔吉斯人同他自己一起，到喀喇沙尔去。这批人的绝大多数都被残杀了，只有部分人后来得到阿卜·巴克尔的准许，回到伊塞克湖的南岸上继续过着游牧生活。七河北部由哈萨克的汗王迦新统治着，此人是在（回历）924／（耶历）1528年死去的。他的冬季大帐扎在喀喇答尔。约在1510年之际，他击败了乌兹别克汗王西巴尼。在1512年，他攻占了怛罗斯和赛蓝，连塔什干附近一带也遭到了他的蹂躏。史家穆哈马德·黑达尔估计当时哈萨克人的人数为100万。根据史家巴布尔的记载，迦新有军队30万。1513年秋天，在楚河岸上召开了迦新汗与赛以德之间的会谈，赛以德是以巴布尔的代表身份出席的，迦新汗年逾65岁，隆重地接待了赛以德，使赛以德至死犹然追忆他同草原头领在大帐中的这次会见。

1514年，赛以德脱离了巴布尔，决心去占领喀什（疏勒）。他从七河出发，显然是通过吐鲁噶特隘口，只带着4700人就占领了那一地区，并且公开与称霸的阿卜·巴克尔处在敌对地位。不拘他在这场冒险事业中有着难以置信的惊险之处，他终于是获致了全部的胜利。他对喀什和叶尔羌的征服给东土耳其斯坦带来了和平的局势。1516年，在阿尔巴（此地位于阿克苏与库车之间），赛以德与曼须汗之间终于取得了妥协。曼须继续统治吐鲁番和喀什，但将对东土耳其斯坦全境的宗主权让出来。他们的兄弟之一叶密尔·火者，分到了北吐鲁番和阿克苏。第三个兄弟巴巴查克琐儿檀分到了巴希和库车。在这样一种局面下，东自哈密（属中国），西至安集延（在大宛境内），这中间的贸易关系得以保证平安，对于商人不予征敛。

赛以德既得喀什，又复企图进取七河南部。在赛以德与阿卜·巴克尔对战的时候，吉尔吉斯汗王穆哈马德是出了很大一把力气的，这次仍然身先士卒，为赛以德充当前驱。赛以德在会见曼须之前由于饮宴过度而身体违和，按照医生劝告，在莫卧里斯坦地面上度夏。1516年入秋之后，他率师开入七河，准备对大宛地区中的乌兹别克人展开战争。在卡蒂尔湖的岸边，他遇上了他的弟兄巴巴查克。在阿尔巴河谷地带，这些弟兄们除却曼须一人之外，统统聚齐了，就发动了一场规模巨大的狩猎，整个冬天他们简直是处于无休止的饮宴之中。原来进行征战的企图，赛以德似乎早已置诸脑后了。

与此同时，穆哈马德正带领吉尔吉斯人继续侵扰突厥地面、塔什干和赛蓝。穆哈马德把突厥地面的统治者、西巴尼的堂兄弟阿布杜勒抓去关了起来，后来却又备礼释放了他。这件小事引发了赛以德与穆哈马德之间的战争，虽然史家穆哈马德·哈达尔在他处曾经主张这次战争的开衅是赛以德谴责吉尔吉斯汗王作践了回回们的耕地，他是以回回的保护者自居的。1517年，赛以德率师从喀什出发，而叶密尔·火者则从阿克苏出发，通过萨里·阿特·阿虎儿隘口（意为“黄马槽”）。两支部队在卡菲尔·雅里地方会师，然后，赛以德沿着巴尔斯坤河谷向下游开进，叶密尔·火者则沿着厥蒂河谷向下游开进。这时，穆哈马德的大帐正扎在巴尔斯坤河口。他的部下出卖了他，他就被俘虏到东土耳其斯坦去了。吉尔吉斯人的马群、驼群、羊群全成了赛以德军士们的胜利品。被俘的吉尔吉斯人，则全部释放回去。是年冬初，赛以德汗胜利地返回喀什。

1522年，赛以德又发动了一场新的征讨。其发动的原因，史家穆哈马德·黑达尔仍然归之于汗王想要再一次阻止吉尔吉斯人对回民农田的破坏。但就在这一股口风里，他倒也阐明了征讨的真正动因：东土耳其斯坦的草地已经不够养活蒙古人的牛群和羊群了。赛以德汗的13岁的儿子拉式特被任命为全军统帅。原来穆哈马德汗而今已经释放出来，继续统率吉尔吉斯人，他陪同拉式特一齐出征。为集中军权，蒙古人在阔赤噶尔建立了一座不再移动的老营大帐。吉尔吉斯人的绝大多数都跟着穆哈马德过来了，虽然仍有一小部分逃到辽远的地方去。到冬天，赛以德本人也亲自到阔赤噶尔的老营大帐中来，吩咐拉式特和穆哈马德二人到莫卧里斯坦的辽远边区去进一步搜寻吉尔吉斯人的孑余。从此以后，赛以德一年必来老营大帐一次，作短期居停，借以提高他儿子拉式特的威信。其中一次在1524年，他接见了原哈萨克国王迦新的侄子、他的第二次的继承人、七河北部的统治者塔希尔汗。塔希尔汗企图结好蒙古人，其目的是为了抵御其本部由于他的暴政而痛恨他的人民，也是为了抵御乌兹别克人和诺盖（曼纪特人）。蒙古人在其老营大帐中所给予他的接待，远远超出他的期望。他将他的妹子许配拉式特为妻。

投降过来的穆哈马德依然被认为要要弄阴谋诡计，跟乌兹别克人有私通，因此他被送回到喀什去，在那里他一直活到赛以德死后。在邦国之中保持统治秩序一事，已经交给了史学家穆哈马德·黑达尔，但他承认他的一切努力都是徒劳的，因为绝大多数吉尔吉斯人已经转向于塔希尔了。到1525年夏末，赛以德汗正在伊塞克湖的附近，突闻喀尔梅克人已经进军到莫卧里斯坦的边境上了。稍早些时候，在1523～1524年的冬季，拉式特曾经带兵出征过喀尔梅克人，成绩不坏，博得过“噶济”（“征服异教徒的勇士”）的称号。赛以德从伊塞克湖边半岛上的住处出发，去打喀尔梅克人，跑十程路到达了喀碧喀喇尔。在这里，他收到了塔什干汗王苏缘住死去的消息。这种事很容易引发与乌兹别克人中间的新的战争，所以赛以德汗立刻又退师，回到伊塞克湖去了，穿过阔奴儿·鄂连，他进占了大宛，但觉察到沾不了多少油水，他就又撤回莫卧里斯坦去了。他在乌特禄克地方探视了一下家属，就又返回了喀什。

第二年冬季，塔希尔在阔赤噶尔附近扎了大寨，立刻就有一半的吉尔吉斯人前来投靠他。拉式特被迫后撤到阿巴什，1526年初，他父亲赛以德汗亲自到这地方来跟他会面。哈萨克人开过七河省的全境，竟丝毫未引起反抗，一直进达噶什和昆该。在阔赤噶尔和准哈尔一带越冬，未曾来得及投靠塔希尔的，全部被蒙古人截留在阿巴什了。原裕诺思汗王的女儿，她是塔希尔的继母，正居住在喀什，被派去跟塔希尔谈判，但这次出使的结果如何则不明。这时赛以德汗正住在阿克塞，听到哈萨克人和吉尔吉斯人中间发生了纠纷，他就立刻出兵去征讨他们。军队开到阿克库雅什，又开到阿里什拉尔。蒙古军队继续向前开进，就遇到了被吉尔吉斯人打败了的库车城的巴巴查克汗王的军士们的尸体。也许这番景象使蒙古人感受太深了吧，他们决定撤离七河之地，仅仅抢去十万只羊就心满意足了。这场战役被取名叫“羊战”（“阔以·车里奇”）。

1527年早春时候，塔希尔到达阿巴什，将蒙古人给残留下来的一批吉尔吉斯人及其马群领走了。

一从蒙古人撤离七河之后，哈萨克人和吉尔吉斯人就一直住在这里。这两族间的友好和睦是短命的。自从1526年，已经有一批哈萨克人由于塔希尔杀了他自己的兄弟阿布德·阿尔·迦新而开始背离他，但当时吉尔吉斯人则一直忠诚拥戴他。到1529年，又有大约两万到三万哈萨克人重新回到塔希尔这边来。他死去的年月日是缺乏记载的。根据穆哈马德的记述，他死在衰败冷落的情况之中。自他死后，再没有任何一个汗王能够像他这样在全哈萨克人中树立威信，虽然黑达尔说，塔希尔的弟兄白衣大士担任了他的继位者。

蒙古人在赛以德的儿子拉式特继位（1533～1570）之后不久，就在七河地区重新建立了权力。拉式特跟玛瓦朗那尔地区的乌兹别克人结了联盟，以对付他们共同的敌人。这时乌兹别克正为了塔什干的争夺与哈萨克人交战。哈萨克人的西北方也受到诺该人（曼纪特人）的侵扰。在（回历）944／（耶历）1537～1538年，拉式特对哈萨克人进行了一场粉碎性的战役。在这场战役里，塔希尔的兄弟托干汗以及37个回回琐儿檀统统被杀掉了。在辽远的地区里，人们谣传说，哈萨克人统统被灭绝了。拉式特模仿他父亲的行径，把自己的儿子阿布德·阿尔·拉蒂甫留在七河地区。蒙古人一直跟乌兹别克人保持亲密的结盟关系，在（回历）978／（耶历）1570～1571年，拉式特死了，由他的儿子阿布德·阿尔·拉蒂甫继位。拉蒂甫活了29岁，死在一场（按：万历十六年）与哈萨克人、吉尔吉斯人的汗王迦新汗的儿子哈克·拿匝的战役里。根据詹金逊[①]的报告，到1588年，哈萨克人的势力依然威胁着喀什。这两族人断绝了一切通往中国和通往西亚的商路。

（八）喀尔梅克（准噶尔）简史

有关16世纪后半、蒙古占领军最终撤走以后七河地区的情况，史料反映很少。虽然新近发现在（回历）990／（耶历）1582年用土耳其文写的一部颇引人兴致的资料，其唯一的原件现藏荷兰来敦大学图书馆中，迄今尚未经认真的研究。作者塞菲说，当时喀尔梅克人一直在中亚开疆拓土。他把他们的首脑

①詹金逊，1558～1559年间受俄国沙皇伊凡暴君的支持，曾到基瓦和布哈拉一带访问，他的身份是莫斯科公司的总经理。

称作阿勒坦汗，这也许就是那个土默特部的强有力的统治者，他征服了额鲁特（瓦剌）部，并且在土耳其斯坦东部建立了一个大国。哈萨克汗策限凯尔，此人是悉盖的儿子塔希尔的侄子，他把喀尔梅克人的国土蹂躏了。这就引起异教徒们侵入了哈萨克的地面，同样也进行了抢掠。策限凯尔逃往塔什干去，在那里努莱兹仍然居在汗位上（1556），策限凯尔要求和他联军对敌，但努莱兹·阿赫马德回复他说，像他们这样的国王，就是有十个也休想和喀尔梅克人相角逐。

这份资料的原作者进一步对吉尔吉斯人和哈萨克人进行了一段简要的描述。他写道："吉尔吉斯人与蒙古人之间，有着亲戚关系。他们没有国王，只有'伯克'们，土话叫'喀什噶'。吉尔吉斯人既非回教徒，亦非异教徒。他们居住深山之中，各处有隘口与外界相通。不管哪国国王带兵来攻打他们，他们就把家眷送进山的最深处，然后四面把住隘口，使外力无法侵入。他们使用一种魔术的石头，土话叫'雅达'，可以呼风唤雨，可以降雪，叫敌人的兵卒手脚僵直①。于是他们发动进攻，打败敌人，他们的风俗不埋葬死者，而将棺木抬到树木的高枝上，使骨骸腐朽并且散落。吉尔吉斯人和哈萨克人是邻居。哈萨克人约有20万户。他们是回教徒，并且遵循着伊玛姆·阿匝姆（阿布·哈里发）派的礼仪。他们有着大量的羊群和驼群。他们住在车上。他们的衣服用羊毛做成，毛纤维染成各种花色，织成像缎子一样漂亮的毛呢。这些衣物运到布拉哈去发售，价钱和缎子一样，其美丽和精致亦不亚于缎子。雨衣也同样用羊毛做成。这种成品完全可以防水。其质地之所以如此之好，据说是由于羊群吃了一种香草，该草的质地就是这样地好。"

1594年，策限凯尔派遣使臣到莫斯科，要求和沙皇费约多尔结盟。在遣使的卷宗里，他自称"哈萨克和喀尔梅克的王"，据此可以推断，某些喀尔梅克部落曾经降服于他。1598年，在他临死的这一年，策限凯尔占领了塔什干和雅西，这两座城直到1723年一直保持在哈萨克人的统治之下。根据隈利亚·敏诺甫——捷尔诺夫的记载，哈萨克人分为三部怕与此事有关。在17世纪，雅西和塔什干一直是哈萨克人的两个中心，但也正在这同一时候，他们被喀尔梅克人逐渐逐出了七河之地。在17世纪的开始，喀尔梅克人占领了花刺子模，甚至抵达了伏尔加河河岸。与此同时，戈罗斯的汗王哈喇虎拉，企图尽

①这种魔术石头，中国文献中也有记载，说蒙古人中有这种东西，叫"鲊答"或"札达"，见元陶宗仪《辍耕录》和明金幼孜《北征录》。——中译者。

力将额鲁特（瓦剌）旧部重新团结起来。在他临终之前，他终于排除了若干封建王公（“台吉”）的顽固抵制，达成目的。1634年，他的儿子巴图儿拥有了“浑台吉”的称号。就是在此人手里，额鲁特（瓦剌）诸部，或者叫准噶尔人，才获得了接近于统一的组织。1610年，他在他的大帐（斡儿朵）中召开了库利尔台大会，甚至已经迁往俄国境内去的喀尔梅克人的首脑都来与会了。就是在这次库利尔台大会上，著名的喀尔梅克人的《草原宪章》公布了。“浑台吉”的牧地原本位于也儿的石河的上游，斋桑湖的北面。巴图儿跟策隈凯尔的兄弟和继承人——哈萨克汗依悉姆不断地发动战争，并且取得不同程度的胜利。

1653年巴图儿之死，削弱了额鲁特联盟的统一。俄文资料中记载由他的儿子辛格继位，但根据A. M.波兹德涅叶夫所说，“他不像他的父亲，从来也没有当过额鲁特联盟的宗主。在巴图儿‘浑台吉’死后约摸六七年的光景，他可能成了准噶尔诸部的统治者，但再没有超过过这种地位。”另外几个王公像辛格一样地拥有“浑台吉”的称号。巴图儿的长子撤辰则一直在北方也儿的石河一带经营游牧的生活。

1671年辛格被害。他的弟兄噶尔丹·博硕克图自西藏回来，立即对他的另一个弟兄撤辰展开敌对攻势。在1676年，撤辰汗在塔尔琪隘口和赛蓝湖的附近被击败了，不得不向噶尔丹投降。噶尔丹也像他的前辈几代的汗王一样，对哈萨克人和吉尔吉斯人展开战争。在1681和1683年，他征讨赛蓝湖地带。在1682、1684和1685年，他征讨吉尔吉斯人和大宛地区。1684年，赛蓝城被攻下了，他的部将罗布丹将这座城毁掉。从此以后，喀尔梅克人在七河的领土上就一直没有经历过战争，他们跟哈萨克人、蒙古人、中国人之间的无数战役，都与七河无关。噶尔丹显然就是喀尔梅克人中第一个将大帐经常扎在伊犁河川中的汗王。到冬天，有时他也会到也儿的石河边去度过。也许正是从这时候开始，现今的伊犁区和库尔·喀喇·乌苏区就成了“浑台吉”的私人领地。根据翁阔夫斯基的记述，在18世纪，布鲁特人（亦即吉尔吉斯人）是在伊塞克湖一带过着游牧生活的唯一的一种突厥人了。

噶尔丹一心想要统一他的国家，他就处死了几个亲属，只有他的侄子策妄·罗布丹于1678年逃避到吐鲁番去了。1688年，当噶尔丹远徙外蒙古的时候，策妄·罗布丹在当年或者次年返回故土。他先在保罗托尔居住下来，慢慢扩张他的势力遍及全境。噶尔丹再也没有回来过，因为他在蒙古境的军事挫败竟如此严重，1697年他自杀了。

噶尔丹死后策妄·罗布丹成了唯一的统治者。像他叔父当年在位的时候一样，他也成为中国人的劲敌。1714年之前，一直和中国在表面上保持和平。到1714年，策妄·罗布丹就突然袭取哈密。在同一年份，康熙大帝发布了一通上谕，在谕文中他列举了策妄·罗布丹的历次侵犯，号召将他夺走的所有准部王公们的领地和权利归还他们。为了达成这一结果，他答应召开一次王公会议，清朝将派代表与会。有关其他事项，康熙大帝坚持阿拉克（阿拉图）的牧地必须归还给辉特部，而给“浑台吉”本人仅仅分配了也儿的石河的一小片地。策妄·罗布丹自然不能接受这样的一通谕令，于是乎战衅开启了。中国人很了解喀尔梅克汗国国内的弱点之所在，深知他们经常受到哈萨克人和布鲁特人（吉尔吉斯人）的威胁，因此清朝的最强大兵力就偏偏使用到与哈、布两族打界的地方去。中国钦差们的奏折中汇报说，大量的喀尔梅克人，由于害怕中国人的进攻，正沿着伊犁川向西奔逃。

俄国政府利用喀尔梅克人的危难，企图把他们拉到与俄国联盟的这边来。这样的一种意图，由一个哥萨克头目伊凡·切列多夫在1719年的访问中传给了喀尔梅克人。稍早一点，在1717年，托钵族贵人隈尔扬诺夫在哈儿尔河岸的穆扎特地方向策妄·罗布丹致敬，次年当“浑台吉”的大帐扎到通常的越冬地点、塔尔奇山脚下的科尔科斯附近的时候，他就告辞了。从翁阔夫斯基上尉的出使中，我们可以得到更多的情节。1722年11月，这个军官到达了“浑台吉”扎在伊犁河南岸上的大帐，此地东距卡伦河仅仅数哩之遥。1723年9月以前，他一直停留在喀尔梅克人统治者的朝廷上，陪伴他沿着图普河和贾噶兰河从一处扎营地到另一处扎营地。这个使节并没有在政治上获致什么成果，特别是1722年康熙大帝的逝世更松弛了来自中国的威胁。除此之外，1723年喀尔梅克人对哈萨克人作战中打了一个大胜仗，占领了赛蓝、塔什干和雅西。

根据翁阔夫斯基的报告，喀尔梅克人能征集十万兵。“浑台吉”在人民中间颇富声誉，所以他根本不去咨询各族酋长——“宰桑”们。“浑台吉”的堂兄弟策零·顿杜是一名大“宰桑”，他的帐扎在莱普撒河和喀拉塔尔河的岸上。约摸30年以前，喀尔梅克人根本不经营农业，但是到翁阔夫斯基来访的当时，不仅俘虏来的布哈拉人（又叫“萨尔特”），连很多喀尔梅克人都在耕种土地。种植面积不断扩大。萨尔特人在科尔科斯山口上有一座自己的小城镇。喀尔梅克人和俄国人、中国人（指和平时期）、唐古特人以及印度人、玛瓦朗那尔地区的人，都有贸易往来。

在1715～1716年之际的冬季，有一支派遣到也儿的石河流域来的布西霍尔兹探险队，其中一名随队担任护卫的军曹叫做勒拿的瑞典人，被他们喀尔梅克人俘虏了，此人在军事和文化上帮了喀尔梅克人很大的忙。勒拿停留在喀尔梅克人中间，直到1733年才离去，他教给喀尔梅克人放炮的技术，以及其他工艺，甚至还开设了一座印刷厂。他回国之后绘制了一幅准噶尔地图，在其中详细地记录了游牧人的每一处设帐地址。这些地址绝大多数设在山脚下，河的上流头。在七河地区中，其建帐的地点是：（一）沿着阿拉图，以及所有流向巴尔喀什湖去的河流的上游；（二）在阿尔丁·叶密尔和郭宾之间，伊犁河的北岸上，从科格达到科格台列之间；（三）沿着凯根河的北岸，从卡伦河向东，沿着凯特曼山系的北坡上；（四）沿着奇里河的上游，以及它的支流等处；（五）沿着图普河的西岸和伊塞克湖的南沿，再沿着湖的西角，到达它的北岸，地当郭苏河和阿克苏河之间；（六）沿着大凯宾河谷，以及所有流向楚河去的小河沿岸，直到喀喇噶达。勒拿把“浑台吉”的主帐绘制在塔尔奇隘口的东南，在当代固尔札的附近。

策妄·罗布丹死后，由他的儿子噶尔丹·策零（1727～1745）继位。此人继续与中国交战，直到1732年和约订立后，他把几乎一半领土丧失了。向西，他对哈萨克人成功地扩张势力，虽然这些哈萨克人在名份上早已被承认是俄国子民了。为了料理哈萨克人的有关事务，俄国派遣过多次使节到噶尔丹·策零那里。其中之一是分队长乌格吕摩夫（1732～1733），曾经陪伴噶尔丹·策零到处巡营看帐。四五月份，他们沿着科齐格尔山顺伊犁河水流而下；五月末和整个夏天，他们沿着铁密黎克、凯金、喀尔喀拉、铁开诸山放牧；九月到翌年三月末，又沿着伊犁河川，“先顺流而下，然后逆流而上，再到科齐格尔，在这里按照他的习惯，要一直呆到五月份。”

噶尔丹死后，由他的儿子策妄·达尔济（1745～1750）继位，他被他的弟兄喇嘛·达尔济杀害了。在此后的内乱之中，噶尔丹·策零的侄子阿睦尔撒纳升居高位。他依靠了哈萨克人的帮助，占领了叶密尔河和也儿的石河的上游，在1754年他对清朝屈服了，并且乞求他们的援助，以对付他的仇敌。1755年，清朝派遣两路大军西征。丝毫未经流血，清兵就征服了喀尔梅克汗国的全部。同年，阿睦尔撒纳起兵叛清，结果失败了，逃往哈萨克部去了。1757年的一个极短的时期内，他又出现在伊犁河上，但由于哈萨克汗阿勃莱向清朝告密，他又不得不逃走了。他最后只好逃亡俄境，数年之后患天花而死。像这样地，中亚地区中最后的一个游牧汗国灭亡了。1758年，清朝又一次派遣大军入境对喀尔梅克人进行了一场残酷的大屠杀。

在准噶尔汗国覆亡之后，哈萨克人和吉尔吉斯人重返七河地区。在相当的一段时间之内，他们被看作是大清国的子民。当时，中国设防的国境线，粗略地与今日中俄的边界线相当。而直到俄国在七河地区建立起主权之后，哥萨克人和吉尔吉斯人这才享有实效上的自主。

出版后记

赵俪生先生，本名甡，以字行，1917年旧历4月25日出生于山东省安丘县，我国当代著名历史学家。

少年时代，他就受五四后社会新思潮的影响，不满贫富、贵贱差别很大的社会，组织进步社团，创办文艺副刊。1934年考入清华大学外语系后，与校内中共地下党组织领导人过从颇多，思想激进，参加左翼作家联盟和中华民族解放先锋队，曾任校文学会主席和《清华周刊》编辑，课余致力于翻译介绍俄苏文学和进行进步文学作品创作；“一二·九”学生运动中，是自始至终积极参加的一员，在大游行中，担任联络、执掌大旗等工作，堪称是打先锋的人物。“七七”事变爆发后，他毅然投笔从戎，投身抗日游击战争，曾担任由共产党人薄一波等组织领导的山西新军的连指导员、营教导员，与日本侵略者做殊死的斗争。同时撰写报告文学和小说，向大后方报导抗日前线消息。两年后因病离开部队，到陕西关中任中学教师，同时受中共地下党组织委托，从事秘密工作。其间，赵俪生先生对史学产生了浓厚兴趣，立志要为当代的革命者和爱国者青史留名。他撰写的研究清初顾炎武与山陕学者秘密抗清活动事迹的论文，受到胡适先生赏识，推荐发表于1946年《大公报·文史周刊》。1947年经傅斯年推荐，赵俪生先生受聘为河南大学副教授，在学术上受到嵇文甫先生的影响。次年，随解放军从新解放的开封城撤出，分配到华北大学第四部任研究员，向艾思奇、何干之等同志求教，相互切磋学问，马克思主义理论水平迅速提高。中华人民共和国成立后，他先后在济南市人民政府、中国科学院编译局任职，曾与叶丁易共同负责合编《光明日报》的《学术》副刊。继而任东北师范大学、山东大学教授，1958年调任兰州大学历史系教授，1991年离休。

1949年10月，赵俪生先生在《新建设》杂志上发表《论中国新史学的建设问题》，提出马列主义原理与中国具体史料的结合，是中国新史学建设的必由之路。怀着建设新史学的宏伟抱负，赵先生几十年来始终站在学术前沿，奋力耕耘，取得蜚声中外的成绩，出版著作16部，发表论文200余篇。从1953年起，赵先生与夫人高昭一联袂从事中国农民战争史的研究，次年就出版了新中国第一部研究农民战争史的专著。以后又发表了一系列论文。形成了四个互相关联、富有新意的完整理论体系，是中国农民战争史研究的开拓者。从探索亚细亚生产方式在中国历史上的表现入手，赵先生对中国土地制度史进行了全面独到的研究，发表了一系列有影响的论文，出版了《中国土地制度史》的专著，自成一家。在思想文化史的研究上，赵先生由明清思想史入手，晚年专攻先秦文化，探讨中国文化的源头，在个案研究（如顾炎武研究）和理论认识方面都堪称典范，很有影响。在古史分期问题上，赵先生认为，西周是奴隶社会的低级阶段，两汉由奴隶制向封建制过渡。

在20世纪中叶迄今的中国学术界，赵俪生先生是一位风格独特、富于个性的学者。他以理论思维见长，论著选题前沿，见解独到，寓有深刻的学术意义和现实意义；文采飞动，极富表现力。他坚信理论对史学的指导作用，一贯强调马克思主义理论与中国历史工作的有机结合，反对生搬硬套的教条主义。他认为学者应有较为宽广的知识面，成为综合性、贯通性的学者，在较宽广的领域内进行多方面的研究。

赵俪生先生在国内几所著名大学执教半个多世纪，开设过中国通史、中国农民战争史、中国土地制度史、明清思想史、史学概论等许多课程，对课堂教学有强烈的责任感和出色的讲课艺术，为国家培养出大批高水平的人才。他重视教学与科研相长，重视对中青年教师的培养、提携，引导他们从教学需要进行科研，以科研成果促进教学质量的提高。在山东大学他就是著名的历史系“八大教授”之一，后来更为兰州大学历史学科的建设和发展做出了杰出的贡献。

一位名人就是一部他那个时代的历史。20世纪的中国是一个波涛汹涌，政治巨变的时代。赵俪生先生在激流中与共产党人并肩搏斗过，由于他坚持追求真理，敢于坚持己见，而屡历坎坷，但他对此无怨无悔。20世纪的中国史学，是马克思主义史学从幼稚走向成熟的时期，赵俪生先生的学术生涯证明，他无愧于一位具有独立学术品格、建树颇多的马克思主义史学家。赵俪生先生丰富的人生经历，是20世纪中后期中国知识分子命运的写照，他的学术生涯是中国20世纪史学史的一个缩影。我们编辑出版《赵俪生文集》的目的，不仅是为了给我们尊敬的赵俪生先生毕生的创作和学术做总结，更是为了保存20世纪中国历史和史学的这一份不可多得的宝贵资料。

本《文集》共六卷，基本上囊括了赵俪生先生从20世纪30年代到90年代末的主要著作，除少部分文字是本《文集》第一次发表外，大部分曾在各出版社和学术杂志上刊布过。第一卷是关于史学理论与史学方法、中国农民战争史研究的著述；第二卷是关于中国土地制度史和古代史研究的著述；第三卷是关于顾炎武研究的著述；第四卷是关于中国思想文化史、西北地方史的著述和其他学术文章；第五卷是作者的自传、自述、杂诗，序跋评论和师友回忆；第六卷是文艺创作和翻译作品。由于这些文章和著作是先生在近70年中陆续写成的，思想和体例难免留有时代的痕迹。在编辑《文集》的过程中，我们只核对了引文，统一了格式，对原稿或印刷的个别错误进行了订正，对个别字词予以规范；而对作品的文字和思想则一律未动，以保留历史原貌。

本《文集》的编辑、出版工作始终得到兰州大学党政领导的高度关怀和重视，将其列入学校学术精品出版计划，学校“211工程”办公室拨出专款支持其出版。国家新闻出版总署将本《文集》列为国家“十五”出版规划重点项目。我校科研处、历史系和兰大出版社的负责同志热情关注、积极参与了《文集》的策划和出版工作。

在赵俪生先生的首肯、指导下，历史系汪受宽、王劲两位教授整理、编选了先生的绝大部分文稿，并与刘永明同志一起担任文集的责任编辑，他们在编校工作中认真负责、尽心尽力，付出了大量艰辛的劳动。陈大羽、朱乃正两位著名书画家应邀为文集题签，美编张友乾同志在文集的封面与装帧设计上倾注了不少心血。承印文集的兰州奥林印刷有限责任公司也在制版、印刷、装订等各个环节上严格把关，确保质量。

经过大家两年多的努力，六卷本的《赵俪生文集》终于得以呈献给读者，我们感到无比欣慰，再次向赵俪生先生表示由衷的敬意，谨以此书作为先生八六华诞的献礼！我们也向学校和有关处、系领导及一切关心、帮助、参与文集出版工作的老师、朋友们表示衷心的感谢！

兰州大学出版社

2002年4月